I0596980

NEGOCIATIONS

SECRETES

DE MUNSTER

ET

D'OSNABRUG.

TOME TROISIEME.

NEGOCIATIONS
SECRETES
TOUCHANT LA PAIX
DE MUNSTER
ET D'OSNABRUG;
OU RECUEIL GENERAL

DES PRELIMINAIRES, INSTRUCTIONS, LÊTTRES,
Mémoires &c. concernant ces Négociations, depuis leur commencement en 1642.
jufqu'à leur conclufion en 1648. Avec les Depêches de Mr. de VAUTORTE,
& autres Piéces au fujet du même Traité jufqu'en 1654. inclufivement.

LE TOUT TIRE' DES MANUSCRITS LES PLUS AUTHENTIQUES.

Ouvrage abfolument néceffaire à tous ceux qui fe pourvoiront du

CORPS DIPLOMATIQUE OU GRAND RECUEIL DES TRAITEZ DE PAIX,
& d'autant plus utile aux Politiques & Négociateurs qu'il renferme le Fondement du Droit Public.

TOME TROISIEME.

*Où l'on trouve les Lettres, Mémoires & Inftructions Sécrétes de la Cour & des Plé-
nipotentiaires de France pendant l'année 1646. & quantité de Piéces écrites par différens Miniftres au fujet defdites Négociations en 1646. De plus les Négociations
Sécrétes de Mr. de VAUTORTE Ambaffadeur Plénipotentiaire de Sa Majefté T. C.
auprès de la Diéte de Ratisbonne depuis le 10. de Novembre 1645. jufqu'au 23.
d'Avril 1654.*

A LA HAYE,
CHEZ JEAN NEAULME.
MDCCXXVI.

TABLE

DES

PIECES

CONTENUES

Dans ce Tome III.

Om-

* 2
LET-

* *

LET.

TABLE

DES

PIECES

CONTENUES

Dans les Négociations de Monsieur

DE VAUTORTE.

DES PIECES.

T A B L E

AU

NEGO-

NEGOCIATIONS SECRETES
TOUCHANT LA PAIX
DE MUNSTER ET D'OSNABRUG,
CONTENANT
LES LETTRES
DE LA
COUR DE FRANCE
ECRITES A SES
PLENIPOTENTIAIRES
A MUNSTER:
AVEC LES REPONSES DESDITS PLENIPO-
TENTIAIRES A LA COUR, EN MDC. XLVI.

LETTRE
De Messieurs les
PLENIPOTENTIAIRES
A Monsieur le Comte de
BRIENNE.
Du 6. Janvier 1646.

On recommande les interêts de Madame la Landgrave, qu'on ménage les Villes de Strasbourg, & de Colmar, & qu'on paye plus regulierement le Resident de France à Cassel.

MONSIEUR,

1646.

Onsieur Oxenstiern est venu enfin à Munster, & nous avons conferé amplement avec lui sur nos Repliques: il a été résolu de les faire ici & à Osnabrug en même jour qui sera demain Dieu aidant. Et encore qu'il ait été arrêté que ce sera de bouche, & non par écrit, nous avons écrit néanmoins & noté en substance ce que nous avons à dire pour nous servir de memoire. Cela a occupé notre tems, de sorte que vous nous pardonnerez si nous ne vous écrivons qu'un mot par cet Ordinaire. Quand cette action, qui est la plus importante où nous nous soions emploiez jusques ici, & qu'on peut dire être le véritable commencement du Traité, aura été achevée, nous en ferons savoir toutes les particularitez par le Sieur de Prefontaine, qui est présentement à Osnabrug pour voir de plus près ce qui se passera, afin d'en pouvoir faire le rapport assuré. Vous jugez bien que dans cette rencontre nous avons besoin de nos amis plus que jamais, & c'est pourquoi nous ne pouvons differer plus longtems à faire les offices qu'on a desiré de nous.

Madame la Landgrave demande qu'il plaise à leurs Majestez de s'emploier efficacement pour la conservation de ses quartiers de l'Oostfrise. Les raisons qu'elle a vous sont connuës, & il n'est pas besoin de les répéter, non plus que de vous supplier de faire en sorte, s'il se peut, que Madite Dame soit aidée de quelque subside extraordinaire, vû la necessité de ses affaires, & l'état où ses troupes sont réduites. Ce qui ne leur est arrivé que pour avoir été trop long-temps jointes aux troupes du Roi, où elles ont si utilement servi pendant la derniére Campagne.

Messieurs de la Ville de Strasbourg ont desiré aussi notre recommandation; ils se plaignent que quelque Cavalerie des nôtres sous le commandement du Colonel Schwitberg [*Schimberg*] a logé dans le village . . . . . qui leur appartient, par ordre & departement du Général & qu'on y a vecu comme en pais ennemi. Il est très-impor-

A

1646.

important, comme nous avons déja dit, que l'on ne prenne point de mauvaise opinion de la France en ce tems-ci plus qu'en tout autre, pour ne trouver point d'opposition à ce qu'elle prétend, qui est d'ailleurs assez difficile. Nous ne devons pas omettre de vous dire que le Deputé de Strasbourg faisant ses plaintes, nous dit avec respect néanmoins, que ce commencement pourroit donner sujet à leur ville de prendre un mauvais augure du voisinage des François. La même consideration a fait que nous vous avons écrit en faveur de ceux de la Ville de Colmar pour faire cesser les poursuites d'un particulier, qui les veut molester dans la possession d'un Prieuré qu'ils possedent depuis cent ans. Nous vous avons fait voir par nos dernieres [Lettres], que cette affaire n'est du tout point recevable en Allemagne où il y a une infinité d'exemples de pareilles possessions de biens d'Eglise, que l'usance & les Traitez faits pour la pacification des troubles ont validé. Ainsi les efforts de ce particulier ne serviront qu'à susciter ici des plaintes, qui auroient déja éclatté sans l'ordre que nous y avons mis; & les Imperiaux prendroient sujet d'animer l'esprit de tous les Deputez & notamment des Protestants contre nous. Il vous plaira, Monsieur, d'en écrire à Monsieur de Baussan Commandant dudit Colmar.

Et qu'on paye plus regulierement le Resident de France à Cassel.

Le Sieur de Beauregard qui s'acquitte très-bien de sa charge à Cassel nous mande qu'il lui est dû une année de ses appointemens, & que si on ne le payoit il auroit peine à subsister. Les levées qui se font dans la Hesse lui sont à quelque charge, étant obligé de traiter souvent les Officiers, & faire dépense. Ses services meritent qu'il vous plaise de prendre soin de lui.

Nous vous renvoions la Lettre de change de Monsieur Hoeufft du 20. Mai dernier de la somme de dix mille Risdales, dont vôtre derniere Lettre fait mention, qui a depuis été revoquée, & n'a point eu d'effet. Sur ce, nous vous supplions de nous conserver l'honneur de vôtre bien-veillance & de croire que nous sommes &c.

REPONSE

De Messieurs les

PLENIPOTENTAIRES

Au

MEMOIRE DU ROI,

Du 23. Decembre 1645.

De Munster le 6. Janvier 1646.

Volmar n'agit pas de concert avec les Ministres de Baviere, ni même Trautmansdorff. Grands pré-

paratifs de la France pour la Campagne de l'an 1646. Ménagemens pour le Duc de Baviere, & pour ses Ministres.

1646.

NOus nous sommes bien aperçus qu'il n'y a point trop bonne intelligence entre les Espagnols & les Bavarois, d'autant que ceux-ci ne font pas scrupule de dire tout ouvertement, qu'on ne differera pas de faire la paix dans l'empire, sans les autres, s'ils ne se mettent à la raison. Nous avons aussi déja quelque lumiere du peu de concert qu'il y a entre Volmar & les Bavarois, & nous les avons avertis que c'étoit lui qui avoit proposé par écrit l'alternative pour l'Electorat. Ce qui non seulement a fait rumeur ici, mais à Vienne même, & aiant donné sujet aux Bavarois de reconnoître nôtre franchise les a obligez à nous en faire des remercimens. Pour les Espagnols, nous avons bien par ci-devant vû quelque familiarité entre Saavedra, & ledit Volmar, mais depuis peu nous avons sujet de croire qu'il y avoit du refroidissement, néanmoins nous y prendrons garde de près, aiant trouvé que tous les avis qui nous viennent de la Cour sont veritables & bien fondez.

Volmar n'agit pas de concert avec les Ministres de Baviere.

Le troisiéme avis touchant le Comte de Trautmansdorff est encore très-bon, comme on aura pû en remarquer quelque chose, par nos Depêches precedentes. Nous ne pouvons juger assûrément si les Espagnols lui ont donné se mouvement depuis son arrivée, ou s'il l'a apporté de Vienne. Mais des personnes qui en peuvent avoir connoissance nous ont dit que le Duc de Baviere n'a pas eu toute la part à son envoi qu'il a voulu faire croire, d'autant qu'ils ont été autrefois mal ensemble, & ne sont reconciliez que depuis peu. En effet nous avons sû des Plenipotentiaires de Suede que traittant avec eux il n'avoit pas parlé des interêts du Duc de Baviere comme les affectionnant, & leur a voulu faire croire qu'il n'étoit pas mal avec nous, l'aiant mis quasi au rang de l'Archevêque de Treves.

Ni même Trautmansdorff.

Sur le quatriéme avis nous vous avons mandé tout ce que nous en avons pû connoître en divers temps, tant à Osnabrug qu'ici, & depuis que les Espagnols ont sû que nous en sommes informez, il semble par leurs discours à quelques-uns de nous & par leur conduite qu'ils aient pris soin de nous en faire croire davantage, esperant peut-être qu'après les soupçons ils pourront jetter quelque division parmi nous. C'est pourquoi sans rien negliger nous ne faisons pas semblant de rien craindre. Il paroît encore visiblement que les Espagnols trouvant rudes les conditions que l'état present des affaires nous donne lieu de prétendre dans le Traité, se tournent de tous côtez pour n'être point obligez de venir à nous. Mais comme déja Messieurs les Etats leur ont répondu comme il faut, nous n'oublierons rien pour porter les Suedois à en faire de même.

Grands préparatifs de la France pour la Campagne de l'an 1646.

Sa Majesté ne pouvoit prendre une meilleure resolution ni plus utile pour avoir une bonne paix, que de faire les grands préparatifs tant par mer que par terre, dont on nous fait l'honneur de nous donner part. Nous esperons que c'est ce qui donnera la principale force à nos raisons pour nous aider à vaincre l'obstination de nos Parties: nous croions néanmoins qu'il est plus à propos d'en attendre l'effet, comme il nous est prudemment ordonné, que non pas

d'en

1646.

d'en faire vanité & nous nous contenterons de le faire par la fermeté de nôtre conduite. On ne pouvoit ufer avec plus de prevoiance que l'on a fait à la Cour pour les levées étrangeres, mais nous fommes obligez de reprefenter que fi on ne pourvoit fuffifamment & à temps à leur entretenement, c'eft une dépenfe perduë.

Nous ne faurions exprimer d'ici les diverfes difficultez qui s'y rencontrent. Nous avons donné charge au porteur de les faire entendre de bouche, afin qu'il y foit apporté l'ordre qui fera jugé neceffaire.

Ménagemens pour le Duc de Baviere & pour fes Miniftres.

Nous confervons affez bonne intelligence avec les Bavarois pour tâcher de nous affûrer de leur Maître, en cas de quelque defection de nos Alliez: mais c'eft un point fi chatouilleux que la prudence ne permet pas de nous en ouvrir, craignant que le Duc de Baviere qui préfere fon interêt à tout autre, ne nous confidere moins s'il nous voit en apprehenfion d'être abandonnez des Suedois, comme il nous fut mandé très-à-propos lors qu'on nous envoia l'ordre de leur communiquer ce que nous traitions avec ledit Duc.

Depuis les premieres inftances que l'on nous a fait pour le Paffeport du Duc Charles on ne nous en a point parlé, & fi l'on nous en preffe, nous obferverons l'ordre qui nous eft donné fur ce fujet.

Nous ne manquerons pas de nous prevaloir auprès des Suedois des recherches que les Efpagnols ont faites en France & en Hollande, afin que les Suedois connoiffent le peu de fondement qu'on doit faire en de femblables offres, qui ne tendent qu'à jetter de la divifion. Il faudra néanmoins que nous leur en parlions avec difcretion parce qu'ils font extraordinairement jaloux, & que la crainte qu'ils ont de nous voir unis avec le Duc de Baviere & les autres Princes Catholiques d'Allemagne les à autant obligez qu'aucune autre chofe à écouter les propofitions qu'on leur a voulu faire. Nous fommes &c.

L E T T R E

De Monfieur le Comte de

B R I E N N E

A Meffieurs les

PLENIPOTENTIAIRES.

Du 6. Janvier 1646.

On louë la conduite de Mr. de Servien à Ofnabrug. Les Suedois fouhaitent que la guerre continuë. Avances pour diverfes levées. Peu de confiance au Prince de

1646.

Tranfylvanie. On blâme la Ducheffe de Savoie. La France ne s'opofe que pour la forme à la fecularifation des biens d'Eglife dans l'Empire. On menace le Duc de Tofcane. Mort du Marechal de Chaftillon.

MONSEIGNEUR & MESSIEURS.

VOtre Depêché du vingt-deux du mois paffé, qui étoit accompagnée d'un ample Memoire, me fut renduë le premier, & celle du 24. le troifiéme de cette année avec plufieurs raifons pour lefquelles vous évitez de faire réponfe à plufieurs points, contenus en deux divers Memoires qui vous ont été envoiez, & en plufieurs Depêches, parce qu'y aiant fatisfait en quelques-unes des vôtres, cela feroit inutile. Par les mêmes confiderations j'éviterai de parler des chofes refoluës, & me reftraindrai à vous donner éclairciffement fur les chofes qui en peuvent avoir befoin felon le jugement que vous en avez fait. Vous demandez que Sa Majefté s'explique de quelle fomme, & de quel nombre d'hommes elle voudra affifter les Hollandois, lors qu'ils entreront en guerre avec les Efpagnols: fi c'étoit à leur inftance, Sa Majefté auroit fenti beaucoup de joie, puis que par cette demande ils auroient déclaré qu'ils fe departent de la déclaration qu'ils ont faite, que nous étions obligez de rentrer en guerre avec eux, & ils auroient reconnu, que la France a fatisfait à tout ce qu'elle étoit obligée, quand elle réduit l'ennemi commun de leur offrir de traiter la Paix. Et par ce moien & cette ouverture ils auroient auffi fait connoître qu'ils ne prétendent pas nous obliger à leur accorder une prolongation de Treve, la leur expirée, à quoi ils font aheurtez avec cette neceffité que leur étant refufée nous étions obligez de rentrer en guerre. Comme je croi bien qu'ils fe font departis de telles penfées, qui font fans fondement, je ne doute point auffi qu'il ne foit jufte de leur complaire pour le furplus *quid & quantum.* C'eft ce qui fera remis en partie à vôtre jugement, Sa Majefté n'aiant rien à vous preferire que de fuivre vos fentimens, & ne vous point déclarer, qu'en toute extremité & les affaires en état de conclufion, & de ménager la bourfe tout autant que vous le pourrez; fans néanmoins que ce foit jufques à un point que leur Etat n'ait honnêtement dequoi fe défendre de l'invafion de leur Ennemi duquel l'accroiffement fera toûjours très-dommageable à cette Couronne, laquelle fur cette maxime a confommé des millions d'hommes & d'argent pour fouftraire de leur obéïffance les Provinces, qui forment la République qui eft connuë fous le nom des Provinces-Unies des Païsbas. Quand vous ferez entrez en conference avec leurs Plenipotentiaires & que vous aurez pénétré leur fentiment, vous aurez à nous écrire, & pourrez même accompagner de vôtre Jugement ce qui fe devra faire fur ce rencontre: affûrez-vous qu'il y fera beaucoup deferé & que l'on reçoit bien volontiers les ouvertures que vous faites.

Vous ne doutez point que l'on n'ait reçu avec rifée le bel avis donné au Comte de Trautmansdorff, des intentions & difpofitions de Sa Majefté & de ceux qui la fervent en fon Con-

A 2   feil.

feil. Il éprouvera enfuite de la negociation que vous avez le fecret des affaires, & que la France ne prétend point perdre en un jour les avantages, qu'elle a remporté en plufieurs années fur l'Empereur ; qu'elle ne fe paie point de ce qu'elle tient fien à plufieurs titres; & que fongeant au repos public, elle ne fe departira pas de ce qui le peut affurer. Il fut dit fur ce propos que l'on fe pourroit relâcher à paier en divers termes quelque fomme notable, pour le desinterefféement de la Maifon d'Infpruch, s'il étoit jugé que l'Alface, (qui lui appartient,) fût une recompenfe trop puiffante pour la France, mais cela ne fut point ancré & je doute même que l'Alface foit en propre à ceux de cette famille, fi ce n'eft faifant partie de celle d'Autriche de laquelle les biens hereditaires n'ont point encore été partagez, mais feulement divifez pour la commodité de la jouïffance.

Quelle réponfe pouvoit-on attendre de vos prudences que celle que vous faites fur ce qui concerne ce qui eft à faire pour les Etats de l'Empire, la fatisfaction particuliere de la Couronne de Suede, & celle de Madame la Landgrave de Heffe? Cette Alteffe, felon que je me fuis autrefois laiffé dire, fouhaiteroit que fans que l'on eût égard aux Jugemens rendus en faveur de ceux de Darmftat, & aux Transactions paffées entre les freres, ou les germains, les differents qui font entr'eux au fujet des partages des biens & patrimoines de leurs Maifons, fuffent decidez au Traité général, & elle croit que fa caufe eft fi jufte, foit fur Marpourg qu'autres Terres, qu'on ne fera point de difficulté de les lui adjuger, efperant de l'affiftance des Couronnes que la haine que l'on a contre elle, pour en avoir fuivi le parti, fera entierement oubliée, & je ferai trompé, fi Monfieur de Croiffi ne vous fait cette ouverture, & s'il ne vous prefente une confultation que Monfieur Polhelm a fait faire en cette Ville, par un nombre célébre de Jurifconfultes, qui concourent à ce qui a été auffi decidé par ceux d'Allemagne qu'elle a auffi fait confulter.

On loue la conduite de Mr, de Servien à Ofnabrug.

Si j'ai évité de parler du Palatin, c'eft que fon Deputé fe trouve muni du Pouvoir qu'on demandoit, & que vous l'avez fait parler. Ce qui s'eft paffé à Ofnabrug, pendant le fejour que Monfieur le Comte de Servien y a fait, a été loué; il y étoit en une conjoncture trèsdélicate & il y avoit à marcher fur un chemin bien gliffant, aiant à fe mêler d'une affaire auffi épineufe que d'affoupir la divifion & la haine, qui a toûjours paru entre les Proteftans & les pretendus Reformez. Les uns & les autres à la verité font le contrepoids aux affaires publiques par un deftin fatal, & la France doit même apprehender que les derniers ne s'accroiffent de puiffance. Mais Madame la Landgrave ne peut être abandonnée, & il ne feroit pas même utile de faire comprendre à l'Electeur de Brandebourg (qui eft de même profeffion) que par cette confideration fes interês feroient moins appuiez. Il avoit encore à éviter de donner de la jaloufie aux Suedois, & cela n'étoit pas fans beaucoup de difficulté, mais y aiant réuffi on a à loüer Dieu de ce qu'il s'en eft fi bien démêlé par fa prudence qui s'eft beaucoup fait paroître en ce rencontre.

Ce que vous avez ajoûté, que les foupçons que vous avez de l'intelligence d'entre Saavedra & Rofenhan diminuoient, n'a pas été mal reçu. Il importe tant au bien public que les Efpagnols foient en mesintelligence & même en haine avec les Suedois, que tout ce qui affure qu'ils n'ont point de part les uns avec les autres fatisfait infiniment. Aiant conferé ce que vous avez demandé de la difpofition de Torftenfon à confentir à une trêve fous certaines conditions, avec ce qui m'a été dit par M. d'Avaugour, je tiens que les Suedois feroient enfin pour y condefcendre dans l'efprit qu'ils confervent de vouloir préferer la guerre à la paix, n'intermettant la continuation de l'une que par la neceffité qu'il y a de laiffer rétablir les païs. Et je ne doute point, que Monfieur de la Thuillerie ne foit de cet avis, ou il aura changé depuis qu'il eft arrivé auprès de la Reine de Suede. J'ai ouï dire à Monfieur Grotius, un peu avant qu'il fût rappellé que cette Majefté fe laiffoit entendre de fe vouloir marier & que fa minorité lui deplaifoit par l'obftacle qu'elle apportoit à fon defir. S'il favoit le fecret ou non, & fi Mr. Oxenftiern l'a, nous en ferons éclaircis dans peu de temps; mais j'ai peine à croire que la fille admife à la fucceffion du Royaume contre les Loix, n'ait eu la Couronne pour fes defcendans, & le doute qu'en fait fon Miniftre me donnera la curiofité de recouvrer les Actes qui fe pafferent en cette Affemblée d'Etats, où la faculté de fucceder à la fille fut accordée aux prieres & aux merites du pere.

Les Suedois fouhaitent qu la guerre continuë.

De la bonne intelligence qui eft entre les Couronnes, & de la neceffité qu'elles ont d'être armées, l'on doit efperer que les Suedois favoriferont volontiers le paffage des troupes Allemandes dont nous faifons la levée vers le Holftein pour donner facilité à Bunichaufen de faire la fienne. On a confenti à diverfes chofes qui n'étoient pas comprifes dans la capitulation, toutefois jufques à prefent il a fait fi peu de diligence qu'on commence à douter qu'il accompliffe ce qu'il a promis. Je mande à Monfieur de Beauregard & à Mr. de Meules de le favorifer & on fe relâche même à donner quelque fubfiftance aux troupes qui fe font en Heffe afin d'en faciliter la levée. Celle promife par Chriftien Friz eft fort fûre & fort avancée, & on ne fe peut porter à écouter la propofition faite par Monfieur de Bilderbeck que premierement on ne fache quel fuccès auront les autres. Si quelqu'une devoit manquer, & que celui qui vous a été propofé voulût donner caution de fournir les hommes à l'armée ou rendre ce qu'il auroit trop reçû à leur proportion, je crois qu'on feroit pour entendre à cette ouverture. S'il vous plaifoit d'en écrire audit Bilderbeck, & audit de Meules, afin que l'on vous éclairciffe nettement de ce qu'on fe doit promettre de celle d'Alefeld, & de celle de l'autre qui s'offre, & qu'il vous plût enfuite mander vos avis, je ne doute point qu'ils ne fuffent embraffez. Ledit Sieur de Meules a reçu des Lettres de crédit pour tirer fur la place de Hambourg jufques à quarante mille Rifdales, qui feront acquitées de l'argent qui eft à Dantzig, où les ordres neceffaires ont été adreffez: ainfi ledit de Meules a entre fes mains non feulement foixantequatre mil Rifdales, mais des Lettres pour tout ce qu'il aura befoin: & de plus je lui ai affuré que tout ce qu'il emprüntera pour le fait des levées lui fera rembourfé, de forte qu'elles ne manqueront pas à fe faire faute d'argent.

Avances pour diverfes levées.

Prefentement j'écris à Monfieur de Croiffi qu'il ait à s'en revenir s'il ne jugeoit que fa prefence pût être utile auprès du Tranfylvain, fur

Peu de confiance au Prince de Tranfylvanie.

sur la foi duquel il semble qu'il y a peu de sujet de s'assûrer, & quand il faudroit ajuster quelque chose à Constantinople, l'Ambassadeur ordinaire sera plus capable de le faire que quelque Extraordinaire qu'on y puisse envoïer. On juge même, que les Suedois, qui sont ceux qui tirent le plus d'assistance du Transylvain, quand ils verront que nous abandonnons sa recherche, seront plus soigneux de le ménager, qu'il y a peu à gagner avec lui, parce qu'il est d'un esprit très-changeant, & qu'il lui convient mieux de rompre souvent avec l'Empereur, que de s'embarquer dans une guerre de durée. Mais l'ordre audit Sieur de Croissi ne sera pas si positif, qu'il ne lui reste assez de liberté pour demeurer auprès de ce Prince jusques au retour de ses Députez, qui sont allez vers l'Empereur, afin que s'ils ne lui apportoient pas contentement, on voie s'il y a lieu de l'embarquer à quelque chose de bon. Mais il lui sera commandé de recueillir les intentions de ce Prince, & en venir faire rapport, & ne rien conclure avec lui; Sa Majesté ne se pouvant pas aisément resoudre de faire alliance avec un Prince, qui l'aiant recherchée, passe à un nouveau Traité, sur un prétexte peu appuié des ordres de la Porte, puis qu'il savoit bien ceux qu'on lui avoit adressez, & qu'on lui avoit fait sentir qu'on n'avoit pas desagreable qu'il y contrevint.

Il n'a pas été jugé à propos de vous prescrire d'appuier les intentions de Madame de Savoye qui tendent à faire admettre son Deputé en l'Assemblée des Princes. La longue interruption de possession semble avoir prescrit contre la Maison de Savoye. Et autant qu'il pourroit être utile à l'Empereur qu'elle eût dependance de l'Empire, autant cela est dommageable à cette Couronne, à qui il convient d'avoir des voisins qui n'aient liaison avec personne, & qui se trouvent nécessitez de regarder la France, comme la Couronne, qui seule leur peut faire du bien ou du mal. Cette consideration générale se trouve encore appuiée d'une particuliere qui reste en incertitude, savoir qui seroit le Deputé. Car, comme vous l'avez très-bien remarqué, son Ambassadeur ne le voudroit pas être; & si cet emploi tomboit à Belletia, nous aurions bien avancé nos affaires. Selon ce qui m'a été écrit de Turin le Cardinal Antonio est porteur d'une Lettre de sa revocation; mais comme il ne la doit donner qu'après avoir parlé à la Reine & à son Eminence, & selon la disposition en laquelle il les trouveroit, devant user de deux termes pour le faire savoir à Madame; je crains que la liberté lui étant ôtée de rien proposer sur ce sujet, il ne renvoie ladite Lettre, & que Madame se trouvant offensée de l'ordre donné à Mr. d'Aiguebonne de revenir, & de ce qu'elle aura sû, que l'on ne donnera nulle audience à l'Abbé de Verue, cela ne lui fasse prendre quelque nouvelle resolution. Ce seroit à la verité autoriser un mauvais conseil par un second moins digeré. Et le Marquis de Pianezze qui a l'autorité entiere sur son esprit, ou ne prevoit pas les inconveniens qui en peuvent succeder, ou a peu de connoissance de ce qu'il convient à un Duc de Savoye d'avoir de la deference pour un Roi de France, & les respects d'une Regente, prête à remettre l'autorité, doivent encore être plus grands. Que si en toute Duchesse cela est necessaire, il convient à Madame de faire quelque chose de plus, par les raisons qui vous sont connues, puis qu'elle aura peine de justifier toute sa conduite, & qu'elle est peu assûrée de l'affection de son fils, mais bien fort de la haine des Princes, & du peu de satisfaction qu'elle a donné aux peuples pendant son administration. Puis que l'occasion s'en presente, sans attendre davantage, je vous dirai que ce que vous avez écrit en décharge de ce qui s'est passé entre le même Belletia & le Sieur Boulanger, a été très-bien reçu, & qu'on a vû qu'il y a eu necessité qu'ils se soient abouchez, afin que l'on sût ce que vous aviez resolu de faire à son égard.

A l'égard de l'ordre qui vous a été donné de dissuader aux Suedois de prendre des biens d'Eglise, ou pour leur satisfaction, ou pour la recompense qui devra être faite à l'Electeur de Brandebourg, si la Pomeranie, qui lui appartient, leur est delaissée, on n'a pas entendu que vous l'executassiez en sorte que les Suedois en fussent offensez, il suffit à la France qu'elle fasse connoître, qu'elle n'approuve pas que le patrimoine de l'Eglise, les legs pieux des premiers Chrétiens soient ôtez à ceux pour lesquels ils sont fondez, & après les avances que font ceux de la Maison d'Autriche de les abandonner aux Suedois, ou à cet Electeur, ils auront encore le front de faire parade de leur zele pour la Religion. L'avis que vous en voulez donner aux Deputez de Baviere, & aux Mediateurs, est très-juste, & peut-être le Duc, pour lequel vous savez combien Sa Majesté a de bonne volonté, pourra passer de nôtre côté; non seulement pour empêcher que ce les autres ont projetté, mais pour avoir ce qui justement nous doit être delaissé. Et il est bien assûré, que ni la Religion Catholique, ni la Maison de ce Prince ne sauroient subsister en Allemagne, que la France n'y possede des Etats, le voisinage desquels donne seureté audit Duc, & que le Roi comme Prince de l'Empire, soit en droit de prendre part aux choses qui s'y passent. Les discours mêmes du Comte de Trautmansdorff insinuent cette verité; puis qu'il veut contenter les Suedois, & traiter avec eux aussi avantageusement qu'ils sauroient desirer: ce qui leur donnera toûjours lieu de rentrer dans l'Allemagne, & de défendre ceux de même Confession qu'eux, dont la pensée & l'objet est continuellement d'abaisser la Maison de Baviere, & d'envahir les Archevêchez & Evêchez, & d'y apporter tel changement au fait de la Religion, que selon eux ils deviennent Etats Evangeliques.

Tout l'avantage que vous pourrez procurer au Prince Palatin qui s'est déclaré Catholique, sera bien agréé par Sa Majesté, qui a beaucoup de sujet de peu esperer de l'aîné, pour la profession qu'il fait, & pour être très-éloigné du respect qu'il doit au Roi & à la Reine de la Grand' Bretagne, desquels les affaires vont toûjours en declin. Il est bien vrai qu'il paroît quelque lueur du côté du Midi, & du Nort, qui fait esperer quelque soûtien en leurs affaires. Et certes le soin que Monsieur le Cardinal Mazarini a pris d'aider les Hibernois Catholiques, & entretenir les Ecossois a procuré ce bien; si bien se peut dire ce qui est exposé à divers accidens.

Les Lettres de Rome du 10. & 11. du passé nous ont apris que le Memoire, duquel je vous ai envoié la copie, & que j'avois remis à Monsieur le Nonce, y est arrivé, & qu'il a frappé diversement les esprits de ceux qui en ont eu communication. Les Serviteurs de cette Couronne l'ont admiré, & fait esperer que

1646.

que la protection donnée aux Barberins acquerrera grand nombre de serviteurs à cette Couronne, argumentans du moins au plus, comme à dire: si s'étant dementi on le protege, que ne doit point se promettre celui qui sera constant & fidelle en son devoir? Le Pape en a été émû jusqu'à un ressentiment de fievre, qu'on attribue à une fluxion que la saison lui a causée, s'étant détrompé des belles chimeres dont on l'a entretenu, que la France molliroit s'il paroissoit ferme, & qu'elle ne prendroit point à cœur une chose qui ne regardoit que quelques particuliers. On attend des nouvelles de ce qui aura éclaté ensuite de cette Depêche. L'Ambassadeur de Venise parle haut à l'avantage de la France.

On menace le Duc de Toscane.

Florence commence à être étonné, & quand il saura qu'on le voudra rendre garand de ce qu'a fait le Pape, il aura juste sujet d'apprehender. Son Eminence parla il y a deux jours à Barducci son Resident en des termes si précis, qu'il comprend que son Maître est hors des bonnes graces de la Reine, & qu'on pourroit songer à entreprendre sur ses Etats. Il lui fut dit toutefois qu'il ne devoit rien craindre, si ce n'est en cas qu'il perseverât: Ce qui ne fit point d'impression en son Esprit, parce qu'il fut aussi dit, que quand on trouveroit à redire à sa conduite on l'en avertiroit, & de ce qu'on auroit resolu d'entreprendre contre lui. La disparité de puissance donnant lieu de le faire, sans craindre que cet avis pût empêcher l'execution des choses qui auroient été resolues. Ni en ces termes, ni en ceux du Memoire il n'y en a point qui offensent. Demeurer en respect, & faire sonner haut la puissance, c'est donner à deviner.

Il m'étoit échappé de vous dire que l'on a trouvé que Contarini avoit tort quand il vouloit vous empêcher de retourner chez lui, parce qu'il avoit sû vos intentions en la Conference que vous avez euë avec Monsieur le Nonce. Il importe tant de donner part de ce que vous faites au Resident de Suede, afin que leurs Plenipotentiaires en usent de même avec Monsieur de la Barde, qu'il faut plûtôt pécher au trop qu'au trop peu.

Mort du Maréchal de Châtillon.

La nouvelle de la mort de Monsr. le Maréchal de Châtillon nous a été apportée. Il étoit homme de valeur & d'experience, & si attaché à son devoir que sa perte en est sensible à leurs Majestez. C'est trop écrire, il est temps d'y mettre fin, & de vous assurer que je suis &c.

MEMOIRE
DU ROI
à Messieurs les
PLENIPOTENTIAIRES.

Du sixiéme Janvier 1646.

Si la France fait la Paix, & les Etats Généraux seulement une Treve, elle refuse de rentrer en guerre conjointement avec eux après leur Treve expirée. Mais elle les assistera contre l'Espagne d'hommes & d'argent. Prétentions exorbitantes de la France en Allemagne. Il faut y tenir ferme. Et à la derniere extremité accorder un dédommagement en argent. Il faut flatter Trautmansdorff. Prétention mal fondée du Duc de Savoye d'avoir rang dans l'Assemblée des Princes de l'Empire. L'Ambassadeur de France en Savoye rapellé, & pourquoi. Plaintes contre le Marquis de Pianezze.

COmme il n'y a aucune justice, ainsi qu'il a déja été mandé autrefois, dans la prétention que Messieurs les Etats ont, que nous rompions de nouveau avec l'Espagne, quand la Treve qu'ils auroient faite, seroit expirée, puis que l'on n'a jamais douté qu'il ne fût en leur main de faire la Paix aussi bien que nous; ce qui a été confirmé par l'offre que leur en a fait Castel Rodrigo en sa Lettre, & qu'ainsi la Treve qu'ils veulent conclurre, est un parti d'élection & non pas de necessité. Il y a tout sujet de croire qu'ils ne s'opiniâtreront pas davantage à une instance si deraisonnable, & à laquelle nous ne pouvons jamais consentir, si ce n'est que nous fassions nousmêmes une Treve aussi bien qu'eux, soit universelle ou particuliere pour la partie de nos Conquêtes, que nos Ennemis ne voudront pas condescendre à nous laisser par la Paix, & ainsi le tems de cette suspension étant expiré, nous entrions tous en guerre conjointement avec Messieurs les Etats.

Si la France fait la Paix & les Etats Generaux seulement une Treve, elle refuse de rentrer en guerre conjointement avec eux après leur Treve expirée.

Que si la France peut conclurre dès cette heure la Paix, & que les Etats, pour d'autres respects particuliers qui regardent leurs avantages, ne veulent faire qu'une Treve, encore que

Mais elle les assistera contre l'Espagne d'hommes & d'argent.

que par juftice, fa Majefté, après ladite Treve, ne fût tenue au plus qu'à ce qu'elle fait
aujourd'hui pour les affifter; néanmoins pour
leur donner toûjours de plus effectives & plus
cordiales marques de fon affection, elle demeure d'acord de bon cœur d'augmenter fes
affiftances, fuivant ce qui eft porté par le Memoire du Roi que porta le Courier la Buif-
fonniere. Et comme il eft mal aifé de prescrire d'ici ce que l'on devra promettre en ce
cas d'hommes & d'argent par deffus ce que
l'on fournit à prefent, fa Majefté ne peut dire autre chofe, fi ce n'eft qu'elle trouvera bon
tout ce à quoi lefdits Sieurs Plenipotentiaires
l'engageront, étant bien affuré qu'ils ne ménageront pas moins fes interêts & fa bourfe
qu'elle feroit elle-même, & qu'ils n'oublieront
rien pour porter les Etats, ou leurs Miniftres
à fe fatisfaire de la raifon.

Lefdits Sieurs Plenipotentiaires ne pouvoient
mieux s'expliquer qu'ils ont fait fur la fatisfaction que prétend cette Couronne en Allemagne, & on a bien entendu que leur penfée
là-deffus n'eft pas tant de pouvoir certainement obtenir tout ce que l'on demande, comme un effet de la paffion qu'ils en ont, fondée pourtant fur des apparences très-grandes
d'une bonne iffuë, eu-égard à l'abfolue neceffité que l'Empereur a de faire la Paix à quelque prix que ce foit, dans le mauvais état de
fes affaires & les continüelles inftances, fuivies le plus fouvent de Proteftations, que lui
font tous les Princes & Etats de l'Empire
pour l'y obliger.

Il ne faut donc pas s'étonner d'abord de
tout ce que difent nos Ennemis, ou leurs
adherans, pour faire paroître nôtre prétention exorbitante, & s'ils mettent en jeu mille
raifons, pour montrer qu'il y a même de l'impoffibilité à nous contenter là-deffus.

Ils feroient très-mal habiles d'en ufer autrement: mais c'eft auffi à nous à tenir bon, &
à ne nous pas épouvanter legerement parce
que fachant le befoin & le defir que l'Empereur a de fe tirer d'affaire, & que les Etats
de l'Empire même les plus dependans de la
Maifon d'Autriche, qui ont averfion à nôtre
fatisfaction, aimeront mieux nous faire ceder ce que nous demandons, que de voir
continuer plus long-temps la guerre d'Allemagne, il eft indubitable qu'ils fe rangeront peu
à peu à ce que nous pouvons defirer, à mefure qu'ils s'accoûtumeront à nous le voir prétendre avec fermeté.

Et en effet nous avons avis de Vienne que
les derniers ordres que le Comte de Trautmansdorff a reçu de fon Maître, c'eft que
s'il ne voit pas jour à faire un accommodement particulier avec la Suede, par le moyen
duquel on puiffe refufer à la France & aux
autres les fatisfactions qu'ils defirent, il forte
d'affaire promptement, aux conditions qu'il
pourra les moins préjudiciables, mais toûjours
qu'il forte d'affaire.

On a d'ailleurs les mêmes avis pour ce qui
regarde le Duc de Baviere, lequel n'a pas feulement confeillé à l'Empereur d'accorder à la
France la fatisfaction qu'elle demande, mais
perfifte toûjours à dire, qu'en cas que l'on ne
puiffe nous porter à rabattre de nôtre prétention, il vaut mieux lâcher le tout que s'opiniâtrer plus longuement. Il eft aifé de voir une
partie de fes fentimens dans la copie d'une
Lettre dudit Duc de Baviere, que Monfieur
le Cardinal Mazarin adreffe auxdits Sieurs
Plenipotentiaires.

Il faut donc tenir ferme là-deffus, déclarer
aux uns & aux autres que l'on ne rendra jamais l'Alface, ni les Places que nous nous
fommes expliquez de prétendre, que l'on ne
nous en chaffe par la force, ce que nous ne
croions pas que l'on foit en état de faire, repeter les raifons qui ont été dites par lefdits
Sieurs Plenipotentiaires, en chercher de nouvelles, & au même temps imprimer bien dans
l'efprit du Comte de Trautmansdorff que fatisfaifant cette Couronne, & fes Alliez il peut
en un inftant conclure la Paix en Allemagne;
ce qui vaut autant à dire que tirer fon Maître
de quantité de grands perils, aufquels il eft expofé, étant évident, à quiconque confidere
bien l'état prefent des affaires, que l'Empereur gagnera plus le jour de la Paix, qu'il ne
fauroit faire en deux années de guerre, qui lui
fuffent favorables.

Avec tout cela, pour faciliter plus les chofes, le Roi permet aufdits Sieurs Plenipotentiaires, & leur donne pouvoir en un befoin,
d'accorder de fa part une fomme d'argent,
paiable en cinq ou fix années, ou bien quelque revenu ordinaire, pour dédommager la
Maifon des Archiducs. Bien entendu qu'ils
n'en parleront qu'à une derniere extrémité,
& quand ils auront tout-à-fait defefperé de
pouvoir obtenir notre prétention entiere, &
peut-être il fe trouveroit même des expediens
que lefdits Archiducs emploieroient la fomme
convenuë à l'achat de quelques Souveraine-
tez de Princes dépouillez, qui feroient plus
aifes d'avoir de l'argent comptant pour fe remettre, & ainfi un chacun demeureroit fatisfait. Mais Sa Majefté recommande fur tout
aux Sieurs Plenipotentiaires de ne faire cette
ouverture que dans un dernier befoin.

Lefdits Sieurs Plenipotentiaires ne doivent
rien oublier pour faire connoître au Comte de
Trautmansdorff l'eftime que leurs Majeftez font
de fa perfonne & de fes merites, & l'efperance
qu'elles ont conçuë avec toute la Chrétienté
qu'il ne voudra pas être venu à l'Affemblée i-
nutilement. Que leurs Majeftez lui fouhaitent
la gloire d'avoir établi le repos de l'Allemagne, d'autant plus qu'étant principal Miniftre
de l'Empereur, il fera en quelque façon plus
lié qu'aucun autre, à l'exacte, & fidéle obfervation de ce qui aura été arrêté par le Traité
de la Paix.

Ce n'eft qu'après que ledit Comte a reconnu qu'il ne peut avoir aucune efperance de
feparer par un Traité particulier, les Suedois
d'avec cette Couronne, qu'il témoigne d'être
fâché que l'on ait foupçonné en cela fa conduite. Mais comme nous ne pouvons pas
nous plaindre avec juftice de ce qu'il effaie de
faire à l'avantage de fon Maître, auffi il femble qu'il faut recevoir civilement l'excufe qu'il
en fait, à laquelle rien ne l'oblige que l'envie
de fe rendre agréable, & d'acquerir créance à
bon marché.

On n'a rien à repliquer fur ce que les Mediateurs ont dit, de la part dudit Trautmansdorff, des points qu'il falloit ajoûter pour
la Paix dans l'Empire; Meffieurs les Plenipotentiaires s'en étant fi bien démêlez, que l'on
ne peut que loüer leur conduite & adreffe. Sa
Majefté leur recommande feulement de continuer à perfuader ledit Trautmansdorff, qu'il
ne doit pas s'amufer à faire des propofitions
inutiles, mais plûtôt mettre promptement fur
le tapis celles qui peuvent produire une bonne Paix.

Avant que ledit Trautmansdorff partît de
Vienne,

Vienne, il étoit bien informé de la prétention que nous avions pour notre satisfaction en Allemagne, dont nous nous étions ouverts confidemment aux Ministres de Baviere; & en arrivant à Munster elle lui aura été confirmée de beaucoup d'endroits. Cependant il a affecté de l'avoir seulement aprise par un bruit commun, & de ne le pouvoir croire, pour les raisons qu'il a alleguées. En quoi son but sans doute a été d'aller ainsi au devant, avant que nous en ayons fait une déclaration publique, se flattant que nous ne nous engagerons pas à demander une satisfaction si haute, quand nous serons persuadez de l'impossibilité de l'obtenir. Mais il faut qu'il reconnoisse qu'il a mal pris ses mesures, & que ces sortes d'artifices ne font pas changer des resolutions prises par une Couronne après un long examen, & avec grande connoissance de cause. On pourroit bien lui dire en passant que la France n'ayant pas encore déclaré la satisfaction qu'elle prétend, il faut qu'elle soit bien juste, si la voix du peuple est celle de Dieu.

On a trouvé fort bon que Messieurs les Plenipotentiaires ayent fait les offices qu'ils mandent en faveur du Prince Edouard de Portugal, & on a été bien aise d'apprendre que le Comte de Peñaranda y ait répondu avec la civilité qu'il a fait.

Leurs Majestez sont aussi fort satisfaites du bon état, dans lequel ont été laissées les affaires à Osnabrug, soit pour la bonne intention des Deputez des Etats Protestans envers la France, soit pour les protestations que les Ministres de Suede ont fait de ne donner à l'avenir aucun sujet de méfiance de leur fidelité & de vivre sans interruption, jusques à la conclusion de la Paix, avec tant de franchise, que les Ennemis ne puissent pas même par aucune apparence esperer de nous diviser.

Leurs Majestez se sont aussi rejouïes d'apprendre que les Plenipotentiaires de Suede se doivent bien-tôt rendre à Munster, pour y resoudre toutes choses: elles souhaiteroient que l'avis du Sieur Oxenstiern, de ne pas donner les propositions par écrit, prévalût à celui du Sieur Salvius, pour les raisons qui ont été autrefois mandées.

Enfin leurs Majestez louent extrémement la prudence, le zele, l'adresse & la fermeté, avec laquelle Messieurs les Plenipotentiaires agissent dans le cours de leur negociation, pour porter les interêts de cette Couronne avec dignité, & lui procurer toutes sortes d'avantages dans la discussion qui s'en fera. On ne pouvoit aussi desirer rien de plus à la dexterité avec laquelle on s'est demêlé à Osnabrug des contestations qui sont entre les Lutheriens & les Calvinistes.

On a mandé positivement à Monsieur de Bregy de fournir de l'argent du Prince de Transylvanie, qui étoit à sa disposition, tout ce que Monsieur de la Thuillerie demanderoit pour des levées; en sorte qu'on ne doute point qu'il y puisse avoir aucun manquement, d'autant plus qu'on renouvelle encore à present les mêmes ordres.

Messieurs les Plenipotentiaires ne pouvoient mieux répondre qu'ils ont fait aux instances que l'Ambassadeur de Savoye leur a faites, de l'assister en la demande d'avoir rang & séance dans l'Assemblée des Princes & Etats de l'Empire. Cette pensée, qui vient assurément du Marquis de Pianezze, lequel a été autrefois Ambassadeur du Duc Charles Emanuel près de l'Empereur, fait assez paroître aujourd'hui

par toute la conduite qu'il tient, qu'il a bien cedé pour quelque temps, mais qu'il ne s'est pas dépouillé de l'affection, que l'on crut au retour de cette Ambassade qu'il avoit pour la Maison d'Autriche. On a estimé par le passé qu'il étoit de l'interêt du Roi d'essayer le plus qu'il seroit possible de détacher la Maison de Savoye de l'Empire: Monsieur Servien pouvant se ressouvenir que l'on a proposé autrefois de faire diverses graces au feu Duc Victor Amedée pourvû qu'il déclarât ne relever en aucune partie des Etats de l'Empereur; & la raison dont on se servoit pour l'y porter, c'étoit qu'en plusieurs rencontres il avoit fait paroître qu'il reconnoissoit ou ne reconnoissoit pas l'Empire, selon que l'état des affaires le lui conseilloit. Sa Majesté croit donc que Messieurs les Plenipotentiaires sans rien donner à connoître de leur intention, doivent adroitement esquiver de se mêler de la prétention dudit Ambassadeur, si ce n'est qu'ils voient, qu'en le faisant nous puissions en tirer quelque profit.

Le peu de satisfaction que Sa Majesté a de la conduite de Madame de Savoye, l'a enfin obligée de lui en témoigner son ressentiment, par la revocation qu'elle a faite de son Ambassadeur qui est en Piemont, & par la resolution qu'elle a prise que ses Ministres ici n'auroient pas desormais grand commerce avec l'Abbé de Veruë, puis qu'aussi bien tout ce qu'on leur faisoit dire ou écrire à Madame de la part de Sa Majesté ne servoit qu'à faire aussi-tôt resoudre le contraire; ainsi qu'il a paru en l'affaire de Belletia, qu'elle a fait President, & ensuite qu'elle a confirmé avec plus d'opiniâtreté dans l'emploi de Munster, depuis qu'elle a sû que Sa Majesté se plaignoit de lui, & le tenoit pour suspect: & quand elle a choisi pour son Ambassadeur à Rome le Comte de Saint George, d'inclination tout-à-fait Espagnole, qu'elle lui a donné pour son Secretaire d'Ambassade le nommé Canaparo, qui avoit été autrefois au feu Abbé Scaglia, & que l'on chassa d'ici dernierement: Et lors qu'elle a persisté de vouloir tenir en cette Cour l'Abbé de Veruë, qui a paru avoir de fort mauvaises intentions, & qui lui déguise toutes choses.

Lors que l'on a envoyé les ordres de sa Majesté pour faire revenir le Sieur d'Aiguebonne, l'Abbé de Veruë les fit devancer par un Courier extraordinaire, qu'il depêcha pour en porter la nouvelle; aussi-tôt il fut tenu de grands Conseils à Turin de ce qu'il y auroit à faire, & on dit (quoi que nous n'en aions pas de nouvelles de notre Ambassadeur) que le Marquis de Pianezze s'échauffa à tel point, qu'il opina qu'il valoit mieux que Madame de Savoye rompît avec la France que de revoquer Belletia. Néanmoins l'autorité des Princes l'emporta, mais non pas si pleisement, que ledit Marquis ne trouvât encore moyen de chicaner la-dessus. Monsieur le Cardinal Antoine se trouva sur les lieux. Ils lui ont donné pouvoir malgré lui, qui ne vouloit point se mêler de cette affaire, que pourvû que la Reine déclarât que Madame lui feroit plaisir de rappeller Belletia, l'Ambassadeur de Savoye remettroit aussi-tôt entre les mains l'ordre de son rappel. On s'est moqué ici de ce bel expedient, & on laissera à Madame à prendre telle resolution que bon lui semblera. Cependant on a renouvellé au Sieur d'Aiguebonne l'ordre que l'on lui avoit donné de partir, ainsi que lesdits Sieurs Plenipotentiaires ver-

Plaintes contre le Marquis de Pianezze.

verront par la Lettre qu'on lui a écrite, à laquelle on a joint la copie de la premiere qu'il reçut.

Le Marquis de Pianezze étoit un de ceux qui étoit le plus mal dans l'esprit de Madame lors que la Maison d'Aglié avoit toute la faveur; & Monsr. le Cardinal Mazarin, quand il fut en Piemont, agissant de concert avec ledit Marquis, n'oublia rien pour lui procurer l'affection & l'estime de Madame, ce qui a toûjours été continué, & d'ici & par le moien des Ministres de sa Majesté en Piemont, en sorte qu'il se peut dire veritablement, qu'il a obligation à la France de ce qu'il tient aujourd'hui la premiere place en cette Cour-là. Sa conduite avoit été si sage & sa partialité pour cette Couronne si déclarée, lors qu'il n'étoit ni aimé ni consideré de Madame, que l'on jugea, qu'il ne pouvoit être que très-avantageux au service du Roi, & au bien de la Maison de Savoye, de le mettre en credit auprès d'elle, mais l'experience a fait connoître le contraire. Et quoi que l'on voie assez clairement ses intentions on a peine pourtant à comprendre qu'il se soit oublié à tel point que de commettre une pareille imprudence, d'autant plus qu'il paroît informé, par ce qui arriva à son pere, quoi que marié avec la sœur de Duc Charles Emanuel, que les maximes de la Maison de Savoye ne sont pas de preferer une rupture avec la France à une petite consideration, de ne pas vouloir tirer d'un emploi une personne si ordinaire qu'est le Belletia. S'il y a quelque difference dans l'exemple, c'est celle de la qualité de Monsieur d'Albigni, principal Ministre du Duc de Savoye à un petit Bourgeois de Turin, & que Charles Emanuel étoit paisible possesseur de tous ses Etats, au lieu que le Duc d'apresent a été rétabli dans les siens par le Roi, & que sa Majesté tient encore en Piemont les principales Places.

On attend de savoir plus particulierement la verité de ce discours, après quoi sa Majesté prendra les resolutions qui seront de son service, dans lesquelles se trouvera encore plus celui de Madame. On a voulu informer de tout ce detail Messieurs les Plenipotentiaires afin qu'ils s'en prevalent autant qu'il en sera besoin, selon les conjonctures.

MEMOIRE

De Monsieur le Cardinal

MAZARIN

à Messieurs les

PLENIPOTENTIAIRES.

Du sixiéme Janvier.

Avis communiquez par le Nonce Bagni. Eloge du Duc de Longueville & des deux autres Plenipotentiaires.

Avis communiquez par le Nonce Bagni.

JE vous adresse, Messieurs, une copie de la Lettre que Monsieur le Nonce Bagni a reçue cette semaine de Monsieur le Duc de Baviere. Elle contient trois Chefs entre autres, que vous trouverez sans doute de grande conséquence, & bien substanciels.

Le Premier touchant les esperances que nous devons avoir bien fondées de remporter la satisfaction que nous prétendons en Allemagne.

Le Deuxiéme, les assûrances de la passion que le Comte de Trautmansdorff a de faire la Paix, & de quelle maniere il s'y prendra.

Et le Troisiéme, combien les Allemands se soucieront peu des Espagnols, s'ils ne se portent de leur côté à ce qui peut faire promptement conclurre leur accommodement.

Vous en ferez, s'il vous plaît, votre profit dans le progrès de votre Negociation, tenant sur tout la main que le secret soit soigneusement gardé avec le Ministre le plus confident du Duc de Baviere, à qui on pourra s'en ouvrir, sans néanmoins lui nommer jamais ledit Nonce Bagni.

Je vous envoie aussi la copie d'un article extrait d'une Lettre que m'écrit Monsieur de Bregy touchant le voyage que l'Empereur fait faire en Espagne à un nommé Biboni, pour déclarer l'absolue necessité où il est de conclurre un accommodement à quelque prix que ce soit, & sans plus differer.

A quoi j'ajoûterai que par les avis que je reçois cette semaine de divers endroits, j'ai plus de sujet que jamais de me confier dans ce que je vous ai mandé ci-devant, que vous porteriez facilement les Espagnols à tout ce que vous voudrez généralement, si vous pouvez leur faire bien apprehender que la Paix se fera dans l'Empire sans eux. C'est où il me semble que toutes vos pensées & vos actions doivent tendre, parce qu'effectivement le Baron d'Avaugour tient que c'est la clef qui doit ouvrir la porte de la Paix générale; mais une

Paix

1646.

Paix très-avantageuse à cette Couronne, & fort glorieuse pour ceux qui l'auront traitée, & qui auront eu le bonheur de la conclurre.

Je vous addresse aussi, Messieurs, la copie de ce que j'ai fait dire à Monsieur le Nonce qu'il pourroit écrire à Baviere en réponse de la Lettre qu'il en a reçuë, afin qu'il ne se passe quoi que ce soit dont vous ne soyez informez, jusques aux moindres particularitez, & que vous puissiez vous accorder mieux à ce que nous disons ici, quand vous aurez occasion de parler à ses Ministres.

Dans le moment que j'ai écrit jusques ici on m'avertit que Monsieur le Cardinal Antoine est sur le point d'arriver, ce qui m'oblige à quitter toutes choses pour aller satisfaire à ce qu'exige de moi la civilité. J'ai bien eu du déplaisir d'avoir été surpris de la sorte dans une journée où sur toutes les autres j'ai accoutumé de n'être pas sans affaires. Je me console pourtant en ce que j'ai inseré dans le Memoire du Roi tous les points les plus importants, & vos Depêches particulieres n'étant qu'en réponse des miennes, je n'aurai pas grand' chose à y expliquer. J'ai vû le long Memoire qu'il vous a plû m'adresser, qui contient tout ce que vous avez fait pour découvrir tout ce qui s'étoit passé en la negociation secrete des Ennemis avec les Suedois. Je le relirai encore une fois, & s'il y a quelque chose de conséquence qui mérite réponse, je depêcherai un Courrier exprès.

Cependant je ne saurois, Messieurs, trouver de louanges proportionées à celles qui sont dûes à votre prudence & à votre dexterité, dans toute la conduite de cette affaire. Je vous avoüe que je suis ravi quand je considere quelquefois avec application, de quelle fermeté & de quel zéle vous agissez continuellement sans vous impatienter des longueurs importunes de votre negociation, & que c'est une merveille que je fais tous les jours sonner bien hautement, qu'un Prince comme Monsieur le Duc de Longueville, sans songer aux incommoditez d'un fâcheux sejour, ni aux douceurs qu'il pourroit goûter ici parmi les siens dans la Compagnie de tant d'amis & de serviteurs qui l'honorent, s'attache tellement aux affaires, qu'il ne paroît pas que la moindre inquietude puisse jamais lui entrer dans la pensée de quitter un si rude & si desagreable climat. Vous ne sauriez croire quel bon effet a produit par tout la nouvelle qu'il faisoit bâtir dans sa maison; ce sont des bagatelles, qui sont quelquefois capables de faire naître de grandes choses, & de donner coup à une revolution dans l'Esprit des ennemis, quand ils reconnoissent que l'envie de revoir la France ne peut pas vous faire hâter d'un moment à vous relâcher de nos prétentions.

RÉPONSE

De Messieurs les

PLENIPOTENTIAIRES

Au Memoire

D U   R O I.

Du 6. Janvier 1646.

Il faut menager la Hollande quand on n'est pas content des Suedois. On tient ferme sur l'Alsace. Trautmansdorff recherche les Suedois & les Protestants de l'Empire. Il retourne à Osnabrug. Prétensions outrées des Suedois touchant le Sr. Rosenhan.

NOus ne manquerons pas de nous bien servir des raisons portées par le Memoire touchant la prétension de Messieurs les Etats. Nous souhaitons seulement qu'ils soient capables de les bien comprendre de crainte de tomber en différent avec eux en même tems que nous ne sommes pas trop satisfaits des Suedois. Néanmoins nous tiendrons ferme jusques au bout, nos sentimens se trouvans entierement conformes à ce qui nous est mandé. Que s'il y a moien de les réduire à se contenter d'une assistance d'argent nous y apporterons tout le ménage possible, puis que leurs Majestez nous font l'honneur de s'en remettre à nous.

Nous parlons ici de la satisfaction de la France avec la fermeté que l'on peut desirer, jusques à ce que non seulement nos Parties, mais aussi les Mediateurs en témoignent quelque étonnement. Et sur ce propos nous avons encore depuis vingt-quatre heures déclaré nettement aux Bavarois, qui y trouvent aussi à redire, qu'il n'y a autre moien de nous tirer de l'Alsace que par la force, si on ne nous l'accorde par un Traité. Quant au dédommagement en argent pour les Archiducs, nous nous garderons bien d'y venir si nous ne reconnoissons que cela soit absolument necessaire. Notre pensée n'a pas été de les recompenser d'une somme une fois payée, laquelle étant petite ne seroit pas considerée & iroit à un trop grand excès, s'il la faloit proportionner à l'acquisition que la France fera. Mais nous avons seulement cru que ce ne seroit pas une grande charge à l'Etat, & que ce seroit un moien de rendre nos demandes moins exposées à l'envie, de donner une somme annuelle aux Princes de la Maison d'Inspruck égale au revenu qu'ils tireroient de l'Alsace,

Trautmans-dorff recher-che les Sue-dois & les Protestans de l'Empire. Il retourne à Osnabrug.

ce, lequel on nous a assuré n'être pas trop grand.

Nous n'omettrons rien pour bien exécuter les ordres qui nous sont donnez, à l'égard du Comte de Trantmansdorff : mais jusques à présent nous n'avons pas eu lieu d'agir avec lui, n'aiant été ici que peu de jours pour recevoir & rendre ses visites & s'en étant allé à Osnabrug où il est encore.

Nous voyons bien par là qu'il recherche soigneusement les Suedois qui en deviennent plus difficiles avec nous, comme il a déja été mandé par le Sieur de Préfontaine. Ce que nous y pouvons ajoûter maintenant, c'est que par les plaintes & instances que nous leur avons faites de recevoir Monsieur de la Barde dans leurs Conferences, tant par nos Lettres que par un Envoié exprès, nous n'avons pû les porter à nous donner aucune satisfaction. Ils couvrent le refus qu'ils en font de bien mauvais prétextes selon notre jugement, en disant que si le Ministre du Roi doit assister à leurs Conferences à Osnabrug, le leur doit être ici present, non seulement quand nous serons avec les Mediateurs, mais quand les Mediateurs parleront aux Imperiaux. Ils tournent l'affaire en un point d'honneur, & prétendent que la chose n'est pas égale entre eux & nous, d'autant qu'ils traitent immediatement avec les Parties & que le Ministre du Roi auroit connoissance de tout ce qui s'y passe, au lieu qu'ici leur Resident n'assiste que lors qu'on traite avec l'un des Mediateurs, & partant ils veulent qu'il soit encore present, lors qu'on va chez Monsieur le Nonce & lors que l'un & l'autre Mediateur vont chez les Imperiaux ou bien qu'on traite directement avec les Parties. Pour les deux premiers points de cette proposition il y a de l'impossibilité, & pour le troisiéme il ne dépend pas de nous seuls, puisqu'il en faudroit convenir avec les Mediateurs & avec les Parties & regler la seance : joint qu'il est incertain, si après cela les Suedois ne prétendroient pas encore que le Sieur Rosenhan se trouvât aux allées & venuës que les Mediateurs pourroient faire de part & d'autre.

Prétensions outrées des Suedois touchant le Sr. Rosenhan.

Les considerations que l'on a eu sur la priere qui nous a été faite par l'Ambassadeur de Savoye d'appuier le dessein qu'il a d'être admis dans les Etats de l'Empire, sont très-justes, & comme nous avons été fort retenus jusques ici en cette affaire, nous le serons encore davantage.

Nous avons grand sujet de rendre très-humbles graces à leurs Majestez de toutes les communications qu'elles ont eu agréable qu'on nous donnât tant pour ce qui concerne Madame de Savoye que d'autres occurrences. Elles aideront à nous rendre plus utiles à leur service quand l'occasion s'en presentera.

⁕⁕⁕⁕⁕⁕⁕⁕⁕⁕⁕⁕⁕

MEMOIRE

De son

EMINENCE

à Messieurs les

PLENIPOTENTIAIRES.

Du 11. Janvier 1646.

L'Empereur veut la Paix à tout prix. On l'aliene du Duc de Baviere. Le Roi d'Espagne ne peut pas assister l'Empereur. L'Espagne moins animée contre la Suede que contre la France. Elle fait de grandes offres aux Etats Généraux pour un accommodement particulier. Caractere d'Isola, & de Volmar. Les Plenipotentiaires d'Espagne n'ont pas des Pouvoirs suffisants. Il faut ménager les Députez des Etats Généraux.

L'Empe-reur veut la Paix à tout prix.

NOus avons, Messieurs, de divers endroits la confirmation de l'avis que je vous ai donné que l'Empereur veut en toutes façons conclurre la Paix dans l'Allemagne. Le Correspondant de Vienne le mande pour certain, & que le Comte de Trautmansdorff n'oubliera rien pour faire relâcher les deux Couronnes & particulierement la France, des prétentions qu'elles ont pour leurs satisfactions, mais qu'enfin il consentira à celles où l'on aura du bon.

Que l'Empereur y est d'autant plus resolu, ensuite du Conseil que tous ses Ministres lui en ont donné, & que le Duc de Terranova, Ambassadeur d'Espagne près de lui, aiant exagéré au dernier point les sentimens qu'avoit le Roi d'Espagne de voir ses affaires en si mauvais état, a conclu que sa plus grande affliction étoit de se trouver lui-même hors de moïen de le pouvoir assister, ni par argent ni par aucune autre voye.

On l'aliéne du Duc de Baviere.

Il ajoûte que cet Ambassadeur, & l'Imperatrice même, avoient parlé fortement à l'Empereur, & à tous ses Ministres pour l'aliener du Duc de Baviere, & pour l'obliger à considerer desormais ce Prince comme son plus grand ennemi, puis qu'il conseilloit de donner en toutes façons à la France la satisfaction qu'elle prétend, quand même il faudroit lui laisser deux fois l'Alsace, à quoi l'Empereur ne

1646.

ne devoit jamais condefcendre pour divers refpects, mais notamment, parce que cela donneroit plus de commodité audit Duc de s'attacher & de s'unir étroitement avec la France par la proximité des Etats, parce que ledit Duc voulant acquerir du mérite près de cette Couronne, il ne faloit pas douter qu'il ne fit valoir extrêmement les foins qu'il prend de fa fatisfaction, & enfin parce que cet agrandiffement de la France lui feroit doublement avantageux, en ce qu'il fe feroit aux dépens de la Maifon d'Autriche, dont l'Archiduc d'Infpruch eft un Membre.

Le Roi d'Efpagne ne peut pas affifter l'Empereur.

Que fur tout ce que deffus l'Empereur & quelqu'un de fes Miniftres avoient répondu au dit Ambaffadeur, qu'il avoit peine à comprendre comme quoi le Roi d'Efpagne, étant bien informé du mauvais état de fes affaires en Allemagne, & de la facilité que les François & les Suedois trouveroient la Campagne prochaine à y faire de plus grands progrès, le confeilloit & le preffoit de ne pas accorder à la France les fatisfactions, qui lui pouvoient faire obtenir la Paix, dans le même tems qu'il lui faifoit déclarer qu'il étoit hors de fa puiffance de lui donner aucun fecours.

J'apprends par une autre voye que ce même Ambaffadeur a dit à l'Empereur que la France fe contenteroit de Brifach, avec une étenduë fuffifante des païs aux environs, pour garder la place, & un chemin für pour y aller.

L'Efpagne moins animée contre la Suede que contre la France.

La conduite généralement de tous les Miniftres d'Efpagne, foit à Munfter, à Bruxelles, à Madrid & en Italie, c'eft de travailler tous unanimement à faire donner toute fatisfaction aux Suedois, & nulle à cette Couronne, tant eft grande la haine qu'ils lui portent, & la jaloufie qu'ils ont de fes profperitez.

Elle fait de grandes offres aux Etats Généraux pour un accommodement particulier.

C'eft une chofe affez étrange à concevoir que non feulement ils n'ofent pas demander à Meffieurs les Etats la reftitution de la moindre des Places qu'ils ont occupées fur eux, mais que même, pour pouvoir conclurre enfemble un accommodement, ils leur offrent & à Monfieur le Prince d'Orange des Provinces entieres, & à notre égard ils imputent à violence & à tyrannie, fi nous fommes fermes à ne vouloir pas lâcher nos conquêtes.

Ma conclufion eft que tous les avis ci-deffus m'étant donnez de bon lieu, & étant de plus fondez dans la raifon, que nous connoiffons auffi bien qu'eux, il faut tenir bon, pour en tirer le plus de profit qu'il fe pourra, fans s'étonner des refus que Trautmansdorff & les autres Miniftres des ennemis auront faits dans ce commencement, me confirmant tous les jours de plus en plus dans ce que j'ai écrit fur cette matiére.

J'ai avis de Bruxelles que les Efpagnols fongent à faire des levées de la foldatefque que le Roi de Dannemarck a licentiée; mais je veux croire qu'ils y auront penfé trop tard, & j'efpere deformais que tous ceux qui n'auront point pris d'autre parti fe feront engagez dans le nôtre. Il eft pourtant neceffaire d'en preffer fans ceffe l'exécution.

Caractere d'Ifola & de Volmar.

Un nommé Ifola, en qui Trautmansdorff a confiance, eft valet à gage des Efpagnols, qui s'en fervent utilement près de lui. Et Volmar qui eft animé extraordinairement contre le Duc de Baviere, ne fait qu'échaufer continuellement les Miniftres de l'Empereur & d'Efpagne contre ce Prince.

Un difcours, que Monfieur Servien a fait à Brun, dans la vifite qu'il rendit à Madame fa femme, pour fe réjouïr de fon acouchement, a produit un très-bon effet. On m'écrit de Bruxelles que quelqu'un de leurs Miniftres avoit pris peine à ajoûter, que l'on dit publiquement à Paris que Sa Majefté étoit entierement refolue à la paix, en reftituant même plufieurs chofes, & qu'à Munfter les Plenipotentiaires de France y parloient un langage tout different, & particulierement Monfieur Servien, qui avoit affûré ledit Brun, que nous ne rendrions quoi que ce foit, que cette refolution avoit paffé dans les Parlemens, & que nous n'abandonnerions pas non plus le Roi de Portugal. Il a paffé ici deux Couriers pour l'Efpagne à grand' hâte, dont l'un d'eux a dit être depêché de Peñaranda, & devoir bientôt repaffer.

Je tiens que cet envoi a été après les Conferences qu'il a eu avec Trautmansdorff, & pour avoir enfuite les dernieres refolutions de fon Maître, d'autant plus que je fuis averti que Baviere a dit que ledit Trautmansdorff avoit preffé de fort près Peñaranda, lui déclarant que l'Empereur étoit refolu à la paix, & que le Roi d'Efpagne devoit auffi fe porter à fatisfaire la France, pour y être compris, fe plaignant entre autres chofes de ne le trouver pas garni de Pouvoirs fuffifans pour cela, quoi que le Roi d'Efpagne eût fait affûrer l'Empereur, que fes Plenipotentiaires à Munfter avoient entierement autorité pour conclurre.

Les Plenipotentiaires d'Efpagne n'ont pas des Pouvoirs fuffifans.

Quelqu'un de vous autres Meffieurs, aiant occafion de difcourir avec Trautmansdorff, pourra lui parler en ce fens, & reconnoître la verité de ces avis, témoignant que quoi que publient les Miniftres d'Efpagne avec tant d'oftentation, ils n'ont pas pouvoir fuffifant, pour conclurre, fi ce n'eft que la France condefcende aux conditions qu'ils defirent.

Il faut ménager les Deputez des Etats Généraux.

Quoi que je croie affez fuperflu de vous prier de bien ménager l'Efprit des Deputez de Meffieurs les Etats, je ne laiffe pas de le faire, & de ne rien oublier pour les tenir en bonne affiete, & les obliger de marcher de concert avec nous auffi bien dans les petites chofes que dans les grandes, rien ne devant davantage perfuader les ennemis à nous donner contentement, que s'ils voient bien établie une union indiffoluble entre nous & nos Alliez, & qu'ils reconnoiffent qu'il eft impoffible d'y mettre la divifion. Je vous envoye un Memoire des qualitez d'un chacun de ces Deputez, qui vous donnera quelque lumiere pour votre conduite en leur endroit dans tout le cours de la Negociation.

❧❧❧❧❧❧❧

DISCOURS

Sur les qualitez des Plenipotentiaires de Meffieurs les Etats envoyé à Munfter par fon Eminence.

Le 13. Janvier 1646.

Caractere defdits Deputez. Mr. de Meinderfwick devoüé au Prince d'Oran-

1646.

1646.

d'Orange, & porté pour la Paix.
Mr. Mathenez porté pour la Paix.
Mr. Paw ennemi du Prince d'O-
range, n'aime pas la France. Mrs.
Knuyt, Ripperda, & Niderhorst
Creatures du Prince d'Orange.
Mr. Kland homme doux & bien
intentionné. Mr. Donia porté
pour l'Espagne.

Caractere desdits Deputez.

AIant tâché par divers endroits de m'informer des qualitez, dependances, & inclinations des Deputez de Messieurs les Etats, afin que vous les faisant savoir, vous en puissiez profiter dans le cours de votre Negociation, je trouve que Monsieur de Meinderswick qui est pour le Duché de Gueldres, est fort disposé à la Paix. Son pere, quoi qu'il parût heretique, est mort dans notre Religion, aiant eu le bonheur de demander & de recevoir tous ses sacremens. Et comme il fut celui qui contribua le plus au Traité de la Treve de Messieurs les Etats, on ne croit pas que le fils, qui sans doute aura été imbu de ses maximes, ait beaucoup d'aversion pour les Espagnols, mais aussi il est certain qu'il a de grandes obligations à Monsieur le Prince d'Orange, & on ne doute point qu'il ne suive aveuglément tous ses interêts & sentimens.

Mr. de Meinderswick devoué au Prince d'Orange & porté pour la Paix.

Le second pour la Hollande, c'est Mathenez. Il est cru fort disposé à achever une fois pour toutes par la Paix, les differends qu'ils ont avec l'Espagne; il a d'ailleurs grande inclination pour la Religion Catholique; son pere est mort assisté de Religieux.

Mr. Mathenez porté pour la Paix.

Monsieur Paw aussi pour la Hollande, qui a été Ambassadeur en cette Cour, a été de tout temps contraire aux interêts du Prince d'Orange, & s'est toûjours opposé à ce qui pouvoit regarder les avantages de sa personne; on ne croit pas que dans l'interieur il ait grande inclination pour la France. Il n'a pas laissé de donner satisfaction de soi à feu Monsieur le Cardinal de Richelieu, quand on ne l'avoit pas du Prince d'Orange, parce que son animosité contre lui prévaloit à son peu d'affection pour nous. On assure qu'il est fort disposé à porter les choses à un prompt accommodement, & il est à craindre qu'à present qu'il sait à quel point on est satisfait de la conduite, de la franchise, & du zele dudit Prince pour nos interêts, il pourra y être d'autant moins favorable. Mais comme c'est un Personnage fort accrédité dans sa Province, il faudra tâcher à ménager son Esprit le mieux que l'on pourra.

Mr. Paw Ennemi du Prince d'Orange, n'aime pas la France.

Messieurs de Knuyt, Ripperda & Niderhorst sont toutes créatures du Prince d'Orange, & sans doute ne se conduiront que de façon qu'il aura prescrit. Ainsi nous devons croire qu'ils le porteront, comme nous le pouvons souhaiter, en tous nos interêts.

Messieurs Knuyt, Ripperda & Niderhorst créatures du Prince d'Orange.

Monsieur Kland est un bon homme, bien intentionné, & qui se conformera aux avis qui seront pris par la plus grande partie des autres.

Mr. Kland homme doux & bien intentionné.

Monsieur Donia pour la Frise, desire avec passion la Paix, mais ce qu'il y a de mal c'est que nous sommes avertis de divers endroits, que s'il n'est pas gagné par les Espagnols, il ne desire pas moins qu'eux-mêmes leur satisfaction & leur avantage.

Mr. Donia porté pour l'Espagne.

1646.

MEMOIRE

De son

EMINENCE

à Messieurs les

PLENIPOTENTIAIRES.

Du 13. Janvier 1646.

Les Suedois n'ont pas dessein de faire un accommodement separé avec l'Espagne. Il est pourtant bon que leur Negociation secrete soit rompuë. La Suede veut avoir la Pomeranie, & être Membre de l'Empire. L'Espagne a besoin de la Paix. Proposition du mariage du Roi de France avec l'Infante d'Espagne en cedant les Païs-Bas à la France en echange de la Catalogne. Eloge du Sr. Brasset. Presents pour Mrs Oxenstiern, Salvius, & Rosenhan.

LE Jugement qu'il me semble, Messieurs, que l'on peut faire sur votre Memoire du vingt-deux du passé, c'est que Rosenhan dépend plus de Monsieur Salvius que de Monsieur Oxenstiern. Que ledit Oxenstiern s'est ouvert avec entiere sincerité de tout ce dont il a eu connoissance en la Negociation secrete des Espagnols avec eux, & que Salvius y est allé avec beaucoup plus de reserve; non pas tant, selon mon avis, à mauvaise intention, que parce que lors qu'on voulut lui dire quelque chose sur les fréquentes visites des Espagnols & de lui, il s'étoit engagé à faire passer cette Negociation pour une bagatelle, & qu'il eût crû se faire tort s'il en eût parlé en d'autres termes, & enfin que nul d'entr'eux n'a eu la resolution déterminée de rien conclurre; mais bien premierement de reconnoître ce qu'ils pouvoient esperer des Ennemis touchant la satisfaction que la Suede prétend, & en second lieu, au cas que l'affaire vînt à se découvrir, de se rendre plus considerables envers la France par les recherches de nos ennemis, & enfin en troisiéme lieu de nous faire valoir leur integrité & leur constance par les refus des avantages que mal aisément ils peuvent esperer dans un Traité général.

Les Suedois n'ont pas dessein de faire un accommodement separé avec l'Espagne.

On a rendu un grand service au Roi de rompre tout-à-fait cette Negociation, puis que les Ennemis continuans à flatter les Esprits

Il est pourtant bon que leur Negociation secrete soit rompuë.

des

B 3

des Suedois par des offres fpecieufes, à les a-
liener de cette Couronne par des foupçons
qu'elle traite en particulier avec Baviere & a-
vec d'autres, & à leur perfuader que nous ne
les confiderons que pour les faire fervir à nos
fins, fi on n'y eût apporté un prompt remede, on eût dû craindre que le temps eût pû
produire des effets très-préjudiciables au fervice de Sa Majefté ; outre que cette Negociation
fubfiftant, jamais les Miniftres de l'Empereur
& d'Efpagne ne fe feroient apliquez au Traité
général.

La Suede veut avoir la Pomeranie & être Membre de l'Empire.

Que Rofenhan dife tout ce qu'il voudra,
j'ai encore eu la confirmation de Vienne que
c'eft lui qui a fait le premier la propofition de
la Pomeranie, & que la Couronne de Süede
fût reconnuë dorenavant Prince de l'Empire,
comme le Roi de Danemark. Qu'il ne fe
contentoit pas d'applaudir à ce qu'on lui difoit
à notre desavantage, mais qu'il alloit au devant
en faire les plaintes que je vous mandai dernierement ; mais il ne faut plus rebrouiller
toutes ces chofes, & fe fatisfaire feulement
qu'elles fe foient bien & fi heureufement terminées par votre prudence & par votre conduite, ne fe pouvant certainement rien ajoûter à la maniere & à la délicateffe dont l'affaire a été portée, foit à Ofnabrug foit avec Rofenhan & les Mediateurs, & avec Brun &
Saavedra.

L'Efpagne a befoin de la Paix.

Il fera bon pourtant à l'avenir d'être plus
allerte, pour découvrir ce qui fe pourroit
traiter à notre prejudice, quoi qu'il y ait
grand fujet de croire qu'il n'y aura rien à craindre pour quelque tems, & déja les avis que
je reçois de Bruxelles portent l'entier defefpoir
des Miniftres d'Efpagne, de rien conclurre feparement de nous avec nos Alliez, & fort peu
d'efperance de pouvoir refifter la Campagne
prochaine, ni en Flandres ni en Efpagne ; de
façon qu'on y parloit plus que jamais des
moiens de fortir de la guerre à quelque prix
que ce puiffe être, pour attendre une meilleure conjoncture de fe vanger. Enquoi vous
pouvez reconnoître ce que je vous écrivis
dernierement, que tous les Miniftres d'Efpagne étant contraints par la neceffité concourent au fentiment de fortir préfentement d'affaire avec deffein de nous tromper dès que
l'occafion fera favorable. Ce qui nous doit
bien faire appliquer à mettre les chofes en é-
tat, que la Paix fe faifant, leur mauvaife intention ne puiffe produire les effets qu'ils fe
propofent.

Propofition du mariage du Roi de France avec l'Infante d'Efpagne en cedant les Païs-Bas à la France.

J'ai vû avec grand plaifir ce que vous m'é-
crivez touchant la propofition du mariage de
l'Infante avec le Roi, aux conditions que je
vous mandai. Les remarques que vous avez
pris la peine d'y faire font dignes de votre
prudence, & vous pourrez vous fouvenir que
pour ce qui eft d'affûrer que nous ne nous
deffaifirons jamais (quelque accident qui nous
pût arriver) de ce qu'on nous auroit donné à
titre de dot ; ç'a été toûjours une des principales précautions que je vous ai marquées par
plufieurs de mes Depêches, en cas de mariage.

Plût à Dieu que celui-ci pût réuffir, avec
les conditions que vous me marquez, quand
même nous ferions obligez de lâcher le Rouffillon ; bien entendu que nous fortirions honnêtement d'affaires avec les Catalans en éta-
bliffant leur repos, & que nous en procure-
rions pour quelque temps au Roi de Portugal,
par une Treve, durant laquelle on pût traiter
fon accommodement.

Selon mon fens j'eftime beaucoup plus im-

portant à ce Roiaume d'étendre fa domination du côté du Païs-Bas que de celui de
l'Efpagne. J'en ai quantité de raifons, que je
remets à vous mander une autre fois avec plus
de loifir que je n'en ai préfentement. Cependant fi vous voyez jour, Meffieurs, de pouvoir
par quelque perfonne faire engager les Efpagnols à nous en faire la propofition en forte
pourtant qu'ils ne connoiffent pas que nous le
fouhaitons, parce qu'indubitablement d'abord
ils en feront tous roidis, quelque paffion qu'ils
en euffent auparavant, fa Majefté m'a commandé de vous écrire qu'elle remet à votre
prudence de le faire fi vous le jugez à propos.

Je fuis de votre fentiment qu'en ce cas il ne
faudra pas fe mettre en peine de s'en ouvrir fi
tôt aux Deputez de Hollande ; parce que ce
feroit ruiner la chofe dès fon commencement.

Je ne fai bonnement que vous dire fur le
confeil que vous me donnez d'écouter ici la
propofition que les Efpagnols voudront me
faire ; car il ne me femble pas qu'ils y aillent
affez fincerement, en ce qu'ils recherchent
plus l'éclat de cette Negociation qu'ils ne fe
mettent en peine du fruit qu'elle peut avoir ;
néanmoins je m'y prendrai avec tant de circonfpection, que je me promets, que fi nous
n'en retirons point d'avantage, il ne pourra
du moins nous en arriver nul préjudice, bien
entendu toûjours que le tout fera renvoyé
à Munfter, pour y être conclu.

Eloge du Sieur Braffet.

Monfieur Braffet s'acquitte parfaitement bien
de tout ce dont on le charge envers Meffieurs
les Etats & Monfieur le Prince d'Orange ; c'eft
pourquoi, quand vous aurez quelque chofe à
negotier en ces quartiers-là, en lui envoyant
de bons ordres, je m'affûre que vous en aurez
toute fatisfaction. Et pour ce qui regarde la
propofition faite fur l'Electeur de Cologne,
après avoir eu fa réponfe, vous lui pourrez de
nouveau faire favoir votre fentiment, prenant
toûjours garde, s'il vous plaît, que notre engagement ne puiffe pas paroître, qu'en cas
que l'affaire réuffiffe.

Préfens pour Mrs. Oxenftiern, Salvius, & Rofenhan.

C'eft ce que j'ai eu à répondre préfentement à vos deux Memoires des vingt-deux &
vingt-trois du paffé ; le temps me manque
pour répondre à celui du 30. Et j'ajoûterai
feulement, que je fais hâter autant que je puis
les préfens pour Meffieurs Oxenftiern & Salvius, & y en ferai joindre un pour Rofenhan
proportioné à fa qualité.

Outre les raifons que je vous ai déja mandées, pour faire connoître aux ennemis, &
fur tout à Traütmansdorff, qu'il n'eft pas fort
étrange que nous prétendions retenir, à l'exemple des Efpagnols, ce que nous avons pris fur
eux ; il y en a une qui me femble bien forte.
C'eft que puis qu'après le malheur de la bataille de Saint Quentin, non feulement on ne
nous rendit rien du Roiaume de Naples, du
Duché de Milan & des autres Etats, qui nous
appartenoient, mais pour la feule apprehenfion de fes fuites plûtôt que pour la liberté
de Monfieur le Connêtable de Montmorenci,
nous rendîmes nous-mêmes foixante & tant
de Places pour avoir la Paix ; ce ne doit pas
être une chofe fort extraordinaire, qu'après
dix ans de guerre, où les Efpagnols ont éprouvé une fuite quafi continuelle de difgraces pareilles, nous prétendions retenir nos conquêtes. J'ai voulu vous mander cette reflexion,
afin que vous vous en ferviez, fi vous le jugez à propos.

Monfieur d'Avaux fait bien que le Roi de
Pologne ne croit pas avoir perdu fa reputation,
pour

pour avoir laiſſé à la Suede des Provinces entieres; quoi que l'on puiſſe dire que ce n'eſt
que par une Treve, elle eſt pourtant de telle
durée & avec telles conditions qu'on la peut
quaſi appeller une Paix, & il y en a bien peu
qui durent ſi longtems.

LETTRE

De Monſieur le Comte de

BRIENNE

A Meſſieurs les

PLENIPOTENTIAIRES.

Du 13. Janvier 1646.

La France preſſe ſes levées en Alle-
magne. Suedois plus redoutables
à l'Empereur que la France. Le
Duc de Baviere s'entend avec la
France. Saufconduits demandez
pour les Miniſtres de Portugal.
On ménage la Ville de Colmar.
Affaires des Barberins à Rome.

Monseigneur & Messieurs.

VOtre Lettre du penultiéme de l'an me fut
rendue le dixiéme jour de celui-ci & dès
le lendemain j'en fis la lecture à ſa Majeſté.
Par l'exemple de ſes Ennemis & par la raiſon de tout bon Gouvernement vous l'exhortez de continuer ſes levées, & elle y eſt de
ſorte diſpoſée que votre Lettre n'a ſervi qu'à
me faire donner un nouveau commandement
d'écrire à Hambourg & à Caſſel qu'on preſſe
les levées, pour leſquelles on a arrêté les conditions, auſquels lieux on ne manquera ni
d'argent ni de Commiſſions, pour être délivrées aux Chefs qui les doivent armer, & déja il y a un fonds de 64000. Risdales entre les
mains de Monſieur de Meules, & Monſieur
de Beauregard en a auſſi pour la levée qu'il a
arrêté avec l'Officier, duquel il vous a envoyé
le nom, & je leur mande à tous deux que
s'ils n'ont pas ſuffiſamment, qu'ils me l'écrivent, & qu'il y ſera pourvu. Je ferai auſſi
ſatisfaire à ce qui eſt demandé pour faire ſubſiſter les gens mis dans le ſervice par Bunichauſen, bien que ce ſoit quelque choſe au
delà de ce qui a été convenu; & ſans que la
conſéquence en doit être apprehendée, je m'y
porterois encore plus reſolument, & vous
ayant mandé le ſentiment des Superieurs pour
les troupes offertes par Monſieur Bilderbeck,
je n'ai rien à y ajouter, ſeulement qu'il
vous plaiſe relire ma precedente Depêche, &

ſur le contenu en icelle donner vos ordres
pour ce regard.

Il eſt fâcheux que les Imperiaux flatent tant
les Suedois & les Proteſtans, l'un parce qu'ils
nous lient la langue & les mains à ne rien faire ou dire qui puiſſe déplaire à ceux-ci, &
l'autre pour élever trop le courage des Suedois, qui conçoivent aſſez aiſément qu'ils
ſont plus craints & conſiderez que nous; de
ſorte que pour conſerver nos droits & la
bienſeance, nous ſommes encore forcez par
cette conſideration de ſonger aux moiens d'ê-
tre puiſſamment armez.

Les Députez de Baviere, voulant faire conſiderer leur Maître, nous enſeignent auſſi ce
que nous avons à faire, auſquels il conviendroit mieux de chercher les moiens de s'accommoder avec cette Couronne, que de le
repréſenter ſi puiſſamment armé. Il eût été
à deſirer qu'ils ſe fuſſent portez à faire un Traité avec vous, & à le rediger par écrit. Non
que cela ſoit neceſſaire à qui agit de bonne
foi, pour aſſurer les conditions de l'un & de
l'autre parti; mais pour contenir chacun dans
ſon devoir par la crainte que venant à changer, ſa perfidie lui put être reprochée, & que
le public, auquel l'écrit pourra être montré,
ne reſtât point en doute lequel des deux diroit
le vrai. Hors cette conſideration, ce qui eſt
promis eſt auſſi aſſuré que ce qui eſt écrit,
& cela peut être tenu plus ſecret, dequoi on
tire les avantages que vous avez remarquez
par votre Lettre.

C'eſt avoir deferé aux Portugais tout ce
qu'ils pouvoient raiſonnablement prétendre que
de faire inſtance envers les Députez de l'Empereur, que Saufconduits ſoient accordez aux
Miniſtres de leur Roi, & c'eût été paſſer les
bornes de la bienſeance de s'étendre au delà,
puis que leur Etat ne s'étant formé que depuis
peu, ils ne doivent pas prétendre que leur refus oblige à ſurſeoir la Negociation du Traité
général. Ce qui me ſurprend, c'eſt que dés
gens ſages vous en aient fait l'ouverture, &
que le Commandeur, Secretaire de ce Roi,
ne l'ait oſé demander, auquel ſouvent on
promet de faire diverſes tentatives que l'Ambaſſadeur n'a pas le front de ſoutenir; mais
tous deux euſſent bien deſiré que la demande
eût été par écrit, & m'ont fort preſſé de vous
le mander; auſquels j'ai ſatisfait, en leur diſant que vous en uſeriez pour eux comme
les autres affaires deſquelles vous avez à parler ſur votre Lettre.

Toutes celles qu'il faloit ont été expediées
pour empêcher que la Ville de Colmar n'eût
ſujet de ſe plaindre, pour être troublée en
la jouiſſance d'un Prieuré, duquel ils ſont
en poſſeſſion depuis un ſi long-temps. Il ne
me ſouvient pas bien ſi c'eſt à la priere de
Monſieur le Prince de Conti, (qui prétend
être collateur) que j'en ai écrit en faveur de
celui qui s'en eſt fait pourvoir. Ce qui réuſſira de mieux de cette faute, c'eſt qu'elle
donnera lieu d'être plus circonſpect aux recommandations qui ſeront demandées.

Sur la vôtre les Sauvegardes pour le Comte de Wigtenſtein ont été expediées, que
vous recevrez avec cette Depêche. Elle ſeroit finie, n'étoit que je vous dois compte de
ce qui s'eſt paſſé à Rome, depuis que le
Memoire, duquel vous avez eu la copie, y a
été examiné. Il fit telle impreſſion ſur le
Pape, qu'il delibera de nous complaire, mais
pour s'être rendu à la raiſon il n'eût pas aſſez
de force pour reſiſter à la violente pourſuite

de

1646.

de ceux qui l'animent, contre la France & contre les Barberins, de sorte que sans se laisser entendre s'il se tient offensé, il n'a pas laissé de continuër sa pointe. Ce mouvement est attribué aux Ministres d'Espagne & de Toscane, & les Dames sont en part avec eux. Les premiers s'y portent pour se vanger des Barberins, & les Dames pour s'enrichir des depouilles d'autrui. J'ai fait sentir au Nonce & au President de Florence que sa Majesté restoit mal satisfaite du peu de consideration qu'on avoit eu à ses offices; qu'elle trouvoit encore plus étrange que l'on fît passer pour crime aux Barberins d'avoir accepté sa protection; que coupables elle n'entendoit point les défendre, mais bien de toute injuste & extraordinaire poursuite; & que si à ses remontrances on ne donnoit pas le desistement des procedures, qu'elles fussent au moins faites selon le droit commun & par les formes ordinaires de la justice, que les ennemis de cette Maison ne pussent être reçus, & que l'on marchât avec circonspection en l'Instruction du procès, sans que la haine fût considerée, quand il faut rejetter ou admettre une preuve, & le procès étant purement civil, qu'il ne s'y fasse rien de violent. Croiriez-vous bien qu'il y a eu des gens assez inconsiderez pour demander l'arrêt, & même la mort des Barberins, sur le presupposé, qu'il y auroit moien de contenter la France, & qu'on se seroit vangé? D'autres se sont encore plus emportez, mais je ne les tiens pas de si bon lieu que les premiers avis, qu'il falloit menacer la France d'un interdit. Nous verrons ce qui réussira de ces discours. Florence sur le premier avis qu'il a reçu, que cette Maison étoit sous la protection de leurs Majestez, s'est déja donné à entendre qu'il s'abstiendra de leur faire ni de leur procurer du mal, qu'il contribuera ses offices pour disposer le Pape à complaire à leurs Majestez, s'abstenant de nommer les Barberins, pour conserver, dit-il, un peu de reputation; mais il pesera ce que j'ai dit au Sieur Barducci, puis que sans le menacer je lui ai laissé comprendre que la Chrétienté & l'Italie principalement, ne peut être exposée à divers accidens, que ses Etats qui en font une partie ne se trouvent en peril. Je suis &c.

LETTRE

De Messieurs les

PLENIPOTENTIAIRES

à Monsieur le Comte de

BRIENNE.

Du 14. Janvier 1646.

Les Suedois refusent d'admettre le Sr. de la Barde à leurs Conferences à Osnabrug. Ils prétendent pour leur satisfaction Bremen, Verden, Halberstadt, Osnabrug, & Minden. Les François se reservent de pouvoir traiter avec l'Espagne separement. Les Plenipotentiaires d'Espagne donnent le titre d'Excellence aux Ambassadeurs de Hollande & les visitent.

MONSIEUR.

NOus avons fait notre replique de vive voix, ainsi qu'il nous avoit été mandé de faire. Les Mediateurs ont mis en écrit ce que nous leur avons dit, & en ont pris des notes en Langue Italienne qu'ils ont depuis fait traduire en assez mauvais Latin. Avant que de les délivrer aux Imperiaux, ils nous les ont envoyées pour connoître si elles étoient selon notre intention. Nous y avons changé & ajoûté peu de chose, non pas en la substance, mais pour plus d'éclaircissement, laissant le reste dans les mêmes termes qu'on nous l'avoit envoyé. Vous en recevrez une copie avec la presente que vous rendra le Sieur de Prefontaine, qui ayant vû ce qui s'est passé ici & à Osnabrug, & vous en pouvant faire le raport, nous n'avons pas estimé devoir faire cette Depêche bien ample.

Les Plenipotentiaires des deux Couronnes ayant à traiter les affaires en divers lieux, il y a clause expresse dans l'Alliance qui porte qu'un Ministre de Suede doit être present aux Conferences qui se tiendront par les François à Munster, & un autre de la part de la France en celles des Suedois à Osnabrug. Pour satisfaire à cette obligation mutuelle nous dîmes à Monsieur Oxenstiern que nous menerions avec nous le Sieur Rosenhan leur Resident, quand nous irions faire notre replique chez les Mediateurs, ne doutant pas qu'ils ne fissent le même à Osnabrug envers le Sieur de

la

Les Suedois refusent d'admettre le Sr. de la Barde à leurs Conferences à Osnabrug.

1646.

la Barde. Il y témoigna quelque repugnance, difant qu'il fuffiroit après les Conferences, de donner communication de ce qui y auroit été fait. Mais comme nous lui eûmes fait connoître que ni eux ni nous n'étions pas libres en cela, & que c'étoit une des conventions du Traité à laquelle nous ne pouvions déroger fans ordre de nos Maîtres, il témoigna y acquiefcer. Il eft arrivé néanmoins qu'étant de retour à Osnabrug il fit grande difficulté fur ce point au Sieur de la Barde, s'arrêtant principalement fur la peine que nous aurions, après avoir conferé chez Monfieur le Nonce, où il ne fe pouvoit trouver perfonne de leur part, d'aller chez Monfieur Contarini repeter les mêmes chofes en prefence de leur Refident : dequoi ledit Sieur de la Barde nous ayant donné avis, pour ôter tout prétexte aux Plenipotentiaires de Suede nous leur fîmes favoir que nous irions faire nôtre replique chez Monfieur Contarini feul, où nous menerions avec nous le Sieur de Rofenhan, afin qu'il affiftât à la premiere & principale communication avant que d'aller trouver Monfieur le Nonce. Et de fait nous l'avons ainfi execute ponctuellement, ce Refident aiant été prefent à tout ce qui s'eft dit & paffé en notre Conference qui n'a pas moins duré de fix heures. Eux au contraire ont fait leur replique aux Imperiaux, fans qu'ils y aient voulu appeller le Sieur de la Barde, quoi qu'il leur ait pû dire ou repréfenter là-deffus.

Ce manquement eft une chofe contre ce qui eft fi expreffement porté dans le Traité & nous femble mériter d'autant plus de confideration que le Comte de Trautmansdorff eft toujours à Osnabrug, & que les Suedois refufant d'admettre à leurs Conferences un homme de la part du Roi, il y a lieu de craindre qu'il ne s'y traite des chofes qu'on ne veut pas qui nous foient connuës. Nous avons bien refolu de leur en faire vivement nos plaintes, mais nous fommes d'autre côté obligez de le faire avec le moins de bruit qu'il fe pourra, de crainte qu'il ne paroiffe en l'Affemblée qu'il y a du deconcert entre nous, ce qui nous pourroit caufer du préjudice. Que s'ils ne nous donnent fatisfaction, nous effaierons de tenir les chofes en état, jufques à ce qu'il ait plû à leurs Majeftez de nous prefcrire à quel point nous devons porter cette affaire. Cependant nous en donnerons avis à Monfieur de la Thuillerie afin qu'il puiffe avoir plus de lumiere pour decouvrir à Stockholm fi cette conduite vient du mouvement particulier des Plenipotentiaires de Suede, ou fi c'eft un ordre fuperieur & un deffein formé.

Ils ont encore manqué en un point qui ne nous femble pas moins important. Ils vouloient comprendre dans leur fatisfaction l'Archevêché de Bremen & les Evêchez de Verden, Halberftat, Osnabrug & Minden. Nous dîmes ouvertement que nous ne pouvions confentir à l'ufurpation du bien de l'Eglife, ni au changement de religion dans les lieux où la Catholique s'exerce. Nous leur repréfentions que le Traité étoit exprès en cela & que leurs Majeftez par honneur & par confcience ne le pouvoient fouffrir. Nous lui faifions voir le préjudice que cette prétenfion pouvoit faire aux Couronnes envers les Etats de l'Empire, & notamment les Catholiques que nous rendions par là tout à fait nos ennemis. Ces raifons les porterent à demeurer d'accord qu'ils ne demanderoient point les Evêchez d'Halberftat, d'Osnabrug, & de Minden, mais pour l'Ar-

Tom. III.

chevêché de Bremen & l'Evêché de Verden, il perfifta de les vouloir retenir quelque inftance que nous fiffions au contraire, difant qu'ils étoient déja entre les mains des Proteftans, & que l'Empereur & les Etats de l'Empire y confentiroient. Tout ce que nous pûmes faire après de grandes conteftations, fut de déclarer que s'ils demandoient Bremen & Verden, nous ne pouvions appuier cette demande, dequoi ils demeurerent d'accord. Et néanmoins nous avons appris que non feulement ils ont compris en leur fatisfaction l'Archevêché de Bremen & l'Evêché de Verden, mais qu'ils fe font encore refervez les moiens de retenir les Evêchez d'Osnabrug, de Minden & celui de Halberftat, qui eft un nouveau fujet que nous avons de nous plaindre d'eux & de leur maniere de traiter avec nous.

En deliberant fur notre replique avec ledit Sieur Oxenftiern nous avons tiré de lui l'éclairciffement que l'on avoit defiré, fi les Suedois n'entendent pas que nous puiffions traiter avec l'Efpagne feule, fans contrevenir à notre Alliance. On demeura d'accord de part & d'autre, que l'on feroit en même tems, s'il fe pouvoit, le Traité de l'Empire & celui d'Efpagne : mais que fi l'un ou l'autre de ces Traitez ne fe pouvoit conclurre, il n'y avoit aucune obligation qui nous empêchât de traiter avec l'Efpagne en continuant la guerre dans l'Empire & qu'eux auffi étoient libres de s'accommoder avec l'Empereur conjointement avec nous, encore que nous n'euffions point de Paix avec l'Efpagne. Et fur ce que nous lui demandions fi en ce dernier cas la Couronne de Suede ne nous donneroit pas les troupes qu'elle feroit obligée de licencier; Il répondit que cet ordre devoit venir de Suede où il en écriroit, & eftimoit que l'on s'y accorderoit aifément.

Il fit encore efperer que Benfelt ne feroit pas remis entre les mains des Imperiaux, attendu que cette Place eft fituée dans le païs que nous prétendons devoir demeurer au Roi. Il promit d'écrire à Stockholm pour favoir de quelle façon on pourroit s'en accommoder avec eux.

Ledit Sieur Oxenftiern jetta quelques mots touchant la continuation de l'Alliance qui eft entre les deux Couronnes & qu'au lieu de dix ans qu'elle doit durer après la Paix, elle fût pour toûjours. Nous n'y eûmes pas fi tôt montré bonne difpofition (quoi qu'en termes généraux & qui n'engageroient à rien) qu'il changea de difcours & nous fit connoître qu'ils voudroient être recherchez d'une chofe qui leur eft avantageufe.

Les Ambaffadeurs de Meffieurs les Etats arriverent en cette ville Jeudi 11. de ce mois. Nous avons été les premiers de tous ceux qui font ici à les vifiter, mais vous ferez étonné de favoir que les Plenipotentiaires d'Efpagne n'ont pas été des derniers à s'y préfenter, leur aiant envoié faire compliment avec le titre d'Excellence. Ceux qui les ont vifitez de la part des Imperiaux ne leur ont pas rendu le même honneur, dont ils font fort mal contents & refolus de ne point recevoir la vifite du Comte de Naffau & de Volmar, s'ils ne les traitent comme nous, à quoi nous les avons affermis.

Nous nous contenterons quant à prefent d'accufer la reception de la Depêche du 30. Decembre & d'y répondre par le premier Ordinaire, & cependant vous fupplier de nous continuer l'honneur de vos bonnes

C   grâces

1646. graces & de croire que nous sommes , &c. &c.

L E T T R E

De Messieurs les

PLENIPOTENTIAIRES

à Monsieur le Comte de

B R I E N N E.

Du 20. Janvier 1646.

Il ne faut pas augmenter les sub-
sides qu'on donne à la Suede. Les
Imperiaux donnent aussi le titre
d'Excellence aux Ambassadeurs
des Etats Généraux. Les Sue-
dois persistent à refuser d'admet-
tre le Sr. de la Barde à leurs Con-
ferences.

MONSIEUR.

Il ne faut pas augmenter le subside qu'on donne à la Suede.

SI la proposition du Sieur d'Avaugour, touchant le subside qu'on donne à la Couronne de Suede ne tend qu'à le faire avancer de quelques mois , & que le service du Roi le puisse permettre, ce seroit obliger les Alliez sans en pouvoir craindre la consequence. Mais si c'est que le Maréchal Torstenson prétende quelque augmentation, outre que ce seroit une nouvelle depense pour sa Majesté , nous craindrions que la chose n'eût de mauvaises suites & qu'il ne falût encore augmenter tous les ans. Le plus sûr avec la Couronne de Suede est de se tenir précisément aux termes de l'Alliance.

Nous ferons savoir au Sieur de Meulles ce que nous croyons de la levée que veut faire le Prince de Brunswick , qui est que présentement il faut voir comment réussiront les autres levées qui sont entreprises par des Colonels particuliers dont on peut toûjours disposer plus librement , que d'une personne de cette condition, les Princes d'Allemagne étant quelquefois plus considerez qu'on ne voudroit par ceux de la Nation. Ce n'est pas que l'on n'estime fort à propos d'accepter sa bonne volonté pour s'en prevaloir s'il y a lieu, quand les autres levées seront faites.

Vous verrez par le premier article du Memoire ci-joint , comme nous sommes tout à fait dans vôtre sentiment en ce qui regarde la pretension de Messieurs les Etats. Nous nous servirons en cette occasion de ce que vous nous en avez écrit, étant vrai, comme vous remarquez très-à-propos, que la France a sa-

1646. tisfait à tout ce qu'elle étoit obligée envers eux quand elle a reduit l'ennemi commun à leur offrir de traiter de paix. Que si nous ne les pouvons porter à se contenter d'une assistance d'argent, après la Tréve expirée, nous essaierons de ménager autant qu'il nous sera possible la bourse du Roi. Nous ne pouvons encore rien mander de particulier de leurs Deputez. Depuis qu'ils sont ici, ils ont été occupez aux visites & complimens , en quoi nous avons fait tout ce que nous avons pû pour les obliger.

Les Imperiaux donnent aussi le titre d'Excellence aux Ambassadeurs des Etats Généraux.

Le soin que les Espagnols ont pris de les caresser & honorer n'est pas croiable, & les Imperiaux les doivent bien-tôt visiter & en leur envoiant demander l'Audience leur ont fait donner le titre d'Excellence.

Nous écrivons souvent aux Sieurs de Meulles & de Beauregard touchant les levées qui se doivent faire à Hambourg & dans la Hesse. Mais dans la crainte que nous avons de les voir mal réussir faute de lieux d'assemblée & par les difficultez des passages , nous estimerions à propos qu'une personne qualifiée & d'autorité fût envoiée à Cassel ou ailleurs pour y tenir la main , de quoi nous avons donné charge au Sieur de Préfontaine de vous donner avis , étant certain que nous ne pouvons de si loin nous y employer utilement comme nous le desirerions & comme l'importance de cette affaire le merite.

Les Suedois persistent à refuser d'admettre le Sr. de la Barde à leurs Conferences.

Nous avons eu present dans notre Conference pour la République le Sieur de Rosenhan , mais Messieurs les Suedois n'ont point voulu appeller Monsieur de la Barde quand ils ont fait la leur , & quelque instance que nous leur en aions faite depuis, ils continuent à ne le vouloir pas admettre lors qu'ils traitent avec les Imperiaux.

Vous verrez dans le Memoire ci-joint les raisons sur lesquelles ils se fondent que nous n'estimons pas être considerables. Vous nous obligerez beaucoup s'il vous plaît de tenir la main à ce que nous puissions avoir ordre de ce que nous aurons à faire , au cas qu'ils persistent dans ce refus.

Nous pourrions vous répondre sur quelques autres points de votre Lettre du 6. Janvier si nous ne vous avions déja écrit ci-devant des mêmes choses, ou que nos Memoires n'en fussent remplis. Nous ne vous donnerons pas la peine de les faire lire une seconde fois & vous supplions de nous conserver l'honneur de votre bien-veillance puisque nous sommes &c.

LETTRE

De Monfieur le Comte de

BRIENNE

à Meſſieurs les

PLENIPOTENTIAIRES.

Du 20. Janvier 1646.

On a fongé à fatisfaire Strasbourg & Colmar fur leurs plaintes. Comme auſſi aux interêts de Madame la Landgrave. Affaire des Barberins. Plaintes contre les Venitiens. On aſſiſte d'argent la Reine d'Angleterre. Different entre la Suede & la Pologne. Me. de Mantoüe fe plaint de ce qu'on a mis trois Regimens dans le Montferrat. Elle veut reclamer contre le Traité de Queraſque. Oxenſtiern veut animer les Proteſtans d'Allemagne contre la France, & condamne les prétenſions de cette Couronne comme exorbitantes.

MONSEIGNEUR & MESSIEURS.

VOtre Lettre du fixiéme du courant nous a apris que Monfieur Oxenſtiern avoit été vous trouver, & qu'il étoit retourné à Ofnabrug, aiant concerté enfemble la réponfe que vous avez à donner aux Imperiaux, & pris le jour pour la leur faire favoir, & nous faifant auſſi efperer que par le Sieur de Préfontaine nous faurions ce qui fe feroit paſſé. Vous jugez bien que nous fommes en impatience de fon arrivée, puis qu'il eſt vrai que ce que vous avez fait fe peut dire la premiere pierre du bâtiment, & celle fur laquelle les autres feront appuiées. Pour faire qu'elle foit folidement mife, vous jugez avoir befoin de nos amis, & vous recommandez leurs interêts. Je pourrois en un befoin me difpenfer de faire réponfe à cet article de votre Lettre, puis qu'il fe reftreint à recommander ceux de Madame la Landgrave & ceux de la Ville de Colmar, vous aiant fouvent mandé avec quelle chaleur Sa Majefté embraſſoit ceux de cette Alteſſe & par ma précedente vous aiant fait favoir que j'avois écrit, en conformité de ce que vous m'avez mandé, à l'Intendant & au-

TOM. III.

tres Officiers que Sa Majefté tient dans l'Alface, pour favorifer ceux de la Ville de Colmar, defquels je m'aſſûre que vous ferez bientôt remerciez; & aiant fait favoir à Monfieur le Tellier la plainte de Meſſieurs de Strasbourg, je m'aſſûre qu'il n'aura pas oublié d'en écrire à Monfieur le Maréchal de Turenne, auquel auſſi de mon côté j'ai fait favoir de quelle importance il eſt de les fatisfaire, & de ceux-là auſſi vous ne devez attendre que des remercîmens.

Si Meſſieurs les Etats peuvent être touchez des confiderations publiques, fi les prieres de fa Majefté peuvent quelque chofe fur eux, ne doutez point que nous n'obtenions ce que defire Madame la Landgrave; mais je crains toûjours de la rudeſſe de leur naturel, & je ne ferois pas fans apprehenfion fi je n'efperois que Monfieur le Prince d'Orange fe mettra de notre côté, forçant fon fentiment pour plaire à fa Majefté, laquelle a commandé au Sieur Braſſet de paſſer tous les offices qu'il jugera être néceſſaires pour avancer le jufte contentement de cette Princeſſe, à laquelle on reproche que ce n'eſt pas pour fon avantage qu'elle s'affermit à demander des quartiers dans l'Ooſt-Frife; mais pour moienner celui de fes Officiers, qui tous fe font enrichis, & cela même excite l'envie contr'eux. On dit de plus contr'elle qu'aiant des quartiers dans le païs de Cologne, defquels elle tire onze mille Rifdalles par mois, elle pourroit bien s'en contenter, & relâcher ceux de Frife, qu'elle auroit peine de garder fi Meſſieurs les Etats avoient refolu de l'en faire fortir, & qui d'une feule défenfe de continuer le trafic fur le Rhin feroient perdre ceux du païs de Cologne qui lui furent remis après qu'ils eurent été occupez par les armes de fa Majefté qui étoient pour lors commandées par Monfieur le Maréchal de Guebriant. Ces objections ne font pas fans replique, mais il eſt mal aifé de perfuader la foufrance à ceux qui en fentent les incommoditez, & qui font réduits à vivre fur la bourfe d'autrui. En finiſſant de vous écrire je commencerai les Depêches de Hollande & d'Allemagne où je n'oublierai rien de ce qui eſt à ma connoiſſance qui puiſſe aider à cette Alteſſe, & obliger Monfieur le Maréchal de Turenne de faire déloger fans delai fes Troupes des lieux qui appartiennent à la Republique de Strasbourg.

Ma Lettre feroit achevée n'étoit que je vous dois information de ce qui fe paſſe à Rome, où Monfieur le Cardinal Grimaldi, en une grande audience qu'il a euë du Pape, lui a nettement fait entendre les juftes doleances de fa Majefté & bien adroitement repliqué fur ce que fa Sainteté lui a pu dire. Je ne tiens pas que fes affaires foient entierement defefperées. Le Pape de fon mouvement eſt aſſez raifonnable; mais il defere aux confeils paſſionnez des Ennemis des Barberins, & trouve dans fon Efprit des raifons pour foûtenir ce que les autres lui infpirent; mais il a été forcé d'avouër, que pour être refpecté dans la Chrétienté la confiance de cette Couronne lui étoit abfolument néceſſaire. La haine qu'il conferve contre les Barberins s'accroît par la convoitife. Leurs richeſſes & leurs établiſſemens lui font toûjours prefens, & il ne croit pas pouvoir agrandir fa Maifon que de leurs dépouilles, ainfi ce qu'il blâme en autrui, il le recherche pour foi. Sous pretexte d'apprehender les armes Turquefques il déclare de vouloir armer, mais il cherche le fecret de

C 2   l'être

l'être sans dépenser de l'argent, ce qui est très-difficile. Sa Majesté, nonobstant les grandes necessitez de l'Etat, ne laisse pas de secourir ses Alliez, aucuns desquels ne correspondent pas à la franchise qu'on devroit attendre d'eux. Ce sont les Venitiens, lesquels pour plaire au Pape, n'osent pas faire hautement ce qu'ils ont promis, & ce à quoi ils sont tenus de leur foi & de leur honneur ; que s'ils n'empêchent pas aux Barbetins la jouïssance des biens qu'ils ont dans leur Etat, ils n'osent pas déclarer qu'ils en sont en possession. On les presse de satisfaire à ce qu'ils ont accordé, & cependant on ne laisse pas de les assister d'hommes, de vaisseaux & d'argent.

Plaintes contre les Venitiens.

Sa Majesté a accordé à la Reine d'Angleterre une somme très-notable, & la permission de faire des hommes, afin de lui donner moien de soûtenir la fortune chancellante du Roi son mari, & d'armer au temps, auquel tous les Princes étant en liberté, puissent faire ce qu'ils doivent pour reprimer un attentat de cette nature, & une subversion d'une puissante Couronne.

On assiste d'argent la Reine d'Angleterre.

Il est arrivé que celle de Dannemarck a cedé à la Suede une Isle sur laquelle la Pologne a des prétentions, & pour en conserver les droits le Roi de Pologne y a envoyé faire une protestation, que le delaissement fait par les autres ne lui pourroit nuire ni préjudicier ; dont les Officiers de Suede offensez ont arrêté ses gens, & les ont envoiez à Stockholm. Ce commencement auroit pû donner lieu à une rupture entr'eux, mais les Polonois, pour accomplir ce qu'ils nous ont promis, d'observer fidélement leur Trêve, se sont contentez d'en faire des plaintes à Monsieur l'Ambassadeur de Bregy, lequel en aura écrit à Monsieur de la Thuillerie, ainsi que je ferai par cet Ordinaire, afin qu'il essaie à y trouver quelque temperament. Il est aisé de voir combien est utile le Mariage de la Reine de Pologne à la Suede, qui évitera une rupture avec la Pologne dans un temps peu opportun, sur l'esperance que les offices de la France pourront lui moyenner quelque satisfaction, à laquelle ils tendent par son seul respect.

Differend entre la Suede & la Pologne.

Comme je vous écrivois, les Ministres de Madame de Mantoüe me sont venus interrompre. Je leur avois accordé l'audience il y a deux jours, croiant que celui d'entr'eux, qui est en cette Cour, & qui se prépare pour vous aller trouver, venoit pour me dire adieu ; mais son discours m'aprit qu'il fait resolution d'achever le mois en cette ville, & au commencement du prochain se mettre en chemin. Le sujet de sa visite étoit pour me faire entendre, qu'aiant été logé trois Regimens dans le Montferrat, ils avoient ordre d'en demander la décharge, & en toute extrémité quelque diminution. Je leur ai répondu qu'il en seroit écrit, & que l'on mettroit toûjours en consideration les instances de Madame de Mantoüe, de la part de laquelle ils m'ont remis un Memoire, contenant ses raisons pour être rétablie és biens alienez, sans avoir égard au Traité de Querasque contre lequel elle entend de reclamer. Je leur ai dit qu'il falloit songer à contenter son Altesse, mais plûtôt à confirmer qu'à annuller ledit Traité, lequel avoit eu son accomplissement par la ratification qui en avoit été faite par l'Empereur, lequel étoit en droit de partager son Fief selon qu'il étoit trouvé utile & juste pour contenter les prétentions de la Maison de Savoye,

Madame de Mantoüe se plaint de ce qu'on a mis 3. Regimens dans le Montferrat.

Elle veut reclamer contre le Traité de Querasque.

qui n'étoient pas nouvelles, aiant leur origine en un droit échû à une Princesse de la Maison de Montferrat, mariée en la leur. Si j'eusse voulu tenir ferme, nous ne nous serions jamais separez ; puis qu'ils sont chargez à balle pour défendre leurs prétentions, sur quoi vous avez à vous préparer. Le Comte de Sannazaro & son Collegue font amas de raisons pour vous combattre. Ce qui fâche ledit de Sannazaro c'est qu'il n'a pas trouvé jour d'insinuer de deçà qu'il y avoit lieu de mettre cette affaire en Negociation, ni que ce qui avoit été consenti du temps du feu Roi pût être revoqué en doute.

J'ai sû de l'Ambassadeur de Venise, que Monsieur Oxenstiern s'est déclaré de trouver étranges les prétentions de la France dans l'Allemagne, & qu'il essaie de persuader qu'il est beaucoup dû à la Suede, & rien du tout à la France, & qu'il échauffe les Protestans pour eux & contre nous, pour l'interêt de la Religion, faisant comprendre à ceux-là, que la France ne sauroit jamais abandonner les Catholiques.

Oxenstiern veut animer les Protestans d'Allemagne contre la France & condamne les prétentions de cette Couronne comme exorbitantes.

Je lui ai répondu que je laissois à sa prudence d'examiner cette proposition, & d'y faire les reflexions qu'il convenoit, que je lui pouvois assurer que la France n'aura pas fait la guerre pour la liberté des Princes & la grandeur de la Couronne de Suede, sans avoir quelque chose pour le remboursement de ses frais, & que graces à Dieu elle étoit en état de donner & non pas de recevoir la loi.

MEMOIRE

De son

EMINENCE

Touchant un parti pour la Paix avec

L'ESPAGNE.

Du 20. Janvier 1646.

Le grand but doit être d'obtenir les Païs-Bas en échange contre la Catalogne. Avantages qui en reviendroient a la France. 1. Paris seroit au centre du Roiaume. 2. Rien de plus utile & de plus glorieux qu'une telle Paix, sur tout en gardant outre cela l'Alsace & le Luxembourg. 3. Les factieux n'auroient plus ni apui ni retraite. 4. Cela tiendroit les Anglois en bride & rendroit les Hollandois plus traitables,

1646.

tables; outre que la France seroit à portée de se prévaloir de leurs divisions intestines. 5. La Maison d'Autriche ne pourroit plus nuire à la France. 6. L'Espagne n'auroit plus de communication avec l'Allemagne. 7. Il faut ceder la Catalogne parce qu'il seroit facile aux Espagnols de la reprendre. 8. Aucuns Ennemis n'oseroient plus attaquer la France. 9. L'Espagne ne peut donner des affaires à la France que du côté des Païs-Bas. 10. La France gagneroit aisément l'amour des Peuples de Flandres. 11. Les revenus de la France seroient fort augmentez. 12. La France auroit le Port considerable de Dunquerque. Il faut tâcher adroitement que les Espagnols eux-mêmes proposent cet échange. Trautmansdorff pourroit être un bon instrument pour les y porter. Si c'étoit par Mariage la France pourroit aspirer à la succession des Espagnes quelque renonciation qu'on fît faire à l'Infante.

JE vous avois promis, Messieurs, par mes précedentes, de vous marquer plus particulierement les raisons pour lesquelles il me semble qu'il seroit très-avantageux à cette Couronne de consentir à retirer ses armes de la Catalogne, & même du Comté de Roussillon, pourvû que le Roi d'Espagne nous cedât les Païs-Bas & le Comté de Bourgogne, soit en faveur d'un Mariage, ou sans cela, comme par échange : bien entendu toûjours que l'on seroit à l'avantage & à la sûreté des Catalans tout ce qui se pourroit, suivant ce qui est porté en diverses Depêches.

Le grand but doit être d'obtenir les Païs-bas en échange contre la Catalogne.

Je satisferai à ma parole maintenant que je me trouve un peu plus de loisir que la semaine passée, & je vous dirai mes reflexions là-dessus, vous priant de me mander de votre côté les considerations que vous y aurez faites.

Avantages qui en reviendroient à la France.

Premierement l'acquisition des Païs-Bas forme à la Ville de Paris un boulevart inexpugnable, & ce seroit alors veritablement que l'on pourroit l'appeller le Cœur de la France, & qu'il seroit placé dans l'endroit le plus sûr du Roiaume. On en auroit étendu les frontieres jusques à la Hollande, & du côté de l'Allemagne qui est celui d'où on peut aussi craindre jusques au Rhin, par la retention de la Lorraine & de l'Alsace, & par la possession du Luxembourg & du Comté de Bourgogne.

1. Paris seroit au centre du Roiaume.

En second lieu, ce seroit sortir avec tant de profit & de reputation de la presente Guerre, que les plus malins seroient bien en peine d'y trouver à redire, tout le sang répandu & les Tresors consommez ne pourroient être tenus par les plus Critiques que fort bien employez,

2. Rien de plus utile & de plus glorieux qu'une telle Paix, sur tout en gardant outre cela l'Alsace

quand on verroit annexé à cette Couronne tout l'ancien Roiaume d'Austrasie, qui a donné moien à des Princes particuliers qui en étoient les maîtres, non seulement de resister à la France, mais de la travailler comme chacun fait.

1646. & le Luxembourg.

Troisiémement, les coupables, les mécontens & les factieux, perdans par ce moien la faculté de leur retraite, perdroient la commodité de brouiller les affaires & de faire des Cabales avec l'assistance des Ennemis ; étant aisé de remarquer, que tous les partis contre l'Etat, & toutes les conspirations ont été ordinairement tramées dans les Païs-Bas, dans la Lorraine & dans Sedan.

3. Les factieux n'auroient plus ni appui ni retraite.

En quatriéme lieu, la puissance de la France se rendroit redoutable à tous ses voisins, & particulierement aux Anglois, qui sont naturellement jaloux de sa grandeur, & qui ne laisseront échaper aucune occasion de procurer son desavantage & sa diminution, si une puissante acquisition ne leur ôte toute esperance d'y pouvoir réussir. Aussi on peut bien être assuré que s'ils avoient connoissance d'une pareille Negociation & que leurs discordes intestines ne les embarrassassent pas au point qu'elles font, il n'y a rien qu'ils ne hazardassent pour en empêcher l'effet.

4. Cela tiendroit les Anglois en bride & rendroit les Hollandois plus traitables.

Messieurs les Etats nous considereroient davantage, & se rendroient plus traitables qu'ils ne font ; la Religion Catholique en recevroit grand profit & soulagement en leur Païs, les Catholiques n'y étant pas tant persecutez pour la haine qu'on porte à leur Religion, comme pour être tenus, (& cela avec raison) affectionnez & adherans au parti d'Espagne.

Il ne seroit pas à aprehender, que les choses étant bien prises & bien conduites, Messieurs les Etats fussent pour traverser ce parti d'accommodement, puis que leurs interêts propres ne s'y rencontreroient pas moins avantageusement que les nôtres, en ce qu'ils pourroient s'assurer pour jamais de jouir d'un profond repos, sans être obligez aux dépenses excessives qu'ils ont accoûtumé de soûtenir, puis qu'il ne se parleroit plus de Treve, & que les Espagnols cedant la Flandre à sa Majesté toutes les occasions de guerre seroient aussi cessées.

D'ailleurs quand les Espagnols, qui ont interêt à la diminution de la puissance de cette Couronne, nous cederoient les Païs-Bas, ils ne manqueroient pas de ceder à Messieurs les Etats plutôt qu'à nous tous les droits & pretentions qu'ils ont sur les Provinces-Unies, & la France y consentant & le ratifiant en la forme la plus solemnelle, & qui les pourroit le plus contenter, les Etats auroient moien de s'affermir une tranquilité durable, avec tous les avantages & toutes les commoditez que donne ordinairement la commodité d'un commerce universel ; d'autant plus que l'assiete de leur Païs est telle & si bien fortifiée, & par l'art & par la nature, que ce sera toûjours inutilement que l'on entreprendra d'y faire aucun progrès, & imprudemment que l'on s'embarquera à de pareils desseins.

Il n'y a que les seules dissensions intestines, lesquelles s'accroissent ou s'allument aisément dans la Paix, qui fussent capables d'en alterer le repos ; & c'est aussi une des raisons qui doit obliger la France à préferer les acquisitions de ce côté-là à toutes les autres qu'elle pourroit faire ailleurs, puis que sans manquer aux loix de l'amitié & à l'Alliance elle pourroit avec le temps se prevaloir notablement de leurs divisions.

Outre que la France seroit à portée de se prevaloir de leurs divisions intestines.

C 3 Et

1646.

Et quiconque examinera selon les regles de la bonne politique les affaires de Messieurs les Etats, reconnoîtra sans doute qu'ils peuvent mal aisément subsister, si dans la Paix, dont il est question, on ne pourvoit à leur sûreté contre l'Espagne, d'autant plus que le Prince d'Orange n'est pas seulement avancé en âge, mais sujet à de telles infirmitez qu'un chacun commence à desesperer de sa vie, notamment quand on a sû qu'il est tellement menacé d'Hydropisie que dans les Consultations que l'on a faites à Paris par son ordre, on a conclu unanimement qu'il seroit très-mal aisé qu'il l'évitât.

Ce qui nous doit obliger encore extrêmement à nous accommoder avec l'Espagne parce que la mort de ce Prince ne peut être que très-prejudiciable de toutes façons à cette Couronne, Madame sa femme étant tellement haïe qu'on croit même que les Hollandois la chasseroient, & le Prince Guillaume étant encore jeune, & à ce que l'on rapporte, plus adonné à ses plaisirs qu'aux affaires, & par conséquent moins propre à reprendre le credit du Pere, sa perte arrivant.

On estime même que Messieurs les Etats travailleroient d'abord à diminuer son autorité, non seulement parce qu'ils souffrent aujourd'hui mal volontiers celle dudit Prince, mais à cause de la jalousie qu'ils ont conçuë du mariage qu'il a fait en Angleterre, & de l'étroite intelligence qu'il entretient avec la France depuis la mort de Monsieur le Cardinal de Richelieu.

5. Si la France doit apprehender quelque chose de la Maison d'Autriche, ce ne peut être que du côté de la Flandre & de celui d'Allemagne, tant pour l'union qu'ils peuvent faire de leurs forces, ces deux Païs étant contigus, que parce que quelques avantages que nous aions sur eux, un seul bon succès qu'ils remportent, soit par surprise de quelque Place sur la Somme, soit par combat gagné ou autrement, peut mettre aussi-tôt la même épouvante dans Paris qui en est si proche, qu'il s'est vû à la prise de Corbie, & à la perte de la Bataille de Honnecourt, & nous obliger, pour acourir au cœur, à retirer ou au moins à diminuer les forces employées au loin, comme en Catalogne & en Italie, & laisser ces endroits-là degarnis, ainsi qu'on en usa pour Corbie, qui fit lever le siege de Dole, lequel étoit prêt de se rendre, quoi que nous n'eussions point de guerre à faire du côté de l'Espagne.

6. L'acquisition des Païs-Bas nous garentit de ces deux craintes pour jamais, il n'y aura plus de jonction des troupes des ennemis, puis que l'Espagne ne possederoit rien de ce côté-là, & aiant étendu nos frontieres jusques au Rhin de toutes parts, tant s'en faut que nous fussions en état de craindre aucun mal de l'Empereur, le sujet qu'il auroit d'en apprehender de nous l'obligeroit à conserver soigneusement une bonne union avec ce Roiaume, & tout cela ne contribueroit pas peu à la separation que la France a raison de desirer de la Maison d'Autriche d'Espagne, d'avec celle d'Allemagne.

7. Il me semble que la prudence conseille de laisser aux Ennemis ce qu'ils peuvent plus vraisemblablement reprendre. Il est certain que comme la seule necessité les oblige à la Paix, craignant un plus grand mal dans la continuation de la Guerre, toutes les fois qu'ils estimeront de s'y pouvoir remettre avec apparence de bon succès (à quoi la longue Minorité du Roi les flatera beaucoup) ils ne manqueront pas de prétextes pour s'y engager de nouveau, quelques précautions que l'on ait prises : & en ce cas, quand même par la Paix nous demeurerions Maîtres de tout ce que nous possedons présentement en Catalogne & dans les Païs-Bas, il est bien plus possible que les ennemis, faisant de grands préparatifs d'hommes & d'argent, cultivant des intelligences dans la Catalogne, (où la meilleure Place que nous aions est l'amour des peuples, dont on ne peut pas faire un fondement assûré) puissent recouvrer cette Principauté-là, soit par force ou intelligence, ou par quelque autre avantage, que leurs armes remportassent du côté de Flandres, plutôt que de recouvrer les Païs-Bas si une fois ils en étoient déhors, ou de faire des progrès dans le Languedoc, puis qu'ils auroient d'abord en tête toutes les forces de France, plus puissante qu'elle n'a jamais été, qui ne seroient point diverties par celles de la Flandre, lesquelles donnent tant à craindre pour Paris.

8. Et cela seroit à mon avis la vraye sûreté pour la durée de la Paix laquelle nous trouverions dans nos propres forces, car il faudroit que les Ennemis eussent perdu le jugement, si les choses étant réduites à ce point-là, ils se resolvoient jamais à une rupture avec ce Roiaume, puisque soit pour les avantages que nous nous serions établis en Allemagne, soit pour les vieilles Amitiez & Alliances que nous y conserverions, & les nouvelles que nous pouvons y acquerir, ou par la diminution que souffrira l'Empereur dans la conclusion de la Paix, non seulement nous n'avons rien à craindre de ce côté-là, mais il est à croire que quand nous n'aurions pas bridé l'Empereur à n'assister point les Espagnols, ainsi que nous le ferons par la Paix, son propre interêt, & la crainte qu'il auroit de nos forces, l'empêcheroit de prendre aucune part à tous les remuëmens que les Espagnols voudroient causer, & ainsi n'y aiant rien du côté de Flandres ni de l'Allemagne qui pût occuper nos forces, on laisse à juger dequoi elles seroient capables, si nous n'étions obligez de les emploier qu'en Espagne & en Italie, par les progrès qu'elles font aujourd'hui dans ces deux Provinces-là, quoique le Roi d'Espagne agisse dans l'une pour s'y opposer, & que nous fassions nos principaux efforts & des dépenses incroiables du côté de Flandre, & d'Allemagne, où servent ordinairement les meilleures troupes du Roiaume.

9. Une des raisons, dont les plus sensez des Ministres d'Espagne se flattent pour sortir de l'embarras où ils se trouvent à toutes sortes de conditions, est l'esperance comme certaine qu'ils ont que la Paix nous empêchant de purger la France de ses mauvaises humeurs, il y naîtra bien-tôt des divisions intestines, dont ils s'attendent de profiter. Or il est évident que les Espagnols ne sauroient donner des assistances considerables, à aucune faction qui puisse se former dans l'Etat, que du côté de Flandre, où les forces ont toûjours été prêtes à cela, & sont plus à craindre, parce qu'elles sont plus aguerries. Quand les Espagnols persuaderent autrefois à Monsieur le Duc d'Orleans de porter la guerre dans le Languedoc, quoi que ce fût une Province contiguë à l'Espagne, ils ne purent lui porter aucun secours de ce côté-là, mais ils le lui donnerent de la Flan-

Flandre ; & dans le dernier Traité de feu Monſieur le Grand, toutes les aſſiſtances devoient venir des Païs-Bas, comme chacun ſait.

10 La France gagneroit aiſément l'amour des peuples de Flandres.

10. Les peuples de Flandres qui ſouffrent des oppreſſions incroiables, leur Païs étant le Théâtre de la Guerre depuis ſi long-temps, trouveroient tel changement à leur condition, qu'on ne peut pas douter que nous n'euſſions bien-tôt gagné leur amour, quand ils ſe verroient hors d'état de craindre aucune invaſion, & de joüir à jamais d'une profonde tranquilité avec toutes ſortes de commoditez & d'avantages ſous la domination de cette Couronne.

11. Les revenus de la France ſeroient fort augmentez.

11. Et bien loin que nos dépenſes s'accrûſſent par l'acquiſition de tant de Places, outre que ſans charger aucunement les peuples nous en recevrions des aſſiſtances notables, nous pourrions beaucoup épargner dans l'entretien des Garniſons en Picardie, & il faudroit razer la plûpart des Places, & les autres ſe maintiendroient avec peu d'argent, puiſque confinant avec Meſſieurs les Etats, il n'y auroit pas à craindre qu'ils s'engageaſſent jamais à nous attaquer ni à intenter aucune ſurpriſe, pour ne pas irriter une Puiſſance ſi fort au deſſus de la leur, & qui auroit tant de moiens de s'en reſſentir.

12. La France auroit le Port conſiderable de Dunquerque.

12. Il ſeroit trop long ſi je voulois parler en détail des avantages & des commoditez que nous donneroit, par le commerce & par divers autres moiens, une ſi importante acquiſition, & même du Port de Mardick & de Dunquerque qui eſt le plus commode qui ſoit dans la Mer Oceane, & le plus conſiderable à notre égard pour nous approcher de Meſſieurs les Etats, & pour regarder comme il faut l'Angleterre.

Il faut tâcher adroitement que les Eſpagnols eux-mêmes propoſent cet échange.

Toute la difficulté que je voi en cette affaire, n'eſt pas tant en la choſe même, puiſque les Eſpagnols ont auſſi leurs raiſons de la deſirer, ainſi qu'il ſe voit dans le Memoire ci joint, qu'en la forme de la Negociation, parce que certainement s'ils connoiſſent que nous le ſouhaittions, ce ſera un motif aſſez fort pour leur faire croire qu'ils ne doivent jamais s'y porter. C'eſt pourquoi j'eſtime qu'il faudra que vous autres Meſſieurs vous appliquiez avec votre prudence & votre dexterité accoûtumée à voir s'il y auroit moien que quelqu'un, ſans connoître notre intention, fît une propoſition aprochante de cela du conſentement de nos ennemis, & alors que vous uſaſſiez de la même adreſſe que nous avons fait pour leur faire deſirer la Trêve, nous témoignans bien eloignez d'y conſentir pour les conſiderations portées dans l'autre Memoire, que l'on pourra repreſenter, afin d'en faire plus d'envie à nos Parties.

Et quoi que je ſache bien que votre bon Eſprit vous fournira mille moiens meilleurs que tous ceux que je vous puis ſuggerer d'ici, je ne puis m'empêcher de vous dire que ſi j'avois à conduire la choſe, je voudrois en quelque occaſion, qui ne parût nullement affectée aux Miniſtres de l'Empereur, ou à ceux de Baviere, ou à quelque autre qui le pût rapporter à ceux d'Eſpagne, touchant la Catalogne, que nous connoiſſions bien les ſujets & les preſſantes raiſons que les Eſpagnols ont de ſouhaiter d'y rentrer ; mais que cela nous fait d'autant plus étonner, que comme il ne faut pas que nous nous relâchions jamais de ce point dans l'état preſent des affaires, ils n'y cherchent quelques expediens & ne propoſent euxmêmes des partis proportionnez ſur leſquels on puiſſe negocier & voir de reduire les choſes à la ſatisfaction commune.

Je ne ſai pas s'il y pourroit avoir par delà quelque perſonne en qui on pût prendre entiere confiance, laquelle eût accès avec les Miniſtres d'Eſpagne ou de l'Empereur, & qui fût de cette affaire autant qu'il ſeroit neceſſaire, pour en faire la propoſition comme de ſoi.

Je vous mets auſſi en conſideration s'il ſeroit bon que quelques-uns de vous autres, ou témoignât que c'eſt de leur participation, ou laiſſât aller quelque choſe confidemment à Saavedra ou à Brun, prenant occaſion de ce que l'un d'eux a dit dernierement de faire joüer les Violons.

Je ne vous ai point nommé les Mediateurs, parce que nous étant mal affectionnez comme ils ſont, je les tiens les moins propres pour cette affaire, qu'ils auroient ſans doute plus d'intention de ruïner que de faire réuſſir s'ils y pouvoient reconnoître les avantages pour la France, qui y ſont effectivement.

Trautmansdorff pourroit être un bon Inſtrument pour les y porter.

Peut-être que Trautmansdorff ſeroit le meilleur Inſtrument, dont on ſe pût ſervir pour cela ; parce que ce parti feroit ſortir chacun d'affaire en un inſtant par le moien de ſon Miniſtere ; en quoi il n'auroit pas ſeulement la gloire d'avoir établi le repos de l'Empire, mais d'avoir fait la Paix générale, & on pourroit même lui faire croire qu'il auroit rendu un ſervice notable à l'Eſpagne de la faire rentrer dans la poſſeſſion de la Catalogne & du Rouſſillon, & de l'avoir miſe en état de venir à bout du Portugal par la ceſſion d'un Païs que dans leur plus grande puiſſance ils ont ſouvent conſulté eux-mêmes d'abandonner, & dont une ſeule Campagne nous peut rendre Maître ſi la Guerre continuë.

Ce qu'il y a à apprehender des intentions de Trautmansdorff en cela, c'eſt la grande paſſion que l'Empereur & l'Imperatrice peuvent avoir de marier leur Fils à l'Infante d'Eſpagne, & l'envie qu'ils ont peut-être de donner leur Fille au Roi ; mais ou on pourroit ne lui pas parler de mariage, ou lui en parlant & le reconnoiſſant contraire à celui d'Eſpagne & ſouhaittant l'autre, ſonger à lui donner ſatisfaction là-deſſus, moiennant l'échange dont eſt queſtion, & que l'on nous accordât nos prétentions pour l'Allemagne.

Si c'étoit par mariage la France pourroit aſpirer à la ſucceſſion des Eſpagnes quelque renonciation qu'on fît faire à l'Infante.

Je ne ſai pas ſi je me trompe, mais j'oſerois bien dire que les Eſpagnols conſentiront plutôt à ceder les Païs-Bas & la Bourgogne pour rentrer dans la poſſeſſion de la Catalogne & du Rouſſillon, avec eſperance de recouvrer encore le Portugal, quand leur Treve ſeroit expirée, ſans faire le mariage avec le Roi ; qu'en le faiſant & conſtituant pour dot la plus grande partie de ce qu'ils nous cederoient. Ma raiſon eſt que tout l'avantage qu'ils tireroient à preſent de cette Alliance ſeroit de ſatisfaire à une certaine apparence & vanité de ne nous laiſſer qu'à titre de dot les conquêtes que nous avons faites ; mais comme cela ne ſeroit capable que de ſauver un peu de reputation dans le vulgaire, il ſe trouveroit que nous aurions tout le ſolide, & l'Infante étant mariée à Sa Majeſté, nous pourrions aſpirer à la ſucceſſion des Roiaumes d'Eſpagne, quelque renonciation qu'on lui en fît faire, & ce ne ſeroitpas une attente fort éloignée, puis qu'il n'y a que la vie du Prince ſon Frere, qui l'en peut exclurre.

Ce qu'il faut, à mon avis, principalement con-

1646.

considerer, c'est qu'encore que la Paix puisse être conclüe en un jour par ce moien, la ratification qui doit venir d'Espagne, & l'execution des choses convenuës pourra consumer beaucoup de tems, dans lequel toutes hostilitez cessant, & par conséquent nos aprêts de cette année devenant inutiles, les Espagnols pourroient bien changer d'avis quand ils seroient hors de peril. C'est pourquoi, à mon avis, il faudroit user de cette précaution, en arrêtant la Trêve pour l'éxécution du Traité, d'inserer des Articles bien exprès, ou en avoir des Actes à part en bonne forme, pour obliger l'Empereur, Baviere & les autres Electeurs & Princes de ce parti-là, à se rendre tellement garants & cautions de la bonne foi des Espagnols, que s'ils faisoient après des difficultez, ils fussent tous tenus de joindre à nous leurs forces pour les contraindre à executer ce dont on seroit demeuré d'accord.

◄◙►◄◙►◄◙►◄◙►◄◙►◄◙►◄◙►

RAISONS

Lesquelles semblent devoir persuader aux Espagnols le parti dont est question.

Le 20. Janvier 1646.

Les Espagnols doivent consentir à l'échange susdit. Car 1. la Catalogne & le Roussillon sont le meilleur Boulevart de l'Espagne. 2. La Catalogne est aussi étenduë que les Païs-Bas, & est contiguë au Corps de l'Espagne. 3. L'Espagne ne peut défendre les Païs-Bas sans d'extrêmes depenses. 4. La Catalogne donne les moiens d'entrer au cœur de l'Espagne. 5. Les Catalans sont affectionnez à la France. 6. La Catalogne entre les mains des François rend difficile au Roi d'Espagne la communication avec ses Etats d'Italie. 7. La France ayant la Catalogne peut porter la guerre en tel endroit de l'Espagne qu'il lui plaît. 8. Les Espagnols ont souvent songé à separer les Païs-Bas de leur Monarchie.

Les Espagnols doivent consentir à l'échange susdit. Car 1. la Catalogne & le Roussillon sont le meilleur Boulevard de l'Espagne.

LEs raisons desquelles on peut se servir pour obliger les Ministres d'Espagne à consentir à la cession des Païs-Bas & de la Bourgogne pour rentrer dans la Catalogne & le Roussillon, sont premierement que le boulevart de toute l'Espagne du côté de la France, d'où elle doit craindre plus de mal, c'est la Catalogne & ledit Comté, non seulement à cause des Pirenées, qui sont en ladite Province, mais parce que dans le Roussillon seul sont les plus fortes Places de Mer & de Terre qui soient en toute l'Espagne, & on ne sait pas si dans l'Europe il y en a une meilleure que Perpignan.

1646.

2. L'étendue de la Catalogne est aussi grande que celle des Païs-Bas, avec cette difference que ceux-ci sont une piece détachée, & l'autre tient au corps principal de leurs Etats.

2. La Catalogne est aussi étenduë que les Païs-Bas & contiguë à l'Espagne.

3. D'où se tirent deux puissants motifs, pour montrer aux Espagnols quel avantage ils trouveroient dans cet échange.

3. L'Espagne ne peut défendre les Païs-Bas sans d'extrêmes dépenses.

Le premier que les Païs-Bas, qui sont entierement détachez de tous les autres Païs de leur domination, ne se pouvant conserver sans une grande consommation d'hommes, & sans des dépenses excessives au delà de toute creance il s'ensuit, que supposé même que le Roi d'Espagne les pût défendre & se les conserver, comme ce ne peut être qu'en absorbant insensiblement la meilleure substance de sa Monarchie, l'utilité qu'il en peut retirer, n'est pas comparable au dommage qu'il en reçoit.

Cette verité a été tellement connuë par tous les Ministres d'Espagne, qui ont successivement tenu le timon des affaires, qu'il n'y en a eu aucun qui n'ait souvent mis en deliberation de separer entierement par quelque moien lesdits païs de la Couronne d'Espagne, & quoi que tous l'aient jugé avantageux, aucun néanmoins n'a eu la hardiesse de l'executer, pour ne pas donner lieu au vulgaire de dire que la Monarchie eût été diminuée de son temps, quoi que d'ailleurs ils vissent bien que cette diminution augmentoit en effet sa puissance & sa vigueur.

4. Le 4. motif c'est que la possession de la Catalogne par les François, leur donne toute facilité d'entreprendre avec grande apparence de bon succès tels desseins qu'ils voudront dans l'Espagne, où l'on sait que la presence du Roi d'Espagne, & les dépenses incroiables qu'il fait pour y avoir de grandes armées, ne servent pas de beaucoup, ses Roiaumes étant si généralement épuisez d'hommes & d'argent, qu'il leur est impossible d'y suffire plus long-temps, & ceux d'Aragon & de Valence particulierement sont tellement lassez de donner les assistances qu'on leur demande, quoi que de très-petite consideration, qu'il n'y a personne qui doute, que si les armées de France s'emparoient de quelque poste avancé dans ces deux Roiaumes-là, ils ne pensassent aussi-tôt à s'établir quelque repos, en se donnant à cette Couronne à l'imitation de la Catalogne, dont ils voient les privileges si inviolablement observez, & à qui ils savent que la bonté de leurs Majestez depart toutes les graces qu'ils peuvent desirer.

4. La Catalogne donne les moiens d'entrer au cœur de l'Espagne.

5. C'est la principale raison qui doit faire desesperer les Espagnols de voir quelque changement dans les Catalans, puis qu'outre que Sa Majesté y tient continuellement une grande armée, & y possede toutes les Places, ces peuples-là sont trop assurez de la fermeté de Sa Majesté à les proteger, & y ont trop bien reconnu la difference qu'il y a du Gouvernement passé des Espagnols à celui d'apresent, qu'avec la qualité de Sujets ils jouïssent d'une entiere liberté pour ne pas se confirmer tous les jours davantage dans la resolution de garder au Roi une obéïssance & une fidelité irreprochables.

5. Les Catalans sont affectionnez à la France.

6. De plus la Catalogne en nos mains apporte un grand empêchement; comme les Espa-

6. La Catalogne entre les mains des Espa-

1646.
François rend difficile au Roi d'Espagne la communication avec ses Etats d'Italie.

Espagnols l'éprouvent tous les jours, à leur communication avec les Etats qu'ils possedent en Italie, & au lieu d'un petit trajet qu'ils avoient à passer, ils sont aujourd'hui obligez à faire leur embarquement à Carthagene ou à Alicante, d'où il y a trois cens lieues de côte étrangere & ennemie à faire avec grand peril avant qu'être en Sardaigne qui est le premier lieu de sûreté où ils puissent s'arrêter.

7. La France aiant la Catalogne peut porter la guerre en tel endroit de l'Espagne qu'il lui plait.

7. Et outre cela le Roi étant Maître du plus fort de l'Espagne, qui est la Catalogne, peut porter facilement la guerre en quelque endroit de ces Roiaumes-là qu'il entreprendra; ce qui est toucher au vif & attaquer le Roi d'Espagne dans son propre trône, lequel avoit été toûjours jusques ici comme un lieu sacré, d'où émanoient seulement les conseils & les ordres pour troubler le reste de la Chrêtienté, selon ses interêts ou ses caprices. Enfin comme toutes les forces de ce Roiaume de France sont unies, elles peuvent, aiant la Catalogne, fondre toûjours en moins d'un mois dans les lieux où l'on ne sauroit faire nulle resistance, sans en tirer des moiens d'ailleurs, à quoi ils trouvent des impossibilitez lesquelles mêmes étant surmontées ne peuvent pas être suffisantes, eu égard à la necessité qu'ils auroient de se défendre de toutes nos forces.

8. Les Espagnols ont souvent songé à separer les Pais-Bas de leur Monarchie.

8. Mais ce qui paroît sans replique, pour bien faire connoître aux Espagnols l'avantage qu'ils recevroient de cette permutation des Pais-Bas avec la Catalogne, de quelque façon qu'elle se fit, c'est que les Rois d'Espagne, dans le plus florissant état de leurs affaires, & dans le plus haut point de leur puissance, ont deliberé de separer pour leur propre bien cette partie de leurs Etats d'avec le reste pour la seule raison que la possession leur en étoit plus ruineuse qu'utile, comment est-ce qu'ils pourroient aujourd'hui, dans les dernieres extrémitez où ils sont réduits, hésiter à se désister & à se dessaisir d'une piece, que dans la continuation de la guerre ils peuvent assez vrai-semblablement perdre dans une seule Campagne, & qu'il ne s'agit pas maintenant d'abandonner sans en retirer aucun fruit, comme ils ont pensé faire autrefois, mais d'en avoir une entiere récompense, rentrant dans un Pais, qui n'est pas moindre que celui qu'ils quitteroient; & qui leur est beaucoup plus considerable. Certainement il n'y a Ministre d'Espagne bien sensé, qui prévoyant que la Flandre se va perdre pour eux & qu'alors nous aurons l'un & l'autre, ne dise que c'est Dieu qui les assiste visiblement dans leur malheur, puisque pour un Etat, qu'ils doivent tenir comme perdu il leur donne lieu d'en avoir un autre, qui leur est de plus grande conséquence & où ils voient si peu d'apparence de rentrer.

On ne doit pas mettre en doute qu'il ne reste quelque scrupule dans leur esprit de ne se pas priver des moiens de nous nuire par la facilité qu'ils auroient à fomenter des divisions en ce Roiaume, que la Flandre leur fournissoit en tant de façons; mais outre qu'il vaut beaucoup mieux se garantir du mal que d'en faire à autrui, s'ils veulent se contenter de posseder en repos & avec seureté les grands Roiaumes & Etats qui leur demeureroient, ils le peuvent faire avec assurance, que qui que ce soit ni la France même, ne songera jamais à les y troubler, & ils ne seront plus exposez à l'avenir, par l'ambition de tout avoir, à entreprendre des guerres qui les réduisent en l'état où ils se trouvent à pre-

Tom. III.

1646.

sent, c'est-à-dire à la veille d'une entiere ruine.

MEMOIRE

De son

EMINENCE

à Messieurs les

PLENIPOTENTIAIRES.

Du 20. Janvier 1646.

Il seroit fâcheux que les Catalans s'aperçussent qu'on songe à l'echange susdit. On leur proposera d'envoier des Deputez à Paris. Grands preparatifs de la France pour la Campagne. Il ne faut pas retarder la Paix generale pour l'interêt du Portugal.

JE ne pus pas répondre l'Ordinaire passé, faute de loisir, au dernier Memoire, dont vous m'avez favorisé, Messieurs, du 30. du passé.

Il est sans doute qu'il n'y auroit rien de plus avantageux, que de retirer dès à present des ennemis quelque piece considerable en échange de la Catalogne, que nous pourrions leur rendre, en retenant le Roussillon & de faire une Treve pour le Portugal, qui fût de la même durée que celle de Messieurs les Etats. Je ne me mettrai pas en peine de chercher des raisons pour vous y échaufer, & pour vous donner esperance que vous l'emporterez par votre fermeté & par votre adresse, parce que je tiens cette methode peu necessaire avec vous autres, Messieurs, qui faites assez connoître à quel point vous desirez la gloire de votre Patrie & du nom François, & la grandeur de Sa Majesté & plût à Dieu qu'au prix d'une bonne partie de mon sang nous puissions faire la Paix de cette sorte, sans laisser rien en atriere, par un parti si glorieux & si avantageux à cette Couronne que celui-là!

Et comme vous verrez par le papier que je vous ai envoyé, combien j'estimerois l'acquisition des Pais-Bas si nous pouvions y parvenir par l'échange de la Catalogne, compris même le Roussillon, je me remets à ce qui y est contenu plus particulierement. Cependant j'ai estimé y devoir joindre un autre motif dont on se peut servir pour donner à connoître aux Espagnols, que dans l'état present de leurs affaires, ce parti ne peut leur être que très-utile: & je vous proteste, Messieurs, qu'après avoir bien discuté la matiere de part

D   &

1646.

& d'autre, je demeure quasi persuadé que les Espagnols y peuvent entierement trouver leur compte. J'attendrai le jugement que vous me manderez, s'il vous plaît, d'en avoir fait, lequel j'estimerai d'autant plus, que le temps me manque pour examiner & agiter autant qu'il seroit besoin des affaires de telle conséquence.

Cependant si du côté d'Espagne ou de Bruxelles on me fait quelque proposition approchante à celle-là, ou qui soit telle qu'on puisse les y faire tomber insensiblement, sans qu'ils s'apperçoivent de notre desir, mais seulement de celui en général que nous avons pour le repos public, je profiterai des avis que vous m'avez donnez de n'être pas doresnavant scrupuleux à écouter, & m'avancerai à leur dire aux termes & avec les reserves convenables, que la passion que j'ai pour la Paix pourroit bien me rendre assez hardi pour conseiller à Sa Majesté de condescendre à un semblable expedient. Si cela arrive, je pense que vous ne douterez pas que je ne vous en donne part un moment après ; bien entendu toûjours que la conclusion & l'execution dequoi qui puisse être proposé par deçà sera faite & ajustée à Munster par vous autres Messieurs.

Quand j'ai mandé que l'on pourroit faire une Trêve pour la Catalogne, afin que pendant sa durée on pût negocier d'en tirer quelque recompense, je ne l'ai pas dit pour avoir crû qu'il fût beaucoup meilleur que de tirer dès à present cette recompense, & ajuster tout, s'il est possible, ainsi que vous le pourrez juger, si vous prenez la peine d'examiner les Depêches que je vous ai faites là-dessus, & notamment le Memoire du Roi, qui sert d'addition à votre Instruction, mais veritablement ma crainte a été, & est toûjours, que comme la Negociation d'un échange ne peut être conduite si secrettement, attendu la mauvaise foi ou la malice de nos ennemis, que les Catalans n'en pénétrent d'abord quelque chose, ils ne se persuadassent que nous voulons faire nos affaires à leurs dépens, & les sacrifier pour en tirer d'autres avantages ; & ensuite qu'avant que nous eussions eu le moien de rien conclurre ils ne prissent quelque subite resolution contre nous-mêmes, laquelle faisant revivre les esperances des Espagnols, qui sont aujourd'hui comme mortes, pourroit les obliger à continuer la guerre avec ce desavantage pour la France, qu'elle la feroit sans avoir la Catalogne, ni ce qu'elle auroit prétendu en échange. C'est pourquoi j'ai toûjours prétexté qu'il étoit de la derniere importance de ménager bien délicatement ce point-ci, & d'avoir sans cesse présent à l'Esprit que comme nos ennemis ne viennent à un accommodement que parce qu'ils y sont forcez par la pure necessité, toutes les fois qu'il leur apparoîtra le moindre raion de ressource à leurs affaires, ils ne se souviendront plus ni d'engagement ni de la parole donnée.

Il seroit fâcheux que les Catalans s'aperçussent qu'on songe à l'échange susdit.

Il y a des inconveniens, comme vous marquez fort bien, à avoir près de vous un Deputé de Catalogne : il y en a aussi d'autres à apprehender si ces peuples venoient à entrer en soupçon, que nous n'y voulons personne de leur part pour être moins éclairez, & pour pouvoir prendre toute resolution avec plus de liberté. Il semble que l'on remedie, autant qu'il se peut, dans un

même tems à tous les deux par un temperament, que j'ai pris, qui est de donner avis à ces Peuples, que le Traité vrai-semblablement va s'avancer de bonne sorte, & qu'il est à propos qu'ils envoient ici un ou deux personnages de qualité & de suffisance, en qui l'on puisse avoir une confiance entiere à communiquer toutes les choses qui se passeront, & que de leur côté ils représentent les interêts de la Principauté selon les conjonctures & suggerent ce qui sera de leur satisfaction & de leur bien, dont sa Majesté est très-resolue de ne se departir jamais. Cela certainement produira un très-bon effet dans le Pais, qui est, Dieu merci, dans tous les bons sentimens que nous pouvons desirer. Et vous rirez sans doute quand vous apprendrez que tous les efforts que nous faisons pour les assister si puissamment, lesquels ils reconnoissent & avouent, ne les persuadent pas tant des bonnes intentions que l'on a de les soûtenir & de les proteger jusques au bout, comme l'a fait depuis peu le voiáge de Madame la Comtesse d'Harcourt.

1646.
On leur proposera d'envoier des Deputez à Paris.

Je m'assûre que vous serez à présent delivrez de la peine que vous donnoit une des Lettres du Duc de Baviere, qui sembloit présuposer que Monsieur le Nonce Bagni eût fait esperer que la France se relâcheroit de sa prétention pour sa satisfaction en Allemagne. Le Nonce m'a protesté qu'il n'a jamais eu une telle intention, & que sa pensée seulement a été de dire que quand les Espagnols se mettroient à la raison, ils reconnoîtroient que la France est plus équitable qu'ils ne publient. Au reste les Lettres suivantes dudit Duc vous anront sans doute gueris de cette inquietude, & la copie de celle que je vous ai envoiée en parle encore plus clairement qu'il n'avoit fait, aussi bien que de toutes les autres bonnes dispositions qui se rencontrent aujourd'hui à la prompte conclusion d'un accommodement dans l'Empire ; mais je puis y ajoûter que je sai positivement & de Vienne & d'ailleurs, que ledit Duc écrit fort pressamment à l'Empereur pour lui persuader nommément d'accorder à cette Couronne la satisfaction qu'elle prétend, & de lui ceder les Alsaces.

Je vous prie, Messieurs, de ne vous pas mettre en souci pour les preparatifs de la campagne prochaine. En ce fait-là je vous puis bien assûrer que nous ne songeons nullement à Munster, & ne nous reposons point sur les belles esperances de votre Negociation ; car jamais on n'a fait de plus grands appareils. Il est vrai qu'on a peine à trouver de l'Infanterie, mais en redoublant comme nous faisons, nos soins & la dépense, nous nous promettons de surmonter tous les obstacles.

Grands préparatifs de la France pour la Campagne.

J'ai fait envoier au Sieur de Meulles à Hambourg une Lettre de credit du Sieur Hoeust de cinquante mille Rixdalles, pour s'en servir au cas qu'il n'ait pû tirer l'argent qui est à Dantzig, qu'on lui avoit destiné.

L'extraordinaire passion que j'ai de voir établir le repos dans la Chrétienté, me fait souffrir des peines que je ne saurois vous exprimer, des discours que tient quelqu'un dans le Conseil, qui sans doute s'imagine de gagner tous les esprits & la bonne volonté d'un chacun, quand il publie l'impatience qu'il a de la Paix, la necessité que la France en a, & l'impossibilité qu'il y a de la faire ; sans convenir auparavant d'une Trêve. Tout cela ne fait, Dieu merci, nul effet dans l'Esprit de

la

la Reine, ni des personnes sensées, qui savent bien que pour avoir la Paix & promptement & avec avantage, il faut parler de toute autre façon, & confirmer plutôt nos ennemis dans la créance, que comme nous sommes en état de ruiner la Maison d'Autriche, aussi notre veritable dessein est d'y travailler jusques au bout. Mais de pareils discours ne laissent pas de me chagriner extrémement, pour le préjudice qu'ils peuvent faire à la Negociation que vous prenez tant de soin de bien conduire avec prudence & adresse. Après tout *Vir unus ædificans, & alter destruens*, je vous laisse à penser s'il est fort aisé de conduire un bâtiment à sa perfection.

Je vous prie à l'avenir pour gagner tems aux choses qui dépendent de Monsieur le Maréchal de Turenne & de Monsieur de Vautorte, de vous en adresser tout droit à eux, & de leur en écrire vos sentimens, auxquels ils ne defereront guéres moins qu'à des ordres qui leur viendroient d'ici.

Il ne faut pas retarder la Paix générale pour l'interêt du Portugal.

Vous ne pouviez vous conduire mieux que vous avez fait pour les affaires de Portugal. Il est bon de s'employer en tout ce que l'on peut pour leur témoigner combien elles nous sont à cœur; mais jusques à un certain point que les ennemis ne puissent croire que nous cherchons des prétextes pour reculer la Paix générale.

❦❦❦❦❦❦❦

REPONSE

De Messieurs les

PLENIPOTENTIAIRES

Aux Memoires de son

EMINENCE.

Du 20. Janvier 1646.

L'Echange susdit très-difficile. Il choque les Anglois, les Hollandois, les Portugais, & les Catalans. L'Espagne perdroit par là toute consideration au dehors. Les Plenipotentiaires de Baviere à Munster s'expliquent favorablement à ceux de France, & s'entendent avec eux. La meilleure maniere de parvenir à l'échange de la Catalogne contre les Pais-Bas, c'est de témoigner de vouloir garder la Catalogne en renonçant aux droits sur la Navarre. Il faut avant toute autre

affaire regler celle de l'Alsace. On propose une methode pour eblouir & duper les Catalans.

NOus sommes bien aises que son Eminence ait approuvé notre pensée de retirer des ennemis quelques pieces considerables dans l'Artois ou dans la Flandre en échange de la Catalogne, retenant néanmoins le Roussillon & faisant Trève pour le Portugal. Nous tâcherons quand il en sera temps, d'y faire tomber les Médiateurs ou nos Parties mêmes. Ce qui nous empêche le plus, comme Son Eminence l'a très-bien remarqué, c'est de savoir quand & comment, & par qui nous pouvons nous laisser entendre d'abandonner la Catalogne.

L'échange suffit très-difficile.

Il y auroit un avantage sans comparaison plus grand à échanger la Catalogne & le Roussillon contre tous les Pais-Bas & la Bourgogne, soit par mariage ou autrement. Son Eminence en a touché les raisons si pleinement & si judicieusement que nous pouvons bien avouer qu'elles ont fort échauffé le desir que nous avions de voir étendre les frontieres du Roiaume de ce côté-là. Mais nous reconnoissons aussi qu'il y a beaucoup plus de peril & d'obstacles qu'en l'autre parti, parce que cela choque tout d'un même-temps les Provinces-Unies, les Anglois, les Catalans, & les Portugais sans compter beaucoup d'autres Princes & Etats, ausquels un si notable accroissement de la France donnera de la jalousie. Mais c'est aussi ce qui nous en doit donner plus d'envie, & nous faire travailler plus soigneusement aux moiens d'y parvenir & d'éviter les inconveniens que l'éclat de la Negociation y pourroit apporter.

Il choque les Anglois, les Hollandois, les Portugais & les Catalans,

Il ne se peut rien ajoûter aux deux Memoires que Son Eminence a pris la peine de dresser sur ce sujet. Dans celui qui contient les avantages que la France auroit de posseder les Pais-Bas, les raisons sont si concluantes, que nous n'avons pas trouvé lieu de douter. Mais pour l'autre nous n'y voions pas à la verité si clairement les avantages de l'Espagne, laquelle par ce moien ne seroit plus gueres considerable ni à l'Empire ni à l'Angleterre & rendroit nos Rois presque les seuls arbitres des affaires de l'Allemagne, & même de l'élection des Empereurs.

L'Espagne perdroit par là toute consideration au dehors.

Le temperament que Son Eminence a pris touchant la Deputation de Catalogne remedie parfaitement aux divers inconveniens que nous trouvions à n'avoir point ici quelqu'un de la part de ces peuples-là, & à y en avoir. Mais puis que le voiage de Madame la Comtesse d'Harcourt les a plus assûrez que tant d'assistances qu'ils ont reçues, & que cela témoigne qu'ils donnent beaucoup aux apparences, nous estimons qu'après leur avoir proposé, comme on a fait, de députer, on les peut laisser en liberté de le faire, ou de ne le pas faire, & d'envoier leurs Deputez ou à Paris ou ici, selon que bon leur semblera, continuant toûjours de leur donner les mêmes assûrances que Son Eminence leur a données, que presens ou absens ils seroient également conservez & protegez par le Traité de paix.

Nous avons vû la Lettre du Duc de Baviere avec grand plaisir, & remercions très-humblement Son Eminence de la Copie qu'elle nous en a envoyée. Nous esperons

qu'il

1646.
Les Pleni-
potentiaires
de Baviere à
Munster s'ex-
pliquent fa-
vorablement
à ceux de
France, &
s'entendent
avec eux.

qu'il ne lui sera pas moins agréable de savoir que les Ambassadeurs dudit Duc nous ont tenu même langage, depuis deux jours, & nous ont confirmé les principaux points de ladite Lettre, aiant dit nettement trois choses importantes, la premiere que ni leur Maître, ni les Electeurs & Princes Catholiques d'Allemagne ne souffriroient pas que l'Empereur fît un Traité particulier, quand il le voudroit faire, avec les Suédois & les Protestans. Ce qui aide un peu à nous mettre l'esprit en repos.

L'autre que ledit Duc de Baviere & eux travaillent tout de bon à la satisfaction de la France, dont nous avons aussi des preuves d'ailleurs. Ils nous ont même assûré qu'ils seront favorables à celle de la Couronne de Suede, présupofant que ses Plenipotentiaires ne persisteront pas dans les grandes demandes qu'ils ont faites, & qu'ils ne seront point contraires aux interets de Baviere. Il est vrai qu'il nous ont aussi fait connoître, que nous serons obligez de nous relâcher de notre côté, & qu'il sera bien mal aisé que nous puissions garder Philipsbourg, puisque pour y avoir une ligne de communication assûrée, cela emporteroit beaucoup de païs, & qu'il s'y trouveroit beaucoup d'oppositions.

La troisiéme qu'il n'y a nul doute, que si les Espagnols ne se veulent pas mettre à la raison, comme le Duc de Baviere le souhaiteroit bien afin que la Paix soit générale, on passera outre pour le Traité de l'Empire. Et ils ont dit en riant que par une question inferée sur ce sujet dans notre Réplique nous avons insensiblement engagé les Etats de l'Empire à faire cette déclaration.

C'est un grand retardement à la Paix, qui est même capable de l'empêcher, de ce que quelques-uns du Conseil témoignent si ouvertement de la desirer, & ce qu'ils croient qu'on ne la peut faire sans commencer par une Tréve. Nous avons grande joie d'aprendre que la Reine & Son Eminence ne sont point de cet avis, & n'en diminuent rien de leur fermeté, qui est extrémement nécessaire pour conduire cette Negociation à une heureuse fin.

Nous prendrons desormais la voie d'écrire à Monsieur le Maréchal de Turenne & à Monsieur de Vautorte, quand les choses seront pressées, puisque Son Eminence l'a agréable, à qui nous sommes bien obligez de cette confiance.

Nous avons eu la pensée de faire une proposition que nous estimons propre pour parvenir à l'échange des Païs-Bas, dont il a plû à son Eminence de nous écrire. Ladite proposition semble d'abord avoir une visée toute contraire, mais aians éprouvé jusques-ici, comme il a été prudemment remarqué par Son Eminence, qu'il est nécessaire en traitant avec les Espagnols, de faire presque toûjours comme des rameurs qui tournent le dos au lieu où ils veulent arriver, nous avons estimé qu'un des meilleurs effets de ladite proposition sera de faire croire pendant quelque temps aux Parties, aux Médiateurs, & à nos Alliez, que nos prétentions sont plus du côté de l'Espagne que des Païs-Bas. Voici comment nous croions que la chose pourroit être proposée aux Médiateurs.

La meilleu-
re maniere
de parvenir
à l'échange de
la Catalogne

Encore que la Principauté de Catalogne avec ses dépendances apartienne d'ancienneté à la Couronne de France, par des droits très-legitimes & indubitables, & qu'elle soit en dernier lieu revenuë sous sa domination par une voie toute semblable, mais beaucoup plus juste que celle qui fut pratiquée lors qu'elle se donna volontairement à la Couronne de Castille comme on offre de le justifier; Et encore que pour cette raison Sa Majesté puisse prétendre avec un très-juste fondement que les Villes de Tarragone, de Tortose, & de Lerida, & tous les autres lieux de ladite Principauté occupez aujourd'hui par le Roi Catholique, doivent être restituez au Roi par le Traité de Paix, sans quoi il seroit impossible d'établir un durable repos dans ledit Païs; & que cette restitution doit être faite sans aucune recompense pour être lesdites Places remises au corps de ladite Principauté, attendu que par un consentement unanime des Etats dudit Païs elle s'est remise sous l'autorité de nos Rois: Néanmoins pour mieux faire paroître la disposition de sa Majesté à un bon & raisonnable accommodement, elle est prête de ceder pour le bien de la Paix tous ses droits sur la partie du Roiaume de Navarre occupée & detenuë presentement par Sa Majesté Catholique, & qui ont été expressément reservez à la France par le Traité de Vervins, moiennant que Sa Majesté Catholique renonce en bonne forme à toutes les prétentions qu'elle peut avoir sur ladite Principauté de Catalogne, ses dépendances & annexes, & qu'elle fasse en même temps actuelle restitution desdites Places de Tarragone, Tortose, Lerida & autres lieux que ses armes occupent dans ledit Païs. Moiennant ce que dessus, Sa Majesté déclare encore que si dans les autres Païs où la Guerre a été jusques à présent entre les deux Couronnes, il y a quelque échange de Places ou autre accommodement à faire pour la commodité des Parties, elle est prête d'y entendre.

contre les
Païs-Bas,
c'est de té-
moigner de
vouloir gar-
der la Cata-
logne en re-
nonçant aux
droits sur la
Navarre.

Cette proposition donnera plutôt aux Espagnols l'envie de l'échange proposé, & les réduira peut-être à nous en faire eux-mêmes l'ouverture pour nous éloigner du cœur de leur Païs; & plus nous témoignerons de passion de nous vouloir établir en Catalogne, (pourvû qu'on en fasse les mêmes demonstrations à la Cour que par deçà) plus les Espagnols auront d'impatience pour nous en chasser, de nous donner satisfaction ailleurs. Cela dissipera les jalousies, que nos Alliez pourroient prendre d'un si notable accroissement de la France du côté des Païs-Bas, étant certain que ni les Suédois, ni les Protestans d'Allemagne, ni les Anglois, ni les Hollandois, ni Monsieur le Prince d'Orange même ne le verront pas de bon œil, & qu'il n'y en a pas un d'eux qui ne l'empêchât s'il le pouvoit faire.

Il n'y a rien en quoi nous soions si bien fondez qu'en la demande de la Navarre. On n'y a jamais renoncé, les droits en ont été expressément reservez par le Traité de Vervins. Chacun avoue, même les plus passionnez partisans d'Espagne, que c'est une usurpation & detention très-injuste, & que l'on en doit faire raison à la Couronne de France, l'Empereur Charles-Quint & le Roi Philippe Second l'ont reconnu de la sorte par leurs Testamens, & sur cette question il ne faut s'en raporter qu'à ce qu'en écrivent les Historiens Espagnols.

Il faut a-
vant toute
autre affaire
regler celle
de l'Alsace.

Tandis que nous insisterons à cette demande de qui ne peut être improuvée de personne, nous aurons loisir de terminer l'affaire de l'Alsace, laquelle ne sauroit être traitée en même temps que celle des Païs-Bas, sans que l'une fasse

1646.

faſſe préjudice à l'autre , & que les deux enſemble n'augmentent beaucoup la jalouſie de nos voiſins. Quand celle de l'Alſace ſera achevée par le conſentement des Etats de l'Empire on n'aura pas tant à y craindre de changement qu'il en pourroit arriver du côté d'Eſpagne en celle des Païs-Bas , ſi on la mettroit ſur le tapis avant que l'autre fût reſoluë.

Quand les Catalans verront qu'on a tant d'affection pour eux , que pour les conſerver on veut renoncer aux anciens & legitimes droits du Roiaume de Navarre , ils s'en tiendront extrêmement obligez , & cela ſervira beaucoup à aſſûrer leur fidelité. Si l'on eſt après cela contraint de venir à quelque nouveau parti , comme celui de l'échange , ils verront que ce ſera par la ſeule impoſſibilité de faire réuſſir notre prétention pour eux, n'étant pas croiable que l'Eſpagne veuille jamais conſentir qu'ils nous demeurent. Et alors ils ſeront peut-être bien aiſes eux-mêmes, pour acquerir du repos & pour faciliter la Paix, de conſentir à quelque autre expedient dans lequel on prendra toutes les précautions poſſibles pour leur ſureté & pour la conſervation de leurs privileges.

Pour cet effet ſi Son Eminence approuve la propoſition, en même temps qu'elle nous fera envoier l'ordre de la faire, on pourra en donner avis en Catalogne , & y ajoûter que cidevant dans une Conference où les Mediateurs nous ont preſſé d'entendre à une Treve, nous avons répondu que cela ne ſauroit ſe faire juſques à ce que le Roi d'Eſpagne eût remis entre les mains du Roi les Places qu'il tient encore en la Principauté de Catalogne.

Tout ce qu'on peut dire contre la propoſition , c'eſt que , ſelon l'opinion des Eſpagnols qui ne font point de compte des droits du Roi ſur la Catalogne & fort peu des prétentions de ſa Majeſté ſur la Navarre , elle paroîtroit en quelque ſorte plus avantageuſe pour la France , que celle que nous avons déja faite où nous avons offert de laiſſer toutes choſes en l'état qu'elles ſont, ſi bien qu'on pourroit dire que nous augmentons nos demandes au lieu de les diminuer. C'eſt pourquoi nous avons ajoûté à la fin de la propoſition une offre de faire ailleurs les échanges & accommodemens qui ſeront jugez à propos.

Les Médiateurs ne ſauroient pas raiſonnablement mépriſer la ceſſion des droits du Roi ſur la Navarre , à cauſe qu'elle eſt poſſedée par l'Eſpagne , puis qu'ils ont tant exageré celle des droits de l'Empereur ſur les trois Evêchez dont nos Rois ſont en paiſible poſſeſſion depuis ſi long-temps.

D'ailleurs ſi on examine avec juſtice les droits de la Couronne ſur la Navarre, on les trouvera indubitables. C'eſt le plus ancien patrimoine de nos Rois dont ils ont été dépouillez par la plus injuſte violence qui ait jamais été commiſe & reconnuë telle d'un chacun.

Si l'on conſidere ceux que la France a aujourd'hui ſur la Catalogne ils ſont tous ſemblables à ceux qui ont mis autrefois ce Païslà ſous la domination d'Eſpagne. Quand après la mort de Martin Roi d'Arragon (qui avoit uſurpé ce Roiaume ſur ſa niece Violante mariée avec Louïs d'Anjou Roi de Naples) les Etats du Païs, par la faction de Benoît XIII. Antipape, élûrent Ferdinand Infant de Caſtil-

le , ils n'avoient pas plus de pouvoir d'exclurre ladite Violante , qui étoit unique & legitime heritiere ſans contredit des Roiaumes d'Arragon & de Valence , & de la Principauté de Catalogne , & qui ne leur avoit jamais fait aucun tort , pour ſe donner à l'Infant de Caſtille , qu'ils n'en ont eu en dernier lieu de ſe remettre ſous la Couronne de France au préjudice de Philippe IV. lequel contre ſon ſerment & la Capitulation faite avec eux , a violé tous leurs Privileges , vû que la reſolution unanime deſdits Etats pour ſe redonner à la France n'eſt pas tant une donation nouvelle qu'une réunion & une juſte reconnoiſſance de leur ancien & légitime Souverain , duquel ils avoient été ſouſtraits contre toute raiſon.

1646.

LETTRE

De Monſieur le Comte de

BRIENNE

à Meſſieurs les

PLENIPOTENTIAIRES.

Du 27. Janvier 1646.

Grande préſomption des Suedois. Ils veulent trancher en Maîtres. Leurs pretentions exorbitantes. L'Archevêque de Breme ſe plaint des Suedois. Affaire des Barberins. Voyage de Monſieur en Languedoc.

Monseigneur & Messieurs,

Hier ſur les ſept à huit heures du ſoir le Sieur de Préfontaine me rendit la Depêche dont vous l'aviez chargé , que je lûs avec impatience. Elle contient diverſes choſes ſur leſquelles il vous ſera répondu , mais il ſeroit impoſſible que ce fut par l'Ordinaire qui part ce jour , parce qu'il n'y aura pas moïen d'en faire la lecture plutôt que lundi jour de Conſeil. Avant que d'avoir reçu votre Depêche qui eſt datée du 18. par une de Monſieur de la Barde du onze, j'avois apris les difficultez qu'il avoit rencontrées en l'Eſprit de Monſieur Oxenſtiern , pour être admis en toutes les Conferences que lui & ſon Collegue auront avec les Imperiaux; mais je n'ai pas jugé en devoir donner part à Sa Majeſté , que je n'euſſe ſû vos ſentimens , bien que je préjugeaſſe qu'ils ſeroient conformes aux ſiens , & qu'en examinant leur dire & la réponſe qui lui avoit été faite , il paroiſſoit

D 3

clai-

Grande préfomption des Suedois. Ils veulent trancher en Maîtres.

clairement que les autres avoient tort, & qu'ils ont telle préfomption de leur fortune, qu'ils ne croient pas qu'on les puiffe empêcher de trancher en maîtres. À quoi la recherche, qui leur a été faite de la part de l'Empereur, contribue beaucoup, & ce ne fera pas une petite peine que vous aurez de les faire contenter de la raifon, & les autres fe repentiront à loifir du pied qu'ils leur laiffent prendre. Si la France prétend des chofes exceffives fe réduifant à ce que vous avez demandé, que doit-on dire de ceux-là, lefquels à un Duché d'une extraordinaire étendue & d'un pofte très-avantageux, ajoûtent cinq Diocefes qui font auffi d'une grande étendue? Je prévois que Monfieur de la Thuillerie n'eft pas au bout de fes travaux, s'il faut qu'il perfuade à la Reine de Suede de diminuer de fes prétentions, ou s'il doit faire comprendre au Roi de Dannemarck que fon fecond fils doit donner pour la paix l'Archevêché de Breme & le feul defir qu'en font paroître les Suedois traverfe nos levées & en pourra faire recouvrer à l'Empereur. Je dis de celles que ce Roi licentie, foit pour ruïner les notres, ou pour fortifier les leurs, & à toutes bonnes fins l'Empereur a toûjours un Refident auprès de cet Archevêque qui fouffre impatiemment que les Suedois fortifient un château dans le Diocefe, dont aiant été fait plainte au Sieur Hennequin pour l'obliger d'en écrire à Monfieur de la Thuillerie, il s'en eft aucunement excufé, juftifiant que les Suedois avoient fujet de le faire, voiant un Miniftre de leur ennemi auprès de ce Prince, auquel il a effayé d'infinuer, qu'un moien de fe faire confiderer, & d'avoir ce qu'il peut defirer, c'eft de lever tout foupçon aux Couronnes alliées. Mais lors qu'il faura qu'on demande le fien, pour le dépouiller, il eft à craindre qu'il prenne quelque refolution bizarre. Ce fera l'un des jours de la femaine prochaine qu'il vous fera écrit plus amplement.

Cependant je vous dois donner part de deux differentes affaires. L'une eft, que le Pape perfuadé par les ennemis de cette Couronne, en feignant d'être bien informé de ce qui fe paffe en cette Cour, s'eft laiffé entendre qu'il eft averti de bonne part, que la Reine, Monfieur le Duc d'Orleans & Monfieur le Prince defaprouvoient ce qui a été fait à l'égard des Barberins, & les plaintes que nous faifons de fa Sainteté. Néanmoins je fuis averti qu'il eft en grande peine, comme quoi répondre au Memoire qui lui a été envoyé, & qu'il panche à chercher quelque temperament & quelque voye pour s'accommoder. L'autre eft la refolution que Monfieur a prife d'aller en Languedoc, afin que fa préfence infinue aux Etats de la Province ce qu'ils doivent faire pour le fervice de Sa Majefté, & les faire confentir à l'impofition du quartier d'hiver qu'ils ont refufé deux années de fuite; bien qu'en la derniere ils foient entrez en quelques offres, mais elles font tant au-deffous de ce qu'on en prétendoit, & dont on a befoin pour foûtenir les affaires, que l'offre a été prife à injure, & quelque chofe de pire que le refus. Je ne fuis pas pourtant hors d'efperance que les fages prévaudront, & qu'aians fû l'inclination de Sa Majefté, & la refolution qui avoit été prife, ils ne faffent changer les autres, & qu'ainfi on aura fait paroître fa bonne volonté, fans s'expofer à en recevoir la moindre incommo-

dité. Il n'eft pas poffible que ce qui s'eft paffé en Languedoc foit fecret, ni ce qui a été concerté de deça. Je ne doute pas que les ennemis n'en témoignent de la joye & je crains même, comme ils font accoûtumez d'efperer & d'attendre quelque mouvement, que prenans opinion qu'une legere contradiction aux ordres de Sa Majefté foit pour en produire un de quelque confequence, ils n'aillent plus retenus avec vous qu'ils ne devroient, mais je vous puis affûrer que l'affaire en foi eft de meilleure confequence pour les générales, & qu'il a paru tant de liaifon des Membres à leur Chef en ce rencontre, qu'au lieu d'en avoir de la peine, les gens de bien s'en doivent rejouir & les ennemis en peuvent tirer cette confequence; que l'union eft fi parfaitement cimentée, qu'il ne refte pas de voie pour l'entamer, & que la France n'eft pas capable d'aucun mouvement, puis que les malcontents, s'il y en avoit, fe trouvent fans efperance d'avoir un Chef. Et il ne paroît pas feulement qu'il y ait des gens qui le fouhaittent. Auffi ceux du Languedoc s'excufent fur leur impuiffance, & on verra ou que fans attendre la venue de fon Alteffe Roiale, ou dès qu'il aura paru dans l'Affemblée des Etats, les vœux de tous ceux qui la compofent, concourront à ce qui eft du fervice de Sa Majefté. J'ajoûte qu'en Piémont on fe prepare pour le fecours de Vigevano, & que ceux qui le défendent font tout ce qu'on peut attendre de gens de bien.

Jufques à préfent Madame ne s'eft pas difpofée à fatisfaire fa Majefté; mais le Prince Thomas lui en a écrit avec tant de force, que cela l'obligera à fonger à ce qu'elle fait, & à pezer les confequences qu'une telle mesintelligence lui pourroit apporter. Il m'a été mandé de Londres que le Prince de Galles avoit fecouru Exceter, & préfenté une adreffe à ceux du Parlement, qui délibere encore fur la réponfe qu'il doit faire à fon Roi. Je fuis, &c.

MEMOIRE

De fon

EMINENCE

à Meffieurs les

PLENIPOTENTIAIRES.

Du 27. Janvier 1646.

Plaintes contre les Suedois. Il faut diffimuler leur procedé; mais pourtant en écrire à Mr. de la Thuillerie, afin qu'il s'informe fi la Reine Chriftine l'aprou-

1648.

prouve. L'essentiel est qu'ils ne fassent pas un Traité particulier. On propose que les François traitent directement avec les Imperiaux. On recommande l'échange de la Catalogne contre les Pais-Bas. Le Duc de Baviere continuë à s'entendre avec la France.

L'Ordinaire, Messieurs, ne nous a point apporté de vos nouvelles cette semaine. Cela me fait juger que le Sieur de Préfontaine, que vous deviez nous depêcher, est en chemin : mais il m'oblige aussi à vous faire remarquer, que pour nous faire savoir quelque chose importante, la voie des Couriers n'est pas la plus propre, & que celle des Ordinaires est toûjours la plus prompte & la plus sûre.

J'ai appris d'une Lettre de Monsieur de la Barde ce qui s'étoit passé entre les Plenipotentiaires de Suede & lui touchant ce qu'il a desiré en execution du Traité préliminaire d'assister aux Conferences qui se feront entre les Imperiaux, & lesdits Plenipotentiaires, & bien que je ne sache pas encore vos sentimens là-dessus, ni quelle resolution vous aurez prise, je ne laisserai pas de vous dire par avance en général, les reflexions que j'ai faites sur cet incident.

Plaintes contre les Suedois.

Les termes du Traité sont si formels en faveur de notre prétention que j'ai peine à comprendre comme quoi des personnes raisonnables s'aheurtent avec tant d'obstination à ne vouloir pas s'y conformer. Ce procedé est tout-à-fait étrange, & il paroît bien qu'ils veulent tout à leur mode, sans se soucier beaucoup de ce que nous pouvons dire ou faire. Cette conduite, après tout ce qui s'est passé en la negociation de Rosenham avec les Espagnols, & un desir si opiniâtre de demeurer en entiere liberté dans leurs Conferences avec nos ennemis, sans que personne y assiste de notre part, quoi que nous aions apellé leur Ministre aux nôtres, seroit bien capable de donner de mauvais soupçons de leurs intentions à des gens tant soit peu méfians.

Il faut dissimuler leur procedé.

Néanmoins j'estime, que s'il est jugé à propos pour d'autres considerations de n'insister pas davantage de notre côté & de les laisser sur leur foi, quelques raisons que nous aions pour prétendre le contraire. Il faut sur tout s'étudier à le faire de si bonne grace & avec tant de franchise que sans qu'ils le puissent attribuer à foiblesse, ni à la crainte de leur déplaire, il leur paroisse, qu'il ne nous reste rien sur le cœur, que nous avons une pleine confiance en leur sincerité, & que nous ne sommes pas moins assûrez de savoir tout ce qui se passera entre les Imperiaux & eux, que si Monsieur de la Barde assistoit à leur entrevûe.

Il sera seulement necessaire de laisser toûjours une queuë du sujet que l'on aura ici à la Cour, de s'étonner que l'on n'execute pas, avec la ponctualité qui doit être observée entre les Confederez, ce qui a été resolu après une mûre deliberation, & en même tems, si on ne l'a pas fait, on pourra écrire tout au long à Monsieur de la Thuillerie tout ce qui s'est passé en cette affaire, afin qu'il en parle aux termes que vous jugerez le plus à propos ; car ou les instances qu'il fera produiront l'effet que nous pouvons desirer, & la Reine de Suede envoiera là-dessus les ordres necessaires à ses Plenipotentiaires, ou ne l'obtenant pas, nous reconnoîtrons que ce n'est pas un simple caprice desdits Plenipotentiaires, mais que le mal vient de la source. Auquel cas, si nous nous appercevons, que la fin de la Couronne de Suede en cela soit de conclurre ses affaires sans nous, il faudra alors que de notre côté nous songions à faire quelque grande resolution, pour nous garentir du préjudice. Que si aussi nous voyons par la suite que cet accommodement particulier n'est pas à craindre, il semble que l'on pourra dissimuler la maniere d'agir des Suedois & leur témoigner, qu'encore que peut-être on manque à quelques formalitez dont on étoit demeuré d'accord, nous reconnoissons bien que la chose est la même en substance.

1648. tant en écrire à Mr. de la Thuillerie, afin qu'il s'informe si la Reine Christine l'approuve.

Ma raison est, que la prudence, à mon avis, requiert qu'on ne porte pas les affaires à des extremitez avec des amis qui nous sont utiles au point ; qu'on le peut juger par les soins extraordinaires que les ennemis prennent de les separer de nous, si ce n'est que par la dissimulation de leur procedé, & demeurans dans une union qui seroit frauduleuse de leur part, nous puissions vrai-semblablement en apprehender un plus grand mal.

L'essentiel est qu'ils ne fassent pas un Traité particulier.

Cependant comme j'ai vû dans la Depêche de Monsieur de la Barde, que la principale, ou seule raison dont Monsieur Oxenstiern s'est servi, pour se défendre de celles qu'il lui a alleguées, a été de dire, que la chose n'étoit pas de même à Osnabrug qu'à Munster ; parce que nous n'appellions pas Monsieur de Rosenham qu'avec les Médiateurs, & non pas lors que nous traitions face à face les Ennemis, ce qu'ils ne peuvent eux-mêmes mettre en usage, faute de Médiateurs; j'ai songé que dans une mauvaise rencontre on pourroit peut-être en tirer beaucoup de fruit en remediant à ces Conferences qui à la longue pourroient bien causer quelque mauvais effet ; quoi que présentement il n'y ait que de bonnes intentions du côté des Suedois, & ainsi faire, comme on dit, d'une pierre deux coups. Ce seroit que vous traitassiez immediatement avec les Imperiaux, & que nous y appellassions Monsieur de Rosenham & alors les Suedois seroient entierement en leur tort s'ils ne pratiquoient le même à l'endroit de Monsieur de la Barde. Et je ne voi pas ce qu'ils pourroient dire pour s'en excuser, & outre cela, je tiens, pour les raisons que j'ai autrefois mandées, qu'il nous seroit plus avantageux de traiter de cette sorte, que par la voie des Médiateurs, lesquels ne seroient pas pour cela exclus de la Negociation, parce qu'ils se pourroient trouver aux entrevûes, comme on a fait en divers Traitez, où les Médiateurs ont toûjours proposé les expediens, pour faire venir les Parties au point de la satisfaction commune.

On propose que les François traitent directement avec les Imperiaux.

Voila tout ce que je crois vous pouvoir mander là-dessus en attendant que vos Depêches nous éclaircissant davantage de ce qui s'est passé, & de vos pensées on puisse vous en écrire plus particulierement. J'ajoûterai seulement que sa Majesté m'a commandé de vous dire, qu'elle se remet à ce que vous jugerez à propos sur les lieux, & qu'elle a-

prou-

1646.

prouvera toutes les resolutions que vous prendrez.

Je persiste toûjours à croire que le dernier parti d'accommodement, sur lequel je vous écrivis, Messieurs, si amplement l'ordinaire passé, pourroit réüssir si on trouvoit quelque moien de le faire goûter à Trautmansdorff, & qu'il le proposât aux Ministres d'Espagne, comme une pensée qui lui est venuë pour accommoder les affaires en un instant.

Outre la gloire immortelle que ledit Trautmansdorff acquerra, d'avoir été l'Instrument de la Paix générale, & outre le service signalé qu'il rendroit aux Espagnols, peut-être présentement malgré eux, mais dont ils reconnoîtroient l'obligation avec le temps, il me semble que nous pourrions bien, en ce cas, nous relâcher de quelque chose pour notre satisfaction en Allemagne, pour nous rendre ledit Trautmansdorff plus favorable, & plus resolu en ce que nous prétendons des Espagnols.

J'ajoûterai encore une raison à toutes celles que j'ai ci-devant mandées qui me semble bien forte, pour persuader aux Espagnols le parti dont est question. C'est que dans l'état présent des affaires où la Flandre est sur le point d'être perduë pour eux, & où la Franche-Comté ne nous peut échaper en peu de mois, (plusieurs Généraux m'en aiant même parlé depuis huit jours, comme en répondant de leurs têtes, avec de très-médiocres forces) il est vrai de dire, que la France consentant à ce parti, se contente de ce que vrai-semblablement elle peut esperer d'emporter dans la Campagne prochaine, & qu'elle ne laisse pas d'en donner une recompense très-avantageuse par la cession d'un Pais qu'elle ne craint point de perdre, puis que même cette offre seroit très-proportionnée quand on seroit en pleine Paix, & que les Espagnols seroient aussi assûrez de conserver ce qui leur reste des Pais-Bas, & de la Bourgogne, que nous le sommes de nous maintenir en la possession de la Catalogne & du Roussillon.

J'ai tous les jours de nouvelles confirmations de ce que je vous ai mandé plusieurs fois de Monsieur le Duc de Baviere, que nous trouverons plus d'avantage par son moien que par aucun autre. Il désire passionnément la Paix, & par conséquent la satisfaction des deux Couronnes; parce qu'il voit que c'est le seul moien d'y parvenir: avec cette difference pourtant, que la nôtre il la souhaite encore pour son intérêt propre, & que pour celle de la Couronne de Suede il y seroit extrêmement contraire, s'il voioit d'autres moiens que celui-là de mettre le repos dans l'Empire. Il importe néanmoins de ménager délicatement cette intelligence, lui faisant toûjours connoître que nous agissons par le pur mouvement de l'affection que leurs Majestez ont pour lui, & pour sa Maison, & par la conformité que nous croions être entre les intérêts de la France & les siens, & non pas par aucune autre consideration qui regarde nos Alliez.

Depuis ma Dépêche faite jusques ici le Sieur de Préfontaine est arrivé, & tout ce que l'on a pû faire devant le depart de l'Ordinaire, c'est d'avoir déchifré celle dont vous l'avez chargé. Je n'ai pû la lire à la hâte: s'il y a quelque chose qui mérite prompte réponse on vous depêchera un Courrier exprès. Cependant je vous dirai en passant que je trouve

tout-à-fait extraordinaire le procedé des Suedois en notre endroit, & que la prétention qu'ils ont mise en jeu touchant les Evêchez, jointe à l'autre affaire, est bien capable de nous donner des soupçons avec justice de la sincerité de leurs intentions. Ce sera à vous autres, Messieurs, sur qui Sa Majesté se repose entierement, de pénétrer plus avant dans leurs desseins, afin que nous puissions, s'il y échet, être à temps de prendre des resolutions convenables.

Pour ce qui est de mettre notre proposition par écrit, vous pouvez bien croire que quand on a ici été d'avis de s'en exempter, s'il y avoit moien, par les raisons que l'on vous manda, ç'a été supposant, suivant les apparences & la raison, que le Ministre du Roi à Osnabrug assisteroit aux Conferences de nos Alliez avec les ennemis, comme le Ministre de Suede aux nôtres à Munster, en execution de l'Art. 9. du Traité préliminaire. Car autrement il est sans doute qu'il eut beaucoup mieux valu pour nous de traiter par écrit.

�✁✦✧✦✧✦✧✦✧✦✧✦✧✦

R E P O N S E

De Messieurs les

PLENIPOTENTIAIRES

Au Memoire de son

E M I N E N C E.

Du 27. Janvier 1646.

Raisons des plaintes faites aux Suedois à l'occasion de l'affaire de Mr. de la Barde. Les ennemis se seroient prévalus de ce déconcert. Le Nonce ne veut pas assister aux Conferences où des Protestans seront admis. Les Etats de l'Empire insistent qu'on commence par traiter de leurs interêts. Les Médiateurs proposent une suspension d'armes dans l'Empire. Mr. d'Avaux ira à Osnabrug.

ENcore que le point de l'admission de Monsieur de la Barde aux Conferences des Plenipotentiaires de Suede avec les Imperiaux, ne soit pas important & qu'il semble qu'on pourroit ne s'y attacher pas si absolument, puis que la présence des Residens de part & d'autre, n'est pas une suffisante caution

tion de la fidelité de ceux qui traitent en public, & qu'il resteroit assez d'autres moiens à qui voudroit manquer à sa foi; les Suedois néanmoins nous ont donné tant d'autres sujets de mécontentement, que nous n'eussions pû dissimuler celui-là, sans recevoir un très-grand préjudice au reste de la Negociation, & comme c'étoit une manifeste contravention au Traité d'Alliance, nous avons estimé la devoir relever pour plusieurs considerations.

Raisons des plaintes faites aux Suedois à l'occasion de l'affaire de Mr. de la Barde.

Pour n'accoûtumer pas les Ambassadeurs de Suede à faire les choses avec hauteur & sans notre consentement, pour les tenir dans l'observation exacte de l'Alliance, & ne leur donner pas occasion d'enfraindre les articles l'un après l'autre, si nous souffrions qu'ils le fissent impunément en celui-ci.

Qu'il ne s'agissoit pas seulement d'appeller Monsieur de la Barde à leurs Conferences, mais d'executer deux autres articles concertez entre nous conformément à l'Alliance; dont l'un regarde les Evêchez Catholiques, qu'ils s'étoient formellement obligez de ne point demander, & l'autre que par l'instance que nous leur avons fait en diverses fois ils n'y ont pas répondu nettement.

Les ennemis se feroient prévalus de ce déconcert.

Que leur procedé a fait paroître publiquement un déconcert, dont les Ennemis peuvent tirer avantage, ou du moins prendre occasion de ne tenir pas le bon chemin de traiter conjointement avec les deux Couronnes sous l'esperance de quelque division. Que dans leur replique ils ont fait une si expresse déclaration de n'avoir point de differend avec le Roi d'Espagne, que cela est peu obligeant pour de bons amis, & contraire à ce qui avoit été arrêté entre nous que les deux Traitez pourroient bien être separez; mais qu'on ne s'en expliqueroit point.

Et enfin pour pouvoir, par le moien de cette plainte bien & raisonnablement fondée, pénétrer plus avant dans leurs intentions, leur conduite nous donnant divers sujets de soupçon.

Nous avons reconnu toutes ces choses si importantes que non seulement nous en avons écrit à Monsieur de la Thuillerie; mais voiant par ses Lettres qu'il devoit partir de la Cour de Suede dès le 25. du mois passé, nous avons jugé necessaire d'y envoier d'ici exprès Monsieur de Saint Romain, ainsi qu'il en a été donné avis par la derniere Dépêche, afin que sur son raport nous puissions sortir de nos doutes, ou donner l'avis à son Eminence que nous estimerons convenable au bien du service du Roi, & recevoir ensuite les ordres de leurs Majestez.

Le Nonce ne veut pas assister aux Conferences où des Protestans seront admis.

Lors qu'il fut question de donner nos repliques, nous proposâmes à Monsieur Contarini l'expedient dont son Eminence nous avoit fait la faveur de nous parler, qui est de traiter avec les Parties mêmes en présence des Médiateurs & de nos Alliez, & ledit Sieur Contarini ne le desaprouva pas, mais ne nous aiant rien dit depuis nous croions qu'il y a trouvé de la difficulté ou de la part de Monsieur le Nonce, qui ne veut point être présent aux lieux où les Protestans sont admis, ou peut-être même de la part des Espagnols à cause des difficultez qui pourroient naître pour les séances.

Monsieur de Saint Romain aiant passé à Osnabrug pour prendre congé de Messieurs les Suedois, Monsieur de la Barde & lui ont crû que pour rompre le voiage dudit Sieur

Tom. III.

de Saint Romain, dont ils ont témoigné un peu d'aprehension, ils eussent convenu de quelque expedient, & s'étoient laissez entendre, ou que nous nous traitassions immédiatement comme eux, auquel cas ils appelleroient Monsieur de la Barde; ou que les affaires demeurassent de part & d'autre en l'état qu'elles sont, en attendant la réponse de Suede; ou qu'on traitât par écrit. Le premier moien ne dépend pas de nous seuls, mais des Parties aussi & des Médiateurs, comme nous avons dit ci-dessus. Admettant le second ce seroit ceder entierement & montrer que l'on dépend de la resolution de Suede. Et le troisiéme eût pû être pratiqué, en donnant la réplique. Mais comme il eût toûjours falu conferer sur les points dont on n'est pas d'accord, on seroit retombé dans le même inconvenient, ou si on eût voulu écrire sur toutes choses, cela eût apporté des longueurs où il n'y eût point eu de fin.

Les Etats de l'Empire insistent qu'on commence par traiter de leurs interêts.

Son Eminence sera encore avertie que les Etats qui sont à Osnabrug insistent à ce que leurs griefs qu'ils apellent, & ce qui regarde les interêts de l'Empire en général soit vuidé & terminé avant que l'on parle de la satisfaction des Couronnes, & que les Suedois y consentent ou du moins y resistent foiblement aussi bien que le Comte de Trautmansdorff & les Etats de Munster. Le dessein de Trautmansdorff peut être de diviser par-là les Etats de l'Empire d'avec les Couronnes, & quand on aura accordé aux Etats ce qui les touche, de les porter après à contredire leur satisfaction; mais nous sommes étonnez que les Suedois ne s'opposent pas avec fermeté à ce dessein, puisque nous étions demeurez d'accord ensemble qu'on parleroit de la satisfaction des [deux] Couronnes & des interêts de l'Empire en même-temps, & qu'il fut même dit & resolu que quand on auroit contentement sur ce premier point on pourroit plus facilement s'accommoder sur l'autre, remettant les choses à une Diéte générale, ou y trouvant quelqu'autre expedient. Cela nous donne encore un nouveau soupçon, & nous fait penser, ou que les Suedois ont parole du Comte de Trautmansdorff de leur satisfaction, ou que voulant flâter les Etats par cet abandonnement de leurs propres interêts, ils ne se soient pas disposez à la Paix comme ils le témoignent, & qu'ils ont dessein d'unir & d'attacher à eux entierement les Protestants d'Allemagne, & de s'en rendre les protecteurs. Cette nouvelle difficulté jointe aux precedentes nous a fait resoudre le voyage de l'un de nous à Osnabrug qui prenant le prétexte de l'affaire de Monsieur de la Barde, essaiera de connoître plus avant la verité de ces choses, & fera plainte de notre part aux Plenipotentiaires de Suede de toutes les procedures susdites.

Ce voyage est d'autant plus necessaire, que chacun s'éloigne de nous. Le Comte de Trautmansdorff est toûjours à Osnabrug, & les Espagnols fuient ici toute communication avec nous. Ce qui est si visible que les Médiateurs qui avoient tiré notre consentement de recevoir les ouvertures qui nous seroient faites, nous ont vû cette semaine sans nous dire un seul mot des Espagnols qu'ils avoient visité un peu auparavant. Leur entretien fut d'une Lettre qu'ils nous firent voir du Châtelain de Milan, comme D. Edouard est bien traité dans sa prison; d'une autre Let-

E

tre du Roi de Pologne à Monfieur Contarini par laquelle il lui recommande fes interêts dans la Silefie où il a deux Duchez,
& dans la Pomeranie où il poffede quelques
Bailliages, & le prie de le notifier à l'Affemblée à ce qu'il ne s'y paffe rien à fon préjudice.

*Les Mé-
diateurs pro-
pofent une
fufpenfion
d'armes dans
l'Empire.*

Sur la fin les Médiateurs nous parlerent de
faire une fufpenfion d'armes dans l'Empire,
difant que les armées Imperiale & Suedoife
étant fi proches l'une de l'autre, s'il arrivoit
un combat, cela ruïneroit ce qui s'étoit fait
jufques ici. Que lors qu'ils avoient fait ci-
devant de pareilles ouvertures, il avoit été dit
qu'on y pourroit entendre, quand on verroit
les affaires acheminées à un Traité. Que les
Repliques des Couronnes étant données &
communiquées aux Etats de l'Empire, &
tant l'Empereur que lefdits Etats aïans reconnu qu'il étoit dû fatisfaction aux Couronnes, il ne s'agiffoit à cette heure que du plus
ou du moins, & qu'ainfi l'on étoit aux termes de pouvoir faire ladite fufpenfion, & que
quand ce ne feroit que pour quinze jours,
cela pourroit non feulement faciliter la paix,
mais ferviroit encore contre le Turc, qui feroit bien plus retenu d'entreprendre contre la
Chrétienté, fur le fimple bruit d'une Treve,
pour peu de temps qu'elle pût durer. Encore
que les Médiateurs ne fiffent pas cette propofition, comme en aiant eu charge, mais par
occafion, nous ne jugeâmes pas néanmoins
la devoir rejetter; & nous prîmes temps pour
y avifer, & leur porter notre réponfe. Ce

*Mr. d'A-
vaux ira
à Osnabrug.*

fera un des points dont Monfieur d'Avaux
aura à s'entretenir avec les Plenipotentiaires
de Suede, & qui lui fournira un moien de
reconnoître s'ils ont de veritables inclinations
pour la paix. Quant à nous, plufieurs raifons
nous font fouhaiter, en cette conjonéture,
qu'il ne fe donne point de bataille, ce que
Son Eminence verra facilement par fa grande
prudence, fans qu'il foit befoin d'en groffir ce
Memoire; la Viétoire de l'un ou l'autre parti
étant quafi également à craindre pour nos interêts.

On a voulu quelquefois embarquer les Bavarois à s'entremettre des affaires. Ils ont répondu qu'ils craindroient de deplaire aux Médiateurs, foit que leur naturelle lenteur les en
detourne, ou qu'ils aient cet ordre de leur
Maître. Nous fommes encore obligez de
dire à Son Eminence que la conduite du
Comte de Trautmansdorff ne répond pas aux
efperances que le Duc de Baviere avoit données. Ce n'eft pas que dans les affaires publiques nous n'aions beaucoup de fujet de
nous loüer de la conduite dudit Duc, fes
Miniftres aiant dit hautement depuis peu à
Munfter & à Ofnabrug, qu'il falloit travailler
fur toutes chofes au point de la fatisfaction
des Couronnes.

Les Ambaffadeurs de Meffieurs les Etats
nous ont demandé pour une feconde fois [no-
tre] avis de ce qu'ils auront à répondre à la
propofition qui leur fera faite par les Efpagnols, & ils nous ont preffé en même temps
de leur dire l'intention de leurs Majeftez fur
le 9. Article du Traité, difans que la refolution qu'ils ont à prendre avec les Efpagnols
dépend de la nôtre, & qu'il étoit temps de
s'en expliquer. Nous devons aujourd'hui leur
porter notre réponfe, c'eft ce que nous avons
à vous dire par la préfente, & que nous fommes, &c.

LETTRE

De Meffieurs les

PLENIPOTENTIAIRES

à Monfieur le Comte de

BRIENNE.

Du 27. Janvier 1646.

*La France pourra lever dans
l'Empire jufqu'à 6000. Fantaffins. Plus 8. Compagnies de Cavalerie. Deux Conferences des
François avec les Médiateurs.
Ils ne veulent aucunement fe relâcher. Plaintes du procedé des
Suedois touchant les biens d'E-
glife & le Sr. de la Barde.
Opiniâtreté de Mr. Oxenftiern.*

MONSIEUR,

NOus voions par votre Lettre du 13. de
ce mois tous les foins que l'on prend
pour avancer les levées tant à Hambourg
qu'à Caffel, nous pouvons rendre témoignage que le Sieur de Meules execute diligemment les ordres qui lui ont été donnez fur
ce fujet. Les Imperiaux s'en font plaints,
& ont dit que le Refident de France leur
avoit ôté le moien de profiter du licentiement des troupes du Dannemarck. Nous
vous fuplions néanmoins d'avoir agréable de
faire fouvenir que dans un temps & dans
un païs où chacun fait des levées, & où le
Roi ne peut donner des quartiers ni lieux
d'affemblée, il n'y a aucun de nos Alliez
pour affectionné qu'il puiffe être, qui ne foit
bien aife de décharger fon païs du logement
des foldats, de forte que les ennemis travaillent fans ceffe ou à les defaire ou à les attirer
à eux. Il eft très-important de prendre un
foin particulier de la fubfiftance des troupes
quand elles feront affemblées, & de les faire
marcher avec fureté pour fe rendre à l'armée.
C'eft pourquoi nous perfiftons en la propofition que nous avons faite d'envoyer promptement un homme d'autorité qui ait les ordres & les fonds néceffaires pour pouvoir rendre compte au Roi de cette affaire. Car fi
elle réuffit il y doit avoir plus de fix mille
hommes d'Infanterie qui eft un corps bien
confiderable, & dont on ne fauroit avoir trop
de foin, vû le grand avantage que Sa Majefté
en peut tirer tant pour la Guerre, que pour

*La France
peut lever
dans l'Em-
pire jufqu'à
fix mille
fantaffins.*

la

1646. la Paix. Monſieur le Duc de Baviere, quelque bon ménager qu'il ſoit, n'en a pas été quitte à meilleur marché que le Roi. Nous voions qu'il prend un ſoin extraordinaire de ſes troupes nouvelles, qu'il a fait eſcorter trois Regimens d'Infanterie levez depuis peu dans l'Archevêché de Cologne par Melandre Général du Cercle de Weſtphalie en perſonne, & enſuite par 2000. Chevaux de ſon armée, qu'à préſent il les fait diſtribuer dans de bons quartiers, où il fait exercer l'Infanterie & armer la Cavalerie, & que c'eſt de cette ſorte qu'il les met en état de rendre les grands ſervices qu'il en tire dans la Campagne.

Plus 8. Compagnies de Cavalerie. Quelque déclaration que nous aions faite au Sieur de Bunichauſen que le Roi ne lui vouloit entretenir que cinq Compagnies de Cavalerie, il n'a pas laiſſé d'en lever trois d'augmentation. Il dit pour ſon excuſe qu'il les a eu à bon marché, que ce ſont de bons hommes qu'il n'a pas voulu laiſſer paſſer du côté des ennemis, & que ce ſeroit lui faire perdre ſon credit, ſi on refuſoit de les entretenir vû qu'il ſe contente de quarante Risdales pour Cavalier qu'il a données, au lieu que les autres en coûtent ſoixante-dix. Nous eſtimerions que leſdites Compagnies étant déja en état de ſervir, comme elles ſont, & la dépenſe en étant petite, il ſeroit du ſervice du Roi de les garder, & de les faire joindre aux autres cinq, & ainſi ſon Regiment ſe trouvera ſemblable aux autres Regimens de Cavalerie.

Vous aurez vû que les Portugais ont tout ſujet de contentement puis que la demande de leur Paſſeport, & de la liberté de Dom Edouard a été miſe par écrit par les Médiateurs en la même ſorte que l'ont été les interêts les plus importants de la France.

Nous nous étonnons extrémement de ce que vous nous mandez de l'opiniâtreté du Pape, & ne pouvons comprendre qu'il s'abandonne de la ſorte aux conſeils qui lui ſont donnez par les ennemis de la France, ſans conſiderer les inconveniens qui en peuvent arriver.

Deux Conferences des François avec les Médiateurs. Les Médiateurs nous ont vû deux fois cette ſemaine, l'une de la part des Imperiaux & l'autre de celle des Eſpagnols. Les Plenipotentiaires de l'Empereur inſiſtent à la demande qu'ils ont faite d'un Paſſeport pour le Duc Charles, ſurquoi nous leur avons promis de faire réponſe au premier jour, après néanmoins leur avoir fait connoître en termes généraux que nous ne voyions pas ſujet de changer notre reſolution; mais parce qu'ils ont allegué pluſieurs raiſons, nous avons cru à propos de les recevoir pour les ſatisfaire particulierement ſur chacune d'icelles. Ce qui nous donne lieu de tenir ferme en cette affaire, eſt que nous avons avis que les Imperiaux ne laiſſeront pas pour cela de paſſer outre à la Negociation & qu'ils s'en ſont laiſſez entendre dans la Conference qu'ils ont eu avec les Suedois, ſur la demande qu'on leur faiſoit d'un Paſſeport pour les Ambaſſadeurs du Portugal. Nous vous informerons des raiſons ſuſdites & de nos réponſes par le premier Ordinaire.

La ſeconde Conference ſe paſſa en peu de mots, ils nous dirent de la part des Eſpagnols qu'ayant remis à traiter d'affaires juſques à l'arrivée des Ambaſſadeurs de Hollande, ils ſont encore prêts de traiter de Paix ou de Treve courte ou longue, comme ils nous a-

TOM. III.

voient déja fait déclarer d'autres fois, & qu'ils attendoient maintenant quelque ouverture de notre part. Nous répondîmes ſans conſulter entre nous (encore que d'ordinaire nous en uſions autrement) qu'il a été ci-devant fait une propoſition ſi raiſonnable & ſur laquelle on peut ſortir d'affaire en ſi peu de tems, que nous n'avions rien à y changer. Les Médiateurs ne furent pas ſurpris de cette réponſe, mais témoignerent de l'être. Ils croient que nous attendons la Campagne prochaine & nous ne ſommes pas marris qu'ils aient cette opinion, afin que cela oblige nos Parties à prévenir les nouvelles pertes qu'ils aprehendent. Chacun de nous en particulier a tenu le même langage en diverſes occaſions qui s'en ſont préſentées, & nous voions que cette fermeté produit un bon effet.

Ils ne veulent augmenter ſe relâcher.

La derniere fois que Monſieur Contarini m'a vû moi Duc de Longueville, il m'a dit qu'il venoit de chez le Nonce, où étoit Peñaranda, qui lui faiſoit plainte de notre dureté, & que peu de tems après arriva Saavedra qui fit raport que Monſieur d'Avaux venoit de lui dire nettement qu'il ne faloit eſperer aucune reſtitution de notre part & l'avoit voulu fonder en raiſon, ſurquoi Peñaranda avoit dit en hauſſant les épaules qu'il n'y avoit donc pas lieu à traiter. Ledit Sieur Contarini tint enſuite quelques diſcours comme s'il nous eût voulu donner à entendre que les Eſpagnols nous voiant ſi fermes ne s'adreſſeroient plus à nous, & tiendroient envers les Deputez de Hollande la même conduite que les Imperiaux tiennent envers les Plenipotentiaires de Suede, & qu'ainſi nous demeurerions ſeuls. Les mêmes Eſpagnols diſent ſouvent & en divers lieux que ſi nous ne changeons notre procedure il faudra rompre l'Aſſemblée. Nous voyons bien leur deſſein, & ne doutons pas qu'ils n'aient plus de crainte de la voir ſeparer que nous. Ils s'efforcent de perſuader que pour contenir les peuples de la France il eſt beſoin de leur donner eſperance de la Paix. Ils ſe ſervent de cet artifice par tout, & peut-être qu'ils eſſaieront de le faire valoir juſques dans Paris, mais ils trouveront les Miniſtres de ſa Majeſté encore moins capables que nous, de s'y laiſſer ſurprendre.

Plaintes du procede des Suedois touchant les biens d'Egliſe, & le Sr. de la Barde.

Ce qui nous fâche, & nous met le plus en peine, eſt la conduite des Suedois, dont nous vous avons donné avis, & le changement qu'ils ont fait aux choſes que nous avions ici concertées avec Monſieur Oxenſtiern, tant pour n'avoir pas voulu que Monſieur de la Barde fut preſent à leurs Conferences, que pour avoir compris dans leurs demandes les Evêchez & biens d'Egliſe. Nous voions que le Comte de Trautmansdorff n'eſt point parti d'Oſnabrug. Ce qui fait douter s'il n'a point quelque eſperance de faire un Traité particulier avec les Suedois, à quoi les Eſpagnols ne manqueront pas de les confirmer. Nous perſiſtons néanmoins à croire qu'ils ne commettront point d'infidelité, & ils nous font tous les jours de nouvelles proteſtations de leur conſtance. Mais pour en dire le vrai, leur procedé n'eſt pas tel qu'il devroit être au commencement d'une Negociation où l'étroite union des Alliez ne doit pas ſeulement être en effet mais encore paroître au-dehors. Il n'y a rien que nous ne faſſions pour les ramener dans les bonnes voies, & pour connoître le fonds de leur intention.

Ce qui nous empêche d'en juger mal, c'eſt que par le raport du Sieur de la Barde & du

E 2 Sieur

1646.

Opiniâtre-
té du Comte
d'Oxenſtiern.

Sieur Stinghin qui a été envoyé à Oſnabrug, il y a diverſité d'avis entre les deux Ambaſſa-deurs & qu'en effet Monſieur Oxenſtiern ſeul a fait réponſe à une Lettre commune que nous leur avions écrite contenant notre plainte & nous ſavons qu'il eſt d'humeur à ſoutenir quelquefois ſes ſentimens avec une grande opiniâtreté.

Les Eſpagnols continuent à faire de grandes careſſes aux Plenipotentiaires de Meſſieurs les Etats qui nous ont apporté la copie du pouvoir de ceux d'Eſpagne pour traiter avec eux, & nous ont demandé ſi nous le trouvions en bonne forme, ſurquoi nous leur devons faire réponſe après avoir conſideré les Pouvoirs. Nous ſommes, &c.

En fermant cette Dépêche nous venons de recevoir des Lettres d'Oſnabrug qui nous donnent eſperance que Meſſieurs les Plenipotentiaires de Suede pourront changer de conduite, & que Monſieur Oxenſtiern cherche les moiens de reparer les manquemens qu'il a faits. Il n'y a pas pourtant encore rien d'aſſuré. Nous ne ſommes pas les ſeuls qui nous trouvons bleſſez dans leur replique. Les Députez de Madame la Landgrave ſe plaignent que dans l'article de la ſatisfaction de leur Maîtreſſe ils ont parlé foiblement, & que parmi les Princes de l'Empire avec leſquels ils n'ont point de guerre, ils ont compris le Landgrave de Darmſtat qui eſt l'ennemi capital de la Maiſon de Heſſe-Caſſel.

LETTRE

De Meſſieurs les

PLENIPOTENTIAIRES

à Monſieur le Comte de

BRIENNE.

Du 1. Fevrier 1646.

Les François refuſent paſſeport au Duc de Lorraine. Leur Conference avec les Médiateurs. Ils inſiſtent ſur leurs prétentions, & feignent de n'être pas allarmez du procedé des Suedois.

MONSIEUR.

NOus avons eu depuis deux jours une fort longue Conference avec Meſſieurs les Médiateurs qui nous a ſemblé aſſez importante pour ne differer pas davantage à vous en donner avis, y aiant apparence qu'il en réuſſira quelque utilité pour les affaires du Roi.

Les Fran-
çois refuſent
Paſſeport au
Duc de Lor-
raine.

La premiere partie a été emploiée ſur le Paſſeport de Lorraine. Nous avons répondu à toutes leurs raiſons, comme il ſe voit par l'Ecrit ci-joint. Et quoi que notre refus ſoit

1646.

fondé ſur un Traité fait avec les Imperiaux par lequel on eſt convenu des Paſſeports qui devoient être donnez de part & d'autre, à l'excluſion de celui qu'ils demandent aujourd'hui, les Médiateurs n'y ont pu acquieſcer, & ſont demeurez fermes à ſoutenir deux choſes. L'une, que cette excluſion ne paroît pas par le Traité préliminaire. L'autre, que pour faire une Paix générale, il faut neceſſairement ouïr tous les Princes intereſſez. Nous n'avons pas manqué de leur repréſenter qu'on ne ſauroit prouver une negative, qu'il eſt certain que le Paſſeport fut demandé lors de la Négociation des Préliminaires & n'a pas été accordé, & que ſi le Duc Charles deſire être compris dans la Paix générale, l'on en demeurera d'accord ; & qu'il y aura bien d'autres Princes qui y ſeront compris ſans avoir eu Paſſeport. Bien entendu qu'on eſt reſolu de ne lui rien rendre de ce qu'on a acquis ſur lui par tant de juſtes titres. Nous avons ajouté que les Imperiaux ne cherchent, qu'à amuſer Meſſieurs les Médiateurs & nous, de quelque apparence de Négociation. [Que Trautmansdorff ne diſpute pas ſur un Paſſeport au lieu où il eſt, & qu'au même tems, qu'on fait mine d'inſiſter ici à cette demande, les Plenipotentiaires de l'Empereur ont déclaré à ceux de Suede, qu'à la verité ils nous ont requis d'un Paſſeport pour Lorraine, mais ſans retardement de la Négociation de la Paix.] Ils ont dit que Trautmansdorff a raiſon de nous laiſſer, & de s'adreſſer où il croit trouver le meilleur marché. Que ſi nous étions en ſa place nous en ferions autant. Que les Suedois lui ont déclaré que la ſatisfaction de la Couronne de Suede n'empêchera pas la Paix, pourvû que l'amniſtie générale, & le rétabliſſement des Princes de l'Empire ſoient accordez & les griefs des Proteſtans terminez. Qu'ils ont déja fait connoître qu'ils veulent moderer leurs demandes, qu'au contraire nous nous affermiſſions tous les jours à ce que nous avons demandé ſans laiſſer ſeulement lieu de croire que nous ſoions capables de nous relâcher en quelque choſe. Que nous avons fait ſi peu d'eſtime de la premiere offre de Trautmansdorff qu'il a été contraint de ſe tourner ailleurs : qu'il croit avec beaucoup d'autres, que la France n'a point d'autorité en cette Negociation, voiant que les Suedois n'en parlent pas comme nous, & portent les affaires au point qu'ils veulent. Que cette diverſité a parù particulierement à deux choſes, l'une eſt que nous déclarons que ſans l'Alſace & Philipsbourg il ne faut rien attendre de notre côté, & eux déclarent qu'ils n'inſiſteront pas à leurs demandes, ſi les Etats de l'Empire ſont ſatisfaits. L'autre, qu'ils ont jugé nos prétentions exceſſives & l'ont donné à connoître, Monſieur Oxenſtiern aiant dit à Monſieur Contarini que la France avoit toujours témoigné par pluſieurs Lettres & Ambaſſades, qu'elle ne prétendoit rien en Allemagne. Que les Etats de l'Empire ont convié Monſieur Trautmansdorff de commencer par leurs affaires, parce que leur donnant ſujet de contentement, ils obligeront les deux Couronnes à ſe mettre à la raiſon. Enfin qu'outre toutes ces conſiderations Trautmansdorff a bien ſû dire que les François ſont là le Rhin, & qu'on a moien de leur réſiſter, & qu'ils ne peuvent pas faire grand mal, mais que les Suedois ſont dans le milieu des Païs hereditaires de l'Empereur & avec de grandes armées, & qu'il eſt bien forcé de courir où le mal preſſe.   Nous

Leur Con-
ference avec
les Média-
teurs.

Nous avons repliqué tous d'une voix, que nous sommes fort aises de ce qu'on traite avec les Suedois, que c'est autant d'avancé pour la fin qu'on s'est proposée qui est la Paix, que nous ne nous plaignons nullement de la Négociation qui se fait à Osnabrug, laquelle au contraire nous est avantageuse, en ce que Trautmansdorff voulant accepter la Paix avec des biens d'Eglise & faire d'autres préjudices à la Religion Catholique, cela se fera sans l'intervention de la France, mais que la seule chose à quoi nous trouvons à redire, & qui nous fait voir de plus en plus que les ennemis travaillent à toute autre intention que de la Paix générale; c'est qu'ils ne traitent pas en même temps avec nous, & se contentent d'entretenir le tapis de questions inutiles & déja jugées, & dont ils ont eux-mêmes déclaré qu'ils n'ont pas grand soin. Que les demandes de la Couronne de Suede & celles des Protestans, quoi qu'on fût pour en diminuer quelque partie, ne peuvent pas faire esperer le bon marché que les Imperiaux cherchent. Que si nous persistons dans notre demande, c'est que par le Conseil même des Médiateurs, nous l'avons mise d'abord aux termes où nous aurions pu la réduire après six mois de contestation. Que nous en avons ainsi usé avec les Espagnols, & que nous leur ferons bien voir que notre maniere d'agir n'est point de marchander. Que d'avoir offert ce qui est à la France & dont elle jouît paisiblement depuis cent ans, meritoit plus d'agrément qu'on ne nous en avoit témoigné, aiant même dit que nous recevions cette offre pour un commencement de Négociation. Que s'il y a eu quelque difference entre le langage des Suedois & le nôtre, nous avons pourtant même intention; mais qu'à la verité nous avons crû devoir rendre plus de respect à Messieurs les Médiateurs, & que nous pouvions leur parler avec plus d'ouverture & de confiance que nos Alliez ne font avec les ennemis, ni même avec Monsieur Contarini, tant parce qu'ils le voient fort rarement, qu'à cause de la diversité de Religion. Qu'enfin la Couronne de Suede veut son compte, que nous trouvons juste qu'elle l'ait. Que nous prétendons aussi avec raison que la France doit être satisfaite, & que si, pour y arriver, les Suedois & nous n'avons pas pris tout-à-fait le même chemin, Messieurs les Médiateurs ont sujet de nous en savoir gré & particulierement Monsieur le Nonce. Que si les Suedois portent les affaires au point qu'ils veulent, c'est qu'ils sont secondez par les Imperiaux qui se repaissent toûjours d'esperance d'un Traité particulier, laquelle les trompera toujours. Mais que si nous étions assurez de ce qui concerne la satisfaction & la sureté des Couronnes, c'est alors que le Roi auroit lieu d'emploier son credit auprès de ses Alliez & des Etats de l'Empire, pour les porter à des conditions raisonnables, étant bien certain que sa Majesté n'est pas obligé jusqu'à ce qu'on ait obtenu beaucoup de choses qui se prétendent, lesquelles étant accordées, il faudra toujours venir à nous, & qu'ainsi la conduite du Comte de Trautmansdorff ne lui aura servi qu'à trouver le bon marché dans sa bourse. Que Monsieur Oxenstiern peut avoir dit quelque chose touchant nos prétentions pour appuier davantage celles de Suede par le nombre & comparaison des Terres & Places que nous & eux voulons ceder & retenir. Mais qu'au fonds ils se sont obligez précisément par l'Alliance à ne faire Paix ni Trêve *Donec Galliæ satisfactum sit*, & que nous sommes très-assurez qu'ils ne feront pas un tel manquement à la vûe de tout le monde & dans la prosperité de leurs affaires.

Moins est à craindre que les Etats de l'Empire Catholiques & Protestans se joignent ensemble au prejudice des Couronnes. Qu'ils n'en ont presentement ni la volonté ni le moien, & que leur propre sureté se rencontre dans notre commune satisfaction. Que Monsieur Trautmansdorff a raison de considerer la puissance des Suedois & le mauvais état des affaires de son Maître dans le temps même que l'armée du Roi n'agit pas, & que l'Empereur reçoit du secours de Baviere. Mais qu'il devroit aussi considerer que dans peu de temps le Duc de Baviere aura besoin de toutes ses forces pour opposer à celles de Sa Majesté. Que dans l'étroite liaison qui est entre les deux Couronnes, ce n'est rien faire que de traiter avec une, & qu'au fonds chacun sait qu'en toute cette Guerre la France est le premier mobile, qui fournit les moiens necessaires à ses Alliez & fait agir leurs armées.

Que ce ne sont pas les prétentions de la France ni notre fermeté à les soûtenir qui ont porté Trautmansdorff à se porter ailleurs, puisque nous n'avions pas seulement formé notre replique, quand il est parti d'ici, puisque lui aiant ouvert le chemin de parler des affaires lorsqu'il y étoit il en détourna le propos, puis qu'il ne fut pas si tôt à Osnabrug, qu'il interrompit les premiers complimens de Messieurs les Ambassadeurs de Suede, & les exhorta d'entrer en matiere. Et en un mot puis qu'il est notoire que ledit Comte est venu ici avec ce dessein d'essaier premierement la desunion des Etats de l'Empire d'avec les Couronnes, & des Couronnes mêmes entre elles.

La conclusion de tout ce discours a été que nous representions ces choses à Messieurs les Médiateurs pour traiter toûjours confidemment avec eux, & pour avancer la paix en ce qui dépend de nous, comme aussi pour justifier de plus en plus les intentions de la Reine. Car pour le reste nous donnerons volontiers aux Imperiaux tout le temps qu'ils desirent, & verrons patiemment venir & passer la Campagne, pour laquelle on tient en France toutes choses bien préparées, comme les ennemis mêmes ne l'ignorent point.

Nous avons crû devoir parler de cette sorte, aiant remarqué qu'on veut prendre avantage de ce qu'on nous laisse, & qu'on s'adresse seulement à nos Alliez pour nous faire aprehender la Négociation qui se fait avec eux, & par là nous faire diminuer ce que nous prétendons. Cela nous oblige de témoigner que nous n'en faisons pas cas, quoi qu'en effet nous en soions bien en peine & que nous n'oubliions rien de tout qui se peut faire pour y remedier.

Nous fûmes un peu surpris que dans le discours pour nous obliger d'accorder le Passeport de Lorraine les Médiateurs dirent que les Imperiaux étoient avertis de bon lieu que nous avons ordre de la Cour de l'accorder.

Il fut parlé aussi de la Négociation avec l'Espagne. Messieurs les Médiateurs se plaignent de ce qu'il ne s'y voit aucun avancement, & que tous leurs soins y sont inutiles: qu'ils reconnoissent que ce n'est pas à nous à faire des propositions de paix, hors celles que nous avons faites, & que même les Espagnols pourroient s'en prevaloir, mais qu'on ne peut pas aussi les obliger à proposer eux-mêmes

Ils insistent sur leurs prétentions & feignent de n'être pas allarmez du procedé des Suedois.

des conditions desavantageuses, sans savoir si elles seront acceptées. Que ce leur seroit un trop grand préjudice s'ils devoient offrir & nous recevoir à bon compte, comme nous avons fait avec Monsieur de Trautmansdorff. Que les Plenipotentiaires d'Espagne leur ont témoigné qu'ils auroient bien agréable qu'ils fissent eux-mêmes quelque ouverture d'accommodement. Qu'on a dit aussi à la Cour à Monsieur le Nonce, que c'est aux Médiateurs à proposer. Monsieur Contarini a ajoûté que cela lui a été mandé plusieurs fois, sans conclurre pourtant autre chose. Nous connumes aisément qu'ils vouloient le même consentement de notre part & leur dîmes que les Ambassadeurs de Messieurs les Etats étant à présent ici nous ne refusons pas aussi d'ouïr les propositions qu'il leur plairroit de nous faire, & nous nous louërions toûjours de leur zele & de leurs soins continuels, sachans bien que par cette voie ils ne prétendent pas nous necessiter, mais seulement ouvrir le chemin à la Négociation.

Ils parurent contents de cette réponse, déclarant nettement que comme il ne leur appartient pas de juger n'étant point constituez arbitres des differents qui sont entre les deux Couronnes, ils sont aussi bien éloignez de le prétendre. Qu'ils essaieroient seulement comme entremetteurs de faire approcher les Parties & de prévenir s'il est possible par un bon Traité les nouveaux accidens de la prochaine campagne. Il y a apparence qu'au premier jour ils nous feront quelque proposition, ce qui ne sera pas à notre avis sans en avoir auparavant un tacite consentement des Espagnols, puisque ce ne peut être qu'à leurs dépens; mais à leurs discours il ne nous parut pas qu'elle doive être telle que nous la souhaitons.

Les Plenipotentiaires de Suede ne nous ont point encore donné communication de leur replique, mais il en court ici un Ecrit en Allemand que nous avons fait traduire & qui vous sera porté avec la presente, afin de ne vous pas tenir plus long-temps en attente.

Le voiage de ce Gentilhomme s'est trouvé fort à propos, pour vous donner avis que le Sieur de Meules nous écrit de Hambourg que les levées s'avancent & que le Colonel Rauscheupt est en état de se rendre bien tôt avec ses troupes aux environs de Maience. Ce qui étant, il est du tout necessaire qu'un Commissaire de la part du Roi se trouve auparavant audit lieu de Maience, avec ordre & argent pour la subsistance tant de ses troupes, que de celles qui doivent suivre incontinent après. Nous sommes, &c.

ADDITION

De Monsieur de

SERVIEN

à la Dépêche du 1. Fevrier.

Contarini proteste n'être point partial. Cependant il l'est fort contre la France, surquoi les Plenipotentiaires François lui veulent faire de fortes representations. Le Nonce leur paroit aussi partial.

DAns la Conférence qui a été fort longue, Monsieur Contarini a fait plainte à diverses reprises & avec beaucoup de chaleur, de ce qu'en France on le croit Espagnol. Il a pris grand soin de nous persuader qu'un Gentilhomme de sa naissance & du païs d'où il est, étant emploié dans la Négociation d'un Traité si important que celui-ci, auroit bien peu d'honneur & de jugement s'il se rendoit partial. Que s'il étoit permis de prendre parti, les interêts & les inclinations de sa République ayant toûjours été plutôt pour la France que pour la Maison d'Autriche, il seroit obligé de pancher plutôt de notre côté que de l'autre. Mais que le devoir de bon Médiateur le forçoit de demeurer neutre pendant le cours de cette Négociation. Il ajoûta que sa condition étoit fort malheureuse, puisque quand il combattoit les Espagnols il passoit pour François, & que quand il faisoit le même contre les François il passoit pour Espagnol. Et quand il ne répondoit rien aux raisons que les uns & les autres aportoient, on prenoit son silence pour un acquiescement. S'il n'eût point été si ému, nous eussions pris cette occasion pour lui faire connoître ces inconveniens; & qu'il ne seroit pas malaisé d'y remedier en traitant les affaires avec plus de moderation. Car nous avons éprouvé souvent que pour avoir voulu entreprendre avec trop de chaleur de nous faire relâcher sur des points où l'interet du Roi ne nous permettoit pas de le faire, son Collegue & lui sont sortis en colere & mécontents de nous; & après cela n'ont pas fait scrupule de nous condamner assez publiquement par leurs discours & leurs Lettres, dont diverses fois nous avons reçu de très-grands préjudices. Néanmoins nous pouvons dire avec verité qu'ils ont été si malheureux dans leurs jugemens, que grand nombre des choses qu'ils avoient voulu faire passer pour impossibles, ont été faites peu de temps après avec grande facilité. Ce qui leur a non seulement donné le déplaisir de n'avoir pas été véritables en leurs prédictions, mais les a obligez de faire reproche à nos Parties de ce qu'elles avoient accordé trop facilement des choses qu'elles leur avoient refusées, après les avoir engagez de nous dire qu'elles ne se feroient point. De sorte qu'au lieu de se réjouir pour le bien du public, de ce que des diffi-

Contarini proteste n'être point partial.

Cependant il l'est fort contre la France.

difficultez qui nous avoient arrêté quelque temps, étoient heureusement terminées, il a falu que pour leur intérêt particulier, ils se soient plaints aux Parties, & qu'elles aient eu la peine de se justifier de ce qu'elles étoient tombées d'accord avec nous, sans leur participation, & peut-être même contre leur avis.

Nous n'y ajoutons pas sans raison ces derniers mots, puisque Monsieur Contarini nous a ingenument confessé (sachant bien que nous en avions connoissance d'ailleurs) qu'il avoit fait reproche aux Imperiaux de leur facilité, & qu'ils ne savoient pas conduire leurs affaires, de s'être relâchez comme ils avoient fait sur tant de divers points sans être assurez d'avoir la Paix. La fin de son discours à la derniere Conference a été que si l'on avoit quelque sujet de confiance ou de plainte, il faloit s'en expliquer confidemment, & y demander satisfaction sans faire des jugemens si desavantageux de ses amis. Nous avons été très-aises que cette ouverture soit venuë de lui. Car encore que ci-devant nous l'eussions fait avertir très-honnêtement par l'un de nous de ce qu'il faisoit à notre desavantage, afin qu'il ne continuât plus, ayant reconnu que cet avertissement n'a point eu d'effet, nous avons resolu de lui en parler tous trois ensemble plus ouvertement, & d'entrer avec lui dans un éclaircissement sur la proposition qu'il nous en a faite. Car certes il importe par quelque moien que ce soit, qu'on l'oblige à l'avenir de moderer sa liberté de parler & d'écrire qui le rend coupable avec beaucoup de raison ou d'imprudence ou de partialité.

En faisant cette Dépêche nous avons encore reçu de nouveaux avis de Hollande & d'Anvers qu'on y a vû depuis peu de ses Lettres d'un style très-préjudiciable pour nous, leur ôtant toute esperance de Paix à cause des demandes excessives qu'il dit que nous faisons, on s'en est servi d'un côté pour faire faire de plus grands préparatifs contre la France & pour engager plus aisément les peuples, & notamment les Ecclesiastiques à y contribuer, & de l'autre pour remettre sur le tapis les propositions d'un Traité particulier. Nous estimons cependant qu'il sera bien à propos qu'il vous plaise de tenir par delà le même langage à l'Ambassadeur Nani, aiant remarqué, que ce qu'il écrit à Monsieur Contarini est de grand effet, & que s'il y a quelque chose qui puisse reformer sa conduite c'est plutôt ce qui viendra de la Cour, que ce que nous pouvons faire ici.

Le Nonce paroît un peu plus retenu, mais comme il suit presque ordinairement les avis de Contarini, nous estimons que s'il ne publie pas si librement ses opinions, ce qu'il écrit à Rome ne nous est pas plus favorable que ce que l'autre écrit à Venise.

D'ailleurs lui étant échappé quelquefois de nous dire qu'il a défense du Pape de jamais rien proposer, & n'étant pas si habile ni si experimenté dans le maniement des affaires d'Etat que Contarini, celui-ci nous est beaucoup plus necessaire dans le cours de la Negociation, vû même qu'en celle qui touche Messieurs les Etats, ou les Protestans d'Allemagne ou les Suedois, le Nonce n'y peut prendre aucune part.

<hr>

LETTRE

De Messieurs les

PLENIPOTENTIAIRES

à Monsieur le Comte de

BRIENNE.

Du 3. Fevrier 1646.

Les Suedois jaloux des prosperitez de la France. Envoi du Sr. de St. Romain en Suede pour aider Mr. de la Thuillerie. Les Plenipotentiaires de France se louent de ceux de Baviere. Espagnols négotient directement avec les Hollandois.

MONSIEUR.

NOus vous remercions très-humblement du soin qu'il vous plaît de prendre de toutes les affaires que nous vous recommandons & de l'ordre qui a été donné tant pour appuier les interêts de Madame la Landgrave auprès de Messieurs les Etats, que pour faire cesser les plaintes des Villes de Colmar & de Strasbourg. Nous vous rendons graces aussi des Sauvegardes que vous avez envoyées pour Monsieur le Comte de Wigtenstein, & pour d'autres. Ces choses, quoique de petite consequence, sont néanmoins utiles au service du Roi, en ce temps-ci où nous avons besoin d'avoir en cette Assemblée des personnes favorables & amies. La faveur que vous nous faites de nous informer de ce qui se passe à Rome & ailleurs, ne nous oblige pas moins.

Ce que l'Ambassadeur de Venise a dit à Monsieur Oxenstiern n'est pas sans quelque fondement. Nous n'estimons pas que ces Messieurs les Plenipotentiaires de Suede soient pour manquer à l'Alliance & qu'ils tombent dans une faute qui leur seroit si préjudiciable. Mais il est vrai pourtant, que leur conduite depuis quelque tems nous donne sujet de n'en être pas satisfaits. Il est certain que les prosperitez de la France ne leur agréent point trop, & Monsieur Oxenstiern, quand nous avons conferé ensemble sur les satisfactions des Couronnes, ne s'est pas pû empêcher de faire connoître qu'il trouvoit nos demandes bien hautes. Nous ne doutons pas aussi que le dessein des Suedois ne soit de se rendre protecteurs des Protestans en Allemagne, & de nous decrediter parmi eux pour se faire plus valoir, & leur paroître necessaires. Ces considerations

tions

tions & les manquemens qu'ils ont fait à l'execution de ce qui avoit été concerté entre nous, sur la replique, dont nous vous avons déja donné avis, nous ont fait resoudre, d'envoyer en Suede le Sieur de Saint Romain, avec les Lettres du Roi, portant créance à la Reine de Suede, & à ses principaux Ministres. Le sujet le plus important de sa Commission est pour découvrir si le déconcert des Ambassadeurs de Suede avec nous est venu de leur propre mouvement ou d'un caprice de Monsieur le Comte d'Oxenstiern, ou si c'est par un ordre superieur. Nous lui avons donné charge de s'en adresser principalement à Monsieur le Chancelier Oxenstiern, & de faire connoître à lui seul la conduite de Monsieur son fils avec le plus de douceur & de moderation qu'il se pourra. Il doit encore s'informer s'il y a une division entre les Ministres, qui sont ceux qui ont la plus grande puissance, & quel est l'état présent de cette Cour, lequel il importe que nous connoissions bien au vrai. Il essaiera aussi de pénétrer jusques à quel point ils se pourront relâcher pour leur satisfaction & s'ils ont une véritable inclination pour la Paix.

Nous avions écrit les mêmes choses à Monsieur de la Thuillerie; & il est sans doute qu'étant sur les lieux il prendra de grands éclaircissemens. Mais nous avons jugé que le Sieur de Saint Romain qui a déja ci-devant été employé en Suede, & qui sait ce qui s'est passé ici le peut beaucoup aider. D'ailleurs Monsieur de la Thuillerie nous a écrit qu'il ne lui est pas possible de passer à Munster à son retour, & nous avons desiré que quelqu'un aiant vû les choses à l'œil nous les pût raporter exactement.

Ledit Sieur de la Thuillerie nous mande par ses Lettres du 6. du mois passé qu'il a reçu nos premieres Depêches, par lesquelles nous lui avions donné avis du dessein des Espagnols d'introduire un Traité particulier entre l'Empereur & la Couronne de Suede par l'entremise de Rosenham. Il dit qu'il n'a pas eu encore le tems de s'éclaircir assez, mais que jusques-là il n'avoit rien vû qui lui pût donner aucune aprehension, & qu'il avoit été reçu avec tous les témoignages possibles de bienveillance.

Nous avons eu depuis peu une Conference avec les Ambassadeurs du Duc de Baviere de laquelle nous sommes sortis fort satisfaits. Ils nous ont assuré que leur Maître ni aucun des Electeurs & Princes Catholiques de l'Allemagne ne permettroient jamais que l'Empereur, quand il en auroit le dessein, fît un Traité en particulier avec la Suede & les Protestans sans la France. Ils confirmerent ce qu'ils ont dit ci-devant en diverses occasions que le Duc de Baviere souhaite que la Paix soit générale, & qu'en traitant avec l'Empereur nous puissions aussi demeurer d'accord avec l'Espagne. Mais que si les Espagnols se rendoient difficiles il n'y avoit rien qui empêchât que les affaires de l'Empire & des Couronnes ne se pussent terminer. Ils ajoûterent en riant que nous avons coulé une question dans nos Repliques, qui les obligeoit assez à faire cette déclaration. Les mêmes Ambassadeurs assûrerent que leur Maître faisoit des offices continuels auprès de l'Empereur pour notre satisfaction, & qu'il favorisoit aussi celle de la Couronne de Suede, pourvû qu'elle ne fût point contraire à ses interêts, & qu'elle moderât ses prétentions, lesquelles ils s'efforcerent de nous faire voir être bien excessives. Ils nous donnerent aussi à connoître qu'il faloit diminuer des nôtres & s'arrêterent long-tems sur ce que nous demandions Philipsbourg & une ligne de communication. Ce qui seroit, disoient-ils, capable de faire naître de grandes oppositions.

Les Espagnols n'apportent pas tant de difficultez & de longueurs avec Messieurs les Etats. Ils leur ont déja fait une proposition de traiter sur le pied de la Trêve faite en l'année 1609. & pour autant de tems qu'elle a duré, sauf à accommoder quelques Articles à l'état présent des affaires. Ce que les Ambassadeurs desdits Sieurs Etats nous ont communiqué & nous doivent envoyer une copie de ladite proposition que vous recevrez avec la presente, si elle vient avant que l'Ordinaire parte, ou vous l'aurez par le prochain. Les Espagnols l'avoient conçuë en sorte qu'ils rendoient Messieurs les Etats demandeurs, mais ils ont été obligez de la reformer & de faire eux-mêmes l'offre qu'ils vouloient mettre en la bouche des Hollandois. Ils leur ont aussi presenté un Pouvoir pour traiter, où le Comte de Peñaranda est nommé seul avec faculté d'en commettre & substituer d'autres. Nous leur avons marqué les points que nous y trouvons à redire & leur en avons laissé un Ecrit pareil à celui qui sera ci-joint.

Ce qui nous a donné de la peine est, que lesdits Ambassadeurs nous ont déja pressez sur l'Article neuviéme de l'Alliance. Nous avons pris tems pour y répondre, & avons pris prétexte sur le besoin que nous avons de recevoir les ordres de la Cour, que nous savons assez bien & que nous executerons ponctuellement; mais il nous est necessaire de renvoyer, s'il est possible, cette affaire à un autre tems, pour éviter dans ces commencemens la contestation qu'elle pourra causer entre nous.

Les Espagnols publient par tout, que les peuples de France sont tellement épuisez & las de la guerre, qu'encore que les Ministres du Roi n'aient pas d'inclination pour la paix ils n'oseroient le témoigner; & que si ce n'étoit notre Deputation à Munster qui tient les Sujets de Sa Majesté en quelque esperance, on verroit bien-tôt un soûlevement en ce Roiaume. Que non seulement les peuples veulent la paix, mais que dans le Conseil du Roi on ne parle pas des conditions du Traité en la sorte que nous faisons ici. Ce qui nous oblige de vous écrire qu'il n'y a point de moien plus propre de retarder & éloigner la Paix que de témoigner de la vouloir avec ardeur, & que pour faire dans Munster un Traité glorieux & utile à la France, il est important qu'il paroisse à Paris que les François ont plus d'inclination à continuer leurs conquêtes que d'entendre à aucun accommodement. Vous assûrant, Monsieur, que rien ne peut être meilleur au service de sa Majesté que si on tient par tout ce langage. Nous sommes, &c.

Envoi de Mr. de St. Romain en Suede pour aider Mr. de la Thuillerie.

Les Plenipotentiaires de France se loüent de ceux de Baviere,

Espagnols négocient directement avec les Hollandois.

M E J.

MEMOIRE
DU ROI

à Meſſieurs les

PLENIPOTENTIAIRES.

Du 3. Fevrier 1646.

*Retraite des Barberins de Rome.
Procedé du Pape à leur égard.
Ils arrivent en France. Ils y
ſont favorablement reçus, ce qui
aigrit de plus en plus le Pape
contre eux. Les Eſpagnols tâchent d'en profiter. Plaintes
contre le Pape. On agite en
France ſi on envoyera un Ambaſſadeur à Rome ou non. On
conſulte là-deſſus les Plenipotentiaires.*

Retraite des Barberins de Rome. SA Majeſté juge ſi étrange, & de telle conſideration l'évenement de la retraite de Rome de Monſieur le Cardinal Barberin, & du Prefet ſon Frere avec ſes quatre enfans, qu'elle a eſtimé à propos d'en communiquer les particularitez auſdits Sieurs Plenipotentiaires par le préſent Memoire, & d'y ajoûter quelques reflexions qui ſe peuvent faire là-deſſus.

Procedé du Pape à leur égard. Le Cardinal Barberin & ſon Frere, voïant que le Pape a annullé tous les Brefs que ſon Predeceſſeur leur avoit accordez, & au Cardinal Antoine, & entre autres ceux qui les exemtoient de rendre aucun compte, ſur la foi deſquels ils n'avoient tenu aucun Regiſtre ni livrés; qu'il ne leur avoit de rien ſervi de repréſenter, que l'argent de la guerre, dont on leur demande raiſon, n'a point paſſé par leurs mains, & que les Miniſtres ſubalternes de la Chambre Apoſtolique, qui ont fait la recepte & la dépenſe, en ont remis les comptes à ladite Chambre. Que nonobſtant cela s'étant offerts de donner de nouveau leſdits comptes & de faire apparoir l'emploi de tout l'argent pourvû qu'on leur communiquât amiablement les livres que la Chambre a entre les mains, conſentants mê-me de paier du leur les parties qu'ils ne pourroient pas éclaircir à la ſatisfaction de Sa Sainteté, on leur avoit refuſé, contre toute équité, cette communication, ce qui faiſoit voir évidemment qu'on ne cherchoit pas tant la verité des choſes paſſées comme de

Tom. III.

leur tendre un piége, afin que les comptes qu'ils rendroient ſe trouvaſſent par defaut de memoire, aucunement differens de ceux de la Chambre. Que l'on auroit mis une peine extraordinaire de cinq-cens écus par jour à chacun des deux Freres, qui étoient préſens à Rome s'ils ne les avoient préſentez dans la quinzaine, & au Cardinal Antoine la même, s'il n'y avoit ſatisfait dans un mois; qui étoit un temps limité qui ne ſuffiroit quaſi pas à lui en donner avis. Que lors que l'on les preſſoit le plus de donner leſdits comptes, on tâchoit par toutes ſortes de voies imaginables de leur en ôter les moiens, non ſeulement par le refus de leur laiſſer voir les li-vres de la Chambre, mais faiſant mettre à deſſein priſonniers, ſous d'autres pretextes, tous les Officiers, dont on jugeoit qu'ils pourroient tirer quelques lumieres. Que tou-tes les reſolutions du Tribunal deputé pour cette affaire, paſſoient par les mains du Car-dinal Sforze, qui y préſide, & n'eſt pas ſeulement leur ennemi déclaré, en ce qu'il pré-tend avoir été mal traité d'eux, parce qu'ils ne le firent pas promouvoir au Cardinalat, du vivant de leur Oncle, comme ils le lui avoient promis, mais qu'auſſi aujourd'hui il a en ſon nom un procès avec le Cardinal An-toine pour le Duché de Segny, qu'il pré-tend retirer de lui; outre qu'il a grand inte-rêt à la durée de cette perſecution, puis qu'elle lui donne lieu de joüir des appointe-mens de la charge de Camerlingue, qu'a le-dit Cardinal Antoine; qu'après avoir préſen-té les comptes en la meilleure forme que la brié-veté du temps l'avoit pû permettre, le Com-miſſaire de la Chambre ſe contenta de leur faire dire en termes équivoques & obſcurs, que ce n'étoit pas la façon de donner des comptes, ſans vouloir jamais ſe laiſſer enten-dre en quoi ils étoient defectueux; qu'enſuite, ſous prétexte de leur faire paier cette préten-duë peine de cinq-cens écus par jour chacun, on leur avoit ſequeſtré généralement tous leurs revenus & tous leurs biens ſans pouvoir diſ-poſer d'un ſeul denier, & aiant apris d'ailleurs que le Pape, parlant à quelqu'un, avoit dit, que quand on obligea le Marquis de Lega-nez de rendre compte, on le conſtitua pri-ſonnier, recevant des avis de tous côtez qu'on les alloit mettre au Château Saint Ange, & voïant venir, ſans aucun beſoin, de la Soldateſque de Civita Vecchia, qu'on diſoit être mandée pour aſſurer cette execution, & afin qu'elle ſe paſſât ſans bruit, tout cela en-ſemble a fait à la fin reſoudre ledit Cardinal Barberin, & ſon Frere, de ſonger ſerieuſe-ment à leur retraite, pour éviter du moins l'orage dont ils étoient ménacez en leurs per-ſonnes; puiſque ni la Juſtice ni la conſidera-tion du Roi & de ſes offices, n'étoient pas capables d'arrêter un moment celui qui fon-doit avec tant de violence ſur leurs biens.

Ils ſortirent donc de Rome le 16. du paſſé à deux heures après minuit, le Cardinal à pied en habit de Prêtre, & le Prefet dans un Caroſſe avec ſes enfans, dont il y a une jeune fille; faiſant ouvrir les portes comme ſi c'eût été le Frere du Cardinal Seſi, qui vouloit ſortir pour aller à la chaſſe, ils furent à l'em-bouchure du Tibre où la barque qu'ils a-voient arrêtée n'aiant pas voulu partir, ils fu-rent obligez d'être plus de quatre heures à traiter avec d'autres pour les diſpoſer de ſe mettre à la mer; & il eſt remarquable, que pluſieurs gens de ce lieu-là connurent le Car-

F

dinal

dinal Barberin, & eurent tant de compassion de la disgrace qui l'obligeoit de fuir de là, que pas un n'en alla donner avis à Rome, ce que l'on eût pû faire assez à tems pour les arrêter.

Ils se jetterent donc dans une mechante petite barque Genoise, sans avoir ni matelas pour se coucher, ni autres provisions que du mechant biscuit, & un peu de mauvais vin, qu'ils acheterent sur le port.

Leur passage se peut quasi attribuer à miracle, Dieu aiant voulu faire voir visiblement qu'il prend soin de l'Innocence opprimée. Car une tempête la plus grande qui se peut imaginer, & qui les fit continuellement tenir pour perdus dans tout le cours du voyage, les mit *Ils arrivent en France.* dans un jour à la vûe de Genes & dans le troisiéme la nuit aux Isles de sainte Marguerite, d'où ils sont venus à Cannes, & ont depêché à sa Majesté, pour lui donner part de leur arrivée, & lui faire des excuses, de ce qu'ils avoient été forcez, contre leur intention, d'entrer dans le Roiaume, avant que d'en avoir sa permission.

Ils y font favorablement reçus, ce qui aigrit de plus en plus le Pape contre eux. Sa Majesté leur depêche un de ses Ecuiers, pour leur ôter ce scrupule, & pour les assûrer de la continuation de sa protection, & de sa bienveillance. Monsieur le Cardinal Barberin viendra ici en poste saluer leurs Majestez pour s'en retourner en Provence avec son Frere, & être plus en état de passer à Rome au premier besoin.

Cette retraite du Cardinal Barberin, & de toute sa Maison, sans laisser même la fille, préjudiciera sans doute extrêmement à la face de tout le monde, à la reputation de sa Sainteté puis qu'il n'y a personne qui puisse plus ignorer son peu de gratitude, & sa persecution envers une famille, à qui il doit tout, depuis le commencement jusqu'à la fin, voiant avec quel hazard ils ont été contraints de s'échaper, pour se garentir d'un plus grand malheur.

Il se pourra faire, que le Pape dira maintenant qu'il est obligé, pour son honneur, & pour soûtenir sa dignité, de poursuivre plus vivement le Cardinal Barberin, puis qu'il lui a manqué de respect en sortant de Rome sans congé. Mais à la verité il y aura quelque peine à persuader à la Cour de Rome, & à tous ceux qui considereront sans préocupation ou passion cet accident, qu'il y ait si grand plaisir de manquer de respect à sa Sainteté, que pour avoir cette satisfaction on abandonne volontiers tout son bien à l'avidité de ses envieux, & sa personne & celle de ses enfans à la merci des eaux, dans une chetive barque, & dans une si rude saison. S'il y avoit ci-devant peu d'apparence que nous attendissions bon traitement de sa Sainteté qui a naturellement aversion pour la France, il y en aura bien moins à l'avenir, dans la grande passion qu'il a de perdre les Barberins; puis qu'il se trouve environné de tous côtez des Ministres d'Espagne, & de leurs adherans, ou de personnes, qui fondent leur fortune en la perte de cette Maison, dont il se peut dire que le veritable crime est de s'être declarée de notre parti.

Les Espagnols tâchent d'en profiter. Les premiers, c'est-à-dire les Espagnols, croient dans la foiblesse où ils sont, de faire un grand coup pour leurs affaires de pousser le Pape à toutes les extremitez contre nous, parce que, ou la France souffrant en patience le mauvais traitement de sa Sainteté, & la perte des Barberins, ils peuvent avoir lieu de nous décrediter auprès d'un chacun, faisant connoître que le vrai moien de se perdre est de se mettre sous notre protection, ou si nous prenons des resolutions convenables pour repousser l'injure qu'on nous veut faire, ils esperent que les choses pourront aller si avant que cette Couronne, aiant de nouvelles affaires sur les bras seroit obligée de diviser ses forces, & de les en attaquer moins vigoureusement.

Les seconds interessez à la ruine des Barberins sont de trois genres differents. L'un, de ceux que la vangeance excite, comme le Grand Duc & Monsieur de Parme; l'autre, des proches du Pape, & de divers particuliers qui pouvant profiter de leur debris, n'oublient rien pour échauffer & irriter sa Sainteté; & le dernier, de ceux qui veulent plaire, & faire leur Cour, secondent tous les sentimens de sa Sainteté, & s'y conforment, sachant que la matiere est trop disposée à recevoir avec plaisir toutes sortes d'impressions contre la France, & à hâter la destruction de la Maison Barberine.

Plaintes contre le Pape. Cependant c'est un grand malheur, que dans le tems, où la Chrétienté auroit plus de besoin d'un Pape, qui ne songeât qu'à s'immortaliser, soit en lui procurant la tranquillité qui lui est si necessaire, soit en formant quelque puissante machine pour resister à l'ennemi commun, qui ne s'est deja que trop prévalu de nos dissentions, & qui se prepare avec tant d'application à en tirer de plus grands avantages à l'avenir, on voie avec les larmes de tous les gens de bien, que le Saint Siege soit rempli par un Pape, qui n'a nul égard à la qualité de Pere commun, qui ne songe qu'à complaire en tout aux Espagnols, qui ne témoigne nulle inquietude de l'armement du Turc, ni de l'invasion de la Chrétienté par les armes Ottomanes, qui ne fait nul cas des continuelles instances que la République de Venise lui fait pour en être assistée en de si pressantes extrémitez, & qui dans des conjonctures si deplorables pour l'Eglise, ne montre d'avoir autre pensée que de contenter ses passions particulieres, pour ne pas dire les assouvir.

Ce n'est pas que l'on ne sache que sa Sainteté, & ceux qui la conseillent ont souvent quelque remords de cette conduite, & de voir qu'ils donnent sujet à la France de s'engager tous les jours plus avant; mais tout ne va au plus que d'essaier de la justifier par de belles paroles, & des protestations étudiées que sa Sainteté fait à un chacun, qu'elle aime la France avec tendresse; Qu'il est assûré par plusieurs Lettres de Paris que le Conseil de sa Majesté est divisé en ce qui concerne le procedé qu'on tient à son égard, qu'il sait que la Reine a grand regret en son ame de ce qui se passe, mais qu'elle n'a pas la force de prendre une bonne resolution pour y remedier. C'est la substance du discours que sa Sainteté tient à un chacun, mais sur tout quand il y a occasion de parler à quelqu'un de ces Moines ou Prêtres François, qui vont à Rome prendre des graces, Il les tient des trois & quatre heures, leur exagerant au dernier point son affection pour cette Couronne; & comme ces pauvres gens n'ont autre but que d'obtenir ce qu'ils demandent, & que pour n'être pas informez, ou par respect, ils lui donnent raison de tout, cela avec quelques civilitez, qu'il prend soin de faire à des Passagers François, selon leur con-

1646.

On agite en France si on envoyera un Ambassadeur à Rome ou non.

condition, lui fait croire que tout le Roiaume est très-persuadé, qu'il n'y a jamais eu aucun Pape, qui ait eu plus de bonne volonté que lui pour la France.

On avoit resolu, comme lesdits Sieurs Plenipotentiaires auront pû voir, par la fin du discours de Monsieur le Chancelier au Nonce d'envoier à Rome un Ambassadeur. Mais voiant depuis que la déclaration que sa Majesté fit en termes si formels en faveur de la Maison Barberine, au lieu de diminuer les mauvais traitemens qu'on leur faisoit, ou du moins de les arrêter, n'avoit servi qu'à les accroître, leurs Majestez ont été en doute si on devoit desormais songer à cet envoi, lequel sans pouvoir vraisemblablement produire aucun bon effet, nous peut porter à de plus grands engagemens. On prendra bien-tôt une derniere resolution là-dessus, de façon ou d'autre. Et pendant qu'on delibere sur la conduite que l'on devra tenir dans toutes les affaires de Rome, si le Pape ne nous donne aucune satisfaction de tous les torts que l'on nous fait, leurs Majestez seront bien aises d'avoir sur ce sujet les bons avis desdits Sieurs Plenipotentiaires faisant grand cas de leur prudence, & du zele qu'ils ont pour tout ce qui regarde l'honneur, l'avantage & la dignité de la Couronne.

On consulte là-dessus les Plenipotentiaires.

MEMOIRE

De son

EMINENCE

a Messieurs les

PLENIPOTENTIAIRES.

Du 3. Fevrier 1646.

On ne doit pas se brouiller avec les Suedois pour l'affaire de Mr. de la Barde. Cerisantes part de France pour Stockholm. On propose de reconnoître l'Empire pour les 3. Evêchez aussi bien que pour l'Alsace, pourvû que la France ait rang & suffrage dans les Dietes, & devienne Membre de l'Empire. Prétentions de la France en Allemagne plus moderées que celles de la Suede. La France doit se relâcher en Allemagne si elle peut obtenir par-là des conditions d'autant meilleures des Espagnols. On pourroit don-

Tom. III.

1646.

ner une somme d'argent à l'Empereur. Et aux Archiducs un revenu égal à celui qu'ils tirent de l'Alsace. Mais il ne faut pas mettre Pignerol en ligne de compte. On pourroit offrir Anvers à Mrs. les Etats pour les rendre favorables à l'échange des Pais-Bas contre la Catalogne. Baviere est la Dupe de Trautmansdorff. Il faut faire bien sonner l'offre de rendre Trèves & Mayence. Affaire des Barberins.

JE crois vous avoir marqué, Messieurs, par mes precedentes tout ce que l'on peut vous dire sur la conduite que tiennent les Suedois avec nous, & particulierement sur le refus qu'ils font, par de mauvaises raisons, d'admettre Monsieur de la Barde dans leurs Conferences avec les Imperiaux à Osnabrug, comme nous avons appellé le Sieur Rosenham aux nôtres à Munster, quoi que les instances que nous leur en avons faites soient fondées en execution d'un Traité.

Il est vrai que ce procedé ne peut être ni plus deraisonnable ni plus desobligeant. C'est à vous autres, Messieurs, à prendre garde de près, s'il ne peut point avoir d'autres suites. Cependant je persiste à croire, que si on ne peut leur faire comprendre raison là-dessus, & que d'ailleurs il n'y ait pas sujet d'apprehender d'eux une defection entiere, on en doit sortir de bonne grace, & en façon qu'il ne paroisse pas qu'il nous en reste rien sur le cœur.

Pour cela j'estimerois qu'on pourroit doucement faire connoître que ce qui nous a obligé d'insister autant que nous avons fait à cette admission de Monsieur de la Barde dans les Conferences, c'est le seul motif d'accomplir ce dont on étoit convenu, & afin de ne pas introduire le mauvais exemple de se departir facilement d'un Traité: mais que d'ailleurs nous n'avons aucune jalousie de ce qu'ils negotieront; sachant bien que les artifices de nos Ennemis ne sont pas capables de les separer de nous, ni de leur rien persuader contre la Negociation & leurs interêts. S'ils en avoient la pensée ils trouveroient mille moiens pour traiter sous main avec eux, sans que nous nous en pussions appercevoir quand même notre Resident ne les abandonneroit pas d'un pas.

On ne doit pas se brouiller avec les Suedois pour l'affaire du Sieur de la Barde.

Et certainement cette derniere reflexion me semble assez puissante, pour nous persuader qu'ils n'ont présentement aucune intention de nous manquer dans le solide; puis que s'ils l'avoient il est vrai-semblable qu'ils se feroient bien gardez de nous donner les soupçons qu'ils ont fait en resistant à l'entrée de Monsieur de la Barde dans leurs Conferences, mais qu'ils l'auroient appellé eux-mêmes pour témoigner leur sincerité, & auroient pû trouver d'autres vöies secretes pour traiter & pour conclurre.

Néanmoins l'affaire est si délicate, & de telle importance, que ce ne seroit pas prudence de s'y endormir. Et il faut continuellement avoir les yeux ouverts à leur conduite, d'autant plus que présupofant qu'ils n'aient

F 2

pré-

1646.

présentement que de bons desseins, les entrevûes, si frequentes, face à face, & sans aucuns témoins, avec nos Ennemis, qui n'oublient rien pour les gagner & pour les flatter, sont bien capables avec le temps de leur faire prendre des impressions à notre préjudice.

Cerisantes part de France pour Stockholm.

Le Sieur de Cerisantes est parti d'ici cette semaine, pour aller en diligence faire un tour en la Cour de Suede, & y faire régler quelques affaires particulieres qu'il a. Je l'ai informé pleinement de tout ce qui s'est passé au fait de Monsieur de la Barde, & de toute la conduite des Suedois avec nous. Il me semble l'avoir persuadé comme nous le pouvons desirer, & il m'a promis d'écrire efficacement en Suede, pour y faire remedier.

Les fauteurs de la Maison d'Autriche font par tout courir des bruits avec grande ostentation de l'offre qu'ils ont faite de laisser les trois Evêchez à la France pour sa recompense dans l'Empire, comme si c'étoit beaucoup au delà de ce qu'elle peut prétendre: ce qui paroît veritablement ridicule à toutes les personnes de bon sens.

On propose de reconnoître l'Empire pour les 3. Evêchez aussi bien que pour l'Alsace, pourvû que la France ait rang & suffrage dans les Dietes, & devienne Membre de l'Empire.

Il me semble que pour mieux montrer le peu de cas que nous faisons de cette proposition, pour témoigner aussi en même temps à toute l'Allemagne, que nous ne sommes pas gens à demembrer l'Empire à notre profit, comme peut-être ça a été le but des Imperiaux de faire croire, & enfin pour rendre adroitement inutile leur offre, nous pourrions offrir aussi de notre côté dès à cette heure de reconnoître aussi bien l'Empire pour les trois Evêchez, que pour l'Alsace, pourvû que l'on demeure d'accord de nous la laisser; afin que nos Rois soient d'autant mieux reconnus pour Princes de l'Empire, & que leurs Deputez aient rang & voix deliberative dans les Dietes, pour plusieurs raisons.

Je ne vois, ce me semble, nul inconvenient en cela, non plus qu'à trouver quelque temperament touchant le Parlement de Mets, s'ils s'aheurtoient beaucoup à ce point, & que son établissement fût jugé entierement contraire à cette reconnoissance. Néanmoins tout cela n'est que mon sentiment particulier, n'en aiant pas encore parlé à Sa Majesté ni dans le Conseil. Je serai bien aise d'apprendre les vôtres, & je prendrai soin après de vous faire envoier les ordres precis de Sa Majesté là-dessus.

Prétentions de la France en Allemagne plus moderées que celles de la Suede.

Je ne puis assez m'étonner du procedé des Suedois, qui semblent adherer aux sentimens de nos ennemis sur le sujet de notre satisfaction en Allemagne, qu'ils trouvent trop haute, & croient par ce moien d'excuser mieux la demande qu'ils ont faite, qui est tout-à-fait exorbitante. Cela est bien loin de nous seconder vigoureusement à nous le faire remporter, comme la gratitude, & la bienseance le semblent requerir. Qui moins qu'eux en devoit user de la sorte, soit avec nous, soit avec les Médiateurs, ou quelques autres personnes, qui veulent soûtenir qu'il y a de la disproportion entre les satisfactions, que demandent la France & la Suede, & qui prétendent que celle-ci est bien plus dans les termes de l'Equité, possedant comme elle fait, tant de Places & de Provinces en tous les endroits d'Allemagne? Il y auroit, ce me semble, telle matiere de leur fermer la bouche, s'il étoit à propos de s'échauffer là-dessus, en faisant comprendre à tous que la Suede ne possede rien, que la France n'ait eu la principale part à lui faire acquerir, ou conserver, soit par les assistances d'argent qu'elle lui a continuellement données, qui ont fait subsister son parti, soit par les efforts qu'elle a faits pour dès diversions, soit en envoiant ses armées se joindre à eux, quand ils étoient réduits à la derniere extremité, soit en hazardant & perdant des batailles, comme il arriva l'année derniere à Mergetheim, plûtôt que de permettre que les forces Bavaroises tombassent sur les bras de Torstenson, soit en pressant de si près les Espagnols en Flandre, en Italie & en Catalogne, qu'elle les a empêchez de donner aucun secours à l'Empereur; soit enfin en ce que la France a fait en Pologne. & par la conclusion de la Treve, & pour empêcher qu'elle n'écoutât les instigations de la Maison d'Autriche pour la faire rompre contre la Suede, dans le temps qu'elle s'étoit engagée à la guerre de Dannemark, sans nous l'avoir communiqué, & nous aiant laissé sur les bras toutes les forces de l'Empire. Ainsi que si la Suede a plus que nous en Allemagne, elle ne laisse pas d'en avoir l'obligation à la France, & dans l'exacte équité le principal fruit lui en seroit dû.

La France doit se relâcher en Allemagne si elle peut obtenir par là des conditions d'autant meilleures des Espagnols.

Je ne laisse pas de persister à croire par les raisons que je vous ai mandées que nous ferons bien de nous relâcher de notre prétention dans l'Empire autant que nous connoîtrons que cela nous peut servir avec les Espagnols, qui sont ceux dont nous avons plus de sujet de desirer l'abaissement. Et comme il est certain que de quelque façon que les choses se passent ils couveront contre nous l'animosité & la vengeance dans leur cœur pour la faire éclater à la premiere occasion qu'ils croiront favorable pour s'en ressentir, sans jamais nous pardonner ni le mal effectif que nous leur avons fait, ni l'affront d'avoir montré évidemment au monde leur foiblesse & leur impuissance; il est sans doute, qu'aiant à demeurer mal satisfaits de nous, il vaut mieux que ce soit à bonnes enseignes, & pour plus que pour moins, puisque ce plus nous fortifiera d'autant, & les rendra moins capables de nous nuire, comme je croi vous l'avoir mandé dans quelque autre Depêche.

Il me semble même qu'encore que nous n'aions pas tant à rendre que les Suedois, & qu'ainsi nous ne puissions pas à leur exemple retrancher nos demandes, nous pouvons trouver d'autres moiens de nous en relâcher pour contraindre un chacun d'avoüer que nous nous mettons à la raison, comme seroit d'accommoder l'affaire par argent assûrant aux Archiducs le même revenu, qu'ils retirent de l'Alsace, & dont ils sont privez depuis si long-temps.

On pourroit donner une somme d'argent à l'Empereur & aux Archiducs un revenu égal à celui qu'ils tirent de l'Alsace.

En second lieu de donner présentement quelque argent à l'Empereur pour l'assister dans ses affaires.

Troisiémement de nous obliger à contribuer quelques secours certains d'hommes & d'argent quand l'Empire seroit envahi; & ainsi, & par d'autres moiens que l'on pourroit encore songer, faire voir la facilité que cette Couronne apporte aux choses qui peuvent porter les affaires à un prompt accommodement avec satisfaction commune.

Mais il ne faut pas mettre Pignerol en ligne de compte.

Je ne vous parle point de Pignerol dont les ennemis essaient de faire valoir beaucoup l'offre parce que je vous en écrivis dernierement assez au long. Il suffit de dire, que c'est une Place dont nous avons donné bonne recompense à son legitime Maître qui en pouvoit dispo-

1646.

disposer absolument & qui est présentement d'accord d'en ratifier le Traité, & si elle releve toûjours de l'Empire, ce qui est encore en question, nous ne refuserons pas de la tenir non plus que lui au même titre, en quoi l'Empereur ne nous fait aucune grace.

Je dois ajoûter un mot de ce que je vous ai déja mandé du parti d'échange de la Catalogne avec les Pais-Bas, que nous pourrions même consentir de laisser Anvers à Messieurs les Etats, stipulant que l'exercice libre de la Religion Catholique y seroit inviolablement conservé, ce qui feroit un double effet pour faciliter la chose envers Messieurs les Etats & le Prince d'Orange, pour leur faire goûter l'affaire en les y interessant, & l'autre envers les Espagnols; qui se disposeroient d'autant plutôt à y consentir qu'ils verroient hors de nos mains une Place de cette importance, il y auroit peut-être moien, que cela nous valût Mastricht, qui est une piece detachée dont l'entretien coûte beaucoup aux Etats, & de laquelle ils ont voulu diverses fois traiter. En tout cas dans le Traité qui fut fait en l'année 1640. Anvers se trouve dans la part qui devoit appartenir à Messieurs les Etats.

Vous recevrez ci joint la copie d'une Lettre, que le Duc de Baviere a écrite à Monsieur le Nonce, par lequel je lui ai fait mander beaucoup de choses que j'ai jugé à propos, & entr'autres ce qui est porté par votre Lettre du 22. du passé. A la verité ce Prince est bien trompé dans la conduite de Trautmansdorff, parce que je suis assûré que l'ayant fait envoier à Munster, il croit d'avoir grand pouvoir sur son esprit, & que l'autre a grande affection pour ses interêts. Mais ce que vous me mandez y étant si contraire, il seroit bien à propos, que ses Ambassadeurs qui, je m'assûre, en ont la même connoissance que vous, le détrompassent là-dessus. Les discours que vous avez tenus aux Ambassadeurs dudit Sieur Duc ne pouvoient être plus propres pour la fin que vous me marquez.

On a resolu d'envoier une personne expresse bien capable pour prendre grand soin des levées, & je presserai son départ au premier jour. Je n'ai rien à vous dire sur les repliques que vous avez données, si ce n'est à louer au dernier point l'application, la prudence & l'adresse avec laquelle vous agissez & prenez soin sur tout, jusques aux moindres circonstances de l'interêt de Sa Majesté. Je vous prie seulement que dans vos discours, pour faire valoir d'autant plus notre prétention, vous preniez occasion de faire une particuliere énumeration de toutes les Places & postes que nous offrons de rendre, qui sont, ce me semble, en assez bon nombre, faisant sonner haut Tréves & Maience. Et vous saurez même touchant celle-ci que les fortifications, que nous y avons faites, l'ont mise à un point que tous ceux qui en viennent, & notamment Monsieur le Maréchal de Turenne, assûrent qu'au printemps nous en devons faire plus d'état que de Philipsbourg.

Je vous donne part, Messieurs, de toute confidence s'il vous plaît, que Monsieur le Comte de Nassau a écrit à Monsieur le Prince d'Orange, que les affaires de Rome avec la France alloient à l'extrémité, que le Pape formeroit un grand parti & que la France

1646.

étant obligée de diviser ses forces: & par conséquent de s'affoiblir par tout, les Espagnols auroient beau jeu de prendre leur revanche, que cela le devoit faire songer à se servir de cette conjoncture pour faire avantageusement l'accommodement de Messieurs les Etats.

Cela servira pour vous faire connoître par combien de voies les Ennemis tâchent de brouiller la France, & dégoûter ses Alliez. Je vous conjuré néantmoins de ne rien témoigner de cet avis parce que ledit Sieur Prince me l'a fait donner en grand secret, me priant qu'il n'y eût que moi qui en eût connoissance, & de lui faire savoir en quel état étoient veritablement les affaires de Rome. Je lui en ai fait avoir une relation suivie.

Monsieur de Brienne vous a envoié la relation de ce qui s'est passé en la retraite de Monsieur le Cardinal Barberin, & du Prefet son frere, avec ses enfans, dans ce Roiaume. Pour moi encore que je me souvienne fort bien qu'il n'y a jamais eu personne qui ait travaillé plus constamment, plus long-tems, & par plus de differents moiens à ma ruine que le Cardinal Barberin, je vous avouë, que je compatis extrêmement au mauvais état où il est réduit, & toute sa Maison, & soit pour l'honneur du Roi, soit pour l'interêt, que sa Majesté a de soûtenir une faction dans Rome, qui lui donne pour le moins vingt Cardinaux, soit enfin parce que *revera est miser*, je n'oublierai rien pour le servir en ce qui se pourra.

Tous les devots, & tous les Moines seront favorables audit Cardinal, parce qu'il est homme de vie exemplaire & irreprehensible, & qu'on peut dire à sa louange qu'en vingt un an de Pontificat, il n'a pas pris un sol de qui que ce soit contre l'ordre des Neveux des Papes.

Et à la verité si les proches du Pape d'aujourd'hui vouloient tant crier des voleries des Barberins qui ont été scrupuleux au point de ne vouloir pas seulement recevoir un present, je les eusse conseillez de vivre avec grande austerité & de ne pas mettre à part, comme ils ont fait, en moins de quinze mois, plus de six cens mille écus de regales.

Je ne sai pas ce que dira votre Nonce Chigi quand il saura la continuation du procedé du Pape, & la retraite que la Maison Barberine a été forcée de faire, après vous avoir dit si souvent, & avec beaucoup de raison, que la France devoit la recevoir sous sa protection pour former un puissant parti dans Rome. Il seroit bien obligé, & pour le bien du Saint Siege, & pour soutenir son avis d'écrire fortement au Pape, pour lui faire connoître les inconveniens ausquels sa conduite peut exposer la Chrétienté.

Car n'étoit que le Pape a peut-être resolu de faire aveuglément tout ce que les Espagnols lui conseilleront, & de perdre entierement la Maison Barberine, contre laquelle les violences n'ont commencé qu'après qu'ils ont été serviteurs de cette Couronne, du reste il dependroit de sa Sainteté de rétablir dans un instant avec beaucoup de reputation l'intelligence entre le Saint Siege & cette Couronne, puis que leurs Majestez ont tant de zele pour le bien public, qu'elles sacrifieroient volontiers à cette consideration tous les ressentimens du passé sans en plus parler, ne prétendant pour l'avenir nulle grace de de sa Sainteté. Ce qu'elles desireroient seulement, c'est d'être considerées par elles dans les affaires de la Catalogne, comme le seroit le moindre Prince du monde qui la possedât.

Que dans celle de Beaupui on satisfit à toutes les Loix divines & humaines qui requierent qu'on le remette pour être châtié.

Et touchant les Barberins, qu'ils ne reçoivent point de préjudice pour être serviteurs de cette Couronne, que si on veut leur faire rendre compte de leur administration, ce soit par les formes accoûtumées de la justice, & aiant égard à l'équité, & à la bonne foi dans laquelle ils sont sur des Brefs du feu Pape, qui les exemptoient d'une pareille recherche, & que du reste on voie que c'est la Raison, & non pas la passion & l'animosité, qui regle les poursuites.

Pour Monsieur le Cardinal Antoine il est venu. J'ai fait faire les soumissions necessaires pour rentrer dans les bonnes graces du Roi, & lui rendre compte de ses actions, en quoi sa Sainteté, qui seule en a tiré le fruit, devroit plutôt lui être favorable. Du surplus, il n'y a sorte d'humiliation, que Sa Sainteté puisse desirer de lui & de ses freres, pour être sortis de Rome sans sa permission, ausquelles Sa Majesté ne les dispose, s'il y échet.

L E T T R E

De Monsieur le Comte de

B R I E N N E

à Messieurs les

PLENIPOTENTIAIRES.

Du 3. Fevrier 1646.

Il ne faut pas ceder aux Suedois des Etats Catholiques. Il est plus juste que la France ait Philipsbourg, que la Suede Wismar. Affaire de Mr. de la Barde. Entretien avec l'Ambassadeur de Venise touchant Philipsbourg & la Lorraine. On pourroit donner à l'Archiduc une pension de 50. mille écus pour dedommagement de l'Alsace. Il faut tenir secrete l'intention de la France, de consentir à la Dignité Electorale de Baviere, car les Suedois en prendroient de l'ombrage.

MONSEIGNEUR & MESSIEURS,

PAr ma precedente Depêche vous avez été informez de l'arrivée du Sieur de Préfontaine, & que ce ne seroit qu'au Conseil, qui se tiendroit le lundi ensuivant, que celle dont vous l'avez chargé seroit vûe. L'aiant lûe, Sa Majesté fit grande reflexion sur les prudentes considerations qui vous ont conviez à faire entendre au Baron Oxenstiern qu'en l'une de ses demandes la France ne pouvoit concourir, & qu'il étoit peu fondé en sa prétention d'exclurre des Conferences, qu'il auroit avec les Ministres de l'Empereur, celui de Sa Majesté. Il pouvoit sembler qu'il n'y avoit rien de plus à faire parce que la justice de notre demande doit sans être davantage appuiée y faire condescendre les Suedois, & l'injustice de leur prétention est trop connuë pour ne se pas persuader, qu'ils sont assez raisonnables pour s'en moderer. Néanmoins l'une & l'autre de ces affaires nous occupa long-temps; non qu'il fut mis en question s'il falloit acquiescer ou se roidir contre, parce qu'un chacun étoit dans les sentimens, que vous avez suivis; mais de quelle maniere il faudroit agir pour parvenir à nos fins, & ne pas détruire la premiere maxime que nous avons établie, de ne rien faire ou dire, qui puisse être sujet de division entre les Couronnes, dont l'une est si recherchée, qu'il y a à craindre pour nous que le grand sejour du Comte de Trautmansdorff à Osnabrug peut aisément faire croire qu'il veut essaier de s'accommoder avec les Suedois & les Deputez des Princes Protestans, qu'il n'en est pas même hors d'esperance, & puis qu'il croit emporter dessus nous divers avantages qu'il a établis à nous faire contenter de beaucoup moins que justement nous pouvons prétendre, en nous faisant connoître que la guerre qui a été soûtenue avec tant de chaleur par les Couronnes & par les Alliez, pourroit se reduire à être seulement continuée de la France à l'Empereur qui seroit assisté des forces de l'Empire. Toutefois cette consideration n'a pas sû émouvoir la constante resolution de sa Majesté de s'opposer à ce qui seroit mauvais & qui traîneroit après soi la semence d'une nouvelle guerre entre les Catholiques & les Protestans; au contraire s'y étant affermie elle veut qu'en conformité de ce que vous avez parlé & de ce qui est porté par vos Instructions vous vous opposiez que des Etats Catholiques ne soient donnez en recompense aux Suedois, ni aux Princes desquels ils veulent se conserver les Etats. Mais que les uns & les autres l'obtiennent aux dépens de ceux qui sont les Auteurs de la guerre. Il y a à la verité quelque distinction à faire entre les Evêchez déja possedez par les Protestans, & ceux qui sont és mains des Catholiques, les Chapitres desquels sont demeurez dans la foi Orthodoxe, mais ce sera toûjours un mal que les Suedois aient un si grand pied dans l'Allemagne, & il ne sera pas facile de faire condescendre le Roi de Dannemarck, que son fils renonce au titre & à la possession du Diocese de Breme. Mais il sera tems d'examiner & se resoudre sur cette affaire, lors que la Replique des Imperiaux sera divulguée.

La demande que nous faisons de Philipsbourg qui est une dependance de l'Evêché de Spire, duquel le Prince a toûjours été dans

Il ne faut pas ceder aux Suedois des Etats Catholiques.

Il est plus juste que la France ait Philipsbourg que la Suede le Wismar.

1646.

le bon parti, fervira de prétexte aux Suedois pour nous répondre, que nous-mêmes demandant des récompenfes de biens qui n'ont pas appartenu à ceux de la Maifon d'Aûtriche, ils peúvent auffi de leur côté en prétendre. Ce que je vous mets en confideration, afin que vous vous prépariez à leur repartir; & s'ils ont quelque raifon de s'affermir en la detention du Port de Wismar, ils peuvent bien comprendre, que nous en avons bien de plus fortes à defirer cette Place, fans laquelle nous ferions inutiles à nos amis, au lieu que la Pomeranie étant remplie de Ports, fans l'adjonction de celui de Meckelbourg il leur feroit facile de venir dans l'Empire.

Pour ce qui eft de l'inftance que vous avez faite aux Suedois qui regarde Monfieur de la Barde, l'exemple que vous leur avez donné les devroit avoir entierement convaincus. Mais s'ils s'affermiffent & que ce foit avec ordre de leurs Superieurs, il faudra avifer à un moien, lequel entrant dans leur fens les force ou à prendre un parti raifonnable, ou à fe laiffer pénétrer qu'ils ont recherché un prétexte, & que leur fin eft toute éloignée de ce qu'on fe doit promettre de leur bonne foi. Monfieur de la Thuillerie, auquel vous en avez écrit, pénétrera fans doute une partie de ce myftere, & s'il n'obtient pas les ordres qu'il aura à pourfuivre, il ne faudra pas pour cela condamner les autres, puis qu'il nous femble, que leur maniere d'agir a quelque couleur: Ce n'eft pas qu'elle foit de ces couleurs fortes, fur lefquelles le temps ni le foleil ne font point d'impreffion. On connoît bien qu'elle eft empruntée, & que mife dans la balance avec la folidité de nos raifons elle doit s'évanoüir. Mais puis qu'il nous importe d'être en part de tout ce qui fe negocie, & que nous offrons d'en donner une pareille, il faut chercher la voie d'y réuffir. Celui à la verité qui convient que s'il y avoit un Médiateur, il appelleroit le Miniftre du Prince allié toutes les fois qu'il negocieroit avec lui, femble fe condamner à ufer d'une pareille regle, quand, fans l'intervention d'un Médiateur, il traite à droiture avec fa Partie, & d'autant plus que c'eft fon Maître qui a exclus le Médiateur convenu, en lui faifant la guerre, que de l'autre côté on ufe de la franchife qu'on fe doit promettre, même qu'on faffe plus qu'il n'avoit demandé, mais puis qu'on eft refolu de complaire aux Suedois, & qu'on leur confent qu'ils ont droit de prétendre, que leur Miniftre fera préfent à toutes les Conferences que Votre Alteffe, & vous, Meffieurs, ferez avec les Médiateurs, pourvû qu'ils acquiefcent de mener ou appeller Monfieur de la Barde toutes les fois que de leur côté ils negotieront, il faut prendre de deux partis l'un; le premier de perfuader Monfieur le Nonce de trouver bon que le Sieur de Rofenham intervienne aux Conferences; le fecond qu'en la préfence des Médiateurs les Parties s'affemblent. Que fi l'un & l'autre font rejettez par Monfieur le Nonce, pour ne fe vouloir trouver en un lieu, où le Miniftre defire de fe rencontrer; il faudra le fupplier de trouver bon, que le feul Monfieur Contarini y intervienne, & qu'au fortir de la Conference les Plenipotentiaires de cette Couronne, & celui de Venife fe rendront chez lui, pour lui faire le rapport de ce qui s'y fera paffé. Avant que de lui faire cette ouverture, il fembleroit bien à propos, d'avoir infifté contre lui & de lui avoir fait

remarquer combien cette retenue eft inutile, & qu'elle lui ôte, & au Pape une partie de la gloire, qu'ils doivent efperer, fi Dieu donne benediction à l'Affemblée & que les Papes Urbain & Clement ne fe feroient jamais arrêtez fur une femblable difficulté, le dernier s'en étant fouvent expliqué, & l'autre l'aiant déclaré en envoiant le Cardinal de Florence pour intervenir au Traité de Vervins, où les Anglois étoient priez de fe trouver, & qui fe firent longuement attendre, fans qu'il paroiffe, que le Legat ait fait difficulté de fe trouver en un lieu, où les Deputez des Anglois devoient intervenir. Mais s'il ne pouvoit fe rendre capable de raifon, cela ne vous devra pas empêcher de faire faire ouverture de Traité en la préfence pourtant de Contarini, avec les Miniftres de l'Empereur, afin que le prétexte de la deference étant levé, les Suedois ne puiffent rejetter de faire intervenir en leurs Conferences, ledit Sieur de la Barde. Si les Suedois ne fe rendent à ces divers expediens, & qu'ils continuent à fe déclarer, qu'il fuffit, que les Plenipotentiaires donnent part aux Miniftres fubalternes de ce qu'ils auront traité; il y a lieu de croire, qu'ils ont quelque intention fecrete, & qu'ils veulent avancer leurs affaires, en abandonnant les nôtres, & pour lors il faudra s'en plaindre & avifer ce qu'il conviendra être fait pour le fervice & avantage de Sa Majefté. Jufques à préfent on croit qu'il n'y a rien à craindre des Suedois, & toutefois je ne fuis pas hors de foupçon quand je confidere, que dès que vous avez témoigné agréer l'ouverture qu'ils nous faifoient, de rendre l'Alliance immortelle, qui ne doit durer que dix ans après la Paix conclue, ils ont changé de difcours. La plus douce interpretation qui puiffe être donnée à leur filence, c'eft qu'ils voudroient être recherchez, & ne pas rechercher la France. S'ils fe fouvenoient qu'ils n'ont qu'une Treve avec la Pologne, que le Mofcovite envie leur grandeur, & qu'il lui occupent des Païs & des Places; qu'ils ont contraint le Roi de Dannemarc de leur ceder diverfes Provinces parce qu'il avoit été furpris; qu'ils l'offenfent de nouveau en demandant pour partie de leur récompenfe un Archevêché de longue main poffedé par ceux de fa Maifon, & dont à préfent l'un de fes Enfans eft pourvû; ils pourroient bien connoître que l'Alliance de la France leur eft bien plus utile que ne nous feroit la leur; mais la fortune les a élevez à un tel point qu'ils croient toutes chofes au deffous d'eux, & la baffeffe, avec laquelle ils font recherchez des Imperiaux, les enfle de nouveau. Si ceux-ci font bien, la fuite du temps nous le fera voir, & fi pour trop defirer plaire aux autres, ils n'éloignent pas la conclufion de la Paix. Le même temps nous éclaircira fi ce qui a fi fouvent été écrit par Monfieur de la Thuillerie étroit fondé ou non, que la Suede ne la veut, & n'en fouffre le pourparler, que pour n'offenfer pas tout le monde. Des réponfes auffi qui feront faites à vos demandes nous jugerons de l'intention des Efpagnols, & nous connoîtrons auffi bien-tôt celle des Imperiaux, avec lefquels vous ne fauriez plus tarder d'entrer en conference, puis que les Deputez de Meffieurs les Etats font enfin joints à Munfter. Il a été confideré comme l'Efpagne les recherche, & comme l'Empereur tient fa gravité à leur endroit; l'un nous a fait voir, que nous avons eu jufte fujet de les favorifer du titre & des autres

avan-

1646.

1646.

avantages que nous leur avons donnez , que les Espagnols leur auroient sans doute deferez; l'autre , que s'il falloit continuer la guerre, ils pourroient être plus disposez à observer ce qu'ils ont promis par le dernier Traité de rompre avec lui , dont nous n'avons jamais pû obtenir l'execution. Je ne voudrois pas pourtant en être garand pour les grandes difficultez qu'ils y ont apportées. Je vous envoye les Sauvegardes que vous m'avez demandées pour le Baron de . . . . . . qui s'est rendu Jesuite ; on s'est porté à le favoriser par la recommandation que vous en avez fait.

J'ai été assûré par Monsieur le Tellier, que le Secretaire de Monsieur de Vautorte ne tarderoit pas plus d'un jour ou deux à se rendre en cette Ville , & qu'il m'apporteroit les papiers que je lui avois demandez. Si de son côté il n'a eu le soin de vous les envoyer , je ne manquerai pas à ce que je dois , qui me suis laissé dire qu'ils sont très-exacts , & tels que vous les avez desirez. J'avois déja commencé cette Lettre , & j'en étois venu jusques ici , quand la vôtre du vingt du passé m'a été renduë , laquelle a bien donné l'être à une nouvelle deliberation sur ce qui seroit de faire au sujet de la difficulté que vous marquez être opiniâtrement soûtenue par les Suedois en ce qui regarde d'admettre aux Conferences , qu'ils tiendront avec les Imperiaux, Monsieur de la Barde : mais on n'a pas crû devoir ni pouvoir changer celle qui avoit été prise , mais seulement de s'expliquer plus nettement , qu'il n'avoit été fait , qu'on ne peut souffrir ce traitement; & pour lever aux Suedois tout sujet de nouvelle prétention & de former quelque intrigue nouvelle, sa Majesté entend que vous consentiez de traiter face à face , comme l'on dit , avec les Imperiaux, consentans que ce soit en la présence des Médiateurs, si tous deux y veulent intervenir , & en tout cas en la présence du second, qui ne sauroit y apporter nulle difficulté; aiant néanmoins apporté tant de circonspection que vous pourrez pour disposer Monsieur le Nonce d'y intervenir. La difficulté, que vous apprehendez pour la France, ne peut empêcher ce qu'on desire, puis que l'Assemblée se tiendra en un lieu tiers , comme à dire au lieu d'un des Médiateurs, ou dans un qu'on choisira , ou en l'un de ceux des Députez. Si c'est chez le Nonce , la premiere seance appartient aux Imperiaux , & ainsi en quelque lieu que vous vous rencontriez , hors dans la maison d'un d'entr'eux , où vous assemblant par commodité, comme aussi pour le même, de fois à autre chez vous, la civilité les obligeroit de vous ceder , & il fut ainsi pratiqué à Vervins; ce que vous sçavez très-bien , que le Legat & le Nonce occupoient le premier rang , le second Messieurs de Bellievre & de Sillery & le troisiéme les Députez de l'Archiduc , lesquels pourtant comparurent en l'Assemblée avec pouvoir du Roi Catholique , & le Général des Cordeliers , qui avoit fait les mêmes avances, se mettant au-dessous de tous, comme n'étant pas Ministre du Pape. Cet exemple peut servir de regle , & il est bon qu'il se trouve , puis qu'il nous importe du tout de faire intervenir Monsieur de la Barde aux Assemblées des Ministres Imperiaux & Suedois. Quelqu'un approuvant la resolution qui étoit prise , fit remarquer que cette précaution ne peut pas empêcher , qu'ils n'arrêtent des conditions secretes entr'eux , & c'est

une verité dont il faut convenir. Mais quand on est éclairé, en de certaines rencontres on va plus retenu , de crainte d'être pénétré, à quoi le premier assujetissement donne de grandes facilitez. Quand bien Monsieur le Nonce refusera de se trouver auxdites Conferences sans autre raison , sinon parce qu'il l'aura voulu , ou sur la difficulté qu'il a formée sur la défense apposée au Concile de Trente, sur peine d'excommunication , d'avoir nulle pratique avec les heretiques, si ne laissera-t-il pas de remplir la place de Médiateur, à raison de ce qui lui sera rapporté , ainsi qu'il a été ci-dessus dit , & pourra demeurer établi pour en faire la fonction entre la France & l'Espagne, & l'on peut dire que ç'a été la principale visée du Pape Urbain , que de moienner la Paix entre ces Couronnes ; soit qu'il les eût considerées comme celles qui donnent le mouvement à toutes les autres de l'Europe, ou pour s'être imaginé que l'Empereur avoit tant de dependance de l'Espagne, qu'il lui seroit force d'en suivre les mouvemens, & qu'il seroit difficile , que les Suedois & les autres Alliez, continuassent la guerre, avec esperance de quelque succès, si la France n'y étoit en part.

1646.

Devant que d'entrer ou répondre aux autres points contenus en votre derniere Depêche , j'estime vous devoir faire recit de ce qui s'est passé entre moi & l'Ambassadeur de Venise, lequel appuiant , sous des termes très-moderez , le jugement que son Collegue fait de nos demandes , il m'a semblé lui devoir dire , qu'elles étoient bien médiocres comparées aux grandes que faisoient les Suedois, aux frais que nous avons faits pour le maintien de la cause commune , & pour les grandes prétentions que nous avions contre la Maison d'Aûtriche. Et sur ce qu'il a plus insisté contre Philipsbourg que sur le demeurant, je l'ai prié de considerer , comme nous en aurons besoin pour assister nos amis ; que quant à la Lorraine , dont la retention l'effraioit, l'une des parties de cet Etat appartient au Roi , par un droit legitimement établi, qui est celui de confiscation prononcée par le Parlement ; & pour la Lorraine qu'il la falloit distinguer en deux parties: l'une Souveraine, dont le Duc avoit pû disposer, & qu'il avoit donnée, aiant violé ses Traitez , & l'autre dépendante de l'Empire , laquelle aiant été soûmise à la même peine , pourroit bien faire naître quelque difficulté, mais qui étoit très-legere ; attendu que le Duc usoit de tous droits de Souveraineté sur cette partie. Je vous rends compte de ce detail, pour vous faire sçavoir , que Contarini ne s'est pas contenté de blâmer au lieu où il est , ce que vous avez demandé, mais que l'aiant écrit en cette Cour, il le peut bien avoir mandé ailleurs.

On est entré en pensée, au cas qu'il falut dédommager l'Archiduc de Tirol, de la perte qu'il souffriroit par la privation de l'Alsace, de lui faire une rente de cinquante mil écus, & en assûrer le paiement en telle Ville qu'il voudroit , & par les voies les plus sûres qui pourroient être proposées. Et il n'a pas été jugé qu'il fût avantageux de faire nulle déclaration publique de l'intention de Sa Majesté de conserver la Dignité Electorale au Duc de Baviere; parce que cela seroit inutile, & pourroit donner telle jalousie aux Suedois, qu'ils seroient pour en avancer leur Traité, & qu'il suffisoit que ledit Duc en fut assûré. A quoi il sera avisé & ce sera un de vos soins , sur lequel

Entretien avec l'Ambassadeur de Venise touchant Philipsbourg & la Lorraine.

On pourroit donner à l'Archiduc une pension de 50000, écus pour dédommagement de l'Alsace.

Il faut tenir secrete l'intention de la France de consentir à la Dignité Electorale de Baviere , car les Suedois en prendroient de l'ombrage.

lequel on ne se reposera pas si absolument que par autre voie on ne s'en laisse entendre avec lui, qui doit desirer pour le bien de la Religion Catholique, & pour ses propres interêts, que nous soions puissants, & bien établis en Allemagne : ne pouvant ignorer que les Suedois & les Protestans songeront toûjours à la ruïne de l'un ou de l'autre.

J'évite de plus rebattre ce qui sera de faire pour les Hollandois ; vous avez en main dequoi assûrer leur défense, & il n'y a rien à souhaiter, sinon qu'ils se rendent dignes des assistances, qu'ils ont eu du passé, & de celles qu'on leur offre à l'avenir. Tant les Etats que Monsieur le Prince d'Orange se rendent très-difficiles à ce qui leur est demandé pour Madame la Landgrave ; mais nous ne desesperons pas d'obtenir une prolongation du terme qui expire, & comme la chose le merite on s'y emploie avec attachement, suite d'offices, & avec vigueur. Pour recueillir les troupes Allemandes qui doivent se former en Hesse, ou y passer, on y envoiera un homme de condition & de capacité, selon que vous l'avez conseillé. Et pour moi, bien que j'aie été esconduit toutes les fois que j'ai parlé d'assister cette Altesse de quelque subside extraordinaire, je ne laisserai pas de continuer de le proposer, jugeant qu'il est aussi juste de le faire, qu'il seroit perilleux d'y accoûtumer les Suedois. Et je m'en suis bien expliqué avec Monsieur le Baron d'Avaugour, que nous envoierons au premier jour vers Monsieur le Maréchal Torstenson, aiant pris les sentimens de Monsieur le Maréchal de Turenne, qui est en cette Cour, ce qui sera expedient de faire la Campagne prochaine.

REPLIQUE

De son

EMINENCE

AU MEMOIRE

De Messieurs les

PLENIPOTENTIAIRES,

Du 20. Janvier 1646.

Envoiée à Munster le 6. Fevrier audit an.

Les Espagnols doivent consentir à l'échange, quoi que la France y gagne, à cause du mauvais état de leurs affaires. La France consentira au mariage dans la vûe dudit échange. Les divisions intestines empêcheront les Anglois de s'y opposer. Cet é-

change seroit indifferent aux Portugais, desquels au bout du compte on ne doit pas fort s'embarrasser. Il faudra menager cette affaire bien délicatement envers les Catalans. Les Etats y consentiroient en donnant Anvers au Prince d'Orange, pourvû que cette Ville relevât d'eux, & que ce Prince apuiât l'échange. Ce que d'Estrades lui en doit dire. Le Cardinal ne croit pas à propos de mettre sur le tapis la cession des droits au Roiaume de Navarre. La France se loüe de plus en plus de Baviere, qui offre de faire avec elle un Traité secret. Le Cardinal ne s'éloigne pas d'une suspension d'armes en Allemagne. Son entretien avec l'Ambassadeur de Venise, auquel il se plaint de Contarini. Differends avec le Pape. Si on se relâchoit sur Philipsbourg, il faudroit tâcher d'avoir Brisac & les deux Alsaces.

LEs avantages que le Roi retireroit de joindre les Païs-Bas à la France sont si évidents & si palpables, qu'il est impossible, après les avoir considerez, que ce que j'ai mis des raisons dans un Memoire à part pour flater les Espagnols d'un profit qu'ils auroient de rentrer en Catalogne, puisse faire grand effet. Aussi n'ai-je jamais crû, qu'elles fussent à beaucoup près si fortes ; & il n'y a personne, qui ne sache que deux opposez sont toûjours incompatibles, & que quand une personne gagne il faut necessairement que l'autre perde. Il est donc indubitable, que la France seroit la mieux partagée en cela, & que si l'échange dont est question avoit à se faire de Païs à Païs en pleine Paix & de gré à gré, les Espagnols auroient tort d'y consentir. Mais il n'en est pas ainsi dans la necessité absoluë où ils sont, & qu'ils reconnoissent eux-mêmes de devoir arrêter les progrès de cette Couronne & de ses Alliez par quelque moien que ce soit, afin d'éviter un plus grand mal, & peut-être leur ruïne entiere ; & voiant d'ailleurs l'orage des Armées Ottomanes, qui peut après la prise de Candie, (si elle arrive) fondre en un moment sur les Roiaumes de Naples & de Sicile, qui se trouvent sans défense ; & considerant sur tout l'état present de la Flandre, qu'ils peuvent assez vrai-semblablement perdre en une seule Campagne, de sorte qu'ils peuvent trouver leur compte, & doivent même desirer de rentrer dans un Païs, qui leur est aussi important, que la Catalogne (où par la continuation de la guerre nous ferons chaque jour de nouvelles conquêtes) en sacrifiant un Etat dont ils sont à la veille d'être chassez, & que dans le plus haut point de leur fortune, ils

ont

Les Espagnols doivent consentir à l'échange, quoi que la France y gagne, à cause du mauvais état de leurs affaires.

1646.

La France consentira au mariage dans la vûe dudit échange.

ont souvent consulté d'abandonner pour leur propre interêt, sans en tirer aucun profit que celui de s'exempter des dépenses de la guerre qu'ils étoient obligez d'y soûtenir.

Il est de plus à remarquer, que cet expedient, quelque désavantageux qu'il puisse être aux Espagnols, leur donnera lieu de sortir d'affaire avec reputation. Car ils peuvent couvrir la nécessité qu'ils ont de nous abandonner les conquêtes que nous avons faites sur eux, par le beau titre de dot, en arrêtant le mariage du Roi avec leur Infante, à qui ils pourroient donner les Païs-Bas, avec les précautions pourtant & les reserves que j'ai autrefois marquées, afin que quelque accident qui pût survenir, la France demeurât toûjours dans la même possession sous d'autres titres. On pourroit même, ce me semble, pour apporter plus de facilité à la conclusion de cette Alliance, convenir secretement que si le Prince d'Espagne, qu'ils peuvent marier dès à cette heure, n'a point d'enfant entre ci & le temps que le mariage du Roi pourroit être consommé, ils demeureroient quittes de la parole qu'ils nous avoient donnée touchant l'Infante, bien entendu toûjours que les Païs-Bas, dont nous serions en possession, resteroient en propre à cette Couronne à titre d'échange ou de Conquête dans une legitime guerre.

Quant aux Anglois, aux Portugais, aux Catalans, & à Messieurs les Etats que vous dites que ce parti choqueroit en même temps.

Les divisions intestines empêcheront les Anglois de s'y opposer.

Pour les premiers, il est certain qu'ils s'y opposeroient de tout leur pouvoir si leurs affaires propres étoient en un autre état, mais il se peut dire que c'est aujourd'hui la vraie conjoncture ou jamais de faire réüssir une pareille chose sans y trouver aucun obstacle de leur part. Ils n'ont nuls Ministres à Munster, leurs armes ont tant d'occupations domestiques, qu'elles ne peuvent prendre aucun interêt au dehors; & pour toutes les raisons qu'ils sauroient représenter aux Espagnols, ils les connoissent aussi bien qu'eux. Mais comme c'est la pure nécessité & l'apprehension extrême d'avoir pis, qui doit le leur persuader, si une fois leur resolution en est prise, toutes ces remontrances étrangeres ne produiroient pas grand effet. Au surplus la haine naturelle que la Nation Angloise a pour la France, & la jalousie inveterée qu'elle a de ses prosperitez, est un des motifs qui nous doit le plus obliger à faire tous nos efforts pour l'heureux succès de ce point, étant évident qu'une pareille augmentation de puissance à ce Roiaume leur ôteroit pour jamais de l'Esprit la pensée aussi bien que les moiens de nous nuire.

Cet échange seroit indifferent aux Portugais, desquels au bout du compte on ne doit pas fort s'embarrasser.

Quant aux Portugais, il n'y a rien contre eux dans cet échange qui ne se rencontre également dans le parti de retenir le Roussillon & leur rendre la Catalogne, moiennant quelque piéce considerable dans l'Artois ou dans la Flandre, ou en toute autre part; dans lequel il ne fût pas arrêté que le Roi d'Espagne leur laissât la possession libre de ce qu'ils tiennent à présent, puis que nous ne les abandonnerons pas plus en une façon qu'en l'autre, arrêtant toûjours pour eux une Treve la plus longue qu'on pourroit obtenir pendant laquelle on traiteroit à fonds de leur accommodement. Après tout, vous savez, Messieurs, comme je vous l'ai mandé depuis peu, jusques à quel point va notre obligation envers le Portugal, & que nous sommes en pleine liberté de chercher nos avantages sans le considerer qu'autant que notre interêt propre le requiert. Et ce qu'il y a de bon en cela, c'est que nous n'avons pas à craindre qu'aucun soupçon de notre conduite les puisse faire accommoder avant nous. Il est vrai que je persiste toûjours à devoir tenir ferme, & à porter plus hautement leurs prétentions que les Espagnols ne s'y attendent, afin qu'ils estiment de gagner beaucoup quand nous nous relâcherons & qu'ils nous en tiennent compte à notre profit.

Il faudra ménager cette affaire bien délicatement envers les Catalans.

Pour les Catalans, bien que ce soient aujourd'hui des Sujets du Roi & qu'il dépende absolument de Sa Majesté, d'y prendre telle resolution que le bien de ses affaires le voudra; néanmoins le point est très-délicat à manier, pour la mauvaise conséquence, qu'il y a lieu d'apprehender de la mauvaise foi de nos Ennemis. C'est pourquoi, outre les autres précautions qui s'y pourront prendre, j'estimerois, que si nous pouvons obliger par quelque moien, nos Parties ou les Médiateurs de leur part à nous faire la proposition dont il s'agit, il faudroit ne leur faire de réponse précise, si ce n'est que l'on en communiquera aux Catalans, sans la satisfaction & le consentement desquels Sa Majesté ne resoudra jamais rien dans les affaires qui regarderont leur Principauté, & en attendant, on pourroit voir si les Espagnols desirent veritablement la chose, s'ils y marchent de bon pied & si donnant consentement à cet expedient (après nous être assûrez que les Catalans recevroient telle satisfaction & bon traitement qu'ils sauroient desirer) nous pouvons nous en promettre l'execution sincere. Cependant on a écrit en Catalogne pour faire venir ici un des Deputez, à qui on puisse parler selon ce qui se passera à Munster sur leur interêt.

Quant à Messieurs les Etats, on croit pour les raisons ci-jointes, que j'ai ramassées à la hâte dans un Memoire separé, & ausquelles il s'en peut ajoûter beaucoup d'autres, que mal aisément se peuvent-ils empêcher d'y donner les mains, attendu que la plus forte raison politique qu'ils semblent avoir pour s'en éloigner, qui est celle de confiner avec un si puissant Roiaume, doit cesser; puis que c'est une chose à laquelle ils ont déja positivement consenti dans le Traité de 1635. par le partage des Païs-Bas, qui fut concerté avec cette Couronne & la Hollande, & si à présent nous avions quelque chose de plus que par le premier projet, il nous coûteroit bon, aiant quitté pour cela une étenduë de Pais très-considerable, & remplie de bonnes Places & de belles Villes comme est la Catalogne.

Les Etats y consentiroient en donnant Anvers au Prince d'Orange, pourvû que cette Ville relevât d'eux & que le Prince appuyât l'échange.

De façon que si, pour y disposer davantage Messieurs les Etats & Monsieur le Prince d'Orange, il étoit jugé à propos de leur lâcher le Marquisat d'Anvers, qui seroit le poste le plus important & le plus considerable qu'ils eussent, qu'ils ne tiendroient que de la pure liberalité de Sa Majesté, & qui se trouvoit aussi dans la portion desdits Etats quand on fit le projet de la division des Païs-Bas, il n'y a point de doute, à mon avis, que cette raison avec tant d'autres, ne les portât à desirer la chose, & en tout cas à ne s'y pas opposer.

J'avois pensé d'abord que Monsieur le Prince d'Orange pourroit tenir Anvers, en relevant de cette Couronne, & en avois écrit en ce sens, mais j'ai songé depuis, que pour ôter tout soupçon ausdits Sieurs Etats que nous eussions dessein de faire entr'eux aucune division.

fion, ou profiter du commerce, qui pourroit être introduit à Anvers au préjudice d'Amfterdam, il vaudroit peut-être mieux confentir qu'il relevât de Meffieurs les Etats, & le donner en propre au Prince d'Orange.

Puifque la Cour de Suede ne prétend pas avoir rien à demêler avec l'Efpagne, & que les Sieurs Oxenftiern & Salvius ont fouvent déclaré que nous étions en pleine liberté de terminer les affaires de l'Empire conjointement avec eux, fans attendre l'accommodement d'Efpagne, qu'ils croient moins près & plus épineux, il eft certain, qu'après avoir bien pris nos précautions avec les Catalans, toutes fois & quantes que les Efpagnols confentiront au parti propofé & que les Etats y donneront les mains, l'affaire fe peut dire conclue fans difficulté.

Pour moi, bien que je voie que vous autres Meffieurs, avez peine à croire & avec quelque raifon, que les Efpagnols foient pour y condefcendre; néanmoins quand je fais reflexion fur l'état de toutes les affaires, je vous avouë que je ne puis m'empêcher d'efperer qu'ils y feront obligez, & ce qui me le perfuade le plus, c'eft que je fai de fcience certaine que Picolomini & Caftel-Rodrigo tiennent la Flandre pour affurement perduë cette Campagne, defefperans tout-à-fait de nous pouvoir réfifter, parce qu'ils ne voient nul jour ni à renforcer leur armée, ni à recevoir aucune affiftance d'Efpagne. Et ce qui les abat davantage, c'eft qu'ils favent, (& les Miniftres qui font à Madrid le reconnoiffent & avouent) que nos armées auront encore plus de facilité de faire toutes fortes de progrès en Efpagne, qui eft pour eux la partie la plus fenfible, fi bien que voians la perte des Pais-Bas comme infaillible, & leur condition dans la Catalogne en fi grand danger d'empirer notablement, il n'y a perfonne d'eux qui à la fin ne doive attribuer à prudence, & même à bonheur de pouvoir fauver tout-à-fait l'un en lâchant l'autre.

La plus grande difficulté qui s'y trouvera, c'eft la maniere de ménager l'affaire avec les Efpagnols, pour l'apprehenfion continuelle que nous devrions avoir que, venans à faire entendre fous main à Meffieurs les Etats ce qui fe paffe, ils ne leur miffent de tels foupçons en tête qui les obligeaffent à conclure feparement leur Traité.

Pour remedier à cela & mettre les chofes en tel état, qu'il ne nous puiffe arriver d'inconvenient de la mauvaife foi des Ennemis, de quelque artifice qu'ils fe fervent, j'ai crû que le meilleur moien étoit d'engager adroitement Monfieur le Prince d'Orange à defirer ce parti-là, & à me prier de tenter toutes les voies de le faire réuffir, & d'entendre fans fcrupule tout ce que les Efpagnols me voudroient propofer là-deffus, fi ce n'eft qu'il fe feroit auparavant offert quelque moien à vous autres Meffieurs, qui vous ait donné lieu & fait juger à propos d'en introduire la Négociation à Munfter, où auffi bien, quoi qu'il fe puiffe ébaucher ailleurs, l'affaire doit toûjours être conclue.

Il eft indubitable que le Prince d'Orange étant bien mû & perfuadé, fi on le pouvoit engager à me rechercher lui-même, que j'y travaille, m'affûrant que quand il fera temps, il fe chargera d'en parler à Meffieurs les Etats, & qu'ils feront fatisfaits, il ne fauroit non feulement nous arriver du mal du côté defdits Etats pour cette Négociation, mais

nous ne devrons pas douter de leur intention, quand nous aurons près d'eux un Avocat fi puiffant; fur tout s'agiffant d'une chofe à laquelle ils ont déja confenti une fois, & d'étendre notablement l'étenduë de leur domination, affermiffant pour jamais leurs dernieres conquêtes de Hulft & du Sas de Gand par le moyen d'Anvers, qui d'ailleurs feroit le meilleur & le plus fort boulevart de leur République.

Pour cet effet, on a fait partir en diligence Monfieur d'Eftrades pour Hollande, fous prétexte d'aller concerter avec ledit Prince, comme il a accoûtumé, les deffeins de la prochaine Campagne. Et ce voiage étoit d'ailleurs neceffaire, pour ôter de fon efprit les foupçons, que je vous ai mandé dernierement, qu'il y avoit mis d'une Négociation fecrette.

Il n'a nulle charge de faire aucune propofition, mais d'expofer fimplement audit Prince Ce que d'Eftrades lui en doit dire. la fubftance des difcours que Contarini (& d'autrefois Saavedra & Brun) ont jettez des mariages ou des échanges des Pais-Bas & de la Catalogne, & depuis peu ledit Contarini plus précifément, & que fa Majefté juge à propos de le faire communiquer en toute franchife audit Prince, par une perfonne confidente, le priant de donner en fincerité là-deffus fes bons avis & de lui faire favoir fes fentimens.

Ledit d'Eftrades a ordre bien précis de ne témoigner nulle forte d'inclination que la chofe foit ici defirée, mais de prendre plutôt avec adreffe le contrepied exaggerant à quel prix la France acheteroit ce qui refte aux Efpagnols dans les Pais-Bas, puis qu'il y a grande apparence, que continuant encore une année vigoureufement la guerre, on pourra les en chaffer, fans fe deflaifir de la Catalogne, laquelle nous donnant un pied, & un fi bel établiffement dans le cœur de l'Efpagne, nous eft d'une importance incroiable, en ce que ce Roi-là eft dans une perpetuelle apprehenfion de tout perdre, ainfi qu'il pourra bien lui arriver, fi nous y gagnons une feule bataille, n'y aiant que peu de Places de ce côté-là, & nulle affez confiderable pour arrêter le torrent d'une armée victorieufe.

Il doit, le plus délicatement qu'il fera poffible, donner des efperances audit Prince, que fi, pour les raifons générales qu'il faut auparavant difcuter, l'échange propofé avoit jamais lieu, il y auroit bien moien de faire qu'il y trouvât fon compte avantageufement, devant être affûré, que le Roi eft dans toute la difpofition, qu'il peut lui-même defirer pour tous fes interêts, & pour tout ce qui regarde fa famille.

Touchant après la matiere, & agitant les confiderations de part & d'autre, il effaiera adroitement de le flatter fur un repos glorieux pour lui, & qui feroit l'établiffement folide d'une République legitime, & avouée de tout le monde, & fur les autres avantages particuliers qu'il y auroit lieu de lui procurer, lefquels dans notre intention pourroient être Anvers. Mais pour le lui faire d'autant plus eftimer, & lui en faire venir plus d'envie, il faut qu'il foit en incertitude, fi la France voudroit confentir à lâcher une fi belle piece, & de fi grande conféquence.

Ce qu'on doit tenir pour conftant, c'eft que fi jamais la Princeffe d'Orange fe peut imaginer de mettre le pied dans cette Place, il n'y a rien au monde qu'elle ne faffe

ni

ni reſſort qu'elle n'emploie pour y parvenir.

Leur Maiſon a auſſi un interêt (à ce que l'on dit) de cent mille livres de rente dans la Franche-Comté, qu'ils recouvreroient ſi cet échange ſe faiſoit. Ils deſirent avec grande paſſion de faire le mariage de leur fille avec le Prince de Galles, & la meilleure voie pour en venir à bout, ce ſeroit ſans doute celle de pouvoir contribuer au retabliſſement des affaires du Roi d'Angletérre, comme le Prince d'Orange ſeroit en état de le faire puiſſamment, (quand même il y trouveroit quelque difficulté auprès de Meſſieurs les Etats,) puis que la France ſe pourroit entendre avec lui, en ſorte que les reſolutions qu'elle prendroit en faveur dudit Roi, lui produiroient les avantages qu'il peut deſirer pour ſa Maiſon.

S'il parle d'Anvers audit Sieur d'Eſtrades, il ne répondra rien de précis, mais en général ſeulement, que la Reine eſt très-diſpoſée à le favoriſer en tout, & qu'il repréſentera efficacement à la Reine ce que ledit Prince lui voudra ordonner. Ma penſée ſeroit même, ſuivant que les choſes ſe rendroient de ce côté-là plus faciles, d'eſſaier à retirer Maſtricht dans ce rencontre.

Enfin l'envoi dudit Sieur d'Eſtrades ne peut être que très-avantageux. Car ou le Prince d'Orange s'engagera à nous conſeiller de tenter la choſe, & en ce cas-là nous pourrons, (nos précautions étant bien priſes avec les Catalans) en traiter franchement avec les Eſpagnols, ſans crainte aucune; ou ledit Prince ne le conſeillant pas, nous en ſerons détrompez, & il faudra ſonger à d'autres moiens pour ſortir d'affaire, étant certain qu'il ſeroit non ſeulement perilleux, mais peut-être impoſſible d'en venir à bout, quand Meſſieurs les Etats y ſeroient contraires; parce que ſur la moindre eſperance que les Eſpagnols auroient de les déſunir de la France (à moins que tout fût executé d'abord, à quoi je ne voi aucune apparence,) ils ſe retireroient bientôt de toutes les paroles données.

En tout cas, cette confiance obligera toûjours ledit Prince, lequel certainement la prend entiere en moi, juſqu'aux choſes mêmes de ſon Domeſtique. Et il n'eſt pas à craindre qu'il ne garde ſoigneuſement le ſecret. Outre que ledit d'Eſtrades ne ſe doit engager à rien qui ne vienne dudit Prince, puis que c'eſt plutôt une eſpece de Conſeil qu'on lui demande, qu'une propoſition qu'on lui fait.

Quand ledit d'Eſtrades a fait un peu de reflexion ſur l'humeur dudit Prince & de Madame ſa femme, qu'il penſe bien connoître, il m'a aſſuré qu'infailliblement ils donneront là dedans, & qu'ils ſouhaiteront la choſe avec paſſion. Il juge que d'avoir Anvers, & de confiner avec la France, ce ſera le comble de leur joie, parce qu'ils pourront établir une grandeur ſolide pour leur Maiſon, & la laiſſer autant, & peut-être plus conſiderable en pleine Paix, (quand même leurs Deſcendans n'auroient pas les bonnes qualitez de leurs Ancêtres) qu'elle l'eſt aujourd'hui durant la guerre; ſoûtenuë par une perſonne de l'autorité, du pouvoir, & des autres grandes parties qui ſe rencontrent audit Prince.

Vous voiez, Monſieur, par la part que je vous donne en détail, de tous les ordres qu'a portez ledit Sieur d'Eſtrades, & de toutes mes penſées, avec quel plaiſir je vous découvre juſqu'aux moindres. Il eſt ſur tout important qu'on prenne garde au ſecret. Cependant j'ai dit à Monſieur d'Eſtrades de faire entendre par quelque moien à Monſieur le Duc de Longueville ce qu'il négociera en ſubſtance avec Monſieur le Prince d'Orange, afin que nous gagnions le temps de plus, qu'il faudroit à vous écrire d'ici ce qu'il fera.

Voilà pour ce qui regarde Meſſieurs les Etats en cette affaire. Maintenant pour la conduite avec les Eſpagnols à Munſter, j'ai conſideré l'expedient auquel vous avez ſongé, de faire une propoſition qui donne à penſer, que nos deſſeins à acquerir ou conſerver, ſont plutôt du côté de l'Eſpagne que d'ailleurs, & que cela ſe pourroit, en offrant de quitter nos droits ſur la Navarre, pourvû que l'on nous laiſſe la Catalogne, & qu'on nous mette entre les mains les Places de Terragonne, Tortoſe & Lerida, qui font partie dudit Païs.

J'avouë avec vous (& vous avez reconnu en toutes occaſions, que ç'a été toûjours ma penſée) qu'en traitant avec les Eſpagnols il faut tourner le dos au lieu où on veut arriver, & dédaigner ce que l'on ſouhaite. Néanmoins après vous avoir déclaré que quelque reſolution que vous preniez ſur ce ſujet, vous devez être aſſurez qu'elle ſera entierement approuvée de Sa Majeſté; je vous dirai les doutes que j'ai ſur cette propoſition en la forme qu'elle eſt conçuë.

Le Cardinal ne croit pas à propos de mettre ſur le tapis la Ceſſion des droits au Roiaume de Navarre.

Premierement, il me ſemble que ce ſeroit prendre un trop grand détour, parce que nous ſerions obligez, pour couvrir notre artifice, d'inſiſter long-temps ſur cette demande, & de tenir bon, auparavant que nous puſſions changer du blanc au noir ſans que le monde s'apperçût de notre veritable intention, & ainſi ce qui, à mon avis, ſe pourroit conclurre en un jour traîneroit long-temps, & il n'y auroit pas lieu de rien eſperer là-deſſus avant cette Campagne.

Secondement, j'apprehenderois extrémement que la propoſition de laiſſer la Navarre, & d'abandonner toutes les juſtes prétentions que nous avons ſur ce Roiaume-là, pour un Païs qui n'a pas le même Titre, qui eſt déja entre nos mains, & que l'on ne peut vrai-ſemblement nous ôter, que de notre conſentement, la choſe ne fût pas bien reçuë en France, & que non ſeulement les Gotiques, mais que les vieux Gaulois, par un zele mal fondé, n'en fiſſent du vacarme. Il y a ſi long-temps que nos Rois prennent le titre de Rois de Navarre, & cela paroîtroit une nouveauté ſi grande de quitter un nom imprimé de ſi longue main dans l'Eſprit des François, que je me ſouviens d'avoir ouï dire à ce propos, à feu Monſieur le Cardinal de Richelieu, lors qu'il conferoit avec moi des ordres que l'on avoit à me donner pour l'Aſſemblée de Munſter, où je devois aller; qu'encore qu'il reconnût fort bien que la poſſeſſion du Rouſſillon étoit beaucoup plus importante au Roi que celle de Navarre, il n'auroit jamais oſé opiner de ceder les droits de ce Roiaume-là pour nous aſſurer ledit Païs.

Et enfin je craindrois extrémement que toute l'Aſſemblée ne fût ſcandaliſée, & ne prît prétexte de crier contre nous, que nous ne voulons point la Paix, puis que, comme vous l'avez fort bien remarqué, la propoſition conçuë aux termes qu'elle eſt, nous eſt beaucoup plus avantageuſe, que le parti que nous avons déja offert, de laiſſer toutes choſes en l'état où elles ſe trouvent. Car pour ce qui eſt du temperament auquel vous aviez penſé, pour remedier à cet inconvenient, de pro-

proposer de consentir ailleurs à quelque échange de Places, ou autres sortes d'accommodemens, pour la commodité reciproque des Parties, il ne me semble pas qu'il soit proportionné au besoin, cela pouvant être autant à notre avantage qu'à celui des Espagnols. Et cependant nous demanderions deux choses, la remise effective de trois Places considerables dans la Catalogne, sans leur ceder que des droits sur la Navarre, qui, bien que justes & legitimes, ne passent aujourd'hui dans leur Esprit que pour des imaginations.

Il me semble donc, que pour ne tomber dans aucun de ces inconveniens, on pourroit touchant le premier, (c'est-à-dire, pour éviter le grand détour de former une proposition réelle, d'y attendre la réponse, & de faire après des répliques, & des dupliques) jetter en passant adroitement à Contarini, ce que vous avez pensé de la Catalogne, & des droits sur la Navarre, s'y conduisant justement comme il a fait avec vous, quand il vous a parlé des Pais-Bas & du Mariage. Je ne doute point qu'il ne releve la chose, & qu'il ne veuille l'approfondir, & ainsi il y aura moien d'imprimer dans l'Esprit de nos Parties, sans qu'ils s'en apperçoivent, ce que nous désirons, peut-être mieux que par une proposition plus reguliere, & plus formelle, sur laquelle ils philosopheroient davantage.

Touchant le second, qui est de ceder les droits sur le Roiaume de Navarre, & d'en quitter par conséquent le titre, il n'y a rien à apprehender d'en faire l'offre en simples discours, parce que nous devons être assûrez de n'être point pris au mot.

Quant au troisiéme, qui est de ne demander pas plus que nous avons fait par notre premiere proposition, on pourroit proposer, comme j'ai dit, en passant que les Espagnols nous remettant Tarragonne, Tortose & Lerida, nous leur remettrons en échange trois Places en Flandre, de même consideration. Et outre qu'ainsi nous serions dans nos premiers termes, que toutes choses demeurassent en l'état qu'elles sont, puis qu'un chacun tiendroit & quitteroit trois Places pour trois autres, cette offre produiroit encore mieux l'effet que nous prétendons, qui est de témoigner une passion d'acquerir du côté de l'Espagne, & nulle visée d'étendre nos limites vers les Pais-Bas. On verroit durant quinze jours, en attendant la réponse de Hollande, quelle mine tiendroient nos ennemis & si notre fermeté touchant la Catalogne, (dont ils ne consentiront jamais, que dans les dernieres extrémitez, à nous abandonner la possession paisible,) ne les porteroit point à songer aux expediens qu'il peut y avoir à nous en faire sortir, en nous faisant trouver notre compte ailleurs.

Et alors je ne vois pas pourquoi Contarini, quelque mauvaise disposition qu'il puisse avoir pour nous, ne fût très-capable & propre à conclurre les choses; puis qu'il en a lui-même si souvent jetté des propos, & qu'il verroit de pouvoir en un jour acquerir une grande gloire en son particulier, & rendre à la République le plus signalé service qui se puisse. Je crois donc qu'on pourroit conferer la chose à lui seul, dès qu'on sera assûré des intentions du Prince d'Orange: si ce n'est que ledit Prince eût jugé à propos que je le dûsse traiter avec Castel-Rodrigo pour en renvoier après, comme j'ai dit, la conclusion à Munster.

Il est bon aussi d'examiner, s'il ne seroit pas à propos que Monsieur le Duc de Longueville en fît grande confidence audit Contarini, lui témoignant de traiter l'affaire seul, & à l'insû de ses Collegues, afin qu'il en fût plus obligé, & plus persuadé du secret.

En un autre temps, où la République n'auroit point été travaillée des armes du Turc, il y auroit eu quelques reflexions à faire. Premierement, savoir, si elle desireroit véritablement la Paix entre les deux Couronnes, & en second lieu, si elle concourreroit sincerement à procurer à celle-ci un si grand accroissement de puissance, que la jonction des Pais-Bas, mais dans la conjoncture présente où ces petites considerations politiques cedent à de plus pressantes, il est à croire qu'elle ne feint pas, quand elle fait protester par ses Ministres (comme fait continuellement cet Ambassadeur) qu'elle ne desire que l'accommodement en quelque façon qu'il se fasse, parce qu'effectivement c'est son principal interêt.

Il lui importe aussi beaucoup que l'on sorte d'affaire, plutôt par la Paix que par une Trêve, parce qu'autrement, il seroit mal aisé, que la France, qui vit depuis si long-temps en bonne amitié avec la Porte, pût rien écouter sur les propositions de la rompre, ni de s'engager en nulle dépense de consideration, mais plutôt de mettre de l'argent en reserve pour soûtenir la guerre, quand elle seroit obligée d'y rentrer.

Je ne vois donc nulle difficulté, puisque vous n'avez pas jugé à propos de relever encore le dernier discours que vous a fait Contarini là-dessus, en l'obligeant à éclaircir davantage l'intention de nos Parties, que si vous ne pouvez l'engager à vous en reparler de nouveau, on ne puisse lui permetre d'en parler comme de lui, & que la France seroit pour y consentir à certaines conditions, pourvû que Messieurs les Etats en eussent satisfaction, & concourussent en même temps à la Paix, ce que vous ne tarderez pas d'apprendre bientôt par le Sieur d'Estrades.

Il faudra, Messieurs, se bien souvenir, s'il vous plaît, au cas que cette Négociation prenne pied, de tâcher à faire entrer l'Empereur & Baviere pour garands de l'execution de tout ce dont on auroit convenu, surquoi je me remets à ce qui est plus particulicrement porté en cette matiere par une de mes Dépêches précedentes. Et cela afin que nous ne demeurions pas exposez à aucun inconvenient en la Catalogne, soit que les Espagnols, après avoir traité, vinssent par quelque accident à s'en repentir, soit que dès le commencement ils n'eussent eu autre pensée que de nous tromper, & d'avoir lieu de faire dire aux Catalans que nous aurions consenti de les abandonner. Pour cet effet, il sera necessaire d'y apporter toutes les précautions imaginables, & d'en prendre toutes les sûretez possibles, comme celle ci-dessus, parce qu'ou elles serviront à les tenir en bride, & à leur faire executer ponctuellement ce qu'ils auront promis, ou ne le faisant pas, ils seront les premiers à en être châtiez, s'étant mis sur les bras ceux qui présentement sont dans leur parti même.

Il sera aussi bien à propos, comme il en est touché quelque chose ci-devant, de demander dans le même parti la Paix pour le Portugal, & puis la Treve pour douze ans, & d'insister extrémement, afin que la réduisant à quatre ou à trois, il paroisse que nous relâchons beaucoup pour faciliter l'accommodement. Et à la verité il y a lieu de bien faire valoir ce point. Car effectivement toutes fois & quantes que la France consentira de n'assister directement ni indirectement le Roi de Portugal, c'est à proprement parler rendre au Roi d'Espagne ce Roiaume-là, & tout ce que les Portugais prétendent aux Indes. Ce qui (non compris même la Catalogne) lui est plus important que les Païs-Bas, qui sont d'ailleurs sur le point de se perdre.

Aussi me semble-t-il qu'il ne faut pas d'abord consentir à la restitution entiere de la Catalogne & du Roussillon, mais venir par degrez ; d'autant plus que Contarini n'a jusques à présent parlé que de la Catalogne, dont il sera bon de prendre avantage, & de faire du moins tout notre possible, pour conserver dans ladite Comté quelques-unes des Places qui nous sont les plus voisines, comme Colioure & Salses, ou pour le moins celle-ci, qui ne leur est pas de grande conséquence, & qui nous serviroit pour fortifier la tête du Languedoc: Ce n'est pas, que ne le pouvant obtenir, cela doive empêcher la conclusion du Traité, puisque, Dieu merci, le Roi d'Espagne ne sera jamais gueres en état de faire des efforts considerables de ce côté-là, & outre qu'il y a grande distance jusques à Paris, on pourra fortifier davantage Leucatte, & qu'en faisant de Narbonne une Place comme Perpignan, avec une forte garnison, sous un Gouverneur capable & fidelle, on peut rendre cet endroit-là plus fort qu'aucun autre du Roiaume, qui confine avec les Etats d'Espagne.

Pour conclusion, nous devons appliquer toute notre industrie, pour que de nos grands appareils pour la Campagne prochaine, & de la vive apprehension que les ennemis ont avec raison de nos progrès, particulierement en Flandre & en Espagne, nous tirions, sans combattre, le fruit que nous pourrions esperer en faisant la guerre, assûrant sans hazard les mêmes avantages à cette Couronne. C'est pour cela qu'il est necessaire de ne perdre que le moins de temps qu'il se pourra, pour réduire la Négociation au point que nous la pouvons desirer avant que la belle saison permette aux armées d'agir.

Nous avons de nouveau avis de Stockholm & de divers autres endroits, qu'il n'y a pas lieu de douter de la foi des Suedois, & qu'absolument ils ne se departiront point des Traitez d'Alliance. On me mande de Venise, (& c'est une personne qui assûre avoir vû les Lettres mêmes de Contarini) que tout d'un temps il avoit écrit à la République & à ses amis particuliers, donnant pour infaillible l'accommodement des Imperiaux avec les Suedois, mais qu'en dernier lieu il mandoit positivement que ceux-là en avoient perdu l'esperance, & que toute cette Négociation étoit rompue. Mais puis que Monsieur de Saint Romain se trouve déja parti, cela ne gâtera rien, & ne peut produire qu'un bon effet ; si ce n'est peut-être que tant de differentes pieces, que nous faisons jouer, donneront trop de vanité aux Suedois, & leur persuaderont trop la necessité que nous croions avoir d'eux, par les grandes apprehensions que nous témoignons de les perdre.

Je me suis extrêmement rejoui d'apprendre la satisfaction que vous avez déja eue, de la derniere Lettre que je vous ai adressée de Monsieur le Duc de Baviere au Nonce, & que ce

qu'elle contenoit d'important vous a été communiqué par ses Ministres. En quoi j'avoue qu'outre le motif du service du Roi, j'ai encore une espece de chatouillement de voir réussir ce que je me suis figuré il y a long-temps, que ce Prince seroit un jour le vrai Médiateur pour la France, & l'Instrument le plus efficace pour lui faire avoir ses satisfactions dans la Négociation de la Paix.

Je vous envoie une nouvelle Lettre que le Nonce a reçue de Monsieur le Duc de Baviere, & la copie de celle qu'il a écrite au Pape, sur les affaires qui se passent entre la France & Rome, qui est d'autant plus à estimer, qu'elle n'a point été recherchée, & qu'elle fait voir que ses fins vont au bien public & qu'il a grand respect pour cette Couronne, sans se soucier beaucoup de déplaire aux Espagnols.

Le Nonce m'a fait instance en grand secret de sa part, pour conclurre dès à present une étroite Alliance & union, qui ne soit sûe de personne. Il a sur tout desiré que je n'en écrivisse rien à Munster, se plaignant avec grand sentiment que toutes les propositions que me fit son Confesseur, y ont été publiques. Et aussi il ne vouloit pas que les Ministres, qu'il a en l'Assemblée, en sussent rien. C'est pourquoi je vous prie, Messieurs, de prendre garde, s'il vous plaît, à ne leur rien témoigner même indirectement. Je crois bien qu'il sera très-avantageux de faire un Traité particulier avec lui lors que la Paix se fera, mais de l'arrêter & conclurre dès à cette heure, c'est ce qu'il faut auparavant bien examiner, & je vous prie de m'en mander au plutôt votre sentiment.

Je vous avoue que je souhaitterois passionnément de voir la Négociation de la Paix de l'Empire reduite à tel point que, les points principaux étant ajustez particulierement à la satisfaction des Couronnes, on pût dans la certitude de la Paix songer à faire une suspension d'Armes, pendant laquelle on acheveroit de vuider les autres points. Ma raison est que je ne vois point de solides avantages pour nous à esperer par les armes en Allemagne, soit que les succès y soient heureux ou infortunez. Notre Armée est emploiée contre celle d'un * Prince, lequel, à ce qui nous paroît, agit si bien & si ouvertement pour la satisfaction de cette Couronne, que je ne sai si l'interêt de sa Majesté doit permettre qu'on travaille à le ruiner, quand on le pourroit faire, & si étant sans armée, & sans credit dans l'Assemblée, les affaires de la France n'en iroient pas plus mal. D'ailleurs, le moindre évenement dans la guerre est capable de changer toute la disposition des choses qui paroît aujourd'hui fort bonne pour la Paix, & pour la faire avantageuse à cette Couronne. Si les Imperiaux étoient défaits, les Suedois en deviendroient insuportables. Si l'armée Suedoise étoit ruinée, ce seroit encore pis ; l'Empereur parleroit plus haut, & le Duc de Baviere, aiant d'autres esperances, ne nous seroit plus sans doute si favorable. Tout cela me donne de l'inquietude, & il seroit bon de songer à quelque moien de nous en mettre l'esprit en repos. Il est vrai qu'il sera mal aisé que nous puissions repasser le Rhin de tout le mois d'Avril, & d'ici là il y a du temps pour prendre nos mesures, suivant le train que prendra la Négociation. Sur quoi il est à propos que vous soiez informez, que tous les avis que je reçois de Vienne, & d'autres endroits, portent

1646.

tent que Trauttmansdorff a depuis peu reçû de nouveaux ordres, de ne pas retourner fans avoir conclu la Paix dans l'Empire, que l'on veut à quelque prix que ce foit. Et en dernier lieu il eft paffé un certain Moine de Milan, Confident de l'Empereur, & envoié par lui au Roi d'Efpagne, pour lui confirmer ce qu'il lui a déja fait declarer par le fils du Marquis de Grana, qu'il étoit abfolument forcé par l'état de fes affaires, & par les inftances des Princes de l'Empire, à faire la Paix en Allemagne; furquoi il le prioit de prendre fes mefures pour fon accommodement.

Son Entretien avec l'Ambaffadeur de Venife.

L'Ambaffadeur de Venife me vint voir hier. J'eus une longue conference avec lui & je vous puis affûrer, que fi vous avez autrefois été fatisfaits des difcours que je lui ai tenus, & à d'autres Miniftres, vous aurez fujet de l'être au double de celui-ci, où je n'ai laiffé rien à lui dire, en forte qu'il m'a paru trèsperfuadé de plufieurs chofes qui font utiles à nos fins. Il m'a fait toutes les fatisfactions poffibles de la part de Contarini & de grandes proteftations, qu'il feroit fuperflu de vous mander puovant affez vous les imaginer. Ma réponfe a eu pour but de ne lui pas ôter l'efperance que l'on ne rétabliffe une entiere confiance avec lui, pourvû que l'on reconnoiffe qu'il procede en vrai Médiateur, & qu'il n'efface pas l'opinion qu'il a autrefois donnée de fon inclination envers cette Couronne; & après m'être étendu fur les louanges & merites de fa perfonne connue de tout le monde, & exaggeré, que fi j'avois moi-même eu à choifir un Miniftre dans Venife pour l'emploi qu'il a, je n'aurois jetté les yeux que fur lui.

Auquel il fe, plaint de Contarini.

Et cela, afin de lui laiffer toûjours une porte ouverte, & l'obliger à changer de conduite, j'ai fait favoir audit Ambaffadeur tous les fujets de plaintes & méfiances, que ledit Contarini nous avoit donnez, cottant en détail la pluspart des chofes qu'il a faites à notre préjudice; foit en parlant à diverfes perfonnes à Munfter ou écrivant au dehors, ce qui nous devoit rendre les intentions de la République même fufpectes, fachant avec quelle ponctualité elle veut que fes Miniftres executent fes ordres.

Je n'ai pas manqué à me fervir de ce que je vous mandai dernierement que fi la Paix fe fait, ce fera ce que défirent leurs Majeftez; & fi elle eft retardée, c'eft ce qui convient à cette Couronne. J'ai ajoûté que fi je tenois la même place dans le Confeil d'Efpagne, que j'ai l'honneur d'occuper dans celui du Roi, je ferois veritablement tous les efforts poffibles, pour retirer quelque piece de ce que leur Monarchie a perdu, mais que cela ne fe pouvant avant la Campagne prochaine, je croirois trahir mon Maître, fi je ne lui confeillois de facrifier même encore quelque chofe de ce qu'il a, plutôt que de n'avoir pas un accommodement, qui puiffe arrêter les progrès de la France & des Alliez, qui peuvent fi vrai-femblablement caufer fa ruine entiere. Que nous avons déja fait en forte tous nos préparatifs pour la Campagne prochaine, que foit que la Guerre continue, ou que la Paix fe faffe, il n'en coûtera pas un fol moins au Roi, jufqu'au mois d'Octobre, les recrues du Corps de referve & les rafraîchiffemens que l'on deftine pour les Armées de deçà, qui reftoient à faire, aiant été refolus au dernier Confeil, & l'argent s'en diftribuant déja aux Officiers.

Enfin, j'ai conclu avec cet Ambaffadeur, en lui difant qu'il pouvoit donner à la République les bonnes nouvelles de l'affûrance de la Paix, puis que voiant que les grands apprêts que nous faifons, n'obligent nos ennemis à en faire aucun, ni en Flandre ni en Efpagne, pour nous réfifter, il faut conclurre, ou qu'ils feroient dans le dernier aveuglement, & que Dieu les voudroit perdre, ou qu'aiant la fatisfaction de nous avoir engagez en des dépenfes effroiables & inutiles, ils fe ferviront à point nommé, du moien affûré que nous leur avons fourni, de nous faire tomber les armes des mains, par le confentement qu'ils donneront à faire la Paix, en laiffant toutes les chofes en l'état qu'elles fe trouvent aujourd'hui; Sa Majefté perfiftant à préferer le repos de la Chrétienté aux avantages, qu'elle voit pouvoir remporter la prochaine Campagne, quoi qu'elle reconnoiffe plus que jamais la foibleffe des ennemis, & les moiens qu'elle a tous prêts d'en profiter infailliblement. Enfin fi l'Ambaffadeur mande tout ce que je lui ai dit, je vous affure que cela fera un très-bon effet.

Differens avec le Pape.

Je vous envoye la copie de tous les avis que j'ai reçû de Rome de diverfes perfonnes, fur la fortie de Monfieur le Cardinal Barberin, afin de vous divertir quelques momens, à confiderer ce qui fe dit, & les raifonnemens qu'un chacun fait.

Il me femble qu'il feroit bon que les chofes continuans de la forte vous priffiez occafion en quelque conference avec Contarini, de vous laiffer entendre en paffant, que dans la conclufion de la Paix il faudra voir quelle fatisfaction le Pape donnera à la France, en divers points de juftice, qu'elle prétend de fa Sainteté & notamment fur le fait de la Maifon Barberine, à qui on impute à crime de s'être foûmife à la protection de cette Couronne, afin de ne rien laiffer en arriere, qui puiffe un jour alterer le repos de la Chrétienté. Ce fera un aiguillon pour porter le Pape à changer de conduite, & à faire de foi-même, (pour nous obliger à lui en favoir quelque gré,) les chofes qu'il feroit pour les Efpagnols même, y étant contraint par eux dans la conclufion de la Paix, puis que tous les intereffez ne fouffriroient pas qu'elle fût retardée pour cela, & que le Pape s'expoferoit à de grands reproches, s'il y hefitoit.

J'ajoûterai ici à la fin une penfée qui me vient touchant l'intention de Meffieurs les Etats dans le parti de l'échange des Païs-Bas avec la Catalogne. C'eft qu'il eft impoffible qu'ils puiffent honnêtement s'empêcher d'y donner les mains, ou il faudroit qu'ils déclaraffent, non feulement qu'ils s'oppofent aux avantages de leurs Alliez, mais qu'ils aiment mieux avoir pour voifin un Prince leur Ennemi irreconciliable, & qui prétend la Souveraineté fur eux, qu'un ancien ami, à qui ils doivent leur établiffement & la meilleure partie de leur grandeur. Les difficultez donc qu'ils y pourroient faire ne ferviroient, au pis aller, que pour trouver plus de profit dans ce parti, & pour tâcher d'emporter, ou ce qui leur devroit appartenir par le partage, ou la plus grande portion qu'ils pourroient. Ce qu'à mon avis, ils trouveront fuffifamment dans le Marquifat d'Anvers tout le refte n'étant pas fi important ni fi confiderable pour eux que cette feule piece.

Pour ce qui eft des Memoires publics, j'ai

dit

dit quelque chose à Monsieur de Brienne à quoi je me remets. Et il a été fort à propos d'y inserer, comme vous avez fait, un article pour y moderer un peu la liberté des discours qui peuvent faire tort à votre Négociation.

Les remarques que vous avez faites sur le Pouvoir des Plenipotentiaires d'Espagne avec les Ministres de Messieurs les Etats, ne peuvent être ni plus sensées ni plus prudentes.

Si on se re-lâchoit sur Philipsbourg, il faudroit tâcher d'avoir Brisach & les deux Alsaces.

Il reste à vous dire un mot de ce que les Ambassadeurs de Baviere vous ont dit touchant Philipsbourg & des grands obstacles que nous y rencontrerons. Il est aisé de comprendre par les Depêches de Baviere, que pourvû que nous relâchions ce point, il ne seroit pas difficile de nous faire accorder les deux Alsaces avec Brisach. Pour moi, mon avis particulier seroit que si la chose étoit reduite à ces termes, (& moiennant que nous ne donnassions aucun dédommagement pour les Archiducs & ne fissions rien de tout ce que je vous ai ci-devant mandé, pour réduire en quelque façon notre prétention) nous pourrions consentir à remettre Philipsbourg, & il faudroit exprimer après, s'il nous seroit plus avantageux, ou de le razer, pour nous rendre plus agréables aux Princes & Etats de l'Empire, qui en voudroient faire l'instance que vous empêchates, ou de le remettre en l'état qu'il est, à l'Electeur de Treves, quand nous verrions la succession de sa Dignité assûrée en une personne, qui eût les mêmes sentimens, & la même affection que lui pour cette Couronne, comme il nous proteste tous les jours que cela arrivera, & qu'il ne pense à rien plus, pour mourir content, que de voir la chose bien établie.

⁕✶⁕ ⁕✶⁕ ⁕✶⁕ ⁕✶⁕ ⁕✶⁕ ⁕✶⁕ ⁕✶⁕

RAISONS

Qui doivent porter Messieurs les Etats à desirer l'échange de la Catalogne, & même du Roussillon, avec la Flandre & le Comté de Bourgogne entre la France & l'Espagne.

Si l'échange se faisoit les Etats n'auroient plus de guerre à craindre. Ils établiroient solidement leur Souveraineté.

Si l'échange se faisoit les Etats n'auroient plus de guerre à craindre.

IL est sans doute qu'un semblable parti d'avoir ce que l'Espagne tient encore aux Païs-Bas, & rendre la Catalogne & le Roussillon, ne peut & ne doit être que bien reçu de Messieurs les Etats, puis que leur interêt propre s'y rencontreroit avantageusement: En ce qu'ils pourroient s'assûrer pour jamais de joüir d'un profond repos, sans être obligez aux dépenses excessives qu'ils ont accoûtumé de soûtenir, puis qu'il ne s'y parleroit plus de

Trêve, & que toutes les occasions de la Guerre finiroient par la cession que les Espagnols auroient faite des Païs-Bas à Sa Majesté.

Que Sa Majesté en ce cas, procurant que le Roi d'Espagne cedât à Messieurs les Etats les droits & les prétentions qu'elle peut avoir sur leurs Provinces, & la France qui entreroit en sa place ratifiant cette cession, avec toutes les formes les plus solemnelles, que Messieurs les Etats sauroient desirer, ils établiroient pour toûjours une Souveraineté absolue & non contestée de qui que ce soit, & s'affermiroient une grandeur & tranquilité durable, avec tous les avantages, & les commoditez que donne ordinairement la liberté d'un commerce universel, par un éloignement pour jamais de leurs anciens & seuls irreconciliables ennemis. Et ce d'autant plus, que l'assiéte de leur Païs est telle, & si bien fortifiée par l'art & par la nature, que ce sera toûjours inutilement, que quelque Puissance étrangere que ce puisse être, tentera d'y faire aucun progrès, & imprudemment qu'elle s'y embarquera. Et bien que les forces de l'Empire soient toûjours à redouter, néanmoins établissant une bonne ligue offensive & défensive entre cette Couronne & Messieurs les Etats, il est certain que l'Empereur, avec toute l'Allemagne même, n'oseroit songer à rien entreprendre contre eux.

Ils établi-roient solide-ment leur Souveraineté.

D'ailleurs, cet expedient les feroit en un instant sortir de l'embarras où ils se trouvent aussi bien que nous, en ce que la France ne veut faire que la Paix, & la Hollande ne veut que la Trêve, & toutes les difficultez, qui arriveront sans doute sur l'article 9. seroient surmontées, sans que l'on eût à se mettre en peine de ce que l'on fera après la Trêve expirée.

Mais une bien forte raison pour prouver qu'ils ne peuvent se défendre & doivent consentir à ce parti, c'est que déja dans le Traité de 1635, où la division des Païs-Bas, que l'on esperoit de conquerir, fut faite, les Etats crurent, & avec raison, que leur plus grand avantage consistoit à s'assûrer un repos qui ne fut plus sujet à alteration, par la sortie des Espagnols du Païs-Bas, & par une plus étroite union avec cette Couronne, qui s'est toûjours interessée avec tant de soins à leur conservation & à leur agrandissement. Monsieur le Prince d'Orange y trouveroit aussi ses avantages particuliers, en ce qu'il acheveroit la guerre, couronnant ses travaux par une fin glorieuse, laissant Messieurs les Etats victorieux, plus puissans que jamais, & reconnus, sans aucun obstacle, legitimes possesseurs d'un si beau & si grand Païs.

Outre que l'execution de ce parti fourniroit les moiens de mettre promptement les choses en état de rétablir les affaires du Roi d'Angleterre, lesquelles touchent le Prince d'Orange au point que chacun sait, non seulement pour le mariage qu'il a fait, mais pour d'autres interêts qu'il peut avoir à l'avenir.

LETTRE

De Messieurs les

PLENIPOTENTIAIRES

à Monsieur le Comte de

BRIENNE.

Du 10. Fevrier 1646.

On continuë à se plaindre des Plenipotentiaires de Suede. Ils consentent qu'on commence par traiter des intérêts des Etats de l'Empire. On se plaint aussi des Médiateurs. Ils proposent une suspension d'armes en Allemagne. Les Espagnols tâchent de donner de l'ombrage aux Hollandois de la Puissance de la France. Les François s'efforcent de dissuader les Hollandois d'un Traité de Trève avec l'Espagne. Ils font voir que si la Hollande ne fait qu'une Trève avec l'Espagne la France sera pourtant bien fondée à faire une Paix.

MONSIEUR,

NOus ne vous écrivons pas exactement toutes les particularitez qui se passent à Osnabrug, parce que nous savons que Monsieur de la Barde vous en tient averti. Les Plenipotentiaires de Suede persistent à ne le vouloir point admettre dans leurs Conferences, & toûjours ils nous donnent quelques nouveaux sujets de mécontentement, & de soupçon contre eux. Ce qui nous a fait refoudre que l'un de nous iroit présentement audit lieu d'Osnabrug, sous prétexte de l'affaire dudit Sieur de la Barde, qui est sûe de toute l'Assemblée. Mais en effet pour faire vivement nos plaintes à ces Messieurs, de toutes les procedures qu'ils tiennent envers nous, & pour essaier de connoître si cette conduite provient d'une humeur particuliere desdits Plenipotentiaires, ou si c'est par ordre de leurs Superieurs.

Ce qui nous a porté d'autant plus à faire cette diligence, c'est que nous sommes avertis que les Etats d'Osnabrug font de grandes instances à ce que les articles de nos propositions & repliques qui concernent leurs griefs

& les intérêts de l'Empire en général, soient traitez & arrêtez avant qu'il se parle de la satisfaction des Couronnes. Nous ne trouvons pas étrange qu'ils soient secondez en ce dessein par les Etats de Munster qui ont pris la même resolution. Mais ce qui nous donne lieu de soupçonner & de craindre, c'est que les Suedois consentent que cet ordre soit suivi ou du moins ne s'y opposent pas plus que le Comte de Trautmansdorff. Ce dernier peut avoir pour but de diviser par-là les Etats d'avec les Couronnes, & de faire ensorte que quand on aura contenté lesdits Etats, ils soient contraires aux satisfactions qu'on prétend : Mais que la Suede y consente contre son propre intérêt, & contre ce qui a été expressément arrêté entre nous, c'est ce que nous avons peine à comprendre, & nous ne pouvons nous imaginer que deux causes de ce changement ; ou que les Suedois sont assûrez par le Comte de Trautmansdorff de ce qu'ils doivent avoir pour leur satisfaction, ou qu'ils n'ont point d'inclination pour la Paix, comme ils le témoignent, & que s'il est vrai qu'ils desirent que les intérêts de l'Empire soient traitez & préferez aux leurs, c'est avec dessein de rompre sur une apparence du bien public, & d'avoir un prétexte specieux de continuer la guerre, & se rendre favorables les Protestans principalement, dont ils veulent être les protecteurs dans l'Allemagne.

Le voiage d'Osnabrug & ce que le Sieur de Saint Romain apportera du sien, nous en pourront donner une plus assûrée connoissance. Cependant nous voions que chacun s'éloigne de nous, & que (tant les Imperiaux que les Espagnols) s'adressent à nos Alliez & fuient toute sorte de communication avec nous ; Ce qui est si visible que les Médiateurs qui avoient tiré notre consentement, que nous recevrions les ouvertures qui nous seroient faites par eux, nous ont vû cette semaine sans nous dire un seul mot des Espagnols, que nous savons qu'ils avoient visitez peu auparavant.

Leur entretien fut de nous faire voir une Lettre du Castellan de Milan, par laquelle il paroît que Dom Edouard est bien traité dans sa prison. Ils en lûrent une autre du Roi de Pologne à Monsieur Contarini, où il lui recommande ses intérêts dans la Silesie où il possede les Duchez de Ratibor & d'Oppelen & encore dans la Pomeranie, où il tient quelques Bailliages, & prie ledit Sieur Ambassadeur de notifier ce que dessus à l'Assemblée, & de prendre garde qu'il ne s'y passe rien à son préjudice.

Sur la fin ils nous parlerent d'une suspension d'armes dans l'Empire ; disant que les armées Imperiale & Suedoise étant si proche l'une de l'autre, s'il arrivoit un combat, tout ce qui a été fait jusques ici seroit inutile. Que lors qu'ils avoient fait ci-devant de pareilles ouvertures, il avoit été dit qu'on y pourroit entendre quand on verroit les affaires acheminées à un Traité, que les Repliques des Couronnes sont données & que l'Empereur & les Etats de l'Empire reconnoissent qu'il est dû satisfaction aux Couronnes, & ainsi que ne s'agissant que du plus ou du moins on étoit aux termes de pouvoir faire la suspension qui pouvoit faciliter la Paix quand elle ne se feroit que pour quinze jours, & serviroit même contre le Turc qui seroit bien plus retenu d'entreprendre contre la Chrétienté sur le simple bruit d'une Trève pour peu de

 tems

Ils consentent qu'on commence par traiter des intérêts des Etats de l'Empire.

On se plaint aussi des Médiateurs.

Ils proposent une suspension d'armes en Allemagne.

On continuë à se plaindre des Plenipotentiaires de Suede.

tems qu'elle dût durer. Encore que les Médiateurs n'aient pas dit avoir charge de faire cette proposition, & que ce n'ait été que par occasion, nous n'avons pas jugé néanmoins la devoir rejetter & avons pris tems pour y aviser & leur porter votre réponse. Ce sera un des points dont moi d'Avaux aurai à m'entretenir avec les Plenipotentiaires de Suede, & qui me pourra donner lieu de mieux connoître s'ils ont de veritables inclinations à la Paix. Quant à nous, il semble que nous devons souhaiter qu'il ne se donne point de bataille en cette conjoncture & que de quelque côté que la victoire tournât nous y pourrions souffrir du préjudice.

Nous avons été bien aises d'apprendre qu'il y a esperance que le Pape pourra se porter à quelque accommodement. Il n'y a rien qui lui fasse plutôt prendre les resolutions que nous pouvons desirer, que lors qu'il se verra desabusé de l'opinion qu'on lui avoit donnée de quelque division dans le Roiaume, & quand il connoîtra que tous conspirent également au bien commun de l'Etat. Nous vous rendons graces très-humbles de ce qu'il vous plaît mander sur ce sujet & sur toutes les occurrences des affaires étrangeres dont nous essaierons de tirer profit dans les occasions qui se pourront présenter au Traité.

Les Espagnols tâchent de donner de l'ombrage aux Hollandois de la Puissance de la France.

Le langage que tiennent les Plenipotentiaires d'Espagne aux Ambassadeurs de Messieurs les Etats peut tenir lieu de nouvelles de ces quartiers. L'Archevêque de Cambray avouoit en parlant à eux que leur guerre contre l'Espagne étoit juste, puis qu'ils étoient en armes pour la défense de leur liberté, mais qu'il n'étoit pas croiable qu'ils fussent si peu avisez que de vouloir aider à la France à s'agrandir dans leur voisinage, où l'établissement d'une telle puissance leur devoit donner de la crainte. Ce qui nous aiant été dit par le Sieur de Niderhorst, il parut que ses Collegues n'en étoient point trop contents. Nous ne voulûmes pas néanmoins leur parler davantage sur ce sujet, ni faire paroître que nous y eussions pris garde, de crainte de les rendre plus retenus à nous dire les choses qui se pourroient passer ci-après entre les Espagnols & eux. Il est à remarquer que ce discours ne nous a pas été rapporté aussi-tôt après qu'il a été fait, mais long-temps depuis, & dans une quatriéme Conference que nous avons euë avec lesdits Sieurs Ambassadeurs. Les Ambassadeurs de Messieurs les Etats nous aiant fait des instances reiterées pour nous obliger à convenir de ce prétendu 9. Article qu'ils veulent ajoûter au dernier Traité de la Haye. La premiere fois qu'ils nous en parlerent nous leur demandâmes un peu de temps pour y penser, & pour recevoir les ordres que nous avons reçus de la Cour sur ce sujet. A la seconde fois qu'ils nous en ont pressé nous avons été contraints de leur faire réponse, & les visitâmes hier pour cet effet.

Nous leur remontrâmes d'abord qu'il seroit à propos auparavant qu'ils nous communiquassent la resolution qu'ils ont prise sur la forme du nouveau Pouvoir des Espagnols, d'autant que celui qui leur a été presenté ne tend qu'à faire un Traité particulier, & qu'aiant de notre côté sommé [obligé] les Espagnols, en reformant le premier, qu'ils avoient apporté pour traiter avec nous, d'y ajoûter une clause pour les Alliez, on devoit demander la même chose de la part de Messieurs les Etats tant pour satisfaire aux Traitez d'Alliance que pour faire

paroître que l'union de leur Etat avec la France ne leur est pas moins chere qu'à nous. Ils nous dirent qu'ils attendoient encore la réponse de leurs Superieurs, ausquels ils avoient envoyé ledit Pouvoir des Espagnols, & qu'ils ne manqueroient pas de nous communiquer ce qui leur seroit ordonné, pour le concerter avec nous avant que de donner aucune resolution sur ce sujet à leurs Parties. Nous leur représentâmes encore que la proposition qui leur a été faite d'une Trêve semblable à celle de 1609. aussi-tôt qu'ils y auront fait réponse, les va engager bien avant en Négociation avec les Espagnols, laquelle non seulement exclurra d'abord tout Traité de Paix, & n'aura plus pour but que celui de la Treve, qui est celui que lesdits Espagnols desirent, mais ne laissera plus de difficulté entr'eux que sur les conditions qu'on pourra demander de part & d'autre qui se trouveront differentes de celles de la précedente Trêve, & que de cette sorte le Traité se trouvera plus avancé en 25. jours qu'ils ont été ici, que celui de la France n'a pû être depuis deux ans, que nous y sommes; Que nous nous promettions qu'ils nous donneroient aussi part de la réponse qu'ils auroient dessein d'y faire, & qu'ils considereroient en y prenant resolution, combien il étoit nécessaire pour faire marcher les affaires d'un pas égal de part & d'autre, qu'en même temps qu'ils accepteroient la proposition qui leur a été faite [les Espagnols acceptassent aussi l'offre que nous leur avons faite] il y a long-temps, de conclurre la Paix avec eux, en laissant toutes choses de part & d'autre en l'état où elles se trouvent, & qu'on entrât en traité sur ces deux propositions; sans quoi l'une des Négociations s'avanceroit pendant que l'autre demeureroit en arriere, & par ce moien les Espagnols parviendroient à leur fin, qui est de nous diviser en quelque façon qu'ils le puissent faire. Ils nous donnerent encore parole de nous communiquer la réponse qu'ils se proposoient de faire aux Espagnols avant que de la leur donner, & qu'ils ne manqueroient pas de faire les reflexions convenables sur ce que nous venions de leur représenter, leur intention n'étant que de conserver inviolablement l'honneur que leur Etat reçoit de son union avec la Couronne de France.

Les François s'efforcent de dissuader les Hollandois d'un Traité de Treve avec l'Espagne.

Après cela il fut parlé de ce 9. Article & comme notre intention, en allant à cette Conference, avoit été de renvoier à un autre temps la deliberation de cette affaire, aiant reconnu qu'ils ne peuvent pas faire en cela ce qu'ils desirent, & qu'il seroit perilleux d'entrer pour ce sujet en contestation avec eux dans le temps que nos ennemis communs les recherchent si fort, & nous laissent sans nous rien dire; nous tâchâmes de leur persuader qu'il n'étoit pas encore temps de mettre cette difficulté sur le tapis, puis que la deliberation en pouvoit être differée sans qu'ils eussent sujet de rien craindre, les Traitez d'Alliance ne nous permettant pas de rien faire sans leur consentement, & que nous n'en saurions traiter maintenant sans en recevoir un notable préjudice. Qu'ils devoient être assûrez que la France ne se departiroit jamais de l'union qu'elle a presentement avec les Provinces-Unies, qui a été si utile jusques ici à l'un & à l'autre Etat. Mais qu'il ne seroit pas juste que pour recompense d'avoir contribué à leur faire donner le choix de la Paix ou de la Treve par nos ennemis communs, lors que pour leur seule commodité, elles préferent la Tre-

Ils font voir que si la Hollande ne fait qu'une Treve avec l'Espagne, la France sera pourtant bien fondée à faire une Paix.

ve

1646.

ve à la Paix, elles nous engageassent aussi par une resolution semblable à ce qui est contenu dans ledit 9. Article à ne pouvoir faire qu'une Trêve pour la France, d'autant que par ce moien elles agiroient plutôt selon l'intention des ennemis, qui a été jusqu'à present de nous réduire à une Trêve, que selon le devoir de vrais & fidéles amis, qui sont obligez de procurer de tout leur pouvoir le bien & l'avantage d'un Roi leur Allié qui a tant fait pour la grandeur & la liberté de leur Etat. Nous avons travaillé à leur faire comprendre que si les Espagnols savoient que la France selon la teneur de ce 9. Article fût obligée de rompre la Paix qu'elle prétend presentement faire avec eux, lors que la Trêve de Messieurs les Etats sera expirée, ils auroient droit de se moquer de nous, lors que nous leur parlerons des cessions, renonciations & autres clauses qui ont accoûtumé d'être accordées par des Traitez de Paix, & nous fermeroient la bouche, en nous disant que nous ne pouvons pas raisonnablement prétendre les avantages d'une Paix perpetuelle dans un Traité qui ne devroit avoir l'effet que d'une Trêve par l'obligation où nous serions de rentrer en guerre conjointement avec Messieurs les Etats à la fin de leur Trêve ; & que ce seroit une exception générale qu'ils opposeroient à tout ce que nous voudrions & pourrions proposer, qui tendroit à la Paix. Mais que si cette Négociation s'avance avec les Espagnols, lors qu'on sera d'accord des principaux articles, & qu'il y aura apparence de pouvoir conclurre le Traité, nous ne refuserons pas de convenir avec Messieurs les Etats de ce que la France devra faire, lors que leur Trêve sera expirée, en cas que l'Espagne refuse de la continuer, & leur ferons connoître par effet selon le pouvoir & les ordres que nous en avons qu'on ne veut pas abandonner leurs intérêts. [Cela se pourroit faire alors avec moins de peril pour nous, parce qu'il n'y aura pas à craindre qu'un Traité, proche de sa conclusion, & où vraisemblablement chacun aura esperance de trouver son compte en sortant d'affaires selon l'état present, où elles se trouvent, puisse être rompu par la liberté, que nous voudrions nous reserver d'assister Messieurs les Etats après l'expiration de leur Trêve.

Cette difficulté aiant été longuement agitée entre eux & nous, la Conference finit sans rien resoudre. Nous pensions néanmoins y avoir gagné quelque chose, puisque notre intention n'avoit été que de differer ; mais lors que chacun se leva & que nous les priames de faire réflexion sur ce que nous leur avons représenté, ils nous suplierent aussi très-instamment de songer au grand intérêt, qu'ils avoient de nous presser du contraire ; ce qui nous fait apprehender, qu'ils ne nous laissent pas trop en repos.]

Etant levez, & retombez chacun de nous séparément sur le même discours, avec quelques-uns d'entr'eux pour les porter à ce que nous desirons, nous remarquâmes bien clairement que sur l'esperance qui leur fut donnée en passant, que si on ne pouvoit pas convenir du contenu audit Article, la France feroit pour Messieurs les Etats quelque chose d'équivalent, ce qu'ils entendirent fort bien vouloir dire une assistance d'argent, ils témoignerent être fort éloignez d'accepter cet expedient. Ce que nous sommes obligez de vous faire savoir.

Tom. III.

A la verité deux des nôtres, les aiant portez à consentir que si le refus de continuer la Trêve vient d'eux la France ne sera obligée ni de rompre avec l'Espagne, ni de les assister, quoi que par le Traité fait à Paris en 1635. les obligations reciproques de rompre & de s'assister contre l'ennemi commun soient égales, & pour toûjours, nous les avons encore obligez ici de se relâcher par une declaration qu'ils nous ont faite, qu'ils se contenteront que la France demeure obligée de leur faire continuer leur Trêve une seule fois, ce qui est un second degagement, que nous croions qui sera trouvé bien considerable. Ils ont ajoûté, que cette obligation empêche les Espagnols de refuser la continuation de la Trêve quand ils auront à craindre la guerre contre la France en la recommençant contre les Provinces-Unies. Ils ont dit ensuite que s'ils vouloient presentement faire une Trêve de quarante années, nous ne pourrions pas, sans violer les Traitez d'Alliance, refuser de la garentir pour ce temps-là, & qu'il nous devoit être indifferent si pour mieux tenir les peuples en devoir, les obliger à païer les contributions, à tenir sur pied des gens de guerre pour leur sûreté & pour plusieurs autres considerations importantes à la conservation de leur Etat, à laquelle notre intérêt propre nous engageroit en quelque sorte à prendre part, ils étoient obligez de separer ce terme en deux, & si au lieu de faire une Trêve de quarante ans, ils en vouloient faire deux de vingt années chacune. S'ils nous eussent allegué cette raison tous ensemble, lors que nous étions encore assis, & qu'ils nous eussent fait ouverture de faire une Trêve de quarante ans, à la garentie de laquelle la France demeurât obligée, avec pouvoir néanmoins de Messieurs les Etats de la separer en deux termes, lors qu'ils en conviendroient avec les Espagnols, nous eussions eu peine à la refuser.

Nous apprehendons encore que, lors que nous insisterons plus fortement (comme nous avons resolu de le faire) de n'être pas obligez à rompre avec l'Espagne, encore qu'elle refuse de continuer la Trêve, ils ne nous déclarent qu'ils n'entendent pas aussi en ce cas demeurer obligez à la garentie de notre Paix qu'autant de temps que leur premiere Trêve durera, parce qu'autrement les obligations seroient trop inégales, eux demeurant engagez pour toûjours à la garentie de notre Paix, & nous seulement pour un temps limité que durera leur premiere Trêve. De cette sorte au bout de la Trêve ils pourroient prétendre qu'on demeurât degagé de part & d'autre ; & en ce cas les Espagnols se trouvans en bon état, pourroient prendre le temps d'attaquer la France, contre laquelle est leur principale animosité sans que les Provinces-Unies fussent obligées de rompre avec l'Espagne. Et d'autant qu'il semble qu'on a voulu éviter ce dégagement par les Traitez de 1634. 1635. & 1643. où l'on a voulu que l'obligation de recommencer la guerre conjointement fût perpetuelle, aussi-tôt que l'un des deux Etats seroit attaqué par l'Espagne ; nous vous suplions de faire considerer ce point qui mérite bien que nous sachions ce que nous aurons à répondre, si on nous le propose, puis qu'outre le préjudice que la France recevroit de retomber un jour en guerre sans les Provinces-Unies, si nous acceptions maintenant ce parti, nous leur ferions paroître un dessein de nous separer d'eux, qui seroit contraire aux

H 2   Pro-

1646.

Protestations qu'on leur a toûjours faites, que l'union des deux Etats seroit éternelle, & ne produiroit rien de bon en la conjoncture présente, où les Espagnols leur donnent plus de facilité de sortir d'affaires qu'à nous, qui sommes &c.

MEMOIRE

De son

EMINENCE

à Messieurs les

PLENIPOTENTIAIRES.

Du 10. Fevrier 1646.

On a enfin envoyé d'Espagne à Peñaranda un Pouvoir illimité de faire la Paix. Miserable état de l'Espagne. Elle desire une suspension d'armes du côté de la Catalogne. Castel Rodrigo veut persuader au Prince d'Orange que la France songe à faire, par un mariage, son accommodement particulier avec l'Espagne. La France envoye d'Estrades à la Haye pour desabuser le Prince. On pourroit lui offrir le Marquisat d'Anvers pour le rendre favorable à l'échange. Les Espagnols croient que la France veut faire la Campagne avant que d'entrer tout de bon en Traité. Préparatifs de la France. Elle pourra conclurre sans y comprendre le Roi de Portugal. Mais il ne faut s'en ouvrir qu'à l'extrémité, & pour obtenir quelque chose de plus. Il faut se moquer des menaces de la separation de l'Assemblée. On demandera volontiers l'Infante en mariage pour le Roi, si on peut avoir les Païs-Bas par ce moien. La Thuillerie a fait raport de la sincerité de la Reine de Suede. Chanut lui succedera en Suede. Le Sr. de Tracy envoyé en Allemagne pour les levées.

1646.
On a enfin envoié d'Espagne à Peñaranda un Pouvoir illimité de faire la Paix.

AVant que repliquer à ce que je crois necessaire à votre Memoire du vingt-huit du passé, je vous dirai que j'ai reçû d'Espagne, de fort bon lieu, qu'on avoit envoié par un exprès, entiere autorité à Peñaranda pour la conclusion de la Paix, à telles conditions qu'il jugeroit à propos, & que quoi que l'on eût publié de l'ample étenduë de son Pouvoir, il avoit été jusques à cette heure fort limité.

Miserable état de l'Espagne.

Que l'on ne voioit pas jour en Espagne comme quoi secourir puissamment la Flandre, ainsi qu'ils en étoient continuellement pressez par couriers sur couriers que depêchoient le Marquis de Castel Rodrigo & Picolomini, & que l'on reconnoissoit comme impossible de mettre du côté de la Catalogne cette année une armée capable de résister à celle du Roi, n'étant pas demeuré de reste trois mille hommes de celle de l'année derniere, qui fut presque toute defaite; desesperant de tirer pas un soldat d'Allemagne, & ne faisant pas grand fondement sur ce qui peut arriver d'Italie, ni des Walons qu'on leur doit envoier de Flandres, & beaucoup moins des levées qui se font en Espagne; vû qu'étant obligez de conduire les hommes levez à l'armée, ils se debandent à l'instant, quelque diligence que l'on y apporte.

Qu'ils craignent extraordinairement que l'Empereur, pressé de la necessité de ses affaires, & par Baviere & les autres Princes de l'Empire, ne fasse une Paix particuliere avec la France, & ses Alliez, & que sur cela on avoit resolu de donner ledit Pouvoir à Peñaranda, & de lui ordonner précisément, qu'après avoir fait toutes les remontrances possibles aux Ministres de l'Empereur, pour les obliger à ne s'accorder pas sans l'Espagne, il accordât plutôt toutes choses que de laisser conclurre une Paix, dans laquelle elle ne fût pas comprise.

On me mande aussi que si la France se veut contenter du Roussillon, & de ce qu'elle a conquis en Flandres, sans s'opiniâtrer à la Catalogne, & à vouloir soûtenir le Roi de Portugal, (auquel pourtant ils tomberoient d'accord de donner quelque satisfaction) on pourra conclurre la Paix en quatre jours. Tous ces avis, comme je vous ai dit ci-dessus, viennent de personnes bien informées, & vous en pourrez reconnoître la verité dans les Conferences que vous aurez avec les Médiateurs & les Ministres d'Espagne.

Elle desire une suspension d'armes du côté de la Catalogne.

Ce que l'on mande des difficultez que le Roi d'Espagne aura de mettre de ce côté-là en Campagne une armée considerable & de l'apprehension qu'il a de ne pouvoir nous empêcher de faire de grands progrès, cette année, nous est confirmé de tous côtez, & depuis quatre jours par les instances que l'Ambassadeur de Venise, qui est ici, a faites sur les Lettres qu'il avoit reçües de celui de Madrid, pour nous obliger à consentir à une suspension par mer & par terre de ce côté-là. Ils ont pris occasion de la proposition que nous avions faite en faveur de la République de Venise, de faire une suspension d'Armes dans la Mer Mediterranée, touchant laquelle je vous envoierai une copie du Memoire qui fut communiqué de la part de la Reine à l'Ambassadeur Nani au mois de Novembre dernier, & refusant ladite proposition en ces termes-là, ils ont témoigné qu'ils y consentiroient volontiers si la France vouloit aussi demeu-

Caſtel Rodrigo veut perſuader au Prince d'Orange que la France ſonge, à faire, par un mariage, ſon accommodement particulier avec l'Eſpagne.

meurer d'accord d'une Trêve par terre en Catalogne; dont on peut aiſément tirer conſéquence du peu d'eſperance qu'ils ont de ſe défendre de ce côté-là.

Le Marquis de Caſtel Rodrigo juſques à cette heure ne fait faire aucune propoſition ; mais c'eſt bien lui, à mon avis, ou quelqu'un par ſes ordres, qui a fait dire en grande confidence à Monſieur le Prince d'Orange que la Négociation de Munſter s'entretenoit par une certaine apparence ; mais qu'en effet la Paix ſe traitoit en grand ſecret entre la France & l'Eſpagne, par le moïen du mariage de l'Infante, & que s'il n'y prenoit bien garde Meſſieurs les Etats ſe trouveroient mal recompenſez du procedé qu'ils tiennent avec la France, & ledit Prince fruſtré de tous les avantages qu'il peut eſperer, s'il ne la prévient, portant Meſſieurs les Etats à conclurre avec l'Eſpagne ſans elle.

La France envoie d'Eſtrades à la Haye pour déſabuſer le Prince.

Monſieur le Prince d'Orange en a écrit en grand ſecret à Monſieur d'Eſtrades, & quoi qu'il ne nomme pas Caſtel Rodrigo, il n'y a nulle difficulté que cette charité vient de lui. Ledit Prince témoigne dans ſa Lettre de n'avoir point de ſoupçon qu'il y ait aucun Traité, puis que je ne lui en ai rien mandé. Néanmoins il le dit en termes qui me font aſſez connoître qu'il en a quelque apprehenſion. C'eſt pourquoi j'ai crû qu'il ſeroit à propos d'obliger Monſieur d'Eſtrades à faire un voiage en diligence à la Haye pour raſſûrer l'Eſprit dudit Prince, au même temps qu'il pourra concerter & ajuſter avec lui les deſſeins de la Campagne prochaine, & tâcher adroitement de le porter à me donner conſeil d'écouter la propoſition que les Eſpagnols me voudroient faire, dans l'aſſûrance qu'il doit avoir, que tout lui ſera auſſi-tôt fidellement communiqué. Je le chargerai de ſonder auſſi avec la même adreſſe ſes ſentimens, en cas que, pour ajuſter promptement toutes choſes, il fût propoſé de nous donner les Païs-Bas; parce que comme nous n'avons à aprehender autre choſe, dans la Négociation avec les Eſpagnols, que la jalouſie de Meſſieurs les Etats & l'artifice de nos Ennemis qui pourroient les dégoûter de nous, en faiſant connoître au Prince d'Orange que nous traitons à part, nous ſerions exempts de toutes ces apprehenſions, ſi je pouvois, de concert & du conſentement dudit Prince, négocier là-deſſus avec Caſtel Rodrigo pour remettre après cela la concluſion de toutes choſes à Munſter.

On pourroit lui offrir le Marquiſat d'Anvers, pour le rendre favorable à l'échange.

Il me ſemble qu'un bon moien pour obliger bien-tôt le Prince d'Orange à y donner les mains, ce ſeroit, comme je vous l'ai marqué ci-devant, de lui donner eſperance de le gratifier du Marquiſat d'Anvers, à condition de le reconnoître de la France. Il ne faut pas douter qu'il n'en fût ravi, & qu'il ne portât Meſſieurs les Etats à conſentir à la Paix par ce moien, puis qu'il les feroit jouïr d'un profond repos, & les aſſûreroit de n'être plus inquietez par les Eſpagnols, qui ſeroient alors bien éloignez d'eux. Outre que les raiſons qui les obligeoient à deſirer de confiner la France, lors qu'ils firent le partage de la Flandre par le Traité de l'an 1635, doivent être encore aſſez fortes, pour les perſuader à la même choſe, quand on en trouveroit un expédient, auquel les Eſpagnols s'accordaſſent, & cela d'autant plus que nous conſentirions à donner Anvers à Monſieur le Prince d'Orange.

Je vous ſupplie de tout mon cœur de tenir ceci fort ſecret, & de prendre garde qu'on ne pénétre ce que Monſieur le Prince d'Orange a écrit à Monſieur d'Eſtrades, parce qu'il recommande fort que perſonne n'en ſache rien.

Vous voyez, Meſſieurs, comme quoi les Ennemis continuent leurs ruſes, & qu'ils ne peuvent pas ſe porter à prendre une bonne réſolution & à vous propoſer quelque parti qui ſoit recevable, dans un temps qu'eux-mêmes demeurent d'accord, que ſans que Dieu faſſe quelque miracle en leur faveur, ils ne peuvent éviter de plus grandes pertes cette Campagne. Mais à la fin la conduite de vous autres Meſſieurs, qui, ſans vous flatter, ne peut être ni plus prudente, ni plus ferme, ni plus adroite qu'elle eſt, les contraindra, dans la foibleſſe où ils ſont & dans le malheur qui les pourſuit, à vous faire quelque propoſition raiſonnable, lors qu'ils ſeront une fois pour toutes détrompez (comme il y a apparence qu'ils le devroient être) de pouvoir ſeparer de cette Couronne celle de Suede, & Meſſieurs les Etats, ainſi que vous en a menacé Contarini, lequel nous fait grand tort par les Lettres, qu'il écrit à l'Ambaſſadeur qui eſt ici, toutes pleines de plaintes de la dureté qu'il rencontre en vous autres Meſſieurs, voulant faire croire, que vous vous êtes declarez de ne vouloir écouter aucune propoſition qui aille contre la retention de tout ce que nous avons occupé ſur les Eſpagnols, ce qui étant après raporté à des perſonnes qui n'entendent pas la façon dont il faut manier les affaires, elles concluent que nous ne voulons point la Paix. Mais comme je vous ai mandé ci-devant il faut faire ce que l'on doit, & acheter, par la mortification de quelque peu de temps, de la gloire & de la ſatisfaction pour toute ſa vie.

Les Eſpagnols croient que la France veut faire la Campagne avant que d'entrer tout de bon en Traité.

Une des plus grandes eſperances que nous devons avoir que Peñaranda & Caſtel Rodrigo ſe reſoudront bien-tôt à nous faire quelque propoſition, c'eſt qu'ils croient fermement, auſſi bien que le Roi d'Eſpagne, & les Miniſtres qu'il a auprès de lui, que la France eſt reſolue de voir quels avantages elle pourra encore remporter cette Campagne, avant que d'entrer tout de bon en Traité. C'eſt pourquoi il ne faut pas plaindre toutes les dépenſes que nous faiſons pour de grands préparatifs de tous côtez, & pour mettre les choſes en état de pouvoir promptement entrer en Campagne, particulierement en Catalogne, qui eſt la partie la plus ſenſible pour eux.

Préparatifs de la France.

Auſſi l'on y a depêché depuis quatre jours le Chevalier de la Vallicre, pour porter des Inſtructions à Monſieur le Comte d'Harcourt de ce qu'il aura à faire, & pour le ſoliciter de profiter du mauvais état des Ennemis, & d'entreprendre quelque choſe à la fin de ce mois, ou au commencement de l'autre, puis qu'il a des forces ſuffiſantes pour cela, que l'Artillerie eſt prête, & que ce climat-là le permet. On fera auſſi partir bien-tôt Monſieur le Prince Thomas, que nous avons ici depuis trois jours, & on travaille avec toute la diligence poſſible à mettre l'armée navale en mer, pour faire outre cela quelque tentative en Italie.

Elle pourra conclurre ſans y comprendre le Roi de Portugal.

Vous ſavez, Meſſieurs, qu'encore que notre interêt propre, & pluſieurs autres raiſons nous obligent à procurer toute ſatisfaction au Roi de Portugal dans la Paix, parce que tout ce qui lui ſera avantageux diminue d'autant la puiſſan-

H 3

puiſſan-

puiſſance de notre ennemi, nous ne ſommes pas néanmoins tenus à toute extrémité, en ſorte que le refus abſolu que l'on pourroit faire, de le comprendre dans l'accommodement, nous doive empêcher de conclurre, quand d'ailleurs nous y trouverons notre compte. Je me remets là-deſſus & à vos Inſtructions, & à pluſieurs Depêches du Roi, ou des miennes, qui touchent là-deſſus. Mais comme il n'y a rien qui pique plus au vif les Eſpagnols, à l'égard de l'Eſpagne même, & avec raiſon, puis qu'étant la partie la plus ſenſible, elle eſt la plus capable de donner le dernier coup à la Monarchie, il ſemble que la prudence requiert que nous tenions bon à demander avec efficace & grande vigueur, que ledit Roi de Portugal ſoit content, afin que cette fermeté, lors qu'il ſera jugé à propos de s'en relâcher à certain point, ſerve à nous faire obtenir les ſatisfactions que nous demandons d'ailleurs.

Mais il ne faut s'en ouvrir qu'à l'extremité, & pour obtenir quelque choſe de plus.

Et ce qui me convie davantage à vous propoſer cette ſorte de conduite, comme très-utile au ſervice du Roi, à votre gloire & à l'avancement de votre Négociation, c'eſt que je comprends par tous les avis les plus ſecrets, que je reçois de Bruxelles & d'Eſpagne, que les ennemis ſe promettent, & ſe tiennent comme aſſûrez, que vous n'inſiſterez pas beaucoup ſur les affaires de Portugal; ſi bien que, ſelon toutes les apparences, l'effet ſera merveilleux quand ils ſe verront trompez en leur calcul, & quelque mauvaiſe diſpoſition que les Médiateurs aient à notre égard, il eſt à croire, que pour leur propre interêt ils ſeront de notre côté, & qu'ils nous ſeconderont à faire valoir nos raiſons en ce point, puis que s'interpoſant pour la Paix générale, elle ne ſeroit pas telle, ſi on laiſſoit allumer la guerre en Portugal. Et je ſuis averti que Contarini a parlé ſur ce point librement aux Miniſtres d'Eſpagne, ſoûtenant que l'Aſſemblée étant convoquée pour faire une Paix Univerſelle, & non pour laiſſer rien en arriere qui puiſſe troubler quelque endroit de la Chrétienté, ni fournir une nouvelle matiere d'en alterer le repos; en vain ils croiroient de pouvoir faire la Paix, ſans que le Portugal y fût compris.

Il faut ſe moquer dés menaces de la ſeparation de l'Aſſemblée.

Il n'y a rien dont vous deviez tant vous moquer, que des menaces de la ſeparation de l'Aſſemblée. Je vous aſſure que quoi que les Eſpagnols puiſſent dire, ils n'apprehendent rien à l'égal de cela, & qu'ils ne prendront jamais cette reſolution. Ce ſont les peuples de Flandres, du Comté de Bourgogne & d'autres endroits de leur domination, & non pas ceux de ce Roiaume, qui ne demeurent plus dans l'obeïſſance, & dans le devoir, que par l'eſpoir continuel dont ils ſont flattez, & amuſez d'un prompt accommodement. C'eſt une fineſſe des Médiateurs, qui eſt un peu groſſiere, & je ſuis certain que rien n'obligeroit & n'étonneroit les Eſpagnols, comme une pareille menace dans votre bouche, ſi dans certain temps limité nous ne recevons ſatisfaction de nos demandes. C'eſt pourquoi j'eſtime que le meilleur diſcours qu'on puiſſe tenir dans les occaſions qui ſe preſenteront, c'eſt de leur faire entendre que toutes les dépenſes, & tous les préparatifs pour la Campagne prochaine ſont faits, & que la France ne peut demeurer que très-ſatisfaite, quelque ſuccès qu'ait à la Négociation de Munſter. Car ou la Paix ſe conclurra, & c'eſt ce que nous deſirons, ou elle ne ſe fera pas, & c'eſt ce qui nous convient. Je vous dis ceci, parce

qu'aiant parlé en ces termes à Monſieur le Nonce, & à l'Ambaſſadeur de Veniſe, j'ai ſû qu'ils ont fait grande reflexion là-deſſus, & qu'après une grande Conference ils étoient tombez d'accord enſemble, qu'il ne reſte pas tant à faire, à beaucoup près, pour la ruïne entiere de la Maiſon d'Autriche, que ce qui a été déja fait.

Vous ne ſauriez vous perſuader, Meſſieurs, à quel point je me rejoüis quand je vois en vos Dépêches que l'un ou l'autre de vous s'eſt entretenu avec quelqu'un des Miniſtres d'Eſpagne, parce que vos raiſons, & la maniere avec laquelle vous les portez, font plus d'effet en une Conference, que tout ce que ſauroient dire en un mois les Médiateurs.

On demandera volontiers l'Infante en mariage pour le Roi, ſi on peut avoir les Païs-Bas par ce moien.

Il ſemble que le diſcours que Contarini a fait, quoi qu'en paſſant, touchant le mariage de l'Infante, en nous donnant les Païs-Bas, étoit une belle occaſion pour l'engager d'entrer dans la matiere, & quand même, comme vous croiez, il ne l'auroit pas dit avec participation des Miniſtres d'Eſpagne, il ſuffiſoit que la choſe fût propoſée par lui, pour en introduire la Négociation, l'obligeant adroitement à ſe faire avoüer par les Eſpagnols. Et quand pour ſauver *il decoro della Corona d'Iſpagna*, [l'honneur de la Couronne d'Eſpagne] (comme Saavedra a dit à Monſieur d'Avaux,) il ſeroit neceſſaire de demander l'Infante en mariage pour le Roi, étant auparavant aſſûrez d'avoir les Païs-Bas avec les autres conditions que l'on a mandées, il n'y auroit, à mon avis, aucune difficulté de les contenter en ce point. Peut-être qu'à preſent vous aurez eu lieu d'entrer en quelque Négociation là-deſſus, & je prie Dieu de tout mon cœur de vous donner moyen de ſortir d'affaire par un ſemblable parti que je conſidére toûjours comme le plus glorieux, & le plus avantageux que la France puiſſe obtenir. Mais pour ce qui eſt du mariage de l'Infante, j'ai toûjours grand' peine à croire, que les Eſpagnols vouluſſent conſentir qu'il fût contracté avec Sa Majeſté.

La Thuillerie fait rapport de la ſincerité de la Reine de Suede.

Les aſſurances que Monſieur de la Thuillerie me donne de la ſincerité de la Reine de Suede & du Chancelier Oxenſtiern méritent, à mon avis, que nous diminuions de beaucoup les ſoupçons que nous avoit donné la conduite de ſes Miniſtres à Oſnabrug & il me ſemble remarquer en vos derniers Memoires, que ceux-ci avoient fait de nouvelles Proteſtations en la même conformité. Néanmoins je perſiſte toûjours à croire qu'il y faut inceſſamment avoir l'œil ouvert, parce que l'occaſion ordinairement fait le larron. Je veux dire que les offres & les flateries que leur font nos ennemis (qu'ils ſavent appuier de tant d'artifices) pourroient à la fin leur perſuader en un ſeul jour ce qu'ils n'ont pû faire en nombre d'années. Le voïage de Monſieur de la Thuillerie en cette Cour-là a été fort à propos, parce qu'il reconnoîtra la ſource des intentions, que l'on y a ſur toutes les affaires préſentes. Je ne vous mande pas en détail ce que ſa Dépêche contient, puis qu'il me marque qu'il vous avoit informez de tout amplement, & après ſon depart le Sieur Chanut qui y doit demeurer, en uſera de même, étant homme prudent, accort, & fort ſoigneux de ce de dont il eſt chargé.

Chanut lui ſuccedera en Suede.

On envoie en toute diligence en Allemagne le Sieur de Tracy, avec tous les ordres neceſſaires, pour tenir la main à l'occaſion de ce que nous attendons des levées qui ſe font en ce Païs-là pour le ſervice du Roi, & pour prendre ſoin qu'elles puiſſent, ſans aucun incon-

Le Sieur de Tracy envoié en Allemagne pour les levées.

1646. conveniènt , se rendre promptement sûr le Rhin. Il est actif, resolu , & fort zelé , & très-pratic de tous ces endroits-là , si bien que joint à toutes ces qualitez les bons avertissemens que vous aurez , Messieurs , agréable de lui donner, je ne doute point qu'il ne fasse des merveilles , & qu'il n'en vienne heureusement à bout, avec beaucoup d'avantage pour nous , & de la gloire pour lui.

Puisque Bonichausen a déja levé les trois Compagnies de Cavalerie, outre celles dont on étoit demeuré d'accord avec lui , il faudra prendre patience , & ne le pas dégoûter pour peu de chose , mais il le faut presser pour l'Infanterie que j'ai peine à croire qu'il puisse faire au nombre qu'il s'est engagé. Cependant il nous a engagez à de grandes dépenses pour l'entretien de la Cavalerie, que l'on n'a jamais douté qu'il ne pût lever avec facilité. C'est une chose étrange qu'avec toutes les difficultez qu'il y a à faire des levées d'Infanterie en France , si le Roi y vouloit lever dix mille chevaux ; je m'obligerois à les rendre complets dans six semaines.

Tout ce que je vous ai mandé de Volmar sur le sujet de Baviere par raport à notre satisfaction , est la pure verité. Et si depuis Volmar a paru autrement & que les Ambassadeurs de Baviere ne le trouvent pas contraire aux interêts de leur Maître , c'est parce que la crainte qu'il a euë d'attirer sur lui la persecution de ce Prince , l'aura obligé de changer de conduite. Du surplus il est indubitable , que soit par sa disposition naturelle , soit pour l'étroite union avec les Ministres d'Espagne , il doit être suspect à Baviere , & qu'il a grande aversion pour ses avantages.

LETTRE

De Monsieur le Comte de

BRIENNE

à Messieurs les

PLENIPOTENTIAIRES.

Du 10. Fevrier 1646.

Affaire des Barberins. Passeports pour le Duc de Lorraine. La France ne proposera pas la Trêve. Il paroit que la Suede tiendra bon dans l'Alliance avec la France. Darmstadt demande la protection de la France dans ses differens avec Cassel.

Monseigneur & Messieurs,

VOtre Lettre du vingt-huitiéme du passé a donné lieu de presser l'execution de ce qui avoit été resolu : & pour profiter , & tirer service des troupes qu'on leve en Allemagne pour cette Couronne, on y envoye Monsieur de Tracy , qui sera accompagné d'un Commis du Tresorier de l'extraordinaire des guerres , pour paier les dépenses, qui seront jugées absolument nécessaires pour le maintien desdites troupes. Nous faisons plus de fondement sur celles qui se levent à Hambourg que sur toutes les autres, où à la verité Monsieur de Meules exécute avec adresse & chaleur les ordres qu'il a reçus , & ce ne lui est pas une petite gloire que lui donnent les Ennemis , quand ils avouent que ses soins les ont empêchez de profiter du licentiement des troupes de Dannemarc. On veut croire que Bonichausen satisfera à ce qu'il a promis , & desormais il seroit temps qu'il fit voir le Corps ensemble en état de marcher, principalement l'Infanterie. L'ouverture qu'il fait d'augmenter son Regiment de Cavalerie de trois Compagnies, n'a pas été reçuë , & le bon marché qu'il dit avoir des hommes , n'a pas donné lieu à la tentation. Toutefois je ne détermine pas qu'on l'accepte , & j'espere , avant que de finir cette Lettre , d'être informé de la derniere intention de Sa Majesté , & que je vous la ferai savoir, aiant pressé Monsieur le Tellier de la prendre. Le Commandeur qui est demeuré chargé des affaires de Portugal par le départ du Comte de Vidiguiera , avoüe que son Maître n'a plus rien à desirer, & que vous avez passé tout ce qu'il pouvoit attendre ; mais saisi de crainte d'un refus du côté de l'ennemi , je vous exhorte à la perseverance.

Affaire des Barberins.

Le Pape veut essaier quelle peut être la nôtre, &, si je ne me trompe, la patience prevaudra contre la haine , & malgré les malveillans des Barberins, leur Maison sera plus puissante qu'elle n'a encore été , & si elle a été privée de l'appui d'un Oncle & d'un Pape, elle a rencontré l'appui d'un grand Roi. Ceux qui sont chargez en Cour de Rome des affaires de Sa Majesté , n'ont pas jugé à propos de nous depêcher un Courrier exprès sûr la retraite des deux freres ; au moins il n'en a point paru jusqu'aujourd'hui, mais nous ne saurions manquer au premier Ordinaire d'être informez du jugement qu'on en aura fait. Le jour de leur partement étoit celui du Courier , & ce temps me semble suffisant pour pénétrer les sentimens du palais, & pour avoir donné lieu à quelques citations & executions, s'ils en ont deliberé aucunes. Leur crime n'est que d'être riches, ainsi qu'on nous le mande. Et le Cardinal Antoine possedant moins que les autres, sera plutôt en état de grace.

Passeports pour le Duc de Lorraine.

Sa Majesté a bien consideré ce que vous lui avez mandé vous avoir été dit des Passeports demandez pour le Duc Charles , & les raisons qui vous ont portez à vous défendre de les accorder. Elle s'est remise à vos prudences de ce qu'il s'en devra faire , & elle ne juge pas se devoir déterminer à rien de plus précis que ce qu'elle a fait du passé. Vous êtes sûr les lieux , où l'on peut juger s'il y a raison de l'accorder ou de persister au refus ; & où on peut pénétrer les intentions des Imperiaux , & ce qui seroit à craindre ou à esperer de la resolution qu'on pourroit

roit

roit prendre sur ce sujet. Votre Lettre nous apprend que cela est poursuivi, mais de sorte que quand vous vous affermiréz en vos premieres déliberations, celles qui ont à se faire pour avancer la Paix, n'en feront point reculées.

Aiant parlé de cette affaire vous êtes entrez dans une autre, qui est bien plus de conséquence. Les Médiateurs vous ont pressez de vous déclarer sur les prétentions & conditions, que vous avez demandées aux Espagnols. La réponse que vous leur avez faite, sans avoir concerté entre vous, leur aura fait connoître que vous n'en avez pas été surpris & leur aura fait voir ce que l'on doit attendre de votre adresse, de votre capacité, & de votre bonne foi. On se devoit promettre, qu'au lieu de vous presser de parler, ils passeroient des offices envers vos Parties, lesquelles pour se laisser entendre, comme ils ont fait du passé, qu'ils étoient prêts de consentir à une Paix ou à une Trêve, ne sont pas hors de blâme de ne point répondre aux propositions que vous avez faites. S'ils les condamnent pour être trop hautes, ils condamnent aussi la maniere de proposer, & leur premier Ecrit a donné lieu au nôtre, que tous gens sages ne sauroient condamner.

Ce n'est pas un moien pour nous porter à rabattre de nos demandes, que de nous menacer de rompre l'Assemblée. Nous savons, & vous l'avez très-bien jugé, qu'ils ont grand peur que nous en prenions la resolution. Il y a parmi nous des gens qui ont telle envie qu'on fasse une Trêve, que dès le moment qu'on en profere le nom ils se laissent pénétrer de leur sentiment. Mais sa Majesté, qui va avec grande circonspection en ses affaires, n'est pas resolue de la demander. Et quand on lui en fera les ouvertures, elle déliberera si elle la doit accepter ou rejetter. Sur la pensée des Médiateurs sa Majesté ne fera point de fondement. Déja elle a experimenté qu'ils avancent plusieurs choses d'eux-mêmes, qui souvent ne sont pas avancées par les autres, & en une matiere aussi délicate que celle-là il est absolument necessaire de n'y entendre qu'à bonnes enseignes.

Les Espagnols ont mis à execution ce dont on vous a voulu menacer, & comme c'est avant qu'ils aient sû notre réponse, on ne le peut attribuer qu'à leur infidelité. Non contents d'avoir fait rechercher Messieurs les Etats d'un Traité particulier avant le départ de leurs Commissaires, ils s'en sont de nouveau laissez entendre par deux differentes personnes, & ont eu la malice, pour y induire plus facilement les autres, de dire, que nous étions en traité avec eux, & sur le point de conclurre, & que l'une des conditions étoit le mariage du Roi & de l'Infante. Ils n'ont pas eu l'effronterie d'avancer les articles, dont je suis resté surpris. Monsieur le Prince d'Orange s'est moqué de l'avis, & n'a pas laissé de le faire savoir ici.

Ceux que j'ai reçus de Monsieur de la Thuillerie se conforment extrémement aux vôtres. Il ose assûrer que les Suedois ne manqueront point à ce qu'ils ont promis, & il se fonde non seulement sur le bon accueil qui lui a été fait, mais sur l'autorité entiere, que le Chancelier s'est conservée en leur Cour, avec lequel aiant été près de trois heures en conference, il tient l'avoir pénétré jusques à en oser répondre. Pourtant il promet une seconde Dépêche, & il n'aura pas manqué de

1646.

vous faire réponse à celle que vous lui avez adressée. Ce que vous avez ajoûté du differend qui paroit entre leurs Plenipotentiaires confirme ce que vous avez mis un peu devant; & toutes les choses ainsi examinées, on se promet, que les Suedois non seulement persisteront loiaument en ce qu'ils ont juré, mais chercheront les moiens d'amender ce que les Alliez leur pourront reprocher.

Un Deputé de Darmstadt m'aiant fait parler des interêts de son Maître, & essaié d'engager Sa Majesté d'en prendre la protection, ou au moins à ne point appuier les interêts de Madame la Landgrave contre lui; je lui ai répondu, que cette Princesse avoit tant merité du bon parti & des Couronnes, qu'on ne la pouvoit abandonner, que ses demandes seroient appuiées par vous, & le seul moien qu'il y avoit de mettre sa famille en repos, étoit qu'ils vuidassent une bonne fois, & en une Assemblée aussi notable que celle de Munster leurs differens. Il me voulut parler des services rendus en faveur de son Maître & des Transactions passées entre les Landgraves. Je lui répondis, que je ne savois pas le fonds des raisons de son Prince, mais que j'avois vû des consultes faites par de grands Jurisconsultes Allemands & François, qui ne les avoient pas en grande consideration, que pour le demeurant ne s'agissant que de faire instance que son Païs fût soulagé, je m'y emploierois avec soin.

J'ai reçu une Lettre de Monsieur de Bregy, datée de Stettin du dix-septieme du passé, & le double des Transactions passées entre les Maisons de Brandebourg & de Pomeranie, comme des Investitures accordées à ceux de Brandebourg du Duché de Pomeranie, que ledit Electeur lui a fait remettre pour nous être envoiez, d'où s'en pourroit inferer qu'il apportera beaucoup de difficulté à quitter ce Duché aux Suedois. J'ai ouï dire à Monsieur le Baron d'Avaugour, que le Roi de Suede & les Electeurs étoient demeurez d'accord, l'un de moienner la récompense, & l'autre d'accepter. S'il s'en est passé quelque acte, il sera entre les mains des Suedois, qui n'oublieront pas de l'exhiber.

Par une Lettre de Monsieur le Maréchal du Plessis Praslin du vingt-trois du même mois, j'ai apris qu'on tenoit pour assûré en la Cour de Savoye, que Madame a revoqué Belletia. Son Ambassadeur qui reside en celle-ci, s'en est aussi laissé entendre, ainsi que je crois vous l'avoir mandé. La longue contestation ôte la grace & le mérite de la chose, & fait perdre tous les avantages qu'on en auroit pû tirer par l'execution de bonne heure & à l'instant qu'on a connû que Sa Majesté le desiroit. Mais le conseil de prudence n'a pas été embrassé par Madame de Savoye.

Mecredi dernier arriva en cette ville Monsieur le Prince Thomas. Monsieur de la Court Groulart, que l'on a destiné pour le voiage de Constantinople, se trouve incommodé d'une chûte qu'il fit pendant les dernieres gelées. Cela a rétardé son voiage, il promet de se mettre en chemin au commencement du Carême. Il a été resolu que dans Lundy au plus tard Monsieur de Tracy partiroit, qu'il seroit envoié en Commissaire à Maience, & cela avant que votre Lettre du premier du courant nous eût été rendue; que les trois Cornettes de Cavalerie levées par Bonichausen seroient prises en service, & que vous lui ferez connoître qu'il est temps qu'il hâte la levée d'Infan-

La France ne proposera pas la Trève.

Il paroit que la Suede tiendra bon dans l'Alliance avec la France.

Darmstadt demande la protection de la France dans ses differens avec Cassel.

1646.

fanterie, & que c'eſt une grace extraordinaire d'augmenter ſon Regiment de Cavalerie. Mais cela ſe donne à ſon merite, & à la recommandation que vous en avez faite. Je ſuis.

LETTRE

De Meſſieurs les

PLENIPOTENTIAIRES

à Monſieur le Comte de

BRIENNE.

Du 17. Fevrier 1646.

Mr. d'Avaux à Oſnabrug. Les Etats de l'Empire contraires à la ceſſion de Philipsbourg. Ce ſera affermir les droits de la France ſur l'Alſace que de donner un dédommagement à l'Archiduc. Raiſons d'aſſiſter Madame la Landgrave. Levées du Sr. Bonichauſen. Les Médiateurs propoſent une ſuſpenſion d'armes pendant l'année 1646. afin qu'on puiſſe d'autant mieux reſiſter au Turc. Réponſe des François. Ils ſe plaignent que les Eſpagnols cherchent à faire un Traité particulier avec les Hollandois. Affaire des Barberins. On propoſe, pour ſe vanger du Pape, de defendre de porter de l'argent en Cour de Rome. Ambaſſadeur de Mantouë prétend les mêmes honneurs que celui de Savoye.

MONSIEUR,

Mr. d'Avaux à Oſnabrug.

NOs Depêches precedentes vous ont ſi particulierement informé de ce qui s'eſt paſſé entre les Suedois & nous, que nous aurons peu de choſe à vous dire maintenant ſur ce ſujet. Nous eſtimons plus à propos d'attendre le retour de Monſieur d'Avaux, qui eſt à Oſnabrug, & celui de Monſieur de St. Romain, qui reviendra bien-tôt de Suede, pour vous mander ce que nous aurons appris de nouveau. Juſques-ici notre principal ſoin a été d'éviter toute ſorte de rupture & de mesintelligence avec les Suedois, & nous continuerons à l'avenir autant qu'il nous ſera poſſible. Mais il faut

Tom. III.

auſſi conſiderer, comme nous l'avons déja mandé, qu'il ne ſeroit guere moins perilleux de leur laiſſer faire toutes choſes à leur volonté, ſans avoir égard aux Traitez d'Alliance & ſans ſuivre autre regle que la commodité de leurs affaires. Outre que notre diſſimulation leur donneroit l'aſſûrance de continuer, & peut-être de paſſer plus outre, elle les feroit aller juſques dans le mépris de notre conduite, ou bien dans le ſoupçon que notre ſouffrance ne tend qu'à choiſir une occaſion propre pour nous vanger.

Les Etats de l'Empire contraires à la ceſſion de Philipsbourg.

Nous ne craignons pas tant les conſéquences que pourroient tirer les Suedois de la demande que nous faiſons de Philipsbourg, que la jalouſie qu'en prennent les Princes voiſins, & les Proteſtans encore plus que les autres. Nous avons déja mandé que cette conſideration nous fait croire qu'il ſera difficile d'obtenir cette Place du conſentement des Etats de l'Empire, non ſeulement à cauſe de la ſujettion où elle tiendroit tout le voiſinage, mais pour le grand nombre de Places qu'il nous faudroit donner pour la ligne de communication que nous avons demandée. Néanmoins quand on jugeroit à propos de nous donner pouvoir de nous relâcher de cette demande, il importe extrémement que la reſolution en ſoit tenuë ſecrete, afin que nous ne ſoions obligez de nous en ouvrir qu'au beſoin, & que nous le faſſions avec quelque certitude d'obtenir en même temps le compte du Roi, & tout le reſte : & ſur tout avec apparence de pouvoir par ce moien conclurre promptement le Traité.

Les Suedois nous ont bien fait offre, que ſi nous voulions traiter immédiatement avec les Imperiaux, & y mener leur Reſident, ils en feroient de même, mais aiant preſſenti les difficultez que les Médiateurs y apportent, nous n'avons pû convenir de cet expedient. Lors que nous en aurons entretenu leſdits Sieurs Médiateurs un peu plus avant, & que nous aurons vû ce qu'aura produit le voiage de Monſieur d'Avaux, nous vous en parlerons avec plus d'aſſûrance. Les Imperiaux n'ont gueres tardé à ſuivre l'exemple des Eſpagnols envers les Ambaſſadeurs de Meſſieurs les Etats, & ne ſe ſont pas contentez de rendre à ceuxci les mêmes honneurs, mais leur ont fait excuſe de leur retardement. Nous n'euſſions pas été fâchez que cette petite diviſion eût continué, mais outre que cela s'eſt raccommodé promptement, nous ne voions pas grande diſpoſition du côté de Meſſieurs les Etats à s'intéreſſer dans les affaires de l'Empire. Ce qui eſt ſi vrai qu'ils ont differé juſques à préſent de faire aucun office en faveur des Calviniſtes, quoi que l'intérêt de leur Religion leur ſoit ſenſible au point que chacun ſait.

Nous vous remercions des Sauvegardes qu'il vous a plû de nous envoier, & attendons avec impatience le procès verbal de Monſieur de Vautorte, qui nous viendra bien à propos.

La fermeté que vous avez témoignée à l'Ambaſſadeur de Veniſe nous ſera très-utile par deçà, ne doutant point, qu'il ne donne part à Monſieur Contarini du diſcours que vous lui avez fait, & des raiſons dont vous avez ſoûtenu la juſtice des droits de la France ſur la Lorraine. Nous trouvons la reſolution, qui a été priſe de dédommager les Princes du Tirol, digne de la grandeur du Roi, & croions que quand on viendra à la concluſion de cette affaire, cette offre rendra le deſſein que nous avons de retenir

I

l'Alſace

Ce sera affermir les droits de la France sur l'Alsace que de donner un dédommagement à l'Archiduc.

l'Alsace beaucoup plus plausible. Il est même selon notre avis plus avantageux, pour affermir les droits du Roi, d'en donner récompense que de n'en donner point. Et cela engagera les Princes interessez à donner leur cession s'ils veulent jouïr de la grace que sa Majesté leur fera, ou ne le voulant point, c'est une offre très-honnête qui ne coûtera rien.

Vous pouvez bien être assûré que nous n'expliquerons les intentions du Roi touchant l'Electorat en faveur de Monsieur le Duc de Baviere, que quand il sera temps & bien à propos. Mais nous vous supplions de considerer que les Ministres de ce Prince continuans de bien parler & de bien agir en notre faveur, comme ils font en cette Assemblée, il sera difficile de leur refuser les offices reciproques qu'ils attendent de nous, de crainte que leur Maître ne se refroidisse & n'ordonne à ses Deputez de se conduire aussi avec plus de retenuë en ce qui regarde la France.

Raisons d'assister Madame la Landgrave.

Nous ne doutons point que le Sieur Brasset ne vous ait donné le même avis qu'à nous de l'esperance qu'il a de voir réussir quelque bon effet des puissans offices, que leurs Majestez lui ont fait faire en faveur de Madame la Landgrave. A la verité si on ne conservoit à cette Princesse les quartiers & les contributions de l'Oost-Frise, & si avec cela on ne lui accordoit pas en France un subside extraordinaire, au temps que les fatigues de la derniere Campagne ont si fort affoibli ses troupes, & que la retraite de l'armée du Roi dans son païs lui a causé tant d'incommodité, il seroit mal aisé qu'elle pût subsister parmi les grands préparatifs que l'on fait contre elle, depuis l'établissement d'un nouveau Général dans la Westphalie. Voici la saison que nous avons plus besoin de son assistance que jamais, non seulement dans la Campagne, mais dans cette Négociation, où elle nous est extrêmement necessaire, tant pour maintenir l'union entre les Suedois & nous, que pour insinuer ce que nous voulons faire savoir aux Protestans. Mais comme nous croions que les graces de leurs Majestez seront très-bien employées, il sera bien à propos en les lui accordant de tirer assûrance d'elle de ce qu'elle fera cette année, & en former la resolution avec Monsieur le Maréchal de Turenne avant son départ retour.

Levées du Sieur Bonichausen.

Les dernieres relations que nous avons des levées du Sieur de Bonichausen, nous ont donné plus de satisfaction que les précedentes, nous aiant été assûré que sa Cavalerie est déja sur pied, & que l'Infanterie qu'il a est composée de fort bons hommes & vieux soldats. On nous fait esperer que dans fort peu de temps il aura douze cens hommes de pied & que le reste suivra bien-tôt. Cela merite bien qu'on prenne soin de les conserver. On leur avoit donné quelque aprehension qu'aussi tôt qu'ils seroient arrivez à Maïence on les reformeroit pour les joindre à d'autres Corps. Nous sommes obligez de vous dire que l'effet d'une telle pensée seroit encore plus préjudiciable que le bruit n'a été, & ôteroit tout credit à l'avenir parmi les Officiers Allemans, qui auroient quelque dessein de se mettre au service du Roi.

Les Médiateurs proposent une suspension d'armes pendant l'année 1646. afin qu'on puisse d'autant mieux resister au Turc.

Les Médiateurs nous ont visitez cette semaine pour nous faire une espece de protestation de la part des Imperiaux. En nous exposant leur Commission, que nous avons sû depuis avoir été envoiée d'Osnabrug par le Comte de Trautmansdorff, la Lettre duquel traduite d'Allemand en François nous vous en

envoyons avec la présente, ils ont tâché de temperer l'aigreur de la chose par la douceur des paroles. Ils ont commencé leur discours en exagerant les maux dont la Chrétienté est menacée par les préparatifs extraordinaires, & presque incroïables que fait le Grand Seigneur, disant que son dessein est également contre tous les Princes Chrétiens, qu'il fait état d'attaquer cette année en divers endroits par mer & par terre, pour mieux profiter de leurs divisions ; que l'Empereur, en l'état où il se trouve, n'aiant pas des forces suffisantes pour résister, sera contraint de recourir à toutes sortes de moiens pour se garantir de l'orage ; nous faisant assez clairement entendre, qu'il ne tiendroit pas à lui, qu'il ne s'accommodât avec le Turc, s'il en rencontroit l'occasion, & qu'en tout cas il le déclaroit & protestoit qu'on ne pouvoit pas imputer à Sa Majesté Imperiale le danger où la Chrétienté demeureroit exposée par la continuation de la Guerre, puis qu'il ne tenoit pas à elle, qu'on ne vînt promptement à la conclusion d'une bonne Paix. Ils ont ajoûté, que pour avoir plus de moien de s'opposer à cet ennemi commun, il seroit à propos de faire une suspension d'armes dans l'Allemagne, pendant la Campagne prochaine, pour durer au moins jusques au mois de Septembre ou d'Octobre : qui est le temps que les forces du Turc ont accoûtumé de se retirer.

Réponse des François.

Notre réponse a été que leurs Majestez voient avec un très-sensible déplaisir l'avantage que les Infideles peuvent tirer de la division des Princes Chrétiens, qu'elles ont cette consolation de n'en être pas cause, & de n'avoir rien ômis pour avancer la paix, que les difficultez ni les longueurs qui s'y rencontrent, ne sont point jusques ici venuës de notre part, mais bien de ceux qui n'ont travaillé qu'à faire des Traitez particuliers, lesquels ne peuvent avoir pour objet le repos public, qu'il y a près de deux mois que nous avons donné nos repliques, sans qu'on nous ait rien dit depuis ce temps-là : Qu'encore que nous nous soions déja mis extrêmement à la raison, lors qu'on procedera sincerement avec nous, & qu'on prendra les bonnes voies pour sortir d'affaire, nous ferons paroître le veritable désir qu'ont leurs Majestez d'un bon accommodement. Que pour la suspension d'armes, on l'avoit vuë jusques ici plus propre à reculer qu'à avancer la Paix, puis qu'il ne faudroit pas tant de temps pour conclurre un Traité definitif, si on y vouloit marcher de bon pied, comme pour tomber d'accord des quartiers & de la forme des levées des contributions pendant la suspension. Qu'outre cela il n'en réussiroit aucun avantage pour la défense de la Chrétienté, n'étant pas croiable, que sur la foi d'un Traité incertain, & de peu de durée, aucune des armées qui sont en Allemagne voulût s'en aller contre le Turc pour laisser tout le païs à la discretion de son ennemi ; & étant encore moins à esperer que deux armées ennemies puissent aller de concert s'attacher à une nouvelle Guerre avant qu'avoir bien fini celle qu'ils ont ensemble. Qu'il paroît donc que l'unique moien de remedier à ce grand mal, est de faciliter la Paix plus qu'on n'a fait jusques à présent, de ne se pas arrêter à tant de formalitez & d'y proceder de meilleure foi. Nous avons ajoûté en passant que ce qui s'est passé autrefois entre l'Empereur Charles-Quint, & le Roi François I. a fait assez connoître au monde que les Princes de la Maison d'Autriche aiment

mieux

1646.

mieux abandonner leurs Etats hereditaires à la discretion du Turc, que de perdre l'occasion de dépouiller des Princes Chrétiens leurs voisins, contre lesquels ils ont plus de jalousie & d'animosité que contre lui. Qu'à la verité en cette Guerre Dieu par sa justice a voulu recompenser la France d'une partie de ses pertes passées, mais qu'il ne seroit pas juste qu'elle se privât volontairement des faveurs du Ciel, ni qu'elle seule par un excès de zele achetât le repos public en sacrifiant tout le fruit d'une longue Guerre, où il s'est consommé plus de deux cens millions d'or, & de deux cens mille hommes, & où il s'est donné plus de trente batailles. Que les ennemis du Roi ne lui ont pas donné autrefois cet exemple, quand ils ont eu l'avantage. Que témoignans encore aujourd'hui tant de fermeté & d'obstination à faire durer une Guerre qui ne leur peut être que malheureuse, ce seroit une espece d'infamie pour notre Nation, si dans le bonheur elle n'avoit autant de constance qu'eux au milieu de toutes leurs disgraces. Qu'on a déja passé beaucoup au delà de ce qu'ils feroient s'ils étoient en notre place, en offrant comme on a fait la restitution de quantité de Places considerables, & de trois Electorats presque tous entiers: Que c'est vouloir donner la loi au vainqueur de prétendre qu'outre tout cela la France se dessaisisse encore d'un Païs que le Ciel a fait tomber en son pouvoir, pour la dédommager des torts qui lui ont été faits autrefois, qu'elle a conquis, par une juste Guerre, sur ses ennemis déclarez & qu'elle a très-grand interêt de retenir autant pour sa sûreté que pour son dédommagement. Que nous n'avions pas laissé de charger Monsieur d'Avaux de proposer à nos Alliez la suspension d'armes dont il nous a été parlé ci-devant pour empêcher, s'il est possible, que les deux armées [qui sont en presence] ne viennent aux mains & que l'évenement d'une bataille ne change la face des affaires: Mais que pour rendre de tous côtez la chose plus faisable & plus utile, il faudroit qu'on fit voir un peu plus de disposition à la conclusion du Traité.

Lesdits, Sieurs Médiateurs dirent que nous avions si peu fait de compte de l'offre qui avoit été faite de la part de l'Empereur, que veritablement cela avoit donné du degoût; Que les François disoient tous les jours qu'ils ne vouloient rien faire sans leurs Alliez & qu'il ne paroissoit pas que les Alliez eussent dessein de faire la Paix, puis qu'ils vouloient qu'on traitât les affaires de l'Empire avant la satisfaction des Couronnes, que la discussion desdites affaires étoit si longue que quand on en pourroit esperer une bonne issûe elle viendroit toûjours trop tard pour remedier aux maux si pressans de la Chrétienté; qu'il y a-voit apparence que cela se faisoit pour éloigner ou pour rompre le Traité, & que les Suedois se voiant aujourd'hui appuiez des Protestans d'Allemagne, non seulement avoient peu de disposition à la Paix, mais avoient envie d'une Guerre d'Etat d'en faire à l'avenir une de Religion, à quoi la France a interêt de prendre garde.

Il a été repliqué que si on avoit pû convenir de la satisfaction particuliere du Roi, on pourroit plus hardiment emploier le nom & l'autorité de Sa Majesté auprès des Alliez pour les ramener à la raison. Que nous avons nos Traitez d'Alliance avec eux qui nous donnent lieu de nous opposer à tout ce qu'ils voudroient faire au préjudice de la Religion, mais que

TOM. III.

1646.

ci-devant lorsque nous l'avons voulu entreprendre, nos Parties ont pris ce temps de leur offrir ce que nous leur disputions, afin de leur persuader qu'ils devoient attendre plus de facilité d'elles que de nous. Qu'au moins si Monsieur de Trautmansdorff eût continué dans le dessein avec lequel il étoit venu ici, de pourvoir avant toutes choses à la satisfaction des deux Couronnes, les affaires fussent allées plus vîte & avec plus de facilité. Que sa froideur & le changement de son procedé ont été cause qu'on a appuyé fortement sur les interêts publics de l'Allemagne & principalement des Protestans, qui sans doute deviendront plus faciles aussi-tôt que les deux Couronnes qui leur donnent vigueur auront leur compte.

Après cela on est venu sur les affaires de l'Espagne, où nous avons fait voir si clairement aux Médiateurs, le mauvais procedé des Ministres qui sont ici & les recherches honteuses qu'ils font aux Hollandois pour les détacher d'avec nous, que Monsieur Contarini a été contraint de nous répondre: ,, Dites ,, donc à vos Alliez qu'ils declarent nettement ,, qu'ils ne veulent pas traiter sans vous. " Nous avons répondu que cela ne manquoit pas d'être dit en temps & lieu, & qu'ils pouvoient être assûrez qu'il seroit aussi fidellement executé, mais que les Espagnols ne laissoient pas d'être blâmables de leur bassesse & de leur mauvaise foi, puisque le Pouvoir que Peñaranda a apporté, ne tend qu'à faire un Traité particulier avec les Provinces-Unies, quoi que cette Assemblée n'ait été établie que pour faire une Paix universelle, & que puis que lui & ses Collegues n'ont pas fait scrupule, pour flatter les Hollandois, de leur dire que la Guerre qu'ils font au Roi d'Espagne pour la défense de leur liberté est très-juste, mais que celle que la France fait dans les Païs-Bas étant très-inique, les Provinces-Unies auroient grand tort de l'assister dans l'usurpation d'un Païs si voisin du leur. Qu'au contraire ils doivent contribuer du leur à garentir des compatriotes, qui ont leurs mœurs & léur langue, d'une sujettion étrangere, où on les veut mettre, & à se delivrer eux-mêmes des justes apprehensions que le voisinage d'une Nation si inquiete & si puissante que la Françoise leur doit donner. Que nous les prions de nous dire si toutes ces voies & tous ces discours tendoient à une sincere reconciliation, & si ce n'est pas une grande imprudence aux Espagnols d'emploier de semblables moiens, sans être assûrez qu'ils produiront quelque effet. Que Messieurs les Etats sont si éloignez de s'y laisser surprendre que tout cela ne servoit qu'à redoubler leur defiance, à leur donner du mépris de leur ennemi, & peut-être à leur faire augmenter leurs prétentions, sans avoir ébranlé en façon du monde l'union qui est entre la France & leur Etat, laquelle a été plus affermie qu'affoiblie par un semblable procedé. Monsieur Contarini a répondu que les Espagnols declarent toûjours qu'ils ont volonté de faire la Paix; qu'ils reconnoissent le mauvais état de leurs affaires, & ont souvent usé de ces termes qu'il faut qu'ils y laissent du poil. Que c'étoit donc à la France, comme aiant l'avantage, de donner la loi, & qu'il lui sembloit qu'elle pourroit avec honneur & grande gloire dire nettement, je ferai la Paix à telles conditions avec l'Espagne; je veux garder telle & telle conquête, & je remets pour le bien public une telle & une telle piece, & s'affermir dans cette resolution sans entendre à au-

I 2   cun

Ils se plaignent que les Espagnols cherchent à faire un Traité particulier avec les Hollandois.

cun autre parti. Nous avons répondu que ſuivant le conſeil qu'il leur avoit plû ci-devant de nous donner, nous avons déja fait cette déclaration, aiant dit franchement, par la propoſition que nous avons donnée aux Eſpagnols, tout ce que nous pouvons faire, qui eſt de conclurre promptement la Paix en laiſſant les choſes en l'état qu'elles ſont, & en reſervant à chacun ſes droits & prétentions ſi on n'aime mieux venir à la diſcuſſion des anciens droits de l'une & l'autre Couronne, ſans avoir égard aux Traitez faits par force & par contrainte. Que depuis nous avons encore offert pluſieurs fois que ſi on vouloit faire raiſon au Roi du Roiaume de Navarre (dont il n'y a perſonne qui ne trouve la retention très-injuſte) nous ne refuſerions pas ſur tous les autres differens de convenir volontiers de tous les expediens & accommodemens qui ſeroient trouvez raiſonnables, ce qui eſt un troiſiéme parti qui ne pouvoit être refuſé avec raiſon. Que nous ne voions pas pourquoi il doit être permis aux Eſpagnols de tourner en raillerie les juſtes demandes du Roi & de faire paſſer leurs prétentions mal fondées pour legitimes. Que ſi de cette ſorte nous prenions pour regle de cette Négociation leur ſeule volonté, ce ſeroit recevoir honteuſement d'eux la loi, au lieu de nous prévaloir du temps & de l'état préſent des affaires qui nous permettent, par leur propre confeſſion, de la donner ; qu'ils ne doivent donc pas prétendre nous obliger par le Traité à des reſtitutions qu'ils ne ſauroient nous faire faire par les armes. Qu'en tous les Traitez précedens on étoit d'accord des principaux points de ce que chacun devoit rendre avant que de s'aſſembler, mais qu'on eſt venu en cette Aſſemblée ſans s'engager à rien de part ni d'autre, avec la ſeule intention de faire la Paix ſelon l'état préſent des affaires, & de rétablir ſincerement l'amitié ſans l'acheter ni la vendre. Que la prétention qu'ont aujourd'hui les Miniſtres d'Eſpagne, qu'on leur doit faire des reſtitutions, eſt une condition nouvelle qu'ils veulent apporter à l'établiſſement de cette Aſſemblée, qui a empêché juſques ici qu'on n'en ait pû tirer le fruit que chacun en eſperoit. Nous avons ajoûté diverſes raiſons pour montrer qu'on ne ſauroit conſeiller au Roi de faire preſentement des reſtitutions à un Prince qui lui retient encore injuſtement tant de divers Etats, & qui même refuſe de faire aucune raiſon à ſa Majeſté pour la Navarre, qui eſt ſon ancien patrimoine, ſans que la Couronne de France en reçût très-grand préjudice à l'avenir en ſes droits & prétentions, quelque clauſe de reſerve qu'on pût appoſer au Traité; Et partant que ſi on vouloit ſortir d'affaire, il falloit conſiderer tout ce qui eſt aujourd'hui entre les mains du Roi comme lui appartenant legitimement, & traiter ſur ce fondement, parce que tandis qu'on s'attendroit vainement à des reſtitutions purement gratuites que nous ne ſommes pas reſolus de faire, on ne viendroit jamais à la concluſion du Traité. Que les Eſpagnols faiſoient encore parade de l'offre qu'ils ont faite de traiter avec nous de Paix, de longue Trêve, où de ſuſpenſion d'armes; comme ſi c'étoit dire beaucoup, étans tous venus ici pour faire la Paix, de declarer qu'on eſt prêt de la traiter en même temps qu'on y apporte des conditions & des prétentions nouvelles qui en empêchent l'effet, & qu'on tâche par des moiens obliques de débaucher les Alliez. Que cela fait bien paroître un deſſein de former des partis nouveaux pour continuer la guerre plus avantageuſement, mais non pas une intention ſincere de faire ceſſer les diviſions préſentes. Que pour la Trêve, encore que les ennemis ne s'en ſoient pas contentez toutes les fois qu'ils ont eu l'avantage, ce n'eſt pas la principale raiſon qui nous empêche d'y pouvoir entendre, mais que nous avons ſouvent repréſenté, qu'elle ne ſeroit pas un ſuffiſant remede pour les grands maux dont la Chrétienté eſt menacée. Qu'un ſemblable Traité ne faiſant que differer la Guerre & ne la finiſſant pas & pour cette raiſon laiſſant les eſprits des Princes en défiance, les obligeoit de demeurer puiſſamment armez & ne leur permettoit pas de s'embarquer dans de nouveaux deſſeins. Que d'ailleurs les peuples nouvellement conquis demeurant par ce moien en incertitude du Souverain auquel ils doivent enfin demeurer par un Traité definitif, tiennent leur affection & leur fidelité en ſuſpens, & ſont ſuſceptibles de toutes les perſuaſions & de toutes les eſperances qu'on leur veut donner, ce qui oblige d'entretenir dans toutes les Places des Garniſons auſſi fortes qu'au milieu de la Guerre, & de cette ſorte, ſans faire le peril ni la dépenſe, on demeure dans une contrainte qui ne permet pas de penſer aux autres entrepriſes.

Nous leur avons dit pour concluſion, que nous voulions leur parler plus ſolidement que les Miniſtres d'Eſpagne, bien qu'ils ne nous y obligeaſſent pas par leur conduite, & qu'encore que l'intention de leurs Majeſtez ſoit de faire une Paix générale & de ſortir d'affaire en même temps, s'il eſt poſſible, avec l'Empereur, & le Roi d'Eſpagne, comme certainement ce ſeroit l'avantage de la Chrétienté. Néanmoins ſi les affaires de l'Empire peuvent être accommodées, & que les Eſpagnols ne veuillent pas ſe mettre à la raiſon, leurs Majeſtez ne refuſeront pas pour cela d'y entendre, comme auſſi de s'accommoder ſeparément avec le Roi Catholique, en cas que les formalitez & les longueurs de l'Empire apportent trop de retardement à la Paix générale. Que leurs Majeſtez entendent ſeulement en ce cas d'y apporter deux conditions, l'une qu'elles ne feront rien ni d'un côté ni d'autre que conjointement avec leurs Alliez : l'autre qu'on apportera les précautions neceſſaires, pour être aſſuré qu'en finiſſant la guerre en un lieu, on n'aura plus rien à craindre de ce côté-là, pendant qu'elle ſera continuée en un autre endroit. Nous y avons ajoûté que quand les Etats de l'Empire auront pris réſolution ſur nos Repliques & que les Imperiaux voudront traiter franchement avec nous ſur le point de la ſatisfaction du Roi, pourvû que l'on pourvoie aux choſes eſſentielles que nous avons demandées, auſquelles la ſûreté de la Paix eſt intereſſée, nous apporterons des facilitez & des adouciſſemens dans le reſte, qui feront avoüer à tout le monde que leurs Majeſtez ſouhaitent la Paix avec l'Empereur & le repos dans l'Empire. Qu'à la verité avec les Eſpagnols, qui ont toûjours ſi mal traité la France, nous ſerons un peu plus fermes & que perſonne ne trouveroit raiſonnable que pendant qu'ils veulent ſi obſtinément entretenir des armées à cinquante lieües de Paris & conſerver ce continuel moien de troubler le Roiaume du côté des Païs-Bas ou de le tenir en jalouſie & en dépenſe, nous nous privaſſions volontairement d'un ſemblable moien, que Dieu nous a donné

comme

comme miraculeusement, de les incommoder dans l'Espagne, & de faire paroître les armées de France à cinquante lieües de Madrid, puisque rien ne peut mieux tenir en devoir ces deux Puissances, & qu'on ne sauroit trouver une meilleure sûreté pour le Traité qui interviendra que quand nous demeurerons en état de rendre aux Espagnols chez eux le mal qu'ils voudront porter chez nous.

Encore que ce discours soit long & ennuieux il s'en faut beaucoup qu'il contienne ce qui a été dit de part & d'autre dans une Conference de trois heures. Nous nous sommes contentez de rendre compte des points plus importans qui vous feront voir que les Médiateurs viennent souvent discourir avec nous, qu'ils n'oublient rien pour nous sonder & nous presser, mais qu'ils ne nous apportent jamais rien de nouveau.

Nous vous sommes bien obligez, Monsieur, de l'ample information qu'il vous a plû de nous donner de tout ce qui s'est passé en la retraite de Monsieur le Cardinal Barberin & du Prince Prefet son Frere. C'est un évenement qu'on ne peut considerer sans être touché de compassion, & qui fait condamner par tout la persecution que le Pape fait à cette Maison pour recompense de l'avoir élevé au Pontificat. Nous vous pouvons assûrer que ce n'est pas seulement en France que sa conduite est blâmée. Nous savons de bon lieu qu'on commence à Venise de faire des plaintes hautement contre lui & qu'on y trouve fort étrange qu'au lieu de travailler à appaiser les dissentions des Princes Chrétiens pour les réunir tous contre l'ennemi commun, il ne s'occupe qu'à en faire naître de nouvelles, & songe plutôt à contenter sa passion particuliere qu'aux moiens de pourvoir à la sûreté de la Chrétienté, dans les grands maux qui la menacent. Nous avons déja pris la liberté par notre Depêche du 28. Octobre, de dire nos sentimens sur le mauvais traitement qu'il fait à la France, suivant le commandement qu'il plut à la Reine de nous en faire. Nous croions maintenant qu'il seroit difficile de les dissimuler plus long-temps, sans faire préjudice au service du Roi, &, si nous l'osons dire, à sa reputation. Chacun voit que la persecution contre la Maison Barberine a beaucoup augmenté depuis que leurs Majestez ont fait savoir au Pape qu'elles l'ont prise sous leur protection. Si on laisse pousser l'affaire jusques au bout, sans l'arrêter ou en témoigner du ressentiment, on ne manquera pas de remettre en memoire le malheur du Cardinal Caraffa, pour faire voir que l'amitié de la France est fatale aux Neveux des Papes. Il est certain que les Espagnols, quelque respect qu'ils fassent semblant d'avoir pour le Pape, ne souffriroient pas un semblable procédé. En ces occasions ils conservent la reverence dans leurs paroles & leurs écrits envers le Saint Siege, mais la prison de Clement VII. montre assez clairement qu'en même temps ils savent témoigner de la fermeté dans leurs resolutions contre la personne des Papes & qu'ils ne souffrent jamais qu'on les maltraite impunément. Le Cardinal Borgia fit un affront public au Pape deffunt sans qu'il osât jamais le faire châtier, à cause qu'il fût hautement soûtenu par le Roi d'Espagne. Dans le dernier Conclave le Cardinal Barberin aiant voulu porter au Pontificat le Cardinal Sachetti, nonobstant l'exclusion que les Espagnols lui avoient donnée, les Théologiens qui furent consultez si on le devoit faire, répondirent tous unanimement qu'il ne faloit pas s'exposer au peril d'un Schisme en desobligeant un puissant Monarque, & conclurent tous par le fondement qu'ils établissoient à leur opinion, que le Roi d'Espagne eût eu droit de ne laisser pas reconnoître dans ses Etats un Pape qui eût été élû au préjudice de son exclusion. Nous ne savons pas pourquoi le même droit n'appartient pas à nos Rois & à la Couronne de France qui a autrefois donné l'exemple de toutes les généreuses actions qui ont été entreprises pour résister aux desseins violens des Papes, & pourquoi un Ministre du Roi qui n'aura pas assez exactement ou assez à temps executé les ordres qu'il a d'exclurre du Pontificat un Cardinal que l'on croit suspect, peut ôter la liberté à une puissante Monarchie de faire ce qu'elle doit pour son bien & pour son repos, quand on a élevé au Pontificat un ennemi declaré au lieu d'un Pere commun, lequel aux défauts qui se rencontrent dans son Élection ajoûte une conduite partiale & pleine d'animosité. On ne pouvoit prendre, selon notre avis, une resolution plus utile à l'Etat que de proteger la Maison Barberine, pour attirer avec elle au service du Roi le grand nombre des Créatures qu'elle a, dont il faut croire que la plus grande partie demeurera dans la reconnoissance & la fidelité qu'elles doivent.

Les maux que nous fait ce Pape nous apprennent, combien il est important d'éviter, s'il est possible, dans le prochain Conclave, qu'on ne lui donne pas un successeur si attaché à nos ennemis que lui, & de nous assûrer pour cet effet de bonne heure d'une puissante faction de Cardinaux, mais cependant il n'importe pas moins de lui faire voir que nous ne sommes pas pour toûjours souffrir, & que les ménaces de la France, comme disent les Gazettes de Rome, ne sont pas des Canonades sans bales.

Quant au ressentiment qu'on pourroit lui témoigner, nous persistons à croire que le plus utile seroit de commencer par la défense de porter aucun argent en Cour de Rome. Le Pape étant avare en sera plus touché que des autres choses, qu'on pourra encore lui faire aprehender. Et il n'y a personne qui puisse trouver étrange que dans la mauvaise volonté qu'il fait paroître contre la France, & dans les préparatifs de guerre, qu'il fait plutôt contre elle ou en faveur de ses ennemis, sous couleur le Turc, on lui retranche ce moien de nous battre avec nos propres armes.

L'Ambassadeur de Mantoüe est à Cologne, d'où il a envoié ici le Docteur Belinzani Secretaire de son Ambassade, pour essaier de savoir quel titre lui sera donné, & quel traitement on lui fera quand il sera à l'Assemblée. Il prétend les mêmes honneurs qu'on a rendus à l'Ambassadeur de Savoye, ce qui sera mal aisé qu'il obtienne.

Nous vous supplions de nous faire donner ordre de la conduite que nous avons à y tenir, & cependant nous avons dit au Secretaire, que nous ferions audit Sieur Ambassadeur les mêmes civilitez qu'il recevroit de Monsieur le Nonce & des Plenipotentiaires de l'Empereur, qui nous précedoient, & que nous donnerions volontiers l'exemple à ceux qui nous suivent de le traiter favorablement. Nous sommes &c.

REPONSE

Au Memoire de son

EMINENCE,

du 3. Fevrier 1646.

Affaire de Mr. de la Barde. Les Suedois prennent tout ce qu'on leur cede comme leur étant dû, & en deviennent plus fiers. Affaire des 3. Evêchez. Les Suedois aiant été seuls apellez par les Protestans d'Allemagne regardent les François comme étrangers dans l'Empire. Lesdits Protestans ne souhaitent pas que le Roi de France soit Membre de l'Empire. On pourroit faire offrir la pension à l'Archiduc, & à l'Empereur une somme d'argent par le canal du Duc de Baviere. Les Etats Généraux seront contraires à l'échange des Païs-Bas, & pourquoi. Ils n'en doivent rien savoir que quand on en sera d'accord avec les Espagnols. Le Prince d'Orange affectionné à la France, mais non pas jusqu'au point que de favoriser cet echange. Trautmansdorff contraire aux intérêts du Duc de Baviere. Affaire des Barberins.

Affaire de Mr. de la Barde.

LOrs que nous avons témoigné notre ressentiment aux Suedois de leur mauvais procedé en l'affaire de Monsieur de la Barde, nous avons heureusement rencontré les sentimens de Son Eminence, aiant toûjours pris grand soin de leur faire connoître que nous n'avions aucun doute de leur fidelité ; mais qu'il ne leur étoit pas moins important qu'à nous, d'éviter tout ce qui peut faire croire à nos Parties, qu'il y a du déconcert entre nous, afin que perdans pour une bonne fois l'esperance de nous diviser, elles prennent plutôt la resolution de sortir d'affaire. En effet nous eussions dissimulé le refus qu'ils ont fait d'admettre ledit Sieur de la Barde en leurs Conferences, s'il ne nous eût paru qu'ils ne l'avoient exclus que pour convier les Imperiaux à s'ouvrir plus librement à eux en l'absence d'un Ministre du Roi. Ce qui nous a le plus affermi dans la maniere d'agir que nous avons tenuë, a été que les Suedois ne se tiennent point obligez de tout ce qu'on céde pour leur complaire, le reçoivent comme chose dûë, & au lieu d'en faire autant de leur côté, en deviennent plus entreprenans. Nous souhaitons que les offices que le Sieur de Cerisantes a promis de faire en Suede, fassent envoier des ordres aux Plenipotentiaires qui sont ici, qui les obligent à une conduite plus sincere, laquelle fasse paroître qu'ils veulent demeurer exactement dans l'observation des Traitez d'Alliance.

Les Suedois prennent tout ce qu'on leur cede comme leur étant dû, & en deviennent plus fiers.

Puisque Son Eminence desire savoir nos sentimens sur la declaration que nous avons à faire quand on parlera des trois Evêchez, nous croions qu'il sera très-utile, principalement envers les Etats de l'Empire, d'en parler, comme il est porté dans son Memoire, & que ce sera un moien qui, diminuant en quelque sorte la grandeur de nos demandes, rendra la prétention de retenir l'Alsace beaucoup plus raisonnable.

Affaire des 3. Evêchez.

Cette déclaration sera d'autant plus agréable qu'elle sera faite après l'offre d'une cession entiere des droits de l'Empereur sur lesdits Evêchez. Nous essaierons pourtant de la menager en sorte que nous ne nous departions pas d'un droit acquis par la proposition de nos Parties, sans en tirer d'ailleurs quelque profit en même temps. Deux choses font faire aux Suedois le jugement qu'ils font de notre satisfaction & de la leur. L'une, qu'ils nous considerent comme étrangers dans l'Empire & s'imaginent que tout ce qu'ils y prétendent leur apartient legitimement, comme aiant été les seuls qui ont été appellez par les Protestans. L'autre, que le procedé des Imperiaux les confirme en cette croiance, se rendant faciles à leurs prétentions & contraires aux nôtres, sans que les Suedois se veuillent appercevoir de ce piege, qui n'est tendu que pour nous desunir. Nous ne manquons pas de bonnes raisons & de les faire valoir autant qu'il nous est possible. Mais c'est là ce qui rend nos demandes plus justes, & ce qui les rend plus difficiles, à cause que c'est la Maison d'Aûtriche qui les doit porter, contre laquelle la France est en guerre, au lieu que l'Empereur veut contenter les Suedois aux dépens d'autrui, quoi que les Princes sur qui on voudroit faire tomber le mal ne soient pas les vrais ennemis de la Suede. Cette difference, qui nous est nuisible d'un côté, nous feroit favorable envers les Etats de l'Empire si l'intérêt de la Religion ne faisoit trouver aux Protestans de l'avantage dans l'établissement des Suedois, & ne leur faisoit aprehender celui de la France dans l'Allemagne, jugeant très-bien, que quand le Roi sera Prince de l'Empire, dans le premier differend de religion qui naîtra, il sera obligé de prendre le parti des Catholiques.

Les Suedois aiant été seuls apellez par les Protestans d'Allemagne regardent les François comme Etrangers dans l'Empire.

Les trois points contenus au Memoire de Son Eminence, à savoir de donner aux Archiducs d'Inspruch le revenu qu'ils tiroient de l'Alsace, de promettre quelque somme d'argent à l'Empereur, & de s'obliger à lui fournir une assistance d'hommes ou d'argent quand l'Empire sera attaqué, sont merveilleusement propres pour adoucir nos demandes & pour les faire accorder, en cas qu'il y ait tant soit peu de disposition de traiter avec nous. Si avec cela il nous est permis de nous relâcher de Philipsbourg, qui donne plus de jalou-

Lesdits Protestans ne souhaitent pas que le Roi de France soit Membre de l'Empire.

jaloufie que le refte aux Etats Proteftans, (à caufe que cette Place entraîne avec foi beaucoup d'autres Païs pour la communication qui eft néceffaire, fi on la veut garder avec une entiere fûreté) ou il faudroit que les Imperiaux ne vouluffent plus de Paix (ce qui n'eft pas croyable) ou qu'ils fuffent comme affurez de la faire avec les Suedois & avec les Proteftans, s'ils n'acceptoient des conditions fi favorables dans le mauvais état où font leurs affaires. Il femble qu'il y auroit deux moiens de fonder l'intention de l'Empereur là-deffus, [l'un ce que fon Eminence jugera à propos de ce que deffus pourvû qu'on en pût convenir prefentement] lui faifant écrire de Paris par Monfieur le Nonce Bagni : [l'autre de nous en ouvrir à chacun des Mediateurs à part fous promeffe de n'être engagé à rien, fi l'ouverture n'eft acceptée.] Son Eminence jugera beaucoup mieux que nous, quand il fera temps de s'en découvrir par de-là. Nous tâcherons auffi de ne le faire par deçà que bien à propos. Mais il importe extrêmement, fi on nous donne pouvoir de nous relâcher de quelque chofe, que la refolution en foit tenue extrêmement fecrete à la Cour, afin que nous ne foions obligez de nous en ouvrir qu'au befoin, & que nous le faffions avec quelque certitude d'obtenir en même temps le compte du Roi pour tout le refte, & fur tout, avec apparence de pouvoir par ce moien conclurre promptement le Traité.

Il eft vrai que nos Parties tâchent de faire valoir l'offre de Pignerol, mais de nôtre côté nous n'avons pas manqué de faire comprendre que l'Empereur n'y a aucun veritable intérèt, & auffi peu de droit d'empêcher l'acquifition que la France en a faite du Souverain à qui cette Place appartenoit. Nous croions bien pourtant qu'il fera mal aifé d'éviter [qu'elle ne releve de Sa Majefté Imperiale, s'il eft vrai, comme on nous l'affûre,] qu'elle ait été comprife dans les dernieres inveftitures que les Ducs de Savoye ont prifes de leurs Etats.

Nôtre plus grande aprehenfion quand on parlera de l'échange des Païs-Bas, c'eft d'y avoir contraires Meffieurs les Etats. Nous avons bien compris à leurs difcours qu'ils ont befoin de quelque crainte de guerre pour faire plus facilement fupporter à leurs peuples l'entretien de leurs troupes, & le payement des contributions, & que c'eft la principale raifon qui leur fait préferer la Trêve à la Paix. Quand ils n'auroient point de jaloufie de nous voir étendre les limites du Roiaume fi proche d'eux, la feule crainte d'un trop grand repos qu'ils croient fatal à leur Etat, les empêcheroit de confentir volontairement à cette ouverture, laquelle, éloignant d'eux leur ancien ennemi, & approchant leur Allié feroit ceffer le prétexte dont nous nous fervons pour les animer contre l'Efpagne [qu'ils veulent garder pour demeurer armez.] Tout cela fait croire que fi on veut faire réuffir la chofe, il ne faudra la leur communiquer que lors qu'on en fera d'accord avec les Efpagnols: & cependant faire paroître que le principal deffein de la France eft de conferver fes conquêtes du côté de l'Efpagne, infiftant toûjours à la reftitution de la Navarre, où chacun avoüe que les droits du Roi font indubitables, ou bien de la retention des autres Etats que Sa Majefté poffede de ce côté-là, que l'on

gardera pour recompenfe de ce Roiaume. Il y a fujet de croire que l'impoffibilité de pouvoir rien obtenir en Efpagne, du gré des Efpagnols, fera enfin approuver l'échange des Païs-Bas à Meffieurs les Etats, comme l'unique moien de parvenir à un accommodement; en cas toutefois qu'on perfiftât chez eux dans le defir qu'ils ont du repos, & qu'ils n'aimaffent pas mieux continuer la Guerre & partager avec nous la dépouille des Efpagnols, que de la voir toute entiere tomber entre nos mains, & devenir eux-mêmes nos voifins par un fi notable agrandiffement de la France, qu'ils auront fujet de redouter plus que l'Efpagne.

Quant à Monfieur le Prince d'Orange, nous ne doutons pas qu'il ne foit bien affectionné pour la France, & nous en voions des preuves en diverfes occafions : mais quand il verra prendre des refolutions capables de rendre lui & fon fils inutiles aux Provinces-Unies, nous croyons difficilement qu'il puiffe être favorable à ce deffein. Peut être n'ofera-t-il pas s'y oppofer ouvertement, mais il feroit à craindre que par des moiens fecrets, qui ne lui manquent jamais pour toutes les chofes qu'il veut faire, il tâchât de rompre la Négociation ou de faire prendre une conduite à Meffieurs les Etats, laquelle nous donnant jaloufie forçât la France de fe departir de ce qui ne leur plairoit pas.

On nous donne tous les jours de nouveaux avis que Trautmansdorff n'eft pas favorable aux intérêts de Baviere. Nous en avons averti les Ambaffadeurs de ce Prince, qui nous ont néanmoins témoigné que leur Maître a reçû de nouveau toutes les affûrances qu'il pouvoit fouhaiter de l'Empereur, & qu'ils ne peuvent croire que fon principal Miniftre agiffe ici d'une autre façon. Ils n'ont pas laiffé d'être un peu émûs de quelques circonftances que nous leur avons fait remarquer, qui leur donnent fujet de prendre une opinion contraire, & ils n'ont pû s'empêcher de nous faire connoître qu'ils n'aprouvoient pas le long féjour que Trautmansdorff fait à Ofnabrug.

Son Eminence ne pouvoit faire prendre une refolution plus utile au fervice du Roi, que d'envoier une perfonne d'autorité, & capable pour avoir foin des levées que l'on fait en plufieurs endroits. Nous apprenons qu'elles s'avancent beaucoup, & qu'il y en aura bien-tôt un nombre confiderable fur pied, qui méritera bien l'application d'un homme feul pour pourvoir à la fûreté de leur paffage, à leur logement quand les troupes arriveront; & à leur fubfiftance.

Nous n'avons pas manqué d'exagerer en divers lieux les grandes reftitutions que le Roi veut faire pour le bien de la Paix & la facilité que donneroit à Sa Majefté la poffeffion de trois Electorats entiers qui font entre fes mains, fi elle avoit intention de continuer la guerre dans l'Allemagne & d'y faire de nouvelles conquêtes. Nous ne devons pas celer qu'on nous a répondu plufieurs fois que les Places que nous offrons de rendre ont toûjours été en la poffeffion de celui qui eft le Maître de la Campagne. On ne favoit pas encore que les fortifications de Maience fuffent en fi bon état que Monfieur le Maréchal de Turenne les a représentées à Son Eminence. Elles nous donneront lieu de faire maintenant confiderer davantage l'importance de cette reftitution.

II

1646.

Il y a grand sujet de croire que l'esperance, que les Espagnols ont de quelque changement en leur faveur, du côté de l'Italie ou d'ailleurs, les a jusques ici rendus si retenus. Nous croions pourtant que lors que les Ambassadeurs de Messieurs les Etats leur auront déclaré qu'ils ne veulent entrer en aucune Négociation sans nous, & qu'ils verront que toutes les mesures qu'ils pensoient avoir prises de ce côté-là seront rompuës, qu'ils seront contraints de s'avancer plus qu'ils n'ont encore fait. Lesdits Sieurs Ambassadeurs auroient déja fait cette déclaration sur nos instances, s'ils n'avoient, comme nous estimons, dessein de se servir de cette occasion, pour nous faire passer ce 9. Article, dont ils nous pressent tant. Hors ce point, nous ne voions rien en eux qui ne nous donne un entier sujet de satisfaction.

Le mauvais traitement que Son Eminence a autrefois reçû de Monsieur le Cardinal Barberin rend l'assistance qu'il donne aujourd'hui à tous ceux de cette Maison plus glorieuse. Il importe extrêmement de ne faire pas voir à toute l'Italie que la protection, que le Roi leur a départie, leur est plus nuisible que profitable, aiant plutôt obligé le Pape d'augmenter ses persecutions contre eux que de les diminuer. La resolution de les proteger a été très-utile à l'Etat, puis qu'on a aquis par ce moien grand nombre de Cardinaux, qui pourront garentir la France, dans le prochain Conclave, du malheur où elle est tombée, pour n'avoir pas pû empêcher au dernier qui s'est fait l'élection d'un Pape si passionné pour l'Espagne. Nous souhaiterions bien que Monsieur le Nonce eût assez de créance auprès de lui pour lui représenter effectivement ce que nous lui disons souvent sur ce sujet. Mais soit qu'il craigne qu'on découvre un jour que nous lui aurions donné ce conseil, soit qu'il apprehende de choquer les resolutions du Pape, nous croions qu'il n'en ose écrire que foiblement.

L E T T R E

De Monsieur le Comte de

B R I E N N E

à Messieurs les

PLENIPOTENTIAIRES.

Du 17. Fevrier 1646.

La France se promet de grands progrès cette Campagne. Elle ne veut pas rendre Philipsbourg à l'Electeur de Trêves ; mais le garder elle-même. La France

n'a jamais eu les 3. Evêchez qu'à titre de protection. Elle veut bien les tenir comme fiefs de l'Empire, sans prejudice pourtant du Parlement de Metz qui sera conservé. Elle persiste à vouloir être Membre de l'Empire. On croit à la Cour le voyage de St. Romain en Suede inutile. On se loüe fort du Duc de Baviere.

1646.

MONSEIGNEUR & MESSIEURS,

LE mauvais temps & les mauvais chemins ont tenu Monsieur le Chevalier de la Cheze bien plus long-temps sur la route qu'il n'avoit crû, & quelque diligence qu'il ait faite, il n'a sû se rendre en cette Ville que le 10. du courant. La Depêche, dont vous l'avez chargé, datée du 1. a été considerée, & vous avez été louez de la fermeté, avec laquelle vous avez parlé aux Médiateurs. Il est fâcheux que le Comte de Trautmansdorff ait fait tant de diligence à Osnabrug, & si peu en votre endroit. Mais il faut que les Suedois se perdent de réputation, s'ils font une infidelité, & que les Princes de l'Empire aient perdu le sens, si, sous quelques promesses qui leur pourroient être faites, ils acceptoient la Paix, que les Couronnes n'eussent été satisfaites, & qu'elles ne la leur garantissent. Ces considerations, jointes aussi à ce qui nous a été mandé par vous, & par Monsieur de la Thuillerie, nous assûrent (mais non si absolument, qu'il ne nous reste quelque aprehension que les Députez des Princes, nommément les Protestans, ne soient pour se relâcher, & que les Suedois, qui font leur capital de ceux-là, ne se relâchent de quelque chose de leurs prétentions, s'il étoit pleinement satisfait à leurs amis) qu'ils se contenteroient de l'amnistie, du rétablissement des Princes proscrits, & mis au ban de l'Empire, & de la reparation des griefs des Protestans, sans qu'il leur soit donné pour les frais de la Guerre aucune satisfaction, ce qui ne sauroit entrer en la pensée de personne. Mais aiant fait des demandes excessives, ils pourroient bien se moderer, se départir des Archevêchez & Evêchez qu'ils ont demandez, & consentir que la Silesie fut donnée au Marquis de Brandebourg, pour le recompenser de la Pomeranie, de laquelle ils ne se départiront jamais. Et je craindrois même qu'ils fussent pour ne pas s'affermir à avoir cette derniere Province pour leur Allié, moienant que quelque Diocese lui fût accordé : à quoi les Imperiaux seroient aisément disposez, aimans mieux payer leurs dettes du bien d'autrui que du leur propre.

Aiant lû la replique des Suedois, je n'ai pas jugé qu'ils fussent gens à sortir d'affaire du soir au matin, & je crois que les Médiateurs en feront le même jugement, qui peuvent bien persister à demander les Passeports pour les Députez du Duc de Lorraine, mais difficilement répondre aux fortes raisons dont vous vous en défendez. Que les Commissaires de l'Empereur aiant avancé qu'ils savent que vous avez ordre de les accorder, cela est fâcheux.

chéux. Ce pourroit être un artifice, & les Médiateurs, aussi bien qu'eux, sont capables de l'avoir inventé. Mais soit qu'ils aient pénetré en notre dessein, ou qu'à la volée ils aient parlé, il faut restreindre à moins de personnes, qu'on n'a fait jusqu'à présent, la connoissance de ce qui se negocie à Munster, & comme vous le mandez, parler fortement à l'Ambassadeur de Venise, qui reside en cette Cour, auquel Contarini défere beaucoup. Et comme vous l'avez remarqué, je me suis aussi apperçû que celui-là en est pleinement informé & persuadé. Si les Médiateurs savoient ce qui vous a été mandé d'offrir, pour conserver à cette Couronne la seule Alsace, Brisach & Philipsbourg, ils seroient forcez de changer de langage & de publier que nous sommes très-moderez, mais pour acquerir cette reputation il n'y a pas lieu de le faire. C'est à vous à ménager les divers partis, & de ne relâcher au pire qu'après avoir perdu l'esperance de faire contenter vos Parties des moindres. Il nous a semblé que les Médiateurs n'ont pas reçû comme ils le devoient la parole que vous leur avez donnée, qu'aians été satisfaits au desinteressement des Couronnes, vous vous emploieriez envers les Alliez, pour faire moderer leurs demandes. C'est pourtant beaucoup offrir, mais cela est si avantageusement avancé, que vous en recevrez le fruit en la saison. Et sans doute ils l'auront bien remarqué, & que vous traitez avec eux avec beaucoup de confiance, puis que pour leur consideration vous n'avez demandé que ce qu'on ne vous sauroit refuser. Je parle dans l'esprit des personnes desinteressées & non dans celui de ceux ausquels notre grandeur est suspecte, ni de ceux aussi qui savent ce qui vous a été écrit.

On ne peut pas nier que les Suedois ne tiennent & n'occupent plus de Païs dans l'Empire que nous, & qu'ils ne soient dans des postes qui pressent & contraignent plus l'Empereur, que ne font ceux où nous sommes logez, mais nous ne laissons pas d'être dans les Païs héréditaires aussi bien qu'eux; si ce n'est que Trautmansdorff juge que l'Alsace n'en fait plus partie, parce que nous l'occupons. S'ils s'étoient souvenus que Brisach & Philipsbourg sont au-delà du Rhin, ils n'auroient pas dit que nous ne sommes postez qu'en deçà. On verra dans le commencement de la Campagne que nous sommes en état, non seulement d'occuper ce qui est entre le Rhin & le Danube, mais de passer cette riviere, & que Baviere aura besoin de toutes ses forces pour conserver son Païs. Et pour les Imperiaux, ils seront forcez de faire autant de diligence envers vous, qu'ils font à présent envers les Suedois, ainsi que je vous l'ai mandé. Torstenson part pour aller trouver le Maréchal de Turenne, & si lui de son côté satisfait à ce qui a été avancé par le Sr. d'Avaugour de sa part, nous prendrons des lieux si avantageux, que tout ce qui se trouvera entre le Danube & la Mer sera sous la contribution & sujettion des Couronnes Alliées, & des Princes qui seront dans le bon parti, que plusieurs seront forcez d'embrasser, qui jusques à présent sont demeurez neutres, & le Maréchal de Turenne avec lequel les desseins de la Campagne prochaine ont été concertez, est le premier qui fait ce jugement.

 Enfin on s'est resolu de ratifier le Traité qui a été passé entre ledit Maréchal, assisté de

TOM. III.

Monsieur d'Anctonville, que vous aviez dépéché en l'Archevêché de Treves, & cet Electeur; apportant toûjours quelque modification à l'un des articles, d'autant qu'en vertu du contenu en icelui (comme confirmant ce qui est passé par les premiers Traitez passez entre cette Couronne & ce Prince,) nous serions tenus à la restitution de Philipsbourg, bien que nous l'ayions par conquête, & qu'il ne nous a pas été confié par ledit Electeur, auquel il fut alors accordé, que la Paix concluë, il seroit rétabli dans Hermenstein & ledit Philipsbourg. Et on donne instruction audit Anctonville, (qui a assûré que ce n'est pas la pensée dudit Electeur) d'accommoder & ajuster ce point avec lui. S'il faisoit difficulté de se départir de la propriété de cette Place dans le Traité public on se pourroit contenter d'une reversale, & pour le dédommager de la perte du revenu, on pourroit lui en assûrer la valeur par provision ou autrement. Et quand il se faudroit porter à faire un juste dedommagement à l'Evêché, je ne juge pas que nous y apportassions trop de difficulté, & l'exemple de ce qui se fera pour l'Alsace appuie mon jugement. Mais je n'ose en faire l'ouverture, parce que se feroit découvrir & audit Maréchal & audit Sieur d'Anctonville, ce que l'on ne voudroit pas que d'autres que vous sussent.

Nous aurions grande impatience de savoir ce qui vous sera proposé par les Médiateurs du consentement des Espagnols, n'étoit que vous préjugez que ce ne sera rien qui vous puisse satisfaire. Et toutefois ce n'est pas peu de les avoir reduits à ce point. Qui offre, juge qu'il doit, & ne se peut plaindre que l'on veuille prétendre; ainsi le plus & le moins demeure en contestation. Les Imperiaux se font eux-mêmes condamner par l'offre des trois Evêchez. Car bien que nous soions en possession de celui de Verdun, il y a bien deux cens ans, & des deux autres depuis le voiage de Henri II. en Allemagne, ce n'étoit que sous le titre de protection, duquel on s'étoit contenté jusqu'au jour qu'on prit resolution d'aneantir le Tribunal du Maître Echevin & des Treize de la Cité de Metz, & la Justice des deux Evêques de Toul & de Verdun, & de l'autre aussi en l'étenduë de son Païs, en créant une Cour de Parlement, à la Jurisdiction de laquelle tant lesdits trois Dioceses, que quelques autres Bailliages furent rendus ressortissans.

Il semble que ledit Trautmansdorff prétende faire valoir le desistement desdits Evêchez nous en laissant la Souveraineté: mais de cela nous faisons si peu de compte qu'en acceptant la propriété, nous nous contenterions de la Souveraineté regalienne, & de les posseder avec les Privileges dont jouissent les Evêques & la Ville de Metz, sous la feudalité de l'Empire, en conservant néanmoins le Parlement, & privant la Chambre de Spire des Appellations civiles qu'on y relevoit avant l'Erection dudit Parlement; & on donne pour exemple, que le Comté de Bourgogne, pour être Fief du même Empire, le Comte ne laisse pas d'y avoir ses Juges Souverains, sous le même titre de Parlement. Et on croit, que cette disposition que nous avons à relever de l'Empire, doit faciliter nos demandes, & qu'il en arrivera du bien au général de la Chrétienté, une puissante Couronne comme celle-ci s'engageant en la défense de l'Allemagne, souvent atta-

K quée

quée par l'ennemi commun : és Dietes de laquelle ses Deputez aians droit d'intervenir, feront un grand empêchement à l'injuste prétention, que quelques Empereurs pourroient avoir de s'assujettir l'Empire, & le rendre héréditaire en leurs Maisons, & de disposer des forces du même Empire pour l'oppression dés Princes qui en sont les Membres ou les voisins, comme l'on a vû au dommage du Public pendant ces dernieres années.

Prévoiant que l'Ordinaire, qui devoit partir deux jours après Monsieur de la Cheze, m'apporteroit de vos Lettres, j'avois commencé de répondre à celle que ledit Sieur Chevalier m'avoit renduë, & ne m'étant trompé, (comme j'écrivois celle-ci, & étant déja parvenu à cet endroit,) votre Lettre du 3. du Courant me fut apportée. Le lendemain qui étoit le 15. j'en fis lecture à Sa Majesté, laquelle aiant remarqué que vous vous louez de ce qu'on vous avoit envoié quelques Sauvegardes pour des personnes qui vous en avoient requis, me commanda de vous faire savoir que vous ne desirerez rien qui puisse avancer le Traité général, ou vous accrediter dans l'Assemblée, qui ne vous soit à l'heure même remis. Elle eut peine d'apprendre que les Suedois continuent à vous en donner, mais elle espere qu'ils ne manqueront pas aux choses essentielles de l'Alliance, soit par la consideration de leur honneur, soit par celle de leur intérêt. Et sa Majesté demeure persuadée, bien que ce soit la regle des Princes, que la Reine de Suede n'y est pas si fortement attachée qu'à accomplir ce qu'elle a promis, & faire éclatter & renommer son administration par une conduite pleine de vertu. En cela même Elle s'est confirmée aiant vû le double de la Lettre que Monsieur de la Thuillerie a écrite à votre Altesse, de laquelle il m'avoit envoié le duplicata, qu'il avoit joint à une de ses Dépêches du 13. du passé. Sa Majesté se persuade que si vous l'eussiez reçuë, avant que de faire partir Monsieur de St. Romain, vous eussiez differé ce voiage, qui semble assez superflu, n'y aiant pas lieu de croire qu'il pénètre le Chancelier au delà de ce qu'a fait ledit Sieur de la Thuillerie, ni qu'il voie plus clair dans les affaires de leur Cour, qu'a fait le même Sieur de la Thuillerie, & que pourra faire dans la suite du temps Monsieur Chanut. Pourvû que les Suedois n'entrent en opinion que nous sommes en méfiance d'eux, ou que nous les jugeons les Maîtres du Traité, par tant de recherches que nous leur faisons, ce voiage ne causera point de mal. Que s'il leur donnoit une de ces impressions, il seroit à desirer qu'il n'eût pas été commandé. Mais la suffisance de la personne & la délicatesse de ceux qui lui ont dressé son Instruction, nous donne sujet de croire que nous en tirerons plutôt du profit que du dommage.

Les discours qui vous ont été tenus par les Deputez de Baviere ont été entendus avec plaisir. C'est avoir mis nos affaires en bon état, puis que vous êtes assurez que les Electeurs Catholiques ne consentiront point que l'Empereur fasse un Traité separement avec la Suede, & que celui de Baviere non seulement juge qu'il nous échet une satisfaction, mais qu'il se veut entremettre à nous la faire obtenir, & que contre ce qu'il avoit toûjours protesté de ne faire nulle diligence pour celle de la Couronne de Suede, il ait changé. Pour trouver que les Couronnes prétendent

trop, ce n'est pas les exclurre de ce qui leur est justement dû, mais leur droit établi, il s'agit de discuter le plus & le moins, & c'est ce que vous aviez tant desiré être prononcé par les Députez des Princes qui sont à Osnabrug.

Sur le sujet dudit Duc de Baviere je vous dois dire que ce n'est pas seulement en la Cour de Vienne qu'il insinuë, qu'il faut porter respect à cette Couronne, & la ménagér, mais à Rome il en a écrit en des termes précis, & dignes de sa prudence. Et si le Pape n'y fait consideration, il est à craindre que le châtiment, dont Dieu nous veut exercer, ne puisse être détourné. Il combat la dureté de Sa Sainteté par trois raisonnemens. Le premier, de la consideration en laquelle il doit avoir cette Couronne, qu'il lui fait remarquer être en pleine prosperité. Le second, les avantages que prendront les Heretiques si les Catholiques s'éloignent de lui. Et le troisième, celui qui en réussira au Turc, lequel aiant entrepris une conquête sur la République de Venise, ne peut être repoussé que par la jonction des forces des Princes Chrétiens, & leur union à concourir à un tel dessein.

Il m'a été mandé de Gennes qu'il y étoit arrivé un Religieux Recolet dépêché en Espagne, tant par l'Empereur que par ledit Duc, pour déclarer à cette Majesté, qu'ils ne peuvent plus soûtenir la guerre, & qu'il faut tout de bon songer à la faire finir. Cela peut être avancé à dessein, afin de lui insinuer que si de son côté il ne veut faire la Paix, qu'ils sont resolus de la conclurre du leur; ce qui a encore raport à ce qui vous a été dit par les Députez du même Duc.

Le Pouvoir donné par Sa Majesté Catholique au Comte de Peñaranda pour traiter avec les Hollandois, porte des marques de son intention, & qu'elle n'a jamais été que de conclurre, soit une Treve ou une Paix avec eux, pour les separer d'avec leurs Alliez. Et quand ils leur disent, qu'ils sont pour les déclarer & reconnoître Souverains, c'est quand ils les veulent embarquer à entrer en une Négociation particuliere; mais que leur but est bien éloigné de la fin que les autres se proposent, qui est d'aquerir de leur consentement ce titre, de l'effet duquel ils se sont mis en possession par une valeureuse défense & par une forte guerre, qu'ils ont faite à leur ennemi, à l'aide de leurs Alliez. Si Messieurs les Etats ont autant de disposition à une Treve que leur ennemi, vous la verrez bien-tôt concluë, ou du moins assûrée, & lors que vous serez en necessité de vuider cet article 9. duquel il a été si souvent parlé; plus long-temps vous en éloignerez le discours, & plus vous en pourrez prendre pour le resoudre, ce sera le mieux pour nous. En toute extremité vous savez jusques à quoi on nous peut obliger, & jusques où nous pouvons nous étendre.

Il est fâcheux que les Ennemis aient quelque connoissance du refus que la Province du Languedoc a faite d'imposer le Quartier d'hiver; mais l'on peut dire que c'est plutôt manque d'affection que de puissance, puis que les Trésoriers de la bourse offrent de leur faire avance de quinze cens mille livres, voire de plus, & de n'en prétendre le remboursement qu'en deux années. Nous ne savons pas encore leur derniere resolution, & si l'offre

desdits

desdits Tréforiers aura été acceptée; mais nous avons cet avantage, que toutes les autres Provinces d'Etats les condamnent & les blâment, & tout préfentement celle de Provence en une Aſſemblée des Communautez a confenti à l'Impofition des fommes levées les années dernieres, & bien que ladite Province de Languedoc faſſe quelque difficulté de confentir à la levée du Quartier d'hiver, pour cela il ne faut pas conclurre, qu'elle fonge à quelque nouveauté, & bien moins que les autres en deliberent. Toutes à la verité reſpirent à la Paix, pourvû qu'elle foit honorable à la Reine & utile au Roi; fans ces conditions elles prefereroient la durée de la Guerre; que fi pour être contraintes d'y contribuer de leurs moiens, elle leur eſt auſſi odieufe, qu'on le publie, combien davantage la doit-elle être à celles qui en fouffrent l'incommodité, & qui ne font pas pour cela exemptes de contributions.

Ce que je puis vous dire, c'eſt que l'union eſt entiere du Roi à ceux de fon fang, & leur reſpect tout parfait d'eux à Sa Majefté; que les peuples la reverent, comme ils doivent, & ceux de la Religion prétenduë reformée font autant dans leur devoir que les autres Sujets. J'aurois fini, & ce ne feroit pas trop-tôt, s'il ne me reſtoit à vous donner information d'un long entretien qui m'a été tenu par l'Ambaſſadeur de Venife, auquel aiant fait connoître que Sa Majefté auroit fujet de fe plaindre de la liberté que fe donnoit Monfieur Contarini de condamner ce que vous faites, & que cela caufoit divers mauvais effets: ledit Ambaſſadeur prit grand foin de juſtifier fon Confrere, mais ne voulut le faire paſſer pour innocent fur la connoiſſance qu'il a de fa maniere d'agir qui eſt pleine de feu, qu'il oferoit pourtant aſſûrer qu'elle eſt paſſée, dès qu'il eſt forti du lieu de la Conference, & qu'il pouvoit répondre, & de fa bonne difpofition à la Paix & de fa particuliere inclination envers la France, ajoûtant qu'il ne doutoit point que dès que vous vous éclairciriez avec lui vous n'en reſtaſſiez fatisfaits.

J'ai fu que l'Electeur de Brandebourg a donné ordre au Baron de Dona de paſſer en cette Cour, & donner les titres de Majefté au Roi & à la Reine. Si fon Deputé nous fait quelque ouverture qui puiſſe avancer nos affaires d'Allemagne vous en ferez fur l'heure informez. Je fuis, &c.

MEMOIRE

De fon

EMINENCE

à Meſſieurs les

PLENIPOTENTIAIRES.

Du 23. Fevrier 1646.

La Thuillerie aſſure que la Reine de Suede agit fincerement. Le Voyage de St. Romain peu utile. Celui de Mr. d'Avaux à Ofnabrug très-neceſſaire. Suedois peu enclins à la Paix. Utilité pour la France d'une fuſpenfion d'armes dans l'Empire. Baviere y eſt fort porté. L'armée de Mr. de Turenne pourroit en ce cas-là agir aux Païs-Bas. L'Eſpagne preſſée de faire la Paix à tout prix. Mort du Cardinal Borgia. On peut conclure avec l'Eſpagne fans confulter les Suedois, mais conjointement avec les Etats Généraux. Ce qu'il y a à faire fi l'échange des Païs-Bas ne peut pas avoir lieu. Il faut dans tous les cas obtenir une Trêve pour la Catalogne, & une pour le Roi de Portugal. Etat des affaires d'Angleterre. Les Eſpagnols s'y attachent au Parlement contre le Roi. Il faudroit tâcher de gagner par argent le fils de Trautmansdorff, fon Pere ne lui cachant rien. Prefens pour les Miniſtres de Suede. Electeur de Trêve offre la Neutralité à l'Eſpagne. Picolomini jaloux du Duc de Lorraine. Legereté de ce dernier. Difcours du Refident de Parme varient felon les perfonnes. Affaire des Barberins.

J'ai

J'Ai reçû, Messieurs, votre Dépêche du dixiéme du courant, & j'ai un extrême déplaisir d'apprendre, que tant s'en faut que les Suedois songent à reparer le tort qu'ils ont d'exclurre Monsieur de la Barde de leurs Conferences, quoi qu'ils soient formellement obligez par un Traité public de l'y admettre; qu'au contraire ils nous donnent tous les jours de nouveaux sujets de mécontentenent & de soupçonner leur fidelité. Il est vrai que je me mets l'esprit en repos là-dessus, quand je fais reflexion, en quels termes Monsieur de la Thuillerie nous parle de la sincerité des intentions de la Reine de Suede & nous assure de l'affection qu'elle & son Conseil, tant le Conétable de la Gardie, & ses amis & adherans, que le Chancellier Oxenstiern & les siens, ont unanimement pour cette Couronne, & de la fermeté avec laquelle ils témoignent avoir resolu de conserver ensemble une étroite intelligence, sans vouloir jamais écouter aucune proposition des Ennemis qui tende à les separer de nous, quelques avantages qu'ils puissent y rencontrer; ne pouvant m'imaginer que ledit Sieur de la Thuillerie, qui est si adroit & si sensé, n'ait bientôt connu au vrai, si ces protestations n'étoient que sur les levres & non pas dans le cœur. Enfin, je dissipe une bonne partie de mes ombrages, quand je considere, que la réputation des Suedois n'y est pas seulement engagée, mais qu'il est de leur bien & de leur intérêt particulier de garder religieusement l'union qu'ils ont avec cette Couronne.

Vous aurez vû par ma précedente Dépêche ce que je vous marquai touchant le voyage de Monsieur de St. Romain à la Cour de Suede. Je demeure d'accord qu'attendu tant de differens sujets de plaintes que les Ministres de Suede nous donnent chaque jour injustement, & reconnoissant qu'ils sont capables de s'enorgueillir à tel point des recherches de nos Ennemis, que leur hauteur nous deviendroit à la fin insuportable, & voyant de plus le peril, auquel nous serions toûjours exposez que lesdits Ministres se laissans flatter à de belles propositions (que les Ennemis leur feroient sans doute continuellement pour les separer de nous) ils s'y accoûtumeroient en sorte & se les rendroient si familieres, qu'ils pourroient s'y engager insensiblement, & les persuader même aux Superieurs dont ils dépendent; Tout cela bien consideré & que d'ailleurs Monsieur de la Thuillerie étoit sur le point de s'en revenir, j'estime avec vous que la presence de Monsieur de Saint Romain à Stockholm pendant quelque temps pourra dissiper tous les nuages qui nous troublent, & servira à rafermir la bonne intelligence & à faire envoyer à Osnabrug tous les ordres que nous pouvons desirer.

Ce qui seulement nous doit donner un peu de peine, & à quoi il faut essaier de remedier le mieux qu'il se pourra; c'est que, selon mon sentiment, nous ne pouvons pas recevoir tant de préjudice des differends qu'il y a entre vous autres Messieurs & les Ministres de Suede, comme de la connoissance qu'en auront euë nos Ennemis; rien n'étant plus capable de les encourager à renforcer leurs batteries auprès d'eux, qu'un semblable deconcert, lors qu'ils l'auront sû, & quand même tous leurs soins ne produiroient aucun des effets qu'ils se promettent, cela ne laissera pas de nuire à la Conclusion de la Paix, puis qu'il est certain,

qu'il ne faut point s'y attendre tant que nos Parties auront le moindre raion d'esperance de pouvoir faire un accommodement particulier avec nos Alliez.

C'est aussi une des plus fortes raisons qu'il me semble qu'on doit dire aux Ministres de Suede, parce que s'ils n'ont pas envie de nous faire une infidelité complette (ce que je ne puis me persuader) ou de continuer la Guerre, il est indubitable, que pour terminer les affaires promptement, rien n'est si nécessaire que de détromper les Ministres des Ennemis, & Trautmansdorff le premier, de l'attente d'un accommodement particulier, à quelques conditions qu'ils le puissent offrir, & j'oserois bien répondre de ma vie, que si les Ministres de Suede & de Hollande faisoient cette protestation en bonne forme, (comme leur devoir & leur interêt même les y obligent) trois semaines ne se passeroient pas après cela, que l'on n'eût ajusté du moins tous les points principaux qui sont nécessaires pour faire bientôt jouir la Chrétienté du repos dont elle a tant de besoin.

Mais pour revenir à l'envoi du Sieur de Saint Romain, je considere encore qu'il est impossible qu'il n'ait déplû à Messieurs Oxenstiern & Salvius, comme aiant pour but d'aller décrier leur conduite, si ce n'est peut-être qu'entr'eux ils aient été de differens sentimens. Il est donc à croire, qu'ils auront tâché en même temps de chercher avec soin toutes sortes de raisons pour appuier ce qu'ils ont fait, & se faire avouër: Et en ce cas ou leur procedé sera approuvé en Suede, & nous aurons le déplaisir de le voir soûtenir avec peu de réputation pour la France, qui s'est engagée si avant au contraire; ou leurs Superieurs les blâmeront, & eux étant mortifiez de la sorte, il sera extrémement à craindre, qu'ils ne recherchent d'autres occasions de s'en vanger dans la suite du Traité, & assez mal aisé que vous autres Messieurs puissiez bien rétablir la confiance & l'union, qui est si nécessaire pour le bien de la cause commune dans une Négociation si importante comme est celle de la Paix générale. Néanmoins je ne vous mande tout ceci que parce que j'estime à propos de songer de bonne heure aux inconveniens qui peuvent arriver, afin d'avoir le temps d'y apporter toutes les précautions, & les remedes, qui peuvent les divertir, à quoi je vous prie de tenir la main.

Le voiage de Monsieur d'Avaux à Osnabrug a été resolu très-prudemment sur le prétexte de la proposition, que les Médiateurs ont faite d'une suspension d'Armes en Allemagne; car en effet il y a grand lieu de soupçonner quelque chose à notre desavantage de l'instance que font les Etats d'Osnabrug, que leurs griefs & les interêts de l'Empire en général soient vuidez & terminez avant que l'on parle de la satisfaction des Couronnes; d'autant plus qu'elle est secondée de Trautmansdorff, & que les Ministres de Suede, qui par tant de raisons s'y doivent emploier avec fermeté, s'ils n'y ont donné leur consentement, n'y font qu'une résistance bien foible. Mais j'espere tout de l'ancienne amitié, & crois que Monsieur d'Avaux se servant auprès de Monsieur Salvius de sa prudence, & de son courage, connoîtra le fonds de leur ame, que toutes choses reprendront le train qui se doit, & que nous, Dieu merci, n'aurons eu d'autre mal que l'aprehension.

Je vous ferai part, à propos de ce que dessus,

fus, de ce que l'on me mande depuis peu de Pologne, qu'on y est assûré que les Suedois ne veulent point la Paix. J'ai un autre avis de Suede qui ne le dit pas si précisément, mais qu'au cas qu'ils ne voient pas jour de la faire à des conditions avantageuses pour eux, ils ont grande inclination de continuer la Guerre, connoissant qu'ils la peuvent faire sans hazard, & sans dépense, que l'Empereur est extrémement foible, qu'un seul mauvais succès le peut mettre à bout, & esperant d'avoir encore plus que par le passé à leur devotion tous les Protestans d'Allemagne. Ce qui doit bien fortifier les soupçons que vous autres Messieurs avez déja eus là-dessus.

Vous aurez vû par ma précedente comme nous nous sommes rencontrez en même temps dans la pensée que nous ne devons guere esperer davantage par les armes dans l'Allemagne dans la conjoncture presente, supposé même que les succès nous soient favorables & à nos Alliez, & comme, avant que d'avoir reçu votre Dépêche, j'ai songé à l'interêt que nous pouvons avoir d'empêcher par une suspension les accidens qui peuvent faire changer la face des affaires. Il est vrai que je persisterois à desirer d'avoir auparavant ajusté tous les points principaux, qui regardent la satisfaction des Couronnes.

Monsieur le Duc de Baviere a fait de son côté la même reflexion, ainsi que vous verrez dans la derniere Lettre qu'il a écrite au Nonce, dont je vous envoie la Copie, & je sçai d'ailleurs qu'il n'y a rien au monde qu'il souhaite avec tant de passion, au cas qu'il ne puisse faire d'accommodement entre ci & la sortie des armées en Campagne, que de faire cesser en quelque façon les hostilitez pour donner temps à la conclusion de la Paix, sans que le Traité puisse être alteré par les évenemens de la Guerre favorable à un parti ou à l'autre.

Il me semble donc qu'il sera très-à-propos, que si nous ne voions pas lieu d'esperer de rien conclurre pour tout le mois d'Avril, que nous pensions serieusement & avec grande application à ce qui sera expedient de resoudre touchant une Trêve en Allemagne, ou du moins convenir, s'il étoit possible, du consentement des Suedois, d'une suspension d'Armes avec Baviere, comme ils l'ont faite eux-mêmes avec le Duc de Saxe, tirant de plus une assûrance dudit Duc en la forme, qui les pourra le plus contenter, que ses armes ne leur tomberont point sur les bras ni directement, ni sous prétexte de jonction ou de secours à l'Empereur; & outre que ce

leur seroit un grand avantage de tenir inutiles & en échec tant de bonnes troupes; nous y en aurions entr'autres un notable de pouvoir, comme je vous l'ai mandé, employer contre les Espagnols l'armée entiere qu'y commande Monsieur le Maréchal de Turenne, ou pour le moins la plus grande partie, qui donneroit infailliblement le coup mortel à leurs affaires, en quelque lieu qu'on la voulût faire agir, puis qu'elle seroit de surcroît aux autres armées que l'on a accoûtumé d'y entretenir, & qui sont déja suffisantes d'elles-mêmes pour y faire les progrès que l'on voit.

Je vous prie, Messieurs, d'examiner avec soin ce qui se doit faire & de m'en mander votre sentiment. Cependant je puis vous dire par avance que Sa Majesté approuvera toutes les resolutions que vous prendrez sur ce sujet.

La matiere aiant été agitée dans le Conseil, & tous unanimement aiant témoigné incliner à une suspension en Allemagne, reconnoissant que dans l'état présent des affaires, elle étoit avantageuse à nos interêts, & très-utile à la bonne issue de votre Négociation, particulierement si on pouvoit convenir au plutôt des points principaux qui regardent la conclusion des affaires dans l'Empire.

Je ne puis assez m'étonner que les Espagnols ne vous aient encore fait faire aucune proposition pour la Paix, & si les Lettres que je recevrai la semaine prochaine de votre part ne m'apprennent nulle nouveauté là-dessus, je conclurrai qu'il faut nécessairement que l'esperance de quelque accommodement particulier avec nos Alliez, les ait retenus de le faire. Car je n'ai pas même la confirmation de tout ce que je vous mandai dernierement des nouveaux ordres donnez à Peñaranda (qui avoit jusques là manqué de Pouvoir suffisant) mais qu'on a depêché de Madrid Couriers sur Couriers, que nous voions passer tous les jours ici, à Castel-Rodrigo & à Peñaranda, qui ont eux deux le secret & la confiance de leur Maître touchant les affaires de la Paix, pour les presser de conclurre presentement en quelque maniere que ce puisse être, parce qu'ils ne peuvent donner aucune assistance considerable à la Flandre, ni ils ne sauroient où donner de la tête pour trouver les moiens de se défendre dans l'Espagne même.

J'ai un avis d'Italie de fort bon lieu & j'ai sû que le Nonce & l'Ambassadeur de Venise qui sont à Madrid, ont tenu en substance le même discours à une personne digne de foi, que si la France se vouloit contenter de retenir par la Paix ce qu'elle occupe dans les Pais-Bas, & le Roussillon, le Comte de Peñaranda avoit ordre d'y entendre sans perdre un moment de temps. Et en outre (& j'en ai la confirmation par d'autres endroits) que Peñaranda & Castel-Rodrigo étoient si vivement sollicitez d'empêcher par quelque moien que ce soit la continuation de la Guerre, & que les Ministres de Madrid l'aprehendent à tel point, qu'on leur avoit envoié ordre exprès de resoudre, au delà du Pouvoir qu'ils ont, tout ce qu'ils jugeroient à propos sans en donner avis en détail en Espagne ni attendre de savoir particulierement les intentions de leur Maître.

J'ai sû aussi que le Cardinal Borgia qui est mort depuis un mois a dicté une Lettre dans son lit pour le Roi d'Espagne, par laquelle il témoigne, que le meilleur avis qu'il puisse lui donner, avant que de passer à l'autre vie, étoit de lui dire librement qu'il fît la Paix à toutes conditions, & qu'il essaiât sur tout de rentrer en ce qu'il avoit perdu en Espagne, donnant plutôt à la France une recompense ailleurs qui la pût satisfaire.

On m'assûre aussi que Dom Francisco de Melos a mis depuis peu par écrit toutes les raisons qui y doivent obliger le Roi d'Espagne, & enfin que tous les grands Seigneurs & Ministres qui sont près de lui, aussi bien que ceux qui sont dans les emplois éloignez en Italie, & ailleurs, s'accordent dans le même sentiment.

Je vous prie, Messieurs, de faire cas de tous ces avis, parce qu'outre qu'ils viennent de bons lieux, & que l'état de nos ennemis nous le doit faire croire; véritablement il me semble, que l'on doit beaucoup considerer que plusieurs personnes de differens endroits

man-

mandent toute la même chose, sans le savoir l'une de l'autre.

Je n'ai rien, Messieurs, à ajoûter à ce que je vous ai mandé par mes précedentes touchant le parti d'échange de la Catalogne avec les Païs-Bas, attendant toûjours les nouvelles des dispositions qu'aura trouvées dans l'Esprit du Prince d'Orange le Sieur d'Estrades. Peut-être qu'après tant de Couriers d'Espagne qui sont arrivez, le Comte de Peñaranda (si la raison marquée ci-dessus ne l'a encore retenu) aura donné lieu à Contarini de pouvoir avec plus de fondement vous faire de nouvelles propositions qu'il a jettées diverses fois en passant sur ce sujet, & comme la déclaration que les Suedois ont faite depuis peu si expressément de n'avoir point de different avec l'Espagne, quoi que très-desobligeante en soi, nous donne pourtant cet avantage (joint à ce qu'ils nous ont dit autrefois sur le même propos) que nous pouvons tenter librement toutes les voies de conclure notre accommodement avec les Espagnols, pourvû que ce soit conjointement avec Messieurs les Etats, qui sont les principaux & plus considerables interessez là avec la France en cette Guerre-là. Il semble que nous puissions dorenavant embrasser sans scrupule toutes les occasions qui nous peuvent faire parvenir à conclurre cette Paix-là avantageusement, en quoi nous trouverions doublement notre compte, puis que nous n'aurions pas seulement assûré les choses du côté de l'Espagne: mais nous serions en état d'obtenir tout avec facilité dans l'Allemagne & d'y être plus considerez que nous ne sommes par les Suedois, dont Messieurs les Etats sont aussi très-mal satisfaits, & Monsieur le Prince d'Orange plus que qui que ce soit.

Les Médiateurs ont grand intérêt à cet accommodement pour leur gloire. Mais Contarini principalement à cause du Turc & des assistances que la Chrétienté pourroit en ce cas donner à la République. C'est pourquoi il est à croire qu'aiant jour de le faire, il y travaillera serieusement & à bon escient.

Si nos esperances de pouvoir conclurre avec l'Espagne par le moien de l'échange viennent à manquer (surquoi nous serons bien-tôt éclaircis) il faudra penser d'abord à s'appliquer de bonne forte à l'autre parti & d'essaier de retenir nos conquêtes dans les Païs-Bas & le Roussillon avec la Place de Roses, faisant une Trêve pour la Catalogne, de la durée, si on pouvoit, de celle que feront Messieurs les Etats; si ce n'est que l'on pût dès à présent convenir (ce qui seroit encore mieux) de la récompense que les Espagnols nous bailleroient ailleurs pour la Catalogne, auquel cas il suffiroit de faire une Trêve de peu de mois, afin d'avoir moien d'executer sans peril d'inconvenient dans cette Province-là, ce qui auroit été arrêté.

Et sur ce sujet il est important de se souvenir toûjours qu'à moins que les Espagnols se resolvent de laisser à la France la paisible possession de la Catalogne (à quoi sans doute ils ne consentiront pas) on ne peut conclurre aucune sorte d'accommodement qu'il ne faille necessairement une Trêve pour la Catalogne, ou longue comme celle de Messieurs les Etats, si l'on ne peut convenir d'aucun expedient pour ce Païs-là, ou courte, soit que l'on fasse l'échange proposé avec les Païs-Bas, soit que nous retenions le Roussillon, & qu'on nous donne récompense ailleurs de la seule Catalogne, auquel cas nous aurons toûjours be-

soin d'une suspension d'Armes de quelques mois, tant pour disposer les Peuples à ce dont on sera demeuré d'accord, sans que les Officiers de nos troupes qui sont dans le Païs courussent aucun risque, que pour l'execution de la chose même qui aura été arrêtée.

Pour le Portugal en quelque partie que ce soit, il faudra toûjours lui procurer une Trêve la plus longue qu'il sera possible d'obtenir, nous relâchant plus ou moins sur sa durée, selon que nos affaires propres en recevront plus ou moins d'avantage.

Touchant Messieurs les Etats, les Lettres du Sieur Brasset me mettent l'Esprit fort en repos assûrant positivement que tout ira bien. Si le parti d'Echange des Païs-Bas avec la Catalogne a lieu, il ne sera plus question de parler du 8. Article qui nous embarrasse si fort. Cette difficulté sera aussi vuidée, soit que nous fassions tous deux la Paix, soit que nous fassions tous deux la Trêve, soit que la France fasse la Paix pour les Païs-Bas & l'Italie, & seulement une Trêve en Catalogne, de la durée de celle de Messieurs les Etats, après laquelle expirée, tous deux dussent rentrer en Guerre conjointement. Il ne reste que le cas de la Paix générale de la France, prenant récompense ailleurs pour la Catalogne, & d'une Treve de Messieurs les Etats, auquel échet le contenu de l'Article 9. & en cela on ne peut que se remettre à ce que Sa Majesté vous a déja mandé, si ce n'est que l'on en puisse sortir par l'expedient, que les Deputez desdits Sieurs Etats vous ont proposé de convenir d'une Trêve de quarante ans, & de la diviser en deux termes. Car ainsi notre engagement étant publié, & tous les Princes interessez à la Paix étant également obligez à la garantie de ce que les uns & les autres auront promis, il me semble (si j'ai bien compris ce que vous mandez là-dessus dans la Dépêche commune) que la France peut satisfaire lesdits Etats sans courir aucun risque.

Je ne vous dirai autre chose sur la Conference que vous avez euë avec les Deputez desdits Etats, si ce n'est que je ne saurois assez louër la force des raisons dont vous vous êtes servis, & la prudence que vous avez fait paroître dans les contestations que vous avez euës avec eux, sans les dégoûter en une matiere si délicate, & sur un point où ils témoignent mettre tant d'attachement.

Je suis averti que ce Noirmond, duquel on vous a souvent écrit, a débité pour chose certaine d'avoir apris de la propre bouche du Prince d'Orange, que si les François ne se contentoient pas de conditions raisonnables, les Etats passeroient outre à leur accommodement. Il ajoûte que ledit Prince jugeoit pour une condition avantageuse à la France, si le Roi d'Espagne consentoit à une suspension d'Armes durant la minorité du Roi, en laissant toutes choses dans l'état où elles sont. Je ne puis croire, que ledit Sieur Prince ait tenu jamais un semblable discours, particulierement sachant aussi bien que personne du monde, que les brouilleries sont plus à craindre en ce Roiaume, trois ou quatre ans après que le Roi est entré en Majorité, qu'elles ne sont durant la Minorité même. J'en écris à toutes fins à Monsieur d'Estrades pour en toucher un mot adroitement audit Sieur Prince d'Orange.

Je suis averti de bon lieu que Peñaranda est en dessein d'emploier une notable somme d'argent à gagner, s'il est possible, par ce moien

1646.

les Députez de Messieurs les Etats, & qu'il n'y a rien qu'il n'emploie à cela s'il croit pouvoir faire son coup & venir à bout de détacher Messieurs les Etats d'avec nous, ce qu'il est important que vous sachiez.

État des affaires du Roi d'Angleterre.

Une des raisons qui présentement est la plus puissante sur moi pour me faire souhaiter de voir promptement quelque accommodement, c'est que l'état des affaires du Roi d'Angleterre empire tous les jours par sa mauvaise conduite. Le Parlement de son côté se lie plus étroitement avec les Espagnols, qui s'accostent *Les Espagnols s'y attachent au Parlement contre le Roi.* aux plus forts, sans se soucier beaucoup des intérêts de la Religion Catholique, dont ils ont accoûtumé de faire tant d'ostentation, mais auxquels il se voit le plus souvent qu'ils n'ont d'égard qu'autant que leurs intérêts particuliers y sont conformes & le requièrent. C'est une étrange chose, que quand le Roi & la Reine de la Grande Bretagne ont été dans un état florissant, ils ont témoigné de l'aversion pour notre prosperité, & une grande inclination pour l'Espagne, & aujourd'hui qu'ils sont réduits aux extrémitez que chacun voit, la France les sert, & l'Espagne adhère publiquement à leurs ennemis. Je prie Dieu ensuite que si jamais nous venons à bout de contribuer à rétablir leurs affaires, notre retribution ne soit pas de leur voir aussi-tôt oublier nos services, & l'injure que les Espagnols leur font, & que nous ne soions traitez les uns & les autres comme nous l'étions avant les mouvemens présens d'Angleterre. Il est vrai qu'à bien considerer la maniere dont parle ici la Reine & la conduite qu'elle tient, j'oserois me promettre que cela n'arrivera point. En tout cas, il nous convient extrémement de ne pas souffrir, autant qu'il sera en nous, le pouvoir absolu du Parlement, qui prétend l'établir en abolissant la Roiauté. C'est une affaire déja bien avancée, & qui n'a que trop de correspondance avec les principes des Huguenots de ce Roiaume, qui sont frappez au même coin que les Puritains; c'est-à-dire qu'ils ne cherchent qu'à détruire la Monarchie.

J'ai depuis six mois introduit une Négociation pour unir les Ecossois au Roi d'Angleterre, qui est présentement le seul & le plus prompt moien de remettre un peu ses affaires. Si j'eusse été cru dès le commencement, comme je l'ai été depuis quinze jours, la chose seroit déja conclue à sa satisfaction. Je continue pourtant mes soins; mais non pas avec l'espérance que j'avois alors. Si la Reine d'Angleterre eût voulu conseiller au Roi d'Angleterre de consentir à un point qu'ils desiroient, comme il l'a fait depuis peu, il y a long-temps que je les ai avertis l'un & l'autre que l'unique moien qu'ils avoient de sortir d'affaire étoit de diviser leurs ennemis, & d'en gagner une partie pour s'en servir à forcer les autres à l'obéissance, & que pour cette fin il valoit mieux s'adresser aux Ecossois; parce qu'outre qu'ils déferoient beaucoup aux Conseils de la France, dont ils sont si anciens amis, ils n'avoient point l'aversion pour la Roiauté que témoigne le parti Anglois indépendant.

Je sai de bon lieu que le Nonce Chigi fait tout son possible avec les Ministres de Baviere pour tenir leur Maître attaché à la Maison d'Aûtriche, & pour lui persuader de marcher de concert avec elle dans toute la Négociation de la Paix. Et si vous autres, Messieurs, essaiez de vous en informer des Ministres de ce Prince, je m'assure que vous trouverez l'avis véritable, mais étant découvert, il est plus aisé d'empêcher que les soins particuliers qu'en prend le Nonce ne vous fassent aucun préjudice.

Les Espagnols, à ce que l'on me mande de Bruxelles, souhaitent extrémement la mort du Duc de Baviere, parce qu'ils s'imaginent qu'ils disposeroient librement de son armée, de ses Etats, & de ses biens, conjointement avec l'Empereur, sous prétexte de proteger ses Enfans.

Il faudroit tâcher de gagner par argent le fils de Trautmansdorff, son Pere ne lui cachant rien.

J'ai aussi eu de bonne part avis, que les Ministres d'Espagne à Munster ont donné quelque argent au fils de Trautmansdorff, à qui son pere confie indiferemment toutes ses affaires. La somme qu'ils lui ont fait toucher n'est pas grande, puis qu'on me marque qu'elle ne passe pas deux mille écus. Il sera bon de s'en informer, & il seroit encore mieux, si nous pouvions par quelque voie l'engager à recevoir de nous quelque plus grande somme, mais je ne voi pas lieu de l'esperer.

Présens pour les Ministres de Suede.

Les présens pour les Ministres de Suede en l'Assemblée, compris Rosenhan, seront envoiez infailliblement en deux jours, on les a achetez sur mon credit, & il me semble, qu'ils sont très-beaux & fort nobles, vous en userez, Messieurs, comme vous le jugerez à propos, parce qu'ils pourroient arriver en telle conjonćture qu'il vaudroit mieux les jetter, que de les remettre à qui ils sont destinez, pour ne pas donner lieu d'ajoûter la moquerie aux autres mauvais traitemens.

J'avois oublié de vous dire sur l'admission de Monsieur de la Barde dans les Conferences, qu'il me semble qu'on pouvoit faire quelque état de la proposition que vous marquez que les Ministres de Suede avoient faite de traiter les uns & les autres directement avec les Imperiaux; & puis que Contarini en est déja informé, il n'y avoit, ce me semble, nul inconvenient à pousser cet expedient. Le Nonce n'eût pû raisonnablement faire difficulté de s'y trouver, puis que le Ministre de Suede n'eût point eu occasion de parler à lui & n'eût fait simplement qu'assister. Pour les seances, il n'en est pas comme avec les Espagnols, je ne voi rien qui empêchât de les régler & d'en convenir facilement.

Je vous dirai aussi, plus pour ma satisfaction que pour croire necessaire de vous en faire souvenir, que j'estimerois qu'il nous seroit très-utile que vous profitassiez de toutes les rencontres, soit par le moien des Médiateurs ou d'autres, de faire connoître aux Espagnols, que nous sommes très-bien informez du mauvais état où sont leurs affaires en Flandres, & en Espagne, exaggerant le détail de tout ce que je vous ai mandé là-dessus, & l'impossibilité où ils se trouveront bien-tôt de nous y résister, parce que, comme ils savent en leur conscience que la chose est vraie, ces discours produiront sans doute un bon effet, quand ils verront que leurs necessitez nous sont si connues, & ils ne trouveront plus si étrange les prétentions que nous avons de ne sortir d'affaire qu'à bonnes enseignes & avec l'avantage qui est convenable à l'état des uns & des autres.

L'Electeur de Trèves offre la Neutralité à l'Espagne.

Il y a quelques jours que je reçus Lettres de Bruxelles, que les Ministres de l'Electeur de Trèves, qui sont à Munster, avoient offert par un écrit particulier à ceux d'Espagne la neutralité de la Ville de Trèves & de son Etat avec ceux du Roi d'Espagne. Il y a gran-

grande apparence, que la chofe eft vraie puis que Monfieur de Turenne vient de me dire prefentement qu'on lui écrit, qu'elle étoit conclue. Il me fembleroit pourtant fort étrange qu'il l'eût fait fans nous en dire une feule parole, après que nous l'avons fervi au delà de ce qu'il pouvoit defirer. Il y a plus de dix ou douze jours que le Sieur d'Anctonville devoit l'aller retrouver, & fon départ n'a été que pour trouver quelque temperament à un point important auquel j'ai pris garde dans le premier article du Traité qu'on a fait avec lui, & que nous devons ratifier, lequel concerne indirectement Philipsbourg, en ce que nous confirmons les Traitez précedens que nous avons faits enfemble. Or il eft certain qu'il doit y avoir grande difference, quand il s'obligeoit à retirer cette Place des mains de l'Empereur, ou quand nous la conquerons par nos armes fans qu'il contribue du fien quoi que ce foit.

Picolomini eft toûjours malade, & on marque même, que le cerveau commence à pâtir, chacun l'attribue au déplaifir qu'il a reffenti de tant de démonftrations qui fe font envers le Duc Charles, à qui il fe voit que Caftel Rodrigo cherche de complaire en tout, & à la mortification qu'il avoit déja des mauvais fuccès de la Campagne paffée, jointe au peu d'efperance qu'il a de pouvoir rien faire de mieux à l'avenir.

Et fur le propos du Duc Charles, il eft bon que vous autres, Meffieurs, fachiez qu'après avoir fait un nouveau Traité avec les Efpagnols, par lequel il s'attache entierement à leur fervice & plus avant qu'il n'avoit fait jufques ici, il doit commander leur armée contre la France, après avoir avancé de fon argent pour des recruës non feulement de fon corps, mais des autres troupes qui doivent fervir fous lui pour le rembourfement duquel il prend la Ville & Château de Limbourg & toutes fes appartenances en engagement.

Il y a trois ou quatre jours, qu'une perfonne, qui demeure ici ordinairement a reçu de fes Lettres, avec charge de me propofer, qu'il étoit prêt de traiter avec la France par mon moien, difant qu'il n'étoit pas encore fi lié avec les Efpagnols, qu'il ne pût bientôt s'en defaire, fi on vouloit le traiter raifonnablement. Jugez par là, Meffieurs, s'il vous plaît, de l'affûrance qu'on peut prendre en la foi d'un homme, qui a tant de legereté, & qui n'eft jamais plus à la veille d'abandonner un parti, que quand il s'engage par un nouvel acte.

Je fai qu'il a dit à diverfes perfonnes, qu'encore que la Paix vînt à fe conclurre, fans qu'il y fût compris, qu'il perdît toute efperance de s'accommoder avec cette Couronne, & qu'il fût entierement abandonné de celle d'Efpagne, il ne perdroit pas pour cela courage, parce qu'en ce cas, il fe promettoit de faire une puiffante Armée des troupes qui feroient licentiées par tous les Princes, emploiant à cela liberalement tout l'argent qu'il a accumulé depuis plufieurs années, avec quoi il entreprendroit de recouvrer fon Etat, & de porter la guerre au milieu de celui-ci, faifant fon compte d'y devoir être affifté, non feulement des mal affectionnez de la France, mais que d'autres perfonnes du Roiaume adhereroient fous main à fon deffein, & que les Efpagnols y concourroient par des fecours fecrets d'argent & d'hommes. Mais il fera bien

tompé en tout ce calcul, s'il a crû que l'on veuille ici conclurre une Paix générale fans convenir auparavant de commun concert de ce qu'il devra devenir.

Je vous prie pourtant, Meffieurs, de conferer enfemble fur ce point & de me mander votre avis fur ce que vous eftimerez qu'on devra faire là-deffus dans un accommodement général des affaires de la Chrétienté. J'ajoûterai feulement que quant à moi, il me femble qu'un Prince de cette humeur, inconftant, brouillon & hardi, feroit plus à craindre dans une Minorité, étant rétabli, avec quelque retranchement que ce puiffe être, dans la Lorraine, qui eft contigue à ce Roiaume où il a tant de parens, que n'eft à prefent le Roi d'Efpagne avec toute fa puiffance, étant certain que fi quelques François font mal intentionnez pour l'Etat, ils auront toûjours plus d'averfion & de remors de fe jetter entierement entre les bras des Efpagnols qu'ils confiderent pour Ennemis naturels de la Nation, qu'ils n'auroient pas de fe joindre avec un Prince, dont la Maifon depuis fi longtemps eft regardée comme Françoife.

La prifon d'Herfent n'a pas détrompé Rome fuffifamment du peu d'efperance qu'ils devroient avoir de pouvoir femer des divifions en cette Cour. Il fe voit qu'ils marchent fur le même pied de la Négociation qu'ils lui avoient mife en main cet été dernier, autant qu'ils peuvent trouver de voies pour le faire. Cette femaine il eft venu un Courier au Refident de Parme avec les ordres de fon Maître fi ambigus & fi differens, felon les diverfes perfonnes à qui on lui a donné charge de parler, qu'il eft aifé à connoître que l'inftruction en vient de plus loin, & de Rome même.

Le prétexte du voiage de ce Coutier a été, pour donner part à leurs Majeftez & au Confeil de la promotion du Cardinal Farnefe, qui arriva il y a tantôt trois mois. Une des premieres perfonnes, à qui ce Refident parla, fut de Lionne, auquel entr'autres chofes il lût une Lettre de fon Maître, par laquelle il témoignoit avoir reçu une joie indicible, d'avoir appris la refolution qui avoit été prife de donner la protection des affaires de France en Cour de Rome à Monfieur le Cardinal d'Efte, qui eft fon beau-frere, & cela d'autant plus que leurs Majeftez s'étant engagées à la protection de la Maifon Barberine, qui eft fon ennemie, cette Charge étoit incompatible en la perfonne du Cardinal Farnefe, qui d'un côté eût dû les foûtenir, comme Protecteur de France, & de l'autre eût été obligé, comme frere du Duc de Parme, & dans les mêmes intérêts, de les perfecuter jufqu'à la mort, fuivant le deffein que tous deux en ont fait, dont il difoit qu'ils ne demordront jamais.

A la Reine, il s'eft contenté de rendre les Lettres de fon Maître & du Cardinal Farnefe, & de les accompagner de quelque compliment fur cette promotion.

A Monfieur l'Abbé de la Riviere, à qui il s'eft adreffé avec des Lettres particulieres pour lui, fous prétexte de le prefenter à fon Alteffe Roiale, il a infinué adroitement que cette affaire étoit un coup de partie, pour les deffeins qu'il pourroit avoir pour fes intérêts.

A Monfieur, il a exaggeré extrémement de la part de fon Maître, le credit, qu'il avoit à Rome, les tendreffes que fa Sainteté a pour

la

1646.

la France, & qu'il y aura moien de tirer d'elle toutes les chofes qu'on voudra ; pourvû qu'on s'en veuille laiffer entendre, qu'il offre de bon cœur d'y contribuer ce qui dépendra de lui, & de fes foins, & enfin fa médiation pour raccommoder les affaires des Barberins avec fa Sainteté, & remettre la bonne intelligence qui doit être entre le Saint Siege & cette Couronne.

A Monfieur le Prince, il a dit que fi on a-bandonnoit les Barberins, il y auroit moien de tirer du Pape ce qu'il a refufé jufques ici, defignant particulierement le Cardinalat de mon frére, & la remiffion de Beaupuis, comme il avoit fait encore plus particulierement à de Lionne.

Il a vû encore Monfieur le Duc d'Anguien, & l'a entretenu fur le même fujet.

Tous fes difcours fi directement oppofez, dont chacun de fon côté a donné part à la Reine dans le Confeil, prêt à le foûtenir au Refident, ont obligé Sa Majefté de refoudre que Monfieur aiant près de lui Monfieur le Comte de Brienne, feroit appeller ledit Refident, & lui diroit que leurs Majeftez acceptent volontiers l'offre que Monfieur de Parme fait de racommoder l'affaire des Barberins avec le Pape, & que leur plus grande paffion a toûjours été d'entretenir l'union & bonne correfpondance avec fa Sainteté. Enfuite dequoi le Refident y a été & aiant voulu dire qu'il n'avoit jamais parlé des Barberins en particulier, mais feulement de rajufter le Pape avec la France, en lui faifant donner fatisfaction, pourvû qu'on les abandonnât, Son Alteffe Royale lui a foûtenu le contraire, & s'eft emporté contre lui avec beaucoup de raifon.

La Reine & Son Alteffe Royale écriront à Monfieur de Parme en bonne forme, & avec les plaintes que merite une pareille façon de negocier, & Sa Majefté fe déclarera comme il faut en toutes ces affaires içi ; afin que le Duc de Parme, qui a depêché ici à l'inftance du Pape, lui puiffe auffi faire connoître, que c'eft en vain que l'on efpere de pouvoir obliger la France, par quelque expedient que ce foit, à facrifier les Barberins, ou à faire qu'il y ait aucune divifion dans la Maifon Royale en ce fait particulier, ou en quelque autre que ce puiffe être, qui regardera la dignité & le fervice du Roi.

Affaire des Barberins. Le Cardinal Barberin arrivera ici dans deux ou trois jours : & encore que je ne fois pas de la Secte des Importants, & qu'il foit par conféquent mal aifé que j'ofe, fans leur congé, me mêler de pratiquer la générofité, dont ils croient qu'il n'appartient qu'à eux de donner des préceptes, je ne laifferai pas de l'exercer en cette rencontre, en rendant tous les fervices, dont je ferai capable, à une perfonne, qui dans un long cours d'années a mis toute fon induftrie à tâcher de me perdre.

Voiant que dans votre Depêche commune vous vous rejouïffez de ce que l'accommodement des affaires de Rome étoit en bon chemin, j'en ai été furpris, ne pouvant juger avec quel fondement on vous en a envoïé la nouvelle ; puis qu'il eft certain que jufqu'ici il n'y a eu aucune conjoncture, dans laquelle nous aions vû le moindre jour à cela. Mais peut-être qu'à prefent, que le Pape pourra être détrompé d'attendre aucune baffeffe de ce côté ici, & que les Princes d'Italie, qui ont tant d'interêt de voir ces deconcerts terminez, l'en prefferont vivement, il fe portera à la fin à ce que requiert la Raifon & la Juftice : ce qui importe fi fort au bien de la Chrétienté.

Vous trouverez ci-jointe la Copie d'une Lettre qu'un nommé Beaufort a écrite au Sieur de Lopez, & quoi que ce ne foient que chimeres qu'il propofe, néanmoins croiant que c'eft avec quelque participation des perfonnes dont il parle, j'ai voulu vous l'envoïer à toutes fins. Il nomme Monfieur le Cardinal Richi & Monfieur des Hameaux, parce qu'il les a connus à Venife il y a deux ans. Je vous laiffe à penfer, fi quand Mademoifelle feroit mariée à un Prince de la Maifon d'Autriche aux Païs-Bas, elle y feroit maîtreffe, & fi notre puiffance en feroit accrûe, & celle d'Efpagne diminuée.

Je vous envoye auffi quelques nouvelles de Rome pour vous divertir plutôt que pour autre chofe.

1646.

LETTRE

De Meffieurs les

PLENIPOTENTIAIRES

à Monfieur le Comte de

BRIENNE.

Du 24. Fevrier 1646.

Il faut faire confidence aux Hollandois de l'offre des Efpagnols.

MONSIEUR,

LA Depêche du 10. de ce mois eft arrivée ici trois jours plus tard qu'elle n'a accoûtumé d'y être portée. Ce qui fait que ne l'aiant pû confiderer affez exactement pour avoir été occupez en diverfes vifites & conferences, nous remettrons à y répondre par l'Ordinaire fuivant, eftimant que la Lettre que nous écrivons à la Reine fuffira pour cette fois. Refte feulement à vous fupplier, Monfieur, que comme vous favez, & comme vous verrez que les Ambaffadeurs de Meffieurs les Etats font entrez en crainte que l'on ne traite fans eux, & qu'ils ont pris jaloufie de voir la Négociation fi avancée en peu de temps, il vous plaife de tenir la main à ce que l'on communique à leur Ambaffadeur qui eft à Paris la propofition qui nous a été faite par les Efpagnols, de même que nous l'avons fait favoir à ceux qui font à Munfter. Et quand la Reine aura déliberé fur fa Réponfe, qu'il lui plaife commander que quelqu'un de fa part dife

Il faut faire confidence aux Hollandois de l'offre des Efpagnols.

1646.

dise audit Ambassadeur qu'elle nous envoie ses ordres & ses intentions, sur l'offre faite par les Ministres d'Espagne, avec charge expresse d'en donner part aux Plenipotentiaires des Provinces-Unies qui sont à l'Assemblée, n'étant pas besoin, ce nous semble, que lui ni autre en soit plus particulierement informé afin que nous puissions les faire mieux valoir.

Nous avons aussi à vous dire que les Médiateurs nous ont fait connoître que l'offre & la soûmission du Roi d'Espagne étant une marque de respect & de la haute estime qu'il fait de la Reine, ce n'étoit point une matiere de Gazette & de vanité, & qu'ils ne doutoient point qu'il n'en fût parlé avec retenuë & moderation, les discours trop avantageux qu'on en pouvoit tenir étans capables de détourner le fruit que l'on peut esperer d'une telle ouverture, sur laquelle nous prions Dieu qu'il inspire à la Reine & à Messieurs de son Conseil une resolution qui tourne au bien du Roiaume, au repos de la Chrétienté & à la gloire de leurs Majestez. Nous sommes, &c.

LETTRE

De Messieurs les

PLENIPOTENTIAIRES

à la

REINE.

Du 24. Fevrier 1646.

Les Espagnols offrent de se remettre à la Reine Mere des conditions de leur Paix avec la France. Les Plenipotentiaires de France en font confidence à ceux de Hollande, qui en conçoivent quelque ombrage.

MADAME.

NOus faisons cette Depêche à votre Majesté pour lui donner un avis bien different de tout ce qui est contenu dans nos précedentes. Jusques ici, Madame, nous n'avons pas eu sujet de faire savoir que les divers moiens dont les Plenipotentiaires d'Espagne se sont servis pour faire des Traitez avec nos Alliez, & les obliger à nous abandonner pour retarder & pour quasi faire cesser toute sorte de Négociation avec nous. Maintenant ils ont passé d'une extrémité à l'autre, nous aiant fait dire par Messieurs les Médiateurs que le Roi d'Espagne touché des maux dont la Chrétienté est affligée, & voulant, autant qu'il est

Les Espagnols offrent de se remet-

possible, prévenir ceux que l'invasion du Turc peut causer, déclare qu'il a tant de confiance en la vertu, prudence & équité de Votre Majesté qu'il la prie de faire ouverture des moiens par lesquels elle croit que la Paix peut être rétablie entre la France & l'Espagne, offrant d'accepter les conditions que Votre Majesté jugera raisonnables par l'avis de S. A. Roiale, de Monsieur le Prince, de Monsieur le Cardinal Mazarin, & de Messieurs les Ministres d'Etat. Les Sieurs Plenipotentiaires d'Espagne ont ajoûté, que le desir & l'intention du Roi leur Maître n'est pas d'engager par cette offre Votre Majesté à faire une nouvelle proposition de Paix de la part de la France, mais de la rendre Médiatrice entre le Roi & lui, présuposant que Votre Majesté en procurant l'avantage du Roi son fils aura aussi l'égard convenable à la Maison dont elle est sortie, & que moiennant cela, ils ont ordre & pouvoir de signer la resolution qui sera ainsi prise par Votre Majesté.

Les Médiateurs n'ont pas manqué de faire valoir cette démonstration d'honneur & d'estime, qui est renduë à Votre Majesté par le Roi d'Espagne. Ils l'ont même appellée une humble déférence, & nous ont fait connoître que leurs offices & leurs instances n'ont pas peu contribué à faire prendre cette resolution en Espagne, quoi qu'ils n'en eussent pas attendu un si grand effet, y aiant seulement fait plainte de la froideur & retenuë du Comte de Peñaranda & de ses Collegues. Ils nous ont requis d'en vouloir rendre compte à Votre Majesté par un Courrier exprés, ce que nous n'avons pas pû refuser, tant pour leur faire paroître le gré qu'on leur sait d'un procedé si respectueux envers Votre Majesté, que pour en savoir plutôt ses intentions, & nous leur avons témoigné que nous étions bien aises de voir le chemin ouvert à la conclusion d'une bonne Paix, ne doutant point qu'une offre si civile ne fût accompagnée de sincerité.

Après quelques autres complimens, nous leur avons fait entendre qu'afin qu'il y eût moins de retardement à la perfection d'une si bonne œuvre, nous étions obligez de leur dire deux choses: l'une, qu'on ne peut rien faire sans les Alliez, & que pour cet effet nous communiquerions leur proposition aux Ambassadeurs de Messieurs les Etats; l'autre, que pour la consideration des mêmes Alliez le Traité ne peut être conclu qu'en ce lieu où ils sont tous assemblez. Ils répondirent que pour ce qui touche Messieurs les Etats, les Plenipotentiaires d'Espagne ne leur en avoient point parlé; qu'ils croyoient bien que leur intention n'étoit pas de traiter séparement, mais qu'ils les verroient dès le lendemain pour nous en pouvoir informer plus particulierement, comme aussi sur le second point touchant le lieu où la Paix se doit traiter, ne faisant nul doute que ce ne dût être toûjours à Munster.

Comme on se leva, nous dîmes à ces Messieurs que nous ne manquions pas d'estimer comme on doit cette offre & l'avance que fait un si grand Roi, mais que nous leur demandions en confiance, si ce n'étoit point un simple compliment sujet à leur interpretation, puisque par la reserve qu'ils ont faite ils pourroient dire que Votre Majesté, quelque resolution qu'elle ait prise, n'a pas eû l'égard convenable à la Maison dont elle est sortie. Monsieur Contarini témoigna que cette question ne leur étoit pas desagreable & que cette parole

1646.
tre à la Reine Mere des conditions de leur Paix avec la France.

role contenuë en l'offre des Espagnols, *con la convenientia della Cafa donde è ufcita*, leur avoit fait naître quelque doute dans l'efprit, qu'ils s'en éclairciroient en traitant les autres chofes ci-deffus deduites, & qu'enfuite ils nous en rendroient raifon.

Ils dirent entre autres chofes que cette refolution avoit été prife à Madrid il y a long temps, & que dès le deuxiéme Janvier dernier le Secretaire d'Etat Coloma en avoit donné part au Nonce & à l'Ambaffadeur de Venife, qui leur en firent auffi-tôt une Depêche, laquelle leur fut renduë par l'Ordinaire, plufieurs jours avant que les Plenipotentiaires d'Efpagne euffent reçu la leur par un exprès, d'autant qu'il ne partit que le 15. dudit même mois. Ils ajoûterent que cela les avoit mis en grande peine, croiant que Peñaranda leur celoit les ordres qu'il avoit reçus, & que les Efpagnols ont tellement connu que la Paix ne fe peut traiter ailleurs qu'à Munfter, qu'ils ont adreffé cette propofition aux Médiateurs fans en avoir donné avis au Nonce, ni à l'Ambaffadeur de Venife qui font en France.

Le lendemain matin, fans tarder davantage, nous avons été communiquer aux Ambaffadeurs de Meffieurs les Etats ce qui nous avoit été propofé & ce que nous avions répondu. Ils n'attendoient rien moins qu'une telle nouvelle & parurent un peu furpris de voir les chofes fi avancées en un moment. Toutefois les Députez de Hollande en témoignerent apparemment quelque fatisfaction, mais nous remarquâmes que celui de Zelande en fut tout-à-fait mortifié, comme s'il eût crû déja le Traité conclu entre la France & l'Efpagne. Ils fe retirerent enfuite dans une autre Chambre pour confulter enfemble, & après y avoir demeuré près de demie heure, ils nous vinrent trouver, & commencerent par un grand remercîment de la bonne & prompte communication que nous leur avions donné, nous requerant foigneufement de n'avanter point notre Traité que conjointement avec le leur. Ils nous dirent que comme les Efpagnols avoient effaié de traiter avec eux à la Haye, ceci tendoit à tranfporter la Négociation à Paris, & que ce feroit les renvoier à la Haye. Nous les fatisfimes entierement fur ces deux points, en leur repartant, comme prévenant leur penfée, que nous avions déclaré aux Médiateurs avoir ordre de ne rien faire fans Meffieurs les Etats, & que l'intention de Votre Majefté n'eft point de tirer la Négociation hors du lieu où font les Alliez. L'apprehenfion qu'ils nous ont témoignée nous fit bien connoître que les précautions dont nous avons ufé à la premiere Conference avec Mrs. les Médiateurs, avoient été néceffaires; vû même que fi Monfieur Contarini leur en parle il ne peut que leur rendre temoignage de la verité. Et fur ce que nous les avions priez de nous donner leur bon avis fur la propofition qui nous a été faite, ils s'en excuferent civilement.

L'après-dinée du même jour les Médiateurs nous vinrent trouver pour nous dire, qu'aiant revû le Comte de Peñaranda & fes Collegues, ils leur avoient déclaré n'avoir eu aucune intention de feparer par cette offre le Traité de France d'avec celui des Provinces-Unies, ni les tirer hors d'ici, & leur avoient confirmé, même par ferment, que l'ouverture qu'ils ont faite par l'ordre du Roi d'Efpagne, n'eft point un compliment, mais un

moien propre pour parvenir à la Paix par une vraie & folide Négociation. Qu'à la verité ce n'étoit pas un Compromis qu'ils paffoient pour foufcrire à yeux clos à tout ce que Votre Majefté pourroit refoudre, & que fi c'eût été leur intention ils n'auroient eu qu'à accepter l'offre que nous leur avons faite il y a long-temps de faire la Paix en laiffant les chofes en l'état qu'elles font. En cet endroit, les Médiateurs infinuerent en paffant qu'en cas que cette offre fût préfentement acceptée, nous ne pourrions pas prétendre retenir les conquêtes qui ont été faites depuis. Mais nous les fîmes fouvenir d'avoir toûjours déclaré que cela fe devra entendre pour le temps auquel le Traité feroit fait. Tant y a que les Médiateurs difent avoir reconnu dans l'intention des Plenipotentiaires d'Efpagne que le Roi leur Maître, en rendant ce refpect à Votre Majefté, a cru rendre auffi fa condition meilleure, & qu'on ne fe tiendroit pas précifément à la premiere propofition qui leur a été faite de notre part, vû même qu'à la Cour on a fouvent dit que tandis qu'ils demanderoient qu'on reftituat tout, on leur répondroit qu'on veut tout retenir, par où ils conclurent qu'aujourd'hui qu'ils font prêts de ceder quelque chofe, la France doit auffi fe relâcher de fon côté, & quoi que les Médiateurs affûraffent qu'ils en pouvoient produire plufieurs Lettres, nous repartimes que celles que nous avons reçuës de la Cour ne parlent pas en ces termes, & que nous n'avons à nous regler que par les ordres de Votre Majefté, qui ne portent rien de femblable.

Quand nous avons confideré entre nous, Madame, tout ce qui s'eft paffé fur cette affaire aux deux Conferences que nous avons euës avec les Médiateurs, il nous eft venu en penfée que les Miniftres d'Efpagne nous aiant trouvé fi fermes & fi conftans en notre premiere propofition, fans que tous les foins qu'ils ont pris depuis dix-huit mois pour nous faire peur d'un Traité particulier avec les Alliez, ou pour nous faire relâcher par d'autres moiens, nous aient pû faire changer de langage, ils fe font avifez de remettre le tout au jugement de Votre Majefté, pour en fortir par une voie plus honorable ; efperant que cette déference leur vaudra quelque chofe, ou que leur réputation en fera moins engagée de recevoir de la main de Votre Majefté les conditions qu'ils ont refufées de nous. Quoi que nous euffions donné avis aux Ambaffadeurs de Meffieurs les Etats de ce qui s'étoit paffé en cette feconde Conference avec les Médiateurs, ils demanderent à nous voir derechef, & en leur audience ils nous prierent de leur communiquer la réponfe que nous pourrions recevoir de Votre Majefté & de ne pas paffer outre, d'autant que leur Négociation eft arrêtée, les Efpagnols n'aiant pas encore un pouvoir fuffifant pour traiter avec eux. Ce qui leur fut promis, & qu'on n'agiroit que de concert avec eux, fuivant les obligations mutuelles.

Ils parlerent encore du lieu où fe doit faire le Traité & témoignerent avoir crainte que Votre Majefté aiant à donner les conditions de la Paix, toutes chofes fe traitaffent à Paris. On leur repeta qu'ils devoient être affûrez que l'intention de Votre Majefté n'eft point de tirer la Négociation hors de Munfter. Surquoi Monfieur Paw dit : Donques la Reine fe tiendra dans les termes du Traité fait à la Haye en 1644, dont nous de-

demeurâmes d'accord, puis que nous n'avons agi en ce Traité que par les ordres de Votre Majefté, laquelle a fait obferver fi exactement les Alliances & appuier fi puiffamment l'interêt des Alliez, qu'on doit encore plus s'affûrer fur ce qui partira directement d'Elle que fur la conduite de ceux qui fervent au dehors fous fes commandemens. Ils fortirent bien fatisfaits d'auprès de nous. Néanmoins le premier étonnement que leur donna l'affaire, les précautions qu'il leur a fallu aporter pour leur raffûrer l'efprit, les diverfes queftions & demandes, avec les vifites reiterées qu'ils nous ont faites, montrent que l'allarme eft grande parmi eux, & que tous nos foins ne l'ont pas entierement fait ceffer, puis qu'ils ont fait partir en diligence, pour fe rendre à la Haye, les deux principaux d'entre eux, qui font Meffieurs Paw & Knuyt. Les autres nous font venus donner part de cette refolution & l'ont fondée fur diverfes caufes, mais nous favons de lieu très-affûré què les deux principales font, la propofition d'Efpagne, & la grande jaloufie qu'ils prennent de la prétention des Suedois fur la Pomeranie, qui les rendroit maîtres de tout le commerce de la mer Balthique. Il eft bien vrai qu'avec cela ils ont voulu éclaircir leurs Superieurs de quelque blâme qu'on leur avoit donné d'être entrez trop vîte en matiere avec les Efpagnols, avant qu'ils euffent un Pouvoir en bonne forme. Et de plus ils nous ont dit que craignant les longueurs de leur Gouvernement, ils ont envoié deux de leurs Collegues preffer les refolutions des Provinces, afin que, quand la réponfe de Votre Majefté arrivera, ils puiffent être en état d'avancer les affaires de leur côté.

Nous attendons, Madame, l'honneur des commandemens de Votre Majefté, aufquels nous ne manquerons pas d'obéir ponctuellement, & cependant nous ne pouvons nous empêcher de témoigner la joie que nous avons de voir que la prudente & généreufe conduite de Votre Majefté a réduit un fi puiffant Roi à la rendre aujourd'hui l'arbitre des differens qu'il a avec la France; & ce, à la vûe de cette grande & célébre Affemblée fur qui toute la Chrétienté a les yeux. Nous prions Dieu, Madame, que l'intention des Miniftres d'Efpagne foit affez fincere pour produire une bonne Paix & en laiffer une gloire immortelle à Votre Majefté. Nous fommes &c.

LETTRE

De Meffieurs les

PLENIPOTENTIAIRES

à Monfieur le Comte de

BRIENNE.

Du 24. Fevrier 1646.

On fait part de ce qui s'eft paffé dans le voyage de Mr. d'Avaux à Ofnabrug.

MONSIEUR.

ENcore qu'il n'y ait que deux heures que le Sieur Coiffier eft parti avec une Lettre que nous écrivons à la Reine, pour donner avis à fa Majefté d'une propofition qui nous a été faite de la part des Plenipotentiaires d'Efpagne, nous ne laiffons pas de vous faire ce mot par l'Ordinaire afin de vous envoier la relation de ce qui s'eft paffé au voiage que Monfr. d'Avaux a fait à Ofnabrug. Nous remettrons le furplus au premier Ordinaire, vous fupliant de croire que nous fommes, &c.

On fait part de cequi s'eft paffé dans le voyage de Mr. d'Avaux à Ofnabrug.

RELATION

De ce qui s'eft paffé au voiage de Monfieur d'AVAUX à Ofnabrug.

Envoiée en Cour le 24. Fevrier 1646.

Mr. d'Avaux juge que les Suedois defirent la continuation de la guerre. Il leur fait de vifs reproches de diverfes contraventions. Il confere avec les Etats de l'Empire à Ofnabrug. Ces Etats voudroient rejetter fur le Roi d'Efpagne la fatisfaction de la France. Ils perfiftent à foutenir qu'on doit traiter des interêts

des

des Princes de l'Empire, avant que de traiter de la satisfaction des 2. Couronnes. Dont la Suede ne s'eloignoit pas d'abord. Mais la France refuse d'y donner les mains. Raisonnemens du Comte d'Oxenstiern sur la Négociation de la Paix. Et sur la maniere de la continuër. L'Empereur fait esperer à la Suede la haute Pomeranie, & l'Archevêché de Breme.

J'Arrivai ici Lundi avant midi. J'envoiai aussi-tôt faire compliment à Messieurs les Ambassadeurs de Suede & eux à moi.

Après dîner ils me vinrent visiter, Monsieur de la Barde fut présent à la Conference, comme il a été depuis aux autres. En voici la Relation en forme de Journal.

Du 12. Fevrier.

Il nous parut que Messieurs les Ambassadeurs de Suede n'ont point de mauvaise intention, qu'ils étoient bien aises qu'on les fut venu visiter & qu'ils ont envie de se remettre bien avec nous. Monsieur Oxenstiern étoit un peu mortifié & inquiet, Monsieur Salvius content, & qui ne s'étonne pas du bruit.

Nous jugeâmes que Monsieur Salvius voulut donner une fois sur son Collegue en me demandant avec un soûris, depuis quand nous le tenions si grand Seigneur & d'humeur si altiere qu'il prétendît faire quelque chose d'autorité, avec un Prince Ambassadeur de France & deux autres Plenipotentiaires. Monsieur Oxenstiern prevint ma réponse & dit assez brusquement en se tournant vers lui, *Ni moi aussi je n'entrepreus rien sur ces Messieurs, je n'en ai pas eu seulement la pensée.* ,, Il est vrai, ,, repliqua l'autre, mais c'est que Monsieur ,, d'Avaux me regardoit en disant que les loix ,, de la societé obligent d'agir de concert & ,, de ne rien faire d'autorité.

Ils ne firent point de résistance à faire marcher ensemble les interêts de l'Empire & ceux des Couronnes. Ils agréerent & approuverent toutes nos raisons, aiant seulement dit que les Etats ont suivi la distribution que nous avons faite en quatre classes, & l'ordre même que les Couronnes ont tenu en leurs Propositions & Repliques, étant certain que le point de la satisfaction est après tous ceux qui touchent les affaires publiques d'Allemagne. Nous repondîmes que nous sommes bien contens qu'on suive cet ordre & qu'on délibere sur tous les articles de nos propositions l'un après l'autre, ainsi qu'ils sont écrits, mais que de prendre une partie & de laisser le surplus, c'est ce que nous n'estimions pas juste, & qu'il seroit perilleux pour les deux Couronnes.

Que nous n'empêchions pas que les Droits des Princes de l'Empire, l'Amnistie, les Griefs & autres telles matieres soient consultées en premier lieu tant à Munster qu'à Osnabrug, pourvû que rien ne se conclue avant que d'avoir entamé & examiné le reste de la proposition dont les articles sont inseparables, & ne font tous ensemble qu'un projet de Paix.

Nous représentâmes qu'il ne falloit pas permettre que les *relations* & *correlations* se fassent (qui sont les termes dont on use dans les Diétes) c'est-à-dire que les Etats de l'Empire ne prennent leur derniere resolution que sur le tout. Les Ambassadeurs de Suede en demeurerent d'accord, & promirent de le déclarer nettement ici aux Députez des Princes & Etats afin de les obliger à tenir une autre méthode.

Monsieur Salvius conta sur ce propos qu'un des Conseillers du Duc de Mekelbourg disoit il y a quelque temps, que les affaires de l'Empire & des Couronnes étrangeres, étoient tellement mêlées & confuses ensemble que l'on n'en pourroit jamais sortir que par une infidelité de l'une ou l'autre Partie. C'est-à-dire que les Etats d'Allemagne feroient leurs affaires à part, ou que les Couronnes en feroient le tour. Il rioit en faisant ce conte & sembloit tacitement en demeurer d'accord.

Monsieur Oxenstiern ne témoigna gueres d'empressement pour la Paix. Il repeta plusieurs fois ce qu'il disoit ci-devant, & même il s'en servit pour une des raisons qui nous pourroient obliger à laisser les Etats de l'Empire en liberté de traiter & de conclurre leurs affaires sans parler des nôtres, d'autant, disoit-il, qu'ils ne s'accordent jamais entr'eux, & qu'ainsi la rupture du Traité sera imputée à l'interêt public & non à celui des Couronnes. Il en parla de sorte, qu'on diroit qu'il ne travaille pas tant à faire la Paix comme à justifier la continuation de la Guerre, & à s'acquerir en tel cas l'assistance de quelques Princes & Villes d'Allemagne.

Nous remarquâmes quelque chose de pareil dans un autre discours que fit Monsieur Salvius, bien qu'il ne songeât alors qu'à railler un peu Monsieur Contarini. Il contoit comme celui-ci le pressant dernierement d'avancer le Traité, repetoit de fois à autre : Si vous ne voulez pas la Paix, dites-le, & il représentoit l'action dudit Contarini, puis il ajoûta qu'il lui avoit enfin répondu : que si nous ne voulions pas la Paix, nous ne serions pas si fous de le dire; & là-dessus il rioit avec plaisir.

Ils nous firent savoir que l'un d'entr'eux avoit été le jour précedent chez le Comte de Trautmansdorff pour lui porter leur nouveau Pouvoir signé de la Reine de Suede, comme il l'avoit desiré, & qu'à cette occasion il avoit tenu plusieurs discours dont ils se remettoient à nous informer le lendemain parce qu'il étoit trop tard.

Du 13. Fevrier.

Nous trouvâmes un grand changement. Ils contesterent sur tout ce que nous proposâmes, même de la part des Médiateurs, comme la suspension d'armes, quoi que nous n'y eussions aucunement appuié. Monsieur Oxenstiern nia beaucoup de veritez, & la Conference ne fut guere agréable de part ni d'autre. Mais il faloit un peu nous faire sentir pour arrêter le cours d'une autorité qu'ils s'étoient donnée assez hardiment depuis quelques mois.

L'Histoire de tout ce qui se passa seroit trop longue. Nous fûmes six heures ensemble, & toûjours en mauvaise humeur. Nos paroles néanmoins, de Monsieur de la Barde & de moi, nos plaintes & nos instances ne leur donnerent aucune occasion de s'aigrir, comme ils ne firent pas aussi. Mais ils eurent peine

peine de se voir convaincre de beaucoup de contraventions à l'Alliance & à notre dernier concert, & Monsieur Oxenstiern s'essuia le visage à plusieurs reprises.

Ils suerent encore à se demêler du reproche que nous fîmes aux Etats de l'Empire qui sont à Osnabrug, car ils connurent bien que cela retomboit sur eux, & nous n'étions pas marris d'être entendus à demi mot. C'est que nous leur demandâmes d'où vient que l'Assemblée des Etats à Munster aiant resolu des Deputez vers les Plenipotentiaires de France, & aiant même nommé pour cet effet les Ambassadeurs de Mayence, Baviere, & Brandebourg, l'Assemblée des Etats à Osnabrug avoit empêché cette Députation. Monsieur Oxenstiern & Monsieur Salvius feignirent premierement de n'en rien savoir, & ils se regarderent l'un l'autre, comme si la chose leur eût été toute nouvelle, mais à la longue, comme nous poursuivions cette plainte, leur ressentiment les trahit. Ils voulurent justifier leurs bons amis, & dirent avoir appris qu'ils n'ont pas empêché qu'on ne deputât vers nous, mais seulement que ce ne fût pas au nom de tout l'Empire, [ni pour traiter de la satisfaction de la France, comme ceux de Munster pretendoient. Que leur raison est que les Deputez de Munster ne sont pas le Corps de l'Empire] & que ce n'est pas aussi à eux seuls de traiter d'un point si important avec les Couronnes : Mais que s'ils veulent député vers nous en leur nom seulement & pour être éclaircis de quelque chose, ceux d'Osnabrug en sont très-contens & jugent même que cette communication des Etats avec les Plenipotentiaires des Couronnes devroit être plus frequente pour avancer le Traité de la Paix.

Nous leur remontrâmes que le sujet de la députation étoit justement aux termes qu'on approuve à Osnabrug, puis qu'il est certain qu'elle avoit été resolue par les Etats de Munster pour nous prier de les informer particulierement de l'intention du Roi sur quelques points de notre Replique, & non pour autre chose. Et quant à l'autorité du Corps de l'Empire, ils ont bien reconnu à Munster qu'elle est partagée à présent en deux lieux, puis que pour faire cette Députation ils en ont demandé l'avis & le consentement des Etats qui sont à Osnabrug. Que cette déférence les mettoit hors d'interêt, & détruisoit le prétexte de leur opposition.

Les Ambassadeurs de Suede ne sortirent pas bien de ce passage, sur tout quand nous leur dîmes : Ce sont vos amis que les Etats d'Osnabrug, ils sont tous Protestans, hormis deux ou trois ; ils dépendent de vous. Cela s'est vû en toutes les choses où vous avez pris interêt, & cependant il ne sort de ce Conseil-là que des desavantages pour la France, au lieu qu'à Munster, où sont nos Parties & nos ennemis, nous y avons toûjours procuré votre contentement.

En cet endroit nous les fîmes souvenir de l'admission de Magdebourg & de la concession des Passeports aux Etats Mediats, du consentement à la division du Corps de l'Empire, & d'autres resolutions favorables pour eux que nous avons tirées des Etats qui sont à Munster.

Nous ajoutâmes que suivant leur desir on feroit encore en sorte que les Griefs des Catholiques leur seront présentez de la part desdits Etats, car le jour précedent Monsieur

Oxenstiern nous avoit témoigné d'en être en grand soin.

Tout cela comparé au refus qu'on a fait à Osnabrug de consentir à une démonstration d'honneur que ceux de Munster vouloient faire à l'Ambassade de France, incommodoit un peu ces Messieurs, mais pour lors ils ne firent que disputer & chercher des excuses.

Ils en userent de la même sorte touchant l'exclusion de Monsieur de la Barde de leurs Conferences avec les Imperiaux. La demande qu'ils ont faite de trois Evêchez ci-devant tenus par les Catholiques : la déclaration publique de neutralité avec l'Espagne : le peu d'égard aux surseances dont nous les avons requis : la substitution d'un Ministre à un Curé Catholique d'Osnabrug qui est mort depuis quinze jours. Tous articles formellement contraires aux Traitez d'Alliance.

Il est vrai que sur les deux premiers points Monsieur Salvius en laissa la défense à son Collegue, parla peu & foiblement.

Il fit plus sur le sujet du manque d'execution de ce qui avoit été aussi arrêté à Munster avec Monsieur Oxenstiern : Car comme nous vînmes à dire qu'il avoit été resolu que toute la matiere du Traité de Paix étant distribuée en quatre Classes, la deliberation se feroit en même temps sur un article de la premiere, & sur un autre de la seconde. Il prit la parole & témoigna que c'étoit le bon chemin pour conserver l'union & la confiance entre les deux Couronnes alliées & les Etats de l'Empire. Monsieur Oxenstiern soûtint pourtant qu'il n'y a point de peril à laisser terminer à part les interêts desdits Etats, & il trouvoit toûjours un grand avantage pour les Couronnes à rompre le Traité sur le fait particulier des Protestans, parce, dit-il, que jamais les Etats Catholiques n'accorderont leurs demandes.

Il faut bien avouer avec lui que si l'on tendoit à la continuation de la Guerre, en voila le meilleur moien & le plus specieux qu'on peut avoir & qui engageroit à notre Partie l'affection & l'assistance de plusieurs Princes d'Allemagne, mais outre que tous nos ordres vont à la Paix, cela engageroit aussi la France dans les prétentions des Protestans & dans une Guerre de Religion.

Nous insistâmes donc à ce que les Etats traitent des deux premieres Classes ensemble, ou qu'au moins, après avoir opiné & arrêté ce qu'ils veulent faire sur tous les points de la premiere, ils passent immédiatement à la seconde, & puis aux deux autres, afin qu'aiant deliberé de cette sorte, ils donnent leur avis par un même Ecrit sur toute la Replique, comme ils ont fait ci-devant sur toute la proposition. Monsieur de la Barde représenta cet exemple aux Ambassadeurs de Suede qui servit bien à notre dessein, puisque les mêmes Etats ont déja tenu cette maniere de consulter sur la même affaire. Cela nous donna aussi moien de répondre à Monsieur Oxenstiern qui remontroit la confusion & presque l'impossibilité aux Etats de faire raport à leurs Confreres de tant de diverses matieres dont ils auroient deliberé.

Nous dîmes ensuite, & les Suedois en demeurerent d'accord, que les Etats de l'Empire se sont ci-devant excusez de déclarer leurs sentimens aux Plenipotentiaires de l'Empereur sur leur réponse à nos propositions, jusques à ce que nous eussions éclairci deux articles qui étoient couchez en termes généraux ;
l'un

l'un touchant la satisfaction des Couronnes; l'autre touchant la sûreté de la Paix, afin, disoient-ils alors, qu'ils pussent avec plus de fondement déliberer sur toutes les choses contentieuses sans en faire à deux fois. Maintenant qu'à leur instance on s'est expliqué sur lesdits articles, il est bien raisonnable qu'ils suivent l'ordre qu'ils ont eux-mêmes jugé le meilleur, & auquel ils ont desiré qu'on s'accommodât.

Du 14.

Les Ambassadeurs de Suede nous vinrent trouver avec un esprit de douceur & un acquiescement à la plûpart de nos instances.

Monsieur Oxenstiern fut de notre avis & de celui de Monsieur Salvius touchant la maniere de consulter, & que les deux premieres classes devoient être mises ensemble ou successivement l'une après l'autre, sans attendre une entiere resolution sur la premiere. Il dit que lui & son Collegue en feroient instance aux Etats, & qu'ils desiroient qu'il ne s'y trouvât point de difficulté. Nous repartimes que s'il s'y en trouvoit, il étoit bien nécessaire qu'il leur plût de déclarer ouvertement leur intention ausdits Etats & d'en faire bruit. En un mot, qu'il faudroit agir comme ils ont agi ci-devant, lors que les Etats de l'Empire n'ont pas fait ce qu'ils vouloient. Ils en tomberent d'accord, & il fut resolu entre nous que dès le lendemain ils envoyeroient convier les Députez de Lunebourg & ceux d'Altembourg de venir chez eux. En second lieu, ils promirent de leur parler aussi de bonne sorte sur le sujet de la Députation, & nous y firent esperer contentement.

3. Ils proposerent que pour terminer à l'amiable le differend touchant ce Ministre, qu'ils ont mis à la place d'un Curé, il sera fait enquête, par témoins des deux Religions en nombre égal, pour savoir si le defunt a été Catholique ou Lutherien, sous prétexte qu'une fois il fut forcé par leurs gens de guerre de prêcher dans sa Paroisse qu'on pouvoit communier sous les deux espéces. Nous n'avons pas pû refuser cette voie qu'a apparence de justice, & sommes bien aises qu'ils s'y soient soûmis.

4. Ils reconnurent que l'Alliance oblige à surseoir la Négociation quand l'un des Alliez la requiert, & déclarerent qu'ils y satisferont de leur part, sans se vouloir rendre juges de l'interêt pour lequel nous leur pourrions demander cette surseance, ils se reserverent seulement la faculté de nous en dire leur avis comme ils recevroient volontiers le nôtre en pareille occasion. Cela fut ainsi arrêté d'un commun consentement.

5. Monsieur Oxenstiern remontra qu'il fut concerté avec lui à Munster que la Suede n'aiant point de guerre avec le Roi d'Espagne, les deux Traitez de Paix se pourroient separer, mais il s'excusa sur le defaut de sa Memoire, s'il ne se souvenoit pas que cette resolution dût être cachée aux Ennemis, & il dit qu'aussi n'est-elle pas connuë pour avoir déclaré qu'ils tiennent les Espagnols pour neutres.

6. Qu'il y a remede à leur prétention sur les Evêchez Catholiques, & que les choses n'en demeureroient pas là. Ils nous firent connoître qu'ils s'en désisteront, mais s'excuserent de le déclarer positivement.

7. Que si nous desirions que la premiere

fois qu'ils auront à traiter d'affaire avec les Plenipotentiaires de l'Empereur, ils y appellent Monsieur de la Barde, ils le feront pour nous satisfaire sur le passé, mais qu'ils ne pourront pas continuer si Monsieur de Rosenhan n'assiste aussi aux Conferences quand nous traiterons avec les Imperiaux, soit par nousmêmes soit par les Médiateurs, qu'autrement il seroit à propos de traiter par écrit afin de rendre la chose égale. Nous nous chargeâmes d'en faire raport, vû même qu'ils dirent qu'ils n'auront pas si-tôt occasion de revoir les Imperiaux.

8. Et d'autant que nous avions aussi fait plainte qu'en demandant un Passeport pour les Ambassadeurs de Portugal, ils avoient témoigné au Comte de Trautmansdorff que cela ne retarderoit pas la Négociation de la Paix, & rendu par ce moien l'instance inutile, Monsieur Oxenstiern avoua qu'il avoit été arrêté qu'on ne feroit pas connoître notre intention aux Imperiaux, mais il dit avoir entendu seulement que cette demande n'empêcheroit pas qu'on ne traitât alors sur la Replique, & que quand on voudra passer outre, il insistera audit Passeport. Monsieur Salvius promit le même avec esperance de succès.

9. Que s'ils ne rejettent point la suspension proposée par les Médiateurs, ils ne peuvent aussi l'accepter sans en avoir eu l'avis du Maréchal Torstenson à qui ils en avoient écrit le même jour. Ils ajoûterent que pendant que la réponse viendra, l'on verra ici quel train prendront les affaires, & que si elles s'acheminoient à la Paix ils croient bien à propos de commencer par une suspension d'armes de quelques mois.

Ils finirent par le recit de ce qui s'est passé entre Monsieur Trautmansdorff & Monsieur Salvius, dont je rendrai compte de bouche ou par un Memoire particulier.

Du 15.

Ils nous rapporterent ce qu'ils avoient fait avec les Députez de Lunebourg, de Weimar & autres. Ils dirent avoir obtenu que les Etats d'Osnabrug écriront à ceux de Munster, qu'ils n'ont pas entendu empêcher ni differer la Députation qu'ils vouloient faire vers les Plenipotentiaires de France, mais seulement déclarer qu'il ne s'y peut rien conclurre sans leur intervention, puis qu'ils font partie de l'Empire. Mais que sur l'autre point lesdits Députez s'étoient excusez de changer maintenant l'ordre qu'ils ont pris en leurs deliberations, & avoient témoigné ne le pouvoir faire s'ils ne vouloient abandonner les interêts de l'Empire. Que d'entamer le point de la satisfaction des Couronnes, sans être assûrez de la leur par une resolution finale sur tout le contenu au premier Chapitre, ce seroit consentir qu'on le passât sous silence, ou qu'au plus on le traitât fort froidement & fort negligemment.

Nous répondîmes qu'il en arriveroit ainsi du second s'il demeure en arriere, & que ne tendans qu'à l'union comme nous faisons, il est de l'interêt commun d'éviter la moindre apparence de separation. Nous n'oubliâmes pas de marquer les soins que les Couronnes ont pris de convoquer les Princes d'Allemagne en cette Assemblée; la patience de dix-huit mois que nous avons euë à les attendre, & l'effort qu'il a falu faire pour maintenir leur droit de

suffra-

suffrage. Mais, à vrai dire, il nous parut que Monsieur Oxenstiern étoit toûjours dans son premier sentiment, & nous voions bien qu'au lieu de porter & presser les Etats à faire en cela ce qu'ils doivent, il leur donne plutôt sujet de s'affermir en leur conduite.

Quant à la Lettre qu'ils doivent écrire à ceux de Munster, nous avons témoigné quelque desir d'en voir le projet avant qu'elle soit envoyée afin qu'il n'y arrive pas encore du mal-entendu.

Du 16.

Il confere avec les Etats de l'Empire à Osnabrug.

Tout ce jour a été emploié à negocier avec plusieurs Deputez qui me sont venus voir, ceux d'Altembourg, Weimar, Hesse, Lunebourg & Mekelbourg, dont aucuns m'avoient déja vû. J'ai donné heure à d'autres pour demain. Je ne sai si c'est que je suis de facile créance pour les Allemans, mais ils m'ont plus persuadé que n'ont fait les Ambassadeurs de Suede. Il me semble qu'ils sont très-éloignez du dessein de faire leurs affaires à part & qu'ils connoissent bien qu'en leur foiblesse présente ils ne peuvent rien sans les Couronnes qui tiennent un tiers de l'Allemagne. De plus, ils m'ont fait entendre que leurs differends ne sont pas si mal aisez à vuider, qu'ils prendront des voies d'accommodement, & qu'ils se defaudroient à eux-mêmes s'ils manquoient à travailler à la satisfaction des Couronnes, sans quoi ils éloigneroient la Paix, qui leur est si nécessaire, & auroient perdu le seul appui auquel ils se peuvent fier contre la Puissance qui les a si souvent opprimez. Qu'ils ne veulent pas faire un second Traité de Prague quand ils le pourroient, ni suivre un si funeste exemple.

Néanmoins nous tenons ferme, & c'est bien le plus sûr, à mon avis; car tout ce que dessus est fort considerable & presque certain tant que les Couronnes demeureront bien unies; Mais si après que nous aurons laissé contester les Protestans, l'on s'adresse aux Suedois pour sortir d'affaire avec eux, comme il y a grande apparence, nous ne serons plus assistez que foiblement & impatiemment par ceux qui auront déja leur compte. Et il est à remarquer que l'Empereur peut satisfaire les uns & les autres avec le bien d'autrui, en donnant des Evêchez aux Protestans, & la Pomeranie aux Suedois, là où notre satisfaction ne se peut accorder qu'à ses dépens.

Quelques Deputez m'ont dit que si Monsieur Oxenstiern au retour de Munster leur eût fait entendre que l'intention des Couronnes étoit qu'ils déliberassent ensemble d'un article de la premiere classe & d'un de la seconde, & ainsi consecutivement, ils s'y seroient conformez sans difficulté.

Enfin ils veulent que la chose ne soit plus entiere, & aprehendent au dernier point qu'on ne les oblige à changer de methode.

Je verrai encore demain ce qui se pourra faire. J'ai proposé à Messieurs les Ambassadeurs de Suede d'ajuster le differend de Monsieur de la Barde & celui des Etats. Cet expedient a plû merveilleusement à Monsieur Salvius, il s'emploie à le faire réussir; mais il vient encore de me mander par un des siens qu'il y trouve beaucoup d'obstacles.

Avant-hier matin au Conseil des Etats, l'on

reprit l'affaire de Lorraine, & tous ont expliqué leur avis de l'autre jour, en sorte que si le Duc Charles, comme Prince de l'Empire à cause du Marquisat de Nomenie, peut obtenir un Passeport, il est à propos de lui rendre cet office, mais que s'il s'y rencontre encore de la difficulté, cela ne merite pas d'arrêter le Traité & qu'il faut passer outre.

Hier ils mirent en deliberation si les interêts de l'Espagne doivent être traitez conjointement avec ceux de l'Empire. Autriche a maintenu qu'oui. Il a passé au contraire & a été resolu que l'on fera office au Roi d'Espagne, à ce que les deux Traitez se fassent conjointement, & ce, pour la consideration qu'il est Prince de l'Empire à cause du Comté de Bourgogne, mais si on ne le peut obtenir, cela ne doit nullement empêcher la Paix d'Allemagne. Ils ont aussi déliberé sur le 9. article de notre Replique, par lequel nous avons demandé que, si à l'avenir il faut élire un Roi des Romains, il ne soit pas de la famille de l'Empereur qui regnera alors. Autriche, Baviere, Brandebourg, Wirtzbourg & un autre ont fort parlé contre cette prétention. Le reste de l'Assemblée a suivi leur avis, mais a dit que pour contenter les Couronnes & pour le bien de l'Empire, la question, s'il est à propos d'élire un Roi des Romains, ne pourra être vuidée que dans une Diete générale, & que si cette élection est jugée necessaire, ce sera alors aux Electeurs à faire choix de la personne ainsi qu'ils voudront. Les Deputez d'Autriche & autres ci-dessus nommez se sont encore efforcez de faire changer cet avis, mais en vain; car la pluralité des voix l'a emporté de beaucoup.

Monsieur Lampadius Ministre de Lunebourg & Monsieur Scheffer jugent que le Comte de Trautmansdorff ne donnera pas lieu aux Etats d'opiner sur les satisfactions, & qu'il en voudra traiter lui-même avec les Plenipotentiaires des Couronnes: & moi, je dis que ce discours me fait craindre que les Etats ne soient bien aises de n'entrer pas dans cette matiere, & se décharger de l'envie envers l'Empereur, s'ils opinent à l'avantage des Couronnes; & de la plainte des Couronnes, s'ils font le contraire. Je m'informerai en cette pensée s'ils continuent de résister si scrupuleusement à ce qu'on desire qu'ils déliberent en même temps de leurs affaires & des nôtres.

Du 17.

Les Deputez de Weimar, de Magdebourg, de Lunebourg, de Baden-Dourlach, de quelques Comtes de l'Empire, & des Villes Anseatiques, me vinrent voir séparement. Ils parlerent en la même sorte qu'avoient fait les autres, & me voulurent persuader que tous les interêts des Protestans devoient être terminez les premiers, & avant qu'on touchât à la seconde ni troisiéme classe; mais comme leur resolution étoit fondée sur une crainte qu'ils tenoient très-juste, que les Couronnes étant une fois assûrées de leur satisfaction, de celle de Hesse, & de la Paix, l'on ne feroit pas grand effort pour le reste. Je pris sujet de leur représenter combien utilement la France depuis cette Négociation a travaillé pour les Princes d'Allemagne, quelle envie nous en avions attirée; les clameurs, les libelles, & jusques aux menaces contre nos personnes & contre le droit des gens. S'il y

avoit

1646.

avoit apparence que les Couronnes, après a-
voir maintenu les droits de l'Empire & par
les armes & par le Traité, après avoir résisté
si constamment aux Impériaux & à tous leurs
adherans, qui ne vouloient pas que les Etats
eussent part à la Négociation de la Paix, qui
prétendoient ensuite exclurre quelques-uns ou
bien en laisser toute l'autorité à la Diete de
Francfort transferée ici à cette fin, & obliger
au moins tous les Députez de comparoître à
cet effet en un même lieu afin de dissiper l'Assemblée d'Osnabrug. Je leur demandois si a-
près tant de preuves de la constante affection
des Couronnes, il y avoit lieu d'apprehender
qu'elles n'achevassent pas un ouvrage si glorieux & si utile que le rétablissement des Loix
& des affaires de l'Empire. Cette derniere
consideration de notre utilité les a touchez,
leur aiant fait comprendre qu'en vain ils craignoient que nous puissions être contents sans
qu'ils le fussent aussi, parce que la principale
Partie de la satisfaction des Couronnes consiste au rétablissement de la liberté, dignité &
puissance des Princes & Etats d'Allemagne,
sans quoi l'Empereur pourroit toûjours troubler ses voisins & se faire absolu dans l'Empire. Il faut demeurer d'accord que cet interêt
nous est commun avec eux & de si grande
conséquence pour la France & pour la Suede,
qu'on ne le sauroit jamais abandonner. Tout
cela néanmoins ne servit qu'à diminuer la defiance qu'on leur avoit donnée de notre conduite, en ce que nous prétendions, contre
leur avis & contre celui des Suedois, que les
affaires de l'Empire ne doivent pas être traitées & terminées devant toutes autres. Car
au fonds ils me témoignerent bien qu'il seroit
juste de déliberer conjointement sur tous les
articles de la Replique, pourvû qu'on ne laissât pas leurs interêts en arriere. Mais ils ne
me promirent pourtant rien. Il leur restoit
toûjours une opinion qu'il y avoit encore
moins de peril que les Etats abandonnassent
les Couronnes, sans lesquelles ils ne peuvent
pas aujourd'hui entreprendre grand' chose, que
non pas que les Couronnes negligeassent les
Etats, dont elles se peuvent passer. Je leur
fis voir sur ce propos que l'on ne s'imagine rien
moins qu'une desertion de leur part, que leur
sincerité nous est connuë aussi bien que leur
prudence, & que toute l'Allemagne voulant
la Paix & en aiant besoin, l'on est bien assûré qu'ils n'ont garde d'entendre à une Paix de
Prague. Mais que sachant certainement que
l'intention des Imperiaux est telle, & que le
Comte de Trautmansdorff, après avoir fait des
efforts inutiles pour induire les Plenipotentiaires des Couronnes à traiter premierement de
leur satisfaction, ne parle plus à présent que
de la Paix interne dans l'Empire & de la Reu-
nion des Membres avec le Chef. Nous estimons qu'il importe au bien de la cause commune de rompre ses mesures; parce que s'il
voit le moindre jour à nous pouvoir separer,
la vanité de cette esperance l'empêchera de
prendre les resolutions nécessaires pour parvenir à une bonne Paix.

Le Deputé de Weimar, qui est un des
plus considerez de l'Assemblée, & celui de
Magdebourg, me dirent en particulier que
nous avions raison, & que les Plenipotentiaires des Couronnes devroient eux-mêmes traiter de la satisfaction avec ceux de l'Empereur,
en même temps que les Etats déliberent sur
la premiere partie de notre Replique. Mais
outre que ce procedé feroit perdre aux Cou-

Том. III.

ronnes l'effet que nous attendons de vos Conseils pour appuïer leurs demandes, & à nous
le droit de suffrage sur cet article de nos propositions; Qui sait, leur dis-je, si les Imperiaux esperans aujourd'hui de pacifier le dedans
de l'Empire, voudront entrer avec les Etrangers en négociation jusques à ce qu'ils aient
vû comme le dessein leur réussira?

Je connus alors aisément que les Etats ne
toucheront pas volontiers au point de la satisfaction, sinon pour dire qu'elle est dûë aux
Couronnes, & que la Paix ne se peut faire s'il
n'y est pourvû. Les Plenipotentiaires de Suede, à qui je fis ce raport, en furent bien contents, & témoignerent que cet aveu de tout
l'Empire (s'ils le font tel) sera suffisant pour
nous faire obtenir de bonnes conditions de
l'Empereur.

Je ne dois pas aussi omettre qu'en toutes les
Conferences que j'ai eu avec lesdits Deputez,
ils m'ont fort assûré, & quelques-uns m'ont
donné la main pour promettre en bons Allemans, l'affection & gratitude de leurs Princes
& Communautez envers le Roi. Monsieur
Lampadius, entre autres, me dit une fois que
ce sont leurs Majestez qui lui donnent la liberté de parler & d'agir comme il a fait à la
vûë du Comte de Trautmansdorff, qu'ils ont
été ci-devant chassez des Dietes à la moindre
ouverture qu'ils y faisoient pour l'avantage de
l'Empire, & qu'aujourd'hui, par le benefice
de la France & de la Suede, ils peuvent s'expliquer de leurs sentimens en gens de bien.
Il ajoûta qu'ils modereroient leurs prétentions
& qu'ils soûtiendroient celles des Couronnes.

Avec tout cela je me suis aperçû que lui &
les autres Protestans, sans en excepter les Suedois, voudroient bien rejetter la satisfaction de
la France sur le Roi d'Espagne. Et comme
j'ai essaié de pénétrer dans leurs pensées, j'ai
apris que hors du Conseil ils ont parlé entre
eux de nous donner le Duché de Milan, ou
la Comté de Bourgogne, comme étant fiefs
de l'Empire. Je n'ai pû savoir si c'est du consentement de Trautmansdorff, car pour celui
des Espagnols il n'y a gueres d'apparence.
Mais quoi qu'il en soit, ce discours témoigne
qu'autant que l'Assemblée d'Osnabrug tient
juste notre satisfaction, autant elle est en soin
de nous l'assigner ailleurs qu'en l'Alsace.

Du 18.

Les Ambassadeurs de Suede confirmerent à
Monsieur de la Barde & à moi, tout ce qu'ils
nous avoient dit le 14. & demeurerent enfin
d'accord l'un & l'autre, sans plus y apporter
de difficulté, qu'il faloit obliger les Etats de
l'Empire à deliberer conjointement sur les Articles de la Paix. Ils trouverent bon de le faire savoir sur le champ à Monsieur Lampadius, aux Deputez d'Altembourg & à celui
de Weimar, comme aussi au Comte de Trautmansdorff, auquel ils envoïent le Secretaire
Melonius & lui en donnerent l'ordre en notre
présence. Nous fimes en sorte qu'il fut aussi
chargé de faire presser ledit Comte pour le Passeport des Ambassadeurs de Portugal, & même de lui dire que le refus pourroit être cause
de quelque inconvenient. Melonius raporta
au bout d'une heure que le Comte de Trautmansdorff disoit n'avoir point d'autorité de
prescrire aux Etats de l'Empire comment &
par quel ordre ils doivent déliberer entr'eux,
qu'ils ne se deportent pas volontiers de leurs

M   formes,

1646.

1646.

formes, & qu'il les faut laiſſer faire. Cétte réponſe affermit davantage Monſieur Oxenſtiern à ne pas permettre qu'ils ſeparaſſent leurs affaires des autres points de la Replique. Quant au Paſſeport, il demande temps pour en conſulter avec ſes Collegues à Munſter & s'entretient paiſiblement des expedients qu'on y pourroit prendre.

Du 19.

Comme je devois partir ce jour-là, Monſieur Oxenſtiern envoia de bon matin demander heure pour me viſiter en particulier. Je ne ſaurois dire aſſez le contentement qu'il me témoigna de voir que je m'en retournois ſatisfait de lui, & d'eſperer que Meſſieurs mes Collegues le ſeroient auſſi. Je vis encore tout clairement qu'il n'a eu aucun deſſein de ſe cacher de nous quand il ne mena pas Monſieur de la Barde à la Conference, mais qu'il a eſtimé ne le pouvoir faire à cauſe de la dignité de la Couronne de Suede, & que le premier refus l'a engagé à y perſiſter juſques au bout. Il comprit auſſi bien que nos plaintes n'ont procedé d'aucune defiance. Je lui fis avouër que cette entrevûe avec les Imperiaux étoit plûtôt un acte de Ceremonie que de Négociation, & que la preſence de Monſieur de la Barde ni de Monſieur Roſenhan n'eſt pas ce qui aſûre l'union des Couronnes, mais que c'eſt ce qui l'auroit fait paroître aux yeux de tout le monde. Je lui dis de nouveau comme en confiance, qu'outre cette raiſon, il ne falloit pas qu'ils s'accoûtumaſſent à faire les choſes à leur mode, & que cela ne leur réuſſiroit pas. Il en tomba d'accord avec tant de douceur & de condeſcendance & même d'excuſe du paſſé, qu'il eût falu être de mauvaiſe humeur pour ne ſortir pas bons amis.

Raiſonnement du Comte d'Oxenſtiern ſur la Négociation de la Paix, & ſur la maniere de la continuer.

Il entra de lui-même dans le diſcours des affaires & me dit que pour arriver heureuſement à la fin que les Couronnes ſe ſont propoſée, qui eſt une paix ſûre & avantageuſe, trois choſes ſont tout-à-fait néceſſaires. La fermeté & perſeverance en leur union, la continuation de la Guerre ſans aucun rallentiſſement, & l'uniformité en la Négociation de la Paix.

Sur le premier point, il s'arrêta longuement à prouver que ni lui, ni ſon pere, ni leur Reine même ne pouvoient avoir d'autres ſentimens que d'obſerver toûjours fidellement une Alliance qui leur eſt ſi utile. Je l'interrompis en cet endroit pour lui dire, ajoûtez, Monſieur, & ſi honorable. Conſiderez, s'il vous plaît, quelle difference il y a entre le Traité que vous faites ici avec le principal Miniſtre de l'Empereur & celui que Monſieur votre pere faiſoit, il y a quelques années, avec les Deputez du Duc de Saxe, parce que l'Empereur ne voulut pas traiter alors immediatement avec la Couronne de Suede. Ce renouvellement de l'Alliance de la France ſuivi d'une rupture ouverte contre la Maiſon d'Autriche, vous a produit ce bon effet, & ſera la meilleure garantie que vous puiſſiez avoir pour maintenir ce qui vous ſera accordé par le Traité de Paix. Il ne ſe contenta pas de l'avouër, mais il engagea ſa parole & ſon honneur que la Reine & le Senat de Suede ne heſitent point ſur cette maxime, ni ſur la créance qu'ils ont en notre bonne foi. Il me dit à ce propos, qu'il mépriſoit beaucoup d'avertiſſemens qui lui venoient de la part des ennemis, des

demi-amis, & de quelques amis mêmes, que la France traite ſéparement, que les Suedois le verifieront trop tard & qu'au moins ils ſe ſouvinſſent du ſoin & de l'affection de ceux qui les en avoient avertis. Il me regardoit fort en parlant, comme s'il en eût voulu chercher quelque éclairciſſement dans ma contenance. Mais une conduite ſi nette & ſi juſtifiée qu'eſt la notre envers tous les Alliez ne me pouvant rien reprocher, il ne vit ni n'entendit que ce qu'il deſiroit & parut en être content.

Pour le ſecond point, il fit grande inſtance que l'armée du Roi revînt puiſſante en Allemagne, & bientôt, parce que la leur ſoûtient à préſent toutes les forces de l'Empereur & de Baviere. Je lui dis en riant qu'ils étoient difficiles à ſervir; que quand l'armée du Roi eſt deça le Rhin, ils ne ſont pas bien aiſes qu'elle s'y établiſſe, & que dès qu'elle n'y eſt plus, ils crient au ſecours. Il eſſaia de juſtifier la retraite de Koningsmarck, mais il eût peine à le défendre ſur ce qu'il avoit témoigné craindre que nos troupes priſſent leurs quartiers en Franconie. Je lui demandai pourquoi ils ont differé de traiter d'une ſuſpenſion d'armes de trois mois, pendant lequel temps on ſeroit en état d'agir du côté du Rhin comme ils deſirent, ſi ce n'eſt que le Traité de Paix s'avançât en ſorte qu'on trouvât bon de continuer la ſuſpenſion. Il me répondit, que ne ſachant pas ſi leur armée pouvoit trouver de la ſubſiſtance dans les lieux qu'elle occupe, ils n'ont garde de rien faire en cette matiere ſans l'avis des Généraux, & qu'ils en auroient dans peu de jours une ample information par un Officier de l'Armée qui étoit depêché vers eux. Tant y a qu'ils preſſent fort le retour de Monſieur de Turenne pour occuper les armées de Baviere qui tombent ſur leurs bras.

Quant au dernier moien pour avoir une bonne Paix, qui eſt de tenir une même conduite en la Négociation, il me repréſenta avec ſoin que ſi la France & la Suede inſiſtent également à faire remettre toutes choſes en l'état où elles étoient en 1618. ſans aucune reſerve ni exception, tant pour la Boheme, que pour l'Empire, & ſi elles ne rejettent toute ſorte de temperament qu'on pourroit offrir, nous ſerions mal traitez ſur le point de la ſatisfaction. Que s'il faut rompre, ce doit être pour les intérêts de l'Empire & non pas pour ceux des Couronnes. Que c'eſt un conſeil qui vient de Monſieur le Chancelier ſon pere & dont le ſuccès eſt infaillible. Je ne voulus pas lui remontrer que ce conſeil eſt beaucoup meilleur pour les Lutheriens que pour nous, car quand il dit qu'il faut inſiſter fortement & rompre même, ſi beſoin eſt, pour l'intérêt de l'Empire, il veut dire pour l'intérêt des Proteſtans au fait de la Religion. Mais je le priai d'examiner un peu ſi une telle union & un tel effort des deux Couronnes, ne tourneroit pas plus à l'avantage d'autrui qu'au leur, & s'il n'eſt point à craindre qu'après avoir obligé l'Empereur à faire tant de choſes en faveur des Etats, il n'en devînt plus difficile pour nous, n'y aiant pas d'apparence qu'il ſe reſolve à perdre de tous côtez. C'eſt pour cette raiſon, dit Monſieur Oxenſtiern, que nous devons agir de la ſorte; car l'Empereur ne pouvant jamais accorder les demandes des Proteſtans touchant l'amniſtie & les griefs, il aimera bien mieux accorder celles des Couronnes. Je dis qu'il faudroit donc alors ſe relâcher ſur les intérêts de l'Empire. Il repartit, oui alors, & non

1646.

non plutôt, m'avertiffant en même temps qu'il falloit tenir cela très-fecret. Je lui promis le filence, mais je l'avertis auffi que les Deputez des Princes & Etats Proteftans avoient déja refolu entr'eux de s'accommoder à l'amiable & qu'ils me l'avoient déclaré. Il y fit reflexion & me donna lieu de douter qu'ils lui en euffent tant dit à caufe peut-être qu'il les anime au contraire. Je lui demandai s'il tenoit pour bien certain que dans l'extrémité où nous mettions l'Empereur il aimeroit mieux contenter les Couronnes que les Etats de l'Empire, vû qu'il peut contenter ceux-ci aux dépens de l'Eglife & de quelques particuliers. Il n'en fit nul doute, parce, dit-il, que les Etats étant contentez, la Guerre ne cefferoit pas & les Couronnes aiant fatisfaction, l'Empereur feroit afûré d'avoir la Paix. J'en demeurai d'accord, mais non fans repréfenter que la caufe des Couronnes feroit bien affoiblie & expofée à l'envie publique, fi la Guerre ne continuoit que pour leurs intérêts, & que nous tomberions en ce cas dans l'inconvenient qu'il veut éviter. Il revint à fon premier fentiment, qu'il eft impoffible que l'Empereur confente aux prétentions des Etats, & que nous pouvons être en repos de ce côté-là. Enfin, lui dis-je, cette maniere d'agir que vous propofez, pourroit bien produire un bon effet, mais elle en peut produire plufieurs mauvais. Car fi les Etats fe relâchent de quelque chofe, l'intérêt des Couronnes fera moins favorable, étant demeuré le dernier, & l'Empereur prétendra avoir déja affez fait en leur confideration. S'ils ne fe relâchent point pour nous, ni nous pour eux, ou le Traité fe rompra, ce qui n'eft pas le but pour lequel nous travaillons, ou l'Empereur fera contraint d'accorder ce qu'ils demandent, ce qui n'eft pas votre intention ni la notre, ou il viendra à nous pour effaier de fortir d'affaires avec les Couronnes. Ce dernier cas eft le feul qui peut apporter quelque utilité, les trois autres font très-defavantageux.

Après beaucoup de conteftations fort paifibles & pleines de confiance, il me dit que notre inclination pour le Duc de Baviere faifoit tort au bon fuccès des affaires, & que fes Ambaffadeurs avoient dit publiquement dans le College Electoral qu'ils favent *ex certa fcientia* que la France ne prétend pas qu'on lui ôte l'Electorat. Je repliquai que fi la Suede témoignoit auffi de ne vouloir pas fa ruine entiere cela l'obligeroit à travailler pour la fatisfaction de ladire Couronne, que nous fommes en lieu & en temps de nous prevaloir des intérêts d'autrui pour le fervice de nos Rois, & que le Duc de Baviere étant puiffant comme il eft en Allemagne & dans la Cour de l'Empereur, on en pourra tirer un bon ufage dans cette Négociation. Monfieur Oxenftiern l'avoua & dit que pour temperer fon avis & le mien, il feroit bon que nous laiffaffions efperer quelque adouciffement à ce Prince pendant qu'eux feront les mauvais, & infifteront au rétabliffement de toutes les affaires Seculieres & Ecclefiaftiques comme elles étoient en 1618. mais que le coup feroit encore plus fûr fi nous en faifions autant de notre part, felon l'avis de Monfieur fon pere, auquel il fe tient ferme contre toute fuggeftion étrangere. Je louai la penfée qu'il avoit qu'on menageât le Duc de Baviere, comme un moien propre à l'avancement de la Paix avec la fatisfaction des Couronnes, & je fus bien aife de voir que du confentement des Suedois, (dont nous avons été

peu afûrez jufques à prefent) la France & ledit Duc fe peuvent entreparler ici par mutuels offices.

Une heure après cette Conférence, j'allai prendre congé de lui en fon logis, nous repetames quafi les mêmes chofes, mais fuccintement. Ce que j'appris de plus, ou plutôt ce que je jugeai de fes difcours, fut que le Comte de Trautmansdorff s'eft laiffé entendre que l'Empereur pourroit accorder la haute Pomeranie avec l'Archevêché de Breme, & que ce partage ne lui fembloit pas mauvais.

Au fortir de là, je fus vifiter Monfieur Salvius & le mis fur ce propos, lui donnant fujet de croire que Monfieur Oxenftiern m'en avoit encore plus dit. Il me jura qu'ils n'ont pas encore pouvoir de fe contenter de fi peu de chofe, mais cette façon de parler me fembloit fignifier qu'ils en attendoient l'ordre.

Sur le point de ce partement je fus que le Secretaire Melonius & celui de Trautmansdorff fe voioient quelquefois chez Peikernitz homme d'intrigues qui reçoit des nouvelles de tous côtez; mais comme ce ne font que des Gazettes, elles ne meritoient pas d'occuper quelques heures deux perfonnes de tel emploi. Et quand la curiofité les y porteroit, il ne feroit pas befoin de s'y rencontrer en même temps. J'en avertis auffi-tôt Monfieur de la Barde & m'en vins coucher à l'Engerich.

Refte à donner compte de ce que Meffieurs les Ambaffadeurs de Suede nous raporterent, à Monfieur de la Barde & à moi, d'une Conference que Monfieur Salvius avoit euë avec le Comte de Trautmansdorff. C'eft en fubftance que ledit Comte condamna notre demande d'injuftice & d'impoffibilité, & que Monfieur Salvius lui aiant dit que nous la défendons par les immenfes dépenfes que la France a faites en cette Guerre, & par le nombre de Places & Roiaumes entiers que la Maifon d'Autriche a ufurpez fur nos Rois. Il repliqua pour une feconde fois qu'il eft injufte de prétendre l'Alface & impoffible de la ceder. Il dit enfuite que tout le monde s'eft élevé contre la Maifon d'Autriche fur un fimple foupçon mal fondé de quelque deffein de parvenir à la Monarchie univerfelle, mais qu'aujourd'hui que la France y marche à grands pas, & qu'outre tant de conquêtes, elle veut encore avoir tous les Païs-Bas par le moien du mariage de l'Infante d'Efpagne, qui n'a qu'un frere de foible complexion; il s'étonnoit que de fi vaftes deffeins ne donnaffent aucune jaloufie aux Princes de la Chrétienté. Nous fimes aifément connoître à ces Meffieurs que c'eft un artifice des ennemis qui fement exprès de tels bruits pour exciter quelque tempête contre nous, qu'on n'a jamais ouï parler de ce mariage qu'aux Imperiaux ou aux Efpagnols, & que nous fommes prêts de faire la Paix avec l'Efpagne, pourvû qu'on demeure de part & d'autre en l'état qu'on eft à préfent.

LETTRE

De Monsieur le Comte de

BRIENNE

à Messieurs les

PLENIPOTENTIAIRES.

Du 24. Fevrier 1646.

On n'aprouve pas le voyage de Mr. de S. Romain. Suedois ont tort de consentir que les affaires des Etats de l'Empire soient reglées les premieres. Utilité d'une courte suspension d'armes dans l'Empire. Hollandois ont tort de trop presser la France sur le 9. Article du Traité qu'ils ont avec elle. On leur garantira leur Trêve avec l'Espagne, fût-elle de 40. ans. Et on en fera une pareille avec l'Espagne si elle veut. Affaire des Barberins. Affaires d'Angleterre.

MONSEIGNEUR & MESSIEURS,

On n'a-prouve pas le voyage de Mr. de S. Romain.

VOtre Dépêche du 21. du courant, reçuë le 21. ensuivant, a été lûe à Sa Majesté, & vous verrez par la réponse avec combien de soin elle a été examinée. Sur le sujet du voyage que Monsieur d'Avaux est allé faire à Osnabrug, il n'y a rien à redire : aiant été entrepris par de grandes considerations. Pour celui de Monsieur de Saint Romain en Suede, bien qu'on ne manque pas de prétexte, on ne laisse pas de le condamner, ainsi que je me suis déja expliqué avec vous. La raison est, qu'apparemment il est à craindre qu'il n'ait aucun bon succès : d'autant que si l'on donne ordre aux Plenipotentiaires de Suede de vivre mieux avec nous qu'ils n'ont fait, cela leur tiendra lieu d'offense, & les pourra engager à vous être contraires. Et si leurs sentimens par une autre rencontre d'affaires se trouvoient appuiez, notre mécontentement sera connu aux Ministres, & à leur Reine, & ceux qui sont en Allemagne verront que nos instances ne sont pas beaucoup considerées de leurs Superieurs : ce qui pourra encore faire un mauvais effet.

La conduite des Parties est choquante &

fait bien remarquer qu'elles ne se resoudront pas à se joindre à nous qu'elles n'aient été esconduites des Alliez. Quand ils recherchent les Princes de l'Empire, ils font ce que l'on a toûjours jugé qu'ils entreprendroient & ceux-là ne sont pas blâmables de poursuivre & de desirer que les differends qu'ils ont avec l'Empereur soient accommodez avant tous autres intérêts : Mais que les Suedois y acquiescent cela est absolument surprenant ; & il faut qu'ils aient les intentions que vous remarquez, si déja ils ne sont asûrez de leur satisfaction. Plusieurs panchent à croire qu'ils ne veulent pas la Paix, & que pour plusieurs respects ils veulent préferer la continuation de la Guerre. C'est l'avis de Monsieur de la Thuillerie, ainsi que je vous l'ai mandé, & pour moi j'avouë que j'y souscris.

Suedois ont tort de consentir que les affaires des Etats de l'Empire soient reglées les premieres.

Les Médiateurs ont eu tort de vous tant presser de les écouter comme s'ils étoient asûrez que les Espagnols fussent en resolution de consentir qu'ils fissent des ouvertures, ou ils ont grand sujet de leur reprocher leur infidelité, s'ils ont changé, & c'est le seul moien qu'ils ont de justifier leur conduite. Le second d'entr'eux écrit à Venise que vous ne demandez pas des choses deraisonnables, & que vous avez défendu les intérêts de la Religion. J'ai fait copier l'extrait qui m'a été envoié de sa Dépêche, que vous trouverez joint à celle-ci, duquel vous comprendrez mieux quel a été son sentiment ; que des paroles que j'y pourrois ajoûter. C'est beaucoup d'avoir le témoignage d'un homme de son poids, si avantageux qu'il paroît en son Ecrit.

Comme l'évenement d'une bataille en Boheme, de quelque côté que le sort tombât, nous seroit préjudiciable, nous ne contredirons pas l'ouverture d'une suspension d'armes sous cette condition, qu'elle ne fut pas de longue durée. Si c'est avec la participation des Imperiaux que l'ouverture vous a été faite, & que les Suedois y consentent, vous donnerez par ce commencement de grandes esperances au public que vous lui moiennerez son repos. Il est fâcheux que la prosperité de nos Alliez nous choque & nous blesse comme leur déroute, & que nous ne devions pas souhaiter l'entiere ruine du Duc de Baviere, parce qu'un jour nous en pourrions tirer de grands services, bien que ce soit lui seul qui s'oppose à nos prosperitez, & qui nous réduise presque tous les ans à compromettre notre fortune & soûmettre au douteux évenement d'un combat l'établissement que nous avons en Allemagne.

Utilité d'une courte suspension d'armes dans l'Empire.

Plus l'on considere la fermeté des Députez de Messieurs les Etats à vous presser de leur donner resolution sur le 9. article du Traité fait à la Haye, plus l'on condamne leur injuste prétention : & la prudence avec laquelle vous avez essaié d'éviter la nécessité d'entrer & de décider cette matiere a été beaucoup louée : mais comme vous l'aviez prevû, le remede n'a pas été pour long tems. Si vous ne fussiez pas entrez en discours après vous être levez, vous n'auriez pas été forcez de vous laisser entendre, ni vous n'eussiez pas tiré leur derniere resolution. La nôtre ne sauroit changer, mais Messieurs les Etats se portant à l'accepter, & à se contenter de ce qu'on peut honnêtement & justement faire, vous avez la liberté entiere de leur promettre & acorder ce que vous jugerez être nécessaire pour se garantir de l'oppression qu'on leur voudroit faire.

Hollandois ont tort de trop presser la France sur le 9. Article du Traité qu'ils ont avec elle.

La Trêve qui leur a été proposée a ses inconveniens,

veniens, & la relation à la paſſée leur doit faire connoître qu'on leur veut relâcher la Souveraineté. Ce que vous leur avez fait entendre, pour nous excuſer d'épouſer ces ſentimens ne peut être combattu, & ils donneroient de grands avantages à nos ennemis & juſte ſujet de nous refuſer les choſes ſans leſquelles nous ne ſaurions conſentir à la Paix. Nous ne ferons pas difficulté de leur garantir une Trêve, fût-elle de quarante ans, moiennant qu'elle expirée nous ne ſoions plus en obligation d'aucune choſe à leur égard, & ſi les Eſpagnols ſe portoient à la conſentir pour vingt ans, & à entrer en une obligation de la continuer pour pareil terme, nous n'aurions pas ſujet de nous plaindre qu'ils nous aſſujetiſſent à les leur garantir. Mais il eſt à craindre que les Eſpagnols ne s'y voudront pas ſoûmettre, & qu'ils leur diront que ce ſeroit faire une Paix ſous un autre titre, & ſe priver de divers avantages, que par la Paix ils auroient droit d'entreprendre.

En marge: On leur garantira leur Trêve avec l'Eſpagne, fût-elle de 40. ans.

Vous avez remarqué comme en deux lieux vous avez remporté deux avantages. Nous eſperons que dans une troiſiéme Conférence vous leur ferez conſentir à ce que nous deſirons, & nous ſommes trompez ſi les Depêches du Reſident Braſſer ne nous donnent quelque lumiere ſur ce fait: Il pourra arriver que l'ouverture faite par les Eſpagnols aux Hollandois d'une Trêve vous donnera de la peine, qu'ils ſeront pour s'y porter, & étant hors d'interêt qu'ils vous preſſeront au delà de ce qu'ils devront, ſans conſiderer qu'ils ne peuvent jouïr de ce bien que nous n'aions ajuſté nos affaires, puiſque les Traitez & Alliances nous néceſſitent à ne traiter que conjointement.

Vous n'avez pas oublié de le leur faire remarquer, & il ſera très-à propos que vous continuïez, afin de forcer les ennemis de faire autant d'avarices de votre côté qu'ils font du leur, ſi la Paix, ainſi que nous croions, leur eſt abſolument néceſſaire. Dans le Conſeil il a été agité ce qu'on devroit dire ſi les Eſpagnols venoient à offrir une Trêve à la France aux conditions, & pour autant de temps que celle qu'ils prétendent conclurre avec les Etats, & il a paſſé, que faite conjointement, & aux conditions ſuſdites elle ne doit pas être rejettée. Peut-être vous ſera-t-elle offerte par leur entremiſe, je ne dis pas que vous acceptiez, je n'en ai nul ordre: mais je puis bien vous dire, que le Courrier que vous nous depêcherez pour nous en apporter la nouvelle ſeroit bien venu, & que nous n'emploierions pas beaucoup de temps à nous reſoudre ſur la queſtion. Il a paſſé pour établi que les Suedois ne ſauroient trouver à redire que nous nous ajuſtions avec les Eſpagnols, & que notre liaiſon n'a d'égard qu'aux ſeules affaires d'Allemagne. Ils ont ſi fort affecté de s'en déclarer, même en leur derniere réponſe, que nous avons droit de nous plaindre d'eux, & qu'ils ont perdu celui qu'ils en auroient pû avoir, de ſorte que nous avons embraſſé ce parti. Le ſujet de notre plainte n'eſt pas ſur la choſe, ils ont raiſon, mais de l'avoir ainſi déclaré ſans néceſſité, & qu'il eût été bon, pour faire voir notre union, de ſe laiſſer entendre qu'ils étoient en tous nos intérêts, mais ils ont ſuivi un autre conſeil qui nous donne plus de liberté que nous n'euſſions eu.

En marge: Et on en fera une pareille avec l'Eſpagne, ſi elle veut.

En marge: Affaire des Barberins.

Nous venons d'apprendre qu'au moment que le Pape eût été averti du depart des Barberins, il en donna part au Duc de Parme, lequel ſous prétexte de faire ſavoir à ſa Ma-

jeſté, que ſon Frere avoit été fait Cardinal, a depêché un Courrier. Vous remarquerez qu'il fut déclaré dès le mois de Decembre, & que ce n'eſt qu'en Fevrier, & encore bien avancé, qu'il s'aviſe de ce compliment. Les diſcours de Villeré, ſon Reſident, ont été bien divers. A la Reine & à moi, il s'eſt contenté de parler des offres de ſervice du Duc & du Cardinal ſon Frere, & qu'il auroit paſſion que la France & le Saint Siege fuſſent en parfaite intelligence, & qu'il y avoit tant de diſpoſition au Pape de concourir à une étroite correſpondance, qu'il pouvoit aſſurer qu'il le témoigneroit aux occaſions. Il lui fut répondu de Sa Majeſté qu'il y avoit long-temps qu'on l'entretenoit de ſemblables eſperances; qu'elle n'y pouvoit pas être ſurpriſe, & qu'il faloit des effets & non des paroles.

A Monſieur de Lionne, qu'il avoit charge expreſſe d'entretenir, il tint un langage ſi conforme à celui que le Cardinal Sforze avoit tenu à Gueffier, qu'il ſembloit qu'ils euſſent concerté enſemble, & pourvû qu'on abandonnât les Barberins, il offroit de la part du Pape toutes les ſatisfactions & graces que Sa Majeſté pourroit deſirer. Parlant à ſon Alteſſe Roiale, il offroit d'être le Médiateur des differends entre le Pape & cette Couronne, de les aſſoupir au bien & contentement commun, & que dans le Traité les Barberins y ſeroient compris.

A Monſieur le Prince de Condé, il ne parla que de choſes générales, juſques à ce que Son Alteſſe lui faiſant reproche de ce qu'il avoit avancé, parlant à Monſieur de Lionne, il reconnut avoir eu ordre de le faire. Un chacun de ces Alteſſes aiant fait recit à Sa Majeſté de ce qu'elles avoient recueilli des intentions dudit Duc, ſelon les propos qui leur avoient été tenus par ſon Miniſtre, la contrarieté donne lieu de ſoupçonner diverſes choſes, & il fut prudemment propoſé par Monſieur le Cardinal Mazarin, qu'il falloit ou profiter de l'ouverture ou en reconnoître la fourbe, & lever aux malveillans le prétexte de reprocher à la France, qu'aiant été recherchée elle n'avoit pas voulu écouter les propoſitions que l'on avoit eu deſſein de lui faire & que le moien le plus ſolide, pour parvenir à l'une de ſes fins, étoit que quelques-uns du Conſeil parlaſſent audit de Villeré, & lui fiſſent entendre le ſoin que Son Alteſſe Royale avoit pris de donner information exacte de ce qui s'étoit paſſé entr'eux, & lors aiant été jugé qu'il n'y avoit perſonne qui le pût faire ſi efficacement que Son Alteſſe Royale, elle eût agréable de s'y ranger. Pour la ſoulager, & lui lever la contrainte de demeurer en néceſſité de négocier avec ledit de Villeré, il me fut commandé de me trouver auprès d'elle lors qu'elle parleroit audit de Villeré, auquel je puis vous dire, que Son Alteſſe Royale a merveilleuſement fait entendre l'obligation que le Duc avoit à Sa Majeſté de la confiance qu'elle prenoit en lui, & que Sa Majeſté ſe ſentiroit auſſi de ſon côté obligée audit Sieur Duc, ſi par ſon entremiſe il avoit aſſoupi les dégoûts qui ſe paſſent entre cette Couronne & le Saint Siege. Que pour parvenir à cette fin on lui laiſſoit l'entiere conduite de l'affaire, ſans autre reſtriction que de ne pas engager mal à propos cette Couronne, ni promettre pour elle ce qu'elle ne pourroit pas effectuer; & que ſur le fondement établi, de faire ceſſer toutes les meſintelligences, de procurer toutes

1646. les satisfactions dûës, & assûrer le repos des Barberins, on entreroit en Traité.

Villeré applaudissant à ce qui lui étoit dit s'est retiré; mais parce que Son Altesse Royale s'est donnée à entendre, qu'il sauroit de moi plus particulierement ce qu'on pourroit desirer & attendre de l'entremise du Duc de Parme nous avons été contraints d'entrer en matiere, & lui aiant rapporté ce qui lui avoit été dit, il m'a paru interdit, & avancer des termes équivoques qu'il disoit avoir tenus, desquels il ne pouvoit pas passer pour engagé à moienner la satisfaction des Barberins, mais seulement celle de cette Couronne, sans qu'ils y fussent compris. Sur quoi m'étant écrié, & que pour avoir déclaré que la voie d'y parvenir fut en sa disposition, cela ne s'étendoit pas à diminuer la substance des choses promises, il a été contraint de raprocher Monsieur, & entrer en nouvelle conference, la fin de laquelle a été de couvrir de honte ledit Resident, Son Altesse Royale lui aiant soûtenu, & ensuite prouvé par diverses choses, dont il a convenu, qu'il s'étoit engagé en ce point. De plusieurs propositions, j'en ai retenu deux.

L'une, la difficulté qui se pourroit rencontrer en l'éxecution de ce point, que Son Altesse Royale fondoit sur le refus que le Pape avoit fait de consentir à laisser les Barberins en repos, bien qu'il en eût été recherché par Sa Majesté, & qu'il avoit sû qu'elle les avoit pris à son service & sous sa protéction.

L'autre, la gloire que ledit Duc s'acquerroit, donnant ses ressentimens, & la haine qu'il avoit contre cette Maison aux considerations publiques, & à l'affection qu'il avoit pour cet Etat. Ces mêmes choses aiant été posées & affirmées par Monsieur, & reconnues par l'autre lui avoir été dites, il n'a trouvé d'échapatoire que de dire qu'il auroit donc transgressé ses ordres, dont il n'a pas voulu demeurer d'accord, & a offert de faire voir ses instructions. Son Altesse n'a pas jugé à propos de continuer davantage à l'entretenir, & l'a congedié. Elle a bien sû remarquer combien peu on se doit assûrer sur la foi d'un Grec, & qu'il falloit que celui-là eût quelque dessein d'imposer un jour, qu'il avoit fait des offres, & qu'elles avoient été negligées. Si ce discours vous charge, vous en devez être accusez. Les remercimens que vous me faites des avis que je vous donne des choses qui se passent, m'ont engagé à vous faire le recit de celle-ci.

 J'y ajoûterai que les Parlementaires d'Angleterre ont saisi un Courier que Sa Majesté avoit depêché au Secretaire Montreuil, & les Lettres dont il étoit chargé. Le tout avoit été envoyé par le Gouverneur de Rochester au Comte de Northumberland, chez lequel ledit Montrueil s'étant trouvé, & ladite Depêche aiant été par lui reconnue, il s'en feroit saisi, & l'auroit ouverte dans la chambre dudit Comte, lequel après avoir souffert les reproches qui lui ont été faits par Monsieur de Sabran & ledit Montrueil, les a laissez sortir de chez lui, & emporter ladite Depêche. J'ai ordre de faire entendre au nommé Oger, François de Nation & que ledit Parlement a envoyé de deça, combien ce procedé offense. Il nous a été mandé qu'un Vaisseau chargé d'armes, que la Reine d'Angleterre envoyoit au Roi son mari, a abordé au Port qui lui avoit été ordonné, lequel aiant été rencontré depuis qu'il étoit à la mer par le parti Ennemi, ils ont recueilli lesdites armes, & en

ont pris des Lettres, desquelles ils tireront de grands avantages. Cette Reine fait pitié, qui n'a d'assistance que de Sa Majesté. Et la République de Venise éprouve aussi combien on affectionne leur conservation. Je suis.

LETTRE

De Messieurs les

PLENIPOTENTIAIRES

à Monsieur le Comte de

BRIENNE.

Du 3. Mars 1646.

Le Voyage de St. Romain ne sera pas inutile. Messieurs Paw & Knuyt vont de Munster à la Haye. Le bruit court que les Etats ne mettront pas en Campagne cet été. Ils apréhendent que la Cession de la Pomeranie à la Suede ne la rende Maîtresse du Commerce de la Mer Baltique. Les Espagnols craignent la suspension d'armes dans l'Empire. Députation des Etats de l'Empire à Munster aux Ambassadeurs de France. Trautmansdorff vient d'Osnabrug à Munster. Belletia rapellé par Madame de Savoye. Les François demandent aux Mediateurs un sauf-conduit pour les Ambassadeurs de Portugal. Ils insistent sur la liberté du Prince Edoüard. Emportement de Peñaranda sur cette proposition. Humeur impetueuse de Contarini. Fierté des Espagnols hors de saison. Combien ils sont sensibles à l'affaire de Portugal. Raisons des Médiateurs pour obliger la France à abandonner le Roi de Portugal, & à restituer la Catalogne.

MON-

MONSIEUR,

NOus commencerons la réponse à vos Lettres du 10. & du 17. du mois passé en rendant très-humbles graces à la Reine de ce qu'il a plû à Sa Majesté nous faire savoir que toutes les choses que nous demanderions pour faire avancer le Traité, ou pour nous donner credit à l'Assemblée, nous seroient envoyées. C'est une bonté de Sa Majesté qui nous oblige d'autant plus à lui continuer nos très-humbles services, & de laquelle nous n'userons que quand le bien de ses affaires le requerra.

Le voiage de Saint Romain ne sera pas inutile. Les Lettres de Monsieur de la Thuillerie & le voyage qu'un de nous a fait à Osnabrug, dont vous aurez vû le recit par la copie d'une relation qui fut écrite en ce temps-là, nous ont donné quelques asûrances de la fidelité des Suedois. Nous esperons pourtant que le voyage du Sieur de St. Romain ne sera pas inutile, vû même qu'il y est allé pour plusieurs raisons, ainsi que nous vous avons mandé. Il est certain que dès lors que ledit Sieur de St. Romain passa à Osnabrug, les Plenipotentiaires de Suede furent mortifiez de cet envoi plutôt que d'en avoir tiré vanité, & quand on s'est plaint à eux de leurs procedures, on ne leur a pas fait connoître qu'on eut aucune jalousie d'eux, mais bien qu'on ne pouvoit souffrir qu'ils voulussent conduire les choses à leur mode sans avoir égard au Concert fait entre nous, & nous pouvons dire que nous ayons déja tiré du profit de ce discours, & qu'il semble que lesdits Sieurs Plenipotentiaires soient pour tenir ci-après une meilleure conduite.

Messieurs Paw & Knuyt vont de Munster à la Haye. La Lettre que nous avons écrite à la Reine vous aura informé de ce qui s'est passé entre les Ambassadeurs de Messieurs les Etats & nous. Ils ont envoié à la Haye Messieurs Paw & Knuyt. Le prétexte de leur voiage est pour avancer la resolution touchant la forme en laquelle leur Pouvoir doit être conçu, & ce qu'ils ont à desirer en celui des Espagnols. Ils nous ont dit aussi qu'ils essaieroient de faire mettre dans ledit Pouvoir la clause de traiter conjointement avec leurs Alliez, mais à notre avis ils ont eu des motifs plus pressans pour entreprendre ce voiage. Nous estimons qu'ils ont jalousie de voir que dans les termes de la proposition faite par les Espagnols, la France peut conclurre en peu de temps avec eux. Et en effet ils nous demanderent si leur Traité étant arrêté, le nôtre ne cesseroit pas en même temps, & si la Reine ne suivroit pas dans sa réponse les restitutions & obligations contenuës en notre Alliance. Il n'est pas besoin de repéter ce que nous leur répondimes, puisque nous l'avons fait savoir tout au plus à Sa Majesté; mais nous avons *Le bruit court que Messieurs les Etats ne mettront pas en Campagne cet été.* appris de plus que parmi leurs domestiques mêmes qui sont ici il se dit tout haut que Messieurs les Etats ne se mettront point en Campagne cet été. Ce que nous avons cru ne devoir pas negliger & vous en donner avis, encore que nous ne doutions pas que *Ils apréhendent que la cession de la Pomeranie à la Suede ne la rende Maitresse du Commerce de la Mer Baltique.* ceux qui sont de la part du Roi à la Haye n'en découvrent mieux la verité & vous en tiennent averti. Un autre but du même voiage nous a semblé être la crainte que lesdits Sieurs Etats peuvent avoir de l'agrandissement des Suedois par la cession de la Pomeranie qui leur donnera les meilleurs ports d'Allema-

gne & les rendra comme Maîtres du commerce en ces quartiers-là, ce que ces Messieurs apréhendent.

Les Espagnols craignent la suspension d'armes dans l'Empire. Vous avez vû par nos précedentes que nous avons fait savoir aux Plenipotentiaires de Suede ce qui nous avoit été proposé par Messieurs les Médiateurs touchant une suspension d'armes dans l'Empire. Nous avons sû que le Comte de Trautmansdorff leur a fait la même ouverture, & on nous a donné avis que les Espagnols en font en grande crainte, & qu'un voiage que Brun fit ces jours passez à Osnabrug, vers le Comte de Trautmansdorff étoit pour l'en dissuader, attendu que la France pourroit par ce moien jetter dans le Païs-Bas ou dans la Franche Comté les forces qu'elle a en Allemagne. Encore que les Suedois, quand il en a été parlé ne l'aient pas entierement rejettée, ils eussent peut-être mieux fait d'y appuier davantage & d'y entendre avant que leur armée se retirât des Païs hereditaires. Et quant à nous, si nous pouvions auparavant tirer quelque asûrance de notre satisfaction, nous estimerions une suspension très-utile, tant pour les raisons qui la font craindre aux Espagnols, que pour ne prévoir que du desavantage pour nous s'il arrivoit un combat, quelque succès qu'il pût avoir.

Députation des Etats de l'Empire à Munster aux Ambassadeurs de France. Nous avons été visitez cette semaine par les Etats de l'Empire, qui sont à Munster & qui nous ont communiqué les Griefs des Catholiques. Ce sont les points où ils prétendent qu'il a été contrevenu aux anciens Traitez faits pour pacifier les troubles de l'Allemagne au fait de la Religion. Ils ont député vers nous de la part des trois Colleges. Maience & Baviere y étoient pour les Electeurs; Bamberg & Culmback pour les Princes; Cologne & Ausbourg pour les Villes. Cette Députation nous semble d'autant plus considerable que jusques ici les Etats de l'Empire n'avoient point voulu que la France eût aucune connoissance de leurs affaires. Ils nous ont visité immediatement après le Nonce & les Ambassadeurs de l'Empereur, & s'ils ont député vers les Plenipotentiaires d'Espagne, ç'a été après nous. Aussi est-il vrai que le Deputé d'Autriche & celui de Saltzbourg, qui avoient été nommez, ne se sont pas trouvez avec leurs Colleges. Mais c'est ce qui a fait remarquer davantage cette action, & qui a fait exalter à la vûe de l'Assemblée l'honneur & le respect qui a été rendu à leurs Majestez. Nous sommes obligez de vous dire que le Baron de Hazelan Ambassadeur de Monsieur le Duc de Baviere a très-bien fait en cette occasion.

Trautmansdorff vient d'Osnabrug à Munster. Le Comte de Trautmansdorff est en cette Ville depuis quatre ou cinq jours. Il s'est passé peu de chose en nos visites hors les complimens. Il a essaié seulement de faire voir qu'il n'y a point de justice en nos prétentions & que l'Empereur ne peut disposer du bien d'autrui & donner un Païs qui appartient à ses pupilles. Et comme il appuioit fort sur cette consideration, nous répondimes que la Reine est obligée de conserver aussi le bien d'un pupille, & de ne pas perdre volontairement tous les avantages que le feu Roi a laissé à son successeur sur une Maison qui s'est si souvent enrichie des dépouilles de ses predecesseurs. Il s'est informé avec soin du temps que le Courrier que nous avons envoié à Sa Majesté pourroit retourner, comme s'il n'avoit pas dessein d'entrer en matiere avec nous

qu'aqu'après la réponse de Sa Majesté à la proposition des Espagnols. Nous ferons néanmoins en sorte de ne perdre aucune occasion qui se pourra presenter d'avancer les affaires.

L'Ambassadeur de Savoie, après nous avoir dit que Madame, pour satisfaire au desir de la Reine, a rappellé le Belletia, nous a prié de trouver bon qu'il l'amenât avec lui pour prendre congé de nous ; ce que nous ne jugeâmes pas pouvoir refuser, le Marquis de Saint Maurice aiant témoigné de desirer cela avec passion pour son intérêt particulier. Ledit Belletia voulut entrer en justification de sa conduite. On lui fit connoître qu'il y avoit eu du manquement, & il lui fut répondu de sorte que nous apperçûmes bien que nous faisions plaisir à l'Ambassadeur. On dit que ledit Belletia va en Pologne sur l'occasion du mariage de ce Roi.

Belletia rapellé par Me. de Savoye.

Il y a quelques jours que nous fûmes voir les Médiateurs pour leur faire savoir que nous n'avions pas manqué suivant leur instance de dépêcher un Courrier à la Reine pour porter à Sa Majesté en diligence l'offre qu'ils nous avoient faite de la part des Plenipotentiaires d'Espagne, dont lesdits Sieurs Médiateurs témoignerent d'avoir beaucoup de satisfaction. Nous continuâmes de leur dire en passant qu'il eut été plus utile pour l'avancement des affaires de venir au particulier, & de s'expliquer de ce que l'on peut faire sur les principaux articles qui sont en contestation, en acceptant la proposition que nous avons ci-devant faite, que de demeurer sur des déclarations générales, à la vérité fort honnêtes & civiles ; mais qui tenant plus du compliment que d'une Négociation réelle, n'ont pas accoûtumé de conclurre les Traitez.

Les François demandent aux Médiateurs un saufconduit pour les Ambassadeurs du Portugal.

Nous leur dîmes ensuite que cette ouverture nous donnant quelque esperance de pouvoir entrer effectivement en Traité avec les Espagnols, nous étions obligez de faire souvenir lesdits Sieurs Médiateurs que les differens de la France & de l'Espagne ne pouvant être composez sans que l'on traitât en même temps de ceux de Portugal, il étoit très-necessaire de demander un saufconduit pour les Ambassadeurs du Roi de Portugal, qui sont ici afin qu'ils puissent paroître & agir non seulement avec la sûreté que doivent avoir tous les Députez qui composent cette Assemblée, mais avec la dignité convenable à des Ministres chargez d'une affaire importante, & sans laquelle il seroit impossible de rétablir le repos de la Chrétienté par une Paix Universelle, ni de mettre tous les Princes Chrétiens en un état de resister à l'ennemi commun. Nous y ajoûtâmes quelques raisons pour montrer qu'on ne peut refuser ledit Saufconduit sans contrevenir au Traité préliminaire, qui porte en termes exprès, qu'il en sera delivré à tous les Alliez & adherans de la France, entre lesquels on ne peut pas nier que le Roi de Portugal soit compris.

Ils insistent sur la liberté du Prince Edoüard.

Il fut encore parlé de la liberté du Prince Edoüard, en leur remontrant que puisque les affaires prenoient un bon chemin & sembloient se porter à la douceur & à la courtoisie, il seroit necessaire de mettre ce Prince hors de prison ou du moins de le remettre entre les mains de l'Empereur, & le faire conduire en quelque Ville d'Allemagne, pour y être gardé avec moins de rigueur, jusques à la conclusion du Traité de Paix. Nous appuiâmes cette demande de diverses raisons

pour faire voir l'innocence de ce Prince, lequel s'étant rencontré au service de l'Empereur lors que son frere a accepté le Roiaume, n'a pû avoir aucune part à cette revolution.

Lesdits Sieurs Médiateurs nous promirent de faire office pour l'un & pour l'autre, nous témoignans néanmoins qu'ils y prevoioient de grandes difficultez. En effet nous avons sû depuis qu'étans entrez sur ce discours avec les Plenipotentiaires d'Espagne, le Comte de Peñaranda s'étoit extrêmement emporté, & avoit dit avec beaucoup de chaleur qu'il tiendroit pour ennemis déclarez de son Maître tous ceux qui voudroient mêler dans cette Négociation les intérêts du Tyran de Portugal. On nous a rapporté que les Médiateurs étoient sortis mal satisfaits d'auprès de lui, qu'il avoit été parlé avec aigreur de part & d'autre ; & que ceux-ci avoient déclaré nettement à Peñaranda que ce n'étoit pas là la voie qu'il falloit tenir dans les affaires, & que leurs charges les obligeans de rapporter tout ce dont ils étoient chargez par les Parties, comme ils ne feroient point de difficulté de demander Paris aux François si les Espagnols en faisoient instance ; ils ne refuseroient pas aussi de demander Madrid aux Espagnols si c'étoit une des prétentions de la France.

Emportement de Peñaranda sur cette proposition.

Ce qui se passa en cette visite nous a fait faire trois differentes reflexions. La premiere, que Monsieur Contarini s'emporte quelquefois, aussi bien contre nos Parties que contre nous, quand on contredit ses opinions, ou que contre son attente on voit naître quelques nouveaux obstacles à la Paix, & que les préjudices qu'il nous a faits en diverses occasions n'ont pas tant procedé de mauvaise volonté que de son humeur impetueuse, qui le rend trop prompt à donner son jugement & le fait parler & écrire souvent avec trop de liberté.

Humeur impetueuse de Contarini.

La seconde, que les Espagnols traiteroient ici les affaires d'une étrange sorte, si les leurs étoient en meilleur état qu'elles ne sont, & qu'ils fussent en notre place ; puisqu'au milieu de leurs malheurs & de leur foiblesse, & dans l'extrême besoin qu'ils ont de la Paix, ils ne laissent pas de parler sans comparaison plus haut que nous, & de menacer souvent de rompre l'Assemblée, comme si nous en devions avoir plus d'apprehension qu'eux.

Fierté des Espagnols hors de saison.

La troisiéme, que l'intérêt du Portugal les touche sensiblement, & que c'est peut-être le principal sujet de la reserve qu'ils ont ajoûtée à leurs dernieres offres pour convier la Reine par l'égard qu'ils esperent qu'elle aura à ce qui touche la Maison dont elle est sortie, à ne parler point du Portugal, pourvû que Sa Majesté ait satisfaction dans les differens qui sont directement entre la France & l'Espagne.

Combien ils sont sensibles à l'affaire de Portugal.

Pour revenir à la Conference que nous avons euë avec les Médiateurs avant qu'ils aient visité le Comte de Peñaranda, nous sommes obligez de vous dire qu'ils n'y ont rien oublié pour nous faire desister de ce que nous demandons pour les Portugais, jusques à nous dire que les Traitez que nous avons avec eux ne nous obligent point de les comprendre dans la Paix, que les Espagnols leur ont dit qu'ils les avoient vûs & qu'ils en avoient des copies. Nous avons répondu que ce n'est pas à nos Parties à interpreter les Traitez que nous avons faits avec nos Alliez,

Raisons des Médiateurs pour obliger la France à abandonner le Roi de Portugal, & à restituer la Catalogne.

ni

ni à nous prefcrire ce que nous devons faire fur ce fujet. Que nous avons nos Inftructions qui nous informent des intentions de leurs Majeftez & des veritables intérêts de la France, qu'il eft mal aifé que les Efpagnols foient bien inftruits de tout ce qui a été fait avec le Roi de Portugal. Qu'outre les Traitez publics il peut y avoir des articles fecrets ou des promeffes verbales qui n'engagent pas moins que ce qui eft écrit. Et que quand tout cela ne feroit point, la raifon d'État ne permet pas dans une Négociation qui a pour but le repos général de la Chrétienté, d'abandonner un Prince qui a les mêmes amis & les mêmes ennemis que la France, & qui outre cela commande aujourd'hui à une Nation belliqueufe ; laquelle n'aiant jamais ceffé de faire la guerre aux Infidéles, peut beaucoup en l'occafion préfente à leur réfifter.

Nous ne vous devons pas celer qu'étant tombez avec lefdits Sieurs Médiateurs fur le difcours de la Catalogne pour leur faire comprendre combien il importe au Roi de retenir ce Païs, tant pour fatisfaire aux promeffes qui ont été faites au peuple de ne les abandonner jamais, que pour conferver ce moien d'incommoder l'Efpagne quand elle voudra troubler la France du côté des Païs-Bas ; ils nous ont voulu perfuader que nous ne tenons plus que la moindre partie de cette Province, que les Efpagnols y occupant les principales Places, il ne nous y refte que la Campagne & les peuples, dont l'affection eft affez mal affûrée. Que pour Barcelonne, elle ne veut point reconnoître de Superieur, que depuis peu il y a eu des Gardes de Monfieur le Comte de Harcourt qui y ont été tuez, qu'au refte ce n'eft pas un Païs que nous aions conquis par les armes & que par conféquent il ne nous doit pas être fi fâcheux de le rendre pour le bien de la Paix que fi nous avions fouffert beaucoup de peine & de dépenfe pour l'acquerir, comme nous avons fait ailleurs. Nous avons répondu que cette derniere raifon fait contre leur intention, puifqu'il eft bien plus aifé de difpofer d'un Païs conquis que d'un qui s'eft foûmis volontairement fous des conditions reciproques, entre lefquelles il y en a qu'on ne pourra jamais le reftituer à l'Efpagne. Que nous n'avons point ouï parler de cette revolte de la Ville de Barcelonne, où nous favons certainement que l'autorité du Roi eft mieux établie & reconnuë que n'a jamais été celle du Roi d'Efpagne. Que pour les peuples ils ne fauroient témoigner plus d'affection & de fidelité qu'ils font, & que nous tenions lefdits Sieurs Médiateurs trop bien inftruits des forces & de l'étenduë de cette Province pour croire que le Roi d'Efpagne y eft le plus puiffant à caufe qu'il y occupe trois Places fituées dans les extrêmitez du Païs, puifque le Roi eft Maître abfolu de tout le refte qui eft compofé de plufieurs grandes Villes, & d'une infinité de bourgs & villages, & qu'outre cela Sa Majefté poffede des Places dans l'Arragon qui lui donnent le paffage de la Riviere d'Ebre & le moien de tirer contribution d'une partie de ce Roiaume.

Nous vous envoions ce qui reftoit à vous faire favoir du voyage d'Ofnabrug, qui fera dans un Ecrit feparé de cette Lettre, & après vous avoir fuplié de nous continuer l'honneur de vos bonnes graces nous demeurerons, &c.

TOM. III.

LETTRE

De Monfieur le Comte de

BRIENNE

à Meffieurs les

PLENIPOTENTIAIRES.

Du 3. Mars 1646.

Le Comte d'Oxenftiern Pere du Plenipotentiaire tiendra la Suede dans le bon chemin. Il faut fervir le Duc de Baviere. Le Pape partial pour l'Efpagne. Quelques-uns propofent de convoquer un Concile pour l'affaire des Barberins. La Paix de l'Empire une fois faite le Roi de France agira contre le Turc. Les Venitiens demandent affiftance au Pape contre eux. On envoie 40. mille Ecus à Madame la Landgrave. Il ne faut faire au Deputé de Mantouë que les mêmes civilitez qu'il recevra du Nonce. Prétentions du Comte d'Egmont fur Gueldre & Zutphen.

MONSEIGNEUR & MESSIEURS.

S'Il vous fouvient de quelle grandeur eft votre Lettre du dix-fept du paffé, & de combien d'affaires d'importance elle traite, & que vous vous imaginiez qu'en voici la réponfe, fans attendre une autre plus ample Depêche, en cela vous vous ferez mécomptez. Car il ne faut point écrire quand il n'y a rien à faire, mais feulement loüer la diligence de ceux qui ont donné une exacte information des chofes, & en cette occafion vous avez fi bien réuffi, qu'on peut dire que vous vous êtes furmontez vous-mêmes.

Vous aurez eu les mêmes avis que nous avons reçus de Suede, & Monfieur de la Thuillerie ne fe fera pas oublié de vous les envoier, defquels il faut conclurre qu'il n'y a point à craindre que cette Majefté fe divife des intérêts publics ni de ceux de cette Couronne, & que la prudence fe trouve appuiée des Confeils d'un grand & experimenté Miniftre, auquel il n'eft pas inconnu quel feroit l'avantage des Ennemis, s'ils nous pouvoient divifer. De-
N   chûs

1646. chûs de l'esperer, il faut croire qu'ils marcheront de bon pied, & qu'ils essaieront d'avancer le Traité général de la Paix, qui leur est si absolument nécessaire.

Ce n'est pas la procedure du Comte de Trautmansdorff qui oblige sa Majesté à se resoudre de quitter ce qu'elle possede par divers titres très-legitimes, mais son zele au bien public. Et ce qui vous a été ci-devant écrit par Monsieur le Cardinal sur le sujet de Philipsbourg, justifie bien ce que je dis, ou ratifie ce qu'il a pensé, & dont il ne vous a point écrit sans la participation de sa Majesté, laquelle pour de certains respects avoit jugé, qu'il falloit non seulement avoir du secret quand la chose seroit resolue, mais aussi en faire un bien particulier, quand elle seroit seulement imaginée. Vous ne relâcherez pas une piece de cette conséquence, & qui en emporte bien d'autres après soi, sans en avoir l'avantage qu'on s'en promet, savoir la Paix & la possession des autres choses, sans lesquelles nous acheterions la Paix, & vainqueurs nous traiterions comme si nous avions été vaincus.

Il faut servir le Duc de Baviere. Nous croions que vous serez secondez des offices de Monsieur de Baviere. Il avoit peine de cette demande, mais il a trouvé toutes les autres raisonnables. Si c'est son intérêt, autant que celui de l'Empire, qui le fasse parler de la sorte, le jugement en doit être libre à un chacun, il nous suffit qu'il appuie nos demandes, & nous ne devons pas lui refuser de prendre part en ses avantages comme nous le lui avons fait esperer. En quelle rencontre, & en quel moment notre volonté en son endroit doit éclater, c'est ce qui est remis à vos prudences.

Sa Majesté s'est trouvée offensée du faux avis donné à Bonichausen qu'elle eût pensé de reformer son Regiment, quand il auroit conduit ses hommes sur le Rhin. Elle espere qu'il conservera & maintiendra très-bien les corps, & qu'il lui sera facile de faire des recrues. Si vous jugez lui devoir faire savoir ce que je vous en écris, vous le pourrez & ne perdrez jamais l'occasion de le presser de mettre ensemble ses troupes, & de s'avancer vers notre armée, laquelle il faudra de bonne heure mettre aux champs, soit pour prendre divers avantages, ou pour empêcher les Ennemis de se prévaloir de ce qu'elle demeureroit trop long-temps en ses quartiers d'hiver.

Ce que vous nous avez écrit qu'il seroit de faire pour obliger le Pape de rentrer en soi-même, & pour sa propre fortune de s'unir à la France, a été écouté avec plaisir. Les exemples que vous avez alleguez le devroient toucher, & lui faire apprehender la trop grande puissance de la Maison d'Autriche. Mais *Le Pape partial pour l'Espagne.* la dépendance qu'il a pour l'Espagne empêche qu'il ne voie ce peril du précipice, & combien il ravale la dignité qu'il possede, quand il se rend partial de l'une des Couronnes. Sa grandeur au contraire éclate quand il est Pere commun, & le respect qui lui est rendu des deux le rend arbitre de l'Europe.

Par la grace de Dieu les Barberins ont pourvû à leur sûreté, & ils ne peuvent plus apprehender de recevoir un traitement pareil à celui qui se poursuit contre eux à Rome, & qui offense bien des gens, qui voudroient que nous prissions des Conseils extrêmes; mais nous aimons mieux voir faillir les autres, que rien faire qui leur pût servir d'excuse, ou de prétexte. Ceux-là n'ont pas de moindres pensées que l'indiction d'un Concile. S'il pou- *Quelques-uns proposent de convoquer*

voit produire le même effet, que celui tenu à Clermont, au temps que Saint Bernard vivoit, & auquel il prêcha la Croisade, il y auroit dequoi benir Dieu; mais les Princes Chrétiens sont trop divisez entr'eux, & trop éloignez de songer à la conquête de l'Orient, puis qu'ils souffrent que le Turc les attaque. *un Concile pour l'affaire des Barberins,* Pour s'opposer à cette puissance, si sa Majesté voioit l'Empereur unir ses forces, & qu'il fût pour porter la Guerre dans la Hongrie, & que par cette diversion la République de Venise fût soulagée, elle pourroit bien prendre un parti qui en causeroit bien un autre de pareille condition, donnant une Armée complette au Roi de Pologne, de laquelle celle qu'il leveroit se trouvant fortifiée, il pourroit porter les siennes bien avant; à l'entretien de laquelle ou d'une bonne partie, sa Majesté contribueroit volontiers. On fait la disposition de ce Roi, & celle de la République à lui aider pour paier une Armée, & on concourroit d'aider à la cause de Dieu. *La Paix de l'Empire une fois faite le Roi de France agira contre le Turc.*

Si Monsieur Contarini pouvoit disposer les Imperiaux à se resoudre à ce qui est juste, ce seroit la République qui sentiroit la premiere les avantages de la Paix, & les peuples de France & d'Espagne soulagez des frais de la Guerre, porteroient facilement ceux qu'il leur faudroit imposer, pour contribuer à la cause commune.

Les Lettres que nous avons eues de Constantinople nous font beaucoup apprehender, & celles qui nous ont été écrites de Venise nous font aussi connoître qu'ils n'oublient rien à faire pour leur défense, & qu'ils ont fait passer à Rome un Ambassadeur extraordinaire pour faire reproche au Pape de ce qu'il abandonne le public, avec intention de lui faire voir, que la conduite qu'il tient envers cette Couronne, les prive de divers secours. Quelques-uns se flattent qu'il y a lieu d'accommodement, mais je doute de la disposition. *Les Venitiens demandent assistance au Pape contre eux.*

Si ma memoire ne me trompe, je vous mandai, il y a huit jours, qu'on étoit en volonté d'aider Madame la Landgrave. Aujourd'hui on s'en est declaré, & dès demain j'expedierai une Ordonnance de quarante mille Rixdalles. Le faisant savoir à Monsieur Beauregard, je parlerai en sorte qu'il y aura lieu d'esperer quelque chose de plus, pourvû que cette Altesse se dispose à nous aider de quelques quartiers, & que son Armée agisse de concert avec Monsieur le Maréchal de Turenne, que l'on fera partir dans le 15. de ce mois. *On envoie 40000. Ecus à Madame la Landgrave.*

Hier tout tard le Secretaire de Monsieur de Vautorte me donna une partie de l'ouvrage de son Maître, que je vous aurois envoyé, sans qu'il m'a asûré que j'aurois l'autre dans le commencement de la semaine. S'il me tient parole, par le prochain Courier je vous envoyerai le tout, & en tout cas le peu qu'il m'a remis. En passant les yeux sur sa Carte & sur son Ecrit il m'a semblé, qu'il avoit bien pris votre intention.

Du Deputé de Mantoüe, on vous laisse à juger ce qui est juste, & on consent que vous lui déferiez tout ce qui lui sera accordé & par le Nonce & par le Comte de Nassau. De prétendre que la France fera plus que ceux-là, il n'auroit pas de raison. C'est ce qui a été commandé de vous faire savoir. *Il ne faut faire au Deputé de Mant tout que les mêmes civilitez qu'il recevra du Nonce.*

Il m'étoit oublié de vous mander que nous avons eu en cette Ville le Comte d'Egmont, lequel nous demande des Lettres pour votre *Prétendu du Comte d'Egmont sur Gueldre & Al-Zutphen,*

Alteſſe & pour Meſſieurs vos Collegues, tendantes à vous recommander ſes prétentions & ſes droits ſur le Duché de Gueldre & Comté de Zutphen, & à les appuier. Son prétexte n'eſt pas ſans fondement, mais la matiere eſt très-délicate. Conſideré comme ennemi du Roi d'Eſpagne qui lui reproche l'injuſte detention d'un grand Duché & d'un Comté, cela eſt plauſible; mais conſideré comme Membre d'un Etat allié, il échet d'entrer en d'autres conſiderations. Il eſt remis à vos prudences de faire ce que vous jugerez expedient pour le bien de cette Couronne, ſans avoir autrement égard aux Lettres qui vous ſeront préſentées, & je vous oſerois dire qu'il ſeroit néceſſaire de prévenir les Plenipotentiaires de Meſſieurs les Etats, avant que de s'engager en aucune choſe. Quand j'ai fait cette objection audit Comte, & à un Gentilhomme François qui eſt à ſon ſervice, ils ont eu de la peine à me répondre, & m'ont voulu perſuader, qu'ils auroient des expediens à propoſer, dont Meſſieurs les Etats ne diſconviendroient pas. J'avoüe mon ignorance, je n'ai ſû les pénétrer; non que pour Gueldre (comme n'étant pas abſolument poſſedée par eux, & dont la Capitale eſt entre les mains de leur Ennemi) il ne me ſoit paſſé par l'eſprit qu'il ſe contenteroit de demander la reſtitution de Ruremonde & de Venlo, qui en fait partie: Mais pour le Comté de Zutphen, il eſt abſolument de leur République, & eſt l'une des ſept Provinces de leur Union, de même que le Duché qui tient le premier rang parmi les Provinces. De croire que le Roi d'Eſpagne donne les mains à la reſtitution de ce qu'il en poſſede, je ne ſaurois me l'imaginer. Il défendra ſa poſſeſſion d'un contract d'achat, & d'autres raiſons qui ſe liſent dans la Tranſaction paſſée entre l'Empereur Charles & le Duc de Gueldre. Mais la queſtion eſt ſeulement ſi cela ſe doit propoſer. J'oſe dire que je tremblerois ſi elle étoit en mes mains auſſi bien qu'aux vôtres: & ſans que votre grande experience m'aſſûre que vous nous tirerez de cet embarras, je ſerois pour conſeiller qu'on fît tant de difficultez au Comte d'Egmont, que degoûté il ſe retirât de France, & s'en retournât en Angleterre, où il a longuement fait ſa demeure. Il y aura pourtant quelque choſe à ménager pour lui, qui ſera la reſtitution des biens qui lui ont été ſaiſis, & au Traité de Vervins pareille choſe fut ſtipulée pour le Prince d'Eſpinoi. J'ai jugé qu'il étoit à propos de vous prévenir, avant que vous reçuſſiez la Lettre qui eſt demandée.

Votre Courier chargé de votre Lettre du vingt-quatre du paſſé n'eſt arrivé en cette ville que ſur les quatre ou cinq heures du ſoir. La conſéquence de la Depêche requiert bien un jour pour en deliberer, & faire reſoudre ſur le contenu en icelle. Je preſſerai le retour & que vous ſoiez éclaircis des detnieres intentions de la Reine, qui n'eſt point ſurpriſe des offres qui vous ont été faites. L'état où elle voit que ſont les choſes, & le peu de moien qu'ont les Ennemis de lui réſiſter, lui ont toûjours fait croire qu'ils ſeroient contraints de s'accommoder, s'ils ne gagnoient & ſeparoient les Alliez de nous. Je ſuis &c.

MEMOIRE

De Son

EMINENCE,

à Meſſieurs les

PLENIPOTENTIAIRES.

Du 3. Mars 1646.

La Thuillerie très-content de la Suede. Les Nations du Nord ſont hautaines. Baviere continuë à ſervir la France. Il faut lui rendre le reciproque. On permet aux Plenipotentiaires de ſe relâcher ſur Philipsbourg. 3. Millions debourſez pour des levées & des Recruës. Triple utilité d'une ſuſpenſion en Allemagne. Peñaranda & Caſtel-Rodrigo ont plein pouvoir de conclurre telle Paix qu'ils jugeront à propos. Progrès qu'on pourroit faire contre le Turc après la Paix. Il faut avoir une ceſſion de l'Alſace. Confidence pour Baviere. On a grand ſoin des intérèts de Madame la Landgrave. D'Anctonville dépêché à l'Electeur de Trèves qui eſt bon François, & qui ſouhaite que ſon ſucceſſeur le ſoit auſſi. On lui fait préſent d'une Vaiſſelle de vermeil doré de la valeur de 60. mille livres. Les Eſpagnols tâchent de gagner les Hollandois en leur offrant de les aſſiſter aux Indes contre les Portugais. Affaire de l'Echange. On eſpere que le Prince d'Orange l'apuiera. Le Marquis Louïs Matthei veut aller de Bruſſelles en Eſpagne, & le Sieur Friquet à Munſter dans la vuë de s'intriguer pour la Paix. Il faut détromper Peñaranda de l'eſperance qu'il a de détacher les Hollandois. On propoſe de gagner le Duc de Lorraine.

JE veux esperer que le retour du Sieur de Saint Romain de Suede ne vous apportera, Messieurs, qu'une ample confirmation de ce que Monsieur de la Thuillerie me mande par les dernieres Lettres que j'en ai reçûes, & dont j'ai une satisfaction indicible. Et à la verité il ne se peut rien ajouter à la bonne opinion qu'il a de la sincerité des intentions de la Reine de Suede, du Chancelier Oxenstiern, & de toute cette Cour-là, pour la fidelle observation des Traitez d'Alliance, qu'ils ont avec cette Couronne. Que bien loin de songer jamais à y manquer, il les voit très-resolus de ne donner pas aux ennemis le moindre sujet de croire que cette union fût ébranlable. Que le Chancelier Oxenstiern l'avoit entretenu au long de tous les discours que son fils lui avoit mandé avoir eus avec Trautmansdorff à Osnabrug, & conclut qu'après les Protestations qui lui ont été faites il faudroit qu'ils fussent pires que Diables, s'ils y manquoient. Il a aussi reconnu qu'ils n'ont pas moins de jalousie de notre fidelité, que nous avons de soupçon de la leur. Mais il croit leur avoir mis l'esprit en repos là-dessus, & qu'ils sont maintenant très-persuadez de tout ce que nous pouvons desirer sur ce sujet.

Il me marque qu'outre les civilitez & honneurs qu'on lui a faits, dont il a occasion d'être très-content, il n'a rien desiré qu'il n'ait aussi-tôt obtenu. Que la Reine de Suede aiant sû qu'il cherchoit des vaisseaux pour le Roi, lui fit savoir qu'elle vouloit se charger elle-même d'en faire vendre, & qu'elle a accordé de fort bonne grace les quartiers qu'on lui a demandez pour la levée de nos troupes Allemandes vers le Duché de Holstein. De façon que tout cela joint à l'application avec laquelle vous avez, Messieurs, l'œil à ce qui se passe dans l'Assemblée, nous doit faire promettre que toutes les batteries de nos ennemis, pour procurer cette division, seront toûjours inutiles; parce qu'en effet les Ministres de Suede ne se porteront jamais à ce qui nous blesse essentiellement. Et nous avons aussi lieu de croire que la conduite qu'ils ont tenuë depuis peu, ne procede d'autre principe, que de l'humeur hautaine naturelle à Messieurs du Nord, & de la maniere d'agir des Nations Septentrionales, qui ont tant d'apprehension d'être peu considerées qu'elles veulent toûjours à tort ou à travers, prendre le dessus. Mais il est bon de ne les pas accoûtumer à nous voir souffrir leurs injustes caprices; d'autant plus que nous nous appercevons que la source n'est point gâtée, & n'y contribue rien. Il faut seulement dans les ressentimens que l'on est obligé d'en témoigner, conserver toûjours l'esprit d'Union & n'avoir pour principal but en effet, que de les remettre dans le bon chemin, & dans la connoissance de la raison.

Je me suis aussi beaucoup réjoüi de la fermeté avec laquelle je vois que le Duc de Baviere témoigne desirer que la France ait satisfaction en Allemagne, & qu'il n'oublie rien de côté ni d'autre de tout ce qu'il croit pouvoir être utile à la faire promptement accorder. Je recherche aussi avec soin de ma part tout ce qui peut servir à l'échauffer, & à l'engager de plus en plus en cette affaire, & à lui persuader que rien ne peut contribuer davantage au bien de sa Maison, & à l'affermissement de la grandeur de ses enfans après sa mort, que de bien établir pour tous les accidens qui peuvent arriver, une solide amitié, & assûrance de la protection de cette Couronne. Je suis certain que vous autres, Messieurs, en usez de même avec ses Ambassadeurs, & que vous ne perdrez nulle occasion de leur confirmer cette verité, parlant & faisant à son avantage tout ce qui se peut, sans nous gâter avec nos Alliez.

Vous verrez par la Copie de la Lettre ci-jointe comme Monsieur de Baviere presse toûjours fort pour nous faire déclarer dès à cette heure en sa faveur en la cause Palatine. Il sera bon de faire voir à ses Ambassadeurs que ce que l'on n'a pas fait jusques ici ç'a été pour avoir lieu de le mieux servir lors que la Négociation s'avancera au point d'ajuster dans peu de jours les affaires d'Allemagne, & qu'il sera question par conséquent de vuider celle du Palatinat. Mais en cela je suis bien du sentiment que vous témoignez avoir, qu'il sera difficile de leur refuser plus long-temps les offices reciproques qu'ils attendent de vous, de crainte que leur Maître ne se rebutte, & ne se refroidisse. Et je vous puis dire de la part de la Reine que tout ce que vous jugerez à propos de faire là-dessus sera approuvé par Sa Majesté. En effet il me semble que la derniere Lettre de ce Prince nous doit confirmer qu'il ne se peut pas mieux marcher qu'il fait, & que nous devons attendre bien-tôt l'accomplissement de nos souhaits par l'efficace avec laquelle il contribue ce qui dépend de lui, en public & en particulier, pour nous les faire obtenir. J'apprends même d'un autre endroit, & de bon lieu, qu'encore depuis peu il a représenté tout ce qui est nécessaire pour cela à l'Empereur, & aux Princes & Etats de l'Empire, avec toute la liberté qui se peut; & pour les Espagnols, qu'il a tout-à-fait levé le masque contr'eux, & qu'il ne les considere que comme des gens qui le ruineroient infailliblement s'ils en avoient autant de pouvoir que de desir.

Je suis bien aise d'avoir prévenu vos sentimens en ce qui est de relâcher sur Philipsbourg, en cas qu'il ne se puisse faire mieux. La Reine m'a commandé de vous écrire qu'elle vous en donne le pouvoir pour vous en servir quand vous le jugerez à propos. J'en ai fait prendre aujourd'hui la resolution à Sa Majesté en la présence seulement de Monsieur le Duc d'Orleans & de Monsieur le Prince. Et quand il en a été parlé sur votre Depêche on n'a rien resolu là-dessus, mais plutôt on a témoigné qu'il falloit persister à tenir bon en toutes nos demandes, & ainsi la chose demeurant très-secrete, vous aurez plus de moien d'en tirer de l'avantage. Et après ce que j'ai dit à Monsieur le Prince là-dessus je me veux promettre qu'il n'en parlera point. Cette facilité que nous apportons étant jointe aux soins que prend d'ailleurs Monsieur le Duc de Baviere, il y a lieu d'esperer de voir bientôt la Paix dans l'Empire, dont infailliblement s'ensuivra aussi l'accommodement avec les Espagnols, puis que les divers avis que je reçois tous les jours, me donnent encore de nouveaux sujets de vous confirmer tout ce que je vous ai mandé par mes dernieres, & que je croi superflu de repeter, touchant la nécessité absolue qu'ils ont de faire la Paix, & la resolution qu'ils ont prise de la conclurre à quelque prix que ce soit. Je me contente seulement de vous adresser la copie d'un article d'une Lettre que le Nonce d'ici a reçu de son Collegue qui est en Espagne.

II

1648.

Trois millions débourfez pour des levées, & des recrues.

Il est très-important, Messieurs, de ne perdre pas un moment de temps, & voir à quoi peut aboutir la Négociation avant la Campagne, afin que nous puissions mieux prendre toutes nos mesures. Cependant on n'omet rien de tout ce qu'il faut pour une guerre plus vigoureuse que jamais, & depuis quatre jours on a encore déboursé plus de trois millions de livres pour de nouvelles levées, & pour les recrues de toutes les Armées qui doivent agir. Mais tout cet argent ne sera pas moins bien employé si la Paix se fait que si la guerre se continue avec les Espagnols. Vous pouvez sur ma parole négocier, comme étant très-certains de toutes les choses que je vous ai mandées de l'état de leurs affaires, & de la disposition où ils sont.

Triple utilité d'une suspension en Allemagne.

Pour ce qui regarde l'Allemagne, il me semble, pour les raisons que j'ai déja mandées, que si l'on pouvoit convenir préalablement des points principaux, une suspension d'armes ne seroit que fort à propos, ainsi que vous autres, Messieurs, m'avez en même temps témoigné de croire. Car outre qu'on seroit en repos par ce moien qu'il ne pourroit arriver d'accident en Allemagne qui changeât la face des affaires, & l'inclination qu'un chacun dit avoir pour la Paix, nous en tirerions en notre particulier trois avantages notables, l'un de pouvoir presser plus vivement les Espagnols, au cas qu'ils persistassent à s'opiniâtrer de ne pas nous satisfaire. Le second, de pouvoir contribuer quelque chose de plus que nous ne faisons au rétablissement des affaires du Roi d'Angleterre. Et le dernier, d'empêcher sous main, & sans faire aucune déclaration, les progrès du Turc, lequel paroît resolu, selon les avis qu'on en a, de faire aussi agir ses Armées du côté de terre contre la Chrétienté.

J'estimerois qu'en cas que les Médiateurs voulussent vous donner à entendre qu'ils trouvent des difficultez dans l'esprit de Peñaranda de nous contenter, qu'ils ne jugent pas surmontables, & que ce seroit une trop grande longueur & retardement à la conclusion d'un accommodement, d'avoir à dépêcher en Espagne pour en faire venir de nouveaux ordres, vous pourriez leur faire connoître que cette excuse n'est qu'un pur prétexte pour éloigner la Paix, à laquelle ils ne se peuvent pas bien resoudre, quelque besoin qu'ils en aient:

Peñaranda & Castel-Rodrigo ont pouvoir de conclurre telle Paix qu'ils jugeront à propos.

par-ce que vous savez fort bien que ledit Peñaranda a pleine autorité de conclurre toutes choses, conjointement avec Castel-Rodrigo, sans même être obligez d'en informer auparavant le Roi d'Espagne à quelques conditions qu'ils consentent, pour sortir d'affaires, & que cela ne doit pas être fort secret, puis que ledit Roi l'a dit lui-même au Nonce, qui reside dans sa Cour, & aux autres Ministres des Princes, qui sollicitent ou prennent intérêt à la Paix.

J'ai lû avec très-grand plaisir le recit que vous me faites de la Conference que vous avez euë avec les Médiateurs sur toutes les affaires généralement, tant de l'Empire que d'Espagne, & remarqué le motif que Trautmansdorff leur a suggeré de l'invasion de la Chrétienté par les Armes Ottomanes, pour nous persuader que nous devrions abandonner une bonne partie de nos prétentions. A la verité il ne se peut mieux retorquer l'argument, que vous avez fait, & les raisons que vous avez repliquées, sont si solides & si convaincantes, qu'il est impossible, si elles

font représentées à nos ennemis, qu'elles ne fassent grand effet dans leur esprit & ne les obligent, sans autre delai, à prendre quelque bonne resolution, reconnoissant que pourvu qu'ils se disposent à consentir aux justes satisfactions que nous prétendons, il dépend d'eux de mettre en peu de jours les choses en l'état, que le Grand Seigneur perdra bien-tôt les esperances qu'il peut avoir conçues, de profiter des divisions des Princes Chrétiens, & de faire des progrès à leurs dépens.

Cependant sur cette affaire du Turc qui peut effectivement donner de la peine à l'Empereur, & qui touche déja sensiblement la République de Venise au point que tout le monde voit, je vous mets en consideration, Messieurs, si pour intéresser davantage les Médiateurs à notre satisfaction dans l'Allemagne, & les rendre plus hardis à nous la procurer, & mieux disposer les Princes & Etats de l'Empire à la faciliter, on pourroit leur faire esperer que cette Paix de l'Empire se venant à conclurre, nous consentirions que l'on formât une Armée d'une partie des troupes, qui sont aujourd'hui sous le Commandement de Monsieur le Maréchal de Turenne, & d'autres que nous y pourrions faire joindre pour l'emploier contre le Turc sous le Roi de Pologne, que nous savons qui s'engageroit volontiers en cette Guerre, accordant secretement quelque somme d'argent pour leur subsistance, & faisant sous main que les Chefs & Officiers y prissent parti. Ainsi sans qu'il nous en pût arriver du mal, parce que nous ne ferions aucune déclaration, on pourroit par le moien du Roi de Pologne d'un côté, & de l'Empereur & de Baviere de l'autre, & peut-être même des Suedois (qui pour faciliter leur satisfaction, se porteroient à faire quelque chose de semblable de leur part) donner bien-tôt de quoi penser à l'Ennemi commun, & tourner contre lui conjointement toutes les armées, ou du moins la plus grande partie de celles qui déchirent aujourd'hui l'Allemagne. Et si dans le même temps, ou peu après on faisoit l'accommodement avec l'Espagne, comme il n'en faut pas douter, le Roi d'Espagne joignant ses forces de mer à celles de la République de Venise, & des autres Princes d'Italie, la Chrétienté se trouveroit bientôt en état, non seulement de s'opposer aux progrès du Turc,

Progrès qu'on pourroit faire contre le Turc après la Paix.

mais de remporter de grands avantages sur lui, pouvant emploier un si grand nombre de troupes si aguerries, & l'attaquer par tant d'endroits.

Enfin pour ce qui regarde la France en ce fait particulier, c'est à vous autres, Messieurs, à aviser ensemble ce qui sera plus expedient, vous pouvant asfûrer que Sa Majesté qui s'en repose entierement sur vous, aprouvera ce que vous resoudrez, & fera executer ponctuellement ce à quoi vous l'avez engagée.

Je vous avois ci-devant mandé, que si pour faciliter les choses vous vous resolvez à lâcher Philipsbourg (ensuite d'un pouvoir que Sa Majesté vous en a donné) il ne faudroit pas parler des autres temperamens, que l'on avoit songé pour moderer notre demande. Maintenant Sa Majesté, après en avoir conferé avec Monsieur le Duc d'Orleans & Monsieur le Prince, m'a commandé de vous écrire qu'elle vous donne la même autorité de les accorder aussi, en cas que vous le jugiez à propos, afin d'avancer la conclusion de la Paix: Sa Majesté sachant bien que vous irez par degrez, & que vous ménagérez ses intérêts plus

que

1646.

que fi c'étoient les vôtres propres. Et vous remarquez fort bien là-deſſus que la France donnant un dédommagement pour l'Alface aux Archiducs, aura cet avantage de tirer une ceſſion en bonne forme de tous les droits qu'ils ont en ce Païs-là. Mais il me ſemble, que même ſans ce dédommagement il faudra faire inſtance de ladite ceſſion, & exiger de l'Empereur, qu'il ſoit obligé de la tirer deſdits Archiducs, & de nous la fournir à la ſignature du Traité, afin d'ôter pour l'avenir toute matiere à de nouveaux remuëmens en Allemagne.

Il faut avoir une ceſſion de l'Alface.

† Je ne crois pas devoir encore faire connoître à Monſieur le Duc de Baviere, par la voie du Nonce préciſément, la facilité que nous apportons à la Paix, & à quel point nous ſommes reſolus de retrancher nos prétentions, mais ſeulement de lui faire ſavoir en général, que nous apporterons de tels adouciſſemens à nos demandes en Allemagne, que demeurant en ſubſtance les mêmes à notre égard, elles feront tout autres à l'égard des Princes intéreſſez, & des Princes & Etats de l'Empire, & qu'il ſera obligé d'avouër que nous nous relâchons au de-là de ce que lui-même, (qui a tant d'intérêt à voir terminer toutes les affaires) n'eût oſé nous conſeiller. Je croirois auſſi que vous autres, Meſſieurs, pourriez tenir les mêmes diſcours à celui des Plenipotentiaires de Baviere, en qui il a le plus de confiance, & même lui dire en grand ſecret le détail de ce à quoi nous nous relâcherons, avec les mêmes précautions que vous propoſez en votre Depêche commune, pour vous en ouvrir aux Médiateurs. Mais il ſemble qu'en ce cas il faudroit attendre que vous le puſſiez faire avec certitude, ou grande probabilité d'obtenir en même temps le compte du Roi, & de pouvoir par ce moien conclurre promptement le Traité.

Confidence pour Baviere.

Je vous prie auſſi de bien examiner quand & comment il faudra le dire aux Médiateurs, pour tenir la choſe plus ſecrete, la vendre plus cher, & en tirer enſuite plus d'avantage, & s'il ne feroit pas à propos que Monſieur le Duc de Longueville, ſeul, ou quelqu'un de vous autres Meſſieurs, de la part pourtant de tous, le dît à l'un des Médiateurs, qui pourroit être Contarini, avec les proteſtations & reſerves contenues dans votre derniere Depêche.

On a grand ſoin des intérêts de Me. la Landgrave.

Il ne ſe paſſe point d'Ordinaire qu'on ne charge le Sieur Braſſet de parler & preſſer vivement, afin que les affaires de Madame la Landgrave continuent dans l'Ooſt-Friſe, au même état qu'elles ſe trouvent à préſent. Et comme j'en écris avec grande chaleur à Monſieur le Prince d'Orange, & que le Sieur d'Eſtrades a ordre d'appuier & d'en ſolliciter continuellement l'effet, je m'aſſûre que cette Princeſſe aura la ſatisfaction qu'elle peut deſirer: d'autant plus qu'il n'eſt pas queſtion ſeulement de ſon intérêt, mais du bien de la cauſe commune. On avoit déja ſongé à engager ladite Dame à quelque choſe de particulier, touchant la façon d'agir de ſes troupes cette Campagne de concert avec Monſieur le Maréchal de Turenne. On fera partir bientôt avec tous les traitemens favorables qu'il ſe pourra, & avec toutes ces reſolutions, le Gentilhomme qu'elle avoit depêché ici, ſi ce n'eſt qu'elle lui commandât d'y demeurer, ſur la nouvelle qu'elle aura maintenant reçûë de la mort du pauvre Polhelm, qui faiſoit ſes affaires en cette Cour, lequel a été regretté de tous les bons François, pour le zele qu'il faiſoit paroître en toutes rencontres à la gloire de cette Couronne.

On a crû important de faire retourner au plutôt ſur le Rhin Monſieur le Maréchal de Turenne, ſa preſence de ce côté-là ne pouvant être que très-avantageuſe au ſervice du Roi, pour beaucoup de reſpects. Il ſe diſpoſe à partir ſans faute un jour de la ſemaine prochaine.

On a fait partir le Sieur d'Antonville pour Trêves, avec pouvoir de donner à Monſieur l'Electeur toutes les ſatisfactions généralement qu'il a deſirées d'ici, hors ce qu'il demandoit touchant Philipsbourg. On a chargé ledit d'Antonville de ménager en ſorte les choſes, que comme ce Prince reçoit toutes les marques poſſibles de la bienveillance de leurs Majeſtez, elles reçoivent auſſi de plus en plus des effets ſolides de ſon affection & de ſon attachement à cette Couronne.

D'Antonville depêché à l'Electeur de Trêves qui eſt bon François, & qui ſouhaite que ſon ſucceſſeur le ſoit auſſi.

On fait hâter le travail d'un beau buffet de Vaiſſelle vermeil doré, de la valeur de cinquante à ſoixante mille livres qu'on lui envoyera au premier jour. La principale affaire que nous avons avec lui, c'eſt qu'il faſſe en ſorte que l'Electorat tombe après ſa mort à quelque perſonne qui ne ſoit pas moins partiale qu'il eſt pour la France.

On lui fait preſent d'une Vaiſſelle de vermeil doré de la valeur de ſoixante mille livres.

On a inſtruit de tout ce qui ſe pouvoit là-deſſus ledit d'Antonville & je vous prie encore, Meſſieurs, de lui envoier vos bons avis, & d'agir ſur les lieux avec les Deputez dudit Electeur, en la maniere que vous jugerez la plus propre, pour parvenir à notre fin. Elle doit, ce ſemble, nous être d'autant plus facile, que ce Prince n'a point de diſcours plus frequent à la bouche, que celui de la paſſion qu'il a, que ſon ſucceſſeur ne ſoit pas moins François que lui, & que s'il en étoit aſſûré il ſeroit content.

Il n'eſt pas tombé en la penſée de qui que ce ſoit de reformer les troupes de Bonichauſen; il ne faut que tâcher qu'elles ſoient bien complettes, ſur tout l'Infanterie; car pour la Cavalerie on n'en a jamais douté. On avoit ſeulement ſongé qu'en cas que les levées qui ſe font du côté de Hambourg réuſſiſſent ſi bien que le Sieur de Meules le mande, & ſe puiſſent joindre auſſi fortes qu'on les fait eſperer, à Monſieur le Maréchal de Turenne (pour l'Armée duquel on a outre cela donné le fonds néceſſaire pour trois mille hommes de recrues aux vieux Corps,) on pourroit faire venir en France ledit Bonichauſen avec ſes troupes ſervir dans l'armée de Monſieur le Duc d'Anguien, ou en quelque autre endroit. Mais il ne faudra, s'il vous plaît, Meſſieurs, en dire mot, n'y aiant encore rien de reſolu. Je vous conjure auſſi ſur ce propos de preſſer toûjours, autant qu'il dépendra de vous, toutes les levées. On n'omet rien de poſſible de ce côté ici. On a fait partir, comme vous ſavez, le Sieur de Traci, & on a envoyé de l'argent ſur le Rhin, & à Caſſel, afin que rien ne manque à l'execution de ce qui a été arrêté, & pour empêcher que les troupes étant une fois levées, ne deperiſſent faute de ſubſiſtance.

Je n'ai pas occaſion de vous rien dire, cette fois-ci, touchant les Miniſtres de Meſſieurs les Etats, & les Négociations que les Eſpagnols ont introduites avec eux; ſi ce n'eſt qu'il ne faut pas douter, que parmi les motifs, dont ceux-ci ſe ſerviront, pour eſſaier de gagner les autres, ils ne ſe prevalent de la diviſion qui eſt entre le Portugal & la Hollande dans les

Les Eſpagnols tâchent de gagner les Hollandois en leur offrant de les aſſiſter aux Indes contre les Portugais.

Indes

Indes Occidentales, offrans leur assistance à Messieurs les Etats contre des Ennemis plus recens, & par conséquent plus haïs. Enfin nous devons sans cesse avoir présent à l'esprit, que nos Parties n'épargneront ni offres d'argent, ni artifices, ni malices, & qu'ils sacrifieront même gaiement la Religion, & tout autre intérêt, pourvû qu'ils croient que cela puisse être utile à separer quelqu'un de nos Alliez d'avec nous.

Je continue à vous envoier un extrait de divers avis, que je reçois toutes les semaines de Rome, & de plusieurs endroits, & que je confronte puis après ensemble. Cela contentera vôtre curiosité, & même vous pourriez vous prévaloir de quelqu'un pour parler, selon les occasions, au Nonce, ou à Contarini, ausquels il sera mal aisé de vous en faire accroire quand vous serez avertis ponctuellement de tout ce qui se passe.

Il ne sera que bon, ce me semble, que le Nonce apprehende par vos discours, que le Pape changeant, comme il fait, contre cette Couronne, se trouvera à la fin réduit, ou à empêcher que la Paix ne se conclue, & souffrir lui seul le blâme du retardement, ou d'être comme forcé par tous les Princes ensemble de donner les satisfactions à la France qu'elle prétend de lui avec justice, sa Majesté étant bien résolue de terminer toutes les affaires à fonds, & de ne laisser point de queuë qui puisse alterer de nouveau le repos de la Chrétienté. Cependant il ne se peut rien ajoûter aux sages reflexions que vous faites dans la Depêche commune touchant les affaires de Rome, non plus qu'à la prudence de la réponse que vous avez donnée au Secrétaire de l'Ambassadeur de Mantoue, que son Maître avoit dépêché par avance à l'Assemblée, pour découvrir de quelle façon il y seroit traité: c'est à quoi nous croions ici qu'il se faut tenir.

Affaire de l'échange.

Pour ce qui est du parti de l'échange, j'avoue avec vous qu'il y a quelque chose à dire, pour la raison que vous marquez, qui semble devoir empêcher Messieurs les Etats de s'y porter. Mais après tout, c'est une chose qu'ils n'avoient pas moins prévue en l'an 1635. & ils ne laisserent pas de consentir à l'établissement d'une pleine Paix pour leur Etat, & de confiner presque de tous côtez avec cette Couronne. Et outre qu'ils ont pris depuis ce temps-là plusieurs Places, qui ont de beaucoup augmenté leur puissance, vous savez à quoi on se porteroit encore de ce côté-ici, pour les interesser plus avant à l'execution de ce parti.

On espere que le Prince d'Orange l'appuiera.

Quant à Monsieur le Prince d'Orange, son avantage particulier & celui de sa Maison s'y rencontrant au point que vous aurez vû par ce que je vous en ai mandé, en ce que ses Enfans, à qui il doit maintenant songer plus qu'à lui, ne seroient pas moins considerables dans la Paix même, que lui & ses prédecesseurs l'ont été dans le plus fort de la Guerre; il est à croire qu'il le souhaitera peut-être autant que nous-mêmes. Mais c'est dequoi nous serons bien-tôt éclaircis.

Quant à ce que vous mandez de ne proposer la chose en Hollande, que lors qu'elle seroit consentie avec les Espagnols, je m'assûre que vous aurez depuis approuvé les raisons, qui m'ont fait penser à nous en ouvrir à Monsieur le Prince d'Orange, comme l'on a fait, qui est seulement en lui demandant conseil, sans témoigner aucune inclination à l'affaire. Je crois cependant que vous avez bien fait de

n'en dire mot aux Deputez des Etats. La raison qui m'avoit obligé de vous le mettre en consideration, étoit la crainte que nos Ennemis le leur découvrissent d'abord, dès la premiere connoissance qu'ils en auroient. En effet nous avons d'autant plus à y prendre garde de près, que j'ai sû que le même partique Contarini vous a proposé touchant cet échange, comme venant d'eux, il l'a proposé depuis aux Espagnols en la même maniere, comme venant de nous, dont il est bon, pour plusieurs respects, que vous soiez informez; afin que nos Parties ne nous en fassent pas une nouvelle piéce près les Deputez des Etats, à quoi sans doute ils ne manqueront pas, ne travaillans à rien avec plus d'application qu'à les revolter contre nous.

Je ne vous dirai rien de la conduite de Trautmansdorff dans les intérêts de Baviere, ausquels vous aviez tous les jours des avis qu'il n'étoit gueres favorable. Ce doit être un argument bien fort pour nous faire croire que ledit Duc marche de bon pied pour les satisfactions de cette Couronne. Vous verrez ce que lui-même mande du procedé dudit Trautmansdorff. Cependant il a été très-à-propos & il sera bon de continuer d'avertir ses Deputez de ce qu'on apprendra de la conduite dudit Trautmansdorff au préjudice de leur Maître, pour les tenir alertes, & obliger ledit Duc à agir pour nous jusqu'au bout, comme il a commencé.

Le Marquis Louïs Matthei veut aller de Bruxelles en Espagne, & le Sieur Friquet à Munster dans la vûe de s'intriguer pour la Paix.

Monsieur le Nonce m'a fait voir une Lettre qu'il a reçue de Bruxelles du Marquis Louïs Matthei, qui fait instance d'avoir un Saufconduit pour venir ici, & même pour aller en Espagne, s'il est nécessaire, disant qu'il a de grandes choses à proposer pour conclure la Paix en un instant. Je considere en cela que c'est une personne de condition qui ne peut venir sans éclat, quand même les Espagnols y procederoient de bonne foi; qu'il a été ici près de deux mois, où tout le monde a vû que je l'ai fort caressé; qu'il est parent de Picolomini, & ne pourroit après retourner à Bruxelles, sans donner de grands soupçons à nos Alliez de l'avancement de quelque Négociation secrette à leur préjudice. J'ai donc fait répondre au Nonce (qui n'avoit pû encore me voir, pour les occupations extraordinaires qui m'étoient survenues à la fin de la semaine) que dès qu'il m'auroit parlé il dépêcheroit plutôt un Courier exprès, s'il y avoit quelque chose qui le meritât. Cependant nous gagnons temps, pour avoir des nouvelles de Monsieur d'Estrades des sentimens du Prince d'Orange en l'affaire que vous savez, sur lesquelles je reglerai la réponse que l'on devra faire audit Matthei, & ce qui nous doit donner plus de soupçon de la mauvaise foi de nos Ennemis, c'est que j'ai sû qu'au même temps qu'ils ont fait écrire ledit Matthei, ils ont fait passer par la Haie un certain Friquet, qui va à Munster, chargé de nouvelles propositions pour Monsieur le Prince d'Orange, avec lequel, & avec Madame, il a autrefois negocié. Il sera bon de tâcher, quand ledit Friquet arrivera près de vous, de pénétrer, s'il se peut, ce qu'il aura tiré de sa Négociation, quoi que j'aie sujet de croire que Monsieur le Prince d'Orange en usera comme il a fait jusqu'ici, & aura fait savoir au Sieur d'Estrades tout ce qui lui aura été proposé, & les réponses qu'il aura faites.

Mais je voi bien que nous ne devons pas esperer l'execution des ordres precis que Cas-

tel-

1646.
Il faut detromper Peñaranda de l'esperance qu'il a de détacher les Hollandois.

tel-Rodrigo & Peñaranda ont d'Espagne de conclurre la Paix à quelque prix que ce soit, tant qu'il leur restera esperance d'en pouvoir faire une particuliere avec les Etats. C'est pourquoi il n'y a rien, à mon avis, de si important que de procurer que ces Ministres-là en soient au plutôt bien detrompez. Et comme nous savons que la resolution de Messieurs les Etats est de garder l'Alliance, & de conserver l'union avec toute ponctualité, il faudroit tâcher de faire que leurs Députez fissent ce que Contarini a proposé, & déclarassent fortement à Peñaranda, que quelque chose qu'il propose, & quelque flatterie qu'il leur fasse, il ne doit jamais esperer que lesdits Etats entendent à rien, que ce ne soit conjointement avec la France, & en ce cas j'oserois répondre que vous autres, Messieurs, ferez la Paix aux conditions à peu près que vous voudrez & en un instant.

J'ajoûterai à tout ceci que les Ministres d'Espagne ne font pas mal adroits à se conduire comme ils font, nonobstant tous les ordres qu'ils ont du Roi d'Espagne de terminer promptement les affaires; parce que comme il reste deux mois d'ici à la Campagne, ils essaient de profiter de ce temps, pour voir s'ils pourront mettre de la division entre nous & nos Alliez, étant asûrez en tout cas que quand ils voudront consentir à une bonne partie de nos prétentions, il est entre leurs mains de faire la Paix en un jour puis qu'ils en ont même le pouvoir, sans envoyer en Espagne, & ainsi d'éviter par ce moien les maux qu'ils craignent la prochaine Campagne, satisfaisans aux ordres précis qu'ils ont de leur Maître de ne l'y laisser pas exposer. Mais je tâcherai autant qu'il se pourra qu'ils se trompent au calcul qu'ils font de l'ouverture de la Campagne, puis que l'on a encore de nouveau depêché au Comte d'Harcourt, pour le presser de profiter de la foiblesse des ennemis, de la douceur du Climat, & des forces qu'il a, & d'entreprendre quelque chose, sans attendre davantage, & de tous côtez nous mettons les choses en état, pour faire agir les Armées dès que le temps sera un peu adouci.

Je finirai ce Memoire en vous donnant part des nouvelles recherches que continue de me faire le Duc de Lorraine, pour s'accommoder avec la France par mon moien. Je les ai rejettées bien loin, lui faisant connoître qu'il étoit mal aisé que nous puissions nous fier à ses promesses, venant tout fraîchement de s'engager par un nouveau Traité avec nos ennemis, plus avant qu'il n'a jamais fait. Cependant au cas que la Guerre continue cette Campagne, il est certain que s'il y avoit moien de détacher ce Prince d'avec les Espagnols, il faudroit nécessairement qu'ils capitulassent pour la Flandre, puis que les principales forces sur lesquelles ils fondent leur esperance, sont les troupes dudit Duc qui se trouveroient alors contre eux, & ainsi ils en recevroient un double desavantage.

On propose de gagner le Duc de Lorraine.

Je vous prie, Messieurs, de me mander vos sentimens sur ce que vous jugez qu'on devroit faire en cela; quoi qu'à le bien prendre, il me semble que nous devons regler notre conduite sur le pied des Négociations de Munster, & du train qu'elles prendront.

MEMOIRE
DU ROI
à Messieurs les
PLENIPOTENTIAIRES.

Du 7. Mars 1646.

Les Espagnols pressez de faire la Paix. Cependant ce n'est qu'un simple compliment qu'ils font à la Reine Mere en se remettant à elle des conditions. Ils veulent faire juger par-là que les obstacles ne viennent pas de leur côté. Pendant qu'au fonds ils ne s'obligent à rien. Ils ont affecté de rendre cette demarche publique. On est étonné du jugement favorable qu'en ont fait les Plenipotentiaires. On leur envoye deux Lettres & un blancsigné de la Reine. Qui ne peut être ni Arbitre ni Médiatrice. On doit confier toute cette affaire aux Hollandois & même aux Suedois. La France se flatte encore que l'échange réussira. On en repete les raisons.

LA nécessité contraint le Roi d'Espagne de songer à un accommodement, pour prévenir par ce moien la ruine totale dont est menacée sa Monarchie, si la Guerre dure, & son apprehension est redoublée à présent, qu'il ne voit pas comment s'opposer aux Armes de France dans l'Espagne, ni comment empecher dans la Flandre le progrès, qu'elles y voudront faire, avec celles de Messieurs les Etats.

Après donc que ses Ministres ont tenté en vain, par mille artifices & par diverses propositions avantageuses à nos Alliez, de les separer de cette Couronne, il a resolu de recourir à la Paix, comme au moien le plus propre pour ne pas risquer ce qui lui reste, & pour cet effet, comme il a déja été mandé à Messieurs les Plenipotentiaires il y a plus d'un mois, il a donné des ordres précis à Castel-Rodrigo, & au Comte de Peñaranda de la faire à toutes conditions, & de la faire même, sans être obligez de dépêcher en Espagne, pour apprendre plus particulierement ses intentions sur les ouvertu-

1646.

res qui seront faites, aprouvant dès à present l'accommodement, en quelque façon qu'il soit ajusté.

Les Espagnols pressez de faire la Paix.

Les principaux Ministres qui sont près de lui, ne lui ont pas seulement conseillé de sortir d'embarras, en consentant à toutes les prétentions de la France, mais ils lui ont témoigné tous d'une voix, que ce sera un grand bonheur pour la Couronne d'Espagne, si en sacrifiant ce qu'elle a déja perdu, elle peut conserver tout le reste qui est sur le point de se perdre: jugeant que l'on doit toûjours apprehender extrémement que la France ne veuille profiter de la belle occasion qui se présente de ruiner son ancien ennemi. Et que bien qu'elle parle de la Paix, & qu'elle proteste d'y être entierement disposée, elle trouvera des échapatoires pour empêcher d'y venir quand on sera sur le point de lui accorder tout ce qu'elle demande.

Tout ce que dessus nous devroit faire esperer d'eux une proposition solide, & qui portât bientôt les affaires à un accommodement. Cependant nous voions que celle qu'ils viennent de faire, & à laquelle ils tâchent de donner tant d'éclat, ne conclut rien en effet; mais au contraire nous donne grande matiere de soupçonner, que leur intention n'est pas bien sincere, & il faut sans doute qu'ils aient voulu faire encore cette tentative, pour voir s'ils en pourroient profiter de quelque chose, avec dessein pourtant, après en avoir vû le succès, de tenir un autre langage, & cedant à la nécessité, nous donner entiere satisfaction.

Et à la verité si on veut tant soit peu examiner ce que c'est que cette proposition il se trouvera qu'ils s'adressent à nous, après avoir fait tout ce qu'ils ont pû pour séparer nos Alliez, & nommément avoir offert Paix & Trêve à Messieurs les Etats en la maniere qu'ils voudroient la prescrire, & d'envoier des Ministres la traiter jusques dans la Haye, & de donner des Provinces entieres à Monsieur le Prince d'Orange pour l'obliger à s'employer favorablement pour leur accommodement. Et tout cela avec des gens qu'ils pretendent être leurs Sujets, & qu'ils appellent rebelles, & dont la puissance n'est nullement comparable à celle de la France. Ce n'est donc pas un grand effort pour eux, qu'étans rebuttez de toutes parts, & se voiant nécessitez de faire la Paix, ou à laisser exposé au grand hazard ce qui leur reste, ils nous fassent un simple compliment qui n'obligeroit à rien, quand même ils n'auroient pas eu la précaution de le limiter par la restriction qu'ils y ont apposée: puisqu'à le bien prendre, ce n'est autre

Cependant ce n'est qu'un simple compliment qu'ils font à la Reine Mere en se remettant à elle des conditions.

chose que cette civilité qui se pratique souvent, quand deux personnes, aiant des differends ensemble, l'un s'adresse à l'autre, & dit, je vous en veux croire, je vous en fais juge, & alors que celui pour qui on a cette déference, n'a de liberté ni de pouvoir pour faire l'accommodement que de se condamner soimême s'il veut.

De plus, il n'est pas naturel de voir, sans nouveau sujet, naître dans un instant un excès d'amour d'une haine, qui un moment auparavant étoit implacable, & on ne peut gueres aller d'une extrémité à l'autre, sans passer par quelque milieu.

Il semble donc qu'on peut conclurre, que bien que la nécessité contraindra à la fin les Espagnols de nous accorder tout, pour avoir la Paix, ils n'ont pas encore eu cette inten-

Tom. III.

tion en la proposition qu'ils ont faite, ils ont crû qu'ils devoient emploier de la sorte le temps, qui leur reste d'ici à la Campagne, se flatant qu'une pareille ouverture leur seroit utile extrémement, & dans l'apparence & dans l'effet.

1646.

Ils veulent faire juger par là que les obstacles ne viennent pas de leur côté.

Dans l'apparence, parce qu'elle peut faire croire à la plûpart du vulgaire, qui ne pénétre que l'écorce des choses, qu'ils se sont mis au delà de la raison, & que la Paix est entre les mains de ceux à qui Sa Majesté confie la principale direction de ses affaires, lesquels retardent cette bonne œuvre pour leurs intérêts particuliers.

Pendant qu'au fond ils ne s'obligent à rien.

Dans l'effet, parce qu'ils ne s'obligent qu'à ce qui leur semblera bon, & nous tenant engagez sans l'être, ils prendroient pour une chose sûre ce que nous leur aurions offert, & s'en serviroient comme d'un titre pour prétendre avantage. Et parce aussi qu'ils pourroient donner de telles jalousies aux Alliez de la France, qu'étant assûrée de son compte elle s'accommodât, sans attendre que leur satisfaction fût accordée, qu'ils en seroient plus disposez à écouter les recherches qu'on leur fait sans cesse de traiter séparement afin de nous prevenir. Et en effet si les Ministres d'Espagne eussent eu aussi bonne intention, que les Médiateurs se sont mis en peine de vous le persuader, pourquoi auroient-ils forcé leur naturel à tel point, que de faire, contre leur coûtume, & contre leur humeur hautaine, si grande ostentation d'une soumission qu'ils rendent? La Nation n'est pas de soi-même encline à s'humilier. N'auroient-ils pas plutôt essaié de couvrir avec grand soin la nécessité, où le mauvais état de leurs affaires les reduit, & de s'adresser, comme ils le pouvoient, par quelque autre moien à la Reine, pour lui faire la même proposition en grand secret? Ils eussent du moins sauvé en quelque façon leur réputation, cachant la honte d'une extrême foiblesse. Mais il se voit que le plus grand fruit qu'ils se sont promis d'en tirer consiste tout à avoir rendu publique la proposition, & que ç'a été leur principale visée pour les fins qui sont aisées à juger. Cependant on croit y apporter un si bon ordre que si dans l'essentiel ils n'ont pas eu jusques ici grand avantage sur nous, ils en auront encore moins dans les apparences où ils ont voulu s'attacher.

Ils ont affecté de rendre cette demarche publique.

Comme l'on fait ici un état très-particulier de tout ce qui vient de la part de Messieurs les Plenipotentiaires, on a eu de la peine à comprendre par quelle raison ils ont témoigné de faire tant de cas d'une semblable ouverture, aiant consenti d'en dépêcher un Courier exprès, & s'étant conjoüis avec la Reine comme si la Paix étoit entre les mains de Sa Majesté, & à sa pleine disposition.

On est étonné du jugement favorable qu'en ont fait les Plenipotentiaires.

On auroit aussi souhaité qu'au même temps que Messieurs les Plenipotentiaires ont donné part ici de la chose, eux-mêmes qui sont sur les lieux, & qui voient de près les dispositions d'un chacun, eussent formé entr'eux un avis touchant ce qu'ils auroient estimé que Sa Majesté devoit répondre, car on fait tant de cas de leur jugement, & de la connoissance particuliere qu'ils ont de toutes choses, que l'on a été sur le point de leur dépêcher un Courier, simplement pour apprendre leur sentiment, avant que de resoudre rien.

On envoie à Messieurs les Plenipotentiaires deux Lettres de la Reine, qui leur apprendront les sentimens & les intentions de Sa Majesté.

On leur envoie deux Lettres & un blanc signé de la Reine.

O

Et

Et outre cela on envoie un blanc-signé de la Reine, afin que s'il est besoin d'ajoûter ou diminuer quelque chose ausdites deux Lettres, ou de toutes les deux en former une nouvelle, ainsi qu'ils le jugeront, & que l'état des conjonctures qui changent d'un jour à l'autre, l'exigera, ils s'en puissent servir & la montrer, comme ils le jugeront utile au service de Sa Majesté, la Reine leur témoignant par là l'entiere confiance qu'elle a à leur zele, & en leur prudence.

Le Nonce & l'Ambassadeur de Venise n'ont pas manqué de demander audience, pour pénétrer les sentimens qu'on a ici sur l'ouverture qu'ont faite leurs Collegues. Et à la verité il n'a pas été besoin d'employer beaucoup de persuasions, pour leur faire confesser, que ce n'étoit encore que belles paroles. Mais ils ont dit que ce commencement nous devoit faire attendre bientôt de bons effets. On s'est contenté, après leur avoir témoigné le bon gré que l'on fait de l'offre, de leur faire connoître en général les raisons pour lesquelles Sa Majesté ne peut être ni Arbitre, ni Médiatrice, ni entendre à une pareille proposition. Mais on ne leur a point parlé de la pensée qu'ils verront en l'une des Lettres de la Reine & de rendre au Roi d'Espagne civilité pour civilité, parce qu'on a voulu laisser Messieurs les Plenipotentiaires en pleine liberté de s'en servir, ou de ne s'en servir pas, ainsi qu'ils le jugeront à propos, & que s'ils en prennent la resolution, il sera bien mieux que le coup, qui est franc, soit porté aux Espagnols à la vûe de toute l'Assemblée, sans qu'ils l'aient prevû, & sans que les Médiateurs en aient rien pû découvrir, par les Depêches de leurs Collegues qui sont en France.

On est assûré que Messieurs les Plenipotentiaires se souviendront de communiquer toutes choses aux Députez de Hollande, avant que de dire mot aux Médiateurs, ainsi qu'ils en ont usé jusques ici. Cependant de notre côté on a donné ordre au Sieur Brasset d'informer de tout Messieurs les Etats, & Monsieur le Prince d'Orange, & de les assûrer derechef qu'on ne sera jamais capable ici de rien écouter qui aille en quelque façon que ce soit, à nous separer d'eux, ni à conclurre aucune Négociation qu'à Munster même, & de leur participation. On a pris soin de le faire en termes si expressifs & si obligeans, qu'il est à croire que Messieurs les Etats, pour y correspondre, encheriront à l'avenir sur la fermeté qu'ils ont témoignée par le passé, de vouloir garder inviolable l'union qu'ils ont eue avec cette Couronne.

Il sera aussi bon d'apporter grande circonspection en toutes ces affaires-ci avec les Ministres de Suede, car encore qu'ils viennent de déclarer tout franc qu'ils tiennent les Espagnols pour neutres, & qu'ils nous aient dit souvent que nous pouvons traiter avec l'Espagne en toute liberté; il importe néanmoins, & pour la bienséance, & pour leur témoigner de la confiance en tout, d'y agir en sorte qu'ils ne s'imaginent pas, que nous nous hâtons de faire cet accommodement, afin de nous passer d'eux plus facilement, & changer de conduite à leur égard. Mais peut-être que l'Empereur, n'étant pas moins pressé que les Espagnols de faire la Paix, les choses s'achemineront en sorte de même pas, que les deux accommodemens viendront à se conclurre en même temps.

Il est superflu de faire souvenir Messieurs les Plenipotentiaires de ne rien donner par écrit, quand on ne leur auroit pas souvent mandé les raisons pour lesquelles ils doivent s'en abstenir, l'exemple si recent de la façon dont en ont usé les Ministres d'Espagne, les y convieroit assez, si ce n'est qu'estimant à propos de se servir de la Lettre de la Reine, par laquelle elle remet tout au jngement du Roi d'Espagne, sous certaines reserves, ils crûssent la devoir rendre publique & en voulussent donner copie aux Médiateurs; ce qui est remis à leur prudence.

Cependant comme il est à presumer, qu'après que lesdits Sieurs Plenipotentiaires auront fait leurs réponses, nos Parties entreront veritablement en matiere, il est bon de songer à ce que nous devons faire de notre côté, & où nous devons porter nos visées.

La principale que lesdits Sieurs Plenipotentiaires puissent avoir pour l'avantage de cet Etat, & pour leur gloire particuliere, c'est de faire réussir le parti de l'échange des Païs-Bas avec la Catalogne.

Il semble que Monsieur le Nonce en aiant parlé de nouveau depuis peu, après que Monsieur Contarini en a si souvent jetté des propos, il y peut avoir lieu pour nous de l'esperer, la Négociation en étant conduite avec industrie & avec adresse, puis qu'il n'est pas probable que ni l'un ni l'autre se fussent attachez à entamer si souvent le même discours, s'ils n'avoient pénétré quelque chose de l'intention de nos Parties lesquelles ont beaucoup de raisons particulieres qui les doivent obliger à y donner les mains.

Premierement à quelques conditions qu'ils consentent, pourvû qu'il paroisse que c'est en faveur d'un Mariage, ils trouveront moien de sortir d'affaires presentement avec réputation. Et même pour faciliter cette voie, on pourroit dès à cette heure convenir que si dans le temps qu'il le faudra consommer, il ne leur tournoit pas à compte, pour d'autres raisons de le faire, il soit en leur liberté de le faire ou non, aux conditions pourtant qui ont été mandées dans les Depêches précedentes.

Et en second lieu ils ne cederoient qu'un Païs, que s'ils ne tiennent pour perdu cette Campagne, ils sont du moins certains qu'il leur en restera peu, & ils ne laisseroient pas par ce moien d'en recouvrer un autre, où ils connoissent bien qu'ils ne sont pas en état de rentrer jamais par la force, & cependant ils auroient donné ordre à des affaires, qui sont decousuës de toutes parts, & dont la decadence augmentant tous les jours, menace leur Monarchie d'une ruine totale.

Pour Messieurs les Etats, outre que la Hollande, qui est la Province la plus considerable, desire la Paix, & de s'assûrer un repos pour tôûjours, il semble que si la France se resolvoit à leur ceder le Marquisat d'Anvers, qui accroîtroit notablement leur puissance, il seroit d'autant plus facile qu'ils donnassent les mains à ce parti, que déja ils ont consenti par le Traité de l'an 1635. de le confirmer à ce Roiaume, quand on fit le partage des conquêtes des Païs-Bas. D'ailleurs ils éloigneroient pour jamais un Ennemi, qu'ils doivent croire irreconciliable, & établiroient avec grande gloire une Souveraineté absolue & non contestée de qui que ce soit. Et pour moi je tiens, quoi qu'on puisse dire au contraire, que ces raisons le leur doivent persuader,

quand

1646.

quand même pour avoir Anvers ils nous devroient donner Maſtricht, parce qu'ils y auroient encore beaucoup d'avantage.

Quant au ſoupçon que le Mariage avec l'Eſpagne leur pourroit cauſer, il ſera aiſé de leur faire comprendre à part ce qui ſe paſſe aujourd'hui dans le monde, que les liaiſons de ſang n'empêchent pas que les véritables & importants intérêts de l'Etat, qui conſiſtent principalement en la ferme & étroite union avec les Alliez, ne demeurent en leur entier, & n'aillent avant toutes choſes.

Pour le Prince d'Orange, ſi on peut juger des deſſeins des hommes par leurs intérêts, il y a tout ſujet de croire qu'il doit être favorable à cet expedient, puis que toutes ſes penſées ſont tournées vers Anvers, & que par les raiſons connues d'un chacun, rien ne lui eſt ſi avantageux que cette Place, qu'on lui pourroit donner en propre, relevant pourtant de Meſſieurs les Etats, & ainſi il laiſſeroit ſon fils auſſi conſiderable & autoriſé en pleine Paix, que lui-même l'auroit été au plus fort de la Guerre.

Il échet même de faire reflexion ſur ce que diſent les perſonnes, qui ſe croient le plus avant dans ſa confidence, que la plus forte raiſon qui lui faſſe deſirer de prendre Anvers, c'eſt de s'y établir; de façon que voiant la choſe aſſûrée ſans peine, il y a grande apparence qu'il ſe rendroit lui-même ſolliciteur de l'affaire près des Etats.

Pour les Catalans, en faiſant la Trêve, qui ſeroit neceſſaire pour l'execution des choſes concertées, elle nous ſerviroit auſſi à ménager leurs Eſprits, & à ajuſter tout ce qui pourroit regarder leur ſatisfaction & leur ſûreté, quand ils retourneroient ſous l'obéïſſance du Roi d'Eſpagne; nous obligeans à les proteger hautement, en cas d'infraction par ledit Roi à ce qui auroit été accordé; mais on ſe remet ſur ce ſujet à ce que Monſieur le Cardinal Mazarin en a ſouvent écrit auſdits Sieurs Plenipotentiaires, & ſur tout de ne faire pas la moindre demarche dans cette Négociation, qu'ils n'aient ſû dudit d'Eſtrades en quel ſentiment il aura trouvé ledit Prince d'Orange là-deſſus. On manda audit d'Eſtrades la ſemaine paſſée, que ſelon qu'il aviſeroit, & que la choſe ſeroit goûtée dudit Prince, il pourroit faire une courſe juſques à Munſter, afin de mieux informer leſdits Sieurs Plenipotentiaires de ſes penſées, & des moiens qu'il faut tenir pour faire plutôt réuſſir cette ſorte d'accommodement.

Que ſi ce parti ne peut avoir lieu, il faut eſſaier de demeurer par la Paix en la poſſeſſion de ce que nous avons conquis dans les Païs-Bas, à la reſerve de quelques Places qu'on pourroit conſentir de démolir, ou même de les rendre; retenir le Rouſſillon & faire une Trêve pour la Catalogne de la durée de celle des Etats, s'il étoit poſſible, prendre un temps pour aviſer les affaires d'Italie, & pour le Portugal faire auſſi une Trêve la plus longue qu'on pourroit obtenir.

Mais comme l'on a écrit ſur tout cela, & ſur d'autres choſes non ſeulement par l'addition à l'Inſtruction de Meſſieurs les Plenipotentiaires mais en beaucoup de Memoires particuliers envoiez par Monſieur le Cardinal Mazarin, on ſe contente d'en avoir fait une recapitulation ſuccinte & on ſe remet auſdites Dépêches & Memoires, repliquant

Tom. III.

1646.

ſeulement que tant qu'il y aura la moindre eſperance de faire réuſſir le parti de l'échange, il faut laiſſer à part tous les autres.

LETTRE

De Monſieur le

DUC D'ORLEANS,

à Monſieur le

DUC DE LONGUEVILLE.

Du 7. Mais 1646.

Le Duc d'Orleans ſe met peu en peine du retardement de la Paix.

MON COUSIN.

J'Ai reçû votre Lettre du vingt-cinq du paſſé, & comme l'on a lû dans le Conſeil votre Dépêche, & examiné la propoſition, que les Médiateurs vous avoient portée de la part des Miniſtres d'Eſpagne, il n'y a pas eu beaucoup à heſiter ſur la reſolution que l'on conſeilleroit à Sa Majeſté de prendre en cette rencontre, aiant été jugé tout d'une voix, qu'elle ne pouvoit être autre, que celle que vous apprendrez par la Dépêche qu'elle vous a fait, à laquelle je me remets. Et à la verité, quoi que l'on doive eſtimer beaucoup la déference que l'on a voulu rendre à la Reine, je n'ai pas laiſſé de m'étonner, ſachant le beſoin que les Eſpagnols ont de la Paix, qu'ils s'amuſent encore aujourdhui à s'en écarter par des propoſitions vagues, & qui ne concluent rien, au lieu d'en faire de réelles & de ſolides qui peuvent produire l'accommodement en peu de jours. Ce ſont leurs affaires, & non pas les nôtres, & en mon particulier, la Flandre me ſemble trop belle & m'ouvre trop les bras pour me mettre en peine du retardement de la Paix, laquelle toutefois je ſouhaite extrémement, pourvû qu'elle ſoit honorable à la France, & qu'elle réponde dignement à ce haut point de gloire & d'élevation où l'ont miſe leurs Majeſtez par leurs armes & par leurs conquêtes.

Je ſuis aſſûré que c'eſt le ſeul objet que vous avez en cette Négociation, & que vous avez tant de paſſion pour la grandeur de l'Etat, que vous ſerez de même ſentiment que moi. Je ſuis de toute mon affection votre bien bon Couſin, GASTON.

O 2 LET-

LETTRE

De Monsieur le Comte de

BRIENNE

à Messieurs les

PLENIPOTENTIAIRES.

Du 7. Mars 1646.

Les Plenipotentiaires devoient rejetter l'ouverture des Espagnols comme un Compliment vague & inutile. Monsieur de Brienne défend au Gazettier Renaudot d'en parler dans sa Gazette.

MONSEIGNEUR & MESSIEURS,

N'Etoit qu'il vous a plû, en m'envoiant la Lettre que vous avez écrite à la Reine en date du vingt-quatre du passé, l'accompagner d'une dont vous m'avez favorisé, je me dispenserois de vous écrire sur le sujet qui se présente ; parce que vous trouverez, dans la Lettre de Sa Majesté, l'expression naïve de ses intentions sur tous les points contenus en la vôtre ; & qu'elle a pris un soin très-particulier de mesurer ses paroles afin qu'elle ne donne point sujet à ceux qui la verront ou à ceux à qui ils seront rapportez, d'y gloser ou pour n'avoir assez bien reçû le compliment qui lui a été fait, ou pour lui avoir donné trop de créance.

Il est vrai qu'elle a plus évité ce dernier terme, & cela avec tant de prudence, que ceux même qui l'ont avancé seront contraints de le reconnoître. S'il vous eût plû rejetter cette ouverture, comme aiant plein pouvoir d'appointer les differens qui sont entre les Couronnes, & les obliger par cette ferme réponse de s'ouvrir, vous auriez beaucoup fait pour nous, ou du moins vous ouvrir de vos avis, sur la réponse qu'il y convient faire, & sur ce qu'on se pouvoit relâcher de nos prétentions, & de nos conquêtes. Il faut juger que ce que vous avez fait est accompagné de beaucoup de prudence, & que vous avez voulu, que Sa Majesté (à laquelle on se vouloit soûmettre des conditions du Traité duquel elle est partie) reçût la proposition nuë & telle qu'elle vous avoit été presentée. Elle l'a fait examiner au Conseil comme aussi sa réponse, & tant Son Altesse Royale que Monsieur le Prince ont été de l'avis qui a été pris, & sont entrez dans le sentiment de Sa Majesté,

qui prise la déference dont on use en son endroit & lui établit son juste prix. Sa Majesté s'est considerée en trois qualitez differentes, de Mere, de Reine Regente, & de Sœur ; & les deux premieres l'ont empêchée de se prévaloir de l'honneur qu'on lui vouloit faire, ne pouvant faire surmonter les sentimens de la Nature ni ceux que sa réputation lui inspire, pat ceux que la qualité de Sœur lui pouvoit faire naître. Quand elle dit que, si elle étoit Regente d'Espagne, & qu'elle eût les lumieres qu'elle a des affaires de France, elle seroit hardie à leur donner conseil d'arrêter leur malheur & nos prosperitez par un prompt accommodement ; elle ne croit rien dire qui soit élevé & glorieux, mais elle entre seulement dans un sentiment raisonnable que les autres devroient aussi avoir. Si je ne coupois court, insensiblement je m'engagerois à parler plus que je n'ai resolu, & tant de considerations m'engagent à suivre ce mouvement, que je serois blâmable d'y contrevenir. Je ne dois pourtant pas vous taire que l'Ambassadeur de la République de Venise m'a fait connoître qu'il juge que nous ne pouvons paier une civilité que par une pareille, & ce raisonnement m'a fait comprendre que Sa Majesté n'est pas hors des termes, qu'on doit attendre de sa moderation, quand elle dit que le Roi d'Espagne doit proposer ce qu'il croit juste pour parvenir à la Paix (aiant égard à ce que j'ai ci-dessus touché de ce à quoi il s'expose par la continuation de la Guerre,) & que selon l'ouverture qui lui sera faite, elle se déclarera, jugeant que comme on lui a demandé une condition, qu'on lui en concedera une autre, & qu'on ne prétendra pas que, pour les examiner comme Sœur, elle oublie qu'elle est Mere & Regente.

Du même Ambassadeur j'ai pénetré que les Médiateurs sont en obligation de faire des ouvertures, & j'oserois avancer, qu'ils y sont resolus, & que ce sera avec le consentement des Parties, ausquelles la Paix est si nécessaire, & eux-mêmes se déclarent qu'il ne s'agit plus que de savoir, qui premier fera des offres. Ils disent qu'il est honnête à celui qui possede de dire ce qu'il veut garder, & il me semble qu'il est bien juste, que celui qui desire recouvrer, se déclare de ce dont il demeurera content. Cette Lettre aiant relation à une autre ne doit pas être consideree. Je le déclare, comme j'y suis obligé, que j'ai fait faire défenses au Gazetier de parler en façon quelconque de la proposition qui vous a été faite, que j'aurois celée, si celui qui en étoit chargé ne s'en étoit laissé entendre à diverses personnes, & c'est ce qu'il a dit qui m'a obligé de mander Renaudot.

Bien que je n'aie pas encore eu tout ce qui me doit être envoyé par Monsieur de Vautorte, je ne laisse pas de charger le present porteur de ce qui m'a été remis par son Secretaire, & d'y joindre une Carte qui marque tout ce qui est à ceux de la Maison d'Autriche & l'une & l'autre Alsace, jugeant que si elle ne vous donne une entiere lumiere, comme fait l'autre, de la partie verifiée par ledit Sieur de Vautorte, elle aidera toûjours au dessein que vous avez. Cette Lettre sera suivie du partement d'un nommé Gloser, qu'on dit avoir bonne connoissance du Païs de l'Alsace & des droits de tous ceux qui y dominent. Pour moi, je ne la connois pas & n'en parle que sur le rapport d'autrui. L'Ambassadeur

de

de la République de Venise a pris audience de sa Majesté pour lui dire qu'il esperoit beaucoup de votre Négociation, non que l'offre faite par les Espagnols lui donne ce sentiment, qu'entant qu'il la considere comme une marque de leur disposition & de leur foiblesse, & pourrois sur la connoissance qu'on en a faire un pronostic, & que ne pouvant plus défendre les Païs-Bas, asseoir ce jugement qu'ils font pour les sacrifier, afin de conserver le demeurant de leur Monarchie. Vous pouvez savoir, comme nous, qu'ils ne se préparent point trop pour faire la Guerre, d'où cela même se peut conclurre. Ce que j'ai voulu ajoûter, que je vous envoiois ce que j'avois eu de Monsieur de Vautorte, a donné lieu à quelque chose de plus que je n'avois resolu.

Je vous envoie le blanc-signé de moi que la Reine m'a commandé de mettre avec sa Depêche, pour vous en servir selon son intention. Vous m'en accuserez, s'il vous plaît, le reçu, & lors que vous jugerez n'en avoir plus besoin, je vous prie de me l'envoier soigneusement biffé ou rompu. Je suis &c.

LETTRE

De la

REINE

à Messieurs les

PLENIPOTENTIAIRES.

Du 8. Mars 1646.

La Reine Mere ne veut pas douter de la sincerité du Roi d'Espagne son frere dans l'offre qu'il lui fait. Mais ce moien n'est pas propre à procurer la Paix. La qualité de Mere & de Regente l'empêche d'être Juge dans ce grand different. Elle en seroit responsable au Roi son fils. On ne veut négocier qu'à Munster, & y comprendre toûjours les Alliez. On pourroit faire la Paix en laissant toutes choses dans l'état où elles sont. Ou bien rendre la Navarre à la France contre un équivalent. On propose le mariage du Roi avec l'Infante d'Espagne.

Mon Cousin & Messieurs les Comtes d'Avaux & de Servien.

COmme je me persuade, que la proposition qui vous a été faite par les Médiateurs, de la part des Ministres d'Espagne, qu'ils sont prêts d'accepter les conditions que je voudrois prescrire pour la Paix, présuposant que j'aurai égard en cela à la Maison dont je suis sortie, est accompagnée de toute sincerité, & ne part que de la véritable envie que le Roi Catholique Monsieur mon frere a de voir cesser les maux qui affligent la Chrétienté, ainsi ai-je reçu avec tendresse & grande estime ce témoignage, qu'il a voulu me donner de son affection, & de sa confiance, ne faisant pas moins d'état de quelque offre, & de quelque parole qui vienne de lui, que s'il avoit voulu s'y obliger par un Compromis solemnel, dont les autres Princes qui lui adherent fussent garants. J'ai donc rejetté ce que beaucoup de personnes ont dit sur la nature de la proposition, qu'ils n'appellent qu'une pure civilité, & qu'ils disent être bien éloignée des offres effectives, avec lesquelles ils ont si souvent recherché nos Alliez de traiter. Je suis bien contente de la prendre pour un effet sincere de la bonne disposition, où est ledit Roi Monsieur mon frere de concourir, sans plus tarder, à l'établissement du repos public; me promettant néanmoins en même temps, que quand je l'aurai informé des raisons pour lesquelles une pareille ouverture, aux termes qu'elle est conçue, ne peut jamais produire la Paix, que je crois être son but, comme elle est le mien, il prendra aussi-tôt les véritables voies qui peuvent en peu de jours nous faire parvenir à un si grand bien.

Je desire donc, qu'aussi-tôt que vous aurez reçu cette Lettre vous priiez les Médiateurs de faire entendre aux Ministres d'Espagne ce que j'ai designé là-dessus, de la façon dont j'ai reçu l'honneur que le Roi Monsieur mon frere leur a donné ordre de me déferer, & cela aux termes les plus civils & qui pourront le mieux exprimer mon sentiment : Mais qu'au même temps j'ai grand déplaisir de voir qu'il est mal aisé que le chemin qu'ils ont pris puisse jamais rien produire de solide pour un bon accommodement.

Premierement, je me tiens Partie trop interessée en tous les differends que la France a avec l'Espagne, pour pouvoir accepter la dignité de Juge, ni celle de Médiatrice, étant mal aisé que je puisse rien prononcer qu'avec tous les avantages possibles pour le Roi Monsieur mon fils, & pour ce Roiaume. Les affaires, dont il s'agit, étant les plus chers & plus importans intérêts de deux puissantes Couronnes, ne sont pas d'une nature où on puisse se relâcher en rien pour des considerations particulieres. Et on me feroit grand tort si on m'avoit jugée capable ou de païer aux dépens de l'Etat un respect qu'on m'eût rendu, ou de sacrifier le bien de cette Couronne à l'affection que j'ai pour la Maison dont je suis venue.

Les obligations de Mere & beaucoup plus celles de Regente en ce Roiaume, ne souffrent pas qu'en des intérêts de telle importance pour le Roi Monsieur mon fils j'aie l'égard que j'aurois eu sans cela aux satisfactions d'un frere, lequel en toute autre rencontre auroit éprouvé en moi l'estime & l'amitié d'une bonne Sœur.

La Reine Mere ne veut pas douter de la sincerité du Roi d'Espagne son frere dans l'offre qu'il lui fait.

Mais ce moien n'est pas propre à procurer la Paix.

La qualité de Mere & de Regente l'empêche d'être Juge dans ce grand different.

Et

Et quand je ne me serois pas souvenue de ce que je dois au Roi Monsieur mon fils, & à cet Etat, les Ministres du Roi mon frere me l'auroient assez fait comprendre par la condition dont ils ont limité le pouvoir qu'ils me déferent, que j'aurois égard à la Maison dont je suis sortie ; designant assez par là que ma volonté demeurant libre, elle ne pouvoit que se porter autrement qu'à tout ce qui étoit du bien de cette Couronne.

Elle en seroit responsable au Roi son fils.

Et à la verité, ne trouveroit-on pas beaucoup à redire dans le monde, & le Roi Monsieur mon fils n'auroit-il pas quelque jour juste sujet de me le reprocher, si tous les differens qu'il a avec le Roi Monsieur mon Frere, s'étant remis sans reserve à mon jugement, je ne me fusse servie d'une occasion si belle pour prononcer tout-à-fait en sa faveur, & lui faire raison de tant d'Etats qu'on lui occupe.

Ce n'est pas seulement mon Frere le Duc d'Orleans, mes Cousins le Prince de Condé & le Cardinal Mazarini, & les autres Ministres d'Etat, mais tous les Grands de la Cour & de tout le Roiaume qui sont persuadez & reconnoissent fort bien, que dans l'état present des choses la France peut avec facilité faire tous les jours de plus grands progrès, & croient que c'est déja faire beaucoup pour acheter la Paix, que de sacrifier tant d'esperances bien fondées. Quel blâme après cela n'encourrois-je point, si on pouvoit en quelque façon s'imaginer que la tendresse de Sœur, m'eût fait abuser, au préjudice de ce Roiaume, de l'autorité que j'y ai, me relâchant de choses, sur lesquelles (de tout l'avis du Conseil) j'ai tenu bon avec grande raison jusques ici. Tout cela est si pleinement connu des François qu'à moins de donner une juste occasion de taxer ma conduite de peu d'affection envers le Roi Monsieur mon Fils, je ne puis parler autrement. Et il n'y a personne qui ne voie que quand même l'état des affaires de ce Roiaume me conseilleroit de quitter quelque avantage de ceux que nous avons remportez en cette Guerre, bien que comme Partie & Regente je le pusse legitimement faire, je ne le pourrois comme Juge & Mediatrice, ni ceder en cette qualité un pouce de terre, sans être justement blâmée.

Voilà une partie des raisons qui m'empêchent d'entendre plus avant à la proposition qu'on vous a faite. Et je suis bien certaine que ni les Plenipotentiaires d'Espagne, ni les Médiateurs n'ont pas crû en leur ame, que je pusse y répondre autre chose, qu'en témoignant de savoir gré à la civilité du Roi Monsieur mon Frere. C'est ce que je desire que vous aiez soin de dire aux Médiateurs de ma part, & d'y ajoûter aussi deux choses très-importantes, que vous mettrez peine de bien persuader à toute l'Assemblée : l'une, que quelques avantages & quelques conditions que l'on me puisse proposer ni à present, ni en

On ne veut négocier qu'à Munster & y comprendre toûjours les Alliez.

aucun temps, jamais la Paix de cette Couronne ne se pourra conclurre que les Alliez de cette Couronne ne soient contents, & que leur satisfaction ne soit arrêtée. L'autre, que quelque sorte de Négociation que l'on puisse introduire, jamais on n'y prêtera l'oreille, & tout sera aussi-tôt renvoié à Munster, qui est le seul lieu où la Paix peut être conclue.

Cependant pour correspondre de mon côté, autant que l'intérêt de l'Etat le peut per-

mettre, aux bons sentimens du Roi Monsieur mon Frere, & étant d'ailleurs touchée au dernier point des maux que la Chrétienté souffre depuis si long-temps, & de ceux que lui peuvent encore causer les grands apprêts qui se font à Constantinople, j'ai de nouveau fait deliberer dans le Conseil sur les moiens d'avancer la Paix, où de l'avis de mon Frere le Duc d'Orleans, de mes Cousins le Prince de Condé & le Cardinal Mazarini, & de tous les autres Ministres, il a été jugé, que comme le peril est éminent, il n'y a point de remede ni meilleur, ni plus juste, ni plus prompt, pour éviter les longueurs & les difficultez, qui se rencontreroient à discuter par le menu les droits & les prétentions de l'une & l'autre Couronne, que celui de rétablir l'amitié entr'elles, laissant toutes les choses en l'état où il a plû à Dieu de les mettre dans cette Guerre.

On pourroit faire la Paix en laissant toutes choses dans l'état où elles sont.

Que si les Ministres d'Espagne aiment mieux faire raison au Roi sur la Navarre, qui est son ancien patrimoine, & qu'il prétend avec tant de justice, qu'à peine oseroient-ils eux-mêmes le desavouer, on demeurera d'accord de ne pas parler des autres Etats que l'Espagne possede aujourd'hui, & qui appartiennent legitimement à la France, & rendant la Navarre on fera une telle composition, qu'un chacun sera obligé de confesser que ce que nous donnerons excedera de beaucoup la valeur de leur restitution.

Ou bien rendre la Navarre à la France contre un Equivalent.

Je proteste devant Dieu & les hommes, & vous le pourrez dire hardiment de ma part aux Médiateurs, qu'encore que je proposasse l'un & l'autre, étant Regente en Espagne, si je savois la constitution presente des affaires de ce Roiaume, & que je fusse informée que toutes les dépenses pour la Campagne prochaine y sont faites, & les appareils pour la Guerre plus grands que jamais, & que je fusse d'ailleurs en quel état sont aujourd'hui les Païs-Bas & le Roiaume d'Espagne, je croirois en cela me bien souvenir de ma Maison, & m'acquitter de bonne partie des obligations de ma naissance, mettant en sûreté par ce moien ce qui autrement court grand risque de se perdre.

Je desire la Paix avec la passion que vous aurez pû reconnoître par toutes mes Dépêches, & par tant d'ordres que je vous ai donnez d'en faciliter l'avancement. Mais je crois au même temps être obligée, & par conscience & par honneur, de n'y consentir jamais qu'à des conditions raisonnables, & proportionnées à l'état présent des affaires de part & d'autre : tout le monde me disant qu'on ne peut pas comprendre que ceux qui doivent demander, & qu'occupant ce qui n'appartient pas moins au Roi que la France même, on prétende de ravoir ce qu'on a perdu sans offrir en même temps ce que l'on detient.

Enfin j'ajouterai que si vous reconnoissez que les Ministres d'Espagne desirent bien véritablement & sincerement sortir d'affaire, & que la resolution qu'ils ont prise de s'adresser directement à moi, ne soit que pour en sortir avec plus d'honneur, comme vous témoignez en quelque endroit de votre Dépêche, en expliquant ce qu'ils ont entendu par la *conveniencia de Estado, &c.* & demeurant d'accord de la substance des choses, bien entendu que la satisfaction des Alliez de la France y sera toûjours comprise, je ne refuserai pas de les satisfaire, autant qu'il se pourra, en

la

la forme de prononcer ce qui fera convenu.

Et comme je veux croire, ainſi que vous faites paroître par les termes de votre Lettre, que dans l'intention des Eſpagnols il y a quelque choſe de plus qu'un compliment pur, & que je me ſuis reſſouvenuë que dans pluſieurs de vos Dépêches il eſt fait mention de quelques propos de mariage jettez par les Miniſtres d'Eſpagne, & que même l'un d'eux a dit qu'il n'étoit pas de la bienſéance que la recherche vînt de la part des filles, je ne ferai point de difficulté, toutes choſes bien établies pour notre ſatisfaction, & pour celle de nos Alliez, & particulierement des Sieurs les Etats, & l'execution en étant bien aſſûrée avec les précautions contenuës dans la Dépêche que l'on vous a faite ſur ce point, je ne ferai pas difficulté, dis-je, de propoſer le mariage du Roi Monſieur mon Fils, avec ma Niéce l'Infante d'Eſpagne, ce qu'on devra communiqué au préalable auſdits Sieurs les Etats.

On propoſe le mariage du Roi avec l'Infante d'Eſpagne,

Cependant la conduite que vous avez tenuë avec leurs Miniſtres, tant en ce que vous dites d'abord aux Médiateurs, que dans les Conferences que vous avez euës depuis avec eux-mêmes, a été très-prudente, & il ſera bien à propos de ne faire pas la moindre démarche en toute cette affaire, qu'après le leur avoir communiqué & de concert avec eux. Et me repoſant de toutes ces choſes ſur vos ſoins & ſur votre adreſſe, je prie Dieu vous avoir, mon Couſin & Meſſieurs les Comtes d'Avaux & Servien, en ſa ſainte garde.

Ecrit à Paris ce 8. jour du mois de Mars 1646.

LETTRE

De la

REINE

à Meſſieurs les

PLENIPOTENTIAIRES.

Du 8. Mars 1646.

La Reine Mere renvoie la balle au Roi d'Eſpagne, le priant de dicter lui-même les conditions de la Paix.

MON COUSIN & MESSIEURS les Comtes d'AVAUX & SERVIEN.

VOus aurez vû, par une Lettre à part que je vous écris, les raiſons qui empêchent qu'on puiſſe tirer aucun fruit, pour l'avancement de la Paix, de la propoſition que les Médiateurs vous ont faite de la part des Miniſtres d'Eſpagne, aux termes & avec la limitation qu'elle eſt conçuë. Cependant, comme je ne laiſſe pas d'être ſenſiblement touchée de l'honneur que le Roi Catholique Monſieur mon Frere m'a voulu déferer, j'ai cru ne pouvoir mieux y correſpondre, & en témoigner mon ſentiment & la forte paſſion que j'ai de voir le repos de la Chrétienté bien établi, qu'en vous donnant ordre, comme je fais, qu'auſſi-tôt la préſente reçuë, vous alliez trouver les Médiateurs, pour les prier de dire aux Miniſtres du Roi Monſieur mon Frere, que j'ai tant de confiance en ſa vertu, & ſi grande opinion de ſon équité, que je le conjure de faire lui-même ouverture des moiens par leſquels il croit que la Paix puiſſe être arrêtée entre la France & l'Eſpagne, & j'offre d'accepter les conditions qu'il jugera raiſonnables, ſuppoſant qu'elles ſeront proportionnées à la conſtitution préſente des affaires de part & d'autre, aux avantages que nous avons, & aux apparences de les augmenter à l'avenir, proteſtant en parole de Reine, & en toute ſincerité que c'eſt ma véritable intention, comme l'effet le juſtifiera bien-tôt, ſi l'on propoſe quelque choſe avec cet égard. Et dès à préſent je vous donne le pouvoir de ſigner la reſolution qui ſera ainſi priſe par le Roi Monſieur mon Frere, avec deux conditions pourtant, l'une, que les Alliez de cette Couronne, dont j'entends que les intérêts ne puiſſent jamais être ſeparez des nôtres, ſeront ſatisfaits conjointement. Et l'autre, que pour quelque conſideration que ce ſoit, la Négociation ni la concluſion de la Paix ne puiſſe être faite qu'à Munſter. Ce que me promettant que vous executerez ſoigneuſement je prie Dieu vous avoir, mon Couſin & Meſſieurs les Comtes d'Avaux & Servien, en ſa ſainte garde.

Ecrit de Paris ce 8. Mars 1646.

La Reine Mere renvoſe la balle au Roi d'Eſpagne, le priant de dicter lui-même les conditions de la Paix.

LETTRE

De Monsieur

LE PRINCE

à Messieurs les

PLENIPOTENTIAIRES.

Du 8. Mars 1646.

Monsieur le Prince se conforme au contenu de la Lettre de la Reine.

MESSIEURS,

Marginal note: *Monsieur le Prince se conforme au contenu de la Lettre de la Reine.*

AIant reçû une Lettre de Monsieur le Duc de Longueville qui m'a donné connoissance de celle qui a été écrite par vous à Sa Majesté & qui a été lûë en plein Conseil, j'ai crû vous devoir faire la présente & vous dire sur tout mes sentimens qui sont entierement conformes aux resolutions qui ont été prises tout d'une voix dans le Conseil, lesquelles vous verrez par la Dépêche de la Reine, à laquelle je me remets ; & crois avec verité les Ministres d'Espagne si prudents, que je ne doute plus de la Paix ; puis que c'est gagner pour eux tout ce qui se peut raisonnablement, que de mettre en sûreté, par un accommodement, ce qui sans cela court grande fortune de se perdre, les préparatifs que la France a faits cette Campagne surpassant de beaucoup ce que l'on avoit fait les années précedentes. Et que comme sans grande vanité nous avons sujet de nous promettre toute sorte d'avantages dans la continuation de la Guerre ; c'est tout ce qui se peut de ce côté-ci que de sacrifier, comme l'on est prêt de faire, tant de belles esperances que nous avons pour l'avenir, au bien du repos public, & de la Chrétienté. Voilà ce que j'ai crû vous devoir mander par celle-ci, à laquelle j'ajoûterai seulement les asûrances que je suis, Messieurs, Votre très-affectionné serviteur,

HENRI DE BOURBON.

MEMOIRE

De Son

EMINENCE,

à Messieurs les

PLENIPOTENTIAIRES.

Du 8. Mars 1646.

Le Prince d'Orange paroît favorable à l'échange des Païs-Bas. Il demande qu'on ne dise pas à Munster qu'il a connoissance de ce Projet. Les Espagnols decouvrent aux Hollandois qu'ils se sont remis à la Reine Mere des conditions de la Paix. Ombrage que les Hollandois en prennent.

DEpuis nos Dépêches toutes achevées, le Courier de Hollande est arrivé qui m'a rendu une Lettre du Sieur d'Estrades du seize Fevrier, laquelle, m'informant de tout ce qui s'est passé en la premiere Conference qu'il a euë avec Monsieur le Prince d'Orange, fait voir que je ne m'étois pas trompé, quand je jugeois que ledit Sieur Prince souhaiteroit pour le moins avec autant de passion que nous, l'échange de la Catalogne avec les Païs-Bas. Je vous envoie, Messieurs, la copie de la Lettre même dudit d'Estrades qui vous fera toucher au doit cette verité, & comme en des affaires de cette nature avoir gagné l'esprit de ce Prince, c'est en quelque sorte tenir la volonté des Etats, puis qu'outre le credit qu'il a auprès d'eux, il a tant d'autres moiens de parvenir par adresse aux fins qu'il veut ; j'ose dire, que le point qui me paroissoit quasi le plus difficile en cette affaire est déja surmonté, puisque vous remarquerez bien par ladite Lettre que la seule chose où il a formé des obstacles, en ce qui regarde les Etats, a été touchant Anvers, & la cession des droits des Espagnols ratifiée par la France, de façon que comme on avoit déja prévû & remedié à l'un & à l'autre, il semble qu'il ne nous reste qu'à bien esperer de ce côté-là.

Marginal note: *Le Prince d'Orange paroît favorable à l'échange des Païs-Bas.*

Pour les Espagnols, qui y ont le principal intérêt, outre qu'il y a grande apparence que le Nonce & Contarini n'en auroient pas si souvent parlé en l'air, & sans avoir pénétré quelque chose de leur intention, je ne fais

nul

nul doute, que quand ils n'y auroient jamais eu aucune difpofition, l'état de leurs affaires ne leur confeillât d'embraffer, (plûtôt que de n'avoir pas la Paix,) des conditions qui fuffent encore bien plus defavantageufes.

Vous verrez par ladite Lettre comme ledit Sieur Prince d'Orange a exigé dudit d'Eftrades que l'on ne fût point à Munfter qu'il eût aucune connoiffance de ladite affaire. Il ne coûte rien de le contenter en cela, & de ne témoigner à qui que ce foit que vous autres, Meffieurs, fachiez qu'il en foit informé. Mais je tiens qu'au même temps que ledit Sieur d'Eftrades s'y eft engagé envers lui, il n'aura pas manqué de vous écrire en toute confidence à fon infû, fuivant l'ordre qu'il en eut à fon depart d'ici & la recharge que je lui en ai faite depuis.

Il me femble, Meffieurs, que la Lettre dudit Sieur d'Eftrades nous doit rejouir extrêmement dans la matiere qu'elle nous fournit d'augmenter nos efperances, pour la bonne iffue du parti de l'échange. Pour le moins nous aurons bien-tôt un libre pouvoir de traiter cette affaire, fans crainte que les Etats s'en formalifent, qui eft ce qui nous gênoit le plus : quoi qu'à la verité l'égard des Catalans obligera toûjours de nous y conduire avec grande circonfpection & grand fecret.

Si j'apprends quelque chofe fur ceci du côté de la Haye, où j'ai quelque nouvelle connoiffance, que je juge importante à l'acheminement de l'affaire, je ne manquerai pas de vous depêcher courier fur courier, pour vous en avertir, & vous donner lieu de vous en prévaloir.

Après vous avoir écrit jufques ici, Monfieur le Comte de Brienne m'envoie une Lettre dudit Sieur d'Eftrades, dont je vous adreffe auffi une copie. L'artifice des Efpagnols paroit bien clair, puis qu'ils n'ont point de honte d'avoir fait dire à Meffieurs les Etats, qu'ils ont remis abfolument à la Reine la décifion de toutes les affaires, & même des differends qu'ils ont avec lefdits Sieurs les Etats, quoi qu'ils n'aient fait ni l'un, ni l'autre. Mais le difant il faut qu'ils aient eu la vifée de faire apprehender aux Etats que la Reine décidant fur tout, ils feront contraints de paffer par ce que la France voudra, laquelle ne fongera qu'à fe procurer des avantages à leurs dépens de concert avec l'Efpagne. Cependant cela allarme toute la Hollande, & je fuis bien en peine de la refolution que le Prince d'Orange a faite là-deffus de renvoier ledit d'Eftrades, bien qu'après tout je croi qu'étant bien affuré de notre franchife, il ne permettra pas que de pareilles malices produifent aucun mauvais effet, lequel feroit préjudiciable aux uns & aux autres, & feulement avantageux aux ennemis.

LETTRE

De Monfieur le Comte de

BRIENNE

à Meffieurs les

PLENIPOTENTIAIRES.

Du 10. Mars 1646.

On fe rejouit en France de ce que Salvius ofe réfifter à Oxenftiern. La Reine confie au Cardinal l'éducation du Roi, & fous lui au Marquis de Villeroi.

Monseigneur & Messieurs:

J'Avois eu affez de loifir, avant que de faire partir le Sieur Coiffier, d'accufer la reception de votre Depêche du 24. du paffé, & d'y faire réponfe; Mais pour ne perdre la coûtume établie d'écrire par tous les Ordinaires, je ne le voulus pas faire. Celle-ci ne fera pas longue. Je n'ai rien à vous dire fur le contenu en celle que Monfieur d'Avaux avoit écrite d'Ofnabrug à votre Alteffe & à Monfieur Servien, dont vous m'avez envoyé copie, finon qu'on eft refté fatisfait d'avoir appris du contenu en icelle, que Meffieurs les Suedois ont donné toute affûrance de conferver avec vous la bonne intelligence qui eft abfolument neceffaire pour parvenir à une bonne Paix. Les diverfes émotions de Monfieur Oxenftiern n'ont pas deplû, & que Monfieur Salvius fe trouve affez accredité pour lui pouvoir réfifter, y aiant lieu d'efperer que cela contribuera au bien commun, comme la difference de tons à une parfaite harmonie. Enfin la conduite de Monfieur d'Avaux a été digne de fa prudence. Celle de la Reine a paru dans le choix qu'elle a fait de Monfeigneur le Cardinal Mazarini pour lui confier le principal foin de l'Education du Roi; il s'en eft longuement défendu; mais enfin il a cedé. Sous lui le Marquis de Villeroi tiendra la place de Gouverneur. Deux Gentils-hommes très-fages, l'un nommé Dumont, l'autre Saint Etienne rempliront celles de Sous-Gouverneurs : & des deux autres Gentils-hommes, qui font mis auprès de Sa Majefté, pour la fuivre toûjours & être près d'elle, l'un eft Monfieur du Pleffis, que vous connoiffez très-bien, & de l'autre on dit beaucoup de bien, & fur la parole de celui qui l'a propofé (qui eft

P   Mon-

1646. Monsieur de Lionne,) on peut bien le garentir.

Ce que nous avons apris par les Lettres de Monsieur Brasset, datées du. . . . du passé, nous fait voir que Messieurs les Etats sont en grande allarme de l'ouverture qui a été faite de la part des Espagnols. Ceux de leurs Députez qui sont retournez, ont avancé quelque chose de plus, qu'il n'est porté par vos Dépêches; savoir que le Roi d'Espagne non seulement veut recevoir de la Reine la loi pour ce qui est du different entr'eux, mais aussi lui donne le pouvoir de trancher sur les leurs. J'ai pris soin de détromper ledit Brasset qui a bien fait connoître que Monsieur le Prince d'Orange en étoit inquieté aussi bien que les autres.

La Province de Hollande mal disposée pour la France.

La Province de Hollande est si mal disposée qu'il y a lieu de tout aprehender de ses resolutions. Ils n'ont pas craint d'avancer qu'il falloit songer à profiter des offres qui leur étoient faites, & qu'à l'exemple des Rois on pouvoit passer dessus les Traitez pour rétablir le repos public. Ils citent parmi eux ce qui se pratiqua par le Roi Henri le Grand à la Paix de Vervins. Je ne suis pas demeuré sans replique, & il m'est souvenu combien ils s'y firent attendre, & qu'en cette Assemblée fut jetté le fondement de leur Trêve, qui premiere les a fait reconnoître pour Souverains. Sans doute ledit Sieur Brasset vous aura averti des mêmes choses & vous lui aurez donné les éclaircissemens necessaires de votre procedé, duquel lesdits Sieurs les Etats & Monsieur le Prince d'Orange ont sujet de vous remercier & de plus esperer que de craindre.

Sur l'instance de Monsieur le Nonce on permet au Comte de Fuensaldaigne, & au Neveu du Cardinal Zapatta de passer par ce Roiaume pour aller en Espagne. On n'a pas jugé devoir faire trop de difficulté de leur accorder cette grace dans un temps qu'ils n'en refusent aucune de celles de cette nature, dont nous les faisons rechercher. Je suis, &c.

L E T T R E

De Messieurs les

PLENIPOTENTIAIRES

à Monsieur le Comte de

B R I E N N E.

Du 10. Mars 1646.

Soupçons contre les Suedois continuent. Ombrage des Hollandois contre la France. Ils pourroient bien traiter sans elle. Les ennemis ne feront pas la Paix s'ils peuvent avoir une Trêve. Ambassadeurs de Baviere proposent une suspension d'Armes dans l'Empire. Etats de l'Empire trouvent les prétentions de la France exorbitantes. Excepté Baviere & Brandebourg.

MONSIEUR.

ENcore que les Lettres de Monsieur de la Thuillerie parlent avec certitude de la sincerité de la Couronne de Suede à observer l'Alliance, & que le voiage que l'un de nous a fait à Osnabrug, duquel nous avons rendu un compte bien particulier, nous en donne quelque asûrance, nous ne laissons pas néanmoins d'être toûjours en garde de ce côté-là. Nous voions que depuis que le Comte de Trautmansdorff est de retour en cette ville, il ne traite non plus avec nous que s'il n'y étoit pas. Et nous savons d'ailleurs de bon lieu qu'il a dit qu'il étoit comme d'accord avec les Suedois & qu'ils attendoient quelque ordre qui devoit bien-tôt arriver de Suede. Nous remarquons qu'ils ne nous en ont pas parlé nettement, s'étant contentez de nous faire connoître qu'on leur pourroit accorder la haute Pomeranie avec l'Archevêché de Breme. On a découvert que les Secretaires des deux Ambassades se sont vûs souvent en la Maison d'un nommé Pechernitz. Il est constant de plus que quand on est entré en propos de notre satisfaction avec les Plenipotentiaires de Suede, ils l'ont appuiée foiblement, & l'on nous veut faire croire que condamnant nos demandes ils ont fait connoître à Trautmansdorff que quand ils seront contents, ils trouveront bien moien de nous faire entendre raison; que nous étions les vrais ennemis de la Maison d'Aûtriche, mais que pour eux ils étoient à demi-Allemans. Il pourroit bien être que ledit Trautmansdorff seme de tels bruits à dessein de jetter de la division entre nous, mais quoi qu'il en soit, plusieurs conjectures nous font persister à croire ou qu'ils sont comme asûrez de ce qu'ils doivent retenir de leurs conquêtes, ou qu'ils n'ont pas une vraie intention à la Paix, & pensent plutôt à se fortifier du Parti Protestant pour continuer la Guerre, qu'à travailler pour notre satisfaction commune, vû même que par la consideration des Protestans notre établissement en Allemagne ne leur est peut-être pas agréable. Nous essaierons dans ce doute de nous conduire avec toute la circonspection possible, d'éviter la division comme un piége auquel nos Parties prétendent nous faire tomber, & de procurer les avantages de la France autant que nous le pourrons.

Il est certain que si les Suedois & les Hollandois parloient comme ils doivent aux ennemis, & qu'ils ne sortissent point des bonnes voies, nous aurions dans fort peu de temps une Paix telle que nous la pouvons souhaiter. Mais vous aurez sû de la Haye ce qui se passe depuis la proposition faite par les Espagnols & les fausses allarmes que l'on s'y donne, nonobstant la franchise & la netteté

avec

1646.

avec laquelle nous nous fommes conduits ici envers leurs Ambaffadeurs. La crainte qu'ils ont d'un Traité particulier entre la France & l'Efpagne nous peut donner du temps pour n'entrer pas fi-tôt avec eux dans l'éclairciffe-ment de ce prétendu 9. article ; mais elle nous prépare de l'exercice d'ailleurs. Si l'intention de Meffieurs les Etats eft fincere & qu'ils n'aient en effet qu'apprehenfion d'être aban-donnez, le temps les defabufera bien-tôt, en forte qu'ils auront regret d'en avoir eu la pen-fée, quelque artifice qu'employent les Efpa-gnols pour la leur donner. Mais s'ils ont en-vie de fe fervir de ce prétexte pour executer la propofition que la Province de Hollande a-voit faite avec tant de chaleur, avant même que d'avoir fû ce qui a été avancé par les Efpagnols, & que les autres Provinces fui-vent l'inclination qu'elle a de traiter fans la France, il nous fera bien mal aifé de nous garentir de cette infidelité. Nous eftimons pourtant que les plus fages de l'Etat ne feront jamais de cet avis ; fur quoi nous ne vous pouvons rien écrire de certain jufques à ce qu'après la réponfe de la Reine à l'offre des Efpagnols, on voie quel train prendra la Né-gociation Efpagnolle.

Ils pour-roient bien traiter fans elle.

Nous voions bien que cette offre aura été trouvée plus avantageufe que celle d'une Trê-ve, & nous fouhaitons que la déliberation qui a été tenuë fur ce fujet dans le Confeil demeure dans un grand fecret, d'autant que fi les ennemis viennent à découvrir qu'il y ait tant peu de difpofition à fe contenter d'une Trêve, il fera inutile que nous parlions ici de Paix, & même alors ils prétendroient dans la Trêve des conditions auffi avantageu-fes pour eux, que nous les pourrions efperer aujourd'hui dans la Paix avec un peu de pa-tience & de fermeté.

Les Enne-mis ne feront pas la Paix s'ils peuvent avoir une Trêve.

Les Ambaffadeurs de Baviere, après nous avoir remercié des bons offices qu'ils avoient fû que nous avions rendu à leur Maître, nous ont fait diverfes propofitions. La première eft, qu'ils croient être temps deformais de nous expliquer en fa faveur, & de témoigner ici à nos Alliez & à nos Parties que le Roi entend que l'Electorat demeure en fa Maifon, & qu'il foit fatisfait de ce que lui doit l'Em-pereur. En fecond lieu, qu'il a grande peine de voir qu'on fe prépare puiffamment en France pour lui faire la guerre ce printemps, & d'apprendre qu'on en parle ainfi à la Cour, pendant qu'il n'omet aucun foin ni à Vienne, ni à Munfter pour procurer la fatisfaction de la France. La derniere propofition a été de faire une fufpenfion d'armes générale dans l'Empire pour éviter le changement que les divers fuccès de la Campagne pourroient ap-porter à la Négociation de la Paix.

Ambaffa-deurs de Ba-viere propo-fent une fuf-penfion d'ar-mes dans l'Empire.

On a répondu fur le premier point que nous avons déja fait connoître à nos Alliez, aux Médiateurs & même aux Députez du Prince Palatin, qui eft la Partie intereffée, que leurs Majeftez jugent que la Paix ne fe peut conclurre fans convenir de quelque tem-perament en cette affaire, & que nous étions prêts de paffer encore plus avant quand ils a-giroient de la même forte dans les intérêts de la France : que c'étoit néanmoins avoir déja beaucoup fait pour ledit Sieur Duc, en mê-me temps que nos Alliez & les Proteftans demandoient inftamment que toutes chofes foient remifes en l'état qu'elles étoient en 1618.

Sur le fecond, on a dit que les préparatifs

ToM. III.

qui fe font en France pour la Campagne pro-chaine, comme il s'en fait en Baviere, ne peuvent être mal interpretez de part ni d'au-tre, tant que la Guerre durera : mais que le moien de les rendre inutiles c'eft de hâter la conclufion de la Paix.

Sur le dernier, que ni les Plenipotentiaires de Suede ni nous ne ferions pas éloignez d'entendre à une fufpenfion d'armes dans l'Empire quand on en verra plus d'apparen-ce, qu'il n'y a encore, à la conclufion du Traité. Nous dîmes même que s'il fe trou-voit trop de longueur ou de difficulté pour en convenir avec tous les intereffez, on la pourroit faire entre la France & ledit Duc, comme il l'a defiré ci-devant ; fur quoi les conditions par nous propofées ne lui aiant pas femblé recevables, nous attendrons mainte-nant de favoir de lui par quel autre moien il juge qu'on puiffe venir à un tel Traité, du confentement de la Couronne de Suede, & en forte qu'elle n'en puiffe rècevoir aucun préjudice.

Ils témoignerent être bien fatisfaits de cette derniere réponfe & qu'ils en rendroient com-pte diligemment au Duc de Baviere. Mais pour ce qui touche la déclaration qu'ils nous avoient demandée de fa part, ils y infifterent derechef comme une jufte reconnoiffance des continuels offices que nous recevons de leur Maître, qui le rendent odieux à tout fon Parti. Nous leur donnâmes parole d'appuier ouvertement fes intérêts quand l'affaire du Palatinat feroit mife fur le tapis, préfupofans qu'il agira en forte que le Comte de Traut-mansdorff ne proteftera plus, comme il fait publiquement, que jamais l'Alface ne nous demeurera, & que nous verrons l'effet de la bonne volonté & puiffance du Duc de Ba-viere. Enfin nous leur déclarâmes nettement que le rétabliffement de la Paix en Allema-gne, la confervation de la Dignité Electorale dans la Maifon de Baviere, & l'acquifition de l'Alface pour la France font chofes infepa-rables & qui ne fe peuvent obtenir l'une fans l'autre.

Une des chofes à quoi le Comte de Traut-mansdorff s'eft appliqué depuis qu'il eft ici, a été de faire approuver par les Etats de l'Em-pire l'offre qu'il nous a faite touchant la fatis-faction de la France comme fuffifante & que même il n'étoit pas tant dû. Il n'a pas eu grande peine à leur infinuer cette penfée & à les obliger d'en parler ainfi dans leur Confeil lors qu'ils ont deliberé fur cet article, parce qu'ils font tous affectionnez & attachez à l'Empereur. Nous avons effaié néanmoins de leur donner de meilleurs fentimens, & avons été tous trois çà & là chez les Députez des Electeurs, & envoié en même temps chez ceux des Princes pour leur repréfenter les rai-fons de notre prétention & détruire celles dont les Imperiaux fe fervent. Nous avons agi felon les perfonnes à qui nous avons parlé & felon les divers intérêts de leurs Maîtres, afin que quand ils viendront à refoudre l'af-faire ils puiffent opiner fur notre fatisfaction le plus avantageufement que chacun l'ofera faire, étant bien certain que les uns y font tout à fait contraires par leurs intérêts & par leur propre inclination, que la plus grande part dépend de l'Empereur, & qu'il y en a tel ici qui a douze ou quinze procurations, en forte que les Imperiaux auront toûjours la plu-ralité des voix.

Etats de l'Empire à Munfter trou-vent les pré-tentions de la France exor-bitantes.

Nous exceptons de ce nombre Baviere &

P 2

Bran-

1646.

Brandebourg, quoi qu'ils n'aient pas encore parlé si affirmativement qu'il seroit à desirer. Mais les Ambassadeurs de Baviere nous ont soûtenu que leur avis a été que pour le bien de la Paix il falloit donner satisfaction à la France. Et quand nous leur avons demandé pourquoi ils n'ont pas dit positivement l'Alsace, ils ont répondu qu'il n'a été encore proposé dans leur Assemblée que la question s'il étoit dû quelque chose à la France, & que lors qu'on viendra à déliberer en quoi consiste cette satisfaction, ils opineront en sorte que nous en aurons sujet de contentement.

Ceux de Brandebourg nous ont dit qu'ils ont parlé assez favorablement pour nous & qu'ils sont disposez de faire davantage, pourvû que cela ne fasse point de conséquence pour la Pomeranie.

Ceux de Tréves nous ont voulu faire connoître qu'ils n'ont pas été contraires, mais nous estimons que si le Sieur d'Anctonville n'est point parti on pourroit par lui & par quelque autre faire parler à l'Electeur, afin qu'on sache ce qu'on peut esperer de lui en cette rencontre; d'autant que ses Députez ont dit que leur avis est tout conforme aux ordres qu'il leur a donnez. Nous leur avons représenté que l'intérêt de Philipsbourg ne les doit pas faire marcher avec retenue, puis que l'on ne prétend que la garde & la protection de la Place, en laissant la propriété & le revenu à l'Electeur, lequel nous avoit fait esperer ci-devant quatre ou cinq voix outre la sienne, & néanmoins nous n'en voions pas l'effet.

Dans le Collège des Princes il y a eu deux ou trois Députez des Protestans qui ont parlé assez bien. Nous n'oublions aucun moien pour les tenir en cette bonne disposition & y ramener les autres; mais nous croions que dans l'Assemblée des Etats qui sont à Munster (composée, comme il est dit ci-dessus, des partisans d'Autriche,) c'est gagner beaucoup quand ils ne parlent pas ouvertement contre nous. Il est vrai aussi que l'Empereur a grand intérêt de leur faire faire des déclarations favorables puis qu'il ne pourroit pas s'empêcher d'exécuter les resolutions qui seroient prises contre lui, & que celles qui nous sont contraires ne nous obligent qu'autant qu'il plaira aux deux Couronnes, joint que nous en esperons de meilleures & de plus favorables de l'Assemblée d'Osnabrug.

Nous avons vû Monsieur Contarini seul, & après quelques plaintes de ces choses passées, nous lui fîmes connoître ce que nous avons à souhaiter de lui pour vivre après avec plus de confiance. Cela réussit comme nous le pouvions desirer, & ledit Sieur Contarini témoignant d'être satisfait nous donna quelques avis qui nous peuvent servir. Nous esperons que la suite de ses actions répondra à la bonne esperance que nous en avons conçue.

Le soin que vous prenez de nous donner part des nouvelles nous oblige beaucoup. Nous avons vû avec grande joie, qu'en vain on s'efforce de jetter de la dissension dans la France. On ne pouvoit tenir un meilleur chemin pour découvrir le dessein du Duc de Parme & l'artifice dont son Ministre s'est servi, que celui qui a été tenu, & nous ne doutons point que ceux qui ont recours à de semblables pratiques ne se rebutent enfin quand ils verront que le respect qu'on porte à la Rei-

ne a fait que chacun a rendu compte exactement à Sa Majesté de ce qu'on pensoit leur avoir dit en particulier.

Nous avons grand déplaisir d'aprendre que les affaires du Roi d'Angleterre sont en si mauvais état pour les divers intérêts que la France peut avoir en sa conservation. Mais il seroit à souhaiter qu'il nous pût au moins donner le temps de faire la Paix, avant que l'un des deux Partis soit ruiné, ou que nous soions obligez de nous déclarer contre le plus puissant. En achevant cette Depêche nous venons de recevoir nouvelle de Monsieur de la Barde, qu'il a été resolu au Collège des Princes à Osnabrug que l'on déliberera au premier jour sur la satisfaction des Couronnes & ensuite sur les autres points sans faire relation ni correlation jusques à la fin, qui est une chose que nous avons long temps disputée, & en quoi les Plenipotentiaires de Suede n'appuioient pas nos instances avec assez de fermeté. Nous connoissons par-là qu'il est utile de ne pas dissimuler avec eux. Ce que nous trouvons à rédire en leur conduite est qu'ils se portent mieux à la raison quand ils voient qu'on n'est pas resolu d'adherer à tout ce qu'ils veulent.

Nous vous supplions de nous conserver l'honneur de vos bonnes graces, & de faire état que nous sommes, &c.

REPONSE

Au Memoire de son

EMINENCE.

Du 23. Février 1645.

Le Comte de Trautmansdorff de retour à Munster ne traite point avec les François. Les Plenipotentiaires Suedois ne sont pas piquez du voiage de St. Romain. Suspension d'armes avec Baviere doit être consentie par les Suedois. Peu d'aparence de réussir dans l'échange des Pais-Bas. Mesures à prendre contre le Duc de Lorraine.

NOus avons aussi remarqué dans les Lettres de Monsieur de la Thuillerie qu'il parle fort certainement de la sincerité de la Couronne de Suede à observer l'Alliance, & il nous l'a confirmé encore depuis peu par une autre Depêche. Mais outre les entrevûes qu'on a découvertes des Secretaires de l'Ambassade, de l'Empereur & de Suede chez Pechernitz, nous voions que depuis le retour du Comte de Trautmansdorff en cette Ville, il ne traite non plus avec nous que s'il n'y étoit pas.

Ses

1646. Ses difcours nous ont donné fujet de croire, quand nous l'avons vû, que pour ne s'avancer pas fans les Efpagnols, il attend avec eux la Réponfe de la Reine. Mais on dit auffi qu'il attend quelque refolution du côté de la Suede, & Monfieur Contarini même s'en eft laiffé entendre avec nous.

Nous fommes entierement de l'avis de Son Eminence que fi les Suedois & les Hollandois parloient comme ils doivent aux ennemis & ne fortoient point des bonnes voies, nous aurions la Paix dans trois femaines à leur avantage & au nôtre. Nous fupplions Son Eminence de croire que nous n'oublions rien pour les y obliger & que crainte de l'importuner nous ne lui mandons pas toutes les diligences que nous y apportons.

Nous efperons quelque bon effet du voiage du Sieur de Saint Romain & effaierons d'obvier aux inconveniens qui font prudemment rémarquez par Son Eminence, lui pouvant dire cependant que nous n'avons pas manqué de faire favoir à Monfieur Oxenftiern que nous l'avons confideré dans cet envoi & donné charge audit Sieur de Saint Romain de s'adreffer particulierement à Monfieur fon Pere, en forte qu'il en témoigna de l'agrément à celui de nous qui eft allé le dernier à Ofnabrug; & Monfieur Salvius paffa outre, expliquant ce voiage à un deffein que nous avions de connoître mieux l'état préfent de la Cour de Suede, & les fentimens de ceux qui font dans les affaires, tellement qu'ils ne regardent plus cette refolution que nous avons prife comme une chofe qui les fâche.

Nous avons rendu compte de tout ce qui s'eft paffé en la dernieré Négociation d'Ofnabrug quand l'un de nous y a été & n'y pouvons rien ajoûter, finon que Monfieur Salvius affûra avec ferment qu'ils n'ont point encore ou ordre ou pouvoir de fe contenter d'une des deux Pomeranies, avec Wifmar ou Breme. Ce qui fe rapporte à ce qui eft dit ci-deffus que Trautmansdorff attend quelque refolution de ce côté-là.

Tandis que les armées de l'Empereur & de Suede ont été en préfence dans la Boheme, nous aurions cru à propos de convenir d'une fufpenfion d'armes de quelques mois, pour éviter qu'une bataille n'apportât un grand changement dans les affaires. Mais à préfent qu'elles font feparées, nous eftimons, felon le prudent avis de Son Eminence, qu'il eft néceffaire de voir la Négociation un peu plus avancée, fpécialement en ce qui touche la fatisfaction de la France. A la vérité la fufpenfion générale eft fujette à moins d'inconveniens que celle qu'on pourroit faire en particulier avec le Duc de Baviere; mais au défaut de la générale, il eft très-à propos de fonger à l'autre, avant que l'armée du Roi paffe le Rhin, &

il n'y aura rien à craindre pourvû que cela fe faffe du confentement des Suedois, comme nous voions que c'eft l'intention de Son Eminence. Mais comme ce Prince n'a encore fait que des propofitions vagues & qu'il eft affez accoûtumé à négocier fans conclure, nous croions que fi les ordres que Son Eminence a donnez de fortifier l'armée d'Allemagne font bien & heureufement executez, cela fera parler plus nettement le Duc de Baviere & obligera le Comte de Trautmansdorff de s'adreffer enfin à nous auffi bien qu'aux Suedois, puifqu'on nous a fouvent dit qu'on les confideroit plus que nous à caufe qu'ils font dans

le cœur de l'Empire, & que nous fommes au delà du Rhin. 1646.

Son Eminence a fort bien jugé que les Efpagnols ne tarderoient pas à nous faire quelque propofition. Nous voions par-là que les avis qu'elle en a reçus viennent de très-bon lieu, & la Depêche portée par le Sieur Coiffier fait voir qu'ils n'ont pas été fans fondement.

Nous recevons avec grand fentiment d'obligation ceux qu'il plaît à Son Eminence nous donner des intentions du Roi d'Efpagne, & des confeils qu'on lui donne pour la Paix, nous efperons d'en voir l'effet lors que la réponfe de la Reine aura ouvert la Négociation.

Tous les partis propofez dans le Memoire font fi avantageux pour le Roi & les conditions de chacun d'iceux font exprimées fi diftinctement, que nous n'avons qu'à y foufcrire, & à nous en fervir comme d'une Inftruction très-exacte felon les occafions qui s'en préfenteront. Nous dirons feulement que comme l'échange des Païs-Bas feroit préférable à tous les autres, nous n'avons rien vû jufques ici qui nous donne fujet de l'efperer.

Nous avons grand déplaifir d'apprendre que les affaires du Roi d'Angleterre font en fi mauvais état, pour les divers intérêts que la France peut avoir en fa confervation; mais il feroit à fouhaiter qu'il pût donner le temps de faire la Paix, avant que l'un des deux Partis foit ruiné ou que nous foions obligez de nous déclarer contre le plus puiffant.

Nous nous informerons foigneufement de ce qui concerne la conduite du Nonce Chigi avec les Ambaffadeurs de Baviere. Ce n'eft pas fans caufe que les Efpagnols defirent la mort de ce Prince qui ne tient pas compte d'eux, pourvû qu'il ait le fien. Mais il y a dequoi s'étonner de favoir que l'Empereur même le confidere comme un ennemi, s'il faut croire ce que Noirmond en a dit des Efpagnols, à un des Députez de Meffieurs les États.

Nous ne manquerons pas de faire connoître aux Efpagnols que nous favons le mauvais état de leurs affaires & en dirons les particularitez à Meffieurs les Médiateurs; nous l'avons déja fait ci-devant, à préfent peut-être ferons-nous obligez de le faire avec plus de civilité à caufe de l'offre qu'ils ont faite à la Reine.

L'avis qu'on a donné à fon Eminence d'une Neutralité entre les Efpagnols & l'Electeur de Trêves vient de bon lieu. Les Députez dudit Electeur ne nous ont dit aucune condition nouvelle accordée, outre ce qui eft porté par les anciens Traitez; que les Efpagnols en faifoient au commencement quelque difficulté à caufe que l'Electeur a retenu des troupes Françoifes à fon fervice; mais qu'enfin ils ont convenu que ladite Neutralité feroit obfervée de part & d'autre.

Nous avons confideré ce que fon Eminence nous mande touchant le Duc Charles, & croions que pour prévenir le mal qu'il pourroit faire après la Paix, il faudra faire effort dans le Traité pour faire obliger l'Empereur & le Roi d'Efpagne à ne l'affifter directement ni indirectement.

Il eft vrai qu'en cet état il ne laiffera pas d'être capable de brouiller par le moien des

P 3   trou-

troupes qu'il a sur pied & des nouvelles levées qu'il y pourroit aisément ajoûter. Mais comme il n'aura plus de retraite ni d'appui, cela ne seroit pas beaucoup à craindre, & en tout cas on pourra remedier à cet inconvenient & donner par même moien quelque contentement aux Imperiaux & Espagnols qui parleront sans doute pour lui, en consentant qu'après avoir desarmé il envoie ses Deputez à la Cour pour y être ouïs. Il nous sembleroit bien avantageux d'en sortir par là, puisque la Négociation, qui auroit été remise à la Cour, dureroit autant qu'il plairoit à leurs Majestez, & qu'à toute extrémité on pourroit offrir audit Duc quelque recompense dans le Roiaume, à quoi la Comtesse de Cantecroix auroit intérêt de le porter pour y faire succeder ses enfans, qui ne pourroient jamais succeder à la Lorraine, quand même ledit Duc y pourroit aujourd'hui rentrer. C'est ce que nous en pouvons dire par avance en attendant que le Traité & la disposition des affaires nous donne d'autres ouvertures.

Le Duc de Parme ne reconnoît gueres les obligations qu'il a à la France, de se rendre instrument de la passion de ceux qui veulent y jetter de la division. On ne pouvoit pas tenir un meilleur chemin pour découvrir son dessein & les artifices dont son Ministre s'est servi, que celui qui a été tenu. Et nous ne doutons point que ceux qui ont recours à de semblables pratiques, ne se rebuttent enfin quand ils verront que le respect qu'on porte à la Reine a fait que chacun a rendu exactement compte à sa Majesté de ce qu'on pensoit leur avoir dit en particulier.

Son Eminence ne pouvoit faire une action plus digne de son courage & de sa générosité ni plus convenable à la place qu'elle tient dans les affaires, que de contribuer comme elle fait à la puissante protection qu'on donne à Messieurs les Barberins. En quoi elle fait paroître que le souvenir des mauvais traitemens qu'elle en a reçus autrefois cede aux soins qu'elle a de l'intérêt public de la France.

Quant aux chimeres de Beaufort, nous croions bien que S. E. les a jugées plus dignes de risée & de mépris que d'y faire aucune reflexion.

LETTRE

De Messieurs les

PLENIPOTENTIAIRES

à Monsieur le Comte de

BRIENNE.

Du 17. Mars 1646.

Les Hollandois très-contents de la Réponse faite par la Reine Mere. Mais les Médiateurs en murmurent fort. Les Etats de l'Empire à Osnabrug se déclarent aussi favorablement sur la satisfaction de la France que sur celle de la Suede. Le Prince de Transylvanie offre de rentrer en Guerre contre l'Empereur. Conference avec les Ministres de Baviere. La France prétend les 2 Alsaces, le Brisgau, le Suntgau, Philipsbourg, & la ligne de communication pour y aller. Les Espagnols cederoient plutôt la Franche Comté à la France que de lui voir garder l'Alsace.

MONSIEUR,

COmme nous étions assemblez pour faire la réponse à vôtre Dépêche du deuxiéme de ce mois, nous avons reçû celle du 8. par le Courier que nous vous avions envoié, en-sorte que le temps que nous avions destiné à vous écrire, a été emploié à déchiffrer les Lettres & Memoires, à voir & examiner les ordres que nous avons reçûs & à les executer aussi-tôt. Nous avons commencé par les Ambassadeurs de Messieurs les Etats, ausquels nous avons donné entiere communication de tout ce que nous avons eu charge de dire aux Médiateurs & de traiter avec eux. Ils nous en ont témoigné grande satisfaction & n'ont rien oublié pour nous faire connoître les ressentimens que leur Etat doit avoir du sincere & obligeant procedé de la France, protestans en même temps qu'ils en useront de la sorte envers vous. Ils ajoûterent qu'ils avoient encore depuis peu fait savoir aux Plenipotentiaires d'Espagne que c'est en vain qu'on propo-

seroit

seroit quelque chose à Messieurs les Etats, si l'on ne traite conjointement avec la France, & que ces deux intérêts ne peuvent jamais être separez. Après cela ils approuverent & louèrent la resolution qu'on a prise à la Cour & témoignerent qu'elle étoit tout-à-fait à leur gré.

Nous n'avons pas trouvé Messieurs les Médiateurs en même humeur, lors que nous leur avons donné part de la réponse de la Reine. Ils ont bien dit qu'ils ne manqueroient pas de la faire savoir aux Plenipotentiaires d'Espagne, & qu'ils reçoivent avec respect tout ce qui vient de la Cour. Mais dans toute la suite du discours il n'y a forte de pointilles & de contradictions, qu'ils n'aient apporté aux raisons dont nous avons voulu soutenir la resolution de Sa Majesté. Et d'autant qu'il n'eût pas été possible de les exprimer si bien qu'elles sont dans les Lettres qui nous ont été écrites, nous jugeâmes à propos d'en faire la lecture. Ce fut pourtant sans aucun fruit, car au lieu de répondre aux bonnes & puissantes raisons qui y sont contenuës, les Médiateurs continuerent à nous combatre sur ce sujet, disant tantôt que cela étoit écrit élégamment, tantôt que c'étoit envoier l'éteuf sans rien faire. Ce qui nous surprit extrémement, voiant, comme nous leur dîmes, qu'après avoir tant estimé l'offre du Roi d'Espagne ils faisoient si peu de cas de la même chose, quand elle est offerte par la Reine. Vû même que le Roi d'Espagne étant majeur & Maître absolu de ses Etats, peut mieux disposer de ce qui est entre ses mains que la Reine, qui est Tutrice d'un Roi mineur, ne peut ceder quelque partie des choses dont elle est en possession. Qu'enfin l'offre des Espagnols étoit quelque chose ou rien; si ce n'est rien, il ne méritoit pas qu'ils nous pressassent de l'envoier par un Courier exprès, ni qu'on y fît fondement à la Cour; & si c'est quelque chose, on ne doit pas moins estimer celle de la Reine qui est toute semblable. Ils ne répondirent pas précisément à cela. Monsieur Contarini dit [seulement] qu'il seroit bien marri d'avoir porté les Espagnols (comme il y avoit travaillé) à s'ouvrir davantage sur les moiens de la Paix, d'autant, disoit-il, que quelque proposition qu'ils eussent faire à la Reine, elle auroit pû la rejetter par les mêmes raisons que Sa Majesté emploie pour n'accepter pas l'offre qu'ils lui ont faite, puis que la qualité de Mere du Roi & de Regente du Roiaume l'en auroit empêchée, & qu'ainsi il se trouveroit qu'il les auroit engagez à une avance qui n'auroit de rien servi. Nous nous servîmes de ce discours pour lui faire voir par son propre aveu qu'il n'a pas crû qu'on pût entrer en matiere sur l'offre des Espagnols, puis qu'il a pris tant de soin de leur remonter qu'il faloit parler plus clairement. Ensuite de quoi nous dîmes que s'ils l'avoient fait, nous avions assez de pouvoir de traiter avec eux sans attendre de nouveaux ordres. Les Médiateurs voulurent encore sonder si on ne se relâcheroit point de quelque chose: Mais nous demeurâmes fermes & leur fîmes voir par les Lettres de S. A. Roiale, & de Monsieur le Prince, que c'étoit le sentiment unanime de tout le Conseil. Néanmoins pour ne paroître point si reservez, nous leur dîmes que si les Espagnols prenoient resolution de rendre le Roiaume de Navarre, qui est l'ancien patrimoine du Roi, on lui restituera telle partie des conquêtes qu'elle voudra bien la Navarre,

& que ce n'est pas s'éloigner de la Paix, pour ravoir un Roiaume qui appartient de droit à Sa Majesté d'en offrir récompense. en choses qu'elle a conquises par une juste Guerre. Ce parti ne fit pas plus impression sur leur esprit que de laisser les choses en l'état où elles sont à présent, & après avoir contesté quelque temps nous nous separâmes peu satisfaits les uns des autres, mais toûjours avec la civilité requise.

On delibere ici & à Osnabrug sur les principaux points de notre Replique. Celui de la satisfaction est si important, qu'il mérite qu'on en prenne soin. Déja les suffrages des Etats d'Osnabrug nous sont favorables, au moins ils ont resolu la même chose pour les intérêts de la France, que pour ceux de la Couronne de Suede; qui est tout ce que nous en pouvons raisonnablement attendre après les ombrages qu'on avoit donnez aux Protestans de notre établissement en Allemagne. En quoi nous nous sommes apperçus que les moiens, dont nous nous sommes servis pour nous concilier les principaux d'entr'eux, n'ont pas été inutiles, & que les Ambassadeurs de Suede aussi se sont bien conduits en cette occasion.

Il est arrivé ici un Courier du Prince de Transylvanie qui donne beaucoup de jalousie aux Imperiaux. Monsieur Salvius doit venir en cette ville la semaine prochaine pour conferer avec nous sur l'envoi de ce Courier, & sur d'autres affaires. Ce qui nous paroît jusques à cette heure est, que le Prince de Transylvanie, en donnant des esperances de rentrer en Guerre, cherche à se faire paier de ce qu'il prétend lui être dû. Nous essaierons, sans engager le Roi, de tenir les choses en état que nous puissions toûjours donner cette crainte à nos Parties, & laisser une porte ouverte pour traiter de nouveau avec ce Prince, s'il étoit jugé qu'on le dût faire.

Nous avons vû ici Messieurs de Traci & d'Avaugour, que nous avons informez de tout ce que nous avons jugé nécessaire pour le service du Roi, où ils vont travailler l'un & l'autre suivant les ordres qui leur ont été donnez.

L'un de nous a visité cette semaine les Députez de Baviere, pour découvrir quels sont leurs sentimens sur la satisfaction que le Roi prétend en Allemagne, & pour savoir au vrai jusques où ils entendent être obligez de la procurer. Ce n'est pas que nous soions en doute qu'ils marchent de bon pied, & qu'ils ne fassent tous les offices qui sont en leur pouvoir pour la faire obtenir à Sa Majesté telle que nous la desirons, mais comme nous nous sommes apperçus que les assistances mutuelles que nous nous sommes faites ne produisent pas un même effet, & que les affaires du Roi ne s'avancent pas à l'égal de celles de leur Maître, tant à cause que ledit Duc de Baviere n'est pas si puissant ni si considerable dans son parti que Sa Majesté l'est dans le sien, & par conséquent ne peut pas donner un si grand branle aux resolutions qui doivent être prises, que parce qu'il se rencontre beaucoup plus de difficultez & de differentes oppositions à nos demandes qu'aux prétentions dudit Duc, dont l'une, qui est son remboursement de treize millions, est fondée sur une bonne Transaction faite avec l'Empereur & les Princes de sa Maison, & l'autre, qui est l'Electorat, sur les concessions de Sa Majesté Imperiale autorisées par les resolutions des Etats de l'Empire, au lieu que la retention de l'Alsace n'est n'eſt fondée que ſur le droit des armes, ſur le bon état où ſont les affaires du Roi, & ſur la néceſſité que chacun a de la Paix, que nous déclarons ne pouvoir être faite ſans cela. Nous avons eſtimé à propos de nous éclaircir de nouveau avec eux, & de voir quel effet aſſûré nous pouvons nous promettre des paroles qu'ils nous ont ci-devant données. Déja un autre de nous leur avoit dit dans une Conference précédente, qu'ils ne devoient pas s'attendre que la Paix dût jamais être faite dans l'Empire, ni l'Electorat demeurer dans la Maiſon de Baviere, ſans que l'Alſace demeurât au Roi, & que ces trois choſes étoient deformais inſéparables. Nous leur avons fait encore cette derniere fois la même déclaration, & pour mieux connoître leur intention là-deſſus, on leur a demandé ſi depuis les promeſſes reciproques que nous nous ſommes ci-devant faites ils n'avoient pas reçu quelque ordre de leur Maître qui les autoriſât: Qu'autrement il ne ſeroit pas juſte que nous travaillaſſions de notre côté ſincerement & effectivement à leur faire obtenir ce qu'ils deſirent, & que nous ne viſſions point d'effet de ce qui nous a été promis de leur part. Ils répondirent qu'il ne tenoit pas à eux que nous n'euſſions contentement: Qu'on pouvoit ſavoir de quelle façon ils avoient opiné lors qu'on avoit deliberé de cette affaire: Qu'ils avoient prononcé hardiment (ce qui eſt très-veritable,) que pour avoir la Paix, il faloit donner ſatisfaction au Roi, mais qu'il leur fâchoit extrémement d'être ſeuls de cet avis: qu'on les croioit tellement dans les intérêts de Sa Majeſté ſur ce fait, qu'auſſi-tôt qu'ils ouvrirent la bouche, chacun les conſideroit comme Parties intereſſées, ce qui rendoit leur Maître odieux de tous côtez: Que notre plus grand mal venoit des Proteſtans & de nos Alliez, voulans deſigner les Suedois, qui certainement ne deſirent pas que nous nous établiſſions en Allemagne, jugeant très-bien que ſi le Roi devenoit Prince de l'Empire par la poſſeſſion de l'Alſace, dans les premieres conteſtations qui naîtroient ci-après entre les Catholiques & les Proteſtans, Sa Majeſté ſeroit obligée, par ſa Religion, d'être du parti des premiers & de ſe déclarer contre ceux, qu'elle a protegés juſques à préſent. Et ſur ce qui lui fut repréſenté que cette raiſon devoit obliger les Catholiques de nous favoriſer, ils repliquerent, que d'autres intérêts & dépendances empêchoient la plûpart deſdits Catholiques de nous être favorables: Que pour eux ils demeureroient conſtans dans l'execution de leurs promeſſes, & que pourvû que nous puiſſions nous aſſûrer des Suedois, & des Proteſtans, les autres ſeroient contraints de ſuivre & de conſentir enfin, (quoi que par force) à ce que nous ſouhaitons; mais qu'il nous falloit travailler à cela, & que certainement l'affaire paſſeroit par où voudroient les Suedois & les Proteſtans, s'ils nous étoient favorables, & qu'ils agiſſent comme il faut: Qu'il y en avoit même quelques-uns d'entr'eux, qui leur avoient donné parole de ſuivre leurs avis, mais qui ne l'avoient pas fait: Qu'en un mot, les Imperiaux, les Eſpagnols, les Suedois, les Etats Catholiques & les Proteſtans nous étoient tous contraires, & qu'ils ne ſavoient que faire pour ſurmonter tant de differens obſtacles: Qu'à la verité ce qui donne plus de peine & de jalouſie eſt la ſituation de l'Alſace, qui met au pouvoir de la France, les moiens de troubler & envahir l'Empire toutes les fois qu'elle voudra: Que ſi nous voulions prendre la ſatisfaction du Roi en quelqu'autre endroit, il ne s'y rencontreroit pas peut-être tant de difficulté, & qu'en effet leur Maître s'étoit bien obligé à faire obtenir au Roi ſa ſatisfaction, mais non pas poſitivement à lui faire avoir l'Alſace. Il leur fut fortement ſoûtenu qu'il n'étoit pas temps de revoquer en doute les choſes promiſes, ni d'y apporter de nouvelles interpretations: Que lors que nous nous étions engagez les uns aux autres de nous entr'aider, il avoit été expreſſement convenu, que Monſieur le Duc de Baviere feroit avoir à ſa Majeſté la ſatisfaction qui avoit été déclarée à ſes Miniſtres, auſquels on avoit dit formellement qu'elle prétend retenir les deux Alſaces, le Briſgau, le Suntgau, Philipsbourg, & la ligne de communication pour y aller. Ils dirent diverſes fois qu'ils ne voioient point de moien d'obtenir tout cela, & qu'ils ſavoient ce que leur Maître pouvoit faire. Il fut répondu qu'il avoit ſouvent fait offrir en France & ici de ſe déclarer contre tous ceux qui ne voudroient pas la Paix, laquelle ne pouvant être faite tandis qu'on prétendroit la reſtitution de l'Alſace, il étoit obligé de joindre ſes armes contre ceux qui ont cette prétention, au moins s'il deſire que Sa Majeſté demeure dans l'obligation de conſerver l'Electorat dans ſa Maiſon. Ils repliquerent, que les Eſpagnols étoient ceux qui y apportoient le plus d'oppoſition, & que pour cet effet ils s'étoient depuis peu unis étroitement avec Trautmansdorff, & qu'ils ſembloient diſpoſez à ſe charger eux-mêmes de la ſatisfaction que le Roi prétend dans l'Empire plutôt que de conſentir à l'alienation de l'Alſace. Ce diſcours qu'ils accompagnerent de quelques autres circonſtances nous a confirmé deux choſes, que nous avions appriſes déja d'ailleurs. L'une, que les Eſpagnols & les Imperiaux ont envie de traiter avec nous des deux ſatisfactions à la fois, eſperans que cela nous obligera de nous relâcher d'un côté, en trouvant le compte du Roi de l'autre, ou que toutes les demandes que nous faiſons étant jointes enſemble, & paroiſſans par ce moien plus grandes donneront auſſi plus de jalouſie. L'autre, que les Eſpagnols aimeront mieux donner au Roi la Franche Comté, qui releve de l'Empire, pour la ſatisfaction que nous y prétendons, que de laiſſer perdre l'Alſace à la Maiſon d'Autriche. A la verité les raiſons qu'ils ont eu de prendre cette reſolution, ſi elle eſt veritable, ſont très-grandes, mais ce ſont les mêmes qui doivent affermir Sa Majeſté à ne quitter pas un Païs qui lui donne de ſi grands avantages & que ſes Ennemis ont tant de regret de perdre, puis qu'ils ne ſont pas en état de le lui ôter par les armes. L'on ne manqua pas auſſi, comme on l'a fait en pluſieurs autres rencontres, de témoigner adroitement le peu de compte que l'on fait de la Franche Comté, afin qu'on perde l'opinion qu'on pourroit avoir priſe, que ce ſoit une ſuffiſante récompenſe pour retirer l'Alſace. Mais enfin la concluſion de cette Conference ne fut pas toute telle qu'on eût ſouhaité, puiſque leſdits Deputez, en promettant la continuation de leurs offices pour faire réuſſir les intentions du Roi, exagererent toûjours les raiſons qui ne permettent pas à leur Maître de continuer la Guerre en faveur de la France contre tant d'ennemis, pour lui faire

avoir

La France prétend les 2. Alſaces, le Briſgau, le Suntgau, Philipsbourg, & la ligne de communication pour y aller.

Les Eſpagnols cederoient plutôt la Franche-Comté à la France que de lui voir garder l'Alſace.

1646.

avoir l'Alface plutôt qu'une autre Province.
Il parut même qu'ils feroient à préfent difficulté de s'y obliger par écrit, voians qu'ils
rencontrent plus de facilité pour les intérêts
dudit Duc de Baviere que nous n'en trouvons
pour ceux du Roi, car ils croient que les
deux Parties font d'accord en cela contre nous,
& que pour eux ils n'ont à craindre que les
Suedois & les Proteftans. Encore difent-ils
que ceux-ci leur ont fait entendre qu'ils favo-
riferoient leur Maître dans fa prétention, pourvû qu'il voulût abandonner celle de la France. On n'a pas manqué de leur répondre,
qu'on fe fervoit du même artifice auprès de
nous, & que diverfes fois les Proteftans nous
avoient fait dire, qu'ils agiroient plus ouvertement en notre faveur, fi nous voulions
abandonner les intérêts du Duc de Baviere.
Nous efperons que quand les Deputez fauront
que les Etats d'Ofnabrug auront pris la refolution que nous pouvons fouhaiter, & qu'ils
verront agir les Suedois de bonne forte, fuivant la promeffe qu'ils en ont faite depuis
peu, ils pourront devenir plus hardis. Car
on a remarqué dans leur procedé plus d'apprehenfion & de timidité que de mauvaife
volonté, outre qu'ils ont toûjours ajoûté que
l'Alface demeureroit au Roi pourvû que les
Suedois & les Proteftans ne s'y oppofent pas.
Leur irrefolution nous a fait encore juger que
leur Maître n'a pas une entiere confiance en
eux pour les chofes qu'ils veulent traiter avec
la France. Car étant tombez fur le difcours
de la Campagne, & lefdits Deputez aiant
demandé s'il fe faudroit encore battre, leur
Maître defirant avec tant de paffion l'amitié
de leurs Majeftez & faifant tant de chofes
pour leur fervice, lors qu'on les a preffez
de faire quelque propofition pour un Traité
particulier, puis qu'ils avoient refufé celles
qui leur avoient été prefentées, ils font demeurez fur la retenuë, & n'ont opiné que
fur la fufpenfion générale. Néanmoins lors
qu'on leur a fait connoître l'avantage que recevroit le Duc de Baviere s'il lui étoit permis de demeurer en neutralité avec une armée confiderable, & d'attendre en une fi
bonne pofture le fuccès de cette Négociation, fans être expofé aux perils de la
Guerre, ils y ont fait grande reflexion, &
ont promis d'en écrire derechef à leur Maître, en lui rendant compte de tout le difcours que l'on venoit d'avoir avec eux. Nous
fommes, &c.

MEMOIRE

De Meffieurs les

PLENIPOTENTIAIRES

à Monfieur le Cardinal

MAZARIN.

Du 17. Mars 1646.

*Les Etats de Munfter, excepté les
Deputez d'Autriche, de Bourgogne, & de l'Archiduc, opinent qu'il eft dû une fatisfaction
à la France. Les Etats d'Ofnabrug tout de même. Les Efpagnols choquez de la réponfe de la
Reine Mere.*

NOus n'avons pas eû du temps pour répondre au Memoire de Son Eminence
depuis que nous l'avons reçû aiant été fi fort
occupez, non feulement aux chofes contenuës dans une Depêche dont le Duplicata fera ici joint; mais encore à nous garentir de la
furprife que les Imperiaux nous avoient faite
de faire deliberer de la fatisfaction de la
France, dans le Confeil des Etats de l'Empire qui font en cette ville, lors qu'on y
penfoit le moins, mais nous avons été fi heureux, (encore que l'Affemblée de ce lieu ne
nous foit point favorable, & que le Comte
de Trautmansdorff crût avoir gagné toutes
les voix) qu'il fe trouve néanmoins que hors
les Deputez d'Autriche, ceux de Bourgogne
& de l'Archiduc Leopold, tout le refte s'eft
oppofé à la conclufion que ledit Deputé
d'Autriche en qualité de Directeur vouloit
faire paffer contre nous, qu'il n'étoit point
dû de fatisfaction à la France. Nous en écrirons plus particulierement le détail par le
premier Ordinaire. Et cependant nous croions
que Son Eminence fera bien aife de voir le
point le plus important de notre Négociation
en fi bon état, puis que d'ailleurs l'Affemblée d'Ofnabrug en a parlé encore plus a-
vantageufement, comme il eft porté par notre Depêche commune. Nous ne favons pas
fi le Comte de Trautmansdorff, qui ne manquera pas en cette occafion de remuër ciel &
terre, auroit affez de credit pour y faire apporter du changement. De notre côté, nous
ne nous endormirons pas pour nous en défendre.

Les Médiateurs viennent préfentement de
nous voir, pour nous dire, qu'aiant fait entendre la réponfe de la Reine à Peñaranda &
à fes

Q

Les Etats
de Munfter,
excepté les
Deputez
d'Autriche,
de Bourgo-
gne, & de
l'Archiduc,
opinent qu'il
eft dû une
fatisfaction à
la France.

Les Etats
d'Ofnabrug
tout de mê-
me.

Les Efpa-
gnols choquez
de la réponfe
de la Reine
Mere.

à ses Collegues , il a fait plusieurs plaintes que nous n'avons pas trouvé bien fondées, & ont dit pour conclusion qu'ils verroient ce qu'ils ont à faire. La plainte sur laquelle ils ont le plus appuié est , qu'il prétendoit pouvoir justifier , par une Lettre de Monsieur le Nonce Bagni, que c'est du côté de la France qu'on a desiré que le Roi leur Maître fît l'offre qu'il a faite, ledit Nonce aiant mandé à celui qui est à Madrid, que les Principaux Ministres d'Etat lui avoient fait connoître, que si le Roi d'Espagne faisoit une pareille avance, il y seroit répondu avec grande générosité. Nous avons crû en devoir avertir particulierement V. E. d'autant que les Espagnols ont témoigné comme par menace , que le Roi d'Espagne envoieroit au Pape ladite Lettre de Monsieur Bagni, & qu'il faudra savoir s'il l'a écrite avec charge, ou de son propre mouvement ; puis que le Roi aiant suivi la voie qu'on lui avoit montrée , cela n'a pas eu l'effet qu'on lui avoit fait entendre. Nous avons reparti que nous ne savions rien de cette Lettre ; mais que quand elle auroit été écrite, nous ne pensions pas que Monsieur le Nonce Bagni eût entendu parler d'un simple compliment, comme a été celui du Roi d'Espagne ; mais de quelque proposition réelle & importante ; joint que de quelque façon qu'ils le voulussent interpreter , nous ne voïions pas qu'il y eût sujet de plainte si la France a fait la premiere recherche , puis qu'encore outre cela la Reine a rendu la même civilité que l'on a deferée à sa Majesté.

REPONSE

De Messieurs les

PLENIPOTENTIAIRES

Aux Memoires de son

EMINENCE,

des 3. 7. & 10. Mars 1646.

A Munster le 17. Mars 1646.

On ne se relâchera sur Philipsbourg qu'à l'extremité. Hollandois contraires à l'échange des Païs-Bas. La Province de Hollande contraire au Prince d'Orange. Caractere de Friquet & de Noirmond. Deux cens mille Ecus remis à Peñaranda pour distribuer

dans l'Assemblée de Munster. Il ne faut pas rendre la Lorraine au Duc Charles.

SOn Eminence aura vû par nos dernieres Depêches ce que nous pouvons dire touchant les Suedois & les Bavarois, ceux-là aians repris le bon chemin avec nous & ceux ci continuans d'agir ici pour la satisfaction de la France. Ils nous ont même averti depuis trois jours que le Ministre , que leur Maître avoit envoié à l'Empereur , étoit de retour , & que son voiage avoit produit un ordre à Trautmansdorff d'avancer l'affaire , & qu'il l'avoit visité depuis peu pour en presser l'execution, dont nous verrions bien-tôt des preuves par quelque proposition qui nous seroit faite de sa part. Ils ont ajouté qu'ils prévoient de grandes difficultez pour l'Alsace , & qu'on pourroit plutôt se resoudre à nous donner recompense ailleurs. Mais comme ils nous ont trouvez fermes à ne nous departir pas de l'Alsace , ils ont répondu qu'on ne pouvoit pas faire les choses tout d'un coup.

Pour ce qui est de Philipsbourg nous userons du pouvoir qui nous est donné, comme on le peut souhaiter , pouvans bien asûrer son Eminence qu'il ne sera pas reconnu , au moins de notre part, que l'on ait intention de s'en relâcher , lors qu'il sera possible de le conserver. Ce n'est pas que déja les Ministres de Baviere & les Imperiaux mêmes ne se soient moquez de notre fermeté sur ce sujet , disans qu'ils savoient de bon lieu que nous n'avions point ordre d'y insister. Et la prévoiance , dont son Eminence a usé, de n'en communiquer la resolution qu'à peu de personnes , a été très-nécessaire , d'autant que nous voions que la plûpart des choses sont sûes, & qu'en effet on nous tient à Munster les seuls auteurs des difficultez, ce qui est cause que nous ne tirons pas tout le fruit que nous pourrions esperer de la conduite que nous tenons. Les Médiateurs ne feignant point de nous dire de fois à autre que l'on n'est pas de notre avis à la Cour.

Nous n'avons pas manqué, pour adoucir nos demandes dans l'Empire , de faire connoître l'assistance que l'Empereur se pouvoit promettre des forces du Roi contre le Turc quand la Paix seroit faite.

Nous sommes fort aises de voir son Eminence en disposition de faire contenter Madame la Landgrave. Mais à la verité ses Députez qui sont ici ne reçoivent pas la resolution qui a été prise pour une satisfaction proportionnée au besoin qu'elle en a. S'il plaisoit à son Eminence de faire augmenter le secours , nous estimons que la dépense y seroit bien emploiée.

Nous avons mandé ci-devant ce que nous trouvons à desirer dans l'affection que l'Electeur de Trêves doit à la France. Quand nous aurons nouvelles de l'arrivée de Monsieur d'Antonville auprès de lui nous lui en ferons savoir nos sentimens.

Nous prendrons occasion d'agir avec Monsieur le Nonce , suivant ce qui nous est mandé ; mais nous ne savons pas si son Eminence ne trouveroit point à propos de ménager la maniere de nous expliquer , de crainte que cela ne vînt à changer les declarations que ledit Nonce a souvent faites, que
le

le Pape ne prend aucun intérêt temporel en cette Négociation.

Nous croions que son Eminence ne trouvera pas mauvais que nous différions d'executer ce qui nous a été ordonné touchant le mariage ou l'échange jusques à ce que nous aions reçu de ses nouvelles, après qu'il aura été informé par Monsieur d'Estrades de l'état où il a laissé les Provinces-Unies. Nous apprenons par les Lettres de Monsieur Brasset, par Monsieur de Ripperda & autres, qu'il y a encore de grandes confusions & defiances dans le Païs. Ce qui nous met en peine est, que Monsieur le Prince d'Orange en a parlé en l'Assemblée des Etats comme d'une chose arrêtée entre la France & l'Espagne, & qui devoit être executée dans trois semaines, & que nous avons été obligez d'assûrer les Deputez qui sont ici, que jamais il ne nous en avoit été rien proposé de la part des Espagnols. Ce qui est très-veritable, & il a été très-nécessaire de le leur dire. Cela leur fait croire ou que le discours de Monsieur le Prince d'Orange a été artificieux, ou que nous ne leur parlons pas sincerement.

Nous supplions son Eminence de nous prescrire comme nous avons à accorder ces deux contrarietez. Il nous semble que le meilleur moien est d'avouër la verité, & que si Monsieur le Prince d'Orange l'a proposée aux Provinces de la part de la Reine, l'on pourroit dire que sur de simples discours qui en avoient été faits en l'air, la sincerité qu'on garde avec les Alliez avoit obligé de leur en demander leur avis, avant même que la chose eût été proposée. En quoi on pourroit leur faire connoître avec le temps qu'ils ont plus de sujet d'être obligez à la France que d'en prendre jalousie. Mais nous ne devons pas celer à son Eminence qu'il est extrémement nécessaire de ramener les esprits de ces peuples pour les porter à mettre cette année une armée en Campagne. Pourvû qu'on gagne ce point, qui est le plus pressant, on pourra avec loisir effacer les impressions qu'ils ont pû avoir prises, & on tirera quelque avantage d'avoir reconnu leurs sentimens sur cette affaire, & de les avoir accoûtumez à en ouïr parler en cas que ci-après les ennemis se portassent au Mariage & à l'échange. Nous connoissons bien que c'est un grand avantage d'avoir sur cela le Prince d'Orange favorable. Mais comme son Eminence sait que la Province de Hollande est entierement contraire audit Prince, elle aura sans doute appris que le bruit & le soupçon s'est augmenté par l'opinion que l'on a euë que la France traitoit ce mariage de concert avec lui.

Il est certain que Monsieur Contarini a parlé du mariage aux Espagnols, comme il avoit fait avec nous, & qu'il a ajoûté qu'on pourroit bien marier le Roi d'Espagne, surquoi Peñaranda est demeuré fort froid & fort reservé. Et ainsi nous voions que la passion qu'il a pour la Paix lui fait avancer beaucoup de choses sans fondement pour découvrir l'intention des uns & des autres.

Friquet est en cette Ville avec le même dessein que Noirmond. Nous veillons à leurs actions, autant qu'il nous est possible; & sur ce que nous avons fait connoître aux Députez de Messieurs les Etats que nous savions la frequentation qu'ils avoient avec eux, ils nous ont voulu faire croire qu'ils en sont

importunez, & nous ont avoué qu'ils venoient familierement se mettre à table sous prétexte de manger de la viande. Cela néanmoins ne nous donne pas tant de peine que les grandes sommes d'argent qui ont été remises à Peñaranda pour distribuer dans cette Assemblée. Nous ne manquons pas de notre part à user du fonds qui nous a été envoié, mais toute notre crainte est que les chevaux n'emportent le Carosse, ne se parlant pas moins que de deux cens mille écus qui sont ici entre les mains dudit Peñaranda.

Nous croions très-utile d'écarter Monsieur de Lorraine pour donner jalousie de lui aux ennemis & voir ce que le temps produira. Si on pouvoit l'engager à se rendre maître d'une Province de Flandres & lui promettre de l'y conserver, ce seroit une bonne Négociation, mais lui rendre son Païs pour le faire changer de parti, nous croions la recompense infiniment audessus du service incertain qu'on pourroit recevoir de lui & de toutes ses troupes. Une des principales raisons qui nous a obligé en dernier lieu de tenir ferme à exclurre le Duc Charles de ce Traité, & n'accorder point les Passeports qui nous ont été demandez, de la part des Imperiaux, avec très-grande instance, pour les Deputez qu'il voudroit envoier ici, a été pour le réduire à rechercher en France un Traité particulier se voiant exclus du général, & à se mettre entierement à la discretion du Roi pour obtenir telle recompense qu'il plaira à sa Majesté de lui donner pour la Lorraine.

Nous ne pouvons exprimer à son Eminence la joie que nous avons eu du choix que la Reine a fait de sa personne pour être Surintendant de l'éducation du Roi, outre que nous sommes obligez de nous en rejouïr comme ses très-humbles serviteurs, ausquels elle donne en cette Négociation de nouvelles preuves de l'honneur de sa bienveillance. Nous pouvons dire sans flatterie que nous en retirerons ici de l'avantage vers les Alliez, en leur faisant connoître qu'inspirant au Roi les mêmes maximes qui font si glorieusement prosperer les affaires communes, eux & nous en recevrons de très-utiles effets. Nous remercions son Eminence de la part qu'il lui a plû de nous en donner, & des bons offices qu'elle nous promet auprès de leurs Majestez, étant bien marris que pas un de nous ne se trouve en âge de se prevaloir de ceux qu'il auroit agreable de nous rendre auprès de notre jeune Maître.

TOM. III.

LETTRE

De Monsieur le Comte de

BRIENNE

à Messieurs les

PLENIPOTENTIAIRES.

Du 17. Mars 1646.

On est content de la Cour de Sue-
de. Mauvais effets que la pro-
position des Espagnols a produit
auprès des Alliez de la Fran-
ce. On augmentera le subside
aux Hollandois, afin de les por-
ter à se mettre en Campagne.
On les soupçonne de songer à
un accommodement particulier. Il
n'est plus question de la Trève
dans l'Empire. Ce n'est pas par
haine, mais par temperament, que
Contarini a quelquefois parlé
fortement contre la France. L'Ar-
mée de France veut s'établir au
delà du Rhin. On blâme les
Plenipotentiaires d'avoir vû Bel-
letia. La France toûjours mé-
contente de Me. de Savoye. La
Ville de Strasbourg craint qu'on
ne cede l'Alsace à la France.
On donne au Cardinal d'Este
la protection des affaires de
France à Rome. Le Duc de
Parme s'offre d'accommoder l'af-
faire des Barberins.

MONSEIGNEUR & MESSIEURS,

VOtre Lettre du 4. de ce mois reçûë le
14. nous a donné une ample information
de plusieurs choses qui étoient venues à votre
connoissance depuis que vous nous avez é-
crit, & Sa Majesté, selon sa coûtume, s'est
donné le loisir de l'écouter lire, qui m'a commandé de vous faire savoir, qu'elle est toûjours égale à elle-même, pleine d'estime pour
vous, & qu'elle a tant de confiance en vos
personnes, qu'il n'y a rien dont elle ne veuille vous faire part, & que tout ce qui pourra
avancer l'œuvre de la Paix, & vous autoriser

dans l'Assemblée, vous sera toûjours ponctuellement envoié. Elle espere que par le retour de Monsieur de Saint Romain vous aurez la confirmation de ce qui vous a été mandé par Monsieur de la Thuillerie, & que les
Ministres de Suede, qui sont en Allemagne,
observeront fidellement les ordres qui leur seront envoiez, & feront de bonne foi ce qu'ils
vous auront promis. Il faudroit que cette
Reine fût au dernier point dissimulée, & que
le Chancelier fût peu jaloux de sa reputation,
si après tant de promesses solemnelles, accompagnées de tant de raisons solides, dont ils
font parade, ils venoient à contrevenir aux engagemens qu'ils ont avec nous, qui demeurons persuadez de leur bonne foi par celle que
nous leur voulons garder. L'ordre que cette
Majesté envoie à son Ministre, qui reside à
Munster, d'avoir peu de communication a-
vec les Espagnols, donnera à entendre à
ceux-ci qu'il n'y a rien à esperer pour eux en
sa Cour, & Rosenhan, pour s'y conserver
plus de confiance, en aura moins avec nos
Parties. Ainsi la plainte qui a été faite de la
familiarité qui étoit entr'eux aura produit un
bon effet.

Il n'en est pas de même de la proposition
qui vous a été faite par les Espagnols, s'ils se
sont proposez l'avancement de la Paix, puis
qu'elle a donné tant de jalousie aux Alliez,
qu'il faudra bien du temps pour regagner envers eux une parfaite confiance. Et il a paru
bien clairement que les Médiateurs ont été
deçûs par les autres, & la mauvaise foi de
ceux-ci, qui dans le même temps ont donné
pour conclu le mariage du Roi & de l'Infante, en ont exposé les conditions, & tout d'un
temps en ont proposé d'un accommodement
avec les Etats, qui ont failli à demeurer persuadez que la franchise avec laquelle vous leur
avez parlé étoit l'effet d'un extraordinaire artifice, & l'arrivée de Monsieur d'Estrades en
Hollande, en cette conjoncture, avoit encore contribué à faire réussir celui de l'Ennemi,
comme s'il ne s'y étoit acheminé, que pour
leur en faire quelque ouverture, que les Esprits malicieux ont bien osé avancer avoir été
faite de longue main au Prince d'Orange: mais
s'en étant expliqué en pleine Assemblée, il a
fait cesser la mauvaise opinion qu'on avoit de
lui, & fait connoître que l'on avoit tort de
blâmer notre conduite. Et ensuite il a été
resolu que vous seriez remerciez de la confidence, dont vous traitez leurs Ministres &
que cela sera accompagné de tous les témoignages de respect que vous devez attendre de
ces Messieurs.

L'avis que vous avez pénétré qu'ils ne
mettroient point en Campagne, n'étoit que
trop véritable. C'étoit une pensée assez établie parmi eux; mais la communication que
nous avons donné au Prince d'Orange, de
ce que nous avions resolu d'entreprendre &
la disposition en laquelle nous sommes non
seulement de les assister du subside ordinaire,
mais de l'augmenter, pourvû qu'ils s'obligent, comme les années passées, les sera sans
doute changer de resolution, & prendre celle de profiter de la foiblesse de l'Ennemi, &
de la puissante diversion que nos forces leur
feront. J'espere que par une apostille je tâcherai de confirmer ce que je vous laisse concevoir, & que Monsieur d'Estrades sera arrivé avant que j'aye achevé d'écrire; puis que
dès le treize de ce mois il avoit heureusement
surgi au Port de Bologne. Pour lever, tant
à Mes-

1646.

à Messieurs les Etats qu'à Monsieur le Prince d'Orange, la mauvaise impression qu'ils avoient prise sur le sujet de ce mariage, on a depêché un exprès au Resident Brasset, lequel nous a mandé que quelques-uns de Messieurs les Etats s'étoient laissé entendre, que si les Espagnols continuoient en cette pensée de donner pour dot les Provinces qu'ils possedent, nous serions tenus de leur ceder la part qui nous feroit abandonnée pour la conquerir.; si cela est pensé avec du sens, & si le Traité peut être allegué sur la matiere, je vous laisse à juger.

Il est mandé audit Sieur Brasset que vous aurez ordre de vous plaindre du mauvais procedé, dont l'un use en notre endroit, & que l'artifice de nos Ennemis a plutôt éclatté que la belle proposition qu'ils vous ont fait faire n'a été sue être acceptée ou refusée: de laquelle de deçà on ne s'est pas beaucoup ému, comme vous aurez pû voir par la réponse à votre Depêche, apportée par le Secretaire Coiffier, du contenu de laquelle vous jugerez aussi qu'elle pouvoit être la disposition de sa Majesté en faveur de Messieurs les Etats & dudit Prince d'Orange. Et en cela sommes-nous à plaindre que nous occupans continuellement à leur procurer divers avantages, nous ne soions pas asûrez qu'ils seront constants en leurs promesses, & qu'ils auront la gratitude qu'ils doivent avoir pour cette Couronne. Quelques-uns d'entr'eux n'ont pas craint d'avancer, ainsi que je vous l'ai écrit, que pour asûrer leur repos ils ne devoient s'arrêter par nulle consideration, & que le bien public est la souveraine loi; & les mêmes ont allegué des exemples pour autoriser leur injustice. Mais il faut esperer que les plus sages d'entr'eux resisteront à une si mauvaise ouverture, qui se trouve combattue des intérêts particuliers du Prince d'Orange. J'entre pourtant en quelque apprehension qu'elle sera soûtenue puissamment, parce qu'ils ont donné, ou feint de donner, trop de creance à ce faux bruit qui a été semé parmi eux que nous avions arrêté toutes les conditions de notre Traité, & que c'est pour trouver une excuse à leur infidelité qu'ils nous en veulent reprocher une. Si je les soupçonne à tort je leur en fais excuse, mais je tiens être fondé. Comme je sai qu'ils ont pour fondement de leur grandeur la continuation de leur trafic, & qu'ils aiment mieux que les Païs, où ils le font, soient contraints de recevoir les Loix qu'on leur voudroit prescrire, qu'en puissance d'en donner, je ne fais point de doute que la demande faite par les Suedois de la Pomeranie ne les ait allarmez. Mais je voudrois bien leur demander, s'ils ont crû que les Suedois doivent s'en départir, & avoir fait fortement, longuement & heureusement la Guerre sans qu'il leur reste rien de leurs conquêtes.

Autant que la suspension d'Armes, que vous aviez desiré promouvoir entre les Suedois & les Imperiaux, pouvoit être utile à l'Empereur, autant pouvoit-elle causer de mal aux Espagnols, lesquels aiant dissuadé à leurs Alliez d'y entendre ont avancé leurs affaires particulieres. Mais si c'est sans avoir pris précaution qu'ils ne tenteront pas le sort d'un combat, leur prudence se pourroit bien trouver defectueuse. La votre, pour l'éviter, étoit complette, & de cela il n'échet plus de parler, soit pour l'avoir déja amplement fait, ou que le moment qui étoit à

creindre, & qui pouvoit être décisif de plusieurs choses, est passé.

Vous avez gagné un avantage merveilleux, en disposant les Deputez des Etats de l'Empire d'entrer en communication d'affaires avec vous. Ils l'avoient toûjours apprehendé, & il a fallu bien de l'adresse pour les y réduire. Cela même, accompagné de l'avoir exécuté immediatement après avoir rendu les mêmes respects au Nonce, & aux Ministres de l'Empereur, a fait connoître à sa Majesté le respect qu'on lui rend, & quelle est l'opinion conçue de l'état florissant de ses affaires. Et que l'Ambassadeur de Baviere se soit si bien comporté en cette rencontre, fait juger de la bonne disposition de son Maître & avancer les services de sa Majesté, & à lui procurer satisfaction en ses justes demandes.

Si je ne craignois faire une digression, & de m'embarquer à une réponse superflue du Memoire qui m'a été envoié, de ce qui a été negotié par Monsieur d'Avaux, ou recueilli par lui des intentions de ceux qui sont à Osnabrug, je demanderois volontiers si cet Electeur seroit d'avis que nous nous contentassions de la Comté de Bourgogne, ou du Duché de Milan, & que nous nous éloignassions tant de lui. Ce seroit entrer en la matiere que je veux retrancher en m'appliquant à discuter ses intérêts, & à faire une seconde demande, si ceux qui en parlent sont avouez de celui duquel lesdits Duché & Comté dependent.

Ce qui s'est passé en la visite que vous avez renduë aux Médiateurs, a été bien reçu, principalement le soin que vous avez pris de leur faire entendre, que plus pour leur respect, que pour toute autre consideration, vous aviez depêché vers sa Majesté, & que c'eût été bien plus avancer le Traité général de venir à des ouvertures particulieres, que de se contenter de vous faire une ouverture vague, & telle que celle qui vous a été portée; par où vous leur avez fait connoître que ne l'aiant reçue que comme un compliment, la réponse que vous en attendez ne sauroit être de plus de valeur.

La réponse de Peñaranda à la demande du Saufconduit & Passeports nécessaires aux Ambassadeurs de Portugal nous a semblé bien hautaine, & la reflexion que vous y avez faite, est digne de vôtre grande experience. Qu'est-ce qu'on ne devroit pas apprehender des Espagnols, si leurs affaires avoient été secondées de la fortune; puis que dans le deplorable état où elles sont, ils osent parler avec tant de fierté. C'est bien juger que cette affaire est la perte de cette Couronne, qu'elle les touche & traîne après soi celle des Indes d'Orient & du Bresil.

La réponse de Contarini est sage, & la chaleur qu'il a témoigné contre Peñaranda nous a fait faire le même jugement que vous de son humeur, & que quand il s'est porté contre nous, ce n'a jamais été avec un esprit de haine, mais qu'il n'a jamais sû commander la liberté du sien, auquel il permet toutes choses, estimant que la naissance, qu'il a euë en une Ville libre, lui en a acquis le droit. Il nous a paru, & Monsieur le Nonce aussi, très-peu instruit de ce que nous possedons en Catalogne, & de la disposition du peuple de cette Principauté, lequel ne respire que la domination de la France, & d'être délivré de la crainte de retomber en celle d'Espagne; lesquels ont cet avantage que nous avons accepté leur domination, & que nous nous sommes engagez à les defen-

Q 3

dre,

dré, comme faifans part de cette Couronne de laquelle autrefois ce Comté avoit été demembré. Mais ils vous ont trouvez très-préparez à leur répondre, qui leur avez bien adroitement infinué, qu'il y peut avoir entre le Portugal & nous des engagemens, dont les Efpagnols n'ont pû avoir de connoiffance. Mais, graces à Dieu, cela n'eft pas, & ainfi on nous fera obligé de ce que nous ferons pour eux, fans que l'on nous puiffe blâmer de quelque refolution que nous pourrions prendre pour leur égard. Si celui qu'ils ont publié Roi eût fuivi nos Confeils, fes affaires feroient en meilleur état. Occupant beaucoup de l'autrui c'eût été le moien de conferver le fien, mais il n'en a jamais été fufceptible, ni de regler fa milice. Et quand on les a preffez, ils ont dit qu'ils ont accoûtumé de vaincre, en combattant fans ordre, & que quand ils en veulent garder il leur fuccede mal. Si cette maxime peut être foûtenue & avancée par des Capitaines, je m'en remets à ceux du métier.

On ne peut blâmer le Comte de Trautmansdorff, d'attendre le retour de votre Courier. Si c'eft avec votre participation que les Efpagnols ont fait leur belle ouverture, dans cette confideration il devroit profiter du temps.

Si Monfieur de Turenne s'avance, Baviere fera obligé de retirer fes forces & de laiffer celles de l'Empereur expofées à la difcretion de celles des Suedois, lefquels trouvans leur Ennemi affoibli pourront marcher & faire des progrès confiderables. Selon que vous l'aurez apris du Baron d'Avaugour, nous fongeons à nous porter, en forte qu'eux & nous, nous puiffions entr'affifter, & pourvû qu'il nous vienne des quartiers, d'où nous puiffions tirer quelque legere contribution, nous nous établirons fi puiffamment delà le Rhin que nous ne pourrons plus être forcez à le repaffer deformais. Monfieur de Traci doit être arrivé à Caffel, où il aura trouvé des corps arrivez, qui font en notre fervice. Si les glaces n'avoient été extraordinaires, il y auroit auffi trouvé celui que Fritz commande, felon les avis que j'en ai du Refident Hennequin, auquel départant vos ordres, il a ceux de la Cour pour s'y conformer. Monfieur de la Thuillerie rend fi bon témoignage de celui * qu'il laiffe en Suede, qu'il y tiendra bien fa place, & fa Majefté en fera dignement fervie.

Si Madame de Savoye fe perfuade d'avoir fatisfait, en retirant de fi mauvaife grace qu'elle a fait Belletia de Munfter, & fous prétexte d'aller accomplir un office de conjouiffance, elle eft bien trompée. J'oferai même vous dire fur le fujet dudit Belletia, que la complaifance que vous avez euë pour le Marquis de faint Maurice, en lui permettant de fe congedier de vous, n'a pas été bien reçue ; mais comme d'une chofe faite, & par une fi puiffante interceffion, il n'en fera pas fait plus de mention. Je prévis le fentiment de la Reine, & elle condamna ce que vous aviez confenti. Il fut dit affez haut par tous ceux de fon Confeil, qu'il étoit inutile de donner & de reïterer des ordres, s'ils n'étoient executez, & que par trois diverfes fois il vous avoit été écrit de ne voir ni recevoir aucune excufe dudit Belletia. Sa Majefté a tout fujet d'être à l'infini mal fatisfaite de cette Alteffe, laquelle continuant de fuivre les Confeils qui lui font infpirez par le Marquis de Pianezza, met fes affaires au plus mauvais

état qu'on fauroit s'imaginer, & par l'obftination qu'elle a à maltraiter les troupes que nous avons delà les Monts, & par permettre audit Pianezza d'infinuer au Duc, qu'il n'eft haï en cette Cour, que pour défendre fes intérêts. L'effet que cela peut produire eft aifément pénétré, & de quel efprit ces chofes font avancées. Le remede n'eft pas difficile, mais comme il peut avoir des fuites, on a peine à l'embraffer. Quand on confidere ce que la France a fait pour Madame, ce qu'elle lui a fait rendre, & ce qu'elle tient encore du fien, on eft furpris de fa mauvaife conduite. Et que ne doit-on craindre de fon Efprit, quand une fois elle feroit délivrée des garnifons que nous tenons dans fes Etats ? Les Princes fes beaux-freres la condamnent, & voudroient bien qu'elle fuivît des Confeils plus moderez, & proportionnez à l'état de fes affaires. On parle d'y envoier quelqu'un, pour s'expliquer nettement avec elle de tout ce dont on n'eft pas fatisfait ; mais celui-là n'aura pas la qualité d'Ambaffadeur, afin qu'elle ne conçoive pas qu'on en veuille tenir un auprès d'elle, tant qu'elle fera de fi mauvaife humeur. Au lieu de Monfieur de Couvonges, qui commandoit à Cazal, & qu'on a envoié en Catalogne en qualité de Lieutenant Général, on y deftine Monfieur d'Aiguebonne, & au premier jour on y envoiera quelqu'un pour fucceder en la Citadelle de Turin.

La mort de Monfieur d'Efpenan force auffi de fonger à envoier un Gouverneur à Philipsbourg. Je tranfcrirai auffi une Lettre en ce lieu de Monfieur de Vautorte datée du 26. du paffé, qui porte qu'il eft arrivé à Brizach, qu'il y trouve de grands éclairciffemens de ce qui lui a été mandé, defquels même il a déja apris, qu'il s'étoit mécompté en quelques points contenus au Memoire qu'il m'a envoié, qu'il me prie de differer d'envoier, mais c'eft trop tard pour vous le faire remettre, & que dans quinze jours j'aurai dequoi refter fatisfait. Il ajoûte que le Magiftrat de la Ville de Colmar a été très-difpofé de l'informer de tout ce qu'il recherchoit. Ceux de Strasbourg, très-éloignez de ce fentiment, ont témoigné s'en defier, & être offenfez de la demande que vous avez faite de l'Alface. Il croit qu'un de leurs Secretaires, qu'ils ont depêché en cette Cour, m'en témoignera quelque chofe. Il m'a préfenté les Lettres de créance de fes Superieurs, & pris jour pour m'entretenir. Quand j'aurai entendu fa charge, il reftera à la mienne de vous en donner une ample relation ; à quoi je ne manquerai pas.

Deux Dépêches de Monfieur l'Abbé de Saint Nicolas, datées de Modene, nous ont fait favoir avec combien d'honneur & de refpect Monfieur le Cardinal d'Efte a reçû celui qui lui a été préfenté de la Protection. Que fon frere depêchoit de deçà un fien confident pour, fous prétexte du remerciment dû par fon frere, prendre les précautions defquelles il a befoin pour fa confervation, & faire enfuite une déclaration ouverte de ferviteur de cette Couronne. Paffant à Parme, il s'eft entretenu avec le Duc des affaires du monde, & de ce qui lui avoit été commandé, duquel il a tiré, qu'il hait les Barberins, mais qu'il veut être ferviteur de la France. Qu'il croit que les affaires ne font point en tel état à Rome, qu'il n'y eut des temperamens à prendre à la fatisfaction des Parties. Il a fort effayé de juftifier le Pape, &

il

L'Armée de France veut s'établir au delà du Rhin.

* Le Sieur Chanut.

On blâme les Plenipotentiaires d'avoir vû Belletia.

La France toûjours mécontente de Madame de Savoye.

La Ville de Strasbourg craint qu'on ne cede l'Alface à la France.

On donne au Cardinal d'Efte la Protection des affaires de France à Rome.

il lui fit grande parade de ses forces, soit pour être consideré comme un Prince qui peut entreprendre, ou aider le tiers à se défendre contre nous. Après un long entretien pour sa justification, il a demandé qu'on lui continuât les graces qui lui avoient été promises. *Le Duc de Parme s'offre d'accommoder l'affaire des Barberins.* Et aiant pris de nouveau sujet de parler des affaires de Rome, il a bien voulu qu'on entendît qu'il les pouvoit accommoder, & que les Barberins y seroient compris. Si par son moien, ou si par les instances de la République de Venise, & par les Conseils du Grand Duc, le Pape vient à se moderer, vous en serez soigneusement avertis. Les bien entendus de la Cour de Rome, & qui sont sur les lieux, tiennent que la maladie empire, & que le Pape est resolu d'aller à l'extrême contre les Barberins, & qu'il est fomenté en la haine qu'il a contr'eux par le Grand Duc : & toutefois l'Ambassadeur de la République m'a dit que le Grand Duc avoit depéché un Courier à l'effet de ce qui est ci-dessus remarqué. Je ne voudrois garentir l'avis, mais je suis bien afsûré que notre armement nous fait craindre en Italie, & que tous les Princes qui ont des Etats baignez de la mer en sont en jalousie.

L'on a eu de Constantinople continuation de la nouvelle du changement des Ministres, que premierement nous avions eu de Venise, & de cette Ville que le Chevalier de la Valette, qui tient la Canée investie, s'étant voulu rendre maître de leurs Moulins, y a eu un échec ; que la Chiourme de leurs Galeres, qui y sont restées, deperit, & ainsi qu'il y a beaucoup à craindre pour eux, & rien ou peu à esperer.

Par le Memoire qui vous est envoyé, vous saurez encore plus particulierement les intentions de leurs Majestez. J'avois ômis de vous dire que les Ministres du Roi de Portugal, qui sont à Munster, se sont fort louez de votre courtoisie, & qu'ils n'ont pû s'empêcher de faire témoigner par deçà leur satisfaction. Ce qui vous doit obliger à continuer de les favoriser en tout ce qu'il vous sera possible.

Monsieur le Comte d'Oldenbourg aiant desiré vers vous la recommandation de leurs Majestez pour ses intérêts, je joins son Memoire à cette Depêche, afin que vous y fassiez la consideration qu'il convient.

Monsieur d'Estrades vient d'arriver, mais je ne l'ai pû encore voir. Je suis, Monseigneur & Messieurs, &c.

MEMOIRE

De Son

EMINENCE,

à Messieurs les

PLENIPOTENTIAIRES.

Du 17. Mars 1646.

L'ombrage des Hollandois continuë. Le Prince d'Orange n'en est pas exempt. La Province de Hollande le veut rendre suspect. Plaintes du procedé perfide des Espagnols. Le Prince d'Orange moins porté pour l'échange des Païs-Bas, qu'il n'avoit paru être d'abord. Intelligence du Duc de Baviere avec le Cardinal par le moien du Nonce Bagni. Suspension d'armes dans l'Empire seroit très-utile à la France. Les Suedois s'y oposent. Hauteur de Peñaranda envers les Médiateurs.

ON depêche ce Courier exprès en Hollande sur la nouvelle qu'a donné ici le Sieur Brasset des apprehensions, des jalousies & des soupçons extraordinaires qu'avoient conçû Messieurs les Etats de la derniere proposition que les Médiateurs vous avoient faite de la part de nos Parties. *L'ombrage des Hollandois continuë.* Je ne m'amuserai pas, Messieurs, à vous specifier tout le detail, puis que je ne doute nullement qu'il ne vous en ait amplement informé : mais il est certain que jamais artifice ne fut mieux conduit, & que les Espagnols ont fait en un même temps jouër tant de divers ressorts, qu'il a été mal aisé à Messieurs les Etats & à Monsieur le Prince d'Orange même de s'empêcher d'y être surpris d'abord.

Ils ont fait publier par cent voies differentes que la Paix étoit concluë par le moien du Mariage de l'Infante avec le Roi, à qui l'on donnoit en dot les Païs-Bas. Que les Provinces-Unies se trouveroient comprises en cette cession. Que tout avoit été negocié par un Pere Isaac Jacobin. Qu'il ne se passeroit pas trois semaines que l'on n'en vît l'effet. Que c'étoient les conventions secretes, dont on étoit demeuré d'accord, & que la Reine de devoit pour l'apparence prononcer de la forte, enfuite de la remiffion qu'ils en avoient faite au jugement de fa Majefté.

L'allarme ne peut être plus grande que le Sieur Braffet l'a représentée, toutes les Lettres particulieres de Hollande ne contiennent autre chofe. Divers Miniftres en écrivent en ce fens, & Paw & Knuyt en ont parlé enfemble, & ont voulu faire croire la même chofe. De ce côté ici on fait tout ce qui fe doit pour rafsûrer les Efprits; aufli je vous prie, Meffieurs, de n'y rien oublier du votre.

Le Prince d'Orange n'en eſt pas exempt.

Monfieur le Prince d'Orange en a été fort alteré, aiant été trois jours entiers dans la ferme croiance que la Paix étoit faite, qu'on ne lui avoit envoyé d'Eftrades que pour l'amufer, & aiant même déliberé pendant ce temps-là, s'il devoit appuier la refolution que quelques-uns confeilloient, de prévenir la France par un Traité particulier, & d'accepter les avantages, que les ennemis offroient à Meffieurs les Etats, & à lui en fon particulier; mais on m'afsûre qu'avant que le Sieur d'Eftrades l'ait quitté, il eft tout-à-fait revenu.

La Province de Hollande le veut rendre fufpect.

Cependant il n'a pas été lui-même exempt du foupçon d'avoir eu connoiffance de cette Négociation, & d'y avoir confenti, & la Hollande fomente cette croiance parmi les autres Provinces.

Ces avis ne font pas allez fimplement dans toutes les Provinces-Unies, où ils devoient porter le principal coup; on en écrit ici de tous côtez, de Flandres & d'Allemagne.

L'Ambaffadeur de Hollande en cette Cour m'a envoié ce matin un billet, pour m'en donner part, & en même temps de l'offre qu'avoient fait faire les Efpagnols à Meffieurs les Etats de conclurre leur Traité avec eux devant le notre, & de leur accorder tout ce qu'ils pourront defirer.

Je louë Dieu de tout mon cœur de m'avoir infpiré la fermeté que j'ai euë à ne vouloir jamais écouter ici. Car fi nos Parties euffent eu en cette rencontre la moindre chofe en main pour faire voir à Meffieurs les Etats, il eût été bien à craindre que leur malice n'eût aufli réufli, & qu'il ne nous eût été bien difficile d'y remedier.

Plaintes du procedé perfide des Efpagnols.

C'eft à vous autres, Meffieurs, maintenant à faire des plaintes aux Médiateurs bien hautement, comme je les ai faites ici au Nonce & à l'Ambaffadeur de Venife, que j'ai envoié querir enfemble, pour leur témoigner de la part de Sa Majefté le reffentiment qu'elle a de l'étrange procedé de nos Parties, qui nous préfentent du poifon dans une coupe d'or, & qui en nous faluant avec civilité, nous portent la dague dans le fein. Ils n'ont fû répondre que des épaules, n'aiant pû trouver des raifons pour foûtenir cette conduite, étant d'ailleurs informez de ce qui s'eft paffé en Hollande. Je leur ai témoigné que puis que l'artifice des Efpagnols ne produifoit que la continuation de la Guerre, on fe porteroit volontiers à les fatisfaire là-deffus. Et il eft remis à votre prudence, fi vous le jugez à propos, de paffer même plus avant, donnans à entendre, que l'on a mis ici en déliberation de rompre au lieu où vous êtes toute forte de Traitez avec les Efpagnols, jufques à ce que connoiffant mieux qu'ils ne font, l'état de leurs affaires & des nôtres, ils aient changé de façon d'agir dans la Négociation.

Il y aura aufli belle matiere d'exagerer la malice qu'ils ont euë de nous faire prier par les Médiateurs de ne rien faire mettre dans les Gazettes de leur propofition, pendant qu'ils ont eux-mêmes pris foin de la faire publier en tous les lieux, & par tous les moiens dont ils ont pû s'avifer.

Le Prince d'Orange moins porté pour l'échange des Païs-Bas qu'il n'avoit paru être d'abord.

Un des mauvais effets que leur artifice ait produit jufqu'ici, c'eft d'apporter quelque changement dans l'efprit du Prince d'Orange touchant le parti d'échanger les Païs-Bas avec la Catalogne. Vous avez vû, Meffieurs, la Copie de la Lettre que le Sieur d'Eftrades m'écrivit de la premiere Conference qu'il avoit euë avec ledit Sieur Prince fur ce fujet. Il paroiffoit par là, qu'il n'approuvoit pas feulement le parti, mais qu'il le fouhaitoit avec paffion pour fes intérêts propres, & que s'il eût pû être afsûré d'avoir Anvers, moiennant Maftricht, & que l'Efpagne cedât aux Etats toutes fes prétentions & fes droits, & que la France ratifiât cette ceffion, il n'y avoit rien de fi avantageux à Meffieurs les Etats & à lui que l'heureux fuccès de cette Négociation.

La feconde Lettre que j'ai reçuë du Sieur d'Eftrades cette femaine, ne contient que deux mots, que les affaires avoient changé de face, & que comme il efperoit arriver plutôt que fa Lettre, il ne vouloit pas faire un difcours inutile. Je tiens néanmoins, que comme les raifons, qui le lui ont fait goûter, font toûjours les mêmes, & ont la même force, fon changement d'avis ne regarde pas la fubftance, mais feulement la maniere de la Négociation. Je me confirme dans cette opinion fur ce que Braffet mande qu'il a témoigné defirer que tout fe remît à Munfter; dont j'infere que ce qu'il aura peut-être retranché, c'eft le Confeil de la traiter ici fecretement; mais le Sieur d'Eftrades nous en éclaircira bien-tôt, & à la verité je compatis en quelque façon audit Prince dans les foupçons que l'on a conçus. Car s'étant rencontré que ledit Sieur d'Eftrades lui a fait l'ouverture que vous favez, prefque au même temps que la propofition des Efpagnols a éclaté à Munfter, il y a eu quelque apparent fujet de croire qu'on s'adreffoit à lui pour avoir fon confentement d'une chofe qui étoit déja concertée & refoluë.

Cependant il eft arrivé bien à propos que Monfieur le Nonce a reçû une nouvelle Lettre du Marquis Matthei, qui eft à Bruxelles, datée du 10. du Courant, par laquelle il preffe extraordinairement d'obtenir la permiffion de venir ici pour faire des propofitions pour la Paix, ou qu'il aura grand fujet de croire que le defir que nous en faifons paroître n'eft pas dans le cœur comme fur les levres. J'envoie l'original de la Lettre à Monfieur le Prince d'Orange & à vous autres, Meffieurs, une Copie, dont vous jugerez fans doute qu'il ne nous pouvoit arriver une chofe plus à point nommé, pour détromper tout-à-fait ledit Sieur Prince, que nous aions jamais entretenu à fon infû aucune intelligence ou Négociation avec nos Parties. Les preffantes inftances qu'on nous fait pour traiter, & pour écouter féparément, faifant bien voir que nous ne l'avons pas fait jufques à cette heure.

Il échet de faire deux reflexions entre plufieurs autres fur la teneur de ladite Lettre. L'une, qu'étant écrite après la propofition de nos Parties à Munfter, & avant qu'avoir fû la réponfe que feroit Sa Majefté, il paroît évidemment qu'ils ne s'attendoient pas qu'elle

pût

pût rien produire ici pour l'accommodement, & ainsi que leur visée en cela n'étoit pas de traiter avec la France, mais d'en separer les Alliez par la jalousie d'un Traité. Et en effet je suis averti de bon lieu qu'un des Ministres des Princes adherans au parti de la Maison d'Autriche à l'Assemblée, & ceux de l'Empereur même, en ont parlé comme n'en faisans point de cas, & comme d'une ouverture vague, qui ne pouvoit avoir de bonne suite pour la Paix.

La seconde reflexion est, que les Espagnols nous déclarent assez librement qu'ils ne cesseront jamais leur poursuite pour obliger les uns & les autres à des Traitez particuliers. Et certes sur ce fondement-là ils ne nous pouvoient pas tendre un piege plus dangereux, que lors qu'aiant fait semblant de remettre au jugement de la Reine la décision de tous les differens, ils ont en même temps fait dire aux principaux des Provinces-Unies, & semer le bruit parmi les peuples, qu'encore qu'ils fussent en état de conclure tout avec la France en peu de jours, néanmoins si Messieurs les Etats vouloient profiter de la conjoncture, se resolvant à nous prévenir, ils étoient prêts de traiter avec eux, & de leur donner toutes les sûretez qui les contenteroient le plus, pour la fidelle execution de ce qui auroit été arrêté.

Enfin on découvre chaque jour plus clairement, que quand les Ministres d'Espagne nous ont fait cette belle proposition, ç'a été sans avoir aucun ordre du Roi leur Maître, quoi qu'en disent au contraire les Médiateurs & quelques autres, mais simplement pour gagner temps, acquerir créance & applaudissement, & sans s'exposer à aucun préjudice, essaier de nous en causer plusieurs; jettant d'un côté des soupçons & des craintes dans l'esprit des Ministres de Messieurs les Etats, ou plutôt de toutes les Provinces, & de l'autre leur offrant en même temps des expediens, faciles, avantageux, & apparemment sûrs, pour les obliger à un Traité particulier, sous le prétexte plausible de se garentir du mal qui leur arriveroit, si la France & l'Espagne s'accommodoient ensemble, sans qu'ils y fussent compris, & notamment s'ils avoient cedé à cette Couronne les droits qu'ils ont sur les Provinces-Unies, comme ils leur ont insinué, que le mauvais état de leurs affaires les contraindroit bien-tôt d'en venir-là.

Tout cela nous fait voir qu'il ne suffit pas que nous observions une exacte fidelité & sans reproche, mais qu'il faut être continuellement alerte & qu'il faut avoir incessamment l'œil ouvert pour empêcher qu'il ne nous arrive quelque inconvenient par l'artifice de nos ennemis.

Cependant je veux me promettre que nous ne demeurerons pas long-temps dans cet embarras, & qu'après avoir rendu les Etats bien persuadez de notre sincerité, tout ce grand fracas n'aura servi qu'à nous faire faire la Paix avec plus d'avantage aux uns & aux autres.

Je me flate même que comme Monsieur le Prince d'Orange, à ce que Brasset mande, avoit déja commencé d'insinuer aux Etats, qui lui avoient demandé son avis sur ce Mariage, que ce n'étoit pas une chose si étrange ni si affreuse qu'on se la figuroit, & que si en parlant des Païs-Bas pour dot, la France avoit la portion qui lui est reservée par le par-

tage du Traité de 1635. & Messieurs les Etats l'autre, il n'y auroit rien à redire; je me flate, dis-je, que ces peuples s'accommodant à cette ouverture, & se rendant capables des avantages qu'ils y rencontreroient, toute l'alarme qu'ils en ont prise pourroit bien aboutir à la fin à la chose même, & à conclurre la Paix par un expedient, où eux & nous pouvons trouver notre compte avantageusement. Mais ce succès dépend plus que jamais de votre conduite & de votre adresse; puisque la Négociation non seulement ne peut plus être concluë, mais ne sauroit être traitée qu'à Munster.

Que si cet échange ne peut absolument avoir lieu, & que nous ne puissions plus ajuster un échange particulier de la Catalogne, sans y comprendre le Roussillon, Roses & ce que nous avons conquis dans la Flandre, faisant comme il a été mandé quelque échange de Places, pour la commodité & satisfaction commune, ou convenant du rasement de quelques-unes pour les contenter. Les Trêves pour la Catalogne & pour le Portugal seront d'autant plus avantageuses qu'on pourra les obtenir plus longues, & on estimeroit que du moins celle de Catalogne fût de la durée de celle des Etats avec l'Espagne.

J'ai été satisfait extraordinairement de voir dans votre Dépêche la façon dont vous avez parlé aux Médiateurs sur les affaires de Portugal. Il n'y a point de doute que continuans avec fermeté nous ne remportions des avantages notables dans la conclusion de la Paix.

Je me servirai, Messieurs, de l'avis que vous me donnez pour ce qui regarde le Duc de Baviere, & j'essaierai, par la voie du Nonce, de le faire parler, & déclarer nettement, ce qu'il prétend, ce qu'il veut, & ce qu'il peut faire. Cependant je vous envoie un extrait de ses dernieres Dépêches à Monsieur le Nonce. Et quoi que ce ne soit qu'une repetition de ce qu'il a souvent mandé, j'ai jugé à propos de le faire traduire en François, & le chiffrer, m'étant fâché quand j'ai apris qu'on ne l'avoit pas fait jusques à cette heure; parce que la moindre Dépêche qui se fût égarée, nous ne lui aurions pas seulement fait un notable préjudice, mais aussi à nous-mêmes auprès de nos Alliez, quand ils eussent sû cette intelligence.

Quant à la suspension d'armes dans l'Empire, je me remets à ce que je vous en ai mandé, me confirmant tous les jours dans la créance qu'elle nous seroit toûjours très-utile. Je suis bien aussi de votre avis que les Ministres de Suede ont eu grand tort de n'y pas prêter l'oreille, & y donner les mains, avant que leur armée se retirât des Païs hereditaires.

Il ne faut pas revoquer en doute que les Espagnols ne travaillent par toute sorte de moiens possibles, à empêcher cette suspension, & avec la même vigueur qu'ils s'opposeroient à la Paix de l'Empire, s'il n'y étoient compris, puis qu'à leur égard la Trêve leur causeroit le même préjudice.

Si pour faciliter la conclusion de cette Trêve il étoit nécessaire de promettre de notre part que l'armée de Monsieur de Turenne ne seroit point employée dans la Flandre, il n'y auroit point de difficulté d'y consentir, & de s'y obliger, parce qu'on pourroit ne le faire pas, pour agir non moins utilement en Italie ou en la Franche-Comté.

1646.
Hauteur de
Peñaranda
envers les
Médiateurs.

Le Sieur Palagio m'écrit aussi le mécontentement que les Médiateurs avoient eu de Peñaranda, qui les avoit maltraitez sur les affaires de Portugal, & qu'il avoit reconnu qu'ils en étoient demeurez d'autant plus piquez, qu'il leur sembloit que l'état d'Espagne ne permet pas de le prendre d'un ton si haut. Je ne doute point que vous ne vous serviez utilement en semblables rencontres des dégouts qu'ils reçoivent de nos Parties, pour nous les acquerir & rendre plus favorables, leur faisant connoître la diference de notre conduite, & que la France qui a tous les avantages traite avec toute civilité possible; pendant que les Espagnols qui sont dans la derniere misere, ne se peuvent défaire de leur arrogance, & de leur hauteur, avec des personnes qu'ils doivent respecter, quand il n'y auroit d'autre motif, que les services qu'ils tâchent & sont capables de leur rendre.

Le même Palagio me donne avis que Saavedra est tout-à-fait decredité près de Peñaranda, & que celui-ci le maltraite fort. Je ne sai pas ce qui en est.

Je persiste toûjours à dire que la plus forte raison auprès de Contarini pour l'obliger à hâter la Paix, & pour nous faire avoir notre satisfaction dans l'Empire, & avec l'Espagne, & pour faire conclurre un accommodement avec les uns & les autres, en quelque façon que ce puisse être, c'est de le chatouiller sur les offres d'assistance contre le Turc, & que quand la France seroit tout-à-fait libre, elle ne songeroit pas alors seulement à donner les mains pour résister à l'Ennemi commun, mais à mettre les choses en état que l'on pût faire sur lui des progrès considerables, & notamment la République de Venise, qui en auroit les moiens plus qu'aucun autre du côté qu'elle confine avec les Ottomans, pendant qu'ils seroient en tous autres endroits divertis par de puissantes armées. Je vous prie, Messieurs, de faire souvent joüer cette batterie, & de croire qu'elle portera grand coup.

AUTRE MEMOIRE

De Son

EMINENCE

à Messieurs les

PLENIPOTENTIAIRES.

Du 17. Mars 1646.

Retour de Monsieur d'Estrades. Risque qu'a couru le Prince d'Orange. Paw ennemi des Fran-

1646.

çois. D'Estrades croit que les Hollandois consentiront à l'echange, si on leur donne Anvers. Un Particulier excite la France à conquerir le Perou.

SUr le point que Saladin est prêt de monter à cheval Monsieur d'Estrades arrive, qui ne m'a pas seulement confirmé tout ce qui est contenu dans mes Memoires, mais y a ajoûté beaucoup de particularitez des risques qu'a couru Monsieur le Prince d'Orange, pour avoir été soupconné par les Etats d'avoir eu connoissance, & donné les mains au prétendu Traité de Paix entre la France & l'Espagne, aux conditions du Mariage & de l'Echange, comme aussi de la resolution que les Etats ont été sur le point de prendre, de nous prévenir, & d'accepter les offres avantageuses que les Espagnols leur faisoient, sur la créance qu'ils ont eüe que notre Traité fût déja arrêté, ainsi qu'on les en asûroit par cent endroits differens. Et ce qui est extrêmement à considerer, c'est que Paw a autorisé ce bruit, en parlant aux principaux du Païs, quoi qu'il l'ait depuis desavoué au Sieur Brasset.

Il est pourtant vrai qu'il a dit publiquement que lors que vous autres, Messieurs, donnâtes part de la proposition aux Députez de Messieurs les Etats, ce fut en une maniere peu distincte, & de façon qu'il étoit aisé à connoître que vous en reserviez plus que vous n'en disiez. Et comme tout cela est sans fondement, & sans apparence de verité, il faut conclurre qu'il n'a pas pour nous de meilleures intentions que pour Monsieur le Prince d'Orange; mais avec des gens de cette sorte il est mieux, à mon avis, de dissimuler que de leur faire des reproches inutiles, qui les engageroient à faire pis. Il me semble pourtant qu'on ne doit pas laisser de leur en couler quelque chose en passant à tous ensemble, lors qu'il sera de retour sans faire semblant de savoir que c'est lui qui ait tenu ce discours: exaggerans seulement que c'est une chose bien étrange que les artifices des Ennemis aient le credit de faire courir parmi les Provinces-Unies des bruits si contraires à la sincerité, & à l'affection avec laquelle Sa Majesté & ses Ministres traitent avec Messieurs les Etats.

Parmi ce que Monsieur d'Estrades m'a dit, j'ai consideré extrêmement la méchanceté des Ennemis, en ce que ce Bourgeois d'Anvers que vous aurez vû par sa Lettre qui étoit employé par Monsieur le Prince d'Orange pour faire dire au Marquis de Castel-Rodrigo, qu'il devoit proposer quelque parti avantageux à la France & à Messieurs les Etats, sans s'attendre qu'il nous pût jamais separer, étoit venu lui-même en personne à la Haye, pour asûrer le Prince d'Orange que la Paix étoit faite, que l'on faisoit le mariage du Roi avec l'Infante, & que l'on donnoit en dot les dix-sept Provinces des Païs-Bas, avec tous les droits, & que l'on rendroit la Catalogne & le Roussillon, & que l'on abandonnoit le Portugal. Que l'on rendroit aussi la Lorraine au Duc Charles, moiennant deux Places que Sa Majesté retenoit dans le Païs, & diverses personnes envoyées sous d'autres prétextes par les Espagnols arriverent aussi avec les mêmes avis.

Qu'a-

1646.

Retour de
Monsieur
d'Estrades.

Risque qu'a
couru le Prin-
ce d'Orange.

Paw enne-
mi des Fran-
çois.

1646.

Qu'avec cela on avoit en même temps imprimé un Livre, qu'ils ont débité parmi toutes les Provinces dont le titre étoit: *Les profondeurs d'Espagne & le Mariage du Roi & de l'Infante avec les dix-sept Provinces en dot.*

Je ne vous en dirai pas plus de particularitez parce que je sai que le Sieur Brasset vous les a mandées, & Monsieur d'Estrades aussi avant son départ de Hollande.

Je ne me suis pas trompé quand j'ai crû que le changement de Monsieur le Prince d'Orange n'étoit pas tant dans la substance de la chose que dans la maniere de la négocier: Car Monsieur d'Estrades m'assure que même après tous ces bruits ledit Sieur Prince l'avoit entretenu long-temps, pour lui persuader que quoi que la France donnât pour faire cet échange, il ne seroit pas à beaucoup près comparable à l'importance d'une telle acquisition.

Messieurs les Etats lui avoient fait témoigner que s'il pouvoit obtenir de la France qu'on se tînt aux termes du Traité de l'an 1635. toutes les Provinces-Unies lui en auroient une extrême obligation, & il leur auroit répondu, que la Paix se faisant de la sorte, ils seroient obligez de remercier le Roi à genoux, & de faire aveuglément pour les Alliances offensives & défensives tout ce que la France souhaitteroit d'eux.

Monsieur d'Estrades s'est témoigné toûjours bien éloigné de cela, représentant qu'il ne seroit pas juste, que la chose passant par un accommodement, comme elle devoit faire si on eût chassé les Espagnols par les armes, & que la Hollande sans y rien mettre du sien profitât si notablement de ce qui devoit appartenir à la France en faveur de mariage, & de restitution d'un Païs qui n'est gueres moins important en toutes façons que les Païs-Bas.

Ledit Sieur d'Estrades pourtant me dit que si la chose en étoit réduite là, il croit assûrément, que les Etats la faciliteroient beaucoup, & que pouvans avoir Anvers, & quelque portion de Païs aux environs, ils se contenteroient.

Mais je passe plus outre, & à mon avis je crois qu'il seroit beaucoup plus avantageux au Roi pour les raisons que j'ai déja mandées, de chasser en toutes façons les Espagnols des Païs-Bas & de la Bourgogne, quand même nous serions obligez d'accorder pour cela à Messieurs les Etats tout ce qui leur devoit appartenir par le partage des conquêtes, dont aussi bien ils ont déja occupé une bonne partie, étans assûrez que pour le moins nous les obligerions à nous laisser Bruxelles, Malines, & Louvain, puis que le Prince d'Orange en a parlé en ces termes au Sieur d'Estrades.

Et une raison qui paroît sans replique, pour nous le conseiller, c'est que les Païs, que ledit partage nous donnoit, valent mieux en toute maniere que ceux que nous leur rendrions en échange, & à notre égard ils valent peut-être au double.

Il est donc certain que quand la France se voudra resoudre à laisser aux Etats la portion qui leur vient par le partage, on ne doit plus être en peine non seulement qu'ils n'y consentent, mais qu'ils ne le souhaitassent avec passion sans qu'ils osassent nous refuser rien de tout ce que nous desirons de précautions nécessaires, pour la conservation de la Religion Catholique, à laquelle même nous pourrions peut-être dans une pareille occurren-

Tom. III.

ce procurer des avantages dans les autres Païs, qui sont déja sous leur domination.

Comme nous sommes assûrez du côté desdits Etats, moiennant ce pis aller, & que nous n'oublierions rien en Catalogne pour détromper les peuples de l'impression qu'il ne faut pas douter que les ennemis n'aient en même temps essayé de leur donner aussi bien qu'en Hollande, que la Paix étoit faite & qu'ils étoient sacrifiez; C'est à vous autres, Messieurs, à voir par quels biais on pourroit maintenant reconnoître les intentions des Espagnols, & les y disposer.

Pour cet effet je vous mets en consideration s'il seroit bon de leur faire insinuer que l'éclat qu'ils ont fait de cette proposition, n'a servi qu'à faire que Messieurs les Etats y aient pris goût, & à leur faire venir l'envie considerans les grands avantages qu'ils y peuvent rencontrer, & en même temps obliger les Hollandois, s'il étoit possible, à prendre les Espagnols au mot, & à traiter eux-mêmes l'affaire avec eux, ne nous étant pas nous qui fissions la Négociation, nos ennemis ne pussent rien dire aux Catalans qui nous pût porter préjudice, & afin aussi que les Hollandois mêmes se confirment de plus en plus dans la sincerité de notre procedé voiant qu'on leur remet entierement la Négociation de ce parti.

Et il feroit, ce me semble, un grand effet, si nous pouvions si bien rencontrer toutes choses avec les Deputez desdits Etats, qu'ils voulussent faire semblant, que nous arrêtans la maniere de conclure la Paix que les Espagnols ont eux-mêmes divulguée, la France & la Hollande travaillent à faire un nouveau Traité, par lequel elles s'obligent à n'entendre jamais à aucun accommodement que les Espagnols ne sortent des Païs-Bas & de la Bourgogne, ou qu'ils n'en aient été chassez par les armées, ce que vous pourrez aussi, Messieurs, insinuer en même temps aux Médiateurs, afin d'obliger par cette crainte les Espagnols à consentir à ce que nous desirons en cela.

Je ne sai pas ce qui réussira de tout ceci, mais je sai bien comme je vous ai déja mandé, que leurs Ministres, même les plus sensez, sont entierement persuadez, que rien ne leur peut être plus avantageux, que d'arrêter à quelque prix que ce soit par un accommodement le cours des progrès des armes de leurs ennemis. Peut-être que Dieu ne le permettra pas, mais toutes les apparences sont, si la Guerre dure, que ce sera pour leur plus grande ruïne; pouvant dire avec verité, qu'outre la difference qu'il y a entre les préparatifs des uns & des autres, ils n'ont pas un Roiaume, ni un Etat dont il ne soit venu ici des personnes proposer des moiens de revolte & de les faire tomber sous la domination de Sa Majesté, sans excepter les Indes, puis qu'il est parti un homme exprès du Perou, pour venir dire ici les expediens de faire cette Conquête avec peu de monde. Je ne dis pas que l'on y songe, mais tant de divers nuages assemblez pourroient bien faire tomber une telle tempête sur eux, qu'ils s'en trouveroient à la fin accablez faute d'y avoir pourvû à temps, & en se mettant à couvert de l'orage par la Paix.

Quoi que ce soit aujourd'hui le départ de l'Ordinaire, nous avons jugé à propos, pour donner plus de poids à ce que vous devez dire aux Médiateurs, d'envoier un Courier exprès, qui fasse éclat dans l'Assemblée. Je

R 2

man-

1646.

mande au Sieur Braſſet de vous écrire bien amplement tout ce qui viendra généralement à ſa connoiſſance, particulierement en cette matiere d'échange.

Madame la Landgrave a reçû les quarante mille Rixdalles de ſubſide extraordinaire dont Monſieur de Brienne vous avoit écrit; & les efforts que l'on fait pour fortifier l'Armée de Monſieur le Maréchal de Turenne contribuent extrémement à ſon avantage; Si bien que vous autres, Meſſieurs, faiſans de votre côté tout ce qu'elle peut deſirer dans l'Aſſemblée pour ſes intérêts, il me ſemble qu'elle a tous ſujets de ſe louer de la France. Elle a deſiré que je vous écriviſſe en ſa faveur. Je vous prie de témoigner au Sieur de Croſic, que je n'y ai pas manqué quoi qu'il fût ſuperflu.

LETTRE

De Meſſieurs les

PLENIPOTENTIAIRES

à Monſieur le Comte de

BRIENNE.

Du 24. Mars 1646.

Les Suedois reprennent le bon chemin. Les Plenipotentiaires de Baviere continuent à ſervir la France. L'Eſpagne veut empêcher l'Empereur, & l'Empire de traiter ſans elle. Artifice des Eſpagnols dans leur propoſition faite à la Reine Mere. Les Eſpagnols offrent à la France Damvilliers, Landrecy, Bapaulme, & Heſdin: Et Pignerol fortifié, pourvû que Caſal ſoit démoli. Ce que les Plenipotentiaires de France rejettent bien loin, & en font confidence aux Hollandois pour diſſiper leurs ombrages. Inſtances du Markgrave de Dourlach pour être rétabli dans ſes Etats. On renvoie le blanc-ſigné de la Reine biffé.

MONSIEUR,

POur ne vous point ennuier & ne repeter pas pluſieurs choſes que nous avons déja ci-devant écrites, nous paſſerons légerement ſur vos Lettres des 3. 7. & 10. de ce mois, & vous informerons ſeulement de ce qui s'eſt fait ici de nouveau. Soit que les Plenipotentiaires de Suede aient reçû quelque ordre de leur Reine, ou que les diverſes inſtances que nous leur avons faites de prendre une meilleure conduite avec nous les y ait obligez; nous commençons à connoître qu'ils reprennent le bon chemin, & qu'il a été bien à propos de s'éclaircir avec eux comme on a fait. Cela nous a paru dans la reſolution qui a été priſe en l'Aſſemblée des Etats qui ſont à Oſnabrug touchant notre ſatisfaction, de laquelle nous vous envoions une copie & eſtimons que leſdits Plenipotentiaires y ont aidé. Nous avons ſû de plus que quand il s'eſt parlé du Paſſeport demandé par les Députez du Duc Charles, ils ont dit nettement qu'en accordant ce Paſſeport ce ſeroit violer le Traité Preliminaire par lequel il en a été exclus.

Les Miniſtres de Baviere continuent d'agir ici ſelon que nous le pouvons deſirer. Ils ont averti depuis trois jours que celui que leur Maître avoit envoié à l'Empereur eſt de retour & que ſon voiage a produit un ordre à Trautmansdorff d'avancer les affaires. Qu'ils l'avoient viſité depuis cela pour en preſſer l'execution, dont nous verrions bien-tôt des preuves par quelque propoſition qui nous ſeroit faite de ſa part. Ils ont ajoûté qu'ils prevoient de grandes difficultez pour l'Alſace, & qu'on pourroit plutôt ſe reſoudre à nous donner récompenſe ailleurs. Cette derniere parole nous a confirmé dans l'opinion que nous avions déja que le deſſein du Comte de Trautmansdorff & des Eſpagnols, pourroit bien être de mêler enſemble la ſatisfaction que nous prétendons dans l'Empire & celle que nous devons tirer de l'Eſpagne. Il eſt certain que les Eſpagnols travaillent pour empêcher que l'Allemagne ne traite ſans eux & pour eſſaier de joindre leurs intérêts avec ceux de l'Empire. Le Docteur Brun a fait un Ecrit ſur ce ſujet & s'efforce par diverſes raiſons à convier les Etats de l'Empire de prendre part aux affaires d'Eſpagne. La plus forte (& celle que nous craignons le plus,) eſt qu'ils gagnent quelques Députez avec de l'argent. Le bruit étant bien grand ici que Peñaranda doit diſtribuer une notable ſomme, & que le Roi d'Eſpagne ne pouvant faire une armée aſſez puiſſante pour nous réſiſter en Campagne, eſt reſolu de ne rien épargner pour rendre ſa condition meilleure dans le Traité.

Quand on nous apportera les Lettres du Roi pour appuier les intérêts du Comte d'Egmont, nous eſſaierons de lui rendre de bons offices, ſans rien faire néanmoins qu'après en avoir communiqué aux Ambaſſadeurs de Meſſieurs les Etats, & qui ne leur ſoit agréable.

On n'a pas été long-temps à découvrir l'artifice caché ſous l'offre ſpecieuſe que les Eſpagnols ont fait à la Reine. Auſſi-tôt que notre Courier fut parti ils publierent ici qu'ils en avoient été recherchez du côté de la Cour pour ſe juſtifier en quelque ſorte envers Meſſieurs les Etats, & leur faire croire que c'étoit la France qui avoit envie d'introduire une Négociation particuliere avec l'Eſpagne. Incontinent après ils ont répandu un bruit dans toutes les Provinces-Unies que la Paix étoit comme arrêtée entre les deux Couronnes, y ſuppoſant des conditions qui pourroient donner le plus de jalouſie à ces Peuples-là; quoi qu'ils qu'ils ne nous en aient jamais fait parler. Ce qui a produit le mauvais effet que nous avons mandé. Maintenant vous verrez à quoi cette grande déference a abouti par la belle proposition qu'ils nous ont fait faire. Les Médiateurs nous ont dit de leur part que la Reine aiant remis au Roi leur Maître le jugement qui lui avoit été déferé, ils offrent en son nom, comme étant bien informez de ses intentions, de ceder à la France quatre Places qu'ils appellent quatre Frontieres Roiales avec leurs Bailliages, appartenances & dependances, savoir Damvilliers, Landrecy, Bapaulme & Hesdin, à la charge que le reste des conquêtes sera restitué.

Que dans l'Italie on rendra de part & d'autre ce qui appartient aux Princes du Païs, & si la France veut retenir Pignerol, qu'en ce cas les fortifications de Casal seront démolies. Que dans le Traité de Paix seront compris, l'Empereur, les Princes de la Maison d'Autriche, les Electeurs, les Etats de l'Empire & le Duc de Lorraine. Que l'on mettra les clauses ordinaires dans les Traitez, & entre autres que nous demeurerons amis des amis, & ennemis des ennemis, avec promesse de ne point assister directement ni indirectement de part ni d'autre les ennemis & rebelles.

Nous avons promis de répondre à cette proposition après que nous l'aurions communiquée à nos Alliez, & cependant pour ne laisser pas la créance que nous en fissions aucun état, nous avons dit aux Médiateurs par forme de discours qu'il étoit bien étrange que dans l'état où les Espagnols sont réduits ils fissent des ouvertures telles que l'on pourroit attendre dans le point le plus florissant de leur bonne fortune. Qu'ils devoient penser de faire raison au Roi de son patrimoine, & d'un Roiaume qu'ils lui detiennent avec tant d'injustice, avant que de prétendre qu'il leur soit rendu aucune chose de ce qui a été pris sur eux par une Guerre juste & déclarée. Qu'il étoit mal seant à ceux qui doivent, de faire des demandes, & que s'ils vouloient entendre serieusement à la Paix, ils avoient besoin de prendre de bien differentes resolutions, & de traiter aussi bien de vieilles conquêtes qu'ils ont faites autrefois sur nous que de celles que nous avons faites pendant cette Guerre. Que pour l'Italie, le Roi n'aiant pas intention de s'y aggrandir, lors que nous ferions notre réponse on conviendroit facilement des conditions qui seront trouvées raisonnables pour la sûreté publique de cette Province-là.

Nous remîmes aussi les autres points à la premiere Conference, nous contentant de toucher en passant la difficulté que nous y trouvions. La seule chose que nous estimons en cette proposition est, qu'elle nous donne moien d'entrer dans les affaires d'Italie, à quoi nous tâcherons d'engager nos Parties, & de commencer le Traité par là suivant nos instructions. Nous vous informerons par le premier Ordinaire de la réponse que nous aurons faite aux Médiateurs après l'avoir exactement concertée entre nous. Cependant nous en avons donné part aux Ambassadeurs de Messieurs les Etats, & nous nous en sommes servis pour les desabuser toûjours davantage des faux bruits qui ont couru dans leur Païs, étant chose bien absurde que ceux que l'on disoit si resolus de donner au Roi tous les Païs-Bas, prétendent faire la Paix avec Sa Majesté, en lui donnant quatre méchantes

Places, & de ravoir par ce moien tout ce qu'on a pris sur eux. Ces Messieurs reçurent fort bien cette communication & avec beaucoup de remercîmens & d'assûrance d'une pareille sincerité de leur part en tout ce qui leur pourroit être proposé. Ils nous dirent qu'ils étoient fort importunez par les visites de Noirmont, & que même, sous prétexte de manger de la viande avec eux, il venoit quelquefois familierement se mettre à leur table. L'un d'eux ajoûta que les Espagnols n'ont point quitté le dessein de nous separer, & que ce Noirmont leur avoit dit que s'ils ne se hâtoient de traiter, on seroit obligé du côté de l'Espagne de prendre un conseil de desespoir, & de s'accommoder avec la France.

Le Marquis de Bade-Doulach a envoyé ici un Gentilhomme qui nous a fort pressé d'écrire à la Cour en faveur de son Maître, à ce qu'il soit mis en possession de ses Etats, qui sont à cette heure en l'obéïssance du Roi, attendu les promesses qui lui ont toûjours été faites de le rétablir quand il y auroit lieu, & vû sa fermeté dans le bon parti; & que le Marquis Guillaume son Cousin, qui prétend retenir ces mêmes Etats, a toûjours été affectionné au parti contraire, aiant encore à present ses enfans au service de l'Empereur. Nous avons eu sujet de revoir ce qu'il vous a plû nous écrire de cette affaire par votre Lettre du 22. Juillet dernier & de considerer quelques papiers que vous nous avez envoiez avec cette Lettre. Il nous semble, Monsieur, puisque l'on a desiré d'avoir sur cela notre avis, qu'il est bien à propos que ceux qui favorisent notre parti reçoivent de nous un traitement different de ceux qui y sont contraires. Il est vrai que le Marquis Guillaume se défend sur la foi d'une capitulation qu'il a faite avec Monsieur d'Erlach, remise au bon plaisir de Sa Majesté. Nous estimerions qu'on doit faire en faveur du Marquis tout ce qui se peut, sans contrevenir à ladite capitulation, & qu'il peut être restitué dans ses revenus & possessions, en retenant néanmoins la Ville de Stolhoven es mains du Roi pour être renduë en faisant la Paix à celui à qui elle se trouvera appartenir. Mais si elle est approuvée, il faudra, s'il vous plaît, prendre garde que ledit Sieur Marquis de Dourlach, qui est Protestant, ne fasse des changemens dans sesdits Etats, qui puissent porter préjudice à la Religion Catholique, étant vrai que nos Alliez en Allemagne manquent souvent sur ce point aux Traitez, que nous avons avec eux, & que nous en recevons tous les jours des plaintes, & des reproches, sur lesquels nous avons peine à nous défendre. Il sera d'autant plus facile de l'y obliger que nous avons remarqué dans un de ses Memoires qu'il l'a offert. Nous croions que ce Gentilhomme du Marquis de Dourlach ira à Paris & qu'il vous rendra un mot de Lettre que nous lui avons donné avec promesse de vous écrire plus amplement & nous vous supplions de le traiter favorablement.

Nous avons encore une recommandation à vous faire en faveur de Messieurs de Strasbourg qui ont un Député auprès de vous, & se plaignent du Général Major Schimbeise. Il importe bien fort pour le point de notre satisfaction de donner bonne opinion de nous aux voisins de l'Alsace, & nous estimons utile au service du Roi de faire cesser le sujet de cette plainte autant qu'il sera possible.

R 3   Nous

1646.
On renvoie
le blanc-signé
de la Reine
biffé.

Nous avons oublié par notre derniere Lettre d'accuser la reception du blanc-signé de la Reine duquel nous ne nous sommes point servis. Nous vous le renvoions biffé en sorte qu'il ne peut plus de rien servir. Nous avons aussi reçû la Carte & Description de l'Alsace & attendons ce que vous nous faites esperer pour notre instruction plus ample.

Nous vous remercions de la nouvelle que vous nous avez donné que la Reine a fait choix de Monsieur le Cardinal Mazarin pour lui confier le principal soin de l'éducation du Roi. Tout le monde reconnoît que rien ne se peut faire de mieux pour le bien de Sa Majesté & de l'Etat, & nous pouvons ajoûter veritablement que nous en recevons ici de l'avantage dans le Traité de la Paix, voians combien tous nos Alliez sont rejouïs de cette resolution. Ils esperent que son Eminence formera le Roi aux bonnes & constantes maximes pour la conduite de son Roiaume qui font aujourd'hui si glorieusement prosperer leurs affaires & les nôtres.

Nous avons été priez par Messieurs les Médiateurs, de la part de Monsieur le Comte de Nassau, de donner un Passeport pour celui qui lui doit apporter à Munster l'Ordre de la Toison. Nous avons promis de vous en écrire & vous supplions, Monsieur, d'en faire expedier un pour Dom Joseph Antonio de Hernate premier Heraut d'armes de Sa Majesté Catholique, pour venir d'Espagne par la France à Bruxelles, & de là à Munster avec deux serviteurs, ses chevaux & hardes; & lesdits Sieurs Médiateurs ont prié que l'on donne ledit Passeport au Nonce qui est à Paris pour l'envoier à celui qui est à Madrid. Nous sommes &c.

LETTRE

De Monsieur le Comte de

BRIENNE

à Messieurs les

PLENIPOTENTIAIRES.

Du 24. Mars 1646.

Il ne faut aucunement dégoûter la Suede. On servira Baviere à proportion de ce qu'il servira la France. On propose d'avoir un Ambassadeur à la Haye. L'Electeur de Trèves est bon Allemand. On veut emploier le Duc de Parme à l'accommodement avec le Pape. Le Plessis-Besançon Envoié à la Cour de Savoye. Fermeté des Etats de Languedoc. On les separe.

1646.

MONSEIGNEUR & MESSIEURS.

VOtre Lettre du 10. du présent, de laquelle j'ai fait la lecture à sa Majesté, nous a apris, que bien que Monsieur de la Thuillerie s'éforce de vous donner toutes les assûrances possibles de la disposition de la Reine de Suede, à demeurer inseparablement unie avec cette Couronne, & que ses Députez vous aient aussi protesté cela même, il ne laisse pas de vous demeurer quelque soupçon de leur conduite. C'est ce qu'il eût fallu vous répondre, sans que vous dites que vous le veillerez de près, & y ajoûter la précaution que vous avez établie, de faire en sorte & avec tant de secret & d'accortise, que notre procedé ne puisse donner nul sujet de division, que vous connoissez être le plus dangereux écueil, contre lequel les ennemis essaient de nous jetter. Il peut être que le Comte de Trautmansdorff ne publie ce que vous avez recueilli, que pour réussir en ce dessein. Il nous a été mandé que le même s'est laissé entendre, qu'il esperoit de grandes choses dans peu de jours, & cela nous a donné sujet de bien examiner l'état présent des affaires, soit du dedans du Roiaume, ou du dehors. Et après avoir fait divers jugemens nous avons conclu, ou que c'est une parole de vanité, qui lui a échappé, ou qu'il avoit fixé les prétentions des Suedois, & que de concert ils avoient écrit à leurs Maîtres pour recevoir leurs dernieres volontez. Et à cela même votre jugement nous a portez. Mais les Lettres de Monsieur de la Thuillerie sont si expresses & si opposées à cette crainte qu'il faut y renoncer, ou bien s'y étant mécomptez, donner à la Reine de Suede la qualité de la plus dissimulée Princesse qui soit sur la terre, & à son Conseil du plus perfide. Par le retour du Sieur de Saint Romain vous serez encore mieux éclaircis des intentions de cette Majesté.

Ledit Sieur de la Thuillerie apprehende que le Chancelier ne soit choqué par son arrivée, puisqu'y faisant des plaintes de son Fils, il sera contraint de le blâmer en public, ce qu'il eût mieux aimé faire en particulier, & celui-là offensé aura moins de complaisance à votre égard. C'est ce qu'il a mandé sur ce sujet. Mais votre Altesse & vous, Messieurs, avez un autre sentiment, & qu'une fois détrompé qu'on n'ose se plaindre de sa conduite, il sera pour la prendre plus moderée. Quelque chemin que l'on prenne pour arriver à ce port, pourvû que l'on y aborde, il aura été heureux.

Il ne faut
aucunement
dégoûter la
Suede.

On nous assûre que Baviere s'applique fortement, soit à Vienne ou ailleurs, à faire comprendre qu'il faut donner satisfaction à la France, & cela a rapport à ce qui vous a été dit par ses Députez, ausquels vous avez répondu avec tant de circonspection, & si à propos, qu'il n'y a qu'à vous en louër. Quand ils vous donneront lieu d'appuier plus fortement les intérêts de leur Maître que vous n'avez fait, vous savez ce que vous aurez à faire; & il est bon qu'ils sachent qu'ils seront

On servira
Baviere à
proportion
de ce qu'il
servira la
France.

recom-

1646.

recompenſez, ſelon les ſervices qu'ils auront rendus. Il y a pourtant cette difference entr'eux & nous, que notre grandeur aſſûre la leur, qui ne pourra rien contribuer à la nôtre.

On propoſe d'avoir un Ambaſſadeur à la Haye.

Sa Majeſté a bien remarqué ce que vous avez enchaſſé en votre Lettre, que ſi les Suedois & les Hollandois parloient fermement & nettement aux ennemis, cela avanceroit le Traité. Sur cette conſideration on eſt entré en une ſpeculation qui a ſes fondemens, qu'il y pourroit avoir neceſſité d'un Ambaſſadeur à la Haye, ſinon, pendant toute la durée de la Négociation, au moins en de certaines rencontres d'affaires, qui doivent être portées avec plus de hauteur & de majeſté, qu'il ne s'en trouve en la perſonne d'un Reſident. Sur cela Sa Majeſté s'eſt reſolue de vous faire ſavoir, que quand Monſieur de la Thuillerie en ſera parti, & pendant ſon abſence, l'un de vous, Meſſieurs, s'en pourroit donner la peine, quand il ſe préſentera une occaſion de cette nature dont vous vous devrez diſpenſer lors que ledit Sieur de la Thuillerie y ſera, auquel il ſera mandé de faire envers Meſſieurs les Etats tout ce que vous lui preſcrirez, tout ainſi que ſi Sa Majeſté le lui avoit ordonné.

Depuis deux jours le Baron de Dhona eſt arrivé en cette Ville, mais il ne paroît pas encore en public, & pour mieux perſuader que ſon Maître eſt François il veut être vû avec un Equipage à la mode. Quand je l'aurai entretenu & qu'il ſe ſera déclaré du ſujet de ſon voiage, vous en ſerez avertis.

L'Electeur de Trèves eſt bon Allemand.

Je prendrai occaſion d'écrire à Monſieur d'Antonville de faire expliquer l'Electeur de Trèves de ſes ſentimens. Après ce qui vous a été mandé ſur le ſujet de Philipsbourg, & ce que vous avez déclaré à ſes Députez, il ſeroit bien étrange s'il n'appuyoit les intérêts de cette Couronne, qui n'eſt entrée en Guerre contre l'Eſpagné que pour tirer raiſon de l'injuſte oppreſſion qu'il ſouffroit. En ce que j'ai vû de ſa conduite il paroît ſi fort Allemand que je crains que l'affection de ſa patrie ne lui faſſe oublier ce qu'il doit à un Roi voiſin. Mais, graces à Dieu, nos affaires proſperent, & nos Ennemis doivent plus preſſer de nous faire ſortir de leur Païs que nous de l'abandonner. La mauvaiſe volonté de cette Nation envers la nôtre a bien paru au langage que pluſieurs des Députez des Princes ont tenu, & vous avez beaucoup fait quand vous leur avez fait avouer qu'il nous étoit dû quelque choſe. Qui convient de la Theſe a bien de la peine à contredire à ce qu'on demande. Il ne s'agit pour lors que du plus au moins, & il n'eſt pas difficile de trouver des tempéramens qui ſatisfont les deux Parties.

La Lettre écrite par l'Archiducheſſe Claude témoigne bien, qu'elle & ſes proches auront grand' peine de relâcher l'Alſace, & que la réſolution priſe d'indemniſer ſes enfans d'une partie du revenu a été priſe avec beaucoup de conſideration. Elle fait ce qu'elle doit pour conſerver le ſien, & nous ce que nous devons pour aſſûrer le repos public & le particulier de cette Couronne.

Les dernieres Lettres du Sieur Braſſet de la Haye nous ont apris, que l'on commence à y entendre raiſon, & qu'on donne à l'ouverture faite par les Eſpagnols ſa juſte valeur, comme auſſi à nos paroles. Ce qui a été réſolu ſur votre Depêche ſera tenu ſecret, &

plus encore, s'il ſe peut, ce que vous a apporté Saladin; de cela dépend une partie du ſuccès de votre Négociation.

J'aurois achevé ma Lettre s'il ne m'étoit ſouvenu que pour faire voir à tout le monde la diſpoſition de Sa Majeſté à s'accommoder avec le Pape, il avoit été reſolu d'en remettre le ſoin au Duc de Parme, lequel s'eſt laiſſé entendre à l'Abbé de Saint Nicolas, qu'il y avoit des temperamens à ſuivre qui ſeront de commune ſatisfaction, & que les Barberins feroient partie de l'accommodement. On penſe à offrir des graces au frere dudit Duc pourvû qu'il ſe déclare François, dont il ne paroît pas éloigné. Pendant ces entrefaites le Pape a publié une Bulle qui cite les Barberins, mais leur donnant trois termes & un delai de quinze mois, elle peut bien avoir eu pour fin ſeconde de mettre leur procès hors d'état; & le temps fournira des moiens pour les tirer d'affaire avec la réputation de la Cour Romaine. Le premier objet de la Bulle eſt pour juſtifier toutes les procedures qui ſeront continuées contr'eux & de défendre aux Cardinaux de partir de Rome, & ſe retirer de l'Etat Eccleſiaſtique ſans en avoir eu la permiſſion de Sa Sainteté. On attendoit de par delà avec impatience ledit Abbé, & ce qu'il auroit negocié avec le Grand Duc, lequel paſſe pour le plus confident du Pape, & le ſeul en l'amitié duquel il eſpere, & il m'a été inſinué qu'il ſe préparoit à faire diverſes ouvertures afin de trouver le temperament qu'il ſe propoſe pour la commune ſatisfaction. S'ils ont de l'impatience de l'avoir, je n'en ai pas moins d'avoir de ſes nouvelles.

L'Ambaſſadeur extraordinaire que la République de Veniſe y a depêché, n'y étoit pas arrivé au vingt-ſix du paſſé, & quelques jours auparavant le Pape avoit eu information comme Sa Majeſté avoit honoré de la protection de ſes affaires le Cardinal d'Eſte, & qu'il l'avoit reçûë, ce qui avoit été rendu public par l'appoſition des armes de Sa Majeſté au deſſus de la Porte de ſon Palais. On va mettre à execution la réſolution ci-devant concertée & arrêtée d'envoier chez Madame de Savoye un Gentilhomme chargé de Lettres de créance pour elle, & de lui expliquer tous les ſujets qu'elle a donnez de mauvaiſe ſatisfaction. C'eſt Monſieur du Pleſſis-Beſançon, lequel eſt puiſſant en raiſon & très-capable, non ſeulement de lui faire entendre ce qui lui aura été commandé, mais de recueillir ce que cette Alteſſe lui répondra, & le vrai ſens de ſes paroles. Le remede ſera donné dans un bon moment, Madame Royale commence à connoître ſa faute, & s'en eſt bien expliquée par une Lettre qu'elle a écrite à Monſeigneur le Cardinal Mazarin. Je crains par la connoiſſance que vous avez d'elle que vous me condamniez de me trop avancer puis qu'elle a été capable de prendre des réſolutions contraires & differentes entre elles.

Nous avons été avertis de la ſeparation des Etats de Languedoc ſelon l'ordre qui en avoit été envoyé; ils ont eu aſſez d'inconſideration pour refuſer ce qui leur avoit été demandé & de demeurer dans les premieres déliberations. Sa Majeſté avoit été conſeillée de ne rien accepter puiſqu'elle ne manquera pas de moiens pour ſoûtenir la grandeur de ſon Etat, bien que cette Province n'ait pas témoigné de la bonne volonté. J'ai jugé vous devoir avertir de ce qui ſe paſſe, afin que ſi les Gazettes étrangeres faiſoient ſonner bien haut

cette

1646.

On veut employer le Duc de Parme à l'accommodement avec le Pape.

Le Pleſſis-Beſançon envoyé à Madame de Savoye.

Fermeté des Etats de Languedoc. On les ſepare.

1646.

cette separation en la forme qu'elle a été pratiquée, vous n'entriez pas en apprehension que ce soit le commencement d'un mouvement. Les plus sages du Païs condamnent les autres. Je devrois être blâmé d'alonger une Lettre, déja assez importune, de diverses choses assez superflues, mais je juge que cela sert à votre divertissement, & qu'il peut même être utile au service de Sa Majesté. Il m'a été commandé de vous envoier la Sauvegarde que vous avez demandée, & d'expedier le Passeport pour le Comte de Nassau. Si je savois quand il entrera dans le Roiaume, je le ferois rencontrer par un Gentilhomme qui auroit soin de le faire servir.

Monsieur de Beauregard m'a mandé par sa Lettre du 8. Mars, qu'il avoit été recherché du Baron de Reiffenberg d'essaier de retirer des papiers qui sont à Francfort & qui ont été saisis lors que le nommé Ottaviani a été arrêté prisonnier, & que lui aiant montré une Lettre que je lui ai écrite, il avoit crû qu'il étoit du service de Sa Majesté de lui faire office, & qu'il lui avoit conseillé de vous aller trouver, même s'étoit engagé de l'y conduire. Si ledit Ottaviani n'étoit accusé d'avoir voulu entreprendre sur la vie de l'Electeur de Maience, ledit Baron étant petit-fils d'une personne attachée dans le service du Roi Charles IX. & lui même faisant profession d'être serviteur de cette Couronne, il n'y auroit guere de choses qu'on ne voulût faire pour lui témoigner bonne volonté. Mais l'empressement qu'on auroit de ravoir lesdits papiers (où l'on ne verra rien sinon que ledit Baron aspiroit à l'Electorat, & qu'il esperoit de gagner l'Archevêque, & de le faire entrer dans le bon parti) pourroit donner lieu de soupçonner que nous tremperions en une vilaine action.

Nous ne sommes pas d'avis de paroître en cette affaire. C'est ce que j'écris audit Sieur de Beauregard, & dont j'ai crû vous devoir donner avis, afin que vous ne vous engagiez pas aisément à une chose de cette conséquence, si ce n'est que par les raisons qui vous seront deduites par ledit Baron (lequel autrefois avoit eu ordre de vous aller trouver) vous jugiez en devoir user d'autre sorte, ce qui est remis à vos prudences.

1646.

MEMOIRE

De son

EMINENCE

à Messieurs les

PLENIPOTENTIAIRES.

Du 24. Mars 1646.

Baviere presse l'Empereur sur la satisfaction de la France. Qui pourtant ne se relâche point sur les préparatifs de la Campagne. Depart de Monsieur de Turenne. Affaire du Roi d'Angleterre. La France ne l'assiste que foiblement. Bulle contre les Barberins.

J'Ai reçû, Messieurs, votre Depêche du dixiéme du Courant, & il me semble ne pouvoir mieux commencer la mienne qu'en me rejouïssant avec vous, comme je fais de tout mon cœur, de ce que vous verrez qui est contenu en la derniere Lettre de Monsieur le Duc de Baviére au Nonce, dont je vous envoye une copie en chiffre traduite de l'Italien.

Si la résolution qu'a prise à la fin l'Empereur, pressé par Baviere, de consentir à la satisfaction, que cette Couronne prétend dans l'Empire, se trouve veritable & sincere, on peut s'avancer à dire avec grand fondement que la Paix est faite, au moins dans l'Empire, puis qu'il n'est pas à presumer qu'ils n'aient en même temps résolu de contenter la Couronne de Suede; & les deux Couronnes étant satisfaites, on pourra aller bien vîte dans l'Assemblée sur la discussion des autres points. Cela ensuite produira le contrecoup que nous pouvons souhaiter à l'égard des Espagnols pour les mettre à la raison, étant vrai-semblable qu'ils ne souffriroient jamais que l'on conclût un accommodement dans l'Allemagne sans y être compris, pour ne se voir pas tomber sur les bras le faix de la Guerre dans les extrémitez où sont réduites leurs affaires.

Vous verrez, Messieurs, que les termes de la Lettre de Monsieur le Duc de Baviere sont bien clairs & bien positifs. Néanmoins il ne seroit pas de la prudence d'interrompre d'un moment, (comme il semble vouloir l'insinuer) les appareils pour la prochaine Campagne, mais il faut au contraire redoubler plutôt les soins que l'on en prend, s'il étoit possible,

Baviere presse l'Empereur sur la satisfaction de la France.

Qui pourtant ne se relâche point sur les préparatifs de la Campagne.

afin

afin de faire redoubler auſſi en nos Parties l'envie qu'elles ont de la Paix, & qu'elles perdent toute eſperance de nous pouvoir amuſer par des Négociations captieuſes ; & c'eſt de cette ſorte que l'on en uſera ici.

Ce n'eſt pas que pluſieurs raiſons ne doivent perſuader que celle-ci eſt d'autre nature. L'Empereur a un extrême beſoin de la Paix, parce qu'un ſeul des accidens qui arrivent tous les jours dans les armées, eſt capable de ruïner pour toûjours ſa grandeur, & de le mettre dans un état dont il ne ſe puiſſe relever. Il ne veut point pour cette conſideration, hazarder le ſuccès de la prochaine Campagne. Il voit qu'il ne peut conclurre l'accommodement en ſi peu de temps ſans donner entiere ſatisfaction aux Couronnes. Les Lettres de Monſieur de la Thuillerie nous doivent perſuader qu'il eſt rebuté de la créance dont on l'a flaté qu'il pourroit ſeparer les Suedois d'avec nous; il eſt preſſé de faire la Paix par une bonne partie des Princes & Etats de l'Empire, & bien vivement par Baviere, qui eſt le plus conſiderable. Il eſt donc à croire qu'il s'y porte ſincerement, quoi que nous n'en aions l'obligation qu'à la pure néceſſité qu'il en a. Le Duc de Baviere d'ailleurs fait les mêmes reflexions, & outre celles-là que s'il vient à mourir devant la Paix ſes enfans courront riſque d'être ruinez, ou par un parti ou par l'autre. Il la ſouhaite donc ardemment, & il trouve moien de la conclurre, non ſeulement en obligeant une grande Couronne par la façon dont il s'eſt porté pour lui faire avoir ſatisfaction, mais en trouvant en cette même ſatisfaction un notable avantage pour lui & pour ſa Maiſon, outre qu'il lui demeurera une porte ouverte, par laquelle la France lui pourra tendre les mains, & le proteger, ſi jamais les Eſpagnols le vouloient inquieter, & avec un tître plus ſpecieux que par le paſſé, puis que nous l'aſſiſterons en qualité de Prince de l'Empire. Et tout cela ſe fait aux depens de la Maiſon d'Autriche, à la diminution de laquelle il a l'intérêt que chacun fait.

Monſieur le Maréchal de Turenne eſt parti. Le fond particulier pour la ſubſiſtance de ſon Armée eſt non ſeulement fait, mais l'argent en eſt envoyé, & l'on a pourvû à toutes les choſes néceſſaires pour la mettre en campagne. Enfin on n'omet aucune choſe imaginable pour faire qu'elle ſoit plus forte & plus belle qu'elle n'a jamais été, & j'oſerois même en répondre, pourvû que Boſſichauſen faſſe ſon devoir, & qu'il vienne de Hambourg ſeulement les deux tiers des troupes que le Sieur de Meules nous a fait eſperer. La Lettre de Baviere n'a ſervi qu'à nous faire redoubler tous nos ſoins en cela, & à faire partir ledit Sieur Maréchal deux jours plutôt.

Je ne laiſſe rien en arriere de ce qui peut ſervir à ſoûtenir les affaires du Roi d'Angleterre, & on ne lui refuſe nulle des aſſiſtances qu'on lui peut donner, mais comme lui-même contribuë à ſa perte, ſe laiſſant aller à de mauvais Conſeils qu'on lui ſuggere, je crains extrémement que pour beaucoup que la France faſſe, elle aura de la peine à le maintenir. Pour cela il ne me ſemble voir que deux voies: l'une, ſi la Paix générale ſe faiſoit ; car alors ſes Sujets, apprehendant les reſolutions de cette Couronne, ne s'éloigneroient pas tant d'un accommodement raiſonnable, & pourroient bien-tôt retourner ſous ſon obéiſſance: & l'autre, ſi nous aſſiſtions dès à preſent ledit Roi, en ſorte que nous

Tom. III.

---

contraigniſſions les Parlementaires à ſe mettre à la raiſon. Mais il ſeroit bien mal aiſé que nous nous engageaſſions ſi avant tant que nous aurons d'autres Guerres ailleurs. Cependant je ne voi quaſi point de ſalut pour ledit Roi, qu'en l'un de ces deux moiens. Vous ne ſauriez croire, Meſſieurs, à quel point je me tourmente continuellement pour cela : mais les remedes ne profitent pas comme je ſouhaiterois; non ſeulement parce que le mal eſt grand, mais auſſi parce que le malade ne contribuë pas de ſon côté ce qu'il devroit à les faire valoir pour ſa gueriſon.

Je conſidere ce que vous me mandez touchant la conduite que l'on doit tenir avec le Duc Charles, quand on conclurra la Paix, & j'ai trouvé l'avis extrêmement judicieux, & digne de votre prudence. Il faudra s'en ſouvenir en ſon temps. Je vous adreſſe les avis que nous avons eû cette ſemaine de Rome, entre leſquels vous trouverez une Bulle nouvelle contre les Cardinaux qui ſortent de l'Etat Eccleſiaſtique ſans permiſſion de ſa Sainteté, qui perdront dans les premiers ſix mois les revenus de leurs Charges & de leurs Bénéfices, dans les ſeconds ſix mois leurs Charges & leurs Bénéfices mêmes, & dans les trois mois ſuivans qui ſont quinze en tout, ils encourent la privation du Cardinalat même, ſi le Pape le veut, & cela nonobſtant tout commandement d'Empereurs, de Rois & de Potentats.

Il eſt aiſé de voir par toute la teneur de ladite Lettre qu'elle n'eſt que contre les Barberins, & contre la France, qui en a pris la protection. On étudie là-deſſus afin que le Roi ne reçoive pas le préjudice, que l'on a eu deſſein de lui faire, & à ſon ſervice. Cependant les premieres remarques que chacun y a faites, ſont le prétexte, dont le Pape ſe ſert, pour vouloir la préſence des Cardinaux à Rome, qui eſt pour prendre leurs avis, & leurs Conſeils dans les affaires importantes comme étant *in partem ſollicitudinis vocati* : Et cette Bulle même, qui eſt de la conſéquence qu'un chacun voit, par les ſuites qu'elle peut avoir, a été faite ſans qu'on en ait dit un mot à aucun Cardinal, quoi qu'ils euſſent tous dû la ſouſcrire ſi on n'eût paſſé par deſſus les formes accoûtumées.

On trouve qu'elle eſt contraire au Droit naturel, & que tous les Papes, & tous les Conciles, qui ont diſcuté cette matiere, ont toûjours eu égard à la crainte legitime.

Què la privation du Cardinalat eſt une peine, qui juſques ici n'a été ordonnée que pour les Crimes de leze Majeſté divine & humaine, c'eſt-à-dire, hereſie, ou conſpiration contre la perſonne de ſa Sainteté.

Que la Bulle eſt injurieuſe à l'autorité des Rois, qui peuvent ſe ſervir des Eccleſiaſtiques comme des autres Sujets, & il leur eſt même défendu par les Loix de ſortir du Roiaume, ſans expreſſe permiſſion du Prince.

Les Eſpagnols ont bonne grace de vouloir maintenant dire que nous avons recherché à Madrid par le moien du Nonce, la belle offre qu'ils firent dernierement de remettre tous les differens au jugement de la Reine; & de vouloir, par cette fauſſeté, inſinuer à nos Alliez, que c'étoit à deſſein d'introduire une Negociation particuliere à Paris. Cet artifice ſe détruit de ſoi-même, & je ne ſai pas ce qu'ils pourront répondre quand on les fera ſouvenir, combien de voies ils ont tentées pour pouvoir propoſer ici quelque choſe ſans que jamais

S on

1646.

on ait voulu se relâcher seulement à écouter.

Je vous envoie la Copie d'une nouvelle Lettre que Monsieur le Nonce a reçue cette semaine du Marquis Mathei, à laquelle on ne répondra que par un refus à l'accoûtumée.

Depuis ce Memoire achevé, j'ai eu avis de très-bon lieu que Peñaranda avoit écrit, il y a déja quelque temps, à Bruxelles, que les Médiateurs avoient dit que vous autres, Messieurs, les aviez plusieurs fois entretenus, & même pressez du Mariage de l'Infante avec le Roi, en lui donnant en dot les Païs-Bas, & que vous leur aviez dit que vous ne doutiez pas, que les Espagnols ne s'y portassent d'autant plus volontiers, qu'outre les autres raisons, qui les y convioient, ils étoient comme assûrez de voir par ce moien, avant trois ou quatre Années, la Guerre allumée entre la France & Messieurs les Etats.

Vous devez faire état de cet avis duquel vous vous servirez comme vous le jugerez plus à propos, vous en ouvrant aux Médiateurs, & vous plaignans à eux de ce que le tour que nous ont joué dernierement les Ministres d'Espagne en Hollande, sous la couverture de la proposition qu'ils nous ont faite, a eu sa principale origine dudit raport; si ce n'est que ç'ait été une pure invention de Peñaranda; le tout est pourtant entierement remis à votre prudence.

L E T T R E

De Monsieur le Comte de

B R I E N N E

à Messieurs les

PLENIPOTENTIAIRES.

Du 31. Mars 1646.

La Province de Hollande s'arroge trop d'autorité sur les autres. La Franche-Comté ne pourroit pas dédommager de l'Alsace. Affaire de Madame la Landgrave. Le Baron de Dhona arrive à Paris de la part de l'Electeur de Brandebourg. Lequel prétend du Roi le titre de Frere. On le lui refuse. Il faut faire reproche aux Médiateurs d'avoir tant fait valoir la proposition des Espagnols.

1646.

MONSEIGNEUR & MESSIEURS.

Bien que j'écrive à dessein d'accuser la reception de votre Depêche du 17. du Courant, je n'ai pourtant pas celui d'y faire réponse. J'entreprendrois quelque chose au delà de mon devoir, de le faire sans que sa Majesté eût eu information du contenu en votre Lettre, laquelle m'aiant été rendue le 27. au soir, ne put être dechiffrée que le lendemain matin qui n'étoit pas jour de Conseil, & je ne jugeai pas en devoir demander un extraordinaire, pour deux raisons.

La premiere, qu'il n'est pas question de rien prescrire, & que votre Lettre tend plutôt à nous donner information de ce qui se passe au lieu où vous êtes, qu'à desirer des ordres.

La seconde, que tous ceux que vous pouvez esperer vous ont été envoiez: le Secretaire Coiffier aiant été suivi du Courier Saladin, lequel a été chargé d'une très-ample Depêche. Je pourrois ajoûter à ces considerations une troisiéme; savoir, que nous avions bien jugé que les Médiateurs ne seroient pas trop satisfaits de ce qui vous a été ordonné de leur dire, soit que nous soions persuadez qu'ils penchent un peu trop du parti le plus foible, comme c'est l'ordinaire de ceux qui remplissent la place de Médiateurs, que pour être interessez, par divers respects, de souhaiter d'avancer la Paix, quand elle ne devroit pas durer, & que les conditions sous lesquelles elle auroit été consentie, pussent être condamnées. Il vaut bien mieux qu'ils aient du degoût de la maniere d'agir, que si les Hollandois avoient conservé leur soupçon. Mais ils reviendront peu à peu de leur apprehension, & par la suite de la Négociation reconnoîtront, que nous avons marché envers eux en cette rencontre, avec toute la sincerité qui devoit être attendue de notre bonne foi. La division qui est entre les Provinces, la trop grande autorité, que se veut arroger celle de Hollande, la haine que quelques-unes de leurs Communautez portent au Prince d'Orange, causent bien des desordres, & jusqu'à present leur Ambassadeur ne nous a pas pressé de passer le Traité de la Campagne, & il semble qu'il tarde à le proposer, & cela par ordre de ladite Province, afin que ce lui soit un prétexte de ne point consentir à des levées extraordinaires, sans lesquelles il n'est pas possible que ledit Prince d'Orange puisse rien entreprendre contre l'Ennemi, & ils taisent malicieusement à leurs peuples la disposition, en laquelle ils savent que nous sommes de ne rien faire au dessous de ce qui est accoûtumé, même de faire un effort, pourvû qu'ils s'engagent de leur côté à faire le semblable.

La Province de Hollande s'arroge trop d'autorité sur les autres.

Je ne doute point que quand votre Depêche aura été lûe, vous ne soiez louez de la conduite que vous avez tenue tant avec les Plenipotentiaires de Messieurs les Etats, qu'avec ceux du Duc de Baviere. Lisant comme j'ai fait avec grande attention, les ouvertures que vous leur avez faites, & leurs réponses, j'ai jugé comme vous qu'ils n'ont pas le dernier secret de leur Maître, & que les Espagnols & les Imperiaux se sont accordez

de

de traiter de notre satisfaction conjointement, & cela par les raisons que vous avez pénétrées, auquelles je défère d'autant plus que je les tiens très-prudentes pour eux. Mais celles qu'il y a de vouloir pour l'ordinaire ce qui est apprehendé ou rejetté par l'Ennemi, me feroient appuier fortement à ne pas se departir de l'Alsace, laquelle ne peut pas être compensée par la Franche-Comté, parce que la situation, la grandeur & valeur d'un Pais à l'autre sont toutes differentes.

Pour vous obéir, je presenterai à sa Majesté le Memoire de Madame la Landgrave. Je crains bien qu'il sera mal reçu; néanmoins je ferai mon dernier effort, étant persuadé que c'est être bon ménager, que d'être prodigue en la conjoncture presente des affaires.

Vous aurez été avertis par le Resident Brasset de la bonne disposition qui paroît en quelques-unes des principaux de Messieurs les Etats de favoriser les intérêts de cette Princesse, & que bien loin de se croire arbitres ou juges du different qui est entre elle & le Comte d'Oostfrise, ils se déclarent simples Médiateurs. Si c'est le sentiment de Messieurs les Etats, l'on doit espérer que l'affaire sera ménagée, & en toute extrémité qu'ils laisseront aux Parties vuider leur different, sans y prendre part.

Enfin le Baron de Dhona qualifié par son Maître Burggrave, a commencé à faire les visites, & fait poursuivre l'audience de leurs Majestez, m'étant venu trouver pour me prier de l'avancer, & de faire en sorte qu'il soit bien-tôt expedié. Il m'a fait entendre que la Lettre qu'il a apportée étoit conçuë en termes qu'elle pouvoit plaire, & que son Maître de sa seule générosité, & du respect qu'il portoit à cette Couronne, s'étoit disposé de traiter de Majesté le Roi & la Reine, sur l'esperance qu'il a conçuë des discours qu'il a recueilli de vôtre Altesse & de vous, Messieurs, que sa Majesté ne se laisseroit pas vaincre de civilité, & qu'il étoit en droit de prétendre le titre de Frere, puis qu'il étoit donné aux Archiducs & à Savoie, qui n'ont pas de competence avec lui. Qu'il ne mettoit point en Négociation ce qu'il feroit, & ce qui lui seroit donné, mais qu'il vouloit bien que j'entendisse, que si on ne correspondoit point par quelque chose d'extraordinaire à la soûmission, qu'il ne vouloit pas être garand qu'on la continuât. Je lui ai répondu, que sans rien mettre en Négociation non plus que lui, j'étois obligé de lui dire, qu'il demandoit ce qu'il ne pouvoit pas prétendre, & ne donnoit que ce que quatre Electeurs ont accoûtumé de rendre. Que l'exemple qu'il a donné de l'Archiduc Albert & du Duc de Savoie ne fait rien pour lui, s'il ne se veut soûmettre à les suivre entierement. Qu'ils écrivent en François & donnent du Monseigneur. Cela l'a un peu surpris, comme ce que je lui ai dit, pour combattre un exemple qu'il croioit juger sa cause, puis que le feu Roi Henri le Grand écrivant à l'Electeur Palatin, l'avoit honoré du titre de Frere. Je lui ai fait remarquer avoir commencé au temps qu'il n'étoit que Roi de Navarre; & que sans convenir que cela eût été continué, je lui pourrois dire, qu'aiant commencé une façon d'écrire, on ne l'interrompt pas pour l'ordinaire; mais pour faire voir que cela s'acquiert nul titre on revenoit avec le successeur à l'ancien usage; lequel bien conseillé n'en avoit pas témoigné du mécontentement, & se faisant justice, avoit reçu avec honneur & respect

les Lettres que le Roi lui avoit écrites. Nous nous sommes separez avec beaucoup de civilité & si je dois donner créance à Monsieur de Bregy, cet Electeur aura bien-tôt de deça un de ses plus afidez Ministres. Je ne vous saurois dire ce qui doit être proposé par celui-ci; pourtant j'en ose juger, qu'il veut demander que le Roi s'interpose de faire accommodement entre lui & Neubourg pour ce qui est de la succession de Juliers. Je tiens qu'il voudroit que le Traité provisionnel fût passé definitif, & qu'il fût satisfait à de certaines conditions promises qu'par de petites cavillations on a voulu éluder. Je ne manquerai pas de vous tenir instruits de ce qu'il proposera, & de ce qui lui sera répondu, & finirois cette Lettre par vous souhaiter les bonnes fêtes, n'étoit que je viens de me souvenir, que j'ai reçu une Depêche de Monsieur d'Antonville, en date du 28. de ce mois, qui porte que l'Electeur de Treves s'est tenu pour content de la ratification de son Traité, sous les modifications y apposées. D'où il se peut conclurre que ne s'interessant point en son propre fait, savoir de ravoir Philipsbourg, il ne se souciera pas beaucoup de ce qu'on demande aux autres, & que sur les ordres que ledit d'Antonville doit lui demander pour ses Deputez, ils seront mieux disposez que par le passé.

Par ce qui suit vous verrez que tous ceux du Conseil de sa Majesté ne sont pas de même avis que moi; & que son Eminence, aiant vû par la Lettre que vous lui avez écrite ce qui s'étoit passé entre vous & les Médiateurs, a jugé qu'il ne falloit pas differer un moment à vous faire savoir combien sa Majesté étoit scandalisée de leur maniere d'agir, & m'aiant dit de me trouver chez elle au retour de ses devotions, où Monsieur le Duc d'Orleans s'est aussi rendu, il a été déliberé sur votre Depêche, & par l'avis de son Altesse Roiale, & de son Eminence, sa Majesté m'a commandé de vous dire, que bien qu'elle ne se doive pas arrêter beaucoup à vous dire précisément ce que vous avez à faire, aiant satisfait à tout ce que vous pouvez desirer d'elle par les Depêches que Coiffier & Saladin vous ont portées, elle ne peut se taire, apprenant que les Médiateurs s'efforcent tant de relever & donner prix à une proposition vaine & de nulle substance, comme celle qu'ils ont avancée de la part des Espagnols, & qu'ils rejettent & méprisent une semblable que vous avez eu ordre de leur présenter, qui peut être soûtenue par des raisons solides, ainsi que vous l'avez pû remarquer, & combien l'autre avoit été artificieusement avancée par les Espagnols, lesquels dans le même moment qu'elle devoit être faite s'éforçoient de persuader aux Alliez que sa Majesté avoit conclu avec eux. Et bien que la verité de son procedé ait étouffé le mensonge, il n'a pas laissé de donner des impressions aux Hollandois, & la division qui est entre la Province de Hollande & les autres, & l'animosité que celle-là continué d'avoir contre la personne du Prince d'Orange ont causé dans leur République tant de trouble, qu'on a bien de la peine à l'assoupir. Et cette belle proposition a servi & sert de prétexte à la Province de Hollande de differer à consentir aux levées extraordinaires, sans lesquelles Monsieur le Prince d'Orange ne sauroit mettre en campagne. Il n'y aura pas de mal de faire remarquer aux Médiateurs, que la vûe des ennemis, que

 l'on

l'on avoit pénétrée est maintenant découverte.

J'avois bien prevû que ce que vous avez fait entendre aux Députez de Baviere, seroit aprouvé. On n'a pas jugé qu'il restât rien à faire que vous n'eussiez prevû & executé avec beaucoup de prudence, & l'on se promet de celle de ce Prince, qu'il donnera ordre à ses Plenipotentiaires d'entrer en Traité avec vous, & de chercher les moiens d'asûrer sa condition. Et bien qu'il paroisse beaucoup de franchise au procedé des Suedois, selon que vous nous l'avez mandé, s'étant comportez à Osnabrug envers les Députez des Princes, qui ont dépendance vers eux, de la sorte que vous le pouvez désirer, si est-ce que l'on ne laisse pas de vous exhorter de les veiller de près, tant l'on juge qu'il importe de n'être pas surpris, ou abandonné par eux.

Quelque soin que j'aie pris, en donnant part du Memoire de Madame la Landgrave, & de ses nécessitez, d'appuier ce que vous avez desiré, il a été inutile. Une nécessité que l'on ne sauroit surmonter empêche qu'elle ne soit secouruë du surplus du subside extraordinaire qu'elle auroit bien desiré. En marquant de se contenter de ce qui lui a été ottroié, faisant un effort de remettre ses troupes, & favorisant nos levées, comme elle le doit faire pour son propre intérêt, ce sera donner lieu de reproposer ce qui la concerne, & il se pourroit trouver une conjoncture favorable, de laquelle j'essaierois de profiter.

❦❦❦❦❦❦❦

MEMOIRE

DU ROI

à Messieurs les

PLENIPOTENTIAIRES.

Du 31. Mars 1646.

On souhaite que les Plenipotentiaires François refutent un Libelle des Espagnols. On reproche à l'Ambassadeur de Hollande la conduite de ses Maîtres & leurs ombrages mal fondez. On commence à ne pas bien esperer de l'Echange. Autres conditions à proposer à l'Espagne, s'il n'a pas lieu.

SI nous avions besoin de nouvelles preuves pour savoir au vrai quelle a été l'intention des Espagnols en la proposition qu'ils nous ont faite, le temps nous en fournit tous les jours, & nous fait toucher au doigt que le seul but en cela n'a été que celui qu'ils ont toûjours eû, de diviser la France d'avec ses Alliez. Cela a paru encore bien évidemment par le Libelle qu'ils ont fait jetter depuis peu dans les Villes des Provinces-Unies, intitulé, *Le Caquet François*, lequel je ne vous envoie pas, m'asûrant, que s'il n'est parti de Munster même, il y aura été aussi-tôt, comme au lieu, où, selon l'intention de l'Auteur, il devoit faire son effet principal.

Comme toutes les personnes qui sont ici, & qui ont pleine intelligence de ces affaires-là, sont si extraordinairement occupées qu'elles ne peuvent donner aucune partie de leur temps à ces sortes d'Ecrits; on souhaiteroit bien que quelqu'un de Messieurs les Plenipotentiaires se voulût charger d'y faire quelque réponse succincte qui servît du moins dans ce temps, à détromper les peuples. Monsieur le Cardinal Mazarin a parlé de la part de sa Majesté comme il faut à l'Ambassadeur de Messieurs les Etats, sur ce qu'ils ne lui ont pas encore envoié le pouvoir pour le Traité de la Campagne prochaine, & sur le procedé que l'on tient en Hollande, où l'on déchire les François, & où l'on témoigne grande aversion pour cette Couronne, & inclination à s'accommoder avec les Espagnols, quoi qu'ils n'aient que tout sujet de se louër de la sincerité de leurs Majestez & de leur affection. Les artifices de nos ennemis prevalent à tel point parmi ces peuples qu'ils semblent capables de les faire hésiter en leur devoir, & dans leurs obligations. Il n'a été rien oublié pour lui bien faire connoître le vif sentiment que leurs Majestez en ont, & lesdits Sieurs Plenipotentiaires parleront aux mêmes termes à leurs Députez qui sont à l'Assemblée.

On envoie à Messieurs les Plenipotentiaires la Copie d'un article extrait d'une Lettre de Monsieur de Gremonville à Monsieur le Cardinal Mazarin, ne sachant pas s'il leur aura mandé la même chose. Ils pourront bien voir par là, quelle conduite tient Monsieur Contarini. Et il est remis à eux de se servir de cette connoissance, ainsi qu'ils le jugeront plus à propos, la prudence requerant peut-être qu'on le dissimule dans les conjonctures présentes.

On a reçû ici quelques avis d'assez bon lieu, que le Comte de Trautmansdorff donne à entendre aux autres, d'être comme tombé d'accord avec les Ministres de Suede des conditions de leur Traité avec l'Empereur, & que pour l'accomplissement on n'attend que le retour du Courier que lesdits Ministres avoient depeché là-dessus à la Reine leur Maîtresse. On ajoûte que ce n'est pas que ledit Trautmansdorff soit asûré que les Ministres de Suede doivent signer le Traité, sans que celui de France soit resolu en même temps, mais qu'il croit que cela étant arrêté entr'eux, les Suedois presseront la France de relâcher beaucoup de ses prétentions, & y obligeront aussi les autres Princes, qui ont quelques intérêts à demêler avec l'Empereur dans la Paix. Messieurs les Plenipotentiaires se prévaudront de cet avis avec leur prudence accoûtumée. Il semble qu'on en doit faire d'autant plus de cas, qu'eux-mêmes voiant que Trautmansdorff n'entamoit nulle sorte de Négociation avec nous, ont deja soupçonné la cause de son silence procedoit de l'attente où il étoit de quelque réponse de la Cour de Suede qui pourroit bien être celle-ci.

1646.

1646.
On commence à ne pas bien esperer de l'échange.

Autres conditions à proposer à l'Espagne, s'il n'a pas lieu.

Il semble, vû les conjonctures présentes, la conduite des Espagnols, & le grand vacarme qu'il y a en Hollande, qu'il n'y ait plus lieu d'esperer beaucoup de l'échange; si ce n'est que sur ce que l'on manda par Saladin, touchant les avantages que pourroient y rencontrer Messieurs les Etats. On croit donc que si les Médiateurs font quelque proposition de la part des Espagnols, comme il y a apparence, on pourroit répondre que nous sommes prêts de signer la Paix, moiennant que nous demeurions en possession de ce que nos armées ont conquis en Flandres & en Luxembourg, avec les ajustemens que l'on a mandez pour la commodité commune, s'il est nécessaire. Comme aussi du Roussillon compris Roses, faisant une Trêve pour la Catalogne, & pour le Portugal, de la durée, s'il est possible, de celle que feront les Hollandois avec l'Espagne, au moins celle de Catalogne.

De cette sorte si les ennemis veulent, l'affaire peut être ajustée en un jour, avec entiere satisfaction de Messieurs les Etats, avec lesquels nous n'aurions en ce cas rien à traiter touchant l'article 9. qui nous donne de l'embarras, puis que nous demanderions aussi bien qu'eux une Trêve pour une partie de ce que nous avons conquis, & nous serions aussi en pleine sûreté du côté des Catalans, qui est un point si délicat, & si mal aisé à être bien ménagé dans cette Négociation.

Cette proposition faite dans un temps où nous sommes prêts de sortir en Campagne avec de grandes forces, & avec toutes les apparences de les faire réussir utilement, ne peut être reçu qu'avec aplaudissement dans la Chrétienté; mais il sera bon que les Médiateurs soient bien persuadez, que c'est tout ce à quoi l'on se peut porter de ce côté-ici, pour faciliter la Paix, & que si les Espagnols refusent ce parti, il faut non seulement qu'ils se resolvent à voir quel succès aura la Campagne, mais que c'est une proposition, à laquelle la France ne s'engage que dans le temps qu'elle la fait, prétendant en être quitte dès que les armées auront commencé d'agir.

Nous ne savons pas ce que le Nonce d'ici peut avoir écrit à celui qui est en Espagne, par le zéle peut-être qu'il a de voir la Paix dans la Chrétienté; mais nous savons certainement, que s'il l'avoit fait, il n'auroit mandé que son seul sentiment. Nous croions néanmoins, qu'en quelques termes qu'il l'ait exprimé, ce n'auroit pas été pour n'en tirer qu'un simple compliment, & qui n'eût autre but dans l'intention de ceux qui le font, que de débaucher les Alliez de la France, & non pas conclurre avec elle un accommodement. Il faudroit que les Ministres qui servent le Roi, eussent perdu le sens, s'ils avoient consenti que le Nonce écrivit pour obliger les Espagnols à une ouverture captieuse, comme celle-là. Et il nous importe bien peu qu'ils envoient à qui bon leur semblera la Lettre qu'ils disent avoir entre les mains dudit Sieur Nonce.

★❖★❖★❖★❖★❖★❖★❖★❖

LETTRE

De Messieurs les

PLENIPOTENTIAIRES

à Monsieur le Comte de

BRIENNE.

Du 7. Avril 1646.

Les Médiateurs font entendre qu'on pourroit ceder à la France la Basse Alsace. Ce que la France rejette. Elle ne veut plus de Trêve. Deux Conferences des Plenipotentiaires de France avec les Hollandois: Qui protestent fort de ne se laisser jamais separer d'avec la France.

MONSIEUR,

ENcore que nous vous aions écrit fort amplement par le Courier que nous renvoiâmes hier, nous sommes obligez de vous faire savoir par cet Ordinaire ce qui s'est passé en diverses Conferences que nous avons euës cette semaine avec les Médiateurs & les Députez de Messieurs les Etats.

Les premiers nous vinrent demander, il y a quelques jours, si l'Empereur nous laissant l'Alsace inferieure qui comprend Haguenau & ses dépendances, & par ce moien va jusques au Rhin, nous ne pourrions pas nous en contenter, & nous prierent en ce cas de leur dire ce que la France pourroit faire en faveur de l'Empereur dans le Traité de Paix. Nous répondîmes d'abord que cette proposition ne méritoit pas une longue déliberation, & que n'aiant pas pouvoir de nous relâcher de la demande entiere que nous avons ci-devant faite, il nous seroit facile de répondre sur le champ. Que néanmoins pour observer l'ordre que nous avons établi dans cette Négociation de ne rien faire sans en communiquer à nos Alliez, nous leur donnerions part de cette ouverture & après cela nous ferions réponse ausdits Sieurs Médiateurs. Ils repartirent qu'il étoit nécessaire de savoir quelle assistance on pourroit donner à l'Empereur pour la guerre du Turc; Ce que nous ferions envers les Protestans pour moderer leurs demandes; De quelle sorte nous agirions auprès des Suedois pour les disposer à se contenter de moins pour leur satisfaction; Comment nous entendions que l'affaire Palatine fût terminée; Et si nous ne consentirions pas

Les Médiateurs font entendre qu'on pourroit ceder à la France la Basse Alsace.

S 3   que

que deux Baronnies & un Comté, que la Maiſon d'Aûtriche a repris ſur les Ducs de Wirtemberg, comme lui aïans appartenu d'ancienneté & qu'elle poſſede encore aujourd'hui, lui demeurent : Qu'il faloit nous expliquer de l'intention du Roi ſur tous ces points, parce que, ſi elle étoit raiſonnable, elle pourroit beaucoup ſervir à faciliter celui de la ſatisfaction de ſa Majeſté. Nous répondîmes d'abord que pour délibérer ſolidement ſur tous ces articles il faudroit auparavant qu'on nous aſſûrât de toutes les demandes que nous avions faites, ſans quoi il ſeroit inutile d'entrer en déliberation ſur le reſte, puiſque la Paix ne ſe peut pas faire ſans que la Haute & Baſſe Alſace demeurent à Sa Majeſté, avec le Briſgau , Suntgau & les Villes forêtieres, Philipsbourg & la ligne de communication pour y aller des Etats du Roi. Ils repliquerent que puiſque nous perſiſtions à toutes ces demandes ils voïoient l'accommodement ſi éloigné, que pour leur décharge ils étoient obligez de propoſer de nouveau une Trêve de quelques mois qui donneroit moïen de réſiſter à l'ennemi commun pendant le temps de la Campagne, & qu'ils nous prioient d'en communiquer la propoſition à nos Alliez. Nous n'oſâmes pas de nous-mêmes rejetter cette ouverture, ni refuſer d'en donner part aux Suedois, & nous nous chargeâmes de le faire afin que le refus qui en ſeroit fait vînt d'eux auſſi-bien que de nous.

Après avoir conferé amplement de tout ce que deſſus avec Monſieur Salvius, qui s'eſt trouvé ici , nous avons demandé audience auſdits Sieurs Médiateurs pour leur donner notre réponſe. Nous avons repris d'abord un peu plus au long ce qui avoit été touché à la précédente Conférence pour leur faire connoître qu'aïant déclaré par notre replique tout ce que le Roi pouvoit faire pour avoir la Paix avec l'Empereur, & aïant offert de rendre tout ce que les armes de Sa Majeſté occupent dans les trois Electorats de Mayence, de Trêves , & du bas Palatinat, il étoit impoſſible que Sa Majeſté ſe put aujourd'hui relâcher davantage ; que nous leur avions ſouvent déduit les raiſons qui ne permettoient pas à Sa Majeſté d'abandonner tout ce qui eſt contenu dans notre Replique ; & que tandis qu'on prétendroit faciliter la Paix ſeulement aux dépens de Sa Majeſté , & en tâchant à diverſes repriſes de retrancher ſes demandes, il étoit bien à craindre qu'on n'en reculât la concluſion au lieu de l'avancer. Que nous avions trouvé Monſieur Salvius beaucoup mieux inſtruit que nous de l'offre des Imperiaux , & que le Comte de Trautmansdorff pour la faire valoir lui avoit dit qu'on nous avoit préſenté de ſa part un grand Païs, qui contenoit en ſa largeur ſix lieuës d'Allemagne depuis la France juſques à la Riviere du Rhin. Que nous ne trouvons point étrange que leſdits Sieurs Médiateurs nous euſſent parlé douteuſement & conditionnellement d'une offre que les Parties mêmes leur avoient donné charge de nous faire, puiſqu'auſſi bien elle n'eſt pas telle qu'on la puiſſe jamais accepter, & qu'en un mot, pour ne les amuſer pas, nous érions obligez de leur dire que nous n'avions point de pouvoir de diminuer la demande qui avoit été faite. Qu'à la verité, quand nous ſerions aſſûrez du conſentement de l'Empereur pour tout ce qu'elle contient, nous avions charge de chercher dans le reſte tous les accommodemens raiſonnables ; mais

qu'auparavant il ſeroit inutile d'en parler. Monſieur le Nonce prenant la parole nous dit , contre le ſentiment de Monſieur Contarini , qui le vouloit interrompre, qu'il ſeroit bon de ſavoir ce que nous pourrions faire pour l'Empereur en cas qu'il conſentît à nous ceder toute l'Alſace. Nous dîmes qu'il faloit être auparavant aſſûrez de ce conſentement, & qu'après cela Sa Majeſté feroit connoître à tout le monde qu'elle ſe vouloit mettre à la raiſon. Il s'efforça de nous perſuader que nous ne pouvions recevoir aucun préjudice d'entrer en ce diſcours qui pourroit beaucoup faciliter les affaires. Et reprenant inſenſiblement tous les points dont il a été parlé en la précédente Conférence , il nous obligea d'en diſcourir avec lui & de dire que ſuppoſé que l'Empereur fût d'accord de laiſſer au Roi ce que nous avons demandé par notre Replique, nous croïions que Sa Majeſté ne trouveroit pas mauvais que nous emploiaſſions ſon autorité auprès des Proteſtans pour ménager entre les Catholiques & eux un accommodement raiſonnable ſur tous leurs differens , pourvû qu'on conſiderât ce que nous pouvons faire honorablement & qu'on n'exigeât pas de nous des offices qui puiſſent choquer nos Alliez. Que pour les Suedois, comme ils n'étoient pas juges de la ſatisfaction du Roi, nous ne prétendions pas dire notre avis de celle qu'ils demandent. Mais que nous n'omettrions rien de ce que l'Alliance nous permettroit de faire pour leur perſüader de s'accommoder. Que nous avions appris des diſcours de Monſieur Salvius qu'ils y étoient très-bien diſpoſez, & qu'il nous ſembloit par les offres qu'on leur avoit déja faites que l'Empereur n'apportoit pas beaucoup de difficulté à leurs demandes, depuis qu'ils ne parlent plus de la Sileſie & qu'il peut les ſatisfaire aux dépens d'autrui.

Quant à l'affaire Palatine, il ne tiendra pas à nous qu'en rendant aux Princes de cette Maiſon tout le bas Palatinat & leur donnant un huitiéme Electorat , on ne trouve des temperamens pour le haut Palatinat & qui ſoient à la ſatisfaction de l'Empereur, du Duc de Baviere & du Prince Palatin , à qui nous prendrons intérêt pour faire réüſſir un bon accord au contentement d'un chacun.

Que pour le Comté & les deux Baronnies que la Maiſon d'Aûtriche prétendoit retenir au Duc de Wirtemberg, pourvû qu'il ne s'y rencontre point d'obſtacles, que de notre côté nous ne l'empêcherons pas, afin qu'elle ait moins de regret à ce qu'elle nous aura laiſſé ; mais que nous voïons bien qu'elle a intention de s'en recompenſer d'ailleurs. A quoi nous craignons que les Suedois , les Proteſtans & les particuliers intereſſez n'apportent plus de réſiſtance que nous. Qu'enfin pour la guerre du Turc, les Païs que nous avons demandez demeurans au Roi , Sa Majeſté ne refuſera pas de les relever de l'Empire avec obligation de contribuer, tant pour ledit Païs, que pour la part de la Lorraine qui en releve auſſi , autant qu'un des Electeurs, toutes les fois qu'il s'agira de la défenſe de l'Empire, & que les impoſitions ſeront reſolues par un conſentement unanime de tous les Etats. Leſdits Sieurs Médiateurs ont fait ſemblant de s'étonner de ce que nous mêlions là Lorraine, diſans que nous augmentions toûjours nos prétentions au lieu de les diminuer. Nous avons reparti que notre Repliqué & le refus qui a été fait des Paſſeports pour le Duc Char-

les,

les , leur avoit affez clairement appris que le Roi n'entend point comprendre ledit Duc dans ce Traité , & que fi les Imperiaux ne trouvent pas bon qu'il foit parlé de la Lorraine nous en ferons bien aifes pourvû que l'Empereur s'oblige de ne donner jamais affiftance aux Princes de cette Maifon contre la France. Après cela lefdits Sieurs Médiateurs ont dit que la contribution que nous offrons pour les Etats de l'Empire qui demeureront au Roi pourroit être bonne pour l'avenir, mais que les maux, dont la Chrétienté eft aujourd'hui menacée , ont befoin d'un plus prompt & plus puiffant remede. Que l'on avoit ci-devant fait efperer à la Cour & ici, que le Roi aiant fon compte raifonnablement dans le Traité de Paix , donneroit de grandes affiftances à l'Empereur dans la guerre que le Turc fe prépare de lui faire. Nous repartîmes que Sa Majefté ne refuferoit pas un fecours d'hommes confiderable , & que pour ne contrevenir pas directement à la Paix, qui eft entre elle & le Grand Seigneur, dont jufques ici la Chrétienté a reçû beaucoup d'utilité , fadite Majefté pourroit entretenir un nombre de troupes fous le nom du Roi de Pologne. Il ne nous a pas paru que cet expedient les ait contentez , faifant autant de difficulté de recevoir ce fecours en hommes que de le mettre fous la conduite du Roi de Pologne. Ils nous ont remontré que fans doute l'Empereur ne voudroit pas , fous prétexte de recevoir affiftance , attirer les forces du Roi dans fes Etats. Qu'outre cela peu d'hommes coûteroient beaucoup à Sa Majefté , au lieu qu'avec peu d'argent l'Empereur pouvoit faire dans fes Etats de grandes chofes pour réfifter au Turc. Nous n'avons pas manqué de remontrer que de cette forte la crainte du Turc ferviroit de prétexte à l'Empereur , non feulement pour demeurer armé , mais pour recueillir à fon fervice les forces de tous les partis ; & que jufques ici on avoit crû parmi tous les Alliez que le plus folide moien d'afsûrer la Paix dans l'Empire eft le licenciement que l'Empereur fera obligé de faire de toutes fes troupes. Les Médiateurs ont répondu qu'il feroit inutile de faire la Paix fi on confervoit la meffiance après qu'elle aura été concluë , & ont tellement infifté à faire changer ce fecours d'hommes en argent , que nous avons été obligez de leur déclarer que cela paffoit notre pouvoir , mais que s'il leur plaifoit d'en écrire à la Cour, nous y ferions favoir leur defir , & y joindrions nos inftances auprès de la Reine. Que néanmoins pour faire que leurs folicitations & les nôtres fuffent efficaces , il étoit néceffaire , comme nous leur avons déja dit, que l'on fut afsûré auparavant du confentement de l'Empereur à la fatisfaction du Roi telle qu'elle a été demandée. Nous n'avons pas été fâchez de les voir échauffez dans ce difcours , qui fait paroître que l'on fonge aux moiens de laiffer au Roi une bonne partie de la fatisfaction qu'il prétend , puis qu'on traite des conditions , & qu'on cherche de s'en récompenfer ailleurs. Nous croions bien pourtant que fi on a quelque intention d'augmenter cette nouvelle offre qui nous a été faite , elle ne va pas encore jufqu'à nous laiffer tout ce qui eft compris dans notre demande. Néanmoins les confiderations touchées ci-deffus ont été caufe que nous n'avons pas crû hors de propos d'entrer dans ce raifonnement avec lefdits Sieurs Médiateurs , qui ont exa-

miné par le menu à combien monteroit la dépenfe du moindre fecours que Sa Majefté pourroit donner & remontré que quatre ou cinq mille hommes paiez ne ferviroient pas de beaucoup à l'Empereur , & reviendroient à Sa Majefté à plus de deux ou trois cens mille écus par an , au lieu qu'étans fournis en argent comptant ils donneroient moien à l'Empereur de faire de grandes chofes pour la défenfe de la Chrétienté. Il a été répondu que fuppofé qu'on foit d'accord pour la fatisfaction du Roi , nous croions bien que Sa Majefté ne refufera pas de dépenfer deux cens mille écus par an pour donner moien à l'Empereur de fe défendre , mais que n'aiant pas encore eu charge de promettre un fecours en argent, nous les fupplions de nous permettre d'en écrire à la Reine pour en recevoir plus particulierement les ordres.

Ils nous ont encore parlé de la Trêve, mais nous avons toûjours répondu que nos Alliez y avoient toûjours témoigné tant d'averfion, que nous n'avons pas eftimé à propos d'en parler à Monfieur Salvius , & qu'en effet nous avons crû ci-devant d'avoir fuffifamment fait voir que ce feroit un remede plus nuifible que profitable aux maux dont la Chrétienté eft menacée , & qu'il ne faudroit pas moins de temps pour convenir des conditions que pour conclurre une bonne & durable Paix, fi nos Parties fe vouloient mettre à la raifon & confiderer l'état préfent des affaires.

Les deux Conferences que nous avons euës avec les Députez de Meffieurs les Etats n'ont pas été fi remplies de conteftations. En la premiere ils fe font contentez de nous dire, qu'ils avoient reçu de leurs Superiors la minute du pouvoir que le Roi d'Efpagne doit donner à fes Plenipotentiaires pour entrer en traité avec eux , dont ils nous ont donné la copie que nous vous envoions , nous difans que les Efpagnols leur avoient auffi demandé de la voir , & qu'ils n'avoient pû la leur refufer. Après les avoir remerciez de la communication qu'ils nous en donnoient , nous prîmes temps pour la voir & leur en dire nos fentimens, quoi que nous remarquaffions bien que notre avis ne ferviroit plus de rien , puis que cette derniere piece étoit déja entre les mains des Efpagnols.

Nous ne laiffâmes pas de leur dire dans la vifite que nous leur rendîmes quelques jours après , que nous avions été un peu furpris de n'avoir point trouvé dans ce projet la claufe auffi pour traiter avec les Alliez que nous avions demandé qu'on y ajoûtât , comme nous l'avions fait inferer dans le nouveau Pouvoir qui avoit été envoyé aux Plenipotentiaires d'Efpagne. Nous leur fîmes cette plainte avec beaucoup de douceur , témoignans que cela ne nous faifoit pas douter de leur fidelité , ni de celle de leurs Superieurs, puis que l'union & la bonne intelligence qui devoit être entre nous dependoit plutôt des inftructions que chacun avoit & des Traitez que nous avions faits enfemble , que des termes d'un Pouvoir ; mais que l'on avoit jugé cette claufe très-utile dans la conjoncture préfente , pour ôter à nos Parties toute l'efperance qu'ils pourroient avoir de nous feparer. Ils ne parurent pas moins étonnez que nous , qu'elle eût été ômife , confefferent qu'ils l'avoient crûe néceffaire auffi bien que nous , & qu'ils en avoient écrit en ce fens & qu'ils ne favoient que nous en dire.

Nous leur reprefentâmes encore qu'il y a diver-

diverses clauses & ômissions dans le projet envoyé de la Haye, qui pourroient recevoir quelque difficulté; que cela ne touchant point les intérêts de la France, nous leur en laissions le jugement; qu'à la verité en divers endroits il sembloit qu'on avoit voulu laisser ouverture à un Traité particulier, puis qu'on a demandé que le Roi d'Espagne donne pouvoir à ses Plenipotentiaires de traiter avec Messieurs les Etats ou avec leurs Plenipotentiaires qui sont à Munster. Que cette alternative venant de la part de Messieurs les Etats fera croire aux Espagnols qu'on leur donne le choix du lieu où ils veulent traiter. Il fut répondu par un d'entr'eux qu'ils avoient fait la même remarque & y avoient trouvé quelque chose à redire, mais qu'ils croioient que ce nouveau Pouvoir aiant été dressé sur le Pouvoir que Peñaranda avoit ci-devant présenté, qui ne parloit que de traiter immédiatement avec Messieurs les Etats, ils avoient crû de beaucoup faire d'y ajoûter cette alternative. Qu'après tout personne n'avoit pouvoir de traiter avec les Espagnols qu'eux qui sont ici. Qu'ils sont les seuls autorisez de leurs Provinces & du corps de l'Etat, & qu'il seroit très-difficile qu'on donnât la Commission à d'autres quand même il y auroit des Plenipotentiaires d'Espagne à la Haye. Qu'ils ne voyoient aucun sujet d'apprehender un Traité particulier. Que la resolution de Messieurs les Etats est de ne rien faire sans la France. Que nous ne devons pas apprehender qu'il y ait manquement de leur part, & qu'eux qui sont ici n'ont pas moins d'intérêt de l'empêcher. Toute cette Conference s'est passée très-bien & avant de nous separer ils promirent de faire savoir à leurs Superieurs ce que nous leur avions dit, & de voir si on y pourroit encore trouver quelque remede avant que les Espagnols aient promis de fournir un pouvoir semblable à cette minute. A la verité nous croions bien que le Roi d'Espagne ne se disposera pas aisément de raier de ses qualitez celle de Duc de Brabant & de Luxembourg &c. Que dans l'incertitude du succès qu'aura le Traité il aura peine à reconnoître les Provinces-Unies pour libres par le Pouvoir de ses Députez & à donner à chacun d'eux la qualité d'Ambassadeur aussi bien que de reconnoître pour tels les Plenipotentiaires de Messieurs les Etats. Néanmoins, après toutes les bassesses qui ont été faites de deça par ses Ministres, ils lui pourront bien encore conseiller de faire celle-là, pour gagner les Provinces-Unies & les détacher d'avec la France.

L E T T R E

De Monsieur le Comte de

BRIENNE

à Messieurs les

PLENIPOTENTIAIRES.

Du 7. Avril 1646.

Le Chancelier Oxenstiern défend les sentimens de son fils dans l'affaire de Mr. de la Barde. On signe avec les Hollandois le Traité pour la Campagne. On leur offre cent mille Ecus d'Extraordinaire pourvû qu'ils augmentent leurs forces. Affaire du Margrave de Bade Dourlach. On a égard aux plaintes de la Ville de Strasbourg. Résident Palatin prétend qu'il faut demeurer au nombre de 7. Electeurs, ou le porter à 9, devant être impair. Madame de Savoye continuë à se laisser gouverner par Pianezze. Le grand Duc veut s'interesser pour les Barberins. Mais il ne passe à Rome que de foibles offices en leur faveur.

MONSEIGNEUR & MESSIEURS.

VOtre Lettre du vingt-quatre du passé, qui fut renduë le quatre du courant, nous a apris que les Suedois se comportent en votre endroit avec plus de franchise & de candeur que du passé, & que vous ne savez à quoi attribuer ce changement, ou à un ordre de leur Reine, ou à l'impression qu'ont fait envers eux les justes remontrances que vous leur avez faites. Quel que soit le principe de cette modération, & de cette conduite, il est à loüer. Si vous l'eussiez prevuë vous eussiez pû vous dispenser d'envoier en Suede Monsieur de Saint Romain, lequel a trouvé le Chancelier très-affermi à défendre l'opinion de son Fils, en ce qui concerne l'exclusion de Monsieur de la Barde aux Conferences qu'il prend avec les Ministres de l'Empereur; & leur Reine aiant aquiescé aux remontrances qui lui avoient été faites sur ce sujet, & du

depuis

depuis s'étant rendue aux avis dudit Chancelier, nous sommes combattus de deux craintes, savoir, qu'elle revienne à son premier sentiment, ou qu'elle se confirme au dernier. Auquel cas, il paroîtra que nous n'avons sû emporter sur elle ce qui paroît juste aux yeux d'un chacun, & même à elle; ou bien se laissant vaincre, que nous aurons offensé le Chancelier, lequel ploiant en ce rencontre, s'efforcera de s'en vanger en d'autres, qui seront de plus de conséquence. Desormais la chose est faite ou faillie, & nous esperons que la prudence dudit Sieur de Saint Romain, & de Monsieur Chanut les aura empêchez de s'embarquer en cette poursuite, s'ils ont pénétré qu'elle pût déplaire au Chancelier.

Ce qui vous a été dit par les Ministres de Baviere m'a confirmé l'opinion en laquelle nous vivons que leur Maître marche de bon pied: que s'il ne se déclare pas ouvertement pour nous faire avoir l'Alsace, il en peut être retenu par des considerations. Mais l'Ambassadeur de Venise, qui reside en cette Cour, est mal averti, ou ledit Duc a fort pressé l'Empereur. Il assûre qu'il l'a reduit à condescendre à nous donner satisfaction, & il ajoûte qu'elle seroit prise de l'Alsace, mais pourtant après avoir essayé de nous en faire relâcher; & quelques autres avis que nous avons, nous font croire que ceux dudit Ambassadeur ne sont pas sans fondement: Que l'Espagne cherche de faire son Traité en concurrence avec l'Empereur, plusieurs raisons les y peuvent obliger, mais comme ils essaient d'en profiter, pour diminuer notre recompense, c'est à votre Altesse & vous, Messieurs, de prévenir le coup, & si bien prendre vos mesures, que sa Majesté soit considerée & satisfaite, soit que les Traitez se concluent conjointement ou séparement.

La parole proferée par Noirmond fait bien connoître le déplorable état où sont reduites les affaires de son Maître, & que ce qui a été publié de notre accommodement avec lui, n'étoit que pour induire les Etats à faire le leur, sans attendre que nos conditions fussent ajustées; mais l'artifice n'a pas réussi, & étant découvert a obligé Messieurs les Etats de nous rechercher de les assister, pour mettre en Campagne, & de faire quelque chose de considerable, à quoi nous avons aquiescé, & le Traité en fut hier signé, tant par l'Ambassadeur que par les Commissaires que sa Majesté avoit députez pour traiter avec lui. Je vous en manderois les conditions n'étoit qu'elles vous sont connuës, ce Traité aiant été transcrit pour ceux des années passées. Il reste encore quelque chose à faire, comme de les obliger à faire une levée extraordinaire, à quoi nous travaillons, & nous ne sommes pas hors d'esperance d'y réussir. Et pour les hâter, nous donnons pouvoir à Monsieur de la Thuillerie, & en son absence à Monsieur Brasset, de promettre cent mille écus, outre le subside deja convenu, pourvû qu'ils entrent en cette obligation, avec ordre pourtant que si les Etats avoient encore envoié pouvoir à leur Ambassadeur de nous en requerir, de ne point passer l'office, crainte que la trop grande presse qu'on leur feroit ne retardât plutôt qu'elle n'avançât l'affaire. Tels sont les Esprits des Peuples, à qui bien souvent ce qu'on leur propose pour le bien de leurs affaires, fait naître des soupçons, & au lieu de profiter de l'occasion, ils font perdre ce que l'on a bien de la peine à recouvrer.

Tom. III.

Nous aurons du temps pour examiner la Capitulation qui a été donnée par Monsieur d'Erlach au Marquis Guillaume de Bade Dourlach, puis que le Gentilhomme, qui doit venir ici poursuivre la réintegration du Marquis Frederic, n'est pas encore arrivé. Trouvez bon que je vous dise qu'il y a quelque chose qui se contrarie en votre proposition, de favoriser la prétention sans enfraindre la Capitulation, puis qu'elle promet la maintenuë à celui qui est en possession, dont l'autre désire qu'il soit tiré, & lui mis en la jouïssance pleniere du Marquisat. On essaiera pourtant de faire quelque chose pour ledit Marquis Frederic, & hors que l'on se trouve lié par l'Accord, & si étroitement que sans Traité on ne le puisse enfraindre, il aura satisfaction. Et pour celle de sa Majesté, & pour le repos de sa conscience, on n'oubliera pas de stipuler avec lui pour les Catholiques tout ce qu'il a autrefois promis, & qu'il est juste qu'il maintienne, recevant son bien de la main d'un Roi très-Chrétien & très-Catholique.

Quant aux intérêts de la Ville de Strasbourg, ils ont été considerez à un point qu'il a été mandé à Monsieur le Maréchal de Turenne de déloger ses troupes des Villages, qu'ils reclament, sans considerer que l'on en a toûjours usé de la sorte, & que leur droit sur iceux n'est pas établi, en sorte qu'il ne puisse être debatu. Mais la raison que vous avancez, qu'il faut toûjours donner bonne opinion de notre moderation aux voisins de l'Alsace, & même à ceux qui y possedent des terres en Souveraineté, a fait telle impression sur nous, qu'elle a prévalu sur celles qu'on y pourroit opposer.

Le Passeport que vous avez demandé a été accordé, & je le ferai remettre à Monsieur le Nonce, & sur la Lettre que vous avez écrite en faveur du Comte de Saint Vallier, je lui en ai expedié un pour aller au Comté. Il vous doit être bien obligé; puisqu'il lui avoit été souvent refusé; mais le respect qu'on a porté à votre Lettre, a fait surmonter les difficultez qui s'y étoient rencontrées.

On desireroit d'avoir vos avis, si une Trêve de longues années entre l'Empereur & la Suede seroit utile au bon parti, & si les Suedois seroient pour y aquiescer. Le Resident du Prince Palatin m'a fait savoir que son Maître vous étoit très-obligé des assûrances que vous lui avez données de considerer ses intérêts. Il passa à me dire que la proposition d'un huitiéme Electorat étoit impossible, qu'il falloit demeurer à sept, ou en créer un neuviéme. Qu'on vouloit qu'il acceptât le huitiéme & qu'il rachetât le haut Palatinat, & que pour le bas Palatinat on offre de le lui rendre. Il trouvoit toutes ces ouvertures injurieuses & injustes, & celle de soûmettre ses differens avec Baviere à la décision de l'Empereur, très-captieuse. Qu'il se garderoit bien d'y entendre, & qu'il croioit que celle de faire tomber l'Alsace en la main du Roi (dont Baviere se laissoit entendre) étoit aussi de cette nature. Qu'il savoit qu'il n'en avoit ni la volonté ni le pouvoir. Je n'eus qu'à l'écoûter, & à l'assûrer que Sa Majesté auroit toûjours en dûë consideration sa Personne, sa Maison, & ses intérêts.

Les Ministres de Madame de Mantouë demandent des Lettres de Sa Majesté, pour vous recommander celui qu'elle a choisi pour son

T   Pleni-

Plenipotentiaire, & qui les attend à Cologne pour s'en aller à Munster. Ils se sont donnez à entendre qu'ils prétendent les mêmes traitemens que ceux qui sont rendus à ceux de Savoye; je leur répondrai que vous suivrez l'Exemple du Nonce & du Comte de Nassau, & quoi qu'ils remontrent, on ne se relâchera pas à plus que ce que j'ai à vous dire, & que vous observerez, s'il vous plaît. Quant à ce qu'ils desirent que les differens qu'ils ont avec la Maison de Savoye soient terminez, c'est bien notre intention; mais quand cela devra être proposé, c'est ce qui est remis à votre jugement, qui savez à quoi nous sommes obligez, & ce que porte le Traité de Quierasque, contre lequel cette Altesse reclame. Vos Instructions sont précises sur cette matiere; il vous plaira les relire, & s'il échet quelque chose à faire, qui y soit contraire, en avertir Sa Majesté.

Si elle avoit à justifier l'excès de sa bonté, elle n'auroit qu'à faire connoître au monde le zele, avec lequel elle défend les intérêts de la Maison de Savoye, & comment son affection est cultivée par Madame de Savoye, laquelle, ni par le souvenir des bienfaits, ni par la crainte de ce qui lui pourroit arriver, ne sauroit se moderer, suivant toûjours les Conseils d'un homme ennemi de la France. Sa Majesté s'est trouvée en termes de faire proposer à cette Altesse d'éloigner de sa confidence le Marquis de Pianezza, de ne permettre pas qu'il approchât le Duc, & qu'on eût soin de mettre auprès de lui des personnes sages & moderées, & qui eussent déference & respect pour cette Couronne; mais enfin Elle s'en est abstenue & pour l'heure Sa Majesté s'est contentée de me commander de vous donner information de l'état où sont les affaires; afin que vous ne vous engagiez à rien, qui rende cette Altesse moins obligée à dépendre de ses bonnes graces; bien que l'on prévoie qu'il sera d'obligation de restituer les Places que l'on occupe dans ses Etats, si est-il bon qu'elle connoisse que c'est un effet de pure grace & bonté, & que pour tirer cet avantage, elle fasse les avances qui lui conviennent. Les Princes ses Beaux-Freres sont dans un autre sentiment, condamnant celui de Son Altesse, & ils ont fait paroître qu'ils ne se sont pas oubliez des graces & des bienfaits qu'ils ont reçû. Le Prince Thomas est parti si plein de gratitude & de zele au service de Sa Majesté, qu'on a sujet d'esperer de lui de grandes choses.

Nous ne nous en promettons pas de petites de notre Armée Navale. Elle est considerable & par le nombre des Voiles & des Galeres, dont elle est composée, & par le nombre des gens de pied & de cheval, qui seront embarquez. Les recrues de celle de terre marchent, & nous serons trompez, si elles ne sont plus complettes que l'année passée. Chaque Officier s'efforce, aussi Sa Majesté prend soin de faire paier ceux d'entr'eux qui ont des pensions, & à tous, les montres & les quartiers d'hiver.

Je n'ai rien eu de Rome par le dernier Ordinaire, qui mérite de vous être mandé, sinon que les Barberins se trouvent justifiez, par les comptes de la Chambre, de tout ce qu'on leur vouloit mettre sus; mais cela ne modere pas les passions de ceux qui sont en autorité. L'Ambassadeur Extraordinaire de Venise n'a pû amolir le cœur du Pape. Le Grand Duc le condamne, & déclare vouloir passer les offices qu'il convient. Si la raison, la crainte, ou le respect lui impriment ce sentiment, c'est ce qui nous est inconnu, comme aussi s'ils sont passez avec la chaleur, qu'il s'efforce de vouloir persuader. On n'a pas sujet d'être satisfait ni des uns ni des autres, tant que les paroles ne seront suivies d'effets solides, & il y a lieu de croire, qu'on n'en doit pas attendre du Grand Duc, puis que les paroles de ses Ministres ne sont pas précises à le faire.

Le nommé Glazer, duquel je vous ai autrefois parlé, est parti pour Strasbourg, en intention de vous aller trouver. Il est de la connoissance de Monsieur Godefroi, & vous jugerez bientôt de sa suffisance.

Depuis ma Lettre écrite, on s'est assemblé, & a été resolu au Conseil le Memoire du Roi, qui sera joint à cette Depêche, par lequel vous verrez comme on prend grand soin d'avancer la Négociation de la Paix. Je suis & serai toute ma vie.

MONSEIGNEUR & MESSIEURS,

Votre, &c.

MEMOIRE

DU ROI

à Messieurs les

PLENIPOTENTIAIRES.

Du 7. Avril 1646.

L'Empereur à toute extremité cedera l'Alsace. Les Plénipotentiaires François ne doivent se relâcher sur Philipsbourg qu'à l'extremité. Les Etats promettent de mettre 25. mille hommes en Campagne dans le 4. de Mai. Les Espagnols veulent gagner par argent les Députez de Hollande pour obtenir des Etats un accommodement separé. Ils emploient à cela Noirmond & Friquet. On voudroit que le Duc Charles de Lorraine se saisît d'une des Provinces de Flandres.

ON envoye ausdits Sieurs Plenipotentiaires la Copie de ce qu'écrit cette semaine-ci le Duc de Baviere, par laquelle il semble qu'il ne parle pas si positivement qu'il a fait en la précedente, de la resolution où il avoit porté l'Empereur d'accorder à la France la satis-

satisfaction qu'elle prétend en Allemagne. On ne sait si cela ne procede point de la pensée que les Espagnols peuvent avoir suggerée depuis à l'Empereur, d'essaier de nous contenter, en nous cedant le Comté de Bourgogne, plutôt que l'Alsace, (comme l'on a ici avis de deux ou trois endroits differens que l'on devoit bien-tôt en faire la proposition ausdits Sieurs Plenipotentiaires,) & de ce que l'Empereur aura peut-être recherché Baviere de ne nous pas découvrir le secret de ce qu'il a promis, attendant quel effet cette ouverture pourra faire à leur avantage.

On tient pour certain néanmoins que quand ils nous la verront rejetter bien loin, & qu'ils nous reconnoîtront bien fermes, & bien resolus à ne nous relâcher jamais sur ce point, ils se disposeront aussi tôt à y condescendre. Ce sont les termes ausquels l'Ambassadeur de Venise, qui est ici, en a parlé depuis deux jours à Monsieur le Cardinal Mazarin, & à Monsieur de Brienne, les informant de l'engagement où s'est mis l'Empereur avec l'Envoyé de Baviere, à ce que lui écrit son Collegue, qui est en substance qu'il se défendra autant qu'il se pourra de ceder l'Alsace, mais que s'il le faut à la fin, pour avoir la Paix de l'Empire, il y donnera les mains.

Il est superflu de se mettre en peine de leur deduire les raisons pour lesquelles nous ne devons point accepter la Franche-Comté pour l'Alsace & Brisach, elles sont trop évidentes, sur tout quand on a la connoissance des affaires que lesdits Sieurs Plenipotentiaires ont.

Quand les Ministres de Baviere & les Imperiaux se moquent de la fermeté desdits Sieurs Plenipotentiaires sur le sujet de Philipsbourg, & qu'ils disent de savoir qu'ils n'ont pas ordre d'y insister, c'est une chose qu'ils devinent, mais dont ils ne sauroient avoir que des doutes, l'affaire aiant été resolue, comme on l'a mandé, en presence seulement de Monsieur le Duc d'Orleans, de Monsieur le Prince, & de Monsieur de Brienne. Er quand lesdits Sieurs Plenipotentiaires soûtiendront fortement le contraire (jusques à ce qu'il soit tems de déclarer la facilité que nous y apporterons,) les uns & les autres seront bien-tôt détrompez de leur créance. Et cela pourra servir à hâter la resolution de la Cession de l'Alsace.

On a beaucoup de joie d'apprendre que les Suedois reprennent le bon chemin & que lesdits Sieurs Plenipotentiaires aient eu satisfaction de leur conduite dans la conclusion qui a été prise en l'Assemblée des Etats d'Osnabrug touchant notre satisfaction, & sur la demande du Passeport pour les Députez du Duc Charles.

Hier fut signé le Traité pour la Campagne avec Messieurs les Etats, par lequel ils s'obligent de mettre vingt-cinq mil hommes en état dans le 4. Mai. Voilà, Dieu merci, une affaire finie heureusement après tant de vacarmes qu'avoient excité dans la Province de Hollande les artifices des Espagnols, que l'on reconnoît tous les jours plus clairement n'avoir eu autre but en la belle proposition qu'ils firent, de remettre tout au jugement de la Reine, si ce n'est de donner telle apprehension à Messieurs les Etats, que la France ne se fût accommodée sans eux, que l'alarme qu'ils en prendroient les obligeât à nous prévenir & conclurre leur Accord, sans attendre le nôtre. Tout est en bonne assiete de ce côté-là, & on prétend encore obliger la

Tom. III.

Province d'Hollande en certaines choses qu'elle desire sur le sujet de la Négociation, qui la convieront de plus en plus à être favorable aux desseins communs, & à considerer Monsieur le Prince d'Orange, par les mains duquel on prendra soin de faire passer la satisfaction qu'ils en recevront.

Lesdits Sieurs Plenipotentiaires ne peuvent mieux répondre qu'ils ont fait à la belle proposition que les Espagnols n'ont pas eu honte de nous faire porter en dernier lieu par les Médiateurs. On n'a rien à leur dire sur ce sujet, si ce n'est qu'il est à croire que quand les Ennemis verront toutes les affaires de Hollande en l'état que nous pouvons souhaiter nonobstant toutes leurs rufes; que le temps de la Campagne approche si fort, & qu'ils verront de plus près nos grands préparatifs, ils feront des ouvertures plus raisonnables, & dont ils puissent attendre plus de fruit.

On est ici entierement de leur avis sur la façon dont ils estiment que l'on doit parler en Hollande, & avec les Ministres de Messieurs les Etats, touchant tous les déconcerts que la malice des Espagnols avoit fait naître entre nous & eux, qui est d'avouër sincerement la verité, dont même toutes choses bien entendues ils doivent nous avoir obligation, leur disant que sur les premiers discours, que les Médiateurs avoient jetté d'un Mariage & d'un Echange, Sa Majesté n'avoit pas seulement voulu songer à y prendre aucune resolution, qu'elle n'eût auparavant apris, quels pouvoient être là-dessus les sentimens de Messieurs les Etats par le moien de Monsieur le Prince d'Orange auquel seul on s'en étoit ouvert, parce que nous n'avions encore en main rien de solide, touchant les veritables intentions des Espagnols, mais seulement des paroles entrecoupées des Médiateurs, qui pouvoient faire juger que nos Parties en eussent la pensée.

Lesdits Sieurs Plenipotentiaires se sont prévalus fort adroitement de la qualité de la derniere offre que nous font les Espagnols, pour desabuser toûjours davantage les Deputez de Messieurs les Etats de tous les faux bruits qui ont couru en leur Païs, étant, comme ils remarquent très-judicieusement, bien absurde que l'on nous veuille donner tous les Païs-Bas, puis que pour faire la Paix on ne nous offre que de nous ceder quatre des moindres Places que nous avons conquises, prétendant la restitution des Provinces toutes entieres, & des Places les plus importantes de l'Europe, qui ont coûté tant de sang des Sujets du Roi, & des tresors à cette Couronne. Et on ne peut comprendre comme ils sont si hardis de faire ainsi paroître leur injustice, & leur hauteur dans la foiblesse où ils sont, de nous faire une telle ouverture, étant riches de nos dépouilles, & n'y aiant pas un François qui n'ait le cœur percé de les voir toûjours en possession de la Navarre, qui n'est pas moins legitimement au Roi que Paris.

Il y a long temps que l'on a donné avis ausdits Sieurs Plenipotentiaires que le Roi d'Espagne avoit destiné une somme notable d'argent, pour distribuer dans l'Assemblée, & particulierement pour être employée à gagner les Deputez de Messieurs les Etats, il est certain qu'ils n'épargneront quoi que ce soit à leur égard, pourvû qu'ils fassent que lesdits Sieurs les Etats s'accommodent separément; mais c'est aussi le seul service, pour lequel ils prétendent prodiguer leur argent. Car pour

T 2   d'autres

L'Empereur à toute extrémité cedera l'Alsace.

Les Plenipotentiaires François ne doivent se relâcher sur Philipsbourg qu'à l'extrémité.

Les Etats promettent de mettre 25000 hommes en Campagne dans le 4. de Mai.

Les Espagnols veulent gagner par argent les Deputez de Hollande pour obtenir des Etats un accommodement separé.

Ils employent à cela Noirmond & Friquet.

d'autres choses, qui ne feront pas de cette confideration, elles ne leur feront pas beaucoup ouvrir la main.

Noirmond & Friquet font les deux émiffaires qu'ils lâchent après eux pour les feduire. Il fera bon que lefdits Sieurs Plenipotentiaires s'étudient à les découvrir auprès defdits Deputez pour des perfonnes qui fe vantent de les gouverner, & qui tiennent fouvent des difcours defavantageux à leur réputation, comme s'ils avoient efperance de les corrompre par argent. Il faudra faire gliffer ce difcours délicatement, témoignant n'y faire fondement & de n'y prendre aucune part, que celle que l'on doit par bienfeance pour l'honneur des Alliez & des Miniftres fi qualifiez qui les fervent.

On voudroit que le Duc Charles de Lorraine fe faifit d'une des Provinces de Flandres.

On eft ici du fentiment des Sieurs Plenipotentiaires pour ce qui regarde le Duc Charles, & que le rétabliffement de ce Prince dans fes Etats eft une récompenfe infiniment au deffus du fervice incertain que l'on peut fe promettre, en cette conjonĉture d'affaire, de lui & de fes troupes. Il y a long-temps que l'on travaille à l'engager de fe rendre maître d'une des Provinces de Flandres, comme lefdits Sieurs Plenipotentiaires propofent, mais foit que les moiens lui manquent, ou que fon irrefolution ordinaire l'empêche de fe déterminer, il n'y a pas encore eu lieu de le perfuader. On tâchera pourtant de le lui remettre de nouveau dans l'efprit, parce qu'il peut y avoir des inftans où il fera capable de le faire.

On ne voit pas bien ici, ce que peut changer en la face des affaires & en la Négociation, la propofition que lefdits Sieurs Plenipotentiaires pourroient faire au Nonce, que la Paix devant être générale, & Sa Majefté ne voulant rien laiffer en arriere qui puiffe de nouveau alterer le repos de la Chrétienté, il eft néceffaire pour cela que le Pape donne fatisfaction à la France, dans les juftes fujets de plainte qu'elle a du mauvais traitement qu'elle en éprouve tous les jours, & que fi fa Sainteté n'a agréable de le faire par d'autres voies, il faut qu'elle fe refolve, que cela foit déterminé dans le Traité même de la Paix. Si lefdits Sieurs Plenipotentiaires ont quelque chofe à repréfenter fur ce fujet avant que de tenir ce difcours aux Médiateurs, ils pourront le faire au plutôt, & Sa Majefté leur fera favoir particulierement fa volonté.

Signé,

DE LOMENIE.

LETTRE

De Monfieur le Comte de

BRIENNE

à Meffieurs les

PLENIPOTENTIAIRES.

Du 14. Avril 1646.

La France veut retenir Pignerol. Il faudra faire une Ligue pour la fûreté de la Paix. On rapelle Monfieur de Marcilly d'auprès du Prince de Tranfylvanie.

MONSEIGNEUR & MESSIEURS.

LE Courier Saladin a fait fi bonne diligence, que le 12. de ce mois il s'eft rendu en cette Cour, & fans un avis qu'il eut que fon Alteffe Roiale & fon Eminence étoient à Liancourt, où il les alla trouver, il fût arrivé ici en cette Ville le 11. Il m'a remis vos Depêches du 30. du paffé & du 7. du courant. Il a fallu du temps pour les déchiffrer, & comme il ne s'eft point tenu de Confeil, je n'ai pû les prefenter à fa Majefté. Ce fera, Dieu aidant, lundi que je lui en ferai la lecture, de laquelle fa Majefté recevra fans doute beaucoup de fatisfaction. Car bien qu'elle ait entiere du choix qu'elle a fait de fon Eminence pour lui donner la principale adminiftration de la conduite du Roi, elle s'augmente par l'aprobation que le public lui donne, & c'eft avec tant de connoiffance & d'art que vous louez fa Majefté, que je ne dois pas la priver de ce contentement. Elle en aura encore un fecond, apprenant avec quel foin les Efpagnols veulent s'excufer de tout ce qui s'eft publié, foit en Hollande ou ailleurs, au préjudice de fa bonne foi, bien qu'elle fache que cet artifice fe découvre entierement par le defaveu; mais elle efperera que le premier leur aiant fi mal réuffi, ils fe départiront de cette mauvaife maniere d'agir, & qu'ils feront enfin pour fonger à la Paix à des conditions juftes, & arrêter par elle le cours de nos profperitez, que l'on avoit voulu facrifier au repos & au bien de la Chrétienté. Il fut jugé par tant de Princes, que pour l'affûrer, il falloit que la France eût un paffage en Italie, même par ceux qui l'ont vendu, qu'on ne doit pas croire que fa Majefté l'abandonne. Auffi l'aiant acquis à fi jufte titre, elle le confervera, comme vous l'avez parfaitement bien

dit,

dit, & cela n'entre ni ne fait aucune condition. Ainsi les Ennemis doivent perdre esperance que nous quittions Pignerol, ou que l'on demolisse les fortifications de Cazal. Et ce qui peut être dit contre cette proposition, & même pour l'appuier, a été prévû, & vos Instructions vous donnent un entier éclaircissement des partis qu'on peut accepter, & de quelles raisons détendre l'honneur du Monferrat, & la liberté de l'Italie, qui a été la fin premiere des dépenses excessives, & de la Guerre que cette Couronne a soutenu, comme les differents qui étoient entre les Maisons de Savoye & de Mantouë en furent le pretexte. Pour lever tout sujet d'une nouvelle Guerre il est expedient de les terminer, & dans le Traité général d'y faire faire raison au Roi & aux Grisons de la Valteline, & assoupir ce trouble ainsi que vous l'avez proposé.

Si j'osois, je vous dirois, que vous pouvez vous dispenser de faire encore la demande de Correggio, bien qu'il vous ait été ordonné il y a quelque temps, même par vos Instructions, de la faire. Et la connoissance que vous avez que le Cardinal de Modene a accepté la Protection des affaires de France, & que le Duc se dispose à se déclarer François, pouvoit vous faire prendre ce parti. Quand j'aurai sû que sa Majesté pensera sur cette ouverture, & qu'elle déliberera devoir être écrite audit Duc, je ne manquerai pas de vous en informer.

Je me suis apperçu que vous avez fait goûter aux Médiateurs, que pour la sûreté de la Paix il faudra faire une Ligue. Je suis bien trompé ou sa Majesté en aura un extrême contentement, qui a jugé que c'étoit le moien le plus assûré pour la rendre durable. Si les prisonniers de part & d'autre doivent être relâchez, le Prince Edouard doit être du nombre. Mais on cherchera des exceptions contre lui, que par votre adresse & fermeté vous surmonterez. Et certes il a besoin d'une puissante protection.

Sous les conditions que vous avancez l'Empereur & les Princes de sa Maison pourront être compris dans ce Traité. Il me semble aussi que vous les nécessitez par là à faire la Paix de l'Empire, & que quand vous faites que l'on nomme le Duc Charles, vous l'obligez à une renonciation à tous ses Etats.

Si les Espagnols peuvent donner dans le piege que vous leur avez dressé il y auroit dequoi animer contr'eux la Province de Hollande, qu'ils font rechercher sous main, & qu'ils animent contre les autres. Sur les offres faites je n'ai rien à dire, ni je ne crois pas que sa Majesté se délibere plus d'en parler, il suffit de les méprifer.

Le Comte de Trautmansdorff agit en Ministre habile. Il essaie de persuader aux Suedois qu'il faut contribuer à leur faire avoir la Pomeranie, afin qu'étant reputez Membres de l'Empire, ils eussent intérêt à s'opposer à nos prétentions sur l'Alsace; mais la prudence de ceux du Conseil de cette Reine est trop grande, pour se laisser surprendre à de si grossiers artifices, & plusieurs de vos Lettres, même celles du 7, nous apprennent que vous êtes satisfaits du procédé de ses Ministres en Allemagne. Ce qui nous donne lieu d'esperer de grandes choses pour notre commune satisfaction, que l'Ennemi sera forcé de nous accorder par l'union étroite qui paroîtra entre les Couronnes.

Sur la suspension on attend vos avis, bien que l'on ait été dans vos sentimens pour avancer ou reculer celle qui fut proposée sur la rencontre de la proximité des armées, Imperiale & Suedoise.

Je ne manquerai pas d'appuier & de faire remarquer ce que vous m'écrivez au sujet du Marquis de saint Maurice & de Belletia. C'est un service que je vous dois rendre, & il n'y en a point que vous puissiez desirer de moi, où je ne me porte, & si votre Altesse & vous, Messieurs, en pouviez douter, j'aurois grand sujet de me plaindre de ma mauvaise fortune.

Vous avez reçû la Depêche que vous croyiez avoir été volée, ainsi que je l'ai apris par un billet que le Sieur Boulanger a écrit au Sieur Brisacier. Si les Espagnols, sous quelque prétexte, ou sous quelque couleur que ce fut, venoient à détrousser les Courriers, non seulement il faudroit s'en plaindre, mais user de represailles sur eux qui auroient à demeurer exposez aux longueurs & incertitudes des Mers & des vents, & nous avec assez de facilité trouverions des moiens de faire aller nos Depêches.

Le retour de Monsieur de Saint Romain vous informera des dernieres intentions de la Reine de Suede, sur le fait de Monsieur de la Barde. Après cette tentative faite sur ce sujet, il faudra demeurer en repos, & chercher des moiens pour parvenir à notre intention, sans presser davantage le Chancelier de Suede, lequel appuie par les raisons que son esprit lui fournit, la conduite de son Fils, qu'il a peine de souffrir qu'on improuve. La nature ne se bannit pas pour entrer dans le maniment des grandes affaires. Nous en voions ici un effet. Sans doute on vous aura écrit d'Osnabrug que le voiage de Monsieur Salvius étoit entrepris pour toute autre fin, que pour vous visiter. Mais ceux-là qui ont eû juste sujet de soupçon en seront tirez par les avis qu'ils recevront de vous, que vous n'aurez pas été surpris par les assûrances qu'il vous en aura données, & que vous aurez fait veiller de près à ses actions.

Ce qu'il vous a proposé en faveur des Protestans à la diminution des Catholiques, & que vous aurez sû des intentions des derniers, est sur toutes choses à considerer. Mais il seroit mal aisé de mieux répondre que vous avez fait, & d'avoir posé des maximes plus solides, pour faire voir l'impossibilité de réussir à leurs prétentions, & que c'est beaucoup plus qu'ils ne pouvoient esperer, que ce qui est consenti par les Catholiques. Si ledit Salvius songe à la satisfaction de la Couronne de Suede, il faut qu'il s'apperçoive qu'ils n'ont de veritable Allié que cette Couronne, & que pour conserver ce qui leur sera donné ils ont besoin que nous soions établis en Allemagne. Toutes ces choses sont avantageuses, & vous les lui avez insinuées avec adresse, & il en a reconnu une partie avec ingenuité. J'ai plaisir d'écrire ces choses, tant je suis persuadé que Sa Majesté vous en témoignera beaucoup d'agrément. Que le même Salvius ait convenu qu'il falloit rechercher Baviere, & n'être pas contraire à tous ses intérêts, cela encore agréera. Quand il dit que pour retenir l'Ober-Ens l'Empereur est pour lui donner l'Alsace, cela me satisfait beaucoup. Car bien que je sois persuadé qu'il aimeroit mieux qu'il l'eût, que la France, ce sera toûjours avoir fait un grand pas que de s'être déclaré consentir d'en laisser la pro-

prieté

prieté à un autre. Soit par les Miniſtres de Suede ou par le Baron d'Avaugour vous ſaurez ce qui aura été conclu avec Saxe. J'ai bien remarqué qu'il veut demeurer en liberté d'aſſiſter ſon gendre, & j'y ferai faire reflexion d'eſſaier de diſpoſer Sa Majeſté à départir ſes graces à Madame la Landgrave.

Le jugement que font Meſſieurs les Suedois du Prince de Tranſylvanie me ſemble bien fondé. Il y a long-temps que j'ai écrit à Monſieur de Marſilly de ſe retirer d'auprès de ce Prince. Au premier jour il ſera fait réponſe à vos Depêches; c'eſt-à-dire, s'il y a des ordres à recevoir ils vous ſeront envoiez. Pour aujourd'hui j'en doute, ſi on ne diſpoſe la Reine à tenir un Conſeil extraordinaire. Il lui a été mandé de Veniſe que l'on y publie le Mariage du Roi & de la Fille de l'Empereur, & pour dot l'Alſace. Je ne doute point que l'on ne vous l'ait écrit comme à moi.

Depuis ma Lettre écrite, le Nonce & l'Ambaſſadeur de Veniſe me ſont venus voir. Tous deux m'ont dit que les Médiateurs vous avoient propoſé que l'Empereur délivreroit la Baſſe Alſace, moiennant que l'on fit promptement la Paix. Que pour diſpoſer les Suedois à y concourir, l'Empereur étoit reſolu de leur donner l'une des Pomeranies, l'Archevêché de Bremen, & l'Evêché de Verden, & parce que les Médiateurs ont eu apprehenſion que cette ouverture de la Baſſe Alſace ne nous ſatisfît pas, ils ont fait entr'eux des ouvertures, comme de nous procurer toute l'Alſace & ce qui peut être en deçà du Rhin, laiſſant Briſach, le Briſgau & le Suntgau aux Archiducs de Tirol. Que ſi ce parti ne nous contentoit pas encore, qu'il faudroit eſſaier, (l'Alſace nous demeurant avec tout ce qui eſt de deçà le Rhin, Briſach & Philipsbourg razez) de faire donner, en échange du Palatinat, le Briſgau & le Suntgau par le moien du Duc de Baviere, lequel ils diſent être aſûré du conſentement de ſa Partie, qu'il conſervera l'Electorat, & qu'il en ſera créé un huitiéme pour le Palatin. Comme je n'ai rien vû de ſemblable en vos Depêches des 3. Mars & 7. Avril, je ſuis demeuré bien ſurpris & empêché comment me demêler avec ces Meſſieurs, qui m'ont encore dit que vous leur aviez déclaré faire partir le Courier Saladin, pour nous donner part de ce qui s'étoit paſſé en votre Conference avec les Médiateurs. Trouvez bon que je vous diſe, que ſi vous êtes entrez ſi avant avec eux, vous ne ſauriez vous excuſer d'avoir oublié de l'écrire.

J'avois bien prévû que la Reine aſſembleroit le Conſeil aujourd'hui. On y a reſolu le Memoire qui ſera joint à cette Depêche, par lequel vous verrez que j'avois déja le ſentiment des reſolutions qu'on avoit priſes ſur votre Depêche; & s'il y a quelque choſe d'omis à répondre, il y ſera ſatisfait pleinement dans huit jours. Cependant je vous envoie la copie d'un Ecrit, que Monſieur de Vautorte m'a envoyé, contenant l'état de la Haute & Baſſe Alſace: il me mande que le premier Memoire eſt plein de fautes, & qu'il ſe faut tenir à ce dernier. Je ſuis &c.

MEMOIRE

DU ROI

à Meſſieurs les

PLENIPOTENTIAIRES.

Du 14. Avril 1646.

On loüe les Plenipotentiaires d'avoir mis ſur le tapis les Affaires d'Italie. On veut éluder de rendre Caſal au Duc de Mantoüe, quoi qu'il ſoit Majeur: Et ſe dedire de la demande qu'on a faite de la reſtitution de Correggio. Affaire du 8. Electorat.

LE Courier Saladin eſt arrivé ici en quatre jours, & on a reçu par lui les Depêches deſdits Sieurs Plenipotentiaires. Sa Majeſté aprouve ce qu'ils ont dit aux Médiateurs dans leurs dernieres Conferences, tant pour ſe plaindre auſſi vivement qu'ils ont fait des artifices dont avoient uſé nos Parties, pour ſeparer Meſſieurs les Etats d'avec la France, lorſqu'ils proteſtoient de vouloir conclurre une bonne Paix; que ſur la réponſe qu'ils avoient à rendre auſdits Médiateurs touchant l'ouverture qu'ils leur avoient faite en dernier lieu de la part des Miniſtres d'Eſpagne, & c'eſt avec beaucoup d'adreſſe que d'une propoſition, dont nous devions faire ſi peu de cas, leſdits Sieurs Plenipotentiaires ont trouvé moien d'en profiter, pour gagner un des points de leur Inſtruction, qui eſt de mettre ſur le tapis les affaires d'Italie avant toutes choſes.

Sa Majeſté approuve tout ce qu'ils ont avancé ſur ce ſujet, ſe contentant néanmoins de leur faire remarquer deux choſes. L'une, que Monſieur le Duc de Mantoüe eſt hors de ſa Minorité, quoi que la Ducheſſe ſa Mere continuë d'agir dans les affaires comme auparavant, & ne lui en donne part qu'autant qu'elle veut, de ſorte qu'au pied de la lettre on pourroit dès à preſent nous prendre au mot, quand nous offrons de remettre Cazal au Duc de Mantoüe lors qu'il ſera majeur. Il eſt donc à propos d'éviter ce terme, & de dire ſeulement, que la France s'obligera de lui garder cette Place, juſques à ce qu'il ſoit en âge de conduire ſes affaires lui-même, ſi ce n'eſt que l'on trouve quelque autre expedient, comme ils l'ont fort prudemment propoſé, pour empêcher que Cazal ne puiſſe jamais tomber entre les mains des Eſpagnols.

Là

La seconde touchant Correggio, que lesdits Sieurs Plenipotentiaires ont demandé être restitué aux Princes qui en ont été depossedez. Il est vrai qu'ils avoient eu cet ordre par leur Instruction ; mais comme depuis le Duc de Modene , qui tient cette Place , est sur le point de déclarer son attachement aux intérêts de cette Couronne , & que son Frere le Cardinal est dans le service actuel du Roi, exerçant à Rome la charge de Protecteur des affaires de France, Sa Majesté, qui non seulement ne voudroit en façon du monde préjudicier à ces Princes-là , mais qui plutôt leur souhaiteroit tout accroissement & tout avantage , desire que lesdits Sieurs Plenipotentiaires se retirent doucement & avec adresse de l'engagement où ils sont entrez sur ce sujet, sans que les Espagnols s'apperçoivent, s'il est possible , de la raison qui les y oblige ; de crainte que par malice ils ne les prennent au mot , pour nuire à Monsieur de Modene , lequel on sait qu'ils ont déja fort menacé à Vienne , & se font vantez de le mortifier en lui ôtant la Place de Correggio , laquelle ils disent qu'il ne possede que par leur pure liberalité.

Lesdits Sieurs Plenipotentiaires ne pouvoient aussi mieux répondre qu'ils ont fait à tout ce que les Médiateurs leur ont dit de la part du Comte de Trautmansdorff, qui prétend faire voir , que la France a toûjours déclaré de ne rien prétendre en Allemagne & de nous persuader que l'offre des trois Evêchez est plus grande que nous ne l'avons estimée. La suite a fait voir que c'étoit un dernier effort que faisoient les Imperiaux , pour nous faire relâcher de notre prétention dans l'Empire, puis que ledit Trautmansdorff a bientôt après commencé d'executer en partie les ordres qu'il a reçus de son Maître touchant le point de notre satisfaction , suivant le contenu en la derniere Lettre qu'on a reçûë ici de Monsieur le Duc de Baviere, dont lesdits Sieurs Plenipotentiaires trouveront ici jointe la copie traduite de l'Italien , qui leur fera connoître de plus en plus que ce Prince procede , autant bien que nous le pouvons desirer , à notre égard , & qu'il mérite par cette conduite, (pourvû qu'il la continuë jusques au bout , comme l'on espere) que la France prenne un soin particulier de soûtenir & proteger ses intérêts dans l'Assemblée sur le point de l'Electorat , & pour le paiement de ce que l'Empereur lui doit ; puis qu'il ne se contente pas de presser vivement , & à Vienne & à Munster , pour nous faire obtenir au plutôt notre satisfaction , mais qu'aussi il nous donne avis des nouveaux obstacles qui y peuvent naître , & des oppositions qui s'y peuvent élever , afin que nous les prévenions. Avec tout cela lesdits Sieurs Plenipotentiaires ont fait fort prudemment de continuer à dire à ses Ministres que l'Electorat ne peut demeurer dans sa Maison, ni la Paix se faire dans l'Empire si la France n'obtient la satisfaction qu'elle prétend. Et ce font les mêmes discours que l'on tient ici à Monsieur le Nonce. Cela servira à le maintenir dans les bons sentimens où il est sur cette affaire & à en hâter la conclusion, & n'empêchera pas que la France ne lui donne toutes les marques qu'il peut raisonnablement desirer de sa bonne volonté, quand on recevra les effets de celle qu'il témoigne pour cette Couronne.

On a été bien aise d'apprendre que lesdits Sieurs Plenipotentiaires aient profité de l'oc-casion du dernier voiage du Sieur Salvius à Munster , pour mettre dans son Esprit les bonnes dispositions qu'ils mandent , afin que la Cour de Suede considere dorenavant ce Prince, & le ménage à l'exemple de la France, & lui faire esperer que les Couronnes lui seront favorables pour l'obliger à aider de son côté à ce qu'elles desirent.

Quant aux expediens, dont ledit Sieur Salvius se laissa entendre que l'on avoit parlé, pour ajuster le point de la Dignité Electorale, on ne croit pas que l'Empereur , ni la Maison d'Aûtriche consente jamais au premier, qui est de lui conferer la Dignité Electorale, qui est attachée à la Couronne de Boheme.

On ne juge pas aussi que Baviere voulût facilement se contenter du second & du quatriéme, qui sont , ou que les deux Maisons, de Baviere & du Palatinat , eussent cette Dignité alternativement, ou que Baviere la conservât sa vie durant. Il n'y a , ce me semble, que le troisiéme qui puisse réussir promptement , qui est la création d'un huitiéme Electorat en faveur du Palatin. Et l'Ambassadeur de Venise qui est ici s'est laissé entendre que les Imperiaux y étoient resolus. Ce n'est pas qu'il n'y ait beaucoup de personnes qui tiennent que le Palatin se tiendroit trèsheureux de rentrer dans ses Etats sans cette Dignité.

L'Argument , dont lesdits Sieurs Plenipotentiaires se sont servis envers Monsieur Salvius pour lui faire toucher au doigt l'intérêt que la Suede a que l'Alsace soit entre les mains des François , ne peut être plus fort. Et véritablement tant de Puissances étant contraires aux prétentions de la Couronne de Suede sur la Pomeranie , & l'Empereur n'y consentant que par une pure necessité, il est à croire qu'ils n'y seroient pas long-temps sans y être troublez , & il n'y a que la France seule qui veuille & qui puisse les conserver dans l'acquisition de cette Province-là. Mais ses Armes seroient trop éloignées pour les assister , si elle n'avoit le moien à point nommé de les jetter dans l'Allemagne par l'Alsace, & par le poste de Brisach. Et cette seule apprehension dans l'Esprit des Allemands, est capable de faire qu'ils n'entreprennent jamais rien contre la Couronne de Suede, & qu'ils la laissent jouir en plein repos de cette conquête.

Lesdits Sieurs Plenipotentiaires ont fort bien pris les intentions de Sa Majesté sur la conduite de la Négociation de la Paix avec l'Espagne , quand ils témoignent qu'ils regarderont toûjours le parti de l'échange comme le plus avantageux, mais que s'ils ne peuvent y réussir , ils travailleront par degrez ou à avoir une récompense en Flandre , ou ailleurs pour la Catalogne, ou à faire une Trêve pour ce Païs-là , retenant le reste des conquêtes par la Paix.

Ils ont fort bien fait de se plaindre aigrement aux Médiateurs , de l'accident qui est arrivé dans la Flandre au Courier qui étoit chargé des Depêches de Sa Majesté du vingtquatriéme du passé. C'est une introduction qui est de trop grande conséquence contre la foi publique , & qu'il importe trop de ne pas souffrir. Cependant on envoie ausdits Sieurs Plenipotentiaires un duplicata de toutes les Depêches du 24.

Signé LOUIS,
Et plus bas
DE LOMENIE.

LET.

L E T T R E

De Meſſieurs les

PLENIPOTENTIAIRES

à Monſieur le Comte de

B R I E N N E.

Du 14. Avril 1646.

Trautmansdorff s'eſt trompé en eſperant d'être bien-tôt d'accord avec les Suedois.

MONSIEUR,

PArce que votre Lettre du 24. Mars n'a été apportée à Munſter que bien peu auparavant que le dernier Ordinaire en partît, nous ferons réponſe à certains points qui y ſont contenus & à celle du 31. Mars en même temps.

Trautmansdorff s'eſt trompé en eſperant être bien-tôt d'accord avec les Suedois. Quand le Comte de Trautmansdorff a dit qu'il eſperoit de grandes choſes dans peu de jours, ce n'étoit pas une parole de vanité, dont ſa conduite paroît bien éloignée. Mais il avoit eſperé véritablement que dans Pâques les Suedois achemineroient leurs affaires avec lui, non pas peut-être pour faire un Traité ſéparé, mais au moins afin qu'étant d'accord avec eux, il pût avoir meilleur marché de nous par la hâte qu'ils avoient de conclurre, mais en cela il s'eſt mécompté.

Monſieur de la Thuillerie ſera bientôt en Hollande. Si en ſon abſence il ſurvenoit quelque affaire, où la préſence de l'un de nous fût néceſſaire, il n'y en a pas un qui n'y allât bien volontiers, & qui n'embraſſât avec joie l'occaſion de ſervir en quelque lieu que ce ſoit, où il pourroit être propre.

Nous avons eu la même conſideration que vous nous marquez touchant Ottaviani, qui nous a obligé juſques-ici de ne nous point intereſſer en ſon affaire, quoi que nous ne la croions pas ſi noire qu'on la publie, & que ç'ait été un artifice des ennemis pour empêcher qu'on ne lui donnât protection, ſachant l'horreur qu'on a en France contre de ſemblables attentats. Mais il ne s'eſt rien verifié d'approchant de cela contre lui, & chacun commençant à connoître que ç'a été une fauſſeté, nous croirions bien à propos de lui donner quelque aſſiſtance, ſi on peut, étant très-certain qu'encore qu'il n'ait point été chargé d'aucune Commiſſion du Roi (que nous ſachions) ſi a-t-il été reconnu & conſideré dans toute la Cour de l'Electeur, long-

temps avant ſa priſon, comme particulier ſerviteur de la France. Ce qui fait qu'on ne le peut tout-à-fait abandonner ſans en recevoir quelque préjudice dans le public, & refroidir ceux qui ont eu juſques-ici de pareilles inclinations.

Nous n'écrivons rien de ce qui ſe paſſe en Hollande, ne doutant pas que vous n'en ſoiez pleinement informé par le Sieur Braſſet. Les Lettres que les Ambaſſadeurs de Meſſieurs les Etats ont écrites d'ici, & le ſoin que nous avons eu de faire ſavoir audit Sieur Braſſet la façon dont nous agiſſions avec eux, n'ont pas été inutiles à ramener les eſprits de ce Païs-là dans un meilleur chemin. La plus grande crainte que nous aient donné les troubles qu'on y a ſuſcitez étoit à cauſe de la Campagne. Auſſi eſt-ce à quoi nous avons appliqué tous nos ſoins. Déja on nous mande qu'on eſpere que les reſolutions s'y prendront conformes au deſir de la France, & que Monſieur le Prince d'Orange, ſix Provinces entieres & la Nobleſſe de celle de Hollande ſont favorables à notre intention.

Quelque choſe que vous puiſſe avoir dit le Baron de Dhona, on ne s'eſt engagé à rien envers lui pour le traitement qui doit être fait à ſon Maître. On lui a dit qu'il ne devoit point entrer en capitulation ; mais faire de bonne grace ce que faiſoient les autres Electeurs, & qu'il ne devoit pas douter qu'il ne reçût du Roi tout ce qu'il pourroit raiſonnablement eſperer.

Si l'intention de cet Electeur n'étoit que de demeurer aux termes du Traité proviſionnel ci-devant fait entre lui & le Duc de Neubourg, il ſeroit bien aiſé d'accommoder leur different & Sa Majeſté pourroit en ce cas contenter aiſément l'un & l'autre de ces Princes. Mais quand les Miniſtres de Brandebourg parlent de cette affaire, ils portent bien plus avant les prétentions de leur Maître.

Monſieur de de Traci écrit qu'il a beſoin qu'on lui faſſe remettre de l'argent pour la ſubſiſtance des levées. Nous n'entrons pas au détail dont il aura ſans doute donné avis particulier. Mais nous vous ſupplions, autant que le ſervice du Roi vous eſt cher, de faire en ſorte qu'il ſoit envoié ordre à temps pour faire fournir audit Sieur Traci les ſommes neceſſaires, étant certain que le manquement feroit perir les troupes & rendroit inutile toute la dépenſe qui a été faite juſques ici, outre que cela ſeroit capable d'éloigner les affaires, & d'apporter du changement à la Négociation qui ſemble prendre un bon chemin. Nous ſommes, &c.

1646.

REPONSE

Au

MEMOIRE

DU ROI.

Du 31. Mars 1646.

Ce que Monfieur de Gremonville a écrit de Venife de la conduite de Contarini fe confirme. Offices des Bavarois plus efficaces que ceux des Médiateurs. On ne pourroit mettre à Munfter fur le tapis la Négociation de l'échange fans tout gâter.

LE Libelle intitulé: *Le Caquet François*, n'a point encore été vû ici. Nous effaierons d'en avoir un exemplaire, afin d'en mander notre fentiment, & de voir s'il y aura lieu d'y faire une bonne réponfe, au cas que les affaires qui commencent à s'échauffer puiffent donner le temps à l'un de nous d'y travailler.

Ce que
Monfieur de
Gremonville
a écrit de
Venife de la
conduite de
Contarini fe
confirme.

Nous avons eu quelque avis de Monfieur de Gremonville touchant ce qu'il a mandé à Monfieur le Cardinal Mazarini; mais non pas fi particulier. Nous trouvons qu'il n'eft pas fans fondement. Nous ne favons pas fi le defir de la Paix fait agir Monfieur Contarini de la forte, ou fi c'eft de mauvaife volonté. Quoi qu'il en foit, nous y prenons garde de près, & nos Dépêches précedentes auront fait voir que nous ne traitons avec lui qu'avec circonfpection. Nous le ménageons un peu à cette heure, à caufe que le Comte de Trautmansdorff a quelque créance en lui, fans nous lier néanmoins de telle forte aux Médiateurs, que quand nous trouvons quelqu'autre voie pour avancer nos affaires, nous

Offices des
Bavarois plus
efficaces que
ceux des Mé-
diateurs.

ne nous en fervions volontiers: Et de vrai, il nous paroît que les offices & l'entremife de Baviere eft plus effective que la leur: En quoi il y a encore cet avantage que les Miniftres de ce Prince ne confiderent point les Efpagnols.

Il eft certain que le Comte de Trautmansdorff a eu quelque efperance du côté de Suede & il a paru auffi que Meffieurs Oxenftiern & Salvius en attendoient quelque réponfe: Mais depuis qu'ils l'ont reçuë, ils ont agi de telle forte que ledit Comte aiant ceffé d'efperer s'eft avancé avec nous.

On ne pour-
roit mettre à
Munfter fur
le tapis la

La confufion qui a été jufques ici dans les Provinces-Unies, & le peu de difpofition que les Efpagnols témoignent à l'échange, nous

TOM. III.

ont fait croire que non feulement il eût été inutile d'en introduire quelque Négociation avec les Députez de Meffieurs les Etats, mais que cela eût pû apporter un nouveau préjudice, tout notre foin aiant été de leur faire connoître qu'il ne nous en avoit jamais été parlé de la part des Efpagnols.

Négociation
de l'échange
fans tout gâ-
ter.

Auffi-tôt que les Médiateurs nous auront fait quelque offre confiderable de la part des Efpagnols, nous ne manquérons pas d'executer l'ordre qui nous eft donné par le Memoire. Mais puis qu'on ne nous prefcrit pas le temps, nous crôions bien que leurs Majeftez auront agréable que nous choififfions la conjonéture la plus favorable qui fe pourra pour en tirer utilité, auquel cas nous ne manquerons pas de faire bien entendre aux Médiateurs que c'eft tout ce à quoi on fe peut porter du côté de la France pour faciliter la Paix.

Nous avons eu le bonheur de nous fervir, en parlant aux Médiateurs, des mêmes raifons qui font contenuës au Memoire touchant la Lettre écrite en Efpagne, par Monfieur le Nonce Bagni; & ils n'ont pû s'en demêler, nous aiant dit eux-mêmes que la Lettre dudit Sieur Nonce portoit de faire à la France des propofitions femblables à celles qui fe faifoient à Meffieurs les Etats, ce qui ne fe pouvoit pas entendre d'un compliment inutile ou artificieux. Ce que nous en avons écrit à la Cour n'a pas été avec opinion que l'éclat que les Efpagnols en veulent faire importe au fervice du Roi. Mais il nous a paru qu'ils croient faire préjudice audit Sieur Nonce le croiant affeétionné à la France, dequoi nous avons jugé à propos qu'il fût averti.

LETTRE

De Meffieurs les

PLENIPOTENTIAIRES

à Monfieur le Comte de

BRIENNE.

Du 19. Avril 1646.

Contarini demande 100. mille écus par an pour la recompenfe des Archiducs pour l'Alface. Les Bavarois y infiftent auffi. Strasbourg & les Villes Imperiales

V

crai-

craignent qu'on ne cede l'Alsace à la France.

MONSIEUR,

NOus pensions envoier par le dernier Or-dinaire le Memoire que vous trouverez ci-joint. Mais les Médiateurs nous étans venus voir le jour de nos Dépêches, & aiant apporté de la part des Imperiaux une propo-sition par écrit, dans laquelle il y avoit plu-sieurs choses au delà de ce qui avoit été con-certé entre les Bavarois & nous, nous ne la voulûmes point recevoir en la forte qu'elle é-toit conçuë. Et il fut impossible de vous mander tout ce qui s'étoit passé en cette Con-ference qui dura jusques à neuf heures du soir. Le lendemain nous vîmes les Bavarois & les Médiateurs & y emploiâmes toute la journée. ,, Ceux-ci nous ont rapporté depuis un Ecrit ,, different du premier, en ce qu'il y avoit en-,, core quelque chose pour les intérêts de ,, Monsieur le Duc de Baviere. Pour faire ,, mieux connoître comme le tout s'est passé, ,, nous avons crû devoir laisser le Memoire ,, comme il y étoit, aiant mis succinte-,, ment au bas ce qui s'est fait ensuite. Nous ,, n'avons pas même voulu changer le pre-,, mier Ecrit des Imperiaux ni ce que nous a-,, vions répondu ; mais seulement mettre à ,, part ce que l'on a donné la seconde fois, ,, ainsi que vous verrez par les diverses copies ,, que nous vous envoions. Comme nous ,, nous plaignions aux Médiateurs des deman-,, des des Imperiaux, notamment de cette ,, somme si excessive que les Archiducs pré-

Contarini demande cent mille écus par an pour la recompen-se des Archi-ducs pour l'Alsace.

,, tendent pour leur dédommagement ; Mon-,, sieur Contarini avec sa promptitude & li-,, berté accoûtumée s'est moqué de notre ,, plainte ; & dit qu'il y avoit deux cens ans ,, qu'aucun Ambassadeur François n'avoit en-,, voyé à son Maître trois Provinces dans une ,, Depêche comme on fait aujourd'hui. Ce ,, que nous vous mandions pour faire voir ,, comme on insiste vivement pour la recom-,, pense des Archiducs, laquelle ledit Sieur ,, Contarini fait monter à cent mille écus par ,, an & dit que c'étoit le moins que le Roi ,, pouvoit faire.

Les Bava-rois y insis-tent aussi.

,, Dans la Conference que nous avons euë ,, le jour precedent avec les Bavarois, ils nous ,, firent aussi de grandes remontrances sur ce ,, sujet pour nous persuader qu'il sera non seu-,, lement glorieux au Roi, mais très-utile, ,, pour assûrer l'acquisition de l'Alsace, de don-,, ner une recompense raisonnable aux Prin-,, ces d'Inspruck, afin d'avoir leur consente-,, ment, & par ce moien joindre un Contract ,, civil au Contract politique que nous ferons ,, par le Traité de Paix ; qu'un procédé com-,, me celui-là, généreux & plein de douceur, ,, sera très-bien reçû des Allemans, & fera ,, connoître à tout le monde que l'avantage ,, des armes n'empêche pas que la France ne ,, fasse les choses avec justice ; que cela fera ,, cesser les discours des envieux de sa gloire ,, & lui acquerra l'amitié de ses voisins ; ce ,, qui ne sera pas peu avantageux à Sa Majes-,, té dans un nouvel établissement qu'elle a ,, très-grand intérêt de n'obtenir pas par la ,, seule force. Nous ne demeurâmes pas sans ,, repartie pour leur faire connoître que leur ,, Maître ne suivoit pas dans ses intérêts par-,, ticuliers le conseil qu'ils nous donnoient en

,, ceux du Roi, puis qu'ils ne faisoient pas ,, scrupule de retenir tout le haut Palatinat ,, sans en donner récompense à ceux de cette ,, Maison.

,, Comme nous étions prêts à finir cette De-,, pêche, le Sieur Krebs un des Députez de ,, Monsieur le Duc de Baviere, nous a fait ,, une visite seul, pour nous prier que celui ,, de nous qui iroit à Osnabrug s'emploiât au-,, près des Suedois à ce qu'ils ne se rendent ,, point contraires aux intérêts dudit Duc, du-,, quel il nous a beaucoup fait valoir les bons ,, offices pour avoir porté l'Empereur à ac-,, corder partie de nos demandes, & promit ,, qu'il les continuera pour Brisach & en tou-,, tes autres occasions.

,, Il nous a encore donné un avis en con-,, fiance que sur le bruit qui est dans l'Assem-,, blée que les Imperiaux nous laissent les deux ,, Alsaces, il y a plusieurs Députez Lutheriens ,, qui en ont pris l'allarme, & tâchent d'y ,, former des empêchemens & difficultez, ,, croians bien que si nous sommes une fois ,, établis dans l'Allemagne nous assisterons le ,, parti Catholique.

Strasbourg & les Villes Imperiales craignent qu'on ne ce-de l'Alsace à la France.

,, Que particulierement ceux de Strasbourg ,, s'y interessent fort, & y veulent aussi inte-,, resser les Villes Imperiales à cause de celles ,, qui se trouvent dans l'Alsace, auxquelles ils ,, donnent à entendre que ces Villes étant ,, sous la protection des François ils leur ôte-,, ront leur liberté & en useront comme ils ,, ont fait de Mets, Toul & Verdun. Nous ,, essaierons de donner ordre à cela par tous ,, moiens possibles, & parlerons au Deputé ,, de Strasbourg, n'estimant pas néanmoins ,, à propos d'user d'aucun ressentiment, mais ,, de ramener plutôt ces esprits par douceur.

,, Le Baron de Reiffenberg aiant desiré d'al-ler à Paris, quoi que ce voiage vienne de son propre mouvement, nous avons crû ne devoir pas le laisser partir sans une Lettre de recom-mandation. On lui a surpris un Château, en-levé ses papiers, & fait beaucoup de mal, parce qu'il a témoigné avoir inclination pour la France, lorsque les Armées du Roi sont en-trées en Allemagne. Il semble qu'il seroit u-tile au service de sa Majesté qu'il fût mandé à Monsieur le Maréchal de Turenne & au Gou-verneur de Maience de tenir la main jusques à ce que son Château lui soit rendu, & qu'il lui soit fait un meilleur traitement par l'Ar-chevêque ; & si après en avoir été averti, cet Electeur persiste à retenir son bien, nous esti-merions qu'on lui peut faire dire qu'on arrê-tera ses revenus, & même qu'on vendra le vin qu'on a ci-devant saisi sur lui, pour le dé-dommagement dudit Sieur de Reiffenberg, au-quel il importe que le Roi donne protection, non seulement parce qu'il a fait paroître sa bonne volonté pour son service, mais bien plus encore parce que l'on doit ménager l'esprit des Allemans & particulierement des Eccle-siastiques, à cette heure qu'on nous offre un Etat en Allemagne qui nous donnera lieu de prendre plus de part & d'autorité dans les affaires de l'Empire que nous n'en avons eu jusques ici, & qui même leur donnera plus de liberté de communiquer avec nous.

Il y a un Chanoine du Chapitre de Maien-ce qui va en Cour pour en recommander les intérêts. Il semble que si le Chapitre doit obte-nir quelques graces de leurs Majestez, ce doit être par le moien dudit Sieur de Reiffen-berg pour lui donner plus de credit parmi eux.

Pour

Pour conclufion de cette Depêche, (que vous jugerez bien, je m'afsûre, la plus importante que nous avons encore faite) nous vous fupplions, Monfieur, de repréfenter à la Reine qu'il eft bien néceffaire au fervice de Sa Majefté, que la réponfe qui y fera faite nous donne des ordres décififs, en forte que fans en attendre de nouveaux, auffi-tôt après que nous ferons affûrez de Brifach avec les deux Alfaces & le Suntgau, nous puiffions conclurre la Paix dans l'Empire, & affûrer au Roi une fi grande acquifition, autrement il pourroit arriver que nos Alliez auroient terminé leurs affaires, & que celles de Sa Majefté demeureroient en arriere. Ce qui donneroit lieu aux Suedois & aux Proteftans de l'Empire de nous preffer, & aux Imperiaux d'être difficiles avec nous. Nous fommes, &c.

LETTRE

De Monfieur le Comte de

BRIENNE

à Meffieurs les

PLENIPOTENTIAIRES.

Du 21. Avril 1646.

L'Empereur n'infiftera pas fur le Suntgau, mais il aura peine à ceder le Brifgau à la France. Pouvoir des Plenipotentiaires Efpagnols pour traiter avec la Hollande. Les Gens du Roi au Parlement fe portent appellans de la Bulle du Pape, & demandent qu'elle foit déclarée nulle dans le Roiaume. Affaire du Montferrat. Succeffion de Juliers.

MONSEIGNEUR & MESSIEURS.

VOus aurez vû par ma précedente Depêche, que la plus grande partie des chofes qui vous avoient été dites par Meffieurs les Médiateurs, & dont vous m'avez donné information par la vôtre du huit de ce mois, m'avoient été dites par Monfieur le Nonce & Monfieur l'Ambaffadeur de Venife, & que Son Eminence aiant fait favoir à Sa Majefté ce que vous lui en aviez écrit à la hâte, il y avoit été pris quelque refolution. Le Nonce & l'Ambaffadeur de Venife agiffant felon les ordres qu'ils reçoivent des Miniftres de leurs Maîtres, qui font à Munfter, en fuivent les
TOM. III.

mouvemens, & ne déclarent jamais nettement & pofitivement tout ce qu'ils favent que les Parties ont refolu de nous delaiffer. Si c'eft en intention de les favorifer ou pour nous porter à donner notre parole, pourvû qu'on nous relâche ce que les autres ont intention de nous delaiffer, c'eft ce que je ne voudrois pas entreprendre de juger. Mais pourtant j'oferois dire qu'ils ne procedent pas envers nous avec la franchife & la candeur, qu'on fe devoit promettre, tant du Nonce, qui fe déclaroit François, lors qu'il avoit befoin de nos offices pour être confervé dans fon Emploi, que de l'autre, qui étant né dans une Republique alliée & jointe par tant d'intérêts à la France, (qui s'expofe même à rompre avec le Grand Seigneur, fon ancien Allié, pour les défendre) devoit être plus desintereffé.

J'ai remarqué par les difcours defdits Miniftres, que Sa Majefté ne fe fatisfaifant pas de la baffe Alface, on y pourroit joindre la haute & tout ce qui eft au deçà du Rhin. Ils ont néanmoins ajoûté que le Brifgau & le Suntgau pourroient être delaiffez au Duc de Baviere. Or le Suntgau étant au deçà du Rhin, il femble qu'il eft compris dans la propofition de donner tout ce qui eft au deçà du Rhin, & que la referve dudit Suntgau n'eft pofée que pour effaier de diminuer nos avantages, & avoir de quoi nous reprocher fi nous perfiftions à le demander fur l'ouverture même qu'ils en ont faite, qu'il eft de l'exception. Mais je ne juge pas que l'Empereur aporte grande difficulté à le delaiffer, & qu'il fe tiendroit bien heureux, s'il nous avoit portez à nous retrancher du Brifgau, & de tout ce que nous avons conquis au delà du Rhin, qui ferviroit de feparation à la France & à l'Allemagne, ainfi qu'il faifoit autrefois.

La pofterité fera obligée d'admirer la force & le bonheur du Gouvernement de la Reine, laquelle dans une Minorité aura forcé un puiffant Prince d'acheter la Paix, & d'en recevoir les conditions qu'elle lui aura voulu impofer. Je n'entrerai pas plus avant en matiere; les derniers Memoires qui vous ont été envoiez, doivent être la regle de votre conduite, tant pour ce que nous devons prétendre, & ce dont nous nous devons contenter, comme de ce qui eft l'avantage du Duc de Baviere, lequel ne ceffe de faire faire les offices qu'il convient à Vienne & ailleurs, pour nous moienner ce qu'il fait que nous fommes refolus d'avoir. La Maifon Palatine, qui fait toûjours parade de fes grands fervices envers cette Couronne, contre laquelle fouvent ils fe font armez, aura grand fujet de louer Dieu, que fes Etats, au moins la plus grande partie, lui feront reftituez, & que la Dignité Electorale y foit comprife. Il ne leur devra pas paroître étrange d'en tenir la derniere place, n'aiant de droit qu'à la feconde, bien qu'ils foient élevez à la premiere.

Que pouvoient defirer davantage les Médiateurs des Plenipotentiaires de cette Couronne, que ce que vous leur avez offert pour moienner un accommodement entre les Catholiques & les Proteftans, que de vous entremettre pour faire contenter la Suede de quelque chofe de moins qu'elle ne prétend ? Et certes vous leur avez infinué par une raifon folide, que vous n'avez vers eux que la voie de la perfuafion. Qu'un Comté & deux Baronies paffent de la fujettion de ceux de Wirtemberg en celle de la Maifon d'Autriche, c'eft à quoi nous avons peu d'intérêt, & hors que la fituation nous

V 2 nuifit,

1646. nuisît, de quoi il plaira vous éclaircir, nous n'aurons pas de quoi le leur envier. Mais, comme vous l'avez bien remarqué, il faut qu'ils persuadent les interessez & les Protestans d'y consentir. Comme la possession de l'Alsace est une raison que nous alleguons contr'eux, quand ils la demandent, la même servira contre les Protestans, de la plûpart desquels l'affection a toûjours été assez flottante.

Des discours de Monsieur Chigi vous avez bien jugé que les Imperiaux étoient resolus, sinon à condescendre à toutes nos demandes, au moins à en consentir la meilleure part, & la presse de s'asûrer de ce dont on peut faire état, pour un secours contre le Turc, sur un presuposé d'une Paix, donne à entendre que les conditions en sont consenties.

Qu'il ne fût meilleur, je dis même pour la défense de la Chrétienté, que son armée fût composée de Corps François, ou soudoiez par la France, que de recevoir quelque assistance d'argent, je ne le saurois mettre en doute; mais s'il ne tenoit qu'à se relâcher en ce point, je tiendrois l'accommodement asûré. Jusques à présent Sa Majesté ne s'en est pas déclarée, & la raison sur laquelle vous avez fait effort est très-considerable; mais voici un cas que vous n'aviez pas prevû, & qui nécessite l'Empereur de demeurer armé pour sa propre défense. Si une fois il est aux mains avec le Grand Seigneur, il lui sera assez difficile de faire promptement la Paix, & impossible de disposer des forces qu'il aura sur pied contre nous, quand bien il lui en prendroit envie, puis que ses Etats hereditaires demeureroient exposez à l'invasion de ce puissant ennemi, lequel ne restitue jamais ce qu'il a conquis.

De l'ingenuë confession que les Plenipotentiaires de Messieurs les Etats vous ont faite que leurs Superieurs n'avoient pas bien examiné ce qui étoit de faire sur le pouvoir qu'ils ont à désirer des Espagnols, je demeure persuadé qu'ils n'ont point eu intention de rien faire qui nous dût déplaire. Et bien que je ne doute point que vous n'en aiez écrit à la Haye, j'en ferai une note aux Ministres de Sa Majesté, avec des avertissemens de s'en plaindre, ou de s'en abstenir, ainsi que vous le leur manderez. Les dernieres Lettres que nous en avons eues portent que les Députez de la Province de Hollande avoient avancé leur retour; d'où on infere qu'ils sont en une meilleure disposition pour les affaires publiques qu'ils n'étoient quand ils se separerent. Nous attendons avec impatience avis de ce qu'ils auront résolu.

Les Gens du Roi au Parlement se sont laissez entendre, qu'aiant eu communication d'une partie de la Bulle publiée à Rome, ils étoient obligez par le dû de leurs Charges d'entrer dans le Parlement, s'en porter appellans, demander acte de leur dire & de relever leur appel, soit dans la Cour ou ailleurs, ainsi qu'ils verront bon être pour le service de Sa Majesté; que défenses soient faites à tous Prelats de l'executer, & d'y obéir, & que selon l'usage du Roiaume nulle Bulle n'y soit publiée qu'elle n'ait été registrée par la Cour. Il a aussi été avisé de défendre à Messieurs les Cardinaux Barberins de sortir du Roiaume, & de commander aux Gouverneurs des Provinces & Places de les empêcher. Les termes, dont on devra user en leur endroit, seront concertez avec eux.

En Italie on attend avec impatience quelque effet de notre Flotte, & les plus mode-

rez avouent qu'il faut s'y faire craindre, pour y être respectez, sans rien faire qui blesse le Pape. Cela n'est pas impossible. Les Espagnols & Imperiaux qui sont à Rome, outrez de la déclaration qui a été faite par le Cardinal d'Este d'être serviteur de cette Couronne, se sont portez à interrompre l'usage qui a toûjours été observé de convier aux corteges des Ambassadeurs qui y arrivent les familles de tous les Cardinaux indiferemment, de quelque Nation qu'ils soient, ou quelque service de Prince qu'ils professent. Ils avoient fait rechercher Grimaldi & Valençai, lesquels aiant sû qu'ils avoient omis d'y faire convier le Protecteur des affaires de France, s'en sont excusez après l'avoir promis. On dit que les Espagnols rechercheront l'occasion de fâcher cette Eminence, mais il est bien résolu de s'en garentir, & en un besoin de le prévenir. Il paroît ferme, haut de cœur, & qu'il l'a proportionné à sa grande naissance.

Sa Majesté a déclaré de vouloir aller faire un voyage en Picardie. Il paroît de là combien solidement est établi le repos & le respect dans l'Etat, & qu'elle est en disposition de se porter par tout où sa présence pourroit être requise pour le bien & l'avantage des affaires du Roi, son fils, qui a telle impatience de partir qu'il ne parle que de son voyage.

Depuis ma Lettre écrite, les Ministres de Madame de Mantouë, savoir le Comte de Sannazar & le Sieur Priandi, me sont venus trouver, & m'ont dit que le Secretaire de Son Altesse de Mantouë, qui est à Munster, & qui doit servir auprès du Comte Nerly & ledit Sannazar ses Plenipotentiaires, quand ils seront joints à l'Assemblée, les a avertis, que les Médiateurs vous aiant proposé de mettre sur le tapis les affaires d'Italie, & vous aiant aussi parlé des differens qui sont entre les Maisons de Savoye & de Mantouë, vous leur aviez répondu que pour le premier vous étiez tout-disposez d'examiner ce qui seroit de faire pour donner la Paix à l'Italie, & quant aux differens entre les Maisons de Savoye & Montferrat, aiant été terminez par le Traité de Quierasque, il n'écheoit que de l'executer. Ils ont ajoûté, que si c'est la résolution de la Reine de se tenir à l'execution dudit Traité, les Ministres de Madame de Mantouë n'ont qu'à se retirer. Que c'est un Traité auquel elle n'a jamais consenti, & auquel elle ne déferera jamais; mais que ce qui sera prononcé & ajusté sur leurs differens, elle est resolue de l'observer. Je leur ai répondu que vous n'aviez pas dû leur parler d'autre sorte, ce que je ne convenois pas que vous eussiez fait, puisque le Traité de Quierasque est en son entier, jusques à ce que par un subsequent il y soit dérogé: Qu'ils se pouvoient souvenir que l'Empereur avoit prononcé sur un differend dont il étoit le Juge naturel, mais que je les pouvois asûrer que Sa Majesté auroit toûjours en très-grande consideration les intérêts de la Maison de Mantouë, & que tant votre Altesse que Messieurs vos Collegues seriez aussi toûjours très-disposez de les favoriser. Ledit Sannazar vouloit entrer en matiere, pour prouver la nullité du Traité, faute de pouvoir suffisant decerné de la part du Duc de Mantouë, & que Sa Majesté stipuloit & promettoit de faire agréer, que c'est dont il se faut souvenir. Moi au contraire j'évitois d'approfondir le discours, & me contenois dans les propositions vagues,

&

1646.

& qui ne décidoient rien. Ils y ont ajoûté que Monsieur de Servien étoit souvent convenu avec le Priandi, qu'il y avoit eu nécessité de conclurre le Traité, mais qu'il ne se pouvoit soûtenir. J'ai encore rejetté cette proposition & leur ai donné à entendre, que quand vous auriez parlé de retenir Cazal, ce qu'ils mettoient en fait, & dont je ne voulois pas convenir, vous aviez plutôt établi que détruit le droit du Duc. Le Priandi a ajoûté que la proposition aiant été restrainte, autant que la sûreté de la Paix le requeroit, il n'y avoit pas sujet de se recrier contre ce que vous avez fait.

Succession de Juliers.

Le Baron de Dhona, qui a aussi ce matin été assez long-temps avec moi, a fort insisté que le Roi traitât de frere l'Electeur son Maître. Il eût bien voulu m'insinuer que vous en étiez convenu avec lui, mais il n'en a jamais osé lâcher le mot. J'ai recueilli de ses discours, que si Neubourg refuse de terminer les differens de la succession de Juliers par voie amiable, il est résolu, plutôt que de se soûmettre au jugement de la Chambre de Spire, de lui déclarer la Guerre. Il présupose que l'Empereur & le Roi d'Espagne assisteront son Ennemi, & que la France prendra sa défense. Tout ce que l'on peut dire pour le contenter, sans trancher le mot, je le lui ai dit, & les raisons que nous aurions de défendre un Prince, que les autres voudroient opprimer : mais que le Roi étant requis d'une des Parties, savoir de son Maître, d'être Médiateur, il n'y avoit pas lieu de le presser d'une déclaration, laquelle étant suë donneroit tant de soupçon à sa Partie, qu'elle rejetteroit avec raison la médiation de sa Majesté.

Depuis ma Lettre écrite, on a encore ajoûté quelque chose aux résolutions prises hier, & vous verrez le tout précisément expliqué dans le Mémoire du Roi joint à cette Dépêche, qui sera votre dernier ordre.

Je vous prie de vous souvenir de la recommandation que je vous ai ci-devant faite en faveur du fils de Monsieur Bailly, qui merite quelque faveur particuliere si l'occasion s'en présente.

◄◉►◄◉►◄◉►◄◉►◄◉►◄◉►◄◉►

MEMOIRE

DU ROI

à Messieurs les

PLENIPOTENTIAIRES.

Du 21. Avril 1646.

Si on se relâche sur Philipsbourg & sur le Brisgau, il faut demander avec Brisach tout ce que la France possede en deçà du Rhin. Le Suntgau y sera com-

1646.

pris. On veut avoir une cession en bonne forme de l'Alsace. La France veut plutôt donner des Troupes que de l'argent pour agir contre le Turc après la Paix faite. Elle fait esperer jusqu'à 20. mille hommes. Et si l'Empereur aime mieux de l'argent que des Troupes, la France lui donnera 300. mille écus par an. Le Palatin étant Protestant, la France aimeroit mieux qu'il ne fût pas Electeur. On trouveroit mieux son compte à traiter directement avec les Parties qu'avec les Médiateurs. Partialité de ceux-ci contre la France. On propose de faire tomber la Franche-Comté à Baviere pour recompense du Haut Palatinat.

ON a répondu amplement la semaine passée à la Dépêche desdits Sieurs Plenipotentiaires, qu'apporta Saladin, du 7. du courant. Depuis on a reçu par l'Ordinaire celle du 3. qui rend compte de ce qui s'est passé en plusieurs Conferences, qu'ils avoient euës avec les Médiateurs, touchant la satisfaction que la France prétend dans l'Empire.

Lesdits Sieurs Plenipotentiaires recevront ci-jointe la copie d'une nouvelle Lettre du Duc de Baviere, qui confirme toûjours l'avis qu'il nous avoit fait donner de la resolution qu'a prise l'Empereur, de l'accorder, pourvû que la Paix s'en ensuive.

On y ajoûte l'extrait de l'article d'une Lettre écrite de Venise du 24. Mars, qui contient ce que l'Ambassadeur de Venise, qui est à Vienne, avoit mandé au Senat, sur le point de cette satisfaction.

Il semble donc qu'il ne reste plus qu'à tenir bon, & continuer dans la même fermeté de nôtre côté, afin de faire venir Trautmansdorff au point où nous avons resolu de consentir, suivant le pouvoir & l'ordre exprès, qu'il est à présuposer qu'il en a reçu de l'Empereur.

Cependant comme il y a beaucoup de divisions & subdivisions dans l'Alsace, & des Villes & des Païs entiers, comme le Suntgau, qu'il semble qu'on puisse contester d'y être ou de n'y être pas compris, dont on a envoié ausdits Sieurs Plenipotentiaires tous les Memoires que l'on a pû recouvrer, il faut sur tout prendre garde que nous nous entendions bien, & venir dans le détail avec les Imperiaux, afin que quelque équivoque ne nous fasse pas préjudice, ou que les choses paroissant ajustées dans le monde & ne l'étant pas en effet, on ne rejettât après sur nous ce qui pourroit retarder la conclusion de la Paix. Il semble que pour les éviter tous, on peut, quand on jugera à propos de se relâcher de Philipsbourg, (s'il le faut aussi faire du Brisgau) demander de retenir avec Brisach tout ce que nous possedons de deçà le Rhin, dans l'étendue des Alsaces, superieure & inferieure.

Si on se relâche sur Philipsbourg & sur le Brisgau, il faut demander avec Brisach tout ce que la France possede en deçà du Rhin.

V 3

Le

Le Suntgau y sera compris.

Le Suntgau de cette sorte y sera compris, & les autres postes qu'ils nous pourroient contester, Sa Majesté se remettant toûjours sur lesdits Sieurs Plenipotentiaires, ainsi qu'elle leur a mandé, de se relâcher comme ils l'estimeront à propos, ou de tenir bon, & quitter en un endroit pour retenir en un autre, ce qu'ils croiront être plus avantageux, comme pourroit être la Ville de Newbourg qui est delà le Rhin, entre Brisach & Bâle, & qui paroît fort necessaire. Enfin Sa Majesté se repose entierement en cela sur leurs suffisances, & sur leur affection, sachant bien qu'ils en useront pour le mieux, & qu'ils ne relâcheront rien, que lors qu'ils connoîtront ne pouvoir mieux faire.

Lesdits Sieurs Plenipotentiaires examineront ensemble s'il est à propos de se déclarer dès à cette heure de la moderation que nous consentons d'apporter à notre prétention, touchant Philipsbourg, afin de gagner par cette facilité l'aplaudissement dans l'Empire, & particulierement auprès des Princes & Etats, qui avoient voulu demander la demolition de cette Forteresse, ou bien s'il sera plus expedient d'attendre encore quelque temps pour faire venir les Imperiaux à notre point avant que de leur laisser gagner celui-là.

On veut avoir une cession en bonne forme de l'Alsace.

On presupose que lesdits Sieurs Plenipotentiaires ne manqueront pas de se souvenir de ce qui leur a été mandé, touchant la cession que nous desirons en bonne forme, de tous les droits des Archiducs, laquelle l'Empereur & tous les Etats de l'Empire devront après ratifier ; autrement on auroit sujet de craindre de voir allumer à toute heure un nouveau feu dans l'Allemagne, sous prétexte de ces droits des Archiducs, que la Maison d'Autriche chercheroit peut-être occasion de faire valoir, dès qu'elle croiroit pouvoir bien esperer d'une rupture, soit par les mouvemens intestins qui pourroient un jour être en France, soit en la conjoncture de quelque autre Guerre, qu'elle auroit à soûtenir. C'est pourquoi il est absolument necessaire d'y pourvoir si bien dès à cette heure, qu'il n'y ait rien à apprehender de semblable à l'avenir.

Lesdits Sieurs Plenipotentiaires ne pouvoient mieux parler aux Médiateurs, ni se conduire plus adroitement qu'ils ont fait, quand ceux-ci les ont voulu sonder sur ce que la France feroit pour l'Empereur dans la Guerre du Turc, en cas qu'on consentît à la satisfaction qu'elle prétend en Allemagne, ou sur ce qu'elle feroit envers les Protestans, & les Suedois, pour les porter à la raison, & sur ses intentions touchant l'affaire qui est entre Monsieur de Baviere & le Palatin, & touchant les deux Baronies & la Comté que l'Empereur a repris sur le Duc de Wirtemberg.

La France veut plutôt donner des Troupes que de l'argent pour agir contre le Turc après la Paix faite.

On a consideré extrémement ici que l'Empereur aime mieux recevoir de la France pour la Guerre du Turc un secours d'argent, que des troupes, & que les Médiateurs aiant tant insisté, comme ils ont fait, sur ce point-là, quoi qu'il n'y ait personne qui ne voye (& particulierement Contarini, qui y a grand intérêt pour celui de sa patrie) que l'on pourroit bien faire plus de mal au Turc, en formant un bon corps d'armée de celles que le Roi a, que par une assistance d'argent, que l'on fourniffe à l'Empereur. Cela nous doit d'autant plus faire persister à deux choses ; l'une, que cette assistance soit en gens de Guerre, quoi qu'il en doive coûter davantage à sa

Majesté, parce que, comme il a été mandé, cela est récompensé par l'utilité qu'elle en retirera, de décharger son Roiaume de soldats oisifs, qui pourroient s'occuper à mal, & parce aussi que de cette sorte l'Empereur venant à faire la Paix avec le Turc, nous nous trouverions en quelque façon armez, aussi bien que lui, & cela lui ôteroit toutes les pensées que les Espagnols lui pourroient autrement suggerer de troubler de nouveau la tranquilité publique, & de se prevaloir des forces qu'il auroit sur pied, pour tâcher de rentrer en ce que la pure nécessité les obligera de quitter à present.

Elle fait esperer jusqu'à 20000 hommes.

La seconde est, que les troupes que nous donnerons, que l'on dira pouvoir aller jusqu'à vingt mille hommes, si la Paix d'Espagne se fait, seront envoiées au Roi de Pologne en la forme qu'il a été ci-devant mandé, & même avec les précautions que l'Empereur pourra desirer. Ainsi les Espagnols auront moins de moien de nous jetter les armes du Turc sur les bras, sous prétexte de ce secours, si jamais leur rage contre nous se portoit jusqu'à ce point-là, au préjudice du bien de la Chrétienté. Et en tout cas nous aurions toûjours engagé en notre cause le Roi de Pologne, qui feroit une puissante diversion, & en cas de bon succès contre le Turc, il les partageroit avec l'Empereur, & ainsi les avantages que remporteroit la Maison d'Autriche, nous seroient moins suspects.

On avoit même pensé que l'on pourroit consentir que cette Armée se joignît avec celle de Monsieur le Duc de Baviere, convenant d'un Chef qui les commandât, sous le nom de la Ligue Catholique d'Allemagne, prenant les mêmes précautions marquées sur le sujet du Roi de Pologne. Et en tout cas l'offre feroit toûjours voir au Duc de Baviere l'affection que la France a pour lui, & pour la gloire de toute sa Maison. Cela pourroit même servir à nous donner moien d'occuper l'Esprit inquiet du Duc de Lorraine, que l'on pourroit piquer de gloire, & l'engager à aller commander ces armées-là, auxquelles il joindroit les troupes qu'il a, choisissant de notre part un bon Chef, comme feroit aussi Monsieur de Baviere un autre, lesquels il ne pût gagner pour employer les armées qu'il commanderoit, à d'autres usages que contre le Turc. Ainsi l'aiant assûré que nous entretiendrions bien notre armée, jusques à ce qu'il eût eu moien de faire des progrès, & de s'établir en quelque endroit de l'Europe, il se pourroit plus facilement disposer à ne songer plus à la Lorraine, laquelle on apprend qu'il n'estime plus tant qu'il faisoit, depuis qu'il voit que l'Alsace demeurera à la France, & que cet Etat demeurera enclavé entre deux.

Ce sont des pensées indigestes que l'on marque en gros, pour donner des lumieres. Il peut y avoir plusieurs inconveniens, mais venant dans le détail il ne sera pas mal aisé d'y remedier. Cependant lesdits Sieurs Plenipotentiaires s'en serviront autant & si peu, qu'ils estimeront le devoir faire.

Et si l'Empereur aime mieux de l'argent que des Troupes, la France lui donnera 300000 écus par an.

En cas que les Imperiaux persistent constamment à rejetter l'offre des troupes, lesdits Sieurs Plenipotentiaires pourront consentir à donner de l'argent jusques à trois cens mille Rixdalles par an, avec deux précautions. L'une, que le temps de cette subvention sera limité à quelques années. L'autre que la France en seroit déchargée, si elle-même venoit à rompre ouvertement avec le Turc. Il faut se
sou-

1648.
fouvenir de parler toûjours de Rixdales, où leur valeur, paiables dans Paris; ainfi cela paffera fans affectation ni fans qu'on remarque la différence des Rixdales aux Ecus, & le Roi ne laiffera pas d'y rencontrer un notable avantage.

Quand, en parlant des fentimens de la France fur l'affaire Palatine, lefdits Sieurs Plenipotentiaires ont propofé la création d'un huitiéme Electorat, il faut qu'ils aient jugé que l'affaire ne fe peut accommoder autrement, ou qu'ils aient fû que c'étoit une chofe refolue de la forte. Car au refte le zele que le Roi a pour la Religion Catholique eft fi defintereffé, que Sa Majefté ne fouhaitteroit pas devoir augmenter le nombre des Electeurs, pour honorer de cette prerogative une famille Proteftante. Et plufieurs tiennent, comme l'on a mandé, que le Prince Palatin s'eftimeroit affez heureux de rentrer dans fes Etats fans cette Dignité. On dit cela en paffant, Sa Majefté approuvant tout ce à quoi ils confentiront là-deffus.

Le Palatin étant Protef-tant, la France aimeroit mieux qu'il ne fût pas Electeur.

Il a été merveilleufement à propos de ne pas laiffer paffer aux Médiateurs fans reffentiment la mauvaife volonté qu'ils nous ont témoignée en ne nous propofant que conditionnellement, & avec doute, une offre fur notre fatisfaction, que les Parties mêmes avouoient leur avoir donné charge de nous faire; & dont Monfieur de Trautmansdorff avoit parlé librement à Monfieur Salvius.

On trouve-roit mieux fon compte à traiter directement avec les Parties qu'avec les Médiateurs.

Cela nous doit faire voir de plus en plus quel avantage ce feroit aufdits Sieurs Plenipotentiaires de traiter immédiatement avec nos Parties, fans dépendre fi abfolument de la médiation de perfonnes, qui font paroître prefque autant de contrarieté à nos avantages, que fi nous les devions avoir aux dépens de leurs Maîtres.

Partialité de ceux-ci contre la France.

On reçoit avis de toutes parts que nous avons extrémement à nous garder d'eux, & que les Ennemis font grand fondement, & efperent beaucoup, dans la fuite de la Négociation, de cette partialité: & même les dernieres nouvelles que nous avons de Bruxelles de fort bon lieu, portent que Peñaranda écrivoit à Caftel-Rodrigo que les Médiateurs travailloient à mettre les Plenipotentiaires de France en mauvaife intelligence enfemble. On a jugé cela fi ridicule que l'on croiroit leur faire tort de leur en donner avis, par un autre motif que celui de leur faire connoître l'application continuelle des Ennemis à nous caufer du préjudice par toutes fortes de voies, & que les Médiateurs voudroient bien pouvoir les y fervir.

On a reçû la copie de la minute du Pouvoir que les Deputez de Meffieurs les Etats demandent que le Roi d'Efpagne donne à fes Miniftres, pour traiter avec eux. Les remarques que Meffieurs les Plenipotentiaires y ont faites ne peuvent être plus judicieufes, ni la conduite qu'ils ont tenue, pour en faire de douces plaintes aufdits Députez.

Il fera bon de leur faire favoir, que Noirmond a dit en paffant par la Haye, qu'il s'en retournoit en Brabant, parce qu'il n'y avoit plus rien à faire à Munfter, après les impertinences qu'avoient demandées aux Efpagnols les Deputez de Hollande. Voilà de quels éloges ils font traitez par un homme, qui eft en de continuelles Négociations avec eux, & qu'ils écoutent encore aujourd'hui à la Haye, bien qu'ils voient la circonfpection avec laquelle nous ufons tous les jours envers ceux

1648.
qui voudroient venir faire ici des propofitions de la part des Efpagnols, & depuis peu avec le Marquis Matthei.

On met en confideration aufdits Sieurs Plenipotentiaires, fi, attendu le peu de cas qu'ont toûjours fait les Efpagnols de la Franche-Comte, il n'y auroit pas moien de la faire tomber à Baviere, pour la recompenfe du haut Palatinat. On fait bien que cela feroit mal aifé pour plufieurs refpects; quand même il n'y en auroit point d'autre que l'averfion qu'ont les Efpagnols pour ce Prince; & la jaloufie que donneroit à l'Empereur fon agrandiffement fi près de la France, avec laquelle il faudroit quafi par néceffité qu'il vécût en étroite union: mais il femble du moins que l'on pourroit, jettant quelque propos là-deffus, témoigner à Baviere la bonne volonté que la France a pour lui, & le defir qu'elle a de lui procurer tous les avantages qu'elle peut.

On propo-fe de faire tomber la Franche-Comté à Baviere pour récompenfe du haut Pá-latinat.

Lefdits Sieurs Plenipotentiaires remarqueront dans la Lettre de Baviere, avec quelle ardeur il defire que l'on trouve moien d'empêcher les hoftilitez, que la faifon, qui eft fi avancée, lui fait apprehender, & particulierement entre nous & lui. Il eft bon d'un côté qu'il craigne, parce que cela lui fait d'autant plus preffer l'Empereur fur le fujet de notre fatisfaction. Mais à la verité, agiffant comme il fait dans nos intérêts, quoi que ce foit par le motif des fiens, il feroit fâcheux d'avoir à emploier nos armées contre un Prince, que par beaucoup de refpects nous devons plutôt foûtenir que ruiner.

Il femble ici que dès que notre fatisfaction & quelques autres points principaux feront ajuftez, on pourroit convenir d'une fufpenfion d'armes, en la forme, & avec les précautions qui ont été mandées ci-devant, ou d'autres qui feront jugées néceffaires par lefdits Sieurs Plenipotentiaires, lefquels feulement fauront, qu'il faudroit que l'armée de Monfieur de Turenne paffât toûjours le Rhin, pour vivre en quelque endroit, ainfi qu'il feroit convenu; étant abfolument impoffible qu'elle puiffe plus long-temps fubfifter de deçà.

Sa Majefté fe remet aufdits Sieurs Plenipotentiaires d'arrêter tout ce qu'ils eftimeront à propos en cette affaire, faifant toûjours connoître aux Ambaffadeurs de Baviere la bonne difpofition où l'on eft ici pour tous les intérêts de leur Maître, & le defir que l'on a que les chofes fe mettent au plutôt en état que l'on puiffe faire ceffer toutes hoftilitez avec lui, & qu'il ne refte plus que des marques d'affection à fe donner reciproquement.

LETTRE
DU ROI
à Messieurs les
PLENIPOTENTIAIRES,
En faveur de la
MAISON DE MANTOUE.

Du 25. Avril 1646.

Le Roi recommande à ses Plenipotentiaires les intérêts de la Maison de Mantouë.

Mon Cousin & Messieurs les Comtes d'Avaux & de Servien.

Le Roi recommande à ses Plenipotentiaires les intérêts de la Maison de Mantouë.

Aiant beaucoup d'affection & de bonne volonté pour ceux de la Maison de Mantouë, & voulant leur en donner des marques aux occasions, je vous écris celle-ci par l'avis de la Reine Regente Madame ma Mere, pour vous dire que vous aiez à vous emploier, durant le cours de la Négociation du Traité de la Paix générale, à tout ce qui sera du bien & de l'avantage de ladite Maison.

Et particulierement touchant le differend qu'elle a avec le Duc de Guastalla, de quoi vous serez informez par les Ministres de mon Cousin le Duc de Mantouë, qui se vont rendre incontinent à Munster; ausquels je désire que vous fassiez tous traitemens favorables & accoûtumez en cette Cour, tout ainsi qu'à ceux de Savoye & de Florence, & sachant que vous affectionnez d'executer mon intention, après vous l'avoir ainsi témoignée, je ne puis vous en dire davantage, que pour prier Dieu vous avoir, Mon Cousin & Messieurs les Comtés d'Avaux & de Servien, en sa sainte & digne garde.

Ecrit à Paris le 25 Avril 1646. Signé Louis, *& plus bas* De Lomenie, *& au dessus de la Lettre est écrit;* A Mon Cousin le Duc de Longueville, Pair de France, Gouverneur & mon Lieutenant Général en Normandie, & mon Premier Plenipotentiaire pour le Traité de la Paix générale: Et Messieurs les Comtes d'Avaux & de Servien Conseillers en mes Conseils & mes Ambassadeurs Extraordinaires & Plenipotentiaires pour ledit Traité.

LETTRE
DU ROI
à Messieurs les
PLENIPOTENTIAIRES.

Du 26. Avril 1646.

Le Roi permet à ses Plenipotentiaires de se relâcher de la prétention du Brisgau & des Villes Forestieres, & de regler la somme d'argent qu'il faudra donner aux Archiducs pour l'Alsace, quand même elle passeroit deux millions d'écus.

Mon Cousin & Messieurs les Comtes d'Avaux & Servien.

Je vous fais cette Lettre de l'avis de la Reine Regente Madame ma Mere, & de la participation seulement de mon Oncle le Duc d'Orleans, de mon Cousin le Prince de Condé, & de mon Cousin le Cardinal Mazarin, pour vous dire que nonobstant tout ce qui est porté par mon Memoire de ce jourd'hui, touchant la Paix de l'Empire, je ne vous donne pas seulement pouvoir, si vous ne pouvez pas faire mieux, de vous relâcher de la prétention du Brisgau, & des Villes Forestieres, mais de donner même outre cela, s'il est nécessaire, aux Archiducs d'Inspruck la somme d'argent que vous aviserez pour le dédommagement de Brisach, des deux Alsaces & du Brisgau.

Le Roi permet à ses Plenipotentiaires de se relâcher de la prétention du Brisgau & des Villes Forestieres.

Je trouve bon aussi, nonobstant ce qui est contenu audit Memoire, que vous puissiez relâcher de Newbourg, & cela d'autant plus que vous reconnoîtrez par la réponse que le Sieur d'Erlach aura faite à votre Lettre, que ladite Place n'est pas si importante ni si nécessaire, pour la sûreté de l'acquisition que je ferai desdits Etats d'Alsace & du Suntgau, particulierement les Imperiaux demeurant d'accord de ne point fortifier de là le Rhin entre Bâle & Strasbourg.

Je vous dirai aussi qu'encore que je croie que les deux millions de Rixdales paiables à Francfort, Nuremberg ou Bâle, ou bien les deux millions d'écus paiables à Paris, seront plus que suffisants pour nous donner moien d'obtenir la renonciation en bonne forme desdits Archiducs de toutes les terres qui leur appartenoient, & qui me doivent demeurer: je ne laisse pas de vous donner pouvoir, si vous jugez qu'il soit nécessaire de faire quelque chose de plus, de le promettre en mon nom,

Et de regler la somme d'argent qu'il faudra donner aux Archiducs pour l'Alsace, quand même elle passeroit deux millions d'écus.

sans

1646.

fans attendre un nouvel ordre : approuvant dès à cette heure entierement tout ce que vous accorderez en cela, ne doutant point, que comme vous favez combien mes finances font furchargées, vous ne faffiez toutes chofes poffibles pour ménager ma bourfe.

Si mon Coufin le Duc de Baviere fe vouloit relâcher de quelque portion du haut Palatinat pour contenter mon Coufin le Prince Palatin, & fatisfaire tous les Princes qui le protegent, & que ledit Duc voulût, pour récompenfe de ce qu'il cederoit, fonger au Brifgau, & aux Villes Foreftieres, je me porterois volontiers en ce cas à augmenter la fomme de la récompenfe qu'il faudra donner aux Archiducs, tant pour témoigner mon affection audit Coufin le Duc de Baviere & le plaifir que j'aurois que mes Etats confinaffent avec les fiens, pour lui pouvoir tendre la main au befoin, que pour éloigner lefdits Archiducs d'un Païs où il eft mal aifé que le voifinage de l'Alface ne leur donne toûjours quelque mal au cœur, & enfuite quelque vifée de chercher les moiens d'y rentrer. Et n'étant la préfente à autre fin, je ne la ferai plus expreffe que pour prier Dieu qu'il vous ait, mon Coufin & Meffieurs les Comtes d'Avaux & de Servien, en fa fainte & digne garde.

Ecrit à Paris le 26. jour du mois
d'Avril 1646.

Signé LOUIS

Et plus bas DE LOMENIE.

MEMOIRE

DU ROI

à Meffieurs les

PLENIPOTENTIAIRES.

Du 26. Avril 1646.

Joie de la Cour fur la nouvelle de la ceffion de l'Alface. Il ne faut pas faire fcrupule de conclure avec l'Empereur & l'Empire fans y comprendre l'Efpagne. On confent à demolir Benfeld & Saverne : Et même Philipsbourg, fi on ne peut faire mieux. On pourra à toute extremité remettre Philipsbourg fortifié à l'Electeur de Trèves. La France aura les 2 Alfaces, le Suntgau, Newbourg & Brifach. Mais elle fe relâ-
TOM. III.

1646.

chera du Brifgau & des Villes Foreftieres. On donnera aux Archiducs pour : dedommagement deux millions d'écus païables en 6 ans. Mais il faut qu'ils donnent une ceffion en bonne forme de l'Alface. On voudroit qu'ils emploiaffent cet argent en achat de terres dans l'Empire. La France voudroit tenir l'Alface en fief à perpetuité & avoir feance & voix dans les Dietes. Secours contre le Turc. On craint que l'Empereur demeurant puiffamment armé après la Paix, ne tombe tout d'un coup fur la France pour fecourir l'Efpagne. On veut avoir Brifach fortifié. Une courte fufpenfion feroit à propos. Il faut que Baviere avec la Dignité Electorale garde le haut Palatinat. Le Baron de Dhona infifte inutilement fur le titre de Frere pour l'Electeur de Brandebourg. On fe contenteroit de Cambray & du Cambrefis pour la Catalogne, en gardant le Rouffillon, la Ville de Rofe & l'Artois. Il faut mettre fur le tapis à Munfter les differens de la Cour de France avec le Pape. Conditions de la Paix avec l'Efpagne.

IL feroit fuperflu d'exaggerer aufdits Sieurs Plenipotentiaires avec quels fentimens de joie & de fatisfaction la Reine & tout le Confeil ont reçu la Depêche du 18. du courant que le Sieur de Montigni a apportée ; parce qu'ils la jugeront affez par l'extrême paffion qu'ils favent que Sa Majefté a de l'avancement de la Paix, fur tout avec les avantages pour cette Couronne, avec lefquels il fe voit qu'on eft prêt de la conclurre dans l'Empire. Et comme Sa Majefté reconnoît que le bon état où fe trouve aujourd'hui une affaire fi importante, fi glorieufe & fi utile pour la France, eft dû en partie à la fermeté, à l'adreffe, & à la bonne conduite qu'ont tenue lefdits Sieurs Plenipotentiaires dans toute cette Négociation, auffi ne fe peut-il rien ajoûter au reffentiment que Sa Majefté en conferve & au defir qu'elle a d'avoir occafion de la leur faire paroître par les effets en toutes les chofes qui regarderont leur avantage.

Joie de la Cour fur la nouvelle de la Ceffion de l'Alface.

Les dernieres Depêches qu'on leur a faites d'ici leur auront éclaircis des intentions de Sa Majefté fur le point de la fatisfaction que la France prétend dans l'Empire. Mais comme ils font inftance depuis d'avoir une réponfe bien particuliere & définitive fur tout le détail de ce qu'a aporté de leur part le Sieur de Montigny, Sa Majefté a commandé que l'on y fatisfaffe par le préfent Memoire, qui leur

X   pourra

1646.

pourra servir d'une regle assez précise pour la conclusion, sur tout de la Paix dans l'Empire.

Premierement, comme il y a des critiques & des malins, qui ne s'étudient qu'à blâmer généralement tout ce qui se fait, & à censurer les meilleures actions, on n'a pas voulu passer plus avant, sans décider en premier lieu cette these, s'il est expedient à la France de conclure la Paix avec l'Empereur, sans être certain qu'elle soit suivie en même temps de celle d'Espagne.

Il ne faut pas faire scrupule de conclurre avec l'Empire, sans y comprendre l'Espagne.

Le Cardinal Mazarin a mis la chose en déliberation dans le Conseil, & après avoir dit toutes les raisons qui pouvoient le dissuader, & ensuite celles qui nous obligeoient à le faire, il a été jugé tout d'une voix, qu'il n'y avoit pas à hesiter que l'on le dût conclure présentement avec l'Empereur: d'autant que le meilleur moien, pour obliger les Espagnols à relâcher de leur dureté, est celui de leur faire voir qu'ils sont à la veille d'être seuls à soûtenir tout le faix de la Guerre contre nous, & alors ou ils consentiront à la Paix aux conditions que la France peut desirer, ou s'ils sont encore si aveuglez de ne le point faire, nous aurons toûjours rendu notre condition beaucoup meilleure, n'aiant rien à craindre du côté d'Allemagne, qui est celui qui nous pouvoit faire le plus de peine. Et aiant moien d'employer de surcroit contre eux l'Armée que commande Monsieur de Turenne, qui assez aisément pourroit être fortifiée de quantité de troupes d'Allemagne, & particulierement de celles de Madame la Landgrave.

Pour répondre maintenant par ordre à chaque article du dernier Memoire que les Médiateurs ont donné ausdits Sieurs Plenipotentiaires de la part des Imperiaux:

Sa Majesté aprouve qu'ils aient donné les mains au premier, à condition que sadite Majesté aura la même protection sur les Etats immédiats qu'avoit ci-devant la Maison d'Autriche.

On consent à demolir Benfeld & Saverne.

Sa Majesté aprouve aussi le sentiment desdits Sieurs Plenipotentiaires touchant Benfeld & Saverne, c'est-à-dire que les fortifications de Benfeld soient rasées, & que Saverne après la démolition de tous les travaux qui y ont été faits, demeure en neutralité sans que l'on y puisse mettre garnison de part ni d'autre, & avec obligation de donner passage libre aux troupes de Sa Majesté, toutes les fois qu'elles le demanderont.

Touchant Philipsbourg, on ne hesiteroit pas de mander ausdits Sieurs Plenipotentiaires qu'en cas qu'ils ne voient pas lieu de conserver cette Place à la France, ils ne fissent point de difficulté de la remettre à l'Electeur de Trêves, qui est sous la protection du Roi, & qui a tant témoigné d'affection & de constance pour cette Couronne, n'étoit qu'aiant déja un pied dans la fosse, on ne peut pas s'assûrer que son Successeur ait les mêmes sentimens que le Devancier.

C'est pourquoi, Sa Majesté juge à propos que l'on insiste de tenir ladite Place en depôt pour quelque temps, durant lequel nous puissions voir qui sera le successeur, & prendre nos mesures avec lui.

Et même Philipsbourg, si on ne peut pas faire mieux.

Mais comme ce point ne doit pas empêcher de faire la Paix avec l'Empereur, en laquelle la France trouve d'ailleurs des avantages si considerables, le Roi consent à faire sortir ses Troupes de Philipsbourg, moiennant qu'il soit razé.

On pourra à toute extremité remet-

Et même si cela pouvoit causer trop de scandale en Allemagne, voiant que l'on traite de

la forte, un Prince qui est attaché à nos intérêts & que l'Electeur lui-même en témoignât grand ressentiment, Sa Majesté donne pouvoir ausdits Sieurs Plenipotentiaires de promettre que ladite Place lui sera remise en l'état qu'elle est.

1646. tre Philipsbourg fortifié à l'Electeur de Trêves.

Ce qui étant bien pris doit être d'autant plus consideré d'un chacun, & notamment dudit Electeur, que nous ne l'avons jamais tenue de lui; nous aiant été remise la premiere fois par les Suedois, & la seconde, y étant entrez par la force, & ce fut le principal fruit des avantages que nous remportâmes à Fribourg sur l'Armée Bavaroise, & en ce cas, la Religion Catholique n'en peut recevoir que beaucoup d'avantage; ce qui est un des principaux motifs qui oblige Sa Majesté à leur donner ce pouvoir.

On reconnoît fort bien que mal-aisément pourra-t-on prendre avec cet Electeur aucunes précautions qui obligent ses successeurs. Messieurs les Plenipotentiaires ne laisseront pas d'y faire tout ce qui se pourra de mieux pour l'avantage de cette Couronne, & même ils considereront, si, à l'exemple de ce qui a été proposé pour Cazal, touchant Monsieur de Mantouë, on ne pourroit point ménager quelque chose de semblable avec cet Electeur, qui nous donnât lieu, moiennant d'autres bons traitemens que nous lui ferions, de l'obliger par justice, lui & ses successeurs, à vivre toûjours en parfaite intelligence avec cette Couronne.

Enfin quelque resolution que lesdits Sieurs Plenipotentiaires prennent sur ce point de Philipsbourg, soit avec les Imperiaux, soit avec ledit Electeur, Sa Majesté l'approuve dès à présent, étant bien assûrée qu'ils feront tout pour le mieux; Sa Majesté se contentera des deux Alsaces, du Suntgau, de Neubourg, & de Brisach, sans que les Imperiaux puissent rien exiger de nous à présent, ni à l'avenir touchant les fortifications de cette Place, pourvû que la France par ce moien ait droit de séance & de suffrage dans les Dietes de l'Empire.

La France aura les 2. Alsaces, le Suntgau, Neubourg, & Brisach.

Et outre ce que lesdits Sieurs Plenipotentiaires ont offert par leur premiere proposition de rendre ce que nous tenons dans les trois Electorats de Maience, Trêves, & du Palatinat, & ce qui est porté ci-dessus touchant Benfelt, Saverne & Philipsbourg, Sa Majesté se relâchera de la prétention du Brisgau & des Villes Forestieres & de tout ce qui est au delà du Rhin, hors Brisach & Neubourg, pourvû qu'elle ne soit obligée de donner aucun dédommagement aux Archiducs d'Inspruck, & qu'ils ne laissent pas de nous remettre en bonne forme la cession de ce qui nous demeurera & qui nous appartenoit ci-devant.

Mais elle se relâchera du Brisgau & des Villes Forestieres.

Ou bien lesdits Archiducs consentans à nous laisser aussi le Brisgau & les Villes Forestieres, Sa Majesté demeurera d'accord de les dédommager, par une somme d'argent, de ce qu'ils auront cedé.

On croit ici absolument nécessaire de contenter les Archiducs pour avoir la cession en bonne forme; on tient même qu'encore qu'il fût commode de leur donner pour cela une somme annuelle, il est plus avantageux d'en sortir tout d'un coup, afin qu'il ne leur reste pas une espece d'hypotheque sur la chose même; il faut seulement essaier d'avoir le plus de temps qu'il se pourra pour acquiter la somme qui sera convenuë, & faire effort, pour obtenir le terme de six années.

Quant

Quant à la somme il faut, si on ne peut mieux faire, tâcher qu'elle ne passe pas deux millions de Rixdalles; il se voit que nos Parties sont très-bien informées des differences des monnoies & des remises.

On peut demeurer d'accord de faire paier lesdites Rixdalles à Francfort ou à Nuremberg, encore qu'il nous fût plus commode à Bâle, à quoi il faudra insister, ou du moins que l'on les puisse faire remettre en l'une de ces trois Places, si ce n'est que lesdits Sieurs Archiducs aimassent mieux avoir deux millions d'écus à Paris.

Il sera très-à-propos, de demander & de faire en sorte, pour plus de sûreté pour nous, que l'argent que nous donnerons aux Archiducs soit emploié à l'achat de Terres Souveraines en quelque endroit d'Allemagne, & il ne seroit pas mal aisé de l'emploier avantageusement, attendu la nécessité où les Guerres ont réduit plusieurs Princes, lesquels, pour pouvoir se remettre & vivre avec quelque commodité, auront plus de besoin d'avoir de l'argent comptant que des Etats ruinez. Ce point semble ici assez important pour obliger lesdits Sieurs Plenipotentiaires d'y donner leurs soins pour en venir à bout. On sait ici que l'Empereur même en ses nécessitez a offert à Rome aux Barberins & au Prince de Salmone & aux Venitiens, de leur vendre des Etats fort considerables; c'est pourquoi l'Empereur étant d'un côté pressé d'argent, & d'autre côté devant être bien aise de faciliter la récompense en Etats à ceux de sa Maison qui en quittent de si considerables par le moien de la Paix, il y a sujet d'esperer que Messieurs les Plenipotentiaires ne rencontreront pas grande difficulté en ce point ici; néanmoins, comme on ne leur mande ceci que comme une lumiere, cela ne devra pas empêcher qu'ils ne passent outre, s'ils y rencontrent trop d'obstacles. Cependant Sa Majesté se promet que lesdits Sieurs Plenipotentiaires ménageront extrémement sa bourse, qui est déja fort épuisée. Et quand la Paix même auroit à se conclure générale, on ne laisseroit pas d'avoir encore une infinité de dépenses à soûtenir, outre la passion que leurs Majestez ont de soulager le peuple.

Sa Majesté consent bien de tenir le Landgraviat d'Alsace à titre de fief, mais on ne peut passer la clause que les Imperiaux ont mise pour restraindre cela au Roi, à Monsieur & à leurs Successeurs mâles. Sa Majesté désire donc que l'on fasse tout l'effort possible afin que ce soit pour tous les Rois de France à venir, & en cas que cela ne se puisse absolument obtenir, que ce soit du moins pour tous les Princes de la Maison Roiale présentement vivans, ou leurs Descendans mâles qui viendront à succeder à la Couronne.

On pourroit laisser rompre cette glace aux Suedois qui ont encore plus d'intérêt que nous que la Pomeranie soit donnée en fief à perpetuité à la Couronne de Suede, à cause de l'incertitude où ils sont si leur Reine se mariera. Ils ne manqueront pas, sans doute, de bien contester ce point, & ce qu'ils auront fait nous servira d'exemple pour nous régler.

Sa Majesté estime plutôt avantageux que préjudiciable de paier les Collectes à l'Empire, pourvû qu'on ait séance & voix deliberative dans les Diétes, à condition qu'en contribuant autant qu'un Electeur seculier, ce soit pour tous les Etats qui demeureront à la France relevant de l'Empire.

Tom. III.

Lesdits Sieurs Plenipotentiaires ne pouvoient mieux répondre qu'ils ont fait sur l'article qui commence *Pari passu*.

Quant aux assistances pour la Guerre du Turc, il est certain, comme ils ont bien remarqué, que cela doit avoir beaucoup de connexité avec la recompense que la France donnera aux Archiducs, & que ces deux choses devoient être traitées en même temps, pour aller plus avant en l'une, selon que nos Parties se relâcheront en l'autre.

Lesdits Sieurs Plenipotentiaires ont aussi fort judicieusement consideré, que l'assistance qu'on nous demande ne devroit pas raisonnablement être fournie, que l'Empereur ne soit en rupture ouverte avec le Turc. Néanmoins Sa Majesté voulant apporter toutes les facilitez possibles à la Paix, trouve bon que lesdits Sieurs Plenipotentiaires puissent aussi promettre de sa part ladite assistance à l'Empereur, pendant que les soupçons qu'il aura d'être attaqué par les armes du Turc, l'obligeront à se tenir sur ses gardes, ou pendant que la République de Venise aura cette Guerre à soutenir, afin de donner moien à l'Empereur de garder les passages par lesquels les forces Ottomanes peuvent venir par terre attaquer les Etats de ladite République.

Il y aura seulement cette distinction à faire, qu'en ce cas l'assistance doit être mediocre; mais on pourra convenir de l'augmenter, si l'Empereur lui-même rompt ouvertement; se souvenant des reserves qui ont été ci-devant mandées que ces assistances soient en Troupes, s'il est possible, plutôt qu'en argent; qu'elles soient limitées à un certain temps, & que la France en soit quitte si elle venoit aussi à rompre avec le Turc. Outre ce que l'on a écrit ci-devant sur ce point, on en a entretenu au long le Sieur de Préfontaine, afin qu'il informe lesdits Sieurs Plenipotentiaires de tous les sentimens de deça.

La seule chose qui en ces affaires-ci donne de la peine & beaucoup, c'est de voir que la Paix se concluant dans l'Empire, les Suedois, & Madame la Landgrave desarmeront, & l'Empereur demeurera armé sous prétexte du Turc, & aiant tiré à lui, comme il y a grande apparence qu'il fera, toutes les troupes de Baviere, peut-être même la plûpart de celles de nos Alliez, qui sont quasi toutes Allemandes, qui n'ont autre métier que la Guerre, & qui vont la chercher indifferemment où elle leur paroît la plus commode, & la plus profitable; il lui seroit facile, s'il vouloit user de mauvaise foi, à quoi les Espagnols ne s'épargneront pas de le persuader, si leur accommodement ne se conclut en même temps, de nous tomber tout à coup sur les bras avec les forces de l'Empire. Et comme il seroit peut-être mal aisé d'obliger les Suedois à armer de nouveau, ou à le faire assez promptement eu égard au besoin; il se rencontreroit que nos Ennemis, par un Traité simulé, auroient trouvé les moiens qu'ils ont tant cherchez de diviser la France d'avec les Alliez, ou du moins de leur rendre inutile leur assistance.

C'est à prevenir ces inconveniens, que Sa Majesté desire que Messieurs les Plenipotentiaires donnent leur principale application en la conclusion de cette affaire, & il semble, que c'est ici le point que l'on a tant agité au commencement de leur Négociation touchant la sûreté de la Paix, & la sincerité de l'execution de part & d'autre.

Lesdits Sieurs Plenipotentiaires pourront re-

X 2   voir

voir ce qui en est contenu dans leurs Instructions, & en plusieurs Depêches qu'on leur a faites sur ce sujet. On ne veut leur prescrire aucune chose en particulier, sachant bien qu'ils n'omettront rien, soit pour engager tous les Princes & Etats de l'Empire, & autres qu'il se pourra, contre les Infracteurs du Traité, soit pour les obligations reciproques que nous devons affermir de plus en plus avec les Suedois pour nous assister les uns les autres, & rompre de nouveau, si quelqu'un vient à être troublé en ce qui aura été convenu par le Traité de la Paix; & enfin pour prendre toutes les précautions imaginables, afin qu'il soit sincerement executé en tous ses points, & que nous n'aions rien à craindre de ce côté-là. Ce n'est pas que l'on ne connoisse bien qu'il faut donner quelque chose au hazard, & que l'on ne peut pas assûrer physiquement des affaires de cette nature.

On veut avoir Brisach fortifié. Touchant Brisach, Monsieur le Cardinal Mazarin a écrit dernierement ausdits Sieurs Plenipotentiaires les avis qu'il en avoit eus de Vienne, & avant que le Sieur de Montigny fût arrivé il avoit fait prendre en memoire au Sieur de Préfontaine, que les Imperiaux insisteroient extrémement de le faire demolir, mais qu'après ils se relâcheroient, & se contenteroient que la France l'eût en l'état qu'il est. Il est certain que le Comte de Trautmansdorff en avoit le pouvoir. On en a l'avis de tant d'endroits, & de si bon lieu, qu'on ne peut en douter, & il n'est pas à croire qu'il fût si mal habile Ministre, que sans cela il eût voulu parler comme il a fait dans l'Ecrit qu'il a donné; mais il n'aura pas voulu s'en laisser si-tôt entendre, parce qu'aussi bien lesdits Sieurs Plenipotentiaires avoient résolu de depêcher ici sur le sujet du Brisgau, & des Villes Forestieres, & il falloit en attendre la réponse. Outre qu'il aura voulu donner aux Espagnols la satisfaction de ce petit delai, afin qu'ils puissent avancer cependant leurs affaires, s'ils en ont la volonté.

Une courte suspension seroit fort à propos. Quant à la Suspension, Sa Majesté a trouvé très-juste & très-prudent ce que lesdits Sieurs Plenipotentiaires ont repondu à la proposition des Ministres de Baviere, qu'ils ne s'éloigneroient pas (après en avoir conferé avec les Alliez) d'y donner les mains pour trois semaines, aux conditions contenues dans leur Memoire du 19. du courant, qui ne peuvent être plus judicieuses. Et à la verité il seroit extrémement fâcheux, les choses s'acheminant si bien qu'elles font à un accommodement glorieux & utile pour cette Couronne, de courir risque de les voir changer tout-à-fait de face par quelque accident dans la Guerre, & d'avoir à commencer les hostilitez, envoiant nos armées contre un Prince qui s'est si vigoureusement emploié pour porter l'Empereur à consentir à notre satisfaction, sans avoir aucun égard à la haine implacable des Espagnols, qu'il s'est attirée sur lui & sur sa Maison, par les offices si publics, qu'il a faits en notre faveur.

Que si la satisfaction des Couronnes & ce qui regarde le Prince Palatin & Madame la Landgrave étant arrêté, il est nécessaire, pour discuter les autres points qui concernent les Princes & Etats de l'Empire, de prolonger le temps de la Suspension, pendant lequel on devra ajuster toutes choses pour l'entiere conclusion de la Paix, on confirme tout ce qui a été mandé ausdits Sieurs Plenipotentiaires sur ce sujet, & Sa Majesté approuvera tout ce qu'ils feront, sachant bien qu'ils se souviendront

sur tout de prendre, autant qu'il se pourra, les précautions qui leur ont été recommandées, afin que nos Parties ne puissent pas, pour quelque évenement qui pût survenir, se dédire de ce qu'elles auront arrêté, & qu'ils auront aussi l'égard convenable à ce qu'on leur a fait savoir de l'impossibilité où se trouve l'armée du Maréchal de Turenne, de subsister de deçà le Rhin.

Il est vrai que si on ne conclut rien en même temps avec l'Espagne, il ne sera pas nécessaire d'insister sur ce dernier point, parce qu'on pourra faire agir ledit Sieur Maréchal dans la Franche-Comté, ou dans la Flandre, & peut-être même dans l'Italie, la Paix étant bien executée en Allemagne. C'est pour cette raison que lesdits Sieurs Plenipotentiaires ont très-prudemment fait d'exclurre le Cercle de Bourgogne de la Suspension, de quelque durée qu'elle puisse être. Et il y a grande apparence que cette clause, aussi bien que celle de *pari passu*, y a été mise à l'instance des Espagnols.

On depêche à Monsieur de Turenne pour lui donner ordre de se conduire entierement selon les avis qu'il recevra de Messieurs les Plenipotentiaires, lesquels se souviendront bien, que ne pouvant agir delà le Rhin, il est absolument nécessaire que son armée prenne sa route, ou dans la Franche-Comté, ou dans le Luxembourg, surquoi il aura les ordres du Roi, pour les executer seulement, quand lesdits Sieurs Plenipotentiaires lui témoigneront qu'il est en liberté de le faire.

Il faut que Baviere garde le Haut Palatinat avec la Dignité Electorale. Quant à la Maison Palatine, l'intention de Sa Majesté seroit, s'il étoit possible de le bien ménager, sans choquer nos Alliez & les Etats Protestans de l'Empire, que le Prince Palatin se contentât de rentrer dans le bas Palatinat, & que le haut, ou la plus grande partie, avec la Dignité Electorale, demeurât au Duc de Baviere, & aux Descendans de la ligne de Guillaume. La seule conduite que tient ledit Duc envers cette Couronne meriteroit qu'elle fût dans ce sentiment, quand elle n'auroit pas un motif encore plus pressant, qui est celui de l'avantage de notre Religion, & de favoriser & agrandir un Prince Catholique, plutôt qu'un Protestant. On a entretenu plus au long le Sieur de Préfontaine sur ceci.

Lesdits Sieurs Plenipotentiaires se souviendront, en relâchant le Brisgau & les Villes Forestieres, d'obliger, s'il est possible, les Imperiaux par le Traité, de ne pouvoir fortifier delà le Rhin dans tout le Pais qui est entre Bâle & Strasbourg.

Ils se souviendront aussi, concluant la Paix dans l'Empire, d'éviter ce qui regarde les trois Evêchez & Pignerol.

Pour les trois Evêchez, on se remet à ce que lesdits Sieurs Plenipotentiaires jugeront à propos. Il n'y a point de doute qu'il vaudroit mieux les avoir en toute Souveraineté, comme nos Parties ont fait offre de les separer de l'Empire; mais si cela ne se pouvoit pas obtenir maintenant qu'ils se font relâchez de l'Alsace, Sa Majesté consentira à tout ce dont lesdits Sieurs Plenipotentiaires conviendront.

Pour Pignerol, Sa Majesté le tiendra en la même qualité, qu'avoient accoûtumé de le tenir les Ducs de Savoye, c'est-à-dire relever de l'Empire, s'il en doit relever, afin que les Espagnols ne nous puissent mettre en ligne de compte une chose qui ne dépend pas d'eux, & où ils n'ont que voir, & aussi pour sortir

par

1646.

par ce moien au plutôt de l'intérêt qu'ont sur ce sujet les Maisons de Savoye & de Mantouë.

Lesdits Sieurs Plenipotentiaires se souviendront aussi de ce qu'on leur a ci-devant mandé que le Château de Mayence, en l'état qu'on l'a mis, n'est pas moins bon que Philipsbourg. Ils aviseront ensemble s'il faudra insister ou non, à le faire démolir, du moins à faire raser les nouvelles fortifications que nous y avons faites, & Sa Majesté s'en remet entierement à ce qu'ils jugeront plus à propos.

Si Monsieur le Nonce Bagni a écrit à Monsieur de Baviere, ne parlant que de l'investiture de l'Alsace pour la satisfaction de la France, c'est qu'il n'aura pas sû toutes les distinctions du Suntgau & du Brisgau, & il a crû que tout cela, & Brisach & Philipsbourg même, y étoit compris, étant bien certain que jamais on ne lui a dit ici ni à qui que ce soit, la moindre parole qui pût faire juger, que Sa Majesté fût pour se relâcher dudit Philipsbourg; mais les Ennemis se servent malicieusement de sa Lettre pour voir s'ils pourroient obliger Messieurs les Plenipotentiaires à lâcher cette piéce.

Ou croit avoir pleinement satisfait, par le contenu du present Memoire, à tout ce que lesdits Sieurs Plenipotentiaires avoient témoigné desirer pour s'éclaircir definitivement des intentions de Sa Majesté touchant la Paix de l'Empire. S'il y manquoit quelque chose, Sa Majesté trouve bon qu'ils étendent leur pouvoir, que, sans attendre autre réponse d'elle, afin de ne retarder pas d'un seul moment cette Paix, ils prennent ensemble les résolutions qu'ils estimeront les plus convenables à son service, s'asûrant qu'elles seront entierement approuvées par Sa Majesté, qui sait bien qu'il ne se peut rien ajoûter ni à leur suffisance, ni au zele qu'ils ont pour la gloire & pour l'avantage de cet Etat.

Tout l'acheminement qui se voit à la conclusion de la Paix dans l'Empire, n'empêchera pas qu'on ne redouble, s'il est possible, les soins que l'on a pris jusques ici pour les levées qui se font en Allemagne, & pour leur subsistance quand elles arriveront aux quartiers. Il ne laisse pas d'être extraordinairement fâcheux d'avoir à soûtenir inutilement des dépenses excessives, à cause des longueurs des Officiers à satisfaire à ce qu'ils ont promis dans le temps qu'ils s'y étoient engagez. Monsieur de Traci mande que Bonichausen n'a que cinq cens hommes des deux mille qu'il doit lever. Cependant il faut dans cet intervalle qu'on entretienne sa Cavalerie, & lesdits cinq cens hommes, & que cela coûte de notables sommes d'argent inutilement. Lesdits Sieurs Plenipotentiaires contribueront ce qui dépendra d'eux à remedier à ces inconveniens, en hâtant autant qu'il sera possible lesdites levées.

Le Baron de Dhona insiste inutilement sur le titre de Frere pour l'Electeur de Brandebourg.

On se trouve ici bien en peine avec le Baron de Dhona, parce que sa Majesté le voudroit renvoier bien satisfait, ce qui est assez mal aisé, dans les prétentions qu'il a. Il voudroit, qu'attendu que l'Electeur de Brandebourg son Maître s'est porté à donner au Roi le titre qui lui appartient, Sa Majesté changeât ceux qu'elle lui a donnez jusqu'ici, & le traitât de Frere en lui écrivant, ce qui ne se peut ni ne se devroit accorder quand il n'y auroit d'autre raison, que pour ne desobliger pas Baviere, & les autres Electeurs, à qui on ne feroit pas le même honneur, quoi qu'ils

---

1646.

aient avant lui traité avec sa Majesté comme ils dévoient.

Il semble qu'il veuille appuier ses instances sur ce que Messieurs les Plenipotentiaires lui ont fait esperer à Munster, qu'il n'y trouveroit point de difficulté, quoi que l'on croie bien qu'ils ne lui auront donné que des paroles générales, que faisant les choses de bonne grace on correspondroit ici à ses civilitez. Cependant on ne voudroit pas que la déference, à laquelle Brandebourg s'est porté, ne servît à autre chose qu'à le degoûter de la France, pour laquelle il témoignoit auparavant avoir de bons sentimens. Sa Majesté desire donc savoir au plutôt là-dessus de Messieurs les Plenipotentiaires, à quoi ils croient qu'on se pourroit porter pour satisfaire cet Envoyé. En attendant leur réponse, on coulera le temps, sans lui donner aucune resolution précise.

Le Sieur de Préfontaine avoit déja écrit tous les Memoires, qu'il fera voir ausdits Plenipotentiaires, de diverses choses, qu'on a crû être important de leur communiquer, & étoit sur le point de monter à cheval lors que le Sieur de Montigny est arrivé. On ne l'a retardé que de deux jours, l'un pour déchifrer la Depêche dudit Sieur de Montigny & la lire au Conseil, & l'autre pour minuter celleci, & pour la faire mettre en chiffre. La plûpart des choses qu'on lui avoit fait écrire se font vérifiées à l'arrivée dudit Sieur de Montigny, ainsi que lesdits Sieurs Plenipotentiaires le reconnoîtront par lesdits Memoires. On a entretenu au long ledit Sieur de Préfontaine sur le contenu en celui-ci, & on se remet en partie au compte qu'il en pourra rendre plus exactement.

On ajoûte ce mot, pour dire ausdits Sieurs Plenipotentiaires, qu'encore qu'il soit parlé cidessus de proposer la Trêve pour la Catalogne, en retenant le Roussillon avec Roses; ils doivent se ressouvenir de ce qu'on leur a souvent écrit, qu'il vaudroit beaucoup mieux tirer recompense dès à cette heure de ce Paislà, pour éviter les inconveniens qui nous y peuvent arriver pendant la Trêve, & ce d'autant plus que les Catalans apprehenderoient par la difference que nous aurions faite du Roussillon d'avec la Catalogne, que ce fût une voie qu'on eût prise pour les faire retomber insensiblement en la puissance de leur prémier Maître, & qu'il ne seroit plus question que de la forme & du temps.

On se contenteroit de Cambray & du Cambresis pour la Catalogne, en gardant le Roussillon, la Ville de Roses & l'Artois.

On seroit même plus aise d'avoir peu pour cette récompense, que de retenir long-temps ce Pais-là par une Trêve, pour les raisons que Messieurs les Plenipotentiaires savent fort bien; jusques là que si nous ne pouvois avoir la Franche-Comté, on pourroit se contenter de Cambray & du Cambresis, qui n'est pas de deux lieuës d'étenduë, mais qui pourtant, avec le Comté d'Artois, feroit une nouvelle barriere à la France.

Il faut mettre sur le tapis à Munster les differens de la Cour de France avec le Pape.

Sa Majesté desire que lesdits Sieurs Plenipotentiaires ne retardent pas plus long-temps à mettre sur le tapis les demêlez que nous avons avec le Pape, notamment sur le fait des Barberins, que le Pape persecute contre toutes les formes accoûtumées, à l'instigation des Espagnols, en haine de la protection que la France a prise de cette Maison-là. Si on pouvoit ménager quelque chose pour eux dans la conjoncture de la Paix de l'Empire, Sa Majesté en feroit bien aise. En tout cas, elle entend que l'on déclare présentement au Non-

ce

1646.

ce & à Contarini, que la France ne peut jamais conclure la Paix générale, & notamment celle d'Italie, que les affaires de Rome avec la France ne soient accommodées, & qu'on ne remette toutes choses, à l'égard de la Maison Barberine, en l'état qu'elles étoient le jour avant que Monsieur le Cardinal Antoine sortît de Rome, pour venir rendre ses devoirs au Roi & faire ce qui dépendoit de lui, afin de rentrer dans les bonnes graces de Sa Majesté.

Il sera donc necessaire que ledit Sieur Nonce se fasse venir un pouvoir valable pour contenter à ce que dessus ; Sa Majesté ne voulant absolument point laisser de queuë, qui puisse un jour servir de prétexte aux Ennemis d'alterer de nouveau le repos de la Chrétienté, qu'on travaille tant à établir, mais plutôt couper dans la racine toutes les semences qui seroient capables avec le temps de produire quelque division. Et outre que la Justice, connuë de tout le monde, devroit déja avoir obligé le Pape à la départir à la Maison Barberine, & particulierement après en avoir été prié par sa Majesté, il seroit bien étrange qu'on pût conseiller à sa Sainteté de hesiter là-dessus, s'agissant de la Paix de la Chrétienté & de mettre tout en état de s'opposer aux progrès d'un si puissant ennemi que le Turc, qui veut profiter de nos dissensions.

Conditions de la Paix avec l'Espagne.

Quant à ce qui regarde la Négociation avec l'Espagne, Sa Majesté ne doute point que si les Ministres de cette Couronne-là ont fait quelque ouverture raisonnable, lesdits Sieurs Plenipotentiaires n'aient pris occasion, (ainsi qu'il leur a été mandé), en y répondant, de faire la proposition de retenir toutes nos conquêtes par la Paix, compris Roses & le Roussillon, & de faire une Trêve pour la Catalogne & pour le Portugal, de la durée de celle de Messieurs les Etats.

Cette ouverture ne peut être reçuë dans le monde qu'avec beaucoup d'applaudissement pour la facilité qu'on verra que la France apporte à l'accommodement, quand l'esperance qu'elle a de l'avenir devroit l'en plus éloigner, & la faire tenir ferme là-dessus, pendant qu'on conclurra la Paix de l'Empire, & que nos armées commenceront à agir ailleurs. Il y a lieu d'esperer que les Espagnols y donneront les mains, ou que du moins ils feront quelque autre proposition, dont nous pourrons tirer un avantage à peu près égal à celui-ci.

Cependant, & pour tout ce qui peut arriver, & pour faire même entrer les Espagnols en plus de consideration du besoin qu'ils ont de la Paix, il semble à propos qu'on leur fasse pénétrer dès à présent, par la voye des Médiateurs, que dès que les armées auront commencé à agir nous ne nous tenons plus liez à rien pour tous les avantages que l'on pourra remporter cette Campagne, & qu'il pourroit même survenir tel évenement, par les armes ou autrement, que les Espagnols n'aiant pas voulu dans un si long-temps accepter aucune des offres que nous leur avons faites, nous nous tiendrions déchargez de consentir à la Paix, en laissant les choses en l'état où elles sont.

Car encore qu'on ait pris un soin particulier de donner des ordres très-exprès à tous les Généraux d'armée, & particulierement dans la Flandre, de ne hazarder quoi que soit que bien à propos, pour ne courre pas fortune de rien gâter sur le point où nous sommes de cueillir avantageusement les fruits de nos travaux ; Néanmoins nos préparatifs sont si beaux, & la foiblesse des Ennemis est si grande, aussi bien que la disposition à la revolte de la plûpart des peuples qui leur sont sujets, que nous pouvons beaucoup esperer dans cette Campagne, si les causes secondes produisent les effets qu'elles ont accoutumé.

Lesdits Sieurs Plenipotentiaires essaieront d'y porter les choses avec adresse ; & s'ils trouvent trop d'inconveniens à s'en ouvrir si-tôt, de crainte que les Espagnols ne s'en prévalussent contre nous envers les Catalans (leur faisant voir que la France traite déja de les abandonner) il faudra du moins, s'il est possible, conduire la chose par degrez, & après avoir assûré le Roussillon, & être convenu de ce qui regarde les conquêtes du Païs-Bas, faire instance d'une Trêve pour la Catalogne, pour le Portugal & pour l'Italie, étant impossible aussi bien pour cette derniere, qu'on puisse en si peu de temps avoir ajusté tout ce qu'il faut à l'égard des Maisons de Savoye & de Mantouë. Et on persiste à croire que sans la conclusion de quelque Mariage les differens de ces deux Maisons-là ne seront jamais bien terminez, & seront capables de rallumer un jour un nouveau feu en cette Province.

⁂⁂⁂⁂⁂⁂⁂⁂⁂⁂⁂

LETTRE

De Monsieur le Comte de

BRIENNE

à Messieurs les

PLENIPOTENTIAIRES.

Du 26. Avril 1646.

Empressement de la France pour la conclusion de la Paix. Jamais elle n'a fait un Traité si glorieux que celui-ci. Monsieur de la Thuillerie en Hollande. Passeports demandez pour les Ministres de Portugal.

MONSEIGNEUR & MESSIEURS.

DEs hier vingt-quatre de ce mois Monsieur de Montigny se rendit en cette Ville. La bonne nouvelle qu'il portoit l'a obligé à
faire

1646.

faire diligence, & sa Majesté s'est pressée de se résoudre sur ce que vous lui avez écrit, sans avoir encore entierement vû vos Depêches, parce qu'elle avoit assez de connoissance des affaires les plus importantes, & qu'il falloit faire voir au public qu'elle embrassoit avec hâte & avec affection ce qui pouvoit causer son repos. Ce qui est offert, savoir la haute & basse Alsace, & le Suntgau, satisfait sa Majesté, pourvû que Brisach lui soit aussi delaissé : ce qu'elle affecte d'avoir, afin d'être utile aux anciens Alliez, & aux nouveaux qu'elle espere de gagner. Pour la défense de Brisach, une petite Place qui est entre elle & Bâle, nommée Newbourg, est nécessaire, & desirée par cette seule consideration.

Empressement de la France pour la conclusion de la Paix.

Je n'entre point en matiere, ni à vous informer des intentions de sa Majesté sur ce qui est à faire ou dire sur ce sujet des propositions qui vous ont été faites, parce que par un Memoire signé de sa Majesté, il y est amplement pourvû. Celui-là, & celui qui l'accompagne, vous fera voir, quelle est la passion & le zéle de sa Majesté pour avancer la Paix générale, & la confiance qu'elle a en vous. L'estime qu'elle a toûjours fait de vos personnes la lui avoit fait naître, votre prudente conduite la lui a augmentée, en sorte que vous n'avez rien à souhaiter.

Et parce que votre Lettre du 14. a aussi été reçuë avant que j'eusse achevé de faire réponse à celle du 19. vous trouverez bon que je m'en acquitte conjointement, & qu'aiant remarqué que vous estimez qu'on doit favoriser le Baron de Reiffenberg & que je me serve de votre nom pour y disposer sa Majesté, qui le doit aux services rendus par ses Peres, & à ceux qu'il proteste de vouloir rendre, si elle l'approuve, ainsi que je n'en fais point de difficulté, dès Samedi j'écrirai au Gouverneur de Mayence, dans les termes de votre Depêche, & j'y glisserai quelque mot, qui fasse voir qu'Ottaviani est consideré comme serviteur de cette Couronne, & qu'on sait qu'il est innocent de ce crime horrible qu'on lui avoit voulu mettre sus. Et certes l'artifice de ses Ennemis a réussi & l'horreur que l'on en eût ici a empêché qu'on n'ait fait quelque office en sa faveur. Maintenant ils seront écoutez.

Jamais elle n'a fait un Traité si glorieux que celui-ci.

Sa Majesté se trouve en posture d'être crainte, parce qu'elle est armée, & bien plus parce qu'elle est appellée en part des affaires de l'Empire. Il le faut avouër, jamais la France n'a fait un Traité si glorieux, & le regne d'une telle Regente sera donné en exemple, tant que la Monarchie durera. Sa fermeté à vouloir le bien, sa constance & sa moderation dans les divers évenemens, le bon choix qu'elle a fait de prudents Ministres, & son zelé envers Dieu lui ont moienné tous ces avantages. Elle ne feint point de les croire si assûrez, qu'elle ne s'applique aux moiens seconds pour prévenir tout changement. Car non seulement elle se modere & se restreint à ce qui lui a été offert, en y ajustant ce qui lui a été laissé à esperer, mais elle s'applique plus que jamais à être puissamment armée. Et bien qu'il ait été remis à Maience, & ailleurs, toutes les sommes necessaires pour la subsistance des troupes Allemandes qui ont été levées, Sa Majesté ne laisse pas de commander qu'on en remette de plus grandes, aimant mieux qu'on en rapporte, que si faute

d'y en avoir assez envoié les troupes venoient à se debander.

1646.

J'ai reçû une Lettre de Monsieur de la Thuillerie datée du 16. d'Amsterdam, par laquelle j'apprends qu'il forcera sa santé, & qu'il demeurera en Hollande tout le temps qu'il faudra emploier pour le service de Sa Majesté ; mais il fait bien connoître qu'il a besoin de venir prendre des eaux, & que c'est le seul remede. duquel il espere quelque soulagement à divers maux dont il est travaillé.

Monsieur de la Thuillerie en Hollande.

Du même lieu le Sieur Brasset m'a écrit que Monsieur le Prince d'Orange a été à une Maison de Campagne pendant quelques jours, & qu'il en étoit revenu, & que jusqu'à ce qu'ils se soient tous vûs, il est mal aisé de préjuger les resolutions qu'ils formeront. On les fera rechercher de leur propre bien, & il est à craindre qu'ils ne le connoissent & qu'ils ne le veuillent pas avec la chaleur & la promptitude qui pourroit apporter de notables avantages à leur Etat, & à la cause commune.

Le Résident de Portugal aiant été averti par les Ministres du Roi de Portugal, qui sont auprès de vous, de l'état où étoient les affaires, & aiant eu ordre de leur part de renouveller ses instances, tant en faveur de la délivrance du Prince Edoüard que pour obtenir les Passeports ou Saufconduits, dont ils ont besoin pour comparoître publiquement en l'Assemblée générale, il les a vivement poursuivis. Il lui a été répondu qu'il vous en seroit écrit, & de bonne ancre. C'est à quoi je satisfais, & j'ajoute qu'il est remis à votre prudence d'en user comme vous le jugerez à propos & pour le mieux. Car quoi qu'on eût desir de leur complaire, on ne voudroit rien entreprendre qui pût rendre la Paix douteuse, ou en prolonger la conclusion d'un seul moment. Je suis.

Passeports demandez pour les Ministres de Portugal.

MONSEIGNEUR & MESSIEURS,

Votre &c.

1646.

L E T T R E

De Monfieur le Comte de

B R I E N N E

à Meffieurs les

PLENIPOTENTIAIRES.

Du 5. Mai 1646.

On a avis que Brifach fera offert à la France, & que les Efpagnols cederont le Rouffillon & l'Artois. Le Prince de Galles arrive en France. La Cour va en Picardie.

MONSEIGNEUR & MESSIEURS.

JE mets aujourd'hui en pratique ce que j'ai fouvent dit qu'il falloit écrire, pour n'en perdre pas la coûtume, quoi que je n'aie rien à vous mander, hormis que votre Dépêche du dix-neuviéme du paffé m'a été rendue. Celle-là parle d'une que j'avois reçuë & à laquelle il avoit été répondu, & que Monfieur Servien devoit partir pour Ofnabrug. Vous ne doutez point que nous ne foions en impatience de favoir de fes nouvelles, puis qu'elles nous apprendront fi Trautmansdorff eft convenu des conditions de la Paix & de la fatisfaction de la Suede avec fes Plenipotentiaires, ou fi dès fon premier voiage ils fe feront ajuftez, enfin fi la Paix de l'Empire & des Couronnes eft en termes de fe conclure.

On a avis que Brifach fera offert à la France.

Et que les Efpagnols cederont le Rouffillon & l'Artois.

Ce que nous vous avons mandé que Brifach feroit offert, m'a été confirmé. Les Allemans craignent que vous prétendiez davantage. J'ai auffi apris de bonne part que les Efpagnols laffez de la Guerre fe difpofent à vous faire des ouvertures d'accommodement, & qu'ils voudroient bien avoir acheté la Paix avec les Comtez de Rouffillon & d'Artois. Si cette nouvelle eft fondée, vous en devez avoir connoiffance & les Médiateurs n'auront pas tardé à vous en faire l'ouverture dès qu'ils en auront eu la permiffion. Il pourroit être qu'ils differeront jufques à ce que vous aiez conclu avec l'Empire, croiant que l'une des Paix donnera ouverture à l'autre, & que le repos établi d'un côté nous donnera envie de le goûter entierement fans être troublez par l'obligation où nous ferions de continuer la guerre, dont l'ennemi a apprehendé la durée, ne voiant point d'autre remede que l'accommodement pour faire ceffer nos profperitez.

Il faut avouër que Dieu vous a apellé à une grande œuvre ; & les difpofitions préfentes des affaires font juger qu'il veut que la France, après s'être agrandie, ferve de rampart à la défenfe de la Religion, qui fe trouve menacée & au hazard d'être opprimée en divers endroits.

Depuis deux jours nous avons été avertis que le Prince de Galles a furgi en Jerzay ; qu'il avoit été invefti dans l'Ifle, où il s'étoit retiré, par une Flotte des Parlementaires ; qu'ils lui avoient envoié un Trompete pour le fommer de fe rendre, avec offre qu'en recevant un Confeil qu'ils lui donneroient, & à fon fervice ceux qu'ils lui choifiroient, ils lui laifferoient la jouiffance du Duché de Cornouaille. Une tempête s'étant élevée, qui diffipa leur Flote, il s'embarqua, & fans avoir fait nulle rencontre il eft debarqué en ladite Ifle de Jerzay, d'où il fe doit rendre en ce Roiaume. La Reine fa Mere lui a dépêché pour lui en porter l'ordre ; elle eft en grande apprehenfion que le Roi fon mari ne foit prifonnier ; puis qu'il y a lieu de le craindre & de le croire, s'il n'a pû joindre l'Armée Ecoffoife qui le devoit recevoir & nous n'avons point de nouvelle qui nous l'affûre. Il eft vrai que celles qui font imprimées à Londres donnent lieu de croire, qu'aiant attiré les forces du Parlement, pour empêcher de prendre un Château qui n'étoit pas éloigné de fa route, & qu'il publioit vouloir aller attaquer, il aura paffé aiant couvert fa marche du corps de Cavalerie qui lui reftoit.

Le Prince de Galles arrive en France.

Je n'ai rien eu de Rome qui vous doive être mandé. Les affaires y font toûjours en même état. Cette Cour admire la générofité du Cardinal d'Efte & fa bonne conduite. L'Amirante de Caftille fera forcé, finon de rechercher, au moins de fe foûmettre à ce qui lui fera prefcrit pour fortir de l'embarras qu'il s'eft attiré. Le voiage de Picardie continué ; le jour du depart eft arrêté à Mardi. De Compiegne en avant, où nous ferons Vendredi, je vous manderai s'il fera long. Les apparences n'y font pas ; c'eft ce que vous aurez ce jourd'hui de moi, qui fuis, &c.

La Cour va en Picardie.

M E M O I R E

De Meffieurs les

PLENIPOTENTIAIRES.

Du 7. Mai 1646.

On ménagera la bourfe du Roi. Les Alliez de la France s'oppofent à une fufpenfion d'armes. Les Suedois infiftent qu'on érige pour le Palatin un 8. Electorat. Il faudra

1646.

dra raſer les nouvelles fortifica-
tions de Mayence. Les offres
faites à l'Eſpagne n'obligeront
plus la France après la Campa-
gne commencée. Retour à Munſ-
ter de Meſſieurs Paw & Knuyt.
Les Eſpagnols tâchent de con-
clure leur accommodement avec
les Hollandois.

LE Sieur de Préfontaine arriva Jeudi au ſoir & nous rendit le Memoire du 26. Avril, qui eſt tel, que nous n'avons rien à deſirer, ni à repreſenter ſur ce qu'il contient, (ni même à y demander aucune explication:) les ordres qui nous ſont donnez étans ſi judicieux & ſi clairs ſur châque point qu'il ne faut plus que du ſoin & de la diligence pour les executer au gré de leurs Majeſtez, comme nous eſſaierons de faire de tout notre poſſible.

Nous ne ſaurions aſſez dignement remercier Sa Majeſté de l'honneur qu'elle nous fait d'agréer le ſervice que nous lui rendons ici. La ſatisfaction qu'elle en témoigne eſt la principale recompenſe que nous en avons toûjours attenduë, & ce qu'il lui plaît ajoûter de plus eſt une offre de ſa pure bonté.

Nous diſons de nouveau qu'il ne ſe peut rien de plus net ni de plus définitif que les reſolutions qu'on a priſes ſur la dépêche, dont le Sieur de Montigny a été porteur, & qu'il ne nous reſte plus rien à ſouhaiter pour la conclution d'une bonne Paix, ſinon que nos Parties & nos Alliez faſſent ce qu'on peut raiſonnablement attendre de leur part.

Le Conſeil a eu grande raiſon de juger qu'on pouvoit conclure la Paix avec l'Empereur, ſans être aſſûré qu'elle ſoit ſuivie en même temps de celle de l'Eſpagne. La meilleure preuve qu'on en peut avoir eſt l'extrême apprehenſion que les Eſpagnols en ont, & les efforts qu'ils font pour l'empêcher. S'il y a quelques inconveniens à craindre, nous n'oublierons rien pour les prévoir & pour y remedier autant qu'il ſera poſſible.

L'on ménagera par degrez ce qui nous eſt mandé touchant Philipsbourg, & on eſſaiera d'obtenir des Imperiaux & de l'Electeur de Trêves tout ce qui ſe pourra de mieux.

Pour ce qui regarde Briſack & Neubourg, nous obſerverons ce qui nous eſt mandé, comme auſſi, s'il échet de donner de l'argent aux Archiducs pour avoir leurs ceſſions en bonne forme, nous ne manquerons pas d'y apporter tout le menage poſſible, & d'avoir égard au temps & aux lieux des paiemens.

C'eſt une très-bonne penſée d'obliger, s'il eſt poſſible, les Archiducs de mettre l'argent qu'ils recevront en Terres Souveraines, principalement s'il s'en trouve de valeur approchante, en quelque façon, de celles qu'on laiſſe à la France, à quoi nous travaillerons ſoigneuſement.

Pour ce qui eſt de l'Inveſtiture de l'Alſace, on ne nous peut propoſer une meilleure regle que ce qui ſera fait par les Suedois touchant la Pomeranie, & en tout cas nous ne nous contenterons pas à moins que de l'avoir pour la Maiſon Roiale.

Puiſque la pieté de la Reine va juſques à

Tom. III.

vouloir bien donner quelque aſſiſtance à l'Empereur, pendant que les armes du Turc l'obligeront de ſe tenir ſur ſes gardes, avant même qu'il vienne à une rupture ouverte, nous la ferons valoir, en y apportant les ſoins & la circonſpection qui nous eſt preſcrite & les reſerves contenuës au Memoire.

Il eſt vrai qu'on avoit toûjours crû qu'une des principales ſûretez de la Paix de l'Empire étoit le deſarmement de l'Empereur, mais à préſent que la guerre du Turc lui donne prétexte de demeurer armé, c'eſt avec grande raiſon qu'on nous ordonne de nous appliquer principalement à pourvoir à cet inconvenient. Nous verrons avec les Suedois, qui n'y ont pas moins d'intérêt que nous, ce qui ſe pourra faire.

L'avis que Monſieur le Cardinal Mazarini avoit fait prendre en memoire au Sieur de Préfontaine, avant l'arrivée du Sieur de Montigny, nous confirme dans l'eſperance que nous avons touchant Briſack, dont nous pourrons bientôt mander des nouvelles aſſûrées, ſi les Eſpagnols ne les retardent; à quoi nous ſavons qu'ils emploient toute leur induſtrie.

Nous avons trouvé juſques à préſent ſi peu de diſpoſition dans l'eſprit de nos Alliez à faire une ſuſpenſion générale, que nous ne ſavons ce qui en réuſſira. Nous ne perdrons point de temps à obliger les Bavarois, en leur donnant apprehenſion du paſſage de l'armée du Roi, d'en deſirer une particuliere, ſi la générale ne ſe fait point, pour n'expoſer pas à un changement nos affaires qui ſont en bon état, & pour n'agir pas contre un Prince qui ſe conduit ſi bien envers la France.

Nous voions bien la peine où ſera dans peu de temps Monſieur le Maréchal de Turenne, & en avons déja grande inquiétude, à cauſe qu'il ne peut demeurer plus long-temps delà le Rhin. Mais il eſt difficile d'y apporter remede, car comme la ſuſpenſion générale ne peut être faite que pour trois ou quatre ſemaines (quand même nos Alliez y conſentiroient) elle ne lui donnera pas la liberté de s'éloigner beaucoup, ni de former aucun deſſein : & s'il eſt forcé de paſſer au deçà du Rhin, ce ne peut être ſans peril, & pour une jonction qui peut avoir de mauvaiſes ſuites, puiſqu'alors l'armée de France ſera obligée de ſuivre preſque aveuglément les deſſeins de l'autre, & ainſi ne ſervira qu'aux intérêts d'autrui & non pas aux intérêts de Sa Majeſté. Ce que nous jugerions plus faiſable ſeroit de pouvoir convenir d'une ſuſpenſion juſques à la Paix avec Baviere, comme les Suedois en ont fait une avec le Duc de Saxe, dont nous envoions copie. Auſſi-tôt qu'elle auroit été concluë, Monſieur de Turenne ſeroit libre pour aller au Luxembourg, ou dans la Franche-Comté, ſelon les ordres qu'il en auroit de Sa Majeſté : mais pour aller plus loin, nous prenons la hardieſſe de dire que ce ne ſeroit pas notre ſentiment, de crainte que nos Alliez ne cruſſent qu'on veut abandonner de tous points les affaires d'Allemagne. Le mal en cela eſt, que quoi que le Duc de Baviere en témoigne par les Lettres qu'il écrit à Monſieur le Nonce Bagni, quand nous touchons ici quelque mot de cette ſuſpenſion particuliere, ſes Députez s'en éloignent.

La précaution qui nous eſt recommandée, pour empêcher que les Ennemis ne ſe puiſſent dédire des offres qu'ils nous ont faites, nous rendra ſoigneux d'y apporter toutes les

1646.

fûretez poſſibles. Mais ces offres ne pouvant être obligatoires qu'en cas que le Traité ſoit conclu, il eſt bien mal aiſé d'ôter à nos Parties la liberté de ſe retracter, s'ils y trouvent leur compte.

Quant à la Maiſon Palatine, l'Ecrit ci-joint, qui nous a été donné avec la duplique par Meſſieurs les Médiateurs, fera voir qu'il n'y a pas lieu de pouvoir ménager qu'elle ſe contente de la reſtitution du Bas-Palatinat, puiſque les Imperiaux mêmes lui offrent auſſi un huitiéme Electorat, joint qu'avec cela il ſera aſſez difficile de faire conſentir les Suedois & les Proteſtans qu'elle perde la premiere place dans le College Electoral & le haut Palatinat.

Nous ne parlames point des trois Evêchez, lorſque les Députez de Baviere & enſuite les Médiateurs traiterent dernierement avec nous, touchant la ſatisfaction de la France, parce que nous crûmes devoir par préference aſûrer l'Alſace & Briſack; Mais comme nous a-vons vû la choſe à peu près dans ces termes-là, nous les avons fait ſouvenir de l'offre ci-devant faite pour le regard des Evêchez, & on verra par la Duplique des Imperiaux que cela nous a réuſſi. Il eſt vrai qu'ils n'y ont point fait mention de Pignerol, dont nous nous plaindrons, croians bien qu'ils n'y peuvent faire de difficulté, & qu'ils n'ont fait cette ômiſſion que pour donner quelque contentement aux Eſpagnols. Nous ſommes reſolus de tenir la même conduite pour la Lorraine, & de n'en parler point juſques à ce que Briſack & tout le reſte qui concerne le point de la ſatisfaction ne ſoit ajuſté.

Pour Mayence, nous ſommes dans les ſentimens du Conſeil, qu'il faut faire raſer les nouvelles fortifications, & pour tirer quelque gré d'une choſe qu'on eſt reſolu de faire, nous avons écrit au Vicomte de Courval de ſavoir du Chapitre & des Officiers de la Ville quels ſont leurs intérêts, étant bien à propos de conſerver leur affection.

Nous avons mandé par notre précedente dépêche les raiſons qui nous ont obligé de differer pour quelque temps l'office qu'on nous avoit ordonné de faire auprès du Nonce ſur l'affaire de Meſſieurs les Barberins. Maintenant que l'ordre en eſt réiteré, nous y ſatisferons dans la forme qui nous eſt preſcrite, & déclarerons nettement aux Médiateurs, auſſi-tôt qu'on parlera des affaires d'Italie, qu'elles ne peuvent être terminées ſans rétablir toutes choſes au même état qu'elles é-toient avant le départ de Rome de Monſieur le Cardinal Antoine.

Touchant la Négociation avec l'Eſpagne, nous ſommes bien aiſes d'avoir agi ſelon l'intention de Leurs Majeſtez réiterée par le Memoire. On aura vû que nous avons déclaré en termes bien exprès, que l'ouverture par nous faite ne nous obligera plus après que la Campagne ſera commencée. Mais comme les Eſpagnols apprehendent extrêmement les efforts que l'on eſt prêt de faire de toutes parts, ils n'oublient rien pour empêcher Meſſieurs les Etats d'agir de leur côté. Nous ne doutons point que l'on n'ait envoyé de la Haye, l'avis des dernieres baſſeſſes du Marquis de Caſtel Rodrigo, qui leur fait des excuſes de ce qu'il envoye des troupes pour la défenſe de la Ville de Gand. Nous en remarquons bien l'artifice, & voions que cela commence à préjudicier à nos affaires, ſuivi comme il eſt très-exactement de la conduite de Meſſieurs d'Eſpagne qui ſont ici.

Meſſieurs Paw & Knuyt n'ont pas été plu-tôt arrivez que le Comte de Peñaranda a donné la promeſſe qu'on lui a demandée, de fournir dans le premier jour de Juillet un pou-voir du Roi d'Eſpagne conforme à la minute qui a été dreſſée à la Haye, où on lui retranche ſes qualitez, & où il reconnoît les Provinces-Unies pour libres. On peut juger par-là qu'il n'y aura pas grand different entr'eux, & que ſi les Eſpagnols en ſont crus, ils ſeront d'accord en vingt-quatre heures. Nous travaillons de tout notre poſſible pour prévenir les inconveniens qui en pourroient arriver, & les Députez de Meſſieurs les Etats donnent toutes les aſſurances qu'on ſauroit deſirer qu'ils ne feront rien ſans nous. Mais nous cherchons encore, s'il ſe peut, une précaution plus grande, jugeant bien que s'ils ajuſtent les premiers leurs conditions, ils nous tomberont ſur les bras pour diminuer les nôtres, ce qui eſt le moindre préjudice que nous en puiſſions recevoir, puiſque cette facilité des Eſpagnols paſſe bien plus avant & tend à empêcher Meſſieurs les Etats de mettre en Campagne. Voilà une amertume qui corrige un peu la douceur que nous commencions à goûter dans les affaires de l'Empire, laquelle néanmoins ne nous fera pas changer de conduite, aians ſouvent éprouvé que rien ne nous nuit tant auprès de nos Alliez, & rien ne leur donne tant d'avantage ſur nous, que de témoigner quelque apréhenſion.

Nous ne répondons pas en détail aux points contenus dans le Memoire du 21. Avril, puis qu'ils ſe trouvent pour la plûpart compris dans celui du 26. Quant aux autres, nous a-vons déja pris garde d'éclaircir beaucoup de choſes touchant les Païs & les Places qui doivent être cedées à la France. Nous eſſaierons de pourvoir au reſte le plus ponctuellement qu'il ſe pourra, lors qu'on en dreſſera l'Acte de ceſſion.

Nous inſiſterons auſſi à ce que l'aſſiſtance qui ſera promiſe à l'Empereur contre le Turc lui ſoit plutôt donnée en hommes qu'en argent, & qu'on en puiſſe tirer les avantages pour la France qui ſont très-bien remarquez par ledit Memoire. En toute extrêmité nous reduirons l'affaire à la ſomme qui nous eſt mandée, &c.

1646.

LETTRE

De Meſſieurs les

PLENIPOTENTIAIRES

à Monſieur le Comte de

BRIENNE.

Du 7. Mai 1646.

L'Armée Suedoiſe s'aproche de Munſter. On ne doit pas accorder le titre de Frere à l'Electeur de Brandebourg.

MONSIEUR,

CEux qui porteront nos Lettres partiront dorénavant de Munſter le Mardi matin. Ils promettent de n'être pas plus de ſix jours ſur les chemins, & d'arriver à Paris le Dimanche. Ils aſſûrent auſſi que ſi de Paris on fait partir les Paquets le Samedi au matin, ils feront ici rendus le Jeudi au ſoir enſuivant. De cette façon vous auriez la commodité de faire déchiffrer les Lettres, reſoudre les réponſes, & les remettre en chiffre depuis le Dimanche juſques au Samedi, & nous depuis le Jeudi juſques au Mardi ; ainſi l'on pourroit avoir en dix-ſept jours la réponſe à ce que l'on écriroit ; au lieu qu'auparavant il falloit vingt-quatre jours entiers. Nous vous ſupplions, Monſieur, de faire en ſorte que l'on s'y vueille accommoder. Nous vous envoions Copie du Billet que le Commis de la Poſte à Munſter nous a donné pour cet effet. Et cependant vous ſerez, s'il vous plaît, averti que nous n'avons pas écrit Mardi dernier, & que notre dépêche fut faite & miſe à la Poſte dès le Vendredi 27. du Mois paſſé. Elle eſt importante & contient une propoſition des Eſpagnols, avec notre réponſe conforme aux ordres que nous avons de la Reine.

Le Sieur de Beauregard ſe plaint que non ſeulement il n'a pas été ſi heureux qu'on lui ait augmenté ſes appointemens à la même raiſon que les autres Reſidens qui ſont en Allemagne, encore qu'il y ait dix ans qu'il y rende ſervice, ſans avoir fait un ſeul voiage en France : mais auſſi qu'il n'eſt pas paié de ce qu'on lui donne. Il dit qu'il n'a pas moien de ſervir le Roi & de s'entretenir à ſes dépens, & demandoit que nous le fiſſions paier ſur le fonds qui eſt en nos mains. A la verité ſi nous n'avions eu défenſes expreſſes de le divertir, nous lui euſſions bien volontiers accordé ſa demande, jugeans qu'il en a beſoin.

Tom. III.

Nous vous ſupplions d'y vouloir faire donner ordre promptement, à ce qu'il puiſſe continuer à Sa Majeſté le ſervice duquel nous ſommes obligez de vous témoigner qu'il s'acquitte dignement.

Meſſieurs les Médiateurs nous vinrent trouver le dernier jour du Mois paſſé, & nous apporterent la Duplique des Imperiaux. Ils nous repréſenterent en même temps qu'elle étoit remplie de tant de raiſons & allegations, qu'elle ne contenoit pas moins de vingt-quatre feuilles de papier & qu'ils avoient été obligez de dire aux Plenipotentiaires de l'Empereur qu'ils n'eſtimoient pas à propos de donner cette Duplique en l'état qu'elle étoit, qui pourroit cauſer une grande longueur, & peut-être de nouvelles difficultez ; ſur quoi leſdits Sieurs Plenipotentiaires leur aians promis de la changer & ne de toucher que le ſommaire des choſes, ſans les appuier de raiſons & d'autoritez ; leſdits Sieurs Médiateurs nous prierent de la tenir pour reçuë, & promirent de nous la rapporter, comme ils ont fait depuis en la forme que vous verrez par la Copie ci-jointe. Nous avons écrit à Monſieur de la Barde à Oſnabrug à ce qu'il fît, s'il ſe pouvoit, auprès de Meſſieurs Oxenſtiern & Salvius, qu'ils agréaſſent que la Duplique, qui leur avoit été donnée de la part des Imperiaux, fût racourcie, auſſi bien que la notre. Ils y ont fait quelque difficulté, à laquelle nous n'avons pas beaucoup contredit. Nous croions nous aſſembler bien-tôt avec eux en un lieu tiers, qui eſt entre Munſter & Oſnabrug, appelé Lengerick, pour prendre les dernieres reſolutions ſur le Traité que nous avons à faire avec l'Empereur, & y former ce qu'ils appellent la Replique, où nous eſſaierons de faire, s'il eſt poſſible, en ſorte que l'Acte même du Traité ſoit inferé, tel qu'il devra être paſſé entre les Imperiaux & nous.

L'Armée Suedoiſe s'aproche de Munſter.

L'Armée Suedoiſe s'étant avancée vers Oner, qui n'eſt pas éloigné d'ici, a donné l'allarme à quelques-uns de l'Aſſemblée, comme ſi les Suedois avoient deſſein de troubler la Négociation. Il eſt certain que ſi leurs troupes ſejournent long-temps en ces quartiers, le moindre inconvenient qui en puiſſe arriver eſt qu'elles ruïneront le Païs & lui ôteront toutes commoditez, de ſorte qu'il ſera malaiſé que l'Aſſemblée y puiſſe ſubſiſter.

Ce qui eſt dans le Memoire ſervira, s'il vous plait, de réponſe à vos Lettres du 21. & 26. du Mois paſſé. Nous vous dirons ſeulement que la Reine fait très-prudemment de donner les ordres néceſſaires pour l'entretenement des levées & de n'y épargner pas un peu de dépenſe. Le Sieur de Traci a été obligé, par les prieres de Madame la Landgrave & la rencontre des affaires qui ſont préſentement dans la Heſſe, d'y faire plus de ſejour qu'il n'eût fait autrement.

Le Baron de Dhona étant ici a demandé ſouvent ſi l'Electeur de Brandebourg donnant au Roi le titre de Majeſté, il n'auroit pas agréable de le traiter de Frere. On a toûjours répondu qu'il ne devoit pas entrer en aucun Traité, mais faire de bonne grace ce que les autres Electeurs faiſoient, & qu'il devoit attendre d'autant plus de faveur de Sa Majeſté, qu'il y procederoit avec plus de franchiſe. Et quand il a parlé en particulier, chacun de nous lui a plutôt ôté l'eſperance de voir réuſſir cette Négociation, que de la lui

Y 2   laiſ-

1646.

1646.
On ne doit pas accorder le titre de Frere à l'Electeur de Brandebourg.

laisser. Puisque l'on nous fait l'honneur de demander notre avis, nous estimerions qu'il ne seroit nullement à propos d'accorder ce qu'il desire, attendu que ce titre n'a point été donné jusques-ici aux autres Electeurs, qui se tiendroient desobligez si l'un d'eux seulement en étoit honoré. Et cette raison peut être dite à lui-même, qui est le dernier d'entr'eux. Ce n'est pas qu'il ne semble que si le Roi trouvoit à propos de gratifier ci-après le College Electoral, Sa Majesté ne pût faire quelque difference en la façon d'écrire à un Electeur, & à un simple Comte de l'Empire. Mais pour le présent on peut contenter le Baron de Dhona, en disant que si Sa Majesté venoit à prendre quelque resolution en faveur de tout le College Electoral, ne pouvant rien faire pour un qu'il ne fasse aussi pour les autres, la consideration de Monsieur le Marquis de Brandebourg y serviroit beaucoup, & en seroit le principal motif. Et pour le rendre plus capable de ces raisons, il semble qu'on lui peut faire quelque gratification, & l'asûrer de la bonne volonté du Roi envers son Maître, lequel aiant besoin de l'appui de la France dans les grandes affaires qu'il a présentement, n'auroit pas grand' peine d'attendre une autre occasion.

Le Marquis de Castel-Rodrigo a fait une Ordonnance en faveur de ces nouveaux Couriers, qu'ils ont établi depuis peu, dont les Médiateurs nous ont laissé une Copie que vous trouverez avec la présente. Nous vous supplions de nous envoier, Monsieur, un pareil ordre de Sa Majesté, ou plutôt trois ou quatre de même teneur, pour les pouvoir distribuer en d'autres Lieux (où il sera nécessaire & où nous le jugerons à propos.) Nous vous envoions ci-jointe la relation de celui de nous qui a été à Osnabrug. Elle vous informera ponctuellement de tout ce qui s'y est passé. Nous sommes, &c.

RELATION

De ce qui s'est passé au voiage

D'OSNABRUG

Fait par Monsieur

SERVIEN.

Du 7. May 1646.

Les Suedois ne veulent point de suspension. Ils pretendent la moitié de la Pomeranie, Bremen & Verden. Contestation sur les biens l'Eglise. La Suede consentira à l'affaire du 8. Electorat. Elle veut l'investiture de la Po-

1646.

meranie à perpetuité. Maximes favorites des Suedois. Impatience de Trautmansdorff pour conclure le Traité. Investitures de la Pomeranie & de l'Alsace, & jusqu'où elles peuvent s'étendre. Entretiens de Mr. de Servien avec les Etats de l'Empire Catholiques & Protestans. Wurtzbourg se déclare pour les intérêts de la France. On demande à Trautmansdorff des Passeports pour les Plenipotentiaires de Portugal. Il les refuse.

Les Suédois ne veulent point de suspension.

JE n'ai pas trouvé les Plenipotentiaires de Suede dans la resolution de consentir à la suspension générale quelque raison dont je me sois servi pour les y disposer. Ils disent pour leur excuse qu'ils n'ont pas le même pouvoir que nous en cette affaire, & qu'elle dépend plus de Monsieur Torstenson que d'eux. Que s'il s'agissoit de conclure la Paix ou une longue Trêve, ce seroit à eux de la faire; mais qu'une suspension de peu de durée doit être résolue selon l'état où se trouvent les Armées, & par conséquent doit être remise à ceux qui les commandent. Ils ont promis d'en écrire à Monsieur Torstenson, & de faire savoir sa réponse dans (douze) quinze jours. Il paroît bien pourtant à leurs discours qu'elle ne sera pas telle qu'on la desire, si ce n'est que l'on soit entierement d'accord en ce temps-là sur les principaux points du Traité, & particulierement sur celui de la satisfaction des Couronnes. Ils ont quelquefois dit entr'eux (à ce que m'a rapporté une personne confidente) qu'ils feroient scrupule d'accorder cette suspension contre la resolution du Traité & la Signature; tant ils ont peur d'être trompez, & tant ils sont persuadez de ne pouvoir obtenir ce qu'ils prétendent qu'avec les armes.

Ils prétendent la moitié de la Pomeranie, Bremen & Verden.

Lors que je leur ai parlé de leur satisfaction, ils m'ont témoigné tous deux ensemble & chacun d'eux en leur particulier, qu'ils n'avoient point encore d'ordre de Suede de rien retrancher de leur premiere demande. Néanmoins le Comte de Trautmansdorff m'a dit qu'on l'avoit asûré de bon lieu qu'ils se contenteroient ou de toute la Pomeranie & de Wismar, ou de la moitié de la Pomeranie, de Wismar, de l'Archevêché de Bremen, & de l'Evêché de Verden.

Je ne sai pas si l'un des deux se trompe dans son opinion, ou si l'un a parlé plus franchement que l'autre. Il y a plus d'apparence que les Suedois ont demeuré sur la retenuë, leur dessein aiant toûjours été de ne faire connoître leur dernieres intentions qu'à la conclusion du Traité, & après qu'on sera d'accord sur tout le reste. Quoi qu'ils disent, j'estime que le Comte de Trautmansdorff fait déja pour combien en être quite envers eux.

Monsieur Oxenstiern m'a dit en confidence que ledit Comte lui donnant part de l'offre qu'il nous avoit fait faire, l'avoit voulu exhorter à ne souffrir pas que Brisack nous demeurât, & lui avoit aussi voulu persuader que ce n'est pas l'avantage des Protestans, mais que par sa réponse il lui avoit fait connoître

que

1646.

que ni les uns ni les autres n'étoient pas d'humeur d'envier le bonheur de leurs amis , & qu'ils seroient tous bien aises qu'on nous donnât plus par le Traité de Paix que nous n'avons demandé.

La resolution que nous avons prise ensemble sur ce sujet & sur tout ce qui est présentement à faire dans cette Négociation, a été qu'il faut attendre la Duplique des Imperiaux, & après cela nous assembler en quelque lieu à mi-chemin de Munster & d'Osnabrug, pour resoudre la derniere réponse que nous y devons faire, qui contiendra, ou la conclusion de la Paix ou la continuation de la Guerre; & que pour cet effet il faudra donner aux Imperiaux le Traité tout dressé en la forme qu'il doit demeurer. J'ai fait entendre doucement à Monsieur Salvius que dans cette entrevüe ils ne doivent pas faire difficulté de se trouver sur le lieu avant nous, pour nous visiter les premiers, lors que nous y arriverons, dont il est demeuré d'accord.

Monsieur Oxenstiern s'est enfin laissé vaincre à la raison touchant la Cure de Valenhorst, & promis d'y faire rétablir un Curé ou un Vicaire Catholique; pourvû que les habitans de la Paroisse le lui demandent par une Requête. J'ai fait savoir à ceux-ci & à quelques Ecclesiastiques d'Osnabrug, avant mon depart, la voie qu'il y faudra tenir, afin qu'il ne s'y rencontre plus de difficulté. Monsieur de la Barde s'est aussi chargé d'en prendre soin.

Le plus considerable différent, qui se rencontre aujourd'hui entre les Catholiques & les Protestans, est pour raisons des biens Ecclesiastiques. J'ai fait remarquer en passant à Monsieur Oxenstiern que nous avions bien volontiers consenti, pour l'amour de lui & de son Collegue, qu'il fût traité à Osnabrug, & que les Catholiques assemblez à Munster y envoiassent leurs Députez, croiant qu'il seroit terminé raisonnablement : mais que si on prétend que les Catholiques consentent à une alienation perpetuelle des biens de l'Eglise, ils nous ont tous protesté diverses fois de ne le pouvoir faire, & que leur honneur, leur conscience, les droits du Pape & ceux de Dieu même, auquel la proprieté desdits biens appartient, leur en ôtent tout moien. Comme je l'ai pressé par diverses raisons d'y trouver du temperament, il m'a prié moi-même d'en parler aux Députez des Protestans, & qu'il prendroit soin de les faire venir chez moi, ce que j'ai accepté & pris à bon augure.

Nous sommes après cela tombez sur l'affaire Palatine. J'ai représenté que le Duc de Baviere mérite d'être consideré : que c'est un Prince puissant & dans la Guerre & dans la Négociation. Qu'il s'est le mieux conduit à l'endroit des Couronnes, ses Députez aiant soûtenu le plus hardiment en l'Assemblée, qu'il leur faut donner satisfaction : Que Monsieur le Chancelier Oxenstiern a toûjours été d'avis qu'il faut s'accommoder de different : Qu'il est comme impossible de faire rétablir le Palatin en tous ses Etats, & Dignitez, & que ce point ne doit pas empêcher qu'on ne fasse la Paix. Monsieur Oxenstiern s'est plus ouvert sur ce sujet qu'il n'avoit encore fait & m'a avoué que les ordres de Suede portent qu'il ne faut pas demeurer sur les extrêmes, & qu'il faut y chercher quelque accommodement. Le voiant en si bonne disposition, j'ai tâché de le son-

1646.

der plus avant , pour découvrir son sentiment , & lui ai dit que le Duc de Baviere témoigne de se vouloir porter aux dernieres extrémitez plutôt que de rendre la Dignité Electorale qu'il possede : Que si on en peut créér une huitiéme pour le Palatin , en lui rendant le bas Palatinat , comme l'Empereur & les Electeurs semblent y être disposez , ce Prince aura sujet de se contenter , & ne sera pas mal sorti du pitoiable état où il a été reduit depuis vingt-sept ans. Que cette augmentation du nombre des Electeurs sera remarquable à la posterité , & fera mieux souvenir de ce que les Couronnes font aujourd'hui pour le rétablissement des Princes de l'Empire. Cette derniere consideration l'a plus touché que les autres. Il n'a pourtant pas donné un consentement formel à toute la proposition ; mais il ne l'a pas aussi rejettée ni contredite. Il y a même sujet de croire qu'il y a tacitement aquiescé.

Quant à l'Investiture que nous devons prendre, ils sont resolus d'avoir celle de la Pomeranie pour la Couronne de Suede ; & non seulement pour la Reine & pour ses Successeurs. Ils prétendent même que si la forme du Gouvernement de Suede vient un jour à être changée, on demeure obligé de la part de l'Empire à la continuer & qu'elle sera seulement prise à chaque mutation d'Empereur. J'ai été bien aise de les voir dans une si ferme resolution , croiant que l'exemple de ce qui sera fait pour la Pomeranie servira pour l'Alsace.

Je lui ai donné part de l'état où nous sommes avec les Espagnols, dont il a fait de grands remercimens, & lors que je lui ai communiqué la derniere offre des Imperiaux, dont il a pris une copie par écrit, il m'a dit en riant que nous avions été servis les premiers ; mais qu'il n'auroit pas sujet d'être content si on a joûtoit tant de conditions & de restitutions à celle qui leur doit être faite. Je n'ai pas été fâché qu'il ait fait ce jugemens de la notre ; j'ai même pris soin de lui faire connoître que nous y sommes mal traitez, afin que quand nous nous relâcherons, selon les ordres qui en arriveront de la Cour, ils nous aient obligation de la facilité que nous apporterons, & qu'en la leur faisant valoir, nous puissions les presser d'en faire autant de leur côté sur quelque point important.

Ces deux Ministres affectent si fort de tenir tous leurs desseins cachez, qu'en traitant avec nous ils ne nous considerent pas la plûpart du temps comme leurs Alliez , & qu'il faut le plus souvent ou arracher leurs paroles ou deviner leurs pensées. On diroit à les ouïr parler qu'ils songent plus à la continuation de la Guerre, qu'aux conditions de la Paix. La fermeté, qu'ils témoignent encore, tant dans les intérêts publics que dans les leurs particuliers, donneroit sujet de prendre cette croiance, si on ne connoissoit leur humeur naturellement méfiante & reservée. A la verité ils sont dans un lieu où toutes leurs actions sont éclairées des Protestans, ausquels ils apprehendent de donner le moindre soupçon. Ce qui redouble leur retenuë naturelle, outre qu'ils croient de parvenir mieux à leurs fins par cette conduite, leur maxime étant, qu'il faut prétendre beaucoup, pour obtenir ce qui est juste, demander hardiment ce qu'ils ne peuvent pas refusé, faire les mauvais pour ramener les autres à la raison, & poursuivre sans interruption la Guerre pour avoir une Paix avantageuse.

 Dans

Impatience de Trautmansdorff pour conclure le Traité.

Dans les deux Conferences que j'ai euës avec le Comte de Trautmansdorff, en recevant sa visite & lui rendant la mienne, j'ai connu qu'il a une très-grande impatience que les affaires s'avancent. Il m'a demandé quand reviendra le Courier que nous avons Dépêché à la Cour, & témoigné beaucoup d'apréhension de la maladie de Monsieur Salvius, à cause qu'elle peut retarder le Traité.

Ces inquiétudes ne m'ont pas déplû. Il m'a fort prié de disposer les Suedois & les Protestans (sur qui nous devons avoir quelque credit) de se mettre à la raison. Il m'a voulu engager à faire désister les Suedois de la demande de Bremen & de Verden, mais aiant ajoûté qu'il ne pouvoit pas s'en mêler, pour ne faire pas tomber leur recompense sur l'Electeur de Brandebourg, plutôt que sur le Fils du Roi de Dannemarck, j'ai répondu que la même consideration ne me permettoit pas d'en parler, & que je ne voiois pas les Suedois encore disposez à se contenter d'une partie de leur demande. Nous avons un peu contesté sur la forme d'Investiture qui doit être donnée. J'ai allegué quelques raisons & di-

Investitures de la Pomeranie & de l'Alsace, & jusqu'où elles peuvent s'étendre.

vers exemples pour montrer qu'elle doit être accordée au Roi & à ses Successeurs à la Couronne. Son opinion est qu'elle ne peut être délivrée que pour les personnes & non pas pour les Couronnes : qu'il ne fut jamais fait autrement dans l'Empire : que le Roi d'Espagne même, qui est de la Maison, n'a celle de Milan que de cette sorte ; & que les exemples que je lui avois alleguez de Naples & de quelques autres Etats, ne peuvent pas être tirez en conséquence pour l'Allemagne. Enfin, après une assez longue contestation, il m'a dit qu'on donneroit celle de la Pomeranie à la Reine de Suede ou à ses enfans, ou, en cas qu'elle n'en ait point, au Roi qui sera élu après elle & à ses descendans : Et que pour celle de l'Alsace, on l'accordera pour tous les Princes du sang Royal ; mais que c'est tout ce qu'on peut faire. Ledit Comte estime que la recompense que l'on avoit crû donner aux Suedois en argent, doit être délivrée à l'Electeur de Brandebourg pour son dédommagement & imposée sur tous les Etats de l'Empire. (Mais il me semble qu'il y a quelque pratique secrete parmi les Protestans dont les Deputez de Hesse sont les) plus ardents solliciteurs pour lui faire donner plutôt quelques Evêchez, comme celui d'Halberstat, d'Osnabrug & de Minden, ce qui seroit très préjudiciable à la Religion.

Entretiens de Monsieur de Servien avec les Etats de l'Empire Catholiques & Protestans.

Les Députez des Etats m'ont presque tous visité, ou en corps, ou en particulier. Ceux des Catholiques ont été les premiers conduits par l'Ambassadeur de Maïence. Leurs remontrances ont abouti à trois points : Que nous emploïions l'autorité du Roi pour faire désister les Suedois de la demande qu'ils font des Evêchez de Bremen & de Verden ; Que nous fassions le même auprès des Hessiens, qui prétendent pour leur satisfaction divers Etats apartenans à l'Eglise, & que nous disposions tous les Protestans à se contenter qu'on leur laisse pour un temps limité les biens Ecclesiastiques qu'ils possedent présentement. J'ai répondu sur le premier, que nous ne pouvions pas empêcher avec bienseance que nos Alliez ne reçoivent ce que les Imperiaux leur veulent donner : Que pour les Hessiens, nous n'appuïions pas leurs demandes en ce qu'ils prétendent au préjudice de l'Eglise, y aiant plusieurs demandes qu'ils ont faites sans notre par-

ticipation, & y aiant ajoûté beaucoup de choses contre la parole qu'ils nous avoient donnée de ne le pas faire : Que nous emploierons de bon cœur l'autorité du Roi envers eux pour les en faire départir, pourvû que l'on donne d'ailleurs une satisfaction raisonnable à Madame la Landgrave.

Quant aux biens Ecclesiastiques prétendus par les Protestans, que c'est une vieille querelle qui a été accommodée autrefois, & de laquelle on peut sortir aujourd'hui par les mêmes expedients dont on a ci-devant convenu, que nous ne pouvons nous en mêler que pour exhorter les uns & les autres à faire un accommodement raisonnable : Que nous n'avons garde de rien proposer qui puisse tant soit peu blesser la conscience ; mais que l'experience aiant jusques-ici fait voir que rien ne favorise tant les progrès de l'heresie que la licence des armes, chacun doit avouër qu'il n'y a point de remede plus utile aux maux que souffre la Religion, que de faire promptement la Paix générale, & que les Catholiques gagneront beaucoup en relâchant quelque chose.

Les Députez des Etats Protestans m'aians visité en plus grand nombre, m'ont fait un long recit de tous leurs griefs & y ont ajoûté diverses plaintes de la dureté des Catholiques, qui ne veulent pas, disent-ils, sortir d'affaire definitivement. Ils ont principalement appuié sur trois points, desquels tous les autres dépendent, savoir, à obtenir la revocation du *Reservatum Ecclesiasticum*, inseré dans la Paix de l'année 1555. & retenir pour toûjours le bien de l'Eglise dont ils sont en possession, & à faire établir quatre Chambres mi-Parties dans l'Empire, afin qu'à l'avenir la Justice soit renduë plus promptement & sans faveur aussi bien que sans haine.

Ils disent sur le premier, qu'il a été autrefois ajoûté à la Paix religieuse au préjudice des droits, & des protestations de ceux de leur créance ; qu'ils ne peuvent sans quelque espece d'infamie être privez de leurs Dignitez, puisqu'ils quitent la Religion Catholique pour se ranger à la leur. Sur le second, qu'au lieu de faire une Paix durable, qui doit servir de loi à la posterité, l'on ne fera qu'une simple Trêve, si on leur veut prescrire un temps limité pour la retention des biens l'Eglise qu'ils possedent, après lequel temps, ou il faudra revenir aux armes, ou qu'ils demeurent exposez au jugement de leurs propres Ennemis, puisque l'Empereur prétend que c'est à lui seul qu'il appartient de juger de ce different : Que les Catholiques s'excusent sur ce que l'honneur & la conscience ne leur permettent pas d'y consentir ; mais qu'il n'est pas croiable qu'ils aient moins de pouvoir que leurs Predecesseurs aux Traitez de 1552 & 1555. où ils consentirent à l'alienation perpetuelle des biens Ecclesiastiques possedez en ce temps-là par les Protestans, ni qu'alors ceux qui étoient chargez des intérêts des Catholiques eussent moins d'honneur & de conscience que ceux d'aujourd'hui. Sur le troisiéme, qu'ils ont grand intérêt que la Justice leur soit administrée d'une autre sorte qu'elle n'a été ci-devant ; Qu'en Allemagne il n'y a jamais de fin aux procès : Que la France se trouve bien d'avoir divers Parlemens, & que l'établissement des Chambres mi-Parties y a été très-utile pour bannir les défiances de ceux de la Religion, & réunir les Esprits, sans quoi la tranquilité publique ne peut jamais être de durée.

J'ai

1646.

J'ai reparti sur le premier, que ce seroit un mauvais préfage pour la Paix qui doit être faite préfentement, si on revoquoit en doute ce qui a été accordé en celle de l'année 1555. Que je ne voyois pas comment les Couronnes, qui ont pris les armes pour empêcher les innovations dans l'Empire, & pour faire obferver les anciens Traitez, peuvent demander la revocation d'un ordre folennellement établi depuis près de cent ans, & qui a été executé fans aucun changement depuis ce temps-là : Que fi les proteftations fecretes contre les Traitez publics étoient recevables, il n'y auroit jamais de feureté dans les affaires du monde : Que les Catholiques font un très-mauvais jugement des inftances qu'on leur fait fur cet Article, & en prennent de grands ombrages, difans qu'on cherche de temps en temps à leur faire quelques nouveaux préjudices, & qu'on rendroit leur condition trop méprifable fi tout ce qui eft refolu contr'eux devenoit ferme & immuable, & ce qui eft accordé en leur faveur étoit fujet à de perpetuels changemens.

Je me fuis un peu plus étendu fur le fecond comme le plus important & capable de retarder ou rompre le Traité. J'ai tâché de leur faire comprendre que le raifonnement qu'on fait pour prouver que fi les biens Ecclefiaftiques ne font pas laiffez pour toujours, on ne fera qu'une Trêve, eft plus fubtil que concluant, puis qu'il y a peu de Traitez de Paix, où il n'y ait plufieurs articles, qui non feulement ne font pas accordez pour toûjours, mais qui demeurent tout-à-fait indécis : Qu'il ne faut que voir celui de Vervins, où les differens pour la Navarre & pour le Marquifat de Saluffes, quoi que de très-grande importance, ne furent pas définitivement vuidez, & que la Paix de l'Empire n'en fera pas moins durable & moins ferme, quand on aura convenu par un des articles que les Proteftans demeureront en poffeffion foixante ou foixante & dix ans des biens Ecclefiaftiques, qui font entre leurs mains : Que le Traité de 1555. étoit rélatif au Concile qui devoit être tenu pour compofer les differens des deux Religions, & par confequent n'avoit pas un terme indéfini, comme on le demande aujourd'hui. Je les ai fort exhortez d'y trouver quelque temperament, & de profiter de l'exemple de leurs ennemis qui avoient changé le floriffant état de leurs affaires pour avoir formé des deffeins inutiles & violens : Que la Guerre a été entreprife pour garantir les Princes Proteftans, anciens Alliez de la France, du mal qu'on leur vouloit faire, mais non pas pour ruiner ni violenter les Catholiques ; Qu'un chacun aura fujet d'être content de la Paix qui eft fur le point d'être concluë, pourvû qu'on fuive la raifon de part & d'autre, & que ceux qui ont l'avantage demeurent dans la moderation, que les vaincus n'ont pas fû garder lors que le fort leur a été favorable : Que bien fouvent on ruine les affaires, pour y vouloir chercher trop de furetez : Que c'eft porter trop avant la prévoiance humaine de vouloir remedier aujourd'hui à tout ce qui pourra arriver dans foixante & dix ans : Qu'ils doivent confiderer les offices des Plenipotentiaires de France, qui leur parlent en fideles amis, & qui font intereffez dans leur confervation : Qu'il nous femble que les Catholiques fe mettent bien à la raifon quand ils confentent à la retention des biens de l'Eglife pour foi-

xante & dix ans, & qu'on peut remedier au trouble que les Proteftans apréhendent après ce délai expiré, en convenant préfentèment que les Parties, demeurant chacune dans leurs droits & prétentions, ne pourront jamais en faire pourfuite par les armes, ni par la Juftice ; mais feulement s'en accorder enfemble par une compofition amiable avant que les foixante & dix ans foient expirez. Ils fe font regardez l'un & l'autre fur cette propofition fans me rien répondre, & leur contenance me donne quelque fujet de croire qu'ils y ont donné une tacite approbation. En effet j'ai fû que les Deputez de Saxe & quelques autres des plus moderez d'entr'eux la trouvent très-raifonnable, & croient qu'on en doit paffer par-là.

Plufieurs autres Députez m'ont vifité féparement, mais feulement pour recommander les intérêts particuliers de leurs Maîtres. Celui de Baviere m'a fort preffé pour favoir ce que j'avois avancé en l'affaire Palatine. Je lui ai dit en termes généraux qu'elle étoit en affez bon état ; que Monfieur le Duc de Baviere connoîtroit bientôt par effet le defir que Leurs Majeftez ont de procurer fon contentement, mais qu'il falloit auparavant qu'il difpofât les Imperiaux à nous parler plus franchement fur la fatisfaction de la France, & que les affaires feroient déja plus avancées de tous côtez, fi on n'eût point laiffé de queuë dans l'offre qui nous a été faite.

Le difcours qui m'a été fait par le Député de Wurtzbourg mérite d'être remarqué particulierement. Après m'avoir juftifié fa conduite à l'endroit de la France, dont il avoit appris avec regret qu'on n'avoit pas entier contentement, & m'avoir préfenté la copie de ce qu'il avoit dit dans l'Affemblée fur la fatisfaction du Roi, pour dementir (a-t-il ajoûté) ceux qui l'avoient voulu calomnier ; il m'a declaré nettement que fon Prince defire avec tant de paffion la bien-veillance de Leurs Majeftez, qu'il offre tout ce qui eft en fon pouvoir pour leur faire obtenir ce qu'elles defirent dans le Traité de Paix, & en cas qu'ils ne réuffiffe pas, qu'il eft prêt de fe joindre, & donner toute forte d'affiftance à Leurs Majeftez, dans la continuation de la Guerre. Je l'ai fort remercié d'une offre fi obligeante, & l'ai afsûré que fon Maître ne demeureroit pas long-temps fans connoître combien elle avoit été agréable à Leurs Majeftez.

Le même m'a fait compliment de la part de l'Evêque de Bâle, qui témoigne auffi beaucoup de defir d'être honoré de la bienveillance de Leurs Majeftez ; mais il n'a point paffé fi avant qu'en parlant pour celui de Wurtzbourg. Il a fini fon difcours en me difant que le Comté de Ferrette & les Seigneuries de Tannes & d'Alkirchen, qui appartenoient ci-devant à la Maifon d'Autriche, relevent de l'Evêché de Bâle ; qu'il a cru nous en devoir informer, & a dit en même temps que fi Leurs Majeftez defirent traiter de cette mouvance, fon Maître s'y difpofera très-volontiers pour leur complaire, pourvû qu'on lui donne quelque recompenfe ailleurs.

Le jour avant mon départ, l'indifpofition de Monfieur Salvius lui aiant permis de traiter d'affaires, il m'a confirmé les mêmes chofes qui m'avoient été dites par Monfieur Oxenftiern, tant fur le public que fur les intérêts particuliers de la Suede. En la derniere Conference qne nous avons euë tous enfemble, nous avons refolu d'envoyer de nouveau demander

1646.

Wurtzbourg fe déclare pour les intérêts de la France.

On demande à Trautmansdorff des Paffeports

mander conjointement au Comte de Traut-mansdorff le Paſſeport des Plenipotentiaires de Portugal ; ce qui a été exécuté. Ledit Comte a témoigné d'abord d'être piqué de cette demande , laquelle aiant été faite en même temps que celle des Heſſiens, lui a fait dire qu'on cherchoit de nouveaux obſtacles à la Paix, au lieu de ſurmonter ceux qui l'ont retardée juſques-ici , & qu'il lui étoit impoſſible d'y conduire ſeul les affaires , ſi on n'y concouroît de tous côtez, quelque bonne intention qu'il eût. On lui a répondu que la demande des Heſſiens contient beaucoup de choſes qui y ont été ajoûtées ſans notre participation ; mais qu'elle n'empêchera pas la Paix, préſuppoſé qu'on donnera par quelqu'autre voie une ſatisfaction raiſonnable à Madame la Landgrave: Que celle qu'on fait pour les Portugais eſt très-juſte & n'eſt pas nouvelle, qu'il eſt ſans exemple que des Plenipotentiaires de tout un Roiaume ſoient dans une Aſſemblée comme celle-ci, ſans y avoir une entiere ſureté, Qu'on ne cherche pas à faire préjudice aux droits de perſonne , & qu'il ſe peut trouver des expediens qui ne les bleſſeront point. Après un peu de conteſtation , il eſt demeuré d'accord que les Plenipotentiaires des Couronnes, en vertu du Paſſeport qu'ils ont , peuvent prendre ſous leur protection ceux de Portugal & leur donner ſureté comme à leurs Confederez , & que déja de ſon côté il avoit donné les ordres néceſſaires pour empêcher qu'on n'entreprît rien contr'eux , dont ils devoient ſe contenter: Que pour les Heſſiens, on ſe diſpoſera volontiers à leur donner quelque ſomme d'argent; mais qn'ils ne doivent pas prétendre avoir rien en terres & principalement aux dépens de l'Egliſe.

Lors qu'on a fait ſavoir aux Portugais la réponſe de Trautmansdorff touchant leur Paſſeport, ils n'ont pas témoigné repugnance à l'ouverture qu'il a faite, pourvû que ledit ſauf-conduit leur ſoit délivré par nous , en vertu d'une convention précedente, & plus expreſſe qui aura été faite pour ce ſujet entre les Commiſſaires Imperiaux & nous.

L E T T R E

D U R O I

à Meſſieurs les

PLENIPOTENTIAIRES.

Du 8. Mai 1646.

Le Roi recommande de nouveau les intérêts de la Maiſon de Mantouë.

MON COUSIN & MESSIEURS les Comtes d'AVAUX & de SERVIEN.

AIant beaucoup d'affection & de bonne volonté pour la Maiſon de de Mantouë & lui en voulant donner des marques bien véritables aux occaſions, je vous écris celleci , par l'avis de la Reine Regente Madame ma Mere, pour vous dire que vous aiez à vous emploier, durant le cours de la Négociation du Traité de la Paix générale , à ce qui ſera du bien & de l'avantage de ladite Maiſon ſur les affaires très-importantes qu'elle a , & dont vous ſerez informez par les Miniſtres de mon Couſin le Duc de Mantouë , qui ſe vont rendre incontinent à Munſter.

Je deſire auſſi que vous leur faſſiez tous les traitemens favorables & accoûtumez en cette Cour, tout ainſi qu'à ceux de Savoye & de Florence, & ſachant comme vous affectionnez d'executer mon intention & mes ordres , après vous l'avoir ainſi témoigné , je ne puis vous en dire davantage , que pour prier Dieu qu'il vous ait , Monſieur mon Couſin & Meſſieurs les Comtes d'Avaux & de Servien , en ſa ſainte garde. Ecrit à Paris le 8. Mai 1646.

Signé, LOUIS

Et plus bas

DE LOMENIE.

1646.

LETTRE

De Monſieur le Comte de

BRIENNE

à Meſſieurs les

PLENIPOTENTIAIRES.

Du 12. Mai 1646.

Pignerol ne ſera pas mis en ligne de compte, & Cazal ne ſera pas demoli. On craint fort la Flote de France ſur les côtes d'Italie.

MONSEIGNEUR & MESSIEURS.

VOus verrez par le Memoire du Roi que Chantilly n'a pas été un lieu de pur divertiſſement, & que Monſieur le Cardinal y a fait prendre à la Reine des reſolutions de très-grande importance, y ayant reçû votre Dépêche du vingt-ſixiéme du paſſé. Ce fut à Paris que la mienne me fut apportée, laquelle me donne beaucoup de joie de la gloire qui ſe prépare à cette Couronne par une augmentation de grandeur, qu'elle eût eu peine à ſe promettre lors de l'ouverture de la Guerre, & de la particuliere eſtime que vous vous êtes acquiſe, ménageant juſques aux moindres avantages, que le cours de la Négociation vous avoit préſentez. Ce qui fut donné à entendre par Contarini m'a poſitivement été dit par Monſieur l'Ambaſſadeur de Veniſe, & il eſtime tant les deux Comtez qu'on vous offre, qu'il dit qu'en bonté & grandeur elles excedent de beaucoup le Roiaume de Navarre. S'il lui avoit plû d'ajoûter que l'une couvre autant Paris que la Navarre fait Madrid, j'aurois été forcé d'en convenir; & j'ai toûjours autant conſideré un pied de Terre du côté de la Frontiere de Picardie qu'une toiſe d'un autre. Qui ſe ſouviendra de l'effroi que l'on eut à Paris quand l'ennemi eût paſſé la Somme, & de quelle apprehenſion le Roi Henri le Grand fut touché quand il eût apris la ſurpriſe d'Amiens, il admirera le bonheur de la France d'être en l'état de ne plus retomber en ces extremitez; voiant ſa Frontiere ſi avancée, & ſa Capitale ſi éloignée de l'ennemi, qu'il n'y ſauroit donner de l'apprehenſion, qu'il n'ait gagné deux Batailles & pris un nombre de Villes de grande importance.

J'évite d'entrer en matiere, ſoit parce que cela ſeroit inutile, & que je ſai ſeulement ce qui a été reſolu, & non les motifs du Con-

ſeil, ne m'y étant point trouvé. J'ai toutefois aſſez de connoiſſance de l'état des affaires pour oſer dire que la Paix ſera glorieuſe & utile tout enſemble, puis qu'elle apportera de ſi riches Provinces à la Couronne, & qu'elle lui redonnera d'un côté ſes anciennes bornes. Deſormais on conſultera le plus & le moins, le pied eſt fait, & le fondement établi de notre ſatisfaction.

Ce n'eſt pas une choſe legere que Pignerol ne nous ſoit conteſté ni mis en compte, qu'on ne parlera plus de raſer Cazal, & qu'on ſouffre qu'on cherche des expediens pour l'aſſûrer à ſon legitime Maître; que le Roi entre en ligue avec les Princes d'Italie, comme l'un de ſes Potentats, pour en conſerver la liberté; & qu'adroitement vous avez évité de parler de Correggio, appuiant ſur la reſtitution de Sabionette. A ce propos il me ſouvient m'avoir été écrit par Monſieur de Gremonville que le Prince de Correggio ſeroit pour s'accommoder de ſes droits avec le Duc de Modene; & il lui a été mandé de preſſentir ledit Duc, lui en inſpirer le conſeil, & l'y trouvant diſpoſé d'en hâter la concluſion. Pour la faire prendre au Prince avec plus de moderation, Sa Majeſté ſeroit pour lui donner une penſion, & ſi de l'argent dont on conviendra il acquereroit un fief en France, Sa Majeſté l'y conſidereroit. C'eſt un temperament, afin qu'il ne demeure ſujet de l'autre, qui lui avoit voulu donner de grandes Seigneuries dans ſes Etats; ce qu'on pourroit conſentir, s'il ne trouvoit ailleurs à les employer.

Qui eût dit que la France viendroit à un point de s'intereſſer aux affaires d'Italie, non par une regle de bonne politique à raiſon d'un voyage, mais pour y avoir un pied établi. On auroit eu peine à le croire, & le Duc d'Albe n'auroit jamais imaginé qu'un qui lui auroit ſuccedé au Gouvernement du Païs-Bas, eût été reduit à demander aux Hollandois une ſurſéance d'Armes. Ces deux prodiges ſont dûs à la generoſité de la Reine qui fait voir une troiſiéme merveille, dont un chacun demeure étonné, que l'Interregne eſt capable d'accroiſſement & que l'on y peut tout ce dont un regne établi de longues années pouvoit concevoir quelque eſperance.

Si Meſſieurs les Etats hâtoient leur reſolution, que le jour qu'ils ratifieront le Traité ils miſſent en Campagne, & que le même ils diſtribuaſſent des Commiſſions pour une levée extraordinaire de dix mille hommes, comme ils firent l'an paſſé; le Marquis de Caſtel-Rodrigo ſe tiendroit entierement perdu. Il preſſeroit de telle ſorte le Comte de Peñaranda, qu'il reviendroit de ſa pamoiſon; ſa lenteur & froideur ſe tourneroient en chaleur, & il auroit plus de hâte d'offrir qu'il n'a de plaiſir de remettre au temps le remede des maux dont ſon Maître eſt preſſé. Selon l'avis que j'ai, ſix Provinces y ſont bien diſpoſées, la plûpart des Communautez de Hollande auſſi; mais on craint tant de ſa bizarre conduite que toutes choſes y ſont en ſuſpens. Il eſt étrange que l'on dit qu'il faut reſoudre ſi on mettra en Campagne, après l'avoir promis par un Traité qu'ils ont recherché, & qu'au premier de Mai il n'y eût rien de reſolu entr'eux. Il eſt vrai que la diſpoſition paroît telle qu'on la peut deſirer. Votre premiere Dépêche nous éclaircira de pluſieurs choſes.

Vous ſavez maintenant la finale intention des Imperiaux & des Suedois; celle des uns pour offrir & celle des autres pour recevoir, & la parfaite intelligence qui se passe entre vous & les Plenipotentiaires de Suede les aura conviez de s'ouvrir avec Monsieur Servien, qu'on sait être de retour du voyage qu'il a fait vers eux dès le vingt-huitiéme du passé. La Gazette d'Anvers portée par ce dernier Courier dit qu'à la Pomeranie on joint deux Dioceses, & que Bremen s'en trouve excepté. Mais ce n'est pas un fondement solide pour appuyer une nouvelle de cette conséquence, & il n'y a point de raison de débiter ce qu'on écrit à ceux qui font sur le lieu où telles ouvertures se font ; pourtant je la considere comme une marque de leur resolution & de leur foiblesse.

On craint fort la Flote de France sur les côtes d'Italie.

Bientôt je vous manderai ce qui aura été entrepris par notre Armée navale. Elle avoit paru dans la Riviere de Gennes, & elle est crainte en divers lieux, & presque par tout où elle a la commodité d'aborder. Sans compter le nombre d'hommes nécessaire pour la défense des Navires, l'Armée qu'on peut mettre à terre est composée de huit mil hommes effectifs, & il ne sera pas difficile de la fortifier, puis qu'il y a dans Rome quantité de soldats levez pour défendre les intérêts de la France, & pour s'opposer aux violences dont l'Amirante de Castille se vantoit de pouvoir user à l'encontre du Cardinal d'Este. On mettoit leur accommodement en Négociation ; mais on n'en pressoit pas la conclusion ; ce qui donneroit lieu de soupçonner que le Pape estimeroit que la force seroit du côté de l'Amirante, & cela n'a pas porté les Cardinaux François de faire en sorte qu'ils se trouvent en état (lors que le Pape à banieres déployées passe de l'autre parti) de résister audit Amirante & aux Cardinaux Espagnols. Les Troupes de sa Sainteté, qui avoient été mises en mains suspectes, en ont été tirées ; présentement quatre Seigneurs Romains les commandent, dont deux sont affectionnez à cette Couronne, & reconnus pour lui être obligez. Que ce soit une raison convaincante pour faire fondement sur eux, c'est ce qui reste indécis.

Bien que l'on eût travaillé à la réponse du Memoiré, ainsi que je vous avois marqué, si a-t-il été jugé plus à propos de diferer de vous l'envoyer, & d'attendre vos Dépêches qui seront apportées par le Courier qui arrivera Mardi ; & alors il vous sera Dépêché un Extraordinaire. Cependant il m'est commandé de vous dire que l'on aprouve tout ce que vous avez répondu aux Médiateurs, & de vous tenir avertis que si les affaires avancent, il sera bon de prendre des précautions pour les progrès que l'Armée navale pourroit avoir faits en Italie, parce que Sa Majesté ne se disposeroit pas aisément, si elle peut établir ses Armées en quelques Postes de ces Quartiers-là, de les abandonner, Je suis &c.

LETTRE

De Messieurs les

PLENIPOTENTIAIRES

à Monsieur le Comte de

BRIENNE,

Du 14. Mai 1646.

Trautmansdorff arrive à Munster. Il declare que Brisach ne doit pas rester à la France, & que le Rhin doit être sa Barriere. Les François refusent d'y donner les mains. Les Espagnols sollicitent les Hollandois de faire un Traité separé. Les François craignent que ceux-ci ne se laissent ébranler. Embarras où on est où & comment emploier l'Armée du Marechal de Turenne. Marsilly arrive à Munster d'auprès de Ragotsky.

MONSIEUR,

DEpuis notre derniere Dépêche du 7. de ce mois, le Comte de Trautmansdorff est arrivé en cette Ville. Il y avoit apparence qu'étant parti d'Osnabrug incontinent après la venuë de notre Courier, c'étoit pour conclurre la Négociation commencée par l'entremise des Bavarois & des Médiateurs, qui n'avoit été suspenduë que pour avoir les ordres de la Reine & de l'Empire. Mais il nous a bien surpris lors qu'en le visitant, & depuis plus formellement encore par les Médiateurs, il nous a fait déclarer que ce ne seroit pas avoir une Paix assûrée en Allemagne, si Brisach demeuroit entre les mains des François, Que le Rhin doit être le limite de la France, que cette Place est la Capitale du Brisgau, qu'on prétend devoir être rendu aux Archiducs ; qu'on en démolira les fortifications, & qu'on en rompra le Pont : que le Roi pourra faire fortifier de l'autre côté du Rhin telle Place d'Alsace qu'il plaira à Sa Majesté sans qu'eux en puissent fortifier de deçà. Et sur ces divers partis, les Médiateurs n'ont rien oublié pour nous les faire accepter.

Trautmans-dorff arrive à Munster.

Il déclaré que Brisach ne doit pas rester à la France, & que le Rhin doit être sa Barriere.

Nous avons répondu, avec grande plainte, de ce qu'il semble qu'on se veut retracter d'une chose, dont les Imperiaux avoient parlé

Les François refusent d'y donner les mains

de

1646.

de forte qu'il ne reſtoit pas lieu d'en doûter, comme il paroît même par les termes de la propoſition qu'ils en ont faite: Qu'il étoit bien étrange qu'après qu'ils ont eu peût-être quelque avis de la bonne diſpoſition de Leurs Majeſtez à la Paix, le Comte de Trautmansdorff ſe recule au lieu d'avancer, & veut aujourd'hui mettre en doute un point, ſans lequel nous avons toûjours déclaré ne pouvoir entrer en aucun Traité.

Nous avons exageré tout cela comme il faut & avec de telles raiſons que les Médiateurs n'ayans pû le contredire ni rien gagner ſur nous, ſe ſont contentez de nous prier de traiter en ſorte avec nos Parties, quand nous les verrons, qu'ils connuſſent que toutes leurs raiſons nous avoient été bien déduites par eux. Une autre choſe qui nous fit remarquer que les Médiateurs étoient perſuadez de nos raiſons, c'eſt qu'ils tournerent toute leur induſtrie à vouloir au moins, diſoient-ils, ſavoir de nous en confiance ce que portent les derniers ordres de la Cour, afin qu'en nous relâchant de notre part, ils puſſent obliger les Imperiaux à en faire autant. Mais nous avons jugé néceſſaire de ne nous en point ouvrir juſques à ce que nous ſoyons aſſeurez de Briſach, afin qu'après cela nous puiſſions traiter ſur le reſte avec plus d'avantage pour le ſervice du Roi. Parmi pluſieurs diſcours qui furent tenus en cette Conference, nous n'oubliâmes pas de témoigner aux Médiateurs que nous étions fort aiſes d'avoir appris que la Couronne de Suede ait eu entier contentement ſur ſa demande, & qu'on leur laiſſe toute la Pomeranie, le port de Wiſmar, l'Archevêché de Bremen & l'Evêché de Verden, & outre cela l'Evêché d'Halberſtat pour dédommager l'Electeur de Brandebourg; mais qu'à la vérité nous ne pouvions comprendre qu'en même temps on eut à diminuer les conditions qu'on nous avoit déja comme promiſes. Nous n'en avons pas moins fait de bruit avec les Ambaſſadeurs de Baviere, qui n'ont ſû que nous répondre & en ſont fort en peine. Ils ont parlé de ſorte à Trautmansdorff qu'il leur a avoué de n'avoir point de raiſon pour ſe défendre, mais qu'il ne pouvoit paſſer ſes ordres, dont eux-mêmes avoient connoiſſance. Nous leur avons témoigné, comme auſſi aux Médiateurs, que nous ſommes obligez de donner promptement avis de ce changement à la Cour & à Monſieur le Maréchal de Turenne, afin qu'on ne s'attende plus aux apparences de Paix qu'on nous avoit données. Les uns & les autres nous ont preſſé de ne Dépêcher pas ſitôt; & c'eſt ce qui nous a porté à une plus grande démonſtration de le vouloir faire, pour eſſayer par-là de les faire avancer davantage.

Nous tirons un bien de ce mal, en ce que les Etats Catholiques murmurent hautement de ce que l'Empereur eſt ſi liberal du bien de l'Egliſe envers les Proteſtans, & ſi avare du ſien envers la France. Nous ne manquons pas de les bien entretenir en cette humeur, & même avant'hier que les principaux d'entr'eux furent Deputez vers nous, ils approuverent fort ce que nous leur dîmes, qu'après que l'Empereur a fait la Guerre à leurs dépens, il veut aujourd'hui faire la Paix avec les Proteſtans à leurs dépens, & les engager de nouveau à continuer la Guerre contre nous, s'il y échet. Ils répondirent même que l'Empereur ſe mécompteroit en cela, & qu'ils n'étoient nullement reſolus à l'aſſiſter contre la

Tom. III.

France pour lui faire ravoir Briſach. Ils ont bien connu auſſi, comme nous l'avons remontré, que la puiſſance des Proteſtans ſe trouvant ſi notablement accruë par l'aquiſition que fait la Suede dans l'Allemagne, il importoit au Parti Catholique que la France, par l'établiſſement nouveau qu'elle va prendre en Allemagne, ſoit en état de les aſſiſter au beſoin.

Ce changement d'affaires nous a obligé de differer l'entrevûe que nous devions avoir à Lengerich avec les Plenipotentiaires de Suede, pour prendre les dernieres reſolutions & dreſſer le Traité en la forme qu'il devoit être donné aux Imperiaux. Nous avons été même bien aiſes de faire connoître que cette reſolution ne ſe pouvoit pas prendre tant qu'on apportera des difficultez à la ſatisfaction du Roi, & d'ailleurs nous avons jugé que nous n'euſſions pû aller à cette Conference qu'avec deſavantage & inegalité, puis que les Suedois ont déja tout leur compte, & que la principale partie de notre ſatisfaction eſt encore conteſtée.

Nous n'avons pas trouvé plus de fidelité du côté des Eſpagnols. Ils ne ſe contentent pas d'avoir traverſé la Paix de l'Empire, par le refus de Briſach, dont ils ſont ſeuls Auteurs, ils font encore des pratiques & menées par Noirmond & autres pour engager les Hollandois à un Traité particulier. Nous n'ômettons rien de tout ce qui eſt en notre pouvoir pour l'empêcher; mais nous ne pouvons obtenir que ceux-ci en ôtent toute l'eſperance aux Ennemis, à cauſe qu'ils croient par là mieux découvrir ce qu'on veut faire pour eux, & conclure leur Traité plus avantageuſement & plutôt. Nous eſperons pourtant, (& ils nous en donnent tous les jours de nouvelles aſſurances) qu'ils ne feront pas une infidelité entiere; mais nous voudrions bien ne demeurer pas expoſez aux impatiences qu'ils auront; & aux inſtances qu'ils nous feront, ſi une fois ils ſont aſſûrez de leur compte, & que nous demeurions en arriere pour celui du Roi; joint que cela les empêcheroit de mettre en Campagne ou de pourſuivre vivement la Guerre, quand ce ne ſeroit plus que pour l'intérêt d'autrui. Auſſi-tôt que nous fûmes que les Plenipotentiaires d'Eſpagne avoient délivré l'Acte, par lequel ils promettent de faire venir un pouvoir du Roi leur Maître, tel que Meſſieurs les Etats l'ont deſiré dans le dernier jour du Mois prochain, à la charge qu'on traiteroit toûjours en l'attendant, aiant apprehendé qu'ils n'allaſſent auſſi vite dans la concluſion du Traité, comme ils avoient fait en cette promeſſe; nous fûmes voir les Ambaſſadeurs de Hollande, pour leur dire que comme dès la premiere propoſition que nous avons faite aux Eſpagnols, & depuis pea encore en la derniere Négociation que nous avons eue avec eux, nous avons déclaré ne vouloir entendre à aucun Traité ni accommodement que conjointement avec Meſſieurs les Etats, nous avions à deſirer d'eux qu'ils fiſſent la même déclaration aux Eſpagnols, & qu'ils la leur donnaſſent par écrit, puis qu'ils traitent de cette ſorte avec eux, & que nous qui traitons de vive voix, par l'entremiſe des Médiateurs, n'avons pas laiſſé de leur faire cette déclaration par écrit.

Nous leur remontrâmes auſſi que les Eſpagnols étans déja d'accord avec eux ſur tous les points principaux, & ſpécialement de ne

Z 2

leur

Les Eſpagnols ſollicitent les Hollandois de faire un Traité ſeparé.

Les François craignent que ceux-ci ne ſe laiſſent ébranler.

1646.

leur demander aucune reſtitution de Païs ni de Places, leur Négociation étoit plus avancée que la notre, & que les deux Traitez devant aller de même pas, il étoit raiſonnable, avant que de paſſer outre, qu'ils obligeaſſent les Eſpagnols de convenir auſſi avec nous de ne prétendre point de reſtitution de part ni d'autre.

Ils nous promirent bien de faire la premiere déclaration; mais ſi mollement que nous n'en fumes pas bien ſatisfaits. Et quant à la ſeconde demande, ils s'en défendirent fort, diſant que la reſtitution des Places eſt quaſi le ſeul point dont nous ſommes en differend & qu'étant accordée, le reſte dureroit bien peu. Il leur fut répondu qu'encore que cet article fût terminé, il nous reſteroit beaucoup plus de difficultez qu'à eux: Qu'au Traité de Vervins on tomba d'accord de toutes les reſtitutions dès la premiere ſéance, ou pour mieux dire, qu'on étoit d'accord avant que de s'y trouver; & que la Négociation ne laiſſa pas de durer près de quatre mois ſur les autres conditions.

Au lieu de nous répondre préciſément ſur ce point, ils remirent ſur le tapis le neuviéme article, dont il y avoit long-temps qu'ils ne nous avoient parlé. Nous répliquâmes qu'il étoit pourvû ſuffiſamment à leur intention par la derniere offre que nous avons faite aux Eſpagnols de faire une Trêve pour la Catalogne de même durée que celle des Provinces-Unies: ils repartirent que cela ne ſuffiroit pas pour leur ſûreté, parce qu'il nous ſeroit permis pendant la Trêve de faire ce que nous voudrions touchant la Catalogne avec les Eſpagnols, & que de cette ſorte la France ne ſeroit pas obligée de rentrer en Guerre avec Meſſieurs les Etats, lors que leur Trêve expireroit. L'on ne manqua pas de leur faire connoître que c'eſt eux qui choſiſſent la Trêve pour leur commodité, & que l'Alliance n'impoſe pas au Roi une néceſſité de ne pouvoir faire que le même Traité qu'eux.

Aiant remarqué qu'ils réſiſtoient, comme il eſt dit ci-deſſus, & que nous ne remportions pas le contentement entier de cette Conference, nous avons depuis revû quelques-uns des Principaux en particulier & enſuite leur avons fait une ſeconde viſire en corps, & leur avons lû le dernier Traité fait à la Haye, leur demandant s'ils n'entendoient pas de l'executer ponctuellement de leur part, comme nous faiſions de la notre en toute occaſion. Le Traité ſe trouve ſi exprès pour l'intention que nous avons aujourd'hui, & les obligations ſi préciſes, tant pour ne traiter que conjointement, & pour n'avancer pas une Négociation que l'autre, comme auſſi à garder de part & d'autre tout ce qui a été conquis ſur l'Ennemi commun, qu'après en avoir conferé entr'eux, ils ne purent refuſer ce que nous leur avions demandé. Mais à la verité ils firent cette réponſe, de ſorte qu'il nous parut clairement qu'ils n'avoient pas été de même avis. Nous avons ſû pourtant qu'ils ont executé cette promeſſe, en ce qui touche la déclaration de ne traiter que conjointement, & que même ils l'ont miſe à la tête des Articles qu'ils ont donnez aux Eſpagnols pour le projet du Traité qu'ils veulent faire avec eux; mais ce n'a pas été en termes ſi forts que nous avions déſiré, & dont nous avions même donné la minute à nos amis; & cela ne s'eſt pas fait ſans grande conteſtation entr'eux. Ce qui nous donne grande inquiétude, voiant que les choſes les

plus juſtes & les plus clairement décidées entre le Roi & leur Etat ſont revoquées en doute parmi eux, & ne ſe peuvent obtenir qu'avec peine. C'eſt un deſavantage que nous trouvons de tous côtez, étant bien certain que les Imperiaux, & les Eſpagnols recherchent les Suedois & les Hollandois à notre excluſion & apportent toute facilité à leurs affaires, pour eſſaier de les induire à quelque manquement envers la France.

Tout ce que deſſus redouble le ſoin où nous avons été juſques-ici de ce que deviendra l'Armée du Roi en Allemagne. Nous voions du peril en la jonction qui a été projetée, & nous en pourrions remarquer pluſieurs inconveniens. De la faire paſſer le Rhin ſans ſe joindre, il ſeroit mal aiſé qu'elle prît un poſte où elle pût ſubſiſter long-temps & y être en ſûreté. Il n'y auroit pas moins d'inconvenient de la faire agir autre part qu'en Allemagne. Cela pourroit donner prétexte à nos Alliez de ſe plaindre, & peut-être de paſſer plus outre. Le remede ſeroit, ainſi que nous l'avons déja mandé, de faire une ſuſpenſion générale dans l'Empire, à laquelle les Suedois n'ont point d'inclination, ou une particuliere avec Baviere, à quoi il ne paroît point auſſi de diſpoſition, ou bien qu'on pût donner moien à l'Armée de ſubſiſter un mois où elle eſt, pour voir ce que les affaires deviendront.

Monſieur de Marſilli eſt de retour depuis quelques jours de Tranſylvanie. Il nous a apporté des Lettres de Ragotzki, & a laiſſé les affaires en état de pouvoir être redreſſées, s'il en eſt beſoin: ce qui eſt venu aſſez à propos en cette conjoncture. Nous l'envoions préſentement à Oſnabrug, pour communiquer le ſuccès de ſon voiage aux Plenipotentiaires de Suede, & comme on ſait ici le lieu d'où il vient, nous pouvons tirer quelque utilité de ce qu'on le voit aller & venir d'Oſnabrug. Il ira encore à Paderborn, qui eſt menacé de Siege par les Suedois. Les Députez de cette Ville là, qui eſt Catholique, ont deſiré que nous fiſſions propoſer aux Suedois une neutralité pour cette Place. Quand ledit Sieur de Marſilli ſera de retour, & que nous aurons vû quels ſont les ſentimens de Monſieur Oxenſtiern & de Monſieur Salvius ſur l'affaire du Prince de Tranſylvanie, nous vous ferons ſavoir le particulier de ce qui s'eſt paſſé en ſon voiage.

Nous venons de recevoir une Lettre du cinquiéme de ce mois, où il s'eſt rencontré heureuſement qu'on ne nous a point écrit d'affaires qui méritent réponſe; puiſque nous ne l'euſſions pas pû faire en ſi peu de temps, & qu'il eût fallu remettre à la huitaine, l'Ordinaire partant de Munſter le Mardi au matin, ainſi que nous vous en avons donné avis. Cependant, Monſieur, nous vous rendons graces très-humbles des nouvelles, dont il vous plaît de nous faire part, & nous vous ſupplions de nous croire, &c.

Addition. Depuis cette Lettre écrite, les Ambaſſadeurs de Meſſieurs les Etats nous ont vû & confirmé qu'ils avoient mis à la tête de la propoſition qu'ils ont faite aux Eſpagnols, la déclaration dont nous leur avons fait inſtance. Ils ont ajoûté que les Miniſtres d'Eſpagne en la liſant firent bien paroître par leurs geſtes qu'elle leur déplaiſoit fort, & que le Comte de Peñaranda dit que ce qui étoit au commencement de cette propoſition étoit capable de gâter & de rompre tout le reſte. Sur

quoi

1646.

quoi nous leur avons fait remarquer, que l'on peut inferer de ce difcours que l'intention des Efpagnols étoit donc d'introduire un Traité particulier, contre ce qu'ils avoient témoigné à eux-mêmes une autrefois; que cela faifoit connoître leur artifice, & comme toutes leurs paroles alloient à tendre ce piege, auquel ils devoient bien prendre garde, auffi bien que nous, de ne tomber pas. Ils en font demeurez d'accord & ont reiteré les affûrances d'a-gir toûjours de concert avec nous.

L E T T R E

De Monfieur le Comte de

B R I E N N E

à Meffieurs les

PLENIPOTENTIAIRES.

Du 18. Mai 1646.

Un Miniftre de Wurtzbourg à Pa-ris. Son Maître offre de fe joindre à la France fi la Guer-re continuë. Le Roi pourroit fe refoudre à traiter de Freres tous les Electeurs.

MONSEIGNEUR & MESSIEURS.

VOtre Dépêche du feptiéme de ce mois é-toit accompagnée de deux Memoires & de quelques autres Actes que vous avez en-voiez & qui ont été confiderez. Il me pour-roit fuffire de vous dire au fujet des Memoi-res qu'ils ont été lûs avec plaifir, & que de l'un & l'autre on a pris une entiere informa-tion de l'état préfent des affaires.

Monfieur de Servien étant à Ofnabrug a évité, avec beaucoup d'adreffe, divers pas gliffans, & infinué, avec une prudence ex-quife, aux Proteftans & aux Catholiques, de bons confeils, qui leur produiront le repos; & l'Eglife confervant ce qui eft fien, ce fera beaucoup de gloire à la France d'y avoir con-tribué. Que les Suedois leur aient déclaré le fecret fur le particulier de leur fatisfaction, il y a lieu d'en douter, & il eft vrai-femblable que le Comte de Trautmansdorff ne s'en fe-roit pas tant engagé envers nous, s'il ne fa-voit par où il en doit fortir avec eux. Quel que foit l'expedient, il fera très-utile à la Sue-de (comme fes Députez déclarent qu'ils en ont ordre) de prendre un temperament fur l'affaire Palatine. Il eft probable qu'ils en ont un pareil pour ce qui les regarde, mais qu'ils le tiendront fecret tout autant qu'ils pourront

pour effaier en difputant de gagner toûjours quelque chofe, foit qu'on leur laiffe les deux Pomeranies & Wifmar, ou l'une & lédit Pof-te, avec un ou deux Diocefes, leur fatisfac-tion fera très-avantageufe & ils auront rem-porté bien plus de fruit de la Guerre qu'ils n'avoient dû s'en promettre. Il feroit à fou-haiter que les Miniftres de l'Empereur qui font à Vienne euffent autant de defir d'avan-cer l'accommodement qu'en fait paroître le Comte de Trautmansdorff. S'ils y étoient ainfi difpofez, il auroit eu le Courier qu'il y a Dépêché auffitôt que vous avez eu la répon-fe à la Dépêche dont vous aviez chargé Mon-fieur de Montigni. Je ne fais qu'effleurer les points contenus en vos Memoires, parce qu'il n'y a rien à vous dire, finon que l'on attend de vous que vous menerez à bon port ce qui vous eft confié.

Un Minif-tre de Wurtz-bourg à Paris.

Il eft parlé dans vos Depêches de Wurtz-bourg. Depuis quelques jours il en eft arri-vé un Miniftre en cette Cour, lequel nous a déclaré que le Prince fon Maître veut avoir toute dépendance de cette Couronne; & ce que fon Miniftre s'eft laiffé entendre de par delà fe trouve en tous points confirmé par ce-lui qui eft par deçà. Il refpire après la Paix, comme au fouverain bien; mais fi elle man-quoit à fe conclurre par l'opiniâtreté de l'Em-pereur, il feroit en volonté de fe joindre avec nous. Il eft vrai que ce feroit plutôt en fui-vant Baviere, s'il s'y portoit, que de l'ofer tout feul; à quoi pourtant il fe pourroit por-ter, donnant des confeils pour ce qui feroit utile de faire dans l'Empire. Il défigne les lieux qu'il faudroit que nos armées occupaf-fent, afin de joindre les fiennes, & il croit même que Bamberg feroit forcé de le fuivre. Il a été mandé au Maréchal de Turenne de confiderer cet avis & d'en profiter, s'il eft tel qu'on le repréfente: ce qu'il deviendra tient nos efprits en fufpens; fa demeure en deçà du Rhin eft peu utile; fon paffage au de-là le force à une jonction dont vous voiez bien les inconveniens. Si Dieu avoit permis que Torftenfon fût attaqué de fa goute ou du de-fir de retourner en Boheme, nous aurions du temps qui pourroit donner du remede à ce mal. Le plus fûr feroit de hâter la conclufion du Traité; mais cela dépend de tant de diffe-rentes perfonnes, que c'eft un moien qu'on conçoit très-mal aifé à faire réuffir. Comme de notre côté nous n'oublierons rien pour y arriver, nous efperons que du votre vous vous y emploierez avec chaleur.

Son Maî-tre offre de fe joindre à la France, fi la Guerre continuë.

Si Monfieur le Nonce Bagni étoit en cette Ville je lui parlerois de ce qui regarde Bavie-re, afin de pénétrer fon fentiment. Mais il peut être que ce Prince ne lui déclare pas ce qu'il veut, & qu'il ne veut rien faire qui cho-que l'Empereur, n'étant pas affûré de ce qui lui pût réuffir avec nous. Ce que l'on confenti-roit pour lui vous eft connu, & vous avez pouvoir de conclure, non feulement ce qui le regarde mais encore la Paix générale.

Je reviens à votre Lettre qui a donné lieu à faire changer le jour du depart du Courier; & pour la fûreté de ceux qui feront les cour-fes, je vous envoie trois ou quatre Ordonnan-ces auffi précifes que celles qui ont été pu-bliées par le Marquis de Caftel-Rodrigo.

La duplique faite par les Imperiaux donnant lieu à une triplique, (pour ufer de vos pro-pres termes) aura été très-avantageufe, fi dans celle-ci vous formez le Traité, & que les au-tres en conviennent. Comme ils ont grand

1646.

Z 3   befoin

Le Roi pourroit se resoudre à traiter de Freres tous les Electeurs.

besoin de la Paix & que le Comte de Trautmansdorff a intention de la conclurre, vous y pourrez réussir.

Avant que votre Dépêche me fut rendue, j'ai bien fait entendre que vous ne vous étiez aucunement engagez avec le Baron de Dhona sur la maniere d'écrire à l'Electeur de Brandebourg. Mais l'ouverture que vous faites mérite d'être considerée, & les Electeurs de leur côté convenans d'une maniere respectueuse d'écrire au Roi & telle qu'elle est pratiquée par Savoye & par l'Archiduc qu'il allegue, il y auroit lieu de le contenter & user de plus de déference envers eux, qu'on ne fait envers les moindres Princes de l'Empire.

J'ai sollicité Messieurs des Finances de faire remettre à Hambourg les appointemens, tant de Monsieur de Beauregard, que des autres qui servent, mais avec peu de fruit, & néanmoins la chose étant de conséquence je leur en écrirai dès aujourd'hui, & pour donner moien à un vieux serviteur de continuer à servir, j'essaierai de faire qu'il ait le même traitement que les autres.

Hier le Baron de Reiffenberg me rendit la Lettre dont vous l'avez voulu accompagner. J'essaierai de faire en sorte qu'il parte content de cette Cour, je l'écouterai sur ce qu'il a à me proposer. Mais le Deputé de Wurtzbourg, duquel je vous ai parlé, qui me paroit un homme bien entendu, passe pour trompé, si celui-ci vient à succeder à son Oncle. Il parle de gagner des voix dans le Chapitre de Maience; il y offre l'entremise de son Maître, & il conseille qu'on se déclare qu'on ne souffrira pas que l'Evêque soit destiné pour successeur de l'Electeur. Pendant que la Ville est sous notre main, & que nous la pouvons mettre en essai de ce que le Chapitre aura à desirer, il y a quelque chose à gagner avec eux. Quand il aura été resolu quelque chose sur cette matiere, je ne manquerai de vous en tenir avertis.

Il m'est commandé d'envoier à Son Altesse Royale l'extrait de votre Dépêche. Cela tend à lui rendre honneur & à hâter son départ; puis qu'il en apprendra que la disposition de la Paix pourroit se changer & que rien ne l'avance tant, comme de s'aprocher des Ennemis. Ils ont occupé plusieurs postes, qui sont tous sur une ligne & en peu d'heures ils se pourroient rassembler. Les corps qui nous regardent en peuvent avoir l'ordre par celui qui est à Anvers, où il y en a sans doute un particulier. Monsieur le Duc d'Anguien aiant sejourné quelque temps en cette Ville, en est parti aujourd'hui. Nous ne saurions encore déterminer le jour que nous nous acheminerons à Amiens; je crois pourtant que ce sera la derniere des Fêtes, si nous tardons au delà je serai fort trompé. Je suis &c.

M E M O I R E

D U   R O I

à Messieurs les

PLENIPOTENTIAIRES,

sur les affaires

D'E S P A G N E.

Du 20. Mai 1646.

Baviere informe la France que l'Empereur cedera Brisach. La France songe encore à l'échange des Païs-Bas. Le grand embarras est que les Catalans ne s'aperçoivent qu'on les veut abandonner. Deux expedients pour y obvier. La France en rendant la Catalogne veut garder Roses outre le Roussillon. Trève à stipuler pour le Portugal. Le Roi aimeroit mieux avoir quelques Places de moins, & que le Roi de Portugal s'affermît sur le Trône. La Bassée est de l'Artois.

ON ne s'étoit pas trompé ici dans la créance que l'on avoit qu'à mesure que le temps de la Campagne approcheroit, les Espagnols voians continuer notre fermeté, relâcheroient de la leur, se mettans à la raison peu à peu, notamment quand l'Empereur commenceroit à condescendre à la satisfaction prétendue par les deux Couronnes, & qu'ils le veroient disposé de passer outre à la conclusion de la Paix dans l'Empire, sans les y comprendre, s'ils n'avoient en même temps convenu avec nous de leur accommodement.

Sa Majesté reconnoît bien que la prudence & l'adresse de Messieurs les Plenipotentiaires ont beaucoup contribué à mettre les choses au point qu'elles sont, & en a aussi les ressentimens qu'ils peuvent desirer. Et à la vérité, si les Espagnols nous ont offert le Roussillon & la plûpart de nos conquêtes en Flandre, lors qu'il leur pouvoit rester beaucoup d'esperance que les ressorts qu'ils font jouer pour traverser la Paix dans l'Empire, en empêcheroient la conclusion; il est vrai-semblable qu'ils s'avanceront bien-tôt à nous faire de
plus

plus grandes ouvertures, & plus avantageuses à cette Couronne, dès qu'ils verront que la Ville de Brisack (qui à notre égard décide l'accord dans l'Allemagne) nous est assûrée par le consentement que l'Empereur y donnera, ainsi qu'il est à présumer de la derniere Lettre que Monsieur le Nonce a reçue de Monsieur de Baviere, dont on joint ici la copie traduite de l'Italien, & de beaucoup d'autres avis conformes que nous avons reçus ci-devant.

Et comme apparemment le Traité, auquel on travaille à l'Assemblée générale, est dans sa crise, Sa Majesté, afin que lesdits Sieurs Plenipotentiaires ne manquent d'aucunes des lumieres, qui peuvent le mieux régler leur conduite, a jugé à propos de leur faire dresser un plan de l'état où toutes choses se trouvent présentement, & de les informer, non seulement de l'état de ses forces en tous les endroits où ses armées doivent agir, mais de leur communiquer avec sa confiance accoûtumée tous les desseins les plus cachez que l'on a meditez, ainsi qu'ils verront par un Memoire ci-joint, auquel ils recommanderont soigneusement le secret à celui de leurs Secrétaires qui le déchifrera.

Tous ces préparatifs, que lesdits Sieurs Plenipotentiaires verront être grands, & qui sans trop se flater nous peuvent faire esperer des succès avantageux contre les Espagnols, (notamment si les affaires de l'Empire s'accommodent, & que les Armées de l'Empereur se tournant contre le Turc, Monsieur de Turenne puisse agir dans les Pais-Bas,) n'empêchent pas qu'on ne consente à la Paix, si on la peut avoir aux conditions qui ont été mandées, & que nous ne fassions cesser avec un grand plaisir en un moment toutes les hostilitez, pour faire un peu respirer la Chrétienté des maux qu'elle souffre, & pour songer aux moiens de mieux résister à l'Ennemi commun. Cependant on a voulu représenter tout ausdits Sieurs Plenipotentiaires avec ingenuité & confiance, afin qu'ils sachent que moralement parlant on ne court aucun risque à insister avec fermeté à vouloir tirer entierement des Espagnols les choses qu'on a demandées pour conclure l'accommodement, puis qu'aussi bien nous ne gagnerons pas mieux leur affection en nous relâchant qu'en tenant bon, comme il a souvent été mandé, & par conséquent nous avons d'autant plus d'intérêt de les affoiblir & de nous accroître, qu'ils demeureront moins en état de nous faire du mal comme ils voudroient, & penseront moins à rebrouiller.

Sa Majesté n'a pas seulement approuvé toutes les réponses que lesdits Sieurs Plenipotentiaires ont faites en son nom aux offres que les Médiateurs leur avoient portées de la part des Ministres d'Espagne, mais elle a encore loué au dernier point leur conduite & leur adresse.

Elle a sur tout été bien aise d'apprendre l'approbation qu'a euë dans l'Assemblée l'ouverture du Traité pour la Catalogne & pour le Portugal, & que nos Parties & les Médiateurs ne l'aient pas seulement prise pour une marque que la France ne veut point la Paix avant la Campagne (ce qui servira beaucoup sans doute à les faire avancer pour la conclure) mais qu'elle leur ait fait juger que cette Couronne a ses pensées tournées du côté d'Espagne & que son but pourroit bien être d'y fomenter une guerre intestine.

En affermissant les affaires de la Catalogne & du Portugal par une Trêve, l'impression qu'ils en auront prise, si elle continue, est le moien le plus propre pour les faire tomber dans le parti de l'échange des Pais-Bas, s'ils ont jamais été capables de s'y porter. En tout cas, pour se racheter d'une telle inquietude & pour avoir un Pais qui leur est si important & dont avec grande raison ils trouvent la perte si sensible, il est à croire que, dès qu'ils se verront tout-à-fait exclus de nous en faire sortir par un Traité, il ne leur en coûte quelque piece en un autre endroit. Comme d'ailleurs ils doivent avoir perdu l'esperance de nous en chasser par les armes, ou par les intelligences qu'ils tâcheront d'entretenir parmi les peuples, ils songeront sans doute qu'ils n'ont fait jusques-ici au seul moien qui leur semble rester de rentrer dans ladite Province, qui est de nous en donner recompense ailleurs. Ce que vrai-semblablement ils aimeront beaucoup mieux, que de nous en laisser affermir la possession pendant une longue Trêve, après laquelle même, le Roi étant majeur, ils seroient en pires termes pour esperer par aucun moien de la recouvrer. Ce qui donne ici beaucoup de peine c'est la maniere d'en conduire la Négociation jusques à l'entiere execution de ce dont on pourra convenir, sans qu'il puisse nous en arriver aucun inconvenient, & que les Espagnols (comme il est toûjours à craindre d'un ennemi) usassent de mauvaise foi, & trouvassent le moien de faire voir aux Catalans que la France consent de les abandonner, pour en tirer des avantages en d'autres endroits; parce qu'autrement nos troupes seroient exposées à y courre quelque grande fortune. Et si l'Espagnol venoit à remettre un pied dans le Pais, par un semblable moien, nous n'aurions ni ce qu'on auroit stipulé de nous donner en recompense, ni peut-être la Paix.

On a mandé à diverses fois beaucoup de choses ausdits Sieurs Plenipotentiaires touchant la façon de se conduire en cette affaire de la Catalogne, & les précautions que l'on peut prendre pour ne point tomber dans les pieges que les Ennemis pourroient nous y tendre, & il sera bon qu'ils fassent parcourir leurs dépêches pour s'en rafraichir la memoire & pour s'en prévaloir selon les resolutions qui se prendront.

Il semble qu'on ne peut ajuster ce point qu'en trois manieres; l'une, si les Espagnols acceptent la suspension d'Armes en la forme qu'elle leur a été proposée; c'est-à-dire, de celle de Messieurs les Etats, à quoi la necessité de leurs affaires, qui est extrême, & la crainte encore d'empirer davantage leur condition s'ils laissent agir les armées cette Campagne, pourroient bien à la fin les faire resoudre, particulierement s'ils ne voyoient aucune esperance de nous faire relâcher à aucun autre temperament. En ce cas, nous n'avons quasi besoin d'aucune autre précaution envers les Catalans, que de celle que nous avons déja commencé à prendre, qui est d'appeller leurs Députez & de leur faire goûter la chose par des raisons tirées de leur avantage & qui fassent une forte impression dans leur esprit, qui étant bien rafermi, il ne resteroit qu'à nous munir des artifices de l'Espagne, par l'expedient que les Catalans témoignent désirer eux-mêmes, ainsi que lesdits Sieurs Plenipotentiaires verront dans le Memoire ci-joint,
que

1646.

que Dom Joseph d'Argenne & le Docteur Tuarti ont donné, & qui seroit de ne point rétablir, durant la trêve, le Commerce de la Catalogne & des Peuples voisins qui obéissent à l'Espagne, afin d'ôter aux Castillans la facilité qu'ils auroient autrement d'entretenir des correspondances parmi eux & d'y former des Cabales. Il faudroit en ce cas prendre garde que cette Trêve se faisant de la durée de celle de Messieurs les Etats, quand le temps de leur suspension seroit expiré, on pût fournir les assistances dont on conviendra.

La seconde maniere d'accommoder cette affaire seroit celle qui est étendue au long à l'addition de l'Instruction desdits Sieurs Plenipotentiaires du douzième Novembre dernier, & qui propose de rendre la Catalogne un Païs neutre, ensorte qu'elle ne fût sous la protection d'aucune des deux Couronnes ; surquoi on se remet à ce qui est pleinement contenu en ladite Instruction.

La troisiéme maniere seroit de convenir d'un échange de la Catalogne avec d'autres Païs, ou avec quelques autres Places qui fussent ailleurs à notre bienséance, & cela étant une fois arrêté, il faudroit songer aux voies pour l'execution ; lesquelles certainement sont très-mal aisées à trouver pour être bonnes & sûres à notre égard, & à la verité plus on y pense, moins on en rencontre qui puissent entierement nous satisfaire, & dans lesquelles il n'y ait toûjours quelque risque à courir, & beaucoup d'inconveniens à apprehender par la malice des Espagnols, qui doit agir sur une matiere si propre que la legereté & la ferocité des Catalans.

On a pensé entr'autres expediens principalement à deux que l'on dira ausdits Sieurs Plenipotentiaires, afin qu'ils examinent ensemble lequel leur paroîtra le meilleur & qu'ils en mandent leur sentiment à Sa Majesté, s'étudians aussi de leur côté à en trouver, afin qu'on puisse après choisir celui qui paroîtra le moins mauvais, & tout ce qui sera faisable dans une affaire si épineuse & si délicate ; ou bien si les affaires pressent, ils resoudront sur les lieux tout ce qu'ils jugeront le plus à propos, ajoûtant ou diminuant à nos pensées, ou prenant telle autre voie qu'ils verront la plus propre ; Sa Majesté se reposant sur leur prudence, non pour les rendre garans des évenemens, mais parce qu'elle est assûrée qu'ils n'oublieront rien pour le bien de son service & qu'ils ont tout le zele & la capacité qu'il faut pour cela.

Deux expediens pour y obvier. L'un donc de ces deux expediens seroit, après être d'accord de notre recompense avec les Espagnols, de dire franchement dès à cette heure aux Catalans ce qui est contenu tout au long dans l'addition susdite à l'Instruction desdits Sieurs Plenipotentiaires, laquelle ils auront soin de revoir pour cet effet, qui étoit en substance de leur faire connoître qu'il ne tient plus qu'à leurs intérêts que la Paix générale ne soit conclue, que tous les autres points sont ajustez, qu'il n'y a que celui de la Catalogne qui paroit incommodable, parce que les Espagnols déclarent de vouloir plutôt perdre tout le reste que de signer jamais un Traité, par lequel ils ne rentrent pas dans la possession dudit Païs ; que les Princes d'Italie & ceux même, qui jusques ici ont été Neutres, sont sur le point de s'unir contre nous ; que nos Alliez mêmes, qui sont las de la guerre & qui sont déja d'accord de la Paix

à des conditions extrêmement avantageuses pour eux, menacent non seulement de nous abandonner ; mais de nous tomber sur les bras], si nous nous opiniâtrons sur ce seul point à continuer la guerre, puis que d'ailleurs les Espagnols nous offrent tout ce que nous pouvons desirer pour l'indemnité & la sûreté des Catalans ; que tout cela n'est pas capable d'ébranler la constance de Leurs Majestez à proteger & conserver la Catalogne jusques au bout ; qu'elles continueront avec la même chaleur & affection qu'elles ont fait jusques-ici, mais que Leurs Majestez se trouvent obligées de leur mettre en consideration l'état de toutes choses & les inconveniens où nous serions exposez, si ceux qui nous secondent maintenant se tournoient contre nous & qu'il fallût résister à tant d'Ennemis tout à la fois, auquel cas il est évident que nous ne serions pas en état de continuer long-temps les mêmes efforts que nous avons faits jusques-ici, pour leur défense, & qu'ainsi, outre que nous aurions perdu l'occasion de leur procurer un accommodement avantageux avec toutes les précautions nécessaires pour leur entiere sûreté, il seroit fort à craindre qu'ils ne retombassent sous la domination d'Espagne par la voie des armes ; ce qui est tout dire pour exprimer la derniere des desolations, puis qu'ils seroient à la discretion de la rage implacable d'un Ennemi qu'ils ont tant offensé ; que Sa Majesté les convie d'y songer eux-mêmes, & de proposer ce qui seroit le plus de leur goût & de leur contentement, afin qu'on essaie de l'obtenir. Ainsi on pourroit les disposer avec adresse & presque insensiblement à retourner sous la domination de l'Espagne, moiennant les précautions & sûretez convenables, & outre l'Amnistie de tout le passé, la confirmation des Privileges & l'augmentation de ceux qu'ils pourroient raisonnablement prétendre. On pourroit même stipuler que le Roi d'Espagne seroit tenu de paier, en argent & dans certain temps, les biens de quelques-uns qui peut-être aimeroient mieux sortir du Païs & habiter en d'autres endroits.

Il semble que procedant de la sorte on pourroit s'asûrer en quelque façon que ces peuples ne se porteroient à aucune resolution précipitée ; d'autant plus qu'étans bien conseillez, ils se garderont toûjours bien d'irriter la France, laquelle seule peut demeurer garand des choses ausquelles s'engageront leurs Ennemis. Et quand les Espagnols n'auroient en cela rien à craindre de notre côté, les Catalans peuvent bien juger que, quelque chose qu'ils fissent, pour essaier de regagner l'affection des autres, ils n'en sauroient venir à bout après les extrémitez où l'on est venu de chaque côté, & qu'ainsi le plus sûr pour eux sera toûjours de nous avoir liez par obligation & par gratitude, aussi bien que par intérêt à la manutention de tout ce que les Espagnols leur auroient promis par notre entremise.

Le second expedient, auquel on a pensé ici, seroit que, par le Traité qui sera publié, on convînt d'une Trêve pour la Catalogne, de la durée de celle de Messieurs les Etats avec l'Espagne ; pendant laquelle on cherchera les moiens d'accommoder cette affaire, & s'il s'en trouve quelqu'un qui soit de l'entiere satisfaction des peuples, il sera embrassé & non autrement.

On pourroit faire en même temps un Article

1646.

cle fecret , par lequel il feroit dit que , non-obftant ce qui eft contenu dans le Traité public que la Trêve de Catalogne doit être de la durée de celle de Meſſieurs les Etats, néanmoins on demeure d'accord de faire l'échangé de cette Principauté avec tel autre Païs ou Places dont on ſera pour lors convenu, & que ledit échange s'accomplira fidellement de part & d'autre , cinq ou ſix mois après les autres points de la Paix executez. Bien entendu que le Roi d'Eſpagne s'obligera à l'Amniſtie de tout le paſſé & à ce qui eft plus particulierement ſpecifié ci-deſſus, à l'obſervation, voire à l'augmentation des Privileges & à faire paier en argent les biens de ceux du Païs qui s'en voudroient retirer. Il faudroit ſeulement ſonger que cet Article fecret demeurât en main tierce, confidente à l'un & à l'autre parti , pour ôter aux Eſpagnols tout moien de s'en prévaloir contre nous auprès des Catalans ; & il feroit même fort bien , s'il étoit poſſible , de cacher la choſe aux Médiateurs , fe ſervant de quelque Perſonne confidente , qui pourroit fe rendre agréable à Peñaranda , pour l'ouverture & le ſecret d'une choſe qu'il defire paſſionnément. Et en cas que ledit Peñaranda agît ſincérement , nous n'aurions pas tant à craindre que la choſe fût découverte que ſi elle avoit été communiquée à beaucoup de perſonnes. Nous pourrions même ſtipuler de n'être tenus à rien , en cas que par quelque accident l'affaire fût divulguée ; ce qui ſerviroit d'autant plus pour retenir en bride Peñaranda ; & ce qui auroit été convenu étant executé, la Perſonne qui auroit en main cet Article fecret , nous le remettroit ſi nous le defirions, quoi qu'à la verité après la choſe faite, outre les benedictions que nous aurions de la Chrétienté , les Catalans mêmes feroient ravis du repos aſſûré que la France leur auroit procuré. Enfin , il ſemble qu'il n'eft néceſſaire d'être alerte que pendant le Traité. Car après cela nous ne devons craindre les reproches de qui que ce ſoit , puis que les Catalans les premiers y trouveront leur compte avantageuſement.

Voilà les deux partis auſquels on a penſé ici , & leſdits Sieurs Plenipotentiaires remarqueront que le premier eft rendu inutile dès que la ſuſpenſion d'armes ſera faite , ou qu'il paroîtra qu'elle eft arrêtée ; parce qu'alors nous ne ſerons plus en termes de pouvoir dire aux Catalans que nos Alliez nous forcent, ni que rien nous contraigne à ceder leur Païs que la pure volonté de les remettre à leur premier Maître.

Il ne peut guerres fe rencontrer d'affaire plus chatouilleuſe ni où il faille marcher avec plus de circonſpection. Si on n'y apporte point de facilité , il eft certain qu'on éloigne la Paix ; pour peu auſſi que l'on y en apporte , au lieu de l'avancer beaucoup, on la recule peut-être davantage , par les reſolutions extrêmes où les Catalans fe peuvent précipiter contre nous , & qui ſans doute ôteroient enſuite aux Eſpagnols les diſpoſitions qu'ils ont aujourd'hui à conclurre la Paix ; leſquelles ne procedent quaſi que de la paſſion extraordinaire qu'ils ont de rentrer dans cette Principauté. Mais peut-être que la France aura tant de bonheur, que la prudence & la fermeté de Meſſieurs les Plenipotentiaires, dans un temps où nos affaires proſperent de tous côtez, produira le conſentement des Ennemis à la propoſition que nous avons faite

Tom. III.

d'une Trêve de la durée de celle de Meſſieurs les Etats, & qu'ainſi nous ſortirions heureuſement & ſans rien craindre , d'un point qui nous donne tant d'embarras.

On a mandé en ce lieu l'Ambaſſadeur de Catalogne. Le Docteur Martigny à été choiſi à Barcelonne , enſuite des ordres du Roi , comme une Perſonne, intelligente, à qui on peut communiquer ia Cour ce qui fe paſſera dans la Négociation de Munſter qui les concerne , & qui peut informer auſſi Sa Majeſté des ſentimens de fes Superieurs en toutes occurrences.

Monſieur le Cardinal Mazarin a entretenu au long les deux Députez des Catalans , & leur a dit la propoſition que Meſſieurs les Plenipotentiaires ont faite à l'Aſſemblée d'une Trêve pour la Catalogne de la durée de celle de Meſſieurs les Etats, pendant laquelle on cherchera les moiens d'accommoder tout, s'il eft poſſible , avec ſatisfaction commune ; ce qu'il a ajoûté (quot qu'il n'en ait pas été fait mention à Munſter) afin que ſi on ne convient pas, ils ne puiſſent pas raiſonnablement fe plaindre qu'on leur ait celé quelque choſe.

Il leur a dit en outre les raiſons preſſantes qu'on a euës d'en uſer de la ſorte, pour n'attirer pas ſur cette Couronne le blâme & la haine de toute la Chrétienté, & que pendant qu'elle a ſi grand beſoin de repos & d'union pour s'oppoſer aux progrès de l'Ennemi commun, nous ne traitaſſions avec autant de hauteur & de dureté que de vouloir forcer le Roi d'Eſpagne à renoncer dès à préſent par un Traité à tous les droits & à toutes les prétentions qu'il a ſur un Etat , dont le changement eft encore ſi recent & où il poſſede même trois Places des plus conſiderables.

Il leur a fait ſavoir auſſi l'aigreur avec laquelle les Eſpagnols en ont reçû l'ouverture & comme ils fe ſont emportez voians que ſous le nom de Paix ou de Trêve la France eft toûjours reſoluë à fe maintenir dans la poſſeſſion de la Catalogne.

Pour concluſion , ces deux Députez font demeurez très-perſuadez de tout ce que nous pouvons ſouhaiter ; nous pouvons même tirer deux conſéquences très-bonnes de la réponſe qu'ils ont faite ſur le champ.

L'une , que la propoſition de Trêve ne les a nullement ſurpris , & qu'il faut que ces peuples-là s'y fuſſent attendus , & par conſéquent qu'il n'eft pas à craindre qu'ils fe portent là-deſſus à aucune extrémité ; parce que d'abord Dom Joſeph d'Argenne a dit avoir ordre de ſa Députation de demander inſtamment en ce cas que l'on ne remette pas le Commerce entre les Catalans & les autres Païs de la domination du Roi d'Eſpagne.

La ſeconde conſéquence eft, que cette inſtance étant contre leur propre intérêt , puis qu'il n'y a nul doute qu'ils ne tiraſſent beaucoup d'avantage du rétabliſſement du Commerce , on en peut inferer qu'ils marchent auſſi droit qu'il fe peut dans le ſervice de Sa Majeſté & n'ont pas ſeulement leurs penſées tournées du côté de l'Eſpagne.

Ledit Dom Joſeph partit hier en poſte pour s'en retourner , & outre le compte qu'il rendra ſur les lieux de ce qu'on lui a dit, on a écrit tout au long à Monſieur le Comte d'Harcourt ſur le même ſujet , afin qu'il ſoit informé de ce qui fe paſſe & qu'il ait moien

Aa   de

1646.

1646.

La France en rendant la Catalogne veut garder Rofes, outre le Rouffillon.

de s'en prévaloir pour le fervice de Sa Majefté, & de fe garentir des machines que les ennemis pourroient en cette occafion mettre en jeu dans le Païs, pour nous y nuire.

On eft ici en quelque peine que la diftinction que nous avons faite de Rofes, qui n'eft pas du Comté de Rouffillon & que nous n'avons néanmoins pas voulu comprendre dans la fufpenfion qui a été propofée pour toute la Catalogne, ne puiffe par l'artifice des ennemis produire quelque mauvais effet parmi les Catalans, s'ils leur fuggeroient, comme il eft à craindre, qu'aiant deffein de nous afûrer dès à préfent cette Place par la Paix, nous faifons voir évidemment qu'on ne fe foucie gueres de tout le refte, pour lequel on ne demande qu'une Trêve. On effaiera, s'il eft néceffaire, de faire comprendre à ces peuples-là que ce n'eft qu'une queftion que l'on a faite à nos parties pour nous en éclaircir, s'ils n'entendoient pas comprendre Rofes dans l'offre qu'ils nous font de la Comté de Rouffillon, & fi ce point n'eft déja ajufté quand ce Memoire fera rendu aufdits Sieurs Plenipotentiaires, on leur met en confideration fi à caufe des mauvaifes conféquences que les Catalans en peuvent tirer, il ne fera pas plus à propos de n'en faire aucune inftance, mais de demeurer d'accord que ladite Place foit comprife dans la Trêve de la Catalogne; bien entendu que l'on ne conviendra jamais ni d'échange, ni de reftitution dudit Païs, fi elle ne demeure pas à la France par le même titre que le Comté de Rouffillon.

On a été bien aife d'aprendre que les Miniftres de Portugal aient commencé d'entendre raifon, & de comprendre que, s'ils obtiennent une Trêve dans ce Traité, c'eft tout ce qu'équitablement ils peuvent prétendre & efperer dans une mutation fi recente.

Trêve à ftipuler pour le Portugal.

Il faudra tâcher d'obtenir ladite Trêve de la durée de celle de Meffieurs les Etats, ou de quatre ans, avec obligation au Roi d'Efpagne de la prolonger en cas que la guerre de la Chrétienté contre le Turc durât au delà du terme qui fera convenu. Il eft à croire que Contarini, pour l'intérêt qu'a fa République, fera volontiers fes efforts pour y faire ajoûter cette derniere condition.

Quand on écrivit cet hiver dernier aufdits Sieurs Plenipotentiaires fur l'échange de la Catalogne avec les Païs-Bas, on leur manda entr'autres chofes que comme nous n'étions obligez à rien envers le Roi de Portugal, qu'à ce que requeroit la bienféance & la raifon d'Etat, on pourroit fe relâcher fur fes intérêts, pourvû que nous en retiraffions quelque grand avantage d'ailleurs, comme auroit été de difpofer les Efpagnols à faire ledit échange de la Catalogne avec les Païs-Bas.

Mais on ne voudroit pas que lefdits Sieurs Plenipotentiaires fur ce fondement fe relâchaffent dans les affaires de Portugal, à moins d'en remporter cet avantage, ou quelque autre bien confiderable. Car au refte il n'y a nul doute qu'il importe plus à la France (dont le véritable intérêt confifte à abaiffer la puiffance de la Maifon d'Aûtriche) de laiffer bien affermir le Roi de Portugal, qui lui enleve une fi noble domination, & qui pourra toûjours faire grande diverfion de fes forces, que d'avoir elle-même deux ou trois Places plus ou moins; de forte qu'il femble que Sa Majefté ne devroit pas faire difficulté de relâ-

Le Roi aimeroit mieux avoir quelques Places de moins & que le Roi de Portugal s'affermit fur le trône.

cher quelque chofe de fes prétentions, fi l'Efpagne veut confentir à une Trêve avec le Portugal de la durée de celle de Meffieurs les Etats, pourvû que l'on pût prendre de fuffifantes précautions pour s'afûrer qu'elle feroit fidélement executée jufques au bout du terme.

On fera remarquer en paffant aufdits Sieurs Plenipotentiaires que la Baffée eft tenuë ici être de l'Artois, & que toutes les meilleures Cartes & les Auteurs qui en ont écrit la comprennent en cette Comté.

La Baffée eft de l'Artois.

✦✦✦✦✦✦✦✦✦✦✦✦✦✦

LETTRE

De Meffieurs les

PLENIPOTENTIAIRES

à Monfieur le Comte de

BRIENNE.

Du 11. Mai 1646.

Les Plenipotentiaires François infiftent fur Brifack. Les Etats Catholiques de l'Empire les y favorifent. Les Suedois forment de nouvelle prétentions. Plaintes contre les Ambaffadeurs de Hollande. Ils communiquent enfin aux François leurs propofitions faites à l'Efpagne, & la réponfe des Efpagnols.

MONSIEUR,

CEtte femaine s'eft paffée fans que les Médiateurs ni ceux de Baviere nous aient vû. Ce n'eft pas que les uns & les autres n'aient agi fortement pour notre fatisfaction auprès du Comte de Trautmansdorff, ainfi que nous l'avons fû, & particulierement Monfieur le Nonce. Mais comme ils n'ont pû tirer de lui la parole de nous laiffer Brifack, ils n'ont peut-être pas crû nous devoir preffer davantage; puis que nous leur avons tant de fois déclaré que fans retenir cette Place, nous ne pouvons écouter feulement aucune propofition.

Les Plenipotentiaires François infiftent fur Brifack.

Nous n'avons pas pourtant laiffé écouler le temps fans rien faire. Mais prenant fujet fur ce que les Imperiaux fe rendent plus faciles à contenter la Couronne de Suede que la France, fans faire paroître que nous en euffions aucune jaloufie, nous avons parlé de forte à

Les Etats Catholiques de l'Empire les y favorifent.

ceux

1646. ceux du Parti Catholique, que toute l'Assemblée qui est à Munster en a été touchée & la
chose est venue si avant que dans leur Conseil ils ont opiné (sans qu'il se soit trouvé aucun qui ait contredit, que le seul Deputé
d'Autriche) qu'il n'étoit pas raisonnable de
rompre la Paix de l'Empire pour empêcher
que Brisack ne fût cedé à la France, & de
fait ils l'ont ainsi déclaré par Députation solemnelle aux Commissaires Imperiaux, & la
plûpart d'entr'eux ont dit hautement que le
moien de faire la Paix étoit de satisfaire la
France, & qu'il falloit commencer par-là
pour avoir meilleur compte dans les affaires
qui sont à traiter avec les Protestans & ont
blâmé la procédure qui l'on tient au contraire.

Le Comte de Trautmansdorff doit retourner bientôt à Osnabrug. Il fait courir le bruit
que son dessein étant de dire aux Plenipotentiaires de Suede les dernieres resolutions de
son Maître, il reviendra ensuite à Munster,
& s'il ne se fait rien qu'il se retirera, & protestera devant Dieu & le monde qu'il ne tient
pas à l'Empereur que la Paix ne se fasse &
qu'il s'est soûmis à toutes sortes de conditions
raisonnables. Comme au premier sejour qu'il
a fait en cette Ville, chacun de nous l'avoit
vû & reçû de lui une visite en particulier,
outre la commune, nous avons jugé à propos de continuer la même civilité pour essaier de découvrir toûjours ses sentimens.

Il a perseveré à demander la restitution de
Brisack, & a employé diverses raisons pour
cet effet. Il n'est pas besoin d'en grossir cette Lettre, puis qu'elles ont déja été mandées.
Il a protesté que si la Place étoit de delà le
Rhin, qu'il n'y seroit fait aucune difficulté;
mais qu'étant au deça, elle donnoit une trop
libre entrée dans l'Allemagne, dont elle étoit comme le cœur & l'ame, s'étant servi
de ces propres termes, que vous jugerez bien
nous avoir plutôt augmenté le desir de la conserver, que de nous en faire perdre la bonne
volonté.

Pour nous induire à cette restitution, il a
offert de laisser en souveraineté à la France
l'Alsace & le Suntgau, pourvû que Brisack
fût rendu à l'Empereur. Nous avons témoigné être fort peu émus de cette offre, &
qu'il ne nous importoit pas que ce Païs nous
fût cedé de l'une ou de l'autre façon; c'està-dire, ou de le relever de l'Empire ou de le
posseder en tout droit de Souveraineté. Cette
indifference que nous avons fait paroître ne
nous a pas mal réussi. Il semble qu'eux-mêmes soient combatus & ne se puissent resoudre à quel titre ils aiment mieux que cette
acquisition nous demeure; & de quelque façon qu'elle soit faite, ils n'en pourront tirer
grand avantage ni le faire valoir. Mais nous
avons dit bien nettement que sans la Place de
Brisack, nous ne pouvons conserver ce Païs,
dont la possession ne nous seroit pas plus asûrée quand il ne releveroit pas de l'Empire, &
que ce que nous cherchions principalement
étoit le repos & la sûreté.

Quand le Comte de Trautmansdorff a vû
que ce parti ne faisoit pas beaucoup d'impression, il en est venu jusques à se laisser entendre qu'on pourroit donner à la France
quelqu'autre Place & a semblé désigner Benfelt, sans s'y engager néanmoins ni s'en expliquer entierement. Aussi n'a-t-on pas témoigné d'y faire grande reflexion, & comme
chacun de nous est demeuré constant à lui

Tom. III.

ôter toute esperance que nous fussions pour   1646.
lui rendre Brisack, il a toûjours tenu ferme
de son côté & persisté à cette demande.
Nous ne sommes pas pourtant hors d'esperance qu'il ne soit pour s'en relâcher, vû les
grandes instances qui lui sont faites de la part
des Catholiques. Et il semble qu'il soit retenu par les Espagnols qui censurent sa conduite, & desquels il peut craindre de recevoir
de mauvais offices auprès de l'Imperatrice, ou
bien il peut être qu'il ne se veut déclarer entierement sur ce point, que pour conclure la
Paix & qu'il ne soit du tout asûré du côté
des Suedois.

On apprend que ces Messieurs ne sont pas
de si facile convention que nous & qu'après
qu'on leur a tout accordé ils font de nouvelles demandes. Ils ne se sont pas contentez
de comprendre dans les premieres l'Archevêché de Bremen & l'Evêché de Verden, qu'ils
veulent retenir pour eux. Ils ajoûtent à cette
heure les Evêchez de Halberstat, de Minden,
d'Osnabrug & de Paderborn, qui sont tous
Catholiques, pour le dédommagement du
Fils du Roi de Dannemarck & de l'Electeur
de Brandebourg. On dit qu'ils prétendent de
plus Meppen & Feld, deux des principaux
Membres de l'Evêché de Munster. En somme, leur procedure est telle qu'ils donnent
sujet de douter s'ils veulent veritablement la
Paix, dont ils rendent les conditions si difficiles.

Ils desirent de plus que l'Empereur s'oblige
à faire ceder la Pomeranie par l'Electeur de
Brandebourg, & les Evêchez par les Etats de
l'Empire, ce qui est hors de son pouvoir.
Nous tirons un avantage de leur dureté, qui
est, que les Imperiaux ne pouvant conclure
promptement avec eux, nous avons plus de
temps & de moiens pour achever nos affaires, qui deviennent favorables, & nos prétentions moins odieuses, parmi les Etats de
l'Empire. Mais toutes ces nouvelles demandes des Suedois nous paroissent ou feintes ou
dangereuses.

La conduite des Ambassadeurs de Messieurs
les Etats ne nous donne pas moins de peine.
Après qu'ils eurent une promesse par écrit
que l'on feroit venir d'Espagne un pouvoir tel
qu'ils l'ont desiré, nous fumes avertis du jour
qu'ils devoient porter au Sieur Peñaranda &
à ses Collegues leur proposition pour la Trêve, & leurs fimes savoir que nous en desirions la communication. Ils ne laisserent pas
de la porter aux Ministres d'Espagne, & le
lendemain ils nous vinrent voir, nous disant
en général ce qui s'étoit passé, sans nous parler en particulier des articles de leur proposition. On ne manqua pas de leur représenter
ce que nous avions fait en diverses occasions,
de les inviter à en user de même, & de leur
dire nommément qu'ils devoient nous donner
une copie de ce qu'ils avoient délivré par écrit aux Espagnols. Ils s'en excuserent, &
remirent à un autre jour à nous faire réponse.
Nous apprimes cependant de nos amis qu'il y
avoit divers avis entr'eux touchant cette copie
que nous desirions avoir, & qu'il avoit passé
par la pluralité des voix qu'elle ne nous devoit point être donnée. Ce qui nous obligea
de les voir en particulier & de leur faire connoître le préjudice qu'un tel procedé nous
pourroit causer aux uns & aux autres dans la
Négociation. Nos plaintes les firent à la fin
resoudre de nous venir revoir, & de nous
dire que leur intention étoit de garder avec

A a 2   nous

1646.

nous une entiere union & bonne correspondance, à quoi ils étoient obligez, non seulement par l'ordre de leurs Superieurs, & par le devoir de bons & fidelles Alliez, mais encore par l'exemple qu'ils reconnoissoient que nous leur en donnions; qu'ils avoient néanmoins à nous représenter que la constitution de leur Etat étoit telle que pour des raisons fort considerables ils ne devoient pas donner copie de leurs propositions; que présentement ils n'en envoieroient aucune à Messieurs les Etats même, d'autant que s'ils la leur faisoient tenir, il faudroit que le tout fût communiqué aux Députez, non seulement des Provinces, mais encore des Villes particulieres qui ont entrée dans lesdits Etats, lesquels pour la plûpart n'ont aucune connoissance de leurs Instructions; que ces mêmes Députez en envoieroient des copies dans les Villes à leurs superieurs, & à d'autres, & que la chose étant renduë si publique & connuë de tout le monde, cela pourroit apporter de grandes longueurs aux affaires & peut-être les arrêter de tout point: Que cela même pourroit nuire à la Campagne, & être cause que l'on n'y agiroit pas selon ce qui a été concerté & resolu. Ce qu'ils repeterent plus d'une fois, pour nous détourner d'autant plus de leur faire cette instance & nous prierent de nous contenter d'en entendre la lecture. Sur la fin ils offrirent, mais assez foiblement & par la bouche d'un seul d'entr'eux, (autre que celui qui portoit la parole) que si cela ne sembloit pas suffisant, ils en donneroient une copie, quoi qu'il y eût du peril pour eux. Nous eussions pû repliquer à ces raisons & leur diré que nous n'en trouvions pas d'assez fortes pour les empêcher de nous donner un écrit qu'ils avoient délivré à leurs Ennemis, lesquels ne manqueroient pas de le publier, s'ils jugeoient qu'il leur pût nuire; mais qu'ils n'avoient fait cette offre que contraints & qu'ils ne desiroient pas qu'elle fut acceptée. Nous les priâmes, avant que de leur répondre, de faire lecture de ces Articles. Il y en avoit jusques a soixante & onze qui furent lûs sur le champ.

La réponse, après un peu de conference que nous eûmes entre nous, fut que la Reine & le Conseil pourroient trouver mauvais qu'aians été si exacts à communiquer toutes choses, dequoi nous avions rendu compte à Sa Majesté, ils ne fissent pas le même envers nous; mais que puis qu'ils avoient tant de crainte de délivrer cet écrit, nous n'en ferions pas plus d'instance pour cette fois, sans que cela pût être tiré à conséquence ci-après, ni servir de regle pour exclurre de demander communication par écrit de ce qui pourra continuer dans le Traité & à la charge que lors qu'il sera envoié copie des susdits Articles à Messieurs les Etats, il nous en sera donné autant; ce qu'ils promirent de faire & d'observer une étroite correspondance avec nous, comme ils y étoient obligez. Les Espagnols leur ont fait réponse depuis sur tous les Articles, laquelle ils ont apportée bientôt après, & nous en ont fait la lecture, comme ils avoient fait de leur proposition. A la verité ils n'ont pas trouvé toute la facilité aux Plenipotentiaires d'Espagne, à accorder leurs demandes qu'ils s'étoient peut-être imaginez, & il y a apparence que s'ils en eussent eu meilleure réponse, ils fussent allez bien vite, & ne nous eussent pas informez du secret de leur Négociation. En effet, il nous a été

rapporté que lors que le Comte de Peñaranda leur dit que le commencement de leur proposition (qui étoit de ne pouvoir traiter que conjointement avec nous) gâteroit le reste, un des principaux d'entr'eux répondit qu'on verroit en traitant & qu'il s'y trouveroit quelque temperament.

Le premier Article de la proposition des Hollandois demande au Roi d'Espagne une Déclaration expresse de tenir les Etats des Provinces-Unies pour libres, souverains, & independans, sans que la Trêve étant expirée cette qualité puisse être debatue ni revoquée en doute.

A quoi il a été répondu qu'on leur accorderoit la susdite qualité autant qu'une Trêve le pourroit permettre; ce qui est un point délicat & bien difficile. La simple lecture des Articles ne nous a pas donné le temps de les bien remarquer en particulier. Il se peut seulement dire en général que tout ce qui étoit dans la Trêve precedente est accordé & quasi tout ce qui a été ajoûté est contesté & debattu. De sorte que ces Réponses ne les contentent pas. Mais comme tout cela ne se peut accommoder en vingt-quatre heures; & que nous savons d'ailleurs qu'ils se laissent tous les jours visiter par Noirmond, Friquet & les autres Emissaires d'Espagne, qui ne bougent d'avec eux, nous sommes en inquiétude & obligez de veiller continuellement sur eux. Ce qui nous a fait resoudre d'envoier un Gentilhomme exprès à Monsieur de la Thuillerie pour lui faire tout savoir, & essaier d'y faire donner quelque ordre par Monsieur le Prince d'Orange s'il se peut. En un mot, cette Négociation ne reçoit pas tant de difficulté du côté des Parties mêmes que de celui de nos Alliez, de la conduite desquels il faut que nous soions toûjours en garde & en méfiance.

Nous vous supplions, Monsieur, avec toute l'instance possible, de faire connoître au Conseil qu'il est du tout important qu'il ne paroisse pas que l'on soit en aucune façon capable de se relâcher de Brisack, ni d'entendre à aucun parti que cette Place n'y soit comprise & assûrée à la France. Les Médiateurs & nos Parties aussi sont très-persuadées qu'on n'aura pas à la Cour les mêmes sentimens que nous témoignons ici sur les dernieres offres du Comte de Trautmansdorff, & qu'il s'y pourra trouver plus de facilité. Il est besoin de lever cette opinion en parlant fortement, non seulement aux Ministres Etrangers, mais par tout ailleurs; autrement il sera du tout impossible de parvenir à ce que nous desirons. Quand on écrira que la France ne veut point de Paix sans conserver Brisack, nous aurons encore assez de peine à l'obtenir, & ne savons pas au vrai ce que nous devons nous en promettre.

Monsieur de la Haye vous aura sans doute écrit la même chose qu'à nous, que lors qu'on eut la nouvelle à Constantinople qu'il venoit un Gentilhomme à la Porte de la part du Roi, le bruit y courut en même temps que Sa Majesté donneroit secours aux Venitiens. Nous croions le Sieur Baile trop avisé pour avoir voulu faire valoir la resistance que la République peut faire au préjudice de ceux qui lui témoignent tant de bonne volonté. Mais la chose nous semble bien considerable, & d'autant plus que la crainte des préparatifs du Turc n'étant pas si grande qu'elle a été, c'est peut-être ce qui rend aujourd'hui nos

Par-

1646.

Parties difficiles, & que la République de Venise étant comme asûrée de n'être point attaquée par Mer, le secours qu'on lui donne ne sera plus pour sa défense, mais pour être emploïé contre les Etats du Grand Seigneur.

L'Ambassadeur de Mantoüe étant arrivé en cette Ville a été visiter Monsieur le Nonce. Le Comte de Trautmansdorff ne l'a point vû encore: mais aiant sû que les Ministres d'Espagne lui avoient fait demander audience, & qu'elle leur avoit été donnée pour les trois heures après-midi, il fut resolu entre nous qu'elle seroit demandée pour les deux heures du même jour (qui étoit celui de la Pentecôte) par moi Duc de Longueville seul, nous aiant semblé que par ce moien nous conserverions le rang dû à la France & ne hazarderions rien d'ailleurs, se pouvant dire que c'est la visite d'un parent & non d'un Ministre du Roi, au cas qu'il ne soit pas trouvé bon de rendre à la Maison de Mantoüe les mêmes honneurs qui ont été faits à celle de Savoye. Je ne devançai que d'une demi-heure le Comte de Pcharanda, qui y vint un moment après que j'en fus sorti. Il vous plaira, Monsieur, de nous faire savoir comme nous avons à nous conduire ci-après, quand cet Ambassadeur rendra ses visites. Nous n'avons point reçû de vos Lettres par le dernier Ordinaire. Nous sommes, &c.

❦ ❦ ❦ ❦ ❦ ❦ ❦

M E M O I R E

D U   R O I

à Messieurs les

PLENIPOTENTIAIRES,

Sur les affaires de

L' E M P I R E.

Du 26. May 1646.

Si les Suedois vouloient continuër la Guerre par pure ambition, la France devroit pourtant passer outre à son Traité de Paix avec l'Empire. Les Suedois pressent la jonction de l'Armée du Maréchal de Turenne avec la leur. Raisons de la France pour le refuser. On propose une suspension d'armes avec Baviere en

particulier. On propose le Siege de Luxembourg.

1646.

O N veut croire que quand lesdits Sieurs Plenipotentiaires recevront cette dépêche, les affaires de l'Empire seront ajustées, puis qu'elles ne semblent plus pouvoir être retardées que par une opposition formelle des Suedois, si leur disposition à la Paix ne se trouvoit pas aussi sincere qu'ils le donnent à entendre, & qu'ils veuillent préferer les avantages qu'ils pensent remporter dans la continuation de la Guerre à ceux qu'on leur offre par un Traité.

On ne juge pas que cela puisse être; mais si cela arrivoit contre notre créance, la France devroit d'autant plus songer à soi & à ce qu'elle aura à faire, que la visée des Suedois ne pourroit être en cela que de ruiner la Religion Catholique en Allemagne, & relevant par ce moien le parti Protestant (qu'ils n'auroient pas grand' peine de faire agir selon leurs desseins) se mettre en un état de n'avoir plus besoin de nous & de donner la loi à tout l'Empire.

Le plus grand intérêt qu'il semble que le Roi ait aujourd'hui, en la constitution où sont les affaires, c'est qu'aussi tôt que les Imperiaux auront consenti à la cession de Brisach, dont on ne doute point, on conclue sans la moindre perte de temps l'accommodement dans l'Empire par une Paix, ou par une Trêve qui suspende les hostilitez pour le temps qui sera nécessaire jusques à ce que les points les moins importans de ladite Paix qui restent à ajuster, le puissent être.

Si les Suedois n'ont determiné de continuer la Guerre à quelque prix que ce soit, il semble qu'ils ont tout ce que raisonnablement ils peuvent desirer pour la conclurre avec grand avantage; & comme il y a grande apparence que les Imperiaux savent pour combien ils en doivent être quittes envers eux, sans quoi ils ne se feroient pas vrai-semblablement si fort hâtez de nous offrir les trois Evêchez, l'Alsace & le Suntgau, on ne voit pas bien par quelles raisons les satisfactions des deux Couronnes étant bien ajustées, & ce qui regarde Madame la Landgrave & la Maison Palatine resolu, les Ministres de Suede se pourroient défendre de donner les mains à la suspension d'armes en Allemagne, pour ajuster les points de moindre conséquence, dont on ne seroit pas encore convenu; & pour regler l'execution des autres, quand tout seroit bien ajusté.

Ce qui augmente ici le desir de cette suspension & avec grand sujet, c'est que les Suedois pressent la jonction de leur Armée principale à celle que commande Monsieur le Maréchal de Turenne, & la promptitude avec laquelle ils s'y portent, nous donne occasion de croire qu'ils s'en promettent quelque grand avantage en leur particulier, l'experience nous aiant fait voir qu'ils n'ont jamais souhaité de joindre leurs Armées aux nôtres, que pour remedier au mauvais état de leurs affaires, & pour les mettre en plus haut point, & qu'aussi souvent que nous l'avons desiré pour le bien des nôtres, quoi qu'ils y trouvassent aussi le leur, ou ils l'ont refusé & trouvé dès échapatoires pour s'en excuser, ou ils l'ont fait de si mauvaise grace, que quatre jours après ils nous ont quitté: témoin, le procedé que tint Konis-

A a 3

Si les Suedois vouloient continuer la Guerre par pure ambition, la France devroit pourtant passer outre à son Traité de Paix avec l'Empire.

Les Suedois pressent la jonction de l'Armée du Maréchal de Turenne avec la leur.

Raisons de la France pour le refuser.

nifmarc l'année derniere avec Monfieur le Duc d'Enguien.

Et outre que cette jonction n'eft pas feulement perilleufe avant qu'elle fe faffe, à caufe de l'empêchement que pourroient y aporter les Ennemis, pour combattre les uns ou les autres à leur avantage, avant que l'on foit enfemble; c'eft après être faite qu'elle peut entrainer plus d'inconveniens & de préjudices pour nous & pour nos affaires; car notre Armée feroit gênée à fuivre la volonté du plus. fort, & nous abandonnerions toutes nos Places du Rhin fans apparence de rien conquerir que nous puiffions conferver, ni d'y établir nos quartiers d'hiver; mais ce qui eft encore plus confiderable & qui fait le plus de peine, c'eft que la jonction ne tendroit qu'à la ruine entiere du Duc de Baviere, qui feroit fuivie de celle de la Religion Catholique en Allemagne, & ainfi par ce refpect & beaucoup d'autres que lefdits Sieurs Plenipotentiaires jugeront, les Suedois tireroient tout le profit, & nous en fouffririons des defavantages irreparables.

Il eft bon que le Duc de Baviere fache le projet de cette jonction & qu'il l'apprehende vivement, parce que cela l'obligera de redoubler fes efforts auprès de l'Empereur pour conclurre la Paix fans delai; mais il pourroit être auffi pernicieux pour nous que pour lui que ladite jonction s'effectuât.

Le remede qui paroît le meilleur pour nous délivrer de cette inquietude, vû l'engagement où l'on eft avec Monfieur Torftenfon fur ce point, ce feroit un prompt accommodement dans l'Empire en la forme marquée ci-deffus, à quoi lefdits Sieurs Plenipotentiaires appliqueront toute leur induftrie, & toute leur adreffe, étant peut-être le plus important & le plus agréable fervice qu'ils auront lieu de rendre à Sa Majefté dans tout le cours de leur Négociation.

On propofe une fufpenfion d'armes avec Baviere en particulier.

Que fi fa fufpenfion générale dans l'Empire ne peut être conclue pour quelque temps, quoi que les principaux points foient ajuftez, foit par quelque obftacle que l'on ne peut prévoir, foit par l'oppofition que les Suedois y pourroient faire, pour des fins qu'ils ont & dont ils ne fe déclarent pas, on pourra fonger à en faire une particuliere avec Baviere, & par ce moien il feroit en fûreté, la Religion Catholique hors de danger, & nous aurions correfpondu aux témoignages de bonne volonté que ledit Duc a fait paroître dans nos intérêts: la face des affaires ne pourroit quafi changer que de bien en mieux à notre égard, & finalement les Efpagnols fe difpoferoient fans doute à nous contenter entierement, ou s'ils s'opiniâtroient encore, nous ferions en état de de leur porter le dernier coup en Flandres avec l'Armée de Monfieur le Maréchal de Turenne, qui fe trouveroit degagée par cette Trêve particuliere.

On confidere en cela que nous avons deux differens intérêts à ménager; l'un avec le Suedois, & l'autre avec Baviere même.

Quant au premier, un des principaux Articles de cette Trêve feroit que Baviere ne pût faire aucune hoftilité contre les Suedois ni contre les Heffiens, foit directement, ou indirectement en donnant fes troupes à l'Empereur. On ne voit pas par quelle raifon (faifant voir aux Suedois les grands avantages que la caufe commune en tireroit d'ailleurs) ils auroient la penfée de le trouver mauvais, ou la hardieffe de s'y oppofer, contre ce qui eft ex-

preffément porté dans un des Traitez que nous avons enfemble, par lequel, fi on s'en fouvient bien, il eft fpecialement refervé au Roi de prendre en fa protection les Princes Catholiques d'Allemagne qui y auront recours.

L'exemple eft bien exprès de ce qui fe paffa entre le feu Roi de glorieufe memoire & le feu Roi de Suede, lors que celui-ci étant piqué au dernier point contre le Duc Charles, qui avoit envoyé une Armée au fecours de l'Empereur, il venoit fondre avec toutes fes forces fur les Etats dudit Duc pour s'en vanger, & que le Roi en prit la protection, & arrêta tout court cet orage.

La protection que la France prit de l'Electeur de Trêves fur le point que le Roi de Suede s'alloit emparer de fes Etats, comme il avoit fait de l'Electorat de Mayence, eft un autre exemple, qui n'eft pas moins précis & concluant; mais fur tout on ne voit pas quelle difparité les Miniftres de Suede pourront trouver entre le Duc de Saxe à leur égard & celui de Baviere au notre; néanmoins ils viennent de conclurre tout fraichement une fufpenfion avec le Duc de Saxe, qui doit durer jufques à la conclufion de la Paix, fans nous en dire un feul mot, ne doutant pas que nous ne l'approuvions, parce qu'elle eft utile à la Caufe commune, aiant même permis audit Duc d'envoier fa Cavalerie à l'Empereur, au lieu que bien éloignez de cela nous ne refoudrions rien qu'après avoir tout communiqué avec eux, & nous prétendrions lier en forte Baviere qu'il ne pût jamais employer fes forces qu'à fa défenfe propre & de fes Etats, & que l'Empereur ne pût en recevoir aucune affiftance même par voies indirectes.

Toutes ces confiderations & la conduite même que les Miniftres dudit Duc ont tenue dans l'Affemblée, quand il a fallu parler de la fatisfaction de la Couronne de Suede, qu'ils ont dit hardiment lui être dûë, & preffé à Vienne de la part de leur Maître pour la faire accorder fans délai, font juger que quelque animofité que puiffent avoir les Suedois contre ledit Duc, ils n'oferont pas formellement s'oppofer à la fufpenfion que nous pourrions traiter avec lui. Auffi ne le firent-ils pas pofitivement l'année derniere, quand ce Prince preffoit fon accommodement avec la France; mais ils en éluderent l'effet par des longueurs, témoignans apprehender d'être trompez, & de ne pouvoir prendre confiance en un Prince qu'ils croioient fi rufé, dont ils eurent bien-tôt occafion de fe repentir à caufe de l'échec que les troupes de Monfieur de Turenne recûrent à Mergentheim, ce qui fit tomber d'abord la plûpart des forces de Baviere fur les bras de Torftenfon.

On eftime que foit pour obtenir que les Suedois donnent les mains à une fufpenfion générale dans l'Empire, les points principaux étans ajuftez, foit pour les faire confentir à la fufpenfion particuliere avec Baviere, au cas que le Traité de Paix aille en longueur, il ne feroit peut-être pas mal, (ce qui eft remis pourtant à la prudence defdits Plenipotentiaires) de parler franchement aux Miniftres de Suede, & après leur avoir fait comprendre toutes les raifons marquées ci-deffus, leur déclarer confidemment qu'il fera affez mal-aifé qu'on puiffe plus long-temps continuer la Guerre, ou fournir plus d'argent, à caufe que le Roiaume eft épuifé, y ajoûtant que lorfque nous avons pris les armes nous ne nous ferions jamais flatez de pouvoir abbaiffer l'Empereur,

&

& affoiblir la Maison d'Autriche au point que nous avons fait ; obtenir tant d'avantages pour l'une & l'autre Couronne, & relever nos Alliez de l'oppreſſion ſous laquelle la plûpart gemiſſoient, toutes les perſonnes desintereſſées jugeant que chacun doit être ſatisfait de ce que les ennemis offrent, ſans parler de la Guerre du Turc qui doit être un puiſſant motif à tous les Princes Chrétiens de terminer leurs diviſions particulieres, pour avoir plus de moien de réſiſter à cet ennemi commun.

Ce diſcours, ſi leſdits Sieurs Plenipotentiaires jugent à propos de le tenir, devra être fait avec grande circonſpection & adreſſe, afin qu'au lieu d'un bon effet que nous en devons attendre, il n'en produiſe un très-mauvais, étant à craindre que les Suedois voiant que nous les preſſons très-vivement de s'accommoder, & de donner les mains à une ſuſpenſion générale ou à une particuliere avec Baviere, à laquelle ils ont averſion, ne ſongent à s'accommoder eux-mêmes, ſe ſervans du prétexte que nous aurions voulu les y contraindre, & il ne faut pas douter qu'ils n'y trouvaſſent d'abord toute facilité, & que comme toute la plus grande rage de la Maiſon d'Autriche en cette Guerre eſt contre la France, nos ennemis ne leur offriſſent même de plus grands avantages pour les diviſer d'avec nous, dans la paſſion demeſurée qu'ils ont de ſe vanger de cette Couronne, & dans l'eſperance qu'ils en concevroient s'ils croioient d'en pouvoir ſeparer les Confederez. C'eſt pourquoi tout eſt remis à la prudence deſdits Sieurs Plenipotentiaires, leſquels étant ſur les lieux, & pouvant examiner de plus près les actions & les reſolutions des Miniſtres de Suede, ils ſauront auſſi prendre celles qui ſeront plus propres pour parvenir à la fin que Sa Majeſté deſire, ſans courir fortune d'aucun inconvenient.

Voilà pour ce qui regarde les Suedois. Quant à Baviere, il eſt certain & on l'a pû reconnoître par tout ce qui s'eſt paſſé juſques-ici qu'il n'a rien oublié pour preſſer l'Empereur de nous donner ſatisfaction & de conclurre la Paix, mais auſſi on a reconnu en même temps qu'il a de l'averſion à faire une Trêve particuliere, ſoit qu'il ait de la honte de ſe tirer d'un parti où il a été ſi long-temps attaché, ſoit qu'il le juge en quelque façon contraire à ſon humeur & à ſon devoir ; ſoit enfin qu'il croie cette reſolution capable de ruïner entierement les affaires de l'Empereur, & qu'il veuille à ſon accoûtumée ſe rendre conſiderable de part & d'autre, ſans venir qu'à la derniere extrémité à une déclaration formelle.

Néanmoins dès qu'il reconnoîtra que la Paix ne ſe peut pas faire avant la Campagne, que ce n'eſt point la France qui par deſſein ou par intérêt retarde l'accommodement, que les Suedois ne veulent point entendre à aucune ſuſpenſion générale d'hoſtilitez, que les forces de France ſe devant joindre aux Suedois & agir conjointement contre lui, ſes Etats, ſa Maiſon, & la Religion Catholique peuvent courir de grands riſques, qu'on ne lui demandera plus pour ſûreté de ſa parole en cette ſuſpenſion ni des Places ni des Quartiers delà le Rhin, qui ſont les deux principaux points ſur leſquels il s'en eſt excuſé par le paſſé, & enfin que les difficultez que les Suedois apportent à la Paix ne procedent que de l'eſperance qu'ils ont qu'en joignant l'ar-

mée de Monſieur de Turenne ils pourront relever extrémement le parti Proteſtant par la ruine dudit Duc, (à quoi par une néceſſité inévitable nous nous trouvons malgré nous forcez de contribuer) il nous ſemble qu'il tombera vitement d'accord avec nous de cette ſuſpenſion particuliere, qui peut ſeule remedier en un inſtant à tous les inconveniens ci-deſſus mentionnez ; d'autant plus que lui promettant encore de l'aſſiſter de toutes nos forces, en cas que ſes Etats fuſſent attaquez par quelqu'un, il ne douteroit pas qu'étant jointes aux ſiennes, il ne fût en pleine ſûreté contre quelque ennemi qu'il eût à ſe défendre. On n'a pas pourtant jugé à propos de lui faire écrire poſitivement de cette ſuſpenſion par Monſieur le Nonce, de peur qu'il n'attribuât à foibleſſe ou à quelque autre apprehenſion que nous aurions de ſes forces, ce qui ne part que d'un pur effet de bonne volonté en ſon endroit, & du zéle pour le maintien de la Religion Catholique en Allemagne ; ce qui doit obliger auſſi leſdits Sieurs Plenipotentiaires d'apporter la même circonſpection quand ils traiteront avec ſes Miniſtres, les faiſant adroitement tomber dans nos fins par leur intérêt, ſans qu'ils s'apperçoivent quaſi que nous le ſouhaitions.

On peut encore faire comprendre auſdits Miniſtres que la haine des Eſpagnols contre leur Maître étant au plus haut point qu'elle puiſſe aller, comme d'ailleurs ils apprehendent extraordinairement que la Paix ſe concluë dans l'Empire ſans que leurs affaires ſoient accommodées avec nous, il n'y aura reſſort qu'ils ne faſſent jouer, ni artifice dont ils ne s'aviſent, pour empêcher l'accommodement, & en cela faire deux effets ; l'un de tenir l'Empereur & ſes adherans engagez dans leur parti & dans la Guerre, afin de ne pas demeurer ſeuls à en ſoûtenir le faix contre nous ; & l'autre de ſe vanger de Baviere, étant ravis, quoi que peut-être contre leur propre intérêt, qu'il reçoive quelque mortification par la jonction des deux Armées Françoiſe & Suedoiſe : d'autant plus qu'après il dépendra, plus qu'il ne fait, de la volonté de l'Empereur & de la leur & qu'il ſeroit comme forcé de les ſuivre aveuglément en toutes choſes.

On a depéché un Courier à Monſieur le Maréchal de Turenne, lequel eſt perſuadé devoir faire cette jonction, quelque inconvenient qu'il y en ait à craindre, parce qu'il reconnoît qu'il eſt quaſi impoſſible qu'il puiſſe agir en Allemagne. On lui réitere les ordres de faire tout ce qui lui ſera mandé par leſdits Sieurs Plenipotentiaires, leſquels cependant n'épargneront pas la dépenſe des Couriers pour le tenir continuellement informé de ce qui ſe paſſera ; & on lui ordonne qu'autant qu'il pourra dépendre de lui, il éloigne la jonction, & qu'étant néceſſité enfin de la faire, s'il n'a aucunes nouvelles de Munſter qui l'en empêchent, il tâche au moins d'engager Torſtenſon à la priſe de Heidelberg & de Heilbron, afin de laiſſer en ſûreté toutes les Places du Rhin & s'aſſûrer d'une retraite qui puiſſe lui donner moien de prendre ſes Quartiers d'hiver au delà de ce fleuve.

Pour concluſion, on replique auſdits Sieurs Plenipotentiaires, que le point de Briſach étant reſolu en notre faveur, ils doivent emploier tout leur eſprit & toute leur ſuffiſance pour obliger les Suedois à donner les mains à l'accommodement, puiſque ſans doute l'Empereur

1646.

pereur les satisfera entierement sur les chefs principaux de leurs prétentions, & cela de crainte que la jonction de nos armées venant à se faire pendant le délai, il n'arrive des accidens par les mouvemens des armées, qui troublent l'accomplissement d'une si grande affaire, qui est déja si avancée, & dans laquelle les avantages considerables que nous remporterons dans l'Empire, nous en produiront sans doute encore de plus importans du côté de l'Espagne.

Il aura été facile ausdits Sieurs Plenipotentiaires de remarquer que les prétentions exorbitantes des Suedois & celles que les Hessiens ont mis en avant depuis peu sans notre sû, & contre ce qui avoit été concerté, visent principalement contre la Religion Catholique, & à rendre meilleure la condition du Parti Protestant en Allemagne. Et comme la pieté incomparable de Leurs Majestez leur donne beaucoup plus de zele pour notre Religion que ne peuvent avoir les Alliez de cette Couronne pour la leur, non seulement elles ne prétendent adherer ni contribuer en rien aux mauvaises fins qu'ils peuvent avoir, mais elles entendent que leurs Plenipotentiaires, autant qu'il dépendra d'eux, emploient leur industrie à procurer tous les avantages possibles à la Religion Catholique & à la garantir des préjudices qu'on prétendroit lui faire.

Après avoir écrit ce que dessus, l'occasion s'étant présentée d'un Courier qui porte des Lettres de change à Strasbourg pour la montre de l'Armée de Monsieur de Turenne, on lui a fait à la hâte une nouvelle depêche touchant sa jonction avec les Suedois, & l'avantage qui resulteroit au service du Roi s'il pouvoit tirer de bonne grace le consentement de Torstenson à un délai de six semaines, pour faire agir pendant ce temps l'Armée de Sa Majesté deçà le Rhin & executer une entreprise importante & qui presseroit extrêmement les Ennemis de nous donner satisfaction.

On propose le Siege de Luxembourg.

Il auroit ainsi le moien d'attaquer Luxembourg, joignant à son Armée le Corps qu'assemble vers Mets le Sieur de la Ferté Sennetere & la prise de cette Place seule, qui vraisemblablement ne tiendroit pas plus d'un mois ou six semaines, tireroit infailliblement après elle la perte de toute la Province.

On joint ici une copie de la Depêche même qu'on a envoyée à Monsieur de Turenne, & si Messieurs les Plenipotentiaires trouvent de leur côté quelque expedient de faire avoir libres ces six semaines audit Sieur Maréchal, soit par une suspension, soit en négociant eux-mêmes le consentement de Torstenson par l'entremise de Messieurs Oxenstiern & Salvius, ou s'adressans directement à lui, ils rendroient un signalé service à Sa Majesté, dont eux-mêmes ne seront pas long-tems sans en tirer beaucoup d'avantage dans leur Négociation.

Lesdits Sieurs Plenipotentiaires trouveront ci-jointe la copie d'une seconde Lettre du Duc de Baviere, que Monsieur le Nonce Bagni a envoiée de Paris sur le point du départ de ce Courier, comme aussi la copie d'un Memoire que le Resident de Madame la Landgrave en cette Cour nous a donné ces jours-ci sur les intérêts de sa Maîtresse; à l'égard desquels lesdits Sieurs Plenipotentiaires feront ce qu'ils estimeront le plus à propos, comme aussi touchant les instances que fait Monsieur de Baviere en faveur de la Religion Catholique.

On a sû par quelques avis de Venise, que l'Empereur tâche d'assembler une Diette à Ratisbonne, où il espere avoir favorables généralement tous les États de l'Empire, depuis la Déclaration que les Couronnes ont faite de leurs prétentions en Allemagne: s'assûrant qu'un chacun se joindra à lui pour empêcher que des Etrangers, dit-il, ne démembrent l'Empire. On n'en envoye pas le détail, parce que la même personne qui en écrit, mande l'avoir dit à Monsieur de Gremonville pour en informer lesdits Sieurs Plenipotentiaires.

On croit que les Imperiaux, qui n'ont pas renouvellé en leur duplique l'offre qu'ils avoient faite touchant Pignerol, ne feront point de difficulté sur ce point, au premier mot qu'on leur en dira, puis que la raison qu'ils pourroient avoir euë de plaire en cela aux Espagnols, cesse à présent que ceux-ci l'ont offert.

On a vû avec plaisir la relation que Monsieur Servien a faite de toutes ses Négociations en son dernier voyage d'Osnabrug. Sa Majesté a loué son adresse & sa conduite, & on tirera ici beaucoup de lumieres de ce qu'il a mandé; cependant on attend avec impatience d'apprendre le resultat de la Conference qui se devoit tenir entre lesdits Sieurs Plenipotentiaires & ceux de la Couronne de Suede à Lengerick; puis que les dernieres réponses de Vienne devant pour lors être arrivées, il semble que ce sera la décision, ou de la conclusion de la Paix, ou de la continuation de la Guerre.

Lesdits Sieurs Plenipotentiaires se sont resolus avec beaucoup de prudence de ne pas parler de la Lorraine que le point de Brisach & tout le reste qui concerne notre satisfaction ne soit ajusté.

LETTRE

De Monsieur le Comte de

BRIENNE

à Messieurs les

PLENIPOTENTIAIRES.

Du 26. Mai 1646.

On craint d'être prévenu par les Hollandois. On écrit à Monsieur de la Thuillerie de rester à la Haye. Eloge de ce Ministre. Affaires d'Italie. Prise de Telamone & de San Stephano. Orbitello assiegé. Plaintes des levées.

levées de Bonichaufen. On pourroit à toute extrémité se désister de Brisach.

MONSEIGNEUR & MESSIEURS.

IL n'y a pas eu moien de répondre à votre Dépêche du dix-huitiéme, parce qu'il eût falu le faire dans ce jour que Monsieur le Duc d'Orleans part pour Amiens, avec lequel on est forcé d'en passer la meilleure partie.

Quand votre Lettre fut lûe à Sa Majesté, on y remarqua trois choses: La premiere est, l'étonnement, dans lequel vous étiez entrez, voians renversé & rendu douteux ce que vous aviez crû acquis; la seconde, le peu d'assurance qu'on peut prendre en ce qui est dit par l'Ennemi, & dont lui-même s'est laissé entendre en le consentant; & la troisiéme, que la memoire des bienfaits est labile en ceux qui n'ont de Souveraineté que parce que cette Couronne la leur a acquise. Le desir qu'on a d'avancer la Paix fait qu'on examine s'il y pourroit avoir un Equivalent à ce qu'on desiroit. Cela me semble pas impossible; mais très-difficile à avoir, & qui pourroit causer autant de longueur, pour y disposer l'Empereur, qu'il en a eu à prendre sa premiere resolution. Il est vrai que le payement se faisant de la bourse d'autrui, il lui seroit moins pesant, & qu'à l'exemple de ce qui se pratique en faveur de la Suede, cela pourroit réussir. Ce sera l'un des points qui sera agité dans la Dépêche qui suivra immédiatement celle-ci.

Il fut dit au Conseil qu'il n'y avoit rien à ajoûter à vos soins & que votre grande experience dans les affaires publiques vous y donnoit des lumieres, dont cet Etat tireroit de grands avantages. Quand on fit reflexion sur la maniere d'agir des Députez de Messieurs les Etats, & avec combien de peine & de travail vous les portez aux choses ausquelles ils sont engagez d'honneur, de conscience, & d'intérêt, on ne pût s'empêcher de dire qu'il y avoit lieu de craindre qu'il ne fissent une infidelité, contre laquelle la prudence humaine ne sait point se garentir; que le seul remede On craint d'être prévenu par les Hollandois. qu'elle inspire en cette rencontre, c'est de tenir auprès de leurs Superieurs quelque Personne accreditée, & puissante en raisonnement, & qui ait une parfaite connoissance des choses passées, afin que dans l'occasion se prévalant de ces divers avantages, il les empêche de tomber dans le précipice, en leur en faisant appercevoir la profondeur, & que quelque leger intérêt (qui même n'est pas assûré) ne les doit pas aveugler, non plus que la complaisance qu'ils peuvent avoir pour quelques uns de la Communauté, jusques à attirer une ruïne à l'Etat, qui seroit infaillible, s'ils donnoient jour à une division avec nous, qui est la fin que l'ennemi s'est proposée, & qui le porte à leur faire des offres, qui leur persuadent que leur repos conjointement avec leur liberté leur est acquis. On écrit à Monsieur de la Thuillerie de rester à la Haye. Ce choix fut aisé, puis que la place doit être occupée par un Personnage d'éminente capacité, & sur l'heure il fut arrêté qu'il seroit écrit à Monsieur de la Thuillerie, qu'il falloit qu'il prît quelque chose sur lui pour rendre ce service à Sa Majesté, qui lui retranchoit à la verité la liberté qu'il avoit recherchée de faire un tour en sa Maison, mais

TOM. III.

qui restoit bien compensée par l'estime qu'on avoit de lui, & la connoissance de son mérite. Pour lui exprimer vivement l'honneur Eloge de ce Ministre. de son emploi, & le forcer d'y demeurer par une contrainte douce, il lui fut aussi mandé que si sa santé le pressoit jusques à un point qu'il ne s'y pût pas resoudre, il se gardât bien de décamper, que l'un de Messieurs les Plenipotentiaires ne se fût rendu à la Haye; d'où il pouvoit inferer que c'étoit être Ministre du Traité de la Paix générale; que de demeurer dans son emploi, & que votre Altesse & vous, Messieurs, conserveriez une si parfaite correspondance avec lui, qu'il auroit tout sujet de s'en louër; que ce qui lui seroit mandé par vous il eût à l'executer, & qu'on étoit assûré que tout se passeroit entre vous & lui par voie de concert, afin qu'il ne crût pas qu'on le soûmettoit entierement à vos ordres, comme on pourroit faire un Ministre de moindre dignité que lui.

Je passe pour trompé, s'il ne prend le parti & il s'y est lui-même condamné en nous écrivant les peines qu'il a euës à obtenir la ratification du Traité passé à Paris entre les Commissaires Députez par Sa Majesté & l'Ambassadeur des Etats, pour les disposer à mettre en Campagne, & les obliger à une levée extraordinaire, Sa Majesté contribuant une somme notable pour leur en facilitet le moien. Dire que par sa patience & son adresse il a remporté sur leurs esprits ce que l'on desiroit, c'est avouër qu'en la conjoncture présente des affaires un ancien Ministre & acredité & est absolument nécessaire. Quand il sera question d'ajuster le neuviéme Article, un nouveau y seroit bien empêché, & quelle en est la conséquence, vous le savez mieux qu'on ne vous le sauroit dire. Si vous saviez combien l'on vous plaint d'avoir affaire avec des personnes peu raisonnables, & présomptueuses, comme le sont les Députez de Messieurs les Etats, cela adouciroit votre peine. Ils se font bien entendre qu'ils croient pouvoir tout demander, & au lieu de prendre la loi de cette Couronne, ils veulent la donner; mais ils se pourroient bien mécompter; puis que nous ne sommes pas resolus de sacrifier nos affaires à leur apetit; que la France se tient quitte envers eux de l'engagement porté par le Traité, aiant reduit l'Ennemi à leur offrir la Paix, & que si la constitution de leur Etat y prefere la Trêve, la France, qui a besoin de la Paix, n'est pas obligée de s'y ranger. Elle ne feroit qu'une Trêve, si elle étoit obligée de rentrer en Guerre, conjointement avec eux, & perdroit en un jour les avantages qu'elle espere de se ménager dans ce Traité; au moins demeureroient-ils exposez aux évenemens douteux des armes.

Vous écrivant, il me vient une pensée que je prens des leurs. Comme ils entendent n'être pas obligez à demander que tout ce que nous avons conquis en cette Guerre nous demeure, & qu'ils nous convient, pour avancer le repos public, de nous en retrancher, comment peuvent-ils prétendre en même tems que nous serons tenus de recommencer la Guerre avec eux pour les assister à défendre leur liberté?

Vous savez à quoi Sa Majesté est resolue, qui a déja fait savoir aux Catalans tout ce qui s'est passé à Munster, ainsi que vous le lui avez conseillé. Il me souvient bien que par la Dépêche, qui vous a été portée par le Cou-

B b   rier

rier Heron, ce point eſt merveilleuſement expliqué, & je n'en parle que pour vous faire apercevoir que l'on a bien remarqué combien vous avez fait valoir envers ceux-ci ce que vous avez demandé pour les autres.

Ce même jour que votre Dépêche du quatre fut rendue, nous en eumes une de Rome du 7. Celle-ci nous aprit que l'Amirante de Caſtille & le Cardinal d'Eſte s'étoient accommodez; quelle eſt la gloire que la France y avoit aquiſe; comment le Peuple Romain avoit fait voir qu'il étoit partial pour la France; que les armes, que les Eſpagnols y avoient fait entrer, leur ſembloient de mauvais augure; qu'ils attendoient leur défenſe des nôtres, & enfin qu'il fût dit que la France y avoit triomphé. La modeſtie du Cardinal Protecteur paroît de ſorte en la relation qu'il a fait dreſſer de ce qui s'eſt paſſé, que j'ai jugé vous la devoir envoier. Ce qu'il a celé par diſcretion, c'eſt que le Pape favoriſoit le parti contraire; mais cela ne lui a cauſé, ni aux autres Cardinaux François, aucune crainte; & celle que l'on a priſe de leur reſolution a fait faire l'accommodement à la gloire & reputation de cette Couronne.

On en eſt venu aux armes en Toſcane. Déja deux Places y ſont ſoumiſes, ſavoir, Telamone & San Stephano. Orbitello ſe trouve attaqué, & le Grand Duc demeure neutre, bien qu'obligé à la défenſe de ces Lieux. Nous eſperons que cette troiſiéme Place ne ſera pas grande reſiſtance, & que de la même viteſſe nous emporterons Porto-Hercole. Mais au lieu qu'autrefois, pour donner de l'effroi à l'Ennemi & relever le courage aux Alliez, nous aurions fait ſonner bien haut cette proſperité; nous en étouffons le bruit, de crainte qu'il n'excite de nouvelles jalouſies contre nous. L'Ennemi, pour augmenter l'apprehenſion qu'il donne de nos proſperitez, fera éclater & ſonner cette conquête; mais vos prudences y remedieront en la diminuant, ainſi qu'il leur a été mandé ſur ce ſujet.

J'étois préſent quand il fut reſolu que Monſieur le Tellier vous écriroit, pour vous dire combien peu on étoit ſatisfait de Bonichauſen; de grand argent qu'il vous a fait dépenſer & le peu d'hommes qu'il a mis enſemble; qu'il ne falloit plus ſonger à avoir des hommes, qu'on ne propoſoit que pour prétexte de continuer la dépenſe; ce qui ne nous eſt pas poſſible. Je ne doute point que Monſieur le Tellier ne vous en écrive & parce qu'il me fut auſſi enjoint de le faire, je m'en acquite, & j'oſe vous ſuplier de vous ſouvenir du ſoin que vous avez pris de répondre qu'il ſatisferoit aux conditions de ſa capitulation. Je crains bien que nous ne ſerons pas bien ſervis de quelques autres Officiers, qui ſe ſont engagez à faire des levées; mais au moins ils n'auront pas notre argent, la plûpart d'entr'eux aiant donné caution de le rendre, faute d'avoir fourni le nombre d'hommes, dont on étoit convenu avec eux.

Si vous n'avancez le Traité général, ou une ſuſpenſion, & qu'il faille maintenir l'Armée du Maréchal de Turenne au-deçà le Rhin, nous aurons bien de la peine à fournir à ſa ſubſiſtance. C'eſt un mal que de la joindre à une autre & d'épouſer la haine & la paſſion de Suedois. Il en porroit arriver du bien (ainſi que vos prudences l'ont prévû) en faiſant aller cette Armée en Franche-Comté ou ailleurs; mais toutes ces extremitez ne

ſont pas égales à celle de recouvrer de l'argent, & ce ſera l'une des parties de la Dépêche que je vous promets.

Tout préſentement j'en ai eu une du Baron d'Avaugour; il preſſe toûjours la jonction des Suedois & de nous, ſelon ce qui avoit été concerté. Mais il me ſemble que Monſieur Torſtenſon ne s'en preſſe pas tant, & il pourroit bien arriver que ledit Baron aiant reçû ma précedente Dépêche ſe relâchera de ſes inſtances, & que nous parviendrons à une de nos fins. Il me fait remarquer que Madame la Landgrave a jalouſie de la marche de leur Armée, & de ce qu'un corps doit entrer en Weſtphalie. Vous êtes en lieu pour le ſavoir, & pour tirer profit de cet avis.

Il m'étoit oublié de vous faire ſouvenir que l'on deſire, ſi Dieu permet que la Paix ſe conclue entre les Couronnes, & que la reintegration des perſonnes ſpoliées ſoit conſentie, que vous n'oubliiez pas d'y faire particuliere mention des biens confiſquez ſur le Prince de Monaco. J'aprens que le Duc d'Atri veut auſſi envoier un homme pour vous aller trouver, duquel l'on vous recommande auſſi les intérêts. Graces à Dieu nous ſommes hors de la peine que la maladie de Monſieur nous cauſoit; ſa fievre eſt diminuée à meſure que la rougeolle eſt ſortie, & les Medecins nous aſſürent qu'elle ceſſera, & même que tout le venin ſortira dehors. Il s'eſt voulu voir dans un miroir & a fait raillerie de ſa beauté.

Enfin le voyage d'Amiens eſt reſolu à Lundi; & ce ſera là que Monſieur le Duc d'Orleans prendra les commandemens de Sa Majeſté. Je finirai auſſi en cet endroit ma Lettre qui ne porte rien de ſubſtanriel, mais un fidele compte de l'état de nos affaires.

P. S. Monſieur le Duc d'Orleans étant parti de meilleure heure qu'on n'eſperoit, on a employé le reſte de la journée à revoir le Memoire ci-joint qui avoit déja été commencé. De ſa lecture vous verrez qu'on n'eſt pas abſolument éloigné de ſe départir de Briſach. Pour y condeſcendre il y a deux conditions eſſentielles à obtenir; l'une promiſe, ſavoir, la démolition de la Place & du Pont, & la permiſſion d'en fortifier en deçà telles que nous voudrions, avec ſtipulation que les Imperiaux n'en pourront point faire de delà. L'autre, qu'il fût donné pour Equivalent Philipsbourg, & la Ligne de communication. Pour diſpoſer l'Archevêque de Trèves à y donner ſon conſentement, on pourroit traiter avec lui, & les avantages qu'il en tireroit tourneroient à celui de ſa Maiſon qu'il aimera le mieux, ainſi qu'il a paru au Traité qu'il a fait avec Monſieur le Maréchal de Turenne. L'Empereur, qui diſpoſe d'un * Duché, qui appartient en propre à l'Electeur de Brandebourg, & de trois Dioceſes en faveur de la Couronne de Suede, avec obligation de défendre la Religion Proteſtante & que les Rois de Suede ſeront tenus de la profeſſer, pourroit bien ſe porter à faire quelque choſe de ſemblable pour un Roiaume Catholique.

Sur le neuviéme Article & ſur ce que doit devenir l'Armée du Maréchal de Turenne, on a longuement conteſté, & on ſe pourroit plutôt porter à ne pas faire la Trêve avec l'Eſpagne, que de conclurre une Paix qui ne ſeroit effectivement qu'une Trêve, pour être en liberté de diſpoſer de ladite Armée. Vous verrez par le duplicata de la Lettre écrite

par

1646.

par Monsieur le Cardinal Mazarin audit Maréchal, qu'on ne plaint pas de dépenser de l'argent, & qu'on veut ôter tout sujet de plainte, laissant sur le Rhin un corps d'Infanterie & de Cavalerie considerable. Je suis, &c.

LETTRE

De Monsieur le Comte de

BRIENNE

à Messieurs les

PLENIPOTENTIAIRES.

Du 30. Mai 1646.

On fera un grand mystere de la resolution de se relacher sur Brisach. La France aime mieux relever de l'Empire pour l'Alsace, que de la tenir en Souraineté. La Reine de Suede plus moderée dans ses prétentions que ses Plenipotentiaires. Mort de l'Imperatrice & de la fille dont elle étoit enceinte. Affaires d'Angleterre.

MONSEIGNEUR & MESSIEURS.

C'A été à Montdidier que votre Dépêche du vingt-sixiéme du passé m'a été renduë. Le même Courier étoit chargé de quelques autres, dont celle-ci fera mention; mais elle ne sera pas longue, d'autant que par un Memoire, qui vous sera porté par cet Extraordinaire, on vous donne un entier éclaircissement sur toutes les affaires dont vous avez écrit. Le secret que vous exigez de nous sera facile. Peu de personnes ont présentement connoissance de nos affaires. Il est vrai que s'il étoit penetré qu'on fut pour se relâcher de Brisach, cê seroit s'en exclurre, & peut-être même de ce qu'on voudroit donner pour nous y convier. Ainsi, nous ne pouvons qu'aprouver les grandes considerations qui vous portent de le dissuader. Si l'Ambassadeur de Venise eût été de ce voiage, & qu'il me fut venu parler de cette affaire, je la lui aurois renduë impossible, & je l'aurois fait souvenir qu'à diverses fois il a assûré que Brisach feroit partie de notre recompense, & qu'il ne l'a pas jugée trop forte quand il a sû de quoi on se pourroit contenter, craignant seulement que d'insister sur Philipsbourg pût arrêter la conclusion du Trai-

On fera un très-grand secret de la resolution de se relâcher sur Brisach.

Tom. III.

1646.

té. N'étoit que votre retenuë me défend de vous louër en écrivant, je n'oublierois pas de vous dire qu'il ne reste rien à souhaiter à votre conduite, puisque, sans que les Suedois se puissent plaindre, vous avez fait connoître aux Deputez des Princes les grands avantages qu'on cede à ceux-là & quelles en peuvent être les suites; qu'ils ne se peuvent garantir qu'en rendant la France, non seulement interessée dans les affaires de l'Empire, mais puissante en Allemagne; de sorte que si elle acceptoit l'Alsace en Souraineté, & qu'elle n'eût rien qui lui donnât droit de suffrage aux Dietes, les Protestans auroient sujet de se formaliser si la France s'interessoit dans les affaires des Catholiques, lesquels beaucoup affoiblis & par la puissance des autres (qui est accruë) & parce qu'ils courent fortune de perdre, auroient grande peine de leur resister: Outre qu'il resteroit, & je m'étonne que les Imperiaux ne s'en soient apperçus, de nouveaux sujets de débats contre cette Couronne & l'Empire, celui-ci se reservant les Etats médiats qui sont enclavez dans l'Alsace, à la Souraineté desquels il faudroit qu'ils renonçassent, si la France acceptoit celle du Païs, qu'on ne lui offre que pour qu'elle se departe de quelques autres avantages, & où souvent l'entreprise des Officiers, ou la dispute des confins seroit sujet de noise. Par votre prudence vous profiterez de toutes ces considerations, & ménagerez à la gloire de Sa Majesté le Traité général, duquel la conduite & le soin vous est laissé.

La France aime mieux relever de l'Empire pour l'Alsace que de la tenir en Souraineté.

Il m'a semblé que Monsieur Chanut m'insinuë que la Reine de Suede est plus moderée que ses Deputez & estime se devoir contenter de moins qu'eux & qu'elle veut la Paix autant que les autres en peuvent être éloignez, qui prétexteront & cacheront leurs desseins du voile de sa grandeur & de son intérêt; mais c'est une Princesse pleine de lumiere & de connoissance, qui veut regner sans s'abandonner aux avis de ceux qui l'approchent, qu'autant qu'ils lui en feront connoître l'utilité. Ainsi il y a lieu d'esperer que les excessives demandes de ceux-là se moderant elles ne feront plus d'obstacle à la Paix si nécessaire à chacun.

La Reine de Suede plus moderée dans ses prétentions que ses Plenipotentiaires.

Ce qui est mandé par Monsieur de Bilderbeck, dans sa Lettre du vingt-deuxiéme de ce mois, est veritable, que l'Imperatrice & la Fille, dont elle étoit enceinte, sont mortes, après que celle-ci eût eu le Baptême. Le Comte de Trautmansdorff sera garenti de l'apprehension qu'il avoit de ses mauvais offices, & sera plus hardi, sinon à promettre, au moins à conseiller son Maître à nous abandonner Brisach. Je ne doute point que de lui & dudit Sieur Chanut vous n'aiez eu les mêmes avis que moi, qui sur celui dudit Bilderbeck n'ai pas jugé devoir dire la mort de l'Imperatrice. Il pourroit être qu'un accident de sa couche l'auroit fait croire, & que la force de sa nature l'auroit surmonté. Ainsi je n'ai pas voulu affliger Sa Majesté, sans qu'il y eût juste sujet de le faire.

Mort de l'Imperatrice & de la fille dont elle étoit enceinte.

Croiez moi, Sa Majesté sent & souffre avec peine la maniere d'agir de Messieurs les Etats, & de leurs Deputez. Pour ne pas laisser penetrer son mécontentement, & pour lever tout prétexte de differer d'executer ce qu'ils ont promis, elle a voulu que le dernier Traité fait à la Haye fût ratifié. Mais si ces Messieurs manquent après cela à satisfaire aux conditions, elle aura peine à se contenir. Elle ne peut pas com-

Bb 2

1646.

comprendre quelle est la fin de leurs Députez de vous refuser le double de la proposition qu'ils ont donnée aux Espagnols, lesquels sont assûrez que les Hollandois veulent manquer envers nous à leurs obligations. Nous sommes persuadez que ce n'est pas sans fondement qu'on assûre que les Médiateurs inclinent absolument du côté de l'Espagne. Cela nous met en inquietude, & elle seroit plus grande si nous n'étions assûrez que par l'autorité & crédit que vous vous êtes aquis sur les Députez des Princes, vous empêcherez qu'ils ne s'en prévaillent & que leur mauvaise disposition n'empêchera pas que vous ne concluiez la Paix de l'Empire.

Quant à celle d'entre les Couronnes, graces à Dieu, nos affaires sont en un état qu'on doit nous rechercher, & qu'elle dépend de nous; ainsi ce qu'elles pourroient concerter ensemble ne nous sera pas grand mal; & quand on viendroit à une rupture de Traité, ce ne sera pas sur leur dire que le public blâmera les Parties, mais sur la reconnoissance des difficultez ou facilitez qu'elles auront apportées aux affaires.

Affaires d'Angleterre.

Il a été resolu sur une instance qui a été faite par Mylord Digby Secretaire du Roi de la Grande Bretagne, qui repasse en Irlande, d'écrire aux Députez Catholiques & au Comte d'Ormont, que Sa Majesté prend part aux intérêts de leur Maître, les conviant d'executer les conditions qui ont été traitées entr'eux. On a si bien mesuré les termes, quand il est parlé de l'autorité du Roi, que le Parlement n'en pouvoit être offensé, lequel s'emporte si avant, qu'ils font voir qu'ils ne songent qu'à former une République. Nous sommes sur les termes d'y envoier un Ambassadeur. Le chaud est excessif en cette Ville, & pour la saison & pour le Païs.

Ma Lettre étant achevée d'écrire, il a passé un Courier dépêché de Vienne au Roi d'Espagne par l'une des Dames de la feuë Imperatrice, laquelle a mandé à la Reine la nouvelle certaine de la mort de cette Princesse, dont Sa Majesté regrette la perte, avec des larmes de tendresse & d'amitié, & en usera pour le deuil tout ainsi qu'il a été fait en semblables occasions, depuis la déclaration de la Guerre.

Monsieur de Caumartin m'écrit que les Cantons ont été conviez, par les Villes Protestantes, de députer à Osnabrug pour s'opposer à la satisfaction demandée par la France. Mais il me semble que comme ils n'ont point de meilleurs amis que cette Couronne, ils n'en doivent pas apréhender le voisinage. Vous y ferez telle reflexion qu'il convient. Je viens d'aprendre que la Reine ne se resoudra point de prendre le deuil que l'Empereur n'ait envoié pour lui faire part de sa perte. Je suis.

MEMOIRE

De son

EMINENCE

à Messieurs les

PLENIPOTENTIAIRES.

Du 30. Mai 1646.

Grande partialité des Médiateurs contre la France. Ils encouragent les Espagnols à tenir bon: Jusqu'à les exhorter à rompre l'Assemblée de Munster. Ils sont contraires à Baviere; & ils conseillent à l'Espagne de tout accorder aux Hollandois.

J'Ai voulu, Messieurs, vous faire ce Memoire à part sur un seul article qui me tient fort au cœur & que j'ai d'autant plus de peine à digerer qu'il en arrive tous les jours des inconveniens au service du Roi; & plus nous irons avant, si on n'y remedie par quelque moien, plus nous en devons attendre de préjudices considerables. C'est la mauvaise volonté des Médiateurs contre nous & l'étrange conduite qu'ils tiennent, qui est arrivée à tel point que je les apprehende beaucoup plus que je ne fais Peñaranda ni Trautmansdorff, & les tiens pour les plus dangereux Ennemis que la France ait dans l'Assemblée & en la Négociation de la Paix.

Je me veux satisfaire de vous en dire quelques particularitez qui sont venuës à ma connoissance, afin que par cet échantillon vous jugiez du reste, qui nous échape & que nous n'avons pas moien de savoir.

Premierement, je suis certain que le meilleur instrument, dont Peñaranda se serve auprès de Trautmansdorff, pour lui persuader ce qui convient aux affaires du Roi d'Espagne, c'est Contarini, lequel a grand ascendant sur son esprit, & comme son ami particulier & interessé à sa gloire, il le fait tenir bon à ne point donner satisfaction à la France sur le point de Brisach, pendant qu'au même temps, par l'instigation du même Penaranda, il lui conseille d'accorder tout aux Suedois, afin de voir si les avantages qu'ils peuvent remporter par la Paix, lors qu'on nous laissera en arriere, & d'autre côté les propositions specieuses qu'ils font à Messieurs les Etats, & l'argent qu'ils veulent prodiguer pour corrompre leurs Députez, ne pourront pas produire la séparation de quelqu'un de nos Alliez d'avec cette

Grande partialité des Médiateurs contre la France.

Cou-

Couronne, après laquelle ils croient que nons relâcherions sur tout, & que nous aurions grand' hâte de conclure la Paix à quelques conditions que ce pût être.

Je sai positivement que lesdits Médiateurs n'oublient rien pour encourager les Ministres d'Espagne, lors qu'ils les voyent abatus & qu'apprehendans de plus grands malheurs ils sont sur le point de se resoudre à vous satisfai-re. Et comme Peñaranda craint en son particulier qu'on ne lui reproche quelque jour les difficultez qu'il apporte à la conclusion de la Paix, & que les affaires de son Maître venant à empirer, on ne s'en prenne à lui, & que tout le blâme ne lui en tombe dessus, il se justifie, & dans le Conseil d'Espagne, & auprès de Castel-Rodrigo, par les sentimens des Médiateurs, & notamment du Nonce, qui lui conseille de tenir bon, l'assûrant continuellement qu'en se donnant un peu de patience, il pourra conclure quelque chose plus avantageusement.

J'ai avis de Madrid & de Rome que Don Loüis de Haro & le Cardinal d'Albernoi ont reparti à quelques uns qui vouloient donner méfiance du Nonce Chigi, qu'ils avoient des preuves certaines & infaillibles de son affection & de sa partialité pour la Couronne d'Espagne.

Quand le Nonce parle de l'Assemblée de Munster à Peñaranda ou à quelque Ministre adherant à son parti, il l'apelle toûjours *Conciliabule*, & je suis même averti que lui & Contarini leur insinuent autant qu'ils peuvent, qu'ils devroient rompre l'Assemblée, croiant que rien ne pourroit être plus avantageux à la Religion & à la Maison d'Autriche que cette resolution, & qu'on verroit bien-tôt des revolutions en France, par la perte des esperances de la Paix, que les Peuples souhaitent ardemment, outre la separation de quelqu'un des Alliez par des Traitez particuliers, le général ne se pouvant plus faire.

Ce qui est étrange; ils sont au desespoir de la bonne disposition que la France a pour Baviere, & des avantages que ce Prince est sur le point de remporter dans la conclusion de la Paix, même jusques à desirer & à se flatter que le Parlement d'Angleterre pourra faire telles declarations en faveur du Prince Palatin, qu'elles feront penser plus d'une fois l'Empereur à ne le pas abandonner. Surquoi je vous dirai en passant qu'il seroit bien à propos de communiquer ceci en quelque occasion aux Ministres de Baviere, & de leur faire connoître que leur Maître n'a pas seulement à se défendre de ses Ennemis & de leurs Alliez, mais de la Maison d'Autriche & du Pape même.

Je sai positivement de Bruxelles qu'il n'y a qui que ce soit qui presse plus vivement qu'eux Peñaranda de donner entiere satisfaction, sans en excepter aucune, à Messieurs les Etats, afin de pouvoir faire un accommodement particulier avec eux.

A la verité si le Nonce travailloit à faire un accommodement particulier entre la France & l'Espagne, afin que ces deux Couronnes étans unies elles fissent la Guerre aux Heretiques, ce seroit une application digne d'un vrai Ministre du Saint Siege, dont le principal but en toutes choses doit être l'accroissement de la Religion Catholique. Mais que celui-ci ne s'occupe, comme il fait, qu'à faire tout accorder aux Hollandois, & à porter les Espagnols à ne refuser rien de ce qui leur peut faire

conclure un Traité particulier avec eux à l'exclusion de la France, & qu'il souhaite les avantages du Prince Palatin sur Baviere, c'est ce qui est si extraordinaire & si odieux en la personne du Nonce Apostolique, qu'il imprime même quelque horreur dans l'esprit de ceux qui y feront reflexion.

Ledit Nonce n'oublie rien pour divertir avec adresse les Députez de l'Electeur de Trêves de l'affection qu'ils nous témoignent, jusques à leur avoir dit, pour les mettre en soupçon des intentions de France, qu'ils en seroient trompez sur le point de Philipsbourg.

Contarini a raporté certainement aux Députez de Hollande & à beaucoup d'autres, tout ce qu'on lui avoit confié du Mariage & de l'Echange, & quelque déclaration au contraire qu'il offre de faire mettre par écrit & de signer, il n'y a rien de plus asfûré. Aussi lui aura-t-il été bien aisé de convenir avec ceux à qui il a dit la chose (comme on a accoûtumé,) que si elle venoit à se divulguer, il desavoüeroit hautement de leur en avoir jamais parlé.

Je sai en outre que le Nonce, pour s'autoriser davantage & obliger les Espagnols à avoir plus de créance en lui, feint d'être averti par son Collegue, qui est en cette Cour, & d'autres endroits bien sûrs, concluant ordinairement tous ses discours en assûrant que les sentimens & les intentions de la Reine Mere ne peuvent être meilleurs pour la Paix, & pour la conclure promptement ; mais que tout cela est détourné par le Cardinal Mazarin, qui écrit en particulier à Messieurs les Plenipotentiaires de France pour les empêcher de faire ce que la Reine desire.

Vous devez, Messieurs, faire état de tout ce que dessus, comme de chose bien asfûrée, & il vous sera bien aisé d'en connoître la verité, ou de la plus grande partie, selon que vous estimerez d'en devoir parler ou non; ce que Sa Majesté m'a ordonné de vous mander, qu'elle remettoit à votre prudence. Si vous en dites quelque particularitez au Nonce, vous connoitrez sans doute à son visage qu'il se sentira coupable, & ce qui est encore fâcheux à son égard, c'est qu'après des déclarations si manifestes en faveur de nos Ennemis en toutes rencontres & en toutes affaires, il s'imagine de pouvoir nous endormir par quatre ou cinq belles paroles dans quelques Lettres de bagatelles qu'il me fait écrire par Guide de Pelagio; comme dernierement que les Espagnols se plaignent extrêmement de lui de ce qu'il presse avec ferveur la conclusion d'une affaire si préjudiciable au Roi d'Espagne que seroit la Paix de l'Empire, s'il n'y étoit pas compris; à quoi je ne fis aucune réponse. Il semblera étrange que la Médiation & la partialité devant en bonne justice être deux choses incompatibles ensemble, ces deux Personnages-ci se laissent aller avec tant d'abandonnement à cette derniere ; eux qui ne devroient avoir pour but que le bien de la Paix & son avancement, quelque chose qu'il en pût coûter à l'une des Parties.

Le motif principal du Venitien en cela est peut-être pour mettre les choses en cet equilibre que la République a si fort en tête, & celui du Nonce est de plaire au Prince qu'il sert présentement, & de faire sa fortune à nos dépens. Mais un motif qu'ils ont en commun, quand ils travaillent avec tant de soin à faire

Ils encouragent les Espagnols à tenir bon:

Jusqu'à les exhorter à rompre l'Assemblée de Munster.

Ils sont contraires à Baviere.

Et ils confeillent à l'Espagne de tout accorder aux Hollandois.

faire tout accorder aux Suedois & aux Hollandois, & à faire tenir bon contre les prétentions de la France, c'eſt indubitablement celui qui eſt touché ci-deſſus, qu'ils s'imaginent que ſi on avoit ſeparé de nous quelques-uns de nos Alliez, nous conſentirions d'abord à tout pour avoir la Paix. C'eſt pourquoi il importe extrêmement d'avoir un Antidote à ce poiſon, & de les détromper de cette créance, auſſi bien que nos Parties.

Pour cela, je croirois qu'outre ce qui eſt porté par le Memoire du Roi touchant la fermeté & la reſolution que le Roi vous ordonne de montrer, vous pourriez tenir un diſcours précis qui feroit à mon avis un très bon effet. Ce feroit de dire que nous ne croirons jamais aucun de nos Alliez capable de nous faire une infidelité, quelques ſoins & quelques artifices qu'on mette en jeu pour les y engager; mais que, quand par une ſupoſition, que nous jugeons d'ailleurs impoſſible, quelqu'un d'eux viendroit à nous manquer, tant s'en faut que nos Parties euſſent meilleur marché des conditions de la Paix, qu'ils trouveroient en nous véritablement ce qu'ils appellent dureté, parce que nous rehauſſerions nos prétentions au lieu de les diminuer & tiendrions ferme.

Pour concluſion, je vous dirai que je voi bien que les Médiateurs ont pris un tel pli, qu'il ſera maintenant impoſſible de les redreſſer; de ſorte que tout ce que nous pouvons faire, c'eſt d'être toûjours tellement alerte qu'ils ne nous cauſent que le moins de préjudice qu'il ſera poſſible; voulant pourtant repeter ce que j'ai mandé pluſieurs fois, que s'il y avoit quelque moien de traiter immédiatement avec les Miniſtres de l'Empereur & du Roi d'Eſpagne, nous aurions grand ſujet d'eſperer un prompt & bien avantageux accommodement.

Mais c'eſt aſſez, Meſſieurs, de vous avoir fait part de tous les avis que j'ai, pour être aſſûré qu'étant ſur les lieux, & voiant les choſes de plus près, vous y prendrez les reſolutions les plus couvenables pour le ſervice de Sa Majeſté. Je vous dirai bien que ſi nous ſommes une fois d'accord des principaux points avec nos Parties, mon avis ſeroit, au cas qu'on pût éviter que cela ne fut attribué à peu de diſpoſition pour la Paix, & à l'envie d'y aporter de nouveaux obſtacles, que nous fiſſions exclurre de tout les Médiateurs, afin de nous vanger de la conduite qu'ils ont tenuë dans tout le cours de la Négociation, leur ôtant la gloire qu'ils remporteront autrement ſi la Paix s'acheve par leur moien & entremiſe.

MEMOIRE

De ſon

EMINENCE,

à Meſſieurs les

PLENIPOTENTIAIRES.

Du 31. Mai 1646.

Les Hollandois rejettent la ſuſpenſion que les Eſpagnols leur offrent. Cependant la France n'eſt pas ſans inquiétude à leur egard: Et veut qu'on faſſe des reproches à leurs Députez à Munſter. Le Duc de Lorraine recherche le Cardinal. Trautmansdorff a ordre de ceder Briſack. Nouvelles de l'Armée d'Italie. Le Grand Duc ſe déclare Neutre. Le Roi d'Angleterre joint l'Armée des Ecoſſois.

J'Ai apris, Meſſieurs, par le Memoire particulier que vous m'avez envoié du quatorziéme du Courant, la communication que vous avoient donnée les Députez de Meſſieurs les Etats de la propoſition que leur avoient faite les Eſpagnols, contenant trois points, de faire une ſuſpenſion quand on feroit d'accord des principales conditions du Traité; de n'aſſiſter point cependant les ennemis des uns & des autres, & de fournir la ratification du Traité dans trois mois, pendant leſquels toutes hoſtilitez ceſſeroient de part & d'autre. J'ai vû la reſolution que leſdits Députez avoient priſe de la rejetter, & de n'en écrire pas même à leurs Superieurs, aiant ordre d'eux d'en uſer de la ſorte quand on leur propoſeroit cette ſuſpenſion. Il ne ſe pouvoit rien de mieux que ce que vous leur avez reparti, loüant la genereuſe & prudente conduite deſdits Sieurs Etats de ne vouloir pas ſeulement ouïr parler de cette ſuſpenſion, mais prenant pourtant occaſion delà de leur faire connoître que s'ils differoient de faire mettre en Campagne, ce ne feroit pas exclurre ladite ſuſpenſion, mais la recevoir en effet. Et à la verité le procedé deſdits Sieurs Etats en notre endroit depuis peu eſt ſi étrange, les jalouſies qu'ils ſemblent prendre de nous ſi hors de propos, le public ſi ingrat, & les particuliers ſi intereſſez, qu'il n'y a mauvais

vais parti à prendre que nous n'aions à apprehender d'eux.

Vous verrez dans la Lettre que j'écris à Monfieur de la Thuillerie , dont vous recevrez ci-jointe une copie , l'état de l'affaire ; les avis que nous avons de tous côtez & entr'autres celui de Mylord Germain , qui est ici auprès de la Reine d'Angleterre & qui m'a confirmé que Monfieur le Prince d'Orange même est auffi froid dans les affaires de la guerre , & n'y marche pas avec moins de lenteur que les Etats , foit pour leur complaire & gagner l'affection de la Province de Hollande , ou bien , comme l'on mande , que fon efprit s'affoibliffe à mefure que le corps décline ; que fi à la fin , on vient à mettre en Campagne , il n'entreprendra rien ; que Madame la Princeffe d'Orange le gouverne abfolument , & qu'elle a été gagnée par la Ville d'Amfterdam , & par les offres que Knuyt lui a apportées de la part des Efpagnols dans fon dernier voyage à la Haye , lefquelles il ne faut pas douter qu'il n'ait bien appuyées , puis que l'effet lui doit valoir les cent mille Ecus , qui lui ont été promis en fon particulier ; & à ce propos je me fuis fouvenu d'un foupçon que le Sieur d'Eftrades me dit à fon retour de Hollande qu'il avoit eu de ladite Princeffe , fur plufieurs conferences & entrevûes qui s'étoient paffées entre elle & Knuyt en une maifon de Campagne.

Pour moi , je crois que fuppofé que les Hollandois ne faffent pas ce qu'ils doivent , en mettant en Campagne à l'ordinaire , comme ils y font obligez par le dernier Traité que l'on a figné à Paris avec leur Ambaffadeur , & en envoiant le nombre de Vaiffeaux en Mer dont on eft convenu , il feroit beaucoup mieux de ne pas jetter mal à propos le fubfide qu'on leur doit paier & de retenir , foit pour fortifier nos troupes par d'autres levées , foit pour en donner quelque chofe à Torftenfon , comme il eft porté par la Lettre que j'écris à Monfieur de Turenne , dont on vous envoye la copie , afin de le faire confentir que ledit Sieur Maréchal vienne agir pour quelque temps dans le Luxembourg avec partie de fon armée , au cas qu'il ne fe paffe rien à Munfter qui le mette en pleine liberté d'agir où il voudra.

Cependant , Meffieurs , on eftime ici que vous devez parler fortement aux Députez de Hollande , & leur faire comprendre que , quand de leur part ils apporteront des difficultez à faire les chofes aufquelles ils font tenus , & que la Province de Hollande ira fi lentement en befogne , agiffant contre fon devoir , l'intérêt du bien public & le fien propre , Sa Majefté fera de fon côté ce qu'elle fe doit & n'eft en volonté ni en condition de fe laiffer entraîner aux caprices de qui que ce foit.

Peut-être même qu'il ne feroit pas mal (ce que Sa Majefté remet pourtant à votre prudence) de prendre l'occafion quand lefdits Députez feroient tous enfemble , & de leur toucher quelque chofe en paffant , que nous favons fort bien toutes les Négociations fecretes , que quelques-uns d'eux entretiennent avec Peñaranda , & en quel état elles font , les offres des Places que l'on a envoyées à Monfieur le Prince d'Orange , & les fommes que les Efpagnols ont promifes à ceux qui travaillent avec tant de foin pour faire réuffir un accommodement particulier entr'eux & les Etats , & femblables autres chofes , qui ,

je m'affûre , embarrafferont extrêmement ceux qui fe fentiront coupables , & qui pourroient auffi les ramener dans le bon chemin , particulierement s'ils reconnoiffent que nous n'apprehendons pas beaucoup aucune des refolutions qu'ils peuvent prendre.

On pourra même leur infinuer adroitement qu'on le mande à Monfieur de la Thuillerie (ce qui n'eft pourtant pas veritable) mais on a penfé que cela produiroit un bon effet de le faire croire à ces gens-là , & de dire à Madame la Princeffe d'Orange que la connoiffance que nous avons de tout ce qui fe paffe à notre préjudice nous a été donnée par un Miniftre d'Efpagne même , afin que nous prévenions l'accommodement particulier qu'ils traitent par la conclufion du notre , & par une bonne réunion des deux Couronnes à l'avantage de la Religion Catholique.

J'ai confideré l'inftance que les Députez des Etats nous ont renouvellée en cette conjoncture touchant le neuviéme Article. Je fouhaiterois de tout mon cœur de vous pouvoir faire envoyer une refolution plus précife que celle qu'on vous a mandée ci-devant , & même qu'il fût remis à vous autres , Meffieurs , de paffer ledit Article dans une extremité , fi vous le jugez à propos ; mais comme auffi fouvent que la matiere a été agitée dans le Confeil , on a trouvé très-injufte cette prétention que lefdits Etats ont que la France rentre en guerre , quand leur Trêve fera expirée , & que me rencontrant à préfent feul ici , je ne veux pas fonger à confeiller Sa Majefté de changer ce qu'elle a refolu là-deffus , de l'avis de tout fon Confeil ; je ne puis vous en parler que comme de moi , & vous en ouvrir mes fentimens particuliers.

Je vous dirai donc , Meffieurs , que je juge que fi Meffieurs les Etats ont envie de nous faire une infidelité entiere , ils ne manqueront pas de nous preffer à deffein , par leurs Députez , fur ledit neuviéme Article , afin que fi la France refufe de le paffer , (comme effectivement il eft injufte) ils aient quelque forte de prétexte apparent pour fe juftifier dans le monde de leur défection.

Mais comme ce n'eft pas là la véritable raifon qui les oblige à nous manquer de foi , & que fi pour d'autres refpects ils en ont une fois pris la refolution , quand ce prétexte leur défaudroit , ils en trouveront d'autres , il femble que l'on ne s'en doit pas relâcher , mais feulement y chercher les temperamens les plus convenables qu'il fe pourra , pour les mettre entierement dans leur tort.

Il eft premierement à remarquer que quand Meffieurs les Etats engagerent la France à la rupture contre l'Efpagne , ils protefterent que fi elle fe portoit à cette déclaration , ils ne prétendoient rien plus de nous , & qu'ils nous quitteroient de toutes les affiftances d'argent , qu'on leur fourniffoit auparavant. Et en effet , il n'y avoit nul doute qu'ils ne duffent tirer plus d'avantage en leur particulier de la rupture des Couronnes , que fi on eût doublé ou triplé les fubfides qu'on avoit accoûtumé de leur accorder. Maintenant , après que nous n'avons pas feulement continué les mêmes fubfides ordinaires , mais le plus fouvent d'extraordinaires , on nous veut encore engager injuftement à rompre de nouveau la Paix que nous conclurrons lors que la Trêve des Etats expirera , au cas que l'Efpagne refufe pour lors de la prolonger.

On confidere fort bien que dans l'effet l'oblibligation qu'on nous demande ne nous peut faire que peu de préjudice réel & qu'il ne nous manqueroit point de moiens en son temps de sortir de cet engagement , & d'en éviter les conséquences les plus fâcheuses. Néanmoins les raisons de n'y pas consentir paroissent si fortes, que j'estime que l'on doit tenir bon ; puis qu'aussi bien ni le refus, ni la concession de ce neuviéme Article n'obligeront par les Etats à nous manquer ou à se maintenir en foi. Et ce seront sans doute des considerations plus puissantes qui donneront le branle à la resolution qu'ils prendront , soit bonne ou mauvaise.

Si ces Messieurs veulent regler leur conduite par la raison , on ne voit pas bien ce qu'ils peuvent en justice exiger contre la France au delà de ce qu'elle a fait, lors qu'après leur avoir donné les assistances nécessaires pour former une des plus puissantes Républiques de l'Europe , & avoir obligé tous les autres Princes , par l'exemple des traitemens que cette Couronne leur a fait , à la reconnoître pour telle, elle a mis encore les choses en état que ses Ennemis sont forcez de leur offrir la Paix ou la Trêve à leur choix, avec presque toutes les conditions que les Etats voudront prescrire pour l'une & pour l'autre.

Que ne tenant donc qu'à eux de faire la Paix aussi bien que nous , & que la Trêve qu'ils conclurront étant un parti d'élection & non pas de nécessité , si par quelque accident il s'y rencontroit d'ailleurs quelque peril & inconvenient , il est juste que ce soit eux plûtôt que nous qui s'y accommodent , & que nous ne souffrions pas le préjudice d'une chose à laquelle non seulement nous ne contribuons rien , mais qu'il est en leur pleine disposition de faire autrement avec les mêmes avantages & plus de sûreté , & enfin que pour être en droit de ce qu'ils prétendent , il faudroit que par quelqu'un de nos Traitez la nécessité fût imposée au Roi de ne point conclure avec nos Parties , que par le même accommodement & en la même forme qu'il seroit conclu par les Etats ; ce qui n'est point.

On a écrit diverses fois sur cette matiere , & lesdits Sieurs Plenipotentiaires repassans sur leurs depêches , trouveront plusieurs raisons bien puissantes pour persuader les Etats de se départir de cette prétention. Ils se souviendront aussi de ce que le Sieur Brasset manda l'Eté dernier avoir sû de bonne part , que les instructions , qui avoient été données aux Députez qui alloient à l'Assemblée , ne les obligeoient pas à insister beaucoup sur ce point; & ainsi que si nous en sommes pressez , ce sera plutôt par la mauvaise volonté de quelques-uns desdits Députez , que parce que tous ensemble aient ordre précis de le faire , si ce n'est , comme il est marqué ci-dessus , que lesdits Etats étant résolus de nous manquer, leur aient envoié de nouveaux ordres differens de ceux qu'ils avoient emportez.

Je viens maintenant aux considerations qui me font juger qu'on ne doit point s'en relâcher ; & dont vous pourriez , en un besoin, toucher certaines choses aux Ministres desdits Etats.

Premierement , ce seroit manquer bien notablement à la foi publique , ce que Sa Majesté ne doit , ni ne voudroit faire pour rien du monde , si au même jour qu'elle signeroit la Paix , elle s'obligeoit de rentrer en Guerre

dans certain temps , nonobstant que l'Espagne eut observé de sa part sincerement toutes les conditions de l'accommodement , & qu'elle n'eût fourni aucun sujet imaginable de rompre avec elle.

On a pensé que pour remedier à cet inconvenient , on pourroit communiquer la chose aux Espagnols, & ménager qu'ils y donnassent dès cette heure leur consentement exprès ou tacite ; mais outre qu'on ne peut pas croire pour plusieurs raisons, qu'ils le voulussent donner ni de façon, ni d'autre , il se rencontreroit qu'alors nous n'aurions pas fait une Paix , mais une simple Trêve , & qui pis est, c'est qu'il dépendroit pleinement de nos ennemis de lui donner le nom qu'ils voudroient, selon qu'il leur seroit plus utile. Car la Trêve de Hollande étant prête à expirer , si les conjonctures du temps ne leur étoient pas plus favorables que celles d'aujourd'hui , pour leur faire bien esperer d'une rupture, ils n'auroient qu'à prolonger ladite Trêve , & ils se tiendroient en repos à la faveur de la Paix que nous aurions concluë. Que si quelques divisions domestiques ou la constitution des affaires générales leur prometoit quelque avantage à rentrer en guerre, ils n'auroient qu'à refuser la continuation de la Trêve aux Hollandois , & alors la France étant engagée de rompre de nouveau , il s'ensuit que nous n'aurions conclu qu'une Trêve, & que d'ailleurs pour le droit que nous aurions acquis par un Traité de Paix sur les conquêtes qui nous devront demeurer à présent , on n'en devroit pas faire beaucoup d'état, d'autant plus qu'il faudroit que les armes decidassent une seconde fois à qui elles appartiendroient , & que cela dépendroit purement du succès d'une seconde Guerre.

De plus , par une Paix faite de cette sorte, il est certain que nous perdrions dans le monde une partie de l'éclat & de la gloire que la France remporta , si elle conclut sans une semblable reserve, & que l'on ne voie point de limitation à sa durée que celle que les changemens ordinaires dans le monde peuvent apporter. Les Critiques & les mal-affectionnez auront beau à s'exercer dans la censure , & la plûpart même des François qui pourroient être informez suffisamment des causes qui nous y auroient induits , ou ne manqueroient point de la blâmer , ou ne seroient pas touchez des ressentimens de joie & de reconnoissance envers Sa Majesté qu'ils auroient pour une Paix illimitée, & ne considereroient le repos qu'on leur auroit procuré que comme un relâche , & non pas comme un solide remede à leurs maux.

Enfin Sa Majesté pourroit apprehender avec raison que le monde ne trouvât beaucoup à dire qu'aiant , après tant de travaux, conclu solemnellement , à la vûë de la Chrétienté, une Paix des plus celebres qui ait jamais été traitée , dans laquelle même elle auroit trouvé son compte particulier avantageusement, elle eût à rentrer en guerre dans quelque temps pour l'intérêt seul desdits Etats , lesquels , quoi qu'alliez de cette Couronne de longue main , étant cependant hérétiques; il est bien mal-aisé qu'ils aient aucun avantage que la Religion Catholique n'en souffre quelque préjudice , au moins indirectement.

Après tout , quand la difficulté de ce neuviéme Article ne pourroit être surmontée par tant de fortes raisons que nous avons, il semble

ble que les Espagnols offrans déja à Messieurs les Etats une Trêve de vingt ans, il seroit beaucoup plus avantageux à cette Couronne de l'accepter aussi de la même durée, à quoi les Espagnols se porteroient sans doute bien plus volontiers qu'à faire présentement une Paix, & que nous fussions obligez de rentrer en guerre, quand la Trêve de Hollande expirera.

La raison en est bien évidente: car il est à présumer que par la suspension nous demeurerions en possession généralement de tout ce que nous aurions conquis & par conséquent ce point de la Catalogne, qui nous donne tant de peine à ajuster, seroit entierement décidé, sans qu'il y eût à craindre aucun inconvenient; au lieu que faisant la Paix avec obligation de rentrer en guerre dans certain temps, il se trouveroit que nous aurions quité plusieurs choses pour l'obtenir, comme les Places que nous tenons sur la Lis, & en plusieurs autres endroits, & que nous ne serions pas quites de l'embarras & du souci que nous donneroient les affaires de Catalogne, pour n'y point faire de faux pas; outre que le droit, qu'on pourroit dire que nous acquerons sur les Conquêtes qui nous seroient laissées par cette Paix, seroit très-foible, puisqu'elle ne durcroit pas plus que ladite Trêve, & qu'il faudroit de nouveau le disputer, & rentrer en guerre après qu'elle seroit finie.

Quant aux temperamens qu'on peut prendre en cette affaire, si les raisons marquées ci-dessus ne peuvent rien gagner, le premier moien que l'on doit tenter est celui dont vous vous êtes déja servis, qui est de faire comprendre aux Députez de Messieurs les Etats que quand nous conclurions une Paix avec l'Espagne pour le Comté de Roussillon & pour les Païs-Bas, & que nous ne ferions qu'une Trêve pour la Catalogne de la durée de celle qu'ils arrêteront eux-mêmes, il n'échet pas de faire instance ni prendre d'autres précautions avec nous sur ledit neuvième Article, puis que le temps venant à expirer nous ne romprons pas moins contre l'Espagne pour la Catalogne seule, que nous aurions fait pour tout le reste desdites conquêtes, quand elles ne nous auroient pas été assûrées par la Paix; & que c'est tout ce qu'ils peuvent desirer.

Car pour ce que les Députez de Hollande alleguent que nous pourrions éviter cet engagement de rompre en accommodant les affaires de Catalogne par quelque échange ou autrement pendant ladite Trêve; c'est une subtilité de politique & un soupçon imaginaire & hors de temps, que nous ne sommes pas obligez de guerir; pourvû que présentement nous demeurions dans les termes qu'ils peuvent souhaiter, qui est que la France doive rompre aussi bien qu'eux contre l'Espagne, quand la Trêve accordée expirera.

Et à toute extrémité, si les affaires générales s'accommodent par ce biais, & qu'à la fin les Espagnols donnent la main à cette Trêve pour la Catalogne, je ne verrois pas grand inconvenient à faire une convention secrete entre nous & les Etats, par laquelle nous nous obligerions de ne pouvoir rien innover durant la Trêve dans les affaires de Catalogne, ni nous accommoder avec l'Espagne par échange ou autrement, que ce ne fût avec le consentement & avec la participation desdits Etats; & qu'il n'eût été pleinement pourvû à leur sûreté, & à leur satisfaction sur ledit neuvième Article.

Ma raison est, que la Paix étant une fois conclue & executée & leur Trêve aussi, nous ne manquerions pas de moien ni de prétexte de sortir de cet engagement, pourvû que les Espagnols nous fissent bien notre compte d'ailleurs, parce qu'alors n'aiant plus d'Ennemis sur les bras, ni d'infidelitez d'Alliez à apréhender, nous serions plus en état de parler fortement aux Hollandois, de leur faire entendre raison, & de les obliger à donner la main aux expediens qui seroient jugez les plus équitables.

Cependant cette convention secrete n'auroit pas laissé de produire deux bons effets; l'un, dans l'esprit des Catalans qui nous verroient engagez envers les Etats, durant la Trêve, dans leurs affaires, & par conséquent seroient moins susceptibles des impressions que les Espagnols essaieroient continuellement de leur donner que la France ne songe qu'à les sacrifier pour en tirer d'autres avantages; & l'autre, dans l'esprit des Hollandois, qui se verroient par ce moien en quelque façon asûrez contre ce qu'ils ont tant apprehendé de l'échange de la Catalogne avec les Païs-Bas, puis que nous serions obligez de ne rien conclure sans leur consentement exprès.

Que si la Trêve pour la Catalogne n'a point de lieu & qu'on prenne un autre biais d'accommoder les affaires, en ce cas les temperamens que l'on peut apporter à la prétention des Etats sur ledit 9. Article, y procedant par degrez, seroient premierement d'en sortir, s'il se peut, par voie d'argent, augmentant les assistances & subsides, selon que l'on pourroit en mieux convenir. En second lieu, consentant à leur entretenir un certain nombre de troupes pendant leurs guerres. Et en dernier lieu, de leur envoier une troupe auxiliaire de dix-mil hommes, Cavalerie & Infanterie, & de la leur maintenir de pareil nombre tant qu'ils seroient en rupture.

J'avois même examiné si on ne devoit point à toute extrémité consentir à rompre dans la Flandres seule, pourvû que nous pussions trouver des sûretez suffisantes, qu'il ne dépendît pas de la volonté des Espagnols de rompre aussi ailleurs, s'ils le jugeoient utile aussi à leurs affaires, ou que s'ils le faisoient, tous les Princes interessez à la tranquilité publique & à l'execution de la Paix leur tombassent sur les bras, comme infracteurs du Traité; mais je ne vois pas que cela puisse être praticable.

Voilà toutes les pensées que j'ai euës sur cette matiere, & quoi que l'on resolve il faudra toûjours se souvenir de ce que les Députez desdits Etats ont, ce me semble, déclaré en quelque rencontre, qu'ils nous tiendroient quittes dudit 9. Article, pourvû que la France s'obligeât à faire continuer encore une fois leur Trêve pour le même temps qu'ils l'obtiendront par ce Traité ici.

Je suis continuellement recherché par Monsieur le Duc Charles, & à present plus pressamment qu'il n'a jamais fait. Je l'ai voulu engager à faire quelque coup contre les Espagnols, qui le rendît irreconciliable avec eux, & qui nous pût obliger à prendre confiance en lui, & en sa fermeté, dont nous avons tant de sujet d'être toûjours en doute. Il a le commandement d'une partie de leur armée, & il leur pourroit jouer un tel tour, s'il le vouloit, qu'ils ne s'en releveroient jamais, & par le moien duquel nous pourrions donner recompense audit Duc pour la Lorraine, ou la

Le Duc de Lorraine recherche le Cardinal.

1646. la lui rendant à certaines conditions, en avoir profité plus qu'elle ne vaut. Mais je vois qu'il a encore grande repugnance à s'y resoudre, croiant qu'il seroit entierement perdu de reputation. Il me fait dire qu'il se separera d'eux & ira dès à présent servir le Roi en Allemagne. Autrement il desireroit qu'on le laissât six semaines en repos auprès de Longwi avec ses troupes, avant d'exiger de lui qu'il fasse la guerre aux Flamans. Je vous prie, Messieurs, de me mander vos sentimens, & ce que vous jugez que l'on pût ou dût faire avec lui principalement dans cette conjonéture du mauvais procedé des Hollandois, & du soupçon qu'ils nous donnent de leur fidelité.

Et à ce propos de Monsieur de Lorraine, je vous prierai aussi de me faire la faveur de me mander par quel biais vous estimeriez que l'on pût accommoder dans le Traité les affaires de ce Prince, y aiant quelques personnes qui croient qu'on pourroit faire une Trève pour la Lorraine de la durée de celle des Etats, assignant des pensions à la Duchesse & au Duc François proportionnées à leurs qualitez, pour leur donner moien de subsister. Et ainsi ce Prince seroit mortifié pendant sa vie, & ses successeurs, ausquels la plûpart tiennent qu'il n'a pû préjudicier, demeureroient dans leurs droits & dans leurs prétentions, pendant que la France s'établiroit toûjours davantage dans la possession du Pais & dans l'esprit des peuples; & durant un si long espace de temps, on auroit peut-être lieu de s'asfûrer pour toûjours cet Etat-là, soit par des échanges, ou par des renonciations, ou par d'autres moiens que les conjonétures font souvent naître, quand on s'y attend le moins, ou enfin faire quelque Traité qui seroit sûr avec le consentement de tous les interessez.

Trautmansdorff a ordre de ceder Brisack.

J'ai avis de très-bon lieu & vous supplie d'en faire état que Trautmansdorff a déclaré à Peñaranda qu'il ne pouvoit plus differer à lâcher Brisack, sans ruïner les affaires de son Maître, & sans manquer aux ordres qu'il en a, & que ledit Peñaranda, qui ne le peut plus empêcher, travaille seulement à obtenir de lui, qu'il attende le retour du Courier qu'il a dépêché en Espagne, à l'arrivée duquel il espere de pouvoir faire un Traité particulier avec les Etats; ce qui nous doit d'autant plus obliger à presser la conclusion des affaires de l'Empire. Le discours de Trautmansdorff se rapporte entierement à ce que je vous ai mandé qu'il avoit ordre de l'Empereur de tenir bon sur ledit point de Brisack, afin d'en proposer la demolition; & enfin de relâcher, s'il ne voioit rien de mieux à faire : & je crois qu'il ne seroit que bien à propos que quelqu'un de vous autres, Messieurs, prît occasion de témoigner audit Trautmansdorff qu'on est informé de la bonne volonté de l'Empereur, & des ordres qu'il lui a donnez là-dessus, & qu'ensuite le retardement de la Paix doit être imputé aux difficultez qu'il fait d'executer ses Ordres, pour complaire aux Espagnols qui ne songent qu'à brouiller tout, & qui se soucient fort peu du bien de l'Empire & de son repos.

Vous verrez, Messieurs, qu'il vous a été ordonné par Sa Majesté de faire bonne contenance, de ne témoigner aucune appréhension & de parler fortement à un chacun sur ce qui se passe aujourd'hui. J'ajoûterai que j'ose m'asfûrer que notre fermeté sera seule capable d'arrêter tout court celui de nos Al-

liez qui branleroit pour se détacher de cette Couronne, particulierement les Hollandois. En tout cas, nos affaires ne sont pas en état que, quoi qu'il arrive, elles ne puissent être bien soûtenues, & qu'on ne taille aux ennemis presque autant de besogne qu'ils en ont aujourd'hui. Je vous conjure donc, Messieurs, (quoi que je le tienne assez superflu) d'agir plus que jamais avec une derniere resolution, & non seulement dans les apparences par votre habileté, mais même dans l'effet de ne faire aucun cas de toutes les appréhensions que les Ennemis nous veulent donner, & que nous devons avoir avec raison de la séparation desdits Etats. Car au pis aller, on n'aura pas si bon marché de nous que l'on pense, & je vois déja divers moiens de ne pas tomber en pire condition que celle où nous sommes, & après tout, de nous soûtenir facilement par nos propres forces.

Outre que nos Alliez y penseront certainement plus d'une fois quand il sera question de se resoudre effectivement à faire un pas si glissant que celui de manquer à cette Couronne, Les Hollandois particulierement, de la legereté desquels nous avons le plus à craindre, quelque ingrats, méfians, & interessez qu'ils puissent être, feront sans doute grande reflexion à l'état où ils se trouveroient, après avoir offensé au plus haut point qu'il se puisse une Couronne, qui les a si généreusement assistez en tout temps, en se détachant d'elle sur le point où l'on est de recueillir ensemble, avec plus de sûreté, le fruit de tous nos travaux, si l'Espagne venoit à manquer à ce qu'elle leur auroit promis, comme elle a eu de tout temps pour maxime qu'elle le peut envers des heretiques, d'ailleurs rebelles, & qu'alors la France n'y prît nulle part.

Enfin, par des Traitez conclus solemnellement il est expressément porté que les uns ne se peuvent accommoder sans les autres. C'est pourquoi il se faut tenir ferme là ; & ne s'en relâcher en rien par la crainte que nos Alliez n'en usent pas de même. Car quand quelqu'un d'eux seroit si mal conseillé & si lâche que de manquer de foi, il me semble de connoître assez bien la portée de ce Roiaume & sa puissance, pour asfûrer qu'avec l'aide de Dieu, nous ne manquerons pas de moiens pour contraindre les ennemis à souhaiter aussi bien la Paix avec la France seule, comme ils la souhaitent & recherchent aujourd'hui, qu'elle est unie avec ses Alliez ; d'autant plus que je ne vois pas, Dieu merci, que nous ayons à présent aucun sujet d'apprehender une infidelité manifeste des Suedois.

Mais pour démontrer cette verité par un argument bien palpable, je soutiens que présuposé même que l'accommodement particulier se fît avec les Provinces-Unies, ou que leurs forces demeurassent oisives & tout à fait inutiles cette Campagne, (qui est le pis qui nous puisse arriver) notre condition ne laisseroit pas d'être toûjours meilleure dans la Flandre qu'elle n'étoit l'année derniere, par trois raisons qui sont à mon avis assez concluantes.

La premiere est, que nous sommes assez avancez dans le Pais, & que nos Conquêtes sur la Lis (que nous n'avions pas au commencement de la derniere Campagne) nous donnent moien de faire avec succès cent entreprises differentes, la plûpart d'une derniere conséquence, pour achever de réduire les Espagnols en très-mauvais état. La

La feconde, que l'armée de Monfieur le Duc d'Orleans fera beaucoup plus forte qu'elle n'étoit l'année derniere, & celle des ennemis plus foible, n'aiant pas reçû un feul Soldat ni d'Efpagne, ni d'Allemagne, & cependant ils n'avoient quafi pour lors à fauver qu'un feul endroit, qui étoit celui de la Mer, ou celui de la Lis, lors que notre Armée fe tourneroit de ce côté-là, au lieu qu'à préfent il faut qu'ils feparent & difperfent toutes leurs forces pour être en même temps en garde vers la Mer, fur la Lis, fur l'Efcaut, dans le Brabant à caufe de Monfieur le Duc d'Enguien, & dans le Luxembourg à caufe de Monfieur le Maréchal de Turenne, & du Corps qu'affemble en ces quartiers-là le Sieur de la Ferté Sennetere.

La troifiéme, qu'au lieu de l'armée des Etats qui caufoit quelque divifion de la force des ennemis, & qui felon notre fuppofition feroit inutile, nous aurons dans les Pais-Bas celle que commande Monfieur ledit Duc d'Enguien, & ledit Corps de la Ferté, qui toutes deux enfemble ne feront pas moins en nombre, qu'étoit l'Armée defdits Etats & beaucoup meilleure en qualité, étans compofées de troupes auffi aguerries qu'il y en ait en France, avec cette avantageufe difference que l'Armée des Etats ne s'occupoit qu'à ce qui lui étoit le plus utile en fon particulier, fans avoir égard à ce qui nous eût mieux convenu, & qu'il dépendra de Sa Majefté de faire agir celle de Monfieur le Duc d'Enguien, & ledit Corps de la Ferté, en tel endroit & en telles entreprifes qui lui feront les plus avantageufes felon les rencontres.

Tout cela, fans parler du moien que nous avons en main à toute heure, & dont on fe pourroit fervir en une neceffité, de détacher facilement de l'Armée des ennemis un des plus confiderables Corps qu'ils aient, qui eft celui de Monfieur de Lorraine, & même de le leur mettre fur les bras dans peu de temps.

Je ne puis, Meffieurs, finir ce Memoire, fans vous convier de tout mon cœur, comme chofe que j'eftime préfentement la plus importante au fervice du Roi, d'employer toute votre induftrie & les moiens qui dépendront de vous, pour mettre en quelque façon que ce puiffe être Monfieur le Maréchal de Turenne en état d'agir contre les Efpagnols, ou au moins qu'avec le confentement des Suedois, il puiffe employer une partie de fon Armée pour fix femaines à l'attaque de Luxembourg. Vous le pouvez faire trouver bon à Meffieurs Oxenftiern & Salvius. Ce feroit à mon avis la même chofe que d'avoir le confentement de Torftenfon, & peut-être encore mieux, puis que ce font eux qui conduifent la Négociation, & que c'eft plûtôt en cette matiere qu'en celle de la guerre que les Suedois nous peuvent faire préjudice.

Je m'afûre que s'ils ne font prévenus injuftement, il ne fera pas mal-aifé de leur faire goûter les confiderations que nous avons pour éviter la jonction de nos Armées dans cette rencontre d'affaires, où nous avons tous tant d'intérêt de ne pas en changer la face par quelque accident de guerre. Et ainfi il vaut bien mieux temporifer pour voir plus clairement le train que prendra la Négociation de la Paix, que de faire paffer notre Armée au delà du Rhin. Car pour prétendre la tenir toute dans cet intervalle fur ladite Riviere,

ce feroit la vouloir ruïner abfolument, étant impoffible qu'elle y puiffe fubfifter.

On pourroit ajoûter que dans la penfée que nous avons, on feroit divers efforts merveilleufement bons. Car premierement on éviteroit les mauvais évenemens que les armes peuvent caufer fur le point où chacun a fon compte, ou eft prêt de l'avoir.

On afsûreroit les Poftes du Rhin par le nombre des troupes qui femblent pour cela être néceffaires. Ce feroit perdre & les uns & les autres que d'y en envoier un plus grand, puis qu'il n'y pourroit pas fubfifter. Elles attendroient là les levées qui viennent de Hambourg & des autres endroits d'Allemagne; après l'arrivée defquelles l'armée feroit auffi forte & autant en état d'agir que fi Monfieur de Turenne n'en avoit rien detaché. Cependant nous aurions emploié l'autre partie à remporter un avantage confiderable fur les Ennemis.

Et comme les difficultez qui arrivent à la conclufion de la Paix dans l'Empire viennent certainement des traverfes des Efpagnols, qui apprehendent de demeurer feuls engagez dans la Guerre, le vrai moien de procurer que les Couronnes Alliées obtiennent des Imperiaux tout ce qu'elles peuvent defirer, feroit d'attaquer encore plus vivement qu'on ne fait lefdits Efpagnols, y emploiant l'Armée de Monfieur de Turenne, parce qu'alors il eft à préfumer qu'ils fe refoudroient à la Paix de bonne forte & accommoderoient les affaires de tous côtez, d'autant que fe voiant tomber ladite Armée fur les bras de furcroit, cela rabattroit de beaucoup les efperances que leur donne la lenteur des Hollandois à mettre en Campagne, & leur procedé en notre endroit.

Si vous obtenez quelque chofe là deffus, il faudra auffi-tôt, s'il vous plaît, en donner avis audit Sieur Maréchal par Courier exprès. Mais en cas que par la conclufion de la Paix, ou par une autre fufpenfion générale en Allemagne, ou par une particuliere avec Baviere, ou par quelque Négociation avec Torftenfon ou avec les Plenipotentiaires de Suede, on ne puiffe pas mettre ledit Sieur de Turenne en état d'agir contre les Efpagnols, & que les Suedois infiftent toûjours à la jonction de nos Armées qu'on leur fait efperer, en ce cas, il faut avoir patience, & la faire. Et alors vous autres, Meffieurs, prendrez s'il vous plait la peine d'avertir ledit Sieur Maréchal de ce que vous eftimerez le plus expedient & le plus avantageux pour le fervice de Sa Majefté, pour éviter les inconveniens que nous avons fujet d'apprehender de ladite jonction.

Il eft arrivé un Courier de l'Armée Navale qui nous apporte la nouvelle qu'elle eft débarquée heureufement le 11 du courant vers les matines de Sienne; que le même jour elle emporta d'emblée Télamone, après lui avoir tiré quelques coups de Canon des Vaiffeaux, & le jour fuivant le Port San Stephano par un bonheur extraordinaire; étant certain qu'il pouvoit tenir du moins quinze jours parce qu'il falloit battre une Fortereffe élevée par le Canon des Vaiffeaux, qui étoit fort au deffous, mais une volée aiant emporté le Gouverneur qui faifoit contenance de fe vouloir bien défendre; le refte perdit courage & fe rendit. Monfieur le Prince Thomas alloit de là affieger Orbitello, qui l'arrêtera quelque temps, parce qu'outre que la Place eft fort bonne, il y a fept cens

 hom-

1646.

hommes dedans , & que Dom Carle della Gatta , l'un des meilleurs Chefs qu'ils aient , s'y est jetté.

Le grand Duc se déclare Neutre.

Quelques jours avant le débarquément de l'Armée , l'Abbé de Bentivoglio alla à Florence de la part du Roi , pour savoir les intentions du Grand Duc dans cette rencontre. La chose s'est passée comme nous le pouvions souhaiter ; ce Prince aiant d'abord signé la Neutralité, accordé ses Ports , & le passage dans ses Etats & toutes les assistances à l'armée qu'il pourra lui donner en paiant comme il est juste.

J'estime qu'il ne faudroit point dans cette conjoncture faire éclatter dans l'Assemblée toutes ces nouvelles , & quand elles y arriveront d'ailleurs , vous devez montrer de n'en faire aucun cas , & diminuer la chose en soi , & les conséquences autant qu'il se pourra ; car il ne faut pas douter que les Ministres d'Espagne , pour peu habiles qu'ils soient , ne tâchent d'émouvoir la commiseration d'un chacun , & n'en parlent comme si cela pouvoit produire la perte de l'Italie , afin d'exciter contre nous l'envie de tous les Princes & de nos Alliez mêmes , & d'accroître les jalousies qu'ils ont déja de la puissance de cette Couronne.

Le Roi d'Angleterre joint l'Armée des Ecossois.

Nous avons eu nouvelles d'Angleterre que le Roi de la Grande Bretagne est heureusement arrivé dans l'Armée des Ecossois. Mais nous ne savons pas encore ce qui en arrivera, n'aiant pas pris cette resolution dans le temps que je l'avois ménagée avec les autres , & qu'elle lui pouvoit être fort utile , & n'y étant venu qu'à la derniere extrémité , & quand toutes les autres ressources lui ont manqué. Outre qu'il faut tout apprehender en un Prince malheureux & jusques à present mal conseillé.

En finissant ce Memoire, je reçois avis d'un Banquier de Paris , qui a de grandes correspondances avec ceux d'Anvers , qu'un des principaux de laditte Ville , après avoir pris toutes ses sûretez avec Castel-Rodrigo , a fait un ordre sur un autre Marchand d'Amsterdam de paier deux millions de Florins dès que le Traité particulier de Messieurs les Etats avec l'Espagne sera fait , & que cet argent doit être distribué à ceux qui auront contribué à le faire resoudre & à le conclure , & qu'on croit même que la partie la plus grande doit être pour Madame la Princesse d'Orange , & pour les Députez des Etats qui sont à l'Assemblée.

Fait à Amiens le 31 Mai 1646.

Depuis avoir écrit & chifré tout ce que dessus , on a reçu votre Dépêche du douzième, sur laquelle , pour ne pas arrêter plus long-temps ce Courier, je me contenterai de vous dire succintement trois mots , & ce qu'il y aura de plus à vous mander , on y satisfera Samedi par l'Ordinaire.

Il me semble en premier lieu, qu'on doit faire grand cas des Declarations que les Catholiques qui sont en l'Assemblée font en notre faveur , & j'en estime l'avis comme nous étant extrémement avantageux, & capable de produire des effets merveilleux à notre égard.

On ne pouvoit parler à Trautmansdorff avec plus de prudence & d'accortise qu'on a fait lors que sur la grande proposition qu'il s'imaginoit nous faire en offrant l'Alsace & le

Suntgau souverainement au Roi , sans relever de l'Empire , on a répondu qu'il seroit indifferent à sa Majesté de le tenir de telle sorte, ou de le reconnoître de l'Empereur.

1646,

La pensée de Benfelt me fait esperer qu'on trouvera d'autant plus de facilité dans l'expedient contenu dans le Memoire du Roi touchant Philipsbourg.

J'ai grand soupçon qu'il y a quelque artifice caché dans la maniere d'agir des Plenipotentiaires de Suede , quand ils demandent tant de choses nouvelles. J'ai avis que Trautmansdorff a écrit à Vienne , & qu'il a fait dire à Castel-Rodrigo qu'il étoit d'accord avec eux. Il se pourroit faire qu'ils ajoûtent de cette sorte à leurs prétentions, afin de s'en relâcher après , & de nous obliger par leur exemple à en faire de même sur le point de Brisach. Je ne sai s'ils ont beaucoup d'envie de nous le voir entre les mains. C'est ce qui fait que je ne suis pas tout à fait de l'avis de vous autres, Messieurs , qu'il soit avantageux de gagner temps par des duretez , ou vraies ou feintes, parce que je tiens le retardement de la Paix dans l'Empire très-préjudiciable à nos intérêts pour les raisons qui ont été mandées, ou qui sont contenuës en cette Dépêche.

Vous ne pouviez, Messieurs, tenir une meilleure conduite que vous avez fait avec les Députez de Messieurs les Etats. Le Memoire du Roi, que vous recevrez par ce Courier, vous donnera lieu de parler dorenavant aux occasions en termes plus forts, & sans témoigner de rien craindre.

On parlera ici sur le point de Brisach & sur tous les autres à tous les Ministres Etrangers, avec tant de fermeté & de resolution, que les Ennemis ni les Médiateurs n'auront pas sujet de vous dire sur cela qu'à la Cour on a des sentimens differens des vôtres. Et quoi que les Médiateurs vous puissent rapporter au contraire , assûrez vous, s'il vous plait , que ce sera un pur artifice , & seulement pour vous tâter & en prendre avantage.

Il y a quelques jours que cette Dépêche étoit minutée ; mais dans le mouvement où la Cour a été par le voyage de Compiegne ici, on n'a pû la faire mettre en chiffre aussi promtement que l'on auroit voulu.

Je vous adresse, Messieurs, un extrait des nouvelles que j'ai reçues de Rome , & la relation d'accomodement du different de l'Amirante de Castille avec Monsieur le Cardinal d'Este.

M E

1646.

MEMOIRE

DU ROI

à Messieurs les

PLENIPOTENTIAIRES.

Du 31. May 1646.

Il faut tâcher que les Suedois déclarent hautement qu'ils ne se separeront jamais de la France. La France tient ferme sur Brisach. Elle proteste qu'elle n'abandonnera jamais ses Alliez. A toute extremité la France pourroit au lieu de Brisach se contenter de Philipsbourg avec la ligne de communication pour y aller. On songe toûjours au siege de Luxembourg. Catholicité de la Cour de France. Il faut presser Baviere d'embrasser la Neutralité.

SI l'on fait reflexion sur la maniere dont le Comte de Trautmansdorff parla de Brisach, lors qu'il nous offrit l'Alsace, & le Suntgau; & si l'on considere ce que le Duc de Baviere à écrit ici au Nonce Bagni dans ses deux dernieres Dépêches, où il specifie notamment ladite Place dans notre satisfaction; outre les autres avis que nous avons eus de Vienne de la resolution qu'avoit enfin prise l'Empereur de la ceder, si les efforts que l'on feroit auparavant pour nous obliger à consentir à sa demolition étoient inutiles; il est à présumer que quand ses Ministres font aujourd'hui semblant de vouloir se retracter, nonobstant le besoin & l'envie que l'Empereur a de la Paix, la passion que Trautmansdorff a d'être bien-tôt libre pour retourner à Vienne, & les remóntrances du Duc de Baviere, qu'on dit être plutôt des prétentions que des prieres; cette difficulté, que l'on n'avoit pas attenduë, ne procede pas tant d'aucune volonté déterminée de nous refuser ce point, comme elle part des Négociations des Espagnols, ausquels les Imperiaux auront voulu complaire pour leur donner le temps, ou de finir le Traité avec nous, ou d'en faire un particulier avec les Hollandois, à quoi ils mettent tous leurs soins & leurs principales esperances, ou enfin de leur donner moien de profiter

de quelque chose pour l'Espagne par le consentement que donnera l'Empereur à relâcher Brisach.

Il ne faut pas douter que Peñaranda n'ait emploié toute son industrie & son éloquence pour persuader à Trautmansdorff que l'Empereur donnant satisfaction entiere aux Suedois, & tenant bon à ne pas consentir à la notre sur le point de Brisach, on mettroit peut-être les choses en état ou de nous faire départir de notre prétention, (en quoi ils trouveroient tous un notable avantage) ou de nous faire courre fortune que nos Alliez, ou quelques uns d'eux, qui seroient déja assûrez de leur compte, se séparassent de nous par un Traité particulier, au cas que nous ne nous contentassions pas de ce que l'on nous offre, ne faisant déja que trop paroître qu'ils tiennent pour déraisonnable & exorbitant tout ce que nous prétendons comme juste & raisonnable.

Il faut tâcher que les Suedois déclarent hautement qu'ils ne se separeront jamais de la France.

Le vrai remede à cela est de faire en sorte que les Suedois renouvellent en bonne forme, dans cette conjoncture, la déclaration que Monsieur Salvius fit dernierement aux Imperiaux, qu'ils n'ont rien fait pour l'avancement, ou du moins pour la conclusion de la Paix, s'ils n'ont consenti à la satisfaction des deux Couronnes, puis qu'on doit enfin se détromper qu'elles soient jamais capables de s'accommoder que conjointement, quelques grands avantages que l'on accordât à l'une des deux, au delà même de ce qu'elle auroit prétendu.

Il est certain qu'à moins de vouloir violer les Traitez que nous avons ensemble, les Suedois ne peuvent s'empêcher de faire une semblable déclaration quand nous les requererons; d'autant plus que nous pouvons être assûrez que la Cour de Suede depuis l'éclaircissement que nous eûmes de la Négociation secrette de Rosenhan avec les Ennemis, est dans tous les sentimens que nous devons desirer de fidelité & de ponctuelle observation de nos Alliances; ce que le Sieur Chanut nous confirme encore par ses Dépêches. Outre qu'on peut leur faire voir facilement que quelque avantage que la Maison d'Autriche accordât separement à l'une des deux Couronnes, si elle venoit à les diviser, elle gagneroit toûjours beaucoup, parce qu'elle se verroit mise en état non seulement de rentrer en quelque bonne conjoncture dans les Païs qu'elle auroit cedez, mais de pousser plus outre ses progrès, & d'en prendre d'autres qui ne lui auroient jamais appartenu.

Que si, outre les empêchemens que les Espagnols travaillent de mettre à la conclusion de cette affaire, (ausquels on estime que la déclaration ci-dessus des Suedois peut remedier facilement) il y a eu quelque nouvelle raison qui ait obligé l'Empereur à changer d'avis, & à ne plus consentir à cette cession de Brisach, & que le Courier que Baviere mande qu'il avoit dépêché exprès à Vienne sur ce sujet, ne raporte rien de plus favorable pour nous, quoi qu'à la verité on ait grand' peine à se le persuader, lors qu'on fait reflexion à la chaleur avec laquelle ledit Duc aura porté cette affaire, soit pour l'apprehension où il est de la jonction des Armées de France & de Suede, soit pour la forte passion qu'il a de faire la Paix avant la Campagne, soit pour son intérêt particulier, qui requiert que nous retenions un passage sur le Rhin pour lui pouvoir tendre la main

au

au besoin. En ce cas-là le moien que le Roi juge le plus propre pour faire venir nos Parties à notre point, & le meilleur remede pour nous garentir de ce qui nous pourroit arriver de préjudiciable, tant du côté de l'Espagne que de celui de l'Empereur, par quelque infidelité de nos Alliez, ou du moins par les esperances que nos Ennemis ont conçües d'un accommodement particulier avec eux, qui les oblige à reculer le général : C'est de montrer plus que jamais une entiere fermeté & une asûrance derniere de ne rien aprehender, déclarant ouvertement aux Médiateurs, à nos Alliez & à toute l'Assemblée.

La France tient ferme sur Brisach.

Premierement, qu'on ne doit jamais se promettre d'avoir la Paix que Brisach ne demeure à la France dans l'état où il est; qu'elle continuera plutôt la Guerre toute seule que de s'en relâcher, & qu'elle ne manquera pas pour cela de moiens de bien défendre cette Place & d'en faire coûter cher à ceux qui penseront de nous en faire sortir par force; & enfin que les choses sont en tel état qu'on a grand tort, si on s'attend de nous voir prendre aucune resolution par crainte ou par foiblesse.

Elle proteste qu'elle n'abandonnera jamais ses Alliez.

En second lieu, que cette Couronne n'abandonnera jamais ses Alliez, quelques avantages qu'on lui puisse offrir au delà même de ses prétentions; ce qu'elle a bien fait paroître en tout ce qui s'est passé depuis la Regence, n'aiant pas même voulu écouter les propositions que les Ennemis ont tenté de lui faire hors de l'Assemblée par toutes sortes de voies; que dans la nécessité des deux partis, elle choisira plutôt d'être abandonnée de ses Alliez, que de manquer à la foi des Traitez qu'elle a avec eux; que Sa Majesté préfere sa reputation & son honneur à toute autre consideration & que quelque mal qui lui en pût arriver, elle aimera toûjours mieux d'être trompée que de tromper; qu'après tout, la France subsiste de son propre poids, & sa puissance est appuiée sur des fondemens assez solides pour se passer dans un besoin d'appuis étrangers, & ne rien craindre pour cela; que quand ses Confederez lui feroient une infidelité manifeste (ce qu'elle ne se peut pas persuader,) ses affaires ne se conserveroient pas moins en bon état, outre qu'elle ne manqueroit pas de moiens pour former un nouveau parti, peut-être aussi considerable que le premier, & de trouver d'autres Amis puissans & fidelles, notamment après les preuves qu'elle viendroit de donner, à la vûë de tout le monde, de l'inviolabilité de sa foi; enfin que la France fera ce qu'elle doit, & qu'il en arrivera ce qui pourra.

De semblables discours que lesdits Sieurs Plenipotentiaires tiendront par delà, & que l'on confirmera ici en tenant le même langage aux Ministres des Princes étrangers, faisant paroître que c'est une resolution prise par Sa Majesté en son Conseil, après une deliberation très-meure, ne peuvent produire que de bons effets, soit envers nos Parties pour leur ôter toute esperance de nous faire relâcher par la crainte, soit envers les Etats de l'Empire, Catholiques ou Protestans, qui ne voudront pas voir durer la Guerre pour le seul point de Brisach, ni continuer les assistances à l'Empereur sans autre fin que de lui ravoir cette Place, lors qu'ils doivent les uns & les autres pour leur intérêt particulier souhaiter qu'elle demeure entre nos mains; soit enfin envers nos Alliez mêmes, par le bon exemple que nous leur donnons, & qui les met en état de ne pouvoir nous manquer sans encourir quelque espece d'infamie.

Avec tout cela, Sa Majesté ne laisse pas de considerer quels préjudices pourroient resulter à la France d'une défection de ses Alliez, parmi lesquels celui-là seroit toûjours certain, que la Paix seroit reculée, & que l'on nous refuseroit sans doute les mêmes conditions que l'on nous offre aujourd'hui, par les esperances que nos Ennemis auroient conçües de pouvoir alors mettre leurs affaires en meilleur état, n'aiant à combattre que les seules forces de la France. C'est pourquoi, Sa Majesté songeant de donner moien ausdits Sieurs Plenipotentiaires d'obvier à tout, selon que les conjonctures l'exigeront, leur met en consideration si nonobstant ce qui est porté ci-dessus de la fermeté qu'ils doivent montrer sur le point de Brisach, & pour ne retarder pas plus long-temps la Paix dans l'Empire, où nous trouvons fort bien notre compte, & dont nous pouvons tirer des avantages contre l'Espagne très-notables, soit pour la Paix, soit pour la Guerre, il ne seroit pas à propos de nous porter dans quelque temperament sur ledit point de Brisach; pourvû que nous y trouvassions la même & principale utilité que l'on en avoit prétendue, qui est de nous asûrer le passage du Rhin, comme seroit de nous laisser Philipsbourg avec la ligne de Communication, pour pouvoir y aller de France, sans sortir des Etats de Sa Majesté; ou que suivant l'offre des Imperiaux, Brisach fût razé, & le Pont rompu, & que nous pussions fortifier deçà le Rhin en tel endroit de l'Alsace que nous voudrions & qu'eux ne le pussent par delà.

Il est même à remarquer qu'il ne seroit pas besoin de nous donner un grand Païs pour faire cette ligne, puis qu'avec l'Abbaïe de Weissembourg, appellée en Latin *Alba Regia*, qui acheve au Rhin vis-à-vis de Philipsbourg, on asûre qu'on pourroit aller en sûreté de Haguenau audit Philipsbourg.

Comme l'Empereur est très-liberal avec les Suedois du bien d'autrui, & même de ceux de l'Eglise, & des Protestans, & qu'il est d'autant plus reservé avec nous, que ce que nous demandons est de la Maison d'Autriche & de son patrimoine; il est à croire que pour nous faire sortir de Brisach, qui est des Païs hereditaires, quoi qu'avec la condition que les fortifications en devront être demolies, il sera ravi de sacrifier Philipsbourg, qui est à un Prince dont le mécontentement présent ne le touchera guéres; & on peut même se souvenir que les Ministres Imperiaux nous ont souvent voulu donner la pensée de prétendre quelques autres Etats au lieu de l'Alsace, insinuans que nous y trouverions toute facilité, quand même ils seroient plus considerables & de plus grande étenduë.

En ce cas, on ne s'éloigneroit pas même ici, s'il étoit nécessaire absolument, de donner recompense dudit Philipsbourg à l'Electeur de Trêves, qui y consentiroit volontiers, notamment s'il en avoit une partie qu'il reçût sous main pour pouvoir agrandir ses parens qu'il aime tendrement, & le reste pourroit être paié en telle nature de biens en France, qui serviroit à tenir ses Successeurs en devotion vers cette Couronne & à les attacher à ses intérêts.

Lesdits Sieurs Plenipotentiaires prendront seulement garde en cela que s'il y a quelque chose à faire pour l'accommodement de l'Empire,

piré, il importe extrémement qu'il soit conclu avant que le dernier Courier, que Peñaranda a dépêché en Espagne, soit de retour; non seulement parce qu'il pourroit avoir plus en main de quoi traverser l'affaire auprès de l'Empereur, que parce que ce Courier pourroit apporter de telles resolutions en faveur des Hollandois, qu'ils concluroient en un instant leur Traité particulier & donneroient ce mauvais exemple aux Suedois, qui d'ailleurs nous pourroient considerer moins pour l'Alliance que nous viendrions de perdre. Ainsi on juge que le moien le plus propre que nous ayons pour prendre nos précautions contre la mauvaise foi des Hollandois, (dont le procedé ne nous donne que trop de soupçon avec fondement) c'est de hâter la conclusion des affaires de l'Empire, & c'est aussi le principal motif pour lequel Sa Majesté a songé au temperament de Philipsbourg & de la Ligne de communication, au lieu de Brisach, & qu'Elle a suggeré cet expedient ausdits Sieurs Plenipotentiaires, pour s'en servir à point nommé, selon les rencontres & quand ils le jugeront à propos. Mais cependant ils n'obmettront rien de ce qui leur est ordonné ci-dessus pour montrer toûjours une fermeté inébranlable, & une derniere asûrance & resolution, parce qu'en effet, quoi que nous ne devions rien oublier de ce qui peut maintenir nos Alliez en foi, la crainte de ce qui pourroit arriver de leur infidélité ne sera jamais capable d'obliger cette Couronne à la moindre bassesse.

On envoie ausdits Sieurs Plenipotentiaires la copie d'une Lettre de Monsieur le Cardinal Mazarin, écrite par cette même voie au Sieur de la Thuillerie, par laquelle ils verront bien en détail la conduite de Messieurs les Etats, les avis que nous avons de divers endroits de ce que les Ennemis pratiquent avec eux, la disposition des esprits dans les Provinces, celle de Monsieur le Prince d'Orange, & de Madame sa femme, les moiens qu'on emploie pour les aliener de la France, & les remedes ausquels on a pensé ici pour empêcher, s'il est possible, la suite de ce mal. A quoi lesdits Sieurs Plenipotentiaires coopereront de leur côté conformément, en tout ce qu'ils y pourront contribuer envers les Députez de Messieurs les Etats, qui sont à l'Assemblée, suivant la connoissance que la même Lettre leur donne des sentimens & des intentions de Leurs Majestez.

Il sera bon qu'ils parlent hautement ausdits Députez, & qu'ils leur fassent connoître qu'ils auroient grand tort s'ils présumoient de porter la France à aucune chose contre ce qu'elle doit par l'apprehension qu'ils s'accommodassent sans nous avec nos Parties; que nous ne nous mettons point en devoir de les prévenir, quoi que nous le pussions, & que nous n'en soions toûjours recherchez vivement; qu'on les laissera faire, & qu'ils reconnoîtront avec le temps que les principales forces de cette Couronne sont en elle-même; que son amitié ou son indignation ne sont pas choses indifferentes ou à mépriser, & par conséquent qu'ils n'auroient pas pû prendre un plus mauvais parti.

Pour conclusion, on pourra leur témoigner le déplaisir que Leurs Majestez auroient de se voir obligés à chercher les moiens de se garantir des préjudices qui pourroient arriver au bien public de la separation des Provinces-Unies d'avec la France, parce que cela ne se pourroit qu'au dommage d'un Etat qu'elles aiment, & peut-être à l'avantage des anciens & irreconciliables Ennemis des uns & des autres.

On envoie ausdits Sieurs Plenipotentiaires la copie d'une seconde Lettre, que Monsieur le Cardinal Mazarin écrit à Monsieur le Maréchal de Turenne, pour lui faire connoître de quelle importance il seroit au service du Roi, si sans rien gâter avec les Suedois, il pouvoit éviter la jonction qu'ils desirent de nos deux Armées, & qu'il pût dans cet intervalle emploier pour quelque temps une partie de la sienne, & emporter la Ville de Luxembourg, dont la chûte entraineroit celle de toute la Province qui en porte le nom.

Lesdits Sieurs Plenipotentiaires verront par le contenu de ladite Lettre les biais que l'on suggere audit Sieur Maréchal, pour rendre Torstenson plus favorable à cette pensée par son intérêt particulier; & de leur côté s'ils voient jour de pouvoir par quelque Négociation le porter à nos fins, en se servant des mêmes moiens & offres qu'on audit Sieur Maréchal d'emploier s'il est nécessaire, ou d'autres qu'ils aviseront. Ils n'y doivent rien oublier ni à tenir continuellement le Sieur Maréchal bien averti de ce qu'ils y auront avancé, & de ce qui se passe dans l'Assemblée touchant les affaires de l'Empire, afin qu'il puisse prendre ses resolutions là-dessus.

Les Suedois à la verité seroient bien injustes, & leur procedé seroit hors de toute raison, si, maintenant qu'ils n'ont à faire aucun effort pour obliger les Imperiaux à leur accorder leur satisfaction (puis qu'ils sont assurez de l'avoir telle qu'ils l'ont demandée; & même ils peuvent concevoir une suspension pour l'affermir davantage) ils insistoient encore sur cette jonction, qui leur est tout à fait inutile, & à nous extrémement préjudiciable pour plusieurs respects, mais sur tout en ce qu'elle nous ôte un moien d'emporter un avantage de grande consideration sur les Espagnols, dont il resulteroit même beaucoup de bien & de profit à tous les intéressez en notre cause en quelque endroit éloigné qu'ils soient.

Ils ne sauroient en justice se défendre d'y consentir, sous prétexte que ce seroit abandonner les affaires d'Allemagne, puis que, comme lesdits Sieurs Plenipotentiaires verront par ladite Lettre, on prétend toûjours laisser sur le Rhin neuf ou dix mil hommes de Cavalerie, & d'Infanterie; ce qui est une Armée plus considerable que ne l'avoit Monsieur de Guebriant l'année qu'il est mort. En quoi il est encore à remarquer que si l'on prétendoit laisser sur le Rhin un plus grand corps, il seroit impossible qu'il pût maintenir ou subsister, sans pousser plus avant, & ainsi courre le risque, que nous avons tant sujet d'apprehender, de changer en un moment, par quelque évenement de Guerre, la face des affaires, qui est, Dieu merci, si riante aujourd'hui & si favorable à tout notre parti.

Lesdits Sieurs Plenipotentiaires auront beau champ de faire valoir encore en cette conjoncture la sincerité des intentions de Leurs Majestez, ou pour mieux dire la retenuë & les scrupules de leur procedé, puis qu'ils éprouvent tous les jours, & bien souvent à leurs dépens, que la seule regle des resolutions de leurs Alliez est celle de leurs intérêts particuliers, & qu'ils emploient tous les jours indifferemment toutes leurs forces, selon qu'ils le

jugent

1646.

jugent plus avantageux à leurs affaires, sans avoir égard aux convenances d'autrui ni au bien de la cause commune, & sans leur en dire un seul mot, au lieu qu'elles ne veulent pas entreprendre la moindre chose, quoi qu'utile à un chacun, sans le leur communiquer auparavant, & sans qu'ils l'aient expressément aprouvé.

Catholicité de la Cour de France.

Sa Majesté ne sauroit exprimer suffisamment ausdits Sieurs Plenipotentiaires à quel point de douleur elle est touchée de voir que toutes les affaires de la Religion prennent de plus en plus un mauvais pli en Allemagne, par l'abandonnement que les Imperiaux en font, du conseil des Espagnols pour d'autres intérêts politiques, & le principal est l'animosité des uns & des autres contre cette Couronne, & la passion démesurée qu'ils auroient de lui faire du mal, au prix même de ce qui devroit être le plus sacré, & le plus inviolable. Cependant ils veulent toûjours être tenus pour les seuls défenseurs de la foi, & pour les uniques protecteurs de l'Eglise.

Sa Majesté sait qu'il est superflu d'exciter là-dessus le zéle & la pieté desdits Sieurs Plenipotentiaires, particulierement après ce qu'elle leur a souvent mandé être de ses intentions. Néanmoins, reconnoissant mieux tous les jours que les Suedois & Madame la Landgrave n'oublient rien pour se procurer, avec adresse & fermeté, des avantages qui tendent principalement à l'abbaissement ou à des dommages irreparables pour la Religion Catholique, & cela contre la foi des mêmes Traitez que nous avons ensemble, Sa Majesté se croit obligée de renouveller plus précisément les ordres qu'elle a donnez de temps en temps ausdits Sieurs Plenipotentiaires de tenir ferme en semblables matieres & de ne consentir à aucune des nouveautez que les uns ou les autres voudroient mettre sur le tapis; mais de les contrecarrer & de s'y opposer formellement, quelque chose qui puisse arriver, lors que les autres moiens seront infructueux; Leurs Majestez n'estimant pas que les facilitez que nos Parties apportent à donner contentement entier à nos Alliez, aux dépens de la Religion, puissent servir d'excuses valables, devant Dieu ni auprès des hommes, de n'y avoir pas vigoureusement résisté, & nos Alliez mêmes ne sauroient trouver étrange de nous voir contraires aux profits qu'ils en tireront, puis que nous demeurerons aux termes de tous les Traitez que nous avons ensemble, où cette condition a toûjours été inserée comme la principale, & sans laquelle on n'auroit jamais conclu avec eux aucune Alliance. Outre que l'exemple, qu'eux-mêmes nous donnent, par l'ardeur qu'ils font paroître pour l'accroissement de leur Religion, nous doit d'autant plus obliger à redoubler notre zéle pour le maintien de la notre, qui est la vraie & la bonne, & à en conserver les prérogatives & les avantages au prix de toutes les considerations d'Etat & de Politique, ausquelles Dieu, qui voit le cœur de Sa Majesté & ses saintes intentions, aura infailliblement la bonté de remedier par d'autres voies connues à sa providence.

Il faut presser Baviere d'embrasser la Neutralité.

Sa Majesté estime qu'il est important au bien public, & à son service, (outre que la conjoncture même y est fort propre) de faire presser Baviere par ses Ministres de prendre quelque resolution. Comme il voit que ce n'est pas la France, mais les intérêts des Espagnols & leurs artifices, qui empêchent que la Paix ne se puisse conclure dans l'Empire, il pourroit convenir avec nous d'une Neutralité à l'exemple du Duc de Saxe avec la Couronne de Suede; & parmi un grand nombre de raisons qui doivent obliger ledit Duc à ne perdre pas un moment de temps à la faire, il semble que ce ne sera pas la moins efficace que de lui bien faire insinuer par ses Députez que la jonction des Armées Françoise & Suedoise étant une fois faite, quelque bonne disposition que nous aions pour sa personne & pour ses intérêts, & avec quelque passion que nous souhaitions de lui en faire voir les effets, tout le contraire pourra arriver, sans qu'il soit en notre pouvoir de l'empêcher.

On pourra lui faire valoir l'alte que fait notre Armée deça le Rhin avec tant d'incommoditez, & les excuses qu'on trouve pour faire differer de le passer & de faire la jonction, par la crainte des effets qu'elle produira; enfin qu'on ne fera agir nos Armées contre lui que quand on ne pourra pas s'en défendre par d'autres intérêts plus puissans; que c'est cependant à lui d'y donner ordre, comme il y a sujet de croire de sa prudence qu'il le fera, & qu'il sera d'autant plus hardi à prendre quelque bonne resolution, qu'il verra que tout le Parti Catholique, qui est à Munster, adhére de volonté & de desir aux sentimens de cette Couronne, & trouve fort à redire au procedé des Imperiaux, qui tiennent bon sur le point de Brisach, pendant qu'ils accordent toutes choses aux Suedois aux dépens de l'Eglise & avec des dommages irreparables pour la Religion.

D'un autre côté, pour presser les Imperiaux, & leur mettre sur les bras tous ceux qui souhaitent, ou qui ont intérêt en la prompte conclusion de la Paix dans l'Empire, il sera bon de faire connoître que dès que les Armées autant commencé d'agir, elle sera beaucoup plus éloignée & difficile, parce que comme les forces des Couronnes Alliées sont superieures à celles de l'autre Parti, il faut qu'il s'attende que leurs prétentions s'augmenteront à mesure qu'on remportera des succès avantageux.

Il y aura beau champ aussi de rendre les Espagnols odieux dans l'Empire auprès de tous ceux qui en desirent le repos, en faisant comprendre que ce sont leurs artifices, qui trouvant entrée dans l'esprit des Ministres de l'Empereur, empêchent qu'on ne fasse la Paix, parce qu'ils voudroient rendre leur condition meilleure aux dépens des Allemans. Et comme la chose est très-veritable & très-aisée à prouver, à la faire toucher au doigt, sur le point de Brisach, il ne se peut que cela ne produise un très-bon effet.

L E T T R E

De Monfieur le Comte de

B R I E N N E

à Meſſieurs les

PLENIPOTENTIAIRES.

Du 1. Juin 1646.

Trautmansdorff ſera plus hardi a-
près la mort de l'Imperatrice.
Meſures priſes pour retenir les
Hollandois dans l'Alliance.   Le
Comte d'Harcourt aſſiege Lerida.

M O N S E I G N E U R & M E S S I E U R S.

L E Courier Heron s'eſt rendu en cette Ville hier ſur les dix heures après midi & m'a
remis votre dépêche datée du vingt-neuviéme du paſſé. S'il n'étoit arrivé, j'aurois laiſſé paſſer le Courier ſans vous écrire, jugeant
qu'il eût été inutile après l'ample depêche qui
vous a été envoiée par Saladin. Celle-ci mérite de grandes reflexions , mais il faut du
temps pour les faire , & il ne ſauroit être pris
dans l'intervalle qui en reſte juſques au paſſage
du Courier en Flandres.

Après avoir lû votre dépêche , je me puis
avancer de vous dire (ſelon le peu de connoiſſance que j'ai des affaires) que Sa Majeſté
reſtera très-ſatisfaite de la maniere dont vous
avez negotié avec les Médiateurs. Leur colere ne ſe peut excuſer , ni leur précipitation à vouloir être informez de ce que vous
voudrez faire , pendant qu'ils ne vous aſſûrent de rien de ce qu'il faut que vous eſpe-
riez ; & je ne ſai avec quel front ils ont oſé
vous faire une propoſition qui diminue beaucoup celle du jour précedent. Quand ils auront medité ſur ce que vous leur avez dit ,
ils feront un dernier effort ſur Trautmansdorff,
lequel (ou nous ſommes trompez) ne réſiſ-
tera pas davantage à conſentir à ce qui lui
a été mandé. Il eſt vrai qu'il ne ſe devoit
relâcher que par degrez , & il les a deſcen-
dus les uns après les autres , & étant au deſ-
ſous du dernier , ſans avoir ménagé aucune
choſe à l'avantage de ſon Maître , touché
du ſolide qu'il lui peut procurer, qui eſt la
Paix , il s'expliquera ſans doute nettement
de ce dont il l'a chargé , & craindra moins
de déplaire aux Eſpagnols, qu'il ne faiſoit du
vivant de l'Imperatrice. Pendant le temps
qu'ils s'avantageoient du pouvoir qu'ils avoient
ſur elle , ils n'auroient ſû gagner que du
temps , & l'Empereur n'auroit ſû ſe porter à

une revocation abſolue de ſes ordres; maintenant il ſera moins retenu , & en preſſera
ſans doute l'execution. Si quelque choſe eſt
pour l'en retenir, ce ſera le doute où il eſt que
les Suedôis ne ſe contenteront pas de ce qu'il
leur voudroit accorder. Le Traité qu'il leur a
fait propoſer me ſemble très-éloigné de leur
ſens.

Pour empêcher que Meſſieurs les Etats n'acceptent celui qui leur eſt offert de la part de
leur Ennemi , nous n'avons obmis aucune diligence , ſoit en les avertiſſant du danger où ils
s'expoſent , ou en les traitant très-favorablement en tous leurs intérêts. Le Traité fait
à Paris avec leur Ambaſſadeur avoit déja été
ratifié quand il a eu ordre de preſſer la ratification du dernier fait à la Haye , & l'on a
déja pourvû à faire acquiter la ſomme convenuë , afin qu'ils ſe diligentent de mettre en
Campagne. Il eſt vrai que l'argent n'a pas
été paié à Monſieur Hulft , & qu'on a jugé
plus à propos de le faire remettre à Amſterdam , & de tirer des Lettres de change ſur
cette Place ſous le nom de Monſieur de la
Thuillerie ; lequel aiant en main dequoi garentir ſa parole il trouvera auſſi dequoi les preſſer d'executer la leur.

Il lui a été mandé , ainſi que vous aurez vû
par le duplicata de ſa dépêche , ce qu'il doit
avancer afin de tenir un chacun en regle , &
la voie que vous propoſez eſt ſi judicieuſe qu'elle ſera embraſſée (je ne dis pas ſur l'execution d'une entrepriſe plutôt que d'une autre ,
cela n'aiant pas encore été reſolu) mais d'emploier les mêmes raiſons pour faire aprouver
les nôtres à ceux qu'on voudroit corrompre
par de grandes offres , qu'ils peuvent accepter
avec honneur & reputation ; au lieu qu'ils ne
ſauroient écouter la ſeule ouverture de l'ennemi ſans ſe couvrir de honte. J'ajoûterai que
je tiens que nous avons du temps , puis que
les Deputez de Meſſieurs les Etats ſe ſont laiſſez vaincre à vos prieres de faire une déclaration poſitive aux Eſpagnols de ne point conclure leur Traité que conjointement avec la
France.

Pour moi , qui ai toûjours crû qu'ils n'é-
toient pas capables de la derniere infidelité , je
me tiens perſuadé qu'ils executeront de bonne
foi ce qu'ils nous ont promis , & j'avouë que
j'ai autant été ſatisfait de votre dépêche quand
j'ai trouvé cet endroit , que j'étois abatu en liſ-
ſant ce qui le précede.

Un Gentilhomme dépêché par Monſieur
le Comte d'Harcourt raporte qu'il eſt devant
Lerida. Il tient la garniſon puiſſante , & le
Roi d'Eſpagne en état de former une Armée.
La ſienne diminuë beaucoup , & toutefois
il a formé ce ſiege. Il vous ſera aiſé de juger à quel deſſein ces choſes nous ſont mandées ; & je tiens que ne mettant point en doute le ſuccès de l'entrepriſe , il le veut relever par les difficultez qu'il repréſente. L'un
de ſes proches , ſavoir Monſieur le Comte
de Chabre , a été tué en pointant une piece , qui défendoit le point de deux lignes de
communication qu'il conſtruit. L'une étoit
déja achevée & l'autre beaucoup avancée dès
le vingt & un du paſſé ; & bien qu'il ait mandé qu'il doutoit encore ſi ce ſeroit de force ou
par un blocus qu'il continueroit ſon entrepriſe,
je ne crains point d'avancer que la tranchée eſt
ouverte. Si je me ſuis mecompté vous m'ex-
cuſerez comme une perſonne peu entenduë
dans le métier de la Guerre , & qui s'eſt pû
tromper prenant un terme pour un autre.

Je

Je ne dois pas obmettre de vous mander que le Roi aiant sû que l'Imperatrice étoit décédée, il s'avança de dire qu'il donnoit un Serviteur à Mademoiselle. Il se rend toûjours de plus en plus joli, & raisonnable. Il témoigne beaucoup de naturel.

J'ajoûte qu'on songe à un Ambassadeur pour l'Angleterre; mais qu'on est bien en peine qui y envoier. C'est un poste tres-important, où il faut une personne délicate & ferme, & qui change de conduite du soir au matin, selon que les affaires l'y obligeront. J'espere que demain ou dimanche au plus tard j'aurai des nouvelles de Rome, & que le Courier nous apportera des Lettres qui nous apprendront le siege d'Orbitello. Une barque venant du Levant, qui a touché à Morques, a dit que Naples s'étoit soulevé; que le Vice-Roi s'étoit sauvé, & que son fils avoit été tué. La nouvelle ne me paroît pas assez circonstantiée pour y déferer. J'avois oublié de vous dire qu'à Bruxelles il passe pour certain que la Paix des Provinces est concluë, & que sur le proposé & présuposé qu'il ne sera rien entrepris sur les Places de la domination d'Espagne, l'on a tiré les Garnisons, tant de Cavalerie que d'Infanterie, de Gueldres, Ruremonde, & Venlo; au moins la meilleure partie; & le même Courier Heron a passé proche des lieux où ils étoient logez. C'est le raport qu'il nous en a fait.

MEMOIRE

De son

EMINENCE,

à Messieurs les

PLENIPOTENTIAIRES.

Du 2. Juin 1646.

Trautmansdorff cedera Brisach.

IL n'y a que trois jours, Messieurs, que l'on vous a dépêché Saladin, & depuis son départ on n'a point eu de vos nouvelles, si bien qu'il y aura peu à ajoûter aux amples dépêches qu'il vous a portées.

Je vous dirai pourtant que j'ai reçû de nouveaux avis qui me confirment dans la croiance que j'ai euë qu'il n'y auroit point de revocation expresse de l'Empereur à l'ordre qu'il avoit donné à Trautmansdorff de nous ceder Brisach; mais que des obstacles qui se sont rencontrez jusques à cette heure sont partis purement & simplement des Négociations des Espagnols, qui ont fait esperer à ce Ministre qu'ils concluroient un accommodement parti-

culier avec les Etats, & qu'après cela il ne falloit pas douter que les François ne devinssent plus traitables, non seulement dans les affaires d'Espagne, mais aussi dans celles de l'Empire: Qu'ainsi avec un peu de patience on rendroit un signalé service à l'Empereur & à la Maison d'Autriche en sauvant Brisach. Et pour fortifier davantage ce qu'ils disoient, Peñaranda a fait en sorte que Knuyt a parlé lui-même à Trautmansdorff, & qu'il l'a assûré des intentions de Messieurs les Etats, & de Monsieur le Prince d'Orange, à faire un accommodement même sans la France.

Nonobstant tout cela, comme Trautmansdorff est pressé par l'Empereur de conclure la Paix en toute façon; qu'il en est fortement sollicité par Baviere, (lequel a passé jusques aux menaces) & qu'en son particulier il a grande passion de terminer l'affaire, pour être libre de s'en retourner: je sai que les Espagnols même apréhendent beaucoup de ne pouvoir l'empêcher (dès qu'il sera de retour d'Osnabrug) de nous ceder le point de Brisach, & de conclure la Paix. D'ailleurs, la mort de l'Imperatrice qui est depuis survenue pourroit encore contribuer extrêmement à le faire hâter, s'il est vrai (comme il l'est sans doute) que sa consideration le retenoit.

Trautmansdorff cedera Brisach.

D'un autre côté, il est certain que les Imperiaux n'ont fait que peu de préparatifs, ou pour mieux dire n'en ont fait aucun pour la continuation de la Guerre; ce qui me fait esperer d'avoir à toute heure un Courier qui nous raporte la nouvelle que tout ce qui regarde notre satisfaction dans l'Empire est ajusté, & que par le moien d'une suspension, (qui sera accordée pour executer ce dont on sera convenu;) vous ayez mis Monsieur le Maréchal de Turenne en liberté d'agir contre les Espagnols, (comme il vous a été mandé,) du moins avec partie de son armée; n'y aiant rien au monde qui soit plus nécessaire que cela dans cette conjoncture, où nous sommes à toute heure à la veille de voir un accommodement entre les Espagnols & les Hollandois (comme il vous a été mandé) ou au moins que les armées de ceux-ci n'agissant point, ne fassent aucune diversion des forces des autres.

En outre je sai que Peñaranda & Volmar travailloient à persuader à Trautmansdorff, qu'il est plus important & plus du service de l'Empereur & du bien de l'Allemagne, de s'accommoder avec la Couronne de Suede sans la France & par conséquent qu'il ne doit point relâcher Brisach; mais on m'avertit que nonobstant tous leurs soins & leur éloquence Trautmansdorff croit tout le contraire, & témoigne plus d'inclination pour nous que pour les Suedois. On me mande même qu'il pense qu'on pourroit établir une sincere correspondance entre son Maître & la France, & qu'il estimeroit très-avantageux pour l'Empereur le mariage de sa fille avec le Roi; mais que l'Imperatrice avoit eu là-dessus toutes ses pensées tournées vers l'Espagne.

Je vous envoie la copie de la Lettre que j'écris par cet Ordinaire à Monsieur de la Thuillerie. Vous y verrez divers avis qui regardent la conduite des Etats, dont je vous prie de faire cas parce qu'ils me viennent de bon lieu.

Quoi que je marque audit Sieur de la Thuillerie que l'on s'en va hazarder de notre côté; ce n'est qu'à dessein de donner de l'inquietude à Messieurs les Etats & à Monsieur le Prince d'Oran-

d'Orange. Car du reste vous pouvez être as-
fûrez (comme l'on vous a déja mandé) que
l'on ne fera quoi que ce soit que bien à propos pour ne pas changer la face des affaires
qui nous est aujourd'hui si favorable.

Fait à Amiens ce deuxieme Juin mil six cent quarante six.

P. S. Je viens de recevoir, Messieurs, la
derniére Lettre de Baviere, dont je vous envoie la copie, que l'on n'a pas le temps de
traduire & de mettre en chiffre.

MEMOIRE
DU ROI

à Messieurs les

PLENIPOTENTIAIRES.

Du 9. Juin 1646.

La France en concluant une Trêve avec l'Espagne pour les Païs-Bas, en y gardant toutes ses conquêtes, continueroit volontiers la Guerre en Catalogne & en Italie.

ON n'a point reçu de nouvelles des Sieurs
Plenipotentiaires cette semaine parce que
le Courier Heron les avoit apportées la précédente, & on y a répondu partie par Saladin, & partie par l'Ordinaire, qui partit Samedi dernier. C'est pourquoi on a peu de
chose à leur dire.

On a songé ici que s'il est vrai (comme
l'on dit) qu'il y a grande apparence que les
Députez de Messieurs les Etats aient assûré
les Ministres d'Espagne que l'intérêt qu'ils
prendront avec la France, pour ne pas conclure leur accommodement sans elle, ne sera
qu'en ce qui regarde les Pais-Bas & non pas
les affaires d'Espagne ni d'Italie, auxquelles ils
ne veulent prendre aucune part, & qu'ensuite
lesdits Députez (maintenant qu'ils ont ajusté
ce qui les concerne) ne nous fissent pas la
même déclaration alors (si tous nos efforts
pour leur faire entendre raison étoient inutiles) nous pourrions leur dire que nous sommes resolus d'imiter l'exemple qu'ils nous donnent de ne restituer quoi que ce soit dans les
Pais-Bas; & comme (ainsi que Messieurs les
Etats l'avoüent eux mêmes) ils sont obligez
de ne rien conclure que nous ne soions satisfaits, au moins en ce point-là, les Espagnols
ne pourroient rien achever avec eux, sans que
toutes les Conquêtes que nous avons faites aux
Pais-Bas nous demeurassent; & alors le pis
qui nous pourroit arriver ce seroit de faire la
Trêve pour la Catalogne & pour les autres

endroits; si ce n'est à la verité que les Espagnols étans libres de la Guerre du Pais-Bas
aimassent mieux la continuer en Espagne & en
Italie, que d'y faire la Trêve, auquel cas il
n'y auroit rien à dire; mais on tiendroit cela
si utile à cette Couronne, que ne doutant
pas que les Espagnols ne s'apperçoivent, aussi
bien que nous, du desavantage qu'ils y auroient (dès qu'ils verront ne pouvoir séparer
les Etats d'avec nous, qu'il ne leur en coûte
d'abord tout ce qu'ils ont perdu dans les Pais-
Bas) il est à croire qu'ils se resoudront plutôt
à conclure toutes choses à la fois. Ainsi on
estime que Messieurs les Plenipotentiaires ménageant bien cette pensée, on rendra vaines
toutes les esperances que nos Parties ont conçuës de pouvoir séparer de nous Messieurs les
Etats; (en cas que contre toute sorte de justice & de raison, ils nous lâchent le mot,
de n'être obligez avec nous qu'en ce qui regarde les Pais-Bas) puis qu'à le prendre au
pis, ou nous ferions le Trêve aux autres endroits, ou nous aurions plus de sujet d'y desirer que d'y apprehender la continuation de
la Guerre.

Que si Messieurs les Etats pensoient nous
émouvoir de notre fermeté en ce qui concerne les Conquêtes de la Flandre, par la consideration que les choses ne sont pas égales
en ce que nous prétendons y conclure la
Paix, & eux ne font qu'une Trêve; cette raison ne subsiste point, parce que la Trêve est de leur élection; & on peut leur offrir de notre part de leur faire conclure la
Paix, s'ils le veulent, aux mêmes conditions
de retenir tout.

Le Docteur Twarti Envoié de la Principauté de Catalogne sur les affaires de la Paix, a
représenté depuis deux jours que comme la
plus grande partie des Evêques de Catalogne
se trouvent dans le parti du Roi d'Espagne,
& se font retirez dans l'Aragon, & autres Terres de son obeïssance, il importe extrêmement, au cas que l'on arrête une Trêve pour
longues années, d'obliger ledit Roi à les promouvoir à d'autres Evêchez, parce qu'autrement les Eglises demeureroient destituées de
leurs Pasteurs pendant un long espace de
temps, Sa Majesté n'y pouvant nommer d'autres personnes tant que les Sieges seront remplis; & comme il seroit d'ailleurs trop dangereux de permettre aux Evêques presens de
pouvoir resider dans le Pais pendant la Trêve, il sera bien à propos que les affaires prenant le train d'être accommodées par cette
voie, lesdits Sieurs Plenipotentiaires songent à
ce qui se pourra faire de mieux sur ce que
que ledit Twarti represente avec beaucoup
de raison.

On a sû à Bruxelles que l'on n'a rien mis
par écrit des prétentions de Monsieur le
Prince d'Orange avec les Espagnols, mais
que Knuyt traitoit cela de vive voix & particulierement de Venlo, & Ruremonde,
& l'échange de quelques biens dependans du
Marquisat de Bergues; colorant ses demandes de la satisfaction qu'il prétend pour la
nonjouïssance de certains biens qu'il a dans
la Comté de Bourgogne, & en d'autres endroits; & peut-être il ne sera que bien (se
servant de quelques-uns des moiens qu'on
a mandez, ou de quelque autre qui viendra
dans l'esprit à Messieurs les Plenipotentiaires)
de dire à Knuyt qu'encore qu'il ne mette
rien par écrit, ses Négociations ne sont pas
si secrotes qu'il pense, & que si la France

D d 2   étoit

La France en concluant une Trêve avec l'Espagne pour les Pais-Bas, en y gardant toutes ses Conquêtes, continueroit volontiers la Guerre en Catalogne & en Italie.

1646.

étoit capable de prêter l'oreille, ſans Meſſieurs les Etats, ce ne ſeroit pas à eux que l'on s'adreſſeroit en premier lieu.

LETTRE

De Monſieur le Comte de

BRIENNE

à Meſſieurs les

PLENIPOTENTIAIRES.

Du 9. Juin 1646.

Affaires d'Italie. Le Pape pourra ſe porter à faire grace aux Barberins. La France eſpère de grands progrès en Flandres. Le Baron de Reiffenberg part content de la Cour de France.

MONSEIGNEUR & MESSIEURS.

Affaires d'Italie.

SAns que j'ai eu une dépêche de Monſieur l'Abbé de Saint Nicolas, du contenu de laquelle il eſt bien raiſonnable que vous ſoiez informez, j'aurois pû me diſpenſer de vous écrire. Elle contient que la nouvelle aiant été portée à Rome du débarquement de nos gens dans la Mer de Toſcane, de la priſe de Telamone, & de celle de Saint Etienne, des aproches déja faites pour attaquer Orbitello, (les batteries aiant été de forte diligentées qu'elles étoient en état de joüer) l'Ambaſſadeur de Veniſe ſe ſeroit adreſſé au Cardinal Grimaldi, & lui auroit laiſſé entendre que le Pape n'étoit plus celui qu'il avoit paru, & qu'il y avoit lieu de moienner un accommodement entre Sa Sainteté & le Roi; qu'il parloit avec connoiſſance de cauſe, Sa Sainteté lui aiant déclaré qu'elle étoit en diſpoſition de donner ſatisfaction à Sa Majeſté, des armes de laquelle elle ne craignoit rien, étant aſſûrée qu'elles ne ſeroient jamais employées pour la deſtruction du Saint Siége; & que s'il faiſoit faire quelques levées, c'étoit pour la conſolation de ſes Sujets, qui apréhendoient que les Soldats entraſſent ſans ordre en ſes Païs & y fiſſent quelque degât. La propoſition aiant été bien reçûë (comme vous pouvez vous l'imaginer) il faut s'expliquer ſur les griefs que nous voulons nous être reparez, qui ſont quatre en nombre; l'un regarde le déni de pourvoir aux Benefices de nomination Royale dans la Catalogne; l'autre, le mépris avec lequel les Miniſtres & le Roi même de Portugal étoient traitez, puis qu'on refuſoit (contre ce qui a toûjours été pratiqué par le Saint Siége) de l'admettre à l'obédience; le troiſiéme, l'affaire de Meſſieurs les Barberins; & le dernier, de ce que contre juſtice on nous a refuſé de nous remettre Beaupuy.

L'Ambaſſadeur repliqua que pour les deux premiers, il ne pouvoit point s'en entremettre; puis que ce ſeroit donner un juſte ſujet au Roi d'Eſpagne, d'ôter à la République de Veniſe la Médiation de la Paix générale; mais que pour les deux autres, il croioit qu'on auroit contentement, & preſſa ledit Cardinal de reſtraindre la ſatisfaction de Sa Majeſté, à quoi s'étant diſpoſé ſur l'aſſûrance qui lui avoit été donnée que le Pape feroit grace aux Barberins, l'autre le preſſa de l'aller demander, ce qu'il refuſa juſques à ce qu'il eut parole poſitive & aſſûrée qu'entre le demander & l'obtenir, il n'y auroit point d'intervalle. La fermeté & les raiſons ſolides, dont ledit Cardinal combatit ledit Ambaſſadeur, l'obligea de retourner au Pape, duquel les diſcours parurent un peu plus retenus que les premiers. Le mot de *grace* fut réduit à *quelque grace*; & quant à l'affaire de Beaupuy, il ne pouvoit conſentir qu'il lui en fût parlé. Cela aiant été raporté audit Cardinal, il fit remarquer à l'Ambaſſadeur, combien il avoit eu de ſujet de marcher avec retenüe, & que le terme de *quelque grace* pouvant recevoir double interpretation, il n'étoit pas de la dignité ni du ſervice de Sa Majeſté qu'elle demeurât expoſée à en ſouffrir l'explication, & après avoir laiſſé croire au public qu'elle étoit ſatisfaite, de rentrer en une nouvelle rupture, qui ſans doute ſeroit plus aigre que la premiere. Soit que l'Ambaſſadeur eût ordre de promettre une grace indéfinie, ou que comme habile Médiateur, il voulût éviter que la Négociation ſe rompît avant que d'être ouverte, il preſſa la Cardinal de lui déclarer ſi en cas que ſur ce point Sa Sainteté nous donnât ſatisfaction, on n'abandonneroit pas la pourſuite du dernier, à quoi enfin ledit Cardinal avoit conſenti, ſous la condition qu'il ne s'étoit pas déſiſté des deux premiers, & que ſans interruption il en pourſuivroit la réparation. Ledit Ambaſſadeur promit de retourner vers Sa Sainteté, & de lui en raporter les dernieres intentions. Cela s'étant paſſé & concerté au moment que l'Ordinaire devoit partir, il fut jugé par ceux qui ſont par delà qu'il en falloit informer Sa Majeſté, qui attend avec beaucoup d'impatience de leurs nouvelles & bien plus du ſiege d'Orbitello. De deçà nous aprouvons tout ce qui ſera negocié par ces Meſſieurs qui ſont de delà. Nous avons pourtant trouvé étrange qu'ils ſe fuſſent ſi facilement relâchez de la demande de Beaupuy; & leur avions mandé que, ſi l'affaire étoit encore en ſon entier, ils y inſiſtaſſent & qu'au cas que l'ajuſtement eût été concerté, ce fût au moins avec celle qu'ils pourſuivent avec le plus de chaleur. Leur raiſon de tout ceder, pour parvenir à tirer les Barberins de peine, eſt fondée ſur deux conſiderations; l'une de la réputation & de la gloire que ſe fera aquiſe Sa Majeſté, protegeant ſi hautement ceux qu'elle aura reçûs à ſon ſervice; l'autre, que comme c'eſt le ſenſible du Pape, cette affaire étant une fois terminée, il ſera facile à être diſpoſé aux autres. Notre raiſon oppoſée à la leur eſt fondée ſur une conſideration bien ſolide, ſavoir que c'eſt donner

Le Pape pourra ſe porter à faire grace aux Barberins.

ſujet

sujet de mécontentement, s'il perſiſtoit à agir contre eux; (ce que nous étions perſuadez qu'il feroit, vû les ſujets qu'il en a, & la connoiſſance que nous avons de ſon naturel) & pour juſtifier par la ſuite ce que nous avions dit au commencement, que nous étions en droit de nous plaindre de ſon procedé à notre égard; ce qu'il étoit aiſé de remarquer, puis que nous nous étions reconciliez avec lui ſans qu'il eût fait autre choſe que grace auſdits Barberins.

A dire le vrai, il ſeroit difficile de lui répondre; mais ſi nous tirons cet avantage, par ce que notre armée a parû & emporté les lieux les moins conſiderables qu'occupent les Eſpagnols dans les Mers de Sienne, que ne devons-nous pas eſperer ſi Dieu continue à donner benediction à nos entrepriſes. Déja le Grand Duc (ainſi que je vous l'ai mandé) s'eſt déclaré neutre, il s'eſt reſolu de faire paſſer des offices preſſans en faveur des Barberins, & il eſt en eſperance qu'ils produiront l'effet qu'il s'en eſt promis.

La France eſpere de grands progrès en Flandre. Nous attendons auſſi de grandes choſes de nos Armées de Flandres, & que celle de Meſſieurs les Etats étant en Campagne, & en action, nous détromperons les Eſpagnols de ce qu'ils ont tant eſperé de pouvoir avoir la Trêve avec eux ſans avoir conclu avec nous.

Monſieur d'Eſtrades, qui eſt arrivé de Gaſcogne & qui part pour aller joindre Monſieur le Prince d'Orange, prétend ſur ſon honneur qu'il n'a rien écouté; mais il ſe garde bien de tant avancer à l'égard de ſa Femme & de Kuuyt, car l'avarice de l'un & de l'autre lui eſt connuë. Il eſpere qu'il fera executer au Prince tout ce qui ſera faiſable; mais il nous prépare de perdre du temps, étant ſouvent difficile d'échauffer cette Alteſſe auſſi vite qu'il ſeroit à deſirer. Si nous avons des nouvelles de nos Armées, avant que je ferme ma Lettre, je vous ferai part de ce qui nous aura été mandé. Sous ce terme plurier j'entens les Armées, que commande ſon Alteſſe Roïale & Monſeigneur le Duc d'Enguien, qui ſont proches l'une de l'autre. Peut-être ſaurons-nous que Monſieur de la Ferté ſera entré dans le Païs ennemi.

Le Baron de Reiſſenberg part content de la Cour de France. Nous avons congedié le Baron de Reiſſenberg. Il part très-ſatisfait & eſpere de ménager l'eſprit de ſon Oncle; & quand il n'en viendroit pas à bout, il croit qu'il ne laiſſeroit pas de réuſſir en ſon principal deſſein. Il nous a propoſé de faire recevoir dans le Chapitre de Maïence Monſeigneur le Prince de Conti. L'abſence du Pere nous a empêché d'avancer l'affaire; mais dès que je ſerai à Paris, je lui en ferai l'ouverture, & s'il y donne les mains nous eſſaierons de faire réuſſir l'affaire. Il ſeroit à deſirer que dans les grands Chapitres d'Allemagne il y eût des Grands Seigneurs de France; car outre qu'il y auroit lieu d'eſperer de les porter aux Dignitez, ils ſeroient toûjours conſiderez, & pourroient ménager les affections de leurs Confreres envers cette Couronne. Vous recevrez un Memoire du Roi, qui vous éclaircira des intentions de Sa Majeſté ſur les deux points qu'il contient. J'avois auſſi oublié de vous dire que j'ai commandement d'expedier la permiſſion & l'ordre à Monſieur de la Barde de revenir, ainſi qu'il a ſouvent témoigné le deſirer. On ſongera à remplir cette Place de quelque autre.

⁂⁂⁂⁂⁂⁂⁂⁂⁂⁂⁂

LETTRE

De Meſſieurs les

PLÉNIPOTENTIAIRES

à Monſieur le Comte de

BRIENNE.

Du 14. Juin 1648.

Les Rois de France prétendent traiter l'Empereur dans leurs Lettres avec une égalité entiere.

MONSIEUR,

NOus n'avons point reçû de vos Lettres par le dernier Ordinaire. Le Memoire ci-joint & les piéces, dont nous vous envoions copie, vous feront voir ce qui s'eſt paſſé ici depuis peu. Nous y ajoûterons ſeulement une particularité qui mérite d'être conſiderée & ſur laquelle nous vous ſupplions de prendre la peine de nous faire donner les ordres de Leurs Majeſtez.

Le Comte de Trautmansdorff nous rendant la viſite qui lui a été faite au ſujet de la mort de l'Imperatrice, nous dit d'une façon fort civile que l'Empereur envoioit un Courier exprès pour donner part de cette nouvelle au Roi & à la Reine, mais que d'autant qu'il n'avoit pas été répondu aux dernieres Lettres de l'Empereur, lors du decès du feu Roi, & qu'on ne ſavoit pas au vrai quelle en étoit la cauſe, il nous en avoit voulu parler auparavant, diſant qu'il étoit prêt de faire paſſer outre ledit Courier, ſi nous aſſurions que la Lettre ſeroit reçuë & qu'on y feroit réponſe. Après l'avoir remercié de la maniere dont il faiſoit cette ouverture, nous lui dîmes que veritablement on n'avoit pas jugé devoir répondre aux Lettres de l'Empereur, parce qu'elles ne donnoient autre titre que celui de *Serenité* & qu'on eût été obligé de rendre à l'Empereur la même qualité; que l'un de nous avoit eu l'honneur d'être préſent au Conſeil, lors que cette affaire avoit été agitée Les Rois de France prétendent traiter l'Empereur dans leurs Lettres avec une egalité entiere. & qu'il y avoit paſſé tout d'une voix qu'on ne pouvoit admettre aucune difference de titre, & que nous pouvions lui dire comme de nous-mêmes que le commerce de Lettres ne ſe rétabliroit point qu'en obſervant une égalité entiere, la dignité des Rois de France aiant toûjours été tenuë égale à celle des Empereurs, par les Juriſconſultes mêmes de l'Empire. Ledit Sieur de Trautmansdorff repli-

Dd 3   qua

quà que l'Empereur avoit écrit dans le ſtyle qui s'obſervoit dans ſa Chancellerie de toute ancienneté; qu'il avoit toûjours été écrit de la ſorte aux Rois Louïs treiziéme, Henri qua-tiéme, & à leurs prédeceſſeurs qui ne l'a-voient point trouvé mauvais; qu'il nous prioit d'en écrire à la Cour, & de lui faire ſavoir promptement ce qui y auroit été reſolu. Il fut parlé enſuite de quelque expedient comme ſi l'Empereur écrivoit de ſa main en Italien & le Roi en François, ſe donnant de la *Ma-jeſté* l'un à l'autre. Il fut auſſi mis en avant qu'ils ſe pourroient reſpectivement écrire *vo-tre dilection*, ou bien que l'Empereur diroit *votre Royale Majeſté* & le Roi *votre Majeſté Imperiale*. Mais comme ce ne furent que pro-pos qui ne finirent point, l'affaire demeura indéciſe. Il inſiſta fort qu'il ne ſe trouveroit point que les Empereurs euſſent jamais écrit autrement.

S'il ſe pouvoit trouver quelque Lettre où le tître de *Majeſté* fut donné à nos Rois, nous eſtimerions bien à propos qu'il nous en fût envoié des copies collationnées, qui pour-roient donner grande facilité à notre affaire. Monſieur le Nonce nous en a parlé depuis, & nous lui avons fait les mêmes réponſes qu'au Sieur Comte de Trautmansdorff. Nous vous envoions la dépêche que Monſieur de Marſilli a apportée de Tranſylvanie. La dé-claration que vous verrez qu'il avoit obtenu de ce Prince eût beaucoup ſervi, s'il eût falu continuer la guerre; auſſi les Suedois y fai-ſoient grande reflexion & avoient deſſein de s'en ſervir. Et quant à nous, vû la conduite des Imperiaux envers nous ſur le fait de Bri-ſack, & la peine qu'ils ont euë de ſe reſou-dre à donner cette ſatisfaction à la France, nous avons tenu l'affaire en ſurſeance; étant bien aiſés de leur donner de la jalouſie & de la crainte. La préſence du Sieur de Marſilli qu'ils connoiſſent, & du vöiage duquel ils ſavent le ſujet, aidant à les y maintenir. Nous avons même retenu depuis trois môis un Courier dudit Prince, qui eſt encore auprès de nous, & nous avons aſſez fait compren-dre aux Médiateurs que nous avions des moiens en main pour faire la guerre à nos parties dans leurs Etats. Ledit Sieur de Mar-ſilli a très bien ſervi en cette occaſion. Nous lui avons fait donner deux mil écus depuis ſon retour, outre ce qu'il avoit touché ci-devant, qui n'eſt qu'une partie de la dépenſe qu'il a faite. Nous vous ſupplions, Mon-ſieur, de prendre ſoin de ſes intérêts & d'y faire avoir l'égard que méritent ſes ſervices, les perils qu'il a courus & la paſſion qu'il a témoignée pour le ſervice du Roi.

✦✦✦✦✦✦✦✦✦✦✦✦✦✦

MEMOIRE

De Meſſieurs les

PLENIPOTENTIAIRES.

Du 14. Juin 1646.

On cede enfin Briſack à la Fran-ce. Offres de ſecours contre le Turc: Et de 3. millions de li-vres aux Archiducs. On ſe plaint des Députez de Hol-lande.

PAr le retour du Courier Heron, on aura ſû ce qui s'étoit paſſé ici dans nos dernie-res Conferences avec les Médiateurs. Un peu de fermeté que nous avons témoignée n'a pas été inutile, puis qu'enfin l'on nous a fait l'offre formelle & expreſſe de laiſſer Briſack à la France, ainſi qu'il ſe verra par la Copie d'un Ecrit en Latin delivré de la part des Imperiaux. Nous y avons répondu de bou-che; mais parce que, pour le ſoulagement de notre memoire, & pour ne rien dire que ce qui avoit été concerté & reſolu entre nous, la réponſe avoit été écrite, Meſſieurs les Médiateurs pour les mêmes raiſons nous ont prié de trouver bon qu'ils en priſſent une Copie ſemblable à celle qui ſera ci-jointe.

On verra que nous faiſons encore diverſes demandes. Ce n'eſt pas tant avec eſperance de les obtenir comme à deſſein de nous mu-nir contre les prétentions des Imperiaux, aiant jugé que pour faire venir les affaires au point qu'on les deſire, il étoit à propos de tenir ferme ſur des choſes dont on ſe pourra relâ-cher, pour les obliger d'en faire autant de leur côté.

Nous nous fuſſions avancez davantage s'il y avoit eu lieu de faire une ſuſpenſion ou gé-nérale ou particuliere. Mais les Suedois ne ſont du tout point diſpoſez à une générale, & les Députez de Baviere (quoi que nous leur aions donné ſouvent ſujet d'entrer en propos d'en faire une particuliere avec nous) ne s'en ſont pas laiſſez entendre aſſez clairement. De ſorte que ne pouvant conclure promptement un Traité, & étant neceſſaire que la ſatisfac-tion de la Couronne de Suede & les intérêts généraux de l'Empire ſoient auparavant ajuſ-tez de tout point; nous avons crû devoir eſ-ſaier de profiter de ce delai pour rendre les conditions de la France meilleures, & dimi-nuer celles de nos Parties, s'il ſe peut.

Outre ce qui eſt porté par ledit Ecrit, nous nous ſommes encore davantage expliquez avec leſdits Sieurs Médiateurs, principalement en ce qui concerne l'Amniſtie, les griefs des Catholiques & des Proteſtans, & les affaires de l'Empire. Nous leur avons fait compren-dre

On cede enfin Briſack à la France.

dre qu'il n'étoit pas à propos de déclarer les dernieres intentions de Leurs Majestez sur ces points que nous n'eussions communiqué avec nos Alliez; que cela nous donneroit plus d'autorité & de crédit envers eux pour les induire à ce qu'on desiroit; que nos ordres étoient d'appuier autant que nous pourrions les intérêts des Catholiques, & que nous les asûrions de plus que nous ferions tous offices possibles pour faire réussir les choses au contentement de l'Empereur, avec lequel nous savions que le desir de Leurs Majestez, (la Paix étant faite,) étoit de vivre en amitié & toute bonne correspondance; mais que, pour nous y rendre plus utiles & y pouvoir agir avec plus de fruit, on ne devoit pas exiger de nous avant le temps des promesses qui nous en ôteroient les moiens.

Ces raisons étant approuvées par les Médiateurs; pour leur témoigner de la confiance & trouver plus de facilité à ce qui nous reste à traiter touchant Philipsbourg, & sur les autres points que nous nous sommes reservez, il fut jugé à propos de nous ouvrir un peu des choses que Leurs Majestez nous ont donné pouvoir d'arrêter & de promettre en leur nom.

Offres de secours contre le Turc.

Nous leur déclarâmes que pendant le temps que l'Empereur seroit en crainte d'avoir la guerre contre le Turc, le Roi lui donneroit cent mil Risdalles par an, pour aider aux dépenses qu'il seroit obligé de faire : Que si la guerre se déclaroit ouvertement, la France envoieroit dix mil hommes entretenus à son secours, ausquelles choses on ne s'obligeroit néanmoins que durant trois années au plus, & pourvû que la France ne vînt point aussi à rompre de son côté avec le Turc, auquel cas elle seroit quite envers l'Empereur, & ne seroit obligée de lui fournir aucun secours en hommes ni en argent. Et pour la recompense des Archiducs d'Inspruck, nous offrîmes de

Et de trois millions de livres aux Archiducs.

donner en trois paiemens trois millions de livres, sous les conditions pourtant du plus ou du moins qui sont marquées dans notre réponse.

Cette déclaration n'a pû être portée au Comte de Trautmansdorff que le deuxiéme de ce mois sur le soir. Nous ne manquerons pas de donner avis, soit par l'Ordinaire, ou par un Exprès s'il est besoin, de ce qui se fera fait ensuite. Ce que nous avons pû apprendre jusques-ici est que le Docteur Volmar a dressé un Etat des detes de l'Alsace que nous avions demandé. Cependant voiant que, graces à Dieu, les affaires s'avancent, nous avons fait savoir à Messieurs les Plenipotentiaires de Suede que s'ils continuoient dans le desir de nous voir tous ensemble à Lengerick ou ailleurs, nous étions maintenant prêts de le faire & leur donnions le choix du temps & du lieu. Monsieur Salvius s'est excusé & trouvé indisposé, & soit à cause de son mal ou pour quelqu'autre consideration, il semble que Monsieur Oxenstiern incline à venir seul conferer avec nous en cette Ville, comme il a été pratiqué jusques-ici, sur quoi néanmoins il n'a pas encore dit sa derniere resolution à Monsieur de la Barde. Ce qui l'a retardé jusques à cette heure, c'est qu'il attendoit le Comte de Trautmansdorff à Osnabrug, & nous avons secrettement fait ce que nous avons pû pour le retenir ici, afin de conclure avec lui avant son départ tout ce qui touche la satisfaction du Roi.

En même temps il a été dépêché un Ex-

près à Monsieur le Maréchal de Turenne pour lui donner avis que Brisack nous a été offert; que cela avançoit la Négociation, mais ne la mettoit pas en état pourtant qu'il ne restât beaucoup de choses à resoudre; que dans la crainte que les troupes ne vinssent à souffrir, nous lui donnions cette nouvelle pour agir ensuite selon les ordres qu'il a de Leurs Majestez; qu'en cas qu'il fût obligé de joindre l'Armée Suedoise, nous estimions qu'il y auroit grand avantage en l'état présent des affaires d'agir suivant ce qui a été mandé de la Cour, & de commencer la Campagne par les sieges d'Heilbron & de Heidelberg; à quoi les Suedois ne pouvoient refuser de l'aider; que ces Places sembloient nécessaires pour la sûreté & retraite des troupes, joint que par ce moien ne s'éloignant pas du Rhin, si la Paix venoit à se conclure, (comme les choses y paroissoient être disposées) il seroit en liberté de faire les entreprises dont la Reine avoit eu agréable de nous donner communication.

On se plaint des Députez des Hollande.

La conduite des Ambassadeurs de Messieurs les Etats continuë à nous donner peine. Ce n'est pas que leurs paroles ne soient toûjours bonnes, mais nous n'avons point vû jusques-ici que les effets y aient répondu. Ils ont promis toutes les fois que nous leur en avons fait instance; de surseoir la Négociation jusques à ce que la notre fût aussi avancée que la leur, & de déclarer aux Espagnols qu'ils ne pouvoient traiter sans nous, & sans que le point de ne faire aucune restitution de part & d'autre, fût asûré pour nous comme pour eux. Mais quand il a falu venir aux effets, ils n'ont nullement sursis leurs Conferences, & ils ont fait leurs déclarations en termes si foibles & si differens de ceux ausquels ils sont obligez par le Traité fait à la Haye, qu'au lieu d'ôter aux Espagnols l'esperance d'une separation, il semble qu'ils ont envie de la leur laisser ; & de fait ils n'ont point cessé de conferer avec eux jusques à ce qu'ils aient été asûrez sur tous les points & Articles de la Trêve. Et comme nous leur en avons fait reproche, ils ont dit pour excuse que c'étoient choses resolues avant la promesse qu'ils nous avoient faite de surseoir. Ils nous avoient encore donné parole de ne rendre point compte à Messieurs les Etats de toute l'affaire que la notre ne fût avancée comme la leur. Et à la verité ils n'ont point envoié les Articles dont ils sont d'accord; mais ils ont fait savoir en général que les choses étoient arrêtées selon leurs intentions, & nous craignons outre cela que chacun en particulier n'ait écrit à ses amis le détail de tout ce qui s'est passé. Ce qui nous fait apprehender que quand le pouvoir du Roi d'Espagne sera arrivé, la ratification de tout ce qui a été arrêté pourra être apportée en même temps & par avance; & qu'ainsi les Provinces voiant leurs affaires asûrées, & qu'il n'y aura plus que celles de la France à terminer, ne prennent quelque resolution précipitée, ou du moins ne nous pressent de finir à quelque prix que ce soit. Nous savons même de bon lieu que l'opinion de la Province de Hollande & des Principaux de ceux qui sont ici, est que leur Païs n'est pas engagé avec la France dans les intérêts d'Espagne ni d'Italie; mais seulement dans ceux des Païs-Bas, & que leur intention est de subtiliser là-dessus, s'ils voient leurs affaires aller en longueur.

Le Gentilhomme, que nous avons envoié à Mon-

1646.

à Monsieur de la Thuillerie, est revenu & nous a rapporté que l'opinion dudit Sieur de la Thuillerie est que l'affaire des Indes est capable d'arrêter long-temps. Mais ce n'est pas la croiance de nos amis d'ici, qui estiment que les Espagnols passeront sur ce point aveuglément, comme sur les autres, & particulierement n'aiant plus d'intérêt, depuis le changement du Portugal, aux Indes [Occidentales] Orientales. Nous y renvoions présentement le Sieur Président de Sombres, pour essaier d'arrêter l'affaire, & faire agir auprès de Messieurs les Etats Généraux par l'assistance de Monsieur le Prince d'Orange. Nous suggerons quelques moiens audit Sieur de la Thuillerie, qui vont dans le sens & dans l'intérêt de ceux du Païs, afin de faire naître, s'il est possible, quelque delai d'ailleurs que du seul intérêt de la France. Nous prions Monsieur de la Thuillerie de demeurer à la Haye le plus qu'il lui sera possible, étant un point très-important au service du Roi & ne sachant pas véritablement à quoi nous en sommes avec ces Messieurs. En relisant le Memoire du 20. Mai touchant les affaires d'Espagne, nous avons consideré de nouveau tous les expediens proposez pour la Catalogne & après y avoir medité longuement, pour voir s'il se pourroit trouver quelque autre moien, nous avons jugé qu'il ne s'y en peut ajoûter. Mais comme le choix de ceux qui sont contenus dans le Memoire dépend du train que prendra la Négociation & que les Espagnols demeurant encore couverts, nous ne pouvons savoir à quoi ils inclinent ; il nous seroit impossible maintenant de dire celui duquel on sera obligé de se servir, &c.

LETTRE

De Messieurs les

PLENIPOTENTIAIRES

à Monsieur le Comte de

BRIENNE.

Du 14. Juin 1646.

Prééminence de la France sur l'Espagne.

MONSIEUR,

IL seroit superflu de repeter dans une Lettre particuliere tout ce que nous mettons dans le Memoire du Roi. C'est pourquoi nous vous supplions d'agréer que celle-ci ne serve que pour vous rendre les graces bien humbles qui sont dûës aux soins qu'il vous plait de prendre de nous faire savoir ce qui se passe dedans

1646.

& dehors le Roiaume. Nous sommes dans l'attente d'un Exprès que nous avons envoié à la Haye à Monsieur de la Thuillerie, pour apprendre en quelle disposition Messieurs les Etats se trouvent, & si la diligence, dont usent ceux qui sont ici de leur part, y est approuvée. Mais nous ne desirons pas tant de savoir ce qu'ils disent comme d'avoir nouvelle de ce qui se fera. Nous ne manquons pas ici de recevoir de bonnes paroles. Ce sera par les effets de la Campagne qu'on connoîtra au vrai s'il y a de la sincerité en nos Alliez, s'ils ne manquent point à leurs obligations, & si Dieu veut que rien ne change dans la face des affaires. Nous esperons moiennant sa bonté de finir cette Négociation par un favorable & heureux succès.

Lundi dernier il se fit un service pour la feue Imperatrice dans la principale Eglise de cette Ville, où étoient les Compagnies Ecclesiastiques. Nous y assistâmes tous trois, sans que les Imperiaux ni les Espagnols y aient été vûs. On connoit assez avec quel dessein les premiers évitent de se trouver aux lieux publics. Mais cela ne sert qu'à faire paroître davantage la prééminence de la France sur l'Espagne, & à confirmer notre possession. Les Députez de l'Electeur de Mayence, ceux de Trêves & quelques autres, y furent présens. Nous finirons la presente, après vous avoir supplié, Monsieur, de nous conserver l'honneur de vos bonnes graces, & remercié bien humblement de vos Lettres des vingt-cinquiéme & trentiéme Mai, & du deuxiéme Juin, nous demeurons, &c.

REPONSE

De Messieurs les

PLENIPOTENTIAIRES

Au Memoire

DU ROI.

Du 31. Mai 1646.

La Paix pour être assûrée après la cession de Brisach n'est pas concluë. Les Imperiaux demandent quatre millions de Risdalles pour les Archiducs. La jonction des Armées Françoise & Suedoise devenuë nécessaire. On continuë à soupçonner les Hollandois. Les Bavarois refusent une suspension particuliere.

NOus avons fait ici le même jugement sur l'affaire de Brisach, que celui qui est
porté

porté dans le Mémoire qui nous a été rendu par le Courier Saladin; & nous avons été fi heureux que nous ne nous fommes pas fort éloignez de la conduite qu'on nous y prefcrit, aiant toûjours témoigné aux Médiateurs, aux Alliez, & à toute l'Affemblée que la Paix ne fe pouvoit faire fans que Brifach demeurât à la France; qu'elle continueroit la Guerre toute feule, & qu'il falloit fe refoudre à lui ôter cette Place par force, puis qu'elle en étoit en poffeffion; ce qui nous a réuffi; de forte que, comme nous en avons donné avis par nos précedentes Dépêches, les Imperiaux, après avoir en vain tenté tous moiens de nous faire changer de parti, ont à la fin confenti que Brifach demeure au Roi pour fatisfaction. Ils y ont ajouté de grandes demandes & des conditions qui véritablement ne font pas raifonnables. Nous croions que ce n'eft pas tant avec efperance de les obtenir, que pour effaier de tirer de nous le plus qu'ils pourront. Mais le point de Brifach étant accordé, qui eft le principal & l'effentiel, nous eftimons que les affaires font, graces à Dieu, en tel état pour ce qui regarde l'Empire, que, fi l'on y procede de bonne foi, & qu'il n'arrive quelque accident imprevû, qui fût pour en renverfer la conftitution préfente, la Paix eft comme afsûrée à notre égard.

La Paix pour être afsûrée, après la ceffion de Brifach, n'eft pas concluë.

Mais pour être afsûrée, elle n'eft pas concluë. Il refte encore beaucoup de façons à lui donner. C'eft une piéce compofée de divers refforts & une affaire liée & enchaînée parmi tant d'autres, qu'il faut du temps pour l'achever. La Couronne de Suede y a fes intérêts comme nous, & peut-être encore d'autres deffeins, dont fes profperitez lui ont fait naître la penfée. Madame la Landgrave fait partie de notre Négociation, & nous fommes obligez d'en prendre foin. Les Princes & Etats de l'Empire ont diverfes prétentions, qui ne font point encore ajuftées. Et comme toutes ces chofes fe doivent terminer dans un même temps & par un feul Traité, il faut de néceffité que chacun fache par où il en doit paffer avant que d'en venir à une entiere conclufion.

Nous euffions bien fouhaité de pouvoir mettre les affaires au point que Monfieur de Turenne eût été libre d'agir dans l'entreprife, dont la Reine a eu agréable qu'il nous fut donné part. Ce deffein eût été fans doute autant utile comme il étoit judicieufement projetté; mais il n'a pas été poffible d'avancer ici davantage. Le Comte de Traumansdorff, comme nous l'avons fouvent remarqué, a toûjours prolongé les affaires, foit pour favorifer les Efpagnols, & leur donner du temps pour fe refoudre; (ce qui eft vrai-femblable, & qui lui peut avoir été ordonné par l'Empereur) foit pour quelque autre confideration, ou il n'a jamais accordé les chofes que fous des reftrictions fur lefquelles on ne peut conclure.

Un peu avant fon départ pour aller à Ofnabrug, les Médiateurs nous préfenterent un Ecrit, dont nous ne voulûmes point nous charger, parce qu'il contenoit plufieurs chofes qui pourroient nous rendre fufpects aux Alliez. Il fut néanmoins copié à la hâte & fans qu'ils l'aient fû. Nous l'envoions avec les notes en marge de ce que nous dîmes de bouche aux Médiateurs. On verra par cet Ecrit, combien ils font encore de demandes qui font à rejetter. Cet Ecrit, s'il étoit divulgué, nous apporteroit fi grand préjudice

que nous fuppliions très-humblement qué nulle copie n'en foit vûe en façon du monde, afin que nous puiffions toûjours defavouër de l'avoir reçû.

Les Imperiaux demandent 4 millions de Rifdalles pour les Archiducs.

Ils perfiftent à prétendre quatre millions de Rifdalles pour les Archiducs, en chargeant le Roi de leurs dettes, qu'ils eftiment à un million. Ils demandent en argent le fecours qu'on leur a offert en hommes contre le Turc, & ils y ont mêlé d'ailleurs tant de déclarations, qu'ils defirent de nous contre la bienféance, qu'ils femblent avoir eu deffein de nous tendre un piége pour nous décrediter dans l'Affemblée & nous mettre en mauvais ménage avec nos Alliez.

Cette procedure nous a ôté le moien de conclure, comme nous euffions bien défiré. Nous avons jugé nous devoir défendre par les mêmes armes dont nous étions attaquez. Nous avons laiffé le point de Philipsbourg indecis. La queftion de la forme, dont ils entendent nous ceder la Baffe Alface, a été mife en avant par nous, & fur la ceffion des droits fouverains demandez fur le tout, comme elle a été offerte fur une partie, nous avons fait favoir nos fentimens aux Médiateurs; mais fous le feau du fecret & avec proteftation du defaveu, fi on s'en fervoit pour nous rendre de mauvais offices, & c'eft pour cette raifon que nous trouvons fi important que l'Ecrit ne foit point vû parce qu'il en fait mention.

Enfin les chofes font en état que (fans desbliger les amis ni donner avantage à nos Parties toutes les fois qu'elles fe mettront à la raifon) nous pouvons nous departir de nos demandes & nous contenter de ce qui nous a été offert.

Il y a plus: quand nous aurions dès à préfent arrêté toutes chofes, Monfieur de Turenne n'auroit pas été pour cela en liberté d'agir; ni nos affaires plus afsûrées, aiant toûjours ftipulé nous-mêmes (en faifant notre dernière réponfe aux Imperiaux) que ce n'étoit qu'avec relation au Traité géhéral; & que fi la Paix ne s'achevoit, tout ce qui fe paffoit entre nous & eux feroit comme non fait & non avenu; & il eft certain que jufques à ce que chacun foit content, & que le Traité foit écrit, figné, & même ratifié, il ne faut point fe promettre une afsûrance entiere en cette affaire.

Nous ajoûterons à cela qu'il y a eu même quelque avantage de ne point déterminer du tout avec les Imperiaux ce qui regarde la fatisfaction de la France; étant hors de doute que les Plenipotentiaires de Suede (dont la jaloufie n'eft déja que trop grande) feroient entrez dans un excès de colere capable de les porter à de mauvaifes refolutions; que nous n'euffions eu aucune autorité envers eux, quand il fera peut-être befoin de nous interpofer pour les faire contenter de la raifon; que toute l'Affemblée nous eût porté envie & confiderez, comme trop attachez à nos intérêts particuliers; que nous euffions été inutiles aux Catholiques, dont Sa Majefté nous recommande le foin; & enfin que nous en euffions pû recevoir divers préjudices. Pour tout dire en un mot, il eft befoin d'un peu de temps, & de ne rien précipiter en cette affaire, qui eft tellement refoluë qu'elle peut néanmoins recevoir des difficultez.

Nous ne favons pas le veritable état où l'Armée eft préfentement, n'aiant reçû aucune Lettre de Monfieur de Turenne depuis le

neu-

neuviéme d'Avril. Et pour dire le vrai nous nous sommes trouvez empêchez de quelle façon lui écrire. Nous lui avons fait savoir de temps en temps ce qui s'est passé ici. On pourra voir par la Copie de notre derniere Lettre que, dans la crainte de nuire à ses desseins, nous l'avons laissé en pleine liberté d'agir selon ses ordres & selon ce qu'il jugeroit pour le mieux. A la verité la jonction des Armées nous a toûjours semblé dangereuse ; & nos dépêches feront voir que nous en avons souvent marqué les inconveniens. Mais toutes choses y étant disposées (comme il paroît par les Lettres du Baron d'Avaugour) il nous sembleroit encore plus perilleux d'en changer à présent le dessein. Les Suedois ont quité tous ceux qu'ils avoient, & sur les assûrances qui leur ont été données, se sont mis en marche pour s'aprocher du Rhin, & executer ce qui en étoit convenu. L'Empereur de son côté fait avancer ses troupes & est assisté des principales forces de Baviere. Si Monsieur de Turenne ne fait pas de sa part ce qu'il a promis aux Suedois, ils s'en tiendront offensez, & s'ils étoient capables de se porter à quelque manquement, nous leur en aurions donné le prétexte. Ils pourroient aussi sans cela être poussez par l'Armée Imperiale, & recevoir quelque échec qui changeroit la face des affaires & les remettroit dans leur premiere confusion. De sorte que cette jonction, qui nous a toûjours semblé perilleuse, paroît nécessaire maintenant, & comme de deux maux la prudence veut qu'on choisisse le moindre, il n'y auroit peut-être pas tant de danger à suivre cette premiere resolution qu'à s'en departir trop tard.

Elle peut produire même un plus grand bien, & Dieu permettra que ce sera le moien le plus efficace pour porter l'Empereur & le Duc de Baviere à finir promptement le Traité ; & pourvû que Monsieur de Turenne ne s'engage point plus avant avec les Suedois, & qu'il se tienne en état de pouvoir repasser le Rhin, lors qu'il lui sera ordonné, elle pourra être cause de très-bons effets ; & ce qui n'aura pas été entrepris au commencement de la Campagne pourra s'executer sur la fin avec plus de sûreté & d'utilité.

Il est arrivé bien à propos que le Sieur de Traci retournant de Hambourg a passé à Munster. Nous l'avons instruit amplement de tout ce qu'il nous a semblé à propos de représenter à Monsieur le Maréchal de Turenne ; qu'il eût été à souhaiter qu'il eût pû s'employer dans le Luxembourg ; mais que si les choses sont en l'état que nous apprenons ici, nous jugeons bien qu'il ne peut éviter la jonction avec les Suedois, puis qu'ils sont si fort avancez ; que l'Armée Imperiale & partie de la Bavaroise sont en marche, & qu'on ne peut à présent changer le dessein, sans mécontenter les Alliez, & sans leur faire courré quelque fortune ; que le plus grand service que nous estimons, qu'il puisse rendre au Roi, est de maintenir les choses & de ne rien hazarder ; qu'on espere dans peu la conclusion de la Paix, ou du moins une suspension générale à laquelle nous travaillons présentement ; que nous le supplions de ne précipiter rien ; & de faire, s'il se peut, en sorte que nous aions le temps de la faire, & de se tenir toûjours en état de pouvoir repasser le Rhin, & d'aller executer quelque belle entreprise dans les Pais-Bas ; qu'il prenne garde, s'il lui plait, à la passion qu'on

fait que les Suedois ont de ruiner le Duc de Baviere ; que ce n'est ni le service ni l'intention de Leurs Majestez ; qu'il nous semble qu'il se pourroit occuper aux sieges d'Heilbron & de Heidelberg ou de quelqu'autre Place sur le Mein ou sur le Necker, & engager Monsieur Vrangel à commencer la Campagne par là ; & enfin, que nous le conjurons de se tenir en état de n'être point obligé de suivre entierement les mouvemens des Suedois. Il nous a semblé lui devoir faire ainsi parler dans l'état présent où sont les affaires, & que le moien de voir libre l'Armée d'Allemagne pour la fin de cette Campagne, est de faire présentement la jonction. Cependant on se peut assûrer que nous ferons tous les efforts possibles pour arrêter une suspension générale dans l'Empire, si la Paix ne peut être si tôt concluë.

Les soins qu'on prend de nous envoier les copies des Lettres écrites par Monsieur le Cardinal à Monsieur le Maréchal de Turenne & à Monsieur de la Thuillerie, nous obligent beaucoup, & nous en recevons de grandes lumieres, dont nous essaierons de profiter, vû même qu'elles contiennent plusieurs choses importantes, dont nous n'avions point de connoissance.

Nous avons envoié à la Haye avertir ledit Sieur de la Thuillerie de l'état où sont ici les affaires entre les Ministres d'Espagne & les Ambassadeurs de Messieurs les Etats. Elles sont si avancées, qu'il s'est parlé de dresser les Articles d'une Trêve & de les signer de part & d'autre, quand le pouvoir des Espagnols sera venu. Si la ratification est envoiée en même temps, comme il l'est à croire qu'il n'y sera pas manqué, ces affaires-là peuvent être bientôt achevées. Il faut que l'ordre de les retarder vienne des Superieurs. Car quoi que nous aions fait ici toutes sortes d'éforts, nous y avons peu gagné.

Ce n'est pas qu'ils ne persistent toûjours à nous donner les meilleures paroles du monde toutes les fois que nous parlons à eux, & qu'ils ne nous assûrent tous en général & chacun en particulier qu'ils ne manqueront jamais à leurs obligations. Le temps si proche de la Campagne fera connoître par les effets s'il y a de la sincerité en leurs paroles ; & cependant nous leur parlerons ici, avec la fermeté qui nous est ordonnée, & ferons toutes choses possibles pour maintenir leurs affaires & empêcher que le service de Leurs Majestez ne reçoive aucun préjudice.

Nous avons bien observé les pieuses intentions de la Reine és choses de la Religion Catholique, & nous mettrons peine de suivre ponctuellement en cela ses volontez. Sa Majesté doit avoir cette satisfaction que ceux qui ont l'honneur de traiter ses affaires en cette Assemblée, ont porté avec plus de fermeté les intérêts de la Religion que les Ministres d'aucun autre Prince. Nous y avons quelquefois peu consideré les raisons d'Etat, & n'y avons point hezité quand l'occasion s'en est présentée, sachant bien que rien ne pouvoit être plus agréable à Sa Majesté.

Nous avons vû les Bavarois, & essayé de leur faire comprendre l'intérêt qu'a leur Maître de finir promptement la Guerre dans l'Empire. Nous leur avons fait appréhender le passage de notre Armée, & le changement qui peut arriver en un moment dans les affaires. Il n'a pas été oublié de leur dire que le retardement de la Paix provenoit de l'artifice des Espa-

1646.

Espagnols, & on leur a assez fait entendre que pour leur sûreté ils pouvoient, à l'exemple du Duc de Saxe, convenir d'une Neutralité. Il n'y a pas eu moien pourtant de tirer d'eux autre chose que la proposition d'une suspension générale; & comme nous leur avons reparti que nous y consentirions volontiers, mais que nos Alliez y étoient contraires, essaiant au défaut de la générale de faire tomber le propos sur une particuliere, ils ont évité d'y entrer. Il semble à la verité que le Duc de Baviere voiant approcher la fin de la Guerre ne veuille point qu'il lui soit reproché d'avoir manqué si tard à son parti. Nous avons sû pourtant qu'après notre Conference ils ont fait partir un homme exprès pour presser le Comte de Trautmansdorff, qui est à Osnabrug, de proposer aux Suedois une suspension générale; ce que nous appuierons par tous les moiens dont nous pourrons nous aviser.

❦❦❦❦❦❦❦

LETTRE

De Monsieur le Comte de

BRIENNE

à Messieurs les

PLENIPOTENTIAIRES.

Du 15. Juin 1646.

Joie de la Cour de France de la cession de Brisach. Plaintes contre les Plenipotentiaires Hollandois. Entretien avec le Resident Palatin à Paris. On pourroit dans les Lettres donner à l'Empereur de la Majesté Imperiale, s'il donnoit au Roi de France de la Majesté Royale. Les Ambassadeurs de Savoye ne veulent pas souffrir qu'on fasse à ceux de Mantoüe les mêmes honneurs qu'à eux.

MONSEIGNEUR & MESSEURS.

CE fut Lundi dernier onziéme du Courant que votre Lettre du quatriéme me fut renduë. J'en allai donner part à Sa Majesté, qui m'avoit promis & en quelque sorte commandé de m'avancer, qu'elle devoit partir d'Amiens le lendemain pour se rendre le Jeudi ensuivant en cette Ville, ainsi qu'il a fait. TOM. III.

Vous ne doutez point qu'elle n'entendit avec satisfaction l'offre des Imperiaux, & elle la trouvoit d'autant meilleure qu'elle la jugeoit être un acheminement à la Paix, qu'elle passionne toûjours, & une marque solide, que l'Empereur a enfin reconnu qu'il ne la pouvoit espérer sans donner satisfaction à cette Couronne, qui avoit desiré la Place de Brisach pour mille bons respects qui vous sont connus, & principalement comme le moien de se rendre plus utile à ses Alliez & à la Religion, qui sont les deux fins qu'elle s'est proposées du Traité général, après celle de rétablir le repos de la Chrétienté, de faire cesser les maux dont elle est travaillée, & d'épargner le sang qui se verse, qui affoiblit l'Europe & donne lieu aux mécréans d'entreprendre avec toute liberté contre la Chrétienté.

Quand Sa Majesté sût que vous n'aviez pas laissé de faire de nouvelles demandes, elle vous en loua & reconnut que c'étoit le moien le plus asûré pour obliger les Imperiaux à moderer leurs prétentions, & particulierement celles qui regardent ce qui doit être paié aux Archiducs de Tirol pour leur dédommagement & de cette place si célèbre, & des Païs d'au deçà le Rhin, qui leur appartiennent, soit de droit ou de jouïssance simplement. C'est ce que vous considererez afin que la recompense, dont vous conviendrez, étant paiée, le droit de Sa Majesté soit si puissamment établi, qu'il n'y ait point de lieu à personne de reclamer contre le Traité. Les affaires, dont on s'est trouvé surchargé, feront differer l'Assemblée du Conseil jusques à Lundi, où votre dépêche sera lûë, & où il sera avisé s'il y a quelque chose à vous mander qu'on ait oublié, & peut-être que l'arrivée du Saladin nous fournira la matiere d'une nouvelle consultation. Nous l'attendons sans impatience, puis que les affaires nous paroissent au point que nous les pouvons souhaiter.

Si votre entrevuë avec les Suedois a eu lieu, vous aurez sû d'eux s'ils sont contens des offres qui leur auront été faites par les Imperiaux, & si ce qui m'a été mandé par Monsieur de la Barde être en bon train, a été conclu, savoir, que les Protestans se sont départis de prétendre la propriété des biens Ecclesiastiques, & en ont restraint la jouïssance à un terme préfix. Comme cette difficulté paroissoit grande, dès qu'elle sera levée, l'accommodement entre les Catholiques & les Protestans sera aisément terminé.

Il est facheux que les Commissaires de Messieurs les Etats se soient laissé gagner par ceux d'Espagne, & qu'ils vous denient la satisfaction qu'avec raison on devoit attendre d'eux; mais ce seroit bien pis, si c'étoit avec ordre de leurs Superieurs. Non seulement Brasset, mais Monsieur de la Thuillerie sera trompé, si cela est. Et comme ledit Brasset, avec ordre & participation de Monsieur l'Ambassadeur, vous l'a mandé, aussi l'un & l'autre nous en ont-ils informez. La question est de savoir si l'on peut compter sur l'experience qu'ils ont des affaires de ce Païs-là, & si Monsieur le Prince d'Orange se met en Campagne.

Ce sont deux considerations de poids, qui me confirment ce que j'ai toûjours crû, que le particulier avoit pû être gagné, mais qu'il seroit difficile de corrompre le général; & qu'il

Ee 2   y a

y a parmi ceux qui ont part au gouvernement, des gens desintereſſez & clairvoiàns, qui empêchent, que les autres ne ſoient écoutez, & que ceux-là ſeront ſecondez du Prince d'Orange, lequel aiant toûjours mépriſé les avantages particuliers, qui lui ont été offerts, ne ſera pas pour les accepter au moment qu'il a beaucoup à craindre, & qu'il voit ſa Maiſon expoſée à divers accidens par ceux dont il eſt menacé, qu'il tient au contraire aſſûrée dans l'Union des Provinces & dans la proſperité de leurs affaires. Ces Provinces aiant eu leur accroiſſement au moien des aſſiſtances qu'elles ont tirées de cette Couronne, n'en peuvent eſperer la durée que de la même protection.

Ce qui vous a été dit que les Etats ne ſont obligez de continuer la Guerre que tant & ſi longuement que nous la ferons, en execution du Traité de l'an mil ſix cens trente cinq, n'eſt pas dénué de raiſon, & l'Article ſecret expliquant le neuviéme dudit Traité, peut ſervir de fondement à cette penſée. Il vous plaira de l'examiner afin de vous préparer à détruire les conſéquences qu'on en voudra inferer, comme je le fais de mon côté; & je crois qu'il y a lieu de ſoutenir que leur engagement n'eſt point limité non plus que le nôtre, & qu'eux & nous aiant un commun ennemi, nous avons ſongé à le ruiner, ou à le forcer à condeſcendre à une Paix juſte avec nous, & nos Alliez.

Entretien avec le Reſident Palatin à Paris.

Depuis que je ſuis en cette Ville le Reſident du Prince Palatin m'a viſité; le ſujet de l'audience qu'il prit étoit pour m'inſinuer que bien que ſon Maître ſoit aſſûré que la Couronne de Suede ne ſe départira pas de demander qu'il ſoit rétabli en tous ſes Etats & en ſa Dignité d'Electeur & de grand Maître de l'Empire; il ne laiſſe pas de ſoumettre aux Couronnes de France, de Suede, de Dannemark, & d'Angleterre, la déciſion de ce qui doit le contenter, & que s'il attend des graces de la Suede, il en doit eſperer de plus grandes de cette Couronne-ici, à laquelle il a toûjours été attaché, ainſi que l'ont été ſes Pères. Je lui fis bien entendre que la France n'avoit point eu de part à la reſolution que le Roi de Boheme avoit priſe de ſe joindre aux Bohemiens qui s'étoient ſoulevez, & il me ſembla qu'il n'étoit pas ſi aſſûré des Suedois qu'il en faiſoit le ſemblant, ni trop éloigné de ſe réduire à ſe contenter d'être rétabli en une partie de ſes Etats. Je n'ai point propoſé la difficulté qui ſe préſente ſur la maniere dont le Roi & l'Empereur ſe doivent écrire. Je prends juſques à Lundi à revoir ce qui a été pratiqué, tant du vivant du feu Roi que depuis ſa mort, & ferai raport de ce que j'aurai remarqué, afin que ſur votre dépêche on prenne une reſolution finale. Le temperament de donner la *Majeſté Imperiale* en recevant de la *Roiale* ne me choque pas. C'eſt toûjours avoir de la Majeſté plus que le double de ce que les Empereurs en ont jamais donné aux Rois de France. Toutefois je parle avec incertitude, & Monſieur Godefroi, que vous avez auprès de vous, eſt un de ceux que j'aurois conſulté s'il eût été en cette Ville. Au même Conſeil de Lundi je propoſerai qu'il ſoit pourvû aux frais du voiage de Monſieur de Marſilli, & ferai remarquer avec quelle adreſſe & peril il a ſervi, & la ſatisfaction qui vous reſte de ſa maniere de négocier.

On pourroit dans les Lettres donner à l'Empereur de la Majeſté Imperiale s'il donnoit au Roi de France de la Majeſté Roiale.

Les Ambaſſadeurs de Savoye ne veulent pas ſouffrir qu'on

Je ne ſai ſur quoi le Marquis de Saint Maurice s'eſt fondé de faire faire plainte d'un ordre que vous avez de traiter Mantouë comme Savoye. Il vous plaira de vous ſouvenir que

je vous ai informé par ma Lettre du ſeptiéme Avril de la prétention du premier & que je vous mandai par ordre de la Reine que vous euſſiez a ſuivre l'exemple qui vous ſera donné par le Nonce & par les Plenipotentiaires de l'Empereur. A cela j'ajoûte (ce qui eſt une eſpece de reſtriction) que le premier doit être entendu de ce qui ſera pratiqué par les deux, parce que le Pape pour gagner un Prince d'Italie, ou l'Empereur pour favoriſer un de ſes Feudataires, s'y pourroient porter, & que la France ne voudroit pas prendre l'exemple de l'un d'eux, mais voudroit bien ſuivre celui qui auroit été pratiqué de concert & également. Ainſi ſi le Comte ſeul, ou le Comte de Naſſau & ſes Collegues ſeuls, accordoient le traitement tel que prétend Mantouë, vous difereriez à le lui donner juſques à ce que vous euſſiez ſû les volontez de Sa Majeſté ſur ce que vous lui auriez écrit de ce qui aura été pratiqué par ceux-là, & ſous quelque prétexte ſpecieux vous éviteriez de recevoir ou prendre audience des Miniſtres de cette Alteſſe, afin qu'elle ne ſoit pas offenſée ou du refus d'accepter ou rendre la viſite, ou du titre où des avantages qu'elle pourſuit. Si les Miniſtres de Mantouë prétendoient tirer avantage d'une Lettre du Roi que j'ai ſignée du vingt-ſixiéme Avril, pourtant recommandation en général des intérêts de Mantouë, & de ce qui eſt dit en ces mêmes termes que vous leur faſſiez tous les traitemens favorables & accoûtumez en cette Cour, tout ainſi qu'à ceux de Savoye & de Florence; cela n'eſt entendu, qu'en la maniere preſcrite par la Lettre du ſeptiéme, & ce qui eſt ajoûté en celle-ci, on le leur a accordé en termes civils, & tels qu'ils l'ont demandé, mais qui néanmoins ont relation au traitement qui leur eſt fait en cette Cour, & non pas à celui qui leur doit être fait à Munſter.

Le vingt-ſeptiéme du paſſé Monſieur le Cardinal Grimaldi ſe trouvoit en notre Armée d'Italie, & m'écrivit que le dix ou douziéme de ce mois au plus tard Orbitello ſeroit emporté, à moins que ceux de dedans ne vouluſſent s'expoſer à la derniere extrémité. Sa préſence aura beaucoup contribué à donner chaleur à nos Généraux; & à les porter de convenir entr'eux ce qu'il ſera de faire, après que cette Place aura été conquiſe. On leur depêche préſentement un Officier qu'ils avoient envoié, & on leur fait remarquer que les progrès dans la Toſcane ont bien un plus haut relief que ceux qu'on pourroit faire ailleurs, je ſuis &c.

Je vous envoie la Sauvegarde pour Monſieur le Comte de Velhem que vous avez déſirée.

LETTRE

De Messieurs les

PLENIPOTENTIAIRES

à Monsieur le Comte de

BRIENNE.

Du 18. Juin 1646.

Reproches faits aux Plenipotentiaires de Hollande. Leur réponse.

MONSIEUR,

CEtte dépêche ne sera pas bien ample, puisque nous n'avons pas de réponse à faire, n'aians reçû aucunes Lettres par le dernier Ordinaire.

Nous avons fait de pressantes rémontrances aux Ambassadeurs de Messieurs les Etats sur les points contenus au Memoire que le Courier Saladin nous a apporté, où nous n'avons pas manqué de nous servir des avis & des bonnes raisons qui y sont contenuës, & nous croions leur avoir parlé en sorte que ceux d'entre eux, qui sont de nos amis, en auront été fortifiez & que les autres trouveront difficulté à mettre en execution leurs mauvaises volontez.

Nos contestations ont été grandes sur deux points principalement. Le premier, sur ce qu'ils nous avoient dit ci-devant qu'ils n'envoieroient point à leurs Superieurs les Articles sur lesquels ils traitoient avec les Ministres d'Espagne, que nous ne fussions aussi avancez qu'eux en la Négociation. Ils avoient fondé sur ce prétexte le refus qu'ils firent de nous donner copie desdits Articles, & leurs raisons étoient (ainsi que nous en donnâmes avis) que s'ils eussent envoié cet Ecrit à Messieurs les Etats, il eut fallu qu'il eût été en même temps communiqué aux Provinces & même aux Villes particulieres, & qu'ainsi les affaires étant divulguées, il eût pût se former de grandes difficultez, qui n'eussent pas seulement retardé le Traité, mais peut-être aussi empêché la Campagne.

Reproches faits aux Plenipotentiaires de Hollande.

Cependant nous avons apris que quelques-uns d'entr'eux doivent aller en leurs Maisons, sous prétexte de vaquer à leurs affaires particulieres, mais avec dessein de disposer les Provinces à la conclusion du Traité tel qu'ils l'ont arrêté avec les Espagnols; que ce qu'ils n'avoient pas donné communication à Messieurs les Etats des Articles proposez, n'étoit pas tant pour éviter les inconveniens marquez ci-dessus

que pour leur en ôter la connoissance, se rendre maîtres de la Négociation, & la faire passer selon leur désir; que l'intention de Paw & de Knuyt, & de ceux qui sont favorables aux Espagnols, étoit de n'envoier cet Ecrit qu'au même temps que le pouvoir & la ratification du Roi d'Espagne seroient arrivez; & que toutes choses se trouvant alors disposées à un prompt accommodement, ils seroient facilement passer & approuver ce qui auroit été resolu entr'eux, & se serviroient pour cet effet de l'inclination que les peuples ont au repos, en leur faisant entendre qu'il ne tenoit plus qu'aux François qui ne vouloient point la Paix, & qui ne se contentoient pas des conditions raisonnables ausquelles les Espagnols s'étoient soumis. Cela nous fit resoudre à leur faire de vives plaintes, prenant sujet des bruits que les Espagnols font courre, non seulement dans cette Assemblée, mais dans les Païs-Bas & dans toute l'Allemagne, que leur Traité est resolu avec Messieurs les Etats; que l'on n'attend pour lui donner sa perfection que le pouvoir qui doit venir d'Espagne; & qu'encore que l'Armée desdits Sieurs Etats soit en Campagne, ils sont assûrez que ce n'est que pour l'apparence qu'elle ne doit executer aucune entreprise contre eux.

Lesdits Ambassadeurs répondirent qu'ils avoient eu depuis peu ordre de leurs Superieurs de leur faire savoir le détail de ce qu'ils ont fait jusques-ici avec les Ministres d'Espagne; qu'ils ne savoient pas quels ordres ils en pourroient recevoir ci-après, quand le pouvoir & la ratification du Roi d'Espagne seroient arrivez; mais qu'ils pouvoient bien dire avec certitude que ni Messieurs les Etats ni eux manqueroient jamais à leur Alliance & aux engagemens qu'ils ont avec la France; que les Espagnols disoient ce que bon leur sembloit; mais que l'on connoîtroit par les effets s'il ne leur seroit pas fait bonne Guerre, & s'ils seroient épargnez par Monsieur le Prince d'Orange.

Le second point sur lequel nous avons long-temps debatu fut que nous dîmes, que nous savions de lieu très-assuré que Peñaranda avoit écrit au Marquis de Castel-Rodrigo que quand les Ambassadeurs de Messieurs les Etats lui avoient présenté leur proposition, (le premier article de laquelle étoit qu'ils entendoient traiter conjointement avec la France) il leur avoit dit qu'il ne croioit pas qu'ils voulussent persister à cela, pourvû qu'ils trouvassent leur compte d'ailleurs, & qu'ils reconnussent que les François ne se contentassent pas de la raison; que le lendemain cinq d'entr'eux l'avoient été voir pour l'assûrer que Messieurs les Etats ne prendroient aucune part dans les intérêts que la France a en Italie, Catalogne, Portugal, & en tout autre endroit qu'au Païs-Bas; que sans cet avis que nous avons eu de la Cour même, & sur lequel on nous a ordonné par Courier exprès de leur faire plainte, nous ne nous serions jamais avisez de leur parler d'une chose qui ne reçoit aucun doute, & qui ne peut tomber dans la pensée d'aucun homme qui ait seulement le sens commun. Ils parurent fort étonnez des particularitez que nous leur marquions, & après s'être retirez pour conferer ensemble, ils répondirent assez confusement que Messieurs les Etats observeroient exactement ce à quoi ils étoient obligez par leur Traité; mais qu'ils ne pouvoient s'expliquer davantage sur cette obligation. Cette ambiguité de leur réponse leur fut

E e 3   repro-

Leur ré-
ponse.

reprochée. On leur dit qu'on desiroit une declaration nette & bien expresse, & que les moindres doutes dans une chose si évidente seroient pris pour une contravention au Traité. Ils s'assemblerent une seconde fois, & leur réponse fut qu'on se devoit contenter qu'ils asûroient qu'on ne feroit jamais rien sans la France, mais que ce n'étoit pas à eux à donner le sens & l'interpretation aux Traitez; & que cela appartenoit à leurs Superieurs.

On leur représenta qu'il seroit trouvé étrange de tout homme de bon jugement que tant d'Ambassadeurs eussent été envoiez avec plein pouvoir pour négocier, en vertu & en execution d'un Traité, duquel ils n'auroient pas eu intelligence; qu'en l'année 1634. avant même que la France fût en Guerre avec les Espagnols, Messieurs les Etats s'étoient obligez de ne faire ni Paix ni Trêve que la France ne fût satisfaite dans tous ses intérêts, dont il fut donné alors une declaration signée de part & d'autre, dans laquelle étoient comprises les affaires de Pignerol, de la Valteline, de Lorraine, & d'autres, qui ne regardoient en aucune façon les Païs-Bas; que le Traité de 1635. confirma celui de 1634. & que ni dans l'un ni dans l'autre il n'y a aucune exception ni limitation apposée pour ce qui concerne les intérêts & differens de la France avec l'Espagne; & pour leur faire voir qu'eux-mêmes ne l'avoient point autrement entendu, on les fit souvenir que depuis qu'ils sont à Munster, lors qu'on s'est plaint à eux que leurs affaires alloient trop vite, & se pourroient terminer bien plutôt que les nôtres; ils ont dit plusieurs fois que le seul point des Indes (sur lequel ils n'avoient point encore traité) pouvoit durer plus de trois mois, & étoit capable de tout rompre, & que pour cette raison nous ne devions pas croire qu'ils fussent plus avancez que nous; d'où l'on peut inferer que puis qu'ils alleguoient aux Plenipotentiaires de France l'affaire des Indes, comme pouvant retarder & même rompre le Traité, ils ne pouvoient pas nier d'être obligez aux intérêts que la France peut avoir hors des Païs-Bas, puis qu'ils prétendent que la France est sujette à ceux qu'ils ont en des lieux si éloignez.

Ces raisons ne pouvant être contredites, ils en demeurerent comme convaincus; mais non pas pour cela mieux disposez. Ils continuerent de parler en des termes incertains, & après avoir consulté entr'eux une troisiéme fois, ils demanderent du temps pour revoir leurs Traitez. Ce qui ne fut pas tant avec dessein de nous satisfaire par quelque meilleure réponse (comme nous avons sû depuis) que pour se défaire de nous; les Sieurs Paw & Knuyt entr'autres nous parurent extraordinairement embarrassez.

Nous redepêchons en même temps le Sieur de Sombres à Monsieur de la Thuillerie pour l'informer de ce que dessus; & nous lui donnons avis de de faire connoître à Messieurs les Etats la conduite de leurs Députez, & de les détromper du raport qui leur pourroit être fait contraire à la verité des choses qui s'y passent. Nous l'avertissons de prendre garde que ceux de cette legation qui ont tenu un si mauvais discours à Peñaranda, ne rendent compte de notre Conference à leurs Superieurs, comme si la France mettoit en doute leur obligation envers elle, & qu'il leur doit dire ce qui nous a donné sujet de leur en parler, étant certain que nous y avons été forcez par les

propos que nous avons sû qu'ils en avoient tenus avec les Espagnols.

Au surplus nous persistons dans la créance que Messieurs les Etats ne feront jamais une defection entiere, & que la seconde réponse de leurs Ambassadeurs ci-dessus déduite nous pourroit suffire, si elle étoit executée sincerement, puis qu'ils promettent de ne rien faire sans la France. Aussi nous semble-t'il qu'il y a lieu de croire qu'il y a des Membres gâtez & corrompus parmi eux. Ceux de la compagnie qui sont bien affectionnez, nous asûrent que jamais l'Etat ne manquera à notre Alliance; mais ils demeurent d'accord que les Provinces étant prévenuës des bruits que l'on y fait courre, ne voudront pas suporter la dépense, & que si elles ne se resolvent pas à faire la Paix sans nous, elle laisseront la France faire la Guerre sans elles: (ce qui est le seul inconvenient, mais quasi infaillible qu'ils y prévoient) & si ce n'est pour cette Campagne, ils jugent que cela se verra sans doute dans la suivante.

Les affaires de l'Empire sont au même état que nous l'avons fait savoir par nos precedentes, le Comte de Trautmansdorff étant encore à Osnabrug, d'où l'on écrit qu'il retournera bien-tôt ici, & que Monsieur Oxenstiern sera de la partie. Cela nous donne esperance que ce sera pour conclure les affaires, à quoi nous travaillerons soigneusement de notre part, étant certain que si la Paix étoit faite dans l'Empire nous mettrions bientôt à la raison les Espagnols & les Hollandois mêmes.

Nous sommes &c.

LETTRE

DU ROI

à Messieurs les

PLENIPOTENTIAIRES.

Du 10. Juin 1646.

Le Roi recommande à ses Plenipotentiaires les intérêts du Duc d'Atri au Roiaume de Naples.

MON COUSIN & MESSIEURS les Comtes d'AVAUX & SERVIEN.

VOus êtes déja bien informez comme mes Cousins les Ducs d'Atri, & Princes de Melphe aieuls de mon Cousin le Duc d'Atri, s'étant rangez du parti des Rois mes predecesseurs, durant les Guerres d'Italie, furent chassez & depossedez des grandes Terres & Seigneu-

Le Roi recommande à ses Plenipotentiaires les intérêts du Duc d'Atri au Roiaume de Naples

gneuries qu'ils poffedoient au Roiaume de Naples, & qu'eux & leurs defcendans aiant continué de fervir cet Etat avec entiere fidelité,
ont merité d'être recompenfez d'une partie de
leurs pertés. C'eft pourquoi il fut refolu de les
recevoir en France avec tous les honneurs &
bons traitemens convenables à leur condition,
& aux Maifons dont ils étoient iffus, & de leur
affigner de nos Domaines pour leur demeure
& entretien, en attendant qu'ils pûffent être
rétablis dans leurs biens confifquez. Mais le
mauvais fuccès des entreprifes qui furent faites
alors, & les guerres qui ont travaillé depuis ce
Roiaume, ont empêché que par les Traitez
de Paix ci-devant faits il ait été pourvû à beaucoup de chofes juftes & raifonnables, comme étoit le rétabliffement en la poffeffion des
biens de tous les Seigneurs & Gentils-hommes
demeurez fideles à la France; furquoi faifant
confideration des intérêts, & de la perfonne
de mon Coufin le Duc d'Atri, tant à caufe
des bons & fidéles fervices qu'il m'a rendus en
diverfes occafions importantes, que parce que
les Ennemis de cet Etat ont pris de là fujet de
lui donner des traverfes aux grands avantages
qu'il avoit raifon d'efperer à la Cour de Rome,
au temps qu'il y avoit établi fon féjour, & voulant qu'il reffente les effets de ma protection
Roiale en cette occafion, je vous écris ceci,
par l'avis de la Reine Regente Madame ma
Mere, pour vous dire que vous aiez à declarer aux Miniftres Plenipotentiaires pour le
Traité de la Paix générale à Munfter, que
mon intention eft que la reftitution de tous
les biens des Maifons d'Atri & de Melphe,
(defquels mondit Coufin eft le principal heritier à caufe de fa Mere) foit accordée pour
lui, & pour ma Coufine Angelique d'Aqua-
viva d'Arragon fa fille unique, & leurs defcendans, & qu'il en foit inferé un Article exprès dans le Traité général de la Paix, en termes clairs & conformes aux Memoires que le
Sieur Efprit vous préfentera de fa part. Et
comme c'eft une chofe jufte, je ne crois pas
que les Miniftres d'Efpagne vouluffent infifter à l'encontre; principalement quand vous
leur ferez connoître que je ne puis me départir de proteger les intérêts de cette Maifon;
& m'affûrant que vous y aporterez vos foins
comme à une chofe que j'affectionne, je prie
Dieu, mon Coufin & Meffieurs les Comtez
d'Avaux & de Servien, vous avoir en fa très-
fainte garde.

Ecrit à Paris le 20. Juin mil fix
cens quarante fix.

Signé LOUIS

Et plus bas

DE LOMENIE.

LETTRE

DU ROI

à Meffieurs les

PLENIPOTENTIAIRES.

Du 22. Juin 1646.

Le Roi recommande à fes Pleni-
potentiaires la fûreté du Fort
du Pont de Trêves.

MON COUSIN & MESSIEURS les Comtes d'AVAUX & de SERVIEN.

AYant vû par une Lettre du Sieur Weiler
(que vous favez avoir été ordonné pour
commander au Fort du Pont de Trêves) a-
dreffante au Sieur le Tellier Secretaire d'Etat,
datée du préfent mois, que ledit Fort eft très-
mal gardé, que ledit Weiler n'y entre que la
nuit, & eft obligé d'être le long du jour dans
la Ville à caufe que mon Coufin l'Electeur de
Trêves témoigne appréhender de n'être point
en fûreté, & ne fe pouvoir fier que point ou
peu à ceux qui font dans la Ville; Qu'outre
cela, il a dit audit Sieur Weiler que, felon
le ferment qu'il a fait, il doit garder la Ville
& le Fort tout enfemble, comme étant le
paffage de la Mozelle, que néanmoins, auffi-
tôt que ledit Fort fera en fa perfection, que
les logemens des Soldats y feront faits, &
qu'il fera pourvû de toutes les chofes néceffaires pour fa défenfe, l'Electeur de Trêves y
fera lui-même entrer ledit Weiler; mais que
cependant Monfieur l'Electeur de Trêves, ou
fon Lieutenant Général, nommé Melferan,
garde des Clefs de la Porte du Pont, ainfi
que de toutes les autres Portes de la Ville;
que les bourgeois font l'avant garde dudit
Pont, & que celle que ledit Weiler y fait
n'eft qu'à la Porte du dedans d'iclui & dans
le Fort; que ce qui lui donne plus de peine
eft d'un côté l'humeur changeante de Monfieur l'Electeur, qui peut proceder de fon
grand âge ou de ce qu'il reçoit diverfes Lettres de la Cour de l'Empereur; & d'autre
parr qu'il pourroit avoir fujet de faire un voiage à Spire, & que durant fon abfence il pourroit arriver quelque fâcheux changement à
caufe que fon Lieutenant voudroit commander dans la Place, & que ledit Weiler ne
pourroit pas s'accommoder à recevoir fes ordres, ni à lui laiffer les Clefs du Pont; que
pour achever la fortification du reduit du Pont,
il eft néceffaire de rendre le foffé plus profond de quatre pieds, ne l'étant à préfent que
de huit; que ce reduit n'eft point paliffadé,
&

Le Roi re-
commande à
fes Plenipo-
tentiaires la
fûreté du
Fort du Pont
de Trêves.

1646.

& qu'il eſt depourvû de toutes choſes. Mais les avis que le Sieur d'Antonville a donnez de l'état de la Place par ſes Lettres du vingt-neuf du paſſé audit Sieur le Tellier étant beaucoup differens de ceux dudit Weiler, puis qu'il aſſûre que ledit Fort eſt entierement achevé; que ce qui a empêché juſques à préſent ledit Weiler d'y entrer eſt, que ſa Compagnie n'eſt pas complette & que l'uſage d'Allemagne n'eſt pas de faire ſervir aucun Soldat, ſans qu'il ait prêté le ſerment, & que ce ſerment ne ſe fait que quand la troupe deſtinée pour le ſervice eſt preſque achevée; ce que ledit Sieur d'Antonville mande avoit écrit à mon Couſin le Maréchal de Turenne, pour faire qu'il envoie des Soldats audit Weiler, afin d'achever ſa Compagnie, & de retirer quelques Dragons qu'il lui avoit laiſſez pour emploier à la garde dudit Fort en attendant qu'il l'eût formée; & voiant que cette Place n'eſt pas en état de ſûreté même à cauſe que mon Couſin le Maréchal de Turenne peut être préſentement en lieu, d'où il ne lui ſeroit pas poſſible d'y pourvoir, & qu'il n'y a perſonne qui puiſſe s'entremettre plus utilement que ledit Sieur d'Antonville de ce qui peut y être néceſſaire, & donner avis de ce qui ſera à faire de deçà.

J'ai bien voulu, par l'avis de la Reine Regente Madame ma Mere, vous informer de ce que j'apprends de ladite Place, & vous dire que mon intention eſt que vous renvoiez au plutôt ledit Sieur d'Antonville, & que vous lui donniez charge de s'emploier auprès de Monſieur l'Electeur de Trêves, ainſi que vous le jugerez à propos, pour l'obliger à l'execution de ce que vous ſavez avoir été convenu avec lui. Sur l'éclairciſſement entier que vous prendrez dudit Sieur d'Antonville de l'état de toutes choſes en ladite Place, vous lui preſcrirez, & audit Sieur Weiler, ce qu'ils auront à faire, même en cas d'abſence dudit Sieur Electeur, & leur en donnerez vos ordres bien exprès, vous ſervant, ſi vous le jugez néceſſaire, de la Lettre que je vous adreſſe, pour ledit Sieur Weiler, afin qu'il ne manque pas de vous obéir. Que vous aviſiez ſur le Memoire, dont la Copie ſera ci-jointe, de ce qu'il y a d'Artillerie & de munitions de guerre dans Trêves, ce qu'il y faudra ajoûter, comme auſſi quels vivres il y faudra mettre, pour tenir la Place dans une entiere ſûreté, & que vous m'envoiyez un Memoire bien particulier de ce qu'il y faudra envoier par mes ordres, afin que j'y pourvoie par le moien des Places qui ſont dans le voiſinage de Trêves. En attendant avec quelque impatience de ſavoir ce que vous aurez fait dans une affaire de cette conſéquence, de laquelle je me repoſe principalement ſur vous, je ne vous en dirai davantage que pour prier Dieu qu'il vous ait, mon Couſin & Meſſieurs les Comtes d'Avaux & de Servien, en ſa ſainte garde.

Ecrit à Paris le 22. Juin 1646.

Signé LOUIS.

Et plus bas,

LE TELLIER.

1646.

LETTRE

De Monſieur le Comte de

BRIENNE

à Meſſieurs les

PLENIPOTENTIAIRES.

Du 22. Juin 1646.

Trautmansdorff agit de concert avec les Eſpagnols. Plaintes du Miniſtre de Brandebourg de ce qu'on cede la Pomeranie aux Suedois: On ſe plaint de l'importunité des Miniſtres de Portugal. Operations des Armées. Monſieur de Bellièvre nommé pour l'Ambaſſade d'Angleterre.

MONSEIGNEUR & MESSIEURS.

ON voit bien que c'eſt avec beaucoup de connoiſſance que vous avez avancé que la Paix de l'Empire eſt une piece compoſée de divers reſſorts, & les difficultez qui ſe rencontrent à la conclure étant ſurmontées par votre patience, c'eſt ce qui rendra votre Négociation plus glorieuſe. Il eſt aiſé de ſe perſuader que Trautmansdorff agit de concert avec les Miniſtres d'Eſpagne, & il eſt vraiſſemblable qu'il en a des ordres précis de ſon Maître. Car quoi qu'il deſire la Paix & qu'il ſe relâche aux conditions qui lui ont été demandées, c'eſt pourtant le plus tard qu'il peut; ce qu'il ne fait qu'à deſſein de donner loiſir aux autres d'ajuſter les leurs. Il pourroit être que c'eſt parce qu'il eſpere quelque choſe du temps, ou bien qu'il ſuive le mouvement naturel de l'homme qui ſe fâche de perdre le ſien & qui ne ſe reſout à l'abandonner qu'à la derniere extrémité. Pourtant Briſach eſt offert, qui eſt la Place la plus conſiderable de l'Empire, & qui y fera reſpecter cette Couronne, comme étant en état de lui nuire & de l'aſſiſter; & c'eſt là le plus haut avantage que les Princes peuvent rechercher. Ce n'eſt pas un foible moien pour faire diminuer les conditions qui nous ſont demandées, que d'en former de nouvelles; & plus vous ſerez fermes & durs à vous relâcher, plus vous forcerez les Parties à ſe moderer. Cette maniere d'agir non ſeulement conduit à cette

fin,

Trautmansdorff agit de concert avec les Eſpagnols.

fin, mais elle s'en propofe une bien plus néceffaire, & les Suedois, qui font recherchez & qui envient notre profperité, feront forcez de demeurer en regle, par l'exemple que vous leur en donnez.

Il me fouvient à leur fujet des clameurs du Baron de Dhona fur ce qu'ils prétendent la Pomeranie, & il vouloit bien m'infinuër que c'étoit une femence d'une nouvelle guerre, & que l'Electeur fon Maitre ne manqueroit ni de forces ni d'amis pour les en chaffer. En ce nombre il mettoit la France, comme intereffée à la grandeur de fon Maître & à empêcher celle de la Couronne de Suede. Je lui dis que nous n'étions pas les juges de ce que la Suede pouvoit prétendre, ni fi Monfieur l'Electeur devoit être dédommagé de la perte d'un Païs qu'il n'avoit jamais poffedé. Je lui fis bien connoître que les Couronnes ne fe diviferoient pas, & qu'il étoit jufte qu'elles fuffent rembourfées des exceffives dépenfes qu'elles avoient fuportées pour le maintien de la liberté de l'Empire. Je fuis trômpé, s'il ne croit que Meffieurs les Etats feroient pour entrer en ligue avec fon Maître pour empêcher l'établiffement des Suedois en ce Duché, que fa grandeur & fon affiete rend très-confiderable.

S'il fe trompe en fon calcul, vous en pouvez mieux juger que perfonne, vous qui voiez les mouvemens des Députez des Princes de l'Empire & de ceux defdits Etats. Ceux-là doivent approuver tout ce que vous faites, puis que c'eft pour eux que vous travaillez quand vous preffez que la France foit mife en état & en droit de s'intereffer dans leurs affaires, & que vous n'avancez pas la conclufion du Traité fur les offres qui vous font faites de notre fatisfaction, pour attendre qu'on ait pourvû à celle des Alliez & qu'on ait affoupi les differens, qui font entre eux. Les Catholiques, les Proteftants, & les Reformez ont fujet de louër votre prudence, & il feroit mal-aifé que la prudence humaine confeillât quelque chofe de plus folide que ce que vous avez fait pour differer la jonction de notre Armée à celle de la Suede, à laquelle la même prudence force de confentir, foit pour choifir entre deux maux le moindre, foit pour ne pas laiffer croire aux Suedois que quand nous l'avons confentie c'étoit pour les tromper.

Croiriez-vous bien que Monfieur le Prince eft de ce même avis, & qu'il a avancé en plein Confeil qu'il ne fe falloit relâcher d'aucune chofe que les conditions du Traité général ne fuffent accordées, & qu'il falloit que celles des Couronnes & des Alliez fuffent reglées conjointement.

Quant à l'union des Armées, il la juge néceffaire, bien qu'il foit perfuadé, comme Sa Majefté & vous autres Meffieurs, qu'il y a diverfes chofes à craindre qu'elle peut produire. Ce fut au Confeil qui fe tint Lundi dernier que votre dépêche du quatorziéme fut luë, & où l'on agita ce qui étoit de faire fur la propofition qui avoit été avancée par Trautmansdorff d'engager l'Empereur & le Roi à s'écrire. J'y repréfentai que le Roi Henri le Grand n'avoit jamais donné de la Majefté & les Regiftres en font foi, que du depuis & ès derniers temps cela avoit été changé, mais qu'on s'en étoit repenti, & vous avez fi bien défendu le droit de Sa Majefté, qu'il feroit fuperflu de vous en faire un plus long difcours. Bien m'eft-il commandé de vous faire

favoir que fur l'occafion du Courier depêché à Madrid pour porter au Roi Catholique la nouvelle de la mort de l'Imperatrice fa fœur, la Reine lui avoit écrit, & s'étoit auffi refolue fur l'heure de paffer un office de condoléance envers l'Empereur, n'en aiant été retenue que fur la difficulté qui fe prefente de la maniere dont il faut écrire, & ne fe pouvant refoudre à fe relâcher de ce qui a été refolu par le feu Roi. Elle feroit pourtant très-aife qu'on ajuftât par quelque temperamment cette difficulté, foit qu'elle écrivît de fa main, lui donnant de la Majefté, pourvû que lui y fît réponfe en Italien, & de fa main auffi, en lui déferant le même titre, ainfi qu'il a toûjours été pratiqué entre l'Imperatrice & elle ; s'il n'étoit trouvé plus à propos de fuivre l'ancien ftile, ou qu'en le changeant on donnât & on reçût de la Majefté, & pour tiers parti Sa Majefté Imperiale recevant de la Majefté Royale. Avec cette depêche vous recevrez trois Lettres; l'une eft felon l'ancien ufage, l'autre felon celui qu'on voudroit introduire, & le troifiéme felon le tiers parti, dont il eft fait mention ci-deffus, afin que vous faffiez remettre à celui qui fera envoié au premier jour la Lettre que vous aurez concertée devoir être envoiée à l'Empereur. Que s'il y a trop de difficultez à convenir de l'un de ces partis, Sa Majefté fe refoudra d'envoier un Gentilhomme à l'Empereur fans Lettre, & pour lui donner créance il fera chargé d'un Paffeport, dans lequel le fujet de fon voiage fera exprimé, & Monfieur le Comte de Trautmansdorff écrivant par delà que cela a été ainfi concerté, & en attendant qu'on ait convenu de la maniere dont il faudra écrire, il ne laiffera pas d'y être bien reçu.

Nous avons un exemple qui fait pour nous & qui ne vous eft pas inconnu. L'Archiduc Albert, tant que le Roi Henri le Grand a vêcu, n'avoit jamais dédaigné de lui écrire en François, & d'ufer du mot de Monfeigneur. A l'occafion de fa mort, aiant envoié un Ambaffadeur, il voulut interrompre cet ufage, & il fut refolu qu'on ne verroit point l'Ambaffadeur. Toutefois l'affaire mife en Négociation, on prit pour temperament qu'il ne préfenteroit point fa Lettre de créance, & ne laifferoit pas d'être admis à l'audience. Ce qui a été pratiqué ainfi à l'égard d'un Ambaffadeur, fe peut être à plus forte raifon à l'égard d'un Gentilhomme, qui n'eft chargé que d'un compliment pour aller le rendre à un Prince. Il vous plaira d'avertir les Suedois de la refolution qui a été prife de depêcher à Vienne & du fujet du voiage du Gentilhomme, qui fera choifi tel qu'il ne pourra donner nul foupçon qu'on y veuille établir aucune Négociation; & à la verité le principal Miniftre de l'Empereur étant auprès de vous & témoignant affez de difpofition à faire avoir fatisfaction aux Couronnes, cela feroit affez mal à propos, & pour peu de reflexion que les Suedois faffent là deffus, ils n'entreront en aucun ombrage de l'envoi dudit Gentilhomme.

J'ai fait voir au Baron de Dhona comment l'Electeur de Brandebourg, Joachin Frederic, avoit donné au Roi Henri quatriéme de la Majefté, écrivant en fa langue, & que Savoye, Lorraine, & ledit Archiduc avoient toûjours écrit en François, & ufé du terme de Monfeigneur & de Majefté, ce qui avoit convié les Rois à leur donner le titre de Frere

qu'il

1646.

qu'il pourfuit avec tant de chaleur; & il paſſeroit condamnation à les imiter, ſi on vouloit la paſſer auſſi à ſon égard. Je lui ai dit que ſi ſon Maître diſpoſoit les Electeurs, tous ſéparement ou écrivant au College, de ſuivre cet exemple, qu'il y auroit lieu d'eſperer que Sa Majeſté ſe diſpoſeroit de ſon côté. Cela ne l'a pas ſatisfait; & il m'a derechef prié de vous recommander les intérêts de ſon Maître, nommément ceux qu'il a à démêler avec Neubourg, & qu'il ſera bien aiſe de compoſer par la mediation de Sa Majeſté. Vous ſavez à quoi on a conſenti pour ce regard; ce qu'il vous plaira d'avancer autant que vous le jugerez utile pour le ſervice de ſa Majeſté. Elle eſt toûjours importunée par le Reſident de Portugal de vous preſcrire de demander la liberté du Prince Edouard, & les ſaufs-conduits pour les Miniſtres de ſon Maître. On lui répond toûjours que les intérêts du Roi & du Prince ſont en grande conſideration à Sa Majeſté, & que vous aurez des ordres de les appuier; & certes on le deſire ſous cette ſeule reſtriction, que l'une ou l'autre de ces demandes ne puiſſe apporter du retardement au Traité de la Paix. Le Reſident ſe perſuade que Trautmansdorff a conſenti à l'expedition dudit ſaufconduit, non en le ſignant, mais en conſentant aux Miniſtres de France de le leur accorder, & il ſe perſuade auſſi qu'il n'y aura pas grande difficulté d'obtenir que ledit Prince Edouard ſoit tiré du Château de Milan, & remis à l'Empereur, ou à l'Archiducheſſe de Tirol, ou au Duc de Baviere, pour être gardé juſques à la concluſion de la Paix.

Il vous plaira rendre capables de raiſon Meſſieurs les Portugais qui ſont auprès de vous, afin que nous ne ſoions plus importunez de ce Miniſtre, qui croit que l'une des conditions de la Paix & ſans laquelle elle ne ſauroit être concluë, c'eſt que la Couronne de Portugal ſoit aſſûrée à Don Jean quatriéme. Vous & moi ſavons bien à quel point la Couronne de France eſt engagée en cette affaire, mais c'eſt à eux à ſe faire juſtice, dont je les tiens peu capables.

On ſe plaint de l'importunité des Miniſtres de Portugal.

S'il faut croire aux paroles de Monſieur le Prince d'Orange, & faire fondement ſur la connoiſſance que Monſieur de la Thuillerie peut avoir de la diſpoſition des eſprits, qui gouvernent l'Etat des Provinces-Unies, nous n'avons rien à craindre de leur côté; leur armée doit être en Campagne il y a déja du temps; & l'on donne pour aſſûré qu'elle eſt en marche, & que Monſieur le Prince d'Orange eſt parti de la Haye, avec reſolution de n'y plus retourner; les levées extraordinaires ſe font; & l'armée étant aſſemblée forcera les Eſpagnols de ſéparer la leur, qui eſt oppoſée à la notre, ou bien ils abandonneront des Places de grande conſideration aux armes de Meſſieurs les Etats, qui ne ſauroient ſe défendre de profiter de l'occaſion. Je tiens que Monſieur le Prince d'Orange eſt ſi deſireux de gloire qu'il ne voudroit pas perdre celle de l'acquerir. Monſieur d'Eſtrades doit être arrivé auprès de ce Prince, il partit d'Amiens deux jours devant la Reine, & nous attendons de ſes nouvelles avec impatience. Celles de l'armée qui ont été apportées par Grammont, font que Courtray eſt attaqué, que l'une des attaques eſt commandée par Monſeigneur le Duc d'Enguien, & l'autre par Monſieur le Maréchal de Gaſſion, & que Son Alteſſe Royale eſt avec une partie de l'Armée ſur le

Operations des Armées.

chemin, par où les forces du côté de la Mer pourroient venir ſe joindre au gros de l'armée ennemie. On ne doute point de la priſe & on eſt perſuadé qu'elle ſera prompte.

Depuis le vingt-huitiéme du paſſé nous n'avons pas eu de nouvelles de celle qui eſt dans l'Etat de Sienne. Il ſe publie à Gennes que ceux qui défendent Orbitello avoient capitulé le 4. mais comme nous n'avons point eu de Courier de la part des Généraux, cela ne peut paſſer pour aſſûré, bien que ce qui nous avoit été mandé que dans le huitiéme ou dixiéme la Place ſeroit forcée, quand même ceux de dedans ſe défendroient juſqu'aux dernieres extrémitez, eut pû donner creance à ce diſcours.

On ne veut point prendre créance aux paroles du Tranſylvain, & c'eſt tout ce que j'ai à vous dire ſur le ſujet de la longue dépêche de Monſieur de Marſilly, aux intérêts duquel Meſſieurs des Finances promettent de pourvoir, & ſi l'on m'eût ſollicité de ſon Ordonnance, je l'aurois déja délivrée.

Nous ſommes ſur les termes de faire partir Monſieur de Bellievre; les affaires preſſent & empirent en Angleterre.

Monſieur de Bellievre nommé pour l'Ambaſſade d'Angleterre.

On nous mande de Pologne, que ce Roi arme pour défendre la Chrétienté, & qu'il veut faire irruption dans l'Etat du Grand Seigneur. Le Duc de Moſcovie promet ſes forces, & ils ſont reſolus de faire paſſer un Ambaſſadeur en Perſe pour y faire alliance, & attirer ce Roi à la guerre contre le Grand Seigneur.

Depuis cette Lettre écrite & le Memoire du Roi achevé; l'un des Secretaires de Monſieur le Maréchal de Turenne eſt arrivé, qui nous a apris comme ſon Maître avoit refuſé aux Suedois de ſe joindre. Il l'a fait à bonne intention, mais il n'eſt pas tombé dans notre ſens, qui ſommes dans le votre de faire cela, quoi que ce ſoit un mal, pour en éviter un plus grand. On dépêche en toute diligence le même Secretaire pour lui porter l'ordre d'executer ce qu'il aura reçû de votre part à l'arrivée de Traci, s'il ne l'a déja fait.

Vous n'aurez pas les trois Lettres que je vous ai mandé que je vous envoiois, elles vous ſeront portées par le Gentilhomme qui fera le voiage & qui partira lundi. Comptez ſur ce préſupoſé qu'il n'y aura point de changement à ce que je vous ai écrit ſur ce ſujet. Vous pouvez dire que la Reine qui ſent ſa perte fait cette offre de cœur, mais d'un cœur très-bleſſé de douleur. Je ſuis &c.

M E.

&c&c&c&c&c&c&c&c&c&c&c&c

MEMOIRE

DU ROI

à Messieurs les

PLENIPOTENTIAIRES.

Du 22. Juin 1648.

Eloge de la conduite des Plenipo-
tentiaires par raport à la Paix
de l'Empire. Pourquoi la Fran-
ce a joint ses armes à celles
de la Suede. Zéle de la Cour
de France contre les Protestans
d'Allemagne, après qu'elle a
son compte par leur moien. On
craint les suites de la jonction
des Armées Françoise & Sue-
doise. On songe à assieger Hei-
delberg & Heilbron. Les Im-
periaux aiment mieux que la
France ait l'Alsace en toute
Souveraineté qu'à condition de
relever de l'Empire. Le Roi
content de la conduite de Mar-
silly. On espere que les Hol-
landois seront constans dans
l'Alliance. Les Espagnols pro-
mettent à Paw & à Knuyt
chacun cent mille écus. La
Cour de France songe à les ga-
gner. La France veut arrêter
8. jours le Courier d'Espagne
qui aporte à Peñaranda le pou-
voir pour traiter avec les Hol-
landois. Siege de Courtray.
Siege d'Orbitello. Siege de Le-
rida.

COmme ce qui est contenu dans les dépêches des Sieurs Plenipotentiaires du cinquiéme du courant, & dans celle du quatorziéme, que Saladin a depuis aportée, se reduit à trois chefs principaux, l'un de l'état où
est la Négociation de la Paix dans l'Empire,
le second de la conduite que tiennent les Députez de Messieurs les Etats avec la France,
& le dernier touchant les affaires d'Espagne,
on reduira aussi la réponse ausdits Memoires à ces trois points sur lesquels Sa Majesté a estimé devoir leur faire mander ce

Tom. III.

qui s'ensuit de ses sentimens & de ses intentions.

Et en premier lieu sur les offres de l'Empire, Elle ne peut assez loüer la bonne conduite
& l'adresse avec laquelle lesdits Sieurs Plenipotentiaires ont enfin porté toutes choses au
point que Sa Majesté pouvoit souhaiter pour
la satisfaction dûe à cette Couronne; & Elle
reconnoît fort bien de quel mérite doit être
le service qu'ils ont rendu de l'avoir assûrée
avec tant d'utilité & de gloire, malgré tous
les obstacles que les Espagnols ont essayé d'y
mettre, particulierement en la cession de Brisach, qu'ils n'ont pû empêcher, quoi qu'ils
n'y aient rien oublié.

Cependant la methode que lesdits Sieurs Plenipotentiaires ont prise de tenir ferme en certains points, & de les laisser indecis jusques à
ce que les Imperiaux se mettent à la raison sur
d'autres, ne pouvoit être meilleure & produira même ce bon effet (quand nous viendrons
à en relâcher) que nous pourrons avec plus
de liberté convier les Suedois par notre exemple à se relâcher aussi de leur côté de la plûpart de leurs prétentions, qui certainement
sont exorbitantes, & qui font grande peine à
la Reine, parce qu'elle voit qu'elles tendent
principalement à relever le parti Protestant en
Allemagne, par l'abaissement des Princes Catholiques.

La seule consideration qui a porté la France dans le commencement & les progrès de
cette guerre à joindre ses armes avec celles de
Suede & des autres Protestans, a été la nécessité absolue qu'elle avoit de moderer la puissance de la Maison d'Autriche, qui alloit s'au-
mentant châque jour aux dépens des autres
Princes, & qui visoit, à s'accroître aussi aux
nôtres & à se rendre à la fin Maîtresse de tout
si elle eût pû. Mais aujourd'hui dans l'état
où sont les affaires, il y a raison de craindre
dans l'Allemagne, la trop grande puissance
du Parti Protestant, soûtenu comme il est de
la Couronne de Suede, qui s'est rendue considerable, & qu'on voit mépriser les grands a-
vantages qui lui sont offerts pour la Paix, connoissant la facilité qu'elle peut rencontrer, dans
la continuation de la guerre, de relever toûjours de plus en plus ledit Parti, pour la ruïne
des Catholiques; de façon que si l'ambition
démesurée de la Maison d'Autriche nous a o-
bligez de nous servir de tous moiens pour lui
former des obstacles; nous ne devons pas nous
endormir, lors que nous reconnoissons que
l'application & la passion avec laquelle les
Protestans tâchent de se rendre redoutables,
ne sont pas moins à craindre; d'autant plus
qu'outre la raison d'Etat que nous avions seulement à l'égard de ladite Maison d'Autriche,
nous avons à présent celle de la défense, &
de la conservation de notre Religion, pour
nous opposer aux desseins des Protestans.

Et comme sous cette couverture de la Religion, l'Espagne a toûjours procuré son agrandissement, la Suede aujourd'hui procure effectivement les avantages de la sienne sous le prétexte de sa grandeur, & nous fait servir à son
dessein contre notre propre intérêt & notre
intention. Cela donne beaucoup d'inquietude
à la Reine, & quoi que Sa Majesté connoisse
bien que les remedes au mal sont difficiles,
néanmoins Elle espere de la prudence & du
zele de Messieurs les Plenipotentiaires qu'ils
pourront prendre des biais qui donneront lieu
de le diminuer, si on ne le peut ôter tout-
-fait.

Ff 2

Sa

1646.

Sa Majesté recommande pour cet effet aufdits Sieurs Plenipotentiaires de se bien souvenir de ce qu'elle leur a déja mandé sur ce point, & juge que si les Ministres de Suede persistent dans les hautes prétentions qu'ils ont mises en avant depuis peu, & qui seroient d'un préjudice irreparable pour l'Église Catholique, on pourra leur faire entendre dans les termes qui seront estimez les plus convenables, que la France n'est pas resolue de les seconder dans le dessein qu'ils témoignent avoir de ruïner la Religion Catholique en Allemagne, & que non seulement l'obligation de nos Traitez ne porte rien de semblable, mais qu'ils y sont positivement contraires, & qu'enfin ni par bienséance ni par raison nous ne pouvons adherer à leur conduite ni la favoriser, tant qu'elle interessera si notablement la pieté de Leurs Majestez & leur conscience.

On peut remontrer cela amiablement, & le faire même avec plus de force & de vigueur, s'il est nécessaire, sans courir risque d'aucun inconvenient, dans la ferme resolution que le Sieur Chanut nous assûre continuellement qu'il rencontre en la Reine de Suede & en ses principaux Ministres d'observer inviolablement l'Alliance, & en ceci nous ne prétendons rien qui ne soit conforme à nos Traitez.

On craint les suites de la jonction des Armées Françoise & Suedoise.

Sa Majesté est toûjours fort en peine de ce qui succedera de la jonction de ses Armées qui sont commandées par le Sieur Maréchal de Turenne avec celles de Suede, reconnoissant bien que mal aisément se pourra-t'il défendre de la faire. Quand on donna ici les mains à cette jonction sur les instances qu'en apporta le Baron d'Avaugour de la part de Torstenson, il y eut beaucoup de considerations puissantes de le faire, & de juger même qu'elle nous étoit nécessaire, comme le changement de la constitution des affaires le fait juger aujourd'hui préjudiciable.

Le Duc de Baviere nous donnoit de bonnes esperances; mais nous ne voions rien dans la conduite des Imperiaux qui n'y fut contraire.

Les Suedois étoient les seuls recherchez, & Trautmansdorff leur offroit tout, avant qu'il nous eût fait dire un seul mot, & il ne daignoit pas seulement venir faire un tour à Munster, comme si nous n'eussions eu aucun intérêt à discuter dans la Négociation de la Paix.

Baviere ne témoignant aucune disposition à la Neutralité, ni à faire une suspension particuliere avec cette Couronne, il n'y avoit ni raison d'envoyer un renfort à l'Armée à Monsieur de Turenne, comme l'année derniere, pour la fortifier, ni moien pour le pouvoir faire.

Ledit Sieur Maréchal déclara librement avec l'approbation de Monsieur le Duc d'Enguien & de Monsieur le Maréchal de Gramont, qu'il lui seroit impossible de pouvoir agir tout seul, & que passant le Rhin avec sa seule Armée, non seulement il ne seroit pas en état de rien entreprendre, mais il étoit comme infaillible qu'il y recevroit quelque grand échec; & que d'employer son Armée ailleurs qu'en Allemagne & delà le Rhin, on courroit risque que les Suedois ne se servissent de ce prétexte pour conclure l'accommodement particulier, dont nos Parties les sollicitoient & recherchoient incessamment avec mille bassesses.

Enfin il ne parut autre ressource ni meilleur

expedient que de consentir à cette jonction; qui remedioit à tout & de dépêcher promptement le Sieur d'Avaugour pour en avertir Torstenson; & cela d'autant plus que lesdits Sieurs Plenipotentiaires, à qui ledit Sieur d'Avaugour venant à la Cour avoit communiqué, en passant à Munster, le sujet de son envoi, n'avoient rien écrit au contraire par deçà, ce qu'on eut raison de prendre pour une approbation tacite de la proposition dont il étoit chargé, comme en effet pour lors elle étoit utile & nécessaire.

Et comme depuis les choses ont changé, on a tâché de faire tout ce qui s'est pû pour éviter ladite jonction; mais dans le même sentiment pourtant que témoignent lesdits Sieurs Plenipotentiaires qu'il faut s'exposer à tous les mauvais effets que nous en apprehendons & la faire, plutôt que de courre risque des autres préjudices qui nous peuvent arriver en ne la faisant pas.

La Lettre que lesdits Sieurs Plenipotentiaires ont écrite du neuviéme Juin au Sieur Maréchal de Turenne est très-judicieuse, aussi bien que les instructions qu'ils ont données au Sieur de Traci pour lui parler en cette rencontre. Les reflexions qu'ils font sur le même sujet dans leurs depêches sont dignes de leurs prudences, & le soin qu'ils ont pris de charger ledit Sieur de Traci de faire joindre à l'armée les nouvelles levées ne pouvoit être plus à propos. Car plus ledit Maréchal sera fort, & plus hardiment il pourra parler, & amener les Suedois à ses fins, & non pas se laisser entrainer aux leurs.

On songe à assieger Heidelberg & Heilbron.

On lui a mandé souvent d'ici de quelle façon il doit se conduire, & qu'il faut, avant que d'entrer dans le Païs, qu'il oblige les Suedois à l'assister à la prise d'Heidelberg & de Heilbron, afin d'avoir une retraite assurée, & de pouvoir établir ses quartiers d'Hiver delà le Rhin, & que cependant il se tienne toûjours en état de le repasser quand il voudra. On n'a rien oublié pour lui faire connoître le but que peuvent avoir nos Alliez de ruïner & de mortifier Baviere, & les intérêts contraires que Sa Majesté a; de sorte qu'on se promet qu'il se conduira avec tant de circonspection & d'adresse que sans tomber en aucun des inconveniens que l'on craint, il retirera tous les avantages que l'on peut esperer de cette jonction; laquelle d'ailleurs produira vraisemblablement de bons effets pour l'avancement du Traité de Paix dans l'empire, puis que l'Empereur par l'esperance de l'accommodement, ou faute d'en avoir les moiens, ne s'étant pas beaucoup mis en état de continuer la guerre, les forces des Suedois étant plus considerables qu'elles n'ont été jusques ici; & le même se pouvant dire du Sieur Maréchal de Turenne, dès que les nouvelles levées auront toutes joint. Il est à croire que l'Empereur étant si vivement pressé, il sera obligé, nonobstant toutes les instances des Espagnols, à prendre une prompte resolution pour sortir d'affaire par la Paix, à quoi on ne doute point que l'Electeur de Baviere ne fasse les derniers efforts, particulierement voiant notre jonction faite avec les Suedois; non seulement parce qu'il reconnoît fort bien qu'il doit plus craindre qu'aucun autre de la continuation de la guerre; mais pour la haine qu'il porte aux Espagnols, laquelle on sait certainement être augmentée à tel point, qu'il n'y auroit rien qui fût capable de leur nuire à quoi il ne contribuât de tout son cœur.

Et

1646.

Et à la verité à bien examiner les motifs que ce Prince a eu quand il a fait donner parole ici, par le moien du Nonce, de ne rien entreprendre sur le Rhin contre nous, quelque dégarnis que nous laissions les Postes que nous y occupons, que nous pourrions librement emploier notre Armée ailleurs, il se trouveroit qu'il n'a pas eu seulement intention d'empêcher notre jonction avec les Suedois, n'ignorant pas l'envie qu'ils ont de lui donner une touche, mais qu'il a eu égard aussi à nous mettre en état de faire plus de mal à l'Espagne, emploiant dans quelque endroit des Païs-Bas l'Armée du Sieur Maréchal de Turenne.

On envoie ausdits Sieurs Plenipotentiaires la copie des dernieres Lettres que Monsieur le Nonce a reçûes dudit Duc de Baviere, que l'on hazarde pour cette fois-ci sans chiffre, parce que le temps manqueroit pour achever à les y mettre. On lui a fait répondre en conformité de ce dessus, lui faisant connoître le déplaisir sensible que Sa Majesté a que les artifices des Espagnols trouvent assez d'accès auprès de l'Empereur, pour empêcher ou retarder la Paix de l'Empire pour leur intérêt particulier, avec des dommages irreparables pour la Religion, que Sa Majesté voit avec des larmes de sang, mais qu'Elle ne peut pourtant pas empêcher par d'autres raisons qu'on lui marque & qu'il avouera lui-même être d'une nécessité absolue.

Sa Majesté recommande ausdits Sieurs Plenipotentiaires de bien examiner les Lettres dudit Sieur Duc, qui sont très importantes, & bien précises, notamment celle du vingt-troisiéme du passé; & comme on ne doute point que ses Ministres qui sont à l'Assemblée n'aient un pouvoir suffisant de convenir sur tout ce qu'elles contiennent, Sa Majesté donne pouvoir ausdits Sieurs Plenipotentiaires de traiter & arrêter avec lesdits Ministres de Baviere tout ce qu'ils jugeront être à propos pour son service, selon les conjonctures & le train que prennent les affaires de l'Empire dans la Negociation de la Paix, sans être même obligez de depêcher ici pour en donner avis, ou recevoir des ordres plus particuliers de sadite Majesté, laquelle est infiniment touchée des maux que la Religion Catholique est peut-être sur le point de recevoir en Allemagne.

Et pour cela on renouvelle audit Sieur Maréchal de Turenne les ordres qu'on lui avoit envoiez d'executer tout ce que lesdits Sieurs Plenipotentiaires lui feront savoir d'avoir arrêté.

Lesdits Sieurs Plenipotentiaires remarqueront dans une des Lettres de Monsieur de Baviere, l'inquietude qu'il a de nous voir tenir ferme sur des points, où il avoit crû que nous nous relâcherions dès que les Imperiaux nous auroient accordé Brisach. On n'a pas voulu le détromper, comme on le pouvoit, par le moien du Nonce, ni lui dire le secret de notre conduite, Sa Majesté remettant à Messieurs les Plenipotentiaires de s'en ouvrir en confidence à ses Députez autant ou si peu qu'ils l'estimeront à propos, croiant néanmoins en tout cas qu'il faudra toûjours les entretenir de bonnes esperances.

Dans le dernier papier que les Médiateurs ont voulu donner ausdits Sieurs Plenipotentiaires de la part des Imperiaux, il y a des propositions si chatouilleuses & si délicates, que c'est avec grande raison qu'ils ont apprehendé que ce ne fussent des pieges tendus par les Ennemis pour mettre de la division, ou au moins grande jalousie entre nous & nos Alliez. Ils ne pouvoient aussi se conduire en cela avec plus de prudence qu'ils ont fait, & ils peuvent être assûrez que personne n'aura connoissance de cet Ecrit.

Sa Majesté voit par les offres des Imperiaux qu'ils sont plus liberaux en un point qu'on n'avoit prétendu; & qu'ils nous veulent donner l'Alsace & tout le reste en toute Souveraineté, quoi que nous ne l'eussions demandée, qu'à condition de relever de l'Empire. Il y a beaucoup de raisons de part & d'autre pour prendre chacun de ces partis. Sa Majesté sera bien aise d'en avoir l'avis desdits Sieurs Plenipotentiaires. Il semble qu'on ne doit pas faire peu de reflexion sur ce que nos Parties mêmes choisissent celui que nous aurions sans cela estimé le plus avantageux pour nous ôter la communication & la familiarité avec les Princes & Etats de l'Empire que nous donneroient les séances dans les Diettes.

Lesdits Plenipotentiaires ont agi avec leur adresse accoûtumée quand ils ont donné jalousie à nos Parties des Négociations que nous entretenons avec le Prince de Transsylvanie. Si on peut tarder encore à lui faire réponse il sera très à propos, non pour croire que, dans l'état où sont aujourd'hui les affaires, il faille renouveller aucun Traité avec ce Prince; mais pour en donner l'apprehension aux Ennemis & les porter à ce qui est de la raison.

Sa Majesté a grande satisfaction de toute la conduite du Sieur Marsilli, & le lui témoignera aux rencontres qui s'offriront pour son avantage, approuvant cependant que lesdits Sieurs Plenipotentiaires lui aient fait donner deux mil Ecus sur le fonds qu'ils ont par delà. Il y aura beau champ de faire valoir dans l'Assemblée ce que nous laissons à faire dans cette rencontre, & combien le désir de la Paix & du repos public doit être grand en Leurs Majestez, puis qu'Elles negligent, contre leur propre intérêt, de mettre de semblables affaires, comme Elles le pourroient, sur les bras de leurs Ennemis.

Messieurs les Plenipotentiaires verront ce que le Sieur Le Tellier leur a mandé sur la Lettre qu'il a reçûe de l'Officier qui commande dans Trèves. Il eût été à desirer que le Sieur d'Autonville ne fût point parti que toutes choses n'eussent été bien établies; mais puis que lesdits Sieurs Plenipotentiaires étoient sur le point de l'y renvoier, il pourra y remedier maintenant sur les ordres qu'on lui a donnez d'ici, auxquels lesdits Sieurs Plenipotentiaires ajoûteront ce qu'ils croiront être du service de Sa Majesté.

Sadite Majesté est aussi un peu en peine de la legereté de cet Electeur, & qu'il ne sache pas se défendre des batteries, que les Ennemis lui dressent continuellement pour le détourner du bon chemin. Un malheur de ce côté-là est plus à craindre pour la réputation que pour toute autre chose. C'est pourquoi il ne faut rien ômettre pour le prévenir, en tretenant ce Prince dans sa bonne volonté pour cette Couronne, & le faisant souvenir des mauvais traitemens qu'il a reçûs de la Maison d'Autriche.

Quant au second Chef des Memoires, qui est touchant la conduite de Messieurs les Etats & de leurs Députez qui sont à Munster, envers la France, comme il est mal aisé de croire qu'ils soient capables de commettre une en-

tiere

1646.

1646.

tiere infidelité, aussi leur façon d'agir donne lieu d'y avoir continuellement l'œil ouvert, & de n'oublier rien, ni en Hollande ni à Munster, pour rompre les desseins de ceux d'entre eux qui sont mal-intentionnez.

Monsieur le Cardinal avoit écrit de Montdidier au Prince d'Orange en termes pressans & avec la fermeté qui convenoit à la dignité de cette Couronne, & à l'état de ses affaires. La réponse qu'il en a reçûe ne peut être plus positive qu'elle est sur la sincerité de ses intentions, protestant qu'il dementiroit bientôt par les effets tout ce que l'on avoit voulu faire croire ici contre sa réputation, & on sait aussi que depuis il a pressé sa sortie en Campagne avec toute la diligence que nous pouvions en espérer.

On espere que les Hollandois seront constans dans l'Alliance.

Le Sieur de la Thuillerie & le Sieur Brasset nous mandent qu'autant qu'ils peuvent juger ils reconnoissent une constante resolution desdits Etats à se tenir fortement unis avec cette Couronne, & une personne qui a part dans leurs affaires nous fait assûrer positivement que leurs Plenipotentiaires ont cet ordre bien précis dans leur Instruction. Il a ajoûté que les Députez de Hollande n'ont point encore d'ordre sur le fait des Indes, dont on delibere maintenant dans les Provinces; que les Espagnols ont déclaré n'être point autorisez pour convenir de dix Points qui leur ont été proposez par dessus ceux de la Trêve, & qu'ils demeurent aussi fermes sur le fait de la Religion en la Mairie de Bois-le-Duc.

Que les Etats de la Province de Gueldres ont requis les Etats Généraux de donner ordre à leurs Plenipotentiaires de faire instance envers les Espagnols de quitter le quatriéme Membre de ladite Province pour incorporer à ceux de Memmigen, Arnheim & Zutphen, c'est-à-dire Gueldres, Venlo & Ruremonde.

Qu'il est vrai qu'on n'a pas communiqué certaines choses aux Plenipotentiaires de France à Munster; mais qu'ils en ont usé de même envers l'Etat, parce qu'outre ce qui est contenu dans l'Instruction des Députez, ils avoient ordre d'obtenir, s'il étoit possible, deux points très-importans, dont on ne juge pas à propos de donner connoissance aux Provinces, quoi qu'ils leur soient avantageux, parce que ceux qui desirent que la Trêve soit promptement conclue s'y seroient opposez, craignans que la prétention de ces deux points ne causât du retardement à la Négociation; qu'on les a pourtant declarez à Noirmond, avec protestation qu'il ne se feroit rien s'ils n'étoient accordez, que les Espagnols y ont consenti d'abord; mais que les Députez n'en ont parlé à personne ni même rendu compte à leurs Superieurs par l'appréhension qu'ils ont euë que la Province de Hollande ne fît du bruit de ce que contre la resolution on auroit passé outre à des nouveautez, lesquelles, quoi qu'avantageuses en cette rencontre, pourroient se renouveller en d'autres, où elles ne le seroient pas; & qu'on n'en fera l'ouverture à l'Etat qu'à la fin du compte, & quand tous les autres points seront conclus.

Les Espagnols promettent cent mille Ecus à Paw, & autant à Knuyt.

Avec tout cela il est indubitable que la plus grande partie des Députez desdits Etats sont absolument gagnez par les Espagnols & principalement Paw & Knuyt, non qu'ils en aient encore reçû de l'argent, mais seulement de telles assûrances que la Paix ou la Trêve étant faite, il ne soit plus au pouvoir des Espagnols de leur contester ce qu'ils leur ont promis,

n'aiant à faire qu'à un Marchand d'Amsterdam, lequel, comme il a déja été mandé, a pris ses sûretez avec un autre Banquier d'Anvers. Il est certain que ces deux personnages y toucheront chacun cent mil Ecus, & que pour les mériter mieux ils ont travaillé fortement, & continuent plus que jamais pour empêcher que Monsieur le Prince d'Orange entre en Campagne, ou pour faire que s'il y entre, il n'entreprenne rien, au moins jusques au retour du Courier qu'on a dépêché à Madrid, & qui doit raporter le plein pouvoir aux Ministres d'Espagne, en la forme que Messieurs les Etats l'ont desiré.

1646.

Quelque chose donc que lesdits Paw & Knuyt puissent diré à Messieurs les Plenipotentiaires, elle ne sauroit être que maligne & pleine d'artifice & de déguisement; mais comme nous avons fait grand bruit à la Haye, & notamment envers Monsieur & Madame la Princesse d'Orange, il se pourroit faire que ladite Princesse eût mandé d'essaier d'adoucir les esprits de Plenipotentiaires de France par des protestations d'affection & de fidelité, afin de les endormir; & cela d'autant plus, que Monsieur le Prince d'Orange (que l'on ne peut croire avoir consenti au manquement de foi) est en meilleur état qu'il n'étoit & donne des esperances de vivre plus long-temps que l'on n'avoit crû.

On met de nouveau en consideration, s'il seroit bon que lesdits Sieurs Plenipotentiaires fissent connoître à ces deux Députez de Hollande qu'on est informé de tout ce qui se passe entre les Espagnols & eux, parce que les Espagnols mêmes s'en sont vantez à des personnes confidentes, qui l'ont raporté; mais que la France est trop assûrée de la ponctualité de Messieurs les Etats en l'observation de leurs Traitez, & connoît assez bien Monsieur le Prince d'Orange pour ne point apréhender que ni lesdits Sieurs Etats ni lui soient capables de se laisser jamais porter à rien qui puisse toucher leur reputation & leur honneur.

La Cour de France songe à les gagner.

Messieurs les Plenipotentiaires verront aussi si lesdits Paw & Knuyt étant interessez au point qu'ils le sont, il ne seroit point à propos d'essaier de les engager par l'esperance de quelque recompense qu'on pourroit leur promettre pour servir la France dans ce Traité de Paix & se rendre Solliciteurs de ses intérêts auprès des Espagnols.

Si Messieurs les Etats ne passent pas outre en leurs Traitez, & que (comme on l'espere & comme ils le protestent) ils ne concluent rien sans la France, la posterité, qui peut-être ne sera pas informée des particularitez de ce qui s'est passé, aura sujet de tenir les Députez de Messieurs les Etats pour de très-habiles Négociateurs, parce que dans l'accommodement général qui sera conclu lesdits Etats jouiront de tous les mêmes avantages que les Espagnols ne leur avoient accordez que dans la pensée & l'esperance de les desunir d'avec nous.

Et à la verité il y aura peu de personnes qui louënt les Ministres d'Espagne d'avoir été adroits dans la conduite de cette affaire, puisqu'ils n'avoient, pour éviter cela, qu'à déclarer ausdits Députez des Etats que tout ce qu'ils condescendoient pour favoriser les Etats n'étoit qu'en cas qu'ils voulussent achever leur Traité particulier sans attendre le général.

Enfin, toutes les Lettres du Sieur de la Thuillerie portent absolument qu'on ne conclura

clura rien sans la France, & que quelques avis qu'on nous donne, nous ne devons rien croire au contraire ; ce qui confirme d'autant plus Sa Majesté dans l'opinion qu'elle a toûjours euë qu'il faut en cette affaire parler fortement & avec fermeté, puis qu'on le peut faire sans peril, attendu l'état de nos forces, & de celles des ennemis, & qu'on doit montrer que comme cette Couronne veut religieusement garder la foi à ses Alliez, elle prétend aussi qu'ils observent de leur côté, avec la même ponctualité & franchise ce qui est porté par les Traitez que nous avons ensemble.

Sa Majesté estime même que plus on parlera haut dans les rencontres aux Deputez de Messieurs les Etats du ressentiment de leur conduite, plus on les verra souples & retenus à ne la pas continuer. Enfin nous avons la justice de notre côté & les mal-intentionnez d'entre lesdits Députez ont un parti contraire dans leur propre Etat, qui vrai-semblablement sera le plus fort. Après tout quelque impression qu'aient fait dans leur esprit les bien-faits que quelques uns attendent des Espagnols, il est impossible qu'ils ne reconnoissent que ce n'est ni un bon parti pour Messieurs les Etats d'offenser la France, ni pour eux d'en être les instrumens.

On fait état d'arrêter ici huit jours pour le moins, sous quelque prétexte, le Courier qui doit revenir d'Espagne & aporter le plein pouvoir à Peñaranda en la forme que l'ont desiré Messieurs les Etats, avec les instructions pour leur accommodement; & en cela on ne fera qu'imiter l'exemple que nous en ont donné nos Parties, qui depuis peu ont arrêté quatre jours entiers à Bruxelles le Courier qu'on avoit dépêché d'Amiens en Hollande, parce qu'ils craignoient avec raison que c'étoit pour presser la sortie en Campagne de l'Armée de Messieurs les Etats.

Touchant le troisiéme & dernier chef, qui sont les affaires d'Espagne, on mande de Vienne que l'Ambassadeur du Roi Catholique qui y est voiant que toutes ses prieres & toutes ses protestations n'étoient pas assez puissantes pour obliger l'Empereur à surseoir la satisfaction qu'il avoit resoluë de donner à la France, e-toit d'avis, & en avoit écrit à Munster, & à Madrid en ce sens, qu'on devoit aussi conclure l'accommodement du Roi son Maître à quelques conditions que ce fût, pour ne demeurer pas seul en guerre contre des Ennemis puissans & libres des diversions d'Allemagne; mais qu'il estimoit à propos pour bonnes considerations, & pour sauver leur réputation, que les moïens en fussent proposez à l'Assemblée par les Ministres de l'Empereur, après pourtant qu'ils auroient été concertez avec les Plenipotentiaires d'Espagne, afin qu'il parût que ceux-ci y avoient été entrainez en quelque façon par les autres.

Le même avis de Vienne porte (& cela est confirmé par la voïe de Bruxelles) qu'on nous proposeroit bien-tôt de laisser à la France les deux Comtez d'Artois & de Roussillon avec Rozes, & qu'à la fin même on consentiroit aux Trêves de Catalogne & de Portugal, mais que pour cette derniere on insisteroit vivement à ce que le terme en fût court, & n'excedât pas dix-huit mois ou deux ans au plus.

Il est certain que si on peut conclure la Paix pendant que les Armées agissent avec avantage pour nous de tous côtez, la gloire en sera beaucoup plus grande pour cette

Couronne, que si elle avoit été faite dans un autre temps. Car outre que nous donnerions à toute la Chrétienté une preuve si solide combien son repos nous est cher, puis que nous sacrifierons visiblement pour le lui procurer, tout ce qu'une fortune très-éminente nous offre de progrès, & d'agrandissement dans la continuation de la guerre; il paroîtroit davantage, en cette occasion qu'en une autre, que nous aurions forcé nos Ennemis l'épée à la main d'accepter la Paix.

Son Altesse Roïale assiege maintenant Courtray à la vûe de toute l'armée Ennemie, qui en est à une demie portée de Canon. Ils ont rassemblé toutes leurs forces sans en avoir laissé le moindre petit corps du côté des Hollandois, & avec cela ils n'ont jusques ici osé livrer combat, reconnoissans bien que nos troupes surpassent les leurs en bonté & aussi en nombre.

Cependant par cette vigoureuse resolution qu'on a prise ici d'agir jusques dans le cœur de la Flandre, sans attendre la diversion des armées de Messieurs les Etats, & même avant que d'être assûrez que leur Armée soit en Campagne, on aura fait connoître ausdits Etats qu'ils ne sont pas si nécessaires à la France qu'ils se l'étoient peut-être imaginé. On fera connoître aussi le moïen aux Espagnols qu'ils ne seroient pas au bout de leurs affaires, quand ils nous auroient separez des Hollandois, & aux Flamans que quand le Traité particulier de la Hollande, auquel ils mettent leur esperance, seroit achevé, ils n'en auroient pas mieux assûré leur repos. Nous aurons aussi gagné par là pour la guerre, puis que le bruit de nos armées a pressé certainement Monsieur le Prince d'Orange d'entrer en Campagne, sur tout voyant tant d'apparence à venir à bout de tout ce qu'il voudra entreprendre.

Cette démarche nous servira tout de même pour la Paix, en ce que les Hollandois reconnoîtront mieux la nécessité qu'ils ont de se tenir bien amiablement unis avec une Puissance, qui seule fait des progrès en Flandre, contre toutes les forces des Ennemis ensemble, sans que cela l'empêche d'en faire par tout ailleurs. Et il est à croire qu'ils en seront plus retenus, non seulement à ne se point séparer de la France, mais à ne nous pas presser de mauvaise grace de conclure notre accommodement, comme Messieurs les Plenipotentiaires craignent qu'ils ne fassent dès qu'ils auront leur compte; parce qu'ils pourront avoir reconnu que nous ne sommes pas en état d'être menez de la sorte, & que nos affaires ne seroient pas moins soûtenuës quand ils commettroient une infidelité, qui sans doute tôt ou tard causeroit leur ruine.

On n'a point de nouvelles du Siege d'Orbitello depuis le vingt-neuviéme du passé, qu'on avoit percé le fossé en quatre endroits, & qu'on esperoit d'entrer dans la Place dans dix ou douze jours au plus tard. Carlo de la Gatta fait toute la résistance qui se peut, & la bonté de la Place le favorise extrêmement, ne pouvant être attaquée que par un endroit, où il y a trois demi-Lunes, & un grand fossé, avec une Canette d'eau au milieu, & après deux grands Bastions qui sont fort bons.

Monsieur le Comte d'Harcourt poursuit le siege de Lerida, & mande tous les jours qu'il en a bonne esperance, quoi qu'à dire le vrai ausdits Sieurs Plenipotentiaires, on n'a guéres approuvé ici la resolution de l'attaquer

taquer par famine, fachant le temps que les Efpagnols ont eû de bien pourvoir la Place, & les foins qu'ils en ont pris ; outre que le Gouverneur empêche avec une extrême application que le moindre foldat ne fe fauve. Ce qui fait bien juger que ce n'eft pas par le manquement des vivres qu'il craint d'être emporté. Monfieur le Comte afsûre toûjours qu'il a de bons avis de l'état des Afsiegez ; mais les exemples de Tarragone & de Balaguer, quoi qu'avec differens fuccès, faifans voir avec beaucoup d'autres, que c'eft attaquer les Efpagnols dans leur fort que de les attaquer par la patience & la fobrieté; on fe méfie un peu de ce qui réuffira.

Meffieurs les Plenipotentiaires feront connoître par delà que la Circonvallation étant achevée & parfaite, comme on mande qu'elle l'eft, la Place ne peut plus fe fauver, & peut-être que les Efpagnols voyant outre cela que nos Armées agiffent heureufement dans la Flandre, même avant que l'Armée de Meffieurs les Etats foit en Campagne, & que l'Empereur témoigne affez par la ceffion de Brifach qu'il veut en toute façon conclure la Paix & conféquemment qu'ils n'ont rien à efperer, mais infiniment à craindre, fi la guerre continuë plus longtemps, ils fe porteront enfin à donner les mains à l'accommodement aux conditions que nous pouvons défirer.

Depuis ce Memoire achevé, le Secretaire de Monfieur le Maréchal de Turenne eft arrivé : il partit le dix-fept d'auprès de lui pour venir dire que fur les Lettres qu'on lui avoit écrites d'ici & fur celles qu'il avoit auffi reçuës defdits Sieurs Plenipotentiaires, il avoir refufé la jonction avec les Suedois jufques à ce qu'il en eût de nouveaux ordres de la Cour, qu'il leur a dit qu'il recevroit en onze jours. Cela a mis Sa Majefté en peine, ne fachant de quelle façon les Suedois auront reçu ce délai ni quelle refolution ils prendront.

Meffieurs les Plenipotentiaires qui ont eu la copie des Lettres qu'on a écrites d'ici audit Sieur Maréchal, favent bien qu'on ne lui a mandé autre chofe, fi ce n'eft qu'il fît fon poffible pour éviter la jonction, pourvû que cela fe fît avec l'agrément des Suedois, à qui on l'a promife: Qu'il effaiât de les tirer à nos fins, plutôt que de nous laiffer entrainer aux leurs, & fur tout qu'il les engageât à nous affifter aux prifes de Heilbron, & Heidelberg.

Lefdits Sieurs Plenipotentiaires verront par la copie de la Lettre que ledit Maréchal a écrite à Monfieur le Cardinal Mazarin qu'un Billet du Baron d'Avaugour, fur une Lettre qu'il avoit euë defdits Sieurs Plenipotentiaires, avoit beaucoup contribué à le perfuader qu'il ne devoit point faire la jonction, & fon Secretaire ajoûte qu'il avoit cru qu'on avoit peut-être conclu quelque Traité fecret, & qu'il appréhendoit de le gâter. On efpere ici que tout aura été remedié par l'arrivée du Sieur de Traci qui étoit chargé par lefdits Sieurs Plenipotentiaires de lui dire les inconveniens qu'ils trouvent à differer ladite jonction, maintenant que les Suedois s'étoient fi fort avancez fur la parole que nous leur en avons donnée. Mais en tout cas, on ne s'eft pas contenté de renvoier fur l'heure ledit Secretaire, on a dépêché auffi en même temps deux autres Couriers par deux differens chemins, avec les ordres audit Maréchal de faire la jonction fans remife. Que fi les Miniftres de Suede en font par delà quelques plaintes, il fera bien aifé aufdits Sieurs Plenipotentiaires de les fatisfaire, les afsûrant que ce n'eft qu'un retardement de huit jours caufé par un mal-entendu contre l'intention de Sa Majefté, laquelle a depêché en diligence audit Sieur Maréchal pour lui ordonner de faire la jonction.

Et puis que ce delai eft arrivé on pourra le faire valoir aux Députez de Baviere, leur donnant à entendre qu'il n'y a rien que nous n'aions fait pour nous défendre de la jonction, même depuis que les Suedois ont traverfé tant de Pais, & fe font rendus fur le Rhin ; mais qu'à la fin nous y avons été néceffitez ; ajoûtant même ce que nous avons fû de Francfort, que l'Archiduc, qui y eft, aiant eu connoiffance des plaintes des Suedois contre nous fur le refus de cette jonction, à laquelle nous étions engagez de parole avec eux, efperoit d'en profiter, fe fervant de cette conjoncture pour convier les Miniftres de Suede à conclure promptement fans la France un accommodement auffi avantageux qu'ils fauroient defirer.

Pour conclufion, Sa Majefté recommande aufdits Sieurs Plenipotentiaires de preffer les Miniftres de Suede fur la Paix ou fur une fufpenfion, pour l'execution des points qui auroient été arrêtez, leur faifant connoître que quoi que nous foions en état de faire de grands progrès en Allemagne, nous jugeons néanmoins à propos de les facrifier au bien public, & de ceder même beaucoup de prétentions que nous avons formées, pour obtenir une Paix glorieufe & recueillir le fruit de tant de travaux, fans rien hazarder à l'avenir qui puiffe changer l'état des affaires, qui eft fi favorable à la caufe commune.

<hr>

LETTRE

De Meffieurs les

PLENIPOTENTIAIRES

à Monfieur le Comte de

BRIENNE.

Du 20. (15.) Juin 1646.

Trautmansdorff refufe la premiere vifite à l'Ambaffadeur de Mantouë, fur ce que fon Maitre eft Feudataire de l'Empereur.

reur. 8000. Ecus envoyez à Monsieur de Traci: Et 4000. à l'Electeur de Trêves. On presse la jonction avec les Suedois.

MONSIEUR,

NOus avons à vous rendre graces bien humbles de toutes les nouvelles dont il vous plaît nous donner part, dans vos Lettres du neuviéme & quinziéme de ce mois. Celle qui traite de la meilleure disposition où sont les affaires à Rome, nous a bien réjouï. Monsieur le Nonce Chigi en a témoigné quelque chose. Mais les troupes qu'on y leve nous tiennent en souci, étant mal aisé de croire, que, sans quelque dessein, le Pape voulût se mettre en défense, après les assûrances qui lui ont été données par Leurs Majestez.

Nous avons examiné l'article secret du Traité fait avec les Hollandois en 1635. S'ils veulent s'en servir contre nous pour appuier l'injuste prétention, dont vous verrez qu'il est parlé au Memoire, nous croions nous en pouvoir aisément défendre, puisque dans le même article il est dit qu'aux lieux mêmes, où l'on n'est point obligé de faire la Guerre, on n'y pourra faire la Paix que conjointement.

Ce que vous avez répondu au Résident du Prince Palatin nous servira ici quand on nous fera de sa part les mêmes instances qui nous ont été faites.

Monsieur l'Ambassadeur de Savoie ne nous a point fait les plaintes dont il est parlé en votre Lettre touchant le traitement de celui de Mantoüe. Il est vrai que les Imperiaux n'ont point vû ce dernier. Le Comte de Trautmansdorff nous a dit qu'étant Feudataire de son Maître, il n'est pas raisonnable que le Vassal soit visité le premier par son Seigneur. Mais Monsieur le Nonce, le Comte de Peñaranda, & l'Ambassadeur de Venise l'ont visité. Deux de nous ne l'ont point encore vû, & ne se sont point trouvez à la visite qu'il a renduë à moi Duc de Longueville, qui avoit été chez lui pour la raison qui vous a cidevant été écrite, qui fut de prévenir Peñaranda; (ce qui peut même être pris comme la visite d'un parent.) Ainsi les choses sont encore en leur entier, pour pouvoir suivre exactement ce qu'on nous fera savoir être des intentions de la Cour. Il ne reste de difficulté que pour la premiere visite & pour la porte, ledit Ambassadeur se contentant du titre de *Seigneurie illustrissime*, comme étant Ecclesiastique.

L'Armée du Roi s'étant tenuë au delà du Rhin, plus long temps qu'on n'avoit crû, le fonds destiné à l'entretien des nouvelles levées s'est consommé, & le Sieur de Traci nous en aiant écrit de Cassel en la forme que vous verrez par l'extrait ci-joint de sa Lettre; nous lui avons envoié huit mille Risdales par un

Gentilhomme accompagné d'un Trompette & de quelques Gardes, aiant jugé qu'il valloit mieux faire cette dépense que de laisser perir des troupes, qui peuvent si utilement servir. Cependant comme il est du soin des Généraux de pourvoir à leur subsistance, nous vous supplions, Monsieur, de faire en sorte que les ordres qui les concernent ne nous soient plus adressez, puisque nous ne sommes pas

en lieu où nous puissions avoir les connoissances nécessaires pour y pourvoir à temps.

Nous avons encore été obligez d'envoier à Monsieur l'Electeur de Trêves une somme de quatre mille Risdales pour le dédommager d'une perte qu'il a reçu en une de ses Terres Patrimoniales par quelques troupes de l'Armée du Roi. Il en a fait tant de bruit & tant de plaintes au Sieur d'Antonville, qu'aiant à le renvoier vers lui pour l'affaire de Philipsbourg, nous avons crû devoir préparer son esprit par cette petite satisfaction, vû même que les présens qui lui ont été destinez à la Cour, & dont il a eu avis, ne lui ont point été envoiez. C'est un Prince qui est pauvre, & qui a besoin d'être ménagé pour le tenir en la bonne disposition où il est envers la France.

Ces deux dépenses étant extraordinaires, & du tout hors du fait de l'Ambassade, mais nécessaires au service du Roi, nous vous prions de les faire promptement remplacer, de crainte que sur la conclusion du Traité nous ne vinssions à manquer d'argent; ce qui pourroit causer un grand préjudice.

Nous avons écrit depuis peu à Monsieur de Turenne sur ce que les Suedois se plaignoient qu'il ne passoit pas deçà le Rhin. Nous le prions de nous en mander les motifs, & de nous faire savoir si c'est de concert avec Monsieur Wrangel qu'il demeure si long-temps auprès de Bacharak, ou s'il a reçû quelque nouvel ordre de la Cour qui l'y oblige; pour nous donner moien de répondre & satisfaire à nos Alliez, quand ils nous en parlent. Nous lui mandons qu'après s'être si fort engagez à la jonction, & que l'Armée Suedoise s'est avancée pour cet effet, & a quité ses autres desseins, il semble qu'il n'y a plus lieu d'en differer l'execution. Nous nous sommes aperçûs que ni les Imperiaux ni les Bavarois ne pressent point tant la conclusion du Traité, voiant que cette jonction ne se fait pas, & il semble qu'il n'y ait rien de plus utile présentement, soit pour faire la Paix ou une suspension générale dans l'Empire, ou une particuliere avec Baviere, & que c'est le moien le plus promt pour mettre l'Armée du Roi en liberté d'executer après d'autres desseins.

Il n'y a rien de nouveau aux affaires de l'Empire sinon que Messieurs les Plenipotentiaires de Suede nous ont envoyé proposer par le Résident qui est ici, de faire notre entrevûe en lieu tiers, entre Munster & Osnabrug. Nous avons répondu qu'encore qu'il y ait beaucoup de choses non resoluës pour la satisfaction de la France, nous ne laisserons pas pourtant de nous y trouver & avons écrit à Monsieur de la Barde de convenir d'un jour avec eux. Cela pourra se faire pendant cette semaine.

Monsieur l'Electeur de Trêves nous a fait prier par le Sieur d'Antonville de supplier Sa Majesté d'accorder au Sieur Grass, son principal Conseiller, le droit d'aubeine des biens delaissez par un nommé d'Ousterlac, parent dudit Sieur Grass. Nous vous supplions, Monsieur, de prendre information de cette affaire, [de l'Agent dudit Sieur Electeur & de faire en sa consideration tout ce qui se pourra.] Vous recevrez sur ce sujet une Lettre particuliere. Vous nous avez beaucoup obligez d'envoier une Sauvegarde pour le Comte de Vehlen que nous lui ferons tenir. Conservez-nous l'honneur de votre bienveillance & faites-nous celui de croire que nous sommes &c.

M E.

MEMOIRE

De Messieurs les

PLENIPOTENTIAIRES

ENVOYE' EN COUR

le 26. Juin 1646.

Plaintes fort vives faites aux Plenipotentiaires Hollandois. Leur réponse. Intérêts particuliers du Prince d'Orange.

LE Memoire du Roi du neuviéme de ce mois touchant le point qui nous donne aujourd'hui le plus de peine dans cette Négociation, nous fut aporté par le dernier Ordinaire. Nous avons remarqué ce qui nous y est très-judicieusement ordonné en cas que contre toute sorte de justice & de raison Messieurs les Etats vinssent à déclarer de n'être obligez envers la France qu'en ce qui regarde les Pais-Bas, & c'est avec beaucoup de prudence qu'en nous prescrivant les moiens d'éviter le mal qui nous pourroit causer le manquement, on y ajoûte cette condition, si tous nos efforts pour leur faire comprendre raison étoient d'ailleurs inutiles. C'est ce qui nous fait connoître que l'intention de Leurs Majestez est qu'on ne se serve de ces moiens que dans l'extrémité, & après que l'on aura en vain essaié de remettre lesdits Sieurs Etats dans de meilleurs sentimens. Aussi, n'estimons-nous pas qu'une si fausse opinion puisse être reçuë généralement dans les Provinces-Unies. C'est une invention des Espagnols qui ont gagné les plus corrompus d'entr'eux, & qui n'aura point d'effet envers les gens d'honneur & ceux qui ont du jugement.

On aura vû par la derniere Dépêche que nous avions travaillé déja à cette affaire, & que les Ambassadeurs de Messieurs les Etats avoient remis la réponse quand ils auroient revû leurs Traitez; mais c'étoit pour se défaire de nous, comme il nous fut assuré depuis. On nous avertit en même temps qu'ils nous devoient venir trouver pour presser sur le neuviéme Article, afin de faire par-là cesser nos justes plaintes, ou de pouvoir refuser avec plus de couleur & de prétexte ce que nous désirions d'eux, quand ils n'auroient pas été satisfaits en ce qu'ils prétendent. Sur quoi il arriva bien à propos que, dans une visite que nous fîmes aux Médiateurs, ils nous dirent avoir sû de la bouche de Peñaranda que les Ambassadeurs de Messieurs les Etats lui avoient déclaré de n'avoir d'autre obligation avec la France que pour les affaires du Pais-Bas. Nous resolûmes aussi-tôt de les aller voir, tant pour les prévenir en ce qu'ils a-

voient à nous dire, que pour ne pas laisser affermir dans leur esprit une maxime non moins injuste que préjudiciable.

1648.

1648.

La plainte leur fut portée avec beaucoup de ressentiment. On leur dit ce qui avoit été découvert par les Médiateurs, & on n'oublia rien pour leur faire connoître leur mauvais procédé. On leur représenta que les Ministres d'Espagne se montroient bien plus difficiles depuis que cette parole leur avoit été donnée, & qu'ils ne veulent pas ouïr parler de la Trêve pour le Portugal, à quoi ils étoient auparavant disposez. Aussi à la verité, leur disions-nous, est-il bien étrange que quand nous vous avons parlé de cette affaire, vous ne nous avez jamais répondu qu'avec doute, disant que ce n'étoit pas à vous à interpreter le sens des Traitez; & que contre les mêmes Traitez vous aiez fait une Déclaration si ouverte & si expresse à nos Ennemis communs. Sur cela nous leur cottâmes les Articles des Traitez faits dans les années 1634. 35. & 44. qui établissent notre prétention. Enfin nous leur dîmes que nous leur venions faire une déclaration contraire, soutenans qu'ils étoient obligez à tous les intérêts que la France peut avoir contre l'Espagne.

Plaintes fort vives faites aux Plenipotentiaires Hollandois.

Comme il étoit mal aisé de résister à nos raisons, ils furent long-temps en conference, & nous firent ensuite une réponse fort embarassée, que nous avions peine à comprendre, sinon qu'en substance ils disoient que nous devons être contens de ce qu'ils avoient souvent déclaré & à nous & aux Espagnols, qu'ils ne feroient rien sans la France. Mais aiant repliqué que ce n'étoit pas répondre à propos, & que nous désirions de n'être plus entretenus de paroles ambigues, mais de savoir nettement leurs pensées, afin de prendre nos resolutions; ils nierent d'avoir tenu ce discours aux Ministres d'Espagne; qu'il pourroit être à la verité que Peñaranda auroit conçu cette opinion sur ce qu'il avoit connu que Messieurs les Etats faire difficulté de s'interesser pour le Portugal, & en effet, ajoûterent-ils, ce seroit une grande question à faire entre nous si, toutes choses étant accordées d'ailleurs, il faudroit manquer à conclure la Paix pour les seuls intérêts du Portugal. Et quant à ce que nous avions soûtenu que Messieurs les Etats étoient obligez à toutes les affaires de la France contre l'Espagne, il se falut contenter de leur silence, ne les aiant jamais pû induire à nous parler positivement sur ce fait; ils se tinrent seulement sur la negative, assûrant de n'avoir point dit aux Espagnols ce qui avoit été raporté par les Médiateurs.

Leur réponse.

Nous les pressâmes d'en faire donc une déclaration expresse par écrit. Mais ce que nous pûmes obtenir, après beaucoup de contestations, fut qu'ils iroient trouver Monsieur Contarini (ne pouvant voir Monsieur le Nonce) & qu'ils assûreroient en présence dudit Sieur Ambassadeur qu'ils n'avoient point tenu un tel discours aux Plenipotentiaires d'Espagne.

Après tout, nous croions que l'intention de ceux d'entr'eux qui se sont laissez corrompre par les Espagnols, est de dégager, s'ils peuvent, les Provinces de l'obligation qu'ils ont envers la France pour les affaires d'Espagne & d'Italie. On nous avertit qu'ils y veulent disposer les esprits, & travailler à donner cette créance au peuple. Cette nouveauté nous aiant semblé importante & dangereuse;

nous

1646.

nous avons renvoié le Sieur de Sombres vers Monſieur de la Thuillerie, pour l'informer & lui donner moien de rompre, s'il ſe peut, ces menées & ces pratiques, en agiſſant auprès de Monſieur le Prince d'Orange & de Meſſieurs les Etats. Ceux des Plenipotentiairés qui ſont les mieux intentionnez, & qui témoignent bonne volonté, ne jugent pas qu'on doive facilement ceder ce point. Ils diſent que l'humeur des Provinces eſt telle que ſi on avoit accordé une choſe ſi peu raiſonnable, elles en prétendroient bien-tôt d'autres, & ſe rendroient inſuportables. Et quant à nous nous jugerions perilleux de donner la moindre connoiſſance qu'on fût pour ſe relâcher & ſe laiſſer vaincre, en une ſi injuſte prétention. Nous avons fait paroître qu'on ſeroit extrémement offenſé à la Cour qu'une choſe ſi claire & ſi évidente ait été revoquée en doute. Il eſt bien néceſſaire que nous ſoions appuiez, & qu'il leur ſoit parlé par tout avec la même fermeté, autrement tout ce que nous ferions ſeroit bien inutile & il ſeroit impoſſible après de conduire les affaires au point deſiré par le ſuſdit Memoire.

Mais ſi contre le devoir & contre toute apparence, Meſſieurs les Etats venoient à franchir le ſaut, & à déclarer qu'ils n'entendent être obligez que pour les affaires du Païs-Bas ; il ſemble qu'on peut leur demander l'execution entiere du Traité qui nous lie enſemble, juſques à l'expulſion des Eſpagnols, & qu'à toute extrémité l'on peut juſtement prétendre non ſeulement la retention des Conquêtes, mais encore la ceſſion de ce qui nous manque de la Comté d'Artois & autres choſes ſemblables. On peut auſſi leur faire apréhender que s'ils manquoient à ce qui a été accordé entre nous, la France n'entend point être obligée à garentir leur Tréve, ni tout ce qui leur ſera promis par les Eſpagnols. La crainte de ſe voir privez de l'appui d'un grand Roiaume, les rendra plus traitables & nous donnera lieu d'en tirer de meilleures conditions.

Il eſt à remarquer que comme nous avons ſouvent parlé avec leſdits Ambaſſadeurs des moiens de faire la Paix, ils n'ont jamais jugé que la France dût reſtituer les Places qu'elle a occupées dans les Païs-Bas. Mais ſeulemens ils ont propoſé d'en raſer quelques unes, & d'en démolir les Fortifications, d'où nous inferons que l'on pourroit en tout cas, non ſeulement conſerver ce que nous y avons acquis ; mais y augmenter nos demandes, ou du moins obtenir par degrez & de leur conſentement, ce que nous aurions grand' peine d'avoir, ſi on leur accordoit trop facilement la ſeparation qu'ils deſirent des intérêts des Païs-Bas de tous les autres que nous avons contre le Roi d'Eſpagne.

Touchant les Evêques de Catalogne, on fera tout ce qui ſera poſſible pour ſatisfaire à l'avis du Docteur Twarti. Il nous ſemble ſur tout important de ne ſouffrir pas qu'aucun de ceux qui ſe ſont retirez dans les terres de l'obéïſſance du Roi d'Eſpagne retournent en Catalogne pendant la Tréve, quelque longue qu'on la puiſſe faire.

Intérêts particuliers du Prince d'Orange. Il eſt vrai que Knuyt a traité ici les intérêts de Monſieur le Prince d'Orange. Lui-même nous l'a avoué, ſans nous avoir pourtant voulu dire le détail. Nous avons apris qu'on ne lui donne ni Venloo, ni Ruremonde, d'autant que ces lieux étant dans le Duché de

ToM. III.

Gueldres, la Province ne l'eût pas trouvé bon. On nous a dit qu'on lui donnoit la Seigneurie de Montfort, qui a appartenu au Comte Henri [de Wirtemberg,] & qui eſt à Monſieur le Duc d'Arſcot, & que le Comte de Trautmansdorff a promis de faire ériger la Comté de Meurs en Duché & Principauté de l'Empire. Ce qui a rendu cette Négociation plus ſuſpecte, c'eſt que Paw y a été aſſocié, lequel juſques-ici s'eſt toûjours montré contraire aux intérêts dudit Sieur Prince.

***

L E T T R E

De Monſieur le Comte de

B R I E N N E

à Meſſieurs les

PLENIPOTENTIAIRES.

Du 29. Juin 1646.

On eſpere bien des Hollandois. Combat Naval ſur les côtes d'Italie. Le Duc de Brezé y eſt tué. Affaires de Rome.

Monseigneur & Messieurs.

VOtre Depêche du dix-huitiéme me fut rendue le vingt-deuxiéme, & bien que vous la commenciez d'une maniere qui pouvoit me diſpenſer de la faire voir à la Reine, j'ai été d'un ſentiment contraire. Sa Majeſté s'étant donné la patience de m'entendre ne m'a rien commandé de vous faire ſavoir, hormis qu'Elle s'aſſûre que vous veillerez ſi bien les Députez de Meſſieurs les Etats, qu'ils n'oſeront pas faire ce que quelques-uns d'entr'eux peuvent avoir concerté. Outre la diligence que vous y apportez, en informant ſoigneuſement Monſieur de la Thuillerie de toutes choſes, la nôtre y contribue auſſi, & il pourra arriver qu'il ſe trouvera plus d'honneur dans le Conſeil d'Etat, & plus de loyauté dans les Communautez qui le compoſent, qu'en aucuns de ceux qu'ils ont choiſi pour ſe trouver à l'Aſſemblée de Munſter, & que ceux-là, ou veillez par leurs Confreres ou repris par leurs Superieurs, changeront de baterie dans la ſuite du Traité. Il faut avouër que la pierre de touche eſt à découvert, & que la piece eſt déja poſée deſſus pour y faire paroître de quel titre elle eſt. Car ſi Monſieur le Prince d'Orange, qui étoit à Breda le douziéme du courant, ſe met en Campagne & qu'il attaque quelque Place de conſideration, ou ſeulement qu'il force l'Ennemi à ſéparer ſon Armée, qui eſt oppoſée à la nôtre, pour lui aller au

Gg 2   de-

1646.

devant, on pourra conclure que l'Etat & lui marchent de bon pied avec nous. Quelques-uns ont publié qu'il alloit à Dam ou à Bruges; mais c'eſt une nouvelle faite à plaiſir, & cela ſe juſtifie en ce que ledit jour il n'avoit pas encore concerté avec Meſſieurs les Etats ce qu'il devoit entreprendre, dont les Députez n'étoient partis que du matin pour l'aller trouver. La deputation eſt célèbre & plus qu'à l'ordinaire. De fortune, Monſieur d'Eſtrades s'y rendit en même temps, qui aura fortifié le Prince pour reſiſter aux prieres importunes de Madame ſa femme qui croit de gagner beaucoup quand elle l'empêche de peu de jours de ſe ſéparer d'elle. Il faut avouër que vous avez admirablement preſſé les Députez, & que la honte de leur infidelité les a couverts en leur préſence. Ils ſe ſont défendus comme des gens coupables, & ils ont apris que peu de choſes ſont ſecrettes aux grands Rois. Je ne ſai pas ſi l'Ambaſſadeur des Etats, qui eſt en cette Cour, eſt bien informé de ce qui ſe paſſe. Si on peut aſſeoir un jugement ſur ſon recit, l'Article des Indes n'eſt pas concerté, ni les Provinces ne ſont pas ſeulement convenues de ce qu'elles doivent demander, & il eſt d'opinion que ſi on ne leur accorde pas la liberté entiere du trafic, & de ſe pouvoir établir dans les lieux qui ne ſont pas occupez, & que la Paix ou la Trêve n'ait lieu dans les Païs qu'ils tiennent, tant aux Indes d'Orient qu'en celles d'Occident, il ne s'en conclura point.

Je n'ai plus à vous demander des raiſons pour défendre ce qu'on veut inferer d'un Article ſecret, portant reſtriction à l'un du Traité de mil ſix cens trente-cinq. L'opinion des Députez eſt un préjugé à notre avantage, ſi eux ou leurs Superieurs cherchent à l'interpreter, on aura ſujet de blâmer les uns & de ſe plaindre des autres. Comme vous attendez avec impatience le retour de Monſieur de Trautmansdorff, nous en avons auſſi d'avoir de vos Lettres, & nous ſouhaitons que vous ne vous ſoiez pas mécomptez au jugement que vous faites que ſa venue & celle des Pienipotentiaires de Suede ſera à deſſein de finir cette grande affaire. Les avis que nous avons de Suede portent que la Reine veut la Paix; mais ce n'eſt pas une choſe qui ne ſoit combattuë, & ceux qui la lui déconſeillent ne ſont pas dénuez de raiſons, pour appuier leur ſentiment. On peut dire qu'ils ont encore du credit pour ſe faire croire. Pourtant notre Miniſtre a été trompé ſi la juſtice ne l'emporte, & d'autres conſiderations qui l'appuient, ſur leſquelles Sa Majeſté fait grande reflexion. Je m'abſtiens de vous en dire les particularitez, pour être perſuadé qu'il vous les a écrites, & que Monſieur de Saint Romain vous en aura donné une pleine information.

J'aurois achevé, n'étoit que je ſuis obligé de vous faire part du ſuccès d'un Combat Naval qui a été donné à la vûë de l'Italie. Trente Galeres ennemies & vingt-cinq Gallions ont été rencontrez par notre Armée compoſée de vingt Galeres & environ autant de Vaiſſeaux. Les nôtres les ont combattus, & donné la chaſſe plus de trente heures. Le mauvais temps a jetté leur armée vers la Corſe, & la nôtre a été contrainte de relâcher en Provence, où s'étant raccommodée en trois jours, elle a déja fait voile à la Mer. Cet avantage nous coûte la perte de Monſieur le Duc de Brezé, qui a été emporté d'un coup de Canon.

Une Eſcadre de Vaiſſeaux que nous avions envoiée joindre l'Armée, avoit porté un renfort à celle de terre, & les avis que nous en avons, ſont que la * Place aſſiegée ne pouvoit plus ſe défendre, que pour la troiſième fois on avoit fait la Gallerie & que le Mineur étoit attaché. La mort de Monſieur de Brezé a fait vaquer un Gouvernement, & une charge de conſideration, que la Reine a été conviée de prendre pour ſatisfaire le public. Toutes ſortes de conditions de perſonnes lui ont fait connoître qu'elle devoit cela & au Roi & à elle, & Sa Majeſté s'y eſt d'autant plus librement diſpoſée, qu'elle prenoit un établiſſement ſans qu'il en coûtât rien à l'Etat, duquel elle n'eût pas voulu conſommer les deniers pour ſon avantage particulier.

Hier ſur les deux heures après midi arriva en cette Ville un Courier depéché par Monſieur l'Abbé de Saint Nicolas, porteur de trois Depêches, l'une du dixiéme, l'autre du douziéme, & l'autre du dix-ſeptieme du mois. Par la premiere, il donne avis qu'il a été à l'audience du Pape ſur les demandes qu'il a faites (qui ſont les quatre dont vous avez ouï parler ſouvent) & que ſa Sainteté lui aiant demandé du temps pour déliberer ce qu'elle auroit à lui répondre, il a témoigné en être ſurpris, & a repliqué à ſa Sainteté qu'elle ſavoit bien la juſtice des prétentions de Sa Majeſté pour en avoir ſouvent diſcouru avec les Ambaſſadeurs de la République, mais que puis qu'elle vouloit du temps, il la ſupplioit qu'il fût bref parce qu'il étoit obligé de depêcher en Cour pour y donner information de ce qu'il avoit avancé. Il fut convié de retourner dans trois jours, à quoi il ne manqua pas; & par la ſeconde de ſes Lettres il explique ce qui ſe paſſa en cette ſeconde audience. Il ſeroit trop long, & même importun, de vous racónter par le menu les proteſtations d'affection, dont on l'avoit longuement entretenu, le ſujet qu'on avoit de ſe plaindre de ce qu'on ne mettoit point en compte les graces reçuës, qu'on en demandoit de fort extraordinaires, & qu'on s'y attachoit ſans qu'on en connût l'utilité, ne pouvant croire qu'on travaillât à lui faire pérdre la réputation. Sa Sainteté ajoûta qu'on le preſſoit de recevoir à ſon Audience les Ambaſſadeurs de Portugal; ce qui avoit été jugé ne pouvoir être fait du vivant du Pape Urbain, & que cette queſtion avoit été agitée en une Congregation de Cardinaux & de Prélats, fort éloignez d'aucune dépendance de la Couronne d'Eſpagne, qui y faiſoit une formelle oppoſition, & qu'il ne pouvoit paſſer par deſſus cette reſolution; mais qu'il voûloit bien s'en informer une ſeconde fois pour en prendre avis. Il ne s'expliqua pas, s'il s'y conformeroit; que pour les Benefices de Catalogne il ne pouvoit faire plus que ce qu'il avoit fait, & que ce qu'il avoit déclaré qu'une Abbaïe, qui y étoit de la nomination du Roi Catholique, ne portoit point de préjudice à Sa Majeſté, parce que c'étoit un droit acquis à l'autre quand il n'auroit nul droit ſur cette Principauté, aiant été fondée par ſes Prédeceſſeurs à cette condition & lors qu'ils ne la poſſedoient point. Que pour Beaupui, il avoit eu des peines incroiables; qu'il n'avoit conſenti à le faire arrêter que ſous condition qu'il ſeroit jugé à Rome; qu'aiant contrefait le fou, il l'avoit tiré du Château & l'avoit fait garder par cent ſoldats, & qu'aiant vû qu'il ſongeoit à s'évader il l'avoit fait reſſerrer au lieu d'où il l'avoit tiré; qu'il n'y avoit point d'exemple

qu'un

qu'un Prince eût livré un prévenu à la priere d'un autre, & qu'il ne se pourra resoudre à le donner & être cause de sa mort. Enfin Sa Sainteté s'étendit beaucoup sur la faute des Barberins, sur leurs crimes & sur la justice qu'elle devoit à ses peuples, qui la lui avoient demandée; mais que par respect pour Sa Majesté, elle se relâcheroit à leur faire des graces, comme de remettre l'amende qu'ils ont encouruë par leur desobeïssance & contumace, les rétabliroit en la jouïssance de leurs Benéfices, & leveroit les sequestres, pourvû qu'ils se rendissent à Rome, & s'humiliassent devant lui. Ledit Sieur de Saint Nicolas n'insista pas fortement sur les trois premiers points, parce que cela avoit été concerté; mais il fit effort pour disposer le Pape à plus en celui-ci, posa les termes rapportez par les Ambassadeurs de Venise, qui avoient donné lieu à venir à son Audience, que ce n'étoit point avec les Barberins qu'il traitoit, mais avec le premier Roi du monde, duquel la réputation étoit si engagée à proteger cette Maison, qu'il falloit qu'il le fît ou qu'il la perdît entierement, & que sa Sainteté, au lieu de souffrir de la diminution en la sienne en se relâchant, l'augmentoit par l'avantage qu'il recevoit de se rendre entierement dependante une Couronne, telle que celle de France. Que la crainte & le respect, qui étoient deux mouvemens raisonnables, avoient contraint les Barberins de sortir des Etats de l'Eglise; mais que pour y revenir ou rentrer dans sa bonne grace ils étoient disposez à faire tout ce qu'il prescriroit, bien entendu après que toutes les affaires auront été ajustées; mais que la même crainte qui les avoit fait partir de Rome ne leur pouvoit permettre d'y revenir. Sur cela, le Pape lui dit qu'ils viennent à une Ville d'Etat Ecclesiastique de la Romagne ou de la Marche, & que leur affaire n'étant que civile, toutes choses s'ajusteroient par le respect de la France. Ledit Sieur Abbé ne voulut pas presser davantage, crainte de mettre les affaires hors d'état jusques à ce qu'il eût eu ordre & réponse à sa Dépêche.

La troisiéme contient l'avis qu'ils avoient eu du Combat naval, tel que je vous l'ai mandé, & de la resolution que le Cardinal de Pologne avoit prise de se declarer François. Pour cette fois je ne vous saurois mander ce que Sa Majesté resoudra touchant ces affaires. Je ne lui ai pas encore montré la Dépêche que j'ai seulement parcouruë, & avec tant de hâte que je puis bien en avoir oublié une bonne partie; mais si je fais faute à votre égard, j'y satisferai quand je vous ferai savoir ce qui aura été deliberé sur icelle. Ce que j'ai jugé, sur l'avis & en conformité de ce que mande ledit Sieur Abbé, c'est que le Pape pourroit rendre Beaupui, si on l'assûroit de lui sauver la vie. Je suis, &c.

⊰⊱⊰⊱⊰⊱⊰⊱⊰⊱

LETTRE

De Monsieur le Comte de

BRIENNE

à Messieurs les

PLENIPOTENTIAIRES,

Du 30. Juin 1646.

La Cour de France envoie un Gentilhomme à Vienne pour faire compliment sur la mort de l'Imperatrice.

MONSEIGNEUR & MESSIEURS.

ENfin le Gentilhomme destiné pour faire le voiage de Vienne part, sans néanmoins qu'il soit assûré de l'achever. Il est chargé de Lettres selon que je vous ai mandé qu'elles seroient écrites, sans y être nommé, afin que vous jugiez si, parce qu'il est depêché de cette Cour, cela seroit un sujet de jalousie, & si on la prendroit moindre d'un que vous envoïeriez, pour passer l'office de condoleance, à quoi la proximité & la bienseance obligent Leurs Majestez. Par ce même Gentilhomme vous recevrez un Memoire qui vous donne des moiens de sortir des deux affaires qui nous semblent les plus difficiles à accommoder avec les Espagnols, ausquels vous leur ferez valoir qu'on leur sacrifie un Roiaume, & qu'on leur donne encor le moien de rentrer dans une Principauté. On est persuadé que selon votre prudence ordinaire vous ne vous ouvrirez que bien à propos, & que ce que vous promettrez ne sera jamais sû que quand il n'y aura plus de danger qu'il soit publié. Je vous ai fait savoir le succès du Combat naval, l'avantage que nous y avons eu, qui s'est trouvé diminué par la perte de Monsieur le Duc de Brezé, & le jugement que je faisois que Sa Majesté prendroit l'établissement que ce Duc avoit, qui ne peut être trouvé que mediocre, puis qu'il n'avoit pas semblé trop grand en la main d'un Particulier. Il m'a été commandé de vous en donner avis, après que j'ai eu ordre de l'aller déclarer à Monseigneur le Prince, lequel me témoigna approuver ce que Sa Majesté avoit resolu, ce qu'il a fait depuis confirmer par Monsieur le Président de Nesmond. Il a passé en l'esprit de tout le monde que Sa Majesté se devoit cette justice, & tel qui a peu d'habitude avec elle s'est enhardi de lui en parler, aussi bien que ceux qu'elle honore de sa

La Cour de France envoie un Gentilhomme à Vienne pour faire compliment sur la mort de l'Imperatrice.

Gg 3 con-

confiance. Je me servirai de l'occasion de l'envoi de ce Gentilhomme pour vous adresser le double d'un Chifre, qui a été donné à Monsieur le President de Bellievre en partant pour son Ambassade extraordinaire d'Angleterre, afin que vous aiez liberté de lui écrire, comme il a ordre de vous faire savoir ce qui se passera dans le cours de sa Négociation. Vous aiant écrit par l'Ordinaire qui est parti ce matin, je n'ai rien à ajoûter que les protestations accoûtumées que je serai toute ma vie, &c.

MEMOIRE

DU ROI

à Messieurs les

PLENIPOTENTIAIRES.

Du 30. Juin 1646.

Arrivée du Courier d'Espagne avec les Pouvoirs pour Peñaranda. Il faut être ferme dans l'affaire de Portugal. La France cedera de ses propres avantages pour maintenir ce Roi sur le Trône. Au moins faut-il lui procurer une Trêve d'un an: Et à la Catalogne une de 8. ou 10. Affaires d'Italie. Affaires de Flandres. Ce que les Espagnols veulent ceder à la France dans les Païs-Bas. La France voudroit avoir l'Artois, Damvilliers, Landreci, Cambrai, & le Cambresis.

LA derniere Dépêche desdits Sieurs Plenipotentiaires qui est du dix-huitiéme, ne contenant qu'une simple relation de ce qui s'étoit passé dans une Conference qu'ils avoient euë avec les Ministres de Hollande, il n'échet pas d'y faire grande réponse, puis que Sa Majesté leur a écrit à diverses fois si amplement sur cette matiere, & qu'il est certain qu'il ne se peut rien ajoûter aux soins & à l'adresse qu'ils ont emploié jusques-ici pour remettre les Députez dans le train de l'honneur.

Sa Majesté desire seulement que lesdits Sieurs Plenipotentiaires examinent s'il ne seroit pas à propos qu'ils écrivissent une Lettre bien étudiée à Messieurs les Etats dans cette conjoncture, qui servît à confirmer ceux d'entre eux qui sont dans de bons sentimens, & à ramener les autres qui se laissent entrainer aux artifices de nos ennemis. Car quoi que le Sieur de la Thuillerie leur représente continuellement tout ce qu'il peut là-dessus, il seroit bon qu'il y eût quelque piece qui demeurât à toûjours & qui fît voir les soins qu'on a pris de notre côté pour les maintenir en leur devoir, & fît éclater davantage la lâcheté de leur défection, si elle arrivoit, contre ce que nous croions. En tout cas, il semble qu'il sera bon de faire souvenir le Sieur de la Thuillerie (comme on lui mande d'ici) qu'il ne manque pas de faire connoître ausdits Sieurs Etats l'autorité que se veulent attribuer les Députez qui sont à l'Assemblée; qu'ils ne considerent que par bienséance & par civilité comme s'ils en étoient tout à fait indépendans, parce que leur Pouvoir est émané des Provinces; & qu'en effet ils entretiennent des Négociations particulieres avec elles, & y font de fois à autres des voiages sous prétexte de leurs intérêts domestiques; mais à dessein seulement de faire des Cabales pour les disposer à la conclusion du Traité, tel qu'ils l'ont arrêté avec les Espagnols.

Maintenant que le Courier qui devoit apporter le Pouvoir aux Ministres d'Espagne & tous les ordres pour traiter avec Messieurs les Etats, est repassé, il semble que la Négociation de la Paix est dans une crise qui doit bientôt faire connoître ce que l'on en peut esperer de bien ou de mal.

Sa Majesté juge par les avis qu'elle a de divers endroits, & par ce aussi que les Sieurs Plenipotentiaires lui ont mandé de la mauvaise disposition de Messieurs les Etats envers les Portugais, que les affaires de Portugal seront les seules où les Espagnols se rendront les plus difficiles, par la connivence & même à l'instigation des Hollandois, qui se sont proposez de partager avec le Roi d'Espagne la dépouille dudit Roi.

Sa Majesté donc estime que la meilleure conduire que nous puissions tenir en cela, c'est de montrer présentement grande fermeté dans ce point de Portugal pour trois raisons.

L'une, pour obtenir en effet, s'il est possible, à ce Roi-là, les avantages, qu'il est de l'intérêt & de l'honneur de cette Couronne de lui procurer; ce qu'elle souhaite à tel point qu'elle sacrifieroit bien volontiers, comme il a été mandé, de ses avantages propres dans le Traité de la Paix, pourvû qu'il y eût moien de l'affermir dans la possession de tous les Etats qu'il possede.

La deuxiéme, afin que, si pour le bien de la Chrétienté & du repos public, nous sommes forcez de nous relâcher sur ses intérêts; nous en soions d'autant plus justifiez devant le monde, qui verra que ce n'est qu'après avoir fait tous les efforts possibles pour les soutenir généreusement & vigoureusement.

Et la troisiéme, afin que cette fermeté nous serve pour obliger nos Parties à se relâcher elles-mêmes en notre faveur en quelque autre point important que nous prétendons; ce qui est remis pourtant à la prudente direction desdits Sieurs Plenipotentiaires, qui sauront bien sur les lieux se prévaloir de tout à l'avantage de cet Etat. Ils n'oublieront pas en cette rencontre de faire adroitement valoir que ceder de notre part le point de Portugal, c'est assûrer au Roi d'Espagne le recouvrement d'un grand & important Roiaume.

Sa

1646.

Au moins faut-il lui procurer une Trève d'un an.

Sa Majesté cependant trouve bon que ne pouvant faire mieux ils essaient de sortir de cette affaire par le moïen d'une Trève de deux ans, ou dix-huit mois, ou au moins d'une année, si ce n'est que les Ministres de Portugal qui sont avec eux jugeassent plus avantageux au service de leur Maître de traiter présentement de quelque autre forme d'accord, qui délivrât de tout embaras pour l'avenir. En tout cas, on pourra convenir que durant la Trève on tâchera par quelque expédient de faire cet accommodement.

Et à la Catalogne une de 8. ou 10.

Quant à la Catalogne, Sa Majesté retenant le Comté de Roussillon & Roses avec ses dependances, en vertu de la Paix, trouve bon que lesdits Sieurs Plenipotentiaires, au cas que l'on ne puisse pour le reste faire condescendre les Espagnols à une Trève de celle de la durée de Messieurs les Etats, ou ajuster l'affaire par quelque autre moïen de ceux qui ont été mandez, consentent de sa part à une Trève de douze années ou de dix, mais qui ne puisse être moindre que de huit.

Il faudra seulement qu'ils apportent deux précautions en cette affaire-ci de la Catalogne, outre plusieurs autres qui leur ont été marquées en des Depêches précedentes.

L'une, que si les Espagnols prétendoient de ravoir Flix ou quelque autre Lieu, petit ou grand, de ceux que nous tenons, sous prétexte qu'ils fussent au delà de l'Ebre ou de la Segre; lesdits Sieurs Plenipotentiaires ne doivent pas y consentir, mais remontrer qu'il seroit extraordinaire, en ne faisant qu'une Trève, qu'on nous contestât la possession de tout ce que nous avons présentement.

L'autre, qu'ils prennent garde à tenir bon autant qu'il se pourra, afin d'avoir par la Paix toutes les dépendances de Roses, parce que les Espagnols pourroient proposer de restraindre le Comté de Roussillon & ce qui nous devra demeurer, au Païs qui est au delà du Col de Pertuis, dans lequel il n'y a rien desdites dépendances; mais comme Sa Majesté ne prétend pas que des points de cette consideration empêchent la conclusion de la Paix, si d'ailleurs les plus importans sont ajustez, Elle donne pouvoir ausdits Sieurs Plenipotentiaires de se relâcher autant qu'ils jugeront à propos.

Comme Lerida ne peut plus manquer, la Guerre continuant, de tomber au pouvoir du Roi, Messieurs les Plenipotentiaires feront instance que cette Place nous demeure durant la Trève; mais si la conclusion de l'accommodement ne dépendoit que de cette prétention, Sa Majesté leur permet de s'en relâcher, pourvû toutefois que ladite Place ne fût pas en nos mains lors que les autres conditions seront ajustées.

Lesdits Sieurs Plenipotentiaires auront soin en cela de faire valoir beaucoup les sinceres intentions de Leurs Majestez pour la Paix, faisant éclater l'offre de la retraite de leur Armée de devant Lerida, lors que la Place, dont chacun sait l'importance, ne pouvant plus être secouruë, la conquête en est infaillible, & il se pourra même faire que les Espagnols manquant de tous les moïens de la sauver, auront recours à celui de nous donner promptement satisfaction sur tous les autres points, afin que la conclusion de l'accommodement nous oblige à en abandonner l'entreprise.

On adressa de Compiegne ausdits Sieurs Plenipotentiaires un Memoire que les Ministres de Catalogne, qui étoient à la Cour, avoient présenté à Leurs Majestez touchant la Trève, mais comme il n'a pas été approuvé par les Consistoires, qui ont la direction de la Principauté, & qu'ils ont depuis peu depêché ici un Courier exprès avec d'autres Memoires (se remettant sur tout comme ils devoient, à tout ce que Sa Majesté trouvera bon de resoudre sur ce qu'ils ont crû lui devoir représenter.) on envoie ausdits Sieurs Plenipotentiaires les Depêches mêmes qu'a apportées ledit Courier, & outre cela un Memoire succint que le Sieur le Tellier a été chargé de dresser, de tout ce qui s'est passé en cette affaire, tant à la Cour qu'à Barcelone, afin que lesdits Sieurs Plenipotentiaires y fassent les reflexions convenables, & que dans la suite de la Négociation, ils procurent, autant qu'il dépendra de leur industrie & de leur prudence, l'accomplissement de toutes les choses qui vont à l'avantage & à la satisfaction de ces peuples-là.

On leur adresse aussi le Memoire qu'a donné le Sieur Twarti sur ce desaveu du Principat.

Affaires d'Italie.

Quant aux affaires d'Italie, Sa Majesté se remet à ce qui en a déja été mandé, & croit qu'en retenant Pignerol, on pourroit convenir que tout sera rendu de part & d'autre, à condition néanmoins que la restitution de Cazal, Verruë, & Bujas, & la Citadelle de Turin, de notre part, & Verceil du côté des Espagnols, sera sursise pour un an, pendant lequel il sera convenu des moiens de pourvoir à la sûreté de Cazal, & à l'execution de ce qui aura été ajusté sur les differens, qui sont entre les Maisons de Savoye & de Mantouë; comme aussi de quelques petits intérêts que la France peut avoir avec lesdites Maisons & qu'il n'eût pas été possible de discuter présentement dans l'Assemblée, sans retarder beaucoup la Paix; convenant néanmoins que l'on ne puisse retourner aux hostilitez, au cas qu'il se rencontre des difficultez à conclure toutes les choses à la satisfaction commune pendant ladite année; Sa Majesté remettant entierement ausdits Plenipotentiaires de prendre sur tout ce que dessus, qui concerne les affaires d'Italie, les resolutions qu'ils estimeront les plus convenables pour le bien de son service.

On ne parle point des Postes de Toscane, parce que nous n'avons pas nouvelle encore de la prise d'Orbitello; mais si la Place tombe, comme on l'espere, assez à temps pour pouvoir chasser aussi les Espagnols de Porto Hercole, avant que l'Armée soit obligée par les excessives chaleurs, de quitter ces quartiers-là, où l'air est très-mal sain, il ne faudra rien oublier pour conserver lesdits Postes, dont lesdits Sieurs Plenipotentiaires connoissent l'importance pour toutes les affaires d'Italie.

Affaires de Flandres.

Pour la Flandre, il faudra faire la guerre à l'œil, c'est-à-dire que lesdits Sieurs Plenipotentiaires se conduiront selon les avis qu'ils recevront des succès que les Armées de Sa Majesté auront en ce Païs-là, & de la façon dont agiront Messieurs les Etats, accroissant ou diminuant nos prétentions, suivant ce que les conjonctures requerront. Dans la constitution présente des affaires (presuposé la prise de Courtrai, que les dernieres nouvelles que nous avons du Camp faisoient esperer à cinq ou six jours de là) il est à croire que les Espagnols, soit pour arrêter promptement le cours de nos progrès, & de Monsieur le

Prince

1646. Prince d'Orange, soit pour empêcher ceux que vrai-semblablement nous pouvons faire ailleurs en tous endroits, soit pour la crainte qu'ils ont de demeurer seuls en guerre, voians l'Empereur resolu à conclure la Paix à tout prix; soit enfin pour reconnoître l'impossibilité de separer Messieurs les Etats de cette Couronne, principalement en ce qui concerne les intérêts des Païs-Bas, ausquels ils avoüent être étroitement engagez, ils consentiront sans doute bien-tôt à la plus grande partie des avantages que Sa Majesté peut desirer de ce côté-là.

Il sera bon dès qu'ils feront une proposition équitable & dont nous puissions raisonnablement nous contenter, que Messieurs les Plenipotentiaires ne perdent point de temps à depêcher ici pour en informer Sa Majesté & lui en mander leur sentiment; sur lequel Elle leur fera savoir avec la même diligence ses sentimens.

Ce que les Espagnols veulent ceder à la France dans les Païs-Bas. On a des avis qu'ils doivent absolument proposer tout le Comté d'Artois avec Damvilliers & Landrecy, à condition qu'on leur rende le reste; mais quelques-uns ajoûtent qu'ils consentiront même à nous laisser Bourbourg, Graveline & Thionville, ou que tout au plus ils insisteront à prétendre que Thionville soit razé, à condition qu'il ne pourra plus être fortifié, & qu'ils demanderont aussi la demolition de Graveline, laissant le Fort Philippes, qui a été bâti sans contredit sur le terrein de France; (ce qu'on s'asûre qu'ils ne desavoüeront pas eux-mêmes) & c'étoit aussi pour cette raison que quand ledit Fort fut pris, Monsieur le Comte de Charrost, Gouverneur de Calais, fit tant d'instances pour y être reconnu, comme étant une dependance de son Gouvernement; mais comme il en étoit un peu éloigné & si proche de Graveline, on jugea plus à propos, pour le service de Sa Majesté, qu'il fut annexé au Gouvernement dudit Graveline.

La France voudroit avoir l'Artois, Damvilliers, Landrecy, Cambray & le Cambresis. Sa Majesté, si on ne peut faire mieux, ne s'éloignera pas de ces démolitions aux conditions susdites, pourvû qu'on nous céde tout le Comté d'Artois, (dans lequel la Bassée est compris) Damvilliers, & Landrecy; & si les choses en viennent là on donnera des connoissances plus particulieres ausdits Sieurs Plenipotentiaires de certains Châteaux ou petits Forts que nous tenons & qu'il faudra conserver parce qu'ils sont nécessaires pour la garde du Païs. Sa Majesté recommande ausdits Sieurs Plenipotentiaires de mettre en pratique tous les moiens dont ils s'aviseront pour faire demeurer, (s'il étoit possible) Cambray & le Cambresis à cette Couronne, moiennant quoi Sa Majesté rendroit volontiers tout ce que ses armes ont pris sur la Lis, & Courtrai même, & tels autres avantages que nous pourrions avoir pour lors emportez, pourvû qu'ils ne fussent pas d'une derniere conséquence.

Enfin, lesdits Sieurs Plenipotentiaires sauront que moiennant quelque ajustement, dont on pourroit convenir pour de petits Forts, selon les commoditez des uns & des autres, Sa Majesté rendra à l'Espagne tout ce qu'elle a occupé pendant la Guerre dans les Païs-Bas, pourvû qu'Elle retienne l'Artois, Cambray, & le Cambresis.

Sa Majesté considerant que la prise des Postes sur la Lis donne à ses armes l'entrée dans la Flandre, qui étoit le seul motif qui l'avoit obligée ci-devant à fortifier Warneton; & voiant que pour sa garde Elle y entretenoit assez inutilement, & avec grande depense, des troupes qui peuvent être emploiées ailleurs, Elle l'a depuis un mois fait demolir entierement, & on n'en a conservé que le Fort qui est en bas sur la Riviere, dont elle a crû devoir avertir lesdits Sieurs Plenipotentiaires & des raisons qui l'y ont obligée, &c.

✦✦✦✦✦✦✦✦✦✦✦✦

LETTRE

De Messieurs les

PLENIPOTENTIAIRES

à Monsieur le Comte de

BRIENNE.

Du 2. Juillet 1646.

Trautmansdorff à Munster. Siege de Courtrai. Saint Romain de retour de Stockholm. D'Antonville retourne à Trèves, avec ordre d'offrir 50000. Ecus à l'Electeur pour qu'il consente que la France garde Philipsbourg.

MONSIEUR,

L'Ordinaire n'a point apporté de vos Lettres cette semaine, & les dernieres que nous avons reçuës sont du quinziéme du mois passé, ausquelles aiant répondu, il y a huit jours, & ne s'étant rien fait depuis en la Négociation, nous n'avons pas sujet de vous faire cette Dépêche bien ample.

Traut-mansdorff à Munster. Le Comte de Trautmansdorff est retourné d'Osnabrug à Munster. Chacun de nous l'a vû en particulier, & il a déja rendu la visite à un de nous. Il ne s'est dit aucune chose qui mérite que l'on en fasse raport. On tient qu'il n'a rien fait de nouveau avec les Plenipotentiaires de Suede en son dernier voiage; & depuis son retour, il ne nous a du tout point fait parler d'affaires. Ce qu'il y a de plus considerable est qu'il a témoigné desirer que lesdits Sieurs Plenipotentiaires de Suede entrent en Conference avec nous, & que cela se fasse plutôt à Munster qu'à Lengerick, comme il avoit été proposé. Ce qui nous fait croire qu'il pourra s'ouvrir davantage en ce temps-là, ne croiant peut-être pas pouvoir rien conclure avec les uns & les autres, que lors que nous nous serions vûs, & aurions pris ensemble nos dernieres resolutions.

Nous avons laissé le choix à Messieurs Oxens-

Oxenftiern & Salvius du lieu & du jour de cette entrevûe, que nous n'eſtimons pas devoir être differée plus tard que ſur la fin de la Semaine. Ils ſe reſoudront peut-être de venir à Munſter, pour éviter qu'allant à Lengerick, ils ne ſoient obligez de nous viſiter les premiers. Nous ſerions bien aiſes que cette Conference ſe fît au lieu de notre Reſidence, où toutes les Parties intereſſées ſe trouvant, & les Médiateurs auſſi, il y auroit ſujet d'eſperer plutôt une concluſion que ſi l'on s'aſſembloit ailleurs.

On eſt ici en une merveilleuſe attente du ſuccès du Siege de Courtrai. Le Comte de Peñaranda a debité ces jours paſſez une Lettre, comme venant d'Anvers, qui portoit qu'un quartier de l'Armée du Roi avoit été défait. La copie de cette Lettre fut envoiée à divers Plenipotentiaires. Mais la nouvelle s'étant trouvée fauſſe a donné ſujet de rire à l'Aſſemblée & fait mettre en doute une autre qu'ils ont publiée depuis d'avoir emporté le poſte de Monſieur le Maréchal de Rantzau. Ils voient toûjours bien ſouvent les Ambaſſadeurs de Hollande, & ceux-ci ne manquent pas de nous donner de nouvelles aſſurances de leur fidelité, & promettent de ne rien faire ſans nous. Ils n'ont pas exécuté néanmoins ce dont ils étoient demeurez d'accord, qui étoit de voir Monſieur Contarini, & de deſavouër devant lui ce que les Miniſtres d'Eſpagne ont dit aux Médiateurs, que ceux des Provinces-Unies ont déclaré de n'être point obligez aux intérêts de la France, que pour ce qui concerne les Païs-Bas.

Le Sieur de Saint Romain eſt retourné de Stockholm, où il a raporté avoir laiſſé toutes choſes en très bonne diſpoſition envers la France: Sa Relation particuliere fera voir le détail de ce qu'il y a fait, & en quoi ſon voyage aura ſervi. Monſieur le Chancelier Oxenſtiern a bien connu que Monſieur ſon fils avoit failli. Il apréhendoit qu'on ne l'eût envoié exprès en Suede pour décrier ſa conduite. Mais aiant vû la moderation qu'on a euë à ſe plaindre de ce manquement, il s'en tient obligé, & la Reine y a pourvû en ordonnant à ſes Miniſtres de vivre avec nous en toutes choſes dans une bonne & ſincere correſpondance.

Le Sieur d'Antonville retourne à Trèves, bien inſtruit de ce qu'il doit négocier avec Monſieur l'Electeur. Il eſt porteur d'une Lettre de change de quatre mille Rixdalles que nous faiſons remettre à Cologne, pour lui donner moien d'adoucir les reſſentimens de ce Prince (duquel nous avons beſoin) en le dedommageant de la perte qu'il a faite au paſſage des troupes du Roi, qui ont fait un grand dégât dans ſes propres terres. Son conſentement eſt abſolument néceſſaire pour retenir Philipsbourg. Nous avons donné avis audit Sieur d'Antonville de lui promettre pour cet effet juſques à la ſomme de cinquante mille Rixdalles, au cas qu'enſuite de ſondit conſentement la Place nous demeure par le Traité de Paix, & avec ordre de n'accorder cette Somme qu'à l'extrémité, & de la menager par degrez, en offrant moins & puis augmentant la recompenſe comme de ſon propre mouvement & ſans en avoir ordre ; mais donnant eſperance d'en faire venir le pouvoir. Nous vous ſupplions, Monſieur, de faire pour le con-

Tom. III.

tentement de cet Electeur tout ce qu'il ſera poſſible. Il a une affaire à Rome pour l'Abbaye de Saint Maximin qu'on lui veut faire perdre. Il nous a prié de faire en ſorte qu'on écrivît à ceux qui ont charge des affaires du Roi d'aſſiſter l'Agent dudit Sieur Electeur en ce qu'il deſirera d'eux. Il vous plaira auſſi conſiderer s'il ſeroit bon que la Reine lui fît une Lettre pour témoigner le déplaiſir que Sa Majeſté a reçu quand elle a apris qu'on avoit logé dans ſes terres, & qu'elle a donné ordre que cela n'arrive plus ci-après. Enfin il eſt très-utile de ménager en toutes choſes l'eſprit de ce Prince & de nous le rendre favorable.

Meſſieurs les Médiateurs nous ont renvoié les Ordonnances du Roi pour le fait des Couriers avec un Memoire du Comte de Taxis, qui demande que l'ordre ſoit général, tant pour les Couriers qui iront de Paris à Munſter [& de Munſter à Paris] que pour tous les Ordinaires qui reviendront ou retourneront dudit lieu de Munſter, ſoit à Paris, Allemagne, Italie, Angleterre, Hollande, ou autres Lieux. Il ne ſemble pas qu'il y ait de difficulté à le leur accorder, de cette ſorte, puis que le Roi agréant que dans les terres de ſon obéiſſance il y ait ſûreté pour tous Couriers, ordinaires & extraordinaires, Sa Majeſté doit deſirer que la même ſûreté ſoit par tout ailleurs. Nous vous ſupplions, s'il eſt jugé que l'on doive ainſi faire, de nous en avertir & envoier les ordres.

Les Jeſuites d'Emerick demandent des Lettres du Roi pour recommander leur College à Meſſieurs les Etats. Il eſt digne de la bonté de Leurs Majeſtez de les leur accorder, non pas peut-être avec les clauſes qui ſont dans leur Memoire ci-joint, mais telles qu'on a accoûtumé en de ſemblables occaſions. Nous ſommes, &c.

Hh   LET-

LETTRE

De Messieurs les

PLENIPOTENTIAIRES

à Monsieur le

TELLIER.

Du 2. Juillet 1646.

Ordres qu'il faut donner pour la garde du Fort du Pont de Trêves.

MONSIEUR,

NOus avons reçû la Lettre du Roi du 22. du mois passé, & la vôtre du même jour. Nous avons revû avec le Sieur d'Antonville le Memoire, qu'il vous avoit ci-devant envoié, auquel nous avons ajoûté tout ce qui nous a semblé necessaire pour mettre le Fort du Pont de Trêves en état, afin que ceux qui seront destinez à le garder y puissent demeurer avec sûreté, ainsi qu'il se verra par ledit Memoire ci-joint. La premiere chose, & qui nous semble la plus importante, est de former la Compagnie du Sieur Weiler & lui donner moien d'avoir des soldats assûrez.

Ordres qu'il faut donner pour la garde du Fort du Pont de Trêves.

Il vous plaira, Monsieur, de faire mettre en consideration s'il ne seroit point à propos de tirer, des corps Suisses ou Allemans qui sont au service du Roi, le nombre necessaire pour faire ladite Compagnie & en composer la Garnison qui doit garder ce Fort, puis qu'on ne peut y mettre des François. Une autre necessité est de bâtir promptement des logemens capables de retirer les Officiers [& Soldats] qui doivent demeurer jour & nuit dans ce Poste. Le Sieur d'Antonville nous a dit que les Soldats entretenus par l'Electeur dans la Ville ont cinq sols par jour sans les ustenciles & le pain ; ce qui nous fait juger qu'il y aura peine de conserver ceux qui seront mis dans ce Fort, si on ne leur accorde un bon traitement. C'est ce que nous avons dit au Sieur d'Antonville, & dequoi nous ne jugerions pas nécessaire d'écrire sans le commandement de la Reine. Nous sommes fort éloignez de Trêves, & en lieu où l'on ne peut nous en donner de nouvelles qu'après un long-temps & avec danger que les Lettres ne soient interceptées. Ainsi il seroit bien mal aisé que nous y pussions pourvoir aussi promptement que le bien du service du Roi le pourroit requerir. Vous supliant au surplus de croire que nous sommes veritablement, &c.

ADDITION

Pour Monsieur le

TELLIER.

Il faut paier trois Maisons qu'on a démolies pour bâtir ledit Fort.

LE Sieur d'Antonville nous a dit que pour bâtir le Fort on a démoli trois maisons, dont l'une a été estimée douze cens Ecus, l'autre deux cens, & la troisiéme cent écus.] que le remboursement desdites Maisons a été promis, & que Monsieur l'Electeur prend fort à cœur qu'il soit satisfait. C'est un Prince dont on a besoin, & il importe au service du Roi qu'il soit content ; outre que vous jugez bien, Monsieur, qu'il est raisonnable que chacun ait ce qui lui appartient.

Il faut paier trois Maisons qu'on a démolies pour bâtir ledit Fort.

LETTRE

à Messieurs les

PLENIPOTENTIAIRES.

A Paris du 6. Juillet 1646.

On doit tenir ferme avec les Etats Generaux des Provinces-Unies. Touchant le Ceremoniel pour le Ministre de Mantoue. Et sur la conduite des Ministres Espagnols envers les Savoyards. Les Ministres de Mantoue demandent que le Traité de Querasque soit entendu selon la raison. Ordres donnez au Maréchal de Turenne, de se joindre aux Suedois. Affaires des Troupes & de Trêves. L'Armée des Hollandois est en marche. Pro-
mes-

meſſes des Hollandois, à l'égard de la Religion Catholique. Monſieur de la Thuillerie doit revenir en France pour ſa ſanté. Priſe de Courtrai. Défaite des Eſpagnols devant Orbitello. On eſpere qu'Orbitello ſera bien-tôt priſe.

MONSEIGNEUR & MESSIEURS.

VOtre Dépêche du vingt-ſixiéme du paſſé date, il fut reſolu, qu'il vous ſeroit mandé, que ſi l'occaſion s'en préſente, & que Mrs. les Etats ſe laiſſent entendre des belles imaginations de leurs Députez, qu'il leur ſera répondu avec autant de force, que vous avez parlé, & qu'on leur fera connoître, qu'ils ſont obligez, à tout ce dont vous vous êtes declaré auxdits Députez & ſi l'article neuviéme du Traité de 35. ſonne quelque peu à leur avantage, celui de trente-quatre, & le dernier paſſé à la Haye en 43. ſe fait retentir ſi fort, qu'il faudroit être ſourd, pour ne le pas entendre & cela eſt bien fâcheux, que des gens qui nous ſont obligez, & deſquels l'Etat n'a été formé que ſous l'abri de cette Couronne, peſent les ſyllabes, quand il s'agit de la ſervir ; mais ſi on en vient à cette extremité, ils n'auront pas dequoi s'en vanter, ni lieu d'eſperer qu'on ſe relâche jamais des choſes qui ont été promiſes ſur le ſujet du traitement qui eſt prétendu par les Miniſtres de Mantoüé ; on n'a pas jugé devoir rien changer à ce qui vous a été mandé, pour leur rendre tel qu'ils le prétendent, il faut qu'ils l'obtiennent des Etats de l'Empereur, & du Nonce, & quand le dernier s'y relâcheroit ſon exemple ne ſeroit pas ſuivi, ni conſideré, étant une choſe ordinaire, que les Miniſtres du Pape ſe relâchent aiſément à ce dont ils ſont priez.

Sur le fait des viſites & des Titres en France, les Nonces viſitent les premiers les Ambaſſadeurs de Savoie, ſi la rencontre le porte, bien que les derniers n'aient jamais voulu uſer de pareilles deférences avec ceux de Mantoüé, & il me ſouvient à ce ſujet, que le Nonce ne voulut jamais aller chez le Marquis de Pomar, qui eſt du ſang de Mantoüé.

Il paroît étrange, que les Miniſtres d'Eſpagne ſe ſoient abſtenus de faire civilité à ceux de Savoye, & d'autant plus qu'ils n'ont pas marchandé à uſer de tous reſpects envers ceux de Meſſieurs les Etats, & le ſujet d'être en guerre ne peut donner celui-ci, nous y ſommes & la leur faiſons fortement, & avec de grands avantages, & il a été jugé convenable, pour avancer le Traité general, qu'il y auroit communication entre les Députez des Couronnes ; ſi c'eſt pour ne lui vouloir donner le Titre ni la main, l'aiant eüe de l'Empereur & de la France, cela ſeroit ſurprenant.

Les Miniſtres de Mantoüé ont affecté de me dire, que ceux de leur Maître, qui ſont de par delà, avoient été bien traitez par ceux de l'Empereur ; mais pour leur confuſion j'avois eû votre Lettre, & le leur aiant denié,

Tom. III.

l'un d'entr'eux qui étoit le Priandi rougit, & le Comte de Saneaſar changea le diſcours ; ſans diſconvenir de ce que je leur avois répondu, ils me dirent qu'ils n'avoient pas deſſein de choquer ou renverſer le Traité de Queraſque, qu'il étoit ſaint, & conſideré autant que le peut être un Traité, qui alloit à faire la Paix, mais qu'ils demandent, qu'il ſoit entendu ſelon que la raiſon le preſcrit, que quand il s'agit de paier on établiſſe une dette, & que quand le prix en a été arrêté, il ne ſoit pas permis de l'étendre. Ce ſeroit une choſe bien extraordinaire, qu'un different de la nature de celui-là, terminé par les Députez des plus grandes Couronnes de l'Europe, & qui a eû ſon execution, pût retarder la Paix generale.

Vous aviez jugé pour un tems, qu'il falloit que le Maréchal de Turenne, ſous quelque prétexte ſpecieux ne paſsât pas le Rhin, & que la conjonction avec les Suedois, étoit de trop de conſéquence ; maintenant vous avez pris une autre penſée, qui n'eſt pas contredite, & comme vous avez vû par mes précédentes, il lui a été commandé de marcher, & de ſe joindre ; ce qu'il aura executé.

Quant à l'argent que vous avez debourſé, pour donner lieu à Monſieur de Tracy de faire ſubſiſter les Troupes, & pour contenter l'Archevêque de Trêves, il a été pourvû à le faire remplacer, & Monſieur le Sur-Intendant promit, qu'il y ſeroit ſatisfait : je lui ai fait donner l'Ordonnance, & ai fait avertir Monſieur Hœuff de prendre ſes ſûretez, & de donner les ordres qu'il convient, afin que vous receviez cette ſomme à tems.

Monſieur d'Eſtrades ou Monſieur de la Thuillerie vous auront ſans doute mandé, comme l'Armée de Meſſieurs les Etats étoit en marche ; cela étant ſû de leurs Députez ils en tireront avantage ſur nous, & les plus gagnez par les Eſpagnols en feront étonnez, voiant que les promeſſes de ceux-là, & pour le general, & pour les particuliers, n'ont pas ſû empêcher les Etats, & le Prince d'Orange d'executer ce qu'ils avoient promis. S'il s'attache à quelque choſe de conſiderable comme il y a lieu de l'eſperer, l'effet ſera une preuve nouvelle & aſſûrée de ſa diſpoſition au bien.

Ledit Prince & les Députez des Provinces, qui étoient auprès de lui, n'ont pas tenu difficile de promettre que dans les lieux qu'ils prendroient, ils y conſerveroient la Religion Catholique, mais pour en être encore plus aſſurez de concert avec lui, Monſieur de la Thuillerie en devoit preſſer Meſſieurs les Etats, & en tirer un Ecrit, s'il lui étoit poſſible. Je crois qu'aiant mis la dernieré main à cette affaire, & aiant ſû que l'Armée eſt attachée à quelque choſe, ce ſera la derniere dont il ſe mêlera ; & que ſe ſervant de la permiſſion qu'il a obtenuë, il viendra faire un tour en cette Cour, & aux eaux de Bourbon, qui lui ont été ordonnées. Si Dieu permet qu'il y prenne ſes forces ; on le preſſera de retourner au lieu de ſa reſidence, où ſa préſence eſt très-néceſſaire ; le Reſident Braſſet demeurera pendant ſon abſence chargé des affaires qui auront à ſe negocier à la Haye, comme Monſieur d'Eſtrades de celles qui devront être traitées auprès de Monſieur le Prince d'Orange de Bruxelles en hors de Cologne, & de la Haye. Vous ſaurez comme la Ville de Courtrai a été priſe à la vuë de l'En-

Hh 2

l'Ennemi , & l'action eſt d'autant plus glorieuſe , qu'il eſt inoüi que pareille choſe ait réuſſi , car outre que leur armée étoit conſiderable , la garniſon de la Place étoit d'un nombre ſi fort , qu'elle pouvoit favoriſer ce que leur Armée eût oſé entreprendre.

Il eſt remarquable que lorſque les Députez accordoient la reddition, le Duc Charles fit propoſer de la rendre neutre. Il lui fut répondu que ce qui étoit conquis recevoit la Loi, & n'entroit plus en Traité. Je vous laiſſe à penſer quel fut ſon étonnement, & pour moi j'ai conçû que l'action étoit bien glorieuſe , quand j'ai ſû qu'un Officier Eſpagnol, qui eſt en cette Ville , pour traiter de l'échange des Priſonniers, de dépit a été deux jours ſans vouloir manger , & qu'il lui a échapé de dire , voilà la derniere des hontes.

Défaite des Eſpagnols devant Orbitello.

La défaite de huit cens hommes, & la perte de trois Canons, dont les Ennemis battoient notre Camp, devant Orbitello, & deſquels ils vouloient rafraichir la Place , fait juger de la foibleſſe de leur Armée de Mer; Elle a paru un peu rude , parce que la nôtre avoit relâché dans la Provence; après avoir mis à terre un nombre d'hommes choiſis des meilleurs de l'armée , ils furent attaquez, & les attaquans ſont demeurez morts ſur la place , ou Priſonniers, & ſur l'heure la Flotte ſerpa pour ſe retirer: cela nous donne grande eſperance de la priſe de la Place , & qu'elle ne ſauroit tarder.

On eſpere qu'Orbitello ſera bientôt priſe.

Si notre Flotte qui eſt en Mer rencontroit celle d'Eſpagne , elle ne la marchanderoit pas, elle eſt partie équipée de tout ce qu'elle peut avoir beſoin , & chargée d'Infanterie, pour rafraichir l'armée.

J'ajouterai à ces bonnes Nouvelles celle de la parfaite ſanté de leurs Majeſtez , qui enfin ſe ſont reſoluës de partir Lundi prochain, pour aller à Fontainebleau , & puis je vous ſupplierai de me permettre de me dire, &c.

ECRIT

Envoié en Cour avec la Depêche du 9. Juillet 1646.

Raiſons pour leſquelles il ſeroit plus avantageux à la France de tenir l'Alſace comme Fief de l'Empire. La France étant Membre de l'Empire, ſes Rois pourroient devenir Empereurs. Les Princes d'Allemagne en ſeroient plus autoriſez à entrer en Alliance avec la France. La France ſauroit tout ce qui ſe paſſeroit dans les Dietes. L'Empire ne paroîtroit pas demembré par la Ceſſion de l'Alſace. Raiſon contraire. *De cette maniere l'Alſace pourroit quelque jour retourner à l'Empire. Charles-Quint a preferé que la Franche-Comté fût Fief de l'Empire, & pourquoi. Si le Roi eſt Souverain en Alſace, il ſera ſuſpect à tous les voiſins. S'il eſt Feudataire, il ſera Vaſſal d'un autre Prince & pourra être mis au Ban de l'Empire.*

IL y a quelque diverſité d'avis ſur l'offre qui nous a été faite par les Imperiaux.

Raiſons pour leſquelles il ſeroit plus avantageux à la France de tenir l'Alſace comme Fief de l'Empire.

Il y en a qui croient (& pluſieurs Allemans ſont de cette opinion) qu'il ſeroit plus avantageux au Roi de retenir les Païs qu'on laiſſe à Sa Majeſté, en Fief, & de relever de l'Empire à condition d'avoir ſéance & voix dans les Dietes, que de les poſſeder en toute Souveraineté & ne point dépendre de l'Empereur.

La France étant Membre de l'Empire, ſes Rois pourroient devenir Empereurs.

Ils diſent que cela nous donneroit plus de familiarité avec les Allemans qui nous conſidereroient à l'avenir comme leurs Compatriotes & comme Membres de l'Empire ; que cette qualité pourroit un jour ſervir de degré à nos Rois pour monter à l'Empire & pour l'ôter à une Maiſon , dont la grandeur nous eſt ſuſpecte.

Les Princes d'Allemagne en ſeroient plus autoriſez à entrer en Alliance avec la France.

Que cela donneroit moien aux Princes d'Allemagne de traiter plus librement avec nos Rois toutes ſortes de Confederations & d'Unions , ſans que l'Empereur le pût trouver mauvais ni l'empêcher. Ce qui n'arrivera pas de même tandis qu'on ne pourra les conſiderer que comme Princes étrangers, qui ne poſſedent rien dans l'Empire.

La France ſauroit tout ce qui ſe paſſeroit dans les Dietes.

Que pouvant envoier des Deputez dans toutes les Dietes, nous aurons moien de ſavoir tout ce qui s'y paſſera , de traverſer les deſſeins de la Maiſon d'Aûtriche , & de remedier de bonne heure à ceux qui pourront être formez contre la France.

L'Empire ne paroîtroit pas démembré par la Ceſſion de l'Alſace.

Que l'offre de laiſſer au Roi en toute Souveraineté les Païs qui lui ſeront cedez eſt bien avantageuſe aux Empereurs & aux Princes de ſa Maiſon; mais elle n'eſt pas ſi agréable au reſte de l'Empire , que ſi on ne faiſoit point ce démembrement.

[Que l'apprehenſion que nos ennemis ont temoignée de nous voir prendre aucun établiſſement dans l'Empire doit être un puiſſant motif pour ne le pas negliger , parce qu'ils ont fort bien reconnû que divers Princes, & preſque tout le parti Catholique commençoit de jetter les yeux ſur le Roi pour leur ſervir à l'avenir de Protecteur plus puiſſant & plus aſſuré que n'ont été ceux qu'ils ont eus juſques à préſent.

Raiſons contraires.

Ceux qui ſoutiennent l'opinion contraire diſent qu'il n'y a point d'avantage qui puiſſe être égalé à celui de ne dependre de perſonne, & d'être Souverain & abſolu, que le voiſinage & le pouvoir de faire du bien aux Princes voiſins, fera autant rechercher l'amitié de nos Rois, que s'ils demeuroient Princes de l'Empire. Que ſi les affaires étoient un jour diſpoſées à faire accorder l'Empire à nos Rois, il leur ſerviroit autant de poſſeder des Provin

1648.

vinces en Allemagne, quoi que Souverainement, que si Elles relevoient encore de l'Empereur, puis qu'en effet, elles seroient toûjours estimées faire partie de l'Empire, vû même que dans l'étenduë des pais cedez il restera des Villes Imperiales & des Princes Souverains qui en relevent : que la liberté d'envoyer aux Dietes n'est pas si avantageuse qu'elle paroît, puis que le plus souvent elles ne sont convoquées que pour resoudre des impositions sur l'Empire, & pour quelques autres affaires de cette nature, & qu'en tout cas quand il y aura apparence qu'on y puisse traiter quelques affaires plus importantes, où les Princes voisins sont interessez, nos Rois pourront y envoyer des Ambassadeurs qui paroîtront & agiront avec plus d'autorité de la part d'un grand Roi que s'ils n'étoient que de simples Députez d'un Landgrave d'Alsace à qui on ne sauroit donner un rang digne de la grandeur du Roi dans l'Assemblée, ce qui a empêché bien souvent le Roi de Dannemark d'y envoyer les siens comme Duc de Holstein. Qu'encore que peut-être il fût plus agréable aux Etats de l'Empereur de n'en demembrer point ledit pais, on est obligé dans les grandes resolutions de considerer plutôt ce qui est commode, avantageux & honorable, que ce qui est agréable aux Etrangers. Que si les Imperiaux ont mieux aimé ne voir point nos Rois dans l'Empire, ç'a été de crainte que nous n'aions une prétention à laquelle on ne songe point, & que ce n'est pas la premiere fois que pour divers respects une même chose a contenté les deux Parties.]

De cette manierel'Alsace pourroit quelque jour retourner à l'Empire.

Mais quand tout cela ne seroit pas encore plus considerable, la plûpart des Allemans disant qu'on ne sauroit posseder les Pais cedez en fief relevant de l'Empire & les incorporer à la Couronne; mais qu'il faudroit en ce cas-là les limiter à la ligne de Bourbon; cela fait cesser la raison de douter, n'y aiant personne qui puisse croire qu'il soit plus avantageux (pour quelque consideration que ce soit) de posseder un Pais qui releve de l'Empire, & qui lui peut retourner un jour par le défaut d'un certain nombre de personnes, que de le posseder en toute Souveraineté sans qu'il puisse jamais être demembré de la Couronne; vû que de cette sorte la France reprendra ses anciens limites, lors que l'absoluë & independante Souveraineté de nos Rois s'étendra jusques au Rhin.

Ceux qui ont mis en avant les considerations ci-dessus couchées en premier lieu, & en faveur du premier avis, ajoûtent en cas que l'Alsace ne puisse être laissée à Sa Majesté & à ses successeurs Rois à la Couronne de France en fief de l'Empire, personne ne doute ici qu'il ne vaudroit mieux l'avoir pour toûjours en Souveraineté. Mais comme il y a grande apparence que la Pomeranie demeurera à perpetuité à la Couronne de Suede & ne laissera pas de relever de l'Empire, la même chose ne pourroit-elle pas être acordée à la France?

Le prétexte que les Empereurs ont pris d'assister le Roi d'Espagne des forces de l'Empire c'est que ce Roi en est Membre. Cela se voit dans les Protocolles des Dietes, & cela a servi jusques-ici à tromper la credulité de beaucoup d'Allemans.

Si nos Rois étoient Membres de l'Empire, ou ils en tireroient la même assistance ou au moins ils empêcheroient que l'Empereur ne s'interessât contre eux, & le prétexte susdit cesseroit entierement, ce qui ne seroit pas un petit avantage.

1646.

Charles-Quint a préferé que la Franche-Comté fût Fief de l'Empire & pourquoi.

Charles-Quint auroit pû aisément faire passer à ses successeurs la Comté de Bourgogne en Souveraineté, s'il y avoit trouvé quelque profit. Mais au contraire il a pris grand soin de l'attacher davantage à l'Empire, & de la mettre sous sa garde & protection par la Transaction faite à Augsbourg l'an mil cinq cens quarante-huit, en vertu de laquelle les Imperiaux prétendent encore aujourd'hui qu'ils ne peuvent pas s'obliger à n'assister point le Roi d'Espagne contre la France.

Si François premier eût été Prince de l'Empire, la prudence de la Reine ne seroit pas aujourd'hui si occupée à reparer les fautes & les disgraces de ce Prince, qui ont tant coûté à la France & il auroit eu sur la Maison d'Aûtriche les avantages qu'elle a pris sur lui.

L'Histoire nous apprend que les Ambassadeurs de France n'ont pas été toûjours ouïs dans les Dietes de l'Empire. On a quelquefois envoié au devant d'eux leur dire qu'ils eussent à se retirer & quelquefois on les a congediez bien honteusement en leur déclarant que le Roi de France n'a que voir dans les affaires d'Allemagne. L'état glorieux où sont maintenant les nôtres ne laisse rien concevoir de tel. Il est néanmoins bon d'examiner si le temps avenir ne peut pas dans quelques intervalles être aussi-tôt semblable au passé qu'au présent.

Il y auroit plus de sûreté à l'acquisition de l'Alsace tenuë en fief. Car de cette sorte l'intérêt du Roi sera mêlé avec l'intérêt commun de tous les Princes & Etats de l'Empire; & s'il arrivoit dans cinquante ans quelque trouble ou guerre civile en France on connoîtroit alors les desavantages d'avoir détaché du corps de l'Empire un Pais si éloigné du cœur du Roiaume.

Si le Roi est Souverain en Alsace, il sera suspect à tous les voisins.

Si le Roi est Souverain en ce Pais-là, il sera suspect à tous les voisins, Princes, Comtes, & Villes de l'Empire, qui craindront incessamment la perte de leur liberté, au lieu que s'il y est en qualité de Landgrave d'Alsace, il sera respecté & aimé d'eux tous. Au premier cas, ils ne songeront qu'à remettre les choses comme elles ont été ci-devant. Au second, ils trouveront leur compte à maintenir Sa Majesté en la possession de l'Alsace & de Brisack.

L'éclat de la Souveraineté le devroit tant moins emporter sur le solide & l'utile, que nous suivrions en cela le desir de nos ennemis & accepterions cette liberalité d'une main si suspecte.

S'il est Feudataire, il sera Vassal d'un autre Prince & pourra être mis au Ban de l'Empire.

Ce n'est pas qu'en la refusant l'on ne fût exposé à un autre blâme d'avoir rendu volontairement le Roi Feudataire & Vassal d'un autre Prince & qu'on ne fût bien marquer la difference qu'il y a pour le Roi d'Espagne qui releve la Bourgogne des Empereurs, qui est qu'ils sont toûjours de sa Maison; au lieu qu'au contraire, si l'Alsace demeure Fief de l'Empire, on nous fera tous les jours des querelles d'Allemand, on pourra mettre nos Rois au Ban de l'Empire, &c.

Il faut avouer que c'est une question très-difficile à resoudre, & que le choix, quel qu'il puisse être, laissera matiere de reprehension. Mais puis qu'il faut prendre parti, il semble que le plus sûr & le plus utile est la plus certaine regle dans les affaires d'Etat.

M E-

MEMOIRE

De Messieurs les

PLENIPOTENTIAIRES

à Son

EMINENCE.

Du 9. Juillet 1646.

On est plus content des Députez de Hollande. Prise de Courtrai.

NOus sommes obligez de faire savoir, par ce Memoire particulier, à Son Eminence qu'il importe extrêmement, si on veut que nous tirions par deçà quelque avantage de la fermeté que nous avons témoignée jusques ici, qu'on n'ait aucune connoissance par delà des derniers ordres qui nous ont été envoiez par la Depêche du premier de ce mois. Car si les Espagnols ont le moindre vent que nous aions pouvoir de nous relâcher, tant pour la Catalogne que pour le Portugal, ils se rendront plus difficiles; mais pourvû qu'ils ne découvrent rien des intentions de leurs Majestez, nous pourrons peut-être sortir plus avantageusement de ces deux points, & nous avons quelque esperance qu'ils s'avanceront plus qu'ils n'ont encore fait, lors qu'ils verront la Paix de l'Empire sur le point d'être concluë; sur tout si l'Armée de Messieurs les Etats agit vigoureusement en même temps. Il est bien vrai qu'on nous donne de mauvaises nouvelles de la santé de Monsieur le Prince d'Orange. Mais Messieurs les Etats assûrent que, quand sa mort arriveroit, ils ne laisseront pas de mettre leur Armée en Campagne & de faire leur devoir. S'ils tiennent leur parole, nous ne faisons point de doute que nous n'aions bien-tôt le compte du Roi avantageusement.

Dans une visite que leurs Deputez nous ont renduë ce matin, ils nous ont autant donné de satisfaction que nous avons ci-devant eu sujet de nous plaindre de leur procedé. Après nous avoir fait compliment sur la prise de Courtray, & justifié par diverses raisons les manquemens passez; ils ont promis de voir bien-tôt Monsieur Contarini pour lui faire connoître en bons termes qu'ils sont fort éloignez de condamner les préten-

tions de la France, & qu'ils sont obligez d'appuier & procurer de tout leur pouvoir son entiere satisfaction. Après cela, ils nous ont asûré qu'en une Conference qu'ils eurent Samedi dernier avec les Deputez d'Espagne, ils leur déclarerent qu'ils ne dévoient pas s'attendre de rien faire en particulier avec eux, & que l'unique moien d'avancer les affaires étoit de traiter en même temps avec les Plenipotentiaires de Sa Majesté, sans quoi on perdroit le temps inutilement.

Les Espagnols répondirent qu'ils étoient tout prêts d'entrer en Négociation avec nous; que leurs intentions & leurs ordres étoient de faire un Traité général; qu'ils les prioient de vouloir être juges des difficultez qu'ils avoient avec nous, & qu'ils s'en remettroient très-volontiers à leur jugement.

Nous avons répondu que nous n'avons garde de refuser l'entremise de nos Alliez & que nous sommes toûjours prêts d'en passer par leur avis. Qu'il y avoit sujet de prendre à bon augure l'ouverture des Espagnols, qui ne voulant pas de leur mouvement accepter l'offre que nous leur avons ci-devant faite, cherchoient d'y être condamnez par le jugement d'autrui; qu'il ne tiendroit qu'à eux que nous ne sortissions d'affaire en vingt-quatre heures en laissant au Roi par une Paix le Comté de Roussillon avec Roses, & tout ce que Sa Majesté possede dans les Païs-Bas, y compris la Ville de Courtrai, & faisant la Trêve pour la Catalogne & le Portugal de la durée de celle de Messieurs les Etats.

Il nous a paru qu'ils trouvent notre demande assez juste, excepté pour la longueur de la Trêve de la Catalogne, & qu'ils estiment que les Espagnols n'en voudront faire aucune pour le Portugal. Peu de jours nous feront voir si cette Négociation produira quelque bon effet. Nous n'avons point encore parlé des moiens de terminer les affaires d'Italie; l'expedient contenu au Memoire du premier de ce mois nous paroît si excellent, que nous ferons tout notre possible pour le faire accepter. La principale difficulté sans doute se rencontrera sur les Places de la Toscane; s'il plait à Dieu qu'Orbitello tombe entre les mains du Roi, nous n'oublierons rien pour la surmonter.

MEMOIRE

De Messieurs les

PLENIPOTENTIAIRES,

Envoié à la Cour le 9. Juillet 1646.

Lettres de Peñaranda interceptées. On les communique aux Médiateurs & aux Bavarois: Et même à Trautmansdorff; comme aussi aux Hollandois. On leur fait de grands reproches. Leur réponse. Oxenstiern à Munster. La Suede ne veut rien relâcher de ses prétentions. La France prétend la garde de Philipsbourg. Baviere ne veut point d'une suspension particuliere. Il est plus glorieux à la France de tenir l'Alsace en Souveraineté.

Lettres de Peñaranda interceptées.

LEs Lettres du Comte de Peñaranda qui ont été interceptées & dont on nous a envoié les Copies, ont produit un bon effet dans toute l'Assemblée en les faisant voir aux Médiateurs. Nous leur avons fait remarquer que lors qu'ils emploient leurs soins & leurs peines pour acheminer le Traité de l'Empire, les Espagnols les détruisent autant qu'ils peuvent, d'où il est aisé de juger quelle est la cause du retardement. Ils ne pûrent s'empêcher d'avouër que Peñaranda s'arrêtant à écrire des choses de si peu de considération à son Maître, au lieu de s'appliquer serieusement à faire la Paix, il ne falloit pas s'étonner si on avançoit si peu dans la Négociation.

On les communique aux Médiateurs, & aux Bavarois.

Les Ministres de Baviere s'en font piquez & offensez. Nous leur avons fait part en même temps d'un avis qui nous a été donné que les Espagnols tiennent un homme à Osnabrug pour essaier de persuader aux Deputez du Prince Palatin que si les Parlementaires d'Angleterre peuvent être induits d'entrer en ligue avec le Roi d'Espagne, il promettra de ne point faire la Paix que le Palatin ne soit restitué dans tous ses Etats & dans la Dignité Electorale; ce qui a fait d'autant plus d'impression sur leur esprit, qu'ils ont sû qu'Alonce de Cardona, dont il est fait mention dans la Lettre, étoit en Angleterre. Nous ajoûtâmes que nous pouvons encore faire voir par écrit que le Roi d'Espagne poursuivoit d'autres ligues & associations dans l'Allemagne a-

vec les Protestans, outre celles qu'il vouloit former en Italie, pour empêcher la Paix & troubler de nouveau la Chrétienté. Ils demandèrent Copie desdites Lettres pour envoier au Duc de Baviere, & témoignerent nous être obligez de la communication que nous leur en avons faite.

Et même à Trautmansdorff.

Il est bien à croire que le Comte de Trautmansdorff n'aura pas été mieux satisfait de ces Lettres, & qu'il n'aura pas fort agréable de se voir taxer de legereté; ce qui n'est pas le vice ordinaire des Allemans. Nous ne doutons pas que les Médiateurs & les Bavarois ne lui aient fait savoir le tout, & déja (comme nous l'avions vû chacun de nous en particulier) nous lui avions donné quelque connoissance de la mauvaise volonté que les Espagnols ont pour lui; ce qui n'avoit pas été inutile. Mais le principal effet & l'utilité la plus présente que nous en aions tiré a été envers les Hollandois. Nous avions été avertis que depuis la prise de Courtrai les Espagnols les pressoient extraordinairement de signer les Articles de la Trêve, c'est-à-dire qu'outre les Ecrits qui se sont déja donnez de part & d'autre, ils signassent conjointement les Articles dressez & conçus en la même forme qu'ils doivent être inserez dans le Traité. Celui qui nous donnoit cet avis craignant d'être découvert, nous avoit priez de ne leur parler point de cette particularité, & de ne pas témoigner que nous en eussions connoissance. L'Affaire cependant meritoit de n'y perdre point de temps, puisque les Ministres d'Espagne aiant signé avoient envoié lesdits Articles avec le Pouvoir aux Deputez de Messieurs les Etats, & que Noirmond en les leur présentant, avoit dit que si cela ne se faisoit promptement, ils perdroient les avantages qui leur avoient été offerts. Cette instance se faisoit avec tant de chaleur, parce que les Espagnols prétendent que les Articles étant ainsi signez ils les rendront publics parmi les Provinces-Unies, & esperent, non sans grande raison, d'empêcher par ce moien les effets de la Campagne, ou du moins de les ralentir. C'est ce même dessein que le Marquis de Castel-Rodrigo a écrit à la Haye pour avertir Messieurs les Etats de la venuë de leur Courier, donnant avis en même temps qu'il seroit plutôt arrivé, s'il n'eût été arrêté en France.

Comme aussi aux Hollandois.

Un autre avantage que les Espagnols prétendent, en faisant signer de la sorte ces Articles, est d'exclurre ce qui est dans le préambule de l'Ecrit qui leur a été donné par les Hollandois, où il est déclaré que les intérêts de la France doivent être decidez en même temps; en quoi ils ont favorables ceux des Ambassadeurs qu'ils ont gagnez & qui sous prétexte de rediger les Articles aux termes & en la même forme qu'ils doivent être couchez dans le Traité, en ont exclus cette Declaration comme une Piece hors d'œuvre & necessaire.

Ces considerations firent que nous resolumes d'aller trouver des Ambassadeurs desdits Sieurs Etats; & sans leur faire grand compliment, on leur fit lecture mot à mot des Lettres de Peñaranda au Roi d'Espagne & au Marquis de Castel-Rodrigo. On leur fit remarquer que Volmar avoit dit aux Médiateurs que les Plenipotentiaires des Provinces-Unies improuvoient & condamnoient les prétentions de la France comme exorbitantes. On demanda à Knuyt, duquel il est fait mention particuliere; quelle étoit cette Négociation

On leur fait de grands reproches.

faire

faite avec lui, dont il n'a donné aucune part, & de là prenant sujet de leur faire de plus grandes plaintes, nous dîmes que c'étoit la quatriéme fois que nous les venions voir sans qu'ils nous eussent fait réponse; qu'ils avoient promis, après avoir vû les Traitez, de répondre sur ce que nous avions desiré savoir d'eux, s'ils n'entendoient pas être obligez à tous les differens de la France avec l'Espagne, à quoi ils n'avoient point satisfait; Et que leur aiant fait savoir depuis ce que Peñaranda avoit dit aux Médiateurs, qu'ils avoient declaré n'être obligez que pour les affaires du Païs-Bas, ils avoient promis d'en faire le desaveu en présence de Monsieur Contarini, ce qu'ils avoient aussi peu executé. Nous leur reprochâmes que pour déclarer aux Espagnols qu'ils ne traiteroient pas sans nous, il leur avoit falu faire de grandes & réiterées instances; qu'ils n'avoient fait cette declaration que de mauvaise grace, & comme y étans contraints; que les Espagnols n'avoient jamais perdu l'esperance de faire un Traité particulier avec eux, tant ils leur avoient parlé mollement & avec peu de resolution sur ce sujet. En effet, n'est-il pas étrange, leur disions-nous, que vous traitiez tous les jours avec les Espagnols, & que ce ne soient que visites & conferences des uns avec les autres, sans que nous en ayions aucune communication? Ne sait-on pas que le Courier d'Espagne est de retour, & qu'il a apporté le Pouvoir, qui vous a été presenté, sans que nous en aions été avertis par vous? Aussi les Espagnols se sont vantez par tout qu'ils étoient asûrez que l'Armée de Messieurs les Etats ne feroit rien dans tout le mois de Juin. Sur cette asûrance ils ont dégarni leurs Places du côté de la Hollande, & notre Armée s'est trouvée seule à soutenir toutes les forces rassemblées des Ennemis. Enfin lors que les Espagnols publioient que nos troupes étoient assiegées, & qu'ils remplissoient l'Assemblée de faux bruits, & des vaines esperances qu'ils s'étoient données; on vous voïoit converser tous les jours avec eux, & après la prise de Courtrai, chacun s'étant venu réjouir avec nous, jusques aux plus indifferens, nous n'avons pas reçû de votre part un simple compliment.

Ce dernier reproche leur causa beaucoup de honte & de confusion. Il parut bien à leurs visages qu'ils se sentoient pressez & touchez de nos remontrances; & encore que nous ne leur eussions point parlé de la signature des Articles, qui étoit le point le plus important, ils n'en furent pas moins étonnez, leur conscience s'accusant & leur faisant assez imaginer quel seroit notre ressentiment quand ce dessein viendroit à notre connoissance.

Leur ré-
ponse. Après avoir long-temps deliberé ensemble, ils nous dirent qu'ils avoient grand déplaisir de voir notre mécontentement; qu'ils n'avoient jamais manqué à la fidelité qu'ils nous doivent, & qu'ils souhaiteroient que nous sussions au vrai & en detail la conduite qu'ils ont tenuë. Ils essaierent par divers discours de justifier leurs actions, & de nous appaiser; & pour conclusion, ils nous dirent qu'après avoir consideré les Lettres, dont ils nous demandoient copie, & avoir pensé aux choses qui leur avoient été représentées, ils nous viendroient voir pour faire une plus ample réponse, tant sur cette derniere plainte, que sur les autres points, dont nous leur avions parlé auparavant.

Nous persistames à témoigner du mécontentement, disant que nous ne croyions pas que ces manquemens eussent été faits par l'ordre de Messieurs les Etats, de la sincerité desquels nous recevions tous les jours de nouvelles assurances; qu'on savoit bien faire distinction de l'Etat avec certaines personnes mal intentionnées; que la France, graces à Dieu, subsistoit par elle-même, & par ses propres forces, & qu'il ne pouvoit être utile d'offenser un si puissant Roïaume, ni pour le bien général des Provinces-Unies, ni pour le particulier de ceux qui contribueroient à l'offense. On ne raporte pas dans ce Memoire tout ce qui leur fut dit, étant assez que l'on sâche qu'il fut parlé avec toute la fermeté possible; ce qu'on jugea d'autant plus nécessaire que le mal étoit pressant, & qu'entre des Articles signez & un Traité en forme, il y a peu de difference, vû même que lesdits Articles contiennent tout ce dont les Ambassadeurs avoient charge par leur Instruction de convenir. On a sû que cette Conference a arrêté le mal, du moins pour quelque temps. La signature des Articles, à laquelle ils étoient disposez, a été differée, & quelques-uns d'entr'eux ont paru être touchez de nos remontrances. Le Sieur de Ripperda entr'autres, qui depuis son retour de Hollande témoigne meilleure volonté, a dit qu'il ne se falloit point hâter ni mécontenter les François. Mais comme il est déja arrivé qu'après avoir parlé avec eux, il nous a semblé les avoir laissez assez bien persuadez, & qu'ils ont changé depuis, & sont retombez dans leurs premieres erreurs; nous craignons qu'ils n'en fassent de même cette fois; & nous n'oserions assurer autre chose sinon que nous chercherons tous les moiens possibles pour les empêcher de conclure & de signer lesdits Articles; ou si nous ne pouvons mieux, on essaiera pour le moins d'y faire inserer la même clause qui étoit dans le préambule de l'Ecrit precedent, & de leur faire de nouveau déclarer qu'ils ne feront rien que les intérêts de la France ne soient décidez. Quand nous n'aurions retardé que de huit jours la signature desdits Articles; nous ne croirions pas avoir perdu nos peines, pouvant arriver que pendant ce temps-là Monsieur le Prince d'Orange s'engagera dans quelque dessein important, qui changera ici la Négociation & donnera lieu à de nouveaux conseils.

Depuis que ces choses se sont passées, le Sieur de Sombres est retourné de la Haye. Il rapporte que sur les instances de la Province de Zelande il a été resolu que les Ambassadeurs de Messieurs les Etats nous doivent faire instance pour convenir du 9. Article, & cependant arrêter toute leur Négociation avec les Espagnols; ce qui ne nous viendra point mal à propos, puisque nous aurons moien de prolonger & gagner quelque temps. Et parce que lesdits Sieurs Ambassadeurs ont assez legerement coulé dans l'Ecrit qu'ils ont donné aux Espagnols, qu'après le temps de la Trêve expiré le Roi d'Espagne sera en liberté de rentrer en Guerre, nous nous servirons de cette Déclaration à deux fins, l'une, pour éluder l'instance qu'ils nous feront sur ledit neuviéme Article de leur procurer la continuation de la Trêve, puisqu'eux mêmes veulent bien qu'elle ne continue pas, & en sont convenus avec les Espagnols; l'autre, pour les decréditer auprès de leurs Superieurs, leur faisant remarquer la conséquence d'une telle déclaration, qui annulle & rend inutile celle que le Roi d'Espagne a faite de les tenir pour

Etats

1646.

Etats libres & Souverains, puisque pouvant recommencer la Guerre par leur propre aveu, ce ne peut être avec justice, s'il ne le fait sur le titre de vouloir remettre ses Sujets sous son obéissance.

Oxenstiern à Munster.

Monsieur Oxenstiern est venu seul en cette Ville, aiant pris pour excuse, de ce que Monsieur Salvius n'a pas été de la partie, un mal de jambe qui est, à ce qu'il dit, survenu à ce Ministre. Ce qui nous aiant donné lieu de douter du véritable dessein de son voiage, nous l'avons supplié de nous dire franchement s'il étoit à Munster pour la visite ordinaire & accoûtumée entre nous, ou si c'étoit avec volonté d'entrer sérieusement dans les affaires, & de conclure ou avancer le Traité. Il nous a asûré que c'est avec intention de porter, autant qu'il se pourra, les affaires à la conclusion. Sur quoi, tant pour justifier le retardement de la jonction des armées que pour le disposer à moderer un peu les grandes prétentions de la Suede, nous lui avons dit sommairement les raisons qui doivent faire souhaiter aux Couronnes de finir la Guerre, nous arrêtant sur celles que nous estimons pouvoir faire le plus d'impression sur son esprit. Il témoigna que la Suede n'avoit pas moins de disposition à la Paix que la France; ni moins de sujet de la desirer; que leur ordre étoit de la faire, & son dessein de s'y appliquer entierement. Il ajoûta plusieurs raisons à celles que nous avions dites pour en faire connoître l'utilité, & celles particulierement qui convenoient à la Couronne de Suede. Nous le mîmes ensuite sur les points qui restent à ajuster avec les Imperiaux; nous reconnûmes qu'il n'étoit pas éloigné de condescendre à s'accommoder, pour ceux qui regardent le général de l'Empire & le fait de la Religion, aux conditions que l'on a accordées. Car elles sont telles en effet, que si le Comte de Trautmansdorff ne s'étoit point en cela trop relâché, les Protestans se fussent peut-être contentez de moins, & nous eussions eu plus de moien, en obéïssant aux ordres de la Reine portez par le Memoire du vingt-deuxiéme Juin, de satisfaire aux saintes & pieuses intentions de Sa Majesté. Toutefois, comme il y a encore sujet d'y faire du bien, nous essaierons d'aider les Catholiques, suivant ce qui nous est ordonné. Ledit Sieur Oxenstiern témoigna de l'aversion contre le Duc de Baviere, & de la repugnance à ce qu'il fût créé un huitiéme Electorat pour le Palatin, & que ce Prince ne fût pas restitué dans ses Etats.

La Suede ne veut rien relâcher de ses prétentions.

Quand on tombá sur la satisfaction de la Suede, non seulement il ne fit point paroître de vouloir retrancher aucune des choses demandées; mais il ajoûta que la Suede entendoit qu'elles lui demeurassent avec le consentement de l'Electeur de Brandebourg, du Duc de Mekelbourg, du Fils du Roi de Dannemark & autres interessez. On ne manqua pas de lui représenter le plus doucement qu'il se pût qu'on souhaitoit en toutes façons les avantages de la Suede; mais que l'Empereur accordant ce qui dépendoit de lui, & les Etats de l'Empire y consentant, on ne pouvoit raisonnablement en exiger davantage; & que le consentement de ces Princes étoit dans leur volonté, de laquelle l'Empereur n'est point le Maître. Nous lui fimes voir de quelle façon la France en usoit, & comme, pour avoir la cession volontaire des Archiducs d'Inspruck, Elle leur rendoit une bonne partie de leur Païs, quoi que fort importante à

T O M. I I I,

la sûreté de Brisach, & leur donnoit une notable somme d'argent. Nous lui représentâmes qu'une acquisition faite de cette sorte, comme elle avoit plus de justice, étoit aussi de plus grande durée & plus aisée à conserver. Mais nous ne pûmes par toutes ces raisons tirer autre parole dudit Sieur Oxenstiern. Le Baron de Loenen, qui étoit allé vers l'Electeur de Brandebourg pour savoir ses dernieres intentions, doit être en cette Ville, à ce qu'on dit, aujourd'hui ou demain, & le Comte de Wigtenstein Plenipotentiaire de ce Prince y arriva dès hier; outre qu'il se dit que l'Electeur sera lui-même dans peu de jours fort près de Munster. On connoîtra alors ce qui s'en pourra esperer, y aiant lieu de croire, quoi que disent les Ministres de Suede, qu'ils rendront l'une des deux Pomeranies, pour posseder l'autre (qui est la plus grande & la meilleure) du consentement de ce Prince. C'est tout l'entretien que nous avons eu jusques ici avec ledit Sieur Oxenstiern, aiant remis à demain & au jour suivant de conferer ensemble sur toutes choses, dont nous rendrons compte par le premier Ordinaire.

Au surplus, il nous fit encore de nouveaux remercimens, & témoigna nous être obligé de la façon dont nous avions chargé le Sieur de Saint Romain de parler à Stockholm des choses passées, reconnoissant bien (ce que nous savons d'ailleurs être veritable) que si on eût voulu pousser l'affaire, on lui eût pû rendre de très-mauvais offices.

Quant à ce qui reste à ajoûter pour la satisfaction de la France, nous avons déja donné avis de la condition que nous y voulons tenir, & des raisons qui nous y obligent. Il y a trois points qui sont encore indecis. Les Imperiaux prétendent toûjours une somme excessive pour la recompense des Archiducs. Nous demandons la cession des droits de l'Empereur & de l'Empire sur les Villes & Etats immediats qui sont dans l'Alsace, & en troisiéme lieu nous prétendons la garde & protection de Philipsbourg. Ces points, comme nous avons ci-devant fait savoir, sont plutôt reservez pour mettre les Imperiaux à la raison, que par esperance de les obtenir. Ils font encore instance de comprendre au Traité le Roi d'Espagne & le Duc Charles, à quoi nous avons répondu en la sorte que l'on aura vû par nos precedentes Dépêches. Pendant le temps qui reste à négocier les affaires générales de l'Empire & celles de nos Alliez, nous essaierons de faire réussir quelqu'une de ces demandes, & de tirer quelque avantage nouveau. Ce n'est pas pourtant que nous ne nous souvenions bien de nos ordres, & que nous ne soions pour donner les mains, toutes les fois que nous connoîtrons ne pouvoir faire mieux, & qu'il y aura apparence de conclure. Mais il seroit très-perilleux que Monsieur le Nonce Bagni ou l'Ambassadeur de Venise, ou aucun autre en pénétrât la moindre chose, & au contraire nous souhaiterions extrémement qu'on se plaignît quelquefois à eux de notre facilité.

La France prétend la garde de Philipsbourg.

La garde de Philipsbourg est le point où nous pourrions esperer quelque chose. Mais comme il sera très-difficile, quand même nous aurions le consentement de Monsieur l'Electeur de Trêves, aussi sans l'avoir, il est presque impossible de retenir cette Place. Cet Electeur ne s'y est pas conduit jusques ici comme nous aurions souhaité. Nous en avons

fait

fait plainte à ses Députez qui lui ont écrit ; de sorte que par la derniere Instruction qu'il leur a envoyée il leur donne pouvoir de consentir que cette Place demeure entre les mains du Roi jusques à ce que la Paix soit faite entre Sa Majesté & toute la Maison d'Autriche. Et quoi que lesdits Députez nous firent remarquer, que l'intention de cet Electeur est que cette Place soit entre les mains de la France tant qu'elle aura la Guerre avec l'Espagne, nous n'avons pas laissé de donner charge au Sieur d'Antonville de faire de nouvelles instances, lui aiant même donné le pouvoir (dont nous avons rendu compte par la derniere Depêche) de promettre audit Sieur Electeur jusques à la somme de cinquante mille Risdalles, au cas que par son consentement la Place demeure, par le Traité de Paix, en la garde du Roi.

C'étoit avec très-grande raison que l'on avoit ordonné la jonction de l'armée du Roi avec celle de Suede, dans le temps où cette resolution fut prise. C'est avec la même prudence qu'on a desiré depuis d'employer cette armée ailleurs, pour en tirer un effet plus important ; mais toûjours avec cette condition que cela se fît du consentement des Suedois, lequel n'aiant pas été donné par eux, les ordres qu'on a envoiez à Monsieur le Maréchal de Turenne ne pouvoient être accompagnez de plus sages précautions. C'est un effet de la plus haute prevoiance de changer les Conseils, selon le temps, ou plûtôt ce n'est pas changer, quand par diverses voies on tend à un même but, qui est le bien du service du Roi & la grandeur de son Etat.

Nous esperons que cette jonction, si elle s'execute, pourra servir beaucoup à conclure promptement la Paix dans l'Empire. En tout cas, nous sommes assez justifiez envers nos Alliez, qui ont bien connu que, pendant les affaires que nous avions aux Païs-Bas & l'irresolution de Messieurs les Etats, il étoit nécessaire de tenir au delà du Rhin les forces de la France. Nous sommes obligez de dire sur ce propos, que le Resident de Suede & celui de Madame la Landgrave à la Haye ont parlé merveilleusement bien pour nous en cette rencontre, s'étans plaints avec vigueur du préjudice que la lenteur de Messieurs les Etats à mettre leur Armée en Campagne apportoit aux affaires communes, & nous dirons encore avec verité que la conduite de Madame la Landgrave & de ses Députez en cette Assemblée a été très-louable, ne s'étant jamais plaints, quelque ruine & quelque dégât que leur Païs ait souffert par le séjour de l'Armée Suedoise, dont le retardement du passage du Rhin étoit cause. Au contraire ils ont témoigné notre sincerité aux Suedois, & les ont toûjours assûrez que les considerations que nous avions étoient justes & nécessaires, & que nous ne manquerions que pour un peu de temps à faire la jonction promise & concertée. Nous estimerions à propos qu'il en fût parlé en ces termes au Ministre que cette Princesse tient à la suite de la Cour, & qu'on lui en témoignât toute la satisfaction que mérite une conduite si généreuse.

Nous avons bien examiné les Lettres de Monsieur le Duc de Baviere ; elles tendent à avoir la liberté de détruire les Suedois sous prétexte d'assister son Frere, & que l'Armée de France ne puisse pas agir pour leur secours. Mais outre que ce qu'il desireroit de nous se-

roit contre l'Alliance, il semble d'ailleurs qu'il seroit bien dangereux de consentir à ses demandes. Car encore que ledit Sieur Electeur observât exactement ce qu'il auroit promis, & qu'il n'attaquât point les Places que le Roi tient sur le Rhin, il pourroit n'être pas le Maître & être emporté par un plus fort que lui à faire du mal à la France.

Ses Ministres ont pû assez reconnoître en diverses occasions, qu'ils nous trouveroient disposez à faire une suspension particuliere avec lui ; mais ils n'y ont jamais voulu entendre. Il est bien vrai que quand ils veulent porter les Imperiaux à consentir à ce qu'ils desirent, ils leur font craindre cette suspension, & se servent de ce moien pour les amener où ils veulent, comme nous l'avons quelquefois remarqué. Mais ils évitent pourtant d'entrer en cette Négociation avec nous, pour les raisons que nous en avons ci-devant écrites. Au demeurant nous nous garderons bien de nous ouvrir, ni à eux ni aux Médiateurs, des ordres que nous avons de conclure sur ce qui nous a été offert ; & nous supplions très-humblement qu'à la Cour on en use de même, & qu'on retranche plûtôt les esperances que d'en donner ; car encore que l'on n'ait rien découvert jusques-ici au Duc de Baviere, ses Députez n'ont pas laissé de nous montrer des copies de Lettres qu'ils disent être de Monsieur le Nonce Bagni, où il est porté expressement que le point de Brisach étant accordé, toutes choses seront ajustées. Nous avons donné à ces Lettres l'interpretation la plus favorable que nous avons pû. Mais il est bien certain que non seulement en ce point-là, mais en celui de Philipsbourg aussi, & en tous les autres, le secret doit être gardé, pour faire réussir heureusement la Négociation, n'y aiant rien qui nous soit reproché si souvent, sinon qu'à la Cour on n'a pas les mêmes intentions que nous faisons paroître ici.

Nous avons souvent agité entre nous quel parti seroit à souhaiter & le plus avantageux à la France de posseder l'Alsace en fief & la relever de l'Empire avec séance & voix dans les Diettes, ou bien de la tenir en souveraineté. Il y a eu quelque doute & diversité d'opinions. Mais il a enfin été comme resolu que tenir ce Païs en souveraineté étoit plus convenable à la dignité & grandeur de la Couronne ; & puis qu'on nous a fait l'honneur de nous en demander notre avis, il y aura dans un Memoire separé de celui-ci les raisons qui nous semblent devoir être les plus considerées de part & d'autre.

On a gardé jusques-ici le Courier du Prince de Transsylvanie ; mais il presse si fort qu'il le faudra bientôt renvoyer. La jalousie qu'il a donnée à nos Parties n'a pas été inutile, & quand on sera obligé de le licentier, on essaiera de faire connoître combien Leurs Majestez sont disposées à la Paix, puis qu'elles se privent volontairement des moiens de faire plus puissamment la Guerre.

Pour les affaires d'Espagne, nous avons été bien-aises de voir les avis qu'on a de la Cour de Vienne, que ce Roi est conseillé de faire la Paix, & que les moiens en doivent être proposez par les Ministres de l'Empereur, afin qu'il paroisse que ceux d'Espagne y sont comme entrainez par eux, & que les avis venus d'Espagne portent que leurs Plenipotentiaires nous doivent offrir la Comté de Roussillon avec Roses, & la Comté d'Artois, & qu'ils consentiront à la Trêve pour la

Cata-

Catalogne, & même pour le Portugal, pourvû que cette dernière soit de peu de durée. Mais jusques-ici les Imperiaux ni les Médiateurs ni autres ne nous proposent rien & il semble que les Ministres d'Espagne ne soient point à l'Assemblée pour traiter avec nous, & n'aient autre dessein que de faire un Traité particulier avec les Hollandois, à quoi ils appliquent tous leurs soins & toute l'esperance de leur ressource.

L'heureux & glorieux succès du Siege de Courtrai, dont nous avons reçu une joie plus grande qu'on ne la peut exprimer, leur fera naître d'autres pensées, & nous fait croire qu'on verra bien-tôt les effets de cette victoire dans l'execution des avis mentionnez ci-dessus.

Quant à ce que le Memoire nous met en consideration, s'il seroit bon de faire connoître à Paw & à Knuyt que l'on est informé de ce qui se passe entr'eux & les Espagnols, qui s'en sont vantez à leurs confidens; & s'il ne seroit aussi point à propos de les interesser; il semble que l'un & l'autre de ces moïens se peut pratiquer en son temps. On a déja commencé à leur jetter quelque propos selon le premier & on pourra dans les occasions leur en parler plus ouvertement. Mais pour cette heure il seroit mal-aisé de les gagner par l'intérêt. Il faudroit des sommes trop grandes, & on ne peut surmonter en cela ce que les Espagnols font pour eux; mais comme nous esperons qu'ils n'effectueront pas ce à quoi ils se sont engagez & qu'ils seront peut-être obligez de changer de conduite, il sembleroit utile de ménager alors leur esprit par l'intérêt, afin de les faire agir volontiers selon les intentions de Leurs Majestez, ce qu'ils ne feroient autrement qu'à regret & avec contrainte.

LETTRE

De Messieurs les

PLENIPOTENTIAIRES

à Monsieur le Comte de

BRIENNE.

Du 9. Juillet 1646.

da se plaint de son Courier retardé en France.   1646.

MONSIEUR,

NOus reçûmes hier la Dépêche du dernier Juin que nous n'avons pas encore eu le temps de considerer, non plus que de voir Monsieur de Trautmansdorff pour convenir avec lui, s'il se peut, du titre que la Reine doit donner & recevoir de l'Empereur. Nous ne ferons point de réponse particuliere à vos Lettres, pour ne pas repeter ce que nous avons mis dans le Memoire qui vous est adressé, & vous rendrons seulement graces bien humbles de toutes les faveurs que nous recevons de vous, & de la peine que vous avez agréable de prendre en notre consideration.

Outre les huit mil Risdalles que nous avions envoiées au Sieur de Traci pour l'entretien des nouvelles levées, il nous a écrit de lui en faire tenir encore autant & nous a mandé que sans ce secours la perte desdites troupes étoit infaillible, attendu leur sejour dans la Hesse plus long qu'on ne l'avoit crû, à cause que l'armée avoit tant tardé à passer le Rhin. Nous avons mieux aimé hazarder encore cette partie que de laisser perir des troupes qui coûtent si cher au Roi & qui peuvent rendre de si bons services à Sa Majesté. Nous vous supplions de faire favoir que nous avons été obligez de distraire vingt mil Risdalles du fonds destiné pour cette Ambassade, savoir seize mil Risdalles envoiées à deux fois audit Sieur de Traci, & quatre mil à Monsieur l'Archevêque de Trêves, dont nous vous avons donné avis. Si on ne remplace promptement ces sommes le service du Roi en pourroit recevoir un grand préjudice. Et puis que nous sommes sur cette matiere pecuniaire, aiez agréable, Monsieur, que nous vous renouvellions nos prieres pour faire envoier au Sieur de Meules & au Sieur de Beauregard leurs appointemens. Il est bien mal aisé de servir utilement le Roi parmi les Etrangers, si on n'a pas dequoi s'y entretenir honnêtement; & cela est si nécessaire au bien des affaires de Sa Majesté, que nous ne faisons point de difficulté de vous supplier d'en faire en notre nom une bien vive instance.

Messieurs les Médiateurs envoiant demander un Passeport, de la part du Comte de Peñaranda, pour un Courier qu'il a ces jours passez depêché en Espagne, ont fait dire que ledit Sieur Peñaranda se plaignoit qu'on a arrêté long-temps à Paris le dernier Courier qui y a passé. Cette plainte nous avoit déja été faite, & nous avions répondu que nous ne savions pas ce qui étoit arrivé à Paris; mais qu'à Bruxelles on arrêtoit souvent ceux qui étoient envoiez de notre part; & que depuis peu un Courier parti d'Amiens pour la Haye y avoit été retenu quatre jours. Ledit Peñaranda a fait dire qu'il en écriroit bien expressément au Marquis de Castel-Rodrigo, & se promet que cela n'arrivera plus, nous prians d'en faire autant de notre part. Nous avons promis d'en écrire, & pour nous en acquitter, nous vous suplions de faire donner sur ce les ordres qui seront jugez nécessaires, & de nous continuer l'honneur de votre bienveillance, puis que nous sommes, &c.

LETTRE

De Messieurs les

PLENIPOTENTIAIRES

à Monsieur le Comte de

BRIENNE.

Du 16. Juillet 1646.

L'Empereur reçoit de tous les Rois le titre de Majesté *& ne le donne à aucun. La Reine prend pour Elle-même les charges du Duc de Brezé. L'Armée de Monsieur de Turenne passe le Rhin à Wezel.*

MONSIEUR,

NOus avons vû le Comte de Trautmansdorff pour lui dire que la Reine aiant sû qu'il y avoit ici un Courier & des Lettres de l'Empereur pour lui donner avis de la mort de l'Imperatrice, Sa Majesté avoit resolu d'envoier un Gentilhomme à Vienne pour témoigner sa douleur. Mais avant que de le faire partir, elle nous avoit ordonné de savoir comment ses Lettres y seront reçuës, & de quelle façon il y seroit répondu, afin qu'il ne s'y passât rien qui ne fût à la satisfaction commune. Nous voulûmes ensuite entrer dans les expediens proposez; mais le Comte de Trautmansdorff s'en éloigna, disant qu'il étoit constant que l'Empereur recevoit de tous les Rois le titre de *Majesté* & qu'il ne le donnoit à aucun. Entre les raisons dont il se servit, il allegua des Lettres de Henri le Grand, que vous nous mandez n'avoir point deferé ce titre. Il seroit bien à propos de nous en envoier quelques copies dûëment collationnées, encore qu'à la verité nous n'estimions pas qu'il faille disputer cette question par les exemples, étant à craindre qu'il ne pût par cette voie justifier sa prétention. On ne laissa pas de mettre en avant tous les partis hormis celui de *Majesté Imperiale* & *Majesté Roiale*, qu'on a reservé comme pour un dernier retranchement. Mais il tint ferme à soûtenir que l'Empereur n'avoit jamais donné de *Majesté*. Quand on lui parla d'écrire de main propre, & de donner ce titre respectivement, il avoua de nous avoir dit que cela se pouvoit faire, & que si d'abord on eût pris cette voie, il eût été répondu en la même sorte; mais que la difficulté étant muë il ne pouvoit sans ordre de Vienne y donner resolution. Cela nous

fit croire que nous ne devions pas passer plus avant, & resoudre de tenir encore ici Monsieur de Mondevergue, [Mondejus] n'estimant pas qu'on doive souffrir aucune inégalité dans la façon d'écrire, si ce n'est en tout cas celle de *Majesté* [*Imperiale* & celle de *Majesté Royale.*]

Nous avons appris avec un grand déplaisir la mort du Duc de Brezé. Leurs Majestez ont perdu un très-digne serviteur, qui aiant déja fait de si belles actions, pouvoit rendre de grands services à l'Etat, s'il n'eût plû à Dieu de l'appeller si tôt à soi. Nous vous remercions, Monsieur, de la part que vous avez eu agréable de nous donner de la resolution prise par la Reine de conserver pour Sa Majesté les charges dudit feu Duc. Nous nous sommes trouvez ici dans les mêmes sentimens de ceux que vous nous mandez en avoir témoigné joie & entiere approbation de la chose.

Les Suedois ont fait de grandes plaintes de ce que Monsieur de Turenne n'a point passé le Rhin au temps concerté. Nous les avons moderez autant que nous avons pû & fait voir que ce n'étoit pas par ordre de la Cour. Ils ont crû que nous avions fait une suspension avec le Duc de Baviere; & nous avons eu assez de peine à leur ôter cette opinion. La nouvelle qui arriva hier en cette Ville, que l'Armée a passé le Rhin à Wezel, fera cesser leurs soupçons & leurs plaintes. Dieu veuille qu'elle produise un bon effet & qu'elle y puisse donner perfection au Traité de la Paix dans l'Empire. Nous sommes bien en peine des nouvelles levées qui se font dans la Hesse. Elles font très-belles au raport de tous ceux qui les ont vûes. Il y a plus de quatre mil cinq cens hommes effectifs, tous vieux Soldats, & aussi bons hommes qu'il y en ait dans toute l'Allemagne. Le Sieur de Traci a eu le bonheur de leur faire prêter le serment, encore qu'elles n'aient pas touché leur montre, qui est à Francfort. Mais il a été obligé, (n'aiant point d'autre ordre de Monsieur de Turenne) de joindre l'Armée de Suede. Il a assez prévû les inconveniens qui en peuvent arriver; mais on a été contraint de choisir ce parti, non pas tant pour satisfaire en quelque façon nos Alliez, comme pour éviter la dispersion & la ruïne assûrée desdites troupes, ce qui nous a obligé de lui mander qu'il se joignît, après avoir fait un nouvel effort pour entretenir ses levées, & lui avoir envoié à deux fois jusques à seize mille Risdalles, comme nous vous l'avons déja écrit. Nous vous supplions de faire donner l'ordre du remplacement le plutôt qu'il se pourra, étant dans une conjoncture où le manquement de ce fonds peut ici préjudicier aux affaires du Roi. Nous remettons le surplus des nouvelles au Memoire, finissant après vous avoir asûré que nous sommes, &c.

M E-

1646.

MEMOIRE

De Messieurs les

PLENIPOTENTIAIRES,

Envoié à la Cour le 16. Juillet 1646.

Les Hollandois s'entremettent pour accommoder la France avec l'Espagne. Trêve pour la Catalogne. Conferences avec Oxenstiern. Les Suedois veulent les 2. Pomeranies, Wismar, Bremen, & Verden. Oxenstiern se plaint du delai de la jonction. Un 8. Electorat sera créé pour l'Electeur Palatin.

IL n'y a rien à répondre au Memoire du Roi du trentiéme du mois passé, sinon que nous le suivrons exactement & aurons un soin particulier de nous conduire au fait de la Catalogne & du Portugal avec les précautions qui nous sont très-prudemment ordonnées. Reste à supplier très-humblement qu'il ne soit rien pénétré par delà des intentions de la Reine, parce que cela nous ôteroit le moien de servir utilement Sa Majesté & ruïneroit tout notre travail.

Pour ce qui nous est mandé d'examiner s'il seroit à propos d'écrire une Lettre étudiée à Messieurs les Etats; nous avons jugé, après les plaintes qui leur ont été faites par Monsieur de la Thuillerie, qu'on doit differer & attendre une autre occasion qui se présentera peut-être, lors qu'on nous parlera de ce prétendu neuviéme Article, comme nous sommes avertis qu'on veut faire. Cependant la derniere conduite de leurs Ambassadeurs, dont nous avons déja donné avis par la précedente Depêche, ne nous donne pas lieu de faire présentement cette nouvelle plainte.

Les Hollandois s'entremettent pour accommoder la France avec l'Espagne.

Ils nous vinrent trouver ces jours passez, disant qu'ils avoient encore déclaré bien expressément aux Ministres d'Espagne qu'ils ne pouvoient rien conclure ni arrêter dans leurs affaires, que celles de la France ne fussent accommodées en même temps, & que de là ils avoient pris occasion d'ajoûter qu'encore qu'il y eût plusieurs grands differens entre les deux Couronnes, il s'y pouvoit trouver néanmoins du temperament, s'offrans de s'interposer & d'y rendre tous bons offices; Que les Espagnols avoient répondu que leur dessein avoit toûjours été de faire la Paix avec la France, si elle se pouvoit obtenir à des conditions tolerables, & que si Messieurs les Ambassadeurs des Provinces-Unies s'y vouloient entremet-

tre, ils esperoient leur faire voir qu'il ne tient pas à eux qu'elle ne se concluë. Après ce préambule, lesdits Sieurs Ambassadeurs nous dirent qu'étant assûrez, par la bouche des Ministres de l'une & de l'autre Couronne, de leurs dispositions à la Paix, il leur avoit semblé que, pour commencer cette bonne œuvre avec apparence de succès, ils devoient savoir quelles étoient respectivement les intentions des Parties : Qu'il y avoit trois points principaux à ajuster, desquels si on étoit convenu, le reste seroit assez facile. Le premier point étoit ce qui devroit demeurer à la France des Conquêtes du Païs-Bas; Le second, les affaires de Catalogne, & le troisieme celles de Portugal. Ils s'arrêterent sur le fait de la Catalogne seulement & demanderent si les Catalans interviendroient au Traité, ou si le Roi traiteroit pour eux. On leur répondit que les affaires d'Italie n'étoient pas de moindre consideration que celles dont ils avoient parlé, & qu'il étoit à propos de convenir sur tous les autres points autant ou plus que sur celui de la Catalogne. Que nous leur dirions néanmoins, pour l'éclaircissement par eux desiré, que la Catalogne avoit été autrefois un Membre de la Couronne de France; qu'elle en avoit été distraite & unie à celle d'Arragon, où aiant été mal-traitée & ses Privileges violez, elle s'étoit pendant cette Guerre retirée de l'obéïssance du Roi d'Espagne, & avoit eu recours à son ancien Seigneur; qu'en France on avoit fait grande difficulté de recevoir les Catalans; mais qu'après leurs instantes prieres, eux aiant fait volontairement toutes les soumissions de vrais Sujets, reconnu le Roi pour leur Souverain, & prêté le serment de fidelité, ils avoient enfin été admis; que Sa Majesté leur avoit promis sa protection, & n'étoit pas moins obligée à les conserver que le reste des Provinces annexées de plus long temps à sa Couronne. Que maintenant la Reine pour témoigner le desir de la Paix, éviter tout ce qui peut éloigner un si grand bien, & ne pas exiger du Roi d'Espagne une renonciation expresse de ses droits sur ce Païs, avoit consenti de ne faire qu'une Trêve pour ce regard de la même durée de celle qui seroit arrêtée avec Messieurs les Etats. Nous représentâmes ausdits Ambassadeurs, qu'il y auroit de l'infidelité à abandonner des peuples à qui on doit protection. Que si les Espagnols vouloient entendre serieusement à la Paix, ils ne devoient pas s'imaginer que nous fussions pour subir cette infamie de manquer à ceux qui avoient recours à la France, ni de quitter legerement les avantages que Dieu nous avoit mis en main, n'étant pas en état d'apprehender que l'Espagne nous y contraigne par force, & n'aiant rien à craindre, mais beaucoup à esperer dans la continuation de la Guerre. Nous rendimes graces à ces Messieurs de leur entremise, tenant à bonheur que nos affaires eussent à passer par leurs mains, & ne doutant pas qu'ils ne souhaitassent les avantages du Roi plutôt que de ceux qui jusques-ici ont été nos ennemis communs. Mais afin, disions-nous, que la peine que vous prenez puisse produire un bon effet, il faut, s'il vous plaît, bâtir sur ce fondement, que nous voulons bien faire la Paix avec les Espagnols & non pas l'acheter. Ils repliquerent que les Ministres d'Espagne disoient que leur Maître feroit plutôt la Guerre vingt ans que de consentir à une Trêve pour la Catalogne,

Trêve pour la Catalogne.

atten-

1645.

attendu que la Trêve étant expirée, ce seroit attirer la Guerre dans le cœur de l'Espagne au lieu qu'elle est à présent dans des Etats plus éloignez.

Il fut aisé de répondre que la Guerre étoit dans l'Espagne même, puisque nous y tenions Lerida assiegé; qu'elle cesseroit par une Trêve qui dureroit autant de temps que celle de Messieurs les Etats, & laquelle venant à expirer pourroit être de nouveau prolongée. Mais nous ajoûtames qu'il y avoit un moien encore plus assûré de mettre l'Espagne en repos, qui étoit de nous ceder Tortoze, Tarragone, Lerida, & les autres Lieux que les Espagnols occupent encore dans cette Principauté, & que nous offririons de recompenser les Places qui nous seroient cedées, en leur en rendant d'autres dans le Païs-Bas, dont nous ferions juges Messieurs les Etats.

Cette ouverture étoit faite afin de donner à penser aux Espagnols que le dessein de la France est de s'établir plutôt du côté de l'Espagne que de la Flandre, & pour ôter à Messieurs les Etats l'opinion de cet échange, qu'ils ont si fort témoigné de craindre, & sur ce propos un d'entr'eux s'avança de dire que les peuples de l'obéïssance du Roi d'Espagne dans les Païs-Bas étoient ébranlez, & demanda s'ils venoient à un soulevement ce que nous ferions. On suivra en ce cas le Traité, & chacun aura son partage, dîmes-nous, & s'il y a quelque pièce, dont on ait peine à s'accorder, propre à separer les deux Etats, on y pourroit loger le Duc Charles, ce que nous leur mettions en avant avec le même dessein de leur ôter la jalousie & le soupçon, à quoi ils sont enclins de leur naturel, & entretenus par l'artifice des Espagnols.

La conclusion de cette Conference fut qu'ils nous avoient dit ces choses d'eux-mêmes & pour s'instruire de nos intentions; qu'ils essaieroient de savoir celles des Espagnols, pour voir ensuite s'il y auroit moien de venir à un accommodement.

Parmi ces discours, le Sieur Paw dit plus d'une fois qu'il se pouvoit faire des échanges, & que souvent il avoit ouï souhaiter à feu Monsieur le Cardinal de Richelieu une Province du Roi d'Espagne comme bienséante à la France. Lui aiant demandé quelle? Il répondit la Franche-Comté. Nous dîmes qu'à la verité ce Païs étoit contigu à la France, mais de nulle importance, & sans rejetter entierement cette pensée, nous témoignâmes de n'y faire pas grande reflexion.

Il y a encore eu depuis une autre Conference, où ils raporterent qu'après avoir longtemps parlé avec les Ministres d'Espagne ils n'avoient rien pû tirer d'eux. Qu'à la verité ils avoient connu que pour ce qui regarde les Païs-Bas, on se pourroit accommoder facilement, que la grande difficulté leur paroissoit être sur la Catalogne; que nous en parlions comme d'une Province de France, & le Comte de Peñaranda comme si elle étoit encore d'Espagne; que cette affaire leur étoit sensible sur toutes les autres, & qu'il y auroit grand' peine à faire consentir une Trêve pour ce Païs, ou qu'il faudroit qu'elle fût bien courte. Nous répondîmes à Messieurs les Ambassadeurs qu'ils nous parloient incertainement des affaires du Païs-Bas, & ne nous disoient rien de celles du Portugal, où la difficulté n'étoit pas moindre, ni de l'Italie, où il y en avoit de très-importantes à decider. Ils dirent qu'il falloit traiter une affaire après l'autre; que

1646.

celle de Catalogne étant la plus malaisée, si on prenoit quelque bon expedient, il seroit plus facile de terminer le reste. Ils demanderent ensuite de combien de temps nous voudrions que fût cette Trêve. De trente ans comme la vôtre, répondîmes nous; & sur ce qu'ils repliquerent qu'ils n'étoient point encore convenus du temps, nous dîmes que nous la demandions d'égale durée à celle dont ils demeureroient d'accord. Ils n'oublierent rien pour nous tourner en toutes façons, & dirent que si nous voulions avoir une longue Trêve pour la Catalogne, il la faudroit faire par tout ailleurs, & non pas la Paix en un lieu, & la Trêve en un autre. Il fut répondu que la même chose nous avoit été souvent representée par les Médiateurs & que nous l'avions toûjours rejettée; que notre intention étant de faire la Paix & de mettre en repos la Chrétienté, il seroit bien à desirer qu'elle se fît par tout: mais que parce qu'il paroissoit plus de difficulté en Catalogne & en Portugal, Leurs Majestez consentoient qu'il n'y fût fait qu'une Trêve, en quoi étoit évidente leur grande moderation & l'extrême desir qu'elles avoient de la Paix. Ces Messieurs n'eurent rien à nous repliquer, sinon qu'ils nous voioient grandement éloignez les uns des autres; que pour un an de Trêve en Catalogne, ils croioient que les Espagnols y pourroient entendre, afin que pendant ce temps on prît quelque expedient pour cette affaire, & ils se separerent de nous, sans jetter aucun propos d'échange comme ils avoient fait auparavant. On n'oublia pas de leur dire que si Lerida étoit pris & Orbitello, nous entendions les comprendre dans notre proposition comme le reste de nos conquêtes & de pouvoir changer & augmenter les demandes, selon le succès de la Campagne. Nous leur remontrâmes aussi que les Espagnols suivant leurs procedures ordinaires, faisoient les difficiles toutes les fois que nous témoignions avoir disposition à la Paix; que la prise de Courtrai & l'épreuve qu'ils venoient tout fraichement de faire des forces de la France les devroit avoir rendus plus dociles; qu'ils se laissoient toûjours éblouir par l'esperance d'un Traité particulier avec Messieurs les Etats; qu'il falloit les desabuser & leur faire connoître vivement la vanité de cette pensée, rien n'étant plus capable de les porter à ce qu'eux & nous en pouvions desirer.

Dans les Conferences que nous avons euës avec Monsieur Oxenstiern, nous lui avons souvent representé que les Couronnes peuvent faire à présent la Paix avec beaucoup de gloire; que quand elles auroient quelque succès pendant la Campagne, elles en tireroient fort peu d'utilité & qu'un mauvais évenement changeroit entierement la face des affaires. Nous lui avons fait voir que la prosperité de la Couronne de Suede avoit des envieux; que le Marquis de Brandebourg ne cesseroit de lui susciter des ennemis à cause de la Pomeranie; que Messieurs les Etats voient mal volontiers leur établissement sur la Mer Baltique & sur les Rivieres de l'Elbe & du Wezer, & comme nous l'avons vû en peine des levées qui se font en Pologne, nous ne nous sommes pas trop empressez à lui ôter cette crainte, non plus que celle du Roi de Dannemarck, qui n'a pas tout à fait desarmé. Enfin nous lui avons tellement rempli l'esprit de ces considerations qu'il a témoigné les approuver & desirer la Paix. Pour l'y confirmer davantage, nous avons dit que la France étant épuisée ne seroit plus en état

de

de faire la Guerre en Allemagne avec la même vigueur que par le passé, ni de fournir à ses Alliez les secours & assistances d'hommes & d'argent qu'elle leur a donné jusques-ici. De ces discours généraux, nous sommes tombez au particulier des affaires, & quoique nous aions trouvé de la difficulté en son esprit quasi sur tous les points, nous l'avons pourtant assez bien disposé, ce nous semble, pour ceux qui regardent les affaires communes de l'Empire. Mais quand il a falu venir au point de la satisfaction de la Couronne de Suede, nous l'y avons trouvé merveilleusement arrêté.

Les Suedois veulent les 2. Pomeranies, Wismar, Bremen & Verden.

Ils prétendent retenir l'une & l'autre Pomeranie. Ils demandent dans le Mekelbourg, le Port de Wismar, & tout son Bailliage avec un Fort voisin appellé Valficher. L'Archevêché de Bremen & l'Evêché de Verden font aussi partie de leurs demandes; & ils veulent changer la nature du bien d'Eglise, & posseder le tout comme uni à perpetuité à la Couronne de Suede, qui le relevera néanmoins de l'Empire avec séance dans les Dietes & autant de voix qu'il y en a dans ces Principautez, qui font quatre voix en tout. Ils persistent de plus que les Princes interessez, & à qui ces Lieux appartiennent, y donnent leur consentement. Ce que nous lui pûmes dire sur ce sujet fut que nous souhaitions que la Suede eût un entier contentement, sachant bien que plus elle seroit établie dans l'Allemagne, plus nous y trouverions de sûreté, comme au reciproque rien ne les pouvoit asfûrer davantage que si nous étions en état de les pouvoir secourir, quand on les voudroit troubler; mais que nous pouvions dire en amis & en bons Alliez, que nous ne voyions pas qu'il y eût moien d'obtenir le consentement des Princes interessez, ni que l'Empereur s'y dût obliger. Nous lui reprézentâmes comme la France en usoit à l'égard des Archiducs d'Inspruk, ce que nous laissions pour avoir leur cession sur le reste & les grandes recompenses que nous leur offrions volontairement en argent pour ce qui nous demeuroit. Que l'affaire aiant été agitée dans le Conseil on avoit été d'avis d'user de cette moderation, jugeant qu'une aquisition faite de cette sorte seroit plus asfûrée. Nous lui mimes en considération, si pour avoir le consentement de l'Electeur de Brandebourg, il ne seroit pas meilleur de lui remettre une partie de la Pomeranie, ou, au lieu de cette portion, lui donner l'Archevêché de Bremen & l'Evêché de Verden. Il parut être un peu touché de nos raisons; mais il ne s'est point encore déclaré & nous ne savons pas ce qui s'en doit esperer, étant bien resolus de le moderer autant que nous pourrons.

Oxenstiern se plaint du delai de la jonction.

Ledit Sieur Oxenstiern nous fit de grandes plaintes de ce que Monsieur de Turenne n'avoit pas joint l'Armée Suedoise au temps qui avoit été concerté. Nous lui répondîmes que nous nous étonnions autant que lui que cette jonction n'eût pas été faite, l'asfûrant que Monsieur de Turenne n'avoit jamais eu ordre de la Cour de ne pas passer le Rhin, & qu'il lui avoit toûjours été mandé de ne rien entreprendre au delà que de concert & avec le consentement des Généraux Suedois; que nous lui avions écrit & conseillé de faire ladite jonction, toute autre considération cessante, encore qu'on fût obligé en quelque façon de retenir l'Armée de la Rhin, à cause du peril où étoit celle de Flandres & du manquement de Messieurs les Etats, qui n'aiant pas mis la leur

en Campagne avoient donné moien aux Ennemis de faire un amas extraordinaire de toutes leurs forces en dégarnissant les Places qu'ils avoient du côté de la Hollande.

Il ajoûta à cette plainte que le bruit étoit grand que nous avions fait une suspension d'armes avec le Duc de Baviere, & que, c'étoit ce qui avoit empêché Monsieur de Turenne de passer. Nous répondimes que ce bruit n'étoit pas véritable, & que si nous eussions fait une suspension; elle leur eût été communiquée; qu'ils en eussent les premiers ressenti les fruits & les avantages; parce que nous ne l'aurions jamais accordée qu'à condition que le Duc de Baviere ne pourroit aider ni les troupes l'Empereur ni faire aucune hostilité contre nos Alliez; Mais qu'il n'avoit pas seulement été parlé de cette suspension; laquelle nous eussions bien volontiers accordé en cette sorte, la jugeant très-utile à la cause commune; Que nous estimions qu'on avoit fait une faute de n'accepter pas la suspension générale lors qu'elle avoit été proposée par les Imperiaux; Qu'il se pouvoit souvenir qu'il n'avoit pas tenu à nous, & que quand il se feroit de semblables ouvertures, nous le priions de les vouloir mieux considerer & de ne les rejetter pas si facilement.

Un 8. Electorat sera créé pour l'Electeur Palatin.

Nous trouvâmes ledit Sieur Oxenstiern assez mal disposé en l'affaire du Prince Palatin; mais après lui avoir reprézenté ce que le Duc de Baviere avoit fait au point de la satisfaction des Couronnes, & combien il étoit important de ne le point mécontenter, pour achever le Traité; il fut resolu que les Couronnes consentiroient à ce que le premier Electorat demeurât à ce Prince & à sa posterité; qu'il en fût créé un huitiéme pour le Prince Palatin, auquel le Bas Palatinat seroit restitué tout entier, & que l'on feroit quelques offices pour essaier de lui conserver une portion du Haut Palatinat, le surplus demeurant au Duc de Baviere pour le paiement de sa dette.

Pour achever cette relation des affaires de la Suede, nous avons crû devoir ajoûter que Monsieur le Comte de la Gardie étant en chemin pour aller en France, il nous semble très-important au service du Roi, qu'il soit reçû avec toutes les caresses, honneurs, & démonstration d'amitié qu'il sera possible. On nous asfûre qu'il est entierement bien dans l'esprit de la Reine, qui se tiendra bien obligée du bon traitement qui lui sera fait, & qui témoigne être en souci & avoir grande passion que cette Ambassade ait de l'éclat. Nous croions même qu'elle a augmenté les présens qui ont été faits à Monsieur de la Thuillerie au delà de l'ordinaire, pour procurer par cet exemple à son Ambassadeur une semblable gratification. Ce qui nous met un peu en peine est que l'on écrit que le Grand Maître de Dannemark est parti en même temps, qui étant une personne de condition & de mérite; nous souhaiterions qu'il pût être promptement expedié, avant que l'Ambassadeur Suedois arrive, étant à craindre que l'un ou l'autre ne soit desobligé par un traitement inégal. Mais en tout cas nous ne liesitons point à prendre parti en faveur de ceux qui sont si étroitement unis avec la France, jugeant bien nécessaire que ledit Sieur Comte de la Gardie soit traité favorablement en toutes choses, & qu'il reporte en Suede des marques de la liberalité du Roi.

R E-

1646.

REPONSE

Au Memoire de Son

EMINENCE,

du 11. Juillet 1646. envoiée le 16. dudit Mois.

Jusques où les Espagnols pourront se relâcher. Trautmansdorff mécontent des Suedois. On parle de rompre l'Assemblée de Munster.

Jusqu'où les Espagnols pourront se relâcher.

LA réponse que nous avons faite au Memoire du Roi du dernier jour de Juin, & la relation particuliere de tout ce qui nous a été dit par les Ambassadeurs de Messieurs les Etats touchant l'affaire d'Espagne, fait voir que les avis que son Eminence reçoit sont véritables & bien fondez, comme nous les avons toûjours reconnus très-justes jusques-ici. Car encore que les Espagnols ne nous aient pas fait faire expressément les offres portées audit Memoire; nous en attribuons la cause à la façon d'agir de Peñaranda lente & peu resolue. Peut-être aussi que lesdits Ambassadeurs ne disent pas d'un premier coup tout ce dont ils ont eu charge, & qu'il y en a quelques-uns d'entr'eux assez fidelles aux Espagnols pour ménager leurs offres & essaier de tirer de nous le plus qu'ils pourront, avant que de se découvrir. Aussi son Eminence verra comme par nos réponses nous avons crû être obligez de nous tenir aussi reservez que si nous avions à traiter avec les Parties mêmes.

Nous croions assûré ce qui est écrit d'Espagne & de Bruxelles que les Espagnols souhaitent en toutes façons l'accommodement avec Messieurs les Etats; mais que quand même ils croiroient les pouvoir separer de la France, ils ne laisseroient pas de desirer de faire la Paix avec elle, voians bien qu'ils ne sont pas en état de nous faire grand mal, & il paroît assez par tout ce qui nous a été dit que les Ministres d'Espagne pourront condescendre à nous laisser les Conquêtes du Païs-Bas, du moins la plus grande partie, outre le Comté de Roussillon; qu'ils feront les difficiles sur Rosés, mais qu'ils y donneront enfin les mains; qu'ils conviendront d'une Trêve dans la Catalogne & qu'ils en disputeront la durée; & qu'au fait du Portugal ils demeureront fermes tant pour leurs intérêts, que pour y être confirmez par les Hollandois, qui devorent en esperance la dépouille de ce Roiaume.

Sur tous ces points nous suivrons avec soin ce qui nous est prescrit & essaierons, en y procedant par degrez, d'obtenir les meilleures conditions que nous pourrons à l'avantage de Sa Majesté. Il n'y a qu'une chose dans le susdit avis que nous mettions en doute, savoir que les Ministres d'Espagne n'aient pas eu le pouvoir d'arrêter ce qui concerne le Commerce. Car nous savons que tous les soixante & onze Articles de leur Trêve sont accordez, & qu'il y a quinze jours que les Espagnols pressent les Députez de Hollande de les signer, ce qui seroit exécuté sans les divers empêchemens que nous y avons formez.

Quoi que le Marquis de Castel-Rodrigo & le Comte de Peñaranda aient pouvoir absolu de conclure, selon qu'ils estimeront plus à propos, même sans en donner part en Espagne; Peñaranda néanmoins a voulu faire croire à ces Messieurs, sur le fait de la Catalogne, qu'il n'avoit pouvoir que d'arrêter une Trêve bien courte, aiant offert, à ce qu'ils nous ont raporté, de leur montrer ses Instructions; mais on sait assez jusques à quel point il se faut arrêter à cette offre, sur lesquelles nous avons témoigné de ne faire aucun fondement.

Le Comte de Trautmansdorff a quelque raison de se plaindre des Suedois, & connoît bien qu'ils sont excessifs & injustes en leurs demandes; mais il ne laisse pourtant pas de les rechercher autant comme il s'éloigne de nous. Il semble qu'il n'ait pas sujet d'aimer les Espagnols, desquels il est maltraité, mais il paroît qu'il les craint. Il est veritable qu'il a fait ici courre le bruit de vouloir quitter l'Assemblée si les affaires ne s'y avançoient davantage, & les Espagnols ont publié souvent d'en vouloir faire autant. Nous estimons que si ces derniers pouvoient faire en sorte que le Traité de l'Empire se rompît & que l'Assemblée vînt à se separer, ils ne s'y épargneroient pas. On a souvent ouï dire à Saavedra, pendant qu'il y étoit, que l'Assemblée de Munster étoit la ruïne de la Maison d'Autriche. A cela on peut encore ajoûter que depuis peu un homme qui hante chez l'Ambassadeur de Venise, a dit que l'on y tenoit pour assûré que si dans vingt ou vingt-cinq jours il ne se concluoit quelque chose, chacun se retireroit. Mais nous ne jugeons pas pourtant que cela puisse arriver. Les Etats de l'Empire, tant Catholiques que Protestans, souhaitent très-passionnement la Paix, & l'Empereur les auroit entierement contraires, s'il leur en avoit ôté l'esperance. Et quant à nous, nous répondons à ceux qui nous parlent de cette retraite que nous ne la souhaiterions pas pour le bien général de la Chrétienté, mais que ce seroit bien un des plus grands avantages qui pourroit arriver en particulier à la France.

On a combatu Monsieur Oxenstiern sur tous les points qui restent à ajuster au Traité de l'Empire. Il s'est rendu assez facile en ce qui regarde les affaires générales; mais il a eu peine à se moderer sur la satisfaction de la Suede. Nous avons quelque esperance qu'il pourra se relâcher d'une partie de la Pomeranie, pour avoir le consentement de l'Electeur de Brandebourg; mais nous n'en pouvons encore rien assûrer.

Monsieur de Bregi a empêché que le Sieur Roncailli ne soit passé à Munster, avec bonne intention. Mais il eût été à souhaiter qu'il y fût venu, d'autant que Monsieur Oxenstiern étant en peine des levées qui se font en Pologne, & lui étant chargé de tirer éclaircisse-

Trautmansdorff mécontent des Suedois.

On parle de rompre l'Assemblée de Munster.

1646.

1646. tiffement de l'intention des Suedois, on eût
pû obliger les uns & les autres, & aiant cette affaire en main, en profiter & ménager d'autres avantages.

LETTRE

De Meffieurs les

PLENIPOTENTIAIRES

à Monfieur le Comte de

BRIENNE.

Du 30. Juillet 1646.

La France veut donner jufqu'à
40. mille Ecus pour faire élire
le Colonel Jamart Bourgmeftre
à Liege.

MONSIEUR,

NOus ne faurions, pour réponfe aux Lettres que vous avez eu agréable de nous
écrire le treiziéme (& le vingtieme) de ce
mois, vous mander autre chofe que ce qui
eft contenu dans le Memoire, & par même
moien vous rendre graces bien humbles du
foin que vous prenez de nous informer de
toutes chofes, & de nous faire envoier promptement les expeditions que nous defirons.
Mais à ces remercimens il faut que nous a-
joutions ces nouvelles fupplications.

Le Sieur Krebs, l'un des Plenipotentiaires
du Duc de Baviere, s'eft déja reffenti de vos
faveurs, & a ci-devant obtenu une Lettre de
recommandation; qui lui a fait recevoir toute
forte de courtoifie du Sieur de Bafilli Gouverneur de Haguenau. Il a du bien dans cette
Ville, aiant à partager avec un fien Beaufrere
la fucceffion de la femme du Sieur Honoré;
ce qu'il ne peut faire qu'après que cette Affemblée fera feparée. Il defire qu'il foit mandé à Monfieur de Bauffan Intendant de la
Juftice & au Commandant audit Haguenau
de favorifer fes intérêts & de remettre deux
coffres apartenans à lui & à fondit Beaufrere,
entre les mains d'un appellé le Sieur Niedte-
nier, où ils avoient ci-devant été dépofez, &
d'où on les a tirez. Il demande de plus que
les effets de cette fucceffion foient confervez
par le Magiftrat de Haguenau. C'eft une perfonne de merite qui a rendu fouvent de bons
offices, & qui peut fervir le Roi. Nous
vous fupplions de commander ces expeditions, fuivant le Memoire ci-joint & quand
elles feront faites qu'il vous plaife nous les a-

dreffer, pour les lui faire tenir ici en main
propre.

Monfieur Brun Plenipotentiaire du Roi
d'Efpagne obtint de nous, il y a quelque
temps, un paffeport pour un Jefuite fon frere
qu'il faifoit venir de la Franche-Comté par la
France au Païs-Bas & delà à Munfter. Il a,
dit-il, été arrêté à Peronne. Nous fommes
fouvent comme obligez d'accorder de ces
Paffeports & d'exceder peut-être en cela notre pouvoir pour ne pas defobliger ceux de
qui nous pouvons recevoir de femblables graces. C'eft pourquoi nous vous fupplions que
s'il n'y a quelque chofe qui rende d'ailleurs
ce Jefuite fufpect, il vous plaife faire écrire
au Gouverneur de Peronne de le mettre en
liberté.

Il y a quelque temps que nous fûmes avertis, que fi nous voulions aider le Colonel Jamart, il pourroit être élû Bourgmeftre de
Liege. C'eft une perfonne qui a fervi le Roi
dans fes armées, & qui a affection pour la
France. Nous refolûmes d'envoier le Sieur
Préfident de Sombres avec pouvoir de diftri-
buer jufques à quarante mille Risdalles pour
favorifer cette Election. Il y a ici des Lettres
de Liege que ledit Sieur Jamart a été élû
Bourgmeftre avec un autre de la faction, le
jour de la Saint Jacques dernier & que les anciens Bourgmeftres s'étans retirez de Liege,
les exilez y font retournez. Nous n'avons
point encore reçû de Lettre de celui que
nous y avons envoié. C'eft pourquoi nous ne
vous mandons ceci qu'avec incertitude, puis
que vous en ferez plutôt averti que celle-ci
ne vous fera rendue, fi la chofe a réuffi comme il fe dit. Ce n'eft pas peu d'avoir en ce
Lieu un Magiftrat favorable, & que ceux qui
en avoient été chaffez, pour avoir témoigné
affection à la France, y foient rétablis. Cela
nous tirera de la peine où nous étions de
prendre refolution en cette affaire. Car comme d'un côté il eût été fâcheux d'en venir
aux extrémitez avec cette Ville, auffi ne pouvoit-on pas diffimuler avec honneur les of-
fenfes qu'elle a faites au Roi, en banniffant
& perfecutant tous ceux qui ont ci-devant
paru affectionnez à fon fervice. Cela peut-
être eût obligé à ne confentir pas à la neutralité de la Ville de Liege & à ne permettre
pas qu'elle eût été nommée dans le Traité de
Paix comme amie de la France. Nous vous
écrivons ceci avant qu'en avoir eu l'entiere
confirmation, afin que fi la chofe fe trouve
véritable, il vous plaife de faire emploier
l'autorité du Roi pour conferver les partifans
& ferviteurs de Sa Majefté dans le crédit où
on les a remis, & empêcher, s'il eft poffible, que le parti contraire n'y reprenne l'autorité. L'affection de cette grande Ville envers la France peut tellement incommoder
les ennemis, qu'elle merite bien d'être cultivée. Pour cet effet, il n'eft queftion que de
porter aux charges publiques des perfonnes
bien intentionnées & qui ne foient point attachées à l'Efpagne, tout le peuple étant déja
fort bien difpofé. C'eft ce que nous vous
manderons par cet Ordinaire & après nous
être recommandez à l'honneur de vos bonnes
graces, nous vous fupplions de croire que
nous fommes, &c.

La France
veut donner
jufqu'à 40000.
Ecus pour
faire élire le
Colonel Ja-
mart, Bourg-
meftre à
Liege.

1646.

MEMOIRE

De Messieurs les

PLENIPOTENTIAIRES,

ENVOYE' EN COUR

le 31. Juillet 1646.

Les Plenipotentiaires vont à We-sel pour y faire passer le Rhin à l'armée de Monsieur de Turenne. Les Imperiaux paroissent froids sur la conclusion du Traité. Ils refusent Passeport aux Ministres Portugais. L'Amnistie en Allemagne ne doit commencer que l'an 1627. Le Duc de Baviere doit avoir le haut Palatinat tout entier. Il ne dépend pas de l'Empereur de ceder la Souveraineté des 10. Villes Imperiales d'Alsace. Conference des François avec Trautmansdorff. Henri IV. & Louis XIII. ont donné à l'Empereur le titre de Majesté dans leurs Lettres. Monsieur d'Anton-ville conclut un Traité avantageux avec l'Electeur de Tré-ves touchant Philipsbourg.

LE voyage de Monsieur Oxenstiern en cette Ville n'a pas produit tout ce que l'on avoit esperé pour l'avancement de la Paix, à laquelle nos Parties ont témoigné depuis quelque temps peu de disposition, soit que les pratiques secrettes des Espagnols aient eu ce pouvoir sur le Comte de Trautmansdorff, ou soit par l'esperance conçuë de prendre avantage sur l'Armée de Suede, étant certain que les Imperiaux & Bavarois l'aiant tenuë comme investie dans la Haute Hesse, s'étoient vantez qu'elle ne pouvoit leur échaper. Les difficultez qui se sont trouvées au passage du Rhin, & le longtemps que Monsieur le Ma-rêchal de Turenne a été obligé de demeu-rer au delà les ont entretenus dans cette pen-sée.

Les Pleni-potentiaires vont a Wezel, pour y faire passer le Rhin à l'armée de

On aura sû comme Messieurs les Etats ont mis en deliberation s'ils devoient accorder le passage à l'armée du Roi sur le pont de bâ-teaux qu'ils ont à Wezel. Il arriva que les

Sieurs Meinderswyk, Knuyt & Niderhorst é-toient au même temps sur le point de partir, pour aller rendre compte à leurs Superieurs de tout ce qui a été fait & arrêté entre les Espagnols & eux. Leur chemin étant par Wezel, nous jugeâmes qu'ils pouvoient faci-liter le passage de l'Armée, & pour les y o-bliger par notre présence, nous resolumes de nous rendre aussitôt qu'eux en ce Lieu. La venuë de Madame la Duchesse de Longue-ville nous en fournissant une occasion favo-rable, ce qui a réussi, de sorte que l'armée est au deça du Rhin, à laquelle on eût peut-être refusé le passage, après ce qui s'est pas-sé à la Haye, nonobstant les obligations si expresses des Traitez que nous avons avec eux.

1646. Monsieur de Turenne.

Au retour de Wezel, nous eûmes avis que le Sieur de Traci & le Baron de Bonichausen avec les nouvelles levées, avoient joint heu-reusement l'armée de Suede auprès d'Ame-nebourg, & par leur marche (quoi que pe-rilleuse & exposée aux entreprises des Enne-mis) avoient donné sûreté à un grand con-voi que Madame la Landgrave envoiоit aux Suedois, que les Imperiaux ensuite avoient quité leur poste, & s'étoient retirez vers Frideberg, laissant quantité de morts dans leur Camp, & ramenant avec eux une plus grande quantité de malades & de blessez.

Ce succès nous a donné beaucoup de joie, & nous fait esperer que Monsieur de Turen-ne aiant joint les Suedois & s'étant fortifié des levées qu'on dit être fort belles & des meilleures de toute l'Allemagne, les Impe-riaux seront obligez de reprendre les derniers erremens du Traité & d'en poursuivre la per-fection, avec autant de chaleur qu'ils y ont témoigné d'indifference depuis quelque temps.

Les Imperiaux paroissent froids sur la conclusion du Traité.

Depuis que nous sommes en cette Ville les Mediateurs nous ont vû pour nous rendre ré-ponse sur ce que nous leur avions dit ensuite de nos Conferences avec Monsieur Oxens-tiern. Ils ont commencé par le Passeport de-mandé pour les Portugais, & ont dit que l'Empereur ne leur en peut donner aucun, ni comme à des particuliers, ni en qualité de Ministres d'un Prince ou Etat Souverain; Que si les Couronnes leur veulent donner un Sauf-conduit, comme les Imperiaux ne le peuvent pas empêcher aussi n'y veulent-ils pas consentir; Que depuis trois ans que les-dits Portugais sont dans l'Assemblée ils y ont vécu en assûrance, & y peuvent être de mé-me à l'avenir, soit qu'ils demeurent à Muns-ter, ou qu'ils aillent à Osnabrug, ou ail-leurs, dequoi les Imperiaux donnent leur pa-role & pour eux & pour les Ministres d'Es-pagne.

Ils refusent Passeport aux Ministres Portugais.

Quant au Prince Edoüard, ils ont dit qu'il ne peut être mis en liberté que la Paix ne soit faite; Que l'Empereur n'a pas pouvoir de l'é-largir, & ne veut pas à son sujet entrepren-dre une Guerre contre le Roi d'Espagne; Que ledit Dom Edouard sera compris dans le Traité qu'on fera avec l'Espagne; mais non pas dans celui de l'Empire.

Sur le point de l'Amnistie, les Suedois aiant persisté à demander qu'elle ait son effet dès l'année mil six cens dix-huit (quoi qu'ils soient comme d'accord avec le Comte de Traut-mansdorff, qu'elle commencera à l'année mil six cens vingt-quatre & qu'ils ne fassent cette instance que pour montrer de la fermeté de soutenir les intérêts des Etats Protestans de l'Em-

1646.

L'Amnistie en Allemagne ne doit commencer que l'an 1627.

l'Empire, nous avions été obligez d'appuier la demande de nos Alliez pour conserver l'union avec eux ; ce que nous avions fait de sorte néanmoins que nous avions assez donné à entendre aux Mediateurs que ce n'étoit pas avec dessein d'y tenir ferme. Mais les Imperiaux ont de là pris occasion de dire que lors qu'ils s'étoient declarez & avoient fait leur offre pour la satisfaction de la France, c'étoit avec condition que l'Amnistie n'auroit son commencement que l'année mil six cens vingt-sept, laquelle condition n'étant pas effectuée, ce qui avoit été accordé par eux pour la satisfaction de la France ne subsistoit plus.

Le Duc de Baviere doit avoir le haut Palatinat tout entier.

Ils ont dit en l'affaire Palatine, que si nous prétendions que le Palatinat superieur fût demembré, & qu'il ne demeurât pas tout entier au Duc de Baviere, c'étoit contre la promesse que nous avions faite audit Duc, sur laquelle étoit aussi fondé ce qui nous avoit été accordé. Ils ont même persisté à ce que le Bergstraff prétendu par l'Electeur de Maience dans le bas Palatinat lui soit restitué. Ils se remettent à nous de faire ce que nous jugerons à propos pour les Griefs des Etats de l'Empire.

Ils disent qu'ils traiteront de la satisfaction de la Suede avec les Plenipotentiaires de cette Couronne-là, & pour celle de Madame la Landgrave, pour laquelle nous avions demandé qu'elle fût maintenuë dans Marbourg, & que la succession qui lui est disputée par le Landgrave George lui fût adjugée, ils ont répondu qu'il y a une regle dans la Hesse & un accord fait entre tous les Princes de cette Maison, portant que tous les differends qui naîtront entre eux seront décidez par des Princes parens & amis communs de la Maison, & qu'en conséquence de cette convention, le differend de la haute Hesse doit être renvoié au jugement des Electeurs de Saxe & de Brandebourg. Que si l'on y procede par autre voie que celle d'une amiable composition, l'Electeur de Saxe ne veut pas abandonner son gendre, & s'opposera à la satisfaction du Duc de Baviere & d'autres ; que s'il échet de terminer ce differend par quelque recompense en argent pour le Landgrave de Hesse-Cassel, elle pourroit être d'une somme de cinquante ou soixante mille Risdalles.

Il ne dépend pas de l'Empereur de ceder la Souveraineté des 10. Villes Imperiales d'Alsace.

Pour la satisfaction de la France, ils ont dit qu'il ne dépend pas de l'Empereur de donner Philipsbourg, ni la Souveraineté des dix Villes Imperiales de l'Alsace ; que les Etats de l'Empire y sont contraires ; & pour la recompense des Archiducs d'Inspruck, ils persistent à demander les quatre millions de Risdalles avec le paiement de toutes les dettes.

Que chacun de son côté satisfera la soldatesque, les Couronnes devant considerer les grands Etats qu'elles aquierent à la diminution de l'Empire ; & que l'Empereur qui ne profite rien donnera ordre à contenter sa milice.

Pour la sûreté du Traité, ils demeurent d'accord que tous les Princes interessez soient contre celui ou ceux qui y contreviendront. Mais ils ne veulent pas qu'il soit fait mention expresse des Etats de l'Empire, comme s'ils prétendoient inferer par cette exclusion qu'ils ne peuvent se liguer contre l'Empereur quand même il contreviendroit au Traité.

ToM. III.

Jusques-là les Imperiaux avoient répondu sur les points, dont nous avions parlé aux Mediateurs. Mais ils ajoûterent de plus que la Paix ne se pouvoit faire dans l'Empire qu'elle ne fût concluë en même temps avec les Espagnols, & que c'étoit une condition absoluë, & *sine quâ non* ; que le Roi d'Espagne étoit interessé à la cession de l'Alsace, aiant le droit d'y pouvoir succeder, & que s'il n'est compris dans la Paix, il ne rendra pas Frankendal. Ils persisterent aussi à demander un Passeport pour le Duc Charles de Lorraine.

Nous ne jugeames pas devoir contester sur cette réponse, estimant qu'il valloit mieux y faire paroître de l'indifference & du mépris, & nous demandames en riant à Messieurs les Mediateurs s'ils avoient été priez depuis peu de nous la faire, ou si c'étoit pendant que nous étions absens de cette Ville. Ils répondirent que dès le dix-huitiéme de ce mois ils en avoient été chargez. Peut-être, leur dimes-nous, que Messieurs les Imperiaux changeront de discours, voians que les grands avantages que leur Armée s'étoit promis ne sont pas arrivez ; qu'ils devoient considerer qu'il ne seroit pas avantageux à l'Empereur d'aporter du changement aux choses ci-devant accordées, parce qu'il n'a encore consenti de laisser qu'une partie des Places que nous tenons, & que la France a offert de lui en restituer plusieurs, qu'il seroit malaisé de lui ôter par les armes, & lesquelles desormais elle sera en liberté de conserver par la même raison dont on se veut servir contre elle. Monsieur Contarini dit deux ou trois fois que la Paix seroit bien aisée à faire & que toutes choses s'ajusteroient sans doute, n'étoit la prétention de Philipsbourg & des dix Villes. Il dit aussi que plusieurs dans l'Assemblée ne veulent pas la Paix, & font ce qu'ils peuvent pour l'empêcher, desquels on se doit garder. Il ajoûta que les Bavarois ne parloient pas aux Plenipotentiaires des autres Princes, comme ils faisoient quand ils étoient avec nous. On ne témoigna pas de faire grande reflexion sur tout cela, comme si nous n'eussions point été fâchez que les affaires s'éloignassent plutôt de la conclusion que de s'en approcher. En effet, quand nous serions disposez à nous départir de la prétention de Philipsbourg & des Villes de l'Alsace, le seul intérêt de l'Espagne [l'Empereur] empêcheroit toûjours que la Paix ne pût être concluë dans l'Allemagne, si l'Empereur persiste à ne vouloir rien faire sans elle. Et si les avis qu'on nous a donnez d'assez bon lieu sont veritables, que l'union de l'Empereur & du Roi Catholique ait été renouvellée & raffermie sur le mariage de leurs quatre enfans & celui du Roi d'Espagne avec une des Princesses d'Inspruck, il y a aparence que l'Empereur fera tous ses efforts pour ne se separer pas de cet Allié nouveau, qui lui est si nécessaire. Baviere & les Etats de l'Empire se laissent bien entendre, que quand il n'y aura plus que cet obstacle, ils obligeront l'Empereur de passer outre ; mais les Imperiaux qui le reconnoissent & qui l'aprehendent, contestent industrieusement sur d'autres articles, afin qu'il ne paroisse pas aux Etats que la seule exclusion des intérêts d'Espagne arrête la Paix de l'Empire.

Le lendemain le Comte de Trautmansdorff nous vint voir. Il nous parla premierement des titres que Leurs Majestez doivent donner à l'Empereur & recevoir de lui ; mais nous en ferons le recit en dernier lieu, pour ne difcontinuer pas ce qui regarde la Négociation.

Il nous fit des excufes de ce qu'il avoit apris qu'il nous avoit été raporté qu'il avoit fait voir à Monfieur Oxenftiern certaines Lettres interceptées à deffein de lui faire connoître que c'étoit de propos deliberé & par l'ordre de la Cour que la jonction de notre Armée à la Suedoife ne s'étoit point faite. Il fe mit fort en peine à nous perfuader le contraire, difant qu'il eût fait en cela contre le fervice de fon Maître, qui avoit intérêt que cette jonction ne fe fît pas, & qu'il eût été plus utile de fuprimer que de publier de telles Lettres. Il dit enfuite avec quelque émotion que fes ordres & fon intention étoit de faire la Paix s'il fe pouvoit, & d'éviter tout ce qui en retardoit la conclufion.

Conference des François avec Trautmansdorff.

Sur ce propos de Paix, on fe mit à parler des conditions dont il refte à convenir. Il fit un long difcours pour faire voir que la fatisfaction accordée à la France étoit grande & exceffive; que le Duc de Baviere avoit toûjours donné à entendre à l'Empereur que moiennant la ceffion de Brifack, la France feroit contente, qu'on n'avoit jamais crû qu'on dût prétendre ni Philipsbourg, ni les droits Souverains fur les dix Villes Imperiales de l'Alface, que l'Empereur même ne pourroit accorder, quand il le voudroit. Il lui fut repliqué que fouvent on avoit déclaré aux Médiateurs que nous voyions bien que le retardement d'accorder Brifack étoit pour nous faire quitter le refte de nos prétentions; Que nous avions remis les Villes Foreftieres pour obliger la Maifon d'Infpruck, à qui elles appartenoient en particulier, quoi qu'elles fuffent du tout à notre bienféance, & qu'avec une pareille facilité nous nous étions départis du Brifgau; Que perfonne ne fe trouvoit intereffé en ce que nous prétendions; que nous ne voulions occuper ni les revenus, ni les droits de l'Evêque de Spire, ne demandant que la fimple garde d'une Place, la France ne recherchant en cela que fa fûreté & l'affermiffement de la Paix. Comme ces raifons lui faifoient de la peine, il dit affez brufquement qu'on favoit bien que nous n'avions pas le pouvoir de conclure, & que depuis peu nous avions eu ordre de la Cour de tenir la Négociation en fufpens. Accordez-nous donc, lui dimes-nous, ce que nous defirons, contentez nos Alliez & les Etats de l'Empire, & nous vous déclarons que demain, fi vous voulez, nous fignerons la Paix. Il nous parut que cela lui donnoit à penfer, mais qu'il n'étoit pas encore entierement perfuadé que nous n'euffions deffein de retarder la conclufion. Cette opinion lui peut avoir été fuggerée par les Efpagnols, pour lui ôter le defir de conclure promptement, en lui en faifant perdre l'efperance. Peut-être auffi fait-il femblant de la croire pour excufer fes dernieres procedures, & donner à connoître que s'il a differé ça a été par cette raifon, & non pas à caufe des vaines efperances qu'il s'étoit un peu facilement données.

Pour ce qui regarde le titre, le Comte de Trautmansdorff tint le même langage que celui dont il a été donné avis ci-devant, qu'il ne fe trouveroit point que l'Empereur eût traité nos Rois de *Majefté*. Il nous fit voir les originaux de deux Lettres du feu Roi & d'une de la Reine, qui donnent à l'Empereur le titre de *Majefté*. Il dit qu'à Vienne il s'en

Henri IV. & Louis XIII. ont donné à l'Empereur le titre de *Majefté* dans leurs Lettres.

trouveroit de femblables d'Henri quatriéme & de fes predeceffeurs; que le deffein de fon Maître n'étoit pas d'introduire aucune nouveauté, mais de fuivre ce qui s'étoit jufques ici pratiqué; que fi la Reine écrivant de fa main donnoit à l'Empereur de la *Majefté*, l'Empereur feroit le même par une Lettre particuliere, pourvû qu'en même temps on reçut les Lettres de fa Chancellerie en la même façon qu'elles ont toûjours été conçues. Il ajoûta qu'il attendoit encore quelque nouvelle de Vienne & nous pria d'écrire ce qui deffus à la Cour. Nous répondimes qu'on pourroit faire voir par quantité de Lettres que nos Rois ont écrit aux Empereurs dans les mêmes termes dont on avoit ufé envers eux, & que la Reine ne feroit jamais confeillée d'y admettre aucune difparité: Que l'on voit juger de l'équité & moderation des Rois de France, qui aiant eu de tout temps la preféance fur les autres Rois de la Chrétienté ne l'avoient jamais voulu debattre à l'Empereur, quoi qu'ils l'euffent pû faire, avec autant & plus de fondement que ceux qui depuis peu ont voulu revoquer en doute leur prééminence; mais qu'on ne pouvoit en aucune façon recevoir de l'inegalité dans les titres.

Nous fouhaiterions bien d'avoir ici quelques Lettres qui puffent fervir de témoignage comme nos Rois n'ont point donné de *Majefté* aux Empereurs. Cela pour le moins feroit voir qu'il en a été ufé diverfement. Nous avons fupplié que l'on nous en envoiât quelque copie dûement collationnée; mais comme cette affaire ne doit pas être traitée par les exemples, quelque ufage qui puiffe avoir été ci-devant, nous n'eftimons pas qu'il faille en aucune maniere fe relâcher, & il femble qu'on ne peut convenir d'un titre différent, fi ce n'eft qu'on vînt à prendre l'expedient de *Majefté Imperiale & Roiale*, duquel nous avons jugé ne devoir point parler pour cette fois, mais attendre qu'il foit propofé par eux, confervant ce moien comme le dernier auquel on fe peut laiffer entendre.

Nous fuivrons exactement ce que la Reine aura agréable de nous commander pour ce fujet, fuppliant très-humblement Sa Majefté de nous faire favoir fi au cas qu'on ne convienne d'aucun expedient, il fuffira de dire comme eux que nous avons ici des Lettres pour l'Empereur, ou fi l'on doit faire partir le Sieur de Mondvergues [Mondejus] avec le Paffeport faifant mention du fujet de fon envoi fans Lettre. Nous fommes obligez de dire à ce propos qu'encore que le Comte de Trautmansdorff nous ait parlé en cette affaire avec beaucoup de civilité & de douceur, il n'a pas laiffé de demeurer dans la fermeté & d'infifter toûjours fur le ftile ancien. Nous avons répondu qu'on ne l'avoit pas obfervé fi exactement envers les autres Princes; qu'on avoit donné depuis peu le titre de Sereniffime à plufieurs qui n'étoient pas d'une Dignité approchante de celle du Roi, qu'autrefois les Bulles des Papes étoient adreffées à l'Empereur, au Roi de France & aux autres Rois, qu'on defignoit fous un nom collectif, & qu'au Concile de Trente, pour contenter la jaloufie de Philippe fecond, on commença de changer cette forme au defavantage de nos Rois. Que fi on vouloit s'arrêter ponctuellement aux Regles anciennes, les Empereurs n'avoient point accoûtumé de prendre ce titre ni d'être qualifiez que Rois des Romains jufques à ce qu'ils euffent pris la Couronne Imperiaperiale des mains du Pape, & que de cette forte les anciennes formes aiant été changées en faveur d'un chacun, il n'étoit pas jufte qu'on les fît valoir feulement au préjudice de nos Rois, & qu'on alleguât contre eux les prérogatives des Empereurs Romains, lors qu'ils étoient Maîtres de toute la terre; que pour conclufion, nous étions obligez de lui dire qu'on ne fouffriroit aucune forte de difference entre les titres du Roi & de l'Empereur, & que Sa Majefté avoit d'autant plus de raifon de perfifter en cette refolution, que nous avions vû des Lettres publiques écrites par le feu Roi de Suede, & par quelques autres Rois qui ne prétendent pas aller du pair avec celui de France, où ils ne traitent point l'Empereur de *Majefté*.

Monfieur d'Antonville conclut un Traité avantageux avec l'Electeur de Tréve touchant Philipsbourg.

Monfieur d'Antonville aura donné avis de ce qu'il a heureufement negocié avec l'Electeur de Trêves, & aura envoié Copie ou l'Original même du Traité qu'il a arrêté fous le bon plaifir de Leurs Majeftez. Il a fi bien ménagé les chofes qu'aiant adouci l'efprit de ce Prince & de ceux qui font auprès de lui, avec le peu d'argent que nous lui avons fait fournir, il n'a point obligé le Roi à la fomme qu'il avoit pouvoir d'accorder. Il femble que l'on doit promptement envoier la ratification, & qu'il importe de tenir fecret ce Traité, afin que nous puiffions mieux nous en prévaloir, fi d'avanture les Imperiaux venoient à rejetter la difficulté fur le confentement de celui à qui la Place appartient.

Nous n'avons rien à mander de la Négociation d'Efpagne, ni de ce qui s'eft fait en Hollande, dont on eft plutôt averti à la Cour par les Miniftres que le Roi tient fur les lieux. L'indifpofition de Monfieur le Prince d'Orange nous donne beaucoup d'inquietude.

Les Sieurs Meinderswyck, Paw & Knuyt aiant figné les Articles qui ont été arrêtez avec les Efpagnols, on nous mande que l'Affemblée de la Haye l'a trouvé fort mauvais. Nous avons écrit au Sieur Braffet, qu'il en doit faire une plainte formelle & bien vive, & obtenir, s'il fe peut, un ordre de l'Etat à ceux qui font ici, de ne rien faire que conjointement avec nous, & que les deux Traitez marchent d'un même pas & s'avancent également.

LETTRE

à Meffieurs les

PLENIPOTENTIAIRES.

Du 3. Août 1646.

La Paix de l'Empire dépend de celle de l'Efpagne. Les Miniftres de Suede apréhendent le Roi de Pologne. Armement de Pologne. Levée du Siege d'Orbitello. On attaque Berg St. Vinox. On foupçonne la conclufion d'un Traité entre l'Efpagne & la Hollande. On mande du fecours aux Venitiens. Ceux-ci veulent la fufpenfion d'Armes en Italie. Importunité de Wirtemberg. Et du Refident de Portugal. Affaires d'Angleterre. Condé fe retire fur fes Terres. Divifion dans le Parlement. Prife de St. Vinox.

MONSEIGNEUR & MESSIEURS.

LA raifon qui vous a empêché d'écrire par le dernier Ordinaire, eft fi jufte, qu'on ne blâme ni votre Alteffe, ni Meffieurs vos Collegues, d'y avoir acquiefcé; ce nous en feroit auffi une de nous en abftenir, n'aiant point de réponfe à vous faire, mais la coutume que l'on ne veut pas interrompre ne le peut pas fouffrir, & l'on n'eft pas fi dénué, ou d'affaires, ou de nouvelles, qu'il n'y ait quelque fujet qui oblige d'écrire.

J'établis une opinion dont l'on avoit toûjours bien crû, que l'on verroit les effets, que la Paix de l'Empire eft liée à celle d'Efpagne, & qu'elles font fi dépendantes l'une de l'autre, que l'une ne fauroit être concluë, que l'autre ne foit arrêtée. L'Empereur y donne couleur, ou par quelqu'autre myftére, que l'on ne pénétre pas encore, ces Majeftez ont voulu renouveller l'Alliance qui eft entre elles, & par une nouvelle parenté empêcher que la leur ne finiffe.

La Paix de l'Empire dépend de celle de l'Efpagne.

Il eft vrai qu'il leur reftoit des dégrez de génération à courir avant qu'elle eût ceffé, bien qu'elle foit limitée au troifiéme des Defcendants des freres, dont les enfans peuvent contracter fans difpenfe. Vous faurez plutôt

1646.

que nous ce que la Couronne de Suede imaginera de cette Alliance, & si la trop grande liaison des branches de la Maison d'Autriche ne donnera pas de l'aprehension à cet autre Etat, que ce jour qu'on signe la paix on projette de la rompre, & pour un plus grand engagement dans les intérêts des uns & des autres, l'on fait qu'ils deviennent de nouveau unis, il seroit fâcheux que ce fût un obstacle à la Paix, qu'on tient être absolument resoluë dans l'esprit de la Reine de Suede.

Les Ministres de Suede aprehendent le Roi de Pologne.

Les Lettres de Monsieur Chanut m'ont apris, outre ce que dessus, que les Ministres de cette Majesté souffrent impatiemment, que le Roi de Pologne arme, & qu'ils sont en aprehension qu'il tourne ses forces contr'eux; ils disent qu'il ne manque ni de prétexte, ni de volonté de leur faire la Guerre, & que sans le consentement de la République, il ne l'oseroit entreprendre contre le Turc. Il a pourtant été convaincu par cette même raison, qu'ils ne doivent rien aprehender de ce côté-là, la même République aiant bien plus de crainte de rompre leur Trêve, que d'offenser le Grand Seigneur, & ainsi ils sont contraints d'avouër que les forces que ce Roi amasse peuvent plutôt avoir été mises ensemble, pour être consideré de ses Sujets, que pour entreprendre contre ni l'une ni l'autre de ces Puissances.

Armement de Pologne.

N'étoit que l'Ambassadeur de Venise autorise un avis, donné par Monsieur de Meulles, que cet armement a été évanoüi avant que d'être formé, je croirois, sur ce qui est mandé par Monsieur l'Ambassadeur Bregy, que c'est tout de bon que ce Roi veut entreprendre la Guerre contre le Turc.

Levée du siége d'Orbitello.

La nôtre en Italie n'a pas eu tout le succès que nous avions esperé, la malignité de l'air aiant favorisé nos Ennemis, qui ont aussi été favorisez du Pape, nous avons été forcez de lever le Siége devant Orbitello, ce qui s'est passé avec tant d'ordre, que nous n'avons laissé ni malades, ni aucune chose de notre attirail à terre, & notre armée s'est embarquée, sans que celle de l'Ennemi ait osé tenter de l'incommoder. Nous aurons bien-tôt une relation, qui sera dressée par l'ordre de Monsieur le Prince Thomas de tout ce qui s'est passé pendant le Siege, & je ne manquerai pas de vous l'envoyer. Pourvû que dans la Flandres nous profitions des avantages qui sont à notre disposition, nous aurons de quoi nous consoler, & nous ne mettons pas en doute, quoi que publient les Espagnols, que le Prince d'Orange ne fasse quelque chose de signalé, & qu'il ne favorise par une diversion puissante ce que nous entreprendrons.

On attaque Berg St. Vinox.

Nous avons sû par un Gentilhomme, arrivé du Camp le dernier du passé, que Berg St. Vinox étoit investi, & que l'on travailloit à la circonvallation, ce ne sera pas un siége de beaucoup de durée, & sa prise ouvrira les moyens à de plus grandes choses.

On soupçonne la conclusion d'un Traité entre l'Espagne & la Hollande.

Le Resident Brasset vous aura sans doute averti de l'arrivée à la Haye de deux des Députez de Messieurs les Etats, & qu'ils n'avoient point encore exposé ce qu'ils avoient conclû avec les Espagnols, parce qu'ils attendoient le troisiéme, qui a ordre d'être présent au recit qu'ils en doivent faire. Il est trompé & asûre qu'il ne sauroit être aiant puisé en une fontaine très-claire, si l'Etat aprouve ce que ces Messieurs ont arrêté, & il ajoûte qu'il aidera volontiers à leur faire avoir cette mortification, qui seroit bien sensible aux Es-

pagnols, lesquels ce faisant seroient détrompez de tout ce qu'ils avoient esperé, & qu'un Traité particulier se peut bien proposer, être mêmement désiré par des particuliers, mais jamais accepté par l'Etat, qui fonde son maintien dans les bonnes graces de Sa Majesté. Si cela succede de la sorte, vous aurez en main de quoi vous en faire accroire, & Contarini sera forcé de se dedire de toutes les choses qu'il avoit mandées à Venise.

On mande du secours aux Venitiens.

Il part pour leur secours douze Vaisseaux de notre Armée: ce sera le seul considerable, qu'ils ayent encore eû, puisqu'il passe de beaucoup celui des Galéres qu'ils eurent l'année derniere du Pape, d'Espagne & du Grand Duc.

Ceux-ci veulent la suspension d'armes en Italie.

Leur Ambassadeur veut passer un office, afin qu'on ne fasse point la Guerre en Italie, & que ce soit un moyen pour induire le Pape à les assister de quelques Troupes qu'il a mises ensemble. Je doute qu'il obtienne ces fins, mais bien toutes les assurances, qu'il sauroit désirer, que l'on n'attaqueroit point les Etats de sa Sainteté, qui a tant d'intérêt à empêcher que les leurs ne tombent sous la domination du Grand Seigneur, que ce lui pourra être un motif de le leur donner, toutefois il ne manquera pas de prétexte pour s'en excuser, mais le solide consiste à l'aversion qu'il a de dépenser le sien.

Importanité de Wirtemberg.

En donnant une Lettre au Prince Roderic de Wirtemberg, pour vous recommander ses intérêts, je décharge la Cour & de sa présence, & de l'importunité qu'on en reçoit: mais tous moyens me manquent pour celle du Resident de Portugal; il me vint dire Mardi, que les Lettres qu'il avoit reçuës de Munster lui ôtoient les esperances, que les autres lui avoient fait concevoir. Il vous plaira de vous souvenir de ce que je vous ai écrit sur ce sujet.

Et du Resident de Portugal.

Affaires d'Angleterre.

Nous avons eu depuis deux jours une ample Dépêche de Monsieur de Bellievre, il juge que les affaires ne sont pas entierement desesperées, & que moyennant qu'on s'applique, on pourra former un parti, qui aidera au Roi d'Angleterre à se relever. Certains Articles lui ont été envoyez de la part du Parlement, qui lui a donné un tems bien bref, pour se résoudre à les signer, ou à les refuser. Il semble qu'ils ont affecté de voir son sentiment, sans qu'il eût pris les conseils que ledit President lui pouvoit donner, qui a été d'avis, aiant vû les Chefs des Presbyteriens, que la Reine d'Angleterre conseillât au Roi de les signer. Il se fonde sur cette raison, ou que la Dépêche arrivera à tems, & fortifiera le Roi son Seigneur en une chose qui lui est utile, parce que les Peuples qu'on a imbus que c'est Elle qui empêche qu'il ne se reconcilie avec eux en seront détrompez; si la Lettre arrive trop tard, comme il a sujet de le croire, étant toûjours divulguée, elle en tirera le même avantage. Il devoit partir dès le lendemain, pour aller vers le Roi & les Ecossois, si l'audience ne lui étoit accordée, mais il m'a fait savoir depuis qu'elle avoit été arrêtée: s'il gagnoit quelque créance sur l'Assemblée, ce seroit un acheminement au bien qu'il faut désirer de voir rétabli par mille respects, qui ne vous sont pas tout-à-fait inconnus.

Condé se retire sur ses Terres.

Vous pourrez être informez de plusieurs particuliers qui vous écrivent, comme Monsieur le Prince, de Condé a passé par Melun, pour aller dans sa Maison de St. Valery, sans avoir

avoir couché en ce lieu-là. Il a dépêché le Sieur Ligean, pour affurer Leurs Majeftez de fa fidelité, & de fon affection à leur fervice, & a écrit à Monfieur le Cardinal Mazarini, qu'il prie de moyenner, que Monfieur le Tellier foit envoyé vers lui, ce que Sa Majefté n'a pas trouvé à propos, à qui il deplairoit que le monde fe perfuadât, que Monfieur le Prince ne fût pas fatisfait, ou qu'il fût recherché de venir en Cour, & qu'il le refufât. Pour aller au devant de cette opinion Sa Majefté a pris la refolution dont je vous ai fait part. Je fuis &c.

Divifion dans le Parlement. J'avois oublié de vous dire, qu'aiant paru quelque femence de divifion dans le Parlement, qui eft provenuë des contentions ordinaires, qui font entre la Chambre de la Plaidoirie, & celles des Enquêtes, la crainte que les uns & les autres ont euë, que cela fût préjudiciable au fervice de Sa Majefté, les a difpofez à les faire ceffer. Ils ont bien voulu que Sa Majefté fût, qu'ils n'ont pas d'intérêt, qu'ils ne facrifient quand il en fera queftion, donnant exemple aux Sujets de la fidelité qu'ils doivent, & d'avancer le bien de fon fervice. Cette foumiffion & deference aux volontez du Roi, ont été reçuës d'une maniere fi obligeante pour la Compagnie, qu'elle fe trouve obligée à en faire des remerciemens. La juftice & la bonté dont Sa Majefté ufe en toutes fortes de rencontres, en révoquant même des Edits, dont on lui fait voir que l'execution feroit à charge, foit au Clergé, aux Gentilshommes, ou au Peuple, lui acquiert de nouvelles benedictions: enfin la plus grande conteftation, qui foit à préfent dans l'Etat, c'eft à qui donnera plus de marques de fidelité à Sa Majefté, qui s'en rend digne par celle de fon affection.

Depuis que je vous ai écrit, Sadite Majefté m'a commandé de vous adreffer un Memoire, où quelques affaires font plus expliquées, que je n'avois fait par ma Lettre, & de ne pas omettre de vous informer que Monfieur le Prince s'étoit acheminé à St. Valery, d'où il a déja dépêché aux fins que vous remarquerez par ce qui eft écrit ci-deffus.

Prife de St. Vinox. Il vient d'arriver un Courrier, qui aporte la nouvelle de la prife de Bergue par fon Alteffe Royale, & qu'elle a logé fon Armée aux mêmes retranchemens que les Ennemis occupoient l'année derniere, auprès de la Ville de Dunkerque, & que Monfieur de Froulé, Capitaine au Regiment des Gardes, y a été bleffé. Je vous laiffe à juger de la confequence de cette conquête.

Vous trouverez jointe à cette Dépêche une Copie de Lettre écrite à fon Eminence par le Docteur Fontanella, comme auffi une Copie de Lettre traduite écrite au Roi, par ceux de Soleure, avec un Memoire de la fpecification de leurs droits fur le Domaine d'Infpruch.

M E M O I R E

Du Sieur FONTANELLA, envoyé à Meffieurs les

PLENIPOTENTIAIRES,

A Munfter le 5. Août 1646.

EMINENTISSIMO SEÑOR,

POrque he confiderado que V. Em. hateni do muchos, que le handado avifo de lo que los Confiftorios han hecho, contra Don Jofeph d'Ardena, y el Doctor Marti par haver firmado a quel Papel en orden a la Treguas, no he canfado à V. Em. Commis Cartas, folo me parece dever advertir à V. Em. un negocio importante, en cafo que las Treguas ye concluhian que efque como el enemiego tienne tau fuerte Guarnition en Taragona, y el S. Conde de Harcourt, tienne todo fu exercito occupado en elfitio de Lerida, el enimigo a obligado per fuerça à la major parte de las Villas del Campo de Tarragonna, que fon abjertas y no podian refiftirce a préftalle la obedientia en Tarragonna fe las Treguas fe hazen y las cofas han de que dar, en el Eftado, que fe alleren podra ferque, el enemigo pretendera que todas eftas Villas ayan de qué dar a fu obedientia, loque fuere danyofiffimo al
Prin-

MONSEIGNEUR.

Aiant fait reflexion que V. E. a plufieurs perfonnes qui lui ont donné avis de ce que les Confiftoires ont fait contre D. Jofeph d'Ardena, & contre le Docteur Marti, pour avoir figné ce papier concernant la Trêve, je n'ai pas voulu la fatiguer par mes Lettres: je me crois pourtant obligé de l'avertir d'une affaire très-importante en cas que la Trêve fe faffe, c'eft que comme l'Ennemi tient une très-forte Garnifon à Taragone, & que le Comte d'Harcourt occupe fon Armée au fiege de Lerida, le Gouverneur de Taragone a forcé la plus grande partie des Villages autour de cette Place qui font tous ouverts & hors d'état de refifter à lui prêter ferment de fidelité. Si la Paix fe fait & que les chofes reftent dans l'état qu'elles fe trouveront alors, il pourra arriver que l'Ennemi prétendra que tous ces villages lui demeurent foumis, ce qui feroit
très-

1646.

Principado, por entrar eſtas Villas muy a dentro y haver ſiempre parecido nos eles podia quitar el Commercio porque no haga; Voluntarios los que hagora han hecho per fuerca, conque por eſte Camino ſe tendria Commercio con Tarragonna, aſſi para prevenir eſte inconveniente, quando ſe concluyan Paces ò Treguas y las coſas ayan de que darſe en el Eſtado, que ſe hallaran, ſe podia deſir que eſto ſe ha entender de la plazas, y no de las Villas abjertas nombrando las plazas, en los Capitulos del Tratado me parcie ſera coſa muy importante, muy del ſervicio de ſu Majeſtad, y beneficio deſta Provincia, y ſe podra deſta manera quitar total mente la communicacion, y ſe cerrara al enemigo el paſſo à la negociacion, que quedandoſe con las Villas del Campo de Tarragonna ſera mucho mas deficit, V. Em. lo conſiderara mejor, que yo lo ſabre dezir que el deſeo, que tengo del ſervicio de ſu Majeſtad, y de la conſervacion de eſta Provincia a ſu real Corona, ma da animo para advertir eſto ſubmittiendolo toda a la ſuperior cenſura, y parecer de Vueſtra Eminencia, cuya perſona guarde Dios como ſelo ſupplico, y la Monarquia de Francia a meneſter para bien deſſus vallatos, del Campo de lante de Lerida a 10. de Julio 1646.

1646.

très-prejudiciable à la Principauté: ces Villages pénétrent fort avant dans le Païs, & l'on a toûjours vu que l'on ne ſauroit leur ôter le commerce avec cette Ville, de ſorte que ce qu'ils font par force preſentement, ils pourroient bien le faire de bon gré pour ſe conſerver cet avantage. Il me ſemble que pour prevenir cet inconvenient, on pourroit faire en ſorte quand on fera la Paix ou la Trêve, & que les choſes devront reſter en l'état qu'elles font, qu'on le devroit entendre des Places murées & non pas des villages ouverts, & qu'ainſi il feroit très-important de nommer ces Places dans le Traité: le Roi y trouveroit ſon compte & la Province ſon avantage, & de cette maniere on fermeroit la porte à une trop grande communication avec les Ennemis, au lieu qu'étant maître de la Campagne on y perdroit très-conſiderablement. V. E. le connoitra beaucoup mieux que je ne ſaurois lui dire, il n'y a que le deſir que j'ai pour le ſervice du Roi, & pour lui conſerver cette Province qui me donne la hardieſſe de donner cet avis, l'abandonnant entierement au jugement de V. E. que je prie Dieu qu'il conſerve.

MEMOIRE

Envoié en Cour par Meſſieurs les

PLENIPOTENTIAIRES.

Du 6. Août 1646.

Plaintes contre Baviere. Réponſe des Bavarois. Differens entre les Hollandois & le Roi de Portugal. Le Duc de Lorraine s'adreſſe aux Hollandois pour qu'ils faſſent ſon accommodement avec la France. Les Hollandois propoſent un échange de la Catalogne contre Cambrai, le Cambreſis, & le reſte de l'Artois.

LE Memoire du Roi du vingt-ſeptiéme du Mois paſſé ne contenant quaſi qu'une réponſe à la Depêche du ſeiziéme, nous en toucherons ſeulement certains points, & rendrons compte enſuite de nos dernieres Conferences.

Nous avons bien obſervé ce qui nous a été très-prudemment ordonné de prendre garde qu'en offrant de faire pour la Catalogne une Trêve de la durée de celle de Meſſieurs les Etats, ils n'en fiſſent une ſi courte que nous n'euſſions pas ſujet d'en être contens. C'eſt une précaution néceſſaire, vû l'animoſité des Eſpagnols, la jalouſie de nos Alliez, & le peu d'aſſurance qu'il y a en ceux qui traitent ici leurs affaires. Mais il eſt d'ailleurs aſſez difficile de changer l'offre que nous avons faite, & dangereux de venir à un plus grand éclairciſſement. Nous eſſaierons de prévenir cet inconvenient, dont il a été très-à propos que nous fuſſions avertis. Et déja en la derniere Conference que nous avons euë avec les Ambaſſadeurs de Hollande, comme ils ſont venus à parler de la Catalogne, nous avons perſiſté à y vouloir une Trêve auſſi longue que ſera la leur, préſupoſans qu'ils n'en feront pas une plus courte que de quinze ou vingt ans. Nous y coulames ce mot, que nous repeterons en quelque autre occaſion, afin d'avoir lieu de pouvoir expliquer notre premiere déclaration, en cas qu'ils viſiſſent à ſe contenter d'une courte Trêve.

La reſolution qu'on a priſe de faire connoître au Duc de Baviere, par la voie de Monſieur le Nonce, le ſujet que l'on a de ſe plaindre de ſa conduite en ces dernieres rencontres, ſera fort utile. Nous avons parlé ici à ſes Députez en la même ſorte. Ils ſe ſont plaints les premiers que Monſieur Oxenſtiern ne tient plus dans leurs affaires le même langage qu'il faiſoit étant à Munſter; qu'il a dit aux Plenipotentiaires de l'Empereur qui ſont à Oſnabrug, qu'il faut rendre l'un & l'autre Palatinat, & que pour la Dignité Electorale, elle doit être alternative dans les deux Maiſons. Surquoi ils nous ont prié d'écrire aux Plenipotentiaires de Suede.

Il leur fut répondu qu'on ne ſavoit pas de quelle façon Monſieur Oxenſtiern avoit parlé depuis ſon retour à Oſnabrug; mais que lors qu'il avoit été en cette Ville, ils avoient pû reconnoître combien nos offices auprès de lui avoient été puiſſans, & efficaces, juſques là qu'au fait de l'Electorat il s'étoit declaré au Comte de Trautmansdorff & aux Médiateurs ſelon ce que deſire leur Maître; que nous continuerions, & eſperions de le ramener au même point, pourvû que Monſieur le Duc de Baviere fît de ſon côté ce qui dépendoit de lui pour la ſatisfaction des Couronnes: qu'il étoit

étoit certain que ledit Oxenftiern étoit parti de Munfter avec peu de contentement de ce que la créance que l'Armée Suedoife dût recevoir quelque échec avoit entierement fait changer de procedure aux Imperiaux : Que nous ne leur pouvions pas celer que nous n'étions pas demeurez fatisfaits ni d'eux ni de Monfieur l'Electeur de Baviere, encore que nous le trouverions moins étrange de la part des Imperiaux; puis qu'on fait qu'ils deferent tout aux Efpagnols, aufquels ils fe font de nouveau attachez par diverfes Alliances: mais que le Duc de Baviere fuive leurs mouvemens & confpire dans le même deffein, lui qui a tant d'intérêt de faire la Paix promptement, qui fait profeffion de defirer l'amitié de la France, & qui eft trop clair-voiant pour ne pas connoître ce qu'il doit raifonnablement craindre de la Maifon d'Autriche, c'eft ce qui nous étonnoit & de quoi nous leur faifions plainte, & que pour avoir trop ufé de bonne foi, & differé de faire paffer le Rhin à notre Armée, nous avions mis celle de nos Alliez en peril.

Nous ajoutâmes que nous l'avions fait pour n'interrompre pas les Traitez qui étoient fi avancez; pour donner lieu ou à la conclufion de la Paix ou à une fufpenfion générale, & pour empêcher que les Armées étant jointes ne fe jettaffent dans la Baviere; mais que leur Maître fe fervant de cette occafion, avoit donné toutes fes forces à l'Empereur pour ruïner nos amis, & remettre les chofes dans la premiere confufion. Nous leur fimes enfuite ce reproche que depuis deux mois ils ont parlé foiblement pour notre fatisfaction, qu'ils ont blâmé en divers lieux nos demandes, & y ont été contraires. Nous leur dîmes enfin que nous ne nous arrêterions plus aux apparences; mais aux véritables effets, & que l'Armée du Roi aiant été obligée de paffer le Rhin, fi on ne venoit à conclure le Traité, il faudroit voir à qui le fort des armes feroit favorable. L'excufe qu'ils nous donnerent fut que l'on avoit ruïné entierement l'Electeur de Cologne en lui ôtant Paderborn, & autres Lieux occupez depuis peu par les Suedois. Ils ne fe plaignoient pas moins du traitement qui a été fait à cet Electeur par l'Armée de Monfieur le Maréchal de Turenne, & difoient que leur Maître n'avoit pas dû abandonner fon Frere dans une néceffité fi preffante, & que les affaires étant encore incertaines, il ne pouvoit pas être blâmé d'avoir joint fes forces contre ceux qu'on fait notoirement ne tendre qu'à la ruine de fa Maifon & de la Religion Catholique en Allemagne.

Pour ce qui regarde le different des Portugais & des Hollandois, il eût été à fouhaiter que le Roi de Portugal aiant un fi puiffant Ennemi en tête ne fe fût point brouillé avec fes Amis. Mais les chofes étant venuës au point où elles font entr'eux, notre opinion eft que quand le Portugal accorderoit aux Hollandois une partie de ce qu'ils defirent, ils ne lui feroient pas moins ennemis, & effaieront de le dépouiller du refte, tenant pour perdu tout ce qu'ils ne lui pourront ôter, & n'aiant autre regle de leurs actions que le feul intérêt. Si ce Prince fe pouvoit établir entierement dans les Indes, il leur feroit peut-être plus confiderable, & pour s'accommoder après avec lui & en retirer quelque avantage, ils feroient obligez d'appuier fes intétêts contre le Roi d'Efpagne.

Tom. III.

L'avis, que le Comte de Peñaranda a pouvoir d'accorder une Trêve de fept ou huit ans pour la Catalogne, eft bien veritable. Car encore que ceux qui nous parlent des affaires d'Efpagne mettent toûjours en doute cette Trêve, & difent qu'en tout cas elle ne fera jamais accordée que pour fort peu de temps, on voit néanmoins de l'apparence qu'ils la pourront faire plus longue. Mais il a toûjours été conftamment declaré de notre part que notre intention eft de faire une Trêve de la même durée que celle de Meffieurs les Etats, afin de ne féparer point nos intérêts, & que s'il faut rentrer en Guerre nous le puiffions faire conjointement avec eux, & nous effayions de faire connoître à leurs Députez que le deffein des Efpagnols eft directement oppofé au nôtre, & ne tend qu'à nous divifer foit préfentement dans le Traité, ou à l'avenir, lorfque le temps de leur Trêve fera expiré.

Les Sieurs Paw, Riperda & Knuyt, qui reftent ici de la Legation de Hollande, nous parlerent ces jours paffez de deux chofes. L'une fut qu'un certain Deputé, qui eft en cette Ville de la part de l'Évêque de Verdun, & qui fe dit avoir commiffion du Duc Charles, étoit venu les voir, pour leur dire que ledit Duc s'afûrant de leur amitié, qu'il avoit toûjours recherchée, s'adreffoit à eux comme à des amis & Alliez de la France, pour obtenir par leur moien un plus favorable traitement des François qui le vouloient exclurre du Traité, ajoûtant qu'il avoit des chofes à propofer de la part de ce Prince fort avantageufes à la Caufe commune, fi on vouloit entrer avec lui [comme il le defiroit] dans quelque accommodement. Ces Meffieurs nous ont rapporté que leur réponfe avoit été que le Duc Charles portant les armes contr'eux, & étant encore à l'heure préfente avec les Efpagnols, qui font leurs ennemis, ils s'étonnoient qu'il s'adrefsât à eux. Le Député nia que fon Maître eût fait aucune hoftilité contre Meffieurs les Etats; & ceux-ci lui repliquant qu'encore l'année derniere il n'y avoit eu que les Lorrains qui fe fuffent oppofez à leurs entreprifes, & empêché le paffage du Canal; il repartit affez plaifamment, vous n'avez jamais demandé ce paffage au Duc mon Maître; il ne vous l'eût pas refufé. Pour conclufion, ils dirent à cet Agent que s'il avoit quelque chofe à defirer, il fe devoit adreffer à la France même. Et parce qu'en fe feparant d'avec eux, il avoit dit qu'il les verroit ci-après, & leur feroit des ouvertures confiderables, ils avoient attendu quelque temps pour apprendre à une feconde vifite dudit Deputé quelque chofe de plus particulier; mais que n'étant point retourné ils n'avoient pas voulu differer davantage à nous donner cet avis. Nous les en remerciâmes, & de la façon dont ils avoient répondu, ajoûtant que nous leur dirions en confiance que le bruit couroit que le Duc Charles étoit entré en pourparler avec fon Alteffe Roiale devant Courtrai, & qu'en effet s'il avoit à propofer quelque chofe, il étoit plus à propos que ce fût là ou à la Cour que non pas à Munfter. Que fi néanmoins ce Déput é retournoit chez eux, & qu'il leur fît quelque ouverture, ils pourroient l'écouter fans nous engager, & que nous verrions après avec eux fi ce qu'il diroit meriteroit qu'on y fît reflexion. Nous n'avons pas été fâchez que cet homme fe foit adreffé aux

L1

Plaintes contre Baviere.

Réponfe de Baviere.

Different entre les Hollandois & le Roi de Portugal.

Le Duc de Lorraine s'adreffe aux Hollandois pour qu'ils faffent fon accommodement avec la France.

1646.

Hollandois, eſtimant qu'ils ont aſſez de familiarité avec les Eſpagnols pour leur donner part de cette nouvelle; & qu'il eſt du ſervice du Roi d'entretenir le ſoupçon & la méfiance que leſdits Eſpagnols peuvent avoir de ce Prince.

L'autre affaire, dont ces Meſſieurs nous parlerent, concerne le Traité avec les Eſpagnols; mais ce fut de façon qu'ils y procederent plutôt en Médiateurs & comme voulant découvrir nos ſentimens, que pour nous faire ſavoir ceux de nos Parties. Ils nous demanderent ſi les Armées étant en action, nous ſerions capables d'entendre au Traité. Il leur fut déclaré qu'il n'y avoit aucun temps auquel nous ne fuſſions diſpoſez, non ſeulement d'écouter, mais de traiter & de conclurre. Ils ſe mirent auſſi-tôt à parler de la Catalogne, diſant comme ci-devant que c'étoit le point le plus mal-aiſé à ajuſter, & que ſi nous en demeurions à notre premiere propoſition, ils ne croioient pas que la Paix ſe pût jamais faire: que les Eſpagnols ſouhaitoient ſur toutes choſes de conſerver l'Eſpagne entiere, & qu'ils aimeroient mieux ceder quelque autre choſe dans les Païs-Bas que de laiſſer la Catalogne; Et ſi au lieu, ajoûterent-ils, de ce que vous tenez dans cette Principauté, ils vous donnoient Cambrai, le Cambreſis, & le reſte de l'Artois, n'y voudriez-vous point entendre? Nous répondîmes que ſi les Eſpagnols eſtimoient beaucoup la Catalogne, elle n'étoit pas en moindre conſideration à la France; Que le Conſeil du Roi étoit très-perſuadé que la Paix ne ſeroit jamais aſſûrée entre les deux Couronnes, ſi nous ne retenions cette Province, parce que les Eſpagnols pouvant, par le moien de la Flandre, ſuſciter aiſément la Guerre en France, la Catalogne nous donneroit la même facilité de faire la Guerre en Eſpagne; que le mutuel reſpect de ces deux grandes Puiſſances ſeroit le ciment & l'aſſûrance de la tranquilité publique, & que cela étoit ſi conſtant dans l'eſprit de ceux qui avoient part au Gouvernement, que le jour même que nous leurs parlions, nous avions eu ordre & pouvoir de la Cour, ſi le Roi d'Eſpagne vouloit ceder Tortoſe & Tarragone (nous ne faiſions point mention de Lerida comme le comprant être à nous,) d'offrir une recompenſe au double ſur les Places qu'on tient au Païs-Bas, & que nous en ſerions Juges ces Meſſieurs.

Cette penſée leur fut confirmée de telle ſorte que nous ne doutons pas qu'ils ne croient véritablement que le but & la viſée du Conſeil tend à conſerver la Catalogne, qu'ils avoüèrent être plus importante à la France qu'aucune autre aquiſition. Mais ils retournoient toûjours à leur premier mot, que nous euſſions à prendre des Places en échange dans les Païs-Bas; & nous à rejetter cela bien loin & à témoigner d'en faire peu de cas. En quoi nous perſiſtâmes juſques à la fin, ſinon qu'il fut dit une fois ſeulement & par occaſion que les Eſpagnols ſeroient trop héureux de laiſſer la Franche-Comté, outre tout ce qu'ils avoient dit, ſi on leur vouloit accorder ce parti, ce qui n'arriveroit jamais.

Quand ces Meſſieurs euſſent parlé avec ordre des Miniſtres d'Eſpagne, nous euſſions fait paroître la même froideur pour cet échange; mais ce qui nous obligeoit encore plus à être retenus, c'eſt qu'ils avançoient ces choſes d'eux-mêmes, à ce qu'ils diſoient, & ſans aucune charge des Parties, qu'ils nous déclare-

rent d'abord n'avoir pas vûës depuis un long-temps. On peut néanmoins prendre quelque conjecture que ce diſcours n'a pas été ſans fondement, de ce que les Bavarois nous ont rapporté avoir apris du Comte de Peñaranda qu'il étoit prêt de traiter avec la France, & que s'il n'avoit fait une offre aſſez grande il l'augmenteroit, & que l'on cederoit encore d'autres Places dans le Païs-Bas, pourvû que l'on rendît la Catalogne au Roi ſon Maître, & qu'il ne fût fait aucune mention du Portugal. Nous ne devons pas auſſi omettre de dire que les Hollandois propoſant de donner au Roi Cambrai & le reſte de l'Artois, diſoient qu'il faudroit en ce cas que nous rendiſſions Courtrai, Armentiers, Menin, & les autres Places plus avancées dans le Païs-Bas, qui ſont ſur la Lis.

✦❦✦❦✦❦✦❦✦❦✦

L E T T R E

à Meſſieurs les

PLENIPOTENTIAIRES.

A Fontainebleau du 10. Aout 1646.

On veut la Paix. On ſe plaint de quelques Députez Hollandois. On a égard à leurs recommandations. On reſpecte leurs Paſſeports. On loûe leur conduite ſur l'élection d'un Bourguemaitre à Liége. On loûe la conduite d'Oxenſtiern envers les Imperiaux. Les Hollandois ſont obligez de donner paſſage à nos Troupes par leur Païs. Affaire des levées. Affaire des Paſſeports pour les Miniſtres Portugais. Et de l'amniſtie pour les Proteſtans. Touchant la ſatisfaction des Membres de l'Empire, & de la Suede. Et de la Landgrave. Affaire des Troupes. Reflexions ſur les dépendances. L'Evêque de Spire, Electeur de Trèves, accorde aux François de mettre Garniſon à Philipsbourg. On ignore ſi le Roi d'Eſpagne donnera ſa fille à l'Archiduc. Baviere preſſe pour la Paix. Sur le Titre de Majeſté. On intercepte des Lettres à Oxenſtiern. Les Suedois renforcent leur Armée. Reproches faits

aux

1646.

Marginal note (left column):

Les Hollandois propoſent un échange de la Catalogne contre Cambrai, le Cambreſis & le reſte de l'Artois.

1646. *aux Hollandois. Indiſpoſition du Prince d'Orange. La Cour ſoupçonne ſa conduite. Siege de Mardick. Touchant le Ceremoniel. La France prend à cœur l'affaire des Eccleſiaſtiques en Allemagne.*

MONSEIGNEUR & MESSIEURS.

On veut la Paix.

VOtre Dépêche du penultieme du paſſé, contient tant de differentes choſes, qu'il ſera mal aiſé, qu'en y répondant, on n'en oublie quelqu'une & elle a donné lieu à un Memoire, la lecture duquel vous fera voir de plus en plus qu'on veut la Paix. Auriez-vous penſé qu'après tant de ſujets que Leurs Majeſtez ont de ſe plaindre, ſinon du Corps de la Republique des Provinces-Unies, au moins de leurs Députez, qu'on eût penſé ſe porter à conſulter ceux-ci, & en quelque ſorte prendre leur avis de ce dont nous nous devons contenter. Car bien que nous demeurions en notre liberté d'y acquieſcer, ou de le rejetter; c'eſt pourtant s'engager en quelque maniere au premier, horsmis qu'ils fuſſent aſſez déraiſonnables pour nous propoſer des choſes du tout injuſtes, ce que l'on ne pourroit accepter, ſans ſe couvrir de honte, & perdre avec les avantages, que la continuation de la Guerre nous donne, lieu d'eſperer quelque choſe de la reputation. Il pourroit arriver qu'ils ſeroient très-retenus à s'ouvrir de leurs ſentimens, dans la penſée qu'ils pourront prendre, qu'on eſſaye plutôt de les pénétrer, pour juger de leur affection que par envie de les ſuivre, & en ce cas ſans avoir hazardé aucune choſe nous aurions gagné beaucoup envers le public quand il viendroit à ſavoir que nous avons demandé conſeil à des perſonnes, qui ſont d'accord avec les Eſpagnols, & qui conſiderent la Trêve, dont ils ſont convenus, comme l'affermiſſement de leur puiſſance. Ce n'eſt pas que cet avantage ne ſoit contrebalancé de divers inconveniens; qui demande conſeil, s'oblige en quelque maniere à le ſuivre, ou s'expoſe à ſe faire un Ennemi, lequel diſſimulant la rage, qu'il fonde ſur un mépris, s'aplique volontiers à tout ce qui peut nuire à celui duquel il ſe tient offenſé; mais ces accidents ſe mepriſent, quand on ſe propoſe un bien ſolide, ce qui ſe trouve en cette occaſion, en obligeant les Etats à ſurſeoir ce qu'ils auront propoſé, & à pénétrer ſi leurs intérêts particuliers leur ſont en telle recommandation, que pour les avancer ils ſoient capables de renoncer à leur honneur, & à de plus ſolides qu'ils puiſſent avoir, & desquels dépend la conſervation de leurs Etats.

On ſe plaint de quelques Députez Hollandois.

On a égard à leurs recommandations.

Je n'entrerai point dans les diverſes parties du Memoire, ce ſeroit vous importuner, vous qui devez craindre la longueur de cette Lettre, pour peu qu'il vous ſouvienne des points contenus en la vôtre, & au Memoire du trentiéme Juillet; vous recevrez avec elle les Dépêches, que vous avez demandées pour Monſieur Krebs, & m'étant imaginé, que ceux auxquels elles s'adreſſent, les conſidereroient moins leur étant envoyées par lui, que par une autre voye, je les ai avertis que Sa Majeſté veut qu'ils exécutent ponctuellement ce qui leur eſt mandé, & qu'elle ne recevra nulle excuſe

TOM. III.

de la deſobéiſſance qu'ils lui pourroient rendre.

1646.

Auſſi-tôt que je fus averti par celui qui commande à Peronne, qu'il y avoit arrêté un Jeſuite, Frere de Monſieur Brun, qui avoit votre Paſſeport, je lui en fis reproche, & lui mandai de le laiſſer paſſer, & de lui faire toutes les civilitez dont il ſe pourroit aviſer. Si je vous mandois qu'il ſe porta à cette execution, ſûr un ordre que je lui avois envoyé, de ne laiſſer pas paſſer un Capucin, qui pourroit même avoir eû un Paſſeport ſigné de moi, ne le tiendriez-vous pas bien excuſé? J'avouë que quand je vis la Lettre, qui faiſoit mention que ce bon Pere avoit votre Saufconduit, je fis rude reprimande audit Commandant, parce qu'il n'avoit pas rendu à vos Signatures les reſpects, que ſi ſouvent je lui ai fait ſavoir qu'il y devoit rendre: mais afin que telle choſe n'arrive plus, s'il vous plaiſoit me faire ſavoir quand vous aurez expedié des Paſſeports, pour des Perſonnes que vous conſiderez, je ſerai ſoigneux d'écrire aux Gouverneurs des Places Frontieres, d'ajoûter à la liberté de leur paſſage, quelque témoignage de reſpect, afin que les Etrangers ſachent combien on en rend à vos perſonnes.

On reſpecte leurs Paſſeports.

C'eſt de vous les premiers, Monſeigneur & Meſſieurs, que j'ai ſû que le Colonel Jamart, de faction & de dependance Françoiſe, ait été élu Bourguemaître à Liege, & que les exilez y aient été remis: il eſt à ſouhaiter, que l'avis que vous avez eû, & de l'élection de celui-ci, & de ce qui s'eſt enſuivi, ſoit véritable, c'eſt une choſe prudemment entrepriſe, & heureuſement réuſſie, & Monſieur le Preſident de Lombres doit être loué de ſon adreſſe, & la dépenſe qu'il peut avoir faite, approuvée. Si par quelque pareille on pouvoit dans un an faire créer des Magiſtrats bien affectionnez, il ne faudroit pas la plaindre, non ſeulement les Liegeois obſerveroient la neutralité, mais en des rencontres, ils auroient pour nous les complaiſances qu'ils ont euës pour les Eſpagnols, & nous aurions de la facilité de tirer des hommes de leur Païs, que l'Ennemi cependant auroit de la peine à y en enroler. S'il reſte quelque choſe à faire, qui dépende de l'autorité de Sa Majeſté, & de mon Miniſtére, pour donner de la force & de l'apui à ce qui a été commencé, je ne manquerai pas de le faire.

On louë leur conduite ſur l'élection d'un Bourguemaître à Liege.

Permettez-moi qu'en louant ledit Preſident, je le blâme de ne vous avoir pas averti, de ce qui lui avoit ſi heureuſement réuſſi, & de ce qu'il jugeoit que nous devions faire, afin de tirer le fruit de ſes travaux.

Il m'a ſemblé, que vous n'étiez pas fâché, que le Comte Oxenſtiern ſe fût retiré à Oſnabrug, ſans avoir rien conclû avec Traurmansdorff; il eſt bon qu'il ſache qu'il y a plus d'union entre les Couronnes alliées, qu'il en veut faire aprehender entre les deux Branches de la Maiſon d'Autriche, & ce ſera une forte perſuaſion ſur ſon eſprit, pour le diſpoſer à reprendre les premiers erremens du Traité, & de paſſer condamnation ſur le point de la ſatisfaction des Couronnes.

On louë la conduite d'Oxenſtiern envers les Imperiaux.

Quand nous fumes avertis, qu'il y avoit une partie du Conſeil de Meſſieurs les Etats, qui mettoient en doute, s'ils étoient tenus de conſentir au paſſage des Troupes de Sa Majeſté ſur leur Païs, nous écrivimes à la Haye de leur en remontrer la conſéquence, & prévimes bien, qu'ils pouvoient ſoutenir leur opinion par une aſſez fauſſe, qu'ils ne ſont pas

Les Hollandois ſont obligez par le Traité de donner paſſage à nos troupes par leur Païs.

Ll 2

tenus

1646.

tenus d'entrer en Guerre avec l'Empereur, & ainsi excusez de donner passage aux Armées qui vont directement contre lui, ce qui nous obligea de faire souvenir, comme il y a un article exprès dans l'un de nos Traitez, qui les y engage. Mais pour ne les pas nécessiter à se trop déclarer, & contre leur sentiment en notre faveur, on rendit un témoignage public de trop de déference envers l'Empereur, nous ne nous souciames pas d'avoir le passage avec éclat, & nous avons été satisfaits de l'avoir plutôt de tolerance, que de droit, pourvû qu'il leur fût déclaré qu'il nous étoit acquis, & vos presences, & les instances du Resident Brasset aiant terminé cette affaire, & le Maréchal de Turenne étant au delà du Rhin, & aiant à present joint les Suedois, nous n'avons qu'à désirer, que sa jonction à eux produise quelque avantage si signalé, qu'il donne tant d'aprehension aux Ennemis, que ce leur soit un sujet de presser la conclusion du Traité, & d'offrir les conditions nécessaires pour y parvenir.

On est content des levées.

Nous avons senti beaucoup de joye, quand vos Lettres & d'autres encore de Monsieur de Tracy, nous ont apris, qu'il avoit heureusement conduit & assemblé des Troupes, & que pour leur bonté elles sont telles, que nous les pouvions désirer, qui ne sommes pas hors d'esperance, que les Officiers qui les ont levées les rempliront sinon au nombre complet, au moins en approcheront : & ce service, qui a été rendu par ledit Sieur de Tracy, lui tiendra lieu de beaucoup envers Sa Majesté, qui sera bien aise de lui departir ses graces, & de faire voir combien elle l'estime. Autant que les discours des Médiateurs nous ont déplû, autant avons-nous été satisfaits de vos réponses. Ils n'ont point sujet de s'en plaindre, & auront reconnu, que vous avez pénétré l'artifice des Ennemis ; & maintenant que leurs esperances sont évanouïes, qu'ils seront contraints de tenir un autre langage.

Affaires des Passeports pour les Ministres Portugais.

Le refus des Passeports aux Portugais, la sûreté néanmoins qu'ils leur donnent, qui est un temperament, nous tirera de la persecution du Commandant ; il s'imagine, que si vous les demandiez, offrant ceux qui vous sont aussi demandez par le Duc Charles, que vous les auriez sur l'heure, & que vous ne devriez pas marchander à cela, me l'aiant déclaré bien nettement. Je lui dis que cela ne me paroissoit pas, que si les Imperiaux en avoient fait l'ouverture on y eût délibéré, mais que si la France peut entrer dans l'offre, elle se feroit un merveilleux préjudice, sans même être assurée que sa tentative lui réussît, croyant le Duc Charles aussi mal-fondé, à prétendre que ses Députez dussent être reçus à l'Assemblée. Il ajouta qu'il étoit persuadé que c'étoit avec justice, que son Roi le demandoit : mais rien ne le satisfait, ni même l'assurance de la liberté de l'Infant Dom Joan Edouard ; il voudroit au moins qu'il fût hors des mains des Espagnols, & se plaint de ce qu'on lui a ôté son Epée, & quelques Officiers, dont il avoit jusques à present été servi. Mais comme l'Empereur ne se sauroit resoudre de faire la Guerre au Roi d'Espagne à son sujet, je n'estime pas aussi qu'il y eût raison de rompre l'Assemblée, à quoi le dit Commandant donnoit facilement sa conclusion.

&c de l'Amnistie pour les Protestans.

L'on a toûjours prévû que le point de l'Amnistie seroit l'un des plus difficiles à conclure, & il seroit fâcheux, que les Suedois ne voulussent pas prendre le terme, qui leur pouvoit être offert : si, pour y reduire l'Empereur, ils insistent, qu'elle commence dès l'année 1619. ils sont louables ; mais si c'étoit avec intention de ne s'en point relâcher, cela seroit très-fâcheux, les deux extrêmes sont bien éloignez ; mais le terme mitoyen paroit raisonnable. Tout ce que vous avez jugé devoir dire aux Médiateurs sur ce sujet a été loué, quand bien ils seroient demeurez persuadez que vous aprouvez la demande des Suedois, & qu'on auroit de la peine à vous en faire relâcher, cela n'auroit pas nui, & aiant sû à quoi vous vous reduisez, & que vous n'êtes pas sans esperance d'en faire contenter les Suedois.

Ils ont tort s'ils n'ont fait connoitre au Comte de Trautmansdorff, qu'il ne doit pas prétendre davantage, que le haut Palatinat soit adjugé à Baviere. Ils ne sauroient ignorer, que nous le desirons, ni trouver mauvais que nous le desirions, ni trouver mauvais, que la Suede essayât d'en retrancher quelque portion ; car outre qu'il y a animosité entre leur Couronne, & cet Electeur, ils peuvent bien s'en déclarer, afin que s'en relâchant, ils appuyent leurs intérêts, & si ma memoire ne me trompe, c'est le jugement que vous en avez fait ; le Comte Oxenstiern s'étant déclaré, que ce ne seroit pas un sujet de continuer la Guerre, ce qui doit être interpreté en faveur de Baviere.

Touchant la satisfaction des Membres de l'Empire & de Suede.

Pour les Griefs de l'Empire, qu'on remet à vos prudences de terminer, c'est témoigner en désirer sortir, & il est à souhaiter que les Catholiques, & les Protestans s'aprochent, ensorte qu'il y ait lieu d'esperer, qu'attendant que Dieu les réunisse tous en vraye créance, ils observeront les conditions de Paix, qui seront resoluës en votre Assemblée.

La disposition semble entiere pour la satisfaction de la Couronne de Suede, puisqu'on en veut convenir avec ses Plenipotentiaires, & la vôtre & celle de Hesse étant ajustées, il est à désirer, qu'elle se concluë de commun consentement, que l'une des Parties cede ce qui est juste, & que l'autre s'en satisfasse. Nos intérêts sont doubles, & se choquent en ce point ; il nous convient que la Suede soit établie dans l'Allemagne, mais avec cette restriction, qu'elle ne soit pas si puissante qu'elle puisse donner la loi aux Catholiques, ni que sa trop grande puissance lui soit sujet d'y entreprendre des nouveautez.

Et de la Landgrave.

Si Madame la Landgrave convient de ce qu'on propose à son égard, nous n'avons rien à y dire, mais si Elle veut que les différents, qu'elle peut avoir avec ses Cousins de Darmstad, soit au sujet de Marpurg & autres, soient décidez en l'Assemblée, il semble que l'Empereur ni l'Electeur de Saxe ne le peuvent pas rejetter, & l'un doit attendre, que les intérêts de son Gendre y seront aussi bien conservez qu'en la particuliere qu'il propose, sous le prétexte d'une loi de la famille. & l'Empereur qui doit désirer, que la Paix soit dans l'Empire, & aller au devant de ce que la division & l'aigreur qui est entre ces familles y pourroit causer, qui ne peut pas se persuader, que la satisfaction de Madame la Landgrave, sans laquelle vous avez déclaré ne vouloir pas traiter, se puisse trouver en une somme aussi modique que celle dont ses Députez se sont laissez entendre. Pour la nôtre, si rien ne les arrête, que le manque de consentement de l'Evêque de Spire, vos dili-

diligences & vos soins y ont remedié, & ce qui est à repondre pour la somme prétenduë par les Princes de Tirol, & sur la pretention des dix Villes, cela vous a si souvent été mandé, qu'il est inutile d'en plus parler.

Affaires des Troupes. Quant à la recompense demandée pour la Soldatesque, qui a servi, trouvez bon aussi que je m'en remette à ce qui est porté par vos Instructions, & à ce qui vous a été mandé, depuis que vous êtes par delà : si la seule qui vous est offerte, & si l'exception qu'on veut faire de laisser intervenir les Provinces ou les Princes de l'Empire, doivent être acceptées, cela est remis à vos prudences, qui ne manqueront pas de prendre l'avis desdits Princes, & qu'on prétend assujettir à une dépendance envers l'Empereur, telle qu'elle a été soutenuë devoir être renduë, dont lesdits Princes n'ont jamais voulu convenir. Et bien que les Ministres de l'Empereur, quelquefois même ceux de Baviere, & les Mediateurs ayent essayé de persuader, que la Paix de l'Empire se pouvoit conclure à notre égard, sans que celle d'Espagne la fût aussi, peu de personnes y ont ajoûté foi, mais on n'avoit pas jugé que les Ministres de l'Empereur en dussent faire une declaration si expresse.

Quelques-unes de vos précedentes Dépêches nous ont donné à entendre, que bien que cela eût été mis en condition, qu'elle n'étoit pas si fortement appuyée, qu'on ne la pût faire changer; mais la derniere n'insinuë plus cela, au moins c'est plus foiblement que les autres, & une des nôtres, (mais il y a bien un an qu'elle est écrite) vous peut faire connoitre, que nous soupçonnames, que sous le nom de la Bourgogne, les Imperiaux comprenoient la Province de Flandres, à l'exception des Comtez de Flandres, & d'Artois, que le Roi d'Espagne possede en pure Souveraineté, depuis le Traité de Madrid, parce qu'elles sont comprises dans le Traité de Vervins, dans le Cercle de Bourgogne, qui est l'un des dix de l'Empire. Ils s'en sont présentement expliquez, l'Ambassadeur de Venise me l'a dit, au moins qu'ils restraignoient cette condition de ne point faire de Paix avec la France, qu'elle ne fût arrêtée entre les Provinces dudit Cercle, mais le même Ambassadeur reconnoit bien, que cette proposition ne peut être reçuë, & que la France, qui a tant de facilité à étendre ses Conquêtes dans le Luxembourg, & dans la partie même de la Flandres, qu'on nomme Allemande, ne s'en privera pas, si elle doit continuer la Guerre, à l'encontre dudit Roi, soit en Italie, soit en Espagne. A la demande des Passeports pour les Députez du Duc Charles, il n'y a rien à repondre, vous savez les raisons que l'on a de les refuser, & celles qui nous y avoient dû convier, les unes & les autres demeurants en leur entier, le choix de ce qui est à faire est remis à votre discretion.

L'Evêque de Spire, Electeur de Trèves accorde aux François, de mettre Garnison à Philipsbourg. Quand le Contarini aura sû que l'Archevêque de Trèves, en qualité d'Evêque de Spire, a consenti que la Garde de Philipsbourg nous demeure, il sera forcé de reconnoitre, qu'un homme sage ne se doit pas facilement avancer, & que qui repond du fait du tiers, se trouve souvent mécompté. La pretention de Philipsbourg ne fait plus d'obstacle à la Paix si l'Empereur ne la traverse; & quant aux dix Villes, vous avez assez de pouvoir pour trancher & signer le Traité, ainsi que vous l'avez déclaré au Comte de Trautmansdorff. Il eût été à désirer que le Traité, qui a été passé au sujet de cette Place, entre l'Archevêque & Monsieur d'Antonville, eût été entierement secret, duquel j'aurois mis la ratification, si les Articles m'en avoient été remis. Ce Gentilhomme s'en est excusé, aiant voulu, comme c'étoit vous qui l'aviez dépêché, que vous fussiez aussi les Juges de sa conduite. Je lui ai écrit, que je n'ai eû sa Lettre du vingt-neuviéme du passé, que le seiziéme du Courant, & qu'il eût à m'envoyer l'Original du Traité, ou du moins une Copie authentique par le Secretaire de l'Electeur, pour être attachée sous le Contre-Sceau, ou du moins le contenu des Articles inserez dans le corps de la Lettre, ne pouvant pas dresser une ratification d'un Traité inconnu. Il ne tardera pas à satisfaire à ce qui lui est enjoint, ni moi, à ce qui m'a été commandé sur ce sujet.

On ignore si le Roi d'Espagne donnera sa fille à l'Archiduc. Nous n'avons pas sû jusques à présent, que le Roi d'Espagne eût promis sa fille au fils de l'Empereur, bien qu'il eût demandé sa fille pour le Prince son fils; mais soit qu'il épouse une fille d'Inspruch, qu'il fasse l'Alliance double entre leurs Enfans, ou qu'il se contente de celle dont il vous a écrit, ils n'en seront ni plus ni moins unis, ils ont entr'eux une Tréve, qui serre plus que celle de la parenté; l'intérêt & le désir de regner sont deux puissans moyens, & qui durent au delà de la parenté, puisque l'ambition ne meurt point, & que dans un soin assez continuel, la parenté cesse & dégénere en une simple Alliance, dont pour l'ordinaire on ne fait pas grand cas.

Baviere presse pour la Paix. L'on ne doute point que Baviere ne presse l'Empereur de franchir les difficultez, qui peuvent rester entre lui & nous, ses intérêts le requierent, & il n'est pas même sans quelque apprehension du succès de cette Campagne.

Sur le Titre de Majesté. Pour vous donner moyen de convaincre le Comte de Trautmansdorff, l'on fait recherche des Lettres qui ont été écrites à l'Empereur, par les Rois, Predecesseurs de Sa Majesté; mais ils n'y auront pas plus d'égard que de raison, aiant la liberté d'en faire le jugement qu'il leur plaira, que nous en ayons d'eux avec le titre de Majesté : j'en doute, les Princes ses Vassaux nous la refusant pour l'ordinaire, ainsi que vous savez très-bien; mais ce que vous alleguez en faveur de notre droit, & de leur propre pratique à l'égard d'Espagne, les doit convaincre & porter à prendre une resolution conforme à notre désir; si par l'expedient proposé de *Sa Majesté Imperiale & Royale* on en sort, nous aurons gagné notre cause. La perte que Madame de Puisieux a faite de Monsieur le Cardinal de Valençay son frere, celle du Comte de Berny aussi où étoient les Papiers de Monsieur son Mari, qu'on a transportez ailleurs, & dont on n'a pas pris grand soin, nous empeche de tirer d'elle tous les éclaircissemens dont nous aurions besoin. Je lui ai néanmoins écrit d'en faire la recherche à son possible.

Lettres interceptées par les Imperiaux. Les raisons que vous a alleguées Trautmansdorff, pour se justifier de n'avoir pas donné part de quelques Lettres interceptées à Oxenstiern, seroient sans doute de mise, si l'on ignoroit que la passion de l'Empereur est bien plus grande à nous desunir avec les Suedois, qui ont bien connu que la lenteur, ou même le peu de fidelité de Mes-

sieurs

1646.

fieurs les Etats à executer ponctuellement ce qu'ils avoient promis en a été le fujet, il importe peu qu'il les ait fait voir ou non.

Ce que vous lui avez déclaré au fujet de notre fatisfaction, & du pouvoir que vous avez de figner le Traité, fans dépêcher en cette Cour, lui fera fonger aux affaires de fon Maître, qui de tous côtez demeureront expofées à de grandes extrémitez. Il n'eft pas poffible qu'il ne fache, que les Suedois ont fait paffer un fecours confiderable dans l'Allemagne, que la jaloufie qu'ils avoient des levées de Pologne ceffe les voyant diffipées, & que l'autorité Royale s'affermit toûjours de plus en plus dans le Royaume.

Les Suedois renforcent leur Armée.

Les Lettres de Monfieur l'Ambaffadeur de la Thuillerie, en date du dernier du mois paffé, & celle du Refident Braffet du précédent nous ont apris la refolution prife par le dernier de donner un Ecrit à Meffieurs les Etats, par lequel il leur reproche la faute de leurs Députez, & demande qu'elle foit reparée, que défenfe leur foit faite de figner le Traité avec les Efpagnols, que celui de cette Couronne ne foit auffi arrêté. Il efpere que fa remontrance fera impreffion fur leurs Efprits, & que dans les Provinces on trouvera à redire à la conduite de ceux, qui fans la participation de leurs Collegues, fe font bien avancez au delà de ce qui leur étoit permis par leur inftruction. Cette affaire a paru de telle conféquence à Monfieur l'Ambaffadeur, qu'il en a différé de partir, felon la permiffion qu'il en a obtenu, de laquelle il ne fe fervira pas, qu'il n'ait ajufté toutes chofes.

Reproches faits aux Hollandois.

L'indifpofition du Prince d'Orange, qui continuë, nous donne bien de l'inquietude; nous n'avons point encore de nouvelles, qu'il foit attaché à aucune chofe, & fi un avis venu de l'Armée Ennemie devoit être crû, il y auroit bien à craindre, qu'il ne feroit pas là une diverfion; c'eft l'Ambaffadeur de Venife qui me l'a communiqué. Il eft du quatriéme, & porte que les François fongeoient à fe retirer de cette Armée, & aux moiens de rejoindre la nôtre, que le Duc de Weymar s'étant logé fur le Canal entre Gand & Anvers, ôtoit aux Ennemis les moiens de rien entreprendre.

Indifpofition du Prince d'Orange.

La Cour foupçonne fa conduite.

Nous venons d'avoir avis que fon Alteffe Royale a affiégé le Fort de Mardik. Monfieur le Prince a mandé, que dans deux jours il feroit ici, comme auffi Monfieur d'Eftrades.

Siege de Mardik.

Sa Majefté à qui j'avois donné communication de votre Dépêché, & qui avoit pris les refolutions contenuës au Memoire, qui vous eft envoyé, a voulu que ceux de fon Confeil fuffent informez de ce qu'elle contenoit: cela a donné lieu d'examiner de nouveau l'Article de votre Memoire, où il eft parlé de ce qu'on devra faire, fi les Imperiaux perfiftent à demander qu'il foit donné à l'Empereur de la Majefté, fans qu'il foit obligé à en rendre; tous ont conclu qu'il falloit infifter à demander l'égalité en ce point, & leurs raifons fe font trouvées appuyées des vôtres.

Touchant le Ceremoniel.

L'exemple de ce qui fe pratique par l'Empereur même en faveur de l'Efpagne, a fait grande impreffion: ce qui a été toleré par nos Rois, pour ne pas choquer entierement celui d'Efpagne, que vous avez adroitement remarqué. Si l'Empereur aprouve le temperament de la Majefté Imperiale & Royale, on fera

très-fatisfait par deça, où l'on ne voudroit pas abfolument infifter pour ce Titre: fi en le relâchant on gagnoit quelque chofe de folide au Traité de Paix, c'eft ce qui eft remis à vos prudences, comme auffi d'envoier fans Lettres ce Gentilhomme, qui a été deftiné pour aller à Vienne, fi elles bleffent tant foit peu l'Empereur, lequel relâchant d'offrir du Titre de Majefté aux Lettres particulieres, n'en fauroit refufer en celles qui fortent de fa Chancellerie. Vous pouvez fans crainte décider de ce point, fi vous l'emportez vous ferez louëz, fi vous en relâchez, on ne vous en blâmera pas, & Sa Majefté croit faire beaucoup pour le Roi fon fils en l'obtenant, & en le conteftant, car par l'un des moiens elle entreroit en poffeffion de la chofe, qui lui en acquerroit pour toûjours le droit, & quand elle n'y réuffira pas, l'avoir prétendu eft donner lieu de mettre la chofe en doute & en faciliter l'acquifition. C'eft ainfi que les Efpagnols font parvenus à fe dire égaux aux Rois de France, & que les Papes pour ne les pas bleffer, ont cherché des termes qui les ont fatisfaits.

Meffieurs, votre Dépêche ne pouvant être fitôt refoluë, parce qu'elle eft de grande conféquence & très-ample, j'ai jugé ne devoir laiffer partir celle que je vous avois écrite avant l'arrivée de Monfieur de Saint Romain, fans y ajoûter que Sa Majefté m'a déja commandé de faire favoir à Monfieur le Maréchal de Turenne, qu'elle prenoit en fa protection fpeciale divers Monaftéres, & lieux Ecclefiaftiques, qui font fituez dans la Suabe, dont le Wirtemberg la fait meilleure partie, & de lui mander, qu'il eût à exempter de tous logemens & courfes de gens de Guerre, les Terres, Seigneuries & biens, appartenants à Monfieur le Comte de Naffau; j'ajoûterai à fa Lettre ceux qui apartiennent à Monfieur l'Evêque d'Ofnabrug. Vous les pouvez affurer que dans demain pour le plus tard ces Dépêches feront envoyées, & qu'on fait cas de leur naiffance & de leur merite.

La France prend à cœur l'affaire des Ecclefiaftiques en Allemagne.

MEMOIRE

De Meffieurs les

PLENIPOTENTIAIRES,

Envoié à la Cour le 13. Août 1646.

Depuis les Mariages conclus entre la Cour Imperiale & celle d'Efpagne, Trautmansdorff ménage fort les Efpagnols. Prife de Bergue St. Vinox. Levée du Siege d'Orbitello. Plaintes contre les Suedois de ce qu'ils demandent toute la Pomeranie. Les Médiateurs promettent d'empêcher qu'on ne faffe le pra-

procès au Prince Edoüard. Ils refusent d'écouter les Ambaffadeurs Portugais. La France pourra fe relâcher fur l'Article du Roi de Portugal, fi elle y trouve d'autres avantages. Mais elle veut fe referver le pouvoir d'affifter ce Roi après la Paix conclue avec l'Efpagne.

Depuis les mariages conclus entre la Cour Imperiale & celle d'Espagne, Trautmansdorff ménage fort les Espagnols.

DEpuis la conclufion des Mariages entre l'Empereur & le Roi d'Efpagne, qu'on croit avoir été faite fans la participation du Comte de Trautmansdorff, on a vû ici fa conduite entierement changée. Il n'a plus la même hardieffe pour avancer les Traitez ; & autant qu'il montroit autrefois peu de foin de contenter les Efpagnols, il femble à cette heure qu'il n'ait autre penfée. Mais comme l'efperance que les Imperiaux ont eu de prendre avantage, lors que nos Armées étoient feparées, peut avoir aidé à ce changement ; maintenant qu'elles vont entrer en action, peut-être qu'il tiendra une autre procedure.

Prife de Bergue Saint Vinox.

Nous avons eu grande joie de la prife de Bergue Saint Vinox, & nous efperons que celle de Mardick, qu'on tient ici être affiegé, fuivra de bien près, & que la levée du Siege

Levée de du Siege d'Orbitello.

d'Orbitello fera bien recompenfée. La defaite de deux fecours, & les belles actions qui s'y font faites par les armées du Roi & de Mer & de Terre, donnent peu de fujet aux ennemis de s'en glorifier. Néanmoins il faut avouer que nous en fommes affligez, quoi qu'en public nous paroiffions avec bonne mine. L'importance de cette entreprife fe connoît par le grand effort que les Efpagnols ont fait en quittant leurs autres affaires, pour donner ordre à celle-là, où ils euffent eu fans doute un mauvais fuccès fans l'affiftance de ceux qui par tant de refpects étoient obligez à demeurer neutres.

Plaintes contre les Suedois de ce qu'ils demandent toute la Pomeranie.

Les Ambaffadeurs de Meffieurs les Etats nous font venus voir exprès pour nous parler des intérêts de l'Electeur de Brandebourg. Ils difent que la prétention des Suedois de retenir toute la Pomeranie, qui appartient à ce Prince, eft exorbitante ; qu'ils pourroient fe contenter d'une moitié, & procurer audit Electeur recompenfe de l'autre ; que s'ils continuent à vouloir garder le tout, ils y trouveront plus d'obftacles qu'ils ne s'imaginent, & que la Paix en pourroit être retardée : Que ce Prince ne fera pas abandonné dans une oppreffion fi manifefte, & que plufieurs grandes Puiffances s'y pourront intéreffer, tant de celles qui ont leurs Députez dans l'Affemblée qui en murmurent & qui ont peine à la fouffrir, que d'autres qui jufques-ici n'ont point paru : Que Meffieurs les Etats en ont écrit à la Reine de Suede, pour la prier de ne vouloir pas traiter un Prince, qui lui eft fi proche, avec tant de rigueur, & qu'ils nous prioient d'y joindre nos offices & de porter les Suedois à la moderation.

On leur répondit que la France étoit fi religieufe envers fes Alliez, & gardoit fes Traitez avec tant de fidelité, qu'étant liée avec la Couronne de Suede comme chacun fait, elle ne manqueroit jamais d'appuier fes intérêts : Que hors cette confideration, elle affifteroit

volontiers Monfieur le Marquis de Brandebourg en tout ce qui lui feroit poffible ; que déja nous nous étions employez pour lui & avions effaié envers les Plenipotentiaires de Suede de les faire contenter d'une partie de la Pomeranie, ou de demander une autre fatisfaction : Que Monfieur Oxenftiern au dernier voiage qu'il a fait à Munfter nous avoit dit, lors que nous lui parlions de cette affaire, que les Ambaffadeurs de Meffieurs les Etats lui avoient déclaré que leurs Superieurs n'y prenoient aucun intérêt : Qu'il ne faloit pas douter que ledit Sieur Oxenftiern n'eût fait fondement fur cette réponfe, & ne l'eût fait favoir à la Reine fa Maîtreffe, que c'étoit à eux à dire leurs fentimens ; & à en parler à Meffieurs les Suedois avec franchife comme amis, mais non pas découter ceux qui ne prendroient intérêt dans cette affaire que pour brouiller. Surquoi ils refolurent de voir le Refident de Suede, & de lui faire favoir l'intention de Meffieurs les Etats conforme à la Lettre qu'ils ont envoiée à Stockholm. Nous leur promîmes de travailler auffi de notre part pour l'accommodement entre la Couronne de Suede & l'Electeur, autant que l'Alliance le pourra permettre.

Le refte de la Conference avec ces Meffieurs fe paffa en nouvelles & en difcours communs ; & quoi que les derniers que nous avions eus avec eux, dont il a été fait raport dans la précedente Depêche, les obligeaffent affez à nous parler des Efpagnols, ils n'en firent néanmoins aucune mention.

Dans une vifite que nous avons faite à Meffieurs les Médiateurs, nous leur avons demandé trois chofes pour les Portugais : La premiere, qu'on ceffât les pourfuites qui fe font contre le Prince Edoüard, qui depuis peu a été interrogé, & auquel on a donné un Avocat pour fa défenfe en Juftice, comme fi on avoit deffein de lui faire fon procès. Nous dîmes que les Efpagnols aiant eux-mêmes affûré que fi la Paix fe faifoit, on donneroit la liberté à ce Prince, il n'y avoit pas apparence de le traiter aujourd'hui en Criminel ; que ce ne feroit pas feulement fe moquer de ce qui fe fait en l'Affemblée, & de Meffieurs les Médiateurs, qui nous ont donné par écrit cette afsûrance de leur part ; mais que ce feroit offenfer les Couronnes qui s'étoient employées pour fa liberté, & qu'une telle procedure feroit capable de rompre toute efperance de Paix, dont nous fîmes proteftation pour notre decharge. Les Médiateurs reconnurent ce que nous difions être veritable, & promirent de le remontrer en la meilleure façon qu'ils pourroient aux Efpagnols.

Les Médiateurs promettent d'empêcher qu'on ne faffe le procès au Prince Edoüard.

La feconde demande fut du Paffeport ; furquoi nous dîmes que les Imperiaux le pourroient donner en telle forme qu'il ne porteroit aucun préjudice. Les Médiateurs répondirent que puis que nous le defirions, ils en feroient une nouvelle inftance ; mais qu'ils ne croioient pas qu'il s'y pût faire autre chofe que ce qu'ils nous avoient raporté la derniere fois : Que ces Meffieurs fe peuvent contenter de la fûreté qui leur a été accordée, puifque fi le Paffeport ne leur a pas été donné en forme, du moins ils en ont l'effet.

Ils refufent d'écouter les Ambaffadeurs Portugais.

Nous primes de là fujet de leur faire une troifiéme demande, difans qu'un Paffeport ne doit pas feulement fervir à la fûreté des perfonnes, mais donner faculté d'agir & de négocier, & puis qu'ils reconnoiffent que Meffieurs les Portugais avoient l'effet du Paffeport,

port, qu'il leur plût donc de les recevoir & entendre comme les autres Ambassadeurs, quand ils auroient quelque chose à leur représenter. Ce que lesdits Médiateurs refuserent absolument, & leur raison fut que le Pape & la République n'aians point reconnu jusqu'ici le Roi de Portugal, ils ne pouvoient pas traiter avec ceux qui se disent ses Ministres; mais que toutes les fois que nous leur parlerions de l'intérêt du Portugal, ils s'en chargeroient bien volontiers, comme de tout le reste de la Négociation, & qu'ainsi les Portugais ne recevroient aucun préjudice de ne pas traiter avec eux.

Quand les Hollandois nous vinrent voir, nous estimions qu'ils nous dussent entretenir des affaires d'Espagne, dont ils ne dirent pas un mot. Mais nous entrâmes bien avant en propos sur ce chapitre avec les Médiateurs, ausquels nous n'avions aucun dessein d'en parler. Ils nous reprocherent notre dureté, en ce qu'aiant mis dans notre derniere proposition, que si elle n'étoit acceptée avant la Campagne, nous déclarions de n'y être point obligez, nous avions fermé entierement la bouche aux Ministres d'Espagne. Et comme nous leur faisions voir les motifs que nous avions eu d'en user ainsi, & qu'il n'y avoit rien dans ladite proposition qui ne fût raisonnable, & qui ne dût être reçu de nos Parties, ils dirent, après divers autres discours, que l'on connoissoit assez que les Espagnols se porteroient à nous laisser le tout ou la plus grande partie des Conquêtes du Païs-Bas, sauf à échanger quelques Places pour la commodité mutuelle, s'il est trouvé à propos; qu'ils laisseroient aussi le Comté de Roussillon, & que pour la Catalogne il y auroit grande difficulté; que peut-être ils consentiroient bien à une Trêve courte; mais que de la faire aller du pair avec celle de Messieurs les Etats, & de souffrir que par une si longue possession cette Province fût comme assûrée à la France, ils ne pourroient jamais s'y résoudre. Quant au Portugal, que Peñaranda ne vouloit en aucune façon ouïr parler de Trêve, ni courte ni longue, & que c'étoit le point de tous qui lui étoit le plus sensible, & sur lequel ils ne voioient pas qu'il y eût moien de traiter.

Nous répondîmes que, quand il n'y auroit que deux ans de difference entre les deux Trêves, nous n'y pourrions pas consentir, voiant fort bien que par ce moien les Espagnols ont dessein de nous separer de nos Alliez, afin d'attaquer la France, quand la Trêve de Catalogne seroit expirée, sans que Messieurs les Etats pussent être de la partie, parce que la leur dureroit encore: Que nous serions blâmables si nous faisions nous-mêmes par un Traité ce que les Espagnols n'ont pû faire par tant d'artifices & de soins, ni pendant la Guerre ni pendant cette Négociation. On a donc persisté de notre part à une Trêve semblable à celle de Messieurs les Etats, pourvû qu'elle ne soit pas moins de quinze ou vingt ans. Ce que nous avons dit pour prévenir l'inconvenient qui a été judicieusement remarqué dans les Dépêches de la Cour. Monsieur Contarini repartit qu'au fait de la Catalogne, il s'y pourroit trouver quelque temperament; mais que pour le Portugal il n'en voioit aucun. Il ajoûta qu'il lui sembloit que la France auroit plus davantage, étant en liberté de donner secours aux Portugais, que si après une Trêve, qui ne pouvoit être que fort courte, el-

le étoit obligée de les laisser perir, ou en les assistant de s'attirer le blâme de rompre le Traité, & de mettre de nouveau le trouble dans la Chrétienté. Ils nous presserent fort l'un & l'autre sur ce point, disant: Encore si vous consentiez qu'il ne fût point parlé du Portugal, vous contentans de la liberté de l'assister, cela feroit peut-être que les Espagnols accorderoient la Trêve de la Catalogne. Ils repeterent cela tant de fois, & nous firent de si vives instances de donner quelque facilité au Traité, qu'après nous être retirez & avoir consulté quelque temps ensemble, notre réponse fut que pour témoigner à Messieurs les Médiateurs ce que nous deferions à leur entremise & à leurs sentimens, & le desir que nous avions de la Paix, nous leur déclarions que s'ils nous offroient formellement de la part des Espagnols ce qu'ils venoient de nous dire, savoir de ceder à la France tout ce qu'elle tient dans les Païs-Bas, sauf à échanger quelques Places pour la commodité mutuelle, le Comté de Roussillon, y compris Roses, & pour la Catalogne de faire une Trêve de durée égale à celle de Messieurs les Etats (supposé qu'elle fût au moins de quinze ou vingt ans) nous leur ferions telle réponse sur les ouvertures qu'ils nous avoient faites touchant le Portugal, qu'ils auroient tout sujet d'en demeurer satisfaits; à condition toutefois que l'on ne feroit aucune proposition de notre part, & que si les Espagnols ne demeuroient d'accord de tout ce que dessus, ce que nous venions de leur dire touchant le Portugal, quoi qu'en termes généraux, demeureroit pour non dit. Nous les priâmes même de n'en point écrire à Rome ou à Venise durant une Négociation si importante, si ce n'est en cas qu'elle ait son effet. Ils nous promirent l'un & l'autre & nous laissâmes, ce nous semble, non seulement en intention d'acheminer cette affaire, mais aussi en quelque créance qu'elle se pourroit terminer par là.

Encore que les Médiateurs ne nous tinssent pas ce discours avec charge des Espagnols, & que ce qu'ils avoient dit ne vint que de leur mouvement, nous jugeames néanmoins qu'il n'y avoit aucun inconvenient à leur répondre de la sorte, & que nous ne devions pas perdre une si belle occasion qui s'offroit d'avancer le Traité, demeurant toûjours dans les termes de la premiere proposition, sans nous en relâcher aucunement & il nous semble que plusieurs raisons nous devoient porter d'en user ainsi.

Premierement, parce que par la Dépêche du 20. Juillet il a plû à la Reine de nous donner tout pouvoir de conclure l'affaire de Portugal en la maniere que nous aviserons & qu'il se pourra, Sa Majesté ne desirant pas qu'elle empêche l'établissement du repos de la Chrétienté.

En second lieu, pour éviter le blâme qu'on nous eut pû donner d'être trop arrêtez à notre mot, sans nous vouloir départir de ce que nous avons une fois avancé, comme si nous voulions emporter les choses de force. Ce que les Médiateurs nous ont assez souvent reproché, & pour faire voir à l'Assemblée, notamment aux Hollandois qui secrettement desaprouvent nos demandes, que nous ne sommes pas inflexibles, quand la raison & le desir de la Paix nous obligent d'y chercher des facilitez.

Et enfin, il nous a semblé que nous pouvions

La France pourra se relâcher sur l'article du Roi de Portugal, si elle y trouve d'autres avantages.

vions tirer de grands avantages de cette réponse, & n'en recevoir aucun préjudice. Nous
ne savons pas si cette Conférence produira
quelque fruit, & si les Espagnols réduiront en
proposition ce dont les Médiateurs nous ont
fait l'ouverture. S'ils ne le font pas, nous aurons
rejetté sur eux le blâme du retardement de la
Paix, & étant demeurez, comme nous avons
fait, dans des termes généraux, on ne pourra
pas objecter que nous avons formellement
promis de ne comprendre pas le Roi de Portugal dans le Traité, & nous pourrons toûjours dire que notre intention étoit de demander pour le moins une Trêve durant le temps
que la Guerre du Turc durera : Que si les
Médiateurs ont parlé avec fondement & quelque connoissance de la disposition des Ministres d'Espagne que Contarini avoit vû le jour
auparavant, nous croions, après avoir tourné
cette affaire en tout sens, & l'avoir bien considerée, que le seul moien qu'il y a quasi de
sortir d'un point si délicat comme est celui de
Portugal, est qu'il n'en soit point du tout fait
mention dans le Traité, sinon en y mettant
une clause expresse qu'il sera permis d'assister
les Amis, en cas qu'ils soient attaquez, sans
que cela puisse rompre la Paix qui se fera entre les deux Couronnes.

Dans cette condition la France trouvera ses
avantages, puisque l'Espagne sera obligée de
se consommer pour la conquête du Portugal,
qui ne lui sera pas bien facile quand il sera secouru, & la France en recevra du soulagement, faisant couler à ce secours ses humeurs
peccantes, & y employant une partie des hommes qu'elle a aujourd'hui qui ne peuvent subsister que dans la Guerre, & qui faute d'occupation au dehors seroient capables de susciter du trouble dans le Roiaume.

Il est à craindre que s'il est permis d'assister
le Roi de Portugal après la Paix faite, l'Espagne ne prétende la même liberté d'assister le
Duc Charles à recouvrer ses Etats. Nous ferons tous les efforts possibles pour prévenir
cet inconvenient par les termes exprès du
Traité, faisans voir la disparité, en ce que le
Portugal est hors de la puissance du Roi d'Espagne, & que la Lorraine est entierement
entre les mains du Roi. Mais comme il est
malaisé dans un Traité de Paix de s'exempter
de la Loi qu'on veut prescrire, principalement
dans les choses qui se doivent observer de part
& d'autre après la Paix faite, nous estimerions qu'il suffiroit, si on peut obtenir qu'il
soit permis aux deux Rois d'assister chacun
ses amis en cas qu'ils soient attaquez, sans que
pour raison de cette assistance la Paix s'entende rompuë ; mais qu'ils ne pourront assister
directement ni indirectement ceux qui attaquent lesdits Rois dans les Etats, Païs, Seigneuries, & Places qu'ils possederont lors du
Traité. Cela n'est pas sans exemple, se voiant
divers Traitez, où les Guerres défensives ont
été permises & non les offensives.

Outre toutes ces raisons, nous avons encore pensé qu'en consentant qu'il ne soit
point fait mention du Portugal, nous pouvons faire entendre aux Hollandois que c'est
en leur consideration, & nous essaierons de
moienner s'il se peut leur assistance pour défendre avec nous le Portugal contre le Roi
d'Espagne, & en tout cas nous les rendrons
plus favorables à la Trêve que nous desirons
obtenir pour la Catalogne.

Mais pour ménager en cela, comme il faut,
l'intérêt & le service du Roi, il importe qu'il
Tom. III.

y soit gardé un secret tout entier, & que la
resolution que la Reine aura agréable de
prendre ne soit penétrée par aucun Ministre
étranger.

LETTRE

De Messieurs les

PLENIPOTENTIAIRES

à Monsieur le Comte de

BRIENNE.

Du 13. Août 1646.

*La France donne du secours par
Mer aux Venitiens contre le
Turc.*

MONSIEUR,

PAr votre Lettre du troisiéme de ce mois,
vous nous mandez que celles du Sieur
Chanut assûrent que la Reine de Suede veut
la Paix. Il nous en a écrit autant ; mais on
l'a pourtant vû quelquefois varier dans ses
discours, soit qu'Elle le fasse avec dessein,
ou selon les dernieres impressions que ceux
à qui Elle parle lui ont laissée. Ce qui nous
met le plus en peine pour les Suedois, est
la resolution où ils témoignent être de vouloir retenir toute la Pomeranie, & d'en a-
voir le consentement & la cession de l'Electeur de Brandebourg. S'ils y persistent, ils
se pourront attirer de nouvelles affaires, n'y
aiant que trop de Princes qui par envie ou
par intérêt sont fâchez de leurs prosperitez.
Vous verrez dans notre Memoire ce qui nous
a été dit sur ce sujet par les Ambassadeurs
de Messieurs les Etats.

Quand nous avons parlé à celui de Venise
du secours que le Roi a donné à leur République, il n'en a pas fait toute l'estime que
nous pensions qu'il dût faire, disant que pour
cette année elle n'a rien à craindre par Mer,
& qu'un secours par terre lui seroit plus utile.
Néanmoins ce qu'on fait pour cette République nous semble mériter plus de consideration, puis qu'il y a lieu d'appréhender que cela ne serve à fortifier la bonne intelligence que
l'Empereur prend soin de conserver à la Porte, & à y établir celle du Roi d'Espagne à
notre exclusion.

Nous nous souvenons bien de ce qu'il vous
a plû autrefois nous écrire du Prince de Wirtemberg ; mais il seroit bien à souhaiter qu'il
ne vînt point du tout à l'Assemblée, où faisant des plaintes, ausquelles on ne peut remedier, il peut plus nuire au service du Roi
qu'en aucun autre lieu.

Mm   On

1646.

On ne croit pas que les Portugais aient sujet d'en faire de nous, vû le soin que nous avons de leurs intérêts, ce que vous connoitrez encore par le Memoire même. Mais ils voudroient que faute d'accorder leur demande, on déclarât qu'on ne peut pas passer outre au Traité; ce que nous n'estimons pas être du bien du service de Leurs Majestez.

Nous essaierons de prévenir l'inconvenient marqué dans la Lettre du Docteur Fontanella, si le Traité n'est pas conclu quand Monsieur le Comte d'Harcourt aura pris Lerida. Si ce Général menoit l'Armée dans le Païs, & qu'il pût faire prêter le serment de fidelité au Roi, cela aideroit beaucoup à obtenir dans le Traité ce dont il donne avis, qui est assez difficile autrement. Les Espagnols se vantent qu'il y a pour six mois de vivres dans Lerida. Nous vous suplions, Monsieur, de nous mander au vrai quelle esperance on a du succés de ce Siege. Ce n'est pas la curiosité qui nous oblige à vous faire cette priere; mais il importe grandement que nous soions avertis de l'état veritable des armées & des entreprises qu'elles doivent executer, afin que nous sachions si nous devons presser plus ou moins la conclusion du Traité, en cas que les affaires s'avancent. Cela augmentera aussi l'obligation que nous vous avons du soin que vous prenez de nous informer des nouvelles.

Encore que nous ne doutions pas que vous ne soiez averti d'ailleurs de ce qui s'est passé à Liege, nous avons crû néanmoins vous devoir envoïer les Lettres du Sieur Président de Sombres, qui y est allé de notre part, afin que vous puissiez mieux connoître les choses, & y faire donner, s'il vous plait, les ordres qui seront jugez nécessaires. Et cependant nous avons écrit audit Sieur Président de s'y arrêter encore quelque temps pour asûrer davantage les affaires, & confirmer ceux qui témoignent affection au parti de la France. Nous lui mandons aussi qu'il peut dorenavant vous écrire directement s'il se passe quelque chose en ce lieu-là qui merite que vous en soiez averti, étant plus proche de vous que nous ne sommes ici; ce que nous vous suplions d'avoir agréable, & vous verrez par ses Lettres comme il a bien servi, & qu'il est capable d'executer sagement ce qui lui sera ordonné.

Nous ne vous mandons rien de l'affaire de Trêves, croiant qu'on y aura envoié la ratification de ce qui a été fait avec l'Electeur par le Sieur d'Antonville, & nous promettant que Leurs Majestez auront eu satisfaction de ces deux affaires.

Le Gouverneur de Ruremonde desire un Passeport tel que l'on verra par le Memoire qu'il nous a fait donner. Nous vous suplions de commander qu'il soit expedié, & de croire que nous sommes, &c.

LETTRE

De Messieurs les

PLENIPOTENTIAIRES

à Monsieur le Comte de

BRIENNE.

Du 16. Août 1646.

Les Cantons demandent d'être compris dans le Traité de Munster.

MONSIEUR,

NOus ne pouvons sans repetitions vous mander autre chose que ce qui est contenu au Memoire qui servira, s'il vous plaît, de réponse à la Lettre que vous nous avez fait la faveur de nous écrire le 27. du Mois passé. Nous avons reçû celle de Messieurs les Cantons au Roi. Nous leur rendrons toute l'assistance possible selon le desir de Leurs Majestez, pour les faire comprendre dans le Traité avec la conservation de leurs privileges. Nous avons eu nouvelles du Sieur Président de Sombres que nous avons envoié à Liege, que le Colonel Jamar, celui que nous desirions, & qu'il avoit ordre de porter, y a été élû Bourgmestre, & que les Refugiez y sont retournez. Ce n'a pas été sans bruit & sans qu'avec des moiens plus couverts il y ait falu emploier la force. On nous écrit de là que l'Electeur de Cologne aiant dessein de faire élire un de ses Neveux pour Coadjuteur, y trouve de l'opposition, & que ceux qui lui sont contraires se servent du nom de la France, envers laquelle ils disent que ce ne seroit pas observer la Neutralité, si on faisoit élection d'un Prince du parti contraire. Il y a même un Chanoine appellé le Sieur de Rocholt, lequel on estime que s'il étoit porté de la France pourroit esperer de parvenir à cette Dignité. Nous croions bien, Monsieur, que vous aurez été averti de ces choses, & qu'on ne jugera pas les devoir negliger, principalement si l'état des Refugiez est asûré, puisque leur parti venant à se fortifier, & cette Ville étant bien disposée envers la France, on en peut tirer de grands avantages. Quand notre Envoyé sera de retour & que nous en aurons plus de connoissance, nous en pourrons écrire plus particulierement. Nous envoions une copie en chiffre du Traité fait par le Sieur d'Antonville avec l'Electeur de Trêves, dont notre précedente Dépêche fait men-

1646.

mention, de crainte que ce Traité ne vous eût pas été envoié, & afin de dresser la ratification & la faire tenir promptement, comme nous croions bien qu'on le jugera nécessaire. Cependant nous vous supplions bien humblement de nous croire, &c.

LETTRE

à Messieurs les

PLENIPOTENTIAIRES,

A Fontainebleau du 17. Août 1646.

Affaire de Philipsbourg, & de l'Electeur de Trèves. On louë leur conduite avec les Ministres Bavarois. Et avec les Députez Hollandois. La France soutient la validité du Traité de Querasque, par raport au Montferrat. La France veut demander aux Etats Généraux des Provinces-Unies, qu'ils blâment leurs Députez. Suite du Siege de Mardik. Le Prince de Condé retourne à la Cour. Affaires d'Angleterre.

MONSEIGNEUR & MESSIEURS.

Affaire de Philipsbourg, & de l'Electeur de Trèves.

J'Ai reçu avec votre Lettre du treiziéme de ce mois, la copie du Traité, qui a été arrêté entre Monsieur d'Antonville, & Monsieur l'Archevêque Electeur de Trêves, sur lequel je fais dresser la ratification, & la ferai remettre audit Sieur, afin qu'il la présente à l'Electeur, n'aiant pas besoin de la sienne, parce qu'il a signé en personne le Traité, & c'est un avantage, vu la legereté ordinaire de son esprit, car chacun demeure surpris de ce qu'il a fait paroitre une constante affection envers cette Couronne, même dans les fers. Il lui sera aussi très-avantageux, que les Magistrats de la Ville de Liege dépendent d'elle, & s'il y avoit quelque chose à faire, pour y autoriser le Bourguemaître, qui a été nouvellement élu, on ne s'y épargneroit pas. Si ce Bourguemaître écrit, soit en son nom, ou de la Ville, à Sa Majesté, il lui sera repondu très-favorablement : je n'ai rien sû jusques à présent, ni de son élection ou inclination, ni de sa disposition à favoriser les intérêts de la France, ni que les exilez aient été reçus dans leur patrie, que ce que vous avez pris la peine de m'en écrire.

Votre Memoire de même date de votre Lettre a été considéré, & avec quelle adres-

Tom. III.

1646.
On louë leur conduite avec les Ministres Bavarois.

se vous avez insinué aux Députez de Baviere, qu'on avoit sujet de n'être pas fort satisfait de leur Maître, ce qu'il devoit craindre de la durée de la Guerre, & les moiens qu'il avoit à tenir pour s'en garentir. Il faut esperer que les Ministres lui en feront un raport fidelle & que le Prince, duquel la prudence est connuë, voudra en profiter, dont vous serez les premiers à voir les effets, que vous lui avez proposez, & demandez pour temoins de son affection, qui sera deformais mesurée sur iceux, & non plus sur les assurances qu'elle en donnera : & certes il m'a semblé qu'ils se sont assez mal défendus sur les reproches que vous leur avez faits, puisque cette Altesse eût évité ce qui lui a causé du déplaisir, si elle eût porté les Imperiaux à faire à tems & de bonne grace, ce qui pouvoit assûrer la Paix dans l'Empire.

Et avec les Députez Hollandois.

Vous avez parlé avec la même énergie, & votre prudence ordinaire aux Députez de Messieurs les Etats, qui auront sans doute raporté aux Espagnols, que la Catalogne est considerée, & par les avantages qu'elle apporteroit à cette Couronne, & par le préjudice qu'en recevroit celle d'Espagne, de sorte que ceux-là seront contraints, ou se trouveront obligez d'eux-mêmes de venir à de grandes offres, pour essayer de la ravoir, ou de consentir que lesdits Députez les fassent pour eux, qui n'ont pas sû pénétrer de quoi on se pourroit contenter, ni que quand on ajouteroit la Comté de Bourgogne, cela fut estimé une recompense suffisante.

J'ai conclû de ce discours, que nous ne devions point aprehender, que ce que nous avions pû penser sur cette affaire, eût été pénétré, ce qui me fait dire que le secret a été inviolablement gardé dans des matieres moins importantes, on en est entré en aprehension ; mais à présent je puis dire, que les Ministres des Princes, qui sont en cette Cour & à Munster, ont avancé des choses sans une cornoissance certaine.

La France soutient la validité du Traité de Querasque, par raport au Montferrat.

Depuis deux jours le Priandi s'est laissé entendre, que les Ambassadeurs du Duc de Mantouë, qui sont par delà, s'étoient trouvez mortifiez de ce qui leur avoit été signifié, que Sa Majesté ne pouvoit consentir, qu'on mît en doute la validité du Traité de Querasque, & aiant pris grand soin d'en remontrer les inconvenients, je fus obligé de lui trancher court, & de lui parler dans les mêmes termes, que vous aviez fait de par delà. Surpris, ou feignant l'être, il fut en termes de s'emporter, ne pouvant comprendre comme quoi on voudroit souffrir une lésion toute manifeste, contre & au préjudice de ce qui avoit été établi pour fondement du Traité, ni que l'on crût que de l'argent pût être accepté, ni tenir lieu de recompense, du démembrement que l'on avoit fait du Montferrat. Enfin il pria qu'on voulût, en ouvrant les deux yeux, si bien examiner l'affaire & assoupir les differends d'entre les Maisons de Mantouë & de Savoye, qu'ils ne fussent plus le sujet de l'occasion de renouveller la Guerre dans la Chrétienté ; à quoi il ajouta, que Madame de Mantouë demeuroit affermie en ces points, de satisfaire à ce qui a été adjugé à Savoye, & de ne rien faire qui pût rendre douteuse l'acquisition, que le feu Roi fit de la Place de Pignerol, qu'elle juge utile, & sans laquelle il seroit difficile de conserver la liberté de l'Italie, & le repos de la Chrétienté.

Il n'oublia pas aussi de dire, comme le feu

 Roi

1646.

Roi Henri le Grand avoit toûjours traité les Maisons de Savoye, Florence, & Mantouë de la même sorte, pour faire entendre que son Maître a sujet de se douloir de ce que plusieurs choses ont été cedées au premier dont il se trouve privé, & je suis trompé si l'Empereur ne fait déclarer à Mantouë, qu'il ne veut rien changer, soit au Titre, ou aux autres choses, dont le Nonce s'est dispensé à l'égard de ses Ambassadeurs, soit avec un ordre du Pape, ou de sa propre liberalité.

La France veut demander aux Etats Généraux des Provinces-Unies qu'ils blâment leurs Députez.

Je ne doute point, que Monsieur de la Thuillerie ne vous ait fait part de la resolution, qu'il avoit formée de demander à Messieurs les Etats de blâmer les Députez de s'être tant avancez, & au delà de ce qu'ils devoient avec leur Ennemi, sans avoir attendu que la France eût remis les affaires, qu'elle a à démêler avec le même, en termes de se pouvoir ajuster; à quoi il est fortifié par la condamnation que chacun des particuliers, qui composent le Corps de l'Etat font du procedé de leurs Députez, lesquels de leur côté n'oublient aucune diligence, pour tirer des Provinces une aprobation entiere de ce qu'ils ont négocié. Quel sera le succès de la demande, c'est ce qu'il ne peut prévoir : il panche néanmoins à en bien esperer, & parce que la chose en soi est accompagnée de justice, & qu'il semble que les Esprits des plus sages, & des plus autorisez, ausquels il s'étoit déja plaint du peu de compte qu'ils avoient tenu de faire avancer leurs Vaisseaux sur la côte de Flandres, soient dans ce sentiment; mais ils ont payé de si mauvaise monnoye, qu'elle est décriée & leur foible connu de tout le monde, leur négligence, pour ne pas dire, leur infidelité nous ont couté cher, car la liberté qui reste aux Ennemis, de rafraichir la Garnison de Mardik aux Marées, fait que la défense en est très-vigoureuse.

Suite du Siege de Mardik.

Le Lundi treiziéme de ce mois, il en sortit quatre cens hommes soutenus de six cens, qui attaquerent la Tranchée, laquelle fut très-bien defenduë par Picardie, qui y étoit en garde. A ce bruit Monsieur le Duc étant accouru, il fit commandement à la Cavallerie qui soutenoit sa garde, de les couper, ce qu'ils executerent; mais le combat fut si rude que son Altesse fut blessée, Messieurs de Nemours, de Marsillac, & plusieurs autres personnes de condition le furent aussi, Messieurs de Flez, de la Rocheguyon, le Chevalier de Fiesque, & deux Capitaines de Picardie y furent tuez, les blessures de son Altesse, de Monsieur de Nemours, & du Prince de Marsillac, graces à Dieu, sont legéres, mais je ne saurois vous dire, quel fut le peril, où Monsieur le Duc s'exposa. Il suffit pour vous le faire comprendre, de déclarer le nombre d'hommes, qui attaquerent les Lignes, qui étoient defenduës de leur Artillerie, & de leur Mousqueterie, logée dans la Contrescarpe, sur les Bastions, & le long de la Courtine.

Le Prince de Condé retourne à la Cour.

Monsieur le Prince arrivera ce soir ici, & Dimanche la Reine d'Angleterre & le Prince de Gales s'y rendront aussi, leur séjour n'y sera pas bien long, aiant impatience de retourner à St. Germain, où ledit Prince essaïe d'aprendre la Langue Françoise; Monsieur de Sabran est avec nous depuis deux jours. J'ai

Affaires d'Angleterre.

sû de lui, que Messieurs du Parlement d'Angleterre avoient fait entendre à Monsieur de Bellievre, qu'ils n'admettroient nulle médiation entre leur Roi & eux : ledit Sieur de Bellievre étoit déja parti de Londres, quand

il reçut cette reponse. Il s'est acheminé vers le Roi & les Ecossois, qui ont du respect pour la personne de Sa Majesté, & beaucoup de déférence pour cette Couronne. Ce sera en ce lieu-là, où il faudra que le Roi prenne ses dernieres resolutions, & que les Ecossois déclarent les leurs : selon ce qui est mandé, il y a plus à craindre qu'à esperer.

1646.

Si Monsieur de la Ferté eût été en Lorraine, je lui aurois envoyé le Memoire, qui a été donné à votre Altesse par les Ambassadeurs de Trêves, & lui aurois mandé de nous faire savoir l'importance de ce Château, duquel la demolition a été ordonnée. J'écrirai en son absence à Monsieur le President de Beaubourg, & qu'il en sursoye le razement; mais jusques à ce que j'aie sû les motifs du premier commandement, je n'ose vous assurer qu'il sera déféré à vos prieres, c'est pourtant beaucoup de faire cesser l'ouvrage & un grand préjugé du contentement de la Partie intéressée. Je suis de tout mon cœur, &c.

LETTRE

De Messieurs les

PLENIPOTENTIAIRES

à Monsieur le Comte de

BRIENNE.

Du 20. Août 1646.

Conference avec les Médiateurs. Ce qu'ils raportent des discours de Peñaranda. Pourvû que les François aient leur compte, ils travailleront auprès des Suedois qu'ils moderent leurs prétentions. Pourvû que la France ait Philipsbourg, l'affaire des 10. Villes d'Alsace s'accommodera. Mort de Madame d'Oxenstiern.

MONSIEUR,

LA Depêche du dixiéme de ce Mois ne nous a été rendue que le 19. s'étant rencontré que le Courier, qui porte les Lettres de France à Anvers, n'y étoit pas arrivé quand l'Ordinaire en est parti, & comme on a été occupé à déchiffrer, & à une longue Conference que nous eumes hier avec les Médiateurs, nous differerons la réponse, & vous don-

donnerons feulement avis de ce qui s'eft fait en ladite Conference.

Conference avec les Médiateurs.

Meffieurs les Médiateurs ont laiffé paffer dix jours fans nous voir depuis ce qui avoit été dit touchant les affaires d'Efpagne. Ils ont raporté qu'ils en avoient entretenu le Comte de Peñaranda comme d'eux-mêmes fans nous engager ni faire aucune propofition de notre part, ainfi que nous les en avions priez: Que Peñaranda les en avoit remerciez, & pris du temps pour y penfer, dequoi lefdits Sieurs Médiateurs ont conçû bonne opinion, jugeant que ce delai eft pour communiquer avec le Marquis de Caftel-Rodrigo, duquel ils croient qu'il attend la réponfe avant que de faire la fienne. Ils ajoûterent que le Comte de Peñaranda avoit vû depuis chacun d'eux feparement, & qu'il leur avoit témoigné par un femblable difcours être en doute fi la France vouloit tout de bon entendre à la Paix, & fi ce qu'ils lui avoient dit étoit fur quelque fondement; à quoi lefdits Sieurs Médiateurs ont dit avoir répondu qu'ils n'avoient aucune charge des Plenipotentiaires de France; mais qu'ils ne parloient pourtant pas fans fondement & fans quelque lumiere; & que fi de la part de l'Efpagne on faifoit les chofes par eux avancées, la France pourroit entrer en expedient au fait du Portugal.

Ce qu'ils raportent des difcours de Peñaranda.

Le même Peñaranda leur dit qu'il ne voioit pas qu'il y eût apparence de faire la Paix ni entre la France & l'Efpagne, ni avec l'Empire, parce, dit-il, que les Imperiaux & nous ne nous voulons point feparer, & ne ferons jamais la Paix en un lieu qu'elle ne fe faffe en l'autre; que les François ne veulent point quitter les Suedois, & que les Suedois ne veulent point de Paix; ce qui paroît par les demandes nouvelles & peu raifonnables qu'ils font; leur deffein étant de s'appuier des Proteftans, & de faire une Guerre de Religion dans l'Allemagne.

Nous repliquames aux Médiateurs que nous ne nous voulions point feparer de nos Alliez; mais que fi l'on nous avoit accordé notre fatisfaction, & que l'on tînt avec nous la procedure que mérite le foin que nous prenons de faciliter la Paix, & les marques évidentes que nous donnons de la defirer, nous pourrions

Pourvû que les François aient leur compte, ils travailleront auprès des Suedois pour qu'ils moderent leurs prétentions.

faire auprès des Suedois des offices plus puiffans & peut-être plus efficaces qu'ils n'ont été jufques-ici; qu'on pouvoit arrêter ce qui touche la France en particulier fans aucun peril ni préjudice, puifqu'il ne devoit avoir effet qu'en cas que le Traité général fe fît; mais que nous defirions d'en être afûrez, afin de pouvoir fans crainte nous employer auprès de nos Alliez & nos amis, lefquels nous ne voulions pas desobliger, comme le deffein de nos Parties étoit de nous y engager infenfiblement; que lorfque Monfieur Oxenftiern étoit venu à Munfter, nous avions difpofé les chofes à un point que fi le Comte de Trautmansdorff ne fe fût éloigné, il y avoit apparence d'une prompte conclufion: que nous avions même hazardé les affaires & fait differer le paffage du Rhin à l'Armée du Roi; mais que les Imperiaux abufant de notre facilité & pouffez par les artifices des Efpagnols, avoient pris efperance de ruiner les Suedois, & perdu l'occafion d'achever une bonne œuvre fi bien acheminée; qu'on voioit bien clairement le peu de difpofition que nos Parties ont encore aujourd'hui à la Paix, puifqu'on lors qu'on parle au Comte de Trautmansdorff de faire celle de l'Empire, il met l'Efpagne en avant, & que

quand on veut traiter avec Peñaranda des affaires d'Efpagne il change de difcours fur celles de l'Allemagne & fur les Suedois. C'eft la demande de Philipsbourg & des dix Villes qui a tout gâté, répondit Monfieur Contarini. On avoit toûjours dit & écrit de la Cour que Brifach accordé la Paix étoit faite à l'égard de la France, & quand on en a été afûré, on a fait de nouvelles demandes. Cela a furpris toute l'Allemagne, degoûté les amis de la France, & mis en apprehenfion fes ennemis. C'eft ce qui eft caufe que l'Empire ne veut point traiter fans l'Efpagne, qui a fait les Mariages, & obligé la Maifon d'Autriche à s'unir plus étroitement. On repliqua que la demande n'étoit pas nouvelle, que nous nous étions non feulement toûjours refervez de traiter fur Philipsbourg, mais encore fur Benfelt, Saverne, & Neubourg; & que de quatre Places nous reduifant à une, on ne pouvoit pas nous blâmer de ne pas vouloir accepter un temperament. Les Médiateurs dirent: Mais encore fi vous remettiez la demande de Philipsbourg à la conclufion du Traité & après avoir difpofé vos Alliez à un accommodement, qu'on connût que ce point accordé, vous ne demanderiez rien davantage, & qu'il y eût lieu d'efperer enfuite la Paix, peut-être que travaillant auprès des Imperiaux pour faire donner ce contentement, il s'y pourroit faire quelque chofe. Ce difcours fut fait & repeté fi fouvent, que nous aiant obligé de conferer enfemble quelque temps, nous refolûmes enfin de leur déclarer, que comme dans les affaires d'Efpagne nous leur avions fait voir ce que nous deferions à leurs inftances & à leurs fentimens, en nous ouvrant à eux des dernieres refolutions que nous y pouvions prendre, nous en ferions maintenant de même pour celles de l'Empire, & que moiennant que Philipsbourg nous demeurât, la difficulté touchant les Villes de l'Alface s'accommoderoit aifément; que nous nous contenterions d'en avoir la parole des Médiateurs fans que les Imperiaux fuffent obligez de s'en expliquer qu'après que les autres affaires auront été ajuftées: Que pour leur témoigner le véritable defir qu'on a en France de la Paix, nous ferions au delà de ce qu'ils prétendoient, & irions tous trois à Ofnabrug pour faire un effort auprès de nos Alliez, & les porter autant qu'il nous feroit poffible à l'accommodement, tant pour leur fatisfaction que pour les affaires générales de l'Empire: Que nous faifions cette ouverture en confiance à Meffieurs les Médiateurs, ne defirant pas qu'elle fût divulguée, & demandions d'être promptement refolus, parce que fi elle n'étoit acceptée nous penferions à nos affaires, étant le dernier point auquel nos Pouvoirs nous permettoient de nous relâcher, & pour l'Empire & pour l'Efpagne.

Pourvû que la France ait Philipsbourg, l'Affaire des dix Villes d'Alface s'accommodera.

Les Médiateurs fe chargerent d'en parler au Comte de Trautmansdorff, & de nous rendre une refolution. Nous ne favons pas quel fera le fuccès de cette Négociation. Mais les mêmes raifons que nous avons eûës de faire pour l'Efpagne l'ouverture, dont notre derniere Dépêche a rendu compte, nous ont obligés à faire celle-ci, puis que nous avons ordre & pouvoir de conclure même fans Philipsbourg; que cette maniere d'agir nous a femblé la plus propre à l'obtenir & la moins fujette à l'envie; qu'on nous a toûjours ordonné d'apporter plus de facilité aux affaires de l'Empire, qu'en celles de l'Efpagne; que nous voions que la

  Paix

1646.

Paix eft defirée par Leurs Majeftez , & en quelque façon néceffaire à la France , & que l'avancement de l'un des deux Traitez donnera lieu à la perfection de l'autre ; que nous avons affaire à des Alliez difficiles & couverts , qui feront obligez de nous faire voir le fonds de leurs intentions , & de donner à connoître s'ils veulent effectivement la Paix , ou fi leur deffein eft d'abufer de notre Alliance , & de s'en fervir à des fins pour lefquelles elle n'a point été contractée ; & enfin qu'il ne nous peut nuire en aucun façon d'en ufer de la forte , & que le moindre avantage que nous en puiffions retirer eft de nous juftifier envers Dieu & le Monde , nous rendre favorables les Médiateurs s'ils agiffent fans paffion , & les États de l'Empire , & faire voir à toute l'Europe la fincerité de Leurs Majeftez à procûrer fon repos. Quant

Mort de Madame d'Oxenftiern. au voiage d'Ofnabrug , la mort de Madame Oxenftiern nous fournit un prétexte d'aller vifiter le Mari , & puis toute la Legation d'Ofnabrug étant une fois venuë à Munfter , celle de France eft obligée en quelque façon de retourner à Ofnabrug , & comme l'affaire ne fe pourra pas terminer fi promptement , il arrivera peut-être que les Plenipotentiaires de Suede étant invitez par notre exemple à venir tous deux à Munfter , la Paix s'y pourra conclure ; ce qui feroit bienféant à la dignité de la Couronne & au refpect dû à Leurs Majeftez.

C'eft tout ce qui fe paffa dans cette Conference. Les Médiateurs nous dirent auffi qu'ils avoient fait nos plaintes de la rigueur qu'on exerce envers le Prince Edouard ; que Peñaranda avoit témoigné de s'en étonner , & de ne pouvoir croire qu'on lui fît aucun mauvais traitement , & avoit promis d'en écrire de nouveau. Mais Monfieur Contarini avoua que les avis de Venife confirmoient ce dont les Portugais fe plaignent ; qu'il croit bien que Peñaranda improuvoit cette procedure ; mais qu'il n'y pouvoit apporter aucun remede. Il ajoûta qu'il en parleroit au Comte de Trautmansdorff , fon Maître aiant intérêt qu'il ne foit fait aucun tort à ce Prince , pour lequel nous reïterâmes nos proteftations.

Nous avons reçû les Lettres pour le Commandant de Haguenau & l'Intendant d'Alface en faveur de Monfieur Krebs. Nous vous en rendons graces bien humbles , Monfieur , & de ce qu'il vous a plû écrire à Peronne pour le frere de Monfieur Brun , vous étant extrémement obligez de tant de foins que vous avez agréable , de prendre à notre confideration , & vous afûrant que nous fommes &c.

☙❧☙❧☙❧☙❧☙❧

LETTRE

à Meffieurs les

PLENIPOTENTIAIRES,

A Fontainebleau du 24. Août 1646.

On aprouve leur conduite à l'égard du Portugal. Touchant la Catalogne. Continuation du Siége de Mardik. Soupçon d'un Traité entre l'Efpagne & la Hollande. Siége de Lerida. Difpofitions militaires. On doute des intentions de la Suede pour la Paix. Arrivée du Comte Magnus à Dieppe. Touchant les fecours que la France accorde aux Venitiens. Et la Ligue pour la défenfe d'Italie. La Reine d'Angleterre & le Prince de Galles y font honorez. Affaire d'Angleterre. Entreprife fur Menin.

MONSEIGNEUR & MESSIEURS,

CE que vous avez déclaré aux Médiateurs , que vous pouviez faire , pour donner du *On aprouve leur conduite à l'égard du Portugal.* contentement aux Efpagnols fur le fait particulier du Portugal a été aprouvé , & Sa Majefté s'eft bien fouvenuë de la liberté , qu'elle vous avoit donnée de prendre fur cette affaire l'expedient que vous jugeriez le meilleur , qu'il n'a jamais crû que c'en fût un qui dût faire obftacle à la Paix ; car fi Sa Majefté défire tout contentement à ce Prince , Elle fait jufques à quel point cette Couronne eft engagée à fa protection , qui fait pour lui beaucoup plus , qu'il ne pourroit prétendre. Il lui tourne fans doute plus à compte , qu'il ne foit fait aucune mention de lui dans le Traité & que la France , & les Etats aient la liberté de l'affifter , que fi on lui moyennoit une Trêve de quelques années , parce que ne pouvant efperer fon falut , que dans les armes , il doit craindre que les peuples les pofent , & que fes voifins s'accoutument au repos , de forte qu'ils ne fe puiffent enfuite refoudre de le perdre pour la défenfe d'un tiers. Si les Efpagnols reçoivent votre propofition tout au pire , vous aurez mis les affaires en état , que la France pourra fecourir ce Roi , & qu'eux n'auront pas la liberté d'affifter le Duc Charles : ainfi la Guerre continuera dans l'Efpagne , & elle en fera

le

le Theâtre, pendant que la France jouïra d'un doux repos, que les Victoires du feu Roi, & celles qu'elle a remportées durant la Regence de la Reine lui auront acquis; vos soins & vos peines y auront aussi beaucoup contribué, ce qui vous tournera à une merveilleuse gloire.

Touchant les Passeports, qui me sont continuellement demandez par les Ministres du Roi de Portugal, il me semble que je n'en dois plus faire de mention, ni vous recommander la sureté de la vie du Prince Edouard, puisque pour l'une & pour l'autre de ces affaires, vous avez parlé si avantageusement aux Médiateurs, qu'il y a lieu d'esperer, que les Espagnols en entreront en consideration, & qu'ils ne voudroient pas se porter à cette extremité, que de faire rougir l'épée du Bourreau, du sang de ce Prince innocent, qui n'a point eû de part au soulevement de ce Royaume, & qui servoit même l'Empereur dans ses Armées, au moment que Dieu l'a permis.

L'on a aussi consideré que ce seroit un grand avantage aux affaires de Sa Majesté, si l'expedient qui se pourroit prendre sur cette affaire facilitoit l'ajustement de celles de Catalogne; & ceux qui s'en font donnez à entendre, avoient choisi un argument très-fort pour persuader, puisqu'il est vrai que c'est une de celles qui nous a toûjours fait autant de peine, & qui exige le dernier secret, pour ne tomber plus dans l'un des précipices, dont on la voit environnée.

Si ceux qui m'ont écrit depuis peu de jours de notre Armée, ne se font point trompez, dans la semaine prochaine nous vous ferons voir la prise de Mardick, qui s'est de beaucoup avancée, depuis que les Vaisseaux de Messieurs les Etats ont mis à fonds les Fregates & les Barques, qui y aportoient du rafraichissement, & levé l'esperance du secours ordinaire; mais il a fallu user de beaucoup d'artifices, pour porter leurs Capitaines de Navire à faire ce combat, ce qui donne lieu de

craindre que l'Etat aît quelque part au Traité, que leurs Députez ont avancé avec l'Ennemi, & Monsieur de la Thuillerie qui en a apréhendé les suites, est resolu d'entrer dans l'Assemblée des Etats, les presser de se déclarer comme ils entendent d'executer ce qui a été convenu par les Traitez; auquel Sieur de la Thuillerie, ils n'avoient point encore fait de réponse le quatorziéme du present mois, bien que dès le huitiéme, il leur eût donné par écrit ce qu'il leur avoit dit de bouche, ainsi qu'il en avoit été requis par eux: les plus sensez blâment ce que nous trouvons mauvais; mais il est incertain s'ils seront suivis des autres, & si les mêmes auront la hardiesse de condamner en public, ce qu'ils détestent en leur particulier.

Je voudrois bien vous pouvoir mander, que la prise de Lerida fût assurée, mais comme l'on propose de l'attaquer de force; après que sur le projet de la prendre par famine, on a empêché quinze cens hommes d'en sortir, je crains l'événement, toutefois j'espere que notre Armée Navale, qui est sur les termes de se mettre à la voile, & sur laquelle on a embarqué une puissante armée, qui est commandée, par les Maréchaux de la Meilleraye & du Plessis, fera quelque chose de signalé; que l'on oubliera qu'Orbitello n'a pas été pris, & une conquête de consideration secondant celle de Mardick, on ne pourra pas nous reprocher,

que nous nous soions flattez de plusieurs chimeres, & que la Campagne n'aît pas repondu à notre attente.

Les Galéres qui font partie de l'Armée seront commandées par Monsieur de Souvré, & tous nos Chefs partent avec d'autant plus d'assurance, & de désir de faire quelque chose qu'il y a lieu de se tout promettre de leur affection, de leur courage & de leur zele au bien du service de Sa Majesté.

Les avis de la côte de Genes seroient faux si l'Armée d'Espagne n'étoit séparée; il a été remarqué, que vingt Gallions & autant de Galéres faisoient voile vers l'Espagne. Le reste des Vaisseaux dont leur Flote étoit composée, se sont retirez vers Naples. Ceux qui montent les premiers avoient publié de vouloir faire une descente en Provence, & tenir la Mer, jusques à ce qu'ils eussent rencontré l'Armée Navale de France, mais on sait qu'ils ont changé d'avis, & n'ont pas seulement osé brûler Mantot & Ouailles, comme ils s'étoient vantez de faire. Ainsi notre Flote demeure Maitresse de la Mer, & la liberté restera entiere à nos Généraux, de faire telle entreprise qu'ils voudront. Ils en regardent plusieurs, qui sont toutes d'une très-grande consideration.

Votre Lettre du treiziéme, qui accompagne votre Memoire du même jour, me fait remarquer, que vous mettez en doute l'inclination de la Reine de Suede à la Paix, & il m'a semblé, en lisant la derniere Lettre, que j'ai reçuë de Monsieur Chanut, que lui-même n'en est plus si assuré, qu'il sembloit l'avoir été au passé, néanmoins après avoir remarqué la difference du langage de la Reine, selon le mouvement, que l'état des affaires, ou le raisonnement de ceux qui l'aprochent lui font prendre, il conclut qu'elle y a de la disposition; mais je crois, que jusques à ce qu'elle soit resoluë de se contenter de l'une des Pomeranies, ou qu'elle ait fait un effort, pour en faire donner une recompense de son prix à l'Electeur de Brandebourg, la Paix sera toûjours incertaine, & je suis étonné si Monsieur Oxenstiern n'a pris le bon marché dans sa bourse, quand il s'est persuadé, que les Plenipotentiaires de Messieurs les Etats lui avoient déclaré, que leurs Superieurs ne trouvoient rien à redire, que la Couronne de Suede s'agrandît de cette Province, les Ports qu'elle a sur la Mer Baltique; ni le pied qu'elle lui donnera dans l'Empire ne sauroient plaire à ces Messieurs. Il est à souhaiter que leurs Lettres disposent cette Majesté à toutes choses, mais cela sera assez difficile, si les Ministres sont divisez, ainsi qu'on le croit. Voici une matiere d'une très-longue discussion, & qui sera un obstacle à la Paix.

Nous aurons ici dans ce mois le Comte Magnus; il est arrivé à Dieppe, il y eut jeudi huit jours, son Equipage est magnifique, & l'on se dispose à lui faire tous les accueils accoutumez, enrichis de plusieurs Regals, & soins extraordinaires. L'on veut essaier de l'obliger, tant pour plaire à Sa Maitresse qui a bien donné à connoitre, qu'elle s'y attend, que pour essaier de le gagner lui-même, aiant sujet de croire, qu'il sera un jour le plus puissant de sa Cour. Pour repondre à vos sentimens, & à ceux de Monsieur le President de Sombres, qui a pris le soin d'en écrire, je lui fais une Dépêche par ce Courrier, pour lui témoigner combien l'on est satisfait de son negocié, l'affaire qu'il a menée à bon port étoit

1646.

étoit de confideration, & il nous a ôté d'un grand embaras, quand ce ne feroit que de nous avoir tirez de la néceffité de rompre avec cette Ville, dans laquelle en y ménageant des Créatures, on pourra même y établir un Prince duquel le Païs dépend, lequel Païs doit être confideré par le nombre d'hommes que l'on y peut lever.

Ce qui vous a été dit par le Contarini m'a beaucoup furpris, l'Ambaffadeur de la Republique, qui refide en cette Cour, eft d'un autre fentiment. Il fait cas d'un fecours de Mer, qui a été accordé, & juge que fi leur Armée de Mer ne fe fait craindre au Turc, ils ne conferveront, ni leurs Iles, ni leurs Etats de Terre ferme, qui font fituez au delà du Golphe. Pour prendre Zara, qui eft, à ce qu'on dit, le but des armes Ottomanes, il faut fermer le Canal qui y va, & pour y pouvoir réuffir être maître de la Mer. Il a toûjours preffé, que ceux qui commandent les Vaiffeaux, qui font chargez de plus de deux mil hommes, euffent ordre d'aller joindre la Flote des Venitiens, & prefentement, il ne demande que la permiffion d'une levée de deux mil hommes, qu'on ne fauroit fe refoudre de lui accorder; mais comme il eft un homme intelligent, s'étant imaginé qu'on la lui refufoit, pour ne point faire d'empêchement aux nôtres il eft refolu d'interrompre fa pourfuite, & dans peu de jours de la renouveller.

Il me dit il y a deux jours que fon Collegue, qui eft à Rome, lui avoit écrit, que le Pape lui avoit fait ouverture de cette Ligue, dont on parle il y a tant de tems, pour la défenfe d'Italie; qu'il lui avoit repondu, qu'elle n'étoit ni de faifon, ni néceffaire, & qu'il ne falloit point avoir d'aprehenfion des Armes de France, mais de celles du Turc, qu'il demandoit fecours d'hommes & d'argent, qu'il n'avoit fû obtenir, & qu'il jugeoit qu'il n'y avoit rien à efperer du Pape, duquel à la verité la dureté en notre endroit fe fait de plus en plus connoître.

Le Nonce prit avanthier audience, où il s'efforça, felon l'ordre qu'il en avoit eû, de perfuader à Sa Majefté, que fa Sainteté étoit bien difpofée à fon endroit, qu'elle avoit obfervé une neutralité fort exacte, pendant le Siege d'Orbitello, qu'elle avoit même difpofition à lui faire des graces, & qu'elle la conjuroit de foutenir la Chrétienté attaquée. A cela Sa Majefté lui repondit, qu'il avoit affez fait paroître fa partialité, & que déniant les chofes juftes, comme il avoit continuellement fait, il étoit hors de tems de pretendre des graces, auxquelles elle renonçoit volontiers, & feroit très-fatisfaite d'obtenir le jufte, qu'il lui fembloit étrange qu'on la preffât de faire ce qu'elle faifoit, en faveur de la Republique, pendant le tems qu'on y étoit dur, & que contre les regles du devoir de la confcience, & même celle de toute bonne Politique, on ne fe mettoit pas en peine de fecourir les Venitiens, qu'il y avoit à craindre pour la Religion, & pour les Etats du Patrimoine de l'Eglife, que l'Ennemi commun s'établît dans un lieu, d'où il pût aifément paffer en Italie. Il m'a femblé qu'on étoit en difpofition de lui donner un Memoire, où les réponfes fuffent étendües, afin qu'il les fît favoir de par delà, & qu'on ne les lui imputât pas, à quoi on eft toûjours très-difpofé, parce qu'il eft reconnu attaché à la France.

Leurs Majeftez ont fait les honneurs en

ce lieu à la Reine d'Angleterre, & au Prince de Gales, fon fils. On eft en impatience d'avoir des nouvelles de Monfieur de Bellievre, & de ce qui s'eft paffé, depuis qu'il aura joint le Roi d'Angleterre, dont les affaires font beaucoup de compaffion. Il fe trouve entre les deux extrêmitez, de recevoir ou de refufer les conditions, qui lui ont été portées; & le peril y eft fi egal, qu'il n'y a point de choix à faire.

Les Ennemis aiant fait une entreprife fur Menin, ils ont eû affez de fortune pour l'emporter, & ont fait main baffe à la Garnifon. Ils ont même voulu engager le Marquis de la Ferté dans un Combat, ou pour l'attirer dans une embufcade, ou bien le couper de quelques Places qu'il couvroit, mais ils n'ont pû l'y attirer, & aiant joué de tête il a rendu un très-fignalé fervice à Sa Majefté.

Sur le raport du Courier Heron, & fur une Lettre reçue de Monfieur de Tourville, je puis vous affurer que la bleffure de Monfieur le Duc eft fans peril, & qu'il ne lui en reftera point de marque, l'accident a été bien plus grand, qu'on ne l'avoit mandé. Je fuis &c.

Il vous plaira de vous fouvenir de faire inferer dans le Traité avec l'Efpagne l'Article pour les Confulats ci joint, que vous trouverez, comme je m'affure, bien raifonnable.

A R T I C L E

Pour être inféré au Traité de

P A I X.

Sur les priviléges des Confuls.

QUe Sa Majefté très-Chrétienne pourvoira de Confuls dans tous les Ports de Mer, de l'obéiffance du Roi Catholique, où les François trafiquent, avec les mêmes droits & pouvoirs pour la protection & direction des Sujets de Sa Majefté très-Chrétienne, Regnicoles & autres trafiquans fous la banniere de France, dont jouïffent en autres lieux & endroits les Confuls de la Nation Françoife.

1646.

M E.

MEMOIRE

DU ROI

à Messieurs les

PLENIPOTENTIAIRES,

A Fontainebleau du 24. Aout 1646.

Touchant les prétentions des Sue-
dois sur la Pomeranie. Sur
les affaires de Portugal. Sur
la Paix avec l'Espagne. Con-
duite de la Cour touchant
le Portugal, & la Catalo-
gne. Sur les secours donnez
à la Republique de Venise.
Etat des Armées de France.
Les Espagnols surprennent Me-
nin. Avantages des Espa-
gnols. Inclination de la Prin-
cesse d'Orange pour l'Espa-
gne.

O N a reçu la Dépêche de Messieurs les
Plenipotentiaires du treiziéme du Courant. Ils ne pouvoient parler avec plus de
prudence, qu'ils ont fait, pour divertir les
Députez de Messieurs les Etats, du dessein
qu'ils pouvoient avoir de prendre intérêt au
sentiment qu'a l'Electeur de Brandebourg, de
ce que les Suedois pretendent de retenir toute la Pomeranie. La France & la Hollande
peuvent bien faire les offices auprès des Ministres de Suede, pour essaier à les faire contenter d'une partie de cette Province, ou demander leur satisfaction en quelqu'autre endroit; mais de passer plus avant, c'est ce que
la Foi des Traitez, & la Religion avec laquelle Sa Majesté veut les observer ne permet
pas. Cette consideration pourra avoir produit
encore un bon effet près de Messieurs les
Etats, si leurs Députez ont soin de leur en
rendre compte, pour leur faire connoitre,
que rien n'est capable d'ébranler la fidelité,
que nous avons promise à des Alliez.

Sa Majesté a eû plaisir d'entendre, que lesdits Sieurs Plenipotentiaires, aient pressé comme ils ont fait, les Médiateurs, touchant les
affaires de Portugal, c'est-à-dire sur la liberté
du Prince Edouard, sur le Saufconduit des Ministres de cette Couronne-là, & sur la faculté d'agir, comme les autres dans l'Assemblée:
outre que ces instances sont justes de soi, &
que Sa Majesté en étant vivement sollicitée à

Touchant
la pretention
des Suedois
sur la Pome-
ranie.

Sur les
affaires de
Portugal.

toute heure par le Resident, qui est près d'elle, il importe pour plusieurs respects, qu'on
lui a souvent mandé, que les Ennemis se
voient toûjours pressez, sur le point auquel ils
ont le plus d'aversion.

Mais Sa Majesté a sur tout aprouvé tout ce
qui s'est passé ensuite dans la même Conference avec les Médiateurs touchant la Paix
d'Espagne, & loué extrêmement l'adresse, de
laquelle lesdits Sieurs Plenipotentiaires ont usé,
pour avancer le Traité, sans pourtant s'engager formellement à rien, qu'à condition que
les Espagnols nous offrent toutes les conquêtes du Païs-Bas, & la Comté de Roussillon,
compris Rozes, & de consentir à la Trêve
de Catalogne, de la durée de celle de Messieurs les Etats: alors nous pourrions condescendre, comme ils ont donné à connoitre
aux Médiateurs que nous n'insisterions pas à
faire mention du Portugal dans le Traité de
Paix, moiennant que la liberté nous demeurât d'assister ledit Roi, lorsqu'il sera attaqué.
Sa Majesté se promet beaucoup de cette ouverture, & attend par le premier Ordinaire,
d'aprendre ce qu'elle aura produit. Il faudroit
seulement en pareil cas menager, s'il étoit
possible, par quelque moien, & même cela se
pourroit sans rien écrire, les Espagnols donnant seulement la simple parole aux Médiateurs, que l'on n'entreprendroit rien contre le
Portugal de six mois, pour voir si pendant ce
tems-là il y auroit lieu d'accommoder l'affaire au contentement des uns & des autres:
l'on n'entend pas pourtant de changer en
aucune façon les ordres, qui ont été envoiez
aux dits Sieurs Plenipotentiaires sur ce sujet.

Messieurs les Plenipotentiaires auront remarqué dans les Dépêches precedentes, que
Sa Majesté avoit déja songé ici, à ce qu'ils
mandent qu'il y aura lieu, si on se relâche
pour le Portugal, de faire valoir à Messieurs
les Etats, qu'on le fait à leur consideration,
& prendre de là sujet de moyenner leur assistance, pour défendre avec nous ce Roi-là
contre les Espagnols, ou au moins les rendre
plus favorables à la Trêve, que nous preten-
dons faire pour la Catalogne: cependant il
ne faut pas que lesdits Sieurs Plenipotentiaires
aprehendent, que ces pensées-là se divulguent
ici, ni qu'aucun Ministre étranger en puisse
rien pénétrer, & tout ce qu'on pourra leur en
dire par delà ne seront que de pures conjectures, qu'ils rejetteront hardiment.

On s'est extrêmement étonné, que le Sieur
Contarini ait montré de faire si peu de cas
des assistances, que la Republique a reçuës
ici de cette Couronne. Il est bien étrange
de se défaisir, comme nous faisons, de nos
propres forces, en des tems où nous en avons
nous-mêmes tant de besoin, & après cela
trouver si peu de gratitude, & pour ne pas
parler de tant de Troupes, qu'on leur a permis de lever dans le Royaume, des brûlots
qu'on leur a donnez, des Mariniers, Canoniers, & autres Officiers de Mer, dont ils a-
voient grand besoin.

Il semble qu'une Escadre de dix grands
Vaisseaux, armez & équipez de tout point,
ne merite pas d'être si fort meprisée, sur tout
si on fait reflexion, & à la conjoncture dans
laquelle on s'en prive, qui est justement sur
le point que l'Armée Navale va se remettre
à la Mer, pour essaier à combattre celle des
Ennemis, & sur les conséquences qui peuvent
s'en ensuivre, qui n'importent pas moins que

Sur la
Paix avec
l'Espagne.

Conduite
de la Cour
touchant le
Portugal & la
Catalogue.

Sur les se-
cours donnez
à la Republi-
que de Venise.

le danger, qu'il y a que les Espagnols ne s'en prévalent à la Porte, pour y établir la bonne intelligence qu'ils desirent; quoique pour ce patticulier Messieurs les Plenipotentiaires sauront, que l'on y a pris toutes les précautions possibles, Sa Majesté aiant fait armer les Vaisseaux en Hollande, sous la Commission de la Republique, & aiant eû soin de les faire commander presque tous par des Chevaliers de Malte.

Il seroit bon de presser ledit Contarini, qu'il dise un peu les secours qu'il a tirez d'Espagne, depuis que la Republique est en Guerre, & quelle assistance aussi elle a eû du Pape, qui par l'intérêt de la Religion, & par la proximité de ses Etats, doit prendre plus de part qu'aucun autre, à ce qui leur arrive. Il vient encore tout fraichement de leur refuser la permission de lever à leurs dépens cinq cens hommes, dans l'Etat Ecclesiastique.

Lesdits Sieurs Plenipotentiaires desirent avec raison & très-prudemment, d'être informez du veritable état des Armées & des desseins que l'on a, afin de regler là-dessus leur conduite, pour presser, ou plus, ou moins, la conclusion du Traité.

Pour la Catalogne, ils sauront que Monsieur le Comte d'Harcourt continuë le Siége de Lerida, sans apparence que les Ennemis puissent trouver aucun moien d'y jetter du secours: les avis qu'il écrit avoir du dedans de la Place, font que les vivres ne peuvent aller plus avant, que vers la fin d'Octobre tout au plus, cependant pour rafraichir son Armée, & remplacer le nombre des Soldats, que les incommoditez du Siége, ou d'autres raisons auroient fait diminuer, on y fait passer présentement un renfort de mil hommes effectifs dont la plus grande partie sont tirez des vieux Corps.

L'Armée Navale se trouvant payée & pourvuë de toutes choses nécessaires, pour agir jusques à la fin d'Octobre, Sa Majesté a jugé à propos de s'en prevaloir, & de la faire de nouveau sortir à la Mer, pour essaier de remporter quelque avantage sur celle des Ennemis, & si Dieu favorisoit d'un bon succès ce dessein, ou que les Ennemis eussent déja divisé leurs forces de Mer, voir s'il y auroit lieu de faire quelque entreprise à terre, soit en Italie, Sardaigne, Minorque, ou en Catalogne, dont Sa Majesté s'est remise entierement sur les Sieurs Maréchaux de la Meilleraye & du Plessis Pralin, qui commanderont conjointement l'Armée de Mer, & celle de Terre, qui pourra debarquer, se separant pourtant selon que l'occasion le requerra. Ils resoudront ensemble sur les lieux l'entreprise qu'ils voudront tenter, selon les avis qu'ils auront de l'état des Ennemis, & en tout cas cela servira d'une puissante diversion pour la Catalogne, étant certain que les Ennemis seront comme en échec de tous côtez par l'aprehension de notre débarquement, & ne pourront se desaisir de rien pour l'envoier hors d'Espagne, comme ils l'auroient fait sans cela.

Le Siege de Mardick continue plus heureusement qu'il n'avoit commencé, depuis l'arrivée des Vaisseaux Hollandois, qui se sont rendus maitres du Canal, & ont rompu entierement le Commerce qu'il y avoit entre Dunkerque & cette Place. On écrit du dix-neuviéme qu'ils esperoient être dedans en moins de huit jours; après cela, Monsieur le Duc d'Orleans reviendra ici, en aiant été convié

par la Reine, & Monsieur le Duc d'Enguien demeurera au Commandement Général des Armées de Flandres. L'occupation qu'aparemment elles pourront avoir, ce sera, comme il est mal aisé d'emporter Dunkerque, les Ennemis y aiant un Corps d'Armée considerable, d'essaier au moins de le rendre tout à fait inutile, s'emparant, s'il est possible, de Furnes, & de Nieuport.

Les Ennemis ont surpris Menin, deux jours seulement avant que le Corps de la Ferté Senneterre arrivât en ces quartiers-là. Caràcene & Lamboy sont partis de dessous Dunkerque avec deux mil chevaux, & deux mil hommes de pied, pour executer la chose; mais on mande de l'Armée, ou qu'ils la razeront, ou qu'il faudra qu'ils y tiennent toûjours trois mil hommes, & que même cela n'empêchera pas qu'il ne nous soit facile de les en chasser. Cependant ledit Sieur de la Ferté Senneterre a jetté douze cens hommes dans Courtrai, & neuf cens dans Armentieres, avec cinq cens dans Bethunes, & après le Siége de Mardick nos armées seront augmentées de plus de dix mil, soit par le corps de la Ferté Senneterre qui s'y joindra, soit par les Polonois, qui ont débarqué, ou par les Anglois, qui vont arrivant tous les jours.

Monsieur le Prince d'Orange continuë d'être dans un état pitoyable. Il a reperdu les Forts qu'il avoit pris, le Prince Guillaume témoigne avoir de parfaitement bonnes intentions pour cette Couronne, & y demeurer toûjours attaché Il n'en est pas de même de la Princesse Sa Mere, qui, à ce qu'on nous mande, demeure fort persuadée que la France a tout sujet de se contenter de ce qu'on lui offre; & nous avons avis certain, que tout ce que Knuyt a traité avec les Espagnols a été par son ordre. Enfin il s'aperçoit qu'Elle a une grande passion de conclure promptement la Trêve, mais Monsieur de la Thuillerie a fort bien parlé à Messieurs les Etats Généraux là-dessus, & ils témoignent de desaprouver entierement la conduite de leurs Députez.

Monsieur le Maréchal de Grammont, voiant qu'il n'y avoit pas à esperer que l'on entreprit aucune chose par delà, a pris une resolution d'embarquer toute son Infanterie, & songeoit aussi aux moiens de faire repasser sa Cavalerie avec sureté.

L'on n'eût pas été ici de cet avis, car les quatre mil hommes, que nous tenions là en engageoient plus de quatorze mil des Ennemis, lesquels nous tomberoient sans doute aussi-tôt sur les bras, voiant bien qu'ils n'ont pas beaucoup à craindre de Monsieur le Prince d'Orange, en l'état où il est, & l'on doit même craindre que Messieurs les Etats ne prennent ce pretexte, pour renvoier d'abord leur Armée dans ses Garnisons: mais on a écrit tout ce qui se peut là-dessus au Sieur d'Estrades, afin qu'il travaille soigneusement à les obliger de tenir la Campagne, aussi longtems que notre Armée y sera.

R E-

1646.

REPONSE

De Messieurs les

PLENIPOTENTIAIRES

Aux Memoires

DU ROI,

Des 10. & 17. Août 1646.

Envoyée à la Cour le 27. dudit Mois.

On espere que Philipsbourg demeurera à la France. L'Electeur de Trêves y avoit donné les mains. On y rend les Bavarois favorables. Mauvaise santé du Prince d'Orange. La méfiance contre les Hollandois continuë. On tâchera de rejetter sur Contarini la haine de l'abandon du Portugal. Affaires de Liege. Affaires de Catalogne. Affaire du Duc de Lorraine.

On espere que Philipsbourg demeurera à la France.

ON a bien jugé à la Cour que le Comte de Trautmansdorff changeroit de discours après la jonction de l'Armée du Roi à celle des Confederez, & qu'il ajoûteroit plutôt quelque nouvelle satisfaction à la France, que de se retracter de celles qu'il avoit accordées. Car, Dieu merci, les affaires y paroissent à présent bien disposées, & il semble qu'il y a lieu d'esperer que Philipsbourg demeurera au Roi. On peut assez s'imaginer si nous avons impatience d'en donner la nouvelle avec certitude.

Ensuite de la Conference dont nous avons rendu compte par le dernier Ordinaire, les Médiateurs ont rapporté que Trautmansdorff leur avoit dit qu'il n'étoit pas au pouvoir de l'Empereur de nous accorder Philipsbourg; que c'étoit un point auquel il falloit que tous les Princes & Etats de l'Empire donnassent leur consentement; qu'ils y étoient contraires, non seulement les Catholiques, mais encore davantage les Protestans; que pour l'Empereur il ne s'y opposeroit pas, si cela pouvoit faire la Paix; qu'il le proposeroit au College des Electeurs, & qu'on verroit que de sa part il n'y seroit apporté aucun empêchement.

TOM. III.

que nous devions nous aider aussi, & travailler à cet effet auprès de nos amis.

Nous répondîmes que si Monsieur de Trautmansdorff vouloit proposer cette affaire dans le College Electoral, avec dessein d'y faire naître des oppositions & des difficultez, ce n'étoit pas vouloir acheminer la Paix, mais chercher à la rompre; que l'Empereur n'étoit pas si religieux, quand il s'agissoit de mettre des Places de l'Empire entre les mains du Roi d'Espagne ou autres Princes de la Maison d'Autriche; que par la Paix de Prague il s'étoit nommément reservé Philipsbourg, & que depuis encore il avoit voulu donner cette Place avec les revenus en toute proprieté à la Maison d'Inspruck & l'annexer à l'Alsace; que l'Empereur renvoioit aux Etats les choses qu'il ne vouloit pas accorder: mais que lors qu'il affectionnoit une affaire il ne hesitoit point à la conclure sans en avoir leur consentement, ce qu'il avoit encore témoigné depuis peu sur le sujet de la Paix avec l'Espagne, dont il veut faire une condition nécessaire pour la Paix de l'Empire, quoique les Députez des Princes, qui sont ici & à Osnabrug, tant Catholiques que Protestans, soient dans un sentiment bien contraire.

Les Médiateurs repliquerent que l'intention des Imperiaux n'est pas d'empêcher que Philipsbourg nous demeure, si les Etats de l'Empire y consentent; mais qu'on ne doit pas exiger de l'Empereur (qui a fait le serment de ne pas souffrir qu'il soit rien demembré de l'Empire,) que lui-même en fasse les alienations; qu'au fait de l'Alsace (qui appartenoit à sa Maison en particulier) il avoit en plus de pouvoir qu'en celui-ci, où chacun étoit contre notre prétention; que même les Députez de Trêves s'y opposeroient, & l'avoient ainsi declaré publiquement.

Cela nous fit juger qu'il étoit temps de dire aux Médiateurs ce que nous avions tenu secret jusques alors, que l'Electeur y avoit consenti. Nous leur fîmes voir que la garde de Philipsbourg étoit la sûreté de la Religion Catholique en ces quartiers-là, & que ç'avoit été le motif qui avoit porté l'Electeur à desirer qu'elle demeurât entre nos mains; Que celui qui seul y avoit intérêt y consentant, il avoit bien plus de justice de nous en laisser la garde & la protection, que d'en transferer la proprieté avec tous les revenus comme l'Empereur avoit voulu faire. Les Médiateurs acquiescerent à ces raisons, & dirent qu'ils les représenteroient aux Imperiaux, nous conviant de voir les Députez des Electeurs, pour lever les difficultez qu'ils pourroient faire sur cette proposition.

Nous n'avons pas manqué aussi-tôt après cette Conference de solliciter lesdits Députez. Nous avons été chez ceux de Trêves & de Baviere, & avons envoié le Sieur de Saint Romain vers Maience & Saxe, parce que nous ne les voions pas, & encore chez ceux de Cologne & de Brandebourg, à cause que l'Evêque d'Osnabrug & le Comte de Wigtenstein, qui sont les Chefs de l'une & l'autre Legation, ne sont pas en cette Ville à présent.

L'Electeur de Trêves y avoit donné les mains.

Nous montrâmes à ceux de Trêves la signature de leur Maître, aiant porté avec nous l'Original même du Traité. Nous les priâmes d'agir suivant son intention, ce qu'ils promirent de faire, & nous leur promîmes d'écrire à la Cour pour faire recommander aux Ministres du Roi qui sont à Rome d'appuier

Nn 2 les

1646.

1646.

les intérêts de Monsieur l'Electeur contre les Moines de Saint Maximin, qui est une affaire qu'il a fort à cœur & dont ils nous firent une nouvelle instance.

Le même Traité nous servit aussi chez les Bavarois. Ils nous avoient souvent dit que leur Maître ne vouloit pas offenser l'Electeur de Trèves en lui persuadant de donner une partie de son bien à la France. Nous leur remontrâmes que puisque nous avions son consentement, ils ne pouvoient pas nous refuser leurs bons offices, vû même que le Comte de Trautmansdorff nous avoit fait témoigner par les Médiateurs qu'il étoit bien disposé, & que nous devions nous aider & emploier nos Amis. Ils ont mieux reçû cette instance qu'aucune autre que (nous leur aions faite depuis deux mois. Ils exagérèrent fort le grand accroissement de la France, si l'on ajoûtoit encore Philipsbourg à Brisach & l'Alsace avec le Suntgau. Le Sieur Krebs qui est du Païs dit que cela vaut un demi-Roiaume. Ils nous firent valoir les grands offices que leur Maître avoit rendus, aiant travaillé jour & nuit dans un âge si avancé pour faire obtenir au Roi une si abondante satisfaction; & n'oublièrent pas de représenter aussi avec quel soin & quelle fermeté ils avoient en leur particulier porté les intérêts de la France dans l'Assemblée. *On y rend les Bavarois favorables.* Après les remercimens de ce que le Duc de Baviere & eux ont fait en cette Négociation (dont nous les assurâmes d'avoir rendu bon compte à Sa Majesté qui en étoit demeurée très-satisfaite) on leur fit voir que la grandeur de la France ne doit jamais être suspecte à la Maison de Baviere; que c'étoit au contraire un moien de maintenir le grand établissement qu'elle procuroit aujourd'hui à leur Maître par le Traité de Paix; & que l'acquisition de ces deux Places sur le Rhin assurera encore la Religion Catholique dans tout le voisinage. Nous primes ensuite occasion de leur dire que nous ne leur voulions pas dissimuler que nous avions été étonnez de leur silence & de leur froideur, lors qu'ils étoient les plus obligez de reconnoître les bonnes intentions de la France, & ce qu'elle faisoit pour l'avancement de la Paix, pour le bien de la Religion Catholique, & pour la conservation particuliere de Monsieur le Duc de Baviere. Il fut dit beaucoup de choses de part & d'autre sur ce sujet; mais ils eurent peine à se défendre. Nous fûmes bien aises qu'ils connussent qu'ils avoient manqué, & que nous n'étions pas satisfaits de leur conduite à tous égards; afin principalement qu'ils ne croient pas s'être acquitez envers nous par le moien des choses accordées jusques à présent, dont ils font tant d'éclat; & qu'ils sachent que pour nous contenter, il est besoin qu'ils s'emploient à ce que Philipsbourg nous demeure; aussi reçûmes-nous d'eux toutes bonnes paroles avec promesse de servir au desir de la France.

Le Sieur de Saint Romain raporte avoir laissé ceux qu'il a vûs en bonne disposition. Ils lui ont tous demandé, si avec Philipsbourg on auroit la Paix, ce qui avoit aussi été dit par ceux de Trèves & de Baviere. Il a répondu comme nous qu'il falloit contenter nos Alliez, mais que c'étoit beaucoup avancer le Traité que de mettre la France hors d'intérêt, & que nous contribuerions par ce moien nos offices pour en faciliter la conclusion.

Nous avons sû que l'affaire aiant été proposée au College Electoral, il fut résolu qu'on tiendroit les deliberations très-secrettes. On

1646.

n'a pas laissé néanmoins de pénétrer qu'elle prend un bon chemin. Nous continuerons tous les soins possibles pour la faire réussir au contentement de Leurs Majestez; & ainsi aiant terminé tout ce qui touche les intérêts de la France dans l'Empire, on ne lui pourra plus imputer le retardement de la Paix, & cela nous conciliera l'affection & la confiance non seulement des Princes & Etats de l'Empire, mais encore des Médiateurs & des Imperiaux mêmes.

Nous avons grand' peine à nous persuader que les Espagnols laissent faire la Paix de l'Empire sans faire aussi la leur, si ce n'est que la mauvaise conduite de Messieurs les Etats envers la France, tant aux affaires de la Guerre que de la Négociation de la Paix, & l'affoiblissement entier de Monsieur le Prince d'Orange ne les flatte de quelque esperance de *Mauvaise santé du Prince d'Orange.* pouvoir avec le temps rendre leur condition meilleure. Mais s'il arrive que les Imperiaux soient obligez d'achever le Traité à part, nous ne manquerons pas de veiller à ce qui nous est très-prudemment ordonné par les Memoires.

Notre premier soin sera d'apporter toutes les précautions ci-devant marquées dans les Depêches de la Cour, pour empêcher que les Espagnols ne profitent des Troupes de l'Empereur & autres de son parti; & comme c'est une chose qui sera très-difficile, nous travaillerons au moins à faire en sorte (ainsi qu'il nous est ordonné) de nous asûrer des principaux Chefs & Officiers des Troupes de Suede & de Hesse. Il y a déja long-temps que nous en avons parlé à Monsieur Oxenstiern & aux Députez de Madame la Landgrave, qui nous y ont témoigné toute bonne disposition. Mais comme cela dependra principalement desdits Officiers, nous croions que Monsieur le Maréchal de Turenne étant tous les jours avec les uns & les autres, pourra mieux s'en asûrer, s'il en reçoit l'ordre de Sa Majesté, & qu'il pourra se servir utilement pour cet effet des Sieurs de Traci & d'Avaugour. L'habitude que nous avons ici avec les Ambassadeurs de Baviere nous a fait penser que nous pourrons peut-être obtenir de leur Maître, par le desir qu'il aura de la Paix, qu'il ne permette pas que ses Troupes passent au service du Roi d'Espagne, ou du moins que la France en puisse avoir une partie.

Il ne se peut rien de meilleur ni de plus fort, pour justifier la France de ce qu'on pourra se relâcher à l'égard du Portugal, que les instructions qui nous sont données sur ce sujet, étant certain que si l'affaire peut être conduite par l'ordre & en la maniere qu'on nous mande, il paroîtra clairement que Leurs Majestez auront été emportées par l'intérêt général de la Chrétienté; & qu'au moins elles demeurent fermes en ce qui ne dépend que d'elles, comme est la liberté qu'on se réservera d'assister le Portugal après la Paix.

Si les Ambassadeurs de Hollande agissoient avec nous de bonne foi, ce seroit certainement un moien fort avantageux pour asûrer la *La méfiance contre les Hollandois continuë.* satisfaction de la France du côté de l'Espagne que celui dont il est fait mention dans le Memoire. Mais les grandes & justes causes de défiance qui y sont marquées (outre ce que nous voions ici tous les jours) nous obligent d'agir en cela avec beaucoup de réserve & de circonspection, puis que sans doute, si nous venions à leur ouvrir nos dernieres intentions (comme il faudroit faire en ce cas) elles seroient

roient, connuës auffi-tôt des Efpagnols; & la fûreté que nous pourrions prendre des Ambaffadeurs ne feroit peut-être pas fuffifante. D'ailleurs, il n'y a maintenant ici que deux de ces Meffieurs, dont Paw eft un, auquel nous n'avons pas fujet de nous fier, & l'autre qui eft Monfieur Klant eft une perfonne fort foible. Outre cela nous voions que le principal but du Memoire étoit de faire promptement quelque convention avec Meffieurs les Etats, avant que la ratification fût arrivée, & on nous affûre qu'elle eft ici depuis trois jours, & que Brun a vû diverfes fois Paw en fecret pour lui perfuader de paffer outre, puis qu'on a tout ce qui s'étoit defiré du Roi d'Efpagne. Nous aprenons que ledit Brun n'a pas raporté tout le contentement qu'il s'étoit promis de fes Conferences; & que Paw aiant eu le vent de ce qui s'eft paffé en Hollande (où fa conduite n'eft pas grandement approuvée) a fait des reponfes, dont on nous afûre que les Efpagnols font demeurez très-mal fatisfaits. Mais d'autant que leur derniere entrevûë ne fut faite qu'hier en une Maifon de campagne, nous n'avons pas encore pû en tirer tout l'éclairciffément néceffaire. Pour ce qui nous eft mandé que Monfieur de la Thuillerie étant obligé de retourner en France, il fera peut-être néceffaire que l'un de nous aille à la Haye, en cas que ce qu'on pourroit écrire d'ici au Sieur Braffet ne fuffife pas, nous nous tiendrons prêts à ce que la difpofition des affaires pourra requerir, & à tout ce qu'il plaira à Leurs Majeftez de nous commander. Il faudra voir quelle fera la réponfe de Meffieurs les Etats à l'Ecrit de Monfieur de la Thuillerie, & à celui du Sieur Braffet, & quelle fera puis après ici la conduite de leurs Ambaffadeurs. Nous remarquons déja que lefdites plaintes, qui ont été faites à la Haye, ont produit un bon effet, le Sieur Paw s'étant mis hier en grand foin de juftifier fon procedé, & nous aiant affûré avec chaleur qu'il n'avoit rien fait & ne fera jamais rien qui puiffe déplaire à la France, ni choquer tant foit peu les Traitez de 1635. & 1644. aufquels il avoit eu l'honneur de prêter fon miniftere. En cas que l'un de nous eût à faire ce voiage, il lui fera néceffaire d'avoir une Lettre de Créance.

Nous fommes bien aifes de voir que les inftances faites à notre pourfuite par les Suedois pour le Paffeport des Portugais, aient donné l'allarme aux Efpagnols. Et quant à la liberté de Dom Edouard, fi on ne gagne rien par les offres que l'on a faites, elle ne fe doit efperer que par la Paix. Encore eft-il bien à craindre que les Efpagnols ne lui jouent cependant un mauvais tour; furquoi nous avons fait & réiteré les proteftations dont nous avons ci-devant donné avis.

On tâchera de rejetter fur Contarini la haine de l'abandon du Portugal.

Celui qui eft porté dans le Memoire eft bien veritable touchant la méfiance que les Efpagnols ont de Contarini fur le point du Portugal. Car outre ce qu'il a dit qu'il étoit mal aifé de fonger à la Paix de la Chrétienté, laiffant cette Guerre-là ouverte, l'intérêt de la République de Venife s'y rencontre particulierement, & nous favons qu'il s'eft emploié pour faire accorder une Trêve tant que la Guerre du Turc durera. Mais il y a trouvé telle réfiftance, qu'il eft aujourd'hui le premier & le plus preffant à nous vouloir obliger de nous en départir, & s'il en faut venir là, nous nous en prévaudrons [comme il fera befoin] pour la décharge de Leurs Majeftez.

1646. Affaires de Liege.

Nous attendons au premier jour le retour du Sieur de Sombres, où quelque ample Depêche de fa part, qui nous apprendra l'état des affaires de Liege, & s'il y aura lieu de fonger à s'aider dans l'Election d'un Coadjuteur. En quoi nous n'épargnerons ni foin ni argent, puifque Sa Majefté l'a pour agréable. Si ledit Sieur de Sombres fait un plus long fejour à Liege, (ce que nous avons laiffé à fon choix & à ce qu'il jugera devoir faire étant fur les lieux) nous l'avons fait fouvenir qu'il doit deformais s'adreffer directement à la Cour & y donner avis de ce qui fe paffera en cette Ville-là.

L'affaire de Catalogne.

Ce qui nous eft mandé pour la Négociation de ce qui concerne la Catalogne, eft accompagné de raifons fi fortes & fi importantes, que c'eft à notre avis le meilleur & le plus fûr moien qui fe puiffe pratiquer pour terminer cette affaire. Nous croions que la fermeté avec laquelle nous perfiftons à ne point confentir à aucune Trêve pour ce Païs-là, qui ne foit auffi longue que celle de la Hollande, eft le chemin pour y parvenir, & nous empêcherons avec grand foin qu'on ne puiffe pénétrer la facilité que nous avons pouvoir d'y aporter, dont nous ne nous fervirons qu'en cas de befoin; parce que cela nous ôteroit le moien d'y ménager les avantages de la France.

Affaire de Duc de Lorraine.

Dans la Conference des Médiateurs, ils nous firent l'inftance accoûtumée de la part des Imperiaux de comprendre le Roi d'Efpagne au Traité & de donner Paffeport aux Députez du Duc Charles. Il n'eft pas befoin de repeter ici les réponfes, parce que ce furent les mêmes que nous avons mandées plufieurs fois. Mais il fut repliqué par les Médiateurs que voiant les affaires s'avancer ils penfoient à tout ce qui en pourroit retarder la conclufion, & qu'ils prévoioient que l'affaire du Duc Charles feroit un grand obftacle, n'étant pas poffible, difoient-ils, que l'Empereur puiffe avec honneur abandonner un Prince, qui outre qu'il eft Vaffal de l'Empire, fert actuellement dans le parti avec fes troupes & fa perfonne. Ils nous exhortorent vivement d'y trouver quelque expedient. On leur répondit que fi les Imperiaux defiroient la Paix, il ne falloit plus renouveller une affaire fur laquelle la France s'eft tant de fois declarée; Que quand le Duc Charles feroit ouï dans l'Affemblée, (d'où il étoit exclus par les Préliminaires) il n'obtiendroit rien de nous pour cela, & que ce ne feroit que de la longueur & un nouvel empêchement à la Paix; Qu'en confideration de l'Empereur & pour fon refpect, fi ce Prince defire envoier fes Députez au Roi, lors que le Traité fe conclura avec l'Empereur, ils feront favorablement reçûs & écoutez, comme il a déja été par nous repréfenté, & que même au lieu du Paffeport qu'ils requeroient de nous pour venir à Munfter, lequel on ne peut leur accorder en aucune façon, on ne feroit pas difficulté de leur en donner un pour ceux qu'il voudroit envoier à la Cour; Que l'Empereur auroit par ce moien fatisfait audit Duc, & même au delà de ce à quoi il eft obligé, puis qu'il a renoncé diverfes fois à fes Alliances. Nous leur alleguâmes l'exemple de ce qui avoit été fait au Traité de Noion entre le Roi François premier & l'Empereur Charles-Quint à l'égard du Roi de Navarre, dont la caufe étoit bien plus favorable que celle dudit Duc. Monfieur Contarini demanda de voir ledit Traité, qui lui a été depuis envoié.

On

1646.

On nous avoit ci-devant ordonné de faire une Lettre concertée à Messieurs les Etats pour confirmer ceux d'entr'eux qui sont dans de bons sentimens, & ramener les autres qui se laissent entrainer par l'artifice des Ennemis, & nous avions répondu qu'il se présentetoit occasion de faire cette Lettre, lorsqu'on renouvelleroit l'instance pour accepter le neuviéme Article. Cette instance nous fut faite par leurs Ambassadeurs la veille seulement que quatre d'entre eux partirent de l'Assemblée; ce qui nous a fait differer jusques-ici d'y répondre; joint que notre intention a toûjours été de retarder cette affaire, comme nous avons mandé plusieurs fois à la Cour. Mais les Amis que nous avons parmi eux, nous aiant convié de donner éclaircissement sur ce point, duquel les mal-intentionnez se servent pour persuader à Messieurs les Etats que nous ne voulons pas satisfaire aux engagemens que nous avons avec eux, nous avons crû enfin d'y devoir répondre en la maniere qu'on verra par la copie d'un Ecrit ci-joint. Nous n'y avons point voulu mêler de plaintes, puis qu'elles ont été prudemment représentées par Monsieur de la Thuillerie & par le Sieur Brasset; & notre but principal a été d'ôter le crédit parmi les Provinces à ceux de leurs Ambassadeurs, de qui nous n'avons pas sujet d'être contens, en faisant voir le préjudice qu'Elles ont reçû de leur mauvaise conduite, puis qu'eux-mêmes ont aporté un obstacle formel à ce qu'ils demandent de la France.

LETTRE

De Messieurs les

PLENIPOTENTIAIRES

à Monsieur le Comte de

BRIENNE.

Du 27. Août 1646.

Pourquoi les Plenipotentiaires de France ne voient pas ceux de Maience & de Saxe. Le Chapitre de Maience se plaint des extorsions des François. Il faut faire réponse aux Lettres du Prince de Transsylvanie.

MONSIEUR,

Pourquoi les Plenipotentiaires de France ne

QUand nous aurons ajoûté au Memoire un remerciment bien humble de la continuation de vos faveurs, nous aurons répondu à vos Lettres des dixiéme & dix-septié-

me de ce Mois. Vous pouvez remarquer dans ledit Memoire que nous ne voyons pas les Députez de Maience & de Saxe. Il y a long-temps que nous avons rendu compte du sujet qui nous oblige d'en user ainsi contre les premiers. Pour ceux de Saxe, lors qu'ils arriverent en l'Assemblée à Osnabrug, ils visiterent le Comte de Trautmansdorff avant qu'il le eût vûs; ce qui fut cause que les Plenipotentiaires de Suede ne voulurent pas leur faire la premiere visite, comme il s'est pratiqué ici par toutes les Couronnes envers les Ambassadeurs des Electeurs. Il y eut sur cela une longue contestation, après laquelle lesdits Députez de Saxe allerent rendre la premiere visite à Messieurs les Suédois. Quand ils ont été à Munster, ils ont voulu changer cet ordre, & le Comte de Peñaranda pour les obliger les a visitez le premier; ce que nous n'avons pas voulu faire & la chose est demeurée en cet état jusques-ici.

Nous n'avons encore point pris de resolution sur l'envoi du Gentilhomme destiné pour faire le compliment à l'Empereur sur la mort de l'Imperatrice, parce qu'il n'a pas semblé à propos d'interrompre la Négociation au point où elle est entre le Comte de Trautmansdorff & nous. Quand l'affaire de Philipsbourg sera resolue, nous essaierons de nous conduire en celle-ci au mieux qu'il nous sera possible, puis que la Reine a eu agréable de nous en confier le soin, & nous serons fort soigneux de ménager l'intérêt du Roi & la dignité de la Couronne.

Le Chapitre de Maience se plaint des extorsions des François.

Le Chapitre de Maience fait de grandes plaintes qu'on exige d'eux & de leurs Sujets une quantité de choses au delà de ce qui a été accordé par la Capitulation. Ils nous ont envoié la requête que vous trouverez ci-jointe avec le Memoire de leurs plaintes. Il importe extrémement en tout temps, mais en celui-ci plus qu'en nul autre, de rendre la justice, & de donner bonne opinion aux Voisins de l'équité de la France. Nous vous suplions de représenter la chose selon son mérite, & d'y faire donner quelque bon ordre qui puisse procurer un soulagement effectif à ces Messieurs.

Il faut faire réponse aux Lettres du Prince de Transsylvanie.

Nous avons toûjours ici le Courier du Prince de Transsylvanie; & comme il nous presse extrémement de lui donner sa Dépêche, & qu'elle ne lui peut être refusée plus long-temps, il sembleroit bien à propos qu'il plût à Leurs Majestez faire réponse aux Lettres dudit Prince. On peut même se remettre sur nous de ce qui concerne cette affaire. Ce Prince & ses Enfans se tiendroit fort honorez de la réponse de Leurs Majestez, & cela servira à le maintenir dans les bons sentimens qu'il témoigne avoir pour la France. Nous differons à faire partir ce Courier jusques à ce qu'il vous ait plû nous envoier lesdites Lettres.

Celles qui recommandent les intérêts de Monsieur Krebs sont venuës bien à propos. Nous avons à faire de lui, ainsi que le Memoire vous l'apprendra, & ces petites gratifications servent quelquefois à bien disposer les esprits, & sont utiles au service de Leurs Majestez, ce qui fait que souvent vous recevez de nous de semblables prieres. Nous avons tout sujet de vous rendre graces des soins que vous avez agréable d'apporter à faire ce que nous desirons en cela, & c'est avec beaucoup d'obligation que nous sommes, &c.

M E-

MEMOIRE
DU ROI

à Messieurs les

PLENIPOTENTIAIRES,

A Fontainebleau le 31. Août 1646.

On approuve leur conduite. Touchant les Armées en Allemagne. Et le Mariage de l'Archiduchesse avec le Prince d'Espagne. La Dépêche du Cardinal Mazarin interceptée produit un très-bon effet. Secours que donnera la France contre le Turc. Touchant le Traité d'Espagne avec la Hollande. Affaire sur le Portugal & du Traité du Paix avec l'Espagne. Affaires d'Allemagne. Prise de Mardick. Etat de l'Armée aux Païs-Bas. L'Armée Navale d'Espagne se rend inutile. Les Evêques de Wurtzbourg & Bamberg demandent Sauvegarde à la France. Poursuite des Espagnols contre le Prince Edouard de Portugal.

On aprouve leur conduite.

COmme la derniere Dépêche de Messieurs les Plenipotentiaires du vingtiéme du Courant, ne contient qu'une Relation de ce qui s'étoit passé en la Conference, qu'ils avoient euë quelques jours avant avec les Médiateurs, il n'y échet pas d'autre réponse, que celle qu'ils donnent toûjours occasion de leur faire, qui est d'aprouver leur conduite, & de louër leur zele, & l'adresse avec laquelle ils agissent, pour avancer le service de Sa Majesté, & la grande œuvre, à laquelle ils travaillent depuis si longtems, sans y avoir pû mettre la derniere main. Mais on se promet que le bon état des affaires d'Allemagne à notre égard portera un grand coup à sa perfection, & que la marche de nos Armées avec des forces de beaucoup superieures à celles des Ennemis, fera bientôt parler les Ministres de l'Empereur, & ceux de Baviere, en la forme que nous le pouvons défirer.

Touchant les Armées en Allemagne.

Il seroit bien à propos dans cette conjoncture, de rafraichir un peu la memoire des Ministres Imperiaux, par l'entremise des Médiateurs, de ce qu'on a souvent fait entendre à nos Parties, que comme si le dessein que les Armées Imperiales & Bavaroises avoient de défaire la Suedoise, dans le retardement de notre Jonction, eût réussi, & que les affaires d'Allemagne eussent changé de face, nous nous fussions tenus pour dit, qu'ils n'eussent persisté en rien de tout ce qu'ils ont déja offert aux Couronnes pour leur satisfaction ; il sera aussi bien juste, que si les armes alliées font des progrès considerables, la France & la Suede prétendent de nouveaux avantages dans la Paix, à proportion de ceux qu'on remportera dans la Guerre, ce que l'on seroit encore en état d'augmenter si elle continuë. Cette protestation appuyée avec vigueur, sera capable, ce semble, de faire entrer les Ennemis en grande consideration de les faire resoudre, & de trancher sans délai toutes les difficultez, qui ont jusques ici arrêté la Paix dans l'Empire ; car pour le Mariage de la fille de l'Empereur avec le Prince d'Espagne, qu'il semble que la Maison d'Autriche, de la façon que ses partisans en ont parlé, voudroit faire

Et le Mariage de l'Archiduchesse avec le Prince d'Espagne.

considérer comme la ressource, & le retablissement de leurs affaires ; il pourra bien obliger l'Empereur à se tenir plus uni qu'il n'eût peut-être fait avec l'Espagne, & déferer davantage à ses Conseils, & à ses prieres. Mais il est aussi aisé à voir, que ne lui aportant ni argent, ni assistance aucune, cette union, s'il y persévére opiniâtrement, pourroit bien être cause de sa ruine, dans la continuation de la Guerre, qui vraisemblablement nous donneroit de bien plus grands avantages, que ceux que nous demandons par la Paix : & nous nous pouvons déja vanter, que si le Parti Catholique, dans l'Allemagne, avoit quelque affection dans cette occasion pour cette Couronne, elle est redoublée & augmentée notablement depuis peu, par un moien innocent, dont les Ennemis, sans y penser, ont été eux-mêmes les seuls instrumens.

La Dépêche du Cardinal Mazarin interceptée, produit un très bon effet.

L'Archiduc Leopold aiant envoyé à Munster la Dépêche interceptée de Monsieur le Cardinal Mazarin, que St. Aignan, qui fut pris, portoit au Sieur Maréchal de Turenne, par laquelle ledit Sieur Cardinal le prioit de différer, sous quelque prétexte, sa Jonction avec l'Armée de Suede, pour les raisons qu'il lui alleguoit, qui étoient l'avantage de la Religion, & l'avancement de la Paix, il s'est rencontré heureusement qu'elle a produit un effet, tout contraire à celui que s'étoit proposé ledit Archiduc, qui étoit de nous mettre mal avec les Suedois, en leur donnant des soupçons de notre fidelité ; car les Suedois sont demeurez fort satisfaits, du devoir où ledit Sieur Maréchal de Turenne s'est mis pour aller joindre leur armée, avec tant de peine & d'obstacles, & par conséquent avec eux tout le parti Protestant, qui a vû que nos actions parloient, & cependant tous les Catholiques qui ont sû la chose ont été extrêmement édifiez de notre procédé, pour les intérêts de la Paix & de la Religion, & entierement détrompez des fausses impressions, que nos Parties leur avoient enracinées dans l'esprit, que la France n'avoit pour principale fin, que sa grandeur & son accroissement, par quelques mauvais moiens qu'elle y pût parvenir.

Il y a ici des Députez des Evêques de Bamberg, & de Wurtzbourg, lesquels font les dernieres protestations de la part de leurs Maîtres, du désir qu'ils ont de servir, & de s'attacher

1646.

tacher à cette Couronne, & c'est par eux, que l'on a sû, que cette Lettre dont on a tiré un nombre infini de Copies, a produit des effets merveilleux dans l'Empire pour notre avantage. L'un de ces Députez pour témoignage de son zéle a donné un Memoire touchant les affaires de la Paix dont on envoie copie auxdits Sieurs Plenipotentiaires.

Secours que donnera la France contre les Turcs. Messieurs les Plenipotentiaires se souviendront, au sujet des assistances d'hommes ou d'argent, que l'on pourra promettre à l'Empereur contre le Turc, qu'elles soient stipulées & couchées, en sorte, & avec telle précaution, que jamais les Ennemis ne s'en puissent prévaloir, ni tirer avantage à la Porte à notre préjudice, ou nous y brouiller, comme la mauvaise volonté, que sans doute, ils conserveront toûjours contre nous, doit faire apprehender.

Touchant le Traité d'Espagne avec la Hollande. Nous avons ici de retour le Courrier d'Espagne, qui avoit été dépêché, pour avoir la derniere resolution sur le Traité de Hollande: on a pris prétexte de lui faire une querelle, de ce qu'il est venu droit à la Cour demander lui-même son Passeport, au lieu d'aller descendre au Bureau de la Poste de Paris, comme c'est l'ordre & la coutume, & cela afin de gagner toûjours le plus de tems que nous pourrons. On ne sait pas si ce Courrier ne porteroit point ordre aux Plenipotentiaires d'Espagne, de passer outre, à accorder à Messieurs les Etats le point de la Négociation des Indes; mais on nous a confirmé de divers endroits, que jusques à présent Castel-Rodrigo, & Peñaranda ont eû ordre précis, de ne se point relâcher là-dessus, & de n'y rien faire, au delà de ce qui fut pratiqué en la derniere Trêve; à quoi on a assuré que lesdits Etats ne consentiront en aucune façon.

Affaires sur le Portugal & sur le Traité de Paix avec l'Espagne. Quelqu'un a écrit ici, que Peñaranda, dont l'adresse consiste en quelques petits artifices, après avoir sû des Médiateurs, ce que Messieurs les Plenipotentiaires leur avoient laissé couler touchant le Portugal, a fait dire au Comte de Trautmansdorff, que les François tâchoient de faire la Paix avec l'Espagne sans l'Empereur; mais qu'il n'avoit rien voulu écouter. Si l'avis est véritable, ce que Messieurs les Plenipotentiaires pourront aisément reconnoitre sur les Lieux, la visée de Peñaranda a été d'obliger toûjours de plus en plus le Comte de Trautmansdorff, à n'entendre aussi à aucun accommodement, que l'Espagne n'y soit comprise, mais il ne sera pas mal aisé de lui faire connoitre la difference qu'il y a de cette obligation mutuelle, en ce que l'Empereur a absolument besoin d'avoir la Paix, & l'Espagne, quoique dans les mêmes nécessitez, ne la veut point: ainsi le Roi d'Espagne recevroit tout l'avantage, & l'Empereur tout le préjudice jusques à courir fortune de sa ruine.

On nous a aussi mandé, que si les Ministres d'Espagne trouvassent que Messieurs les Etats ne voulussent pas conclure leur Traité sans la France, que pour les pousser ils tenteroient sous main, & adroitement, ils seroient forcez de consentir au Mariage de l'Infante avec le Roi, dont nous leur faisons faire de continuelles instances, & même de le conclure sans les Provinces-Unies, n'aiant pas pour elles les scrupules, qu'elles ont à notre égard, & qu'ils laisseront en dot au Roi, tous les Païs-Bas, pour avoir moien de rentrer dans la Catalogne. Messieurs les Plenipotentiaires profiteront de cet avis, suivant les occasions qui se presenteront.

1646. Affaires d'Allemagne. On a reçu cette semaine deux bonnes nouvelles, l'une de l'état des affaires d'Allemagne dont on ne parle point à Messieurs les Plenipotentiaires, puis qu'ils ont plutôt les avis de ce que font les Armées. *Prise de Mardick.* L'autre est de la prise de Mardick, mais avec une circonstance, qui redouble de moitié la satisfaction que l'on a, & qui pour les consequences qu'elle peut avoir, n'est gueres moins à estimer, que la Place même, c'est que Monsieur le Duc d'Orleans n'a voulu recevoir la Garnison, qu'à discretion, & il en est sorti plus de trois mil Soldats effectifs, & quatre vingt Officiers, qui sont tous demeurez Prisonniers de Guerre, & que l'on disperse maintenant en diverses Provinces du Royaume. Ce sont deux vieux Regimens Espagnols, & le reste des Italiens & des Bourguignons toutes vieilles Troupes aguerries, & les meilleures qu'ils eussent: Fernando Solis qui commandoit dans la Place, a avoué d'y avoir outre cela perdu mil hommes pendant le siege, & comme il n'y a gueres de Batailles, quelque entier qu'en soit le gain, où l'on profite de plus de quatre mil hommes effectifs sur l'Ennemi, il semble que l'on ne pouvoit faire davantage, pour se vanger de la perte, que nous y avons faite en cette prise, de plusieurs personnes de condition & de merite.

Etat de l'Armée del Païs-Bas. Monsieur le Duc d'Orleans, que Sa Majesté a convié de revenir un peu gouter le repos après tant de fatigues, sera ici demain ou après, & Monsieur le Duc d'Enguien, qui demeure au commandement des Armées de Flandres, ne se prevaudra pas peu, sans doute; de la perte que les Ennemis viennent de faire, d'un corps si considerable, se trouvant encore affoiblis de deux autres mil hommes, qu'ils ont jetté dans Menin.

Il est vrai, que pour reparer cet échec, ils ont détaché de l'Armée, qu'ils opposoient aux Hollandois le Prince d'Amalfi, qui est venu à Dunkerque avec quatre mil hommes, & Dom Esteban de Gamarra à Ipres, avec deux autres mil, de sorte que si Messieurs les Etats vouloient, jamais la conjoncture ne fut plus favorable pour leur donner moien de faire quelque grand progrès: mais il est bien à craindre, que le mauvais état de la santé du Prince d'Orange, & le peu d'envie que les Députez qui sont près de lui, ont de faire agir l'armée, ne prévalent à toutes les diligences, que le Sieur Maréchal de Grammont, & le Sieur d'Estrades emploient pour les échauffer.

L'Armée Navale d'Espagne se rend inutile. L'Armée Navale des Ennemis, que l'on avoit vû passer près des côtes de Provence, est retournée tout court, & on juge qu'il faut qu'elle ait, en chemin faisant, reçu l'ordre, que nous avons avis que l'on envoioit à celui qu'on a commandé de s'arrêter en Italie, pour transporter en Espagne la fille de l'Empereur, qui y est attendue à la fin du mois prochain, ou au commencement de l'autre. Elle n'a plus que trente-quatre Vaisseaux, & il faut qu'elle ait détaché cinq ou six des plus gros, qui doivent aller nécessairement aux Indes, & sur lesquels ils auront voulu passer au Royaume d'Espagne.

Les Evêques de Wurtzbourg & Bamberg demandent une Sauvegarde à la France. Les Députez de Wurtzbourg & de Bamberg, dont il est parlé ci-dessus, ont désiré une Sauvegarde & déclaration du Roi en faveur de leurs Maîtres; on l'envoie auxdits Sieurs Plenipotentiaires, pour la remettre à leurs Députez dans l'Assemblée, ou en user ainsi

1646.

ainsi qu'ils estimeront plus à propos. Ils ont aussi donné un autre Memoire de la part de l'Evêque de Wurtzbourg, que Sa Majesté recommande auxdits Sieurs Plenipotentiaires.

Le Sieur de Gremonville mande de Venise, que les Espagnols continuent à Milan le procès qu'ils avoient commencé au Prince Edouard de Portugal, & que même on aprehende, qu'ils le fassent mourir: il est bien à propos que les Couronnes interviennent en cela, avec tous les offices les plus pressants, & les plus efficaces, qu'il se pourra, pour garantir ce pauvre Prince du peril où il est, Sa Majesté se remettant sur la prudence desdits Sieurs Plenipotentiaires, de le faire aux termes qu'ils aviseront entr'eux.

LETTRE

à Messieurs les

PLENIPOTENTIAIRES,

A Fontainebleau du 31. Août 1646.

On loüe leur conduite sur les affaires de l'Empire. Les Espagnols ne souhaitent pas la Paix. Les Imperiaux sollicitent la Paix. Touchant la jonction des Armées. Jugement par raport au Duc de Baviere. Affaire des Barberins. Et d'Angleterre. Nouvelles prétentions du Duc de Bouillon.

MONSEIGNEUR & MESSIEURS.

On loüe leur conduite sur les affaires de l'Empire.

VOtre Dépêche du vingtiéme du Courant me fut renduë le vingt-huitiéme, & en aiant fait la lecture à Sa Majesté, la resolution que vous prites de vous déclarer aux Médiateurs sur les affaires de l'Empire, comme vous aviez fait auparavant sur celles d'Espagne, fut louée, tout ce que vous y portates, fut trouvé judicieux, & c'est avec beaucoup de fondement que vous esperez en tirer du fruit. On voudroit que cela fut déja ainsi, & que les Imperiaux vous eussent mis en état de pouvoir presser les Suedois de se contenter de la raison, & de faire connoitre qu'ils souhaitent la Paix, & ne desirent point en assurer une de Religion dans l'Empire, si les Imperiaux & les Espagnols ne le desirent aussi, car c'est Peñaranda, qui l'a dit aux Médiateurs qui ont témoigné pénétrer, qu'ils s'éloignent du désir de la Paix, & brûlent de celui d'en faire naître une seconde Guerre. La Chrétienté est bien à plaindre, mais le remede étant de considerer la France, & de la mettre en état

Les Espagnols ne souhaitent pas la Paix.

1646.

de pouvoir parler bien haut, ils doivent l'embrasser, & comme vous l'avez admirablement bien déclaré aux Médiateurs, les Imperiaux ne hazardent rien à perdre, & beaucoup à gagner; car sans qu'ils soient d'accord avec les Suedois ils ne nous livreront rien, & la certitude d'une juste & raisonnable satisfaction nous engage à renouveller nos instances envers les Alliez, pour les disposer à se contenter de l'honnête & du juste, qui leur doit être aussi offert.

Les Imperiaux sollicitent la Paix.

On est persuadé que l'état present des affaires sollicite les Imperiaux d'essaier d'en sortir, & que la fortune de l'Empire est exposée, dont les forces ne peuvent pas resister à celles des Couronnes des Alliez, & dont les Chefs ont laissé prendre à ceux des Couronnes un avantage de telle consequence, qu'il est presque impossible, qu'ils reparent la faute, dans laquelle ils sont tombez. Je ne parle pas sur les Lettres écoutées à Cologne. J'ai vû celles du Maréchal de Turenne, qui sont si expresses, qu'il y a lieu d'y ajoûter foi, & d'autant plus qu'il ne s'avance jamais, & qu'il est fort retenu à rien promettre, sur tout des choses, où la fortune prend part.

J'ai eû le plaisir d'entendre combien il fait valoir le service rendu par Monsieur de Tracy, & que les Suedois lui ont rendu tous les honneurs qu'il pouvoit prétendre, & ont même passé jusques à lui en rendre, qu'il n'eût pas demandez. Nous serons trompez si bientôt nous ne recevons de vos nouvelles, qui de l'esperance où nous sommes d'un prompt accommodement, nous en donnent l'assurance, & nous attendons de si grandes choses de la jonction des Armées, que nous croions, que comme vous dites, au commencement de la campagne, que ce qui seroit profité par les Espagnols leur donneroit lieu à de nouvelles demandes, que vous aurez fait une nouvelle protestation, suivant l'occurrence présente sur celles de l'Empire, & cela est d'autant plus fondé, que c'est à l'exemple de nos Ennemis, lesquels dans la pensée que leur Armée auroit de l'avantage sur la Suedoise essaioient de faire comprendre, qu'ils n'étoient plus tenus aux choses qu'ils avoient promises.

Touchant la Jonction des Armées.

Je ne doute point, que Baviere ne passe des Conseils aux menaces, puisqu'il voit que les Armées passent au Danube, & qu'il sera contraint d'en faire barriere, pour garentir le sien: c'est ce que je vous écrirai sur le sujet des affaires d'Allemagne, & fais difficulté de vous mander, ce qui m'est écrit de la Haye, & de Suede, ne mettant point en doute, que les Residents Brasset & Chanut, & Monsieur de la Thuillerie, même avant son départ, ne vous aient mandé ce qui se passe aux lieux de leur residence, & ce qu'ils se promettent de remporter des choses, qu'ils ont eû ordre d'y poursuivre; je ne prétends pas être quite à si bon marché des nouvelles que j'ai d'ailleurs.

Jugement par raport au Duc de Baviere.

On me mande de Rome, que le Pape pourroit se relâcher sur l'affaire des Barberins, & leur conserver leurs benefices, & leurs charges, mais il s'affermit à les vouloir avoir sous sa main, de ne pas rendre ce qu'il leur a pris, & de ne terminer pas le tems de leur rétablissement en leur charge. Ils ont grande peine à se resoudre d'être en la puissance d'un Prince irrité contr'eux, & qui a plutôt suivi les mouvemens de sa colere, que ceux de la Justice à leur endroit. On attend de savoir

Affaire des Barberins.

 leur

1646.

leur derniere refolution, Sa Majefté aiant été confeillée de ne pas infifter que Beaupuy lui foit remis, qui étoit une demande, fur laquelle il avoit été commandé à Monfieur l'Abbé de St. Nicolas d'infifter, pourvû que premierement l'affaire des autres fût accommodée. On improuve en cela le fentiment du Pape, qui a défiré qu'elle fut traitée la derniere, comme auffi de chercher des temperamens, fur lefquelles deux autres affaires, qui font celles de la Catalogne & du Portugal, foient nommées.

Et d'Angleterre.

Monfieur de Montreuil eft revenu depuis deux jours d'Angleterre; ce qu'il nous en rapporte étonne, mais c'eft un mal qu'on avoit de longue main prevû, & qui n'a fû être gueri par divers remedes dont on s'eft fervi. Il en faut à préfent un très-puiffant, & le Roi fe trouve en cette extrêmité de fonger à fe fauver en Ecoffe, s'il peut joindre ceux qui font encore pour lui, ou s'expofer à la merci du vent, pour éviter d'être livré par les Ecoffois à ceux du Parlement, qui d'un commun concert le preffent de figner des conditions, qui ravalent fon autorité, & lui levent l'efperance de la pouvoir rétablir. On envoie le même Montreuil vers la Reine de la Grande Bretagne, pour lui découvrir l'extrêmité du Roi, fon Seigneur, afin qu'elle prenne fes refolutions, & les nôtres tarderont à fe former, jufques au retour de l'Envoyé.

Nouvelle prétention du Duc de Bouillon.

Un Député de Monfieur le Duc de Bouillon fe rendit feulement hier en ce lieu, quand on croioit avoir achevé avec lui; on a été furpris d'un grand nombre de demandes nouvelles, auxquelles on ne pourra confentir. J'ai jugé vous en devoir avertir, afin que fi quelqu'un de fa part faifoit faire inftance au lieu où vous êtes, vous ne foiez pas furpris : ce qui détruit fes demandes eft la confeffion de fon crime, la grace qu'il a recherchée, & l'ingenuë confeffion qu'il a faite pour fe la garentir pour l'avenir, a fait que pour cette fois fon crime lui feroit pardonné, mais qu'il falloit que Sedan fortît de fes mains. Je fuis, &c.

Monfieur le Sur-Intendant a affuré la Reine, qu'il avoit été pourvû au remfourbement des cinquante mil Livres, dont il eft fait mention dans votre Lettre. Je fais écrire à Monfieur Hœuft, pour favoir s'il a donné l'ordre, qu'il convient pour cet effet, à Monfieur fon neveu, & pour le prier, s'il s'en étoit oublié, de le faire au plutôt.

1646.

LETTRE

à Monfieur le Comte

D'AVAUX.

A Fontainebleau du 31. Aout 1646.

Le Duc de Longueville eft peu content de la Cour. Soins de la Cour pour le ramener à la raifon. La Cour eft fort fatisfaite de Monfieur d'Avaux.

MONSIEUR,

LA confiance qui eft entre nous m'oblige à vous dire, que les ferviteurs de Monfieur le Duc de Longueville font étonnez qu'il ait témoigné tant de déplaifir de n'avoir pas été pourvû de la Charge de Sur-intendant du Commerce, après même avoir apris qu'elle étoit prétenduë par Monfieur d'Enguien, & que la Reine l'avoit prife avec le Gouvernement de Brouage. On avoit crû & moi tout le premier, que rien ne lui feroit condamner l'action de Sa Majefté, que l'intérêt qu'il prend à ceux de Monfieur d'Enguien; mais qu'il étoit affez prudent, pour croire, qu'il y avoit eû raifon d'en ufer de la forte: & maintenant qu'on aprend qu'il crie, & qu'il fe plaint, comme fi on lui avoit fait injuftice, plufieurs démeurent étonnez. S'il a jugé que ce fut un établiffement, qui dût faire naître de l'envie, en aiant un bien confiderable en fon Gouvernement de Normandie, & en la Place de Diepe, il ne pouvoit être furpris qu'il fût défiré par la Reine. S'il en vouloit deux, il fe condamne d'en envier un à Sa Majefté, qui en a donné aux autres, avant d'en avoir pris pour Elle. Il importe fort audit Duc qu'il change de conduite à cet égard, que fes Serviteurs vous font convier de l'y porter, & étant perfuadez qu'il defere beaucoup à vos avis, ils défirent qu'il vous aît cette obligation. Pour moi qui fuis du nombre, je n'ofe lui en écrire mon fentiment, bien que toutefois je ne craindrois pas, quand il fauroit que je condamne fon procedé. J'ai fû qu'il s'eft donné à entendre, que fi Trautmansdorff partoit de Munfter, qu'il auroit intention de revenir. Jugez fi fur cette conjoncture d'affaires cela pourroit être approuvé, & fi l'intérêt du Roiaume ne demande pas autre chofe de lui. Je puis vous affûrer, que dans le point, qui lui tient le plus au cœur, & qu'il faut menager avec delicateffe, ceux qui gouvernent font bien intentionnez pour lui. Vous aurez à remarquer, n'aiant point fait de réponfe, fur le point de l'une de vos Dépêches, en laquelle vous louiez ce que Sa Majefté avoit refolu fur le point de la Mer, qu'on a trouvé foible

1646.

foible ce que vous aviez écrit. Peut-être a-t-il paru étrange, que vous qui écrivez en particulier sur diverses rencontres, vous vous en soiez oublié en celui-là. Je parle avec incertitude, parce que ni la Reine, ni Monsieur le Cardinal ne s'en sont point ouverts à moi, qui vous aiant fait remarquer, qu'on attendoit une aprobation de l'Ambassade, je vous avois assez fait connoitre, que vous pouviez prendre la liberté d'en écrire. Ce n'est plus une chose à quoi il faille songer, elle seroit desormais à contre-tems, mais disposer ledit Duc à faire des excuses de ce qu'il s'est emporté, & quand j'aurois la liberté de faire entendre que vous avez pris ce soin, je m'assure que cela seroit bien reçu.

Je dois vous dire que l'on est fort satisfait de vous, & que l'on vous considére beaucoup. Je m'abstiendrai, par de certains respects, de vous écrire d'une affaire, dont je me suis ouvert avec Monsieur d'Irval. Il m'a assuré de ce que j'avois toûjours imaginé, & que dans l'occasion je pourrai dire. Celui duquel il est fait mention n'oublie aucune diligence à faire, pour regagner ce qu'il peut avoir perdu; mais je suis trompé si cela lui réussit facilement : ce n'est pas qu'il ne se soit fait chemin en l'opinion du public; mais je ne tiens pas qu'il en jugeât bien. Pour moi, je ne prends, ni soin, ni intérêt à ce qui le regarde.

LETTRE

De Messieurs les

PLENIPOTENTIAIRES

à Monsieur le Comte de

BRIENNE.

Du 3. Septembre 1646.

Les Plenipotentiaires Hollandois justifient leur conduite contre les plaintes des François. Réponse de ceux-ci. Le Roi aura la garde de Philipsbourg. Trautmansdorff parle de retourner à Vienne. Les Plenipotentiaires obtiennent Philipsbourg au delà de leurs ordres.

MONSIEUR,

NOus n'avons point eu de Dépêches de la Cour cette semaine, ni aucun avis de ce qui en peut avoir été cause; Et com-

ToM. III.

me dès la précedente nous avons répondu à tous les Memoires qui nous ont été envoiez, il nous reste seulement à rendre compte d'une Conference que nous avons euë avec les Ambassadeurs de Messieurs les Etats.

Ce fut au sujet de l'Ecrit que nous leur donnâmes ces jours passez, duquel nous vous avons envoié copie, contenant la réponse à l'instance faite pour l'acception du neuviéme Article. Nous avons connu que cet Ecrit donne de l'inquietude à Monsieur Paw. Il nous vint trouver avec deux de ses Collegues, les Sieurs de Ripperda & Klant, les autres étant pour lors absens. Il dit qu'avant que de faire tenir notre réponse à leurs Superieurs, ils avoient jugé à propos de s'éclaircir avec nous sur certains points sur lesquels ils nous prient de trouver bon qu'ils pussent dire avec liberté leurs sentimens, croiant que peut-être nous jugerions les devoir changer & n'y persister pas, & puisque nous témoignions de vouloir non seulement continuer les Alliances, mais les affermir & étraindre davantage s'il se pouvoit, qu'il ne seroit peut-être pas à propos de faire maintenant des plaintes.

Le premier point & le moins important est que nous n'avions fait mention que des Sieurs Paw & Klant, encore que le Sieur de Ripperda fût à Munster aussi bien qu'eux.

Le second, qu'il étoit dit que par l'ouverture faite de la part du Roi aux Espagnols, il étoit pourvû aux intérêts de Messieurs les Etats les plus éloignez, & en un cas qui ne pouvoit arriver que dans trente années : Que lesdits Sieurs Etats lisant cet Article pourront croire que leurs Députez seront convenus du terme de trente années pour leur Trêve, dequoi ils n'ont eu aucun ordre, la chose étant encore tout-à-fait indecise.

Le troisiéme point est celui où il est dit que lesdits Sieurs Ambassadeurs mettent en doute les choses clairement décidées par les Traitez. Surquoi ils représenterent que se trouvant du doute dans l'interpretation, c'étoit à leurs Superieurs & non à eux d'en expliquer le sens.

Sur le quatriéme, parlant de l'inexecution desdits Traitez, ils assurerent que jamais leur intention n'avoit été de contrevenir aux Traitez, & s'efforcerent de nous le persuader, & de justifier tout ce qui s'est fait jusques-ici.

Le cinquiéme & dernier point est celui, auquel lesdits Sieurs Ambassadeurs ont le plus de part & d'intérêt, & sur lequel aussi ils ont le plus fortement insisté. C'est au sujet de la raison dont nous nous sommes servis pour faire voir, qu'après l'expiration de leur Trêve, le Roi ne pourroit pas déclarer avec justice de vouloir rompre la Paix que Sa Majesté auroit faite avec l'Espagne, à faute de continuër ladite Trêve, puisque les principaux interessez, qui sont Messieurs les Etats, ont déclaré par l'Ecrit du 24. Mai dernier que, la Trêve étant finie, le Roi d'Espagne peut rentrer en Guerre.

Le Sieur Paw remarquoit aussi avec ressentiment ce que nous avons dit de l'avantage que les Espagnols tirent de cette Déclaration, & des copies authentiques qu'ils en ont envoiées en Espagne & ailleurs. Il s'est efforcé de nous persuader que ladite Déclaration ne faisoit aucun préjudice à celle que les Espagnols ont faite de la liberté & souveraineté des Provinces-Unies, & qu'elle n'a point d'au-

tre

1646. tre force ni d'autre signification que celle que le mot de Trêve emporte avec soi, puisque toutes les Trêves étant expirées, il est certain que la Guerre se peut justement recommencer, par l'un & l'autre des Partis.

Il fut répondu ausdits Sieurs Ambassadeurs que le desir de vivre en toute bonne correspondance avec eux nous avoit obligez de leur dire franchement ce qui étoit remarqué en notre Ecrit, y aiant même été conviez, & comme contraints par l'instance pressante qu'ils nous ont faite sur le neuviéme Article, & qu'avec la même franchise nous leur répondrions sur chacun desdits points.

Réponse de ceux-ci. Au premier, qu'il n'y avoit aucune difficulté, étant une erreur provenuë de ce que lors que l'Ecrit avoit été dressé le Sieur de Ripperda n'étoit pas à Munster, & qu'il y étoit retourné quand il leur avoit été présenté; que puis qu'ils le desiroient nous mettrions volontiers le nombre de trois, où il est dit qu'ils n'étoient que deux.

Au second, que lesdits Sieurs Ambassadeurs nous aiant souvent dit que les Espagnols avoient offert de faire la Trêve de vingt ou trente ans, nous nous étions arrêtez au terme le plus éloigné, quoi qu'ils nous eussent dit qu'il n'y avoit encore rien de determiné, & qu'ainsi on avoit mis un nombre certain pour un incertain, par lequel il ne s'entendoit autre chose que le temps dont il sera convenu pour la Trêve de Messieurs les Etats, que nous ne croions pas devoir être d'une durée guére moindre, puis qu'il est en leur liberté de la faire pour autant de temps.

Pour le troisiéme point, qui concerne le doute qui a été fait de leur part sur l'obligation des Traitez, nous leur avons répondu qu'avec grande raison nous avons fait cette remarque, puis que veritablement on s'étoit étonné dans le Conseil du Roi que lesdits Ambassadeurs eussent hesité sur des obligations qui sont si expresses dans les Traitez de 1635. & 1644. & qu'il se fût trouvé des esprits capables de faire une distinction d'intérêts, & de soûtenir qu'on étoit allié avec le Roi pour une partie de son Roiaume, & non pour l'autre; qui étoit une interpretation nouvelle, & jusques-ici inouïe.

Touchant l'execution desdits Traitez, qui étoit le quatriéme point, nous les priames de considerer si nous n'avions pas eu raison d'en faire mention, puis que la verité étoit que la France avoit satisfait amplement à toutes ses obligations, & au delà, aiant fourni non seulement le subside ordinaire, mais encore l'extraordinaire, & envoié partie de son Armée pour fortifier celle de Messieurs les Etats, & pour leur donner moien d'entreprendre sur l'ennemi commun; que néanmoins ils ont tardé d'entrer en Campagne, & donné lieu aux ennemis de tourner toutes leurs forces contre l'Armée du Roi, qui en a été exposée à un grand peril devant Courtrai; que faute de Vaisseaux qui devoient être prêts dès le Mois de Mai, Dunkerque avoit été muni & Mardick secouru; qu'encore à cette heure leur Armée étoit dans l'inaction, & que les Espagnols disoient par tout qu'ils étoient asûrez, & n'avoient rien à craindre de Messieurs les Etats, étant sur le point de retirer leurs Troupes dans leurs Garnisons; de sorte que les Espagnols devoient faire passer de Flandres en Allemagne un grand secours; surquoi nous les priames de considerer quel blâme encourroient Messieurs les Etats si les affaires venoient à recevoir par-là du changement dans l'Empire, ce qui sans doute feroit cesser les Traitez, & ôteroit par tout l'esperance de voir la Paix rétablie. Nous leur dîmes de plus qu'ils se souvinssent des vives instances qu'ils nous avoient ci-devant faites pour le rétablissement des Princes Palatins; & que ce n'étoit pas là le moien de contraindre l'Empereur & le Duc de Baviere à la création d'un huitiéme Electorat en faveur de cette Maison & à lui rendre la plus grande & la meilleure partie de ce qui a été usurpé sur elle; qu'au reste ces plaintes aiant été faites à Messieurs les Etats par Monsieur de la Thuillerie & par Monsieur Brasset, nous les avions touchées seulement en passant pour faire voir à nos Alliez ce que nous avions à desirer d'eux, afin qu'avec la même confiance & la même sincerité ils nous communiquassent aussi leurs intentions, & ne nous dissimulassent point s'il y a quelque chose où ils estiment que l'Alliance ne soit pas entierement observée de notre part; enfin que ceux qui avoient volonté de maintenir une bonne union se pourroient dire librement les uns aux autres en quoi ils croioient qu'on eût manqué, afin qu'il y fut pourvû & donné ordre pour l'avenir.

Sur le cinquiéme & dernier point, nous les fimes souvenir que dès la premiere fois qu'ils nous donnerent communication de l'Ecrit délivré aux Espagnols le vingt-quatriéme de Mai, nous avions remarqué que la Déclaration par eux faite, qu'il seroit libre au Roi d'Espagne de rentrer en Guerre après la Trêve expirée, pourroit leur porter préjudice, & servir de prétexte aux Espagnols pour limiter au temps de la Trêve la reconnoissance qu'ils faisoient de tenir les Provinces-Unies pour libres, indépendantes, & Souveraines; & que nous savions qu'ils avoient publié que le Roi leur Maître, après une telle Déclaration de Messieurs les Etats, pourroit, sans se faire aucun tort, accorder toutes celles qu'on desireroit de lui. Le Sieur Paw travailla fort à montrer que cette liberté de rentrer en Guerre n'avoit aucun raport avec l'aveu de la Souveraineté, dont la Déclaration étoit si formelle & si expresse dans l'Ecrit des Espagnols, qu'elle ne pouvoit être détruite par un mot qui n'a autre force que d'expliquer la nature de la Trêve, qui porte avec soi une faculté de recommencer la Guerre quand la Trêve est finie. Il ajoûta qu'il a été convenu entre les Espagnols & eux que tout ce qui a été negocié & donné par écrit de part & d'autre n'auroit aucun lieu, ni ne seroit tiré à conséquence, mais qu'on s'arrêteroit seulement aux Articles qui seroient accordez & dressez en forme. Nous repliquâmes que nous le souhaitions ainsi, & que la France feroit la Guerre avec eux pour maintenir leur Souveraineté; mais que nous savions bien que les Espagnols se vantoient de les tenir engagez, & que la Déclaration du Roi leur Maître étoit relative à celle qui avoit été précédemment faite par Messieurs les Etats; qu'ils en avoient dressé des Actes, & envoié des Copies collationnées en Espagne; que c'étoit une Nation qui prenoit ses avantages en toutes choses, & avec laquelle il falloit être sur ses gardes, & bien prendre ses mesures & ses précautions, qu'il étoit bien vrai qu'une Trêve étant expirée, ceux qui l'ont faite sont en pleine liberté de reprendre les armes; mais que c'est de quoi les Espagnols veulent se prévaloir pour interpréter l'Ecrit du vingt-quatriéme Mai, comme il est porté ci-dessus, puis qu'autrement il n'auroit pas falu

de

de Déclaration particuliere pour une chofe qui eft de droit commun; & qu'en effet il ne fe trouvera jamais un Article pareil dans aucun Traité de Trêve. Nous dîmes au furplus audit Sieur Paw que nous n'étions pas en liberté de rien changer en notre Ecrit, puis que nous l'avions envoié à la Haye & que nous en avions auffi rendu compte à la Cour.

Après tous ces difcours, lefdits Sieurs Ambaffadeurs nous dirent que dans la derniere Conference qu'ils avoient euë avec les Miniftres d'Efpagne, ils leur avoient de nouveau déclaré qu'il ne fervoit de rien de traiter avec eux fi en même temps on ne s'accordoit avec la France, & qu'ils leur avoient dit ces mêmes mots: *Cela eft utile & néceffaire & il ne fe peut rien faire autrement:* Que le Comte de Peñaranda avoit répondu que bientôt Meffieurs les Médiateurs verroient les Plenipotentiaires de France, & leur feroient une telle ouverture, qu'on reconnoîtroit qu'il ne tient point à l'Efpagne que la Paix ne fe faffe. Nous remerciâmes lefdits Sieurs Ambaffadeurs de la bonne & fidelle obfervation des Traitez en ce point-là, & les priâmes d'y perfifter; leur remontrant qu'il ne falloit pas feulement être fermes dans l'union, (comme nous n'avions jamais douté que Meffieurs les Etats ne dûffent l'être,) mais qu'il étoit befoin de plus que nos Parties le coninuffent, & perdiffent toute efperance de divifion, qui étoit la feule chofe capable de retarder la conclufion du Traité & le fruit que chacun attendoit de cette Affemblée.

Nous avons été en doute fi nous devions par cette même Dépêche vous donner la nouvelle que Meffieurs les Médiateurs ont enfin offert de laiffer au Roi la garde & protection de Philipsbourg. Les Imperiaux ont tenu encore cette fois la conduite qu'ils tinrent lors qu'ils fe déclarerent fur la ceffion de Brifach, & y ont mêlé tant de conditions que nous n'oferions dire avec certitude que la fatisfaction de la France foit de tout point affûrée. Ils veulent que celui qui commandera dans la Place prête ferment au Roi, à l'Evêque de Spire & au Chapitre. Ils demandent abfolument quatre millions cinq cens mille livres: Que le fecours de dix mil hommes qui a été offert pendant trois ans, (en cas qu'il y ait Guerre ouverte avec le Turc,) foit converti en argent, fi l'Empereur le defire, felon qu'il fera convenu de part & d'autre: Ils mettent des reftrictions à la ceffion des trois Evêchez & de l'Alface; ils diminuent les offres faites aux Suedois pour leur fatisfaction; ils rejettent quafi tout à fait celles que prétend Madame la Landgrave, & nous veulent obliger à faire enforte que les Etats de l'Empire fe contentent de ce qui leur eft offert. D'ailleurs ils perfiftent à ne vouloir rien faire fans les Efpagnols, & qu'on comprenne dans le Traité le Duc Charles. Ils exigent de nous tant de chofes peu raifonnables que nous n'avons point retenu l'Ecrit qu'ils ont mis entre les mains des Médiateurs, parce qu'il eft fait captieufement pour nous brouiller & mettre en mauvais ménage avec nos Amis & Alliez. Nous avons fait voir aux Médiateurs que nous en connoiffons l'artifice, & fur ce qu'ils nous ont parlé de faire notre voiage à Ofnabrug, nous leur avons remontré que ce n'étoit pas nous donner autorité auprès de nos Alliez que de retrancher des chofes qui leur avoient été accordées: Que les Imperiaux devoient perdre l'opinion que nous puffions pour tomber dans un piege qui nous avoit été tendu fi fouvent, & que nous avions toûjours évité; & que s'ils vouloient ferieufement la Paix, il en faloit prendre les bonnes voies, ce que nous ne voiions pas qu'ils fiffent.

En effet nous ne pouvons pas bien comprendre quelle eft leur veritable intention, & quelle eft leur vifée dans leurs actions & dans les difcours mêmes qu'ils tiennent. Car en même temps que cette Déclaration a été faite, le Comte de Trautmansdorff a demandé notre Paffeport pour retourner à Vienne, & nous favons d'ailleurs que les Imperiaux & les Efpagnols font courir le bruit, dans cette Affemblée & en divers autres lieux, qu'ils font entierement d'accord avec nous. Nous effaierons de reconnoître à quel deffein ils font courir ces bruits, fi c'eft pour contenter leurs Peuples & rejetter fur nous le blâme de la rupture, fi on en vient là, ou fi c'eft pour nous rendre fufpects à nos Alliez. Quoi qu'il puiffe arriver, la France aura cet avantage que fa fatisfaction eft comme arrêtée à l'égard de l'Empire, & qu'il fera deformais évident à tout le monde que fes intérêts ne retardent point la Paix. Car pour le ferment qu'ils demandent que le Commandant de Philipsbourg prête à l'Evêque & au Chapître de Spire, nous pourrons faire ôter cette condition, ou du moins la modifier de forte qu'elle ne fera pas pour éloigner la conclufion du Traité. Pour les autres points touchez ci-deffus qui concernent la fatisfaction du Roi, Meffieurs les Médiateurs fe font chargez de nos plaintes & de nos raifons pour les faire favoir aux Imperiaux, afin d'y trouver quelque temperament. Et quant aux autres difficultez, elles concernent plûtôt le général de l'Empire & l'intérêt de nos Alliez que celui de la France. Mais pour ce qui eft du Duc Charles, nous avons nettement parlé qu'il ne falloit pas efperer la Paix fi on vouloit le comprendre dans ce Traité, & fi l'Empereur ne vouloit pas promettre en termes exprès de ne l'affifter [ni directement, ni indirectement.]

Meffieurs les Médiateurs n'ont pas peu contribué à faire refoudre le Comte de Trautmansdorff touchant Philipsbourg, qui eft à la verité un nouvel avantage très-confiderable pour la France, & au delà de nos ordres. Nous les avons remerciez de leurs foins & croions que fi on en témoigne à la Cour quelque agrément à Monfieur le Nonce & à l'Ambaffadeur Nani, cela leur donnera fujet de nous faire encore d'autres bons offices dans la fuite de la Négociation.

Nous n'avons point nouvelles que les cinquante mil livres que nous avons employées pour les levées & pour l'affaire de Trêves foient remplacées, & que l'ordre de nous les délivrer ait été envoié au Sieur Hoeuft. Néanmoins il importe extrémement au fervice du Roi que dans l'état préfent des affaires nous puiffions nous fervir de cet argent.

Le Sieur de Beauregard nous écrit qu'il lui eft du tout impoffible de fubfifter à Caffel, fi fes appointemens ne lui font paiez. Nous vous fupplions de vouloir faire pourvoir fans remife à l'un & à l'autre, & de nous croire, &c.

LETTRE

à Messieurs les

PLENIPOTENTIAIRES,

A Fontainebleau du 7. Septembre 1646.

Touchant l'état de la Négociation. Les Imperiaux ne doivent pas comprendre dans leur Traité le Roi d'Espagne. On se loüe de la conduite des Hollandois. On entretiendra le Transilvain. Affaires du Duc de Lorraine & de Portugal. Eloge de la Landgrave. Ordres en faveur de la Ville de Mayence. Et des intérêts de l'Electeur de Trèves. Suite de l'affaire des Barberins. Touchant leur Memoire donné aux Députez de Hollande. Artifice des Espagnols, voulans faire croire leur Traité avec la Republique de Hollande. Celui de la France pour retenir les Courriers. Indisposition du Roi. Affaire de Pologne. Affaire des Courriers. Retour du Roi à la Cour.

Monseigneur & Messieurs.

LE Memoire, que vous avez envoié faisant réponse à ceux du Roi du dixiéme, & dix-septiéme Août, & la Lettre, que vous m'avez écrite, dattée comme le Memoire du même jour dix-septiéme, a été luë en présence de Sa Majesté, laquelle a bien prevû ce qui seroit pratiqué par le Comte de Trautmansdorff, après les jonctions des Armées, & le bon acheminement à la Paix. Elle attend avec autant d'impatience que vous, la nouvelle du consentement, donné par les Imperiaux & les Députez des Electeurs, à la Garde de Philipsbourg que les uns & les autres desdits Députez, demandent. Si c'est avoir la Paix, que d'y consentir, c'est une marque qu'ils ne s'en éloigneront pas, plusieurs d'entr'eux y ont autant d'entrée que nous, Baviere par les respects des siens particuliers, & de la conservation de la Religion Catholique, qui sont communs aux trois Electeurs Ecclesiastiques, dont les deux ne sauroient condamner les mouvemens de

(margin) Touchant l'état de de Négociation.

leur Collegue, qui a tant fait ceder au bien de la Religion, & les deux autres Seculiers, s'ils aiment le repos de l'Empire, doivent aussi être bien aises que la France, de qui il dépend en partie, n'ait plus rien à prétendre, & qui pour joüir des avantages qu'il lui aportera, se trouve intéressée à presser les Suedois de moderer leurs demandes, & de se contenter de ce qui leur peut être donné. Ce seroit redire une partie, de ce qui vous a déja été mandé, ou de ce qui est porté en vos Dépêches; que d'entrer dans une particuliere discussion de la justice de nos demandes, & de la force avec laquelle vous avez rejetté ce qui étoit industrieusement & artificieusement avancé par les Imperiaux. Ils auront sû que vous avez profité de leur connoissance, & s'ils ont bonne intention à la Paix, ils en doivent sentir de la joye, & se disposer, ou à la conclure sans l'Espagne, comme ce seroit l'intention des Princes, ou à les presser de se porter à la raison, qu'il fût aisé de conclure les deux à la fois.

Quand on dit que les Imperiaux veulent comprendre dans leur Traité le Roi d'Espagne, il semble qu'ils aient oublié qu'ils sont en Guerre contre nous, qui ne pourrions pas la finir, sans avoir ajusté nos differents. Il se pratique à la verité, qu'on y comprend ses Alliez, que par honneur l'on y est nommé, & qu'ils le sont des deux partis, mais cela ne fait point cesser les Guerres, qui sont déclarées, & qui ont leur source en d'autres differents, que ceux qui étoient entre les Princes qui contractent. Monsieur de la Thuillerie vous aura, sans doute, envoié la réponse qu'il a euë de Messieurs les Etats, sur la plainte qu'il leur avoit faite, & vous aurez remarqué, que l'Etat se trouve rempli de tous les bons sentimens, qu'on pouvoit se promettre de leur légalité, & de leur bonne foi, ce qui aiant été pénétré ou sû par les Espagnols, ils auront été surpris d'un merveilleux étonnement, qui aura été d'autant plus grand, qu'ils auront reconnu, que ceux qui leur offroient des merveilles, n'ont pas eû le credit de se faire avoüer par leurs Superieurs, qui se prévalant de la foiblesse du Prince d'Orange, & s'arrogeans beaucoup d'autorité, à quoi ledit Prince les incite, ont assez de connoissance de ce qui peut faire leur bien, & leur mal pour désirer l'un, & pour éviter l'autre. On fait tout ce que l'on peut, pour se conserver l'autorité envers eux, & celle qu'acquerra le Prince Guillaume sera pour la France, qu'il connoit être seule en état de le maintenir, & qu'elle a passé divers offices envers son Pere, pour le porter à le mettre dans le commandement; mais que la jalousie qu'il a toûjours euë contre lui l'en a empêché, qui peut être suivie de ce malheur pour sa Maison, que le fils aura peine d'empêcher, que son autorité ne lui soit diminuée, dont il pourra arriver de grands maux à l'Etat dans lequel sa fortune étant bornée, il en verra le déchet avec celle de la Republique, au lieu, que s'il fût parvenu au Commandement avec l'estime, il eût savouré & sa fortune particuliere, & celle des Provinces-Unies en auroit été soutenuë. Monsieur Paw y aiant de l'autorité, on a jugé à propos de vous mander de lui faire connoitre, qu'il doit craindre & esperer beaucoup de la France, l'un, s'il traverse sa satisfaction, & qu'il porte les Provinces à n'avoir pas pour elle toute la déférence qu'elle s'en doit promettre, & l'autre, en conservant sa protection &

(margin) Les Imperiaux ne doivent pas comprendre dans leur Traité le Roi d'Espagne.

(margin) On se loüe de la conduite des Hollandois.

1646.

& continuant à sa patrie les services qu'il est tenu de lui rendre : il s'engage à tout ce qu'on lui sauroit demander, quand il dit qu'il y a obligation d'observer les Traitez des années 1635. & 1644. ce sont ceux qui les lient à ne pouvoir faire de Paix ni de Trêve, que du consentement de la France, & il faut qu'il ait été averti, que son procedé avoit déplû aux plus autorisez, puisqu'il cherche les moiens de s'excuser, & partant il sera plus susceptible de crainte.

On entreprendra le Transilvain.

Vous recevrez avec cette Dépêche celles que vous avez désirées, tant pour le Prince de Transilvanie, que pour le Prince son fils ; celles du Pere seront en créance sur vous, qui pourrez lui expliquer suivant que vous le jugerez utile au service de Sa Majesté & sur la connoissance que vous aurez euë de ce que l'on peut esperer de lui, bien qu'il soit d'un esprit leger, qu'on ne puisse faire de fondement sur ses propositions, & qu'il soit si soumis à la Porte, qu'il en épouse aveuglément les ordres. Il ne laisse pas d'être craint par l'Empereur, & la jalousie qu'il en prend, le rend toûjours plus disposé à la Paix.

Affaire du Duc de Lorraine & de Portugal.

Il m'a été fait une ouverture par l'Ambassadeur de Venise, que puisque l'on est si attaché à ne point donner de Passeport au Duc Charles de consentir que les Ministres de l'Empereur traitassent de ses intérêts, & il appuioit cette ouverture, sur ce que les Espagnols ont consenti de traiter & conferer avec vous des affaires de Portugal. Je lui ai repliqué que l'Empereur ne le leur demandant point, il n'échoit pas de lui faire aucune réponse ; & en aiant donné compte à Sa Majesté, il s'est émû une question, qui n'a pas été terminée, savoir s'il seroit à preferer de vous autoriser à traiter sur ce point, ou à consentir que les Députez se rendissent à la Cour, selon le consentement que vous en avez donné.

Eloge de la Landgrave.

Ordres en faveur de la Ville de Mayence.

Vous serez informé au premier jour des intentions de Sa Majesté, qui voudroit bien avoir autant de moyens d'assister Madame la Landgrave qu'il connoît qu'elle en a besoin, & qu'elle a beaucoup merité du public. N'étoit que Monsieur de Vautorte travaille à apostiller le Memoire, que Messieurs du Chapitre de Mayence vous ont adressé dont sans doute il y a eû une copie, j'aurois dès aujourd'hui écrit audit Sieur de Vautorte, & au Gouverneur qui est maintenant de bonne intelligence avec eux que Sa Majesté ne pourroit consentir, que leur Capitulation leur fût enfrainte, mais j'ai jugé qu'il valloit mieux differer à faire la chose après avoir vû ce qui est possible, & été informé de ce qui avoit déja été reparé ; car il me semble avoir ouï dire à Monsieur le Tellier que ledit de Vautorte s'est mis en devoir de leur donner du contentement sur quelques unes de leurs plaintes.

Et des intérêts de l'Electeur de Trèves.

Puisque vous le voulez, je continuerai à écrire aux Ministres de Sa Majesté, qui sont à Rome, d'y soutenir les desseins de Monsieur l'Archevêque de Trêves, contre les Moines de Saint Maximin, & par le retour de Monsieur d'Antonville, qui est sur le point de partir, je lui ferai savoir & l'ordre que j'en ai & les instances que vous en faites, afin qu'il vous soit obligé, & qu'il vous donne du repos.

Suite de l'affaire des Barberins.

Je ne vois pas que le Pape se dispose à en prendre, ni à en laisser jouir les Barberins. Il les veut gagner sous main, & ils ont peine à s'y resoudre. Nous avons pourtant trois mois de tems pour deliberer sur cette affaire, &

pour peu que notre Armée Navale ait de fortune, ou sur la mer rencontrant celle d'Espagne, ou sur Terre, nos offices seroient plus considérez, selon qu'on nous craint, ou que l'on nous aime, & cela est bien rude.

Touchant leur Memoire donné aux Députez de Hollande.

Il m'étoit échapé de vous dire que le Memoire que vous avez dressé, pour être donné aux Députez de Messieurs les Etats a été loué : certainement en cela on vous fait justice, mais je crains qu'ils se prevalent de votre raisonnement propre, quand vous leur demanderez quelque chose en faveur des Catholiques, puisque vous l'avez conclu pour les inciter à demeurer toûjours fermes aux Maximes qui ont fondé leur Etat, qui a pris sa naissance & son accroissement, en bannissant notre Religion, & en établissant la pretenduë Reformée. Je suis, &c.

Affaire des Espagnols voulans faire croire leur Traité avec la Republique de Hollande.

Celui de France pour retenir les Courriers. Indisposition du Roi.

Ce qui nous a été raporté, que la ratification du Traité d'Espagne, & des Hollandois étoit arrivée à Munster, trois ou quatre jours avant votre Dépêche, est sans doute un artifice des Ennemis, car les avis que nous avons de bon lieu nous assûrent le contraire ; mais bien qu'un Courrier, que nous avons retenu, sous divers prétextes, près de six jours en ce lieu, & à Paris, le portoit. Un peu de lassitude dont Sa Majesté se trouva travaillée, lui fit garder deux jours le lit, je dis que je ne la pouvois voir, pour recevoir son Commandement : quand cette excuse cessa, je fis entendre qu'elle avoit donné ses ordres au Sur-Intendant des Postes, de laisser passer les Courriers, qu'il avoit des Passeports pour leur délivrer, & qu'il eût à l'aller trouver : celui-là lui dit qu'il avoit rempli mes blancs, qu'il falloit m'en envoier demander, & m'aiant dépêché, je tardai encore du tems, avant que de lui envoier le Passeport, ainsi nous gagnames celui de cinq ou six jours.

Vous réussirez aisément, si votre avis & le nôtre est vrai, & il me semble que vous en êtes en esperance, puisque vous êtes en celle de savoir ce qui s'étoit passé en l'Assemblée de Brun & de Paw à la Haye, pour y faire autoriser ce qu'il avoit osé, ou qu'il avoit demandé cette Conference pour s'excuser de ce qu'il n'y avoit pas réussi & se dégager honnêtement d'avec ses gens ; vous voiez quel état a la fermeté & l'honneur, auquel lui & deux de ses Collegues avoient renoncé.

L'Ambassadeur de Venise, qui est en cette Cour, a fait presser Sa Majesté de recommander à Monsieur de Bregy, de faire déclaration ouverte en la Diette de Pologne qu'elle s'intéresse en la Guerre qui leur est faite par le Turc, afin que ce soit un moien de les porter à condescendre à celle que leur Roi veut entreprendre pour bien des respects, qui vous sont connus. Sa Majesté n'a sû se porter si avant, qui a consenti, qu'au Roi & aux confidens il fût fait savoir ce qu'elle vous a ordonné d'offrir à l'Empereur, & que la Paix étant concluë entre Leurs Majestez, soit de l'assister d'une somme considerable, quand il seroit prêt d'être armé par la jalousie, qu'il auroit des Armes Ottomanes, & d'une plus grande, & d'un corps d'Armée, s'il étoit attaqué pour avoir rompu avec lui, pour la défense de la Chrétienté.

Affaire des Courriers.

Le même Ambassadeur aiant pressé que l'on consentît au libre passage des Courriers, qui seront dépêchez d'Espagne à Rome, & qui retourneront, Sa Majesté s'y est accommodée, à condition que ceux de France, soit pour Venise ou Rome, auront la liberté du

passage

paffage fur l'Etat de Milan, & que ceux d'Efpagne n'entreront en France que par Bayonne & par Lion, viendront à Paris, & fuivront la route ordinaire de Bourdeaux & de Lion.

Son Alteffe Roiale, à fon retour de l'Armée, a été reçuë de la Reine avec une grande demonftration de joie, & il ne fe peut rien ajouter à la confiance qui paroit entr'eux: fon Eminence lui a donné logement chez lui à caufe que fon train & fon Equipage n'étoient pas encore venus, fadite Alteffe eft partie aujourd'hui pour Saint Germain en Laie, afin d'aller vifiter la Reine de la Grande Bretagne, & le Prince de Galles fon fils.

LETTRE

De Meffieurs les

PLENIPOTENTIAIRES

à Monfieur le Comte de

BRIENNE.

Du 10. Septembre 1646.

Les Impériaux veulent comprendre dans le Traité le Roi d'Efpagne & le Duc de Lorraine. Contre quoi les François proteftent. Lès François fe refervent des prétextes pour former de nouvelles prétentions fi leurs Armées avoient quelque grand fuccès. Offres des Efpagnols.

MONSIEUR,

LE dernier Ordinaire a apporté deux de vos Lettres avec deux Memoires du Roi du 24. & du 31. du Mois paffé. Nous n'y faifons point encore de réponfe, parce que depuis que ces Depêches font arrivées, nous avons été continuellement occupez à traiter avec les Imperiaux par l'entremife des Médiateurs touchant la fatisfaction de la France. Nous ne faurions dire encore fi nous en conviendrons entierement, d'autant que l'Ecrit que nous donnâmes hier aux Médiateurs fut fort contefté par eux en quelques Articles importans, dont nous ne pouvons nous relâcher. Ils témoignerent avoir apprehenfion que le Comte de Trautmansdorff n'y fit grande difficulté & ne fe refolut à quiter l'Affemblée, promettant néanmoins de continuer leurs offices & de chercher tous moiens pour mettre les Parties d'accord, s'il étoit poffible.

Nous avons communiqué ponctuellement au Sieur de Rofenhan & aux Députez de Heffe tout ce qui s'eft paffé en cette Négociation, & continuerons de leur en donner part, jour par jour. Ils n'y ont témoigné aucune repugnance, quoi que ledit Sieur de Rofenhan en ait écrit plufieurs fois aux Ambaffadeurs de Suede, & même en notre derniere Conference, comme nous parlions d'aller bientôt à Ofnabrug, il dit qu'il feroit à propos d'avoir auparavant terminé cette affaire ou d'une façon ou d'autre.

Le temps ne nous permet pas de vous informer du détail, outre l'incertitude où l'on eft. Nous dirons feulement que les Commiffaires de l'Empereur fe tiennent fermes dans certaines conditions qui leur donnent toûjours la liberté de fe dédire, & qui font celles de comprendre au Traité le Roi d'Efpagne & le Duc Charles. On fe peut bien défendre contre ces inftances en la maniere que nous avons écrit plufieurs fois que nous faifons. Mais il femble qu'on ne peut pas raifonnablement defirer de l'Empereur qu'il ceffe de les faire jufques à la fin du Traité, fon honneur y étant en quelque façon engagé, & devant paroitre à toute l'Affemblée, quand il s'en départira, qu'il y eft contraint & forcé pour le bien de la Paix. Deforte que nous eftimons ne pouvoir pas empêcher pour cette heure que les Imperiaux n'en faffent une condition de ladite Paix. Mais nous y joignons de notre part une proteftation au contraire, & c'eft ce qui les fâche. Nous effaierons néanmoins de ne perdre pas l'occafion de ferrer le nœud & d'affûrer autant qu'il fe peut une affaire de telle conféquence.

Nos raifons font qu'on accorde au Roi Philipsbourg, qui eft ce qu'on avoit plutôt fouhaité qu'efperé, & nous ne voions pas, quand même il y auroit quelque fuccès favorable dans les Armées, que la France puiffe pour le préfent augmentrer fes prétentions. Que s'il arrivoit un changement fi grand qu'il y eût lieu de les accroître, comme les Imperiaux ont le prétexte du Roi d'Efpagne & du Duc Charles pour ne demeurer pas dans les termes dont on doit tomber d'accord prefentement, nous avons celui des Suedois, & celui de Madame la Landgrave, qui fans doute en ce cas ne manqueroient pas de groffir leurs demandes, puis qu'en l'état où l'on eft ils ont de la peine à les moderer. Celles que nous pourrions faire de nouveau feroient trouvées alors d'autant plus raifonnables que nous aurions facilité à nos Parties les moiens de s'accommoder, & qu'ils fe devroient imputer d'en avoir perdu l'occafion; & nous ne pourrions être blâmez avec juftice de nous prévaloir de l'avantage que le fort des armes nous auroit donné. C'eft ce qui nous fait refoudre (en accordant de ne rien ajouter à nos demandes pour un temps) de protefter de le pouvoir faire après, tant pour tenir en quelque crainte les Imperiaux & les obliger par ce moien à terminer les affaires, que pour ne nous priver pas de la liberté de recueillir le fruit des fuccès de la Campagne, s'il en arrivoit quelqu'un qui fût fort confiderable; en quoi nous tâchons à nous conformer aux dernier ordres qui nous ont été envoiez.

Si l'affaire s'acheve, notre deffein eft d'aller tous trois à Ofnabrug, pour effaier de porter nos Alliez à la Paix, & de les faire conter des conditions raifonnables qui leur font offertes, dequoi nous avons donné efperance
aux

1646.

aux Imperiaux, fans nous obliger pourtant, & fans que nous aions fouffert qu'il en ait rien été mis par écrit. Peut-être qu'avant de partir nous vous envoierons par un Exprès l'Ecrit qui fe forme, fi on en demeure d'accord. Cependant nous pouvons dire que nous avons eu le bonheur de changer ici l'état de la Négociation, & qu'en la même façon qu'on recherchoit il y a cinq ou fix mois les Miniftres de la Couronne de Suede feuls, on s'adreffe aujourd'hui à nous, le nom & l'autorité de Leurs Majeftez étant plus en confideration dans l'Affemblée que toute autre Puiffance, chàcun les regardant comme les vrais arbitres de la Paix.

Offres des Efpagnols. Les Efpagnols même ont ajoûté l'offre de deux Places, & une Trêve de quatre ans en Catalogne, à ce qu'ils avoient offert ci-devant. Ils propofent cette Trêve entre la Segre, l'Ebre, & les Monts Pirenées, & confentent qu'il ne foit point fait mention du Portugal dans le Traité, en quoi nous prétendons que le Roi confervera la liberté d'affifter celui de Portugal pour la défenfe de fon Roiaume. Nous avons dit à Meffieurs les Médiateurs que les Efpagnols étoient plus raifonnables quand ils parlent aux Hollandois, leur aiant dit & déclaré plufieurs fois qu'ils laifferont tout ce que les armes du Roi occupent dans les Païs-Bas, & qu'ils l'avoient même ainfi fait dire à la Haye, & en divers autres lieux, avec deffein de féparer nos Alliez, comme s'ils n'étoient obligez de nous affifter que dans les affaires du Païs-Bas, où ils publient, (quoi que contre la verité) qu'ils nous donnent tout contentement; que pour la Trêve, nous ne la pouvions pas faire de moindre durée que celle de Meffieurs les Etats; car comme le deffein des Efpagnols dans la difference de la durée de l'une & l'autre Trêve, eft de féparer nos intérêts d'avec ceux defdits Sieurs Etats, le nôtre au contraire eft de ne point perdre l'avantage d'avoir le fecours & l'affiftance de nos Alliez, fi le temps de la Trêve étant paffé, elle ne continuë pas, & qu'il faille rentrer en Guerre. Il ne s'eft rien dit davantage, & nous avons fait paroître aux Médiateurs beaucoup de mépris de cette derniere propofition, & d'avoir beaucoup de fermeté à ne nous départir pas de celle que nous leur donnâmes il y a quelque temps, leur aiant nettement déclaré que nous ne ferions jamais rien davantage. Nous avons été avertis qu'on les avoit voulu obliger ici, il y a déja quelque temps, de nous faire cette offre, & qu'ils avoient eu peine de s'en charger, & avoient différé à la faire, ne la jûgeant pas raifonnable. Nous ne doutons pas que les Miniftres d'Efpagne ne demeurent dans la froideur, tant que le Traité de l'Empire ne fera pas refolu. Mais s'il peut être une fois conclu, il y a apparence qu'ils fe rendront plus traitables.

Nous vous rendons graces bien humbles de l'avis qu'il vous plait de nous donner qu'il y a ordre pour le remplacement des cinquante mille livres. Mais n'aiant encore rien apris de l'execution, nous fommes obligez de vous dire que le fervice de Leurs Majeftez ne peut fouffrir qu'il foit différé plus longtemps. Le Sieur de Beauregard nous écrit que n'aiant aucun moien de s'entretenir où il eft, il fera contraint de quitter s'il n'eft paié de fes appointemens. Nous vous fupplions, Monfieur, d'y vouloir tenir la main. Il feroit honteux que ceux qui rendent fervice

Tom. III.

---

actuel à Leurs Majeftez vinffent à manquer des chofes néceffaires. Sur ce nous demeurons, &c.

1646.

LETTRE

ÉCRITE

à Meffieurs les

PLENIPOTENTIAIRES,

A Fontainebleau le 14. Septembre 1646.

On les louë de leur conduite envers quelques Députez Hollandois. Prétention de Trautmansdorff & fes menaces. Affaires du Duc Charles de Lorraine. Et des apointemens aux Refidens en Allemagne. Et des penfions. La Cavallerie de Heffe eft mal-traitée par Jean de Wert. Difpofition des Efpagnols pour la Paix. Capitulation de Furnes. On veut affiéger Dunkerque. Comme auffi Menin. Affaire des Barberins. Etat de l'Armée Navale. La Suede veut continuer avec fermeté fon Alliance avec la France. La Reine Chriftine eft déclarée majeure. Eloge du Comte de la Gardie, Ambaffadeur de Suede. Réponfe du Roi à fon difcours. On leur envoie une Sauvegarde pour le Baron de Schonborn.

MONSEIGNEUR & MESSIEURS.

VOtre Lettre du troifiéme me fut renduë l'onziéme, & en aiant donné communication à Sa Majefté, Elle eft reftée très-fatisfaite de la maniere dont vous avez parlé à trois des Députez de Meffieurs les Etats, & que vous aiez confenti de leur donner fatisfaction fur certains points de notre Ecrit, qui étoient indifférents, & que vous aiez fortement appuyé fur les autres. Il importe tant à la caufe commune, que l'union foit entiere entre la France & les Provinces-Unies, qu'il faut faire toutes fortes de diligences, pour la maintenir. Un des moiens les plus légitimes, & les plus affurez eft de traiter avec confiance; celle dont vous ufez avec ou envers leurs

On les louë de leur conduite envers quelques Députez Hollandois.

Pp Dépu-

1646.

Députez, doit convier ceux-là, à l'avoir entiére envers vous, comme l'Etat envers cette Couronne, qui lui en donne l'exemple. La conjoncture du tems, fait qu'on y apréhende du changement, & on n'oublie rien à faire, qui puisse y affermir l'autorité des bons; mais on ne laisse pas de craindre, parce que les Peuples sont ordinairement legers, & que qui propose du changement au Gouvernement, est pour l'ordinaire suivi, parce qu'il se laisse tromper sous les belles esperances de liberté. Nous saurons au premier jour par Monsieur de la Thuillerie le sentiment des Députez des Provinces, & de ceux du Conseil d'Etat; il ne sauroit tarder à se rendre de deça, étant parti de la Hayé dès le premier de ce mois. Au même tems qu'il arrivera nous recevrons de vos Lettres, que nous attendons avec beaucoup d'impatience, par lesquelles nous serons éclaircis, si c'est par feinte, ou tout de bon que le Comte de Trautmansdorff publie se vouloir retirer à Vienne, & s'il n'aura pas modéré ses prétentions, tant sur la somme qu'il demande pour la recompense de l'Alsace, que sur les autres, qui seroient autant d'empêchemens à la Paix. On espere que vous les restraindrez, non seulement en ce qui concerne Philipsbourg, mais que vous le ferez départir de la pensée, qu'il témoigne de vouloir alterer ce qu'il a offert au sujet des Evêchez de Metz, Thoul & Verdun, qui depuis tant de tems sont en la puissance de la France, que l'on juge qu'elles en font un Membre, & pour mille raisons on doit désirer qu'elles y demeurent incorporées, sans qu'il reste nulle marque, qu'elles aient été de l'Empire, sinon la renonciation, qui en aura été faite en faveur de cette Couronne. Ce que vous avez inseré dans vôtre Dépêche, de l'instance qu'on vous renouvelle en faveur du Duc Charles, pour le faire comprendre dans le Traité, a donné lieu d'agiter la question, s'il étoit plus utile que les affaires fussent discutées en cette Cour qu'au lieu où vous êtes, & il me semble qu'on panche à vous en laisser le soin; mais cette matiere n'est pas encore décidée, & ne le sera point, qu'on n'ajoûte aux Instructions que vous avez, un ample Memoire, pour justifier nos prétentions, portant aussi les dernieres resolutions que vous aurez à suivre. J'ai fait resoudre que l'on pourvoiroit aux apointements des Residents, qui servent en Allemagne, & vôtre Lettre m'en a fourni le moien, laquelle a aussi servi pour faire ressouvenir à Monsieur le Sur-Intendant, qu'il falloit faire remettre les cinquante mil livres, ainsi qu'il lui avoit été par ci-devant ordonné, qu'il a soutenu avoir été execute; mais pour en tirer plus de certitude, je me trouverai à la premiere direction, qui se tiendra, & je vous ferai savoir ce que j'y aurai pû arrêter, si tant étoit que Messieurs des Finances eussent negligé une affaire aussi importante que celle-là. J'ai aussi ménagé que les pensions des Officiers de Madame la Landgrave fussent payées, & j'ai déja jetté quelque avant-propos, qu'il la faudroit assister, afin de lui donner moien de relever sa Cavallerie, qui a été mal traitée par Jean de Wert, lequel étant à la solde de Monsieur de Baviere nous enseigne qu'il ne faut pas discontinuer de faire la Guerre, & que comme c'est le seul moien qu'ils ont pour se relever, c'est le seul que nous aïons pour les aboucher, & les porter à faire la Paix, qui est si necessaire à la Chrétienté. J'ai sû de l'Ambassadeur de Venise, que les Espagnols étoient en disposition

de vous faire faire des ouvertures, & qu'ils sont en celle de se porter à ce qui est juste, selon l'état présent de leurs affaires, & je suis trompé, s'ils feront quelque restriction pour les Places de Saint Omer & Aire, offrant de laisser à la France ce qu'elle tient dans le Comté d'Artois, s'ils ne font resolus de vous les offrir: ils font comme ceux qui se fâchent d'avoir perdu leur argent, & qui paient mal leurs dettes. Ce qui leur est arrivé à Furnes, & ce dont ils sont menacez, qui est le Siége de Dunkerque, les pressera bien encore de parler. Huit mil hommes postez sous Furnes & défendus de ses Murailles, couverts de plusieurs Rivieres, qu'il falloit passer sur des pieux, ont été contraints de se retirer & d'abandonner une partie de leurs Troupes, la Place ensuite a capitulé, & est aujourd'hui le quartier du Roi, dans lequel Monsieur le Duc travaille à avancer tout ce qui peut lui être necessaire pour entreprendre le Siege de Dunkerque.

Il a dépêché de deça pour donner avis de ce qui lui avoit succedé, & de ce qu'il étoit en pensée d'executer, & a representé les difficultez qui s'y pouvoient rencontrer, comme aussi d'attaquer Menin, & les facilitez, qui se pouvoient trouver à l'un & à l'autre de ces sieges, afin qu'il plût à Sa Majesté de lui prescrire ce qu'il auroit à faire. Il a été jugé à propos de lui remettre le choix de l'une & de l'autre entreprise, & de l'assurer que quoiqu'il tente, il sera approuvé. Il est certain que les deux Conquêtes ne font point égales, l'une dévance de beaucoup l'autre, & l'on sait que les Espagnols ont ordre de combattre pour essaier de sauver Dunkerque, mais cela n'est pas capable d'en ôter la pensée, & pourvû que Monsieur le Duc puisse mettre ensemble le nombre d'hommes dont on ne se sauroit passer, pour former ce siége, il est à presumer qu'il le tentera.

Il se dit, mais sans beaucoup de fondement, que Monsieur de la Moussaie doit arriver en ce lieu, si c'est avant que je signe ma Dépêche je vous en tiendrai avertis, & de ce qui sera venu à moi du sujet de son voyage. Les dernieres Lettres que j'ai de Rome, dont la datte est du vingtiéme du passé, portent que le Pape a mieux aimé accorder un Bref, por- tant prolongation de terme aux Barberins de comparoître, que d'admettre à son audience le Sieur Bidault; peut-être qu'il se rendra encore plus traitable avant que ce terme soit expiré, & l'on ne le met point en doute, pour peu de fortune qu'aient nos Armées. Celle de Mer doit avoir serpé, qui est montée d'un si bon nombre d'hommes, qu'elle est capable de faire quelque chose; je serai en impatience d'aprendre des nouvelles pour vous en tenir avertis, c'est ce que vous auriez de moi, si l'audience qui a été donnée par Leurs Majestez au Comte de la Gardie ne m'obligeoit à continuer ma Lettre. Il a parlé en Latin & s'est étendu sur la fermeté que la Suede veut avoir à l'Alliance, qu'elle a contractée avec cette Couronne, & à laquelle elle doit la Paix, qu'elle a conclue avec le Danemarck: ces deux points avoient été précedez de donner part à Leurs Majestez, que cette Reine étoit déclarée majeure, & avoit l'administration de son Etat. Il n'a pas oublié de faire valoir les avantages que les communes armes ont remporté sur l'Ennemi, & de protester que sa Maitresse veut la liaison de conseil & pour la Paix & pour la Guerre. Il faut dire

à la

à la louange de ce Seigneur, que tout a plû de lui, fa harangue étoit mefurée, & fon gefte relevé. Sa Majefté à qui j'ai expliqué ce qu'il lui avoit dit, lui a repondu en peu de paroles à tous les points de fon difcours, avec tant de majefté qu'il en eft demeuré furpris ; elle a commencé par lui dire, qu'il n'avoit pas befoin d'interprête, parce qu'il poffedoit parfaitement la Langue Françoife, qu'elle s'éjouiffoit que la Reine fa fœur fut fur le Trône, & qu'elle lui fouhaitoit toutes fortes de profperitez, que ce qu'elle s'étoit entremife de lui procurer la Paix avec le Danemarck, étoit un office d'Allié, & qu'elle en devoit efperer de femblables en toutes fortes de rencontres, qu'elle portoit avec elle le defir d'avancer la Paix publique, & que de fon côté, elle avoit & auroit toûjours une entiere difpofition à maintenir l'Alliance d'entre leurs Couronnes, & qu'elle fentoit avec un grand plaifir les avantages que leurs communes armes avoient remportées fur l'Ennemi, comme un moien folide pour lui faire défirer la Paix, & qu'il étoit glorieux à Leurs Majeftez, que fous l'Empire des deux Reines, l'Ennemi fût humilié : que s'il avoit quelque chofe de plus à propofer, il pouvoit s'adreffer à fes Miniftres, & comme il avoit fini par en demander la permiffion, Sa Majefté auffi a ceffé de parler en le lui accordant, & moi je cefferai d'écrire après vous avoir protefté, que je fuis & ferai toute ma vie, &c.

Le Sieur de Meel Député de Monfieur l'Evêque de Wurtzbourg, m'aiant demandé une Sauvegarde, & protection du Roi pour le Sieur de Schonborn fon frere, je vous l'envoye afin qu'il la reçoive de vos mains.

L E T T R E

De Meffieurs les

PLENIPOTENTIAIRES

à Monfieur le Comte de

B R I E N N E.

Du 17. Septembre 1646.

Les trois Plenipotentiaires de France vont à Ofnabrug pour perfuader les Suedois de conclure.

MONSIEUR,

NOus avons reçû votre Lettre du 7. de ce Mois. Vous verrez par celle que nous écrivons à la Reine & l'Ecrit qui l'accompagne, ce qui s'eft paffé ici depuis peu, Tom. III.

& n'aurez aucune autre nouvelle de nous par l'Ordinaire prochain, parce que nous partons demain tous trois pour aller voir Meffieurs les Plenipotentiaires de Suede à Ofnabrug. Nous laiffons ici le Sieur de Saint Romain pour parler à Meffieurs les Médiateurs & à Monfieur de Trautmansdorff quand il fera néceffaire. Nous fommes obligez de vous dire que les Plenipotentiaires de Monfieur le Duc de Baviere ont rendu toute forte de bons offices en ces dernieres occafions. Les Lettres qu'il vous a plû envoier pour le Prince de Tranfylvanie & fon Fils nous ont été renduës ; fon Courier fera bientôt depêché. Nous vous demandons la continuation de l'honneur de votre bienveillance, & vous fupplions de croire que nous fommes, &c.

L E T T R E

De Meffieurs les

PLENIPOTENTIAIRES

à la

R E I N E.

Du 17. Septembre 1646.

La France aura Brifach & tout fon Territoire, les 2 Alfaces, le Suntgau, & la garde perpetuelle de Philipsbourg : La Souveraineté abfoluë des 3 Evêchez : Pignerol & Moyenvic en toute Souveraineté. Elle paie les 2 tiers des dettes des Archiducs en Alface. La recompenfe des Archiducs eft fixée à trois Millions de livres, quoi que les Plenipotentiaires euffent pouvoir d'en accorder fix.

MADAME,

NOus depêchons à Votre Majefté le Sieur d'Herbigni pour lui porter les Articles dont nous fommes convenus avec les Imperiaux. Chacun efpere que la conclufion de la Paix dans l'Empire fuivra bientôt après, ou du moins s'il falloit demeurer en armes, ce ne fera plus pour les intérêts particuliers de la France ; mais pour la fatisfaction du public & des Alliez. Cela fait voir à toute l'Europe combien les intentions de Votre Majefté ont

 toû-

1646.

toûjours été portées à la Paix, puis qu'Elle a été la premiere à demeurer d'accord des conditions qui la peuvent donner. Et les Ennemis de l'Etat, qui s'efforçoient de persuader le contraire, n'auront pas le moien de se prévaloir de cet artifice.

La France aura Brisach & tout son territoire, les 2. Alsaces, le Suntgau, & la garde perpetuelle de Philipsbourg:

Philipsbourg est laissé à la Couronne par un droit perpetuel de garde & de protection, avec la liberté du passage pour les troupes & pour tout ce qu'il sera besoin d'y envoier. Brisach & tout son territoire, les deux Alsaces & le Suntgau sont accordez aux conditions que Votre Majesté a déja sûes.

Les Fortifications de Benfelt & du Fort de Rhemaw, de Saverne, & du Château d'Ambar, qui pouvoient troubler la possession de ce Païs nouvellement conquis, doivent être démolies.

La Souveraineté absoluë des trois Evêchez:

Mais ce qui n'est gueres moins à estimer, c'est, Madame, qu'un droit de prétention sur les trois Evêchez (qui a été le seul jusques à présent, & qui étoit bien racourci) est aujourd'hui changé en une Souveraineté absolue, & independante qui s'étend aussi loin que les trois Diocéses. Encore que nous aions bien connu d'abord l'importance de cette acquisition, nous avons témoigné pendant quelque temps de la mépriser, jusques à ce que nous aions été asûrez du reste.

Pignerol & Moyenvic en toute Souveraineté.

Pignerol & Moyenvic demeurent aussi au Roi en toute Souveraineté, avec la cession des droits de l'Empereur & l'Empire.

Il est vrai, Madame, que Sa Majesté est chargée des deux tiers des dettes qui se paioient par les Receveurs comptables à la Chambre d'Ensisheim, parce que tenant les deux tiers des Provinces qui composoient le ressort de cette Chambre, & l'autre tiers étant restitué à la Maison d'Inspruck, la raison veut que chacun porte les charges à proportion de ce qui lui demeure.

Elle paie les 2. tiers des dettes des Archiducs en Alsace.

La récompense des Archiducs est fixée à 3. millions de livres, quoique les Plenipotentiaires eussent pouvoir d'en accorder 6.

La recompense des Archiducs a été arrêtée à trois millions de livres, quoi que nous eussions pouvoir d'accorder jusques à six millions. Mais en cela, Madame, comme en l'aquisition de Philipsbourg, si nous avons peché contre nos ordres, Votre Majesté aura de la bonté assez pour nous le pardonner.

Messieurs les Médiateurs sont demeurez dépositaires de l'Ecrit dont copie sera ci-jointe. Nous avons fait mettre en marge ce qui sert pour l'explication de châque Article.

Enfin, Madame, si Dieu benit ce qui est par sa grace heureusement commencé, Votre Majesté aura cette gloire que dans un temps de Minorité (où le comble des souhaits a toûjours été de pouvoir conserver l'Etat en son entier,) Elle aura non seulement étendu les limites de la France jusques à ses plus anciennes bornes, mais encore aquis deux Places très-importantes sur le Rhin; & que cette dangereuse communication des forces de la Maison d'Aûtriche, qui a donné tant de crainte à nos peres, se trouve aujourd'hui rompuë & discontinuée par le soin & la prudente conduite de Votre Majesté.

Nous partons de Munster pour aller voir Messieurs les Plenipotentiaires de Suede à Osnabrug, & essaier de vaincre les difficultez qui restent pour leur accommodement. Nous y ménagerons autant qu'il sera possible les intérêts de la Religion, selon les pieuses & saintes intentions de Votre Majesté, qui sera consideree desormais dans cette Assemblée comme l'Arbitre de tous les differens qui y sont. Nous la supplions très-humblement de croire

que nous n'ômettrons rien de notre part de ce qui pourra servir à la perfection de cette affaire, & que nous sommes, &c.

1646.

MEMOIRE

DU ROI,

Envoyé à Messieurs les

PLENIPOTENTIAIRES,

ECRIT

A Fontainebleau le 21. Septembre 1646.

Touchant la satisfaction de la France en Allemagne. Sur l'intention de l'Empereur de comprendre les Espagnols dans le Traité. Et du Saufconduit au Duc de Lorraine. Les Espagnols consentiront à la fin d'entrer en Traité. Avantages de la France en Allemagne. En Espagne. Etat de l'Armée Navale aux Païs-Bas. Siége de Dunkerque. Eloge du Duc d'Enguien. Etat des forces Espagnoles aux Païs-Bas. Etonnement des Espagnols. Sur les plaintes du Duc de Baviere.

LA Dépêche des Sieurs Plenipotentiaires du dixiéme du Courant, ne contenant que l'avis qu'ils donnent en général des contestations qu'ils avoient avec les Médiateurs, sur quelques points essentiels, qui regardent notre satisfaction dans l'Empire, dont ils ne disent pas le détail, remettans à le faire savoir par un Courrier exprès, au cas qu'ils en tombent à la fin d'accord, on n'aura pas à leur dire grand' chose pour cette fois.

Touchant la satisfaction de la France en Allemagne.

Il est très-vrai, comme ils le representent, que nous ne pouvons pas raisonnablement désirer que l'Empereur, avant la fin du Traité, cesse de témoigner qu'il veut y comprendre les Espagnols, & de faire des Offices, pour les Saufconduits du Duc Charles.

Sur l'intention de l'Empereur de comprendre les Espagnols dans le Traité.

Mais sur le premier point on envoie auxdits Sieurs Plenipotentiaires, la Copie de la Lettre que le Nonce a reçuë, il n'y a que dix jours de Monsieur de Baviere, qui ne sauroit déclarer plus positivement qu'il fait, que la consideration de la Couronne d'Espagne n'arrêtera pas un moment le Traité, quand tous les

points

1646.

points dont on eſt en différent feront ajuſtez.

Et pour le ſecond, il me ſemble qu'on doit tirer une conſéquence infaillible, que ſi l'Empereur ne s'arrête pas pour l'intérêt des Eſpagnols de conclure la Paix, même après le nouveau nœud dont il vient de ſe lier avec le Roi d'Eſpagne, beaucoup moins s'arrêtera-t-il pour les intérêts du Duc Charles, particulierement dans la conjonĉture préſente, où les Armes des Couronnes en Allemagne pouſſent leurs progrès avec tant de bonne fortune & de proſperité.

Et du Sauf-conduit au Duc de Lorraine.

Mais comme il y a beaucoup de raiſons, qui obligent à croire, qu'il vaudroit peut-être mieux traiter à Munſter les intérêts de ce Prince, on examine preſentement la matiere, & on fera ſavoir au premier jour auxdits Sieurs Plenipotentiaires les reſolutions de Sa Majeſté.

Les Eſpagnols conſentiront à la fin d'entrer en Traité.

L'on a toûjours crû ici, comme font Meſſieurs les Plenipotentiaires que le Traité de l'Empire ſe concluant, les Eſpagnols qui ſont déja dans le chemin de nous donner ſatisfaction ſe porteront à nous l'accorder telle que nous pouvons ſouhaiter, ſur tout voiant nos affaires ſucceder par tout avec tant de bonheur, que nous venons de recevoir avis tout préſentement, que Monſieur le Maréchal de Turenne a emporté Tierendorff en peu de jours, qui eſt de la conſéquence que leſdits Sieurs Plenipotentiaires ſavent, ſoit pour ſa force ſoit pour ſa ſituation, & qu'il alloit de là s'emparer du poſte de Lavinguen, pour avoir un paſſage ſur le Danube.

Avantages de la France en Allemagne.

En Eſpagne.

Monſieur le Comte d'Harcourt continuë à nous donner toutes les meilleures eſperances, qui ſe puiſſent ſouhaiter du ſuccès du Siége de Lerida, & témoigne ſe moquer de tous les efforts que les Ennemis peuvent faire, pour empêcher la priſe de la Place.

Etat de l'Armée Navale.

Monſieur le Maréchal de la Meilleraie ſe mettoit à la voile le quatorziéme du Courant, avec des forces de Mer & de Terre, dont une partie s'embarquera à Oneille avec Monſieur le Maréchal du Pleſſis Praſlin, pour entreprendre ſur les Ennemis, au lieu où il y aura plus d'apparence de faire quelque progrès.

Aux Pais-Bas.

Pour la Flandres on ne ſauroit aſſez dire les deſordres & l'étonnement, où ſont nos Ennemis, ils s'y tiennent pour entierement perdus, ſi les Armées de France & de Hollande ſe joignent, & quand cela n'arrivera pas, ils avouënt que la Hollandoiſe tenant ſeulement la Campagne, & même ſans agir, ils ne peuvent s'empêcher de perdre tout ce que nous voudrons attaquer de ce côté-ci, de quelque conſideration qu'il ſoit.

Siége de Dunkerque.

Tous les avis que nous avons nous font croire que le Siége de Dunkerque ne durera que peu de jours, puiſque les eſperances que les Ennemis avoient en Mardick, Bergues & Furnes, & de bien défendre ces poſtes-là leur avoient fait mettre tout leur eſprit à les bien fortifier & munir de tout aux dépens de Dunkerque même; tout eſt en confuſion parmi eux, ils manquent de plomb & de vivres, les familles entiéres délogent, les chefs ne s'occupent qu'à ſe rejetter l'un ſur l'autre les cauſes de leurs malheurs, Caracene dit que le Marquis de Leide, Gouverneur de la Place, a manqué de prévoiance à la bien fortifier, Leide dit que Caracene lui a mangé toutes ſes proviſions; & à Bruxelles après beaucoup de Conſultations, voiant qu'il n'y

1646.

avoit aucun moien de fortifier l'Armée de Caracene, pour l'obliger à tenir tête à la nôtre, ils ont remis toutes leurs eſperances ſur le mois de Novembre, priant Dieu cependant de vouloir diminuer les pertes qu'ils peuvent faire d'ici-là.

Eloge du Duc d'Enguien.

On a donné en diligence tous les mêmes avis à Monſieur le Duc d'Enguien, afin qu'il ſache leur manquement, & ſe prévale d'une ſi favorable conjonĉture, mais aiant déja reconnu leur confuſion & abatement, il a fait ſavoir ici, qu'il en profiteroit, les pouſſant de la bonne maniere; & comme ſa ſanté eſt tout à fait remiſe, & qu'il agit comme s'il n'avoit eu aucun mal, & avec le zèle & l'application qu'il a toûjours fait paroitre pour la grandeur de l'Etat, nous en attendons des effets très-avantageux.

Etat des forces Eſpagnoles au Païs-Bas.

Le Marquis de Caracene, dont l'Armée, à ce que mande ici Monſieur le Duc d'Enguien, eſt reduite à cinq mil hommes, depuis les pertes qu'ils ont faites à Mardick & à Furnes, & ce qu'ils ont mis dans Menin, Ipres & la Baſſée, a écrit des Lettres au Marquis de Caſtel-Rodrigo, ſi pleines d'épouvante, & de proteſtations qu'il ne voioit pas moien de ſauver ce que l'on attaqueroit, que ledit Marquis, après les avoir conſultées avec Salamanque & Garrido, qui ont le plus de part dans les affaires, avoit écrit au Comte de Peñaranda & en Eſpagne, qu'il n'étoit plus queſtion d'heſiter ſur les conditions de la Paix; mais de nous accorder promptement toutes celles que nous ſaurions déſirer, pour avoir ſatisfaction ſur le point de Portugal, & ſortant le moins mal qu'il ſeroit poſſible de celui de Catalogne, parce que ſi la Guerre continuoit encore une année, on perdroit les Païs-Bas, & alors leurs autres affaires ſeroient bien en pire état. Meſſieurs les Plenipotentiaires profiteront de cet avis.

Etonnement des Eſpagnols.

Sur les plaintes du Duc de Baviere.

Quant aux plaintes que fait Monſieur de Baviere par ſa Lettre, de ce que le Maréchal de Turenne s'avance pour ruiner ſes Etats, leſdits Sieurs Plenipotentiaires auront beau champ de faire avouër à ſes Miniſtres que c'eſt la conduite qu'il a tenuë, qui lui a principalement attiré cet orage, & qu'il ne peut ſe plaindre, que de lui-même, s'il lui en arrive du mal: il fait de combien de divers prétextes, nous nous ſommes ſervis pour retarder à ſa conſideration notre jonĉtion avec l'Armée de Suede, & que nous ne l'avons fait qu'après avoir ſû les ſoupçons que les Ennemis avoient jettez dans l'eſprit de nos Alliez, par la publication des Lettres de Monſieur le Cardinal Mazarin, qu'ils avoient interceptées, & que lui-même faiſoit tout ſon poſſible pour ſe prevaloir du retardement de notre jonĉtion, & ruiner l'Armée de Suede, en lui tombant ſur les bras, avec toutes les forces de l'Empereur & les ſiennes.

Monſieur le Nonce Bagny lui en écrit d'ici aux mêmes termes, & comme ce Prince après avoir vû par un hazard ce qui étoit contenu dans leſdites Lettres interceptées, ne peut plus douter de la ſincerité de Leurs Majeſtez, ſoit pour la concluſion & avancement de la Paix, ſoit pour les avantages de la Religion Catholique, pour le ſien particulier, & l'agrandiſſement de ſa Maiſon, il n'aura pas de peine à connoitre que c'eſt à contre-cœur que l'on agit, quand il faut que la France s'emploie à lui faire du mal; mais il eſt auſſi aſſez juſte pour ne prétendre pas d'elle des choſes abſolument impoſſibles, comme ſont celles

Pp 3

d'arrê-

1646.

d'arrêter les torrents des Armées, quand une fois ils ont pris leur cours, & surtout ne sachans encore ce que nous pourrions nous promettre dans l'Empire, quand ce peril seroit échapé, comme il arriva après l'accident du Maréchal de Turenne, que toutes les belles propositions de ce Prince allerent en fumée. Après tout le veritable remede est en ses mains plutôt qu'aux nôtres, car nous avons à ménager des Alliez délicats & puissans, puisqu'il peut obliger l'Empereur à donner satisfaction à tous, sans user d'aucun délai, & à conclure promptement la Paix, par le moien de laquelle il sera à couvert avec grande gloire & utilité pour lui & pour sa famille, & cependant, comme l'on a dit ici à Monsieur l'Ambassadeur extraordinaire de Suede, toutes les raisons qui doivent obliger cette Reine, à faciliter de son côté dans les conjonctures présentes les conditions qui peuvent établir le repos de la Chrétienté, en quoi l'intérêt de la Couronne de Suede se rencontre. On ne doute point que Messieurs les Plenipotentiaires, dans le voiage qu'ils désignent de faire, mettent toutes pieces en œuvre auprès de Messieurs Oxenstiern & Salvius, pour les disposer à se relâcher de ce qui cause le retardement de la Paix dans l'Empire, qui quelque mine que fassent les Espagnols seroit infailliblement suivie de la générale.

LETTRE

à Messieurs les

PLENIPOTENTIAIRES,

A Fontainebleau du 21. Septembre 1646.

On attend leur Projet pour la Paix entre l'Empire & la France. Avantages de la France en Allemagne, & aux Païs-Bas. On blâme la conduite du Duc de Baviere. On le plaint néanmoins. Artifices de la Cour en traitant avec les Suedois. Et pour faire valoir ses pretentions en Allemagne. Et sur l'Espagne. La Cour espere la conquête de Dunkerque. Soupçons contre le Prince d'Orange. Il faudra intimider le Pape. Il semble que le Transilvain veut entrer en Guerre contre l'Empereur. Raisons pourquoi la Fran-

ce n'appuie pas ses intentions. Affaire du Portugal & de la Catalogne. Et de Liége.

1646.

MONSEIGNEUR & MESSIEURS.

VOtre Lettre du dixiéme de ce mois nous fait esperer un Extraordinaire & par lui l'Ecrit que vous avez dressé pour parvenir à la Paix entre l'Empire & la France si les conditions s'en peuvent ajuster. L'envie de voir ce Projet, & bien plus de savoir si la disposition que fait paroitre l'une des Parties, de sortir d'affaires est sincére, nous donne de l'impatience de recevoir cette Dépêche.  Ce qui se passe en Allemagne & en Flandres, au lieu de ralentir, doit presser les Ministres de l'Empereur & du Roi d'Espagne, & ceux de Baviere se rendront sans doute solliciteurs envers les premiers de conclure sans se soucier si les seconds seront reçûs à en faire de même, puisque la prise du fort Château de Scherendorff situé dans le Wirtemberg, la marche de notre Armée, pour aller attaquer une autre Place, & celle des Suedois droit à Donawert avec la retraite de leur Maître à Ingolstat, & l'abandon qu'il a fait de Munic ne leur peuvent être cachées. Au même moment que ces diverses nouvelles nous sont arrivées, une Dépêche de l'Electeur de Baviere a aussi été apportée, il préjugeoit ce qui lui étoit proche d'arriver, & pour detourner l'orage il faisoit bien ses diligences, mais la lenteur des Imperiaux, & la diligence des Armes confederées l'ont surpris, il voit ce qu'il craignoit, & son Païs, le theatre de la Guerre, exposé aux Courses de notre Cavallerie. S'il lui eût plû de se souvenir qu'il a attiré cet orage, en joignant ses forces aux Imperiales sans nécessité, dans l'esperance de leur aider à defaire celle des Suedois, il blâmeroit ou sa fermeté au parti qu'il sert, ou son peu de prévoiance, & ne se plaindroit point de la France, qui a differé, tout autant qu'elle a pû, de faire sa jonction avec les Suedois, & sous l'esperance qu'il hâteroit la conclusion du Traité, ou que par un particulier il assureroit sa condition. Mais emporté de quelques esperances, qui n'étoient pas sans fondement, il est maintenant reduit à un état qui nous fait de la peine, & il ne dépend plus de nous de le garantir, qui avons à désirer que le Maréchal de Turenne prenne des quartiers pour loger notre Armée, & que celle de Baviere n'en puisse avoir, que dans son Duché, lequel se partage déja entre les Généraux des Couronnes pour le trouver depourvû de forces, & de moiens pour se défendre. Pendant le tems que l'Armée Imperiale & la Bavaroise remontent le Mein, & essaient de gagner Ratisbonne, les Places attaquées seront emportées, & à la faveur de l'une, qui a un pont sur le Danube, l'entrée dans la Baviere sera assurée; & bien que ces progrès nous soient avantageux, ils ne laisseroient de nous faire de la peine, s'ils n'avoient la Paix, que nous nous sommes proposée comme derniere fin, & d'autant plus qu'ils causent la ruine d'un Prince Catholique, & qui a bien merité des Couronnes, s'étant emploié avec soin pour disposer l'Empereur à leur donner satisfaction : & c'est la raison dont on s'est servi, pour faire voir à l'Ambassadeur de Suede qu'il ne doit pas demander que tou-

tes

tes autres entreprifes délaiffées on s'aplique feulement à loger dans fes Etats, mais il faut traiter cette matiere avec tant de délicateffe ; qu'on s'y trouve bien empêché : de mander au Maréchal de Turenne qu'il fe fepare d'avec Wrangel, ni la Juftice, ni le bien du fervice du Roi ne le comportent pas, & il eft affez fâcheux, que les avantages que nous remporterons tournent à celui des Alliez, fans que nous en tirions aucun en profit particulier. Sa Majefté étant refolue de faire valoir la parole qu'Elle a donnée, de ne prétendre pas au delà de ce qui a été demandé de fa part, ce fera un fecret, pour faire que la crainte avance les Impériaux à fe déclarer nettement, & même à abandonner les Efpagnols, ainfi que Baviere affure qu'ils font refolus de faire, ou que l'Empire les y forcera, & pour effaier de diminuer la récompenfe, que nous avons offerte pour l'Alface. Vous êtes fans doute informez de ce qui fe paffe vers le Danube, & par les avis de Cologne, & par la crierie des Députez de Baviere, ce qui me peut difpenfer de vous en mander toutes les particularitez. J'évite même de parler fur les conditions demandées par les Imperiaux, dont vous vous êtes défendus, parce que je fuis perfuadé qu'ils s'en déporteront ainfi que vous le préjugez, ne pouvant en foutenir l'une, & fe fouciant peu de l'autre. Je fouhaite que votre voiage à Ofnabrug réuffiffe, & que vous aiez l'avantage de réduire les Suedois à fe contenter de ce qui eft jufte : il feroit bien glorieux à la France qu'aiant repris celui de l'autorité dans le Traité qu'on a-voit porté aux Suedois, elle en faffe un fi bon ufage. L'attaque de Dunkerque fera un argument preffant fur les Efpagnols, & les Médiateurs s'en fauront bien prévaloir, pour les difpofer à ne plus chicaner ; mais à fe porter tout d'un coup à la raifon. Sur la liberté qui fut donnée à Monfieur le Duc, de le faire, ou de ne le faire pas, en aiant communiqué avec Meffieurs les Maréchaux de France, & les autres Officiers Majors, qui font à l'Armée, fur la poffibilité d'y réuffir, bien que plufieurs difficultez s'y rencontraffent, l'ordre de la marche pour l'inveftir fut donné, & par un Gentilhomme dépêché par Monfieur le Duc, qui eft arrivé ici fur le midi, nous en avons eû un avis, qui fe trouve accompagné de tant d'efperances d'en avoir bon fuccès, que nous ne le mettons point en doute, nous favons même qu'en Flandres ils tiennent la Place pour perduë, & ont bien plus de penfée d'en élever une, qui nous empêche l'entrée dans le Païs, que de fonger à tenter le fecours de celle-ci. Si quelque chofe le pouvoit faire entreprendre, ce feroit que le Prince d'Orange fe retirât d'où il eft pofté, à quoi il paroit forr enclin, & le Maréchal de Grammont, qui demeure toûjours dans fon Armée avec un Corps de Cavallerie Françoife, eft toûjours en foupçon qu'il s'y refolve, & d'être furpris : ce n'eft pas qu'il ne nous ait écrit par le Réfident Braffet, que les Etats le lui ont défendu, & même commandé de faire quelque entreprife ; mais outre qu'ils changent affez aifément leurs refolutions, la faifon qui s'avance nous fait craindre. Vous croirez aifément que nous n'épargnons pas notre peine, pour les confirmer dans leur premiere deliberation, je ferai trompé s'ils la retractent, & ledit Prince auroit même de la confufion fi en une occafion auffi importante il venoit à nous manquer, aiant contribué tous les moiens pour lui faciliter celui de fe contenter en pre-

nant Anvers ; de femaine en femaine ce Siége fera partie de ma Dépêche,

Celles que j'ai eües de Rome m'aprennent qu'il faut faire craindre le Pape, pour efperer qu'il fe porte à la raifon, que c'eft la feule paffion qui le meut, & qui modere celle de la vangeance, qui prédomine en lui. Il peut en être touché prefentement que notre Armée Navale navige fur fes Mers, ou fur celles des Etats, qui avoifinent les fiens, que le nombre des voiles, dont elle eft compofée, en fait connoître la grandeur, & que la renommée lui aura apris qu'elle eft chargée de plus de fix mil hommes, qu'il leur faut, & pour manœuvrer, & pour combattre une Flote, s'ils la rencontroient. Il n'ignore pas auffi que celle d'Efpagne eft retirée & hors d'état de fe mettre à la voile, qu'à Naples les Peuples qu'on furcharge d'impofitions extraordinaires pour fatisfaire à la dépenfe, qu'il a fallu faire, pour préparer le fecours d'Orbitello, impuiffants d'y fournir, ils témoignent défirer un changement dans le Gouvernement. Le Pape qui s'étoit flatté qu'il arriveroit de la divifion dans le Roiaume, aprend que l'union & l'obéiffance y eft entiere, que l'autorité Roiale contient un chacun dans fon devoir, & qu'elle eft fi puiffamment reconnuë, qu'il n'y a perfonne qui ne plie fous fon poids, & que les Compagnies, qui dans les Minoritez font accoutuméés d'entreprendre, fouffrent la correction, quand elles fe font emportées. Il connoitra avec le tems que les graces de la Juftice qu'on fait au Prince, font celles qui lui pourroient acquerir du credit, & que celles qu'il prodigue aux particuliers contentent ceux-là ; mais ne font pas capables de rien qui lui tourne à compte. Depuis quelques jours j'ai eû une ample Dépêche de Monfieur de Bregy, un Miniftre du Tranfilvain lui a fait quelques ouvertures des intentions de fon Maitre & comme il defiroit rentrer en Guerre contre l'Empereur ; mais il n'a pas été jugé devoir appuier fur cette ouverture, parce qu'elle eft conditionnée de lui en moienner la liberté à la Porte, & que la legereté de l'efprit de ce Prince donne toûjours des inquietudes ; comme il prend aifément les armes, il les pofe avec la même facilité, parce que fon but n'eft que d'obtenir quelque Courfe en Hongrie, ou quelque liberté d'exercice de Religion pour les Calviniftes Schifmatiques, dont il fait profeffion, & l'Empereur eft affez liberal de ces chofes, ainfi on le fait plutôt desarmé ; que l'on n'a fû qu'il ait fait quelque exploit, & s'être feulement fait voir à la Campagne, lui donne lieu de demander de l'argent, & d'être compris dans le Traité Général comme Allié.

Pour avoir paffé legerement fur ce qui vous a été offert pour la Catalogne & le Portugal, ne croiez pas que cela ait été peu confideré : pour l'un avec la liberté qui nous demeurera de l'affifter, nous avons ce que nous pouvions prétendre, & pour les autres il faut quelque chofe de plus, ainfi que vous le jugez très-prudemment. J'ai fû de l'Ambaffadeur de Venife, que ce n'eft pas le dernier mot des Efpagnols, mais la poffeffion de trente ans les étonne ; huit ou dix ne feroient pas éloignez de leur penfée felon fon fens : fi c'eft avec fondement qu'il le dit, je m'en raporte à vous, qui êtes en lieu, où vous le jugerez bientôt.

J'envoie à Monfieur le Prefident de Sombres les refolutions fur les points dont il a é-crit,

1646. crit, il se trouve en une étrange rencontre, mais il a de l'adresse pour s'en démêler, & s'il obtenoit que l'Etat de Liege députât vers Leurs Majestez, après avoir donné satisfaction sur les deux points dont il vous a écrit, il faudroit aller au devant de tout ce qui pourroit contenter cet Etat. Si ceux qu'il a portez au Magistrat ont du credit, ils en viendront à bout & pour y maintenir des personnes auxquelles on eût confiance, une somme de trois ou quatre mil Risdalles seroit bien employée; si par les habitudes qu'il y prendra, il pouvoit songer à quelque chose de plus haut, comme d'y faire élire un Evêque, qui en fût obligé à Sa Majesté, il rendroit un grand service, & ce n'en sera pas un petit, s'il y menage les choses en ce point, que le Prince y soit sans autorité, il est persuadé que cela n'est pas impossible, & que par sa timidité naturelle il n'osera venir essaier de relever son autorité, & son parti. Je suis, &c.

L E T T R E

De Messieurs les

PLENIPOTENTIAIRES

à Monsieur le Comte de

B R I E N N E.

Du 25. Septembre 1646.

Sauvegarde accordée au Deputé de Wurtzbourg.

MONSIEUR,

NOus avons reçû ici les deux Lettres qu'il vous a plû de nous écrire le quatorziéme de ce Mois. Nous vous rendons graces bien humbles des soins que vous avez agréable de continuer pour tout ce que nous pouvons desirer de vous. La Sauvegarde pour le Sieur de Meel Député de Monsieur l'Evêque de Wurtzbourg nous a été apportée. Nous suivons exactement ce qui nous a été ordonné pour Monsieur le Grand Duc. Le Memoire ci-joint vous fera voir que c'est avec fondement que l'Ambassadeur de Venise nous a parlé de la disposition où sont les Espagnols, quoy que l'ouverture nous ait été faite par d'autres que Messieurs les Médiateurs. Nous ne vous saurions rien mander qui ne soit compris audit Memoire & il ne reste qu'à vous supplier de croire que nous sommes, &c.

Sauvegarde accordée au Député de Wurtzbourg.

M E M O I R E

De Messieurs les

PLENIPOTENTIAIRES

ENVOYE' EN COUR

Le 25. [26.] Septembre 1646.

Les François se plaignent de la fermeté des Suedois, qui veulent toute la Pomeranie. Les propositions des Espagnols continuent à se faire par le canal des Hollandois. Ils offrent tout ce que la France possede dans les Pais-Bas & dans la Franche-Comté, le Roussillon, & une Trêve pour la Catalogne, pourvû qu'on ne parle point du Portugal. Siege de Dunkerque.

NOus craignons bien que la fermeté de Messieurs les Suedois à ne rien relâcher de leurs prétentions ne nous empêche de tirer le fruit de notre voiage en ce lieu que nous nous étions promis. Ils persistent opiniâtrement à vouloir retenir toute la Pomeranie & assûrent que les ordres de Suede ne leur permettent pas de s'en départir. Ils veulent même que l'Empereur donne à l'Electeur de Brandebourg la recompense nécessaire pour avoir son consentement, quoy que le Comte de Trautmansdorff soûtienne qu'ils lui avoient ci-devant promis de n'exiger point ces conditions de Sa Majesté Imperiale. D'autre côté, les Députez de Brandebourg protestent que leur Maître ne traitera jamais de toute cette Province, & qu'il se resoudra plutôt à toutes sortes d'extrémitez, pour attendre le temps de tirer raison de l'injure qu'on veut lui faire. Cela nous met en très-grande peine. Car tandis que les Suedois ne seront pas contens sur leur intérêt particulier, nous ne voions point de moien de terminer les difficultez qui se rencontrent dans les affaires générales de l'Empire; lesquelles ils fomentent secretement au lieu de les faire cesser, afin que si le Traité venoit à se rompre ou à être différé, il paroisse au monde que c'est pour les intérêts publics & non pas pour le leur particulier. Nous pouvons bien asûrer la Reine que nous n'avons rien oublié dans les Conferences que nous avons euës avec eux pour leur persuader de se ranger à la raison, & que nous avons ajoûté à tout ce que nous leur avons représenté

Les François se plaignent de la fermeté des Suedois qui veulent toute la Pomeranie.

1646.

senté sur ce sujet notre propre exemple, & le temperament que nous avons pris en la satisfaction particuliere du Roi, pour ne perdre pas, s'il est possible, une si favorable conjoncture de sortir d'affaire honorablement. Monsieur Salvius nous a dit en confidence qu'ils ont écrit diverses fois à la Cour de Suede, les mêmes choses que nous leur disons; mais qu'ils n'avoient encore pû obtenir la permission de rien relâcher de leurs demandes; Qu'il seroit bon d'y faire agir efficacement de notre côté, & qu'on pourroit accorder à nos raisons & à nos instances ce qu'ils n'avoient encore pû obtenir. De cette sorte nous nous voions reduits à attendre la réponse de leur Dépêche, ou le retour de celui que nous envoierons en Suede; ce qui ne sauroit être un moindre delai que de six semaines. Pendant ce temps-là, nous aurons à souffrir les plaintes & les reproches des Médiateurs, & à nous défendre des artifices des Espagnols, qui avoient déja publié, avant notre départ de Munster, que nous ne ferions rien ici, & que nous n'y venions que pour amuser le Monde.

Il semble que Dieu a voulu recompenser d'un autre côté les saintes intentions de Leurs Majestez & tous les offices que nous faisons par leur commandement pour l'avancement de la Paix. Car en même temps que la dureté des Suedois ne nous permet pas de conclure le Traité de l'Empire à Osnabrug, les Ambassadeurs de Messieurs les Etats nous y sont venus trouver deux jours après notre arrivée, pour nous faire des propositions importantes de la part des Espagnols. Le prétexte de leur voiage a été pour faire divers offices auprès des Suedois en faveur de la Maison Palatine, de Madame la Landgrave, de l'Electeur de Brandebourg touchant la Pomeranie, de ceux de leur Religion en Allemagne, & en général pour les exhorter à faciliter la Paix. Mais le principal sujet a été pour nous dire qu'ils ont conferé plusieurs fois depuis notre départ avec les Ambassadeurs d'Espagne, & qu'ils ont enfin reconnu qu'on peut sortir d'affaire promptement avec eux à peu près selon le desir de Leurs Majestez, & qu'ils n'ont rien oublié de leur part pour les y disposer. Et de fait le Sieur Paw aiant fait recit en substance de ce qu'il leur a dit, nous n'aurions pas pû mieux agir ni parler que lui dans notre propre cause; aiant déclaré nettement au Comte de Peñaranda qu'il ne devoit point s'attendre que les Provinces-Unies pussent jamais se resoudre à rien faire sans la France, ni que nous pussions nous relâcher des dernieres propositions que nous avons faites & qu'au contraire il y avoit grand sujet d'apprehender que si le reste de cette Campagne nous étoit heureux, nous ne prétendissions de nouvelles condi-

Les Propositions des Espagnols continuent à se faire par le canal des Hollandois.

tions: Que le lendemain l'Archevêque de Cambrai & Brun les étoient venus trouver pour les prier de savoir de nous au plutôt si nous persistions à nos dernieres propositions, & qu'il ne les avoit pas vûs éloignez d'y consentir, pourvû qu'on ne parlât point du Portugal: Qu'ils avoient voulu d'abord se mettre en chemin pour nous faire savoir cette bonne disposition d'accorder tout ce que

Ils offrent tout ce que la France possede dans les Pais-Bas & dans la

nous avons prétendu jusques-ici. La proposition a été que tout ce que le Roi possede dans les Pais-Bas, & dans la Franche-Comté, la Comté de Roussillon avec Roses demeureront à perpetuité à Sa Majesté & à la Cou-

Tom. III.

ronne de France par le Traité de Paix, & qu'il sera fait une Trêve en Catalogne de la durée que nous desirons, à la charge néanmoins que si on juge à propos, pour la commodité reciproque, de faire quelque échange de part & d'autre aux Pais-Bas, nous y consentirions & même y apporterions quelque facilité. Nous avons fait repeter plusieurs fois cette proposition, afin qu'elle soit bien entenduë de part & d'autre. Mais encore que nous vissions bien clairement que les Ambassadeurs de Messieurs les Etats en ont reçû le consentement des Espagnols, & que même ils nous le fissent connoître par leurs gestes & par quelques discours ambigus, ils n'ont jamais voulu déclarer nettement que lesdits Espagnols en eussent donné parole en termes exprès, & lorsque nous les avons pressez, ils nous ont supplié de nous en reposer sur eux, & de croire qu'ils ne seroient pas venus ici nous faire cette ouverture s'ils n'eussent vû les dispositions nécessaires à en tomber d'accord. Le resultat de trois longues Conferences que nous avons euës avec eux, a été que, pour être plus asûrez de ce que nous pouvions faire & soulager leur memoire, ils ont pris un Ecrit semblable à celui qui sera ci-joint, où nous avons fait inserer l'affaire du Portugal, n'aiant pas jugé à propos de consentir qu'il n'en soit point parlé, jusqu'à ce que les Espagnols soient demeurez d'accord positivement de tout le reste, dont nous tâcherons de les faire expliquer aussi-tôt que nous serons de retour à Munster.

Pendant le temps que cette affaire a été agitée, les Hollandois nous ont fait connoître que les Espagnols veulent conclure promptement. Et quand nous avons objecté la longueur & difficulté qu'ils apportent ordinairement aux ratifications des Traitez qu'on fait avec eux, ils nous ont dit en souriant & se regardant l'un l'autre, peut-être l'ont-ils déja, & la donneront-ils en signant le Traité; ce qui nous a fait appercevoir que l'avis que Monsieur le Cardinal Mazarin avoit donné, il y a quelque temps, qu'on avoit envoié des blancs-signez à Peñaranda pour lui donner moien d'achever les affaires en un instant, étoit très-veritable.

L'impatience que témoignent les Hollandois d'achever promptement ce Traité, nous fait faire de bonnes & de mauvaises conjectures de leur intention, au moins de celle de Paw, qui est le seul qui agit des trois qui sont ici. Les bonnes sont que voiant le corps des Provinces-Unies reprendre le bon chemin, & ne vouloir rien faire sans la France, il fait sincerement cet effort pour avancer notre Traite, afin que celui qu'il a commencé & signé pour sa Patrie ne soit pas sans effet. Les mauvaises sont, qu'il auroit pû donner confidemment avis aux Espagnols de ce qui se passe en Hollande, & leur conseiller pour y rétablir les affaires selon leur desir, de mettre sur le tapis une chaude Négociation avec nous, afin qu'écrivant à ses Superieurs que nous sommes sur le point d'être d'accord, ceux-ci, pour n'être pas prévenus, passent outre dans leur Traité, & approuvent la signature qui a été faite ici par trois de leurs Plenipotentiaires, laquelle plusieurs Provinces sont sur le point de desavoüer. Il y a encore beaucoup d'apparence que ce qui presse le plus les Espagnols & les Hollandois est l'aprehension que Dunkerque ne tombe entre les mains du Roi, & que la perte de cette importante Place ne soit suivie de

Q q   quelque

1646.
Franche-Comté, le Roussillon avec Roses, & une Trêve pour la Catalogne, pourvû qu'on ne parle point du Portugal.

1646.

quelque grande revolution dans la Flandre en notre faveur; en quoi nous avons sujet de croire que leurs sentimens ne sont pas beaucoup differens les uns des autres.

Quelque dessein ou jalousie qu'ils puissent avoir, l'effet qui en paroît est très-avantageux pour la France si elle peut obtenir ce qu'elle a desiré jusques à présent. Le seul doute qui peut rester est, si nous devons avancer la conclusion du Traité, dont nous voions que nous serons pressez à notre retour; ou si nous le devons differer jusques à ce qu'on voie le succès du Siege de Dunkerque & de Lerida, & de la nouvelle entreprise que les Armes du Roi doivent faire sur les côtes de Toscane. Il y a tant de raisons contraires à alleguer sur cette question, & tant d'importantes considerations à faire de part & d'autre, que nous avons crû la resolution au dessus de notre pouvoir, & avons estimé à propos d'envoier aprendre la volonté de la Reine, qu'il importe extrémement de nous faire savoir en diligence. Nous tâcherons de l'attendre, s'il est possible, avant que de rien resoudre, si ce n'est que nous reconnoissions qu'un trop long delai pourroit causer quelque rupture où l'on ne pût pas remedier, ou bien donner quelque soupçon à nos Alliez. Car il est très-nécessaire, pour le service du Roi, qu'ils soient persuadez que nous ne cherchons point de longueur. Peut-être que s'ils avoient cette opinion ils prendroient des resolutions fâcheuses pour nous forcer à ce qu'ils desirent & éviter ce qu'ils craignent. Ils seroient gens à mettre trop tôt leur Armée en garnison, & à retirer leurs Vaisseaux de la côte de Flandres, Paw aiant dit plusieurs fois que la saison étoit desormais bien rude pour tenir la Mer & pour demeurer en Campagne; si bien que pour ne lui donner ni le temps ni le sujet de nous faire aucun mauvais office, nous emploions toute notre étude à lui faire croire que nous souhaitons de signer le Traité plutôt aujourd'hui que demain, croians bien pourtant qu'il naîtra assez de difficultez de la chose même sur divers Articles, dont nous ne sommes pas encore convenus ensemble, pour nous donner le loisir d'attendre les resolutions de Leurs Majeftez.

Nous sommes obligez de leur faire savoir que les Députez de Messieurs les Etats parlant de la Trêve de Catalogne, ont toûjours évité de dire qu'elle seroit de pareille durée que la leur, & nous ont fait instance de limiter un temps en le demandant si long que nous voudrions. Quand on leur a répondu que cette limitation dépendoit d'eux; & que nous reglerions le temps de notre Trêve par celui qu'ils auroient choisi pour la leur, ils ont reparti que leurs Superieurs n'avoient pas encore pris une derniere resolution sur ce sujet. Le même discours nous aiant été fait diverses fois par les Médiateurs, nous fait croire qu'il y a quelque mystère caché là-dessous, que nous n'avons pas encore bien pû pénétrer. Nous ne savons pas si les propositions qui ont été mises depuis peu sur le tapis en Hollande, de faire une Paix avec l'Espagne, ne seroient point cause que leurs Députez veulent éviter cette relation, qui sembleroit les reduire à ne faire qu'une Trêve, ou s'il y a quelqu'autre sujet de faire cette difficulté, dont nous tâcherons de nous mieux éclaircir lors qu'on entrera plus avant en cette matiere.

En discourant avec lesdits Députez des moiens d'executer le Traité principal si on vient à faire quelque échange, ils nous ont dit que les Espagnols ne refuseroient pas que Messieurs les Etats fussent Dépositaires des Places échangées pour les restituer en même jour à ceux à qui elles devront demeurer. Il nous semble qu'on ne pourroit pas avec raison refuser cet expedient, quoi qu'il tende à établir une grande union & confiance entre eux & les Espagnols.

LETTRE

Ou

MEMOIRE

à Messieurs les

PLENIPOTENTIAIRES,

A Fontainebleau le 26. Juillet 1646.

On loüe leur conduite avec les Députez des Hollandois. Et avec Monsieur d'Oxenstiern. Animosité des Espagnols contre le Duc de Baviere. Conduite de la Cour envers le Nonce, & l'Ambassadeur de Venise. On aprouve leurs offres pour Philipsbourg. Affaire de la Landgrave. Et des Levées. On leur donne tout pouvoir de traiter sans le Portugal. Conduite des Espagnols touchant la relation des Evenemens. Levée du Siege de Lerida. Levée du Siege d'Orbitello. Les Espagnols flattent leurs Sujets d'un accommodement avec les Hollandois.

SA Majesté a appris par la Dépêche de Messieurs les Plenipotentiaires du neuviéme du present mois, ce qui s'étoit passé en la derniere Conference, qu'ils avoient euë avec les Députez de Messieurs les Etats, & ne peut assez loüer la conduite qu'ils y ont tenuë, ni la vigueur & la prudence avec laquelle ils leur ont parlé: elle aura produit un bon effet, quand elle n'auroit servi qu'à rompre pour quelque tems le coup que les Espagnols vouloient faire de porter lesdits Députez à signer de part & d'autre les Articles dont ils sont d'accord, & c'est avec grande raison, que Messieurs les Plenipotentiaires disent qu'un délai même

1646.

même de huit jours peut avoir été fort utile, parce que Monsieur le Prince d'Orange s'engageant cependant dans quelque grand dessein, il est sans doute que la Négociation de ces affaires de Hollande changera entierement ; nous avons eû avis des Sieurs de la Thuillerie & d'Estrades, que son Armée marchoit, & qu'elle seroit infailliblement le quatorziéme dans la Flandres, & le vingtiéme sur le Canal de Bruges à Lowendighen, pour y faire la jonction avec les Troupes que S. A. Roiale lui prête pour quelques jours, & delà marcher droit à la tête d'Anvers, & attaquer ladite Place. Cependant son Altesse Roiale se preparera de son côté à se trouver à point nommé au lieu assigné, aiant jugé à propos d'accompagner avec toute l'Armée le Corps qu'il en doit détacher, & ce pour donner plus de sûreté à Monsieur le Prince d'Orange.

Et avec Monsieur d'Oxenstiern. Lesdits Sieurs Plenipotentiaires ne pouvoient aussi mieux parler, ni avec plus d'adresse, & de prudence, qu'ils ont fait à Monsieur Oxenstiern. Le Sieur Chanut continuë à nous assurer de plus en plus, que les intentions de la Reine de Suede sont veritablement de faire la Paix, & que toute sa Cour le souhaite aussi, & y est disposée, autant qu'il le peut desirer.

Animosité des Espagnols contre le Duc de Baviere. La conduite des Espagnols envers le Duc de Baviere, & l'animosité qu'ils font paroitre contre lui nous doit obliger de plus en plus à insister pour ses intérêts, aussi fermement que nous le pouvons faire pour les nôtres : l'obligation qu'il en aura à cette Couronne, en sera d'autant plus grande, qu'il n'a pas seulement ses propres Ennemis contre lui dans la Négociation, mais la Maison d'Autriche même, qui ne s'applique qu'à chercher les moiens de lui nuire, fomentant la mauvaise disposition des Suedois à son endroit, & échauffant les sentimens de tous les autres, qui peuvent prendre part à ce qui regarde la Maison Palatine.

Conduite de la Cour envers le Nonce & l'Ambassadeur de Venise. On se conduit ici avec le Nonce & l'Ambassadeur de Venise, en la maniere que lesdits Sieurs Plenipotentiaires témoignent le désirer, & on se plaint même quelquefois, comme ils en font eux-mêmes instance très-judicieusement, que le désir qu'ils ont de remporter la victoire, de faire la Paix, & peut-être celui de revenir bientôt, leur font souvent faciliter, plus qu'ils ne devroient certains points importans au service de Sa Majesté, & de grande consequence dans la conclusion du Traité de la Paix.

Sa Majesté a fort approuvé le pouvoir que lesdits Sieurs Plenipotentiaires ont donné au Sieur d'Antonville, de promettre jusques à la somme de cinquante mil Risdales à Monsieur l'Electeur de Trèves, au cas que le consentement absolu qu'il pourra donner à nous laisser Philipsbourg, produise l'effet que nous pré-On approuve leurs offres pour Philipsbourg. tendons, & que la Place demeure par le Traité à la garde du Roi, sans aucune limitation de tems : & comme ce point est de l'importance que chacun voit, pour l'avantage de cette Couronne, Sa Majesté est assurée que Messieurs les Plenipotentiaires continueront avec la même ferveur jusques au bout les soins qu'ils ont pris jusques ici pour l'emporter, & tout ce qu'ils promettront pour cela sera approuvé & ponctuellement executé par Sa Majesté.

Affaire de la Landgrave. On parlera ici au Resident de Madame la Landgrave, aux termes que lesdits Sieurs Plenipotentiaires mandent qu'il seroit à propos de faire, & on écrit en cette conformité au

Tom. III.

Sieur de Beauregard, afin qu'il témoigne encore plus particulierement à ladite Dame le sentiment que Sa Majesté conserve de sa conduite, & de celle de ses Ministres dans l'Assemblée : & à la verité c'est bien témoigner son affection, que tous les dégats que ses Etats ont souffert par le séjour que l'Armée Suédoise y a fait, dont le retardement du passage de notre Armée delà de Salms a pû être cause, n'aient pas fait sortir la moindre plainte de sa bouche, mais qu'elle se soit plutôt emploiée à faire connoitre aux Suedois la sincerité de nos intentions, & les justes causes que nous avions d'en user de cette sorte.

Et des Levées. On avoit déja donné ordre pour remplacer les douze mil Risdales, que lesdits Sieurs Plenipotentiaires avoient envoiez au Sieur de Tracy, pour la subsistance des nouvelles levées, & on donnera le même ordre pour les huit autres mil, qu'ils lui ont fait tenir depuis.

On leur donne tout pouvoir de traiter sans le Portugal. Comme Sa Majesté juge du discours que les Députez de Hollande ont tenu aux dits Sieurs Plenipotentiaires, que la principale difficulté en la conclusion de la Paix avec l'Espagne sera sur le point du Portugal, encore que Sa Majesté leur ait fait savoir ci-devant ses intentions là-dessus, elle veut encore repliquer dans ce Memoire, qu'elle leur donne tout pouvoir de conclure cette affaire, en la maniere qu'ils aviseront, & qu'il se pourra, ne désirant pas qu'elle empêche l'établissement du repos de la Chrétienté.

Il est vrai que Sa Majesté, & par bienseance, pour sortir avec honneur de ce point, pour correspondre même à la bonne grace, avec laquelle le Roi de Portugal vient d'accorder sept Vaisseaux pour venir servir dans l'Armée Navale de Sa Majesté, & par son propre intérêt, souhaiteroit passionnément, que l'on pût arrêter une Trêve pour ledit Roi de Portugal, au moins de deux années ; ce seroit autant de tems gagné pour eux, & comme après il faudra bien trois ou quatre années au Roi d'Espagne, avant que de s'être arraché cette épine du pied, il se rencontreroit insensiblement que nous aurions atteint la Majorité, avant que les Espagnols eussent eû moien de songer à nous, comme il est à croire qu'ils n'en prendront pas si-tôt la pensée, ne s'accommodant aujourd'hui que par une pure nécessité, & de crainte d'empirer leur condition.

Conduite des Espagnols sur les Evenemens qu'ils tournent à leur avantage. Cependant nous aurions tort de nous plaindre du partage que font les Ministres d'Espagne des avantages qu'ils reçoivent différemment de leur côté & du notre, puisqu'ils nous laissent la réalité des bons succès, & se contentent de se les attribuer, & de se flatter ou d'amuser le monde de l'imagination du bonheur, qui ne leur est pas arrivé, & du malheur de nos affaires, qui ne se rencontre que dans les bruits qu'ils en repandent.

Levée du Siége de Lerida. La Levée du Siege de Lerida qu'ils ont publiée, se trouve reduite à la continuation du Siége de ladite Place, qui se poursuit de telle sorte, que Monsieur le Comte d'Harcourt nous mande comme une chose assurée, que pour tout le mois qui vient, il la mettra à la raison, & nous avons si bien perdu Ballaguier, qu'on y voit pourtant encore une Garnison Françoise.

La Levée du Siége de Courtrai qui étoit infaillible, & où le moindre mal qui nous pouvoit arriver étoit la perte de notre bagage, & de notre Canon, s'est changée en la prise de cette Place, que nous avons emportée à la

1646.

face de toutes les forces des Ennemis, qui sembloient être assemblées là, afin qu'il y eût plus de Spectateurs de notre conquête, que Messieurs les Etats ne s'étoient pas mis en soin de divertir afin qu'elle en fût plus glorieuse pour la France.

La perte de la Bataille Navale avec tous nos Vaisseaux & Galéres, que le mauvais tems leur a fait tomber entre les mains, & une autre qui s'est échouée, au lieu d'une Galere, & quatre Vaisseaux qu'ils y ont perdu, & néanmoins toute ruinée qu'a été notre Armée, la voilà de retour en mer à chercher celle des Ennemis, plus forte de huit Vaisseaux, qu'elle n'étoit quand elle est sortie ci-devant, & sur le point d'être renforcée de treize autres très-grands, sept desquels le Roi de Portugal y envoie sur la priere, qu'on lui en a faite d'ici, & six qu'on a armez en Hollande, lesquels bien qu'ils soient destinez au service de la Republique de Venise, ne laisseront pas avec six autres qui sont à l'Armée, & qui ont été armez à même fin, de voir en passant, s'il n'y auroit point quelque chose à faire pour nous.

Levée du Siége d'Orbitello.

Quant à Orbitello, on ne s'étonne point que nos Ennemis se soient flattez à Munster de notre retraite de devant cette Place, avec la perte de ce que nous avions emploié pour l'assieger, puisqu'à Rome, qui n'en est éloignée que de trente lieuës, ils y ont eû la même illusion deux jours durant, & qu'on y a vû les Valets de pied de Ronquillo, & des Cardinaux partisans d'Espagne courir en divers endroits, où l'on est affectionné pour cette Couronne, & y porter cette nouvelle, pour en atraper quelque regal.

Ce ne fut pourtant pour eux qu'une courte joie, puis qu'immédiatement après il leur arriva deux nouvelles, l'une sur l'autre, de la défaite de deux secours, dont le dernier est fort considerable, ainsi que Messieurs les Plenipotentiaires verront par la relation qu'on leur en envoie. Il est vrai que si l'avis que nous avons de beaucoup d'endroits se trouve vrai, que le Pape & le Duc de Parme, ont donné passage à deux mil Chevaux Espagnols, qui vont au secours de cette Place, Mr. le Prince Thomas, qui n'en a que deux cens aura bien de la peine à les repousser, & à continuer le siége, qu'il n'a pû presser, comme il auroit fait par les continuels efforts que les Ennemis ont fait pour l'en divertir, & l'obliger à emploier contr'eux les forces, qui devoient agir pour presser la Place.

Les Espagnols flattent leurs Sujets d'un accommodement avec les Hollandois.

Enfin les Espagnols n'ont pas seulement publié par tout, & flatté particulierement les Peuples de Flandres, que leur ajustement avec Messieurs les Etats étoit infaillible; mais ils se le font persuadez tout de bon, & l'ont si bien crû dans leur ame, qu'ils ont acheminé sur cela toutes les choses de leur part, comme sur un fondement qui ne pouvoit manquer, & cependant voilà Monsieur le Prince d'Orange en Campagne avec une Armée plus forte que celle qu'il avoit l'année passée, & à la veille de tenter un dessein, plus grand, qu'il n'a encore fait.

Cela étant, ne serions-nous pas injustes de vouloir tout prendre pour nous, & priver les Espagnols de la faveur, qu'ils font courir des premiers bruits sur les Evenemens de la Guerre, & qu'ils embellissent même de Rodomontades, pour en rendre croiable la fausseté, pendant que nous en recevons avec moderation les veritables avantages ? Par cette raison l'on peut laisser à juger à tout le monde, à quel haut point ils feroient monter leur orgueil, s'ils avoient la fortune aussi veritablement pour eux, comme faussement ils la vantent, puisque dans les disgraces, qui leur arrivent, ils s'enflent & se débordent si fort.

1646.

LETTRE

à Messieurs les

PLENIPOTENTIAIRES,

A Fontainebleau le 20. Juillet 1646.

Leurs plaintes contre les Hollandois sont bien fondées. Affaires de Suede. Pretentions de Brandebourg. Le France souhaite la Paix. Ressentiment des Suedois contre les Hollandois. On loüe la conduite de la Landgrave & on l'assistera. On leur envoie des subsides. On soupçonne une Trêve entre l'Espagne & la Hollande. Soins de la France pour le Prince D. Edoüard de Portugal. Les Espagnols demandent au Duc de Parme le passage sur son Etat. Le Duc de Parme le leur accorde. Soupçons contre le Duc de Parme. Le Pape & le Grand Duc ont donné passage aux Espagnols pour secourir Orbitello. Armées au Païs-Bas. Nouvelles de Constantinople. Le Roi de Portugal envoie aux François un secours Maritime. On examinera leur Memoire touchant l'Alsace. Affaire de Modene. Affaire de Constantinople. Et d'Allemagne. Loüange des gens du Septentrion. Et de l'Ambassadeur de Venise à Paris.

MONSEIGNEUR & MESSIEURS.

VOtre Memoire datté du 9. du Courant est si clair & les raisons que vous avez de vous plaindre des Hollandois sont si bien fondées, qu'il n'y a rien à désirer, après les choses que votre prevoiance & capacité vous ont suggerées : je ne sais pourtant ce qui réüssira de vos justes plaintes, mais ce n'est pas peu d'avoir confondu ceux qui manquent à leurs engagemens, & à leurs propres intérêts. L'on avoit dû apréhender que les Espagnols plus déliez que les Hollandois circonviendroient ceux-ci, mais qu'ils pussent manquer de fidelité, c'étoit bien une chose qui passoit par l'esprit

Leurs plaintes contre les Hollandois sont bien fondées.

1646.

l'esprit des plus délicats; mais qui étoit combattuë de tant de raisons, qu'ils étoient forcez de revenir aux sentimens des autres: par leur conduite, ils ont donné beaucoup de gloire au Comte de Peñaranda, mais ils se sont à proportion couverts de honte, & celui-là les aura meprisez en son cœur, qui aura été surpris de voir leur Armée en Campagne, & qui le sera encore davantage si elle agit avec la fermeté qu'on se doit attendre du Prince d'Orange, auquel il convient pour l'avantage de sa Maison qu'il fasse quelque chose de haut relief, & que son fils soit en part de l'action, afin que venant à l'autorité, il la soutienne d'une reputation acquise, sans cela il sera peu consideré: car les services des Peres, & des aieuls sont facilement oubliez par des Peuples, lesquels aiant longuement combattu pour la liberté ne la croient fondée, qu'en abbaissant la puissance de ceux qui sont de quelque illustre naissance, & qui ont contribué à la leur acquerir.

Vous aurez sû comme Monsieur d'Estrades a été forcé de mander à son secours Monsieur de la Thuillerie, & de ses Dépêches à son retour de Breda, quelle aura été la fin de son voiage.

Ce qui nous est mandé de Suede par Monsieur Chanut, s'accorde avec vos Dépêches, les siennes portent, que la Reine de Suede veut la Paix, & qu'Elle est contente des satisfactions qui lui sont proposées, & ne demandera rien davantage, que de certaines restrictions, & peut-être, ainsi que vous l'avez remarqué, Elle sera pour abandonner une partie de la Pomeranie, afin d'avoir une cession de l'autre par l'Electeur de Brandebourg.

Si les Ministres de cet Electeur vous parlent avec la fermeté, qu'a fait le Comte de Dhona, vous ne jugerez pas que son Maitre se dispose si aisément à relâcher le sien; mais ne pouvant mieux il en prendra recompense, & je fais ce jugement sur ce que ledit Dhona diminuë la valeur du Diocese d'Alberstad, afin d'insinuer que pour le contenter, il faudroit encore d'autres choses, car s'il ne vouloit que le sien, il étoit superflu de donner prix à ce qui lui étoit offert.

J'évite de parler de ce qui est à faire pour avancer la Paix, parce que vous l'avez en plusieurs Mémoires & Dépêches, mais je puis bien vous dire que la pensée d'en jouir, & de la donner à l'Europe sont les delicieux entretiens de Sa Majesté, qui souhaiteroit de borner ses prosperitez dans une Campagne, où tout paroit disposé à les accroitre. Le public peut connoitre, que les Espagnols qui disent y être incitez par des considerations éloignées, ne l'ont pas à cœur, comme Sa Majesté, qui renonce à ses avantages, & les retranche afin de la mieux établir.

J'ai reçu des Lettres du Baron d'Avaugour, qui me confirment ce que vous avez mandé, que les Généraux Suedois sont offensez contre les Hollandois, donnant à leur manquement le retardement de la jonction de notre Armée avec la leur; & je ne m'épargnerai pas d'appuier sur cette raison, & de faire tous les offices que vous jugerez devoir être rendus à Madame la Landgrave, de faire même entendre à son Ministre, combien sa maniere d'agir a été louée, & enfin de faire paier ceux qui servent des pensions de cette Cour: & l'aiant proposé à Monsieur le Cardinal Mazarin, il a été resolu d'en presser Messieurs des

Finances. Je leur ferai aussi entendre combien il est nécessaire de faire pourvoir aux Appointemens de Messieurs de Meules & de Beauregard, aussi-tôt qu'ils seront en ce lieu, où ils doivent se rendre demain, ou ce soir.

Je ferai pourvoir à remettre les huit mil Risdales, que vous avez envoiez à Monsieur de Tracy, & je suis fort aise d'avoir déja expedié les Ordonnances des douze, dont vous avez ci-devant écrit, afin que cette seconde somme leur paroissant moindre, ils aient plus de facilité à la faire acquitter, s'il est tems de gagner quelqu'un des Députez, selon qu'il vous a mandé, c'est ce qui est remis à vos prudences.

Le Resident de Portugal m'a dit que l'Ambassadeur de Venise lui avoit déclaré, que les Espagnols & les Hollandois étoient d'accord, que la Paix, qu'ils ont qualifiée Trève, doit durer trente ans, & qu'on donne divers avantages au Prince d'Orange. Ce discours me fait souvenir d'un autre publié à Venise, sur l'occasion d'une Lettre reçuë de Contarini, qui portoit à peu près les mêmes choses; mais avec une marque de joie indicible, & de douleur, que les Suedois n'étoient pas capables d'imiter les autres, & qu'aiant conservé la bonne foi des Septentrionaux, ils en donnoient des marques à la France; qu'il falloit néanmoins essaier de les en faire revenir. J'eusse eû peine à n'en rien témoigner à l'Ambassadeur de Venise, s'il eût été en ce lieu; mais à la premiere vuë, & de celle que j'aurai de Monsieur le Nonce, je leur parlerai, comme vous remarquez qu'il sera utile, & ils me trouveront dans des pensées si hautes, pour la satisfaction de Sa Majesté, qu'ils auront sujet de croire, que je m'en ouvre avec eux, pour les preparer à n'en être point surpris, quand leurs Collegues qui sont à Munster le leur manderont, que vous vous en êtes aussi laissez entendre: & il est très-vrai, comme vous le mandez, qu'il faut avoir une conduite très-reservée avec eux; car bien qu'ils paroissent affectionnez, le désir d'avancer la Paix, ou de faire connoître qu'ils ont pénétré quelque chose, les porte à écrire ce qu'ils ne savent pas, & d'un terme qui ne signifie rien d'aprochant de ce qu'ils en conçoivent. Ils en tirent des consequences, qui peuvent souvent être préjudiciables aux avantages de Sa Majesté.

Au même Resident de Portugal, le Confident qui est averti du Prince Dom Edouard, Prisonnier au Chateau de Milan, lui a dépêché un Courrier exprès pour l'avertir qu'on avoit ôté audit Prince son Epée & ses Domestiques, qu'il avoit été interrogé par deux fois par le Chancelier de Milan, & qu'il voioit bien qu'on songeoit à lui faire perdre la vie, sous quelque pretexte de justice commettre la derniere Tyrannie, & qu'il n'en esperoit la conservation, que des puissans offices que vous passeriez en sa faveur. Ce Prince est digne de compassion, & que vous lui continuiez vos assistances, mais si c'est jusques à déclarer, que vous romprez le Traité, si l'on ne vous assure sa personne, c'est ce qui ne m'est pas commandé de vous écrire, ou bien seulement de faire pour lui, comme pour les affaires de son frere tout ce qui est en votre puissance, hormis de rompre l'Assemblée, pour nous délivrer de l'importunité dudit Resident, qui toûjours nous débat de vous prescrire de demander le Saufconduit pour les Ambassadeurs de son Maitre, & d'offrir ceux-là pour

1646.

les

les Députez du Duc Charles. Si c'est le prix qu'on y donne, faites entendre aux Ambassadeurs, qui sont auprès de vous, que vous ne perdrez point d'occasion de les servir, mais qu'il faut qu'ils vous la laissent ménager.

Ce Courrier venu de Venise en deux jours m'a rendu une Dépêche de Monsieur de Gremonville, aiant desiré de profiter de la Course, pour m'avertir que le Duc de Parme lui avoit fait savoir, qu'il seroit bien aise qu'il le rencontrât à la promenade, & que l'aiant pris dans sa Gondole, il lui auroit fait entendre, que ce jour-là, qui étoit le septiéme du Courant, l'Ambassadeur d'Espagne lui auroit presenté une Lettre de Créance du Viceroi de Naples, & l'expliquant demandé le passage sur son Etat de Castro, des Troupes qu'il a mises ensemble pour le secours d'Orbitello, que surpris de l'instance, & du peu de moien qu'il avoit de le lui refuser, il y avoit consenti.

A ce qui lui fut representé par Monsieur l'Ambassadeur que c'étoit faire une chose toute contraire à la devotion & service qu'il lui avoit déclaré de professer pour la France, le Duc lui auroit repliqué, que pour éviter un affront, & la derniere ruine de ses Sujets, il auroit été forcé de consentir à la demande, mais qu'il avoit bien fait connoître aux Ministres d'Espagne combien c'étoit à contre-cœur. Celui de Sa Majesté le pria de remarquer qu'il avoit offensé une puissante Couronne, & peu ou point obligé l'autre, & qu'il pourroit arriver que son Païs deviendroit le Theatre de la Guerre, & qu'il auroit pu imiter le Grand Duc, & le Pape, dont l'un est partial, & l'autre fort suspect, bien qu'il soit entré en neutralité, lesquels avoient bien consenti au passage desdites Troupes sur leurs Etats; mais à la file, & non d'y donner Place d'armes comme l'avoient prétendu les Espagnols.

Se voiant pressé il dit, mais que pouvois-je faire? Je suis méprisé par la France. Elle protege mes Ennemis, & je n'ai point de Traité avec elle, ni vous seulement le pouvoir d'en conclure un avec moi. A cela il lui fut répondu, qu'il ne falloit point mettre en doute qu'il auroit été défendu & protegé par la France, si en une occasion comme celle-là, il eût déclaré à l'Ambassadeur d'Espagne, que si l'on prenoit à main armée le passage sur le sien, qu'il entreroit dans le Milanois pour en tirer raison; que les Espagnols ne l'eussent osé entreprendre, & qu'il auroit acquis un grand merite envers Sa Majesté. Et puis qu'il avoit mis en jeu les Barberins, qu'il le prioit de considerer, s'il étoit plus juste qu'un Roi de France prît les passions du Duc de Parme, ou celles d'un Roi: qu'il ne pouvoit ignorer qu'il avoit été du service de Sa Majesté de recevoir en grace, & en protection Messieurs les Barberins, & que les Espagnols qu'il consideroit jusques au point qu'il avoit fait n'exigeroient pas seulement de ceux, qui sont leurs serviteurs, de ne rien faire contre une Maison de laquelle ils auroient entrepris la défense, mais qu'ils les assujetiroient à leur faire service.

Ledit Duc, contre son ordinaire & contre l'attente de Monsieur de Gremonville, se moderà, avoua l'inégalité des conditions, & cela avec tant de flegme, que l'autre jugea, qu'il s'étoit engagé avec les Espagnols. Ce qui lui donna matiere de parler d'une Ligue,

dont on le déclare le Général, à quoi il ne voulut jamais repondre, & dit seulement, qu'il dépêcheroit ou écriroit en Cour, & qu'il en avoit été empêché, sur ce qu'on avoit publié, qu'une Armée qui devoit entrer en Italie, en feroit déclarer plusieurs, & que pour ne pas donner lieu de croire, qu'il eût peur, ou que ce discours le regardoit, il s'en étoit abstenu.

Il avoua même qu'il avoit fait passer des offices auprès du Pape, contre la Maison Barberine. J'ai crû que vous ne seriez pas marri d'avoir cette information, & que le Duc avoit assuré que le Pape & le Grand Duc avoient accordé aux Espagnols le passage de leur Armée par leurs Païs: si elle est arrivée à tems pour secourir Orbitello, & si elle y avoit réussi, c'est ce qui nous est encor incertain; mais nous craignons pour notre Armée, laquelle aiant rompu deux puissants secours, qu'on y a voulu jetter s'est affoiblie, & la Place s'est si bien défenduë, que nous avons fait perte de nombre d'hommes, aux divers logemens qu'il a fallu prendre & conserver. Néanmoins nous ne sommes pas sans quelque esperance, que notre Armée Navale chasse de devant Port-Hercole l'ennemi, & qu'elle n'arrive assez à tems, pour rafraichir celle de Terre de quelques trois mil hommes, qu'elle aura chargez à Toulon; & si nous avions mil chevaux au Camp, nous ne serions en aucun doute de remporter la Place: que s'il en faut abandonner le siege; ce sera la Cavallerie ennemie qui nous y contraindra, laquelle étant, selon ce qui nous est raporté, de plus de deux mil cinq cens Maîtres, ne sauroit être soutenuë par le peu que nous en avons. Si avant que de fermer ma Lettre, il nous arrive quelques nouvelles, je ne manquerai pas de vous en faire part.

Notre Armée de Flandres marche, & celle de Messieurs les Etats: sans son assistance, Courtrai a été emporté, & je crois que les Députez de Messieurs les Etats ont eû tant de honte de ce que la leur n'a point eû de part à la gloire, que la nôtre y a remportée, que ç'a été le sujet qui les a empêchez de vous en témoigner de la joie; mais c'est une faute qu'ils ont ajoûtée à la premiere, & dont vous avez un très-juste sujet de leur faire reproche.

L'avis que vous avez eû du Comte de Trautmansdorff, de ce qui s'est passé à Constantinople, lorsque Monsieur de Varennes y est arrivé, m'a été écrit de Venise: la Republique a eû deux fois des Lettres de son Baile & Monsieur de Gremonville n'en a point reçu, ni pour lui ni pour la Cour, de Monsieur la Haye, ni dudit Sieur de Varennes. Cela me tient en inquietude, & bien que la conduite de la Republique, ou du moins celle de ses Ministres puisse détourner Sa Majesté de faire passer à leur secours, les Vaisseaux, qu'elle leur a promis, & qu'elle en ait besoin pour soutenir ses entreprises, si est-ce qu'elle ne laissera pas de les y envoier.

Le Roi de Portugal a fait passer en la Mer Mediterranée sept Gallions pour joindre notre Armée: j'ai mandé au Grand Prieur d'Auvergne de les traiter, & considérer comme un secours notable & fait de bonne grace: que s'il a un peu tardé, la faute en peut être imputée au longtems que le Comte Almirante a mis à se rendre auprès de son Maitre. Monsieur l'Asnier y est non seulement arrivé; mais Monsieur le Marquis de

Rou-

On examinera leur Memoire touchant l'Alsace.

Roubiat en est parti, ce que le Roi n'estime pas une petite fortune.

Quand le Conseil sera revenu auprès du Roi, Sa Majesté examinera le Memoire, que vous avez envoié sur le sujet de l'Alsace : car il est plus avantageux de la posseder en pleine Souveraineté, que de la relever de l'Empire. Comme entre votre Altesse, & vous Messieurs, vous avez eû différentes opinions, cela pourra bien aussi arriver de deçà, & j'avoue pour moi, que je ne pancherois de l'un des côtez, & que je prefererois d'avoir droit de suffrage aux Diettes de l'Empire, au démembrement de l'un de ses Landgraviats : ce qui est à dire sur la matiere, est si bien éclairci dans ledit Memoire, qu'il ne faut plus rechercher de raisons pour l'une ou l'autre opinion, mais seulement se déterminer du choix.

Affaire de Modene.

Le Duc de Modene n'a pas jugé, qu'il fût raisonnable de proposer au Pere Corregio leur accommodement. Il en donne deux raisons, l'une qu'il faut une fois laisser détromper ledit Prince des belles esperances qu'il a conçuës à Milan, l'autre que quand il aura son désistement, & sa prétention, que l'Empereur ne l'investiroit pas du fils, & qu'ainsi il n'auroit plus de partie, mais que pour cela il ne seroit pas assuré de se conserver ce qu'il auroit acquis. Il est mandé à Monsieur de Gremonville d'attendre de ses nouvelles, & de profiter de l'occasion, qu'il lui donnera de ménager ses avantages, & de faire connoitre audit Prince, que la France est toûjours disposée à le protéger, si ce n'est pour avoir une Souveraineté, ou du moins des biens considérables. Je suis, &c.

Depuis ma Lettre écrite le Memoire du Roi que vous trouverez joint à cette Dépêche a été resolu, & l'Ambassadeur de Venise s'en allant prendre son logis à Moret, a pris la peine de me voir en passant. Le sujet apparent de sa visite, étoit pour me dire, qu'il avoit eû des Lettres de Constantinople, & de la Republique de Venise, lesquelles lui donnoient avis, que Varennes y étant arrivé, avoit été forcé d'aller à l'audience du Vizir, sans qu'on lui eût donné un moment de tems, quelque excuse qu'il en eût proposée. Interrogé s'il venoit offrir la Paix de la part de la Republique, & aiant repondu que non ; mais bien la Mediation du plus grand Roi Chrétien, ami de sa Hautesse, & de sa Serenité, & que c'étoit ce qui avoit donné sujet à ce mouvement dont la cause avoit été ignorée du Senat, il lui fut repondu, qu'ils savoient que le Gallion pris avoit été mené à Candie, & qu'il n'y auroit rien à faire, sinon en offrant les frais de la Guerre, & le Roiaume de Candie : & lui aiant été repliqué, qu'on avoit de bonnes exceptions à proposer au fait du Gallion, & que la demande étoit exorbitante, le Visir repondit, sans ces conditions toutes ouvertures sont inutiles, & le Grand Seigneur est resolu de continuer ses Victoires, & pousser outre ses Conquêtes. En m'exposant les menaces qui leur sont faites, vous ne doutez pas, qu'il ne crie au secours.

Affaire de Constantinople.

Et d'Allemagne.

Le même Ambassadeur me dit ensuite, parlant des affaires d'Allemagne, que les Suedois avoient gagné l'avantage, & qu'on les tenoit très-disposez à la Paix, que bien qu'ils eussent fait des demandes sans comparaison plus grandes que les François, au moins s'étoient-ils donné à entendre, ce qu'ils prétendoient, que vous aviez une conduite opposée à la leur,

& que votre but avoit été toûjours d'engager les Ministres d'Espagne & de l'Empereur à faire des offres, & que quand on vous a abandonné Brisac, qui étoit la borne de vos prétentions à l'égard de l'Empire, selon que vous vous en étiez expliquez, & qu'on s'en étoit aussi laissé entendre de deçà, vous aviez dit, il faut encore d'autres choses, touchant Philipsbourg, & en étiez demeurez dans cette reserve.

Je lui ai dit, qu'il se pouvoit souvenir, que je lui avois toûjours déclaré, que Brisac étoit une de nos prétentions, & que sur ce qu'il avancoit à la gloire des Suedois, j'étois obligé de lui dire, qu'il étoit aisé à ceux-là de parler intelligiblement de leurs intérêts, & de ceux de leurs amis, qu'ils n'avoient point de mesures à garder, n'en aiant que de Protestants, que vous au contraire aviez bien les mêmes Protestants en consideration, mais bien plus, si on doit ainsi parler, la Religion Catholique, & que pour n'offenser ni l'un ni l'autre parti vous êtes bien souvent empêchez à trouver des ajustemens, qu'il étoit de la prudence des Médiateurs, auxquels vos Limites ne sont pas inconnuës d'y compâtir, & de porter vos Parties à se déclarer de tout ce qu'ils peuvent & veulent faire, afin que vous puissiez en un moment conclure avec eux s'ils se mettent à la raison.

Sans lui dire ce qui m'étoit mandé de Venise, je lui ai bien fait entendre, qu'en ce Pais-là, l'on voudroit que les Suedois nous fissent un faux bond ; mais que la foi des gens du Septentrion est si constante, qu'il n'y a rien à craindre de leur côté, & qu'enfin les Hollandois étant en Campagne, & pour entreprendre & mettre fin à quelque chose de grande consideration, les Espagnols éprouveroient à leurs dépens, que si l'on peut gagner des particuliers ; on ne corrompt point un Etat, & que tel offre facilement les choses qu'il croit, qui agréent pour en tirer des avantages, néanmoins assuré qu'il ne sera rien exécuté, il changea de visage, & de discours, & nous nous separames.

Louange des gens du Septentrion.

Je lui dois cette justice, qu'il est bien intentionné envers cette Couronne, & que quand il est persuadé par Contarini que vous avez tort, c'est l'amour de sa patrie qui l'emporte, qu'il connoit ne pouvoir se défendre du puissant Ennemi qui l'attaque, sans l'assistance des Potentats Chrétiens, qui ne sauroient être induits à les aider si une fois la Paix n'est concluë entr'eux, ainsi il la regarde comme leur Havre de salut, & pourvû qu'elle soit faite elle lui paroitra toûjours juste, soit la France, l'Espagne, ou l'Empire, qui l'aient la plus avantageuse.

Et de l'Ambassadeur de Venise à Paris.

LETTRE

à Monsieur le Comte

D'AVAUX.

A Paris le 20. Juillet 1646.

Mort de Monsieur de Brezé. La Cour est très-satisfaite de leurs soins.

MONSIEUR,

LA Lettre particuliere que vous m'avez écrite le neuviéme de ce mois, m'a été renduë bien à propos, pour faire voir à la Reine, que je vous avois fait savoir la resolution, où elle étoit de prendre les Charges, qui ont vaqué par la mort de Monsieur de Brezé, & Sa Majesté m'aiant demandé, si vous ne m'aviez rien écrit en commun sur ce sujet, je lui ai declaré le sentiment dans lequel vous étiez, dont elle est demeurée fort satisfaite, vous savez qu'elle aime fort qu'on approuve ce qu'elle fait.

Mort de Monsieur de Brezé.

Je puis vous dire avec beaucoup de sincerité, que nul de ceux qui ont écrit de par delà, que la Reine n'avoit pris l'Amirauté, que pour ne la point donner, n'ont pas entendu, que cela regardât Monsieur de Longueville, & si Sa Majesté n'eût eû cette prudence de la reserver pour Elle, & qu'Elle l'eût donnée à qui que c'eût été, Monsieur le Duc en auroit reçu un extraordinaire déplaisir, & eut été capable de se porter à quelque extrèmité.

La Cour est très-satisfaite de leurs soins.

J'ajouterai que Sa Majesté & Monsieur le Cardinal font satisfaits de vous au dernier point, & n'ont pas pour desagréable, que je vous en tienne averti. Ce qui a été entrepris de faire marcher l'Armée en Flandres, & rechercher l'occasion d'une bataille, dans le moment que les Espagnols croioient leur accommodement resolu avec les Etats, & que pour prix de cet avantage, ils n'entreprendroient rien de cette Campagne, a réussi avec autant de gloire, qu'il étoit prémedité avec prudence, & ceux-là détrompez de leurs esperances seront en état de songer tout de bon à arrêter nos prosperitez, par la conclusion du Traité. Sur cette connoissance on a ajouté au Memoire du Roi quelque chose, depuis qu'il a été concerté. Si je m'étendois davantage sur ce sujet cela seroit importun, je me contenterai donc de vous dire que je suis, &.

MEMOIRE

DU ROI

à Messieurs les

PLENIPOTENTIAIRES,

A Fontainebleau le 27. Juillet 1646.

On les assure du secret. On loüe leur conduite envers les Hollandois. Soins de la Cour pour la Trêve en Catalogne. Il loüe pareillement leur conduite avec les Suedois. Affaires Militaires en Allemagne. Et des Levées. Il faut se plaindre des Bavarois. L'Espagne souhaite la Paix. On fera toutes sortes d'honnêtetez à l'Ambassadeur de Suede en France.

ON a reçu la Dépêche de Messieurs les Plenipotentiaires du seiziéme du Courant, il ne faut pas qu'ils apréhendent, qu'il puisse être rien pénétré ici de ce qu'on leur a mandé des intentions de Leurs Majestez, pour faciliter l'avancement de la Paix. Ils doivent au contraire être assurez, que l'on fera continuellement des plaintes de la trop grande condescendance, qu'ils aportent en plusieurs choses, & que les Ministres des Princes Etrangers, qui sont ici, seront très-persuadez, que toutes les difficultez viennent de la Cour, où l'on est plus ferme, & non pas d'eux, qui y aportent des temperamens, autant qu'ils peuvent.

On les assure du secret.

Les discours que lesdits Sieurs Plenipotentiaires ont tenu aux Députez de Hollande en la derniere Conference, ne pouvoient être plus adroits, & il suffit de dire, qu'ils n'ont quasi lâché de parole, qui n'ait eû sa visée particuliere, ou qui n'ait porté son coup, & ce qui est plus à estimer, sans aucune affectation.

On loüe leur conduite envers les Hollandois.

Il a été très-à-propos qu'ils se soient prévalus de l'occasion pour offrir par l'entremise des Députez de Hollande, de donner des Places en Flandres, en échange de Tortose, de Tarragone, & de Lerida, & d'en faire même Juges Messieurs les Etats: & outre les avantages, qu'il est porté dans la Dépêche desdits Sieurs Plenipotentiaires, que nous pouvons tirer de cette ouverture, nous en avons un autre qu'ils n'ont point touché, qui est que nous ferons derechef sonner haut dans la Catalogne cette proposition : & comme nous sommes assurez, que jamais les Espagnols n'y don-

donneront les mains, nous pouvons hardiment offrir le double de ces trois Places dans les Pais-Bas, afin que les Peuples de cette Principauté voient ce que nous sommes prêts de faire pour leurs intérêts, & que nous préférons leur conservation à la propre sûreté de la Ville de Paris, à laquelle il importe tant de former un puissant Boulevart contre les Ennemis du côté de Flandres.

Messieurs les Plenipotentiaires, se sont aussi fort bien conduits, quand le Sieur Paw a jetté un discours d'un échange avec la Franche-Comté, ne rejettant pas la proposition, & ne témoignant pas aussi s'y arrêter trop. A la verité on croit ici, que c'est la moindre chose, que les Espagnols pourroient consentir de lâcher, pour avoir la Catalogne, si une fois la Trêve étoit concluë, & qu'alors on pourroit traiter cette affaire, sans courir aucun risque des inconvenients sur lesquels on a si souvent discouru.

Soins de la Cour pour la Trêve en Catalogne.

Il faut seulement prendre bien garde, quand nous offrons de nous contenter pour la Catalogne, d'une Trêve de la durée de celle de Messieurs les Etats, que les Députez de Hollande, qui sont gagnez par les Espagnols, ne nous puissent jouer là-dessus quelque méchant tour, faisant conclure exprès une Trêve fort courte pour la Hollande, afin que la nôtre fût bien-tôt expirée, & que cependant les Espagnols, & Messieurs les Etats s'en rendissent secretement les Maitres pour faire continuer la leur, prétendants alors n'être obligez de rompre pour nos intérêts, puisque nous refusons de nous engager aux leurs, aiant toûjours rejetté le neuviéme Article dont ils nous ont si fort pressez, outre que sans faire une autre convention secrete, Messieurs les Etats seront assez persuadez, que l'envie, que les Espagnols auront de se vanger, étant toute contre nous, ils ne se feroient pas beaucoup prier de prolonger la Trêve avec eux, quand ils resoudroient de continuer la Guerre contre cette Couronne.

On louë pareillement leur conduite avec les Suedois.

On ne peut parler plus obligeamment, ni en plus veritables & sincéres amis, que lesdits Sieurs Plenipotentiaires ont fait à Monsieur Oxenstiern en dernier lieu, sur la conduite, qu'il semble que doit tenir la Couronne de Suede pour son propre avantage, on s'en promet un très-bon effet, pource que les raisons, qui lui ont été représentées sont si pressantes, qu'il est impossible qu'elles n'aient fait quelque grande impression dans son esprit.

Il n'y a, ce me semble, aucun risque à courir de continuer en toutes rencontres à parler là-dessus vivement, d'autant plus qu'il ne peut tomber dans la pensée des Ministres de Suede, que nous le fassions par envie, ou par jalousie, que nous pourrions avoir de grands établissemens qu'ils prétendent, puis qu'outre que nous y rencontrons notre avantage propre, nous ne leur donnons point de conseil, que nous ne l'aions auparavant pris pour nous-mêmes, aiant, comme ils ont vû, moderé nos pretentions, & offrant de si grandes recompenses aux Archiducs, & des assistances considerables à l'Empereur contre le Turc, pour avoir la satisfaction, à laquelle nous nous sommes reduits, & pouvoir avec plus de facilité établir le repos dans l'Empire.

Affaires militaires en Allemagne.

Comme tous les avis que nous avons d'Allemagne nous assurent que l'Armée Suedoise est si bien postée, qu'elle ne peut recevoir aucun échec, quoique les Ennemis fissent tous leurs efforts, & que même dans quelques

TOM. III.

escarmouches, les Imperiaux ont eû du desavantage, & Gleen y aiant été blessé, & Asfeld un Cheval tué sous lui, nous esperons qu'il n'arrivera aucun mauvais effet, de ce que notre jonction avec les Suedois a été differée pour quelque temps, & qu'au contraire le grand détour que Monsieur le Maréchal de Turenne a pris pour les joindre leur fera toucher au doigt la torte passion, que nous en avons toûjours euë, & qu'un mal entendu, auquel Sa Majesté n'a rien contribué, a été la seule cause de ce retardement, dont nous avons eû autant de déplaisir qu'eux. On croit que nos Armées sont maintenant ensemble, & que les Imperiaux voians qu'ils ont manqué le coup, qui étoit leur derniere ressource, & le Bavarois aussi, pour ce respect-là, & pour plusieurs autres, ne songeront plus qu'à conclure promptement la Paix de l'Empire, connoissant la fausseté de toutes les autres esperances, qu'ils s'étoient mises en tête; & il est même fort vraisemblable, que si les Imperiaux pour ainsi parler vont au pas pour faire l'accommodement, les Espagnols y courront à toutes brides, puis qu'outre les raisons pressantes qu'ils en ont en leur particulier, ils auront encore celle de se voir exclus de la Paix d'Allemagne, & de suporter seuls tout le faix de la Guerre, qu'ils avoient tant de peine à soutenir, étant même secondez de toutes les forces de l'Empereur, & de ses adherants.

Et des Levées.

On a été très-aise d'apprendre, que les Levées, qui sont dans la Hesse, pour le service du Roi aient si bien réussi, que lesdits Sieurs Plenipotentiaires le mandent. Il eût été très-à propos de les faire joindre à l'Armée de Suede, pour les considerations qu'ils remarquent dans leurs Dépêches. On se promet qu'ils n'auront pas manqué de faire valoir cela aux Ministres de Suede & la sincerité de nos intentions.

Il faut se plaindre des Bavarois.

Cependant il est bon de faire connoitre aux Députez de Baviere par delà, comme nous le faisons ici à leur Maître par la voie du Nonce, que la France a grand sujet de se plaindre de la conduite qu'il a tenu en ces dernieres rencontres, puisque dans le même tems, que nous nous sommes assemblez avec la chaleur, que tout le monde a vû, pour porter ses intérêts à bien affermir ses avantages, que nous n'avons eû aucun égard ni au Palatin ni à tout le parti Protestant dans l'Allemagne, que nous avons méprisé tous les risques, que nous pouvions courir, que la Couronne de Suede, qui eût pû s'en formaliser, n'eût pris des resolutions, qui nous fussent préjudiciables, que mêmes nous l'avons obligé à consentir à presque tout ce que ledit Sieur Duc peut desirer, & à quoi il n'auroit jamais pû aspirer, sans une vigoureuse assistance & appui de cette Couronne, d'autant plus que les Espagnols, qui sont de son parti, remuent encore aujourd'hui toutes sortes de pieces pour l'empêcher.

Qu'outre cela nous avons retardé sous divers prétextes notre jonction à l'Armée Suedoise, pour donner lieu cependant à la conclusion de la Paix, ou d'une suspension générale dans l'Empire, ou d'une particuliere avec lui.

Toutes ces sensibles obligations, & la franchise de notre procedé en son endroit n'ont servi qu'à lui faire mieux prendre son tems, pour essaier de nous faire du mal, donnant toutes ses forces aux Imperiaux, sans avoir retenu

R r

1646.

tenu que quatre Cornettes de Cavallerie, afin d'accabler l'Armée Suedoise par le nombre, fans confidérer que quelque fuccès qui en arrive, il ne peut être que très-desavantageux à ces effets ; car ou l'Armée Imperiale étant battuë, il aura toûjours fait paroitre fa mauvaife volonté, & nous aura obligé à ne plus tant confiderer fes intérêts, ou en remportant l'avantage, il aura éloigné la conclufion de la Paix qu'il doit foubaiter preferablement à tout, & aura mis les Imperiaux en état de lui donner la Loi.

Enfin lefdits Sieurs Plenipotentiaires fe conduiront en cela, & pafferont plus outre, ou modereront ces plaintes, felon que les affaires auront fuccedé entre les Armées Imperiales & Suedoifes, & l'état de notre jonction avec celle-ci.

Les Portugais devroient appaifer les Hollandois. Le plus grand coup que les Portugais pourroient faire pour leur bien, feroit d'appaifer les Hollandois. Ils ne pouvoient certainement commettre une plus grande faute, que celle de les dégouter en une affaire fi fenfible, que leur eft celle du Brezil : on l'a dit ici au Miniftre de Portugal, & il fera bien à propos, que lefdits Sieurs Plenipotentiaires exhortent continuellement ceux qui font auprès d'eux à la reparer, commençant doucement à leur faire connoitre, que la France ne peut pas feule raccommoder ce qu'ils ont gâté, & qu'il leur importe par conféquent, de contenter à quelque prix que ce foit, les Hollandois, parce qu'ils auront toûjours eû à bon marché leur amitié, quoi qu'elle leur coûte, s'ils peuvent gagner ce point d'être affiftez de la France & d'eux, quand la Paix fera faite, & que la Trêve expirera.

L'Efpagne fouhaite la Paix. On confirme auxdits Sieurs Plenipotentiaires, tous les avis qu'on leur manda dernierement de la refolution que le Confeil d'Efpagne a pris, de conclure promptement la Paix : l'on en a eu un particulier depuis peu, que fur le bruit qui couroit à Saragoffe, que le feul point de la Catalogne regardoit cette bonne œuvre, on s'étoit extrêmement étonné, que les François ne vouluffent pas fe contenter pour cela d'une Trêve de fept à huit ans, comme le Comte de Peñaranda a ordre d'y confentir, puifque durant un fi long efpace de tems, on pourroit trouver des expedients d'ajufter toutes chofes, avec fatisfaction commune.

On eft bien marri que le Sieur Roncalli n'aît pris fon chemin par Munfter, venant de Pologne, peut-être fera-t-on encore à tems de l'en avertir, & Monfieur le Cardinal Mazarin en écrit aujourd'hui au Sieur de Bregy, & adreffe auffi pour le même effet à Hambourg une Lettre audit Roncalli, afin qu'elle puiffe fervir, s'il étoit parti de Pologne, avant que la Lettre audit Sieur de Bregy y fût arrivée.

On fera toutes fortes d'honnêtetez à l'Ambaffadeur de Suede en France. On avoit déja fongé ici à tout ce que mandent lefdits Sieurs Plenipotentiaires, fur le fujet du Comte de la Gardie, qui vient Ambaffadeur extraordinaire de Suede, auquel on fera toutes les careffes & honneurs poffibles.

1646.

LETTRE

à Meffieurs les

PLENIPOTENTIAIRES,

A Fontainebleau du 27. Juillet 1646.

La Cour eft fort contente de leurs fervices, & de leur conduite envers les Hollandois. Conduite de la Cour envers les Catalans. Touchant l'échange de la Franche-Comté. Avantages de la Prife de Courtrai. Prétenfions des Suedois. On fe plaint du Duc de Baviere. On fuivra leur avis par raport au traitement qu'on fera au Miniftre Suedois. Touchant le Ceremoniel. Affaire des Levées. Le Maréchal de Turenne demande le paffage de Wezel. Paffage de l'Armée Françoife fur le Rhin. Bizarrerie du Duc de Parme. Les Turcs prenent Novigrade fur les Venitiens. La France offre fa Médiation aux Turcs. Bruit d'une Ligue en Italie. Le Miniftre de Portugal à Paris fe loüe de leur conduite, & de leurs foins. La Reine reçoit une Lettre du Roi Catholique fon Frere. L'Armée Françoife fe joint à celle du Prince d'Orange. Etat des Armées du Pais-Bas. Et de la Flotte. Prétentions des Suiffes.

MONSEIGNEUR & MESSIEURS.

SI le veritable témoignage que je puis vous rendre de la fatisfaction que vos fervices donnent à Sa Majefté, vous peut rendre agréables les peines que vous fuportez, j'oferois dire que vous n'en fentez plus, & que vos foins & votre bonne conduite meritent les louanges, qui vous font données. *La Cour eft fort contente de leurs fervices, & de leur conduite envers les Hollandois.* Votre Memoire du 16. a donné fujet à Sa Majefté de s'en expliquer. Il produira encore une

autre

1646.

autre fin, qui est très-importante, non seulement d'user de grand secret envers les Ambassadeurs des Provinces, qui sont en cette Cour, mêmes de leur imprimer que pour obliger la France à se priver des avantages, que la durée de la Guerre lui fait concevoir, il faut lui faire des offres, non seulement raisonnables, mais proportionnées à l'état présent des affaires. Celles de Catalogne qui de soi sont épineuses, le deviennent toûjours de plus en plus par la nécessité qu'on nous veut imposer de nous declarer de ce que nous sommes resolus d'en faire. Vous avez évité avec une merveilleuse adresse de vous en ouvrir aux Ambassadeurs de Messieurs les Etats, & leur avez rompu en visiere, leur reprochant sans le dire, qu'ils avoient accordé une Trêve de trente ans, avec l'ennemi, sans avoir attendu que vous eussiez ajusté les differents des Couronnes : leur desaveu du tems est une conviction du Traité. Comme ils se sont si facilement laissé gagner, on craindroit que si les Espagnols tenoient pour assuré, que nous voulussions regler la Trêve de Catalogne à la durée de la leur, qu'ils pussent la consentir de si peu de tems, sur l'assurance de leur être renouvellée, que les Catalans n'en tireroient nul soulagement, & c'est la raison qui a obligé Sa Majesté, de désirer que vous ne vous engagiez pas si determinément, que la durée de la leur ne soit reglée & publique. Il eût été mal aisé, je dirai même impossible, d'aporter un plus souverain remede, contre le mal de jalousie dont ils brûlent & pour leur faire comprendre, que les établissemens du côté de l'Espagne nous touchent plus sensiblement, que ceux qu'on peut prendre dans les Païs-Bas, que de leur proposer, qu'on seroit disposé de changer des Places de Flandres contre celles que le Roi Catholique possede encore dans ce Principat, & dont ils demeureront les juges : crainte que les Espagnols oubliassent de le mander, il a été jugé nécessaire de faire savoir à la Députation, & aux Magistrats de Barcelone, ce que vous aviez avancé, & avec beaucoup de raison ; on se doit promettre, qu'ils en seront très-satisfaits.

Le moien que vous avez proposé, pour faire que le Roi d'Espagne n'aprehende point de voir la Guerre portée dans le cœur de ses Etats est delicat : qu'il s'y accommode, ni vous, ni nous ne l'avons cru, & sans doute notre pensée s'est unie, quand vous avez écouté l'ouverture qui vous a été faite d'échanger la Comté contre quelques autres Etats, que ceux qui s'avançoient avoient pensé que ce seroit pour la Catalogne, c'est ce qui nous a frapé, en lisant votre Dépêche, & qui nous a fait louër la maniere avec laquelle vous avez reçu cette ouverture, afin qu'on estimât moins la chose, vous en avez diminué la valeur, mais non pas, de sorte qu'on ait pu juger, que vous la rejetterez entierement.

Comme lesdits Députez n'ont pas aprofondi les affaires du Païs-Bas, de l'Italie, ni du Portugal, il n'y a rien à en dire, les unes & les autres nous regardent, & nous leur souhaitons bonne fortune par un effet de charité, de justice, & de grandeur de cette Monarchie, que nous l'aions en tous autres lieux.

Il a paru, comme vous avez adroitement avancé à la prise de Courtrai, que les Armes de France de leur propre poids se font respec-

ter, & qu'elles sont assez heureuses pour remporter des avantages, qui doivent imprimer de la crainte aux Ennemis ; que s'il arrivoit que ce fût un sujet de soulevement aux autres Provinces, qui reconnoissent encore la puissance d'Espagne, qui peuvent demander encore à Messieurs les Etats, l'execution du Traité, qui regle & partage ce qu'on veut conquerir sur l'ennemi. Je me suis étonné que lesdits Députez n'aient rien repliqué sur l'ouverture, que vous leur avez faite d'établir le Duc Charles entr'eux & nous, & qu'ils n'aient pressé qu'on désignât ce qu'il devroit avoir, puisque la constitution des choses semble porter, que son Etat seroit formé plus à leurs dépens qu'aux nôtres, avec autant d'adresse que de force.

Vous avez entendu les prétentions des Suedois, qui font voir, que leurs intérêts les touchent de plus près, que ceux des Princes Protestants ; mais c'est beaucoup, qu'ils soient raisonnables, & en ce point, & en celui du Palatin, l'un devoit faire apréhender de la difficulté au Traité général, & l'autre même, quoique moins important, étoit pour retarder la conclusion. S'ils sont capables de moderation & aussi de suivre l'exemple, que nous leur donnons, ils ne laisseront point de semence d'une nouvelle Guerre. Il pourroit arriver que l'Electeur de Brandebourg renonceroit à l'une des Pomeranies, pour conserver l'autre, & peut-être à toutes les deux, si on l'investissoit des Archevêchez & Evêchez qu'on offre aux autres. En ce cas il y auroit bien autant gagné que perdu ; car si ce qui lui seroit delaissé ne lui étoit pas si commode, que ce dont il seroit privé, pour être moins attaché au Corps de son Etat, ils aprocheroient de sorte ceux qu'il a dans la Westphalie, qu'il se rendroit Maitre du Cercle.

J'ai écrit à Monsieur d'Avaugour en conformité de ce que vous avez parlé au Baron Oxenstiern, pour excuser le retardement de la jonction du Maréchal de Turenne, & s'il avoit passé le Rhin, ainsi que vous le mandez & qu'il m'est aussi écrit de Cologne, les Suedois seroient détrompez, de tous les soupçons qu'ils ont pris.

Baviere ne se sauroit excuser d'avoir joint ses forces aux Imperiaux sans les siennes. Ils ne pouvoient attaquer les Suedois, ni ceux-ci les Imperiaux, sans les notres, & on eût fait une espece de surseance, en leur ôtant à tous deux les moiens de se faire la Guerre, mais ledit Duc n'a sû s'empêcher de se laisser emporter par son zèle, dans le tems que nous moderions le nôtre, & à son seul respect, on lui fera connoitre que cela n'a pas plû. Il doit desormais cesser de haïr les Suedois, ils ont acquiescé à ce qui le regarde, & bien que ce soit à la France, à qui il en a obligation, il est néanmoins tenu à cette gratitude, de la facilité qu'ils y ont aportée : vous en aurez fait part à ses Députez, si vous avez jugé qu'il aît été expedient, & je crois qu'on s'abstiendra d'en rien mander à Monsieur le Nonce, auquel on est resolu de se laisser entendre, qu'on n'est pas fort satisfait de son procedé.

Les Conseils que vous donnez du traitement qui doit être fait au Comte de la Gardie sera suivi, on dispose déja les choses pour cela, & j'espere, que nous aurons assez de fortune, que le Grand Maitre de Danemarck tardera en Hollande, où il a charge de négocier quelque affaire, & qu'il n'arrivera en cette Cour qu'après que l'autre en sera parti ; mais soit pour le respect de la Reine de Suede, & aussi pour son merite particulier, on le traitera de sorte qu'il n'aura nul sujet de se plaindre.

Touchant le Ceremoniel.

Je prévois une facheuse rencontre audit Sieur de la Gardie, que j'essaierai de faire surmonter par Monsieur Chanut, puisque la prétention de la main le pourroit priver de voir Monsieur le Cardinal: car il ne peut, ni n'oseroit s'accommoder à la donner, & l'autre a tant d'exemples qui le doivent convier de ne la pas prétendre, qu'il peut, ce me semble, s'y accommoder: le Roi d'Angleterre qui est de même profession a jugé la These, imitant ce qui avoit été commencé par le feu Roi son Pere.

Je ne doute point que l'Empereur ne justifie, qu'il a été traité de Majesté de tous les Rois, mais il ne sauroit la refuser au Roi, puisqu'il la donne à l'Espagne, & la raison de leur Parenté n'est point à considerer. Si votre Dépêche m'eût trouvé à Paris, j'aurois été prier Madame de Puisieux de faire rechercher dans le Cabinet de Monsieur son Mari, les Lettres que les Empereurs Rudolphe, Mathias & Ferdinand ont écrit aux Rois Henri le Grand, & Louïs le Juste, & je m'assure que nous y aurions trouvé ce que nous desirons, bien que sans cela nous soions en droit, par ce que j'ai ci-dessus avancé, & que les Imperatrices ont toûjours traité la Reine de Majesté, même la Belle-Mere de l'Empereur en ses derniers jours, & sur l'occasion de la mort de l'Imperatrice sa sœur.

Affaire des Levées.

Je vous ai déja mandé, qu'il avoit été pourvu au remplacement des douze mil Risdales, & qu'il seroit donné ordre de remettre aussi les huit mil, que vous avez envoiez à Monsieur de Traci, puisqu'il n'y a pas eû moien d'éviter, que les Troupes qu'il a assemblées ne se soient unies avec les Suedois: il est force de s'en consoler, & pourvû qu'on les ménage, & qu'on les conserve, on en tirera de grands services. Monsieur de Beauregard me mande, que ce sont des hommes bien faits & qu'ils ont prêté le serment. Il fait une remarque, qui me donne bonne augure de leur devotion au service, qui est que sans que l'argent de la montre fût sur la place montré, ils l'ont volontiers rendu.

L'Ordinaire arrivé le vingt-cinquiéme, & qui étoit chargé de la Dépêche du seiziéme de votre part, ne m'a point aporté de Lettres de Monsieur de la Thuillerie; cela fait juger qu'il s'est avancé avec Monsieur le Prince d'Orange, & qu'il a suivi l'Armée; s'il se fût trouvé à la Haye, il auroit eû de la peine de demander le passage de Wezel pour Monsieur de Turenne, il aprehendoit, qu'il y auroit de la difficulté, comme si de droit & par la force des Traitez, il ne nous étoit pas acquis, & il se fondoit sur ce que s'en étant expliqué, on lui avoit repondu, qu'il falloit attendre à resoudre la question, qu'il en fît la demande, sur les ordres précis dudit Sieur Maréchal. Je me suis imaginé lisant vos Lettres du seiziéme, & celles de Cologne du treiziéme qui

Passage de l'Armée Françoise sur la Rhin.

se raportent, que l'Armée a passé, qu'il pourroit être qu'on le souffroit prendre sans le vouloit accorder, pour ne pas enfraindre la neutralité que les États conservent avec l'Empereur: on pourroit dire qu'il importe de peu, de la sorte dont on voit les choses; pourvû qù'on s'en prevale, mais en ce fait il seroit rude de se taire: car, comme vous le savez, ils sont tenus de rompre avec l'Empereur par ce Traité.

Pour votre divertissement je veux bien vous mander que le Duc de Parme, qui étoit encore à Venise le quatorziéme du Courant, s'y fait connoître, parce qu'il est plein de belles pensées, & d'une grandeur toute extraordinaire: enfin on donne aux uns le blâme, & on loue la conduite de l'autre qui lui est toute particuliere. On a resolu, pour ne point donner à ce Prince le contentement, qu'il recevroit si on s'en plaint, de ne lui point témoigner qu'on ait connoissance de son procedé, mais bien que l'Ambassadeur déclareroit publiquement combien peu on se soucie de ce qui vient de lui.

Bizarrerie du Duc de Parme.

Je me reserve avant que de finir cette Lettre de vous faire part de qui se passera entre l'Ambassadeur de la Republique & moi, je l'attends, en vous écrivant, peut-être n'est-ce que pour me donner part de la prise de Novigrade emportée sur eux par le Turc, duquel l'Armée Navale, selon les avis aportez de Constantinople, n'a pas eû une trop bonne rencontre, aiant voulu sortir des Dardanelles où celle de la Republique l'attendoit. Les Dépêches qui portent cet avis en donnent de l'indignation de sa Hautesse contre la France, & toutefois sur ce qui lui a été remontré, qu'elle désiroit s'entremettre de la Paix, & faire cesser la Guerre, qu'elle a declarée aux Venitiens, il s'est soumis d'en entendre les Commissions, mais à sa mode, c'est-à-dire, en les proposant; elles se reduisent à deux choses, qui est d'avoir la Candie, & qu'on le rembourse des fraix de la Guerre. Leur Baille qui les a trouvez extraordinaires & exorbitantes, ne laisse pas d'être content que l'on soit entré en Conference, mais il n'est pas possible de la continuer, soit parce qu'il s'est fait entendre, qu'il n'y a rien à faire, qu'en recevant la Loi qu'il veut imposer, que pour être très-animé contre la France. Le sujet de sa rage, c'est que les François ont pris le Galion, qu'il sait que leurs Galeres sont montées de Chevaliers & Soldats François, & il lui est échapé de dire, qu'il peut & veut s'accommoder avec les Espagnols, qui le cherchent tous les jours: comme il a été conseillé par les Ministres de dissimuler la haine qu'il nous porte, nous le sommes aussi de l'ignorer; mais aiant lieu de craindre, que sa colere fût dommageable à la France, l'on cherche des moiens pour l'appaiser, l'on croit que les Sultanes seront preparées à le ramener, & avec le tems on se promet divers remedes.

Le Turc prend Novigrade aux Venitiens.

La France offre la médiation aux Turcs.

Il m'avoit été mandé de Venise, que l'un des principaux Senateurs s'est emporté de dire, que le Pape les faisoit rechercher des choses étranges & extravagantes, qu'on soupçonnoit que c'étoit d'entrer dans la Ligue, dont on fait tant de bruit, ou de quelque accommodement peu mesuré avec cette Couronne, ce qu'on affectoit de croire plutôt qu'autre chose: mais je fais un jugement contraire depuis que j'ai vû ledit Ambassadeur, qui ne m'a parlé que du mauvais état auquel la Republique & l'Italie alloient être reduites, à cause des Postes, qui seroient certainement occupez par l'Ennemi commun, & que pour représenter la nécessité publique, il lui avoit été dépêché un Courrier extraordinaire.

Bruit d'une Ligue en Italie.

Le Resident de Portugal m'a fait voir une Lettre des Plenipotentiaires de son Maitre, qui sont à Munster, qui se loüent des soins que vous avez eû de parler des Saufconduits qu'ils demandent, dont ils esperent enfin avoir du

Le Ministre de Portugal à Paris se loué de leur conduite & de leurs soins.

con-

contentement, comme aussi de la liberté du Prince Dom Edouard, que s'il est détenu pour des raisons d'Etat, la Paix sera la fin de ses miseres : je voudrois que ce fût celle de ses importunitez.

Je ne fermerai pas cette Lettre que par une apostille, je ne vous donne part de ce que contiendra une Lettre écrite de la propre main du Roi Catholique à la Reine : il arrive un Courrier dépêché de sa part du seiziéme du Courant de Sarragosse, qui en est chargé & de plusieurs autres Dépêches, tant pour Bruxelles, Munster, que la Cour de l'Empereur, son ordre est de ne la donner qu'en main propre, & de tirer une certification de la lui avoir renduë. Si c'est un mistére, nous le saurons dans quelques heures, & vous en recevant celle-ci que je finis avec la protestation, que je suis, &c.

Le Courrier dont ci-dessus est fait mention aiant été présenté à la Reine, il lui a remis la Lettre du Roi son frere, dont la fin n'est autre que de lui donner part de la resolution qu'il a prise de marier le Prince son fils avec sa Niéce, fille de l'Empereur, il en espere une lignée puissante, qui regnera longtems sur ses Etats ; s'il a voulu insinuër, que c'étoit un moien pour marier l'Infante avec le Roi, il l'a fait bien délicatement.

Au même moment Monsieur de Bar, que Monsieur avoit dépêché, arrive, il n'a été que trois jours en chemin, on a sû de lui que nos Troupes avoient joint celles du Prince d'Orange, elles n'ont été exposées à aucun peril, aiant été escortées jusques sur le bord du Canal, & l'Armée ennemie, qui n'a jamais été vuë que de notre avant-garde, n'avoit garde de se mettre en nul devoir de les empêcher, étant si foible qu'elle se fût exposée à une certaine défaite.

Ce Corps qui est le plus grand qu'ils aient ensemble, n'est que de treize mil hommes, celui que commande son Altesse Roiale reste de plus de vingt-huit mil, bien que celui qui est passé avec Monsieur le Maréchal de Grandmont soit de plus de six mil, celui de son Altesse Roiale sera bientôt fortifié de près de dix mil, ainsi il y aura à esperer de grandes choses de la Campagne.

On dit que l'Ennemi s'est fortifié à la tête de Flandres, & qu'il y a logé une partie de ses Troupes. Mais comme je n'ai point de Lettre de Monsieur d'Estrades, je ne voudrois pas garentir que ce bruit soit vrai.

Je viens de recevoir tout presentement une Dépêche de Monsieur l'Archevêque d'Aix, apportée par un Courrier exprès, qui assure que notre Flote aiant eû le vent sur celle d'Espagne lui donnoit la chasse, & un Capitaine de Gallere qui a été contraint de revenir parce que le Corps de la sienne ne pouvoit plus resister à la Mer, les a vû serper, & à la voile pour cet effet. La Dépêche porte de plus, qu'il embarquoit sur les vaisseaux du Commandeur de Neufchese treize à quatorze cens hommes, & beaucoup de choses nécessaires à notre Armée, que sur vingt-cinq Tartanes, qu'il a nolisées, il espere faire porter le demeurant des Troupes levées pour cette Armée, & qui auront été les plus paresseuses à se rendre au lieu destiné pour leur embarquement, qu'il ne donnoit sans garantie une nouvelle, qui s'est repanduë de la défaite de cinq cens chevaux Napolitans. Voici comme a été le combat, Saint Aulnais aiant été à leur rencontre avec de la Cavallerie & des Mous-

quetaires, mis en embuscade qu'il fut, il feignit prendre l'alarme d'eux, ils poursuivent avec chaleur & donnent dans l'embuscade, où la plûpart ont été tuez, ou faits prisonniers ; il en attend la continuation, mais la chose est si circonstanciée, & si vraisemblable, qu'il y a lieu d'y donner créance.

Revoiant mes papiers, afin de considerer, si je n'ai rien oublié à vous écrire, j'ai trouvé sous ma main une Lettre des Cantons à Sa Majesté, je vous l'envoie afin qu'il vous plaise y avoir les considerations qu'il conviendra, c'est pour être compris au Traité comme Alliez, & qu'il y soit fait mention de leurs privileges & de l'exemption de la Jurisdiction de la Chambre de Spire : ils disent qu'ils ont titre, sans être Parties du Traité. Ce n'est pas une chose qui soit sans difficulté, mais il est certain qu'il importe à Sa Majesté de les obliger en pareilles rencontres, & si l'Alsace, le Zuntgau & Brisac nous demeurent par la Paix, leur Alliance & leur amitié nous sera toûjours de plus en plus considerable; il est vrai aussi, que nous leur serons très-utiles, mais c'est ainsi que les bonnes Alliances s'entretiennent par la nécessité reciproque de les conserver.

LETTRE

De Monsieur le Duc de

BAVIERE

à Monsieur le Nonce

BAGNY,

Traduite & envoiée à Munster avec la

DEPECHE

Du 27. Juillet 1646.

Il faut veiller à la conservation de la Religion. La France & la Suede passent d'une pretention à l'autre. L'une & l'autre retardent l'accommodement. Baviere au contraire le facilite. Il blâme les François. On fera la Paix sans l'Espagne. Il se plaint de l'Armée de Turenne. L'Archiduc Leopold n'a pas pensé de traiter avec les Suedois. On intercepte les Let-

Rr 3

tres

1646.

La Reine reçoit une Lettre du Roi Catholique son frere.

L'Armée Françoise se joint à celle du Prince d'Orange.

Etat des Armées aux Païs-Bas.

Et de la Flote.

1646.

Prétentions des Suisses.

tres de Peñaranda. Il se plaint des Espagnols.

MONSIEUR,

JE suis bien aise que vous aiez particulierement informé Monsieur le Cardinal, non seulement de ce que je vous ai souvent réiteré touchant la conservation de la Religion, mais encore des maux que la Couronne de France s'attire par la trop grande facilité qu'elle fait paroitre aux choses de ladite Religion, & puisque vous lui avez fait voir mes Lettres, j'espere que ce qu'elles contiennent sera un témoignage bien avantageux de ma sincerité, & je souhaite qu'elles trouvent dans l'esprit de son Eminence, la croiance, que ladite Couronne pourra bien se repentir trop tard, (ce que Dieu ne veuille) de ne m'avoir pas écouté.

Il faut veiller à la conservation de la Religion.

Quand vous fites la demande de Brisac, au nom de Monsieur le Cardinal, on ne parla pas qu'il fallut contenter la Couronne de Suede, & bien que depuis Elle ait eû divers sujets de l'être, Elle ne s'arrête pas aux satisfactions qu'Elle a reçuës, suivant en cela l'exemple de la France : que s'il est ainsi permis de passer d'une prétention à l'autre la conclusion du Traité en sera nécessairement reculée, d'autant que les Ministres de Suede s'étant aperçu que ceux de France augmentent leurs prétentions, & par le frequent changement de celles qu'ils publient, veulent se servir de cette maniere d'agir, & portent les leurs à si haut point, qu'il n'est pas au pouvoir de l'Empereur de les satisfaire, ni même d'executer ce qu'ils desirent, puisqu'ils ne peuvent changer la nature des biens Ecclesiastiques.

La France & la Suede passent d'une prétention à l'autre.

La prétention que les Espagnols avoient d'être compris dans le Traité de l'Empire, & les douze conditions que les Ministres Imperiaux demandent en échange de la cession de Brisac, ne devoient pas aporter de la difficulté à Messieurs les Plenipotentiaires de France, puisque les Etats de l'Empire avoient assuré, qu'ils souhaitoient bien que les Espagnols fussent compris dans leur Paix; mais qu'à leur consideration, ils ne vouloient pas en retarder la conclusion du Traité, & que mes Ambassadeurs leur faisoient précisément connoitre, que l'intention du Comte de Trautmansdorff n'étoit pas d'obtenir par la conclusion du Traité les douze conditions qu'il avoit publiées, mais bien de s'en accorder après que la France auroit accepté la Paix, moiennant la cession de Brisac. Que si ladite Couronne veut se servir de ces deux difficultez, comme d'un specieux prétexte pour retarder la conclusion du Traité, & s'attacher aux intentions des Suedois, Elle sera nécessairement obligée de combattre la Religion aussi ouvertement qu'eux.

L'une & l'autre retardent l'accommodement.

Je desirois hardiment, que la Paix se conclût, avant qu'il fallut mettre en Campagne, ce qui étoit facile, tandis que par la Declaration de la France, il n'y avoit d'autre obstacle, que celui de la cession de Brisac, pour laquelle le Comte de Trautmansdorff n'aiant pas un plein-pouvoir suffisant, puisqu'on étoit déja convenu d'une suspension d'Armes de quatre semaines, attendant les Instructions des deux Parties, il falloit dès que ledit Plein-pouvoir fut arrivé, & que dans ledit tems il

Baviere au contraire la facilite.

avoit été intimé par Messieurs les Médiateurs, à Messieurs les Plenipotentiaires de France, prolonger ladite suspension, comme les Ministres de l'Empereur & les miens en étoient demeurez d'accord, ainsi empêcher la Campagne, ou faire la Paix avec les conditions, moiennant lesquelles ladite Couronne avoit offert de l'accepter. Mais si elle s'obstine à demeurer unie aux Suedois, & que ceux-ci persistent dans leurs demandes excessives, continuants leurs hostilitez, contre l'Eglise, il est d'une nécessité inévitable que les Armes de l'Empereur & de l'Empire en viennent à l'extrêmité, pour la défense de la Religion, & tâchent d'empêcher même par l'effusion de leur sang, qu'il ne se commette des choses desagréables à Dieu : par cette resolution ladite Couronne de France aura la reputation dans le monde & chez la posterité, d'avoir contribué par ses Armes à détruire la Religion dans l'Empire.

1646. Il blâme les François.

Les Ministres de l'Empereur n'auroient pas offert aux Suedois & Protestans la vingtième partie de ce qu'ils ont fait, s'ils avoient reçu en cela quelque assistance de la Couronne de France, de quoi ses Plenipotentiaires aiant été plusieurs fois instamment recherchez, ils ne s'en font seulement pas excusez, sous prétexte de leur satisfaction, quoi qu'ils l'eussent déja reçuë; mais même Monsieur de la Barde, Resident à Osnabrug, a toûjours animé & poussé lesdits Protestans, comme je l'ai cidevant écrit; ce que vous pouvez voir par la copie ci-jointe, de ce qu'il a eû la hardiesse de dire, à son départ, aux Ministres de l'Empereur, sur l'affaire du Palatinat, sur quoi je désire savoir les sentimens de Monsieur le Cardinal, & les vôtres, ce qui peut faire juger, si les Ministres de l'Empereur ont proposé, avant le tems, le huitiéme Electorat, pour faciliter la Paix, & si ceux de France ont parlé si haut dans l'Assemblée, pour le maintien de la Religion que la Reine l'imagine.

Que l'Empereur se laisse detourner par les Ministres Espagnols, de faire la Paix avec la France, je puis témoigner le contraire, & j'espere que la Couronne aura sujet d'y ajoûter foi, d'autant que sur la parole qu'elle m'avoit donnée de faire la Paix, l'Empereur a eû confiance en moi, & a cedé Brisac. Je souhaiterois seulement que Messieurs les Plenipotentiaires de France vouluffent accomplir ce qu'ils ont promis; car l'effet feroit connoitre, que l'on n'auroit aucun égard aux Ministres Espagnols, quand ils voudroient retarder la Paix.

On fera la Paix sans l'Espagne.

Je confesse avoir pris le retardement de la jonction de l'Armée de France à celle de Suede, pour une marque de bonne intelligence avec l'Empire, & de quelque bonne volonté particuliere pour ma personne & ma maison. J'avois même sur cette pensée ordonné à mes Généraux de n'incommoder en façon quelconque l'Armée de France, séparée des Suedois, mais l'intention & les desseins de Monsieur de Turenne, se font assez connoitre maintenant qu'il est entré avec toute sorte d'hostilité dans les Etats du Prince Electeur de Cologne, mon frere, où après la prise de la Ville de Lints, de laquelle il a exigé cinquante mil Talers de rançon, il a assiégé Andernac, ce qui fait voir, que la jonction n'a pas été differée pour faciliter & avancer la Paix, mais parce que ledit Maréchal de Turenne étoit rempli d'autres desseins contre ma Maison, qu'il execute contre mon dit Frere.

Il se plaint de l'Armée de Turenne.

Je

Je puis auſſi vous aſſurer, que l'Archiduc Leopold n'a eu aucune penſée de traiter ſeparément avec les Suedois, qu'il n'a d'autre pouvoir de l'Empereur, que celui de commander ſon Armée, & de plus qu'il a particulierement recommandé au Comte de Trautmansdorff de hâter la concluſion du Traité de Paix, qui a été entierement remis à Munſter & à Oſnabrug. Je ne ſache point, que ledit Archiduc ait été à Francfort; vous pouvez juger, que les intentions de cette nature peuvent produire de dangereux effets contre la Religion.

Quant à l'ordre donné au Maréchal de Turenne, d'éviter l'occaſion de combattre mes Troupes, je l'ai toûjours ainſi déſiré, & j'avois même auparavant ordonné à mes Officiers, de n'attaquer pas les premiers l'Armée de France; mais les hoſtilitez qu'il exerce maintenant contre mon frere, font voir, combien ponctuellement il obéït aux ordres que la Roi lui donne, & par conſequent m'obligent à défendre en même tems la Religion, & ma Maiſon qu'il maltraite également.

Meſſieurs les Plenipotentiaires de France communiquerent bien à propos à mes Miniſtres les deux Lettres de Peñaranda interceptées, touchant les artifices que les Eſpagnols ont fait joüer contre moi en Angleterre pour l'affaire du Palatinat: ils m'ont toûjours été contraires en ce point, & c'eſt ce qui m'a fait confier avec beaucoup plus de franchiſe aux aſſiſtances de la Couronne de France: la protection qu'Elle ne m'a jamais refuſée m'a fait auſſi encourir plus librement, pour ſon ſervi-

ce la haine des Miniſtres Eſpagnols, qui en témoignent leur reſſentiment en cette conjoncture, tellement qu'aïant auſſi ceux de France, je me vois dénué de tout ſecours, mais la conſideration des Alliez fait oublier toutes choſes. J'avouë qu'il me vient beaucoup de différentes penſées, & particulierement quand je conſidére avec combien peu de raiſon les Suedois traverſent l'affaire du Palatinat, quoique Monſieur le Comte Servien croie d'en avoir conclû la Négociation avec eux.

Je mets toute ma confiance en Monſieur le Cardinal, & j'eſpere qu'étant Prelat, élevé en une Dignité ſi éminente, qui l'oblige à prendre un ſoin particulier du ſervice de Dieu, & de l'avancement de la Religion, il ne me déniera pas les aſſiſtances, qu'il m'a ſi ſouvent promiſes, & donnera ordre à Meſſieurs les Plenipotentiaires de ſe declarer publiquement & préciſément ſur toutes ces choſes, & de s'oppoſer aux injuſtes demandes, que le Reſident Oxenſtiern fait aux Miniſtres de l'Empereur à Oſnabrug, ſelon qu'il le pourra voir dans l'autre Copie ci-jointe. Que ſi par le retardement de la Concluſion du Traité, dans lequel l'article du Palatinat n'eſt pas des moins conſiderables, les Proteſtans & les Suedois peuvent s'unir avec l'Angleterre & autres, la France peut s'aſſurer qu'elle travaille à ſa ruine, par ſa trop grande retenuë. Je finis, &c.

DECLARATION

Que Monſieur Oxenſtiern à faite aux Miniſtres Imperiaux le 2. Juillet 1646.

Il faut avant tout régler l'Amniſtie. Remettre les affaires de la Religion Proteſtante. Etablir le Palatin. Ce qu'on doit laiſſer à la Suede. Donner ſatisfaction aux Proteſtants.

IL propoſa touchant la Paix, que ſi l'on vouloit l'obtenir, il falloit que l'Amniſtie commençât en l'année mil ſix cens dix huit, & bien que les Ambaſſadeurs de Saxe s'interpoſaſſent, pour obtenir que ce fût en l'année mil ſix cens vingt-quatre, leſdits Proteſtants & Suedois n'étoient pas ſatisfaits de cette propoſition, & qu'on ne ſortiroit d'embarras, qu'en acceptant l'année 1618.

Que l'exercice de la Confeſſion d'Ausbourg fût remis au même état, qu'il étoit en l'année 1618. dans les Provinces Hereditaires de l'Empereur, comme la Boheme, la Sileſie, la Moravie & l'Autriche.

Qu'il falloit établir le Palatin, auſſi bien dans le Titre, que dans l'Etat Electoral, que toutefois l'adminiſtration en demeureroit au moderne Duc de Baviere, ou bien qu'on pourroit convenir de l'alternative, deſorte que le Palatin Charles ſuccederoit immédiatement après la mort du Duc de Baviere, mais qu'il ne laiſſeroit pas de faire réuſſir ce parti.

Que pour contenter la Couronne de Suede, il faut lui laiſſer en fief à perpetuité toute la Pomeranie, l'Archevêché de Breme, l'Evêché de Verden, dans le Duché de Meklenbourg les Places de Wismar, Poel & Basfeld avec Warnemund, ou en échange de cette Fortereſſe les Comtez plus voiſines de Wismar.

Qu'il faudra donner ſatisfaction aux Proteſtants ſur les dommages reçus, & le *terminus ad quem* & que *tam quoad viam juris quam ad viam facti* la renonciation ſera à toûjours.

EXTRAIT

Du

PROTOCOLE.

Du 2. Juillet 1646.

MOnsieur de la Barde Resident de France, s'en allant ledit jour, dit aux Ministres de l'Empereur que la Couronne assisteroit le Comte Palatin, pour le remettre dans l'Etat & le Titre Electoral; mais qu'elle ne permettroit point, qu'il se fit aucun changement dans lesdits Etats, aux choses qui concernent la Religion.

LETTRE

à Messieurs les

PLENIPOTENTIAIRES,

A Fontainebleau du 31. Juillet 1646.

La Reine Mere arrive à Fontainebleau. Conduite des Ministres d'Espagne. Affaires d'Italie. On croit que Trautmansdorff ne dit pas ses dernieres intentions. Etat des Armées en Allemagne. Trautmansdorff ne veut point se declarer qu'il ne sache les intentions des Couronnes Alliées. Inclination de l'Evêque de Wurtzbourg pour la France. On aprouve leurs plaintes contre les Députez Hollandois. Correspondance du Marquis de Castel-Rodrigo avec les Hollandois. On entreprend les intérêts de l'Electeur de Tréves. Utilité du voiage de Monsieur de Saint Romain en Suede. Affaire des Courriers, & des Sauvegardes

pour les Jesuites. Passeport accordé au jeune Duc de Brunswick.

MONSEIGNEUR & MESSIEURS.

VOtre Lettre du deuxiéme du Courant me fut renduë le dixiéme, le contenu de laquelle je n'ai sû faire entendre à Sa Majesté que depuis que je suis arrivé en ce lieu, où la Reine arriva le jour de la reception de la vôtre, étant partie de Paris le lendemain du *Te Deum*, chanté en la grande Eglise de Paris, au sujet de la prise de Courtrai. Je vous ai déja mandé, le jour que cette Ville capitula, quelle fut notre gloire, & la honte de l'Ennemi, à la vûë duquel le Siége avoit été entrepris, & continué. Je passe même à vous informer des propositions du Duc Charles, & de la réponse qu'il eut, ce qui m'auroit empêché de vous en faire un nouveau discours, n'étoit que votre Dépêche m'y a engagé, laquelle m'a prouvé votre inquietude, & que le Comte de Peñaranda ne s'est pu encore desaccoutumer d'une pratique ordinaire à ceux de sa Nation de présumer de l'impuissance beaucoup plus qu'ils ne devroient, & donner pour assuré ce qu'ils souhaiteroient de voir réussir. *La Reine mere arrive à Fontainebleau.*

Ils en ont franchement usé de la sorte à Rome, & ont été paiez de la même monnoie, car tenant leurs tentatives, pour des actions achevées, ils oserent publier le secours d'Orbitello, & le lendemain on sut à leur confusion, qu'il avoit été repoussé, & mis en tel desarroi, que le Canon qu'ils avoient logé nous étoit demeuré. *Conduite des Ministres d'Espagne.*

Je puis avancer, sur un avis reçu de Gennes, la défaite d'un second secours, & bien plus puissant que le premier; car il est si circonstancié, que l'on peut avoir lieu d'y ajoûter foi, il porte que six mil hommes embarquez sur cinq Galeres de Naples, & quelques Barques & Felouques aiant pris terre, ont tenté cette action, qui leur a tourné à confusion, & leur coute la perte de plus de cinq cens Gentilhommes Napolitains. L'avis nomme les morts, & il est fondé sur celui reçu de deux differents endroits, & notamment d'une Felouque venant de la côte de Toscane, arrivée à la nuit du deuxiéme du Courant. Nous ne saurions tarder d'en savoir le vrai, ou un Courrier extraordinaire nous continuera la bonne Nouvelle, ou l'ordinaire parti de Rome, le même deuxiéme, nous éclaircira du contraire, & nous aprendra l'état de ce Siége. Celui qui le soutient peut desormais remettre la Place sans aucune crainte d'en pouvoir être blâmé l'aiant défenduë longuement & bravement. Cette digression est un peu longue, je crois toutefois que vous l'excuserez. *Affaire d'Italie.*

Pour revenir à votre Dépêche je ne craindrai point d'avancer, aiant pour soutenir ma proposition des Lettres de Cologne, que le Comte de Trautmansdorff différe de se declarer de ses dernieres intentions, jusques à ce qu'il ait sû quel sera le succès de ce qui sera entrepris par l'Archiduc lequel aiant été renforcé de plusieurs Regimens de l'Armée de Baviere, & s'étant posté en sorte que Monsieur de Turenne ne sauroit joindre les Suedois, est resolu de les combattre. Les termes *On croit que Trautmansdorff ne dit pas les dernieres intentions.*   *Etat des Armées en Allemagne.*

de

1646.

1646.

de la Lettre font, qu'il veut hazarder l'Empire ou relever fa Maifon, & plein de beaucoup d'efperance, qu'il fonde fur fes forces, de beaucoup fuperieures à celles des Suedois, il tient la bataille gagnée, qu'il cherche & qu'il veut forcer les autres d'accepter. Mais ils ont une retraite fure dans la Heffe, & font logez fi avantageufement, ainfi que le Refident de Madame la Landgrave affure, qu'il fera mal-aifé que l'Archiduc réuffiffe en fes deffeins, & lors le Comte de Trautmansdorff pourra changer fa refolution, qui paroit affez fondée, quand il défire avant que de fe déclarer du fonds de fori fac, que les Miniftres des Couronnes Alliées aient formé la leur, & qu'ils fe foient affemblez pour confulter enfemble, foit à Lenguerick ou à Munfter. Votre Alteffe & vous Meffieurs y ferez, c'eft-à-dire votre prudence & vos connoiffances, & ainfi il y a tout fujet d'efperer, que la conclufion en fera avantageufe au public, & à cette Couronne dont les intérêts font fi fort joints, qu'il eft malaifé de les divifer: les Princes de l'Empire conviennent de cette verité.

Trautmansdorff ne veut point fe declarer qu'il ne lache les intentions des Couronnes Alliées.

Le Miniftre de l'Evêque de Wurtzbourg eft parti depuis peu, & fi bien intentionné, fi fon cœur fent ce que fa bouche profére, que vous en verrez bien-tôt des effets: il affure que fon Maître difpofera Baviere, à preffer plus vivement que jamais l'Empereur à condefcendre aux juftes demandes de la France, & à fon refus, qu'il néceffitera cet Electeur à fonger à fes affaires, & par une neutralité, ou une fufpenfion particuliere, de fe retirer d'avec l'Empereur, dans la ruine duquel il ne veut pas être enfeveli: & il fe tient fi accredité en l'efprit dudit Duc, qu'il ofe fe promettre qu'il fuivra les mouvements du bien. Pour écrire ce qui a été dit, ne me faites pas ce tort de croire que je fois perfuadé; je crains bien plus que l'Empereur emporte l'Evêque, que je n'efpere que l'Evêque foit fuivi de l'Electeur.

Inclination de l'Evêque de Wurtzbourg pour la France.

On aprouve leur plainte contre les Députez Hollandois.

La plainte que vous faites du manquement duquel ont ufé en votre endroit les Députez de Meffieurs les Etats, eft bien fondée, aiant caufé le plus, je ne fuis pas furpris, qu'ils executent le moins; mais j'efpere que Monfieur le Prince d'Orange fera connoitre que l'Etat ne veut point tomber dans une infidelité, & qu'il ne trempe point dans les chofes qui ont pû être promifes par aucuns des Députez. Il n'étoit pas parti de Breda le deuxiéme du mois, mais il étoit en état de marcher, & n'attendoit que le retour de l'un de ceux qu'il avoit dépêché pour aller vers Monfieur.

Correfpondance du Marquis de Caftel-Rodrigo avec les Hollandois.

Monfieur de la Thuillerie me manda le même jour, que le Marquis de Caftel-Rodrigo avoit écrit à Meffieurs les Etats. Il vous en a fans doute écrit, comme il a fait en Cour, & aura accompagné fa Lettre du double de celle dudit Marquis. Monfieur d'Eftrades ne m'aiant point mandé, que ce jour deuxiéme, qui eft la datte de la fienne, que celle que ledit Marquis adreffoit au Prince d'Orange, lui eût été renduë, il eft probable qu'elle ne l'avoit pas encore été, & felon l'engagement où il s'eft mis, il eft à croire que cette belle efperance ne l'empêchera pas d'agir avec vigueur & adreffe, comme il s'eft déclaré le vouloir faire.

On entreprend les intérêts de l'Electeur de Trêves.

Vous ne devez point douter que ce qui fera offert à l'Electeur de Trêves ne s'effectuë, & je prendrai foin de faire favoir à Monfieur d'Antonville combien on a trouvé à propos

fon envoi, qu'il fera mandé aux Miniftres du Roi, qui font à Rome, d'appuier fortement les intérêts de cet Electeur, & de folliciter, felon qu'ils jugeront le pouvoir faire, & honnêtement & à fon avantage, le procès qui y eft pendant entre lui & les Moines de Saint Maximien: car, comme vous le remarquez prudemment, il importe beaucoup d'avoir l'amitié de ce Prince, & quelque argent que puiffe couter fon confentement, pourvû que Philipsbourg nous demeure par le Traité de Paix, il aura été utilement dépenfé.

Utilité du voiage de Mr. de Saint Romain en Suede.

La refolution du voiage de Suede de Monfieur de Saint Romain, ce que Sa Majefté a dit à Monfieur Chanut, & les ordres, que fes Députez en ont reçu en font voir l'utilité, l'excellence de votre prudence, & la bonne conduite dudit Sieur de Saint Romain. La forte dont il s'eft feparé d'avec le Chancelier, & c'eft un Miniftre fi confommé, que bien qu'il paroiffe décheu de credit, il ne laiffera d'avoir grande part à l'adminiftration de ce Roiaume, & la Reine qui défire de s'inftruire des grandes affaires, ne fauroit puifer en une fource plus vive & plus nette que la fienne.

Affaire des Courriers & des Sauvegardes pour les Jefuites.

Vous trouverez jointe à cette Dépêche celle défirée par Monfieur Taxis, pour la fûreté des Courriers en la forme qu'il l'a démandée, auffi la Sauvegarde pour les Jefuites d'Elmeric en faveur defquels j'écrirai en Hollande: mais la Lettre qui fera ouverte, ne fera préfentée à Meffieurs les Etats, fi Monfieur de la Thuillerie, ou en fon abfence le Refident Braffet, jugent qu'elle puiffe leur déplaire.

Paffeport accordé au jeune Duc de Brunswick.

Je vous envoie auffi le Paffeport du jeune Duc de Brunfwick, & vous prie de me faire l'honneur de croire, que je fuis & ferai toute ma vie, &c.

ARTICLE

Inféré dans la Dépêche
precedente.

A Paris le 13. Juillet 1646.

On loüe leur refolution dans leur Conference avec les Députez Hollandois. Les prétentions des Miniftres de Mantoüe touchant le Céremoniel.

On loüe leur refolution dans leur Conference avec les Députez Hollandois.

LE dernier Mémoire de Meffieurs les Plenipotentiaires, ne contenant que la relation de ce qui s'étoit paffé en la Conference, qu'ils avoient tenuë avec les Députez de Meffieurs les Etats, ne donne occafion d'y repondre autre chofe, que de louer leur refolution, leur adreffe & leur fuffifance, d'avoir convaincu, comme ils ont fait, lefdits Députez, & les avoir reduits à ne favoir que dire fur l'injuſte prétention, qu'il ſemble qu'ils vouloient mettre en avant, que Meſſieurs les Etats ne fuſſent obligez envers la France, que pour les affaires des Païs-Bas. Il n'y a pas eû occaſion de témoigner ici, qu'on eſt dans tous les mêmes ſentimens, qu'ils ont montré par delà, & ſi elle arrive on ne manquera pas de faire paroître que Sa Majeſté ſe tiendroit offenſée, ſi une choſe ſi claire & ſi évidente avoit été revoquée en doute, & d'appuier tout ce que leſdits Sieurs Plenipotentiaires ont dit, avec la même fermeté, ſans laiſſer lieu de croire, que l'on ſoit jamais pour s'en relâcher aucunement.

Pour le traitement de l'Ambaſſadeur de Mantouë, on perſiſte ici dans la derniere reſolution, qui a été mandée, de ne ſe relâcher point, en ce qu'il peut prétendre, qu'après que les Miniſtres de l'Empereur le lui auront accordé. Il eſt certain que les Nonces en France, ne font aucune difficulté d'être les premiers à viſiter les Ambaſſadeurs de Savoye, & n'ont jamais voulu traiter de la ſorte ceux de Mantouë, même le Marquis de Poma, qui étoit de la Maiſon. Il eſt étrange auſſi que les Miniſtres d'Eſpagne ne viſitent point à l'Aſſemblée l'Ambaſſadeur de Savoye, eux qui ont tant fait de baſſeſſes aux Hollandois. Ils ne peuvent pas s'en excuſer ſur la Guerre; car par cette raiſon nous ne devrions point nous voir, ni ils ne devroient pas avoir vû les Hollandois.

LETTRE

à Meſſieurs les

PLENIPOTENTIAIRES,

A Fontainebleau du 28. Septembre 1646.

Belles eſperances pour la Paix dans l'Empire. Mais il faut pourvoir à la ſatisfaction des Alliez. Les Suedois ſongent à l'état de la Guerre. Voici l'intérêt d'Etat. On ſe flate que le Pape ſe rendra à donner du contentement à la France. Continuation du Siége de Dunkerque. Armée des Hollandois dans le Hainault. Affaires en Hollande. Et de la Catalogne. Le Médiateur Contarini écrit aux Suedois pour les diſpoſer à la Paix. Entretien de l'Ambaſſadeur de Suede à Paris avec Monſieur de Brienne. Satisfactions que la Suede prétend. Touchant la Maiſon Palatine. Affaires d'Angleterre. On croit les Suedois diſpoſez à la Paix. Le Duc de Toſcane demande d'être compris dans le Traité de Paix, comme Allié de la France. Autres demandes de ce Prince.

MONSEIGNEUR & MESSIEURS.

VOus concevrez, que la Dépêche dont vous avez chargé Monſieur d'Erbigny, fut luë avec plaiſir, l'eſperance qu'on a que de ſi beaux commencemens ſeront ſuivis de la fin, qu'on s'eſt propoſée, augmentent la joie; mais l'on n'eſt pas ſans aprehenſion, que ces belles eſperances ne s'évanoüïſſent. Les ſatisfactions de la France établies y ſont un acheminement, mais il faut que les Alliez trouvent la leur, leſquels aiant moins de moderation que nous, ſont pour nous faire perdre les avantages qui nous ſont déja acquis. Si l'on pouvoit donner créance aux paroles de l'Ambaſſadeur de Suede, & à ce qui eſt mandé par Monſieur Chanut, cette Reine veut la Paix, mais ſous quelles conditions, c'eſt ce dont elle, ni ledit Ambaſſadeur ne ſe ſont point encore ouverts: ils affectent de demeurer ſur des termes généraux, dont il eſt facile de ſe tirer. Ce ſera votre Alteſſe & Meſſieurs vos Collegues qui aurez pénétré leur ſecret, & bien que vous ne nous aiez point mandé quelles ſont les offres des Imperiaux, nous ne laiſſons pas de les croire raiſonnables, parce que vous êtes chargez de les propoſer aux autres, & ainſi nous avons ſujet de bien eſperer du voiage que vous avez entrepris. Les Imperiaux aiants donné ſatisfaction aux Couronnes, ne la refuſeront pas aux Princes de l'Empire, ce ſeroit nous donner trop d'avantage en la continuation de la Guerre. Les Suedois ſongent déja à faire des ouvertures de ce qui ſe devra entreprendre en la Campagne prochaine, & il eſt bon que cela ſoit publié, afin de diſpoſer les Imperiaux, qui en ſont en crainte, à paſſer les bornes pour la ſatisfaction & des Suedois, & des autres Alliez, ſur leſquels vous avez pris l'avantage. Vous êtes recherchez de l'Ennemi, votre condition eſt aſſurée, pendant que la leur demeure incertaine, & en cas, ce que Dieu ne veuille, que la Paix ne ſe pût conclure, la haine en ſeroit rejettée ſur les autres, & bien qu'il ait été ſtipulé, que ce qui eſt conſenti ne puiſſe faire conſequence, ſi le Traité venoit à ſe rompre, ce ſeroit toûjours des préjugez quand il ſe recommenceroit. Pour peu de fortune que nous aurions en la continuation de la Guerre, nous ferions en droit de pretendre davantage, & il faudroit éprouver beaucoup de la mauvaiſe, pour qu'on refuſât ce qui a été accordé, la Souveraineté des trois Evêchez, l'extenſion même qu'on peut donner aux paroles, ſous leſquelles cette ceſſion eſt conçuë, a été conſidérée. Il vous arrive d'être loués en tous les articles, ce n'eſt pas qu'il n'y en aît un qui doit être un peu éclairci, ce que je ne dis pas pour reveiller votre ſoin; car vous-même avez fait remarquer qu'il a été écrit en des termes qui ne vous ſatisfont pas; mais ſeulement pour vous convier de faire un effort pour
cela.

1646.

1646.

cela, auquel il sera malaisé que les Ennemis résistent, après avoir quité le plus essentiel, & souffert une clause qui nous donnera lieu de nous en faire accroire. Si je ne vous écris rien de ce qui se passe à Rome, c'est parce que les affaires n'y sont pas plus avancées qu'elles l'étoient, il y a huit jours, & il me semble qu'il faut que la crainte de notre Armée Navale chasse les obstacles qui se trouvent dans l'esprit du Pape, afin de le disposer à nous donner du contentement.

Ce qui se passe à Dunkerque, vous l'imaginez bien, à la circonvalation qui est en sa perfection, il y a déja du tems, a succedé l'ouverture de la tranchée, & l'on se confirme toûjours de plus en plus en l'opinion que l'on a conçuë que l'issuë de ce Siege sera avantageuse & glorieuse.

Monsieur Brasset vous aura sans doute mandé que l'Armée de Messieurs les Etats est allé attaquer une Place dans le Hainault, & qu'il desaprouve cette resolution : mais comme elle a deux visages, elle n'est pas encore condamnée, il seroit à craindre que les Espagnols se flattant de croire que cette marche se fait pour aller en Garnison, joignissent toutes leurs forces, pour aller au secours de Dunkerque, mais pour peu qu'ils diffèrent leur jonction, ils seront détrompez, & pour lors la crainte de voir Anvers serré de tous côtez les préoccupant ils pourront être portez à s'opposer aux Hollandois.

J'ai apris du même Sieur Brasset, que la Province de Hollande semble être en disposition de s'unir plus étroitement qu'elle n'a fait du passé avec cette Couronne, qu'elle condamne le procedé de ses Députez, & qu'elle désire, que la Trêve qui leur est proposée soit convertie en une Paix. Pour savoir si c'est tout le sentiment de la Province, & qu'il y ait été recueilli par ceux qui l'ont revelé, il faut se donner un peu de patience, le tems decouvrira si c'est par artifice, ou tout de bon qu'elle témoigne ses sentimens. Je ne sais pas si en l'état, où sont les affaires, ce changement nous tourneroit à compte. Sur le présupposé que les Provinces-Unies ne vouloient qu'une Trêve, vous en avez stipulé une pour la Catalogne, & je doute, que quand les Espagnols conviendroient avec eux de faire une Paix, qu'ils voulussent consentir que dans la même la Catalogne y fût comprise, & nous ne serions pas peut-être conseillez, la Paix étant concluë entre les Espagnols & les Etats, de nous contenter, la notre étant aussi resoluë, de ne faire qu'une Trêve pour la Catalogne, de telle durée pourroit-elle être offerte, qu'il y auroit autant de raison de s'en satisfaire; mais c'est de vous de qui il faut attendre ces ouvertures.

J'ai sû de l'Ambassadeur de Venise, que Contarini a écrit une bonne Lettre aux Suedois, pour les disposer à la Paix, & qu'il est persuadé, que les Suedois ne sauroient refuser ce qui leur est offert, ni raisonnablement pretendre quelque chose de plus.

L'Ambassadeur de cette Majesté a désiré qu'on établît une forme nouvelle, & qu'il lui fût donné par écrit la réponse qu'on fait aux diverses propositions qu'il a avancées. On s'y est resolu pour lui plaire, & lui aiant été faite la lecture de ce qui sera apostillé sur chacun des Articles, il m'a témoigné en désirer avoir une plus ample communication, dont je me suis défendu. Le prétexte pour l'avoir a été, qu'il voioit bien de gros en gros, qu'on

TOM. III.

avoit beaucoup de disposition à satisfaire sa Maîtresse, & qu'il seroit bien aise, aiant expliqué nettement ses intentions, d'aprendre aussi celles de Sa Majesté, pour lui en lever l'esperance & l'envie. Je lui ai demandé auquel dés Articles il croioit que nous avions été trop reservez, & il m'a répliqué que c'étoit en ceux ausquels il fait mention de la Maison Palatine, & du Marquis Frederic de Baden, que celui-ci aiant merité des Couronnes, s'en trouvoit privé, & que la France le pouvant retablir ne pouvoit s'en excuser. Je lui ai repliqué que Sa Majesté avoit beaucoup d'affection & d'estime pour ledit Marquis; mais qu'elle étoit attachée à la parole qui avoit été donnée par Monsieur d'Erlac capitulant avec le Marquis Guillaume, que dans l'Assemblée leurs pretentions fussent vuidées, & que c'étoit faire au delà de ce qu'on lui devoit demander. Il n'a pas insisté davantage, & parlant de la Maison Palatine, il m'a dit que la Reine de Suede n'esperoit pas que l'on fit beaucoup davantage pour lui, que ce qui avoit été proposé, savoir d'être créé Electeur, & de rentrer en la possession du bas Palatinat; mais qu'elle avoit à désirer, qu'on lui promît de ne point faire la Paix, que les interêts de cette Maison ne fussent ajustez. Il n'a pas été jugé à propos d'aller si avant, mais bien de lui dire, qu'elle seroit comprise dans le Traité. De la lecture de ces propositions, & des réponses qui lui ont été faites, vous prendrez mieux son sens & le nôtre, que de ce que je vous en pourrois écrire, & c'est ce qui me fait resoudre de vous envoyer la copie des deux Ecrits. Vous les aurez avec cette Dépêche, ou par l'Ordinaire prochain. Il m'a montré la Copie d'une Lettre que les Plenipotentiaires de Suede vous ont écrite en datte du dernier du passé, de laquelle j'ai compris qu'ils avoient de la jalousie, de ce que vous étiez si recherchez de vos Parties, & qu'ils craignoient, sans néanmoins le déclarer, que vous achevassiez votre Traité, sans que le leur fût resolu. La précaution que vous avez prise, même dans le secret dépoé aux mains des Médiateurs dont je lui ai fait la Lecture, (entendez du proeme) l'a fort satisfait; mais il n'a pas voulu convenir que Rantzau ait eû une commission ponctuelle de tout ce que vous avez négocié, bien que par l'une de vos Lettres vous m'en aiez assuré : mais enfin il est content, de tout ce que vous avez fait, & avoué que vous avez prevenu le sujet qu'ils pourroient avoir eû de se plaindre, & que la Suede avoit sujet d'être contente de la déclaration que vous aviez faite, que la France ne pouvoit faire de Paix, que ses Alliez n'eussent été satisfaits. Nous sommes occupez à le congedier, & je suis trompé s'il ne part fort satisfait de notre Cour : il m'a bien fait entendre que le Comte Oxenstiern & le Sieur Salvius ne sont pas contents du procedé de Monsieur de la Barde, & que pour avoir été désigné Ambassadeur pour la Suisse, il en pretendoit le rang à Osnabrug, d'où il lui a été mandé que vous étiez attendus : & il m'a ajoûté que pour faire croire à l'Ennemi que nous marchons de concert, & donner cette satisfaction à l'Assemblée, il eût été à désirer, que vous & les Ministres de la Reine eussiez de plus fréquentes Conferences. Je lui ai repondu, qu'il eût été à désirer que les deux Assemblées, qui n'en composent qu'une, eussent été dans une même Ville ; mais qu'aiant été trouvé expedient de la diviser, il faloit cher-

SS 2

cher

cher les moiens de faire ensorte, que le public n'en fût point intéressé, & que de vôtre côté il n'y avoit nulle diligence à faire que vous ne vouluffiez embrasser. Son intention eût été que sous prétexte d'aprouver le Traité, fait par l'entremise de Monsieur de la Thuillerie entre les Couronnes du Nord, que Sa Majesté en fût entré le garand; mais je lui ai fait remarquer qu'il y avoit de l'impossibilité & des inconveniens, l'un d'autant que cela n'est point stipulé, l'autre que si Sa Majesté y alteroit quelque chose, c'étoit donner sujet au Roi de Danemark de se plaindre, pour ce qu'il a été offensé des Suedois, & qu'ils craignoient que ledit Roi se joigne à ceux qui envient leur grandeur. Ils en font de merveilleux soupçons, à peine serons-nous délivrés de cet Ambassadeur, que celui de cet autre Roi se rendra en cette Cour. Celui-là

sans doute s'intéressera aux affaires d'Angleterre, & la proximité qu'il a avec le Roi de la Grande Bretagne lui en servira de motif; j'apprends que ses affaires prennent le mauvais chemin. Il y contribuë pour avoir trop de confiance, que par sa présence il pourroit changer la face des affaires, & c'est ce qui le porte à désirer de s'aprocher de Londres, & de consentir d'être gardé par ceux que le Parlement commettra. Il a fait un secret de cette pensée à Monsieur de Bellievre, & j'avouë qu'il est si profond, que je ne le pénétre point: s'il demandoit d'être reçu dans Londres & d'aller au Parlement, il pourroit croire que sa présence donneroit de la chaleur à ses Senateurs, & qu'il pourroit faire moderer les injustes demandes qui lui ont été faites; mais d'être en une Maison des Champs en garde, je ne saurois concevoir ces avantages: qui dit gardé laisse entendre qu'il ne sera vû que de ceux qu'on agréera, & partant sans esperance de rien menager avec personne. J'écris à Monsieur de Bellievre ce que vous avez conclu, afin qu'il en fasse part audit Roi, & peut-être que l'esperance de la Paix servira de correctif aux humeurs peccantes de son Roiaume, où la prosperité de la France est enviée, & par la haine inveterée des Nations, & par la crainte dont ils sont touchez, que déchargés du pesant fardeau de la Guerre avec l'Empereur & le Roi d'Espagne, nous ne nous intéressions aux affaires de leur Roi.

L'on m'a assuré depuis deux jours de la mort du Duc de Parme, mais l'avis m'étant que de Florence il peut rester du doute que l'extremité de sa maladie, qui y a été portée, n'en fasse croire la mort.

L'on a pris resolution de dépêcher un extraordinaire dans peu de jours, lequel vous portera un Memoire assez ample des raisons qui fondent divers moiens de faire la Paix Générale; je vous envoierai par le même la Copie des Articles du Memoire qui nous a été donné par Monsieur l'Ambassadeur de Suede,

& de la réponse qui lui est faite: je m'aperçois qu'il a l'esprit porté à la Paix, & que c'est une marque certaine que la Reine de Suede y est disposée.

MONSEIGNEUR & MESSIEURS.

J'ai eû ordre d'ajoûter à ma Dépêche de ce jour, & de vous dire que le Ministre du Grand Duc, qui reside en cette Cour, a supplié le Roi de la part de son Maître, d'ordonner à Messieurs les Plenipotentiaires, que la Paix venant à se conclure, la France lui fît la même grace, que dans le Traité de Vervins, qui est de le nommer, & de l'y comprendre pour un de ses Alliez.

Sa Majesté lui a d'autant plus volontiers accordé sa demande qu'elle a tout sujet d'être satisfaite de la conduite que ce Prince a tenuë durant l'attaque des Postes de Toscane, aiant depuis le commencement jusques à la fin fait donner à notre Armée toutes les assistances de ses Etats, qui ont été possibles, & observé inviolablement la neutralité, qui avoit été arrêtée avec lui, nonobstant toutes les instances & les artifices que les Espagnols ont emploiés, & d'autres Princes aussi, pour l'obliger à prendre des resolutions contre nous. On sait que les Espagnols en sont extraordinairement piquez, & c'est avec raison qu'il aprehende qu'ils ne veuillent s'en-ressentir, s'ils en trouvent jamais la conjoncture favorable: c'est pourquoi Messieurs les Plenipotentiaires feront entendre à son Ministre de delà, qu'ils ont ordre non seulement de le faire comprendre dans le Traité de Paix de la part de cette Couronne, mais de le favoriser, & apuier fortement tous les autres intérêts qu'il peut avoir dans les conclusions de l'accommodement, Leurs Majestez étant très-satisfaites de son procedé, & aiant grand desir de lui témoigner de ce leur gratitude par quelques bons effets.

Le même Resident qui est ici a aussi parlé des assistances que son Maître est contraint de donner aux Espagnols, pour la défense de l'Etat de Milan, comme souhaitant que Sa Majesté s'emploiât pour lui faire obtenir quelque moderation des sommes immenses qu'on exige de lui, tant que la Guerre dure, & qu'on trouvât quelque biais pour le faire soulager de cette vexation.

Sadite Majesté sera bien aise que Messieurs les Plenipotentiaires s'apliquent à en chercher les moiens, lesquelles peut-être ils pourront facilement trouver dans la conclusion de la ligue qui se fera pour l'Italie, sans même que Monsieur le Grand Duc paroisse dans cette instance; à quoi il auroit sans doute peine à se resoudre dans l'incertitude de l'évenement, à ce que l'on a pû connoitre par les discours de son Ministre, & la chose réussissant nous n'aurions pas seulement acquis une obligation très-sensible sur ce Prince; mais nous aurions d'autant affoibli les Espagnols, si jamais leur mauvaise foi, ou quelque autre accident, nous forçoit à prendre les armes contr'eux.

TRA.

TRADUCTION

De la

LETTRE

De Monfieur de

BAVIERE

à Monfieur le

NONCE.

Du 5. Septembre 1646.

Dont il étoit fait mention dans le Memoire de l'Ordinaire paffé, & qu'on oublia de mettre dans la Dépêche.

Il demande d'être inftruit des intentions du Cardinal Mazarin à fon égard. L'Empire fouhaite la Paix avec la France. Ses intentions touchant Philipsbourg.

Il demande d'être inftruit des intentions du Cardinal Mazarin à fon égard.

J'Euffe bien défiré d'aprendre par votre derniere du dixiéme du paffé ce que Monfieur le Cardinal vous avoit dit fur le fujet de ma précédente du deuxiéme de Juillet, ainfi que vous-mêmes me l'aviez promis : c'eft pourquoi fi fa reponfe a été mife entre vos mains, je vous prie de me la communiquer, & même de procurer, comme vous vous êtes offert de faire, que j'aie auffi réponfe par même moien, fur le fujet de mes dernieres, parce que j'ai de l'impatience de favoir précifément l'intention de fon Eminence pour ce qui me touche, d'autant plus que je vois que fes expreffions font fort obligeantes, & que tout ce que vous m'écrivez de fa part eft rempli de civilitez, & qu'au contraire les deffeins que Monfieur de Turenne tâche d'executer contre mes Etats, ne portent qu'aigreur & hoftilité. Je vous prie donc ardemment de me delivrer de ce doute, & obtenir de Monfieur le Cardinal que fes offres foient effectuées par les Miniftres de France, plutôt que de me contraindre à faire de nouveaux actes d'hoftilité contre le Roi très-Chrétien, pour la manutention des intérêts duquel j'ai fait inftance moi & les miens, & la fais encore hautement, comme favent très-bien Meffieurs les Plenipotentiaires de Fran-

ce. C'eft un avis fans fondement, que l'on ne veuille pas la Paix dans l'Empire, à caufe du Mariage du Roi de Bohême avec l'Infante d'Efpagne. Que Monfieur le Cardinal donne ordre feulement à Meffieurs les Plenipotentiaires de France, que conformément à ce qu'ils ont déclaré, ils fe contentent de la protection de Philipsbourg, & d'y avoir Garnifon fans y prétendre davantage, & fe refolvent à conclure la Paix avec l'Empire & il verra fi les Etats de l'Empire y aporteront des longueurs de leur côté, & reconnoîtra clairement que l'on n'y défire que la Paix, fans s'arrêter aux intérêts d'Efpagne. De fait pour avancer les fatisfactions de la France j'ai dépêché un Courtier à l'Empereur, & les Ambaffadeurs que je tiens auprès du College Electoral ont déja porté la chofe à ce point, que pour ce qui eft de ladite Fortereffe, il confentira à la demande de cette Couronne-là en la forme ci-deffus, encore qu'en reconnoiffance de tous ces foins, que je me donne, & même dans le tems qu'ils agiffent, le Marechal de Turenne, joint avec les Suedois, s'avance contre mes Etats, & me menace d'y commettre toute forte d'hoftilitez.

L'Empire fouhaite la Paix avec la France.

Ses intentions touchant Philipsbourg.

LETTRE

De la

REINE

ECRITE

à Meffieurs les

PLENIPOTENTIAIRES,

A Fontainebleau le 29. Septembre 1646.

Elle fouhaite la Paix. On difpofe toutes chofes pour la Campagne fuivante. Les Efpagnols fouhaitent la Paix à tel prix que ce puiffe être. Sa Majefté eft fort fatisfaite de leur conduite avec les Imperiaux.

MON COUSIN & MESSIEURS les Comtes d'AVAUX & de SERVIEN.

LE Sieur d'Erbigny m'a rendu votre Dépêche du feiziéme du Courant, par laquelle j'ai vû que vous avez achevé de convenir

Elle fouhaite la Paix.

avec

1646.

avec les Imperiaux de tout ce qui concerne la satisfaction de la France dans l'Empire. La passion que vous savez, que j'ai de l'avancement de la Paix, vous pourra faire juger combien cette bonne nouvelle m'a touché; mais quoiquelle m'ait causé une joie très-sensible, je puis dire avec vérité qu'elle ne m'a point du tout surprise, que je m'attendois d'heure à autre d'en recevoir quelqu'une de votre part de cette nature, connoissant bien qu'il étoit mal aisé que les armes du Roi prosperassent de tous côtez, que nous n'en ressentissions en même tems un effet favorable dans la Négociation, & que nos Parties, & notamment l'Empereur aiant le besoin qu'il a de la Paix, & en étant de plus fort pressé par le Duc de Baviere, & par tous les Etats de l'Empire ils ne se portassent sans délai à donner au Roi Monsieur mon fils toute la satisfaction qu'il peut desirer. L'experience donc faisant voir, que les progrès de nos armes sont les raisons les plus concluantes, qu'on vous puisse suggérer, pour persuader les Ennemis à consentir à des conditions équitables pour la Paix, j'ai resolu de ne rien obmettre pour continuer à vous en fournir tous les jours de plus puissantes, & je commence dès à présent à donner tous les ordres pour les apareils de la Campagne prochaine, comme de préparer le fonds nécessaire & d'ordonner des nouvelles levées avec la même aplication, que si l'Assemblée de Munster étoit rompuë.

On dispose toutes choses pour la Campagne suivante.

Quoique l'on m'assure de bon lieu, ainsi que vous verrez dans le Memoire du Roi, que les Espagnols se voians dans une fin de Campagne plus vivement pressez, qu'ils n'avoient crû, ont resolu de sortir d'affaires, à quelque prix que ce soit, & de nous donner carte blanche pour la Flandre & pour la Catalogne, pourvû qu'ils puissent obtenir qu'on ne parle point du Portugal dans le Traité, & il est à croire par les raisons qui ont souvent été mandées, que l'avancement du Traité de l'Empire servira beaucoup à les confirmer dans cette resolution s'ils l'avoient prise, en quoi je ne puis assez louer votre fermeté & adresse, qui a tant contribué à mettre la Négociation en si bon état.

Les Espagnols souhaitent la Paix, à tel prix que ce puisse être.

Je n'entrerai point dans le détail des points dont vous êtes convenus avec les Imperiaux, me contentant de vous témoigner une pleine satisfaction de la très-prudente, & judicieuse conduite que vous avez tenuë: Je vous dirai seulement sur le sujet de Philipsbourg, que vous me marquez d'avoir conservé, quoique vous eussiez pouvoir de le relâcher, & sur les trois millions de dédommagement des Archiducs, que vous dites aussi que vous aviez la faculté d'étendre jusqu'au double, que quand je vous donnai la liberté avant le commencement de Campagne de faire plus ou moins en beaucoup de choses, je considerai fort bien entre les mains de qui je commettois ce pouvoir, & que chacun de vous avoit le zele & la prudence qu'il falloit pour savoir tenir bon ou diminuer de nos pretentions, & même les accroitre, selon que les affaires de la Guerre, qui doivent donner le branle, & la regle à celles de la Négociation iroient bien ou mal. J'ai été bien aise cependant de voir que je ne me suis pas trompée dans ce jugement, que vous aiez si bien profité de la conjoncture que vous a fourni la prosperité de nos armes en Allemagne, dont j'ai tout le ressentiment qui se peut, & une très-forte passion de vous le témoigner en toutes ren-

Sa Majesté est fort satisfaite de leur conduite avec les Imperiaux.

contres, & la présente n'étant à autre effet, je prierai Dieu qu'il vous ait, mon Cousin, & Messieurs les Comtes d'Avaux & Servien en sa sainte garde. Ecrit à Fontainebleau le 29. Septembre 1646.

1646.

MEMOIRE

DU ROI

Envoié à Messieurs les

PLENIPOTENTIAIRES.

Ecrit à Fontainebleau le 29. Septembre 1646.

vir pour l'avantage de la France. Misérable état de l'Espagne. Comment on doit agir dans la Négociation avec les Espagnols. Touchant la sureté du Traité. Les Espagnols Ennemis irreconciliables de la France. La France souhaite de se conserver la Lorraine. On prend de nouvelles esperances de la conduite des Etats Généraux des Provinces-Uniés. Affaire des Barberins. Comment ils doivent se comporter avec le Nonce. On les loüe de leur zèle, & de leur conduite dans la Négociation.

Les progrès militaires donneront un grand poids à la Négociation pour la Paix.

L'On ne s'est pas trompé quand on manda dernierement aux Sieurs Plenipotentiaires, que le Comte de Trautmansdorff, & les Ministres du Duc de Baviere reprendroient bien-tôt la parole, qu'ils sembloient avoir tout à fait perduë, dès qu'ils conçurent l'esperance de pouvoir défaire l'Armée Suedoise, dans l'intervalle du tems que le Sieur Maréchal de Turenne tarda à la joindre. Il est infaillible qu'aussi souvent, que les affaires de la Guerre changeront de face, celles de la Négociation prendront le même train, & comme les armes de cette Couronne ont eû depuis peu les heureux succès que l'on fait en Flandres, & ce qui importe encore plus en Allemagne, on n'avoit quasi pas douté, qu'on ne vît bientôt un grand acheminement à la Paix.

C'est ce que la Dépêche de Messieurs les Plénipotentiaires que le Sieur d'Erbigny a aportée a verifié à point nommé, puisqu'ils sont convenus, en peu de jours de Négociation, avec les Imperiaux de tout ce qui concerne la satisfaction de la France, & qu'on leur a accordé tout ce à quoi Sa Majesté leur avoit témoigné désirer qu'ils insistassent.

Touchant la satisfaction pour la France.

Sadite Majesté a vû avec grand plaisir les Articles qui en ont été dressez, avec les nôtres que lesdits Sieurs Plenipotentiaires ont mis à côté, qui sont veritablement très-judicieux, & bien dignes de leur prudence: elle ne peut assez leur exprimer l'entiere satisfaction qu'elle a de toute leur conduite, & de la fermeté & adresse avec laquelle ils ont mis la Négociation au point où elle se trouve aujourd'hui avec tant d'avantage & de gloire pour cette Couronne.

Et celle de Suede & de la Landgrave.

Il reste à poursuivre de même ce qui a été si heureusement commencé, & à mettre la derniere main à ajuster la satisfaction de la Couronne de Suede, & de Madame la Landgrave, sur quoi on attendra avec grande patience, ou avec grande impatience les nouvelles du succès du voiage qu'ils ont fait à Osnabrug.

Entretiens du Cardinal Mazarin avec les Ministres Suedois.

On n'a cependant rien obmis ici, pour essaier de porter les Ministres de Suede à faciliter les choses de leur part autant qu'il se pourra; Monsieur le Cardinal Mazarin eut là-dessus de longues conferences avec l'Ambassadeur extraordinaire dès son arrivée, & n'a laissé en arriere aucune raison, ni publique, ni particuliere de la Couronne de Suede, ou de la personne de la Reine même, & de ceux qui

ont part en ses bonnes graces, qui pût faire impression dans son Esprit.

Après avoir exageré les considerations générales & le besoin que la Chrétienté a de repos pour pouvoir mieux resister à l'ennemi commun, qui se met en état de profiter des divisions de ses Princes, ledit Sieur Cardinal lui a fait connoître de quelle gloire immortelle se couronneroient les deux Reines, si aiant pris le timon de leurs Etats, durant une sanglante Guerre, & après les pertes de deux grands Rois, chacune desquelles avoit fait craindre aux Ennemis de leur donner la loi, Leurs Majestez ne s'étoient pas contentées de soutenir les affaires avec vigueur, ce qui auroit toûjours été beaucoup en des Minoritez, qui aportent ordinairement le trouble & le desordre; mais aiant poussé plus avant leurs progrès, & étendu notablement les Limites de leurs Roiaumes, elles s'étoient assurées la possession de la meilleure partie des conquêtes par une Paix avantageuse, laquelle toute la Chrétienté reconnoitroit ne devoir qu'aux bonnes intentions de Leurs Majestez pour le bien public, & pour son repos, vû le bon état de nos affaires, & l'apparence, qu'il y a qu'elles prospereroient toûjours de plus en plus dans la continuation de la Guerre.

Il lui a fait voir ensuite le revers de la medaille, c'est le risque, que nous pourrions courir, qu'en tenant trop de rigueur, une si belle conjoncture ne nous échapât, & qu'elle ne revînt plus: qu'un petit accident dans la Guerre où il en naît tous les jours mille imprévus, étoit capable de refroidir le désir que les Ennemis ont de la Paix, qui leur est aujourd'hui si nécessaire, & de changer la Scene en un instant.

Il lui a mis en consideration avec adresse quelle sorte d'embaras pourroit arriver à la Suede d'un jour à autre, aiant d'un côté le Danois envieux secret de sa grandeur, & ami reconcillié par force, & de l'autre le Roi de Pologne, Prince guerrier, prétendant que ce Roiaume-là lui apartient, pouvant rompre la Trêve, selon que les affaires d'Allemagne iront, & même ladite Trêve pouvant expirer avant que la Paix, si on l'éloigne davantage, puisse être concluë.

Il n'a pas aussi oublié le cas qu'on doit faire du ressentiment de l'Electeur de Brandebourg, piqué au vif pour la Pomeranie, dont la Suede le veut dépouiller, & l'intérêt que tous ses amis & ses proches peuvent prendre en sa cause, non plus que tout ce qui se peut dire sur l'Angleterre & la Hollande, aiant reconnu que ledit Ambassadeur étoit en inquietude du séjour de celui de Danemark à la Haye, & du mariage que l'on traite de l'Electeur de Brandebourg avec la fille du Prince d'Orange, concluant que l'on devoit tenir pour certain, que les Ennemis feroient tous les efforts possibles pour unir tous ceux qui par envie, par esperances & par intérêt peuvent contribuer en quelque façon à faire changer la face des affaires, qui est à présent si riante, & si avantageuse pour nous.

Il a pris aussi occasion de lui dire, comme pour marque d'une derniere confiance, dont l'autre a témoigné grande obligation, qu'encore que la France avec une constance inébranlable, quoi qu'il puisse arriver, ait resolu de ne manquer jamais à la moindre des obligations où elle est engagée par des Traitez avec ses Alliez, que néanmoins il pouvoit arriver tel accident que nous serions tous ensemble femble contraints de nous relâcher beaucoup de ce qu'on peut obtenir fort facilement: que nous avons des raifons fecretes de défirer la Paix, que les Peuples dans ce Roiaume font entierement épuifez d'argent, & que leur mifére eft telle qu'il eft abfolument impoffible, que nous puiffions continuer à foutenir les fraix immenfes que l'on a faits jufques ici, enforte que la néceffité nous forceroit bientôt avec un grand déplaifir de Leurs Majeftez à manquer de fournir les fommes d'argent fi confiderables qu'il nous faut trouver pour l'Allemagne, foit pour les fubfides à la Couronne de Suede, & à Madame la Landgrave, foit pour maintenir l'Armée du Maréchal de Turenne, qui nous coute plus de dix millions de Livres.

Et comme par certains difcours de l'Ambaffadeur ledit Sieur Cardinal reconnut, qu'on avoit quelque apprehenfion en Suede que la Paix d'Efpagne fût conclue avant celle de l'Empire, il apuie extrêmement ce point, pour lui en augmenter la crainte, lui faifant connoître que la prife de Dunkerque & celle de Lerida, les fuites qu'elles pouvoient avoir, la fortie de notre Armée Navale à la Mer, & le changement de conduite de Meffieurs les Etats, de qui les Ennemis fe promettoient toutes chofes, pouvoient faire telle impreffion dans l'efprit des Efpagnols, que craignans une ruine totale ils fe refoudroient peut-être en un inftant à embraffer les partis que nous leur avons propofez pour la Paix, que nous ne pourrons plus alors refufer avec bienféance, fans nous charger de la haine publique; qu'en ce cas l'Empereur affifté de toutes les forces que les Efpagnols ont en Flandres &, en Italie, & de leur argent, auroit moien de remettre fes affaires avec facilité, fans que la France pour être libre de la Guerre d'Efpagne pût à proportion accroitre fes affiftances en Allemagne, & y faire le contrepoids convenable, à caufe de l'averfion que les Soldats François ont de paffer le Rhin, qui eft telle que toutes les Troupes qu'on y envoie, quelque foin que l'on prenne de les bien traiter, fe diffipent en peu de tems.

Mais la confideration à laquelle il a femblé le plus déferer, eft celle qui fuit, dont il fera bon par confequent que Meffieurs les Plenipotentiaires fe prévalent envers les Miniftres de la Couronne de Suede, s'ils ne l'ont déja fait.

L'on jugera bien qu'il n'y a gueres d'aparence, que la Couronne de Suede puiffe obtenir une fatisfaction plus avantageufe, que celle qu'on lui a déja offerte, fi on fait tant foit peu de reflexion fur ce qui s'eft paffé en cette matiere dans l'Affemblée, depuis que le Comte de Trautmansdorff y eft arrivé. La premiere aplication, & quafi la feule qu'il eût dans le commencement, fut de gagner à quelque prix que ce pût être la Suede, fon long féjour à Ofnabrug, les continuelles recherches qu'il fit avec Meffieurs Oxenftiern & Salvius, fans faire dire un feul mot aux Plenipotentiaires de France, firent même juger à tout le monde, qu'il n'étoit pas venu pour traiter la Paix Générale; mais pour féparer les deux Couronnes, en faifant à l'une largement fon compte, & laiffant tout à fait en arriere les intérêts de l'autre. Or, difoit il audit Ambaffadeur, il eft indubitable qu'il n'épuifa pas feulement fon pouvoir, mais à l'inftigation des Efpagnols, qui lui promettoient fans ceffe des merveilles de cette defunion, il alla au

delà de fes ordres, & crut que pour tenter la Couronne de Suede d'une infidelité, il ne lui faloit pas feulement ceder ce qu'elle pouvoit raifonnablement prétendre, mais lui offrir fans referve tout ce qui étoit le plus capable de la chatouiller.

Les Miniftres d'Efpagne qui ne fongeoient qu'aux moiens de fe vanger de nous, & qui d'ailleurs fe foucioient bien peu aux dépens de qui cela fe fît, pourvû qu'ils parvinffent à leur but, oublierent alors toutes les penfées de Paix Générale, pour ne travailler qu'à cet accommodement particulier, dans lequel ils avoient mis toutes leurs efperances, & pour le faire réuffir ils s'étudierent fur tout à bien perfuader à Trautmansdorff que quoique fon Maitre pût ceder, pour contenter la Suede, il gagneroit toûjours beaucoup, parce que n'aiant plus à faire qu'à la France, elle fe departiroit de fes prétentions, pour fe tirer de tout embaras, ou ne le faifant pas, l'Empereur emploiant toutes fes forces contr'elle, pouvoit fe promettre toutes fortes d'avantages, dans la continuation de la Guerre. Ils n'oublierent pas même de faire voir à Trautmansdorff, que la France étant une fois contrainte de ne plus fonger aux affaires de l'Empire, & offenfée contre les Suedois pour leur manquement, il feroit facile à l'Empereur de trouver des moiens de rentrer dans tous les Etats, qu'il auroit cedés aux Suedois.

De forte qu'aujourd'hui que nous traiterons conjointement comme il fe doit, & que la France fera obligée à la manutention de ce qui fera accordé à la Couronne de Suede, il eft à préfumer que les Imperiaux n'auront garde de hauffer des propofitions qu'ils jugeoient déja exorbitantes, quand ils avoient la penfée de s'en dédommager ailleurs, & que la Suede fera beaucoup fi elle peut fe conferver dans un Traité legitime, ce qui ne lui avoit quafi été offert, que pour le prix de la défection à laquelle on la vouloit porter.

L'exemple de la conduite que les Efpagnols ont tenuë depuis peu avec les Hollandois, eft bien formel pour juftifier ce raifonnement. Ils ont confenti fans hefiter aux foixante & onze articles que ceux-ci leur prefenterent, dans la croiance que leur donnant une fatisfaction complete de tout point, ils les obligeroient à achever le Traité fans la France. Mais dès que Meffieurs les Etats ont déclaré ne pouvoir rien conclure fans elle, les Miniftres d'Efpagne n'ont pas manqué de faire connoitre qu'il ne falloit pas qu'ils s'attendiffent d'avoir les mêmes conditions par cette voie, que s'ils fe fuffent accommodez feparément, quoiqu'il y aît apparence que la néceffité de leurs affaires ne leur permettra pas de s'en dedire non plus qu'aux Imperiaux envers les Suedois.

Ledit Sieur Ambaffadeur a paru fort perfuadé de tout ce que deffus, & a pofitivement affuré que les fentimens de la Reine fa Maitreffe font de faire une Paix à la verité glorieufe & avantageufe: mais pourtant il n'y a pas apparence de la faire promptement.

On avoit fongé ici, que pour faciliter l'accommodement des Suedois, en tirant même pour nous quelque avantage des difficultez qui s'y trouvent, la France pourroit fournir une fomme d'argent, & avoir en échange quelque ville Forêtiere & Bensfeld, & les Suedois pourroient fe fervir de ladite fomme, ou à contenter en partie l'Electeur de Brandebourg,

Soins de la France pour contenter la Suede.

debourg, ou à s'en satisfaire eux-mêmes pour contenter ledit Electeur en d'autres choses, l'envie ou le besoin qu'ils ont d'argent comptant en Suede, que l'on infére du procedé qu'ils ont tenu en certaine vente de Vaisseaux qu'ils nous recherchent avec grande instance d'acheter, pourroit peut-être donner lieu à. Messieurs les Plenipotentiaires aiant plus meurement digeré cette ouverture, d'en retirer quelque utilité & de surmonter les obstacles qui empêcheroient cet accommodement: néanmoins comme il ne leur est dit qu'en passant, ils ne s'y arrêteront qu'autant qu'ils croiront que cela puisse avancer la Paix & le service de Sa Majesté.

Voilà ce qui regarde les affaires de l'Empire qui sont présentement dans une crise, laquelle décidera bientôt ce qu'on doit se promettre de cette Paix.

Pour les Espagnols, il est certain que de leur confession même ils sont au plus mauvais état qui se puisse concevoir: les derniers avis d'Espagne portent que tout y est dans un désordre incroiable, & dans une dernière consternation, le Roi même a fait de grands retranchemens dans sa propre maison, ils n'ont ni hommes ni argent, & pour en trouver on n'use plus d'autre industrie que de rechercher qui en a pour le faire prendre aussi-tôt par force.

On mande pour indubitable qu'il avoit été unanimement resolu dans le Conseil du Roi, de sortir d'embaras, à quelque prix que ce fût, & de nous donner carte blanche pour la Catalogne, & pour la Flandre, pourvû que l'on obtînt qu'il ne seroit point fait mention du Portugal dans le Traité.

Les avis que l'on a de Flandres, de Vienne, de Rome, & de toutes les autres parties confirment nettement la même chose.

Le Marquis de Castel-Rodrigo parlant depuis peu de jours à Mylord Goring, qui a été Ambassadeur du Roi de la Grande Bretagne en cette Cour, après avoir déclamé contre les François qui ne veulent point la Paix, protestant que le Roi son Maître la désire à un tel point, que pour les conquêtes que la France a faites en Flandres, il ne s'en parleroit nullement, & a trouvé bon qu'il en écrivît en ce sens à la Princesse d'Orange, avec laquelle il a eû jusques à présent de grandes Négociations, & qu'il l'assurât qu'on feroit avec cette Couronne un accommodement à la Hollandoise, c'est-à-dire en abandonnant tout ce qu'on a perdu, sans y rien prétendre, si ce n'est peut-être quelque échange de Places, selon qu'elles seroient plus ou moins à la bienséance des uns & des autres, & de commodité reciproque.

Le même personnage de Vienne, qui nous donne avis de la Négociation de Rosenhan, avec les Ministres d'Espagne, écrit ici que le Duc de Terranova, Ambassadeur d'Espagne en cette Cour-là se plaignant à l'Empereur de la dureté des François, & voulant faire voir qu'il étoit inutile d'esperer de les porter à la Paix, lui avoit dit ces propres paroles, Nous consentirons à ce qu'ils désirent en Catalogne, nous ne prétendons aucunes restitutions des Places dans la Flandre, nous n'apporterons point de difficulté d'accommoder à leur gré les affaires d'Italie, & néanmoins la Paix ne se fera point, parce que nous savons certainement, qu'on la considé-

re en France comme la seule chose qui peut empêcher la ruine totale de la Maison d'Autriche; concluant son discours, que l'Empereur devoit une fois pour toutes se desabuser, & songer serieusement aux moiens de continuer la Guerre, sans se laisser flater ni endormir aux belles paroles que le Duc de Bàviere donnoit de la sincerité avec laquelle les François désiroient la Paix: qu'après tout les affaires n'étoient pas tellement desesperées, qu'il n'y eût des expedients de former un parti capable de faire suer tous les Ennemis de la Maison d'Autriche, si on vouloit s'apliquer de bonne sorte à fomenter les dégouts du Roi de Danemark, & de l'Electeur de Brandebourg, & les jalousies qu'ils ont, aussi bien que le Roi de Pologne, & beaucoup d'autres Princes & Etats, de la grandeur & puissance des Suedois, achevant comme il leur étoit aisé la Ligue projettée entre les Princes d'Italie, & assurant enfin que le Roi son Maitre emploieroit tant de ressorts à faire naître quelque division dans la France qu'on la verroit bientôt éclater.

Le même personnage ajoûte, que l'Empereur aiant communiqué ce que lui avoit dit cet Ambassadeur, à un Ministre de Baviere, & à quelques autres de ses plus confidents, on lui avoit représenté que pour mettre la France dans son tort, il falloit lui offrir tout ce que le Duc de Terranova avoit avancé, insistant qu'il ne soit point parlé de Portugal. Que si alors les François n'y condescendoient pas, on n'auroit qu'à quiter toute esperance de Paix & songer à prendre les dernieres resolutions pour la continuation de la Guerre, puisque les facilitez qu'ils aporteroient conjointement avec les Suedois à conclure l'accommodement de l'Empire, ne viseroient qu'à se mettre en état de pouvoir presser davantage les Espagnols, & avec de plus grandes forces, pour, après en être venu à bout, perdre sans aucun obstacle la Maison d'Autriche, dans l'Allemagne.

Celui qui a donné l'avis témoigne ne douter point, que tous ces discours n'aient été mandez ponctuellement au Comte de Trautmansdorff, & ajoûte que tous les mauvais offices que les Espagnols ont rendu audit Trautmansdorff, dans la conjoncture du mariage d'Espagne que l'Empereur souhaitoit passionnément n'ont produit l'effet qu'ils s'étoient promis, l'Empereur faisant toûjours grand cas de ce Ministre, & parlant de lui avec la même estime & tendresse que par le passé.

Mylord Goring, qui étoit la semaine passée à Bruxelles, a écrit ici à un de ses amis, qu'il se faisoit fort de nous faire donner telle satisfaction que nous pourrions désirer pourvû qu'en effet nous voulussions sincerement la Paix, & le prioit de montrer sa Lettre à Monsieur le Cardinal Mazarin.

Le Marquis Louis Matthei a fait quasi au même tems savoir au Sieur Cardinal que si on vouloit lui permettre de venir ici, il y aporteroit de quoi conclure la Paix en quatre heures, à des conditions plus avantageuses, qu'il né connût être souhaitées dudit Sieur Cardinal, en son passage à Paris l'année dernière.

Le Marquis de Castel-Rodrigo a dit de plus à un Religieux qu'il savoit le devoir mander par deça, que si le discours que la Reine de Pologne lui tint il y a un an étoit veritable, que la France se relâcheroit touchant le Portugal, rien ne pouvoit empêcher la Paix,

1646.

mais que ce qui lui en faisoit le plus douter, étoit que Monsieur le Cardinal Mazarin ne vouloit rien écouter à Paris, y aiant grande aparence, que si les choses étoient disposées à un accommodement, il ne persisteroit plus à faire cette difficulté, pour en avoir la gloire, lui tout seul ; & ce qui lui augmentoit le plus ses soupçons, étoit qu'il ne voioit pas la raison du scrupule, que la France fait, de traiter à l'insu des Hollandois, puisque ceux-ci négocient & traitent tous les jours sans elle.

Un Marchand Portugais qui est ici a fait dire au même Cardinal, que Dom Louis de Haro, qui a aujourd'hui la principale confidence du Roi d'Espagne, auroit grande passion de nouër amitié avec lui, laquelle sera très-utile pour cette Couronne ; puisqu'infailliblement elle produiroit bientôt la Paix à des conditions avantageuses pour elle, offrant dès à présent d'envoier une personne confidente en tel lieu, & sous tel prétexte, que ledit Sieur Cardinal lui désigneroit avec pouvoir de tout conclure, & promettant en homme d'honneur de garder jusques au bout un dernier secret.

De Rome même on a fait diverses propositions semblables avec grande instance ; mais il a toûjours été repondu que les Espagnols avoient tort de croire que la France ne désirât pas sincérement la Paix, que Leurs Majestez y étoient tout à fait resolües, que les dernieres ouvertures qu'avoient fait leurs Plenipotentiaires étoient plus avantageuses à l'Espagne, qu'à nous, dans la constitution présente des affaires, qui nous doit faire vraisemblablement espérer de plus en plus de nouvelles prosperitez dans la continuation de la Guerre, & que si nos Parties se disposoient à consentir auxdites propositions, ils reconnoîtroient bientôt, si en effet la France désire le repos de la Chrétienté, & si ses Plenipotentiaires à Munster ont pouvoir de tout conclure, & de signer le Traité sans délai.

Et enfin que pour beaucoup de raisons on avoit resolu de ne rien traiter ni achever qu'à Munster même, quelque differente conduite que nos Alliez pussent tenir, encore qu'à dire vrai on eût juste sujet de croire que les Espagnols fussent détrompez de l'opinion dont ils s'étoient flattez de pouvoir séparer Messieurs les Etats de cette Couronne.

Voilà la réponse qu'on a faite à tous, & on persistera pour plusieurs considerations à en user de même ; & principalement parce que Leurs Majestez étant très-satisfaites de la conduite de Messieurs les Plenipotentiaires, Elles sont assurées aussi qu'ils continueront à agir avec le zèle, & la prudence, qu'ils ont fait paroître jusques ici, & qu'étant assistez des bons avis qu'on leur donnera ici, & des avantages que nos armes remportent tous les jours, ils conduiront à bon port, & glorieusement pour cette Couronne la Paix, dont la Chrétienté a tant besoin, & que pour ce respect Leurs Majestez désirent avec extrême passion.

Pour reprendre maintenant la suite des avis que nous avons de l'embaras, où se trouvent les Ennemis, & de la resolution qu'ils ont prise d'en sortir, à quelques conditions que ce puisse être.

Paw a écrit à un sien confident en Hollande, qu'il est assuré, que pourvû que les

Ministres de France se veüillent contenter de toutes les satisfactions qu'ils sauront désirer en Flandres, & en Catalogne, sans rien prétendre touchant le Portugal, la Paix se peut dire conclüe dès à cette heure.

Noirmont, à ce qu'on mande, a tenu le même discours à diverses personnes, ajoûtant néanmoins qu'il savoit que les François ne s'en contenteroient pas, & par conséquent que Messieurs les Etats devoient être bien alertes, & se resoudre promptement à conclure un accommodement très-avantageux avec l'Espagne, pour ne dépendre pas toûjours des volontez d'autrui.

Knuyt a tellement imprimé dans l'esprit de Monsieur le Prince d'Orange, & de la Princesse sa femme, que la France ne veut point la Paix, & qu'elle a refusé la carte blanche que les Espagnols lui ont offerte pour la Flandre, la Catalogne & l'Italie, que toute l'industrie & les soins du Sieur de la Thuillerie & de plusieurs autres n'ont pû encore desabuser ladite Princesse de la fausseté de cette opinion, non plus que le Sieur d'Estrades le Prince d'Orange, duquel le Maréchal de Grammont écrit, que quand son mal lui donne du relâche, & qu'il parle le plus sensement, c'est alors qu'il témoigne le plus s'étonner que la France refuse les conditions avantageuses qu'on lui offre, puisqu'on ne fait la Guerre, que pour avoir la Paix, que Messieurs les Etats veulent absolument s'accommoder, qu'il le leur conseillera, & que comme il leur seroit trop rude d'être obligez à continuer la Guerre, pour le caprice d'autrui, aussi seroient-ils forcez à la fin de prendre quelque resolution pour se délivrer de cette violence.

Cette Princesse a des impatiences extrêmes de se voir en possession de tant d'avantages considerables, dont les Espagnols l'ont leurrée par l'entremise de Knuyt, & comme ils ont été si liberaux envers elle, par la passion qu'ils ont de séparer Messieurs les Etats d'avec la France, il se pourra bien faire aujourd'hui que la Paix se traitera conjointement, qu'ils lui retranchent la meilleure partie de leurs offres, qui est peut-être ce que ladite Princesse craint, & ce qui l'oblige à faire tout ce qu'elle peut en faveur des Espagnols, soit pour avancer l'accommodement particulier, soit pour empêcher Monsieur le Prince d'Orange d'agir, à quoi Elle aplique toute son adresse, & le credit que le mauvais état de sa santé lui donne près de lui, avec grand regret de Monsieur le Prince Guillaume son fils, & de tous les veritables serviteurs de sa Maison.

Des personnes très-bien informées nous assurent de Bruxelles que Castel-Rodrigo, & Peñaranda sont irritez à un point, qui ne se peut exprimer, contre les Hollandois, de ce qu'ils sont maintenant si froids en l'accommodement, après leur avoir fait voir la Tréve conclüe, & avoir tiré d'eux tout l'avantage qu'ils en ont sû prétendre. Ils connoissent & avoüent à présent que les esperances qu'ils avoient conçuës du bon succès de la Négociation avec les Hollandois, leur ont fait beaucoup de préjudice, & que le dégoût & le ressentiment qu'ils en ont l'un & l'autre, est si extraordinaire, que quelqu'un a dit que Castel-Rodrigo s'étoit emporté jusques à dire, qu'ils accorderoient présentement à la France au delà de ce qu'elle demande, pourvû qu'elle voulût condescendre, non seulement à s'accom-

1646.

commoder ; mais à faire ensemble une plus étroite union , pour la ruine defdits Sieurs les Etats , d'autant plus qu'ils auroient un beau moien de couvrir leur foibleffe par le prétexte de l'avantage de la Religion.

Les mêmes perfonnes affurent , qu'il ne peut être de correfpondance plus parfaite , que celle qu'entretiennent ensemble le Marquis de Caftel-Rodrigo & Peñaranda , qui s'écrivent au moins deux fois la femaine , & que leurs fentimens font ordinairement conformes en tout.

Ils confirment les mêmes avis que l'on a d'autres endroits de la difpofition des Efpagnols à faire la Paix , à toutes conditions , moiennant qu'ils puiffent gagner le point de Portugal , & un d'eux écrit en particulier, que Caftel-Rodrigo & Peñaranda avoient conçu un raion de bonne efperance, de ce que les Médiateurs avoient depuis peu fait certaines propofitions , que pourtant ils ne marquent point , lefquelles étant plus modérées dans une conjonéture, que tout va à fouhait pour les François, ils avoient fujet de croire , que quelque caufe fécrete du dedans du Roiaume nous obligeoit à chercher les voies de fortir le plus promptement que nous pourrions de la Guerre étrangére.

Que Contarini avoit fait grande impreffion dans l'efprit de Peñaranda , par un difcours , qu'il lui avoit tenu, pour lui perfuader qu'une longue Trêve pour la Catalogne, dont il difputoit fi fort la durée , feroit peut-être meilleure pour eux, qu'une courte Paix.

La fubftance de ce qu'il lui a reprefenté là-deffus, eft qu'il a affez de connoiffance de la conduite des François , pour ofer repondre , que fi on arrête une longue Trêve, ils ne fongeront en façon quelconque à fe préparer pour être en bon état , lorfqu'elle s'achévera , au lieu qu'étant courte , ils fe tiendront toûjours prêts pour continuer la Guerre , lorfqu'elle expirera.

Que comme il ne manque jamais aux grands Princes de prétextes de rompre , lorfque le bien de leurs affaires le requiert , la Trêve longue ou courte à l'égard du Roi d'Efpagne, feroit une même chofe , puifque toutes deux lui donneroient moien de fortir à préfent d'un mauvais pas, & que le tems lui en fourniroit d'autres de rompre de nouveau, quand il le jugeroit à propos, pour le bien de fes affaires , fans aprehender que Meffieurs les Etats rentraffent en Guerre contre lui pour cette rupture, & avec grande apparence de trouver la France dépourvuë de tout, feparée de fes Alliez , & avec quelque brouillerie inteftine , qui fuivroit fans doute de près la conclufion de la Paix: outre que l'Empereur feroit alors en état d'affifter puiffamment l'Efpagne. Qu'enfin Contarini avoit conclû que le prétexte des maux, dont l'invafion du Turc menace la Chrétienté, étoit digne d'émouvoir un Roi Catholique, à facrifier toutes chofes pour compofer à préfent les differents qui font entre les Princes Chrétiens, puifque ledit Roi étoit reconnu de long-tems d'un chacun pour le veritable foûtien , & protecteur de la Religion Catholique.

Meffieurs les Plenipotentiaires effaieront de reconnoître adroitement par delà, s'il eft vrai que Contarini, affifté du Nonce, aît tenu ce difcours, comme on nous le mande, témoignant de l'avoir apris au lieu où ils font: cependant ils fauront là-deffus en paffant, qu'à

ToM. III.

lui donner une interpretation favorable,on peut dire que Contarini, voiant la peine que Peñaranda, & les autres Miniftres d'Efpagne ont de fe refoudre à accorder ce que nous prétendons pour la France, il a voulu gagner leur efprit, pour les obliger à faire ce pas, en les châtouillant par l'efperance qu'il arriveroit auffi-tôt des Guerres civiles en ce Roiaume, & que le Roi leur Maitre ne manqueroit pas de prétextes plaufibles , pour rompre quand quelque belle conjonéture s'en préfenteroit ; mais à dire vrai, c'eft paffer trop avant à des Médiateurs d'infinuer, qu'on pourra manquer à un Traité folemnel , eux qui ne doivent pas feulement prêcher la Paix, mais fa fureté & fa manutention, & en affermir la durée.

Cela donne fujet à Sa Màjefté de faire reffouvenir Meffieurs les Plenipotentiaires de ce qui leur a fouvent été mandé, que comme les Ennemis ne fe difpofent à fortir de cette Guerre, que par la crainte qu'ils ont de tomber dans de plus grands malheurs, & avec la penfée de revenir de leur marché dès que la moindre occafion favorable s'en offrira, & que Caftel-Rodrigo & Peñaranda , quand le difcours de Contarini ne les y auroit pas pouffez, étoient déja tout perfuadez, que le Roi leur Maître en doit ufer de la forte. On doit d'autant plus prendre toutes les précautions imaginables & moralement poffibles , pour brider en forte les Ennemis, qu'ils ne puiffent executer le pernicieux deffein qu'ils ont de rompre la Paix ou la Trêve, qui fe concluera pour la Catalogne, avant qu'elle finiffe , ou bien que le faifant ils foient affurez de n'avoir pas feulement la France à combattre , mais tous ceux qui feront engagez à la manutention de ce qui aura été arrêté dans l'Affemblée de Munfter, comme on l'a déja écrit au long en diverfes Dépêches: & on ne doute pas qu'en une affaire de cette importance Meffieurs les Plenipotentiaires n'emploient toute leur prudence , & leur induftrie, pour bien affurer, que la France, après avoir donné le repos à la Chrétienté jouira elle-même du fien particulier, & des avantages qu'elle a remportez dans une fi longue & fi fanglante Guerre, fur des Ennemis qui font riches pour la plus grande partie, de ce qu'ils detiennent injuftement à cette Couronne. Car fans être affurez de la durée de la Paix , autant qu'on le peut être probablement , Leurs Majeftez feroient bien mal confeillées d'y confentir, pouvant efperer de reduire leurs Ennemis encore en plus mauvais état qu'ils ne font , en continuant la Guerre, & s'affurer de leurs intentions par leur foibleffe , en quoi même la Chrétienté fouffriroit beaucoup moins, que fi on faifoit aujourd'hui un accommodement plâtré , dont la rupture qui arriveroit quelque tems après la replongeroit dans de nouveaux maux , d'autant plus fenfibles & plus cuifants , qu'elle s'en feroit vuë délivrée.

Au furplus on donnera fi bon ordre à la confervation de ce qui aura été cedé à la France par la Paix, que les Efpagnols , & toute autre perfonne , qui auroit la même opinion qu'eux de la négligence des François, feront obligez de changer d'avis, auffi bien que de fe détromper de la croiance dont ils fe flattent que ce Roiaume auffi-tôt après l'accommodement fera embaraffé dans des divifions domeftiques, & que nous attaquants à l'impourvu on remportera fur nous toutes fortes d'avantages.

Tt 2

Re-

1646.

Reprenant de nouveau le fil des avis qu'on nous a donnez, Messieurs les Plenipotentiaires sauront que tous les Ministres d'Espagne, soit dans le Conseil du Roi ou à Bruxelles & à Munster, s'accordent unanimement dans le sentiment de ne devoir en aucune façon permettre que la Paix se fasse dans l'Empire, sans qu'en même temps leur accommodement se fasse aussi avec cette Couronne à quelque prix qu'il faille l'acheter; ce qui est conforme à ce que l'on a toûjours jugé ici, & mandé souvent à Messieurs les Plenipotentiaires, sur quoi ils doivent faire un fondement très-assuré, & prendre ensuite leurs mesures. Il est vrai néanmoins que les mêmes Ministres d'Espagne ne tiennent pour fort aisée la conclusion des affaires de l'Empire, à cause des prétentions exorbitantes des Suedois, & des Protestants, qu'ils ne croient pas beaucoup déférer à tout ce que pourront representer les Plenipotentiaires de France, pour les obliger à se contenter de la raison.

La même personne nous assure que les Espagnols se feront prier extrêmement; mais qu'à la fin ils consentiront à la Trêve de Catalogne, de la durée de celle de Messieurs les Etats, qu'ils cederont dès à présent Roses & Cadacques à la France, pour être tenus en propre, comme la Comté de Roussillon, & qu'ils se relâcheront aussi de ce qu'ils ont prétendu retenir par la Trêve, tout ce qui leur reste entre l'Arragon & les Rivieres d'Ebro & de la Segre.

La Suede fonde l'Espagne en la Liberté du Commerce après la Paix ou la Trêve.

On mande en outre que Monsieur Oxenstiern avoit tâché en grand secret de s'éclaircir de Peñaranda si le Roi son Maître concluant la Paix ou la Trêve avec les Hollandois voudroit après cela entendre à faire une Ligue avec la Couronne de Suede, pour la liberté du commerce, & la défense reciproque de leurs Etats. Il sera bon que Messieurs les Plenipotentiaires essaient de decouvrir le vrai ou le faux de cet avis.

On projette une Ligue contre l'Espagne & la Hollande pour le Commerce aux Indes.

On écrit de Hollande que Paw & l'autre Député, qui étoit demeuré avec lui avoient eû une longue Conference avec Peñaranda, qui leur avoit donné à entendre, que l'on étoit bien en avant en traité touchant une Ligue pour les Indes, entre la France, la Suede & le Portugal qui alloit tout au préjudice des Espagnols & des Hollandois, ajoûtant auxdits Députez, que ce nouvel incident devoit d'autant plus obliger Messieurs les Etats à conclure sans remise avec le Roi d'Espagne, & s'unir étroitement à lui.

Précautions de la France.

Cet avis a donné ici occasion de songer si la France se reservant la liberté d'assister le Roi de Portugal, on pourroit le faire avec une Flote aux Indes, dont on tirât quelque utilité évidente, sans néanmoins s'attirer les Provinces-Unies sur les bras, Messieurs les Plenipotentiaires y feront reflexion selon les conjonctures.

L'on mande en outre que le même Paw & son Collegue avoient assuré leurs amis en Hollande, que Peñaranda avoit les deux blancs-signez de la main du Roi d'Espagne, pour conclure avec Messieurs les Etats en un instant, mais qu'il l'avoient prié pour le bon succès de cette affaire de ne le découvrir à qui que ce soit; si bien que Messieurs les Plenipotentiaires, témoignants en avoir eû avis de Hollande, pourront se plaindre vivement audit Paw, & à l'autre de ce qu'ils leur ont caché une chose si essentielle, & le publiant

ainsi, ils rompront le dessein qu'ils avoient fait de hâter la conclusion de l'accommodement en le tenant secret, & ils auront une autre fois plus d'égard à nous communiquer ce que les Espagnols leur diront, croiants que nous en sommes ponctuellement avertis.

On nous assure de plus que les sentimens des Provinces-Unies, touchant la durée de la Trêve, est de la faire de trente ans, ou peu moins.

Voilà tous les divers avis que l'on a eû depuis peu, dont Messieurs les Plenipotentiaires peuvent se prévaloir beaucoup pour leur conduite, il sera bon néanmoins qu'ils ne témoignent pas d'en avoir connoissance, sinon entant que cela leur peut servir, pour rendre notre condition meilleure: cependant ils doivent en faire un état bien assuré, parce qu'ils nous sont donnez de bon lieu, & qu'ils s'accordent tous, quoiqu'ils viennent de différents endroits & outre cela les extrêmitez où nous voions que nos Ennemis sont reduits avec peu ou point d'apparence de ressource, mais plutôt d'une ruine totale, s'ils n'y remedient promptement, nous avoient fait penser avec grand fondement toutes les mêmes choses, que l'on nous mande de leurs sentimens, & de leurs résolutions, avant que qui que ce soit en eût écrit.

Misérable état de l'Espagne.

Les Flottes n'arrivent plus, ou arriveront très-pauvres, l'impossibilité de trouver de l'argent, particulierement en Espagne, s'augmente tous les jours, parce que la Guerre se fait par tout dans leurs Etats, tous leurs efforts pour lever quelques Troupes n'aboutissent quasi à rien, & l'on ne voit pas que les Chefs qu'ils ont, soient si unis entr'eux, ni si capables qu'ils puissent par leurs bonnes qualitez suppléer à tant de manquemens de choses nécessaires pour continuer à soutenir la Guerre, contre une Couronne victorieuse, & si bien alliée.

Et si le Comte-Duc d'Olivarez, avant que de mourir, fit savoir au Roi son Maître, que le meilleur conseil qu'il pût prendre, étoit de faire la Paix en toutes façons.

Si le Cardinal Borgia, étant à l'article de la mort, lui envoia dire la même chose avec des instances fort pressantes, pour l'y resoudre.

Si le Comte de Monterei Dom Francisco de Melos, & le Marquis de Leganez y insisterent aussi alors avec de puissantes raisons, comme on l'écrivit auxdits Sieurs Plenipotentiaires, & l'ont toûjours continué.

Si le Comte d'Ognatte dernier mort, l'un des plus grands Ministres qu'ils eussent, a soutenu plusieurs fois en des Conseils publics & particuliers, que l'on n'avoit d'autre parti à choisir, qu'à prendre les François au mot, & leur accorder tout ce qu'ils demandoient, parce qu'à quelque prix, disoit-il, qu'on achetât la Paix, on l'auroit toûjours à bon marché, dans un tems que des revoltés de la consideration de celles de Catalogne & de Portugal étoient allumées en Espagne, & y consommoient le plus pur argent, & les meilleures forces de la Couronne, sans aucune apparence de les éteindre.

Il y a lieu de croire qu'ils n'auront pas changé de sentiment, voiant augmenter tous les jours la prosperité des armes de Sa Majesté, & de ses Alliez, & le malheur déclaré contre eux plus ouvertement que jamais.

Ainsi

1646.

Ainſi eſt-il certain que tous ceux qui ont la faculté de parler ou d'écrire au Roi d'Eſpagne, lui remontrent continuellement qu'il n'y a aucune condition, qu'il ne doive embraſſer avec plaiſir, pour avoir moien d'arrêter les progrès de ſes Ennemis par la Paix, voiant celle de l'Empire dans le train d'être promptement concluë, Lerida aux abois, l'Armée Navale de France dans la Mer Mediterranée, en état que ſi elle n'y tente aucune entrepriſe, elle tient en échec, & en grande crainte tous les lieux, qui ſont ſous la domination d'Eſpagne & en Italie, & fera ſonger plus d'une fois à quelques Princes de ſe ranger de leur parti, comme ils en auroient peut-être envie, les Peuples des Païs-Bas dans le dernier deſeſpoir, les Armes de France, après la priſe de Courtrai, de Bergues, de Mardick & Furnes à la veille d'entrer dans Dunkerque en trois ou quatre jours, avec grande apparence même, que cette conquête, quoique la fin de la Campagne aproche, ſera ſuivie de celle de quelques autres poſtes conſiderables, qui donneront ſans doute la communication de la Lys avec la Mer, & mettront Aire & Saint Omer dans l'impoſſibilité de ſe ſauver même, ſans être attaquez, les Hollandois témoignants vouloir faire agir leur Armée tout de bon, & aiant déclaré poſitivement, que jamais ils ne concluroient de Traité ſéparé, & qu'enfin toute la France eſt dans un tel calme, que préſentement il n'y a pas un ſeul homme de Guerre dans le Roiaume, quoi qu'on y entretienne les grandes Armées, que chacun voit, que tous les Princes du ſang n'y ſongent qu'à bien ſervir leur Roi, & à contribuer de façon ou d'autre à la grandeur de l'Etat.

Les avis donc, que nous avons de toutes parts, les recherches que les Eſpagnols font par tant de divers endroits, la connoiſſance certaine que nous avons de l'extrêmité où ils ſont réduits, le bon train que prend l'accommodement de l'Empire, qui les force à ne heſiter plus au leur, s'ils ne veulent demeurer ſeuls à ſoutenir la Guerre, ce qu'ils ne feront jamais, le changement de face de toutes les affaires par les heureux ſuccès que nous avons eû cette Campagne, le fondement que nous avons de nous promettre que Meſſieurs les Etats, quoi qu'il y ait quelque Membre infect dans leur Corps, ne donneront plus ſujet aux Ennemis d'eſperer qu'on puiſſe les ſéparer d'avec la France, & enfin les proteſtations qu'on leur a faites ſi ſouvent, par l'entremiſe des Médiateurs, qu'à meſure que nous ferions de nouvelles conquêtes, nos prétentions s'augmenteroient à proportion, tout cela nous fourniroit belle matiere d'alterer nos demandes touchant la Catalogne, & de les changer auſſi pour le Portugal, ſans recevoir aucun blâme dans le public. Mais la modération de Leurs Majeſtez eſt à tel point, qu'encore que tout ce que deſſus ſoit palpable à un chacun, & de plus qu'une ſeule Campagne de Guerre peut aſſurer à cette Couronne la conquête entiere des Païs-Bas, pour ne parler pas des autres endroits, elles ne déſirent autre choſe, ſi ce n'eſt que Meſſieurs les Plenipotentiaires perſiſtent aux dernieres ouvertures qu'ils ont faites aux Médiateurs, prenant ſeulement bien garde de ne s'en relâcher en quoi que ce ſoit.

Comment on doit agir dans la Né-

Que ſi les Miniſtres d'Eſpagne font inſtance, pour quelque échange de Places en Flandres, pour la commodité reciproque d'un chacun, comme on ne peut prévoir de quelle nature elles ſeront, l'on ne peut dire à Meſſieurs les Plenipotentiaires les ſentimens de Leurs Majeſtez, qu'après en avoir été informez: c'eſt pourquoi ils en donneront avis ici, & on leur fera ſavoir en diligence les intentions de Leurs dites Majeſtez, ſans que cet échange, qui n'eſt qu'un petit acceſſoire, & que l'on preſupoſe devoir être autant à notre bienſéance, qu'à la leur, arrête la concluſion des autres points, ſur leſquels cependant leſdits Sieurs Plenipotentiaires tiendront ferme, & feront valoir que c'eſt beaucoup donner au bien public, & au repos de la Chrétienté, qu'on ne s'enorgueilliſſe point, après que nous aurons pris Dunkerque & tant d'autres avantages, que nous avons remportez.

Et il eſt infaillible, que les Miniſtres d'Eſpagne après s'être quelque tems débattus, & menacé de ne plus traiter, nous cederont entierement tout ce que nous avons demandé, ſe tenant très-heureux, qu'il ne ſoit point parlé du Portugal, qui vaut autant que de leur rendre ce Roiaume-là, puiſqu'eux mêmes ne font aucun cas de la reſiſtance que les Portugais leur peuvent faire.

Meſſieurs les Plenipotentiaires ſe ſouviendront que comme on nous aſſure, que les Eſpagnols, après avoir un peu conteſté, nous laiſſeront à la fin Roſes & Cadacques, pour être tenus en propre avec leurs dépendances, comme la Comté de Rouſſillon, en vertu du Traité de Paix, il importe qu'ils tiennent bon pour nous acquerir ces deux Places en cette maniere-là, Leurs Majeſtez ne doutant point, que leſdits Sieurs Plenipotentiaires, tant par leur inclination propre, que pour ſe conformer à leurs volontés, n'emploient volontiers quelques jours, pour gagner ce point, & que leur fermeté & leur adreſſe, qui ont déja tant contribué à en aſſurer d'autres importans, auront le même ſuccès en celui-ci qui ne l'eſt pas moins, parce que l'on aprénd de tous côtez que les Eſpagnols y donneront les mains, croiant ce qu'un deſdits Sieurs Plenipotentiaires a autrefois dit à Brun ou à Saavedra, qu'on ne s'en relâcheroit jamais: car au reſte Leurs Majeſtez ne prétendent pas que ce ſoit un point, qui doive empêcher la concluſion de la Paix ; mais étant informez qu'à la fin les Miniſtres d'Eſpagne y conſentiront, ils n'oublient rien pour l'emporter.

Il ſe pourra faire que les Eſpagnols qui ſe feront d'ailleurs reſolus à nous donner entiere ſatisfaction, pour les raiſons marquées ci-deſſus, en preſſeront extrêmement l'effet, & la concluſion de l'accommodement pour eſſaier de ſauver Dunkerque & Lerida; mais comme ces deux Places ſont aux abois, qu'elles ſont toutes deux de la derniere conſéquence & reputation, que c'eſt le principal fruit de toutes les ſommes immenſes, que nous avons été obligez de dépenſer cette Campagne, Sa Majeſté déſire que Meſſieurs les Plenipotentiaires conduiſent, s'il eſt poſſible, enſorte leur Négociation, que l'une ni l'autre ne nous échape.

Pour la premiere, elle ne leur donnera pas grande peine, puiſqu'on a bonne eſperance, qu'elle pourra être priſe dans deux jours; l'autre pourroit peut-être aller bien avant dans le mois de Novembre. Il ne manquera pas de prétextes ni d'expédients auxdits Sieurs Plenipotentiaires, pour ménager adroitement ce point.

Peut-

1646.

Peut-être que l'accommodement des Hollandois, ou celui de l'Empire fera bien trainer la conclusion du Traité général jusques là, sans qu'il paroisse que nous contribuions à ce retardement, pour la visée que nous avons: l'ajustement entier des affaires d'Italie, sur lequel nous pouvons insister, nous peut donner lieu aussi de gagner jusques à ce tems-là, avant que de rien signer.

L'on pourroit même prétendre directement ladite Place, comme étant absolument nécessaire à la sureté de la Trêve en Catalogne, & stipuler que le Traité n'auroit son effet qu'à commencer du premier Decembre, & que les Espagnols demeureroient en possession de ce qu'ils reprendront sur nous d'ici là, comme nous de ce que nous gagnerons sur eux, en quelque endroit que ce soit, ce qui seroit fondé en beaucoup de raisons, vû ce que nous coute déja Lerida, & le tems que nous aurions consommé inutilement avec une grande Armée devant cette Place sans la prendre, quoique nous l'aions mise hors d'état d'être secourue, & plus que tout la mauvaise satisfaction que les Catalans auroient avec quelque raison, de voir que nous nous fussions si aisément relâchez sur un point qui leur importe tant; ce qui seroit capable d'entraîner avec soi d'autres suites plus facheuses, les Esprits ne demeurants pas en bonne assiette, & les Espagnols, par le moien de Lerida, s'il leur demeuroit, aiant lieu de faire mille cabales dans le Païs, & fomenter utilement les dégoûts que ces Peuples avoient déja conçus de notre conduite, sur le sujet de ladite Place. On ne doute pas que les Ministres d'Espagne, selon leur coutume, ne se plaignent de notre rigueur; mais après leur avoir fait connoître ce que la France fait pour eux, seulement à consentir de mettre les armes bas, dans de si belles conjonctures, pour ne rien dire du Portugal, qu'on leur donne franc, lorsqu'on demeure d'accord de n'en parler point. Il y aura beau champ de leur mettre un peu dans la mémoire de quelle façon ils nous ont traitez, aiant emploié des années entieres à mettre toutes pieces en œuvre pour débaucher nos Alliez, & ne s'étant adressez à nous, que quand ils se sont vûs hors de tout espoir de réussir dans l'autre dessein, leurs affaires en un état pitoiable de tous côtez, & détrompez de toutes les esperances de division domestique dans ce Roiaume.

Après tout Peñaranda pourra bien se mettre en grande colère, & faire semblant de rompre toute Négociation; mais il ne tardera pas à revenir, les extremitez où ils sont ne pouvants permettre qu'il en use autrement, & au contraire la prise de Dunkerque, & les suites qu'elle peut avoir nous donnant beau champ de faire éclater la moderation de Leurs Majestez, en ce qu'elles ne rehaussent pas maintenant leurs prétentions.

Pour conclusion, Sa Majesté veut donner quelques avertissemens en passant auxdits Sieurs Plenipotentiaires, ou plutôt leur rafraichir la mémoire de plusieurs points importants, qui leur ont été mandez.

Le premier & le principal, sur lequel Sa Majesté ne sauroit assez insister, ni eux prendre assez de précautions, est la sureté de ce qui sera arrêté avec les uns & les autres, parce qu'autrement les Espagnols feroient un coup de grande prudence de consentir à nos demandes, cedant à la mauvaise conjoncture d'apre-

sent, pour en attendre une meilleure, sans s'obstiner à perdre ce qui leur reste, qui étant bien gouverné est assez considérable, pour leur donner moien un jour de tenter leur fortune, avec aparence d'avoir de meilleurs succès, qu'ils n'en ont dans cette Guerre. Quand on traitera de cette sureté, Contarini viendra sans doute s'employer près de Messieurs les Plenipotentiaires, pour leur faire faciliter ce point, & alors ils auront l'occasion bien à propos de lui remontrer que c'est le plus nécessaire de tout, puisque quand les Espagnols n'auroient point de disposition de profiter de la premiere conjoncture de rompre une Paix, qu'ils ne font que par pure nécessité, il leur en auroit fait naitre l'envie, par les beaux discours qu'il a tenus là-dessus aux Ministres de cette Couronne-là.

1646.

Enfin nous devons nous tenir pour dit ce qu'on a mandé autrefois, que la crainte seule d'empirer leurs affaires, obligeant aujourd'hui les Espagnols à faire la Paix, ils ne songeront continuellement qu'à la rompre, quand ils en trouveront une favorable occasion; car outre qu'ils sont Ennemis irreconciliables, & envieux de toutes les prosperitez de cet Etat, les pertes qu'ils auront faites, & dont nous aurons profité, auront encore augmenté ces qualitez que la nature leur donne, & comme la prudence voudroit ne pas prendre garde à quatre, ni à six Places, voire à des Provinces entieres, si on pouvoit s'assurer de leur sincerité, & que la Paix dût être durable, aussi ne sachant que trop vraisemblablement le contraire, aurions-nous grand tort de ne retenir jusques à un pouce de terre de tout ce que nous pourrons, puisqu'ils en seront d'autant plus affoiblis, & comme il est touché ci-dessus, que cette diminution avec les autres précautions que nous pourrons prendre servira pour les rendre plus retenus à ne pas brouiller les affaires, & avoir en main de quoi les faire repentir, s'ils le font, & cela d'autant plus que les meilleures suretez seront toûjours celles que nous tiendrons en nos mains.

En second lieu, qu'ils se souviennent de stipuler la renonciation du Roi d'Espagne & de l'Alsace.

En troisiéme lieu, que touchant Cazal, ils essaient que la Place soit laissée à la garde de Sa Majesté jusques à ce que le Duc de Mantoüe ait vingt-cinq ans, ce qui peut-être pourra réussir dans cette conjoncture.

En quatriéme lieu, qu'arrêtant quelque Trêve pour l'Italie, afin d'avoir plus de tems d'ajuster tout, ce soit ensorte que pour les difficultez qui s'y rencontreront on ne puisse rentrer en Guerre, convenants dès à cette heure d'Arbitres pour terminer tous les différents dans un certain tems.

En cinquiéme lieu, de tenir cachée, autant que l'avancement de la Paix le pourra permettre, la condescendance que Leurs Majestez ont resolu d'aporter sur le point de Portugal pour beaucoup de raisons connuës auxdits Sieurs Plenipotentiaires, & particulierement parce qu'aiant une Escadre de Vaisseaux de ce Roi-là dans notre Armée Navale, il seroit à craindre qu'ils ne vinssent à se retirer dans la rencontre présente, où sans ce renfort notre Armée pourroit courir quelque risque.

En sixiéme lieu, il faudra bien assurer même par le consentement du Roi d'Espagne,

s'il

s'il est jugé nécessaire, que pendant la Trêve de Catalogne le Pape ne fera aucune difficulté de donner toutes les expeditions, soit pour Croisades, collation de Bénéfices ou autres choses, tout ainsi, & en la même maniere que ses Predécesseurs en avoient usé envers le Roi d'Espagne, quand ils possedoient cette Principauté.

En septiéme lieu, Messieurs les Plenipotentiaires examineront, si les Espagnols aiant tant de repugnance à voir cette connexité de la Trêve de Catalogne avec celle de Hollande, on ne pourroit point en sortir par un expedient, dont le nom ne les choqueroit pas, quoiqu'il fût en effet la même chose, & ce seroit qu'après qu'ils auront sû combien doit durer celle de Hollande, ils demandassent le même nombre d'années, pour la Catalogne, sans parler en aucune façon des Hollandois, prenant néanmoins à part avec ceux-ci toutes les précautions nécessaires sur ce sujet.

En huitiéme lieu, si lesdits Sieurs Plenipotentiaires peuvent obtenir que la Campagne aura son étenduë, & son effet jusques au premier Decembre. Leurs Majestez trouvent qu'ils consentent de leur part à ne retenir les conquêtes que nous pourrions faire entre-ci & là en Italie, que comme par Trêve, ainsi que celles de Catalogne; mais celles de Flandres seront comprises dans ce qui nous doit demeurer par le Traité de Paix.

En neuviéme lieu, Messieurs les Plenipotentiaires sauront qu'on nous assure que Peñaranda a pouvoir de son Maître de condéscendre à divers partis sur les intérêts de Portugal, mais que néanmoins ils ne sont pas tels que ledit Roi veuille se satisfaire d'aucun. On en manda autrefois divers auxdits Sieurs Plenipotentiaires, & si quelqu'un pouvoit réussir, afin que la Paix fût universelle, comme Contarini a toûjours insisté, ce seroit un grand bien; car cette Couronne sortiroit, & dans l'apparence, & dans le solide d'un grand embarras, puisqu'aussi bien la faculté, qui nous restera d'assister ledit Roi, ne lui sera pas de grand profit, à cause de la grande distance qu'il y a entre la France & ses Etats, & aigrira toûjours davantage l'esprit des Espagnols contre nous. Peut-être même que le public qui ordinairement ne s'arrête qu'à l'écorce des choses n'aprouvera pas que nous tenions ce procedé avec l'Espagne, que nous lui devons avoir grande obligation de ce qu'elle aura condescendu à tout ce que nous aurons demandé.

Cependant Sa Majesté désire que lesdits Plenipotentiaires continuent à faire jusques au bout de grandes instances publiques en faveur dudit Roi de Portugal, afin que quand nous serons obligez de nous en desister, il paroisse évidemment à tout le monde que c'est après y avoir fait tous les efforts imaginables, & que nous avons été obligez de ceder pour un intérêt général, qui doit prévaloir aux particuliers, qui est celui du repos de l'union des Princes Chrétiens dans cette présente incursion des Armes Ottomanes.

On ne doute point que lesdits Sieurs Plenipotentiaires ne viennent aisément à bout de procurer la liberté du Prince Dom Edouard de Portugal dans le Traité, d'autant plus que les Couronnes Alliées se sont engagées si avant à la demander.

Mais on voudroit ici sur tout, qu'il y eût moien de sortir du point de Portugal, par une Trêve de six mois au moins, que l'on pourroit accorder secretement par l'entremise des Médiateurs, si les Espagnols s'opiniâtrent jusques au bout, à ne pas souffrir qu'il en soit fait mention dans le Traité public, ainsi que l'on a mandé d'autres fois.

Ainsi nous aurions une voie honorable, de nous tirer de quelque engagement de bienséance que nous avons avec les Portugais, & le prétexte de cette Trêve seroit pour avoir moien de traiter l'accommodement au fonds.

Si les Espagnols ne regardent qu'à la substance & au solide, ils ne devront y faire aucune difficulté, puisqu'aussi bien, quand la Paix seroit aujourd'hui signée, ils ne seroient en état de six mois d'attaquer vivement le Portugal, vû la mauvaise saison & les preparatifs qu'il leur conviendra de faire pour cela.

Ce n'est pas que Sa Majesté ait aucune intention de retrancher ou moderer auxdits Sieurs Plenipotentiaires le pouvoir qu'elle leur a donné de se relâcher de ce point, & de s'y conduire ainsi qu'ils l'estimeront plus à propos; mais à la vérité elle souhaiteroit bien qu'une conjoncture si belle, pour négocier avantageusement, nous donnât moien de sauver au moins en cette affaire toutes les apparences, devants être assurez que nos Ennemis, quoique sans raison, ne manqueront pas d'essaier d'imprimer dans l'esprit de ceux, qui en d'autres tems pourroient faire la même resolution, que fait le Roi de Portugal, que la France n'est pas trop difficile à sacrifier les intérêts d'autrui, lorsqu'elle peut se procurer quelque avantage.

Et sur ce sujet Messieurs les Plenipotentiaires examineront ensemble une pensée qu'on a eû ici, dont ils pourront peut-être se prévaloir. Ce seroit de mettre en balance les intérêts du Duc Charles avec ceux de Portugal, & faire une proposition, qui commencera par une longue déduction de toutes les raisons que la France a, pour ne point traiter avec le Duc de Lorraine, & que nonobstant cela, si l'Espagne se veut disposer à tout ce qui est équitable pour le Portugal, Sa Majesté en échange promet de ne pas seulement traiter avec ledit Duc Charles; mais encore lui accorder une grande partie des choses qu'il peut désirer.

Il y auroit même belle matiere de relever notre offre, principalement pour deux raisons, l'une que le Roi de Portugal est en pleine possession depuis six ans de tout son Roiaume, & que le Duc Charles n'a pas un pouce de terre dans toute la Lorraine.

L'autre, que quelque facilité que le Roi d'Espagne se propose à reconquerir le Portugal, elle n'aprochera pas à beaucoup près celle que Sa Majesté a de se conserver la Lorraine.

Il est indubitable que les Espagnols ne consentiront jamais à cette ouverture, cependant elle ne laisseroit pas de produire trois bons effets.

Le premier, de nous servir extrêmement dans le public, faisant voir les facilitez que la France aporte pour accommoder tous les différends qui peuvent troubler le repos de la Chrétienté, même au préjudice de ses propres intérêts.

Le second, de gagner de plus en plus l'affection du Roi de Portugal, & lui faire toucher au doigt, si nous sommes contraints de nous relâcher sur son sujet; que ce n'a

été

été qu'après avoir fait les derniers efforts en sa faveur.

Et le troisiéme, de mettre le Duc Charles sur les bras des Espagnols, & le rendre irreconciliable avec eux, voiant de quelle façon il est traité, & comme ils l'abandonnent.

Tout cela néanmoins est remis à ce que lesdits Sieurs Plenipotentiaires resoudront ensemble être pour le mieux.

On avoit resolu d'envoier un long Memoire auxdits Sieurs Plenipotentiaires sur les affaires de Lorraine ; mais comme l'aprehension que Sa Majesté avoit que le Traité de l'Empire ne pût s'achever sans qu'elles fussent terminées, c'étoit la principale raison, qui tenoit l'esprit de Sa Majesté en suspens, savoir si Elle donneroit les mains à laisser traiter ce differend dans l'Assemblée générale, & qu'il semble que cette consideration cesse aujourd'hui par la passion que les Imperiaux font paroitre de hâter sans délai la conclusion de la Paix, & qui devra être la même à l'égard des Espagnols, parce qu'ils sont encore plus pressez, Sa Majesté remet à examiner la chose avec plus de loisir, & à en faire savoir les intentions auxdits Plenipotentiaires.

Depuis ce Mémoire achevé l'on a reçu une nouvelle confirmation que les intentions de Messieurs les Etats sont telles que nous pouvons desirer, soit pour ne faire leur accommodement, que conjointement avec la France, soit pour faire agir leur Armée, & profiter de la belle occasion qu'elle a de faire toutes sortes de progrès, mais que Madame la Princesse d'Orange emploie toute son industrie & le credit qu'elle a sur l'esprit de son Mari, pour faire éluder toutes les bonnes resolutions de l'Etat, qu'elle étoit allée à Bergopsom pour empêcher ledit Prince de rien entreprendre, ce qu'elle devoit d'autant moins faire, si elle eût eû égard à sa gloire. Que les Ennemis ont détaché tout recemment le Duc d'Amalphi & Beck, avec quatre mil hommes du Corps de delà, pour les faire venir vers Dunkerque, desorte qu'il est vrai de dire que Monsieur le Prince d'Orange étant parti, en resolution d'attaquer une Place, malgré l'opposition de huit ou dix mil hommes, a changé d'avis depuis que ce Corps-là a été affoibli de moitié.

On reçut hier la nouvelle que le Pape avoit enfin amoli la dureté qu'il avoit toûjours témoignée en l'affaire de Messieurs les Barberins, qu'il a remis en tous leurs biens, Charges & Bénéfices à la consideration de Sa Majesté, avec un applaudissement général de toute la Cour de Rome. C'est le premier bon effet de la sortie de notre Armée Navale à la Mer, aidée par une petite circonstance qui de soi ne semble rien ; mais qui n'a pas laissé avec l'autre de porter ce coup, c'est la sortie de Rome de l'Abbé de St. Nicolas, à qui on avoit mandé de se rendre à Florence, pour être près de Monsieur le Grand Duc dans le tems que l'Armée paroitroit de nouveau en ces Mers-là, & cela principalement à dessein, comme il est arrivé, que le Pape pût soupçonner, voiant la retraite du Ministre du Roi, que les Généraux de l'Armée de Sa Majesté pouvoient avoir ordre de faire quelque ressentiment contre sa Sainteté, de la façon dont elle a procedé avec cette Couronne dans l'occasion derniere de l'attaque des Postes de Toscane. Il est vrai pourtant que quoique sa Sainteté aît

fait paroitre une partialité visible pour nos Ennemis, & qu'elle aît passé bien au delà des termes, & de Pere commun, & de Prince neutre, assistant ouvertement les Espagnols d'hommes, d'argent & de conseil, la piété de Leurs Majestez est telle, & leur reverence envers le Saint Siége, qui ne doit pas souffrir pour les caprices particuliers des Papes, qu'elles n'ont jamais songé à donner aucun ordre d'endommager l'Etat Ecclesiastique, s'étant toûjours contenté de recourir à Dieu, & le prier qu'il lui plût inspirer sa Sainteté de prendre une autre conduite.

Messieurs les Plenipotentiaires ne témoigneront pas au Nonce, qu'on croie que la resolution du Pape a été un effet de la sortie de notre Armée, & de la route qu'elle a prise vers les côtes d'Italie, mais de la connoissance qu'a eû à la fin sa Sainteté des bonnes intentions de Leurs Majestez, lui roulant adroitement, que puisqu'elle s'est disposée à faire le plus important, l'on ne doute nullement qu'il ne veuille en cette occasion contenter dans les autres, qui sont moindres & d'une entiere justice.

Il est arrivé, que le jour que le Prince Prefet, sa femme & ses Enfans sont arrivez ici, pour saluer Leurs Majestez, on les a reçus avec ce beau regal, que la protection de Leurs Majestez leur a valu.

Sa Majesté ne peut finir cette Dépêche, sans assurer encore Messieurs les Plenipotentiaires de la pleine satisfaction qu'elle a de toute leur conduite, reconnoissant bien, que la fermeté qu'ils ont fait paroitre, sans s'ennuier de leur long sejour hors de la Cour, & avec beaucoup d'incommoditez, a notablement servi pour nous faire obtenir des conditions plus avantageuses dans le Traité de Paix, ce qui leur aportera grande gloire en leur particulier, notamment à un Prince de la qualité de Monsieur le Duc de Longueville : & ils doivent attendre d'être un jour le modele que l'on proposera aux Ministres des Princes qui seront emploiez, étant certain que leur patience & leur resolution ont fait mentir tous ceux, & principalement les Espagnols, qui tenoient les François incapables de ces qualitez-là, & qui en esperoient à son tems des avantages considerables.

MEMOIRE

De Messieurs les

PLENIPOTENTIAIRES,

ENVOIE' EN COUR.

Le 1. Octobre 1646.

Les Suedois se pourront contenter de la moitié de la Pomeranie, si on y joint Stetin qui fait partie de l'autre. La Trève pour la Catalogne sera de 25. ans. Affaire du Duc de Lorraine.

NOus sommes retournez d'Osnabrug d'avant-hier seulement, aiant trouvé tant de difficultez que nous avons été obligez d'y faire un plus long séjour que nous ne pensions. Messieurs les Plenipotentiaires de Suede sont demeurez d'accord que la Paix est nécessaire à l'une & à l'autre Couronne. Ils témoignent la desirer comme nous, & nous les avons enfin disposez d'y apporter toutes les facilitez qui dépendent d'eux. Mais ils ont toûjours soûtenu que les offres qui leur avoient été faites par les Imperiaux étoient pures & simples, & qu'on étoit obligé de les leur faire valoir; & de leur fournir le consentement des intéressez. Quand nous leur en avons remontré l'impossibilité, & qu'ils ont été pressez d'entrer en quelque expedient, ils se sont défendus sur leurs ordres. Ils ont dit néanmoins qu'ils avoient fait savoir à Stockholm la peine qu'il y avoit d'obtenir toutes leurs demandes; qu'ils esperoient d'avoir bientôt réponse & nouvelle instruction, & qu'ils en écriroient encore, & porteroient les choses dans le temperament autant qu'il seroit en leur pouvoir. Ils nous ont même convié d'écrire, comme nous avons fait à l'heure même, au Sieur Chanut, & sommes sur le point d'envoyer un Courier qui lui portera une seconde Dépêche de notre part avec une Lettre à la Reine pour donner plus de force à ses instances.

Ce qui nous a paru, après avoir souvent conféré avec lesdits Sieurs Plenipotentiaires, avec les Députez de Brandebourg, & les Imperiaux aussi, c'est que les Suedois se pourront contenter de la moitié de la Pomeranie en retenant Stetin, qui fait partie de l'autre, & que l'Electeur se resoudra plutôt à toutes extrémitez que de n'avoir pas cette Ville, qui est si fort desirée de part & d'autre, que ce seul point est capable d'arrêter

le Traité. Nous avons disposé les Ambassadeurs de Suede d'entendre cependant à une suspension d'armes, aiant été resolu qu'on depêchera de part & d'autre à Monsieur le Maréchal de Turenne & à Monsieur Wrangel, pour leur donner avis que nous étions tombez d'accord avec les Imperiaux de faire une suspension de six semaines ou de deux mois, & que nous avions remis à eux d'en arrêter les conditions avec les Généraux du Parti contraire; ce que nous les prions de faire promptement, si les choses n'étoient en tel état quand ils recevront nos Lettres, que la suspension fut pour aporter un préjudice notable aux affaires.

Nous fimes cette ouverture ausdits Ambassadeurs, sur ce qui en avoit été dit au Sieur de Saint Romain par les Médiateurs. Nous fûmer hier les informer de ce qui s'est passé en notre voiage, leur faisant voir que les Imperiaux s'étant beaucoup élargis avec les Suedois pour les obliger à s'accommoder sans nous, ils n'avoient pas eu la Paix pour cela, mais l'avoient renduë plus difficile, & que notre plus grande peine aujourd'hui étoit de défaire pour leur intérêt ce qu'ils avoient fait contre nous. Lesdits Médiateurs se chargerent de faire raport de tout au Comte de Trautmansdorff, & il ne se passa rien en cette Conference qui mérite d'en donner avis, sinon qu'en leur représentant que la possession de Stetin étoit ce qui sembloit le plus malaisé à ajuster, & que les Suedois ne s'en départiroient pas, & disant que l'Empereur devoit faire effort pour recompenser en terres l'Electeur de Brandebourg; ils répondirent que jamais l'Empereur ne se déferoit d'un seul pouce de terre, mais qu'on pourroit faire accorder dans une Diette une somme d'argent comme d'un ou deux millions de Risdalles, qui seroient donnez audit Electeur. Ce moien nous sembleroit fort bon, s'il étoit praticable, non pas tant à l'égard de l'Electeur que de la Couronne de Suede, qui aimeroit peut-être autant toucher cette somme que de garder Stetin. Mais comme l'Empereur se porteroit aisément à cet expedient, qui ne lui coûteroit rien, aussi n'estimons-nous pas que les Etats de l'Empire épuisez comme ils sont y donnent leur consentement.

Au retour de chez les Médiateurs nous fumes visitez par les Ambassadeurs de Messieurs les Etats. Ils nous dirent avoir eu quatre Conferences avec les Ministres d'Espagne depuis leur voiage d'Osnabrug: Qu'en la premiere il n'y avoit eu que l'Archevêque de Cambrai & Brun, à cause de l'indisposition du Comte de Peñaranda, mais qu'à la seconde ils y étoient tous trois: Que Peñaranda ne se trouva pas à la troisiéme, & que la quatriéme fut avec Monsieur Brun tout seul. Ils nous parlerent sur tous les points qu'ils avoient eus de nous par écrit, & nous donnerent des réponses qui aprochent fort de ce que nous desirons. Mais quand il fut question de s'expliquer sur la cession des Conquêtes du Païs-Bas & de la Franche-Comté, du Roussillon, de Roses, & de la Trève en Catalogne, ils hésiterent longtemps, disans qu'ils avoient bien connu que les Espagnols ne s'éloigneroient pas d'accorder à la France ce qu'elle prétendoit; mais qu'ils ne s'étoient pas encore entierement ouverts sur cela. Nous repartîmes ausdits Sieurs Ambassadeurs que lors que nous leur avions confié un Ecrit, & que nous étions entrez en matiere avec eux, nous a-

    vions

Les Suedois se pourront contenter de la moitié de la Pomeranie, si on y joint Stetin qui fait partie de l'autre.

1646.

vions préſuppoſé que les Miniſtres d'Eſpagne leur déclareroient nettement leurs intentions pour nous les faire ſavoir ; que nous croyions bien que leurs conjectures & leurs opinions étoient bien fondées, mais que ſans une Déclaration formelle & expreſſe de la part des Eſpagnols, & ſans être aſſûrez de ces trois principaux points, nous ne pouvions paſſer plus avant, & que nous les priions de le dire ainſi au Comte de Peñaranda de notre part. Après pluſieurs autres diſcours que nous eûmes ſur ce ſujet, le Sieur Paw, aiant conferé avec les Sieurs Donia & Klant ſes Collegues, s'excuſa, & apporta quelques raiſons qui l'avoient empêché de nous dire tout d'une ſuite ce qui leur avoit été confié ſur leſdits points. Et puis il dit qu'il avoit parole des Eſpagnols qu'ils laiſſeront au Roi toutes ſes Conquêtes dans le Païs-Bas & la Franche-Comté: Que la Paix étant faite on pourroit échanger quelques Places pour la commodité mutuelle, dequoi Meſſieurs les Etats ſeroient les Entremetteurs, & que les Places ſeroient depoſées en leurs mains ; Que le Comté de Rouſſillon demeureroit au Roi : Pour Roſes, que les Eſpagnols avoient toûjours dit que c'étoit une Ville de la Catalogne, ſituée au delà des Monts, & que le Rouſſillon ne s'étendoit que juſques au Col de Pertuis; Qu'ils n'avoient point juſques-là donné parole de ceder cette Place, que toutefois on avoit aſſez connû qu'ils la pourroient quitter comme le reſte : Quant à la Catalogne qu'ils avoient gagné ſur eux de les faire condeſcendre à une Trêve de vingt-cinq années.

La Trève pour la Catalogne ſera de 25. ans.

On leur dit qu'il ſeroit bon qu'ils priſſent tout cela par écrit des Miniſtres d'Eſpagne, & ils répondirent que c'étoit déja choſe faite. Ils ajoûterent que les Eſpagnols prétendent que la Paix ſe faſſe en même temps avec l'Empereur, & que les intérêts du Duc Charles ſeront auſſi terminez par ce Traité. Sur leſquels points leſdits Sieurs Ambaſſadeurs nous repréſenterent qu'ils avoient efficacement défendu toutes les prétentions de la France, & diſputé fort long-temps contre les Plenipotentiaires d'Eſpagne.

Après les avoir remerciez de tant de bons offices, nous remîmes à les voir aujourd'hui pour leur faire réponſe, leur diſant néanmoins par avance que ſi l'Empereur vouloit traiter avec nous & nos Alliez, rien n'empêcheroit que le tout ne fût arrêté en même temps : Quant au Duc Charles, que ſes affaires n'avoient aucun raport avec celles d'Eſpagne ; & que ſi l'on vouloit faire la Paix avec la France, une des conditions devoit être que le Roi d'Eſpagne n'aſſiſteroit directement ni indirectement ledit Duc. Entre pluſieurs diſcours tenus ſur ce ſujet, ils raporterent que les Miniſtres d'Eſpagne diſoient que ſi la France ne vouloit pas reſtituer au Duc de Lorraine tous ſes Etats, qu'elle lui en rendît au moins une partie ;

Affaire du Duc de Lorraine.

Et puis comme nous fumes levez, le Sieur Paw parla de quelque entretenement, dont on pourroit convenir à Munſter, afin que l'Empereur & le Roi d'Eſpagne n'euſſent pas la honte d'avoir abandonné ce Prince, qui ſert actuellement dans leur parti.

Nous jugeâmes pour deux principales raiſons ne devoir pas rejetter ce dernier expedient, & leur donnâmes eſperance qu'on y pourroit entendre, & même donner quelque recompenſe ailleurs audit Duc. La premiere fut qu'il nous a été mandé depuis peu qu'on a

1648.

mis en queſtion s'il étoit plus utile que cette affaire fût traitée à Munſter, ou qu'elle fût remiſe à la Cour. Et voiant que les Ennemis ſe portent eux-mêmes à ce qu'on peut déſirer, nous n'avons pas crû devoir négliger une ſi belle occaſion. L'autre eſt, que cette Négociation nous peut donner du temps, non ſeulement pour avoir réponſe de la Cour ſur notre derniere Dépêche, mais peut-être encore pour voir le ſuccès du Siége de Lerida & de celui de Dunkerque ; étant important (comme nous l'avons déja écrit) qu'il ne paroiſſe pas que nous affectons des longueurs ; mais qu'elles viennent des choſes mêmes & de la difficulté des affaires, afin de maintenir la bonne diſpoſition que nous font paroître Meſſieurs les Etats & leurs Ambaſſadeurs, & pour détourner les reſolutions qu'ils pourroient prendre, s'ils connoiſſoient que nous fiſſions les difficiles, lors qu'on nous offre des conditions ſi avantageuſes.

Ce qui nous a auſſi fait connoitre que les Eſpagnols & eux deſirent d'avancer le Traité, c'eſt que quand on a dit aux premiers que les ratifications ſeroient longues à venir, ils ont répondu qu'elles n'étoient pas néceſſaires, puis qu'il y a une clauſe dans les Pouvoirs des Plenipotentiaires de part & d'autre, qui approuve tout ce qui ſera négocié par eux. Ils diſent de plus que le Traité étant ſigné les hoſtilitez devoient ceſſer, ſans qu'il fût beſoin d'attendre pour cet effet la ratification ; & le Sieur Paw, qui commença juſtement à faire ſon raport par ce point, nous demanda ſi nous ne l'entendions pas ainſi. Il fut répondu que ces clauſes étoient ordinaires dans tous les Pouvoirs, qui ne prenoient pourtant leur force que de la ratification, mais que nous apporterions toutes les facilitez poſſibles à la prompte concluſion du Traité que nous ſouhaitions plus que perſonne.

L'importance des affaires mériteroit bien que cette Dépêche fût plus longue & plus étenduë. Mais on s'eſt contenté de la nuë & ſommaire relation du fait, aiant eſtimé qu'il valoit mieux agir dans une conjoncture ſi favorable, que d'écrire. Nous ne devons pas ômettre qu'il nous reſte un ſoupçon qui nous fait peine, de ce que les Eſpagnols s'ouvrent ſi confidemment à Meſſieurs les Hollandois, & tiennent cachée à Meſſieurs les Médiateurs toute cette Négociation, dont le ſecret nous a été très-recommandé. Nous apprehendons que cela ne ſoit pas ſans quelque deſſein, & ce qui nous entretient dans cette crainte, c'eſt la nouvelle qui ſe dit à Munſter du jour d'hier, que l'Armée de Meſſieurs les Etats s'eſt retirée de la Flandre. Ce qui donne moien aux Ennemis de ramaſſer toutes leurs forces pour ſecourir Dunkerque, & ne s'accorde pas avec tant de bonne volonté que les Ambaſſadeurs nous font paroître ici. Nous apporterons tous les ſoins poſſibles pour éviter qu'il ne ſoit fait aucun préjudice à la France par cette Négociation, & eſperons d'avoir le temps d'attendre les ordres de la Reine.

1646.

LETTRE

à Messieurs les

PLENIPOTENTIAIRES,

A Paris du 3. Octobre 1646.

*Les Suedois doivent être contens
de leurs avantages. Affaire
du Duc de Lorraine. Affaire
des Barberins. Zèle de la Reine pour la Paix & pour la
Religion. On espere d'autres
satisfactions du Pape. Affaire de Maïence.*

MONSEIGNEUR & MESSIEURS.

*Les Sue-
dois doivent
être contens
de leurs
avantages.*

ENfin le Courier que je vous ai mandé vous
devoir être dépêché, est prêt de monter
à cheval, il n'attend que cette Lettre qui ne
sera pas longue : il seroit bon à la verité d'y
traiter de l'affaire principale qui donne lieu à son
envoi ; mais le Mémoire dont il est chargé
est plein de raisons pour persuader les Suedois
de préférer un établissement solide à un de
plus d'étenduë, qui ne sauroit être acquis, que
par la continuation de la Guerre, dont les é-
venemens sont toûjours douteux, puisque ce
n'est ni la justice apparente de la cause, ni la
multitude des hommes qui acquierent les victoires, & que Dieu dont les secrets ne se pénétrent point les donne à celui qu'il veut élever, & pour en humilier un autre, il fait voir
des chutes que l'entendement de l'homme né
conçoit point. Votre experience dont Sa Majesté a fait l'épreuve en diverses autres rencontres d'affaires vous donnera des lumieres pour
faire consentir les Imperiaux, & les Espagnols
aux justes conditions, que nous demandons,
afin que la Paix qu'on s'est proposé devoit
être générale ait son accomplissement.

*Affaire
du Duc de
Lorraine.*

Sous quelles conditions l'on peut consentir
qu'il soit parlé du Duc Charles, cela est fort
bien expliqué, & c'est la troisiéme fin, qu'on
s'est proposée en dressant le Mémoire ; desorte qu'il seroit superflu d'en parler. Je me flatte d'esperer que toutes choses vous succederont à bien, parce que je suis persuadé, que
votre capacité, & la fortune de l'Etat acquerront à Sa Majesté toutes sortes d'avantages, &
qu'elle ne voudra pas que ce soit en Allemagne, & dans les affaires delaissées à votre conduite que Sa Majesté en éprouve le revers.

Celles qui étoient à démêler entre le Pape,
& Sa Majesté ont eû une issuë qu'on n'esperoit plus, la patience & la justice l'ont em-

TOM. III.

porté sur la haine & l'injustice que l'on vouloit faire commettre à sa Sainteté, dépouil-
lants Messieurs Barberins de leurs Biens & de
leurs dignitez. Pressé des vives raisons qui
lui avoient été representées, & du respect qui
est dû à un Roi & à une Reine remplis de
toutes sortes de vertus, il s'est enfin relâché à
ce qu'on pouvoit prétendre pour leur satisfaction, & la protection de la France leur a été
aussi utile, qu'il lui est glorieux de la leur a-
voir accordée, tout ce qu'ils ont jamais pû
demander leur est octroié, & même la décharge d'aller en Italie, leur étant seulement
imposé de se rendre à Avignon. Je vous fais
transcrire l'Article de la Lettre que j'ai reçu
de Monsieur le Cardinal de Grimaldi, duquel
vous comprendrez parfaitement tout ce qui a
été cedé à ces Messieurs, par le respect qui
est rendu à cette Couronne ; peut-être que
l'aprehension de voir une Armée dans la Romagne a aidé à ce bon mouvement, & c'est
quelque chose qui releve à l'avantage de cette
Monarchie, ce qui s'est passé.

*Affaire
des Barbe-
rins.*

La Reine a senti avec beaucoup de contentement cet effet de la protection que Dieu
donne à ses entreprises, & Elle se promet la
continuation de ce bonheur, par le zèle dont
Elle est touchée de tout ce qui peut contribuer à sa gloire, & par l'ardent désir qu'elle
a, que la Paix soit une fois affermie dans la
Chrétienté, qu'elle espere pouvoir ensuite produire une réunion de tous les dévoiez à la Religion Chrétienne.

*Zèle de la
Reine pour
la Paix &
pour la Re-
ligion.*

Nous ne sommes pas hors d'opinion que
Beaupui nous sera remis, la parole n'en est
pas lâchée ; mais la justice de notre cause est
reconnuë, & les respects que nous rendrons
au Saint Siége nous acquerront des graces de
sa Sainteté. Rome voit aujourd'hui les François triompher, non seulement pour avoir acquis des Provinces, & gagné des Batailles,
mais pour avoir rendu la justice Maîtresse
de l'injustice, & le Peuple aimant sa liberté a senti de la joie de ce qui nous a
été déféré.

*On espere
d'autres
satisfactions
du Pape.*

Je vous envoie les apostilles que Monsieur
de Vautorte a mis aux treize Articles proposez par lui au grand Chapitre de Maïence,
dont je vous ai envoïe le double, desquels
vous connoitrez que ces Messieurs se plaignent de bien des choses dont nous ne saurions les garentir, & que c'est la Guerre qui
leur cause des pertes, & non la volonté de Sa
Majesté, ou de ceux qui commandent ses Armées. Ils seroient en droit en quelques chefs,
s'ils ne faisoient un très-mauvais usage de
ce qui lui a été cedé & aux autres. Le même
Monsieur de Vautorte aportera tous ses soins,
pour leur donner du contentement. Le mien
&c.

1646.

LETTRE

De Messieurs les

PLENIPOTENTIAIRES

à Monsieur le Comte de

BRIENNE.

Du 8. Octobre 1646.

Pourquoi les Espagnols aiment mieux traiter par le canal des Hollandois leurs Ennemis que par des Médiateurs. On offre aux Suedois la Pomeranie anterieure, Vismar, Bremen, & Verden. Plaintes des Bavarois. Commission du Sieur Roncalli Envoié de Pologne. Les Cantons Suisses se plaignent des poursuites faites à la Chambre de Spire contre la Ville de Bâle.

MONSIEUR,

NOus avons reçû votre Lettre avec celle de la Reine du vingt-neuviéme du Mois passé, ensemble la Copie d'une Lettre du Duc de Baviere, & de l'Ecrit presenté au Roi par les Catalans. Les Espagnols continuent de traiter avec nous par l'entremise des Ambassadeurs de Messieurs les Etats, & témoignent desirer (sans que nous en puissions comprendre le sujet) que cela ne soit pas sû par les Médiateurs. Il peut bien être que les Ministres d'Espagne aient quelque dégoût d'eux, à cause que Monsieur Contarini a toûjours fort insisté qu'il falloit faire une Trêve pour le Portugal; jugeant bien que si la liberté demeure au Roi d'Espagne d'y faire la Guerre, & la République de Venise ne soit pas être si puissamment secouruë. Et comme ce point est extrémement sensible aux Espagnols, & qu'ils ont trouvé en cela les Hollandois plus favorables à leur intention, ils ont mieux aimé s'adresser à eux; joint le dessein qu'ils peuvent avoir d'établir par ce moien une liaison plus grande avec Messieurs les Etats; & qu'ils croient aussi peut-être d'obtenir plutôt & plus efficacement la Paix avec la France par leur entremise. Mais il est étrange d'ailleurs qu'ils aient plus de confiance en leurs propres Ennemis qu'aux Médiateurs, vû même que l'un

d'eux est Ministre d'un Prince qui paroît leur être favorable. Nous remarquons deplus qu'il est comme impossible que lesdits Sieurs Médiateurs n'aient connoissance de ce qui se passe, de quoi toutefois ils ne témoignent aucune jalousie & ils l'ont souffert jusques ici sans aucune plainte. Toutes ces choses nous donnent un grand désir de découvrir la véritable raison de cette procedure que nous n'avons encore pû pénétrer. Nous aurons l'œil ouvert pour éviter les piéges qu'on nous pourroit tendre, & nous empêcher, s'il se peut, d'en recevoir aucun préjudice.

Pour faire voir ce qui s'est passé, nous envoions la Copie de deux Ecrits; l'un donné par les Ambassadeurs de Messieurs les Etats pour réponse à celui qui fut mis entre leurs mains, lors qu'ils nous vinrent trouver à Osnabrug, & qui a été portée à la Cour par le Sieur de Forceaux; l'autre contient ce que nous y avons repliqué, & on a mis en marge quelques observations qui nous ont semblé mériter éclaircissement.

Voiant que ce qui retarde la conclusion du Traité dans l'Empire est la satisfaction de la Couronne de Suede, nous cherchons toutes sortes d'expediens pour la faciliter. Messieurs Oxenstiern & Salvius s'étoient plaints à nous qu'on ne leur avoit jamais fait une proposition nette & bien expresse qui fut obligatoire. Pour lever ce prétexte, nous avons fait ensorte que les Imperiaux leur ont fait une offre formelle, de laquelle nous leur avons fait auparavant donner avis par le Sieur de Saint Romain, qui a été exprès à Osnabrug. Cette offre est de leur laisser la Pomeranie anterieure, & la Conseigneurie de Vismar, en leur donnant pour l'une & pour l'autre l'investiture de l'Empereur, l'homologation dans les Etats de l'Empire avec leur garantie & le consentement de l'Electeur de Brandebourg.

ITEM de laisser à la Couronne de Suede, pour en disposer à perpetuité, l'Archevêché de Bremen & l'Evêché de Verden, à la charge de ne point changer l'état & la forme de posseder ces biens Ecclesiastiques, qui a été gardée jusques à présent. Cet office que nous leur avons rendu a été reçû d'eux avec agrément. Ils ont promis de le faire savoir à leur Reine, & de renouveller leurs instances pour avoir des ordres favorables. Mais ils ont toûjours persisté à dire qu'ils n'en avoient aucun de se relâcher, quoi que les Imperiaux aient une opinion contraire & que pour les obliger à s'en découvrir nous leur eussions fait entendre que nous n'avions pas dit aux Parties qu'ils n'eussent point d'ordre, afin de tirer d'eux cette derniere Déclaration. Ils ont aussi promis de faire bientôt partir un Officier d'Armée, qui est à cette heure auprès d'eux, & d'écrire par lui à Monsieur Wrangel pour la suspension d'armes. Nous y envoions le Sieur de Marsilli avec une instruction de prier de notre part Monsieur le Maréchal de Turenne d'accorder, s'il se peut, une suspension générale; mais au cas que les Suedois s'y rendissent trop difficiles d'en arrêter une particuliere avec le Duc de Baviere, à condition néanmoins qu'il sera au choix des Suedois d'y être compris. Nous croions qu'il y aura du temps assez pour écrire de la Cour audit Sieur Maréchal, & pour lui donner les ordres que la Reine aura agréables & jugera nécessaires.

Les Députez de Baviere se plaignent grandement de ce qui se fait aujourd'hui contre

leur

leur Maître, après tant de bons offices qu'il a rendus aux Couronnes. Ils difent qu'il a pû occuper partie des Places que nous tenons auprès du Rhin, & qu'il ne l'a pas voulu faire; que pour avoir recherché par tous moiens l'amitié de la France, il eft haï des Princes de fon parti, qui lui reprochent ce qu'il a fait pour nous, & la belle récompenfe qu'il en reçoit aujourd'hui. Il leur a été répondu, que c'eft avec grand déplaifir de Leurs Majeftez que les chofes font reduites en cet état, qu'on l'avoit bien prévû, & mis toutes chofes au hazard pour ne tomber pas dans cet inconvenient; qu'il n'avoit tenu qu'à leur Maître d'être le plus heureux Prince d'Allemagne, pouvant demeurer armé & attendre en toute fûreté l'événement de la Guerre, en faifant une fufpenfion particuliere, qui lui a été offerte tant de fois; que quand les grandes Armées font engagées dans un deffein, il n'eft pas bien aifé de les retenir quand on veut; que le feul remede que nous voyions étoit de faire une fufpenfion générale, à quoi nous travaillions de tout notre pouvoir, ou de convenir d'une particuliere aux conditions dont il a été parlé ci-devant entre nous. Ils ne rejetterent pas cette offre, ni ne l'accepterent pas auffi, difans qu'ils n'avoient point d'ordre de leur Maître, ce que nous croions aifément. Nous leur déclarâmes que dans le Traité nous porterions leurs intérêts avec plus de vigueur, que nous n'avions jamais fait, & que nous l'avions dit nettement aux Suedois & au Député même du Prince Palatin; ce qui n'adoucit que fort peu leur reffentiment qui paroît bien grand.

Le Sieur Roncalli qui doit partir d'ici dans trois ou quatre jours pour aller en France, nous a dit qu'il avoit ordre d'y parler de quatre chofes principalement. La premiere, d'exhorter à la Paix, à caufe du grand befoin qu'en a la Chrétienté & le Roi de Pologne en particulier, pour avoir irrité un fi puiffant ennemi qui ne manquera pas de s'en reffentir. En deuxiéme lieu, il doit recommander fortement les intérêts de Monfieur le Duc de Neubourg, pour lequel le Roi fon Maître a grande paffion, difant qu'il entrera en Guerre avec l'Electeur de Brandebourg, fi celui-ci la lui fait. Il a dit auffi que ce Roi lui confeillera de fe mettre fous la protection de la France, comme a fait l'Archevêque de Trêves. La troifiéme chofe, dont il nous a parlé, eft de n'aider pas la Couronne de Suede en la prétention de retenir toute la Pomeranie. La quatriéme eft, que fur ce qui a été repréfenté au Roi de Pologne, de la part de la Reine, pour l'exacte obfervation de la Trêve avec la Suede, ledit Roi a fait une Déclaration, dont ledit Sieur Roncalli eft porteur, que fon intention n'eft pas de venir à une rupture, & nous croions qu'il defireroit avoir les offices & interpofition de la France, pour obtenir une pareille Déclaration de la Reine de Suede.

Quand les Plenipotentiaires de Suede étoient ici les feuls recherchez, & qu'on nous laiffoit en arriere, nous aurions été bien aifes d'avoir en main cette derniere propofition, pour faire valoir le moien que nous euffions eu de les délivrer de la crainte des Polonois. Mais en l'état où nous fommes à préfent, nous avons jugé qu'il étoit utile de les laiffer dans cette apprehenfion pour les rendre plus traitables, & fommes bien aifes que le temps que ce Refident emploiera pour aller à la Cour & y faire cette demande, fe puiffe écouler avant que les Suedois en fachent rien. Nous avons fû que depuis peu le Maréchal Horn a été envoié en Livonie afin que dans cette Province il fe trouvât un homme de commandement, au cas qu'il y eût quelque mouvement du côté de Pologne.

Et quant aux autres trois points, nous avons dit au Sieur Roncalli, qu'il n'y a aucun Prince de la Chrétienté qui defire la Paix avec plus de paffion que Leurs Majeftez, qui ont témoigné ce defir de forte que perfonne dans cette Affemblée n'en doute plus : Que nous eftimons qu'elles auront grand égard aux recommandations qui leur feront faites de la part du Roi de Pologne, & qu'elles contribueront volontiers à l'accommodement des differens qui font entre l'Electeur de Brandebourg & le Duc de Neubourg; & que pour la difficulté qui fe trouvoit aujourd'hui au fait de la Pomeranie, elle venoit de la conduite qu'avoient tenu les Imperiaux, qui avoient donné efperance de la laiffer toute entiere, en un tems où ils croioient pouvoir par ce moien feparer nos Alliez d'avec nous, & que nous ne laiffions pas pourtant, en gardant une fidelité à nos dits Alliez, d'effaier de les faire contenter de moins, & de nous employer en faveur des Imperiaux en une chofe qu'ils avoient faite pour nous procurer du mal, & qui en faifoit à préfent à eux-mêmes.

Les Députez de Meffieurs des Ligues, en la derniere Affemblée tenue à Bade, nous ont écrit & imploré le nom & l'autorité du Roi pour faire ceffer les pourfuites qui fe font en la Chambre Imperiale de Spire contre la Ville de Bâle, & quelques-uns de fes habitans, au préjudice de leur liberté. Nous vous fupplions, Monfieur, de le vouloir repréfenter, à ce qu'il plaife à Leurs Majeftez écrire au Gouverneur de Spire, & à l'Intendant de Juftice d'empêcher ces vexations & d'y tenir foigneufement la main. Nous écrirons cependant à l'un & à l'autre, comme nous avons fait efperer par la réponfe que nous avons faite aufdits Sieurs des Cantons. C'eft une affaire qui eft jufte, & quand les Suiffes s'adrefferoient à l'Empereur pour faire ceffer ces pourfuites, il l'ordonneroit ainfi, felon que le Docteur Volmar lui-même nous en a afûré. Mais il eft glorieux au Roi qu'ils aient plutôt recours à Sa Majefté. C'eft où nous finirons cette Lettre, après nos humbles recommandations à l'honneur de vos bonnes graces, & vous avoir afûré que nous fommes, &c.

LET-

LETTRE

à Messieurs les

PLENIPOTENTIAIRES,

À Paris du 12. Octobre 1646.

On espere que la Suede modérera ses prétentions. Et que l'Electeur de Brandebourg s'en contentera. Touchant Lorraine. Soupçons contre le Médiateur Contarini. On blâme les Espagnols. Siége d'Augsbourg. État des Armées aux Païs-Bas. Et de la Flote.

MONSEIGNEUR & MESSIEURS.

CE sera par Monsieur Farseau, que vous recevrez la réponse à vos Dépêches du vingt-sixiéme du passé & premier du Courant, & si j'étois bien assuré que contre notre intention nous ne tardassions pas un jour, ou deux plus que nous n'avons resolu à le dépêcher, je laisserois partir l'Ordinaire sans écrire. Ce que je puis vous dire à l'avance de la Dépêche qu'il vous portera, c'est que Leurs Majestez esperent que la Reine de Suede se laissera vaincre aux puissantes raisons, dont la Lettre que vous lui avez écrite est remplie, & qu'elle moderera ses demandes, donnant au public une partie de ce qu'elle avoit prétendu, & que l'Electeur de Brandebourg cedant à la nécessité, prendra la recompense qui lui sera offerte, ou pour le total de la Pomeranie, ou pour la Ville de Stetin, conservant dans son cœur le désir de ravoir ce qu'il aura perdu, & d'en rechercher le moien. Si ceux de son Conseil ont autant de lumieres que le Contarini, ils le persuaderont par les raisons, dont celui-là s'est servi pour disposer les Espagnols à consentir à nos demandes, & ce qui seroit honnête en ceux-là doit être condamné en celui-ci; la Place qu'il remplit condamne son procedé encore qu'il l'eût fait à bonne intention, ce qu'il auroit peine à prouver, s'étant avancé à donner Conseil par la connoissance qu'il crût avoir de notre maniere d'agir; mais s'il lui avoit plû d'examiner notre conduite depuis l'ouverture de la Guerre, & du Traité de Paix, il auroit sans doute fait un autre jugement de nous que celui qu'il a déclaré, & que nous avons joint à la valeur de nos Peres la prudence dont d'autres Nations tiroient avantage sur nous : la preuve lui est devant les yeux, dans le flegme que vous avez témoigné, qu'on jugeoit bien plus éloigné de notre naturel, que les soins, qu'il faudroit avoir pour conserver ce que nous aurions auparavant conquis.

Par le Mémoire que le Courrier Clinchamp vous a porté, vous aurez vû, que ce que je vous avois mandé sur le sujet du Duc de Lorraine, étoit avec fondement, & je ne fais point de doute que quand l'ouverture qui est faite à son sujet ne sera pas acceptée, que de deça l'on ne prenne l'un des temperamens qui vous ont été proposez, voire que des deux l'on en pourroit bien former un.

Le secret qui vous a été demandé par les Plenipotentiaires de Hollande, a été gardé par les Espagnols à l'égard du Contarini, où lui contre sa coutume n'a point donné de part de ce qui se passe à Munster à l'Ambassadeur Nani, lequel m'étant venu voir pour me faire part des nouvelles qu'il avoit reçuës de Venise, plaignant la Chrétienté a exclamé contre les Espagnols, qui ne font point la Guerre, & ne savent pas faire la Paix. J'ai aplaudi à sa douleur, & ai voulu passer pour persuader qu'ils n'ont nulle disposition à la conclure, & ajoutant mon étonnement à celui de plusieurs touchant la prise de Dunkerque, qu'ils ne se sont mis en nul devoir de défendre, je lui ai bien fait entendre, que notre prévoiance n'avoit pas été inutile, quand vous aviez déclaré que les conquêtes que nous ferions pendant la durée de la Campagne, nous donneroient lieu à plus pretendre, & qu'elles nous devoient demeurer pour le prix de nos dépenses, & pour châtier les Espagnols, qui n'ont sû profiter de la disposition en laquelle nous nous trouvions de conclure avec eux, s'ils eussent embrassé les moiens honnêtes. Nous nous sommes separez sans qu'il ait été plus savant, qu'il étoit lorsqu'il est entré chez moi, qui ne dois pas vous celer, que le contentement de Sa Majesté est proportionné à l'avantage qu'aporte au bien de son service la prise de Dunkerque, dans laquelle dès avant hier au soir nos Troupes devoient passer, si dans le jour l'Armée ennemie ne nous avoit chassé de nos Postes, car pour y mettre des hommes ou des munitions soit à la faveur d'un grand combat, ou profitant de l'obscurité de la nuit, & de quelque mauvais tems, qui auroit contraint nos Vaisseaux de s'élargir, pour cela la Place ne passoit pas pour secouruë, & ceux de dedans étoient obligez de la rendre, si leur Armée ne detruisoit entierement la nôtre.

Il seroit à desirer que les Maréchaux de Turenne & Wrangel convinssent des conditions d'une suspension d'armes avec les Généraux du parti ennemi, mais ceux-ci étant dans la Baviere, & croiants les autres occupez au Siége d'Augsbourg, se seront hâtez d'en tenter le secours, & celui qui aura eû l'avantage sera incapable de se modérer, Baviere ne nous pouvant souffrir dans ses Etats, ni les autres se priver de l'utilité que le pillage leur en aporteroit. Je ne laisse pourtant pas d'écrire au Baron d'Avaugour, qu'il fasse tous les offices que vous lui aviez prescrits, pour y faire condescendre Wrangel, & quand même vous ne lui auriez pas écrit, qu'il appuie ce qu'il aprendra être de vos sentimens, soit auprès dudit Sieur Wrangel, ou dudit Sieur de Turenne.

Vous aurez sû comme le Prince d'Orange aiant trouvé des difficultez au Siége de Lyers, le Maréchal de Grammont a pris la resolution

tion

1646. tion de repasser en France, & de côtoier la Meuse pour rentrer dans la Champagne. Deux choses differentes auront été remarquées, à quoi on ne s'attendoit pas, l'une que Messieurs les Etats n'aient pas essaié de profiter de la belle occasion qu'ils ont euë d'accroître leurs Etats d'une Province entiere, qui ne leur eût couté qu'un Siége, l'autre qu'ils ne nous sont pas si absolument necessaires, que nous ne nous puissions bien passer d'eux: cela hâtera les Espagnols à se resoudre, & fera que lesdits Etats seront bien plus respectueux, ou moins presomptueux qu'ils n'étoient en notre endroit; maintenant que les choses ont succedé on en a de la joie; mais pendant qu'on étoit occupé leur conduite blessoit, & on avoit juste sujet de s'en plaindre.

Et de la Flote. Nous avons eû avis que notre Armée Navale a debarqué en l'Ile d'Elbe, & qu'elle alloit attaquer Portolongone : nous esperons qu'elle emportera cette Place, & que Monsieur le Duc d'Enguien occupera encore des lieux avantageux; il lui est laissé le choix d'aller au Lis ou du côté d'Ipres; celui que je désire de faire est de demeurer toute ma vie, & de toute mon affection, &c.

LETTRE

à Messieurs les

PLENIPOTENTIAIRES,

A Paris le 14. Octobre 1646.

Bonnes intentions de la France pour terminer la Guerre. Mais c'est pour se procurer de plus grands avantages. Prise de Dunkerque.

MONSEIGNEUR & MESSIEURS.

AU lieu de Monsieur de Farseau, qui s'est excusé de partir sur quelques affaires qu'il a, ce Courrier vous est dépêché, lequel est chargé de deux Memoires, & d'un troisiéme contenant quelques remarques sur un que vous nous avez envoié.

Bonnes intentions de la France pour terminer la Guerre. Vous verrez les lisant, que Sa Majesté est en la disposition que le public sauroit désirer, préferant la Paix à mil belles esperances, dont avec raison elle se pourroit flatter : que si elle véut qu'on les cultive pour un peu de tems, *Mais c'est pour se procurer de plus grands avantages.* ce n'est point à un autre sujet que d'assurer la durée de la Paix, & certes la grandeur du Roiaume, & la felicité publique ne se peuvent établir qu'en diminuant de puissance une Maison, qui enviant l'une a troublé l'autre, jusques au point que l'on voit, & son ambition n'aiant point de bornes, elle nous

1646. enseigne que pour la contenir, il n'y a point de remede, qui soit plus solide que celui de l'affoiblir.

Ce seroit se rendre importun que de redire une partie des choses contenuës auxdits Mémoires, & de pretendre y pouvoir rien ajoûter, ce seroit avoir beaucoup de presomption, comme les affaires qui y sont décidées ou traitées, & dont même sur quelques-unes on sera bien aise de recevoir vos avis, sont de grande consequence, ils ont été dressez avec soin, & on les a relus en présence de quelques-uns de ceux qui sont du Conseil, afin de prendre leurs sentimens, selon que Sa Majesté l'avoit commandé, & vous aiant écrit assez amplement, par l'Ordinaire qui partit Vendredi à la nuit, je n'ai qu'à vous supplier de m'honorer de la continuation de vos bonnes graces & de me croire, &c.

Prise de Dunkerque. Monsieur le Marquis de Faure vient d'arriver qui a aporté nouvelles que les Troupes du Roi sont entrées dans Dunkerque, suivant la Capitulation du septiéme de ce mois, dont la Copie est ci-jointe.

LETTRE

De Messieurs les

PLENIPOTENTIAIRES

à Monsieur le Comte de

BRIENNE.

Du 15. Octobre 1646.

Nouvelles instances des Espagnols en faveur du Duc de Lorraine. Ils refusent la liberté du Prince Édouard. Prise de Dunkerque. On veut épargner le Duc de Baviere. Si le Roi & la Reine écrivant de leur main à l'Empereur lui donnent de la Majesté, l'Empereur consent de leur répondre de sa main avec le même titre. Accommodement de l'affaire des Barberins glorieux à la France.

MONSIEUR,

NOus avons reçû votre Lettre du troisiéme de ce Mois, avec le long Memoire du Roi aporté par le Courier Clinchamp. Nous

Nous sommes après à le bien considerer, & ne saurions assez rendre de graces très-humbles du soin que l'on prend de nous tenir avertis de toutes choses, & de nous donner les lumieres & les instructions nécessaires pour notre conduite. Elles viennent très-à propos & en un temps où il les faut mettre en pratique, puisqu'à présent nous sommes continuellement occupez avec Messieurs les Etats & autres. Ce qui nous servira d'excuse si nous ne faisons promptement réponse audit Memoire ; & si nous nous contentons de vous mander, simplement ce qui s'est passé depuis peu dans la Négociation, en attendant que nous satisfassions à tout lors que nous renvoierons le Courier.

Dans une Conference que nous avons euë avec les Hollandois, ils ont rapporté que les Espagnols s'accommodant à ce que nous désirons quasi en toutes choses, nous demeurions toûjours dans les mêmes termes, & ne nous relâchions en rien ; Qu'il étoit étrange que nous leur eussions fait déclarer que s'ils ne se desistoient de leur demande en faveur du Duc Charles, & s'ils ne consentoient à la cession de Roses, nous ne pouvions pas seu-

lement entrer en aucun Traité. Sur quoi lesdits Ambassadeurs nous remontrerent que le Duc Charles étant avec ses troupes dans le parti de l'Espagne, & y servant actuellement, il n'étoit pas possible qu'il ne fût assisté jusques à la conclusion du Traité, & qu'il y devoit être compris ; Que les Ministres d'Espagne ne s'étoient pas encore à la verité déclarez sur la cession de Roses, mais qu'on voioit bien qu'ils en conviendroient comme du reste ; Que cependant il leur sembloit que nous ne devions pas refuser de convenir sur les autres points, & qu'il y auroit de la dureté si nous en usions autrement. Il fut répondu qu'on avoit eu avis de bon lieu qu'encore que les Espagnols fissent paroître de vouloir avancer & conclure avec la France, ils avoient pourtant une toute autre intention, & que leur dessein étoit d'obliger par cette apparence Messieurs les Etats d'achever leur Traité, & puis après de rompre celui qu'ils entretiennent avec la France pour parvenir à cette division des Alliez qu'ils ont tant recherchée ; Que leur procedure rendoit cet avis vrai-semblable, puis qu'ils se reservent des points sur lesquels on ne peut jamais tomber d'accord, comme la cession de Roses, & celui du Duc Charles, auquel ils ne s'arrêtent que pour avoir un prétexte de rompre quand il leur plaira, connoissant bien que ce qu'ils font est inutile, & qu'ils ne sont pas en pouvoir de faire rendre les Etats d'autrui, qu'ils sont obligez de quitter même une partie des leurs. Nous dîmes néanmoins ausdits Sieurs Ambassadeurs que pour faire voir toûjours de plus en plus le desir que Leurs Majestez ont d'éviter ce qui peut retarder la Négociation, nous nous contenterions qu'ils tirassent parole des Ministres d'Espagne que ce qui étoit par eux proposé touchant le Duc Charles n'empêcheroit pas la conclusion du Traité, & que dans icelui ils s'obligeroient de ne l'assister point, dont nous nous remettions à la prudence desdits Ambassadeurs de tirer les assûrances nécessaires : Quant à Roses, qu'il n'y avoit rien qui les obligeât à ne s'en déclarer pas dès à présent ; & que supposant qu'ils demeureroient d'accord de la ceder, nous ne laisserions pas pour complaire ausdits Sieurs Ambassadeurs de traiter sur les autres points.

Nous eûmes grande contestation sur le fait du Prince Edouard. Les Ministres d'Espagne se plaignent de ce que nous assûrons qu'ils ont promis sa liberté. Leur raison est que tout ce qui s'agite entre nous ne doit être estimé accordé que quand on est entierement convenu de toutes choses ; Qu'à la verité lors qu'on a proposé de remettre de part & d'autre les prisonniers en liberté, il fut dit que le Prince Edouard seroit délivré comme les autres ; mais que ce fut en un temps que l'Espagne demandoit que la France s'obligeât de n'assister en aucune maniere le Portugal, ce qui aiant été refusé, & l'Espagne s'étant depuis departie de cette demande, la liberté du Prince Edouard ne s'entend pas aussi être accordée. Entre autres réponses que nous fîmes à cette objection, nous dîmes qu'à plus forte raison la France pourroit demander la Paix pour la Catalogne & la cession de cette Province, au cas que Messieurs les Etats fissent la Paix, parce que quand nous nous sommes contentez d'une Trève d'égale durée à la leur, nous avons crû qu'ils devoient convenir d'une Trève seulement. Au surplus, nous leur fîmes connoître que le Roi ne pouvoit abandonner ce Prince, qui étoit innocent, & qu'on l'avoit arrêté lors qu'il étoit au service de l'Empereur. Les Espagnols lui imputent à crime de s'être voulu sauver de sa prison, & disent qu'il soûtient que son Frere a eu droit de se faire Roi de Portugal. Nous avons peine à resoudre ce qui se doit faire pour lui, craignant de lui nuire en voulant l'obliger, & qu'une instance trop pressée ne donne prétexte ou occasion de lui faire un plus grand mal. Le Sieur Paw a proposé comme de lui-même & sans charge des Espagnols, à ce qu'il dit, que pour les guerir de l'appréhension qu'ils ont que ce Prince n'aille servir son Frere dans la Guerre, on pourroit l'obliger en lui rendant la liberté de ne porter point les Armes contre l'Espagne pendant quelques années. Nous n'avons pas accepté cet expedient, étant même incertain si nos Parties y consentiroient. Mais s'il nous étoit fait de leur part, nous craindrions en le refusant de mettre ce Prince en peril de sa vie, & que si les Espagnols ont si grande apréhension de lui à cause de quelque experience qu'il a dans le métier de la Guerre, ils ne le mettent en état, avant que de sortir de prison, qu'il ne puisse leur faire aucun mal.

Lesdits Sieurs Ambassadeurs nous donnerent ensuite les notes qui sont avec la présente, & ils nous ont vû depuis pour y demander reponse, que nous leur avons faite en substance selon l'Ecrit ci-joint. En cette seconde visite ils dirent que jusques-ici ce qui s'étoit fait par leur entremise avoit été assez secret ; mais qu'on commençoit à le savoir ; Que Monsieur Contarini en avoit écrit à des Correspondans qu'il a à la Haye ; Que Messieurs les Etats & Monsieur le Prince d'Orange, ausquels ils en avoient écrit en termes généraux seulement, se plaignoient qu'ils n'entendoient point leurs Lettres, & en demandoient l'explication. Ils nous prierent de leur dire de quelle façon ils en pourroient écrire ci-après.

Nous répondîmes que si l'ordre de leurs Superieurs ne les obligeoit pas de donner avis particulier de ce qui se passoit, il nous sembloit qu'il étoit à propos de continuer le secret autant qu'il se pourroit : Qu'il y avoit grande difference d'avoir quelque conjecture qu'une chose

chose se fait, ou d'en savoir au vrai toutes les conditions; qu'il se trouveroit des Esprits qui ne manqueroient pas de brouiller ou de rendre de mauvais offices quand les choses seroient tout à fait connuës; Qu'ainsi nous estimons qu'ils pourroient écrire à Messieurs les Etats & à Monsieur le Prince d'Orange que le Traité continuoit & s'avançoit sans leur marquer les particularitez; Que nous ferions de même envers le Résident du Roi, si ce n'est sur les points où il seroit nécessaire de le faire agir auprès de Messieurs les Etats; que déja il nous avoit mandé, comme on avoit fait à eux, qu'il ne comprenoit pas bien le sens de notre Lettre, & qu'il ne savoit que répondre à ceux qui lui demandoient ce qui se passoit dans le Traité de la France avec l'Espagne.

Ces Messieurs pressèrent fort la réponse, & comme nous étions ensemble il arriva un Gentilhomme de moi Duc de Longueville, qui nous apporta les Articles de la reddition de Dunkerque, d'où il étoit parti un jour après la capitulation. Ils en témoignèrent de la joie, après toutefois un peu de surprise qu'ils tâchèrent de cacher, & nous en firent les complimens à l'heure même. Nous ne savons pas encore de quelle façon les Espagnols se conduiront après cette nouvelle perte, & si elle les fera hâter, ou si étans depouillez de ce qu'ils craignoient de perdre, ils en seront plus lents dans la Négociation.

L'affaire de l'Empire est toûjours au même état; on attend que les Plenipotentiaires de Suede aient reçû leurs ordres. Ils ont fait partir un Officier pour aller trouver Monsieur Wrangel sur la proposition de la suspension d'armes pour six semaines ou deux mois. Les Imperiaux envoient pour ce sujet à l'Archiduc Leopold le Baron de Rosenbeck. Madame la Landgrave y doit aussi faire trouver un Gentilhomme de sa part & nous y dépêchons le Sieur de Marsilli [Croissi.]

Ce voiage est pour informer amplement Monsieur le Maréchal de Turenne de ce qui s'est passé ici, pour lui faire savoir nos sentimens, qui sont de conclure une suspension générale & conjointement avec les Suedois s'il se peut, sinon (en cas qu'ils s'y rendissent trop difficiles) d'en convenir d'une particuliere avec Monsieur le Duc de Baviere, s'il y veut entendre; & pour recommander audit Sieur Maréchal les intérêts de ce Prince, autant que la sûreté des Armes & la fidelité dûë aux Alliez le pourront permettre.

On doit d'autant plus prendre soin d'empêcher la ruïne dudit Prince, qu'on sait qu'en Suede il y a haine mortelle contre lui. Quelques-uns de leur Conseil ont opiné que si les Armées entroient dans son Païs on y doit tout mettre à feu & à sang. Et quoi que l'abaissement d'un ennemi puissant soit le prétexte d'un si violent conseil, la Religion en est la véritable cause. Nous croions que la Reine n'aura pas oublié de commander à Monsieur de Turenne de ne pas adherer à la passion de nos Alliez en cela; & s'il n'y avoit pas d'autre moien de détourner leurs mauvaises volontez; il semble qu'on pourroit leur déclarer

en ce cas nettement que Leurs Majestez ne veulent pas ruïner le Duc de Baviere, & bien moins la Religion Catholique, & leur donner crainte de les laisser agir tous seuls, s'ils ne se rendent capables de quelque moderation.

Tom. III.

Nous avons enfin obligé le Comte de Trautmansdorff à demeurer d'accord que le Roi & la Reine écrivant de leur main propre à l'Empereur, & lui donnant de la *Majesté*, il fera réponse aussi de sa main avec le même titre. Nous vous supplions d'envoier une Lettre du Roi écrite de la main de Sa Majesté, où ce mot, *vous*, ne se trouve point, comme il n'est pas dans la Lettre de la Reine, dont nous vous renvoions une Copie. Nous estimons que Leurs Majestez auront entiere satisfaction de cet ajustement, n'aiant point eu encore connoissance que les Empereurs écrivant à nos Rois leur aient donné jusques-ici de la *Majesté*.

Le Comte de Trautmansdorff avoit insisté qu'en même temps que son Maître écriroit une Lettre de sa main, il en pût envoier une autre du stile de la Chancellerie, où le titre de *Majesté* ne seroit pas. Mais nous avons rejetté cette proposition, & l'affaire a passé sans cela par l'entremise de Messieurs les Médiateurs, qui s'y sont fort bien comportez.

Nous ne devons pas attendre le retour du Courier pour vous dire que la nouvelle de l'accommodement de Messieurs les Barberins a été d'un grand éclat dans cette Assemblée, & fait donner de grandes louanges à Leurs Majestez; chacun reconnoissant combien leur protection est puissante & assûrée à ceux qui y ont recours. Les Médiateurs en ont témoigné de la joie, & Monsieur le Nonce en particulier, que nous avons vû pour nous en réjouïr avec lui, & lui avons dit que sa Sainteté aiant reconnu la justice des demandes qui lui ont été faites par Leurs Majestez se rendra aussi facile sur les autres points, comme elle a jugé raisonnable de leur accorder celui-ci.

Monsieur le Vicomte de Courval nous a écrit diverses fois qu'un Officier de grand mérite & réputation, nommé Okirken, s'est adressé à lui pour présenter son service au Roi, & offrir de faire des levées étrangeres. Nous savons bien que c'est une personne accreditée. Mais nous avons répondu qu'il se faut adresser directement à la Cour, & que nous n'avons pas les moiens de pourvoir aux nouvelles levées ni ordre d'y prendre resolution; outre qu'en l'état où sont les affaires, il n'y a pas trop d'apparence qu'on nous emploie en ces sortes de choses.

Le Sieur de Beauregard nous mande que les Colonels Fry & Ranschamp sont dans la Hesse avec quatre ou cinq cens Hommes & plusieurs Officiers, & que ne pouvant passer à l'Armée, leurs Soldats periront s'il ne leur est donné quartier. Nous écrivons à Madame la Landgrave, pour la supplier de leur en donner, avec promesse d'en faire rembourser la dépense par le Roi. Ledit Sieur de Beauregard nous écrit qu'il y aura grand' peine à leur donner quartier dans un Païs ruïné, & qu'il faudroit envoier de l'argent pour les entretenir quelque temps. Ce qui nous oblige de vous faire souvenir que nous ne voions point l'effet des ordres du remplacement des cinquante mil Livres que nous avons fait fournir pour l'entretien des nouvelles Troupes, & néanmoins le service du Roi peut ici demeurer faute de cette somme. Nous vous supplions, Monsieur, de faire connoître qu'il importe que cela ne soit pas differé un moment, & de nous faire la faveur de croire que nous sommes, &c.

Xx   LET.

1646.

LETTRE

à Messieurs les

PLENIPOTENTIAIRES,

A Paris du 19. Octobre 1646.

Etat des Armées en Catalogne.
On débarque en l'Ile d'Elbe.
On blâme les Espagnols de se
fier à leurs Ennemis. Touchant
la satisfaction pour la Suede.
On s'attend à la prise d'Augs-
bourg. Touchant la Trêve avec
Baviere. Eloge du Maréchal
de Turenne. Instruction par ra-
port au Duc Charles de Lor-
raine. Et à contracter quel-
ques Ligues. On recommande-
ra les prétentions des Suisses.
Importunité du Resident de
Portugal à Paris. Jugement
sur les affaires du Portugal.

MONSEIGNEUR & MESSIEURS.

VOtre Lettre du septiéme de ce mois me fut renduë le quinziéme au matin, & j'eus le loisir de la lire avant que d'aller à l'Eglise de Paris, où Sa Majesté assistoit à l'action de graces, qu'elle a voulu être renduë à Dieu pour l'heureux succès que ses armes avoient remporté sur l'Ennemi, en la conquête de Dunkerque.

Etat des Armées en Catalogne On débarque en l'Ile d'Elbe.

L'état où se trouve Lerida, & les grands & prompts succès que nous esperons de notre Armée, qui a débarqué en l'Ile d'Elbe, sont les meilleures raisons, qui feront hâter les Espagnols de conclure la Paix, & faisant reflexion sur la gloire que Sa Majesté se sera acquise de donner la Paix à la Chrétienté, & de tant de grandes Provinces & Villes, dont elle aura accru ce Roiaume; je considére aussi ce que vous aurez merité, aiant par vos soins avancé cet ouvrage.

On blâme les Espagnols de se fier à leurs Ennemis,

Quel peut-être le dessein des Espagnols de se fier à leur Ennemi, & de priver de la gloire de la Médiation ceux, dont eux & nous sommes convenus, c'est ce que je n'ai pas encore pénétré; car si je vois quelques raisons qui les y ont pû porter, je ne les trouve pas assez fortes pour l'avoir dû, & j'entre dans votre curiosité, de désirer savoir où en est la source.

Touchant la satisfaction pour la Suede.

Il est à souhaiter, que ce que vous avez écrit à Monsieur Chanut produise quelque bon effet, & qu'il persuade la Reine de Suede de

se contenter de ce qui lui est offert, ou au plus de ce qu'on est en disposition de lui offrir, & je passe pour trompé, si la Ville de Stetin n'est la borne de son Ambition, & de la recompense qu'Elle prétend; toutefois les avantages que les Armées confédérées ont remporté depuis leur jonction, lui pourront faire naître de nouvelles esperances, & ils ont tant de fortune qu'elle ne sera pas encore bornée par la prise d'Augsbourg, & l'Ennemi n'aiant pas combattu pour l'empêcher, il semble peu disposé d'en chercher l'occasion, afin d'éviter divers maux auxquels la Baviere est exposée.

On s'attend à la prise d'Augsbourg.

Le parti que vous avez pris d'essaier de faire une Trêve générale, ou une particuliere avec cet Electeur, a semblé digne de vos prudences; mais il n'est pas encore établi, ni sans diverses difficultez: les Suedois en pourront être éloignez, Baviere même n'y consentira qu'avec douleur. Sa Majesté qui l'aprouve a mandé à Monsieur de Turenne de déferer à vos avis, & de les embrasser, si des raisons pressantes & solides ne l'en retiennent; il est si jaloux de la gloire des Armes de Sa Majesté, & des avantages de sa Couronne, qu'on peut se prométtre de lui, qu'il y postposera toutes les autres considerations qu'on lui pourroit représenter, & il a tant d'esprit qu'il faut même espérer qu'il aura l'ascendant sur celui de Wrangel, & qu'il le portera plutôt à acquiescer à ses sentimens, que de se laisser emporter aux siens, la confiance & l'intelligence est parfaite entr'eux, selon qu'il nous est mandé, & les dernieres Lettres que j'ai reçu de Monsieur le Baron d'Avaugour le marquent disertement.

Touchant la Trêve avec Baviere.

Eloge de Maréchal de Turenne.

La vôtre, à laquelle je fais présentement reponse, étoit accompagnée de deux Memoires, qui ont été examinez, & on y fait réponse par un que je vous envoie, quelques-uns des points avoient été discutez & même resolus, parce que votre précédente Dépêche nous avoit donné des lumieres de ce qui nous seroit proposé. Si vous les joignez, & que vous preniez la peine de revoir votre Instruction, vous saurez non seulement les volontez de la Reine; mais les raisons qui l'ont obligée de les avoir. Celles qu'ils aportent à consentir diverses choses à l'avantage du Duc Charles, & de lui en refuser d'autres, sont certainement bien fondées, & la charité de l'Etat, & l'amour qu'elle a pour le Roi son fils, font qu'elle en a beaucoup moins pour ce Prince, duquel l'Esprit ambitieux & inégal donne juste sujet de le désirer éloigné des lieux, où il pourroit nuire: car la Paix ne sera jamais sure, s'il demeure armé, & qu'il lui reste un pretexte pour le pouvoir faire, & c'est ne la point vouloir, que de demander qu'on lui rende ses Etats, & ne pas s'obliger de lui faire la Guerre, s'il a la hardiesse de la déclarer à cette Couronne.

Instruction par raport au Duc Charles de Lorraine.

Sur les difficultez que vous avez remarqué qui se trouvoient à faire l'une des Ligues dont il est parlé en vos Instructions, Sa Majesté s'est resoluë de s'en relâcher; mais elle s'assure que vous prendrez si bien les précautions nécessaires avec tous les Princes interessez à la Paix, que nul ne se croira dégagé de rentrer en Guerre, si l'Ennemi venoit à lui déclarer, soit en l'attaquant aux lieux, qui lui auront été cédez, ou dans la Catalogne, pendant la durée de la Trêve: & comme on ne doute point que ce ne soit l'intention de l'Ennemi de rentrer en Guerre, l'on cherche tous les moiens possibles pour lui servir de Barriere, & lui faire

Et à contracter quelques Ligues.

faire obstacle. Il me souvient bien que les deux Ligues ne doivent point être dépendantes l'une de l'autre par votre Instruction, mais aussi que Sa Majesté n'a jamais crû, se contenter de faire une Trêve pour la Catalogne, & si elle étoit violée, au moins Messieurs les Etats ne fussent point obligez de l'assister, autrement elle auroit consenti & procuré leur repos pour demeurer seule exposée à la continuation de la Guerre.

A ce propos, il vous pourra souvenir que la première condition, que Sa Majesté a déclaré désirer, & qui est de celles, *sine qua non*, a été la sûreté de ce qui seroit arrêté, & ce avec d'autant plus de raison, que devant recueillir divers avantages pour la Paix, puisque ses affaires étoient florissantes en tous les lieux où se faisoit la Guerre, elle a dû craindre que l'Ennemi qui étoit forcé d'y consentir, pour faire cesser nos prosperitez, & ses pertes, ne s'y porteroit qu'en intention de la rompre, dès qu'il en auroit l'occasion, & qu'il en trouveroit une favorable, pour se relever des pertes auxquelles il étoit tombé.

Il me doit suffire d'avoir reveillé votre Mémoire par ce petit avertissement, & combien fortement vous avez combattu l'opinion de Messieurs les Etats, quand ils se sont avancez de dire que notre liaison n'avoit d'égard qu'à la conquête des Païs-Bas. Je ne manquerai pas d'écrire à Spire, & à Monsieur de Vautorte, en conformité de ce que vous m'avez mandé, au sujet des instances qui nous ont été faites, & à vous aussi, par les Suisses, de faire cesser les entreprises faites par la Chambre Imperiale.

Quand je vois quel tourment me donne le Resident de Portugal, parce que vous n'avez pas obtenu les Saufconduits pour les Ministres de son Maître, j'entre en aprehension du mal que j'aurai, quand il saura que le Roi d'Espagne ne le veut point comprendre dans le Traité. Mais ce Roi a grand sujet de se louër de toutes les instances, que vous avez faites en sa faveur, & ne se doit plaindre de personne, si sa fortune n'est pas meilleure, que de n'avoir pas voulu essaier de l'affermir, donnant au sort des armes un peu davantage qu'il n'a fait, ou bien, pour mieux parler, pour n'y avoir pas hazardé ce qu'il possedoit, afin de s'en assurer une possession éternelle.

Ce n'est pas qu'il ne puisse bien resister à son Ennemi, s'étant assuré des Indes & des Iles qui ont toûjours reconnu sa Couronne; mais entreprenant dans l'Espagne, & y faisant des conquêtes ainsi qu'il en a eu le moien, il eût rencontré celui d'être admis au Traité, & d'être reconnu en même tems pour Roi legitime de celui qui le traite maintenant de rebelle & de perfide, l'on s'est souvent efforcé de lui faire connoitre que c'étoit dans les armes qu'il trouveroit sa gloire, & son établissement, mais l'on n'a rien pû gagner sur lui. Je ferai en mon particulier gloire d'être toute ma vie votre, &c.

REPONSE

De Messieurs les

PLENIPOTENTIAIRES

Au Memoire

DU ROI,

Du 3. Octobre 1646.

Envoié en Cour le 24. dudit Mois.

La France craint fort un combat en Allemagne. Une victoire rendroit les Suedois insuportables. La Cour refuse de traiter à Paris avec les Espagnols & renvoie toute Négociation à Munster. Il faudroit occuper & fortifier Mont-Cassel. Etenduë de sa Châtellenie. Importance des affaires du Portugal, & de la Catalogne pour la France. Les Imperiaux ne trouveront pas mauvais que la France concluë avec l'Espagne avant que de conclure avec eux. Il faut bien prendre garde à la sûreté du Traité. La France voudroit garder Cazal. La Trêve pour la Catalogne sera de 30. années. Siege de Portolongone. Trêve de six mois pour le Portugal.

NOus avons eu grande joie d'apprendre par ledit Memoire que la Reine ait eu contentement de ce que nous avons fait ici avec les Imperiaux. L'agrément que Sa Majesté témoigne au service que nous avons rendu en cette occasion, redoublera nos soins pour achever ce qui reste. Nous avons aussi à rendre graces très-humbles de la communication si ample que l'on nous a donnée de toutes choses, & specialement des bonnes & solides raisons dont Monsieur le Cardinal Mazarin s'est servi pour persuader à l'Ambassadeur de Suede que sa Maîtresse doit se disposer à la Paix. Nous essaierons de les faire valoir auprès des Ministres de cette Couronne, qui sont en l'Assemblée, & ne cesserons point que nous n'aions conduit cette affaire au point que Leurs Majestez desirent.

Si dans les divers partis qui se pourront proposer pour induire les Suedois à convenir de leur satisfaction, on peut insinuer celui de les faire contenter de quelque somme d'argent que la France fourniroit en gardant Benfelt & les Villes Forestieres en tout ou en partie, ainsi qu'il nous est très-judicieusement remarqué, nous n'en pérdrons aucune occasion. Mais il est bien vrai que nous y prévoions grande difficulté, pour ne pas dire impossibilité, principalement parce que la Maison d'Autriche y est trop interessée, & qu'elle voir mal-volontiers notre accroissement en ces quartiers-là, & notamment s'il se doit faire à la diminution de ses Domaines, & avec l'alienation des Places qui sont à elle en propriété. Mais nous ne laisserons pas de tenter tous les moiens pour y ménager, s'il se peut, quelque avantage pour la France.

Nous sommes ici en de grandes peines de l'état présent des affaires d'Allemagne. Nous appréhendons que celui où le Duc de Baviere se trouve reduit ne le porte à prendre quelque conseil extrême, & ne lui fasse changer de conduite envers nous. La proximité des Armées fait craindre qu'on ne vienne à un Combat général, où la victoire & la perte nous sembleroient quasi être également dangereuses. Si les Imperiaux avoient l'avantage, ils ne voudroient plus traiter aux mêmes conditions, & il faudroit continuer la Guerre encore long-temps pour les y faire revenir; si notre parti demeure victorieux, il y'a sujet d'appréhender la conduite des Suedois, non seulement ils ne se voudroient pas contenter des conditions ausquelles ils se rendent sans cela difficiles, mais ils prétendroient donner la loi à tout le Monde, & à nous les premiers. Ils se rendroient les Maîtres absolus dans les affaires d'Allemagne, & tâcheroient d'y ruiner tout à fait le parti de la Religion Catholique, qui est une visée qu'ils ont en cette Guerre il y a long-temps. Enfin nous ne voions qu'inconveniens, quelque changement qui arrive par un combat, dans l'état présent des affaires, & ce qui nous donne grande peine est, qu'en ruinant le Duc de Baviere nous agissons contre nos propres intérêts.

Nous ne mettons pas en ligne de compte que la Franconie & la Suabe se trouvent par ce moien occupées par les Troupes Suedoises, qui étoient des Provinces destinées pour la subsistance de nos armées seules, quand elles passeroient le Rhin. Mais ce qui est bien plus important, les Suedois ne haïssent peut-être point tant le Duc de Baviere, pour être de Religion contraire, que parce qu'ils connoissent qu'il a été jusques-ici attaché d'affection à la France, & qu'il peut favoriser ses desseins. Ils veulent être les seuls ausquels les Princes & Etats de l'Empire, mal-contens, ou opprimez par la Maison d'Autriche, puissent avoir recours; & toute Puissance étrangere, qui peut partager avec eux cette autorité, leur déplait. Ils croient que le Duc de Baviere est le seul Prince capable de former un parti qui puisse s'opposer à leur puissance, & estiment, non sans quelque fondement, que c'est lui qui est cause qu'ils ne sont plus tant recherchez qu'ils étoient au commencement de cette Négociation. Il est bien certain que leur haine, de quelque motif qu'elle vienne, est si implacable contre ce Prince,

La France craint un combat en Allemagne.

Une Victoire rendroit les Suedois insuportables.

qu'un des Senateurs de Suede a dit au Sieur Chanut, ainsi qu'il nous le mande, que si les Armées confederées entroient dans la Baviere, on y devoit tout mettre à feu & à sang, & le Sieur Rosenhan n'a pû s'empêcher de dire dans Munster même, que si on étoit contraint de sortir de la Baviere, l'Armée de Suede mettroit le feu par tout, étant, disoit-il, meilleur de ruiner son ennemi, que de lui laisser moien de mal-faire. Enfin il paroît que si ledit Duc étoit ruiné, les Suedois se rendroient arbitres de la Paix & de la Guerre en Allemagne, & que l'autorité que le Roi s'est acquise dans la Négociation passeroit entierement en leurs mains, auquel cas il seroit fort à craindre qu'ils n'eussent pas pour nous la même fidelité, & le même soin de nos intérêts que nous avons des leurs.

Nous avons donné charge au Sieur de Marsilli, qui est allé vers Monsieur le Maréchal de Turenne pour lui proposer la suspension d'armes, de lui représenter toutes choses, & de le prier de notre part de moderer en tout ce qui lui sera possible la passion des Suedois. Nous croions que Leurs Majestez lui auront en même temps envoié leurs ordres & commandemens bien exprès pour le même sujet. Il nous semble bien qu'on ne doit rien faire qui puisse mettre les armées en peril ni en quoi les Alliez se puissent justement plaindre que nous leur manquions. Mais s'ils veulent, par colere & par vengeance, faire des choses qui soient contre l'ordre de la Guerre, on peut, sans pécher contre la fidelité, leur déclarer qu'on separera les troupes, & qu'on ne souffrira pas que celles de la France soient emploiées pour satisfaire leur haine contre un Prince qui lui est ami, & moins encore contre la Religion Catholique.

Nous connoissons ici par les effets que les avis contenus au Memoire sont veritables. Nos Dépêches qui auront été renduës à la Cour au même temps que nous avons reçu ici lesdits avis, en sont des preuves assûrées. Mais nous ne saurions assez louër la grande prudence avec laquelle on a rejetté toutes les ouvertures que les Ennemis ont faites pour introduire la Négociation près de Leurs Majestez. Cela eût été capable de nous brouiller de nouveau avec nos Alliez, & sans doute c'étoit le but & l'intention des Espagnols. Que si un simple soupçon que l'on a eu ci-devant d'une chose qui n'étoit qu'imaginaire, a été si mal-aisé à guerir, quelle peine n'eût-on pas euë d'ôter aux Provinces-Unies la jalousie & la méfiance qui leur sont naturelles, quand on eût vû les affaires se traiter ailleurs qu'à Munster? Il est bien vrai que nous-mêmes avons été d'avis ci-devant qu'on pouvoit sans peril écouter les propositions qui se feroient par-delà. Notre principal fondement étoit pour reconnoitre quelles étoient alors les intentions des Espagnols, & jusques où ils se porteroient pour avoir la Paix. Mais il a sans doute été plus sûr de ne les point recevoir, principalement aujourd'hui qu'on est comme assûré d'obtenir la plûpart des choses que Leurs Majestez ont desirées. Ce n'est pas que les affaires n'eussent pû être traitées à la Cour avec plus d'avantage & mieux faites en toutes façons; mais vû les inconveniens qu'on a si judicieusement évitez, ç'a été l'effet d'une plus haute prévoiance de n'y vouloir pas entendre. Nous essaierons de correspondre à l'honneur que la Reine nous fait, & à
la

La Cour refuse de traiter à Paris avec les Espagnols, & renvoie toute Négociation à Munster.

la confiance que Sa Majefté nous témoigne. Et pour dire le vrai, puis que nous avons à tirer des Ennemis jufques aux dernieres conditions ; que nous voulons faire la Paix fans leur rendre aucune chofe , & traiter, comme ils difent eux-mêmes, à la Hollandoife, peut-être a-t-il été plus à propos de renvoier les chofes à ceux qui agiffent au loin , que fi cela fe fut adreffé à Leurs Majeftez & à leurs premiers Miniftres, qu'on eut fans doute importunez de diverfes foûmiffions pour obtenir quelque grace.

Nous croions affez facilement que Monfieur Contarini aura dit à Peñaranda les chofes dont on a donné avis , & nous expliquons fon difcours dans le fens favorable qui lui eft donné par le Memoire. Comme les Médiateurs ne vont qu'à leur fin, qui eft la Paix, ils fe fervent de toutes les raifons bonnes ou mauvaifes qu'ils eftiment y pouvoir conduire , & particulierement l'Ambaffadeur de Venife à caufe du peril où eft la République.

Puifque nous fommes fur le propos des Médiateurs, il nous paroît à cette heure affez clairement que les Efpagnols ne leur ont point donné connoiffance de ce qui fe traite avec nous par l'entremife des Hollandois , & comme les Médiateurs ont plufieurs conjectures qui ne leur donnent pas lieu de douter que l'on a bien avancé les affaires, ils paroiffent fort irritez contre les Miniftres d'Efpagne. Auffi à ne point mentir, ils ne pouvoient être offenfez d'eux plus fenfiblement que de les voir prendre plus de confiance en leurs propres Ennemis qu'en des Médiateurs nommez & convenus. Nous avons averti Monfieur l'Abbé de Saint Nicolas de cette mesintelligence ; & lui avons mandé que s'il voit l'occafion favorable, il peut s'en fervir adroitement envers le Pape, & lui faire connoître comme fes bienfaits ont été mal-placez & fes bonnes volontez mal reconnuës.

Nous n'avons pas découvert s'il eft vrai que Monfieur Oxenftiern ait voulu favoir de Peñaranda, fi le Roi d'Efpagne, après la Trêve ou la Paix concluë avec Meffieurs les Etats, voudroit entendre à faire une Ligue avec la Couronne de Suede, pour la liberté du Commerce & la défenfe reciproque de leurs Etats. Nous tâcherons d'éclaircir par tous moiens la verité de cet avis. Il pourroit bien être que les Suedois, qui tâchent par tous moiens d'établir un grand Commerce dans leur Païs, auroient eu intention , après la Paix, de faire quelque Traité avec l'Efpagne pour cet effet, & l'un de nous s'eft fouvenu que Monfieur Oxenftiern lui en a avoué quelque chofe confufement.

Nous n'avons point auffi de connoiffance de l'avis que l'on a eu de Hollande que Peñaranda avoit donné à entendre au Sieur Paw qu'il ne faifoit une Ligue pour les Indes entre la France, la Suede, & le Portugal. Il ne faut pas douter qu'ils n'emploient toutes fortes d'artifices pour donner jaloufie de nous à nos Alliez. Et pour ce qui nous eft ordonné de dire notre fentiment, s'il feroit bon d'affifter le Roi de Portugal dans les Indes , il nous femble plus néceffaire de fonger aux moiens de donner affiftance à ce Roi pour la confervation de fes Etats de terre ferme que dans les Indes, vû principalement que les Efpagnols n'ont rien à y demêler avec lui, mais les Hollandois feulement , & que nous eftimons qu'une des fautes du Roi de Portugal eft d'avoir

eu plus de foin de fon établiffement dans les Indes que de conferver ce qu'il poffede en Efpagne.

Quant à l'avis que Peñaranda a deux blanc-fignez de la main du Roi d'Efpagne pour conclure en un inftant avec Meffieurs les Etats, nous le tenons veritable. Et pour remedier au mal que ces blanc-fignez nous pourroient caufer , on aura vû par un des Écrits que nous avons ci-devant envoié, comment nous avons déclaré aux Ambaffadeurs de Meffieurs les Etats que nous defirions & dans la fignature du Traité , & pour donner & recevoir les ratifications , & pour ceffer les hoftilitez, marcher d'un même pas avec eux, & que chacune de ces chofes fe fît par les uns & les autres en même temps, dont nous leur laiffions le choix, & que nous le faifions pour tenir toûjours nos intérêts unis, & prévenir ce qui pourroit arriver , puis qu'autrement l'un des Alliez étant en Paix, nous les avons auffi avertis, que pour avoir une ratification valable, il étoit néceffaire que depuis le Traité figné, il y eût affez de temps pour faire venir des ordres d'Efpagne, & qu'une ratification faite avant ce temps porteroit fa nullité avec foi.

Nous dirons encore , fur ce qu'on a eu agréable de marquer dans le Memoire quel deffein on peut avoir dans la Flandre pour le refte de la Campagne , qu'il femble que puis qu'on eft prêt de conclure un Traité, par lequel tout ce qui aura été conquis doit nous demeurer, fi la faifon ne permet pas de s'attacher à des entreprifes de durée, qu'on pourroit au moins fe mettre en poffeffion de quelques poftes principaux où reffortiffent les autres, comme pourroit être celui de Mont-Caffel, qui eft une Châtellenie de grande étenduë , & qu'on y pourroit faire bâtir promptement quelques fortifications, de l'importance defquelles les Ennemis ont bien jugé, quand ils ont brûlé celles qui y étoient, voians qu'ils ne pouvoient conferver la Place.

Comme Leurs Majeftez ont reçû de grandes louanges en cette Affemblée d'avoir été les premiers à convenir des conditions dans l'Empire , la difpofition où Elles font d'en faire autant avec l'Efpagne , fans confiderer les nouveaux avantages que leurs armes victorieufes leur peuvent donner tous les jours , ne recevra pas un moindre aplaudiffement. Elles auront vû par les offres qui font faites de la part des Miniftres d'Efpagne que nous n'avons rien perdu de ce qu'on a acquis jufques-ici , & qu'on a obtenu tout ce fur quoi nous avions ordre d'infifter. Quant à l'échange des Places , comme cela ne fe doit faire qu'après le Traité conclu & arrêté, on fera en liberté d'arrêter les partis qui agréront, & de rejetter ceux où l'on jugera ne devoir pas entendre, & nous aurons tout loifir de recevoir fur ce fujet les avis de Leurs Majeftez, aufquelles nous ne manquerons pas de rendre compte de ce qui nous fera propofé, avant que d'y prendre aucune refolution.

Nous avons eftimé à propos de repréfenter ici que les affaires de Portugal & de la Catalogne nous femblent être d'une très-grande confideration pour la France, & que l'on s'y doit appliquer dorenavant autant ou plus qu'à aucun autre intérêt du Roiaume. La puiffance des grands Rois ne fe mefure pas tant en elle-même que par la comparaifon de ceux qui s'y peuvent oppofer, & par la force des

Xx 3   Etats

Etats qui leur font voifins. Et comme il n'y a rien qui affoibliffe tant le Roi d'Efpagne que le démembrement de la Catalogne & du Portugal; il n'y a rien auffi qui releve plus la grandeur & la puiffance du Roi, qui le mette plus hors du pair & qui le rende plus veritablement arbitre de la Chrétienté, & fans contredit le premier & le plus puiffant Prince de l'Europe. En effet, tant que ces deux Provinces feront détachées de l'Efpagne, elle fe minera peu à peu, & confommera fes tréfors & fes forces pour les reconquerir, & étant occupée dans cet exercice domeftique & interieur, elle eft incapable de pouffer aucune entreprife au dehors. La Catalogne fera en fûreté par une longue Trêve, & par la précaution que nous tâcherons d'y apporter. Mais pour le Portugal, il femble qu'on doit penfer de bonne heure à l'affiftance qu'on y veut envoier après la Paix faite, qui ne doit pas être legere, mais telle qu'elle puiffe empêcher la ruine & la fubverfion de cet Etat; Qu'on y doit travailler à préfent, & y préparer toutes chofes, & même lui procurer, s'il fe peut, le fecours des Hollandois, à quoi nous n'oublierons rien, leur en aiant déja tenu quelques propos qu'ils n'ont pas rejettez.

Que fi l'on maintient ces deux Provinces en l'état où elles font à préfent, de deux effets également avantageux à la France, il en arrivera l'un ou l'autre infailliblement, ou que les Efpagnols demeureront hors de pouvoir de faire la Guerre ailleurs, & expofez à celle qu'on leur voudra faire dans leur propre Païs, ou que pour fe délivrer de ce mal, ils feront à la fin contraints de ceder à la France ce qu'ils occupent encore dans le Païs-Bas, qui feroit un accroiffement fi grand & fi notable que l'on pourroit dire alors que la France fubfiftant par elle-même & par fes propres forces, ne dépendroit plus tant de l'affiftance de fes Alliez. Ainfi de quelque façon que l'affaire s'accorde, la France trouvera une entiere fûreté, tandis que la Catalogne, & le Portugal fubfifteront en l'état qu'ils font aujourd'hui, l'Efpagne occupée au dedans ne pourra rien entreprendre contre nous par fa foibleffe; Et fi pour recouvrer ces deux Etats, le Roi Catholique fe refout de donner au Roi le Païs-Bas, fon Roiaume fera en état (de ne rien craindre) par fa feule puiffance.

Notre intention a toûjours été de faire ce qui nous eft ordonné touchant Dunkerque & Lerida, n'aiant jamais jugé raifonnable que, pour avancer le Traité de peu de jours, on perdît des Places de cette importance. On aura vû par la Dépêche faite à Ofnabrug que nous n'avons pas voulu ufer du pouvoir qu'on nous a donné de conclure, fans y faire les reflexions portées au Memoire & fans attendre les ordres de la Reine. Pour Dunkerque, les confeils en font pris. Touchant Lerida nous avions penfé, qu'on pourroit mander à Monfieur le Comte d'Harcour qu'il fît favoir à celui qui y commande qu'il ne lui fera point accordé de capitulation s'il attend à l'extrémité, & qu'en vain il efperoit de fauver cette Place par le Traité de Paix, puifque le Roi en retarderoit plutôt la conclufion que de manquer à s'en rendre le Maître. Cela feroit connoître au Gouverneur qu'il ne doit pas fe fonder fur cette efperance, & s'il étoit poffible de l'induire préfentement à capituler, pour rendre la Place dans quelque temps, nous nous acquererions par ce moien un titre plus legitime de la ravoir par le Traité ftipulé pour la

reddition. Cela ferviroit au moins envers les Catalans, pour leur faire voir combien la Reine eft foigneufe de leurs intérêts, puis qu'elle differeroit la Paix pour leur acquerir cet avantage.

Les Impériaux ne trouveront pas mauvais que la France conclue avec l'Efpagne, avant que de conclure avec eux.

Nous n'eftimons pas que le retardement du Traité de l'Empire puiffe faire differer la conclufion de celui qui fe doit faire avec l'Efpagne. Nous penfions au contraire que le Comte de Trautmansdorff ne fera pas fâché de voir conclure ce dernier pour obliger les Suedois à fe rendre plus faciles à l'autre. Auffi faifons-nous état de nous en fervir envers ceux-ci pour cette fin; & comme nous avons hâté les Efpagnols par la crainte de faire fans eux la Paix avec l'Empereur, nous prétendons porter les Suedois à prendre plutôt leurs refolutions quand nous aurons achevé celui d'Efpagne; & peut-être que Paw & ceux de fon Païs, qui comme lui defirent la Paix, feront bien aifes de l'avancement de nos affaires, pour ramener par ce moien dans leur fentiment ceux qui en ont eu jufques-ici de contraires.

Nous répondrons enfuite aux points dont il a plû à la Reine de nous faire avertir. Sur le premier, c'eft une grande prudence qu'on nous fait fouvenir de prendre garde à la fûreté du Traité; puis que ce n'eft que par force & par pure néceffité que les Efpagnols en fubiffent les conditions, lefquelles leur étant fi defavantageufes, ils ne manqueront pas de le rompre quand ils croiront y gagner quelque chofe. Nous y apporterons toutes les précautions que nous pourrons imaginer. Jufques-ici nous n'en voions point d'autres que de convenir d'une Ligue en Italie, affûrer celle qui fe doit faire dans le Traité de l'Empire entre tous les Princes intéreffez, affermir l'Alliance que nous avons avec Meffieurs les Etats, apporter tous les moiens poffibles pour empêcher que les Catalans ne puiffent être débauchez pendant la Trêve, ni le Portugal envahi en peu de temps faute de lui donner un fecours confiderable, & affoiblir nos Ennemis de tout ce qu'on a conquis fur eux. La derniere & la plus forte de toutes eft dans la prévoiance & le prudent & heureux gouvernement de la Reine.

Il faut bien prendre garde à la fûreté du Traité.

Le deuxiéme point regarde l'ordre qui nous eft donné de ftipuler du Roi d'Efpagne fa renonciation fur l'Alface. Nos Dépêches précedentes auront fait voir que nous nous en fommes fouvenus; quoi que nous euffions un autre moien de l'obtenir, en obligeant les Archiducs de la fournir lors qu'il leur faudra rendre les Villes Foreftieres & leur paier la fomme d'argent qui leur eft promife.

Le troifiéme nous femble le plus mal-aifé de tous à executer. Nous avons infifté fort long-temps que Cazal fût laiffé entre les mains du Roi jufques à ce que Monfieur de Mantouë fût en âge de le conferver. On y a toûjours contredit, & les Médiateurs fur la fimple propofition ont excité de grandes clameurs, de quoi nous avons donné avis, & que nous étions néceffitez de venir aux autres partis contenus en nos Inftructions, voiant que celui-là ne choquoit pas moins les autres Princes que les Efpagnols. Celui qui eft propofé par eux-mêmes de rendre le Pape & la République de Venife cautions de ce dont il fera convenu, nous femble affez confiderable, vû même que dans la Ligue d'Italie cette obliga-

La France voudroit garder Cazal.

bligation fera renouvellée. Mais ce que nous eftimerions le plus utile feroit que ledit Duc de Mantoüe, en reconnoiffance de ce qu'il doit à la Couronne la confervation de fes Etats, promît de ne jamais faire aucun échange ni Traité par lequel cette Place pût tomber en la puiffance du Roi d'Efpagne, & de ne point marier fa Sœur à un Prince de la Maifon d'Autriche, ou de ceux qui font attachez ou dépendans d'elle. Ce qui feroit un Traité particulier à faire avec ledit Duc hors de cette Négociation, n'y aiant pas d'apparence de le propofer aux Efpagnols, puis que cette obligation non feulement eft contre eux, mais ne dépend pas d'eux.

Pour le quàtriéme point, nous l'executerons ainfi qu'il eft ordonné, mettant cette condition que s'il refte quelque chofe à décider pour l'Italie, on ne pourra rentrer en Guerre pour cela. Mais fi pour terminer ces differens il faloit dès à préfent nommer des Arbitres, nous fupplions très-humblement la Reine de nous faire favoir de quel Prince on pourra convenir, en cas que les chofes fe réduifent à ces termes.

Le cinquiéme point qui concerne le Portugal a été fi bien executé, que dans tous les Écrits & les Notes qu'on a pris de nous, il y a toûjours un article exprès par lequel nous avons demandé qu'il fût accordé pour le Portugal une pareille Trêve & de même durée, que celle de Meffieurs les Etats. Les Médiateurs feuls & les Hollandois font ceux à qui nous nous fommes déclarez fur ce point, parce que pour amener les chofes au point où elles font, il étoit néceffaire d'en ufer ainfi. Il eft à confiderer que le fecret que nous tenons au Miniftre de ce Roi, le met en un peril évident d'être envahi par le Roi d'Efpagne, lors qu'il croira entrer dans fa plus grande fûreté. Nous fommes obligez de donner cet avis fur lequel on fera telle reflexion qu'il fera jugé raifonnable, & afin qu'on prenne les mefures qu'il faudra pour la défenfe de ce Roiaume, que les Efpagnols fe promettent de recouvrer en peu de temps.

On n'oubliera pas de fatisfaire ponctuellement au fixiéme point & de demander le confentement à ce que le Pape faffe fur la nomination du Roi les mêmes Expeditions que fa Sainteté faifoit lors que la Catalogne étoit en la poffeffion du Roi d'Efpagne, pour ôter le prétexte qu'on pourroit prendre de refufer cette grace à Sa Majefté, faute dudit confentement.

Pour le feptiéme, nous avons toûjours demandé que la Trêve qui fera faite pour la Catalogne, foit d'égale durée à celle de Meffieurs les Etats, fans fpecifier le nombre des années. Mais au cas que lefdits Sieurs Etats faffent la Paix au lieu d'une Trêve, nous avons limité la notre à trente années, qui eft un terme qui ne vaut guere moins qu'une Paix; ce que nous fommes prefque afûrez d'obtenir.

Sur le huitiéme, nous effaierons de faire en forte, s'il fe peut, que les actions de la Campagne aient lieu jufques au premier Décembre, & pour ce qui pourroit être conquis en Italie nous fuivrons l'ordre qui nous a été prefcrit. Mais parce que Portolongone eft affie-gé & que ce pofte eft très-important, foit pour tenir tous les voifins en crainte, ou pour les entreprifes qui fe peuvent faire fur le Roiaume de Naples; nous croions qu'il y aura grande difficulté à le conferver, même par une Trêve de trente années, qui entre de

puiffans Rois n'eft gueres moins confiderée qu'une Paix. C'eft auffi la raifon dont nous nous fommes fervis contre les Efpagnols, lorfqu'ils ont fait les difficiles à nous laiffer Rofes; faifant voir le peu de difference qu'il y a-voit à l'accorder pour toûjours ou à le laiffer pendant une Trêve de trente années.

Nous avons fouvent déclaré & fait valoir aux Médiateurs que hors Pignerol, le Roi ne prétendoit rien du tout dans l'Italie. Nous effaierons néanmoins de faire tout ce qui fe pourra & tâcherons, fi la Reine a pour agréable de nous en donner le pouvoir, d'en profiter au moins par un échange, s'il ne fe peut mieux.

A l'égard du neuviéme, nous ferons effort d'obtenir, s'il fe peut, par le moien des Médiateurs, une Trêve de fix mois pour le Portugal. Car il fera difficile d'y engager les Hollandois; le feul moien de venir à bout des autres points aiant été le rélâchement que nous avons dit que nous faifions en leur confideration fur celui-là; ce que nous leur avons beaucoup fait valoir & très-fouvent repréfenté. Ils nous ont toûjours afûré que toutes les fois qu'on a parlé à Peñaranda du Portugal, il s'eft mis dans fes tranfports, & a juré avec de grands fermens qu'il n'avoit aucun ordre de traiter fur ce point, & qu'il fortiroit plutôt de l'Affemblée que d'entrer fur cela en aucun parti.

Nous avons lû avec admiration l'expedient propofé pour le Portugal & la Lorraine, n'aians jamais rien vû, ce nous femble, de mieux imaginé. Nous chercherons les moiens d'en profiter & de nous en prévaloir, fans rien faire néanmoins qui puiffe changer ce qui s'eft négocié jufques-ici fur ces deux affaires. Car nous fupplions de confiderer qu'elles ne font pas entierement femblables en ce que nous croions avoir difpofé les chofes en forte que le Duc Charles demeurera exclus tant du Traité de l'Empire que de celui de l'Efpagne, & qu'en l'un & l'autre il fera expreffément porté que ni l'Empereur ni le Roi d'Efpagne ne pourront affifter, ni directement ni indirectement ledit Duc; au lieu que nous n'avons jamais confenti, ni en parlant aux Médiateurs, ni en parlant aux Hollandois, de ne point faire mention du Roi de Portugal dans le Traité, finon avec condition expreffe que la France feroit en liberté de l'affifter. Et cela eft fi veritable & fi reconnu par les Efpagnols même, que lors que nous leur avons fait dire qu'ils avoient promis la liberté du Prince Edouard quand la Paix feroit faite, ils demandoient que la France ne pût affifter le Roi de Portugal & fous cette condition. Ce qui n'aiant pas été accepté par nous, & eux s'étans départis de cette demande, la liberté du Prince Edouard ne s'entendoit pas auffi être accordée. Ainfi ce ne fera pas fous main & de façon que la France puiffe être blâmée qu'on envoiera du fecours à ce Roi. Et nous n'eftimons pas qu'il y ait rien qui faffe plus connoître la néceffité où l'Efpagne eft reduite, que d'avoir confenti à ce point, ni rien de plus utile à la France pour tenir l'Efpagne dans un exercice continuel qui épuifera fes forces, que d'avoir cette permiffion, de laquelle les Portugais ont fujet d'être fatisfaits, & d'en être bien obligez à leurs Majeftez. Nous avons refolu entre nous, pour nous bien prévaloir de cette penfée, de nous adreffer feulement aux Miniftres du Roi de Portugal, & de leur dire qu'ils peuvent faire favoir comme me d'eux-mêmes à l'Agent de Lorraine, qui est ici, pour l'écrire à son Maître, que si le Roi d'Espagne se dispose à ce qui est équitable pour le Portugal, la France promettra de ne pas seulement traiter avec le Duc Charles, mais de lui accorder une bonne partie de ce qu'il peut désirer.

Nous obtiendrons par cette offre les deux effets qu'on a souhaitez; l'un, de gagner l'affection du Roi de Portugal en lui faisant connoître que nous avons fait toute sorte d'efforts en sa faveur; l'autre, de donner sujet au Duc Charles de se plaindre qu'il a été abandonné par les Espagnols. Le public d'ailleurs demeurera satisfait sans qu'on puisse rien imputer à la France; puisque nous assisterons le Roi de Portugal, bien loin de l'abandonner, & ce secours étant réel & effectif, l'attachera bien plus fortement à nos intérêts que toute autre considération. Ainsi on pourra trouver les avantages qui sont judicieusement remarquez dans l'expedient, & on évitera deux inconveniens que nous apprehenderions, si nous prenions la voie des Médiateurs & des Hollandois pour faire cette ouverture. L'un est, qu'introduisant cette Négociation formelle des affaires de Lorraine, on pourroit induire que nous ne prétendions plus exclure tout-à-fait le Duc Charles de ce Traité, qui est un point important que nous croions avoir déja comme obtenu des Imperiaux & des Espagnols. L'autre, que mettant en parallele les intérêts de Lorraine & ceux de Portugal, lors que nous insisterions à faire promettre au Roi d'Espagne qu'il n'assistera pas le Duc Charles, on prétendit revoquer en doute la liberté que nous avons déja obtenuë d'assister le Roi de Portugal.

L'Accommodement de Messieurs les Barberins, qui a été reçû ici avec l'aplaudissement que nous avons mandé, nous a tiré de peine. Nous avions en diverses rencontres fait sentir à Messieurs les Médiateurs que la France vouloit voir une fin de cette affaire, & quelques jours avant que d'en recevoir la nouvelle nous avions été trouver exprès Monsieur Contarini, & lui avions dit en paroles formelles que c'étoit une affaire capable de retarder la Paix. Il nous repartit qu'il l'avoit assez compris sur les propos que nous en avions jettez plus d'un mois auparavant, & qu'il avoit écrit à la République pour la faire agir du côté de Rome, & disposer le Pape à complaire en cela à leurs Majestez. Nous savons aussi pour certain que Monsieur le Nonce en avoit adroitement écrit à Rome, aiant fait savoir au Pape la resolution de la France qu'il avoit reconnuë par les discours de ses Plenipotentiaires, & qu'il laissoit à juger à sa Sainteté, s'il lui seroit plus avantageux d'attendre la conclusion du Traité pour donner cela au bien de la Paix, ou de prévenir ce temps-là, pour paroître le faire de son propre mouvement & obliger davantage Leurs Majestez. Nous avons aussi quelque conjecture que le Grand Duc y a contribué. Dans la visite que nous avons faite à Monsieur le Nonce, pour nous en conjouir avec lui, nous lui avons dit que la connoissance que sa Sainteté avoit euë des bonnes intentions de la Reine avoit produit ce bon effet, & que nous esperions qu'il seroit suivi encore d'autres.

LETTRE

à Messieurs les

PLENIPOTENTIAIRES,

À Paris le 26. Octobre 1646.

Leur Mémoire aux Députez des Etats est aprouvé. On loue le secret sur l'affaire des Ligües. Discours du Ministre avec l'Ambassadeur de Venise. Différents droits entre la Navarre & la Bourgogne. Inconsequences des Espagnols. On doit s'emploier en faveur du Prince Dom Edouard de Portugal. Il faut consentir à donner des Saufconduits au Duc de Lorraine, pourvû qu'on les accorde aux Portugais. Ordres donnez au Maréchal de Turenne touchant la suspension d'armes. Soins de la Cour pour le soulager. Les Suedois s'opposent à la suspension d'Armes avec la Baviere. Prise de Piombino, & Siége de Portolongone. Il faut retenir Cazal. Affaires d'Angleterre.

MONSEIGNEUR & MESSIEURS.

VOtre Dépêche du quatorziéme de ce mois me fut renduë le vingt-troisiéme, & Sa Majesté en aiant eû la lecture le vingt-cinquiéme, est demeurée fort satisfaite de l'état où sont les affaires, parce qu'elle espere qu'un si beau commencement sera suivi de la fin qu'on se propose, & qui est attenduë avec impatience de tous les gens de bien.

Le Mémoire que vous avez donné aux Députez de Messieurs les Etats a été aprouvé, sans néanmoins se départir de la resolution ci-devant prise sur le sujet de la Ligue d'Italie que l'on trouve accompagnée de diverses difficultez, & qui ne produiroit pas les avantages qu'on s'en étoit promis lorsqu'on l'a désirée, & ce changement est une suite de ceux que l'état florissant des affaires de Sa Majesté nous a obligé de suivre. Elle croit que le secret que l'on a gardé a beaucoup contribué à les lui acquerir, & par cette considération Elle voudroit bien que les Députez de Messieurs les Etats se contentassent de faire savoir à leurs Principaux, qu'ils font la médiation

diation entre les deux Couronnes, sans s'étendre à leur donner information en détail des choses qui passent par leurs mains ; mais quand ils suivront un autre conseil, il faudra prendre patience, & se préparer à l'avance à ce qu'on aura à dire à ceux qui se plaindront de leur en avoir fait finesse, ou même de leur avoir levé la Médiation du Traité : mais la faute en pourra être rejettée sur les Espagnols, lesquels, sans qu'on aît bien pénétré leur dessein, ont confié leurs affaires à leurs Ennemis.

Il seroit mal aisé que les Médiateurs, soit de Hollande, ou de Munster même ne sussent ce qui s'y traite, & néanmoins, soit par discretion, ou que contre toute apparence la chose ne fût pas venuë jusques à eux, il se peut dire qu'ils l'ignorent, ou que s'ils ont quelque connoissance elle est si vague, & si peu appuiée, qu'ils n'osent y faire de fondement.

Il ne sera pas hors de propos, que sur celui-là, je vous dise que l'Ambassadeur de Venise, qui m'est venu parler de la Lettre pour l'Empereur, (que je vous envoie, & toute telle que vous l'avez désirée) m'a dit que la Paix étant le salut de la Chrétienté, il l'esperoit de foi, sans que l'on y travaillât, au moins à celles des Couronnes ; mais qu'il importoit tant qu'elle le fût, & si peu du lieu où elle seroit traitée, qu'il ne s'enquerroit pas, si en quelqu'autre qu'à Munster on essaioit de la conclure, & n'avoit pas même la curiosité, qu'il pouvoit justement prétendre, de le savoir au vrai, sur le grand bruit répandu en cette Ville, que la Paix sera publiée au premier jour.

Je lui ai repondu à tout cela, que je l'assurois, que Sa Majesté ne la traiteroit ni conclueroit en d'autre lieu qu'à Munster, & qu'il falloit donner le bruit dont il parloit, au désir général de la France, & que ce qui avoit été publié avoir été avancé avec les Ministres de l'Empereur, avoit persuadé plusieurs que l'Espagne étoit disposée de vuider d'affaires, & que sans cela elle eût empêché l'Empereur d'entrer dans des propositions formelles, desquelles on connoit leur foiblesse, & la puissance de cette Couronne.

On est demeuré étonné de l'égalité de droit que les Espagnols veulent de la Bourgogne à la Navarre, celle-ci a été usurpée, & l'autre réunie par un droit reçu, ce qui a donné sujet aux Espagnols de renoncer à leur protection, & les Rois de Navarre bien éloignez d'un tel procédé ont toûjours déclamé contre l'injuste détention qui leur étoit faite d'un Roiaume : je dis les Rois de Navarre de crainte que si je disois les Rois de France on m'objectât ce qui a été promis par le Roi François I. Mais celui-là n'étoit ni l'heritier, ni le proprietaire de cette Couronne, laquelle se trouvant possedée par le Roi Henri le Grand, fit, ainsi que vous l'avez très-bien remarqué, une reserve de ses droits au Traité de Vervins.

A proportion, que cette proposition a surpris, on est demeuré étonné, que les Espagnols aient laissé entendre, qu'une renonciation n'acquiere point de droit : ils reclamoient autrefois contre la Loi de ce Roiaume, qui lie les mains aux Rois, quoique Monarques, de ne pouvoir rien aliener de la Couronne ; mais à présent ils posent une maxime bien plus étrange, puisque celle-là semble recevoir interpré-

tation, & qu'à celle-ci on n'en peut donner. S'il eût plû aux mêmes Espagnols de se souvenir de ce qui a été convenu, lorsque l'Assemblée a été ouverte, ils se seroient bien gardez de repondre en la maniere qu'ils ont fait à l'instance que vous leur faites de la delivrance du Prince Edouard, puisque d'une proposition vraie ils en forment une conclusion fausse. Il est certain que toutes conditions dont on convient, n'obligent à rien, que le Traité ne soit signé, mais chaque article en doit faire une partie, & il n'est pas permis de revoquer en doute ce dont l'on est demeuré d'accord, sur le présupposé allegué ; autrement il n'y auroit pas moien d'ajuster un Traité qui doit contenir divers chefs & articles, si celui auquel vous vous emploiez n'avoit pas la fin qu'on se propose. On seroit reduit à demander la liberté de ce Prince, & pour dire qu'elle a été promise, cela ne fait pas partie du Traité, parce qu'il n'a pas été conclu au moment que cette demande fût faite, c'est ce qui ne sauroit tomber dans l'esprit d'aucun homme de bon entendement. Sa Majesté désire aussi que vous employiez vos offices en sa faveur, & que vous preniez tous les temperamens, qui lui pourront acquerir la liberté, qu'il s'oblige à ce qu'ils voudront, il ne sera pas tenu de l'executer ; le droit l'en dégage, & la force est notoire, prejugée par le lieu & l'état auquel il se trouve.

Le Resident du Roi son Frere sollicite toûjours pour ce Prince, & il en tient la vie en tant de hazard, qu'il tiendroit à grace, s'il étoit changé de prison, ou qu'il fût remis à l'Empereur : si cette ouverture doit être faite, c'est à votre Altesse, & à vous Messieurs à en juger. Sur l'instance du même Resident, il a été resolu de vous écrire que si les Médiateurs vous offrent des Saufconduits pour les Ministres de ce Roi sous condition qu'il en soit donné au Duc Charles, d'y consentir. On avoit eû jusques à présent de la peine d'entrer dans ce parti ; mais ce que l'on a déclaré que l'on feroit pour ce Duc si les Espagnols vouloient laisser en Paix ce Roi, fait qu'on se porte à ce qui nous est mandé, & bien qu'il aît été écrit au Maréchal de Turenne d'apuier l'ouverture qui lui sera faite d'une suspension générale, ou d'une particuliere avec Baviere, on lui en renouvelle les ordres, mais il est remis à sa prudence la sorte dont il se doit conduire, & sur le Traité & avec les Suedois.

Il est trop avéré qu'ils haïssent Baviere comme Ennemi, comme possedant le haut Palatinat, mais davantage parce qu'il est Catholique, & la raison de leur haine à l'encontre de lui est celle de notre affection à son endroit : pour lui en faire sentir les effets, on défend à Turenne de saccager son Païs, & il lui est commandé de le soulager tout autant que le service le pourra permettre, & d'éviter de ruiner, & de prophaner les lieux Saints. De sa moderation & du désir dont il est rempli de plaire, on se promet qu'il se portera à tout ce qui est désiré de lui, & Monsieur de Croissi avec son adresse, & selon le contenu dans ses Instructions l'y disposera absolument ; & afin que Wrangel ne lui soit point une excuse, j'écris à d'Avaugour de faire en son endroit tous les offices qui seront concertez entre Turenne, Croissi & lui ; mais je doute qu'il leur réussisse, d'autant que les Lettres que j'ai eû de Suede me font connoître, que par bien des raisons on y a

          détruit

1646.

Les Suedois s'opposent à la suspension d'Armes avec Baviere.

détruit la principale, sur laquelle nous pouvions nous fonder, pour faire une suspension avec Baviere, quand les Suedois ne la voudroient pas accorder. Nous alleguons l'exemple de ce qu'ils avoient ôsé avec Saxe, & ils le détruisent en disant, ses armes pouvoient nuire à la cause commune, par l'utilité qu'en pouvoit recevoir l'Empereur, mais jamais à la France, considérée séparée de la cause: qu'à leur égard il n'en va pas ainsi avec Baviere, qui peut les attaquer & les mettre en peril. Je m'étendrois davantage sur ce sujet, n'étoit que je suis persuadé que Monsieur Chanut vous en aura écrit comme à moi, & d'autant plus probablement, que nos raisons étoient les mêmes, & pour excuser le retardement de notre jonction, & reprocher aux Suedois le Traité de Saxe, pour en inférer que nous étions en droit d'en conclure un avec Baviere. J'ajoûterai à cette Lettre, qui ne sera que partie de la Dépêche, puisqu'elle accompagnera un Memoire du Roi, que nous avons eû avis de la reddition de la Place de Piombino, & que celle de Portolongone étoit assiégée & pressée, desorte qu'on n'en mettoit point la prise en doute. Pour la premiere, elle pouvoit être secouruë, parce qu'étant en terre ferme, les Espagnols, qui ont des gens dans le Roiaume de Naples, le pouvoient tenter, mais pour l'autre aiant besoin d'une Armée de Mer, ils ne sont pas en état d'en mettre une sur les voiles.

Prise de Piombino, & Siége de Portolongone.

J'évite de parler de Madame de Mantouë, & de ce qui est à faire pour la sureté de Cazal, d'autant que c'est un des points qui a donné lieu au Mémoire, & que la consequence de la Place vous est si connuë, qu'il est assuré que vos prudences ne seront jamais surprises en un point de cette consequence. Il est certain qu'il y a des accidents à prévoir, mais tous ceux qui sont à craindre ne s'éviteront pas facilement: si ce que l'on assure est fondé, & que la Duchesse soit en pensée & en esperance de marier sa fille avec le Roi d'Espagne, il sera dificile d'empêcher que Cazal ne tombe en la Maison d'Espagne, & Dieu seul le peut empêcher, en conservant la vie au Duc, & lui donnant une longue lignée. La Ville de Cazal est néanmoins de telle considération pour la liberté de l'Italie, qu'elle l'oblige à songer aux moiens de ne tomber pas en une si puissante main. Il y a du tems que l'un des confidents de cette Duchesse me disoit, qu'elle étoit en intention de marier sa fille à Parme; mais il pourroit arriver que l'esperance de mieux la fera changer, & que l'affection qu'elle a toûjours euë pour la Maison d'Autriche l'engagera dans cette autre pensée, sans considérer que la puissance d'Espagne en Italie fait perdre la liberté à tous ses Potentats. Elle y fait sans doute fort peu de reflexion, parce qu'elle n'est pas touchée du public, & que le cas qui rendroit sa fille Duchesse de Montferrat ne sauroit arriver que son fils & la lignée ne soient éteints. Je ne doute point que quand cette Altesse sera informée de ses Ministres, qui sont à Munster, que vous avez demandé l'execution du Traité de Querasque, & que vous voulez obliger les Espagnols ou à le faire consentir aux Parties interessées, ou à prendre les armes contre celle qui n'y voudra acquiescer, qu'elle n'en sente beaucoup de douleur: car bien qu'il n'y ait pas lieu d'esperer, ni de demander que la France donne son consentement pour l'alte-

Il faut retenir Cazal.

rer, elle n'a pas laissé d'en faire faire diverses instances, & y trouvant de la resistance, sous divers expedients elle a essaié de venir à ses fins: l'un de ses Ministres qui est de par delà fait bien les offres qu'il a faites, & avec quelle fermeté il lui a été parlé sur ce sujet.

Je viens de recevoir en vous écrivant, les Lettres de Londres, qui portent que quelques esperances, que les serviteurs du Roi de la Grande Bretagne avoient euës, que les affaires s'accommoderoient s'évanouissent, & qu'il a été ordonné par le Parlement, que les Commissions, qui émaneront de leur autorité seront desormais conçuës sous leur seul nom, & que celui du Roi qui avoit été laissé sera omis. Les Ecossois sont pourtant mine de s'intéresser pour leur Roi, mais l'Angleterre demeurant armée, & la foi de ceux-là étant douteuse, je crains bien plus que je n'espere, & l'on doute que le Comte d'Ormond a dépêché au Parlement, pour lui offrir de se joindre à eux, & de leur livrer les Places qu'il tient en Irlande, pourvû qu'ils lui aident à châtier les rebelles, c'est-à-dire les Catholiques, & ceux-ci, selon un bruit assez établi, aiant mis le siége devant Dublin me font croire que ledit d'Ormond a été capable de prendre cette resolution.

Affaires d'Angleterre.

Il eût bien été à désirer que les Confédérez se fussent un peu modérez, & que le Roi d'Angleterre de son côté les eût un peu davantage considérez qu'il n'a fait: de leur union dépendoit, & la conservation du Roiaume au Roi, & en icelui celle de la Religion Catholique. Les Lettres sur la foi desquelles j'écris, sont de Monsieur le Président de Grignon, deux Ordinaires sont arrivez sans que j'en aie eû ni de Monsieur l'Ambassadeur de Bellievre, ni du Resident Montreuil, & cela me donne de l'inquietude. Si avant que de fermer ma Lettre j'en reçois de Monsieur de Bellievre, je vous ferai part de ce qu'il m'aura mandé, Je suis, &c.

REPONSE

De Messieurs les

PLENIPOTENTIAIRES,

Aux Memoires

DU ROI

du 14. Octobre 1646.

Envoiée en Cour le 29. dudit Mois.

Levée du Siége d'Augsbourg agréable à la France. Il faut traiter le Landgrave de Darmstadt comme Ennemi. Madame la Princesse d'Orange favorable aux Espagnols; Et même le Prince son Mari. Les François trainent en longueur la Négociation avec l'Espagne pour voir le succès du Siege de Lerida. Siege de Portolongone. Le Château de Joux depend de Neuf-Châtel. On pourra exclure le Duc de Lorraine du Traité.

NOus avons bien remarqué ce qui nous a été mandé que si le differend qui reste pour ajuster la satisfaction de la Couronne de Suede se reduit à la Ville de Stetin, & que pour le terminer il falût donner une somme d'argent aux Suedois ou à l'Electeur de Brandebourg, nous fissions, s'il se peut, en-sorte que fournissant ladite somme Benfelt & quelques Villes Forestieres puissent demeurer à la France. Mais plus nous avons pensé aux moiens de faire réussir cette affaire, plus nous le trouvons difficile, n'aiant point vû jusques-ici que les Parties soient pour quitter cette prétention moienant de l'argent, outre les obstacles du côté de la Maison d'Autriche que nous avons déja fait savoir. S'il y a lieu néanmoins d'en tirer avantage, nous n'en perdrons pas l'occasion.

Nous avons été bien aises d'aprendre que le Comte de la Gardie ait envoié un Exprès à la Reine de Suede, ne doutant pas que les fortes & puissantes raisons qui lui ont été suggerées pour induire l'esprit de cette Princesse à la Paix, ne fassent grande impression, principalement dans la rencontre de la levée du Siege d'Augsbourg, qui fera voir

TOM. III.

aux Plenipotentiaires de Suede qu'étant à Osnabrug nous ne leur donnions pas un mauvais conseil, quand nous les voulions porter à se servir de l'occasion favorable de conclure leur accommodement. Ce mauvais succès les rendra peut-être plus traitables, ce qui nous le fait supporter avec moins de déplaisir, quoi que nous aions sujet de craindre pour les Places qui sont le long du Rhin, vû même que Melander le doit passer avec un Corps assez considerable & qu'il est à aprehender que le Duc Charles, qui est comme forcé de se retirer de la Flandre, ne dresse sa marche vers ces quartiers-là pour y former quelque dessein. Nous voions que cet évenement avoit été comme prévû à la Cour, & comme nos Alliez ont fait faute en ne s'asfûrant pas d'un établissement solide & réel qui leur étoit offert, & se laissant éblouïr par de vaines esperances. Aussi ne saurions-nous assez louër le prudent conseil que Leurs Majestez ont pris de n'augmenter point leurs demandes, & de témoigner de la moderation pendant la prosperité des Armées confederées.

Il nous semble qu'il y a peu à deliberer si l'on doit traiter le Landgrave de Darmstadt comme ennemi, puisque lui-même se déclare tel par ses actions, non seulement pour avoir Guerre ouverte contre Madame la Landgrave, mais parce qu'il s'est joint avec le Roi d'Espagne par un Traité, dont la copie nous a été envoiée, qu'il y a quatre Regimens de Cavalerie de l'Empereur desquels il se sert, & que sans doute s'il trouvoit occasion de nous faire du mal, il ne s'y épargneroit pas.

Ce qui nous est mandé touchant Messieurs les Etats est fondé sur de si prudentes considerations que nous n'avons rien à y répondre, ne jugeant pas qu'il s'y puisse rien ajoûter. Le procedé de Monsieur le Prince d'Orange & de Madame sa femme nous étonne. Cette Princesse se porte quasi ouvertement pour tous les intérêts de l'Espagne, & quant à Monsieur son Mari, on ne comprend pas si c'est son indisposition qui lui fait désirer que la Guerre ne continue pas, ou si c'est le desir de se voir en jouïssance de ce qui lui peut avoir été promis. Tant y a qu'il semble avoir quitté toutes ses premieres maximes & jouër, comme on dit, à pis faire. Pour Messieurs les Etats leur conduite à la verité est meilleure qu'elle n'a été, & il n'y a pas d'aparence que le corps de l'Etat manque à ce à quoi il est obligé envers le Roi. Mais, pour ne point dissimuler, la corruption de quelques particuliers qui ont du pouvoir parmi eux, la diversité d'intérêts & la constitution de leur gouvernement donnent sujet de tout craindre & de ne pas faire un jugement certain sur leurs resolutions.

Nous essaierons toûjours de gagner le temps dans le Traité d'Espagne suivant l'ordre qui nous est donné, sans que ce dessein paroisse aux Hollandois. Nous tâcherons d'obtenir que la Trêve de Catalogne ne commence qu'après que le Siege de Lerida sera achevé d'une façon ou d'autre. Nous suivrons aussi ce qui nous est prescrit pour les affaires d'Italie. Et quant au retardement qui pourroit survenir à cause que les Espagnols ont dit que la Paix se doit faire en même temps avec l'Empereur, nous ne l'estimons pas considerable, parce que c'est plutôt par hon-

Y y 2

1646.

honneur qu'ils ont fait cette Déclaration qu'avec deſſein d'y perſiſter, ne doutant pas qu'ils ne s'en départent aiſément, même à la priere des Imperiaux qui croiront mieux jouïr des Suedois quand l'Eſpagne aura achevé avec nous, ainſi que nous l'avons déja repréſenté,

Siége de Portolongone. Nous avons apris avec grande joie le débarquement en l'Iſle d'Elbe & le Siege d'une Place ſi importante comme eſt Portolongone. Nous rendons très-humbles graces à Leurs Majeſtez de l'information qu'elles ont agréable de nous faire donner de tout ce qui ſe paſſe au loin; comme encore de l'avis de la bonne diſpoſition où ſont aujourd'hui tous les Princes d'Italie. C'eſt une ſuite de la glorieuſe Regence de la Reine, & de la grande prudence de ſon Conſeil. Il nous en paroît ici quelque choſe par la conduite des Médiateurs, & par la communication que nous avons auſſi avec le Reſident de Florence, qui témoigne affection à la France, & nous donne quelquefois de bons avis. Nous le ménageons auſſi du mieux qu'il nous eſt poſſible, lui faiſant valoir les bonnes volontez de Leurs Majeſtez envers ſon Maître, & l'ordre que nous avons de le comprendre dans la Paix, & lui donnant même eſperance que nous chercherons les moiens de le deſengager, s'il ſe peut, des grandes obligations dont il eſt chargé envers le Roi d'Eſpagne.

On a fort bien jugé de l'intention des Eſpagnols quand ils ont fait paſſer la Négociation par les mains des Hollandois. Ils ont crû nous obliger par ce moien à faire la Paix, ou bien faiſant voir à Meſſieurs les Etats que la France ne la veut pas faire, les porter à conclure avec eux ſeparément. Ils ont eſtimé que leur entremiſe ſeroit plus autoriſée que celle des Médiateurs, & qu'elle produiroit plutôt l'effet qu'ils deſirent. Mais il nous paroit encore qu'ils ont eu du degout deſdits Sieurs Médiateurs, qu'ils ont voulu mortifier par-là. Cependant il faut avouër que le bonheur de Leurs Majeſtez eſt grand, parce que l'entremiſe des Hollandois nous a produit des avantages que peut-être nous euſſions eu peine d'obtenir par l'autre voie. Les mêmes Hollandois demeurent plus attachez à la France voiant qu'elle ſe confie à eux de ſes principaux intérêts, & les Médiateurs reſtent offenſez contre l'Eſpagne. Nous agiſſons de ſorte avec eux que nous eſperons de profiter de ce mécontentement, & de les rendre mieux affectionnez envers nous.

Nous avons mandé au Sieur Chanut qu'il ne parlât point à Stockholm du Château de Joux, parce que les Suedois n'y ont aucun droit, & qu'il ſeroit de dangereuſe conſéquence de leur en faire naître la penſée. Il a été occupé par l'armée du feu Duc de Weymar lors qu'elle prit ſes quartiers d'hiver dans la Franche-Comté. Et comme après la mort *Le Château de Joux dépend de Neuf-Châtel.* dudit Duc, moi Duc de Longueville reçus ordre du feu Roi de paſſer d'Italie en Allemagne, le Général Major Erlach avec les Colonels Ehm, Roze, & le Comte de Naſſau, qui avoient été laiſſez Directeurs de ladite Armée par le teſtament dudit feu Duc de Weymar, me vinrent offrir ce Château, parce qu'il touche à la Comté de Neuf-Châtel, & qu'il a été du Domaine de ma Maiſon, ſur laquelle il a été uſurpé: Encore que je l'euſſe accepté ſous le bon plaiſir du feu Roi, je ne voulus pas changer le Commandant qui étoit un Officier deſdites Troupes, afin qu'il

ne parût pas que le Château fût à moi, & que la Neutralité qui eſt entre la Franche-Comté & celle de Neuf-Châtel n'en reçût aucun préjudice. Mais j'ai toûjours depuis fourni les vivres & l'entretien audit Commandant. Leurs Majeſtez ordonneront pour cela tout ce qu'elles auront agréable, qui ſera executé ſans qu'il ſoit néceſſaire d'avoir recours à la Suede. 1646.

Pour ce qui eſt du Memoire touchant le *On pourra exclure le Duc de Lorraine du Traité.* Duc Charles, voiant qu'on le fonde principalement ſur ce qu'on croit que les Miniſtres de la Maiſon d'Autriche auront peine à ſigner le Traité de Paix ſans avoir fait quelque choſe pour lui; nous ſommes obligez de mander que nous voions aparence que tant les Imperiaux que les Eſpagnols pourront demeurer d'accord qu'il ne ſoit pas compris dans le Traité, & même pourront s'obliger de ne l'aſſiſter ni directement ni indirectement. C'eſt pourquoi il importe que nous ſachions ſi l'intention du Roi eſt, que nonobſtant la diſpoſition qu'on voit à l'exclure de ce Traité, on introduiſe une Négociation ſur le pied de ce qui nous eſt ordonné par ledit Memoire, à quoi nous obéïrons en ce cas fort exactement.

L E T T R E

De Meſſieurs les

PLENIPOTENTIAIRES

à Monſieur le Comte de

B R I E N N E.

Du 29. Octobre 1646.

Les Plenipotentiaires de France manquent d'argent.

MONSIEUR,

Nous faiſons réponſe par cet Ordinaire à la Dépêche du quatorziéme de ce mois; & par le Courier que nous retenons près de nous, il ſera répondu à celle du dix-neuviéme, & mandé ce qui ſe paſſera de nouveau dans la Négociation d'Eſpagne, où nous ſommes tous les jours occupez & preſſez de conclure. Les Ambaſſadeurs de Meſſieurs les Etats nous aiant dit que le Comte de Peñaranda deſire de ſavoir nos dernieres intentions, & qu'il voit bien qu'on differe & qu'on ne veut point la Paix, puiſque ſe ſoumettant quaſi à tout ce que nous avons deſiré, on a déja traîné quarante jours un Traité qui ſe pouvoit terminer en huit. Nous les devons voir demain ſur cela, & cependant nous vous en-

1646.

envoions les notes de ce que nous avons repliqué fur le dernier Ecrit qui nous a été apporté par lefdits Sieurs Ambaffadeurs, dont vous aurez eu copie par l'Ordinaire précedent.

Les Pleni-potentiaires de France manquent d'argent.

Nous n'avons pas reçû de Duplicata de la Lettre qu'on nous écrit avoir été donnée à Monfieur le Comte de la Gardie, de laquelle le Memoire du 14. fait mention. Nous vous fupplions, Monfieur, de nous continuer l'honneur de vôtre bienveillance & de vos foins obligeans pour nous faire envoier de l'argent, tant pour nos appointemens pour lefquels il n'y a plus de fonds, que pour le remplacement des parties qui ont été diverties au paiement des gens de Guerre; dont nous avons eu le bien de vous écrire ci-devant. Si le Traité s'acheve, nous ferons chargez de diverfes dépenfes aufquelles nous n'avons pas le moien de fournir. Nous vous prions d'y faire reflexion & de nous croire, &c.

LETTRE

à Meffieurs les

PLENIPOTENTIAIRES,

A Paris le 2. Novembre 1646.

On attend le refultat de leur Conférence avec les Ambaffadeurs des Provinces-Unies. Mort du Prince d'Efpagne. Aprehenfion de la Cour que la levée du Siége d'Augsbourg n'apporte quelque changement au Traité. On craint la levée du Siége de Lerida. Suite du Siége de Portolongone. Plenipotentiaire nommé par les Portugais. Jugement fur le Roi Jean de Portugal. Il faut garder le fecret par raport à la Ducheffe de Mantoüe. On travaille à un Memoire fur la mort du Prince d'Efpagne, & fur fes confequences.

MONSEIGNEUR & MESSIEURS.

QUelque diligence qu'aît effaié de faire le Courier Clinchamp, qui étoit chargé de vos Dépêches du cinquiéme du paf-fé, il ne s'eft pû rendre en cette Ville que le trentiéme, fur les neuf à dix heures du matin. Il falut employer le refte de la journée à les déchiffrer, & il n'y eut pas moien d'en faire la lecture à Sa Majefté, au Confeil qu'Elle tint ce jour-là, ainfi Elle ne l'aura qu'après les Fêtes. Je pourrois différer d'en accufer la reception, puifque je ne veux pas entreprendre d'y repondre, & néanmoins j'ai jugé, que j'en devois ufer d'autre forte, & vous mander que vos Lettres avoient été reçuës, & la raifon qui avoit empêché, qu'il n'y fût pas repondu par le Courier qui partira ce foir : il pourra arriver qu'entre ci & Lundi celui que vous avez retenu arrivera, & que par une même Dépêche il fera repondu aux deux vôtres.

On attend le refultat du leur Conférence avec les Ambaffadeurs des Provinces-Unies.

J'ai remarqué par celle qu'il vous a plu de m'écrire, & qui eft jointe au Memoire que vous m'avez envoié, que dès le jour de la fignature, ou le lendemain au plus tard vous deviez entrer en conférence avec Meffieurs les Ambaffadeurs des Provinces-Unies, & votre commun jugement vous faifoit croire, qu'il y feroit pris des refolutions, qui avanceroient le Traité. Je fais dés vœux afin que cela aît fuccedé, & ne fuis point en apréhenfion que vous vous trouviez trop preffez, puifque par votre adreffe vous avez ménagé les affaires & les tems, enforte que l'on ne vous aura pas gagnez, & que dans la difcuffion des autres, vous aurez emporté tous les avantages que l'on pouvoit fouhaiter: & bien qu'il en refte encore à gagner, & que tous les points ne foient pas encore ajuftez, le plus fort de la befogne étant bien avancé, l'on peut efperer que vous aurez à la fin la même fortune, que vous avez éuë au commencement. Si la mort du Prince d'Efpagne, dont nous avions eû l'avis depuis cinq ou fix jours, fût arrivée au tems que les Efpagnols fembloient fort éloignez de la Paix, & qu'il paroiffoit que les Imperiaux les forçoient d'y confentir, j'aurois apréhendé que cet accident y fût un empêchement formel, & que les Efpagnols en auroient profité, faifant entrer dans leur dépendance l'Empereur, en lui offrant le mariage de l'Infante avec fon fils; mais à préfent, que ce font ceux-là qui preffent la conclufion du Traité, j'efpere qu'au lieu d'y nuire elle y contribuera, & que la continuation des malheurs qu'ils éprouvent leur fervira d'avertiffement qu'il n'y a moien d'en arrêter le cours, qu'en faifant la Paix.

Mort du Prince d'Efpagne.

Je crains bien que la retraite des Armées confederées de devant Augsbourg n'aporte de l'alteration au Traité de l'Empire, & que ce commencement de fortune n'en faffe efperer de plus grandes fuites aux Imperiaux & Bavarois, que l'on nous mande avoir parti d'Augsbourg afin de s'aprocher de Donawert, pour paffer le Danube, où les Armées des Confédérez s'étoient retirées. Si elles s'y font portées, comme il y a lieu de l'efperer de la fuffifance de ceux qui les commandent, il n'y a pas lieu de craindre que les autres les attaquent. S'ils l'ofoient, tous les avantages paroiffans du côté du bon parti, il y auroit lieu de s'en promettre une bonne iffuë. Si l'Ennemi fe loge auffi proche d'eux, le combat fera décidé à la gloire de celui qui aura le dernier paru. L'Empereur & Baviere font probablement pour l'avoir, puifque le Païs de cet Electeur leur en fournira, & que le haut du

Apréhenfion de la Cour que la Levée du Siége d'Augsbourg n'aporte quelque changement au Traité.

 Da-

1646.

Danube leur est assuré. Si les Généraux des deux partis étoient en apréhension, que ce qui se passera aux lieux où ils sont, pût être de telle conséquence, qu'ils fussent bien aises de l'éviter, ceux qui ont été envoiez vers eux, pour les porter à consentir à une suspension de six semaines ou de deux mois, arriveroient en une bonne conjonéture, & pour peu de disposition que pussent avoir les Imperiaux & Baviere, il est sûr que le premier échec qu'ont eû les Confédérez, aiant été forcez de lever un Siége, sera pour les y faire consentir. Je dis Wrangel, car pour Turenne, je ne doute point, qu'il ne défére aux avis que vous lui avez envoiez, qui lui ont été confirmez par les ordres de Sa Majesté, au service de laquelle il est si attaché, qu'il préferera d'y obéir à tous autres respects, même à celui de la gloire.

Il lui avoit été mandé de conserver le Païs de l'Electeur de Baviere, & de n'y faire aucun mal, que celui qu'il ne pourroit éviter, c'est-à-dire vivre, mais épargner le feu, conserver religieusement les Monasteres, & les Eglises, & empêcher que ses gens n'y commissent aucune cruauté, qu'on étoit assuré qu'elle y seroit exercée par les Suedois dont l'exemple pourroit bien convier les siens à en faire autant, & dont Sa Majesté fût restée offensée.

On craint la levée du Siége de Lerida.

Je commence à craindre, que la Ville de Lerida ne sera pas prise, le Gouverneur ne se fait point entendre de vouloir traiter, & il a chassé de la Ville les bouches inutiles, qui ont été reçuës par les nôtres: ils défendent leur aétion de la charité que l'on doit avoir pour le prochain, mais ils ne s'aperçoivent pas que la premiere est celle qui est d'obligation à ses considérations au public. Monsieur d'Harcourt continuë pourtant à assurer qu'il emportera la Place, mais se plaignant de bien des choses, & cherchant de faire tomber la faute sur ceux qui servent sous lui, imputant même qu'on n'a pas eû tous les soins qu'on devoit avoir touchant la mesintelligence qui se passe entre lui & Monsieur le Tellier, s'est établi un plan de justification pour avancer les moiens de s'excuser de l'évenement d'une entreprise à laquelle il s'est porté de son seul mouvement. La semaine prochaine ne se sauroit passer, que nous n'en aions des nouvelles, & nous serons trompez si dans la même nous ne recevons des nouvelles de Portolongone: les dernieres de l'Armée qui sont du dix-neuviéme assurent

Suite du Siége de Portolongone.

qu'on étoit Maître de la Contrescarpe, & qu'on travailloit à l'ouverture du fossé, ceux de la Place s'étoient si bien défendus de leur canon, qu'ils avoient méprisé le nôtre aux premieres batteries, mais enfin ils avoient perdu cet avantage, que le nombre acquiert dès qu'il est logé.

Plenipotentiaire nommé par la Portugais.

J'oubliois à vous dire que le Roi de Portugal a envoié le Pouvoir de comparoitre en l'Assemblée, en qualité de son premier Plenipotentiaire, à Dom Lóuis, petit-fils de Dom Antoine, qui s'intituloit Roi du même Roiaume. Je crois qu'il ne partira pas de la Haye, qu'il n'aît reçu son Saufconduit, que je ne crois pas qu'il ait si-tôt, au moins seroit-il mal conseillé s'il n'avoit cette prudence. Son Maître fait partir de cette Cour le Comte de Videguierra, qui y a longuement résidé; il semble que ce soit pour l'envoier ailleurs, à Munster ou en Hollande, c'est ce dont le Resident ne s'est pas encore déclaré; mais

comme vous le remarquez prudemment, il faloit davantage songer à s'établir en Espagne qu'aux Indes.

1646.

Jugement sur le Roi Jean de Portugal.

Ce Prince a été assez heureux pour être déclaré Roi, & se voir élever au Trône par le commun consentement de ses Sujets, mais il ne s'est pas trouvé avoir toutes les qualitez absolument nécessaires pour fonder un Etat, & soit qu'il lui apartienne de droit, ou qu'il l'usurpe sur autrui, ainsi qu'on le lui reproche, la possession qu'en avoit eû son Ennemi l'obligeoit à agir en conquerant; beaucoup entreprendre dans les occasions favorables qu'il a euës, & étendre ses limites, c'eût été le moien de conserver par un Traité ce qu'il possede à présent.

Il faut garder le secret par raport à la Duchesse de Mantoüe.

La protestation que j'ai faite en deux differents endroits de cette Lettre, de ne point repondre à la vôtre, me défend de m'étendre sur ce qui la regarde. Ce que vous conseillez qu'on devoit ménager avec Mantoüe, doit, ce me semble, pour un peu de tems demeurer secret, & jusques à ce que le Duc soit entré en sa majorité. Il n'en est pas éloigné par le Testament de son Aieul qui l'a reculée de deux ans.

On travaille à un Memoire sur la mort du Prince d'Espagne, & sur les conséquences.

On travaille à un Memoire assez ample, qui servira de réponse à votre derniere, & qui contiendra diverses considerations sur la mort du Prince d'Espagne, & sur les conséquences qu'elle peut avoir dans les conjonétures présentes: aussi-tôt qu'il sera achevé on vous dépêchera le Sieur Farcean, s'il est en état de partir, ou bien un autre extraordinaire.

LETTRE

De Messieurs les

PLENIPOTENTIAIRES

à Monsieur le Comte de

BRIENNE.

Du 8. Novembre 1646.

On craint les Troupes du Duc de Lorraine.

MONSIEUR.

NOus pensions renvoier le Courier qui est près de nous. Mais comme dans la Négociation qui continuë par l'entremise des Hollandois, il peut survenir des choses dont il importe de pouvoir donner promptement avis, nous avons resolu de le garder encore quelque temps & de mettre cette Dépêche à l'Or-

1646.

l'Ordinaire. Vous y trouverez la réponse à celle du dix-neuviéme du mois passé, & à un Memoire du quatorziéme, & il ne reste que celle du vingt-sixiéme à laquelle nous n'avons pas satisfait. Vous recevrez aussi un Ecrit que nous avons donné aux Ambassadeurs de Messieurs les Etats touchant l'affaire de Cazal. Nous y avons mis tout ce à quoi nos Instructions nous obligent, & ce dont nous nous sommes pû aviser pour la sûreté de cette Place. On verra ce qui se pourra obtenir.

On craint les Troupes du Duc de Lorraine.

La marche des Troupes du Duc Charles nous donne quelque crainte pour les Places qui sont sur le Rhin. Le Corps que Monsieur Melander commande & les Troupes du Landgrave de Darmstadt peuvent favoriser une entreprise contre lesdites Places, ou contre Madame la Landgrave, à quoi nous ne doutons pas qu'on n'use de toute la prévoiance qui se pourra. C'est tout ce que nous vous manderons en particulier, après vous avoir remercié bien humblement de vos soins, & supplié de nous les continuer avec l'honneur de votre bienveillance, puis que nous sommes, &c.

REPONSE

De Messieurs les

PLENIPOTENTIAIRES,

Aux

OBSERVATIONS

du 19. Octobre 1646.

Prétextes sont aisez à trouver pour trainer en longueur la Négociation avec l'Espagne. La France ajoûte aux autres prétentions celle de Cadaquiers. Les Hollandois doivent garantir la Trève dont on conviendra pour la Catalogne. Mesures à prendre pour la sûreté de Cazal. Affaire du Duc Charles de Lorraine. La France après avoir injustement dépouillé le Duc de Lorraine, voudroit lui faire donner un Commandement contre le Turc. On propose de lui donner des Etats ailleurs. 3. Expedient touchant l'affaire de Lorraine. Il faudra se-

courir le Portugal après la Paix concluë.

1646.

L'Instruction des Ambassadeurs de Messieurs les Etats portant expressément qu'ils ne doivent pas accorder aucune cessation des hostilitez, que les ratifications du Traité qui se fera ne soient delivrées de part & d'autre, nous avons jugé qu'il seroit difficile que cet ordre fût changé & nous avons écrit au Sieur Brasset de faire tous offices convenables pour empêcher qu'il ne soit rien résolu au contraire, sans qu'il parût néanmoins que la France eût autre désir que de s'unir toûjours étroitement avec les Provinces, & de chercher sa sûreté & non de prolonger l'affaire. Quand ce moien nous manqueroit, & que Messieurs les Etats se resoudroient à faire cesser les hostilitez aussi-tôt après que le Traité sera signé, nous avons estimé qu'il est encore en notre pouvoir de gagner le temps qui nous seroit nécessaire pour voir les effets de la Campagne, parce qu'il dépend de nous de signer ou de ne signer pas, & de différer autant de temps qu'il en sera besoin, les prétextes étant faciles à trouver dans des affaires qui portent leurs longueurs & leurs difficultez avec elles. Mais en tout cas si nous étions obligez de signer avant qu'on ait vû le succès qu'on attend des Armées, nous mettrons en pratique ce qui nous est très-prudemment ordonné de stipuler que la cessation des hostilitez n'aura lieu que du jour que la nouvelle arrivera dans les Armées, en convenant pour cet effet du temps proportionné à la distance des lieux où il faudra dépêcher, sans nous départir néanmoins des ordres particuliers que nous avons eus touchant Lerida.

Prétextes sont aisez à trouver pour trainer en longueur la Négociation avec l'Espagne.

Sur le second Article.

La France ajoûte aux autres prétentions celle de Cadaquiers.

Nous avons parlé de Cadaquiers, en sorte qu'il n'a pas paru que ce fût une nouvelle demande, & avons quelque esperance de le pouvoir obtenir. Si toutefois il s'y trouve grande difficulté & que pour y trop persister on pût entrer en soupçon de la sincerité des intentions de Leurs Majestez pour la Paix, nous pourrons nous en relâcher; puisque Leurs Majestez nous en donnent le pouvoir, le faisant valoir aux Hollandois en ce cas, & leur témoignant que ce sera à leur consideration, pour en profiter sur quelqu'autre point, & pour la sûreté de la Trève qui sera faite en Catalogne. Après avoir revû exactement les Memoires dont il est parlé, on essaiera d'obtenir tous les avantages que l'on pourra.

Nous sommes obligez de dire sur ce point qu'il est à craindre que les Espagnols desesperant de pouvoir conserver Lerida ne s'emparent cependant de divers autres lieux moins importans qui leur donneroient de l'étenduë, & ôteroient à la France une partie de ce qu'elle occupe dans la Catalogne, à quoi il faudra bien prendre garde, puis que nous ne pouvons pas éviter de convenir que chacun demeurera en possession de ce qu'il tiendra au temps que la Trève devra commencer; & l'avantage ou le desavantage qui procedera de cet Article dépend plus des Généraux d'armée que de nous.

Sur le quatrieme.

Nous ferons toutes chofes poffibles pour obliger Meffieurs les Etats à tous les intérêts de la France. Ils ne peuvent refufer avec juftice de rompre leur Paix fi les Efpagnols viennent à rompre la Trêve en Catalogne, & l'on peut defirer d'eux quelque chofe davantage, puifque la Trêve à notre égard n'eft pas, comme il eft très-bien dit , un parti d'élection mais de néceffité. Nous efperons que leur Ambaffadeur qui a été à Paris n'aura pas connu le fentiment de la Cour fur ce fujet & nous demanderons le plus pour obtenir tout au moins, ce à quoi Leurs Majeftez fe veulent bien contenter, favoir la manutention de ladite Trêve pour le temps qu'elle devra durer.

Sur le fixiéme.

Il eft très-veritable qu'on fera préfentement plus de chemin avec les Efpagnols qu'en tout autre temps, & que fi on laiffe quelque chofe d'indécis avec eux on aura peine de le vuider après ; leur humeur lente, le deffein de troubler de nouveau, & la créance que Meffieurs les Etats aiant pofé les armes ils ne les reprendront pas facilement, leur feront chercher toutes fortes de fuites & de longueurs. Il y a grande aparence auffi que les Miniftres de Hollande contribueront préfentement à avancer les chofes, puis qu'ils n'ont pas moins de defir que les Efpagnols de voir arrêter les progrès de la France & de jouïr du repos qu'ils ont tant defiré.

Pour ces confiderations, on effaiera de convenir dès à préfent de tout ce qui fe pourra, tant pour les autres affaires d'Italie, que pour ce qui concerne principalement la fûreté de Cazal. Mais nous fupplions très-humblement la Reine de confiderer que cette fûreté confifte principalement, à ce qu'il nous femble, aux afûrances qu'on peut prendre de Monfieur le Duc de Mantouë qu'il ne fe défaifira jamais de cette Place, & ne permettra point qu'elle tombe entre les mains des Efpagnols; ce qui fe doit traiter & négocier avec ledit Sieur Duc, & dont on ne peut convenir ici dans le Traité, fes Députez n'aiant pas de pouvoir pour cela. Il eft vrai qu'en remettant cet Article dans la fuite, c'eft tomber en quelque façon dans l'inconvenient remarqué: mais d'un autre côté la France aura en cela cet avantage que retenant par tout ailleurs fes Conquêtes, & n'étant obligée par le Traité à aucune reftitution que dans l'Italie, pendant les difficultez & longueurs qui pourront être faites à cet égard, elle aura le gage en main, & fera en poffeffion des Places; ce qui obligera fans doute les Efpagnols à fe rendre capables de raifon, & à ufer de plus de diligence. D'ailleurs nous tiendrons par ce moien Meffieurs les Ducs de Savoye & de Mantouë, en forte qu'on ne pourra point prendre de refolution, pendant leur bas âge, ni pour Mariage ni pour autre chofe, qui puiffe être desagreable à Leurs Majeftez.

Sur le huitiéme.

Nous trouvons tout ce qui eft remarqué fur le huitiéme Article fi excellent, que nous ne croions pas qu'il y ait perfonne qui ne foit convaincu des raifons qui y font. Nous nous y conformerons en tout & par tout. Nous

eftimons que les Princes d'Italie ne fe voudront pas obliger pour d'autres intérêts que pour ceux de cette Province. Mais après avoir effaié de reconnoître là-deffus leurs fentimens, nous nous retirerons de l'engagement où nous nous fommes mis pour cette Ligue, en faifant paroître que c'eft pour faciliter les chofes & avancer la conclufion de la Paix. Que fi les Miniftres defdits Princes qui font à Munfter témoignent avoir envie de ladite Ligue, nous pratiquerons l'expedient propofé par le Memoire, y faifant inferer un article, par lequel il foit permis au Roi de rompre en Italie contre les Efpagnols, s'ils viennent à rompre contre la France en quelqu'autre endroit au préjudice d'un Traité fi folemnel.

Sur le Treiziéme.

Par notre derniere Dépêche nous n'avons dit autre chofe fur le Memoire particulier qui nous a été envoié pour l'affaire du Duc Charles, finon que nous croions que les refolutions prifes à la Cour étoient principalement fondées fur ce qu'on eftimoit que les Imperiaux & les Efpagnols auroient peine de conclure le Traité fans avoir fait quelque chofe pour ce Prince ; & que nous attendrions de favoir fi nonobftant les grandes aparences qu'il y a d'obtenir qu'il foit entierement exclus, on attend que nous agiffions ici conformément à ce qui eft contenu audit Memoire. Mais d'autant que par les obfervations fur le treiziéme Article on reitere les mêmes ordres, nous avons jugé à propos de reprendre la chofe de plus loin & de repréfenter tout ce qui s'eft paffé en cette affaire.

Quand les Imperiaux ont fait inftance que nous euffions à donner des Paffeports pour les Députez que le Duc Charles devoit envoier en cette Affemblée, à ce que fes droits y fuffent debatus & terminez avec ceux des autres Princes qui y ont été convoquez ; nous avons dit que ce n'étoit point une affaire qui dût être traitée à Munfter ; que fes differens étoient nez avant qu'il y eut Guerre dans l'Empire ; qu'il en avoit été traité & tranfigé plufieurs fois ; que par tous les Actes faits entre le feu Roi de glorieufe Memoire & ledit Duc, il avoit renoncé aux Alliances & Confederations de la Maifon d'Autriche, & que ces chofes avoient été fi bien reconnuës, & avérées que par le Traité préliminaire (qui doit donner la forme & la regle pour la conduite de celui-ci) ce Prince en avoir été exclus, que c'étoit par conféquent une chofe jugée, & fur laquelle il n'échoit plus aucune conteftation ; Que tout ce que le Roi pouvoit faire en confideration de l'Empereur étoit que fi ledit Duc vouloit envoier fes Députez à la Cour, ils feroient favorablement écoutez, pour être pourvû fur l'execution des Traitez ci-devant faits avec lui. Il n'eft pas befoin de repréfenter toutes les diverfes inftances qui ont été faites fur ce fujet que nous avons toûjours rejettées, aiant enfin obtenu par notre fermeté, que les Médiateurs nous ont donné, finon des afûrances entieres, pour le moins de très-grandes efperances, que ce point n'arrêteroit pas la Paix ; mais que les Imperiaux étant obligez de témoigner jufques au bout de vouloir proteger ce Prince, comme étant du Corps de l'Empire & de plus de leur parti, quitteroient néanmoins enfin cette pourfuite & foufriroient qu'il n'en fût point parlé quand

on

on viendroit à la conclusion du Traité. Et de fait lors que les Conventions pour la satisfaction particuliere de la France ont été dressées, les Imperiaux avoient voulu faire deux conditions expresses, & comme ils disent, *sine quâ non*, de l'admission du Roi d'Espagne au Traité de l'Empire, & de celle du Duc Charles. Mais nous ne l'avons jamais voulu soufrir aiant permis seulement qu'ils en fissent une mention conditionnée à laquelle nous avons répondu par le même Ecrit, comme on l'aura pû voir & marquer.

Quand les Espagnols sont entrez en Traité avec nous par l'entremise des Hollandois, ils ont fait les mêmes instances qu'avoient fait les Imperiaux pour ledit Duc Charles, & nous y avons fait les mêmes repliques. On nous a représenté l'impossibilité que le Roi d'Espagne abandonnât un Prince, qui sert actuellement dans son parti, de sa personne & de ses troupes, & nous avons répondu qu'il est impossible de faire la Paix avec nous tant qu'on s'arrêteroit sur ce point, qui avoit été décidé par tant de Traitez, & sur lequel nous avions ordre de n'entrer en aucun accommodement, étant malaisé que le Roi Catholique fasse rendre les Etats d'autrui par un Traité où il est contraint d'abandonner les siens propres. Enfin les Hollandois nous ont fait entendre que la bienséance ne permettant pas au Roi Catholique d'abandonner ceux qui sont de son parti, nous devions trouver bon qu'il en fut au moins parlé jusques à la fin; mais qu'ils voioient assez que cette affaire n'empêcheroit pas la conclusion de la Paix.

Lesdits Hollandois ont passé plus outre & ont dit, comme d'eux-mêmes & comme nos Amis & Alliez, qu'il leur sembloit que nous devions couper racine à ce qui pourroit arriver en France si cette affaire de la Lorraine demeuroit indecise, & qu'il falloit faire quelque chose pour ce Prince. Un d'entre eux s'avança de dire qu'il lui faudroit donner du bien dans la France. Un autre dit qu'au moins lui faudroit-il quelque entretien. Nous répondîmes ce que nous avions toûjours fait sur semblables ouvertures, que nous n'entendions pas que cette affaire demeurât indecise; qu'elle avoit été terminée par le dernier Traité de Paris, à l'execution duquel on prétendoit se tenir, & que nous n'avions pouvoir de faire aucun Traité ni avec l'Empereur ni avec le Roi Catholique, qu'ils ne s'obligeassent en termes exprès de ne donner jamais aucune assistance à ce Duc, & qu'ils ne consentissent à tout le moins à le faire desarmer; que cependant il n'y auroit rien de plus avantageux au Duc Charles que d'envoier ses Députez au Roi, & de se soûmettre envers Leurs Majestez, à quoi sans doute il trouveroit mieux son compte, que dans le Traité de Munster; que si l'on venoit à agiter ici cette affaire, outre qu'il ne s'y feroit rien, cela pourroit causer de grandes longueurs, & retarder la Paix, que chacun desiroit être faite promptement, & dont la Chrétienté avoit tant de besoin; Que néanmoins nous croyions bien que Leurs Majestez ne refuseroient pas d'accorder au Duc Charles un entretien sortable à sa condition, & qu'Elles pourroient nous donner le pouvoir de l'arrêter en la conclusion du Traité, sans que pour cet effet il fût nécessaire d'introduire ici une nouvelle Négociation. Lesdits Sieurs Ambassadeurs nous répéterent qu'ils avoient fait ces ouvertures d'eux-mêmes & qu'en la même sorte ils parleroient avec les

Espagnols, pour voir s'il y auroit moien d'y trouver quelque accommodement.

Dans une autre Conference, ils nous dirent que les Espagnols s'étoient chargez d'avertir le Duc Charles de ce qu'ils leur avoient raporté, & les mêmes Ambassadeurs ajoûterent qu'un entretien en argent étoit bien peu de chose pour un Prince Souverain, que mal-aisément ledit Duc pourroit accepter du bien dans la France, & qu'il faudroit lui donner quelque chose ailleurs. Ensuite les Sieurs Paw & Ripperda dirent, il est Prince de l'Empire, il seroit bien aise de ne point perdre ce rang. Vous pouvez lui donner l'Alsace en retenant la Place de Brisach, avec la garde & protection de Philipsbourg. Nous rejettâmes bien loin cette pensée, leur faisant voir qu'elle seroit le moien de perpetuer la Guerre, & non pas de la finir, vû l'esprit inquiet & remuant de ce Prince, qui étant voisin de la Lorraine, ne manqueroit pas d'y entretenir des factions, & de chercher matiere à brouiller de nouveau, à quoi le voisinage de l'Empire le pourroit aussi favoriser. Ce sont les derniers propos que nous avons eus sur ce sujet, & comme nous l'avons mandé il nous semble que les Imperiaux & les Espagnols ne persisteront pas dans cette demande, & nous avons quasi certitude que si nos Parties connoissent qu'il n'y a aucune esperance d'obtenir autre chose, ils se resoudront de n'en faire aucune mention au Traité, & nous esperons qu'ils s'obligeront de ne l'assister ni directement ni indirectement. Nous demanderons même que si ce Prince ne desarme, il soit loisible à la France de le poursuivre par tout où il se retirera avec ses forces & celles de ses Alliez, pour le faire desarmer sans que pour cela la Paix puisse tenuë pour rompuë de notre part, croiant bien qu'il sera impossible d'obtenir que le parti contraire joigne ses armes avec celles du Roi pour cet effet.

Voilà l'état présent de cette affaire, sur laquelle il reste à dire nos sentimens puisque la Reine nous fait l'honneur de les demander. Nous les lui représenterons avec tout le respect qui est dû à ses ordres, & avec une disposition entiere d'y obéir, aussi-tôt que Sa Majesté aura eu agréable de nous faire savoir ses dernieres intentions là-dessus.

Il semble qu'il y ait trois voies pour sortir d'affaire avec le Duc Charles. La premiere seroit de lui donner un entretien en quelque lieu qui fût éloigné de la France. Ce moien seroit sans doute le meilleur, le plus court, & le plus avantageux pour la France, & peut-être pour lui-même; cela lui donneroit du repos, dont il a été incapable jusques-ici: ou s'il desire d'exercer son courage, la Guerre du Turc lui peut fournir de belles & glorieuses occasions. En ce cas, il pourroit être aidé, non seulement de la France, mais encore de divers autres Princes, qui lui donneroient moien d'executer quelque chose de grand contre cet Ennemi commun. Mais c'est avec beaucoup de prévoiance qu'on nous ordonne de prendre garde qu'il ne puisse abuser des forces qui lui seroient mises en main & les tourner contre la France. Sans doute nous estimerions dangereux que sous prétexte de faire la Guerre au Turc, il lui fût donné quelque commandement sur ces Troupes en Allemagne. Mais il pourroit bien être emploié utilement au service de la République de Venise,

La France après avoir injustement depouillé le Duc de Lorraine voudroit lui faire donner un Commandemens contre le Turc.

ou

1646.

ou dans l'Angleterre, & pourvû que son Gouvernement ne s'étendît qu'au delà des Mers, nous estimerions que la France devroit contribuer à lui procurer un tel emploi. Mais cette resolution dépend de la République de Venise, & de divers autres Princes qui la prendront mal-aisément. Nous en avons déja jetté plusieurs propos à Monsieur Contarini, & si nous voions la moindre aparence qu'un tel dessein puisse réussir, nous l'apuierons fortement, & cependant nous dirons, pour ce qui regarde le point qui est à cette heure à examiner, que comme le Duc Charles aiant le commandement d'une Armée seroit bien aise de tirer quelque somme notable de la France, aussi est-il assez mal-aisé de croire qu'il veuille se contenter sans cela d'un simple entretien, vû même qu'il a de l'argent, à ce qu'on dit, & qu'il n'est pas reduit à une derniere nécessité.

On propose de lui donner des Etats ailleurs.

Un second moien de terminer cette affaire seroit de lui donner une autre Province, soit dans la France ou ailleurs. Celle d'Alsace nous sembleroit tout-à-fait mal-propre, attendu le voisinage de la Lorraine, où il auroit toûjours moien de cabaler. Lors que nous avons conferé ensemble, entre plusieurs avis sur lesquels nous avons été en different, nous sommes toûjours convenus en ce point qu'il seroit à souhaiter que ce qu'il plairoit au Roi de faire pour le Duc Charles & pour sa Maison ne fût ni dans les Provinces voisines, parce qu'il semble que lui en donner une partie, c'est comme l'asûrer du reste, ou du moins lui faire naître une si forte passion d'obtenir le tout, qu'il est quasi impossible que lui ou les siens à l'avenir ne trouvent quelque conjoncture, pour s'en remettre en possession; Et comme le Roi n'a point de Province hors de France, de laquelle il pût disposer en faveur dudit Duc, il ne resteroit, suivant ce parti, que de lui en donner une dans le cœur & dans le milieu du Roiaume. On lui pourroit même faire sa condition avantageuse pour le revenu, pourvû qu'il relevât de la Couronne & qu'il demeurât dans la sujettion du Roi.

3. Expedient touchant l'affaire de Lorraine.

Le troisiéme expedient est celui qui est proposé dans le Memoire du quatorziéme Octobre & dans les Observations; qui seroit de convenir d'un entretien présent pour le Duc François son frere, outre celui qui se donne à Madame la Duchesse de Lorraine; & dans dix ans du jour de la Paix, de donner aux Princes qui peuvent prétendre à cette succession, l'ancien Duché & Souveraineté de la Lorraine, les Places démolies, & non pas ce qui est mouvant de la France, ni ce qui dépend des trois Evêchez, ou bien leur donner un Etat aussi en Souveraineté d'égale valeur à l'ancien Duché, au choix de Sa Majesté.

Cet expedient est sans doute digne de la bonté de Leurs Majestez & du mérite des services que quelques-uns de cette Maison rendent à la Couronne. Il agréeroit au public, & satisferoit aux instances pressantes de l'Empereur & du Roi d'Espagne, & sans donner aucun nouveau moien au Duc Charles de nuire à la France, on contenteroit ceux de sa Maison; lesquels le Roi ne laisseroit pas de transplanter ailleurs, s'il étoit jugé dangereux de les laisser dans la Lorraine, puisqu'il demeureroit au choix de Sa Majesté de leur donner alors un Etat, qui en seroit éloigné. Le temps même qu'on prendroit pour executer cette proposition auroit raport aux Traitez

1646.

précedens, & jusques à ce qu'il fût écoulé, il se présenteroit peut-être une occasion favorable d'établir cette Maison dans un lieu moins suspect à la France.

Toutes ces considerations sont puissantes, & nous semblent avoir été merveilleusement bien trouvées. Mais on nous permettra de dire que cette offre à l'égard du Duc Charles, n'est autre en effet que de lui donner un peu d'argent & de l'exclure pour jamais de l'esperance de rentrer dans sa Souveraineté. Ce qui vrai-semblablement ne devant pas être accepté, ne remedie pas au mal présent, puis que cela ne l'empêchera pas de faire la guerre, & de se servir des troupes qu'il a sur pied, & de celles qu'il peut retirer du debris des Armées, & peut-être encore de l'assistance indirecte & cachée des Princes, ausquels la grandeur & la prosperité de la France donnent de l'envie. En vain espereroit-on d'obliger par cette offre l'Empereur & le Roi d'Espagne à joindre leurs forces à celles du Roi, pour contraindre le Duc Charles à desarmer. C'est assez, si nous gagnons ce point, qu'ils ne le puissent pas aider, & quand même on auroit à faire quelque chose pour ce Prince, il nous semble que ni l'Empereur ni l'Espagne n'y doit avoir aucune part, & qu'il importe à la France qu'il n'ait aucun attachement à la Maison d'Autriche & qu'il ne doive la grace qu'il pourra recevoir qu'à la seule clemence & générosité de Leurs Majestez. C'est un exemple qui est dû à la posterité qu'un Duc de Lorraine aiant osé offenser la France, n'ait pû trouver de suport ni dans l'Empire ni dans l'Espagne; & qu'encore qu'il y ait eu recours, il ait porté néanmoins la peine de sa temerité; ou s'il reçoit quelque effet de bonté, qu'il n'en soit redevable qu'au Roi.

Au surplus, ce n'est point chose nouvelle de voir des Princes exclus d'un Traité de Paix, ni que ceux dans le parti desquels ils ont été aient quelquefois été contraints de laisser en arriere leurs interêts. L'exemple de Loüis XII. & de ses Successeurs est bien en plus forts termes, puis que les Rois de Navarre n'avoient perdu leur Etat que pour avoir adheré à la France; qu'ils n'étoient point Vassaux, & n'avoient commis aucune felonnie contre ceux qui détiennent encore aujourd'hui ce patrimoine de nos Rois. Par le Traité de Crespi en l'an mil cinq cens quarante quatre, l'Empereur Charles-Quint fut bien contraint d'abandonner le Duc de Savoye, quoi que cet Empereur fût avec son Armée dans le cœur de la France, & que les Anglois y fussent entrez par un autre endroit.

Pour conclusion, il nous semble que des trois moiens qui nous sont tombez en la pensée pour la satisfaction du Duc Charles, il n'y en a aucun qui présentement puisse être mis en pratique. Celui de donner un entretien en argent nous sembleroit très-bon; mais nous estimons qu'il ne sera pas accepté. Le second d'un établissement dans l'Alsace ou ailleurs est rejetté par Leurs Majestez, qui jugent avec grande raison qu'il est perilleux en une personne de son humeur. D'ailleurs, nous ferions perdre au Roi la gloire & le fruit d'une conquête si avantageuse pour la France, & qui la doit rendre considerable à toute l'Allemagne. Pour le troisiéme, qui consiste à promettre de rétablir dans un certain temps ses successeurs dans l'ancien Duché de Lorraine, ou dans une autre Souveraineté, il ne remedie

pas

1646.

pas affez au mal qui eft à craindre, & nous ôte l'avantage que nous croions avoir acquis jufques-ici dans la Négociation. C'eft pourquoi nous eftimons que le feul parti qui refte à prendre eft de perfifter dans l'exclufion, ce qu'aiant fait affez heureufement jufques-ici, il femble que l'on doit continuer, & fi après il eft jugé à propos de prendre de nouveaux confeils, on fera dans la liberté de le faire fans qu'il paroiffe que l'on y ait été contraint.

Ce qui regarde ce dernier Article touchant le troifiéme expedient aiant été fort debatu entre nous, & s'y étant trouvé de differentes opinions, il a été approuvé que chacun écrivît féparement à Monfieur de Brienne les raifons de fon opinion, afin de mieux éclaircir Sa Majefté & Meffieurs de fon Confeil. Mais d'autant que cette refolution n'a été prife qu'en fermant la Depêche, fi on n'en peut pas écrire par cet Ordinaire, ou qu'il n'y ait qu'un de nous qui en écrive à Monfieur de Brienne, il eft fuplié d'attendre les raifons des autres, qu'on lui envoiera par un Courier que nous croions depêcher dans trois ou quatre jours.

Sur le quinziéme Article.

On perfifte à demander la liberté du Prince Edoüard, quoi que les Efpagnols paroiffent fort fenfibles fur ce point & les Hollandois peu favorables.

Sur le Seiziéme.

Il n'y aura aucun Article dans le Traité qui faffe mention de l'échange des Places, comme jufques-ici notre intention n'a pas été qu'il en fût parlé ; ou fi nous y fommes obligez, on ne manquera pas d'y appofer les conditions qui font très à propos remarquées.

Il faudra fecourir le Portugal après la Paix conclue.

La précaution qu'on nous ordonne de prendre avec Meffieurs les Etats pour le Portugal, eft très-bonne. On y a travaillé, & on continue de le faire avec tous les foins poffibles. Nous avons déja mandé que nous eftimions que la fubfiftance du Portugal feroit la veritable fûreté de la Paix. Si ce Roi n'eft point affifté il n'y a pas apparence qu'il puiffe fe maintenir long-temps contre la puiffance d'Efpagne. Mais fi de bonne heure on prepare fon fecours, & que fuivant la grande prévoiance qui fait fi heureufement réuffir toutes les affaires de Leurs Majeftez, on lui donne à temps une affiftance confiderable, & qu'on lui en procure une des Provinces-Unies, il ne fera pas facile à l'Efpagne de ruiner cet Etat, qui la pourra tenir en exercice, non feulement jufques à la Majorité du Roi, mais peut-être encore long-temps au delà.

LETTRE

à Meffieurs les

PLENIPOTENTIAIRES,

A Paris du 9. Novembre 1646.

La France confent que le Duc de Lorraine foit compris dans le Traité. On croit que les Efpagnols ne fe tiendront pas au Traité d'une paix generale. Ordres donnés pour rembourfer l'argent des Levées & pour leurs appointements, & d'autres frais fecrets.

MONSEIGNEUR & MESSIEURS.

LA longue Dépêche qui vous a été envoyée par le Courrier extraordinaire, que l'on vous a dépêché, vous pourroit faire imaginer qu'on laifferoit partir l'Ordinaire de ce foir, fans le charger d'aucunes Lettres; mais Sa Majefté eft trop foigneufe de voir des Dépêches & d'y faire reponfe, & s'étant donné la patience d'entendre la Lecture de vos dernieres, dattées du vingt-neuviéme du paffé, il lui a femblé après avoir entendu ceux de fon Confeil, qu'elle doit perfifter en la refolution qu'elle a prife, de confentir que le Duc Charles foit compris dans le Traité, fous les conditions qui vous ont été mandées, fans que ce que vous avez écrit au contraire l'aît fu détourner de fa penfée, & Sa Majefté a défiré que les raifons fur lefquelles elle a fondé fa premiere & fa feconde refolution vous fuffent encore écrites.

La France confent que le Duc de Lorraine foit compris dans le Traité.

L'on pofe en fait que les Efpagnols rechercheront les occafions de rompre le Traité qu'ils concluront dans peu de jours, parce que, foit qu'ils l'aient ainfi arrêté, ou qu'ils n'y confentent que pour faire ceffer leurs miferes, & les malheurs dont ils font accablés, fe flattans d'efperer que la difcontinuation de faire la guerre bornera notre fortune, & que dans une autre qu'ils recommenceront, ils l'auront plus favorable qu'ils ne l'ont éprouvée pendant la durée de celle-ci, que Sa Majefté fait ceffer, touchée des miferes publiques, & par les avantages qu'elle efpere de remporter par le Traité dont la charge vous a été laiffée, jugeant que tout leger prétexte fera capable de les faire mettre aux champs, & qu'il eft de la prudence de le lever, qu'il eft affuré, quelques précautions que vous puiffiez prendre, que le Duc de Lorraine fera affifté directement ou indirectement

On croit que les Efpagnols ne fe tiendront pas au Traité d'une Paix generale.

1646.

de l'Empereur, & du Roi Catholique s'il ne s'amende, & que leur manque de foi sera couvert de l'exemple des choses passées, & de l'utilité qu'ils y rencontreront, qu'il faut pourtant s'apliquer à faire en sorte que le Duc ne demeure armé, & qu'il y aît sujet aux Espagnols de le presser de licentier ses Troupes, & beaucoup de justice de leur côté, pour lui refuser les assistances, dont il les pourroit rechercher, pour leur donner droit de s'obliger à l'une de ces choses, & trouver de la justice à lui refuser l'autre: il a semblé qu'il n'y avoit point de moyen si assuré que de pourvoir à sa satisfaction. Ou il acceptera ce qui lui sera offert, ou bien il le rejettera: en l'un de ces cas il n'a pas de prétexte de demeurer armé, & en l'autre son intention étant déclarée, Sa Majesté sera en droit d'exiger des Espagnols, qu'ils le forcent à mettre bas les armes, & il n'aura pas à leur reprocher qu'ils l'ont abandonné, puisqu'ils auront obtenu, qu'il lui demeure de quoi vivre & assuré à Sa Maison un Etat Souverain. Si contre leur avis il persiste au dessein d'être armé, ils s'engageront aisément dans le tems qu'ils veulent la paix, de le contraindre à licentier ses Troupes, desquelles se trouvant dénué, il aura bien de la peine d'en refaire, puisque n'ayant point de place de retraite, il seroit contraint de la prendre dans le Païs de l'Empereur ou du Roi Catholique, lesquels s'étant engagés à l'abandonner, & aiant consenti que celui qui contreviendra au Traité soit attaqué de tous ceux qui y seront intervenus, ils s'attireroient sur les bras une forte guerre.

Ce sont les raisons de Sa Majesté, & qui ont été appuyées & approuvées de ceux de son Conseil. De ce qui vous est écrit n'inférez pas qu'on change rien de ce qui vous a été mandé au sujet de ce Duc, au contraire l'intention de Sa Majesté n'est autre que de vous faire savoir, qu'elle y persiste, & qu'elle sera très-aise, que ce qu'elle fera à l'avantage de ce Prince en procure au Roi de Portugal, qu'elle veut toûjours assister, & en avoir la liberté, sans que celle qui lui demeurera donne prétexte aux Espagnols, ni aux Imperiaux de la pretendre, pour faire le semblable en faveur de ce Prince.

Ordres donnés pour rembourser l'argent des Levées, & pour les apointements & d'autres fraix secrets.

Sa Majesté a commandé à Monsieur le Surintendant de pourvoir en toute diligence à faire remettre l'argent que vous aurez déboursé, & pour les Levées, & pour d'autres depenses, dont il vous a plu de m'envoyer l'état, & pour fournir à vos apointements aussi, & qu'il s'aplique à trouver un fonds qui vous puisse être envoyé. Il est certain qu'on a de la peine à trouver de l'argent, & que les particuliers serrent celui qu'ils ont; mais l'affaire de la Paix est si privilegiée, qu'il faut en trouver, afin que vous ayez en main de quoi gratifier ceux qui voudront servir, & qui ne se laisseront pas gagner par des esperances. Nous attendons avec impatience le retour des Courriers, que nous vous avons dépêchés. Je suis, &c.

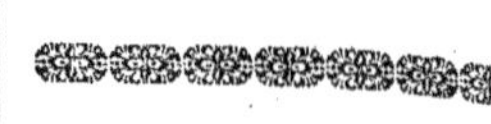

LETTRE

De Messieurs les

PLENIPOTENTIAIRES

à Monsieur le Comte de

BRIENNE.

Du 12. Novembre 1646.

Plaintes des Hollandois de la lenteur affectée des François dans la Négociation avec l'Espagne. Mort du Prince d'Espagne. Salvius à Munster.

MONSIEUR,

NOus avons vû par la vôtre du deuxiéme de ce mois que notre Dépêche du vingt-quatriéme du passé n'avoit pas été lûë devant la Reine, quand l'Ordinaire est parti & qu'on se disposoit à renvoier le Sieur de Farcereaux avec un Memoire qui doit contenir d'autres considerations sur la mort du Prince d'Espagne. Ce qui nous a fait resoudre de garder encore le Courier que nous avons près de nous; & cependant de vous envoier la réponse au Mémoire du Roi du vingt-sixiéme Octobre avec cette Lettre.

Plaintes des Hollandois, de la lenteur affectée des François dans la Négociation avec l'Espagne.

Il s'est passé ici un assez long-temps sans qu'il se soit rien fait au Traité d'Espagne, dequoi les Ambassadeurs de Messieurs les Etats nous ont fait plainte, disant que dès le commencement que cette négociation a été mise sur le tapis, ils avoient assuré sur notre parole les Ministres d'Espagne, que pourvû qu'ils nous accordassent les points principaux, on trouveroit toute facilité sur les autres & qu'on pourroit conclure en fort peu de tems; que néanmoins il s'étoit déja écoulé plus de six semaines sans qu'on eût rien avancé, la France ne demeurant pas seulement arrêtée à tout ce qu'elle a prétendu sans s'être relâchée de la moindre chose, mais encore augmentant de jour à autre ses demandes; sur quoi les Ministres d'Espagne disoient qu'au lieu de tirer quelque avantage de la Mediation desdits Sieurs Ambassadeurs, ils se trouvoient grandement interessez, & avoient sujet de se plaindre d'eux & de les tenir pour partiaux de la France, quoi qu'ils fussent obligez d'être neutres en cette occasion, qu'il sembloit qu'on voulût emporter toute chose de hauteur, & obliger le Roi leur Maître à convenir sur des points qui alloient en quelque façon contre son honneur & contre sa dignité.

Cet-

1646.

Cette plainte nous fut faite avec chaleur par le Sieur Paw. Il y ajoûta toutes les raisons qui pouvoient nous convier à faire promptement la Paix, n'oubliant pas de nous repréfenter les changemens de fortune; Qu'une Paix raifonnable eft plus afûrée; Que l'Efpagne fe pouvoit joindre d'amitié avec la France & s'unir par de nouvelles Alliances. Il coula même le mot de mariage, & finit en difant que le Comte de Peñaranda defiroit avoir une derniere refolution.

Mort du Prince d'Efpagne. Ce difcours nous fût fait avant qu'on fût en cette Affemblée la mort du Prince d'Efpagne. Nous y répondîmes affez froidement, faifant voir feulement que les Efpagnols avoient grand tort de fe plaindre de l'entremife de Meffieurs les Etats; puifque nous avions paffé des points à leur confideration fur lefquels nous ne nous fuffions jamais relâchez s'ils fe fuffent adreffez à d'autres, comme celui du Portugal; & en ce que Meffieurs les Etats faifant la Paix nous nous contentions de faire une Treve pour la Caralogne; Que notre intention n'étoit pas d'exiger aucune chofe du Roi d'Efpagne qui fût contre fa dignité; mais que la France fe vouloit faire raifon d'une partie de fes pertes paffées, & fur tout afûrer fon repos pour l'avenir; que ce n'étoit pas merveille fi nous demeurions dans nos premieres propofitions, puifque pour le refpect de Meffieurs les Etats nous avions d'abord épuifé tous nos pouvoirs & declaré dès le premier mot ce que nous avions ordre de faire.

Enfuite de cette Conference nous donnâmes aufdits Sieurs Ambaffadeurs l'Ecrit touchant Cazal, dont nous avons envoié copie par le dernier Ordinaire; ce qui a produit une autre vifite dans laquelle leurs plaintes ont été bien plus moderées, nous aiant fait comme d'eux-mêmes, & pour chercher les moiens propres à terminer ce qui refte en differend, les ouvertures qu'on verra par un autre Ecrit ci-joint, fur lequel nous les devons revoir dans deux ou trois jours. Nous croions leur pouvoir dire alors nos dernieres refolutions, & que fi les chofes s'ajuftent, bien-tôt après on conclura les Articles comme ils doivent être dans le Traité. En vous envoiant la réponfe audit Ecrit, nous y pourrons ajoûter les remarques que nous jugerons néceffaires, n'aiant pas eu le tems de le faire, parce que nous ne l'avons que d'hier au foir fort tard.

Salvius à Munfter. Monfieur Salvius qui eft ici a écrit à Monfieur Oxenftiern, & lui a envoié le Secretaire de leur Ambaffade, pour le preffer & lui perfuader de venir en cette Ville. S'il y vient, comme on le croit, dans deux ou trois jours, on pourra avancer les affaires, principalement fi nous avons bien-tôt quelques bonnes nouvelles des Armées, & que ceux qu'on y a envoié propofer la fufpenfion d'Armes, y aient difpofé les Généraux. Mais toute l'Affemblée eft en peine, parce qu'on fait que les Armées font fort proches, ce qui fait aprehender un combat.

Le Sieur de Sombres nous écrit que le Marquis de Caftel-Rodrigo a fait parler au Général Lamboi pour lever dans Liege jufques à vingt mille hommes. Encore que nous ne croyions pas que la chofe puiffe réuffir facilement, nous lui avons mandé qu'il devoit en donner avis à la Cour, comme auffi de certaines levées que Monfieur de Bouillon a voulu faire dans le même Païs, & comme ledit Sieur de Sombres eft fort foigneux &

s'acquitte fort bien de toutes les chofes aufquelles il eft emploié, nous ne doutons pas qu'avant que vous receviez celle-ci vous n'en aiez été averti. Nous fommes &c.

1646.

❦❦❦❦❦❦❦❦❦❦❦❦❦❦

REPONSE

De Meffieurs les

PLENIPOTENTIAIRES

Au Memoire

DU ROI,

Du 26. [27.] Octobre,

Envoié en Cour le 12. Novembre 1646

Les Plenipotentiaires écrivent à Monfieur de Turenne pour une fufpenfion d'armes générale dans l'Empire. Eloge du Réfident Braffet. Affaire de Cazal. Honneurs faits à la Cour de France au Comte de la Gardie. On tâchera de conferver par la Paix Piombino & Portolongone. Intérêt du Portugal negligé.

ON fera toutes chofes poffibles pour obtenir la liberté de Dom Edouard. Mais les Efpagnols y font une grande réfiftance & fe plaignent de ce qu'aiant donné fatisfaction quafi fur tous les points, on les preffe en une chofe où ils foûtiennent que nous n'avons aucun intérêt; & quand on replique qu'ils l'ont promis par Meffieurs les Mediateurs, ils fe défendent de la maniere dont nous avons déja donné avis; de forte qu'il fera difficile d'obtenir la liberté de ce Prince fans quelque condition.

Nous avons toûjours bien crû qu'une Négociation, qui avoit à paffer par les mains des Ambaffadeurs de Meffieurs les Etats, ne pourroit être tenuë fecrete. Mais ce n'a pas été peu d'avoir au moins fait en forte que toutes les particularitez n'en aient pas été fuës, & d'avoir empêché que cela ne nous ait pû nuire envers nos Alliez, ni envers les Mediateurs; & quant aux Efpagnols, qui ont intérêt de la faire favoir à leurs peuples, pour les tenir dans l'obéiffance & leur faire efperer une prompte Paix, nous ne pouvons y donner ordre: ce remede qu'ils recherchent pour retenir dans le devoir le peu de Sujets qui

Zz 3

leur

1646.

Les Plenipotentiaires écrivent à Monsieur de Turenne pour une suspension d'armes générale dans l'Empire.

leur restent dans la Flandre, fait voir l'extremité où ils sont, étant bien different des vanteries dont ils avoient accoûtumé de les entretenir.

Nous avons mandé par la Dépêche du cinquiéme de ce mois de quelle façon les Députez de Baviere nous ont parlé dans leur derniere Conference, ce qui fera que nous ne répondrons pas à l'endroit du Mémoire qui concerne cette affaire, sur laquelle on s'est expliqué si souvent. Nous dirons seulement que nous n'avons encore aucune nouvelle du Sieur de Croissi qui doit être arrivé depuis peu près de Monsieur le Maréchal de Turenne. Mais nous ne doutons pas que ledit Sieur Maréchal ne fasse savoir toutes choses à la Cour, d'où il peut recevoir des Lettres aussitôt & aussi sûrement que de Munster. Nous lui avons écrit depuis trois jours que les Ministres de Suede témoignant à cette heure meilleure disposition à la Paix qu'ils ne faisoient il y a quelque temps, nous estimons qu'il doit, s'il est possible, convenir d'une suspension d'armes générale dans l'Empire; mais que pour la particuliere avec Baviere, il nous semble qu'il n'y doit pas entendre, si ce n'est du gré & du consentement des Suedois, & pour détacher ce Prince du parti de l'Empereur, auquel cas elle nous sembleroit très-utile. Mais comme nous avons été d'avis que si Monsieur Wrangel rejettoit entierement la proposition de la suspension générale, & qu'il témoignât qu'il ne vouloit point de Paix, ledit Sieur Maréchal pouvoit en ce cas essaier de faire une suspension particuliere avec Baviere, à l'exemple de celle que la Suede a faite avec le Duc de Saxe, & avec dessein d'obliger par là Monsieur Wrangel à se rendre plus facile à la générale; nous lui mandons qu'aujourd'hui que nous connoissons les Plenipotentiaires de Suede être mieux disposez à la Paix il nous sembloit qu'il ne devoit entendre à aucune suspension particuliere, sinon avec le consentement dudit Wrangel, & que s'il y en avoit eu quelque pourparler il le devoit surseoir, jusques à ce qu'il eût reçû les ordres & les intentions de Leurs Majestez.

Nous sommes très-aises que la Reine ait eu satisfaction de ce qui a été concerté sur le sujet du voiage du Sieur de Mondevergne à Vienne. Il partira au premier jour puisque la Lettre qui a été envoiée donne moien de le dépêcher.

On nous a pressé diverses fois de faire fournir l'entretien aux hommes du Colonel Friz & Rauthaupt, qui sont encore dans la Hesse, jusques-là que nous avons été obligez de faire promettre à Madame la Landgrave de la rembourser de ce qu'elle pourroit avancer pour leur nourriture jusques à quatre mil Risdalles. On ne s'engagera à rien davantage, puis que nous savons l'intention de Sa Majesté. Nous ferons aussi instance pour les faire escorter jusques à Maience, où il nous sembleroit qu'ils viendroient bien à propos, pour l'apprehension que nous donne la marche des Troupes du Duc Charles, qui se peuvent joindre, comme nous l'avons mandé, à celles du Général Melander, & du Landgrave de Darmstadt. Mais ces dernieres étant sur le chemin de la Hesse à Maience il sera comme impossible d'y pouvoir faire passer lesdits Soldats.

L'article où il doit être fait mention des Places qu'on retient étant des plus importans

du Traité, nous y procederons avec toute la circonspection qui nous sera possible, essaiant de profiter du temps & de l'état présent des choses. Le soin que prendront ceux qui commandent les Armées, soit dans la Flandre ou dans la Catalogne, d'occuper & de fortifier les lieux, dont il y en a d'autres qui dépendent, nous donnera moien de rendre lesdits Articles plus ou moins avantageûx dans le Traité, par lequel nous ne pouvons pas éviter de convenir d'une clause respective, que chacun retiendra les lieux qu'il occupera lors dudit Traité avec ce qui en dépend, bien entendu que les Places où de tout tems il y a eu Garnison, encore qu'elles fussent dépendantes d'autres, ne pourront être prétenduës par celui qui demeurera possesseur du lieu dont elles dépendent.

Eloge du Résident Braffet. Nous avons grand sujet de loüer la diligence du Sieur Braffet, qui travaille fort utilement auprès de Messieurs les Etats. Il a eu d'autant plus de peine depuis peu que nous avons été souvent obligez de lui faire dire le contraire de ce que leurs Députez écrivent d'ici, sans que néanmoins il osât faire paroître qu'il fût informé du fonds de la Négociation, lesdits Sieurs Députez nous àiant quelquefois fait parler dans leurs raports d'autre façon que nous n'avions eu intention. Pour les Espagnols, nous pouvons bien asûrer qu'ils ne croient pas que nous desirions de sortir bien-tôt d'affaire, au contraire ils se plaignent de notre lenteur, & nous font presser tous les jours, essaiant de persuader à Messieurs les Etats que la France ne veut point la Paix. Aussi le desir que nous en témoignons n'est pas pour contenter les Espagnols, mais pour nous munir, comme nous l'avons ci-devant écrit, contre les soupçons & méfiances de nos Alliez, & pour détourner les resolutions qu'ils pourroient prendre s'ils croioient que nous n'eussions pas désir de conclure; ce que nous avons assez de peine de leur persuader, quelque soin que nous y aportions.

Affaire de Cazal. Pour l'affaire de Cazal, nous avons envoié, par le dernier Ordinaire, Copie de l'Ecrit que nous en avons donné aux Députez de Messieurs les Etats, pour le faire voir aux Espagnols. Nous avons suivi nos Instructions, & l'avons mis dans les termes les plus avantageux pour la France que nous aions pû penser. Si les Espagnols passoient cet Article en la forme qu'il est, Leurs Majestez auroient sujet d'en être contentes; mais il est à croire que de leur part & de celle de Monsieur le Duc de Mantouë il s'y formera de grandes difficultez. Si on trouve qu'il faille y ajoûter quelque chose, pourvû que nous le puissions savoir à tems, nous y apporterons toutes les précautions possibles.

Honneurs faits à la Cour de France au Comte de la Gardie. On ressent déja ici un bon effet des discours que Monsieur le Cardinal Mazarin a tenus à Monsieur le Comte de la Gardie, les Ministres de Suede paroissant mieux disposez à la Paix. Monsieur Salvius, qui est ici depuis quatre ou cinq jours, témoigna que ledit Comte a de grands ressentimens des honneurs qu'il a reçûs en France.

Pour Benfelt, ces Messieurs sont demeurez si fort sur la retenuë toutes les fois qu'on leur en a parlé, qu'il sera difficile d'en traiter avec les Imperiaux, parce que de leur part & de la notre on s'est départi de toute pretention sur cette Place, & que l'argent qui en pourroit être donné ne seroit pas de consideration

ration pour la recompenſe de Stetin ; puis qu'il ne s'eſt pas moins parlé que de deux millions de Florins, & nous eſtimons que quand il y auroit facilité à obtenir Benfelt, on y pourroit emploier juſques à cent mille Ecus; mais que mal-aiſément pourroit-on exceder cette ſomme, à cauſe qu'on ne peut prétendre que la garde de la Place qui eſt un bien d'Egliſe. Et quant à Joux, nous avons déja fait ſavoir que ce Château n'appartient en aucune façon à la Couronne de Suede, & qu'il ſeroit dangereux de donner cette Place aux Suedois qui pourroient prétendre par là d'avoir droit aux Conquêtes faites par l'Armée du feu Duc de Weymar. Et pour faire voir en un mot qu'ils ne peuvent y avoit aucune part, c'eſt que ce Château eſt ſitué dans les Terres de l'obéïſſance du Roi Catholique, avec lequel ils ont déclaré qu'ils n'avoient point de Guerre.

Nous croions au ſurplus que l'avance faite audit Sieur Ambaſſadeur de la Somme de cinquante mil Ecus ſur le ſubſide a été très-à propos, & qu'il ne ſeroit pas inutile que nous promiſſions aux Plenipotentiaires qu'encore que le Traité de la Paix fût ſigné avant la fin du mois de Decembre, on leur paieroit le ſubſide qui ſera dû en ce temps-là, parce qu'ils ſont aſſez bons ménagers pour retarder par cet intérêt la concluſion de la Paix.

C'eſt avec une grande prudence qu'on a reparti en termes généraux ſur les propos que ledit Sieur Ambaſſadeur a jettez d'une continuation d'aſſiſtance en argent pendant quelques années. Quoi qu'on ne veuille pas y entendre, il a pourtant été très-bon de lui en laiſſer quelque eſperance. Si les Plenipotentiaires de la Suede nous en parlent ici, il leur ſera répondu de ſorte, qu'on ſera en liberté à la Cour de former enſuite telle reſolution qu'on jugera devoir prendre. Nous eſſaierons auſſi de les engager à dire ce qu'ils pourroient faire en échange. Mais juſques à ce qu'ils ſe ſoient un peu ouverts à nous ſur ce point, il eſt aſſez mal-aiſé de juger de l'utilité de cette propoſition, vû même que ſi la Couronne de Suede entretient un corps de troupes en Allemagne, l'Empereur voudra en faire autant de ſon côté, ce qui ſeroit perilleux pour la France : Et quand la Suede ſeule demeureroit armée, cela hauſſeroit peut-être le courage des Proteſtants, & leur donneroit un avantage qu'il ſemble que la France a intérêt de ne leur pas procurer, outre que la plus grande ſûreté qu'on puiſſe avoir pour la Paix, eſt que chacun deſarme en Allemagne.

On tâche-ra de conſer-ver par la Paix Piom-bino & Por-tolongone.

Ce qui s'eſt paſſé à Piombino & l'état du Siege de Portolongone nous a donné une grande joie. Nous ferons tous les efforts poſſibles pour maintenir la France dans la poſſeſſion de ces Poſtes, dont elle ſe peut ſervir ſi utilement; & nous ne viendrons qu'à l'extremité à l'expedient dont il nous eſt donné pouvoir de nous ſervir, qui eſt de les retenir ſeulement par une Trêve. Nous ne craignons pas tant en cela l'oppoſition de nos Parties que la jalouſie des Princes d'Italie, qui ne ſeront pas moins allarmez quand ils nous verront occuper ces Places par une Trêve de trente ans, que ſi c'étoit par la Paix. Ils ne manqueront pas de faire effort ſur la Déclaration que nous leurs avons ci-devant faite que Leurs Majeſtez ne prétendoient du tout rien dans l'Italie, hors Pignerol. Ce qui nous fait perſiſter à ce que nous avons écrit, que ſi on ne peut faire mieux, il ſera peut-être plus utile de profiter de ces Places par un échange. Surquoi nous ſupplions très-humblement qu'on nous envoie un ordre précis de ce que nous aurons à faire, en cas que nous viſſions ne les pouvoir conſerver entierement.

Intérêt du Portugal négligé.

Les Portugais nous preſſent bien fort de ne point faire de Traité qu'ils n'y ſoient compris, ou dans la Paix, ou par une Trêve, laquelle ils ne prétendent pas devoir être moindre de dix ou douze ans. Un d'eux a dit que s'ils n'obtenoient la Trêve que pour quatre ou cinq ans, elle leur ſeroit plus dommageable qu'utile, le Roi d'Eſpagne n'étant pas en état de leur faire tant de mal comme il ſera après avoir repris ſes forces par un repos de cette durée. Nous croions à la verité que ſi les Hollandois n'euſſent point abandonné cette affaire il y eût eu moien de leur faire accorder une Trêve. Mais les choſes étant réduites au point où elles ſont, nous faiſons état de les aller voir au premier jour, & de leur faire ſentir qu'après avoir aporté toute la conſtance poſſible à ſoûtenir leurs intérêts, les Eſpagnols étant inflexibles ſur ce point, nous craignons qu'on ne ſoit enfin obligé de ceder aux inſtances qui ſe font de toutes parts pour la Paix générale, auſquelles ſi on réſiſtoit davantage, la France pourroit s'attirer ſur les bras tous les Princes Chrétiens. Il eſt certain que s'ils n'étoient avertis ils auroient ſujet de ſe plaindre d'avoir été expoſez à leur Ennemi.

❦❦❦❦❦❦❦❦❦❦❦❦❦

LETTRE

à Meſſieurs les

PLENIPOTENTIAIRES,

A Paris du 16. Novembre 1646.

Baviere preſſe l'Empereur pour la Paix. On loüe leur conduite avec les Bavarois, & les Médiateurs. On croit que le Danemarck s'oppoſera à la ſatisfaction demandée par la Suede. Soins de la Cour pour conſerver Cazal. Affaires de Catalogne. Et de Savoye.

MONSEIGNEUR & MESSIEURS.

VOtre Dépêche du ſixiéme de ce mois, aiant fait entendre que le Duc de Baviere eſt toûjours en la diſpoſition de preſſer l'Empereur

Baviere presse l'Empereur pour la Paix.

reur de conclure la Paix, a été d'autant plus agreablement reçuë, qu'il y pouvoit avoir lieu de douter que cet Electeur ne s'en fût éloigné, soit pour avoir vû ses Païs maltraitez des Armes des Couronnes, que pour les en avoir vû, sinon chassées, du moins contraintes de s'en retirer. Ce n'est pas qu'on ne fût toûjours persuadé qu'il convient audit Duc, à l'Empereur, & au Roi Catholique de la conclure, & que tous les accidents dont la Guerre se trouve pour l'ordinaire suivie ne soient entierement contr'eux, & qu'il n'en sauroit arriver, qui puissent changer tout à fait la face des affaires; mais Sa Majesté souhaitant toûjours la conclusion de la Paix, qu'Elle s'est proposée, comme la fin de ses désirs, Elle est bien aise de savoir, que les Ennemis y tendent: ainsi deux Puissances opposées concourent à une même chose, ce qui en fait voir l'utilité, & que c'est le seul bien où ils doivent aspirer.

On louë leur conduite avec les Bavarois & les Médiateurs.

Il a paru des discours avancez par les Députez de Baviere, & par les Médiateurs, qui avoient été concertez avec Trautmansdorff, & la curiosité des uns & des autres a été châtiée par la réponse uniforme qu'ils ont euë de vous, qui en cette rencontre avez donné des marques de votre circonspection, & prudence accoutumée, & le piége étoit d'autant plus delicatement posé, qu'au moment que l'on essaioit de vous y faire tomber, on se laissoit entendre aux Suedois, que nous avions resolu de conclure sans eux, s'ils venoient à refuter les conditions qui leur étoient proposées. Les uns & les autres auront éprouvé notre bonne foi, ce qui servira beaucoup à nous donner de la creance sur les uns, & lever aux autres les pensées qu'ils conservent, que nous serions capables de nous desunir des Alliez.

On croit que le Danemarck s'opposera à la satisfaction demandée par la Suede.

J'apprends qu'en Danemarck on est resolu de faire une grande opposition sur la satisfaction demandée par la Suede, parce qu'elle comprend le Diocése de Bremen, duquel l'administration est en la main de l'un des Enfans de ce Roi, que l'on y considére comme Successeur de son Pere, soit parce que la santé de son ainé est très-delicate, que pour n'avoir nulle esperance, qu'il laisse des Enfans: & je m'assure que vous aurez bientôt des Députez de ce Roi, qui vous presseront de passer des offices en faveur de son fils. Mais aiant éprouvé combien ceux de Monsieur de la Thuillerie ont été peu considérez ensuite, ils devroient s'abstenir de vous rechercher, qui les mettrez en la consideration qu'il conviendra, & pour le public & pour le service particulier de cette Couronne. Il seroit à désirer que les Espagnols convinssent de l'article que vous avez

Soins de la Cour pour conserver Cazal.

proposé pour la sureté de la Ville de Cazal, & il semble qu'ils ne sauroient honnêtement le contredire, puis qu'on ne stipule rien qui ne soit pour l'avantage du Duc, sans que nous en puissions prétendre aucun, s'ils veulent de bonne foi & aussi le Duc executer ce qui est absolument nécessaire, & pour conserver la Paix de l'Italie, & pour mettre en consideration ledit Duc, lequel pourroit bien contribuer quelque peu du sien au paiement de la Garnison de Cazal: ce qui sera désiré afin de soulager la Republique de Venise, qui par ses intérêts doit empêcher, qu'il ne tombe en la puissance d'Espagne, & Sa Majesté pourroit consentir que la depense fût partagée en cinq parts, & s'en décharger de deux, pourvû que

les trois autres fussent acquitées par la Republique, & le Duc, laquelle ne doit point faire d'aprehension, pouvant être reduite à peu, puisque pendant la Paix une Garnison de six à sept cens hommes peut suffire pour garder la Place. On attendra les raisons que vous devez envoier sur l'affaire du Duc Charles, qui seront examinées avec soin; mais on croit que quand vous aurez lû les deux dernieres Dépêches, qui vous ont été faites, que vous serez tous d'un même avis, & que vous aprouverez celui qui a été formé de deça.

Affaire de Catalogne.

Nous avons eû des Lettres de Catalogne, qui nous donnent la prise de Lerida pour assurée dans le quinze ou vingtiéme de ce mois, & puisque les Députez de Messieurs les Etats n'ont point fait difficulté, que les Places conquises dans l'Italie nous dussent demeurer, il peut passer pour établi que c'est la resolution des Espagnols, & qu'ainsi ils n'insisteront pas que nous rendions celle-ci, si la bonne fortune nous la fait prendre, & je juge plus fortement de leur dessein de l'ouverture faite d'échanger celle de Toscane, que de toute autre induction que je forme du peu de connoissance que j'ai de l'état de leurs affaires.

Et de Savoye.

Suivant ce que vous avez mandé, on se disposera de faire un Traité avec Madame de Savoye, pour obtenir d'elle les Places qui sont absolument nécessaires pour la conservation de Pignerol, & on ne vous auroit pas mandé d'entrer en conférence avec le Marquis de St. Maurice, sans que c'est une chose concertée entre cette Altesse & nous, qu'il seroit parlé de cette affaire à Munster: mais puisque ledit Marquis désire s'en décharger, il faudra lui complaire, si ce n'est que Madame persistât en la premiere resolution, & ce sera à vous de prendre le soin de lui en faire envoier les ordres. Je crains pour mille respects dont il s'est ouvert assez confidemment à vous, qu'il s'y rendroit très-difficile, & que nous gagnerons plus à Turin, ou avec l'Ambassadeur qui est en cette Cour qu'avec lui. Je suis, &c.

LETTRE

à Monsieur

D'AVAUX.

A Paris du 16. Novembre 1646.

Affaires de Lorraine. Et de la Suede.

MONSIEUR,

LA Dépêche commune m'a fait connoitre, qu'il y avoit diversité d'avis entre vous, sur ce qui seroit à faire pour le Duc de Lorraine, & ma Memoire m'avoit servi, avant que la Lettre particuliere que vous m'avez écrite m'eût été renduë, pour me faire apercevoir que c'étoit vous qui étiez du sentiment, qui avoit été depuis peu pris à la Cour, où à la verité on a très-bien reconnu, que sans tirer ce Prince d'affaires c'est demeurer surchargez d'une très-facheuse, pour contredire l'avis qu'il faudroit poser, & assurer que les Espagnols sont si las de la Guerre, qu'ils ne songeront jamais à la recommencer : mais c'est ce que vous ni nous n'avons jamais imaginé, & les avantages que nous acquerra la Paix sont des raisons solides, pour non seulement aprehender, mais connoître qu'elle ne sauroit durer, & partant qu'il est de la prudence de prevoir & de prevenir tout ce qui peut donner lieu à une rupture.

L'on peut dire, puisqu'il est assuré que la Paix ne durera pas, pourquoi y comprendre un Prince lequel exclus pourroit demeurer privé de ses Etats, & admis en doit esperer la restitution, sinon du tout, du moins d'une partie, ou en acquerir d'autres ailleurs, lequel demeurant offensé aidera à l'esperance à nous faire du mal, d'où l'on conclud qu'il seroit plus utile de pousser l'autre sentiment.

Je replique & dis pourquoi faisons-nous la Paix, & bornons-nous nos conquêtes & nos esperances dans le tems que la fortune contribuë ses soins à nous élever ? Parce qu'elle est inconstante, & que les moiens nous defaillent, pour continuer la Guerre : d'où j'infére qu'il est par consequent nécessaire de s'accommoder avec le Duc Charles, lequel aiant de l'argent selon le bruit commun, & étant Prince d'ambition, assez accredité envers la Soldatesque, pourroit aisément former une Armée puissante, & faire la Guerre dans les Païs que nous avons conquis, où il seroit assisté des Espagnols, & ainsi ils nous verront consommer pendant qu'ils respireront & donneront ordre à leurs affaires. Si ce qu'on lui veut of-

frir le contentera ou non, c'est ce qui ne doit pas être décidé par nous, & néanmoins il y a grande apparence du non, & ainsi pour être entrez en offres à son égard, il n'aura rien eû, & le prétexte sera ôté aux Espagnols, de ne le pas presser de desarmer, ce qui doit être notre principal but ; car pourvû qu'il soit un tems sans un corps, il lui sera très-difficile, même impossible d'en former un. Je ne suis pas seul de cet avis, Monsieur le Cardinal y est entré, qui m'a bien dit avoir vû une Dépêche particuliere de Monsieur de Longueville, sans toutesfois m'en avoir fait la lecture ; & je conclus, ou que lui & Monsieur Servien, ont fidellement observé la convention arrêtée entre vous de n'écrire qu'à moi seul sur ce sujet, ou bien leurs avis n'ont point fait impression. Je vous ouvrirai le mien, quand j'aurai eû communication des Lettres ; à l'avance en conformité de ce que je vous ai souvent mandé, je puis dire qu'il faut rejetter toute ouverture de traiter avec le Duc Charles, ou convenir qu'il est plus utile de le faire en tout autre lieu qu'en cette Cour, y aiant nombre de parens qui y sont en fort grande consideration, & y pouvant faire capital de la protection de son Altesse Roiale.

J'ai eû avis du passage par Hambourg du Medecin de la Reine de Suede, & qu'il est homme qui a part à sa confiance : vous êtes en lieu où vous jugerez bientôt si cela est appuié, & si ce que vous a dit Salvius est avec fondement. Dieu veuille que sa Maîtresse se puisse contenter de l'une des Pomeranies, & qu'elle ou Monsieur l'Electeur de Brandebourg prénnent recompense de la Ville de Stetin, & que nous soions les paieurs, sous les conditions dont nous nous sommes expliquez. Il nous importe de tirer des Etats qui nous demeureront les Archiducs & leurs Ministres, & qu'ils nous mettent des gens qui aient toutes les Parties nécessaires pour bien gouverner des Peuples, accoutumez à jouir d'une honnête liberté.

LETTRE

De Messieurs les

PLENIPOTENTIAIRES

à Monsieur le Comte de

BRIENNE.

Le 19. Novembre 1646.

Oxenstiern à Munster. Il ne se presse pas de conclure la Paix.

MONSIEUR,

Oxenstiern à Munster. Il ne se presse pas de conclure la Paix.

NOus avons eu cette Ville Messieurs Oxenstiern & Salvius, & si nous ne voions pas qu'il y ait en eux, du moins en Monsieur Oxenstiern, toute la disposition que nous pourrions bien souhaiter à conclure promptement les affaires. Cependant nous ne sommes pas peu empêchez, puisque nos Alliez nous donnent autant ou plus de peine dans l'un & l'autre Traité que nos Parties mêmes. Nous sommes outre cela obligez de donner quantité d'audiences, tant aux Catholiques & Protestans de l'Empire qu'aux Députez des Princes particuliers, qui tous ont recours à la France, comme à celle de qui ils esperent principalement la Paix. Il est bon de les tenir en cette opinion, & de les écouter. Mais cela emporte la meilleure partie de notre temps, & sera cause que vous n'aurez de nous par cet Ordinaire que ce mot pour accuser la reception des Memoires des 5. 6. & 9. de ce Mois avec deux Lettres du 7. & du 9. Nous nous reservons à y répondre par un des Courriers que nous vous renvoierons dans deux ou trois jours. Peut-être qu'entre ci & ce temps-là nous aurons à vous écrire quelque chose de plus assuré que nous ne pourrions faire à présent. Nous sommes, &c.

LETTRE

à Messieurs les

PLENIPOTENTIAIRES.

A Paris le 23. Novembre 1646.

On loüe leur réponse aux plaintes des Espagnols & des Hollandois. Soins de la France pour entretenir la bonne union avec la Suede. Affaires de Mantoue. On loüe Monsieur Brasset. Et Monsieur le Président de Sombres. Prétentions de l'Evêque de Liége. Et du Marquis Frederic de Baden. Affaires du Commerce en Portugal. Il faut prendre grand soin pour les intérêts de Savoye.

MONSEIGNEUR & MESSIEURS,

PAr un Memoire du Roi il est si amplement répondu au votre du douziéme de ce mois, qu'il seroit inutile de s'y arrêter davantage, & n'étoit que vous m'avez écrit le même jour, je me dispenserois de l'accompagner de cette Lettre.

On loüe leur réponse aux plaintes des Espagnols & des Hollandois.

La vôtre a été luë immédiatement après ledit Memoire, & vous avez été louez de la sorte dont vous avez répondu aux plaintes des Espagnols, & à celles des Députez de Messieurs les Etats, qui voient avec un œil jaloux nos prosperitez, comme les Espagnols les souffrent avec beaucoup de chagrin ; accoutumez à retenir le bien d'autrui, & à faire des Traitez à leur avantage, il leur fâche de faire restitution, & de perdre cette coutume. On ne sauroit s'imaginer qu'ils s'affermissent à demander la restitution des Païs occupez sur eux en la côte de Toscane, & la connoissance qu'ils ont de leur importance sera ce qui les forcera à se commander, & à demeurer dans les termes d'une parfaite modestie ; & ils ne font pas sans quelque apréhension, que les Princes d'Italie députent vers Leurs Majestez, pour les supplier de les garder, comme ils firent autrefois au feu Roi, lorsqu'il étoit à Suze, pour l'engager de conserver Portolongone, afin d'assurer leurs libertez. Monsieur le Nonce, duquel l'experience & l'affection vous sont connus, a désiré que je pressasse cet office en son nom, auprès de Leurs Majestez, & il entra si avant avec moi, qu'il vint jusques à me dire, que qui compareroit Pignerol

1646.

rol à ces lieux-là, feroit fans connoiffance des affaires du Monde, l'un affuroit le Piemont, & les Etats de Lombardie contre la puiffance de Milan, mais que ceux-ci non feulement la conferveront au Grand Duc, aux Républiques de Gennes, de Luques & au Duc de Modene, mais même l'acquerroient au Pape, & au Sacré College, lorfqu'ils feroient au Conclave, où il ne fe délibére pas feulement de donner un Chef vifible à l'Eglife; mais de faire un Prince temporel, duquel la puiffance eft d'autant plus confiderable, que la Spirituelle y eft en forte liée, qu'il ne peut faire valoir l'une fans emploier l'autre. Et bien qu'il ait été mandé à Monfieur de Turenne, de fe conformer aux avis qui lui feront portez de votre part, & à Monfieur de Croiffi d'entrer & de fuivre entierement vos fentimens, on ne laiffera encore de leur confirmer les mêmes ordres.

Soin de la France pour entretenir la bonne union avec la Suede.

Les premiers projets euffent pû donner du dégoût aux Alliez, fans que l'on fût affuré qu'elles produiroient l'effet qu'on s'en étoit propofé; mais c'étoit avec tant de referve, qu'ils devoient être executez, qu'il paffa pour conftant, qu'il n'en arriveroit aucun accident, & l'on prit peine d'imprimer cela même audit Sieur de Turenne, lequel ne s'avancera en chofe du monde qui puiffe déplaire au Sieur Wrangel, dès que vos dernieres Dépêches lui auront été communiquées: car outre qu'il eft fage & deferant, ceux-ci fans doute font bien de fon fentiment.

Je n'ai point fait dans le Confeil la lecture des Articles, qui vous ont été donnez par les Députez de Meffieurs les Etats, & j'ai jugé qu'il falloit attendre les notes que vous nous promettiez fur iceux.

Affaires de Mantouë.

J'ai fû que les Miniftres de Mantouë ont des Lettres pour Sa Majefté, par lefquelles la Ducheffe s'oblige à l'execution du Traité de Querafque, & eft dans le fentiment de le ratifier, mais qu'elle tend à défirer qu'il vous foit défendu de continuer vos inftances, pour obtenir de l'Empereur l'inveftiture de ce qui a été démembré du Duché de Montferrat, en faveur de Monfieur de Savoye, contre lequel elle prétend former une action pour la reftitution de ce qui lui a été donné au delà de ce qui avoit été convenu, & de ce qu'il doit paier, qu'elle eftime à plus de trente-cinq mil Ecus de rente en biens fouverains. Quand fes Miniftres auront eû leur audience, vous ferez informez & de ce qu'ils auront propofé, & de ce qui leur aura été repondu.

On loue Monfieur Braffet. Et à Monfieur le Préfident de Sombres. Pretentions de l'Evêque de Liége.

Sa Majefté eft très-fatisfaite de la conduite du Refident Braffet, & il lui fera mandé avec combien de chaleur vous faites valoir fes fervices.

Je ne dois pas ômettre à vous dire que le Prefident de Sombres s'aquite très-dignement de l'emploi que vous lui avez confié. Il faut fonger en fortant de Liége à l'envoier ailleurs. Il m'a mandé par les Lettres du fixiéme que l'Evêque preffe les Etats du Païs de députer à Munfter, & demander la reftitution de Philippeville, Mariembourg, & Charlemont, qui font du Diocèfe & de la Souveraineté de Liége, & ce avec d'autant plus de raifon, que les chofes qui avoient été offertes en contr'échange ne leur ont point été livrées. Je lui ai mandé que s'il aprend que cet avis foit veritable, il peut fe laiffer entendre, que la France appuiera leur demande, qui auroit de grands avantages, que ces Places fuffent fous toute autre Puiffance, que ce pût être, que fous celle d'Efpagne.

Tom. III.

Le Refident de Portugal eft fur les termes de préfenter un Memorial, contenant les raifons qui doivent obliger la France, finon à rompre, du moins à menacer les Efpagnols, fi fon Maître n'eft compris dans la Paix, ou qu'on ne lui accorde une Trêve à longues années. Je fais ce que je puis pour le difpofer à fe contenter de ce qui fe peut faire pour fon Roi, mais il n'eft ni capable de raifon, ni de m'entendre fur cette matiere, & il avouë que l'exclufion de fon Maître du Traité, donne, en un jour & par le confentement des Peuples, ce Roiaume au Roi d'Efpagne.

Et du Marquis Frederic de Baden.

L'Ambaffadeur de Suede continuë toûjours fes offices, en faveur du Marquis Frederic de Baden, & il voudroit que le différent qu'il a avec le Marquis Guillaume fût décidé à Munfter ou par l'autorité de Sa Majefté, & qu'en cas que dans fix femaines le jugement ne fût rendu par la faute dudit Guillaume, qu'il fût mis en poffeffion du haut Marquifat dont l'autre a été invefti par l'Empereur. Sa Majefté defireroit bien, parce qu'il a toûjours été attaché dans le bon parti, qu'il y eût lieu de le favorifer, & que fa Partie confentît de remettre à l'Affemblée de Munfter de juger leur different; mais Elle ne fauroit fe porter à enfraindre une capitulation, & aiant fes intérêts en recommandation, autant que la confideration de la Couronne de Suede l'y peut obliger, & que la juftice le pourroit requerir, il eft remis à votre difcretion de paffer en fa faveur les offices que vous jugerez devoir faire, qui pourront ou à l'amiable accommoder ces deux Princes, ou de leur confentement leur donner des Juges. Je fuis, &c.

Affaires du Commerce en Portugal.

Il me fut remis à Fontainebleau un Memoire de plufieurs chofes concernant le commerce, par le Sieur de Saint Pé, Conful pour la Nation Françoife en Portugal, que je vous envoie. Il eft fort étendu & confus, mais vous y pourrez trouver quelques lumieres, pour remedier à divers mouvemens, touchant le point de la liberté du Commerce; votre Alteffe & vous Meffieurs y ferez les reflexions telles qu'il convient, pour en avantager la Nation, & pour que l'établiffement des Confuls François aux Ports de l'obéïffance du Roi d'Efpagne ne foit plus contefté, comme il a été autrefois, étant raifonnable qu'ils y foient reçus comme chez les autres Princes.

Il faut prendre grand foin pour les intérêts de Savoye.

Je vous prie de ne point confidérer du tout l'intérêt particulier que je pourrois avoir en cela à caufe de ma Charge; mais purement ce qui fera du fervice du Roi, & du bien de fes Sujets. J'avois oublié à vous dire qu'il m'a été recommandé de vous écrire, que vous aiez à prendre grand foin des intérêts de la Maifon de Savoye, & particulierement en ce qui regarde la dot de l'Infante Catherine, qui eft une prétention fi légitime, que l'on s'étonne que les Efpagnols y aient jufques ici aporté de la difficulté.

REPONSE

Aux Memoires

DU ROI,

Des 5. 6. & 9. Novembre 1646.

Envoiée en Cour le 24. dudit Mois 1646.

Plaintes des Portugais contre la France. Differens des Maisons de Savoye & de Mantouë. La France fait semblant d'un grand desir pour la Paix, pendant qu'elle forme chaque jour de nouvelles prétentions. Avantages que la France cherche à tirer de la mort du Prince d'Espagne. Echapatoire & mauvaise foi des François pour garder des Places en Italie, outre Pignerol. Il faudra tâcher que dans la suite des tems la France ait tout ce que le Roi d'Espagne possede aux Païs-Bas.

LA principale réponse qu'il échet de faire ausdits Memoires, après avoir remercié très-humblement la Reine des soins qu'elle prend d'éclaircir notre conduite jusques aux moindres choses, est d'assûrer Sa Majesté que nous suivrons particulierement tous les ordres qui nous y sont donnez.

Nous n'oublierons pas quand il sera parlé de la retention des Conquêtes, de faire mettre les mots de Châtellenie & Prevôté, notamment de celles qui sont marquées au Memoire du cinquiéme de ce Mois. Si on pouvoit tirer de ceux qui sont sur les lieux une specification encore plus ample que celle qui nous a été envoiée nous essaierions d'en profiter.

On se servira aussi des bonnes raisons comprises audit Memoire touchant les Portugais. C'est avec beaucoup de prudence qu'on a commencé d'insinuer à leur Resident les difficultez qui se trouvent à les faire comprendre dans le Traité, & qu'on a écrit à Monsieur Lanier d'en faire autant auprès de leur Roi. Nous avons ici parlé dans ce sens à ses Ministres, qui se plaignent hautement & avec plus de liberté que l'état de leurs affaires & le besoin qu'ils ont de la France ne le semble requerir. Nous ferons

bien tout ce qu'il nous sera possible pour ménager une Tréve ou cessation d'hostilitez pour un an ; s'il se peut, ou du moins pour six mois, & déja nous en avons parlé aux Hollandois, qui pourroient s'y rendre favorables, s'ils étoient satisfaits sur le point du Bresil. Mais les Ambassadeurs de ce Roi qui sont à Munster, s'emploient à demander plutôt une chose qu'ils n'obtiendront pas, qui est d'être compris au Traité, qu'à chercher les moiens de se défendre contre leur ennemi & à tirer du secours des Princes, de qui ils en peuvent esperer. Nous ne laisserons pas de faire cet office pour eux, & de travailler auprès des Suedois, pour les engager à les assister de quelque Cavalerie, ainsi qu'ils nous ont marqué. En un mot, quand nous ne réussirions pas dans cette poursuite ni auprès des Suedois ni auprès de Messieurs les Etats, c'est très-prudemment qu'on se prépare à la Cour d'assister lesdits Portugais, étant, à notre opinion, hors de doute que la conservation de cet Etat sera dorenavant un des plus considerables intérêts de la France, & auquel on se doit appliquer avec autant de soin.

On verra par divers Ecrits que nous ne nous sommes pas contentez de désigner Cadaquiers, mais que nous l'avons nommé expressément, & nous avons déja donné avis qu'il y a esperance que ce point sera arrêté selon le desir de Leurs Majestez.

Nos sentimens sont entierement conformes à ce qui nous est mandé touchant les précautions que nous devons prendre, tant avec Messieurs les Etats que sur le point de Cazal, & celui des différens qui sont entre les Maisons de Savoye & de Mantouë; & il est sans difficulté que l'on peut plus facilement regler toutes choses avant la signature du Traité qu'après. Nous rendons compte de ce que nous avons fait avec les Ambassadeurs de Messieurs les Etats dans un Memoire à part, & attendons nouvelles du Sieur Brasset pour savoir de quelle façon notre instance aura été reçûë à la Haye, bien resolu de pousser cette affaire jusques au bout, & de n'en point quiter la poursuite que nous ne voyions une assûrance entiere de la part desdits Sieurs Etats de garentir tout ce qui sera convenu dans ce Traité.

Pour l'affaire de Cazal, nous jugeons bien qu'il est très-à propos d'arrêter dès à présent les expediens nécessaires pour la conservation de la Place. Mais quant à l'execution, il nous semble, comme il a déja été écrit, qu'il n'y peut avoir d'inconvenient qu'elle soit remise après le Traité, puisque la France est en possession, & qu'elle sera en état de ne pas rechercher la justice, mais de la rendre.

Et quant aux differens des Maisons de Savoye & de Mantouë, l'Espagne consentant que le Traité de Quierasque ait lieu, c'est ce que nous pouvons faire à présent de plus important sur ce point, sur lequel n'y aiant pas aparence que l'Ambassadeur de Mantouë, qui est ici, donne son consentement, nous supplions très-humblement la Reine de nous envoier l'ordre de ce que nous avons à faire touchant les cinq cens mil Ecus que le Roi doit donner. Ledit Ambassadeur de Mantouë nous a mis en main un Ecrit, dont la Copie sera ci-jointe. Monsieur le Nonce & Monsieur Contarini nous ont recommandé très-instamment cet intérêt, & nous ont fait connoître que le Pape & la République de Venise y prennent grand' part. Nous leur avons remontré par bonnes raisons qu'il seroit perilleux de

toucher

toucher à ce qui a été arrêté par le Traité de Quierasque, & ils en demeurent d'accord. Mais ils reviennent toûjours à la lésion & au dommage, qu'ils font monter bien haut pour la Maison de Mantouë, & à la situation de quelques terres voisines de Cazal, sans quoi ils disent que cette Place ne peut pas subsister. Et pour le Traité qui seroit à faire avec le Duc de Mantouë, on essaiera de convenir ici de tout ce qui se pourra. Mais comme les Ministres de ce Prince s'excusent sur ce qu'ils n'ont aucun pouvoir, & qu'en effet il semble qu'une telle Négociation ne se puisse jamais si bien ménager qu'auprès des Maîtres mêmes, on aura agréable de considerer s'il seroit plus à propos de faire cette ouverture ailleurs qu'à Munster, où il n'y a pas d'apparence qu'on puisse rien resoudre, tant pour le défaut du Pouvoir des Ministres, que par l'incertitude du temps qui reste à y demeurer.

Sa Majesté se peut assûrer que nous ne manquons pas de faire valoir le desir que la France témoigne pour la Paix, y consentant dans ces conjonctures si favorables & où l'on peut avec tant de raison esperer de plus grands avantages. Nous représentons aussi par tout où il est besoin, que les Espagnols ont volonté de brouiller à la premiere occasion, n'omettant aucune des choses que Sa Majesté nous ordonne, ni de donner apprehension à nos Parties que si les conditions par nous offertes ne sont acceptées, on les pourra augmenter, ni de déclarer souvent aux Hollandois que si la Négociation qui se fait par leur entremise ne s'acheve bientôt, nous ne consentirons jamais à aucun Traité que le Portugal n'y soit compris.

On a très-prudemment remarqué à la Cour la difference qu'il y a de faire une Ligue entre les Princes d'Italie pour les affaires de cette Province-là seulement, ou d'engager lesdits Princes à porter leurs armes contre celui des deux Rois qui viendra à manquer aux choses promises par le Traité, ce qu'on peut inferer être accordé par ces mots qui sont dans l'Article huitiéme de l'Ecrit donné par les Hollandois, *pour maintenir le présent Traité*. Nous tâcherons de les en faire expliquer plus clairement, & s'il se peut d'en stipuler l'obligation bien expresse. En tout cas, nous nous souvenons très-bien de ce qui nous a été mandé touchant ladite Ligue des Princes d'Italie, & nous suivrons entierement l'ordre & l'intention de Leurs Majestez.

On fera aussi toutes choses possibles pour ne laisser rien d'indécis au Traité, & si pour l'execution de certaines choses il est besoin de convenir de quelques Arbitres, on nommera les Princes dont il est parlé dans ledit Memoire.

Il sera satisfait à l'ordre qui nous est donné de faire promettre par un Article exprès la main levée des biens saisis dans les Terres d'Espagne sur Messieurs les Cardinaux Barberins & Monsieur l'Abbé leur Neveu. Et quant à la prétention de Monsieur le Duc de Guise, qui par le Memoire que nous en avons reçû paroit être bien fondée, nous nous emploierons de tout notre pouvoir pour la faire réüssir à son contentement, ainsi que nous connoissons être du desir de Leurs Majestez.

Nous rendons très-humbles graces à la Reine de la communication qui nous a été donnée de toutes les pensées de Sa Majesté sur un évenement si important comme est celui de la mort du Prince d'Espagne. Les considerations en sont si bonnes & si accommodées au temps présent, que déja nous nous en sommes prévalus auprès de nos Alliez, aiant représenté, tant aux Suedois qu'aux Hollandois, combien ils avoient sujet de se prémunir contre une Puissance qui tiendroit dans une même main les forces de l'Empire & celles de l'Espagne. Les premiers y ont fait grande reflexion; mais, pour dire la verité, il se connoît que la plûpart des Députez de Messieurs les Etats qui sont ici, panchent si visiblement du côté de l'Espagne, qu'ils ferment les yeux pour ne voir pas ce qu'ils en peuvent craindre, & pour n'être pas obligez à chercher des précautions. Nous avons sû même que Brun s'est voulu servir envers eux de cet accident pour un effet tout contraire, en leur donnant jalousie qu'on pourroit faire le Mariage du Roi avec l'Infante, & en leur disant qu'il y avoit déja des Moines en campagne qui y travailloient. Ce qu'il y a de plus malicieux dans cette supposition, c'est qu'on la publie dans le même temps que les Espagnols font de nouvelles & vives instances à Messieurs les Etats de traiter séparément avec eux; ce que nous avons vû par la copie d'une Lettre que leurs Ambassadeurs ont écrite de Munster le neuviéme de ce Mois, qui nous a été envoiée par le Sieur Brasset.

Si de la part des Imperiaux il nous est jetté quelque propos de Mariage, comme la Mort de ce Prince en pourroit donner l'occasion, nous nous conduirons avec la retenuë qui nous est ordonnée.

La resolution que Sa Majesté a prise de n'interrompre point le cours de cette Négociation pour cet accident, est digne non seulement de sa grande pieté pour faire cesser par la Paix les maux qui affligent la Chrétienté, & arrêter les progrès du Turc; mais elle nous semble encore accompagnée d'une singuliere prudence, car quand la France aura assûré par un Traité toutes les Conquêtes, on ne laissera pas d'être en état de profiter ensuite des occasions favorables que le temps pourra apporter, soit par Mariage, Echanges, ou autres moiens que la Paix rendra plus faciles & plus praticables qu'ils ne le pourroient être à présent.

Nous reconnoissons l'importance de retenir les Postes que les armées du Roi ont acquis depuis peu dans la Toscane, & les raisons qu'on a de les conserver sont si justes & si avantageuses aux Princes d'Italie même, qu'on n'oubliera rien pour leur en faire comprendre l'utilité, afin, s'il se peut, d'avoir en cela leur gré & leur approbation, à quoi il nous paroît qu'il y aura de la difficulté. Et quant à l'objection que le Roi a déclaré ne vouloir rien garder dans l'Italie, nous nous en défendrons, en disant que cela s'entend des Places appartenantes aux Maisons de Savoye & de Mantouë, & non de celles d'Espagne. Nous supplions très-humblement la Reine de croire qu'avant que de rien relâcher sur ce point, nous ferons tous les efforts imaginables, & qu'en tout cas on n'excedera point le pouvoir qui nous est donné, qui est de convenir qu'elles seront gardées pendant une Trêve d'égale durée à celle de la Catalogne. Mais nous ne viendrons à ce parti qu'après avoir tenté tous les moiens de les retenir par la Paix.

On ne manquera pas aussi de faire tout ce qui se pourra pour Lerida. Mais pour les inconveniens de la possession que les Espagnols

 peuvent

peuvent prendre de la Plaine d'Urgel, nous ne voions pas comment y pouvoir remedier, quoi que la chose nous semble de grande consideration. Car on ne peut pas empêcher que le Roi retenant tout ce qu'il possede, le même ne soit accordé à l'égard du Roi d'Espagne. Nous nous souviendrons aussi de faire convenir, s'il se peut, de la faculté de fortifier de côté & d'autre les Lieux qu'on retiendra par la Trève.

Il faudra tâcher que dans la suite des tems la France ait tout ce que le Roi d'Espagne possede aux Païs-Bas.

Nous ne saurions assez admirer la prévoiance de la Reine pour rendre la Paix assûrée & durable; & le dessein de Sa Majesté de joindre un jour ce que le Roi d'Espagne possede aux Païs-Bas à la France ne se peut assez loüer. C'est sans doute la plus glorieuse & la plus rare acquisition à laquelle on se puisse appliquer, & qui rendroit la Monarchie Françoise parfaite & invincible. La prise de Lerida nous semble merveilleusement importer pour y parvenir, puisque sans cette Place, ce qui reste dans la Catalogne ne semble pas assez considerable pour obliger le Roi d'Espagne à consentir à l'échange, duquel il pourroit un jour être tenté, si en recouvrant cette Principauté il se voioit aussi en esperance de recouvrer le Portugal.

L'ordre qui a été donné à Monsieur le Marquis de Senneterre, nous semble très-utile au service du Roi, puis qu'en même temps il conservera la Lorraine, sur laquelle le Duc Charles peut former des entreprises, & assûrera de plus les Places voisines du Rhin, & celles encore de Monsieur l'Electeur de Trèves, en cas que ledit Duc y allât chercher ses quartiers. On nous pardonnera si le zéle que nous avons au service de Leurs Majestez nous oblige de représenter que les Gouverneurs desdites Places & de celles de Flandres en doivent prendre un soin extraordinaire, non seulement parce que les surprises s'executent plûtôt pendant l'Hiver qu'en Eté; mais aussi parce qu'étant sur le point d'un Traité, il y auroit de la honte de perdre en un moment ce qui a coûté tant de labeurs & de dépense & fait épancher tant de sang.

Nous ne perdrons aucune occasion de conclure le Traité, quand on aura satisfaction sur les points qui restent à accorder, conformément à nos Ordres & Instructions, pourvû que nous puissions obtenir pour Lerida, ou que la Place soit dès à présent mise au pouvoir du Roi, ou que la Trève de Catalogne ne commence que du jour que cette entreprise sera finie d'une façon ou d'autre. Pour l'affaire de Lorraine, aiant été pleinement éclaircis des volontez de Leurs Majestez, nous les executerons ponctuellement, ce qui se fera dans le temps, & en la meilleure façon qu'il nous sera possible.

ADDITION

Faite en particulier à Son

EMINENCE,

Dans le Memoire ci-devant

Du 24. Novembre 1646.

Discours du Sieur Brun au sujet de la mort du Prince d'Espagne.

ON a crû devoir faire savoir en particulier à Son Eminence qu'outre ce qui est dans le Memoire des discours que Brun a tenus aux Hollandois au sujet de la mort du Prince d'Espagne, il leur a dit de plus que Son Eminence avoit écrit au Marquis de Castel-Rodrigo qu'on avoit à la Cour grand déplaisir de cet accident, & qu'on le témoigneroit lors qu'on en auroit eu l'avis du lieu d'où il doit venir. Et ensuite il a ajoûté ce qui est porté audit Memoire, afin de faire croire aux Hollandois que ce qui n'est qu'un compliment ordinaire étoit l'ouverture d'une Négociation importante.

Discours du Sieur Brun au sujet de la mort du Prince d'Espagne.

1646.

LETTRE

De Messieurs les

PLENIPOTENTIAIRES

à Monsieur le Comte de

BRIENNE.

Du 24. Novembre 1646.

Compliment à Monsieur de Brienne.

MONSIEUR,

NOus faisons réponse par ce Courier aux Dépêches qui ont été apportées ici la semaine derniere. Comme nous achevions nous avons reçû celle du seiziéme de ce Mois. Nous ne pouvons que continuer nos actions de graces pour tous les soins qu'on a de nous, & pour les nouvelles dont vous avez agréable de nous donner part, vous suppliant très-humblement, Monsieur, de nous faire toûjours la même faveur, & de croire que nous en avons le ressentiment que nous devons, & passion de vous témoigner que nous sommes, &c.

REPONSE

De Messieurs les

PLENIPOTENTIAIRES,

Au Memoire

DU ROI

du 16. Novembre 1646.

Envoiée en Cour le 26. dudit Mois.

On offre l'Evêché d'Halberstadt à l'Electeur de Brandebourg pour

Compli-
ment à Mon-
sieur de
Brienne.

dédommagement de la moitié de
la Pomeranie. Nouveaux soup-
çons contre les Hollandois: Et
même contre Baviere. Affaire
de Catalogne. Affaires d'Ita-
lie. Affaire de Lorraine. Af-
faire de Portugal.

CE que le Comte de la Gardie a dit à la Reine, en prenant congé de Sa Majesté, qu'Elle auroit tout sujet de satisfaction des réponses venuës de Suede, est conforme aux avis du Sieur Chanut, & les Plenipotentiaires de cette Couronne nous asûrent qu'ils ont ordre & desir de faire la Paix. Il faut avoüer pourtant, que leur conduite, ou du moins celle de Monsieur Oxenstiern, nous donne ici beaucoup de peine. Il avoit été arrêté entre nous, qu'étant de retour à Osnabrug il essaieroit de tirer des Députez de l'Electeur de Brandebourg le plus d'avantage qu'il pourroit, & que Monsieur Salvius demeureroit ici pour traiter cependant avec les Imperiaux, ausquels il devoit donner la replique sur la réponse dont on a envoié copie par le Courier, faite ensuite de la demande des Suedois. Il nous avoit même donné parole de diminuer de leurs premieres demandes, & de les moderer. Mais dans une Conference que nous eumes hier avec ledit Sieur Salvius, il nous dit que son Collegue le presse de retourner à Osnabrug, étant toûjours dans cette opinion que les affaires qui touchent la Couronne de Suede ne doivent pas être traitées ailleurs, & qu'il ne pouvoit faire de replique sinon pour la formalité, sans rien changer dans la substance de ce qui est au premier Ecrit. Nous fimes toutes les instances possibles pour le tenir dans les premieres resolutions, le pressant de sorte qu'il fut réduit à nous déclarer qu'ils avoient bien ordre de se relâcher de quelque chose, mais qu'étant obligez de le faire par degrez, il ne pouvoit rien avancer sans l'avis de son Collegue, qui pourroit donner à entendre en Suede que s'il eût été plus ferme ils eussent pû obtenir de plus grands avantages.

Il pria même l'un de nous, qu'il estima pouvoir gagner quelque chose sur l'esprit dudit Oxenstiern, de lui écrire en particulier, ce qui fut fait à l'instant, en la façon qu'on verra par la copie de la Lettre ci-jointe. On ne sait pas quel effet s'en promettre, vû l'humeur de la personne. Monsieur Salvius promit de plus d'en écrire en conformité & de lui persuader de trouver bon que la Replique fut donnée ainsi qu'il avoit été concerté. S'il y consent, cela sans doute avancera beaucoup les affaires, parce que les Imperiaux & le College Electoral doivent écrire ensuite, & envoier des personnes expresses à l'Electeur de Brandebourg, pour lui proposer de deux partis l'un, ou de donner son consentement sur la partie de la Pomeranie prétenduë par la Suede en recevant l'autre, & l'Evêché d'Halberstadt pour recompense de celle qu'il perd, ou de lui déclarer que ne pouvant contraindre ladite Couronne à lui restituer cette Province entiere, ils étoient resolus de lui en donner l'investiture avec les promesses des Garanties accoûtumées & de ne pas continuer la Guerre plus long-temps. Nous devons aussi de notre

On offre
l'Evêché
d'Halberstadt
à l'Electeur
de Brande-
bourg pour
dédommage-
ment de la
moitié de la
Pomeranie.

part

1646.

part faire office envers ledit Electeur, & Monsieur Contarini lui écrira dans le même sens, afin que toute l'Assemblée agissant pour une même fin on fasse d'autant plus d'impression sur son esprit, & que plus promptement on puisse prendre les dernieres resolutions.

Nous continuons nos diligences pour terminer les differens des Catholiques & des Protestans, & ce qui est à remarquer, ces derniers ont député vers Monsieur Salvius, pour le prier de faire séjour à Munster ; ce qui dans les longueurs qu'on est contraint de souffrir, ne donne pas peu d'esperance, puisqu'il se connoît clairement que chacun souhaite la Paix.

C'est avec beaucoup de raison que Madame de Savoie aiant remis à la conclusion de la Paix de traiter de Cavours, de la Perouse, & de la décharge de l'obligation de faire la guerre à Gennes, on lui peut demander qu'elle ait à en convenir présentement. Si elle en envoie le pouvoir à son Ambassadeur, nous travaillerons pour terminer ici, s'il se peut, ces affaires ; mais nous craignons bien que Madame de Savoie n'y étant pas portée ne fasse difficulté d'envoyer par deçà les ordres nécessaires, & que cela ne nous ôte le moien d'en pouvoir traiter ici.

Nouveaux soupçons contre les Hollandois:

Les Espagnols ne perdent pas encore toute esperance de traiter en particulier avec Messieurs les Etats. La copie d'une Lettre que les Ambassadeurs desdits Sieurs Etats ont écrite à la Haye le fait assez connoître, ainsi que nous l'avons déja mandé. Nous savons de plus que les Ministres d'Espagne, pour se justifier envers les Médiateurs de ce qu'ils n'ont pas pris leur entremise pour traiter avec nous, ont dit que c'étoit afin que les François ne se portant pas à la raison, ils pussent au moins faire en sorte auprès des Hollandois qu'ils achevassent le Traité commencé avec eux. Ce discours, & l'obligation de satisfaire aux commandemens de Leurs Majestez, qui nous ordonnent avec très-grande raison de prendre bien garde à la sûreté du Traité nous a fait réïterer nos instances auprès desdits Hollandois, que nous avons vû exprès depuis peu sur ce sujet, les aiant priez de se vouloir déclarer nettement sur la garantie qu'on se doit les uns aux autres pour toutes les choses dont il sera convenu au Traité. Encore que ce soit la troisiéme fois que nous leur en aions parlé, & que nous leur aions allegué toutes les raisons qu'on a de desirer d'eux cette déclaration, qui nous semble très-juste & bien fondée, ils sont néanmoins demeurez aussi froids que la premiere fois, & ne nous ont répondu qu'en termes généraux & ambigus, après s'être retirez à part deux fois pour en déliberer ensemble. Nous les avons priez & pressez d'en écrire à leurs Superieurs, & en même temps il en a été donné avis au Sieur Brasset, avec charge de faire à la Haie les mêmes instances de notre part.

Et même contre Baviere.

L'avis qu'on a eu de Vienne des sollicitations du Duc de Baviere pour concerter les moiens de continuer la guerre, & que la même instance a été par lui faite auprès du Marquis de Castel-Rodrigo nous semble être de grande importance, d'autant plus qu'il s'est dit ici que Salamanca aportoit quantité de Lettres de change en Allemagne. Nous sommes bien resolus de voir sur ce sujet les Députez de ce Prince & de nous en éclaircir avec eux en leur déclarant qu'il ne seroit pas

juste que la France mécontentât les Suedois, les Protestans d'Allemagne, Messieurs les Etats & toute la Maison Palatine, pour conserver le haut-Palatinat & la Dignité Electorale à leur Maître, si au lieu d'acquerir son amitié en lui procurant ces avantages, elle le voioit s'unir aux Espagnols, desquels il avoit témoigné ci-devant ne faire pas beaucoup de compte.

Nous mettrons ensuite quelques réponses sur les points, dont il est parlé dans l'autre Mémoire du seiziéme de ce Mois.

Sur le premier Article.

Quand on verra à peu près le jour de la signature du Traité, on fera en sorte, s'il est possible, que la Reine en soit avertie huit jours auparavant.

On essaiera d'obtenir que la Trêve ne commence en Catalogne que quinze jours après le Siege de Lerida achevé, afin que pendant ledit tems on puisse décider par les armes qui demeurera en possession de la Plaine d'Urgel, & de tous les Postes que le Marquis de Leganès peut avoir depuis occupez.

Affaire de Catalogne.

Nous ne saurions assez louër la prévoiance qu'on a d'envoier du secours de tous côtez, pour faire réussir l'entreprise de Lerida. Ce qui ne peut être que très-avantageux, soit pour la prise de cette Place, ou pour la conservation des lieux qui donnent de l'étenduë à ce que la France retiendra par la Trêve en Catalogne, ou soit enfin pour faire connoître aux Catalans avec quels soins & quelle affection on embrasse leurs intérêts.

Sur le sixiéme.

Tous les Ministres des Princes d'Italie, qui sont ici aians eu le vent de la proposition faite, de la part des Espagnols, de garder les Places que les Couronnes y tiennent, en attendant l'execution de ce qui sera convenu pour cette Province, ne peuvent comprendre pourquoi les Espagnols ont fait cette ouverture, vû qu'ils n'ont à garder que Verceil tout seul, & qu'ils laissent par ce moien la France en possession de plus d'une douzaine de bonnes Places dans le cœur de l'Italie; ce qui les fait entrer en quelque jalousie. Mais c'est un grand bonheur pour nous que la proposition en soit venuë du côté d'Espagne.

Si après avoir offert de paier la moitié de l'entretien de la Garnison de Cazal, on peut faire que le Roi des cinq parts n'en paie que les deux, nous essaierons de le faire. Mais si on nous rebute sur ce point, nous n'estimons pas que Leurs Majestez veuillent qu'on y insiste bien fort, vû même que plus le Roi contribuera au paiement de ladite Garnison, plus il semble qu'il se conservera de respect & d'autorité dans la Place, Paw nous aiant dit diverses fois que les Places demeurent ordinairement en la disposition de celui qui paie la Garnison.

On observera les qualitez, & on suivra soigneusement l'ordre présent pour la nomination des Princes d'Italie, ou l'on essaiera, pour éviter les jalousies, de ne nommer en tout que le Pape & la République de Venise.

Affaires d'Italie.

Les Princes d'Italie sont si éloignez de vouloir entrer en obligation pour garantir le Traité

1646.

té de Quierafque, que tous les jours Monfieur le Nonce & Monfieur Contarini difent, que la Savoie devroit relâcher quelque chofe pour avoir le confentement de Mantouë, & les Miniftres d'Efpagne ont toûjours déclaré que leur Maître ne fe pouvoit obliger pour le fait d'autrui. Nous envoions l'Article que nous avons dreffé fur ce point & fur celui des Grifons, que nous avons mis entre les mains des Hollandois, pour favoir fi les Efpagnols en voudront convenir. Si l'on juge à la Cour qu'il y faille ajoûter quelque chofe, nous aurons peut-être le tems de recevoir les ordres qu'on nous voudra envoier.

Il faudroit marier le Duc de Savoye à la Princeffe de Mantouë.

Il feroit fans doute très à propos, pour plufieurs importantes confiderations, de faire le mariage du Duc de Savoie avec la Princeffe de Mantouë. Mais on ne voit pas le moien d'introduire ici une Négociation fur laquelle les Miniftres n'ont aucun pouvoir, & qui en effet femble ne fe pouvoir ménager qu'auprès des Princes même, vû que nous avons reconnu depuis peu aux difcours de Monfieur Contarini, que la République n'eft pas de cet avis, ce qui nous donne plutôt fujet de craindre de fa part des offices contraires que d'en efperer de favorables.

Sur le treiziéme.

Affaire de Lorraine.

Nous avons bien compris l'Article de l'expedient pour l'affaire de Lorraine, dont les confiderations nous ont été marquées en divers Mémoires. Et pour celles qu'on attendoit de nous, à caufe de la diverfité des avis où nous avons été fur ce fujet, on a très-bien jugé qu'après avoir reçû les dernieres Dépêches qui nous ont été faites fur ce fujet, il ne feroit plus befoin de demander de nouveaux éclairciffemens, chacun aiant acquiefcé à ce qui a été mandé, & s'étant trouvé pleinement perfuadé de la folidité des raifons fur lefquelles cet expédient eft fondé.

Sur le quinziéme.

On a bien rémarqué ce qui a été dit par un Miniftre du Roi d'Efpagne touchant Dom Edouard; mais on proteftera, & l'on infiftera jufqu'au bout à demander la liberté de ce Prince.

Affaire de Portugal.

Les Efpagnols ont crû beaucoup faire quand ils ont confenti que dans le Traité il ne fut rien dit du Portugal; & il y aura grande difficulté d'obtenir qu'il paroiffe que c'eft de leur confentement exprès que la France pourra affifter ce Roi. Nous voions bien qu'il importe d'ôter ce prétexte aux Efpagnols de recommencer la guerre, & de les obliger à penfer auffi un jour aux moiens de nous faire quitter cette affiftance. On fera tous efforts pour gagner cet avantage; mais comme ce point eft capable de porter les chofes à l'extrémité, nous fupplions très-humblement la Reine de nous faire favoir fa volonté, fi après avoir tenté tous les moiens d'obtenir quelque chofe de plus, on pourra fe contenter de mettre au Traité une claufe: ,, Qu'il fera permis aux deux Rois d'affifter ,, leurs Alliez quand ils feront attaquez, fans ,, que pour cela on puiffe prétendre que la ,, Paix foit violée, ni qu'il foit permis de ve- ,, nir à une rupture entre eux.

1646.

LETTRE

De Meffieurs les

PLENIPOTENTIAIRES

A Monfieur le Comte de

BRIENNE.

Du 26. Novembre 1646.

La France aura peine à conferver les Places d'Italie.

MONSIEUR,

NOus répondons par cet Ordinaire à la Dépêche du fixiéme de ce Mois, aiant retenu ici le Courier, afin que s'il arrivoit quelque chofe qui meritât qu'il en fût donné un prompt avis, nous le puiffions faire avec plus de commodité. Nous ne vous repeterons point ce qui eft dans le Membire, nous vous éclaircirons feulement deux points, fur lefquels il nous femble que nous ne nous foions pas affez expliquez. Le premier eft, que par votre Lettre du fixiéme vous préfuppofez pour affuré que les Places conquifes dans l'Italie demeureront à la France, puifque les Hollandois n'y ont pas fait de difficulté, & qu'ils favent bien quelle eft la refolution des Efpagnols. Mais la verité eft que ni les uns ni les autres ne nous ont point donné cette affurance, & qu'il y aura grande peine à obtenir ce que Leurs Majeftez defirent en cela, à quoi nous nous préparons bien d'emploier toute l'induftrie & tous les moiens dont nous nous pourrons fervir. L'autre point eft, que vous eftimez qu'il nous à été fait quelque ouverture pour l'échange des Places de la Tofcane; & néanmoins, Monfieur, il ne nous en a été parlé en façon quelconque. Il eft bien vrai que nous avons eu la penfée de profiter defdites Places par un échange, au cas qu'on ne les pût conferver, & nous avons écrit pour avoir fur cela l'ordre & les intentions de Leurs Majeftez, lefquelles aiant fû depuis, nous ne fommes plus en doute de ce que nous avons à faire fur ce fujet, lorfqu'on nous en fera quelque propofition; ce qui n'eft pas encore arrivé jufques-ici.

La France aura peine à conferver les Places d'Italie.

1646.

LETTRE

à Messieurs les

PLENIPOTENTIAIRES,

A Paris du dernier Novembre 1646.

On loüe leurs soins, & leur conduite dans le Traité avec les Espagnols, & les Suedois. Touchant la satisfaction pour la Suede. Mariage de l'Electeur de Brandebourg avec la Princesse d'Orange. Toutes les Provinces Unies préférent la Paix à la Trêve. Mais elles sont inclinées pour l'Espagne. Affaires de Mantoüe. Et du Portugal. Prétentions de la France pour Sabionnette & Monaco. Secours pour la Catalogne. Les Espagnols ne veulent la Paix que par force. Il faut qu'il y ait un Ministre de France aux Conferences des Alliés. On espere beaucoup de l'Electeur de Brandebourg. Affaires d'Angleterre.

MONSEIGNEUR & MESSIEURS.

On loüe leurs soins.

VOtre Lettre du dix-neuviéme me fut renduë le vingt-huitiéme du present mois, & le vingt-neuviéme au matin celle du vingt-quatriéme, avec les deux Mémoires, que vous avez faits de l'extraordinaire travail, que vous avez fait, & de toutes les précautions que vous avez prises, afin de si bien expliquer les intentions de Sa Majesté, sur quelques-uns des Articles qui ne sont pas encore *Et leur conduite dans le Traité avec les Espagnols & les Suedois.* ajustés avec les Espagnols, qu'il ne leur en reste aucun doute; & de votre prudence & adresse: on se promet la continuation de ce même soin, & qu'il en réussira divers avantages au bien du service de Sa Majesté. Si Oxenstiern s'est piqué pour voir que vous étiez trop recherchés des Imperiaux, & des Députés des Princes de l'Empire, ou parce que vous n'avez pas assés soutenu les intérêts de la Couronne de Suede, ou pour avoir fait trop d'effort envers Sa Reine, pour lui faire modérer leurs prétentions, c'est ce qui n'est pas éclairci, & les discours de l'Ambassadeur la Gardie m'obligent à ajouter ce doute à ceux que vous nous avez proposés. Et bien

1646.

que ledit la Gardie m'ait assuré, qu'il n'avoit point eû de Lettres ni d'Oxenstiern ni de Salvius, mais seulement vû entre les mains de quelques Residents des Princes d'Allemagne, qui sont en cette Cour, celle de leurs correspondants, j'ai douté de la verité de ses paroles jusques à ce que j'aie eû vû vos dernieres Dépêches, & du depuis j'ai crû que la fierté & la gloire de la Nation étoient les vrais motifs de la conduite d'Oxenstiern, ou bien Monsieur Salvius & lui sont en telle sorte divisés, que l'un condamne ce que l'autre aprouve, sans autre motif que de contrarier son Collegue : & s'il y eût eû en cette rencontre la moindre chose qui les eût dû choquer, le dernier d'entr'eux étant très-habile l'eût bien remarqué. L'Ambassadeur me l'aiant néanmoins voulu faire apréhender, je lui ai repondu fortement que cela ne pouvoit être, mais que c'étoit un inconvenient dans lequel tombent pour l'ordinaire ceux qui essaient de persuader quelque chose, & que s'il avoit connoissance de la sorte dont les Impériaux & les Députés de Brandebourg se plaignent de votre maniere d'agir, il seroit obligé de prendre une autre opinion de la sincerité avec laquelle vous pressez & poursuivez les avantages de la Reine ; & soit qu'il ait été convaincu de mes raisons, ou qu'il se soit souvenu que c'est Oxenstiern seul qui se plaint, il a donné les mains & m'a fort prié de ne vous point écrire ce qui s'étoit passé entre nous ; ce que je lui ai promis, & dont je vous fais note, afin qu'il vous plaise n'en témoigner aucune chose à Salvius, se passant entr'eux une entiere confidence, qui prend sa source de la dépendance que ledit Salvius a au Connêtable son Pére, & aux Ministres de la Cour de Suede, qui sont opposés au Chancelier contre lequel ledit de la Gardie s'est beaucoup emporté, parlant avec moi sur la difficulté qu'avoit fait Hœufft de lui donner diverses sommes, dont il l'avoit fait prier, croyant que c'est le Chancelier qui a modifié la force des Lettres de credit de la Reine dont il étoit chargé; & je ne doute point, que s'il arrive en Suede, il ne prenne à tâche de contrarier ce qui sera apuié par le Chancelier, dont j'ai informé Monsieur Chanut, afin qu'il essaie de profiter de la division qui est entre ces familles, & qu'il regle pourtant sa conduite, avec telle adresse, qu'il ne paroisse pas qu'il ait pris parti, suivant toutesfois le mouvement de la Cour & celui de la Reine.

Touchant la satisfaction pour la Suede.

Il a été remarqué en votre Dépêche deux choses bien essentielles, l'une que Brandebourg se soit une fois expliqué qu'il peut céder une partie de la Pomeranie, l'autre qu'y aportant trop de difficulté, l'Empereur seroit pour en investir la Reine de Suéde, & que cette Majesté pouvoit se disposer de l'accepter, & de se passer du desistement de l'Electeur lequel prétendant tant de Diocèses, mêmes quelques-uns possedés par les Catholiques, fait bien connoître que la diminution de la Religion Catholique lui est autant à cœur qu'aux Suedois, lesquels s'étant laissés pénétrer d'être resolus de ne point persister, pour l'obtention d'un Evêché, dont ils n'avoient jamais parlé, nous laissent esperer, ainsi que vous l'avez jugé, qu'ils n'ont pas encore lâché leur dernier mot. Et sans doute ce qui se ménage entre les Députez des Princes Catholiques & Protestants, leur disposition à s'accommoder & l'aversion qu'ils temoignent à la continuation de la guerre, sont des raisons solides à

presser

1648.

presser les Suedois à se moderer, & peut-être la seule du chagrin dudit Oxenstiern.

Mariage de l'Electeur de Brandebourg avec la Princesse d'Orange.

Il vous a été mandé par le Sieur Brasset, comme on tient le mariage de l'Electeur de Brandebourg, & de Mademoiselle d'Orange resolu, & peut-être que la connoissance qu'en a pris la Province de Zelande a contribué à les faire revenir à l'avis des autres, de preferer la Paix à la Trêve, m'aiant été mandé que les Alliances d'Angleterre & d'Ooftfrise déplaifoient à la plûpart des Provinces, & que cette troisiéme les choquoit encore, à caufe des Etats que cet Electeur possede de la succession de Juliers; plusieurs de leurs principaux s'étant imaginé que l'on ne s'allie pas sans dessein avec des Princes de qui les Etats confinent aux leurs.

Toutes les Provinces-Unies preferent la Paix à la Trêve.

La Lettre que j'ai eû du Resident Brasset dattée du dix-neuviéme du courant a beaucoup de raport avec votre Dépêche du vingt-quatriéme, & il a bien remarqué que les Députés de Messieurs les Etats qui font à Munster, ne donnent pas à leurs Maîtres au vrai les informations comme les chofes fe passent, & qu'ils ne sauroient s'empêcher de faire connoître leur partialité pour l'Espagne: & ils font venus à un tel aveuglement, qu'ils ne veulent pas voir ce qui les peut ruïner, pourvû qu'ils fassent un gain sordide, ou qu'ils puissent parvenir à diminuer l'autorité du Prince d'Orange, & qu'enfin les Etats ont pris la resolution fur les huit Articles dont quelques-uns de leurs Plenipotentiaires étoient venus les consulter. Selon l'ordre qu'il aura reçu de vous, il aura parlé avec force & courage, & en des termes si mésurés, que les Etats ne s'en pourront nullement plaindre, lesquels demandans que la France garantisse le Traité qu'ils feront avec leur Ennemi, s'obligent aussi à un reciproque envers cette Couronne; & ils ne sauroient faire de distinction des lieux où la France seroit attaquée, soit parce que tout engagement doit être égal, qu'ils y font obligés par des Traités précedents, desquels vous demandez l'explication, & qu'ils soient expliqués, afin que tout sujet de juger, & douter, soit levé, pour prévenir de grands inconveniens, & qui seroient autant à craindre par les Etats, que par nous, dont vous vous êtes si nettement expliqués, & les autres si prudemment prevû, qu'il n'y peut a-voir lieu de douter, que les mêmes chofes aiant été mandées par vous audit Resident, le faisant entendre aux Etats, ils n'en prévoient les consequences, & par leur prudence éveillée de leur intérêt ils n'aillent au devant de tant de maux auxquels ils demeureront exposés, pour s'être laissé surprendre à l'ennemi commun, & pour avoir donné trop de creance à quelques-uns d'entr'eux qu'on voit avoir été gagnez par les Espagnols.

Les Députez des Etats font inclinés pour l'Espagne.

Affaires de Mantoue.

Le Resident Priandi a enfin présenté à leurs Majeftez les Lettres de la Duchesse de Mantoue & fit un long discours, pour conclure qu'il falloit confirmer le Traité de Querasque & le modifier: & m'aiant été commandé de lui enlever toute forte d'esperance, je n'y manquerai pas, & de faire considerer que le peu du Montferrat dont la Savoie a été partagée, au delà de ce qui lui pouvoit apartenir, est le prix de Pignerol, que la Maison de Mantoue doit désirer d'être sous la domination de cette Couronne, afin que les Espagnols n'osent entreprendre contre le Montferrat, dans la possession duquel elle n'a été conservée que par les armes de France, à

Tom. III.

1646.

laquelle cette Guerre coute tant d'hommes & d'argent qu'il seroit le prix d'un Roiaume; & que le Traité de Querasque a rétabli dans Mantoue le Duc qui en avoit été chassé par les armes Imperiales. De savoir si l'on envoiera à Mantoue quelqu'un pour rendre la Duchesse capable de ces raisons, c'est ce qui n'est pas encore resolu; mais je m'aperçois bien que la Republique de Venife flatte cette Princesse dans ses pensées, & son Ambassadeur ne me l'a sû dissimuler parlant à moi.

Et du Portugal.

Vous avez admirablement bien dit que les Ministres de Portugal se tuent pour faire admettre dans le Traité de la Paix leur Maître, & qu'ils ne s'apliquent guéres à considerer ce qui le peut conserver. Je suis souvent entré en discours avec le Resident de ce même Roi qui est en cette Cour, mais je ne lui ai sû faire comprendre qu'il falloit que son Maître fît provision d'amis, & qu'il engageât à sa défense plusieurs Princes: & soit qu'il l'en connoisse incapable & qu'il n'a nulle habileté au métier de la guerre, ou qu'il sache que les peuples ne la veulent pas continuer; il ne goute point ce qui lui est dit. Il voudroit bien que sous la mediation de la France l'ajustement se fît entre son Roi & Messieurs les Etats, des différents qu'ils ont au Bresil; mais jusques à présent les Etats n'y ont pas voulu consentir. Pour les porter à rechercher la mediation de Sa Majesté, Brasset a fait diverses avances; mais on les en a trouvé si éloignés, que Sa Majesté n'a pas été conseillée de l'offrir quoiqu'elle eût bien désiré, comme elle continue à souhaiter que par un bon accommodement cette semence de Guerre, qui est entre des Princes alliés fût ôtée.

Prétentions de la France pour Sabionette. Monaco doit être compris dans le Traité & delié de toute sujettion aux Espagnols.

Vous vous êtes souvenus de demander la restitution de Sabionette, dont Sa Majesté est restée très-satisfaite; il sera bien à propos de comprendre dans le Traité le Prince de Monaco, & que les Espagnols renoncent aux droits d'une sujettion qu'ils avoient contractée avec ses Peres; il est en cette Cour depuis deux jours.

Nous avons eû des nouvelles que le Maréchal du Plessis Praslin s'étoit embarqué pour Catalogne, passant avec soi un corps très-considérable; cela aidera à la prise de Lerida, & à occuper par delà divers postes qui pourront contribuer, la Trêve expirée ou rompuë, à parvenir ou à l'entiere conquête du Principat, & mêmement à de bien plus grandes chofes.

J'apprends que son Eminence vous envoie la Copie de la Lettre qu'elle a écrite au Marquis de Castel-Rodrigo, qui servira beaucoup à confondre la malice des Espagnols, lesquels font bien voir qu'ils ne consentiront que de pure force à la Paix, & qu'ils la voudroient avec les Alliés de la France, & continuer la Guerre contre nous. Ils nous menacent de rompre, on juge bien que leurs levres proferent ce qu'ils ont dans le cœur, mais graces à Dieu nos affaires feront si bien établies, qu'ils auront de la peine à nous faire du mal, & notre Maître, duquel l'Etat augmente avec ses années, se trouvera en celle d'agir de soi, & beaucoup plus puissant que l'ont été ses Peres, sera en état non seulement de leur resister, mais de les attaquer. Il se fortifie en sagesse comme en taille; & l'on peut dire sans le flater, qu'on voit en lui toutes les semences des vertus qui font nécessaires aux

plus

1646.

Il faut qu'il y ait un Ministre de France aux Conférences des Alliés.

plus grands Rois, ce qu'il a de naturel étant cultivé avec des soins du tout extraordinaires.

Les Lettres que j'ai euës de Mrs. de St. Romain & de la Cour, au sujet de quelque différent qui a été entr'eux, aiant été considerées, Sa Majesté m'a commandé de vous dire, que les Traités Préliminaires aiant établi une nécessité qu'il y auroit auprès des Plenipotentiaires de Suede un Resident de France, qui seroit admis en toutes les Conférences, qu'ils tiendroient avec les Médiateurs & les Parties, l'emploi de celui-là est absolument nécessaire, & qu'il importe au service de Sa Majesté & pour s'accrediter davantage avec les Suedois, & pour lui donner une connoissance entiere de ce qu'il doit faire, qu'il assiste aussi aux Conferences qui se tiennent entre les Plenipotentiaires des deux Couronnes; que la même nécessité n'y étant point, à l'égard d'un autre qui auroit même titre de Resident, que ledit Sieur de la Cour y fût procedé: & comme l'on estime sa naissance, & celle de St. Romain, & toutes les bonnes parties qui sont en eux, Sa Majesté sera bien aise que tout ce qu'elle détermine à l'avantage de l'un ne soit point sujet de quelque mesintelligence & alienation d'affection entr'eux.

On espere beaucoup de l'Electeur de Brandebourg.

Le voiage dudit Sieur de St. Romain, & de Monsieur Courtin vers l'Electeur de Brandebourg n'a pas été inutile, ainsi qu'il a ci-devant été remarqué, & on espere que ce Prince prendra des resolutions conformes au bien public, & à l'état où sont les affaires.

Affaires d'Angleterre.

Nous n'avons point eû, depuis plus de quinze jours, de nouvelles de Monsieur le President de Bellievre, mais bien de Monsieur son frere, qui est demeuré à Londres, duquel nous aprenons qu'il paroît quelque étincelle de feu qui éclaire encore à l'avantage du Roi, & s'il étoit capable de prendre une bonne resolution, & de s'accommoder au Presbitariat, qui lui est demandé par les Ecossois, & qui seroit agréablement reçu d'une bonne partie de l'Angleterre, il y auroit lieu d'esperer que ses affaires se raccommoderoient, & que sa puissance prendroit du relief. On lui a fait remarquer ce qui seroit de son avantage, sans lui donner conseil, pour n'être pas garand des évenemens, l'aiant laissé en son entiere liberté. Je suis &c.

MEMOIRE

De Messieurs les

PLENIPOTENTIAIRES,

ENVOIE' EN COUR

le 3. Decembre 1646.

Nouvelles instances des Hollandois pour la conclusion du Traité entre la France & l'Espagne. La France veut garder Portolongone & Piombino. Expedient proposé touchant la Pomeranie. Autre Expedient sur la même affaire. Oxenstiern continuë ses difficultez & ses prétentions exorbitantes.

Nous n'avons ici aucunes nouvelles de ce qui s'est fait en Baviere. Il court un bruit que l'on traite de la suspension *depuis* que l'Armée Imperiale & Bavaroise a trouvé le moien de passer le Lech. Mais n'aiant point reçû de Lettres de Monsieur de Turenne, nous n'en pouvons rien assûrer. On saura à la Cour plûtôt que nous ce qui s'y arrêtera.

Nous avons fait valoir à Monsieur Salvius la facilité qu'on a eue d'avancer cent mille Ecus au Comte de la Gardie, & de faire remettre le surplus du subside à Hambourg avant le terme. La premiere nouvelle ne lui a pas été fort agréable, ne s'étant pas pû empêcher de témoigner devant nous qu'il en avoit de l'émotion, comme étant chargé de beaucoup d'assignations sur ce fonds-là.

La crainte que nous avons eue ci-devant que la Guerre du Turc ne servît de prétexte à l'Empereur pour demeurer armé est à présent diminuée, le Comte de Trautmansdorff aiant dit souvent que la Paix étoit assûrée de ce côté-là. Mais les Suedois n'étant pas obligez par cette consideration de conserver leurs Troupes, ils sont en grand soin d'ailleurs comment ils les pourront contenter. Nous croions bien que celles qui servent le Roi en Allemagne aiant été paiées de temps-en-temps, il sera plus aisé de s'en défaire. Mais comme le mauvais exemple des autres peut causer du trouble parmi celles-ci, nous estimons aussi qu'on pourvoira aux moiens par lesquels on les puisse facilement licencier, sans qu'il en arrive aucun inconvenient, & sans que le cré-

1646.

crédit du Roi foit diminué parmi les étrangers.

Nous avons bien obfervé l'éclairciffement qui nous a été donné touchant la Ligue qui étoit à faire entre les Princes d'Italie ; en quoi nous fuivrons exactement ce qui nous eft prefcrit, & ferons, s'il fe peut, obliger lefdits Princes à joindre leurs forces, du moins en Italie, contre celui des deux Rois, qui contreviendra, foit en cette Province ou ailleurs, à ce qui fera convenu dans le Traité ; cette précaution aiant été très-judicieufement remarquée.

Nous avons vû les Ambaffadeurs de Baviere, ainfi que nous avions mandé, par la précedente Dépêche, que nous ferions. Après leur avoir dit qu'il y avoit avis de divers lieux que leur Maître faifoit de grandes inftances, non feulement auprès de l'Empereur, mais encore auprès de Caftel-Rodrigo, pour concerter les moiens de continuer puiffamment la guerre, nous leur avons remontré que nous avions peine à croire que la France procurant au Duc de Baviere tous les avantages poffibles, il penfât à s'unir plus étroitement avec fes ennemis. Lefdits Ambaffadeurs ont bien reçu notre plainte, comme étant un effet de la confiance que nous prenions en eux, affûrans qu'ils en avertiroient leur Maître, & qu'ils favoient bien qu'il n'avoit rien changé des bons fentimens qu'il avoit eus pour la France, & du defir de mériter les bonnes graces de Leurs Majeftez.

Les Efpagnols n'ont point encore répondu fur le dernier Ecrit, dont nous vous avons envoié la Copie, & nous n'avons rien à mander de nouveau fur ce fujet, finon que depuis peu les Ambaffadeurs de Meffieurs les Etats nous ont vifité tous trois, chacun à part, & l'un incontinent après l'autre. Ils ont fait un affez long difcours pour nous prier de nous rendre faciles en ce qui eft à convenir dans la Négociation, de laquelle ils font Entremetteurs, & de vouloir bientôt conclure. De cette vifite, qui ne peut avoir été faite qu'avec deffein, nous n'avons pû imaginer que deux caufes ; la premiere eft, que nous avons eu avis que les Miniftres d'Efpagne fe font découverts depuis peu aux Médiateurs de ladite Négociation, & que s'excufant d'y avoir été obligez pour nous porter d'autant plus effectivement à la Paix, ainfi que nous l'avons déja écrit, ils leur ont fait plainte que depuis quelque temps les Hollandois aportoient de la longueur & du retardement en cette affaire ; & ont même prié Monfieur Contarini de les voir, & de les folliciter d'avancer le Traité, de forte qu'il pourroit être que lefdits Ambaffadeurs, pour fe couvrir du reproche qui leur eft fait par les Efpagnols, auront fait cette apparente diligence, quoi qu'en effet ils n'aient pas volonté de nous preffer, parce que peut-être ils ont des points à convenir pour la Paix, fur lefquels ils prévoient qu'il y aura difficulté.

L'autre motif qu'ils peuvent avoir eu eft pour faire un dernier effort envers nous, afin que nous voiant ainfi féparément & fans nous donner loifir de conferer enfemble, ils pûffent gagner quelque chofe, & avoir plus de connoiffance de nos dernieres intentions en ce qui nous refte à ajufter. Mais il s'eft rencontré heureufement que fans avoir fû ce qu'ils nous vouloient dire, nous avons fait

une même réponfe, difant que les Efpagnols étoient en demeure & que nous ne pouvions faire autre chofe que ce qui eft porté dans notre dernier Ecrit.

Peut-être auffi que le fujet de cette vifite extraordinaire a été véritablement pour avancer la Négociation, & qu'ils defirent de finir la leur, attendant de jour à autre le retour de leurs Collegues, qui viennent de la Haie avec toutes les inftructions néceffaires. Et en effet ils nous ont convié de mettre la main à la plume & de commencer à dreffer les Articles en la même forte qu'ils doivent être couchez dans le Traité. Nous avons dit que nous le ferions bien volontiers ; préfupofans que les Efpagnols feront demeurez d'accord de nos juftes demandes fur ce qui refte à convenir.

Le Sieur Paw qui portoit la parole s'étendit à nous reprefenter les fûretez que la France auroit de tous côtez, puifqu'elle s'étoit fi fort agrandie, que non feulement elle auroit les Monts Pyrenées pour barriere contre l'Efpagne, mais qu'elle poffederoit encore des Places au delà, & que dans l'Italie Pignerol lui donnoit le même avantage. Il s'eft trouvé que tous trois, en lui répondant, nous avons dit que Pignerol étoit fort peu de chofe fi la France n'avoit occupé depuis peu les Poftes de Portolongone & de Piombino ; ce que nous leur difions pour leur faire connoître que l'intention de Leurs Majeftez étoit de conferver ces Places, & pour ne leur pas donner fujet de revoquer la chofe en doute, à quoi ils n'ont point contredit. Mais peut-être m'ont-ils pas voulu paroître les Auteurs de la difficulté que les Efpagnols y peuvent faire. Nous ne pouvons encore donner fur cela autre affûrance, finon que nous ferons très-ponctuels à fuivre l'ordre qui nous a été donné & à faire toutes chofes poffibles pour conferver à la France une acquifition fi utile. Pour cet effet, nous ne manquerons pas de nous expliquer comme il faut à la premiere Conférence, ou dans l'Ecrit que nous donnerons aux Efpagnols.

Nous ne faurions mander de bonnes nouvelles du Traité de l'Empire, à caufe de la conduite de Meffieurs les Suedois, ou plutôt de Monfieur Oxenftiern. La derniere Dépêche aura apris comme il eft parti promptement de cette Ville, fans donner temps aux Imperiaux de lui porter la réponfe fur fa demande. Monfieur Salvius étoit demeuré d'accord de fon confentement pour la recevoir, & pour repliquer & rechercher avec nous quelque temperament fur le fait de la Pomeranie. Il eft arrivé que Meffieurs les Médiateurs croiant avancer les affaires nous vinrent convier de nous affembler tous pour effaier de demeurer d'accord, tant fur cette difficulté que fur les autres qui font encore à regler pour le général de l'Empire. Nous nous excufâmes de faire cette affemblée, fur ce qu'il y avoit certains points, comme ceux où il s'agit de la Religion, fur lefquels n'étant pas de même fentiment que nos Alliez, il feroit mal à propos de nous voir tomber en conteftation devant les Imperiaux, & ainfi nous reduifîmes la Conférence entre Monfieur Salvius & nous, où Monfieur Contarini affifteroit. Nous fûmes donc tous trois chez ledit Sieur Salvius, où aiant conféré avec lui pendant une heure pour préparer les chofes & empêcher qu'il ne parût entre nous aucune diverfité d'avis, Monfieur Contarini s'y trou-

1646.

va. Après plusieurs discours, dont le recit seroit superflu, on tomba d'accord que les Imperiaux & les Suedois ne voulant faire aucune proposition nouvelle, l'ouverture de quelque expedient sur la cession de la Pomeranie seroit faite par nous. L'expedient étoit de laisser à la Couronne de Suede la Pomeranie anterieure avec l'Isle de Volhin; Que Stetin & Gars lui demeurant l'Empereur se chargeoit de donner à l'Electeur de Brandebourg douze cens mille Risdalles, ou si l'Electeur aimoit mieux retenir lesdites Places de Stetin &, Gars, que cette somme seroit paiée à la Couronne de Suede.

Expedient proposé touchant la Pomeranie.

Avec la facilité que cette ouverture nous sembloit donner à l'accommodement, nous avions encore une autre visée qui étoit que l'impossibilité de trouver cet argent dans l'Empire feroit avoir recours à la France, & que pour la fournir on se pourroit resoudre à lui laisser les Villes Forestieres & Benfelt, dequoi néanmoins nous n'avons pas jugé qu'il fût encore temps de nous ouvrir. Monsieur Contarini se chargea de donner avis le jour même de cet expedient au Comte de Trautmansdorff, ce qu'il fit & nous envoia le soir un Ecrit, dont la copie sera ci-jointe, où il fut changé quelque chose, aiant été ajoûté, pour décharger l'Empereur de trouver cet argent, qu'au cas qu'il dût être paié à la Couronne de Suede, Stetin & Gars lui demeureroient entre les mains, attendant que la somme fût fournie, qui est une condition à laquelle l'Electeur ne consentira pas. Nous avons donné avis de ce que dessus aux Députez de Brandebourg, & fait voir ledit Ecrit à Monsieur Salvius, qui avoit promis d'en faire raport à son Collegue, & la chose nous sembloit être en assez bon chemin, lorsque nous fumes avertis que Monsieur Oxenstiern avoit écouté une autre proposition, & que déja il en avoit écrit en Suede.

Autre Expedient sur la même affaire.

Elle consiste à mettre l'Electeur de Brandebourg en possession de toute la Pomeranie, la Couronne de Suede se contentant d'en avoir présentement l'investiture, qu'ils appellent *Simultanée*, c'est-à-dire en même temps qu'elle sera donnée à la Maison de Brandebourg, pour la posseder au cas que cette Maison vînt à faillir; & qu'outre le Port de Wismar, l'Archevêché de Bremen & l'Evêché de Verden, ladite Couronne aura pour sa satisfaction les Evêchez d'Osnabrug & de Minden avec trois Comtez voisines, dont la Comté de Schomberg est une.

C'est le point où cette Négociation est réduite en laquelle nous ne savons plus quelle methode tenir avec ces Messieurs. On a eu grand' peine à faire venir Monsieur Oxenstiern à Munster; mais elle a été encore plus grande de l'y retenir quelque temps, & pour éluder nos instances & s'échaper de nos mains, il promit qu'étant à Osnabrug il envoieroit ici ses avis à son Collegue, qui pourroit resoudre les choses, aiant même assûré qu'il retourneroit s'il étoit besoin. Mais depuis qu'il est là il n'a pas laissé de témoigner qu'il trouvoit mauvais le sejour de Monsieur Salvius en cette Ville, & lui a écrit qu'il n'accorderoit rien de tout ce qui se feroit ici, & par ce moien il a arrêté toutes choses.

Oxenstiern continuë ses difficultez & ses prétentions exorbitantes.

Nous n'avons pas manqué de représenter à Monsieur Salvius que cette nouvelle proposition ne peut jamais réussir, & qu'on sera blâmé de toute l'Assemblée de l'écouter seulement; qu'elle ne tend qu'à faire continuer la guerre, & à rendre inutile tout ce qui a été traité jusques-ici; qu'elle est beaucoup moins avantageuse à la Couronne de Suede que l'offre qui lui est faite d'ailleurs; que ce sont Pieces détachées & éloignées, lesquelles l'Empereur à la premiere occasion favorable peut occuper aisément; que quelque esprit malicieux l'a inventée pour jetter la division entre la France & la Suede, sachant bien que nous ne pouvions jamais consentir que toute la recompense de Suede fût en biens d'Eglise, puisque nos Alliances y sont directement contraires. Le Sieur Salvius a témoigné de trouver nos raisons bonnes, & d'improuver cette nouveauté; mais il craint que son Collegue en ait écrit en Suede, & qu'il n'en faille attendre la réponse.

Toutes ces choses nous font apréhender que nous ne soions à la fin obligez de leur parler plus fortement. Nous jugeons bien à propos de voir auparavant ce qui sera resolu du côté de l'Espagne, & cependant nous avons donné avis de ce que dessus au Sieur Chanut, qui asûre que la Reine de Suede est toûjours bien disposée à la Paix. Nous ne lui avons rien prescrit pour se conduire; nous supplions que de la Cour on lui envoie aussi-bien qu'à nous les ordres de ce qui sera à faire si cette procedure continue. Nous avons aussi écrit à Monsieur de la Cour qu'il vît ledit Sieur Oxenstiern, & qu'après lui avoir représenté une fois de notre part les conséquences dangereuses de ladite proposition, il ne lui en parlât plus, de crainte qu'une instance pressante ne rendît cet esprit plus opiniâtre au lieu de lui persuader la raison.

Cependant on jugera si voiant ces longueurs & le retardement que ceci peut causer, il ne seroit point à propos, pour se rendre plus considerables à nos Parties & à nos Alliez, de donner ordre de bonne heure à fortifier l'Armée d'Allemagne. Nous esperons pourtant que si le Traité avec l'Espagne, qui est en bons termes, peut être promptement conclu, il aportera grande facilité à la prompte conclusion de l'autre.

L E T T R E

De Messieurs les

PLENIPOTENTIAIRES

à Monsieur le Comte de

B R I E N N E.

Du 3. Decembre 1646.

Les Plenipotentiaires manquent de fonds.

MONSIEUR,

VOus verrez par le Memoire ci-joint ce qui se passe en la Négociation, qui nous fait craindre que la conclusion du Traité ne soit plus éloignée que nous ne l'avons esperé.

Puisque la conduite du Sieur de Sombres dans Liege donne satisfaction, il semble que pour l'autoriser davantage, il seroit bien à propos de lui donner un titre & qu'il fût reconnu agir de la part du Roi; car outre que ce qu'il fera sera plus consideré, il est certain que sans cela il ne peut demeurer en cette Ville-là avec sûreté, dans les changemens & troubles qui y sont assez ordinaires. Et si l'on trouve à propos qu'il y demeure plus longtemps vous jugez bien, Monsieur, qu'il est juste de lui donner moien d'y subsister. Nous ferons la même remontrance pour les Sieurs d'Avaugour, de Beauregard, & de Meules, qui ne peuvent servir utilement Sa Majesté, s'il n'est donné ordre au paiement de leurs appointemens, dont ils n'ont rien reçu depuis deux années. Et puisque nous sommes tombez sur ce propos, nous avons vû par diverses Lettres qu'on avoit ordonné à Messieurs des Finances de rembourser les cinquante mil livres que nous avons emploiées pour les levées & autres affaires hors de cette Négociation. Mais jusques-ici nous n'avons vû aucun effet, dequoi nous ne parlerions pas si le service de Leurs Majestez n'en pouvoit recevoir un notable préjudice. Nous sommes aussi contraints de représenter que nous nous trouvons ici sans fonds pour nos appointemens; faites-nous la faveur, Monsieur, de nous continuer vos soins &c.

Les Plenipotentiaires manquent de fonds.

L E T T R E

De Messieurs les

PLENIPOTENTIAIRES

à Monsieur le

T E L L I E R,

du 3. Decembre 1646.

On aura soin de l'échange des Prisonniers.

MONSIEUR,

NOus avons reçû la copie qu'il vous à plû de nous envoier du dernier Traité fait pour l'échange des Prisonniers, & vû ce que la Reine nous ordonne de faire sur ce sujet dans le Traité de Paix, à quoi nous obéïrons. Nous vous suplions, Monsieur, d'en assûrer Sa Majesté, & de nous donner part en l'honneur de votre bienveillance, puisque nous sommes &c.

On aura soin de l'échange des Prisonniers.

LETTRE

à Messieurs les

PLENIPOTENTIAIRES,

À Paris du 7. Decembre 1646.

Touchant les Places conquises en Toscane. Et le Discours d'un des Députés Hollandois. Affaires de Mantouë. Et des Grisons.

MONSEIGNEUR & MESSIEURS

VOtre Lettre du vingt-sixiéme de Novembre fut renduë le quatriéme du Courant & le cinquiéme s'étant trouvé jour de Fête en ce Diocèse, Sa Majesté n'a point assemblé son Conseil ; ce qui pourra bien faire que vous ne recevrez pas la réponse au Mémoire du même jour de votre Lettre, que par l'Ordinaire, qui partira dans la huitaine, si quelque affaire pressée ne donne lieu à l'envoi d'un Extraordinaire. J'aurois différé jusques à ce tems-là, à repondre à la Lettre qu'il vous a plu m'écrire, si je ne m'étois aperçu que vous avez donné aux termes de l'une des miennes un peu plus de force que je n'avois crû. J'ai présupposé que les Places *(en marge : Touchant les Places conquises en Espagne.)* conquises sur la mer de Toscane demeureroient à la France, parce qu'on vous a souvent mandé que c'étoit l'intention de Sa Majesté, & que je n'ai crû que les Espagnols fussent plus difficiles à y consentir, qu'ils l'ont été de quelques autres, qui leur sont de grande conséquence ; je ne dis pas d'ici, & ne compare pas les uns aux autres, parce que ce pourroit être un sujet de contention. J'ai *(en marge : Et le Discours d'un des Députés Hollandois.)* aussi affermi mon opinion sur un discours avancé par l'un des Plenipotentiaires de Messieurs les Etats, qui a dit qu'il en falloit tirer avantage, & les échanger comme étant peu utiles à la France ; mais je n'ai pas conclû de cela, qu'ils l'eussent déclaré avec ordre & seulement inferé qu'il falloit que les Plenipotentiaires d'Espagne en fussent entrés en discours avec eux, & que c'est laisser prendre un grand préjugé, quand on cherche par un équivalent de sortir d'affaires. J'ai dû inférer de vos Dépêches ce qui est encore bien nettement exprimé en la derniere, que vous êtes resolus de faire tous les efforts pour les conserver, ou en les relâchant en tirer divers avantages ; il seroit superflu de parler de ce qui est à faire pour ce regard, d'autant que l'on s'en est souvent expliqué avec vous, qui aurez sans doute aprouvé que le Resident Brasset ait differé de faire la remontrance dont

vous l'avez chargé, par les raisons contenuës dans la Lettre qu'il vous a écrite. Par celle que j'ai eû de lui dattée du vingt-sixiéme, il m'en a informé, & j'ai jugé qu'il avoit eû raison d'en user de la sorte qu'il a fait. Y faisant reponse, je l'exhorte à appuyer fortement ce que vous lui avez commandé, & je serai trompé s'il ne lui réussit : non que je ne fache la belle imagination dont quelques-uns des Etats se sont flattés, qu'ils n'étoient obligés à nous servir, qu'en la guerre de Flandres, mais les Magistrats des Villes qui ont droit de suffrage en l'Assemblée des Etats seront sans doute plus reconnoissables, que ceux de Messieurs les Etats, & ceux-là n'aiant point été gagnés, comme il y a lieu de croire, que plusieurs de ceux-ci l'ont été, ils entreront dans la connoissance de ce qui est juste & s'y porteront.

J'aurois achevé, n'étoit que je suis obligé de vous mander que Priandi, & moi fûmes hier plus de deux heures en conference, où il *(en marge : Affaires de Mantouë.)* essaia de me persuader, qu'on devoit appuier les prétentions de Monsieur le Duc de Mantouë, & moi de lui en faire voir l'injustice ; il arriva que nous nous separames peu satisfaits l'un de l'autre, mais qu'il fut souvent contraint d'acquiescer à ce, que je lui disois, pour lui imprimer & la justice & l'utilité du Traité de Querasque, & que Madame de Mantouë pouvoit esperer divers avantages de Sa Majesté, en entrant dans ses sentimens, & qu'il falloit qu'un chacun contribuât à l'ouvrage de la Paix. Il se prépare de parler à Monsieur le Cardinal duquel il ne peut pas esperer de meilleures paroles qu'il a eû de moi, qui suis, &c.

Vous verrez par le Mémoire que vous recevrez, que l'on a fait effort, & de faire voir votre Dépêche à Sa Majesté, & d'y répondre. On ne s'est pas contenté de lui lire votre Mémoire, on a voulu qu'elle entendit le contenu au projet des articles qui concernent les affaires des Grisons, & de celles termi- *(en marge : Et des Grisons.)* nées par le Traité de Querasque ; l'un & l'autre sont approuvez, mais on croit qu'il est nécessaire d'ajoûter à celui de Querasque quelque chose qui décharge Sa Majesté de ce qui fut promis, & particulierement de l'obligation de faire la guerre à la Republique de Gennes, ainsi qu'il vous a été mandé. Que si la proposition toute nuë choquoit la Maison de Savoye, au moins faudra-t-il couler quelque terme qui reçoive cette interpretation, & qui signifie nettement ce qu'on désire. C'est ce qui est remis à vos prudences d'ajuster, & de trouver le lieu, où cela doit être placé ; Sa Majesté ne sauroit croire que Madame de Savoye n'y donne les mains, puisqu'elle témoigne vouloir contribuer à l'ouvrage de la Paix, qui ne seroit pas assurée, s'il restoit une ouverture pour la rompre : elle auroit tort de croire que notre Roi souffrit, qu'on attaquât une Republique qui est en son Alliance, sans se mettre en état de la défendre, & la Chrétienté a intérêt que la Maison de Savoye perde l'envie de faire la guerre à ce sujet, & l'opinion qu'elle a que la France fût obligée de l'assister en cette entreprise. Sa Majesté doit souhaiter d'être degagée de ce que le feu Roi pourroit avoir promis, afin qu'il ne reste nul sujet à la Maison de Savoye de quereller la propriété & possession de Pignerol, qui est acquise par ledit Traité à la France, qui depuis a consommé des tresors immenses & versé beaucoup de sang pour la conservation

des

des Etats dudit Duc, & le rétabliſſement de Madame en ſon autorité.

LETTRE

De Meſſieurs les

PLENIPOTENTIAIRES,

A Monſieur le Comte de

BRIENNE,

Du 10. Decembre 1646.

La lenteur eſt naturelle aux Allemans. Expedients touchant la Pomeranie. Etat de la Négociation avec l'Eſpagne.

MONSIEUR,

NOus répondrons aux Mémoires du Roi du vingt-troiſieme & du trentiéme du Mois paſſé par le Courier qui pourra partir d'ici dans trois ou quatre jours. Cependant il a été jugé à propos de vous faire ce mot, de crainte que n'aiant point de nos nouvelles par l'Ordinaire on ne fût en quelque peine.

Nous travaillons beaucoup & avançons peu dans la Négociation, ſoit que les demandes trop hautes & les procedures des Suedois en ſoient la cauſe, ou que les irreſolutions du Marquis de Brandebourg y contribuent. Il eſt encore à craindre que cet Electeur s'étant allié avec Monſieur le Prince d'Orange ne conçoive des eſperances de l'appui de Meſſieurs les Etats, qui le rendront plus difficile, & le confirmeront dans la lenteur qui eſt comme naturelle aux Allemans.

La lenteur eſt naturelle aux Allemans. Nos précedentes vous auront appris l'expedient qui avoit été concerté que la Couronne de Suede retint avec la Pomeranie anterieure l'Iſle de Wolhin, & que reſtituant Stetin & Gars à l'Electeur, elle reçût de l'Empire [l'Empereur] une ſomme de douze cens mille Riſdalles. Monſieur Salvius avoit témoigné aprouver cette ouverture; & néanmoins il ne nous y a fait aucune réponſe depuis qu'il eſt de retour à Oſnabrug; mais Monſieur Oxenſtiern & lui nous ont envoié une Lettre, dont la copie ſera ci-jointe, par laquelle vous verrez qu'au lieu de prendre quelque temperament, ils prétendent non ſeulement retenir Stetin & Gars avec l'Iſle de Wolhin; mais auſſi que les douze cens mille Riſdalles leur ſoient paiées.

Expedients touchant la Pomeranie. Ce qu'il y a de meilleur dans leur Ecrit eſt qu'ils y mettent une alternative, c'eſt-à-dire qu'au cas que l'Electeur ne veuille pas donner ſon conſentement, ils demandent que toute la Pomeranie leur demeure avec la garantie de l'Empereur & des Etats de l'Empire. De ſorte que ſe pouvant au moins traiter ſur ce parti, nous devons voir aujourd'hui le Comte de Trautmansdorff, où Monſieur Contarini ſe trouvera, pour déliberer enſemble ſur l'envoi des perſonnes que les Imperiaux & Electoraux doivent depêcher vers le Marquis de Brandebourg, pour le convier, en lui donnant part du conteau en ladite Lettre, à prendre une reſolution. Ils deſirent que nous y envoyions auſſi, à quoi nous conſentirons pour donner d'autant plus d'éclat & de vigueur à cette inſtance, & pour faire voir à tout le monde la ſincerité de Leurs Majeſtez, & le grand deſir qu'elles ont de la Paix.

Quant à la penſée qu'on avoit voulu donner à Monſieur Oxenſtiern de laiſſer la Pomeranie à l'Electeur & de prétendre la ſatisfaction de la Suede toute en bien d'Egliſe, nous avons écrit au Sieur Chanut que ſi l'on en parle à Stockholm, il en faſſe connoître les inconveniens, diſant que c'eſt une invention qui ne peut jamais produire autre effet que la longueur dans le Traité, & ſujet de diviſion entre les Couronnes, auſquelles on veut tendre ce piege pour les faire tomber dans un écueil qu'elles ont ſi heureuſement évité juſques ici. On ne ſait pas ſi ledit Sieur Oxenſtiern en a écrit; mais il ne ſe parle plus tant de cette nouveauté, dont le bruit avoit fort couru dans l'Aſſemblée, & la Lettre des Plenipotentiaires de Suede ſemble témoigner qu'ils ne s'y ſont pas arrêtez, comme en effet la prudence ne permet pas d'y entendre, & leurs propres intérêts y ſont contraires.

Etat de la Négociation avec l'Eſpagne. Le Traité avec l'Eſpagne ſemble être mieux diſpoſé; & pourvû que Meſſieurs les Etats ne faſſent point de nouvelles & extraordinaires demandes, (comme quelques-uns croient qu'ils veulent faire,) il y a lieu d'eſperer qu'il pourra être bientôt conclu. Nous ne ſommes pas marris des difficultez qui s'y peuvent rencontrer à leur égard, afin d'avoir le temps de voir quel ſera le ſuccès des inſtances qui ſe font continuellement, tant à la Haye qu'ici, pour la garantie reciproque, comme étant le fondement & la ſûreté de tout notre Traité. Leurs Députez qui étoient abſens, ſont de retour; ils nous ont prié de trouver bon qu'ils pûſſent propoſer comme d'eux-mêmes les expediens qu'ils eſtiment propres à terminer les points dont il reſte à convenir; ce que n'aians pû refuſer, ils nous ont donné hier au ſoir l'Ecrit dont vous trouverez une copie avec la préſente. Il y a beaucoup de choſes qui ne nous plaiſent pas, ſurquoi nous leur euſſions répondu dès aujourd'hui, ſi nous n'étions occupez ailleurs. Nous rendrons un compte exact de tout par le Courier que nous depêcherons. Il n'y a point ici de nouvelles des Armées & nous ne ſavons ce qui ſe fait touchant la ſuſpenſion. Nous vous ſupplions de croire que nous ſommes &c.

REPONSE

De Messieurs les

PLENIPOTENTIAIRES

Aux Memoires

DU ROI,

Du 29. & 30. Novembre & 7. Décembre 1646.

Envoiée en Cour le 17. dudit Mois de Décembre 1646.

On n'insiste que foiblement sur Sabionette. Plaintes des difficultez des Suedois. Salvius entraîné par Oxenstiern. Mantouë n'aprouve pas le Traité de Quierasque. Servien ira à la Haye. Levée du Siege de Lerida.

NOus avons fort consideré les avis qu'il a plû à la Reine de nous faire donner que l'Empereur sollicite le Duc Charles d'acheter partie de ses Etats patrimoniaux les plus proches de la Baviere; & que les Espagnols pensent aussi à aliener partie de leurs Etats dans les Païs-Bas, & à en ceder même la Souveraineté. Il y auroit péril de s'ouvrir sur des propositions dont nous n'avons point ouï parler jusques-ici. Il nous semble bien être hors de doute qu'il seroit très-utile à la France de procurer audit Duc un établissement dans l'Allemagne, s'il se pouvoit, ou du moins aux Païs-Bas; & pour y parvenir, nous ne jugerions pas seulement à propos d'y employer une somme notable de deniers; mais encore de ceder quelque chose aux Espagnols en d'autres endroits en échange de ce qui lui pourroit être laissé. Si nous voions quelque occasion favorable d'en faire l'ouverture, nous ne la laisserons pas échaper; mais nous croions qu'il seroit inutile d'en parler jusques à ce que nous y voyions un peu plus de fondement.

L'avis qui nous a été donné du Landgrave de Darmstadt, nous confirme dans le jugement que nous avons fait qu'il doit être tenu pour Ennemi: Nous l'avons ainsi mandé à Monsieur de Vautorte & à d'autres, & à Monsieur le Maréchal de Turenne même, avec cette reserve néanmoins que nous n'étions pas d'avis que l'on vînt aux hostilitez, que quand il y auroit lieu d'en tirer avantage pour le Roi ou ses Alliez.

Ce n'est pas sans raison qu'on a eu soupçon de l'intention des Espagnols sur le point du Traité de Quierasque. Elle est évidente par le dernier Ecrit dont on a envoié la copie. Ils ont pensé, en laissant les affaires indécises, favoriser la Maison de Mantouë & engager aussi celle de Savoye sur l'esperance d'appuier ses prétentions. Nous avons fait remarquer aux Ministres de Mantouë qu'ils demandent une égale liberté, pour la Maison de Savoye & celle de Mantouë, de se pourvoir sur la lezion, de quoi ils ont témoigné être mal satisfaits. On verra par la réponse que nous leur avons faite, que nous n'avons voulu admettre aucune clause ni reserve à l'Article que nous avons donné, à quoi nous tiendrons ferme.

Si on avoit un Memoire certain de tous les particuliers qui doivent être compris au Traité, ou qu'en les specifiant, il fut à craindre que nos Parties vinssent aussi à nommer des personnes qui peut-être ne seroient pas agréables à Leurs Majestez; nous jugerions bien à propos, suivant l'avertissement qui nous est donné, de nommer. & specifier ceux qui doivent jouïr de cette grace, & en exclure les autres. Mais comme il sera difficile de n'admettre pas en ce point une clause générale, nous prendrons garde à dresser cet Acte en termes si clairs & si peu sujets à équivoques, qu'on ne puisse jamais s'en servir contre l'intention de Leurs Majestez, & notamment qu'ils ne puissent être expliquez en faveur du Duc Charles ou du Duc François son Frere à cause du Barrois, ni de Monsieur de Bouillon à l'égard de Sedan. Nous ne manquerons pas de faire tous nos efforts pour faire rentrer le Prince de Monaco dans les Etats qu'il a perdus au Roiaume de Naples & au Duché de Milan. Et pour Monaco, comme nous esperons faire ensorte qu'il sera dit, que toutes choses demeureront en l'état où elles sont, aussi seroit-il bien mal-aisé de faire convenir les Espagnols d'annuller tous les Traitez qui ont été faits ci-devant avec eux.

On aura pû voir que nous avons fait diverses instances sur le fait de Sabionnette; mais y aiant trouvé grande repugnance on n'a pas crû y devoir fort insister, quand on a vû les affaires approcher de la conclusion, & quoi qu'on ne s'en soit jamais départi, lesdits Espagnols ont bien pû connoître que cela n'arrêteroit point la Paix.

Monsieur Oxenstiern ne s'est pas rendu seulement difficile en ce qu'il n'a pas voulu qu'on traitât les affaires à Munster; mais quand il a été à Osnabrug il a changé les resolutions qui avoient été prises entre eux & nous. Leur Lettre (dont nous avons envoié copie par le précedent Ordinaire) vous aura fait voir comment au lieu de s'arrêter à l'expedient proposé, que la Couronne de Suede retenant l'Isle de Wolhin avec la Pomeranie anterieure, & laissant Stetin & Gars à l'Electeur, recevroit en recompense une somme de douze cens mille Risdalles, ils prétendent à cette heure & Stetin & Gars, & les douze cens mille Risdalles aussi, desquelles il n'avoit pas

pas été parlé auparavant , & qu'eux-mêmes n'avoient pas demandées. Il faut avouër que nous nous trouvons empêchez à faire un jugément fur la conduite de ces Meffieurs. Quant à Monfieur Oxenftiern, il eft certain que nous ne lui avons donné aucun fujet de dégoût, & quand il a été ici nous l'avons fort careffé , & lui-même a témoigné fatisfaction , aiant vû chacun de nous à part & demandé nos avis en fecret &. comme en confiance. S'il a eu du chagrin il lui vient d'ailleurs. Peut-être que Monfieur le Chancelier fon pere lui donne des ordres fecrets qui le font agir de la forte. Car s'il eft vrai que le Chancelier ne defire pas la Paix (comme quelques-uns le croient) il peut , étant très-habile, fans témoigner ce fentiment, prolonger les affaires & fe fervir du prétexte tantôt de la Religion, & tantôt de la grandeur de l'Etat, pour en differant la conclufion du Traité efperer qu'il fe rompe. Mais ce qui nous donne encore plus de peine c'eft que Monfieur Salvius qui paroît mieux difpofé cede néanmoins à l'autre , foit par irrefolution, ou par crainte qu'on le blâme de n'être pas affez ferme ; enforte que le premier arrête rudement les affaires par fes difficultez , & le fecond par fes facilitez accompagnées de douceur ne les avance point.

Nous avons cependant répondu à leur Lettre, & leur avons mandé comment, pour fatisfaire au devoir de bons Alliez , nous avions fait favoir aux Imperiaux le contenu en leur demande ; que nous les avions portez d'envoier à l'Electeur de Brandebourg le Baron de Plettemberg pour lui notifier ladite demande , le preffer d'y donner fon confentement, & lui déclarer que s'il ne l'accorde, l'Empereur & les Etats de l'Empire donneront à la Couronne de Suede l'Inveftiture de la Pomeranie entiere avec prómeffe de garantie; Que le College Electoral a écrit dans ce même fens , & fait faire une pareille Déclaration audit Electeur par le même Baron de Plettemberg , & que nous lui avons auffi en même temps envoié le Sieur de Saint Romain, pour le perfuader à prendre promptement une refolution là-deffus.

Nous avons ajoûté à cela qu'il y avoit peu d'apparence que l'Electeur confentît aux propofitions qui lui font faites comme étant trop des-avantageufes; Qu'il en feroit encore moins fufceptible que ci-devant, attendu l'Alliance qu'il a depuis peu contractée; Que peut-être ceux qui témoignent facilité à laiffer la Pomeranie entiere à la Couronne de Suede, avoient deffein de la rendre odieufe en Allemagne , & de la lui ôter par ce moien quelque jour ; Que nous ne laiffions pas de faire agir fortement auprès de l'Electeur; Que depuis quatre mois ils avoient pû connoître avec quelle fidelité nous embraffions tous leurs intérêts , & que ce qui s'étoit paffé tant en la Campagne qu'en la Négociation en étoient des preuves affûrées. C'eft en fomme ce que nous leur avons écrit, après quoi nous attendrons le fuccès de la Députation faite vers l'Electeur, pour refoudre enfuite la conduite que nous aurons à tenir avec eux.

Nous avons vû la Lettre écrite par Monfieur le Cardinal Mazarin au Marquis de Caftel-Rodrigo , & rendons graces très-humbles de la communication qui nous en a été faite. Nous nous en fervirons fi on parle de cette affaire, qui fait bien voir que nos Parties font à bout de leurs fineffes , puis qu'ils

fe fervent de fi foibles moiens pour redreffer leur reputation, & tirent à leur avantage un compliment & une civilité ordinaire.

Les Miniftres de Mantouë feront mal-aifément portez à vouloir aprouver le Traité de Quierafque , & peut-être feront-ils plutôt des proteftations au contraire. Toutefois quand ils fe verront hors d'efperance de toucher fans cela les cinq cens mille Ecus que le Roi doit fournir, ils y penferont plus d'une fois. Nous en ferons l'offre ainfi qu'il nous eft ordonné dans le Memoire.

On a reçu celui qui regarde le Commerce pour lequel on effaiera d'obtenir le plus d'avantage qu'il fe pourra; mais fi on ne peut tout obtenir, nous croions qu'il y aura fujet de contentement pour les Marchands, fi on nous accorde en termes généraux en leur faveur les mêmes reglemens qui ont été faits par ceux d'Angleterre & de la Hollande.

On effaiera de fe prévaloir de tous les avis contenus au Memoire du feptiéme de ce Mois, & on fera favoir aux Plenipotentiaires de Suede ce qu'on croira être à propós qu'ils fachent en la meilleure façon qu'il fe pourra.

L'avis qui a été donné à Leurs Majeftez, qu'après la Paix faite, l'Efpagne & Meffieurs les Etats pourront entrer en Ligue, fe raporte fort à ce que nous voions fe paffer ici dans la Négociation. Nous eftimons que c'eft le deffein des Miniftres d'Efpagne & de quelques-uns des Hollandois qui leur font efperer d'y attirer leur Etat. Ce foupçon rend la garantie encore plus neceffaire , & nous fait juger, auffi bien que la Cour, qu'on y doit d'autant plus infifter. On pourroit à la verité fe contenter peut-être qu'il y eût quelque reftriction dans la garantie qu'on demande, comme fi après la Trêve de Catalogne expirée Meffieurs les Etats ne s'obligeroient pas de rentrer en guerre avec nous pour nous la faire continuer. Peut-être encore que la prudence voudroit qu'on fouffrit, plutôt que de rompre, qu'ils ne demeuraffent pas obligez pour les affaires d'Italie. Mais pour obtenir d'eux une partie il nous femble néceffaire de leur demander le tout , & qu'ils ne puiffent en aucune façon pénétrer que nous foions pour nous fatisfaire d'une partie. Cette affaire étant d'une très-grande importance, chacun s'eft offert volontairement d'aller à la Haye pour en tirer un éclairciffement entier felon le defir de la Cour; & il a été refolu que moi Servien ferois promptement ce voiage. Il nous femble qu'il faut parler avec fermeté; mais fans ufer de termes qui puiffent aigrir les efprits, témoignant feulement qu'on ne craint point trop ce qu'ils pourroient faire en cela , & que la France fe peut paffer de leur garantie, avec intention toutefois de les y amener s'il fe peut , & d'ôter aux Efpagnols toute efperance de nous pouvoir défunir.

Nous attendons d'heure à autre une occafion favorable de faire la propofition qui nous a été ordonnée touchant le Duc Charles. Jufques ici nous ne l'avons pû executer, d'autant qu'avec les Imperiaux la Négociation eft furfife à caufe de celle de la Suede, & à l'égard des Efpagnols, la médiation étant entre les mains des Hollandois , nous craindrions d'offenfer en quelque façon les véritables Médiateurs , fi d'autres qu'eux étoient emploiez par nous à faire cette ouverture. Nous la ferons au premier moment qui fe trouvera

pro-

1646.

propre, soit aux Imperiaux ou aux Espagnols, avec dessein de le faire savoir aussitôt à ceux qui n'en auront pas été les premiers avertis, & nous tâcherons de nous y conduire ainsi qu'il nous est prescrit, & de suivre notre Instruction bien exactement.

Nous avons dit au Sieur Rosenhan que Trautmansdorff étoit solicité par les Espagnols de rompre l'Assemblée, & qu'il n'en étoit pas éloigné, desesperant de la Paix, à cause de la dureté des Plenipotentiaires de Suede. Ce Résident a témoigné être touché de cet avis & ne s'est pû empêcher d'accuser la conduite de Messieurs Oxenstiern & Salvius, blâmant la mauvaise humeur de l'un & l'irresolution & mollesse de l'autre, & reconnoissant qu'il est temps de conclure la Paix.

Si les Espagnols publient que nous ne la voulons pas, ils n'en seront pas crus par les Imperiaux mêmes, au moins par le reste de l'Assemblée, où il n'y a aucun Député qui ne louë la France de ce qu'elle fait tous les jours pour parvenir à ce bien tant desiré. La Reine de Suede a même fort aprouvé la moderation de Leurs Majestez, qu'elle a reconnuë être accompagnée de prudence, lors que dans le premier succès des Armées en Baviere nous n'avons rien changé à nos demandes, quoi que nous fussions en liberté de le faire.

Si le pouvoir de traiter sur les points de Cavours, de la Perouse, & de la décharge de l'obligation de la Guerre de Gennes, n'est point envoié à l'Ambassadeur de Savoye, on essaiera de convenir de quelque clause générale qui puisse justifier que ce ne sera pas nouveauté quand on parlera de ces affaires. Et pour la liberté d'assister le Portugal, après avoir tenté le mieux, on essaiera au moins de satisfaire à ce dont il nous est donné pouvoir.

L'avis que le Secretaire de l'Ambassade de Hollande est à la disposition des Espagnols nous a surpris, & nous semble mériter grande reflexion. Nous mettrons peine d'y voir plus clair, & cependant de nous tenir tellement sur nos gardes que nous ne puissions en recevoir de préjudice. Jusques à présent il nous avoit paru très-affectionné à la France, & même il nous avoit donné divers avis.

Levée du Siege de Lerida.

Depuis ce Memoire achevé, la nouvelle de la levée du Siege de Lerida est arrivée, dont nous avons eu grand déplaisir, aiant néanmoins debité ladite nouvelle ainsi qu'il nous a été mandé. Nous ferons notre réponse cette semaine par un des Couriers que nous avons ici. Et cependant nous osons dire qu'il semble qu'il seroit très-dangereux de se negliger dans la Guerre d'Espagne, n'y aiant encore aucune certitude en la Paix ni au temps qu'elle peut être faite.

L E T T R E

De Messieurs les

PLENIPOTENTIAIRES

à Monsieur le Comte de

B R I E N N E.

Le 17. Decembre 1646.

Passeport refusé au Duc d'Amalfi.

MONSIEUR,

NE s'étant rien fait ici cette semaine qui ait merité qu'on depêchât le Courier, on le retient pour s'en servir quand il se présentera occasion. Et cependant voici la réponse aux Dépêches du dernier Novembre, & septiéme de ce Mois. Nous ne vous repetons pas en particulier ce qui est dans notre Memoire, & vous supplions seulement de prendre la peine de voir deux Ecrits qui nous ont été mis en main, l'un par les Députez des Ducs de Saxe-Weimar, & l'autre par le Sieur Huygens Député de la Province de Gueldres à l'Assemblée de Messieurs les Etats. Il vous plaira, Monsieur, de nous écrire quelque chose que nous puissions dire à ceux qui nous parlent & nous pressent sur ces affaires. Vous trouverez avec la présente, la réponse que nous faisons aux Espagnols sur le dernier Ecrit qui nous a été donné de leur part par Messieurs les Hollandois, duquel Ecrit l'Ordinaire vous porta copie il y a huit jours. Le Duc d'Amalfi nous a fait *Passeport refusé au Duc d'Amalfi.* demander un Passeport pour passer de Flandres en Allemagne pour ses affaires particulieres. Nous fîmes dire au Comte de Trautmansdorff, qui le faisoit soliciter, qu'on pouvoit l'obtenir du Roi plus commodément, la Ville de Bruxelles étant plus proche de Paris que de Munster, & que nous ne le pouvions donner si nous n'avions asûrance que ledit Duc ne seroit point emploié dans les Armées, & depuis on ne nous en a point parlé. Nous avons fait savoir la nouvelle de Lerida, ainsi qu'il nous a été mandé, aiant été les premiers dans l'Assemblée qui l'avons euë. Ce n'a pas été sans grand déplaisir. Nous esperons de renvoier un de vos Couriers au milieu de la Semaine.

ME-

1646.

MÉMOIRE

De Messieurs les

PLENIPOTENTIAIRES

Servant de réponse aux Mémoires

DU ROI,

Du 9. & 14. Decembre 1646.

Envoié en Cour le 24. dudit Mois.

Préparatifs pour la Campagne de 1647. les Suedois demandent Osnabrug, Minden, & Hildesheim s'ils doivent quitter la Pomeranie. Le Chapitre de Maience se plaint des Contributions excessives que les François lui font paier.

LEs Médiateurs nous aiant visité le jour même que le Courier Petit Maire arriva à Munster, & nous aiant fait compliment de la part du Comte de Peñaranda, sur quelque accident survenu entre ses Domestiques & les nôtres, nous leur dîmes que pour répondre à sa civilité & lui donner une bonne nuit ils pouvoient lui faire savoir que le Siege de Lerida étoit levé. Monsieur Contarini envoia son Secretaire à l'heure même vers ledit Comte qui se trouva surpris de cette nouvelle, comme s'il se fût attendu à l'autre toute contraire, & s'étant asûré de la verité remercia les Médiateurs & nous aussi.

Trois jours après il en eût un Courier, qui a publié la chose avec plus d'avantage pour l'Espagne qu'elle n'est en effet. Mais parce que nous avions été les premiers dans l'Assemblée qui en avoient reçu & donné l'avis, cela en a comme étouffé les bruits, & de beaucoup diminué l'éclat selon qu'il a été bien prévû à la Cour. Il est bien vrai pourtant que les Espagnols ont changé depuis leur maniere d'agir, & qu'ils paroissent n'être pas si bien disposez à conclure promptement leur Traité, jusques-là qu'on a raporté que dans la réponse qu'ils doivent faire à notre dernier Ecrit ils prétendent que les hostilitez ne cesseront qu'après la ratification du Traité, quoi qu'ils eussent ci-devant demandé de les terminer à la signature. Mais le bon ordre qui a été donné à toutes choses, & la grande prévoiance dont la Reine a usé en faisant passer tant

de forces d'Italie en Catalogne, empêchera que ce mauvais succès n'ait de mauvaises suites. Et d'ailleurs les offres faites par son Altesse Roiale, & par Monsieur le Duc d'Enguien, qui ont été suës dans l'Assemblée ont beaucoup servi à temperer la joie des Espagnols, & à leur faire apréhender qu'on ne veuille user de revanche.

Nous ne saurions assez louer la sage & généreuse resolution de Sa Majesté de continuer les préparatifs de la Campagne prochaine. C'est l'unique moien d'asûrer à la France le fruit de tous les labeurs, & de finir heureusement une si longue & si pénible Guerre. Que si les Ennemis s'appercevoient qu'on fut pour se relâcher, sans doute ils en deviendroient encore plus difficiles; les moindres aparences leur pouvant faire prendre de nouveaux desseins. Ainsi nous craindrions de causer un notable préjudice au service du Roi, & peut-être même de détourner la Paix, si nous donnions conseil d'épargner ni soins ni dépenses en cette conjoncture, vû principalement que nous ne voions pas encore avec certitude quelle sera l'issuë du Traité. La dépense même de l'Armée Navale, quoi qu'excessive, nous semble nécessaire. Elle ne servira pas seulement à faire voir aux Ennemis qu'on est en état de prendre de nouveaux avantages sur eux; mais elle donnera encore moien de secourir promptement le Roi de Portugal, duquel la subsistance sera une des sûretez principales du Traité, & une des meilleures précautions dont on puisse user pour établir le repos de la France.

Ce qu'on prescrit pour notre conduite avec les Plenipotentiaires de Suede, est si plein de jugement & accompagné de tant de circonspection qu'il n'y a rien à dire, sinon que nous nous y conformerons entierement, & qu'en toutes choses nous éviterons comme un écueil ce qui peut alterer la bonne intelligence des deux Couronnes. Nous sommes obligez néanmoins de représenter que le bruit est plus grand qu'il n'avoit encore été, que Messieurs Oxenstiern & Salvius se laissent entendre sur la proposition de quitter la Pomeranie à l'Electeur, & de demander pour la satisfaction de la Couronne de Suede des Evêchez Catholiques, comme ceux d'Osnabrug, de Minden, d'Hildesheim & autres biens Ecclesiastiques. Et quoi que ces Messieurs ne nous en aient rien dit, il est à croire qu'ils en ont écrit en Suede, & qu'ils attendent la réponse. S'ils persistent dans cette pensée, nous nous y trouverons empêchez: d'un côté l'honneur & la conscience ne permettent pas d'adherer à leurs demandes, & l'Alliance y résiste formellement: de l'autre, notre opposition offensera non seulement l'Electeur de Brandebourg, mais aussi Messieurs les Etats, qui sans doute appuieront cette ouverture, par des offices secrets. Les Imperiaux d'ailleurs se relâchent assez facilement dans ces rencontres, & ne seroient pas fâchez de nous voir entrez en contestation avec nos amis.

Nous donnerons avis au Sieur Chanut de cette menée, & lui en faisant voir les inconveniens nous lui manderons qu'il agisse auprès de la Reine de Suede à ce qu'elle ordonne à ses Ambassadeurs de tenir une autre conduite; & cependant nous essaierons de faire par deçà du mieux qu'il se pourra; esperant de voir plus clair en cette affaire quand le Sieur de Saint Romain sera de re-

1646.

Ccc 3   tour,

1646.

tour, & que le Baron de Plettemberg aura raporté réponse de l'Electeur.

Le Chapitre de Maience se plaint des contributions excessives que les François lui font paier.

Le Chapitre de Maience se plaint que le Rhingrave, qui fournissoit partie de l'entretien de leur Garnison, étant occupé par les Ennemis, & que quelques autres Païs, qui y contribuent aussi, aiant été ruinez par les logemens des gens de Guerre, on leur fait paier néanmoins la contribution toute entiere, qui a été reglée bien plus haut que celle de l'Alsace & des lieux voisins. Ledit Chapitre nous a envoié un Exprès pour nous prier d'y faire donner ordre, se plaignant de la rigueur qu'on leur tient. Nous n'entrons pas en la discussion du fait, dont Monsieur de Vautorte nous a aussi écrit; nous voions qu'il a procedé avec grande raison dans la nécessité où l'on est de faire subsister les troupes; nous savons aussi les charges immenses de l'Etat, & la dépense du tout extraordinaire qu'on est obligé de soûtenir; néanmoins nous ne pouvons nous empêcher de dire que dans les termes où l'on est de pouvoir bientôt faire la Paix, il importe de ne pas donner ce degoût de la domination Françoise aux peuples d'Allemagne, & notamment audit Chapitre, qui est le premier en Dignité dans l'Empire, & composé de personnes toutes de condition. Ainsi nous estimerions qu'encore qu'il y eût de la justice à prétendre le paiement entier, (dequoi pourtant les Chanoines se défendent par de bonnes raisons) la prudence veut qu'on leur donne quelque satisfaction, & qu'on supplée plutôt par quelque autre moien à la subsistance de la garnison que de les contraindre au paiement de la totalité. Cet Exprès a charge de demeurer auprès de nous à Munster, jusques à ce que de la part du Roi on ait donné les derniers ordres. Nous supplions très-humblement la Reine qu'il lui plaise de commander qu'ils soient envoiez au plutôt, avec la plus favorable réponse qu'on jugera pouvoir faire.

Les Médiateurs nous ont avoué que les Espagnols leur avoient donné connoissance de ce qui se négocie, & il leur a été représenté que n'aiant pû refuser ce qui nous étoit offert par l'entremise des Hollandois nous avions expressément déclaré que nous n'arrêterions & ne conclurions le Traité que par la voie de la Médiation ordinaire. Nous leur avons aussi donné part de ce dont on est demeuré d'accord, & de ce qui reste à terminer. Ensuite dequoi [pour avancer d'autant plus les affaires &] pour connoître si le succès de Lerida a changé la resolution des Espagnols, & pour nous expliquer aussi sur le fait de Portolongone & de Piombino (dont il n'avoit point été fait de demande particuliere jusques ici) nous avons donné par écrit l'Article de la retention des Conquêtes, comme le principal, & celui dont il importe le plus d'être assûré. Nous avons même fait esperer que quand on auroit arrêté ce point-là, nous redigerions par écrit les autres Articles ainsi qu'ils devoient être couchez dans le Traité. La copie dudit Ecrit que nous avons mise entre les mains des Hollandois sera ci-jointe.

[405]

L E T T R E

De Messieurs les

PLENIPOTENTIAIRES

à Monsieur le Comte de

BRIENNE.

Du 24. Decembre 1646.

La France par son Traité avec l'Espagne veut garder toutes ses Conquêtes. Résidens de France mal-paiez.

MONSIEUR;

VOus verrez par le Memoire l'état de la Négociation qui est encore fort incertaine, tant du côté de l'Empire que de celui de l'Espagne; ce qui nous fait garder ici long-temps le Courier, parce que nous attendions de pouvoir écrire des choses plus assûrées.

La France par son Traité avec l'Espagne veut garder toutes ses Conquêtes.

Nous avons commencé à donner par écrit aux Espagnols l'Article de la retention des Conquêtes, dont vous aurez une copie avec la présente. Il a été dressé sur le Memoire qu'on nous a ci-devant envoié en la maniere la plus avantageuse que nous avons pû; & nous savons que les Ministres d'Espagne en ont été piquez. Nous y tiendrons ferme autant qu'il sera possible. Mais si on nous envoioit un Memoire plus précis des Conquêtes du Païs-Bas, comme on nous l'avoit fait esperer, il pourroit venir assez à temps pour nous servir. Nous n'avons pas nommé tous les Forts & petites Places specifiées par ledit Memoire, aiant crû qu'il valoit mieux les designer sous un terme général, qui comprend aussi celles qui pourroient avoir été omises.

Dans le rétablissement des Sujets Refugiez; le Comte d'Egmont, les Ducs de Croui & de Bournonville, & le Prince d'Espinoy ont été nommez de notre part. S'il y en avoit encore quelques autres qui eussent été oubliez, nous vous supplions de nous le mander, & on les nommera.

Résidens de France mal paiez.

Il nous fâche de vous répéter souvent une même chose; mais nous sommes contraints de vous dire que plusieurs Residens se plaignent grandement de n'être point paiez. Le Sieur de Beauregard nous écrit qu'il est accablé de

dettes

dettes & de honte, & qu'il ne fait plus dequoi vivre. La même plainte eft faite par le Sieur d'Avaugour, & le Sieur de Meulles n'en dit gueres moins. Nous vous fupplions, Monfieur, de repréfenter cela de bonne forte, & d'y faire donner un ordre prompt & effectif; le fervice que rendent ces Meffieurs étant trop utile pour être ainfi negligé, & les affaires publiques en pouvant patir, & en quelque façon la réputation de la France parmi les Etrangers.

Les Députez de Madame la Landgrave nous ont prié de vous envoier le Memoire ci-joint, & de vous le recommander; ce que nous faifons avec le plus d'affection qu'il nous eft poffible. Vous trouverez auffi le Memoire inftructif qui nous a été envoié par Meffieurs du Chapitre de Maience. Nous fommes, &c.

MEMOIRE

De Meffieurs les

PLENIPOTENTIAIRES,

ENVOIE' EN COUR

le 31. Decembre 1646.

Le Traité entre l'Efpagne & la Hollande s'avance. Plaintes que les François en font. Nouvelle chicane des François touchant Charlemont, Philippeville, & Marienbourg; voulant qu'on les rende aux Liegeois qui ne les demandent pas. Les Efpagnols ne veulent pas ceder les Places de Tofcane. Le Roi d'Efpagne s'engage envers les Hollandois de ne pouvoir plus rien acquerir aux Indes Orientales.

LES Ambaffadeurs de Meffieurs les Etats aiant été long-temps fans nous rien dire de la part des Efpagnols, (quoi qu'ils fuffent en de continuelles Conferences avec eux) & aiant fû qu'ils étoient fur le point de convenir enfemble de toutes chofes, nous refolumes ces jours paffez de les aller trouver, & de nous plaindre du peu de communication qu'ils nous donnoient. Il leur fut repréfenté que les Efpagnols n'aiant pas répondu à la propofition par nous faite touchant la rétention des Conquêtes, & y aiant encore tant de points principaux à vuider entre nous, on les prioit, conformément aux Alliances, de ne paffer pas outre, jufques à ce que

nos affaires fuffent au même état que les leurs, & que l'un & l'autre Traité pût aller d'un pas égal, qui font les propres termes de celui qui a été fait en mil fix cens quarante quatre.

Ces Meffieurs, au lieu de déferer à une demande fi raifonnable, répondirent qu'il n'y avoit pas lieu de furfeoir leur Négociation, puifque celle de la France étoit la plus avancée & la plus proche de la conclufion. Il nous fut aifé de leur faire voir le contraire par la deduction de tout ce qui s'eft paffé jufques ici; mais nous ne pûmes jamais le leur faire avouër, & il fembloit, à les ouïr dire, qu'il n'y avoit aucun Article des leurs qui ne fût en conteftation, & qu'ils ne pouvoient achever de trois Mois, tant ils faifoient les chofes éloignées.

Nous fortîmes de cette Conference mal fatisfaits, & ne leur celant pas notre mecontentement, ils nous vinrent trouver le lendemain matin pour nous faire favoir que les Miniftres d'Efpagne, qu'ils avoient vûs immédiatement après nous, avoient confenti que tout ce qui avoit été ci-devant arrêté pour la Trêve eût lieu pour la Paix, & qu'on mettoit feulement dans les Articles le mot de *Paix*, aux endroits où il y avoit celui de *Trêve*, le refte demeurant comme il avoit été projeté. Et à l'égard des trois points dont on n'étoit pas convenu par ladite Trêve, ils nous dirent que les Efpagnols leur avoient accordé celui des Indes en la forte qu'ils l'avoient demandé; Que pour certaines Places outre-Meufe, que Meffieurs les Etats avoient prétenduës, ils en remettoient la decifion aux Commiffaires qui feroient nommez de part & d'autre pour regler les confins. Et pour la Mairie de Boisle-Duc, & ce qui regarde le Gouvernement fpirituel de ce lieu, les Efpagnols les avoient priez d'écrire à Meffieurs les Etats pour y prendre quelque temperament raifonnable, cette affaire n'étant pas capable d'empêcher que la Paix ne fe fît. Nous leur demandâmes fi toutes ces chofes étoient mifes par écrit, & fi elles étoient mifes en Articles & fignées. C'étoit pour favoir mieux comme le tout s'étoit paffé, avant que de leur dire nos fentimens. La réponfe fût qu'il n'y avoit rien de redigé en Articles ni figné; mais feulement qu'on avoit mis par écrit ce dont on étoit demeuré d'accord, & ils nous montrerent fur cela un Papier, que celui d'entr'eux qui porte la parole tenoit à la main.

Nous leur fimes alors une nouvelle inftance qu'ils n'euffent point à paffer outre, (c'eft-àdire ni à rediger ces points en Articles ni à les figner) que notre Négociation ne fût au même état. Ils fe retirerent & après avoir confulté enfemble, nous dirent qu'ils avoient toûjours traité par écrit, fuivant ce qui leur avoit été enjoint par leurs premieres Inftructions; Que par le retour de leurs Collegues ils avoient toûjours eu charge expreffe de mettre au net & par Articles les chofes dont ils conviendroient avec les Efpagnols, & de les figner de part & d'autre, à condition néanmoins de déclarer aux Plenipotentiaires d'Efpagne que cela n'auroit point la force d'un Traité que les affaires de la France ne fuffent arrêtées. On leur repliqua que l'ordre de leurs Superieurs fe doit entendre fur les préfupofitions que le Traité de la France s'avançoit également avec le leur; que s'ils avoient ordre de paffer outre, quand ils feroient par nous requis de furfeoir, ce feroit une contravention

Le Traité entre l'Efpagne & la Hollande s'avance.

Plaintes que les François en font.

vention manifeste à l'Alliance, dont le Roi feroit ses plaintes à Messieurs les Etats, & que s'ils n'avoient pas un tel ordre ils étoient obligez de déferer à notre instance. Nous leur fîmes sentir aussi le mauvais procédé qu'ils avoient tenu avec nous le jour précédent, en ce qu'ils soûtenoient que leur Traité n'étoit pas plus avancé que le nôtre pour avoir prétexte de nous refuser la surséance qu'on leur demandoit; à quoi tant s'en faut qu'ils eussent acquiescé, comme ils y étoient obligez, qu'il sembloit au contraire qu'ils y étoient hâtez davantage & avoient pressé la resolution de leurs affaires.

Ils eurent quelque honte de se voir ainsi convaincus, & nous vinmes ensuite à leur dire que c'étoit bien assez d'avoir si mal traité leurs amis & d'être convenus de toutes choses avec nos Parties, lorsqu'on nous dispute encore le premier Article, & le plus essentiel de notre Traité, touchant les Conquêtes, outre plusieurs autres points d'importance qui sont aussi indécis; Qu'au moins ils se doivent contenter d'en être venus si avant sans y vouloir encore ajoûter la signature des Articles redigez en forme de Traité, & que s'ils ne nous donnoient autre réponse, comme Monsieur de Servien alloit partir pour la Haye, nous depêcherions en même temps un Courier à la Cour pour y donner avis que toutes nos diligences & nos oppositions avoient été inutiles. A tout cela ils témoignerent beaucoup de froideur, ce qui nous obligea d'ajoûter que Peñaranda avoit dit à des principaux Ministres de cette Assemblée que tout nouvellement & depuis trois jours quelques-uns des Ambassadeurs des Provinces-Unies lui avoient promis qu'ils feroient la Paix sans nous. Surquoi un d'entr'eux repartit que ceux qui avoient parlé de la sorte en répondroient de la tête. Et cela mit tant de rumeur parmi eux, qu'après s'être séparez de nous & avoir parlé ensemble plus de demie heure, pendant que nous étions dans un autre cabinet, le Sieur de Meinderswyck nous y vint prier de trouver bon qu'ils allassent en leurs Logis pour consulter avec un de leurs Collegues absent, à cause de son indisposition, & qu'ils reviendroient incontinent. En effet ils retournerent au bout d'une demie heure, & nous dirent qu'encore que leur maniere de traiter eût toûjours été de réduire les choses par écrit, & de signer, néanmoins pour nous donner satisfaction ils étoient contents de differer la signature de huit ou dix jours, pendant lesquels ils feroient favoir à leurs Superieurs les instances que nous leur avions faites, & ensuite executeroient les ordres qu'on leur envoieroit sur ce sujet; comme si ces Messieurs devoient être les seuls Juges de tout ce qui doit être fait en execution de l'Alliance. Notre réponse fut que nous ne pouvions pas recevoir un simple delai, comme ils nous l'offroient, puis qu'ils étoient obligez par les Traitez de surseoir jusques à ce que nos affaires fussent au même état que les leurs; Que néanmoins, pour leur montrer notre facilité, nous nous contenterions pourvû que Monsieur Servien eût le temps d'aller à la Haye, & d'y conferer avec les Provinces, & qu'ils ne fissent rien ici qu'en suite des ordres qu'ils recevroient après que Mondit Sieur Servien en auroit traité avec Messieurs les Etats, & qu'ils leur auroient fait entendre leur resolution. Il témoignerent y consentir; mais ils ne répondirent pas tous bien nettement, disant que ce terme étoit suffisant pour avoir des nouvelles de Monsieur Servien, après son arrivée à la Haye, & avoir conferé avec Messieurs les Etats, & à quoi leur aiant encore répété la même chose, & demandé s'ils ne le promettoient pas, beaucoup d'entr'eux dirent qu'oui, & les autres ne contredisant pas, on se leva & nous leur dîmes que nous avions mis notre instance par écrit en intention de la leur donner. Ils témoignerent qu'étant tombez d'accord ils seroient bien aises qu'il n'en fût plus parlé, à quoi nous consentîmes d'autant plus aisément que l'un de nous alloit sur les lieux, qui saura bien agir plus à propos & plus efficacement qu'on ne peut faire par des écritures, quelque concertées qu'elles puissent être, joint qu'il en porte une copie par delà pour s'en servir ainsi que nous ferons ici s'il est necessaire, après que le terme qu'ils ont accordé sera expiré. Pour rendre un compte plus exact à la Reine de ce qui s'est passé, & du sujet de nos plaintes (qui n'est point entierement exprimé ci-dessus) la copie dudit Ecrit sera mise avec ce Memoire.

En cette derniere Conference nous fîmes fort bien comprendre à ces Messieurs que nous n'avons aucun dessein d'apporter du retardement ni à la Paix ni à leur Traité; mais d'avancer aussi le nôtre, dont l'évenement est encore toûjours incertain comme ils savent, & que s'ils veulent à bon escient presser les Espagnols de satisfaire à nos demandes, toutes choses seront conclues & arrêtées en moins de trois jours. Cela fut bien reçû de la plus grande partie d'entre eux; ils témoignerent qu'ils alloient travailler de bonne forte à terminer nos affaires avec l'Espagne. Monsieur Paw dit en sortant qu'on connoîtroit mieux leurs soins & leurs affections par les effets que par les paroles, en quoi nous serons fort aises qu'ils nous trompent. Mais toûjours les avons-nous laissez bien persuadez qu'il ne faut pas esperer que nous nous relâchions d'aucune partie de ce qui a été occupé sur le Roi d'Espagne par une si juste Guerre, pendant qu'il ne veut rien rendre de tant d'usurpations qu'il a faites sur la France.

Et afin que dans la mauvaise disposition de tous ces gens-ci, qui paroît tout clairement, ils ne cherchent pas à séparer les affaires d'Italie avec les autres intérêts du Roi, & ne puissent prétendre que l'engagement des Provinces-Unies ne va pas jusques-là, nous leur avons préparé un obstacle qui est capable de les arrêter tout-court de leur propre aveu, puis qu'il se rencontre dans l'étenduë des Païs-Bas, où nous avons demandé aux Espagnols la restitution de Charlemont, Philippeville & Marienbourg, en faveur de l'Evêché & Etat de Liege, sur lequel on derient injustement ces trois Places. On aura vû à la Cour par la Copie de la derniere Réponse que nous avons donnée aux Plenipotentiaires d'Espagne, comme nous avons pris occasion d'y couler cet Article, non pour y persister jusques au bout, n'y aiant pas d'aparence de tenir ferme sur une nouvelle demande, & dont les Parties mêmes, qui sont les Liegeois, ne font point de poursuite; mais pour nous en servir à l'effet marqué ci-dessus. C'est encore par la même raison que dans l'Ecrit qu'on leur devoit donner nous avions marqué particulierement, outre Portolongone & Piombino, beaucoup d'autres points, sur lesquels nous sommes en contestation avec les Espagnols.

Nous

Nouvelle chicane des François touchant Charlemont, Philippeville & Marienbourg, voulans qu'on les rende aux Liegeois qui ne les demandent pas.

Les Espa-
gnols ne veu-
lent pas ceder
les Places de
Toscane.

Nous venons d'aprendre que les Plenipotentiaires d'Espagne se laissent entendre par tout qu'ils n'ont pas pouvoir de ceder les Places de Toscane, qu'ils en ont écrit à Castel-Rodrigo, & lui au Roi leur Maître, en sorte qu'ils n'en peuvent avoir nouvelles, disent-ils, de douze ou quinze jours. Ce qui étant à peu-près le terme que nous avons obtenu des Hollandois, on peut juger combien cela nous donne de peine & de soupçon, y aiant apparence, si ce raport se trouve être véritable, que c'est un concert & une collusion entre nos Alliez & nos Ennemis.

Le Roi
d'Espagne
s'engage en-
vers les Hol-
landois de ne
pouvoir plus
rien acquerir
aux Indes
Orientales.

Une autre chose qui nous donne à penser, est le relâchement des Espagnols sur le fait des Indes, qui est sans doute l'un des plus considerables Articles de tout le Traité, auquel les Hollandois trouvent un avantage qu'ils n'avoient pas esperé, & qui ne leur a pas été accordé sans quelque motif extraordinaire. Le Roi d'Espagne consent de ne pouvoir étendre ses limites dans les Indes Orientales, & de les borner à ce qu'il y occupe présentement ; & que les conquêtes qui pourront être faites par les Provinces-Unies leur demeureront, soit sur les Naturels du Païs ou sur les Portugais, quelque évenement que puisse avoir la Guerre dudit Roi d'Espagne contre celui de Portugal. Ce qui paroit un complot visiblement fait entre eux pour dépouiller ce dernier, afin que pendant que les Castillans le chasseront de la terre ferme, il perde aussi ce qu'il tient dans les Indes par le moien des Hollandois, qui, comme Marchands, sur qui l'intérêt peut tout, ne pouvoient être

plus flattez par l'Espagne qu'en leur laissant la faculté & l'esperance de faire un si grand profit. Et comme les Ministres d'Espagne ont témoigné en cela beaucoup de bassesse & de soûmission, il y a lieu d'apréhender que le prix de cet abandonnement ne soit pas seulement la ruine du Portugal ; mais qu'il y ait de plus une promesse secrete de s'accommoder sans la France, étant certain que trois jours auparavant Peñaranda avoit déclaré qu'ils hazarderoient plutôt toutes choses que de ceder ce point.

Quant au Traité de l'Empire, il est toûjours au même état, sinon que le Baron de Plettemberg est de retour, & le Sieur de Saint Romain aussi d'hier seulement. On sera informé par la Relation ci-jointe de ce qui s'est passé en son voiage. Si la resolution de l'Electeur de Brandebourg ne peut aucunement contenter les Suedois, nous chercherons les moiens de mettre fin à cette affaire en leur procurant quelqu'autre satisfaction en argent, comme il en a été parlé ; sinon il en faudra passer par la seconde partie de l'alternative qu'ils ont proposée, qui est de retenir toute la Pomeranie sans le consentement dudit Electeur, pourvû qu'ils ne s'en retractent pas & qu'ils n'aient tourné leurs pensées vers les Evêchez, dont il a été écrit ci-devant, comme il en est quelque bruit. Nous reçumes hier seulement, & bien tard, la Dépêche de la Cour du vingt-uniéme du mois, à laquelle nous nous conformerons entierement.

DIFFERENTES PIECES

Au sujet

DE LA NEGOCIATION

Pour la Paix de

WESTPHALIE

Ecrites par

DIFFERENS MINISTRES.

EN MDCXLVI.

SOMMAIRE REPLIQUE,

Que les Plenipotentiaires de France ont fait de bouche à la Réponse des Imperiaux le 7. Janvier 1646.

ILs ont dit qu'ils ne répondroient point par écrit pour avancer la Négociation & éviter les dégouts & les aigreurs où l'on s'engage de part & d'autre par les écritures; que le retardement ne leur pouvoit pas être imputé, aiant déja donné ci-devant deux propositions sur lesquelles l'on pouvoit traiter; que les Imperiaux ont pris le tems qu'ils ont voulu pour répondre aux propositions qu'on leur a faites; qu'il avoit été nécessaire que les Préliminaires & le nombre des Plenipotentiaires fussent accomplis & l'Assemblée complette, les Saufconduits accordez, & les Etats de l'Empire que l'on vouloit exclurre, admis, que les Imperiaux avouent dans leur Préface qu'il a fallu communiquer toutes choses avec les Députez des Etats de l'Empire; qu'enfin l'Assemblée étant complette, & les choses ci-dessus executées, ils ont concerté sans aucun délai la présente Replique avec leurs Alliez.

Ils ont demandé des Passeports pour les Ambassadeurs de Portugal, comme Alliez & adhérans des deux Couronnes; ils ont agréé qu'il fût libre de part & d'autre de s'expliquer plus amplement en la maniere qui est spécifiée par l'Ecrit des Imperiaux; declarant toutefois que jusques à présent ils n'avoient rien à retrancher ni ajoûter à ce qui s'ensuit.

A l'Art. 1. de la Réponse des Imperiaux.

Ils ont déclaré, tant au nom du Roi très-Chrétien que de ses Alliez, qu'ils ne sont point en Guerre contre l'Empire; & ne doutent nullement que les Etats de l'Empire ne soient dans le même sentiment; Qu'ils trouvent bon toutefois que lesdits Etats soient compris de part & d'autre au présent Traité, & d'autant qu'entre ceux avec lesquels la Guerre doit cesser, les Imperiaux ont nommé le Roi d'Espagne, duquel les Plenipotentiaires de France n'avoient fait aucune mention, ils ont demandé si les Imperiaux entendoient par là qu'on ne peut traiter ni conclurre la Paix dans l'Empire, que les différents qui sont entre la France & d'Espagne ne fussent aussi terminez.

Ils ont dit ne pouvoir demeurer d'accord d'une

d'une suspension d'armes, comme étant un moien pour prolonger le Traité de Paix, & non pour le faciliter.

Au 2. Art.

Ils l'ont toutefois approuvé moiennant les raisons ci-dessus alléguées.

A l'Art. 3.

Ils ont remis à un autre Article l'explication de ce qu'on prétend pour la sureté de la Paix: ils ont demeuré d'accord que l'Empereur s'oblige de ne point assister les Espagnols contre la France, mais qu'il n'est pas raisonnable que la France s'oblige au réciproque, de ne point assister la Suede & les autres Alliez; parce que la chose n'est pas égale, premierement en ce que l'Empereur ne peut disposer des forces de l'Empire comme font les Rois de celles de leurs Roiaumes & Etats héréditaires, & la cause de la Guerre de l'Allemagne étant, que l'Empereur de son autorité particuliere a envoyé les Armées de l'Empire, tantôt en Prusse, tantôt en Italie, contre les Rois voisins & amis de l'Empire : en second lieu parce qu'en ce Traité qui ne peut être fait que conjointement avec la Suede, il sera pourvû à la sureté des uns & des autres par la Ligue qui est proposée ci-dessus; & la Transaction de Bourgogne de l'an 1548. ne fait rien au contraire, n'aiant point été observée, vû que l'Empereur ne s'étoit jamais mêlé des affaires de Flandre.

A l'Art. 4.

Que les Couronnes ne peuvent agréer l'amnistie de Ratisbonne de 1641. ni celle qui a été publiée depuis peu; l'experience aiant fait voir que pour terminer les troubles d'Allemagne, il faut une amnistie générale, sans restriction, ni réserve, comme ils l'ont demandée en l'Article 4. de leur Proposition.

Au 5. Art.

Qu'ils y ont consenti, pourvû toutefois que l'amnistie soit générale & illimitée.

A l'Art. 6.

Ils ont persisté à demander le rétablissement de toutes choses dans l'Empire en l'état qu'elles étoient l'an 1618, excepté toutefois ce qui pourroit être autrement resolu par le présent Traité, conformément au 6. Article de leur Proposition : ils ont répété que la France n'est point en Guerre contre l'Empire, duquel au contraire elle veut procurer le bien & l'avantage. Ils ne sont pas convenus de plusieurs choses contenues en l'Addition de la Réponse des Imperiáux, sur laquelle ils auroient beaucoup à dire, mais qu'ils l'ont omis pour éviter autant qu'il se pourra les sujets de contestation.

Au 7. Art.

℣ Ils en sont convenus, demandant seulement l'explication tant des deux reservations contenues à la fin dudit Art. que de la derniere clause qui commence, *omnia intelligendo.*

Tom. III.

Ils y ont consenti, pourvû qu'il ne se fasse rien contre les Capitulations ni contre les Constitutions de l'Empire: ils ont demandé de plus que pour ôter la cause des Guerres & dissentions en Allemagne, & y établir une bonne Paix, on travaille à ce que les differens qui sont entre les Etats de l'Empire Catholiques & les Protestans se puissent terminer par voie amiable.

A l'Art. 9.

Ils ont déclaré que l'intention n'a jamais été de préjudicier à la liberté des Electeurs, mais seulement d'obtenir que selon les Loix de l'Empire, il ne soit point héréditaire; qu'on peut obvier à cet inconvenient, & que la liberté des Electeurs sera plus entiere, si les Rois des Romains, que l'on voudra élire à l'avenir, ne peuvent être pris dans la famille des Empereurs regnans.

A l'Art. 10.

Ils ont persisté à demander la libération du Prince Edouard de Portugal, comme aiant été fait prisonnier par l'ordre de l'Empereur, lorsqu'il étoit à son service, & aiant depuis été remis par le même ordre entre les mains d'autrui.

A l'Art. 11.

Ils sont demeurez d'accord de rétablir le commerce entre l'Empire & la France, comme ci-devant, & que le commerce soit libre dans l'Empire, comme il étoit avant la Guerre, après toutefois en avoir pris l'avis des Etats de l'Empire & des Villes Anséatiques.

A l'Art. 12.

Et pour satisfaire à l'explication qui a été demandée sur cet Article, & le suivant, ils ont proposé pour la sureté de la Paix, une Ligue générale entre tous les intéressez en cette Pacification de l'Empire, & tous les Princes & Etats d'Allemagne, avec obligation réciproque de tous en général & en particulier de prendre les armes contre celui ou ceux qui contreviendront au présent Traité, après toutefois que par une voie amiable on aura essaié de faire réparer ou cesser la contravention.

A l'Art. 13.

Pour plus grande sureté des Couronnes & des Princes de l'Empire leurs Alliez, comme aussi pour la satisfaction duë à la France, ils ont dit être raisonnable qu'outre les offres qu'on leur a déja faites, quoi que de choses qui appartiennent déja d'ancienneté à la France, que la haute & basse Alsace demeure aux François, y compris le Suntgaw, Brisach, & le Brisgaw, les Villes forêtieres, avec tout le droit que les Princes de la Maison d'Autriche y avoient avant la présente Guerre.

Item qu'ils demeurent en possession de Philipsbourg, avec son territoire, ses dépendances, & lieux nécessaires pour assurer la communication de cette Place avec le Roiaume de France ; que fi l'Empereur & l'Empire eftiment qu'il leur importe que lefdites deux Alfaces avec Philipsbourg & leurs apartenances relevent de l'Empire, la France ne le refufera pas, pourvû qu'elle eût féance & fuffrage dans les Diettes, comme les autres Princes & Etats de l'Empire: moiennant cela les Plenipotentiaires de France ont déclaré, que pour le bien de la Paix, on reftituera Spire, Worms, & tout ce qui a été occupé dans les trois Etats de Maience, Trêves, & Bas-Palatinat ; pourvû toutefois que ceux du parti contraire reftituent auffi en même tems, tout ce qu'ils tiennent & occupent dans les trois Electorats.

A l'Art. 14.

Ils ont perféveré à demander la fatisfaction de Madame la Landgrave de Heffe, d'autant que la Convention alléguée en la Réponfe des Imperiaux, n'a été qu'un fimple projet non accepté, ratifié, ni executé, fe raportant du refte à l'Ecrit qui fera donné fur cette affaire par les Miniftres de Heffe.

Au 15. Art.

Ils y ont confenti ; mais parce que les Députez de l'Empereur ne répondent en leur Ecrit rien de particulier pour la fatisfaction des Gens de guerre; ils infiftent à cette fatisfaction, reftrainte toutefois aux Gens de guerre étrangers.

A l'Art. 16.

La fatisfaction des deux Couronnes, & de Madame la Landgrave de Heffe, comme il eft porté ci-deffus. Ils ont promis de bonne foi la reftitution de tout ce qui a été occupé, ainfi qu'il eft dit en l'Article treiziéme. Et quant au Duc Charles, comme fes affaires n'ont rien de commun avec ce Traité, ainfi qu'il a été reconnu en la Négociation des Préliminaires d'icelui, où l'on demanda Paffeport pour ledit Duc, fans le pouvoir obtenir, ils ont requis que l'Empereur s'oblige par le préfent Traité de ne molefter jamais la France en la poffeffion de tous les Etats dudit Duc, comme apartenans au Roi très-Chrétien à divers titres, & l'Empereur n'aiant aucun droit ni intérêt de fe mêler de cette affaire; après les Traitez que ledit Duc a faits avec la France par lefquels il a renoncé à toute Alliance avec la Maifon d'Autriche.

A l'Art. 17.

Ils y ont confenti.

A l'Art. 18.

Tout de même; pourvû toutefois que les Ratifications foient faites, & délivrées avant l'execution du Traité.

RELATION

De l'arrivée & de l'entrée de leurs

EXCELLENCES

Meffieurs les

AMBASSADEURS

Et

PLENIPOTENTIAIRES

De leurs Hautes Puiffances les

ETATS GENERAUX

Des

PROVINCES-UNIES

A MUNSTER.

Et de quelle maniere ils y ont été reçus, & congratulez felon leurs propres Ecrits.

APrès notre depart de Deventer, qui fut le 5. de Janvier vieux ftyle, & feconde fête de Noël, nous reftames quelques jours en chemin pour nous mieux informer de quelle maniere nous ferions notre entrée à Munfter, & quelle reception nous devions nous promettre: à cet effet nous eumes quelque correfpondance avec les Ambaffadeurs & Plenipotentiaires de France, & nous envoiames quelques-uns des nôtres *incognito* à Munfter, & alors nous nous mîmes en chemin pour la ville le onze de Janvier vieux ftyle. Nous en étions à une demie lieue lorfque nous fumes rencontrez par trois Caroffes des Ambaffadeurs de France, & deux des Ambaffadeurs de Portugal, avec le Commandant de la Ville à cheval, accompagné de quelques chevaux & le Capitaine de la Garde du Duc de Longueville, fuivi de deux Gentilshommes du Comte d'Avaux & de Monfieur Servien, il y avoit enfuite deux Gentilshommes Portugais. Le Commandant defcendit de fon cheval & nous vint faluer refpectivement au nom de fes Principaux, dans nos Caroffes & nous fouhaita la bienvenuë, & tous enfuite fe retirerent derriere nos Caroffes & furent dans cet ordre jufqu'à la Ville. Nous trouvames fur le chemin une grande foule de peuple, auffi bien hors des Portes que près de la Ville : on tira fix coups de Canon des remparts, & nous entrames environ fur les quatre heures. Nous trouvames aux Portes trois Compagnies de Soldats fous les armes placez fur deux rangs ainfi que dans la Ville, & aux environs de nos logemens il y avoit pareillement trois Compagnies de Bourgeois fous les armes, au travers defquels
nous

nous paſſames & de quantité de perſonnes ſoit ſur la ruë, ſoit dans les Maiſons aux fenêtres, & de toutes ſortes de conditions tant Eccleſiaſtiques que gens du monde qui nous ſaluerent fort reſpectueuſement, ainſi que les Bourgeois & les Soldats. Lorſque nous fumes arrivez à nos logemens, les Bourgeois firent une ſalve devant nos Portes, comme les Soldats l'avoient fait aux Portes de la Ville, & prirent enſuite congé de nous fort civilement. Les Officiers des ſuſdits Ambaſſadeurs & le Commandant qui nous avoient conduits juſqu'à notre logement ſont revenus encore nous faire des complimens chacun à part, ſavoir premierement de la part de la France, ſecondement, de la part du Portugal, & enſuite le Commandant qui dit entre autres que ſes Meſſieurs auroient ſouhaité de faire plus d'honneur à LL. HH. PP. & à nous-mêmes, mais qu'on n'en avoit pas pû faire davantage qu'à l'entrée de tout autre Ambaſſadeur. Peu après les Ambaſſadeurs de Veniſe, ceux de l'Electeur de Brandebourg & de Madame la Landgrave de Heſſe, nous ont fait ſaluer & ſouhaiter la bienvenuë par leurs Secretaires ou Gentilshommes. Le jour ſuivant qui étoit le 12. nous fimes faire les remerciemens aux Ambaſſadeurs de France, de Portugal, & au Commandant au nom de ſes Principaux qui nous avoient fait recevoir hors de la Ville, & après cela aux Ambaſſadeurs de Veniſe, de Brandebourg & de Heſſe qui nous avoient fait complimenter dans notre logement. Nous avons après cela dans l'après-midi été complimentez ſur notre arrivée par les autres Ambaſſadeurs, ſavoir le Nonce du Pape, l'Ambaſſadeur de l'Empereur, ceux du Roi d'Eſpagne, de la part de l'Evêque d'Oſnabrug, ceux du College des Electeurs, & celui de Savoye qui nous firent faire ces complimens par leurs Secretaires & par des Gentilshommes: il y avoit quatre Secretaires de la part des Ambaſſadeurs d'Eſpagne, qui nous congratulerent fort gracieuſement, le premier de la part du Comte de Peñaranda qui fit ſon compliment en Hollandois, le deuxième de la part de l'Archevêque de Cambrai fit le ſien en François, le troiſiéme & le quatrième de Meſſieurs de Saavedra & Brun le firent en Latin, ils nous donnerent chacun en particulier le titre d'Excellence. Et après cela le Duc de Longueville nous fit encore demander par le Capitaine de ſes Gardes, de pouvoir nous rendre viſite le lendemain en perſonne, ainſi que les autres Ambaſſadeurs de France. Nos Secretaires furent également très-bien reçus des Ambaſſadeurs d'Eſpagne, du Comte de Naſſau & de Monſieur de Colmar Ambaſſadeur de l'Empereur; le Comte de Trautmansdorff étoit parti quelques jours auparavant pour Oſnabrug. Ils furent auſſi reçus de même chez ceux de Munſter, Trêves, Baviere & Savoye qui nous tous, auſſi bien que l'Ambaſſadeur de l'Empereur, nous donnerent le titre d'Excellence: le Nonce du Pape étoit ſorti, & de retour s'étoit retiré dans ſa chambre pour repoſer, & il fit faire ſes excuſes par ſon Gentilhomme à celui que nous lui avions envoié. Le 13. de ce mois on rendit les contre-viſites, les Ambaſſadeurs de l'Empereur la firent par deux perſonnes differentes qui ne nous donnerent pas le titre d'Excellences; mais qui nous témoignerent beaucoup d'inclination pour la Paix: on nous envoia de même ceux de Munſter, de Trêves, de Baviere & d'Oſnabrug. Le premier fit faire des excuſes ſur ce qu'il

ne nous faiſoit pas viſite en perſonne au nom de Sa Majeſté, à cauſe de la diſpute ſur le rang: le deuxième & le troiſiéme, ainſi que le quatrième, après les complimens firent connoître que les Ambaſſadeurs viendroient nous voir en perſonne, ſe ſervant toûjours du mot d'Excellence à notre égard, comme a fait auſſi celui de Savoye. Comme perſonne de la part de la Couronne de Suede ni de l'Electeur de Cologne n'étoit ici, nous n'avons pû leur faire de notification ni en être complimentez. Tout cela s'eſt paſſé avec beaucoup d'honneur & de reſpect pour LL. HH. PP. excepté de la part du Nonce du Pape & des Miniſtres de l'Empereur qui ne nous ont pas donné le titre d'Excellences; il nous a été raporté que le premier Ambaſſadeur Imperial, en parlant à notre Gentilhomme que nous lui avions envoié, nous avoit donné une fois ce titre. Le même jour avant midi Monſieur le Duc de Longueville, le Comte d'Avaux & Monſieur Servien ſont venus nous trouver dans notre logement avec beaucoup de pompe & de magnificence. Ils avoient 7 Caroſſes, 10 Suiſſes portant la Hallebarde, 12 Carabiniers & une ſuite nombreuſe de Gentilshommes qui avoient été à notre entrée & qui nous firent des civilitez extraordinaires & nous donnerent de parfaits témoignages de reſpect & de confiance pour leurs Hautes Puiſſances: ils ont reſté plus d'une heure, & ont fait connoitre de toutes manieres l'eſtime que la France faiſoit de notre Etat, & ſur tout par rapport à la correſpondance de la Négociation qu'ils ſouhaitoient ſincerement d'entretenir avec nous. Le Duc ſur cela a donné des témoignages de ſa bonne volonté & de la civilité qu'il avoit pour nous, nous aſſurant que du côté de la France on ne manqueroit pour nous ni d'honnêteté ni de reſpect. Les Trompettes du Duc de Longueville ſont venus à midi qui avec ceux de Meſſieurs le Comte d'Avaux & Servien nous donnerent une ſymphonie. Après midi l'Ambaſſadeur Baçxontecael Andrada nous rendit viſite en ceremonie, & nous témoigna la joie qu'il avoit de notre arrivée, & excuſa l'abſence de l'autre Ambaſſadeur qui le jour ſuivant nous fit préſenter ſes reſpects. Le lendemain au matin, après la prédication c'eſt-à-dire le 14. cet Ambaſſadeur nous fit demander viſite, mais comme en même tems les Ambaſſadeurs d'Eſpagne & de Veniſe nous demanderent auſſi viſite, nous donnames le premier rendez-vous aux Eſpagnols & d'autant plus que le premier Ambaſſadeur de Portugal avoit été chez nous le jour precedent; ainſi les quatre Ambaſſadeurs d'Eſpagne, ſavoir le Comte de Peñaranda, l'Archevêque de Cambrai, Don Saavedra & Monſieur Brun, l'après-midi environ ſur les 3. heures avec dix Caroſſes, douze Hallebardiers & douze Mouſquetaires, outre un grand nombre de Gentilshommes & de gens de livrée, ſont venus à notre logement, & nous les avons reçus comme les Ambaſſadeurs de France; ils ont reſté environ une heure dans la chambre d'audience, le Comte de Peñaranda parla le premier en peu de mots en Eſpagnol, enſuite Monſieur Brun le fit en Latin, l'Archevêque de Cambrai en Hollandois & Don Saavedra auſſi en Latin. Le Duc de Peñaranda parla après cela toûjours en Latin, nous ſouhaitant la bienvenuë fort civilement, & nous declarant qu'il étoit dans l'intention de déliberer en faveur de la Chrétienté pour finir une ſi rude & ſi ſanglante Guerre, la Chrétienté même étant menacée du Turc. Qu'on

nous

1646.

nous avoit attendu long-tems, & qu'il étoit perſuadé que nous venions avec une bonne intention pour finir la Guerre & nous donnans ainſi que les autres le titre d'Excellences. S'informant ſi nous nous portions bien, ſi nous étions bien logez, nous leur repondimes fort civilement en termes généraux en les reconduiſants à leurs Caroſſes. Ils nous préſenterent à chacun la main en ſortant de la Chambre, à la maniere de Hollande, de ſorte que cette premiere viſite fut faite à l'honneur des Etats. Le ſecond Ambaſſadeur de Portugal Don Pedro de Caſtro vint encore chez nous, il nous fit auſſi toutes ſortes de Complimens. Voila en ſubſtance qui nous eſt arrivé juſqu'à préſent.

1646.

RATIFICATION

DU TRAITE'

Fait entre

LE ROI

Et celui de

DANNEMARK

Le 5. Novembre 1645.

La Ratification du 15. Mars 1646.

LOuis par la grace de Dieu Roi de France & de Navarre, à tous ceux qui ces préſentes Lettres verront, ſalut. Ayant vu & examiné en notre Conſeil, en préſence de la Reine Régente, notre très-honorée Dame & Mére, le Traité qui a été fait en notre nom avec notre très cher & très-amé, bon Frere & Couſin, Allié & Confederé le Roi de Dannemarc & de Norwége, ſigné par notre amé & féal Conſeiller en notre Conſeil d'Etat le Sieur de la Thuillerie, Gaſpard de Coignet, & par les Sieurs Chriſtian Thomaſſon & George Brahé Commiſſaires Députez dudit Roi, en vertu des Pouvoirs à eux reſpectivement donnez, deſquels Traité & Pouvoirs la teneur enſuit.

Cùm Sereniſſimus ac Potentiſſimus Franciæ & Navarræ Rex Chriſtianiſſimus Dominus Ludovicus XIV. & ejus nomine Sereniſſima ac Potentiſſima Princeps & Domina, Anna Mater ipſius dilectiſſima & ſuorum Regnorum Regens, intellexerint Sereniſſimum & Potentiſſimum Daniæ, Norwegiæ, Vandalorum, Gothorumque Regem, nihil antiquius aut magis in votis habere quàm ut priſtina Fœdera inter Divos prædeceſſores ſuos & Reges Daniæ ſancita non tantùm renoveutur, ſed & arctiori inſuper vinculo cum Majeſtatibus ſuis jungatur : & reciprocè quoque nihil ipſis ſit exoptatius magiſque gratum quàm huic Sereniſſimi Daniæ Regis propoſito pari promptitudine reſpondere & teſtatum facere, quanto amicitiam ejus æſtiment pretio, Nos Gaſpard Coignetius Thuilerius Eques auratus, Curſonii Baro, Comes Conſiſtorianus, & altè memoratæ Regiæ Majeſtatis Chriſtianiſſimæ per Septentrionem Legatus Extraordinarius, ſpeciali mandato inferiùs inſerendo ad hos Tractatus peragendos Deputatus & ordinatus Commiſſarius, ab unâ parte, & nos Chriſtianus Thomæus Dominus in Stouffaard & Georgius Brahe Dominus in Huedholm Cancellarius Regni, Senatores & Equites peculiari itidem mandato ſub finem ſimiliter inſerendo ad idem Negotium Deputati & ordinati Commiſſarii ab alterâ parte, Notum facimus tenore præſentium univerſis & ſingulis quòd poſt varia inſtituta colloquia, dictorum

Le Sereniſſime & très-puiſſant Seigneur Louïs XIV. Roi de France & de Navarre très-Chrétien, & en ſon nom, la Sereniſſime & très-puiſſante Princeſſe & Dame, Dame Anne, ſa très-chere & bien aimée Mére Régente de ſes Royaumes étant informez que le Sereniſſime & très-puiſſant Roi de Dannemark, de Norwege, des Vandales & des Goths ne deſiroit rien tant que de renouveller & rendre encore plus étroites les Alliances faites entre ſes ancêtres de glorieuſe mémoire, les Rois de Dannemark & Leurs Majeſtez. Comme Leurs Majeſtez n'ont de leur côté rien plus à cœur que de repondre avec toute la promptitude poſſible aux deſirs du Roi de Dannemark, & lui faire connoître quel cas elles font de ſon amitié, nous Gaſpart du Coignet de la Tuillerie, Chevalier, Baron de Curſon, Conſeiller d'Etat & Ambaſſadeur extraordinaire de Sa Majeſté très-Chrétienne dans les Cours du Nord, ſon Député & Commiſſaire en vertu d'un ordre exprès qui ſera inſeré ci-après, pour conclure le préſent Traité d'une part, & nous Chrétien Thomaſſon Seigneur de Stouffaard & George Brahé Seigneur de Huedholm Chancelier du Royaume, Conſeillers & Chevaliers, Deputez & Commiſſaires d'autre part, en la même affaire ; en vertu de nos ordres exprès qui ſeront inſerez ci-après, ſavoir faiſons par ces préſentes à tous & un chacun qu'après pluſieurs

1646.

rum Potentiſſimorum Principum noſtrorum nomine tandem eo quo ſequitur modo inter nos convenerit & concluſum ſit.

I.

Inter altè memoratos Reges eorumque Regna, ſit terrà marique ut antehac, ita & impoſterum perfecta & ſincera amicitia ac inviolabile Fœdus.

II.

Subditi utriuſque Coronæ ex uno Regno in aliud liberè Commercia exerceant ſecundùm Leges ibi ſancitas.

III.

Chriſtianiſſimæ Regiæ Majeſtatis Subditi in Daniam aut Norwegiam venientes; ibique nacti occaſionem commorandi, negotiorum propriorum vel principalium ſuorum mercaturam aut aliud quid concernentium gratiâ, conſcientiæ libertate fruantur, Regiis Miniſtris ibidem commorantibus libero Catholicæ Religionis exercitio in privatis adibus conceſſo.

IV.

Navium utriuſque Coronæ ingredientium portum alterutrius Regni gratus ſit adventus, æquè benignè habeantur ex prædictarum Legum præſcripto.

V.

Subditi utriuſque Coronæ per mare commercia exercentes & littora alterutrius Regni legentes, non teneantur quemcumque intrare portum, ſi ipſorum curſus eò non fuerit directus, neque ibi ſubſiſtentes cogantur merces ſuas exonerare, commutare, vel vendere, ſed libertatem habeant quidvis pro lubitu & prout rebus ſuis conducere arbitrabuntur agendi.

VI.

Naves Gallicæ vel ad Gallos pertinentes, vel ab illis conductæ vel onuſtæ, Oreſunticum Fretum tranſeuntes quocumque locorum iverint & undecumque venerint, merces etiam qualeſcumque portaverint, nullâ exceptâ, aliud vectigal ſolvere non teneantur, quàm quod aliè memoratus Daniæ Rex ſpeciali eâ de re ſub dato 27. Septembris currentis Anni confecto Inſtrumento conſtituit; cujus ſigillatorii ſubnexa eſt tabella taxationem vectigalis exhibens: ſi verò pro tonnis & Pharis à Belgis impoſterum aliquid ſolvetur, illud non minùs Galliæ Subditis etiam preſtabitur.

VII.

1646.

fieurs Conferences tenuës à cette fin, nous ſommes convenus au nom deſdits très-puiſſans Princes de ce qui s'enſuit.

I.

Il y aura à l'avenir, comme il y a eu ci-devant, une entiere & ſincere amitié & une Alliance inviolable entre les ſuſdits Seigneurs Rois & leurs Royaumes par mer & par terre.

II.

Les Sujets des deux Couronnes exerceront librement leur commerce d'un Royaume dans l'autre ſuivant les Loix établies.

III.

Les Sujets de Sa Majeſté très-Chrétienne, qui étant venus en Dannemark ou en Norwege, trouveront occaſion d'y reſter pour leur commerce, celui de leurs intéreſſez ou pour quelqu'autre raiſon que ce ſoit, y jouïront de la liberté de Conſcience; & les Miniſtres du Roi y auront l'exercice de la Religion Catholique dans leur Hôtel.

IV.

Les Vaiſſeaux de l'une des Couronnes entrant dans quelque port de l'autre, y ſeront bien reçûs & y ſeront traitez ſuivant l'uſage établi.

V.

Les Sujets des deux Couronnes qui font leur commerce par mer touchant les côtes de l'un ou l'autre Etat ne ſeront pas obligez d'aborder dans aucun port s'ils n'y ont pas dirigé leur courſe, & au cas qu'ils s'y arrêtent on ne pourra les contraindre d'y decharger leurs marchandiſes, de les troquer, ou de les vendre: mais il leur ſera libre de faire ce qu'ils jugeront à propos & convenable à leurs intérêts.

VI.

Les Vaiſſeaux François, apartenans aux François, achetez ou fretez par eux, qui paſſeront le Sundt, en quelque lieu qu'ils aillent & de quelque lieu qu'ils viennent, & quelque marchandiſe qu'ils aient ſur leur bord, ſans excepter aucune, ne païeront d'autre droit que celui que le Roi de Dannemark a établi par l'Ordonnance du 27. Septembre de la préſente année & à laquelle eſt joint un tarif deſdits droits. Mais ſi à l'avenir les Hollandois païent quelques droits pour les tonnes & les Phares, les Sujets de France les païeront de même.

VII.

VII.

Altè memorati Regis Franciæ Subditi in Norvegiam proficiscentes eò portandi merces suas gratia vel vacui inde necessaria exportaturi, nec pro ingressu mercium quæ eò importantur nec pro exportatione earum quas inde evehere voluerint, ad gravius vectigal solvendum obligentur, quàm quod ipsis Daniæ Regis Subditis impositum est vel imponetur.

VIII.

Pari ratione Subditi altè memorati Regis Daniæ in Galliâ commercantes alia vel graviora vectigalia non pendant, quàm omnes reliqui amici, Subditi vel Confœderati; ipsisque fas sit vendere venalesque habere merces suas cuicunque placuerit, pretio etiam quocunque voluerit.

IX.

Naves bellicæ utriusque Coronæ sive singulæ sive numero duæ vel tres omnes portus alterutrius Regni ingrediantur, ibique benignè accipiantur, potestate ipsis factâ necessaria sibi pro numeratâ pecuniâ comparandi. Si verò majori sint numero, & vel tempestate aut aliâ non prævisâ occasione cogantur se se in tutum recipere, non minùs licitum erit illis ibidem tutò commorari & de iis quæ sibi necessaria esse possunt providere.

X.

Dictæ naves bellicæ aliæve mercatoriæ in portubus alterutrius Regis inventæ, non cogantur ad militiam vel vecturam absque consensu sive dicto Regis ad quem pertinent, sive Civis aut Naucleri, etiamsi Præfectus navis consenserit.

XI.

Et quemadmodum omnes hi articuli cedunt in emolumentum utriusque Coronæ earumque Subditorum, ita altè memorati Reges spondent, omnem se daturos operam, ut executioni mandentur & commercia hæc Subditis suis adeò utilia promoveantur; nominatim Daniæ Rex se se obstringit nulli se Piratarum concessurum refugium in suis portubus, & imprimis iis Piratis qui Regni Franciæ hostes sunt vel ab ejus hostium nutu pendent; & quousque Dominium ipsius Majestatis in mari & portubus ejus se se extendit, pollicetur se quantùm fieri potest, non permissurum ut commercia Subditorum Regis Galliæ perturbentur; id quod similiter Regiæ Majestatis Daniæ Subditis in portubus & maribus Regni Galliæ quantùm fieri potest, ut præstetur, est promissum.

XII.

VII.

Les Sujets du Roi de France qui navigeront en Suéde ou avec des Marchandises ou à vuide & pour y aller chercher ce dont ils ont besoin, n'y paieront ni pour l'entrée des Marchandises qu'ils porteront ni pour la sortie de celles qu'ils en emporteront, d'autres droits que ceux que payent ou päieront les Sujets du Roi de Dannemark.

VIII.

De même les Sujets du Roi de Dannemark qui negocient en France, ne payeront aucuns droits plus forts que ceux que payent les autres amis, Sujets & Confederez, & il leur sera libre de vendre leurs denrées à qui & au prix qu'ils voudront.

IX.

Les Vaisseaux de Guerre des deux Couronnes soit seuls soit au nombre de deux ou de trois pourront entrer dans tous les ports des deux Royaumes, & y seront bien reçûs ensorte qu'il leur soit permis d'acheter les choses qui leur seront necessaires. Mais s'ils se trouvoient en plus grand nombre, & qu'ils fussent contraints par tempête ou de quelqu'autre maniere imprevuë de s'y mettre en sureté, il ne leur sera pas moins permis d'y demeurer & de se pourvoir des choses nécessaires.

X.

Lesdits Vaisseaux de Guerre ou Bâtimens Marchands qui se trouveront dans les ports de l'un ou de l'autre Royaume ne pourront y être contraints à servir en guerre ou à quelque transport sans le consentement du Roi dont ils dependent ou du Marchand & du Facteur, quand même le Commandant du Vaisseau y consentiroit.

XI.

Et d'autant que tous ces articles tendent à l'avantage des deux Couronnes & de leurs Sujets, les susdits Rois promettent de pourvoir à ce qu'ils soient exactement observez, afin d'encourager ainsi le commerce si utile de part & d'autre; le Roi de Dannemark en particulier s'oblige de ne recevoir dans ses ports aucun Pirate, sur tout ceux qui sont ennemis du Roi de France, ou qui dependent de ses Ennemis: & Sa Majesté promet qu'aussi loin que s'étend sa domination en mer & dans ses Ports, elle empêchera autant qu'elle pourra que le commerce des François y soit aucunement troublé; la même chose a été promise aux Sujets du Roi de Dannemark dans les Ports & Mers de France, autant que faire se pourra.

XII.

XII.

Cùmque libertas Commerciorum in eo præcipue sita sit ut per Oceanum Occidentalem, Mare Septentrionale, & Balthicum eadem rerum forma conservetur qua hactenus viguit, allaborabit uterque Rex & annitetur ut antiquum illud & salutare æquilibrium quo in hâc usque tempora pax & tranquillitas publica stetit, sine ullâ alteratione ubivis conservetur.

XIII.

Altè memoratus Rex Daniæ informatus de Christianissimi Regis & Reginæ Regentis Matris ipsius probo laudabili proposito restabiliendi Pacem in Orbe Christiano & unumquemque, si fieri potest, in possessionem eorum quæ legitimè & de jure sibi debentur, restituendi, ut & grato animo agnoscens singulares curas quas ipsarum Majestates in audiendo inter se & Reginam Sueciæ exorto bello, cujus incendium facile totum Septentrionem corripere potuisset, adhibuerunt; quibus & hòc nomine alia sua gratitudinis documenta dare vellet, tamen cum in præsens non possit ob rationes dicto Domino Legato per Dominos Commissarios suos expositas, declarare sat habet, se nullis omnino illigatum pactis quibus prohibeatur cum iis quorum amicitiâ & auxilio frui possit, pro lubitu & arbitrio vivere; ac proinde pollicetur, & se durante hòc Tractatu obstringit, nec directè nec indirectè se opitulaturum Franciæ hostibus sive præsentibus sive futuris in bello quod gerunt vel gerere poterunt cum Majestate Christianissimâ, vel ejus in bello sociis, neque ipsis concessurum ut in dictis suis Regnis militem conscribant. Quemadmodum vice versâ Regia Franciæ Majestas Daniæ Regi promittit nullâ in re sive jam nominatâ sive aliâ qualicunque, se futurum auxilio iis qui hostes ipsius contingere poterunt, sed potius, si inter illos aliquis reperiatur, qui Galliæ fœdere junctus sit, omnem operam in dirimendis ipsorum controversiis collocaturam. Sin Princeps aliquis fuerit minùs talis, tunc altè dicta Regia Majestas Franciæ, si de bello vel injuriâ altè memorato Daniæ Regi ab illo Principe illatâ resciverit, suumque auxilium requisitum fuerit, tale omnino ipsum sperare posset quale à sincero amico & fideli Confœderato expectari debet.

XIV.

Altè memoratorum Regum alter in alterius Aulâ, suos habeat Ministros ut tantò facilius per eos invicem communicari & proponi possint, res quæ tam in publicum quam privato uniuscujusque commodo inservire posse putaverint.

Tom. III.

XV.

XII.

Et comme la liberté du Commerce consiste en ce que les choses restent dans l'Océan Atlantique, dans la Mer du Nord & dans la Baltique sur le même pied où elles ont été jusqu'à présent, les deux Rois contribueront de tout leur pouvoir à maintenir par tout l'ancien & salutaire équilibre, d'où a dependu jusqu'à présent la Paix & la tranquilité publique.

XIII.

Le susdit Roi de Dannemark informé du bon & louable dessein de Sa Majesté très-Chrétienne & de la Reine Regente sa Mere, de rétablir la Paix dans la Chrétienté & de mettre un chacun, autant qu'il seroit possible, dans la possession des choses qui lui apartiennent, & plein de reconnoissance des soins que prirent Leurs Majestez lors qu'elles aprirent que la Guerre s'étoit allumée entre lui & la Reine de Suéde, afin d'étoufer dans sa naissance un incendie qui auroit embrasé tout le Nord, Sa Majesté en témoigneroit volontiers sa reconnoissance par des réalitez, mais né le pouvant à présent pour les raisons que les Commissaires Danois ont declarées à Mr. l'Ambassadeur, il suffit que le Roi de Dannemark déclare qu'il n'a aucun engagement qui l'empêche d'agir comme il voudra avec ceux dont il recherche l'amitié & le secours. Ainsi il promet & s'oblige autant que ce Traité subsistera, de ne donner aucun secours ni directement ni indirectement aux Ennemis de la France présens ou à-venir, dans la Guerre qu'ils font ou pourront faire à Sa Majesté très-Chrétienne, ou à ses Alliez dans cette Guerre, & qu'il ne leur permettra point de lever des Soldats dans ses Etats; d'un autre côté Sa Majesté le Roi de France promet au Roi de Dannemark de ne donner aucun secours en l'affaire susdite ou aucune autre à ceux qui deviendront ses Ennemis; qu'au contraire, s'il s'en trouve parmi eux qui aient quelque Alliance avec la France, Sa Majesté employera tous ses bons offices à terminer leurs différens; que si cela n'étoit pas, aussi-tôt que le Roi de France sera instruit de la Guerre ou de l'insulte faite au Roi de Dannemark, & que celui-ci aura imploré son secours, il pourra s'attendre d'en recevoir un tel que l'on doit l'esperer d'un Ami sincere & d'un fidéle Allié.

XIV.

Les Rois susdits tiendront des Ministres dans la Cour l'un de l'autre, afin de se communiquer mutuellement par leur canal les choses que l'on croira avantageuses au bien public ou à l'avantage de l'un ou de l'autre.

Eee

XV.

XV.

Cùm Serenissimus Daniæ Rex universalis Pacis Tractatibus comprehendi, eosque a Christianissimo Rege non priùs firmari desideret quàm Illustrissimus Archiepiscopus Bremensis in suos Archiepiscopatus & Episcopatus plenariè fuerit restitutus; Christianissimus Galliarum Rex promittit, cùm nihil subesse videatur difficultatis quominùs altè memoratus Rex Daniæ iis includatur, se officia sua quàm libentissimè eò nomine interpositurum, non minùs ac in eo allaboraturum, ut si prædicti Domini Archiepiscopi ad Serenissimam Sueciæ Reginam Allegatio, quod Deus avertat, successu caruerit, pariter tunc ipsi satisfiat.

XVI.

Altè memoratus Daniæ Rex apud se constituens Legatos suos quàm primùm in Galliam mittere, ut testatum faciat Christianissimo Regi & Reginæ Matri Regenti ejus, quàm gratâ mente colat memoriam prolixæ eorum erga se voluntatis in hoc ultimo Bello tot argumentis comprobatæ, in mandatis ipsis daturus est ut præsentis Fœderationis arctioribus vinculis constringendæ diligenter rationes ineant, in eumque finem sufficienti eos muniet potestate.

Tempus huic Fœderi statutum sit annorum sex, à tempore Ratihabitionis utrinque traditæ numerandorum.

Suit la teneur des Pouvoirs.

Loüis, par la grace de Dieu, Roi de France & de Navarre, à tous ceux qui ces présentes Lettres verront, Salut. Aussi-tôt que la nouvelle nous fut apportée de la rupture entre les deux Couronnes de Dannemark & de Suéde, nous eumes la pensée de nous rendre Médiateurs de leurs différens, & disposer les choses à une réconciliation; & pour cet effet nous envoyâmes en diligence nos Pouvoirs & Instructions au Sieur de la Thuillerie, Conseiller en nos Conseils, & notre Ambassadeur Extraordinaire, afin de s'employer avec soin & vigilance pour parvenir à un bon accommodement; en quoi il auroit si utilement traité, avec tant d'assiduité & de prudence qu'il seroit enfin venu à bout d'un si difficile ouvrage, & conclu un Traité de Paix à la satisfaction des uns & des autres. Mais comme il a reconnu que le Roi de Dannemark étoit porté d'affection envers la France, à cause de tant de bons offices & de témoignages d'amitié que nous lui avions rendus en cette occasion, & qu'il s'étoit laissé entendre de desirer un renouvellement des anciennes Alliances qui ont été faites entre les Rois nos Prédécesseurs, même les affermir davantage par quelques nouvelles conditions détachées de tout autre intérêt que de celui du Public; Nous avons eu bien agréable ce con-

XV.

D'autant que le Serenissime Roi de Dannemark desire d'être compris dans les Traitez de la Paix generale, & que le Roi très-Chrétien ne le ratifie pas que l'Illustrissime Archevêque de Brême n'ait été entierement retabli dans ses Archevêchés & Evêchés, Sa Majesté très-Chrétienne promet que, n'y aiant aucune difficulté à ce que le Roi de Dannemark soit compris dans les susdits Traitez, il sera tout son possible à cet effet, & au cas que les remonttrances de Mr. l'Archevêque n'aient point de succés auprès de la Reine de Suede, ce qu'à Dieu ne plaise, Sa Majesté employera ses bons offices pour lui faire obtenir au moins quelque satisfaction.

XVI.

Le Roi de Dannemark étant resolu d'envoyer au plûtôt des Ambassadeurs en France pour témoigner à Sa Majesté très-Chrétienne & à la Reine Régente sa Mere combien il est reconnoissant de leur bonne volonté à son égard qu'elles ont fait connoître de tant de manieres différentes pendant la derniere Guerre, il les chargera de chercher les moyens de rendre encore plus étroite la présente Alliance, & pour cet effet il leur donnera des Pleins-pouvoirs suffisans.

Cette Alliance durera pendant six années à compter du jour de l'échange des Ratifications.

tribuer de notre part pour l'avancement de si louables propositions, & pour cet effet étant nécessaire de députer quelqu'un qui puisse bien exécuter nos intentions, nous avons cru ne pouvoir faire un meilleur ni plus digne choix que dudit Sieur de la Thuillerie, notre Ambassadeur Extraordinaire, lequel étant maintenant à Coppenhague & bien informé de l'état présent de nos affaires & de nos bons sentimens, s'acquitera dignement de cet emploi. Pour ces causes & autres à ce nous mouvans, de l'avis de la Reine Régente, notre très-hônorée Dame & Mére, de notre très-cher & très-amé Oncle le Duc d'Orléans, de notre très-cher & très-amé Cousin le Prince de Condé, de notre très-cher & amé Cousin le Cardinal Mazarin, & de plusieurs autres grands & Notables Personnages de notre Conseil, nous avons commis, ordonné, & député, & par ces présentes signées de notre main, commettons, ordonnons, & députons, ledit Sr. de la Thuillerie notre Ambassadeur Extraordinaire, auquel nous donnons plein & absolu pouvoir pour en notre nom avec ledit Roi de Dannemark ou celui ou ceux qui seront députez de sa part, aiant de lui suffisant pouvoir, renouveller les anciennes Alliances qui ont été faites entre nous par les Rois nos Prédécesseurs, reprendre pour cet effet les anciens & derniers Traitez, iceux confirmer, même y ajouter & diminuer les choses dont ils conviendront, selon & ainsi qu'il sera

trou-

trouvé plus à propos, conclurre un Traité nouveau, fondé fur les précédens, qui foit pour établir entre nous, nos Roiaumes, & Sujets une bonne & parfaite union, amitié, & correfpondance, au bien de nos communs intérêts ; & figner en notre nom tout ce qui fera particuliérement réfolu entr'eux, promettans en foi & parole de Roi, fous l'obligation de tous & chacuns nos biens préfens & à venir, de ratifier tout ce qui aura ainfi été convenu, arrêté, &, figné par ledit Sieur de la Thuillerie notre Ambaffadeur Extraordinaire, & en fournir Lettres de ratifications dans le tems promis, & de garder, entretenir, obferver, & faire obferver toutes les

Nos Chriftianus Quartus Dei gratia Daniæ, Norwegie, Vandalorum, Gothorumque Rex, Dux Slefwici, Holfatiæ, Stormariæ, ac Dithmarfiæ, Comes in Oldenburg & Delmenhorft: Notum facimus univerfis & fingulis quorum intereft, cum confultum hoc tempore nobis fuerit, vifum ut ultra priftina Fœdera quæ inter Divos Prædeceffores noftros & Reges Chriftianiffimos ab aliquot faculis fuere, novum aliquod & arctius Fœdus fanciretur, & Sereniffimum, Potentiffimum ac Chriftianiffimum Principem Dominum Ludovicum XIV. Franciæ & Navarræ Regem confanguineum, amicum, & confæderatum noftrum chariffimum, ut & Sereniffimam, Potentiffimam & Chriftianiffimam Principem Dominam Annam Serenitatis ipfius Matrem Franciæ & Navarræ Reginam Regentem, a Regiâ Domo Hifpanicâ natam, confanguineam, & amicam noftram chariffimam, eodem propendere ex Illuftriffimo & Excellentiffimo Majeftatum ipfarum Legato Domino Gafpardo Cognetio de la Thuillerie Equite aurato, Curfonii Barone, & Comite Confiftoriano, intellexerimus; nos dediffe & dare vigore præfentium generofis & nobilibus Cancellariæ noftro & Senatoribus Regni Domino Chriftiano Thomæo in Stouffaard Equiti & Domino Georgio Brahé in Huedholm Equiti, plenam poteftatem cum memorato Domino Legato Gallico fuper hoc negotio conveniendi, deliberandi, & noftro nomine concludendi; quæ in hunc finem neceffaria atque e re fore videbuntur, fpondentes & promittentes in verbo & fide Regiâ nos ea omnia quæ prædicti Commiffarii noftri ita gerent, concludent & promittent, rata & grata habituros, ac bonâ fide atque inviolabiliter obfervaturos. In quorum uberiorem fidem præfentes manu Regiâ fubnotatas Sigilli noftri appofitione muniri juffimus. Quod factum annô millefimo fexcentefimo quadragefimo quinto, die vigefimâ quintâ Octobris.

Supra dicta omnia & fingula nomine Sereniffimorum Regum noftrorum, ita tranfacta & conclufa effe hifce teftamur, eorumque ratihabitiones in optimâ formâ intra fpatium menfium quinque fine ulteriori dilatione reciprocè traditas iri recepimus. In quorum fidem præfentes finguli fuâ manu propriâ fubfcripfimus & figillo noftro munivimus.

Tom. III.   *Quod*

---

claufes & conditions dudit Traité, & un chacun des articles d'icelui, fans promettre qu'il y foit jamais contrevenu en aucune forte & maniére que ce foit. Car tel eft notre plaifir ; en témoin de quoi nous avons fait mettre notre fcel à cefdites préfentes. Donné à Fontainebleau le xx. jour de Septembre, l'an de grace mil fix cens quarante-cinq, & de notre regne le troifiéme,

figné

LOUIS;

Sur le repli par le Roi, la Reine Régente Sa Mére préfente, figné
DE LOMENIE,
Et fcellé du Grand Sceau de cire jaune.

Nous Chriftiern IV. par la grace de Dieu Roi de Dannemark, de Norwege, des Vandales & des Goths, Duc de Slefwick, de Holftein, de Stormarie & Ditmafie, Comte d'Oldenbourg & de Delmenhorft, favoir faifons à tous & un chacun à qui il apartient que nous avons trouvé à propos dans la conjoncture préfente non feulement de renouveller les anciennes Alliances qui ont été depuis quelques fiécles entre nos Prédeceffeurs de glorieufe mémoire & les Rois très-Chrétiens, mais même d'en faire une nouvelle encore plus étroite ; nous fommes informés par l'Illuftriffime & Excellentiffime Ambaffadeur de leurs Majeftez le Sieur Gafpart de la Thuillerie, Chevalier Baron de Courfon & Confeiller d'Etat que le Séréniffime, très-puiffant & très-Chrétien Prince & Seigneur Louïs XIV. Roi de France & de Navarre notre très-cher Coufin ami & confédéré, & la Sereniffime & très-puiffante & très-Chrétienne Princeffe,. Dame Anne, Sa Mere, Reine Régente de France & de Navarre, Née Princeffe d'Efpagne notre très-chere Coufine & amie, font dans les mêmes fentimens, nous avons donné & donnons par ces préfentes au Sieur Chrétien Thomafon, Chevalier Seigneur de Stouffaard, notre Chancelier & au Sieur George Brahé Chevalier Seigneur de Huedholm, plein pouvoir de conferer, & deliberer de la fufdite Alliance avec ledit Ambaffadeur de France & de conclure à cette fin ce qui fera jugé convenable, promettant en foi & parole de Roi d'aprouver & de ratifier tout ce que nofdits Plénipotentiaires feront, concluront, & promettront & de l'obferver de bonne foi & religieufement : en foi de quoi nous avons figné ces préfentes de notre main & y avons fait mettre notre fceau. Fait le 25. Octobre de l'an mille fix cens quarante-cinq.

Nous certifions par ces préfentes que tout ce que deffus a été ainfi paffé & conclu au nom de nos Sereniffimes Rois, & nous nous fommes engagez à en delivrer les Ratifications de part & d'autre dans cinq mois au plus tard. En foi de quoi nous avons figné les

Ece 2   pre-

1646.

Quod factum die decimâ quintâ Novembris anni millesimi sexcentesimi quadragesimi quinti.

Nous avons par le même avis de la Dame Reine Regente notre très-honorée Dame & Mere, de nôtre très-cher & très-amé Oncle le Duc d'Orleans, de notre très-cher & très-amé Cousin le Prince de Condé, de notre très-cher & très-amé Cousin le Cardinal Mazarin, & autres Princes, Ducs, Pairs, & Officiers de notre Couronne, Grands & Notables Personnages de notre Conseil, agréé, approuvé, & ratifié, agréons, approuvons, & ratiffions, par ces présentes signées de notre main, ledit Traité; & un chacun des Articles d'icelui ci-dessus transcrits, promettons en foi & parole de Roi & sous l'obligation & hypothéque de tous nos biens generalement quelconques, de l'obferver, & exécuter de point en point, selon sa forme & téneur, sans y contrevenir directement, ni permettre qu'il y soit contrevenu en aucune sorte & maniere que ce soit. Car tel est notre plaisir; en témoin de quoi nous avons fait mettre notre scel à cesdites présentes. Donné à Paris le quinziéme jour de Mars, l'an de grace mil six cens quarante & six & de notre regne le troisiéme,

Signé

LOUIS,

Et plus bas par le Roi, la Reine Régente sa Mere présente,

DE LOMENIE;

Et scellé du grand Sceau de cire jaune.

1646.

presentes & y avons mis notre cachet. Fait le 15. Novembre de l'an mille six cens quarante-cinq.

DIFFEREND
Entre les
LANDGRAVES
De
HESSE-CASSEL,
Et ceux de la
BRANCHE DE DARMSTAT.

BRiéve Déduction du différend pour la Principauté de Marpourg, & les païs qu'on appelle la haute Hesse, & comprenant la basse Comté de Catzenellenbogen, & la Seigneurie de Schmalkalden, entre les Landgraves de Hesse-Cassel & ceux de la Branche de Darmstat.

D'où il appert qu'il est très-juste & raisonnable que ceux de Hesse-Cassel soient pleinement remis par ce Traité de la Paix générale dans les susdits Païs, qui leur ont été ôtez à tort & par des violences notoires.

TABLE GENEALOGIQUE
DES LANDGRAVES
DE HESSE.

PHILIPPE Landgrave de Hesse mort 1567.

1. Branche de Cassel.

2. Branche de Darmstat.

1. Branche de Cassel.	2. Branche de Darmstat.
Guillaume IV. mort 1592.	Louïs le Vieil (a) mort 1604. — Philippe. mort 1585. — George mort 1596.
Maurice mort 1632.	Louïs le jeune, mort 1626. — Philippe, m. 1643. — Frédéric m. 1638.
Guillaume V. Herman, Frédéric, Ernest. m. 1637.	George, Jean, Frédéric. (c)
Guillaume VI. (b)	

(a) C'est celui qui a fait le Testament de la Succession duquel il s'agit.

(c) C'est la Partie adverse.

(b) Qui est en minorité & sous la tutelle & Regence de sa Mere.

DISCOURS.

LE Landgrave Louïs le Vieil, qui tenoit en propre la Principauté de haute Hesse & la Ville de Marpourg lieu de sa résidence, institua pour héritiers de partage égal de toutes ses terres & biens, le Landgrave Maurice fils unique de son frere aîné, le Landgrave Guillaume quatriéme du nom qui résidoit à Cassel, & son propre frere le Landgrave George le Vieil de Darmstat, par son Testament du 25. Decembre 1595. Mais il leur ordonna aussi de ne rien entreprendre ou prétendre en façon quelconque contre cette sienne disposition, à peine de perdre ce qu'il leur laissoit par ledit Testament; substituant sur tout cela lesdits héritiers, de la sorte qu'en cas que le Landgrave Maurice, ou le Land-

1646.

Landgrave George vinssent à mourir avant ou après le décès du Testateur, qu'alors les enfans mâles d'un chacun qu'ils laisseroient, après eux auroient la moitié susdite de tous ses Païs & Terres. Et quoi qu'en suite de cela ledit Landgrave George l'un des héritiers vînt à déceder l'an 1596. & laisser trois Fils, le Landgrave Louïs le Jeune, Philippe & Frédéric, & que par conséquent l'affaire eût pris une autre face, néanmoins ledit Testateur confirma nonobstant cela en tous points par son Codicile de l'an 1601. ledit Testament; & alors qu'après la mort du Testateur arrivée le 30. Mai 1604. l'ouverture de ce Testament se fit. Il fut accepté du Landgrave Maurice en toutes ses clauses, mais disputé & revoqué en doute du Landgrave Louïs le jeune en son nom & de la part de ses fréres; parce que l'institution ne s'y étoit pas faite par têtes, mais par souches, & droit de représentation, que ce Testament étoit contraire au Droit civil, à la Coutume de succéder aux Fiefs de l'Empire, à la confraternité héréditaire & paction de succéder mutuellement entre la Maison Electorale de Saxe & celle de Hesse, au Testament des ayeuls, & aux conventions héréditaires des Princes de Hesse, confirmées par des sermens solemnels, accusant en ce faisant le Testateur d'avoir été parjure. L'affaire fut remise à l'instance du Landgrave Louïs le Jeune au jugement décisif des Prêtres, qui en semblables occasions avoit été ordonné par les Testamens de leurs ancêtres, & les pactes de famille de la Maison de Hesse, & entiérement confirmé par Sa Majesté Imperiale; & qui plus est, il fut juré sous le nom de Dieu solemnellement, par les Princes de la Maison de Hesse-Cassel & Darmstat, qu'ils s'arrêteroient & acquiesceroient entiérement à ce qui seroit jugé & prononcé par les Juges & qu'ils tiendroient leur Sentence pour décisive aiant été choisis par les deux Princes mêmes & reçus pour légitimes par le serment qu'ils avoient prêté tous deux: de sorte qu'après cela ni l'un ni l'autre de ces Princes ne prétendroit ou demanderoit la moindre chose à l'encontre de cette Sentence. Mais les Juges ne pouvant accorder les Parties à l'amiable, & le Landgrave Louïs de Darmstat s'arrêtant toûjours à improuver & contredire le Testament, le Landgrave Maurice cependant se raportant à cette impugnation & en vertu d'icelle soutenant le Testament, demanda d'entrer cependant par provision en la possession de la moitié des Païs qui lui étoient assignez & prétendant l'autre moitié par la contravention manifeste du Landgrave Louïs, ainsi qu'il étoit porté par ledit Testament. Le Landgrave Louïs changea d'avis & demanda de même d'entrer en la possession de la moitié que le Testament lui donnoit, ensuite de quoi les Juges adjugérent (ce qui se fit par diverses Sentences de 1604. 14. Novembre & 25. Janvier 1605.) ladite moitié en ce qui étoit du possessoire suivant le Testament au Landgrave Louïs, & à ses fréres, reservant néanmoins au Landgrave Maurice ses droits à cause de la contravention du Landgrave Louïs, ensemble avec l'Université de Marpourg & autres droits qui n'avoient rien de commun avec ce partage, ainsi que les susdits Princes en firent le partage suivant l'assignation faite par les Juges en deux portions égales de tout l'héritage,

& en prirent paisiblement la possession & sans aucun contredit. Mais le Landgrave Louïs de Darmstadt remarquant, que le Landgrave Maurice avoit offensé la Maison d'Autriche, par la part, qu'avec d'autres Princes, il prit dans l'affaire de Cléves & de Juliers de 1599. & par la bonne correspondance qu'il entretenoit avec le Roi de France, il tâcha à se rendre agreable à la Cour Imperiale noircissant le Landgrave Maurice; & y présenta Requête deux ans après que la susdite Sentence décisive eut été prononcée, se plaignant de sa nullité, & implorant la restitution pour le tout: ce qui étoit directement contraire au serment réciproquement fait par les deux Parties, comme il a été dit ci-dessus, impugnant par ainsi de nouveau pour les raisons susdites le Testament, & accusant le Testateur d'avoir été parjure, & avoir contrevenu aux Conventions héréditaires de la Maison de Hesse, acceptées avec des sermens réciproques; prétendant que la crainte lui avoit fait approuver le Testament devant les premiers Juges, & qu'à cause de cela ni la Sentence donnée, ni le partage fait ensuite d'icelle, ne lui pourroit tourner à préjudice, principalement à ses fréres étans encore pupiles, & les Juges étans suspects, & y aiant procédé injustement. Le Landgrave Maurice n'a pas manqué pour cela, après l'adjournement fait, de se présenter, & aussi de remontrer à la Cour Imperiale que cette affaire ici pouvoit être décidée, mais qu'il appartenoit au Jugement décisif des Austreges, selon qu'il a été établi par les Conventions & Accords entre les Princes de la Maison de Hesse, & confirmez par Sa Majesté Imperiale; & qu'aussi il avoit été décidé par une Sentence definitive, laquelle avoit été agréée du côté de Darmstat, le partage fait effectivement, ensuite de cela le Testament accepté, & aussi promis par un serment solemnel fait sous le nom de Dieu & sur le Saint Evangile par le Landgrave de Darmstadt d'y acquiescer. Mais on a fermé les oreilles à toutes ses Remontrances quoi que fondées en toute Justice, & il a été imposé au Landgrave Maurice par un Décret publié en 1613. le 25. Octobre, de repondre à ces accusations; en lui assignant à cette fin un terme de quatre mois, avec des menaces atroces en cas de coutumace: & quoi qu'il ait appellé le 16. Novembre 1613. de cette Sentence inique, jusques à ce que l'Empereur eût été mieux informé, & aussi à tous les Etats & Membres de l'Empire devant Notaire & témoins, il s'en est bien fallu que cet Appel ait été accepté, ains en faisant l'insinuation on a privé le Notaire de sa charge, & fait prisonnier un des témoins Docteur en Droit. Le Landgrave Maurice pour cela n'a pas laissé, quoi qu'en protestant, d'observer le terme prescrit, & de présenter à la Cour Imperiale sa défense, & on s'évertua aussi de la part de Darmstat de prouver la nullité prétendue de la Sentence susdite, & du Testament, aiant présenté quatre grands volumes remplis de plusieurs diverses additions, raisons, & preuves prétenduës, & tout ceci se fit en l'année suivante 1614. mais on ne le produisit à la Cour Imperiale que huit ans après en l'année 1622. le vingt-deuxiéme Juillet, là où il fut baillé un terme de six mois au Landgrave Maurice pour y répondre, & pour prouver ce qu'il avoit mis en avant pour sa défense,

E e e 3

fense, sans avoir égard d'avoir accordé huit ans entiers au Landgrave Loüis pour justifier son droit prétendu.

Le Landgrave Maurice n'aiant pû obtenir prorogation du terme, ne put moins faire que de faire expédier ce qui étoit nécessaire au terme prescrit, & le fit présenter à Ratisbonne en l'année suivante mil six cens trente-trois, espérant que tout ainsi qu'on avoit écouté ceux de Hesse-Darmstadt, avec leurs Memoires, qu'on admettroit aussi ceux du Landgrave Maurice pour sa défense, & lui accorderoit la commission qu'il avoit demandée, que la Partie adverse se seroit légitimement déclarée & soumise à justice, & qu'on observeroit le procédé & l'ordre de droit. Mais soit que la raison d'Etat, & les passions aient eu plus de force à la Cour Imperiale que la Justice, & les Constitutions de l'Empire n'y aient été considerées, soit que le Landgrave Maurice s'y soit rendu plus odieux par la part qu'il avoit prise à l'affaire du Palatin, & de l'Union des Princes pour la Liberté Germanique, & par la correspondance qu'il entretenoit avec la France; d'où aussi il fut conclu à Mulhausen en 1620, quand on accorda la proscription du Palatin, de donner la secousse au Landgrave Maurice: soit que le Landgrave de Darmstadt ménageât l'occasion pour pêcher en eau trouble, déchirant & décriant tant qu'il pouvoit les Actions du Landgrave Maurice auprès de l'Empereur & de la Ligue Catholique, le rendant même sous prétexte de la Religion & en faveur de la Lutherienne desagréable aux Protestans, & se conciliant par des présens & par d'autres industries les esprits du Conseil Aulique, ou privé, & celui de Guerre de l'Empereur; la parade qu'il fit de sa passion pour l'avantage de la Maison d'Autriche lui gagnant une pension du Roi d'Espagne. Il est certain qu'il obtint toutes choses à la Cour de l'Empereur, & embrassant le conseil qui lui fut donné par son Referendaire de changer la forme de ses plaintes, & se désister de l'impugnation, *mutato genere actionis*, pour recourir à une contravention prétenduë, dont il chargea le Landgrave Maurice, il s'ensuivit que deux jours après que les Deductions très-amples dressées par ceux de Hesse-Cassel eurent été insinuées, & signifiées, étant impossible qu'on les eût pu lire, moins les examiner, & peser en si peu d'espace de tems, on passa à une Sentence définitive publiée à Ratisbonne l'an 1623. le premier Avril, non pas fondée en façon quelconque sur les actes qui s'étoient passez dans l'affaire & sur la justice de la cause, mais sur la raison d'Etat, sous prétexte de justice, & cela en l'absence du Landgrave Maurice, ni sans l'avoir fait appeller, ou au moins son Procureur, pour entendre ladite Sentence, laquelle fut publiée avant qu'on eût écouté le Landgrave Maurice, avec les preuves de sa défense, & avant qu'il eût été jugé definitivement de l'affaire. La Sentence portoit qu'à cause des contraventions manifestes amplement déduites dans les Actes, faites par le Landgrave Maurice contre le testament du Landgrave Loüis le Vieil, s'étoit privé totalement de l'héritage qui lui étoit échu, & qu'il seroit tenu de rendre au Landgrave Loüis le Jeune, à compter du tems de la contravention, ce qui lui étoit échu de ladite hérédité, avec tous revenus & fruits perçus: & en suite cinq jours après, nonobstant que suivant le Droit ordinaire on accorde

dix jours à chaque Appellant pour pouvoir appeller, on dépêcha le 5. Avril 1623. les Decrets d'execution aux Electeurs de Cologne & de Saxe, sous peine de mille Marcs d'or à huit onces d'or le Marc, s'ils n'y obéissoient.

Or il paroît par les raisons suivantes & plusieurs autres, de quelle sorte Monsieur le Landgrave Maurice a été outragé par cette Sentence inopinée & non attenduë.

Premierement d'autant qu'il eût été raisonnable que la question, si le Testament étoit valable ou non, eût été vuidée, avant que de subir & encourir les punitions qui dépendent de l'infraction.

Secondement qu'il ne s'est point fait de faute de la part de Hesse-Cassel en cette cause, le Landgrave Maurice n'aiant eu aucune connoissance, ni lui aiant été donné part, de ce que le Landgrave de Darmstadt après une impugnation du Testament de dix-huit ans, l'auroit approuvé & demandé toute l'hérédité en vertu d'une infraction du Testament prétendue contre le Landgrave Maurice, lequel ignorant toutes ces menées n'eut aucun moien de faire paroitre son innocence & des exceptions que très-justement il pouvoit mettre en avant contre ces demandes.

Tiercement, que le Landgrave Loüis aiant une fois desavoué le Testament, qui prive celui qui n'y obéiroit pas de sa succession, n'auroit su l'accepter après à son avantage & au desavantage de l'accusé.

En quatriéme lieu, étant chose absurde que celui qui par une contravention manifeste, comme est celle du Landgrave Loüis, & disputant le Testament, auroit perdu sa part à l'héritage, dût obtenir la part d'un autre sous prétexte de contravention.

En cinquiéme lieu, ce seroit chose inouïe que celui qui auroit impugné tout le Testament aux choses substancielles, & accusé le Testateur d'avoir été parjure, dût être de meilleure condition que celui qui a contrevenu (comme l'on prétend à tort du côté de Darmstadt) dans certains points particuliers, & qui ne sont point essentiels, comme en changeant quelques cérémonies dans l'Eglise.

Sixiémement, que le Droit civil enseigne que celui seulement peut implorer la Justice, qui n'a point failli contre elle en la même maniere qu'il la demande.

Septiémement, & qui plus est que du côté de Hesse-Cassel on ne tombe d'accord d'aucune contravention exprimée & défenduë par le Testament, qu'elle n'a point été démontrée, ni notoire, ni publiée, ni le Landgrave de Hesse-Cassel convaincu de l'avoir commise.

En huitiéme lieu, que le Landgrave Maurice a été condamné à la restitution des fruits perçus, non du tems qu'il est dit que le Landgrave Loüis se désista d'impugner le Testament, ce qu'il continua par dix-huit ans, jusques à ce qu'il eût accepté le Testament, où néanmoins il ne se pouvoit (le cas posé, que du côté de Hesse-Cassel il y eût quelque contravention) qu'on adjugeât au Landgrave Loüis les fruits reçus pendant le tems qu'il prétend avoir obéi au Testament; quoi qu'il l'ait impugné, & qu'il ne sauroit prétendre la répétition des fruits qu'après qu'il a formé sa plainte sur la contravention faussement prétenduë.

En

En neuviéme lieu, le Landgrave Maurice aiant perçû les fruits à bon titre & de bonne foi en vertu de la Sentence donnée par les Juges, que le Landgrave Louïs avoit choisis lui-même, aiant fait serment à Dieu d'acquiescer à leur jugement, & l'avouant par le partage qu'ensuite il avoit fait; de sorte que quoi qu'il eût été possible de réformer la premiere Sentence, ou qu'elle eût été injuste, il ne l'est pas moins de condamner le Landgrave Maurice à la restitution des fruits reçûs.

En dixiéme lieu, qu'il eût été juste de confronter les contraventions, où sans doute la condition du Landgrave Maurice auroit été la meilleure.

En onziéme lieu, que Sa Majesté Imperiale ne peut être le Juge des choses & des disputes qui se font au fait de la Religion entre ceux qui sont de la Confession d'Augsbourg; soit qu'il survienne différend entre les uns, & les autres pour le principal ou pour l'incident.

Douziémement, que quoi que cette contravention prétendue auroit été commise du côté de Hesse-Cassel, & supposé qu'il dût être privé de la succession, elle ne pouvoit néanmoins échoir au Landgrave Louïs, qui n'a observé le Testament, ni n'étoit Cohéritier du Landgrave Maurice, ni son substitué; mais au Fils du Landgrave Maurice, comme lui étant véritablement substitué en vertu du Testament & selon tout droit: outre les autres raisons qu'on peut alléguer, qu'on passe sous silence pour n'être trop prolixe.

Le Landgrave Maurice n'oublia pas pourtant dans cet embarras, d'appeller de l'Empereur mal informé à l'Empereur mieux informé, le cinquiéme Avril 1623. mais on n'avoit garde d'accepter cet Appel, aussi peu que celui que le Landgrave Maurice fit à tout l'Empire. On lui refusa de même la révision des Actes qu'il demanda le 22. Avril 1623. ni on ne voulut admettre l'intervention, & l'entremise de Messieurs les Fils de ce Landgrave, signées le 21. Août 1623. lui déniant, & refusant de tous côtez la Justice. Ensuite de quoi le Général Tilli occupa non seulement & ruina totalement toute la basse Hesse, mais le Landgrave Louïs s'empara aussi, par son assistance, à main armée de la haute, & cela avant que le terme donné pour obéïr aux Décrets Imperiaux fût expiré.

Il se saisit de plus de la Ville & résidence de Marpourg, de l'Université, de tous les meubles, artillerie, & de toutes les provisions (quoi que l'Université ni les meubles n'eussent jamais été de la controverse) & aiant présenté, durant cette invasion, un Memoire des fruits reçûs, aux Députez de Cologne, qui montoient à trois millions & six cens mille Risdalles, il fut prononcé un Arrêt à Bonn, avant que la liquidation desdits fruits ait été faite, & sans consideration quelconque, & qu'on ait jugé selon les formes ordinaires sur cette affaire. Et pour couper chemin à toute appellation, on publia à Vienne ledit Arrêt le vingt-uniéme Avril 1626. sans avoir ouï ni appellé le Landgrave Maurice ou son Procureur, le condamnant de paier aussi les intérêts de la somme susdite, pour les fruits reçûs, & ce dans six semaines, sous peine de mille Marcs d'or, réservant au Landgrave Louïs une plus ample déclaration; & au même jour on présenta au Landgrave Maurice, que l'Armée de Tilly tenoit en ce temps comme assiegé dans Cassel, les Lettres d'execution dressées par l'Agent de Darmstadt. Mais aiant été impossible & contre toute justice d'y obéïr, le Land-

grave Maurice appella derechef le vingt-uniéme Mai 1626. & prit en main tous les moiens & voies licites & fondées en droit & justice; mais on ne le voulut écouter nulle part: & le Landgrave Louïs après avoir fait courir le bruit que le Landgrave Maurice étoit au point de remettre entre les mains du Roi de France la Forteresse de Rheinfeld, au grand préjudice de l'Empereur & de l'Empire, & que pour cette raison il ne falloit point s'endormir en cette occurrence, mit le siege devant ladite Place (qui n'avoit rien de commun avec la succession de Marpourg) avec l'assistance des Espagnols, & l'occupa avec tous les Châteaux, Bailliages, & Peages situez en la basse Comté de Catzenellenbogen. Son Fils le Landgrave George aujourd'hui vivant, le Landgrave Louïs son Pere venant lors à décéder, continua rigoureusement ses hostilitez, s'emparant quasi de toute la basse Hesse, de tous les Châteaux, Bailliages, Villes & Jurisdictions y appartenantes; & cela non pas seulement sous prétexte des fruits prétendus, mais pour les frais & dépens du Siége de Rheinfeld, se faisant prêter le serment de fidélité des Sujets, chassant les Ministres & Prédicateurs de Hesse-Cassel, & mettant d'autres en leur place; réduisant le Landgrave Maurice au point, sans avoir aucun égard aux protestations, demandes, &, remontrances qu'il faisoit, de n'avoir plus ce qui lui étoit nécessaire pour l'entretien de lui, de sa femme, & de ses Enfans, sans considérer la personne d'un Prince de telle qualité.

Le Landgrave Maurice se voiant dépouillé si injustement de tous ses Etats, & ne pouvant rien obtenir ni à la Cour Imperiale, ni auprès de l'Archevêque de Cologne, moins encore auprès du Landgrave George d'aujourd'hui, qui prétendoit encore dix-neuf cens mille Risdalles, outre les trois millions six cens mille, & les dix sept cens mille qui lui avoient été adjugez pour les fruits reçûs, & obtenoit ordre sur ordre de l'Empereur au Général Tilli de s'emparer des Forteresses de Ziegenhaim & de Plesse à l'avantage du Landgrave George.

Le Landgrave Maurice qui voioit que les portes de la Justice lui étoient fermées de tous côtez, ceda la Regence & Gouvernement de ses Etats le troisiéme Mars 1627. à son Fils le Landgrave Guillaume, & laissa à ses autres Fils qui étoient encore en minorité le débris de ce naufrage, forcé qu'il fut de prendre cette resolution derniere, vû qu'il savoit de bonne part que le Landgrave Louïs avoit déclaré auparavant sa mort qu'on mettroit le Landgrave Maurice si bas qu'il ressembleroit plus à un Gentilhomme, qu'à un Prince, & qu'on travailloit déja du côté de Darmstadt de ne laisser que de certaines petites pensions aux Landgraves de Cassel, & de s'attribuer tous les deux Pays de Hesse; le Chancelier Wolff, l'ame de son Maître, s'étant de plus laissé entendre que jamais on n'accorderoit avec le Landgrave Maurice, mais qu'on seroit bientôt d'accord avec les Landgraves ses Fils.

Et quoi que le Landgrave Guillaume, après avoir accepté avec protestation requise la Regence, signifiât à l'Empereur le neuviéme Avril mil six cens vingt-sept, & à l'Electeur de Cologne le cinquiéme Avril audit an, l'abdication qui s'étoit passée, & fît instance de suspendre toute execution, & de lui remettre les Païs dont on l'avoit dépouillé, avec ce qui y appartenoit; représentant que l'affaire

aiant

1646.

aiant pris tout une autre face, les Decrets & Commiſſions Imperiales étoient par-là effacées, & que lui le Landgrave Guillaume aiant pris la poſſeſſion en vertu des Conventions faites par ſes Ancêtres, & de ce qui en avoit été ordonné par eux, n'en pourroit être privé par la contravention qu'on prétendroit avoir été faite par ſon pére. Si eſt-ce qu'il ne put jamais réuſſir en ceci, auſſi peu qu'à obtenir la Commiſſion qu'il demandoit de la Cour Imperiale, pour compoſer l'affaire à l'amiable, le Landgrave George & l'Electeur de Cologne s'y oppoſant hautement, diſant que le Landgrave Guillaume n'avoit point plus de droit que ſon Pere, lui faiſant tenir des commandemens Imperiaux très-précis & exprès, pour remettre entre les mains du Landgrave George les deux Forterreſſes de Ziegenhaim & de Pleſſe, & pourſuivant à force le procès de liquidation. Sur quoi le Landgrave Guillaume ſe ſentant abandonné de tout le monde, & voiant devant ſes yeux la ruine totale de la Maiſon de Heſſe-Caſſel, le Général Tilli lui aiant déja ôté par force le fort Château de Spangenberg, & aiant mis le Siége devant celui de Pleſſe, & fait des préparatifs pour attaquer Ziegenhaim, recharcha en ces extrêmitez, & contraint qu'il fût par une ſi dure néceſſité, le Landgrave George de vouloir condeſcendre à une compoſition amiable, ſe flattant de l'eſperance que ſes ſoumiſſions & priéres, fléchiroient l'eſprit de ſon Couſin, & y feroient naître quelque ſentiment de juſtice.

Le Landgrave George ſe montra en quelque façon porté à l'accord, mais il refuſa à plat la ſuſpenſion de l'execution qu'on lui avoit demandée, pour traiter avec le Landgrave Guillaume en lui tenant l'épée dans les reins, & lui declara à l'entrée du Traité qu'il ne pourroit avoir lieu, & qu'il pourſuivroit le cours de l'execution & d'autres liquidations.

Premierement, ſi le Landgrave Guillaume & ſes Freres ne conſentoient que cet Accord paſſât en Sanction pragmatique & Tranſaction perpétuelle & irrevocable, & qu'il ratifiée comme telle de Sa Majeſté Imperiale.

Secondement, ſi on ne s'accommodoit avec lui en certaines choſes qui ne regardoient pas la ſucceſſion de la haute Heſſe.

Troiſiémement, ſi on ne lui rendoit pas auſſitôt une de ces Forterreſſes.

En quatriéme lieu, ſi on ne lui laiſſoit héreditairement toute la haute Heſſe avec l'Univerſité.

Cinquiémemement, & qu'on ne renonçât entierement au droit de primogéniture, ou d'aineſſe, à la Forterreſſe de Rheinfeld, & à toute la baſſe Comté de Catzenellenbogen, avec les Péages ſur le Rhein, & autres revenus occupez par lui à cauſe des fruits prétendus.

Et ſixiémement, ſi on ne le contentoit d'une certaine ſomme d'argent, en remettant au Landgrave Guillaume les Bailliages pris en la Baſſe Heſſe, & que ſi tout ceci agréoit au Landgrave Guillaume, que l'Accord ſe pourroit faire, & non pas autrement.

Ainſi le Landgrave George continua de perſiſter en ſes demandes, les augmentant de pluſieurs autres, & faiſant paſſer ſa volonté pour une Loi, quoi que le Landgrave Guillaume pût dire, faire, & prier à l'encontre, & qu'il recourût, mais en vain, aux interceſſions de ſes parens pour diſſuader à ſon Couſin une ſi grande violence.

Le Landgrave Guillaume enfin fut contraint en qualité de ceſſionnaire, de conſentir pour toûjours à toutes ces injuſtes demandes, & de remettre entre les mains du Général Tilli, durant le Traité, la Forterreſſe de Pleſſe, de renoncer à toute la haute Heſſe, à la Forterreſſe de Rheinfeld, & à la baſſe Comté de Catzenellenbogen, à l'Univerſité de Marpourg, à tous les meubles, comme auſſi au droit d'aineſſe, & de laiſſer en hypothéque au Landgrave George le Bailliage de Smalkalden juſques à ce qu'il lui eût paié cent mille florins Imperiaux; le Landgrave George ne donnant rien du ſien, mais rendant ſeulement quelques Bailliages occupez en la baſſe Heſſe par une très-injuſte violence, forçant le Landgrave Guillaume de ſigner la Lettre qui fut écrite pour obtenir la confirmation de l'Empereur, comme elle avoit été dreſſée de mot à mot par le Landgrave George auſſi bien qu'on avoit preſcrit au Landgrave Guillaume toutes les Lettres qui furent écrites aux Princes de l'Empire, & aux Sujets, & Vaſſaux de Heſſe: le Landgrave George déclarant auſſi-tôt, & lorſque le Landgrave Guillaume fit difficulté de les ſigner & ſouſcrire, que le Traité ſeroit rompu, ne le voulant conclure que le Landgrave Guillaume, à qui il tenoit le pied ſur la gorge, n'eût fait tout ce qu'il lui dictoit; l'aſtraignant de ſigner au nom de ſes Freres, nonobſtant que le Pere le Landgrave Maurice, qui étoit encore en vie, proteſtât le douziéme Septembre 1627. à l'encontre, durant ce Traité & après, d'accepter la Confirmation de l'Empereur, comme elle avoit été conclue, & avoit été couchée ſur le papier à Darmſtadt avec toutes ſes clauſes & envoiée à Vienne, & de confirmer par un ſerment cet Accord arraché par la force.

Toutes ces choſes bien conſidérées, il n'y aura perſonne qui blâmera Madame la Landgrave & Regente de Heſſe, qu'en vertu du devoir de Tutrice, elle tâche de recouvrer pour ſon Fils ce qui lui a été ôté par force & injuſtice, & à main armée; principalement d'autant que tous autres moiens lui ſont ôtez par la Confirmation de l'Empereur, forcé par ceux de Heſſe-Darmſtadt, & preſentée avec menace & violence au Landgrave Guillaume, vû que auſſi le Teſtateur a commis l'execution du Teſtament à ceux auſquels, en vertu du fidei-commis, il a deſigné la ſucceſſion, leur donnant pouvoir de s'en ſaiſir de leur propre autorité.

La juſtice du procédé de Madame la Landgrave paroitra encore claire, ſi on conſidére que le Landgrave George & ſon Pere n'ont jamais eu aucune action véritablement fondée en droit contre le Landgrave Maurice, moins encore contre ſes Enfans, & qu'ils ont néanmoins extorqué cette Tranſaction ſi préjudiciable par une pure calomnie, dol, & machination fondée ſur une très-fauſſe & nulle cauſe; & les raiſons du Procès n'étant bien vérifiées; reduiſant le Landgrave Guillaume de l'accepter par la force, & par la crainte, qui ſont deux voies iniques & défendués par les Conſtitutions de l'Empire. Il faut auſſi remarquer qu'il eſt expreſſément dit en cette Tranſaction, qu'elle ne ſeroit valable qu'en cas que le Landgrave Maurice y conſentît de ſa part & au nom de ſes fils, ce qui ne s'eſt pas enſuivi; au contraire le Landgrave Maurice y a contredit pour lui & pour ſes fils, tandis qu'il a vécu: de ſorte que ce défaut ne peut être ſupléé par aucun autre moien qui ſoit de même valeur,

leur, ni par Sa Majesté Imperiale, & d'autant moins qu'on n'a pû ôter aux jeunes Princes, les Landgraves, le pouvoir de reconnoître légitimement de la cause, & sans les ouïr, ce qui leur a été donné par Fidei-commis par le Testateur: outre que cette Transaction ne contient rien que des infractions, & qui plus est le Landgrave George n'en a pas observé les conditions, ni les régles; car pour passer sous silence d'autres actions par lesquelles l'on y a contrevenu, il la renversa tout à fait en l'année 1637, en ce que comme le principal instrument de la Paix de Prague de 1635, il fit ensorte que par un particulier resultat, le Landgrave Guillaume en fut exclus & travailla tant qu'on le mit au ban de l'Empire, & fut proscrit à raison de ce qu'il étoit allié avec les Couronnes de France, & de Suede, que ce Landgrave de Darmstadt décrioit par tout comme Ennemis de l'Empire; publiant puis après ledit ban contre le Landgrave Guillaume le sixiéme du nom, de tout innocent & en très-bas âge, le déclarant criminel, & d'avoir perdu ses Païs, & Dignitez, exhortant & menaçant ses Sujets, sous des peines atroces d'abandonner leur véritable Seigneur, & de lui prêter le Serment de fidélité, en fournissant pour cet effet toutes sortes de secours à l'armée Imperiale, qui avoit envahi en ce tems-là la basse Hesse, chargeant de calomnies & d'injures les Couronnes, Madame la Regente, ainsi que ses propres Lettres données en public en font foi, & prescrivant à Madame la Regente de nouveau un autre accord inusité dans l'Empire, le divulgant même par des Imprimez publics, comme s'il avoit été accepté & avoué d'elle.

Or Son Altesse la Landgrave laisse juger à tous ceux qui n'ont pour but que la raison & la justice, si un tel procédé qu'on a tenu contre la Maison de Hesse-Cassel, est selon les formes & les loix, s'il se peut sans une oppression manifeste qu'on baptise du nom de Transaction, un Accord arraché par la force & les armes, qu'on nomme & qualifie une affaire jugée, qui l'a été si mal, & sur de si faux principes, & sans entendre les justifications de l'opprimé; car c'est ce dont on se plaint de la part de Hesse-Cassel, qu'elle a été jugée, & qu'elle ne le pouvoit être: d'où il paroît clairement qu'elle est de la nature de celles qui doivent être vuidées en ce Traité de Paix générale, où il s'agit de remettre un chacun dans le sien & de faire justice à ceux qui en ont été privez.

Il n'est pas ici question de juger d'un procès au pétitoire, mais il s'agit de remettre un chacun en possession de ce qui lui appartient & de faire justice à ceux qui en ont été spoliez.

La Maison de Hesse-Cassel ne peut s'arrêter à aucun autre accord, ni à aucune autre sureté, qu'à celle qu'elle peut prendre en comprenant cette affaire dans la Paix générale; d'autant que ce seroit se précipiter dans les rigueurs & inconveniens par où elle est passée, que de se fier à un accommodement particulier avec ceux de Hesse-Darmstadt. On voit par leurs contraventions tant de fois multipliées, ce qu'on peut espérer de leur parole, voire de leurs sermens, celui qu'ils ont extorqué de feu Monsieur le Landgrave Guillaume a été forcé, prescrit & injuste, & manque de suite en plusieurs points sur lesquels il avoit été fondé; comme

par exemple, de l'aprobation de Messieurs ses Freres, & de feu Monsieur son Pere; il a été fait sur dés nullitez: ceux qui ont été faits, mais derechef non observez par ceux de Hesse-Darmstadt, ont été volontaires, fondez sur la justice, & les conventions de ceux de la famille. Quelle apparence y aura-t-il donc de vouloir commettre sa sureté à des Accords particuliers avec les personnes qui les renversent, ou changent, lorsque bon leur semble? Quelle apparence y aura-t-il aussi de remettre derechef cette affaire devant des Commissaires, ou des Juges, puisque ceux de Darmstadt ont trouvé à redire aux Sentences de ceux qui leur étoient alliez par serment, & choisis par eux-mêmes? Est-il possible de se confier à la Justice, de la façon qu'elle est administrée aujourd'hui dans l'Empire, & comme il paroît par ce qui est dit ci-dessus qu'elle l'a été par le passé pour la Maison de Hesse-Cassel? Le Landgrave de Darmstadt aura-t-il l'oreille moins favorable à la Cour Imperiale, maintenant que la vigueur de la Guerre a contraint la Maison de Hesse-Cassel de s'y rendre encore moins agreable? Et que s'ensuivroit-il sinon que lorsque cette Maison seroit desarmée, les mêmes de Darmstat joueroient leurs premiers ressorts, & au lieu de maintenir les Princes de Hesse-Cassel en leurs droits, & possessions, on les condamneroit peut-être, sous prétexte de contravention prétendue, à perdre encore ce qu'ils ont de reste? L'exemple du mauvais traitement qu'ils ont reçu, est de trop fraiche memoire pour ne laisser cette juste crainte à ces Princes, qui ne peuvent autrement être garantis de l'injustice qu'ils ont sujet d'appréhender, que par la sureté qui leur arrivera en cette affaire dans le Traité de Paix générale, en l'y inférant sous les suretez & assurances communes qui doivent être les garants de tout le Traité. C'est donc aux Couronnes de qui la Maison de Hesse-Cassel implore l'assistance, à ce faire, & ne s'en point désister; c'est la Justice qui parle en sa faveur, le sujet de la Guerre qui doit être ôté les y convie, l'Alliance les y oblige, comme au plus solide intérêt de cette Maison, la protection en laquelle elles l'ont prise, ne leur permet pas d'user de moins d'appui envers elle, qu'envers les autres Etats, qu'elles veulent remettre en leurs Seigneuries & biens: & si le commencement de cette Guerre des Couronnes contre l'Empereur & ses adhérans a été de proteger & de sauver les opprimez, l'on ne peut laisser à la conclusion du Traité un Prince qui l'a été plus que tous les autres, qui a, par des actions peu communes d'une singuliére fidélité & constance, beaucoup contribué à porter les affaires à la Paix générale, & qui en cas contraire seroit seul la proie de ses Ennemis, & un triste sujet à la postérité qui lira son innocence & sa fermeté, & ne pourroit s'empêcher en pleurant son mauvais sort, de censurer la générosité, & la réputation des Couronnes, desquelles la Maison de Hesse-Cassel a conçu toute une autre confiance, & se résigne encore en leur appui & puissante protection.

LET.

LETTRE

D'un

GENTIL-HOMME

VENITIEN,

A UN SIEN AMI

A TURIN.

Ecrite de Munster le 2. d'Avril 1646.

Traduite de l'Italien.

MONSIEUR,

JE vous declare, que toutes les contestations que nous avons euës ensemble, viennent d'être terminées, & que je donne à la fin les mains à tout ce que vous aviez essaié si long-temps inutilement de me persuader, & du peu de disposition que l'Espagne y a.

Ne pensez pas néanmoins, que ce soit la force de vos raisonnemens qui m'ait convaincu, puisque à juger sainement & par la raison des intentions des deux Couronnes, je persiste plus que jamais dans la premiere opinion que j'ai euë, que ni la France ne doit vouloir la Paix aux conditions qu'elle l'offre, c'est-à-dire de laisser les choses en l'état qu'elles se trouvent aujourd'hui.

Ni l'Espagne ne doit differer un seul moment à l'accepter, quand ces conditions lui seroient beaucoup plus dures & plus desavangeuses qu'elles ne sont.

Mais comme Dieu ne permet pas toûjours que la prudence humaine sache se déterminer à temps, aux resolutions qui lui seroient les plus profitables: Il semble que par des mouvemens reservez à sa Providence seule, & qui ne seront connus ici bas que par les effets qui s'en ensuivront; il permet que les François & les Espagnols soient aveuglez en cette affaire, & que les uns & les autres pechent lourdement contre leurs propres intérêts.

Les uns par une facilité trop grande qu'ils ont dans le plus fort de leurs prosperitez, & dans des esperances mieux fondées que jamais, que leur bonheur ira toûjours en augmentant dans la continuation de la guerre.

Les autres par une fermeté hors de saison, ou pour mieux dire par une obstination qu'ils apportent dans l'accablement d'une infinité de disgraces, sans qu'il nous paroisse aucune apparence de ressource à leurs affaires.

J'ai voulu vous toucher ce mot en passant, moins pour taxer la conduite d'autrui, que pour ma propre justification; vous faisant connoître que si je me suis abusé quand j'ai opiniâtré contre vous, que la France ne vouloit point la Paix, & que l'Espagne la desiroit sincerement; je n'ai pas laissé d'avoir eu la Raison pour guide: & que même un des principaux motifs qui m'avoit jetté dans cette erreur, n'étoit que la bonne opinion que j'avois conçuë de la suffisance des Ministres de l'une & de l'autre Couronne, jugeant tout-à-fait impossible, qu'ils ne s'aperçussent pas avec le reste du monde.

Les François, que l'occasion ne pouvoit jamais être plus favorable ni plus belle de pousser à bout & de ruiner tout-à-fait un ancien Ennemi, qui sera d'autant plus irreconciliable avec eux, qu'outre l'antipathie naturelle qui est entre ces deux Nations, il est irrité de nouveau par ses dernieres pertes, & par le dépit de voir sa foiblesse manifestée.

Et les Espagnols, qu'ils se trouvent dans une absoluë nécessité d'arrêter à quelque prix que ce puisse être les progrès de leurs enemis, s'ils ne veulent exposer mal à propos à des risques bien dangereuses, ce qui reste d'Etats plus considerables à leur Monarchie.

Je vous découvrirai maintenant par quelle avanture inopinée j'ai en un instant developé tous mes doutes, & rencontré, ce me semble, pleinement l'éclaircissement que nous avons tant travaillé à chercher parmi nos disputes.

La derniere Conference des Médiateurs avec les Plenipotentiaires de France, a produit en moi cette nouveauté, au simple rapport qui m'a été fait des propositions que ceux-là avoient mises sur le tapis de la part des Plenipotentiaires d'Espagne. A la verité elles m'ont paru si ridicules & si absurdes dans la constitution presente des affaires du monde, que la premiere pensée qui m'est venuë dans l'esprit sur cela, a été de loüer la bonté & la condescendance des Médiateurs, de s'être voulu charger d'une pareille ouverture; & d'admirer la retenuë & la moderation des Ministres de France, d'avoir pû l'écouter. En voici à peu près la teneur.

Que le Roi Catholique est entierement disposé à la Paix, & que pour le témoigner, & faire mieux éclater la passion qu'il a pour le repos de la Chrétienté, il est prêt d'en faciliter l'accomplissement, en consentant de ceder à la France Danvilliers, Bapaume, Hesdin, & Landreci, moiennant qu'on lui restitue généralement tout ce qui a été occupé sur lui dans cette Guerre.

Que l'on remette le Duc de Lorraine dans la pleine & paisible joüissance de ses Etats.

Que si la France veut garder Pignerol, on demolisse Cazal.

Et que l'on soit ami des amis, & ennemi des ennemis, les uns des autres.

C'est dans cette occasion où je confesse librement ma simplicité, & l'avantage que votre jugement a remporté sur le mien, dans le discernement du mystere caché sous l'honneur que les Espagnols firent semblant dernierement de vouloir deferer à la Reine Regente de France. Vous jugeates fort bien que c'étoit un aspic qu'on presentoit sous une belle fleur; & les artifices qui éclaterent en même tems dans

les

les Provinces unies , & qui y ont caufé tant de vacarme , ont bien-tôt verifié la folidité de tous les raifonnemens que vous me mandates fur ce fujet, & que tout ne vifoit qu'à mettre de la diffenfion & à femer des jaloufies entre la France & fes Alliez.

Pour moi je penetrai en cette rencontre-là guere plus avant que l'écorce , & me fondant toûjours fur mes anciennes maximes du befoin qu'a l'Efpagne de la Paix ; Je la crus alors indubitablement arrêtée, & me perfuadai, que c'étoit un biais dont les Miniftres de cette Couronne-là s'étoient avifez pour fortir d'affaires avec plus d'honneur , & pour mourir comme l'on dit d'une belle épée.

Je ne faifois donc nul doute , que dès que la Reine auroit répondu par quelque civilité à leur compliment, ils n'entraffent tout de bon d'abord en matiere, & que fe voians d'ailleurs preffez par le temps de la Campagne qui approche , ils ne fiffent quelque ouverture raifonnable & proportionée à l'état où un chacun fe trouve. Mais aujourd'hui mes efperances font en partie avortées, & j'avouë avec vous , que faifant reflexion fur la qualité de la propofition portée par les Médiateurs , & fur le temps qu'elle a été faite, qui ne donne plus lieu d'amufer le tapis par des Négociations frivoles dans le commencement de la faifon où les armes peuvent agir ; il eft impoffible de n'avouër pas enfuite , que l'heure n'eft pas encore venuë , à laquelle les Efpagnols fe difpoferont tout de bon à la Paix, & que fi le mauvais état de leurs affaires leur en donne par fois quelque defir, ce n'eft pas avec une volonté affez efficace pour les faire refoudre conftamment aux moiens propres d'en venir à bout.

Quand j'ai confideré que la France poffede aujourd'hui dans les Païs-Bas , Gravelines , Bourbourg , Link, Arras , Waten , Bethune , Armentieres, Saint Venant, Lens , Warneton, la Mothe au bois, Menin , Hefdin , Landreci , Bapaume , Danvilliers , & Thionville.

Qu'elle tient la Duché de Lorraine.

Qu'en Italie fes armes font dans Cazal, dans Trin , & dans la plûpart des meilleures Places du Piemont.

Qu'elle poffede les Comtez de Rouffillon & de Cerdaigne, où il y a tant de Places importantes & de Ports de mer.

Qu'elle eft Maîtreffe de toute la Principauté de Catalogne, qui eft de fi grande étenduë , à la referve de trois villes qu'elle peut emporter en une Campagne.

Que la conquête de la Franche-Comté ne depend purement que de la refolution qu'elle prendra d'y envoier une armée.

Que la Flandre eft ouverte , & qu'ainfi malaifément empêchera-t-on aux armes de France & de Hollande d'y faire des progrès confiderables.

Que la plûpart des Peuples qui font fous la domination d'Efpagne en Italie & en Flandres ne fe maintiennent plus en fidelité , que par les efperances dont on les repaît continuellement de la conclufion d'une prompte Paix , & que fans cette attente, ils auroient, il y a long temps , fecoué un joug, qui leur feroit infupportable , quand il n'y auroit autre raifon, que de ce qu'ils éprouvent l'impuiffance de leur Maître à les défendre & à les garentir de l'oppreffion que leur caufent les armes étrangeres.

Qu'enfin les preparatifs que la France a faits pour la Guerre de cette Campagne, font plus
Tom. III.

grands & plus à craindre , que tous les efforts qu'elle avoit faits les années précedentes.

Et que bien loin de cela les Efpagnols ont des peines incroiables à fe mettre en état de pouvoir refifter en Flandres.

Et que dans l'Efpagne ils ne voient pas feulement encore par quels moiens ils pourront y former une armée un peu confiderable.

Quand j'ai , dis-je , fait reflexion fur tout ce que deffus ; je n'ai fu vétitablement comprendre comme quoi les Efpagnols peuvent avoir été aveuglez à tel point, que de s'imaginer qu'ils faifoient une grande ouverture pour la Paix ; propofant à la France , que pour la ceffion de quatre des moindres Places qu'elle ait conquifes, elle en rendît un grand nombre de très-importantes , & des Provinces toutes entieres dont elle eft en poffeffion : & le monde peut juger fi elle a plus de fujet d'apprehender d'en être chaffée par la force , que d'efperer d'y joindre encore d'autres conquêtes.

Sur la plûpart defquelles elle a des droits très-legitimes ; outre celui d'une jufte guerre.

Et qui enfin ont coûté tant de travaux au Roi pere du celui-ci , tant de foins à la Reine Regente , la mort de tant de Généraux , la perte de tant de Chefs de Guerre , & de tant de Nobleffe , l'effufion de tant de fang François, & la confommation de tant de trefors tirez de la plus pure fubftance des Peuples.

Mais ce qui porte mon étonnement au dernier point , c'eft que l'Efpagne prétende les reftitutions de tant de Places & de Provinces , non feulement quand elle doit être hors de toute efperance d'y rentrer par la continuation de la Guerre , mais lors qu'elle fe pare encore en tant d'endroits des depouilles de la France ; & pour comprendre tout en un feul mot , lorfqu'elle lui detient le Royaume de Navarre , qui eft l'ancien patrimoine de la Maifon de Bourbon , qui n'appartient pas moins au Roi Louïs XIV. que Paris même , & que l'Efpagne occupe par fa propre confeffion à titre fi injufte, que fes Rois ont accoûtumé en mourant de charger la confcience de leurs fucceffeurs d'en faire raifon à la France.

A la verité je n'avois pas vu jufqu'ici , que ceux qui doivent , demandaffent , & moins encore qu'un debiteur , dont les affaires font en defordre , pretendît de retirer des gages qui font entre les mains d'un créancier puiffant , fans parler d'acquiter la dette : C'eft auffi à quoi un des Miniftres d'Efpagne ne fut dernierement me donner aucune bonne réponfe avec toute fa fubtilité , & avec toute l'experience qu'il a des affaires de fon Maître.

Il eft vrai, que quand je voulus le confondre de même fur fes fubterfuges , & fur le retardement de la Paix, en lui reprefentant le befoin preffant que l'Efpagne a de la conclure : Il me paia de deux échapatoires , qui m'auroient peut-être fatisfait & perfuadé qu'ils fe gouvernent avec beaucoup de prudence , n'étoit que n'étant pas partie fi intéreffée en cela que lui, je ne me laiffai pas flatter , comme il faifoit à ma paffion ni à mon defir, & je reconnus bien-tôt la fauffeté des fondemens, fur lefquels il appuioit fes efperances , & dont il fe fervoit pour juftifier la conduite du Confeil d'Efpagne , & fa dureté dans les conditions d'un accommodement.

L'un

L'un confistoit dans les divisions intestines qui devoient éclore en France au premier jour, & dont la Duchesse de Chevreuse avoit envoié tous les Memoires depuis peu à Madrid par le Pere de Bares.

Et l'autre dans la resolution que l'Espagne avoit prise de ne rien omettre pour separer la France d'avec ses Alliez, & de faire jouër tous les ressorts imaginables pour disposer ceux-ci à des accommodemens particuliers, sans attendre le général.

Quant au premier, c'est une vieille chanson, qui coûte peut-être à la Couronne d'Espagne, le mauvais état où elle se trouve, parce qu'on lui en a battu les oreilles depuis 1630. avec le succès que le monde a vu.

Elle avoit à la verité repris sa vogue avec plus de vrai-semblance à la mort du feu Roi, & les plus sages & clair-voians ne pouvoient penetrer par quels biais, dans une si basse Minorité, que celle du Roi de France, cette Couronne-là aiant tant de guerres à soûtenir, & étant gouvernée par une femme, pourroit éviter les dissensions dont tant de Rois Majeurs, prudens, & autorisez n'avoient sû garantir leurs Regnes; Mais aujourd'hui ce seroit errer en Politique que de s'y attendre, voiant à quel point est affermie l'union & la bonne intelligence de la Maison Roiale; avec quelle ardeur les personnes qui la composent, conspirent toutes à un même but, qui est la gloire & l'avantage de l'Etat; & même avec quelle indignation elles ont regardé les artifices, & se sont défenduës de tous les ressorts qu'on a fait jouër pour essaier de les desunir.

Outre que les intentions sont toutes bonnes & entierement portées au service & à la grandeur de leur Roi, la France a encore un Cardinal, dont un des principaux soins est de maintenir cette amour & cette concorde, & qui est perpetuellement à l'erte pour empêcher que rien ne la puisse troubler, ni gâter ce beau concert que le monde admire. J'avouë que j'avois crû d'abord, que sa qualité d'étranger nuiroit à l'établissement de son credit dans un Roiaume où il se peut dire qu'il fait lui seul tout son parti, n'y aiant ni parentez qui l'appuient, ni places ni charges, ni gouvernemens qui affermissent son autorité: Toutefois l'experience a verifié que c'est cette même qualité d'étranger non seulement qui l'y fait réussir, mais sans laquelle il lui auroit été impossible de faire les merveilles que l'on voit; conservant comme il fait avec un chacun la creance qui est nécessaire pour arracher toutes les semences de division dès le point qu'elles commencent à paroître, & donnant enfin tout son temps & tous ses soins au bien de cet Etat-là, & à la gloire du Roi & de la Couronne. Ainsi c'est bien vouloir se tromper soi-même, que de prêter l'oreille aux propositions chimeriques que fait à son accoûtumée la Duchesse de Chevreuse, & de ne pas s'apercevoir qu'il lui importe peu qu'elles aient effet. Pourvû que ces amusemens & ses flateries obligent les Ministres d'Espagne à faire cas d'elle, & à lui paier ponctuellement les mil écus par mois que le Roi leur Maître lui donne pour sa subsistance, & qu'elle ne soit pas obligée de toucher aux cinq cens mil livres qu'elle a apportées de France, destinées au paiement de la Principauté de Carpen qu'elle achette, entre les Etats des Provinces unies, & ceux de Madame la Landgrave, & à faire d'autres acquisitions.

Quant au second point, qui est de diviser la France d'avec ses Alliez; je ne voi pas que les Espagnols y aient guere mieux réussi. Le long séjour que le Comte de Trautmansdorff a fait à Osnabrug, qui avoit fait juger à toute l'Assemblée qu'il n'étoit pas tant venu pour travailler à une Paix générale, que pour traiter un accommodement particulier avec la Couronne de Suede, n'a point produit le fruit qu'il s'étoit promis de toutes ses submissions, & de tant de soins qu'il a pris pour plaire à M. Oxenstiern & à M. Salvius, & pour gagner leur esprit. Les Couronnes Alliées ont paru jusqu'ici trop jalouses de leur reputation, pour penser qu'elles soient capables de jamais violer la foi de leurs Alliances, & leurs Ministres sont trop habiles, pour ne pas voir combien cette union apporte à toutes deux d'avantage & de sûreté.

La trame des Espagnols pour attirer les Hollandois à leurs fins, avoit été plus dangereuse, & parfaitement bien conduite, au moins jusqu'à un certain point. Dans le même tems qu'ils firent en l'Assemblée le compliment dont nous avons parlé ci-dessus, à la Reine Regente; qu'ils remettoient la décision de toutes les affaires au jugement de Sa Majesté, moyennant qu'elle eût agreable de se souvenir des intérêts de la Maison d'où elle étoit sortie. Ils s'étudierent à faire arriver par cent endroits differens à un même jour dans toutes les villes des Provinces unies, la nouvelle de l'heureuse conclusion de la Paix: Que tout étoit remis à la déclaration de la Reine Regente, qui prononceroit de concert arrêté avec eux le mariage du Roi son fils avec sa Niece l'Infante d'Espagne, laquelle apporteroit les Païs-Bas en dot à Sa Majesté, avec la cession de tous les droits sur les Provinces-Unies: faisant néanmoins insinuer adroitement aux principaux de Messieurs les Etats, qu'il leur restoit encore assez de tems pour prevenir la France, & pour rompre ce coup; s'ils vouloient se resoudre à conclure leur accommodement particulier, dans lequel ils trouveroient tous les avantages qu'ils sauroient desirer.

Cela excita d'abord parmi ces peuples-là le vacarme que tout le monde a sû, & fit que non seulement ils se crurent abandonnez de la France, mais qu'ils penserent être déja en guerre avec elle à cause de cette prétendue cession de droits sur leurs Etats: Et certainement il n'y a personne au monde qui ne se fût laissé surprendre à un artifice si subtil & si bien conduit, notamment après avoir sû qu'effectivement l'offre de remettre tout au jugement de la Reine avoit été faite à Munster; mais on leur taisoit que ce fût sous certaines modifications qui la rendoient nulle.

Néanmoins lesdits Sieurs Etats ont été bientôt détrompez & gueris de leurs soupçons, soit par la communication que les Plenipotentiaires de France donnerent aussi-tôt en confiance aux leurs, de l'ouverture que les Mediateurs leur avoient faite; soit par les soins que l'on a pris à Paris de les éclaircir sincerement de tout ce qui s'étoit passé, & de leur faire toucher au doigt la malice dont les Espagnols s'étoient servis pour essaier de jetter la defiance entre la France & eux: Et après tout, quand il leur fut encore resté quelque scrupule dans l'esprit sur cette matiére, il vient d'achever d'être entierement détruit

truit par la belle propofition qui m'a donné fujet de vous écrire cette Lettre ; n'y aiant guere d'apparence que l'Efpagne foit prête de donner à la France tous les Païs-Bas, puifque pour avoir la Paix dans le befoin qu'elle en a, & toute la Chrétienté, elle n'offre encore que la ceffion de quatre petites Places, qui ne font ni en fon pouvoir, ni en état vrai-femblablement d'y être jamais.

C'eft en quoi je confeffe que je n'ai pû bien trouver où étoit la prudence des Miniftres d'Efpagne, à faire une propofition qu'ils favoient certainement ne pouvoir avoir aucun effet, & laquelle néanmoins en produifoit deux très-mauvais pour eux.

L'un de diffiper abfolument toutes les impreffions, qu'ils avoient pris tant de foin de mettre dans l'efprit de ceux qui ont part au gouvernement des Provinces-unies, touchant les intentions de la France, pour l'obfervation des Traitez qu'ils en enfemble.

Et l'autre, qu'ils détruifoient en un inftant toute la gloire & l'applaudiffement qu'ils avoient penfé gagner dans le monde, de la paffion extrême qu'ils ont pour la Paix, par l'offre fpecieufe de remettre tout au jugement même de la partie la plus intereffée qu'ils euffent.

C'eft un grand malheur pour toute la Chrétienté, qu'étant envahie comme elle l'eft par l'Ennemi commun, dont les forces font fi redoutables, il fe voit encore que l'on ne cherche pas tant la Paix, comme de faire paroître au monde que l'on la defire. On fe foucie peu de ce qui arrivera, pourvû que les uns puiffent jetter fur les autres le blâme du retardement de cette bonne œuvre. Cependant notre maifon brûle, & perfonne n'accourt à éteindre l'embrafement : nous avons befoin d'affiftance, & non de favoir qui a de meilleures intentions de nous la donner : Toutes ces bonnes difpofitions font de fort mauvaifes armes pour fecourir notre Republique.

La France prétend, que quand elle ne feroit autre chofe pour cela que de facrifier toutes les grandes efperances qu'elle a pour l'avenir dans la continuation de la guerre, c'eft toûjours donner beaucoup au bien public ; & à la verité nous ne pouvons pas defavouër, que ce ne foit faire tout ce qui fe peut pour les intérêts d'un ami, que d'abaiffer les voiles dans une navigation heureufe quand on a le vent en pleine poupe, & que l'on commençoit à gagner un port, où après une agitation perilleufe on pouvoit rencontrer une entiere fûreté & de notables avantages.

Si l'on ajoûte à cela l'offre que cette Couronne-là fit à Paris pour la feconde fois à notre Ambaffadeur dès le mois de Novembre dernier (& que l'Efpagne refufa) d'une fufpenfion d'armes fur la mer Mediterranée, afin que les Princes Chrétiens puffent joindre leurs forces maritimes aux notres, & que le Roi d'Efpagne particulierement ne pût pas feulement nous affifter, comme il en faifoit une merveilleufe oftentation, fi à fon dire l'armée navale de France ne l'en eût empêché, mais qu'il fût en état lui-même de défendre fes Royaumes de Naples & de Sicile, fur qui l'orage pourroit bien tomber, la Candie venant à fe perdre ; il eft impoffible enfuite de n'avouër pas, que notre République a tout fujet de fe loüer du procedé de la France, en ce que n'aiant rien à craindre dans fes Etats

ni des forces de Mer d'Efpagne, ni de celles du Turc qui font trop éloignées, & avec qui elle n'eft point en rupture, elle ne laiffoit pas de vouloir fe priver pour l'amour de nous des avantages qu'elle pouvoit remporter fur fon ennemi par tant d'entreprifes differentes, qu'il lui eft facile de former fur les divers Etats qu'il poffede dans l'étenduë de cette mer-là.

Et au contraire l'Efpagne nous fait un dommage irreparable, d'avoir rejetté cette propofition qui ne lui étoit guere moins utile qu'à nous-mêmes, puis qu'affûrant Tarragonne & tout ce qu'elle poffede dans les côtes d'Italie, & le Royaume de Naples, & la Sicile des armes Françoifes, elle pouvoit emploier fon armée navale à défendre ces mêmes Etats-là des forces Ottomanes qui s'aprêtent peut-être pour y fondre. Outre que le Roi de France n'armant pas en mer, les autres Princes d'Italie n'euffent pas pris ce prétexte, comme peut-être ils feront, de ne point envoier leurs Galeres à notre fecours.

Voilà néanmoins où fe réduifent toutes les oftentations que les Miniftres d'Efpagne font de la difpofition de leur Maître au repos de la Chrétienté, qui confifte à refufer contre fon propre intérêt une fufpenfion d'armes fur la Mer, & à faire pour la Paix dans le mauvais état où font fes affaires, cette belle offre de ceder quatre Places qu'il n'a plus, & qui font des moindres qu'il ait perduës.

Pour conclufion je vous replique encore, que depuis quelques jours je me fuis tout-à-fait rangé de votre parti ; & un difcours que me tint hier un François à la promenade n'a pas peu fervi à m'y confirmer, jufqu'à ce que je voie que les-uns ou les autres changent de conduite. Je vous en raconterai la fubftance en peu de mots.

La France (me dit-il) defire la Paix, mais à des conditions honnêtes, fûres, & équitables. Elle fent fes propres forces, & connoît la foibleffe de fes ennemis : Elle fait qu'elle joue une partie bien faite, où elle eft parfaitement bien fecondée par des Alliez puiffans & fidéles.

Nous aurions (me difoit-il) peu de courage & d'affection pour notre patrie, fi nous nous portions au milieu de nos profperitez à rendre volontairement ce que le mauvais état de nos ennemis ne leur permet pas de nous ôter par la force, & que nous condefcendiffions à cela en faveur de ceux mêmes qui nous ont autrefois dépouillez, qui font encore nos redevables, & dont nous ne pouvons pas nous promettre de gagner fincerement l'affection, quelque facilité que nous apportaffions à confentir à leurs demandes.

D'ailleurs quand la Fortune a été favorable aux Efpagnols, ils nous ont donné la loi, foit dans la forme, n'aiant fait que de bons Traitez de Paix, & refufant d'ouïr parler de trêves, afin que nous n'euffions pas moien de refpirer, ni de prendre haleine, foit dans les conditions, les aiant quafi prefcrites telles qu'ils ont voulu.

Voiez maintenant où va leur injuftice : ils ne veulent ni fuivre notre exemple en ce que nous nous fommes autrefois accommodez au temps, ni permettre que nous les imitions en ce qu'ils en ont profité, comme s'ils étoient les Maîtres des affaires auffi-bien dans la mauvaife fortune que dans la bonne.

Il importe trop au repos de la Chrétienté

de

de n'établir pas cette maxime, qu'il faille rendre aux Espagnols dans les Traitez ce qu'ils pourroient perdre par les armes. Le desir insatiable qu'ils ont de s'agrandir & le dessein de la Monarchie universelle, que quelques malheurs qu'ils aient, il sera mal-aisé d'effacer de leur esprit, leur feroit trop souvent troubler la tranquillité publique, si on leur laissoit la faculté de tout entreprendre impunement.

Ce seroit alors qu'ils feroient la guerre par métier, parce qu'il ne pourroit leur être qu'avantageux de tenter souvent la fortune, en ce que leurs desseins venans à réussir, ils seroient assûrez de gagner, & ne craindroient pas de rien perdre, quand ils auroient de mauvais succès.

Après tout, si nous avions à nous désaisir entierement de ce que nous tenons, comme ils y visent par la proposition qu'ils ont faite, il vaudroit bien mieux y être forcé par les armes, que d'y consentir par une Négociation; le premier pouvant arriver par le seul malheur, sans qu'il y ait de notre faute, mais l'autre ne peut procéder que de notre imprudence & de notre lâcheté.

Voilà les raisonnemens du François, qui m'ont fait voir que cette Nation-là n'a pas toûjours l'impetuosité dont on l'accuse, & qu'elle se conduit aujourd'hui aussi judicieusement qu'il se peut; si ce n'est peut-être en ce que ses ennemis étans sur le panchant de leur ruïne, la France consent de s'arrêter tout court au lieu de les pousser à bout, afin de ne leur laisser pas, comme il semble qu'elle veuille faire, un moien de pouvoir se relever quelque jour, & de revenir au combat avec plus de succès, selon les diverses conjonctures qui arrivent dans les affaires du monde. Sur ce je demeure,

MONSIEUR,

Votre très-humble & très-affectionné serviteur.

REPONSE

A une

LETTRE

D'un Noble

VENITIEN

A SON AMI

A TURIN.

ILlustrissime Seigneur, Vous m'écrivez sur un sujet très-important, cependant vous savez que je ne suis qu'un petit Bourgeois; quoiqu'il en soit je vous repondrai suivant mon petit genie. Vous voulez me prouver que les François pensent serieusement à la Paix, & non pas les Espagnols. Vous les traitez les uns & les autres d'aveugles à la page 410. les François parce que qu'ils font si-tôt halte & s'arrêtent au milieu de leurs succès, & les Espagnols parce que malgré les revers qu'ils ont essuiez pendant cette Guerre, ils persistent dans leur opiniâtreté. Vous avez raison de les apeller aveugles, vous l'auriez même de dire que le monde entier est aveugle, & que vous seul avez une bonne vuë, car vous seul voiez ce que personne n'aperçoit. Car enfin où les François font-ils halte? où se font-ils arrêtez? où ont-ils suspendu leur activité depuis l'an 1636. que le Pape nomma Cologne pour le Theatre des Négociations? Vous ne direz pas que c'est à present: est-ce en Allemagne, en Italie, en Catalogne, les armées Françoises y font en mouvement plus que jamais. Est-ce en Flandres? jusqu'à present ils n'y ont eu que vingt à vingt-cinq mille hommes, aujourd'hui l'on parle d'y envoier une armée de soixante mille hommes, & de s'emparer du Luxembourg, du Namurois & de la Flandres. Apellez-vous se tenir en repos, tous les mouvemens qu'on se donne à Munster, où les Ambassadeurs de France se trouvent? c'est-là une nouvelle Logique que les Docteurs de Padoue n'entendroient pas. En effet ces Négotiations de Munster font-elles qu'on en tire un coup de moins: A present la scene est à Munster, auparavant elle avoit été à Hambourg, elle avoit commencé à Cologne. Si les François apellent cela *s'arrêter en leurs prosperitez*, sans vouloir venir à une conclusion, & empêchant

les

1646. les autres d'y venir, la Guerre pourra bien de cette maniere durer encore cent ans.

Vous prouvez dans la page 410. par l'offre ridicule de Bapaume, Damvilliers, Hesdin, & Landreci, l'opiniâtreté de l'Espagne à suivre le cours de ses revers & de la guerre. Illustrissime Seigneur, ou vous êtes sorti trop tôt du Conseil, ou vous déguisez de gaïeté de cœur ce que vous savez ou devez savoir beaucoup mieux ; en effet qui ignore que les deux Chefs de cette sanglante guerre sont d'un côté la France avec ses Alliez & de l'autre l'Espagne avec les siens ; il est aussi notoire que de ce côté-ci on a perdu de gré ou de force & que la France & ses Alliez, ont gagné par consequent le Portugal, les Algarves, le Roussillon, la Catalogne, la Côte d'Afrique, le Bresil, les Isles entre ce Païs. & les Indes, la Lorraine, l'Artois, une partie de la Flandres, du Luxembourg, de la Savoie, du Piemont, Cazal, le Montferrat, la Haute & Basse Alsace, le Brisgow, Philisbourg, & tout le cours du Rhin ; la Pomeranie & toute la Côte de la Mer Baltique, l'Evêché de Bremen, celui d'Halberstat, Verden, Fulden, Hirsfeld, Munster, Paderborn, & Osnabrug sauteront aussi ; les Evêchez de Cologne, de Trêves, & de Mayence, auront peut-être le même sort, avec Grol, Oldenseel, Lingen, Mastricht, Breda, Boisleduc, Rhinberg, Orsoi, Wesel, Burick, les Forts sur l'Escaut, le Sas de Gand & Hulst. Ceux qui n'ont voyagé que sur la Carte savent que c'est là au moins la moitié de ce que la Maison d'Autriche possedoit. Enfin il est au moins certain que la France & ses Alliez s'empareront de plus de la moitié de l'autorité en Allemagne. Le Roi Philippe rendit à la France en 1598. tout ce qu'il avoit conquis & Pierre Mathieu dit dans son Histoire fol. 37. *que le Roi d'Espagne ne pouvoit vivre en tranquilité de son esprit, ni mourir en l'integrité de sa Religion, s'il ne rendoit ces Conquêtes,* qui n'étoient pas comparables à celles que la France a faites. La France a-t-elle donc plus de droit à présent de garder ses conquêtes que l'Espagne n'en avoit alors ? J'en doute ; mais je sai en général que si les Rois étoient obligez de rendre ce qu'ils possedent injustement *Cito ad casas & tuguria redituros esse,* comme dit Ciceron. Mais nous ne disputons pas sur la justice des armes. Le desordre regne dans Troye comme hors de Troye. Mais comme les pauvres peuples, les Païs voisins, chacun en un mot soufre pour l'ambition de ces deux Monarques depuis tant d'années, ils demandent la Paix les larmes aux yeux ; à qui tient-il qu'elle ne se conclue ? Parlons sans partialité, ceux qui veulent paier la Paix de toute la moitié de leurs biens, peuvent-ils passer pour ne pas vouloir la Paix ? au contraire n'est-ce pas celui qui se nourrit de l'esperance de s'emparer de l'autre moitié, & dont vous dites pag. 413. *que la France faisant la Paix, sacrifira ses grandes esperances :* mais comme ses demandes & ses preparatifs ne respirent que la Guerre, on ne peut pas presumer qu'elle ait quelqu'inclination pour la Paix. Je veux avoüe que je ne crois pas que le Roi de France soit blâmable de tâcher, comme tous les autres Princes, de devenir tous les jours plus puissant, le Roi d'Espagne a fait la même chose ; si la France pouvoit conquerir tout l'Univers le Roi n'aquereroit pas moins de Gloire qu'Auguste & qu'Alexandre ; mais, Illustrissime Seigneur, qu'en reviendroit-il à votre

Republique, au Duc de Savoie, à la Hollande, à la Suede, au Pape & aux autres ? combien de sang Chrétien seroit immolé ? nous autres dans le Montferat, dans le Piemont & dans la meilleure partie de la Savoye nous sommes déja sous la domination Françoise, il en est de même de la Lorraine & du Duché de Bar, &c. sans parler de tout ce que la Maison d'Autriche a perdu. Si la France du moins parloit de rendre quelque chose de ce qui n'apartient ni à l'Autriche ni à l'Espagne, je croirois en quelque maniere ce que vous dites du *penchant aveugle de la France pour la Paix.*

Vous tournez en ridicule pag. 410. 411. la proposition du Roi d'Espagne, *de remettre toute la Négociation de la Paix entre les mains de la Reine Régente, sa sœur.* Vous dites que c'est par maniere de compliment puisque la Reine ne veut pas s'en charger. Je vous avourai que la Reine auroit dû accepter le compliment, & prononcer. Si l'Espagnol n'eût pas acquiescé à sa decision, elle l'exposoit à la condamnation de tout l'Univers qui lui auroit donné tout le tort ; & le procès auroit été bientôt fini ; mais non, la France ne cherche pas le procès si court, elle espere d'autres succès de la continuation de la Guerre & de la lenteur de la Négociation de Munster ; pour un point, pour une virgule, il faut écrire à Paris, puis à Madrid, & c'est ainsi que l'Eté se passe, & l'on engage les Alliez à entrer en Campagne au moment qu'ils ne demanderoient pas mieux que de conclure la Paix.

Vous dites pag. 411. *Que la plupart des peuples qui sont sous l'Espagne, ne se maintiennent plus en fidelité que par l'esperance dont on les nourrit de la Paix.* Autrement, ajoutez-vous, tous les Espagnols auroient secoué le joug il y a long-tems, ne fut-ce pour aucune autre raison, que parce que leur Souverain n'est pas capable de les défendre. Ce raisonnement est contre vous, puisqu'il donne à entendre que la France atend cet heureux moment, autrement Mazarin ne seroit pas un fidèle Ministre, comme vous le dites ailleurs, de perdre tant de grands avantages & de les sacrifier au bien de la Paix. Je ne veux pas dire au moins que Mazarin ou le Roi très-Chrétien font mal à cet égard ; je les en loue, ils agissent Roialement, & si le Roi Catholique ou quelqu'autre Prince avoient les mêmes avantages, ils en profiteroient de même. Mais je soutiens que vous, qui vous donnez pour Venitien, & tous les autres François font très-mal de vouloir faire croire au peuple que la France veut la Paix & que l'Espagne veut la Guerre.

A la page 411. vous vous batez de vos propres armes, *vous dites que la France fait de plus grands preparatifs que jamais & que l'Espagne aura bien de la peine à former une bonne armée.* Pourquoi donc l'Espagne cherche-t-elle la guerre ; est-ce pour perdre ce qui lui reste ?

Vous louez fort le Cardinal Mazarin, à la page 412. on voit par là que vous êtes un François masqué, que vous n'avez jamais été Venitien & que vous ressemblez à tant d'autres qui n'avez rien à perdre & qui à la faveur de vos flateries trouvez à vivre à Paris. Donnez-lui tant que vous voudrez de l'encensoir par le nez, flattez-le, je vous le permets ; j'avoue même qu'il sert son Roi & fait du bien à ses adulateurs, mais quel avantage en retirent ses Alliez, ses Sujets & ses malheureux voisins ? que pouvez-vous en conclure

clure pour faire voir qu'il souhaite la Paix? Le contraire est clair comme le Soleil: il lui faut la guerre pour rendre sa fortune plus é-clatante, se faire un plus grand nom, en-richir sa famille, & avancer ses amis plus fa-cilement que pendant la Paix. Mais je ne vois pas qu'il fasse rien pour les Alliez de son Maître ni pour ses voisins neutres. Qu'y ga-gne notre Duc de Savoye? Tous les Princes d'Italie crevent de jalousie; le Pape même ne fait plus où il en est; Venise est aux abois, la Sicile, Naples & les autres Isles ne savent si elles tomberont dans les mains des Turcs ou dans celles de la France, car les Turcs attaquent l'Italie d'un côté & la Flotte Fran-çoise de l'autre, comme s'ils s'étoient donné le mot; en sorte que les Chrétiens ne peuvent faire tête des deux côtez.

Vous vous servez d'un autre raisonnement à la page 412. pour prouver que l'Espagne ne cherche pas la Paix. Elle s'atend, dites-vous, à une Guerre civile de France, dont la Du-chesse de Chevreuse a formé le plan il y a long-tems: en second lieu vous dites que l'Es-pagne se flatte que la Suede ou la Hollande feront une Paix separée avec la Maison d'Au-triche ou avec l'Espagne. Avouez par ra-port au premier cas que le François sait mieux que l'Espagnol entretenir le feu de la guerre civile chez ses voisins, c'est par cet art qu'il a mis en feu la Catalogne & le Portugal. On sait aussi ce qu'il a ourdi en Angleterre en-tre le Roi & son Parlement, car on sait qu'on accuse le Conseil du Roi d'être Espagnol & bon Catholique, c'est un bruit que les E-missaires de la France ont soin de repandre parmi le peuple & parmi ses predicateurs. Ensuite, le Conseil du Roi étant tout Fran-çois, la France mit tout en œuvre pour faire triompher le Roi de son Parlement qui pre-noit le dessus. Helas! on ne sait que trop en Allemagne quel succès y a eu l'adresse des François à alumer les Guerres domestiques. Dieu sait ce qu'ils trament dans les Provin-ces-Unies: la vertu & la prudence même ne doivent pas être sans crainte. Le plan de Me. de Chevreuse pour exciter une Guerre ci-vile en France n'est aparemment pas fort bien lié puisqu'on n'en voit rien éclore. Vous me repondrez peut-être que nous avons vû en France la mere contre le fils, le frere contre le frere &c. à l'instigation des Espagnols; mais je vous répondrai que cet argument même est contre vous, car les Espagnols s'en font si mal trouvés qu'ils ont inutilement don-né leur argent à la Reine mere chassée par son fils & à un frére bani par le Roi, son fiére, & à tous leurs adherans. Présentement, denué de tous moiens & manquant même du necessaire, le Roi d'Espagne sera plus pru-dent, & n'aura garde de se flater de voir si aisement une Guerre civile en France, quand même il seroit en état de l'exciter, puisque toutes les fois qu'il l'a entrepris il a si mal réussi.

Il est vrai qu'il se trouve bien des gens qui s'imaginent avec raison que la retraite de la mere & du frere sont une politique du Cardinal; car tant que l'un & l'autre seront hors du Royaume, ils lui feront moins de mal que s'ils étoient dedans. Il a toûjours eu ses espions auprès de la mere & du frere du Roi & il leur fait faire tout ce qu'il veut; ce qui parut bien lorsqu'il avoit en vûë une rup-ture entre la France & l'Espagne, alors on a-voit besoin du frere du Roi dans le Païs pour

plusieurs raisons, particulierement parce que le Roi n'avoit pas encore d'Héritier, & que s'il fût mort son frere se seroit trouvé entre les mains des Espagnols & auroit promis & fait tout ce qu'ils auroient voulu. C'est pour-quoi il étoit nécessaire qu'il rentrât dans le Royaume. Le Cardinal n'eut pas beaucoup de peine à le faire revenir. Puylaurent se rendit aux grandes promesses & les autres à de moindres. Il auroit pu avec aussi peu de peine faire revenir la Reine mere, mais il ne se soucioit pas de sa presence.

L'autre raison, dites-vous, pour laquelle l'Espagne ne veut pas la Paix, c'est parce qu'elle espere separer la France de la Hollan-de, ou la Hollande de la France par un Trai-té particulier. Ceci ne conclud encore rien. Car qui veut traiter à part avec la Hollande ou avec la France n'est pas contraire à la Paix. Quiconque aime mieux traiter en par-ticulier qu'en général ne témoigne pas une repugnance absoluë de traiter en général, mais simplement de preférer le Traité particu-lier au Traité général, qui n'empêche pas qu'au defaut du Traité particulier, on ne soit prêt à donner les mains à un Traité général, & même plus prêt que la France. Par quelle industrie les Ambassadeurs de Hollande ont-ils si long-tems diferé leur départ & le diferent-ils encore? N'est-ce pas par les arti-fices de la France & pour lui plaire qu'ils trainent si long-tems une chose qu'ils pour-roient conclure en un moment. Car il est certain que si l'armée des Etats se met en campagne, celle de France qui sera, dit-on, de soixante mille hommes s'emparera sans peine de toute la côte de Flandres qui n'est pas en état de leur faire tête à cause de la diversion que l'armée Hollandoise fera faire à celle d'Espagne. L'année prochaine les Fran-çois chercheront de nouvelles conquêtes: l'armée Hollandoise servira à celle de France de chien couchant & conduira ainsi les per-drix dans les filets de la France. Il est éton-nant que l'aveuglement soit si prodigieux & si universel, qu'on ne voie pas comme la Fran-ce s'aproprie insensiblement les Etats de la Couronne d'Espagne; & qu'on soufre que la France fasse ce qu'on a empêché l'Espagne de faire. Autrefois Auguste fut conseillé *de coër-cendo intra terminos Imperio:* Si Louis XIV. étoit parvenu à l'age de Raison il imiteroit sans doute cet exemple & ôteroit à ses Alliez & à ses voisins tout sujet d'ombrage & de ja-lousie. Mais ses Ministres ont intérêt à con-tinuer la Guerre, pour glaner dans le champ des finances & créer ainsi eux-mêmes leur for-tune; on ne peut pas leur en faire un crime. Mais il est étonnant que les Alliez de la Fran-ce qui pourroient l'empêcher, le soufrent. St. Augustin dit au Liv. 4. de la Cité de Dieu Chap. 5. *Feliciores fore res humanas si omnia regna parva essent concordi vicinitate lætantia.* Quelle jalousie la Suede n'a-t-elle pas donné l'année passée à la Hollande, qui craignoit que le Dannemark ne succombât? La Hollande a moyenné la Paix à ses dépends & sauvé le Dannemark: mais quelle comparai-son y a t-il entre la Suede & la France? Les Hollandois voient & se plaignent déja com-me faisoient leurs ancêtres dans Tacite *neu societatem ut olim sed velut mancipia ha-beri;* & comme les Latins dans Denys d'Ha-licarnasse *sub umbrâ Fœderis servitutem se pati.* Mais que sera-ce quand les dehors seront pris, je veux dire la Flandre, le Hainaut, Namur

&

& Luxembourg. Il n'eſt pas ſurprenant que la France faſſe de ſon mieux pour occuper ces dehors, mais c'eſt quelque choſe qui tient du prodige que la Hollande l'aide dans cette entrepriſe, car il faut toûjours ſupoſer que les choſes de ce monde, mais ſur tout les hommes, ſont ſujets au changement ; c'eſt ainſi que les meilleurs amis deviennent Ennemis mortels, *optimi vini peſſimum acetum.* De cette maniere les François peuvent devenir les Ennemis des Hollandois. Supoſons que les Hollandois ayent déja entre leurs mains Anvers & le Brabant qui doivent être leur portion ; quel avantage en tireront-ils? ceux qui ſavent l'art militaire vous diront que qui eſt maître de la Campagne eſt maître des Villes. Dès que le François ſera maître du Rhin, c'eſt-à-dire du meilleur Païs de l'Allemagne, & du plus peuplé de la baſſe Allemagne, ne ſera-t-il pas maître de la Campagne avec une armée d'Allemans qui deſcendra le Rhin, & n'enfermera-t-il pas quand il voudra les Provinces qui ſont à l'Orient du Rhin, comme la Gueldres, l'Overyſſel, la Friſe, Drente & Groeningen. Tout ce qu'il y a de Catholique dans la Weſtphalie, l'Archevêché de Cologne, le Païs de Berg &c. ſeconderont ſes projets ; & maître de la Campagne à l'Occident du Rhin avec une armée dans les Païs-Bas, il le ſera des Villes que les Hollandois ne pourront ſecourir par eau. Et s'il n'eſt pas maître par mer il pourra des Ports de Flandres leur venir rendre viſite de tems en tems avec une bonne Flotte, dont il ſera un meilleur uſage que les Eſpagnols.

Ce que je dis-là ne ſont ni contes ni fables, la choſe eſt claire & tous les bons patriotes la voïent. Mais que dis-je d'une armée d'Allemans & d'une de Flamans dont il pourra ſe ſervir ſans employer ſes troupes Françoiſes? Diſons plus, diſons qu'il pourra employer contre la Hollande une armée Hollandoiſe ; car il n'eſt que trop viſible qu'il a un parti conſidérable en Hollande. Mais je ne vole pas ſi haut, je laiſſe à ceux qui ſont mieux inſtruits que moi l'examen de cette affaire.

Vous parlez pag. 412. *d'un mariage entre le Roi de France & l'Infante d'Eſpagne.* Vous dites que ce ſont des bruits que l'Eſpagne répand. Ce que vous dites eſt équivoque, ou vous nous débitez le plus inſigne menſonge qu'on ait proferé depuis Adam. Nommez-vous l'Eſpagne parce que la France a fait par hazard & contre ſon intention quelque bien à l'Eſpagne? J'en tombe d'accord avec vous. Mais entendez-vous par-là que celui qui a débité cette nouvelle eſt un Eſpagnol ou un adhérant de l'Eſpagne, la Republique entiere des Provinces-Unies vous dira que vous êtes le plus grand menteur qui ſoit ſur la terre. On connoît aſſez qui a enfanté cette nouvelle & l'on a nommé le Colonel d'*Eſtrades* dans l'Aſſemblée des Etats de Hollande. On a ajoûté que l'on avoit propoſé de la part de la France que le mariage entre Louis XIV. & l'Infante d'Eſpagne ſe conclurroit à condition que le Roi d'Eſpagne cede à la Couronne de France la Souveraineté des Provinces des Païs-Bas qui dépendent de lui &c. Vous dites, & toute la Hollande le ſait, que celui dont vient cette ouverture eſt autant éloigné d'être Eſpagnol que l'Orient l'eſt de l'Occident. C'eſt donc une grande impudence de débiter que c'eſt un bruit repandu par les Eſpagnols.

Tom. III.

Vous direz peut-être que cela n'a eu aucune ſuite. Je vous repondrai que tous les jours n'ont pas de ſoirées. Ce qui n'eſt pas encore pourra être. Les François croyent que la Hollande auroit d'abord dit ; bien vous faſſe, ha! Mr. le Singe que vos petits ſont jolis, ce ne ſeroit que nôces, on envoyeroit de magnifiques Ambaſſades à Paris pour demander les Places compriſes dans le partage. Mais les Hollandois n'ont pas oublié que la France leur a laiſſé demander pendant quinze ans le titre d'*Excellens Seigneurs* (morceau fort delicat) combien de tems les auroit-on laiſſé courir après les Villes du Partage? La Hollande n'aprouve point ces Négotiations clandeſtines & craint avec raiſon que lorſque l'armée ſera en Campagne, la Hollande ne donne les violons pour conduire la mariée au lit ; c'eſt pourquoi elle ne ſe preſſe pas d'ouvrir la Campagne. L'Eſpagne s'en aperçoit de reſte, c'eſt pourquoi elle ſe tient en repos ; & il paroit qu'elle laiſſera les Païs-Bas dans l'état où ils ſont plûtôt que de les livrer à la France. Mais ſi les Hollandois paroiſſent en Campagne avec de grandes forces en ſorte que les Eſpagnols ne puiſſent leur faire tête, ils aimeront mieux les donner avec honneur comme douaire & avec avantage en échange de la Catalogne, que de les perdre avec honte & dommage. Ainſi ſi les Hollandois mettent une trop nombreuſe armée en Campagne de maniere que les Eſpagnols voyent leur perte inévitable, les Hollandois verront que le mariage n'eſt que trop réel ; car après tout on ne peut croire qu'un François, qui a des Benefices & qui eſt lié par tant de ſermens, auroit debité une pareille nouvelle à l'inſtigation des Eſpagnols.

On a raiſon de dire que ſouvent diferens perſonnages jouent la même comedie. En 1583. les François faiſoient des Hollandois tout ce qu'ils vouloient ; ils avóient trop de crédit, ils en vouloient avoir davantage. Aujourd'hui ils en ont trop encore & cherchent tout de même à l'augmenter. De tous tems ils ont pratiqué autant qu'ils ont pu, le proverbe, *qui neſcit diſſimulare neſcit regnare,* c'eſt-à-dire en bon François, pour regner il faut ſavoir être fourbe. En 1583. ſon Alteſſe le Prince Guillaume de Naſſau, dont la memoire ſera toûjours chere à tous les bons Hollandois, fut averti des execrables deſſeins des François dont il avoit les intérêts à cœur. Alors on avoit autant de peine à croire que ces deſſeins fuſſent réels que l'on en a aujourd'hui à ſe perſuader la *realité de ce mariage & de la ceſſion des Païs-Bas.* Le Duc d'Alençon & ſes Miniſtres mettant en pratique l'art de feindre nioient tout, *c'étoit,* diſoient-ils, *un bruit repandu par les Eſpagnols,* que c'étoit des partiſans de l'Eſpagne qui cherchoient à mettre la defiance entre la France & les Hollandois : à préſent on traite la nouvelle dont il s'agit d'invention des Eſpagnols, & on nomme Eſpagnols tous ceux qui ne veulent pas prêter l'oreille aux perſuaſions de la France. Alors que ne mit-on pas en œuvre pour engager ce grand Prince à ſortir d'Anvers, aujourd'hui à quels artifices n'a-t-on pas recours? on prie, on menace, pour engager le Prince à ſortir, c'eſt-à-dire à ſe mettre en Campagne. Alors on ne voulut rien croire juſqu'au moment qu'on entendit crier, *vive la Meſſe, Ville gagnée, tuë, tuë!* J'eſpere que les Hollandois ne laiſſeront pas aujourd'hui aller

Ggg les

1646.

les chofes jufqu'à une pareille extremité. Car Dieu qui fauva alors la République par un coup éclatant de fa mifericorde n'eft pas obligé de faire tous les jours des miracles pareils. En 1584. les deliberations par raport aux François furent fort épineufes. La feule Ville de Tergou fit une courageufe Remontrance que *Borre* raporte en forme de Refolution à la pag. 28. du Livre XIX. il ne faut pas moins de vigueur & de courage aujourd'hui pour faire connoître le danger & pour le prevenir. La France ne doit pas s'en fcandalifer, on ne lui prefcrit rien ; elle eft libre de faire ce que bon lui femble, mais elle ne doit pas fe mêler de regler les affaires & les intérêts de fes Alliez.

Vous dites page 413. que *le Roi de France a propofé à celui d'Efpagne dans le mois de Novembre dernier une fufpenfion d'armes dans la Mediterranée.* Si cela eft (il y a bien des gens qui en doutent & d'autres difent tout le contraire) la France a cherché à faire tort à fes Alliez ; car cette conduite eft contraire aux Traitez, ainfi que toutes les Négociations clandeftines touchant ce mariage. Il eft étonnant que les François ofent tant faire parade de leur exactitude à obferver les Traitez, on diroit qu'on ne les connoit pas, ou qu'on ignore qu'ils ont cent fois promis de paier les Vaiffeaux coulez à fond devant la Rochelle : d'autres ont affez fait connoître comment ils obfervent les Traitez, je ne parle que de leurs promefles ; mais j'ai honte moi-même de dire que la France ait pu penfer encore, moins executer le projet d'enlever les Vaiffeaux à tant de Hollandois & de les faire couler à fonds, quelques-uns même avec leur charge dans le Port de la Rochelle pour affamer & reduire, qui ? Les Freres des Hollandois, des gens qui faifoient profeffion de leur Religion & priver les autres de ce pour quoi les Hollandois avoient fi glorieufement & fi heureufement combatu. Les François ont cent fois promis de paier cette criarde à laquelle font intéreffés tant de Veuves & d'Orphelins, qui crient vengeance contre ceux qui cent fois ont manqué à leur promeffe. A la verité ils paient regulierement les fubfides, mais pourquoi ? Ne croiez pas que ce foit pour ne pas manquer à leur parole ; car ils devroient la tenir encore plus religieufement par raport à ces Vaiffeaux coulez à fond, c'eft parce qu'ils y trouvent un avantage réel. C'eft ainfi qu'agiffent tous les Rois & tous les Princes. Ils tiennent leur parole autant qu'elle ne leur eft pas préjudiciable ; car auffi-tôt que l'obfervation de leur promeffe pourra leur faire le moindre tort, il n'y a pas un Confeiller d'Etat qui auroit la hardieffe de dire que le Roi eft plus obligé à obferver une promeffe par écrit, (car on ne confirme pas les Traitez par ferment) qu'au ferment qu'il a fait de chercher en toute occafion les avantages de fon Etat & de fes Sujets. Combattre cette maxime dans le Confeil feroit un crime de Leze Majefté.

Ceux qui font en Hollande au gouvernail favent feuls combien la barque eft furchargée ; l'Efpagne l'a échapé belle, il s'agit à préfent de franchir les écueils de la France. Que vaut-il mieux, jetter l'ancre & plier les voiles ou aller échouer contre la France ?

Helas ! chers Hollandois, où avez-vous les yeux ? Vous paffiez pour les plus habiles marins, êtes-vous donc engourdis, ou cherchez-vous à couler à fond de nouveau pour faire plaifir à la France comme il eft arrivé devant la Rochelle ? fervez-vous du vent, tenez le large, c'eft en Hollande que vous devez être, fi de ce cri *bon François !*

Mais revenons à votre Lettre, illuftriffime Seigneur ; vous avancez page 413. que *les Efpagnols refufant la fufpenfion d'armes dans la Mediterrannée, font un tort irréparable à la Republique de Venife.* Cela feroit ainfi fi vous difiez la verité ; mais laiffons juger à l'Italie qui profite le plus à la Guerre des Turcs & des François, l'Efpagne ou la France ? C'en fera affez pour faire évanouïr toutes vos flateries.

Page 413. vous dites que *la France fouhaite une Paix raifonnable, fure & honorable.* Mais ce n'eft pas à la France feule, c'eft à fes Alliez à juger de ce qui eft raifonnable fûr & honorable.

Vous dites Page 414. que *le Roi d'Efpagne a une paffion dominante de parvenir à la Monarchie univerfelle.* S'il a eu cette paffion, elle lui a couté bon jufqu'ici ; & il a bien apris qu'il ne fufit pas de *defirer.* Tout l'Univers eft témoin qu'il a plus apris à perdre qu'à gagner, comme vous à mentir, & s'il eft vrai que l'apetit vient en mangeant, je crains fort que cette paffion ne fe trouve plutôt chez le Roi de France qu'autre part. Quoiqu'il en foit, dans le tems que l'Efpagne étoit dans toute fa vigueur, elle n'a pû parvenir à ce but de la Monarchie Univerfelle, que peut-elle faire à préfent qu'elle eft feche jufqu'aux os ? Le Portugal feul qui eft à fa porte lui donnera de l'ouvrage pour plus de cent années. Mais le Roi de France la dechargera bien de la peine de faire la Guerre au Portugal ; tant elle eft éloignée de penfer à la Monarchie Univerfelle. Chacun peut reconnoître à la lecture de cette Lettre combien eft falfifiée la Theriaque que ce Venitien vouloit nous vendre, en nous debitant que *c'eft l'Efpagne & non la France qui veut la Guerre.* N'eft-ce pas comme s'il nous difoit *nul intra eft oleam, nihil extra eft in nuce dari;* ou *Cretenfes mare nefciunt ?*

L E T T R E

D'un Miniſtre de

L'EMPEREUR

ENVOIEE DE MUNSTER.

Le 30. Avril 1646.

MONSIEUR,

ENfin le tems eſt venu auquel il faut que vous faſſiez voir l'effet de vos prédictions, ou que vous paſſiez pour un faux Prophéte. Vous me permettrez de vous faire ſouvenir de votre parole, & vous demandez des réalitez, après tant d'eſpérance. Je m'addreſſe à vous comme garant & caution de l'intention de Meſſieurs vos Miniſtres, que vous nous avez aſſuré être tout à fait portez à la Paix, pourvû que nous nous miſſions à la raiſon : je vous ai promis auſſi que notre partie ſe mettroit dans les termes tels qu'on ne pourroit les refuſer, ſans ſe déclarer ennemis du repos public. Je vais m'acquitter de ma promeſſe, nous verrons après ſi vous vous dégagerez auſſi exactement de la vôtre. Sa Majeſté Imperiale par ſon premier Plenipotentiaire Monſeigneur le Comte de Trautmansdorff a fait offrir les deux Alſaces à la reſerve de Briſac, Neubourg, & quelques autres petites Places frontieres, qui ne ſont d'aucune importance à la France, & tout à condition de quelque ſomme que vous donnerez pour le desintéreſſement du jeune Prince, & que l'Eſpagne ſera incluſe dans ledit Traité. D'autre coté l'on travaille à donner contentement aux Suedois, & je crois que la difficulté de traiter ne ſera pas grande, pour peu qu'il y ait de la diſpoſition pour la ſatisfaction des Princes d'Allemagne; l'on eſt à préſent bien avant à travailler à la réunion de tous les Membres avec le Chef; on a déja charitablement reſtitué quantité de biens confiſquez, & l'affaire du Prince Palatin, qui eſt la grande pierre d'achopement, s'en va ſur le point d'être vuidée par l'érection d'un huitiéme Electorat, & la reſtitution du Palatinat inférieur, à quoi Sa Majeſté Catholique eſt généreuſement portée de l'un & de l'autre. Voilà pour ce qui nous regarde; en quoi je ne vois que la difficulté, & l'intérêt d'Eſpagne, duquel vous ſavez bien que nous ne devons nous détacher; mais à préſent cet obſtacle doit être ôté, puiſqu'enfin par l'interceſſion de Sa Majeſté Imperiale, & de ſes Miniſtres, & les ſinceres intentions de ceux qui ont cette affaire entre les mains, aujourd'hui Meſſieurs les Miniſtres d'Eſpagne ont reſolu, que leur dernier mot eſt faire ſavoir à Meſ-

ſieurs vos Plenipotentiaires qu'en conſidération des miſéres préſentes de la Chrétienté, & pour l'amour de votre bonne Reine, ils ſont prêts de céder à la France ce qu'elle tient de la Comté de Rouſſillon, & dans l'Artois, outre & par deſſus la propoſition faite ci devant par eux, de quatre Places, ſavoir Landreci, Danvilliers, Heſdin & Bapaume, avec leurs dépendances & Bailliages, dont les deux premieres ne ſont pas de l'Artois; & le Palatinat inférieur qu'ils cédent en Allemagne; quant à la Catalogne Sa Majeſté, à l'interceſſion de la France, la rétablira dans les anciens privileges dont elle étoit déchue par la rébellion, & accordera un pardon general à tous les coupables; pour le Portugal on en pourra facilement convenir, en exerçant envers eux une même clémence; & la France aura la gloire non ſeulement de leur avoir procuré le pardon, mais de leur avoir fait obtenir leurs priviléges anciens, qui eſt tout ce qu'ils pouvoient eſperer & ſouhaiter au monde. Je ne doute pas que cette condition ne leur ſoit bien plus ſouhaitable que celle où ils ſe trouvent à preſent : je ne vous veux pas faire juge, mais bien le plus paſſionné François qui ſoit à Paris, ſi le parti eſt glorieux, s'il eſt utile, & profitable à la France, & ſi on le peut rejetter à moins que d'être ennemi de ſon repos. Si après cela on ne conclut rien, & que l'on nous paie de ſubterfuges, dilations, & ſubtiles interprétations, ou que l'on preſſe de quelque choſe de plus, ne m'avourez-vous pas que l'on ne veut point de Paix, & qu'il faut qu'il y ait d'autres intérêts que ceux de la France qui donnent le mouvement à vos reſolutions ? Feuilletez tous vos Regiſtres, liſez toutes vos Hiſtoires, & toutes les Chroniques, vous ne trouverez pas qu'il ſe ſoit traité de Paix, où aucun Prince ait tant relâché du ſien, & ce en un tems que nous ſavons que nous n'avons plus qu'une campagne à eſſuier, que vos finances ſont épuiſées, & vos peuples deſeſpérez, que nous avons plus de quarante mille hommes aux Païs-Bas, plus de trente mille en Allemagne, d'où nous vous avons chaſſez il n'y a que cinq mois, & ſommes en état de vous empêcher d'y rentrer. Pour moi, je ne puis croire que votre bonne fortune vous aveugle juſques à ce point, que de vous faire refuſer, un avantage que vous offre la Regence d'une Princeſſe d'Eſpagne; ſans quoi nous aurions plutôt tout hazardé, & recouru aux extrêmes remédes, que de ſonger jamais à en venir bien loin delà. Je crois que vous ne ſerez pas ſi mal conſeillez que de ne vous pas prévaloir de cette conjoncture ſi favorable, & qui vous offre un moien aſſuré de vous affermir des conquêtes qui euſſent coûté beaucoup de ſang à votre Nobleſſe, & beaucoup d'argent à votre Peuple. J'eſtime pour mon particulier que vous devez plus faire de cas de cette propoſition que de trois victoires, & que vous gagnez plus en ce jour que vous n'avez fait dans toutes vos Guerres paſſées; vous avez bien ſujet d'en faire des feux de joie, & d'en ſavoir gré à votre bonne Reine, qui a plus conquis ſur le cœur de ſon Frere que vos armes n'ont fait ſur ſes terres. Pour moi, bien que je reſſente notre perte, je ne laiſſe pas de me conſoler par l'effet qui s'en enſuivra, ſi vous l'acceptez; nous ferons bien aiſes d'avoir cette gloire d'avoir acheté a la Chrétienté, à nos dépens, le repos qui lui eſt ſi néceſſaire, & de nous être ſacrifiez pour le bien de l'Egliſe, après l'avoir ſi longtems maintenu par les armes. Si vous la refufez, nous n'aurons pas beaucoup de fujet d'être marris que vous foiez fi ennemis de vous-mêmes; mais en ce cas nous prendrons Dieu feul pour Arbitre, Juge, & Médiateur de nos différends; & après lui avoir mis notre caufe entre les mains , nous irons fondre fur vous avec l'extrême réfolution que doivent avoir ceux qui voient que l'on n'épargne rien pour leur ruïne, & que les deffeins de leurs ennemis ne fe terminent que dans la totale oppreffion. Vos Alliez connoîtront combien vos penfées font vaftes, & que vous ne faites plus la guerre pour la jaloufie de notre puiffance, mais pour l'ambition d'élever la vôtre au delà de toutes bornes; tous les Princes d'Allemagne & d'Italie ouvriront les yeux ; & la plûpart de, tous ceux qui nous voudroient voir abaiffez, ne nous veulent pas voir abbatus. Voilà ce que je vous puis dire fur cette matiere vous affurant auffi-tôt qu'il me fera permis d'être ami de la France, que je ferai très-aife de le pouvoir être fans crime;

Signé

FRANÇOIS DE LISOLA.

Et plus bas,

De Munfter le 30. Avril 1646.

A R T I C L E S

OU PROPOSITIONS

Des

IMPERIAUX.

I.

LEs Plenipotentiaires du Roi très-Chrétien demandent pour leur prétendue fatisfaction & affurance que l'on laiffe la haute & baffe Alface avec le Suntgaw, & Brifac, avec tous leurs droits, régales, Sujets, villages, métairies, rivieres, forêts, & toutes autres chofes qui en ces contrées ont jufques à préfent appartenu à la Maifon d'Autriche & nommément aux enfans du feu Séréniffime Prince Archiduc Léopold, pour le tout être transféré & cédé au Roi très-Chrétien.

II.

Ils promettent de rendre & reftituer aux enfans de la Maifon d'Autriche les quatre Villes foreftieres, à favoir Reinfeld, Seckingen, Lauffemberg, & Waldshut, avec leurs appartenances des deux côtez du Rhin , le refte du Brisgaw , & tout ce qui , en ladite Province, appartenoit d'ancienneté à ladite Maifon d'Autriche.

III.

Ils demandent de plus d'entretenir des Garnifons dans Philipsbourg, Benfeld, & Saverne , aux conditions à faire & paffer avec eux à ce fujet.

Contre ceci.

IV.

Les Plenipotentiaires de Sa Majefté Impériale demandent avant toutes chofes, que tous les Etats & Ordres de la haute & baffe Alface qui avant cette Guerre étoient immédiatement fujets à l'Empire, foit qu'ils foient Ecclefiaftiques ou Seculiers, de quelque grade & dignité qu'ils foient , foient reftituez dans leurs premiers états & laiffez dans leur liberté & en leur fujettion immédiate à l'Empereur & à l'Empire Romain.

V.

Quant à Benfeld , Saverne, & Philipsbourg, puifque cette derniere Place appartient à l'Evêque de Spire & les deux autres à l'Evêque de Strasbourg , il eft raifonnable qu'elles foient reftituées à leurs Seigneurs.

Ces conditions ainfi réfervées & préfuppofées.

VI.

Les Plenipotentiaires de Sa Majefté Imperiale confentent que la haute & baffe Alface , avec le Suntgaw fous le titre de Landgraviat d'Alface, avec le même droit que la Maifon d'Autriche l'a poffedée jufques à préfent, foit cedée & transférée au Roi très-Chrétien Louïs quatorze.

VII.

Demeureront à la Maifon d'Autriche & feront reftituées aux Princes d'Infpruck les quatre Villes foreftieres, Rhinfeld, Seckingen, Lauffemberg, & Waldshut, avec les territoires & Bailliages deça & delà le Rhin : item tout le Brisgaw, avec les Villes qui y font enclavées, & qui d'ancienneté appartiennent à la Maifon d'Autriche , Horbourg, Fribourg, Endinguen, Kentzigue, Valtrixen, Villinguen, Brulinguem, avec tous leurs Bailliages, Monaftéres, Abbayes, Prélatures, Ordres d'Eglife, de Chevalerie, Barons, Gentilshommes, Vaffaux, Hommes, Sujets, & généralement tout ce qui appartient au particulier patrimoine des Princes de la Maifon d'Autriche, & reléve d'eux : item l'Ortnaw avec les Villes Imperiales d'Offembourg , Gengénbach, & celle auprès d'Armersbach, & tout ce qui eft du même côté du Rhin.

VIII.

Cette ceffion fera faite de part & d'autre, non feulement pour les droits & émolumens, mais auffi pour les charges tant réelles que perfonnelles , felon la propofition des deux Parties.

IX.

IX.

Et parce que les Princes d'Infpruck par ce moien feront privez, fans aucune leur faute, des deux Alfaces, & de Suntgaw, de la meilleure partie des Provinces d'Autriche, il eft jufte & raifonnable que le Roi de France leur en donne une due & équitable fatisfaction & récompenfe, & qu'elle foit determinée avec la conclufion de ce Traité de Paix par quatre millions d'Ecus, ou cinq millions de Risdalles, à paier en Allemagne, à Francfort, ou à Nuremberg, dans les deux prochaines années.

X.

Le Roi très-Chrétien donnera fecours à l'Empereur contre les préfens troubles & mouvemens des Turcs en la Chrétienté, en déterminant une certaine fomme d'argent tous les mois, non feulement fi on entroit en une guerre ouverte, mais auffi tant & fi longtems que dureront les préfens mouvemens, & que l'Empereur fera contraint d'entretenir, aux Frontieres des Turcs, de plus grandes troupes pour crainte de la guerre, que de coûtume.

XI.

Le Roi très-Chrétien tiendra ladite Alface de l'Empereur Romain pour foi & fes héritiers mâles & légitimes defcendans de Loüis XIII. & iceux venant à manquer elle retournera à la Maifon d'Autriche, & pourtant on en inveftira les Princes d'Infpruck au même tems que le Roi très-Chrétien.

XII.

Le Roi très-Chrétien par ce Fief fera tenu de paier fa part des deniers à lever à l'Empire, toutefois & quantes qu'elles auront été refolues par les Diettes Générales de l'Empire, & en fournira autant qu'un Prince Electeur feculier eft obligé de fournir par la Matricule de l'Empire.

XIII.

La Paix fera traitée en même tems avec les Plenipotentiaires du Roi Catholique, & fera conclue avec des conditions raifonnables ; en forte que le Roi Catholique y puiffe comprendre fes Roiaumes & faire la Paix avec l'Empereur & l'Empire.

XIV.

Et d'autant qu'il faut néceffairement attendre un nouvel ordre de l'Empereur pour laiffer Brifac aux François, & afin auffi que l'on puiffe avec plus de fureté parachever ce qui refte pour la conclufion de la Paix, on fera une fufpenfion d'armes par tout l'Empire, le Cercle de Bourgogne y compris, comme auffi les Roiaumes & Païs héréditaires de Sa Majefté Imperiale.

XV.

La Maifon Palatine demeurera contente de la reftitution du Palatinat inférieur, & la Dignité Electorale avec le haut Palatinat demeurera au Séréniffime Electeur de Baviere, & à tous fes defcendans de la Ligne Wilhelmine ; item la Maifon d'Autriche fera effectivement délivrée de la charge d'éviction pour la haute Autriche.

Que fi contre l'efperance la Paix ne fe faifoit pas, tout ce qui deffus a été fait & offert, fera tenu pour non dit & offert, & ni l'une ni l'autre des Parties ne fera pour ce obligée à quoi que ce foit.

Les deux premiers Articles ont été changez comme enfuit.

Les Plenipotentiaires de Sa Sacrée Majefté Imperiale pour répondre à la prétendue fatisfaction du Roi très-Chrétien, par laquelle il demande qu'on ait à laiffer à la Couronne de France les Provinces de l'antérieure Autriche, favoir eft le Brifgaw, les Villes foreftieres, les deux Alfaces, avec le Suntgaw, item Benfeld, Saverne, & Philipsbourg, en fe déclarant demandent avant toutes chofes &c. comme il eft porté au 4. Article ci-deffus.

DUPLIQUE

Des

PLENIPOTENTIAIRES

De Sa Majefté

IMPERIALE

Delivrée le 1. Mai à Ofnabrug,

Sur le

PROTOCOLE

De la

REPLIQUE VERBALE

faite par les

PLENIPOTENTIAIRES

SUEDOIS,

Le 7. Janvier 1646.

IL y a longtems que les Plenipotentiaires de Sa Majefté Imperiale nommez pour la Négociation de la Paix auroient vu avec plaifir qu'aulieu de la Replique verbale que Meffieurs les Plenipotentiaires de Suede ont fait fur les propofitions principales le 7. Janvier dernier, ils euffent eu ordre de faire leur declaration *duplicando*. Mais puifque la Négociation eft dirigée par les Miniftres de cette Couronne, de maniere que tout doit être auparavant com-

Ggg 3   muni-

1646. muniqué au College Electoral de l'Empire ; les Miniftres Imperiaux ont jugé à propos d'attendre ce que l'on pourroit en efperer.

D'autant que ladite Duplique a été delivrée Vendredi dernier 17. Avril aux Miniftres Imperiaux, ils ont reçû les avis des Etats de l'Empire, & ont jugé à propos de delivrer leur declaration & réponfe fur la fufdite Replique, en la maniere fuivante.

Premierement quant à ce qui eft dit dans le prelude des difpofitions de la Suede pour conclure cette Paix, les Miniftres Imperiaux declarent que de leur côté ils n'ont pas manqué de mettre en œuvre tout ce qui pouvoit contribuer à la conclufion d'une Paix honorable & que jufqu'à ce qu'ils foient parvenus à cette fin, ils ne cefferont de donner des marques de leur zèle Chrétien à cet égard.

Ce que l'on dit des Sauf-conduits des Portugais eft une nouvelle pretenfion, ou une erreur qui s'eft gliffée dans la conclufion preliminaire ; Sa Majefté Imperiale eft difpofée à obferver ce à quoi elle s'eft engagée touchant ces fortes de Sauf-conduits & on peut fe repofer fur fa parole à cet égard.

Quant à ce que l'on demande que l'on ôte du preambule ces mots *quâ intentione vel ftudio Corona Sueciæ arma in Imperium intulerit*, & ce qui y eft dit en même tems des caufes de la Guerre qui ont engagé le Roi de Suede à prendre les armes : il eft inutile de s'arrêter à cela, puifqu'outre qu'il faudra dreffer le preambule du Traité de Paix d'une toute autre maniere, l'intention n'eft pas de difcuter ici la juftice ou l'injuftice des caufes de la Guerre ; bien loin delà, il s'agit de la terminer, & de procurer la Paix au plutôt, autrement il ne feroit pas dificile avec les Lettres originales de Sa Majefté Suedoife écrites en 1626. au Prince de Tranfilvanie, de prouver que dès ce tems-là, quelque tems avant que Sa Majefté Imperiale envoyât du fecours au Roi de Pologne, avant la publication de l'Edit Imperial, avant les changemens dans le Mecklembourg, & avant le Siége de Stralfont ; on avoit formé la refolution de faire la Guerre à Sa Majefté Imperiale, à fa Maifon Archiducale, aux Electeurs & Etats fes Alliez, & l'évidence du fait montre que les armes des Suedois étoient deftinées, après la Paix de Prague, non feulement contre Sa Majefté Imperiale & fes Roiaumes & Païs héréditaires, mais même contre tout l'Empire, fes Electeurs & Etats fans diftinction de Religion ; puifque jufqu'à préfent elles n'ont ceffé de s'emparer par la force, & retiennent encore les Etats apartenans à l'Empire, les Places, Villes, Païs & Sujets, que la Couronne de Suede s'eft apropriez *Jure belli*. Néanmoins afin d'éviter tout ce qui pourroit donner lieu à de nouvelles difputes on confent de fe fervir du terme *Gravamina* au lieu de celui d'*Imperium*.

Les Imperiaux repondent à l'Art. I. qu'on ne peut avec raifon exiger que l'on raie ces mots *Sacrum Romanum Imperium*, puifqu'il s'enfuivroit que l'Empire eft feparé de l'Empereur, ce que l'on doit éviter, puis que le but du Traité de Paix eft de rétablir l'union.

Quant au Roi d'Efpagne, quoique le Roi de Suede ne veuille pas le traiter comme Ennemi en qualité de Roi d'Efpagne, il eft néanmoins conftant qu'il eft le plus puiffant défenfeur de la Maifon d'Autriche, dont la Couronne de Suede a envahi & ravagé les Etats héréditaires ; dont une partie eft encore en fon pouvoir. Ainfi ce n'eft pas à tort que Sa Majefté Imperiale le met au nombre de

1646. fes adhérans & de fes Alliez ; fur tout après que les Suedois eux-mêmes en ont fait une mention particuliere & fans aucune diftinction dans l'Article II. de leur propofition ; ainfi que des Sauf-conduits des Portugais, mais même dans l'Art. IX. de la propofition des Suedois, ils s'intéreffent pour l'élargiffement de *Don Edouard*, qu'ils nomment Frere d'un Roi de Portugal : ces circonftances ne paroiffent être des témoignages d'amitié pour le Roi d'Efpagne ; néanmoins quoiqu'il en foit, puifque Meffieurs les Plenipotentiaires de Suede fe déclarent tout autrement dans cette occafion, on fe flate qu'ils ne s'intérefferont plus pour les Portugais, & qu'ils laifferont le foin de cette affaire aux intéreffez, de crainte que ce Traité, qui eft déja que trop embaraffé, ne le devienne davantage par ce mélange de Négociations étrangeres.

Sur la declaration que l'on demande, pourquoi dans la Réponfe Imperiale il eft parlé du Projet de Schoonbeek, & ce que l'on entend par-là, on repond que l'on entend par-là les Négociations de 1635. entre l'Electeur de Saxe & le Chancelier de Suede Oxenftiern, qui ne peuvent être inconnuës à Meffieurs les Plenipotentiaires de Suede, puis qu'eux-mêmes en font mention dans le preambule de leur Propofition.

PREMIERE CLASSE.

Pour répondre aux quatre Claffes dans lefquelles les Plenipotentiaires Suedois ont diftribué toutes les matieres qui doivent être traitées, nous commencerons par la premiere, & par l'Article premier qui concerne l'*Amniftie* ; rien n'eft plus équitable que la declaration déja faite que *in hôc punĉto amniftie* on doit s'en raporter à la derniere refolution de Ratisbonne & aux termes y fpecifiez pour les biens civils depuis l'an 1630. & pour les biens Ecclefiaftiques depuis l'an 1627. fuivant la Convention de Prague ; quant à ce qui s'eft enfuivi depuis *ceffione effeĉtus fufpenfivi*, il n'en fera point parlé ; de plus l'Amniftie doit être reciproque, à cette condition que ceux qui fe trouveront lezez pourront en porter leurs plaintes. Comme l'affaire du Palatinat eft en Négociation particuliere, entre les intéreffez, s'ils ne peuvent s'accorder & que cette Négociation dure encore, on y traiteroit de cette affaire & on la conclura.

Car premierement, puifqu'il a été refolu publiquement dans la Diette de l'Empire par Sa Majefté, les Electeurs & Etats de l'Empire de publier cette Amniftie avec les termes de 1630. & 1627, & outre cela pour plus grande fureté, de ne s'en defifter en aucune maniere ; & que la fortune tourne comme elle voudra, d'y laiffer cette claufe propofée par les Electeurs, Princes & Etats de l'Empire, même par ceux de la Confeffion d'Augsbourg ; car une pareille conclufion de la Diette fur laquelle on fe repofe dès qu'elle a été publiée ne peut pas être fuprimée ou changée quand même les armes de Sa Majefté Imperiale auroient eu les plus grands avantages. C'eft furquoi Sa Majefté Imperiale s'eft repofé jufqu'à préfent & fe repofe encore, puifque fuivant la definition & la force du terme d'*Amniftie*, on ne peut apliquer le fecond à une autre Guerre ou à un terme plus éloigné, fi ce n'eft relativement à la Guerre que l'on a eu avec les Couronnes fpecifiées & du côté où elles ont fait la Guerre

à Sa

à Sa Majesté Imperiale : *Cùm Amnistia juxta morem ab omnibus Gentibus receptum restringi debeat inter terminos & latitudinem sui belli.* C'est ce qu'on ne peut apliquer à la precedente Guerre civile; & quant à la Guerre de Boheme c'est une affaire à part, & qui est terminée; Mansfeldt & le Prince Chrétien de Brunswick se sont absorbez d'eux-mêmes; la Guerre de Dannemarck a été terminée par un Traité de Paix, & l'affaire du Palatinat qui avoit été le pretexte de la Guerre a été renvoiée à des Traitez & Accords particuliers. Ces Traitez particuliers ont été faits en divers endroits, sous diferentes mediations, avant que l'on eût à parler de la presente Guerre, ou pendant qu'on la meditoit.

Quant à la Guerre civile qui a commencé en 1630. entre les Princes & Etats Protestans & les Catholiques, elle a été terminée par la Paix de Prague; que tous les Electeurs Princes & Etats, à la reserve d'un très-petit nombre, ont accepté, & qui dans la derniere Diette de Ratisbonne est passée en Pragmatique Sanction; outre qu'elle est absolument terminée par l'Amnistie : de sorte que les troubles qui restent à pacifier n'ont raport qu'à la presente Guerre de Suede & du dehors, qui a commencé en 1630. Ainsi c'est contre le Droit des Gens, c'est une chose qui ne se trouvera dans aucune Histoire que la pacification d'une Guerre s'étende au delà du tems où elle a commencé; car où il n'y a ni injure ni dommage, il n'est besoin ni d'Amnistie ni de de Paix. Messieurs les Plenipotentiaires Suedois ne peuvent faire remonter les hostilitez au delà de l'année 1628; ainsi qu'il paroit par le Manifeste de Suede rendu public & par les Lettres du Roi de Suede aux Electeurs, puisque feu le Roi Gustave Adolphe y reconnoit que pendant toute la Guerre d'Allemagne il avoit vecû en bonne & constante amitié avec Sa Majesté Imperiale, & le St. Empire entretenant une exacte neutralité, sans leur donner ni avant ni après aucun sujet de se plaindre qu'il l'eût violée, *qua professione regia stante*, il ne peut avoir eu aucun *jus vel causam belli contra Cæsarem & Imperium.* Par consequent la Couronne de Suede n'a aucune raison de vouloir étendre jusqu'à l'an 1618. l'Amnistie dont il est question. C'est ce qui est arrivé à ceux qui ont dressé le projet entre l'Electeur de Saxe & le Chancelier de Suede Oxenstiern. Mais Messieurs les Plenipotentiaires de Suede ne peuvent nier que quoique du côté de la Suede on ait alors voulu se fixer au terme de l'an 1618, dès qu'on a aporté les raisons au contraire & que l'on a fait voir que l'équité & le bon sens étoient contraires à cette pretention on n'y a plus insisté, & non seulement on s'est contenté du terme de 1630; mais même on a dressé sur ce plan les points proposez & sur tout l'Art. II. où il est dit que les autres Etats qui n'ont pas accepté la Paix de Prague, seront de même compris dans l'Amnistie & seront considerez comme les autres; c'est à ce projet qu'on eu égard Messieurs les Plenipotentiaires de Suede dans leur proposition, puisque dans leur prelude ils ont usé de cette formule, *quod pro materiâ tractandi reassumunt eosdem articulos ante novennium à Regni Suecia Cancellario & Electore Saxonia delineatos, eosque præsenti rerum statui saltem propius accommodatos, ceu media Pacis proponunt;* aprouvant ainsi cette Négociation, dont ils veulent que l'on ajuste les articles *ad præsentem rerum statum.* En troisiéme lieu l'Amnistie publiée est assez universelle, elle comprend généralement tout ce qui depend de la Suede, sans parler ici du Palatinat dont l'action ne peut être justifiée *nullo jure*, c'est pourquoi il vaut mieux la renvoier à des Traitez particuliers. Jamais le Roi *Gustave Adolphe* n'a fait entendre qu'il voulût faire son affaire de celle du Palatinat, & dans son Manifeste où il n'est point parlé de l'affaire du Palatinat, il proteste que sans les motifs alleguez il n'auroit jamais pris les armes contre Sa Majesté Imperiale.

Le Duc de Wirtemberg & le Prince de Nassau Sarbrug ont part à l'Amnistie : quant à Bade-Dourlac ses droits sont *decisa & transacta* qui n'ont aucune relation avec la Guerre; quant à la Ville d'Augsbourg l'exercice n'a pas été ôté aux Bourgeois, mais seulement les Eglises qu'ils avoient enlevées aux Catholiques contre le contenu de la Paix de Religion; & l'on a consenti qu'ils fissent bâtir une Eglise à leurs depends; s'ils se trouvent encore lezez, on écoutera leurs raisons, & cette affaire concerne plus les Griefs que l'Amnistie.

Quant à la Ville d'Egra & aux Païs héréditaires de Sa Majesté Imperiale, ils sont exceptés de l'Amnistie *jure superioritatis*, & doivent subir le sort de leur Souverain, ils n'ont aucun raport à cette Guerre, & même ils ne demandent pas que l'on pense à eux dans ce Traité, bien loin delà, ils souhaitent tout le contraire puisqu'ils n'ont & n'ont eu aucun intérêt avec la Couronne de Suede, & qu'ils n'ont reçu ni Privileges ni Lettres de Sa Majesté, il est nécessaire de savoir qu'ils n'en ont voulu recevoir aucune confirmation de *Ferdinand II.* de glorieuse memoire alors Roi & depuis Empereur, ni de l'Empereur Mathias; au contraire ils ont continué dans leur revolte universelle contre ledit Roi Ferdinand, & ainsi y ont donné lieu *omnium gentium jure.*

Lorsque Sa Majesté Imperiale a excepté ses Païs héréditaires, de l'Amnistie, dans la Diette de Ratisbonne; on ne s'y est pas oposé de la part de l'Empire : c'est pourquoi *in Responsione Cæsaris ad Art. VIII.* on a ôté ces mots *sive ex hereditarii Imperii Provinciis oriundi.*

On sait de quelle maniere le College Electoral a agréé à Mulhausen en 1627. tout ce qui avoit été négocié auparavant jusques alors; si aujourd'hui on y déroge & que l'on étende plus loin l'Amnistie, on renverse non seulement tout ce qui a été stipulé sur les événemens d'alors, mais même *omnes res judicatas & transactas,* mais encore tout ce qui a été négocié, conclu, jugé & executé avec connoissance de cause par Sa Majesté Imperiale Ferdinand II. de très-glorieuse memoire : on ôtera aux autres leur droit & on attaquera indiferemment & l'on cassera tous les actes du louable & glorieux Regne de ce Prince, ce qui ne pouvoit qu'être très-prejudiciable à l'autorité & à la Souveraineté de Sa Majesté Imperiale & peu convenable à son honneur; outre que cela ne manqueroit pas de causer des disputes & divers inconveniens dans les Colleges respectifs des Electeurs & des Princes, où il n'y auroit que confusion & animosité au lieu de la tranquilité que l'on cherche à y rétablir, puisque chacun pour apuier ses injustes prétensions decidées selon l'équité ou terminées par accord ne manqueroit pas de s'en remettre *ad casus & causas belli* & d'y apeller, contre tout droit & toute raison de l'Amnistie judicieusement établie par leurs sages Ancêtres. Enfin, de cette maniere de se servir de cette occa-

occasion pour tout renverser sens dessus dessous.

De plus il n'est pas nécessaire de donner un terme si général & si étendu à une amnistie qui n'est déja que trop illimitée, non seulement à cause des injustices qui pourroient en naître à plusieurs égards, mais même à cause de l'importance de la chose en elle-même: d'autant que plusieurs Princes & Etats ne souffriront pas que ce reglement les depouille de leurs Terres, Sujets & Dignités. Ainsi l'Amnistie publiée avec les *reservatis & clausulis*, qui abolissent suffisamment tous les griefs & les crimes de la Guerre sunt *quoad Imperium, Regna & Provincias Hereditarias Cæsareæ Majestatis*, & si l'on y taisoit quelque changement, il n'en naîtroit que des defiances, puisqu'il s'ensuivroit qu'on ne devroit pas faire fond sur les resolutions de la Diette prises de concert entre l'Empereur, les Electeurs & les Princes & Etats de l'Empire, puisqu'on ne fait pas difficulté de les changer ou abolir l'une après l'autre selon l'occasion & quand l'avantage de quelqu'un le demande & selon l'occasion.

Mais si par raport à la Couronne de Suede en particulier, quelques Négociations publiques ou particulieres, s'il y en a eu quelques-unes de part & d'autre avant l'année 1630, exigent que pour la plus grande sureté de faire remonter l'Amnistie plus haut & jusqu'à l'année de ces Traitez secrets & au commencement des hostilitez, on ne s'y oposera point de ce côté-ci; mais en ce cas l'Amnistie sera censée n'avoir été traitée qu'entre Sa Majesté Imperiale & la Couronne de Suede.

Si outre cela on avoit encore à aleguer quelques autres affaires particulieres qui eussent besoin de quelque Transaction ou Accord particulier, & que l'on pût raisonnablement regler d'avance ces Conventions particulieres sans pour cela diférer la Négociation principale, *salvis quoque Imperii Constitutionibus*, on y donnera volontiers les mains; mais en stipulant d'avance que toute affaire au surplus qui pourroit retarder l'affaire principale seroit renvoyée jusqu'à la premiere Diette de l'Empire.

Enfin cet Article de l'Amnistie a à tout égard ce but, que tout ce qui sera traité par raport aux restitutions & autres affaires on devra l'entendre reciproquement, tant pour ce qui intéresse ceux qui ont été du parti de l'Empereur, ses Alliez & adherans que ceux de la Couronne de Suede.

Quant à ce que Messieurs les Plenipotentiaires de Suede proposent que l'on ôte les termes *quacumque necessitudine juncti fuerant*, on répond qu'en dressant l'Instrument de Paix on trouvera naturellement la maniere d'y exprimer ces termes.

Par raport à l'autre membre de cette premiere Classe qui concerne *Privilegia Statuum*, nous ne toucherons pas aux motifs que les Plenipotentiaires de Suede, disent avoir engagé la Couronne de Suede à se mêler des affaires de l'Empire; comme nous l'avons déja dit, n'étant pas ici pour décider sur la justice de cette Guerre nous n'en parlerons pas.

La Paix de Prague peut servir de réponse à ce que l'on dit de l'Edit Imperial de l'an 1629; & cela regarde les Griefs.

Ce qui est dit *in Responsione Cæsarea ad Art. V. (juxta morem ab antiquo receptum)* doit s'entendre du *Modernum Imperii Statum, & ejusdem fundamentales leges, consuetudines & observantias*; & non pas *de tempore antiquorum & primorum Romanorum Imperatorum.* Mais il a falu se servir de ces termes puisqu'il est notoire qu'il y a dans l'Empire certaines affaires qu'il appartient à l'Empereur, aux Electeurs & Etats d'expedier, & sur ces expeditions on doit suivre les anciens usages retablis, quand le Droit écrit n'y est pas aplicable.

Quant au *jus Fœderum* & à la declaration demandée sur ce sujet par les Plenipotentiaires de Suede: sur tout comment on doit entendre *Clausulam ad Articulum III. modo non sint Fœdera contra Imperatorem & Imperium & Pacem, ejusdem publicam fiantque, &c.* Les Ministres Imperiaux en considerant cet Article ne peuvent concevoir comment cette resolution de Sa Majesté Imperiale, ne s'est asséz fait comprendre d'elle-même. En effet quoique l'Empereur ait évacué les Etats de ceux qui avoient fait des Alliances au dehors, il doit néanmoins exiger *causæ cognitionem*, afin que l'Empire ne soufre aucun dommage de ces sortes d'Alliances; c'est pourquoi il ne sufit pas de s'en tenir à cette imitation, il est juste, que, conformément au Recès de l'Empire dressé à Worms en 1495, & adressé à l'Empereur & aux Etats de l'Empire qui y ont donné leur approbation, on connoisse les motifs de ces Alliances avant de les conclure, ce que les Etats doivent d'autant plus faire *ratione consensus*, puisque l'Empereur s'est obligé par la Capitulation, § *Nous voulons, &c.* de ne contracter aucune Alliance sans un consentement exprès des Electeurs, ni au dedans ni au dehors de l'Empire, & puisque l'on fait la même defense à l'Empereur, qui est le Chef de l'Empire, dans les propositions des Suedois, il est juste que les Etats de l'Empire ne soient pas moins liez à cet égard que leur Chef, de maniere que les Constitutions de l'Empire, ont suffisamment pourvû, en ordonnant de quelle maniere on traitera ces sortes d'excès, au cas que contre toute attente l'Empereur en vînt à y tomber.

Le troisiéme membre de cette premiere Place concerne les Griefs au redressement desquels on travaille.

Quant à la declaration que l'on demande par raport aux mots *in Responsione Cæsarea ad Art. IV. si velint & quietè vivant*, on les croit assez clairs d'eux-mêmes pour n'avoir pas besoin d'autre explication; mais puis qu'ils paroissent obscurs à Messieurs les Plenipotentiaires Suedois, il dependra d'eux-mêmes d'expliquer plus clairement comment ils veulent qu'on entende leur proposition & en quoi consiste l'obscurité de leurs termes.

Le quatriéme membre concerne le Commerce qu'il est juste de rétablir dans toute sa liberté sur l'eau & sur terre, en abolissant tous les desordres qui s'y sont glissez pendant la Guerre en établissant par force des peages, droits & impôts de quel nom qu'on les appelle, & même les augmentations que l'on a faites aux anciens; pour cet effet maintenir les anciens Pactes & Accords, & pourvoir à la mutuelle sureté des Sujets de l'Empire & de Suede pour leur Commerce, ensorte qu'ils soient traitez & protegez de part & d'autre contre toute injustice de la même maniere que les Sujets respectifs.

SECONDE CLASSE

Qui contient ces 3. membres.

I. *La satisfaction des Couronnes.*
II. *La Landgrave de Hesse.*
III. *Les Troupes.*

Quant à la satisfaction qu'exigent les Couronnes, on s'en tient à ce que l'on a declaré nuement de bouche, par amour de la Paix & nullement par devoir ; sur quoi l'on a offert de convenir avec Messieurs les Plenipotentiaires de Suede, & dresser sur ce sujet des Instrumens particuliers, avec cette condition expresse qu'au cas que l'on ne convienne pas avec les Couronnes, on s'en tiendra aux declarations & reserves faites de cette part.

Mais les Plenipotentiaires Imperiaux auroient souhaité pour le bien de la patrie, que les Couronnes se fussent servi à leur égard dans cette occasion de la Maxime de l'Empire *quod quisque juris in alterum statuerit, ut is eodem quoque statur*, & que d'une maniere exemplaire & heroïque ils eussent fixé le terme de 1618. en renonçant à ce qu'ils n'ont pas possedé alors sur les frontieres de l'Empire, ainsi qu'ils ont exigé avec zéle le même terme pour l'amnistie : de cette maniere l'Empire Romain en Allemagne auroit eu tout sujet de se rejouïr de l'esperance de la Paix.

Par raport à Madame la Landgrave Douairiere de Hesse-Cassel on s'en tient pour toûjours à la declaration de Sa Majesté Imperiale, qu'on ne lui doit rien de ce qu'elle prétend pour les frais & depenses de la Guerre, & le memoire qu'elle en a presenté se termine en partie par l'amnistie & les principes communs, en partie *per rem judicatam & transactam.* Le reste n'est pas ici de mise, néanmoins puisque cette Maison Serenissime a declaré ses pretensions dans un Memoire particulier, les Plenipotentiaires Imperiaux ne desaprouveront pas que l'on en traite entre ceux qui sont interessez à la succession de Magdebourg ; du reste il dependra de Son Altesse Serenissime de preparer ses affaires avec toute la capacité nécessaire, & en acceptant l'Accord déja proposé, afin qu'elle jouïsse en même tems que les Electeurs, Princes, & Etats de l'Empire, des avantages de la Paix desirée ; & en faisant les instances nécessaires, obtenir la confirmation du *jus primogenituræ*, & de l'Accord que l'on fait revivre entre l'Empereur & cette Maison.

Il est raisonnable que chaque Partie paie bien les troupes qui l'ont servi, & les Couronnes n'ont aucun sujet de prétendre la moindre chose à cet égard ni de l'Empereur ni de l'Empire.

TROISIEME CLASSE

Qui concerne la rupture de la Paix & ses suretez.

On a repondu ci-dessus *ad Art. I. in Classe I.* à ce que l'on propose ici *de amnistia ad An. 1618. reducenda*, & que l'on ne doit entendre la reconciliation ni de l'Empire ni de l'Espagne.

Quant à ce que l'on dit du retranchement des termes *in Responsione Cæsarea ad Art. I.*

touchant les causes de la Guerre, & les prétextes de cette Guerre, cela n'arrêtera point lorsqu'on dressera l'Instrument de Paix.

De même dans la Réponse de l'Empereur aux Propositions de la France, il est dit que cette Couronne ne se mêlera en aucune maniere *neque directè neque indirectè bellis & controversiis*, qui pourroient arriver entre Sa Majesté Imperiale, & l'Empire & le Roi de Suede : c'est ce que l'on pourroit retrancher pourvû que la Couronne de France renonce à cet égard à ses prétensions contre Sa Majesté Imperiale, & qu'elle se contente de l'obligation proposée pour la sureté de la Paix, dans l'Art. 17. de la Réponse de l'Empereur. Si la Couronne de France ne veut pas s'en accommoder, Sa Majesté Imperiale ne pourroit renoncer à cette reciprocité qui est fondée en justice.

Par raport à la proposition faite par les Suedois dans leur Art. 17. touchant une Ligue générale, *& de jungendis cum Parte læsa consiliis & armis*; Sa Majesté Imperiale s'en tient à la déclaration précedente, qu'elle ne s'oposera point à une pareille Alliance, au cas qu'on en convienne de part & d'autre, mais elle croit qu'on devroit fixer un terme de trois ans pendant lequel on emploiera tous les moiens de douceur pour rétablir toutes choses : mais au cas qu'après ce terme expiré on n'ait pû réussir, on donnera tout secours à la Partie lesée & joignant les forces communes pour l'aider. Mais il est inutile de parler à cet égard des Etats de l'Empire, en se servant des termes, *Universi Imperii Status*, tant parce que lesdits Etats ne la demandent pas que parce que l'Empire ne fait qu'un même corps avec l'Empereur qui en est la tête, & que toutes les affaires qui y sont expediées par les Etats, le sont au nom de l'Empereur comme legitime administrateur.

Il est encore moins raisonnable que les Etats de l'Empire comme un troisiéme Corps, entretiennent l'équilibre entre l'Empereur & les Couronnes, en assistant plutôt la France ou la Suede que leur propre chef.

QUATRIEME CLASSE

Qui concerne l'execution du Traité, specialement,

I. *La liberté & l'échange des prisonniers & sur tout du Prince Dom Edouard.*
II. *La restitution des Places.*
III. *La reforme des Troupes.*
IV. *L'énumeration des Princes qui auront part à cette Paix.*
V. *La souscription des Plenipotentiaires.*
VI. *La Ratification.*

Quant au premier Article il est juste, conformément à la Réponse de l'Empereur à l'Art. 9. de la Proposition des Suedois, de rendre la liberté aux prisonniers aussitôt que la Paix sera conclue ; mais par raport à la rançon on doit mettre une grande diférence entre le Soldat & le Sujet de l'Empire : & il est juste de mettre en liberté ceux-ci de la rançon desquels on est convenu quoiqu'elle n'ait pas été païée. Mais quant à ce que l'on demande touchant *Dom Edouard* de Bragance, comme c'est un étranger qui ne concerne pas l'Empire, outre que *Dom Edouard* n'est pas prisonnier de l'Empereur,

pereur,

1646.

pereur, enforte que fa liberté ne dépend pas de lui : les Miniftres Imperiaux repondent que cette affaire, ainfi que celle des Sauf-conduits, doit être renvoiée à l'Efpagne.

Il n'y a rien à ajouter, par raport à la reftitution des Places, à ce qui a été repondu à la premiere propofition ; & jufqu'à ce que l'on foit d'accord les Couronnes y feront obferver les ordres de la Guerre, & n'y pourront exiger d'autres meubles, s'il y en a, que ceux qui y auront été apportez ; en un mot chaque Partie reftituera ceux qu'elle aura tenu pour fes Alliez avec les *mobilia* qui leur apartiennent & fur tout les Archives qui y ont été trouvées fans en rien detourner.

La reforme des troupes fe fera de maniere que ni Sa Majefté Imperiale ni les Couronnes n'aient aucun fujet de jaloufie ; les Electeurs & Etats à qui il eft libre de tenir Garnifon à leurs dépens dans leurs Places, feront la même reforme fans caufer aucun tort ou prejudice : au refte il doit être libre à Sa Majefté Imperiale de conferver fur pied autant de troupes qu'elle en a befoin pour la défenfe des frontieres de fes Roiaumes & Païs héréditaires, particulierement dans la conjoncture préfente qu'elle eft menacée des armes de l'Ennemi commun de la Chrétienté.

Sa Majefté Imperiale & l'Empire demandent que tous leurs amis, Alliez, Confederez & adherans, fpecialement les Rois d'Efpagne, d'Angleterre, de Dannemark & de Pologne & les Princes & Republiques d'Italie, foient compris dans cette Paix.

Enfin auffi-tôt que la Paix fera conclue & le Traité figné de part & d'autre par les Plenipotentiaires des Couronnes intereffées, il eft à propos qu'il foit réellement executé dans toutes fes claufes, & fur le champ toutes hoftilitez cefferont, & pour plus grande fureté l'Inftrument de Paix fera ratifié, & confirmé non feulement par Sa Majefté Imperiale & la Reine de Suede, mais auffi par les Electeurs & Etats de l'Empire & par les Etats de Suede, & toutes les fufdites Ratifications feront échangées ici dans Ofnabrug.

Enfin les Plenipotentiaires de Sa Majefté Imperiale ne demandent autre chofe à ceux de Sa Majefté Suedoife finon que des à préfent & fans autre reflexion ou replique, ils veuillent entrer en conference avec eux pour executer le *Receffum Pacis.* A Ofnabrug le 1. de Mai 1646.

1646.

DUPLIQUE

Des

IMPERIAUX

Sur la

REPLIQUE

Des

FRANÇOIS.

Sur le Preambule.

LEs Imperiaux répondent à ce que les Plenipotentiaires propofent au nom du Roi très-Chrétien, qu'ils auroient pu refuter plus de chofes s'ils avoient cherché des detours, mais qu'ils jugeoient à propos de venir d'abord au principal, & qu'il faloit fe hâter ; qu'ils remarquent que ce font les vœux de tous les hommes, & les Plenipotentiaires de part & d'autre aiant de cette maniere pris un même delai pour fe confulter, les Plenipotentiaires Imperiaux en font contens.

Mais ils demandent des Paffeports pour les Miniftres Portugais, fur quoi les Imperiaux repondent que cette demande eft une nouveauté, qui ne concerne pas cette Affemblée-ci, puifque dans la Négociation de Hambourg on n'a pas fait mention des Portugais, outre que les Sauf-conduits pour les Alliez, & adherans de la France dependent de la Diette de l'Empire.

C'eft pourquoi les François ne peuvent alleguer aucune bonne raifon pour prouver qu'il eft néceffaire que l'Empereur donne de pareils Sauf-conduits ; car dans la conclufion de Hambourg l'intention des Contractans étoit, que le libre accès feroit accordé feulement aux Alliez qui font impliquez de part & d'autre dans cette Guerre d'Allemagne.

Sur la Réplique de l'Article I.

Cette Replique renferme quatre points très-importans.

I. Que les François & leurs Confédérez ne font pas la Guerre contre l'Empire.

II. Que les Imperiaux doivent declarer leur intention s'ils veulent que l'on traite de la Paix dans l'Empire, & qu'on ne peut la conclure à moins que la Guerre ne foit terminée entre la France & l'Efpagne.

III. Que l'on ne peut attendre le confentement pour la conclufion de la Paix.

IV. Que le Duc de Lorraine doit être exclu de cette Négociation.

On

1648.

On repond au premier point que c'est une protestation contraire aux actions de notorieté publique , ce qui pourroit être prouvé en diverses manieres ; si ce n'est que l'on jugé à propos de ne rien dire qui puisse reculer la Paix. Mais jamais on ne distingue un Prince de ses Etats. C'est ce que les Suedois ont reconnu dans leur Négociation de Schoonbeek, dans laquelle ils ont expressement mis le Roi & son Roiaume d'un côté & eux de l'autre, entre lesquels on devoit faire la Paix ; c'est ce qu'ils ont aussi reconnu pendant cette Négociationci dans leur Replique , car après avoir nié qu'ils eussent fait la Guerre à l'Empire, ils ont declaré publiquement qu'ils avoient tenu pour leurs Ennemis premierement l'Empereur , & ensuite tous les Catholiques & tous ceux qui tenoient le parti de l'Empereur & de ses Etats. Outre cela les Etats de l'Empire aiant été apellez ici par l'Empereur à la sollicitation des Couronnes, qui d'entr'eux y a encore comparu qui n'ait donné ses Conseils à l'Empereur. La chose parle d'elle-même, il s'agit de faire la Paix entre l'Empereur & l'Empire d'une part & le Roi de France d'autre part ; ainsi Messieurs les Plenipotentiaires de France n'ont aucune raison de faire quelque distinction entre l'Empereur & l'Empire dès qu'ils veulent traiter avec l'Empereur.

On répond au second que l'on a conferé une seule fois sur les Preliminaires, pour pacifier le diferent entre la France & l'Espagne , & qu'ainsi on devoit être attentif au contenu de cette resolution preliminaire que les deux Rois ont aprouvée & ratifiée, sur tout puisque les François ont demandé avec tant d'instance cette Ratification du Roi Catholique jusqu'à l'aller chercher en Espagne , parce que la Ratification du Cardinal Infant n'avoit point été assez de poids. C'est pourquoi il est certain que le Sauf-conduit reglé à cette fin dans la resolution preliminaire , a été changé afin que les Plenipotentiaires des deux Couronnes, terminassent leurs diferends dans l'endroit où ils comparoitroient. Aussi les Plenipotentiaires des deux Couronnes ont comparu dans un endroit, où ils ont declaré leurs Pleinpouvoirs & leurs ordres; le Pleinpouvoir des Espagnols a été corrigé & remis au net de la maniere que les François l'ont exigé. Mais les Pleinpouvoirs des François contenoient en particulier qu'ils devoient faire la Paix avec l'Empereur, le Roi Catholique & leurs adherans. Enfin les François même ont declaré dans leurs Propositions Art. 3. qu'ils devoient terminer ici ce diferent; de maniere, disentils, que pour assurer d'autant plus la Paix & l'amitié , l'Empereur devra s'obliger , après qu'elle aura été confirmée par les Princes, & par le Roi d'Espagne, de ne se mêler en aucune maniere ni directement ni indirectement dans les Guerres ou démêlez qui pourroient survenir entre l'Allemagne & l'Espagne.

Sur le troisiéme point, puisque l'on traite à présent de la cessation d'armes, cela est inutile.

Les Imperiaux répondent au quatriéme qu'ils ne peuvent consentir à l'exclusion de Son Altesse le Prince de Lorraine pour plusieurs raisons qui ont été déja deduites, & qui ont été aprouvées de tous les Etats.

Sur l'Art. II.

Cette refutation qui permet que l'Empereur y réponde n'a aucune difficulté , sinon que
Tom. III.

l'Empereur ne trouve en ceci aucune restriction puisque dans la proposition même il n'est parlé d'aucune restriction.

Sur l'Art. III.

Les Imperiaux disent que de leur part la réponse est égale : & qu'il faut ou que les François s'obligent mutuellement, ou qu'ils cessent de donner du secours aux Suedois dans la Guerre qui est entre l'Empereur & l'Empire d'une part, ou entre l'Empereur seul , en qualité de Prince d'Autriche pour ses Etats héréditaires , & la Suede d'autre part ; ou qu'ils ne demandent pas que l'Empereur n'assiste pas le Roi d'Espagne faisant la Guerre; alors les limites seront les mêmes de part & d'autre. Mais s'ils croient que dans cette Négociation on puisse par quelque autre voie parvenir à la Paix , & qu'ils passent sur ces conditions, les Imperiaux n'auront aucun sujet de s'arrêter aux changemens oposez. Néanmoins ils nient qu'il soit faux qu'on n'ait pas observé l'Accord de Bourgogne de l'an 1548 ; puisqu'il est certain qu'en vertu de cet Accord la Maison de Bourgogne a toûjours eu seance & sufrage dans l'Empire, qu'elle a fourni son contingent, & fait plusieurs executions pour maintenir le repos public , à l'avantage des Catholiques ; enfin qu'elle a fait toutes les autres choses qu'elle étoit obligée de faire en vertu de cet Accord.

Il n'importe pas que l'Empire ne se soit pas mêlé des affaires des Païs-Bas , car cela demande d'autres considerations.

Sur l'Art. IV.

Les Imperiaux disent qu'en faisant la Paix on doit sur tout penser à deux choses.

I. Stipuler autant qu'il est possible l'oubli de toutes les injures & injustices faites & reçues de part & d'autre par le parti de l'Empereur & par celui des Couronnes.

II. Stipuler autant qu'on pourra l'oubli & la restitution entre les Princes de l'Empire.

Quant au premier point il est évident que les François n'ont aucune raison de faire remonter la Paix jusqu'aux évenemens de 1618 : puisque depuis cette année-là jusqu'en 1630. il n'y a eu absolument aucune Guerre en Almagne entre l'Empereur & les François , & que ce qui s'est passé alors en Italie a été pacifié & terminé cette année-là même par la Paix de Ratisbonne & l'année suivante par l'Accord passé *apud Cheruscos*. Enfin l'on ne peut faire à l'Empereur d'objections contre tout.

Mais si les Plenipotentiaires François, en vüe des Négociations publiques ou particulieres , qui auroient pu s'être faites avant l'an 1630. ou environ entre les Couronnes, s'imaginent que leur Roi & la Couronne de France doit prendre la précaution d'étendre la Paix jusqu'à une époque plus éloignée, Sa Majesté Imperiale ne s'y oposera pas , & même elle consent qu'on y ajoûte entre ceux qui y ont intérêt les demêlez qui pourroient avoir été entre elle & les deux Rois.

Mais ils declarent par raport aux Etats de l'Empire qu'il leur suffit de la Paix de Ratisbonne publiée qui a été amplifiée dans cette Négociation en abolissant le delai qui y avoit été stipulé.

Outre cela il a été resolu, du consentement

de

de l'Empereur entre les Etats des deux Religions que tout ce qui a été stipulé dans cette Assemblée subsistera même pour ceux que la fortune de la Guerre a favorisé. D'autant que si l'Empereur & les Catholiques avoient eu l'avantage, les Protestans eussent sans doute demandé qu'on leur tînt ce qu'on leur avoit promis, il est juste que le bonheur aiant été de l'autre côté, qu'ils tiennent leurs promesses à l'Empereur & aux Catholiques; ce qui ne peut rencontrer aucune dificulté à l'égard des Etats de l'Empire qui ont accepté la Paix de Prague, & qui jusqu'à present l'ont observée, mais par raport aux autres, s'il se presente quelque motif particulier que les Plenipotentiaires des Couronnes croient que l'on doive examiner, les Imperiaux ne s'oposeront pas à leur réunion en ce cas, sur tout si cette Paix n'en est pas retardée, sauf aussi les Constitutions de l'Empire, & sauf aussi à renvoier à la première Diette ce qui pourroit retarder la principale Négociation : ce qui est très-raisonnable.

Les Imperiaux entendent tout ce qui sera accordé touchant cette Paix, de maniere que quant aux Restitutions & aux autres affaires, tout doit être reciproque, encore que ce qui seroit accordé à Sa Majesté imperiale ne doit pas être moins avantageux, que ce qui sera stipulé pour les adverses Parties.

Sur la Replique aux Art. V. & VI.

Seulement qu'il faut faire reflexion à ce qui a été dit ci-dessus.

A l'Article VII.

Puisque les François conviennent de cette réponse, & qu'ils n'attendent que l'expiration du delai, qui tend à sa fin, les Imperiaux declarent qu'ils n'ont autre chose à dire, puisque tout est fondé sur la Bulle d'Or qui est la regle de l'Empereur, & une Loi Roiale qui établit suffisamment l'autorité de l'Empereur dans l'Empire dont les Constitutions sont une confirmation de cette Bulle; & c'est un sentiment que l'usage & le tems ont confirmé, savoir que l'Empire est passé aux Allemans. Et il ne convient pas aux Princes Etrangers de limiter ces choses : néanmoins s'il se rencontre à cet égard quelque difficulté les Imperiaux disent qu'on en pourra traiter dans une Diette assemblée publiquement & legitimement.

Sur l'Art. VIII.

Puisque l'Empereur offre ce que son adverse Partie demande, il n'est besoin d'aucune autre declaration : à moins que ces Alliances avec les Nations étrangeres, suivant les vœux des Etats, ne dussent se faire qu'après avoir donné connoissance des choses, qui devroient être stipulées à la Diette de l'Empire.

Pour fondement de leur réponte les Imperiaux s'en raportent, sur cette affaire à ce qui est dans l'Art. VII. des Propositions des Suedois, ce qui doit être aplani entre les deux Parties.

Sur l'Art. IX.

Les Imperiaux disent que ceci depend de la volonté de celui qui est élû, suivant la Bulle d'Or.

Snr l'Art X.

Les Imperiaux s'en tiennent à leur premiere réponse touchant la liberté de *Don Edouard* que l'on demande, & qui depend des dispositions de Paix entre la France & l'Espagne.

Sur l'Art. XI.

Au cas que les Plenipotentiaires de France souhaitent cela, en rétablissant la liberté du Commerce, ajoûtant, après avoir consulté les Villes Anséatiques, que l'on aura égard à tout ce que la Bourgeoisie pourroit dire sur ces affaires-là; c'est ce à quoi les Imperiaux ne s'oposeront pas, pourvû que cela s'accorde avec les Constitutions de l'Empire & les Conventions publiques.

Sur l'Art. XII.

Puisque pour la sureté de la Paix, ils proposent une Ligue générale entre tous ceux à qui il importe, on entend par tous ceux à qui il importe Sa Majesté Imperiale & le Roi Catholique : & puisque les Imperiaux declarent qu'ils y sont disposez, dans leur réponse à l'Article VII. des Propositions des Suedois, ils s'en tiennent à cette declaration au nom de Sa Majesté Imperiale, quoiqu'à cet égard on doit faire attention à quelques Etats. Au reste leur sentiment est que s'il arrivoit après la Paix concluë que quelques-uns des Alliez, ou adherans n'observoient pas ce qui auroit été stipulé, & que le diferend ne pût pas être terminé amiablement ou par les voies de la Justice dans le terme de 3. ans; (car on doit emploier ces moiens d'abord, plutôt que de prendre les armes afin d'épargner le Sang Chrétien, (alors l'une & l'autre Partie & leurs Alliez & adherans joindront leurs conseils & leurs forces à la Partie lesée & seront tenus de prendre les armes.

Quant à ce qui est dit de l'augmentation des Etats de l'Empire, il faut d'abord declarer que c'est une obligation qui ne doit pas être contraire à la Justice publique qui doit être renduë dans l'Empire, à quoi l'Empereur est tenu par le droit commun & par la disposition des Loix générales. D'un autre côté, comme l'établissement d'Etats dans l'Empire ne tend qu'à augmenter leur respect & leur obéïssance envers l'Empereur, ce qui est contraire à toute raison, il n'est pas aparent que les Etats de l'Empire consentent à cette augmentation. Néanmoins les Imperiaux ne s'oposent pas à ce que les Etats joints à l'Empereur soient consideréts comme une partie & unis ensemble, s'il arrivoit que le Roi très-Chrétien vînt à rompre la Paix; pour tous ensemble prendre les armes contre Sa Majesté Royale avec Sa Majesté Imperiale & ceux qui lui sont Alliez.

Sur l'Art. XIII.

Les Imperiaux disent que quoiqu'ils pourroient prouver par bonne raison qu'on ne doit aucune satisfaction à la Couronne de France, & quoiqu'ils veulent se tenir à ces mêmes raisons, au cas que la Paix n'ait pas lieu, néanmoins puisque la matiere de la satisfaction a été renvoyée à une Assemblée particuliere, ainsi que la renonciation aux droits de l'Empire sur les trois Evêchés de *Metz*, *Toul* & *Verdun*; de même on y renvoie la proposition de laisser au Roi très-Chrétien à de certaines conditions

la

la Haute & Basse Alsace avec le Sundgaw & ce qui en depend.

Sur l'Art. XIV.

Lorsque les Députez de Madame, la Landgrave de Hesse ont proposé leurs demandes à part, les Imperiaux ne se sont pas oposé à ceci, parce que l'on devoit établir une Négociation convenable sur ce sujet avec ceux à qui il importoit ; mais ils nient pour toûjours qu'elle ait droit de prétendre aucun équivalent ou compensation pour les pertes qu'elle a fait ou pour les frais de la Guerre. C'est ce qui sera examiné dans la Paix Générale que l'Empereur fera avec tous les Etats de l'Empire à la requisition des Couronnes.

Sur l'Art. XV.

Les Imperiaux soutiennent qu'il est juste que chaque Partie paye & contente ses troupes, & qu'on ne peut avec droit exiger de l'Empereur ou de l'Empire qu'ils satisfassent les Soldats des autres.

Sur l'Art. XVI.

Quant au Duc de Lorraine Charles I. les Imperiaux repetent ce qu'ils ont déja dit Art. I. & que l'Empereur, au jugement même de l'Empire, ne peut accorder ce que la France demande ; parce que cette affaire depend de la Justice de l'Empire, auquel elle prétend n'avoir point fait la Guerre ; & la renonciation, que l'on dit que ce Prince a fait en s'alliant avec la Maison d'Autriche, ne peut s'étendre jusques à ses engagemens envers l'Empire ; mais qu'il se soit engagé par l'Accord de 1542. non à la Maison d'Autriche, mais à l'Empire, c'est ce qui paroit par le Diplome.

Sur les Art. XVII. & XVIII.

Puisque les François conviennent de cette réponse, il n'est pas besoin d'autre declaration.

POSTREMA

CÆSAREANORUM

In puncto

SATISFACTIONIS

GALLICÆ

DECLARATIO.

I.

PRimò. Omnium Sacræ Cæsareæ Majestati ejusque Familiæ Austriacæ, & in specie Serenissimo Domino Archiduci Ferdinando-Carolo, Serenissimi quondam Archiducis Leopoldi filio primogenito pro se & hæredibus suis restituantur ac perpetuo hæreditatis jure permanente Civitates Silvestres Rheinfelda, Seckinga, Lauffenberga & Waldenshusum, cum omnibus Territoriis & Ballivatibus, Villis, Pagis, Molendinis, Sylvis, Forestis, Vassallis, Subditis, omnibusque appertinentiis cis & ultra Rhenum ; itemque Comitatus Havenstein, Sylva nigra superior & inferior, Briscovia, Civitatesque in eâ sita, antiquo jure ad Domum Austriacam spectantes scilicet Neoburgum, Frieburgum, Endinga, Lenzinga, Waldkircha, Wilinga, Brunlinga, cum omnibus eorumdem territoriis ; item cum omnibus Monasteriis, Abbatiis, Prælaturis, Præposituris, Commendatariis ordinum Sacrorum

rum

DERNIERE

DECLARATION

Des

IMPERIAUX

Sur l'Article de la satisfaction de la

FRANCE.

I.

PRemierement que l'on restitue à Sa Majesté Imperiale & à la Maison d'Autriche, & en particulier au Serenissime Archiduc Ferdinand Charles, fils ainé de feu le Serenissime Archiduc Leopold, & à ses héritiers, pour en jouir à perpetuité à droit d'héritage les Villes Forestieres de Rheinfeld, Sekingen, Lauffenberg, & Waldshuts, avec tous leurs Territoires, Bailliages, Metairies, Villages, Moulins, Bois, Forets, Vassaux, Sujets & toutes leurs dependances en deça & au delà du Rhin ; plus le Comté de Havenstein, la haute & basse Forêt noire, le Brisgaw & les Villes qui y sont situées, qui de droit apartiennent à la Maison d'Autriche, savoir Neubourg, Fribourg, Endingen, Lenzingen, Waldkirk, Willingen, Brunlingen, avec leurs territoires ; plus tous les Monasteres, Abbayes, Prelatures, Prevôtez, Commanderies des Ordres de Chevaleries, avec

tous

1646.

rum Equeſtrium cum omnibus Ballivatibus, Baronatibus, Caſtris, Fortalitiis, Comitibus, Baronibus Nobilibus, Vaſſallis, Hominibus Subditis, Fluminibus, Vicis, Foreſtis, Silvis, omnibusque Regaliis Juribus, Juriſdictionibus, Feudis, Patronatibus, caterisque omnibus & ſingulis ad ſublime territorii jus patrimoniumque Domus Auſtriacæ in toto iſto tractu antiquitùs ſpectantibus; tota itidem Ortenavia cum Civitatibus Imperialibus Offenburga, Gengenbach, & Cella ad Armersbach, quatenus ſcilicet Præfectura Ortonovienſi obnoxiæ ſunt, adeo ut nullus omnino Rex Franciæ quidquam aut poteſtatis in his præmemoratis partibus cis & ultra Rhenum ſitis nullo unquam tempore prætendere & uſurpare poſſit vel debeat.

II.

Libera ſint in univerſum utriuſque Rheni Ripæ ac Provinciarum utriuſque adjacentium Incolarum commercia & commeatus: imprimis verò libera ſit Rheni Navigatio, ac neutri Parti permiſſum eſto naves tranſeuntes, deſcendentes & adſcendentes impedire, retinere, arreſtare, aut moleſtare quocumque prætextu, nec etiam nova Pedagia, Paſſagia, Datia, aut alias ejuſmodi exactiones imponere, ſed utraque Pars contenta maneat vectigalibus & datiis ordinariis ante hoc Bellum ſub Auſtriacorum gubernatione præſtari ſolitis.

III.

Decretum Amniſtiæ à Cæſarea Majeſtate juxta Receſſum Comitiorum Ratisbonenſium anno 1641. celebratorum noviſſimè publicatum, ratum firmumque maneto.

IV.

Cùm Cæſarea Majeſtas ut cauſa Palatina in Congreſſu hoc de Pace univerſali componatur conſenſerit, tota iſta compoſitio ſequentibus inſcribatur terminis.

1. Quod Dignitas Electoralis, ſicut hactenus ita etiam in poſterum remanere debeat penes Sereniſſimum Dominum Principem Maximilianum Ducem Bavariæ ejuſque liberos maſculos totamque Lineam Guilhelmianam in perpetuum, cum omnibus Regalibus, officiis, præcedentiis, privilegiis & juribus quibuscumque, quemadmodum eandem hactenus tenuit, exercuit, & poſſedit nullo prorſus excepto.

2. Quod eidem Domino Electori in ſolutum pro debito 13. millionum totus Palatinatus ſuperior cum omnibus appertinentiis abſque ullà diminutione aut detractione in perpetuum aut irrevocabiliter pro ſe & hæredibus ſuis ex corpore ſuo, ſive ex lineà reliquà Guilhelmianà deſcendentibus; permanere & relinqui debeat citra omnem contradictionem Palatinorum, aut cujuſcumque alterius, ita ut oppigneratio a Ferdinando II. Imperatore

pro

1646.

tous les Bailliages, Baronies, Châteaux, Forts, Comtes, Barons, Nobles, Vaſſaux, Sujets, Fleuves, Villages, Forêts, Bois, tous droits de Regale, Juriſdictions, Fiefs, Patronats, en un mot tout ce qui d'ancienneté a appartenu au droit Souverain de territoire & au Patrimoine de la Maiſon d'Autriche dans tout ce Canton : plus tout l'Ortnau avec les Villes Imperiales d'Offenbourg, Gengenbach & Celle auprès d'Armersbach entant que dependances de l'Ormau, enſorte qu'aucun Roi de France ne puiſſe en aucun tems prétendre le moindre droit ſur aucun des lieux ſuſmentionnez en deça ou au delà du Rhin.

II.

Les rives du Rhin de part & d'autre ſeroit entierement libres auſſi bien que le Commerce des habitans des Provinces adjacentes. La Navigation ſur le Rhin ſera libre, & il ne ſera permis ni à l'un ni à l'autre des Partis d'empêcher, retenir, arrêter ou inquieter en quelque maniere que ce ſoit les bâtimens qui paſſeront ſoit en deſcendant ſoit en montant, ni d'impoſer aucun nouveau peage, droit, paſſage ou quelqu'autre impôt que ce ſoit : mais les deux Partis ſe contenteront des droits ordinaires que l'on a payez avant la Guerre ſous le Gouvernement des Autrichiens.

III.

Le Decret d'Amniſtie publié en dernier lieu par Sa Majeſté Imperiale conformément au Recès de la Diette de Ratisbonne de 1641. ſubſiſtera dans toute ſon étenduë.

IV.

Lorſque Sa Majeſté Imperiale aura conſenti que l'affaire du Palatinat ſe termine dans ce Congrès de la Paix générale, cette affaire ſera couchée en ces termes.

1. Que la Dignité Electorale reſtera à l'avenir comme elle a été juſqu'à preſent au Sereniſſime Seigneur & Prince Maximilien Duc de Baviere, à ſes Enfans mâles, à toute la Ligue Guillelmine à toûjours avec tous les droits de Regale qui y ſont attachez, les privileges & droits quelconques qu'il a tenus, exercez & poſſedez juſqu'à preſent ſans en excepter un ſeul.

2. Que tout le haut Palatinat avec ſes dependances ſans aucune diminution reſtera, en payement de 13. millions, à perpetuité au ſuſdit Electeur pour lui & ſes heritiers nez de lui, ou de la dite Ligne Guillelmine, ſans aucune oppoſition de la part de la Maiſon Palatine ou de quelqu'autre que ce ſoit : enſorte que l'engagement fait audit Electeur par l'Empereur Ferdinand II. pour la dite ſomme de

13.

pro dictis 13. millionibus eidem Electori super Austriâ superiore constituta, virtute præsentis Conventionis, re ipsâ sublata, cassata, & annullata sit, nullamque prorsus actionem hoc nomine vel ipse Dominus Elector, vel ejus liberi, hæredes & successores nullo unquam tempore vel casu prætendere possint aut debeant. Teneatur etiam idem Dominus Elector statim post conclusam ac publicatam Pacem Cæsareæ Majestati omnia Instrumenta super isto contractu confecta ad cassandum & annullandum exhibere & tradere.

3. Ut Dominus Carolus Ludovicus Comes Palatinus postquam Cæsareæ Majestati debitam obedientiam præstiterit ad eandem Dignitatem Electoralem, sed octavo & ultimo loco, admittatur; nihil tamen juris ipsi ad ea quæ hoc nomine Electori Bavariæ specialiter attributa sunt competat; idemque Princeps Palatinus restitutione Palatinatûs inferioris certis conditionibus faciendâ pro se & hæredibus suis contentus maneat, teneaturque Palatinatui superiori in perpetuum donec ex Lineâ Guillelmianâ hæredes legitimi & masculi superfuerint, tum ipse ejusque fratres renunciare.

4. Ut ambæ Coronæ unâ cum Statibus Imperii se mutuò ad horum omnium, ut præmittitur, manutentionem obligent; idque in confectione Instrumenti insertâ singulari clausulâ disertis verbis caveatur: & hoc quantùm ad decisionem causæ Palatinæ attinet.

V.

Porro non permittatur ut Augustanæ Confessionis asseclæ duriora componendorum Gravaminum Ecclesiasticorum media à Statibus Catholicis extorqueant, quam hactenus illis tum per ipsosmet Status tum Legatos Cæsareanos oblata fuere, circa reservationem Ecclesiasticam, circa retentionem bonorum Ecclesiasticorum, sive ante sive post Pacem Passaviensem occupatorum, circa prætensum jus reformandi, circa prætensam Autonomiam, circa libertatem migrandi, circa titulos, investituram, sessionem, votum in Dietis Imperialibus, circa jurisdictionem imprimis in caussis ex Pace religiosâ descendentibus, circa paritatem Assessorum in Aulâ Cæsaris & Camerâ Imperiali, circa suspensionem jurisdictionis factam Episcopis, & circa alia his rebus annexa.

VI.

Non permittatur ut Plenipotentiarii Suecici quocumque tandem nomine & quocumque prætextu Episcopatus Osnabrugensem & Mindanum, tam etiam Oppida ad Episcopatum Monasteriensem spectantia Vechtam scilicet & Meppen retinere vel invadere præsumant.

VII.

13. millions sur la haute Autriche sera cassée, anéantie & annullée par la presente Convention, & ledit Electeur ni ses enfans, heritiers, ou successeurs ne pourront jamais former aucune prétention à cet égard. Et le susdit Electeur sera tenu aussi-tôt après la conclusion & la publication de la Paix de remettre à l'Empereur toutes les pieces de ce Contract qui devient nul & de nulle valeur.

3. Que Monsieur Charles Louis Comte Palatin sera admis à la Dignité Electorale, mais au huitieme & dernier rang, après qu'il aura rendu à Sa Majesté Imperiale l'obéïssance qui lui est duë. Il n'aura aucun droit aux choses cedées en cette qualité à l'Electeur de Baviere, & ledit Prince Palatin se contentera de la restitution du bas Palatinat qui lui sera faite à de certaines conditions pour lui & ses heritiers, & il renoncera pour lui & ses freres au haut Palatinat à perpetuité & tant qu'il y aura des descendans legitimes & mâles de la Branche Guillelmine.

4. Lorsqu'on dressera le Traité on stipulera par une clause expresse que les deux Couronnes & les Etats de l'Empire s'obligent à maintenir ce que dessus. Voila ce qui concerne l'affaire du Palatinat.

V.

On ne souffrira point que ceux de la Confession d'Augsbourg imposent aux Etats Catholiques, dans le redressement de leurs Griefs, des conditions plus dures que celles qui leur ont été offertes tant par lesdits Etats que par les Ambassadeurs de l'Empereur, touchant la reservation Ecclesiastique, touchant la retention des biens d'Eglise dont on s'est emparé soit avant soit après la Paix de Passaw, touchant le prétendu droit de Reforme, touchant la pretendue liberté d'établir des Loix, touchant la liberté de changer de domicile, touchant les titres, investitures, seance & suffrage dans les Dietes de l'Empire, touchant la jurisdiction sur tout dans les causes qui proviennent de la Paix de Religion, touchant le nombre égal de Conseillers dans le Conseil Aulique & dans la Chambre Imperiale, touchant l'interdiction de toute jurisdiction faite aux Evêques, & touchant les autres choses qui dependent de celle-ci.

VI.

On ne souffrira pas que les Plenipotentiaires de Suede pretendent retenir ou envahir sous quelque pretexte que ce soit les Evêchez d'Osnabrug & de Minden, & les Villes de Vecht & de Meppen qui appartiennent à l'Evêque de Munster.

VII.

VII.

Cùm Domino Electori Brandeburgico pro a-misso Ducatu Pomeraniæ ad instantiam & in gratiam Reginæ Sueciæ Plenipotentiariorum, Episcopatus Halberstadiensis, citra tamen immutationem Status Ecclesiastici nomine Cæsareæ Majestatis cessus fuerit, sua Majestas sicuti alias nihil omnino Electori dicto obligata est, ita etiam sive contentus tali obligatione maneat sive non, ab omni ulteriori indemnitatis & recompensationis præstatione libera & immunis esse, nec etiam eo nomine a Coronis (quocumque prætextu id fieri possit) interpellari, turbari, aut inquietari debet.

D'autant qu'à la sollicitation & en faveur des Plenipotentiaires de la Reine de Suede on a cédé à l'Electeur de Brandebourg au nom de Sa Majesté Imperiale l'Evêché d'Halberstat à la place du Duché de Pomeranie, qu'il a perdu, à condition qu'il n'y sera aucun changement dans la Religion, & Sa Majesté n'aiant aucun engagement avec le susdit Electeur, soit qu'il soit content de cette cession ou non, Sa Majesté ne sera tenue de lui procurer aucune indemnité ou compensation, & les Couronnes ne pourront en aucune maniere & sous quelque pretexte que ce soit troubler ou inquieter Sa Majesté Imperiale à ce sujet.

VIII.

Cùm duplicis Cæsareanorum ad articulum decimum quartum dictum sit non se refragaturos quin ad postulationes Dominæ Landgraviæ Hassiæ-Cassellanæ dudum propositas conveniens instituatur tractatio, cum quibus oportet, intelligunt id Cæsareani de iis quæ ad controversiam de successione Marpurgensi pertinent; de cætero prætensiones illius quæ novissimè sub titulo debitæ satisfactionis contra eminentissimos Dominos Electores Moguntinensem, Coloniensem, & Abbatem Fuldensem, propositæ sunt, utpote ab omni prorsus ratione aliena atque generalis Amnistiæ Sanctioni contraria penitus rejiciuntur.

D'autant que les Imperiaux ont donné à entendre dans l'Article XIV. qu'ils ne s'oposeroient pas à ce que l'on traitât avec ceux qu'il convient sur les prétentions de Madame la Landgrave de Hesse-Cassel, on doit entendre cela des choses qui concernent la Succession de Marpourg; mais l'on rejette absolumcnt les dernieres propositions qui ont été faites sous le titre de satisfaction pretenduë contre les Eminentissimes Electeurs de Maience & de Cologne, & contre l'Abbé de Fulde d'autant qu'elles sont deraisonnables & contraires à l'Acte d'Amnistie générale.

IX.

Serenissimus Dux Lotharingiæ suis Ditionibus pariter restitui & ob diversos respectus, tum quia Vassallus tum quia Fœderatus, tum quia Socius, tum quia vicinus Imperii Romani est, Paci generali debet includi.

Le Serenissime Duc de Lorraine doit être rétabli dans ses Etats & compris dans la Paix générale à plusieurs égards, tant parce qu'il est Vassal & Confederé que parce qu'il est ami & voisin de l'Empire Romain.

X.

Pari passu Pax cum Regis Catholici Plenipotentiariis tractetur & concludatur, istaque Pacis generalis compositionibus includatur.

La Paix doit être conclue en même tems avec les Plenipotentiaires de Sa Majesté Catholique & être comprise dans les Traitez de la Paix générale.

XI.

Regis Christianissimi Plenipotentiarii declarabunt quale, quantum, & quibus Pactis, definitum auxilium Rex Cæsari contra Turcam, cum in motu contra Christianitatem est, & quando aperto Bello Regna Suæ Majestatis invaserit præstare velit.

Les Plenipotentiaires du Roi très-Chrétien déclareront quel secours & à quelles conditions Sa Majesté envoiera à l'Empereur contre le Turc qui remuë contre la Chrétienté, & lorsqu'il déclarera la Guerre & attaquera les Etats de Sa Majesté Imperiale.

XII.

Cùm omnino de æquitate & justitiâ Rex Christianissimus pro eâ parte Principatus Austriaci qua suæ Majestati ut infra ceditur competentem recompensationem Serenissimi Archiducis Leopoldi piæ memoriæ hæredibus dare debeat, eoque nomine quinque Thalerorum Impe-

D'autant qu'il est de la justice. & de l'équité de Sa Majesté très-Chrétienne de donner aux heritiers du Serenissime Archiduc Leopold de pieuse memoire, un équivalent pour les Etats d'Autriche qui lui sont cedez & qui montent à cinq millions de Rixdalles, les Ple-

1646.

Imperialium milliones producti sint, declarare se Plenipotentiarii Gallici cathegoricè debent quam hac de re conventionem inire velint; his conditionibus ita præsupositis & quidem cum clausulà sine quibus non, si Regis Christianissimi Plenipotentiarii se se ad singulas declarent cathegoricè ac de iisdem exequendis, manutenendis & præstandis cum Plenipotentiariis Imperialibus convenerint, in Regem Christianissimum Serenissimum Dominum Ludovicum XIV. ejus hæredes & successores legitimos & naturales ex Domo Borbonianà descendentes sequentium rerum fiat cessio & transmissio.

Primo præter tres Episcopatus Metensem, Tullensem & Virdunensem, Civitatemque Imperialem Metim, Pignarolum, Moyenvicum, de quorum cessione in Instrumento Pacis specificè disponitur, dicto Regi Christianissimo permanere debebit Oppidum Brisaccum cum omnibus suis fossis, vallis, propugnaculis, munitionibus, cis & ultra Rhenum, omnibusque ad idem oppidum & Civitatem Brisacensem appertinentiis, salvis tamen ejusdem Civitatis privilegiis & immunitatibus a Domo Austriacà antehac obtentis & impetratis.

Ne verò imposterum ratione jurisdictionis territorialis in citeriori Rheni ripà contentiones & controversiæ suboriantur, jus sublimis territorii, quod Rex Christianissimus occasione hujus Fortalitii cis Rhenum pratendere posset, non se extendat ultra canalem ex Rheno ad Molendinum insulanum quod vulgo dicitur . . . . . . ductum.

2. Consentit Imperator pro se & Austriacà Domo ut dictus Rex Ludovicus decimus quartus pro se & heredibus suis masculis, legitimis, ex Domo Borbonianà descendentibus, Suntgaviam, Landgraviatum Alsatiæ Superioris cum Brisago, sicut etiam Præfecturam Imperialem Alsatiæ inferioris cum omnibus Vassallis, Subditis, hominibus, Oppidis, Castris, Villis, Sylvis, Forestis, argentifodinis, fluminibus, rivis, pascuis, omnibusque juribus Regaliis & appertinentiis libero allodii & proprietatis jure cum omninodà jurisdictione & superioritate in perpetuum retineat, eo prorsus modo quo antehac a Domo Austriacà possidebantur: nullàque prorsus ratione ob hasce Ditiones Sacro Romano Imperio obligatus aut subjectius esse intelligatur. Ita tamen ut ante omnia fidem Catholicam in hac Provinciâ, quemadmodum sub patrocinio Austriaco erat, illæsam conservet, novitatesque omnes, quæ durante hoc bello irrepserunt, exstirpet.

3. Quod ad æs alienum attinet quo Ditiones istæ Austriacæ gravatæ sint, ea quidem debita quæ Cameræ seu Fisco Principis incumbunt, Christianissimus Rex in se suscipere debet exsolvenda, teneaturque Domum Austriacam ea propter indemnem præstare: quæ verò Collegiis Ordinum attributa sunt, eisque solvenda incumbunt, debet inter eos qui sub dominio

Tom. III.   *Domus*

Plenipotentiaires François doivent declarer cathegoriquement quel accord ils veulent faire sur cela en presuposant ces conditions & avec la clause *sine quibus non*, savoir que si les Plenipotentiaires de Sa Majesté se declarent cathegoriquement sur chaque Article & conviennent avec les Plenipotentiaires Imperiaux de les maintenir & executer, on cedera au Roi très-Chrétien le Sereniffime Seigneur Louïs XIV. à ses heritiers & Successeurs legitimes de la Maison de Bourbon les choses suivantes; savoir,

Premierement outre les trois Evêchez de Metz, Toul & Verdun, la Ville Imperiale de Metz, Pignerol, Moyenvic, dont la cession sera specialement exprimée dans le Traité de Paix: ledit Roi de France gardera la Ville de Brisach avec tous ses fossez, remparts, forts, bastions, fortifications en deça & au delà du Rhin & toutes les dépendances de ladite Ville de Brisach, dont les privileges & immunitez accordées par la Maison d'Autriche seront conservez.

Et afin qu'il ne survienne à l'avenir aucune dispute sur la jurisdiction territoriale en deça du Rhin, la haute jurisdiction que le Roi très-Chrétien pourroit prétendre en vertu des Forts en deça du Rhin ne s'étendra pas au delà du Canal conduit depuis le Rhin jusqu'au moulin de l'Isle nommée . . . . . .

Secondement l'Empereur consent pour lui & pour la Maison d'Autriche que le susdit Roi Louïs XIV. conserve & possede à perpetuité pour lui & ses heritiers & Successeurs legitimes sortis de la Maison de Bourbon, le Sundgaw, le Landgraviat de la haute Alsace avec le Brisgaw, le Bailliage Imperial de la Basse Alsace avec tous les Vassaux, Sujets, Hommes, Villes, Châteaux, Villages, Bois, Forêts, mines d'argent, fleuves, rivières, prairies, & tous droits Roiaux avec leurs dependances, libre alleu, droit de proprieté & toute jurisdiction quelconque ou superiorité en la même maniere que la Maison d'Autriche a possedé tous ces Païs, sans être tenu en rien envers l'Empire Romain à cause desdits Païs, mais à condition que la Religion Catholique sera conservée dans lesdites Provinces comme sous la domination d'Autriche, & qu'on y détruira toutes les nouveautez qui s'y feront introduites pendant cette Guerre.

Troisiémement, quant aux dettes dont ces Païs sont chargez, le Roi très-Chrétien sera obligé de se charger de celles qui sont à la charge de la Chambre ou du Fisc & d'en décharger entierement la Maison d'Autriche; quant à celles que les Conseils ont contractées, il faudra en faire un juste partage entre ceux *qui*

1646. *Domûs Austriacæ remanent, atque illos qui sub ditionem Regis Christianissimi veniunt, iniri conveniens distributio, ut unaquæque pars sciat quantum sibi æris alieni dissolvendum restet.*

4. Si Linea masculina Borboniana deficiat, hæ Ditiones cum Brisaco ad Domum Austriacam, si superfuerit, redeant, Domusque Austriaca teneatur rependere Coronæ Galliarum eam pecuniæ summam quæ hoc Tractatu pro recompensatione Archiducis Leopoldi hæredum conventa est.

5. Teneatur nihilominus Rex Christianissimus Status omnes & singulos immediatè Imperio per utramque Alsatiam subjectos sive Ecclesiasticos, sive Seculares, cujuscumque dignitatis, conditionis sive ordinis in suâ libertate & possessione immediatis erga Romanum Imperium relinquere & restituere, præsidiis Gallicis ex omnibus ejusmodi locis, præsertim Tabernis Alsatiæ & Benfeldâ eductis, nec verò eosdem Status institutione novorum & hactenus in Germaniâ non usitatorum Parlamentorum gravare.

6. Similiter cessio hæc privatorum patrimoniis fraudi esse non debet, sed omnes Vassalli, Subditi, Cives & Incolæ, quicumque cis & ultra Rhenum Domui Austriacæ subjecti erant, bonis, villis, castris, fundis, possessionibusque suis restituentur, nonobstante confiscatione qualicumque belli causâ factâ; intelligendo hæc quoad bona stabilia & incorporalia.

7. Restituatur Episcopatui Spirensi Castrum Philipsburgum, Præsidiumque Gallicum dimittatur.

8. Non impediat Rex Christianissimus Domum Austriacam in retentione Comitatûs Achalm & Baronatuum Hohenstauffæ & Blaubeuræ, quos Duces Wirtembergici antehac à Domo Austriacâ titulo impignerationis & feudi tenebant, & intra hæc Blaubeura quidem finitâ primi acquirentis generatione, Achalm verò & Hohenstauffa certo restitutionis pacto ad eandem redire debeant extra controversiam.

9. Cum itidem Castrum . . . . . . in Landgraviatu Nelleburgensi ad Domum Austriacam spectante situm ex novis & antiquis pactis Domui Austriacæ a Ducibus Wirtembergicis tradi debuisset, nec tamen pactis hactenus steterint, Sacra Cæsarea Majestas desiderat Castrum hoc ad evitandas futuras contentiones postulantibus etiam Helvetiis destrui & funditus deleri.

10. Quandiu Brisacum in Regis Christianissimi potestate erit, tamdiu poterit Domus Austriaca in Civitate Lindavio ad Lacum Acronium sitâ præsidium tenere; quod si Brisacum successu temporis ad Domum Austriacam redierit, Civitas quoque Lindaviensis, educto præsidio, suæ restituetur libertati.

Actum Monasterii Westphalorum die 29. Mensis Maii anno 1646.

---

qui demeurent sous la domination de la Maison d'Autriche & ceux qui passent sous celle de France, afin que chacun sache ce qu'il doit en payer.

4. Au cas que la Ligne Masculine de Bourbon vienne à manquer, ces Païs avec Brisach retourneront à la Maison d'Autriche, si elle survit à la premiere, & alors la Maison d'Autriche rendra à la Couronne de France la somme dont on est convenu dans le présent Traité pour l'Equivalent des heritiers de l'Archiduc Leopold.

5. Le Roi très-Chrétien sera obligé de laisser & retablir tous & chacun les Etats dans les deux Alsaces, sujets de l'Empire soit Ecclesiastiques ou Seculiers, de quelque dignité, condition, ou rang qu'ils soient, dans leur liberté & possession immediate envers l'Empire, en faisant sortir les Garnisons Françoises desdits lieux & sur tout de Saverne & de Benfeldt, & il ne surchargera pas lesdits Etats par l'établissement de nouveaux Parlemens inusitez en Allemagne.

6. Cette cession ne portera aucun prejudice aux patrimoines des particuliers, & tous les Vassaux, Sujets, Citoyens & habitans quels qu'ils soient, sujets de la Maison d'Autriche en deça ou au delà du Rhin, seront rétablis dans leurs biens, metairies, châteaux, terres, possessions, nonobstant toute confiscation quelconque faite à cause de la Guerre; ceci bien entendu des biens immeubles.

7. On rendra Philipsbourg à l'Evêque de Spire & on en fera sortir la Garnison Françoise.

8. Le Roi très-Chrétien ne s'oposera pas à ce que la Maison d'Autriche retienne le Comté d'Achalm & les Baronies de Hohenstauff & de Blaubeuren, que les Ducs de Wirtemberg tenoient ci-devant en gage & comme Fiefs de la Maison d'Autriche; & dont Blaubeuren doit revenir à ladite Maison après que la Ligne de l'acquereur sera finie, Achalm & Hohenstauff en faisant un certain remboursement stipulé.

9. D'autant que le château de . . . . . situé dans le Landgraviat de Nellenburg qui apartient à la Maison d'Autriche devoit être restitué suivant d'anciens & de nouveaux Traitez par ceux de Wirtemberg, qui ne les ont pas executez, Sa Majesté Imperiale demande conjointement avec les Suisses que pour éviter à l'avenir toute dispute à cet égard, ledit château soit detruit & razé.

10. Tant que Brisach sera en la puissance du Roi très-Chrétien, la Maison d'Autriche pourra tenir garnison dans la Ville de Lindau sur le Lac de Constance; & si avec le tems Brisach retourne à la Maison d'Autriche la Ville de Lindau sera rétablie dans sa liberté & on en fera sortir la garnison.

Fait à Munster en Westphalie le 29. de Mai 1646.

PRO-

PROJET DU TRAITE'

Entre la

REPUBLIQUE

Des

PROVINCES-UNIES

Des

PAYS-BAS

Et le Roi

D'ESPAGNE,

L'an 1646. au mois du Mai,

Articles convenus provisionellement entre les Ambaſſadeurs Extraordinaires & Plenipotentiaires du Roi d'Eſpagne d'une part ; & les Ambaſſadeurs & Plenipotentiaires des Etats Généraux des Provinces-Unies des Païs-Bas d'autre ; pour être inſerez dans le Traité qui ſe fera à Munſter.

I.

PRemiérement déclare ledit Seigneur Roi & reconnoît que leſdits Etats Généraux des Païs-Bas unis & les Provinces d'iceux reſpectivement, avec tous leurs Païs, Aſſociez, Villes, & Terres y appartenans, ſont libres & Souverains Etats, Provinces & Païs, ſur leſquels ni ſur leurs Païs, Villes, & Terres, Aſſociez comme deſſus, ledit Seigneur Roi ne prétend rien, & que préſentement, ou ci après, pour ſoi-même, ſes Hoirs & Succeſſeurs, tant durant le préſent Traité qu'après l'expiration d'icelui, il ne prétendra jamais rien; & qu'enſuite de ce il eſt content de traiter avec leſdits Seigneurs Etats, comme il fait par le

ToM. III.

préſent Traité, une Trève aux conditions ci-après écrites.

II.

A ſavoir que ladite Trève ſera bonne, ferme, loiale & inviolable & pour le terme de ...... ans, durant leſquels il y aura ceſſation de tous Actes d'hoſtilité de quelque façon qu'ils ſoient entre leſdits Seigneurs Roi & Etats Généraux tant par Mer, & autres Eaux que par Terre, en tous leurs Roiaumes, Païs, Terres, & Seigneuries, & pour tous leurs Sujets & Habitans de quelque qualité ou condition qu'ils ſoient, ſans exception des lieux ni des perſonnes, chacun demeurera ſaiſi & jouïra effectuellement des Païs, Villes, Places, Terres, & Seigneuries qu'il tient & poſſéde à préſent, ſans y être troublé ni inquieté de quelque façon que ce ſoit, durant ladite Trève ; en quoi on entend comprendre les Bourgs, Villages, Hameaux, & plat Païs dépendans de la Ville & Mairie de Bois-le-Duc, la Ville & Baronie de Breda, les Villes de Maſtricht, Grave & Païs de Cuick, Hulſt & Bailliage de Hulſt, & Hulſter-Ambacht, les Forts que leſdits Seigneurs Etats poſſédent au Païs de Waes & toutes autres Villes & lieux que leſdits Seigneurs les Etats tiennent en Brabant, Flandre & ailleurs demeureront en tous & mêmes droits de ſupériorité auxdits Seigneurs Etats qui tiennent les Provinces des Païs-Bas-Unis.

III.

Bien entendu que tout le ſurplus dudit Païs de Waes (exceptant leſdits Forts) demeurera à Sa Majeſté, & à condition qu'au ſujet du ſpirituel de ladite Mairie de Bois-le-Duc, & plat Païs d'icelle, il ſera trouvé quelque expedient & tempérament pour la ſatisfaction de l'une & de l'autre partie.

IV.

Les Sujets & habitans ès Païs deſdits Seigneurs Rois & Etats auront durant cette Trève toute bonne correſpondance & amitié par enſemble, ſans ſe reſſentir des offenſes & dommages qu'ils ont reçûs par le paſſé ; pourront auſſi fréquenter & ſéjourner ès Païs de l'un & de l'autre, & y exercer leur trafic & commerce en toute ſureté, tant par mer & autres eaux que par terre.

V.

Bien entendu que ce ſera ſans préjudice & en réſervant expreſſement à s'éclaircir ci après ſur certains articles concernant la Navigation & le Commerce des Indes Orientales & Occidentales, leſquels on entend conſerver & maintenir.

VI.

Et parce qu'il eſt beſoin d'un aſſez long-tems pour avertir ceux qui ſont hors les limites

mites avec forces & navires, à se désister de tous actes d'hostilité, a été accordé qu'entre les limites de l'Octroi ci-devant donné à la Société des Indes Orientales du Païs-Bas, ou à donner par continuation, la Trêve ne commencera pas plutôt qu'un an après la datte de la conclusion du présent Traité. Et quant auxdittes limites de l'Octroi ci-devant donné par les Etats Généraux, ou à donner par continuation à la Société des Indes Occidentales auxdits lieux, la Trêve ne commencera pas plutôt que six mois après la datte que dessus.

Bien entendu que si l'avis public de part & d'autre de la Trêve susdite arrive plutôt auxdites limites respectivement, que dès l'heure de l'avis l'hostilité cessera auxdits lieux; mais si après le terme d'un an & de six mois respectivement dans les limites des Octrois susdits, se fait aucun acte d'hostilité, les dommages en seront réparez sans délai aucun.

VII.

Les Sujets & Habitans ès Païs desdits Seigneurs Roi & Etats, faisant trafic ès Païs l'un de l'autre, ne seront tenus de payer plus grands droits & impositions que les propres Sujets respectivement, de maniere que les Habitans & Sujets des Païs-Bas-Unis seront & demeureront exems de certains vingt pour cent, ou telle moindre, plus haute, ou de quelque autre imposition que le Roi d'Espagne durant la précédente Trêve a levez, ou que durant la présente Trêve, lui Seigneur Roi voudroit lever sur les Habitans ou les Sujets des Païs-Bas-Unis, ou bien mettre à leur charge par dessus & plus haut qu'il ne feroit sur ses propres Sujets.

VIII.

Lesdits Seigneurs Roi & Etats ne léveront hors leurs limites respectivement aucunes impositions ou gabelles pour l'entrée, sortie, ou bien pour autres charges sur les denrées passans soit par eau soit par terre.

IX.

Les Sujets desdits Seigneurs Roi & Etats jouiront reciproquement ès Païs l'un de l'autre de l'ancienne franchise des péages, de laquelle ils auront été en possession paisible devant le commencement de la Guerre.

X.

La fréquentation, conversation & commerce entre les Sujets respectivement ne pourra être empêché: & si aucuns empêchemens surviennent, ils seront réellement & de fait levez.

XI.

Et depuis le jour de la conclusion du présent Traité de la Trêve, fera le Roi cesser sur le Rhin & la Meuse, la levée de tous péages qui devant la Guerre ont été sous le ressort de trois des Provinces-Unies des Païs-Bas, notamment aussi le peage de Zélande; de façon que ce péage ne sera levé de la part de sadite Majesté, ni dans la Ville d'Anvers ni aussi ailleurs.

Bien entendu & à condition que depuis le jour susdit les péagers de Zélande réciproquement prendront à leurs charges & payeront tous & premiérement depuis ce premier jour, les rentes annuelles, qui devant l'année 1572. ont été hypothequées sur ledit péage, & desquelles les propriétaires & tireurs de rentes ont été en possession & recepte devant le commencement de ladite Guerre; ce que feront semblablement les Plenipotentiaires, de tous les susdits autres péages.

XII.

Le sel blanc bouilli venant des Provinces-Unies en celle de saditte Majesté y sera reçû, & admis sans y être chargé de plus hautes impositions que le gros sel.

Et de même s'admettra du sel des Provinces de sadite Majesté en celles desdits Seigneurs Etats, & s'y débitera sans pouvoir pareillement être plus imposé que celui desdits Seigneurs Etats.

XIII.

Les Rivieres de l'Escaut comme aussi les Canaux du bas Rhin, & autres Bouches de mer y aboutissans, seront tenues closes du côté desdits Seigneurs Etats durant le terme de ladite présente Trêve.

XIV.

Les Navires & denrées entrans & sortans des Havres de Flandre respectivement seront & demeureront chargées par ledit Seigneur Roi de toutes telles impositions & autres charges, lesquelles sont levées sur les denrées allans & venans au long de l'Escaut & autres Canaux mentionnez en l'article précédent; lesquelles Impositions & autres charges, ledit Seigneur Roi mettra si haut & si bas que sadite Majesté le trouvera convenable, pourvû que, comme dit est, elles soient par tout égales, & les uns ne soient plus imposez que les autres, & ce durant & pendant le terme de la présente Trêve.

XV.

Aussi auront les Sujets & Habitans desdits Seigneurs Etats la même sureté & liberté ès Païs dudit Seigneur Roi, qui a été accordée aux Sujets du Roi de la Grande Bretagne par le dernier Traité de Paix, & Articles secrets faits avec le Connétable de Castille.

XVI.

Ledit Seigneur Roi donnera au plutôt la provision nécessaire à ce que soient ordonnées places honorables pour l'enterrement des corps de ceux, lesquels du côté des Etats viendront à décéder sous l'obéïssance de Sa Majesté.

XVII.

Les Sujets & Habitans des Païs dudit Seigneur Roi, venans ès Païs & Terres desdits Sieurs Etats devront au regard de l'exercice public de la Religion, se gouverner & comporter en toute modestie sans donner aucun scandale de paroles & de fait, ni proférer aucuns blasphêmes; & le même sera fait & observé par les Sujets & Habitans des Païs desdits

 deſdits Seigneurs Etats venans ès terres de Sa Majeſté.

XVIII.

Et touchant les Egliſes publiques en la Baronie de Breda , Marquiſat de Berg & ailleurs , il en ſera convenu en la même ſorte qu'il a été dit en l'article troiſiéme , au regard du ſpirituel de la Mairie de Bois-le-Duc.

XIX.

Et ne pourront les Marchands, Maîtres des Navires, Pilotes, Matelots, leurs Navires, Marchandiſes & denrées , ni autres biens à eux appartenans , être ſaiſis & arrêtez , ſoit en vertu de quelque mandement général ou particulier, & pour quelque cauſe que ce puiſſe être de Guerre , ou autrement , ni même auſſi ſous prétexte de s'en vouloir ſervir, pour la conſervation & défenſe du Païs. On n'entend toutefois en ce comprendre les ſaiſies & arrêts de juſtice par les voies ordinaires , à cauſe des detres propres, obligations, & contrats valables de ceux ſur leſquels leſdites ſaiſies auront été faites; à quoi il ſera procédé , ſelon qu'il eſt accoûtumé par les voies de droit & de raiſon.

XX.

Seront commis de part & d'autre certains Juges en nombre égal , en forme de Chambre mi-partie, qui auront ſéance dans les Provinces des Païs-Bas , & en tels lieux , ſoit par tour , tantôt ſous l'obéïſſance de l'un , tantôt de l'autre, ſelon qu'il ſera convenu par conſentement mutuel, leſquels Juges commis de part & d'autre conformément à la Commiſſion & Inſtruction , laquelle leur ſera donnée , & ſur laquelle ils feront ferment tant audit Seigneur Roi qu'auxdits Seigneurs Etats reſpectivement, auront égard aux négoces des habirans deſdites Provinces des Païs-Bas, & aux charges & impoſitions leſquelles ſeront levées de l'un & de l'autre côté., ſur les Marchandiſes; & ſi leſdits Juges comprennent que de l'un & de l'autre, ou bien des deux côtez, ſoit fait aucun excès , ils régleront & modéreront leſdits excès.

De plus leſdits Juges examineront les queſtions touchant la defaillance de l'execution du Traité , comme auſſi les contraventions d'icelui, qui en tems & lieu pourrôient ſurvenir, tant ès Païs de deça comme auſſi ès Roiaumés lointains, Païs , Provinces & Iſles de l'Europe ; & en diſpoſeront ſommairement de plein , & décideront ce qu'ils trouveront convenir en conformité du Traité. Les Sentences & diſpoſitions deſquels Juges ſeront executées par les Juges ordinaires du lieu où la contravention aura été faite, ou bien contre les perſonnes des contrevenans ſelon qu'il ſera requis par les occurrences.

Et ne pourront leſdits Juges ordinaires demeurer defaillans à faire ladite exécution ou la laiſſer faire & réparer les contraventions dans le terme de . . . . après que requiſition en ſera faite aux Juges ordinaires.

XXI.

Si quelques Sentences & Jugemens avoient été donnez entre perſonnes de divers partis non défenduës , ſoit en matiere civile ou criminelle , ils ne pourront être executez contre les perſonnes deſdits condamnez ni de même ſur leurs biens durant la préſente Trêve.

Et ne ſeront octroyées aucunes Lettres de Marques ou de Repreſailles durant la même Trêve, ſi ce n'eſt avec connoiſſance de cauſe, & en cas qu'il ſoit permis par les Loix & par les Conſtitutions Imperiales, comme auſſi ſelon l'ordre lequel a été établi par icelles.

XXII.

L'on ne pourra aborder, entrer, ni s'arrêter aux Ports, Havres, Places & Rades ès Païs l'un de l'autre avec Navires & Gens de Guerre, en nombre qui puiſſe donner ſoupçon , ſans le congé & permiſſion de celui ſous lequel ſont leſdits Ports, Havres, Places , Rades , ſi ce n'eſt que l'on y fût jetté par tempête , ou autrement , ou bien contraint de le faire par néceſſité, comme auſſi ſi c'étoit pour éviter quelque péril de Mer.

XXIII.

Ceux ſur leſquels les biens ont été ſaiſis & confiſquez, à l'occaſion de la Guerre ou leurs héritiers ou en aiant cauſe , joüiront d'iceux biens durant la préſente Trêve, & en prendront la poſſeſſion de leur autorité, ſans qu'il leur ſoit aucunement beſoin d'avoir recours à la Juſtice, nonobſtant toutes incorporations au Fiſc, engagemens, en faits ou dons, & Traitez, Accords & Transactions , quelques renonciations qui aient été miſes eſdites Transactions pour exclure de partie deſdits biens & droits , leſquels conformément audit Traité préſent , ſeront reſtituez ou devront être reſtituez réciproquement aux premiers Propriétaires & leurs Hoirs ou en aians cauſe ; pourront être vendus par leſdits Propriétaires, ſans qu'il ſoit de beſoin d'impétrer pour ce conſentement particulier (excepté la propriété des rentes) qui de la part du Fiſc ſeront conſtituées en lieu des biens leſquels auront été vendus, excepté auſſi les rentes ou actions leſquelles ſont à la charge des Fiſcs réciproquement.

XXIV.

Ce qui pareillement aura lieu au profit des héritiers du feu Seigneur Guillaume, Prince d'Orange, même pour les droits qu'ils ont ès Salines du Comté de Bourgogne, leſquelles leur ſeront remiſes & délaiſſées avec les bois auſſi qui en dépendent, au regard de ce qui ne ſe trouveroit avoir été racheté & payé de la part de ſadite Majeſté.

XXV.

En quoi auſſi l'on entend être compris les autres biens & droits aſſis au Comté de Bourgogne & Charolois, & ce qui, en ſuivant le Traité du neuviéme jour du mois d'Avril de l'an mil ſix cens neuf & du 7. jour du mois de Janvier de l'année mil ſix cens dix reſpectivement, n'a pas encore été reſtitué, ſera au plutôt par tout reſtitué en bonne foi aux Propriétaires, leurs Hoirs & aians cauſe de tous les deux côtez.

XXVI.

Comme auſſi l'on entend en ce être compris les biens & droits, qui après l'expiration de la préſente Trêve par Sentence du Grand

Con-

Conseil de Malines au préjudice du Fifc ont été adjugez au feu Comte de Naffaw ou en quelque autre maniere que lui Comte en ait acquis la poffeffion, en quelques lieux, Places ou Seigneuries que lefdits biens & droits puiffent être affis, & de qui qu'ils puiffent être poffedez ; laquelle Sentence en vertu du préfent Traité eft & fera tenuë pour non donnée, & toute autre acquifition de poffeffion deffusdite fera annulée.

XXVII.

Et quant au procès du Châtel-Belin qui fut intenté du tems du feu Seigneur Prince d'Orange par devant le Grand Confeil de Malines contre le Procureur-Général du Roi d'Efpagne, puis que ledit procès n'a été jugé dans un an après la pourfuite qui en a été faite, comme il étoit promis au quatriéme Article de la précédente Trêve, eft encore accordé qu'incontinent après la conclufion & ratification du préfent Traité, le Fifc au nom de Sa Majefté, ou au nom de qui que ce pourroit être, délaiffera effectivement tous & chacuns les biens demandez audit procès, & par qui, & par quel droit ils pouvoient être poffedez, & renoncera au nom & de par ceux que deffus à toutes actions & prétentions que le Fifc pourroit avoir, ou prétendre en aucune façon fur iceux biens, pour être occupez réellement & de fait & pris en libre & pleine poffeffion par ledit Seigneur Prince d'Orange d'à préfent, fes Hoirs, Succeffeurs, & aiant caufe, incontinent après la conclufion & la ratification de ce préfent Traité, & en vertu d'icelui, & fans avoir recours à la juftice ; à condition que les fruits reçûs & profits avec les charges d'iceux, jufques à la conclufion du préfent Traité demeureront entiérement au profit dudit Fifc.

XXVIII.

Si en quelque lieu fe rencontre dificulté fur la reftitution des biens & droits qui doivent être reftituez, le Juge du lieu fera effectuer fans délai la reftitution, & en ce prendra la plus courte voie fans que fous prétexte de la Capitulation non payée ou autrement, la reftitution fe puiffe dilayer.

XXIX.

Les Habitans ou Sujets des Païs-Bas-Unis pourront par tout, dans les terres de l'obéiffance dudit Seigneur Roi, fe faire fervir de tels Avocáts, Procureurs, Notaires, Solliciteurs, & Exécuteurs, que bon leur femblera ; à quoi ils feront auffi commis, par les Juges ordinaires, quand il en fera de befoin & lors qu'iceux Juges en feront requis & réciproquement les Habitans & Sujets dudit Seigneur Roi venant ès Païs defdits Seigneurs États jouïront femblablement de même affiftance.

XXX.

Et fi le Fifc a fait vendre d'une part & d'autre quelques biens confifquez, ceux à qui ils doivent appartenir en vertu du préfent Traité, feront tenus de fe contenter de l'intérêt du prix à raifon du denier feize, pour en être paié chacun an durant la Trêve, à la diligence de ceux qui poffédent lefdits biens, autrement leur fera loifible de s'addreffer au fond & heritage vendu.

Bien entendu qu'au lieu des biens vendus, rentes rachetées & fort d'icelles par & au nom des Fifcs refpectivement feront paffées Lettres patentes au profit des Propriétaires, leurs Hoirs & aians caufe, qui leur ferviront de preuve déclaratoire en conformité du Traité, avec affignation du payement annuel fur un Receveur en la Province ; & fera le prix calculé à raifon de la premiere vente publique, ou autrement faite comme de droit, la premiere année de laquelle rente écherra un an après la datte de la conclufion & ratification dudit préfent Traité.

XXXI.

Mais fi lefdites ventes avoient été traitées par juftice pour dettes legitimes de ceux à qui lefdits biens fouloient appartenir, avant la confifcation, il leur fera loifible, ou à leurs heritiers & aians caufe, de les retirer en paiant le prix dans un an, à compter du jour du préfent Traité, après lequel tems ils n'y feront plus reçûs & ledit retrait & rachat aiant été par eux fait, ils en pourront difpofer comme bon leur femblera, fans qu'il foit befoin d'en obtenir aucune permiffion.

XXXII.

On n'entend toutefois donner lieu à ce retrait pour les Maifons fituées dans les Villes, venduës à cette occafion, pour la grande incommodité & dommage qu'en recevroient les acquereurs, à caufe des changemens & réparations qu'ils pourroient avoir faites èsdites Maifons, dont la liquidation feroit trop longue & difficile.

XXXIII.

Et quant aux réparations & méliorations faites ès autres lieux vendus, dont le rachat eft permis, fi elles font prétenduës, les juges ordinaires feront droit avec connoiffance de caufe, demeurans les fonds & heritages hypothéquez pour la fomme à quoi les méliorations font liquidées, fans que pourtant il foit loifible auxdits acheteurs d'ufer du droit de rétention pour en être payez & fatisfaits.

XXXIV.

Tous biens & droits tenus cachez, meubles, immeubles, rentes, actions, dettes, credits & autres, qui n'auront été faifis du Fifc avec duë connoiffance de caufe, devant le jour de la conclufion & ratification de ce Traité, demeureront en la pleine, libre, & entiere difpofition des Propriétaires, leurs heritiers, & aians caufe, avec tous les fruits, rentes, revenus & profits, auffi ceux qui auront caché les fufdits biens & droits ni leurs héritiers ne pourront être moleftez des Fifcs, mais les Propriétaires, leurs Héritiers ou aians caufe auront pour le regard defdits droits action contre un chacun comme pour leur propre bien.

XXXV.

Les arbres coupez après le jour de la conclufion de ce Traité & qui ce jour même auront encore été fur le fond, comme auffi les arbres vendus qui lors de ladite conclufion n'auront encore été coupez, demeureront

ront aux Propriétaires, nonobstant la vente faite & sans qu'ils soient tenus de payer aucun prix.

XXXVI.

Les fruits, louages, fermes, & revenus des Seigneuries, Terres, Dixmes, Pêcheries, Maisons, rentes & autres provenus des biens, qui conformément au Traité devront être restituez, échus après le jour de la conclusion, demeureront pour toute l'année aux Propriétaires.

XXXVII.

Les fermes faites des biens confisquez ou annotez (quoi qu'elles aient été faites pour longues années) expireront dans la même année de la conclusion du Traité, selon la coûtume des lieux respectivement où lesdits biens feront situez & assis; & les fermes échues après le jour de la conclusion du Traité, comme dit est, feront payées au Propriétaire; bien entendu si le Fermier desdits biens a employé pour le cru d'icelles années aucuns frais auxdits biens, que lesdits frais feront remboursez par les propriétaires aux fermiers, selon la coûtume ou discrétion des Juges du lieu ou de l'assiette desdits biens.

XXXVIII.

La vente des biens confisquez ou annotez, faite après la conclusion du présent Traité, fera tenuë pour nulle & pour non faite, comme aussi la vente faite durant ladite conclusion, contre les Capitulations & Accords faits particuliérement avec aucunes Villes.

XXXIX.

Les Maisons des Particuliers restituées ou à restituer, conformément au Traité ne feront réciproquement chargées de garnison, ou d'aucunes autres choses, autrement ni plus haut que les Maisons des autres habitans de semblable condition.

XL.

Et nul ne fera de l'un ou de l'autre côté empêché directement ni indirectement au changement du lieu de fa demeure, en payant les droits convenables; & si aucuns empêchemens étoient faits, depuis le Traité, ils feront levez promtement.

XLI.

Si quelques fortifications ou ouvrages publics ont été de part ou d'autre faits avec permission & autorité des Supérieurs, en des lieux dont la restitution doit être faite par le présent Traité, les Propriétaires d'iceux feront tenus de se contenter de l'estimation qui en fera faite par les Juges ordinaires tant desdits lieux que de la jurisdiction qu'ils y avoient, si ce n'est que les Parties s'en accordent de gré à gré : comme aussi satisfaction fera faite aux Propriétaires des biens qui font appliquez aux fortifications, & aux ouvrages publics en lieux pieux.

XLII.

Quant aux biens d'Eglise, Colléges & autres lieux pieux assis dans les Provinces-Unies, lesquels étoient Membres dépendans d'Eglises, Colléges & Bénéfices qui font de l'obéissance dudit Seigneur Roi.

Ce qui n'a été vendu avant la conclusion du présent, Traité leur fera rendu & restitué & y entreront aussi de leur autorité privée & sans aide de justice, pour en jouïr durant la Trêve; sans en pouvoir disposer; selon ce qui a été ci-dessus dit, mais pour ceux qui feront vendus avant ledit tems, ou donnez en paiement par les Etats d'aucunes Provinces, la rente du prix leur fera payée par chacun an à raison du denier seize, par la Province qui aura fait ladite vente ou donné lesdits biens en paiement, & assignée aussi, ensorte qu'ils en puissent être assurez; le semblable fera fait & observé du côté dudit Seigneur Roi.

XLIII.

Et touchant les intérêts & prétentions que le Seigneur Prince d'Orange pourroit avoir au regard des parties, dont il n'est pas en possession, fera convenu par un Traité à part à la satisfaction dudit Seigneur Prince d'Orange; mais quant aux biens & autres effets dont ledit Seigneur Prince est en possession par Octroi & Commission desdits Seigneurs Etats-Généraux au Bailliage de Hulster Ambacht, & ailleurs, dont lesdits Seigneurs Etats depuis peu lui ont donné la confirmation, toutes icelles parties lui demeureront absolument en pleine propriété, au profit de lui-même & fes Successeurs, sans qu'il puisse rien être prétendu sur lesdits biens en vertu d'aucuns Articles dudit présent Traité.

XLIV.

Ceux à qui ces biens confisquez doivent être restituez ne feront tenus de paier les arrérages des rentes, charges & devoirs, spécialement affectez & assignez sur iceux biens pour le tems qu'ils n'en ont joui, & s'ils en font poursuivis & inquiétez d'une part ou d'autre, en feront renvoyez absous; & s'il se trouvé au vrai que tous les biens de quelqu'un, de l'un ou de l'autre côté aient été confisquez & annotez, ensorte qu'un tel n'ait retenu aucuns moiens desquels il auroit pu paier les rentes & intérêts échûs durant la confiscation ou annotation; cettui non seulement fera quitte des charges réelles & rentes en conformité du Traité; mais aussi des charges générales & personnelles des rentes & intérêts, qui durant ledit tems se trouveront être échûs.

XLV.

L'on ne pourra prétendre aussi pour les biens vendus ou accordez, afin d'être diguez & rediguez, sinon les redevances ausquelles les possesseurs se font obligez par le Traité sur ce fait avec les intérêts des deniers, si aucuns ont été donnez, aussi à raison du denier seize comme dessus.

XLVI.

Les Jugemens donnez pour biens & droits confisquez avec parties qui ont reconnu les
Juges

Juges & ont été légitimement défenduës, tiendront & ne feront les condamnez reçûs à les contredire finon par les voies ordinaires.

XLVII.

Ledit Seigneur Roi quitte & renonce à toutes prétentions de rachat, & à tous autres droits & prétentions qu'il pourroit avoir en aucune maniere fur la Ville de Grave, Païs de Cuick, fes appartenances & dépendances, anciennes Baronies de Brabant, ci-devant tenuës en engagement du feu Seigneur Prince d'Orange, & le rachat duquel engagement a été quitté & converti en propriété & cédé au profit du feu Seigneur Prince Maurice en Décembre mil fix cens onze par les Seigneurs Etats Généraux des Païs-Bas-Unis, comme Souverains de ladite Ville de Grave & Païs de Cuick, fuivant & en conformité des Lettres patentes fur ce expediées, & en vertu de laquelle commiffion & ceffion, ledit Prince d'Orange d'à préfent, fes hoirs, ou aians caufe joüiront à toûjours, tant durant qu'après l'expiration de la préfente Trêve, de la pleine & entiere propriété de ladite Ville & Païs de Cuick, fes appartenances & dépendances.

XLVIII.

Quitte auffi & renonce ledit Seigneur Roi à tous & chacuns droits & prétentions foit de propriété, ceffion, ou autres, qu'en aucune maniere il pourroit prétendre fur la Ville, Comté, & Seigneurie de Lingen, & de Bevergern, les quatre Villages & autres droits y appartenans pour demeurer réellement & de fait à jamais tant durant qu'après l'expiration de la préfente Trêve audit Seigneur Prince d'Orange, fes hoirs ou en aians caufe, en plein droit de propriété, conformément à la ceffion fur ce faite en Novembre l'an mil cinq cens foixante & dix-huit, que ledit Seigneur Roi, entant qu'il lui pourroit toucher, a confirmé & confirme par le préfent Traité.

XLIX.

Lefdits Seigneurs Roi & Etats commettront chacun endroit foi des Officiers & Magiftrats pour l'adminiftration de la Juftice & Police ès Villes & Places fortes, lefquelles par le préfent Traité doivent être renduës aux Propriétaires pour en joüir durant la Trêve.

L.

Ledit Seigneur Roi s'oblige à procurer effectivement la continuation & obfervation de la neutralité de la part de Sa Majefté Imperiale & de l'Empire, avec lefdits Seigneurs Etats, à laquelle continuation & obfervation lefdits Seigneurs Etats s'obligent auffi réciproquement & s'en devra faire la confirmation dans deux mois de la part de Sa Majefté Imperiale, & dans un an de la part de l'Empire après la conclufion & ratification du préfent Traité.

LI.

Les meubles confifquez & les fruits qui feront échûs avant la conclufion du préfent Traité, ne feront fujets à aucune reftitution.

LII.

Les actions mobiliaires qui auront été remifes par lefdits Seigneurs Roi & Etats au profit des débiteurs particuliers, avant la conclufion du préfent Traité demeureront éteintes d'une part & d'autre.

LIII.

Le tems qui a couru pendant la Guerre à commencer depuis l'année mil cinq cens foixante & fept, jufques au commencement de la préfente Trêve; comme auffi le tems qui a couru depuis l'expiration de ladite Trêve, jufques à la conclufion de ce Traité, ne fera compté pour par ce donner préjudice ou dommage à quelqu'un.

LIV.

Ceux qui durant la Guerre fe font retirez en Païs neutres joüiront auffi du fruit de cette Trêve, & pourront demeurer où bon leur femblera, voire même retourner en leurs anciens domiciles pour y habiter en toute fureté & obfervant les Loix du Païs, fans qu'à l'occafion de leur demeure qu'ils feront en quelque lieu que ce foit, leurs biens puiffent être faifis ni eux privez de la joüiffance d'iceux.

LV.

On ne pourra durant la préfente Trêve faire aucuns nouveaux Forts dans les Païs-Bas ni de l'un ni de l'autre côté; on ne pourra auffi creufer nouveaux canaux, ni foffez, par lefquels à l'expiration de la Trêve on pourroit repouffer, ou détourner l'une ou l'autre defdites Parties.

LVI.

Les Seigneurs de la Maifon de Naffau ne pourront être pourfuivis, ni moleftez en leurs perfonnes ou biens durant la préfente Trêve pour aucunes dettes contractées par le feu Seigneur Prince d'Orange depuis l'an mil cinq cens foixante & fept, jufques à fon trépas, ni pour aucuns autres arrerages échûs pendant le faififfement & annotation des biens qui en étoient chargez.

LVII.

Et fi aucune contravention étoit faite à la Trêve par des Particuliers, fans commandement defdits Seigneurs Roi & Etats, le dommage en fera reparé au même lieu où la contravention aura été faite s'ils y font furpris, ou bien en celui de leur domicile, fans qu'ils puiffent être pourfuivis ailleurs, en leurs perfonnes ou biens en quelque maniere que ce foit: & ne fera loifible de venir aux armes, ou rompre la Trêve en cette occafion, mais il fera bien permis en cas de dénégation manifefte de juftice de fe pourvoir ainfi qu'il eft accoutumé par Lettres de Marque ou de Repréfailles.

LVIII.

Toutes exhérédations & difpofitions faites en haine de la Guerre font déclarées nulles & tenues pour non faites; & fous les exhérédarédations faites en haine de la Guerre, on entend comprendre celles qui sont faites pour aucunes causes, dont la Guerre seroit procédée & qui en dépendent.

LIX.

Les Sujets & Habitans des Païs desdits Seigneurs Roi & Etats de quelque qualité ou condition qu'ils soient, sont déclarez capables de succeder les uns aux autres, tant par Testament que sans Testament, selon la coutume des lieux ; & si quelques successions étoient ci-devant échues à aucuns d'iceux, ils y seront maintenus & conservez.

LX.

Tous Prisonniers de Guerre d'une part & d'autre seront délivrez, sans paier aucune rançon sans distinction ni réserve des Prisonniers qui ont combattu hors des Païs-Bas, & sous autres étendars & drapeaux, que ceux desdits Seigneurs Etats.

LXI.

Le paiement des arrerages des contributions, qui lors de la conclusion du Traité resteront à paier pour les personnes & biens de part & d'autre, sera réglé & déterminé par ceux qui de part & d'autre ont la surintendance de toutes les contributions.

LXII.

Et ne retournera, ni ne pourra être aucunement interprêté à l'avantage ni au préjudice d'aucun directement ou indirectement tout ce qui durant la Négociation de part & d'autre sera proposé ou allégué de bouche, ou par écrit, ainçois tant lesdits Seigneurs Roi & Etats Généraux & particuliers comme aussi tous Princes, Comtes, Barons, Gentilhommes, Citoiens & autres habitans des Roiaumes & Païs respectivement de quelque état ou condition qu'ils soient, demeureront en leurs droits selon la teneur dudit Traité, comme aussi selon la conclusion d'icelui.

LXIII.

Les Habitans & Sujets desdits Seigneurs Roi & Etats respectivement jouiront réellement de l'effet du quinziéme Article de la précédente Trêve expirée & de l'effet du dixiéme Article de l'Accord ensuivi le septiéme jour du mois de Janvier de l'année mil six cens dix, & ce pour autant que durera le terme de la susdite Trêve, encore que ledit effet n'ait été suivi ni procuré de part & d'autre.

LXIV.

Et seront restituez au Comte de Flodorp les revenus & biens dépendans du Château de Lentz, si aucuns lui en sont detenus, mais non pour ce qui est dudit Château qui demeurera audit Seigneur Roi.

LXV.

Et afin que le présent Traité soit mieux observé promettent respectivement lesdits Seigneurs Roi & Etats de tenir la main & emploier leurs forces & moiens chacun endroit soi, pour rendre les passages libres & les Mers & Rivieres navigables sures contre l'incursion des mutins, Pirates, & Corsaires, & Voleurs, & s'ils les peuvent prendre, les faire châtier avec rigueur.

LXVI.

En outre promettent de ne rien faire contre & au préjudice du présent Traité, ni souffrir être fait directement ou indirectement ; & si fait étoit, de le faire reparer sans aucune difficulté, ni remise : & à l'observation de tout ce que dessus ils s'obligent respectivement (mêmement ledit Seigneur Roi soi-même & ses successeurs) & pour la validité d'icelle obligation renoncent à toutes Loix, Coutumes & autres choses quelconques à ce contraires.

LXVII.

Si le présent Traité ratifié & approuvé par lesdits Seigneurs Roi & Etats & les Lettres de Ratification seront délivrées de l'un à l'autre en bonne & due forme dans le tems de deux mois; & si ladite Ratification arrive auparavant, cesseront dès lors tous actes d'hostilité entre les Parties sans attendre l'expiration dudit terme : bien entendu qu'après la conclusion & signature dudit présent Traité, l'hostilité des deux côtez, ne cessera qu'au préalable la Ratification du Roi d'Espagne ne soit délivrée en due substance & forme & changée contre celle des Etats des Provinces-Unies,

LXVIII.

Si bien que cependant les affaires des deux côtez demeureront en même état & constitution, que lors de la conclusion du présent Traité elles seront trouvées, & ce jusques à tant que la susdite Ratification réciproque sera changée & délivrée,

LXIX.

Sera ledit Traité publié par tout où il appartiendra, incontinent après que les Ratifications de part & d'autre seront échangées & délivrées, & cesseront dès lors tous actes d'hostilité.

Tout ce que dessus sans préjudice & en réservant expressément d'ajoûter & accorder ce qui sera trouvé nécessaire & convenable, outre les précédens articles. Fait à Munster & signé de part & d'autre.

P O U V O I R

De la part de Philippe IV. Roi d'Espagne à ses Ambassadeurs Plenipotentiaires pour traiter de Paix ou de Trève avec la Republique des Provinces-Unies des Païs-Bas. A Sarragosse l'an 1646. le 7. Juin.

DOm Phelippe por la gracia de Dios, Rey de Castilla, de Leon, d'Aragon, de las dos Sicilias, de Jerusalem, de Portugal, de Navarra, de Grenada, de Toledo, de Valencia, de Galicia, de Mallorca, de Minorca, de Sevilla, de Cerdeña, de Cordoua, de Corcega, de Murcia, de Jaen, de los Algarbes, de Algecira, de Gilbratar, de las Islas de Canaria, de las Indias Orientales, y Occidentales, Islas, y Tierra firma del Mar Oceano; Archiduque d'Austria, Duque de Borgoña, de Brabant y Milan; Conde de Abspurg, de Flandres, Tirol y Barcelona; Señor de Viscaya y de Molina, &c.

Por quanto por lo mucho que desseo encaminar el Reposo y tranquilidad de los Suditos y habitantes de las Provincias de los Payses-Baxos, para que descansen de la larga y cruel Guerra, para llegar tanto mejor en Tua Paz general en Europa, en bien de la Christiandad; y aviendose de comun y mutual concierto excogido y señalado la Villa de Munster en Westphalia para el Congresso y Negociacion de la dicha Paz: he hallado por conveniente nombrar personas que en mi nombre ayan de assistir con toda antoridad y Plenipotencia al dicho Congresso, y specialmente con los Estados de las Provincias libres de los Payses-Baxos-Unidos, ò sus Ambaxadores Plenipotenciarios en particular autorizados y deputados teniendo consideracion a la sufficiencia, integridad, prudencia, experiencia, intelligencia y zelo de mi servicio y del bien y reposo Universal de la Christiandad, que concurrent en las personas de Dom Gaspar de Bracamont y Gusman, Conde de Peñaranda, Gentilhombre de mi Camera, de mis Consejos de Camera y Justicia, y mi Ambaxador Extraordinario en Allemagna, Fray Joseph Begañe Arçobispo de Cambray; y Antonio Brun, Consejo de Flandres; y por la satisfaçon que siempre me han dado en differentes y grandes negocios que les han sido encargados y por ellos respetivamente manejados; por tanto confiando enteramente que todos juntos, y cada uno en particular en ausencia ò incommodidad del uno o del otro tendran attencion al mayor bien de la Christiandad y de mis interesses par-

DOm Philippe par la Grace de Dieu Roi de Castille, de Leon, d'Arragon, des deux Siciles, de Jerusalem, de Portugal, de Navarre, de Grenade, de Tolede, de Valence, de Galice, de Majorque, de Minorque, de Seville, de Sardaigne, de Cordoue, de Corsique, de Murcie, de Jaen, des Algarves, d'Algecire, de Gibraltar, Isles Canaries, des Indes Orientales & Occidentales, des Isles & Terre Ferme de l'Ocean; Archiduc d'Autriche, Duc de Bourgogne, de Brabant & de Milan, Comte d'Habsbourg, de Flandres, de Tirol, & de Barcelone, Seigneur de Biscaye & de Molina, &c.

D'autant que je desire procurer le repos & la tranquilité de nos Sujets & des Habitans des Provinces des Pais-Bas, & faire finir par-là une longue & cruelle Guerre; pour arriver d'autant mieux à une Paix générale dans l'Europe, avantageuse à toute la Chrétienté, aiant d'un commun & mutuel concert nommé & choisi la Ville de Munster en Westphalie pour le Congrès & Négociation de ladite Paix; j'ai trouvé à propos de nommer des personnes qui assistent en mon nom avec toute autorité & Pleinpouvoir audit Congrès; particulierement avec les Etats des Provinces Libres des Païs-Bas-Unis, ou leurs Ambassadeurs Plenipotentiaires en particulier, autorisez & deputez. Ayant donc égard à la sufisance, integrité, prudence, experience, intelligence & zèle pour mon service & pour le bien & repos universel de la Chrétienté, qui concourent dans les personnes de Dom Gaspar de Bracamonte & Gusman Comte de Peñaranda, Gentilhomme de ma Chambre, de mes Conseils de Cabinet & de Justice, & mon Ambassadeur Extraordinaire en Allemagne, de Frere Joseph Begagne Archevêque de Cambrai & d'Antoine Brun de mon Conseil de Flandres; aiant égard, dis-je, à leurs grandes qualitez & à la satisfaction qu'ils m'ont donnée dans les differens & grands emplois dont ils ont été chargez, & qu'ils ont exercez; par ces raisons aiant une pleine confiance que tous ensemble & chacun en particulier, en cas d'absence ou d'incommodité de l'un ou de l'autre feront attention au plus grand bien de la Chrétienté, & de mes intérêts

1646.

particulares, los he nombrado por mis Ambaxadores y Plenipotenciarios, y en virtud de la presente les doy a todos juntos, y a cada uno en particular en ausencia o incommodidad de qualquier dellos entera y absoluto Poder para hazer overtura a los Estados de dichas Provincias Libres de los Payses-Baxos-Unidos, ò a sus Ambaxadores y Plenipotenciarios que especialemente fueren autorizados y constituidos para ello, como tambien oir loque mirare à apazar la sobre dicha larga y cruel Guerra sucitada en las Provincias de los Payses-Baxos, y las que della se han originado contra los dichos Estados generales en otros lexos Payses y Mares, y en consequencia d'esto con los dichos Estados Generales de dichas Provincias Unidas Libres o con los dichos sus Ambaxadores y Plenipotenciarios entrar en Negociacion, conferir, proponer, convenir, capitular y concluir uno bueno, firmo y inviolable Trattado de reposo, ses de Paz o de Tregua; promettiendo por mi y por mis Successores de tener para siempre por firme y valido precisa y puntualmente sin falta alguna todo lo que por mis dichos Embaxadores y Plenipotenciarios juntos o cada uno en particular en ausencia y incommodidad de alguno dellos fuere convenido y capitulado en el dicho Trattado con los dichos Estados Generales ò los dichos Ambaxadores y Plenipotenciarios de las sobredichas Provincias Unidas Libres, y assy mismo de approvarlo dentro del termino que reciprocamemte se señalare con confirmacion de juramento y todas otras Solemnidades en tal caso necessarias y acostumbradas. En fe de loqual mando despachar la presente firmada de mi mano, sellada con mi sello secreto y refrendada del inscritto mi Secretario de Estado. Dada en Saragoça a siete de Junio mil seicientos y quarenta y seiz años.

YO EL REY.

P E D R O C O L M A.

Es Copia de la Plenipotencia Original de su Magestad, de verbo ad verbum *que queda en nuestro poder en Munster a 3. de Julio 1646.*

El Conde de P E N A R A N D A.

Fray J O S E P H Arçobispo de Cambray,

A. B R U N.

---

rêts particuliers; je les ai nommez pour mes Ambassadeurs Plenipotentiaires, & en vertu de la presente je leur donne à tous ensemble & à chacun en particulier en cas d'absence ou d'incommodité de quelqu'un d'entre eux, un entier & absolu pouvoir de faire des ouvertures aux Etats desdites Provinces libres des Païs-Bas-Unis ou à leurs Ambassadeurs Plenipotentiaires qui auront été particulierement autorisez & constituez pour cela, comme aussi d'entendre ce qu'on jugera à propos de leur proposer pour apaiser tant la susdite longue & cruelle Guerre suscitée dans les Provinces des Païs-Bas, que celles qui ont été allumées par celle-là contre les Etats Généraux dans les autres Païs & Mers éloignez; & en consequence de ce je les autorise à entrer en Négociation avec lesdits Etats Généraux desdites Provinces-Unies libres, ou avec leurs dits Ambassadeurs Plenipotentiaires, à conferer, proposer, convenir, capituler & conclure un Traité bon, ferme, & inviolable soit de Trêve ou de Paix; promettant en mon nom & au nom de mes Successeurs de tenir toûjours pour ferme & valide precisément, ponctuellement & sans faute aucune tout ce que mesdits Ambassadeurs Plenipotentiaires ensemble ou chacun d'eux en particulier en cas d'absence ou d'incommodité de quelqu'un d'entr'eux, auront accordé & capitulé dans ledit Traité avec lesdits Etats Généraux ou lesdits Ambassadeurs Plenipotentiaires des susdites Provinces-Unies libres; comme aussi de l'aprouver dans le terme dont on sera convenu reciproquement, de le confirmer par mon serment & par toutes les autres solemnitez nécessaires & accoutumées en pareil cas. En foi de quoi j'ai fait dépêcher la présente écrite de ma main, scelée de mon sceau privé, & paraphée par mon Secretaire d'Etat soussigné. Donné à Satagosse le 7. de Juin 1646.

Signé

YO EL REY.

Et plus bas.

P E D R O C O L M A.

C'est la Copie du Pleinpouvoir original de Sa Majesté de verbo ad verbum, *qui demeure en notre pouvoir: à Munster ce 3. de Juillet 1646.*

Signé

Le Comte de P E N A R A N D A.

F. J O S E P H Archev. de Cambrai,

A N T. B R U N.

SOMMAIRE

De la

REMONTRANCE

De la part de Charles, Duc de Lorraine & de son Cousin le Prince François de Lorraine Evêque de Verdun, délivrée en Latin aux Députez des Princes & Etats de l'Empire, à Munster en Westphalie l'an mil six cens quarante-six, au mois de Juillet.

1. A Ce que le Duc Charles soit rétabli en ses Seigneuries, qui sont à présent possedées par la Couronne de France.

2. Et ledit Evêque, en son Evêché, Abbayes, & biens patrimoniaux.

3. Que l'Empereur ne quitte les droits de Souveraineté, jurisdiction & féodalité, qu'il a comme Empereur, sur les Evêchez de Metz, Toul & Verdun.

4. Qu'il y ait des Saufconduits du Roi pour les Députez du même Duc Charles.

I.

Que l'Empereur a promis de bouche & par écrit de ne bailler des Saufconduits aux confédérez de la Couronne de France si le Roi de France n'en donne de même au Duc de Lorraine.

II.

Qu'il ne peut abandonner son Vassal & Allié de l'Empire.

III.

Et moins un Prince qui a été dépouillé de ses Seigneuries en haine de ce qu'il l'a si fidellement secouru & avec tant de frais & perte de ses Sujets.

IV.

Les assistances des Ducs de Lorraine aux Empereurs d'Allemagne depuis Godefroi de Bouillon en diverses occasions.

V.

Qu'il a été conclu en l'Assemblée de Munster qu'on ne laissera de passer au Traité sans le Duc de Lorraine ; & d'autres au contraire ont été d'avis qu'il soit compris au Traité de la Paix générale.

VI.

L'Evêque de Verdun s'oppose & proteste contre la cession & transport à la France par l'Empereur des droits de l'Empire sur ledit Evêché.

VII.

Les intérêts du Duc de Lorraine, de l'Empereur & du Roi d'Espagne à ce que l'Empereur ne céde ses droits sur les Evêchez de Metz, Toul & Verdun.

VIII.

Que l'Evêché de Verdun ne peut être aliéné sans le consentement de l'Evêque.

IX.

Que le Duc de Lorraine est Vassal de l'Evêché de Metz, Protecteur de celui de Verdun, & a plusieurs revenus dans l'Evêché de Toul.

X.

Du droit de marche & jurisdiction du Duc de Lorraine ès Evêchez de Metz, Toul & Verdun.

XI.

Que par le moien du Parlement de Metz, la Couronne de France a usurpé plusieurs droits sur les Evêques & Clergé desdits Evêchez contre la liberté Ecclesiastique, le Concordat Germanique en ce qui est du droit d'élection & autrement, & encore contre les droits du Pape & le danger qu'il y a que l'hérésie s'y établisse.

XII.

Le préjudice du Roi d'Espagne pour le regard du Comté de Bourgogne & Duché de Luxembourg & autres Seigneuries des Païs-Bas si la France retient ces Evêchez.

XIII.

L'intérêt de plusieurs Princes & Comtes d'Allemagne Vassaux de ces Evêchez de ne devenir sujets du Roi de France.

XIV.

L'obligation des Etats de l'Empire au Duc de Lorraine, par la Transaction de Nuremberg en l'an mil cinq cens quarante-deux de l'assister réciproquement.

XV.

Le resultat du Traité de Prague, & de Ratisbonne de ne point conclurre de Paix par l'Empereur & l'Empire que le Duc de Lorraine ne soit rétabli en ses Etats & Seigneuries.

XVI.

Que l'Empereur a déclaré de consentir de céder

céder à la France fes droits fur les Evêchez de Metz, Toul & Verdun pourvû que les intéreffez la ratifient.

XVII.

Qu'il importe à la fureté de l'Allemagne que la Maifon de Lorraine ne foit ruinée.

XVIII.

Que les François par le moien des Evêchez (dont celui de Metz s'étend proche de la riviere du Rhin) peuvent parvenir à de plus grandes conquêtes dans l'Allemagne.

XIX.

Que le Traité entre le feu Roi Louïs XIII. & le Duc Charles en l'an mil cinq cens quarante & un, qui a été extorqué par crainte & violence, n'a été obfervé pour le regard de la reddition de Marfal, & a été auffi-tôt protefté à l'encontre de ce Traité par le même Duc Charles.

XX.

Qu'il n'y a rien à efpérer pour le Duc de Lorraine d'envoier fes Députez en France pour traiter d'un accommodement.

XXI.

Et que le Roi de France veut que fes adhérans le Duc de Wirtemberg, la Landgrave de Heffe-Caffel, le Marquis de Bade-Dourlac & autres traitent de leurs affaires à la Conférence pour la Paix à Munfter, & non à la Cour de l'Empereur combien qu'ils foient jufticiables de l'Empire.

HARANGUE

De Monfieur

BRASSET

à Meffieurs les

ETATS-GENERAUX.

LE Refident de France aiant eu avis de Munfter par Lettre du 19. de ce mois qu'il auroit été figné reciproquement par aucuns de Meffieurs les Plenipotentiaires de cet Etat & ceux d'Efpagne un Ecrit contenant les points & Articles de la Trêve dont ils ont convenu entr'eux, fans y faire mention aucune de l'obligation où eft cet Etat de ne rien faire que conjointement avec la France, & en avoir donné communication à Meffieurs

les Plenipotentiaires de France, ce que ceux de deça ont remis de faire après qu'ils en auroient rendu compte à Meffieurs les Etats-Généraux des Provinces-Unies des Païs-Bas. Et le dit Refident aiant fu qu'avant hier, cela fut fait en l'Affemblée de leurs Seigneuries, il a crû être de fon devoir de lui repréfenter,

Qu'il n'auroit jamais penfé qu'un tel Ecrit eût pu fe paffer en cette forme, puis que c'eft une efpece de Traité réel, où les Parties ont figné, & non une piece de communication, telle qu'on fait ordinairement pour venir à de fimples ajuftemens. Et d'autant que c'eft une action qui va directement contre l'obligation des Traitez faits entre la France & Meffieurs les Etats, de la bonne foi defquels dans l'obligation fincere d'iceux, la Reine Regente ne voudroit jamais douter, vu la créance parfaite qu'elle a de leur fincerité, prudence, gratitude & générofité.

Il fupplie leurs Seigneuries de lui vouloir déclarer par écrit fi cette fignature s'eft faite de leur ordre, aveu & confentement, ou non, afin que Sa Majefté en étant informée, elle ne foit point furprife par les rapports qui pourroient lui être faits fans connoiffance du véritable fondement d'un tel procedé, remettant en leur prudence de confiderer en cas que cela fe foit paffé à leur defçu, ce qu'elles auront à faire pour la fatisfaction de Sa Majefté.

Il les fupplie en outre de ne point prendre de conclufion fur ledit Ecrit, rapport ni fur les points d'éclairciffement demandez par leurs Plenipotentiaires que premierement la Reine Regente ou Meffieurs les Miniftres qui font à Munfter n'aient en conformité des Traitez eu communication de ce qui s'eft paffé, d'autant que ce feroit valider & confirmer une action très-contraire à la bonne correfpondance qui doit être confervée entre la France & cet Etat, dans le cours de cette Négociation, & de plus prejudiciable aux intérêts communs, en ce que les Efpagnols ont en fuite de cet Ecrit rempli leurs peuples d'une créance toute certaine de la conclufion de la Trêve particuliere avec cet Etat, ce qui leur fait plus librement faire des efforts de bourfe, & le retient des refolutions que le defefpoir leur avoit fait prendre, utiles aux uns, & aux autres, comme encores il fe voit que depuis que les Plenipotentiaires d'Efpagne ont conçu une vaine efperance de pouvoir tant gagner dans cet Etat que de les divifer & feparer d'avec la France. Ils fe font retenus de toute Négociation fincere avec ceux de Sa Majefté n'aiant fait que des Propofitions vaines, ou fi fort au deffous de la raifon qu'il a fuffifamment paru de leur mauvaife intention. Car quoi qu'on veuille dire que leur Négociation foit autant ou plus avancée avec la France qu'avec les Etats, cela ne fe trouvera jamais, n'aiant point encore jufques là fait des Propofitions réelles qui fuffent aucunement tolerables. Et il eft certain que rien ne releve leur courage que cet efpoir de divifion, dans lequel ils font entretenus, joint à cela je ne fai quelle vifion d'incidens & refolutions aufquelles ils ne fe devoient plus attendre après y avoir été trompez depuis l'avenement du Roi à la Couronne & l'heureufe Regence de la Reine fa Mere, fécondée d'un très-fage & très-puiffant Confeil, outre ce qui fe voit de toutes parts dans la forme & conduite de l'Armée de Leurs Majeftés tellement que quoi qu'il puiffe arriver de l'artifice de nos ennemis, il y a lieu d'efperer, & de croire, Dieu aidant, que la France demeurant

1646. mettant feule aux mains avec eux elle auroit plus de charge à porter, mais elle n'en feroit pas ruïnée.

PROPOSITION

Faite à l'Affemblée de

LEURS HAUTES PUISSANCES

Les

ETATS-GENERAUX

Des

PROVINCES-UNIES

Par Monfieur de la

THUILLERIE

AMBASSADEUR

De Sa Majefté le

ROI DE FRANCE.

A la Haye le 8. Août 1646.

MESSIEURS.

VOs Hautes Puiffances aiant témoigné hier qu'elles fouhaitoient avoir par écrit les Propofitions que j'ai faites hier de bouche, elles font ici en fubftance autant que j'ai pû me fouvenir des paroles dont je me fuis fervi.

Les differents bruits qui courent ici auffi bien qu'à l'Armée au fujet de ce qui fe paffe dans la Négociation de la Paix générale m'obligent d'avoir recours à vos Hautes Puiffances, étant prêt de partir pour retourner en France, afin de favoir ce que je dois répondre au Roi mon Maître & à la Reine Regente fa Mere, quand Leurs Majeftez me demanderont compte de l'état des affaires qui les concernent ici, & particulierement de ce qu'on dit qu'il y auroit une Trêve conclue entre le Roi d'Efpagne & les Provinces fignée de trois des Plenipotentiaires de vos HH. PP. qui font à Munfter. C'eft de cela dont je demande une déclaration expreffe à vos HH. PP. parce que ce procedé, Meffieurs, me paroît étrange & contraire aux Traitez qu'il y a entre la France & vos HH. PP. ainfi qu'à la fincerité avec laquelle elles ont toûjours gardé leurs paroles; néanmoins j'apprends que certaines perfonnes qui font dans cette affaire ont dit à d'autres en bonne Compagnie, qu'on pouvoit tromper la France. Je ne puis croire que tant de perfonnes fages & diftinguées qui compofent cette puiffante Republique puiffent approuver de pareils difcours, & encore moins qu'ils vouluffent les mettre en pratique. Si j'étois une perfonne qui ne pût juger des affaires que fur les apparences, & fur les actions, j'oferois vous dire qu'elles fe trouvent en quelques-unes tout à fait contraires à ce que nous attendions des Miniftres d'un Etat uni avec le nôtre dès fa naiffance, & qui a reçu de fi grandes & fi tendres marques d'affection, que connoiffant, Meffieurs, votre équité je fuis perfuadé que quand je vous aurai découvert ce qui me donne ces foupçons, vos HH. PP. avoueront elles-mêmes que ce n'eft pas une terreur panique; mais une crainte bien fondée & véritable dont feroient fufceptibles les perfonnes les plus fermes. Je dis donc, Meffieurs, que vous n'ignorez pas les Traitez qui ont été faits entre le Roi & vous, ils font en fi grand nombre qu'il feroit impoffible de les raporter, je me tiens feulement à celui de l'année 1635, & à celui de 1644. Le premier nous fert de regle pour la Guerre, & le fecond pour nous conduire dans la Négociation de la Paix. Vos Hautes Puiffances favent bien qu'il nous prefcrit à cet égard de marcher d'un pas égal dans les Négociations, que l'un n'y avance pas plus que l'autre, que nous déclarions à l'ennemi commun ce que l'un & l'autre exige, & que nous nous aidions mutuellement. Bien loin que les Ambaffadeurs de vos Hautes Puiffances aient obfervé, au moins quelques-uns, ces points, non feulement ils ont pouffé leur Négociation bien plus loin que la nôtre, que je puis dire avec verité n'être pas encore commencée, mais ils ont figné avec les Plenipotentiaires d'Efpagne & arrêté 71. Articles qui terminent tous les différents que ces Etats avoient avec les Efpagnols, fans faire mention de nous, & fans avoir égard aux inftances des Plenipotentiaires de France pour les engager à ne pas aller plus avant & à ne pas figner, contre la parole qu'ils avoient donnée. Ainfi au lieu que l'on devoit s'aider l'un l'autre felon le Traité de l'année 1644. les Ambaffadeurs de vos HH. PP. empêchent par leur précipitation, que nos Négociations n'avancent: & j'ofe dire, Meffieurs, que s'ils avoient vécu avec plus de confiance avec nous, & qu'ils euffent fait paroitre plus de fermeté contre l'ennemi commun, il y a longtems que vous & nous aurions terminé avec lui. Je vois par-là que leur conduite nous fera un tort confiderable, & que fi quelqu'un étoit réfolu de nous faire du mal, il y trouveroit aifément fon avantage.

Pour continuer à découvrir à vos Hautes Puiffances ce qui me donne ces idées, je leur dirai qu'il me paroit tout-à-fait étrange, que les Efpagnols qui étoient vos ennemis irreconciliables, & avec lefquels vous êtes en Guerre depuis 80. ans, femblent être mieux informez de vos intentions que nous qui fommes vos Alliez & vos veritables amis, puifque vous n'ignorez pas, Meffieurs, que les Efpagnols ont publié dès le commencement de l'année qu'ils étoient affurez que vos armées ne feroient aucune diligence, que les François poutroient venir à vous. Le malheur ou un mauvais hazard a permis qu'ils ont été Prophetes, puis qu'après que la Ratification du Traité de Campagne fait en Avril eut trainé jufqu'au 20. Mai, & par lequel on vous donne 1200000. Liv. de fubfide extraordinaire, & l'exécution de celui du fubfide extraordinaire qui vous en affure 300000. autres, aiant trainé jufqu'au 20. Juin; en perdant cinq ou fix jours faute d'avoir preparé les chofes néceffaires pour le fe-

cours

1646.

cours de 3000. Cavaliers, & de 3000. fantaſſins qui ſelon vos intentions ont été menez juſqu'au Canal de Bruges, par ſon Alteſſe Roiale Oncle du Roi mon Maître & par le Duc d'Anguien, premier Prince du Sang : à préſent pour remplir toute cette Prophetie, & donner à toutes les forces d'Eſpagne la liberté de nous tomber ſur le corps, Meſſieurs vos Députez qui ſont à l'Armée, ſont allez chez le Maréchal de Grammont, qui commandoit le ſecours, lui dire qu'il devoit ſonger à ſa retraite, qu'il les pria de favoriſer. Je vous laiſſe juger, Meſſieurs, ſi cela n'eſt pas capable de donner de la jalouſie à ceux qui n'ont pas le don de lire ce qui ſe paſſe dans le cœur des hommes, & ſi une pareille conduite n'encourage pas l'ennemi commun pour notre prejudice & au vôtre. Je vous laiſſe a penſer ſi ce n'étoit pas confirmer tacitement ce Traité & ces Articles ſignez qu'on nous veut faire paſſer pour des Papiers volants. C'eſt pourquoi, Meſſieurs, je demande au nom du Roi mon Maître qu'il vous plaiſe me déclarer ſincerement l'intention de votre Etat que j'aprends de pluſieurs endroits être bien éloigné de nos conventions particulieres, ſi le ſuſdit Traité ou les Articles ſignez ne ſont point de votre aprobation ; repetant ce que vous avez vû dans le Memoire qui a été preſenté par Monſieur Braſſet ici Reſident de Sa Majeſté, ſi votre intention n'eſt pas de reſter fermes dans l'exécution des Traitez ; afin que je puiſſe ſur votre réponſe me regler pour en informer le Roi mon Maître : mais je me flatte ſur la confiance que j'ai en votre ſageſſe que vous ne voudrez pas changer ni vous reconcilier avec l'ennemi, ou pour mieux dire, ſous pretexte de craindre de tout perdre, feindre de le devenir de ceux qui ont toûjours été vos amis & Alliez, & qui vous ont aidé & aſſiſté. J'attends donc que vos HH. PP. ordonneront très-ſerieuſement à ceux qui ont à Munſter le ſoin d'une Négociation ſi importante de vivre avec les Miniſtres, qui y ſont de la part du Roi, d'une maniere à faire ceſſer les juſtes plaintes du prejudice notable que le Roi a reçu par le défaut d'une bonne correſpondance avec ceux qui ſont-là de votre part. J'aurois inſiſté davantage ſur ce point ſi je n'avois pas ſû que vos Hautes Puiſſances étoient pleinement informées de ce que je pourrois dire de plus. Voilà, Meſſieurs, ſurquoi je demande réponſe par écrit, promptement s'il vous plaît à vos HH. PP. afin que quand je ſeraï de retour en France je puiſſe, ſelon le zèle que j'ai pour votre ſervice, entretenir autant qu'il ſera en mon pouvoir la bonne intelligence qui a toûjours été entre la France & cet Etat. J'avois auſſi intention de faire quelques inſtances auprès de vos Hautes Puiſſances pour les engager, ſelon leur obligation du Traité de Campagne, à envoier leur Flotte ſur les côtes, pour favoriſer les deſſeins de ſon Alteſſe Roiale le Duc d'Orleans, qui y eſt avec ſon Armée vers les côtes, qui ſont à couvert de tous ceux qui voudroient s'opoſer à nous de ce côté-ci : Cependant il n'y a pas un ſeul de vos Vaiſſeaux. Je vous demande auſſi de faire ceſſer par votre autorité les entrepriſes de quelques Maîtres de Vaiſſeaux de l'Amirauté d'Amſterdam, contre les cautions qui ont été données envers leſdits Maîtres pour ſureté du paiement des depenſes qu'ils ont fait pour l'équipement de quelques Vaiſſeaux au ſervice de

1646.

S. A. R. & dont l'effet a été empêché par l'Etat, ſans en avoir pû juſqu'à preſent ſavoir les raiſons, puiſqu'il paroît que c'eſt une affaire libre & que cette faveur n'a pas été refuſée à la Suede, au Dannemarck, ni à la Republique de Veniſe, & je crois que vos Hautes Puiſſances trouveront juſte, que puiſque l'Etat nous ôte les moiens de nous ſervir des ſuſdits Vaiſſeaux, il nous garantiſſe des pourſuites que leſdits Maîtres font contre nous.

A la Haye ce 8. Août 1646.

Signé

La THUILLERIE.

REPONSE

De leurs Hautes Puiſſances Meſſieurs les

ETATS-GENERAUX

Des

PROVINCES-UNIES

Sur la

PROPOSITION

Faite par Monſieur de la

THUILLERIE

AMBASSADEUR EXTRAORDINAIRE

De Sa Majeſté le

ROI DE FRANCE.

SUr la Propoſition de Monſieur de la Thuillerie Ambaſſadeur Extraordinaire de Sa Majeſté très-Chrétienne faite dans l'Aſſemblée de Meſſieurs les Etats Généraux des Provinces-Unies le 7 de ce mois, comme auſſi ſur le Memoire de Monſieur Braſſet, du 27. Juillet dernier par raport à certains Ecrits ſignez à Munſter, les Ambaſſadeurs y mentionnez declarent & ſoutiennent que ce n'eſt qu'un recueil en ſubſtance de tout ce qui s'eſt paſſé à Munſter dans les affaires de Hollande, entre les Plenipotentiaires d'Eſpagne & ceux de cet Etat, afin de les pouvoir inſérer en tems & lieu dans un Traité qui ſe feroit à Munſter, comme auſſi pour mieux informer leurs Principaux de l'état de la Négociation de la Paix, & que ces Ecrits n'ont nullement été faits pour ſervir de Traité réel & definitif. A l'égard des promeſſes faites par tous les Plenipotentiaires à Meſſieurs les Miniſtres de France, *de ne pas aller plus avant*, quelques-uns d'eux nous ont ra-

raporté que les mêmes promesses ne pouvoient pas être prises autrement, que *pour les affaires ulterieures & par raport à l'avenir*, mais nullement *sur les points dont on étoit déja convenu & auxquels on avoit consenti*, & dont les Ministres de Sa Majesté avoient toûjours eu communication à Munster.

A l'égard des intentions de cet Etat sur l'un & sur l'autre dont les Ministres du Roi souhaittent avoir une déclaration: Messieurs les Etats Généraux déclarent que leur intention a toûjours été & est encore de rester dans les bornes du Traité, que le Roi & les Etats agiront de concert pour parvenir à la sureté nécessaire au repos par une Négociation qui sera faite conjointement à Munster, le tout en conformité du Traité du 1. Mars 1644. ce que Messieurs les Etats donneront ordre à leurs Plenipotentiaires d'observer exactement.

A l'égard de l'envoi de la Flotte sur les côtes de Flandres, selon le Traité de Campagne, Messieurs les Etats-Généraux déclarent qu'un grand nombre de Vaisseaux sous le Commandement de l'Amiral Tromp, a été dans son tems sur les côtes, mais aiant apris que l'Ennemi n'avoit pas des forces considérables sur mer, mais simplement quelques petites Frégates, qui avoient couru à la faveur de la nuit, comme aussi que l'Armée de France étoit en marche dans le Païs, & non pas sur les côtes de la mer, sans nous informer du dessein de son Altesse Roiale sur le Mardick, l'Amiral a jugé qu'il vaudroit mieux croiser en mer afin d'attraper les Frégates de l'Ennemi, & pendant ce tems-là les Vaisseaux ont consumé leurs Provisions de bouche; ce qui les a forcez à rentrer dans le port, pour y prendre des vivres & y être ravitaillés, & si quelquesuns se sont trouvez avoir encore des provisions ils sont sur les côtes, & afin qu'ils soient plutôt pourvûs dece qui leur peut-être nécessaire, leurs Hautes Puissances ont envoyé des Deputez de leur Assemblée pour presser les Colleges de l'Amirauté: de sorte que nous esperons que dans peu de jours l'Amiral sera sur les côtes avec un bon nombre de Vaisseaux de Guerre pour seconder les desseins de S. A. R.

A l'égard des demandes faites pour arrêter les poursuites de quelques Maîtres de Vaisseaux, qui doivent les équipper pour le service de S. A. R. & qui en seroient empéchez par ceux de la Ville d'Amsterdam, Messieurs les Etats Généraux déclarent qu'on n'a jamais demandé la permission d'équipper aucun Vaisseau de Guerre ni de la part de Sa Majesté, ni de la part de son Altesse Roiale, de sorte que LL. HH. PP. ont été en droit, ignorant cette destination, d'empêcher cet équipement sans être responsables des suites: priant Monsieur l'Ambassadeur qu'il lui plaise à son retour en France, d'informer & assurer le Roi son Maître, & la Reine Regente sa Mere de l'intention sincere de leurs Hautes Puissances. Fait à la Haye dans l'Assemblée de leurs Hautes Puissances le 21. Août 1646.

DECLARATION

De la part des

PROVINCES-UNIES

Des

PAYS-BAS.

Du 21. Août 1646.

1. DE ne point traiter de Paix avec le Roi d'Espagne que conjointement & d'un commun consentement avec la France.

2. De fournir nombre de navires de Guerre sur la côte de Flandre.

3. Et que l'on ne leur a demandé licence d'équipper en leurs Païs des navires pour le service du Roi. A la Haye l'an 1646. le vingtunième Août.

Sur la proposition du Sieur de la Thuillerie Ambassadeur ordinaire du Roi très-Chrétien faite en l'Assemblée des Etats Généraux des Provinces-Unies des Païs-Bas, le septiéme de ce mois; ensemble sur le Mémorial du Sieur Brasset Résident de Sa Majesté livré ausdits Sieurs Etats le 27. Juillet dernier touchant certain Ecrit signé à Munster; les Sieurs Plenipotentiaires y mentionnez déclarent & soutiennent qu'il n'est autre qu'un recueil de tout ce qui s'est passé en substance aux affaires des Païs-Bas entre les Sieurs Plenipotentiaires d'Espagne & ceux de l'Etat des Provinces-Unies pour être en tems & lieu inseré dans un Traité qui se doit faire à Munster; & en outre pour informer tant mieux & plus nettement les Supérieurs en quel terme la Négociation pour un repos y seroit avancée, mais point du tout pour s'en servir d'un Traité réel ou final.

Et quant à la parole donnée par tous les Sieurs Plenipotentiaires & Ambassadeurs Extraordinaires de l'Etat des Provinces-Unies, aux Sieurs Ministres du Roi très-Chrétien à Munster, de ne pas passer outre; quelquesuns d'iceux nous en ont fait rapport que ladite parole n'a pu prendre autre réflexion que sur les affaires ulterieures & à mettre en avant à l'avenir, mais point sur ceux qui étoient déja concertez & ajustez dont les Ministres du Roi à Munster en avoient eu successivement communication.

Touchant l'esprit de l'Etat des Provinces-Unies sur les uns & les autres desquels les Sieurs Ministres du Roi desirent être éclaircis, les Sieurs Etats Généraux assurant que leur intention a été toûjours & est encore de demeurer ferme dans l'observation des Traitez, que le Roi & lesdits Sieurs Etats agiront de concert & avec la fermeté nécessaire dans la Négociation de la tranquilité générale qui se

doit

doit faire à Munster conjointement & d'un commun consentement: & en outre tout en conformité du Traité du premier de Mars 1644. ce que lesdits Sieurs Etats Généraux ordonneront à leurs Plenipotentiaires d'observer ponctuellement.

Sur l'envoi de la Flotte sur la côte de Flandre en conformité du Traité de campagne, les Sieurs Etats Généraux déclarent qu'un grand nombre de navires de Guerre sous le commandement & conduite de l'Amiral Tromp, a garni en la saison plusieurs semaines de suite ladite Côte; mais aiant appris que les Ennemis n'avoient pas force navale de considération dans leur Ports & que quelques petites Fregates s'étant servies de l'obscurité de la nuit avoient fait voile en mer, ce qui étoit fort mal aisé de leur empêcher, joint que l'Armée du Roi s'étant éloignée de la côte, agissant dans le cœur du Pais ennemi sans qu'on nous ait informé du dessein de son Altesse Roiale sur Mardick: ledit Sieur Amiral a jugé à propos d'aller croiser la Mer pour attraper lesdites Fregates ennemies: cependant lui & la plupart des autres Navires de son commandement ont été obligez & nécessitez faute de vivres, de retourner en ce Païs pour être ravictuaillez & radoubez, envoiant néanmoins une partie de ses Navires vers la Côte qui étoit encore pourvue, & afin que ce ravictuaillement puisse être tant plutôt avancé, les Etats Généraux ont renvoié des Commissaires du Corps de leur Assemblée, pour presser ceux du College de l'Amirauté & autres Officiers à qui il appartient, de sorte que nous espérons que dans peu de jours ledit Amiral sera sur la Côte avec un grand nombre de navires de Guerre pour seconder l'intention de son Altesse Roiale.

Sur la demande de faire cesser les poursuites qui se font par quelques Maîtres de Navires qu'ils doivent équipper pour le service de son Altesse Roiale dont l'effet pourroit être empêché par l'Etat des Provinces-Unies, les Sieurs Etats Généraux déclarent que de la part de Sa Majesté très-Chrétienne ni de la part de son Altesse Roiale n'a jamais été demandé licence d'équipper en ce Païs des Navires pour faire la Guerre; desorte que l'Etat des Provinces-Unies de bon droit & d'une juste ignorance du dessein a défendu, par considérations légitimes & raisonnables, l'équipage & sortie desdits Navires, sans que l'Etat des Provinces-Unies puisse être inquieté ou garent des poursuites que lesdits Maîtres font.

Requérant lesdits Sieurs Etats Généraux le Sieur Ambassadeur que lui plaise à son retour en France informer & assurer le Roi son Maître & la Reine Regente sa Mére des bonnes & sinceres intentions de l'Etat des Provinces-Unies. Fait à l'Assemblée des Etats Généraux à la Haye le 21. Août 1646.

Par ordonnance d'iceux.

LA DECLARATION

De la part de la Republique des

PROVINCES-UNIES

Des

PAYS-BAS,

Que leur Armée demeurera en campagne jusques à ce que les Etats-Généraux en aient ordonné autrement & envoieront promtement leurs Navires de Guerre vers la Côte de Flandres.

À la Haye le 26. Septembre 1646.

LE Resident de France aiant appris par les Letres qu'il a reçues de la Cour, & particuliérement par une que lui a écrit le 12. de ce mois Monseigneur le Cardinal Mazarin, qu'après la prise de Furne, la Reine Regente, Mere du Roi, avoit remis à Monseigneur le Duc d'Anguien de s'atacher à telle entreprise qu'il estimeroit le plus à propos; ledit Resident a été informé par un Gentilhomme depêché de la Cour, qui avoit vû investir Dunkerque par toutes les troupes de l'armée de Sa Majesté, icelles camper le 19. de ce mois sur les Dunes à une demie lieue de ladite Ville, & qu'on travailloit promtement à la circonvallation.

Ce que consideré & la conséquence de cette entreprise capable de produire de grands avantages pour les intérêts communs de la France & de cet Etat, lequel peut particulierement profiter d'une si notable occupation des Ennemis (qui sans doute mettront le tout pour le tout afin de conserver une Place qui leur est si importante) & par ainsi emploier utilement ce qui reste de la saison, sans perdre le tems ni l'intérêt de tant de dépenses déja faites, ledit Resident ne doute point que Messieurs les Etats Généraux des Provinces-Unies des Païs-Bas ne songent, selon leur prudence, à profiter d'une si belle rencontre; néanmoins comme il est averti par Lettres à lui écrites de leur armée qu'il y a quelqu'un envoié expressement vers leurs Seigneuries pour entendre leur sentimens sur ce qui sera à faire de leur armée, & même, ce qu'il ne peut croire, qu'il y auroit quelque disposition à la retirer en garnison, il juge être de son devoir & de l'execution des

 ordres

ordres qu'il a, de s'oppofer à une telle refolution, & de protefter formellement que fi
telle refolution venoit à fe prendre, ce feroit
une contravention aux Traitez qui obligent
Meffieurs les Etats, en recevant les fubfides
& affiftances de Sa Majefté, à faire demeurer leur armée en campagne tant & fi longtems que le bien de la caufe commune le
requerrera, & que la faifon pourra le permettre : fe remettant du refte ledit Refident
à ce que Leurs Majeftez jugeront être à faire de confequence de laditte contravention;
& fuplie très-humblement leurs Seigneuries
de vouloir lui donner là-deffus une réponfe
catégorique par écrit.

Fait à la Haye le 25. jour de Septembre
1646.

Signé.

BRASSET.

R E P O N S E

Donnée le 26. Septembre 1646
fur le Memoire du Refident de
France.

LEs Etats Généraux des Provinces-Unies des
Païs-Bas aiant vu & examiné le Memorial
du Sieur Braffet Refident du Roi très-Chrétien, livré hier par écrit, déclarent que l'ar-
mée de cet Etat demeurera en campagne à leurs
ordres ulterieurs; & qu'ils ont écrit aux Pro-
vinces d'envoier promtement leurs Navires de
Guerre vers la Côte de Flandre. Fait à la
Haye le 26. jour de Septembre 1646.

C O N V E N T I O

Inter

PLENIPOTENTIARIOS

C Æ S A R E Æ

MAJESTATIS

Et

R E G I S

CHRISTIANISSIMI

Facta Monafterii Weftpha-
lorum.

Die 13. Septembris anno 1646.

CUm omnes Imperii Ordines e re communi
effe cenfuerint atque etiam optaverint ut
de puncto fatisfactionis Coronarum feorfim per
utriufque Regni Plenipotentiarios cum Cæfarea-
nis ageretur, Cæfarea & Chriftianiffima Ma-
jeftatis Plenipotentiarii de iis quæ ad Galliæ
fatisfactionem pertinent his conditionibus con-
venerunt.

I.

Ut Pacta hæc non aliter conventa intelligan-
tur, aut nullum fortiantur effectum, quàm
fi ea quæ publicum Imperii Statum tangunt
conventa quoque conftitutaque fuerint in
Tractatu Pacis per Germaniam Univerfalis
ad

C O N V E N T I O N

Entre les

PLENIPOTENTIAIRES

De

L'EMPEREUR

Et

D U R O I

TRES-CHRETIEN

Conclue à Munfter en Weft-
phalie.

Du 13. Septembre 1646.

D'Autant que tous les Etats de l'Empire ont
jugé qu'il étoit de l'intérêt commun, &
qu'ils ont témoigné defirer que les Plenipotentiaires des deux Couronnes traitaffent feparement de la fatisfaction qu'ils demandent avec
ceux de Sa Majefté Imperiale; les Plenipotentiaires de l'Empereur & ceux du Roi très-
Chrétien font convenus de ce qui s'enfuit par
raport à la fatisfaction demandée par la
France.

I.

Cet Accord ne fera entendu être conclu &
ne fortira fon effet qu'autant que les chofes
qui concernent l'Etat public de l'Allemagne feront conclues & accordées, dans le Traité de
la Paix générale de l'Allemagne, auquel les
Arti-

1646.

ad quem præsentes Articuli necessariâ conne-
xione referri in eoque includi debebunt.

II.

Deinde ut cum Suecicis Legatis de satisfac-
tione Regni Sueciæ suscepta Tractatio ad finem
perducatur ; utque pari passu Domui Hasso-
Cassellanæ omni ex parte satisfiat.

III.

Postremò ut hoc quidquid est rei circa mu-
tuam satisfactionem ab Ordinibus Imperii
confirmetur & ratihabeatur, cum obligatio-
ne præstandi eventum Conventionis hujus, ut
& cæterarum quæ ad communem Imperii cau-
sam spectant.

IV.

Circa ea quæ ex parte Cæsaris Corona Gal-
liarum præstanda sunt, promittunt Cæsareani
nomine Imperatoris & Imperii consensum da-
turum iri.

Primo quod Supremum Dominium, jura
superioritatis, aliaque omnia in Episcopatus
Metensem, Tullensem & Virdunensem, Ur-
besque ejusdem cognominis, horumque Episcopa-
tuum Districtus & nominatim Moyenvicum, eo
modo quo hactenus ad Romanum spectabant
Imperium, imposterùm ad Coronam Galliæ
spectare debeant; reservato tamen jure Metro-
politano ad Archiepiscopatum Trevirensem per-
tinente.

Nec non restituatur in possessionem Episcopa-
tûs Virodunensis Dominus Franciscus Dux
Lotharingiæ tanquam legitimus Episcopus; &
hunc Episcopatum pacificè adiministrare licebit
& suarum Abbatiarum (salvo Regis & cu-
juscumque privati jure) nec non bonorum
suorum Patrimonialium ubicumque sitorum ju-
ribus, privilegiis, reditibus, & fructibus uti
fruique permittatur; dummodo prius præstite-
rit Regi juramentum fidelitatis nihilque mo-
liatur adversus Regis Regnique commoda.

Transfert etiam Imperator & Imperium in
Regem Christianissimum ejusque in Regno suc-
cessores jus directi Dominii, Superioritatis, &
quodcumque aliud quod sibi & Sacro Imperio
hactenus in Pinarolum competere poterat.

Secundò Imperator pro se totâque Serenissi-
mâ Domo Austriacâ & Imperium cedent om-
nibus juribus, Proprietatibus, Dominiis, pos-
sessionibus, & jurisdictionibus, quæ hactenus sibi,
Imperio & Familiæ Austriacæ competebant in
Oppidum Brisaccum, Landgraviatum Alsatiæ
superioris, & inferioris, Sundgoviam, Præfectu-
ramque Provincialem decem Civitatum Impe-
rialium in Alsatiâ sitarum, scilicet Haguenaw,
Colmar, Slestat, Weissemburg, Landaw, Ober-
henhein, Roshaim, Munster in Valle Sancti
Gregorii, Keisersberg, Turkheim: omnesque
pagos & alia quæcumque jura quæ a dictâ
Præfecturâ dependent, eaque omnia & singu-

Tôm. III. *la*

1646.

Articles suivans devront avoir raport & y être
absolument compris.

II.

On terminera la Négociation commencée
avec les Ambassadeurs de Suede, touchant la
satisfaction demandée par cette Couronne, &
on donnera en même tems satisfaction à la
Maison de Hesse-Cassel.

III.

Les Etats de l'Empire confirmeront & ratifieront ce qui sera conclu par raport à ladite
satisfaction, & ils s'obligeront à faire executer
la presente Convention, & les autres qui concernent la tranquilité publique de l'Empire.

IV.

Les Ministres Imperiaux promettront de
procurer le consentement de l'Empereur &
de l'Empire par raport aux choses qui seront
accordées de la part de l'Empereur à la Couronne de France.

Premierement, le Souverain Domaine, les
droits de superiorité & tous autres sur les Evêchez de Metz, Toul & Verdun, sur les Villes de même nom, sur l'étenduë desdits Evêchez, & nommément sur Moyenvic, apartien-
dront-ci après à la France de la même maniere qu'ils ont dependu de l'Empereur Romain,
sauf néanmoins le droit de Metropolitain reservé à l'Archevêque de Tréves.

Messire François Duc de Lorraine sera rétabli dans la possession de l'Evêché de Verdun
dont il est Evêque legitime, & dont on lui
laissera la paisible administration; de plus il
lui sera permis de jouïr des droits, privileges,
revenus & fruits de ses Abbayes (sauf les droits
du Roi & de tout autre particulier) & de
ses biens patrimoniaux, en quelqu'endroit qu'ils
soient situez, pourvû qu'avant toute chose il
prête au Roi le serment de fidelité, & qu'il
n'entréprenne rien contre les intérêts du Roi
& de son Roiaume.

De plus l'Empereur & l'Empire transportent à Sa Majesté très-Chrétienne, & à ses
successeurs le droit de Domaine direct & de Souveraineté & tout autre que l'Empereur & l'Empire ont pû pretendre & avoir sur Pignerol.

Secondement l'Empereur renoncera pour lui
& pour toute la Maison d'Autriche, & l'Empire renoncera de même à tous droits, pro-
prietez, domaines, possession & jurisdictions
que lui, l'Empire & la Maison d'Autriche a-
voient sur la Ville de Brisach, sur le Landgraviat de l'Alsace superieure & inferieure,
sur le Sundgau, & sur le Bailliage Provincial
des dix Villes Provinciales situées en Alsace, savoir Haguenau, Colmar, Slestat, Weissembourg, Landau, Oberhenhein, Roshaim,
Munster dans la vallée de St. George, Keisers-
bergen, Turkheim, avec tous les villages &
autres droits, quels qu'ils soient, qui dependent
de ce Bailliage qu'ils transporteront à Sa Majesté

1646.

la in Regem Christianissimum , & Regnum Galliarum transferent ; ita ut dictum Oppidum Brisacum cum Villis Hochstat , Niderinbring, Harten, & Acheren ad Communitatem Civitatis Brisacensis pertinentibus , cumque omni territorio & Banno , quatenus se ab antiquo extendit ; salvis tamen ejusdem Civitatis Brisacensis privilegiis ac immunitatibus a Domo Austriacâ antehac obtentis & impetratis

Itemque dictus Landgraviatus utriusque Alsatiæ & Suntgoviæ , tum etiam Præfectura Provincialis in dictas Civitates & loca dependentia ; item omnes Vassalli, Landsassii, Subditi, Homines, Oppida, Castra, Villæ, Arces, Sylvæ, Forestæ, auri, argenti, aliorumque Mineralium Fodinæ, Flumina, Rivi, Pascua, omniaque Jura, Regalia, & appertinentiæ cum omnimodâ jurisdictione & Superioritate, Supremoque Dominio in perpetuum ad Regem Christianissimum , Coronamque Galliæ pertineant, & pertinere intelligantur absque Cæsaris, Imperii, Domûs Austriacæ, vel cujuscumque alterius contradictione, adeo ut nullus omnino Imperator aut familiæ Austriacæ Princeps quidquam juris aut potestatis in his præmemoratis partibus cis & ultra Rhenum sitis ullo unquam tempore prætendere vel usurpare possit aut debeat.

Sit tamen Rex obligatus in his omnibus & singulis Catholicam Religionem conservare, quemadmodum sub Austriacis Principibus conservata fuit , omnesque quæ durante hoc bello novitates irrepserunt, removere.

Dictarum cessionum & renunciationum, quemadmodum supra expressæ sunt, Instrumenta in omni meliori formâ tradentur, cum ab Imperatore tum & Imperio totâque Domo Austriacâ, eo ipso die quo Pacis Tractatum subsignari contigerit ; item postquam Domini Sueci convenerint de restitutione Benfeldæ, æquabuntur solo munitiones, nec non adjacentis Fortalitii Rheinaw, sicut Tabernarum Alsatiæ, Castri Hohenbar & Neoburgi ad Rhenum, neque in prædictis locis ullus Præsidiarius Miles haberi poterit.

Per Magistratus & Incolas dicta Civitatis Tabernarum Alsatiæ neutralitatem accuratè servaturos licebit Militi Regis, quoties postulatum fuerit, tutò liberèque transire.

Nullæ ad Rhenum munitiones in citeriori ripâ extrui poterunt Basilea usque ad Philipsburgum, neque ullo molimine deflecti aut interverti fluminis cursus ab unâ alterâve parte.

Tertio, quod ad es alienum attinet quo Camera Ensisheimiana gravata est, Dominus Archidux Ferdinandus-Carolus recipit in se cum eâ parte Provinciæ quam Rex Christianissimus ipsi restituere debet, tertiam omnium debitorum partem, sive distinctione, sive Chirographaria sive hypotecaria sint ; dummodo utique sint in formâ authenticâ, vel specialem hypothecam habeant sive in Provincias cedendas sive in restituendas : vel si nullam habeant, in libellis rationariis receptorum ad Cameram

---

jesté très-Chrétienne, ainsi que la Ville de Brisach avec les lieux de Hochstat , Niderinbring, Harten & Acheren , qui dependent de la Commune de Brisach avec le territoire, & le ban dans toute l'étendue qu'il a eu de tout tems ; sauf néanmoins les privileges, & immunitez de la Ville de Brisach, qu'elle a ci-devant obtenus de la Maison d'Autriche.

Ledit Landgraviat des deux Alsaces, le Sundgaw & le Bailliage Provincial desdites Villes, & des lieux qui en dependent, comme aussi tous les Vassaux , Habitans, Sujets, Hommes, Villes, Châteaux, Villages, Forts, Bois, Forêts, Mines d'or, d'argent ou d'autres Mineraux, Fleuves, Vaisseaux, Pâturages, tous Droits Royaux, & apartenances avec la jurisdiction quelle qu'elle soit , la superiorité, le haut Domaine qui apartiendront à toûjours & à perpetuité au Roi très-Chrétien & à la Couronne de France ; sans que ni l'Empereur, ni l'Empire, ni la Maison d'Autriche, ni aucun autre quel qu'il soit puisse s'y oposer : enforte que jamais aucun Empereur ou Prince de la Maison d'Autriche, ne pourra pretendre ou exercer aucun droit sur aucun desdits lieux situez en deça & au delà du Rhin.

Cependant le Roi sera obligé de maintenir & conserver la Religion Catholique dans tous & chacun desdits lieux, ainsi qu'elle y a été maintenue sous les Princes Autrichiens, & de changer toutes les nouveautez qui pourroient s'être introduites pendant cette Guerre.

On mettra le jour de la signature du Traité de Paix les Instrumens des susdites renonciations, & cessions dans la meilleure forme de la part de l'Empereur, de l'Empire, & de la Maison d'Autriche : lorsque Messieurs les Suedois auront consenti à la restitution de Benfeld, on en demolira les fortifications, & celles du Fort Rheinaw, qui est auprès, ainsi que celles de Saverne, de Hohenbar & de Neubourg, & l'on ne pourra tenir de garnison dans lesdits lieux.

Les Magistrats & habitans de la Ville de Saverne observant une exacte neutralité accorderont le passage libre aux troupes du Roi toutes les fois qu'on le leur demandera.

On ne pourra bâtir aucun Fort en deça sur le bord du Rhin depuis Basle jusqu'à Philipsbourg, & de part & d'autre on ne pourra en aucune maniere detourner le coûrs du Rhin.

Troisiémement, pour ce qui concerne les dettes dont est chargée la Chambre d'Ensisheim, Monsieur l'Archiduc Ferdinand Charles se charge en recevant la partie que S. M. T. C. doit lui restituer, du tiers de toutes les dettes sans aucune distinction, soit qu'elles soient contractées par promesse, soit qu'elles soient en forme d'hypotheque, pourvu qu'elles soient authentiques ; soit qu'elles aient une hypotheque particuliere dans les Provinces qui doivent être cedées ou restituées, soit qu'elles n'en aient aucune ; pourvû qu'elles soient reconnues dans les livres des

comptes

meram Ensisheimianam respondentium usque ad finem anni 1632. agnita atque inter credita & debita illius recensita fuerint, & pensitationum annuarum solutio dicta Cameræ incubuerit, eamque dissolvet, Regem pro tali quotâ penitùs indemnem præstando.

Quæ verò debita Collegiis Ordinum ex singulari per Austriacos Principes in Diætis Provincialibus initâ Conventione attributa aut ab ipsis Ordinibus communi nomine contracta sunt eisque solvenda incumbunt, de iis inter eos qui sub Dominio Domûs Austriacæ remanent, atque illos qui in ditionem Regis veniunt, iniri conveniens distributio ut unaquæque Pars sciat quantùm sibi æris alieni dissolvendum restet.

Quartò, consensum præstabit Cæsar atque ut Ordines Imperii etiam assentiant dabit operam, ut Regi Christianissimo, ejusque in Regno Successoribus jus sit perpetuum tenendi Præsidium in Castro Philisburg protectionis ergo; ad convenientem tamen numerum restrictum qui vicinis justam suspicionis causam præbere non possit, sumptibus dumtaxat Coronæ Galliæ sustentandum. Patere etiam debebit Regi liber transitus per terras & aquas Imperii ad inducendos milites, commeatum &c. quibus & quoties opus fuerit.

Rex tamen propter protectionem, præsidium & transitum in dictum Castrum Philisburg nihil ulteriùs prætendet, omnimoda Jurisdictio, possessio, omniaque emolumenta, fructus, accessiones, jura, Regalia, servitutes, homines, Subditi, Vassalli, & quidquid omnino antiquitùs ibidem & in totius Episcopatûs Spirensis, Ecclesiarumque illi incorporatarum Districtu, Episcopo & Capitulo Spirensi competebat & competere poterat, eisdem imposterum quoque salva, integra, & illæsa (excepto tantùm jure protectionis) permaneant.

Circa ea quæ ex parte Regis Christianissimi præstanda sunt Plenipotentiarii Gallici promittunt

Primò, quòd Rex Christianissimus restituet Domui Austriacæ & in specie Archiduci Ferdinando Carolo Primogenito quondam Archiducis Leopoldi Filio, quatuor Silvestres Reinfelden, Seckingen, Laufenbergen, & Waldshut, cum omnibus Territoriis & Ballivatibus, Villis, Pagis, Molendinis, Silvis, Forestis, Vassallis, Subditis, omnibusque appertinentiis cis & ultra Rhenum: Itemque Comitatum Houvenstein, Silvam nigram, totamque superiorem & inferiorem Brisgoviam, & Civitates in eâ sitas antiquo jure ad Domum Austriacam spectantes, scilicet Neuburg, Friburg, Enseingen, Kenhtringen, Walckirch, Villingen, & Brenlingen cum omnibus earumdem Territoriis: item cum omnibus Monasteriis, Abbatiis, Prælaturis, Præposituris, Ordinumque Equestrium Commendatariis, cum omnibus Balivatibus, Baronatibus, Castris, Fortalitiis, Comitibus, Baronibus, Nobilibus, Vassallis,

comptes des Receveurs de la Chambre d'Ensisheim jusqu'à la fin de l'an 1632. & qu'elles se trouvent au nombre de leurs *debet* & *credit*; comme aussi ce qui concerne les pensions annuelles de ladite Chambre; Monsieur l'Archiduc se charge de ce payement & indemnisera le Roi de cette quôte part.

Pour ce qui est des dettes dont les Colleges des Etats ont été chargez par quelque Convention faite par les Princes d'Autriche dans les Diettes Provinciales, ou que lesdits Etats ont contractées en leur nom & qu'ils doivent encore payer, il faudra convenir d'une repartition entre ceux qui restent sous la Maison d'Autriche & ceux qui passent sous la Couronne de France, afin que chaque Partie sache les dettes qu'il doit payer.

Quatriémement, l'Empereur consentira, & fera ensorte que les Etats de l'Empire consentent, que Sa Majesté T. C. & ses Successeurs tiennent Garnison dans le Château de Philisbourg seulement pour la protection, & fixé à un certain nombre qui ne puisse donner aucune inquiétude aux Etats voisins; cette Garnison sera entretenue aux dépens de la Couronne de France. Sa Majesté devra aussi avoir le passage libre sur les terres & les eaux de l'Empire pour faire entrer des Soldats & des munitions, vivres &c. dans cette Forteresse, toutes les fois qu'il sera nécessaire.

Néanmoins en vertu de cette Protection, Garnison & passage vers le Château de Philipsbourg Sa Majesté très-Chrétienne ne pourra former aucune prétention. Toute Jurisdiction, possession, émolument, fruits, revenus, droits Royaux, servages, hommes, Sujets, Vassaux, en un mot tout ce qui de tout tems a apartenu ou pu apartenir dans ledit lieu & dans toute l'étendue de l'Evêché de Spire & des Eglises qui y ont été incorporées, à l'Evêque & au Chapitre de ladite Ville de Spire leur seront conservez dans leur entier, à l'exception du droit de protection.

Par raport à ce que le Roi très-Chrétien doit executer les Plénipotentiaires de France promettent

Premiérement, que le Roi très-Chrétien restituera à la Maison d'Autriche & particulierement à l'Archiduc d'Autriche Ferdinand Charles fils ainé du feu Archiduc Leopold, les quatre Villes forestieres, Rheinfeld, Seckingen, Laufenburg & Waldshut avec leurs Territoires & Bailliages, Fermes, Villages, Moulins, Bois, Forêts, Vassaux, Sujets, & toutes leurs dépendances en deça & au delà du Rhin, le Comté de Houvenstein, la Forêt noire, le haut & bas Brisgaw, les Villes qui y sont situées & qui d'ancienneté ont apartenu à la Maison d'Autriche, savoir Neubourg, Fribourg, Enseingen, Kenhtringen, Waldkirk, Villingen, & Brenlingen avec tous leurs Territoires, & tous les Monasteres, Abbayes, Prelatures, Prevôtez & Commanderies des Ordres Militaires, avec tous les Bailliages, les Baronies, Châteaux, Forts, Comtes, Barons, Nobles, Vassaux, Hommes, Sujets, Fleuves,

1646. lis, *Hominibus, Subditis, Fluminibus, rivis, Forestis, Sylvis, omnibusque Regaliis, juribus, Jurisdictionibus, Feudis, & Patronatibus, cæterisque omnibus & singulis ad sublime Territorii jus Patrimoniumque Domûs Austriacæ, toto isto tractu antiquitùs spectantibus : totam item Ortonaviam cum Civitatibus Imperialibus Offemburg, Gengenbach, & Cella ad Ammersbach, quatenus scilicet Præfecturæ Ortonaviensi obnoxiæ sunt, adeò ut nullus omnino Franciæ Rex quicquam juris aut Protectionis in his præmemoratis partibus cis & ultra Rhenum sitis, nullo unquam tempore prætendere vel usurpare possit aut debeat; ita tamen ut Austriacis Principibus prædictâ restitutione nihil novi juris acquiratur.*

Secundò libera sint in universum inter utriusque Rheni ripa ac Provinciarum utrinque adjacentium incolas Commercia & commeatus; imprimis verò libera sit Rheni Navigatio, ac neutri Parti permissum sit naves transeuntes, descendentes, aut ascendentes impedire, detinere, arrestare, aut molestare quocumque prætextu (solâ inspectione quæ ad perscrutandas & visitandas naves fieri consuevit exceptâ) nec etiam liceat nova & insolita Vectigalia, Pedagia, Passagia, datia, aut alias ejusmodi exactiones ad Rhenum imponere; sed utraque Pars contenta maneat vectigalibus & datiis ante hoc bellum sub Austriacorum Gubernatione ibidem præstari solitis.

Tertiò, omnes Vassalli, Landsassii, Subditi, Cives, Incolæ, quicumque cis vel ultra Rhenum, qui Domui Austriacæ subjecti erant, nonobstante qualicumque confiscatione, translatione, donatione per Ducem Bernardum Weymariensem aliosque Militiæ Suecicæ Præfectos post occupatam Provinciam factâ, perque Regem Christianissimum ratificatâ aut proprio motu decretâ, statim post publicatam Pacem bonis suis immobilibus & stabilibus sive corporalia sive incorporalia sint, Villis, Castris, Oppidis, fundis, possessionibus restitui debent, citra ullam exceptionem, meliorationem, expensarum & sumptuum compensationem, quas moderni possessores quomodolibet objicere possint, & citra restitutionem perceptorum fructuum.

Quartò, teneatur Rex Christianissimus non solùm Episcopos Argentinensem & Basiliensem, sed etiam reliquos per utramque Alsatiam Romano Imperio immediatè subjectos Ordines, Abbatemque Murbacensem; & Luderensem, Abbatissam Andlaviensem, Monasterium in Valle sancti Benedicti; Palatinos de Lutzelstein, Comites & Barones de Hanaw, Falkenstein, Oberstein totiusque inferioris Alsatiæ Nobilitatem; item prædictas decem Civitates Imperiales quæ Præfecturam Hagenaensem agnoscunt, in eâ libertate & possessione immediatis quâ hactenus gavisi sunt erga Romanum Imperium, relinquere, ita ut nullam ulteriùs in eos Regiam

Su-

---

ves, Ruisseaux, Forêts, Bois, tous droits Royaux, Jurisdictions, Fiefs, Patronats & tout autre apartenant à la Souveraineté du Territoire & au patrimoine de la Maison d'Autriche dans toute cette Province. Plus tout l'Ortnau avec les Villes Impériales d'Offenburg, Gengenbach, Zell-sur-Hammersbach en ce en quoi elles dépendent de l'Ortnau, enforte qu'aucun Roi de France ne puisse jamais prétendre ni usurper aucun droit ou protection dans lesdites parties en deça ou delà du Rhin, & de maniere que par ladite restitution les Princes de la Maison d'Autriche n'aquièrent aucun nouveau droit. *1646.*

Secondement, le Commerce & les passages feront entierement libres entre les habitans des deux côtez du Rhin & des Provinces adjacentes. Sur tout la Navigation du Rhin fera libre & il ne fera permis ni à l'une ni à l'autre des Parties, d'empêcher, retenir, arrêter, molester sous quelque prétexte que ce soit les Vaisseaux dans leur passage soit en montant ou en descendant (à l'exception néanmoins de la visite des Vaisseaux) il ne fera point permis aussi d'établir sur le Rhin aucun nouveau droit, Impôt, péages, passages &c. & les deux Parties se contenteront des droits & Péages établis avant la Guerre & sous la Régence des Autrichiens.

Troisiémement, tous les Vassaux, Sujets, citoyens, habitans, quelconques en deça ou au delà du Rhin, qui étoient sujets de la Maison d'Autriche, feront rétablis dans leurs Fermes, Châteaux, Villes, terres & possessions, biens immeubles & stables soit corporels ou incorporels, aussitôt après la Paix faite, nonobstant toute confiscation, transport, & donation faites par le Duc Bernard de Wismar, ou autres Généraux des Troupes Suédoises depuis l'invasion de cette Province, & ratifiées par le Roi de France ou faites de son propre mouvement, sans aucune exception, melioration des dépenses ou compensation des frais que les nouveaux posseffeurs pourroient demander, & sans aucune restitution des fruits perçus.

Quatriémement, le Roi très-Chrétien fera obligé de laisser non seulement les Evêques de Strasbourg & de Bâle, mais même les autres Etats & Sujets de l'Empire Romain dans les deux Alsaces, l'Abbé de Murbach, de Luderen, l'Abesse de Andlau, le Monastere de Val Saint Benoit, les Palatins de Lutzelstein, les Comtes & Barons de Hanaw, Falkenstein, Oberstein, & toute la Noblesse de la Basse Alsace, enfin les dix Villes Impériales du Bailliage de Haguenau dans l'entiere jouïssance de leur liberté & de l'immédiateté dont elles ont jouï jusqu'à present à l'égard de l'Empire Romain, & Sa Majesté très-Chrétien ne prétendra & n'exercera sur eux aucune

1646. *Superioritatem prætendere possit, sed iis juribus contenta maneat quacumque ad Domum
Austriacam spectabant & per hunc Pacifica-
tionis Tractatum Coronæ Galliæ ceduntur;
ita tamen ut præsenti hac declaratione nihil
detractum intelligatur de eo omni supremi
Dominii jure quod supra concessum est.*

*Quinto, item Rex Christianissimus pro re-
compensatione Domino Archiduci Ferdinando
solvet tres milliones librarum Turonensium
annis scilicet 1647. 1648. & 1649. in
festo Sancti Joannis Baptistæ, quolibet anno
tertiam partem in moneta bona & proba
Basileæ ad manus dicti Domini Archiducis
ejusque Deputatorum.*

*Sexto, præter dictam pecuniæ quantitatem
Rex Christianissimus tenebitur in se recipere
duas tertias debitorum Cameræ Ensishei-
mianæ sine distinctione, sive Chirographaria
sive Hypothecaria sint; dummodo utraque sint
in forma authentica & vel specialem Hypothecam habeant sive in Provincias cedendas, sive in restituendas; vel si nullam habeant, in
libellis rationariis receptorum ad Cameram
Ensisheimianam respondentium usque ad finem anni 1632. agnita atque inter credita &
debita illius recensita fuerunt & pensationum
annuarum solutio dicta Cameræ incubuerit,
easque dissolvet Archiducem pro tali quota
penitus indemnem præstando : utque id æ-
quius fiat delegabuntur ab utraque Parte
Commissarii statim a supradicto Tractatu
Pacis qui ante primæ pensitationis solutionem
convenient quænam nomina utrique Parti ex-
pungenda erunt.*

*Quod si, præter spem, Tractatus Univer-
salis ad conclusionem perduci nequeat, quæcumque hactenus amore Pacis oblata, dicta
aut facta sunt pro non oblatis, non factis,
non dictis habere debent.*

*Declarant tamen Cæsareani dictum Pacis
Universalis Tractatum non posse concludi,
nisi Galli pari passu Pacem quoque cum
Hispanis tractent & concludant, nec non
restitutionem Ducis Caroli Lotharingiæ ad-
mittant, eumque præsenti Pacificationi inclu-
dant.*

*Gallici vero Plenipotentiarii repetunt, in-
geminant & profitentur clarè non posse hic
admitti aut disceptari causam Ducis Lotharingiæ, cujus rei toties gravissimæ rationes
allatæ sunt, ut eas denuo afferre superva-
cuum, cùm videri possit Bellum Lotharingiæ
a Bello Germanico & origine & tempore plane
diversum peculiares offensionum causas, peculiares Tractatus ; ejurationem Fœderum
cum Domo Austriaca initorum, quod ipsum
ostendit iisdem Fœderibus solutum quoque
esse Imperatorem, vi rei judicatæ exclusio-
nem Ducis à Tractatu Præliminari, totam
denique Negociationis hujus fere triennalis
seriem in quâ supradictis de causis res illa
prorsus intacta remanserunt. Nunc vero sub
instantem tam diuturni tamque impediti
Tractatus exitum, nec novis litibus ac dila-
tionibus*

1646. cune Superiorité Royale se contentant des
droits dont jouissoit la Maison d'Autriche qui
sont cedez par le present Traité, à la Couronne de France; bien entendu que la presente
déclaration ne préjudiciera point au droit de
haut Domaine cédé ci-dessus.

Cinquiémement, le Roi très-Chrétien payera à l'Archiduc Ferdinand un équivalent de
trois Millions de Livres tournois dans les
trois années 1647. 1648. & 1649. au jour
de Saint Jean Baptiste, c'est-à-dire un tiers
de ladite somme chaque année en bonne monnoye dans la Ville de Basle entre les mains dudit Archiduc ou de ceux à qui il en donnera
la Commission.

Sixiémement, outre ladite somme, Sa Majesté très-Chrétienne, se chargera des deux tiers
des dettes de la Chambre d'Ensisheim sans aucune distinction, soit qu'elles soient contractées par promesse, soit qu'elles soient en forme
d'Hypothéque, pourvu qu'elles soient authentiques, soit qu'elles ayent une Hypothéque particuliere dans les Provinces qui doivent être
cedées ou restituées soit qu'elles n'en ayent
aucune, pourvu qu'elles soient reconnues dans
les Livres des comptes des Receveurs de la
Chambre d'Ensisheim, jusqu'à la fin de l'an
1632. & qu'elles se trouvent dans leurs *debit*
& *credit*, comme aussi ce qui concerne les
pensions annuelles de ladite Chambre ; Sa
Majesté se charge de leur payement & indemnisera l'Archiduc de cette quote part, & afin
que cela se fasse dans l'ordre, on nommera
des Commissaires de part & d'autre aussitôt a-
près la conclusion du present Traité, qui, avant
l'écheance du premier terme regleront ce que
chaque Partie doit payer.

Si, contre toute esperance, le Traité de la
Paix Universelle ne se concluoit pas, toutes les
offres faites jusqu'à present dans la vuë de parvenir à la Paix seront tenues comme non faites.

Cependant les Impériaux déclarent que ledit Traité de Paix Universelle ne peut se conclure, si les François ne traitent & ne concluent en même tems avec les Espagnols, &
s'ils ne consentent au rétablissement du Duc
Charles de Lorraine & ne l'admettent dans le
present Traité.

Les Plenipotentiaires de France repetent &
déclarent de nouveau qu'on ne peut ni admettre, ni discuter ici les intérêts du Duc de
Lorraine, ce dont on a si souvent alegué de
si bonnes raisons, qu'il paroit inutile de les
repeter, puisque la Guerre d'Allemagne est
très-differente de celle de la Lorraine & pour
le tems & pour les motifs, les sujets de plaintes sont particuliers, le Traité doit être particulier, il s'agit de renoncer aux Alliances que
ce Prince a contracté avec la Maison d'Autriche; ce qui fait voir que l'Empereur n'est
pas tenu par ces Alliances, que c'est en vertu
d'un jugement rendu que l'on demande préli-
minairement que ce Duc soit exclu du Traité,
qu'il ne convient pas d'entamer de nouveau
cette Négociation qui pour les raisons susdites
dure depuis plus de trois ans, dans le tems
qu'il s'agit de mettre la derniere main à ces
Traitez qui ont couté tant de peine, qui ont
déja

tionibus fortè egent tempora, nec si alienam hanc causam tam intempestivè admittas, aliud nihil consequaris quàm via ad Pacem omnino obstruatur, cum ea iniri non possit nisi caveat Imperator se nullo Ducem Carolum contra Regem auxilio consiliove directè vel indirectè adjuturum, sicuti vicissim cavebit Rex quomodocumque tandem cum Duce transigat ne ei a se ulla adversùs Cæsarem, quovis tempore aut prætextu suppetiæ ferantur, aut omnis turbandæ Pacis remittendæque amicitiæ ansa præscindatur, quam hoc Tractatu inter Imperatoriam & Regiam Majestatem constare expedit. Verumtamen si positis armis Carolus Dux delegatos ad aulam mittere cupiat, humaniter excipientur benigneque audientur in gratiam Cæsaris, omniaque ex bono & æquo cum illis componentur super executione Tractatuum qui ante hac cum ipso Duce pacti sunt.

Ad Hispanos quod attinet juvat & Pacem eo ipso tempore cum illis sancire, ea Regi mens, id consilium fuit ut Pax toto Christiano Orbe constitueretur : sed quandiu Ministri Hispanici restitutionem eorum quæ a Gallis hoc Bello recepta sunt, pretendent, interim ipsi superioribus Bellis oblata non restituent, manifestum est per eos stare quominus Pax fiat; unde omnibus æquis bonisque arbitrandum relinquitur an propterea quies & Pax Germanica diutiùs procrastinanda sit, cùm maximè novissimâ suâ ad Hispanos responsione Gallici Plenipotentiarii, ea media proposuerunt, quæ ad superandas præcipuas difficultates latam viam aperiunt.

déja trainez si longtems, & qu'il n'est pas expedient de traiter plus longtems par de nouvelles disputes; puisque si l'on entre si à contre-tems dans l'examen de ce démêlé, on n'y trouvera que des difficultez capables d'arrêter la conclusion de la Paix puisqu'on ne pourra la faire que l'Empereur ne s'oblige de n'aider le Duc Charles ni directement ni indirectement ni de Conseil ni de secours contre le Roi, & que d'un autre côté le Roi ne promette que de quelque maniere qu'il traite avec le Duc, il n'en exigera jamais de secours, sous quelque prétexte que ce soit contre l'Empereur : en un mot à moins qu'on ne stipule des moyens d'éviter toute occasion de troubler la Paix & de rompre l'amitié que le present Traité doit rétablir entre le Roi & l'Empereur. Néanmoins si le Duc Charles mettant bas les armes vouloit envoyer quelques Ministres à la Cour, ils y seront bien reçus, & eu égard à Sa Majesté Impériale ils y seront favorablement écoutez, & l'on conviendra équitablement avec eux des moyens d'executer les Traitez conclus ci-devant avec le Duc Charles.

Pour ce qui est des Espagnols & la Paix à faire avec eux à present; l'intention du Roi & son dessein est de rétablir la Paix dans toute la Chrétienté; mais tant que les Ministres d'Espagne pretendront la restitution des Conquêtes que la France a faites pendant cette Guerre, pendant qu'ils refusent de rendre celles qu'ils ont faites dans les Guerres précédentes, il est évident qu'ils s'opposent seuls à la conclusion de la Paix. Ainsi on laisse à toute personne impartiale à juger, si pour cette raison on doit différer de rétablir le repos dans l'Allemagne, d'autant plus que dans la derniere réponse que les Plenipotentiaires de France ont faite, il ont proposé des moyens de dissiper les plus grandes difficultez.

PROPOSITION

Faite

AU ROI

De la part de la

REINE DE SUEDE.

EXTRACTUM

Propositionis Legati Suecici ad Regem Christianissimum.

Mense Septembri Anno 1646.

IMprimis Regia Majestas Suecia a Christianissimo Galliarum Rege seriò postulat ut Pa-

EXTRAIT

De la Proposition de l'Ambassadeur de Suede au Roi très-Chrétien.

SA Majesté Suedoise demande très-serieusement à Sa Majesté très-Chrétienne que l'on

1646. *Palatinæ Domûs præcipuè habeatur ratio, & Serenissimus Princeps Carolus-Ludovicus tam in Provincias & Ditiones quàm Dignitatem Electoralem restituatur, præsertim cùm & causæ communis, & Statuum Imperii, & Fœderatorum Regnorum magnoperè intersit, ea ex eo major securitas quam ex nullâ aliâ re iis accedat, quo tam diuturni & gravissimi Belli fomes extinguatur, nec ullæ radices maneant turbandæ imposterum Germaniæ vicinorumque Regnorum: cui accedit quo Domus illa de utroque Regno & nunc & olim optimè sit merita & a conventu Hailbrunnensi firmiter illis adhæserit, ac dicta restitutio ab utriusque Regni Ministris sit promissa.*

Et cùm Altissimus Bavariæ Dux a multo tempore neutralitatis spem fecerit, ac in eum finem per Litteras & Nuntios ad Tractatus speciosa verbis, re inania obtulerit, inde consecutus est ut Rex Christianissimus cum Celsitudine ejus ut Pacis amante & Catholico Principe moderatè agendum statuerit, cùm interea ipse rerum gerendarum occasionem nactus Gallicas copias iteratò adortus & in Fœderatorum Regum perniciem nihil non molitus sit, imò hac æstate ob dilatam armorum conjunctionem res nostras in summum discrimen præcipitarit; quo factum ut Monasterii degentes adversarum Partium Plenipotentiarii animum protinus mutarint, retractare ausi quæ ante sponte obtulerunt, ac omni se periculo defunctos arbitrati, cùm viderent metum a Turcis cessare, Austriam quodammodo liberatam, Suecorum in Hassiâ exercitum ad angusta redactum, dubias in Italiâ res & unitas Provincias Belgii seorsim tractare. Nunc postquam divino auxilio arma denuo conjuncta & præter hostium spem fortiter eluctata sunt, sua Regia Majestas Sueciæ certo persuasum habet, dictum Bavariæ Ducem ad pristinas artes rediturum, apud Christianissimum Regem per Nuntios & Litteras sollicitando ut communium Sacrorum & Religionis intuitu, Statûs & Ditionum ejus ratio habeatur; & Gallicus exercitus Suecis jam conjunctus, citò gradum sistat aut revocetur, quod in Fœderatorum rebus longè exitiosissimum Pacisque Tractatui summo impedimento est: ita Sacra Regia Majestas Sueciæ Christianissimum Regem instanter requirit, Domino Mareschallo de Turenne in mandatis dare velit, ut susceptam expeditionem strenuè prosequatur, unitisque viribus & armis ad finem perducat, nec Regum armis iterum delusis etiam de Pace conceptâ spes evanescat. Nunquam Serenissima Sueciæ Regina in animum inducit Celsissimum Bavariæ Ducem & Provincias ejus armis infestare, aut in Catholicâ Religionis præjudicium quicquam admittere, sed Fœderum pacta in his omnibusque aliis sanctè servare; quinimo dictum Principem eo loco habere quo ipse Rex Christianissimus velit: verùm cùm Celsitudo ejus labantes hostium vires ac potentiam quovis

Том. III.

modo

l'on ait sur tout égard aux intérêts de la Maison Palatine; ensorte que le Sérénissime Prince Charles Loüis soit rétabli dans ses Etats & dans la Dignité Electorale: d'autant plus qu'il est de l'intérêt de la cause commune, dès Etats de l'Empire & des Couronnes Alliées; & que cela seul contribuera plus à leur sureté qu'aucune autre chose, ce qui est capable d'éteindre jusqu'aux étincelles d'une si longue & si rude Guerre, & d'ôter jusqu'au moindre prétexte de troubler l'Allemagne & les Royaumes voisins. Joint à cela que la Maison Palatine a rendu à présent & autrefois de grands services aux deux Couronnes dont elle est restée fidèle Alliée depuis l'Assemblée de Hailbron; outre que cette restitution lui a été promise par les Ministres des deux Royaumes.

Le Sérénissime Duc de Baviere a fait espérer depuis longtems qu'il accepteroit la neutralité, mais après avoir écrit & envoyé les Ministres pour traiter, on trouve que ce ne sont que paroles sans effet. Il s'en est suivi delà que le Roi très-Chrétien a pris la résolution de traiter de Paix modérément avec ce Prince comme avec un Prince qui aime la Paix & qui est aussi Catholique. Sur ces entrefaites ayant trouvé l'occasion favorable, il a attaqué de nouveau les troupes Françoises, & n'a rien oublié pour faire de la peine aux Couronnes Alliées. Et même cet été il a réduit nos affaires dans un très-mauvais état parce qu'on a un peu différé la jonction de nos forces. Il est arrivé delà que les Plenipotentiaires ennemis qui sont à Munster, ont changé de dessein & ont osé retracter ce qu'ils avoient offert d'eux-mêmes; & se croyant entiérement hors de danger, parcequ'ils voyoient qu'ils n'avoient plus rien à craindre du côté du Turc, que l'Autriche étoit en sureté, que l'armée Suédoise étoit comme enfermée dans la Hesse, que les affaires étoient douteuses en Italie, & que les Provinces-Unies vouloient traiter à part. A présent que sous la Protection du Ciel nos forces sont unies, & que contre l'espérance des Ennemis elles se sont vaillamment défendues, Sa Majesté Suédoise est persuadée que le Duc de Baviere aura recours à ses artifices ordinaires, & qu'il ne manquera pas d'envoyer des Ambassadeurs à la Cour de France & de la solliciter par Lettres de prendre ses intérêts sous prétexte qu'il est de la même Religion; il tâchera qu'on donne ordre à l'armée combinée de ne pas avancer ou même de retourner sur ses pas, ce qui seroit très-préjudiciable aux intérêts des Alliés & au Traité de Paix. C'est pourquoi Sa Majesté Suédoise prie instamment le Roi très-Chrétien de donner ordre au Maréchal de Turenne de continuer avec vigueur la Campagne commencée, & de rester uni jusqu'à la fin, de peur que les Rois ne se voyent trompez une seconde fois & que les espérances de la Paix ne s'évanouïssent. Jamais Sa Majesté la Reine de Suede n'a eu intention d'attaquer le Duc de Baviere ou ses Etats, ou de rien entreprendre au préjudice de la Religion Catholique; mais seulement d'exécuter à cet égard & à tous autres le Traité d'Alliance; elle est même disposée à traiter ce Prince comme le Roi très-Chrétien le souhaitera, mais puisque son Altesse fait tous ses efforts

pour

Mmm

1646.

modo ac ratione *fuftentare conetur & huc-ufque contra unitos Reges auctoritate, operâ, confilio, extrema tentarit, Sacra Regia Ma-jeftas Suecia exiftimat publica falutis & fe-curitatis intereffe ut illius molimina fortiter retundantur.*

pour foutenir & rélever s'il fe peut la puiffan-ce & les forces abatues des Ennemis, & que jufqu'à préfent il a mis en œuvre, crédit, for-ce & adreffe contre les deux Rois Alliez, Sa Majefté Suédoife juge qu'il y va de l'intérêt & du falut public de s'opofer à fes entreprifes.

1646.

SECUNDA PROPOSITIO

L E G A T I

S U E C I C I.

Cum Sereniffima Regia Majeftas Suecia, Domina mea Clementiffima, diligenter per-pendiffet, quantùm Confœderatorum Regum interfit, Germanicum Imperium ad antiquam formam ac æquilibrium reduci, Plenipoten-tiariis fuis in mandatis dedit, non modo cum Ferdinandi Imperatoris, fed Chriftianiffimi quoque Regis Miniftris Ordinumque Germa-nia Deputatis agere, ut Domus Palatina in priftinum locum reftitueretur. Teftatus eft Bavaria Dux fatis elato animo omnia fe po-tius amittere paratum, quàm acquifitâ digni-tate ceffurum, confifus in hoc Chriftianiffimi Regis pietati, Auftriacorum Principum Vici-nia, Regionum fuarum firmitati, & in hunc propitia & indulgenti fortuna; acceffit prudentia, & in rebus agendis dexteritas quâ Dominis Plenipotentiariis perfuafit fuâ auctoritate & mediatione Aulam Cafaream inductum iri, ut Fœderatis Regnis planè fatisfieret; tandem Germania Ordinibus fpem fecit fe auctore Pacem infallibiliter confiliatum iri, fi Electorale Decus cum fu-periore Palatinatu fibi relinqueretur. Docuit eventus quo candore egerit, cùm arcta res noftra intentionem proderent, animique fe-creta renudarent : in Tractatu fuper Electo-rali Dignitate media quædam propofita funt, nimirum ut Electoribus feptem octavus ad-deretur, & Bavaria Dux in Collegio pri-mum, Palatinus ultimum locum obtineret; reluctata eft Domus Palatina pro viribus, oftenditque fcriptis longè folidiffimis fe vi & injuriâ gradu illo dejectam. Prudentes ar-bitrati funt alia expectari debere momenta & occafiones, cùm iniquiffimum fit ante viginti demum annos durante bello adfcitum Electo-rem fupremo inter Sæculares loco potiri, vetuftiffimo poffeffore cum indignitate remoto, Bavaricam Domum fatis lucratam quòd fublimi Electorum Collegio adfcripta fit, æ-quitati confentaneum ut Maximiliano provec-

---

SECONDE PROPOSITION

De

L'AMBASSADEUR

De

S U E D E.

LA Séréniffime Reine de Suede, ma très-Clémente Dame, ayant murement exa-miné combien il importe aux Rois Alliez de rétablir en Allemagne, l'ancienne forme de gouvernement & l'équilibre, elle a ordonné à fes Plenipotentiaires de faire enforte auprès des Miniftres du Roi très-Chrétien & de l'Empereur, & auprès des Députez des Etats d'Allemagne, que la Maifon Palatine foit réta-blie. Le Duc de Baviere a donné à entendre qu'il étoit prêt à tout foufrir plutôt que de confentir à rénoncer à fa dignité, fe repofant fur la piété du Roi très-Chrétien, fur le voi-finage des Autrichiens & fur la fituation de fes Etats; il a joint la prudence & l'adreffe à la fortune qui lui eft favorable & il a fu per-fuader aux Plenipotentiaires qu'il porteroit la Cour Impériale par fon crédit & par fa Mé-diation à donner une entiére fatisfaction aux Rois Alliez. Enfin il a fait efpérer aux Etats de l'Empire qu'il moyenneroit abfolument la Paix, pourvû qu'on lui laiffât la Dignité Elec-torale avec le haut Palatinat. L'évènement a fait voir quelle étoit la droiture de fes deffeins, lorfque nos affaires paroiffant en mauvais état, il fit connoître quelle étoit fon intention & quels étoient fes motifs. On a propofé des moyens d'accorder les intérêts particuliers par raport à la Dignité Electorale, comme d'ajou-ter un huitiéme Electorat aux fept autres, & de donner au Duc de Baviere la préféance fur l'Electeur Palatin dans le Collége des E-lecteurs. La Maifon Palatine a rejetté ces ex-pediens autant qu'elle a pu & elle a fait voir par des écrits très-folides, qu'elle avoit été injuftement dépouillée de cette Dignité. Elle a cru prudemment qu'elle devoit attendre une occafion plus favorable, quoiqu'il paroiffe in-jufte qu'un Electeur à qui l'on n'a conféré cette Dignité que depuis vingt ans & pendant la Guerre, jouiffe du premier rang parmi les Séculiers, au préjudice de l'ancien poffeffeur; la Maifon de Baviére a affez gagné d'avoir été reçue dans le Collége Electoral, & que s'il eft jufte de laiffer Maximilien, qui eft fort agé.

1646.

tæ ætatis Principi ad dies vitæ prærogativa maneret, post obitum liberi ejus (non modò in Electoratu novi sed quoque minorennes & in puerili ætate constituti) ordine postremi essent. Si Rex Christianissimus Catholicæ Religionis incrementum respiciat, majorem numerum & vota in Collegio esse, si ad alias causas propriique Statûs rationes, nec hoc pacto eidem quidquàm decedere; in omnibus Pacificationibus Galliæ & Hispaniæ Regum Palatinam Domum ab illis, Bavaricam ab his comprehensam utpote sibi fidam & addictam; officia quæ olim Regno Galliæ a Palatinâ Domo præstita, non tantùm ex situ & commoditate locorum, sed Electoralis dignitatis prærogativâ & splendore profectâ esse, quo sublato, tam efficaces opera vix sperari queant. Quibus consideratis, Serenissima Regina mea a Christianissimo Rege Fratre & Confœderato suo Charissimo omni studio contendit, ut pro restituendâ Domo Palatinâ auctoritate & potentiâ ubivis intercedat; ne afflicti Principes hoc Articulo rerum tam utili ac necessariâ ope destituantur; cùm imprimis occasio permittat & incommoda belli adversariis meliora consilia suggerere possint. Persuasum habet Serenissima Regia Majestas Sueciæ hoc summâ æquitate & justitiâ pulcherrimo Pacis temperamento & utriusque Domûs laude & honore nec non duraturâ ad posteros securitate fieri posse.

Quò respiciant adversariorum Consilia constat ex sequentibus.

Oxenstiernius Plenipotentiarius Sueciæ ad Tractatus Pacis Osnabrugensis misit Landgraviæ Hassiæ Instructionem secretam, quam non modò Galli approbarunt, sed etiam per suum Legatum Hagæ-Comitis in Hollandiâ diligenter consultarunt, cujus Instructionis summa hæc est.

I.

Lactari debere nudâ spe Pacis Electores, Principes ac Status Germaniæ, exceptis Hassis utpote Fœderatis, donec Hispani prorsus in Belgio sint debellati, quod quidem hodie est proxima potentia.

II.

Deinde debere Gallos & Hollandos viribus conjunctis quà data porta in Imperium irrumpere, Cæsarem deponere, abolere Septemvirorum Electorale Collegium, Imperium ejusque compagem dissolvere, formare Rempublicam Aristocraticam, ita tamen ut Gallis Alsatia & quidquid est antiqui limitis Gallici usque in Gueldriam attribuatur, Hollandis verò Episcopatus Monasteriensis, Clivensis

Tom. III.   Du-

1646.

agé, jouir de cette prérogative le reste de ses jours, il ne l'est pas moins qu'après sa mort ses enfans, nouveaux Electeurs & de plus mineurs, ayent le dernier rang. Si le Roi très-Chrétien a égard à l'avantage de la Religion Catholique, elle en tire un très grand de ceci, puisque par là elle a le plus grand nombre de suffrages dans le Collége Electoral; s'il est animé par d'autres motifs & par les intérêts de ses propres Etats, il ne soufre en cela aucun préjudice, puisque dans tous les Traitez de Paix entre les Rois de France & d'Espagne, les premiers y ont toujours compris la Maison Palatine & ceux-ci celle de Baviere comme leur étant fidellement Alliées. Deplus Sa Majesté doit faire attention aux services importans que la Maison Palatine a rendus à la France, non seulement à cause de la situation & de l'avantage des lieux, mais vu sa Dignité Electorale; ensorte que dès qu'elle en sera depouillée ses services ne feront plus aussi efficaces. Fondée sur ces réflexions ma Sérénissime Reine prie instamment le Roi très-Chrétien son très-cher Frére & Allié, d'employer tout son crédit & tout son pouvoir pour le rétablissement de la Maison Palatine; ensorte que ces Princes oprimez ne se trouvent point privez d'une si puissante protection dans une pareille conjoncture, sur tout puisque l'occasion est favorable & que la mauvaise situation où sont les affaires de l'Ennemi peut lui inspirer de meilleurs sentimens. Ainsi Sa Majesté Suedoise est persuadée que cela peut s'exécuter aprésent avec autant d'équité, en faisant servir ce rétablissement à la conclusion de la Paix, que de gloire pour cette illustre Maison & de sureté pour tous, sureté qui passera jusqu'à la posterité.

Il paroit par ce qui suit quelles sont les vues des Ennemis.

Oxenstiern Plenipotentiaire de Suede aux Traitez d'Osnabrug a envoyé à la Landgrave de Hesse une Instruction secréte que les François ont non seulement aprouvée, mais même qu'ils ont communiquée par le moyen de leur Ambassadeur à la Haye. Voici le contenu de cette Instruction.

I.

Qu'il falloit leurrer les Electeurs, Princes & Etats de l'Allemagne de l'esperance de la Paix, à l'exception des Hessois qui étoient Alliez, jusqu'à ce que les Espagnols ayent été reduits dans les Païs-Bas.

II.

Les François & les Hollandois doivent joindre leurs forces & se jetter dans l'Empire par où ils pourront déposer l'Empereur, abolir le Collége Electoral, détruire l'Empire Germanique tel qu'il est établi & établir une République Aristocratique en donnant à la France l'Alsace & tout ce qui étoit autrefois renfermé dans les Bornes de la France jusqu'à la Gueldre, & aux Hollandois l'Evêché de Munster, les Duchés de Cléves & de Berg

Mmm 2   avec

1646.

Ducatus & Montensis cum plerisque Ditionibus inter Rhenum & Visurgim: tamen cum reservatione Catholicæ Religionis & Jurisdictionis solùm quoad personas, & Hassis-Cassellanis Calvinianis Episcopatûs Paderbornensis, pars Westphalica Coloniensis, una cum Marpurgensi & Darmstadiensi ditione cedant.

III.

Quòd si res Bavaro detegeretur & in Belgio minùs prosperè eveniret, ita ut Bavarus ad suas partes alios neutrales traheret & potentior evaderet, videndum esse ut Bavaro persuadeatur & tum Palatinis Ditionibus, tum Francicâ pecuniâ ejus consensus ematur, quo Imperium in se suscipiat : hocque fascino quasi soporifero, Statibus Catholicis inquietis illudatur & veternus inducatur.

IV.

Cùm enim Bavariæ Elector jam devectæ ætatis sit & propè absit a morte, Dominatus Imperatorius brevis erit ; & post ejus obitum nullius deinde Imperator futurus est.

Principibus Germaniæ exemplo esse debere Principes Italicos, eò quòd ipsis integrum erit cum Coronis exteris Fœdera inire, imò singulis licebit more Italicorum Principum in suis Ditionibus se pro Regibus gerere. Suecis denique Pomerania tota concederetur. Acta & Registratura Cameræ Imperialis ducentur Parisios, ubi cuivis Principum jus erit acquirendum.

Hos Articulos Malsburgius Hassicus Commissarius generalis cuidam ex suis intimis prælegit, addens jam nihil esse cur de prioris partis executione dubitetur.

Fore deinceps Principes in Imperio sublimes, minores verò Status & præsertim Nobiles Principibus subditos, imò Mancipia futuros, nihil superesse quod contra opponatur ; hæc jam esse omnino decreta & constituta ut a nemine amplius possint interverti.

His itaque pro principio ita constitutis non contenti adversarii ulterius nimio & solito spiritûs sui fervore ad alia Consilia exagitantur ; constat enim quòd Anglia, Suecia & Hollandia unà cum Germanis Fœderatis novum Fœdus jam sanciunt, inscio & non incluso Rege Franciæ ; cogendum modò Regem Angliæ ad eum modum quo coactus est Rex Daniæ ad Pacem similis norma faciendam, unde talis rerum conditio nascetur & formabitur quæ Catholicis supra modum dura & exitialis evadet.

Et quamvis Electoris Saxoniæ, Huguenotorum Galliæ Hereticorum, Hungariæ & Po-

---

1646.

avec la plupart des Etats situez entre le Rhin & le Weser en y conservant la Religion Catholique & la Jurisdiction seulement quant aux Personnes. A la Branche de Hesse-Cassel Calviniste on donnera l'Evêché de Paderborn, la partie de l'Evêché de Cologne qui est dans la Westphalie avec les Etats de Marpurg & de Darmstadt.

III.

Que si le Bavarois decouvroit le Complot, & que les affaires n'allassent pas bien dans les Païs-Bas, ensorte que le Bavarois put mettre quelques Etats neutres dans son parti & devenir ainsi plus puissant, il faudroit tâcher de lui persuader, en lui donnant les Etats Palatins, & une bonne somme de Louis d'Or, de prendre la Couronne Impériale. De cette manière on leurreroit les Etats Catholiques qui voudroient remuer, & enfin on sauroit les endormir.

IV.

Comme l'Electeur de Bavière est fort agé & qu'il a, pour ainsi dire, un pied dans la fosse, son regne seroit fort court & après lui on ne creeroit plus d'Empereur.

Les Princes d'Allemagne devroient suivre l'exemple des Princes d'Italie à qui il est libre de faire des Alliances avec les Couronnes étrangéres : & même ils pourroient, ainsi que ces Princes d'Italie, vivre en Rois chacun dans ses Etats. La Suede auroit toute la Poméranie & la Chancellerie de la Cour Impériale seroit transportée à Paris où il sera permis à chaque Prince d'en tirer ce qui lui convient.

Malsburg Commissaire général de Hesse a lu ces Articles à un de ses intimes amis, ajoutant qu'il n'y avoit pas à douter de l'exécution de la première partie.

Que les Princes tiendroient le premier rang dans l'Empire & que les Etats inférieurs & sur tout les Nobles seroient Sujets aux Princes & leurs Vassaux, & qu'il n'y avoit rien à oposer, que cela étoit résolu de manière que personne ne pourroit en empêcher l'exécution.

Ceci posé pour principe & pour base, les Ennemis n'en étant pas encore contens & poussez par leur génie bouillant & inquiet formérent encore d'autres projets. Car il est certain que l'Angleterre, la Suede, & la Hollande travaillent à une nouvelle Alliance avec les Allemans Conféderez à l'insu du Roi de France qu'ils en ont exclu ; il faut seulement contraindre le Roi d'Angleterre comme on a contraint celui de Dannemark à faire une Paix toute semblable, ce qui mettra les choses dans un Etat à faire craindre tout ce qu'il y a de pire aux Catholiques.

Et quoiqu'on ne dise mot de l'Electeur de Saxe, des Huguenots de France, de Hongrie, de

Poloniæ & aliorum nulla fiat mentio, non est tamen dubium quin omnes sint in eâdem navi, iisdemque remis incumbant, & non modò in Catholicos Germaniæ, sed & in ipsum Regem Franciæ & tandem in Italiam & Hispaniam (nisi Deus prohibuerit) exitium & extrema quaque meditentur.

de Pologne & des autres, il n'y a pas à douter qu'ils n'y soient tous compris, qu'ils ne mettent la main à l'œuvre avec les autres non seulement contre les Catholiques d'Allemagne, mais même contre le Roi de France, & qu'ils ne portent ensuite le fer & le feu, si Dieu n'y met la main, jusques dans l'Italie & l'Espagne.

NEGOCIATION

Du Traité de

MUNSTER

Entre Leurs Majestez de

FRANCE

Et

D'ESPAGNE,

Contenant les prétentions, demandes & Réponses des deux Couronnes de France & d'Espagne.

TOut ce que l'on a donné de la part d'Espagne, par les Médiateurs, aux François, jusques au troisiéme de Septembre en diverses propositions, est la Ville d'Arras avec tout ce qu'ils tiennent dans le Païs d'Artois, Landrecis en Hainaut, & Damvilliers dans le Païs de Luxembourg; & que l'on ne prendra si près garde à deux ou trois Villes que les François tiennent dans le Païs-Bas, ajoutant à ces offres le Comté de Roussillon, aussi une Trève de quatre ans pour décider les différens de Catalogne, laissant les affaires de Portugal à part sans en faire mention au Traité. Que touchant aux Etats d'Italie, si les François rendoient à leurs Princes ce qu'ils possédent en Savoye & Mantouë, Sa Majesté d'Espagne rendroit aussi Verceil & Vercellis, réservant toûjours le droit de la Princesse Marguerite, & de sa Fille la Duchesse de Mantouë; & si les François vouloient persister de tenir Pignerol,

que sadite Majesté se conformeroit aux offres de Sa Majesté Imperiale; & pour cela si les François veulent démolir les fortifications de Casal & rendre ladite Ville & autres à leurs Princes, l'Espagne rendroit aussi Verceil & Vercellis & avec cela renoncera au droit qu'elle a sur l'Alsace, pour ratifier le don qu'en fera Sa Majesté Imperiale à la Couronne de France. De plus les conditions doivent être telles que sont ordinairement celles d'une Paix amiable, entre deux Couronnes; les François rendant ce qu'ils possédent de plus dans le Païs-Bas, Bourgogne, & Artois avec permission de Commerce libre & paisible avec l'Empereur & autres Princes de la Maison d'Autriche, dès Electeurs, Princes & Etats de l'Empire & le Duc de Lorraine & autres clauses, comme on a coutume d'user pour l'assurance des Traitez de la sorte.

REPONSE

Dès

FRANÇOIS.

LA Réponse des François est telle, à savoir, qu'ils veulent tenir tout ce qu'ils ont pris dans le Païs-Bas & Bourgogne; que touchant la Catalogne ils seroient contens d'entrer en Trève avec l'Espagne, toutes choses demeurans en même état de côté & d'autre comme elles sont à présent, y comprenant Flix nonobstant qu'il est de la Maison d'Arragon; & qu'on comprendra aussi la Ville & Havre de Roses dans les offres du Roussillon & que la France accorderoit de faire une Trève avec le Portugal, laquelle finira alors que finira celle que feront les Etats Généraux avec Sa Majesté d'Espagne; qu'on relâchera aussi-tôt la personne de Dom Edouard de Bragance; entendu pourtant que tout ceci sera, la France réservant toûjours la prétention du Royaume de Navarre. Touchant les affaires d'Italie, la France demande que l'Espagne rende au Maréchal de Prinar Sabionette, veut aussi qu'on fasse une Ligue avec les Princes d'Italie pour l'assurance de cette Paix des deux Couronnes; comprenant qu'ils seront tous obligez à prendre les armes contre celui qui la rompra premier. Pour ce qui est de Casal, elle demande qu'on leur propose d'autres moiens,

 s'ils

1646.

s'ils prétendent de se tenir à Pignerol : & touchant la Savoye & Mantouë ils se veulent tenir aux Traitez précédens de Querasque & Mouzon, y ajoutant que Granpunts ou les Grisons devoient être remis dans l'Alliance de la France, comme ils ont été l'an 1617. & que touchant le Duc de Lorraine, que Sa Majesté d'Espagne n'y avoit rien à prétendre que de s'obliger qu'elle ne l'assistera jamais directement ni indirectement.

INTERPOSITION

De Messieurs les

ETATS-GENERAUX

Des

PROVINCES-UNIES.

LE Traité se trouvant en tel état sans qu'on y touchât de côté ni d'autre, à cause de la résolution que les François montroient, les Plenipotentiaires des Etats susdits vinrent au logis du Comte de Peñaranda le 17. de Septembre pour l'exhorter, se servant de raisons fort persuasives, à cette fin qu'il sît une déclaration plus ample pour le repos de la Chrétienté & la conservation des Païs-Bas, vu la grande prospérité des armes Françoises: qu'iceux leur avoient déclaré leur derniere résolution, à savoir qu'ils veulent tenir tout ce qu'ils ont dans les Païs-Bas; une Trêve avec la Catalogne pour si long-tems comme on conclurra avec les Etats-Généraux & qu'on ne se mêleroit point du Portugal. Ledit Comte dit qu'il y songeroit, & pour montrer sa sincérité & sa confiance ausdits Etats-Généraux, & combien de desir il avoit de travailler avec leur bienveillance & les obliger, leur répondit le jour d'après, leur donnant plein & absolu pouvoir d'être Médiateurs entre sa cause & celle de France; ce que les Plenipotentiaires ont accepté, l'estimant à grand honneur & remerciérent ledit Comte grandement de sa sincérité & résolution, protestant d'avancer les intérêts de la Couronne d'Espagne avec la même diligence que les leurs propres; reconnoissant la grande obligation qu'ils avoient audit Comte, à cause de sa confiance en iceux; & à quoi ils s'étoient obligez par la demande qu'il leur avoit fait pour être les Médiateurs. Voiant donc que lesdits Médiateurs étoient disposez à la Paix, que l'on doit espérer, moiennant tout ce qui est prédit, tout viendra à perfection; ce que les François disoient pouvoir conclurre en vingt-quatre heures; & lesdits Médiateurs firent aussi connoître qu'ils ne vouloient nullement entendre que leur Trêve & celle de

Catalogne se fit avec même formalité, tant touchant les tems que les paroles, & pour éviter cela, il pourroit arriver qu'au lieu de Trêve, ils feroient une Paix éternelle avec Sa Majesté. Ainsi les Etats commencérent l'affaire, & (sous autre prétexte) allérent à Osnabrug, où pour lors, étoient les Plenipotentiaires de France, & après être retournez à Munster rendirent réponse fort ample de ce qui leur étoit arrivé avec les François, & comme ils s'étoient comportez pour commencer & conclure cette Négociation. Ils disoient qu'après tout ce que les François leur avoient dit, qu'il leur avoit couté beaucoup de peine d'exclurre de cette Négociation, le Roi de Portugal, & que ce qui pouvoit reculer davantage la conclusion, selon leur opinion, étoit la séparation qu'ils vouloient faire de Roses & du Roussillon, & aussi la retention de Dom Edouard de Bragance, le priant de n'y point faire de difficulté, mais qu'on le devoit finir au plutôt.

Enfin lesdits Médiateurs donnérent par écrit les articles qu'ils avoient traitez avec les François, étant ceux-là desquels on est des deux parties d'accord ou point, selon les différentes demandes, réponses & repliques.

Enfin l'Espagne accorde de céder à la France tout ce qu'elle possède à présent dans le Païs-Bas, comme dans le Comté de Bourgogne & Charolois. La France ne vouloit pas conclurre jusques à ce que la Ratification seroit venue; l'Espagne répondit qu'il n'étoit pas besoin d'attendre la ratification des Rois pour confirmer ce qu'on aura traité, suivant le Pleinpouvoir qu'ont les Ministres des deux Couronnes, parceque Leurs Majeztez ont promis dès le jour qu'ils étoient arrivez, d'approuver & accorder tout ce qui seroit conclu par leurs Plenipotentiaires, comme il paroit par leurs Lettres de Pleinpouvoir : pour cela, on trouve que pour parvenir à la conclusion que l'on souhaite & une cessation de toute sorte d'hostilitez, dans le tems qu'on prendra à attendre la ratification, on pourroit exécuter beaucoup. Surquoi la France répondit qu'elle en étoit contente, si on fait la même chose avec ceux de Hollande, & présupposé qu'après avoir signé les Traitez de côté & d'autre, & que toute sorte d'hostilitez cessât, on ne laisseroit pas pourtant de faire venir la Ratification, & toutes les autres formalitez seront observées, & le serment, comme on a fait au Traité de Vervins.

L'Espagne touchant ce point d'attendre la Ratification se rapporta à ce qui seroit fait entre les Etats-Généraux & leurs Ministres, & sur cela toutes les deux Parties demeurent d'accord.

La France prétend que tout le Comté de Roussillon, dans icelui compris tous les Ports & lieux jusques à Roses, demeureroit éternellement au Roi de France. Fut répondu que par le Comté de Roussillon on entend tout ce qui est depuis Pertas jusques à la France, sans que jamais ladite Ville de Roses ait été appartenante audit Comté, & que par cela on ne trouveroit pas raisonnable de vouloir ôter les choses de leur être naturel & changer & confondre les limites des Provinces; & que pour cela la raison veut que Roses demeurât & fût comprise dans la Principauté de Catalogne. Nonobstant, la France persistoit en sa demande, & pour cela le Comte de Peñaranda remettoit aussi ce point à l'arbitrage des Etats, afin que quand on ajusteroit les autres

points,

1646.

points touchant la Paix, ils l'accorderoient aussi; non autrement.

Après la France repliqua que l'on leur devoit donner Roses avec toutes ses dépendances, y comprenant la Ville & Port de Cadaques au Roussillon. Surquoi le Comte répondit aux Plenipotentiaires des Etats que le Port de Cadaques étoit aussi bon, voire meilleur que celui de Roses, & que l'un aussi bien que l'autre appartient sans aucun doute à la Principauté de Catalogne, sans qu'ils eussent aucune chose de commun avec le Comté de Roussillon ; & qu'il étoit hors de raison de demander Cadaques comme dépendances, étant aussi considérable & plus que Roses, comme est dit ci-dessus; mais que nonobstant tout cela la Paix ne laisseroit pas de se faire quand lesdits Plenipotentiaires desdits Etats donneroient leur parole qu'il ne restoit que cela tout seul; & pour cela ce point de Cadaques demeura en ces termes.

La France demanda que pour la perpétuité de ce que l'Espagne leur céde, on devoit faire un Traité de Paix dans lequel on comprendra la renonciation en telle forme qu'ils peuvent être mis à la Couronne de France ; & on demeurera d'accord qu'on donneroit toute satisfaction au nom de Sa Majesté d'Espagne.

La France desira que touchant la Principauté de Catalogne on feroit une Trêve de tant d'années comme en celle que l'on feroit avec la Hollande, sans pourtant le spécifier dans le Traité; & qu'on tiendra ladite Trêve de Catalogne en bonne foi sans exercer aucune hostilité ni stratagême au contraire, de quoi on donnera bonne assurance, y ajoutant des précautions apartenantes.

L'Espagne répondit qu'elle se mettoit tout à l'arbitrage des Etats touchant le tems de la Trêve. Surquoi on répondit que ladite Trêve ne se pouvoit point accorder touchant la formalité & le tems, comme on a dit ci-dessus, conforme à celle de Hollande & que touchant la précaution & assurance, l'Espagne procéderoit à la bonne foi. La France prétendoit que cette Trêve fût de trente ans, nonobstant le Traité de la Paix entre la Hollande & l'Espagne: il laissa ainsi cela à l'arbitrage des Etats, & qu'on accorderoit ce point quand on feroit d'accord des autres, & point autrement. Sur les affaires d'Italie & Granpunts, les Plenipotentiaires de France se sont déclarez aux Etats, que le Roi d'Espagne rendroit aux Ducs de Savoye & Mantoüe ce qu'il posséde d'eux, principalement Verceil & Vercellis ; mais que le Roi de France rendroit aussi ausdits Ducs ce qu'il posséde dans le Piémont & Montferrat, savoir Abilano, le Château de Turin, Crescentin, Chinon, Berne, Turin & toutes les autres Places situées dans le Montferrat, la Ville & Citadelle de Casal & tout ce qui appartient audit Montferrat, excepté Pignerol avec ses dépendances, comme cela est spécifié entre la France & la Savoye, & que ladite Ratification se feroit d'un même tems réciproquement. L'Espagne disoit qu'elle avoit déja présenté & présentoit encore de rendre tout ce qu'elle tenoit dans la Savoye & Mantoüe à leurs Princes légitimes, vû que cela est l'unique moien de conserver la Paix en Italie; à condition que les François cédent de même ce qu'ils tiennent de leur côté. La France accorda que des deux cotez la restitution se feroit en même tems, exceptant seulement Pignerol, s'accordan: aussi que le droit de la Princesse Marguerite seroit maintenu :

tellement que les deux Parties demeurérent d'accord de ce point.

Mais quelques jours après contre les Articles susdits est venu prétendre que la Ville de Casal devoit recevoir une Garnison de Suisses sous le nom du Duc de Mantoüe auquel seul elle feroit le serment de fidélité, le renouvellant tous les ans en présence des Députez de France & de la République de Venise, & que ladite Garnison y seroit aux dépens de la Couronne de France ; que le Gouverneur qui y est à présent demeurera, & que quand celui-là seroit changé, le Duc de Mantoüe en nommeroit un de ses Sujets du Montferrat, avec approbation toutefois de Sa Majesté de France ; ce qui est à dire que Casal demeurera comme il est à présent, savoir à la France, quoiqu'on lui donne une autre couleur: tellement que la République de Venise contribueroit aussi une partie du paiement desdits Suisses qui seroient dans Casal & qu'elle desiroit cela, étant pour l'assurance de la Paix; afin que si l'Espagne la vouloit rompre, attaquant quelque Province dans la France, en tel cas Casal demeureroit à la France, jusques au temps que le différend seroit accordé; & s'il arrivoit que la France vînt à attaquer quelque Province du Roi d'Espagne, en tel cas la Garnison de Casal seroit dispensée de l'obligation qu'elle auroit à la France, la laissant toute à la disposition du Duc de Mantoüe, dans quoi la France a encore cette considération de pourvoir que cette Place ni le Païs de Montferrat ne tombe de la Maison de Mantoüe entre les mains d'un Prince de la Maison d'Autriche, ou par mariage ou autre moien, à quoi se doit obliger ledit Duc de Mantoüe & sa Mére comme Tutrice. De plus on devoit offrir que le Pape, les Ducs de Savoye, Florence, Modéne & Parme, comme aussi les Républiques de Venise, Gennes, & Luques demeurassent cautions de cela. Les Plenipotentiaires d'Espagne ont répondu que ce qu'on prétendoit touchant Casal étoit une nouveauté, & tout à fait contraire à ce qui avoit été conclu au commencement, à savoir que pour plus grande assurance de la Paix d'Italie, les deux Couronnes rendroient à leurs Princes légitimes tout ce qu'ils y possédent à présent, dans quoi Casal a été compris, sans limitation en façon quelconque de la part d'Espagne : en considération de la Paix on a accordé que le Roi de France demeureroit en possession de Pignerol suivant les offres qu'a faites Sa Majesté Imperiale touchant cette Place, dans lesquelles on devoit déclarer que la France avoit offert de rendre aux Princes qui ont été du côté du Roi d'Espagne & qui lui sont encore Confédérez & Alliez depuis le commencement de la Guerre, & que le Roi d'Espagne rendroit au Duc de Savoye qui a été contraire à lui & qui encore lui fait la Guerre; néanmoins pour montrer la sincérité avec laquelle on procéde de la part d'Espagne, on demeureroit d'accord d'un des trois articles suivans, savoir est, que toutes les deux Parties tiendront ce qu'ils possédent dans le Montferrat & le Piémont, jusques au tems que la Ligue soit faite entre les Princes d'Italie ; ce qui ne servira pas seulement pour conserver le Traité de la Paix, mais aussi pour l'assurance de la France; que Casal ne tombera pas entre les mains d'autres Princes que ceux de la Maison de Mantoüe, ou bien qu'on le mettra entre les mains du Pape ou de la République de Venise, nife, ou finalement qu'on démoliroit toutes les Fortifications de Cazal, préfupofant qu'en aucune façon directement ou indirectement demeureroit dans ladite Ville ou dépendances ni Officier ni gens de Guerre aux dépens de l'une ni de l'autre Couronne. Nonobftant ces offres la France perfifta toûjours dans fa premiere réfolution, & difoit que cet Article ne permettoit point de remife.

La France vouloit que les Traitez de Querafco & Moufon fuffent exécutez, hormis ce qui par le préfent Traité feroit changé. L'Efpagne difoit que dans le Traité devoient être compris tous les intérêts des deux Couronnes, tels qu'ils puiffent être, fans qu'il feroit befoin de nommer aucun autre Traité ni s'y référer, vû que delà pouvoient naitre des empêchemens, lefquels reculeroient la conclufion qu'on defire. La France perfifta, difant qu'il étoit du tout néceffaire au Traité de la Paix de fe référer aux Traitez de Querafco & de Moufon, pour le repos de l'Italie, & pour maintenir ce qui eft accordé entre les Ducs de Savoye & de Mantouë, & que la France préfenta de paier à la Maifon de Mantouë ou affigner là où on trouveroit bon la fomme par ledit Traité de Querafco mentionnée, & touchant celui de Moufon, elle vouloit bien qu'on lui montrât le dernier qui a été fait à Milan avec ceux de Grandpunts, pour montrer la médiocrité qu'on devoit tenir en cette affaire. L'Efpagne fatisfit pour cela, difant que touchant le Traité de Querafco, Sa Majefté s'accorde de le fuivre tant que fon propre intérêt le permettra; mais qu'elle ne pouvoit rien faire en ce qui ne la touche pas immédiatement, & qu'avec raifon on ne pouvoit lui impofer. La France fe montra contente, à condition que ni l'une ni l'autre Couronne n'affifteroient aucun des Princes intéreffez, qui contre ledit Traité de Querafco feroit quelque chofe, mais qu'au contraire elles prendront les armes à la main pour les contraindre à le tenir: touchant celui de Moufon que tout feroit remis au regard de la France & d'Efpagne comme il étoit l'an 1617, favoir eft que les deux Rois auront paffage par Grandpunts & Valteline & la même Alliance qu'ils avoient alors. L'Efpagne dit derechef que fon Maître de fa part étoit content d'exécuter le Traité de Querafco, & qu'il n'étoit pas raifon de defirer davantage de lui; mais qu'on trouvoit bon que ni Sa Majefté ni le Roi de France ne donneroient affiftance à ces Princes qui voudroient prendre les armes au contraire. La France répondit que l'Efpagne étoit obligée d'exécuter le Traité de Querafco, quoiqu'elle n'avoit point de fondement: vû que dans icelui perfonne de la part d'Efpagne n'avoit traité avec Pleinpouvoir; & tellement la France demeura fur les premiéres pétitions, & que touchant Grandpunts qu'on déclaroit que les uns auffi bien les autres auroient paffage libre par ledit Païs, & qu'on maintiendroit l'ancienne confédération de la France avec lefdits Grandpunts & Valteline, & qu'en toute autre chofe touchant le Commerce, Gouvernement & accommodement de ceux de Grandpunts & Valteline, le Traité de Milan feroit fuivi. Surquoi l'Efpagne répliqua ce qui eft dit ci-deffus; & touchant Grandpunts, Sa Majefté d'Efpagne ne s'intérefferoit ni empêcheroit le recouvrement des paffages que la France prétend par lefdits Païs, ni auffi l'ancienne Confédération, puifque c'eft une chofe qui dépend de ceux de Grandpunts & Valteline; & par con-

féquent cela fe devoit négocier avec eux. Surquoi la France répliqua, fe conformant à ce que l'Efpagne accordoit touchant le Traité de Querafco, à condition que les deux Royaumes employeroient leur autorité pour empêcher & réparer les transgreffions, & fi cela ne fe finiffoit pas fitôt, le Roi de France aura pouvoir d'affifter celui des Princes qui eft oppreffé, fans que l'Efpagne puiffe donner affiftance à la partie contraire: & que touchant Grandpunts & Valteline, & pour mieux faire entendre l'intention de côté & d'autre, les Plenipotentiaires mettront la chofe par écrit. En ces termes eft demeuré aujourd'hui cet Article fans qu'on y ait procédé davantage.

La France defiroit qu'une Ligue fût faite entre les Princes d'Italie pour l'affurance de ce qui feroit conclu dans le Traité préfent, touchant l'Italie, de la part du Roi d'Efpagne. On eft déja d'accord de tout ce qui touche l'entiére affurance d'Italie.

La France ajouta encore qu'on devoit à l'heure même rechercher des moiens d'avancer ladite Ligue, & qu'à cette fin on devoit traiter avec les Miniftres des Princes d'Italie qui étoient à Munfter. L'Efpagne répondit qu'elle étoit contente d'une telle Ligue, qu'on feroit pour l'affurance de l'Italie, & qu'on ne pouvoit plus rien demander au Roi d'Efpagne, mais à ceux que la chofe touche. La France perfifta qu'il étoit befoin, pour parvenir audit Traité, que de la part du Roi d'Efpagne les mêmes inftances devoient être faites aux Miniftres des Princes d'Italie qui font à Munfter, comme feront faites de la part du Roi de France; afin que la Ligue fût conclue. Les Miniftres d'Efpagne ont accordé faire le même à ceux des Princes d'Italie qui font à Munfter, pour avancer ladite Ligue, fans que cela empêche la conclufion du Traité de la Paix; & la raifon pourquoi ils ne l'avoient fait étoit de n'avoir pas voulu publier le Négoce qui court entre les mains des Etats: de quoi l'un & l'autre s'étoit obligé. A quoi ceux de France repondirent qu'ils vouloient bien favoir quelles inftances feroient faites de la part d'Efpagne aux Miniftres d'Italie, fouhaitant que ladite Ligue fe fît devant la Ratification du Traité de Paix, & que cependant la France tiendroit tout ce qu'elle poffede en Italie, jufques au tems que la Ligue feroit conclue. L'Efpagne fe tint à fa premiére réponfe, fans répliquer aucune chofe; mais ceux de France dirent qu'ils defiroient pourtant ladite Ligue préfentement, d'autant que c'étoit une des principales affurances des deux Couronnes. Ici eft demeuré ce point fans qu'on y paffât outre.

La France defira qu'on donnât fatisfaction de la dot de la deffunte Infante Catherine, à la Maifon de Savoye. L'Efpagne répondit que ce point, en diverfes occafions, entre Sa Majefté d'Efpagne & fon Alteffe de Savoye, étoit décidé, & que pour montrer cela, il étoit befoin d'avoir toutes les piéces du procès, & ce qui en a été accordé, lefquelles n'étoient pas à Munfter; néanmoins on offre de la part de Sa Majefté d'Efpagne de donner fatisfaction de la fomme que S. A. prétendra. La France nonobftant perfifta comme auparavant, y ajoutant qu'on pourroit ôter de ladite dot ce qu'on prétend être dû à la Princeffe Marguerite, tellement que l'Efpagne paieroit. Sur quoi fut répondu de la part d'Efpagne, qu'on fe tenoit à ce qui a été fufdit. La France perfiftoit derechef, difant qu'elle vouloit

bien

bien que cela fût paié tout préfentement. Surquoi les Plenipotentiaires des Etats dirent qu'on devoit faire juger le procès par des Juges équitables, & limiter un tems ; à quoi l'Efpagne s'accorda, propofant un an, & qu'on obferveroit ponctuellement l'arrêt ; & que dans ce tems on donneroit fatisfaction à la Princefle Marguerite & à fa fille. La France prit quelque tems pour répondre ; après avoir confulté l'Ambafladeur de Savoye, dirent qu'ils étoient contens, à condition qu'on donneroit caution de paier tout ce que la Rotte de Rome jugeroit touchant la dot de ladite Infante Catherine. L'Efpagne accorda le choix de la Rotte de Rome, mais fans être obligée de donner caution de la part de la Couronne.

La France propofa qu'on feroit juftice aux Sujets de côté & d'autre, les rétabliffant dans leurs biens, & fpécialement le Duc d'Atri. On répondit de la part du Roi d'Efpagné, que pour ce qui étoit de lui, il s'accorderoit qu'entiere juftice feroit faire aux Vaflaux des deux côtez. La France perfifta encore à la reftitution des biens du Duc d'Atri dans le Roiaume de Naples, comme auffi des biens du Duc de Bournonville & de Croi, du Prince d'Efpinoi, du Comte d'Egmond, & d'autres qui font en même condition, qui feront nommez devant la conclufion & ratification du Traité. L'Efpagne fe référa à ce qu'elle avoit répondu touchant le Duc d'Atri, ajoutant que tous les autres étoient Vaflaux du Roi d'Efpagne, condamnez par juftice pour crime de Leze Majefté, devant la Guerre des deux Couronnes.

La France perfifta qu'on donneroit fatisfaction à tous ceux qui auroient fervi fa Couronne, & devant tout au Duc d'Atri, fi ce n'étoit point en tout, au moins en partie; difant que ladite fatisfaction fe pourroit donner des biens, lefquels de la part du Roi d'Efpagne ont été donnez à un cadet de la même Maifon : & touchant ceux du Païs-Bas ci-deffus mentionnez qui ont auffi fervi la France, qu'ils retourneront dans leurs Païs, biens & dignitez, comme a été fait avec le Duc de Bourbon au Traité de Madrid, & du vieux Prince de Chimai au Traité fait avec les Etats. L'Efpagne répondit qu'on donneroit une fatisfaction raifonnable à celui qui porteroit la qualité de Duc d'Atri : que touchant le Duc de Bournonville, le Prince d'Efpinoi, le Comte d'Egmond & autres qui auront fervi la France, le Roi d'Efpagne, à l'inftance du Roi & de la Reine de France, leur rendra tous leurs biens, qui font encore en leur être ; que la France feroit le même à ceux, qui fe font donnez du côté d'Efpagne, tellement qu'ils deviendront comme ils ont été devant le commencement de la Guerre, excepté les revenus paffez, lefquels de côté & d'autre ne feront pas rendus ; & on nommera de la part d'Efpagne principalement le Baron de Poitiers, Dame Ifabelle de Bourgogne, la Marquife de Marnei Ducheffe de Pontdeu, le Baron de Chuz, le Marquis de Varembor, le Comte de St. Amour, & autres, qui fe préfenteront devant la conclufion du Traité.

La France demanda une plus ample déclaration de la reftitution du Duc d'Atri, & qu'on remettroit les Vaflaux d'Efpagne qui s'étoient rétirez en France, par forme de Traité, & non par forme de pardon, comme a été fait aux Traitez précédens ; laiffant la liberté à ceux qui fe font retirez en France de vivre

où bon leur femblera, moiennant qu'ils jouiffent de leurs biens. L'Efpagne promit que le procès du Duc d'Atri feroit vuidé en même tems, & que Sa Majefté d'Efpagne lui donneroit une fatisfaction proportionnée, & comme elle le trouvera bon; & que touchant ces Vaflaux, qui ont pris la prétention de France, elle leur rendroit tous les biens qui font encore en être comme a été dit, entendant que de même foit fait en faveur des Vaflaux de France, qui font venus en Efpagne.

La France repliqua, que, touchant le Duc d'Atri, pendant qu'on attendoit le jugement de Naples, le Roi d'Efpagne devoit reftituer les domaines de la Maifon d'Agnanie qui ont fuivi la Couronne, & pour cela ledit Duc s'obligeroit à laiffer toute fa prétention à Sa Majefté, & s'il venoit à gagner fon procès qu'il fe contenteroit, fans aucune récompenfe, de la reftitution du Marquifat de Vitanta. En tel état eft demeuré ce point fans qu'autre chofe fe foit paffée.

La France propofa auffi que la confifcation, repréfailles & autres dépendances du Commerce, feroient reglées comme on a accoutumé de faire dans les autres Traitez, & s'il y avoit quelque chofe de nouveau que cela feroit déterminé avec le confentement des deux côtez: A quoi l'Efpagne s'accorda : & tous deux difoient que de l'heure même on devoit propofer des Articles touchant ledit Commerce & autres chofes femblables, pour avancer tant plus vîte cette matiere.

Le France prétend que ceux là qui devoient être compris dans le Traité devoient être nommez de côté & d'autre, dans le terme de fix mois fans en pouvoir comprendre d'autres après ; à quoi l'Efpagne s'accorda.

LORRAINE.

La France propofa que les droits & prétentions de côté & d'autre feroient obfervez, comme dans le Traité de Vervins, principalement dans la prétention de Navarre. L'Efpagne difoit qu'en cas de refervation des anciens droits & prétentions, on tiendroit en tout la forme du Traité de Vervins. La France perfifta de vouloir fpecifier Navarre, confentant néanmoins qu'on ne permettroit pas leur prétention par voie d'armes; mais par accord & amitié. L'Efpagne répondit que fi on nommoit Navarre, on devoit auffi nommer Bourgogne, parce que ces prétentions devoient aller réciproquement & avec fincerité des deux côtez. La France perfifta en la fpécifique refervation des droits de Navarre, fans vouloir confentir le réciproque au Roi d'Efpagne, de ceux de Bourgogne. Surquoi l'Efpagne dit qu'il falloit faire une renonciation de côté & d'autre, comme eft fait dans le Traité de Vervins. La France ne voulut pas, mais perfifta de vouloir qu'on fpécifieroit Navarre, fans permettre que de la part du Roi d'Efpagne on fpécifieroit Bourgogne. L'Efpagne répliqua encore comme eft dit ci-deffus.

La France ne voulut pas, mais demeura à la refervation de Navarre, accordant néanmoins que l'Efpagne réferveroit quelque chofe, qui n'avoit pas été renoncé expreffément; furquoi l'Efpagne dit de n'avoir jamais renoncé au Duché de Bourgogne, & que pour cela elle le pou-

 voit

voit reserver, fuivant ce que la France avoit accordé.

La France vouloit que tous les prifonniers de côté & d'autre feroient relâchez, entre autres Dom Edouard de Bragance ; & qu'on promettra que lefdits prifonniers de l'heure même ne feront plus tourmentez ni maltraitez.

L'Efpagne répondit que Dom Edouard n'étoit pas prifonnier de Guerre, mais Vaffal du Roi d'Efpagne, & que perfonne ne pouvoit avec droit prétendre fur lui que Sa Majefté ; & que néanmoins la Paix étant faite, la Reine Regente de France & le Roi fon fils pouvoient s'entremettre en telle façon qu'ils trouveroient à propos vers Sa Majefté d'Efpagne, touchant l'intérêt de Dom Edouard ; mais que touchant les autres, on en étoit déja d'accord.

La France perfifta derechef pour Dom Edouard, fur quoi les Etats répondirent qu'il le falloit mettre entre les mains de l'Empereur ou du Roi de France, à condition de ne le pas laiffer aller en Portugal ni de donner aucune affiftance directement ou indirectement à fon Frere ni aux Portugais ; que le dépofitaire fera refponfable de cette condition.

L'Efpagne, après avoir eu large difpute fur ce point, répondit que pour l'avancement de la Paix & en confidération des Etats, elle vouloit accorder un defdits deux moiens, à favoir de laiffer Dom Edouard entre les mains de l'Empereur, ou bien de Sa Majefté de France ; mais que cela ne fe feroit pas par un Traité à part, laiffant le choix à Sa Majefté de l'un defdits moiens, à condition de pleine affurance qu'il ne retourneroit pas en Portugal, & qu'on n'envoieroit aucune affiftance à fon Frére ni audit Roiaume. La France n'en étoit pas contente, mais redemanda derechef l'entiere liberté de Dom Edouard, & fans aucune condition, accordant néanmoins que cela fe pouvoit faire par un article particulier & fecret. En tel cas eft demeuré ce point fans que l'Efpagne répondît.

La France propofa que dans trois mois on pourroit députer des Commiffaires pour regler les limites de ces lieux qui font donnez à la France, & pour accorder ces autres points qui ne font pas décidez dans le préfent Traité.

L'Efpagne demeura d'accord de ceci, & qu'après le Traité fera permis des deux côtez de changer, par l'interpofition des Etats, les lieux plus utiles aux uns qu'aux autres.

La France recommença dans fa derniére Replique de folliciter le point de Sabionette ; furquoi fut répondu que c'étoit une affaire déja jugée par le Confeil Imperial, qui avoit jurifdiction fur les Parties, qui avoient confenti au procès & au jugement, tellement que cela ne touchoit point le préfent Traité.

Ceci eft l'état dans lequel eft demeurée la préfente Négociation.

EXTRAIT

D'une

LETTRE

De

MUNSTER.

Du vingt-feptiéme jour de Novembre mil fix cens quarante-fix.

APrès que Monfieur l'Ambaffadeur Oxenftiern eut été ici quelques jours, il fut réfolu de bailler aux Imperiaux une propofition par écrit, qui porte, que la Couronne de Suede veut retenir la Poméranie antérieure, qui eft au deçà de la Rivière de l'Oder, comme Stetin, Dam & Camin, & que pour le refte de la Poméranie, elle la veut bien rendre à l'Electeur de Brandebourg aux conditions fuivantes :

Premiérement, qu'il renonce à tous fes droits fur ces Piéces que ladite Couronne de Suede retient.

Secondement, que Sa Majefté de Suede reçoive toûjours conjointement avec ledit Electeur l'inveftiture fur la Poméranie Ultérieure, pour y fuccéder en cas que tous les mâles de la Maifon de Brandebourg vinffent à faillir. Quant au Duché de Meckelbourg la Suede en veut retenir Wismar, le Fort de Walfech, avec les Terres de Pochl & de Neuclofter, outre cela elle infifte encore d'avoir les Archevêché & Evêché de Bremen & Verden, & que l'Empereur donne recompenfe aux Princes, qui auront à prétendre les fufdites parties pour obtenir leur confentement. On a auffi demandé quelque fatisfaction raifonnable pour les milices de Suede & de Heffe ; & les Couronnes de France & de Suede étant demeurées d'accord jufques à quel point elles veulent maintenir les intérêts de Madame la Landgrave de Heffe ; les articles en furent ajoutez & baillez aux Plenipotentiaires de l'Empereur, pour favoir leur réponfe là-deffus, laquelle ils rendirent deux jours après, qui fut Mercredi dernier vingt-uniéme Novembre ; déclarant qu'ils confentent de laiffer à la Suede la Poméranie antérieure, pourvû que fans y rien ajouter, elle demeure divifée de l'autre partie ainfi qu'elle a été autrefois : mais ils ne trouvent pas raifonnable l'inveftiture fur la Poméranie ultérieure, d'autant que cela ne fe peut pratiquer réciproquement, c'eft-à-dire, la Poméranie antérieure ou citérieure ; mais autrefois c'étoit l'inférieure dont Wolgaft étoit Capitale, comme Stetin de la fupérieure.

Du côté de l'Electeur de Brandebourg, les
mêmes

mêmes Imperiaux n'offrent rien autre chofe que l'Evêché de Halberftad; ils accordent auffi la Ville & Seigneurie de Wismar, mais ils en veulent ôter Pochl & Neuchlofter, & offrent au Duc de Meckelbourg, pour fa perte de Wifmar, l'Evêché de Ratzenbourg. De plus, ils accordent de laiffer à la Suede les Evêchez de Bremen & de Verden, à condition que l'on ne les féculariſe point; mais ils ne parlent de la récompenſe envers les intéreffez en la ceffion de ces deux Piéces. D'ailleurs ils font d'accord qu'au défaut du confentement defdits Princes intéreffez, on ne laiffe de paffer outre & d'établir une bonne Paix entre les Couronnes, l'Empereur & l'Empire, dont le confentement mutuel affureroit ces conquêtes à la Suede, qui en tel cas tiendroit tout ce qu'elle occupe maintenant en Poméranie. Sur ces articles de la fatisfaction de Heffe & de la Milice, ils n'ont encore rien répondu; à raiſon de quoi Monfieur Salvius a fait grande inftance pour avoir leur réſolution là-deffus, afin que s'aprêtant à repliquer & dire fon dernier mot, il pût le faire tant plutôt; c'eft ce qu'on attend maintenant: & fans doute quand le dernier mot en fera dit & arrêté de part & d'autre, on tombera d'accord avec les Imperiaux pour cette fatisfaction. Il n'y a que Stetin qui donne le plus de peine, d'autant que la Suede le veut retenir, & Brandebourg ne le veut quiter. C'eft une affaire comme celle de Brifach qui a couté tant de travail aux François: cependant pour continuer le Traité avec Monfieur de Brandebourg, Monfieur le Comte d'Oxenftiern partit d'ici Mercredi dernier, car les nouvelles lui étoient venues de quelques nouveaux Pouvoirs que cet Electeur avoit donnez à fes Plénipotentiaires: mais l'effet montre que ces Pouvoirs n'étoient guére diférents des premiers, & par conféquent défectueux, ne donnant pas grande apparence d'un confentement de fadite Alteffe Electorale à la fatisfaction de Suede, & peut-être que ce Prince fe roidira d'autant plus, qu'accompliffant fon Mariage, qu'il eft allé faire à préfent avec la fille ainée du Prince d'Orange, il efpérera par ce moien s'appuier fur les Provinces-Unies pour l'aider à favoriſer fes prétentions. Mais nonobftant toutes ces difficultez, on ne laiffe de continuer le Traité; & quand les conditions de la Poméranie feront ajuftées, tous les Principaux Ambaffadeurs fe font offerts de les faire préfenter audit Electeur de Brandebourg, & le requerir afectueufement de les vouloir accepter: que s'il ne le veut faire, d'un confentement unanime ils promettent à la Couronne de Suede de la maintenir & conferver dans fes conquêtes.

Vendredi paffé vingt-troifiéme Novembre Monfieur Salvius, fecond Plenipotentiaire de Suede, fut fur le point de s'en retourner à Ofnabrug, pour ne changer point, difoit-il, le lieu du Traité où il appartenoit. Les Ambaffadeurs de France en étant avertis le vinrent requerir inftamment de patienter encore un peu, pour n'interrompre le progrès des affaires durant ce bon vent: & pour lui ôter la crainte du changement de lieu, ils lui remontrérent qu'encore qu'on vînt à s'accorder ici de quelque chofe, fi ne feroit-ce pas une conclufion totale & finale, mais toutes les autres folemnitez accoutumées en tel cas fe pafferoient à Ofnabrug; & pour ne préjudicier en rien à l'honneur de la Couronne de Suede, ils promirent d'aller puis après tous enſemble en cette Ville, avec Monfieur

Tom. III.

Contarini Médiateur de la part de Venife, & les Imperiaux, pour y continuer & achever, s'il fe peut, le Traité: joint qu'une plus longue demeure en cette Ville ne fe pouvoit ni ne devoit être réputée à préjudice; fi pour la maladie de Monfieur Trautmansdorff, qui ne pouvoit aller à Ofnabrug, on étoit contraint de fe trouver ici pour avancer le Traité. Les Etats Proteftans de l'Empire furvinrent là-deffus, qui firent toutes poffibles inftances à même fujet, d'autant, lui dirent-ils, qu'ils ne voyoient aucun moien d'avancer quelque chofe au Traité de leurs Griefs, fans fa préfence; de forte que perfuadé par ces raiſons, il a promis de s'arrêter ici encore quelques jours; & devant qu'il parte, il y aura, fans doute, de grandes befognes faites. Au refte fur les Griefs de l'Empire on n'a encore pu trouver les moiens d'accommodement; les dernières Conférences des Etats n'ont fait qu'en découvrir les impoffibilitez, pas un ne voulant rien céder ni quiter à l'autre; de forte qu'il ne refte autre voie que l'autorité de l'Empereur & des Couronnes pour les mettre d'accord. C'eft pourquoi les Proteftans ont remis leurs affaires & leurs intérêts entre les mains de Meffieurs de Suede, les Catholiques ont fait de même; mais l'on doute encore que ce foit entiérement, comme les Proteftans ont fait, avec quelque referve toutefois. D'ailleurs le moien de leur accommodement eft fi court, fi facile, & fi falutaire, qu'il en fera bientôt voir le fuccès. Hier Monfieur Salvius commença de conférer fur ces matieres avec Meffieurs les Imperiaux, quelques Députez du Corps des Proteftans y furent auffi & l'on continuera de même aujourd'hui; & ainfi le Traité n'a jamais été fi vigoureufement manié & pourfuivi, que depuis deux ou trois femaines: de forte qu'on approche bien fort de fa fin, que l'on efpére dans peu de jours, de la pluralité des voix de deça va là, & que nous aurons au plus tard la Paix dans deux mois. Les Plenipotentiaires des Provinces-Unies des Païs-Bas, qui avoient été abfens, retourneront dans peu de jours avec pleine commiffion & entier pouvoir d'achever la Paix avec les Efpagnols; la Province de Zelande, qui s'étoit la plus oppofée, fe trouve maintenant du fentiment des autres.

ARTICLES

Propoſez pour le Traité de Paix entre le

ROI D'ESPAGNE

Et les

ETATS-GENERAUX

Des

PROVINCES-UNIES.

Avec les Réponfes, Dupliques & Répliques de part & d'autre fur chaque article.

En Decembre 1646.

TABLE.

tats - Généraux des Provinces - Unies. Delivré à Messieurs les Plenipotentiaires d'Espagne le dix-huit de Decembre 1646.

Conféré devant & après midi, le quinziéme dudit mois chez nous & chez l'Archevêque de Cambrai, present Monsieur Brun.

REPONSE sur les derniers Articles proposez par les Sieurs Ambassadeurs Extraordinaires & Plenipotentiaires des Seigneurs Etats des Provinces-Unies des Païs-Bas, pour parvenir à la Paix entre le Roi & eux.

Delivré par les Espagnols le quinziéme Decembre 1646.

REPLIQUE arrêtée les seiziéme & dix septiéme Decembre entre nous pour donner sur la réponse des Ambassadeurs d'Espagne donnée & delivrée le quinziéme dudit mois 1646.

LES AMBASSADEURS Ordinaires & Plenipotentiaires des Hauts & puissans Seigneurs les Etats-Généraux des Provinces-Unies des Païs-Bas ont ordre & charge de négocier & convenir avec les Sieurs Ambassadeurs Extraordinaires & Plenipotentiaires du Roi d'Espagne, sur les Articles suivans; & outre les points ci-devant délivrez & maintenant augmentez & appliquez à un Traité de Paix perpetuelle.

Delivré le treiziéme Decembre 1646. par Monsieur Brun, & le quinziéme Decembre 1646. conféré devant & après midi, par Messieurs l'Archevêque & nous tous, excepté Matheness malade.

MEMOIRE des Articles proposez pour le Traité de la Paix entre le Roi d'Espagne & les Etats-Généraux des Provinces-Unies, dont ils sont tombez d'accord.

Delivré aux Plenipotentiaires d'Espagne le treiziéme Decembre 1646.

Conféré entre les Plenipotentiaires d'Espagne & les Etats les 15. 16. 17. 18. & 19. Decembre 1646.

ARTICLES NOUVEAUX proposez le 19. Decembre par l'Espagne & reçus de Messieurs les Plenipotentiaires des Provinces-Unies, pour être représenté aux Etats-Généraux.

ARTICLES

Proposez pour le Traite de Paix entre le Roi d'Espagne & les Etats-Généraux des Provinces-Unies. Conféré devant & après midi le quinziéme dudit mois de Decembre 1646.

ARTICLE I. Soit effacée la clause [tant durant le présent Traité qu'après l'expiration d'icelui.]

En lieu du mot [Trêve] soit [mis une Paix perpétuelle.]

Article 2. Soit mis que ladite Paix sera bonne, ferme, fidelle, & inviolable; & qu'en conséquence cesseront & seront délaissez tous actes d'hostilitez, &c.

Soient effacez les mots [& pour le tems des années.]

Article 3. Soit effacé [ladite Trêve] après les mots [hameaux & plusieurs Païs qui en dépendent] soit mis comme s'ensuit [& ensuite toute la Mairie de Bois-le-Duc, comme aussi toutes les Seigneuries, Villes, Châteaux, Bourgs, Villages, Hameaux, & plat Païs dépendans de ladite Ville & Mairie de

Bois-le-Duc, Ville & Marquisat de Berg-op-Zoom; Ville & Baronie de Breda, Ville de Mastricht & ressort d'icelle, comme aussi le Comté Vroenhoff, les trois quartiers des Païs d'outre-Meuse, savoir Fauquemont, Dalem & Rol-le-Duc; & pareillement la Ville & Païs de Cuick, Hulst, Bailliage de Hulst, & Hulster-Ambacht, & aussi Axel-Ambacht, assis au côté méridional & septentrional de l'Escaut, comme aussi les Forts que lesdits Sieurs Etats possèdent présentement au Païs de Waes, & toutes autres Villes & Places que lesdits Etats tiennent en Brabant, Flandre & ailleurs, demeureront en tous & mêmes droits de Souveraineté & Superiorité ausdits Sieurs Etats, qu'ils tiennent les Provinces des Païs-Bas-Unis; bien entendu que tout le reste dudit Païs de Waes, exceptant lesdits Forts, demeurera audit Sieur Roi d'Espagne.]

Article 4. Soit effacé [durant le présent Traité.]

Article 5. Soit effacé [entièrement] & en lieu d'icelui soit mis ce qui s'ensuit [La Navigation & trafic des Indes Orientales & Occidentales sera maintenue selon & en conformité des Octrois à ce donnez, ou à donner ci-après pour sureté de laquelle servira le présent Traité, & la Ratification d'icelui, qui de part & d'autre en sera procurée; & seront compris sous le sudit Traité tous Potentats, Nations & Peuples avec lesquels lesdits Sieurs Etats, ou ceux de la Societé des Indes Orientales & Occidentales, en leur nom, entre les limites de leursdits Octrois, sont en amitié & Alliance: & un chacun, savoir les sudits Sieurs Roi & Etats respectivement, demeureront en possession, jouiront de telles Seigneuries, Villes, Châteaux, Forteresses, Commerces, & Païs des Indes Orientales, comme aussi au Bresil, & sur les côtes d'Asie, d'Afrique, & d'Amerique respectivement, qu'ils tiennent & possèdent; en ce compris spécialement les lieux & les Places que les Portugais ont pris & occupez sur cet Etat, compris aussi les lieux & Places qu'iceux Sieurs Etats ci-après sans infraction du présent Traité viendront à acquerir & posseder, & les Directeurs de la Societé des Indes tant Orientales qu'Occidentales des Provinces-Unies, comme aussi les Ministres, les Officiers Hauts & Bas, & Soldats, & Matelots étans en service actuel de l'une & de l'autre desdites deux Compagnies, ou aiant été en leur service, comme ceux qui sont hors leur service respectivement, tant en ce Païs qu'au district desdites Compagnies, continuent encore, ou pourront ci-après être emploiez, seront & demeureront libres & sans moleste en tous les Païs, étans sous l'obéissance dudit Sieur Roi d'Espagne, en Europe, pourront voiager, trafiquer, & fréquenter comme tous autres habitans de cet Etat. En outre a été conditionné & stipulé que les Espagnols retiendront ce qu'ils tiennent pour le présent ès Indes Orientales, sans le pouvoir étendre plus avant, comme aussi les habitans de ces Païs-Bas s'abstiendront de la fréquentation des Places que les Castillans ont ès Indes Orientales.]

Article 6. Le sixiéme Article sera: Quant à ce qui est de la Compagnie des Indes Orientales, icelle pourra avancer son négoce & trafic en tous lieux entre les limites de l'Octroi qui leur est accordé par lesdits Sieurs Etats, tant ès lieux des Provinces & Peuples neu-

1646. neutres, comme auffi notammént ès lieux où
le Roi d'Efpagne a Châteaux, Fortereffes, Jurifdiction, & fupériorités, & pourront les Sujets & Habitans dudit Sieur Roi d'Efpagne
exercer femblable liberté de Commerce &
trafic tant ès lieux des neutres qu'aux contrées
poffédées par ladite Société des Indes Orientales; & en tel cas ni l'un ni l'autre ne pourra être chargé d'autre plus grande impofition,
que ne paieront les autres habitans mêmes defdites Places.

Article 7. En lieu de [Trêve] foit mis par
tout [Paix] & fur la fin foit mis [bien entendu que, s'il y a avis de ladite Paix, fera de
la part du public de part & d'autre pourvu
plutôt entre lefdites limites refpectivement.]

En lieu des mots [précedente Trêve] foit
mis [Trêve de douze ans,] a levé ou ci-après
directement ou indirectement voudroit lever.

Articles 8. 9. 10. 11. 12. 13. Demeureront comme ils font.

Article 14. Soient effacez ces mots [durant
la préfente Trêve.

Article 15. Seroit inféré [& fera ci après
convenu entre les Parties refpectivement de la
taxe de la fufdite charge égale.]

Soit rayée la claufe commençant [lefquelles
impofitions & autres ledit Sieur Roi &c.

Articles 16. & 17. Demeurent.

Article 18. Soit rayé.

Article 20. Soit mis après les mots [feront
ferment] felon certain formulaire qui de part
& d'autre à ce fera arrêté d'avoir égard &c.
Et fera rayée la claufe [tant audit Sieur Roi
qu'aufdits Sieurs Etats.]

Article 21. Soit rayé [durant la précédente
Trêve.]

Soit auffi rayée la claufe [excepté la propriété des rentes &c.] jufques à la fin de l'Article, & au lieu de biens vendus comme auffi
des rentes & actions étant à la charge de la
propriété d'icelle par rente ou autrement comme de leurs autres propres biens.

Articles 26. & 27. En lieu de la précédente
Trêve foit mis [Trêve de douze ans.]

Article 42. Soit rayé [durant ladite Trêve.]

Articles 47. 48. 49. Soit rayé [tant durant
la Trêve qu'après l'expiration d'icelle.]

Article 50. Après le mot [Neutralité] foit
mis [amitié & bon voifinage.]

Article 53. Soit mis au lieu de [précédente]
[Trêve de douze ans.]

Article 54. En lieu de Trêve foit mis
[Traité.]

Article 55. Soit rayé [durant la Trêve &
l'expiration de Trêve.]

Article 57. En lieu de Trêve, foit dit
[Traité de Paix.]

Article 63. Soit mis ainfi [feront reftituez
au Comte de Flodorp les revenus & biens a-
vec le Château de Lents, mais la Garnifon
dudit Château fera laiffée à la difpofition dudit Sieur Roi.]

*Fait & figné à Munfter le treiziéme Décem-
bre mil fix cens quarante-fix.*

REPONSE

Sur les derniers

ARTICLES

Proprofez par les Sieurs

AMBASSADEURS EXTRAORDINAIRES

Et

PLENIPOTENTIAIRES

Des Seigneurs

ETATS

Des

PROVINCES-UNIES,

Des

PAYS-BAS,

Pour parvenir à la Paix entre le

ROI ET EUX.

*Délivrée par les Efpagnols le
15. Décembre 1646.*

LE premier & fecond accordez.
Au regard du troifiéme, on ne peut rien
changer ni retrancher de ce qui a été mis à la
fin d'icelui touchant le Spirituel de la Mairie
de Bois-le-Duc, touchant les additions de comprendre le Comté de Vroenhoff, Fauquemont,
Dalem, & Rol-le-Duc, comme auffi Axel-
Ambacht entre les poffeffions qui doivent demeurer aufdits Sieurs Etats, demeureront pour
toujours & à perpétuité toutes Places, Terres,
Domaines, qu'ils poffédent à préfent, & s'il
y a quelque doute fur le fait de ladite poffeffion, on les remettra à la Chambre mi-partie,
pour les décider amiablement & fans venir
aux armes; comme tous autres points qui
feront remis à la même Chambre mi-partie.

Quatriéme, d'accord.

Sur le cinquiéme que les Sieurs Etats pourront recouvrer tout ce que les Portugais auront occupé fur eux au Brefil, le droit demeurant à Sa Majefté fur tout ce qu'elle y avoit
lors que commença le foulévement de Portugal.

Sur le 6. des Indes Occidentales, Sa Majefté ne peut y admettre le trafic, ains en exclure lefdits Sieurs Etats, de la même forte
qu'en font exclus les Rois d'Angleterre, Dannemarck & les propres Sujets de Sa Majefté,
fans qu'aucuns autres que ceux du Royaume
de Caftille ayent ledit Commerce.

Les

1646.

Les 7. 8. 9. 10. 11. 12. 13. accordez.

Par le quatorze il fera dit, qu'il fera libre à Sa Majefté & également les impofitions ou les immunitez des denrées & navires entrans & fortans des Havres de Flandre, avec celles fur les Navires & Marchandifes allans & venans le long de l'Efcaut, & autres Canaux mentionnez à l'Article 13. de les decharger entiérement & refpectivement, ou d'y mettre par égalité quelques légéres charges qui ne pourront être préjudiciables au Commerce.

Les 15. 16. 17. paffez.

Le 18. on ne peut rien retrancher ou changer au 18.

Le 19. accordé.

Au 20. fera admife la claufe requife par Meffieurs les Etats touchant le formulaire du ferment, & fera rayée celle [tant audit Sieur Roi qu'aufdits Sieurs Etats.]

Les 21. & 22. paffez.

Au 23. On paffera par les mêmes termes que les Sieurs Etats témoignent défirer.

Le 24. & autres fuivans jufques au foixante quatre, paffez.

Quant au 64. qu'il demeure libre à Sa Majefté ou d'accorder la demeure au Comte de Flodorp dans fon Château en y mettant néanmoins & entretenant fadite Majefté Garnifon, fi bon lui femble, ou de le récompenfer de la valeur dudit Château en argent, felon qu'il fera arbitré par la Chambre mi-partie.

REPLIQUE ARRETEE

Le 16. & 17. Decembre entre nous pour donner fur la Réponfe des Ambaffadeurs d'Efpagne.

Donnée & délivrée le 15. dudit mois 1646.

A l'Article 1. 2. foit dit généralement que l'on tient pour arrêtez & conclus tous les Articles qui font paffez ou accordez fans autre remarque.

Article 3. ont perfifté à ce que la claufe touchant le tempérament au fpirituel foit effacée.

Touchant le Comté de Vroenhoff il eft depuis la prife de Maeftricht, & Axel-Ambacht depuis la prife d'Axel, notoirement en la poffeffion & jouiffance des Etats, fans détourbier jufques à cette heure, & à tant ne font fujets à aucun doute.

Touchant les trois quartiers d'outre-Meufe, l'on tient que les Etats en font en poffeffion; & fi touchant iceux fe fait quelque difpute, en cas de Traité, on s'en remettra à la Chambre mi-partie pour être décidé, fans en venir pour ce aux armes.

Article 5. On ne peut rien changer au contenu de l'Article, ains doit demeurer comme nous l'avons mis.

Touchant le 6. Article. Puifque le Roi ne peut admettre le Trafic ès Indes Occidentales qu'il poffède, l'on confent d'ajoûter au précédent Article, l'alternative qui s'enfuit [Les Sujets & habitans tant dudit. Sieur Roi que defdit Sieurs Etats refpectivement s'abftiendront de naviger & trafiquer fur tous les havres & Places de l'une & l'autre des parties garnis des Forts, Loges, & Châteaux, en ce compris les lieux & Places que les Portugais ont pris & occupez fur les Etats, & ceux qu'iceux Etats, fans infraction du préfent, viendront ci-après à acquerir & poffèder.]

Article 15. Qu'il demeure comme nous l'avons mis, fera convenu ci-après de la taxe.

Article 18. Qu'il demeure rayé comme au troifiéme.

Article 64. ou 19. Qu'il demeure comme nous l'avons mis.

SECOND PAPIER.

Article 1. Faire nouvelle inftance & réferver à la fin, fi eux fe relâchent en aucuns points, on fe relâchera auffi.

Article 2. La démolition foit arrêtée, & convenu de femblable démolition fur ce.

Article 3. L'on attendra les informations pour être reglées en fon tems.

Article 4. Accordé.

Article 5. Que les preuves vues, en foit difpofé comme de raifon, les contremandes font hors le Traité & de quoi n'a point été fait mention.

Les Ambaffadeurs Ordinaires & Plenipotentiaires des Hauts & Puiffans Seigneurs Etats Généraux des Provinces-Unies des Païs-Bas, ont ordre & chargé de négocier & convenir avec les Sieurs Ambaffadeurs Extraordinaires & Plenipotentiaires du Roi d'Efpagne, fur les Articles fuivans, & outre les points ci-devant délivrez & maintenant augmentez & appliquez à un Traité de Paix perpétuelle. Délivré le 13. Decembre 1646. par Monfieur de Brun, intitulé Chronique fcandaleufe de Louis onziéme. 15. *Decembre 1646.*

Conféré devant & après midi par Meffieurs l'Archevêque & nous tous excepté Matheneffe malade.

I.

QUe le haut quartier de Gueldres avec toutes les Villes, Forts, & tout le reffort d'icelui fera confolidé avec les autres trois quartiers de la même Province de Gueldre, & demeurera à ladite Province avec tous les droits de fupériorité que les autres trois quartiers appartiennent aux Provinces-Unies.

II.

Que les Forts près & ès environs de la Ville de l'Eclufe en Flandre du côté du Roi d'Efpagne feront démolis.

III.

III.

Que les Limites en Flandre & ailleurs feront réglées, en telle forte qu'on trouvera qu'ils appartiennent au ressort de l'un & de l'autre côté.

IV.

Que tous les Registres, Chartres, Lettres, Archives, & Papiers, comme aussi Sacs de procès concernans respectivement aucunes des Provinces-Unies, Pais Associez, Villes & Membres d'iceux, ou aucuns habitans d'iceux, étans ès Cours, Chancelleries, Conseils, & Chambres de Police, Justice, Finance, Fiefs ou Archives, soit à Anvers, Malines, ou autres Places, sous l'obéïssance du Roi d'Espagne, seront délivrez en bonne foi à ceux qui de la part des Provinces respectivement auront charge de le demander.

V.

Qu'au Sieur Guillaume de Dort, ayant épousé Dame Valsbourg de Marnix, Dame de Sainte Aldegonde, avec toutes ses appartenances, suivront & seront restituez ou remboursez tous les revenus de ladite Seigneurie depuis la mort de Guillaume Olden-Barnevelt, profitez par le fisc ou autres, jusqu'à la restitution effectuée, conformément à la requête & piéces y jointes.

VI.

Qu'en ce présent Traité de Paix seront compris & exprimez ceux qui durant la charge de l'agréation, ou en trois mois après seront nommez de part & d'autre.

VII.

Bien entendu que ce que dessus, pourra être expliqué plus amplement.

Bien entendu aussi que rien ne sera conclu, qu'en même tems le Traité entre France & Espagne ne soit aussi conclu.

Fait & signé à Munster le 13. Decembre mil six cens quarante-six.

MEMOIRE

Des

ARTICLES

Proposez pour le

TRAITE' DE LA PAIX

Entre le

ROI D'ESPAGNE

Et les

ETATS-GENERAUX

Des

PROVINCES-UNIES

Dont ils sont tombez d'accord.

Délivré aux Plénipotentiaires d'Espagne le 13. Decembre 1646.

Conféré entre les Plénipotentiaires d'Espagne & les Etats les 15. 16. 17. 18. & 19. Decembre 1646.

LE premier & second accordez.

Le 3. accordé, excepté le Spirituel dans la Mairie de Bois-le-Duc, Marquisat de Berg-op-Zoom, Baronie de Breda &c. Si ce n'est qu'on y trouve quelque autre moyen d'en sortir & s'accommoder.

Au regard de Fauquemont, Dalem, & Rolle-Duc, a été accordé qu'ils demeureront au Roi, sauf à Messieurs les Etats, en cas qu'ils ayent quelque prétention sur lesdits trois quartiers d'outre-Meuse, que cette prétention sera décidée par la Chambre mi-partie.

Article 4. D'accord.

Article 5. D'accord, excepté que les Espagnols rejettent la clause *sans se pouvoir étendre plus avant.*

Article 6. Au lieu de cet Article, l'on a mis l'Alternative, savoir que les Sujets & habitans tant dudit Sieur Roi que desdits Sieurs Etats respectivement, s'abstiendront de naviger & trafiquer sur tous les Havres & Places que l'un & l'autre des Parties a garnies des Forts, Loges, Châteaux, comme aussi en tous lieux de terres fermes & Isles que lesdits Sieurs Roi & Etats possédent aux Indes Orientales, respectivement, en ce compris les Lieux & Places que les Portugais ont pris sur les Seigneurs Etats.

Articles 7. 8. 9. 10. 11. 12. 13. 14. D'accord.

Article 15. La clause à inférer rejettée par l'Espagne.

Ar-

Articles 16. 17. D'accord.

Article 18. Comme le troisiéme.

Articles 19. 20. 21. 22. D'accord.

Article 23. D'accord, pourvû que ces termes soient ajoûtez [excepté les ventes & Transactions faites par les Propriétaires durant la Trêve.]

Articles 24. 25. 26. 27. 28. jusques à l'Article 63. conclus & d'accord.

Article 64. Sa Majesté accorde les biens & revenus & la démeure du Château de Lentz au Comte de Flodorp, demeurant la Garnison au Roi; les suivans jusques à la fin d'accord.

TOUCHANT LE 2. MEMOIRE.

Article 1. Le haut quartier de Gueldre par l'Espagne rejetté, & après diverses instances faites en vain, glissé par les Plenipotentiaires des Etats.

Article 2. Les démolitions des Forts; accordé qu'il en sera convenu après le Traité fait, par les Commissaires de la Chambre mi-partie, à charge du réciproque sur les Terres desdits Sieurs Etats, & qui soit d'égale importance en quantité ou en qualité.

Article 3. Les limites en Flandre & ailleurs; passé, & seront attenduës les informations pour être reglées en son tems.

Article 4. Les chartres &c. à délivrer; accordé à la charge du réciproque.

Article 5. Prétention de Monsieur Dort; difficultée par l'Espagne.

Article 6. Ceux qui seront compris en ce présent Traité; accordé.

ARTICLES NOUVEAUX

Proposez le 19. *Decembre par*

L'ESPAGNE

Et reçus de Messieurs les

PLENIPOTENTIAIRES

Des

PROVINCES-UNIES

Pour être représentez aux

ETATS-GENERAUX.

L'On tâchera de part & d'autre de trouver, après la conclusion du Traité, quelque expédient pour faciliter le Commerce réciproquement.

Quant aux demandes faites séparément & en un autre papier à part; on déclare que l'on ne peut consentir aucunement ni en la moindre partie du contenu au premier Article touchant le transport du haut quartier de Gueldre ausdits Sieurs Etats, étant une nouveauté du tout extraordinaire que contient ladite proposition.

Sur le second, au regard de la démolition des petits Forts d'Ecluse il en sera convenu après le Traité fait, & par les Commissaires de la Chambre mi-partie, à la charge du réciproque sur les terres desdits Sieurs Etats qui soit d'égale importance ou en quantité ou en qualité.

Le troisiéme est passé & remis à l'exécution du Traité & ausdits Commissaires de la Chambre mi-partie, pour en convenir conjointement.

Le quatriéme accordé à charge du réciproque.

Le cinquiéme, qu'il demeure rayé; pource que si on l'admet, on en proposera aussi d'autres de même nature de la part du Roi d'Espagne qui embrouilleroient le Traité.

Le sixiéme passé.

De la part d'Espagne on demande que l'on fasse réparer les attentats faits depuis peu aux Villages de Zuitdorp & Becostenblede situez au milieu du chemin entre le Sas-de-Gand & Hulst, d'où l'on a chassé les Curez & Pasteurs des Catholiques, dépouillé les Eglises, déposé les Magistrats.

On requiert aussi de la part d'Espagne que les Etats veuillent mettre en liberté les Religieux, Ecclésiastiques & autres des terres de Nieubourg, qu'ils détiennent prisonniers depuis quelque tems.

Finalement ont demandé que puis que l'on vient à une Paix perpétuelle, que l'on léve les licences, du moins pour les petits bateaux, & que l'entrée ne soit pas plus chargée qu'elle étoit avant le commencement des troubles; ou que les charges & impositions soient égales de part & d'autre, qui est le vrai moyen de rendre le Commerce florissant, afermir la Paix, & maintenir l'amitié & union entre les Sujets de l'une & de l'autre part.

Signé

CONDE PENARANDA;

F. JOSEPH *Arch. de Cambrai*;

BRUN.

FIN

FIN DE LA GUERRE

Des

PAYS-BAS,

Aux

PROVINCES

Qui font encore fous l'Obeïffance

D'ESPAGNE,

REPONDANT

A l'Avis desinteressé n'aguéres publié par une perfonne neutre.

LA Guerre qui fe demène aujourd'hui dans la Flandre, par les armes de France & des Provinces-Unies contre l'Efpagne, paîtage d'une affection bien contraire les inclinations de tous ceux qui la confiderent. Il eft bien difficile de deguifer ni fa contenance ni fa pofture, en un fujet fi paffionné. Nul n'en peut parler ni en écrire, qu'il ne faffe connoî-tre fe Demon qui l'anime. Cette eau entrant dans la mer retient durant quelque efpace la douceur de fa fource. Le langage de Canaan fe fait difcerner parmi les infideles. Et la pa-role ou morte ou animée démontre les mou-vemens du cœur qui la pouffe.

L'Avis des-intereffé aux habitans des Païs-Bas, qui font fous la domination du Roi d'Efpagne, donné, comme il dit, par une perfonne neu-tre, fait d'abord connoître l'intérêt qu'il y prend, en proteftant de fa Neutralité. Et cette proteftation contraire à l'acte même qu'il publie, le rend irrecevable en fa qualité. Il parle trop bon François, pour être crû d'autre Nation ou d'autre humeur : fon lan-gage n'eft point Walon : il ne tient rien du dehors : & les mouvemens de fon difcours font voir qu'ils font procedés d'un homme ve-nu du cœur de la France auffi bien que d'un cœur François.

Je n'entreprends point de heurter cet Avis par un fentiment contraire. C'eft à faire à un Efpagnol pêtri de la fine fleur du froment de Madrid, ou à un Caftillan nourri & élevé de la main de fes Maîtres. Je ne veux point faire le fuffifant, ni mêler mes foibles fenti-mens parmi ceux qui font métier d'écrire, qui ont l'efprit raffiné dans la connoiffance des affaires du Royaume, & qui font tous favans des intentions des principaux Miniftres

TOM. III.

de l'Etat de France. Je ne fuis que jeune Tyron en ce métier, apprentif en matiere d'Etat, avorton aux affaires, éloigné des in-trigues de celles de la Paix & de la Guerre, ignorant de celle de France. Je paffionne bien que tous ces peuples fecoüent le joug d'Efpagne, & dis avec lui que jamais l'oppor-tunité n'a été plus grande pour les redimer de la fervitude, ni la neceffité plus preffante pour les obliger d'embraffer la liberté ; mais non pas fous une telle forme de Gouvernement qu'il fuggere, rejettable par les experiences du paffé, contraire aux mœurs & aux humeurs des habitans du Païs, impoffible à executer : & quand elle fe pourroit en quelque forte mettre en ufage, ce ne pourroit être pour longtemps, ni que pour autant qu'il en fau-droit pour les relancer plus avant dans cette dure fervitude où ils gemiffent.

Je dis plus, & en ceci je ne fuis point avec lui, que quand ces Provinces pourroient être défendues aujourd'hui plus que jamais par la puiffance d'Efpagne, leurs peuples ne font plus obligés à cette parfaite obeïffance qu'elle exige d'eux depuis feprante ans : & dont elle s'eft fervie non pour leur propre fubfiftance fe-lon leurs privileges, mais comme du fiége de la Guerre pour la porter par tout où elle a voulu : tantôt dans le fein de la France, après y avoir jetté & nourri des Ligues pour en di-vifer les forces : tantôt en Allemagne, pour opprimer la liberté Germanique & élever la Maifon d'Autriche à une plus que Souveraine autorité, fous ombre de celle de l'Empire : fouvent pour depouiller des Princes de leurs Etats & Païs Héréditaires, témoin le Pala-tin & les Succeffeurs de Cleves & de Juliers, & toujours contre les Provinces-Unies, quoi que fœurs gemelles de celles-ci, nourries & élevées au même tetin d'union & d'amitié : tout cela par une infraction intolerable des privileges du Païs, bâtiffant des Citadelles, furchargeant le peuple de fubfides & d'impofi-tions induës, dominant icelui avec une ver-ge de fer au gré des forces d'une Nation étran-gere commandée par des étrangers : & à l'exemple de Phalaris, par la conftruction de lieux affreux, hideux, parfemés de rafoirs & de coûteaux deftinés au carnage & au démem-brement des Corps humains dans des cachots tenebreux de ces antres effroyables de Ville-voorde, monftres que l'Inquifition d'Efpagne a enfanté. Ces bons Païs, dis-je, qui de droit ne connoiffoient qu'un Duc, un Comte, ou un Seigneur avec une domination attrempée de l'autorité des Barons & des Villes, fans lefquels le Seigneur même ne peut pas feule-ment déclarer la Guerre, fe voit depuis plus d'un fiécle continuel que la Maifon d'Autriche s'eft portée à cette demefurée grandeur, ha-raffé, molefté, accablé de tous les maux qui peuvent rendre un peuple miferable. Et ces belles Provinces, ces grandes Villes jadis fi riches & fi floriffantes par deffus toutes autres de l'Europe, maintenant vuides de biens, défertes, affechées, reduites en ruine & en defolation comme Païs de Conquête, par un Roi qui les a matté avec un fceptre d'extor-fion, à la forme des bazanés d'Efpagne. Et après tout cela, ne fe peuvent-ils pas legitime-ment fouftraire de telle tyrannie ?

La Flandre & l'Artois qui aujourd'hui plus que les autres Provinces femblent être l'échi-quier de la Guerre, ont bien plus de fujet de penfer à leur repos & de reclamer l'aide de leur Souverain en leurs angoiffes & perplexi-

Ooo   tez.

1646.

tez. Chacun fait que l'Empereur Charles V. en a prêté le dernier hommage au Roi François I. Et que celui-ci ne s'en est departi que dans la prifon de Madrid, ne l'ayant pu valablement ni comme prifonnier & par contrainte, ni au préjudice de fes Succeffeurs Rois de France, ni comme agiffant d'une Pairie quant à la Flandre, laquelle à faute d'hoirs mâles par l'inftitution originaire & par la nature de tels fiefs & dignités, doit toûjours revenir à la Couronne pour y demeurer annexée, & en eft infeparable quant à la Souveraineté d'icelle, & du Comté d'Arthois. Voila les raifons qui éloigneront de vous tout blâme de felonie, & vous garentiront du reproche d'avoir été deferteurs volontaires de votre Prince, & du devoir de fujettion à l'Efpagne, quand bien elle feroit encore en état de vous foutenir en la condition où vous êtes.

Il eft donc conftant que vous pouvez legitimement fecouer ce joug-là, & que vous le devez par la neceffité de vos affaires & par la confideration de votre fubfiftance fous peine de ruine & de defolation entiere. Mais par quels moyens y parvenir ? Je crois que les plus faciles, les plus affurés, & les plus durables feront toûjours à preferer à tous autres, où l'on ne rencontrera point ces qualités en pareil avantage. Il eft donc queftion de connoître fi la Souveraineté de vos Provinces peut plus facilement paffer de la main du Roi d'Efpagne à la vôtre propre, fi elle y peut être attaché avec plus de fermeté, & s'il y a apparence qu'elle y refide plus longuement & avec plus d'avantages, que fous la domination des François & des Hollandois, felon la fituation de vos Provinces, en la bienfeance de chacune des deux Nations refpectivement.

Ce Des-intereffé ayant pris à tâche de prouver que vous devez attirer devers vous la Souveraineté, le premier argument qu'il employe pour vous induire à fon opinion, eft tiré de l'avantage qu'il dit que l'Efpagne recevra de tel changement; foit à votre égard, en *demeurant* par ce moyen encore *unis d'inclination à l'Efpagne* : foit à l'égard de l'Efpagne, *en ne fortifiant pas fes ennemis de la Conquête & de la dépouille de vos Provinces.* Mais à ceci la réponfe eft aifée.

Premiérement les Peuples qui fecouent le joug d'un Souverain, en quelle forte que ce foit, ou pour paffer à un autre Prince, ou pour retenir par devers eux le commandement, comme ils croyent d'offenfer à l'extremité la Majefté du Prince qu'ils abandonnent, lequel ne medite que feu & vengeance contre eux, ils ne peuvent en fuite nourrir que défiances, jaloufies, haines contre lui, leur étant impoffible d'aimer celui qu'ils ont offenfé à l'extremité; plutôt ils ne butent qu'à fa diminution & à l'empirement de fes affaires, pour lui ôter le moyen de fe venger. Voila donc Meffieurs l'inclination que vous pourriez garder envers votre Prince pour ce regard.

D'ailleurs, ce n'eft pas jeu d'enfant que de changer de forme de gouvernement dans un Etat, & on n'a pas de coutume d'y aller à demi. Céfar ne paffa pas le Rubicon pour s'arrêter au milieu. La plus grande moderation en telles matieres eft de n'en avoir point. Car ne pouvant que paffer d'une extremité à une autre, tout ce qui fe rencontre entre deux peut & doit être franchi fans fcrupule. Et comment pourriez-vous de Monarchiques, devenir Républicains à l'avantage de votre Prin-

ce ? Comment de l'obéiffance qui vous demeure en partage, pourriez-vous empieter le Souverain commandement fans offenfer votre Prince à l'extremité ? Et cuideriez-vous bien par ce moyen, vous rendre plus utiles à lui, ou à fes affaires aux occafions ?

Mais auffi d'autre part, fi ce nouveau parti que vous embrafferiez en vous declarant pour vous-mêmes, étoit plus utile & plus avantageux à l'Efpagne, croiriez-vous bien que la France & la Hollande vous y vouluffent aider & affifter ? Ains plutôt ne feroient-elles pas obligées de vous en démouvoir, par cette raifon qui eft naturelle à chacun, de pancher plus à fa propre utilité qu'à celle d'autrui, & à plus forte raifon qu'à celle de l'ennemi ? Ainfi donc il ne faut pas douter que le François & le Hollandois n'aiment beaucoup mieux de vous voir ajoints à eux en la forte que je viens de vous dire; que non pas de vous voir former un Corps de République à part & independant de tout autre que de vous-mêmes, & par confequent en état de retourner bientôt à l'Efpagne au moindre changement de fortune, que de vous en détacher pour toûjours, en vous uniffant infeparablement à eux, & vous rendans pièces confiderables de leurs Etats.

Et croyez-vous bien, Meffieurs, que cet Ecrivain qui fe qualifie Neutre, s'il jugeoit le mouvement qu'il vous donne le plus avantageux à l'Efpagne, voulût feulement penfer d'en faire l'ouverture ? Non, il eft trop bon François : il ne fauroit par effet dementir fa profeffion. Mais toutefois en cuidant feindre pour s'infinuer davantage dans vos efprits, il eft bien vrai que le confeil qu'il vous donne en ceci, eft le plus avantageux qu'il vous pourroit donner pour l'Efpagne, dans la neceffité qui vous eft impofée de vous enfeparer; mais le pire pour la France & pour la Hollande, & le plus ruineux pour vous.

Car encore que les Efpagnols foient trop bons Politiques, pour ne favoir bien pratiquer cette maxime, que de deux maux il faut éviter le pire, & que s'ils avoient le choix de l'une de ces deux extremités par où il leur falut paffer, je veux croire qu'ils choifiroient plutôt celle-là; toutefois il ne me fauroit perfuader que le Roi d'Efpagne vous voulût abandonner la Souveraineté de fes Provinces, ni confentir que vous vous puffiez impunément fouftraire de fon obéiffance, fous pretexte qu'il n'eft plus à fon pouvoir de vous y retenir. Ainfi n'en ayant aucun ordre de fa part, l'exemple des Villes de terre ferme de la République de Venife ne peut ici être tiré en confequence, pour vous induire à recevoir cet avis, & plutôt vous déclarer libres, de votre propre autorité, que de vous foumettre à la puiffance de vos voifins. Là elles reçurent ordre de la République comme de leurs feuls Maîtres & Seigneurs, d'ouvrir les portes à l'ennemi plutôt que de fe laiffer forcer : & ici le Roi d'Efpagne votre Souverain Seigneur femble vouloir coucher de fon refte pour vous contenir dans fa fujettion : témoin les grandes armées qu'il tient & entretient parmi vous : témoin les Citadelles & les Forterefes qu'il fait fi foigneufement garder : témoin en foit la défiance qu'il a conçue de vos cœurs & de vos inclinations, qui lui a fait preferer la perte d'une Place fi importante que Gravelines, au peril de vous voir armés pour la délivrance d'icelle. Auffi cet homme Neutre vous oppofe très à propos enfuite pour un
ob-

 obſtacle , la crainte que vous devez avoir , que les Eſpagnols venans à renverſer votre nouvel Etat , ne priſſent vengeance de vos ſoulevemens : témoignage certain que vous ne feriez pas choſe qui leur fût agreable.

Reſte à faire voir, que vous ne feriez rien pour vous, ni pour vos voiſins ; & que vous devez prendre d'autres meſures pour votre li- berté.

Par le conſentement de tous les Politiques, la Monarchie eſt la plus belle & la plus divine forme du Gouvernement des hommes , & comme telle , elle a naturellement toutes les autres en averſion. C'eſt quelque choſe de divin à un homme ſeul de commander à tant de Peuples , Langues , & Nations de differentes mœurs. Et cette grande autorité n'a été bâtie que du débris des autres , leſquelles étans im- parfaites en elles-mêmes , ne ſe pouvoient ſi aiſément mouvoir par la direction de pluſieurs, que par le mouvement d'un ſeul Chef agiſſant en toutes les parties du Corps par ſa condui- te , comme de celui qui ſeul tient en ſa main les rênes du commandement. Les Monar- chies donc ne ſouffrent pas les Républiques par amour, mais par neceſſité. Et c'eſt mer- veille de les voir établis dans une ſi longue durée , qu'elles ne ſoient enfin ſubjuguées par la puiſſance de quelque Prince , ou détruites & diſſipées par leurs propres diviſions.

Les Républiques de la Grece n'ont jamais été regardées que d'un œuil d'indignation par les plus grands Rois de leur voiſinage. Avec quels frais, quelles peines & quels travaux im- menſes , Cyrus , ce grand Roi de Perſe , penetra toute cette grande piéce de terre qui étoit depuis le cœur de ſon Empire juſques aux extremités de l'Aſie-mineure , pour porter la Guerre au milieu des Etats de ces peuples-là & domter la fierté de ces Républicains ? Fut- ce pas lui qui conſtruiſit ce tant célébre pont flotant ſur l'Helleſpont pour joindre l'Aſie a- vec la Grece , dreſſer comme une Barriere aux deux Mers, & faire un paſſage à ſon ar- mée pour paſſer ſur le ventre de leur li- berté ?

Cette puiſſante République Romaine qui avoit aſſujetti tant de Rois & de Nations ſous ſa main , après avoir gaſpillé & ſaccagé pres- que tout l'Univers , la voilà monter au plus haut periode de ſa puiſſance, mais pour ſe rendre plus deplorable en ſa chute. Elle don- noit la loi à tous les Etats étrangers , & n'é- toit regardée d'eux qu'avec crainte & trem- blement. Cependant en un moment ſes re- doutables conducteurs , après avoir aſſujetti tout le reſte ſous ſes loix , ne trouvans plus aucune puiſſance étrangere digne du rencontre de ſes armes , elle tourne ſon glaive contre elle-même & déchire ſes propres entrailles, di- viſant cette vaſte domination en pluſieurs por- tions , pluſieurs de ſes Provinces en preſque autant de Royaumes , & démembrant les au- tres & les reduiſant en preſque autant de pe- tits Etats populaires & Villes libres , dont la plûpart ont été enſuite envahies par les plus puiſſantes : & tout cela parmi des montagnes de Corps morts, dans des deluges de ſang , & un monde de ruine & de deſolation.

Celle de Veniſe eſt la ſeule reſtée de ce débris, & devenue conſiderable plus par de bonnes loix que par une grande puiſſance , qui ont établi en elle une durée de douze ſiécles. Mais quelles atteintes n'a-t-elle pas ſouffert en ſa liberté ? De quelles ſecouſſes n'a-t-elle pas été agitée ? Combien de fois portée à deux doigts

TOM. III.

de ſa perte ? Sa ſubſiſtance entre tant & de ſi puiſſans ennemis eſt du tout miraculeuſe, mais traverſée de tant de guerres , de combats , de batailles , de deſſeins & d'entrepriſes formées ſur la liberté, que rien ne le a ſauvé qu'une rigoureuſe ſageſſe très-étroitement obſervée au regime de leurs peuples : ou pour mieux dire, une particuliere providence du Ciel , qui l'a gardée comme une forte Barriere pour arrêter le cours des invaſions Turqueſques dans la Chrétienté. Ajoûtez à cela la ſituation des Villes maritimes de ſon Etat, qui ont toûjours maîtriſé ce beau Golphe qui leur ſert comme d'un foſſé impenetrable aux Puiſſances étran- geres.

La République des Païs-Bas , le plus grand miracle de nos jours, conçuë de la Tyrannie & de l'extorſion, enfantée de la neceſſité, for- mée par Guillaume de Naſſau Prince d'Oran- ge , le plus grand homme de ſon âge , nourrie & élevée par les mains guerrieres de ces deux grands Heros dignes Fils & Succeſſeurs de cet incomparable pere , regardée de tout le monde avec admiration , journellement portée à un plus haut faîte de gloire & de puiſſance par les Conquêtes de ce grand Duc Frederic , & la- quelle ſous la conduite de ces trois grands hommes, a fait plus de progrès en ſoixante- dix ans que celle des Romains en quatre cens, n'a-t-elle pas ſes défauts auſſi bien que ſes ver- tus, ſes manquemens comme ſes perfections ? Et comme toutes les choſes ſublunaires ſont aſſujetties à vanité par cette inſtabilité natu- relle qui leur eſt impoſée de la main du Tout- puiſſant , chacun ſait que les Etats accrus hâtivement panchent plutôt à leur déclin , que ceux qui ſe ſont élevés dans une longue durée de ſiecles.

Combien de Royaumes & d'Etats voiſins, leſquels ayans tendu les mains pour former ce- lui-ci en haine de l'Eſpagne , & pour affoiblir par le démembrement de ces Provinces cette fiere & orgueilleuſe puiſſance de la Maiſon d'Autriche qui la rendoit formidable à toutes autres , ſont devenus jaloux de leur gran- deur, & ont couché gros pour leur diminu- tion ?

Que n'a pas l'Angleterre exercé d'hoſtilité contre ces Provinces avant ſa diviſion ?

Combien de fois a le Dannemarck été en état de rompre avec elles, s'il n'eût redouté leurs forces marines ? Et de combien a-t-il ac- cru le talent de l'Impôt ſur le Sond pour les affamer ou incommoder ?

La Suede s'entretient d'elles plus par neceſ- ſité que par affection, comme ayans tous ſe- parement une grande & mortelle querelle à vuider contre leur commun ennemi.

Les Allemans qui ont armé pour favoriſer leur liberté , & pour les aider à ſecouer le joug Eſpagnol , n'en ayans reçu qu'un bien petit échange à leur beſoin, ſouhaiteroient vo- lontiers d'être quittes de la Guerre qui les matte depuis ſi longtemps , & de renvoyer chez elles le Brandon du feu qui les conſume peu à peu ; & ne voudroient être maîtriſés ni mâtinés à leurs portes par de ſi puiſſans Ré- publicains , leſquels , comme en mangeant l'ap- petit vient , ſe pourroient avec le temps ac- commoder de quelque bienſeance du voiſinage de leurs terres.

Les Venitiens, qui les premiers ont autoriſé cette République par la reception de leurs Ambaſſadeurs dans leur Senat à la barbe de celui d'Eſpagne , & non obſtant ſes inſtantes proteſtations au contraire , ne les regardent plus que d'un œuil d'envie, étans bien perſuadés que comme ils devancent en rang & en ancienneté, les Provinces-Unies les ſurmontent en puiſſance. Et ſi en l'état preſent, elles ſe ſont rendues & ſe rendent journellement ſi conſiderables, qu'elles ſont dévenues les arbitres des Royaumes & des Etats Chrétiens, que ne feroient-elles pas par l'adjonction d'une telle puiſſance? Certainement elles deviendroient la terreur & l'effroi de leurs voiſins, & conſequemment le blanc & la butte de leur indignation. Et les Monarchies qui les environnent, jalouſes de leur puiſſance, s'uniroient toutes enſemble pour la diſſiper & en partager les dépouilles.

Et la France, cette paternelle France, mere des affligés, ſi elle étoit autant ſtable comme elle eſt prompte à donner ſecours, qui n'a jamais épargné pour elles ni ſes hommes ni ſes finances, n'a-t-elle pas ſouvent abandonné ſon propre intérêt pour ſolliciter publiquement celui d'Eſpagne; lors que voyant déja le feu allumé dans le ſein d'icelles par des factions inteſtines, pretextées de Religion, au lieu de courir à l'eau pour les éteindre, elle a voulu fournir du bois pour les embraſer, & pour les faire durer en la durée & en la ſubſiſtance de ceux qui les nourriſſoient? Mais la conjoncture de ce temps-là eſt bien differente de celui-ci, qui ne reſpire maintenant que la grandeur du Sceptre François, l'affoibliſſement d'Eſpagne, & la proſperité de ces Provinces, dans la Regence d'une Princeſſe incomparable en ſon gouvernement, aſſiſtée du Conſeil d'un grand homme d'Etat, vrai Regnicole franciſé, d'inclination & d'affection Françoiſe, grand Prelat, grand Politique digne de ce Regne, mais plutôt que le Ciel a donné Miniſtre à la France pour la plus grande gloire, qui encherit aujourd'hui par deſſus tout autre grand homme d'Etat naguéres ſurnommé l'inimitable au maniement des affaires, & qui le va ſurmontant en civilité & en douceur, & ne lui cede pas en prudence & en la ſcience d'Etat, du tout admirable à ſavoir contenter tant de differentes humeurs, & à ne mécontenter perſonne, bref d'autoriſer ſes Conſeils avec une ſi haute reputation, ſans ſeverité & ſans ſang, dans une univerſelle approbation dedans & dehors le Royaume. Et toutefois qui pourra croire que tous ces grands Adminiſtrateurs de l'Etat François, ni tous ceux qui leur pourront ſucceder à l'avenir, puiſſent déſirer un tel accroiſſement aux Provinces-Unies que celui de l'adjonction des Provinces Walonnes, qui reſtent encore de l'obéiſſance d'Eſpagne? Et que la France veuille avoir pour voiſin immediat un Etat ſi puiſſant, lequel comme à preſent Maître de la mer par le grand nombre de ſes navires, de ſes hommes experts en la Navigation, de la commodité & du grand nombre de ſes Ports & Havres, la ſurmonte en force marine; ne lui cederoit pas alors ſur la terre, & auroit une puiſſance plus prompte, comme plus prochaine, plus unie, & plus communicable par la mer & par tant de Rivieres qui l'arroſent. Autrement ſeroit-ce point rappeller les vieux temps des Bourguignons, à la moindre rupture ſur un pied de terre de la Frontiere, de laquelle difficilement on eſt d'accord de tout point? Et là-deſſus l'Angleterre pourroit elle pas reveiller ſes vieilles prétenſions ſur la Normandie & la Guienne, ſur Calais & Païs Reconquis? Ainſi donc la France d'amie & Alliée, deviendroit incontinent ennemie & jalouſe de ſa puiſſance,

& dès lors commenceroit de travailler à ſa diminution.

D'ailleurs croyez-vous bien, Meſſieurs, que quand aujourd'hui la France pour vous détacher de l'Eſpagne, donneroit quelque conſentement à cet Avis, de vous déclarer libres & retenir devers vous la Souveraineté de vos Provinces, que cela fut irrevocable à toûjours au préjudice de la Souveraineté qui d'ancienneté lui appartient, comme j'ai dit, ſur le Comté de Flandres Pairie de France, & ſur le Comté d'Artois? Chacun ſait que celle étant un droit inalienable de la Couronne, qu'il ne peut durer ni valoir en tout cas que ſous cette adminiſtration. Et ſi mêmes François premier n'a pu s'en départir par la Paix de Madrid, moins peut-il être valablement renoncé à ce droit ſous la pupillarité d'un Roi. Et ainſi n'y ayant rien de certain de ce côté-là, ce ſeroit toûjours à recommencer: car le Roi Majeur, ou un autre qui lui ſuccedera, ſera toûjours en état de ſe rétablir de ſoi-même & par armes en ſa Souveraineté en tout temps inalienable & inſeparable de ſa Couronne. Tellement que ce ne ſeroit qu'une Pierre d'attente pour y appuyer de nouveaux troubles, & matiere de grabuge à l'avenir.

L'Eſpagne même qui ſait tirer profit de ſes propres pertes, ne vous ayant pu conſerver ſous ſa domination, ſi elle eſt contrainte de vous reconnoître libres dans l'union ou Confédération des autres Provinces, n'épargnera rien pour nourrir avec vous quelque apparente amitié: & par un mutuel Commerce dans la débite de ſes denrées, elle débitera auſſi chez vous ſes penſions ſecretes: & ſous prétexte de l'intérêt de la Religion Catholique, mettra toute pierre en œuvre pour bâtir même des Alliances d'Etat pour la ſubſiſtance de votre commune Religion, tout ainſi qu'elle a fait & fait avec les Cantons Catholiques de Suiſſe, qui d'ancienneté ſe ſont auſſi ſouſtraits de ſon obéiſſance & ont acquis la liberté: mais toûjours avec cette reſerve, de ne perdre jamais l'occaſion de vous reavoir, ou d'interrompre l'harmonie de l'Etat quand il lui plaira, en pinçant les cordes des differentes Religions. Ou bien en cas de rupture avec la France, comme il ſeroit très-difficile que deux ſi grandes & coégales Puiſſances voiſines & contigues l'une à l'autre puſſent longuement durer en Paix, n'étans point ſeparées ni de mers, ni de montagnes, ni de grandes Rivieres, mais ayans en tout temps les chemins libres & ouverts pour penetrer l'une dans l'autre, l'Eſpagne ne ſe mettroit-elle pas en état de vous aſſiſter de ſes forces, par cette maxime d'Etat qui oblige de ſoutenir le plus foible contre le plus fort, & celui qui eſt le plus éloigné contre le plus prochain: mais ce ne ſeroit que pour nourrir le feu quand bien vous vous en ſeriez à elle, comme autrefois la Ligue en France. Et lors l'Eſpagnol d'ennemi naturel de toutes ces Provinces, deviendroit votre ami & Allié d'Etat, mais en apparence & pour vous tromper. Et les François ſuccederoient envers vous, à la haine des Eſpagnols, par cette viciſſitude naturelle des affaires du monde. Et ainſi vous perdriez l'un, & ne gaigneriez pas l'autre. La France deviendroit votre ennemie par raiſon d'Etat, & l'Eſpagne perſiſteroit dans ſa haine héréditaire contre vous.

Ce ſeroit donc rien faire, que de retenir à vous la Souveraineté de vos Provinces, & de trai-

traiter d'une confédération avec celles qui font unies & qui forment aujourd'hui un corps de Republique à part dans les Païs-Bas. Chacune de celles-ci est Souverine dans l'étendue de fon reffort, & prétend à foi toute puiffance fur la Religion, fans qu'il foit loifible à la Généralité de s'en mêler. Chacun a fa juftice en dernier reffort, la nomination abfoluë de fes Etats, l'impofition & la difpofition de fes finances, l'œconomie & la police de fes Païs. Vous déclarant libres en corps, pour entrer en confédération avec les autres, par un commun intérêt, fous une même forme de Gouvernement, pour votre mutuelle confervation & deffenfe reciproque ; feroit-ce point une même chofe, & fous noms aucunement divers non differens en effet, finon en la Religion, faire revivre en même tems l'Union d'Utrecht, de laquelle vous vous êtes une fois départis, fous le nom de Malcontents pour quelques Articles brechez au prejudice de la Religion Catholique? tellement que vous voulans déclarer libres & Souverains en cette forte, vous feriez comme les autres Provinces qui ont fecoué le joug d'Efpagne, & feriez obligés de vivre dans un même intérêt d'Etat. Et ainfi votre adjonction avec les Provinces-Unies produiroit toûjours mêmes effets envers vos voifins, de jaloufie de vos trop grandes forces : & croians par ce moien d'établir votre repos, vous fileriez la trame de nouveaux troubles parmi vous.

Il n'y a telle fageffe que celle qui s'acquiert par fa propre experience. Ce qui s'eft paffé parmi vous, dans ce foulévement univerfel de toutes les dix-fept Provinces, vous doit fuffire pour toute raifon. Vous favez que tous ces Païs impatiens du joug de l'Efpagnol, fous le cruel tyrannique Gouvernement du Duc d'Alve, avoient arboré l'enfeigne de la Liberté pour bannir l'Inquifition & donner Paffeport à la fortie des Efpagnols. Vous favez que Dom Jean d'Auftrie, quoi que fuccedant à la charge & aux ordres du premier, faifoit femblant de favorifer les juftes intentions de Peuples & la fortie de fa Nation, à quoi toutes chofes contribuoient. Cependant au lieu d'emploier l'argent qu'il avoit touché pour les congedier, il le fait valoir pour fe cantonner dans Namur, d'où il forma un corps d'armée & peu après par l'arrivée d'Alexandre Farneze Duc de Parme, conduifant des troupes fraiches & gaillardes, il donna fi rudement fur les doits à cette grande armée de la Généralité à Gemblours, que depuis les affaires des Provinces ne firent qu'empirer, celles d'Efpagne s'amender & reprendre nouvelle force, jufques à l'entier redreffement de vos Provinces, plus en fuite par votre divifion & par le démembrement d'icelles d'avec la Généralité, que par force d'armes.

Et qui caufa cette déroute & ce grand desordre? La jaloufie des deux Religions, les uns ne voulans ceder aux autres ; & l'opinion que vous eûtes que la Proteftante ne fuppediât la Catholique : l'ambition des Grands du Païs ; le defir que chacun d'eux avoit de prendre la meilleure part en la conduite des affaires : & l'envie qu'ils avoient tous de la grande créance & vertu du Prince d'Orange. Mais fur toutes chofes, l'impoffibilité de retenir dans l'union tant de Provinces & un fi grand Peuple, lequel bien que conftituant une même Nation, eft fi divers en fon regime de vivre, fi particulier en fes privileges, fi exact & fi ponctuel à les entretenir, que toutes les Pro-

vinces forment autant d'Etats particuliers, & chaque ville d'icelles autant de petites Republiques, toutes prêtes à coucher de leur refte plutôt que de démordre d'un pied de ce qu'elles fe font une fois figurez leur appartenir. Et quel moien de joindre & de tenir unies tant de pieces déjointes par fi frequentes difcrepances, s'il n'y a quelque lien plus particulier & plus affectionné qui les lie par enfemble ? Or il n'y en peut point avoir de plus ferré ni de plus preffant que la Religion.

Que fi tous ces défauts fe rencontrent encore parmi vous comme ils font, vous retomberez fans doute dans les mêmes inconveniens où vous croupiffez encore, fi vous ne prenez d'autres mefures, & n'embraffez d'autres moiens pour parvenir au repos où vous afpirez.

Pour contenir tant de Païs & tant de Peuples, tant de riches & puiffantes Villes fous l'obéïffance des Loix, il faudroit bien un autre frein. Toutes celles des anciennes Republiques d'Athenes, de Lacedemone, ou de Sparte n'y fauroient fuffire. Il feroit néceffaire d'en emprunter des Venitiens comme jadis les Romains des Grecs en la naiffance de leur Republique. Il faudroit caffer la plûpart des particulieres, & en établir des générales fous une obfervance très-exacte. Mais par quel moien ? On verra plutôt remonter toutes ces Rivieres vers leur fource, ou l'eau de l'Ocean tarir, avant que non les Provinces, mais la moindre des Villes voulût relâcher quelque chofe de fon intérêt particulier pour le bien général dans la grande liberté dont les unes font jouiffantes & à laquelle les autres afpirent.

Mais feriez-vous bien quelque chofe de bon pour la Hollande & pour les autres Provinces-Unies, de vous déclarer libres & Souveraines ? rien moins que cela. Car au lieu qu'elles font aujourd'hui les plus riches, les plus peuplées & les plus floriffantes, elles deviendroient pauvres, defertes & incultes : Et la liberté des rivieres que vous auriez comme elles, la bonté de votre Païs, la falubrité de l'air pardeffus le leur, & la fituation opportune de vos Provinces y attireroient les Arts & les habitans. Et Amfterdam, cette Mere-ville du Païs, le plus riche Magafin de l'Europe, capable toute feule de contreluiter la puiffance d'un Roiaume, comme la plus opulente de toutes, y perdroit le plus ; & au lieu qu'elle va augmentant journellement elle pencheroit dès lors à fon declin. Ils y perdroient donc beaucoup, & vous y profiteriez pour un tems ; mais pour donner plus de facilité aux Efpagnols d'y revenir & de s'avantager de vos richeffes.

Encor ce ne feroit pas tout. L'Etat des Provinces-Unies du Païs-Bas eft d'une très-louable étendue & telle que les Politiques la defirent pour établir la durée d'une Republique : ni trop grande pour n'avoir fes forces difperfées & difficiles à s'entre-communiquer, ni de telle puiffance qu'elle foit fufpecte & redoutable à fes voifins : ni trop petite aiant des forces fuffifantes pour fubfifter de fon propre poids : mais de telle mediocrité qu'étant proportionnée en elle-même, fi elle eft encor accommodée de quelques pieces qui font en fa bienfeance, je ne crois point d'Etat fous la cape du ciel plus fort ni plus impenetrable que celui-ci : Et à meilleur titre que celui de Florence pourra-t-il être furnommé un Etat de fer ramaffé dans fa propre force. Cette générale adjonction des Provinces leur seroit donc plus à charge que à gain, plus capable de les embarraffer que de les fortifier, plus propre pour les porter à une diffipation que pour les rendre perdurables.

Les Provinces-Unies ont été engendrées de la Guerre : elles fe font élevées & accruës par la Guerre : & felon toutes les apparences elles ne font durables que par la Guerre. Il les faut confiderer comme invincibles à toute autre puiffance qu'à la fienne propre : c'eft-à-dire, elles ne peuvent être furmontées que par la divifion. Tant que ce myfterieux faifceau de javelots de Scillurus durera dans la patte du Lion Belgique, fa force demeurera indomtable & elles ne pourront être rompues : mais la Guerre ceffant, leurs adminiftrateurs ont un beau champ pour exercer leur prudence, pour concilier les partialitez qui couvent fous les cendres du feu de la Guerre, pour affoupir tant de fectes de Religions, ou du moins pour les contenir en quelque devoir dans un apparent defir que chacune auroit de former une faction pour favorifer la fienne. Et lors la Catholique, dont l'exercice eft feul interdit entre toutes les autres plus par raifon d'état que par haine, fauroit bien prendre fes avantages dans la divifion & faire valoir le nombre & la force de fon parti ; & encor mieux s'il étoit fortifié de l'adjonction des autres qui leur donneroient cœur de fe demontrer : Et s'il eft loifible de dire ce mot en paffant fur un point chatouilleux, il y auroit en ce cas toute apparence de courte durée, la Guerre ceffant, finon, comme je viens de dire par une reformation & abrogation de tant de privileges particuliers & par des Loix & Conftitutions plus générales pour le regime de toutes les Provinces en gros.

Et l'Angleterre en profiteroit-elle plus ? hormis de prendre fes avantages fur la France en cas de rupture des François avec les Païs-Bas, comme nous avons dit, on ne verroit dès lors qu'une mesintelligence ouverte avec ces Provinces pour la Seigneurie de la Mer. Elle qui fe l'eft fi fouvent voulu vendiquer par forme de fuperiorité jufques par des imprimez remplis d'oftentation, pour fignifier qu'à elle competoit le droit de la fermer, par trop jaloufe des forces maritimes de cét Etat, qui a fi fouvent triomphé d'une plus grande puiffance que la fienne & fi fouvent efquivé la rupture avec elle quoi que provoqué, mais plus par modeftie que de crainte ; faifant voir journellement à tout le monde jufques où s'étendent leurs forces de mer : Et à l'Angleterre, que fi elle avoit entrepris de déclarer de parole la mer fermée aux autres Nations, ils l'avoient par effet ouverte & publié une réponfe généreufe à leurs vaines pofitions. D'ailleurs l'Angleterre perdroit la plûpart de fon Commerce, & ne pouvant rien profiter, mais beaucoup perdre avec ces Provinces, elle en viendroit facilement aux extrémitez d'une rupture.

Que faut-il donc faire pour établir la condition de ces Provinces accablées du joug Efpagnol ? doivent-elles croupir à toûjours fous le fais importable de la tyrannie ? Ainçois elles s'en doivent fouftraire fans plus marchander. Le tems eft favorable, l'opportunité grande ; & c'eft à elles de profiter de la gayeté de ceux qui leur tendent les mains. Il n'y a qu'un pas à faire de la fervitude à la liberté, de la honte à l'honneur, de l'opprobre à la gloire. Confiderez, Meffieurs, ce qui appartient déja à la France de vos Provinces, & ce qui eft af-

fis dans fa bienfeance. D'autre part regardez ce qui peut accommoder l'Etat des Hollandois vos freres & vieux amis ; les deux Nations en font d'accord : car j'entends que la peau de l'ours eft déja partagée. Vous n'avez qu'à vous déclarer de part ou d'autre, non pour leur être affujettis d'une façon fervile, mais pour devenir compagnons de fortune, confreres d'une même liberté, participans du bonheur dont ils joüiffent. Vous demeurerez étraints d'un même nœud d'intérêt & d'amitié, & étans une partie d'eux-mêmes on ne vous fauroit toucher qu'ils n'en foient fenfibles & qu'ils ne parent foudain pour vous. Vous êtes pofez au milieu de deux grandes puiffances armées pour votre foûtien. Si vous vous donnez aux François & aux Hollandois, ils foûtiendront la Guerre pour vous s'il en refte tant foit peu ; votre querelle deviendra en un moment la leur. Et fi vous vous declarez libres de vous-mêmes, vous ferez feuls à en porter le fais & les frais. Si vous vous donnez à eux, vous ferez votre condition. Si vous attendez d'être fubjuguez, on la vous fera : Et l'Efpagne fera durer le mal & ne fe fervira de vos forces que pour achever votre ruine.

A la bonne heure donc, généreux Peuple ! armez vous de cœur & de réfolution pour parvenir à cette felicité. Auquel des deux que vous foiez, vous ne pouvez que bien être felon le department déja fait en avance.

La France victorieufe par tout qui n'a jamais refufé fecours aux Etrangers, vous recueillira fous fes charitables aîles comme fiens, vous hebergera de fon abondance, vous défendra par la force de fes armes. Cette belliqueufe Nation fe mettra devant vous comme une muraille de fer pour vous couvrir contre toutes les atteintes des ennemis de votre repos. La France aujourd'hui toute Françoife, toute favante de fes vrais intérêts, & amatrice de votre confervation, ne fera plus qu'un corps & une ame avec vous. Vous aurez un grand Roi pour défenfeur, un puiffant Roiaume pour ami, mais plutôt vous deviendrez une partie d'icelui & le rendrez encor plus redoutable. Vous vivrez fous mêmes Loix en confervant vos Statuts Provinciaux ou municipaux à l'égal des autres Provinces & villes du Roiaume. Vous ne lui ferez plus Frontiere ennemie, mais vous deviendrez enfans de la Maifon, & n'aurez autres bornes que les Monts Pyrenées, les Alpes & la Mer de midi. Si l'Éternel envoie fterilité parmi vous, vous pourrez fans crainte puifer de fon abondance. Et quand le ciel fera germer & fructifier vos terres graffes avec exuberance, vous y debiterez vos denrées fans Licences ni Paffeports. Le Commerce vous fera libre chez elle, & d'elle chez vous, car vous ne ferez plus qu'un. Depuis Philippe II. ce grand fleau du Païs, vous n'y avez vu aucun de vos Princes (car les Archiducs ne vous ont commandé que par precaire) ; deformais vous êtes affurez d'y contempler la Majefté d'un grand Roi au milieu de vous, plein de grace & de douceur ; & quand il vous plaira, vous pourrez aller droit à lui fans empêchement, car il eft à vos portes & vous n'avez point de mers à paffer. Les Nations étrangeres qui fe promenent aujourd'hui fi fierement dans vos Provinces, pillant, ravageant vos biens avec impunité fans contrafte par des hoftilitez étranges & inoüies fous prétexte de vous défendre, difparoitront en un inftant & ne penferont plus qu'à la retraite.

traite. Les Canons ne tourneront plus leurs bouches contre vous. On ne vous demandera autres Citadelles que vos courages. Les fubfides, les impôts & les exactions dont vous êtes furchargez cefferont avec la Guerre. Les Logemens des Gendarmes ne feront plus marquez fur les pôteaux de vos maifons. Il ne fera plus ouï parmi vous aucun brayement, lamentation, ni voix de frayeur. La Paix fleurira dans vos Campagnes & avec elle l'abondance, le repos & la profperité. On n'orra dans le Païs que cris d'éjouïffance, de joie & d'exultation avec tous les biens que peut apporter une parfaite felicité. Les Provinces-Unies font auffi toutes prêtes à recueillir les piéces de leur bien-feance. Elles vous tendent les mains & les bras & vous ouvrent le fein pour retraite. Vous n'aurez plus qu'une commune caufe à foûtenir avec elles contre vos communs ennemis. Leur puiffance ne vous eft pas inconnue : l'Efpagnol l'a reffentie dès long-tems à fon dommage. Elles n'ont plus rien à exploiter que ce qui refte pour le recouvrement entier de votre liberté. Tout fait joug humainement à la force de leurs armes : & dans la profperité de leurs affaires s'il leur arrive quelque déplaifir, ce ne peut être que pour vos pertes & vos fouffrances. Il leur eft impoffible d'arracher de vos entrailles cette vermine étrangere fans que vous enduriez quelques douleurs & extorfions. Confiderez maintenant leurs armes dans la Flandre, non comme ennemies mais comme de vos bons amis, non à deffein de vous fubjuguer, mais pour domter vos communs ennemis & pour vous acquerir la même liberté dont ils jouïffent. Ce grand Chef Orangeois, digne conducteur de leurs armées, que le ciel leur a donné au tems de leur plus grande confternation comme par miracle pour achever le chef-d'œuvre de leur liberté, fe préfente maintenant à vous pour garant & confommateur de votre repos. Il n'y eft que comme pere de la patrie, toûjours occupé & travaillant à votre bien. Les conquétes qu'il a faites & qu'il vient de faire ne font pas fiennes. Il n'y contribuë que fa valeur & fa conduite, fes foins & fes veilles, fes labeurs & fes experiences. Il n'en remporte que la gloire & vous les autres avantages, fi vous les voulez profiter en un tems fi favorable. Il ne depend que de vous de lever le mafque & de frapper du pied en terre pour en faire fortir des Legions toutes prêtes à combatre & à défaire tout ce qui fe voudra oppofer à votre repos & à votre liberté. Vous n'avez pas befoin de prendre des gens à votre folde, ni de mettre des armées en campagne pour un fi glorieux deffein. Il n'eft que de vous armer de courageufe réfolution. Une feule Brille & un Fleffingue ont donné le premier branle à la liberté dans les Provinces-Unies. Il ne faut qu'un Gand pour empoigner ce qui femble de plus rude ou en apparence de plus raboteux dans les votres, mais en effet ce ne fera que miel & douceur ? Qu'un Bruges vous peut fuffire pour broyer & mettre en poudre la fervitude qui vous comprime le cœur. Anvers & les autres bonnes Villes leveront bien-tôt le fourcil contre leurs Citadelles & leurs Garnifons pour prevenir les facs dont ils font menacez. Et fi vous prêtez les oreilles à un fi louable deffein, toutes chofes vous y favoriferont ; le Ciel même fe déclarera de la partie : Les élemens s'armeront à votre défenfe : votre terre ne fera plus qu'une terre de fer à vos enne-

mis : vos mers feront toûjours en tourmente pour eux : Ils ne refpireront qu'un air de peftilence & d'infection : le feu même le plus pur de tous les élemens ne brûlera que pour ardre & confumer leurs entreprifes. Et le grand Dieu du Ciel & de la Terre qui les a fi longuement attendus en patience pour leur donner rems de fe repentir de leurs actes, fera venir fur eux les jours de retribution & vengance, tandis que vous jouïrez à l'aife du repos & de la tranquillité.

LES PROFONDEURS

D'ESPAGNE

Cachées fous cette

PROPOSITION

De donner au Roi de France en mariage l'Infante d'Efpagne avec les dix-fept Provinces des Païs-Bas, en conftitution de dot.

CE que l'Efpagne a ofé entreprendre contre la France, a été plus fouvent affeublé de la peau du Renard que de celle du Lion. Cette cauteleufe Nation n'a jamais eu gueres de l'avantage fur la générofité de la Françoife qu'à la dérobée & en cachette, fort peu fouvent à bras nud & par le droit fil de la vaillance, la ruze leur a toûjours beaucoup plus profité que la force. Et ils ont fait voir par le fuccès de leurs affaires, qu'ils étoient plus favans en artificieux préceptes d'Ulyffe, qu'imitateurs des actions hardies & guerrieres du vaillant Ajax.

Lors qu'elle a voulu fubjuguer la France, elle n'a pas fait trembler les Pyrenées fous l'effroi de fes Armées pour pénétrer dans fon fein de vive force. Elle a armé le François contre le François, bandé autel contre autel, fous prétexte de Religion, femé la graine de fon Perou dans fes Provinces, bâti au milieu & aux quatre coins du Roiaume des Ligues animées pour le foûtien de la Catholique & extirpation de la Proteftante, cabalé les efprits les plus enclins à remuemens & les plus fufceptibles de nouveauté. On a vû après cette mort déplorable de Henri III. avancée par un bras affaffin à leur propre fuggeftion, des Propofitions étranges mifes fur le tapis ; tantôt de marier l'Infante d'Efpagne avec un Grand de France en lui portant le Diademe Roial fur le front ; tantôt de fe faire offrir par les Etats du Roiaume, la Couronne comme par droit de bienfeance & au plus puiffant Gardien de la Religion de leurs Peres, au préjudice du legitime fucceffeur & du vrai confervateur de la Roiauté.

S'il

S'il a été queſtion , de faire des conquêtes à communes armes , il ne nous en eſt demeuré que la gloire , & à elle le profit. Si nous avons partagé des Roiaumes & des ſucceſſions héréditaires, elle s'eſt accommodée de ſa portion pour envahir la nôtre avec plus de facilité : bref de ces belles ſucceſſions de Naples, de Sicile & de Milan , il ne nous reſte plus que le regret de nos pertes paſſées, la peine de nos maux preſens, & toute apparente impoſſibilité d'y pouvoir rentrer à l'avenir. Et combien de têtes caſſées pour revoir par la force cette forte Place de Perpignan avec la Comté de Rouſſillon , qu'une par trop ſuperſtitieuſe facilité ainſi artificieuſement pratiquée par cette Nation , leur avoit fait lâcher par Charles huitiéme ?

Mais ſi jamais l'Eſpagne a machiné quelque choſe d'artificieux, de couvert & de caché ſous le voile d'un apparent avantage pour la France , on peut dire que cette Propoſition , du Mariage de l'Infante d'Eſpagne avec le Roi & la conſtitution en dot des dix ſept Provinces du Païs-Bas , a été forgée ſur le même enclume & dans la même boutique que le Catholicon , en ces lieux opaques & tenebreux de l'Inquiſition , en parties plus reculées du Commerce , dans ces ſombres cachots qui n'ont jamais été éclairez de la lumiere du Soleil. Fallacieux Conſeil rempli de toute fraude , à divers replis & à double entente , beau en déhors , mais qui envélope au dedans de ſoi une infinité de maux. C'eſt un Eſcorpion qui grimpe tout doucement dans notre ſein , pour nous piquer à mort de ſa queuë veneneuſe. C'eſt la boite de Pandore remplie de toute ſorte de mauvais ingrédiens qu'on nous préſente pour nous empoiſonner. C'eſt en un mot , une des profondeurs apocalyptiques de Satan avec laquelle il prétend d'affliger la France , les Provinces-Unies & pluſieurs autres Etats de la Chrétienté.

Ici je ne touche point ni au ſang ni aux perſonnes , & je ne prétends pas de rejetter l'Alliance d'Eſpagne comme indigne de celle de la France. Ce ſeroit pécher contre le ſens commun , & notre propre experience me contrediroit. Cette tant renommée Blanche de Caſtille qu'elle donna Reine à la France en la plus grande néceſſité de ſes affaires pour la rendre Mere d'un Roi qui a merité le ſurnom de Saint , aiant contribué pour le bien de ſon Fils & de ſon Roiaume tout ce qu'on pouvoit eſperer d'une vraiement bonne Mere & d'une Excellente Princeſſe : & cette grande Reine qui regente aujourd'hui dans le Roiaume avec une généroſité & conduite inimitable par tant d'heureux ſuccès, en l'élevation d'un jeune Roi , à la gloire du nom François & à la réputation de ſes armes , font avouër à tout le monde, que ce bien ineſtimable eſt avenu à la France du lieu d'où elle n'avoit jamais reçu que beaucoup de mal ? Et que les miſeres que l'Eſpagne nous a fait ſentir par le paſſé , n'égalent point les felicitez préſentes que l'adminiſtration de cette Princeſſe , qu'elle nous a donné pour Reine , nous font ſavourer. C'eſt cette douceur procedée du Fort : c'eſt ce miel enchaſſé dans la machoire du Lion Eſpagnol.

Mais je dis bien que la Reine eſt trop bonne Mere , & qu'elle aime trop le bien du Roiaume pour recevoir de telles Propoſitions. Cette Princeſſe ne tient plus rien de l'Eſpagne, que la naiſſance : ſon élevation eſt toute Françoiſe : ſon inclination Françoiſe : toutes

ſes actions Françoiſes. Elle n'emploie ſa prudence & la force de ſon jugement, qu'au bien du Roi & à l'agrandiſſement de la France. Et aujourd'hui que la force des armes Françoiſes dirigée par ſa ſage conduite & appuiée du conſeil de ce rare & excellent Miniſtre qui l'aſſiſte , ont éloché pluſieurs de ces Provinces, porté la crainte & l'effroi au milieu du Païs , emporté les plus fortes & importantes Villes , rendu preſque toutes les autres frontieres de la France ou des Provinces-Unies : Aujourd'hui que tout tend à un ſoulevement univerſel parmi ces Peuples accablez du joug Eſpagnol & qui ne béent qu'à leur délivrance : Aujourd'hui qu'il ne leur reſte pour toute reſſource de ſalut, que de ſe joindre promtement & volontairement aux François & aux Hollandois, à peine d'y être en bref contraints par la force : Aujourd'hui que l'Eſpagne n'a plus aucune confiance en eux , ni eux à l'Eſpagne : Qu'elle n'y commande plus que dans ſes Citadelles , parmi une Gendarmerie à demi mutinée & à la veille d'une diſſipation faute de ſolde : Le Soldat affamé du déſir de ſe gorger de la curée & du ſac des plus riches Bourgeois & Marchands : le Bourgeois & le Marchand en défiance de l'avarice & de la rapacité du Soldat , devenus ſages par leurs exemples domeſtiques, qui ne regardent plus les Eſpagnols que comme Bouchers , toûjours en poſture de gens prêts à demener les mains pour leur donner la fuite : Aujourd'hui que le Roi d'Eſpagne ne les peut plus aſſiſter ni d'hommes ni d'argent , & que ſes affaires ſont en tel état , qu'il a plus beſoin du ſecours de ces Provinces , qu'il n'a de moien de les ſecourir : Après la perte du Sas de Gand qui trouble la communication des plus importantes Villes de la Flandre, qui ouvre le chemin à la conquête de Hulſt & d'Anvers à ce ſage & vaillant Prince d'Orange , lequel en bref ſaura bien profiter, & qui expoſe à contribution, ou à l'invaſion des armes qu'il commande , tout le plat Païs ennemi : après cette promte & ſoudaine reddition de Gravelines, l'une des plus fortes Places de l'Europe, contrainte & forcée de revenir à la France par la ſage conduite & hardie réſolution du Duc d'Orleans, qui a bien fait voir dans cet emploi , que la vertu conſiſte en l'action & qu'elle demeure comme cachée lors qu'elle eſt ſans exercice , & qui a fait juger par cette piece ce que la France doit eſperer de ce Prince dans les occupations de la Guerre comme dans celles de la Paix : Que S. Omer & Bourbourg demeurent comme bloquez par la diligence du Maréchal de Gaſſion , & tout le Païs d'alentour & loin de là rangé ſous contribution : Qu'il ne reſte plus à conquêter ſur la côte de Flandres que Dunkerque & quelques bicoques qui ne ſont que la beſogne du renouveau prochain , leſquelles ne pouvant être ſecourues par mer & leurs havres bouclez par les Navires Hollandois , ſeront contraintes de ſe rendre avec beaucoup plus de facilité que Gravelines , pour être moins fortes qu'elle : Après quoi il ne reſte plus que Namur & peu d'autres ſur la Meuſe pour couper la communication de l'Allemagne avec ces Provinces Walonnes , leſquelles privées de la commodité de la mer , qui eſt comme la bouche qui donne vie & nourriture à tout le corps , & du ſecours des Allemans par terre qui ont toûjours été leur bras droit, que leur reſte-t il de moien humain pour ſubſiſter ? le Païs ne

ſera-

fera-t-il pas contraint de se rendre la corde au col, ou plutôt de reclamer la domination Françoise & Hollandoise, & d'en chasser cette engeance étrangere pour toûjours? Et qu'avec tous ces grands avantages la France écouteroit de telles Propositions?

C'étoit le grand dessein & la partie faite par Henri le Grand contre l'Espagne, qui ne fut diverti que par une main maudite & parricide. Le François devoit commencer la route de ses conquêtes par la Meuse en descendant: Et le Prince Maurice avec les Forces des Etats, devoit monter par la même Riviere, & chacun d'eux attaquer toutes les Places ennemies exposées à leur chemin jusques à ce qu'ils se fussent rencontrez. Cela fait, chacun de son côté devoit attaquer les Villes de la Flandre sur la mer jusques à ce qu'ils se fussent aussi rencontrez: après quoi le plat Païs découvert, couru, & ravagé, sans secours de terre ni de mer, étoit notoirement contraint de faire joug aux deux Nations.

Ces grands Genies qui gouvernent aujourd'hui la France, ne semblent-ils pas animez de l'esprit de ce grand Roi? Ils agissent par les mêmes mouvemens, leurs entreprises semblent proceder de cette même source, & les expeditions guerrieres toutes formées au moule de ses desseins. Gravelines a été en un moment comme nous avons dit, retirée de la main Espagnole & est revenue sous la jurisdiction de son legitime Seigneur & sous la puissance de son Roi. Dunkerque, l'Isle, Bourbourg, qui sont aussi du Domaine de France, seront aussi bientôt contraintes de se ranger, & avec le reste de la Province de reclamer le nom du victorieux. Tandis que d'un autre côté l'Orangeois accompagné de valeur & de bonheur ne trouvant rien d'impossible à ses entreprises, assujettira les Villes & contrées qui avoisinent ses Gouvernemens; & de ses voisins bons amis & vieux Compatriotes, il en fera des voisins siens, consorts de même affection & membres d'un même corps.

C'est ce en partie qui peut aujourd'hui obliger l'Espagne à cette proposition. Et l'Espagnol se voiant reduit au compte-fait de la perte de ses Provinces, fait demonstration de vouloir lâcher ce qu'il ne peut plus retenir, & de vouloir donner à la France le Païs que l'Espagne ne peut plus garder.

D'ailleurs les forces de ce grand Corps d'Espagne étant occupées & dispersées ailleurs en plusieurs autres endroits, on voit bien qu'elle ne peut fournir à tout en même tems, & que se voiant attaquée au cœur de ses Etats de deux côtez, il faut nécessairement que les esprits y accourent de toutes les autres parties du corps, pour le vivifier & soûtenir, & que les plus reculées demeurent pâles & languissantes sans pouls ni mouvement.

L'Espagne est la Citadelle de l'Europe, aussi l'est-elle de tous les autres Royaumes & Etats de l'Espagnol. La voila assaillie de deux endroits, en tête & en flanc. La Catalogne herissée de mécontentemens pour l'infraction de ses privileges, a reclamé la protection de France, arboré l'étendard de la liberté, & armé pour le maintien d'icelle. La nécessité des affaires du Roi d'Espagne y a attiré & sa personne & ses plus grandes forces pour arrêter le torrent des conquêtes de la France; Et à toute peine a-t-il pu recouvrer Lerida & desassieger Tarragonne, qu'il n'ait mis en sueur toute sa puissance.

Tom. III.

Le Portugal aiant fiché un clou à l'ambition d'Espagne par l'élection d'un Roi dans un applaudissement général & comme miraculeux de tout le Roiaume, fait des progrès dans la Castille, lui emporte des Villes & des Païs, le combat au milieu des siens, lui gagne des batailles: Et une partie des Indes Orientales détachées de son gros avec le Portugal & plusieurs Places de la côte d'Afrique qui en dépendent, la rangent au desespoir de tant de pertes, & la reduisent à cette damnable maxime, de susciter à ce Roi ressuscité un Ahod pour lui redonner la mort.

Les Roiaumes & les Etats qu'il possede en Italie pressez du sentiment de tant de maux qu'ils souffrent pour fournir à son ambition & à toutes ces Guerres étrangeres de terre & de mer, n'en peuvent plus, & sont à la vieille d'un soulévement, pour se décharger du fardeau de la servitude Espagnole.

Le S. Pere nouvellement inauguré, quoi que partisan de ses passions en son entrée dans le Papat, n'a plus grand desir que d'affranchir sa Tiare de sujettion, & de faire voir à toute la Chrétienté qu'il est le chef visible de l'Eglise & le Pere commun de tous les Chrétiens, & que s'il est entré en Renard, il sera bien aise de regner en Lion. En tout cas, il appréhendera de se montrer passionné des Espagnols, de peur d'attirer quelque grand Schisme dans l'Eglise, ou d'obliger les François à un Patriarchat.

L'Allemagne est tellement travaillée de Guerres & dedans & dehors, qu'elle a plus besoin de l'aide de l'Espagne que de moien de la secourir.

Le Prince Ragotski fortifié de la puissance des Ottomans, tristes effets du desespoir des Princes opprimez, lui a taillé de la besogne pour long tems dans la Hongrie.

Le Saxon obligé de sa fortune à la Maison d'Autriche ne tâche que de retirer son épingle du jeu, & de mettre ses Etats à couvert de la tempête qu'il voit venir sur elle.

Le Bavarois affectionne plus l'agrandissement de sa propre Maison que de celle d'Autriche, & ne lui prête rien que sous bons gages, témoin les beaux Païs héréditaires que l'Empereur lui a engagez pour plusieurs avances, là où il se cantonne dignement & se met en état de l'abandonner, s'il peut faire la Paix avec la France & avec ses Alliez, en gardant des gages de si haut prix.

Les autres Etats & Villes libres d'Allemagne, lassées de tant de Guerres, ne cherchent que repos & abri dans le calme & la serenité d'une Paix, ou bien dans le declin de la Maison d'Autriche; sachant bien que tant qu'elle aura le dessus, elles ne seront jamais tranquilles.

Les Suedois sont assez puissans non seulement pour conserver leurs conquêtes dans l'Allemagne, mais pour y faire encore des notables progrès, principalement si la querelle qui a été excitée entre eux & les Danois vient à être pacifiée, comme ils en sont à la veille.

Le Duc d'Anguien vient de faire sentir aux Imperiaux ce que peut la valeur & la conduite d'un grand Chef de Guerre sur une Nation aguerrie & accoûtumée à vaincre. Nos François encore tout rouges du sang Bavarien, les Campagnes de Fribourg couvertes des corps morts & toutes blanches des ossemens de cette grande défaite; les principales Villes du Palatinat rangées sous l'obéissance de France, ce qui reste du Païs en état de ploier le col; les Villes voisines sur le Rhin de partisanes des Imperiaux sont devenuës toutes Françoises, ont reçu les François, & plusieurs des Garnisons Françoises, les autres méditent d'en faire autant : le Maréchal de la Tour Lieutenant du Duc est avantageusement logé avec l'Armée Françoise en quartier d'hyver dans le Païs ennemi : Et ce Prince, digne surgeon de la valeur du sang de Bourbon, revenu en France tout couvert de palmes & de lauriers de cette glorieuse expédition, pour ajouter ce trophée à ceux de Rocroi & Thionville, & pour obtenir de nouvelles levées au renouveau prochain, afin d'achever ces conquêtes.

Bref la Maison d'Espagne panche au declin de tous côtez, & toute la Chrétienté lassée de si longs troubles qu'elle a excitez par tout, demeure d'accord d'aller à sa diminution, jusques à ce qu'elle ne soit plus en état de pouvoir troubler le repos commun.

Et qu'avec tous ces desavantages de l'Espagne, ces pertes & ces dommages qui lui arrivent journellement & tant d'autres gros & épais nuages qui grondent sur sa tête, le Conseil de France voudroit-il bien écouter aujourd'hui une si captieuse Proposition, tant avantageuse aux affaires d'Espagne, tant dommageable à celles de la France & de ses Alliez, tant préjudiciable à toute la Republique Chrétienne ?

L'Espagne de cette Proposition a cuidé comme d'une seule pierre frapper plusieurs grands coups.

Premiérement elle l'a lâchée avec quelque incertitude, si elle vient du Conseil d'Espagne, ou bien si elle a été inventée à plaisir par quelque donneur de nouvelles pour remplir les Gazettes, à dessein de sonder les intentions des Princes & des Etats interessez, & les cœurs des Peuples. Et en cas d'approbation l'avouër comme sienne pour faire voir à tout le monde qu'elle donne gros pour procurer la Paix générale à toute la Chrétienté, laquelle lui en devra beaucoup de retour. Que si elle n'est pas reçuë, elle la desavouera comme bâtarde, l'imputera à quelque artifice d'Etat de ses ennemis, ou bien à l'invention de quelque Roman, & tâchera de conserver quelque créance qu'elle s'imagine d'avoir encore parmi les Flamans. Mais on voit bien que cette Proposition n'a pas été inspirée du Ciel, ni n'est pas procedée du cerveau de Jupiter. C'est une matiere trop profonde pour avoir été inventée à plaisir. On n'en parle pas tant qu'il n'y en ait quelque chose. Cette fumée déja épanduë par tout presuppose un feu, quoi que pour encore caché & couvert.

D'ailleurs elle est mise en avant pour valoir autant qu'elle pourra, si elle ne peut valoir selon la mesure des pernicieux desseins de l'Espagne. Elle est de la nature de ces fausses nouvelles qu'on publie exprès pour profiter de quelque chose, le peu de tems qu'elles sont cruës véritables.

L'Espagne croit d'abord de flatter l'imagination des Alliez de la France, leur mettre la France en ombrage & iceux en méfiance de la France, & d'imprimer des arriere-pensées aux cœurs des uns & des autres.

C'est contre la Hollande principalement que cette piece a été faite. Et l'Espagne croit que si elle ne réussit au principal, du moins qu'elle pourra valoir pour obliger les Provinces-Unies de détourner leurs forces de mer, ou de les rallentir en l'assistance que la France espere d'elles devant Dunkerque, comme elle a eu devant Gravelines, & pour les obliger en avance de traverser sous main les progrès de la France, en leur faisant appréhender l'accomplissement de cette Proposition, & qu'il leur vaut beaucoup mieux avoir l'Espagnol entre deux qu'un si puissant allié pour voisin.

Mais l'exécution en seroit bien plus dommageable, & si elle réussissoit, l'Espagne penseroit bien d'avoir donné le coup de mort à ces Provinces, & de s'être bien vengée de tant de maux, qu'elles lui ont causé depuis tant de tems, pour s'être si hardiment soustraites de sa domination, avoir soutenu contre lui une si longue Guerre, rapporté de si grandes victoires, & fait une infinité de conquêtes admirables, consumé ses hommes & ses finances, interrompu son repos dans l'Escurial, troublé ses affaires en l'un & en l'autre monde; en un mot pour l'avoir reduit au point où il en est, Dieu s'étant servi des choses basses & humbles pour confondre les hautes & les puissantes de ce monde.

Quelle pomme de discorde entre la France & les Etats des Païs-Bas ? l'Angleterre ne tarderoit pas dès qu'elle seroit devenuë calme d'y entrer pour son écot. Et comment donneroit l'Espagne toutes les dix-sept Provinces, dont la moitié ne lui appartient plus, lui aiant été enlevées par le droit des armes, & aiant traité avec elles comme avec un Etat libre & Souverain, sur lequel elle ne prétendoit plus rien ? Ainsi donc l'Espagne donneroit le bien d'autrui, à la mode du Pape qui distribuë si liberalement les Dignitez & Prélatures assises au milieu des Etats du Turc, qui ne le reconnoissent point, laissant à leur liberté d'en aller prendre. Et après cette domination, la France seroit obligée à l'une des deux ? Ou de lâcher en faveur des Etats le prétendu droit que l'Espagnol lui auroit transféré sur ces Provinces; mais la difficulté demeureroit toûjours, si elle le pourroit faire au préjudice de la dot constituée à une fille, dont par le droit le mari ne peut nullement disposer, autrement il en laisse à perpetuité une action ouverte aux enfans qui pourront naître du mariage. Que si la France vouloit user de tel droit, on voit à clair qu'il en faudroit venir aux armes contre une Republique cimentée en partie du sang François & portée à ce comble de gloire à l'aide de la France. Et ainsi la France seroit desormais plus occupée à défaire un Etat qu'elle même s'est tant aidée à soutenir. Et alors les Allemans, Anglois & Danois interessez en la conservation de cette Republique, la secourroient. Et le Roi d'Espagne même traverseroit sous main de ce côté-là l'agrandissement de la France, ou pour l'arrêter, ou pour tenir la puissance des François dans un exercice perpetuel.

Et qui doute, que telle rupture avenant de la France avec les Provinces-Unies, cette Guerre d'Etat n'en excitât une autre civile de Religion au milieu de la France ? Et que les Protestans du Roiaume ne prissent les armes pour le soutien de leurs Freres, & ne fissent une générale diversion en faveur d'un Etat de même créance & Religion qu'eux, leur principal azile & refuge en tems de persecution ?

Tout le monde sait que la France a de très-grandes forces, & qu'elle est estimée la premiere puissance de l'Europe. Mais je doute bien, que eu égard à ce Parti de Religion,

qui

qui eſt épandu par tout le Roiaume, lequel, en ce cas, ſe mouvroit à l'inſtant ; à l'aſſiette des Provinces-Unies, qui ont leurs forces ſi ramaſſées & ſi promptes à s'entre-ſecourir ; à tant de fortes Places dont elles ſont remplies ; à un ſi grand & ſi généreux Peuple tant amateur de liberté, ſi riche d'or & d'argent qu'il a de quoi ſoudoier en tout tems cent mil hommes de Guerre ; à tant de grandes & riches Viſles remplies de tous biens, de Canons, d'Armes, de Munitions, une ſeule Ville d'Amſterdam qui a plus de cinquante mille livres de rente en Droits, Acciſes ou Impôts par chacun jour, qui eſt le revenu d'un grand Roi ; à un Païs qui ſubſiſte & s'enrichit par la Guerre, qui la ſoutient depuis ſeptante ans contre l'Eſpagne, & lui fait donner du nez en terre, qui a une force de mer invincible, laquelle ne trouvant rien d'aſſez puiſſant en l'Europe pour l'occuper, s'en va de mois en mois chercher la Guerre en l'autre monde & en rapporte des treſors ineſtimables. Et de plus un Païs ennemi de confuſion, où rien ne ſe fait qu'à pas comptez, tout avec de parfaitement bons ordres, exactement gardez & obſervez. Je doute bien que la France toute puiſſante qu'elle eſt, aiant à diſputer tous ces grands avantages en une extrémité du Roiaume, & au dedans de ſoi traverſée de tous ces mouvemens de Religion, en ſeroit bien laſſée & haraſſée. Et ſi la Rochelle ſeule avec quelques autres Villes diſperſées ont occupé tant d'Armées Royales près d'un ſiecle durant, que ne feroient pas tous ces Païs unis enſemble, favoriſez en dedans comme ils ſeroient ? Alors l'Eſpagne ne manqueroit pas de profiter de cette Guerre Civile pour un de ſes principaux deſſeins, & de prendre ſes avantages pour ſe remplumer à l'équipolent de ce qu'elle auroit donné.

Cette donation ſeroit faite à l'Infante d'Eſpagne ſi elle étoit mariée au Roi, en faveur des enfans qui en naîtroient & non pas au Roi même ; mais en ce cas, on leur pourroit demander caution, qu'ils n'empêcheroient pas ce qu'ils ont eſſaié de faire, & qui n'a été que trop verifié en nos jours, quoi que ſurmonté par une vertu & benediction toute divine dont la France eſt jouïſſante. D'ailleurs les Succeſſeurs Rois d'Eſpagne agréeroient-ils à l'avenir une alienation ſi importante de ſes Etats, qu'ils n'y trouvaſſent ſur quelque pointille à grebuger ?

Il n'y a doute qu'on ne voulût auſſi obliger la France de quitter tous ces beaux droits & prétenſions qu'elle a en Italie, d'abandonner le Piemont qui lui tient la porte ouverte pour y entrer en tout tems quand il lui plaît ; de laiſſer le Savoiſin & tous les Potentats d'Italie à la diſcretion d'Eſpagne, de renoncer à ce qui lui eſt occupé du Roiaume de Navarre ; de reſtituer les conquêtes du Rouſſillon & livrer la Catalogne à l'Eſpagnol ſans coup ferir ; de retirer la main du ſecours des Portugais ; de renoncer à l'Alliance de Suede & fermer la bourſe aux Suedois ; de rappeller les François d'Allemagne & laiſſer toutes ces belles conquêtes qui ont tant coûté d'hommes & d'argent ; de tourner le dos aux Proteſtans d'Allemagne, d'immoler tous les autres Alliez de la France à l'appetit des Eſpagnols ; bref de rendre la France du tout Eſpagnole, comme s'il ne reſtoit plus autre choſe, ſinon que le François fût à la ſolde de l'Eſpagnol.

Au contraire ſi l'Eſpagne ſe ſentoit déchargée de cette peſante Guerre que la France &

Tom. III.

les Provinces-Unies lui livrent de tous côtez, devant, derriere, à tête, à dos, en flanc ; elle ramaſſeroit ſes forces par tout, ſe renforceroit d'hommes & de finances, reprendroit nouveau cœur & nouvelle créance parmi ſes Peuples ja imbus de l'opinion de ſon impuiſſance par tant de pertes qui lui arrivent journellement.

L'Eſpagne qui occupe la moitié de l'Italie & qui y a juſques ici tenu ſes forces en équilibre avec tous les autres Potentats, les balanceroit ſans doute, ou du moins leur donneroit beaucoup de peine pour les faire pancher à ſes intentions.

L'Eſpagne tourneroit tous ſes efforts contre le Portugal par Mer & par Terre, & évoqueroit la puiſſance de tous ſes autres Roiaumes & Païs pour les reduire. Et y a grande apparence qu'elle viendroit à bout de cette Nation deſtituée du ſecours François, puis qu'à la longue le plus fort emporte le plus foible, que les forces du Portugal ſont beaucoup inferieures à celles de toutes les Eſpagnes jointes enſemble, & que celui-là a faute de Navires dont celles-ci abondent, plus d'hommes & d'argent que l'autre, outre les intelligences que l'Eſpagnol nourrit avec grande attention dans le Païs.

Les Catalans ſeroient tantôt contraints de ſe rendre à diſcretion ; & les Caſtillans croiroient bien leur faire grande grace, en abrogeant tous leurs privileges, & leur faiſant expier leur revolte par la mort des plus coupables, de recevoir le reſte à miſericorde.

Tous les Princes Allemans qui ont voulu régimber contre l'Empereur, reviendroient à lui comme le Saxon & tâcheroient de faire leur Paix les uns après les autres, aux dépens de la Maiſon Palatine & de tous les autres malheureux qui ſeroient accuſez, mêmes par leurs proches & par ceux qui leur ont le plus d'obligation, d'avoir excité la tempête & attiré ſur l'Allemagne tous ces maux qui l'affligent depuis ſi long-tems.

Les Suedois n'étans plus ſoutenus des forces de France ni aidez de leurs Partiſans, ſeroient bien aiſes de ſe retirer chez eux avec une piece d'argent.

Et ſi la Maiſon d'Autriche étoit devenue paiſible dans l'Allemagne, que deviendroient les ligues dont elle tient la moitié attachées avec des chaines d'or ? que deviendroit le Piemont ? Quoi Florence, Mantouë, Parme & les plus minces puiſſances de ce côté-là ? Où ſe tapiroient Genes & les autres petites Républiques ? Veniſe la plus grande & la plus généreuſe, comme la plus puiſſante & la plus capable de reſiſtance, lui donneroit plus de peine que les autres, mais il eſt bien à craindre qu'à la longue étant preſſée de l'Allemagne & du reſte de l'Italie qui eſt Eſpagnole, elle ne pût pas reſiſter ſans l'aide du Turc.

Ainſi l'Eſpagne delivrée de la Guerre de Flandres, & en Paix avec la France, que ne ſe rendroit-elle pas capable d'exploiter en tout le reſte de la Chrétienté ? Et quelles Richeſſes ne retireroit-elle pas encore de ſes Indes, ſi elle n'y étoit point troublée par les Hollandois, qui d'ailleurs ſeroient par trop occupez à défendre leur liberté contre la France, ſi elle devenoit ceſſionnaire des droits qu'elle prétend ſur ce Païs ? La ſuite verifieroit bientôt que l'Eſpagne fait finalement venir à bout de ce qu'elle a une fois entrepris, quoi qu'avec plus grand détour, qu'elle parvient à la fin qu'elle s'eſt propoſée, qui ſeroit de donner plus de peine à la France qu'elle n'a jamais fait par ci-devant, comme contre celle qui l'a toûjours empêchée de parvenir à la Monarchie de l'Europe.

Voila en somme une partie des maux que cette Proposition, si elle étoit executée, fait apprehender aux gens de bien sur toute la Chrétienté. Dieu qui tient le cœur des Rois & des Princes en sa main, comme le décours des eaux, & les contourne selon que bon lui semble, veuille toujours encliner les affections de cette grande Reine à l'avantage du Roi & de ses affaires, au bien de la France & de tous ses Alliez, à la gloire du nom François, au soulagement de ses Peuples, à l'agrandissement du Roiaume, & à la protection & défense des Princes & des Etats opprimez. Et qu'ainsi cette Malice puisse demeurer confondue, ce grand mal détourné de dessus nos têtes, le Conseil d'Achitophel détruit, les profondeurs de Satan abysmées, & que toutes les Parties que l'Espagne nous livre incessamment, soient de jour en jour dissipées & englouties à victoire.

ENTRETIEN LIBRE

Sur la

GUERRE

Et la

PAIX

Entre l'Espagne & la Hollande avec les Provinces ses Alliées; tel qu'il s'est passé à Bruxelles entre son Excellence le Marquis de QUEVA *Ambassadeur d'Espagne & Monsieur* J. UYTENBOGAERT.

L'Ambassadeur d'Espagne, Marquis de Queva, aiant ouï dire que j'étois resolu de passer de Brabant en France, me fit venir pour la seconde fois à Bruxelles pour m'engager à rester, en me faisant des offres considérables.

Je me mis en chemin priant Dieu de me donner la sagesse & la force dont j'avois besoin pour parler naturellement à son Excellence.

Je lui dis d'abord que j'étois très-obligé à leurs Altesses d'avoir soufert si long-tems que moi & mes Confreres nous vecussions en repos dans la Province : que ma femme & moi nous ne pouvions y rester plus long-tems, sur tout pendant que la Guerre dureroit avec la Hollande, pour les raisons suivantes.

I. Que l'on soupçonneroit dans notre Patrie que nous machinerions quelque chose à son préjudice ; & que je n'avois rien plus à cœur que d'être exempt même d'être soupçonné, bien loin de rien entreprendre.

II. Que les biens que ma femme avoit en-

core dans le Païs seroient par là exposez à être confisquez. *Sur quoi son Excellence m'interrompit disant* que l'on nous rendroit le double. *Je repliquai* que ni moi ni ma femme nous ne le desirions pas.

III. Que quoi que je n'entreprisse ni ne conseillasse rien contre la Patrie, on me soupçonneroit pourtant de machiner quelque chose contre l'Etat & contre leurs HH. PP. par quelque correspondance secrete.

IV. Que je ne pouvois rester à moins que je ne m'établisse entiérement, de sorte que je pusse me conduire comme Sujet de leurs Altesses, ce que je ne pouvois faire sans avoir libre exercice de ma Religion, que je savois bien qu'on ne m'accorderoit pas ici & qu'on ne pouvoit même m'accorder avec sureté.

Son Excellence voiant avec quelle liberté je lui parlois, fit tomber la conversation sur la Guerre, qu'on seroit obligé de recommencer contre la Hollande, me demandant ce que j'en pensois, & quel succès elle pourroit avoir ?

Je lui dis que je ne peuvois repondre à cette question, puisque je ne savois quelles forces on voudroit ou pourroit emploier de ce côté-ci, & que je ne voulois pas le savoir, parce que cela ne me convenoit pas. Mais qu'avec la permission de son Excellence je lui avouerois que, quoique je reconnusse que le Roi d'Espagne étoit le plus puissant Potentat de la Chrétienté, il me sembloit que c'étoit beaucoup entreprendre, que de faire la Guerre à ces Provinces dont Sa Majesté avoit essaié les forces pendant tant d'années, &, comme je croyois, les sentiroit encore plus à présent.

Son Excellence me demanda alors s'il n'y avoit donc pas de moien de faire la Paix; je repondis que oui, qu'il n'y avoit qu'à laisser ces Provinces en repos.

Il me dit, qu'on le feroit, pour peu qu'on voulût prévenir le Roi, & le reconnoître.

Je repliquai que l'on n'en feroit rien chez nous. Pourquoi non ? me dit-il, si on leur cede tout le reste comme ils le demandent.

Je répondis que le Roi en leur accordant tout à condition qu'ils le reconnussent pour Roi, reprenoit par cela même tout ce qu'il cédoit, puisque, ajoutai-je, cette reconnoissance que le Roi exige, vaut autant que le reconnoitre pour Souverain, reconnoissance qui avec le tems renverseroit bientôt le reste.

Mais, dit-il, Sa Majesté est reconnuë pour Souverain en Espagne & ailleurs, ce qui n'empêche pas que les Sujets ne conservent leurs priviléges & Sa Majesté leur conserve ce qu'elle leur a promis.

Je n'en dispute pas, repartis-je, & je crois sans peine que cela est ainsi; mais les Hollandois ne pourront se persuader qu'on veuille leur tenir parole, sur tout en ce qui concerne la Religion, & cela pour plusieurs raisons, particulierement parce qu'il ne dépend pas de Sa Majesté de le faire, quand même elle le voudroit, puisque la chose dépend seulement du Pape.

Mais, répondit son Excellence, le Pape accordera pour cela une dispense à Sa Majesté.

Je le veux bien croire, mais le même Pape a le pouvoir, comme Sa Majesté le croit, de dispenser quand il voudra Sa Majesté du serment & des promesses qu'elle auroit faits, ensorte qu'elle pourra les violer selon qu'il lui conviendra.

Mon-

Monsieur, ajoutai-je, cette défiance est si enracinée chez les Hollandois que je ne crois pas qu'il soit possible de leur persuader le contraire. Or tant que cette défiance subsistera, il n'y aura rien à faire avec notre Nation.

Mais, dit-il, n'y a-t-il point de moien de les guerir de cette défiance?

Je n'en trouve qu'un, lui répondis-je, encore doutai-je qu'il puisse réussir, & puis, je suis persuadé que Sa Majesté n'en fera rien. On me demanda quel étoit ce moyen, je priai que l'on ne prît pas en mal la liberté avec laquelle je m'expliquois. Son Excellence me le promit, m'assurant que cette franchise lui faisoit plaisir. Je lui dis donc que si le Roi & leurs Altesses pouvoient se resoudre à accorder la liberté de la Religion dans leurs Provinces de Flandres, de Brabant &c. en donnant les ordres nécessaires pour prevenir les troubles & les tumultes que l'on pourroit entreprendre sous ce prétexte contre la Religion Catholique, ainsi qu'on se plaint qu'il est arrivé autrefois, & qu'ils se conduisent en tout comme le doivent des Sujets obéïssants; de plus maintenant en tout les privileges du Païs dans les Terres de Sa Majesté, & remediant aux infractions qui pourroient y être faites; ce seroit là une preuve evidente de la bonne volonté de Sa Majesté, car on diroit qu'il n'y auroit plus lieu de soupçonner Sa Majesté de ne vouloir pas tenir ce qu'elle auroit promis aux Hollandois, dès qu'elle s'y seroit obligé par le Traité juré, puisque par simple bonté pour ses Sujets & sans y être contrainte, elle auroit accordé cette liberté, & l'auroit mis en execution.

S'il y a un moyen, dis-je, pour dissiper la méfiance dont j'ai parlé, c'est celui-là; mais je sais, ajoutai-je, que la conscience de Sa Majesté ne le lui permettra pas : & que l'Eglise Romaine, les Confesseurs & autres, par lesquels Sa Majesté & leurs Alt. se laissent conduire, n'y consentiront jamais, quoique quelques Potentats Catholiques l'ayent fait.

Son Excellence me regardant fixement alors, me dit, hé bien Sa Majesté donnera une déclaration par laquelle elle rétablira tous les privileges, même ceux que les nouveaux regnes ont abolis.

Monsieur, lui dis-je, on se moquera d'une pareille déclaration, car ils ont déja ce que Sa Majesté leur promettroit & les nouveaux n'ont pas violé les privileges pour toujours, mais seulement une fois, pour établir la Regence sur le pied que le vouloit le Prince d'Orange & les Ministres; en protestant que cela ne tireroit point à consequence, mais que tous les privileges resteroient pour l'avenir en leur entier, ce qui leur sufit pour se maintenir dans la Regence; outre que cela n'ataque point la liberté de Religion ni de la conscience qui étoit l'Article que nous agitions & sur laquelle il falloit dissiper la mefiance.

J'ai encore un mot, ajoutai-je, à dire librement à votre Excellence pour l'avantage de Sa Majesté & de leurs Altesses, c'est que je sais que votre Excellence & les autres Seigneurs, & même les Ecclésiastiques tâchent à me retenir dans ce Païs avec mes Confreres, non pas tant par affection pour nous & pour nos intérêts, quoique je ne doute pas qu'ils nous considerent comme des gens fort paisibles, pour des habitans obéïssans qui ne formeront aucune faction ou tumulte sous prétexte de Religion ; ce que l'experience a fait

aprehender de la part des Calvinistes, & ce qu'on ne peut craindre de nous : mais on s'est flaté qu'au moyen de ceux de notre Secte qui sont en très-grand nombre dans notre patrie, nous pourrions exciter quelques revoltes dans quelques Villes contre l'Etat pour favoriser ce Royaume & l'assister lors qu'on seroit en Guerre. Je suis certain, lui dis-je, que l'on s'atend que nous prêterons d'ici la main à cela; mais je puis vous assurer sans detour pour l'avantage de Sa Majesté, qu'on se trouveroit trompé en esperant cela de nous; & que ceux de notre Secte qui sont dans le Païs ne porteront jamais leur ressentiment du joug sous lequel ils gemissent sous les nouveaux Regens qui leur ont ôté leurs Ministres & leur liberté de conscience, jusqu'à le secouer pour en subir un autre bien plus insuportable qu'ils nomment le joug Espagnol. Personne ne le leur conseilleroit, & quand ils en auroient le pouvoir, ce qui n'est pas, ils ne le feroient point; car ils cherissent trop leur liberté, & ils ont trop d'horreur pour cette Nation pour s'exposer à ce malheur, car quelqu'injustice qu'on leur ait fait & à nous; on ne les contraint pas à embrasser une autre Religion qui ne leur convient pas.

Votre conduite m'étonne, dit l'Ambassadeur; car c'est l'ordinaire que les exilez, ceux qui sont chassez de leur patrie, cherchent tous les moyens d'y rentrer, & prêtent volontiers la main aux moyens qui peuvent faciliter leur retour.

Je repliquai que les gens dont il me parloit, ne pensoient qu'à leurs intérêts & à la vengeance, ce que nous ne faisions pas, aimant mieux vivre dans la disette, & vivre au pain & à l'eau hors de notre patrie, que de tenter d'y rentrer par des voyes illicites, puisque nous étions des Chrétiens, qui mettions nos esperances dans un avenir plus heureux, & que par consequent nous ne pouvions rien faire de ce que Dieu nous avoit défendu. Si nous pouvions retourner chez nous par les conditions d'une bonne Paix qui rétablit la liberté de conscience & les privileges, rien ne pourroit nous faire plus de plaisir, autrement nous prendrons patience.

Vous parlez naturellement, me dit-il. Oui, Monsieur, lui dis-je, je ne déguise point, & c'est pour le service de Sa Majesté afin qu'on ne se trompe pas en s'atendant à quelque révolte de la part des nôtres, car cela n'arrivera pas.

Voilà le sommaire de ce qui fut dit entre nous, & que ce Seigneur écouta avec beaucoup d'attention, n'étant pas accoutumé à entendre parler si librement.

ETAT GENERAL

Des affaires de la

CHRETIENTE,

Dans lequel on voit comme dans un miroir tout ce qui s'est passé de plus remarquable en Europe.

Pendant l'année derniere 1646.

IMPRIMÉ A PARIS AVEC PRIVILEGE DU ROI.

L'Intention que nous avons en donnant ces Remarques est d'y faire voir comme dans un miroir tout ce qui s'est passé l'année précedente en Europe, nous le ferons simplement & sans fard, conformément aux bons sentimens que leurs Majestez ont pour une Paix générale.

Le grand Seigneur ou Empereur des Turcs a mieux aimé que les Cosaques se soient rendus Maîtres de l'importante Ville d'Azof située sur la mer noire, que de perdre l'occasion des brouilleries qui regnent entre les Princes Chrétiens & du triste état où sont les armes des Venitiens, sur lesquels il a eu quelques avantages, qui n'ont été bornez que par la peste, ayant à soutenir une Guerre plus terrible de la part du Ciel que de celle des hommes. Dans ces entrefaites leurs Majestez par leurs Députez, faisoient tout leur possible auprès du Grand Seigneur pour trouver le moyen d'entrer dans quelque accommodement.

Le Prince de Transilvanie doit bien se repentir à présent de ce qu'il n'a pas poussé ses progrès dans la Hongrie, il s'est relâché sur l'espérance qu'il obtiendroit plus de l'Empereur par l'amitié & la douceur que par les armes, car au lieu que son adverse Partie auroit dû plier, il faut qu'il plie lui-même sans avoir pû seulement obtenir par les soumissions de son Ambassadeur à Presbourg, après tout ce qu'on lui avoit promis, la Dignité de Palatin de Hongrie pour son fils aîné.

Les Polonois sont fort contents de la Reine que la France leur a donnée, ils en donnent des marques à cette Princesse, qui les voit dans leur bon cœur pour elle, par la magnificence de ses Nôces, de son Couronnement & de la reception dans toutes les Villes & Places du Royaume qu'elle a été visiter avec le Roi son Epoux. Et leurs Majestez Polonoises allant visiter les principales Places du Royaume ont eu de tous côtez des preuves de leur affection & de celle de tous leurs Sujets. On attend la résolution qui sera prise à la Diéte qui doit s'assembler à Warsovie & sur tout par raport aux levées que le Roi a faites contre les Turcs & qui auroient pu causer quelques mesintelligences entre le Roi & la Diéte, s'il n'avoit eu la prudence de leur en laisser la décision.

La Hongrie, depuis que le Prince Ragotski a pris la fuite, commence à perdre la mémoire de ce qu'elle a souffert, elle espére son rétablissement entier de la Diéte qu'on lui fait observer, l'Empereur lui ayant fait promettre de redresser tous ses griefs pour se rendre les Etats du Royaume favorables par raport à la Couronne qu'il veut faire tomber sur la tête de son Fils aîné qui, par une pareille précaution, est déja Roi de Bohéme.

Le Roi de Dannemarc possede à présent ses Etats en paix depuis l'exécution du Traité qu'il a fait avec les Suédois par l'entremise de la France, il s'est aussi un peu accommodé avec la Hollande, ce qui le débarasse des gros fraix qu'il étoit obligé de faire pour entretenir les Troupes qu'il a réformées. Il est occupé à tenir les Etats pour remedier aux desordres que la Guerre a causés, pendant que les Ambassadeurs qu'il envoye dans plusieurs endroits y confirment son Alliance.

L'Archevêque de Bremen, après avoir employé beaucoup de tems à solliciter à Stockholm la restitution de son Archevêché, dont les Suédois tiennent la plus grande partie, est obligé, comme beaucoup d'autres, d'attendre l'accommodement de la Paix générale.

On ne doit pas être surpris de voir la Suéde fort contente; c'est pour elle un tems de réjouïssance & de victoire, car elle ne se maintient pas seulement dans les grands avantages qu'elle a eus sur son ennemi depuis que ses Troupes sont en Allemagne, mais elle a fait encore de grands progrès, pendant la Campagne derniere que ses Généraux ont commencé la prise de Fridland, de Leutmaris, de Brix, & de quelques autres Places dans la Bohéme; elle s'est emparée au mois de Mai de Hoxter & Stadberg en Westphalie; & dans le mois de Juillet dernier elle a attaqué l'armée Impériale, & les Troupes de Baviére avec tant de force qu'elle les a obligez de prendre la fuite avec perte de plus de 8. ou 10. mille hommes, elle s'est jointe à l'armée de France après avoir pris Heinheym, Selingen-Stadt, & Affchaffenbourgh dans l'Archevêché de Mayence, ensuite dequoi elle est encore entrée dans la Baviere & y a pris Schorndorff, Nortlingen, Donawert, Lauwingen, Rain, Landsberg, & plusieurs autres Places sur le Danube. L'armée de Suede jointe aux Troupes de France a encore assiegé Augsbourg dans le mois de Septembre, cela épouvanta si fort les Bavarois, qu'ils furent obligez d'implorer au plus vite le secours des Troupes de l'Empereur, ce qui obligea les Alliez à se retirer au mois d'Octobre; mais au lieu de prendre leur route au delà du Danube, comme ceux de Baviere l'avoient espéré, ils eurent le courage de rentrer encore dans la Baviére, où elles sont encore tous les jours de plus grands progrès pendant que les autres Troupes de Suede gardent dans la Moravie les Conquêtes qu'elles y ont faites, & en font d'autres dans la Silesie, où le Général Wirtenberg a ruiné depuis longtems la plus grande partie de l'armée de l'Empereur sous le Comte de Montecuculi.

L'Em-

L'Empereur contraint d'envoyer ses Troupes pour aider le Duc de Baviere son Beau-Frére, laisse pendant ce tems-là son Païs à la discretion des Suedois, & nommément la Silésie & la Moravie. Sa Majesté Impériale est cependant à Presbourg pour accommoder le différend qu'elle a avec le Prince de Transilvanie, & qui a donné occasion aux Griefs des Etats de Hongrie où les Catholiques ne veulent pas consentir à l'accommodement qu'on a fait ci-devant par écrit, & qui regarde les Eglises que les Protestants ont eu ci-devant.

Il y a longtems que l'Allemagne est lasse d'être le Théatre de la Guerre, elle demande toûjours une Paix générale, ne pouvant plus fournir à l'entretien de tant de Troupes qui sont dans le Païs.

La Maison Palatine n'a point encore trouvé d'adoucissement à sa mauvaise fortune, mais on lui donne l'espérance d'être entierement rétablie par la Paix générale.

Le Duc de Saxe s'est si bien trouvé de la suspension d'armes de 6. mois avec la Couronne de Suede, que ne trouvant pas de moyen plus sûr pour conserver ses Etats, que de la prolonger jusqu'à la Paix, il l'a effectivement fait, nonobstant les pressantes sollicitations de l'Empereur qui lui promettoit de grands avantages & un secours de dix mille hommes pour le detourner de cette Négociation qui met son Païs en sûreté; mais il a bien jugé qu'il ne devoit pas attendre de secours d'un Prince qui avoit tant de peine à conserver son propre héritage.

Le Duc de Baviere en prenant les intérêts de la Maison d'Autriche, les a préférez aux siens propres, il croioit en joignant ses Troupes à celles de l'Empereur, qu'on ne tomberoit pas sur son Païs, & qu'il feroit la loi aux armées des Alliez dont il croioit la jonction impraticable, après les obstacles qu'il s'imaginoit y avoir mis, mais à présent il se trouve dans une situation bien différente, car il a précisément quatre armées dans ses Etats, celle des François, des Suedois, de l'Empereur & ses propres Troupes, dans un Païs qui étoit auparavant à sa disposition.

L'Electeur de Mayence a été visité cette année par les armées de France & de Suede, sans avoir reçu aucun secours de l'Empereur, dont il en attendoit, mais il commence à voir, que si la Paix ne le rétablit pas, il sera obligé de chercher d'autres moyens.

Celui de Cologne est également trompé dans ses projets sur Liége, il n'a pu obtenir de neutralité avec Hesse, quoiqu'il s'y fut attendu, il est donc obligé de souffrir dans son Païs le Général Melander qui commande en Westphalie sans avoir pû jusqu'à présent le faire retirer.

L'Electeur de Trêves goûte le repos que la France lui a procuré en le remettant dans tous ses Etats, il attend de la Maison d'Autriche les autres biens qu'elle lui retient avec autant d'injustice, qu'elle s'en est emparée.

Celui de Brandebourg a été principalement occupé de son différent avec le Duc de Neubourg, dont on espére une bonne issuë par l'entremise de la France qui dans cette occasion s'employe en sa faveur, comme aussi pour le différent que le même Electeur a avec la Suéde au sujet de la possession de la Poméranie, il gagne ainsi l'affection des deux côtez par son Mariage avec la fille du Prince d'Orange.

La Landgrave de Hesse toûjours aussi sage que généreuse, n'a pas écouté plus favorablement que ci-devant les propositions qu'on lui a faites pour ébranler sa fermeté, elle s'est toûjours comportée avec courage dans cette affaire, & tient encore une partie de ses Troupes dans l'Archevêché de Cologne, ainsi que dans les autres Places qu'elle a prises dans le commencement de la derniere Campagne dans la Principauté de Marbourg, & sur le Landgrave de Darmstadt, dont elle a même entierement battu les Troupes.

On jouït dans la Basse Saxe de quelque repos depuis qu'elle est déchargée des Troupes de Magdebourg qui se sont retirées, mais elle ne compte sur un repos assuré que par la Paix generale, sur laquelle se fondent aussi ceux de Franconie qui ont presque supporté pendant la Guerre tout le fardeau des Troupes de l'Allemagne.

Les Villes libres aspirent également après cette Paix générale & c'est le but de toutes leurs Négociations.

La Flandre est ouverte de tous côtés, quel peut être le sujet de sa disgrace? On sait que c'est au Duc d'Anguien à présent Prince de Condé, & aux Maréchaux de France dont il est accompagné qu'elle en a l'obligation, il n'y a cependant pas de remede, elle craint avec raison de voir augmenter la liste de ses Places conquises.

La Hollande a sagement bouché les oreilles au sislet des oiseleurs qui croioient l'attraper, mettant sa desunion entr'elle & ses veritables amis, qui peuvent seuls, contraindre ses mortels Ennemis à lui tenir ce qu'ils seront obligés de lui promettre par les Traités.

L'Angleterre veut disposer de la personne du Roi, on croit que l'Ecosse qui paroissoit le favoriser est dans le même sentiment; le Parlement semble le vouloir aussi, l'Irlande tient seule le parti du Roi.

Naples commence à se lasser de son joug, elle a bien fait voir qu'elle souhaitte en être déchargée, mais son souhait n'a jusqu'à présent rien produit, au contraire, ce même joug en est encore devenu plus pesant par de nouveaux Impôts, que le nouveau Gouverneur a mis sur tout le Royaume, afin qu'étant entiérement épuisé d'hommes & d'argent il connoisse moins jusqu'où peut aller sa force que ce Viceroi employe pour soutenir la domination d'Espagne dans les Cantons d'Italie.

La Sicile, la Sardaigne & l'Isle de Corse rendent leurs Forteresses, & leurs Ports aussi puissants qu'elles le peuvent, afin d'être en tout tems en état de défense contre les Vaisseaux du Turc qui fait connoître qu'il leur en veut quand il aura fini avec ceux contre lesquels il est actuellement en Guerre.

Malte dans son peu d'étenduë veut prevoir à tout, & ne se croit pas moins assûrée par le courage de ses Chevaliers, & par leurs courses continuelles, que par ses Ecueils & ses Rochers qui ne permettent pas qu'on en puisse approcher; elle a plus de compassion pour ses voisins que de crainte pour elle-même.

Rome a avoué malgré elle que son principal pouvoir ne s'étend que sur le Spirituel, & ne pouvoir mieux se maintenir qu'en embrassant le parti d'une parfaite Neutralité, telle qu'elle convient au Pere commun des Chrétiens. Le Pape a un esprit & une capacité infinie, il n'a pas moins d'experience & il voit

qu'il

qu'il ne peut rien par la force en faveur du Cadet contre le Fils ainé de l'Eglife : c'eft pourquoi fa Sainteté ayant égard aux inftances de Sa Majefté très-Chrétienne a rétabli la Maifon Barberini dans tous les emplois, honneurs & dignitez qu'elle a poffedé, & cela s'eft fait fous des proteftations les plus fortes qu'on ne doute pas que la France après cela n'ait tout à attendre de fa bonté paternelle dans ce qu'elle pourra fouhaitter. C'eft pourquoi l'on voit auffi que Sa Majefté, dans les Conquêtes de Piombino & de Portolongone a genereufement laiffé au Prince Ludovico fon Neveu tous fes biens & revenus qui raportent par an cent vingt mille florins qu'il tiroit auparavant de ces deux Principautés qui étoient fous la Domination de l'Efpagne avec laquelle il étoit engagé depuis longtems.

Les Milanois, après la prife de Vigerano fituée trop près de leur porte pour la fouffrir plus longtems entre les mains d'un autre que du Maître de tout le Païs, avouent qu'ils fe font épuifez d'hommes & d'argent : car malgré tout ce qu'ils ont fait pour tenir les promeffes de leur nouveau Gouverneur, il s'eft contenté de la prife du Château de Ponzone dans le Montferrat, la défiance qu'il a eu de fes forces l'a porté à le demolir ainfi que Centio, Breme, Aqui & d'autres Places qu'il ne fe croioit pas en état de défendre.

La Savoye attend que fon Duc foit en âge, il eft entré depuis peu dans fa 13. année, elle n'eft pas trop contente de l'affiftance des armes de la France, puifque cela n'a pas diminué la crainte que leur caufoient les Places que les Efpagnols ont fur leurs Frontieres, au contraire cela a tenu en jaloufie pendant toute la Campagne, les Troupes du Milanois, quoiqu'on eût retiré un gros Corps hors du Piémont pour le mettre dans la Tofcane, & envoyé les autres Troupes dans le Païs Ennemi. Sa Majefté en cela a fait voir à la Ducheffe la bienveillance de la France pour la confervation des Etats de fon fils.

Les Venitiens efperent une bonne Paix qu'ils ne peuvent obtenir parce qu'ils n'ont pas les forces fufifantes pour foutenir la Guerre contre un puiffant ennemi qui les meprife, & qui depuis longtems eft dans l'efperance de joindre le Royaume de Candie à fes Etats, c'eft ce qui fait croire que cette République aura affez affaire pour le conferver, fans un puiffant fecours de tous les Princes Chrétiens qu'elle demande avec inftance dans ce prefant befoin. Elle a perdu cette année Novigrade dans la Dalmatie, Retimo en Candie avec fon Viceroi, beaucoup de Nobleffe & d'Officiers avec 5. ou 6000. hommes, elle n'a que fort peu de Soldats, il lui en manque pour le pouvoir défendre contre des armées auffi terribles que celles du Turc, cependant, elle a bien fait voir fa force & fa valeur en foutenant feule deux ans entiers tout le fardeau de l'Empire du Turc.

Les Troupes du Duc Charles font à craindre, amies comme ennemies, il n'y a pas plus à s'y fier, elles traitent également les uns comme les autres, elles ont mis la division dans toute la Flandre.

La Seigneurie de Genes a donné un libre accès dans fes Ports aux Vaiffeaux de Guerre de France & d'Efpagne, ils peuvent aller où ils veulent, elle fe montre par là amie des deux partis afin de ne pas tomber dans la difgrace de l'un ou de l'autre.

On eft furpris de la Neutralité du Grand Duc de Tofcane, tandis que deux fortes Puiffances, qui font fes voifins, fe tiennent aux crins, & qu'elles ont leurs armées tout proche de fon Païs, mais il fe met fort peu en prine des ménaces des Efpagnols qui voudroient que pour eux, on ruinât fes propres affaires, le peu de forces qu'ils ont, les empêchent d'être contents de ce Prince, & en fuppofant qu'il pourroit un jour avoir befoin de leur fecours, ils s'imaginent que leurs ménaces doivent lui faire peur.

La mort du Duc de Parme a été caufe que la Cour d'Efpagne a changé de deffein ; & elle eft très-contente de fon nouveau Duc, il eft rempli d'une capacité & d'un jugement merveilleux, l'eftime que fon pere avoit pour la France, fait qu'elle l'eftime auffi.

Modene regréte encore la perte de la Ducheffe, cependant elle devroit être contente d'avoir un Maître fage, courageux & qui contribuë beaucoup au repos & à l'avancement de l'Etat, puifqu'il goûte une tranquilité parfaite où d'autres ne peuvent arriver dans un tems fi agité & fi rempli de tempêtes.

Le Roi de Portugal eft trop affuré depuis 6. années de poffeffion pour craindre quelque chofe, il n'a pas feulement garni fes Frontieres, mais il les a fortifiées contre toute attaque, & en eft venu aux prifes avec fon Ennemi qu'il a envoiez en Italie pour reconnoître l'affiftance qu'il a reçu de Leurs Majeftez. Il a outre cela reprefenté au Pape l'impatience de fes Peuples qui foupirent après des Evêques qu'il ne peut obtenir quoique la plûpart des Eglifes en manquent.

La Catalogne ne peut oublier l'incommodité que l'Efpagne lui a caufée, cela redouble fon amitié pour la France, qui par reconnoiffance la doit vanger. On dit ordinairement que qui montre un grand courage doit d'autant plus faire voir fa fidelité, ce qui fait que quand un ennemi a tort, on doit tout faire pour le réduire dans fon premier état, tout ce que l'on en fait eft pour décourager la Caftille, mais on ne pourra jamais porter cette brave Nation à rentrer fous un joug dont elle a fécoué la Domination avec tant de raifon.

L'Efpagne veut toûjours la Paix & ne la veut pas, parce qu'elle la veut autrement que dans le précedent Traité auquel elle trouvoit beaucoup d'avantages à caufe des progrès qu'elle avoit faits en France & par raport à plufieurs Places qu'elle nous a ufurpées & qu'elle poffede encore, & aujourd'hui elle ne peut fouffrir les conquêtes que nous avons faites & qui coutent tant d'hommes & d'argent à la France, fi ces raifons ne font chez elle d'aucune valeur nous n'aurons aucun avantage : Les allées & les venues de fes Plenipotentiaires, qui reftent depuis long-tems feront fans fruit. Dieu feul peut y apporter le remede par fa mifericorde.

On fe flatte que toute la France fe brouillera, comment accorder cela avec le luftre & la majefté de fon état préfent ? Peut-on favoir, après la prife de tant de Places où elle portera fes coups qui d'ordinaire fe font fentir. Quand l'ennemi les fait éviter fa joie eft extrême & fes épanchemens extraordinaires ; mais les avantages font fi grands, ils vont fi loin que fi je voulois tout raporter il faudroit faire une relation de toute l'année. Je me contente donc de dire ici feulement que le bon ou le mauvais d'un Etat, depend principalement

1646. palement de la comparaison que l'on en fait avec d'autres , il faudroit être bien dépourvû de bon sens, si on n'étoit pas surpris de l'état des affaires de ce Royaume, qui est le seul à present de toute l'Europe qui goûte une Paix intérieure préferable à celle du dehors, au sentiment non seulement des plus grands Politiques , mais même de toutes les personnes d'esprit: ce qui n'empêche pas leurs Majestez de faire tout ce qu'elles peuvent pour l'obtenir des Ennemis. Mais je ne dois pas passer sous silence le malheur qu'on a eu & dont pas une condition n'est exempte; l'Empire a perdu cette année un sage Empereur, l'Espagne un Infant, nous avons perdu un grand Prince, ces pertes ne sont pas encore reparées comme la nôtre, car de deux Princes de Condé qui ont vû la fin de l'année, si l'un a été grand, celui qui nous reste ne lui cedera en rien. 1646.

NEGOCIATIONS SECRETES

De Monſieur

DE VAUTORTE

AMBASSADEUR PLENIPOTENTIAIRE

De Sa

MAJESTE' TRES-CHRETIENNE

Auprès de la

DIETE DE RATISBONNE.

Depuis le 10. *Novembre* M D C X L V. *juſques au* 23.
Avril M D C L I V.

NEGOCIATIONS SECRETES

De Monfieur

DE VAUTORTE

AMBASSADEUR PLENIPOTENTIAIRE

De Sa

MAJESTE' TRES-CHRETIENNE

Auprès de la

DIETE DE RATISBONNE.

Depuis le 10. Novembre 1645. jufques au 23. Avril 1654.

MONSIEUR
De
VAUTORTE
à Monfieur de
BRIENNE.

Du 10. Novembre 1645.

Monfieur de Turenne n'a pas pu fuivre les ordres de la Cour. Spire ne peut pas prétendre d'exemption. Il a ordre de la Cour de donner toute forte de fatisfaction à l'Electeur de Trêves.

MONSIEUR,

J'Ai reçu feulement hier au foir à mon arrivée en ce lieu les Dépêches que vous m'avez fait l'honneur de m'écrire les 17. & 20. Octobre : elles y étoient depuis douze jours, mais mon Secretaire n'avoit ofé me les envoyer auprès de Monfieur le Maréchal de Turenne, où j'ai été quinze jours, efpérant mon retour de jour en jour, & par défaut d'occafion fure; s'il eût fu la conféquence il les eût bazardées, & ce m'eût été beaucoup d'avantage de les recevoir promptement à cinq heures de Coblens, & étant avec Monfieur de Turenne, qui a été néceffité pour la confervation des troupes de former des deffeins bien contraires aux propofitions & promeffes que vous m'ordonnez de faire; il a dépêché un Gentilhomme en Cour pour en informer, comme auffi des propofitions que lui a faites par une Lettre & par un Député celui duquel vous m'écrivez. Il feroit peut-être à propos que j'attendiffe là deffus un nouvel ordre de vous, nos affaires ayant tellement changé depuis vos Dépêches, qu'elles pourront faire changer les refolutions; toutefois je ne prendrai pas un fi long delai; mais feulement celui de voir Monfieur de Turenne & d'avoir réponfe de Munfter à une Lettre que j'y écris préfentement fur ce fujet. Il n'y aura point de temps perdu pour cela, car je le recevrai auffitôt que je ferai avec Monfieur de Turenne, où je me rendrai après avoir fait ici un fejour de cinq jours, néceffaire pour l'établiffement de la Garnifon pendant l'hiver, & pour lequel j'y fuis revenu. Si Monfieur de Turenne a laiffé les chofes en l'état que mon voyage fe doive faire, j'irai où vous m'ordonnez, mais s'il n'en eft pas d'avis ou Meffieurs les Plénipotentiaires, j'attendrai un nouvel ordre de vous auprès de Monfieur de Turenne où je pafferai l'hiver, & non ici.

Monfieur de Turenne n'a pas pu fuivre les ordres de la Cour.

Qqq 3 Ce-

1645.

Cependant j'ose vous dire que la reſtitution des terres dans mon département ne diminuë les contributions que de cinquante mil livres; car Spire n'appartient à perſonne, partant ne peut prétendre exemption. Par là j'eſtime aussi que la reſtitution de Spire ne ſe pourra refuſer & ne cauſera aucun inconvénient. Monſieur l'Electeur de Trêves m'a écrit pour lui faire raiſon du tort que lui fait Monſieur de la Roche, & pour les Priſonniers pris dans ſes terres, comme ſi cela étoit de mon département, & aussi de ſon deſſein d'empêcher le Duc de Lorraine de prendre ſes quartiers ſur le Rhin à Hozelle. J'étois fort embaraſſé pour lui repondre : maintenant ce dernier point eſt terminé par le retour de notre Armée, & votre Dépêche me donnant ordre de remédier aux autres. Je lui en écris préſentement, & lui mande que j'ai ordre de la Cour de lui donner toute ſatisfaction, pour laquelle j'eſpére aller en ſes quartiers dans peu de jours; je ne lui écris rien davantage de peur d'être trop engagé en cas que Messieurs les Plénipotentiaires ne jugeaſſent à propos d'executer ma commiſſion. Je la trouve Monſieur ſi honorable que je n'ai rien à déſirer qu'une capacité égale au reſſentiment de l'obligation que je vous en ai & à la paſſion d'être toute ma vie avec reſpect.

Je me ſuis donné l'honneur de vous écrire deux fois pour vous remercier de la Commiſſion d'Alſace & pour vous demander du tems afin de la mieux exécuter.

MONSIEUR

De

VAUTORTE

à Monſieur de

BRIENNE.

Du 30. Novembre 1645.

Traité fait avec l'Electeur de Trêves. L'Electeur ne demande point Philipsbourg ni Spire. L'Electeur de Trêves ſouhaite d'être neutre. La France le lui accorde, en l'aſſurant de la Ville de Trêves. On a deſſein de faire quelque Fortification à Trêves. Il demande de l'argent pour cela. Les Eſpagnols voudroient reprendre Trêves qui les importune; ils ne ſont pas aſſez forts. En cas que l'Electeur vint à mourir, il faut ſe préparer d'avance pour s'aſſurer entierement de Trêves. Les Eſpagnols y ont un parti très-conſidérable, Monſieur de Turenne tâchera de le connoître, & d'y remédier. La Cour veut envoyer un préſent à l'Electeur. Le Roi donne le revenu d'une Abbaye en Allemagne à l'Abbé de Gorze. L'Electeur de Trêves demande que quelques terres qu'il poſſéde qui ſont de la Lorraine, ne ſoient plus ſous cette dépendance. Il fait d'autres demandes.

MONSIEUR,

JE ſuis arrivé ici après la priſe de la Ville de laquelle Monſieur le Comte de Duras vous a porté la nouvelle avec le Traité fait entre Monſieur le Maréchal de Turenne & le Gouverneur Eſpagnol. Depuis mon arrivée il en a fait un autre avec Monſieur l'Electeur que vous porte maintenant Monſieur d'Antonville lequel y a très-adroitement ſervi; pour moi je n'ai eu autre occupation que celle d'admirer la prudence de Monſieur le Maréchal de Turenne, & de connoître qu'il conduit aussi bien les affaires que les Armées; il eſt vrai qu'il a trouvé beaucoup de facilité en celle-ci; car Monſieur l'Electeur ſemble n'avoir rien diminué de l'inclination qu'il avoit autrefois pour notre parti, & n'a reſiſté à aucun Article du Traité; il ne demande point Philipsbourg ni même Spire, & avoue que nous avons de très bonnes raiſons de les retenir. De ſorte que je n'ai fait aucune difficulté de lui donner les Sauvegardes du Roi avec les Lettres pour les Gouverneurs leſquelles vous m'aviez envoyées, & depuis encore à toutes celles que Monſieur Grativa a aportées à Monſieur le Maréchal de Turenne. S. A. E. a témoigné beaucoup de ſentimens de joye & d'obligation pour toutes ſes Dépêches, & proteſte de favoriſer à l'avenir notre parti autant qu'il a fait au paſſé : il eſt vrai qu'il veut vivre en une eſpéce de Neutralité exterieurement avec les Eſpagnols : il dit que ſa voix qui nous eſt acquiſe, en ſera plus conſidérable à Munſter, & que Monſieur l'Electeur de Cologne en ſera plus diſpoſé à lui rendre Hermenſtein, comme il lui promet maintenant par la crainte qu'il a de l'armée; en effet il veut vivre en Paix le reſte de ſa vie & craint de retomber dans le malheur duquel il ſort. Je ſoupçonne encore qu'il peut avoir promis de vivre ainſi; mais il ſemble que cela ne nous importe & qu'on doit permettre à ſon Alteſſe de conſerver cette aparence pour quelque ſujet qu'elle la déſire, pourvû qu'en effet nous ſoyons aſſurez de ſon inclination & de la Ville de Trêves. Les nouveaux liens deſquels il s'attache à nous maintenant ne permettent pas qu'on doute de ſon cœur tandis qu'on le traitera bien, & les précautions dont a uſé Monſieur le Maréchal de Turenne par le Traité, nous

1645.

Marginalia (left column):

Spire ne peut pas pretendre d'exemption.

Il a ordre de la Cour de donner toute ſorte de ſatisfaction à l'Electeur de Trêves.

Marginalia (right column):

1645.

Traité fait avec l'Electeur de Trêves.

L'Electeur ne demande point Philipsbourg ni Spire.

L'Electeur de Trêves ſouhaite d'être neutre.

1645.

La France lui accorde, en l'assurant de la Ville de Trèves.

nous assurant la Ville suffisamment, on n'y met point de François, parceque cela ne pouvoit s'accorder avec cette aparence neutre de l'Electeur; mais on y met un Commandant fort capable & fort affectionné, auquel on donne une Compagnie de deux cens hommes laquelle son Altesse consent de mettre à tel nombre au dessus qu'on voudra, puisque le Roi la paye: attendant la levée pour laquelle il est à propos d'envoyer de l'argent promptement, comme aussi de ne faire jamais tarder le fond de sa subsistance, Monsieur le Maréchal de Turenne donne des hommes de son Armée, qu'il licencie aparemment afin que cela soit secret & qu'il reprendra ses hommes payés par le Roi, & ceux qui seront entretenus par Monsieur l'Electeur n'étant pas suffisans pour garder cette Ville, qui est grande & sans défense, Mon-

On a dessein de faire quelque Fortification à Trèves.

sieur le Maréchal a jugé nécessaire un ou deux Ponts Levis avec un retranchement qui sera assez bon au bout du Pont, duquel il vous envoye le dessein. On commence dès

Il demande de l'argent pour cela.

demain à faire un Pont Levis & on travaillera sans perdre de tems au retranchement pour lequel il est aussi nécessaire d'envoyer un fond sans delai; après cela, l'armée se retirant, Monsieur le Maréchal laissera quelques Regimens dans des lieux voisins de cet Archevêché pour se jetter dans la Ville en cas de besoin, & je ne doute point que le Roi ne donne de pareils ordres aux troupes qui hiverneront dans le Païs Messin & aux Garnisons voisines. Il semble que cela suffit pour éviter une surprise, & on n'est pas ici maintenant en état d'y laisser des Troupes suffisantes à un siége fait par une Armée. Il faut tâcher de couler l'hiver, & les desseins qu'on pourra former sur le Luxembourg dans le printemps, mettront cette Place en plus grande sureté; elle n'y sera jamais à l'égard

Les Espagnols voudroient reprendre Trèves qui les importune: ils ne sont pas assez forts.

des Espagnols que par leur impuissance: car elle les importune trop, & ils sont trop adroits, pour penser longtems de la neutralité de l'Electeur & pour ne pas donner le sens veritable au refus qu'on leur fera du passage du Pont lorsqu'on le permettra aux Troupes du Roi; mais il vaut mieux qu'ils rompent avec lui, que si nous l'obligions de rompre avec eux: car il se sentiroit blessé, & le public aussi, faisant une action contre son gré & peut être contre sa parole. Dans l'autre cas, cet inconvenient cesse & il retombe volontairement plus que jamais en nos mains. Je pense qu'il est bon de s'y préparer dès à présent comme à une chose qui tardera peu, mais je pense aussi qu'il n'est pas moins à propos de se preparer à ce qu'on vou-

En cas que l'Electeur vînt à mourir, il faut se préparer d'avance pour s'assurer entierement de Trèves.

dra faire en cas que l'Electeur meure, soit pour s'assurer de la Ville soit pour avoir un successeur favorable. Les moiens de la force seront les plus surs: car la vie de S. A. ne donnera peut-être pas le tems de ruiner la cabale Espagnole qui est dans le Chapitre & dans la Ville, laquelle certainement a été fort doucement traitée des Espagnols: toutefois il ne faut rien négliger; c'est pourquoi Monsieur

Les Espagnols y ont un parti très-considérable. M. de Turenne tâchera de le connoître, & d'y remédier. La Cour veut envoyer un préfaut à l'Electeur.

le Maréchal de Turenne a résolu de faire venir ici un Allemand assez spirituel, pour déchifrer tous les intérêts & inclinations des Chanoines & des principaux Bourgeois, ausquels il tâchera d'aporter les remédes convenables quand il en aura connoissance. Il vous mande son avis sur le présent que vous destinez à S. A. E. & qui sera très-bien reçu d'Elle. Voila, Monsieur, ce que je puis vous dire

1645.

pour vous rendre compte de ma connoissance, & pour répondre aux Lettres que vous m'avez fait l'honneur de m'écrire le 17. & 20. d'Octobre, & à celle du 18. Novembre, que m'a rendu Grotius. Le defaut de forces m'a empêché de venir plutôt; mais mon retardement n'a causé aucun préjudice. Je rends un pareil compte à Messieurs les Plenipotentiaires, & je leur envoie une Copie du Traité, duquel je souhaite l'exécution aussi inviolable qu'est le vœu que je fais d'avoir toute ma vie un ressentiment très-vif de l'honneur que vous m'avez fait en cette occasion.

J'ai reçu il y a quelque tems une Lettre du Roi & une de vous en faveur de Monsieur l'Abbé de Gorze pour le revenu de l'Abbaie d'Ecussersthat. J'y ai fait obéir ceux desquels procedoit la difficulté, comme je ferai toûjours à vos ordres. Depuis ma Lettre écrite S. A. E. a désiré donner à Monsieur d'Antonville pour plus d'éclaircissement de ses intentions une espece d'instruction sur plusieurs points.

Le Roi donne le revenu d'une Abbaye en Allemagne à l'Abbé de Gorze.

Le premier touche les terres que son Altesse a du Duc de Lorraine, dont Elle désire fort ardemment l'extinction de la Souveraineté pour les tenir comme en franc aleu: à quoi Monsieur le Maréchal n'a trouvé lieu de difficulté; mais plutôt occasion de lui promettre

L'Electeur de Trèves demande que quelques terres qu'il possède qui sont de la Lorraine ne soient plus sous cette dépendance. Il fait d'autres demandes.

office. La réponse du second point dépend de la conquête de Luxembourg, n'y aiant maintenant que de l'espérance à donner. Il reconnoit le Roi pour Souverain dans la demande du troisiéme point contre l'Abbé de St. Maximin; mais il seroit difficile de trouver une forme durable & valable à la concession qu'il veut. Nous l'avons fait contenter sur le fait du quatriéme point, de la Lettre du Roi que je lui ai rendu pour la Republique de Strasbourg, & de l'offre que j'ai fait, d'en être le raporteur & de dire que le Roi désire la satisfaction de S. A. E. & que si on ne lui fait raison, Sa Majesté ne voudra point empêcher qu'il ne la fasse dans ses terres par forme de represailles, sans que le Roi écrive cette espéce de ménace & aussi sans qu'elle s'exécute dans Philipsbourg, & autres lieux que le Roi tient. Par le cinquiéme point il prétend renvoi à Munster pour connoître si on lui rendra Philipsbourg & si le Gouverneur lui fera serment. Vous savez mieux que moi la réponse de cet Article: voiant qu'il n'étoit important, (puisque sans refus, l'on peut l'éluder par le renvoi même, tirant la décision en longueur à Munster) je n'y ai fait aucune difficulté, & n'ai rien dit ni pour ni contre. Monsieur le Maréchal de Turenne a promis à S. A. E. de pourvoir au sixiéme point pour Haguenau où il y aura des Troupes en quartier. Sur le septiéme point on peut croire que si on en écrit à Madame la Landgrave, Elle accordera de quitter ce qui ne lui apartient & où elle ne peut prétendre, pour avoir sujet de demander qu'on n'en demande au Païs de Cologne où Elle a les siennes & auquel il n'est à propos de renoncer. Il suffit donc de faire ici ce que S. A. E. demande en cet Article, sans que le Roi se fasse une affaire avec Madame la Landgrave & lui donne jour à des demandes: par la sienne S. A. ne demande rien que la Ville de Spire qui n'est à lui; mais pour les terres de l'Evêché où nous n'avons que la Garnison du Château de Deidesheim pour laquelle on peut le contenter, le Gouverneur lui faisant serment en le lui laissant, si ce serment faisoit conséquence pour Philipsbourg. L'Article neuviéme n'a besoin de remarque.

MON-

MONSIEUR

De

VAUTORTE

à Monsieur de

BRIENNE.

Du 16. Janvier 1646.

Monsieur de Turenne ne sauroit décharger entierement Darm-stad des quartiers d'hyver.

MONSIEUR,

IL y a long-tems que je ne me suis donné l'honneur de vous écrire, attendant toûjours votre réponse aux Dépêches que vous a portées Monsieur d'Antonville, & espérant depuis cinq semaines dépêcher de jour en jour mon Secretaire en Cour. Il partira enfin dans quatre jours & j'aurai l'honneur de vous informer amplement par lui de ce que je pense avoir découvert des intentions de Monsieur l'Electeur de Trêves. Monsieur le Maréchal de Turenne vous en aura entretenu auparavant : je lui ai fait voir la Lettre que vous m'avez fait l'honneur de m'écrire sur le sujet de Monsieur le Prince de Darmstadt ; mais la nécessité le force de tirer de son Païs la subsistance des Regimens d'Infanterie de Vaubecourt & Mazarin pendant ce quartier d'hiver. Le premier est logé dans St. Gowar petite Ville sur le Rhin de ce côté au dessous de Vézel & qui apartient à ce Prince & il aura 12500. écus. Le second en aura 14500. & est logé dans la Ville de Mayence pour assurer mieux la Citadelle. Monsieur le Prince de Darmstadt donna l'année passée pareille somme de 27000 écus ; mais on ne logea aucunes Troupes dans ses Terres, & outre cette somme il avoit donné au mois de Novembre dernier de quoi habiller les deux Regimens & quelque chose aux Capitaines pour les faire déloger de Caub & Saint Gowar, où Monsieur le Maréchal de Turenne les avoit mis après qu'ils eurent passé dè là le Rhin, & dont il les tira pour les mener à Trêves. Il a renvoyé en Hesse par l'avis de Messieurs les Plenipotentiaires les Gens de Monsieur de Bonichausen qui étoient dans Mayence au nombre de 60. Cavaliers & 30. Soldats & avec eux le Sieur Libot son Secretaire Allemand, auquel le Sieur Persan Commissaire établi par le Roi pour la subsistance de ces le-

M. de Turenne ne sauroit décharger entierement Darmstad des quartiers d'hiver.

---

vées dans Mayence a remis 13800. Liv. qui lui restoient de 200000. Liv. qu'il avoit reçu, J'espére vous envoyer dans peu de jours ce que vous avez désiré de moi touchant l'Alsace. J'ai satisfait il y a long-tems à l'ordre que vous m'avez donné pour l'Abbaye d'Eeussersthat qui apartient à Monsieur l'Abbé de Gorze, & je tiendrai toûjours à grand honneur de recevoir vos Commandemens ausquels j'obéirai avec grand soin, étant &c.

MONSIEUR

De

VAUTORTE

à Monsieur de

BRIENNE.

Du 7. Mars 1646.

Il lui promet un Mémoire exact touchant l'Alsace. Il lui recommande l'Auditeur général afin que la Cour paye sa rançon.

MONSIEUR,

JE tarde beaucoup à vous envoyer le Mémoire de l'Alsace ; mais il m'a été impossible de le faire plutôt & j'espére qu'il sera assez exact pour vous faire excuser ce retardement. S'il mérite votre aprobation & quelque louange, elle est toute duë à Monsieur d'Erlac, qui a pris un soin très-particulier de cette affaire & qui non content de me donner les informations & les connoissances très-grandes qu'il avoit, a obligé tous les Officiers de son Gouvernement de me communiquer ce qu'ils savoient. Monsieur l'Auditeur Général est heureusement revenu de prison, lequel seul en sait autant que tous les autres, & il s'est employé à faire ce Mémoire avec tant d'ardeur, que je suis obligé d'avoüer qu'il en est l'auteur, & que je n'en suis que le Secretaire. Je prends, Monsieur, la liberté de vous dire qu'il me semble qu'il mérite quelque reconnoissance de ce service, & que son bonheur l'ayant tiré de prison assez tôt pour le rendre, la Cour ne peut avoir une meilleure occasion de lui faire faveur, qu'en payant la rançon dont il a convenu ; ses services passez & l'usage de l'armée lui peuvent faire espérer cette grace, laquelle pourra encore tenir lieu de récompense à celui qu'il a rendu présentement à d'Aiguillon pour continuer à l'avenir. Pour moi je ne de-

Il lui promet un Mémoire exact touchant l'Alsace.

Il lui recommande l'Auditeur général afin que la Cour paye sa rançon.

1646. demande autre satisfaction que de le voir content du soin qu'il a pris, & vous du mien dans la lecture du Memoire que je vous envoierai dans huit jours, ce tems m'étant nécessaire pour le mettre en ordre. Je suis &c.

C O P I E

De la

L E T T R E

Ecrite à Messieurs les

PLENIPOTENTIAIRES

D U   R O I

A

M U N S T E R ,

Par Monsieur de

V A U T O R T E.

Du 15. Avril 1646.

De la subsistance des nouvelles levées. Le Logement des Soldats à Spire, cause d'un procès entre les Habitans & les Fermiers. Les Fermiers reclament la protection de l'Electeur de Baviere comme Electeur Palatin. Il a mis ces Soldats chez le Fermier pour châtier en quelque sorte les Ecclesiastiques pour s'être adressez à l'Electeur de Baviere. Il fait faire quelques saisies en faveur de l'Electeur de Trêves. Il témoigne être fâché d'avoir fait injustice à une Dame & prie les Plenipotentiaires d'y apporter du remède.

MONSEIGNEUR & MESSIEURS.

J'Arrivai hier en cette Ville où j'ai trouvé un bon ordre établi par Monsieur le Com-
TOM. III.

missaire Desallus pour la subsistance des nouvelles levées qu'on paie suivant l'état du paiement qu'elles reçoivent en Hesse, dont Monsieur de Traci m'a envoié Copie, avant lequel je leur avois fait fournir deux prêts sur celui des Troupes de Monsieur Bonikausen. S'il en vient beaucoup, les dix mil Risdalles dureront peu : j'emploierai tout mon crédit par delà. Messieurs les Ministres ausquels je me suis déja donné l'honneur d'en écrire & Monsieur le Maréchal de Turenne, que nous attendons dans peu de jours, pourvoiront au surplus : la dépense du peu de gens arrivez, monte presque à deux mil écus jusques à présent, y comprenant les mil empruntez par Messieurs du Passage & de Cornal que j'ai fait rendre. Je considererai toûjours les Lettres de V. A. & de vous Messieurs comme des Loix & y obéïrai avec grand soin ; mais s'il vient beaucoup de Troupes, il sera difficile d'executer le commandement que vous me faites par la Lettre du 22. Mars qui m'a été renduë par Messieurs du Chapitre de Maience : car il n'y a que leurs terres en ce Païs qui ne soient pas pleines de Troupes, quoi qu'elles en aient déja plus qu'ils ne voudroient, & que la capitulation ne porte. Monsieur le Maréchal de Turenne arrivera avant ces troupes & en ordonnera. Pourvû qu'elles reçoivent régulierement leur subsistance, comme elles reçoivent maintenant, elles incommoderont peu leurs hôtes.

Je me suis obligé d'informer V. A. & vous Messieurs du sujet que j'ai eu de loger dix Soldats & un Sergent chez le Doyen & un Chanoine de l'Eglise Collégiale de Toussaints de Spire. Au commencement du quartier d'hiver les habitans logérent un Lieutenant chez le Fermier de ces Ecclesiastiques, qui s'en plaignirent, allégans une protection obtenuë d'un Electeur Palatin, il y a deux cens ans, par laquelle les Fermiers & tous autres qui sont à leur service sont exempts de toutes les charges de la Ville. Les habitans répondirent, que cette Protection étoit annulée par une Transaction faite entr'eux & tout le Clergé, il y a cent ans, qui se renouvelle tous les quinze ans, par laquelle tous Actes précedens sont cassez & toutes les personnes exemptes nommées, entre lesquelles les Fermiers ne se trouvent point. L'affaire aiant été portée à Monsieur de Varenne Commandant dans Spire, il me la renvoya & cependant laissa le Lieutenant chez le Fermier, jugeant la promesse des habitans de rendre cette dépense, si je l'ordonnois, plus sûre, que celles du Fermier & des deux Ecclesiastiques, à la priére desquels il donne seulement au Fermier délai de paier pour quatre jours, sur leur promesse de lui faire faire. Ils ne demanderent ce delai, que pour le faire sauver avec tous ses meubles dans Heidelberg, & pour s'adresser eux-mêmes aux Officiers que Monsieur le Duc de Baviere a dans cette Ville, le reconnoissant dans leurs Lettres pour Juge & exécuteur de cette protection, comme Electeur Palatin, se declarans ses hommes propres obligez à prier Dieu pour sa prosperité, & invoquans sa clémence pour les délivrer de l'oppression qu'ils souffrent. Les Officiers de Monsieur le Duc de Baviere écrivent une Lettre de menace aux habitans de Spire qui y répondent fort humblement sans la participation de Monsieur de Varenne, qui n'a rien su de cette affaire que par moi. L'aiant aprise à mon arrivée dans Spire, je me saisis de la Lettre écrite aux

R r r   habi-

Il a mis ces Soldats chez le Fermier pour châtier en quelque sorte les Ecclesiastiques pour s'être adressez à l'Electeur de Baviere.

habitans par les Officiers d'Heidelberg & de la Copie de celle des Ecclesiastiques qu'ils leur avoient aussi envoiée, & après avoir remontré aux Ecclesiastiques & aux habitans leur mauvaise conduite & le peu de satisfaction que le Roi en auroit, je me suis contenté de faire ce logement, pour faire voir par ce petit châtiment que les Ecclesiastiques s'étoient mal adressez pour en exempter leur Fermier ; l'extrême vieillesse du Doyen & la crainte d'un grand éclat m'empêcha de les traiter plus rudement.

Il fait faire quelques saisies en faveur de l'Electeur de Tréves.

Aiant eu ordre de satisfaire en tout Monsieur l'Electeur de Tréves, j'ai saisi au nom du Roi à sa priére, lors que j'étois auprès de lui, les biens de Messieurs de Metternick & de quelques autres, ne voulant le faire lui-même pour ne contrevenir à la promesse qu'il en a faite dans Vienne, & espérant tirer quelques avantages de ces Messieurs par la main levée de ces saisies qu'il leur procureroit. J'en ai fait faire une entre les autres sur les biens possedez dans la Couervrich sur la Mozelle par le Baron de Reck Imperialiste, dont il avoit obtenu confiscation de l'Empereur sur le Sieur de Floresheim marié à une Demoiselle de Wuldeck qui demande la jouissance de ses biens qui lui est duë par justice, & même par une clause expresse de l'acte de saisie : toutefois elle se plaint que Monsieur l'Electeur se veut servir de la saisie pour l'obliger de lui vendre son bien à vil prix, lui aiant même fait écrire par son Chancelier de l'Evêché de Spire que si elle ne consent à son désir, elle n'aura jamais main levée de la saisie & qu'elle lui est fort obligée de ce qu'il veut donner quelque chose d'une terre dont elle n'auroit rien sans sa bonté. N'étant pas en pouvoir d'ordonner sur la plainte de cette Dame ni en lieu commode pour en traiter avec Monsieur l'Electeur, je prends la liberté de dire à votre Altesse & à vous Messieurs que je serois fâché d'avoir fait un acte qui causât de l'injustice, & de vous prier très-humblement d'y aporter le reméde que vous jugerez convenable.

Il témoigne être fâché d'avoir fait injustice à une Dame, & prie les Plenipotentiaires d'y aporter du reméde.

Je me donne l'honneur de repondre à toutes les Lettres que vous m'écrivez en faveur de ceux qui s'adressent à vous, & je vous informe aussi des choses qui se passent dans l'étenduë de mon Emploi, lesquelles je crois mériter votre connoissance : toutefois je n'en reçois point de réponse, & aucune de vos Lettres ne me marque la reception des miennes, ce qui me donne la hardiesse de vous faire cet Article, de crainte que mes Lettres soient perduës & que vous n'aiez occasion de blâmer.

MONSIEUR

De

VAUTORTE

à Monsieur de

BRIENNE.

Du 16. Avril 1646.

La Cour veut que l'on exempte le Duc de Deux-Ponts des contributions. On ne peut pas l'exempter tout-à-fait.

MONSIEUR,

ETant obligé de vous rendre compte de quelques Articles contenus dans une Dépêche que j'ai faite à Messieurs les Plenipotentiaires, j'ai pensé que je ne le pouvois mieux faire qu'en vous envoiant la Copie de ma Lettre, laquelle vous recevrez avec la présente, & me ferez, s'il vous plait, la faveur de me donner les ordres nécessaires en cas qu'il y ait quelque chose à faire ensuite. Je viens de recevoir une Lettre du Roi que vous avez signée du 12. Janvier dernier, pour exempter de contributions les deux Bailliages de Deux-Ponts & Meisenheim, ce que je ferai à l'avenir comme j'ai fait au passé, n'aiant encore jamais rien demandé à Monsieur le Duc de Deux-Ponts pour ces deux Bailliages ; mais seulement pour celui de Bergzabern dont je n'ai encore rien pu tirer que des refus : maintenant Monsieur le Maréchal de Turenne y a mis six Compagnies du Régiment de la Couronne en quartier. Par ma derniere je me suis donné l'honneur de vous rendre compte de ce que vous m'aviez ordonné pour la vaisselle de Monsieur le Marquis de Gamache. Je suis avec respect &c.

La Cour veut que l'on exempte le Duc de Deux-Ponts des contributions.

On ne peut par l'exempter tout-à-fait.

MON-

1646.

MONSIEUR

De

VAUTORTE

à Monsieur de

BRIENNE.

Du 12. Septembre 1646.

La Chambre Imperiale de Spire aiant prononcé Sentence contre la Ville de Bâle, ne lui a pas voulu accorder de surseance, qu'il a obtenue des Parties pour six mois.

MONSIEUR,

EN partant de Mayence le premier jour de ce mois je rencontrai Monsieur le Baron de Reiffemberg qui y arrivoit, lequel me rendit la Lettre que vous m'avez fait l'honneur de m'écrire le huitiéme de Juin, avec les deux Dépêches du Roi du même jour. Il y en avoit aussi une de Son Eminence: il me dit son dessein fort amplement & les moiens par lesquels il pensoit y réussir, & me promit d'être ici le dixiéme de ce mois pour passer à l'armée, & conferer avec Monsieur le Maréchal de Turenne; mais il n'est point encore arrivé. Je lui promis secret & service, j'en chercherai tous les moiens, & ferai ponctuellement tout ce que Messieurs les Plenipotentiaires ou Monsieur le Maréchal de Turenne me prescriront sur ce sujet. Je vous en rendrai compte exactement, je ne manquerai pas aussi de lui faire délivrer quatre foudres de vin qui lui sont dus de rente à Oppenheim, cent malters de seigle, comme il eut l'an passé par gratification de Monsieur le Maréchal de Turenne, & quarante-six pistoles & demi par mois qu'il lui avoit ordonné pour la subsistance du Château de Reiffemberg, nonobstant que la raison cesse depuis que Monsieur l'Electeur de Mayence l'a surpris; ces trois points m'étant ordonnez par l'une des Lettres du Roi. J'ai pareillement écrit de ses intérêts à Monsieur le Vicomte de Courval & lui ai mandé tout ce qui m'a été ordonné; desorte que j'espére qu'il le traitera selon l'intention du Roi. J'ai vû à Spire Messieurs de la Chambre

Tom. III.

Impériale touchant l'affaire de Bâle; mais la Sentence étant déja donnée, & les Mandemens d'exécution délivrez à la partie & envoiez, elle n'a point voulu accorder de surseance, étant aussi fort irritée contre Bâle pour le mépris dont ses réponses sont pleines: mais j'ai obtenu un délai de six mois des Parties, & j'aurai cette semaine un ample Mémoire de l'affaire que je vous envoierai par le prochain Courier. La Ville de Bâle n'aiant point de Procureur, je ne puis aprendre que les raisons qui sont contre elle. Je suis &c.

(marginal note:) 1646. La Chambre Imperiale de Spire aiant prononcé Sentence contre la Ville de Bâle, ne lui a pas voulu accorder de surseance, qu'il a obtenue des Parties pour six mois.

MONSIEUR

De

VAUTORTE

à Monsieur de,

BRIENNE.

Du 21. Septembre 1646.

Il l'informera par son Secretaire touchant la jurisdiction de la Chambre Imperiale de Spire sur la Ville de Bâle.

MONSIEUR,

J'Envoie mon Secretaire à la Cour pour quelques affaires dont il aura l'honneur de vous informer, & huit jours après il vous présentera le Mémoire que vous désirez touchant la jurisdiction de la Chambre Imperiale sur la Ville de Bâle. Les difficultez qu'elle m'a faites, & le voiage que j'ai été obligé de faire ici, m'ont empêché de vous envoier le Memoire, je retourne présentement à Spire où je le dresserai & l'envoierai par le prochain Courier. Je vous suplie très-humblement de m'accorder ce delai & de me faire l'honneur de croire que je suis avec respect &c.

(marginal note:) Il l'informera par son Secretaire touchant la jurisdiction de la Chambre Imperiale de Spire sur la Ville de Bâle.

MONSIEUR

De

VAUTORTE

à Monsieur de

BRIENNE.

Du 10. Octobre 1646.

Toute cette Lettre n'est que pour faire voir les droits que la Chambre Imperiale de Spire a sur la Ville de Bâle, & que cette Ville est de la jurisdiction de cette Chambre. Raisons pour soutenir l'independance de la Ville de Bâle.

MONSIEUR,

JE n'ai pu rien obtenir de Messieurs de la Chambre Imperiale. Ils m'ont refusé non seulement un delai & surséance de leurs Jugemens, sans laquelle je leur ai dit qu'il me seroit inutile d'informer Sa Majesté du droit des Parties ; mais ils m'ont aussi refusé cette information, & ne m'ont pas même donné une réponse, par laquelle je pusse prouver leur refus : toutefois ils ont traité cette affaire avec beaucoup de civilité & de respect pour le Roi, & votre Lettre que je leur ai montrée leur a fait approuver extrémement la prudence & la moderation du Conseil de Sa Majesté : ils m'ont rendu raison de leur Conduite & m'ont dit qu'en ce tems principalement, ils ne pouvoient entrer en aucune conference avec un Prince Etranger sur les affaires de l'Empire ; mais ils m'ont tacitement fait connoître que je pouvois avoir des Parties, cette surséance & cette information qu'ils me refusoient. J'ai donc eu recours à elles, & j'ai obtenu une surséance de six mois & l'information de leurs affaires. Elle contient le mérite de leurs corps particuliers, & la question générale de la jurisdiction. Le premier point n'est point de conséquence & il me semble que vous n'êtes pas fort en peine de savoir si la demande des Parties est juste ; mais seulement s'ils se sont adressez à un Juge legitime. Il me seroit aussi bien difficile de juger du droit des Demandeurs sans avoir entendu les raisons des Défendeurs, & je pense qu'il suffit de vous envoier pour l'affaire du Sieur Vachter, la copie du Mandement exé-

cutorial donné sur la Sentence définitive de la Chambre, dans lequel elle est pleinement deduite, selon l'intention de la Partie. J'y ajouterai seulement que la croyance publique de toute l'Alsace est qu'on ne lui a pas rendu justice à Bâle, & que la mienne particuliere est, que la Chambre a estimé beaucoup trop haut les dépens, dommages & intérêts, s'en étant raportée à son serment & à la liquidation qu'il en a faite sans contradicteur, ce qui arrive ordinairement, lors qu'une Partie ne se veut point défendre. La demande du Sieur de l'Isle a été formée contre ses débiteurs de la Ville de Bâle, pour la somme de quinze mille écus, & parce qu'il se plaint d'un déni de justice, il a pris les Magistrats de ladite Ville à partie aussi bien que le Sieur Vachter, & avec les dépens & intérêts sa demande monte maintenant à la somme de trente mille écus.

Sur la question de la jurisdiction, je ne sai que les raisons qui font pour la Chambre, n'aiant trouvé ici personne qui pût me dire celles de la Ville de Bâle, & les réponses aux objections contraires. Cela m'empêche de donner mon avis en une affaire de cette importance comme vous me l'ordonnez & je me contente de vous dire ce que j'ai apris, ne doutant point que Monsieur l'Ambassadeur de Suisse ne vous donne une parfaite connoissance des raisons de la Ville de Bâle.

La Ville de Bâle ne nie pas qu'elle n'ait été un Membre de l'Empire, & l'intérêt des Princes est, que tout le monde croye, qu'une partie d'un Etat ne peut de son autorité s'exempter de l'obéissance qu'elle doit à son Souverain pour se donner à un autre ou pour s'établir en forme de République. Il faut que le consentement du Souverain ait précédé, ou suivi cette entreprise ou que ne rendant pas à ses Sujets ce qu'il leur doit, il leur ait donné juste sujet de ne le reconnoître plus. Sans cela rien ne peut les justifier & la préscription n'a point de lieu en cette matiére. Sur ce fondement on doit conclure que la Ville de Bâle est encore un Membre de l'Empire. Elle s'en sépara en l'an 1501. pour se joindre aux Suisses ; mais ce fut de son propre mouvement sans avoir reçu aucun mauvais traitement, & sans consentement de l'Empereur, ni des Etats de l'Empire, qui n'ont jamais voulu aprouver depuis cette desobéissance, quoiqu'ils en aient été souvent requis, & qu'ils aient confirmé les privileges des Suisses : au contraire on a toujours compris la Ville de Bâle dans les Matricules de l'Empire ; on l'a appellée aux Dietes, & chargée des contributions comme les autres Etats, & généralement on ne l'a jamais omise lorsqu'il y a eu occasion d'agir contre tous les Membres de l'Empire. Elle-même fait encore à présent ce qu'elle ne peut faire sans être sous la Souveraineté de l'Empire ; car étant avant la jonction aux Suisses Juge de la Ville de Strasbourg avec les Villes de Ulme & de Wormes, dans cette forme de jurisdiction privilegiée qui se nomme Austrégue, elle conserve encore ce droit & aussi elle comparoit aux Assemblées des Etats de la haute Alsace lorsqu'il s'agit du fait des monnoyes pour lesquelles elle observe toujours les Ordonnances & les Loix de l'Empire.

Il s'ensuit delà que la Ville de Bâle est sujette à la jurisdiction de la Chambre Imperiale, de laquelle il est certain qu'aucun Etat de l'Empire n'est exempt, si ce n'est par Traité ou par privilege, ou par préscription.

Elle

Elle n'allegue aucun Traité; mais elle se sert d'un Privilege donné par l'Empereur Frideric en l'an 1452. & d'une prescription immémoriale.

La copie du Privilége est ci jointe, contre lequel on dit, non pas que l'Empereur seul sans les Etats ne l'a pu donner (car on veut parler plus doucement) mais qu'il ne peut s'entendre de la Chambre qui n'étoit pas encore, n'aiant été établie qu'en l'an 1494. par l'Empereur Maximilian, & quoique ce Privilege porte exemption de la jurisdiction du Conseil de l'Empereur qui suit sa Cour, & de la Chambre de Rotwil, avec une clause générale qui comprend toute autre Chambre Imperiale, & Siége de Justice, on dit que cette clause ne se peut entendre que des Chambres égales ou inférieures en puissance au Conseil de la Cour de l'Empereur, ou à la Chambre Provinciale de Rotwil, & non de la Chambre de Spire qui est le Siége général de Justice de l'Empire, & non de l'Empereur seul, semblables clauses ne comprenant jamais tacitement les choses plus favorables que celles qui ont été exprimées. On ajoute que ce Privilege n'a jamais été confirmé par l'Etat de l'Empire ni enregistré à la Chambre comme celui de Lorraine, Bourgogne & autres Membres de l'Empire, & on fait un grand fondement sur ce défaut d'insinuation, & enfin on dit que ce Privilege excepte le déni notoire de justice & qu'il s'agit d'un tel déni dans les affaires des Sieurs de l'Isle & Vachter, lesquelles ne regardant originairement que les Parties, tombent maintenant par ce moyen sur le Magistrat de Bâle (*qui litem suam facit*) & par conséquent sur tout le Peuple qui doit répondre des fautes de son Chef avec lequel il ne fait qu'un corps. Ce Privilege n'a jamais été observé & même la Ville de Bâle n'a pas fait un grand fondement dessus; cela se prouve par la Copie ci-jointe du Statut qu'elle fit en 1527. pour s'exempter de la jurisdiction de la Chambre, dans lequel elle n'allégue point ce Privilege ni aussi son union avec les Suisses, quoique ce fussent de forts moyens, s'ils eussent été valables; mais elle se sert seulement du prétexte des longueurs & abus de la jurisdiction de la Chambre qui montre par sa confession propre, la possession depuis l'établissement de ce Siége.

On dit contre la prescription, qu'il ne peut y en avoir, parce qu'on connoit le principe de la possession dans ce Statut qui est vicieux & injurieux, & qu'il n'y en a point, non seulement parce qu'en matiere de jurisdiction dont l'acte n'est pas continuel, la preuve de n'avoir point plaidé à la Chambre depuis cent ans est aussitôt une marque de n'avoir point eu de procès, que d'avoir exemption de sa jurisdiction; mais d'autant qu'il y a plusieurs procès intentez par des particuliers contre la Ville de Bâle devant la Chambre depuis ce Statut même depuis trente ans, dans lesquels la Chambre a toujours fait sa fonction de Juge & conservé sa possession.

On avoüe que la Ville de Bâle a toujours protesté contre les assignations, & qu'elle n'a jamais voulu reconnoître la jurisdiction ni même se présenter pour la décliner, depuis le procès d'un nommé Haquenback, formé en 1535. On confesse aussi (quelque procedure qu'il y ait contre elle) qu'il n'y a jamais eu d'exécution d'aucun jugement: mais puisque la jurisdiction s'exerçoit librement avant le Statut, il suffit à la Chambre pour conserver la possession & empêcher la prescription, d'avoir reçu les actions de tous ceux qui se sont présentés à elle, d'avoir prononcé sur leurs demandes sans que le défaut de la Ville de Bâle de comparoître aux assignations lui puisse nuire, ni aussi le défaut d'exécution de ses Jugemens qui dépend de la volonté & du soin des Parties qui peuvent transiger.

Voila, Monsieur, l'information que j'ai reçuë des Parties adverses de la Ville de Bâle, de laquelle j'ai voulu conférer avec un des premiers de la Chambre en dignité & en doctrine, pour voir s'il ne m'aprendroit rien davantage, & comment il repondroit aux objections que je formois moi-même dans cette question qui touche les Juges plus que les Parties. Je n'ai pu l'obliger de droit fil à cette Conference, parce qu'elle étoit contraire à la résolution de la Chambre, & j'ai seulement obtenu qu'il m'écouteroit, ce qu'il a cru ne pouvoir refuser civilement, sans l'obliger à parler; mais la conversation l'a emporté plus avant, ou la crainte qu'il a eu que son silence me confirmât dans les objections que je lui faisois; de sorte que j'en ai tiré peut-être moins que je n'eusse desiré; mais beaucoup plus que je ne pouvois esperer: car il m'a été aisé de voir que le Memoire que j'ai reçu des Parties avoit été dressé par ordre de la Chambre ou du moins communiqué avec elle, tant ils étoient bien instruits de toutes les moindres raisons & particularités même des plus inutiles. J'ai tout omis & il m'a dit que la Chambre faisoit dresser un Memoire de ses raisons pour l'envoyer aux Etats de l'Empire à Munster s'il en étoit besoin, dans lequel il y en auroit quelques-unes qui n'étoient point dans celui des Parties, étant juste qu'elle se reservât quelque chose à dire en sa cause propre, & comme un coup de Maître. Je n'ai pu penetrer plus avant & il m'a seulement dit qu'environ l'an 1627. le Roi recommanda par Lettres à la Chambre l'intérêt du Sieur de l'Isle contre la Ville de Bâle dans cette affaire qui étoit déja commencée.

Je lui ai dit sur le premier Article de cette affaire que je ne voulois pas disputer la Souveraineté de l'Empire sur la Ville de Bâle, parce-qu'il n'étoit pas nécessaire d'en venir si avant pour décider la question de la jurisdiction; mais son fondement étoit plutôt dans l'Ecole & chez les Docteurs que dans le monde où nous voyons plusieurs puissans Etats, dont le commencement a été vicieux & qui n'ont point d'autre titre que la force du tems & leurs armes, qui ne manquent point de prétexte & couleurs pour pallier leur revolte, le succès de laquelle est toujours le seul Juge qui la justifie, ou la condamne. Ce qui se dit contre la Ville de Bâle, se peut dire contre quelques Cantons des Suisses, & quoiqu'elle ait souvent été mise dans les Matricules, appellée aux Diétes, & chargée de contributions: toutefois elle n'a jamais comparu ni payé. On ne trouvera point depuis cent ans qu'on ait procedé contre elle pour le refus, desorte qu'on peut dire qu'elle est en possession d'une liberté réelle que l'Empire a tolerée dans le tems de sa plus grande puissance, ne se retenant que des marques imaginaires de Souveraineté semblables à ses prétentions dont les grands Etats abondent & qui n'empêchent point que ceux sur lesquels elles se forment ne passent pour libres dans l'opinion commune des hommes.

Il m'a répondu que des Juges ne doivent pas se fonder sur cette opinion; mais sur la verité quand ils la peuvent trouver, & qu'elle

Raisons pour soutenir l'independance de la Ville de Bâle.

leur

leur aprend que la Ville de Bâle ayant été autrefois un Membre de l'Empire, ne peut cesser de l'être que par des moyens légitimes, & que la Chambre la réputera toujours pour telle tandis que l'Empire ne le lui défendra point; mais au contraire la comptera au nombre de ses Membres dans les Actes les plus solemnels.

Sur l'exemption de la Jurisdiction, je lui ai témoigné que la Ville de Bâle sembloit avoir raison de la prétendre par privilége & par prescription.

Le privilége qu'elle a est donné par un Empereur, & confirmé par un autre, ce qui semble être suffisant pour la faire jouïr de l'exemption, sauf l'autorité des Etats qui ne s'y oposent pas formellement; mais qui tolèrent plutôt sa prétention, puis qu'il y a de pareils exemples dans l'Empire, & je lui ai allegué celui des Seigneurs de Ribaupiere en Alsace qui dépendoient autrefois immédiatement de l'Empire & reconnoissoient la jurisdiction de la Chambre; mais à présent ils en sont exempts, & ressortissent à la Chambre de la haute Alsace qui est à Ensisheim par concession des Empereurs de la Maison d'Autriche seulement, d'autant moins valable que celle dont la Ville de Bâle se sert, est donnée par des Empereurs dans leur propre cause & pour augmenter leur Souveraineté, Jurisdiction & Patrimonial au préjudice de l'Empire. Il est véritable que le Procureur Général les apelle toujours; mais sans effet, & se contentant d'une simple protestation sans en poursuivre l'effet comme on a toujours fait contre la Ville de Bâle.

Le privilége est fort général & se doit entendre de tous Siéges de Justice, même de celui-ci qui a été établi depuis, par lequel l'Empereur n'a pas entendu déroger aux priviléges précédens. Il semble aussi qu'il n'étoit pas besoin de l'insinuer à un Siége dont l'établissement est postérieur, & dans lequel tous les autres priviléges de l'Empire ne furent pas alors enrégistrés, & pour ce deffaut ils n'ont pas laissé d'être observez, & la Ville de Bâle ne l'a pas enregistré depuis, non seulement parcequ'il n'en étoit pas besoin; mais peut-être à cause de son union avec les Suisses, qu'elle fit sept ans après, par le moyen de laquelle elle a cru être suffisamment exempte.

La clause du privilége qui arrête le déni de justice ne doit avoir lieu dans les affaires des Sieurs de l'Isle & Vachter: car le Prévôt de Bâle est Juge, & dénier justice n'est pas juger mal; mais ne vouloir point juger: autrement on se serviroit de cette clause en tous jugemens, & le privilége n'auroit jamais lieu. Il est vrai qu'on dit que le Juge de Bâle a refusé quelques révisions des jugemens; mais les Juges ne sont pas obligez de les accorder en tous cas, & avant ces refus, la Chambre avoit été saisie par des apellations, & je ne doute point que le Magistrat de Bâle n'offre de faire voir les jugemens donnez contre les Sieurs de l'Isle & Vachter & de leur faire rendre justice s'ils ne l'ont pas reçuë.

Le privilége a toujours été observé, & la Ville de Bâle s'en est toujours servi; on ne fait rien voir au contraire depuis sa concession jusques à l'établissement de la Chambre ni depuis jusques à l'union de Bâle avec les Suisses. Je ne sai que par le Statut, que la Chambre a voulu entreprendre au contraire: car on ne m'en a allegué aucun exemple, & quoiqu'il ne fasse pas mention du privilége; mais seule-

ment de l'union, cela vient peut être de ce qu'alors la Ville de Bâle pensoit, que cette union lui suffisoit pour l'exemption: mais dans l'affaire d'Haquenback, qui fut le premier après le Statut qui se pourvut à la Chambre contre un jugement du Prévôt de Bâle, la Ville qui comparut n'allégue pas l'union qui étoit alors trop récente; mais elle se servit du privilége & elle n'en fut point déboutée; mais la Chambre lui renvoya l'affaire sous un autre prétexte, parce qu'il s'agissoit d'une matiére purement criminelle, laquelle par l'Ordonnance de Charles-quint n'est pas de la connoissance de la Chambre, quand les Juges n'ont point contrevenu à ladite Ordonnance. Après cette affaire on ne peut guére alléguer le défaut d'insinuation du privilége, pour le moins on ne le peut ignorer, & dans les occasions suivantes, la Ville de Bâle n'a pas eu besoin de le présenter de nouveau, puis que dans celle-là on ne l'avoit point rejetté; mais on avoit cherché un moyen d'en éviter l'aprobation, donnant sous un prétexte le renvoi, duquel la Ville de Bâle se servit sans l'aprouver.

Sur toutes ces objections touchant le privilége, il m'a dit que l'exemple des Seigneurs de Ribaupierre n'étant pas plus valables que celui de Bâle & autres semblables, ne les peut autoriser, outre que l'exemption immédiaté pour retomber sous la jurisdiction d'un Membre de l'Empire, comme est celle des Seigneurs de Ribaupierre, n'est pas si odieuse, qu'une exemption entiere comme celle de Bâle. Il est demeuré d'accord que le privilége est fort général pour tous Siéges, & n'a pas fort insisté sur la clause du déni de justice, non seulement parceque ces révisions demandées au Juge de Bâle depuis des appellations interjettées à là Chambre, semblent être affectées subtilement pour mieux fonder la jurisdiction, & pour rendre Parties les Juges par le déni de justice, & par eux tout le peuple; mais aussi d'autant que fondant la jurisdiction de la Chambre sur le déni de justice, on accorde l'exemption là où il n'y a point de déni. Il a donc mieux aimé rejetter le privilége que de se servir de sa clause, & il l'a rejetté par le défaut d'insinuation, sans laquelle il dit que la Chambre ne doit point avoir égard à ce privilége quelque connoissance qu'elle en ait eu par la Partie ou d'ailleurs.

Sur la prescription, je lui ai dit, que le privilége étoit son principe, qui étoit bon, & qu'elle avoit duré plus de cent ans, depuis lesquels la Ville de Bâle, n'avoit point reconnu la jurisdiction de la Chambre ni éprouvé aucune exécution de ses jugemens. S'il n'y avoit point eu d'action intentée, je suis demeuré d'accord que ce ne seroit pas un moyen de prescription, plutôt qu'une preuve de défaut de procès; mais puisqu'il y en a eu très-souvent dont la Ville de Bâle s'est toujours moquée, étant d'ailleurs fondée sur son privilége & sur son union, & la Chambre qui en a eu connoissance n'ayant rien fait d'elle-même ni fait faire par les Etats de l'Empire si souvent assemblés dans cet espace de tems, il semble que la prescription a lieu, nonobstant les Actes inutiles que la Chambre dit avoir faits, lesquels sont autant de marques de la possession de la Ville de Bâle, laquelle on ne connoîtroit pas, s'il n'y avoit point eu de procès.

Il ne m'a rien dit là-dessus que ce que j'avois apris des Parties; mais il m'a voulu faire connoître qu'il pourroit me dire quelque cho-

se

fe davantage s'il n'avoit été jugé plus à propos de le referver.

Pour conclufion je lui ai dit qu'il n'étoit point néceffaire d'examiner cette affaire par le droit, qu'il fuffifoit que notoirement la Ville de Bâle jouïffoit en effet de l'exemption de jurifdiction, dans laquelle les Etats de l'Empire la voyoient & toléroient depuis cent ans, pour conclure qu'il n'y avoit point d'inconvenient de la fouffrir encore quelque tems, au moins jufques à la Paix, & qu'il pourroit y en avoir, d'exciter un nouveau feu dans l'Empire dont la Chambre feroit blâmée, fi elle n'avoit quelque ordre de faire ce qu'elle faifoit pour des raifons fecrétes, lefquelles je ne pouvois m'imaginer : puifque même les Etats de l'Empire aufquels l'execution de fes jugemens eft mandée femblent les defaprouver en ce qu'ils refufent de les exécuter & cherchent des excufes pour ne fe brouiller avec la Ville de Bâle.

Il m'a répondu que les Juges ne doivent point voir ces inconveniens ni retarder le cours de la juftice, faifant un mal certain, pour en éviter un incertain. Que les Etats de l'Empire ne leur défendant point d'exercer leur jurifdiction contre Bâle, ne peuvent les blâmer de faire leurs charges. Que la Ville de Bâle doit s'adreffer à eux & en obtenir les inhibitions qu'elle defire, & non de la Chambre, qui jufques là eft obligée de rendre juftice à ceux qui la demanderont, & en ce tems plutôt qu'en aucun autre, parceque les Etats étant affemblez à Munfter & Ofnabrug, il eft bon de donner lieu à la Ville de Bâle de s'y pourvoir pour terminer cette difficulté fi longtems indécife, & auffi pour ne pas faire par cette tolérance un exemple pernicieux pour d'autres Etats qui fe voudroient féparer femblablement.

J'ai cru qu'il penfoit à l'Alface, quoique la Supérieure foit déja de la jurifdiction de la Chambre en qualité de bien héréditaire de la Maifon d'Autriche; mais non encore exempte de la Souveraineté de l'Empire.

Voila, Monfieur, tout ce que je puis vous dire pour l'éclairciffement de cette affaire fur laquelle on a fix mois à délibérer qui commencent au mois de Septembre, après lefquels je ne doute point que la Chambre ne preffe avec chaleur l'execution de fes jugemens. Je fuis &c.

MONSIEUR

De

VAUTORTE

à Monfieur de

BRIENNE.

Du 28. Octobre 1646.

MONSIEUR,

J'Efpere que vous aurez maintenant l'information que je vous ai donnée par une ample Dépêche de l'affaire de la Ville de Bâle. Mon Secretaire m'a rendu celle que vous m'avez fait l'honneur de m'écrire le quatriéme de ce mois, à laquelle je répondrai de Mayence, où j'irai dans fix jours, ne pouvant le faire avant que d'avoir vu le Chapitre & Monfieur de Reiffemberg, il m'a donné tant de preuves de la grace que vous me faites de m'aimer, que j'en fuis confus; fachant que je ne la puis jamais mériter, quand je ferois affez heureux pour trouver les occafions de vous en rendre tout le fervice que je vous ai voué. Le dernier Article de votre Lettre en eft auffi un témoignage qui furpaffe mon esperance & prefque mon defir. Ce n'eft pas que je ne fouhaitaffe volontiers ce qui me feroit fi honorable & avantageux; mais je pafferois pour téméraire de me croire digne d'un fi haut emploi, & courrois hazard d'être feul de mon avis. Il me femble que je dois laiffer juger de moi à mes Superieurs comme vous, & attendre les effets de ce jugement & de leur bonne volonté, qui feront toujours au deffus de mon mérite; mais non jamais plus grandes que ma reconnoiffance & que le fentiment que me donne cette exceffive bonté que vous avez pour moi. Je vous fuplie trèshumblement de croire qu'il durera autant que ma vie & que vous n'avez jamais favorifé perfonne qui foit avec plus de refpect & de reconnoiffance que je fuis &c.

MON-

MONSIEUR

De

VAUTORTE

à Monsieur de

BRIENNE.

Du 31. Octobre 1646.

La Chambre Impériale de Spire est très-satisfaite de la façon dont on la traite par ordre du Roi. Il lui repéte l'avis qu'il lui avoit déja donné que les Parties avoient accordé un délai de six mois du consentement tacite de la Chambre. Il ne croit pas qu'il faille faire paroître la Lettre du Roi & en dit les raisons.

MONSIEUR,

J'Ai reçu la Lettre que vous m'avez fait l'honneur de m'écrire le dix-neuf de ce mois sur l'affaire de la Ville de Bâle, avec celle du Roi du même jour & sur le même sujet pour Monsieur de Varenne Commandant dans Spire & pour moi, & je me suis étonné de ce que vous y faites mention de ma réponse à votre première Lettre, parcequ'elle est du dixiéme & ne doit être arrivée à Paris par le Courier que le vingtiéme. Cela m'oblige à en envoyer encore une copie avec la présente, de crainte qu'elle ne soit perdue & que vous ne me parliez d'une autre Lettre que je m'étois donné l'honneur de vous écrire auparavant sur le même sujet. Elle vous fera connoître que je suis assuré d'une surséance de six mois de l'exécution des Sentences données par la Chambre Impériale pour les Sieurs de l'Isle & Vachter, contre la Ville de Bâle à commencer du premier jour de Septembre: car encore que je n'aye cette assurance que des Parties, je sai bien qu'elle s'est donnée du consentement des Juges, & qu'ils m'aideront secrétement à la faire observer, n'ayant rien voulu éviter que de paroître entrer en Traité avec un Officier du Roi sur un point de la jurisdiction de l'Empire, sans savoir si l'Empereur & les autres Princes de l'Empire nos ennemis l'auroient agreable ; mais en effet ayant contribué en cela secrétement à me faire obtenir ce délai, parcequ'ils sont fort satisfaits de la façon dont on les traite par ordre du Roi.

La Chambre Impériale de Spire est très-satisfaite de la façon dont on la traite par ordre du Roi.

Roi, & de ce qu'on les fait jouïr pleinement de tous leurs priviléges. L'assurance de ce délai m'a fait surséoir de leur parler suivant la Lettre du Roi jusqu'à tant que vous m'ayez fait la faveur de répondre à celle-ci, ne voyant aucun inconvenient d'en user ainsi jusques à la fin du mois de Fevrier, & croyant qu'il peut y en avoir de leur déclarer présentement l'intention de Sa Majesté : car il me semble que dès le moment de cette déclaration, ils ne sont plus obligez, ni les Parties aussi, à l'observation du délai, lequel je ne demande que pour informer le Roi & recevoir ses ordres, & qu'ils peuvent beaucoup m'embarrasser sans que je puisse obtenir aucun avantage par cette déclaration : non seulement il n'y a point d'autre affaire de cette nature qui soit née ; mais on ne prévoit pas à mon avis qu'il doive y en avoir bientôt d'autres que celles des Sieurs de l'Isle & Vachter. Celle-là qui n'est pas encore jugée définitivement se peut surséoir autant de tems que le Roi voudra, parce que les héritiers du Sieur de l'Isle feront infailliblement ce que Sa Majesté ordonnera & s'en raporteront à elle, si elle veut en juger, celle-ci est jugée définitivement, & le Mandement exécutorial a été délivré à la Partie & par elle signifié aux Etats exécuteurs, desorte que les Juges n'ont plus rien à faire sinon en cas de refus des exécuteurs de les contraindre à exécuter le jugement, ou de recevoir leurs causes, & en nommer d'autres. Si la Sentence n'étoit point donnée, on pourroit espérer de la surséoir par cette déclaration ; mais en l'état où est l'affaire on ne peut rien attendre de plus favorable de la Chambre, sinon qu'elle réponde qu'elle n'y peut plus rien, & qu'elle en est bien fachée, & qu'il faut s'adresser aux exécuteurs : car je sai bien qu'elle n'ordonnera jamais la surséance de l'exécution de son Jugement, si l'Empereur ne lui mande secrétement, ce qu'il ne fera jamais pour en donner l'avantage à la France, & je crains que l'Assesseur de Baviére qui est puissant dans la Chambre, ne la dispose à répondre grossiérement, qu'en ce qui est de sa jurisdiction elle ne peut ni veut considérer la recommandation du Roi ni d'aucun autre, principalement s'agissant de rendre justice, à quoi son serment l'oblige, & bien loin de surséoir elle pressera l'exécution par de nouveaux Mandemens. Nous pouvons l'empêcher dans les postes que le Roi tient; mais non pas dans ceux de Manheim & Guernsheim tenus sur le Rhin, par l'Archevêque de Mayence & le Duc de Baviere nommez Exécuteurs. Monsieur l'Ambassadeur de Suisse m'a mandé que celui-ci a promis de n'exécuter point ; mais si le Roi en fait sa cause il pourroit bien changer, & celui là n'a peut-être rien promis & sera plus aisé d'obliger le Roi que d'obliger les Suisses, n'ayant aucun intérêt de vivre bien avec eux, comme le Duc de Baviére. Si cela arrive comme je crois qu'il arrivera, le Roi aura ce déplaisir de voir sa recommandation inutile & ses amis, dans une affaire qui aura éclaté, & eux peut-être la pensée de s'adresser à quelqu'autre, qui leur donnant satisfaction le déplaisir de Sa Majesté augmenteroit, comme il est arrivé depuis peu de tems à Monsieur le Maréchal de Turenne, ayant donné à la Ville de Strasbourg main levée de quelques Marchandises saisies à Mayence à la requête de quelques Sujets de l'Archevêque, lequel a ordonné que la saisie se feroit dans Guernsheim ; desorte que les Bourgeois

Il lui repéte l'avis qu'il lui avoit déja donné que les Parties avoient accordé un délai de six mois du consentement tacite de la Chambre; il ne croit pas qu'il faille faire paroître la Lettre du Roi & en dit les raisons.

1646.

geois de Strasbourg font contraints de recourir à lui, & de laisser leurs marchandises dans Mayence, sans tirer aucun fruit de la main-levée. Cela me fait croire qu'il est à propos de laisser couler le délai accordé sans dire mot, & si pendant ce tems il ne survient rien qui change l'affaire, ou si on n'aprouve pas de consentir que les Suisses demandent en cette affaire l'assistance ou de l'Empereur ou des Etats de l'Empire, qui certainement peuvent mieux les satisfaire que le Roi, on pourra faire cette déclaration qui servira toujours, avec l'empêchement que l'on aportera à l'execution dans les postes du Roi, pour leur montrer qu'on aura fait ce qu'on aura pu, & ce retardement ne peut leur déplaire étant fait pour leur bien & pendant un délai qu'ils doivent à l'entremise du Roi; mais assurément on n'en tirera autre avantage. Quoique le refus de la Chambre soit incivil, je ne pense pas qu'on voulût la priver de ses privileges ni lui donner lieu de plainte par quelque autre mauvais traitement. Je vous suplie très-humblement, Monsieur, de faire aprouver, ou du moins excuser la hardiesse dont j'use en cette occasion, & de me faire la grace de me croire &c.

C O P I E

D'une

L E T T R E

Ecrite par Monsieur

L'ELECTEUR

De

T R E V E S

à Monsieur de

V A U T O R T E.

Du 13. Novembre 1646.

Il lui donne avis qu'on le menace de l'attaquer de plusieurs côtez. Il lui demande deux mille Chevaux de secours en cas de nécessité. Il demande que les François ôtent leur Garnison de Magdebourg & d'Eidesheim suivant les ordres du Roi

---

dont il lui envoye la copie. Il le prie pourtant d'en surseoir l'execution pour quelque temps.

MONSIEUR,

JE ne doute qu'aviez déja apris d'ailleurs comment que mes Terres de l'Archevêché de Trêves sont menacées d'invasion de tous côtez, tant des Gens de l'Empereur, par le moyen de la Forteresse d'Ehrenbreistein, que de l'Armée du Duc de Lorraine d'y prendre les quartiers d'Hiver; ensorte que Monsieur le Cardinal Mazarini même ne m'en a pas seulement donné des avis très-assurez, mais aussi promis en cas de besoin toute aide & secours, tant par Monsieur le Maréchal de Turenne, comme verrez par celle que Monsieur d'Antonville vous fait, que de Monsieur de la Ferté, & Madame la Landgrave de Hesse, témoignant aussi un soin particulier pour ma conservation, dont je lui suis grandement obligé. Sur ces nouvelles, j'ai donné ordre par tout mon Archevêché de bien garder les passages, & se mettre en bonne défense, & bien que j'espére ainsi avec l'aide de Dieu d'empêcher toute l'entrée hostile, neanmoins je vous ai voulu prier de faire, ensuite de l'ordre de Sa Majesté, tout votre possible, qu'en cas de nécessité & non autrement que selon mon avis, (parce que je ne donnerai point de quartiers & ne me veux pas ruiner moi-même devant la nécessité) je puisse avoir prompt secours de deux mil Chevaux, dont cinq cens pourront venir de Madame la Landgrave de Hesse & loger du côté d'Ehrenbreistein sur le Westerwalt y compris tous les voisins, cinq cens dans mon bas Archevêché des deux côtés de la Mozelle, cinq cens dans le haut Archevêché, aussi des deux côtés de la Mozelle, compris les voisins, & les autres cinq cens en Westrasie du côté de Nanci, Sérek & Thionville, lesquelles jointes avec l'Infanterie que j'ai de 6000. bons hommes avec les Montagnes & passages bien aisez à garder & fort incommodes à passer principalement par la neige que nous attendons journellement, feront bien changer de résolution à tous ceux qui voudront entreprendre sur mon Païs.

Touchant la Garnison de Magdebourg & d'Eidesheim, le Sieur Médard m'a déja averti qu'étiez de bonne intention encore avant l'arrivée de l'ordre de Monsieur le Maréchal de Turenne, & de les faire sortir delà, de laquelle bonne volonté que me témoignez je vous remercie. Comme donc les ordres tant dudit Monsieur le Maréchal, que de Sa Majesté même conformes à la copie jointe sont arrivez, vous en pourriez avec tant plus de facilité faire l'execution ; mais ayant bien consideré que mon Evêché de Spire n'est pas encore trop bien assuré des autres Gens de Guerre, qui (tout ainsi comme ont fait à présent au Duc de Neubourg, étant entrez dans le Païs de Juliers en plusieurs endroits) pourroient entreprendre sur l'une ou l'autre Place, & ne me trouvant point encore en assez bon état de pouvoir si bien garder ces Places, comme il est requis pour mon assurance, principalement au temps que nous nous croyons si proches d'une Trêve, vous me ferez grand plaisir de donner ordre & l'envoyer

par

1646. par ce Meſſager à mon Conſeil à Spire, aux Capitaines deſdites Garniſons de Magdebourg & d'Eidesheim, d'y demeurer encore quelques ſemaines en même état comme ils ſont aux gages ordinaires du Païs, ou comme ils s'accorderont avec mon Stathalter & le Conſeil de Spire : toutefois qu'ils promettent verbalement d'obéir audit mon Stathalter & Conſeil juſques à ce que j'aye des Gens ſuffiſans pour la garde deſdites Places, auxquelles & lors à ma premiere requiſition ils ayent à les céder ſans delai & aucune contradiction ſuivant les ordres de Sa Majeſté & de Monſieur le Maréchal.

Pour l'Architecte Mathieu Stant, je ſouhaiterois qu'il pourroit ſervir quelques jours; mais comme les nouvelles ſuſdites & l'hiver qui commence nous font travailler ici en beaucoup d'endroits avec toute diligence poſſible jour & nuit, il y eſt employé inceſſamment, & ne peut être abſent ſans la ruine de ce qu'avec tant de fatigues & dépens nous avons fait l'été paſſé, comme Monſieur d'Antonville vous dira plus particulierement. S'il vous pouvoit ſervir à faire ou conſulter quelque deſſein, il fera tout ce qu'il pourra ici pour votre ſervice, & ſur ce je demeure &c.

MONSIEUR

De

VAUTORTE

à Monſieur de

BRIENNE.

Du 21. Novembre 1646.

Il lui rend compte de l'argent qu'il a employé pour les Troupes outre ce qu'on lui a fourni à Mayence, dont il lui envoye un Mémoire. On ne doit pas eſperer d'avoir l'Electeur de Mayence de notre parti. La reconciliation du Baron de Reiffemberg avec l'Electeur de Mayence ſera de peu de fruit. Le Baron de Reiffemberg pourroit être fait Electeur; mais cela ſera bien difficile: les raiſons. Monſieur de Schwalbach Chantre a les mêmes prétentions. Son Caractére; il faudroit lui

donner penſion. Les autres Chanoines qui y peuvent prétendre. Il eſt très à propos que le Roi apuye l'Election, l'argent ſeroit alors bien néceſſaire.

MONSIEUR,

J'Ai préſenté à Meſſieurs du Chapitre de Mayence les ordres du Roi & votre Dépêche, & ayant compté avec eux depuis le dixiéme Juillet juſques au dixiéme de ce mois, & fait les déductions, que le Roi leur accorde, ils ne ſont demeurés redevables que de la ſomme de 4600. Liv. laquelle ils ont payée, & j'ai trouvé que je devois pour les Troupes & autres dépenſes juſques audit jour dixiéme de ce mois 9600. Liv. deſorte que pour remettre toutes choſes en ordre j'ai été obligé de fournir 5000. Liv. ſans eſpérance de les retirer à l'avenir, ni auſſi plus de dix-mil Livres que j'ai déja fournies. C'a été par deſſus le fonds de Mayence; car encore qu'on payât, tout le revenant bon n'acquiteroit de longtems ce qui eſt dû du paſſé à Meſſieurs de Courval & de Paris, comme le Mémoire ci-joint vous pourra faire voir, & ſi les Ennemis demeurent dans Elfeld qui eſt le principal lieu du Chingant, le Chapitre aura auſſi peu de puiſſance de payer tout à l'avenir, qu'il en a juſques à préſent peu de volonté : car ſelon la taxe qu'il en a faite le Chingant doit la moitié de la contribution, & on n'en tirera rien tandis que les Ennemis y ſeront, & ils y ſeront autant de tems qu'ils voudront; car nous ne pouvons les en chaſſer ſans Infanterie, ni en avoir que de Monſieur d'Erlach qui s'eſt excuſé d'en envoyer, ſi ce n'eſt en cas que Melander revienne, ou d'autres Troupes Ennemies capables d'entreprendre ſur les Places du Roi.

Il ne faut point eſperer de faire prendre le parti du Roi, ni même la neutralité à Monſieur l'Electeur de Mayence, s'il n'arrive de grands changemens; car outre ſon inclination, & ſon Conſeil qui nous ſont contraires, il penſe encore que la prudence & ſon honneur lui défendent de changer dans l'attente de la fin de la Guerre, & comme il dit encore de celle de ſa vie. Je ne ſai ſi Monſieur le Baron de Reiffemberg ſe pourra reconcilier avec lui: je crois que cette reconciliation ne produira jamais le fruit que nous en ſouhaiterions tirer pour lui, & que Monſieur l'Electeur prétendroit de s'en ſervir pour le mettre dans ſes intérêts, & non pas pour entrer dans les ſiens tandis qu'ils ſeront conformes aux nôtres, & qu'il le ruinera plutôt que de l'avancer pour notre avantage. L'experience favoriſe mon avis juſques à préſent, & je ne vois encore aucun jour à cette reconciliation; deſorte que Monſieur le Baron de Reiffemberg ne peut eſperer de parvenir à ſon but par cette voye; mais ſeulement par élection. Je la trouve fort difficile; car il y a beaucoup de Prélats & Chanoines agez, qui ont une pareille prétention que lui, avec plus d'amis dans le Chapitre, dans lequel nous ne pouvons le ſervir beaucoup préſentement, n'y ayant à Mayence que trois ou quatre Prélats qu'on ne peut gagner, parce que chacun a pretenſion pour ſoi, & tous les autres étans abſens. Les préſens

1646.

Il lui rend compte de l'argent qu'il a employé pour les Troupes outre ce qu'on lui a fourni à Mayence, dont il lui envoye un Mémoire.

On ne doit pas eſpérer d'avoir l'Electeur de Mayence de notre parti.

La reconciliation du Baron de Reiffemberg avec l'Electeur de Mayence ſera de peu de fruit.

Le Baron de Reiffemberg pourroit être fait Electeur; mais cela ſera bien difficile: les raiſons.

1646.

fens font, Monfieur l'Evêque de Wormes qui eft Grand Prévôt, Monfieur le Grand Doyen, Monfieur le Scholaftique, Monfieur le Chantre, & Monfieur Dandelot Chanoine. De ces cinq Meffieurs, le Grand Prévôt & le Chantre peuvent raifonnablement prétendre à l'Election, & je penfe que le premier y aura bonne part; car il eft vieux & peu remuant, & chacun efpérera de monter en le faifant monter. Mon fentiment feroit de l'apuyer fi le deffein de Monfieur de Reiffemberg ne peut réüffir; car il eft craintif & avare, ce qui me fait croire qu'il y aura moyen de le difpofer à n'être point partial. Monfieur le Comte de Courval incline vers Monfieur de Schwalbach Chantre, parce qu'il le croit François. Il eft vieux, il a autant d'efprit qu'aucun autre; mais turbulent & hardi, & partant avec lequel il y a beaucoup à hazarder, ne voyant point d'affurance de fon inclination qui fuivra toujours fon intérêt. Il a grande paffion d'être apuyé du Roi dans cette affaire, & il s'en eft ouvert à moi par l'avis de Monfieur de Courval, & même m'a fait connoître qu'une penfion lui feroit fort agreable. Je penfe qu'elle ne feroit pas mal employée pour lui & pour nous; car il eft peu riche & gouverne maintenant toutes les affaires du Chapitre, & pourroit beaucoup faciliter les nôtres. Je crois qu'il feroit bien content de quatre ou cinq cens Livres par mois, & de moins. Cela n'eft pas beaucoup pour une bonne affaire & duteroit peu de tems. Des abfens Meffieurs Cratz, Eltz & Sales ont les plus juftes prétentions. Les deux premiers font à Munfter, celui là Député de l'Electeur de Mayence, celui-ci de l'Electeur de Trêves. Le dernier eft jeune, mais honête homme, & grand ami de Monfieur l'Evêque de Wirtzbourg. Dans ce nombre de prétendans, je ne fai point de Princes qui y font : toutefois on dit que Monfieur l'Archiduc Léopold en eft un; mais je ne crois pas que le Chapitre penfe de ce côté-là : car les grands Bénéfices ne fortent guére de Maifons Souveraines quand ils y font entrez. J'ai bien entendu dire qu'on n'eft pas réfolu d'élire un fimple Prélat ou Chanoine; mais un Prince qui ait moyen de vivre d'ailleurs & de rétablir l'Archévêché; mais j'ai toujours interpreté ce difcours qui fut fait dans une débauche par plufieurs jeunes Chanoines, en faveur de Monfieur l'Evêque de Wirtzbourg. Quoi qu'il en foit, je penfe qu'il eft très à propos d'apuyer de l'autorité du Roi celui qui fera élu; car outre la honte de n'avoir réüffi dans une élection faite à Mayence, ce feroit une grande excufe d'être contre nous à celui qui feroit élu contre notre gré. On dit que l'Empereur a accoutumé d'envoyer un Ambaffadeur à l'Election : il pourra propofer de la faire hors Mayence auffitôt qu'on n'auroit pas le tems d'avertir le Roi de la mort de l'Electeur, & de recevoir fes ordres pour l'Election, avec les moyens de la faire réüffir, dont le principal feroit de l'argent. Voila, Monfieur, l'information que je puis vous donner fur ce que vous avez défiré de moi.

Je vous envoye un Memoire de nos nouvelles avec des Copies des Lettres que je viens de recevoir de Monfieur l'Electeur de Trêves pour Monfieur le Maréchal de Turenne & pour moi, & auffi des Lettres que j'écris, préfentement à mondit Sieur l'Electeur, & à Monfieur d'Antonville. Monfieur l'Ambaffadeur de Suiffe m'a écrit qu'il aprouve la furféance que j'ai faite de l'ordre du Roi que

Monfieur de Schwalbach Chantre a les mêmes prétentions. Son caractere; il faudroit lui donner penfion.

Les autres Chanoines qui y peuvent prétendre.

Il eft très à propos que le Roi apuye l'Election, l'argent feroit alors bien néceffaire.

Tom. III.

---

vous m'avez envoyé en faveur de la Ville de Bâle, tandis que le délai de fix mois durera, lequel finit avec le mois de Fevrier prochain. Je fuis avec refpect &c.

1646.

MONSIEUR

De

VAUTORTE

à Monfieur de

BRIENNE.

Du douziéme Decembre 1646.

Il a déchargé de contributions les Terres de l'Evêché de Spire felon l'ordre du Roi. Le Chapitre de Mayence rentre en procès & fe plaint à Munfter.

MONSIEUR,

J'Ai ponctuellement obéi à la Lettre du Roi fignée de vous, laquelle Monfieur l'Electeur de Trêves m'a fait l'honneur de m'envoyer, pour décharger de toutes contributions les Terres de l'Evêché de Spire deçà & delà le Rhin, ce que je ne pouvois faire fans ordre du Roi.

Meffieurs du Chapitre de Mayence rentrent en procès & ont envoyé fe plaindre à Munfter. Je vous envoye copie de la Lettre que j'en écris à Meffieurs les Plénipotentiaires, & du Memoire que j'y joins. Je vous ai ci-devant envoyé le premier qui fait mention de cette affaire. C'eft contre mon intention & je ferai bien facile à redreffer : car je n'y ai paffion ni intérêt que celui du Roi, lequel je fouhaite d'accorder avec leur fatisfaction; mais je n'ai pas le bonheur d'y réüffir, & ayant été autrefois revoqué d'un emploi pour être trop doux dans la levée des droits du Roi, je cours fortune d'être excommunié en celui-ci pour y être trop rigoureux. J'obéirai à vos ordres en cette affaire & en toutes autres, étant avec refpect &c.

Il a déchargé de contributions les Terres de l'Evêché de Spire felon l'ordre du Roi.

Le Chapitre de Mayence rentre en procès & fe plaint à Munfter.

E T A T

Du payement d'un mois en trois prêts pour les Garnisons de la Citadelle de Mayence & Château de Binguen suivant l'extrait de la revue.

CITADELLE DE MAYENCE.

A la Compagnie de Monsieur le Vicomte de Courval.   1198. l. 16. f. 6. d.

A Celle de Desgranges.   361.

A Celle du Chevalier.   413.

A celle du Sieur Doche.   727. 6. 6.

Aux Gens de l'Armée commandez du Regiment de Montaufier fervans dans la Citadelle de Mayence.   153.

Aux Gens de l'Armée des Regimens de Rokaup & Baudack, demeürez malades & fervans à Mayence.   387.

Aux Gens François de l'Armée venus de Steinheim à Mayence & y fervans.   788. 6. 6.

Aux Gens Allemands de l'Armée aussi venus de Steinheim & fervans à Mayence.   429. 7. 6.

Somme   4457. l. 17. f.

E T A T M A J O R.

A Monfieur le Vicomte de Courval pour fes apointemens de Gouverneur.   1000. l.

Au Major.   100.

Au Capitaine des Portes.   66.

A l'Aumonier & Chirurgien.   50.

A trois Canoniers.   40.

Au Commiffaire.   125.

Au Receveur & Payeur.   100.

Som. de l'Etat Maj.   1481. l.

Somme totale de la dépenfe de la Garnifon de Mayence.   5938. l. 17.

CHATEAU DE BINGUEN.

A la Garnifon du Château de Binguen aussi pour un mois.   466. l.

ETAT MAJOR DE BINGUEN.

A Monfieur de Paris pour fes apointemens de Gouverneur   600.

Somme totale de la dépenfe de la Garnifon de Binguen   1066. l.

DEPENSE EXTRAORDINAIRE.

A Monfieur le Baron de Reiffemberg.   488. l. 5. f.

Au Sieur Defcherez Capitaine de l'Armée, malade à Mayence.   120.

Au Sieur Truel aussi Capitaine de l'Armée, malade à Mayence.   120.

Au Sieur des Aunais Capitaine de l'Armée, aussi demeuré malade à Mayence.   90.

Au Sieur du Han Officier de l'Armée, demeuré malade à Mayence.   90.

Au Sieur Meflui Lieutenant du Regiment de Cavalerie de Duras malade à Binguen.   90.

Au Sieur du Caifne Enfeigne du Regiment de Vaubecourt demeuré malade à Mayence.   50.

A un Enfeigne du Regiment de Klag malade à Mayence.   30.

A un des gardes de Monfieur le Maréchal de Turenne malade à Binguen.   30.

A deux Suiffes de Monfieur le Maréchal de Turenne aussi malades à Binguen.   60.

A fix Cavaliers de l'Armée malades à Mayence.   60.

Somme de la Dépenfe extraordinaire.   1228. l. 5. f.

Somme totale de la dépenfe ordinaire & extraordinaire defdites Garnifons de Mayence & Binguen pendant un mois.   8233. l. 2. f.

COPIE

D'une

LETTRE

Ecrite par Monsieur de

VAUTORTE

à Messieurs les

PLENIPOTENTIAIRES,

Le dixiéme Decembre 1646.

Le Chapitre de Mayence se plaint de lui ; il donne les raisons de sa conduite. Il rejette la faute sur Monsieur de Courval Gouverneur de Mayence.

MONSEIGNEUR ET MESSIEURS.

JE me suis donné l'honneur d'écrire depuis deux mois assez ponctuellement à votre Altesse & à vous Messieurs sur les affaires de ce Païs, lesquelles j'ai cru pouvoir mériter l'honneur de votre connoissance, & principalement sur celles de Mayence ; & pour vous informer mieux j'ai pris la liberté de vous envoyer des Copies des Lettres que j'ai reçues & de mes Réponses, ma derniere Dépêche contenant celles d'une Lettre de Messieurs du Chapitre & de deux que je leur écrivis, & à Monsieur le Vicomte de Courval. On m'a mandé qu'ils n'en sont pas contens, & qu'ils ont député un de leurs principaux Officiers pour se plaindre à votre Altesse & à vous Messieurs. Je me soumets avec respect au jugement que vous donnerez & l'exécuterai très-ponctuellement, vous supliant très-humblement de lire dans cette Lettre les motifs de ma conduite.

Je ne veux point importuner votre Altesse, & vous Messieurs d'une répétition de tout ce qui vous a été écrit sur ce sujet de ma part ou d'autre par le passé, & encore que vos grandes occupations & le peu d'importance de mes Lettres ne me permettent pas de croire que vous vous en souveniez, j'espére toutefois que vous saurez bien que les premieres plaintes de Messieurs du Chapitre furent faites contre les actions de Monsieur le Vicomte de Cour-

Le Chapitre de Mayence se plaint de lui ; il donne les raisons de sa conduite.

val, & les secondes contre les ordres de Monsieur le Maréchal de Turenne, n'y en ayant jamais eu contre moi jusques à présent, si ce n'est pour n'avoir pas diminué la contribution & pour en avoir trop pressé le payement par des ménaces de logemens, lesquels je n'ai point encore faits.

Mes précédentes Dépêches vous ont apris le voyage que j'ai fait à Mayence au commencement de Novembre, après avoir reçu les Dépêches & le Reglement du Roi, sur les plaintes de Messieurs du Chapitre. Outre la somme qu'ils devoient je fus obligé de fournir cinq mille Livres pour payer les deux Garnisons de Mayence & Binguen, jusques au jour auquel ils commençoient de devoir quelque chose. Cela est assez éloigné du divertissement de leur fond, & un Mémoire général que je joignis à mes Dépêches vous aura fait voir que je suis en avance d'une très-grande somme dans cette année. Avec celle-ci je vous en envoie un particulier de la dépense présente sur le pied du dernier payement fait depuis six jours, lequel vous donnera une pleine information.

La contribution duë par Messieurs du Chapitre monte par mois à la somme de dix mil deux cens soixante livres, de laquelle le Rhingau seul paye cinq mil livres à la Ville de Mayence. Celle de Binguen & autres Terres comprises dans le Traité paient cinq mil deux cens soixante livres suivant la taxe qu'ils ont faite.

Messieurs du Chapitre offrent de payer cinq mil deux cens soixante livres & non davantage, parce qu'ils disent qu'ils n'en peuvent rien tirer présentement.

Je pourrois leur demander la somme entiére parce qu'ils la doivent, & non Rhingau, & les autres lieux avec lesquels nous n'avons point traité, & qui ne nous ont rien promis. Ils peuvent les paier en doublant la taxe des lieux pour lesquels ils offrent de paier, lesquels ce doublement chargera encore moins que la contribution ordinaire ne charge le Palatinat, & nous en avons besoin pour le payement des dépenses effectives, & pour le remboursement des avances que j'ai faites.

Je pourrois du moins demander 8233. liv. 2. s. pour le payement des dépenses contenues dans l'état ci-joint : car elles sont toutes assignées sur ce fond par le Roi, & par Monsieur le Maréchal de Turenne, & je ne dois differer le payement d'aucune.

Mais pour soulager Messieurs du Chapitre, autant qu'il m'est possible, je ne leur demande que 7004. liv. 17. s. pour l'entretien de deux Garnisons composées, savoir celle de Mayence, de 476. hommes, & celle de Binguen de 55. & je consens d'attendre le payement du surplus, & de fournir cependant d'ailleurs 1228. liv. 5. s. pour la dépense extraordinaire contenuë dans ce Mémoire.

De cette somme de 7004. liv. 17. s. à laquelle monte la dépense des deux Garnisons, il y en a 4924. liv. 17. s. pour les deux Garnisons, & 2081. liv. pour les apointemens de Messieurs de Courval, & de Paris, & pour l'Etat Major de Mayence ; de sorte qu'il ne s'agit que de l'intérêt de Messieurs les Gouverneurs : car la somme de 5260. liv. que le Chapitre offre est plus grande que celle de 4924. liv. 17. s. à laquelle monte la dépense des deux Garnisons ; mais ces Messieurs voulans être paiez par préférence sur les premiers deniers qu'on reçoit, il n'en reste pas assez pour les Soldars,

Sff 3   &

1646.

& ne voulant pas qu'ils périſſent, je demande qu'on les paye en Argent, ou qu'on les loge chez les Bourgeois. Je n'empêche pas que Meſſieurs du Chapitre n'obtiennent de votre Alteſſe, & de vous Meſſieurs, telle décharge que vous jugerez raiſonnable: car je n'ai autre intérêt que celui du Roi, lequel vous ſaurez mieux conſidérer que moi, & la leur accordant vous pourvoirez au même tems d'un fonds ; mais cependant il eſt néceſſaire de payer les Soldats: car le delai les ruine. Cet item a toujours fait toute notre diſpute à la Cour, & devant vous: car je ne me ſuis jamais inquiété de leur décharge, mais de la proviſion pendant le procès, n'aiant point d'autre fonds pour l'entretien de ces deux Garniſons, & croiant mieux faire de bleſſer Meſſieurs du Chapitre par un logement que de les laiſſer périr.

Jufques à tant que vous m'aiez condamné, je ne puis me repentir de ce que je fais; mais je ſuis contraint de blâmer moi-même la façon dont je le fais en mon peu d'adreſſe: car toute la haine & la plainte s'adreſſent à moi, & Monſieur de Courval paſſe dans le Chapitre pour ſon protecteur, & toutefois pour ne laiſſer périr ſa Garniſon, il devroit faire le logement au défaut du payement, quand même je le voudrois empêcher, & dans celui-ci il ne s'agit que de ſon intérêt particulier.

J'attendrai là-deſſus avec impatience les ordres de votre Alteſſe, & de vous Meſſieurs, & je les ſouhaite tels qu'ils puiſſent pour une bonne fois régler toutes ces difficultez, afin que n'y aiant plus rien à diſputer, je puiſſe me mettre mieux en état de ſervir dans les projets dont j'ai l'honneur de vous écrire depuis un mois. Je ſuis avec reſpect &c.

Il rejette la faute ſur Monſieur de Courval Gouverneur de Mayence.

1647.

E X T R A I T

D'une

L E T T R E

Ecrite par Monſeigneur le Duc de

LONGUEVILLE

à Monſieur de

V A U T O R T E.

Du 25. Janvier 1647.

Il lui recommande de traiter favorablement Meſſieurs du Chapitre de Mayence.

MONSIEUR,

JE vous envoie une Lettre du Roi qui nous a été ici adreſſée, & qui vous eſt écrite, ſur le fait des Requêtes préſentées par Meſſieurs du Chapitre de Mayence, je n'ai garde de rien ajouter à ce qui vous eſt mandé; mais je dirai ſeulement en général que je tiens être à propos pour le ſervice du Roi de traiter ces Meſſieurs autant favorablement qu'il ſe pourra, & même en ce tems où l'on eſpére bientôt la concluſion de la Paix, le reſtant de cette Lettre ne contient que des nouvelles.

Il lui recommande de traiter favorablement Meſſieurs du Chapitre de Mayence.

C O

C O P I E

De la

L E T T R E

Ecrite à Messieurs les

PLENIPOTENTIAIRES

Par Monsieur de

V A U T O R T E.

De Mayence du 27. Janvier 1647.

Il fera relâcher quelques Balles de Marchandises qui apartiennent aux Hollandois. Il attend leurs ordres touchant d'autres Balles de Marchandises pour savoir s'il doit les relâcher. Il leur donne avis qu'il a reçu ordre du Roi de diminuer les contributions du Chapitre de Mayence comme il le trouvera à propos. L'Electeur de Mayence envoye des Troupes dans le Rhingau, pour empêcher que Monsieur de Turenne n'y prenne des quartiers. Il accorde avec le Chapitre que les Troupes de l'Electeur sortiroient du Rhingau. On parle de faire l'Evêque de Wirtzbourg Electeur de Mayence après la mort de celui d'aprésent qui n'est pas éloignée selon le raport des Medecins. Il prie les Plenipotentiaires de faire aprouver sa conduite à la Cour. Il leur demande comme il se doit conduire avec le Landgrave de Darmstad. Il leur rend compte

du mouvement de quelques troupes qui ont ordre d'aller à l'Armée de Monsieur de Turenne.

MONSEIGNEUR & MESSIEURS.

JE me suis donné l'honneur d'écrire deux Dépêches le dixiéme de ce mois à Votre Altesse, & à vous Messieurs, l'une pour vous assurer qu'aussitôt que je serai arrivé à Spire, je ferai relâcher les trente sept Balles de Marchandises qui apartiennent aux Hollandois, arrêtées par Monsieur le Baron de Millendonck: l'autre pour vous suplier très-humblement de croire que je ferai tout ce qui dependra de moi pour la satisfaction de Messieurs du Chapitre de Mayence, & que je vous en rendrai compte. Je pars d'ici demain, pour aller à Spire, où je donnerai la mainlevée aussitôt que j'y serai arrivé, & d'autant qu'il y a encore trente Balles de Marchandises comprises dans la même saisie qui sont répétées par des Marchands d'Italie, & de Francfort, lesquels prouvent par des attestations qu'elles leur apartiennent, & non à des Brabançois. Je suplie très-humblement Votre Altesse & vous Messieurs, de me donner vos ordres en cas que vous desiriez qu'elles soient relâchées, sans lesquels je renvoierai les Parties à la Chambre Imperiale, me contentant de lui remontrer qu'elle doit en donner la mainlevée, laquelle je ne suis pas assuré d'obtenir.

Depuis ma Dépêche du dixiéme j'en ai reçu une du Roi du cinquiéme, pour donner à Messieurs du Chapitre de Mayence telle diminution de la contribution que je jugerai convenable, à cause du dommage que les Ennemis font souffrir au Rhingau, & Monsieur le Tellier m'ajoute par sa Dépêche de même date, que cette modération doit durer autant que le séjour des Ennemis dans le Rhingau, & qu'on ne peut fournir de l'Epargne du Roi aucun remplacement de la somme diminuée. Messieurs du Chapitre en reçurent avec celle du Roi, une de leur Agent en Cour, qui leur mandoit que le payement de la cotte du Rhingau demeuroit en suspens, pendant que les Ennemis y seroient. La joye qu'ils en eurent, & les discours qu'ils me firent, me confirmérent dans la croiance que j'avois que Monsieur l'Electeur devoit envoier des Troupes dans le Rhingau de concert avec eux, pour empêcher Monsieur de Turenne d'y mettre cet hiver un Regiment, comme l'année passée, & que si on leur accordoit cette décharge ou suspension, ils retiendroient les Gens de l'Electeur, auxquels ils aimeroient mieux fournir la cotte du Rhingau qu'à nous. Je leur montrai la Lettre du Roi qui ne me prescrivoit rien de particulier, & leur dis que je ne consentirois jamais de décharger le Rhingau, tandis que nos Ennemis y seroient, parceque ce soulagement n'iroit pas au profit du Peuple, mais à celui des Ennemis, qui prendroient ce que nous quiterions, que cela leur donneroit moien d'être dans le Rhingau en plus grand nombre, & de passer en deçà du Rhin, pour tenter Bingen une troisiéme fois, ou quelque autre Place de l'Archevêché, & que s'ils ne réussissoient, il faudroit encore leur laisser la cotte du Rhingau, & ainsi faire périr nos Soldats, pour donner leurs assignations de notre consentement à

ceux

1647. ceux de notre Ennemi. J'ajoutai que je ferois bien aife de foulager le Rhingau ; mais que le Roi qui n'en eft que Protecteur, n'étoit pas obligé d'avoir plus de charité que Monfieur l'Electeur, qui en eft Seigneur, lequel aime mieux le ruiner par fes Gens, que de le laiffer en état de nous profiter. Que nous voulions l'imiter & que fi nous ne pouvions chaffer fes Gens, nous ruïnerions le Rhingau, en forte que la néceffité les en chafferoit, & fi nous prenions Elfeld, nous ferions obligez d'y mettre des Soldats pour refaire les Compagnies que le fiége pourroit endomager, & pour empêcher que les Ennemis n'y rentraffent. Ce difcours les toucha plus qu'aux autres fois, parce qu'ils nous crurent en érat maintenant de prendre Elfeld. Monfieur le Colonel Rokaup auquel j'avois envoié de la Cavallerie pour l'efcorter, étant heureufement arrivé fur le Rhin avec deux cens cinquante Soldats qu'il avoit en Heffe, lefquels paroiffoient beaucoup à caufe du bagage & du grand nombre d'Officiers, ils envoyoient auffi un pareil détachement tiré des Garnifons de Philipsbourg, Spire & autres. Cela les obligea de me demander un delai de deux jours pour demander à Monfieur l'Electeur des logemens pour ces Gens, lefquels j'accordai comme une grace après un peu de difficulté, feignant que le défir de les obliger me faifoit perdre occafion de prendre les Soldats de Monfieur l'Electeur, & de donner un bon quartier aux nôtres, comme je le pouvois, fans contrevenir au Traité, parceque le Rhingau feroit un Païs reconquis fur fon véritable Seigneur notre ennemi, lequel s'en emparant nous avoit difpenfé du Traité pour ce regard. Ils n'eurent point de peine à obtenir le délogement, à condition que je promettois au nom du Roi que nos Troupes n'entreroient point dans le Rhingau, ni celles de nos Alliez ; je le promis Il accorde avec le Chapitre que les Troupes de l'Electeur fortiroient du Rhingau. facilement parceque cette promeffe étoit conforme au Traité, & ne nous bleffoit point, & je tirai une pareille obligation de Meffieurs du Chapitre pour le regard des Ennemis, laquelle ils me donnerent, après avoir reçu celle que Monfieur l'Electeur leur en a faite. Je vous envoie Copie des deux, après la fignature defquelles les Ennemis fortirent du Rhingau pour aller à Ehrenbreftein & à Hoechft d'où ils étoient venus, nous aiant rendu les deux Pontons qu'ils avoient pris à Mayence & aiant démoli quelques légéres fortifications qu'ils avoient faites. Je penfe qu'on les eût pu prendre ; mais Monfieur de Turenne aiant befoin d'Infanterie on ne jugea pas à propos d'en faire tuer, & d'être obligé d'en laiffer encore pour la garde d'Elfeld, ou de le démolir, puifqu'on nous offroit mieux, & j'ajoutai à cette confidération des Gens de Guerre, celle que vous avez eu de conferver le Rhingau, & de ne donner du degout de la France à Meffieurs du Chapitre, lefquels font fort contens d'avoir mis par cette voie le Rhingau à couvert de tous orages, & non moins encore de la diminution de deux mil livres par mois fur le Total de la contribution, avec remife entiére de ce qu'ils peuvent devoir depuis notre dernier compte, que je leur ai fait aujourd'hui fous le bon plaifir du Roi, & pour autant de tems qu'il plaira à Sa Majefté, eu égard à celui qui fera néceffaire au Rhingau pour ce faire. J'ai en cela outrepaffé mon ordre, puis que les Ennemis n'y font plus ; mais j'ai confidéré que la caufe duroit & qu'il me refteroit affez de fonds pour la fubfiftance

des deux Garnifons, & pour la penfion de Monfieur le Baron de Reiffemberg, & que vous jugeriez plus à propos de retrancher les autres dépenfes extraordinaires, que de refufer à Meffieurs de ce Chapitre une partie de ce qu'ils demandent depuis un fi longtems. Ils témoignent être fort contens : fi cette bonne humeur leur doit durer, je l'atribue principalement à la mort de Monfieur de Schwalbach grand Chantre & Préfident du Confeil. Il s'étoit mis dans l'efprit d'être Electeur, & pour y parvenir il avoit cru devoir fe rendre néceffaire, & ne fe pouvoir mieux faire qu'en brouillant les Officiers. Il me femble que tout eft changé, mais je ne fai fi ce fera pour longtems. On procedera à l'Election d'un Chantre après le trentiéme jour échu depuis fa mort. On croit que Monfieur de Sales aura fa place. Il a du mérite & eft intime ami de Monfieur l'Evêque de Wirtzbourg, auprès duquel il fe On parle de faire l'Evêque de Wirtzbourg Electeur de Mayence après la mort de celui d'apréfent qui n'eft pas éloignée felon le raport des Médecins. Il prie les Plenipotentiaires de faire aprouver fa conduite à la Cour. tient ordinairement, étant Chanoine de fon Eglife. On parle fort de faire ce Prince Electeur, en cas de mort de celui-ci, lequel le ne peut tarder felon le raport des Médecins, & j'ai aperçu quelques préparatifs fecrets pour cela. J'ai auffi apris d'un de fes amis que Monfieur l'Electeur de Trêves a demandé & obtenu pour lui du Pape la permiffion de tenir deux Evêchez. J'ajoute à ce long difcours une très-humble priere que je fais à Votre Alteffe & à vous Meffieurs, de faire aprouver ma conduite en cette affaire, & de me faire la grace de demander la ratification de la promeffe dont je vous envoie copie, & de la diminution de la contribution, le retardement de laquelle donneroit du foupçon. Je ne fai s'il en faut prendre de Monfieur le Prince de Darmftat après la civile Lettre qu'il m'a écrite pour le paffage de nos Gens, lequel il Il leur demande comme il fe doit conduire avec le Landgrave de Darmftat. leur a donné libre dans fon Païs, comme je l'en avois prié : ni s'il faut croire qu'il a promis à Monfieur le Duc de Lorraine de lui donner par engagemenr les Châteaux de Caub, & Saint Gowar fur le Rhin pour quelques Troupes qu'il doit lui fournir contre Madame la Landgrave. En ce cas il fembleroit néceffaire de faire effort pour avoir ces deux Châteaux ou bien Mayence ; & les autres Places qui font entre Frankendal & ces Châteaux feroient en hazard.

J'ôte le Regiment de Tot des petites Places qu'il occupoit en ces Païs, pour y mettre Il leur rend compte du mouvement de quelques troupes qui ont ordre d'aller à l'Armée de Monfieur de Turenne. Monfieur de Rokaup & fes Gens, jufques à tant qu'il ait ordre de Monfieur de Turenne de marcher à l'Armée, & moi des Gens pour remplacer. J'ôte auffi à Monfieur le Vicomte de Courval, par l'ordre de Monfieur de Turenne, les Soldats de fon Regiment, & autres qui étoient fortis de Steinheim & venus ici pour les envoier avec ceux de Tot, dans le Marquifat de Baden, attendre la commodité du paffage, & je remplace pareil nombre à Monfieur de Courval & trois ou quatre de plus des Gens du Colonel Friche, venus avec Monfieur de Rokaup ; Monfieur de Turenne m'aiant mandé d'en ufer ainfi. Les deux Regimens de Cavalerie de Bonicaufen & de Rokaup font encore demeurez en ce Païs. Je fuis avec refpect &c.

MON-

MONSIEUR

De

VAUTORTE

à Monfieur de

BRIENNE.

Du 6. Février 1647.

Il eft accufé par ceux de Mayen-
ce, d'avoir mis à couvert un
meurtrier dans fa Maifon; il
fait voir la fauffeté de l'accufa-
tion.

MONSIEUR,

L A Lettre que vous m'avez fait l'honneur
de m'écrire, m'a beaucoup furpris, m'a-
prenant une récrimination affez malicieufe de
Meffieurs de Mayence. Je vous envoie Copie d'une Lettre que m'écrivit Monfieur le
Vicomte de Courval fur cette action auffitôt
qu'elle fut paffée. Il eft vrai qu'un Bourgeois
de Mayence, nommé Titius, en a tué un autre,
& qu'il s'eft fauvé par l'aide de quelque Cavallerie qui fe trouva-là. On crut qu'il s'é-
toit refugié dans mon quartier où logent en
mon abfence Monfieur des Allus Commiffaire du Roi, & le Sieur Quofius Payeur de la
Garnifon; & fur cette croiance 30. Bourgeois
yvres y vinrent le foir, y entrérent fans permiffion & fans refpect, & cherchérent par
tout affez infolemment fans y trouver Titius
qui n'y étoit pas. Le Payeur qui étoit feul a-
vec deux petits Pages de Monfieur de Turenne ne fachant leur deffein, eut peur pour fon
argent, & envoya promtement avertir le Commiffaire qui foupoit en ville. Il y vint accompagné de deux Capitaines de l'Armée, &
trouva les Bourgeois dans la rue, avec lefquels
il eut quelques paroles. Le lendemain Meffieurs du Chapitre desavouérent cette action,
l'excuférent, & priérent qu'on ne me le man-
dât point & étant arrivé quelques jours après à
Mayence, ils me répétérent les excufes & le
desaveu, & me priérent de n'en avoir aucun
reffentiment; ce que j'accordai volontiers, fachant que le vin étoit caufe de ce desordre.
Je penfois cette affaire éteinre, & cependant
ou par crainte de ma plainte, ou par malice,
Tom. III.

on vous en a fait un recit étrange. Si on ofe
foutenir que le meurtrier ait été dans ma Maifon ni vu du Commiffaire ou du Payeur depuis fon action, ils s'offriront à telles peines
qu'on voudra; mais ce qu'on vous dit hardiment à la Cour, on ne le diroit pas à Mayence, où la verité eft connuë. Auffi je vous
fuplie très-humblement de confidérer le peu
d'aparence qu'il y a que trois hommes en forcent 30. & de vous informer fi le foir quand
la Citadelle eft fermée le Commiffaire auroit
pu affembler dix hommes dans toute la Ville.
J'ai été à Mayence depuis l'action, où l'on ne
m'en a fait aucune plainte, mais des excufes
par la bouche du Vicedom pour le meurtre,
c'eft un fait entre Bourgeois dont on ne voudroit que je connuffe. Certes, Monfieur, de
quelque efprit que vienne cette malice, &
pour quelque deffein que ce foit, elle eft bien
grande. Ces Meffieurs m'en ont fait beaucoup d'autres, & vous en favez les fujets que
vous avez condamnez; mais j'efpere que mon
dernier voyage les aura adoucis comme vous
pourrez favoir de Monfieur le Tellier, ne voulant vous importuner du récit, mais bien vous
remercier de la faveur extrême que vous me
faites en cette occafion, & vous prier de croire que je fuivrai foigneufement l'avis que vous
me donnez, lequel m'eft un ordre très-particulier. J'efpère que Monfieur l'Electeur de
Trêves fe louera de moi, comme il me témoigne par toutes fes Lettres. Je continuerai à
lui en donner tous les fujets que je pourrai, & à
vous de me croire avec refpect &c.

COPIE

De la

LETTRE

Ecrite par Meffieurs du Chapitre de

MAYENCE

à Monfieur de

VAUTORTE.

Du 11. Février 1647.

Ils lui demandent diminution des
contributions.

MONSIEUR,

L Es enclofes nous aiant été adreffées fous
l'envelope de Son Alteffe Monfeigneur le
Duc de Longueville, afin de les faire paffer
vers vous, nous nous fommes fort réjouis d'u-
Ttt ne

ne occasion si propre à joindre aux graces que nous vous rendons pour les préuves de votre affection contestée en ce dernier voyage, la priére à laquelle rien ne seroit capable de nous porter que la nécessité, dans laquelle nous nous sommes trouvez. Lorsque nous avons voulu faire la distribution de la modération que vous nous avez accordée, la pauvreté du Rhingau & l'impossibilité d'y assurer quelque fonds, nous ont obligez d'y appliquer à peu près la grace entiére. Nous nous trouvons en une nouvelle détresse. Nous confessons qu'aiant un ordre si général de soulager nos pauvres Sujets, comme vous nous l'avez fait voir, nous vous sommes beaucoup obligez pour la somme sur laquelle vous avez voulu vous déclarer ; mais puisqu'au même tems il vous a aussi plû nous faire offre pour le reste de votre apui pour le surplus de nos nécessitez, le peu de raison qu'il y a que ces autres Lieux soufrent pour l'insolvabilité dudit Rhingau, & beaucoup d'inclination à soulager nôtre impuissance que nos justes raisons ont effectuées tant en Cour qu'à Munster, nous y portent, & nous nous promettons de votre courtoisie que vous ne nous refuserez pas la faveur d'accompagner & apuyer de votre crédit & recommandation en l'un & l'autre lieu, la poursuite à laquelle cette nouvelle difficulté nous oblige, afin que s'il plaisoit à Leurs Majestez nous décharger jusques à trois mil cinq cens florins par mois, vous vous puissiez reposer sur ce fonds, qui suffiroit encore pour la conservation de la Garnison complete, au pied que l'on paye : vû que le pain de munition & d'autres nécessitez qu'on fournit, n'y sont comprises, & qu'étant déchargez des contributions extraordinaires auxquelles nous nous voions obligez, outre les corvées pour lesquelles le Rhingau seul paye chaque semaine deux cens livres, nous ôtent le moien de la ponctualité d'une somme plus grande. Nous croions, Monsieur, que pour ces considérations & pour éviter même les difficultez auxquelles l'impossibilité seroit toujours sujette, le désir réciproque qu'avons de vivre en bonne intelligence & dans les voies de douceur, vous induira à nous accorder cette faveur que de cooperer à notre dessein, vous assurant que par ce moien vous ne nous confirmerez pas seulement dans la créance que vous nous avez fait concevoir de votre amitié ; mais aussi nous obligerez parfaitement à vous en témoigner les ressentimens aux occasions qui dépendront de &c.

C O P I E

De la

R E P O N S É

Faite par Monsieur de

V A U T O R T E

à Messieurs du Chapitre de

M A Y E N C E.

Du 15. Février 1647.

Il leur repond qu'il fera ce qu'il pourra pour leur rendre service.

MESSIEURS,

JE pensois vous avoir entiérement contentez, aiant fait toute la diminution qui étoit en mon pouvoir, laquelle ne laisse du fonds que pour la dépense nécessaire des Garnisons de Mayence & Binguen ; mais puisque vous désirez quelque chose davantage, & que la passion que j'ai de vous servir va plus loin que mon pouvoir, je me tiendrois heureux d'en avoir le moien, & je voudrois que les affaires du Roi fussent en assez bon état, & mon crédit assez grand pour obtenir une décharge entiére. Tel qu'il est je vous l'offre, & ne manquerai pas d'écrire à la Cour, & à Munster ; mais ce sera s'il vous plait avec cette condition que le payement se fera cependant, comme vous me l'avez promis, de la somme de 4130. florins par mois, afin d'éviter le deperissement des Garnisons. En cela & en toutes autres choses, mon premier but étant le service du Roi, je vous suplie très-humblement de croire que le second sera toujours le désir de vous plaire, pour satisfaire à mon devoir qui me l'ordonne & pour aquerir l'honneur de vos bonnes graces, lequel je tâcherai de mériter en toutes occasions avec la qualité de, &c.

J'écrirai plus volontiers pour la décharge des contributions extraordinaires, parcequ'elles ne sont point comprises dans le Traité, ni absolument nécessaires pour la subsistance des deux Garnisons, mais je n'en connois point d'autre que les corvées qui sont bien nécessaires pour la sûreté. Je n'ai point su que celles du Rhingau fussent en argent, & de quelque façon qu'elles soient, j'en écrirai à la Cour, & à Munster pour l'en soulager ; mais d'autant que je ne me suis point mélé de la fortification, & que c'est le fait de Monsieur le Vicomte de Courval, je fuis bien aife d'en communiquer avec lui & d'agir de concert. Je lui en écris par la Lettre ci-jointe, & auffi-tôt que j'aurai la réponfe je ne manquerai pas de vous y fervir.

MONSIEUR

De

VAUTORTE

à Monfieur de

BRIENNE.

Du 15. Février 1647.

Cette Lettre n'eft que comme la précedente pour fe difculper de l'accufation de Mrs. de Mayence : il dit qu'ils lui en ont fait des excufes.

MONSIEUR,

JE reçus hier la Lettre du Roi du quatriéme de Janvier, & celle que vous m'avez fait l'honneur de m'écrire le même jour, avec une de Monfieur le Duc de Longueville du vingt-cinquiéme, & une de Meffieurs du Chapitre de Mayence de l'onziéme de ce mois , & d'autant que les affaires fur lefquelles vous m'écrivez ont changé d'état & font prefque terminées, je crois ne pouvoir vous faire une réponfe qui vous donne une plus ample information, qu'en vous envoiant des Copies de la Lettre que j'écrivis fur ce fujet à Meffieurs les Plenipotentiaires le vingt-feptiéme de Janvier, de celles que je reçus hier de Monfieur le Duc de Longueville , & de Meffieurs du Chapitre de Mayence , des réponfes que je leur fais & de la Lettre que j'écris à Monfieur le Vicomte de Courval.

Je ne fai fi outre la Lettre que vous m'avez fait l'honneur de m'écrire fur l'action paffée entre Monfieur des Allus & des Bourgeois de Mayence, à laquelle j'ai fait réponfe, Meffieurs du Chapitre en ont encore reçu quelqu'une pour moi fur ce fujet, du Roi ou de Meffieurs les Plenipotentiaires auxquels ils s'en font auffi plaints; mais je vous affure que depuis les excufes qu'ils m'en ont faites, ils ne m'en ont point parlé & qu'ils n'en ont écrit que pour fe précautionner contre les plaintes qu'ils ont juftement appréhendé qu'on en fit. Je fuis avec refpect &c.

COPIE

De la

REPONSE

Faite par Monfieur de

VAUTORTE

à Monfeigneur le Duc de

LONGUEVILLE.

Du 16. Février 1647.

Le Chapitre de Mayence demande une nouvelle diminution des contributions.

MONSEIGNEUR,

MEffieurs du Chapitre de Mayence ne m'ont envoyé que depuis deux jours la Dépêche de Votre Alteffe , dans laquelle j'ai trouvé la Lettre que vous m'avez fait l'honneur de m'écrire le vingt-cinquiéme de Janvier , avec celle du Roi , & de Monfieur le Comte de Brienne du quatriéme, & ils l'ont accompagnée de leur Lettre du onziéme de ce mois , dont la Copie eft ci-jointe, avec celle de ma réponfe. Celle que je me fuis donné l'honneur d'écrire à Votre Alteffe le vingt-fept de Janvier pour vous rendre compte de mon dernier voyage de Mayence, me difpenfe de répondre à cette derniére Dépêche, toutes chofes aiant alors été terminées: toutefois je penfe être obligé d'y ajouter fur la Lettre du Roi & fur celle de Monfieur le Comte de Brienne, non feulement qu'elles n'ont plus trouvé les affaires en l'état fur lequel on fe fondoit pour l'exemtion du Rhingau, parce que les Ennemis en étoient fortis; mais qu'elles n'ont jamais été en l'état que Meffieurs du Chapitre de Mayence ont repréfenté au Roi; car pendant le féjour des Ennemis dans le Rhingau, on leur a demandé fa part ou affignation fur icelui, avec offre de la prendre en payement & d'en rechercher nous-mêmes la fatisfaction; mais non jamais de faire paier aux autres Terres la quote du Rhingau. Ils ont refufé cette affignation fur le Rhingau, laquelle on demandoit par refpect, pour ne toucher à leurs Terres & fans leur ordre , le Traité avec eux portant que le reglement & l'exaction de la contribution doit dépendre de leur autorité. Après ce refus on leur a demandé toute la fomme de la contribution qui eft de

dix

1647.

dix mil deux cens soixante livres par mois ; mais celle qui étoit nécessaire à l'entretien des deux Garnisons de Mayence & Binguen montant à 8000. llv. ou environ, làquelle est plus grande que la quote des Terres (le Rhingau excepté) qui paye 5000. liv. car elle n'est que de 5260. liv. Ils ont là-dessus député vers Votre Altesse, & cependant ont satisfait en partie à cette demande, & ce qu'ils n'ont pas payé leur a été remis avec 2000. liv. par mois à l'avenir. Ils m'en ont remercié avec des témoignages de grande satisfaction ; mais ils n'ont rien payé depuis ce tems-là, & le payement des deux Garnisons cesse depuis le vingtiéme de Janvier, & maintenant au lieu de payement ils proposent une nouvelle diminution. J'ai tant parlé & écrit sur cette matière par l'obligation de ma charge que j'ai persuadé à Messieurs du Chapitre de Mayence & beaucoup d'autres personnes que j'en usois trop rudement, que j'avois de l'animosité ; ce qui étant contre mon sentiment autant que contre mon devoir qui m'oblige de vivre bien avec eux & de ne leur donner aucune mauvaise satisfaction ; je n'entreprendrai plus d'en parler, & laisserai à la prudence de Votre Altesse le jugement de leur demande, vous supliant très-humblement de leur refuser ou de leur accorder au plutôt ce que vous jugerez raisonnable, & de considérer que l'espérance de se plaindre avec fruit les fera éternellement crier contre moi ; mais un refus ou une limitation finale à une somme certaine, sans espérance d'obtenir davantage, les mettra en repos, & me donnera moien d'emplôier plus utilement le tems que je pers avec eux en des contentions fort importunes à mon humeur, & qui ne font point le service du Roi, sans la considération duquel je désirerois qu'ils pussent obtenir de Sa Majesté une entiére décharge pour mon repos, & pour faire voir à Votre Altesse par leurs plaintes qu'ils ne cesseroient pas & ne feroient que changer de matiére, que la contribution n'en est que le pretexte ; mais que leur haine contre les François en est la véritable cause, laquelle pourra vivre après Monsieur l'Electeur, mais non mourir avant lui. Il fait maintenant payer le Rhingau 900. liv. par mois à sa Garnison de Hoechst, de sorte que la meilleure partie de notre diminution ne va pas au soulagement du Peuple, mais au profit d'une Garnison ennemie. Messieurs du Chapitre ne s'en plaignent pas, & ils se plaindroient encore moins si on leur avoit accordé la décharge de toute la quote du Rhingau pour la faire consommer sur le lieu même, ou dans quelque Place voisine par les Ennemis du Roi. L'état ci-joint de la dépense présente de celles de Mayence & Binguen, fera voir à Votre Altesse que cela ne se peut sans remplacement de fonds, & qu'après ma diminution de 2000. liv. par mois, il n'y a point de revenant bon : car les 140. liv. qui semblent rester par prêt seront aisément consommées par 95. rations de pain par jour & par les utenciles des Officiers non comprises dans la dépense de cet état, auquel je n'ajoute plus rien sur cette matière qu'une très-humble priére que je fais à Votre Altesse de me pardonner la liberté que je prens de lui écrire si amplement. Messieurs du Chapitre de Mayence se font plaints au Roi, & (comme on m'a dit) à Votre Altesse d'une action passée dans leur Ville. Monsieur le Com-

te de Brienne m'a fait la faveur de m'en écrire & j'envoie à Votre Altesse Copie de la Reponse que je lui ai faite. Je ne sai s'ils ont obtenu quelques Lettres de vous sur ce sujet : car ils n'en ont point fait paroitre, étant trop sages pour me présenter des plaintes d'une action dont ils m'ont fait faire des excuses.

Le Regiment de Cavalerie de Bonicausen & quatre Compagnies de celui d'Infanterie de Rokaup qui y est en personne passent ici le Rhin aujourd'hui pour aller attendre les ordres de Monsieur de Turenne à Schoradorf où Monsieur Grotius est de retour d'Hailbron. Il y a deux cens Soldats, & cent cinquante autres, tirez de nos Garnisons pour mettre dans le Regiment de Turenne. Je suis avec respect &c.

C O P I E

De la

L E T T R E

Ecrite par Monsieur de

V A U T O R T E

à Monsieur le Vicomte de

C O U R V A L.

Du 16. Février 1647.

Cette Lettre n'est que pour les mêmes affaires des précédentes.

MONSIEUR,

MEssieurs du Chapitre de Mayence m'ont fait l'honneur de m'écrire, pour me prier d'appuier à la Cour, & à Munster la demande qu'ils y veulent faire d'un plus grand soulagement que celui de mil florins par mois, & ils disent que les charges & contributions extraordinaires auxquelles ils sont obligez, outre les corvées pour lesquelles le Rhingau seul paye deux cens livres par semaine, leur ôtent le moien de payer la somme dont nous sommes demeurez d'accord. Je leur répons, que je n'ai point encore su que les corvées se payassent en argent, & que si on trouve raisonnable de leur donner un plus grand soulagement, mon sentiment seroit de commencer par les décharges extraordinaires auxquelles ils ne sont point obligez par le Traité, avant que de diminuer davantage la contribution ordinaire, laquelle en l'état qu'elle est, est toute nécessaire pour la subsistance des Garnisons. Ce n'est pas que les corvées ne le soient aussi

pour

1647.

pour achever la fortification de la Place d'où dépend la sureté ; mais s'il faut que l'un cesse, il est plus à propos de laisser la fortification imparfaite, que de faire périr ceux qui la gardent, & si le Roi veut fournir pour l'un la somme nécessaire, il est plus à propos de décharger le Peuple de celui auquel il n'est point obligé par le Traité. Mais parce que je n'ai point encore pris connoissance des fortifications, & que je ne voudrois pas écrire d'une chose qui dépend de vos soins sans vous en avertir, je vous suplie d'en mander vos sentimens à la Cour, & à Messieurs les Plenipotentiaires, afin qu'ils voient mieux ce qui est à propos de faire pour la satisfaction de Messieurs du Chapitre, laquelle je souhaite procurer sans blesser la vôtre, étant &c.

MONSIEUR

De

VAUTORTE

à Monsieur de

BRIENNE.

Du 19. Mai 1647.

Il lui envoye Copie du Traité que Monsieur de Turenne a fait avec l'Electeur de Mayence. Il lui donne avis que les Troupes de Hesse-Cassel vont assiéger Fridberg.

MONSIEUR,

JE ne me donne pas l'honneur de vous écrire souvent, parce que mon emploi m'en donne peu de matiere, & je n'ose vous importuner sans sujet, mais quand mon bonheur m'en présente quelqu'un, je ne le puis perdre, mon devoir & mon inclination m'obligeant à chercher les occasions de me conserver dans l'honneur de votre souvenir. Je prens maintenant celle du Traité fait par Monsieur le Maréchal de Turenne avec Monsieur l'Electeur de Mayence, duquel je vous envoie Copie, laquelle satisfera à tout ce que vous pourriez désirer de savoir. Il est parti le dixseptieme de ce mois avec ses Troupes pour retourner vers Hailbron, où il attendra le retour de Monsieur du Passage, aiant laissé sur le Mein quelque Cavalerie & Infanterie pour joindre aux Hessiens qui viennent assiéger Fridberg, & possible ensuite quelques autres Places du Prince de Darmstad. Je demeure-

Il lui envoye Copie du Traité que Monsieur de Turenne a fait avec l'Electeur de Mayence.

Il lui donne avis que les Troupes

rai à Mayence pendant cette petite Guerre & vous informerai de tout ce qui s'y passera, n'aiant point de plus forte passion que celle de vous témoigner que je suis infiniment, &c.

de Hesse-Cassel vont assiéger Fridberg.

MONSIEUR

De

VAUTORTE

à Monsieur de

BRIENNE.

Du 3. Juin 1647.

Il ne peut pas mettre le Comte de Muisck en possession du Comté d'Ortembourg, parce qu'il n'est pas de son département ; il faut s'adresser à Monsieur d'Erlac Gouverneur & à Monsieur de Baussan Intendant.

MONSIEUR,

JE me suis donné l'honneur de vous écrire le vingt-un de Mai, pour vous rendre compte de ce qui s'est passé dans le Traité de Monsieur le Maréchal de Turenne avec Monsieur l'Electeur de Mayence, duquel je vous ai envoié Copie. J'ai depuis reçu une Lettre du Roi du quinziéme d'Avril, que vous avez signée en faveur du Comte de Muisck Grand Maître de Cuisine du Roi de Pologne, pour le remettre dans la possession & jouissance du Comté d'Ortembourg près de Brissac ; mais d'autant que mon emploi est borné par le Palatinat, & que ma commission ne me donne aucun pouvoir dans le Gouvernement de Monsieur d'Erlac, ni dans l'Alsace, dont Monsieur de Baussan est Intendant, je ne pourrai satisfaire à cet ordre qui les regarde. Je les en avertirai, & leur envoyerai Copie de la Lettre du Roi, & s'il vous plait de la leur envoyer je pense que l'affaire du Comte de Muisck se fera mieux. Je vous demande pardon de la liberté que je prens, & vous supplie très-humblement de croire que je suis, &c.

Il ne peut pas mettre le Comte de Muisck en possession du Comté d'Ortembourg, parce qu'il n'est pas de son département : il faut s'adresser à Monsieur d'Erlac Gouverneur & à Monsieur de Baussan Intendant.

MONSIEUR

De

VAUTORTE

à Monsieur de

BRIENNE.

Du 19. Novembre 1647.

Il lui demande une Lettre de change.

MONSIEUR,

Il lui demande une Lettre de change.

ME donnant l'honneur de vous envoyer Copie de toute la Dépêche que je fais à Son Eminence, ce mot vous dira seulement que j'ai reçu par le dernier Courrier le duplicata de celle que vous m'avez fait l'honneur de m'écrire par Monsieur des Allus, & je vous supplie très-humblement de me vouloir envoyer sans delai la Lettre de change que je demande. Il m'est très-important de l'avoir bientôt pour la conservation de mon crédit, & de la Garnison de Philipsbourg, & pour me donner le moyen de faire le voiage auquel je suis obligé par mes affaires. J'attens, Monsieur, cette faveur de votre bonté & suis avec passion, &c.

COPIE

De la

LETTRE

Ecrite par Monsieur de

VAUTORTE

à Messieurs les

PLENIPOTENTIAIRES.

Le dixneuviéme Novembre 1647.

Il leur envoye la relation de l'Election d'un nouvel Electeur à Mayence, & leur rend compte des dépenses qu'il a faites pour cela. Le Comte Cratz va à Munster pour engager les Plénipotentiaires à travailler pour lui faire obtenir le Coadjutoriat de Trêves. Il leur marque les moyens pour connoître le fond de son cœur. L'Electeur de Mayence voudroit que l'Election tombât sur Monsieur de Valdorf Chanoine de Trêves.

MONSEIGNEUR ET MESSIEURS.

CE Gentilhomme informera amplement votre Altesse & vous Messieurs, du succès de son voyage, & des particularitez de l'Election, & je prens la liberté de vous envoyer aussi une relation de ce que j'en sai: la dépense montera à quinze mille Risdalles ou environ, dont je vous rendrai compte aussitôt qu'elle sera achevée, & j'espére que vous jugerez qu'on n'a rien donné inutilement, & que vous me ferez la grace d'en obtenir promptement le remplacement, sans lequel la Garnison de Philipsbourg souffrira, son fonds étant diverti.

Monsieur l'Electeur de Mayence renvoyera Monsieur le Comte Cratz. Il ne se fie pas en lui; mais il considére qu'il donneroit trop de soupçon aux Imperiaux, s'il faisoit sitôt un changement de cette conséquence, lequel seroit inutile, s'il n'ôtoit aussi le Chancelier, & il feroit trop clairement voir à Monsieur le Comte Cratz, qu'il n'a pas dessein de l'aider pour obtenir la Coadjutorerie de Trêves, s'il lui ôtoit le moyen d'agir avec vous, & de

Il leur envoye la relation de l'Election d'un nouvel Electeur à Mayence, & leur rend compte des dépenses qu'il a faites pour cela.

Le Comte Cratz va à Munster pour engager les Plénipotentiaires à travailler

VOUS

vailler pour lui faire obtenir le Coadjutorlat de Trèves.

vous faire connoître par sa nouvelle conduite qu'il faut imputer la premiére, aux ordres de feu Monsieur l'Electeur de Mayence, & à l'obligation qu'il avoit de suivre ses mouvemens qui nous étoient peu favorables. Il promet d'être François pour parvenir à la Coadjutorerie de Trêves, & Monsieur l'Electeur de Mayence ne doute pas qu'il n'en donne avant l'Election tous les témoignages qu'on voudra, & qu'il pourra; mais il ne sait si les premiéres inclinations ne renaîtroient après, & si on pourroit trouver des engagemens présens qui l'obligeassent à l'avenir.

(Il leur marque les moyens pour connoître le fond de son cœur.

L'Emploi de Munster & les ordres qu'il pourra lui donner à dessein, serviront de pierre de touche infaillible, & il sera facile à votre Altesse, & à vous Messieurs d'un côté, & aux Ambassadeurs de Monsieur l'Electeur de l'autre, (lequel y veut envoyer son frere, ou quelque autre confident) de connoître en peu de tems le fond du cœur de Monsieur le Comte de Cratz.

S'il agit de bonne foi, & s'il devient François, Monsieur l'Electeur de Mayence croit qu'on le doit favoriser, d'autant plutôt qu'entre les autres prétendans, il n'y en a aucun qui ne nous soit autant contraire que lui, & que procurant la reconciliation du Chapitre avec Monsieur l'Electeur de Trêves, laquelle on lui propose comme un préalable nécessaire, il fera un grand bien à la France, & offensera les Espagnols par la confirmation des Traitez que son Altesse a faits avec le Roi, & en cas qu'il trompe, sa fourbe ne pourra nuire, pourvû qu'elle soit découverte avant son Election, & elle aura servi pour peu qu'il avance à cette reconciliation à laquelle il travaillera de tout son pouvoir comme pour son intérêt, & il y a aparence qu'il y peut autant qu'aucun autre, puisqu'il espére d'être élu par le Chapitre, s'il a le consentement de l'Electeur. On peut aussi considérer que cette reconciliation est fort utile à la France, & qu'il est très-difficile de l'espérer, à cause de la proposition que Monsieur l'Electeur fait de reduire à une voix dans les déliberations capitulaires toutes celles de Messieurs Metternich, & ainsi de celles de Messieurs d'Eltz, & Lagen, par la loi des parentés; mais il seroit hors d'intérêt, & pourroit se départir de cette demande, si le Chapitre élisoit pour son Successeur celui qu'il auroit choisi.

L'Electeur de Mayence voudroit que l'Election tombât sur Monsieur de Valdorf Chanoine de Trêves.

Monsieur l'Electeur de Mayence voudroit bien que ce fut Monsieur de Valdorf Chanoine de Trêves, & de Wirtzbourg, & il ne fera rien pour Monsieur le Comte de Cratz qui le mette hors d'état d'apuyer celui-ci s'il voit aparence de réussir, ainsi qu'il m'a dit. Il est aimé de Monsieur l'Electeur de Trêves; mais il est mal avec le Chapitre, & fort jeune.

Monsieur l'Electeur de Mayence ne m'a pas encore parlé d'aucune autre affaire, & celles de cette nature ne sont pas de ma charge; mais celle-ci est tombée dans l'exécution des ordres que j'ai reçus de votre Altesse, & de vous, Messieurs, pour son Election, & Monsieur le Comte Cratz m'ayant obligé de vous en écrire je ne le puis mieux faire que par les sentimens de son Altesse Eminente. Je suis avec respect &c.

C O P I E

De la

L E T T R E

Ecrite par Monsieur de

V A U T O R T E

A son

E M I N E N C E

Monsieur le Cardinal

M A Z A R I N.

Du 19. Novembre 1647.

Il lui donne avis que l'Evêque de Wirtzbourg a été élu Electeur de Mayence. On a donné au Baron de Reiffemberg dixmille écus pour avoir sa voix. Il lui rend compte du reste de la dépense qu'il a faite pour cette Election. Il lui demande une Lettre de change.

MONSEIGNEUR,

MOnsieur l'Evêque de Wirtzbourg a été fait aujourd'hui Archevêque de Mayence, & il a avoué que votre Eminence l'a élu. Messieurs les Plénipotentiaires, & Monsieur le Maréchal de Turenne, n'ayant agi que par vos mouvemens, il n'a pas été en grand danger, sinon du côté de Monsieur le Baron de Reiffemberg; mais on n'a pu ôter de son esprit la prétension enracinée de l'Electorat, sans ébranler beaucoup, & hazarder de le voir tomber dans l'autre extremité, & quand il en est revenu, ç'a été pour pancher du côté de Monsieur l'Evêque de Wormes, qui nous eût été assez inutile. Monsieur le Maréchal de Turenne a jugé à propos de lui donner dixmille écus, & votre Eminence l'auroit cru nécessaire, si elle avoit été ici. Le reste de la dépense monte à cinq mil écus ou environ, dans laquelle est comprise la somme de quinze cens Livres que j'ai donnée à Monsieur Gras Vice-Chancellier de Monsieur l'Electeur de Trê-

Il lui donne avis que l'Evêque de Wirtzbourg a été élu Electeur de Mayence.

On a donné au Baron de Reiffemberg dix-mille écus pour avoir sa voix. Il lui rend compte du reste de la dépense qu'il a faite pour cette Election.

1647.

Trèves, & cinq cens Livres pour son voyage, avec beaucoup de bonnes paroles par l'ordre de votre Eminence. J'envoyerai l'état de cette dépense aussitôt qu'elle sera achevée, & sans l'aténdre je suplie très-humblement votre Eminence de me faire envoyer par le premier Courrier une Lettre de change de quinze *Il lui deman-* mil écus pour payer ce que j'ai emprunté, & *de une Lettre* remplacer ce que j'ai pris sur le fonds de la *de change.* Garnison de Philipsbourg. J'ai une permission du Roi d'aller faire un voyage à Paris pour mes affaires particulieres qui me pressent assez, & je ne puis m'en servir, avant que j'aye rendu cet argent, & pourvu à la subsistance de la Garnison de Philipsbourg. C'est pourquoi j'ai la hardiesse de remplir cette Lettre de mes intérêts particuliers, espérant que votre Eminence aprendra assez le précis dont j'ai connoissance, par la copie d'une Lettre que j'écris à Messieurs les Plénipotentiaires, & par une relation sommaire de cette Election. Je suis avec respéct & passion &c.

MONSIEUR

De

VAUTORTE

à Monsieur de

BRIENNE.

Du 25. Novembre 1647.

L'Electeur de Mayence est allé au devant de Monsieur de Turenne qui le venoit visiter, & lui a donné la main chez lui.

MONSIEUR,

MA Dépêche du dix-neuf de ce mois, qui vous sera rendue par le Courier de Monsieur le Maréchal de Turenne, vous informera de tout ce que je sai touchant l'Election. J'ai depuis reçu celle que vous m'avez fait l'honneur de m'écrire le quatriéme pour Monsieur de Waldorf, auquel j'ai témoigné les bons sentimens que vous avez pour lui. Monsieur l'Electeur met ordre aux affaires de l'Archevêché, & à la reformation du Conseil & de la Maison de son Prédécesseur, avant que de sortir d'ici, où l'on ne croit pas qu'il fasse long sejour. Monsieur le Maréchal de Turenne l'est venu voir aujourd'hui. Il est allé *L'Electeur* hors la Ville audevant de lui, lui a donné la *de Mayence* main chez soi, l'a logé dans sa Maison, & lui *est allé au-* fait le meilleur traitement qu'il peut. Il part *devant de Mon-* *sieur de Tu-* *renne qui le*

demain pour aller visiter Hoechst, d'où il passera bientôt ici pour retourner en son quartier près *venoit visiter* de Bacchara, où il attendra le retour de Mes- *& lui a don-* sieurs Valet & Long-pied qu'il a envoyez en *ne la main* Cour. Je suis avec passion &c. *chez lui.*

COPIE

De la

LETTRE

Ecrite à Messieurs les

PLENIPOTENTIAIRES

Par Monsieur de

VAUTORTE.

Le 1. Decembre 1647.

Il leur demande dequoi faire un présent honnête à Monsieur de Sace confident de l'Electeur de Mayence. Il leur rend compte de la maniere & des raisons de la dépense qui a été faite pour l'Election de l'Electeur de Mayence. Ils font avec Monsieur de Courval des complimens à Monsieur l'Electeur de la part des Plénipotentiaires, qui y répond d'une maniere très-obligeante & très-cordiale. L'Electeur de Mayence ayant demandé à Monsieur de Turenne la grace du Comte de Trucksés & de quelques prisonniers, il la lui accorde, & les lui envoye. L'Electeur le sonde pour la liberté de Monsieur de Furstemberg, il lui dit les raisons qui doivent l'engager à ne pas la demander. Monsieur de Turenne a rendu visite à l'Electeur qui lui a fait tous les honneurs possibles. Monsieur de Turenne doit passer le Rhin à Oppenheim. L'Electeur de Mayence est mal satisfait du Comte de Cratz, il doute s'il le

1647.

le renvoyera à Munster. Cet Electeur fait avertir les Plénipotentiaires de ne point se fier au Comte Cratz ni à Monsieur Bremser Vicedom de Mayence, ni au Chancelier, mais à un de ses confidens qu'il envoyera à Munster. Qu'ils peuvent se confier entiérement en Monsieur de Verbourg son Ambassadeur de Wirtzbourg. Mémoire envoyé à Monsieur de Vautorte pour faire réussir l'Election à l'Electorat de Mayence en faveur du Baron de Reiffemberg.

MONSEIGNEUR ET MESSIEURS,

J'Espere que votre Altesse, & vous Messieurs, aurez maintenant reçu la Dépêche que j'ai donnée le dix-neuviéme de ce mois au Gentilhomme que vous avez envoyé à Monsieur l'Electeur de Mayence avant son Election. Je joins à celle-ci le mémoire de la dépense montant à la somme de quarante-trois mille cinq cens Livres, à laquelle il sera bien honnête & utile d'ajoûter le prix de quelque beau présent pour Monsieur de Sace l'intime Confident de Monsieur l'Electeur; lequel ne prendra point d'argent, & qui, outre sa voix, a plus servi dans cette Election qu'aucun autre.

[en marge : Il leur demande dequoi faire un présent honnête à Monsieur de Sace confident de l'Electeur de Mayence.]

L'Article de trente mille Livres pour Monsieur le Baron de Reiffemberg vient du seul mouvement de Monsieur le Maréchal de Turenne, lequel n'a pas désiré que Monsieur le Vicomte de Courval en eût la connoissance avant ni depuis l'Election, à cause de l'inimitié qui est entre lui & ce Chanoine, & il m'a dit qu'il vous en avoit écrit. Monsieur Pandbavert parent de Monsieur le Vicomte de Courval, étoit en cette occasion Procureur de Monsieur l'Electeur de Trèves qui a fait demander cette gratification pour lui. Les sommes données à Monsieur le Rich, & Pienheim, leur avoient été promises par les Agens de Monsieur l'Electeur, qui a su & agréé cette dépense, & il a désiré celle de Monsieur de Valdorf qui est sa Créature, & qui a très bien servi dans cette occasion, quoiqu'il n'ait point eu de voix, n'étant pas encore Capitulaire. Monsieur Crats a eu quinze cens Livres par ordre de Monsieur le Cardinal, pour le payement d'une pension que le Roi lui a donnée, & cinq cens Livres pour son voyage par forme de gratification, ou pour augmentation de sa pension, comme il l'espere & demande. Monsieur Médard Conseiller de Monsieur l'Electeur de Trèves a eu six cens Livres par forme de gratification, étant venu ici dès le commencement & ayant dit & fait de là part de son Altesse Electorale tout ce que nous avons voulu. Je n'ai pu me dispenser de la dépense contenue aux Articles précédens sans un ménage peu honnête en cette occasion & qui m'eût mal persuadé Monsieur l'Electeur de Mayence de la passion que la France avoit pour son Election. Nous lui avons fait, Monsieur le Vicomte

[en marge : Il leur rend compte de la maniere & des raisons de la dépense qui a été faite pour l'Election de l'Electeur de Mayence.]

de Courval & moi, tous les complimens contenus dans la Lettre que votre Altesse, & vous Messieurs nous avez fait l'honneur de nous écrire le vingt-deuxiéme de ce mois, tant sur l'accident qui lui est arrivé, que sur son Election; où il nous a répondu dans les termes les plus obligeants qu'il a pu & lesquels nous pensons avoir été proférez aussi bien du cœur que de la bouche.

[en marge : 1647. Ils font avec Monsieur de Courval des complimens à Monsieur l'Electeur de la part des Plénipotentiaires, qui y répond d'une maniere très-obligeante & très-cordiale.]

Monsieur le Maréchal de Turenne est tombé dans votre sentiment touchant le Comte de Truckses & Monsieur l'Electeur lui ayant demandé sa grace & celle des habitans prisonniers, il la lui a accordée, & Monsieur le Vicomte de Courval les a envoyez avec une forte garde, à son Altesse Electorale, de qui ils ont reçu la liberté publiquement; desorte que cette action a eu tout l'éclat nécessaire pour produire l'effet que vous désirez. Je lui ai témoigné que vous aviez prévenu par votre Lettre la demande qu'il en a faite, avant que nous l'ayons reçue. Il croit que Monsieur de Furstemberg le fera prier d'intercéder aussi pour lui, & il m'a voulu sonder: j'ai répondu qu'étant l'Auteur, sa cause est bien différente de celle d'autres, & l'exemple public semble désirer qu'on y fasse plus de difficulté. Que je ne parlois pas ainsi pour fermer la bouche à son Altesse Electorale, ni pour limiter le désir que le Roi a de l'obliger n'en ayant aucun ordre, mais seulement pour lui dire mon sentiment particulier & pour lui représenter qu'il seroit bon de tenir Monsieur de Furstemberg en suspens, afin de lui faire au moins acheter sa grace par le suffrage de son Frére Chanoine de Trèves, lorsqu'on en auroit besoin. Il m'a paru aprouver cet avis.

[en marge : L'Electeur de Mayence ayant demandé à Monsieur de Turenne la grace du Comte de Truckses & de quelques prisonniers, il la lui accorde, & les lui envoye.]

[en marge : L'Electeur le fonde pour la liberté de Monsieur de Furstemberg; il lui dit les raisons qui doivent l'engager à ne pas la demander.]

Monsieur le Maréchal de Turenne vint Lundi dernier de son quartier ici pour visiter son Altesse Electorale, qui lui fit tous les honneurs possibles, l'ayant reçu à un quart d'heure de la Ville conduit de même, & lui ayant donné le devant à Table, & aux portes de Sa Maison. Il est allé d'ici à Hoechst dont il revint hier au soir & part demain pour retourner dans son quartier, qui est proche de Bacchrac. Il a ordonné de faire un Pont de bateaux à Oppenheim, où il fait dessein de passer le Rhin dans peu de jours pour aller vers Hailbron. Il m'a dit qu'il vous écriroit par ce Courier pourquoi il n'a point passé plutôt, & pourquoi il passe maintenant, quoique sans espérance de secourir Memmingen qui doit être rendu selon les avis que nous en avons.

[en marge : Monsieur de Turenne a rendu visite à l'Electeur qui lui a fait tous les honneurs possibles.]

[en marge : Monsieur de Turenne doit passer le Rhin à Oppenheim.]

Monsieur l'Electeur de Mayence est assez mal satisfait de Monsieur le Comte de Cratz, pour quelques discours qu'il lui a faits, & à moi aussi; desorte qu'il doute s'il le renvoyera bientôt à Munster: toutefois je pense qu'il l'y renvoyera à la fin, & si Monsieur Bremser veut, il y retournera pareillement; car étant suspect il l'embarasse fort dans son Conseil, duquel sa charge de Vicedom de Mayence lui donne l'entrée; mais il m'a chargé de vous prier de ne vous fier point à eux ni au Chancelier, & de vous assurer qu'il envoyera à Munster un de ses plus confidens, qui aura ses ordres secrets, & celui de vous communiquet tout. Cependant vous pouvez prendre une entiere confiance en Monsieur de Verbourg son Ambassadeur de Wirtzbourg, qui a ordre de prendre connoissance des affaires de Mayence & entiere confiance en vous. Il m'a aussi dit qu'il envoyeroit Monsieur Meel son Conseiller à Monsieur le Duc de Baviére

[en marge : L'Electeur de Mayence est mal satisfait du Comte de Cratz, il doute s'il le renvoyera à Munster. Cet Electeur fait avertir les Plénipotentiaires de ne point se fier au Comte Cratz ni à Monsieur Bremser Vicedom de Mayence, ni au Chancelier, mais à un de ses confidens qu'il envoyera à Munster. Qu'ils peuvent se confier entiérement en]

Monfieur de Verbourg fon Ambaffadeur de Wirtzbourg.

pour découvrir fes véritables fentimens touchant la Paix, auffitôt qu'il auroit réponfe d'une Lettre qu'il lui a écrite depuis qu'il eft Electeur. Il parle de partir d'ici dans quinze jours pour aller à Wirtzbourg, & de faire fa réfidence ordinaire à Afchaffenbourg. Monfieur de Schinkern a voulu lui perfuader de la faire à Francfort. Il n'eft pas venu ici & on doute s'il ira à Afchaffenbourg. Monfieur l'Electeur voudroit bien s'en défaire; mais il femble n'ofer au moins fitôt, & avant qu'il ait la confirmation de fon Election, & il efpére pouvoir le faire doucement éloigner des affaires en ne lui confiant rien.

Je ne pus me donner l'honneur d'écrire à votre Alteffe, & à vous Meffieurs par le dernier Courier, & Monfieur le Vicomte de Courval auquel je dis le dernier Article de cette Lettre, m'a promis de vous en informer. Je fuis avec refpect &c.

ÉTAT DE DÉPENSE.

A Monfieur de Reiffemberg.	30000. l.
A Monfieur Dandlau deux mil Livres ci.	2000.
A Monfieur de Rich deux mil Livres ci.	2000.
A Monfieur Pienheim trois mil Livres ci.	3000.
A Monfieur de Valdorf trois mil Livres ci.	3000.
A Monfieur Grac Vice-Chancelier de Monfieur l'Electeur de Trêves deux mil Livres ci.	2000.
A Monfieur Médard premier Député de Monfieur l'Electeur de Trêves fix cens Livres ci.	600.
Au Sieur Quoffus pour fon voyage de Munfter quatre cens Livres ci.	400.
Au Sieur Des pour fon voyage de Trêves cent cinquante Livres ci.	150.
Pour autres voyages & dépenfes trois cens cinquante Livres ci.	350.
Somme ci	43500. l.

Mémoire envoyé à Monfieur de Vautorte pour faire réuffir l'Election à l'Electorat de Mayence en faveur du Baron de Reiffemberg.

Le feul moyen de faire parvenir à l'Electorat de Mayence le Baron de Reiffemberg, étant la pluralité des voix des Chanoines, & n'étant requis pour icelles que neuf, à caufe du petit nombre de Chanoines qui à préfent font du Chapitre, le tout confifte en ce qu'on fe rende affuré de neuf perfonnes. Or la voix du Prince Electeur de Trêves lui eft déja promife, il fe tient affuré de trois autres, qui font Meffieurs de Valderdorff, de Dieuheime, & Frei, par de petits offices qu'il leur a déja rendus; mais ce feroit encore plus s'il pouvoit continuer, comme à préfent l'occafion s'en préfente en Monfieur Walderdorff, lequel s'étant fait réfigner par fon Frére la Prébende de Mayence, a befoin d'une petite fomme d'argent pour le payement des Statuts requis, laquelle fi le Baron de Reiffemberg lui fournit, augmentera de beaucoup l'obligation qu'il lui a déja. De la voix du Prince de Franconie (encore qu'il l'ait offerte au Roi, & que Sa Majefté l'ait donnée audit Baron,) on n'en eft pas affuré, & fera néceffaire de tirer plus d'affurance de lui, ce qui fera bien facile, & fort profitable à ce deffein : car lui s'y accordant,

facilitera beaucoup d'autres à fuivre fon autorité, qui font Meffieurs Defalle, Walpott, Truchfeffeleroh, Metternich, & Ried, qui eft un des plus anciens & bon ami dudit Baron; mais pour celui-là, comme encore deux autres, il eft néceffaire de les engager par quelque penfion qui en tout ne montéra pas à mille Piftoles; ce que Monfieur de Vautorte étant ordinairement fur le lieu, pourroit fort aifément pratiquer, moyennant qu'il en ait ordre, & la difpofition libre de cette affaire-là : car de recourir toujours à la Cour, ce fera perdre beaucoup de tems, & d'occafions, & fort dangereux audit Baron. Il y a encore Monfieur Dandlau un vieillard qui eft fort ami à Monfieur de Courval, & qui, en cas de la mort de l'Electeur, pour quelque petite promeffe qu'on lui feroit, donneroit fa voix; mais il y a aparence qu'il ne furvivra pas l'Electeur. Enfin le plus expédient eft d'en donner un Pleinpouvoir à Monfieur de Vautorte, qui étant mieux informé que perfonne & fe tenant en ce Païs, pourra profiter des occafions, & fans doute conduire l'affaire au but défiré.

MONSIEUR

De

VAUTORTE

à Monfieur de

BRIENNE.

Du 2. Decembre 1647.

Il lui demande une Lettre de change pour remplacer l'argent qu'il a pris pour l'Election de l'Electeur. L'Electeur de Mayence témoigne une grande paffion pour la Paix. Il a trouvé fon Archevêché bien ruiné. Il a demandé diminution des contributions, afin que fes Sujets ayent fujet de fe louer de lui. Monfieur de Turenne a jugé à propos de la lui accorder. Etat des contributions & des diminutions. Monfieur de Turenne veut paffer le Rhin à Oppenheim. Nouvelles des mouve-

vemens des Armées pour aller prendre leurs quartiers. La Ville de Memmingen prise par les Imperiaux.

MONSIEUR,

JE me suis donné l'honneur de vous envoyer la copie d'une Lettre que j'ai écrite à Messieurs les Plénipotentiaires le dix-neuviéme de Novembre, & maintenant je prens la liberté de vous adresser celle que je leur écrivis hier, avec le Mémoire de la dépense que nous avons faite pour l'Election, pour laquelle je vous suplie très-humblement, comme j'ai déja fait, de m'envoyer une Lettre de change, afin de remplacer ce que j'ai pris sur le fonds de la Garnison de Philipsbourg, & conserver mon crédit. Je ne puis rien ajoûter à ladite Lettre, sinon que Monsieur l'Electeur envoyera en Baviére un Chanoine de Wirtzbourg dans quelques jours, & qu'il fera partir après demain Monsieur Meel pour aller à Munster, n'atendant que la reception des Lettres de Messieurs les Plénipotentiaires sur son Election, lesquelles nous espérons demain. Il ne renvoyera pas à Munster Monsieur le Comte de Cratz, si ce n'est sur le point de la conclusion du Traité, & il en retirera le Docteur Crépe ; desorte que de tous les Députez de son Prédecesseur, il n'y laissera que le Chancelier de cet Archevêché, qui est bien suspect : mais Monsieur Meel aura le secret & ordre de l'observer soigneusement. Ce Prince témoigne une grande passion pour faire la Paix, au moins en Allemagne. Je me donnerai l'honneur de vous informer par le prochain Courier des ouvertures qu'il nous fera sur les Lettres de Messieurs les Plénipotentiaires, & sur celles que j'espére aussi de recevoir de la Cour touchant son Election.

Il a trouvé l'Archevêché fort ruiné : & ne prenant aucunes pensions de la Maison d'Autriche, il est certain qu'il ne pourroit pas vivre s'il n'avoit rien d'ailleurs. C'est pourquoi il fait tout le ménage possible, auquel il est naturellement assez porté, & je crois que la dépense que Monsieur le Comte de Cratz, & le Baron de Bremser lui feroient à Munster, entre en quelque considération pour ne les y renvoyer pas, aussi bien que le peu de confiance qu'il a en eux : car il avoit proposé au commencement & même fait espérer de les renvoyer.

Les rentes de l'Archevêché, & les péages sur le Rhin, dont le Chapitre jouissoit pendant la vie du défunt Electeur, faisoient une partie du payement de notre contribution. Maintenant cet Electeur retirant à soi les rentes, il faudroit augmenter la taxe des Sujets s'il n'y avoit point de diminution. Il l'a demandée afin que ses Sujets ayent occasion de se louer de son Election, & Monsieur le Maréchal de Turenne a jugé à propos de la lui accorder sans le renvoyer à la Cour, où il est certain qu'on ne la lui auroit pas refusée, puisqu'on ne lui refuseroit pas des pensions s'il en vouloit accepter, outre que cette diminution n'est pas de grande conséquence.

Monsieur de Traci avoit taxé au mois de Septembre de l'an mil six cens quarante quatre à la somme de dix mil deux cens soixante Livres, la dépense de cinq cens hommes qui

doivent être entretenus suivant l'accord fait entre Monseigneur le Prince de Condé & le Chapitre. J'accordai au mois de Novembre par ordre du Roi une diminution de deux mil Livres par mois, & maintenant on en a accordé une autre de la somme de treize cens soixante treize Livres seize sols huit deniers ; desorte que la contribution ne montera plus qu'à la somme de six mil huit cens quatre-vingt six Livres trois sols quatre deniers par mois, laquelle sera suffisante pour l'entretien de cinq cens hommes dans les deux Garnisons de Mayence & de Bingen, comme vous verrez par l'état que je vous en envoye. Le revenant bon étoit employé au payement d'une pension de quatre cens quatre vingt huit Livres cinq sols par mois, pour Monsieur le Baron de Reiffemberg, suivant un ordre du Roi signé par vous, & pour fournir aux dépenses extraordinaires qui étoient toutes pour l'Armée, comme pour du pain & autres choses qui consommoient toujours ce revenant bon. Monsieur le Maréchal de Turenne me dispensera à l'avénir de telles fournitures ; & Monsieur le Baron de Reiffemberg vous demandera un autre fonds : aussi bien sans cette diminution j'eusse été obligé de l'employer pour partie de la subsistance d'une Compagnie de Cavalerie dont le Roi accorde depuis peu la commission à Monsieur le Vicomte de Courval : cette diminution se fait de son gré & par son aprobation ; mais si on ne lui trouve point de fonds ailleurs, je ne pense pas qu'il lise sa Compagnie.

Monsieur le Maréchal de Turenne a donné rendez-vous à toutes ses Troupes le cinquième de ce mois à Oppenheim, où il propose de passer le Rhin sur un Pont de batteaux, & aller vers Hailbron ; mais Memmingen étant pris & Ekenfort en liberté d'agir, je ne sai s'il continuera son dessein.

Monsieur l'Electeur propose de partir d'ici dans dix jours pour aller à Wirtzbourg où ses affaires l'appellent, & principalement le soin des quartiers que les Bavarois veulent prendre dans la Franconie. On dit qu'il fera sa résidence ordinaire dans Aschaffenbourg.

Les derniéres Lettres de Cassel disoient, que l'Armée Impériale marchoit vers Lunebourg ; mais on dit aujourd'hui qu'il semble qu'elle se mettra en des quartiers vers ce Païs-là, comme les Suedois se sont mis delà le Weser, si plutôt les Impériaux ne reviennent les prendre en Suaube, & Wirtemberg, auquel cas Monsieur le Maréchal de Turenne ne pourroit passer vers Hailbron. On saura dans peu de jours ce qui en sera. Lamboi est allé joindre Mélander, après avoir pris le Château de Vindeck au Païs de Bergue. Nous n'avons pas encore nouvelles de sa jonction, laquelle nous aprimes hier par Monsieur Bulmental Commissaire général de l'Armée Impériale, lequel passa ici pour aller de Munster à la Cour de l'Empereur.

La Ville de Memmingen a été rendue le vingt-quatriéme de Novembre, & le Gouverneur doit être conduit avec deux cens soixante Soldats qui lui restent jusques à Erfort, & la Bourgeoisie maintenue en ses Priviléges. On dit que sans le défaut de poudre, la Place ne seroit pas encore rendue. On dit aussi que Iglaw est à l'extrêmité & qu'il ne tiendra pas longtems. Je suis avec respect &c.

MONSIEUR

De

VAUTORTE

à Monsieur de

BRIENNE.

Du 15. Avril 1649.

Il lui témoigne la joye qu'il a
d'aprendre qu'il n'y a plus de
divisions à la Cour. Le Roi
donne vingt mille écus à la Vil-
le de Strasbourg.

MONSIEUR,

Il lui témoigne la joye qu'il a d'aprendre qu'il n'y a plus de divisions à la Cour.

VOus aprendrez toute l'histoire de mon voyage jusques à ce jour par la Lettre que je me donne l'honneur d'écrire à Monseigneur le Cardinal, & que je prends la liberté de vous adresser. J'ai reçu hier au soir celle que vous m'avez fait l'honneur de m'écrire le troisiéme de ce mois, qui est une nouvelle marque de la bonté que vous avez pour moi. Je vous suplie très-humblement, Monsieur, de croire que vous ne pouvez honorer de vos bonnes graces une personne qui vous respecte davantage, & qui vous soit plus aquise que moi, & que vous ne pouvez me mander une nouvelle plus agréable que celle de la Paix Domestique. Je l'ai toujours souhaitée avec passion, comme bon François, & elle m'est nécessaire dans l'emploi où je suis maintenant: car nos divisions rehaussoient extrêmement le cœur de nos Ennemis, & leur donnoient des pensées pour la rupture du Traité de Paix de l'Empire. Monsieur Millet m'a dit qu'il rencontrera de grandes difficultés dans l'exécution de ce Traité. Il vous les pourra dire s'il va à la Cour, comme il témoigne s'y résoudre, quoique Monseigneur le Cardinal lui ait ordonné de s'arrêter sur le Rhin. Pour moi je ne vous manderai rien que ce que j'aprendrai dans le Païs où je vais, remettant aux autres de vous informer des choses dont je n'ai pas encore une assez grande connoissance.

Le Roi donne vingt mille écus à la Ville de Strasbourg.

J'ai donné aux Magistrats de cette République la Lettre du Roi qui leur donne les vingt-mil écus, & ils l'ont reçue avec excès de joye. La mienne sera parfaite lorsque j'au-

rai le bonheur de pouvoir vous témoigner la passion avec laquelle je suis &c.

MONSIEUR

De

VAUTORTE

à Monsieur de

BRIENNE.

Du 24. Avril 1649.

Il lui marque qu'il s'en va à Nu-
remberg pour y voir les per-
sonnes qui s'y assemblent.

MONSIEUR,

JE me suis donné l'honneur de répondre de Strasbourg à votre Lettre du troisiéme de ce mois, que j'y avois reçue. Celle du neuviéme m'a été rendue dans Hailbron, où j'ai trouvé Monsieur Desmidberg, sans aucun Mémoire, ni instructions de Munster. Je l'ai mandé à Monsieur de la Court, & je pense que Monsieur de Servien les a envoyez avant son départ à Monsieur d'Avaugour. Il a été bien à propos de l'employer dans cette affaire, à cause de la connoissance qu'il a des personnes avec qui on doit traiter, & je suis extrêmement aise de servir avec lui. Il sera demain à Nuremberg, avec le Prince Palatin qui couche ce soir à Forchani, & j'y serai Lundi au matin. Je pourrois facilement y être demain; mais il n'y a rien qui presse. C'est pourquoi j'ai demeuré ici deux jours pour tirer de Monsieur l'Electeur toutes les instructions que j'ai pu. J'ai vu aussi par la même raison Monsieur le Marquis Guillaume de Baden, & depuis Monsieur le Duc de Wittemberg. Comme j'ai eu l'honneur d'écrire de Strasbourg à son Eminence, aussitôt que je serai à Nuremberg & que j'aurai vu les personnes qui s'y assemblent, j'écrirai une ample Dépêche. Maintenant je ne puis rien mander sur quoi on dût faire fondement, n'étant pas encore assez informé. Je suis avec une passion & un respect extrêmes &c.

Il lui marque qu'il s'en va à Nuremberg pour y voir les personnes qui s'y assemblent.

MON-

MONSIEUR

De

VAUTORTE

à Monsieur de

B R I E N N E.

Du 10. Mai 1649.

Il lui demande réponse pour sa-
voir ses intentions sur l'affaire
qu'il traite.

MONSIEUR,

JE prens la liberté de vous adresser une Dépéche pour Monseigneur le Cardinal, qui contient une Lettre pour Son Eminence, & trois copies, & je ne puis rien ajouter à celle-ci à ce que je me donne l'honneur de lui mander, que la très-humble priére que je vous fais de m'honorer d'une réponse, qui m'aprenne vos intentions sur ce sujet. Si l'affaire étoit moins importante je n'userois pas de cette liberté: car c'est beaucoup de vous donner la peine de lire mes Lettres, sans vous obliger encore à celle d'y répondre. Je suis avec respect &c.

MONSIEUR

De

VAUTORTE

à Monsieur de

B R I E N N E.

Du 28. Mai 1649.

On fait difficulté d'assembler les
Etats de l'Empire, depeur de
donner trop d'avantage aux
Protestans. C'est ce que les Im-
periaux souhaitent. Il les faut
forcer à s'assembler en retenant
leurs Places. Les Suedois ne
nous abandonneront point quand
il faudra soutenir les intérêts de
l'Electeur Palatin. Les Géné-
raux des Armées n'ont pas vou-
lu traiter avec le Comte de
Lamberg, il ne trouve pas cela
juste. Il demande un Député de
l'Electeur de Trêves & lui écrit
pour cela.

MONSIEUR,

JE prens la liberté de vous adresser notre Dépêche de ce jour pour Monseigneur le Cardinal, comme celle des quatorze & vingt un de ce mois, & d'y ajouter par celle-ci, que les Suedois nous ont parlé depuis une heure si résolument sur le point de Franckendal, que nous balançons entre la crainte & l'espérance de leur constance. Les Députez de Mayence viennent aussi de nous dire, que la crainte de donner trop d'avantage aux Protestans sur le point des griefs, est cause de la difficulté qu'ils font d'assembler les Etats, parce qu'il n'y a presque ici que ceux qui sont intéressez, & qu'ils aiment mieux atendre que les Députez qui sont à Munster viennent ici. Nous leur avons représenté, que cette résolution apporte beaucoup de retardement, & que les Imperiaux ne demandant autre chose (comme il paroît par toutes leurs actions) ils veulent attendre le retour du Courier qu'ils ont envoié à Vienne, pour repondre à nos Repliques, & ils n'ont encore fait aucun bruit de la Coadjutorerie de Trêves: car ils ne veulent pas proposer toutes les difficultez à la fois, de

　　　　peur

peur qu'on les juge de même; mais ils veulent les faire filer les unes après les autres. Chacun craint d'offenser l'Empereur, & partant ceux de Mayence n'assembleront les Etats qu'à l'extrêmité, & tous n'y résoudront que par force, ce que nous pouvons désirer; deforte qu'il faut les y forcer en retenant leurs Places: car s'ils les ont une fois, ils ne feront rien pour nous contre l'Empereur. Si nous demeurons fermes en cette résolution, les Suedois auront honte de nous abandonner dans l'intérêt de l'Electeur Palatin parent de leur Généralissime, principalement si cet Electeur n'accepte aucun expédient, & nous ferons toujours en état de recevoir à l'extrêmité les expédiens qu'on nous proposera. Monsieur le Comte de Lamberg partit Mardi dernier pour aller à Vienne, soit a cause qu'il n'a pu s'accorder ici avec Monsieur le Duc d'Amalfi (ainsi qu'on dit) soit parce que les Suedois (dans le Traité desquels cette Conférence est réservée aux Généraux des Armées, & non aux Plenipotentiaires) n'ont pas voulu traiter avec lui, que comme Subdélégué de Monsieur le Duc d'Amalfi, ce qui n'étoit pas juste, puisque Messieurs de Belumental & l'Indebruck, avec lesquels ils traitent, ont leur Pouvoir de l'Empereur, comme Monsieur d'Amalfi. Je pense qu'ils font cette difficulté pour empêcher leurs Plenipotentiaires de venir ici, leur faisant connoître qu'ils les obligeront à traiter comme Subdéléguez du Généralissime. Il seroit très à propos que Monsieur l'Electeur de Trèves eût ici un Député. Je me donne l'honneur de lui en écrire. Je suis avec respect &c.

Il les faut forcer à s'assembler en retenant leurs Places.

Les Suedois ne nous abandonneront point quand il faudra soutenir les intérêts de l'Electeur Palatin.

Les Généraux des Armées n'ont pas voulu traiter avec le Comte de Lamberg, il ne trouve pas cela juste.

Il demande un Député de l'Electeur de Trèves: il lui écrit pour cela.

MONSIEUR

De

VAUTORTE

à Monsieur de

BRIENNE.

Du 4. Juin 1649.

Ceci regarde le Coadjutoriat de Trèves. Touchant les Places qui doivent être restituées de part & d'autre. L'Empereur ne confiera jamais Ehrnbreistein à l'Electeur de Trèves seul. Difficultez sur les Châteaux que tient le Duc de Lorraine. La Restitution qu'on doit faire à l'Electeur de Trèves de quelques biens meubles saisis & terres dans le Luxembourg, recevra quelque difficulté. Les Espagnols ont protesté contre le Traité de Paix. On doit menacer l'Empereur que l'on ne rendra pas les quatre Villes forêtiéres, que l'Electeur de Trèves ne soit satisfait. Il souhaite avoir un Député de Trèves pour soutenir les droits de cet Electeur. Il s'excuse de ce qu'il ne propose que des doutes & des difficultez: mais il assure qu'il ne fera rien qui soit desavantageux à la France, sur les points essentiels.*

MONSIEUR,

J'Ai reçu ici en un même jour, les deux Lettres que vous m'avez fait l'honneur de m'écrire, l'une du huitième de Mai en particulier, pour réponse à la mienne du quinziéme d'Avril, & l'autre du vingt-deuxiéme de Mai en commun, pour réponse à celle que Monsieur le Baron d'Avaugour, & moi, avions eu l'honneur de vous écrire séparément le vingt quatriéme d'Avril. Depuis que nous sommes ici ensemble, nous vous avons écrit en commun une fois par semaine, comme nous faisons encore aujourd'hui, & nous continuerons; mais outre la Dépêche commune, nous vous avons écrit quelquefois en particulier, Monsieur le Baron d'Avaugour pour les levées, & moi pour vous adresser deux Lettres, que j'ai pris la liberté d'écrire à Monseigneur le Cardinal le dix & dix huitième de Mai sur la Coadjutorerie de Trèves. J'aprens par la votre du vingt-deuxième que mes sentimens ne font pas conformes en ce point à l'intention du Roi; c'est pourquoi je les corrigerai, & agirai en cette affaire comme vous nous l'ordonnez quand l'occasion se présentera d'en parler. Il est assez difficile de la défendre contre ceux qui la sauroient bien attaquer: toutefois je dirai tout ce que je pourrai m'imaginer, & tout ce que j'ai apris par une Lettre de Monsieur Grass Vice-Chancelier de Monsieur l'Electeur de Trèves, qui contient toutes ses raisons. Quoique cette action fasse du bruit en plusieurs endroits & même à Munster, les Imperiaux n'en parlent point ici, & il semble qu'ils ne la sachent pas, ou qu'elle leur soit indifférente. Chacun s'étonne de ce silence qui n'est pas sans mystère, & on juge bien qu'ils attendent l'occasion d'en parler. Il faut l'attendre avec eux: car nous ne devons pas commencer à remuer cette difficulté. Il n'y a personne ici de la part du Chapitre, & s'il y vient quelque Chanoine Député des autres, ce sera sans doute un des plus obstinez. Nous pensons qu'ils le sont tous si fort contre cette Election, qu'il seroit difficile d'en aprivoiser aucun, quand même nous serions dans ces lieux où ils sont, & que nous aurions les moiens de leur offrir ce qui les peut tenter. Nous avons suivi l'ordre des Suedois pour les Places qui doivent être restituées par l'Empereur, & ses Alliez, & nous avons mis comme eux Ehrnbreistein & Hamerstein au second terme, non seulement pour ne nous diviser pas; mais parceque nous n'avons pas cru pouvoir mieux faire. Il auroit été à désirer que la restitution de ces Places eût pu se

faire

Ceci regarde le Coadjutoriat de Trèves.

Touchant les Places qui doivent être restituées de part & d'autre.

1649.

faire au premier terme, aussi bien que de plusieurs autres importantes; mais il n'étoit pas
raisonnable de proposer que l'Empereur rendît
d'abord tout ce qu'il tient de considérable, si
nous ne voulons faire le même. Nous avons
mis au premier terme Frankendal comme la
Place qui nous est la plus importante, Lindau
y est aussi, qui ne l'est pas moins à la Maison
d'Autriche; c'eût été trop demander & accu-
muler trop de difficultez que d'y mettre encore
Ehrnbreistein.

Les Imperiaux ont mis comme nous Ehrnbreistein au second terme, & ils pourront
bien l'attendre pour faire leurs difficultez, s'ils
ne prévoient qu'il doive arriver plutôt quelque
occasion de les proposer, laquelle je ne puis
deviner. Alors ils parleront de la forme extraordinaire dans laquelle le Coadjuteur a été
nommé, & concluront que le Gouverneur &
la Garnison ne doivent pas être mis par Monsieur l'Electeur seul, parceque ce seroit rendre Maître de la Place le Coadjuteur, que
l'Empereur ni aucun Prince ne reconnoîtra
pour tel, & qu'ils croient entièrement attaché
aux intérêts de la France.

Encore que le Gouverneur & la Garnison
doivent faire le serment à Monsieur l'Electeur
& au Chapitre, suivant l'usage commun de
toutes les Places d'Allemagne qui dependent
des Evêchez, j'en sai toutefois qui sont établis par l'Evêque seul, sans que le Chapitre
prétende avoir aucune part dans le choix des
personnes, & en ce cas particulier, l'Instrument de la Paix l'a ainsi ordonné, *Quo nomine & Capitaneus & novum Præsidium ibi ab E-
lectore constituendum* : car il ne dit pas *Electore & Capitulo* ; mais *ab Electore* seulement,
quoique devant & après, lorsqu'il parle de la
restitution de la Place que l'Empereur doit faire, & du serment que le Gouverneur de la
Garnison doit prêter, il dise, *Electori & Capitulo*,
aiant très-bien distingué ce qui leur apartient
en commun, d'avec ce qui apartient à Monsieur l'Electeur en particulier, & cela est si
clair dans l'Instrument de Paix, & par l'usage
commun que ces mots, *pari potestate*, n'en
doivent pas faire douter, non plus que de la
division qui est entre Monsieur l'Electeur &
le Chapitre, puis qu'elle étoit déja au point où
elle est, lorsque le Traité a été signé; mais
la déclaration du Coadjuteur faite depuis, est
une cause au moins un prétexte de nouvelles difficultez, & je pense qu'on pourra
aussi peu resoudre l'Empereur à souffrir, que
Monsieur l'Electeur de Trèves mette dans
Ehrnbreistein des Gens à sa devotion, qu'à
consentir au choix qu'il a fait de Monsieur le
Baron de Reiffemberg. Si nous avions tous
les Etats aussi contraires sur le sujet de cette
Place qu'ils seront sur celui de la Coadjutorerie, nous serions condamnez par nos meilleurs
amis, & quoique nous puissions faire, je pense que si nous les voulons croire nous serons
obligez de prendre quelque expédient là-dessus: car l'Empereur ne confiera jamais Ehrnbreistein à Monsieur l'Electeur seul, & si nos
Alliez ont voulu le premier terme, nous ne
pouvons pas aisément les résoudre & surseoir
l'exécution du reste pour ce point, dans lequel
ils ne croiront pas que toute la raison soit de
notre côté. Il ne seroit pas aussi trop à propos dans l'état présent de nos affaires que la
France voulût seule surseoir sous ce prétexte.

L'Empereur ne confiera jamais Ehrn-breistein à l'Electeur de Trèves seul.

On proposera de remettre la Place entre les
mains d'une personne dont Monsieur l'Electeur & le Chapitre conviendront; mais cette

1648.

personne est fort difficile à trouver ; & Monsieur l'Electeur ne voudra pas seulement en
ouïr la proposition: car même en ce qui regarde la restitution de la Place, & le serment
du Gouverneur & de la Garnison qui se doit
faire à Monsieur l'Electeur & au Chapitre Mé-
tropolitain, il déclare qu'il ne reconnoît pour
tel que celui qui est auprès de lui dans Trèves, & non pas celui qui est à Cologne, ou
à Coblens, & il n'en peut user autrement
sans préjudicier à la Coadjutorerie. Le mal
est que tout l'Empire est d'un autre avis, & le
Pape même.

Voila, Monsieur, le premier mal que nous
fera cette Election. Sans elle cet embarras
ne fût possible pas arrivé, ou au moins les
Imperiaux eussent été plus mal fondez, & si
Monsieur l'Electeur eût eu Ehrnbreistein, le
Coadjuteur qu'il auroit fait ensuite eût eu meilleure raison; & les Chanoines moins de hardiesse, & plus de considération pour le Roi,
dans le choix d'un Electeur si on eût pu le
disposer à aprouver celui qui auroit été fait.

Nous avons mis au second terme Hamerstein, avec les deux autres Châteaux que tient
Monsieur le Duc de Lorraine, & nous pensons qu'il suivra l'exemple du Roi d'Espagne
dans la restitution, ou dans le refus de Frankendal; toutefois s'il est plus opiniâtre, il est
vrai que les Suédois ne seront pas si fermes,
& qu'ils recevront plutôt des expédiens pour
Frankendal, à cause que Monsieur l'Electeur
Palatin est parent de leur Généralissime, mais
aussi le Roi demeurant ferme sur ce point
comme sur l'autre, l'Empereur & les Etats
presseront Monsieur le Duc de Lorraine, &
n'auront pas la même considération pour
lui, que pour le Roi d'Espagne. J'ajoute encore que nous avons mis des Places dans le
troisième terme, dont la rétention nous con-
soleroit aisément sur ce point-là; mais la Paix
de l'Empire étant faite, la garde de toutes celles que nous devons rendre ne peut nous in-
demniser suffisamment du dommage que nous
recevrions pendant la Guerre avec l'Espagnol,
s'il conservoit Frankendal.

Difficultez sur les Châteaux que tient le Duc de Lorraine.

La restitution qui se doit faire à Monsieur
l'Electeur de Trèves, *ex capite amnistiæ*, de
quelques biens meubles saisis & de quelques
terres mises en séquestre dans le Duché de
Luxembourg, recevra aussi de la difficulté,
comme vous aurez pu voir par la lecture de
la protestation que les Espagnols ont faite contre le Traité de Paix. Il en faudra parler ici,
si les Catholiques donnent un Mémoire des
restitutions qu'ils demandent, *ex capite Amnistiæ & Gravaminum*, comme ont les Suédois en
ont donné un pour les Protestans: & si les
Catholiques n'en donnent point, il ne faudra
pas laisser d'en parler, pour témoigner à Monsieur l'Electeur que nous ne négligeons pas ses
intérêts; mais en l'un & en l'autre cas, je pense que nous en parlerons ici assez inutilement
si les Espagnols n'y consentent: car les Impériaux demanderont délai pour obtenir d'eux
cette restitution, & quoiqu'ils dussent l'avoir
déja faite, nous ne retarderons pas l'exécution
du reste du Traité pour le défaut de cette restitution. Si on veut porter ce petit intérêt
fort haut, on pourroit retenir quelque Place
au troisième terme, ou déclarer à l'Empereur
après l'entière exécution du Traité, qu'on ne
rendra pas les quatre Villes forêtières, jusques
à tant que Monsieur l'Electeur soit satisfait.

La restitution qu'on doit faire à l'Electeur de Trèves de quelques biens meubles saisis & terres dans le Luxembourg, recevra quelque difficulté. Les Espagnols ont protesté contre le Traité de Paix.

On doit menacer l'Empereur que l'on ne rendra pas les quatre Villes forêtières, que l'Electeur de Trèves ne soit satisfait.

Voila, Monsieur, tout ce que je puis vous
dire des affaires de Monsieur l'Electeur de Trè-

1649.

Il souhaite avoir un Député de Trèves pour soutenir les droits de cet Electeur.

Il s'excuse de ce qu'il ne propose que des doutes & des difficultez; mais il assure qu'il ne fera rien qui soit desavantageux à la France, sur les points essentiels.

Trèves, pour lesquels il seroit très-à propos qu'il eût ici un Député, comme tous les autres Electeurs : car il seroit mieux informé que nous de ses intérêts & de ses intentions, & il y a des choses qu'il est plus à propos qu'il dise que nous.

Je crains, Monsieur, qu'en lisant mes Lettres, vous ne trouviez à redire que je ne pose rien que des doutes & des difficultez, & qu'aulieu de les résoudre, je semble m'y rendre d'abord, & consentir à des expédiens. Il est vrai que mon esprit doute beaucoup & que me défiant de lui, je suis bien aise de consulter ; mais toutefois je tâcherai de ne rien faire contre ce qui est de notre avantage, & je serai ferme dans les points essentiels, comme dans ceux de Frankendal, d'Ehrnbreistein, des Places que tient Monsieur le Duc de Lorraine, & dans le licentiement des Troupes, ce que je prens la liberté de vous écrire, afin que la lecture de mes Lettres ne vous donne aucune appréhension, & que vous ne pensiez pas que je suis prêt à tomber, parceque je chancelle en marchant. Je suis avec respect &c.

❧❧❧❧❧❧❧❧❧❧❧❧

E X T R A I T

D'une

L E T T R E

Ecrite par Monsieur

G R O T I U S

Gouverneur de

L A W I N G E N

à Monsieur de

V A U T O R T E.

Du 5. Juillet 1649.

Il lui rend compte de l'état de la Garnison. Il lui dit que ses Soldats sont prêts à aller joindre l'Armée. Il demande les frais qu'il a faits avec les Capitaines pour la levée. Moiens pour faire de nouvelles levées.

MONSIEUR,

J'Ai reçu celle qu'il vous a plu me faire l'honneur de m'écrire & vous rens graces très-humbles des bonnes nouvelles dont vous m'avez voulu faire part. J'ai fait une revue de ma Garnison & vous en envoye un extrait, Compagnie par Compagnie. Vous vous pouvez assurer que cela y est effectif, n'y aiant pas un seul valet compris. Parmi sept Compagnies que j'ai il y en a deux apartenantes au Regiment du Tot, & une à celui de Frise. Les autres quatre n'appartiennent qu'à leurs Capitaines, n'étant pas incorporées dans aucun Regiment. Nous les avons faites de notre argent, n'en aiant jamais reçu un sol pour la levée, comme ont eu les Garnisons de Schorndorff & Heilbron. Ce qui nous a engagé à cette dépense, a été la parole que Monseigneur de Turenne nous a donnée de nous faire rembourser. Je vous puis assurer que dans ma Compagnie, laquelle vous voiez à présent de soixante hommes, il en a passé près de deux cens, depuis que je l'ai faite, que de tems en tems j'ai donné à l'Armée par ordre de Monseigneur le Maréchal, & même deux jours devant son départ de Tubingen j'en ai envoyé trente tout d'un coup aux Regimens du Passage, & du Val. Je ne vois point que nos Gens demandent aucun choix d'aller tout aussitôt joindre l'Armée au sortir d'ici, ou bien d'attendre les autres Garnisons. Ils feront ce qu'on leur commandera : aussi crois-je que vous trouverez juste que les Capitaines soient dedommagez des frais qu'ils ont faits pour la levée. Je ne sai pas si Monsieur Poucker ne se sera point refroidi en son premier dessein ; mais je me puis bien imaginer que les Soldats de son Regiment suivront l'exemple des autres Troupes de Baviere : c'est-à-dire qu'ils voudront être licentiez & ensuite choisir tel Maître qu'il leur plaira, & ce sera en ce tems-là que Monsieur Poucker vous pourroit servir : en tout cas j'envoierai demain un de mes Officiers à Rheine pour le faire sonder, & ne manquerai point de vous faire savoir sa contenance. Je crois, Monsieur, que vous pouvez mieux savoir que non pas moi lorsque Monsieur l'Electeur de Baviere voudra licentier les Regimens qui sont à Augsbourg & Memmingen, & qu'alors il sera nécessaire que vous y envoyiez quelqu'un avec de l'argent tout prêt à l'heure du licentiement & sur le lieu même. Je ne doute qu'en ce cas-là vous ne trouviez des Soldats assez. Si mes soins y peuvent contribuèr quelque chose, je les y emploierai aussi volontiers comme le devoir m'y oblige. Je pense qu'il sera bon de publier en ce Pais qu'il est arrivé beaucoup d'argent pour les nouvelles levées.

1649.

Il lui rend compte de l'état de la Garnison.

Il lui dit que ses Soldats sont prêts à aller joindre l'Armée.

Il demande les frais qu'il a faits avec les Capitaines pour la levée.

Moyens pour faire de nouvelles levées.

E X-

1649.

EXTRAIT

De la revuë faite à la Garnison de Lawingen, le 25. Juillet 1649.

1.

A la Compagnie de Monsieur le Gouverneur, Capitaine, Lieutenant, Enseigne, quatre Sergens, deux Tambours, & — 60. Soldats.

2.

A celle du Lieutenant de Roi, Capitaine, Lieutenant, trois Sergens, deux Tambours, & — 51. Soldats.

3.

Du Regiment du Tot. — A celle de Saint Paugé, Capitaine, Lieutenant, Enseigne, deux Sergens, un Tambour, & — 52. Soldats.

4.

Du Regiment du Tot. — A celle de Belair Lieutenant, deux Sergens, & — 28. Soldats.

191. Soldats.

5.

A celle de Diaphane, Capitaine, Lieutenant, Enseigne, & trois Sergens, & — 37. Soldats.

6.

A celle de Peruzy, Capitaine, Lieutenant, un Sergent, & un Tambour, & — 19. Soldats.

7.

Des commandez du Regiment de Frize. — A celle de Ricbauf, Capitaine, deux Lieutenans, un Enseigne, six Sergens, trois Tambours, & — 44. Soldats.

100.
191.

Sergens — 21.	191.
Tambours — 9.	

291.

Punctum satisfactionis, exauctorationis & evacuationis Suecie.

Il est arrêté que la satisfaction Suedoise ne doit pas moins être faite, que le licentiement

---

& évacuation des Places, suivant le contenu de la Paix : de façon que le Sénat des Villes *depositionis* dans chaque Cercle qui pourroit être Brunswig ou Magdebourg, & celui de la Haute Saxe, selon que les Etats le jugeront le plus à propos, assurant Son Altesse huit ou dix jours auparavant chaque terme, qu'au premier il y aura 1800. mil Risdalles, au second 600. mil Risdalles, & au troisiéme 600. mil Risdalles, sans défalcation, *hujus vel illius partis quotæ*, afin qu'icelle n'ait pas besoin de courir après; ains que l'argent soit tout prêt dépendant uniquement de la disposition absolue de son Altesse.

In primo termino, sera deduit des premiéres 100. mil Risdalles, ce que quelques-uns des Etats ont déja effectivement payé sur l'ordre de Monsieur le Généralissime & ce qui a été pris des Villes *depositionis* pour la reduction derniére ou employé autrement.

Pareillement, *in tribus hisce evacuationis terminis*, doit - il être déduit à proportion, ce qu'au nom de la Reine, Son Altesse a remis à quelques-uns, *per modum exemptionis*, ou bien par une quitance signée de sa main propre, ou autre disposition faite ou à faire. Tout ceci doit être déduit de la somme de cinq Millions de Risdalles, moyennant que la proportion, *terminorum solutionis*, soit observée & le compte réglé ensuite.

Mais afin que les tardifs payent aussi le reste d'argent qui manque, Son Altesse a fait commandement à tous les Généraux & Gouverneurs és sept Cercles, de bailler à leurs Directeurs autant de monde qu'ils demanderoient pour faire exécution *contra morosos*, & de les rapeller par après quand ils n'en auroient plus affaire.

Huit jours après la conclusion du présent Traité, les Villes *depositionis*, payeront un Million de Risdalles, à condition que chaque Cercle n'y contribue pourtant pas davantage que son contingent pour les trois Millions, & alors les Imperiaux & Suedois commenceront au premier terme (qui sera le quatorziéme jour après la fin de ceci) à licentier & évacuer les Regimens & Places nommées en la désignation-ci jointe *lett. A.* si du moins il ne se fait point quelqu'autre Convention particuliére avec les Etats pour leur mieux, & une plus promte reddition des lieux qui leur appartiennent.

De même au second terme, après le payement du deuxiéme Million, où semblablement la susdite proportion des Cercles doit être observée, l'évacuation & licentiement des Villes & Troupes contenues en la désignation présente *lett. B.* se fera dans les quatorze jours prochains. Au troisiéme terme après le payement du troisiéme Million les Places & Regiments seront aussi évacuez & licentiez, derechef en autres quatorze jours comme il paroit par la désignation *lett. C.* de façon que le tout se pouvant parfaitement absoudre dans l'espace de six semaines après l'achevement de cette Négociation, les Electeurs & Princes ont véritablement grandissime raison de travailler fortement à ce que ce saint œuvre ne soit point retardé par la faute d'argent. D'ailleurs on ne doute nullement aussi, que Sa Majesté Imperiale n'effectue loyallement ce ce qu'elle a agréé d'accorder touchant les 200. mil Risdalles, Monsieur le Prince espérant qu'elle en ordonnera le payement en trois termes, savoir 66666⅔ Risdalles *in specie*, huit jours auparavant l'évacuation de la Bohé-

me,

me, 66666⅔ Risdalles *in specie* huit jours auparavant l'évacuation du Marquisat de Moravie & 66666⅓ Risdalles, *in specie*, encore huit jours auparavant l'évacuation des Places qui sont dans la Principauté de Silesie.

Ce qui étant unanimement conclu touchant la satisfaction, évacuation & exauctoration Suedoise, tout chacun sera obligé de tenir la main, afin qu'il soit aussi effectué réellement. Cependant il a été concerté que dès le reglement & signature de ce point-ci, les suivantes Places soient incontinent entrechangées en présence des Commissaires des deux Parties, & cela le plutôt que faire se pourra, *propter distantiam locorum*, auquel cas ils en aviseront chaque fois leur plus haut Chef de Guerre, qui ne pourra point en tout bouger d'ici devant le second terme

Prague.	Augsbourg.
Le Haut Palatinat, savoir	Le bas Palatinat.
Ce qui y apartient à	Memmingen.
Monsieur de Baviere.	Albrock, Hernberg,
Donawerth.	& Seildach.
Le Fort de Raine.	Aurach.
Uberbingue.	Lindaw.
Meinaw.	Aschberg.
Langhenarche.	Wildenstein.
Tabor.	Ratisbonne.
Leuemeritz.	
Brandeia.	
Konopist.	Wultzbourg.
Et toutes les autres Places	
en Bohéme, hormis	
celle d'Eger.	Weissenbourg.

Après l'échange & entiére reddition de ces Places-là à leurs anciens Possesseurs & vrais Maîtres, l'évacuation & exauctoration générale suivra tout ceci au point nommé sans aucun delai ou retardement.

Et combien qu'il paroisse dans l'execution de la Paix quelque disposition touchant les deux Millions, si est-on néanmoins convenu, tant pour hâter plus l'évacuation & exauctoration, comme pour diminuer davantage l'assécuration réelle, que le quatriéme Million seroit encore quand & quand aussi avancé, à quoi la plupart des Etats des Cercles de la Haute & Basse Saxe & Westphalie, semblablement quelques-uns des autres quatre Cercles supérieurs, lesquels n'ont point toûjours porté le fardeau de la Guerre, amasseront, en vertu d'une spécification particuliére, leur contingent pour le quatriéme & cinquiéme Million pendant les trois termes du licentiement & évacuation susdite, & le feront payer sur l'assignation de son Altesse, laquelle en revanche ne veut être parlé ici que du quatriéme Million, remettant le cinquiéme sur l'assécuration réelle.

Ensuite de cela, les Etats, & particuliérement ceux de la haute, basse Saxe, & Westphalie, qui auront payé leur contingent entier pour le quatriéme & cinquiéme Million, ne bailleront plus de quartier à des Regiments qui y sont logez maintenant, vû que son Altesse s'offre à les congédier, avant même le terme que leur licenciement se devoit faire; mais pour ce qui est des Garnisons, icelles seront évacuées és termes contenus dans les désignations ci-dessus ou bien selon que l'un ou l'autre Etat s'en accommodera avec Monsieur le Prince, ce qui ne devra pas moins être ferme & vallable que s'il étoit compris en ce recit de mot à mot,

joint que ce qui a été agréé ici de part & d'autre touchant la satisfaction Suedoise ne pourra jamais être appellé une contravention de Paix de qui que ce soit; mais bien une conclusion, *absolutè voluntaria*.

Ce qui restera des deux Millions, outre ce que quelques Etats & Cercles en ont déja payé, Messieurs les Electeurs & autres Etats feront ensorte, s'il leur plait, que ce que l'un ou l'autre d'entr'eux devra du quatriéme Million, soit délivré dans six mois après la derniére évacuation; mais ce que l'un ou l'autre devra du cinquiéme Million soit aquitté dans douze mois après ladite derniére évacuation dans les Villes *depositionis*.

Cependant, reservé à son Altesse, *per expressum*, de ne point pouvoir quitter l'assécuration réelle, touchant les restans du quatriéme Million, & cinquiéme Million, *sed verò ut dicta realis assecuratio, ante primum evacuationis & exauctorationis terminum, absolutè & perfecta detur*, & qu'ensuite de cela tout ce qui est dit ici commence à être ferme & solide, joint que du côté Suedois, l'on proteste aussi & demande le payement de ce qui leur reste encore dû en vertu de l'accord fait entre les Etats & leurs Généraux ou Colonels, touchant leur entretien & subsistance, & qu'une telle chose puisse être demontrée devant les Commissaires des deux Parties. Cela devra être payé auparavant le licenciement de chaque Regiment à l'évacuation de chaque Garnison.

MONSIEUR

De

VAUTORTE

à Monsieur de

BRIENNE.

Du 12. Juillet 1649.

Il lui recommande ses intérêts particuliers.

MONSIEUR,

Outre notre Lettre commune, je me donne l'honneur de vous écrire celle-ci en particulier, pour vous remercier très-humblement de l'excès de votre bonté en mon endroit, & pour vous suplier de croire que je serai toute ma vie à vous très-fidélement. Ma belle-sœur m'a écrit que Monsieur d'Haligre lui avoit dit que mes apointemens seroient reglez

à deux

Il lui recommande ses intérêts particuliers.

1649.

à deux mil livres par mois. Notre dépenſe va certainement plus loin, toutefois je m'en contente, & je vous en remercie très-humblement, & lui auſſi; mais afin que la ſomme ne s'accumule & que le payement en ſoit difficile ſi elle devient trop groſſe, je vous ſupplie, Monſieur, de vouloir dès à préſent donner une ordonnance pour le payement de trois ou quatre mois, & après mon retour vous me ferez la faveur de m'en donner une pour le reſte. On m'a dit que Monſieur de la Court ira en Baviere, & que Monſieur le Vicomte de Courval pourra prendre ſoin de l'affaire de Trèves: celle-ci eſt facheuſe & je ne ſuis pas peu aiſé d'en être débarraſſé; mais j'euſſe bien déſiré d'aller à Munich. Je vous demande pardon de la liberté que je prens de vous ouvrir mon cœur. Je voudrois que vous y puſſiez lire avec combien de reſpect & de paſſion je ſuis &c.

Monſieur des Allus aura l'honneur de vous parler ſur ce que vous me faites la faveur de propoſer pour mes intérêts. Je vous prie très-humblement de lui ajouter créance & de me conſidérer comme l'homme du monde qui ſe ſent plus votre obligé & qui eſt plus à vous.

Quod autem ad caſtra Ehrnbreiſtein & Hamerſtein attinet, Imperator, tempore & modo infra in articulo executionis definitis, præſidia inde deducet aut deduci curabit, illaque caſtra in manu Domini Electoris Trevirenſis ejuſdemque Capituli Metropolitani (pro Imperio & Electoratu cuſtodienda) tradet, quo nomine & Capitaneus, & novum præſidium ibi ab Electore conſtituendum, juramento fidelitatis pro ipſo ejus Capitulo pariter obſtringi debebunt.

MONSIEUR

De

VAUTORTE

à Monſieur de

BRIENNE.

Du 29 Octobre 1649.

MONSIEUR,

J'Ai reçu par cet Ordinaire la commiſſion que vous m'avez fait la faveur de m'envoyer pour le Traité de Baviére, & j'eſpére de recevoir encore la réponſe de Monſeigneur le Cardinal, à la demande que j'ai faite à ſon Eminence, & depuis à vous ſur quelques points du Projet, & combien je pouvois me relâcher; mais ſi la néceſſité force le Roi à conſentir que Benfeld ſoit mis és mains de Monſieur l'Electeur Palatin, je ne ſai s'il ſera à

propos de faire avec Monſieur l'Electeur de Baviere un Traité qui pourroit l'aigrir, & qu'il eſt difficile de tenir ſecret. D'autre part il n'eſt pas aiſé de s'exempter du voyage ſans bleſſer Monſieur l'Electeur de Baviere, parce-qu'il m'attend, & que nous nous entretenons par Lettres toutes les ſemaines Monſieur Crebs & moi; mais s'il faut le faire, il me ſemble qu'il ſeroit bon de dire à Monſieur le Prince Palatin Généraliſſime, tout ce qu'on croira ne lui pouvoir cacher du ſujet de mon voyage, & même d'en aller dire autant à Monſieur l'Electeur Palatin dans Heidelberg, avant que d'aller à Munick, ce qui ſe pourroit faire ſans donner aucun ſoupçon à Monſieur l'Electeur de Baviere & même ſans que Monſr. l'Electeur Palatin crut qu'on allat le voir pour cela, parcequ'en ce cas on aura d'ailleurs un ſujet fort raiſonnable de l'aller trouver de la part du Roi, & pour cet effet il ſeroit à propos d'avoir une Lettre de créance qui ne particulariſât rien que la joye de Sa Majeſté de ſon rétabliſſement, auquel il ne manque plus rien, que la reſtitution de ces Places que nous tenons: car nous avons donné aujourd'hui à ſon Député l'Acte de rétabliſſement dans la jouïſance des Domaines & dans l'adminiſtration de ſon Païs, lequel nous aurions donné plutôt s'il l'avoit déſiré.

Au cas que Benfeld ſoit mis és mains de Monſieur l'Electeur Palatin, il me ſemble qu'il ſeroit à propos que Monſieur Chanut ne fît aucune plainte en Suede de tout ce qui s'eſt paſſé ici, & qu'il ne témoignât pas même qu'on en ait eu aucun dégout à la Cour: car le reméde que la Reine de Suéde y voudroit aporter viendra trop tard & ſera inutile, & Monſieur le Prince Palatin Généraliſſime pourroit en avoir du reſſentiment contre la France; deſorte qu'on ne gueriroit pas le premier mal, mais on s'en feroit un ſecond. Son humeur eſt auſſi haute que ſes eſpérances, qui doivent obliger la France de rechercher ſon amitié, & nous de ſortir bien d'auprès de lui. On vient de me dire que Monſieur le Comte de la Gardie revient ici de Leipſic en poſte; mais on n'a pu m'en dire le ſujet, ni même m'aſurer de la verité de cette nouvelle. Monſieur le Comte Jacob ſon Frére eſt déja revenu ici de ſa part. Je ſuis avec un reſpect & une paſſion extrêmes &c.

1649.

1649.

MONSIEUR

De

VAUTORTE

à Monsieur de

BRIENNE.

Du 10. Decembre 1649.

Il lui demande une Lettre du Roi pour l'Electeur Palatin dont la date soit plus fraiche que celle qu'on lui a envoyée. Il informe soigneusement Monsieur Chanut de tout ce qui se passe, & l'avertit de ne point se plaindre à la Reine de Suede du Prince Géneralissime. Touchant le Doyenné de Cleinmunster.

MONSIEUR,

J'Ai reçu la Lettre que vous m'avez fait l'honneur de m'écrire en particulier le dix-neuviéme de Novembre, avec celle du Roi pour Monsieur l'Electeur Palatin. La nôtre commune de ce jour vous aprendra l'état présent de nos affaires, & que je ne suis pas encore prêt à partir d'ici pour aller à Heidelberg. C'est pourquoi je vous suplie très-humblement, Monsieur, de m'envoyer une autre Lettre du Roi pour ce Prince, dans laquelle toutefois il n'y ait rien de changé de celle que j'ai, que la date. Si je lui portois celle-ci dans quelque tems, il pourroit croire qu'elle nous donnoit le pouvoir de lui rendre ses Places dès à présent, l'Agent qu'il a en Cour lui ayant écrit qu'on lui avoit promis de nous en envoyer l'ordre, & le Député qu'il a ici nous étant venu voir de sa part pour savoir si nous l'avions reçu, & s'il prenoit cette croyance, il auroit sujet d'être mal satisfait de moi, & moins disposé à recevoir favorablement & à croire ce que je lui dirai; mais si la Lettre de Sa Majesté est dattée du jour que vous recevrez celle-ci, ou un peu après, il n'aura aucun sujet de soupçon.

Il lui demande une Lettre du Roi pour l'Electeur Palatin dont la date soit plus fraiche que celle qu'on lui a envoyée.

Nous informons soigneusement Monsieur Chanut, par tous les Couriers qui partent une fois par semaine pour Hambourg, & je me suis donné l'honneur de lui écrire une fois en particulier, d'une façon qui lui fera bien connoître que mon sentiment a toujours été de ne faire aucune plainte de Monsieur le Prince Généralissime, & principalement à la Reine de Suede.

1649. Il informe soigneusement Monsieur Chanut de tout ce qui se passe, & l'avertit de ne point se plaindre à la Reine de Suede du Prince Généralissime. Touchant le Doyenné de Cleinmunster.

J'ai reçu une Lettre du Roi que vous avez signée le vingt-sixiéme d'Octobre, pour convier l'Evêque d'Avalie de conférer le Doyenné de Cleinmunster à Monsieur Roche Aumonier général de l'Armée d'Allemagne ; mais il n'en a pas le pouvoir : car ce Bénéfice qui s'apelle Prévôté, revient à Monsieur l'Electeur Palatin par le Traité de Paix. Il étoit véritablement ès mains des Catholiques en l'an mil six cens quatre ; mais il n'y étoit plus en l'an mil six cens dix-huit, & le terme de la restitution des biens Ecclesiastiques, qui est l'an mil six cens vingt-quatre pour tout le reste de l'Allemagne, est l'an mil six cens dix-huit pour le bas Palatinat. Le Traité dit *antè motus Bohemicos*, & ainsi il n'y a point de difficulté, outre qu'il se faudroit adresser pour la Collation, s'il y avoit lieu, à Monsieur l'Electeur de Trêves, ce Bénéfice étant dans l'Evêché de Spire : car l'Evêque d'Avalie a son Evêché *in partibus infidelium*, & comme Suffragant de celui de Spire, il n'a obtenu de Monsieur l'Electeur de Trêves que le pouvoir de conférer les Cures & autres Bénéfices qui ont charge d'ame, ainsi qu'on m'a dit ; mais cette seconde raison est inutile : car la premiére est certaine. Je suis avec un extrême respect &c.

MONSIEUR

De

VAUTORTE

à Monsieur de

BRIENNE.

Du 25. Février 1650.

Il souhaite de savoir la volonté de la Reine pour pouvoir répondre à Monsieur l'Electeur de Baviere.

MONSIEUR,

IL y a déja quelque tems que j'ai reçu la seconde Lettre du Roi pour Monsieur l'Electeur Palatin. Je vous suplie très-humblement de considerer s'il n'est pas aussi à propos de m'en envoyer une seconde de la Reine pour Monsieur l'Electeur de Baviere, la premiére que j'ai étant dattée du mois d'Août de l'année

1650.

1650.

Il fouhaite de favoir la volonté de la Reine pour pouvoir répondre à Monfieur l'Electeur de Baviére.

l'année paffée. Je me donné l'honneur d'en écrire trois à fon Eminence, fur le fujet de mon voyage, auxquelles je n'ai point eu de réponfe, & toutefois fi je le dois faire, il eft néceffaire que je fois informé. Je vous fuplie très-humblement, Monfieur, de me faire la grace de favoir de fon Eminence quelle eft la volonté de la Reine fur ce fujet de mes Lettres, & ce que je dois répondre à Monfieur l'Electeur de Baviére. Je fuis avec un refpect extrême &c.

MONSIEUR

De

VAUTORTE

à Monfieur de

BRIENNE.

Du 24. Juin 1650.

Il a appaifé avec fes Collégues l'aigreur du Prince Généraliffime. Il demande la permiffion de partir dans quelques femaines.

MONSIEUR,

Il a appaifé avec fes Collégues l'aigreur du Prince Généraliffime.

CE que je me donnai l'honneur de vous écrire par le dernier Courier, de l'aigreur de Monfieur le Généraliffime, m'oblige de vous dire qu'elle eft apaifée, ainfi qu'il nous a témoigné, & qu'elle étoit également contre nous trois. Elle venoit moins de notre conduite, que du déplaifir qu'il avoit de n'avoir pas Benfeld pour Monfieur l'Electeur Palatin. Maintenant qu'il eft fatisfait par une autre voye, fon efprit eft radouci & il promet de faire tout fon poffible pour nous guérir du mal du licenciement. On ne devoit en efpérer le retardement que de la Reine de Suede : car ce Prince a trop d'impatience de la voir pour donner un jour de delai à toutes nos priéres, & dix ou douze jours nous feroient de peu d'importance. Monfieur de la Court partira incontinent après lui, & Monfieur d'Avaugour qui l'accompagne jufques à la mer, ira prendre des eaux dont il a befoin pour fa fanté; deforte que je fuis condamné de demeurer ici

Il demande la permiffion de partir dans quelques femaines.

pour l'exécution. J'y confens par néceffité, & je m'en confolerai pourvû que j'aye la permiffion de partir fix femaines après Meffieurs mes Collégues : je vous ai mandé les raifons, Monfieur, de ma demande. Je vous fuplie très-humblement de me l'accorder & de croire que je fuis avec un refpect extrême &c.

1650.

MONSIEUR

De

VAUTORTE

à Monfieur de

BRIENNE.

Du 8. Juillet 1650.

Du licenciement des Troupes, de la reftitution d'Ehrnbreiftein, & du razement de Benfeld.

MONSIEUR,

TOut l'intérêt du Roi dans l'exécution du Traité, dépend du licenciement des Troupes, de la reftitution d'Ehrnbreiftein, & du razement de Benfeld. Le premier dépend du foin que les Suedois en auront, tant pour les Troupes de l'Empereur, que pour celles de leur armée. Le fecond dépend auffi d'eux : car l'Empereur a un défir extrême de retenir cette Place, & il n'en peut être empêché que par les Suedois qui tiennent la Moravie, & Siléfie. Le troifiéme eft la fureté de l'Alface. Monfieur le Baron d'Avaugour qui connoit l'état, & la force des Troupes, peut mieux que nous avoir le foin du premier point. Monfieur de la Court peut demeurer ici pour ce qui refte, & je partirai demain pour aller en Alface voir le razement de Benfeld, ayant plus de connoiffance des Places qu'on doit reftituer que Meffieurs mes Collégues, & étant affez à propos qu'il y ait un de nous. J'y attendrai mon congé, que je vous fuplie très-humblement de m'y envoyer comme la fin de beaucoup de dégoût que vous favez que j'ai eu depuis un an. Je fuis avec un refpect & une paffion extrêmes &c.

Du licenciement des Troupes, de la reftitution d'Ehrnbreiftein, & du razement de Benfeld.

1650.

MONSIEUR

De

VAUTORTE

à Monsieur de

BRIENNE.

Du 22. Juillet 1650.

Il lui donne avis qu'il est arrivé à Brisac, où il s'arrêtera jusques à l'exécution du Traité. On a commencé à raser Benfeld. Dans la Ratification de l'Empereur on a omis les titres de Potentissimus, & Serenissimus: les Impériaux promettent de reparer cela. En disant adieu au Généralissime, il en a reçu toutes les civilitez qu'il pouvoit souhaiter.

MONSIEUR,

PAr ma Lettre du huitiéme de ce mois, je vous ai donné avis de mon voyage. Je partis de Nuremberg le neuviéme, & j'arrivai le dix-neuf à Brisac. Je m'arrêterai ici jusques à la fin de l'exécution pour laquelle ma présence se trouve encore plus utile en Alsace que je ne pensois, à cause de plusieurs difficultez que forment les Possesseurs des Terres qui doivent être rendues aux Propriétaires.

Messieurs de la Cour, & d'Avaugour vous informeront de ce qui s'est passé à Nuremberg depuis mon départ, & de ce qu'ils auront apris du licenciement des Troupes, de la restitution d'Ehrnbreistein. Le razement de Benfeld a été commencé depuis deux jours & durera un mois. S'il se faisoit par les Impériaux ce seroit un prétexte de retenir autant de tems les Places que nous devons rendre à la Maison d'Autriche; mais parce qu'il se fait par les Suedois, ils prétendent que le retardement ne peut leur être imputé, & les Places sont de trop petite considération pour donner un prétexte de plainte. Je pense toutefois qu'on pourra garder Neubourg & Saverne, faisant durer leur razement autant que celui de Benfeld.

Dans le Projet de la Ratification de l'Empereur, on a omis de donner au Roi le titre de *Potentissimi*, avec celui de *Serenissimi*. J'en parlai le jour de mon départ à Messieurs les Impériaux, qui me promirent qu'il seroit donné aussi bien qu'à la Reine de Suede, ou qu'on conviendroit d'une autre forme de Ratification comme à Munster, & Messieurs de la Court & d'Avaugour se chargerent de les presser d'en écrire à Vienne, afin de pouvoir vous écrire promptement, s'il est besoin que la Ratification du Roi soit dans une autre forme que celle que nous vous avons envoyée.

Avant mon départ, j'ai fait tous les adieu nécessaires, & j'ai reçu de Monsieur le Généralissime toutes les civilitez que je pouvois souhaiter. Je pense être obligé de vous faire cette remarque à cause de l'ordre que vous nous avez réiteré si souvent de partir bien d'auprès de lui.

J'espére, Monsieur, que vous me ferez la grace de m'envoyer mon congé, & même que la fin de l'exécution du Traité en est un suffisant, puisque ma commission sera finie. Celle que j'avois d'aller en Baviére est exécutée en partie, par le mariage accordé entre le Prince de Baviére & la Princesse de Savoye, & le Traité entre le Roi, & Monsieur l'Electeur qui faisoit l'autre partie, n'est pas trop de saison, outre que mon argent finira plutôt que l'exécution du Traité, & que je n'ai pas assez de bien pour servir. Je suis avec un respect extrême &c.

1650.

MONSIEUR

De

VAUTORTE

à Monsieur de

BRIENNE.

Du 2. Jour d'Août 1650.

Il lui donne avis que l'Election d'un Coadjuteur est faite à Trèves, & que Monsieur de Leyen a été élu. Le Comte Cratz en a appellé au Pape. Il craint que cette dispute ne donne occasion à l'Empereur de reprendre Ehrnbreistein. Ce seroit un bon coup de faire aprouver par l'Electeur de Trèves l'Election de Monsieur de Leyen; il le faut ménager. Le razement de Benfeld va lentement & pourquoi.

quoi. Il lui rend compte des Places qu'il doit rendre. Comme on est obligé de rendre avec les Terres les Titres & les Documens, & qu'on en a transporté en France quelques-uns, il demande qu'on les renvoye. Les Officiers Allemans au service de la France se plaignent des menaces que le Gouverneur de Frankendal fait de prendre leurs biens, & de maltraiter leurs Fermiers. Il déclare qu'on usera de représailles sur les Allemans qui servent les Espagnols. L'Archiduc qui commande en Flandre peut empêcher ce desordre pour l'intérêt de l'Allemagne, & pour le sien propre.

MONSIEUR,

[margin: Il lui donne avis que l'Election d'un Coadjuteur est faite à Trèves, & que Monsieur de Leyen a été élu.]

JE reçus hier de Monsieur le Vicomte de Courval une Lettre du Roi, écrite de Richelieu le dix-neuviéme de Juillet, & j'ai lu aussi la Lettre que vous nous avez écrite le lendemain en commun, à Messieurs mes Collégues, & à moi. Je ne puis exécuter l'ordre que j'ai reçu par ces deux Lettres de me trouver à Trèves lorsque l'Election du Coadjuteur se fera, parce qu'elle est déja faite, & qu'il n'y a plus rien à traiter dans cette affaire avec Monsieur l'Electeur ni avec son Chapitre. Monsieur le Vicomte de Courval qui est mieux informé que moi m'a dit qu'il vous a mandé toutes les particularitez de l'Election de Monsieur de Leyen qui a eu huit voix de quatorze & qu'elle subsistera, quoique *[margin: Le Comte Cratz en a apellé au Pape.]* Monsieur le Comte Cratz qui en a eu six ait apellé au Pape, fondant son apellation sur les qualitez de l'Elu, plutôt que sur aucun autre défaut. Je suis de l'avis de Monsieur le Vicomte de Courval dans ce point, & encore dans le sentiment qu'il a que Monsieur de Leyen, qui est désiré par Monsieur l'Electeur de Mayence, sera moins incommode à la France, que Monsieur le Comte Cratz qui est souhaité par Monsieur l'Electeur de Trèves; *[margin: Il craint que cette dispute ne donne occasion à l'Empereur de reprendre Ehrnbreistein.]* mais je crains que cette division ne donne à l'Empereur un prétexte de reprendre Ehrnbreistein, qu'il ne la fomente, ou que celui dont il prendra le parti ne soit obligé d'acheter sa faveur par des engagemens & des conditions qui l'éloigneront de nous. Je pense que nous n'avons point de reméde contre ce mal que de faire témoigner à Monsieur l'Electeur de Mayence, & à Monsieur de Leyen secrétement la joye qu'on a de son Election. *[margin: Ce seroit un bon coup de faire aprouver par l'Electeur de Trèves l'Election de Monsieur de Leyen; il le faut ménager.]* S'il étoit possible de la faire aprouver par Monsieur l'Electeur de Trèves, ce seroit un grand coup; mais s'il continue à la desaprouver, il semble que le Roi ne peut l'aprouver ouvertement sans l'offenser & sans donner à tous les Princes d'Allemagne un juste sujet de croire que la France abandonne ceux qui se sont perdus pour elle, quand ils ne lui sont plus utiles. Monsieur l'Electeur de Mayence

& Monsieur de Leyen aprouveront la raison qu'on a de ne faire aucune demonstration publique, & on peut aussi faire comprendre à Monsieur l'Electeur de Trèves, que le Roi ne pouvant rien dans cette affaire, il n'est pas à propos qu'il paroisse s'en mêler. Je sai bien que la voye du milieu est souvent la plus mauvaise dans les affaires du monde, qu'il faut prendre parti, & que les Gens neutres n'obligent personne & desobligent ordinairement les deux côtés; mais il y a quelquefois des occasions d'en user ainsi, & ce qu'on ne doit pas faire ouvertement, se peut faire en secret avec autant d'efficace.

[margin: Le razement de Benfeld va lentement & pourquoi.]

Le razement de Benfeld va lentement. Les Officiers de l'Evêché de Strasbourg qui fournissent les paysans, le retardent autant qu'ils peuvent, & le Gouverneur ne l'avance pas, voulant le faire marcher également avec le payement de ce qui est de la satisfaction Suedoise en ces quartiers où il a ordre de l'exiger. Ce n'est pas argent prêt & s'il n'avoit point de Place, il ne seroit pas en si bonne posture qu'il est pour le recevoir. Il dit que le razement durera encore cinq semaines; mais je crains qu'il n'aille plus loin & qu'il n'arrive quelque chose qui l'empêche après que toutes nos Garnisons seront sorties : car les Lorrains sont encore deçà la Moselle, & il semble qu'ils n'y peuvent rien faire maintenant & qu'ils nous nuisent davantage.

[margin: Il lui rend compte des Places qu'il doit rendre.]

Nous n'avons plus de Places à rendre que Neubourg, Saverne, Haubar, Dachstein, Haguenau, Stollone, Grabau, & les quatre Villes forêtiéres. Neubourg sera razé & rendu dans peu de jours. Haguenau sera rendu à la fin de cette semaine, & bientôt après Stollone, Grabau, & les quatre Villes forêtiéres. On commença hier le razement de Haubar. Celui de Saverne suivra, que Monsieur de Baussan fera durer autant que celui de Benfeld. Nous ne sommes pas encore certains du tems de la restitution de Dachstein. Il est proche de Benfeld, & nous avons intérêt de le garder jusques à tant que le razement soit achevé; mais le pretexte nous manque.

[margin: Comme on est obligé de rendre avec les Terres & les Titres & les Documens, & qu'on en a transporté en France quelques-uns, il demande qu'on les renvoye.]

Par le Traité de Paix on est obligé de rendre avec les Terres, les Titres & autres Documens. Les Officiers de l'Evêché de Strasbourg demandent la restitution de plusieurs Actes en original, que feu Monsieur Stella a pris dans la Chancellerie de Saverne, & qu'il a portés en France, suivant le Mémoire Allemand qu'il leur a donné, signé de sa main, dont je vous envoye la copie en François. Je pense que ces pièces sont peu utiles à la France, & on est obligé de les rendre : c'est pourquoi je vous suplie très-humblement de les faire rechercher, & de les envoyer à Monsieur de Baussan qui les rendra.

[margin: Les Officiers Allemands au service de la France se plaignent des menaces que le Gouverneur de Frankendal fait de prendre leurs biens, & de maltraiter leurs Fermiers.]

Les Officiers Allemands qui sont dans le service du Roi, & qui ont des terres dans l'Empire, se plaignent des menaces que fait le Gouverneur de Frankendal, de prendre leurs biens, & traiter leurs Fermiers comme ennemis. Ils disent aussi qu'ils traitent mal ceux qui ont autrefois servi la France, quoiqu'ils ne la servent plus. Cette violence est contraire au repos d'Allemagne, & au service & réputation du Roi : car Sa Majesté ne trouveroit plus d'Allemands, si en le servant ils ne pouvoient jouir de leurs biens, dans un lieu où tous les autres sont en repos. J'ai dit aux Officiers de l'Evêché de Strasbourg que le Roi *[margin: Il déclare qu'on usera]* auroit intérêt d'attirer le long du Rhin, la

Guerre

1650.
de représailles sur les Allemans qui servent les Espagnols.

Guerre qui se fait sur la Frontiére de France, & de souffrir les courses de ses Garnisons contre Frankendal ; mais que préferant à son intérêt le repos de l'Empire établi par la Paix de Munster, il ordonneroit à ses Gouverneurs de ne faire aucune course, s'ils n'y étoient obligez par celles des Espagnols, lesquels ne pouvoient commencer sans être responsables de tout le dommage que l'Allemagne en souffriroit. J'ai ajoûté que le traitement qui seroit fait par les Espagnols, aux Allemands qui servent le Roi, ou qui l'ont servi, ou à leurs Gens, seroit rendu par maniére de représailles aux Allemands qui servent le Roi d'Espagne, ou qui l'ont servi, à leurs Gens, & biens,

L'Archiduc qui commande en Flandre peut empêcher ce desordre pour l'intérêt de l'Allemagne, & pour le sien propre.

& que Monsieur l'Archiduc qui commande en Flandre pouvoit bien empêcher ce desordre par l'intérêt de l'Allemagne qui est son Païs, & par le sien propre, les Terres de son Evêché de Strasbourg, & ses Officiers, comme aussi de l'Ordre Teutonique dont il est le Chef, & des Abbayes de Murbach, & Lure, étans en danger. Ils ont témoigné que ces deux points étoient raisonnables, & ont dit qu'ils en écriroient à Monsieur l'Archiduc, & même qu'après l'exécution de la Paix, les Etats de la Basse Alsace feroient une Assemblée pour chercher les moyens d'empêcher les courses des deux Partis. Les Officiers qui servent le Roi dans l'Armée ne me demandent rien davantage ; mais ils demandent au Roi un ordre pour Messieurs les Gouverneurs de Brisac, & Philipsbourg, dans lequel la volonté de Sa Majesté soit clairement expliquée, & afin qu'elle soit connue de tout le monde, ils souhaitent que l'ordre soit notifié par Messieurs les Gouverneurs, aux Officiers de l'Evêché de Strasbourg. Je me suis chargé de vous le proposer. Si on n'envoye promptement un fond à Philipsbourg pour faire un Magazin de Bled, pour habiller les Soldats, & donner quelques prêts, on peut se resoudre à perdre cette Place dans l'hiver. On tâchera d'y pourvoir quand il ne sera plus tems. Je suis avec une passion & un respect extrêmes &c.

J'ai été à Benfeld le troisiéme de ce mois. Le razement durera plus d'un mois. Monsieur de Tilladet a sujet de craindre que les Garnisons de Rheinfelds & Lauffembourg fassent difficulté de sortir, avant le payement de sept mois qui leur sont dus, & il n'a point d'argent. J'irai demain à Stollone pour le faire rendre. Ce 5. d'Août 1650.

Monsieur le Prince François Evêque de Verdun qui est à Molsheim, à quatre heures d'ici, avec les autres Chanoines, pour les affaires de l'Evêché dont il est Doyen & Lieutenant, m'a écrit, pour me prier de vous mander qu'il seroit allé à la Cour faire le serment sans son incommodité, celle de la saison, l'éloignement du Roi, & la nécessité de sa présence en ce Païs. Il demande delai de quelques mois & qu'on ne l'impute à manque de respect & de zéle pour le service du Roi. Cependant il voudroit bien qu'on agréât quelqu'un à prêter à la Cour le serment en son nom, ou qu'on envoyât ici commission à Monsieur de Baussan pour le recevoir de lui, à condition de l'aller prêter de nouveau au Roi aussitôt qu'il pourra. Je l'irai visiter au retour de Stollone.

DESIGNATION

Des Piéces d'écriture que Monsieur Stella de Morimond a touchées & reçues en présence & par le sçu de Messieurs les Conseillers de Strasbourg suivant l'ordre du Roi de France, lesquelles ont été emportées & amenées le 10. Fevrier 1642.

1. UNe Lettre en parchemin contenant l'Accord, ou comme les Allemands disent, *Bourgfriden* de Greiffenstein, entre l'Evêque Guillaume & le Comte de Sarwerde en l'année 1401.

2. Un autre semblable Accord de Greisenstein de Monsieur Conrard de Bosnang élu & le Comte Jean Greifenstein Schwerin de l'année 1440.

3. L'Evêque Robert & Wirigh de Hohenbourg au nom du Comte Frédéric de Sarwerden font un accommodement touchant l'Accord ou *Bourgfriden* de Greifenstein année 1447.

4. Un Accord dit *Bourgfriden* fait entre l'Evêque Albert, le Chapitre & Monsieur Guillaume de Roppolstein année 1489.

5. Un Accord di *Bourgfriden* de l'Evêque de Bertold, comme aussi du Prévôt & Doyen à Strasbourg année 1340.

6. Une Alliance de la Noblesse retirée de Strasbourg & de l'Evêque Guillaume en l'année 1420. avec ses Sceaux.

7. Un Accommodement de l'Evêque Robert & du Duc Albert d'Autriche année 1451. avec ses Sceaux.

8. Un Original comme le Duc Léopold d'Autriche donna un Fief de résidence à Bergheimb de cent marcs d'argent à Jean de Hohenstein année 1315.

9. Un Accommodement avec la Ville de Haguenau entre le Palatin & l'Evêque Guillaume année 1420.

10. Un paquet en Original d'accommodement avec la Ville de Haguenau 1332.

11. Alliance entre le Comte de Deux-Ponts & le Seigneur de Bicsch avec Monseigneur Jean Evêque de Strasbourg année 1358.

12. Accord entre le Comte de Deux-Ponts & le Seigneur de Bicsch avec Monseigneur Jean Evêque de Strasbourg.

13. Un Original comme le Roi Charles s'oblige contre le Prince Palatin Louïs, qu'en ce tems il ne conservera aucun Accord, de l'année 1321.

14. Une Alliance des Evêques de Strasbourg & Bâle, & la Maison d'Autriche, de Messieurs de Habsbourg, Furstemberg, Bade, Geroltzeck, Liechtemberg, & des Villes de Bâle, Strasbourg, Fribourg, de la Landvogtie, contre les Anglois de l'année 1363.

15. Comme la charge de Receveur du Domaine de Kohheimb a été baillée à Noble

1650.

ble Jean de Rambſtem de l'année 1350.

16. Une Lettre, comme Meſſeigneurs de Strasbourg, Comte Palatin, & le Duc Etienne ſe ſont joints & obligez enſemblement, en l'année 1447.

17. Accord dit *Bourgfriden* de Meſſieurs le Duc Etienne, & autres, nommement les Comtes de Veldens, & Naſſau, fait au jour Saint André en l'année 1441. avec cinq Sceaux.

18. Une Alliance entre quelques Ducs, & Comtes du Païs-Bas, & l'Evêque de Strasbourg, contre les Ducs d'Autriche, année 1431. le 22. Septembre avec deux Sceaux pendants.

19. Six copies auſſi touchant le ſcel de Marſall.

20. Item encore treize copies touchant le ſcel de Marſail.

21. Une déſignation de quelques vieilles & nouvelles monoyes.

22. Départ d'Empiére paſſé à Erfort année 1567.

23. Un partage entre les quatre Fils du Roi Robert année 1410.

24. La Succeſſion des Rois de France & touchant leurs monoyes.

25. La Succeſſion des Rois de Hongrie & la monoye frappée.

26. Bulle d'Or de l'Empereur Sigiſmond année 1434. avec quelques Accords du Comte Palatin du Rhin.

27. *Concordata Nationis Germanicæ* 1554.

28. Un Accord Latin, paſſé entre l'Empereur, & les Princes de la Tranſilvanie, daté du troiſiéme Septembre 1597.

29. Une Lettre touchant le département du Cercle de la Baſſe Saxe.

30. Un Traité du Cercle du Rhin ſur la Cavalerie & Infanterie, comme il a été dreſſé en l'an 1521. & en 45. 57. & 67. à Wormbs, & enſuite moderé l'année 1571. à Francfort.

31. Copie comme le Duc Sigiſmond d'Autriche, les Evêques Robert & de Bâle ont accepté en leur Alliance le Duc Renichard de Lorraine en l'année 1475.

32. Une Alliance du Saint Pére le Pape avec les Suiſſes.

33. Copie d'un Traité fait entre la Maiſon d'Autriche, & l'Evêché de Strasbourg, touchant la conduite de Margoltzheimb, juſques à Ortersheimb de deçà & delà. Item de la Bergſtraſſ, juſques à Schlettſtatt, tirant le Païs en haut juſques à Bergheim, & comme on ſe doit comporter avec le Rhin, année 1372.

34. 35. & 36. Copies du Duc Albert d'Autriche d'un Revers de ſaiſie qu'il tient de l'Evêché de Strasbourg année 1372.

37. Copie d'une atteſtation ſcellée avec ſon Original & ſes Sceaux pendants du Duc d'Autriche, comme il s'eſt accordé avec l'Evêque Robert touchant la conduite en la haute *Mundat* de l'Alſace, année 1457.

38. Apointemens de l'Evêque Albert, & du Chapitre de la Ville de Strasbourg, & de la Cavalerie pour trois ans durant l'année 1448.

39. Suplication des Etats Catholiques en général adreſſante à Sa Majeſté Impériale, année 1576.

40. Encore un Accord de l'Evêque Robert & du Comte Palatin Louis, année 1447.

41. Une Sentence définitive en la cauſe de Monſeigneur Jaques Archevêque de Trêves Electeur, contre la Ville de Trêves publiée le Vendredi 18. Mai à Pragues 1580.

Toм. III.

1650.

42. Inſtruction de l'Empereur Maximilian deuxiéme pour Monſeigneur l'Evêque, & Ottö Henri Comte de Swarzenbourg.

43. Touchant la Ville d'Haguenau année 1571.

44. Une propoſition du Comte Palatin Jean Caſimir faite à Wormbs.

45. *Facultates Sedis Apoſtolicæ ad inſtantiam Cæſareæ Majeſtatis conceſſæ*, année 1549.

46. Une Lettre de compoſition d'un Château ſitué ſur la Mozelle année 1386.

47. Un Accord paſſé entre Walh-Raffen Comte de Deux-Ponts, Jean de Daun, & autres, d'une & d'autre part, les Comtes de Biſth de leur moyenne part, l'Evêque de Neuweiler au jour de *Corporis Chriſti* 1360. avec douze Sceaux pendants.

48. Un Compromis en original pour traiter la Paix entre les ſuſdits par la perſonne dudit Evêque Jean avec autant de Sceaux pendans.

49. Une Alliance entre l'Evêque Robert, le Chapitre, la Ville de Strasbourg, & la Nobleſſe en Alſace, année 1473.

50. Une autre Alliance touchant leſdits Evêques, & Chapitre, de la Ville de Strasbourg, & de la Nobleſſe, année 1473.

51. Le Chapitre de la Ville de Strasbourg conſent à l'Evêque Guillaume de racheter les Villes & Châteaux de Moltzheimb, Dachſtein, & Dambach, année 1469.

52. Une Lettre en original touchant l'Accommodement entre l'Evêque Robert, & la Nobleſſe de Crehange, année 1452.

53. Promeſſe d'aſſiſtance du Comte Palatin Louis contre les aſſiſtants de Strasbourg, daté de Neuſtat du jour de Saint Philippe & Saint Jacques, année 1420.

54. Accord, pacte & jurement, fait par le Comte Palatin Philippe à Orttenbourg, Offenbourg, Gengenbach, Zell, & Reiſchoffen, daté d'Heidelberg année 1485.

55. Apointement de Paix du Comte Palatin Louis, contre l'Evêque Robert, fait à Weiſſemberg année 1441.

56. Une Procuration du Comte Palatin Louis, à l'Evêque Guillaume contre les Villes d'Offenbourg, Gengenbach, Zell, pour démettre & ôter quelques nouveautez avenues, *datum* Orttenbourg, année 1433.

57. Accord du Comte Philippe & de l'Evêque Robert daté de Hasbourg année 1477.

58. Un autre, du Comte Palatin Louis touchant les Villes d'Offenbourg, Orttenbourg, Zell, & Reiſchoffen, daté d'Haguenau année 1411.

59. Accord du Comte Palatin Fréderic paſſé avec l'Evêque Robert daté de Weiſſenbourg année 1453.

60. Un Vidimus contenant que Charles Roi des Romains octroye à l'Evêque Bertholdt & Chapitre, de racheter les Villes d'Offenbourg, Gengenbach, Zell, des mains du Marquis de Baden, datez, la Lettre & le Vidimus, de 1351.

61. Un Accord du Roi Robert, fait avec l'Evêque Guillaume touchant le Rachat deſdites Villes année 1405.

62. Accord entre le Marquis de Baden & l'Evêque Guillaume touchant une rançon, daté d'Orttenbourg 1434. avec trois Sceaux.

63. Accord de la Guerre entre les Nobles de Furſtenheimb & de Rengen d'une part, & la Ville de Roſſeinheimb d'autre part, de l'an 1357.

64. Accord des Comtes Palatins du Rhin, Electeurs, Evêques de Strasbourg, l'Archiduc

Yyy

1650.

duc Albert d'Autriche, des Comtes de Lupsen & Liechtenberg, Offenbourg, Gengenbach, Zell, Fribourg, Brisac, Neubourg, & Endingen, touchant les expéditions de la Westphalie 1461. avec quinze Sceaux pendans.

65. Vidimus d'un Accommodement du Palatin Fréderic, & de l'Evêque Albert durant leurs vies, année 1465.

66. Le Cloitre de Damer de l'Ordre de Saint Augustin de Haguenau soumis à l'Evêque de Strasbourg 1321.

67. *Instrumentum Permutationis Oppidorum Milhausem & Jurispatronatûs ipsius, nec non Oppidi Zabern & quorumdam aliorum prediorum, Offenburg, Thanu, Brischtall, Invenheim, Bischoffsheim, & Westhoffen. Datum ann.* 1236. avec trois Sceaux pendans.

68. Quitance de ceux de Rambstein, contient que de 1000. Florins d'argent qui sont en capital 15000. Florins, 1000. Florins ont été payez, année 1378.

69. Une Lettre en original du Marquis de Brandebourg parlant des Bourgeois de Faltzbourg ou de leurs conditions, *datum* Nuremberg, année 1356.

70. *Decretum Electionis Domini Joannis de Liechtenberg.* 1353.

71. *Sancta Synodus Basiliensis dat Monasterio Chonochensi Ordinis Sancti Benedicti licentiam Ecclesias & Cœmeteria reconciliandi, anno* 1440.

72. Sentence diffinitive du Roi Henri, des conditions de ceux qui se transportent aux autres Villes Impériales dans l'Alsace, *Datum apud Basilicam 17. Kal. Janv. Indict.* 13.

73. Toutes les Piéces ci-dessous ont été en original.

74. Un Livre de poche en Allemand de Fréderic de Floersheimb le vieux, année 1530.

75. Copie de l'Accord Dobec Ehenheimb passé entre les Ducs de Lorraine, Wirtemberg, & l'Evêque de Strasbourg 1600.

76. Copie de l'Accord de Wilstett, année 1594.

77. Copie de l'Accord de Haguenau, 1604.

78. Copie de l'Accord de Passau 1552.

79. Copie de quelque Accord entre le Comte Palatin, & l'Evêque de Strasbourg, des années 1406. 1411. 1451. 1453. 1477. & 1485.

80. Les ordres du Réglement de la Chambre Impériale, Paix du Païs & départ, imprimé à Wormbs 1521.

81. Paix du Païs faite à la Diéte de Wormbs, année 1551.

82. Une Lettre en parchemin sans Sceaux touchant le Scel de Marsall, année 1331.

83. Une autre Lettre en parchemin sans Sceaux touchant le Scel de Marsall, année 1337.

84. Vidimus de la Confirmation du Pape sur les *Concordata Germanica, anno* 1447. le Vidimus daté 1459.

85. Sentence contre le Roi d'Angleterre prononcée par le Pape, année 1633.

86. Copie comme l'Evêque Robert s'est obligé à son Frére le Comte Palatin Louis de l'assister contre le Comte Palatin Fréderic l'Electeur, année 1479.

87. Copie d'une Lettre écrite à l'Electeur de Mayence, pour les contributions dues à la Ligue Catholique du premier Septembre 1615.

88. Plusieurs & diverses Lettres sous *Litteris B. C. D. E. H. J. M. O P. Q.* que son Altesse l'Archiduc Léopold a écrites à sa

---

Sainteté, au Roi d'Espagne, à ses Etats, & à l'Empereur Mathias, en l'année 1611.

Signé

STELLA DE MORIMONT.

MONSIEUR

De

VAUTORTE

à Monsieur de

BRIENNE.

Du 12. d'Août 1650.

Il restitue les Villes de Haguenau, Stollonne, & le Château de Graben. Il n'a encore rien rendu à la Maison d'Autriche; ce qui peut donner sujet de plainte. Il demande un ordre exprès de la Cour pour restituer les Villes forêtiéres. Le razement de Benfeld va très-lentement. Haguenau n'a pas voulu recevoir les Troupes du Roi pour sa garde, de peur que leur restitution ne semblât pas entiére. Le droit de protection que le Roi a sur les dix Villes de l'Alsace a besoin d'être menagé délicatement. Les Etats du Rhin se sont assemblez à Worms. Il tâchera de s'informer de ce qui s'y passera.

MONSIEUR,

JE laisse à Monsieur de la Court le soin de vous informer de ce qui se passe à Nuremberg, & du licenciement des Troupes de l'Empereur, & des Suédois. Le mien ne s'étend pas au delà de l'Alsace & des lieux voisins.

Nous avons restitué cette semaine les Villes de Haguenau, & Stollonne, & le Château de Graben; desorté que nous ne tenons plus que

1650.

Il restitué les Villes de Haguenau, Stollonne, & le

1650.

Château de Graben. Il n'a encore rien rendu à la Maison d'Autriche; ce qui peut donner sujet de plaintes.

que les Places qui apartiennent à la Maison d'Autriche, à laquelle nous n'avons encore rien rendu. Cela semble d'abord affecté & peut donner un prétexte de plainte.

Nous tenons dans l'Evêché de Strasbourg, Saverne, Haubar, Dachstein, & dans les terres de l'Archiduc, Inspruch, Neubourg, & les Villes forêtiéres. Nous ne sommes pas obligez de rendre Saverne, Haubar, & Neubourg, qu'après leur razement qui se fait. Celui de Haubar & Neubourg est presque achevé, & celui de Saverne est commencé. Il n'y a sujet de plainte que pour Dachstein & les Villes forêtiéres.

Il demande un ordre exprès de la Cour pour restituer les Villes forêtiéres.

Nous avions espéré que Monsieur de Tilladet rendroit les Villes forêtiéres en vertu des ordres du Roi que vous nous avez donnez en blanc, pour la restitution des Places, ou que vous nous en envoyeriez un exprès pour lui fur ce sujet, suivant la demande que nous avons eu l'honneur de vous en faire par notre Lettre commune du huitiéme de Juillet. Il désire cet ordre exprès & bien précis, sans lequel il croit ne pouvoir être valablement déchargé, & je l'attens de vous avec impatience, le retardement étant fort nuisible, & les Impériaux voulant faire passer pour des contraventions, les plus légéres difficultez qui arrivent de notre part sans notre faute. Je vous ai mandé par ma derniére Lettre la raison qui nous oblige de retenir Dachstein.

Le razement de Benfeld va très-lentement.

Le razement de Benfeld va si mal & si lentement qu'il durera encore plus de six semaines. Le Gouverneur n'est pas fâché de ce retardement, & j'en crains le succès, & qu'il y ait intelligence fur ce point, entre lui & les Officiers de l'Evêché de Strasbourg. Messieurs de Tilladet & Baussan feront tout ce qui dépendra d'eux pour le service du Roi en cette affaire.

La Garnison de Stollone s'est mutinée le cinquiéme de ce mois, pour avoir payement de sept mois qui lui étoient dus. Elle est sortie le dixiéme après en avoir reçu six.

Haguenau n'a pas voulu recevoir les Troupes du Roi pour sa garde, de peur que leur restitution ne semblât pas entiere.

Les habitans de Haguenau ne pouvant garder leur Ville sans Soldats, on leur a declaré que la Garnison n'en sortiroit pas, s'ils n'en levoient, comme Landau, & Séléstat. Ils ont promis d'en lever, & cependant d'en emprunter. On n'a jamais pu les obliger à prendre des Soldats du Roi, depeur de la conséquence, & que leur restitution ne semblât pas entiere, & on n'a pas aussi jugé à propos de leur en laisser emprunter sans s'en mêler, de crainte de préjudicier à la protection du Roi. Ils en ont demandé à la Ville de Strasbourg & j'ai fait la même demande pour eux au nom du Roi, déclarant qu'en pareil cas ils devoient s'adresser au Roi leur protecteur pour avoir des Soldats de lui, ou par lui. Ils en

Le droit de protection que le Roi a fur les dix Villes de l'Alsace a besoin d'être menagé délicatement.

ont cinquante qu'ils ne garderont pas longtems : car la dépense leur en coute trois fois plus que ce qu'ils payoient au Roi, desorte que je crains quelque surprise. Le droit de protection fur les dix Villes a besoin d'être manié fort délicatement, si on désire en tirer quelque jour de l'avantage. Il semble à propos de le laisser maintenant reposer pour aprivoiser les esprits, & guérir les soupçons : outre que l'état présent de nos affaires ne nous permet pas d'entamer une affaire, où il est important de réussir au commencement. On a convoqué

Les Etats du Rhin se font assemblez à Worms; il tâchera de s'informer de

dans Wormes au dix-septiéme de ce mois une Assemblée particuliére des Etats du Rhin, où l'on parlera de plusieurs choses dans lesquelles nous avons intérêt. J'en écrirai à Monsieur

Том. III.

1650.

ce qui s'y passera.

l'Electeur de Mayence, & tâcherai d'être informé ponctuellement par quelqu'un des Députez, afin que s'il y a quelque chose à dire, ou à faire, je le puisse assez tôt. Je n'ai personne auprès de moi capable d'y servir, & il seroit difficile d'y aller & revenir surement. Je suis avec un respect extrême &c.

MONSIEUR

De

VAUTORTE

à Monsieur de

BRIENNE.

Du 20. Août 1650.

L'Armée du Duc de Lorraine leur a pris huit cens hommes du côté de la Meuse. Les Lorrains sont maîtres de la Campagne & enlevent les Courriers. Il envoye un exprès à la Cour pour obtenir l'ordre pour la restitution des Villes forêtiéres. Il demande deux mille écus pour faire présent au Gouverneur de Benfeld afin qu'il n'abandonne pas la Place qu'elle ne soit razée.

MONSIEUR,

UNe partie de l'Armée de Lorraine qui est sur la Sare depuis quelque tems, commandée par Monsieur le Comte de Ligneville, a pris le huitiéme de ce mois au lieu au delà de Chastei sur Meuse, Monsieur de Rosvormes, avec tout son Regiment, & celui de Smidberg qu'il conduisoit. Il y avoit huit cens hommes dont plusieurs ont pris parti & les autres sont dissipez & perdus pour le Roi. C'étoit tout le secours que vous pouviez attendre de nos Garnisons, n'en restant plus qu'environ quatre cens hommes des Garnisons de Mayence, Haguenau, & Stollone, que Messieurs le Vicomte de Courval & le Colonel Rose conduisent. Ils ont pris le chemin de Montbelliard pour s'éloigner des Lorrains, qui ayant grossi leurs Troupes & leur courage,

L'Armée du Duc de Lorraine leur a pris huit cens hommes du côté de la Meuse.

font

Les Lorrains sont maîtres de la Campagne & enlevent les Courriers.

sont maîtres de la Campagne, & en état d'entreprendre & de réussir dans la Lorraine, & dans l'Alsace. Ils arrêtent tous les Courriers, & je pense qu'ils ont pris la Lettre que je me suis donné l'honneur de vous écrire par le dernier Ordinaire, dont je vous envoye le duplicata, & celle que j'attendois de vous pour réponse à la nôtre commune du huitiéme de Juillet. Cette perte nous met en un grand desordre parceque nous espérions recevoir avec votre réponse la Ratification de notre Traité, & un ordre du Roi à Monsieur de Tilladet pour la restitution des Villes forêtiéres, sans lequel il ne seroit pas valablement déchargé. Vous jugez mieux, Monsieur, que moi où nous serons réduits, si ces deux piéces nous manquent, & si nous n'exécutons pas ce que nous avons promis ; mais cette connoissance sera inutile, & le reméde viendra trop tard, s'il ne peut venir que de vous pour réponse à cette Lettre. C'est pourquoi j'envoye au-

Il envoye un exprès à la Cour pour obtenir l'ordre pour la restitution des Villes forêtiéres.

jourd'hui à Paris Monsieur des-Allus qui est bien informé de la conséquence, pour le représenter & pour tâcher d'y obtenir cet ordre de la restitution des Villes forêtiéres, après laquelle on pourra attendre la Ratification qui doit être envoyée à Nuremberg ; mais l'ordre doit venir à Brisac à Monsieur de Tilladet, ou ici à moi. J'y attens avec beaucoup d'impatience mon congé, que j'ai tant de fois demandé & dont je n'ai presque plus besoin, l'affaire dans laquelle j'étois employé me le donnant d'elle-même parce que j'y suis maintenant entiérement inutile ; car Monsieur de Tilladet n'a pas besoin de ma présence pour rendre les Villes forêtiéres quand il en aura l'ordre, encore moins s'il ne le reçoit pas, & Monsieur Moser menace de sortir de Benfeld au premier jour de Septembre du vieil stile en quelque état que soit le razement. Je ne pense pas qu'il puisse être achevé ce jour-là & cette infidélité qui seroit le dernier des maux que nous avons reçu des Suédois pendant notre Traité seroit un des plus grands. S'il a un ordre fort exprès de Monsieur le Généralissime de nous faire ce tort, il n'y a aucun reméde ; mais s'il le fait par intérêt particulier & pour plaire aux Officiers de l'Evêché, je

Il demande deux mille écus pour faire présent au Gouverneur de Benfeld afin qu'il n'abandonne pas la Place qu'elle ne soit razée.

ne fai point de meilleure raison pour lui persuader la bonne foi, qu'un présent réel, & non en promesse de deux mil écus. Il viendroit assez tôt, si on l'envoyoit de Paris sur cette Lettre, laquelle j'adresse à Monsieur le Tellier, & cette perte de deux mil écus seroit un gain inestimable si elle pouvoit achever le razement de Benfeld. Je suis avec une passion extrême &c.

☞☞☞☞☞☞☞☞☞☞

MONSIEUR

De

VAUTORTE

à Monsieur de

BRIENNE.

Du 21. Août 1650.

Il demande que le Roi fasse restituer incessamment au Comte Fuger des fiefs qui lui apartiennent, & dont les Officiers du Roi sont en possession.

MONSIEUR,

Il demande que le Roi fasse restituer incessamment au Comte Fuger des Fiefs qui lui apartiennent, & dont les Officiers du Roi sont en possession.

PAr le Traité de la Paix, tous les Propriétaires doivent être restituez dans les terres dont ils ont été depossédez à cause de la Guerre. Par cette régle générale & certaine Monsieur le Comte de Fuger doit être restitué dans la Terre de Bolweiller, qui est un Fief de l'Evêché de Strasbourg, laquelle lui apartient en propre, & dans celle de Masmunster qu'il tient par engagement de la Maison d'Autriche, & maintenant du Roi : toutefois il n'a pas encore pu se faire rétablir dans l'une ni dans l'autre, quoique nous lui ayons donné à Nuremberg les Lettres qu'il a désirées de nous. La premiere de ces Terres est possédée par Monsieur le Lieutenant Général Rose, & la seconde par Monsieur le Lieutenant Colonel Ratschin, son Gendre, qui sont maintenant dans l'Armée du Roi, & en leur absence Madame Rose qui est sur les lieux ne veut écouter aucune proposition de sortir, quoiqu'elle n'ait aucune raison de disputer contre une chose qui n'a point de difficulté ; le Traité de la Paix étant fort clair en cet Article, & le terme étant expiré il y a long tems. Je pense qu'il est fort à propos d'envoyer des ordres du Roi à mesdits Sieurs Rose & Ratschin pour faire ladite restitution sans aucun retardement, tous les autres Propriétaires étans restituez dans l'Empire, & Monsieur le Comte Fuger étant déja rentré en possession de quelques autres terres dont il avoit pareillement été depossédé. Je l'ai assuré que dans peu de tems il recevra cette satisfaction, le Roi voulant exécuter sincérement le Traité, & ne pouvant lui ôter ce qui lui apartient. Je vous suplie très-humblement, Monsieur, de lui faire

faire

faire juftice & de me faire la grace de croire, que je fuis avec une paffion extrême &c.

MONSIEUR

De

VAUTORTE

à Monfieur de

BRIENNE.

Le 26. d'Août 1650.

*La Garnifon ne fortira pas de
Benfeld qu'il ne foit entiérement razé. Ils doivent rendre Dachftein & Neubourg ra-
fées. Ils doivent rendre Saverne dont le razement n'ira pas
plus vite que celui de Benfeld.
Il recommande qu'on donne quelque recompenfe honnête au Gouverneur de Benfeld, qu'à moins
de cela le razement pourroit rester imparfait.*

MONSIEUR,

J'Allai hier à Benfeld, & Monfieur de Tilladet y envoia auffi Monfieur de Charlenois. Monfieur Mofer nous a promis de ne
fortir point avec fa Garnifon jufques à ce que
le razement foit achevé en une maniére que
Monfieur de Charlenois trouve fuffifante,
pourvû que l'Evêché de Strasbourg continue
de lui donner la fubfiftance néceffaire, qu'il
avoit protefté de ne paier plus que jufques à
la fin de ce mois, & les Officiers de l'Evêché dans le Bailliage de Benfeld nous ont promis de continuer, pourvû que nous leur rendions préfentement Dachftein, que nous devrions leur avoir reftitué il y a plus d'un mois,
fuivant le Traité de Nuremberg. Mais nous
l'avons retenu jufques à préfent comme un
gage du razement de Benfeld, qui eft fait à
moitié & peut être achevé dans le commencement d'Octobre, pourvû que le nombre de
mil quatre cens paifans qui y travaillent maintenant, ne diminue pas. Nous avons jugé l'offre raifonnable : Monfieur de Charlenois eft
allé la propofer à Monfieur de Tilladet & ils
font venus ici en faire le rapport au Confeil
de l'Evêché qui doit l'autorifer. En ce cas
je penfe que nous rendrons Dachftein Lundi &
le jour fuivant Neubourg, dont la fortification

eft rafée. Nous n'avons plus à rendre que
Saverne dont le razement n'ira pas plus vite
que celui de Benfeld, & les Villes forêtiéres
pour lefquelles on attend l'ordre du Roi. Voila le razement de Benfeld beaucoup meilleur que
je ne vous ai mandé, & Monfieur Mofer
nous a promis d'en avoir un foin tout particulier. Il en efpére quelque reconnoiffance &
il la méritera. Si vous ne la défirez pas faire
de deux mil écus comme je vous ai propofé
par ma derniére Lettre, il me femble qu'il
feroit fort à propos de lui en donner mil au
moins, non en argent, mais en une chaine
d'Or avec une Medaille où foit l'effigie du
Roi, & une Lettre de Sa Majefté, & on aura befoin de ce préfent avant la fin du razement : car il garde pour le dernier ouvrage
des piéces qui ne font point encore affez a-
baiffées, qu'il pourra laiffer en l'état qu'elles
font s'il eft trompé dans fon efpérance, &
pour peu qu'il écoute les Officiers de l'Evêché, ils lui offriront beaucoup davantage, que
ce que je vous propofe. Quelque réfolution
qu'on prenne là-deffus & pour les Villes forêtiéres, je fuis entiérement inutile ici, où il
n'y a plus rien à faire ; c'eft pour quoi je vous
fupplie très-humblement d'agréer que j'aille
penfer à mes affaires Domeftiques qui font
fort embaraffées. Je fuis avec un refpect extrême &c.

COPIE

De la

LETTRE

Ecrite par Monfieur le Duc de

BAVIERE

à Meffieurs

DE LA COURT

Et

D'AVAUGOUR.

à Furftenfeld le 9. Septembre 1650.

*Il leur declare qu'il fouhaite que
la Paix foit ponctuellement
obfervée. Il ignore que l'Empereur ait donné fecours aux
Efpagnols, & leur dit de s'a-
dreffer à l'Electeur de Mayence qui donnera la connoif-*

 fance

sance de cette affaire aux E-
tats de l'Empire.

MESSIEURS,

J'Ai vu par celle que vous m'avez écrite en date du 29. d'Août, le désir que vous a-vez que les Articles de la Paix s'exécutent ponctuellement, & que j'y veuille contribuer avec mes soins des effets véritables, signamment en ce qui regarde vos plaintes du secours que vous prétendez avoir été envoié par Sa Majesté Imperiale au Roi d'Espagne, & ce qui concerne la personne du Duc de Wirtemberg: surquoi j'ai à vous assurer que comme j'ai contribué tout mon possible à procurer l'établissement de la Paix, il n'y a rien que j'affecte avec plus de passion, que de la voir ponctuellement observée. Quant au susdit secours vous êtes les premiers qui m'en avez donné part, de manière que n'en étant informé d'ailleurs je me trouve obligé de vous prier d'en faire prendre connoissance aux Etats de l'Empire, & leur faire représenter par Monsieur l'Electeur de Mayence, à qui appartient ce devoir, sur lequel je ne puis rien entreprendre, bien que pour mon particulier, lorsque le fait sera mis en déliberation, j'aurai soin que la raison ait lieu à la satisfaction du Roi votre Maître, ainsi que les obligations que je lui ai & les Conventions de Munster & de Nuremberg le demandent, n'en voyant présentement autre expédient de mon côté en consideration que c'est une affaire qui se doit traiter de concert, par ceux qui sont obligez à la garantie de la Paix & que je ne suis pas en état de pouvoir venir à d'autres effets, puisque même vous jugez qu'en ce rencontre mes Lettres seroient inutiles. Quant au Duc de Wirtemberg, tant s'en faut qu'il ait rien commis par mon aveu qu'aiant su ses deportemens, je l'ai fait sortir de mes Etats & licentié son Regiment & donné des ordres-très-exprès pour tous les lieux du Cercle de Baviere de ne donner aucun passage à ses Troupes au préjudice de la Paix, comme en effet ces ordres ont été exactement gardez. Pour ce que vous jugez avoir été donné pour ma satisfaction, vous savez vous-même que c'est un droit en partie aquis bien chérement & à haut prix, partie d'ancienne proprieté & dépendance de ma Maison, me remettant du surplus à ce que vous dira le Sieur Ox, qui a commandement exprès de vous faire entendre mes volontez. Je me dirai, &c.

Il leur de-clare qu'il souhaite que la Paix soit ponctuelle-ment obser-vée.

Il ignore que l'Empe-reur ait donné secours aux Espagnols, & leur dit de s'adresser à l'Electeur de Mayence qui donnera la connoissance de cette af-faire aux Etats de l'Empire.

MONSIEUR

De

VAUTORTE

à Monsieur de

BRIENNE.

Du 12. Septembre 1650.

Il ne sauroit aller à Trèves faute d'escorte & croit ce voyage plu-tôt nuisible qu'utile. Il ne sait en-core ce que la France doit at-tendre du Coadjuteur de Trèves, qu'il faut ménager, & appuyer pourtant secrétement. Touchant la restitution des Papiers. Il tâchera d'engager doucement l'Evêque de Verdun d'aller en Cour, il recommande qu'on lui donne l'Abbaye de Beaulieu. Les Troupes de Lorraine peuvent prendre quartier dans le voi-sinage de l'Alsace, & dans l'Al-sace même, à moins qu'on ne les empêche. Benfeld razé, Brisach & Philipsbourg conservez, les Ennemis ne sauroient faire aucun établissement solide. Il appré-hende la perte de Philipsbourg, si l'on n'y remédie efficacement. On doit faire une protestation à l'Empereur sur l'article de l'assistance.

MONSIEUR,

JE demeurerai en Alsace jusques à ce que le razement de Benfeld soit achevé, quoique j'y sois maintenant inutile. Monsieur de Tilladet qui y fut le septiéme de ce mois m'a écrit, qu'il se fait très-bien, & qu'il pourra être achevé dans la fin de ce mois. J'exécuterai en ce point la premiére condition que vous opposez à la permission de retourner en France que vous m'accordez par la Lettre que vous m'avez fait l'honneur de m'écrire le
vingt-

1650.

Il ne sauroit aller à Trèves faute d'escorte & croit ce voyage plutôt nuisible qu'utile.

vingt-sixiéme d'Août; mais il est impossible d'accomplir la seconde qui est de passer par Trèves: car maintenant je n'y pourrois aller surement sans armée, ou sans Passeport, n'y aiant point d'escorte à Brisach, ni à Philipsbourg, assez forte pour m'y conduire & pour m'en retirer. Je n'ai aussi aucun prétexte d'y aller, & sans Lettre du Roi & sans quelque affaire importante. Ce voyage qui me détourneroit de mon chemin d'autant de lieues qu'il y en a d'ici à Trèves, seroit suspect à Monsieur l'Electeur de Trêves, & à Monsieur Cratz, & pourroit nous causer plus de mal de leur côté que nous n'en tirerions d'avantage de celui de Monsieur de Leyen. Il semble que Monsieur l'Electeur de Trêves feroit prudemment s'il approuvoit son élection: car puisqu'elle est faite par la pluralité des voix, & qu'elle est approuvée par tout l'Empire, il y a apparence qu'elle aura lieu, & que Monsieur de Leyen persécutera sa Maison après sa mort, s'il ne veut point le reconnoître pour son Successeur. La France ne doit point toucher dans cette faute, & sans offenser Monsieur Electeur de Trêves on peut ménager l'amitié de Monsieur de Leyen, & en acquerir tout ce qu'il peut nous en donner. Monsieur

Il ne sait encore ce que la France doit attendre du Coadjuteur de Trêves, qu'il faut ménager, & appuyer pourtant secrètement.

l'Electeur de Mayence nous en promet une bonne part: d'autres disent qu'elle est fort engagée à nos Ennemis. Quoiqu'il en soit, il faut lui ôter tout prétexte de nous être contraire, & à Monsieur l'Electeur de Mayence, de s'excuser de ce qu'il nous a fait espérer de lui. Je n'ai pas jugé à propos de leur écrire sur ce sujet: car vous désirez que la satisfaction qu'on leur témoignera ne vienne point à la connoissance de Monsieur l'Electeur de Trêves, & ils auroient possible montré mes Lettres, leur intérêt étant de faire voir qu'ils ont l'approbation de la France. Je pense aussi que cet office se fera mieux de vive voix que par écrit, qu'un voyage sera plus obligeant qu'une Lettre, & que s'ils veulent s'en vanter, ils n'en auront pas la preuve en main. Je ne le puis faire d'ici à Mayence non plus qu'à Trêves par les mêmes raisons; mais Monsieur le Baron d'Avaugour doit aller à Mayence au sortir de Nuremberg, pour y mettre chez les Péres Jésuites Messieurs ses Neveux, & il pourra dire à Monsieur l'Electeur que ce qu'il lui déclarera de la part du Roi sur l'Election de Monsieur de Leyen, est le principal sujet de son voyage. Je lui en écris présentement. S'il vous plait d'en parler de même façon à l'Agent que Monsieur l'Electeur de Mayence a en Cour, il lui écrira conformément à ce que Monsieur le Baron d'Avaugour lui dira.

Touchant la restitution des Papiers.

Je repondrai suivant votre intention aux Officiers de l'Evêché de Strasbourg pour les Papiers dont ils demandent la restitution, & je ferai savoir aux Allemands qui servent le Roi, & qui ont des terres dans l'Empire, que vous avez envoyé les ordres qui leur sont nécessaires à Messieurs de Tilladet & de la Claviere.

Il tâchera d'engager doucement l'Evêque de Verdun d'aller en Cour. Il recommande qu'on lui donne l'Abbaye de Beaulieu.

Je ferai aussi entendre à Monsieur l'Evêque de Verdun, le plus dextrement & doucement que je pourrai, qu'il est à propos pour son avantage qu'il aille à la Cour. Il me semble qu'il est résolu d'y aller quand le Roi sera de retour à Paris. Il me fait la grace de me témoigner de la bonne volonté, & je tâche de la mériter par beaucoup de respect & de foibles services, voyant qu'il se fait aimer & qu'il passe pour Homme d'honneur & de foi. Je prens la

1650.

liberté de vous dire qu'on pourroit faire de bonne grace & en obligeant, ce qu'on doit faire, & ce qu'on fera par force. Je parle ainsi à cause de l'Abbaye de Beaulieu qu'on ne lui peut refuser de bonne foi, & dont Monsieur l'Abbé de Feuquiéres jouit encore. Nous avons en France le don & le secret de nous faire haïr des Etrangers & ceux qui voyent notre conduite en de semblables choses ne s'en étonnent pas.

Les Troupes de Lorraine peuvent prendre quartier dans le voisinage de l'Alsace, & dans l'Alsace même, à moins qu'on ne les empêche. Benfeld rasé, Brisach & Philipsbourg conservez, les Ennemis ne sauroient faire aucun établissement solide.

On vous mande de Metz les progrès du Comte de Ligneville qui lui donneront moien de prendre des quartiers d'hiver dans les Montagnes qui séparent la Lorraine de l'Alsace, & même dans l'Alsace, & dans le Palatinat, si les Etats ne l'empêchent, comme je croi qu'ils feront. Quoiqu'il arrive en cela le mal sera peu considerable, pourvû que Benfeld soit bien razé, & que nous sauvions Brisach & Philipsbourg: car de ces trois points seulement, dépend la conservation de la conquête du Roi, & tous les Ennemis du Roi joints ensemble & postez en Alsace n'y sauroient prendre aucun établissement solide. Le razement de Benfeld paroit certain. J'en crois autant de la conservation de Brisach; mais Philipsbourg est en

Il apréhende de la perte de Philipsbourg, si l'on n'y remédie efficacement.

péril évident, & un foible secours d'argent ne l'en ôtera pas, & ne servira qu'à le faire languir un peu davantage, n'y aiant rien de plus honteux & de plus dommageable à la France, que de laisser perdre une Place si importante & qu'elle a tant désirée. Il semble qu'on se doit résoudre à la razer ou à y établir un fonds raisonnable & certain qui sera très-modique, si on veut en retrancher toutes les dépenses dont on peut se passer.

On doit faire une Protestation à l'Empereur sur l'article de l'assistance.

Je vous ai déja mandé, que les Lorrains ont pris votre Dépêche du dixneuf ou du vingtiéme d'Août, avec les Ratifications du Traité, & les ordres que vous adressiez à Monsieur de Tilladet pour la restitution des Villes frontiéres. Les autres que vous renvoyerez ne trouveront plus Messieurs les Impériaux à Nuremberg. Je vous envoye la Copie de ce que j'écris sur ce point à Messieur de la Court, & d'Avaugour, comme aussi sur une protestation qu'ils veulent faire à cause de la contravention de l'Empereur à l'Article de l'assistance. Je suis avec un respect extrême &c.

E X-

E X T R A I T

De la

L E T T R E

Ecrite par Monsieur de

V A U T O R T E

à Messieurs

DE LA COURT

Et

D'AVAUGOUR

Plenipotentiaires du Roi.

Du 12. Septembre 1650.

Touchant les Ratifications qui se doivent échanger à Nuremberg. Il n'approuve pas qu'on fasse une protestation dans les formes sans ordre exprès de la Cour.

SI Messieurs les Imperiaux partent de Nuremberg avant qu'on vous ait renvoyé la Ratification, & les autres Piéces nécessaires, il me semble qu'ils pourront vous nommer quelqu'un des Députez à qui vous les pourrez bailler, & qu'ils chargeront de la Ratification de l'Empereur ; mais si vous n'avez convenu depuis mon départ d'une autre forme de Ratification de leur côté, je ne sai si vous voudrez échanger celle du Roi avec celle de l'Empereur, si elle ne contient le titre de *Potentissimus*, ou s'il sera mieux attendant que cette difficulté soit vuidée de les déposer de part & d'autre au Directoire de Mayence, ou si les Imperiaux refusent cet expédient, si en faisant l'échange vous ne jugerez pas à propos de leur donner par écrit & aux Etats aussi une protestation sur l'omission de ce titre, afin qu'elle ne puisse préjudicier, & qu'on voye que vous faites l'échange pour n'apporter aucun retardement. Le plus mauvais parti de tous seroit à mon avis celui de ne point échanger les Ratifications, & ne les consigner point aussi au Directoire, afin de ne laisser pas notre Traité imparfait en ce point : car en l'état où sont nos affaires, il me semble qu'il faut éviter noise. Quelque contravention que fasse l'Empereur, celle des

(marginal note: Touchant les Ratifications qui se doivent échanger à Nuremberg.)

Troupes qu'il envoye est manifeste & importante ; mais la rupture seroit pire : car Elle contiendroit ce mal & encore plusieurs autres. L'Ecrit que vous avez donné aux Etats par lequel vous vous plaignez de cette contravention, & demandez qu'ils y remédient comme ils sont obligez par le Traité de Paix, me semble être suffisant, & vous pouvez encore en donner un pareil ; mais je ne suis pas assez hardi pour conseiller de faire en la conjoncture présente une protestation sur ce sujet sans ordre exprès de la Cour, puisqu'elle n'arrêtera pas les Troupes. Je ne vois pas ce qu'elle servira plus que l'Ecrit que vous avez donné, & j'y vois de l'inconvénient : car les Imperiaux protesteront aussi de leur part pour le retardement de la restitution des Villes Forêtiéres, & sur plusieurs autres petites contraventions dont vous savez qu'ils font un amas, & en tiennent registre. Les actes de cette nature sont des commencemens de quérelles, & de rupture : c'est pourquoi le plus foible ne doit jamais les commencer, quand l'utilité n'en est pas manifeste : en tout cas l'ordre vous en viendra assez tôt de la Cour, si on juge à propos de faire une protestation, qui ne perdra point sa force par le retardement, votre plainte par écrit le lui aiant conservée. Je soumets toutefois en cela, comme en toutes autres choses, mon jugement au vôtre.

(marginal note: Il n'approuve pas qu'on fasse une protestation dans les formes sans ordre exprès de la Cour.)

D U P L I C A T A.

M O N S I E U R

De

V A U T O R T E

à Monsieur de

B R I E N N E.

Du 16. Septembre 1650.

Il lui demande un ordre de la Cour pour faire des représailles sur les Allemands qui servent ou ont servi le Roi d'Espagne. Les Officiers Allemans qui sont au service du Roi l'ont l'ont prié de presser cette affaire.

MONSIEUR,

J'Ai répondu le douziéme de ce mois par la voye de Brisach, à Langres, à la Lettre que vous m'avez fait l'honneur de m'écrire le vingt-sixiéme d'Août. J'ai vu depuis ce jour-là, une Copie de la Lettre du Roi de même date, à Monsieur de la Claviére sur les courses dans l'Empire, tant de la Garnison de Frankendal, que de celles de Sa Majesté, & je présupose que celle qui a été écrite à Monsieur de Tilladet ne contient rien davantage. Je m'étois donné l'honneur de vous écrire sur deux points par ma Lettre du deuxiéme d'Août. Le premier étoit de faire cesser les courses, & le second de faire aux Officiers, Baillifs, Receveurs, & Sujets des Terres des Allemans, qui servent & ont servi le Roi d'Espagne, même des Terres de Monsieur l'Archiduc Leopold, & de ses Evêchez & autres Bénéfices, un traitement (comme par une espéce de représailles) pareil à celui que les Espagnols & Lorrains font aux Officiers, Baillifs, Receveurs, & Sujets des Terres des Allemands, qui servent & ont servi le Roi. Le premier de ces deux points est dans la Lettre du Roi; mais elle ne parle point du second, & les Officiers Allemans, à la priere desquels j'ai pris la liberté de vous en écrire, ne seroient satisfaits, si vous n'expliquiez particuliérement ce qui les regarde. Si vous jugez à propos de le faire, je vous supplie d'en envoyer les ordres à Messieurs de Tilladet & la Claviére, & de leur mander par des Lettres séparées de les montrer à Messieurs de Smidberg, Fletkenstein, & Cloug, pour en avertir les autres Allemands qui servent le Roi, & qui l'ont servi, comme aussi de les notifier au Gouverneur de Frankendal & aux Officiers de Monsieur l'Archiduc Leopold dans l'Evêché de Strasbourg, si ces Messieurs qui y sont intéressez le jugent à propos. Je suis avec un respect extrême &c.

EXTRAIT

De la

LETTRE

De Messieurs

DE LA COURT

Et

D'AVAUGOUR,

De Nuremberg du 16. Septembre 1650.

Touchant les levées.

NOus avons vu la Lettre de Monsieur le Maréchal de Schomberg, & votre Réponse. Vous avez eu raison de lui écrire les difficultez : car toutes ces Troupes de Liége sont à présent licentiées, & nous ne croyons pas qu'il reste à licentier que le Regiment de Monsieur le Landgrave, qui est encore dans le Païs de Trêves, & peut-être deux autres. S'il y avoit de l'argent de Strasbourg, on ne laisseroit pas de faire quelque chose quoique la saison soit fort avancée : car il se trouvera toujours des Officiers & des Soldats.

MONSIEUR

De

VAUTORTE

à Monsieur de

BRIENNE.

Du 19. Septembre 1650.

Il s'excuse d'aller à Munick, & à Mayence sur son peu de santé,

1650.

te, & faute d'argent. Il ne partira point pour Paris que Benfeld ne soit entiérement rasé; la conservation de l'Alsace en dépend. Il représente que Brisach & Philipsbourg sont en grand danger à moins qu'on ne les secoure puissamment. On ne doit point attendre du secours des Princes de l'Empire.

MONSIEUR,

Il s'excuse d'aller à Munick & à Mayence sur son peu de santé, & faute d'argent.

QUoique mes affaires domestiques demandent ma présence, & que je ne puisse la leur refuser, sans me mettre au hazard de ruïner ma Maison, j'aurois obéi avec beaucoup de promtitude au commandement que je reçus hier par votre Lettre du quatriéme de Septembre d'aller à Munick, & Mayence, si la nécessité où je suis, de santé & d'argent, ne me défendoit tout autre voyage que celui de Paris, pour lequel je ne sais s'il me reste assez de l'un & de l'autre. Depuis que je suis ici, je suis retombé en des incommoditez qui m'avoient attaqué à Nuremberg, & qu'on jugea mortelles, & les moindres maladies que j'ai en Allemagne sont perilleuses, parceque la maniére de pratiquer la Médecine, y est si contraire à mon tempérament, que je suis obligé de m'abandonner au mal plutôt qu'aux Médecins: mon autre incommodité n'est pas moindre, & encore que j'aie déja renvoyé en France plus de la moitié de mon train, & que mon équipage ne soit maintenant que celui d'un petit particulier, je ne le pourrois entretenir, si j'étois obligé de faire encore ici un peu de séjour, ni aller en France sans le secours de mes amis. De ces deux maux l'un est public à Nuremberg & à Strasbourg, & vous avez apris l'autre dans toutes les Lettres que j'ai eu l'honneur de vous écrire depuis six mois; de sorte que j'espère que mon excuse sera approuvée n'y en aiant point de plus légitime, que celle de la nécessité, & n'y aiant point, à mon grand regret, de nécessité de santé & d'argent plus grande & plus manifeste que la mienne, outre que mon deffaut peut être reparé en cette occasion, & le service du Roi beaucoup mieux fait par Messieurs mes Collegues, que par moi: car Monsieur de la Court qui vous a montré la nécessité de cette Négociation pourra la commencer avec les Députez de Messieurs les Electeurs de Mayence, & de Baviere, qui sont encore à Nuremberg, & découvrir quel succès il devra espérer du voyage de Munick: & Monsieur le Baron d'Avaugour qui a fait dessein d'aller à Mayence, pour une affaire particuliére, pourra aller en sureté à cause des Passeports qu'il a & apprendra les sentimens de Monsieur l'Electeur de Mayence, comme j'ai déja eu l'honneur de vous mander, & à lui aussi, pour le compliment que vous avez jugé à propos de faire faire à ce Prince & à Monsieur de Leyen sur le sujet de son Election. Pour moi j'atendrai ici la fin du razement de Benfeld qu'on nous promet, avec celle de ce mois, puisque votre Lettre du 26. d'Août apose cette condition à mon congé, & si je peux voir cette Place bien démolie, je partirai pour aller à Paris sans aucun delai, avec cette consolation d'avoir vu achever, contre mon espérance, un ouvrage qui est entiérement nécessaire pour la conservation de l'Alsace, laquelle le Roi ne peut perdre quoique les Ennemis y viennent avec toutes leur forces & y prennent des quartiers, pourvu qu'on conserve Brisach & Philipsbourg; mais si on n'entretient pas dans ces deux Places de bonnes Garnisons avec une subsistance réglée & certaine, Philipsbourg périra cet hiver, non pas par Franckendal ni par aucun effort des Ennemis, mais par un simple Blocus qu'ils peuvent faire avec mille hommes de pied & deux cens chevaux, & Brisach se perdra de la même sorte, les Négociations avec Monsieur le Surintendant étant les seules qui peuvent arrêter ce mal, & n'y aiant point de Prince dans l'Empire qui en l'état où sont leurs affaires, & dans la croyance qu'ils ont des nôtres, soient capables de prendre des résolutions conformes à leur obligation, & à notre besoin. Je vous supplie, Monsieur, très-humblement, d'ajouter en ma faveur à ce que contient cette Lettre tout ce que vous jugerez à propos pour faire recevoir agréablement mon excuse. Les Médecins de Paris certifieront bientôt qu'elle est légitime, & le desordre de mes affaires domestiques sera encore un temoin sans reproche. C'est un état bien facheux d'avoir besoin pour s'exempter de blâme de prouver qu'on est malheureux. Je suis avec un respect & une passion extrêmes &c.

Comme j'étois sur le point de fermer cette Lettre j'en ai reçu une de Monsieur de la Court du treiziéme de ce mois, où sont ces mots: Monsieur l'Electeur de Baviere ne nous a pas fait l'honneur de repondre à la Lettre que nous lui avions écrite pour nous plaindre de la contravention de l'Empereur, au point de l'assistance; & Monsieur l'Electeur de Mayence, auquel nous avions aussi écrit, nous a envoyé une Lettre qu'il lui a écrite par laquelle il paroit qu'il n'y a rien à espérer de lui.

J'envoye aujourd'hui à Messieurs de la Court & d'Avaugour la Copie de votre Lettre & je leur mande ce que contient celle-ci.

1650.

Il ne partira point pour Paris que Benfeld ne soit entiérement rasé: la conservation de l'Alsace en depend.

Il représente que Brisach & Philipsbourg sont en grand danger à moins qu'on ne les secoure puissamment.

On ne doit point attendre du secours des Princes de l'Empire.

C O.

C O P I E

De la

L E T T R E

Ecrite par Monsieur de

V A U T O R T E

à Monsieur le Maréchal de

S C H O M B E R G.

Du 30. Septembre 1650.

Touchant les levées.

MONSEIGNEUR,

Touchant
1 es levées.

JE vous envoye la réponse que j'ai reçu de Messieurs de la Court & d'Avaugour sur la proposition des levées. Monsieur le Landgrave Frederic a un Regiment de Cavallerie très-fort, aiant eu le soin de le fortifier dans le licentiement des autres, parcequ'il a épousé la sœur du Prince Généralissime. Il s'est offert plusieurs fois depuis un an à servir le Roi, & a declaré que si on ne l'employoit, il prendroit parti avec les Espagnols, aiant besoin & désir d'avoir emploi. Le défaut d'argent a empêché de recevoir son offre, comme celle de plusieurs autres, & on a tâché de le divertir du dessein de servir contre la France, & je ne sai maintenant ce qu'il veut faire, & le retardement du licentiement me donne du soupçon. Pour les deux autres Regimens, je ne sai où ils sont. Nous aurons des hommes en Allemagne pour notre argent, & les Espagnols comme nous. Je suis avec une passion & un respect extrêmes &c.

M O N S I E U R

De

V A U T O R T E

à Monsieur de

B R I E N N E.

Du 3. Octobae 1650.

Benfeld est rasé. Le Gouverneur auroit souhaité un présent du Roi, & il l'a mérité. La Garnison est sortie de Saverne quoique les fortifications ne soient pas entiérement razées. Monsieur d'Avaugour doit faire le compliment à Monsieur l'Electeur de Mayence, & à Monsieur de Leyen. Il se doit plaindre à cet Electeur de la contravention de l'Empereur à l'article de l'assistance, & touchant la garantie de la restitution de Frankendal, & de la conservation de l'Alsace. Mort de l'Electeur de Cologne, le Prince Maximilian sera mis en possession par les Chanoines présens. L'Evêque de Verdun y prétend, & fait présenter un Manifeste au Chapitre, & l'a envoyé au Pape. L'Evêque de Verdun se plaint qu'on lui ôte ses revenus sous prétexte du service du Roi. Cet Evêque est Doyen des Chapitres de Cologne & de Strasbourg. Il est obligé d'en quitter un, mais il tâchera de conserver celui de Strasbourg, il croit qu'il sera pour les intérêts de la France. Monsieur de la Court va à Munick, & Monsieur d'Avaugour à Mayence.

MONSIEUR,

J'Ai répondu par ma Lettre du 19. de Septembre, à celle que vous m'avez fait l'hon-

neur

1650.

Benfeld est rasé.

Le Gouverneur auroit souhaité un présent du Roi, & il l'a mérité.

La Garnison est sortie de Saverne, quoique les fortiffications ne soient pas entiérement rasées.

Monsieur d'Avaugour doit faire le compliment à Monsieur l'Electeur de Mayence, & à Monsieur de Leyen.

Il se doit plaindre à cet Electeur de la contravention de l'Empereur à l'article de l'assistance, & touchant la garantie de la restitution de Frankendal, & de la conservation de l'Alsace.

Mort de l'Electeur de Cologne: le Prince Maximilian sera mis en possession par les Chanoines présens.
L'Evêque de Verdun y prétend, & fait présenter un Manifeste au Chapitre, & l'a envoyé au Pape.

1650.

L'Evêque de Verdun se plaint qu'on lui ôte ses revenus sous prétexte du service du Roi.

neur de m'écrire le quatriéme. Je n'en ai point reçu, ni écrit, par le dernier Courier, & celui-ci ne m'en a point encore apporté de votre part. La Garnison Suedoise est sortie de Benfeld le vingt-huitiéme, & avant la sortie le Gouverneur a désiré, que Monsieur de Tilladet & les Magistrats de Strasbourg fissent voir la démolition, offrant de parachever ce qui ne seroit pas encore à leur gré. J'y allai le vingt-sixiéme avec Messieurs Baussan, Cloug, & Charlenois, qui ont trouvé le razement bien fait. Les Officiers de l'Evêché de Strasbourg ont fait un présent de mille Risdalles au Gouverneur, qui en espéroit aussi un du Roi, & qui le méritoit beaucoup mieux que d'eux: car un François n'auroit pu mieux servir Sa Majesté en cette occasion. La Garnison du Roi sortit hier de Saverne, quoique le razement ne puisse être achevé avant le quinziéme de ce mois. Monsieur l'Evêque de Verdun & les Officiers de l'Evêché de Strasbourg ont promis de le faire achever sans retardement, & Monsieur de Baussan s'en est contenté avec raison, parceque ce qui reste à faire n'est d'aucune importance. La démolition des fortifications de cette Place n'est pas fort utile à la France: car sa force est dans ses murailles, & de toutes les piéces que nous avons razées, il n'y en a aucune qui ait servi à sa défense pendant le dernier Siége, qui a été si longtems & qui est si fameux. Le razement du Château de Haubar n'étoit pas aussi fort nécessaire; mais il eût été très-important de détruire celui de Dachstein qui est très-bon & qui avec un peu de travail se peut rendre très-considérable: car il est dans la plaine du côté de la Montagne comme Benfeld est du côté de la Riviere.

Monsieur le Baron d'Avaugour m'a écrit le vingt-troisiéme de Septembre, qu'il sera à Mayence au commencement de ce mois, & qu'il vous écrit le même jour qu'il fera envers Monsieur l'Electeur de Mayence, & Monsieur de Leyen l'office dont vous m'avez chargé. Il ne manquera pas aussi de parler avec cet Electeur de la contravention de l'Empereur à l'article de l'assistance de la garantie pour la restitution de Frankendal, de celle pour la conservation de l'Alsace & de tout ce que vous m'aviez ordonné par votre Lettre du quatriéme de Septembre: car je l'en ai aussi prié, & il n'est pas possible qu'ils logent ensemble sans tomber sur ce discours, dans lequel il pourra bien mieux qu'aucun autre découvrir les intentions de ce Prince qui a beaucoup d'amitié pour lui.

Enfin Monsieur l'Electeur de Baviere s'est résolu d'écrire à Messieurs de la Court & d'Avaugour, une Lettre, qui ne donne pas plus d'espérance, que son silence. Je vous en envoye la Copie, qui vous fera connoître qu'il seroit inutile de le voir sur ce sujet, principalement avant que d'avoir vû Monsieur l'Electeur de Mayence.

Monsieur l'Electeur de Cologne est mort: le Prince Maximilian son Neveu sera, mis en possession par les Chanoines présens sans apeller les absens. S'ils ne sont point citez, ou s'ils ne le sont qu'après la prise de possession, je pense que Monsieur l'Evêque de Verdun n'ira pas à Cologne, ne voulant pas avoir le deplaisir de voir son Compétiteur dans la place qu'il prétend, & n'étant pas en état de la lui disputer, si ce n'est par la voye de la Justice. Depuis la mort de l'Electeur, il a fait présenter au Chapitre un Manifeste, qu'il a aussi envoyé à Rome où il déduit son droit & tâche de détruire celui du Prince Maximilian. Il voit bien dans les affaires de cette conséquence que le Pape, & l'Empereur sont favorables à son Competiteur, & qu'il ne peut espérer du secours que de Monsieur le Duc de Lorraine, qui n'est pas en état de lui en donner maintenant, contre de si fortes parties: toutefois il témoigne de ne vouloir point céder, & d'espérer que Monsieur de Lorraine fera un Traité particulier avec Sa Majesté, si le général avec l'Espagne ne se fait bientôt, & son espérance est fortifiée par la nouvelle qu'il a eue que Madame de Cantecroix sort des Païs-Bas, comme si Monsieur le Duc de Lorraine vouloit ôter ce gage aux Espagnols & être libre. Il dit que si le Traité se faisoit, Monsieur le Duc de Lorraine pourroit l'aider, & que le Roi ne s'y opposeroit pas, l'amitié que Sa Majesté a pour Monsieur le Duc de Baviere ne devant point être plus forte que le ressentiment de l'affaire de Liége, & l'intérêt d'afoiblir celui qui en est Evêque, & d'avoir un Electeur de Cologne, Vassal du Roi à cause de l'Evêché de Verdun.

Après ce discours, auquel j'ai répondu le plus généralement que j'ai pu, comme n'ayant aucun ordre ni instruction, & sur une affaire qui vraisemblablement demeurera en l'état où elle est, Monsieur l'Evêque de Verdun m'a dit que la mort de Monsieur l'Electeur de Cologne retarderoit son voyage de France jusques au mois de Février, & qu'il espéroit que son excuse seroit trouvée légitime. J'ai répondu que je le pensois aussi & que j'aurois l'honneur de vous en écrire. Puisqu'il ne va pas à Cologne, il semble que cette considération ne peut retarder son voyage pour quatre mois, & qu'il doit en avoir quelque autre. Je ne sai si c'est le défaut d'argent ou le désir de voir, avant que d'aller à la Cour, Monsieur le Duc de Lorraine reconcilié avec le Roi, ou plutôt l'espérance d'être Lieutenant Général de Monsieur l'Archiduc dans l'Evêché de Strasbourg. Quoiqu'il en soit, j'ai cru lui devoir repondre comme j'ai fait.

Enfin il m'a prié de vous représenter que le séquestre des fruits de ses Bénéfices, & particuliérement de l'Evêché de Verdun lui est inutile, s'il ne vous plait d'y aporter quelque remède, parceque Monsieur de Feuquiéres oblige les Economes de fournir ce qu'ils reçoivent, sous prétexte du service du Roi, comme pour donner du pain aux Troupes qui passent, où il fait faire la moisson, & porter les grains dans la Citadelle, sous prétexte de l'approche des Ennemis, & de crainte qu'ils ne s'en servent. Ce Prince désireroit des ordres du Roi, pour les Economes, afin qu'ils ne se desaisissent pour quelque cause que ce soit, à peine d'en repondre, & aussi une Lettre de Sa Majesté pour Monsieur de Feuquiéres sur le même sujet. Il m'a nommé Monsieur de Riancourt Gentilhomme de Monsieur le Marquis de Mony qui est à la Cour pour les affaires de Monsieur le Prince de Ligne, auquel il vous prie de délivrer la Lettre & les ordres si vous jugez à propos de les lui accorder.

Voila, Monsieur, tout ce qu'il m'a dit dans une longue Conférence, pour laquelle il est venu à la porte de cette Ville le vingt-neuviéme de Septembre, parceque je n'avois point d'escorte pour aller surement à Motsheim où il réside.

Ce Prince est Doyen des Eglises de Cologne,

1650.

L'Evêque de Verdun est Doyen des Chapitres de Cologne & de Strasbourg. Il est obligé d'en quitter un, mais il tâchera de conserver celui de Strasbourg, il croit qu'il fera pour les intérêts de la France.

gne, & de Strasbourg. Ces deux Bénéfices sont incompatibles, parcequ'ils obligent à résidence; mais d'autant que tous les Prélats & Chanoines de l'Eglise de Strasbourg en ont été dispensez pendant la Guerre, il a eu permission de les posséder. Maintenant il sera obligé d'en quitter un, & tout ce qu'il pourroit obtenir du Pape seroit un delai de deux ans pour opter, lequel je pense qu'il n'espére pas, parcequ'il en a déja eu un assez long. Il quittera assurément le Doyenné de Cologne, ne voulant pas y aller résider, si Monsieur le Prince Maximilian est en possession de l'Electorat, & il tâchera d'être Lieutenant Général de Monsieur l'Archiduc dans l'Evêché de Strasbourg comme étoit le Comte de Salme son Prédecesseur dans le Doyenné, parceque si un autre Chanoine avoit cette charge, il n'y pourroit pas résider avec dignité. Tous les Officiers de l'Evêché le souhaitent, parcequ'il est civil & facile, & les principaux m'ont dit que c'étoit une affaire presque assurée. La Ville de Strasbourg & tous les Etats du Pais l'aiment déja, & je pense qu'il sera plus commode pour les intérêts du Roi dans l'Alsace qu'un autre. Il me semble que cette raison doit convier à l'obliger en France, comme je pense que c'est celle qui retarde son voyage pour ne se rendre suspect ou par quelque autre considération.

J'ai déja eu l'honneur de vous envoyer la Copie d'une Lettre que j'ai écrite à Monsieur le Maréchal de Schomberg, sur une proposition de levées. Je prens encore la liberté de vous envoyer la seconde que je lui ai écrite sur le même sujet.

Le razement de Benfeld & de Saverne étant achevé, je n'ai plus rien qui m'arrête ici, & ma santé & mes affaires domestiques m'appellent à Paris. C'est pourquoi je pars pour aller à Brisach. J'ai beaucoup d'impatience d'être auprès de vous, pour vous remercier très-humblement de toutes les faveurs que vous m'avez faites dans le cours de mon Emploi, & pour vous renouveller le vœu que j'ai fait d'être toute ma vie avec un respect & une passion extrêmes &c.

Monsieur de la Court va à Munick, & Monsieur d'Avaugour à Mayence.

Je viens de recevoir une Lettre de Messieurs de la Court & d'Avaugour, du 27. de Septembre, qui m'aprend que Monsieur de la Court ira à Munick, & Monsieur d'Avaugour à Mayence pour faire ce que vous m'aviez ordonné. Cette résolution qu'ils ont prise sur la Lettre que je leur en ai écrite me donne beaucoup de satisfaction: car j'appréhendois que le service du Roi ne fût retardé en effet, ou dans votre croyance par mon incommodité.

1652.

MONSIEUR

DESMINIERES

à Monsieur de

BRIENNE,

De Philipsbourg du 14. Août 1652.

MONSIEUR,

J'Espére d'avoir demain réponse à une Lettre que je me donnai l'honneur de vous écrire Mardi dernier, sur une matiere assez importante, & qui subsiste encore aujourd'hui en l'état que je vous l'ai mandé ; ce qui a fait, Monsieur, que j'ai sous main voulu savoir les intentions de ceux dont j'avois quelque méfiance, lesquels j'ai trouvé autant bien disposez qu'il se peut pour le service du véritable Maître. Je donnerois de mon plus pur sang pour que tout ce que je vous ai dit, Monsieur, ne fût qu'une fausse alarme, n'y ayant point de Prince au Monde que j'honore & respecte à l'égal de celui dont je vous ai parlé, & je sai bien que ce ne sera qu'à toute extrêmité qu'il en viendra au point que j'appréhende. Quoiqu'il en soit, j'aurois cru être très-blâmable dans les mauvais indices que j'ai, si je ne vous avois confié ce que j'en sai, & par conséquent ce que j'en crains. Quoiqu'il arrive, j'espére que cela ne me nuira jamais, ni auprès de vous, ni de personne. Je suis avec respect &c.

MONSIEUR

De

VAUTORTE

à Monsieur de

BRIENNE.

Du 14. Janvier 1653.

Il s'excuse sur la maladie de sa Mére, afin qu'il ne soit pas surpris s'il tarde à suivre ses ordres.

MONSIEUR,

VOyant que la maladie de ma Mére étoit plus longue & dangereuse que les Médecins n'avoient prévu, & ne pouvant sans crime l'abandonner en cet état, je me suis donné l'honneur de vous l'écrire par la poste, le quatriéme & onziéme de ce mois, & je le fais encore maintenant, afin que mon retardement ne vous surprenne pas. Je crois, Monsieur, que je ne peus avoir une excuse plus légitime, & que je dois être plaint, d'être au hazard de perdre ma Mére, & l'occasion d'un emploi très-honorable. Pourvû que Dieu me conserve ma Mére, j'aurai quelque consolation, & aussitôt qu'elle sera hors de danger je partirai pour aller recevoir l'honneur de vos Commandemens & vous assurer que je serai toute ma vie avec un respect extrême &c.

Il s'excuse sur la maladie de sa Mére afin qu'il ne soit pas surpris s'il tarde à suivre ses ordres.

MONSIEUR

De

VAUTORTE

à Monsieur de

BRIENNE.

Du 18. Janvier 1653.

Il lui écrit sur le même sujet.

MONSIEUR,

IL s'est fait un grand changement dans la maladie de ma Mére. En quatre jours la dyssenterie s'est tournée en flux hépatique, & la fievre continue s'est augmentée, avec des rédoublemens violents toutes les nuits. Les Médecins qui m'avoient toujours donné beaucoup d'espérance ne m'en donnent que fort peu, & je crains qu'ils ne me flatent, & qu'ils n'en ayent plus. Je crois, Monsieur, que cette malheureuse excuse de mon retardement sera trouvée légitime, & je vous suplie très-humblement de la faire valoir, & de représenter que je serois indigne de l'Emploi dont on a voulu m'honorer, si je le préferois à ce que je dois à ma Mére en l'état où elle est. Je suis avec un respect extrême &c.

Il lui écrit sur le même sujet.

1653.

MONSIEUR

De

VAUTORTE

à Monsieur de

BRIENNE.

Du 29. Mai 1653.

*La revolte des payſans du Can-
ton de Berne a retardé ſon
voyage. Les Electeurs ſont à
Augsbourg pour élire un Roi
des Romains. Il trouve à propos de rendre viſite au Roi des
Romains, lors qu'il aura été
élu; il en attend l'ordre inceſſam-
ment.*

MONSIEUR,

La revolte des payſans du Canton de Berne a re-tardé ſon voyage.

JE me ſuis arrêté dans Lyon juſqu'au 18. de ce mois pour y voir Monſieur Dupleſſis Bezançon, qui écrivit à Hévers qu'il avoit quelque choſe à me communiquer. J'arrivai ici le 27. j'en pars demain. La revolte des payſans du Canton de Berne qui arrêtent les étrangers à tous les paſſages, m'a empêché de faire une plus grande diligence. On dit ici que l'Empereur, & les Electeurs ſont à Augsbourg dès le 20. pour élire le Roi des Ro-mains. Cette affaire ſera bientôt finie ſi elle a été réſolue dès Prague, comme on croit. Cependant quelques Princes s'ennuyent à Ra-tisbonne & ſe retirent, & on dit que l'Em-pereur n'en eſt pas fâché, & que de tous les Electeurs, celui de Mayence ſeul y retournera. Je les verrai à Augsbourg, ou dans leur che-min, & ne ferai aucune difficulté de viſiter le Roi de Hongrie en qualité de Roi des Ro-mains après ſon Election, s'il n'y a aucune aparence qu'elle puiſſe être conteſtée. L'Em-pereur ne me recevroit pas, ſi je refuſois de faire cette viſite, & les affaires ni la bien-ſéance ne me permettent pas de la differer beaucoup de tems, pour attendre l'ordre du Roi. Je ſerois très aiſe de le recevoir avant l'Election, & ſouhaite qu'elle ſoit retardée juſques à tant que j'aye votre réponſe à cette Lettre. Je vous prie très-humblement de me l'addreſſer à Ulme, & non à Ratisbonne. Je ne déſire pas m'éloigner trop d'Augsbourg, a-fin que l'Electeur ne me puiſſe échaper, & je veux voir l'Empereur avant que d'entrer dans

Les Electeurs ſont à Augs-bourg pour élire un Roi des Romains.

Il trouve à propos de rendre viſite au Roi des Romains, lorſqu'il aura été élu; il en attend l'ordre inceſſam-ment.

Ratisbonne. Je ſuis avec une paſſion & un reſpect extrêmes &c.

Monſieur je n'ai reçu ici aucunes nouvelles de Monſieur votre fils comme j'eſpérois, les payſans arrêtent les Courriers, & on eſpére que les Chemins ſeront bientôt libres; deſorte que s'il m'a fait l'honneur de m'écrire par cet-te voye, j'eſpére recevoir la Lettre dans peu de jours.

MONSIEUR

De

VAUTORTE

à Monſieur de

BRIENNE.

Du 12. Juin 1653.

*Il lui donne avis de l'Election
du Roi des Romains. La Reine de Suede a écrit aux Electeurs pour leur recommander le
Roi de Hongrie afin qu'il fût
élu Roi des Romains. L'Ambaſſadeur de Pologne n'a pas
voulu donner le Titre d'Excellence aux Députez des Electeurs abſens. Il apréhende que
la même difficulté ne ſe rencontre à ſon égard. Différent
entre la Suede & Brandebourg
retarde la Diéte. Ce différent
a été vuidé. On s'étonne que
la Suede ait donné ſi longtems
un prétexte à l'Empereur de
retarder la Diéte. L'Electeur
Palatin prétend couronner le
Roi des Romains dans l'Egliſe, l'Electeur de Brandebourg
le prétend auſſi. On n'eſpére
rien de bon de la Diéte. Le
Roi ne donne que la qualité
de Couſin aux Electeurs. Les
Electeurs n'ont pas fait difficulté juſques ici de donner chez
eux la droite aux Ambaſſadeurs des Rois. L'Electeur de
Cologne prétend ne la point
don-*

1653.

donner. L'Electeur Palatin prétend être traité comme l'Electeur de Cologne, ce qui est raisonnable. L'Electeur Palatin lui témoigne de la jalousie contre la Maison de Baviere. Il l'assure qu'il est très-consideré du Roi, & qu'il le lui témoignera dans toutes les occasions. L'Empereur a fait donner un Memoire aux Electeurs touchant les trois millions. Ils n'ont pas encore déliberé là-dessus.

MONSIEUR,

DEpuis mon départ de Paris, je me suis donné l'honneur de vous écrire trois fois, de Lyon, de Soleure, & de Saint Gal. J'arrivai ici le huitiéme de ce mois, & je m'y arrêterai jusques après le Couronnement du Roi des Romains qui se doit faire à Ratisbonne le 18. Le prétexte que je prens pour mon retardement est véritable : car la longueur du voyage a tellement défait mon équipage & la difficulté de trouver une Maison meublée dans Ratisbonne est si grande, qu'il seroit difficile que j'y pusse arriver avant le Couronnement.

L'Election a été faite ici le 31. de Mai, par les 3. Electeurs Ecclésiastiques, par le Roi de Bohéme, par l'Electeur Palatin, & par les Députez des Electeurs de Baviére, de Saxe, & de Brandebourg, qui étoient precedez par l'Electeur Palatin, quoiqu'il l'eût été par leurs Maîtres. Je ne vous mande point les cérémonies de cette action ni plusieurs autres particularitez inutiles.

L'Empereur avoit gagné les Electeurs à Prague, il y a plus de dix mois, & les autres Etats n'ayant pu obtenir que l'ouverture de la Diéte se fît avant cette Election, se sont enfin contentez de la promesse que l'Empereur a faite de leur donner satisfaction sur leurs demandes raisonnables après l'Election, comme il auroit fait auparavant ; de sorte qu'elle a été faite d'un commun consentement, & tous les Ambassadeurs en ont témoigné de la joye, & ont fait de grands complimens au nom de leurs Maîtres à l'Empereur, au Roi de Hongrie, & aux Electeurs, outre le compliment de ceux que la Reine de Suede a envoyez, l'un pour la Poméranie & l'autre pour l'Archevêque de Brémen, n'y en ayant point encore de la part de la Couronne de Suede.

Elle a écrit une Lettre aux Electeurs pour leur recommander le Roi de Hongrie, en cette occasion. Cette Lettre qui n'a été présentée qu'un jour avant l'Election a fait d'autant plus d'éclat, qu'elle étoit moins attendue, & l'Empereur, & les Electeurs en ont témoigné beaucoup de joye. L'Ambassadeur de Pologne, qui est venu pour demander à l'Empereur & aux Etats quelques secours, a fait le même office au nom de son Maître. Il désiroit le faire dans le Collége Electoral ; mais les

Députez des trois Electeurs absens ayant désiré qu'il les traitât d'Excellence, il ne l'a pas jugé à propos, & s'est contenté de voir les

Electeurs sur ce sujet dans leurs Maisons. Je rencontrerai cette même difficulté lorsque je demanderai audience au Collége Electoral. Je n'ai vu personne qui ait pu me la résoudre, & je ne sai si j'en serai mieux instruit à Ratisbonne. Je vous suplie, Monsieur, très-humblement de m'envoyer un ordre sur ce sujet. Si je ne puis l'attendre, je m'informerai le plus soigneusement qu'il me sera possible de ce qui s'est fait en semblables occasions, & ne ferai rien sans exemple.

Je ne doute point que vous ne m'envoyiez au plutôt des Lettres du Roi pour l'Empereur, & le Roi des Romains, sur son Election, & sans les attendre, je ne laisserai pas de leur en faire compliment au nom de Sa Majesté.

Le différent qui étoit entre la Reine de Suede & l'Electeur de Brandebourg pour la Poméranie a été un beau prétexte pour retarder la Diéte, l'Electeur ayant demandé que les Députez de Suede ne fussent point admis dans le Collége des Princes avant la fin de ce différent, & l'Empereur ayant été bien aise d'accorder à la priére d'un Electeur duquel il avoit besoin pour l'Election, ce qu'il auroit recherché avec beaucoup de soin. Ce différent est maintenant vuidé, & la Reine de Suéde a promis de rendre dans l'onziéme de ce mois à l'Electeur de Brandebourg ce qu'il prétendoit. Cette résolution est venue de Suede avec la Lettre écrite en faveur du Roi de Hongrie, & on ne s'est pas moins étonné de l'une que de l'autre. La difficulté qu'on faisoit en Suede de restituer à l'Electeur de Brandebourg ce qu'il demandoit avec raison n'a été aprouvée de personne & on l'a considerée au commencement comme un dessein de rentrer en Guerre ; mais l'évenement faisant voir le contraire, on s'étonne que la Reine de Suede ait donné si longtems à l'Empereur un prétexte de retarder l'ouverture de la Diéte, au préjudice des Etats de l'Empire, & principalement de ceux de sa Religion, & qu'elle ne l'ait justement fait cesser qu'au tems qu'il n'en avoit plus besoin, comme si elle agissoit de concert avec lui à l'avantage de la Maison d'Autriche.

L'Empereur & le Roi de Hongrie retournérent à Ratisbonne dès le deuxiéme de ce mois pour voir l'Impératrice qui y étoit accouchée d'une fille en leur absence. Les trois Electeurs Ecclésiastiques partirent d'ici deux jours après pour aller voir le Duc de Baviere à Munick, d'où ils retourneront à Ratisbonne, desorte que je n'ai trouvé ici que l'Electeur Palatin, Madame sa femme, y est accouchée depuis quinze jours d'un fils qui est mort deux jours après. Ce n'est pas la seule cause de son retardement en cette Ville : il est encore en doute s'il retournera à Ratisbonne pour assister au Couronnement du Roi des Romains, ou s'il s'en recournera d'ici à Heidelberg. Cela dépend de la résolution de l'Empereur qu'il attend à ces momens, sur une prétention qu'il a d'entrer dans l'Eglise, & remettre la Couronne sur la tête du Roi des Romains. L'Electeur de Brandebourg qui l'habille & lui met la Couronne sur la tête dans la Sacristie, prétend avoir droit de faire le même office dans l'Eglise, & l'Empereur qui croyoit que cette fonction dans l'Eglise dépendoit de lui, l'avoit fait espérer à l'Electeur Palatin, afin qu'il eût quelque chose à faire dans cette cérémonie qui eût quelque raport à la Couronne qu'il lui a permis de mettre dans ses armes. Je crois qu'il y a encore quelques autres petits

points

1653.

points dont je ne suis pas informé. Si l'Electeur Palatin retourne à Ratisbonne, il y fera peu de séjour. Il croit que les Electeurs de Cologne, & de Trèves ne s'y arrêteront pas aussi longtems, ni les autres Princes qui s'y ennuyent depuis cinq ou six mois, n'y ayant rien fait qu'une dépense excessive. L'Empereur promet d'y être jusques à la fin du mois de Septembre, & l'Electeur de Mayence jusques à la fin de la Diéte, de laquelle on n'espére aucun bon succès.

On n'espére rien de bon de la Diète.

J'ai visité ici Monsieur l'Electeur Palatin le 9. de ce mois, & il m'a rendu la visite l'onziéme. Après avoir lu la Lettre du Roi dont j'étois chargé pour lui, & avant que de me donner audience, il m'a fait faire dans ma Maison par son Secretaire un éclaircissement sur deux points; mais fort civilement, & sans aucune contestation. Le premier est pour la qualité de Cousin que le Roi lui donne. Il apréhendoit que le Roi ne donnât celle de Frére aux Electeurs de Baviere, & de Brandebourg, & s'est contenté quand il a su que Sa Majesté ne faisoit aucune différence entre lui, & eux. Il m'a dit qu'on m'en parleroit à Ratisbonne, & qu'il ne demandoit que ce qu'on donneroit aux autres. Je ne me suis point expliqué, & ai seulement répondu, que le Roi écouteroit volontiers tout ce qui lui seroit proposé de la part des Electeurs; & que Sa Majesté prendroit toujours beaucoup de soin de leur donner toute sorte de contentement. Le second point est pour la main droite dans la Maison des Electeurs. Il m'a fait dire que celui de Cologne avoit publié à Ratisbonne que j'avois ordre de la lui donner, & que celui de Baviere qui viendra bientôt à Ratisbonne n'auroit aussi la même prétention : quoique tous les autres Electeurs ne fassent maintenant à Ratisbonne & n'ayent fait à Prague aucune difficulté de donner dans leurs maisons la main droite aux Ambassadeurs des Rois. Il a ajouté qu'il n'aprouve pas, ni ses Collégues aussi, la prétention de l'Electeur de Cologne qui est contraire à l'usage; mais qu'il ne désire souffrir aucune différence, & qu'on doit accorder à tous ce qu'on voudra donner à l'un des Electeurs. J'ai répondu que de la façon que l'Electeur de Cologne s'est expliqué à la Cour sur ce point, on avoit compris qu'il n'avoit cette prétention que dans le lieu où se tient la Diéte, & que nous n'y étions pas maintenant, & qu'on avoit cru aussi à la Cour que cette prétention étoit commune à tous les Electeurs dans la Diéte, & non particuliere à l'Electeur de Cologne, contre l'usage, & contre ce que font maintenant ses Collégues à Ratisbonne : Que le Roi ne vouloit pas mettre une différence si notable entre les Electeurs, & que je n'avois point d'ordre de faire en ce cas ce qu'un seul désiroit : que j'écouterois à Ratisbonne ce qu'on me diroit sur ce point, & que je n'accorderois rien à l'Electeur de Cologne que je ne lui accordasse aussi, & que ce qui auroit été accordé dans les Diétes précédentes, ou dans celle-ci par les Ambassadeurs des autres Rois. Il s'est contenté de ma réponse & m'a donné la main droite, puisque les Electeurs de Mayence & de Trèves la donnent aussi dans Ratisbonne à l'Ambassadeur d'Espagne, qui n'a point vu celui de Cologne. Je ne puis le contenter sans me soumettre à rendre le même honneur à tous ses Collégues qui ne le demandent pas, & il est peut-être plus à propos de ne le voir point, que de

Le Roi ne donne que la qualité de Cousin aux Electeurs.

Les Electeurs n'ont pas fait difficulté jusques ici de donner chez eux la droite aux Ambassadeurs des Rois.

L'Electeur de Cologne prétend ne le point donner.

L'Electeur Palatin prétend être traité comme l'Electeur de Cologne, ce qui est raisonnable.

Tom. III.

faire cette nouveauté sans aucune utilité évidente.

L'Electeur Palatin témoigne dans ses discours beaucoup de passion & de jalousie contre la Maison de Baviere, & se plaint, quoique fort civilement, du traitement que sa Maison a reçu de la France depuis trente ans. Il m'a dit par raillerie que les soins qu'on avoit pris de gagner les Electeurs de Mayence, & de Baviere, avoient assez mal réussi, & m'a fait connoître que celui de Mayence étoit maintenant dans les intérêts de la Maison d'Autriche. Je lui ai répondu que le Roi ne désiroit rien des Electeurs après la Paix qui les éloignât de ce qu'ils doivent à l'Empereur, & que Sa Majesté ne demandant que la raison & le repos de l'Empire, travailloit pour leur propre intérêt : que celui de la Maison Palatine avoit toujours été très-considéré par le Roi, qui avoit fait tout ce qu'il avoit pu pour son rétablissement, & que Sa Majesté désiroit lui témoigner son amitié en toutes occasions, s'y sentant obligée (outre les anciennes considérations) par la raison nouvelle du voisinage, & par l'estime qu'elle fait de sa personne. Il m'a répondu avec beaucoup de respect & de civilité, & il me semble aussi que sa foiblesse, & l'état présent de ses affaires le feront pancher du côté de l'Empereur, si les autres Electeurs lui en donnent l'exemple.

L'Electeur Palatin témoigne de la jalousie contre la Maison de Baviere.

Il l'assure qu'il est très-considéré du Roi, & qu'il le lui témoignera dans toutes les occasions.

Il croit qu'on me parlera d'abord des trois millions, parce qu'à Prague l'Empereur en fit donner un ample Memoire à tous les Electeurs, sur lequel ils n'ont point encore délibéré. Il n'a pas voulu me montrer ce Memoire, & ayant vu que je n'en avois aucune connoissance, il m'a prié de ne témoigner pas qu'il me l'eût donnée. Cette priére fait assez voir sa foiblesse & sa crainte.

L'Empereur a fait donner un Memoire aux Electeurs touchant les trois millions. Ils n'ont pas encore délibéré là-dessus.

Voilà, Monsieur, un long discours pour le commencement & pour peu de chose. L'Empereur n'étant plus ici, j'ai changé le dessein que j'avois à Saint Gal d'aller à Ulm, & outre le désir de voir l'Electeur Palatin, j'ai cru que j'aurai ici plus d'instruction qu'en tout autre lieu. J'écris aujourd'hui à tous Messieurs les Ambassadeurs du Roi pour commencer ma correspondance avec eux. Je suis très-étonné de n'avoir encore aucunes nouvelles de Monsieur votre Fils, j'en attends avec beaucoup d'impatience, ayant une passion extrême de vous témoigner en sa personne, que je suis infiniment &c.

MON.

MONSIEUR

De

VAUTORTE

à Monsieur de

BRIENNE.

Du 19. Juin 1653.

On s'attendoit à Munick qu'il s'y rendroit pour y faire des complimens de la part du Roi sur le Mariage de Monsieur l'Electeur. Ce voyage seroit à propos; mais il n'a pas les Lettres nécessaires. Il demande ces Lettres en cas qu'on trouve à propos qu'il aille à Munick. L'Electeur de Baviére ne veut point donner la main aux Ambassadeurs chez lui. L'Electeur Palatin lui a déclaré qu'il prétendoit avoir le même avantage. Il faut ménager les Electeurs de Cologne & de Baviere, parcequ'ils s'opposent seuls aux entreprises des Espagnols. Pour cette considération on peut leur céder cela & aux autres Electeurs.

MONSIEUR,

JE me donnai l'honneur de vous écrire d'ici le 12. de ce mois. J'en pars demain pour aller à Ratisbonne, où j'ai envoyé une partie de mes gens il y a déja huit jours. Je n'ai pu y trouver plutôt un logis meublé. Monsieur l'Electeur Palatin partit d'ici le 15. de ce mois, pour être au Couronnement qui se devoit faire hier. On dit que l'ouverture de la Diéte se fera demain.

Monsieur Kitner Conseiller de Baviere a écrit au Sieur Drieb Marchand de cette Ville, qu'on espéroit à Munick que j'irois, avant que d'aller à Ratisbonne, pour y faire des complimens au nom de Sa Majesté sur le maria-ge de Monsieur l'Electeur, & sur la mort de Monsieur son Pére. Ce voyage eût été fort à propos étant souhaité, & je l'aurois fait si j'avois eu des Lettres pour Madame l'Electrice Douairiére, & pour Monsieur le Duc Albert; mais j'ai su qu'elles étoient nécessaires pour y être reçu, l'une étant Régente absolue, & l'autre Administrateur de l'Electorat; enforte que toutes les affaires s'expédient sous leur nom, & qu'on visite Madame la Régenté avant que de demander audience à Monsieur son Fils. S'ils en usent ainsi pour les affaires, ils le doivent faire avec plus de raison pour les complimens qu'ils attendoient : car on n'en peut faire un de bonne grace au Fils, sans en faire un semblable à la Veuve, & je pense que le mariage de Madame l'Electrice feroit la moitié du compliment. Une Lettre pour elle seroit aussi nécessaire.

Si vous désirez que j'aille à Munick faire des complimens, ou plutôt des excuses de ne les avoir pas faits, il y a un an, je vous suplie, Monsieur, très-humblement de m'envoyer les Lettres nécessaires, & si vous désirez que je les fasse simplement dans Ratisbonne, il sera encore nécessaire de m'envoyer des Lettres de créance générale pour Madame l'Electrice Douairiére, & pour Monsieur le Duc Albert, sans lesquelles les Députez de Baviere feront peut-être difficulté de traiter avec moi, celle que j'ai pour Monsieur l'Electeur seul ne suffisant pas.

J'ai encore apris par la même voye, que Monsieur l'Electeur de Baviere a la même prétention pour le rang que Monsieur l'Electeur de Cologne. Il ne faut pas espérer de leur céder & de conserver le rang ancien chez les autres. Monsieur l'Electeur Palatin m'a dit qu'il ne souffrira jamais une si notable différence, & que les Electeurs Ecclésiastiques sont dans le même sentiment.

Nous avons besoin dans cette Assemblée des Electeurs de Baviere, & de Cologne : car les trois autres qui y sont en personne ont été gagnez par l'Empereur, ou sont foibles, & ces deux seuls font encore quelque opposition aux entreprises des Espagnols. Cette considération peut servir pour leur céder & aux autres en leur faveur, s'il nous en revient quelque avantage évident & très-grand. Je me conduirai en cette occasion suivant la disposition où je trouverai les esprits, & les affaires dans Ratisbonne, n'espérant pas pouvoir recevoir votre ordre assez tôt. Je n'ai point encore eu de nouvelles de Monsieur votre Fils. Je me donne présentement l'honneur de lui écrire à Mayence. Je viens de recevoir la Lettre que vous m'avez fait l'honneur de m'écrire le 16. de Mai, qui m'a été envoyée de Ratisbonne. Je n'y puis répondre que par le prochain Courier, celui-ci étant pressé de partir. Je suis avec une passion & un respect extrêmes &c.

MON-

MONSIEUR

De

VAUTORTE

à Monsieur de

BRIENNE.

Du 26. Juin 1653.

Il n'est pas souhaité à l'ouverture de la Diéte. Les Ambassadeurs entrant dans la Ville où la Diéte se tient, ils n'y font point d'entrée avec cérémonie. L'Electeur de Cologne n'a pas assisté au Couronnement du Roi des Romains, fâché de ce que l'Empereur avoit jugé en faveur de l'Electeur de Mayence. L'Empereur & le Roi des Romains ont écrit au Roi le jour de son Election, il attend des Lettres pour eux. Ceci regarde le Fils de Monsieur de Brienne à qui il veut rendre tous les services qu'il pourra étant si obligé au Pére.

MONSIEUR,

JE viens enfin d'arriver ici. Je demanderai demain ma premiere audience à l'Empereur, laquelle je n'obtiendrai peut-être qu'après l'ouverture de la Diéte, si elle se fait Lundi prochain comme on dit. Je me prépare à être chicané sur tout. Je l'ai été pour le logement, & si j'en avois attendu un de la part du Maréchal de l'Empire, auquel je l'ai demandé, il y a 15. jours, je serois encore aux portes de cette Ville à un mois d'ici. Il a paru en cette occasion que je n'y étois pas fort souhaité. Je n'ai pas demandé que l'Empereur m'envoyât un carosse hors de la Ville, de crainte d'un refus, & je n'ai pas aussi vou-

Il n'est pas souhaité à l'ouverture de la Diéte.

lu donner lieu de dire que je ne l'avois pas demandé. J'écrivis hier à Monsieur l'Electeur de Mayence, & le priai de me mander si je devois faire présenter à l'Empereur la Lettre de créance du Roi devant ou après mon entrée. Il entrevit bien ce que je voulois, & ayant pris du tems pour s'en informer, il répondit qu'il étoit permis à tout le monde d'entrer sans congé dans la Ville où la Diéte se tient, & que je ne devois présenter ma Lettre de créance qu'après mon entrée, parce que si je la présentois plutôt, ce seroit demander une entrée avec cérémonie, qui ne se faisoit point, & que l'Empereur n'avoit faite à aucun Ambassadeur. J'ai suivi son conseil & suis entré ce matin sans bruit.

Les Ambassadeurs entrant dans la Ville où la Diéte se tient, ils n'y font point d'entrée avec cérémonie.

L'Electeur de Cologne est fort offensé, de ce que l'Empereur a jugé en faveur de l'Electeur de Mayence sur la prétention qu'ils avoient l'un & l'autre de couronner le Roi des Romains. Il n'assista point à la cérémonie, & avant qu'elle se fît, il se retira à deux heures d'ici, où il est encore. On croit qu'il s'appaisera, & qu'il reviendra ici, étant fort recherché. J'y envoyerai demain un Gentilhomme pour lui faire compliment, pour pressentir quel profit nous pouvons tirer de ce dégout, & pour convenir avec lui de quelque expédient, qui me donne le moyen de le voir dans le lieu où il est, s'il ne revient bientôt ici.

L'Electeur de Cologne n'a pas assisté au Couronnement du Roi des Romains, fâché de ce que l'Empereur avoit jugé en faveur de l'Electeur de Mayence.

J'ai apris ici que l'Empereur & le Roi des Romains avoient écrit au Roi le jour de son Election; c'est pourquoi j'espére bientôt recevoir des Lettres de Sa Majesté pour eux. L'Ambassadeur d'Espagne assista au Couronnement, avec celui de Pologne, & le Nonce du Pape, & fit le lendemain un festin magnifique aux Electeurs, & aux autres Princes, avec autant d'éclat & de démonstration de joye, que si son Maître avoit été élu. Si j'avois été ici j'aurois été reduit à faire le malade.

L'Empereur & le Roi des Romains ont écrit au Roi le jour de son Election, il attend des Lettres pour eux.

Monsieur votre Fils est arrivé ici le 17. de ce mois, & a vu le Couronnement : je vous suplie très-humblement de me le laisser, & de m'en donner la conduite pour quelques mois. Vous étant obligé au point que je suis, je ne puis pas nier que je n'aye une joye extrême de le voir, & de pouvoir vous témoigner en sa personne que je vous honore infiniment, mais cette considération ne me fera jamais rien faire contre son avantage, & j'ose vous dire que je le chasserois d'ici, si je ne jugeois clairement qu'il y aprendra plus pour quelque tems qu'à Mayence. Il est très-capable d'aprendre, & est parfaitement bien né, j'en aurai tout le soin que vous pouvez demander.

Ceci regarde le Fils de Monsieur de Brienne à qui il veut rendre tous les services qu'il pourra étant si obligé au Pére.

1653.

MONSIEUR
De
VAUTORTE
à Monsieur de
BRIENNE.

Du 3. Juillet 1653.

Il a eu audience de l'Empereur. On a retardé sa première audience sous prétexte des empêchemens que causoit l'ouverture de la Diéte. Il croit que c'étoit pour lui ôter le moyen de voir l'Electeur de Trêves qui étoit sur son départ. On ne visite personne que l'on n'ait vu premiérement l'Empereur. Il n'a point voulu faire d'entrée publique depeur de perdre trop de tems. L'Electeur de Cologne prétend ne pas donner chez lui la main à l'Ambassadeur de France. Les Electeurs ont donné la main à Prague à l'Ambassadeur d'Espagne. Il lui offre le titre d'Altesse Electorale au lieu de celui d'Eminence, & de donner la droite à l'Electrice de Baviere. S'il voit cet Electeur dans un lieu neutre, il lui donnera la main pour s'acquerir des amis par cette civilité.

MONSIEUR,

[Il a eu audience de l'Empereur.] LA dernière Lettre que j'ai eu l'honneur de vous écrire vous aprendra que j'arrivai ici le 26. Juin au matin. J'eus hier au soir ma première audience de l'Empereur. Je l'aurai ce soir du Roi des Romains; je tâcherai de l'avoir ce soir de l'Electeur de Mayence, afin de pouvoir visiter ensuite l'Electeur de Trêves qui part demain pour retourner à Trêves. *[On a retardé sa première audience sous prétexte des empêche-]* On a retardé ma première audience le plus qu'on a pu sous prétexte de l'ouverture de la Diéte qui se fit le 30. de Juin, & des empêchemens qu'elle a causez à l'Empereur; mais en effet pour me chicaner sur tout, & peut-être pour m'ôter le moyen de voir l'Electeur de Trêves qui n'est pas satisfait, & qui devoit partir dès hier. Mon soupçon est fondé sur ce qu'on a dit chez l'Empereur que je l'avois vu *incognito*, & que l'Electeur de Mayence m'a fait dire qu'il l'auroit trouvé mauvais, étant à propos de voir chacun dans son rang, & de ne visiter personne, avant que d'avoir vu l'Empereur: jusques là qu'on ne m'a pas voulu permettre de visiter l'Impératrice Douairiére qui partit d'ici le 30. Juin pour retourner à Vienne. Je lui en fis faire mes excuses qu'elle reçut civilement avec la Lettre du Roi. J'ai aussi fait présenter la Lettre de Sa Majesté à l'Impératrice; mais je n'aurai l'honneur de la voir que Lundi, parce qu'elle est encore dans ses couches, & ne commencera à se montrer que Dimanche 6. de ce mois.

J'ai reçu dans ma première audience tous les honneurs accoûtumez, & on m'a fait dire par plusieurs personnes que l'Electeur de Mayence m'avoit mal conseillé, & que je devois demander une entrée. J'ai su qu'on l'avoit faite à l'Ambassadeur de Pologne; mais j'ai cru qu'en me l'accordant on me feroit encore perdre une semaine, & j'ai considéré ce conseil comme un piége.

J'ai eu une longue Conférence avec le Comte Egon de Furstemberg, sur la prétention de l'Electeur de Cologne, & lui ai fait avouer que je ne le pouvois contenter, si je n'étois assuré qu'en lui donnant la main chez lui, les autres Electeurs ne laisseroient pas de me l'accorder chez eux, comme à l'Ambassadeur d'Espagne, parceque s'ils vouloient recevoir de moi le même honneur que je lui aurois fait, ainsi que l'Electeur Palatin m'a déclaré, que je serois forcé à y consentir ou à ne les voir point: qu'il n'étoit pas raisonnable de me reduire à ne les voir point, principalement l'Electeur de Mayence qui est le Directeur de l'Assemblée, & que Sa Majesté n'aprouveroit jamais que dans un lieu si solennel, son Ambassadeur cédât volontairement un honneur aux autres Electeurs, qu'ils cédent volontairement à l'Ambassadeur d'Espagne. J'ai ajouté que sa possession étoit détruite par l'exemple de ses six Collégues qui ont cédé dans Prague à l'Ambassadeur d'Espagne, & qu'il n'en avoit aucune preuve, parceque Messieurs de Lionne, de Charnacé, de Saint Etienne, & de Quincé, qu'il m'a alléguez n'ont point été en Baviere avec la qualité d'Ambassadeurs; mais avec celle d'Envoyez, & que l'exemple des précédens Ambassadeurs d'Espagne étoit dénié par celui-ci & ne seroit jamais la régle de la conduite de ceux de France. Mais que sans considérer le droit ni la possession, je ferois cet exemple aux autres & lui céderois si nous étions dans un lieu où la conséquence n'en fût pas si prompte & si desavantageuse, & que dès à présent je voulois lui accorder deux choses que l'Ambassadeur d'Espagne a refusées, l'une est la qualité d'Altesse Electorale qu'il demande, & non d'Eminence, & l'autre la main droite à Madame l'Electrice dans sa Maison. Le Comte de Furstemberg a été satisfait, & l'Electeur a témoigné qu'il l'étoit aussi au Gentilhomme que je lui ai envoyé. Je crois que j'aurai l'honneur de le voir dans un lieu neutre, où je lui donnerai la main droite. Il a offert ci-devant cet expédient à l'Ambassadeur d'Espagne qui l'a refusé; mais notre condition n'est pas égale ici: car tout est pour lui, & il n'a

[Notes marginales: 1653. — mens que causoit l'ouverture de la Diéte. Il croit que c'étoit pour lui ôter le moyen de voir l'Electeur de Trêves qui étoit sur son départ. On ne visite personne que l'on n'ait vu premiérement l'Empereur. — Il n'a point voulu faire d'entrée publique depeur de perdre trop de tems. — L'Electeur de Cologne prétend ne pas donner chez lui la main à l'Ambassadeur de France. — Les Electeurs ont donné la main à Prague à l'Ambassadeur d'Espagne. — Il lui offre le titre d'Altesse Electorale au lieu de celui d'Eminence, & de donner la droite à l'Electrice de Baviere. S'il voit cet Electeur dans un lieu neutre il lui donne.]

n'a point presque d'Ennemis que ceux qu'il se fait par des prétentions trop hautes; mais nous n'aurons ici presque aucuns amis que ceux qu'il nous fera, & ceux que nous pourrons aquerir par civilité, n'ayant point d'autre monnoye. Il a aussi peu d'affaires, & l'Empereur est son Solliciteur. On tâchera de nous en faire beaucoup, & nous n'avons point de meilleurs amis que les Electeurs de Cologne & de Baviere: c'est pourquoi j'espére d'être excusé si je me suis un peu trop avancé. Je me hazarderai encore de me relâcher à l'égard de quelques autres, & pourvû que j'aye l'honneur d'éviter par cette voye l'orage dont on nous ménace, je ne craindrai point la honte d'être desavoué pour avoir rendu quelques honneurs sans exemple , mais sans conséquence.

Le Comte de Hohenlo est ici il y a plus d'un mois. Il parle de levées pour Monsieur le Prince de Condé; mais il n'en fait point. Le Comte de Saint Etienne est aussi en cette Ville de la part de Monsieur le Prince & a eu audience de l'Empereur. Je n'ai encore pu découvrir le secret de son voyage.

Je ne vous parle point encore d'affaires, parcequ'on ne m'en a point encore parlé ici, & que je ne devois pas commencer en faisant & recevant des visites. Je tâcherai de sonder les esprits & m'ouvrirai selon la disposition que j'y trouverai.

Monsieur votre Fils a des bontés pour moi capables de me corrompre; mais je vous assure sans complaisance qu'il est tel que vous le pouvez désirer , & que s'il continue, il saura les affaires de la Diéte de Ratisbonne aussi bien que la Philosophie. Je suis avec un respect extrême &c.

MONSIEUR

De

VAUTORTE

à Monsieur de

BRIENNE.

Le 10. Juillet 1653.

Garnison Suedoise à Wecht à charge à l'Empire. On cherche les moyens de s'en délivrer. Plaintes contre le Duc de Lorraine qui prend des quartiers d'Hiver dans l'Empire & qui retient encore trois Places. Le Duc de Lorraine se moque des conclusions des Dié-

tes, lorsqu'il n'y a pas des Troupes pour les soutenir. Les Cercles du Rhin & de Westphalie veulent lever cinq mille hommes pour se mettre à couvert du Duc de Lorraine. Les Impériaux & les Espagnols voudroient détourner cette levée. Le Duc de Lorraine envoye un Agent à la Diéte. La Diéte prie l'Empereur de l'ouïr & d'être Médiateur. Cet Agent demande un million d'or pour restituer les trois Places , & ne prendre plus des quartiers. Il demande la Ville d'Heilbron pour gage du payement. Un Traité fait avec le Duc de Lorraine seroit inutile , si l'on ne met l'argent qu'on lui veut donner à couvert. Il sollicitera les levées des deux Cercles. L'Electeur de Trèves part mal satisfait de Ratisbonne. Il paroit avoir de bonnes dispositions pour la France; il le faut ménager, le Roi lui devroit écrire une Lettre obligeante. Il recommande un Memoire du Prince de Stavelo. L'Electeur Palatin a paru attaché aux Espagnols, on a gagné sa voix pour l'Election par plusieurs présens. Il faut solliciter Strasbourg & les Villes Impériales d'Alsace de s'armer pour se mettre à couvert des entreprises des Lorrains. Il demande une Lettre du Roi pour le Duc de Wirtemberg, afin de l'engager à couvrir l'Alsace. Les Allemans sont dégoutez du service d'Espagne. On se plaint à lui des Garnisons de Brisac & Philipsbourg : il avoue que ces plaintes sont justes, & il promet d'y remédier. Touchant les dix Villes Impériales d'Alsace. Touchant les trois millions que la France devoit donner. Le Duc de Savoye demande l'investiture à l'Empereur, l'Ambassadeur la sollicitera avec lui.

MONSIEUR,

DEpuis l'ouverture de la Diéte, les Etats n'ont encore fait aucune Conclusion. Ils

ont

1653.

ont commencé par trois points. Le premier est celui de la Garnison Suedoise qui est dans Wecht. Le second est un Accord avec le Duc de Lorraine & le troisiéme est le rétablissement du nombre des Assesseurs dans la Chambre Impériale de Spire & le réglement de leurs Salaires.

Garnison Suédoise à Wecht à charge à l'Empire. On cherche les moyens de s'en délivrer.

Les Suedois retiennent Wecht jusques à présent par un consentement des Etats donné à Nuremberg pour gage de ce qui leur est encore dû de la somme qui leur fut accordée à Munster, & l'Empire paye par mois pour leur Garnison huit mil Risdalles. Ce fardeau est d'autant plus pesant qu'il dure depuis trois ans, & qu'il monte par an plus haut que la somme qui est encore due & qu'il est porté par ceux qui ne leur doivent plus rien : car l'Evêque de Munster auquel apartient Wecht a payé toute sa part, & la Garnison Suedoise ne pouvant aller demander la subsistance à ceux qui doivent encore quelque chose, parcequ'ils sont éloignez, s'adresse aux Evêchez de Munster & de Paderborn quoiqu'ils ne doivent plus rien. Cette affaire sera vuidée la premiere, & on propose de payer présentement aux Suédois ce qui leur est encore dû pour les faire sortir de Wecht; mais pour ce qui est dû aux Evêchez de Munster & de Paderborn qui ont payé la Garnison à la décharge de quelques Etats, on leur donnera quelque chose & ils accorderont un delai pour le reste.

Plaintes contre le Duc de Lorraine qui prend des quartiers d'hiver dans l'Empire & qui retient encore trois Places.

Les Etats, principalement les Electeurs de Cologne, & de Trêves, ont fait beaucoup de bruit contre le Duc de Lorraine qui prend tous les hivers ses quartiers dans leurs Païs, & qui retient encore trois Places de l'Empire, Hombourg qui apartient au Comte de Nassau-Sarbruch, Landstoul à des Gentilhommes nommez Seckengen, & Hammerstein sur le Rhin à l'Electeur de Trêves. Ce bruit qui fut fait dès l'année passée obligea le Cercle de la Basse Saxe à lever des Troupes pour sa défense, & les Cercles Electoral & du haut Rhin à résoudre à faire des levées; mais leur résolution n'ayant point eu d'effet par l'adresse des Impériaux, le Duc de Lorraine les a visitez cet hiver selon sa coutume, & leur a fait voir qu'il ne craint pas tant les conclusions d'une Diète que les levées effectives. Le bruit

Le Duc de Lorraine se moque des conclusions des Diètes, lorsqu'il n'y a pas de Troupes pour les soutenir.

s'est augmenté ici, & l'Empereur voulant le diminuer envoya il y a quelque tems le Comte de Staremberg à l'Archiduc & au Duc de Lorraine, lequel n'ayant raporté que des paroles les esprits se sont échaufez, & les Cercles Electoral & de Westphalie ont résolu de faire des levées sans aucune perte de tems, &

Les Cercles du Rhin & de Westphalie veulent lever cinq mille hommes pour se mettre à couvert du Duc de Lorraine.

d'avoir au commencement de l'hiver un Corps de 5. mille hommes. Les trois Electeurs de Mayence, Cologne & Trêves levent chacun six cens hommes de pied & cent chevaux & les Etats de Westphalie fourniront aisement le reste. Le Duc de Neubourg qui est ici en pourroit seul donner la moitié qu'il a encore sur pied; mais il n'est pas ennemi du Duc de Lorraine & il ne fournira que sa part. Si le Cercle de la Basse Saxe s'y vouloit joindre & faire une Ligue avec les deux autres, tout ce côté-là seroit à couvert, & je pense même qu'il sera assez assuré, pourvû que les 5. mille hommes soient effectifs & que la levée n'en soit point divertie par l'adresse des Impériaux

Les Impériaux & les Espagnols voudroient détourner cette levée.

comme l'année passée. L'Ambassadeur d'Espagne a fait tous ses efforts pour empêcher cette résolution qui a été prise avant l'ouverture de la Diète, & mon arrivée, & mainte-

nant pour l'eluder, non seulement il l'aprouve; mais il dit qu'elle doit être générale & que tout l'Empire doit faire un Corps d'Armée pour la défense commune, en vertu de la Garantie générale. Les Impériaux, & ceux des Etats qui sont à leur dévotion travaillent sur ce projet dans l'Assemblée. Les autres n'y résistent pas; mais prévoyant bien qu'un si grand Corps ne se remue pas assez vite, & que la contrariété des sentimens empêchera l'effet de cette résolution, ils soutiennent qu'elle ne doit pas retarder celle qui a été prise par les Cercles particuliers & cette opinion sera la plus forte.

1653.

L'autre artifice dont on a usé pour retarder les levées, a été de faire venir ici comme l'année passée à Francfort un Agent du Duc de Lorraine nommé Fournier. Les Impériaux vouloient obliger les Etats à traiter avec lui par Députez comme ils font avec les Ambassadeurs des Rois; mais cela ayant été jugé contre la Dignité de l'Empire, on a résolu de prier l'Empereur de l'ouïr & d'être le médiateur de cette affaire. Cette résolution n'a pas déplu aux Impériaux parce qu'elle donne à l'Empereur le moyen d'avancer ou retarder l'affaire. Fournier demande un million d'Or pour la restitution des trois Places & pour l'obliger à ne prendre plus des quartiers de l'Empire, & la Ville d'Heilbron pour gage du payement. Cette demande ridicule fait croire à plusieurs que ce n'est qu'un amusement pour ralentir par l'espérance d'un Accord les levées des Cercles Electoral & de Westphalie.

Le Duc de Lorraine envoye un Agent à la Diéte. La Diète prie l'Empereur de l'ouïr & d'être Médiateur.

Cet Agent demande un million d'Or pour restituer les trois Places & ne prendre plus des quartiers. Il demande la Ville d'Heilbron pour gage du payement.

J'avois fait dessein de ne parler des levées des Espagnols, & des quartiers du Duc de Lorraine, que par maniere de défense & de replique aux contraventions qu'on nous objectera; mais ayant trouvé une si belle occasion & en étant prié par Monsieur l'Electeur de Trêves, & par quelques autres, j'ai commencé par cette affaire. Je ne suis point oposé au dessein de donner quelque somme d'argent au Duc de Lorraine pour la restitution des trois Places & pour n'entrer plus dans l'Empire avec ses Troupes : car j'aurois choqué le sentiment de tous les Etats qui veulent acheter leur repos, & principalement celui de l'Electeur de Trêves qui veut ravoir Hammerstein à quelque prix que ce soit; mais j'ai proposé de ne lui donner aucune Place en gage, de retenir l'argent pour sureté de la parole qu'il donnera de ne prendre plus de quartiers dans l'Allemagne, & de faire passer pour contravention les quartiers de ses Troupes sous le nom de Monsieur le Prince de Condé, étant certain qu'un Traité fait avec le Duc de Lorraine seroit inutile sans ces précautions. Je n'ai eu aucune peine à persuader les Etats sur ce point, & j'ose assurer qu'on ne traitera point avec lui, ou qu'on retiendra l'argent pour sureté de sa parole, & qu'il sera mis dans une Ville Impériale par forme de dépôt dont on lui payera l'intérêt. On ne le rendra peut-être pas garant de Monsieur le Prince & on se contentera de faire ici une conclusion contre eux laquelle étant inutile comme elle le fut l'année passée à Francfort, les Cercles Electoral, & de Westphalie témoignent être résolus à faire leurs levées n'y ayant point d'autre reméde à ce mal.

Un Traité fait avec le Duc de Lorraine seroit inutile, si l'on ne met l'argent qu'on lui veut donner à couvert.

Je solliciterai incessamment les Etats de ces deux Cercles. L'Electeur de Mayence m'a dit que ses Gens étoient déja levez, & qu'il les fourniroit quand on voudroit. Je n'ai point encore vu l'Electeur de Cologne; mais il est très-

Il sollicitera les levées des deux Cercles.

1653.

L'Electeur de Trèves part mal satisfait de Ratisbonne.

très-disposé à cette levée, & il y engage les autres. L'Electeur de Trèves y a plus d'intérêt qu'aucun, & s'en rend le solliciteur. Il est parti d'ici très-mal satisfait, il l'a dit fort hautement & qu'il n'y étoit demeuré les derniers jours que pour me voir. Pour obtenir sa voix dans l'Election du Roi des Romains, on lui avoit promis la restitution d'Hammerstein, & une assurance d'exemption de quartier, & l'Empereur lui avoit donné un Jugement par Requête, par lequel l'Abbé de Saint Maximin qui prétend relever immédiatement de l'Empire est déclaré relever de lui; mais il n'a pu obtenir que des paroles sur les deux premiers points, & les Espagnols veulent s'opposer à l'execution du Jugement de l'Empereur, sous prétexte que cette Abbaye est dans la protection du Luxembourg. Je suis assuré qu'il a dit à l'Ambassadeur d'Espagne & à des Ministres de l'Empereur, qu'il étoit venu ici plus Imperial qu'il n'en sortoit, & que si on le persecutoit par des quartiers il auroit recours à la France, & il m'a dit que le département des quartiers étoit déja fait, & qu'il devoit avoir cette année les Lorrains dans son Païs. Que pour s'en garantir il auroit recours au Roi, aussi bien que pour maintenir le Jugement de l'Empereur, auquel il m'a assuré avoir dit la même chose, & que Sa Majesté Imperiale, après l'avoir regardé quelque tems en riant, avoit répondu qu'il falloit empêcher que les deux Couronnes ne se mêlassent des affaires d'Allemagne & qu'elle y penseroit. Cet Electeur témoigne avoir beaucoup de confiance en Monsieur de Marolle Gouverneur de Thionville, par le moyen duquel on pourra tirer de lui tout ce qu'il sera capable d'accorder.

Il paroît avoir de bonnes dispositions pour la France; il le faut ménager, le Roi lui devroit écrire une Lettre obligeante.

Je pense qu'il ne se disposera en notre faveur qu'à l'extrémité: car il est foible & assez dépendant de Monsieur l'Electeur de Mayence, auquel il doit tout ce qu'il est. En l'état où on l'a mis il nous sera aussi favorable qu'aux Espagnols, & la confiance est allée si avant qu'il m'a prié de ne me fier point aux Députez qu'il laisse ici, & de lui écrire par une autre voye que la leur si j'ai quelque chose à lui mander. Son premier Député se nomme Metternich, & est Chanoine de Mayence & de Trèves, & le second est son Chancellier. Il m'a promis de leur donner des ordres pour nos affaires auxquels ils n'oseroient manquer. Je pense qu'il seroit à propos de lui envoyer une Lettre du Roi fort obligeante par Monsieur de Marolle, & de lui faire dire que Sa Majesté a eu une extrême satisfaction d'apprendre tout ce qui s'est passé entre lui & moi, & qu'elle lui donnera tout le secours dont il aura besoin.

Il recommande un Mémoire du Prince de Stavelo.

Je vous envoye un Mémoire du Prince du Stavelo sur lequel je vous suplie d'écrire à Monsieur de Marolle comme je fais aujourd'hui & de m'envoyer une réponse favorable que je puisse lui montrer. Il est à propos de satisfaire ici tout le monde & de témoigner beaucoup d'équité.

Je n'ai point encore vu le Duc de Neubourg ni les Evêques de Munster & de Paderborn qui sont ici.

Si la levée des deux Cercles s'effectue, je crains que les Troupes ennemies ne prennent leurs quartiers dans l'Alsace: car le Cercle du Haut Rhin, dans lequel elle est, ne s'armera point, parceque l'Electeur Palatin qui est le plus puissant du Cercle l'empêchera. Il ne veut point exécuter pour sa part la conclusion du Cercle Electoral, & je suis assuré qu'il ne fera rien que ce que l'Empereur voudra. Il partit hier, & n'a laissé ici que des Députez.

1653.

L'Electeur Palatin a paru attaché aux Espagnols, on a gagné sa voix pour l'Election par plusieurs présens.

Je n'ai remarqué en lui aucune aigreur contre la France, quoique plusieurs m'ayent voulu persuader le contraire; mais il est certain que de tous les Princes qui sont venus ici, il n'y en a aucun qui ait paru plus attaché aux Espagnols, on a gagné sa voix pour l'Election par plusieurs grands présens, & principalement par un Jugement sur Requête de l'Empereur qui lui donne dans le Collège des Princes par provision les deux voix des Duchez de Simmeren & Lautern, & les ôte à son Oncle, qui a eu ses Duchez par le Testament de son Père, lequel est mort dès l'an 1610. Ce procès se doit vuider ici, & on croit que le Duc de Simmeren le gagnera, & qu'au plus il ne lui en coûtera qu'un ou deux Bailliages. Je ne m'arrête point à vous dire les raisons de l'un & de l'autre, ayant trop de choses plus importantes à vous mander. Je ne vous parle point aussi du troisiéme par lequel les Etats ont commencé, qui est le rétablissement du nombre des Assesseurs de la Chambre Imperiale & le reglement de leurs salaires.

Il faut solliciter Strasbourg & les Villes Imperiales d'Alsace de s'armer pour se mettre à couvert des entreprises des Lorrains. Il demande une Lettre du Roi pour le Duc de Wirtemberg, afin de l'engager à couvrir l'Alsace.

Je ne sai si on pourra obtenir de la Ville de Strasbourg & des dix Villes Imperiales d'Alsace, qu'elles arment pour leur défense, & qu'elles demandent du secours au Duc de Wirtemberg, & aux Marquis de Baden, qui sont leurs voisins, quoiqu'ils soient dans le Cercle de Suabe. Il seroit à propos d'en solliciter de bonne heure la Ville de Strasbourg, & les autres, & de m'envoyer une Lettre du Roi sur ce sujet pour le Duc de Wirtemberg, & que la Lettre lui témoignât encore la satisfaction qu'a Sa Majesté de la façon dont on m'a reçu & un désir d'union & amitié particuliére pour le repos public & l'intérêt commun. Il n'y a personne ici qui parle si haut que lui, & je suis assuré que l'Empereur voudroit qu'il en fut déja parti. Il n'y fera pas long lejour, c'est pourquoi la Lettre ne peut venir trop tôt. Je n'en demande point pour les Marquis de Baden, parceque je les crois inutiles, & suis persuadé que le Catholique ne fera rien contre les Espagnols, & que le Luthérien est trop foible & trop pauvre pour s'armer.

Les Allemans sont dégoutez du service d'Espagne.

Je n'ai osé parler des levées que les Espagnols font dans l'Empire, & je garderai cette plainte pour une Replique à celles qu'on fera contre nous. Les levées que nous faisons rendent notre plainte inutile: car nous ne persuaderons à personne qu'elles nous soient permises, & qu'elles ne le soient pas aux Espagnols. On m'a dit que le Comte de Hohenlo attend chez lui trois cens chevaux qu'il a envoyé acheter en Hongrie, & qu'il a déja quatre-vingt, ou cent Cavaliers à pied. Ce Comte est fort méprisé ici pour avoir quitté le parti du Roi. Je ne vois pas un Allemand qui ne soit dégouté du Service d'Espagne. L'un des Fils du Marquis de Baden Catholique a quitté ce Service & s'en plaint ici hautement, & on dit que le Duc Ulrich de Wirtemberg, en est très-mal satisfait, & n'y est retenu que par l'engagement de son Mariage.

On se plaint à lui des Garnisons de Brisac & Philipsbourg: il avoue que ces plaintes sont justes, & il promet d'y remédier.

Les plaintes des Garnisons de Brisac & Philipsbourg, éclateront bientôt, & l'Evêque de Spire, m'a déja fait la sienne fort civilement, & m'en a promis un grand Mémoire. Je n'ai aucune bonne réponse contre ces plaintes, car elles sont justes: tout mon soin sera de les adoucir.

doûcir & de promettre tout ce qu'on voudra.

Touchant les dix Villes Imperiales d'Alsace.

Monsieur le Comte d'Harcourt prétend que les dix Villes Imperiales appartiennent maintenant au Roi & non à l'Empire, & elles prétendent que le droit de protection aquis au Roi par le Traité de Paix n'appartient pas même au Roi en pleine Souveraineté; mais comme un Fief de l'Empire. J'ai écrit à Monsieur le Comte d'Harcourt que sa prétention est contraire au Traité, & j'ai répondu aux Députez des dix Villes que la protection appartient au Roi en pleine Souveraineté. Elles en présenteront un Mémoire aux Etats qui formeront la même difficulté pour l'Alsace. Vous savez, Monsieur, que vous l'avez prevûe & je suivrai les ordres du Roi sur ce sujet.

Touchant les trois millions que la France devoit donner.

Il me semble qu'on ne résoudra rien ici contre nous sur le point des trois millions, si l'Archiduc d'Inspruck ne nous donne la renonciation du Roi d'Espagne; mais s'il la fournit il y aura de la difficulté sur les termes des payemens, & sur les intérêts. Je crains que l'Archiduc n'ait cette renonciation, & ma crainte est fondée sur le discours de l'Electeur de Mayence, & du Marquis Guillaume de Baden. Le dernier m'a dit qu'il avoit appris de bonne part que la renonciation étoit ici, & qu'elle n'étoit pas en bonne forme, & le premier m'a donné du soupçon m'ayant dit trop ouvertement que sans cette renonciation les Etats n'écouteroient pas la demande des trois millions, & ayant ajouté que si on la fournissoit il seroit raisonnable de les payer, puisque les termes du payement étoient expirez. Je lui ai répondu que ces termes ne commenceroient que du jour que la renonciation seroit donnée, & lui aiant fait un long discours sur ce sujet, il ne m'a pas paru en être entiérement persuadé. Si on nous fournit la renonciation je vous l'envoyerai sans aucun delai pour en examiner les clauses, sur lesquelles il y aura beaucoup de difficultez. Je crois que les Etats ne l'approuveront point si elle est en mauvaise forme; mais aussi nous ne serons pas reçus à demander toutes les clauses qu'un Notaire fort subtil pourroit inventer, & nous passerions pour des Gens de mauvaise foi, si nous ne l'approuvions en la forme qui sera approuvée par les trois Colléges. A cette difficulté succedera celle du delai, & je crois qu'on ne pourra obtenir trois ans sans intérêts. L'Archiduc a donné ici, il y a six semaines, un Mémoire sur ce point, dans lequel il a compris toutes les plaintes qu'on fait contre Brisac & Philipsbourg, afin de nous rendre odieux, & l'Electeur de Mayence a été fort soigneux de le communiquer à tous les Etats, aussi bien que les Réponses que Sa Majesté fit faire l'année passée à la demande de l'Archiduc. J'ai besoin d'avoir cette demande, & je vous supplie très-humblement de me la faire envoyer au plûtôt.

Le Duc de Savoye demande l'investiture à l'Empereur, l'Ambassadeur le sollicitera avec lui.

L'affaire de l'Investiture que demande le Duc de Savoye n'avance point. Son Agent desespérant avec raison d'en avoir aucune satisfaction de l'Empereur, a présenté un Mémoire aux Etats par lequel il leur demande leur interposition envers Sa Majesté Imperiale. Je la solliciterai avec lui, & j'ai déja témoigné à tous ceux que j'ai vûs qu'on ne pouvoit prendre pour prétexte le défaut du payement de 494000. écus parceque le Roi les offroit. L'Ecrit que Monsieur le Duc de Mantouë a fait donner à Monsieur Duplessis Besançon l'onziéme

de Juin dernier, nous est venu à propos pour prouver clairement tout ce que nous dirons sur ce sujet.

L'Electeur de Cologne partit le quatriéme de ce mois pour aller à Landstoul où étoit toute la Cour de Baviere & il doit revenir aujourd'hui dans une Maison à deux lieues d'ici où il a toujours été depuis le Couronnement. Ce voyage m'a empêché de le voir. J'espéré que j'aurai cet honneur la semaine prochaine dans un lieu tiers.

J'eus hier l'honneur de voir l'Impératrice. J'aurois demandé audience à l'Empereur pour lui parler de l'affaire de Savoye, & des quartiers des Lorrains, si j'avois eu les Réponses du Roi pour Sa Majesté Imperiale, & pour le Roi des Romains, sans lesquelles je ne crois pas devoir me présenter à lui. Je leur ai fait dans ma première audience le compliment de Sa Majesté sur l'Election, comme en aiant reçu l'ordre le jour précédent quoique je n'eusse pas encore reçu la Lettre que vous m'avez fait l'honneur de m'écrire sur ce sujet le vingt-septiéme de Juin. Je l'ai reçue par la voye de Hollande dans le paquet de Monsieur Brasset, laquelle est plus longue de cinq jours que celle de Bruxelles, Anvers, & Cologne, par l'adresse de Monsieur Bilderbeck.

Je me suis donné l'honneur de vous écrire avec liberté ce que je pense de Monsieur votre Fils: mon estime augmente tous les jours, la France vous devra tout le service qu'il sera capable de lui rendre: car outre son excellent naturel, vous avez eu tout le soin possible de son instruction en lui donnant Monsieur Blondel qui a d'aussi excellentes qualitez & en aussi grand nombre que j'en aye jamais vu à personne, & par dessus toutes une affection sans pareille. Je vous dois, Monsieur, témoigner cette verité étant avec une passion extrême &c.

LETTRE

Ecrite à son

EMINENCE

Monfieur le Cardinal

MAZARIN

Par Monfieur de

VAUTORTE.

Du 10. Juillet 1653.

Il lui rend compte d'une Confé-
rence qu'il a eu avec l'Elec-
teur de Mayence. L'Electeur
de Mayence fait prier le Car-
dinal de n'employer plus le Ba-
ron de Reiffemberg auprès de
lui. Il fouhaite qu'on adou-
ciffe l'Electeur qui peut nuire.

MONSEIGNEUR,

JE ne me fuis point donné l'honneur d'écrire à Votre Eminence, depuis mon arrivée en ce lieu, & ne vous mande point maintenant tout ce que j'y ai fait jufques à ce jour. Les Lettres que j'ai écrites à Monfieur de Brienne aux deux derniers Ordinaires en auront amplement informé Votre Eminence, & celle que je lui écris maintenant, dont je vous envoye Copie, vous apprendra l'état préfent de nos affaires: celle-ci eft feulement l'abregé de ma premiére Conférence avec Monfieur l'Electeur de Mayence.

Il lui rend compte d'une Conférence qu'il a eu avec l'Electeur de Mayence.

Après les premiers complimens il me parla avec émotion durant deux heures de la conduite du Baron de Reiffemberg, & me dit, que lui aiant rendu une Lettre de créance de Votre Eminence, laquelle il me lut, il ne lui avoit dit que trois chofes. La premiére eft le peu de fatisfaction que le Roi recevoit de l'Election du Roi des Romains, & qu'il étoit affuré que le Roi ne le reconnoîtroit jamais en cette qualité. La feconde eft la créance que l'on avoit en France qu'il étoit le principal Auteur de cette Election. Qu'il s'étoit fait Éfpagnol: qu'on l'en feroit repentir dans toutes les occafions, & qu'il pouvoit renoncer aux quarante mil écus que le Roi lui doit. La troifiéme eft la joye qu'on avoit à la Cour du des-

Tom. III.

ordre de la Suiffe, & que le Roi le fomentoit, afin que les Suiffes étant occupez chez eux ne preffaffent pas tant Sa Majefté de leur payer ce qui leur eft dû.

Il me dit qu'il avoit répondu fur le premier point qu'il ne pouvoit croire que Sa Majefté prît une réfolution fi avantageufe aux Éfpagnols, & fi defagréable à tout l'Empire. Sur le fecond, qu'il ne le pouvoit aucunement croire, n'aiant jamais rien fait & ne voulant jamais rien faire contre le fervice, & l'amitié qu'il a vouez au Roi: Qu'il étoit Allemand & avoit pour but principal le bien public & le repos de l'Empire; mais qu'il ne feroit jamais Éfpagnol, & qu'il feroit toujours favorable à la France. Et fur le troifiéme, qu'il n'étoit pas à propos de le publier, parceque les Éfpagnols en tireroient avantage.

Il me dit auffi que le difcours du Baron de Reiffemberg n'avoit fait aucune impreffion fur fon efprit que contre lui; mais qu'il étoit obligé de m'en avertir pour me donner moyen de desabufer ceux auxquels il peut encore en avoir parlé, & pour avertir Votre Eminence de n'écouter plus un homme fi imprudent, qui abufe de l'honneur que vous lui faites & auquel on ne doit point fe fier parce qu'il a vû ici fecrétement quelques Miniftres de l'Empereur & eft capable de tous les partis.

Après l'avoir écouté avec beaucoup de patience, je lui répondis, que Votre Eminence feroit extrêmement furprife de ces difcours, & qu'elle fe fentiroit fort obligée à fon Alteffe Electorale de fa confiance. Que le premier point étoit clairement détruit par l'ordre que j'avois reçu du Roi de témoigner à l'Empereur & au Roi des Romains, la joye qu'avoit Sa Majefté de fon Election, & par les Lettres qu'elle leur en écrivoit. Que le fecond point l'étoit auffi par la Lettre de Sa Majefté, que j'avois rendu à fon Alteffe l'Electorale, & par la confiance que j'aurois en elle pour toutes nos affaires plus fecrétes: & qu'il n'y avoit rien à craindre fur le troifiéme point, parceque la conduite de Monfieur de la Barde avoit été contraire au difcours du Baron de Reiffemberg.

Il me repliqua, qu'il n'en doutoit point; mais qu'il défiroit que j'en avertiffe Votre Eminence, afin qu'à l'avenir elle reconnût le Baron de Reiffemberg, & ne donnât, par fa favorable réception, quelque créance aux mauvais difcours qu'il vient faire en Allemagne à fon retour de France. Il ajouta qu'il écriroit à Votre Eminence pour la remercier des témoignages d'amitié dont votre Lettre eft pleine, pour confirmer ce qu'il me prioit de vous écrire, & pour vous fuplier de n'employer plus le Baron de Reiffemberg auprès de lui. Il eft à Mayence, & je ne l'ai point encore vu, étant parti d'ici à mon arrivée. Il m'a mandé qu'il avoit des Lettres de Votre Eminence pour moi.

L'Electeur de Mayence fait prier le Cardinal de n'employer plus le Baron de Reiffemberg auprès de lui.

Monfieur l'Electeur de Mayence m'a paru extraordinairement ému pour cette affaire, & fi on ne l'adouciffoit, il pourroit aifément fe déclarer contre nous: car il eft en effet fort attaché à l'Empereur & par conféquent aux Éfpagnols, qui peuvent tout en cette Cour. C'eft pourquoi je prens la liberté de dire à Votre Eminence qu'il me femble très à propos que vous m'envoyiez une Lettre pour lui fur ce fujet. Il eft tout puiffant dans les Etats, & nous avons grand intérêt qu'il ne nous faffe que le mal qu'il pourra nous faire fans fe déclarer: car de cette façon nous aurons juf-

Il fouhaite qu'on adouciffe l'Electeur qui peut nuire.

Bbbb tice.

1653. tice, & nous ne demandons rien davantage. Si nous prétendions quelque grace, nous ferions assurez de ne l'obtenir pas; mais ne demandant rien que l'exécution de la Paix, il sera pour nous, pourvû qu'on le conserve dans les termes où il est maintenant. Je suis &c.

MONSIEUR

De

VAUTORTE

à Monsieur de

BRIENNE.

Du 17. Juillet 1653.

Le Duc de Lorraine fait demander aux Etats de l'Empire trois millions. Les Etats de l'Empire n'en veulent point entendre parler, & disent que l'Empereur est obligé à faire rendre les trois Châteaux. L'Archiduc ramasse de tous côtez des plaintes contre les François pour aigrir les Etats de l'Empire. Le Marquis de Dourlach, & l'Evêque de Bâle ont refusé de donner les leurs & les lui ont aportées, il juge à propos d'y remédier. Il se plaint de l'Evêque de Spire, qui a présenté ses plaintes aux Etats quoiqu'il lui eût promis le contraire. Plaintes du Marquis de Dourlach. Plaintes de l'Evêque de Bâle. Plaintes de l'Evêque de Spire justes. On l'assure que la renonciation d'Espagne est arrivée, il n'en croit rien. L'Electeur de Cologne qui est ici fait difficulté de me voir dans un lieu tiers. La Pologne & le Roi d'Angleterre demandent du secours aux Etats, qui leur ont répondu que l'Allemagne n'étoit pas en état de le leur accorder. **1653.**

MONSIEUR,

JE n'ai point encore eu de vos Lettres par ce Courier & j'attens avec impatience celle de Sa Majesté, pour l'Empereur, & pour le Roi des Romains, n'osant leur faire une seconde visite sans les leur présenter. Je me donnai l'honneur de vous écrire amplement au dernier Ordinaire, depuis lequel les Etats n'ont point parlé de la Garnison de Wecht.

Le Mémoire présenté aux Etats par le Sieur Fournier Agent du Duc de Lorraine contient une demande de trois millions de livres, tant pour récompense des services qu'il a rendus à l'Empire depuis trente-deux ans, que pour la restitution des trois Châteaux, & pour la promesse de ne prendre plus aucuns quartiers dans l'Allemagne. Les Etats, qui par leur situation sont exposez à ses courses, & ceux qui veulent plaire aveuglément à l'Empereur, étoient d'avis de traiter avec lui, avec les précautions contenuës dans ma derniére Lettre; mais tous les autres Etats qui font le plus grand nombre, n'en ont point voulu ouïr parler, & ont déclaré que puisque l'Empereur étoit obligé par le Traité de Paix à faire rendre ces trois Châteaux, il devoit y pourvoir, comme aussi à la récompense des prétendus services du Duc de Lorraine, & que l'Empire ne devoit point achéter sa promesse de n'y prendre plus aucuns quartiers. L'affaire sera encore mise en délibération pour tâcher de faire changer cette conclusion, laquelle n'est pas agréable aux Electeurs Ecclésiastiques, qui sont exposez aux quartiers des Armées ennemies, mais elle ne nous est pas desavantageuse, si elle peut augmenter leur crainte, & celles des Princes, & Etats du Cercle de Westphalie: en sorte qu'ils s'arment suffisamment pour leur défense. J'ai vu cette semaine les Evêques de Munster, d'Osnabrug & de Paderborn & le Duc de Neubourg qui m'ont témoigné y être disposez.

Les Députez de Monsieur l'Archiduc d'Inspruck ramassent de tous côtez des plaintes contre nous, & follicitent d'en faire tous nos voisins de l'Alsace, afin d'aigrir les Etats contre la France, & les disposer à leur être favorables. Les Députez du Marquis de Dourlach, & de l'Evêque de Bâle ont refusé de leur donner leurs plaintes, & me les ont aportées. Je les ai envoyées à Monsieur le Comte d'Harcourt, & il sera à propos qu'il y remédie volontairement, car si cette voye de civilité ne leur réussit, ils auront enfin recours aux Etats, & favoriseront l'Archiduc d'Inspruck pour en être favorisez: l'Evêque de Spire n'en a pas si bien usé qu'eux, quoiqu'il y fût plus obligé. Je l'avois prié de prendre cette même voye & il me l'avoit promis, mais il a mieux aimé plaire à l'Archiduc d'Inspruck, & a donné son Mémoire aux Etats.

Les plaintes du Marquis de Dourlach consistent en deux points. L'un est pour la chasse sur les terres voisines de Brisac & de Philipsbourg, laquelle on permet contre son gré aux simples Officiers, même aux Soldats, & l'autre pour la restitution du Château de Land-

seron

feron proche de Brifac, lequel eft dans fon Fief & appartient à des Gentilhommes de la Maifon de Rech.

Plaintes de l'Evêque de Bâle.

Les plaintes de l'Evêque de Bâle contiennent plufieurs Articles de légére conféquence, & on pourroit s'accorder à l'amiable fur tout, à la referve d'une demande qu'il fait, d'être dédommagé pour le Comté de Ferrette qui étoit dans fon Fief. Il fera néceffaire qu'il faffe cette demande aux Etats parcequ'ils font obligez au dédommagement au cas qu'il lui en foit dû.

Plaintes de l'Evêque de Spire juftes.

Je n'ai point encore vu le Mémoire des plaintes de l'Evêque de Spire; mais on peut facilement imaginer ce qu'il contient. Elles font presque toutes juftes. Le paffé nous fera remis pourvû que nous nous corrigions à l'avenir; mais cela ne fe peut tant que le Roi ne fera point un fond réglé pour l'entretien de cette Garnifon, & fans ce reméde il fera difficile de conferver longtems cette Place, l'Evêque aiant une paffion démefurée de la ravoir par quelque voye que ce foit, & fes voifins de la voir hors de nos mains. Cet Evêque nommé Metternick nous eft entiérement contraire, & quoique j'aye fait pour l'obliger à une Conférence amiable fur fes plaintes, avant que de les faire éclater, je n'ai rien pu obtenir, & l'Electeur de Mayence fon grand ami, auquel je me fuis adreffé pour l'y difpofer, n'en a pas pris beaucoup de foin.

La Nobleffe d'Alface & les dix Villes, feront auffi des plaintes. On pourroit faire ceffer celles des dix Villes, & les faire confentir à toutes nos prétentions raifonnables, fi Monfieur d'Harcourt vouloit furfeoir le payement des fommes qu'elles ont accoutumé de payer tous les ans au Landwogt; mais de crainte de payer deux fois elles font réfolues à ne les payer qu'à celui qui aura la quitance du Tréforier de l'Empire, felon l'ufage ordinaire, jufques à tant que les Etats en ayent ordonné, & Monfieur le Comte d'Harcourt les menace d'exécutions, principalement la Ville de Colmar qui eft la plus proche de Brifac, fi elle ne les paye promtement. Chaque année monte environ à 5000. liv. & il demande trois années.

Toutes ces plaintes feront le commencement de nos affaires, & elles feront fuivies par la demande des trois millions. Le Sieur Meel Confeiller de l'Electeur de Mayence m'a *On l'affure que la renonciation d'Efpagne eft arrivée, il n'en croit rien.* affuré que la renonciation du Roi d'Efpagne étoit ici, & m'a fait connoître que les termes du payement des trois millions étant échus, il étoit raifonnable de les payer incontinent après. Je lui ai répondu comme j'avois fait à fon Maître. Ils me font tous deux fort fufpects, & je commence à douter que la renonciation foit ici, parceque je ne l'aprens que de perfonnes fufpectes, & qui me le difent fi affirmativement qu'il me femble que c'eft avec deffein.

L'Electeur de Cologne qui eft ici fait difficulté de me voir dans un lieu tiers.

L'Electeur de Cologne arriva en cette Ville le 13. de ce mois au foir, il dîna le 15. avec l'Electeur de Mayence chez le Duc de Neubourg où ils fe reconciliérent. Il vifita hier l'Empereur & le Roi des Romains, & on croit qu'il partira demain pour s'en retourner à Cologne. Je ne l'ai point encore vu & je ne fai fi j'aurai cet honneur: car il fait difficulté de me voir dans un lieu tiers. Je vous en écrirai amplement par ma premiére Lettre.

Monfieur de faint Etienne eft encore ici, & ne paroit jamais que dans le caroffe de l'Ambaffadeur d'Efpagne & avec fes livrées.

Tom. III.

Il eft fouvent avec les Miniftres de la Cour, & dans l'Antichambre de l'Empereur. Il l'a vu, & les Electeurs: celui de Trêves m'a dit qu'il n'avoit rien apris de lui, finon qu'il étoit venu ici pour juftifier les Armes de Monfieur le Prince.

La Pologne & le Roi d'Angleterre demandent du fecours aux Etats qui leur ont répondu que l'Allemagne n'étoit pas en état de le leur accorder.

Le Vice-Chancelier de Pologne eft ici où il demande du fecours contre les Cofaques, & le Comte de Rochefter en demande auffi pour le Roi d'Angleterre. Les Etats réfolurent hier de leur repondre que l'Allemagne n'étoit pas maintenant en état de leur en accorder, & qu'elle ne pouvoit faire autre chofe que de plaindre leur miférable condition.

J'efpére de pouvoir obtenir maintenant une bonne affignation des quatorze mil quatre cens livres qui me font dues de refte de mon Emploi de Nuremberg, puifqu'on m'a fait efpérer de me la donner incontinent après mon depart. Je prens la liberté d'en écrire à Son Eminence, & à Meffieurs les Surintendans, & je vous fuplie très-humblement, Monfieur, de la vouloir demander, & d'ajouter cette obligation à tant d'autres que je vous ai.

Je fais tout ce que je puis pour retenir Monfieur votre Fils; mais il me fera impoffible fi votre réponfe à ma Lettre du 26. Juin, laquelle j'atens Mardi prochain, ne l'arrête, & il faudra faire beaucoup d'efforts pour l'obliger à demeurer jufques à ce jour-là. Je ne vois pas qu'il en ait reçu aucun ordre de vous, ni que ce qu'il fera à Mayence lui foit plus utile pour quelques mois que ce qu'il fait ici.

J'oubliois de vous mander que Lundi le Couronnement de l'Impératrice fe fera.

AUTRE

à Son

EMINENCE

Monfeigneur le Cardinal

MAZARIN.

Du 17. Juillet 1653.

Il lui demande l'argent qui lui eft dû.

MONSEIGNEUR,

JE me fuis donné l'honneur d'écrire à Votre Eminence ce que j'avois apris de Monfieur l'Electeur de Mayence fur le fujet du Baron de Reiffemberg, & j'ai écrit par tous les Couriers l'état de nos affaires à Monfieur le Comte de Brienne. J'envoye à Votre Eminence la Copie de la Lettre que je lui ai écrite aujourd'hui à laquelle je ne puis rien ajouter.

Bbbb 2
Je

Je n'ai encore osé importuner Votre Eminence de l'assignation de 14400. livres qui me font dues de reste de mon Emploi de Nuremberg, quoique vous ayez eu la bonté de me la faire espérer incontinent après mon départ; mais puisqu'il y a deux mois & demi que je suis parti, & que je me trouve engagé ici dans une dépense excessive, je crois qu'il est tems de demander secours à Votre Eminence, & que vous me ferez la faveur de me l'accorder. Je vous suplie très-humblement d'ajouter cette grace à celle que Votre Eminence m'a faite de croire que je suis avec une passion & un respect extrêmes, &c.

MONSIEUR

De

VAUTORTE

à Monsieur de

BRIENNE.

Du 24. Juillet 1653.

Presque toute cette Lettre ne traite que des Titres prétendus de part & d'autre, & des incidents arrivez là-dessus. Les plaintes contre la France grossissent. L'Empereur & ses Adhérents ne veulent pas que l'Alsace soit un Etat de l'Empire; il n'ose s'expliquer là-dessus; ses raisons. L'Empereur est tout puissant à la Diéte, il fera donner de l'argent au Duc de Lorräine s'il le veut. Les Directeurs du Cercle de Westphalie en ont convoqué les Etats pour déliberer sur l'affaire de Lorraine. L'Ambassadeur de Pologne a obtenu de pouvoir lever de l'Infanterie, des lieux d'assemblée, & des routes sans payer. On parle diversement du succès de la Diéte. Il lui annonce le départ de son Fils

dont il lui parle avantageuse-ment.

MONSIEUR,

LA Lettre que vous m'avez fait l'honneur de m'écrire le 4. de ce mois, m'a été rendue le 20. Je l'aurois reçue le quinziéme, & y aurois répondu le dixsept, si vous l'aviez adressée à Monsieur de Bilderbeck dans Cologne, ou ici à quelque Marchand. Depuis mon départ j'ai reçu quatre Lettres des seize Mai, vingt & vingt-sept Juin, & quatriéme Juillet. Elles sont venues par voyes & sous adresses différentes, & toutes trop tard. Je suis, Monsieur, obligé de vous en avertir pour excuser le retardement de mes réponses.

J'ai reçu avec votre Lettre du 4. de ce mois celles de Sa Majesté pour l'Empereur, le Roi des Romains, l'Electeur de Baviere, & les autres Electeurs. J'ai parlé à Monsieur le Comte Curtz Vice-Chancellier de l'Empire, de la Lettre du Roi pour l'Empereur, & lui ai dit comme de mon chef & sans en avoir aucun ordre, que l'amitié qui est maintenant entre Leurs Majestez les obligera à s'écrire souvent, & qu'il me semble qu'il seroit à propos de les décharger d'écrire de leurs mains. Il m'a répondu que cet expédient avoit été trouvé pour donner au Roi le titre de Majesté, & que l'Empereur en use de la même façon avec le Roi d'Espagne, parceque le stile de la Chancellerie de l'Empire ne donne aux Rois que le titre de Sérénité. Il a ajouté que lorsqu'on est obligé d'écrire au Roi d'Espagne des Lettres de la Chancellerie pour l'apeller à la Diéte, ou pour quelque autre cause, il se contente du titre de Sérénité. Que les Allemands sont fort attachés à leurs anciennes formes, & qu'il seroit difficile de changer cela, de crainte de donner aux autres Rois la même prétention. Je lui ai repliqué que lorsque l'Empereur écrit au Roi d'Espagne, comme Duc de Bourgogne, & Vassal de l'Empire, il peut se contenter du titre ancien: que les formes doivent changer, quand la raison le veut, & que l'Empereur a donné au Roi le titre de Majesté dans le Traité de Munster. Que je lui en parlois sans dessein & seulement par manière d'entretien, & pour mon instruction particuliére. Il me semble, Monsieur, que cette formalité ne mérite pas de nous faire une affaire qui nous seroit assez difficile, & principalement en un tems où cette Cour est entiérement contraire.

Je présenterai au Roi des Romains la Lettre qui a une souscription, parcequ'elle est en la forme qu'elle doit être. Puisqu'il a donné au Roi le titre de Majesté, il me semble qu'on doit aussi le lui donner, & quoique dans sa Lettre, il n'ait pas ajouté au titre de *Sereniss-sime*, celui de *Potentissime*, je ne ferai aucune difficulté de lui donner celle qui le qualifie *très-Haut, très-Excellent & très-Puissant*, parceque Monsieur le Comte Curtz & Monsieur le Comte d'Aversperg m'ont déclaré que c'étoit une omission. Que le Roi des Romains ne refuseroit jamais au Roi un titre que l'Empereur lui donne dans le Traité de Munster & qu'il donne à la Reine de Suede, ce que Leurs Majestez me déclareroient elles-mêmes lorsque j'aurai l'honneur de les voir. Leur parole me doit suffire, & je ne puis honnêtement de-

mander

mander une autre sureté puisqu'ils n'ont maintenant aucune occasion d'écrire au Roi. S'il étoit question d'un Traité public, je ne passerois pas sur cette difficulté si légérement, parceque le défaut d'un titre paroitroit & dureroit; mais il n'est d'aucune conséquence dans une Lettre. Après cette déclaration Monsieur le Comte Curtz m'a ajouté que l'ancien stile de la Chancellerie de l'Empereur & du Roi des Romains ne donne au Roi que le titre de *Serenissime* ; que celui de *Potentissime* n'a été ajouté dans celle de l'Empereur que depuis cette derniére Guerre, & que le Secretaire du Roi des Romains ne l'aiant point trouvé dans la sienne a fait cette omission. Je ne lui ai rien répondu, sinon que l'Empereur aiant ajouté au vieux stile le titre de *Potentissime*, pouvoit bien aussi ajouter celui de *Majesté*; le changement n'étant pas plus grand ni la conséquence plus à craindre pour l'un que pour l'autre. Monsieur le Comte d'Aversperg est Grand Maître de la Maison du Roi des Romains, & a été son Gouverneur. Il a plus de pouvoir qu'aucun autre Ministre auprès de l'Empereur, & on croit qu'il succedera bientôt à tout le crédit du Comte de Trautmansdorff: il est entiérement attaché aux intérêts d'Espagne.

L'Empereur est malade au lit d'un Catharre, & afligé de la perte de sa fille ainée qui est morte à Vienne âgée de deux ans. Ces deux accidens ont fait remettre le Couronnement de l'Imperatrice du vingt un de ce mois, au vingt-huit. Ils m'ont aussi empêché de voir l'Empereur & de donner les Lettres de Sa Majesté.

Les Electeurs Séculiers de Saxe, Brandebourg & Heidelberg, & les Ecclesiastiques de Mayence & Tréves ont donné à Prague, dans leurs Maisons, la main droite à l'Ambassadeur d'Espagne. Les deux Ecclesiastiques & celui d'Heidelberg déclarérent qu'ils avoient trouvé cet usage dans les Mémoires de leurs Prédécesseurs. Celui de Saxe qui est plus difficile que ses Collegues pour les Titres, l'est moins pour le rang: car il a donné depuis six mois dans sa Maison à Dresden la main droite à Monsieur Meel Ambassadeur de l'Electeur de Mayence, & l'a fait asseoir à table au dessus de lui, & de Madame l'Electrice sa Femme. L'Electeur de Brandebourg fit quelque difficulté à Prague & soutint que de tout tems les Ambassadeurs des Rois avoient donné la main droite à ses Prédécesseurs dans leurs Maisons; toutefois il céda à l'exemple de ses Collegues, & à la priere de l'Empereur; mais il a dit depuis à Monsieur Meel dans Berlin, qu'on l'avoit obligé à faire une faute dont il se repentoit, & qu'il ne la feroit plus. Madame l'Electrice de Baviere alla aussi à Prague où l'Ambassadeur d'Espagne offrit de lui donner la main droite chez elle, en qualité d'Archiduchesse d'Autriche, & la lui refusa en qualité de Douairiere de Baviere. Elle ne voulut pas changer sa condition présente, & il ne la visita point.

Les Electeurs de Saxe & de Brandebourg ne sont point venus à Ratisbonne; celui de Cologne y étant a voulu obliger ceux de Mayence, Tréves & Heidelberg qui y étoient aussi à changer ce qu'ils avoient fait à Prague, & à prendre pour prétexte l'Assemblée Générale de l'Empire, comme si elle leur donnoit quelque éclat nouveau; mais il n'a pu rien obtenir d'eux qu'un Acte par lequel ils déclarent que chacun peut faire pour le rang ce qu'il

trouve avoir été fait par ses Prédécesseurs, sans que l'exemple des uns puisse nuire ou servir aux autres.

Les trois autres Electeurs ont donné ici la main droite dans leurs Maisons aux Ambassadeurs d'Espagne, & de Pologne: celui de Cologne seul l'a refusée & n'a point été visité par eux. Il a fait proposer à l'Ambassadeur d'Espagne par un ami commun de le voir dans un lieu tiers, & celui-ci l'a non seulement refusé, mais a encore déclaré qu'il vouloit lui donner le titre d'*Eminence*, & non celui d'*Altesse Sérénissime*, qu'il ne donne qu'aux Electeurs Séculiers. Au contraire l'Ambassadeur de Pologne lui a offert ce titre, & a tâché de le voir dans un lieu tiers; mais il l'a refusé.

Je trouvai l'affaire en cet état, & l'Electeur de Cologne hors de cette Ville à cause de la dispute qu'il eut pour le Couronnement du Roi des Romains. Je l'envoyai visiter & lui écrivis aussitôt que je fus arrivé. Il me rendit la visite par un Gentilhomme sans Lettre, & le lendemain il m'envoya le Comte Egon de Furstemberg pour me persuader de lui donner la main droite dans sa Maison. Je me suis donné l'honneur de vous rendre compte de notre Conférence par ma Lettre du troisiéme de ce mois. J'espérois qu'elle produiroit une entrevue dans un lieu tiers, & on me l'avoit promise; mais l'Electeur de Cologne s'en est servi pour persuader à celui de Mayence de continuer à me donner la main, quoique je la lui donnasse. Il lui a allégué l'Acte fait ici entr'eux, & a déclaré qu'il n'avoit pas cette prétention en qualité d'Electeur; mais comme Prince de la Maison de Baviere, à l'exemple des Archiducs d'Autriche, qui sont tous précédez par les Electeurs, & qui toutefois ne donnent pas la main droite dans leur Maison aux Ambassadeurs des Rois. L'Electeur de Mayence aiant répondu qu'il n'empêchoit point que je ne lui rendisse cet honneur & qu'il feroit comme ses Collegues, celui de Cologne a voulu me persuader de me contenter de cette déclaration: mais celui de Mayence me l'aiant clairement expliqué, & m'aiant dit qu'il suivroit le sentiment de l'Electeur Palatin, je l'ai fait savoir à l'Electeur de Cologne, & suis demeuré dans le mien. Il a témoigné en être satisfait, & depuis le 13. de ce mois qu'il arriva ici, jusques au dix-huit qu'il en partit pour retourner à Cologne, j'ai tous les jours de ses nouvelles, & le dix-sept, il m'envoya dire adieu par son Maître d'Hôtel, qui m'assura de sa part qu'il donnoit ordre à ses Ambassadeurs d'avoir autant de soin des intérêts du Roi, que des siens. J'ai répondu à ces civilitez le mieux que j'ai pu, & voyant qu'il ne vouloit pas me voir dans un lieu tiers, prenant pour prétexte la crainte d'offenser l'Ambassadeur de Pologne, je l'ai fait informer amplement de cette affaire, & des intérêts du Roi dans la Diéte par le Comte Egon de Furstemberg, & par un Gentilhomme que je lui ai envoyé trois fois; lequel lui a aussi présenté la Lettre de Sa Majesté. Depuis son départ, j'ai visité le Comte Guillaume de Furstemberg, son premier Ambassadeur, & je l'ai trouvé disposé aussi bien que les Ambassadeurs de Baviere à nous donner toute sorte d'assistance.

Madame l'Electrice de Baviere viendra ici à la fin du mois d'Août, avec Monsieur l'Electeur son Fils. Je ne ferai aucune difficulté de donner la main droite à Madame

 l'Elec-

1653.

l'Electrice dans sa Maison ; mais j'ai la même raison pour Monsieur l'Electeur de Baviere, que pour Monsieur l'Electeur de Cologne. Je m'imagine que (15.) m'attend à ce passage, & je me persuade que cette difficulté étant fort raisonnable ne diminuera point la bonne volonté de la Maison de Baviere.

La prétention qu'a cette Maison, est de plus grande conséquence que si elle la fondoit sur l'Electorat : car elle s'étend jusques aux puisnez, dont le nombre peut croître & il seroit à l'infini si les autres Electeurs Séculiers imitoient cet exemple : toutefois s'il falloit plaire à Monsieur l'Electeur de Baviere, il seroit plus à propos de le faire à Munick, que dans ce lieu, à cause de la difficulté qui naitroit avec l'Electeur de Mayence ; mais il me semble que je puis m'exempter d'aller à Munick, puisque Monsieur l'Electeur de Baviere vient ici, si ce n'est qu'on désire que j'y aille exprès pour le contenter, en lui accordant ce que je ne puis faire sans un inconvénient présent.

J'ai donné les Lettres du Roi aux Electeurs de Mayence, Cologne, Trêves, & Heidelberg, qui les ont reçues avec le titre de *Cousin*. Je n'ai pas jugé à propos de donner celles que j'ai pour les Electeurs de Baviere, Saxe & Brandebourg à leurs Ambassadeurs, afin de ne leur donner pas lieu de former une difficulté, qu'ils n'auroient pas le pouvoir de finir. Quand l'Electeur de Baviere sera ici, je lui ferai donner sa Lettre avec le titre de *Cousin*, aussi bien que celles des Electeurs. S'ils les reçoivent, j'en demeurerai là, & ne formerai point la difficulté, de laquelle personne ne m'a encore parlé ; mais s'ils me la font, & me demandent le titre de *Frére*, & *Sœur*, je me conduirai alors dans cette affaire suivant mon Instruction. Je suis persuadé que les Electeurs Ecclesiastiques auront pour le titre aussi bien que le rang la même prétention que les Séculiers, & s'ils ne s'en expliquent maintenant ils ne feront aucune déclaration contraire : c'est pourquoi il me semble qu'il faut éviter s'il est possible de le donner.

Les Electeurs Ecclesiastiques, qui ne sont pas nez Princes, se contentent du titre d'*Eminentissime* ; mais ils prétendent que celui de *Serenissime* leur est aussi bien dû qu'aux autres. Monsieur le Duc de Savoye le donne à celui de Mayence, & ceux qui parlent ou écrivent au College Electoral disent indifféremment *Sérénissimes Electeurs*, ou *Eminentissimes & Sérénissimes Electeurs*. L'Ambassadeur d'Espagne n'a été vu que des Princes Ecclesiastiques & du Landgrave de Darmstad qui se sont départis du titre d'*Excellence*, qu'ils lui ont aussi donné. Il prétend cette égalité par sa qualité de Grand d'Espagne. L'Ambassadeur de Pologne n'a voulu donner le titre d'*Altesse* qu'aux Ducs de Simmeren, & de Neubourg, disant qu'il signifie *Serenitas*, & aux autres celui de *Celsitudo*, quand il a parlé Latin, & *Altesse* en François, prétendant que ce titre a été rendu si commun qu'il ne signifie plus que *Celsitudo*, & que pour exprimer *Serenitas*, il faut dire *Altesse Sérénissime*.

Les premiers Ambassadeurs des Electeurs veulent le titre d'*Excellence* comme les Ambassadeurs des Rois. Ils prétendent l'avoir obtenu à Munster, & depuis peu à Lubeck, & ils ont résolu ici du consentement des Electeurs présens de ne voir que ceux qui le leur accorderont. Les Ambassadeurs d'Espagne & de Pologne l'ont refusé, & ne les ont point vus. Je le leur ai accordé, aussi bien que le titre d'Altesse aux Princes, aiant besoin de les voir tous, & croyant que cela ne fait aucune conséquence dangereuse. Voila, Monsieur, une Réponse fort ample sur ce que vous avez désiré savoir de ces formalitez.

Les plaintes qu'on fait contre nous grossissent tous les jours. Celles de l'Evêché de Spire ont été suivies de celles de l'Evêque de Bâle & des dix Villes. J'y remédierai le mieux que je pourrai lorsque les Etats m'en parleront.

L'Ambassadeur de l'Electeur de Brandebourg m'a dit qu'un autre Ambassadeur qui est attaché aux intérêts de la Maison d'Autriche, l'avoit assuré que j'avois dit que j'avois ici des Lettres de change pour les trois millions, & que je les échangerois avec la renonciation du Roi d'Espagne. Ce discours me fait croire qu'elle est ici, & qu'on tâche d'engager les Etats à me demander de l'argent comptant. Je desabuse sur ce point tous ceux que je vois.

J'ai des preuves certaines que l'Empereur & ceux d'entre les Etats qui suivent ses sentimens ne veulent point que l'Alsace soit un Etat de l'Empire. Je n'ose encore m'expliquer à personne sur ce point. Monsieur l'Electeur de Mayence m'est suspect pour la considération de l'Empereur, & les Suedois aussi par la même raison qui est plus forte pour eux, & pour les Hessiens, que vous ne sauriez croire par leur humeur jalouse. Si je me découvre, ce sera aux Bavarois ; mais nos efforts seront inutiles si l'Empereur s'y oppose, & nous ne pouvons réussir dans cette affaire qu'en témoignant qu'elle nous déplait.

L'Empereur peut tout ici, & les Etats sont dans une bassesse extrême. Il a traité l'affaire du Duc de Lorraine avec le Sieur Fournier ; s'il a dessein d'obliger les Etats à lui promettre de l'argent, il en viendra à bout. Il y en a qui croyent qu'il ne pense qu'à les endormir, & à les empêcher d'armer. Les Electeurs de Cologne, & de Trêves, armeront, & le Duc de Neubourg, & l'Evêque de Munster Directeurs du Cercle de Westphalie, l'ont convoqué au dixième de Septembre, dans Essen proche de Cologne, pour délibérer sur ce sujet.

L'Ambassadeur de Pologne s'en va demain. Il a obtenu permission de faire des levées d'Infanterie dans l'Empire, avec des lieux d'assemblée, & des routes sans payer. Il n'a encore aucune nouvelle d'un bruit qui court aujourd'hui de la défaite de 20000. Cosaques par les Polonois.

On parle ici diversement du succès de la Diète, & du départ de l'Empereur. Les uns disent qu'il sera ici jusques à la fin de Septembre, & les autres qu'il partira au quinziéme d'Août, & transférera la Diète à Francfort : je me tiens au premier avis qui m'a été confirmé par ses Ministres, par l'Electeur de Mayence & par les Ambassadeurs de Baviere.

Monsieur de Vignancourt a beaucoup de connoissance dans la Cour de l'Empereur, & y peut bien servir. Je suis avec un respect extrême &c.

Monsieur votre Fils part demain pour retourner à Mayence. Je ne l'ai pu retenir quelque effort que j'aye fait. Il a impatience d'achever sa Philosophie, & d'apprendre l'Allemand, qu'il ne peut apprendre ici avec des François. Il a vu, & s'est fait connoitre de tous les Princes, & personnes de con-

condition, & il croit que nos affaires ne se traiteront de longtems. Quand je dis qu'il s'est fait connoître, je veux dire qu'il s'est fait estimer, vous pouvant assurer sans flaterie, qu'il est tel que vous le pouvez désirer. Je vous remercie, Monsieur, très-humblement de la faveur que vous m'avez faite de me le confier, & me sentirai toute ma vie obligé à vous & à lui de la bonté que vous avez eues tous deux pour moi.

MONSIEUR

De

VAUTORTE

à Monsieur de

BRIENNE.

Du 28. Juillet 1653.

Il lui recommande de favoriser la demande du Marquis de Bade-Dourlach.

MONSIEUR,

Il lui recommande de favoriser la demande du Marquis de Bade-Dourlach.

JE me suis déja donné l'honneur de vous écrire de la demande de Monsieur le Marquis de Baden-Dourlach pour des Canons & Munitions de Brisac. Je n'ai pas besoin de vous dire l'intérêt & l'obligation qu'a le Roi de le gratifier dans toutes les choses possibles, parce que vous le savez mieux que moi. J'y ajouterai seulement que sa conduite dans cette Assemblée est très-obligeante pour Sa Majesté, de laquelle il ne peut être trop considéré. Je vous suplie, Monsieur, très-humblement d'apuyer son intérêt & de me faire la grace de me croire &c.

AUTRE

Dudit Jour,

à Monsieur de

BRIENNE.

Difficultez pour les Titres du Roi des Romains. Il lui rend compte des audiences qu'il a eues de l'Empereur & du Roi des Romains. L'Empereur lui représente que plusieurs Etats se plaignoient des François : sa réponse. Il lui représente à son tour les plaintes de la France. Touchant la Paix entre la France & l'Espagne. Les Etats Protestans ne voudroient pas que cette Paix se fit sitôt. L'Ambassadeur d'Espagne doit avoir dit que la Paix se devoit faire sur les Frontiéres de Flandres. L'Empereur veut remettre l'affaire de Duc de Lorraine à la conclusion de la Paix entre la France & l'Espagne. Si l'Empereur veut s'entremettre de la Paix entre les deux Couronnes, il se chargera d'en avertir le Roi avec éclat, sans s'engager. Les Electeurs sont partagez pour & contre la France, le parti opposé est plus ardent à nous attaquer, que l'autre à nous défendre. Le Collége des Princes peu favorable à la France; les Catholiques sont devouez à l'Empereur, & les Protestans nous soutiennent foiblement. Le votum decisivum que le Collége des Villes avoit obtenu à Munster est mal soutenu. Plaintes aux Etats de la part de l'Archiduc pour les trois millions : De l'Evêque de Spire con-

1653.

*contre la Garnison de Philips-
bourg : Des dix Villes Impériales pour dépendre de l'Empire :
De l'Evêque de Bâle pour le
Comté de Ferrette : Du Comte
de Naffau-Sarbruk & autres
pour ne pas relever du Parlement de Metz, & de la No-
bleffe d'Alface pour fes priviléges. Il fera examiner ces
plaintes féparément dont une
partie eft fauffe & l'autre de
peu de conféquence. La Maifon d'Autriche fera tous fes
efforts pour ôter Brifac à la
France & pour empêcher que
le Roi ne foit reçu entre les
Etats de l'Empire. Touchant
la Souveraineté de l'Alface, &
la protection des dix Villes.
Il fera prié au Couronnement
de l'Impératrice, mais il fera
le malade pour ne pas céder à
l'Ambaffadeur d'Efpagne. La
Diéte fe terminera bientôt,
l'Empereur les preffe. Mort de
Monfieur Fromhold Ambaffadeur
de Brandebourg à Munfter &
à la Diéte.*

MONSIEUR,

JE rendis le 25. de ce mois les Lettres de Sa Majefté à l'Empereur, & au Roi des Romains. Ils me firent tous deux la déclaration fur le Titre de *Potentiffime*, que Meffieurs les Comtes d'Averfperg, & de Kurtz, m'avoient promife. Je vous mandai le 24. que je donnerois au Roi des Romains la Lettre qui avoit une fufcription, parce qu'elle me fembloit être en bonne forme; mais le Comte d'Averfperg me chicana fur la tranfpofition d'un Titre, & voulut que celui d'*Elu Roi des Romains*, fût mis avant celui de *Roi de Hongrie, & de Bohême*; deforte que je fus obligé de me fervir de la Lettre en blanc fur laquelle je mis la fufcription qu'il défiroit, ce changement nous étant indifférent. Je ne pus m'empêcher de lui dire, que les Miniftres de Sa Majefté n'étoient pas fi difficiles, & qu'elle avoit reçu agréablement la Lettre du Roi des Romains, dans laquelle il y avoit une omiffion du Titre de *Potentiffime*, qui eft de plus grande conféquence, qu'une fimple tranfpofition. Il refufa auffi à mon arrivée la Lettre de Sa Majefté pour *le Roi des Romains*, parce qu'elle ne le nommoit que le *Roi de Hongrie, & de Bohême*, étant écrite avant fon Election, & je ne la donnai point dans ma premiére audience. Ces difficultez font autorifées par l'Empereur auquel j'en parlai dans les deux audiences que j'ai eues. Elles doivent vous faire connoître le peu de facilité que nous trouverons ici dans nos affaires. Je ne veux point m'en faire de nouvelles pour de petites chofes, & j'aime mieux céder après une longue conteftation. J'ai remarqué dans la Lettre du Roi des Romains, qu'il a écrite à Sa Majefté de laquelle on m'a donné ici copie, qu'à la fignature & à la fufcription, le mot *Confobrinus* eft mis avant le mot *Frater*, & que le Titre de *Roi de Navarre* n'y eft point; mais je croi que cette tranfpofition & cette omiffion ne font pas confidérables puifque vous ne m'en avez rien écrit.

La première audience que j'ai eu de l'Empereur, celle de l'Impératrice & les deux du Roi des Romains fe font paffées en complimens. Dans la feconde de l'Empereur, après lui en avoir fait un fur fa guérifon & fur la mort de fa Fille, je lui ai dit que j'avois ordre de Sa Majefté de lui parler de toutes nos affaires qui regardent l'exécution de la Paix, & que j'aurois l'honneur de l'en entretenir à mefure qu'elles fe préfenteroient; que Sa Majefté fera ceffer tous les fujets qu'elle a de fe plaindre, comme de fa part elle offre d'exécuter exactement le Traité. Il m'a répondu que fon intention étoit conforme à celle du Roi; mais qu'il connoiffoit beaucoup d'Etats qui fe plaignoient de nous, & qu'il ne croyoit pas que nous euffions aucun fujet de nous plaindre. J'ai repliqué, que j'avois déja vu les Memoires des plaintes de plufieurs Etats, & qu'elles étoient toutes injuftes, ou de fi peu de conféquence qu'elles ne méritoient pas d'être examinées dans une Affemblée fi célébre; que celle de Monfieur l'Archiduc d'Infpruch pour les trois millions étoit mal fondée, & qu'il ne pouvoit les demander, qu'après avoir fourni la renonciation du Roi d'Efpagne en bonne forme; mais que les plaintes de Sa Majefté étoient toutes importantes & conformes au Traité de Paix; qu'elles étoient en grand nombre, & que pour ne l'importuner point, je ne lui voulois parler à cette fois que des levées des Efpagnols, des quartiers du Duc de Lorraine, & de l'inveftiture du Duc de Savoye pour ce qui lui apartient dans le Montferrat. Je me fuis étendu fur ces trois points & ai fait valoir le mieux que j'ai pu la réponfe que le Duc de Mantouë a faire à Monfieur Dupleffis Befançon. L'Empereur m'a écouté avec beaucoup de patience, & m'a répondu en général fur toutes les plaintes faites contre nous qu'il étoit à propos de les examiner. Il ne m'a dit mot fur celle de l'Archiduc que j'avois particularifée. Sur la nôtre contre les quartiers du Duc de Lorraine, il m'a dit que nous n'étions pas les feuls intéreffez, & qu'on y remédieroit ici. Il a paffé celle des levées des Efpagnols, & m'a dit qu'il n'avoit pas connoiffance de la réponfe du Duc de Mantouë, & qu'il s'en feroit informer.

Si j'avois eu quelque efpérance de réuffir, je l'aurois preffé fur chaque Article, & n'en aurois propofé qu'un à la fois; mais ne lui parlant d'affaire que par refpect, & par bienféance, & le confidérant partie, j'ai penfé qu'il étoit plus à propos de les traiter en général, que de les aprofondir, & me mettre au hazard de me découvrir fur quelque point. Il eft véritable que j'ai voulu particularifer la plainte de Monfieur l'Archiduc pour les trois millions, afin de tâcher d'aprendre fi la renonciation d'Efpagne eft ici; celle de Monfieur le Duc de Savoye, afin qu'il foit fatisfait de nous par le bruit que j'en ferai, & les nôtres contre les levées des Efpagnols, & les quartiers des Lorrains dans l'Empire; afin que l'Eml'Empereur sût que nous avons des plaintes à faire en grand nombre, & de plus grande conséquence que celles qu'on prépare contre nous.

Huit jours après mon arrivée en cette Ville, je parlai à Monsieur le Marquis de Baden, conformément à mon Instruction, sur la Lettre qu'il avoit écrite à Monsieur le Prince Thomas, & m'ayant dit qu'il n'en avoit point ouï parler depuis, je jugeai que cela n'auroit aucune suite.

Touchant la Paix entre la France & l'Espagne.

Plusieurs Princes m'ont parlé depuis de la Paix entre les deux Couronnes; mais de leur mouvement, & comme d'une chose dans laquelle tout le monde prend intérêt, tous m'ont demandé si je n'en parlerois point à l'Empereur, & le Landgrave de Darmstad m'a dit, qu'il avoit apris de lui que je lui en parlerois. J'ai répondu à tous que Sa Majesté désiroit la Paix, & la jugeoit nécessaire pour le bien commun; qu'elle aprouveroit toutes les propositions raisonnables, & en sauroit gré à ceux qui les feroient; que je recevrois toutes celles qu'on me feroit, & en avertirois Sa Majesté; mais que je ne pensois pas que les Espagnols fussent dans la même disposition.

Le 29. de ce mois le Marquis de Baden m'est venu voir, & m'a dit qu'ayant apris du Duc de Malsy que dans mon audience du 25. j'avois parlé à l'Empereur de la Paix entre les deux Couronnes, & l'avois convié de s'en mêler, il avoit voulu le savoir par curiosité de Sa Majesté Impériale, laquelle le lui avoit nié, & m'a prié de lui dire ce qui en étoit. J'ai répondu que je n'en avois point ouï parler à l'Empereur, & que de la façon qu'il a écrit à Monsieur le Prince Thomas & qu'il m'a depuis parlé, il jugeoit bien que mon devoir étoit d'écouter. Il m'a repliqué que dans peu de jours les Etats en parleroient à l'Empereur, & le prieroient de convier les deux Rois à la Paix, & de leur offrir son entremise, & que l'Empereur m'en parleroit, & que l'on prieroit aussi le Pape de s'en mêler. J'ai répondu que si l'Empereur m'en parloit je lui ferois une réponse de laquelle il seroit content : cette réponse est mot à mot dans mon Instruction. Il m'a dit qu'il n'en doutoit point, & qu'il pensoit que je lui en parlerois dans ma première audience, la Lettre de Sa Majesté, que je lui présentai étant très-obligeante, & contenant une créance générale pour moi. Il m'a encore dit que les Etats Protestans empêchoient cette délibération, ne croyant pas que la Paix des deux Couronnes fût utile à l'Empire, avant qu'il soit affermi dans son repos. Enfin il a ajouté, qu'on en avoit parlé à l'Ambassadeur d'Espagne, & qu'il avoit répondu que notre Paix se devoit faire sur les Frontiéres de Flandre, & que Monsieur l'Archiduc Léopold en avoit le pouvoir.

Les Etats Protestans ne voudroient pas que cette Paix se fît sitôt.

L'Ambassadeur d'Espagne dit que la Paix se devoit faire sur les Frontiéres de Flandres.

Je crois que cette visite a été faite par l'ordre de l'Empereur, qu'il n'espére pas faire notre Paix, & que son but est seulement de satisfaire les Etats voisins du Rhin qui la souhaitent pour leur intérêt, & de se décharger honnêtement de l'affaire du Duc de Lorraine.

Je vous ai écrit la demande du Sieur Fournier son Envoyé, & que les Etats n'ayant pas voulu s'en charger, avoient prié l'Empereur de l'obliger à restituer les Places qu'il occupe dans l'Empire, & à n'y prendre plus de quartiers : cette délibération a été inutilement combatue par les Impériaux, & même par les E-

Tom. III.

tats voisins du Rhin, lesquels sont oposez au mal, & savent bien que l'Empereur n'y apportera aucun reméde. Je ne m'en suis point mêlé, ne voulant point offenser les Electeurs de Cologne, & de Trêves, qui souhaitoient l'entremise des Etats, & étant bien aise que l'Empereur en fût chargé. Il en est fort embarassé : car il ne veut pas user de force, ni donner de son argent au Duc de Lorraine. Il ne peut aussi laisser cette affaire : car les Etats crient, & il est obligé par le Traité de Munster de faire restituer ces Places. Je pense donc que leur faisant espérer une Négociation entre les deux Couronnes, il y joindra l'affaire du Duc de Lorraine comme une dépendance, & tâchera de s'en debarasser sous prétexte de la remettre à la conclusion de la Paix.

L'Empereur veut remettre l'affaire du Duc de Lorraine à la conclusion de la Paix entre la France & l'Espagne.

Ce dessein n'est pas de si grande conséquence, & si l'Empereur en a quelque autre je ne le vois pas; mais quel qu'il puisse être, il me semble que je dois recevoir l'offre de son entremise, & me charger d'en avertir Sa Majesté avec beaucoup d'éclat, & avec l'apparence d'une disposition entière à la Paix, mais en effet ne m'engager à rien : car dans l'état présent des choses son entremise, & celle des Electeurs ne nous est pas avantageuse. Jamais la Cour de Vienne n'a été plus Espagnole qu'elle est, & jamais les Etats n'ont été plus soumis à l'Empereur. Je parle des Principaux Ministres, & de ceux qui gouvernent tout : car il y a ici comme dans toutes les Cours, & dans toutes les Assemblées, des mécontens qui crient contre l'état présent; mais ils n'y peuvent rien. Monsieur l'Electeur de Mayence fait tout ce que veut l'Empereur, & nous est entiérement contraire, & celui d'Heidelberg ne l'est pas moins en effet, & l'est encore davantage en apparence : celui de Saxe est Autrichien selon sa coutume, & ses Ambassadeurs ne m'ont point encore visité : ils ne nous visiterent point aussi à Nuremberg. Je crois que Monsieur de Trêves nous seroit favorable s'il étoit ici; mais ses Ambassadeurs font tout ce qu'ils peuvent contre nous. Le premier est Metternich Chanoine de Mayence & parent de l'Evêque de Spire, & le second est Auctamis son Chancelier grand Espagnol, & grand ennemi du défunt Electeur. J'écris à celui-ci; mais il n'osera leur donner un ordre général en notre faveur, de crainte de se déclarer trop, & il seroit assez mal exécuté. Les Ambassadeurs des Electeurs de Cologne, Baviere & Brandebourg sont assez pour nous; mais les autres sont en plus grand nombre & nous attaquent avec plus de chaleur que ceux-ci ne nous défendent.

Si l'Empereur veut s'entremettre de la Paix entre les deux Couronnes il se chargeroit d'en avertir le Roi avec éclat, sans s'engager.

Les Electeurs sont partagez pour & contre la France; le parti oposé est plus ardent à nous attaquer, que l'autre à nous défendre.

Le Collége des Princes ne nous est pas plus favorable : les Catholiques sont tous à la dévotion de l'Empereur : les Protestans nous soutiennent foiblement, & se contentent de ne nous être pas contraires : le Collége des Villes ne peut rien dans une affaire de cette nature, & ne peut même obtenir ici pour soi l'effet d'un *votum decisivum*, que le Traité de Munster lui donne. Ce *votum decisivum* des Villes est très-avantageux pour tous ceux qui veulent conserver la liberté d'Allemagne : toutefois il est si foiblement apuyé par ceux-là-même qui l'ont obtenu à Munster, qu'elles n'en ont encore pû jouir.

Le Collége des Princes peu favorable à la France; les Catholiques sont dévouez à l'Empereur, & les Protestans nous soutiennent foiblement.

Le votum decisivum que le Collége des Villes avoit obtenu à Munster est mal soutenu.

Les choses étant en cet état, nous ne devons espérer aucune résolution ici, en notre faveur, & nous sommes bien heureux de n'avoir rien à demander; mais seulement à nous dé-

Cccc

1653.

1653.

défendre. On nous attaque de tous côtez, & dans le Traité de Munster il n'y a aucun Article qui nous regarde lequel on ne tâche d'ébranler.

Plaintes aux Etats de la part de l'Archiduc pour les trois millions, de l'Evêque de Spire contre la Garnison de Philipsbourg : Des dix Villes Impériales pour dépendre de l'Empire : De l'Evêque de Bâle pour la Comté de Ferrette : Du Comté de Nassau-Sarbruk & autres pour ne pas relever du Parlement de Metz, & de la Noblesse d'Alsace pour ses priviléges.

Monsieur l'Archiduc d'Inspruch a donné un Memoire aux Etats pour les trois millions qu'il demande. Monsieur l'Evêque de Spire en a présenté un plein de plaintes contre la Garnison de Philipsbourg ; celui des dix Villes Impériales tend à faire déclarer le droit de protection dépendant de l'Empire. Monsieur l'Evêque de Bâle demande par le sien le Comté de Ferrette, qui est une partie du Sundtgau, laquelle a été cédée au Roi dans la totalité, & il dit qu'elle ne l'a pu être par la Maison d'Autriche, puisqu'elle ne lui apartenoit pas. Le Comte de Nassau-Sarbruk & autres qui ont des Fiefs relevant de l'Evêché de Metz, se plaignent de ce qu'on les apelle au Parlement de Metz, & soutiennent que pour la jurisdiction, & pour leurs personnes ils ne dépendent que de l'Empire. Enfin la Noblesse d'Alsace se plaint de ce qu'on la veut assujettir à des devoirs, auxquels elle prétend n'être point obligée, & on nous menace encore de quelque autre Memoire.

Il fera examiner ces plaintes séparement, dont une partie est fausse & l'autre de peu de conséquence.

Toutes ces plaintes ont été ramassées par Monsieur Wolmar principal Agent de la Maison d'Autriche, & il a cru que les faisant paroître en gros devant les Etats, elles seroient plus d'effet, & nous noirciroient davantage. Une grande partie est fausse, & une autre si peu importante qu'elle ne mérite pas d'occuper l'Assemblée. Cela paroîtra en les séparant & examinant les unes après les autres ; mais venant toutes en foule, elles peuvent donner d'abord par leur multitude une mauvaise impression de nous. On a résolu de me les communiquer, je les ferai examiner séparement ; mais on commencera par celles que nos Ennemis choisiront & je ne le puis empêcher.

On ne parle plus de la Renonciation d'Espagne. Je vous ai demandé le Memoire donné au Roi l'année passée à Pontoise par le Député de Monsieur l'Archiduc, & la Réponse de Sa Majesté. Ces deux Piéces me peuvent servir, & je ne les ai pas. Monsieur Wolmar donna aux Electeurs lorsqu'ils étoient à Prague un grand Memoire de cette affaire, & l'Empereur leur en parla à tous ; il en a depuis fait écrire à tous les Princes de l'Empire pour les prévenir, & les obliger d'envoyer ici les ordres à leurs Députez contre nous. Le Memoire présenté ici sous le nom de Monsieur l'Archiduc, a été communiqué aux Etats avant mon arrivée, & l'ouverture de la Diéte : on leur a communiqué la réponse faite l'année passée par Sa Majesté traduite en Allemand ; enfin on y a joint les plaintes, & les demandes de tous ceux qu'on a pu obliger à en faire. Tous ces préparatifs font

La Maison d'Autriche fera tous les efforts pour ôter Brisac à la France & pour empêcher que le Roi ne soit reçu entre les Etats de l'Empire.

connoître que la Maison d'Autriche fera tous les efforts possibles pour nous ôter Brisac ; je crois aussi qu'elle fera tout ce qu'elle pourra pour empêcher que le Roi soit reçu entre les Etats de l'Empire, & elle y réussira facilement : car non seulement nous ne devons pas le proposer, mais si les Etats le proposent, le moyen de l'obtenir est de nous en éloigner en aparence. Les Etats ne le proposeront peutêtre pas, & si quelques-uns le proposent, il y en a plusieurs qui s'y opposeront pour plaire à l'Empereur, & cette division ruinera notre dessein, puisque s'ils étoient tous d'accord, l'oposition de l'Empereur seul seroit assez forte

pour le ruiner en ce tems où il a un extrême pouvoir, & dans une affaire qui dépend de lui à cause de l'Investiture.

J'ai remarqué dans les Memoires des plaintes, qu'on nous dispute tout ce qui nous a été accordé à Munster, à la reserve de la Souveraineté d'Alsace. On ne parle point encore ici qu'on nous dispute celle du droit de protection des dix Villes, & que nous étant toutes deux conjointement cédées il soit impossible de les séparer, & de donner aux mots qui expriment ces deux cessions un sens de Souveraineté pour l'un, & un sens de dépendance pour l'autre. Lorsque j'alléguerai cette raison, les Etats auront occasion de déclarer leur sentiment sur la Souveraineté de l'Alsace, & de me la disputer, aussi bien que le droit de protection ; mais je crains de l'obtenir pour tous les deux & d'avoir plus que je ne désire. Nous ne pouvons pas les obliger à changer ce que nous avons demandé & obtenu à Munster, & on pourra toujours y revenir dans un meilleur tems. Je pense que la Maison d'Autriche voudroit bien faire déclarer le droit de protection dépendant de l'Empire, parceque cette déclaration le diminue, & ne nous donne aucun avantage ; mais elle ne voudroit pas la faire faire pour le Brisgau, d'autant qu'elle nous donneroit voix & séance dans les Etats.

Touchant la Souveraineté de l'Alsace, & la protection des dix Villes.

Je ne vous parle point des autres plaintes, car cette Lettre est déja trop longue, & vous ne pourriez me donner aucune instruction assez tôt. Je vous en informerai à mesure qu'elles seront examinées.

Le Couronnement de l'Impératrice se fera le 4. d'Août, je crois qu'on m'y conviera ; je ferai malade, ne voulant pas céder à l'Ambassadeur d'Espagne, & ne pouvant obtenir la préséance à la Cour de l'Empereur. Monsieur de Leon Brulart en usoit ainsi dans l'Assemblée de l'an 1630.

Il sera prié au Couronnement de l'Impératrice, mais il fera le malade pour ne pas céder à l'Ambassadeur d'Espagne.

Il y en a beaucoup qui croyent que l'Empereur aura une semblable maladie bientôt après le Couronnement, & que ses Médecins jugent son retour à Vienne nécessaire à sa santé. Il est certain qu'il s'en ira dans le mois de Septembre, & que la Diéte ne durera pas longtems. On communiqua aux Etats le vingt-huitiéme de ce mois son Décret du 23. par lequel il les convie de se hâter, & de finir dans le mois de Septembre, & leur déclare que sa santé ne lui permet pas d'attendre ici l'hiver. On croit qu'en finissant la Diéte on laissera ici ou à Francfort un nombre de Députez pour examiner les affaires qui n'auront pu être terminées, principalement pour ce qui regarde le fait de la Justice.

La Diéte se terminera bientôt, l'Empereur les presse.

L'Ambassadeur de Pologne partit d'ici le 25. de ce mois : le Comte de Schwartzemberg y arriva le vingt-huitiéme : son séjour n'y est pas agréable aux Espagnols, ni au Comte d'Aversperg ; car l'Empereur l'estime beaucoup. Monsieur Fromhold l'un des Ambassadeurs de Brandebourg à Munster & qui avoit ici la même qualité est mort cette semaine. Je suis &c.

Mort de Monsieur Fromhold Ambassadeur de Brandebourg à Munster & à la Diéte.

AUTRE

A son

EMINENCE

Monseigneur le Cardinal

MAZARIN,

Du 31. Juillet 1653.

L'Empereur a pris bien son tems pour l'Election du Roi des Romains. Il ignore par quel intérêt les Electeurs de Cologne & de Baviere ont été gagnez, mais ce qu'on a promis aux autres est public. Il seroit plus fort dans le Collége Electoral que ses Parties, si les Députez de Trèves ne lui étoient pas contraires. Il ne compte pas sur l'Electeur de Mayence qu'il faut pourtant ménager. L'Electeur Palatin attaché à l'Empereur & aux Espagnols, il voudroit ôter Philipsbourg à la France aussi bien que l'Evêque de Spire qui employera tout pour cela. Il est important de garder Philipsbourg & de régler un fonds pour cela. Il a fait ses complimens à l'Empereur & au Roi des Romains en Latin. Le Landgrave de Darmstad dépend de l'Empereur & le Duc de Neubourg qui épouse sa fille en dépendra aussi. Le Duc de Neubourg après avoir recherché Mademoiselle, se marie à une autre, parceque Mademoiselle avoit répondu qu'elle ne pouvoit pas se marier dans l'état présent des affaires. On espère que l'ainé des Princes de Sultzbach se fera Catholique. Il lui parle de l'état d'un

procès que le Cardinal a contre un homme appellant d'une Sentence donnée à Cologne. Monsieur le Comte de Harcourt est sollicité par Monsieur le Prince pour l'engager dans son parti. Il ne fait que répondre aux plaintes de l'Evêque de Spire, il juge Philipsbourg nécessaire, & il demande qu'on régle un fonds pour l'entretien de la Garnison.

MONSEIGNEUR,

LA Lettre que j'écris aujourd'hui à Monsieur le Comte de Brienne, & celle que je lui écrivis au dernier Ordinaire, répondent aux principaux Points de celle que votre Eminence m'a fait l'honneur de m'écrire le quatriéme de ce mois. La copie que je vous envoye m'empêche de répéter ici ce qu'elles contiennent. L'Empereur a bien pris son tems pour l'Election du Roi des Romains, & encore que la France eût été paisible & florissante elle auroit eu beaucoup de peine à l'empêcher : car il a gagné les Electeurs à Prague par des intérêts si puissans, que nous n'avions rien de capable d'y résister. L'intérêt présent peut plus sur l'esprit des Hommes que le souvenir du bien, ou du mal que l'on a reçu autrefois, ni que la considération de l'avenir ; desorte que tous nos raisonnemens auroient été inutiles puisque nous n'avions rien de réel à donner.

Je n'ai encore pu savoir par quel intérêt les Electeurs de Cologne, & Baviere ont été gagnez, mais ce qu'on a donné, ou promis aux autres est public, & de telle conséquence qu'ils ne le pouvoient refuser. Il est véritable qu'après la chose faite on a offensé l'Electeur de Cologne & en sa personne celui de Baviére ; qu'on a trompé l'Electeur de Trêves, & qu'il y a aparence que les Electeurs de Brandebourg, & d'Heidelberg n'auront pas tout ce qu'on leur a promis ; mais nous ne sommes pas en état de profiter de tous ces mécontentemens, & n'étant pas apuyez ils ne peuvent faire autre chose que gronder.

J'ai fait ce que j'ai pu auprès de Monsieur l'Electeur de Trêves, & j'en ai rendu compte à Monsieur le Comte de Brienne par ma Lettre du 10. de ce mois, de laquelle j'ai envoyé copie à votre Eminence. Quoique je n'aye point vu Monsieur l'Electeur de Cologne, j'ai traité très-souvent avec lui, & suis assuré qu'il nous sera favorable dans cette Assemblée, aussi bien que celui de Baviere : c'est tout ce qu'on peut tirer maintenant. Les Ambassadeurs de Brandebourg m'ont donné la même assurance, & si ceux de Trêves suivoient le sentiment de leur Maître, je serois plus fort dans le Collége Electoral que nos Parties : car j'aurois quatre voix, de sept ; mais ils nous font si contraires, que je suis obligé de lui écrire aujourd'hui sur ce sujet. Monsieur l'Electeur de Mayence ne nous donne qu'un peu d'aparence, & tout l'effet est contre nous : toutefois il faut le ménager depeur qu'il ne nous ôte encore ce qu'il nous garde ; il s'est dotilé

L'Empereur a pris bien son tems pour l'Election du Roi des Romains.

Il ignore par quel intérêt les Electeurs de Cologne & de Baviere ont été gagnez, mais ce qu'on a promis aux autres est public.

Il seroit plus fort dans le Collége Electoral que ses Parties, si les Députez de Trèves ne lui étoient pas contraires.

Il ne compte pas sur l'Electeur de

1653.

Mayence qu'il faut pourtant ménager.

donné tout entier à l'Empereur; mais il reviendra quand il plaira à la fortune de changer. Il me parle & me fait parler incessamment de quarante mil écus que le Roi lui doit, & qu'on lui a promis: soit qu'il cherche dans mon refus un pretexte à son changement, soit qu'il espére de se faire payer dans cette conjoncture, où il croit nous être nécessaire, je ne m'engage point à lui dire qu'on lui doit, ou qu'on ne lui doit pas, car je n'en sais rien, je me contente de lui représenter que le Roi n'est pas en état de payer ses dettes. Outre son attachement à l'Empereur qui protégera toutes nos Parties il en a un particulier à l'Evêque de Spire, parceque le Frére de cet Evêque épouse la fille de son Frére : cet Evêque est aussi proche parent & ami de l'Electeur de Trêves.

L'Electeur Palatin attaché à l'Empereur & aux Espagnols, il voudroit ôter Philipsbourg à la France aussi bien que l'Evêque de Spire qui employera tout pour cela.

L'Electeur Palatin est autant attaché à l'Empereur & aux Espagnols que s'il leur avoit beaucoup d'obligation; & il ne désire pas moins de voir Philipsbourg hors de nos mains que l'Evêque de Spire : c'est-à-dire beaucoup; car cet Evêque le désire avec une passion déréglée, & il s'emporte ici contre nous si hautement que les plus passionnez s'en étonnent. Il armeroit l'Empire contre la France, s'il pouvoit, & il faudra être toujours à Philipsbourg en garde contre lui : il pensera continuellement à nous surprendre, & sera aidé par tous les voisins sans exception. Il y en a plusieurs qui ne le voudroient pas voir Maître de Philipsbourg; mais ils l'aiment encore mieux que nous, parce qu'il est foible, & qu'ils espérent le pouvoir obliger à raser cette Place.

Il est important de garder Philipsbourg, & de régler un fonds pour cela.

Je l'ai toujours jugée fort utile à la France, mais cette utilité paroit encore plus clairement qu'autrefois : car par cette Place bien gardée on empêchera de parler hautement les Electeurs de Mayence, & d'Heidelberg & beaucoup d'autres Princes, mieux que Brisac qui en est éloigné. Si on le veut bien garder, il est nécessaire de faire cesser les plaintes des voisins, & cela ne se peut sans un fond reglé pour son entretien.

Il a fait ses complimens à l'Empereur & au Roi des Romains en Latin.

Je suis très-obligé à votre Eminence du favorable jugement qu'elle a fait de ma conduite, & afin de ne me flater pas moi-même, je lui envoye les complimens que j'ai fait à l'Empereur, & au Roi des Romains, dans ma première audience. Ils ne sont pas en François parce qu'ils n'aiment point les interprétes, & qu'ils répondent toujours en Allemand si on ne leur parle Latin, ou Italien : l'Ambassadeur de Pologne qui n'entend pas mieux l'Allemand que moi a parlé aussi en Latin.

Le Landgrave de Darmstat depend de l'Empereur, & le Duc de Neubourg, qui épouse sa fille en dépendra aussi.

Le Duc de Neubourg épousera bientôt la fille du Landgrave de Darmstat qui est Lutherien, & il m'a dit qu'il est assuré qu'elle se fera Catholique incontinent après les Nôces. Il étoit déja assez attaché à la Maison d'Autriche, ce Mariage est un nouveau lien; car le Landgrave de Darmstat en dépend entièrement de son Chef & par sa femme qui est fille de l'Electeur de Saxe.

Le Duc de Neubourg après avoir recherché Mademoiselle, se marie à une autre, parceque Mademoiselle avoit répondu qu'elle ne pouvoit pas se marier dans l'état present des affaires.

Il m'a dit un grand compliment sur la recherche de Mademoiselle, & m'a dit qu'il est infiniment obligé à leurs Majestez, & à Monseigneur le Duc d'Orleans d'avoir eu agréable sa témérité, & qu'il l'auroit continuée s'il avoit eu un tems limité; mais que Mademoiselle ayant répondu qu'elle ne pouvoit penser au Mariage en l'état présent des affaires, & n'en voyant point la fin, il avoit été obligé de céder aux priéres de ses Sujets, & aux Re-

montrances de son Confesseur, qui désirent qu'il ait des Enfans, parceque les Princes de Sultzbach ses Cousins germains & héritiers sont Lutheriens; que cela ne diminueroit point son respect, sa reconnoissance, & son affection pour le service du Roi & qu'il me prioit d'en assurer Sa Majesté de sa part.

On espére que l'ainé des Princes de Sultzbach se fera Catholique.

On espére bientôt la Conversion de l'Ainé des deux Princes de Sulzbach; mais son Frére sera apparemment son héritier; car il n'a point d'Enfans mâles qui puisse maintenir ce qu'il aura commencé. Monsieur l'Electeur Palatin a donné quelque espérance de conversion, mais on ne sait s'il y a de la feinte. On parle encore de la conversion de deux ou trois Princes, mais ce sont des Cadets qui n'ont point d'Etats.

Il lui parle de l'état d'un procès que le Cardinal a contre un homme appellant d'une Sentence donnée à Cologne.

On m'a parlé d'un procès où votre Eminence a quelque intérêt, contre un homme appellant au Conseil de l'Empereur d'une Sentence donnée à Cologne. J'en parlerai ici aux Juges avec tout le soin & l'affection possibles; mais Monsieur Crane mon ami qui est un des Juges m'a dit, que les Actes sur lesquels la Sentence a été rendue n'étant pas encore ici, on n'en peut espérer le jugement qu'à Vienne, & qu'on ne levera point les défenses d'exécuter la Sentence donnée ici, sans voir les Actes. S'ils arrivent avant le départ de l'Empereur, je ferai tous mes efforts pour faire lever les défenses, sinon je me contenterai de recommander l'affaire.

Je remercie très-humblement votre Eminence de la grace qu'elle a faite à mon Frére de lui accorder la chaire du Louvre, & la suplie très-humblement de croire qu'elle ne peut honorer de ses bonnes graces une personne qui soit avec plus de respect & de passion que je suis &c.

Monsieur le Comte de Harcourt est sollicité par Monsieur le Prince pour l'engager dans son parti.

On dit ici que Monsieur le Comte d'Harcourt est fort sollicité par Monsieur le Prince, qui lui a envoyé Monsieur de Romainville. Ce bruit est si grand que je le prendrois pour un artifice des Espagnols, si je n'en avois été averti en particulier, & si je ne savois le passage de Romainville à Philipsbourg; mais la Lettre de Monsieur de Brienne du 14. de ce mois me met hors d'inquiétude, m'aprenant que l'accommodement de Monsieur le Comte d'Harcourt est fait, & qu'il ne retient Brisac qu'en gage des choses qu'on lui a promises.

Il ne fait que répondre aux plaintes de l'Evêque de Spire, il juge Philipsbourg nécessaire, & il demande qu'on régle un fonds pour l'entretien de la Garnison.

S'il se déclaroit pour Monsieur le Prince, j'aprens de bonne part que la Garnison de Philipsbourg ne le suivroit pas, & qu'elle demeurera dans le service du Roi. Je ne sai que répondre aux plaintes de l'Evêque de Spire qui sont justes : cette Place est nécessaire au Roi, il ne mérite aucune grace de Sa Majesté, mais on ne la peut plus garder sans un fond reglé pour son entretien.

MONSIEUR
De
VAUTORTE
à Monsieur de
BRIENNE.

Du 7. Août 1653.

Il parlera au Duc de Wirtemberg pour le secours de l'Alsace, quoi qu'il n'ait pas reçu la Lettre du Roi pour lui. On donne toutes les femaines à la Diète quelques Mémoires remplis de plaintes contre les François. Il a donné les Lettres du Roi aux trois Colléges. Le Collége Electoral trouve trois chofes à redire à ces Lettres, il ne veut qu'une Lettre pour les trois Colléges; il veut un titre plus honorable que celui de Coufin, & il défire à la fin de la Lettre un votre bon Ami & Coufin. L'Empereur ne cherche qu'à finir honnêtement la Diète. Griefs touchant la Religion divifent la Diète. Couronnement de l'Imperatrice, il en est prié, mais on lui fait dire que l'Ambaffadeur d'Espagne aura la première place, il refufe d'y aller. On parle d'un voyage de la Cour Imperiale à Munick. Il doit mettre à la tête de ses plaintes le refus de l'Inveftiture demandée par le Duc de Savoye, pour témoigner à ce Duc qu'il s'est intéreffé pour lui. Défiance entre le Roi d'Efpagne & l'Empereur. Envoyé de Monfieur le Prince à la Diète dont il ne peut pas pénétrer la maneuvre. Le bruit se repand que le Comte d'Harcourt s'est déclaré pour le Prince, mais il n'en a aucune nouvelle de Philipsbourg, ni de Francfort.

MONSIEUR,

LA Lettre que vous m'avez fait l'honneur de m'écrire le 18. de Juillet, m'a été renduë le 4. de ce mois, & j'ai reçu le lendemain celle du 25. par l'adreffe de Monsieur de Bilderbeck. Elle m'en promet une du Roi pour le Duc de Wirtemberg, laquelle n'étoit point dans votre paquet. Je ne laifferai pas de lui parler du fecours de l'Alface au cas que les Lorrains, ou autres Ennemis, y vinffent cet hiver. Je vous manderai la réfolution par le prochain Courier, & mon avis fur la conduite qu'on devra tenir en cette occafion avec la Republique de Strasbourg & les dix Villes d'Alface. Je ne puis rien ajouter à ma Lettre du 31. Juillet, car on n'a point encore parlé de nos affaires. On donne toutes les femaines quelque nouveau Mémoire contre nous; Monfieur l'Evêque de Bâle a donné le dernier, par lequel il nous difpute la jurifdiction territoriale fur les terres d'Alface, qui font dans fon Fief. A la lecture de ces Mémoires tous les partifans de l'Archiduc d'Infpruck font beaucoup de bruit contre nous pour aigrir les efprits. Les Deputez des Evêques de Spire & de Vormes, éclatent plus que les autres: celui-ci detourne, car il dépend de Monfieur l'Electeur de Mayence, qui a été élu Evêque de Vormes par le Chapitre, & je croyois qu'il ne nous feroit aucun mal ouvertement.

Les Etats ont réfolu de joindre tous ces Mémoires enfemble, & de me les envoyer pour y répondre, cette réfolution ne s'exécutant point j'ai voulu les en faire fouvenir, & ai donné les Lettres du Roi aux trois Colléges, lefquelles j'avois gardées pour m'en fervir en quelque occafion. Elles ont été luës chacune dans fon Collége: celles pour les Princes, & pour les Villes ont été mifes en Allemand, & communiquées à la Dictature publique: celle pour les Electeurs ne l'a pas encore été. Le Collége Electoral y trouve trois chofes à redire: il ne veut qu'une Lettre pour les trois Colléges, étant fâché que le Roi écrive féparement aux Villes: il veut quelque titre plus honorable que celui de Coufin, étant un rang plus haut que le Collége des Princes, auquel le Roi le donne également, & il défire à la fin de la Lettre un votre bon Ami & Coufin ou autre civilité femblable, à l'exemple du Roi d'Efpagne, & de la Reine de Suede. Le Député de l'Electeur de Mayence s'eft chargé de me propofer ces trois points; mais il ne l'a pas encore fait, & on m'a dit qu'il attend de Mayence, où eft la Chancellerie, des Lettres que le feu Roi a écrites au Collége Electoral. Je fuis préparé à lui répondre, & je voudrois que nous n'euffions point ici de plus grandes difficultez. Ces trois Lettres n'ont pas eu l'effet que je m'étois propofé, car on n'a point parlé depuis de nos affaires, je fouhaiterois qu'on n'en parlât point du tout; mais puis qu'il en faut parler, je voudrois que ce fût préfentement, lorfqu'il y a ici des Princes: au contraire nos Parties retardent jufques à leur départ, efpérant mieux venir à bout de leurs Deputez.

Il femble qu'on ne fera rien ici pour le bien de l'Empire, & que l'Empereur ne cherche

qu'à

Il parlera au Duc de Wirtemberg pour le fecours de l'Alface, quoi qu'il n'ait pas reçu la Lettre du Roi pour lui.

On donne toutes les femaines à la Diéte quelques Mémoires remplis de plaintes contre les François.

Il a donné les Lettres du Roi aux trois Colléges.

Le Collége Electoral trouve trois chofes à redire à ces Lettres; il ne veut qu'une Lettre pour les trois Colléges; il veut un titre plus honorable que celui de Coufin, & il défire à la fin de la Lettre un votre bon Ami & Coufin.

1653.

L'Empereur ne cherche qu'à finir honnêtement la Diéte.

qu'à finir honnêtement cette Diéte, sans qu'on lui puisse reprocher qu'il n'a eu de soin que de ces intérêts. Pour réüssir dans ce dessein, il a fait mettre sur le tapis les points desquels les Etats des deux Religions ne conviennent pas encore : c'est une matiére qui échauffe d'abord les esprits, & sur laquelle on n'est jamais d'accord, après des contestations de quelques années. On croyoit l'avoir réglée à Munster.

Griefs touchant la Religion divisent la Diéte.

On en forma depuis, sur l'explication de quelques articles du Traité de Paix, qui durérent autant que l'Assemblée de Nuremberg; mais n'aiant pû y être terminées, & les esprits étant las plûtôt que satisfaits, elles furent renvoyées à la prémiere Diéte. On les propose donc maintenant pour partager les esprits dès le commencement, & pour faire dépendre par cette division l'un & l'autre parti de l'Empereur. Il n'y a que six jours qu'ils ont entamé cette matiére, & ils sont déja si échauffés qu'ils ne pensent plus à autre chose.

Couronnement de l'Imperatrice, il en est prié, mais on lui fait dire que l'Ambassadeur d'Espagne aura la prémiere place, il refuse d'y aller.

Le Couronnement de l'Imperatrice a été fait le 4. de ce mois. J'y fus convié de la part de l'Empereur le troisiéme comme tous les autres par le Comte de Herberstein; mais il eut ordre de me dire que l'Empereur donneroit la prémiere place à l'Ambassadeur d'Espagne, qui étoit en possession dans sa Cour, & que si j'y faisois difficulté, Sa Majesté Imperiale ne trouveroit point mauvais que je n'y assistasse pas. Je répondis que l'Empereur me faisant l'honneur de me convier à une Cérémonie si pleine de joye pour lui & pour sa Maison, continuoit de donner au Roi des preuves de son amitié, & que j'étois assuré que Sa Majesté en recevroit beaucoup de contentement; mais que je ne pouvois pas m'y trouver puisqu'il ne vouloit pas m'y donner le rang qui est dû en tous lieux aux Ambassadeurs de France, & qui leur est accordé sans contestation à Rome, à Venise, & dans toutes les autres Cours où l'on en juge sans intérêt : que le discours que l'Empereur me faisoit faire témoignoit qu'il voyoit bien le droit que j'avois, & qu'il n'y avoit point de possession contraire où le Roi n'a jamais d'Ambassadeurs. J'en ai parlé de même sorte à tous ceux que j'ai vu depuis, sans chaleur, & sans plainte, ne jugeant point à propos d'en faire : lorsque j'aurai l'honneur de voir l'Empereur & l'Imperatrice je leur ferai compliment sur ce Couronnement & je leur en parlerai aussi.

On parle d'un voyage de la Cour Imperiale à Munick.

On dit que l'Empereur, l'Imperatrice, & le Roi des Romains, partent dans huit jours, avec une partie de la Cour, pour aller à Munick, d'où ils reviendront ici par Augsbourg, & que ce voyage durera quinze jours, pendant lesquels l'Electeur de Mayence ira boire des eaux. L'Abbé de Fulde est parti aujourd'hui, & le Landgrave de Darmstadt s'en retourne demain chez lui.

Il doit mettre à la tête de ses plaintes le refus de l'investiture demandée par le Duc de Savoye, témoigner à ce Duc qu'il s'est intéressé pour lui.

Lorsque l'on commencera à parler de nos affaires, je mettrai à la tête de nos plaintes les inexécutions du Traité d'Investiture demandée par le Duc de Sayoye, & tâcherai de faire que s'il n'est content de l'Empereur & des Etats il le soit de nous, & avoue que nous n'avons pû faire davantage pour lui. Je l'ai dit au Comte de Luzerne qui est ici de sa part, lequel m'a témoigné en être satisfait, & l'avoir écrit à Turin. Je lui ai aussi communiqué ce que Monsieur le Bailli de Valançai vous a mandé avoir appris du Pape de la défiance que le Duc de Mantoüe dit être entre le Roi d'Espagne, & l'Empereur même. Nous n'en avons pu rien découvrir ici & il y a peu d'apparence que la défiance aille jusques à l'Empereur : il peut même bien être que le Duc de Mantoüe ait fait parler au Pape à l'instance des Espagnols pour découvrir les sentimens de Sa Sainteté.

Défiance entre le Roi d'Espagne & l'Empereur.

Envoyé de Monsieur le Prince à la Diéte dont il ne peut pas pénétrer la manœuvre.

Je n'ai encore pu pénétrer ce que fait ici l'Envoyé de Monsieur le Prince. Il n'a rien à faire avec les Etats à mon avis, & je ne puis savoir ce qu'il traite avec l'Empereur. Le bruit court ici depuis Mardi que Monsieur le Comte d'Harcourt s'est déclaré pour Monsieur le Prince. Je n'en ai aucune nouvelle, quoique je reçoive des Lettres de Philipsbourg, & de Francfort, par tous les Couriers. On m'a dit aussi que l'Empereur veut envoyer trois Regimens de Cavallerie en Flandre, & qu'il feindra de les licentier auparavant; mais un seul homme me l'a dit comme l'ayant appris de Montecuculli. Je m'en suis informé depuis très-curieusement, & n'ai trouvé personne qui le fût, desorte que je n'ai encore osé en parler de crainte de me plaindre mal à propos. Je suis avec un respect extrême &c.

Le bruit se repand que le Comte d'Harcourt s'est déclaré pour le Prince, mais il n'en a aucune nouvelle de Philipsbourg, ni de Francfort.

1653.

MONSIEUR

De

VAUTORTE

à Monsieur de

BRIENNE.

Du 7. Août 1653.

Ses Lettres de Philipsbourg & de Francfort lui font croire que le bruit qui a couru de Monsieur le Comte d'Harcourt est faux. Les Polonois levent quelque Infanterie dans la Silésie.

MONSIEUR,

DEpuis ma Lettre écrite, j'en ai reçu de Philipsbourg, & de Francfort, qui me font croire, que le bruit qui a couru ici de Monsieur le Comte d'Harcourt est faux. J'ai aussi vu deux personnes de condition, qui m'ont dit que Monsieur de Saint Etienne est venu pour obtenir de l'Empereur quelques Troupes; mais qu'il n'en aura point. Il n'en a point dans la Bohéme, ni dans la Silésie, & Moravie, & tout ce qui lui en reste est dans la Hongrie : ce tout n'est pas fort considerable.

Ses Lettres de Philipsbourg & de Francfort lui font croire que le bruit qui a couru de Monsieur le Comte d'Harcourt est faux.

Les Polonois font quelques levées d'Infanterie dans la Silésie, mais de peu de conséquence. J'ai cru, Monsieur, devoir ajouter ce mot

Les Polonois levent quelque Infanterie dans la Silésie.

1653. mot à ma Lettre. Je suis avec un respect extrême &c.

MONSIEUR

De

VAUTORTE

à Monsieur de

BRIENNE.

Du 7. Août 1653.

Il lui avoue sa faute, mais qu'il n'y a eu aucune mauvaise intention de sa part.

MONSIEUR,

Il lui avoue sa faute, mais qu'il n'y a eu aucune mauvaise intention de sa part. LA Lettre que vous m'avez fait l'honneur de m'écrire le vingt-cinquiéme de Juillet m'a beaucoup affligé. J'avoue que j'ai tort, & que je n'ai point de bonne excuse; mais je ne puis m'empêcher de vous dire que dans ma faute, je n'ai eu aucune mauvaise intention; & que je serois aussi capable d'en avoir contre moi-même que contre vous. Celui auquel je me suis fié m'est aussi assuré que mon Secretaire: toutefois je commencerai aujourd'hui à vous adresser directement mes Lettres. Je vous suplie très-humblement d'oublier le passé. Vous me défendez un plus grand éclaircissement, & je ne le pourrois pas si bien faire par écrit, que de vive voix: je vous obéirai donc, Monsieur, en ce point comme en toute autre chose & vous suplie très-humblement de croire que je suis sans réserve &c.

MONSIEUR

De

VAUTORTE

à Monsieur de

BRIENNE.

Du 14. Août 1653.

Il a complimenté l'Empereur sur le Couronnement de l'Imperatrice, & s'est plaint en même tems de ce que l'Empereur en le conviant d'y assister, lui avoit fait dire qu'il donneroit la premiére place à l'Ambassadeur d'Espagne: L'Empereur lui a répondu qu'il ne pouvoit pas faire autrement. L'Empereur, pour détourner le discours, lui demanda des nouvelles de Bordeaux. Il lui en donne qui ne lui sont pas fort agréables. Voyage de l'Empereur avec l'Imperatrice, & le Roi des Romains à Munick. Touchant l'argent que le Duc de Lorraine demande, les Etats de l'Empire l'ont renvoyé à l'Empereur obligé par le Traité de Munster de lui faire rendre les trois Châteaux qu'il tient. L'Empereur a nommé deux personnes de sa Cour pour traiter avec le Député de Lorraine. On lui a dit que ce Traité a été conclu le 12. de ce mois, qu'on promet 300. mille écus au Duc de Lorraine, la moitié dans trois mois, & qu'il rendra en même tems les Châteaux, l'autre moitié dans quelque tems pour sureté de sa parole; le Prince son frère a aussi donné la sienne. Les Contractans prétendent que l'Empi-
re

1653.

re paye cet argent, cela ne se fera pas sans difficulté. Nonobstant cela le Cercle du Rhin ne sera pas plus en sureté à cause du Prince de Condé, il arme avec le Cercle de Westphalie. Le Duc de Neubourg part le 16. de ce mois pour aller à Essen où le Cercle est convoqué & passe à Darmstadt pour épouser la Fille du Landgrave. Il craint pour l'Alsace si ces deux Cercles se garantissent. Si la Garnison de Brisac étoit forte elle empêcheroit les Ennemis d'hiverner dans l'Alsace. Le Duc de Wirtemberg n'oseroit seul nous secourir; le Cercle de Suaube ne prendra pas cette résolution; il est plein d'Ecclesiastiques qui dépendent de l'Empereur. Il a donné au Duc de Wirtemberg la Lettre du Roi, il n'a pas donné celle qui étoit adressée à l'Evêque de Bâle; sa raison. Il ne croit pas que le Roi doive écrire à Strasbourg ni aux dix Villes d'Alsace, si Elles ne s'arment pas pour leur défense, elles ne le feront pas sur les Lettres du Roi. L'Envoyé du Prince de Condé ne demande rien aux Etats de l'Empire, & n'en doit rien espérer, il ne sait pas ce que l'Empereur fera pour lui, & ne pense pas qu'il lui donne de l'argent, sans quoi il ne lui peut donner des Troupes. Etat des Troupes de l'Empereur. Il les garde sous prétexte de la crainte qu'il a du Turc. Mais plutôt pour profiter des occasions à cause des divisions qu'il y a dans l'Empire pour la Religion. On croit que l'Empereur en veut à Brisac sous le nom de l'Archiduc, & à Philipsbourg, sous celui de l'Evêque de Spire. Monsieur le Comte d'Harcourt en peut ôter le prétexte & même le moyen. Tout est à craindre pour Philipsbourg à moins qu'on n'y remédie. Il avoue que leur contravention au Traité de Paix est manifeste. Les Etats de l'Empire sont occupez aux Griefs de Religion; ils n'ont

point parlé encore de nos affaires, il croit qu'il y a du mystère à ce retardement. L'Electeur de Mayence lui a promis de lui communiquer dans peu de jours les Mémoires des plaintes que l'on fait contre la France. Il donnera un Ecrit aux Etats, où il leur parlera selon son Instruction & fera ses plaintes. Il ne juge pas à propos d'y aller en personne à cause de la dignité du Roi: s'ils ont à lui parler ils doivent lui envoyer des Députez comme ils ont fait à Nuremberg. Dispute entre les François & l'Electeur Palatin touchant les bateaux que les François envoyent chargez de munitions à Philipsbourg. L'Electeur prétend qu'on doit payer le péage & l'a même fait payer à un bateau. Le Comte d'Harcourt menace d'user de represailles, il lui demande ses ordres sur ce point. Il le prie de lui repondre favorablement à un Mémoire qu'il lui envoye en faveur de Monsieur de Hunstein, que Monsieur l'Electeur de Mayence lui a donné. L'Accord avec le Duc de Lorraine a été présenté ce matin aux Etats: le College des Villes l'a refusé: dans le College des Princes les uns l'ont refusé; & les autres ont demandé du délai: dans le College Electoral les Electeurs Ecclesiastiques ont été d'avis de l'approuver, & les autres ont demandé un delai.

1653.

MONSIEUR,

J'Ai reçu le 12. de ce mois la Lettre que vous m'avez fait l'honneur de m'écrire le premier: si elle étoit venue par la voye de vos précédentes Lettres, je ne l'aurois reçue que le dix-sept, & n'y aurois pu répondre que le vingt-un.

J'ai vu l'Empereur, & l'Imperatrice, sur son Couronnement, le douziéme de ce mois: j'ai dit à l'Empereur que ce que je lui avois dit sur l'Election du Roi des Romains par ordre exprès & spécial du Roi, je le lui venois dire sur le Couronnement de l'Imperatrice suivant mon ordre général: que je n'en voulois point attendre de particulier pour lui témoigner la joye de Sa Majesté, parceque mon Instruction m'ordonnoit de l'assurer que le Roi se rejouïroit de tout ce qui le pourroit contenter,

Il a complimenté l'Empereur sur le Couronnement de l'Imperatrice, & s'est plaint en même tems de ce que l'Empereur en le conviant d'y assister, lui avoit fait dire

1653.

qu'il donneroit la première place à l'Ambassadeur d'Espagne. L'Empereur lui a répondu qu'il ne pouvoit pas faire autrement.

tenter, & s'affligeroit de tout ce qui pourroit lui causer du déplaisir : que le sujet de plainte qu'il m'avoit donné par le compliment qu'on m'avoit fait de sa part, ne m'empêchoit point de lui rendre ce devoir, & que le droit du Roi étoit si clair & si établi dans toutes les Cours, par une possession ancienne, qu'il ne pouvoit être blessé par aucun Acte, ni de qui que ce soit. Il a répondu avec beaucoup de civilité à ce que je lui ai dit sur le Couronnement, & a ajouté pour la préséance, que je jugeois bien qu'il ne pouvoit faire autrement. J'ai repliqué que s'il me permettoit d'en juger, je prendrois la hardiesse de lui dire que s'il ne vouloit pas faire autrement, il pouvoit au moins d'une autre sorte, & n'ajouter pas à l'honneur qu'il me faisoit de me convier, une condition si fâcheuse : que je ne prétendois pas le forcer à me donner dans sa Cour le rang qui est dû aux Ambassadeurs de France, & que j'aurois pû éviter de faire une chose contre son intention, mais que j'avois sujet de trouver un peu rude, qu'on m'eût proposé comme une régle, ce qui devoit venir de ma modération. Il m'a repondu qu'il seroit fâché d'avoir donné en cette occasion aucun sujet de plainte, n'en ayant pas eu le dessein, & m'a demandé si je n'avois aucune nouvelle de Bordeaux.

L'Empereur pour détourner le discours, lui demande des nouvelles de Bourdeaux. Il lui en donne qui ne lui sont pas fort agréables.

Je n'ai pas jugé à propos de le presser davantage sur ce sujet, m'étant proposé dès le commencement de m'en plaindre sans aucune aigreur, ni chaleur, comme j'ai eu l'honneur de vous mander par ma dernière Lettre. En voyant que pour se débarasser il passoit à un autre discours, je l'ai suivi, & lui ai lu ce que vous me mandez de Bordeaux par votre Lettre du premier de ce mois que je venois de recevoir. Il a voulu que je la lui interprétasse en Latin, & l'a écoutée avec beaucoup d'attention, mais avec aussi peu de plaisir que le discours précédent. J'ai fini par un compliment sur le voyage qu'il va faire à Munick. Il part le seizième de ce mois avec l'Imperatrice, & le Roi des Romains, & fort peu de train, & sera ici de retour à la fin du mois.

Voyage de l'Empereur avec l'Impératrice, & le Roi des Romains à Munick.

Touchant l'argent que le Duc de Lorraine demande. Les Etats de l'Empire l'ont renvoyé à l'Empereur, obligé par le Traité de Munster de lui faire rendre les trois Châteaux qu'il tient.

Je vous ai mandé dès le commencement que je n'avois pas jugé à propos de m'opposer publiquement à la demande d'argent faite par le Député du Duc de Lorraine, parceque mon opposition auroit offensé l'Electeur de Cologne, & de Trêves, qui étant les plus exposez au danger, souhaitent d'en être délivrez aux dépens de tout l'Empire à quelque prix que ce soit. Je vous ai écrit depuis que les Etats avoient rejetté cette demande, & avoient dit que l'Empereur étant obligé par le Traité de Munster à faire rendre par le Duc de Lorraine les trois Châteaux qu'il tient encore dans l'Empire, ils ne vouloient pas les racheter, & qu'il n'y avoit point d'autre remède contre ses courses dans l'Allemagne, que celui de s'armer.

L'Empereur à nommé deux personnes de sa Cour pour traiter avec le Député de Lorraine.

L'affaire ayant donc été renvoyée par les Etats à l'Empereur, il a commis le Comte de Curtz Vice-Chancellier de l'Empire, & le Comte d'Oetingen Président du Conseil Aulique pour traiter avec le Député du Duc de Lorraine, & les Ambassadeurs des Electeurs de Mayence & de Cologne ont assisté aux Conférences de leur chef, sans ordre des Etats.

On lui a dit que ce Traité à été conclu le 12. de ce mois, qu'on promet 300. mille écus au Duc de Lorraine, la moitié dans trois mois, & qu'il

On m'a dit qu'ils achèveront le 12. de ce mois le Traité, par lequel on promet 300. mille écus au Duc de Lorraine, sans aucune Place en gage : qu'il en doit recevoir la moitié dans trois mois, & rendre au même tems les trois Châteaux : qu'on lui payera l'autre moitié dans quelque tems, laquelle on retient pour sureté

de la parole qu'il donne de n'envoyer plus ses Troupes dans l'Empire, & que Monsieur le Prince François son Frére donnera aussi la sienne. Cet argent doit être payé par les Etats de l'Empire selon l'intention des Contractans, cela ne se fera pas sans beaucoup de difficulté. Il me semble que le Roi n'y a point d'intérêt : ces cinquante mille écus dans la bourse du Duc de Lorraine nuiront moins au Roi, que les trois Châteaux entre ses mains, lesquels lui donnent beaucoup de facilité pour des levées & pour des quartiers.

1653.

rendra en même tems les Châteaux : l'autre moitié dans quelque tems pour sureté de sa parole. Le Prince son Frere a aussi donné la sienne.

Quoique les Etats approuvent ce Traité, ceux qui sont proches du Rhin n'en seront pas plus assurez à cause de Monsieur le Prince de Condé, & les Cercles des Electeurs de Westphalie ne laisseront pas de s'armer. L'armement est déja résolu dans le Cercle Electoral, & celui de Westphalie est convoqué au dixième de Septembre dans Essen proche de Cologne. Le Duc de Neubourg qui en est Directeur avec l'Evêque de Munster part le seizième de ce mois pour y aller. En passant à Darmstadt, il y épousera la Fille du Landgrave qui est déja parti.

Nonobstant ce a le Cercle du Rhin ne sera pas plus en sureté à cause du Prince de Condé. Il arme avec le Cercle de Westphalie.

Le Duc de Neubourg part le 16. de ce mois pour aller à Essen où le Cercle est convoqué & passe à Darmstade pour épouser la Fille du Landgrave.

Je crains que si ces deux Cercles se garentissent, l'orage ne tombe sur l'Alsace qui est dans le Cercle du haut Rhin. Le Duc de Simmeren l'un des Directeurs est foible, & sans considération. Monsieur l'Electeur de Mayence, qui est l'autre Directeur comme Evêque de Wormes, agit mollement pour la défense de ce Cercle, parceque tout le mal tombera sur l'Alsace : c'est-à-dire sur ce qui en appartient au Roi, & sur l'Evêché de Strasbourg auquel Monsieur l'Archiduc Léopold qui en est Evêque est plus obligé de pourvoir. Si la Garnison de Brisac étoit forte, elle pourroit empêcher les Ennemis d'hiverner fort à leur aise dans l'Alsace. Les petits Etats de ce Cercle m'ont promis de s'armer, mais ils n'y sauroient faire 600. hommes entiers & ce nombre ne suffit pas.

Il craint pour l'Alsace si ces deux Cercles se garentissent.

Si la Garnison de Brisac étoit forte, elle empêcheroit les Ennemis d'hiverner dans l'Alsace.

J'ai parlé à Monsieur le Duc de Wirtemberg pour l'obliger à nous secourir : il n'oseroit le faire seul, n'osant pas offenser l'Empereur, & il ne croit pas que le Cercle de Suabe dans lequel il est, prenne cette résolution, parcequ'il est plein d'Ecclésiastiques qui dépendent de l'Empereur. Je lui ai rendu la Lettre du Roi : les deux autres Lettres de Sa Majesté m'ont été inutiles, celle pour Monsieur l'Evêque de Bâle, parcequ'ayant donné sa plainte aux Etats depuis ce que je vous en avois écrit, je n'ai pas cru lui devoir donner une Lettre qui le remercie de ne l'avoir pas fait, & celle pour Monsieur le Landgrave de Darmstadt, parcequ'elle lui est adressée par méprise & qu'elle devroit être pour Monsieur le Marquis de Dourlach. Il ne sera pas besoin d'en faire à la Republique de Strasbourg, & aux dix Villes d'Alsace : car si Elles ne s'arment pour leur intérêt & leur défense, elles ne le feront pas sur des Lettres du Roi.

Le Duc de Wirtemberg n'oseroit seul nous secourir; le Cercle de Suabe ne prendra pas cette résolution ; il est plein d'Ecclesiastiques qui dépendent de l'Empereur.

Il a donné au Duc de Wirtemberg la Lettre du Roi, il n'a pas donné celle qui étoit adressée à l'Evêque de Bâle; la raison.

Il ne croit pas que le Roi doive écrire à Strasbourg ni aux dix Villes d'Alsace, si elles ne s'arment pour leur défense, elles ne le feront pas sur les Lettres du Roi.

L'Envoyé de Monsieur le Prince de Condé ne demande rien aux Etats, & n'en doit rien espérer en général ni en particulier : je ne sai ce que l'Empereur fera pour lui, mais jusques à présent je ne vois aucun préparatif : je ne pense pas qu'il lui donne de l'argent, & je ne crois pas qu'il lui puisse donner des Troupes sans argent. Depuis le Traité de Paix il n'a point donné de secours ouvertement aux Espagnols si ce n'est un licentiement simulé des Regimens qu'il leur a envoyé ; mais il n'est pas au pouvoir des Officiers de faire marcher les

L'Envoyé du Prince de Condé ne demande rien aux Etats de l'Empire, & n'en doit rien espérer, il ne fait pas ce que l'Empereur fera pour lui, & ne pense pas

qu'il lui donne de l'argent, sans quoi il ne lui peut donner des Troupes.

Etat des Troupes de l'Empereur.

Il les garde sous prétexte de la crainte qu'il a du Turc; mais plutôt pour profiter des occasions à cause des divisions qu'il y a dans l'Empire pour la Religion.

On croit que l'Empereur en veut à Brisac sous le nom de l'Archiduc, & à Philipsbourg, sous celui de l'Evêque de Spire.

Monsieur le Comte d'Harcourt en peut ôter le prétexte & même le moyen.

Tout est à craindre pour Philipsbourg à moins qu'on n'y remédie.

Il avoue que leur contravention au Traité de Paix est manifeste.

Les Etats de l'Empire sont occupez aux griefs de Religion, ils n'ont point parlé encore de nos affaires, il croit qu'il y a du mystere à ce retardement.

L'Electeur de Mayence lui a promis de lui communiquer dans peu de jours les Mémoires des plaintes que l'on fait contre la France.

Il donnera un Ecrit aux Etats, où il leur parlera selon son Instruction & fera ses plaintes.

Il ne juge pas à propos d'y aller en personne à cause de la dignité du Roi: s'ils ont à lui parler ils doivent lui envoyer des Députez comme ils ont fait à Nuremberg.

les Soldats sans nouveau payement. L'Empereur a encore trois ou quatre mil Chevaux en huit Regimens, & huit mil hommes de pied en dix Regimens. Ces Troupes sont toutes en Hongrie à la reserve des Garnisons de Bohême, & Silésie, & deux Regimens de Cavallerie. Il a besoin de trois ou quatre mil hommes de pied, & de mil Chevaux pour ses Garnisons, le reste lui est maintenant inutile. Il garde ses Troupes sous prétexte de l'appréhension qu'il a du Turc: mais en effet pour être préparé à profiter de toutes les occasions qui se présenteront. Quoique les Allemands paroissent être soûs de la Guerre & du secours des Couronnes, il n'y a pas d'apparence que la Paix d'Allemagne dure long-tems, tant il y a de division, & de jalousie entre les Princes, & d'aigreur entre les Etats des deux Religions. Cette apparence peut bien obliger l'Empereur à demeurer armé: il y en a qui croyent qu'il ne perdra jamais l'occasion de reprendre Brisac sous le nom de Monsieur l'Archiduc d'Inspruck, & Philipsbourg sous celui de l'Evêque de Spire. Pour ce qui est de Brisac on peut lui en ôter tout sujet légitime, & ce qui est encore mieux on peut lui en ôter le moyen, si Monsieur le Comte d'Harcourt veut; mais pour ce qui est de Philipsbourg, il ne sera pas difficile de le prendre par blocus, car il est fort mal muni, & nous ne sommes pas trop en état de secourir une Place qui est de-çà le Rhin, & si éloignée de la France. On aura juste sujet de le faire, & quand l'Evêque de Spire aura l'approbation de l'Empereur, il sera favorisé par tous les Princes de l'Empire: d'autant que notre contravention au Traité de Paix est manifeste, & sans défense. Elle dure depuis trois ans, & durera à l'avenir si on ne fait un fond réglé pour l'entretien de cette Garnison, & si outre ce fond on n'y met un Gouverneur fort sage qui empêche tous les désordres. La contravention du passé nous sera pardonnée; mais je ne sais si on la souffrira encore pour longtems en l'état où sont les choses, & je vois bien qu'elle ne cessera pas, & je ne puis refuser ici de promettre qu'on exécutera ponctuellement à l'avenir le Traité de la Paix.

Les Etats sont encore occupez à leurs Griefs de Religion, & on ne m'a point encore parlé de nos affaires, ni de la Lettre que le Roi a écrite au Collège Electoral. Ce retardement n'est pas sans mystére, & il vient de l'Archiduc d'Inspruck, & de Monsieur l'Electeur de Mayence qui le favorise pour plaire à l'Empereur: car il y a déja quinze jours que les Etats ont résolu que tous les Mémoires des plaintes me seroient communiqué par le Chancelier de l'Electeur de Mayence. J'en parlai à son Altesse le 8. de ce mois, & il me promit que j'aurois les Mémoires dans peu de jours: si je ne les reçois pas cette semaine, je donnerai un Ecrit aux Etats qui contiendra tout ce que mon Instruction m'ordonne de dire aux Princes en corps, & nos plaintes. Les Princes n'étant pas dans l'Assemblée & n'y allant que des Députez, j'ai cru qu'il n'étoit pas de la dignité du Roi que j'y allasse en personne, & qu'un Ecrit feroit plus d'impression qu'un Discours. Quand ils voudront me parler, ils doivent m'envoyer des Députez, & ils en ont toujours usé ainsi à Nuremberg.

Par le Traité de la Paix on accorde au Roi le protection de Philipsbourg, & le passage libre de l'Empire par eau, & par terre, pour y mettre des Soldats & des munitions. Les mots du Traité sont *liber transitus ad inducendos milites & commeatum.* Lorsqu'on y fait descendre des munitions par eau, les bateaux passent premiérement à Strasbourg, & ensuite le long dès terres du Marquis de Baden, & enfin auprès de celles de l'Electeur Palatin. La Ville de Strasbourg, ni le Marquis de Baden ne leur demandent rien, quoiqu'ils ayent droit de péage: l'Electeur Palatin le demande, & la derniére fois qu'il a descendu un bateau, il l'a fait payer. Monsieur le Comte d'Harcourt s'en plaint, & menace que si on fait payer ceux qu'il fait dessein d'envoyer bientôt, il usera de represailles sur les Terres, & Sujets de l'Electeur Palatin, lequel de son côté menace aussi de se défendre. Ses Ambassadeurs m'en ont parlé de sa part, & m'ont dit que par le Traité le Roi a la liberté du passage sans qu'on l'en puisse empêcher; mais qu'il n'est pas exempt de payer les droits, le mot *liber* ne signifiant pas *immunis.* Ils ont ajouté que Monsieur de la Claviére les a payez sans difficulté. J'ai répondu que le mot *liber* nous donnoit liberté du passage, & exemtion de droits, devant être pris dans toute sa signification en une matière si favorable, puisque la protection de Philipsbourg a été accordée au Roi pour la sureté de la Paix, & que Sa Majesté y fait beaucoup de dépense pour le bien public: que l'exemple du Marquis de Baden, & de la Ville de Strasbourg explique ce mot fort clairement, & qu'on trouvera rude que l'Electeur Palatin fasse seul cette difficulté, ayant peut-être plus d'obligation de ne la faire point que les autres. Ils m'ont repliqué qu'ils étoient assurez que le Marquis de Baden, & la Ville de Strasbourg ne le faisoient que par courtoisie, & qu'ils s'y opposeroient dès aussitôt qu'on le prétendroit comme une chose due; qu'on avoit accoutumé en Allemagne d'exemter de péage ce qui appartient aux grands Princes, & que l'Electeur leur Maître n'en useroit pas autrement à l'égard du Roi, pourvû que Sa Majesté l'en requît dans la forme ordinaire: cette forme est de lui écrire toutes les fois qu'on fait descendre des bateaux, c'est-à-dire une ou deux fois par an, & de lui demander par la Lettre l'exemtion des péages par courtoisie. Si le Roi se rélâche à son égard, le Marquis de Baden demandera la même civilité, & la Ville de Strasbourg la prétendra aussi: il est assez rude de demander une courtoisie à trois Etats, toutes les fois qu'on voudra mettre des provisions dans Philipsbourg. Je vous supplie très-humblement de m'envoyer un ordre sur ce point, lequel n'est pas dans mon Instruction: je demande cet ordre parceque Monsieur Paul Résident de l'Electeur Palatin lui a mandé que les Ministres du Roi trouvoient qu'il avoit raison.

Je vous envoye un Mémoire que Monsieur l'Electeur de Mayence m'a donné en faveur de Monsieur de Hunstein son parent. Il m'a parlé de cette affaire avec beaucoup d'affection, & m'a obligé d'en écrire à Monsieur le Maréchal de la Ferté, & à Monsieur Le Jay. Je vous supplie très-humblement de me faire une réponse favorable, que je lui puisse montrer, & de m'envoyer les ordres qu'il désire si vous le jugez à propos.

Je vous supplie très-humblement de croire que je suis avec un respect extrême &c.

Le projet d'accord avec le Duc de Lorraine a été présenté ce matin aux Etats: le Collège des Villes l'a refusé tout net avec des paroles fort hautes contre lui: dans le Collège des

Dispute entre les François & l'Electeur Palatin touchant les bateaux que les François envoyent chargez de munitions à Philipsbourg.

L'Electeur prétend qu'on doit payer le péage & l'a même fait payer à un bateau.

Le Comte d'Harcourt menace d'user de represailles; il lui demande ses ordres sur ce point.

Il le prie de lui repondre favorablement à un Mémoire qu'il lui envoye en faveur de Monsieur de Hunstein, que Monsieur l'Electeur de Mayence lui a donné.

L'Accord avec le Duc de Lorraine a été présenté ce matin aux Etats: le Collège des Villes l'a refusé.

1653.
dans le Collége des Princes les uns l'ont refusé; & les autres ont demandé du délai: dans le College Electoral les Electeurs Ecclesiastiques ont été d'avis de l'approuver, & les autres ont demandé un délai.

des Princes les uns l'ont refusé & entr'autres les Députez des Evêchés de Strasbourg, & Paffau, & de l'Ordre Teutonique qui appartiennent à Monfieur l'Archiduc Léopold, & les autres ont demandé du tems, pour avoir des ordres particuliers de leurs Maîtres sur cette affaire, n'ayant pas un Pouvoir suffisant pour les obliger à payer de l'argent. On croit que la demande de ce delai est aussi un refus en termes plus doux. Dans le Collége Electoral, les Députez des Electeurs de Mayence, Cologne, & Trêves ont été d'avis de l'approuver, & les autres ont aussi demandé delai, pour avertir leurs Maîtres. Celui de l'Electeur Palatin m'a dit que l'affaire n'est pas encore hors d'espérance, mais que les Etats ne l'approuveront pas à son avis si l'on ne diminue encore de la somme & si le Duc de Lorraine ne donne de grandes suretez de la promesse qu'il fait de ne prendre plus de quartiers dans l'Empire.

AUTRE

LETTRE

Ecrite à son

EMINENCE

Monseigneur le Cardinal

MAZARIN.

Du 14. d'Août 1653.

Il lui donne avis de ce qu'il a apris du Fils ainé du Prince de Dourlach, qui a beaucoup d'inclination pour la France : Que ce Prince se trouvant à table avec le Comte Frederic de Furstemberg, celui-ci lui dit que l'Empereur auroit assiégé Brisac l'année passée, n'eût été l'Election du Roi des Romains, & qu'il n'osoit le faire cette année à cause de la Diéte : que pour les mêmes raisons les Espagnols n'avoient assisté le Duc de Neubourg que sous le nom du Duc

TOM. III.

de Lorraine, mais qu'il savoit qu'on avoit résolu d'exécuter ce dessein la Campagne prochaine. Il n'a rien fait à la Diéte jusques ici & souhaite de n'y rien faire. Monsieur de Hunstein parent de l'Electeur de Mayence s'étant retiré dans la Lorraine proche de Marsal sur ses terres, & ayant prêté serment de fidelité au Roi, le Roi lui accorda des Lettres d'exemption de Logement de Guerre & de demeurer neutre : cependant Monsieur de la Ferté a logé dans ses deux Châteaux des Troupes. Monsieur l'Electeur de Mayence prie très-humblement le Roi de renouveller ladite neutralité & l'exemption, & d'envoyer ses ordres à son Ambassadeur pour les délivrer à Monsieur de Hunstein & qu'on en écrive à Mr. de la Ferté.

MONSIEGNEUR,

JE n'ajouterai rien à la Lettre que j'écris à Monsieur le Comte de Brienne, de laquelle j'envoye Copie à Votre Eminence, que ce que j'apris hier du Fils ainé de Monsieur le Marquis de Dourlach, lequel a beaucoup d'inclination pour la France, & merite d'être traité en bon voisin. Il me dit que le Comte Frederic de Furstemberg Capitaine d'une des deux Compagnies des Gardes de l'Empereur, Frére ainé de ceux qui sont auprès de Monsieur l'Electeur de Cologne, faisant la débauche la semaine passée avec lui, lui dit, que l'Empereur auroit bloqué, ou assiégé Brisac sous le nom de Monsieur l'Archiduc d'Inspruch l'année passée, s'il eût osé le faire avant l'Election du Roi des Romains, & avant la Diéte de l'Empire: qu'on n'osoit pas le faire cette année à la vue de la Diéte : que la même confidération avoit empêché les Espagnols d'assister ouvertement le Duc de Neubourg, contre Monsieur le Marquis de Brandebourg Electeur de l'Empire, & qu'ils s'étoient contentez de le secourir sous le nom du Duc de Lorraine; mais qu'il savoit bien qu'on avoit résolu d'exécuter ce dessein contre nous dans la Campagne prochaine, pour peu qu'il y eût de jour d'y réussir, & qu'il s'en affligeoit extrêmement d'autant que son pays qui est dans la Montagne noire serviroit de passage aux Troupes, & qu'il seroit ruiné. Ce discours ne m'aprend rien de nouveau, & pour peu de connoissance qu'on ait dans la Cour de l'Empereur, on y aprend qu'il ne perdra jamais aucune occasion de reprendre Brisac & Philipsbourg.

Je n'ai encore rien fait ici, & tout mon souhait est de n'y rien faire: mon Instruction ne m'ordonne que cela, & nous ne pouvons rien espérer davantage : car nous n'obtiendrons jamais en l'état où sont ici les choses,

Il lui donne avis de ce qu'il a apris du Fils ainé du Prince de Dourlach qui a beaucoup d'inclination pour la France: Que ce Prince se trouvant à table avec le Comte Frederic de Furstemberg, celui ci lui dit que l'Empereur auroit assiégé Brisac l'année passée, n'eût été l'Election du Roi des Romains, & qu'il n'osoit le faire cette année à cause de la Diéte: que pour les mêmes raisons les Espagnols n'avoient assisté le Duc de Neubourg que sous le nom du Duc de Lorraine, mais qu'il savoit qu'on avoit résolu d'exécuter ce dessein la Campagne prochaine.

Il n'a rien fait à la Diéte jusques ici & souhaite de n'y rien faire.

Dddd 2
de

de faire dire par les Etats que nos Parties ont tort, & ce sera beaucoup d'empêcher la Diéte de déclarer qu'elles ont raison &c.

Monsieur de Hunstein qui a servi l'Empereur dans des charges de Guerre très-honorables, se retira après la Paix d'Allemagne dans la Lorraine à Château-Wouai, & à Wise, qui sont deux Terres qui lui apartiennent à une lieue de Marsal. Il prêta le serment de fidelité entre les mains de Monsieur de la Ferté, & obtint du Roi des Lettres qui lui accordoient l'exemption de logemens, & la permission de demeurer neutre : toutefois depuis un an Monsieur de la Ferté a logé dans ces deux lieux vingt-cinq Cavaliers, & peu de tems après une Compagnie entiére de cinquante Maîtres, qui y ont été six semaines, & ont même logé dans le Donjon de Château-Wouai, qui est le lieu de la résidence de Monsieur de Hunstein.

Monsieur l'Electeur de Mayence parent de Monsieur de Hunstein prie très-humblement Sa Majesté de renouveller ladite neutralité & exemption de logement, ensorte qu'on n'y puisse contrevenir : d'en envoyer ici les ordres à Monsieur l'Ambassadeur pour les délivrer à Monsieur de Hunstein & d'en écrire encore de la Cour à Monsieur de la Ferté.

MEMOIRE

Donné par Monsieur de

VAUTORTE

A LA DIETE.

Le 15. Août 1653.

CUm primùm Rex Christianissimus Dominus meus intellexit Cæsaream Majestatem convocasse omnes Imperii Ordines, ut Transactio Monasteriensis, ex abundanti, pro majori securitate, rata haberetur, dignitatis & officii sui esse duxit, mittere me Legatum suum Extraordinarium, ut notum sit omnibus, propositum perpetuò fore Christianissima Suæ Majestati, eam inviolabiliter servare, & quietem Germaniæ omnibus modis promovere.

Sed omni expetità bonorum omnium votis quiete diù & securè frui Germania vix potest, nisi omnia novorum dissidiorum semina diligenter prospiciantur, & summo studio amoveantur : non ingratam aut inutilem Rex Christianissimus operam hac in re suam fore credidit quam amicè pollicetur.

Præcipuè autem, ut ante omnia ad agendum videtur ut Transactionis Monasteriensis executio sincerè fiat. Ideo cùm in quibusdam gravioris mo-

AUssitôt que le Roi très-Chrétien mon Maître a su que l'Empereur avoit convoqué les Etats de l'Empire, pour leur faire, comme par surabondance, aprouver & ratifier le Traité de Munster, afin d'en rendre les dispositions d'autant plus assurées : Sa Majesté a cru qu'il convenoit à sa dignité & à ses obligations de m'envoyer ici en qualité d'Ambassadeur Extraordinaire, pour faire connoître de sa part à tout le monde, le ferme dessein qu'elle a formé d'entretenir inviolablement ce même Traité, & d'employer tous les moyens qui dépendront d'elle, pour accélerer & affermir la tranquilité de l'Empire.

Mais cette tranquilité que toutes les personnes bien intentionnées desirent avec ardeur ne sauroit s'établir & durer longtems dans l'Empire, si par de mesures justes & promtes on n'arrête le cours des nouvelles dissensions, & si on ne travaille avec grand soin à en étoufer les semences. C'est dans ces vues que le Roi mon Maître offre ici son intervention & ses bons offices, persuadé qu'ils ne contribueront pas peu à la consommation de ce grand ouvrage.

Il paroit qu'il faut d'abord commencer par exécuter de bonne foi le Traité de Munster. Or comme il y a quelques Articles importans, qui

*momenti rebus adhuc aliquid defideretur, man-
davit mihi Majeftas Sua, ut de iis mentem fuam
in hoc celeberrimo amicorum Cœtu aperiam, &,
quæ ipfe tam pro fe quàm pro fuis Confœderatis
requirit, exponam. Ne verò Majeftatis Suæ
mandato diligenter fatisfacerem, obftitit, primùm
mea ergà inclitum hunc Sacri Imperii Romani Con-
ventum fumma obfervantia, quem primordia
Negociorum adhuc tractantem nolui intempeftivè
adire: deinde retinuerunt me querelæ ad eum nomine Sereniſſimi Archiducis Ænipontani & aliorum perlatæ: nam etfi omnes partim nullius
momenti fint expectandæ, tamen mihi conveniens
duxi, poftquam cognovi vifum effe inclito huic
Sacri Romani Imperii Conventui eas ad me de-
ferri, dèbere hoc tempore fpondere me tenebras
illas lumine veritatis & juris, quod præcipuè ex
Inftrumento Pacis facilè fiet, difcuſſurum.*

qui n'ont pas encore eu leur entier effet, Sa
Majefté très-Chrétienne, fe repofant fur les
bonnes intentions & l'amitié de cette illuftre
Affemblée, m'a ordonné de lui cominuniquer
fes fentimens, & de lui propofer les demandes qu'elle a à faire tant pour fes intérêts propres que pour ceux de fes Alliez.

Si j'ai différé jufqu'à préfent d'obéïr aux ordres du Roi mon Maître, c'eft en premier
lieu par les égards refpectueux que j'ai pour
l'Affemblée, qui m'ont empêché d'interrompre fes premiéres Conférences par des propofitions prématurées: en fecond lieu, les plaintes que Monfieur l'Archiduc d'Infpruck, &
quelques autres Puiffances ont portées contre
la France, m'ont arrêté; car quoique la plus
grande partie de ces plaintes ne doive être
d'aucune confidération, néanmoins, puifqu'il
a plu aux Etats d'ordonner qu'elles me feroient
communiquées, j'ai cru que je devois inceffam-
ment debrouiller les équivoques fur lefquelles
elles font fondées, & mettre la vérité & la
juftice dans leur jour naturel. C'eft ce que je
me propofe de faire par les difpofitions mêmes
du Traité de Paix.

MONSIEUR

De

VAUTORTE

à Monfieur de

BRIENNE.

Du 21. Août 1653.

*L'Empereur eft parti le 16. de
ce mois pour Munick, l'Electeur
de Mayence pour Faltzbourg,
les Etats feront peu de chofe
pendant leur abfence. L'Empereur envoya le 13. un fecond
Décret aux Etats de l'Empire
pour les avertir de fon voyage, & les convier de finir dans
le mois de Septembre. Les affaires ne fauroient finir fitôt à
la Diéte, il en dit la raifon.
Les Députez pour le point de
la Juftice l'ont achevé, il ne*

*refte plus qu'à être examiné
par les Etats. La liquidation
des comptes avec les Suedois
va lentement: l'Evêque de
Munfter fera obligé de faire
les avances, s'il veut retirer
fa Place de Wecht de leurs
mains. Le Comte de Rochefter
efpére d'obtenir quelque argent
pour le Roi fon Maître; l'Empereur lui a promis quelque fecours, il efpére que cet exemple
portera les Etats à donner
quelque chofe. Touchant l'inveftiture d'une partie du Montferrat pour le Duc de Savoye.
Il n'efpére plus la communication des plaintes, on la garde
pour la fin de la Diéte: les
Lettres du Roi qu'il a préfentées pour cet effet, & un E-
crit de fa part n'ont rien produit. La Maifon d'Autriche
avoit pouſſé cette affaire au
commencement, elle avoit porté
le Collége Electoral à déclarer
que les plaintes feroient lues
avant de nous les communiquer; mais fur ma plainte le
Collége des Princes déclara que
la communication m'en devoit
être plutôt faite. Le Collége E-*

lec-

1653.

lectoral a desavoué ce qu'il avoit fait, & depuis on n'en a plus parlé. Il croit qu'on retarde pour attendre le succès de la Campagne, & que l'Empereur voudroit finir les griefs qui regardent la Religion, dans l'espérance, s'il pouvoit contenter les Protestans, & les réunir aux Catholiques, qu'ils lui feront plus favorables contre nous. Il ne craint point touchant les trois millions, les Etats ne déclareront point que nous les devions payer avant la renonciation d'Espagne. Si l'affaire des trois millions demeure indécise, l'Archiduc en prendra prétexte pour attaquer Brisac. Si Brisac & l'Alsace doivent être sous l'Empire comme Fiefs. Il a reçu la visite des Ambassadeurs de Saxe, & dans celle qu'il leur a rendue, il leur a présenté la Lettre du Roi. Il ne recevra point de Lettres des Electeurs si elles n'ont les Titres convenables. L'Impératrice Douairiére est menacée d'hydropisie.

MONSIEUR,

CEt Ordinaire ne nous a aporté aucunes Lettres de France, & on m'écrit de Cologne que lorsque le Courrier est parti d'Anvers, celui de Paris n'y étoit pas encore arrivé. Ce retardement nous fait espérer quelques bonnes nouvelles, qui auront obligé les Espagnols de retenir le Courrier à Bruxelles, pour nous en retarder la connoissance de quelques jours comme ils ont déja fait d'autres fois.

L'Empereur est parti le 16. de ce mois pour Munick: l'Electeur de Mayence pour Faltzbourg. Les Etats feront peu de chose pendant leur absence.

L'Empereur partit le 16. de ce mois, avec l'Impératrice, & le Roi des Romains, pour aller à Munick, comme je vous ai déja mandé. L'Electeur de Mayence partit hier pour aller à Faltzbourg, & pendant leur absence les Etats feront ici peu de chose; ils ne trouveront plus que des Députez, car tous les Princes partiront avant leur retour.

L'Empereur envoya le 13. un second Décret aux Etats de l'Empire pour les avertir de son voyage & les convier de finir dans le mois de Septembre. Les affaires ne sauroient finir sitôt à la Diéte, il

L'Empereur envoya le 13. de ce mois aux Etats de l'Empire un second Décret, par lequel il les avertit du voyage de Munick & les convie encore de finir dans le mois de Septembre. Il est impossible que les affaires puissent être achevées dans ce tems, & les Protestans déclarent qu'ils ne souffriront point qu'on renvoye à une Députation après la Diéte les points qui sont en dispute entr'eux, & les Catholiques; desorte que pour ne les dégouter pas, on croit que la Diéte durera jusques à la décision de tous ces points, pour le moins des plus importans, & que l'Empereur ira faire son sejour à Lintz qui est à moitié

chemin d'ici à Vienne, & où la chasse qu'il aime entiérement est fort belle.

en dit la raison.

Les Députez pour le point de la Justice l'ont achevé, il ne reste plus qu'à être examiné par les Etats.

Les Députez pour le point de la Justice l'ont achevé, & il ne reste plus qu'a examiner dans les Etats ce qu'ils ont fait. Ces Députez n'ont pas eu beaucoup de peine, car ceux qui y travaillérent à Francfort en l'an 1644. avoient bien avancé cette affaire, & on n'a fait que continuer ce qu'ils avoient commencé. A ces affaires qui regardent la Justice & les biens d'Eglise succederont les Politiques, suivant l'ordre que les Etats se sont ici proposez.

La liquidation des comptes avec les Suedois va lentement: l'Evêque de Munster sera obligé de faire les avances, s'il veut retirer sa Place de Wecht de leurs mains.

Les Députez nommez pour faire avec les Suedois la liquidation de ce qui leur est encore dû travaillent fort lentement, & quand on sera d'accord de ce qui reste encore, Monsieur l'Evêque de Munster sera obligé d'en faire l'avance, s'il veut tirer de leurs mains sa Place de Wecht; car les Etats qui doivent ce reste ne sont pas en puissance de la payer présentement.

Le Comte de Rochester espére d'obtenir quelque argent pour le Roi son Maître; l'Empereur lui a promis quelque secours: il espére que cet exemple portera les Etats à donner quelque chose. Touchant l'investiture d'une partie du Montferrat pour le Duc de Savoye.

Monsieur le Comte de Rochester ne desespére pas encore d'obtenir ici quelque somme d'argent pour aider le Roi son Maître à couler le tems. L'Empereur lui a promis de lui donner quelque secours en son privé nom, & quelques Ministres lui ont fait entendre que ce secours seroit de cinquante mil florins: il espére que cet exemple portera les Etats à donner quelque chose, & que s'il ne peut obtenir une assistance de l'Assemblée en Corps, il y aura beaucoup de Princes qui la donneront en leur particulier, ce qui fera quelque somme considérable.

Le Collège des Electeurs est d'avis de convier l'Empereur d'accorder à Monsieur le Duc de Savoye l'investiture de la partie du Montferrat qui lui apartient; mais cet avis n'est pas encore écrit, & les Protestans du Collège des Princes ont déclaré, que cette affaire ne se devoit traiter qu'à la fin de l'Assemblée; tout le soin de l'Empereur sera d'empêcher que les Etats ne déliberent sur cette affaire; car il n'est pas possible, si on la met en déliberation, que le Duc de Savoye n'obtienne ce qu'il demande. Je mets toujours cette affaire devant toutes les nôtres, lorsque je parle à quelque Député, parceque nous sommes forts sur cet Article, & que je suis bien aise de faire connoître à Monsieur le Duc de Savoye que son intérêt est très-cher au Roi.

Il n'espére plus la communication des plaintes, on la garde pour la fin de la Diéte: les Lettres du Roi qu'il a présentées pour cet effet, & un Ecrit de sa part n'ont rien produit.

Je n'espére plus la communication des plaintes qui ont été faites contre nous à l'Assemblée: on la garde pour la fin de la Diéte, & il n'est pas en mon pouvoir d'éviter ce retardement. J'ai donné aux Etats les trois Lettres du Roi pour les obliger d'en parler, & cela n'ayant pas réussi, je leur ai présenté un Ecrit le quinziéme de ce mois, qui n'a pas eu un meilleur succès, parceque le Directoire du Collége des Princes est entre les mains de la Maison d'Autriche & celui du Collége Electoral apartient à Monsieur l'Electeur de Mayence qui ne fait que ce que veut l'Empereur, & nous n'avons aucun ami dans les Etats assez échauffé pour se brouiller avec eux en notre faveur.

La Maison d'Autriche avoit poussé cette affaire au commencement: elle avoit porté le Collége Electoral à déclarer que les plaintes seroient lues

Notre affaire a été poussée au commencement avec beaucoup de violence par la Maison d'Autriche, & elle vouloit la proposer avant toutes les autres; elle avoit porté le Collége Electoral à déclarer que les plaintes données contre nous seroient lues dans les Etats avant que de me les communiquer; mais le Collège des Princes ayant déclaré sur ma plainte que la communication me devoit être faite

avant

1653.

avant cette lecture, le Collège Electoral a desavoué ce qu'il avoit fait, & s'est joint à celui
des Princes, & depuis ce tems-là on n'a plus
parlé de nos affaires.

Le prétexte pour faire la lecture avant la
communication étoit, qu'on devoit connoître
ce qu'on avoit à communiquer, & l'effet é-
toit de préoccuper les esprits par les premières
impressions, & de reconnoître ceux qui seroient favorables, & ceux qui ne le seroient
pas; mais toutes les plaintes ayant été communiquées aux Etats par la Dictature publique
qui est le Greffe où chacun envoye prendre
copie de tous les Actes, il n'étoit pas besoin
de les lire publiquement, chacun pouvant les
lire dans sa Maison & c'eût été perdre beaucoup de tems inutilement dans une Assemblée
que l'Empereur presse de finir.

Je crois qu'on retarde pour attendre le succès de cette Campagne, qui disposera beaucoup les esprits pour ou contre, & que l'Empereur est bien aise aussi de finir avant notre
affaire, les points qui sont encore en dispute
entre les Etats des deux Religions; car s'il
peut contenter les Protestans sur cette matière,
& les réunir aux Catholiques, ils lui seront
plus favorables contre nous, qu'ils ne le seroient maintenant.

Je ne crains rien sur le point des trois millions, car les Etats ne déclareront jamais que
nous les devons payer avant que nous ayons
la renonciation du Roi d'Espagne; mais j'appréhende que ce point demeure indécis. Je le
mettrai à la tête des plaintes qu'on fait contre
nous, comme celui de Savoye à la tête de
celles que nous faisons, & si on ne le juge
point, on ne jugera rien; mais ce n'est pas là une
grande satisfaction, car le point des trois
millions demeurant indécis, donnera un prétexte à l'Archiduc d'Inspruck de nous brouiller vers Brisac s'il y trouve quelque jour.

Je vous ai ci-devant mandé que nous n'é-
tions pas en état d'obtenir ici de remettre
Brisac, & l'Alsace sous l'Empire, comme un
Fief, & qu'il étoit à propos de n'en parler
point, & de reserver cette affaire à un meilleur tems. J'ai apris depuis, quelque chose
qui pourra nous faire changer d'avis. Monsieur le Comte de Cerni demanda l'année passée au nom du Roi à l'Assemblée du Cercle
du haut Rhin, qui se tenoit à Wormes, son
assistance pour obtenir cette faveur de la Diéte générale, & on lui répondit que l'Assemblée particulière n'avoit pas le pouvoir de parler sur une affaire de cette conséquence. Il
ne devoit pas espérer une autre réponse, & je
m'étonne de la proposition; mais puisqu'elle a
été faite, & qu'elle est sue ici de tout le monde, il est assez inutile de témoigner l'ignorer,
& de desavouer celui qui l'a faite; car chacun juge assez de notre intention par notre
intérêt : c'est pourquoi vous croirez peut-
être qu'on la devra faire ici non pas directement, mais en demandant ici aux Etats l'explication de la déclaration qu'ils firent à Munster le 22. Août 1648. qu'ils ne nous promettoient leur Garantie pour Brisac, & pour l'Alsace, qu'au cas que nous la possédassions sous
l'Empire en Fief, & qu'ils n'entendoient point
nous la donner autrement. Cette déclaration
a été communiquée ici à la Dictature publique par Monsieur l'Evêque de Bâle avec son
Mémoire de plainte, parcequ'elle contient une
clause qui lui est favorable. On pourra se
servir de cette occasion pour demander aux
Etats de quelle façon ils croyent que le Roi

posséde l'Alsace, Sa Majesté ne voulant être
incertaine pour son Titre & désirant le savoir
définitivement. J'attendrai votre ordre sur ce
point avant que de l'entamer.

Enfin les Ambassadeurs de Saxe me sont
venus voir & dans la visite que je leur ai rendue, je leur ai présenté la Lettre du Roi pour
leur Maître, laquelle ils ont reçue comme a-
voit fait ci-devant l'Ambassadeur de Brandebourg. S'ils m'en apportoient une pour Sa
Majesté qui n'eût pas les Titres convenables,
je ne la recevrois pas, & commencerois par
là à entrer en traité sur cette matière avec les
Electeurs, qui ne m'ont encore rien dit de
celle que j'ai présentée à leur Collège, quoiqu'il soit très-certain qu'on y a remarqué ce
que j'ai eu l'honneur de vous mander.

L'Impératrice Douairière est menacée d'hydropisie, & les Médecins ne croyent pas qu'elle passe l'hiver. Je vous suplie très-humblement de croire que je suis avec beaucoup de
respect & de passion &c.

<hr>

LETTRE

Ecrite à son

EMINENCE

Monseigneur le Cardinal

MAZARIN.

De Ratisbonne le 11. Août 1653.

On lui mande de Philipsbourg
que l'Evêque de Spire a voulu
traiter avec le Gouverneur pour
le Comte d'Harcourt, & que
cent mille écus le tenteroient :
que les Capitaines de la Gar-
nison ont député un d'entr'eux
pour remettre leurs Compagnies
à ce Comte. Il n'est pas con-
tent des réponses que lui fait
Monsieur le Comte d'Harcourt,
qui a auprès de lui des per-
sonnes qui rendent les François
odieux aux Allemands. Le
Com-

Commandant de Brisac se plaint à lui, disant qu'il y avoit mangé tout son bien : il ne lui a répondu qu'en termes généraux.

MONSEIGNEUR,

JE ne puis rien ajoûter dans cette Lettre à celle que j'écris à Monsieur le Comte de Brienne, dont j'envoye copie à votre Eminence, sinon que Monsieur le Baron de Reiffemberg m'a enfin envoyé de Mayence depuis six jours la Lettre du Roi, & celle de votre Eminence écrites à Fontainebleau le dixiéme de Mai dernier. Ces Lettres ne contiennent rien qu'une créance sur lui & il ne m'a point mandé, en me les envoyant, ce qu'il avoit proposé à votre Eminence, & ce qu'il avoit charge de me dire. Je devine bien que l'une de ses propositions étoit d'empêcher l'Election du Roi des Romains, laquelle étoit faite avant son retour en Allemagne. En l'état où sont nos affaires & celles d'Allemagne, il n'eût pas été possible de rompre ce coup. Pour ce qui est des propositions qu'il a faites de la part de Monsieur l'Evêque de Spire pour la restitution de Philipsbourg, je n'en ai aucune connoissance, ni de la réponse qu'on lui a faite. On me mande de Philipsbourg qu'avant que de l'envoyer à la Cour, ce Prince a voulu traiter avec le Sieur des Miniéres qui y commande maintenant pour Monsieur le Comte d'Harcourt, de la part duquel la proposition étoit favorablement écoutée, & qu'une somme de cent mil écus le tenteroit fort. On m'avoit ci-devant écrit du même lieu qu'il n'étoit pas au pouvoir de Monsieur le Comte d'Harcourt de faire déclarer la Garnison contre le Roi : on me mande par cet Ordinaire que les Capitaines ont député un d'entr'eux pour aller remettre leurs Compagnies entre ses mains, lequel en nommant d'autres Officiers à sa devotion sera Maître absolu de cette Place.

J'écris presque toutes les semaines à Monsieur le Comte d'Harcourt, & il me répond souvent, mais sans beaucoup de satisfaction ; car il a auprès de lui des personnes qui rendent notre Nation odieuse aux Allemands, & qui lui font faire des choses qu'il seroit à propos de ne faire point du tout, pour le moins durant cette Diéte. J'écris souvent à Monsieur de Charlenois, & il me répond dans sa derniére Lettre, qu'il ne désiroit rien que de sortir promptement de Brisac avec un peu de satisfaction pour lui & pour ses Officiers, y vivant avec chagrin, & y ayant mangé tout ce qu'il avoit. Je ne lui avois donné aucune ouverture par mes Lettres à m'écrire sur ce sujet, & par ma réponse je lui en parle fort généralement &c.

MONSIEUR
De
VAUTORTE
à Monsieur de
BRIENNE.

Du 28. Août 1653.

Il n'a augmenté à Ratisbonne ni diminué le Titre de personne. L'Ambassadeur d'Espagne vouloit que les Princes qu'il traitoit d'Altesse le traitassent de même ; il n'a eu que le Titre d'Excellence. L'Electeur de Saxe ne donne pas au Roi le Titre de Majesté. Il pretend la droite dans la Maison de l'Electeur de Baviere. L'Ambassadeur d'Espagne offrit la main droite à Prague à Madame la Duchesse de Baviere comme Archiduchesse, & la lui refusa comme Electrice. Le séjour de l'Empereur à Munick donne à penser aux spéculatifs qu'il y pourroit bien y avoir autre chose à faire qu'à chasser. Au retour de l'Empereur il tâchera de découvrir ce qui se fera fait à Munick, il lui sera bien difficile parceque toutes les portes lui sont fermées en cette Cour. Monsieur de Saint Etienne s'en est retourné, il n'a rien traité avec les Etats de l'Empire, il ne pouvoit que demander des Troupes à l'Empereur, il croit qu'il n'en a point obtenu. Les affaires que les
Etats

On lui mande de Philipsbourg que l'Evêque de Spire a voulu traiter avec le Gouverneur pour le Comte d'Harcourt, & que cent mille écus le tenteroient : que les Capitaines de la Garnison ont député un d'entr'eux pour remettre leurs Compagnies à ce Comte.

Il n'est pas content des réponses que lui fait Monsieur le Comte de Harcourt, qui a auprès de lui des personnes qui rendent les François odieux aux Allemands. Le Commandant de Brisac se plaint à lui, disant qu'il y avoit mangé tout son bien, il ne lui a répondu qu'en termes généraux.

1653.

Etats de l'Empire doivent trai-ter sont divisées en trois Ar-ticles, le premier regarde la Justice, le second les biens Ec-clésiastiques prétendus par les deux Réligions, le troisième les affaires politiques. Le Dépu-té de Savoye est entré dans le Collége des Princes comme Prince de l'Empire, le lieu où il fut placé : il harangua fort bien & obtint qu'on parleroit de son affaire au premier jour. Le Collége Electoral a conclu que sa demande étoit juste ; il croit que le Collége des Prin-ces conclura de même. Les Etats doivent examiner le point qui regarde l'Alsace, l'indem-nité que prétend l'Evêque de Bâle pour la Comté de Ferret-te, & les droits des Etats, Comtes & Gentilhommes qui possédent des terres dans les trois Evêchez. Il ne peut pas les empêcher de déliberer là-dessus, mais il fera son possi-ble afin qu'on ne conclue rien contre la France. Il ne doit plus faire la fin sur le point de l'Alsace, on peut le com-muniquer aux Etats favora-bles, il ne croit pas que cela réussisse, parceque l'Empereur s'y opposera de toute sa force, & que plusieurs Etats lui seront contraires. Il lui fait compli-ment au sujet de son Fils.

MONSIEUR,

J'Ai reçu cette semaine les deux Lettres que vous m'avez fait l'honneur de m'écrire les huit, & quinziéme de ce mois, qui répon-dent à la mienne du 24. de Juillet.

Je n'ai augmenté ici le Titre de personne, mais je n'ai pas voulu imiter l'Ambassadeur d'Espagne qui prétendoit diminuer les qualités de tous les Princes, & Ambassadeurs des Electeurs. On ne lui a point donné d'autre Titre que celui d'*Excellence*, & il n'en de-mandoit un autre qu'aux Princes qui vouloient de *l'Altesse*, prétendant être traité comme eux.

Je pense qu'il est plus à propos de laisser la chose comme elle est, que de donner la qua-lité de *Frére* aux Electeurs, écrivant en Corps au Collége Electoral : car en l'état où nous sommes, il n'y a aucun inconvénient qu'à l'égard de Monsieur l'Electeur de Saxe, qui ne donne pas au Roi le Titre de *Majesté*, & si vous accordez celui de Frére aux Electeurs

Tom. III.

Il n'a augmenté à Ratisbonne ni diminué le Titre de per-sonne.

L'Ambassa-deur d'Espa-gne vouloit que les Prin-ces qu'il traitoit d'Al-tesse le trai-tassent de mê-me, il n'a eu que le Titre d'ex-cellence.

L'Electeur de Saxe ne donne pas au Roi le Titre de Majesté.

1653.

leur écrivant en Corps, les Ecclésiastiques le prétendront en particulier, si on le donne aux Séculiers, & cet inconvénient sera plus fâcheux que l'autre, parce qu'on a plus souvent occa-sion de leur écrire, qu'au Duc de Saxe.

Je ne sai si Monsieur l'Electeur de Baviere viendra ici prendre congé de l'Empereur, mais je n'aurai pas le moyen de le voir : car je ne dois pas lui donner la main droite en sa Maison, & il ne voudra peut-être pas con-venir d'un lieu tiers.

L'Archiduc d'Inspruck ne viendra pas ici : l'Ambassadeur d'Espagne lui auroit donné la main, parce qu'il est de la Maison d'Autriche, comme il la voulut donner à Prague à Ma-dame la Duchesse de Baviere, en qualité d'Ar-chiduchesse, & il la lui refusa en qualité d'Electrice ; mais puisque je ne la donne pas aux Electeurs dans leurs Maisons, je ne l'au-rois pas aussi donnée à l'Archiduc, & ne l'au-rois point vu à cause de cette difficulté.

L'Empereur avoit promis d'être ici le 30. de ce mois, & il n'y sera que le 6. de Sep-tembre, & ne partira de Munick que Lundi prochain. Les spéculatifs ont cru d'abord que la voyage de Munick n'étoit pas pour une simple visite de compliment, ou pour prendre le plaisir de la chasse, l'Empereur tenant sa gravité pour aller voir un Electeur, qui ne l'a-voit pas encore visité, principalement après l'Election du Roi des Romains, & lorsqu'il n'a plus tant besoin de lui : le séjour plus long qu'on n'avoit proposé ou publié augmente fort ce soupçon, & on croit qu'il se fait quel-que liaison : chacun en parle en général avec beaucoup de vraisemblance ; mais je ne vois personne qui touche le particulier, ni qui pré-tende savoir ce qui se passe. La Cour de Baviere est fort réservée : tout le secret est entre l'Electrice régente, & le Comte Curtz : il faut attendre le retour de l'Empereur pour tâcher de découvrir quelque chose, & il sera assez difficile à un Ambassadeur de France, auquel il semble que toutes les portes soient fermées en cette Cour. Monsieur de Saint Etienne partit d'ici le 22. de ce mois pour s'en retourner : je n'ai pu découvrir le sujet de son voyage ; mais je sai bien qu'il n'a rien traité avec les Etats & il me semble qu'il ne pouvoit demander à l'Empereur que des Trou-pes. Je crois qu'il n'en a point obtenu : je pense que toutes celles de l'Empereur sont en Hongrie, & on y a fait marcher depuis peu quelques Regimens qui étoient en Bohéme, & Silésie ; ce qui me fait croire qu'on n'a pas dessein d'en envoyer en Flandre. On dit qu'il se fait quelques levées d'Infanterie à Vienne sous le nom de l'Empereur : je ne vois pas où il veut les employer, mais il me semble qu'il ne le feroit pas sous son nom, s'il les vouloit donner aux Espagnols.

Les Etats ont divisé les affaires qu'ils doi-vent traiter en trois Articles. Le premier re-garde la justice, la reformation des abus de la Chambre de Spire, & du Conseil Aulique, & plusieurs reglemens. Le second est pour les biens, & Maisons Ecclésiastiques, qui sont prétendues par les deux Religions. Le troi-siéme comprend tout le reste, sous le nom d'affaires politiques.

Je vous ai mandé que les affaires de la Justi-ce avoient été remises à des Députez, & aussi celles des biens & maisons Ecclésiastiques.

Pour ce qui est des affaires politiques, ils en ont fait un grand Memoire, & leur des-sein est d'y travailler maintenant en pleine As-

Eeee

sem-

Il prétend la droite dans la Maison de l'Electeur de Baviere.

L'Ambassa-deur d'Espa-gne offrit la main droite à Prague à Madame la Duchesse de Baviere com-me Archi-duchesse, & la lui refusa comme Elec-trice.

Le séjour de l'Empe-reur à Mu-nick donne à penser aux spéculatifs qu'il pour-roit bien y avoir autre chose à faire qu'à chasser.

Au retour de l'Empe-reur il tâ-chera de dé-couvrir ce qui se fait à Mu-nick, il lui sera bien dif-ficile parce-que toutes les portes lui sont fermées en cette Cour.

Monsieur de Saint Etienne s'en est re-tourné, il n'a rien traité avec les Etats de l'Empire, il ne pouvoit que deman-der des Trou-pes à l'Em-pereur, il croit qu'il n'en a point obtenu.

Les Etats que les Etats de l'Empire doivent trai-ter sont di-visées en trois Articles, le premier re-garde la Jus-tice, le se-cond les biens Ecclésiasti-ques préten-dus par les deux Reli-gions, le troisiéme les affaires poli-tiques.

semblée, chacun en son Collége, & de commencer par l'examen de la Capitulation du Roi des Romains.

Ils comprennent dans ce Chapitre des affaires Politiques, non seulement celles de l'Empire, & des Etats entr'eux, mais aussi celles qu'ils ont avec les Princes étrangers; desorte que le Traité avec le Duc de Lorraine y est compris, & on en reparlera lorsque les Députez auront reçu les Instructions de leurs Princes sur ce sujet.

Le Député de Savoye est entré dans le Collége des Princes comme Prince de l'Empire, le lieu où il fut placé: il harangua fort bien & obtint qu'on parleroit de son affaire au premier jour.

La demande de l'Investiture faite par le Duc de Savoye y est aussi comprise: le Comte de Lucerne son Député entra le 23. de ce mois dans le Collége des Princes, & y prit sa place comme Député d'un Prince de l'Empire, entre les Députez du Duc de Saxe-Lawembourg, & du Duc de Baviere comme Landgrave de Liechtemberg: c'est-à-dire au bas bout, n'y ayant personne après eux que les Députez des nouveaux Princes: il harangua fort bien, & obtint qu'on parleroit de son affaire au premier jour. Le Collége

Le Collége Electoral a conclu que sa demande étoit juste, il croit que le Collége des Princes conclura de même.

Electoral a déja conclu que la demande de l'Investiture étoit juste, & que l'Empereur seroit convié de la donner. Je crois que la conclusion du Collége des Princes sera semblable.

Les Etats doivent examiner le point qui regarde l'Alsace, l'indemnité que prétend l'Evêque de Bâle pour le Comté de Ferrette, & les droits des Etats, Comtes & Gentilshommes qui possédent des Terres dans les trois Evêchez. Il ne peut pas les empêcher de déliberer là-dessus, mais il fera son possible afin qu'on ne conclue rien contre la France.

Nos affaires sont aussi comprises dans le Chapitre des Politiques, & les Colléges ont résolu d'examiner la déclaration qui fut faite à Munster par les Etats de l'Empire le vingt-deuxiéme Août 1648. & envoyée au Roi.

Cette déclaration contient trois points. Le premier est pour l'Alsace, que les Etats n'accordent au Roi qu'en Fief, comme la Maison d'Autriche la possedoit. Le second est pour l'indemnité demandée par l'Evêque de Bâle, à cause que le Comté de Ferrette étoit un Fief de son Evêché. Le troisiéme est pour les Etats, Comtes, & Gentilshommes, qui possédent des Terres dans la Féodalité des trois Evêchés, & qui prétendent toutefois n'être pas sous leur jurisdiction.

Il n'est pas à mon pouvoir d'empêcher que les Etats déliberent sur ces trois points, & puisqu'ils l'ont fait à Munster, ils le pourront faire ici. J'empêcherai le mieux que je pourrai les conclusions qui nous seroient desavantageuses, & ne consentirai à aucune, de bouche ni par écrit.

Il ne doit plus faire le fin sur le point de l'Alsace, on peut le communiquer aux Etats favorables, il ne croit pas que cela réussisse, parceque l'Empereur s'y opposera de toute sa force, & que plusieurs Etats lui feront contraires.

Après la proposition faite l'année passée à Wormes par Monsieur le Comte de Cerni, je pense qu'il n'est plus à propos de faire le fin sur ce point de l'Alsace, & qu'on peut s'expliquer de notre intention aux Etats qui nous sont favorables. Je ne crois pas qu'elle réussisse, car l'Empereur s'y opposera de toutes se sa force, & nous aurons beaucoup d'Etats contraires.

Il lui fait compliment au sujet de son Fils.

Le Duc de Wirtemberg part aujourd'hui pour retourner chez lui: je vous envoye une Lettre qu'il m'a donnée pour Sa Majesté.

Le remerciement que vous me faites, augmente la confusion que j'avois déja, de n'avoir pas rendu à Monsieur votre Fils tout ce que je lui dois, & tout ce que je voudrois lui rendre: ma consolation est que j'ai fait tout ce que j'ai pu, & que je ferai toute ma vie tout ce que je pourrai pour m'aquiter en quelque sorte des obligations infinies que je vous ai, & pour vous témoigner que je suis avec toute sorte de reconnoissance & de respect &c.

LETTRE

Ecrite à son

EMINENCE

Monseigneur le Cardinal

MAZARIN.

Le 28. Août 1653.

Les François sont chargez par le Traité de Munster de deux millions de dettes, les créanciers ne savent où se pourvoir si l'Alsace est possédée par le Roi en Souveraineté. Si elle est possédée en Fief de l'Empire, ils commenceront tout aussitôt à poursuivre leur payement, les Etats interessez dans ces dettes nous favoriseront pour nous faire obtenir l'Alsace en Fief, mais la forte opposition de l'Empereur en empêchera la réussite.

MONSEIGNEUR,

J'Envoye à votre Eminence la copie de la Lettre que j'écris aujourd'hui à Monsieur le Comte de Brienne, & c'est toute l'information que je puis vous donner de nos affaires. Les dettes dont nous nous sommes chargez par le Traité de Munster montent à deux millions pour nos deux tiers. Les créanciers sont assez empêchez où se pourvoir, car l'Alsace étant possédée par le Roi en Souveraineté, ils ne peuvent obtenir valablement aucune condamnation, ou permission de saisir à la Chambre de Spire; mais si l'Alsace est possédée en Fief, ils commenceront tous dès le lendemain leurs poursuites. Cela obligera plusieurs Etats voisins intéressez dans ces dettes à favoriser notre intention; mais quoiqu'on fasse je ne crois pas qu'elle puisse réussir, tant l'opposition de l'Empereur sera forte. Je suis &c.

Les François sont chargez par le Traité de Munster de deux millions de dettes, les créanciers ne savent où se pourvoir si l'Alsace est possédée par le Roi en Souveraineté. Si elle est possédée en Fief de l'Empire, ils commenceront tout aussitôt à poursuivre leur payement, les Etats interessez dans ces dettes nous favoriseront pour nous faire obtenir l'Alsace en Fief, mais la forte opposition de l'Empereur en empêchera la réussite.

LET-

LETTRE

Ecrite à Monsieur de

VAUTORTE

A

RATISBONNE,

Par Monsieur

DES MADRIS.

Le dernier Août 1653.

Il lui donne avis de quelque intrigue entre le Duc de Lorraine & le Comte d'Harcourt sur le sujet de Brisac. Il le prie de faire en sorte que le Cardinal lui envoye de quoi subsister ; qu'il menagera les esprits des plus puissans & leur fera faire une partie de ce qu'il voudra.

MONSIEUR,

Il lui donne avis de quelque intrigue entre le Duc de Lorraine & le Comte d'Harcourt sur le sujet de Brisac. Il le prie de faire en sorte que le Cardinal lui envoye dequoi subsister; qu'il menagera les esprits des plus puissans & leur fera faire une partie de ce qu'il voudra.

JE trouve cette voye la plus sure, pour vous donner avis qu'il y a quatre ou cinq jours, qu'il est venu à Brisac, un homme de la part du Duc de Lorraine, offrir à Monsieur le Comte d'Harcourt argent & Troupes. On l'a écouté sans rien résoudre : il a 250. mille Livres à prendre, à Bâle, Strasbourg, & Francfort : il est à présent au dernier lieu : c'est un Chanoine de Verdun, lui quatriéme à cheval. Il a passé aussi ici, & en grande Conférence avec notre Commandant : il a été parlé de quelque mariage de Monsieur le Comte d'Harcourt, avec ceux de ce Duc, sans rien conclure non plus, parce qu'on attendoit encore le retour de Mirebeau, qui arriva de la Cour samedi au soir. On ne nous a rien encore mandé : je veux croire qu'il n'a rien fait à la Cour, & qu'on pourroit bien prêter l'oreille à ces derniéres propositions, & ainsi Romainville n'aura qu'à s'en retourner. Le mal qu'il y a pour nous est, que nous manquons de tout : on a fait donner quelque prêt depuis deux jours aux Officiers : pour moi je ne touche plus rien du tout, & ainsi, Mon-

---

sieur, si vous jugez que je puisse être utile ici au service du Roi, je vous suplie très-humblement de demander pour moi quelque subsistance à son Eminence. Je me fais fort de ménager ici les esprits les plus puissants, & de leur faire faire une partie de ce que je voudrai &c.

LETTRE

Ecrite à Monsieur de

VAUTORTE

Par Monsieur

DES MADRIS

Commissaire de

PHILIPSBOURG.

Le 2. Septembre 1653.

Il lui donne encore avis de ce qui se passe sur le sujet de Philipsbourg, que le Comte d'Harcourt est très-mécontent ne recevant aucune satisfaction de la Cour. Il croit que de simples offres ne tenteront point les Officiers ; mais l'argent comptant. Il se persuade que si la Cour veut aider les bien-intentionnez, que le Comte d'Harcourt ne réussiroit pas si facilement ; il lui remontre la conséquence de cette Place.

MONSIEUR,

JE suis fort étonné que vous n'ayez point encore reçu la Lettre que Monsieur des Minieres vous a écrite par la voye de Francfort, sur la Conférence qu'il a eu avec Monsieur l'Evêque de Spire, qui est telle que je vous l'ai déja mandée. Avant de recevoir la derniére qu'il vous a plu me faire l'honneur de m'écrire le 21. Août, je m'étois donné celui de vous en écrire une autre, par la voye de Strasbourg du dernier du passé, par laquelle je prenois la liberté de vous informer comme il étoit venu un Agent du Duc de Lorraine à

Il lui donne encore avis de ce qui se passe sur le sujet de Philipsbourg, que le Comte d'Harcourt est très-mé-

1653.
content ne recevant aucune satisfaction de la Cour,

Brisac, qui avoit offert, tant à Bâle, Strasbourg que Francfort, 250. mille Livres, & même ouvert quelques propositions de mariage entre les deux Maisons, auxquelles on n'avoit rien répondu déterminement, non plus qu'aux offres de cet Abbé, & qu'on attendoit le retour du Courier dernier envoyé, qui est enfin arrivé avec nulle satisfaction de la Cour. On ne veut plus donner aucun Gouvernement, ni Place de sureté; mais seulement quelques gages ou pierreries, à quoi on ne veut point entendre, & on me mande ce matin que Monsieur de Charlenois, & tous les Officiers

Il croit que de simples offres ne tenteront point les Officiers; mais l'argent comptant,

disent qu'ils sont prêts de faire tout ce que voudra le Prince, pourvû qu'ils ayent de l'argent. Voila la véritable pierre d'achopement; car quelques offres qu'on leur fasse, je les tiens bien bas percez, & néanmoins de la façon que m'en parloit l'année passée ce Prince, pendant que nous étions au siége de Villeneuve, il a beaucoup plus d'inclination du côté du Duc de Lorraine, que d'aucun autre parti; mais il faut donner des ôtages, & je pense cette Place, pour sureté, ce qui ne sera point

Il se persuade que si la Cour veut aider les bien-intentionnez, que le Comte d'Harcourt ne réussiroit pas si facilement, il lui remontre la conséquence de cette Place.

si facile que ce grand génie de Moireux se persuade. Pourvû que du côté de la Cour on aide un peu à ceux qui sont bien-intentionnez, il est certain, Monsieur, que cette Place donnera le branle à Brisac. Dieu sur tout nous veuille bien inspirer, & sur tout me donner à moi la grace de vous pouvoir quelque jour donner de véritables preuves de la passion & du respect avec lequel j'ai l'honneur d'être &c.

MONSIEUR

De

VAUTORTE

à Monsieur de

BRIENNE.

Du 4. Septembre 1653.

L'Empereur doit être de retour ici Dimanche. L'Electeur de Baviére ne viendra point, celui de Mayence est allé aux bains. On croit que l'Empereur partira pour Vienne au commencement d'Octobre, qu'il laissera ici des Commissaires, ce qui fera que les affaires iront plus lentement. Les propositions de Paix faites par le Marquis de

1653.

Baden, n'ont eu aucun effet. L'Electeur de Saxe ne veut point donner le Titre de Majesté au Roi. Nomination des Députez de l'Empire des deux Religions. Les Députez ont achevé le calcul de ce qui est dû de reste aux Suédois, & en ont fait raport aux Etats, on délibére aujourd'hui sur cette affaire. Il presse l'examen des plaintes contre la France; il a présenté sur ce sujet deux Ecrits aux Etats pour leur en faire connoître l'injustice. Il a répondu à l'Archiduc & il a communiqué la réponse aux amis, il en dit la raison. Les Etats de l'Empire en cette Assemblée ne feront point de mal à la France, mais c'est tout ce qu'on en doit espérer, à cause que l'Empereur y est très-puissant. Il ne doute pas que les Etats ne confirment la déclaration faite à Munster touchant les Vassaux des trois Evêchez, mais ils n'obtiendront pas de l'Empereur que l'Alsace nous demeure en Fief de l'Empire. Il lui demande une copie exacte du Paragraphe Imperator, qui ordonne que l'Archiduc fournira à Sa Majesté la renonciation du Roi d'Espagne à l'Alsace, il lui dit la raison qui l'engage à lui demander cette copie, par une chicane de l'Archiduc à laquelle il doit répondre pour contenter tout le monde.

MONSIEUR,

J'Ai répondu le 28. d'Août aux Lettres que vous m'avez fait l'honneur de m'écrire le huit, & quinzième: cet Ordinaire ne nous en a point aporté de France, & on m'écrit de Francfort qu'elles ont été arrêtées en Flandre.

L'Empereur sera de retour ici Dimanche prochain: l'Archiduc d'Inspruck le visita à Munick le vingt-neuviéme d'Août, & ils n'en partiront que le premier de ce mois. Les Ambassadeurs de Baviere m'ont dit que leur Maître ne viendra point ici. L'Electeur de Mayence qui est allé aux bains de Saltzbourg dès le 20. d'Août, ne reviendra qu'au 20. de ce mois. On croit que l'Empereur en partira pour retourner à Vienne au commencement d'Octobre, & qu'il laissera ici des Commissaires: les affaires en iront encore plus lente-

L'Empereur doit être de retour ici Dimanche. L'Electeur de Baviere ne viendra point, celui de Mayence est allé aux bains. On croit que l'Empereur partira pour Vienne au commence...

ment;

1653.

ment d'Octobre, qu'il laissera ici des Commissaires, ce qui fera que les affaires iront plus lentement.

Les propositions de Paix faites par le Marquis de Baden n'ont eu aucun effet.

L'Electeur de Saxe ne veut point donner le titre de Majesté au Roi.

Nomination des Députez de l'Empire des deux Religions.

Les Députez ont achevé le calcul de ce qui est dû de reste aux Suédois, & en ont fait rapport aux Etats, on délibére aujourd'hui sur cette affaire.

Il presse l'examen des plaintes contre la France; il a présenté sur ce sujet deux Ecrits aux Etats pour leur en faire connoître l'injustice. Il a ré-

ment; car il sera nécessaire de recourir souvent à lui, & quand on voudra retarder une affaire ce sera le prétexte.

Toutes les belles propositions de Paix faites par Monsieur le Marquis de Baden, & tout ce que d'autres m'en ont dit, n'a eu aucun effet, & je crois que l'Empereur ne m'en parlera point. L'Ambassadeur de l'Electeur de Cologne m'a dit, que le Collége Electoral me parlera de la forme en laquelle Sa Majesté a écrit, & celui de Brandebourg m'a assuré qu'ils ont tous parlé à l'Ambassadeur de Saxe, pour convier son Maître à donner au Roi le titre de *Majesté*, & qu'ils n'y ont vu aucune disposition. J'ai répondu qu'il étoit assez étrange qu'un Duc de Saxe refusât de donner au Roi le titre qui lui est donné, non seulement par tous ses Collégues, mais encore par le Roi des Romains: qu'on ne leur demandoit rien sur ce sujet, & qu'on étoit bien content de se tenir à la forme accoutumée; mais que si on désiroit la changer, il étoit à propos que par une déliberation de leur Corps, ils y obligeassent l'Electeur de Saxe.

Les Etats n'ont rien fait cette semaine, que de proceder à la nomination des Députez ordinaires de l'Empire, en nombre égal des deux Religions, conformément au Traité de Paix, & ils n'ont pas encore achevé cette affaire.

Les Députez nommez pour faire avec les Suédois le calcul de ce qui leur est dû de reste, l'ont achevé, & en ont fait leur rapport aux Etats: ce reste monte à environ cent cinquante mil écus, presque tous dûs par le Cercle du Haut Rhin, & un peu par celui de Suaube. On délibére aujourd'hui sur cette affaire, & je crois qu'on ordonnera une exécution contre ceux qui doivent; mais d'autant que ce n'est pas de l'argent fort prêt, les Etats pourront consentir que cette somme soit levée dans six semaines sur les sept Cercles, pour la fournir aux Suédois, & leur faire rendre la Place de Wecht à l'Evêque de Munster.

Après ces deux affaires, les Etats font dessein d'examiner la Capitulation du Roi des Romains suivant le Traité de la Paix.

Je me suis donné l'honneur de vous écrire amplement par ma Lettre du 28. Août, le dessein que les Etats ont d'examiner nos affaires, & même la déclaration qu'ils firent à Munster le vingt-deuxième Août 1648. Je presse autant que je puis l'examen des plaintes données contre nous, & la Maison d'Autriche le retarde. J'ai donné sur ce sujet deux Ecrits aux Etats, afin de leur faire connoître que les plaintes sont fort injustes, puis-

que ceux qui les font en retardent l'éclaircissement, & que nous le poursuivons. J'ai aussi fait une *réponse* au Mémoire de Monsieur l'Archiduc; mais d'autant qu'il ne m'a pas été communiqué de la part des Etats, je n'ai pas jugé à propos de la donner à la Dictature, & je me suis contenté de la communiquer à tous ceux qui ne sont point déclarez contre nous: je l'ai même déja envoyée à Messieurs les Electeurs de Cologne, & de Brandebourg, & je l'envoyerai encore aux autres.

Je crois vous avoir mandé par ma première Lettre que cette Assemblée ne nous feroit point de mal: je suis encore dans cette opinion; mais c'est tout ce qu'on en doit espérer, car l'Empereur y est si puissant, que nous n'y obtiendrons aucune déclaration à notre avantage, quelque justice que nous ayons. Je ne doute même pas qu'ils ne confirment la déclaration qu'ils ont faite à Munster le 22. Août, touchant les Vassaux des Evêchez de Metz, Toul, & Verdun; mais ils n'obtiendront pas de l'Empereur que l'Alsace demeure Fief de l'Empire, & je ne sai même si la pluralité des voix y conclura. J'en parle à tous ceux que je vois, mais les amis de la Maison d'Autriche y sont formellement contraires. Tous les Prelats les suivront, & entre nos amis les principaux ne nous seront pas favorables, soit par leur intérêt, ou pour ne vouloir pas rompre avec l'Empereur, comme ils seroient obligez de faire, s'ils vouloient porter cette affaire avec la hauteur qui seroit nécessaire, pour la faire réussir.

Je vous supplie très-humblement de m'envoyer au plutôt une Copie figurée du paragraphe *Imperator*, lequel ordonne que l'Archiduc d'Inspruck fournira à Sa Majesté la renonciation du Roi d'Espagne à l'Alsace. Je demande cette Copie, pour voir s'il y a un point, & une grande distance dans l'Original, comme dans les Copies imprimées, entre la clause de cette renonciation, & la dernière du paragraphe, laquelle commence par *quod & Imperii*. L'Archiduc d'Inspruck entre autres mauvaises raisons en fonde une sur ce point, & prétend assez mal à propos, que le jour de la signature du Traité de Paix, n'a été nommé que pour la cession de l'Empire, & non pour celle du Roi d'Espagne. Cette chicane ne mérite pas de réponse, toutefois on doit repondre à tout, dans un lieu où il y a des esprits de toutes sortes.

Je vous suplie très-humblement, Monsieur, de me faire la grace de croire que je suis avec une extrême passion & respect &c.

1653.

pondu à l'Archiduc & il a répondu aux amis, il en dit la raison.

Les Etats de l'Empire en cette Assemblée ne feront point de mal à la France, mais c'est tout ce qu'on en doit espérer, à cause que l'Empereur y est très-puissant.

Il ne doute pas que les Etats ne confirment la déclaration faite à Munster touchant les Vassaux des trois Evêchez, mais ils n'obtiendront pas de l'Empereur que l'Alsace nous demeure en Fief de l'Empire.

Il lui demande une Copie exacte du paragraphe Imperator, qui ordonne que l'Archiduc fournira à Sa Majesté la renonciation du Roi d'Espagne à l'Alsace, & il lui dit la raison qui l'engage à lui demander cette Copie, par une chicane de l'Archiduc à laquelle il doit répondre pour contenter tout le monde.

MEMOIRE

Donné par Monsieur de

VAUTORTE

A LA DIETE.

Le 5. Septembre 1653.

QUâ de causâ a Rege Christianissimo meo Domino missus, Scriptum quod 16. Augusti dictatum fuit, inclito huic Sacri Romani Imperii Conventui breviter exposui: ab eo tempore libellorum contra Gallos exhibitorum communicationem non levi ratione ductus expectavi: nam, qui libellos obtulerunt, statim ab initio rem acriter urgebant, magnisque clamoribus, tanquam de summâ Imperii ageretur, extollebant, Imperii etiam Ordines, consentientibus Collegiis, hanc communicationem bis, terve decrevisse intellexerant; sed contra spem meam & fortasse etiam aliorum, eam nondum obtinui, & qui adeo urgebant, mutato consilio, rem differunt. Ex quo liquere potest omnibus qui promptiùs & sinceriùs executionem Pacis promovent, an Rex Christianissimus Dominus meus, qui gravamina contra Gallos proposita examinari ultrò expetit, an verò illi qui causæ suæ diffidentes temporum vices captant; quasi ex vario rerum eventu & non ex fide publicâ, certâque & constanti Pacis lege, negotia decidantur. Itaque ab hoc inclito totius Sacri Romani Imperii Conventu iterum peto, ut juxta conclusa sua, hæc mihi communicatio fiat, examinatisque etiam gravaminibus quæ ex parte nostrâ promoventur, omnia absque ulteriori declaratione ponderare, atque debita remedia adhibere velit.

PAr le Mémoire que j'ai eu l'honneur de présenter le 16. du mois d'Août à cette Illustre Assemblée, je lui ai fait savoir en peu de mots les motifs qui ont engagé le Roi très-Chrétien à m'envoyer auprès d'Elle. Depuis ce tems-là j'ai toujours attendu la communication des plaintes, qu'on a portées contre la France, & j'avois d'autant plus lieu de l'attendre, que les personnes qui les ont portées, en pressoient du commencement l'examen, avec toute la vivacité & tout l'éclat qu'auroit pu mériter l'affaire la plus importante de l'Empire. Cependant mon attente a été vaine; les Etats ont eu beau ordonner cette communication par trois Décrets diférens, elle ne m'a point encore été faite, & par un changement qui procède sans doute d'une juste réflexion, ceux qui ont paru d'abord si ardens à poursuivre, sont les mêmes qui cherchent aujourd'hui des longueurs & des subterfuges. Que l'on juge delà, laquelle des Parties se porte avec plus d'empressement & de bonne foi à la consommation de la Paix, ou le Roi mon Maître qui demande avec toutes sortes d'instance, qu'on examine les plaintes & qu'on fasse justice, ou les Plaignans qui comptant peu sur la bonté de leur cause, épient la faveur des tems, comme si la décision de pareils intérêts devoit plutôt dépendre de la vicissitude des événemens, qu'être réglée par les Loix de la Foi publique & par un Traité de Paix sûr & permanent.

Je suplie donc encore l'Assemblée d'ordonner que la communication que je demande me soit faire, & qu'ensuite après avoir examiné les Griefs de la France, & pesé tous les diférens au poids de son équité ordinaire, elle veuille bien aporter aux maux présens les remédes convenables.

AUTRE MEMOIRE

Du même jour.

EX omnibus querelis quæ contra Gallos sparguntur nulla hactenus ad me viâ publicâ provenit, & sparguntur unicè ad tentandos & (si sit aditus) ad præoccupandos hominum animos. Inter alia audio insimulari Regem Christianissimum Dominum meum, ob non solutam Domino Duci Mantuæ pecuniam quam Sua Majestas debet, quasi sit omnium dissidiorum causa. Durum est alieno facto invidiâ premi & non solutæ pecuniæ culpam Regi Domino meo objici, quam per Legatos suos, non requisitus, sed ultrò, Domino, Duci Mantuæ obtulit. Hæc est quæstio quæ probationibus indiget: nullâ aliâ utar quàm ipsius Domini Ducis Mantuæ testimonio, cujus Autographum Italice scriptum ad Regem Dominum meum transmissum, transumptum a Domino Nuntio Apostolico, in Aulâ Sabaudiacâ recognitum, & manu sigilloque ejus, ac testium subscriptione roboratum, apud Directorem Moguntinum depono, illudque etiam Latinè redditum adjungo; ut ad necessariam & debitam defensionem honoris Regis, & publicam universorum Statuum notitiam quantocius ad Dictaturam promoveatur & communicetur, ex quo omnes intelligent non Regem in morâ solvendi, sed Dominum Ducem Mantuæ in morâ recipiendi, fuisse.

DE toutes les plaintes qu'on a porté contre la France, aucune ne m'est encore parvenue par une voye directe & légitime, ce qui prouve assez qu'on ne les répand dans le monde que pour surprendre & prevenir contre nous, les esprits qui ne seront point en garde contre les fausses impressions. J'entens, entr'autres choses, qu'on fait un crime au Roi mon Maître de n'avoir pas payé à Monsieur le Duc de Mantoüe la somme que Sa Majesté lui doit, d'où naissent, ajoute-t-on, toutes les dissensions. Il est fâcheux d'être en butte aux raisonnemens de l'envie & de la jalousie par un défaut qui procéde du fait d'autrui, & le Roi mon Maître a lieu de trouver très-injuste le reproche qu'on lui fait de n'avoir pas payé, tandis que, sans attendre d'en être requise & par un pur mouvement de sa bonne volonté, Sa Majesté a fait offrir par ses Ambassadeurs à Monsieur le Duc de Mantoüe la somme dont il est question. Je suis en état de prouver ce que j'avance par le témoignage par écrit de Monsieur le Duc de Mantoüe lui-même. Cette Piéce authentique que le Roi mon Maître a reçu des mains de Monsieur le Nonce, avérée par le Conseil de Savoye, munie du seing & du sceau de Monsieur le Duc de Mantoüe, souscrite de plusieurs témoins, sufit pour l'honneur & la justification de la conduite de Sa Majesté. J'en remets l'Original écrit en Italien, accompagné d'une Traduction Latine à Monsieur le Directeur du Cercle de Mayence, afin que par la communication qui en sera faite aux Etats, ils soient instruits de la verité, & que tout le monde sache que ce n'est pas le Roi mon Maître; mais Monsieur le Duc de Mantoüe qui est en demeure.

MON-

1653.

MONSIEUR

De

VAUTORTE

à Monſieur de

BRIENNE.

Du 11. Septembre 1653.

Il ſe plaint du retardement des Lettres. Il croit que l'omiſſion du titre de Roi de Navarre *n'eſt d'aucune conſéquence; il en dit les raiſons. Il vaut mieux traiter avec l'Electeur de Trèves qu'avec ſes Miniſtres, parce qu'il ſont attachés à l'Eſpagne. Il ne croit point qu'on parle de Paix ni de Médiation à Ratisbonne. On lui a fait tenir quelques diſcours dans le monde là-deſſus comme s'il ne vouloit point la Paix, il ne comprend pas quel avantage on peut tirer de tout cela. Les plaintes ne lui ont pas encore été communiquées, les Députez de l'Archiduc les retardent toujours, il croit que cela finira bientôt, il eſt pourtant bien aiſe que cela n'aille pas ſi vite; il en dit la raiſon. Il ne comprend pas quel avantage peuvent tirer les Députez de l'Archiduc du retardement. Il lui envoye la Copie d'un Mémoire qu'il a préſenté aux Etats avec la Réponſe faite au Sieur Du Pleſſis Beſançon par Monſieur de Mantoue. Il a donné cet Ecrit à la requiſition du Député de Savoye à qui il importe que les Etats ayent communication de la réponſe du Duc de Mantoue; il en dit la raiſon. Les Collé-*

1653.

ges des Princes & des Villes ont pris leur réſolution touchant ce qui regarde la Place de Wecht, le Collége des Electeurs n'y conſent pas encore. La nomination des Députez à la pluralité des voix n'eſt pas encore terminée. L'Empereur eſt arrivé ici, il a eu l'honneur de le voir. L'Archiduc n'a point été à Munick, comme il l'avoit mandé, on croit qu'il viendra ici. On parle du départ de l'Empereur avec incertitude, on en ſaura la verité au retour de l'Electeur de Mayence.

MONSIEUR,

LEs Poſtes tardent maintenant d'un Ordinaire, car je devois recevoir, il y a huit jours la Lettre que vous m'avez fait l'honneur de m'écrire le 22. d'Août, & je ne l'ai reçue que cette ſemaine, ſans le Mémoire de Monſieur l'Archiduc, & la Réponſe, quoiqu'elle me les promette: à ce compte votre Lettre du 29. n'arrivera que la Semaine prochaine.

Votre Lettre étant une Réponſe aux miennes du trente-un de Juillet, & du ſeptiéme d'Août, je ne m'arrêterai qu'aux points, ſur leſquels je n'ai pas eu l'honneur de vous écrire aſſez amplement.

Je crois que l'omiſſion du titre de *Roi de Navarre* n'eſt d'aucune conſéquence, & je ne vous l'ai remarquée, que pour la comparer avec la tranſpoſition des titres, ſur laquelle on me faiſoit ici une difficulté ſans fondement. Quoique le Roi écrivant au Roi des Romains ne lui donne pas tous les titres qu'il prend, des Duchez & autres Terres, qui ſont poſſedées par la Maiſon d'Autriche, toutefois puiſqu'il lui donne le titre de tous ſes Royaumes, on auroit droit de lui demander le titre de Roi de Navarre; mais puiſqu'on n'a preſque rien à traiter avec le Roi des Romains, il me ſemble qu'il n'eſt pas à propos de ſe faire une affaire, dans un tems, & dans un lieu, où tout nous eſt difficile, pour une choſe qui a été jugée inutile juſques à préſent. Cette difficulté ne ſe peut rencontrer entre le Roi, & l'Empereur, car puiſqu'ils s'ecrivent de leurs mains, & que le Roi ne lui donne que le ſeul titre d'*Empereur*, il ſemble que Sa Majeſté ſe doit auſſi contenter du titre de *Roi de France*, ſans celui de *Roi de Navarre*, comme vous pourrez voir dans le Traité de Munſter; mais lorſque l'un d'eux fait des Actes publics, où il parle de l'autre, comme des Pleins-pouvoirs, des Ratifications, des Ceſſions, & autres ſemblables, l'Empereur ne donne au Roi que le titre de Roi de France, & Sa Majeſté ne lui donne auſſi que celui d'Empereur, & ainſi il n'y a aucun deſavantage de part ni d'autre.

Ce que vous me faites la grace de m'écrire, ſur la demande de Monſieur l'Electeur de Trêves, eſt très-juſte; mais c'eſt une choſe à traiter avec lui, & non avec les Députez qu'il a ici: car ils ſont attachez de tout tems au parti d'Eſpagne, & ils ne recevroient pas

ſi

1653.

fi bien cette propofition que leur Maître. Je leur dirai que j'ai une réponfe conforme à leur demande, le Roi ne défirant rien autre chofe que l'exécution fincére du Traité de la Paix, & la fatisfaction de Monfieur l'Electeur de Trèves, vers lequel Sa Majefté envoyera au premier jour pour régler cette affaire à fon contentement. Je lui repondrai de la même façon à la Lettre qu'il m'a écrite fur ce fujet, & lui ferai efpérer que je pafferai moi-même à Trèves au fortir de cette Affemblée.

Je crois qu'on ne parlera point ici de Paix, ni de Médiation, & partant il feroit inutile de repondre à ce que vous me faites l'honneur de m'en écrire: fi on m'en parle, j'obferverai ponctuellement l'ordre que vous me donnez. Je ne vois pas bien l'avantage qu'on a prétendu tirer de tous les difcours qu'on m'a fait faire fur cette matiére, ni de la Lettre écrite par Monfieur le Marquis de Baden, à Monfieur le Prince Thomas: car on n'a pas dû croire que nous fuffions capables de témoigner une mauvaife difpofition à la Paix ni de nous embarquer à demander la Médiation de l'Empereur ou des Electeurs.

Quelque bruit que je faffe, je n'ai encore pu obtenir la communication des plaintes, qui ont été données aux Etats contre nous: l'Affemblée l'a déja ordonnée quatre fois, & la derniére fut le cinquiéme de ce mois: mais les Députez de Monfieur l'Archiduc d'Infpruck la veulent retarder, & ils peuvent tout ici, & principalement fur le Chancelier de Monfieur l'Electeur de Mayence, qui eft le Directeur, & duquel je dois recevoir les Mémoires de plaintes: toutefois je penfe que cela ne peut pas beaucoup tarder, car l'Évêque de Spire preffe comme nous, & après quatre Décrets il fera difficile d'ufer de remife, & à dire la verité elles ne me déplaifent pas, car mes inftances, & la fuite des Députez de Monfieur l'Archiduc donnent aux Etats la mauvaife impreffion de fa bonne foi qu'il avoit voulu au commencement leur donner de la notre, & j'ai intérêt de retarder autant que je pourrai l'examen des plaintes de Monfieur l'Évêque de Spire, parcequ'en l'état où les affaires font encore à Brifac, & à Philipsbourg, nous ne faurions tenir ce que je ferai obligé de lui promettre: Il feroit bien fâcheux de contrevenir d'abord, l'Affemblée durant encore, aux chofes dont je conviendrai. Après tant d'empreffement & tant d'éclat que les Députez de Monfieur l'Archiduc ont fait, je ne devine pas quel avantage ils ont de retarder.

Je vous envoyé la Copie des deux Ecrits, que j'ai donnez aux Etats pour les preffer; je n'en donnerai point d'autre d'ici à longtems, s'il ne furvient quelque chofe de nouveau: car j'ai affez fait pour perfuader que nous preffons, & que nos Parties fuyent, & je ne ferois pas fâché après ce que j'ai fait que l'examen de nos affaires fût retardé.

Je vous envoye auffi la Copie d'un Mémoire que j'ai donné aux Etats, avec la Réponfe faite à Monfieur du Pleffis Befançon par Monfieur le Duc de Mantouë. Quoiqu'on n'ait donné de fa part aucune plainte aux Etats contre nous, je n'ai pas cru devoir refufer de donner cet Écrit, en étant extraordinairement preffé par le Député de Monfieur le Duc de Savoye. Il lui importe que les Etats ayent communication de la Réponfe de Monfieur le Duc de Mantouë, & il ne jugeoit pas à propos de la donner lui-même, pour n'attacher

Tom. III.

en aucune façon fon affaire à la nôtre, & ne fembler pas faire dépendre l'inveftiture qu'il demande, du payement de l'argent duquel il eft pleinement déchargé par le Traité de Munfter, enforte que notre défaut, s'il y en avoit, ne doit point retarder l'exécution de ce qui lui a été accordé.

L'affaire qui regarde la Place de Wecht, a été réfolue dans les Colléges des Princes, & des Villes, mais celui des Electeurs n'y confent pas encore; deforte que ce n'eft pas une affaire finie. Celles de la nomination des Députez ordinaires, & de la pluralité des voix en matiére de contributions d'argent, ne le font pas auffi: ces deux derniéres occupent les Etats depuis huit jours.

L'Empereur arriva ici le feptiéme de ce mois. J'ai eu l'honneur de le voir le neuviéme, & hier le Roi des Romains. Ce font vifites de complimens defquelles je ne vous puis rendre aucun compte. On m'a affuré que l'Electeur de Mayence arriva ici le 16. Monfieur l'Archiduc d'Infpruck n'a point été à Munick, comme je vous ai mandé par ma derniére, & on croit qu'il viendra ici un jour ou deux, avant le départ de l'Empereur, duquel on parle avec beaucoup d'incertitude, les uns affurant, qu'il paffera ici l'hiver, & les autres qu'il partira au commencement d'Octobre. On en faura la verité au retour de Monfieur l'Electeur de Mayence. Je vous fuplie très-humblement de croire que je fuis avec une paffion & un refpect extrêmes &c.

LETTRE

à fon

EMINENCE

Monfeigneur le Cardinal

MAZARIN.

Du 11. Septembre 1653.

Il fe plaint qu'il n'a pas reçu une de fes Lettres ni celle qui étoit pour l'Electeur de Mayence. Il lui envoye Copie de la Lettre qu'il écrit à Monfieur de Brienne qui fervira de Réponfe à quelqu'article de la fienne. Il ne trouve pas à propos de parler à l'Electeur de Mayence des 40. mille écus qu'il prétend, il veut renvoyer cette affaire à la fin de la Diéte, qui autrement pourroit caufer du chagrin. L'Evê-

Ffff que

Notes marginales (colonne de gauche) :

Il ne croit point qu'on parle de Paix ni de Médiation à Ratisbonne. On lui a fait tenir quelques difcours dans le monde là-deffus comme s'il ne vouloit point la Paix, il ne comprend pas quel avantage on peut tirer de tout cela.

Les plaintes ne lui ont pas encore été communiquées, les Députez de l'Archiduc le retardent toujours, il croit que cela finira bientôt, il eft pourtant bien aife que cela n'aille pas fi vite; il en dit la raifon.

Il ne comprend pas quel avantage peuvent tirer les Députez de l'Archiduc du retardement. Il lui envoye la Copie d'un Mémoire qu'il a préfenté aux Etats, avec la Réponfe faite au Sieur du Pleffis Befançon par Monfieur de Mantouë. Il a donné cet Ecrit à la requifition du Député de Savoye à qui il importe que les Etats aient communication de la réponfe du Duc de Mantouë, il en dit la raifon.

Notes marginales (colonne de droite) :

Les Colléges des Princes & des Villes ont pris leur refolution touchant ce qui regarde la Place de Wecht, le Collége des Electeurs n'y confent pas encore.

La nomination des Députez à la pluralité des voix n'eft pas encore terminée.

L'Empereur eft arrivé ici, il a eu l'honneur de le voir. L'Archiduc n'a point été à Munick comme il l'avoit mandé, on croit qu'il viendra ici.

On parle du départ de l'Empereur avec incertitude, on en faura la verité au retour de l'Electeur de Mayence.

1653.

que de Spire est du parti Espagnol, il souhaite avec passion de ravoir Philipsbourg, il est intéressé: un Bénéfice pourroit l'appaiser, en tout cas il faut entretenir une bonne Garnison dans cette Place, & ne point lui donner aucun sujet de chagrin. Les Ambassadeurs de Cologne, Baviere, & Brandebourg sont bien disposez pour la France, à moins que le voyage de l'Empereur à Munick n'ait changé quelque chose: il n'en a pu rien découvrir. Il croit le pouvoir assurer que le Roi aura la protection des Villes, de la même façon que l'Alsace, en Souveraineté. Il ne faut point espérer d'obtenir que l'Alsace reste Membre de l'Empire, l'Empereur a intérêt de s'y opposer. Il lui envoye Copie de la Lettre du Sr. des Madris Commissaire dans Philipsbourg, il l'a mise en chiffre afin que Monsieur d'Harcourt n'en puisse rien savoir, il lui recommande ce Commissaire comme une personne affectionnée & qui a grand besoin d'argent. Il lui promet de soliciter puissamment l'affaire qu'il a contre un Marchand de Cologne & de lui en rendre compte.

MONSEIGNEUR,

[marginal note] Il se plaint qu'il n'a pas reçu une de ses Lettres ni celle qui y étoit pour l'Electeur de Mayence. Il lui envoye Copie de la Lettre qu'il écrit à Monsieur de Brienne qui servira de Réponse à quelqu'article de la sienne. Il ne trouve pas à propos de parler à l'Electeur de Mayence des 40. mille écus qu'il prétend, il veut renvoyer cette affaire à la fin de la Diéte, qui autrement pourroit causer du chagrin. L'Evêque de Spire est du parti Es-

J'Ai reçu cette semaine la Lettre que Votre Eminence m'a fait l'honneur de m'écrire le vingt-deuxiéme Août, mais je n'ai point reçu la précédente ni celle qui y étoit jointe pour Monsieur l'Electeur de Mayence, & je ne sai ce qu'elles peuvent être devenues, n'en ayant perdu aucune de celles de Monsieur le Comte de Brienne. J'envoye à Votre Eminence la Copie de la Lettre que je lui écris aujourd'hui, qui servira de réponse à quelques Articles de la votre.

Je pense qu'il est à propos que je ne parle point à Monsieur l'Electeur de Mayence, des quarante mille écus qu'il prétend, si ce n'est à la fin de la Diéte; car il me donneroit son Mémoire bien vîte, & pourroit recevoir ici une réponse favorable, qui seroit un grand engagement & une nouvelle matiére de chagrin contre nous.

L'espérance que je lui donnerois, ne le changeroit pas, il sera Autrichien jusques au retour de notre bonne fortune; mais il conservera toujours quelque apparence pour nous comme une pierre d'attente.

L'Evêque de Spire nommé Metternich est Espagnol dès sa naissance, & la passion qu'il a de ravoir Philipsbourg l'empêche d'être Fran-çois; il est fort intéressé, & n'est pas fort à son aise, desorte qu'un Bénéfice le pourroit appaiser; mais la proposition d'une pension ne sera pas reçue, parce que le payement n'en est pas assuré: je l'ai sondé sur ce sujet il y a plus d'un mois. Le seul secret est d'entretenir une bonne Garnison dans Philipsbourg, & de ne lui donner aucun sujet de plainte qui soit considérable; sans cela Philipsbourg sera toujours en hazard, parceque les Electeurs de Mayence & d'Heidelberg, & les autres Princes voisins, souhaitent avec passion de voir cette Place hors de nos mains.

Les Ambassadeurs de Cologne, Baviere, & Brandebourg, sont bien disposez pour nous jusques à présent; je ne sai si le voyage de l'Empereur à Munick aura changé quelque chose: je n'ai encore pu rien découvrir sur ce sujet. Toute la Cour de l'Empereur est merveilleusément satisfaite de la jeune Electrice, & peu de l'Electeur, qui est extraordinairement pésant, & endormi.

Je crois pouvoir assurer Votre Eminence que nous posséderons la protection des dix Villes, de la même façon que l'Alsace, c'est-à-dire en Souveraineté, conformément au Traité de la Paix. Car il ne faut point espérer d'obtenir que l'Alsace demeure un Etat de l'Empire, & que le Roi ait voix, & séance dans l'Assemblée; l'Empereur est trop puissant ici, & a trop d'intérêt de l'empêcher.

J'envoye à Votre Eminence la Copie d'une Lettre que j'ai reçue de Monsieur des Madris Commissaire dans Philipsbourg; je l'ai mise en chiffre, parcequ'il passeroit mal son tems, si Monsieur le Comte d'Harcourt en avoit le vent. Il demande quelque subsistance pour lui, & je puis assurer Votre Eminence qu'il en a grand besoin, & qu'il me paroit fort affectionné au service du Roi.

L'affaire de Votre Eminence contre le Marchand de Cologne est très-juste, mais les Juges de cette Cour ne le sont pas beaucoup. Je les solliciterai soigneusement à présent que les Actes ont été apportés de Cologne, & j'en rendrai compte à Votre Eminence par ma premiére Lettre &c.

1653.

[marginal note] pagnol, il souhaite avec passion de ravoir Philipsbourg, il est intéressé, un Bénéfice pourroit l'appaiser, en tout cas il faut entretenir une bonne Garnison dans cette Place, & ne point lui donner aucun sujet de chagrin. Les Ambassadeurs de Cologne, Baviere, & Brandebourg, sont bien disposez pour la France, à moins que le voyage de l'Empereur à Munick n'ait changé quelque chose il n'en a pu rien découvrir. Il croit le pouvoir assurer que le Roi aura la protection des dix Villes, de la même façon que l'Alsace, en Souveraineté. Il ne faut point espérer d'obtenir que l'Alsace reste Membre de l'Empire, l'Empereur a intérêt de s'y opposer. Il lui envoye Copie de la Lettre du Sieur des Madris Commissaire dans Philipsbourg, il l'a mise en chiffre afin que Monsieur d'Harcourt n'en puisse rien savoir, il lui recommande ce Commissaire comme une personne affectionnée & qui a grand besoin d'argent. Il lui promet de soliciter puissamment l'affaire qu'il a contre un Marchand de Cologne & de lui en rendre compte.

CO-

C O P I E

D'une

L E T T R E

Ecrite par Monsieur de

V A U T O R T E

à Monsieur l'Electeur de

T R E V E S.

Du 11. Septembre 1653.

Le Roi veut accorder à l'Etat de Tréves le rétablissement de la Jurisdiction sur les trois Evêchez; mais il y a encore bien des choses à régler, c'est pourquoi il doit aller auprès de ces Electeur; mais comme il ne peut quitter son poste il a écrit en Cour afin qu'on envoyât quelque autre. Mais comme il ne sauroit aller auprès de S. A. E. parceque l'Assemblée durera longtems, & qu'il ne peut quitter, il a écrit en Cour afin qu'on lui envoyât quelqu'autre en cas que l'Electeur ne veuille pas attendre. Il ne doute pas que cette affaire ne soit bientôt réglée, y ayant plusieurs exemples qu'il allégue selon lesquels on pourra se régler, le Roi ne désirant que la satisfaction de S. A. E.

MONSEIGNEUR,

J'Ai reçu la Lettre que V. A. E. m'a fait l'honneur de m'écrire le 13. Août, & j'ai differé d'y faire réponse, attendant celle de la Cour, pour le rétablissement de la Jurisdiction Métropolitaine de Tréves sur les trois Evêchez: je l'ai reçue depuis deux jours, & l'ai communiquée à Messieurs vos Ambassadeurs. On m'écrit que le Roi consent en cela au désir de V. A. E. parceque Sa Majesté veut l'exécution sincére du Traité de la Paix, & qu'elle sera

Том. III.

toujours très-aise de donner en toutes occasions des preuves de son amitié à V. A. E. Mais d'autant qu'il y a des choses à observer lorsque les Apellations passent d'un Royaume dans un autre Etat, comme des trois Evêchez, qui sont du Royaume de France, à Trêves qui est de l'Empire, le Roi m'ordonne de passer à Trêves pour régler tout ce qu'il y a à faire sur ce point avec V. A. E. dans la créance qu'on a eu à la Cour, comme en beaucoup d'autres lieux, que l'Assemblée alloit finir avec ce mois, & que je serois en état de partir d'ici ; mais d'autant que l'Assemblée durera longtems, & que je ne la puis quitter, j'écris à la Cour d'envoyer cet ordre à Monsieur de Marolles, ou à quelque autre, ce qu'on pourra déja avoir fait, au cas que V. A. E. ne juge pas à propos d'attendre que je sois en état de lui aller moi-même rendre mes devoirs. Nous avons les mêmes choses à observer avec le Roi d'Espagne : car l'Evêché de Bologne qui est en France étend sa Jurisdiction spirituelle dans la Flandre, & l'Artois, & l'Evêché de Saint Omer qui est en Flandre, étend la sienne dans la Picardie. Nous observons aussi le semblable avec le Pape même, pour les Appellations qu'on releve devant Sa Sainteté des jugemens donnez par les Archevêques de France ; desorte que j'espére que tout cela s'accommodera aisément par ces exemples, le Roi ne désirant que la satisfaction de Votre Altesse Eminente , & moi n'ayant point de passion plus forte que celle de vous témoigner que je suis avec un respect extrême &c.

L E T T R E

Ecrite à Monsieur de

V A U T O R T E

Par Monsieur

D E S   M A D R I S.

De Philipsbourg le 17. Septembre 1653.

Il lui donne avis que le Gouverneur de Philipsbourg étant allé auprès de l'Electeur Palatin par ordre du Comte d'Harcourt, pour le pressentir sur le Traité avec le Duc de Lorraine, cet Electeur a répondu qu'il étoit serviteur du Comte d'Harcourt; mais qu'il croyoit qu'il ne lui de-

man-

manderoit rien contre le service du Roi. Il y a bonne intelligence parmi les Troupes, mais il faut aider les bien-intentionnez qui pourroient se laisser seduire à l'argent comptant.

MONSIEUR.

Il lui donne avis que le Gouverneur de Philipsbourg étant allé auprès de l'Electeur Palatin par ordre du Comte d'Harcourt pour le pressentir sur le Traité avec le Duc de Lorraine, cet Electeur a répondu qu'il étoit serviteur du Comte d'Harcourt, mais qu'il croyoit qu'il ne demanderoit rien contre le service du Roi.

ON attend toujours à Brisac le retour de Monsieur de Melai, ou du Député du Duc de Lorraine, l'un de la Cour, l'autre de Francfort; on n'espére rien du tout du premier, mais bien du dernier, qui s'appelle Rousselot, Chanoine de Verdun. Cependant Monsieur des Minieres a eu ordre d'aller visiter Monsieur l'Electeur Palatin, de la part de Monsieur le Comte d'Harcourt d'où il retourna avanthier avec peu de satisfaction. On le croyoit trouver fort aise que Monsieur le Comte d'Harcourt s'accommodât avec le Duc de Lorraine; mais sur quelques paroles qu'on lui a dites pour le pressentir il a repondu qu'il étoit serviteur de Monsieur le Comte d'Harcourt, mais qu'il croyoit qu'il ne demanderoit jamais rien de lui contre le service du Roi: qu'il savoit fort bien que Monsieur étoit mal avec les Généraux d'Espagne, ce qui arrivoit d'ordinaire à tous les mécontens, qui quittoient le service de leur Prince Naturel, & pour conclusion qu'il vouloit demeurer dans les intérêts du Roi tant qu'il pourroit, & qu'on avoit à faire à un fourbe, (parlant de ce Député de Lorraine) qui les tromperoit. Il le connoit particuliérement, pour avoir été celui que le Duc de Lorraine envoya en sa place nommer l'Enfant de Monsieur l'Electeur Palatin: cependant il y a bonne intelligence parmi les Troupes, mais il seroit à propos de savoir de quoi on pourroit avertir ceux qui sont bien intentionnez, qui se pourroient laisser seduire par compagnie si l'argent venoit comme on le promet: c'est où je serois bien empêché, &c.

Il y a bonne intelligence parmi les Troupes, mais il faut aider les bien intentionnez qui pourroient se laisser seduire à l'argent comptant.

LETTRE

A son

EMINENCE

Par Monsieur de

VAUTORTE.

Du 18. Septembre 1653.

Il lui envoye Copie d'une Lettre qu'il a reçu de Philipsbourg qui fait soupçonner que le Duc de Lorraine pourroit bien fournir quelqu'argent pour s'assurer de cette Place. L'Evêque de Spire en offre aussi dans la même pensée, & le Gouverneur qu'on néglige pourroit bien la livrer. Il craint que l'Evêque de Spire ne s'accommode avec le Comte d'Harcourt, & qu'il ne livre Philipsbourg pour conserver Brisac; ce qui pourroit bien retarder les plaintes de l'Archiduc. Il faut envoyer incessamment de l'argent à Philipsbourg, si l'on veut conserver cette Place. On lui marque que les Officiers de Philipsbourg ne suivront point le sentiment du Comte d'Harcourt contre le Roi, pourvû qu'on leur donne quelque subsistance. Il écrit pour les encourager qu'il en donnera avis au Cardinal, qui leur envoyera promtement l'argent nécessaire. Il accuse Picolomini d'être un grand causeur. Il lui donne avis qu'un Colonel Suisse au service des Espagnols qui a de l'esprit & du credit en son Pais y a fait plusieurs voyages pour y traverser par ordre de l'Empereur le renouvellement de l'Alliance

1653.

liance avec la France : il l'a fait savoir à Monsieur de la Barde.

MONSEIGNEUR,

Il lui envoye Copie d'une Lettre qu'il a reçu de Philipsbourg qui fait soupçonner que le Duc de Lorraine pourroit bien fournir quelqu'argent pour s'assurer de cette Place. L'Evêque de Spire en offre aussi dans la même pensée, & le Gouverneur qu'on néglige pourroit bien la livrer. Il craint que l'Evêque de Spire ne s'accommode avec le Comte d'Harcourt, & qu'il ne livre Philipsbourg pour conserver Brisac; ce qui pourroit bien retarder les plaintes de l'Archiduc.

JE me donnai l'honneur de repondre le 11. de ce mois, à la Lettre de votre Eminence du 22. Août : j'ai depuis reçu la Lettre du quinziéme, avec celle que Votre Eminence écrit à Monsieur l'Electeur de Mayence. Je partis d'ici le vingtiéme d'Août, & n'arrivai que hier, desorte que le retardement de votre Lettre n'a été d'aucune conséquence. Je la lui présenterai dans un ou deux jours, & lui dirai ce que Votre Eminence m'ordonne.

J'ai envoyé à Votre Eminence avec ma dernière la Copie d'une Lettre qui m'a été écrite de Philipsbourg : je lui envoye maintenant la Copie d'une autre, que j'ai reçue depuis. On m'a écrit du même lieu le cinquiéme de ce mois, qu'on y attend le Comte de Cerny avec de l'argent pour donner quelques prêts à la Garnison, & qu'on ne fait d'où vient cet argent, si ce n'est du Duc de Lorraine, parceque Monsieur le Comte d'Harcourt n'en a point. S'il n'y avoit rien à faire à Philipsbourg que pour donner de l'argent aux Soldats, il suffiroit de l'envoyer, & ne feroit pas nécessaire que le Comte de Cerny y allât; mais la Lettre dont j'envoye Copie à Votre Eminence dit qu'on propose de donner Philipsbourg au Duc de Lorraine pour gage de son argent. Je pense que l'Evêque de Spire auroit donné la même somme pour y rentrer, & je sai certainement qu'il en a fait parler à Monsieur le Comte d'Harcourt par Des Minieres, qui en est maintenant le Commandant, avant le voyage que le Baron de Reiffemberg a fait à la Cour. Des Minieres ne m'écrit avec aucune confiance, toutefois la façon dont il m'écrit, me donne du soupçon; car il me mande qu'en l'état où la Cour laisse cette Place, elle ne peut passer l'hiver, & qu'il croit être déchargé de l'évenement devant tous les hommes d'honneur. L'Evêque de Spire est aussi fort joyeux depuis quelques jours, & parle avec plus de modération, & moins d'empressement qu'il ne faisoit. Cela me fait croire que si Monsieur le Comte d'Harcourt desespére de s'accommoder à la Cour, il pourra tirer de l'argent de Philipsbourg pour avoir dequoi conserver Brisac par force, après lui avoir ôté Philipsbourg volontairement. Si cela est, Monsieur l'Archiduc d'Insprück, a quelque raison de retarder l'examen de sa plainte, & le voyage du Comte de Saint Etienne n'aura peut-être pas été inutile.

Il faut envoyer incessamment de l'argent à Philipsbourg, si l'on veut conserver cette Place. On lui mande que les Officiers de Philipsbourg ne suivront point le sentiment du Comte d'Harcourt contre le Roi, pourvû qu'on leur donne quelque subsistance. Il écrit pour les encourager qu'il en donnera avis au Cardinal, qui leur envoyera promtement l'argent nécessaire.

Celui qui m'écrit, m'a souvent mandé que la plus grande partie des Officiers de Philipsbourg ne suivront point le sentiment de Monsieur le Comte d'Harcourt contre le Roi, pourvû qu'on leur donne quelque subsistance. Je lui mande maintenant pour les encourager que j'en écris à Votre Eminence, & que je ne doute point qu'elle n'envoye promtement de quoi les assister.

Il accuse Picolomini d'être un grand causeur.

Monsieur de Picolomini m'a dit, qu'il avoit prophetisé, au Comte de Saint Etienne tout ce que Monsieur le Prince feroit cette Campagne, & qu'il feroit la Guerre tout l'hiver avec un petit corps, lorsque les armées seroient obligées d'entrer en quartier. Votre Eminence sait qu'il est un grand causeur, & il peut m'avoir dit comme de soi & en le prevoyant, ce qu'il aura apris dudit Saint Etienne.

Il lui donne avis qu'un Colonel Suisse au service des Espagnols qui a de l'esprit & du credit en son Païs, y a fait plusieurs voyages pour y traverser par ordre de l'Empereur le renouvellement de l'Alliance avec la France : il l'a fait savoir à Monsieur de la Barde.

Il y a ici un Colonel Suisse du Canton d'Uri nommé Sesveyer, qui a toujours servi les Espagnols dans le Milanois, & lequel a beaucoup d'esprit, & de credit dans son Païs : il y a fait plusieurs voyages depuis que je suis ici, & la derniére fois pour se trouver à l'Assemblée de Baden, & y traverser par l'ordre de l'Empereur le renouvellement de l'Alliance de France. J'apris ce dessein avant son départ d'un Sous-Secretaire du Comte Curtz, qui le dit à un de mes Domestiques son ami, après avoir beaucoup bu. J'en donnai avis dès lors à Monsieur de la Barde, & je ne le mande maintenant à Votre Eminence que par occasion, & d'autant qu'elle m'ordonne de lire à Monsieur l'Electeur de Mayence l'endroit de sa Lettre qui dit, que la conclusion de l'Alliance s'en va faite; il est aussi bien informé que nous de cette affaire. J'envoye à Votre Eminence la Copie de la Lettre que j'écris aujourd'hui à Monsieur le Comte de Brienne, &c.

MONSIEUR
De
VAUTORTE
à Monsieur de
BRIENNE.

Du 18. Septembre 1653.

Le Collége Electoral s'est brouillé avec les Protestans au sujet des contributions, on pourra en faire rapport à l'Empereur, pour les accorder, c'est l'usage ordinaire. Division dans la Diéte sur ce qu'on doit traiter. L'hiver approche; & les Ennemis prendront des quartiers dans l'Empire, il fera son possible pour l'empêcher. L'Empereur fera tous ses efforts pour accorder les Etats, parceque les Protestans déclarent qu'ils ne consentiront à rien avant que ces affaires soient finies. Quand on

Ffff 3   *feroit*

1653.

feroit bien le Traité avec le Duc de Lorraine, on n'exemtera pas l'Empire des quartiers d'hiver. L'Armement des Cercles se fait lentement, il apréhende pour l'Alsace, & que le Comte d'Harcourt ne s'accommode avec les Ennemis. La Diéte a trop à faire pour examiner les plaintes contre la France, elle les renvoye peut-être dans l'espérance de réussir auprès du Comte d'Harcourt. Comme l'affaire qui regarde l'Electeur de Trèves recevra quelque difficulté, il trouve à propos de n'en point parler qu'aprés la Diéte & d'amuser en attendant cet Electeur. On croit que l'Empereur partira au commencement de Novembre, on ne peut deviner quand ni comment la Diéte finira; la raison. Après le départ de l'Empereur il ne restera à la Diéte que les Députez: comme il n'y pourroit pas rester avec honneur il demande un ordre pour se retirer. L'Empereur a fait le Comte d'Aversperg Prince de l'Empire. Il se fait ressouvenir qu'il lui a recommandé Monsieur de Honstein de la part de l'Electeur de Mayence.

MONSIEUR,

DEpuis ma derniére Lettre, j'ai reçu celles que vous m'avez fait l'honneur de m'écrire le vingt-neuf d'Août, & le cinquième de ce mois, j'attends le Mémoire de Monsieur l'Archiduc d'Inspruck, & la Réponse du Roi.

Les Etats ont employé toute cette semaine à crier les uns contre les autres sur la nomination des Députez ordinaires de l'Empire, qu'on doit ajouter à ceux qui l'étoient déja, pour égaler le nombre des deux Religions, conformément au Traité de Paix, & sur la question de la pluralité des voix, en matiére de contribution d'argent, les deux Colléges des Electeurs, & des Princes, ou pour mieux dire le Collége Electoral, & les Protestans se sont fort brouillés, & n'ont pû rien conclure, desorte qu'on pourra résoudre d'en faire raport à l'Empereur, pour voir s'il y aura quelque moyen de les accorder. Ce raport se fait ordinairement quand il arrive de semblables contestations: il n'en étoit point encore arrivé dans cette Diéte, aussi n'a-t-elle encore fini aucune matiére, & n'a fait que deux conclusions en forme, l'une pour donner place & voix dans l'Assemblée aux Princes de

Zollern, Eggenberg, & Lobkowits, l'autre pour refuser du secours aux Rois d'Angleterre & de Pologne. Le Comte de Rochester a parole de l'Empereur qu'il lui donnera quelque somme d'argent, & il espére que cet exemple obligera beaucoup d'Etats à donner en leur particulier.

1653.

Si les Etats ne peuvent s'accorder sur les deux questions, ils les remettront à une autre fois, & passeront à quelque autre matiére, mais l'Empereur fera tous les efforts possibles pour les accorder; car les Protestans déclarent qu'ils ne soufriront aucune Assemblée par Députez, ni aucune levée d'argent, avant que ces deux difficultez soient finies. Ils veulent ensuite qu'on parle de la Capitulation du Roi des Romains, & le College Electoral propose le Traité avec le Duc de Lorraine comme une affaire qui ne se peut diferer, à cause que l'hiver approche. Les Etats traitent cette affaire fort négligemment, & je crois que nos Ennemis prendront leurs quartiers dans l'Empire, comme les années passées. J'en ferai tout le bruit possible; mais il ne servira que de contrepoids à quelqu'une des plaintes qu'on fait contre nous; car si l'intérêt de l'Empire n'oblige pas les Etats à s'armer contre ceux qui les ruïnent, celui de la France, ni la considération de la Garantie qu'ils nous ont promise, ne le fera pas, celles qu'ils se doivent les uns aux autres étant plus forte.

Si le Traité s'acheve ici avec le Duc de Lorraine, il pourra rendre les trois Châteaux qu'il tient; mais il ne faut pas espérer que ce Traité produise une exemtion de quartiers; car si on ne s'arme, Monsieur le Prince de Condé les prendra, & si Monsieur le Duc de Lorraine ne peut les prendre en France, ou dans le Païs des Etats de Hollande, il sera contraint de les prendre lui-même dans l'Allemagne quoiqu'il promette.

Je crois que cet armement va assez lentement dans le Cercle des Electeurs, & dans celui de Westphalie, & je n'y vois aucune disposition dans le Cercle du haut Rhin, ni partant aucun remède pour l'Alsace, d'autant plus que Monsieur le Comte d'Harcourt pourra s'accommoder avec eux, s'il perd l'espérance d'achever son Traité avec la Cour.

Il ne faut pas espérer que les Etats examinent bientôt nos affaires, car ils sont trop échauffez pour celles qui les touchent de plus près, & nos Parties réculent avec trop de loin. Je cherche incessamment la cause de ce retardement, & je ne sai s'il ne vient point de quelque espérance qu'ils ont de faire leurs affaires avec Monsieur le Comte d'Harcourt: je n'y puis de ma part aporter aucun remède.

J'ai dit aux Députez de l'Electeur de Trèves, & lui ai écrit ce que je vous ai mandé, par ma Lettre du onzième de ce mois, comme vous pourrez voir par les Copies de celles que je lui ai écrites. Cette affaire recevra de la difficulté, c'est pourquoi il est à propos de l'éloigner adroitement, & de n'en parler qu'après la Diéte. Pour l'obliger à attendre avec patience, il me semble que vous pourriez lui faire dire, ou écrire par Monsieur de Marolles qu'on avoit cru que la Diéte finiroit dans ce mois, & que je pourrois l'aller trouver au commencement d'Octobre; mais que je ne puis quitter ce lieu, & qu'il peut attendre un peu, ou que le Roi lui envoyera quelque autre personne.

L'Electeur de Cologne se porte bien maintenant: celui de Mayence arriva hier au matin.

1653.

On croit que l'Empereur partira au commencement de Novembre, on ne peut deviner quand ni comment la Diéte finira; la raison.

tin. La plus vraifemblable opinion eft, que l'Empereur partira au commencement de Novembre; mais on ne fauroit encore deviner ce que la Diéte deviendra, car fi les efprits s'échauffent elle pourra finir auffi brufquement que celle de l'an 1608. qui fe diffipa fur la même queftion de la pluralité des voix en matiére de contribution d'argent. Si cette affaire & celle de la nomination des Députez ordinaires de l'Empire étoient réfolues, de la façon que les Electeurs propofent, ils feroient tout puiffans dans l'Allemagne, & les Princes, ni les Villes n'auroient plus aucun crédit, deforte que la forme du Gouvernement feroit beaucoup changée. L'Empereur le fouhaitte parcequ'il lui eft plus facile de gagner fept Electeurs, que trois Colléges.

Après le départ de l'Empereur, il ne réftera à la Diéte que les Députez: comme il n'y pourroit pas refter avec honneur il demande un ordre pour fe retirer.

Le Nonce du Pape, & l'Ambaffadeur d'Efpagne, qui refident ordinairement à la Cour de l'Empereur, s'en iront avec lui, & l'Electeur de Mayence s'en retournera auffi: en ce cas il ne reftera plus ici, ni Princes, ni Ambaffadeurs; mais feulement des Députez des Etats de l'Empire. Le Comte de Ramzau qui n'eft ici pour le Roi de Dannemarck, qu'à caufe de la Duché d'Holftein, s'en va, & fait venir ici un Docteur en fa place. Je penfe qu'un Ambaffadeur du Roi n'y peut demeurer avec dignité, & que Sa Majefté ne le doit pas fouffrir. Je penfe auffi que les Etats ne m'ayant rien dit pendant quatre mois, quoique je les aye fort preffez, ne pourront pas fe plaindre de mon départ, ni examiner les plaintes, lorfque je ne ferai plus ici. Je vous fuplie très-humblement, Monfieur, de m'envoyer l'ordre du Roi fur ce fujet, & de croire que je fuis avec un refpect extrême &c.

L'Empereur a fait le Comte d'Aversperg Prince de l'Empire.

Il le fait reffouvenir qu'il lui a recommandé Monfieur de Honftein de la part de l'Electeur de Mayence.

Je viens préfentement d'apprendre que l'Empereur a fait le Comte d'Aversperg Prince de l'Empire. Vous n'avez point répondu à la recommandation que je vous ai faite de la part de Monfieur l'Electeur de Mayence en faveur de Monfieur de Honftein.

MONSIEUR

De

VAUTORTE

à Monfieur de

BRIENNE.

Du 25. Septembre 1653.

L'Electeur de Mayence l'a affuré que les plaintes contre les Fran-

çois, lui feroient communiquées en peu de jours, il voudroit qu'on les retardât. Ces plaintes ne feront examinées dans la Diéte de longtems. Ils veulent voir plutôt la Capitulation du Roi des Romains. Il a le choix de recevoir cette communication ou par le Chancelier de cet Electeur, ou par des Députez des Etats. Il a choifi la derniére comme plus honorable, parcequ'il leur donnera un Memoire de fes plaintes afin qu'ils foient obligez de les examiner les unes & les autres. Plaintes des François. L'Empereur ne donnera point l'Inveftiture au Duc de Savoye, les Impératrices s'y oppofent, & les Etats de l'Empire ne peuvent ni ne veulent l'y obliger. Ce fera beaucoup s'ils déclarent que la demande eft conforme au Traité & à la raifon. Le Collége Electoral a déja fait cette déclaration, les Princes & les Villes fuivront, s'ils déliberent là-deffus; l'Empereur ne le peut éviter qu'en empêchant la propofition; ce qui fera difficile, à moins que la Diéte ne fe fepare bientôt. Imprimé du Député du Duc de Mantouë par lequel il prétend prouver que le Duc de Savoye doit un refte à fon Maître, que le Traité de Munfter & deux précédens ne font fondés que fur une dette fuppofee, qu'ils font nuls à fon égard, que l'offre de la France de donner de l'argent n'eft que verbale, qu'il falloit un dépôt réel, que les François ont commencé à violer la Paix, que fon Maître n'eft plus obligé à rien. Il croit que cet Imprimé ne fera aucun effet que dans l'efprit de ceux qui lui font contraires, qui ne font pas le plus grand nombre. Il n'efpére point de réparation au fujet des levées, content fi l'on les empêche à l'avenir. Les levées ne paffent point pour contravention en Allemagne pourvû qu'elles fe faffent felon leurs

1653.

leurs Constitutions. L'Empereur secourra toujours le Roi d'Espagne. L'Empereur ne peut plus fournir de Troupes; Monsieur de Saint Etienne qui étoit venu pour en demander n'a remporté qu'une chaine d'Or. On fera raport à l'Empereur des deux points qui ont occupé la Diéte. On a déja commencé l'affaire du Duc de Lorraine, les Etats demandent la diminution des 300. mille écus, mais ils ne l'obtiendront pas, ce qui ne les empêchera pas de conclure. Les quartiers d'hiver commenceront avant que cette Négociation finisse. Il lui envoyera les plaintes qu'on lui communiquera. Il faut entretenir d'espérance l'Electeur de Trèves, jusqu'à la fin de la Diéte. Départ de l'Empereur incertain, raisons pour & contre.

MONSIEUR,

LEs Lettres de France ne sont point arrivées cette semaine. On m'écrit de Francfort qu'on ne sait si le Courier a été arrêté au Païs-Bas ou par les armées.

Depuis ma derniére, j'ai vu Monsieur l'Electeur de Mayence, qui m'a assuré que les plaintes données aux Etats contre nous me seroient communiquées dans peu de jours. Je voudrois qu'elles ne le fussent encore d'un mois, car le retardement nous est avantageux, par la mauvaise opinion qu'il donne aux Etats, de ceux qui le causent, & la communication qui se fera présentement ne nous servira de rien, parceque je suis déja informé de toutes les plaintes, & que les Etats ne les examineront de longtems, ayant résolu de voir avant toute autre chose la Capitulation du Roi des Romains, qui les occupera plus d'un mois.

Monsieur l'Electeur de Mayence a laissé à mon choix, de recevoir cette communication par la voye du Directoire, c'est à dire, des mains de son Chancelier, ou par des Députez des Etats. J'ai choisi la voye des Députez comme plus honorable, & plus avantageuse, parceque je pourrai au même tems leur donner un Mémoire de nos plaintes, & les lier de cette façon avec celles qu'ils me communiqueront, afin qu'ils soient obligez de les examiner conjointement.

Nos plaintes sont le refus que l'Empereur fait, de donner au Duc de Savoye l'Investiture qu'il demande, les Troupes qu'il a envoyé aux Espagnols depuis la Paix, les quartiers d'hiver que les Lorrains ont pris dans l'Empire, & l'opiniâtreté des dix Villes d'Alsace, à ne se soumettre à la protection du Roi aux conditions du Traité.

L'Empereur ne donnera point volontairement au Duc de Savoye l'investiture, car les deux Impératrices sont plus fortes que la raison, & les Traitez. Les Etats de l'Empire n'ont maintenant ni la volonté, ni le pouvoir de l'y obliger, & ce sera beaucoup si on obtient d'eux, qu'ils déclarent que la demande de cette Investiture est conforme au Traité, & à la raison, & qu'elle ne doit pas être retardée par le défaut du payement des quatre cens quatre vingt-mille écus. Le Collége Electoral où le Duc de Baviere peut beaucoup, a déja fait cette déclaration: celui des Princes & celui des Villes la feront aussi s'ils déliberent sur cette matiére, & l'Empereur ne peut éviter ce coup, qu'en empêchant la proposition. Cela ne sera pas facile si la Diète ne se sépare bientôt, & brusquement; car si nos affaires sont proposées, celle de Savoye y entrera. Le Député du Duc de Mantouë a fait imprimer ici depuis peu un grand Memoire Latin, par lequel il prétend montrer que le Duc de Savoye lui doit du reste, & que le Traité de Munster avec les deux précédens étant fondez sur une dette supposée, sont nuls à son égard; il y remarque aussi plusieurs nullitez & injustices, & il y ajoûte que les offres de l'argent que le Roi lui a fait faire n'étant que verbales, ne doivent point être considérées; qu'il falloit au moins un dépôt réel, & que n'ayant pas été fait incontinent après le Traité, on n'y est plus recevable: que nous avons commencé à violer la Paix, & qu'il n'est plus obligé à rien. Ce discours ne fera, à mon avis, aucune impression, que dans l'esprit de ceux qui voudront être persuadez, & qui chercheront seulement un prétexte pour nous être contraires; mais ils ne font pas le plus grand nombre sur cette matiére, & le Duc de Mantouë n'a point d'autre expédient, que d'en empêcher la déliberation.

Nous n'espérons aucune reparation de la contravention sur le point des levées, & nous serons contens si elles cessent à l'avenir, & si celle, du passé peut nous servir de replique à quelqu'une des plaintes qu'on fait contre nous. Toutes les levées ne passent point ici pour contravention, mais seulement celles qui ont été faites dans les Païs Héréditaires de l'Empereur, où les Espagnols ont eu en un jour plusieurs Regimens entiers, qui passoient d'un service à l'autre, sans aucun changement que celui du drapeau, & qui marchoient en Corps dans l'Allemagne contre les loix de l'Empire, & le Traité de la Paix; mais je ne puis persuader aux Etats qu'ils défendent les levées particuliéres, pourvû qu'elles se fassent selon leurs Constitutions, c'est-à-dire pourvû qu'aucun Etat ne donne des lieux d'Assemblée, & ne souffre que les Troupes marchent en Corps dans son Païs. Ils disent qu'il est impossible, & perilleux, d'empêcher les levées, dans un Païs où il y a beaucoup de Gens, qui ne savent rien faire que la Guerre, & que nous en faisons aussi bien que nos Ennemis. Il y a des François qui croyent que la défense du Traité n'est que pour les Espagnols, mais on ne le persuadera ici à personne, & je crois que nous gagnerions beaucoup si nous pouvions faire que les levées d'Allemagne ne fussent point plus avantageuses aux Espagnols qu'à nous; nous crierions de toute notre force, & on avouera que nous avons raison; mais dans l'état où sont les affaires du monde, l'Empereur donnera au Roi d'Espagne tout le secours qui dépendra de lui, & les Princes de

l'Em-

Notes marginales (colonne de gauche) :

1653.

L'Electeur de Mayence l'a assuré que les plaintes données contre les François, lui seroient communiquées en peu de jours, il voudroit qu'on les retardât.

Ces plaintes ne seront examinées dans la Diéte de longtems. Ils veulent voir plutôt la Capitulation du Roi des Romains.

Il a le choix de recevoir cette communication ou par le Chancelier de cet Electeur, ou par des Députez des Etats. Il a choisi la derniere comme plus honorable, parcequ'il leur donnera un Mémoire de ses plaintes afin qu'ils soient obligez de les examiner les unes & les autres.

Notes marginales (colonne de droite) :

1653.

Plaintes des François.

L'Empereur ne donnera point l'Investiture au Duc de Savoye, les Impératrices s'y opposent, & les Etats de l'Empire ne peuvent ni ne veulent l'y obliger. Ce sera beaucoup s'ils déclarent que la demande est conforme au Traité & à la raison.

Le Collège Electoral a déja fait cette déclaration, les Princes, & les Villes suivront, s'ils deliberent là-dessus; l'Empereur ne le peut éviter qu'en empêchant la proposition, ce qui sera difficile, à moins que la Diéte ne se sépare bientôt.

Imprimé du Député du Duc de Mantouë par lequel il prétend prouver que le Duc de Savoye doit un reste à son Maître, que le Traité de Munster & deux précédens ne sont fondés que sur une dette supposée, qu'ils sont nuls à son égard, que l'offre de la France de donner de l'argent n'est que verbale, qu'il falloit un dépôt réel, que les François ont commencé à violer la Paix, que son Maître n'est plus obligé à rien.

Il croit que cet Imprimé ne fera aucun effet que dans l'esprit de ceux qui lui sont contraires, qui ne font pas le plus grand nombre.

Il n'espère point de réparation au sujet des levées, content si l'on les empêche à l'avenir.

Les levées ne passent point pour contraventions en Allemagne pourvû qu'el-

1653.

l'Empire ne feront rien pour nous qui l'en puisse empêcher. Monsieur l'Electeur de Mayence toutefois assure que l'Empereur n'en donnera plus, parcequ'il n'est plus en état d'en donner, ayant licentié tout ce qui lui étoit inutile, & il m'a dit que Monsieur de Saint Etienne qui étoit venu pour en demander, n'avoit remporté qu'une chaine d'or, & une medaille. Il est véritable que l'Empereur a fait des recrues, & qu'il a fait passer toutes ses Troupes en Hongrie; mais ce qu'il ne fait point cette année, ou par foiblesse, ou par la considération de la Diéte, (à la vue de laquelle il ne veut pas manquer au Traité) il le pourra faire une autre fois, & si on ne veut point se tromper, il faut poser pour fondement qu'il le fera quand il pourra le faire. Cela ne doit pas empêcher de crier, & de faire des plaintes qui peuvent retarder & diminuer le mal.

On fera rapport à l'Empereur sur les deux points qui ont occupé les Etats depuis trois semaines, & on a déja commencé l'affaire du Duc de Lorraine. Les Etats demandent la diminution des trois cens mil écus, mais ils ne l'obtiendront pas, & ce refus ne les empêchera point de conclure. Ils demandent aussi trois termes, chacun d'un an, & veulent qu'au premier qui sera dans le mois de Novembre, il restitue les trois Châteaux. Il n'en veut rendre qu'un châque terme, ou au plus deux au premier, & garder Hombourg au dernier; mais je crois qu'ils ne se relâcheront point sur cet Article. Les quartiers d'hiver commenceront avant que cette Négociation finisse, pour peu que le Duc de Lorraine la veuille retarder. Je me suis donné l'honneur de vous écrire sur cette matiére par ma derniére Lettre : j'ai apris depuis que le Cercle de Westphalie résoudra de s'armer : vous en serez informé de Cologne plutôt que d'ici.

Notre plainte des dix Villes sera reciproque, car elles se plaignent aussi de nous. Je vous envoyerai le Mémoire de toutes celles qu'on me communiquera, aussi tôt que je l'aurai. Il est nécessaire d'entretenir d'espérance Monsieur l'Electeur de Trêves, jusqu'à la fin de la Diéte, & d'empêcher que ce qu'on désire de lui pour la jurisdiction Ecclésiastique soit proposé ici, car il seroit desaprouvé généralement.

On ne sait encore quand l'Empereur partira : on ne parle ici d'autre chose, & quoique ce soit fort diversement, chacun croit savoir le secret : les Principaux Officiers de la Cour m'ont dit, que cela n'étoit point encore résolu. Cela me fait croire qu'il partira au commencement de Novembre, car s'il vouloit demeurer ici, ils le publieroient, comme une nouvelle fort agréable. Il a fait préparer tous les bateaux pour descendre à Vienne, & il n'a ici des provisions que jusques à la fin d'Octobre, & on ne voit point qu'on se mette en peine d'en faire venir. Les autres se fondent sur la raison, & ne peuvent croire que l'Empereur ayant eu des Etats la chose qu'il désiroit avec plus de passion, les laisse en l'état où est la Diéte, laquelle n'a encore rien fait, & Monsieur l'Electeur confirme cette opinion, & m'a assuré que l'Empereur ne partira pas sitôt. Monsieur de la Haye Vautelai est arrivé ici depuis deux jours, pour aller trouver Monsieur son Pére à Constantinople. Je suis avec un respect extrême &c.

Tom. III.

R E P O N S E

de Monsieur de

V A U T O R T E

à Monsieur le Comte

D'H A R C O U R T.

Du 29. Septembre 1653.

Il lui répond qu'il a reçu les Mémoires, & la Lettre du Doyen de Munster, qu'il s'employera pour Haguenau & pour Colmar, puis que c'est l'intérêt du Roi. L'Affaire de l'Abbaye de Munster sera difficile, il croit qu'il obtiendroit beaucoup s'il pouvoit empêcher que les Etats n'en prissent connoissance : il poussera vivement cette affaire. Les Etats trouvent la plainte de l'Evêque de Spire juste, nous ne saurions nous défendre sur plusieurs Articles qu'il spécifie. Il lui envoye un Mémoire de la part de l'Evêque de Bâle. On lui a écrit que le Comte offroit à l'Evêque de Spire de demeurer à Philipsbourg, pourvû qu'il n'eût qu'une quarantaine de personnes avec lui, on trouve ici ce nombre trop petit. On se plaint de ce qu'on oblige la poste de passer à Philipsbourg, il le prie de considérer qu'il faut s'accommoder au sentiment de tous les Etats de peur de les aigrir.

MONSEIGNEUR,

J'Ai reçu la Lettre que vous m'avez fait l'honneur de m'écrire le 16. de ce mois, avec les Mémoires qui y étoient joints, & la Lettre du Doyen de Munster, que j'ai fait rendre à l'Abbé de Wingarten. Je suis très-

Gggg   aise

les se fassent selon leurs Constitutions.

L'Empereur secourra toujours le Roi d'Espagne.

L'Empereur ne peut plus fournir de Troupes.

Monsieur de Saint Etienne qui étoit venu pour en demander n'a remporté qu'une chaine.

On fera raport à l'Empereur des deux points qui ont occupé la Diéte.

On a déja commencé l'affaire du Duc de Lorraine, les Etats demandent la diminution des 300. mille écus, mais ils ne l'obtiendront pas, ce qui ne les empêchera pas de conclure.

Les quartiers d'hiver commenceront avant que cette Négociation finisse.

Il lui envoyera les plaintes qu'on lui communiquera.

Il faut entretenir d'espérance l'Electeur de Trêves, jusqu'à la fin de la Diéte.

Départ de l'Empereur incertain, raisons pour & contre.

Il lui répond, qu'il a reçu les Mémoires, & la Lettre du Doyen de Munster.

aise d'avoir vu le Reversail de la Ville de Haguenau, & la quitance donnée à la Ville de Colmar, & vous promets d'agir en cette affaire avec tout le soin possible pour votre satisfaction : elle est en ce point jointe à l'intérêt du Roi, & est seule capable de me faire faire tout ce qui peut dépendre de moi, parceque j'ai une passion très-forte d'aquerir l'honneur de vos bonnes graces.

L'affaire de l'Abbaye de Munster recevra plus de difficulté, & je croirois avoir beaucoup obtenu si je pouvois empêcher que les Etats en prissent connoissance ; mais je crois que je n'y pourrai réussir, & qu'ils feront une déclaration contraire à notre intention. Je vous suplie néanmoins, Monseigneur, très-humblement de croire, que je porterai cette affaire aussi haut qu'aucune autre. Ils nous voudront reduire à faire ce qu'a fait Monsieur l'Archiduc en l'an 1628. & à nous contenter d'une represaille comme lui, d'autant plus que la présentation d'un Prince François, qui n'est ni Religieux, ni en âge, n'est pas bonne, & Monsieur l'Evêque de Bâle n'a pas le pouvoir de le confirmer.

Je ne me suis point donné l'honneur de vous répondre sur le Mémoire de Monsieur l'Evêque de Spire : tous les Etats trouvent sa plainte plus juste, que toutes les autres qui ont été données contre nous, & elle contient beaucoup de points, sur lesquels nous ne saurions nous défendre, comme celui des Péages, celui des Corvées, & du bois, pour le Corps de garde ; car encore que ceux qui sont protegez donnent ordinairement quelque chose pour le droit de Protection, toutefois ils ne doivent rien, quand il est expressement dit, qu'ils ne payeront rien, comme cela est assez clairement expliqué par le Traité de Paix, dans lequel on n'a jamais pensé nous donner la Protection de tout l'Evêché de Spire, comme porte votre Mémoire ; mais seulement de Philipsbourg. Pour ce qui est des meubles qui y étoient, il me semble que Monsieur l'Evêque de Spire a droit de les demander, & qu'ils n'ont jamais apartenu, ni à Monsieur Despevast, ni à Monsieur de la Clavière.

Monsieur de Reynach Député de Monsieur l'Evêque de Bâle, m'a donné un Mémoire qu'il m'a prié de vous envoyer, & de lui donner la Lettre, avec le Mémoire, pour vous être présentez de la part de son Maître : je n'ai pas cru le devoir refuser : ce Mémoire contient une plainte du Curé de Sainte Croix, contre la Ville de Colmar. Je ne sai à quel dessein il prend ce detour, ayant pu vous le faire présenter sans me l'envoyer.

Monsieur des Minieres m'a écrit que vous offriez à Monsieur l'Evêque de Spire, de demeurer dans Philipsbourg, pourvû que son train ne fût que de quarante personnes; mais il n'y a personne ici qui ne le trouve trop petit pour un Prince de l'Empire, & il me semble qu'ils vont tous à soixante ou quatre-vingt personnes. Ils voudroient aussi qu'on lui laissât tout le corps du Château pour sa demeure, & que le Commandant prît pour son logement l'avant-court, & néanmoins qu'il eût un Corps de garde dans le Château même pour sa sûreté. On se plaint ici de ce qu'on oblige la poste qui passe à Rheinhausen de passer à Philipsbourg : nous l'avons fait pendant la Guerre ; mais on en fait ici du bruit maintenant. Je vous suplie très-humblement de me mander votre sentiment, contre lequel je n'accorderai rien, quelque liberté

que je prenne de vous mander le mien. Je vous prie seulement de considérer que nous sommes dans un lieu, où il faut s'accommoder autant qu'il est possible au sentiment de tous les Etats, car nos Ennemis ne demandent pas mieux que de les aigrir contre nous, & de leur faire connoître que nous sommes déraisonnables. Je suis avec un respect extrême. &c.

MONSIEUR

De

VAUTORTE

à Monsieur de

BRIENNE.

Du 2. Octobre 1653.

Les postes retardent. Les Etats n'ont encore rien fait pour ce qui regarde le Duc de Lorraine. Ce retardement lui fait croire que les Ennemis prendront leurs quartiers d'hiver dans l'Empire comme à l'ordinaire, à moins que ceux à qui cela touche ne les en empêchent : il crie, il proteste, mais inutilement. Au sujet de la Paix entre les deux Couronnes. On lui a donné avis que le Duc de Lorraine vouloit prier l'Empereur, & les Etats de l'Empire pour faire sa Paix avec le Roi ; le Duc de Lorraine ne choisira pas l'Empereur pour le détacher des Espagnols, il doit satisfaire les Etats de l'Empire, avant de demander leur entremise. Les plaintes ne lui ont pas encore été communiquées. On dit présentement que l'Empereur, & l'Electeur de Mayence passeront ici l'hiver. Touchant la Franchise des Péages sur le Rhin, pour les munitions qui descendent à Philipsbourg. Les Ambas-

---

Marginal notes (left column):

1653. qu'il s'employera pour Haguenau & pour Colmar puis que c'est l'intérêt du Roi.

L'Affaire de l'Abbaye de Munster sera difficile, il croit qu'il obtiendroit beaucoup s'il pouvoit empêcher que les Etats n'en prissent connoissance : il poussera vivement cette affaire.

Les Etats trouvent la plainte de l'Evêque de Spire juste, nous ne saurions nous défendre sur plusieurs Articles qu'il spécifie.

Il lui envoye un Mémoire de la part de l'Evêque de Bâle.

On lui a écrit que le Comte offroit à l'Evêque de Spire de demeurer à Philipsbourg, pourvû qu'il n'eût qu'une quarantaine de personnes avec lui; on trouve ici ce nombre trop petit.

On se plaint de ce qu'on oblige la Poste de passer à Philipsbourg, il le prie de

Marginal notes (right column):

1653. considérer qu'il faut s'accommoder au sentiment de tous les Etats de peur de les aigrir.

1653.

baffadeurs de Brandebourg l'af-
furent que le Roi a accordé le
titre de Frére à leur Electeur:
il voudroit favoir ce qui en
eft : ils lui témoignent plus de
bonne volonté que tous les au-
tres.   Un Comte de Naffau-
Idftein s'eft fait Catholique
ici.

MONSIEUR,

Les Poftes retardent.

LA Pofte tarde maintenant , car la Lettre que vous m'avez fait l'honneur de m'écrire le 11. Septembre, devoit arriver le 23. Je ne l'ai reçue que le 26. celle que j'attendois le 30. n'arrivera que demain.

Les Etats n'ont encore rien fait pour ce qui regarde le Duc de Lorraine.

Les Etats n'ont rien fait depuis ma dernière, & quoiqu'ils ayent réfolu de traiter avec les Députez du Duc de Lorraine, aux conditions que je vous ai mandées, ils n'ont pas encore commencé. Si l'Empereur fouhaitoit que ce Traité s'achevât & s'exécutât il le prefferoit davantage :

Ce retardement lui fait croire que les Ennemis prendront leurs quartiers d'hiver dans l'Empire comme à l'ordinaire, à moins que ceux à qui cela touche ne les en empêchent: il crie, il protefte, mais inutilement.

ce retardement me fait croire que nos Ennemis prendront cet hiver leurs quartiers dans l'Empire à l'ordinaire, fi ceux qui y ont un intérêt particulier ne les empêchent. Je ne fai fi l'armement que le Cercle des Electeurs, & celui de Weftphalie propofent de faire aura lieu, mais quoiqu'il en foit, l'orage tombera fur le Cercle du haut Rhin, qui ne fe met en aucune défenfe. J'en parle à tous ceux qui y ont intérêt, & crie hautement, que le Roi ne peut plus fouffrir une contravention fi vifible, & fi importante, & que nous avons droit de fuivre nos Ennemis dans tous les lieux où ils vont; mais il ne faut pas efpérer que notre intérêt foit plus confidéré par les Etats, que celui de l'Empire & qu'ils faffent pour nous ce qu'ils ne font pas pour eux-mêmes.

Je me fuis déja donné l'honneur de vous mander, qu'on ne me parle plus de la propofition de Paix entre les deux Couronnes ; mais

Au fujet de la Paix entre les deux Couronnes.

(24.) qui femble avoir toujours été choifi pour de femblables avances, m'eft venu dire le 26. Septembre, que le Sieur Fournier Député du Duc de Lorraine vouloit prier l'Empereur, & les Etats de l'Empire, de s'employer pour lui envers le Roi, conformément au Traité de Paix, & que c'étoit un témoignage qu'il penfoit à fe féparer des Efpagnols.

On lui a donné avis que le Duc de Lorraine vouloit prier l'Empereur & les Etats de l'Empire pour faire fa Paix avec le Roi; le Duc de Lorraine ne choifira pas l'Empereur pour le détacher des Efpagnols, il doit fatisfaire les Etats de l'Empire, avant de demander leur entremife.

Je lui ai répondu que le Duc de Lorraine ne choifiroit jamais l'Empereur, pour lui aider à fe détacher des Efpagnols, & qu'il devoit penfer à fatisfaire premiérement les Etats de l'Empire, avant que de demander leur entremife : qu'il vouloit leur donner le change, & paffer d'un Traité à l'autre, afin de ne rien conclure: que cette entremife ne pourroit être mal reçue du Roi venant de fes Alliez, & étant conforme au Traité de la Paix, pourvû qu'elle fe fît dans fon ordre, & après que les Etats de l'Empire auroient contenté Sa Majefté, fur les juftes plaintes que je dois faire dans cette Affemblée, & fur celles qu'on a faites contre nous fans aucune raifon. J'ai revu le Marquis de Bade le 29. Septembre fans qu'il m'ait remis fur ce difcours.

Les plaintes ne lui ont [pas encore été communiquées.]

Les plaintes ne m'ont point encore été communiquées : on excufe ce retardement fur

la maladie du Chancelier de Monfieur l'Electeur de Mayence, laquelle continue, par la raifon que je vous ai mandée dans ma dernière Lettre. On publie maintenant que l'Empereur, & l'Electeur de Mayence pafferont ici l'hiver.

On dit préfentement que l'Empereur, & l'Electeur de Mayence pafferont ici l'hiver.

Le Marquis de Bade s'en va dans quatre jours, & il ne refte plus ici de tous les Princes Séculiers que le Duc de Simmeren, & des Eccléfiaftiques, que les Evêques de Ratisbonne, de Munfter, & de Spire.

J'ai remercié Monfieur le Marquis de Bade, comme vous me l'ordonnez, de ce qu'il ne prétend aucun Péage pour les munitions qui defcendent fur le Rhin à Philipsbourg : il m'a dit qu'outre la Ville de Strasbourg, le Marquis de Dourlach en ufe comme lui, ayant un Péage fur le Rhin, duquel il n'avoit pas connoiffance.

Touchant la Franchife des Péages fur le Rhin, pour les munitions qui defcendent à Philipsbourg.

Je penfe que l'exemple de ces trois Etats condamne la prétention de Monfieur l'Electeur Palatin : toutefois s'il n'eft queftion que de la cérémonie, & qu'il promette d'accorder l'exemption, pourvû qu'on la lui demande par civilité, & comme une courtoifie, il me femble que cela ne mérite pas de nous faire une affaire avec lui, & de le mécontenter.

Les Ambaffadeurs de Brandebourg l'affurent que le Roi a accordé le titre de Frére à leur Electeur: il voudroit favoir ce qui en eft ils lui témoignent plus de bonne volonté que tous les autres.

Les Ambaffadeurs de Brandebourg m'affurent ici, que vous avez accordé à leur Maître le titre de Frére : je vous fuplie très-humblement de me mander ce qui en eft. Je ne puis rien ajouter à ce que je vous ai mandé fur cet Article par mes précédentes. Ils me témoignent ici plus de bonne volonté que tous les autres. Je fuis avec un refpect extrême &c.

Un Comte de Naffau-Idftein s'eft fait Catholique ici.

Le Fils ainé du Comte Jean de Naffau-Idftein, Coufin Germain de celui de Sarbruck, s'eft rendu ici Catholique.

MONSIEUR

De

VAUTORTE

à Monfieur de

BRIENNE.

Du 9. Octobre 1653.

Mort du Sieur Bilderbeck trouble le Commerce des Lettres. Les Etats n'ont rien fait depuis fa dernière Lettre, Ce retardement le confirme dans la créance qu'ils traitent avec le

Duc de Lorraine, & des quartiers d'hiver de nos Ennemis dans l'Empire. Il n'aprend rien de certain des armemens du Cercle de Weſtphalie, & des Electeurs, mais le Cercle du haut Rhin qui ne ſe prépare point ne peut éviter l'orage. Le Marquis de Bade lui dit avant de partir que le Député de Lorraine veut demander la médiation de la Diéte. Il prétend qu'on lui communique les plaintes par des Députez des trois Colléges, ce que l'Electeur de Mayence lui avoit promis; il en dit les raiſons. Départ de Ratisbonne de Monſieur de la Haye pour Conſtantinople avec Paſſeport de l'Empereur. Affaires particuliéres de l'Ambaſſadeur, qu'il lui recommande. Il fera ſon poſſible pour ſuivre les ordres du Roi qui lui recommande le Duc de Gueldres.

MONSIEUR,

LA derniére Lettre que vous m'avez fait l'honneur de m'écrire, eſt datée du 11. Septembre : je n'en ai point reçu par les Ordinaires du 19. & 26. La mort de Monſieur de Bilderbeck me deſajuſte, ne ſachant point d'autre adreſſe : je ſuivrai celle que vous me preſcrirez.

Les Etats n'ont rien fait depuis ma derniére Lettre écrite du deuxiéme de ce mois, deſorte que je n'y puis rien ajouter ſur les choſes qu'elle contient, ſinon que ce retardement me confirme encore davantage dans la créance que j'ai du Traité des Etats avec le Duc de Lorraine, & du quartier d'hiver de nos Ennemis dans l'Empire. On m'écrit fort diverſement des préparatifs d'un armement dans le Cercle de Weſtphalie, & dans celui des Electeurs, & vous pouvez en être mieux informé des lieux mêmes, que d'ici ; mais quoiqu'il en ſoit, le Cercle du haut Rhin qui ne ſe prépare point à ſe défendre ne peut éviter l'orage.

Monſieur le Marquis de Bade partit hier pour retourner à Bade : il me parla encore en partant de la priére que le Député du Duc de Lorraine veut faire ici pour une médiation, & il me dit auſſi que l'Empereur lui avoit demandé s'il ne pourroit pas s'aſſurer de ſon retour en cette Ville dans deux mois, au cas qu'il eût beſoin de lui & qu'il avoit répondu qu'il obéiroit à tous ſes commandemens. Cela lui fait croire que l'Empereur a quelque deſſein de partir en ce tems-là, & de le laiſſer ici en ſa place.

Je n'ai point encore reçu la communication des plaintes qui ont été faites ici contre nous, & l'Electeur de Mayence, qui non ſeulement m'avoit promis de la faire faire par les Députez des trois Colléges, mais qui me l'avoit offert, & conſeillé, s'eſt laiſſé aller en cette occaſion, comme en toutes autres, au ſentiment de Monſieur Wolmar, & vouloit me la faire par ſon Chancelier ſeul, & perſuader aux Etats qu'on ne devoit pas uſer d'une plus grande cérémonie. En ayant été averti je l'ai obligé après une longue conteſtation à leur en faire une ſeconde propoſition & s'ils me tiennent ce qu'ils m'ont promis, l'affaire paſſera par une Députation. Je n'ai pas ſeulement conſidéré qu'elle eſt plus honorable que l'autre voye, mais j'ai penſé principalement qu'elle étoit plus avantageuſe ; car ce que je dirai aux Députez ſera fidélement raporté aux trois Colléges, & le Chancelier de Monſieur l'Electeur de Mayence ne leur diroit infailliblement que ce qui plairoit à l'Empereur, ce qui eſt confirmé par quelques exemples. J'aurois beſoin en ce cas de donner un Ecrit, & il ne le propoſeroit point ſans le conſentement de nos Parties, puiſque je n'ai pu obtenir qu'il propoſât ceux que j'ai déja préſentez. Cette occaſion m'aprend ce que nous devons eſpérer de Monſieur l'Electeur de Mayence, & que nous trouverons beaucoup de difficultez dans le fonds de nos affaires, puiſqu'on en fait ſur une formalité, qui n'en doit point recevoir, d'autant que la voye de la Députation a été ſuivie à Munſter, & à Nuremberg, & qu'on ne peut alleguer aucun uſage contraire. Les Ambaſſadeurs de Baviere promettent beaucoup d'aſſiſtance, toutefois le Député de Savoye qui les voit familiérement, s'eſt échappé de me dire, que dans l'affaire que nous aurons avec Monſieur l'Archiduc d'Inſpruck, il croit qu'ils ſe tiendroient à l'écart, & comme neutres, & l'Ambaſſadeur de Brandebourg m'a dit qu'ils ne parlent plus avec tant de chaleur de l'affaire de Savoye, qu'ils faiſoient avant le voyage de l'Empereur à Munick.

Monſieur de la Haye partit hier d'ici pour aller à Conſtantinople avec un Paſſeport de l'Empereur que j'ai demandé.

Je me ſuis donné l'honneur de vous écrire il y a déja quelque tems, pour l'aſſignation de quatorze mil quatre cens Livres qui me ſont dus de reſte de l'emploi de Nuremberg, laquelle on m'a promiſe incontinent après mon départ. Quelque ſollicitation que mes amis ayent pu faire je ne l'ai encore pu obtenir. Je vous ai ſuplié depuis, de me faire la grace d'obtenir mon congé pour partir d'ici, quand l'Empereur en ſortira, n'étant pas à mon avis convenable à la Dignité du Roi de tenir ici un Ambaſſadeur, lorſqu'il n'y aura plus aucun Prince, que Monſieur le Marquis de Bade, & que l'Aſſemblée ne ſera compoſée que de Députez : je ne puis y faire un plus long ſéjour, n'ayant pas le moyen de continuer plus longtems la dépenſe exceſſive à laquelle je ſuis obligé. Je vous ſuplie très-humblement de repréſenter à Sa Majeſté que ſi mon bien étoit égal à la paſſion que j'ai de la ſervir, je demeurerois ici autant de tems qu'on voudroit ; mais la néceſſité me contraint de ſortir, ſi on ne me donne le moyen de m'y entretenir : l'aſſignation de quatorze mil quatre cens Livres ne me le donneroit pas ſuffiſamment, car ma dépenſe veut de l'argent comptant. J'eſpére, Monſieur, que vous me ferez la faveur de me témoigner en cette occaſion que vous me faites l'honneur de m'aimer, & croire que je ſuis paſſionnément &c.

Le Député de Monſieur le Duc de Gueldres

dres m'a donné la Lettre du Roi du 7. Juin dernier pour apuyer ses intérêts, à laquelle j'obéïrai le mieux qu'il me sera possible.

MONSIEUR

De

VAUTORTE

à Monsieur de

BRIENNE.

Du 16. Octobre 1653.

Les Etats lui ont enfin communiqué les plaintes par douze de leurs Députez, malgré tout ce qu'a pu faire le Sieur Wolmar pour l'empêcher. Les Mémoires lui ont été presentez en Allemand quoiqu'on lui eût promis de les donner en Latin; il lui en envoyera copie. Le Député de Mayence portant la parole lui expliqua toutes ces plaintes, & lui dit que les Etats espéroient que le Roi y aporteroit un prompt reméde; il insista particulierement sur celle de l'Evêque de Spire contre la Garnison de Philipsbourg qui est la plus fâcheuse de toutes, & appuyée. Il leur répond en faisant des protestations de la sincerité du Roi pour exécuter le Traité, & qu'il croyoit l'avoir fait jusqu'à présent, sans qu'on pût lui rien reprocher, après quoi il fait ses plaintes à son tour. Qu'il espéroit que les Etats y remédiroient comme il offre d'y remédier de sa part; que pour cet effet il faut entrer en Conférence avec des Députez, & qu'il les prioit d'obtenir ce Pouvoir des Etats. Il croit que c'est à quelque dessein caché qu'on ne lui a pas commu-

niqué la plainte de l'Archiduc pour les trois millions de Livres, qui est de plus grande conséquence que toutes les autres; il s'en plaint aux Députez. Que la plainte de l'Archiduc peut seule troubler le repos public; qu'il ne pouvoit plus la retirer après l'avoir publiée. Les Députez ont fait le raport de cette plainte aux Etats, qui ont ordonné qu'elle soit rendue publique afin que chacun la puisse examiner. Il retardera la plainte de l'Evêque de Spire qui est une pierre de scandale. Il ne veut pas rendre les Etats Juges des différens de la France, mais il fera en sorte que les Etats ne fassent des déclarations contraires à nos prétentions. Il esperé arrêter les Etats sur tous les points, excepté sur la prétention du Comte d'Harcourt; & sur celle de la France touchant les Vassaux des trois Evêchez. Les Ambassadeurs de Tréves l'ont pressé à traiter de la Jurisdiction Métropolitaine; il s'est excusé faute d'instruction. Il faut laisser finir la Diéte avant d'entamer cette affaire. Il demande une Lettre qui lui ordonne de terminer les affaires au plutôt pour aller à Tréves donner satisfaction à l'Electeur. On lui écrit que les Cercles des Electeurs & de Westphalie se préparent pour empêcher les Ennemis d'entrer dans leur Païs. Tout tombera sur le haut Rhin dans lequel est l'Alsace, parcequ'il ne fait aucun préparatif, il craint pour Philipsbourg où tout manque. Le Comte de Rochester a présenté aux Etats une seconde Requête pour assister de quelque argent le Roi d'Angleterre son Maitre. Elle est recommandée par l'Empereur qui promet de l'assister en son particulier. Il ne sait point quelle résolution les Etats prendront là-dessus. L'Empereur demande l'aprobation de la Diéte des 500. mille écus, & de

la

la Ville de Besançon accordez au Roi d'Espagne pour Frankendal. On proposa hier dans la Diéte voix & séance aux nouveaux Princes faits par l'Empereur ; la proposition fut rejettée.

MONSIEUR,

J'Ai reçu depuis ma Lettre du 9. de ce mois, celle que vous m'avez fait l'honneur de m'écrire le 2. je n'ai laissé passer aucun Ordinaire sans vous écrire, de sorte que vous pouvez aisément savoir si vous avez reçu toutes mes Lettres.

Les Etats lui ont enfin communiqué les plaintes par douze de leurs Députez, malgré tout ce qu'a pu faire le Sieur Wolmar pour l'empêcher.

Les Etats m'ont enfin communiqué le 14. de ce mois les plaintes qui leur ont été présentées contre nous. Cette communication s'est faite par les douze Députez, quatre du Collége Electoral, six du Collége des Princes, & deux de celui des Villes. Monsieur Wolmar a fait tous ses efforts pour obtenir qu'elle se fît par le Chancelier de l'Electeur de Mayence seul ; mais ayant vu que le sentiment des Etats étoit contraire, il n'y a fait aucune difficulté dans l'Assemblée, & l'a fait proposer par le Député de l'Evêque de Spire, & par quelqu'autre de ses confidens.

Les Mémoires lui ont été présentez en Allemand, quoiqu'on lui eût promis de les donner en Latin, il lui en envoyera copie.

Les Mémoires de plaintes m'ont été donnez en Allemand & ainsi qu'ils avoient été présentez aux Etats, quoiqu'on m'eût promis de me les donner en Latin, & que ce soit l'usage. Cela n'aportera aucun retardement, car je les ai déja tous en Latin, & il ne me reste qu'à les faire collationer, pour savoir si dans ceux que les Etats m'ont donnés il n'y a rien de plus, ou de moins ; mais dans ceux que j'avois déja : cette collation sera faite dans peu de jours, & j'espére vous pouvoir envoyer un Mémoire de toutes ces plaintes par le prochain Courrier.

Le Député de Mayence portant la parole lui explique toutes ces plaintes, & lui dit que les Etats espéroient que le Roi y aporteroit un prompt remède ; il insista particuliérement sur celle de l'Evêque de Spire contre la Garnison de Philipsbourg qui est la plus fâcheuse de toutes, & appuyée.

Monsieur Meel Député de Monsieur l'Electeur de Mayence, qui portoit la parole comme Directeur, m'expliqua amplement toutes ces plaintes, & me dit que les Etats espéroient que le Roi y aporteroit un prompt remede, y étant obligé par le Traité de la Paix. Il insista particuliérement sur la plainte de Monsieur l'Evêque de Spire contre la Garnison de Philipsbourg, & c'est la plus fâcheuse de toutes, car outre qu'elle est juste, elle est extrêmement appuyée par Monsieur l'Electeur de Mayence, qui donnera bientôt sa Niéce en Mariage au Frére de cet Evêque.

Il leur répond en faisant des protestations de la sincerité du Roi pour exécuter le Traité, & qu'il croyoit l'avoir fait jusqu'à présent, sans qu'on pût lui rien reprocher ; à-

Je répondis que le Roi m'avoit envoyé exprès, pour déclarer aux Etats le désir qu'il avoit de voir le Traité de Munster sincérement exécuté : que Sa Majesté croyoit l'avoir fait jusques à présent, sans qu'on lui pût reprocher aucune contravention qui fût de quelque conséquence ; mais qu'on n'en avoit pas usé ainsi à son égard, parceque le Traité n'étoit pas encore exécuté dans le point qui touche Monsieur le Duc de Savoye, & qu'on y avoit contrevenu presque tous les mois dans le point principal, qui est celui de l'assistance, soit par les quartiers qu'on avoit laissé prendre dans l'Empire, soit par les levées & envoi de Regimens entiers. J'ajoutai que Sa Majesté ne pouvoit plus souffrir de contraventions si visibles, & de si grande conséquence, & qu'elle

espéroit que les Etats y remédieroient, comme j'offrois de sa part de satisfaire ceux qui se trouveroient avoir eu raison de se plaindre : qu'il étoit besoin pour cela d'entrer en Conférence, laquelle ne se pouvoit commodément faire qu'avec des Députez : que j'avois demandé qu'on leur donnât le pouvoir non seulement de me communiquer les plaintes, mais encore de les examiner avec moi ; mais que ceux qui avoient retardé si longtems la communication, vouloient encore retarder l'examen, & avoient empêché qu'on ne leur donnât pouvoir de le faire. Enfin je les priai d'obtenir des Etats un Pouvoir pour entrer en Conférence au plutôt.

près quoi il fait ses plaintes à son tour. Qu'il espéroit que les Etats y remédieroient comme il offre d'y remédier de sa part ; que pour cet effet il faut entrer en Conférence avec des Députez, & qu'il les prioit d'obtenir ce Pouvoir des Etats.

La plainte de Monsieur l'Archiduc d'Inspruck pour les trois millions de Livres, a été présentée la première aux Etats, & est seule de beaucoup plus grande conséquence que toutes les autres ensemble, & toutefois les autres m'ont toutes été communiquées, & celle-là seule ne l'a point été, ce qui n'est pas fait sans quelque dessein mysterieux.

Il croit que c'est à quelque dessein caché qu'on ne lui a pas communiqué la plainte de l'Archiduc pour les trois millions de Livres, qui est de plus grande conséquence que toutes les autres ; il s'en plaint aux Députez.

Je dis aux Députez qu'elle avoit été non seulement présentée aux Etats, mais dictée publiquement : que les Etats avoient ordonné que toutes les plaintes me seroient communiquées, & que celle-là avoit été exceptée sans leur ordre, & même sans la connoissance des Députez, par le Directeur seul, à la priére de la Partie ; qu'il étoit nécessaire de commencer la Conférence par cette plainte, qui seule pouvoit troubler le repos public, & qu'il n'étoit pas juste qu'elle demeurât comme une pierre d'attente : que Monsieur l'Archiduc qui savoit les déclarations faites par les Etats, à Munster, & à Nuremberg, sur cette matiére, & qui devoit être satisfait de la Réponse que le Roi lui fit faire l'année passée, ne l'avoit point présentée sans quelque dessein, qui devoit être prévenu, autant pour l'intérêt de l'Empire, & pour son repos, que pour celui du Roi : qu'il n'étoit pas au pouvoir de Monsieur l'Archiduc de retirer une plainte de cette nature, après qu'elle avoit été publiée, sans en faire un désistement, ou sans une déclaration des Etats aux deux plaintes que j'avois faites pour l'investiture demandée par Monsieur le Duc de Savoye, & sur le point de l'assistance. La Réponse des Députez qui n'avoient aucun pouvoir, fut seulement, qu'ils en feroient raport aux Etats : ce raport fut fait hier au matin, & les Etats ordonnerent qu'il seroit dicté publiquement, afin que chacun eût le tems de l'examiner, avant que d'en délibérer. Je crois qu'il sera dicté aujourd'hui, & j'espére qu'on en délibérera bientôt ; mais je pense qu'on ne fera rien que nommer des Députez pour conférer avec moi. Je mettrai toujours cette affaire en tête, parceque si on la propose, il n'est pas possible que les Etats soient d'un sentiment contraire au mien, & si l'Empereur en empêche la proposition (comme il le peut, puisque Monsieur l'Electeur de Mayence fait tout ce qu'il veut) ce nous sera un grand avantage, & comme une confession de Monsieur l'Archiduc, au jugement de toutes les personnes desintéressées. J'empêcherai aussi par ce

Que la plainte de l'Archiduc peut seule troubler le repos public, qu'il ne pouvoit plus la retirer après l'avoir publiée. Les Députez ont fait le rapport de cette plainte aux Etats, qui ont ordonné qu'elle soit rendue publique afin que chacun la puisse examiner.

moyen que les plaintes des Etats qui pourroient les aigrir contre nous ne soient examinées avant celle-là, suivant le dessein de l'Empereur, lequel vous avez prévu dans mon Instruction, & je retarderai l'examen de la plainte de Monsieur l'Evêque de Spire, qui est notre pierre de scandale, parceque'en l'état où sont nos affaires avec Monsieur le Comte d'Harcourt,

Il retardera la plainte de l'Evêque de Spire qui est une pierre de scandale.

nous

1653.

nous ne faurions executer ce que nous ferons obligez de promettre.

Vous voyez, Monfieur, par ce difcours, que je n'ai pas le deffein de rendre les Etats Juges de nos diférens, & qu'eux-mêmes ne le demandent pas ; mais fi dans nos Conférences nous ne nous mettons pas à la raifon, nous ne pouvons les empêcher de faire entr'eux des déclarations contraires à nos prétentions. Ils en ont fait à Munfter, lorfque nous, & nos Alliez étions les Maîtres d'une partie de l'Empire, & il faut tâcher d'éviter qu'ils n'en faffent ici ; car encore que ce ne foient pas des jugemens, elles ne laifferoient pas d'être très-defavantageufes à la France. J'efpére les pouvoir empêcher fur tous les points, excepté fur la prétention de Monfieur le Comte d'Harcourt, en qualité de grand Bailly ou Landfogt, defdites Villes d'Alface, pour la nomination de l'Abbaye de Munfter, & fur notre prétention touchant les Vaffaux des trois Evêchez : car il eft certain qu'ils feront une déclaration dans la Diéte, pareille à celle qu'ils ont déja faite à Munfter, & que tout ce qu'on a pu faire-là, & tout ce qu'on pourra faire ici, fera 'de n'y apporter aucun confentement.

Les Ambaffadeurs de l'Electeur de Trêves, m'ont voulu obliger de traiter ici avec eux du rétabliffement de la Jurifdiction métropolitaine de leur Maître. J'ai répondu que je n'avois pas inftruction fuffifante, & que lorfque vous me mandates que j'étois deftiné pour aller à Trêves, vous remites à m'envoyer l'information de ce que j'avois à faire, laquelle vous ne m'avez pas envoyé depuis, voyant que la Diéte dureroit longtems, & que je n'étois pas en état de partir. Ils m'ont prié de demander une Inftruction, & un Pouvoir pour terminer ici cette affaire avec eux, ou qu'il plut au Roi d'envoyer quelqu'un à Trêves, pour en traiter avec Monfieur l'Electeur. Il eft à propos de laiffer finir la Diéte avant que d'entrer en cette matiére, parceque notre prétention ne feroit pas bien reçue ici. Je vous fuplie très-humblement de m'envoyer une Lettre fans chiffre, laquelle je puiffe montrer, & qui porte que le Roi avoit cru que la Diéte finiroit avec le mois de Septembre, & que je pourrois aller à Trêves ; mais que nos affaires étant differées, on m'ordonne de les preffer, & terminer au plutôt, pour aller à Trêves trouver Monfieur l'Electeur, & lui donner la fatisfaction qu'il défire conformément au Traité de la Paix, & à l'inftruction que vous m'en envoyerez au premier jour, le Roi jugeant plus à propos d'en ufer de cette forte avec un Prince fon voifin & ami, que de traiter de cette affaire dans une Diéte, comme s'il y avoit quelque difficulté, ou fujet de plainte, & fachant auffi qu'il peut y avoir ici beaucoup d'efprits qui fe mêlent des affaires d'autrui, & qui mettent des difficultez dans tout ce qui regarde la France.

On m'a écrit de Cologne que les Cercles des Electeurs, & de Weftphalie fe préparent pour empêcher nos Ennemis d'entrer dans leurs Pais ; mais comme j'ai déja eu l'honneur de vous mander, le Cercle du Haut Rhin dans lequel eft l'Alface, n'en fera que plus foulé, parcequ'il ne fe prépare point, & je ne fai ce qui peut arriver de Philipsbourg, où il y a peu de Soldats, & de Munitions.

Le Comte de Rochefter a donné aux Etats une feconde Requête, au nom du Roi d'Angleterre, laquelle eft recommandée par l'Empereur, qui promet en fon particulier de l'affifter de quelque fomme d'argent ; mais il ne fait point encore à quoi elle pourra monter, & je ne fai ce que les Etats réfoudront fur fa Requête.

Vous favez que l'Empereur fit donner, par les Etats en l'an 1651, la fomme de 500. mille écus au Roi d'Efpagne pour la reftitution de Franckendal, outre laquelle il lui donna encore, du confentement des Electeurs, au mois de Mai de la même année la Ville de Befançon en propre, pour être incorporée aux Provinces du Cercle de Bourgogne, avec promeffe de faire approuver cette donation dans la prochaine Diéte, par les deux autres Colléges, des Princes, & des Villes : l'Empereur leur demande maintenant cette approbation.

Hier on propofa de donner féance, & voix dans les Etats, aux nouveaux Princes faits par l'Empereur, mais la propofition fut rejettée, & les Ambaffadeurs de Baviere font les Chefs de parti en cette occafion contre les nouveaux Princes. Je vous fuplie très-humblement de me faire l'honneur de croire que je fuis avec un refpect extrême &c.

AUTRE

LETTRE

à Monfieur de

BRIENNE.

Du 23. Octobre 1653.

Il lui envoye un Mémoire des plaintes préfentées contre les François, & lui rapelle à peu près les mêmes chofes de la Lettre précédente. La Diéte travaille à finir le Traité avec le Duc de Lorraine, & à terminer l'affaire de Wecht avec les Suedois. Le Duc de Lorraine ne concluroit pas fi cela l'empêchoit de prendre des quartiers d'hiver. Il veut mettre la Diéte dans le tort, car elle ne fauroit tenir la promeffe du payement parceque tous les Cercles, & la Nobleffe même de l'Empire doivent contribuer pour cela, & l'Empereur veut exempter les Cercles d'Autriche,

---

Margin notes (left column):

1653.

Il ne veut pas rendre les Etats Juges des différens de la France ; mais il fera en forte que les Etats ne faffent des déclarations contraires à nos prétenfions.

Il efpere arrêter les Etats fur tous les points, excepté fur la prétention du Comte d'Harcourt, & fur celle de la France touchant les Vaffaux des trois Evêchez.

Les Ambaffadeurs de Trêves l'ont preffé à traiter de la jurifdiction Métropolitaine ; il s'eft excufé faute d'inftruction. Il faut laiffer finir la Diéte avant d'entamer cette affaire. Il demande une Lettre qui lui donne ordre de terminer les affaires au plutôt pour aller à Trêves donner fatisfaction à l'Electeur.

On lui écrit que les Cercles des Electeurs & de Weftphalie fe préparent pour empêcher les Ennemis d'entrer dans leur Pais. Tout tombera fur le Haut Rhin dans lequel eft l'Alface, parcequ'il ne fait aucun préparatif, il craint pour Philipsbourg où tout manque.

Le Comte de Rochefter a préfenté aux Etats une feconde Requête pour affifter de quelque argent le Roi d'Angleterre fon Maître. Elle eft recommandée par l'Empereur qui promet de l'affifter en fon particulier, il ne fait point quelle réfolution les Etats prendront là-deffus.

Margin notes (right column):

1653.

L'Empereur demande l'approbation de la Diéte des 500. mille écus, & de la Ville de Befançon accordez au Roi d'Efpagne pour Frankendal.

On propofa hier dans la Diéte voix & féance aux nouveaux Princes faits par l'Empereur ; la propofition fut rejettée.

1653.

triche, & de Bourgogne, & les Suedois ne prétendent rien payer. L'Empereur fera encore ici quelque sejour. Il a demandé à la Diéte la levée de cent mois Romains; s'il l'obtient, il hâtera son départ. Il lui renouvelle une recommandation en faveur de Monsieur de Hunstein parent de l'Electeur de Mayence pour être exempt des quartiers dans ses Terres en Lorraine.

MONSIEUR,

LE Courier n'est point arrivé cette semaine, & nous l'attendons à demain ; il a déja souvent tardé. Je me suis donné l'honneur de vous écrire par ma dernière Lettre du seiziéme de ce mois, que les Etats m'ont enfin communiqué le quatorziéme, les plaintes qui leur ont été présentées contre nous, desquelles je vous envoye aujourd'hui un Mémoire. Je vous ai aussi mandé, que le 15. les Députez firent leur rapport à l'Assemblée de la Conférence que j'avois eu avec eux, & qu'elle ordonna qu'ils la mettroient par écrit, & qu'elle seroit lue dans la Diéte publiquement: elle l'a été vingt-un de ce mois. Je solliciterai la nomination des Députez pour conférer avec moi, mais je ne sai si je la pourrai obtenir, car la Maison d'Autriche a tout pouvoir ici, & il semble qu'elle veuille retarder cette Conférence, parceque je la commencerai par la demande de Monsieur l'Archiduc d'Inspruok, qui étant injuste & n'ayant eu autre fondement que le desordre de nos affaires, n'est plus de saison.

Les Etats se sont souvent assemblés depuis ma dernière Lettre, pour achever leur Traité avec le Député du Duc de Lorraine, & pour finir l'affaire de Wecht, qui sera pleinement exécutée dans cette année; car la Lettre de la somme due de reste aux Suedois a été ordonnée par les Etats, & il ne reste plus qu'à liquider ce qui leur est encore dû, ce qui se peut faire dans peu de tems avec le Sieur Hoffstater leur Commissaire, lequel est enfin arrivé ici après y avoir été longtems attendu.

Le Traité avec le Député du Duc de Lorraine ne s'achevera pas dans ce mois, & l'exécution ne s'en pourra faire assez promtement pour empêcher le quartier d'hiver. S'il prevoyoit que l'exécution du Traité de la part des Etats, c'est-à-dire le payement de la somme, qu'ils lui promettront pour le premier terme, se put faire assez tôt, il ne concluroit pas; mais il sera bien aise de mettre le tort de leur côté, & de les accuser d'avoir manqué au terme du payement, & à leur promesse. Ils ne la sauroient tenir, s'ils traitent : car ils ont ordonné que tous les Cercles, & même la Noblesse libre de l'Empire contribueroient à cette dépense; mais l'Empereur en veut exempter les Cercles d'Autriche, & de Bourgogne, & les Suedois ont déclaré que les terres qu'ils ont dans l'Empire ne contribue-

ront rien pour la satisfaction du Duc de Lorraine, d'autant plus que l'Empereur est obligé par le Traité de Paix à lui faire rendre les Places qu'il tient dans l'Allemagne.

Il est certain que l'Empereur fera encore ici quelque sejour ; car on y fait des provisions de vin pour sa Maison ; mais si les Etats lui accordent bientôt la levée de cent mois Romains, qu'il a commencé cette semaine à leur demander, je pense qu'il hâtera son départ & les Etats s'ôteront la satisfaction qu'ils espérent de cette Diéte : c'est à quoi je ne les vois pas disposez.

Je me suis déja donné l'honneur de vous écrire deux fois, pour une exemption de Logemens, & quartiers, dans les Terres de Monsieur Hunstein, qui a servi l'Empereur dans les Charges principales de l'Armée, & qui s'est retiré en Lorraine, dans une Maison qui se nomme Château-Vouai, proche de Dieuse : il est parent de Monsieur l'Electeur de Mayence qui me presse de lui mettre en main l'ordre du Roi pour cette exemption : il en a déja eu une autrefois; mais Monsieur le Maréchal de la Ferté n'a pas laissé de faire des Logemens dans la Maison même de Château-Vouai, où il réside, & il la demande pour toutes ses Terres en Lorraine : je pense qu'il n'en a que deux, &c.

1653.

pter les Cercles d'Autriche & de Bourgogne, & les Suedois ne prétendent rien payer. L'Empereur fera encore ici quelque sejour. L'Empereur a demandé à la Diéte la levée de cent mois Romains. S'il l'obtient, il hâtera son départ. Il lui renouvelle une recommandation en faveur de Monsieur de Hunstein parent de l'Electeur de Mayence pour être exempt des quartiers dans ses Terres en Lorraine.

***

MONSIEUR

De

VAUTORTE

à Monsieur de

BRIENNE.

Du 30. Octobre 1653.

Il lui demande une permission pure & simple pour pouvoir se retirer n'ayant pas les moyens de subsister, à moins qu'on ne l'aide. Il lui repete ici les trois plaintes qu'il a faites aux Députez. Les affaires se traitent dans la Diéte de deux maniéres, ou dans les trois Colléges, ou par Députez, la derniére lui est nécessaire pour sortir d'affaire : les Imperiaux s'y opposent. Raisons de notre côté pour presser ou pour retarder l'examen des plaintes.

Con-

Notes marginales (colonne de gauche):

Il lui envoye un Mémoire des plaintes présentées contre les François, & lui rapelle à peu près les mêmes choses de la Lettre précédente.

La Diéte travaille à finir le Traité avec le Duc de Lorraine, & à terminer l'affaire de Wecht avec les Suedois.

Le Duc de Lorraine ne concluroit pas si cela l'empêchoit de prendre des quartiers d'hiver.

Il veut mettre la Diéte dans le tort, car elle ne sauroit tenir la promesse du payement, parceque tous les Cercles & la Noblesse même de l'Empire doivent contribuer pour cela, & l'Empereur veut exem-

1653.

Continuation des raisons qui le doivent engager à retarder cet examen. Chacun peut expliquer selon son sens les termes d'un Acte ancien, mais quand il est recent & que l'intention de ceux qui l'ont fait est notoire, on ne gagne rien à contester sur les termes. Il le prie instamment de bien examiner ce qui leur sera plus utile ou de presser ou de retarder. Son avis seroit de presser, mais comme il seroit obligé de parler contre son Instruction, il attendra les ordres sans s'engager d'aucun côté. Il croit qu'il seroit très avantageux pour la France de tenir l'Alsace en Fief de l'Empire, mais l'Empereur n'y consentira jamais : si l'on trouve à propos qu'il le propose il trouvera moyen de le faire. Il espère d'éluder les plaintes, à la reserve de Philipsbourg, celle qui regarde le Couvent de Munster, & les Vassaux de l'Evêché de Mets. L'Electeur de Mayence est très-contraire à la France, il faut pourtant le ménager. S'il n'appréhende aucun mal de la Diéte, il n'en attend aucun bien. Le Collége des Electeurs a accordé à l'Envoyé du Roi d'Angleterre deux cens mille écus, & de lever cette somme dans l'Empire, on croit que le Collége des Princes y consentira. Le Député de Beurgogne est toujours de l'avis de celui d'Autriche. Le Traité avec le Duc de Lorraine ne finit point quoiqu'on travaille tous les jours, il retardera tant qu'il pourra pour n'être pas empêché de prendre des quarriers en Allemagne. Il se servira de Mademoiselle de Bilderbeck pour envoyer ses Lettres.

MONSIEUR,

DEpuis ma dernière Lettre du 23. de ce mois, j'ai reçu les deux que vous m'avez fait l'honneur de m'écrire de Laon le 7. & de Soissons le 16. Vous aurez appris par mes précédentes que l'Empereur demeure en-

core ici pour le moins jusqu'à Noel : c'est pourquoi la permission d'en sortir que votre première Lettre me donne m'est inutile, puisqu'elle a son départ pour fondement. Je vous suplie, Monsieur, très-humblement de m'en faire donner une pure & simple, ou les moyens de subsister, m'étant impossible de faire l'avance de la dépense excessive à laquelle je suis obligé.

Je vous ai envoyé avec ma dernière Lettre, le Mémoire des plaintes qui m'ont été communiquées par les Députez des Etats, & je vous ai mandé que j'en avois fait trois, l'une pour le refus qu'on a fait à Monsieur le Duc Savoye de lui donner l'Investiture qu'il demande; l'autre pour les levées des Troupes & les quartiers d'hiver qu'on a permis à nos Ennemis dans l'Empire, & la troisiéme contre l'injuste plainte de Monsieur l'Archiduc d'Inspruck pour obliger les Etats à l'en faire départir, ou à me donner une déclaration par laquelle ils la condamnent.

Les affaires se traitent dans la Diéte en deux façons : la première est dans les trois Colléges, la seconde par Députez, qui examinent l'affaire & ensuite en font leur rapport aux Colléges. Cette seconde nous est nécessaire, si nous voulons sortir d'affaire ; car il y a tant d'Articles, & de choses à examiner dans les plaintes, qu'elles seroient immortelles, si on les traitoit d'abord dans les Colléges. La Maison d'Autriche tâche de nous y faire renvoyer, & je demande des Députez, lesquels j'obtiendrai infailliblement : mais ce pourra être un peu tard, car elle n'aura pas moins de crédit pour retarder leur nomination, qu'elle en a eu pour empêcher pendant trois mois la communication des plaintes. Elle voudroit bien que les autres fussent examinées sans aucun delai, & qu'on ne parlât point de celle de Monsieur l'Archiduc ; mais parceque j'ai formé une plainte sur ce point, lorsqu'il a retiré la sienne, elle ne peut empêcher qu'on en parle d'abord ; c'est pourquoi elle retarde autant qu'elle peut l'examen de toutes les plaintes, n'ayant point d'autre moyen d'éviter qu'on parle de la sienne.

Nous devons aussi examiner de notre côté, s'il nous est inutile de presser ou de retarder, y ayant des raisons de part & d'autre.

Pour presser, on peut considérer, premiérement que la Maison d'Autriche retarde, & partant qu'elle croit y trouver son compte. En second lieu, il est certain que nous obtiendrons des Etats une déclaration contraire à la demande de Monsieur l'Archiduc, laquelle lui ôtera le prétexte, & à tous autres sous son nom, de nous disputer la propriété de l'Alsace, & de Brisac, par le défaut de payement des trois millions, & de s'en servir en Suisse pour empêcher qu'on ne les comprenne dans l'Alliance. Pour retarder on doit considérer qu'en examinant la plainte de Monsieur l'Archiduc nous serons obligez d'examiner les autres, principalement celle de Monsieur l'Evêque de Spire, & celle du Comte de Nassau, & des Vassaux de l'Evêché de Metz. On nous remettra les contraventions de la Garnison de Philipsbourg, faites jusques à présent ; mais nous serons obligez de promettre pour l'avenir l'exécution sincére du Traité de Paix, laquelle ne se pouvant faire sans l'établissement d'un fond certain pour la Garnison de Philipsbourg, nous ne pourrons tenir notre promesse dans l'état présent des affaires d'Alsace, & cette contravention, qui sera sans excuse &

qui se fera à la vûe de la Diéte , nous sera très-préjudiciable ; mais en retardant l'examen de cette plainte , nous gagnons toujours le tems & continuons la contravention impunément.

Sur la plainte du Comte de Nassau , & des autres Vassaux de l'Evêché de Metz , contre le Parlement de Toul , de la jurisdiction duquel ils prétendent être exempts , & n'être soumis qu'à celle de la Chambre de Spire , il faudra nécessairement expliquer notre intention , laquelle est directement contraire au sentiment de tout l'Empire , & pourra donner à nos Ennemis un grand avantage contre nous , dans cette Diéte , & obliger les Etats à quelque déclaration fâcheuse. J'avois pensé que je pourrois éviter de m'expliquer sur ce point , & que la déclaration des Etats sans ma participation , ne nous seroit pas plus nuisible que celle qu'ils ont déja faite à Munster ; mais puisque je leur demanderai une déclaration contre la plainte de Monsieur l'Archiduc , je ne pourrai les obliger à me la donner , si je leur en refuse une sur la plainte des Vassaux de l'Evêché de Metz , & je ne vois pas bien comment on pourra refuser de déclarer l'intention du Roi sur ce point aux Etats de l'Empire , assemblez en corps & déliberans sur la plainte du Comte de Nassau & des autres.

Je sai bien que les paroles du Traité de Paix , peuvent souffrir notre explication , aussi bien que la leur ; mais il n'y a pas un homme dans l'Empire qui ne soit persuadé , que l'intention de l'Empereur , & des Etats n'a jamais été de nous donner ce que nous prétendons , mais seulement ce qu'ils nous ont déclaré par des Actes publics dans Munster. Lorsqu'un Acte est ancien , & qu'on ne peut savoir l'intention de ceux qui l'ont fait , que par les termes même de l'Acte , chacun le peut expliquer selon son sens ; mais lorsqu'un Traité est recent , & que l'intention de ceux qui l'ont fait est notoire , & expliquée par d'autres Actes , on ne gagne rien de s'arrêter à l'obscurité des paroles , & il est très-certain que cette affaire nous fera condamner par tous les Etats , & donner à nos Ennemis beaucoup d'avantage dans toutes les autres.

C'est pourquoi je vous suplie très-humblement , Monsieur , de bien examiner s'il nous est utile de presser , ou s'il n'est point plus à propos de retarder jusques à la fin de la Diéte , & même de la laisser séparer sans examiner nos plaintes réciproques.

Pour moi j'ai toujours cru qu'il nous étoit utile de sortir d'affaire promtement , & nettement ; mais j'ai aussi pensé que nous devions déclarer aux Etats de bonne foi , que notre sentiment pour les Vassaux de l'Evêché de Metz , est conforme au leur. Cette déclaration étant contraire à mon instruction , ne m'est pas permise , & partant j'attendrai votre ordre pour la conduite dont je dois user , & cependant tiendrai nos affaires en état de presser , ou de retarder , ainsi que vous m'ordonnerez.

Je sai bien qu'il nous seroit très-avantageux de tenir l'Alsace en Fief de l'Empire , mais l'Empereur n'y consentira jamais : il peut revenir des tems dans lesquels nous l'obtiendrions ; mais il est impossible de l'obtenir dans cette Diéte , où l'Empereur est très-puissant & je suis assuré que les Etats ne me le proposeront pas ; toutefois si vous croyez que le refus ne soit d'aucune conséquence , il m'est facile d'en

faire naître la question , lorsqu'on examinera la plainte de l'Evêque de Bâle , ou celle des dix Villes.

Je ne vous ai point mandé en détail mes réponses aux plaintes des Etats , mais seulement que j'espére les éluder toutes , à la reserve de celle de Philipsbourg , à laquelle le Roi a intention de remédier pour l'avenir , & de celle du Couvent de Munster , & des Vassaux de l'Evêché de Metz.

Monsieur l'Electeur de Mayence nous est directement contraire , & la promesse des quarante mille Risdalles , ne le feront pas changer dans l'état présent des affaires : il est bon de conserver avec lui quelque apparence pour éviter un plus grand mal , quoiqu'il nous en fasse assez.

Nous ne devons appréhender aucun mal des Etats , ni aucune résolution de cette Diéte , qui nous soit contraire , si ce n'est sur la plainte des Vassaux de l'Evêché de Metz ; mais aussi nous n'en devons espérer aucune assistance dans l'Alsace contre les Espagnols , ou les Lorrains : Si l'Empereur se vouloit déclarer ouvertement contre nous , il les empêcheroit.

Monsieur le Comte de Rochester qui est ici pour le Roi d'Angleterre , a fait proposer une seconde fois sa demande dans les Etats , & a si bien sollicité , que le Collége des Electeurs a été d'avis de lui donner deux cens mille écus , & de lever cette somme dans l'Empire. On croit que le Collége des Princes sera de même avis : la plus grande partie en est déja , & les autres ont demandé un délai de quinzaine dans lequel ils espérent recevoir les ordres de leurs Maîtres. Il n'y en a que deux ou trois qui refusent , & on ne leur demandera rien pour leur part , la contribution étant volontaire : le Député du Roi d'Espagne pour le Comté de Bourgogne , a été même d'avis de lui donner : il eût été honteux que ne contribuant rien , il se fut opposé à la liberalité des autres , & que n'ayant jamais été d'autre avis , que de celui du Député d'Autriche , il s'en fût seulement séparé en cette occasion. Je croi que le Collége des Villes ne donnera rien en corps , & qu'il y en aura peu en particulier qui veuillent donner ; desorte que la somme de deux cens mil écus ne sera pas entière , mais aussi l'Empereur a promis de donner en son particulier , & on croit , qu'il donnera cinquante mil écus. Cette affaire sera achevée dans quinze jours. Celle du Duc de Lorraine se traite tous les jours , & ne s'acheve point : les Etats pressent fort , mais il est certain qu'il n'a pas dessein de faire un Traité qui l'empêche de prendre ses quartiers dans l'Allemagne ; desorte qu'il retardera encore quelque tems , ou la signature , ou l'exécution. Je vous suplie très-humblement de me faire l'honneur de croire que je suis avec une passion extrême &c.

La Fille de feu Monsieur Bilderbeck m'a mandé , qu'elle désire continuer la correspondance des Lettres. Je me servirai de cette voye pour les miennes , la trouvant promte & sure.

MON-

MONSIEUR

De

VAUTORTE

à Monsieur de

BRIENNE.

Du 30. Octobre 1653.

Il parlera à l'Empereur dans la première audience du Résident que le Roi désire tenir à sa Cour, & se conduira à l'égard de celui que l'Empereur pourroit envoyer en France selon l'ordre qu'il en a reçu de lui. Le Baron de Vignacourt connoit bien le Cour de l'Empereur, il jugera de ce qu'il peut faire lorsqu'il le verra à Paris. Il lui envoye un Mémoire des Princes Catholiques dont il ne sera pas fort satisfait.

MONSIEUR,

J'Ajoute cette petite Lettre, à celle que je me suis donné l'honneur de vous écrire aujourd'hui, pour vous assurer que dans la première audience que j'aurai de l'Empereur, je lui parlerai du Résident que le Roi désire tenir à sa Cour, & me conduirai pour celui qu'il pourroit envoyer en France, suivant l'ordre que vous m'en donnez, par votre Lettre du 7. de ce mois. Monsieur le Baron de Vignacourt a beaucoup de connoissance dans la Cour de l'Empereur, mais je ne sai s'il pourra pénétrer fort avant pour vous donner de bons avis : il part bientôt pour vous aller trouver, & vous jugerez beaucoup mieux de sa suffisance qu'aucun autre. Je vous envoye un Mémoire des Princes Catholiques qui sont en Allemagne, dans lequel vous ne trouverez pas beaucoup de satisfaction. Je vous suplie très-humblement de me faire l'honneur de croire que je suis avec une passion extrême &c.

MONSIEUR

De

VAUTORTE

à Monsieur de

BRIENNE.

Du 6. Novembre 1653.

La Diéte traite encore la matiére de la Députation ordinaire, & celle de la pluralité des voix pour la levée d'argent dans l'Empire. Les Suedois retardent autant qu'ils peuvent la restitution de Wecht; ils seront obligez de le rendre avant la fin de la Diéte. Le Duc de Lorraine prendra des quartiers dans l'Empire; il ne sait si l'Electeur de Cologne pourra s'en garantir. L'Empereur amuse la Diéte, il veut s'attirer les Protestans, pour obtenir ce qu'il voudra. Deux prétentions de la France de posséder l'Alsace en Fief de l'Empire, & de faire donner l'Investiture au Duc de Savoye. L'Empereur ne consentira ni à l'un, ni à l'autre, les Etats pourront bien donner une déclaration en faveur du Duc de Savoye, mais ce sera pour nous obliger à répondre aux plaintes de l'Evêque de Spire & autres. Ce qui nous engagera à répondre aux plaintes de l'Evêque de Spire, & à celles des Comtes de Nassau & de Linange contre le Parlement de Metz. Il repete les mêmes difficultez qu'il a déja faites auparavant pour ou contre le retardement de l'examen des

 plain-

1653.

plaintes, & attend les ordres là-dessus. Si l'on veut retarder, il n'est pas à propos que le Duc de Savoye le sache ; il fera en sorte qu'il en impute le retardement aux Imperiaux.

MONSIEUR,

La Diéte traite encore la matiére de la Députation ordinaire, & celle de la pluralité des voix pour la levée d'argent dans l'Empire.

DEpuis ma dernière Lettre du 30. Octobre, je n'en ai point reçu : nous espérons que le Courier qui devoit arriver Mardi 4. de ce mois, arrivera demain. Les Etats n'ont rien fait cette semaine ; ils traitent encore la matière de la Députation ordinaire, & celle de la pluralité des voix pour la levée d'argent dans l'Empire, & il n'y a pas d'apparence qu'ils soient bientôt d'accord sur ces deux points. *Les Suedois retardent autant qu'ils peuvent la restitution de Wecht, ils seront obligez de le rendre avant la fin de la Diéte.* Les Suedois vont retardant, autant qu'ils peuvent, la restitution de Wecht, mais ils ne sauroient former tant de difficultez, qu'ils ne soient obligez de la rendre avant la fin de cette Diéte. *Le Duc de Lorraine prendra des quartiers dans l'Empire ; il ne sait si Electeur de Cologne pourra s'en garentir.* L'affaire du Duc de Lorraine est toujours sur le tapis & elle n'empêchera point que ses Troupes ne prennent leurs quartiers dans l'Empire : je ne sai si Monsieur l'Electeur de Cologne pourra les éloigner de son Païs par ses propres forces, ou par celles des Hollandois qu'il cherche.

L'Empereur amuse la Diéte, il veut s'attirer les Protestans, pour obtenir ce qu'il voudra. Vous voyez bien, Monsieur, que les Etats n'avancent rien, & qu'ils sont encore sur les mêmes matiéres, qui les occupent depuis deux mois. L'Empereur ne cherche qu'à les amuser, & à attirer les Protestans, & les matiéres qu'il leur proposera, peuvent lui en fournir l'occasion : s'il en vient à bout, il sera le Maître absolu de la Diéte ; car il l'est de la plus grande partie des Catholiques ; il le sera d'un des partis des Protestans, & pourra alors obtenir l'argent qu'il demande, & finir l'Assemblée quand il lui plaira.

Deux prétentions de la France de posseder l'Alsace en Fief de l'Empire, & de faire donner l'Investiture au Duc de Savoye. Je ne presserai point l'Examen de nos affaires, jusques à tant que j'aye votre Réponse à ma dernière Lettre du 30. d'Octobre. Nous n'avons que deux choses à prétendre dans cette Assemblée ; la première est de posséder l'Alsace en Fief de l'Empire : la seconde de faire donner à Monsieur le Duc de Savoye l'Investiture qu'il demande. Nous sommes sur la défensive pour tout le reste ; car notre plainte pour les levées faites dans l'Empire ne nous sert, que pour faire un contrepoids, à celles qu'on a données contre nous.

L'Empereur ne consentira ni à l'un, ni à l'autre, les Etats pourront bien donner une declaration en faveur du Duc de Savoye, mais ce sera pour nous obliger à répondre aux plaintes de l'Evêque de Spire & autres. *Ce qui nous engagera à répondre aux plaintes de l'Evêque de Spire, & à celles des Comtes de* Il ne faut point espérer d'obtenir dans cette Diéte que l'Alsace soit en Fief de l'Empire, ni que l'Empereur possedé par l'Impératrice sœur du Duc de Mantouë, & par les Espagnols, donne l'Investiture à Monsieur le Duc de Savoye. On peut bien obtenir une déclaration des Etats en sa faveur sur ce point, mais il faudra aussi répondre au même tems aux plaintes de l'Evêque de Spire contre la Garnison de Philipsbourg & à celles des Comtes de Nassau & de Linange contre le Parlement de Metz. Je me suis donné l'honneur de vous mander par ma dernière Lettre du 30, d'Octobre ce qui arrivera sur les deux plaintes ; c'est à vous maintenant à juger, si le désir d'avancer l'affaire de Monsieur le Duc de Savoye, & d'obtenir une déclaration des Etats, contre la plainte de Monsieur l'Archiduc, vous fera résoudre à laisser examiner ces deux points ici, ou si le désir de les retarder est plus fort, que celui de contenter Monsieur le Duc de Savoye, & de faire déclarer par écrit, ce qui est dans l'esprit de tous les Etats contre la plainte de Monsieur l'Archiduc. Si vous m'envoyez ordre de retarder, il n'est pas à propos que Monsieur le Duc de Savoye le sache : car jusques à présent il a sujet d'être satisfait du Roi puisque j'ai mis sa plainte, avant celle de Sa Majesté, & je pourrai faire enforte qu'il impute à l'avenir, comme il fait jusques à ce jour, le retardement aux Imperiaux, plutôt qu'à nous. J'ai été au commencement d'avis de presser, & j'en serois encore si vous vouliez faire une déclaration sur la plainte des Comtes de Nassau, & de Linange, conforme au sentiment des Etats ; mais si on veut se reserver une prétention contraire je n'en sai point d'autre moyen, que celui d'éviter l'examen de toutes nos affaires. Je vous suplie très-humblement, Monsieur, de me faire l'honneur de croire que je suis avec une passion extrême &c.

1653. Nassau & de Linange contre le Parlement de Metz. Il repete les mêmes difficultez qu'il a déja faites auparavant pour ou contre le rétardement de l'examen des plaintes, & attend les ordres là-dessus. Si l'on veut retarder, il n'est pas à propos que le Duc de Savoye le fache, il fera enforte qu'il en impute le retardement aux Imperiaux.

MONSIEUR

De

VAUTORTE

à Monsieur de

BRIENNE.

Du 13. Novembre 1653.

Les Etats n'ont rien fait depuis huit jours, ils ne déliberent que sur ce qu'on leur propose, c'est l'Electeur de Mayence qui fait la proposition, qui est soumis à la volonté dé l'Empereur. Il répéte encore les raisons pour ou contre le retardement de l'examen des plaintes. Il dit encore que si la chose dépendoit de lui il contenteroit l'Evêque de Spire & renonceroit à la prétention mal fondée de présenter à l'Abbaye de Munster. Pour les Vassaux des trois Evêchez, il faudroit faire une déclaration conforme à l'intention des Etats, ce qui est contre son Instruction.
Le

Le Duc de Lorraine est Maître du Traité, il ne conclut point pour se conserver les quartiers. Les Députez souffrent qu'on se moque d'eux; ceux qui dependent de l'Empereur ne s'y opposent pas, & les moins exposez abandonnent les autres. Le Duc de Wirtemberg n'a osé promettre l'assistance du Cercle de Suabe de peur d'offenser l'Empereur. Si les Princes de l'Empire ne s'assistent pas entre eux, nous ne devons pas attendre qu'ils fassent quelque chose pour nous. Il faut suivre les Ennemis dans l'Alsace s'ils y entrent, la Diéte n'a rien à dire pourvû que les François n'attaquent pas les premiers. La Diéte peut résoudre d'armer pour chasser les Etrangers de l'Empire, c'est ce que nous demandons. La Reine de Suede agit mollement pour les Protestans, on croit qu'elle ne veut point desobliger l'Empereur dans la pensée qu'elle a de s'assujetir la Ville de Breme. Les Ministres de Suede lui promettent toute sorte d'assistance, & l'ont fait de bonne grace dans l'occasion, le Sieur Picques lui a écrit que la Reine de Suede l'assure qu'ils en ont un ordre exprès. Il offre de rester jusques à la fin de la Diéte pourvû qu'on lui donne le moyen d'y subsister.

MONSIEUR,

Les Etats n'ont rien fait depuis huit jours, il ne déliberent que sur ce qu'on leur propose, c'est l'Electeur de Mayence qui fait la proposition qui est soumis à la volonté de l'Empereur.

Il répéte encore les raisons pour ou contre le retardement de l'examen des plaintes.

DEpuis ma Lettre du sixiéme de ce mois, j'ai reçu les deux que vous m'avez fait l'honneur de m'écrire le 23. & 30. Octobre. Les Etats n'avancent point, & n'ont rien fait depuis huit jours: ils ne déliberent que sur ce qu'on leur propose, & la proposition dépend de l'Electeur de Mayence, lequel étant volontairement soumis aux volontez de l'Empereur, a proposé d'abord des matiéres sur lesquelles les Etats ne s'accorderont pas facilement.

J'attends vos ordres sur mes deux derniéres Lettres du trentiéme d'Octobre, & sixiéme de ce mois, pour presser, ou retarder. En pressant, nous n'obtiendrons pas que l'Alsace soit un Fief de l'Empire, ni que l'Empereur donne à Monsieur le Duc de Savoye l'Investiture qu'il demande; mais nous pourrons faire déclarer par les Etats que cette Investiture est due, & que la plainte de Monsieur l'Archiduc d'Inspruck n'est pas juste. Nous serons obligez de répondre au même tems aux plaintes de l'Evêque de Spire, de l'Abbaye de Munster, & des Vassaux de l'Evêché de Metz. Les deux premiers ne me retarderoient pas, si la direction de toute cette affaire dépendoit de moi: car je renoncerois à la prétention mal fondée de présenter à l'Abbaye de Munster, & réglerois l'état de la Garnison, puisqu'il le faut faire tôt ou tard, plutôt que de manquer à l'assistance qui est due à Monsieur le Duc de Savoye. La troisiéme plainte me retient, car nous nous brouillerons avec les Etats, si nous ne faisons une déclaration pour les Vassaux des trois Evêchez conforme à leur intention & mon Instruction me défend de la faire.

Le Traité des Etats avec le Duc de Lorraine se fera quand il voudra, car ils ont promis des 300. mille écus qu'il demande; mais pour conclure il seroit obligé de promettre de ne prendre point de quartiers dans l'Empire, & ce n'est pas son intention: il les prendra cet hiver s'il peut, se plaignant du retardement, & l'imputant aux Etats, & lorsqu'il faudra les quitter & rentrer en Campagne, on reparlera du Traité s'il veut, & il aura l'argent. Il n'y a aucun Député qui ne voye que l'affaire va là, & qu'on se moque des Etats, & il n'y en a aucun qui ne le soufre. Tous ceux qui dépendent de l'Empereur n'ont pas dessein de s'y opposer, & les Electeurs de Mayence, & Palatin, sont de ce nombre, quoique leur Païs soit delà le Rhin. Les autres qui sont éloignés du danger, aiment mieux abandonner ceux qui y sont exposez, que de s'y mettre en se voulant garantir. Le Cercle de la Basse Saxe a bonne intention; mais étant seul il se tait, plutôt que de faire de bruit, qui ne serviroit qu'à aigrir l'Empereur. Les Electeurs de Cologne, & de Trêves connoissent bien l'impossibilité qu'il y a d'avoir du secours des Etats, puisqu'ils ne le demandent pas, & que celui-là recherche l'assistance des Hollandois: je ne sai même si celle du Duc de Westphalie ne lui manquera point, tant il se trouve de difficultez à l'Assemblée d'Essen. J'avois espéré qu'au commencement que le Cercle de Suaube donneroit de l'assistance à celui du Haut Rhin, & Messieurs les Electeurs ne doutoient point de celle du Cercle de Westphalie; mais le Duc de Wirtemberg sur lequel je fondois mon espérance, n'a osé s'y engager, de crainte d'offenser l'Empereur, & il n'y eût pas réussi, s'il l'eût voulu faire seul, car la plus grande partie des Etats du Cercle s'y fussent opposez. Si cela est lorsqu'il est question de défendre les Princes, Etats de l'Empire, comme eux, il ne faut pas espérer qu'ils nous assistent, & qu'ils se lient avec nous, quoique pour une simple défense, vous savez que les Etats de la basse Alsace aimerent mieux se laisser ruiner il y a deux ans, que de se joindre avec Brisac, tant ils craignent d'entrer en notre Guerre. Ils avouent que nous avons raison, & qu'ils sont obligez d'empêcher nos Ennemis de se fortifier chez eux, mais nous ne devons pas attendre d'eux, ce qu'ils ne font pas pour eux-mêmes, ou pour les Princes de l'Empire; car l'intérêt propre est toujours le plus proche, & la garantie qu'ils se doivent les uns aux autres, est pour le moins aussi forte, que celle du Traité de Munster, desorte que je n'ai aucun remède à ce mal, que celui de suivre nos Ennemis dans l'Alsace s'ils y entrent. Nous serons plus forts qu'eux, car nous avons des Places,

Il dit encore que si la chose dépendoit de lui il contenteroit l'Evêque de Spire & renonceroit à la prétention mal fondée de présenter à l'Abbaye de Munster.

Pour les Vassaux des trois Evêchez il faudroit faire une déclaration conforme à l'intention des Etats, ce qui est contre son Instruction.

Le Duc de Lorraine est Maître du Traité, il ne conclut point pour se conserver des quartiers.

Les Députez souffrent qu'on se moque d'eux; ceux qui dépendent de l'Empereur ne s'y opposent pas, & les moins exposez abandonnent les autres.

Le Duc de Wirtemberg n'a osé mettre l'assistance du Cercle de Suabe de peur d'offenser l'Empereur.

Si les Princes de l'Empire ne s'assistent pas entre eux, nous ne devons pas attendre qu'ils fassent quelque chose pour nous.

Il faut suivre les Ennemis dans l'Alsace s'ils y entrent, la Diéte n'a rien à dire pourvû que les François n'attaquent pas les premiers.

La Diéte peut résoudre d'armer pour chasser les Etrangers de l'Empire c'est ce que nous demandons.

&

& ils n'en ont point, & ne venant pas les premiers, la Diéte ne peut prendre aucune résolution fâcheuse contre nous en particulier, elle peut bien résoudre d'armer pour chasser tous les Etrangers de l'Empire : c'est ce que nous demandons. Nous offrirons de sortir & d'aider à chasser les autres.

La conduite de la Reine de Suede déplait à tous ceux qui veulent conserver la liberté de l'Empire ; les Protestans lui imputent en partie l'Election du Roi des Romains comme j'ai eu l'honneur de vous mander amplement il y a plus de quatre mois, & maintenant elle agit fort mollement dans les intétêts de son parti. On attribue cette conduite au dessein qu'elle a d'assujettir la Ville de Breme, qui l'oblige de ne rien faire contre l'Empereur. Ses Ministres me promettent toute sorte d'assistance, & me l'ont donnée de bonne grace jusques à présent, lorsque j'en ai eu besoin. Monsieur Picques m'a écrit que la Reine de Suede l'assure qu'ils en ont l'ordre très-exprès. Voila ce que je vous puis mander sur ce que vous avez désiré savoir : je sai bien qu'il est à propos que le Roi ait quelqu'un ici, & j'offre d'y demeurer jusques à la fin, pourvû qu'on me donne le moyen d'y subsister : je ne me lasserai jamais de servir Sa Majesté. Je vous suplie très-humblement, de l'en assurer & de croire que je suis avec une passion extrême &c.

MONSIEUR

De

VAUTORTE

à Monsieur de

BRIENNE.

Le 20. Novembre 1653.

Les affaires de la Diéte sont toujours au même état. Les Protestans ne veulent point se départir de leur premier sentiment ; on cherche les moyens pour les contenter : si l'on ne peut s'accorder, il faudra laisser la chose indécise & passer à quelqu'autre matiére. Il ne parle point d'affaires en attendant réponse à ses Lettres. Les Etats connoissent bien qu'ils ont été amusez à l'égard du Traité avec le Duc de Lorraine ; mais ils n'osent rien faire avec vigueur. L'Assemblée du Cercle de Westphalie convoquée à Essen s'est séparée sans rien conclurre. L'Electeur de Cologne & le Duc de Neubourg seront obligez de faire des armemens particuliers. L'Empereur a empêché l'armement du Cercle de Westphalie, qui nous auroit été utile & la jalousie entre Brandebourg & Neubourg y a contribué. On propose dans ce Cercle une nouvelle Conférence pour le mois de Janvier. Les mêmes difficultez en empêcheront l'effet ; il a beau représenter à ceux de Brandebourg l'utilité de cet armement, ils n'en veulent rien croire. Le Brandebourg voudroit s'allier avec les Hollandois, pourvû qu'ils n'en fassent point au préjudice de l'Angleterre & de la Maison d'Orange. Ses Ambassadeurs souhaiter de savoir si la France traitera avec la Hollande & comment. Le Cercle de la basse Saxe témoigne seul de la vigueur, il est recherché des Députez du Directoire, il ne trouve pas à propos de se trop engager avec eux, depeur de se brouiller avec les Suedois, qui sont la cause de leur crainte & de leur recherche. Le Cercle craint que les Suedois ne se rendent Maîtres de la Ville de Breme, que l'Empereur ne les favorise, & que ce ne soit une des conditions qui a engagé les Suedois à favoriser l'Election du Roi des Romains. Il l'instruit de ce qui regarde l'Abbaye qui est dans la Ville de Munster Ville Libre d'Alsace, & de ceux qui ont le droit d'élire l'Abbé. Le Landgrave Ernest de Cassel est arrivé ici pour tâcher d'accommoder le différent qu'il a sur le partage avec Mr. son Neveu. Borgia qui a été Gouverneur de la Citadelle d'Anvers, & qui va commander la Cavalerie dans le Milanois, a passé ici pour faire compliment de la

part

1653.   *part du Roi d'Espagne sur l'Election du Roi des Romains.*

MONSIEUR,

Les affaires de la Diéte sont toujours en même état.

Les Protestans ne veulent point se départir de leur premier sentiment ; on cherche les moyens pour les contenter. si l'on ne peut s'accorder, il faudra laisser la chose indécise & passer à quelqu'autre matiére.

Il ne parle point d'affaires en attendant réponse à ses Lettres.

Les Etats connoissent bien qu'ils ont été amusez à l'égard du Traité avec le Duc de Lorraine, mais ils n'osent rien faire avec vigueur.

L'Assemblée du Cercle de Westphalie convoquée à Essen s'est séparée sans rien conclurre. L'Electeur de Cologne & le Duc de Neubourg seront obligez de faire des armemens particuliers.

L'Empereur a empêché l'armement du Cercle de Westphalie qui nous auroit été utile, & la jalousie entre Brandebourg & Neubourg y contribue.

On propose dans ce Cercle une nouvelle Conférence pour le mois de Janvier. Les mêmes difficultez en empêcheront l'effet, il a beau représenter à ceux de Brandebourg l'utilité de cet armement, ils n'en veulent rien croire.

Le Brande-

DEpuis ma Lettre du 13. de ce mois j'ai reçu celle que vous m'avez fait l'honneur de m'écrire le 6. Les affaires sont ici au même état où elles étoient il y a huit jours, n'y ayant du tout aucun changement, duquel je puisse vous informer. Les Protestans sont résolus de ne se départir point de leur première opinion, sur les deux questions qui occupent les Etats depuis deux mois, & le Collége Electoral s'est assemblé trois fois cette semaine, pour chercher les moyens de les contenter. On propose d'assembler demain les trois Colléges sur ce sujet, & s'ils ne peuvent s'accorder je pense qu'on sera obligé, suivant l'avis des Protestans, de passer à quelque autre matiére, & de laisser indécis ces deux points jusques à une autre saison.

Je ne parle point de nos affaires, attendant votre ordre sur mes Lettres du 30. Octobre, & 6. de ce mois. On ne parle plus aussi du Traité avec le Duc de Lorraine, & les Etats voyent bien maintenant qu'il n'a été proposé que pour les amuser, ou pour les empêcher de penser aux remédes nécessaires; mais cette connoissance est inutile, car ils aiment mieux le laisser ravager les Provinces de l'Empire, que de s'armer pour s'y opposer, & ils n'oseroient même faire ici aucune déclaration vigoureuse contre lui, le nombre de ceux qui pensent à leur liberté étant si foible, que leur voix est étouffée par le bruit des autres. On avoit espéré que le Cercle de Westphalie s'armeroit : le Duc de Neubourg qui en est le Directeur, & l'Electeur de Cologne qui y est très-puissant, étant particuliérement menacez des quartiers d'hiver ; mais l'Assemblée convoquée à Essen s'est séparée sans aucune conclusion, & ces deux Princes seront obligez de faire des armemens particuliers pour leur défense. L'armement de ce Cercle nous auroit été utile pour plusieurs considérations; mais l'Empereur qui avoit les mêmes raisons pour le craindre, que nous avons pour le souhaiter, a fait tous ses efforts pour l'empêcher, & il n'a pas eu beaucoup de peine; car la jalousie qui est entre le Marquis de Brandebourg, & le Duc de Neubourg, a obligé cet Electeur de rompre toutes les mesures qu'on a voulu prendre, & d'engager tous les amis qu'il a dans le Cercle, à s'opposer à l'armement. On propose de rentrer en conférence au commencement du mois de Janvier : mais outre que le mal du quartier d'hiver sera déja arrivé, je prevois que les mêmes difficultez qui se sont formées à Essen, empêcheront l'effet de cette Conférence. J'ai fait ici tous mes efforts pour persuader aux Ambassadeurs de l'Electeur de Brandebourg, qu'il avoit intérêt que le Cercle de Westphalie s'armât, & j'en étois persuadé moi-même; mais il n'en a rien voulu croire. Il a beaucoup de passion de faire une Alliance particuliére avec les Hollandois, pourvû qu'ils n'en fassent point une offensive & défensive avec les Anglois, à la ruine du Roi d'Angleterre, & de la Maison d'Orange, & ses Ambassadeurs ont pris beaucoup de soin pour savoir de moi, si

Sa Majesté traitera avec les Hollandois & de quelle façon.

De tous les Cercles il n'y a que celui de la basse Saxe qui témoigne de la vigueur, l'Archevêque de Magdebourg, & la Maison de Brunswich qui en ont le Directoire, étant les Princes de tout l'Empire les plus soigneux de leur liberté. Ils me recherchent depuis quelques jours, & si le Cercle de Westphalie se fut joint au leur, on auroit pu faire quelque chose; mais eux seuls ne sont pas assez forts, & il ne faut pas s'engager trop avant avec eux, parceque l'on s'embrouilleroit avec les Suedois, qui causent maintenant leur plus grande crainte : & si je ne me trompe, la recherche qu'ils me font, & cette crainte vient du dessein que les Suedois ont de se rendre Maîtres de la Ville de Breme, & par elle du Commerce de la Riviere de Wezer. Quoique l'Empereur donne ici des Décrets favorables à la Ville, les plus clairvoyans sont très-persuadez qu'il est d'accord avec les Suedois, & que c'est une des conditions, de ce qu'ils ont fait pour lui au tems de l'Election du Roi des Romains. Peu de tems nous en éclaircira, cependant je ne rebuterai personne, afin d'être informé de tous côtez, & pour vous pouvoir donner des connoissances nécessaires. Si l'Empereur peut mettre de la division entre les Protestans, il en tirera beaucoup d'avantage.

J'ai reçu la Lettre du Roi touchant l'Electeur de Trêves, de laquelle je lui envoyerai la Copie & tâcherai de gagner le tems.

La Ville de Munster dans la Valée de Saint Gregoire, est une des dix Villes Libres qui sont sous la protection du Roi. Dans cette Ville il y a une Abbaye, dont l'Abbé est Etat de l'Empire, qui est pareillement sous la protection de Sa Majesté. Il y a environ cent ans, que l'Abbaye ayant été mal ménagée, & n'y ayant un nombre de Religieux suffisans pour élire un Abbé, l'Archiduc d'Autriche, comme Protecteur, en nomma un, lequel fut confirmé par l'Evêque de Bâle, qui est le Diocesain. Cette nomination a continué trois fois és vacations consécutives quoiqu'à l'une il y eût dans l'Abbaye nombre suffisant pour élire. Enfin l'an 1628. l'Abbaye ayant vaqué, les Religieux élurent un Abbé, lequel fut confirmé par l'Evêque de Bâle. L'Archiduc d'Autriche voulut s'y opposer, prétendant avoir droit, & possession aquise par trois Actes, & par un tems immémorial; mais il se contenta d'une Lettre reversale, c'est-à-dire d'un Acte, par lequel l'Abbé, & les Religieux déclarérent, que cette Election ne feroit aucun préjudice au droit qu'il pouvoit avoir. Cet Abbé élu en l'an 1628. étant en l'an 1649. les Religieux en élurent un autre, qui fut confirmé, par l'Evêque de Bâle sans aucune opposition de la part du Roi, parceque nous n'étions pas encore informez, de cette prétention. Cet Abbé étant mort depuis quatre mois, les Religieux en élurent un, & Monsieur le Comte d'Harcourt a nommé Monsieur son Fils. L'Evêque de Bâle qui a assisté à l'Election par un Député, n'a encore osé le confirmer, de crainte d'offenser Monsieur le Comte d'Harcourt, & il n'a pas aussi voulu confirmer sa nomination, se remettant à ce qui sera réglé ici, où la plainte en a été faite par les Religieux. Voila l'état de cette affaire.

Monsieur le Landgrave Ernest de Cassel est arrivé ici depuis deux jours, pour tâcher d'ac-

bourg voudroit s'allier avec les Hollandois, pourvû qu'ils n'en fussent point au préjudice de l'Angleterre & de la Maison d'Orange : Ses Ambassadeurs souhaitent de savoir si la France traitera avec la Hollande & comment.

Le Cercle de la basse Saxe témoigne seul de la vigueur, il est recherché des Députez du Directoire, il ne trouve pas à propos de se trop engager avec eux, depeur de se brouiller avec les Suedois, qui sont la cause de leur crainte & de leur recherche.

Le Cercle craint que les Suedois ne se rendent Maîtres de la Ville de Breme, que l'Empereur ne les favorise, & que ce ne soit une des conditions qui à engagé les Suedois à favoriser l'Election du Roi des Romains.

Il l'instruit de ce qui regarde l'Abbaye qui est dans la Ville de Munster Ville Libre d'Alsace, & de ceux qui ont le droit d'élire l'Abbé.

Le Landgrave Ernest de Cassel est arrivé ici pour tâcher d'accommoder la different qu'il a sur le partage avec Mr. son Neveu.

1653.
Borgia qui a été Góuverneur de la Citadelle d'Anvers & qui va commander la Cavalerie dans le Milanois, a passé ici pour faire compliment de la part du Roi d'Espagne sur l'Election du Roi des Romains.

d'accommoder le différend qu'il a pour son partage avec Monsieur le Landgrave de Hesse-Cassel son Neveu. Borgia ci-devant Gouverneur de la Citadelle d'Anvers passant au Milanois pour y commander la Cavalerie est venu ici pour faire compliment au nom du Roi d'Espagne sur l'Election du Roi des Romains. Je vous suplie très-humblement me faire l'honneur de croire que je suis avec un respect extrême &c.

AUTRE

Du 27. Novembre 1653.

Les Etats ne se sont point assemblez depuis sa derniére Lettre. Le Collége des Electeurs s'est assemblé deux fois cette semaine pour répondre au dernier Ecrit des Protestans. Les esprits s'aigrissent, la Diéte ne produira aucun bon effet, l'Empereur fomente la division, entre les Electeurs, & les Protestans, & entre les Protestans même. L'Electeur de Cologne a fait appeller celui de Brandebourg devant l'Empereur au sujet de Lipstat. Cela joint à la jalousie de Brandebourg contre le Duc de Neubourg a empêché l'armement du Cercle. La demande des Protestans à l'Assemblée de Essen d'être égaux en tout avec les Catholiques Romains, à causé la séparation de cette Assemblée. Si l'Assemblée de Essen se rejoint au mois de Janvier, elle pourroit bien remettre sur pied la résolution de 2800. hommes de pied & de 1200. Chevaux, dont la rupture avoit empêché l'exécution. On pense à donner un Successeur à l'Archévèque de Saltzbourg à cause de sa maladie ; il y a plusieurs prétendans. L'Empereur lui a envoyé un Conseiller Aulique. L'Archévèque de Saltzbourg forme un tiers parti avec quelques autres Evèques sur le sujet de la pluralité des voix, l'Empe-

reur n'en est pas content. L'Archiduc fait tous les préparatifs nécessaires pour avoir des Troupes.

1653.

MONSIEUR,

JE n'ai point reçu de vos Lettres depuis celle du 6. de ce mois, à laquelle j'eus l'honneur de répondre par la mienne du 20. Les Etats ne se sont point assemblez depuis, de sorte que je n'ai rien à vous mander, le Collége des Electeurs s'est assemblé deux ou trois fois cette semaine, pour répondre au dernier Ecrit des Protestans. Les esprits vont s'aigrissant de jour en jour & il n'y a point d'aparence que cette Diéte produise aucun bon effet. L'intérêt de l'Empereur est de fomenter la division premiérement entre les Electeurs & les Protestans, & en second lieu entre les Protestans même.

J'ai apris cette semaine que Monsieur l'Electeur de Cologne prétend que la Ville de Lipstat dans le Comté de Marck, qui est la plus forte Place que Monsieur l'Electeur de Brandebourg ait dans le Cercle de Westphalie, n'est qu'un engagement de son Archevêché, & il l'a fait appeller devant l'Empereur, pour recevoir, ou pour voir consigner le prix de l'engagement. Il faut ajouter cette considération à la jalousie qu'a l'Electeur de Brandebourg, contre le Duc de Neubourg, pour voir que cet Electeur a cru avoir raison d'empêcher l'armement d'un Cercle, duquel le Duc de Neubourg est le Directeur. Les Protestans ont demandé à l'Assemblée d'Essen parité de Religion en toutes choses, non seulement au Directoire, mais au nombre des Officiers des Troupes, & Monsieur l'Evêque d'Osnabrug me dit hier que cette difficulté étoit le sujet de la séparation, & que chaque Député s'en étoit retourné pour en avertir son Maître, avec dessein de se rassembler au commencement de Janvier : qu'on y avoit résolu de s'armer, & de lever d'abord 2800. hommes de pied, & 1200. Chevaux ; mais que l'exécution en avoit été empêchée par cet obstacle, & qu'elle le pourroit être encore au mois de Janvier, s'il n'arrivoit quelque chose de nouveau, d'autant plus que le principal sujet de l'armement, qui étoit d'empêcher les quartiers d'hiver, cesseroit alors, parcequ'ils seroient déja pris.

L'Archevêque de Saltzbourg est malade il y a déja plus d'un mois, & comme il est fort âgé, chacun pense à son Successeur. Monsieur l'Evêque de Frisinguen, Frére de Monsieur l'Electeur de Cologne, & Monsieur l'Evêque d'Augsbourg, Frére de Monsieur l'Archiduc d'Inspruck, y prétendent ; mais on ne croit pas que le Chapitre élise un Prince. L'Empereur y a envoyé un Conseiller Aulique, nommé Monsieur Crasne, qui a été à Munster : les uns disent que c'est pour ce sujet, & les autres, qui ne croyent pas l'Archévêque si près de sa fin, pensent que Monsieur Crasne est allé pour l'obliger à suivre le sentiment des Electeurs dans la question de la pluralité de voix en matiére de Collecte. Cet Archévêque n'est pas du sentiment des Protestans entiérement opposé à celui des Electeurs ; mais il forme un tiers parti avec quelques

Les Etats ne se font point assemblez depuis sa derniére Lettre. Le Collége des Electeurs s'est assemblé deux fois cette semaine pour répondre au dernier Ecrit des Protestans. Les Esprits s'aigrissent, la Diéte ne produira aucun bon effet, l'Empereur fomente la division, entre les Electeurs, & les Protestans, & entre les Protestans même. L'Electeur de Cologne a fait appeller celui de Brandebourg devant l'Empereur au sujet de Lipstat. Cela joint à la jalousie de Brandebourg contre le Duc de Neubourg a empêché l'armement du Cercle. La demande des Protestans à l'Assemblée de Essen d'être égaux en tout avec les Cath. Romains, a causé la séparation de cette Assemblée. Si l'Assemblée de Essen se rejoint au mois de Janvier, elle pourroit bien remettre sur pied la résolution de 2800. hommes de pied & de 1200. Chevaux, dont la rupture avoit empêché l'exécution. On pense à donner un Successeur à l'Archévèque de Saltzbourg à cause de se maladie ; il y a plusieurs prétendans, l'Empereur lui a envoyé un Conseiller Aulique.

1653.

L'Archévê-
que de Saltz-
bourg forme
un tiers parti
avec quel-
ques autres
Evêques sur le
sujet de la
pluralité des
voix , l'Em-
pereur n'en
est pas con-
tent.

L'Archiduc
fait tous les
préparatifs
nécessaires
pour avoir
des Troupes.

ques autres Evêques , & quoiqu'il consente que la pluralité des voix ait lieu , il veut pourtant que ce ne soit qu'après que la Matricule de l'Empire aura été reformée , dans laquelle lui , & les autres prétendent être trop chargez; mais d'autant que cette reformation n'est pas l'affaire d'un jour , cet avis ne s'accorde guéré mieux avec les intérêts de l'Empereur , que celui des Protestans.

Monsieur l'Archiduc d'Inspruck fait tous les préparatifs d'un Prince qui va avoir des Troupes , & il a ordonné à toute la milice de son Païs de se ténir prête. Cela donne du soupçon à tous ses voisins , & même à la Ville de Landen : les uns disent que cela regarde l'Alsace , & les autres qu'il a quelque dessein en Suisse : il y en a qui croyent que l'Empereur lui envoyera des Troupes qui passeront par le Païs de Saltzbourg , & que Monsieur Crasne est aussi allé pour ce sujet. Comme tout cela est encore fort incertain , je n'ai aucun lieu d'en parler , & ne songe qu'à m'informer soigneusement de ce qui se passe &c.

MONSIEUR
De
VAUTORTE
à Monsieur de
BRIENNE.

Du 4. Decembre 1653.

Il lui envoye le Mémoire suivant qui lui a été présenté par les Députez de Hambourg pour leur faire rendre quelques marchandises. Il lui recommande de les favoriser dans cette affaire.

MONSIEUR,

JE vous envoye un Mémoire qui m'a été présenté ici par Messieurs les Députez de Hambourg : vous aurez une entiére information de cette affaire avant que de recevoir cette Lettre , & je ne doute point que si les marchandises leur apartiennent , & qu'elles ne soient point de contrebande , que le Roi ne les leur fasse rendre , & que vous n'en preniez tout le soin possible , comme d'une affaire qui regarde la bonne foi , & le service de Sa Majesté. Je prens , Monsieur , la liberté de vous la recommander & vous suplie très-humblement de me faire l'honneur de croire que je suis &c.

Il lui envoye le Mémoire suivant qui lui a été présenté par les Députez de Hambourg pour leur faire rendre quelques marchandises. Il lui recommande de les favoriser dans cette affaire.

SUMMA

PROPOSITIONIS ET PETITIONIS

Ad Serenissimi & Potentissimi Galliarum & Navarræ Regis Christianissimi, Illustrissimum & Excellentissimum Dominum Franciscum Casset , Dominum de Vautorte, Regis Consiliarium Intimum & ad præsentia Imperialia Comitia Legatum ,
Facta per Deputatos Civitatis Hamburgensis.

QUod antè aliquot septimanas sex Naves Hamburgi , per Mercatores Hamburgenses
mer-

SOMMAIRE

D'UN MEMOIRE

Présenté à son Excellence Monsieur de Vautorte Ambassadeur de Sa Majesté très-Chrétienne à la Diéte de Ratisbonne , par les Députez de la Ville de Hambourg.

QUe six Navires chargez pour le compte des Marchands de la Ville de Hambourg,

mercibus oneratæ, & postmodùm cursum suum Hispaniam versùs dirigentes, jussu Illustrissimi atque Excellentissimi Domini Mareschalli & Gubernatoris Britanniæ Domini Milleray, per Naves Gallicas in mari apprehensæ, Nannetum abductæ, & non citatis, neque auditis proprietariis mercium, quasi prohibitæ merces distractæ & venditæ.

Cùm itaque Regia Majestas Galliarum singulari clementiâ & gratiâ, Senatum Hamburgensem hàctenus dignum judicaverit, prædictus quoque Senatus, omnia quæcumque ad conservandam Regiam Clementiam fieri videbantur, sanctè observaverit : certò confidit sine jussu Regiæ Majestatis apprehensionem navium & distractionem mercium factam esse, inprimis verò cùm per Pacem Cæsareo-Gallicam Monasterii factam in Imperio Romano & Regno Galliæ, utriusque Subditis libertas & securitas Commerciorum terrestrium & maritimorum sit restituta, quâ libertate Subditi Regiæ Majestatis Galliæ in Civitate Hamburgensi sine ullo impedimento quietè utuntur. Proinde Senatus Hamburgensis certè sibi persuasum tenet, Regiam Majestatem, re penitiùs cognitâ, prædicto Domino Milleray mandaturam, ut Naves & merces extantes restituat, vel distractas persolvat. Cùmque necessitas Commerciorum Maritimorum efflagitet ut certa ordinatio maritimæ Negotiationis constituatur, ab Excellentissimo Domino Legato, ad Regiam Majestatem Galliæ & ejusdem Consiliarios Aulicos & prædictum Dominum Milleray litteras intercessionales & commendatitias humaniter petit, ad eum finem directas, ut scilicet merces extantes restituantur vel distractæ persolvantur, & ordinatio maritimæ Negotiationis quamprimùm instituatur, & ut prædictus Dominus Mareschallus Milleray, & alii, ad quorum expeditionem hæc negotia spectant, Senatûs Hamburgensis, ad prædicta omnia sollicitanda, & procuranda, Nanneti specialiter Deputatum benevolè audire, ipsiusque Senatûs nomine petita gratiosè deferre velint.

bourg, faisant route vers l'Espagne, ont été saisis il y a quelques semaines par ordre de Monsieur le Maréchal de la Meilleraye Gouverneur de Brétagne, qui les a fait conduire à Nantes, où, sans avoir apellé ni entendu les propriétaires des marchandises, il les a déclaré prohibées, & comme telles, il en a ordonné la confiscation & la vente.

Que comme Sa Majesté très-Chrétienne a temoigné jusqu'à présent au Sénat de Hambourg qu'elle le jugeoit digne de sa clémence & de ses faveurs, & que le Sénat de son côté a fait envers elle tout ce qu'il a cru pouvoir lui mériter la continuation de ses bontés Royales, il a lieu d'être assuré que Sa Majesté n'a pas autorisé de ses ordres une pareille prise : laquelle d'ailleurs est contraire aux dispositions du Traité de Munster qui rétablit entre les Sujets de France & de l'Empire, la liberté & sureté reciproque du Commerce de terre & de mer dont les François jouissent pleinement & paisiblement dans la Ville de Hambourg.

Que fondé sur ces considérations, le Sénat de Hambourg se persuade que Sa Majesté n'aura pas plutôt été informée au vrai des circonstances de cette affaire, qu'elle mandera à Monsieur de la Meilleraye de faire restituer ceux des Navires & effets qui seront encore en nature, & de rembourser le prix de ceux qui se trouveront avoir été vendus.

Qu'enfin, comme il est nécessaire pour le bien du Commerce maritime, de faire un reglement qui en determine toutes les conditions, le Sénat suplie Monsieur l'Ambassadeur de vouloir bien donner à ses Députez des Lettres de recommandation, tant pour le Roi & son Conseil, que pour Monsieur de la Meilleraye, par lesquelles S. E. exhorte d'un côté Sa M. à ordonner la restitution & le réglement que les Marchands de Hambourg demandent, & de l'autre Monsieur de la Meilleraye, & tous les Officiers qu'il apartiendra, à écouter favorablement les remontrances du Député du Sénat à Nantes & lui rendre officieusement bonne & briéve justice.

MONSIEUR

De

VAUTORTE

à Monsieur de

BRIENNE.

Du 11. Decembre 1653.

Les Etats n'ont encore rien fait. Les Electeurs ont enfin communiqué leur Ecrit aux Protestans qui préparent une Replique. On croit communément que la Diéte se séparera au commencement du Printems sans aucun succès. S'ils se séparent sans rien faire, il y aura une grande défiance entre les Etats des deux Religions qui les obligera peut-être à s'armer. On n'espére rien du Mémoire présenté par les trois Cercles, le Duc de Lorraine prendra toujours ses quartiers dans l'Empire. Il sera bien aise que la Diéte finisse sans examiner les affaires de France, à cause du pouvoir de l'Empereur, pourvû qu'elle ne fasse point de déclaration, contre nos pretentions. Il pressera pourtant l'examen, afin que le Duc de Savoye sache qu'on a fait ce qu'on a pu pour lui, & pour mettre l'Archiduc dans son tort. L'Empereur est allé faire un tour à Straubinguen, il doit revenir avant la fin de la semaine, & aller ensuite à Neustat à huit lieues d'ici

passer quelques jours. L'Evêque de Munster part d'ici dans deux jours, afin de trouver plus aisément l'argent qu'il faut aux Suédois, pour les faire sortir de Wecht.

MONSIEUR,

DEpuis ma derniére Lettre du 4. de ce mois, j'ai reçu celle que vous m'avez fait l'honneur de m'écrire le vingtième de Novembre. Les Etats n'ont encore rien fait, quoiqu'ils se soient assemblez une fois le 9. de ce mois. Les Electeurs ont enfin communiqué leur Ecrit aux Protestans, qui préparent une Replique: on attend aussi la réponse de l'Electeur de Brandebourg aux Lettres que l'Empereur, & le Collége Electoral lui ont écrites. Le sentiment le plus commun est, que cette Diéte se séparera au commencement du Printems sans aucun succès: elle n'a encore fini aucune affaire. Les deux points qui l'occupent depuis si longtems ne finiront pas, si les deux Parties demeurent aussi fermes qu'elles paroissent, & les Electeurs ne veulent point passer à d'autres matiéres, avant que ces deux-là soient vuidées. Si la séparation se fait de cette façon, il y aura une défiance très-grande entre les Etats des deux Religions, laquelle les obligera à se tenir sur leurs gardes & peut-être à s'armer.

Le Mémoire donné par les Etats du Cercle Electoral, & de ceux du haut Rhin, & de Westphalie, n'a point encore été proposé à l'Assemblée, & on n'en espére rien, desorte que le Duc de Lorraine prendra ses quartiers dans l'Empire; s'il n'en est empêché que par les Etats.

Si l'Assemblée finit de cette façon, il ne faut pas croire que nos affaires, ni aucunes autres y soient examinées, & je ne m'en soucie pas beaucoup; car l'Empereur a tant de pouvoir, que nous n'aurions pas lieu d'espérer quelque résolution favorable: il nous suffira qu'elle ne fasse aucune déclaration contre nos prétentions, & qu'elle nous les laisse toutes entiéres, pour nous en servir dans un meilleur tems. Je ne laisserai pas de presser l'examen des plaintes données reciproquement, pour & contre nous, afin que si nous ne pouvons rien obtenir davantage, Monsieur le Duc de Savoye voye au moins que nous avons fait tout ce que nous avons pu pour lui, & que les Etats connoissent par notre conduite, que nous croyons avoir raison, puisque nous poursuivons, & que Monsieur l'Archiduc d'Inspruck ne croit pas être bien fondé, puis qu'il fuit.

L'Empereur partit hier pour aller à Straubinguen, Ville de Baviere sur le Danube, éloignée d'une journée d'ici: il doit revenir à la fin de cette semaine, & aller passer la prochaine à Neustat petite Ville de Baviere à huit lieues d'ici.

L'Evêque de Munster part d'ici dans deux jours, pour retourner dans son Evêché, afin de trouver plus aisément l'argent qui est nécessaire aux Suedois, pour les faire sortir de Wecht: Je vous suplie très-humblement de me faire l'honneur de croire que je suis avec une passion extrême &c.

AU-

1653.

Les Etats n'ont encoré rien fait. Les Electeurs ont enfin communiqué leur Ecrit aux Protestans qui préparent une Replique. On croit communément que la Diéte se séparera au commencement du Printems sans aucun succès. S'ils se séparent sans rien faire, il y aura une grande défiance entre les Etats des deux Religions qui les obligera peut-être à s'armer. On n'espére rien du Mémoire présenté par les trois Cerclest le Duc de Lorraine prendra toujours ses quartiers dans l'Empire. Il sera bien aise que la Diéte finisse sans examiner les affaires de France, à cause du pouvoir de l'Empereur, pourvû qu'elle ne fasse point de déclaration contre nos pretentions. Il pressera pourtant l'examen, afin que le Duc de Savoye sache qu'on a fait ce qu'on a pu pour lui, & pour mettre l'Archiduc dans son tort. L'Empereur est allé faire un tour à Straubinguen, il doit revenir avant la fin de la semaine, & aller ensuite à Neustat à huit lieues d'ici passez quelques jours. L'Evêque de Munster part d'ici dans deux jours, afin de trouver plus aisément l'argent qu'il faut aux Suédois, pour les faire sortir de Wecht.

qui veulent prendre des quartiers d'hiver dans l'Empire.

AUTRE LETTRE.

Du 14. Decembre 1653.

*Le Collége Electoral a continué ses
Assemblées particulieres, on croit
qu'il donnera un Ecrit contre
les Protestans, & qu'il réglera
les priviléges du Grand Trésorier de l'Empire. Le Comte
de Sinsendorff sera fait Trésorier héréditaire sous l'Electeur Palatin. L'Electeur de
Brandebourg se sépare des E-
lecteurs & se joint aux Protestans, ses Ambassadeurs ont
déclaré qu'ils ne pouvoient a-
bandonner les Protestans, ce
qui engagera l'Empereur à trouver quelque tempérament. Il attend réponse à ses Lettres, &
l'ordre comme il doit agir, il
est encore tems, mais les Etats
ne penseront point aux affaires
qui regardent la France tandis
qu'ils seront si peu d'accord sur
les deux points. L'Empereur
veut recevoir un Résident de
France. L'Electeur de Mayence a moyenné l'Accord le premier
de ce mois entre le Duc de Simmeren & l'Electeur Palatin.
Conditions de l'Accord. Il le
fait souvenir qu'il lui a envoyé
un Mémoire en faveur de la
Ville de Hambourg & qu'il leur
a donné une Lettre pour le Cardinal & une pour Monsieur de
la Meilleraye. L'Empereur & le
Collége Electoral ont envoyé un
Courrier à l'Electeur de Brandebourg pour le prier de se départir de la résolution qu'il a
prise. Les Députez de quelques Cercles ont présenté un
Mémoire à la Diète pour demander du secours contre ceux*

MONSEIUR,

JE n'ai point reçu de vos Lettres, depuis
la mienne du vingt-septiéme de Novembre : votre derniére est du sixiéme, à laquelle
j'ai eu l'honneur de répondre le vingtiéme.
Les Etats ne se sont point encore assemblez
cette semaine : le Collége Electoral a continué ses Assemblées particuliéres, & on croit
qu'il fera dicter publiquement dans un ou
deux jours son Ecrit contre celui des Protestans : il s'est aussi assemblé pour régler les
priviléges & fonctions de la charge de Grand
Trésorier de l'Empire, que l'Empereur a été
obligé de créer, pour joindre au huitiéme E-
lectorat. On donne celle de Trésorier héréditaire au Comte de Sinsendorff sous Monsieur l'Electeur Palatin, comme le Comte Pa-
penheim a celle de Maréchal héréditaire de
l'Empire, sous Monsieur l'Electeur de Saxe
qui est Grand Maréchal. Le Comte de Sinsendorff n'est pas Comte de l'Empire, mais
Gentilhomme des Terres héréditaires de la
Maison d'Autriche. Monsieur l'Electeur de
Brandebourg se sépare sur les deux questions
de l'intérêt des Electeurs, & se joint à celui
des Protestans : il a fait ce qu'il a pu pour o-
bliger les Electeurs à trouver quelque temperament pour ne porter pas les choses à l'extrêmité, & n'ayant pas pu y réussir, ses Ambassadeurs ont déclaré qu'il ne pouvoit a-
bandonner les Protestans. Il a considéré que
l'élevation du Collége Electoral au point où
on le veut mettre, change la forme de l'Empire & est desavantageuse aux Protestans, &
ne lui donne en son particulier aucun nouveau
pouvoir, parceque les Catholiques font le
plus grand nombre dans le Collége Electoral, & que les Electeurs de Saxe, & Palatin
sont attachez à la Maison d'Autriche, l'un par
inclination, & l'autre par foiblesse, desorte
qu'il seroit inutile, & toujours emporté par
les autres. Ce changement n'empêchera
peut-être pas que les Electeurs ne continuent
dans leur dessein; mais il donnera du cœur
aux Protestans, & obligera enfin l'Empereur
de trouver quelque temperament. Il faut
attendre quelque peu de tems pour bien juger
du succès de cette affaire. J'attens de jour en
jour votre ordre sur les nôtres, c'est-à-dire
votre Reponse à mes Lettres des 30. Octobre,
six, & 13. Novembre; si je l'avois eu il y a
un mois, je ne serois pas plus avancé que je
suis, car il ne faut pas espérer que les Etats
pensent à nos affaires, ni à aucunes autres,
tandis qu'ils seront si peu d'accord, sur les
deux points qui les occupent il y a plus de
deux mois.

J'ai oublié de vous mander que dans la derniére audience que j'ai eu de l'Empereur, je
lui ai dit la volonté qu'a le Roi d'envoyer un
Résident dans sa Cour; & qu'il m'a répondu
qu'il le recevroit fort bien, & écouteroit en
toutes occasions, ce qu'il lui diroit de la part
de Sa Majesté. Il ne m'a point parlé d'en envoyer un en France; & je ne l'en ai pas aussi
fait souvenir suivant votre ordre. Il m'a
témoigné ne savoir pas que le Roi eût accoutumé d'avoir un Résident à Vienne pendant la
Paix, & peut-être qu'il ne sait pas aussi que

ses

1653.

ses Prédecesseurs en ont eu en France. Il est inutile de vous mander ce qui s'est passé dans cette audience & dans les autres : je lui parle toujours de nos affaires, sans aucune espérance d'en tirer réponse favorable, parcequ'il est notre partie.

L'Electeur de Mayence a moyenné l'Accord le premier de ce mois entre le Duc de Simmeren & l'Electeur Palatin. Conditions de l'Accord.

Le Duc de Simmeren a été enfin accordé le premier jour de ce mois par Monsieur l'Electeur de Mayence, avec Monsieur l'Electeur Palatin : le Duc donne dès à present à l'Electeur les deux tiers d'un Bailliage nommé Stromberg, quelques biens d'Eglises annexez au Duché de Lautern, & une cinquième partie de Creutznach, dont le Duc en avoit trois, & les deux autres appartiennent au Marquis de Baden, & après la mort du Duc & de Madame sa Femme, la Duché de Lautern appartiendra à l'Electeur, à la reserve des autres biens d'Eglises, qui sont annexez, & lesquels ils ne cede point présentement, & son Fils demeure Duc de Simmeren. Il part d'ici dans peu de tems avec toute sa famille, pour aller voir Monsieur l'Electeur de Brandebourg à Berlin.

Il le fait souvenir qu'il lui a envoyé un Mémoire en faveur de la Ville de Hambourg & qu'il leur a donné une Lettre pour le Cardinal & une pour Monsieur de la Meilleraye. L'Empereur & le Collége Electoral ont envoyé un Courrier à l'Electeur de Brandebourg pour le prier de se départir de la résolution qu'il a prise. Les Députez de quelques Cercles ont présenté un Mémoire à la Diéte pour demander du secours contre ceux qui veulent prendre des quartiers d'hiver dans l'Empire.

Je n'ai pu refuser aux Députez de la Ville de Hambourg, de vous envoyer un Mémoire qu'ils m'ont présenté, sur la prise de six de leurs Vaisseaux par ceux du Roi, à la côte de Brétagne, outre la Lettre que je leur ai donnée pour vous : ils en ont demandé une semblable pour son Eminence, & une pour Monsieur le Maréchal de la Meilleraye, lesquelles je leur ai pareillement données.

Je viens d'aprendre que l'Empereur, & le Collége Electoral écrivirent hier par un Courrier exprès à Monsieur l'Electeur de Brandebourg, pour le convier de se départir de la résolution qu'il a prise ; on ne croit pas qu'il le fasse.

Les Députez du Cercle Electoral, & de ceux du haut Rhin, & de Westphalie, donnerent hier un Mémoire aux Etats, par lequel ils implorent l'assistance de l'Empire, contre ceux qui ont dessein de prendre des quartiers dans leurs Païs, & spécialement contre le Duc de Lorraine, qui a déja commencé dans le Païs de Liége, & lieux voisins, & ils demandent que l'Assemblée délibére sans delai sur ce Mémoire. On croit que le Duc de Lorraine n'ose venir d'abord dans l'Alsace de crainte d'y être suivi par les Troupes du Roi, & que lorsqu'elles seront en quartier, & dispersées dans les Provinces, il sortira des lieux où il est pour y venir. Ceux qui ne voudroient pas que les Troupes du Roi y entrassent les premiers, mais seulement pour le suivre, souhaitent qu'ils prennent leur quartier dans la Lorraine, où elles seront toujours en état d'empêcher de les prendre en Alsace &c.

MONSIEUR

De

VAUTORTE

à Monsieur de

BRIENNE.

Du 18. Decembre 1653.

L'Empereur a sursis depuis deux jours l'examen des deux points qui occupent la Diéte depuis trois mois. La Diéte a résolu sur le Mémoire présenté par les Cercles d'écrire au Duc de Lorraine, à l'Archiduc, & au Roi d'Espagne, résolution inutile. Il veut dresser de concert avec le Député de Savoye un Mémoire qu'il doit présenter aux Etats pour les presser d'examiner leurs affaires. Different entre l'Electeur de Cologne, & cette Ville sur le point de la jurisdiction criminelle. L'Empereur y a envoyé un Courrier, il croit qu'il apporte une Commission au Duc de Neubourg, & à la Ville d'Aix pour examiner cette affaire, & l'en informer. L'Empereur a la goute qui l'empêche d'aller à Neustat à la chasse. Deux choses ont été proposées à la Diéte, la cession de Besançon & la demande de l'Ambassadeur du Roi d'Angleterre. Le Collége des Princes a consenti à la cession de Besançon, & le même Collége déliberéra demain sur la demande de l'Anglois.

MONSIEUR,

JE n'ai point eu l'honneur de recevoir de vos Lettres, depuis celle du 20. Novembre, à

1653.

laquelle j'ai répondu par ma dernière du 11. de ce mois, & je ne suis point en peine de votre silence, parceque Monsieur le Tellier m'a fait la grace de m'avertir qu'il procéde d'un voyage que vous avez fait en une de vos Terres.

L'Empereur a enfin sursis depuis deux jours l'examen des deux points qui occupent les Etats depuis trois mois. Quelques Etats m'ont dit que la surséance durera, & qu'on passeroit bientôt à d'autres matiéres, & qu'ils pensent que la première qui sera proposée, est la remise d'une partie des intérêts qui ont couru durant la Guerre, laquelle a été renvoyée à cette Diète par le Traité de Munster. D'autres m'ont assuré que cette surséance ne dureroit que jusques à Noel selon le Stile ancien. En ce cas elle seroit inutile : je pense que le terme de la surséance dépend de la réponse de Monsieur l'Electeur de Brandebourg, que l'Empereur attend, & que s'il demeure ferme, comme ses Ambassadeurs croyent, la surséance dûrera jusques à la fin de la Diète.

Le Mémoire des Etats qui sont delà le Rhin a été proposé le 12. de ce mois, & la résolution de l'Assemblée qui est du 13. est d'écrire non seulement au Duc de Lorraine; mais encore à l'Archiduc, & même au Roi d'Espagne, & de prier l'Empereur de leur écrire aussi, pour empêcher les quartiers, & au cas que leur réponse ne soit pas bonne, on a résolu de délibérer alors sur des moyens plus vigoureux, c'est-à-dire sur un armement, & que les Députez demanderoient cependant à leurs Maîtres d'amples Pouvoirs sur ce sujet. Vous jugez bien, Monsieur, que cette résolution est inutile, & que l'hiver sera passé avant que les Réponses soient venues : aussi les Etats exposez au mal, ne s'en contentent pas, & veulent de nouveau engager l'Assemblée à une autre déliberation; mais il ne faut rien attendre de l'Assemblée en cette occasion, parceque l'Empereur qui est dans l'intérêt des Espagnols, détourne beaucoup d'Etats, de chercher les moyens nécessaires pour empêcher les Lorrains de prendre des quartiers dans l'Empire, & plusieurs autres en sont détournez par le peu d'intérêt qu'ils y ont, & par des défiances & jalousies qui sont entr'eux.

Le Député de Savoye est de retour depuis avant hier, un petit voyage qui a duré trois semaines. J'attendois pour dresser de concert avec lui sur les Articles qui le touchent un Mémoire que je veux donner aux Etats, pour les presser d'examiner nos affaires; l'espérance que j'ai d'aprendre demain des nouvelles de l'affaire de Brisac, me fera retarder mon Mémoire jusques à Samedi.

On vous aura mandé de Cologne, le différent qui est entre l'Electeur, & la Ville, sur un point de jurisdiction criminelle, laquelle appartient toute entière à l'Electeur. Il y a un commencement de petite Guerre entr'eux: car l'Electeur arrête à Bonne tous les bateaux, & la Ville a aussi arrêté tout ce qui étoit appartenant aux Chanoines. L'Empereur y envoye aujourd'hui un Courrier exprès : je pense qu'il porte une Commission au Duc de Neubourg, & à la Ville d'Aix, pour examiner cette affaire, & l'en informer, & un ordre à la Ville de relâcher cependant ce qu'elle a arrêté. Le Comte Guillaume de Furstemberg apréhendoit hier au soir, qu'il n'y eût un pareil ordre pour Monsieur l'Electeur de Cologne son Maître, & il me quita pour aller chez l'Empereur, afin de lui dire en ce cas, que son Maître auroit sujet de s'en plaindre, & qu'il y auroit de la difficulté. Cette affaire est venue mal à propos à Monsieur l'Electeur de Cologne, qui est assez embarassé des quartiers d'hiver.

L'Empereur est revenu de son petit voyage de Straubinguen; mais il n'a pu faire celui de Neustat à cause de sa goute. Le Roi des Romains y est allé ce matin : ce sont des parties de chasse pour le sanglier. Je vous suplie très-humblement, Monsieur, de me faire l'honneur de croire que je suis avec une passion extrême &c.

Ce matin on a proposé à l'Assemblée deux affaires. La première est pour la cession de la Ville de Besançon au Roi d'Espagne, à laquelle le Collège des Princes a consenti; de-sorte que c'est une chose faite, puisque le Collége des Electeurs l'avoit aprouvée il y a longtems. La seconde est la demande de l'Ambassadeur d'Angleterre, sur laquelle le Collége Electoral a été d'avis de lui donner 200. mille écus, celui des Princes n'achevera sa déliberation que demain; mais on voit bien qu'elle sera conforme à celle des Electeurs. Comme c'est ici une contribution volontaire, ceux qui s'y opposeront, ne payeront rien, mais il y en a très-peu dans le Collége des Princes, & de ceux qui payent le moins, je crois que le nombre sera plus considérable dans le Collége des Villes.

<hr>

MEMOIRE
DE Mr. DE VAUTORTE
Présenté à la Diéte.

EMINENTISSIME ELECTOR,	EMINENTISSIME ELECTEUR,
Reverendissimi & Celsissimi Principes, Excellentissimi & Illustrissimi nec non Illustres & Amplissimi Legati.	*Très - Hauts & Tres - Vénérables Princes Très - Excellens & Très-Illustres Ambassadeurs.*
QUod petii a Dominis Deputatis, iterum enixè peto & rogo, ut Sacri Romani Imperii Ordinibus	J'Ai déja demandé à Messieurs les Députez, & je demande encore avec une instante priére

dinibus placeat, querelas a me nomine Regis Christianissimi Domini mei, & ab aliis contra nos exhibitas, absque ullâ ulteriori morâ examinare: hoc quamprimùm fieri, negotii gravitas, & propositionss Cæsareæ ordo, postulant.

Nostræ tribus capitibus potissimùm constant.

I. Investituræ promissæ Domino Duci Sabaudiæ, nondum ei concessæ sunt, & specialiter quidem, Investitura portionis Montis-Ferrati suspenditur, sub prætextu non solutæ pecuniæ de quarto paragrapho. Cum tamen liberè, purè & independenter hæc Investitura promissa sit, & pecunia a Rege Domino meo expromissore, & solo jam debitore bis oblata Domino Duci Mantuæ, & semper ab eodem rejecta fuerit, Scriptaque nomine ejus circumferuntur, & quod gravius est, ejus etiam factas Conventiones omnes, & præsertim Pacificationem Monasteriensem infringere eum conari apertè probant: harum autem executionem omnibus modis promovere, atque etiam armis tueri Regem Dominum meum debere ex Instrumento Pacis, cuivis notum est. Itaque in præsenti momento, nihil fidei & quieti Publicæ convenientius existimat Rex Dominus meus, quam illam eo modo, quo jam ante aliquot menses in Collegio Electorali laudabiliter & justè factum est, post tantam ab interessatis indebitè interjectam moram, in reliquis ambabus Imperii Senatibus, præsertim Principum, quantocius proponi, cum nudâ & clarissimâ Instrumenti Pacis litterâ conferri, atque secundùm illam celeri & justissimæ executioni mandari.

II. Præcipuus Instrumenti Pacis paragraphus, qui incipit, Et ut eo, sincero effectu hactenus caruit, sive circumscriptiones militum spectemus, & tot equitum, peditumque Cohortes in Belgium & in Italiam contra nos transmissas, sive hiberna hostium nostrorum, quæ non modò totum Imperium, sed duo tresve Circuli prohibere potuissent; adeo autem hostes nostri securè vivunt, ut hîc de hibernis, tàmquàm de jure suo, audeant publicè pacisci, tantâque injuriâ cessationem pro gratiâ venditare, seu potius, quod durius est, sub spe Conventionis præparandæ, justæ defensionis tempus & consilium eripere Ordinibus Imperii voluerunt. Hoc verò, præter damnum præsens, pessimo fit exemplo, sintque fortasse, qui hoc experimento discentes, quid & quousque pati possimus, omnia tutò tentari posse contra singulos rati sunt. Si Convocati omnes, ad stabiliendam quietem publicam, turbari eam tam citò tàmque graviter, patienter ferant, hoc sane casu

priére à cette Illustre Assemblée, qu'il lui plaise d'examiner sans autre délai les plaintes que j'ai portées devant elle au nom du Roi très-Chrétien mon Maître, & celles qu'on y a portées, contre la France. L'importance des intérêts dont il s'agit, & l'ordre observé dans la proposition de l'Empereur à la Diéte, exigent cette diligence.

Les Griefs de la France consistent en trois Chefs.

I. Le premier a pour fondement les Investitures qu'on a promises à Monsieur le Duc de Savoye & qu'on ne lui a point encore accordées, spécialement celle d'une partie du Monferrat, que l'on différe sur le prétexte spécieux du défaut de payement de la somme portée par le 4. paragraphe du Traité de Paix. J'apelle avec raison ce prétexte spécieux, puisque l'Investiture a été promise purement, simplement, & indépendamment d'aucune autre condition, & que d'ailleurs la somme dont on fait tant de bruit a été deux fois offerte de la part du Roi mon Maître à Monsieur le Duc de Mantouë qui l'a toujours refusée, & qui bien loin d'être porté à exécuter le Traité de Munster & ses propres engagemens, fait tous ses efforts pour les rompre, ainsi qu'il ne paroit que trop par les Ecrits qui courent dans le Public sous son nom.

Dans ces circonstances le Roi mon Maître (garant comme il est du Traité de Munster, & obligé d'en procurer & d'en soutenir l'exécution même par les armes) croit que rien ne convient mieux à la foi publique & à la tranquilité de l'Europe, que de faire incessamment proposer l'Investiture dont il s'agit dans les deux Colléges, où la proposition n'en a pas encore été faite, & principalement dans celui des Princes, ainsi qu'il a été pratiqué il y a quelques mois dans le Collége Electoral, après beaucoup de longueurs de la part des Parties; de confronter la demande de la France avec les propres termes du Traité de Paix, & d'en faire exécuter promptement & à la lettre les dispositions.

II. La France se plaint en second lieu de l'inexécution du principal Article du Traité qui commence par ces mots Et ut eo, auquel on contrevient de toutes les façons. De quel œil, en effet, veut-on qu'elle regarde les levées qu'on fait actuellement dans l'Empire, les Troupes de Cavalerie & d'Infanterie qu'on a fait passer en Flandre & en Italie pour servir contre elle, & enfin les quartiers d'hiver qu'on a laissé prendre à ses Ennemis, & qu'on auroit pu empêcher, je ne dis pas en leur opposant toutes les forces de l'Empire, mais celles de deux ou trois Cercles seulement; ce qui n'ayant point été fait, nos Ennemis en ont pris tant de confiance & tant de fierté, qu'ils ont osé non seulement proposer de traiter de ces quartiers d'hiver comme d'un droit qui leur apartenoit légitimement; mais publier encore avec hauteur que s'ils s'en désistoient, c'étoit par une grace spéciale dont on devoit leur être redevable. Cependant on a écouté leurs propositions, & l'on s'est aperçu, mais trop tard, qu'ils n'avoient d'autres vues, que de faire consumer en Conférences & en Projets inutiles d'accommodement, le tems que les Etats de l'Empire auroient pu employer à les repousser. Outre le dommage actuel que ces contraventions entrainent, la tolérance dont on les favorise est encore d'un exemple très-pernicieux : car qui peut répondre que d'autres Puissances attentives à ce qui se

passe

1653. *casu Regi Domino meo propositum est, hostes, non magis suos, quam Germaniæ, (cùm eam hostiliter invadant,) quocumque iverint, persequi & amicis oppressis auxiliari.*

III. Domini Archiducis Oenipontani petitio, non solùm ante omnes alias, sed etiam ante Commissionum Publicationem dictata, & primis Ordinum Imperii Congressibus, sæpissimè magno conatu & clamore, ab ejus Legatis proposita fuit; attamen (nobis ejus communicationem scriptis & voce urgentibus) subitò retracta est ab iisdem Legatis, & quæ prima omnium communicari debuisset, solùm exhibita non fuit: quo facto, omnibus notum est, quid de causâ suâ indicet ipse Dominus Archidux Oenipontanus, quâ inviolabilem Imperii fidem dissolvere tentavit, triplici licèt nexu nobis obstrictam, ut ex adjunctis duarum Declarationum exemplis patet. Cùm autem ex primo Propositionis Cæsareæ Articulo notum sit, ideo præcipuè convocatos esse Ordines, ut Pax inter Imperium & Coronas stabiliatur, nullaque de tot querelis contra nos exhibitis, turbare eam citiùs possit, liquidò apparet quantùm intersit omnium fidei & quietis publicæ amantium, hanc scintillam subitò extingui.

Hæc quamprimùm examinari, iterum enixè rogo. Interimque me reverenter commendo favori

Eminentiæ Electoralis, Reverendissimorum & Celsissimorum Principum Excellentissimorum & Illustrissimorum, nec non Illustrium & Amplissimorum Legatorum; sumque ad omnia officia paratissimus servus.

Ratisbonæ, die vigesimâ quartâ Decembris anni 1653.

1653. passé, & enhardies par le silence ou la foiblesse avec laquelle on suporte tous ces desordres, ne se croyent permis de tout entreprendre impunément contre le repos de l'Europe & la foi des Traitez. Sur ce chef les ordres du Roi mon Maître me prescrivent d'avertir l'Assemblée, que si elle ne prend de justes mesures pour arrêter le cours des infractions & maintenir la tranquilité publique, Sa Majesté a résolu de poursuivre par tout les Ennemis (qui au fond sont moins les siens que ceux de l'Empire, puisque c'est dans son sein qu'ils ont porté leurs armes) & de contribuer de toutes ses forces à délivrer ses Alliéz de l'oppression.

III. Je représente en dernier lieu, que la demande que Monsieur l'Archiduc d'Inspruck avoit formée contre la France, qui avoit été dictée non seulement avant toutes les autres, mais même avant la publication des Commissions: qui avoit été proposée dans les premiéres Assemblées des Etats avec tant d'éclat & d'empressement: cette demande, dis-je, qui, comme la plus importante, devoit me parvenir la première, & dont j'ai si souvent demandé la communication & de vive voix & par écrit, a disparu tout d'un coup, & les Députez qui l'avoient portée l'ont retirée avant qu'elle m'ait été seulement montrée. Cette démarche prouve assez la mauvaise opinion que Monsieur l'Archiduc a lui-même du procès qu'il a voulu nous faire, par lequel il ne prétendoit pas moins que d'enlever à la France l'Alliance & la foi de l'Empire qui lui est engagée par un triple nœud.

Or comme le premier Article de la proposition de l'Empereur témoigne que S. M. I. a principalement convoqué la Diéte, dans la vue d'afermir la Paix entre l'Empire & les Couronnes par des décisions si précises, qu'aucun des différens dont il s'agit maintenant ne puisse désormais la troubler: tous ceux qui ont les mêmes intentions & qui aiment la foi publique doivent concourir à éteindre cette étincelle pour prévenir un incendie.

Je suplie derechef très-instamment qu'on fasse attention à ce que je viens de représenter, & je me recommande à la faveur

De son Eminence Electorale, des Très-Hauts & Très-Vénérables Princes & des Très-Excellens & Très-Illustres Ambassadeurs dont je demeure le très-affectionné serviteur.

A Ratisbonne le 24. Decembre 1653.

MON.

MONSIEUR

De

VAUTORTE

à Monsieur de

BRIENNE.

Du 25. Decembre 1653.

L'*Affaire qui regarde Brisac donnera le branle à ce qui regarde la France à la Diéte. Le Courrier dépêché à l'Electeur de Brandebourg n'est pas de retour. Besançon a été cedé aux Espagnols. Trois Princes créez par l'Empereur ont été reçus dans le Collége des Princes, sous condition. Brandebourg souhaitoit que ceux de la Maison de Nassau qui ont été faits Princes, fussent reçus en même tems; il ne l'a pas obtenu. Il croit que cela n'est que retardé pour donner le pas aux autres. La troisiéme affaire est celle du Duc de Lorraine dont le Député a témoigné avoir un nouveau Pouvoir de traiter, il n'a rien proposé de nouveau, il paroit qu'il ne cherche qu'à amuser les Etats. L'affaire d'Angleterre n'est pas encore faite: le Collége des Princes n'achevera la déliberation qu'après les fêtes; les Villes ne veulent rien donner. Mort de l'Archevêque de Saltzbourg, il y a plusieurs Prétendans sur les rangs. L'Ambassadeur d'Espagne veut lever trois mille hommes pour le Mi-*

---

lanois, ce sera matiére pour crier, mais inutilement.

MONSIEUR,

JE n'ai point eu l'honneur de recevoir de vos Lettres depuis celle du 20. Novembre : celle-ci ne sera qu'une Gazette : car nous avons remis notre follicitation pour l'affaire de Savoye, & mon Mémoire après les fêtes. Celle de Brisac donnera le branle à tout le reste : j'espére en favoir demain le succès, ayant apris par la derniére Lettre de Monsieur de la Barde, que le Courrier qu'on avoit envoyé à la Cour, étoit repassé à Soleure dès le dix de ce mois. Je m'imagine que si l'affaire alloit mal pour nous, nos Ennemis en seroient déja avertis ici par des Courtiers Extraordinaires, & qu'ils ne manqueroient pas de la publier. Celui que l'Empereur, & le Collége Electoral ont envoyé à l'Electeur de Brandebourg n'est point encore de retour : en l'attendant les Etats ont délibéré fur trois matiéres. La premiére a été pour accorder au Roi d'Espagne, comme Prince du Cercle de Bourgogne, la propriété de la Ville de Besançon qui étoit libre, & Impériale; cette affaire n'a reçu aucune difficulté. La seconde a été la réception dans le Collége des Princes, de Messieurs de Dietrichstein Grand Maître de la Maison de l'Empereur, d'Amalfi Capitaine de sa Garde, & d'Aversperg Grand Maître de la Maison du Roi des Romains, & Principal Ministre de cette Cour. Cette recéption avoit été refusée il y a quelque tems, parce qu'aucun d'eux ne posséde des Terres qui relevent immédiatement de l'Empire, & il est nécessaire d'en avoir suffisamment pour soutenir la qualité de Prince, toutefois ils ont été reçus sans tirer à conséquence, & à condition que cette grace sera personnelle, & que leurs Enfans, ou Heritiers ne pourront entrer dans le Collége des Princes, s'ils n'ont des biens dans l'Empire. Les Ambassadeurs de Brandebourg désiroient qu'on fit la proposition au même tems pour ceux de la Maison de Nassau qui ont été faits Princes, lesquels ont des biens dans l'Empire; mais n'ayant pu l'obtenir ils se retirérent, & ne voulurent point assister à la déliberation. Je ne doute point qu'ils ne soient reçus dans cette Assemblée, & je crois qu'on ne les a retardez, que pour faire passer les autres devant eux. La troisiéme affaire est celle du Duc de Lorraine, de laquelle on a reparlé depuis la conclusion des Etats du 13. de ce mois, sur ce que son Député a témoigné avoir un nouveau Pouvoir de traiter; mais ce qu'il propose n'est rien que ce qu'il a dit il y a trois mois, & il paroit qu'il n'a point d'autre dessein que celui d'amuser les Etats, & qu'eux n'en ont aucun de prendre présentement la résolution qui seroit nécessaire, pour l'empêcher d'entrer dans l'Empire. L'affaire de l'Ambassadeur d'Angleterre n'est pas encore faite, & le Collége des Princes n'achevera la déliberation qu'après les fêtes : celui des Villes ne veut rien donner : quand cet argent sera promis il ne sera pas prêt de longtems.

Monsieur l'Archevêque de Saltzbourg est mort dans son Archevêché, le quinziéme de ce mois, après trente-quatre ans de Regence. On croit que Monsieur Crasne Conseiller du Con-

---

L'Affaire qui regarde Brisac donnera le branle à ce qui regarde la France à la Diéte.

Le Courrier dépêché à l'Electeur de Brandebourg n'est pas de retour.

Besançon a été cedé aux Espagnols. Trois Princes créez par l'Empereur ont été reçus dans le Collége des Princes, sous condition.

Brandebourg souhaitoit que ceux de la Maison de Nassau qui ont été faits Princes, fussent reçus en même tems; il ne l'a pas obtenu. Il croit que cela n'est que retardé pour donner le pas aux autres.

La troisiéme affaire est celle du Duc de Lorraine dont le Député a témoigné avoir un nouveau Pouvoir de traiter, il n'a rien proposé de nouveau, il paroit qu'il ne cherche qu'à amuser les Etats.

L'Affaire d'Angleterre n'est pas encore faite: le Collége des Princes n'achevera la déliberation

1653.

Conseil Aulique y étoit allé, comme je vous ai mandé par une de mes précédentes, pour voir s'il y auroit quelque disposition pour Monsieur l'Evêque d'Augsbourg, Frere de Monsieur l'Archiduc d'Inspruck, lequel est déja Coadjuteur de l'Evêché de Trente; mais on assure qu'il n'en a trouvé aucune, & qu'on y a pensé trop tard. On parle de deux concurrens; l'un est des Comtes de Thum, & l'autre est Frére de Monsieur le Comte de Bouchaim, Général de l'Empereur dans la Hongrie. Le Secretaire de l'Ambassadeur de Venise m'assura hier que l'Ambassadeur d'Espagne veut lever trois mil hommes de pied pour le Milanois, & qu'il s'est déja assuré de beaucoup d'Officiers. Ce sera matiére pour crier, mais inutilement: car il nous est impossible d'empêcher que l'Empereur ne donne de semblables assistances au Roi d'Espagne. Je vous suplie très-humblement de me faire l'honneur de croire que je suis avec une passion extrême &c.

cafions & même dans cette Diéte beaucoup d'affection pour les intérêts de Sa Majesté: c'est un témoignage que je suis obligé de lui rendre. Je vous supplie très-humblement de me faire l'honneur de croire que je suis, &c.

MONSIEUR

De

VAUTORTE

à Monsieur de

BRIENNE.

Du 28. Decembre 1653.

Il lui envoye un Mémoire qui lui a été présenté par le Duc de Deux-Ponts, il ne doute pas que s'il a raison, le Roi ne soit bien aise de le contenter, puisqu'il a beaucoup souffert dans cette derniére Guerre pour le bon parti, & qu'il témoigne beaucoup d'affection pour la France dans la Diéte.

MONSIEUR,

JE vous envoye un Mémoire, qui m'a été présenté ici par le Député de Monsieur le Duc de Deux-Ponts, la lecture duquel vous aprendra mieux sa prétention, que je ne pourrois vous l'expliquer. Je suis assuré que si elle est juste, le Roi sera bien aise de contenter un Prince qui a beaucoup souffert dans cette derniére Guerre pour le bon parti, & qui témoigne en toutes oc-

MEMOIRE

Donné à Monsieur de

VAUTORTE

Par le Député de Mr. le Duc de

DEUX-PONTS.

Le Mémoire de la part du Duc de Deux-Ponts regarde un Fief qu'il dit lui appartenir en Lorraine, & dont le Roi s'est rendu Maître, lorsqu'il s'est saisi du Païs; il demande qu'il lui soit restitué.

MONSIEUR,

VOtre Excellence m'excusera, s'il lui plait, qu'au nom & de la part de son Altesse de Deux-Ponts, en vertu du Pouvoir, & de l'Instruction dont elle m'a honoré, & qualifié pour la présente Diéte de l'Empire, je m'émancipe de lui représenter, comme quoi sadite Altesse possede en Lorraine en Fief Masculin annuellement 320. florins d'or payables en sel, de la Saline de Dieuze; mais comme ainsi soit que sadite Altesse de Deux-Ponts, depuis que le Roi a porté ses armes victorieuse dans le Duché de Lorraine & le tient en possession, nonobstant toutes les remontrances & recherches faites sur ce sujet, a été frustré du payement, & de l'effet dudit Fief, sans que les prétentions du Roi audit Duché se puissent étendre à son préjudice, & au delà de son droit féodal, comparé d'ancienneté par ses ancêtres, & dont Sadite Altesse de Lorraine agréera toujours la jouïssance. Je suplie en toute humilité Votre Excellence qu'il lui plaise favoriser de tant Sadite Altesse mon Maître, qu'en vertu de Votre Plenipotence, elle fût restituée en ladite jouïssance dudit Fief, sans que autrement elle en pût prendre sujet d'en intéresser les Etats de l'Empire en la présente

1653.

fente conjoncture, bien affuré qu'outre l'équi-té & la juftice que Votre Excellence y fera paroitre , elle s'en comparera non feulement une gloire immortelle ; mais auffi l'obligation fi étroite du côté de la Maifon Palatine de Deux-Ponts, qu'icelle s'étudiera toujours d'u-ne gratitude réelle en votre endroit ne plus ne moins que ...... Monfieur ..... de Votre Excellence le très-humble & très-o-béïffant ferviteur *Jonas Maisterlin Député Plenipotentiaire pour S. A. Palatine de Deux-Ponts.*

1654.

MONSIEUR

De

VAUTORTE

à Monfieur de

BRIENNE.

Du premier Janvier 1654.

Il lui donne avis qu'il a préfenté un Mémoire à la Diéte felon l'intention du Roi: il contient trois points celui de Savoye, ce-lui des quartiers du Duc de Lor-raine , & celui de la plainte de l'Archiduc qui n'eft pas de conféquence. L'Electeur de Ma-yence lui a promis de propofer l'affaire de Savoye , il croit que l'Empereur l'empêchera. Co-logne & Trèves font beaucoup de bruit des quartiers que le Duc de Lorraine a pris dans l'Empire , la Diéte a réfolu de prier l'Empereur d'écrire à ce Duc fur ce fujet : tout cela fera inutile. L'Electeur de Cologne ne fauroit refifter aux Ennemis , à moins d'être foutenu des Hol-landois , il ne doit rien attendre de l'Empire. Si le Duc de Lor-raine vient en Alface & que nos Troupes le fuivent , la Diéte n'y trouvera rien à redire , mais fi nos Troupes y viennent pren-dre des quartiers fous prétexte de les ôter aux Ennemis , ils fe-ront beaucoup de bruit. Le Cou-

Tom. III.

1654.

rier envoyé à l'Electeur de Brandebourg eft de retour avec des Lettres , pour l'Empereur & le Collége Electoral , auffi fortes que les premiéres , tou-chant les deux points conteftez. Le Sieur Crafne eft retourné à Saltzbourg pour briguer pour l'Evêque d'Augsbourg , il n'ob-tiendra rien. Il le remercie de ce qu'il lui veut faire expédier une Ordonnance pour 4. mois d'a-pointemens.

MONSIEUR,

J'Ai reçu la Lettre que vous m'avez fait l'honneur de m'écrire le 12. Decembre, a-vec une de Son Eminence du même jour, lefquelles m'aprenant que l'intention du Roi eft de preffer dans cette Affemblée l'affaire de Savoye, j'ai donné aux Etats un Mémoire duquel je vous envoye la Copie, qui a été dicté le 30. de Décembre. Ce Mémoire contient trois points, celui de Savoye, celui des quartiers du Duc de Lorraine, & celui de la plainte de Monfieur l'Archiduc, laquel-le il a retirée. Ce dernier point n'eft pas maintenant de grande conféquence & fi Mon-fieur l'Archiduc n'en reparle plus, il s'eft fait plus de tort qu'à nous. Monfieur l'Electeur de Mayence m'a promis de propofer l'affaire de Savoye; mais je crois que l'Empereur l'en empêchera, ou pour le moins qu'il la retar-dera. On parle maintenant des quartiers du Duc de Lorraine, & les Députez des Elec-teurs de Cologne, & de Trèves font beau-coup de bruit; mais ils n'obtiendront rien de cette Affemblée qui foit effectif. Après plu-fieurs délibérations on réfolut hier de prier l'Empereur d'écrire férieufement au Duc de Lorraine de fortir fans delai de l'Empire: les Lettres feront envoyées & cependant le tems coulera. Il faut quelque chofe de plus fort que des paroles, pour empêcher ce Prince de prendre des quartiers, & cette Affemblée n'eft pas capable d'une vigoureufe réfolution : car tous les Etats qui font attachez à la Maifon d'Autriche favent bien, qu'elle lui déplairoit & entre les autres, il y en a plufieurs qui ne veulent point auffi lui déplaire ni s'embaraffer pour l'intérêt d'autrui.

Je ne fai fi Monfieur l'Electeur de Cologne fera affez fort pour refifter de fon chef à nos Ennemis, ou fi les Hollandois l'affifteront ; mais je ne vois aucun Prince de l'Empire qui foit deçà le Rhin en refolution de fe joindre à lui, & à mon avis il doit peu efpérer de l'Af-femblée qui fe refera en Weftphalie. Si Mon-fieur le Duc de Lorraine veut venir en Alfa-ce, & que Monfieur le Maréchal de la Ferté le fuive, on n'y trouvera rien à redire ; mais s'il y vient prendre fes quartiers fans aucun pré-texte de les ôter aux Ennemis, ils feront icj beaucoup de bruit: nous n'avons rien tou-tefois à craindre fur ce fujet, tandis que le Duc de Lorraine fera dans l'Empire, & pour-vû que nous foyons prêts d'en fortir s'il en fort.

Vous faurez ce qui s'eft paffé à Philipsbourg

Kkkk 2

le

Il lui donne avis qu'il a préfenté un Mémoire à la Diéte felon l'intention du Roi : il con-tient trois points, celui de Savoye, celui des quartiers du Duc de Lor-raine, & ce-lui de la plainte de l'Archiduc qui n'eft pas de confé-quence. L'Electeur de Mayence lui a pro-mis de pro-pofer l'affaire de Savoye, il croit que l'Empereur l'empêchera. Cologne & Trèves font beaucoup de bruit des quartiers que le Duc de Lorraine a pris dans l'Empire, la Diéte a réfo-lu de prier l'Empereur d'écrire à ce Duc fur ce fujet, tout cela fera inu-tile. L'Electeur de Cologne ne fauroit refifter aux Ennemis, à moins d'être foutenu des Hollandois, il ne doit rien attendre de l'Empire. Si le Duc de Lorraine vient en Al-face & que nos Troupes le fuivent, la Diéte n'y trouvera rien à redire , mais fi nos Trou-pes y viennent prendre des quartiers fous prétexte de

1654.

les ôter aux Ennemis, ils feront beaucoup de bruit.

Le Courier envoyé à l'Electeur de Brandebourg est de retour avec des Lettres pour l'Empereur & le College Electoral, aussi fortes que les premiéres, touchant les deux points contestez.

Le Sieur Crasne est retourné à Saltzbourg pour briguer pour l'Evêque d'Augsbourg, il n'obtiendra rien.

Il le remercie de ce qu'il lui veut faire expédier une Ordonnance pour quatre mois d'appointemens.

le 17. Decembre avant que de recevoir cette Lettre. Je ne sai quelle résolution prendra Monsieur le Comte d'Harcourt, ensuite de cette Action, de laquelle tous nos amis témoignent ici une joye extrême.

Le Courier qu'on avoit envoyé à Berlin est enfin de retour, avec des Lettres de Monsieur l'Electeur de Brandebourg pour l'Empereur, & le Collége Electoral, aussi fortes que les premiéres. Maintenant qu'ils n'espérent plus qu'il change, je ne sai quelle résolution ils prendront sur les deux points qui les ont occupez si longtems : ils ne voudront pas rompre, & par conséquent ils seront obligez, suivant la demande des Protestans, de laisser dormir ces deux matiéres, & de passer à quelque autre.

Monsieur Crasne Conseiller Aulique est retourné à Saltzbourg par ordre de l'Empereur : on croit qu'il briguera pour Monsieur l'Archevêque d'Augsbourg, Frére de l'Archiduc d'Inspruck, & qu'il n'obtiendra rien.

Je vous remercie, Monsieur, très-humblement de la faveur que vous me promettez, de m'expedier une Ordonnance pour quatre mois de mes apointemens, & j'espére que Messieurs les Intendans me feront la grace de la signer, Son Eminence ayant eu la bonté de leur en écrire. Je prie Dieu que cette année vous soit aussi heureuse que vous la souhaitez &c.

LETTRE

à son

EMINENCE

Monseigneur le Cardinal

MAZARIN.

Du premier Janvier 1654.

Il lui rend compte que selon ses ordres, il a présenté le Mémoire à la Diéte, il ne sait s'il pourra obtenir que l'affaire de Savoye soit proposée, l'Empereur s'y oppose, & l'Electeur de Mayence de qui dépend la proposition ne fait que ce qu'il veut. Il a fait en cette occasion tout ce qu'il a pû pour le Duc de Savoye, depuis que l'Empereur a été à Munick, les Ambassadeurs de l'Electeur de Baviere n'ont plus de chaleur pour son affaire. Il croit que les François n'ont rien à craindre de la Diéte, c'est ce que l'on doit souhaiter, & l'Evêque de Spire sera fort aise pourvu que la Garnison de Philipsbourg vive avec régle à l'avenir. Les Imperiaux disent qu'on ne pense plus au Traité du Duc de Lorraine, & du Comte d'Harcourt, personne ne les croit. La conduite du Comte d'Harcourt servira de prétexte pour faire entrer dans l'Alsace le Maréchal de la Ferté, outre celui que donnera le Duc de Lorraine. Il ne peut quitter la Diéte sans faire croire au Duc de Savoye qu'on abandonne son affaire, il croit qu'il y doit rester pour répondre à ce qu'on dira de l'entrée du Maréchal de la Ferté dans l'Alsace. Il n'y a point de secours à espérer de la Diéte pendant cet hiver, ni des Etats qui sont delà le Rhin. La mesintelligence entre l'Electeur de Brandebourg, & le Duc de Neubourg empêchera l'armement de Westphalie. La Maison de Brunswick paroit ici fort passionnée contre celle d'Autriche & contre la Suede, à cause de Breme. Si les Espagnols appuyent les Suedois dans leur prétention, ce n'est que pour les brouiller avec les Protestans. Touchant ce qui s'est passé à Philipsbourg l'honneur en est dû au Sieur des Madris Commissaire du Roi dans la Place.

MONSEIGNEUR.

J'Envoye à Votre Eminence la Copie de la Lettre que j'écris aujourd'hui à Monsieur le Comte de Brienne, & du Mémoire que j'ai donné aux Etats, aussi-tôt que j'ai eu l'honneur de recevoir votre ordre. Je ne sais si nous pourrons obtenir que l'affaire de Savoye soit proposée : car l'Empereur ne le veut point, & Monsieur l'Electeur de Mayence, duquel dépend la proposition, ne fait que ce qu'il veut. Pour obtenir la proposition il seroit nécessaire que cet Electeur la souhaitât beaucoup, car encore qu'elle se fasse par son ordre, elle doit être faite dans le Collége des Prin-

Il lui rend compte que selon ses ordres, il a présenté le Mémoire à la Diéte, il ne fait s'il pourra obtenir que l'affaire de Savoye soit proposée, l'Empereur s'y oppose, & l'Electeur de Mayence de qui dépend

1654.

[Note marginale, colonne de gauche]
la proposition ne fait que ce qu'il veut.

Il a fait en cette occasion tout ce qu'il a pu pour le Duc de Savoye: depuis que l'Empereur a été à Munick, les Ambassadeurs de l'Electeur de Baviere n'ont plus de chaleur pour son affaire.

Il croit que les François n'ont rien à craindre de la Diéte, c'est ce que l'on doit souhaiter, & l'Evêque de Spire sera trop aise pourvû que la Garnison de Philipsbourg vive avec régle à l'avenir.

Les Imperiaux disent qu'on ne pense plus au Traité du Duc de Lorraine & du Comte d'Harcourt, personne ne les croit.

La conduite du Comte d'Harcourt servira de prétexte pour faire entrer dans l'Alsace le Maréchal de la Ferté, outre celui que donnera le Duc de Lorraine.

Il ne peut quitter la Diéte sans faire croire au Duc de Savoye qu'on abandonne son affaire, il croit qu'il y doit rester pour répondre à ce qu'on dira de l'entrée du Maréchal de la Ferté dans l'Alsace.

Il n'y a point de secours à espérer de la Diéte pendant cet hiver, ni des Etats qui sont delà le Rhin. La mesintelligence entre l'Electeur de Brandebourg & le Duc de Neubourg empêchera l'armement de Westphalie.

La Maison de Brunswich paroit ici fort passionnée contre celle d'Autriche & contre la Suede, à cause de Breme.

Si les Espa-

[Texte principal]

Princes par Monsieur Volmar Député de la Maison d'Autriche, qui en a le Directoire, & il ne la fera point contre le gré de l'Empereur, si Monsieur l'Electeur de Mayence ne l'en presse avec fermeté. Le Député de Saltzbourg a le Directoire alternativement, mais l'Archevêque étant mort, il n'osera faire que ce que l'Empereur voudra. Quoi qu'il arrive, Monsieur le Duc de Savoye connoîtra, que Sa Majesté aura fait en cette occasion tout ce qu'elle a pu. Son Député voit bien qu'il ne doit rien espérer que de nous, & il m'a avoué que depuis le voyage de l'Empereur à Munick, les Ambassadeurs de Monsieur le Duc de Baviere n'ont plus de chaleur pour son affaire. Je crois que nous n'avons rien à craindre, dans toutes les autres qu'on a proposées ici contre nous, & si cette Assemblée ne change de conduite, elle ne fera rien, pour ni contre nous: c'est à mon avis ce que nous pouvons souhaiter en ce tems. Monsieur l'Evêque de Spire sera trop aise pourvû que la Garnison de Philipsbourg vive réglement à l'avenir. Les Imperiaux parlent ici du Traité entre Monsieur le Duc de Lorraine, & Monsieur le Comte d'Harcourt, comme d'une affaire à laquelle on ne pense plus; mais personne ne les croit, à cause de ce qui s'est passé à Philipsbourg. Si Monsieur le Duc de Lorraine n'a ni cette Place ni des quartiers dans l'Alsace, ils n'auront pas tout leur compte, & Monsieur le Comte d'Harcourt pourra devenir plus facile: sa conduite servira de prétexte pour défendre ici l'entrée de Monsieur le Maréchal de la Ferté dans l'Alsace, outre celui que nous donnera Monsieur le Duc de Lorraine. Je ne puis sortir d'ici sans faire croire au Duc de Savoye que nous abandonnons son affaire, & je crois que le quartier d'hiver sera passé avant qu'elle soit finie; mais si elle l'étoit dès à présent, il me semble que je ferois encore mieux de demeurer ici, pour répondre à tout ce qu'on dira contre l'entrée de Monsieur le Maréchal de la Ferté dans l'Alsace, que d'y aller, parceque j'y serois inutile, & qu'il est à propos d'avoir quelqu'un à la Diéte.

Il ne faut pas espérer de cet hiver aucun secours de cette Assemblée, &, si je ne me trompe, de tous les Etats qui sont delà le Rhin, contre le Duc de Lorraine. La mesintelligence qui est entre Monsieur l'Electeur de Brandebourg, & le Duc de Neubourg, empêchera encore pour cette fois l'armement de Westphalie. La Maison de Brunswich est celle qui paroît ici la plus passionnée contre celle d'Autriche, & aussi contre la Suede, à cause de la Ville de Breme.

Je ne sai si outre les raisons que Votre Eminence remarque dans sa Lettre, les Espagnols en ont quelque autre, pour appuyer la prétention des Suedois, si ce n'est le désir de les brouiller avec les Protestans d'Allemagne, tous ceux du Cercle de la basse Saxe y étant contraires.

Votre Eminence connoit mieux que moi l'importance de ce qui s'est passé à Philipsbourg: je suis seulement obligé de lui dire, que le principal honneur, & la première connoissance en est due à Monsieur des Madris, Commissaire du Roi dans la Place. Les Officiers qui y ont servi le Roi, n'en eussent pas averti Votre Eminence, & sans l'assistance, leur bonne volonté seroit demeurée inutile; mais Monsieur des Madris l'a entretenue, & par la connoissance qu'il m'en a donnée, Votre Eminence a le moyen de faire réussir cette affaire. Je prie Dieu que cette année soit aussi heureuse à Votre Eminence & par Elle à toute la France, que celle qui vient de finir &c.

1654.

COPIE

De

LETTRE

Ecrite à son

EMINENCE

Monseigneur le Cardinal

MAZARIN

Par Monsieur de

VAUTORTE.

De Ratisbonne le 8. Janvier 1654.

Il lui envoye Copie de la Lettre qu'il écrit à Monsieur de Brienne. Monsieur d'Harcourt a cessé de lui écrire, & Monsieur de Charlenois aussi; il a écrit au dernier qui lui fera savoir s'il peut rendre quelque service pour ce qui regarde Brisac. Le Député du Duc de Gueldre lui a amené le Pere d'Alfeston, qui fut condamné à mort du Regne du feu Roi, il promet de decouvrir bien des choses touchant les Espagnols pourvû qu'on lui donne pension. Il avertit le Cardinal qu'il n'espére rien de bon de cet homme, grand causeur, peu solide & fort pauvre.

MONSEIGNEUR,

J'Envoye à Votre Eminence la Copie de la Lettre que j'écris aujourd'hui à Monsieur le Comte

Kkkk 3

[Note marginale, colonne de droite]
gnals appuyent les Suedois dans leur prétention, ce n'est que pour les brouiller avec les Protestans.

Touchant ce qui s'est passé à Philipsbourg l'honneur en est dû au Sieur des Madris Commissaire du Roi dans la Place.

Il lui envoye Copie de la Lettre qu'il écrit à Monsieur de Brienne.

1654.

Monsieur d'Harcourt a cessé de lui écrire, & Mr. de Charlenois aussi: il a écrit au dernier qui lui fera savoir s'il peut rendre quelque service pour ce qui regarde Brisac.

Comte de Brienne. Je ne vous parle point de l'affaire de Brisac, & de la bonne espérance qu'on en a depuis celle de Philipsbourg, parceque votre Eminence en a des avis plutôt, & meilleurs que les miens. Monsieur le Comte d'Harcourt a cessé de m'écrire, & Monsieur de Charlenois aussi: j'ai écrit au dernier une Lettre assez ample le cinquiéme de ce mois, laquelle il montrera, & si je suis capable de rendre quelque service en cette occasion, je pense qu'il me le fera savoir.

Le Député du Duc de Gueldre lui a amené le Pere d'Alfeston, qui fut condamné à mort du Regne du feu Roi, il promet de découvrir bien des choses touchant les Espagnols pourvû qu'on lui donne pension.

Il avertit le Cardinal qu'il n'espére rien de bon de cet homme, grand causeur, peu solide & fort pauvre.

Le Sieur du Laurier qui est ici Député du Duc de Gueldre, comme Comte d'Egmont, m'a amené depuis deux jours le Pere d'Alfeston, qui fut condamné à mort durant le Regne du feu Roi. Ce Vieillard est logé ici chez les Ambassadeurs de Cologne ; il promet de nous découvrir beaucoup d'intelligences secretes des Espagnols, même dans Paris, pourvû qu'on lui donne quelque pension dedans, ou dehors le Royaume, pour couler le reste de ses jours; mais d'autant que j'ai sû de lui qu'il s'étoit déja autrefois adressé à Vôtre Eminence par l'entremise de Monsieur Fabert, & d'autres, je lui ai dit, qu'après tout ce qui s'est passé, on auroit de la peine à prendre confiance en lui, s'il ne donnoit par avance, & comme pour gage la connoissance de quelque secret important, entre un si grand nombre qu'il dit savoir, & que sans cela je ne me chargerois pas d'en faire la proposition. Il m'a promis de le faire, & je lui ai dit que je n'en écrirois pas plutôt : toutefois j'en avertis Votre Eminence selon mon devoir: je n'espére rien de cet homme, qui m'a paru un grand causeur & peu solide, outre que le mauvais état où il est me fait croire qu'il n'a pas été fort considéré par nos Ennemis. Je suis, &c.

MONSIEUR

De

VAUTORTE

à Monsieur de

BRIENNE.

Du 8. Janvier 1654.

L'Electeur de Mayence lui a promis de présenter son Mémoire, il l'en pressera. Le Duc de Savoye a sujet d'être satisfait du soin qu'il prend de son affaire. Prétention des Suedois sur Breme, l'Empereur a désiré d'avoir les

avis des Etats là-dessus. Plusieurs Ecrits ont paru au sujet de la Ville de Breme, le Sieur Volmar Député au Collége des Princes pour la Maison d'Autriche opina en faveur de la Ville; le Député du Roi d'Espagne opina pour les Suedois. La conclusion des Etats au sujet de la Lorraine n'a pas encore été présentée à l'Empereur. Cette longueur fait voir, qu'il n'en faut espérer aucun secours. Comme on ne fait rien ici plusieurs Députez des principaux partent pour s'en retourner. Ce qui s'est passé à Philipsbourg facilitera l'accommodement du Comte d'Harcourt : l'Evêque de Spire est aussi radouci ; il souhaite d'avoir occasion de mériter la protection du Roi, & il la demande contre l'Electeur Palatin. Il est bien vrai que cet Evêque auroit souhaité que Philipsbourg tombât entre les mains du Duc de Lorraine, parcequ'il auroit pû l'acheter de ses mains.

MONSIÉUR,

L'Electeur de Mayence lui a promis de présenter son Mémoire, il l'en pressera. Le Duc de Savoye a sujet d'être satisfait du soin qu'il prend de son affaire.

JE n'ai point reçu de Lettre de votre part, depuis celle que je me suis donné l'honneur de vous écrire le premier de ce mois, & on n'a rien fait ici à cause des fêtes des Luthériens, qui ont suivi les nôtres; desorte que je ne veux vous puis rien mander, que ce qui est contenu dans mes précédentes. Monsieur l'Electeur de Mayence m'a encore promis le 4. de ce mois, de proposer aux Etats mon Mémoire sans aucun delai, & je le presserai incessamment. Si le Député de Savoye fait savoir à son Maître le soin que je prens de son affaire, je ne doute point qu'il ne soit satisfait quelque succès qu'elle puisse avoir.

Prétention des Suedois sur Breme, l'Empereur a désiré d'avoir les avis des Etats là-dessus. Plusieurs Ecrits ont paru au sujet de la Ville de Breme, le Sieur Volmar Député au Collége des Princes pour la Maison d'Autriche opina en faveur de la Ville; le Député du Roi d'Espagne opina pour les Suedois.

Vous savez, Monsieur, que les Suedois prétendent d'être Maîtres de la Ville de Breme, & qu'elle se dit Ville Libre de l'Empire: c'est une querelle qui n'est pas nouvelle, & qui a commencé avec les Archevêques de Breme. L'Empereur a désiré avoir l'avis des Etats, & les deux Parties ont fait imprimer ici beaucoup d'Ecrits pour justifier leur droit, principalement au possessoire, duquel seul il s'agit maintenant. L'affaire fut proposée il y a trois ou quatre jours, & remise à un mois, parceque plusieurs Députez du Collége des Princes déclarérent qu'ils n'avoient pas encore d'Instructions suffisantes de leurs Maîtres sur cette matiére. Le Collége Electoral, aussi bien que celui des Villes parut favorable à la Ville ; c'est pourquoi les Suedois ont sujet d'éviter comme ils semblent vouloir faire, que leur affaire ne soit examinée en cette Diéte. Monsieur Volmar Député au Collége des Princes

pour

1654.

pour la Maison d'Autriche opina ouvertement en faveur de la Ville, & dit que l'Empereur n'avoit point eu intention de la donner aux Suedois par le Traité de Paix: au contraire Monsieur Malinez Député du Roi d'Espagne pour le Cercle de Bourgogne opina avec chaleur en faveur des Suedois, quoique pendant la Diéte il n'ait encore rien dit pour son avis, sinon qu'il suivoit celui d'Autriche. Cette différence d'opinions entre deux personnes qui sont bien d'accord, même sur ce point, fut fort remarquée.

La conclusion des Etats de laquelle je vous ai parlé par ma derniére Lettre, n'a pas encore été présentée à l'Empereur, & par conséquent il n'a point encore écrit les Lettres qu'ils lui demandent. Cette longueur vous fait voir qu'il ne faut espérer aucun secours en cette occasion: plusieurs Députez même des principaux, voyant qu'on ne fait rien ici, & étant très-persuadez qu'on n'y fera rien, partent de jour en jour pour s'en retourner. Vous avez les nouvelles d'Alsace aussitôt que moi: je n'en ai point encore de certaines de Brisac; mais j'espére que celle de Philipsbourg facilitera l'accommodement de Monsieur le Comte d'Harcourt comme on le croit ici. Elle a déja adouci Monsieur l'Evêque de Spire, lequel m'étant venu voir le 3. de ce mois, m'a tenu un langage si diférent de ce qu'il m'avoit dit jusques ici, que j'en ai été surpris. Il témoigne être très-aise de ce qui est arrivé, & souhaite avec passion d'avoir les occasions de meriter la protection du Roi, il a demande principalement contre l'Electeur Palatin, & contre la Ville de Spire: il ne prétend pas que le Roi se déclare pour lui contre l'Electeur, mais seulement que dans les choses que l'Electeur entreprendra d'autorité, & de force, Sa Majesté intervienne comme Protecteur, pour l'obliger à user des voyes de justice; mais il espére que s'il a besoin d'une vintaine de Soldats de la Garnison pour mêler avec sa Milice dans les occasions de petites Guerres qu'il a quelquefois avec la Ville de Spire, ils ne lui seront pas refusez à condition qu'ils ne paroitront point être au Roi, pour ne donner à la Ville aucun sujet de se plaindre de Sa Majesté. Je l'ai assuré qu'il recevra du Roi toute la Protection possible, & au delà de ce qu'il peut croire, pourvû que de sa part il fasse ce qu'il doit. La verité est qu'il a fort souhaité que Philipsbourg tombât entre les mains de Monsieur le Duc de Lorraine, parceque ce Prince l'auroit mis à prix, & qu'il n'auroit pas manqué d'argent pour l'acheter: plusieurs Voisins y eussent contribué, & l'Empereur n'auroit jamais permis que le Duc de Lorraine nous le rendît. Je suis avec une passion extrême, &c.

La conclusion des Etats au sujet de la Lorraine n'a pas encore été présentée à l'Empereur. Cette longueur fait voir qu'il n'en faut espérer aucun secours. Comme on ne fait rien ici, plusieurs Députez des principaux partent pour s'en retourner.

Ce qui s'est passé à Philipsbourg facilitera l'accommodement du Comte d'Harcourt: l'Evêque de Spire est fort adouci; il souhaite d'avoir occasion de mériter la protection du Roi, & il la demande contre l'Electeur Palatin.

Il est bien vrai que cet Evêque auroit souhaité que Philipsbourg tombât entre les mains du Duc de Lorraine, parcequ'il auroit pu l'acheter de ses mains.

1654.

MONSIEUR
De
VAUTORTE
à Monsieur de
BRIENNE.

Du 12. Janvier 1654.

Il le fait ressouvenir de ce qu'il lui a écrit au sujet des Vaisseaux de Hambourg arrêtez, & conduits à Nantes. Le Député de Lubec lui a fait la même plainte pour leurs Navires qui ont aussi été amenez à Nantes, les Villes Anséatiques s'intéressent dans cette affaire, il lui représente leurs raisons & le prie de lui repondre là-dessus.

MONSIEUR,

JE me donnai l'honneur de vous écrire le 4. du mois de Decembre, à la priére de Messieurs les Deputez de la Ville de Hambourg, qui se plaignoient de ce que six Navires avoient été arrêtez, & menez à Nantes, quoiqu'ils apartinssent à des habitans de leur Ville. Monsieur le Député de la Ville de Lubec m'a fait depuis une semblable plainte, pour les Navires de Lubec qui ont aussi été menez à Nantes, & toutes les Villes Anséatiques s'intéressent dans cette affaire. On avoue qu'il y avoit des marchandises de contrebande, mais peu, & non dans tous les Vaisseaux, ni même dans le plus grand nombre, & partant ils croyent qu'il n'y a pas eu lieu, même dans la plus grande rigueur, d'arrêter les vaisseaux où il n'y en avoit point, ou du moins de les retenir, après avoir connu qu'ils n'étoient chargez que de Marchandises permises. Ils ajoutent que le peu de Marchandises de contrebande qui sont confiscables, ne doit pas faire confisquer tout le reste des Marchandises du même vaisseau, ni le Corps du Navire, que notre Loi qui l'ordonne n'a jamais été observée avec cette rigueur: que l'article de notre Traité de Munster qui parle de la liberté du commerce, a aboli cette dureté, & que par les Traitez faits à Munster entre le Roi d'Espagne, & les Villes Anséatiques, & depuis entre le même Roi & les Hollandois, il est

expres-

Il le fait ressouvenir de ce qu'il lui a écrit au sujet des Vaisseaux de Hambourg arrêtez, & conduits à Nantes. Le Député de Lubec lui a fait la même plainte pour leurs Navires qui ont aussi été amenez à Nantes, les Villes Anséatiques s'intéressent dans cette affaire, il lui représente leurs raisons & le prie de lui répondre là-dessus.

1654.

expreſſement dit , que les Marchandiſes de contrebande dont leurs Navires ſeront chargez pour la France, ne feront point confiſquer les autres Marchandiſes, ni les Corps des Navires , ce qui doit être également obſervé de notre part, ſi nous voulons entretenir le commerce, & en tirer de l'utilité , n'y ayant pas d'apparence de demander au Roi d'Eſpagne en notre faveur , ce que nous ne voudrions pas accorder reciproquement: enfin que leurs Marchands n'ayant rien fait que ſous la foi de tous ces Traitez, il ne ſeroit pas raiſonnable de confiſquer leurs Marchandiſes. Voila , Monſieur, ce qu'ils m'ont repreſenté , & prié de repréſenter à Sa Majeſté pour l'utilité du commerce , auquel nous avons autant d'intérêt qu'eux. Je vous ſuplie très-humblement de conſidérer leurs raiſons, & de me faire ſavoir ce que je dois répondre. Je ſuis &c.

MONSIEUR

De

VAUTORTE

à Monſieur de

BRIENNE.

Du 15. Janvier 1654.

L'Electeur de Brandebourg a répondu d'une maniére ferme à l'Empereur, & au Collége Electoral ſur la diſpute des deux points. Les Proteſtans ne molliront point, & le Collége Electoral ſera obligé de conſentir à quelque expedient. Les Proteſtans propoſent quatre expédiens. La prétention des Suedois ſur la Ville de Breme a été jugée plus promptement qu'on ne croyoit, les Suedois ont perdu leur procès, ſauf à eux de ſe pourvoir par voye de droit ou de compoſition amiable. Les Suedois ont proteſté : le jugement eſt juſte, la Ville de Breme ayant été appellée à la Diéte de 1641. comme Ville Imperiale , & pareillement à l'Aſſemblée de Munſter. Quoi-

que les Suedois ayent réglé leur conduite ſelon les intérêts de l'Empereur , ils n'ont pû parer le coup, il croit que la Ville de Breme aura gagné les Miniſtres de l'Empereur à force de préſens. Les Suedois peſtent hautement, mais il ne leur échape rien dont on puiſſe tirer profit. Il lui répéte ce qu'il lui avoit écrit de la réſolution des Etats pour traiter avec le Duc de Lorraine, & pour prier l'Empereur de lui écrire, & à l'Archiduc. L'Ambaſſadeur de Cologne eſt mécontent de la réſolution que les Etats ont priſe d'écrire au Duc de Lorraine. L'Electeur de Cologne ne ſera point ſecouru de la derniére réſolution priſe par les Etats, dont il lui envoye Copie, elle vient trop tard. Il croit que le Comte de Rocheſter obtiendra ſa demande pour le Roi d'Angleterre , mais ce n'eſt pas de l'argent prêt. Il a accordé un Paſſeport qui lui a été demandé pour un Religieux Eſpagnol qui fait tout à Ratisbonne pour l'Ambaſſadeur d'Eſpagne. Il lui recommande encore l'affaire des Vaiſſeaux de Hambourg & de Lubeck arrêtez à Nantes. L'Evêque de Mayence lui a promis de faire propoſer ſon Mémoire demain ou Samedi, il y parle de l'affaire de Savoye. Il écrit aux Officiers de Philipsbourg que ſi l'Evêque de Spire demande d'entrer dans la Ville , ils ayent à lui répondre qu'il faut qu'ils attendent mes avis. Si l'on envoye un Réſident à Vienne il ne pourra guere ſervir les Amis, à moins qu'il ne ſoit fort adroit ou qu'il n'entende l'Allemand ou l'Italien.

MONSIEUR,

Depuis ma derniére du 8. de ce mois, j'ai reçu celle que vous m'avez fait l'honneur de m'écrire le vingt-ſixiéme de Decembre. On n'a point reparlé dans l'Aſſemblée des deux points qui l'ont occupée ſi long-tems, depuis qu'on a reçu ici la Réponſe de l'Electeur de Brandebourg aux Lettres de l'Em-

1654.

L'Electeur de Brandebourg a répondu d'une maniere fer- l'Em-

1654.

l'Empereur, & du Collége Electoral, par laquelle il témoigne plus de fermeté pour le parti Protestant, que par ses prémiéres Lettres. Les Protestans ne molliront point, c'est pourquoi le Collége Electoral sera obligé de consentir à un des expédiens qu'ils ont proposez ou d'en trouver quelque autre, s'il veut finir ces deux affaires. Les expédiens proposez par les Protestans pour établir l'égalité dans le Collége Electoral, où il y a quatre Catholiques, & trois qui ne le sont pas, sont, I. de ne faire qu'un Collége des trois Ordres dans les Députations ordinaires. Dans les Diétes, chaque Ordre a le sien, mais dans les Députations il n'y en a que deux, l'un des Electeurs & l'autre des Princes & des Villes. Les Protestans demandent qu'il n'y en ait qu'un dans lequel on ajoute un Prince Protestant; mais cet expédient ne réussira pas & l'Electeur de Brandebourg leur est contraire en ce point. II. Au cas que les Electeurs veuillent avoir un Collége séparé dans les Députations d'y ajouter un Prince Protestant. Cet expédient ne réussira pas aussi; car ce seroit faire dans les Députations un Electeur nouveau qui trouveroit avec le tems le moyen de le devenir en toute autre occasion. III. Qu'un des quatre Electeurs Catholiques n'aura point de voix alternativement. Cet expédient ne sera point aussi reçu: car aucun des Electeurs Catholiques n'y veut consentir. IV. De donner deux voix à un des trois autres Electeurs alternativement.

L'affaire des Suedois est allée plus vîte qu'on ne pensoit, & quoiqu'elle eût été remise, & que beaucoup de Députez se fussent excusez sur le défaut d'instruction de leurs Maîtres, elle a été proposée & jugée contre eux, pour le possessoire sommaire, en vertu duquel le Député de la Ville de Breme aura séance & voix dans cette Diéte, & on a reservé aux Suedois la faculté de se pourvoir par voye de droit, ou de composition amiable pour le possessoire ordinaire, & pour le pétitoire. Ils avoient donné un Ecrit fort hardi pour retarder ce jugement, contre lequel ils ont depuis protesté. Il est très-juste, car la Ville de Breme ayant été appellée à la derniére Diéte de 1641. comme Ville Imperiale, & pareillement à l'Assemblée de Munster, on ne pouvoit avec raison lui disputer cette possession; mais on s'étonne de ce que les Suedois n'ont pu obtenir de l'Empereur le retardement qu'ils désiroient, ayant depuis un an réglé leur conduite sur ses intérêts, & chacun croyant qu'ils en espéroient cette recompense. Plusieurs qui font les fins disoient même qu'elle leur avoit été promise, mais toute leur Philosophie est confondue en cette occasion, & chacun cherche la raison de ce changement, & j'en ai vu alleguer plusieurs; mais une seule m'a semblé vraisemblable, que la Ville de Breme a fait des présens aux principaux Ministres pour plus de quarante mil écus: je ne sai si elle est véritable, mais ce sont des personnes fort affamées, & l'Empereur les croit aveuglément. Le Député du Cercle de Bourgogne qui avoit opiné la premiére fois pour les Suedois, a dit qu'il seroit à propos de finir cette affaire avec les Suedois par une composition & de leur consentement, plutôt que par un jugement; mais qu'on ne pouvoit nier que la Ville de Breme avoit la possession. Les Suedois pestent ici hautement, toutefois je ne leur ai encore rien vu échapper dont on puisse tirer quelque profit.

Je vous ai mandé par ma derniére Lettre

la résolution des Etats, pour finir le Traité avec le Député du Duc de Lorraine, & pour prier l'Empereur de lui écrire & à Monsieur l'Archiduc. L'Ambassadeur de Monsieur l'Electeur de Cologne n'étant pas content de cette résolution, a donné un grand Mémoire aux Etats, par lequel il déclare, que si l'Empire ne l'assiste, il prendra parti ailleurs: j'y joins un petit Mémoire à sa priére, duquel je vous envoye Copie, & de la résolution prise hier par les Etats. Si cela avoit été fait il y a quatre mois, nos Ennemis n'auroient point eu cet hiver des quartiers dans l'Empire, mais en l'état où sont les affaires, je ne crois pas que l'Electeur de Cologne en reçoive beaucoup de soulagement. Les Protestans du Cercle de Westphalie n'armeront pas, si je ne me trompe: car l'Electeur de Brandebourg qui les gouverne, est mal satisfait de celui de Cologne à cause de la demande que celui-ci fait de la Ville de Lipstat, dont j'ai eu l'honneur de vous écrire. Le Cercle Electoral ne sera pas grand effort, & celui du Haut Rhin n'en fera point, toutefois cette résolution des Etats nous est avantageuse, car elle fait voir qu'ils commencent à s'échaufer, & ils pourront avec le tems parler hautement. On a été aussi surpris de cette délibération, que de celle qui a été faite pour la Ville de Breme. Je tâcherai de répondre bien à propos à la remontrance qui me doit être faite de la part des Etats: suivant leur délibération d'hier: ce Traité qu'ils veulent faire avec le Duc de Lorraine lui donnant en effet des quartiers pour cet hiver, & partant étant contraire au Traité de Paix.

Quoique ce qui s'est passé depuis peu en Angleterre eût été prévu, on n'a pas laissé d'en être extrêmement surpris: on reparle aujourd'hui dans l'Assemblée de la demande de Monsieur le Comte de Rochester, & je crois que cette affaire sera achevée ce matin à son contentement; mais ce n'est pas de l'argent prêt: car les sommes qu'on levera sur les Etats, pour l'Empereur, pour le Duc de Lorraine si le Traité s'achéve, & pour retirer la Place de Wecht des mains des Suedois, seront préférez.

Le Pere Savia Espagnol, Religieux de l'Ordre de Saint Dominique, fait tout ici pour l'Ambassadeur d'Espagne, & sert fort bien le Roi son Maître, qui lui a donné pour recompense l'Archevêché de Trani au Royaume de Naples, cela l'oblige de faire bientôt un voyage en Espagne, & parceque son plus court chemin est de passer par la France, l'Empereur m'a fait demander un Passeport pour lui, lequel j'ai accordé. Je ne l'aurois pas refusé à l'Ambassadeur d'Espagne, s'il m'avoit été demandé de sa part.

Je me suis donné l'honneur de vous écrire le 4. de Decembre, à la priére des Députez de la Ville de Hambourg, pour des Vaisseaux qui ont été arrêtez à Nantes. On y en a depuis arrêté de Lubeck, & je vous ai écrit une Lettre le 12. de ce mois à la priére des uns & des autres.

Monsieur l'Electeur de Mayence m'a promis de faire proposer demain ou Samedi mon dernier Mémoire, où je parle de l'affaire de Savoye, & lequel nous pourrions finir avec Monsieur l'Evêque de Spire. Je pense qu'il ne veut pas attendre, & qu'il part Lundi prochain. J'écris aujourd'hui aux Officiers de Philipsbourg, que s'il leur demande d'entrer

dans

Il écrit aux Officiers de Philipsbourg que si l'Evêque de Spire demande d'entrer dans la Ville, ils ayent à lui répondre qu'il faut qu'ils attendent ses avis.

Si l'on envoye un Résident à Vienne il ne pourra guere servir les amis, à moins qu'il ne soit fort adroit, & qu'il n'entende l'Allemand ou l'Italien.

dans la Place, ils lui répondent que son Mémoire de plainte ayant été proposé à l'Assemblée de Ratisbonne ils ne savent pas ce qui aura été résolu, & qu'ils ne peuvent rien faire sans un ordre du Roi, ou du moins sans avoir avis de ma part de ce qui aura été arrêté ici : il me semble qu'il n'est pas à propos d'en user autrement.

Si nous attendons que nos amis desirent pour leur intérêt que le Roi ait un Résident à la Cour de l'Empereur, nous attendrons longtems, car les François n'étant pas mieux venus dans ce tems à Vienne, qu'à Madrid, le Résident du Roi n'y sera point en état de faire aucun office aux amis de Sa Majesté, mais un Résident qui seroit fort adroit, & qui sauroit l'Allemand, ou du moins l'Italien, pourroit donner beaucoup de bonnes informations. Je vous suplie très-humblement de me faire l'honneur de croire que je suis avec une passion extrême &c.

<hr>

MONSIEUR

De

VAUTORTE

à Monsieur de

BRIENNE.

Du 15. Janvier 1654.

Il répond à la demande qui lui avoit été faite, s'il y avoit de belles Princesses en Allemagne.

MONSIEUR,

J'Ai satisfait par une Lettre du 30. d'Octobre, à l'ordre que vous m'aviez donné, de vous mander s'il y avoit des jeunes Princesses en Allemagne, qui fussent belles. Vous ne me parliez que des Catholiques, & je vous ai mandé qu'il n'y en avoit point, si ce n'est la fille de Marquis Guillaume, laquelle paroît avoir vingt ans. Son Eminence m'a donné le

Il répond à la demande qui lui avoit été faite, s'il y avoit de belles Princesses en Allemagne.

même ordre pour les deux Religions, & je me suis donné l'honneur de lui mander, qu'il n'y avoit que cinq belles Princesses; celle que je viens de nommer, la Fille du Duc de Simmeren, & celle du Duc Auguste de Brunswick, toutes deux âgées de quinze ans, la Fille de Duc de Wirtemberg, & celle du Duc Ernest de Saxe-Gotha, Frère du feu Duc de Weymar, toutes deux âgées de onze ans. J'ai déja le portrait de la Princesse de Bruns-

wick, & on me fait espérer ceux des Princesses de Saxe, de Baden, & de Wirtemberg. Je n'ai pu avoir le Portrait de la Princesse de Simmeren, quoiqu'elle ait été ici; Monsieur son Pére l'a menée à Berlin, d'où je tâcherai de l'avoir. Il n'est pas possible d'avoir des Portraits sans qu'on sâche que je les demande; car on ne trouve point chez les Peintres ceux des Princesses d'Allemagne : il faut les faire exprès, & cela ne se peut que très-difficilement, si on n'en veut gratifier quelque ami, car elles sont fort retirées, & un Peintre n'oseroit les peindre, ni ne pourroit le faire sans qu'on le sût; mais je fais passer cela pour une curiosité. Je vois bien toutefois qu'il y en a qui s'aperçoivent que j'ai quelque autre dessein; mais je les laisse deviner & me contente de ce qu'ils ne peuvent rien savoir avec certitude. Je vous suplie très-humblement de me faire l'honneur de croire que je suis avec une passion extrême &c.

<hr>

LETTRE

A son

EMINENCE

Monseigneur le Cardinal

MAZARIN.

Du 15. Janvier 1654.

Il lui envoye copie de la Lettre qu'il écrit à Monsieur de Brienne, & celle du Mémoire qu'il a présenté aux Etats, sur la résolution qu'ils ont prise en faveur de l'Electeur de Cologne. Il remercie le Cardinal de ce qu'il témoigne être satisfait de sa conduite, & du soin qu'il lui promet d'avoir de ses intérêts, & lui recommande son Frére afin qu'il puisse obtenir la chaire du Louvre. On ne dit encore rien ici de nos Troupes qui aprochent d'Alsace. Si on en fait du bruit, il tâchera d'y repondre. Il a reçu copie de la Déclaration que doit publier le Maréchal

1654

réchal de la Ferté en entrant en Alsace, dont il est content. Il a écrit au Marêchal de la Ferté afin d'être informé de tout ce qui arrivera en Alsace, & de son côté il lui marquera ce qui se passera à la Diéte. Il a vû le Manifeste du Comte d'Harcourt qui est très-mal fait. Grande union entre l'Electeur de Brandebourg, & la Maison de Brunswick. Les Princes Protestans favorables à la France à la reserve de l'Electeur de Saxe & de quelqu'autre. Il ne fait que dire du Landgrave de Cassel, parceque son Député ne l'a vu qu'une fois, & qu'il fréquente chez l'Ambassadeur d'Espagne : il doit épouser une Veuve d'Autriche, & se faire Catholique, à ce qu'on dit. Il lui donne avis que le Prince George Guillaume de Brunswick passera le Carnaval à Paris, il croit qu'il est à propos que le Roi le caresse, & le Cardinal aussi, afin qu'il revienne content en Allemagne. Le Pére d'Alfeston n'étant point revenu le voir ; il juge que c'est un affronteur.

MONSEIGNEUR,

Il lui envoye copie de la Lettre qu'il écrit à Monsieur de Brienne, & celle du Mémoire qu'il a présenté aux Etats, sur la résolution qu'ils ont prise en faveur de l'Electeur de Cologne.

Il remercie le Cardinal de ce qu'il témoigne être satisfait de sa conduite, & du soin qu'il lui promet d'avoir de ses intérêts, & lui recommande son Frére afin qu'il puisse obtenir la chaire du Louvre.

On ne dit encore rien ici de nos Troupes qui approchent

J'Envoye à votre Eminence la copie de la Lettre que j'écris aujourd'hui à Monsieur le Comte de Brienne, avec celle du dernier Mémoire que j'ai donné aux Etats, & de la résolution qu'ils ont prise sur celui de l'Ambassadeur de Cologne. Je continue celle-ci par un très-humble remerciment que je fais à votre Eminence, de la bonté qu'elle a d'être satisfaite de ma conduite, & du soin qu'elle me promet avoir de mes intérêts, & de ceux de mon Frére : la Cour ayant presque toujours été en chemin durant l'Avent, il n'a pu avoir l'honneur de prêcher que deux fois : mais j'espére que votre Eminence lui fera la grace de lui obtenir la chaire du Louvre pour le Carême, & qu'alors il satisfera à la bonne opinion que votre Eminence a de lui. Je vous suplie très-humblement de lui faire cette faveur qui a été accordée à ceux qui ont eu l'honneur de prêcher ci-devant.

On ne parle point encore de nos Troupes qui aprochent d'Alsace, & je n'en commencerai pas le discours. Si on en fait du bruit comme je n'en doute point, je tâcherai d'y répondre, & c'est pour cela seulement, & pour l'affaire de Savoye que j'ai jugé à propos de demeurer ici, quoique ma santé, à laquelle l'air de cette Ville est fort contraire, m'eût fait souhaiter d'aller en Alsace. Mon-

Tom. III.

---

fieur Brasset m'a envoyé une copie de la déclaration que doit faire publier Monsieur le Marêchal de la Ferté, elle est très-bien faite & me servira beaucoup ici.

Je me suis déja donné l'honneur de lui écrire deux ou trois fois, pour le prier de me faire informer soigneusement de tout ce qui arrivera en Alsace, afin qu'étant instruit aussi-tôt, & aussi bien que nos Ennemis, je puisse parer tous les coups, & de mon côté je lui ferai savoir tout ce qui se passera ici. J'ai vu le Manifeste de Monsieur le Comte d'Harcourt, mais il est si mal fait, & sa cause est si mauvaise, qu'il n'y a personne, même dans l'Antichambre de l'Empereur, qui ne le condamne hautement ; j'espére encore qu'il rentrera dans son devoir puisque l'affaire traine tant.

L'union entre Monsieur l'Electeur de Brandebourg, & la Maison de Brunswick est grande, & je puis assurer vôtre Eminence, que tous les Princes Protestans nous sont très-favorables, à la reserve de Monsieur l'Electeur de Saxe, & du Landgrave Darmstat son Gendre : j'excepte aussi l'Electeur Palatin. Je ne saurois que dire du Landgrave de Hesse-Cassel ; d'un côté je sai son intérêt, & son obligation, mais de l'autre Monsieur Crousic son Député ne m'a vu qu'une fois, & il est très-souvent chez l'Ambassadeur d'Espagne, & grand Autrichien : il va épouser une veuve d'Autriche, & comme on dit se faire Catholique. Il y a maintenant trois Princes Régens dans la Maison de Brunswick ; l'un s'appelle George Guillaume & qui a sa résidence à Catemberg, il passera le Carnaval à Paris au retour d'Italie où il est, & il paroîtra avec équipage, & se fera connoître. Je pense qu'il est très-à-propos que le Roi le caresse, & que votre Eminence le traite en sorte qu'il revienne en Allemagne très-satisfait de la France. Je demande pardon à votre Eminence de la liberté que je prens de lui dire mon sentiment. On dit aussi que le Fils ainé du Prince Auguste de Brunswick, qui est comme Chef de la Maison, & qui a sa résidence à Wolfenbutel, sera aussi bientôt à Paris. Ces Princes plus qu'aucuns autres peuvent faciliter la levée de mille fantassins que votre Eminence propose : je n'en ai encore pu parler à aucun Député des amis de la France, & je remets à en informer votre Eminence par ma première Lettre. Le Pére d'Alfeston, duquel je vous ai parlé par ma derniére, ne m'est point venu voir ; ce qui me fait croire que c'est un affronteur. Je suis &c.

1654.

d'Alsace. Si on en fait du bruit, il tâchera d'y répondre.

Il a reçu copie de la Déclaration que doit publier le Maréchal de la Ferté en entrant en Alsace dont il est content.

Il a écrit au Maréchal de la Ferté afin d'être informé de tout ce qui arrivera en Alsace, & de son côté il lui marquera ce qui se passera à la Diéte.

Il a vû le Manifeste du Comte d'Harcourt qui est très-mal fait.

Grande union entre l'Electeur de Brandebourg & la Maison de Brunswick. Les Princes Protestans favorables à la France à la reserve de Saxe & de quelqu'autre.

Il ne fait que dire du Landgrave de Cassel, parceque son Député ne l'a vu qu'une fois, & qu'il fréquente chez l'Ambassadeur d'Espagne ; il doit épouser une Veuve d'Autriche, & se faire Catholique, à ce qu'on dit.

Il lui donne avis que le Prince George Guillaume de Brunswick passera le Carnaval à Paris, il croit qu'il est à propos que le Roi le caresse, & le Cardinal aussi, afin qu'il revienne content en Allemagne.

Le Pére d'Alfeston n'étant point revenu le voir, il juge que c'est un affronteur.

MONSIEUR

De

VAUTORTE

à Monsieur de

BRIENNE.

Du 22. Janvier 1654.

Depuis la réponse de l'Electeur de Brandebourg on n'a plus parlé des deux points contestez. Lui ayant déja donné avis de la vigoureuse résolution des Etats sur le Mémoire de l'Electeur de Cologne, il persiste à dire que cet Electeur en tirera peu d'avantage. Les Imperiaux ne pouvant souffrir que l'Assemblée m'envoye une Députation honorable en leur présence, se sont plaints, de celle qui lui a été faite ci-devant. Le Traité avec le Duc de Lorraine est signé, les conditions du Traité. Tout le monde trouve ce Traité ridicule. Le Député de Lorraine a pris place dans le Collége des Princes à cause du Marquisat de Nomeni. Ce qui a été souffert aussi paisiblement, que si son Maître étoit armé pour l'Empire. La résolution a enfin été prise de donner un subside au Roi d'Angleterre. Il lui recommande encore l'affaire de Hambourg & de Lubeck, & lui fait savoir que l'Empereur lui a envoyé un Conseiller Aulique pour lui témoigner qu'il prendroit part à la grace que le Roi leur feroit, & qu'il me prioit de l'écrire à la Cour au nom de l'Empereur. Il faudroit faire un Traité avec l'Evêque de Spire, ou avec l'Electeur Palatin pour fournir le bois nécessaire à Philipsbourg. Son Mémoire a été présenté le 20. du mois dont le succès n'a pas été heureux, c'étoit pour l'Investiture du Duc de Savoye; le Collége Electoral ayant changé d'avis sur un nouveau Mémoire du Duc de Mantouë, qui n'étoit pas venu à sa connoissance. Ce qui a été fait touchant l'Investiture du Duc de Savoye. Il lui semble à propos de laisser cette affaire en l'état qu'elle est, pourvû que cela se puisse & que l'Empereur ne le fasse proposer, y voyant de l'avantage. Disposition du Collége Electoral à l'égard de la France, Baviére & Brandebourg ont été du côté de la France, tous les autres ont été contraires. Il se plaint principalement de l'Electeur de Mayence qui l'a trompé, & se loue fort de celui de Brandebourg. Il n'obtiendra rien de cette Assemblée, & ce sera beaucoup s'il peut empêcher qu'elle ne lui fasse du mal; pour cet effet il évite l'examen. On a de nouvelles certaines de la Paix entre les Polonois & les Cosaques.

MONSIEUR,

DEpuis ma derniére Lettre du 15. de ce mois, j'ai reçu celle que vous m'avez fait l'honneur de m'écrire le deuxiéme. Je vous ai déja mandé que Monsieur l'Electeur de Brandebourg avoit répondu à l'Empereur, & au Collége Electoral aussi fortement que les Protestans pouvoient desirer, & que les secondes Lettres étoient encore plus rigoureuses que les premiéres, & on n'a point reparlé depuis des deux points qui ont formé la contestation, & qui ont occupé les Etats si long-tems. *Depuis la réponse de l'Electeur de Brandebourg on n'a plus parlé des deux points contestez.*

Ma derniére Lettre vous aura apris la vigoureuse résolution des Etats sur le Mémoire de Monsieur l'Electeur de Cologne, & le sentiment dans lequel j'étois qu'il en tireroit peu d'avantage, auquel je persiste. La conclusion de l'Assemblée de laquelle je vous ai envoyé copie, portoit qu'on me feroit une remontrance de la part des Etats : non seulement elle ne m'a point été faite; mais cette clause a été ôtée du *Conclusum*, lorsqu'il a été mis en forme, les Imperiaux ne pouvant souffrir que l'Assemblée m'envoye une Députation honorable en présence de l'Empereur, & s'étant plaints plusieurs fois de celle qui m'a *Lui ayant déja donné avis de la vigoureuse résolution des Etats sur le Mémoire de l'Electeur de Cologne, il persiste à dire que cet Electeur en tirera peu d'avantage. Les Imperiaux ne pouvant souffrir que l'Assem-*

1654.

blée m'envoye une Députation honorable en leur préfence, se sont plaints, de celle qui lui a été faite ci-devant.

Le Traité avec le Duc de Lorraine est signé, les conditions du Traité.

m'a été ci-devant faite. Le Traité est signé avec le Député du Duc de Lorraine, par lequel on lui donne 300. mille écus, dont il recevra la moitié à Francfort dans huit semaines, & l'autre un an après, & il promet de rendre les trois Châteaux, de Hombourg, Landstoul, & Hammerstein, dans le même terme de huit semaines, & de sortir des Terres de l'Empire, & n'y prendre plus à l'avenir aucun quartier : il retient encore le Comté de Sarverden, le Château de Falkenstein, & ceux de Weinstrein, & Hapelbron. L'Empereur lui a écrit, & fait espérer aux Etats qu'à sa prière il rendra les deux derniers, qui ne sont d'aucune conséquence ; mais pour ce qui est de Sarverden, & Falkenstein, sur lesquels il prétend avoir quelque droit, il les retiendra, & ce sera quelque jour la matiére d'un nouveau Traité, & l'occasion de demander encore de l'argent. Il n'y a personne qui ne voye bien que ce Traité est ridicule ; & toutefois chacun y a consenti pour plaire à l'Empereur.

Tout le monde trouve ce Traité ridicule.

Le Député de Lorraine a pris place dans le Collége des Princes à cause du Marquisat de Nomeny. Ce qui a été souffert aussi paifiblement, que si son Maître étoit armé pour l'Empire.

Le quinziéme de ce mois Monsieur Fournier Député du Duc de Lorraine prit pour la premiére fois la place dans le Collége des Princes à cause du Marquisat de Nomeni, & les Etats l'ont souffert aussi paisiblement que si son Maître étoit armé pour la conservation de l'Empire.

La résolution a enfin été prise de donner un subside au Roi d'Angleterre.

Les Etats ont enfin achevé de se résoudre sur la demande de Monsieur le Comte de Rochester : le Collége Electoral qui a été d'avis, de donner au Roi d'Angleterre par forme de subsistance, quatre mois Romains, qui montent environ à 200. mille écus, payera sa part sur ce pied. Dans le Collége des Princes, les uns ont été d'avis de donner quatre mois, les autres trois, d'autres deux, & quelques-uns rien ; mais en petit nombre, & parceque c'est une contribution volontaire qui ne passe point par la pluralité des voix, & à laquelle chacun n'est obligé que par son avis, on a résolu que tous payeroient pour leur part sur le pied de ce qu'ils ont été d'avis de faire donner par l'Empire ; desorte que pour savoir la somme qui a été accordée, il faudroit avoir l'avis d'un chacun, & en faire le calcul. Le Collége des Villes n'a rien voulu donner : elles suivent ordinairement cet avis, lorsqu'il n'est pas question d'une contribution nécessaire, à laquelle on les force par la pluralité des voix des deux premiers Colléges, & les Villes libres d'Allemagne ne sont pas ennemies des Républiques ; principalement les Villes Anséatiques, qui ont témoigné d'aprehender que le secours qu'elles donneroient au Roi d'Angleterre ne leur fût préjudiciable dans leur Commerce avec les Anglois.

Il lui recommande encore l'affaire de Hambourg & de Lubeck, & lui fait savoir que l'Empereur lui a envoyé un Conseiller Aulique pour lui témoigner qu'il prendroit part à la grace que le Roi leur feroit, & qu'il me prioit de l'écrire à la Cour au nom de l'Empereur.

Je me suis donné l'honneur de vous écrire le 4. Décembre, à la priére de la Ville de Hambourg, & encore plus amplement le douze de ce mois, à la priére de ladite Ville de Hambourg, & de celle de Lubeck. J'y ajoute cette recharge, pour vous faire savoir, que l'Empereur m'envoya hier Monsieur de Walderode Conseiller Aulique, qui me témoigna qu'il prendroit part à la grace que le Roi leur feroit, & qui me pria de l'écrire à la Cour au nom de Sa Majesté Imperiale.

Monsieur l'Evêque de Spire n'est pas encore parti, & il remet de jour en jour. Quelque ordre qu'on aporte dans la Place, il est nécessaire d'y avoir du bois, & on ne le peut prendre que dans sa forêt : il n'est pas obligé de le fournir, c'est pourquoi si on veut lui ôter tout sujet de plainte, il est à propos de

Il faudroit faire un Traité avec l'Evêque de Spire, ou avec l'Electeur Palatin pour fournir le bois nécessaire à Philipsbourg.

convenir avec lui, de la quantité du bois, qu'on prendra par chaque année, & de ce qu'on lui en payera. Je me souviens que vous m'envoyâtes, lorsque j'étois à Nuremberg, une Lettre du Roi, pour faire ce Traité avec l'Evêque de Spire, qui étoit alors feu Monsieur l'Electeur de Trêves, ou avec Monsieur l'Electeur Palatin, qui a aussi des bois fort proches. Je pense que ce Traité ne se peut bien faire que sur les lieux, par quelque Officier de la Garnison, ou autre qui sache la quantité de bois nécessaire.

Son Mémoire a été présenté le 20. du mois dont le succès n'a pas été heureux, c'étoit pour l'Investiture du Duc de Savoye le Collége Electoral changé d'avis sur un nouveau Mémoire du Duc de Mantoué, qui n'étoit pas venu à sa connoissance.

Mon Mémoire a enfin été proposé le 20. de ce mois ; mais le succès a été bien différent de ce que nous espérions. Le Collége Electoral avoit conclu il y a plus de quatre mois que l'Investiture devoit être donnée à Monsieur le Duc de Savoye purement & simplement, & sans aucune dépendance du payement de ce que le Roi doit à Monsieur le Duc de Mantoué, & lorsque nous comptions tous ceux du Collége des Princes qui nous avoient positivement donné leur parole, nous trouvions que nous avions plus des deux tiers des voix ; desorte que nous mettions toute la difficulté à obtenir la proposition de notre Mémoire, qui étoit formellement empêchée par l'Empereur, auquel Monsieur l'Electeur de Mayence est entiérement devoué. Mais le Collége Electoral a changé, & sur un Mémoire du Duc de Mantoué, lequel on ne fit point dicter pour nous en ôter la connoissance, il a déclaré que l'Investiture ne devoit point être donnée à Monsieur le Duc de Savoye, avant que le Roi eût payé à Monsieur le Duc de Mantoué, ou au moins déposé la somme qu'il lui avoit promise.

Ce qui a été fait touchant l'Investiture du Duc de Savoye.

Le Collége des Princes eut fait sans doute le même *Conclusum*, & la plus grande partie de ceux qui nous avoient promis, n'eût pas mieux tenu sa parole que les Députez du Collége Electoral, qui nous l'avoient donnée, aussi solemnellement, & qui étoient encore plus obligez à la garder par leur premier *Conclusum* ; mais par bonne fortune après que trois seulement eurent opiné, & employé une grande partie de la matinée, les autres qui virent qu'il ne restoit pas assez de tems pour achever, ne voulurent pas continuer, & remirent la déliberation au lendemain. Ce changement des Electeurs que nous fumes l'aprédinée nous surprit extrêmement, & pour éviter la conclusion, je donnai un Mémoire qui fut lû hier au matin ; le Collége Electoral ordonna qu'il seroit communiqué au Député de Mantoué, & le Collége des Princes résolut seulement qu'il seroit dicté. Voila donc l'affaire surfise, mais je ne sai si ce sera pour longtems : je vois bien que nous n'en pouvons espérer aucun contentement, & que Monsieur l'Electeur de Mayence ne proposera jamais rien qui regarde l'Empereur, sans être assuré que la partie est bien faite, & que l'affaire doit tourner du côté que desire Sa Majesté Imperiale : c'est pourquoi il me semble plus à propos de laisser l'affaire en cet état, s'il est possible, que d'avoir un avis des Etats contre nous, ne nous pouvant obliger à rien contre notre gré.

Il lui semble à propos de laisser cette affaire en l'état qu'elle est, pourvu que cela se puisse, & que l'Empereur ne le fasse Proposer, y voyant de l'avantage.

Le Député de Savoye est dans le même sentiment ; mais cela dépendra de l'Empereur qui fera reproposer l'affaire quand il voudra : il y en a qui croyent qu'il la laissera en l'état où elle est, si nous ne la pressons point, ayant ce qu'il desire, puisque nous n'obtenons rien & aussi pour éviter la déclaration du Duc de Mantoué, que je demande par mon Mé-moire.

1654.

Difposition du Collége Electoral à l'égard de la France, Baviere & Brandebourg ont été du côté de la France, tous les autres ont été contraires.

moire. Nous n'avons eu dans le Collége Electoral que Baviere, & Brandebourg, tous les autres nous ayant été contraires, Mayence, & le Palatin plus que tous. Ils m'avoient formellement donné leur parole, comme auffi Cologne, & Trèves; mais Monfieur l'Electeur de Mayence, & Monfieur l'Electeur Palatin font entiérement dévouez à l'Empereur, & Monfieur le Palatin a de l'averfion pour la France, ainfi qu'il paroit en plufieurs occafions. Cologne, quoique de la Maifon de Baviere, a ici pour Député le Comte Guillaume de Furftemberg, qui fait fort fa Cour chez l'Empereur, & qui a fon Frére ainé Capitaine d'une Compagnie des Gardes de Sa Majefté Imperiale, outre que le fecours qu'il efpére inutilement de l'Empereur pour décharger promptement le Païs de Liége, lui a fait tout promettre. L'Electeur de Trèves a ici pour Député un Metternich qui eft de Luxembourg, & par crainte des Troupes de nos Ennemis eft porté à faire tout ce que l'Empereur veut, dans les chofes où il n'a point d'intérêt. Baviére en ufe fort mollement, car s'il eût voulu, il pouvoit empêcher le changement du *Conclufum* des Electeurs, & rompre l'Affemblée; mais il s'eft contenté de donner fon avis pour Savoye, fans porter fon affaire avec chaleur, & faire tout ce qu'un ami devoit en cette occafion. La plus grande partie de nos amis dans le Collége des Princes auroit auffi moli, & ceux qui n'auroient pas voulu nous être contraires, auroient été d'un avis ambigu, & qui ne nous eût fervi de rien; mais notre plus grande plainte doit être contre l'Electeur de Mayence qui nous a trompez, en toutes façons, & le feul dont on fe puiffe bien louer, eft Brandebourg, qui a fait tout ce qu'on pouvoit defirer de lui.

Il fe plaint principalement de l'Electeur de Mayence qui l'a trompé, & fe loue fort de celui de Brandebourg.

Il n'obtiendra rien de cette Affemblée, & ce fera beaucoup s'il peut empêcher qu'elle ne lui faffe du mal; pour cet effet il évite l'examen.

Je vous envoye la copie du Décret de l'Empereur donné à Vienne, du Mémoire du Député de Mantouë, préfenté ici, & des raifons du mien.

Cette affaire nous doit faire cohnoître que nous ne pouvons rien obtenir de cette Affemblée, & que ce fera beaucoup d'empêcher qu'elle ne nous faffe aucun mal, & qu'il n'y a point de meilleur moyen pour y réuffir, que d'éviter qu'elle examine nos autres affaires. Quoique je me fois trompé dans le jugement de celle-ci, je ne crains pas de vous affurer encore, que nous n'avons rien à craindre pour les autres, quoiqu'on nous fera beaucoup de bruit : car les Imperiaux, qui ont convenu dans cette affaire qu'ils avoient le vent favorable, voudront s'en fervir & aller plus avant; mais fi je quitois l'Affemblée pour toujours, la Maifon d'Autriche en pourroit tirer beaucoup d'avantage & obtenir quelque chofe en mon abfence.

On a de nouvelles certaines de la Paix entre les Polonois & les Cofaques.

On a ici des nouvelles certaines de la Paix entre les Polonois & Cofaques; mais on n'en fait point encore les particularitez. Je vous fuplie très-humblement de me faire l'honneur de croire que je fuis avec une paffion extrême &c.

LETTRE

A fon

EMINENCE

Monfeigneur le Cardinal

MAZARIN.

Du 22. Janvier 1654.

Il lui envoye copie de la Lettre qu'il écrit à Monfieur de Brienne, & des Piéces qui y font jointes, afin qu'il fache ce qui s'eft paffé dans l'affaire du Duc de Savoye. Il lui déclare que le Duc de Savoye n'a rien à efpérer, & qu'il vaut mieux que cette affaire demeure indécife, que d'avoir les avis de l'Etat contraires. Il l'affure que s'il eft obligé d'offrir le payement, il fera fi bien qu'il ne s'engagera en rien. Un valet de pied du Prince de Condé s'en eft retourné fans avoir la permiffion de faire des levées. Il croit lui avoir mandé que les Etats ont demandé à l'Empereur des Mandata avocatoria, qui vont être publiez par tout l'Empire, pour empêcher les levées, afin que les Allemands ne s'enrollent point dans les Troupes étrangeres. Si l'Empereur procure des levées aux Efpagnols, ce fera dans fes Païs héréditaires. Il n'a parlé de la levée de mille hommes qu'aux Députez de Brunfwick, qui lui ont promis d'en écrire à leurs Maîtres, que pour ce qui regarde Brandebourg, il vaut mieux traiter à Paris avec fon Réfident,

1654.

dent, qu'ici en présence de l'Empereur & de la Diéte. Il lui marque les raisons qu'il croit qui le doivent obliger à rester à Ratisbonne. On doit tenir de fortes Garnisons à Brisac, & à Philipsbourg si l'on veut être assuré des Etats voisins, il lui en dit les raisons.

MONSEIGNEUR,

Il lui envoye copie de la Lettre qu'il écrit à Monsieur de Brienne, & des Piéces qui y sont jointes, afin qu'il sache ce qui s'est passé dans l'affaire du Duc de Savoye.

Il lui déclare que le Duc de Savoye n'a rien à espérer, & qu'il vaut mieux que cette affaire demeure indécise, que d'avoir les avis de l'Etat contraires.

J'Envoye à votre Eminence la copie de la Lettre que j'écris aujourd'hui à Monsieur le Comte de Brienne, & des Piéces qui y sont jointes. Elle vous aprendra ce qui s'est passé dans l'affaire de Savoye : je ne sai si l'Empereur la laissera en l'état où elle est; mais je crois qu'elle seroit déja finie sans mon Mémoire, & que la demande que je fais de la déclaration du Duc de Mantoüe, la pourra arrêter. Soit qu'on l'acheve ou qu'on la laisse là, il est certain que Monsieur le Duc de Savoye ne peut rien espérer; mais il est mieux pour lui & pour nous qu'elle demeure indécise, que d'avoir un avis des Etats contraire, d'autant qu'il seroit fondé sur notre fait, & pourroit donner occasion à Monsieur le Duc de Savoye de nous reprocher que par le défaut du payement, son Investiture est tardée; mais si elle demeure en l'état où elle est, il sera très-évident que l'Empereur n'y consentira, que par la crainte d'obliger Monsieur le Duc de Mantoüe, à faire la déclaration formelle que je demande, laquelle il me semble qu'il ne peut éviter, si l'on veut finir l'affaire, & en ce cas, Monsieur le Duc de Savoye ne se pourra plaindre de nous, mais seulement de l'Empereur, & de Monsieur le Duc de Mantoüe. Quoiqu'il arrive, quoiqu'on pousse cette affaire jusques à la fin, ou qu'on la laisse comme elle est, je suplie votre Eminence de croire que mes offres du payement seront toujours faites ensorte que je ne m'engagerai à rien mal à propos.

Il l'assure que s'il est obligé d'offrir le payement, il fera si bien qu'il ne s'engagera en rien.

Un valet de pied du Prince de Condé s'en est retourné sans avoir la permission de faire des levées.

Il croit lui avoir mandé que les Etats ont demandé à l'Empereur des Mandata avocatoria, qui seront publiez par tout l'Empire, pour empêcher les levées, afin que les Allemands ne s'enrollent point dans les Troupes étrangeres.

Si l'Empereur procure des levées

Le valet de pied de Monsieur le Prince de Condé s'en est retourné, & tout le monde dit ici qu'il avoit aporté des Lettres pour la permission de faire des levées, & ceux de la Maison de l'Empereur publient que Sa Majesté Imperiale l'a refusée, ne voulant rien faire contre le Traité de Paix. Je pense avoir écrit à votre Eminence que les Etats ont demandé à l'Empereur des ordres, qu'ils appellent *Mandata avocatoria*, qui vont être publiez par tout l'Empire, par lesquels il défend, à peine de ban & de la confiscation des biens, à aucun Allemand de s'enroler dans les Troupes étrangeres, & de faire des levées sans la permission des Directeurs du Cercle, dans lequel elles se feront. Il est aussi enjoint sous les mêmes peines à ceux qui servent déja dans les armées, de ne faire aucune course, ni aucun dommage dans l'Empire. Si ces ordres sont bien observez il nous sera difficile de faire cette année des levées dans l'Allemagne, si ce n'est dans l'Alsace : car nous ne devons espérer aucun privilége. L'Empereur est assez puissant pour en procurer aux Espagnols; mais je pense que s'ils font des levées pour le Milanois, comme on dit, ce sera plutôt dans les Terres héréditaires de la Maison d'Autriche, que dans l'Empire. Je n'ai parlé de la levée de mil hommes qu'aux Députez de Brunswick, lesquels m'ont promis d'en écrire à leurs Maîtres. On peut parler aussi à ceux de Brandebourg, mais il me semble que cela se peut mieux traiter avec le Résident que Monsieur l'Electeur a à la Cour, que dans ce lieu où est l'Empereur, & la Diéte, & où l'on publie ces *Mandata avocatoria*.

L'affaire de Savoye m'aprend que mon séjour est plus utile ici que je ne pensois, & que si je quitois pour longtems, les Imperiaux pourroient obtenir quelque chose à notre desavantage : toutefois si Charlenois répond à ma Lettre du 5. de ce mois, & me fait connoître que je pourrai rendre au Roi quelque service en Alsace, j'y ferai un voyage. Hors cette occasion j'y serois inutile : car l'aproche de l'Armée du Roi rend ma présence plus nécessaire ici, pour répondre au bruit, qu'en Alsace, & je pense qu'on a mandé de Philipsbourg à votre Eminence que les Princes, & Etats voisins, à la réserve de l'Electeur Palatin, ont témoigné toute l'affection qu'on pouvoit desirer d'eux, pour les intérêts du Roi. Le Marquis de Baden, & Monsieur le Prince Ferdinand son Fils m'en donnent souvent des témoignages : on ne doit point aussi se défier du Marquis de Dourlach, ni de Monsieur le Duc de Wirtemberg. Quand nous aurons de fortes Garnisons dans Brisac, & dans Philipsbourg, nous pourrons toujours nous assurer de tous les Etats voisins du Rhin, & sans cela nos Ennemis parleront hautement contre nous, & nos amis croiront satisfaire à leur devoir, en se taisant : j'appelle nos Ennemis les Electeurs de Mayence, & Palatin, & l'Evêque de Spire, parceque Philipsbourg leur déplaît entre nos mains, & la Ville de Strasbourg, à cause de la protection du Roi sur les dix Villes, d'autant qu'elle craint notre voisinage, & l'exemple de Metz. Ce sont des intérêts que nous ne ferons point cesser, qui doivent être pris pour fondement, & auxquels l'unique reméde est d'avoir de fortes Garnisons, & d'être en état de leur parler hautement : ils seront alors fort souples, & nos grands amis; le changement de la conduite de Monsieur l'Evêque de Spire depuis ce qui est arrivé à Philipsbourg en est une preuve indubitable : outre que cela est assez conforme au naturel des Hommes, & des Allemands plus que tous les autres &c.

1654.

aux Espagnols, ce sera dans ses Païs Héréditaires. Il n'a parlé de la levée de mille hommes qu'aux Députez de Brunswick, qui lui ont promis d'en écrire à leurs Maîtres, que pour ce qui regarde Brandebourg, il vaut mieux traiter à Paris avec son Résident, qu'ici en présence de l'Empereur & de la Diete. Il lui marque les raisons qu'il croit qui le doivent obliger à rester à Ratisbonne.

On doit tenir de fortes Garnisons à Brisac, & à Philipsbourg si l'on veut être assuré des Etats voisins, il lui en dit les raisons.

C O P I E

De la

L E T T R E

Ecrite par Monſieur de

V A U T O R T E

A Monſieur l'Electeur de

T R E V E S.

Le 26. Janvier 1654.

Cette Lettre n'eſt que pour in-
former l'Electeur de ce qui s'eſt
paſſé à la Diéte au ſujet de
l'Inveſtiture du Duc de Sa-
voye, & de l'argent que la
France doit payer au Duc de
Mantouë pour finir cette affaire
ſelon la déliberation de la Dié-
te. Il lui fait remarquer les
inconvénients de la délibera-
tion de la Diéte. Après lui
avoir dit l'état de cette af-
faire, il lui repréſente qu'il ne
dépend que de lui, après que
les Ambaſſadeurs de Cologne,
de Baviere & de Brandebourg
ont perſiſté à la première con-
cluſion, de donner ſa voix en
faveur de la France, qui déci-
dera la choſe. Il ſe plaint des
Ambaſſadeurs de l'Electeur de
ce qu'ils ne lui ont pas été
favorables. Il lui repréſente
encore que dans une affaire ſi
importante qui dépend de lui,
il veuille bien donner ſes or-
dres, afin que cette affaire
ſoit remiſe dans l'état qu'el-

le étoit à la première conclu- 1654.
ſion.

MONSEIGNEUR,

LEs Etats ont déliberé la ſemaine derniere ſur la demande de l'Inveſtiture d'une partie du Monferrat, que l'Empereur a promiſe à Monſieur le Duc de Savoye par le Traité de Paix, & que Sa Majeſté Imperiale retarde maintenant ſous prétexte de payement de la ſomme de 494. mille écus que le Roi a promiſe, par le même Traité à Monſieur le Duc de Mantouë, à la décharge de Monſieur le Duc de Savoye. Le Collége Electoral avoit conclu, il y a quatre mois, que l'Empereur devoit être convié par les Etats d'accorder maintenant cette Inveſtiture, & nous eſpérions que le Collége des Princes ſuivroit cet avis, qui eſt conforme au Traité de Paix, par lequel, du conſentement & de l'autorité de l'Empereur, Monſieur le Duc de Savoye eſt pleinement déchargé de l'obligation de cette dette; mais le Collége Electoral veut maintenant que l'Inveſtiture ne ſe donne, qu'au même tems que le Roi payera Monſieur le Duc de Mantouë, ou au moins dépoſera la ſomme; & partant contre le Traité de Paix, il aſſujetit encore Monſieur le Duc de Savoye à cette dette, puiſqu'il ne pourra avoir ſon Inveſtiture, juſques à ce qu'elle ſoit éteinte. La dette ne le touchant plus, c'eſt maintenant le fait d'un tiers, qui ne doit pas lui nuire, parcequ'on ne lui en peut rien imputer, ſoit que le Roi ne le voulût payer, ou que Monſieur le Duc de Mantouë ne voulût pas recevoir, & il n'importe pas que Monſieur le Duc de Mantouë ait conſenti à cette délegation, & changement de débiteur, ou non: car le Traité de Paix s'exécute même contre ceux qui n'y ont pas conſenti, & puiſque ſon oppoſition formée à Munſter n'a pas empêché de le faire, elle doit beaucoup moins empêcher de l'exécuter. Il eſt véritable que le Roi doit payer Monſieur le Duc de Mantouë, & que l'Empereur peut en prendre ſoin; mais cela n'a plus rien de commun après le Traité de Paix, avec la demande de l'Inveſtiture de Monſieur le Duc de Savoye, & il eſt certain que le Roi a offert deux fois de payer Monſieur le Duc de Mantouë, & qu'il eſt encore prêt à le ſatisfaire; mais ce Prince a toujours refuſé le payement, parceque ce ſeroit aprouver, & exécuter les Traitez, en vertu deſquels cet argent eſt dû, contre leſquels il a proteſté, & proteſte encore. Le Roi pouvoit attendre qu'il lui demandât l'argent, n'étant obligé par le Traité de Paix qu'à le tenir prêt à ſa première demande; mais voulant faire plus qu'il ne devoit, il le lui envoye offrir deux fois. Son Réſident dit maintenant que l'offre n'étoit point réelle: cela n'a point été allegué par ſon Maître, lorſqu'il l'a refuſée, & je ne ſai comment il peut ſavoir, ſi elle étoit réelle ou non, puiſqu'il l'a refuſée. Elle a été faite dans la forme dont les Princes ont accoutumé d'uſer pour de grandes ſommes: par l'envoi de perſonnes expreſſes, pour déclarer que l'argent étoit prêt, & pour ſavoir le lieu, & le tems, auquel il ſeroit commode à Monſieur le Duc de Mantouë de le recevoir. Il a cru alors l'offro effective: il ne

doit

1654. doit pas dire maintenant qu'elle ne l'étoit pas, & s'il l'a crue artificieuse, & sans effet, il a perdu volontairement une belle occasion de mettre le Roi dans le tort par une simple acceptation. Il n'y a pas d'apparence que le Roi se soit exposé à un si grand hazard, par une offre à laquelle il n'étoit point obligé, & le Collége Electoral pouvoit ordonner que le Mémoire du Résident de Mantouë me seroit communiqué auparavant que d'y ajouter foi, & de changer sa premiére résolution. Quant au dépôt il n'y a nulle apparence : car si Monsieur le Duc de Mantouë est prêt de recevoir, le Roi étant prêt de payer, il n'est point question de dépôt, le payement devant plus agréer au créancier, & au débiteur, & si Monsieur le Duc de Mantouë persiste à refuser le payement, le Roi ayant fait par ses offres tout ce qu'il devoit, ne peut être convié à un dépôt, en faveur d'un Prince qui refuse d'aprouver le Traité de Paix, & s'oppose par-là au repos public. Le Traité de Munster par lequel seul le Roi est obligé, ne parle point de dépôt, mais seulement du payement que le Roi offre, & même les Loix Civiles n'y obligent jamais un débiteur, lorsqu'il offre de payer, & qu'il n'a rien de sa part à demander : outre que le dépôt seroit aussi onereux au Roi, que le payement, l'argent sortant de ses mains également en l'un & l'autre cas ; mais il ne seroit pas si avantageux; car, par le payement, l'obligation sera éteinte, ce que le dépôt ne peut faire, étant fait sans le consentement du créancier, & sans l'autorité d'un Juge Supérieur des deux Parties. Il faut aussi considérer que le payement assurera le Roi de la fin des quérelles des Maisons de Savoye & de Mantouë, qui ont causé tant de Guerres, & qui peuvent en causer encore, auxquelles le Roi est obligé de se mêler, comme il est expressement porté par le Traité de Paix : car Monsieur le Duc de Mantouë recevant l'argent, exécute les Traitez, & renonce aux prétentions qui peuvent donner lieu à la Guerre, mais le dépôt ne donne point cet avantage au Roi, qui seroit fort mal conseillé de se défaire de son argent, sans assurance d'avoir la Paix.

Ces raisons que j'ai exposées dans un Mémoire après avoir su ce qui se passoit dans le Collége Electoral, ont semblé assez fortes au Collége des Princes pour surseoir la délibération, & même le Collége Electoral a jugé à propos de communiquer mon Mémoire au Résident de Mantouë, & a fait voir par là qu'il eût été juste de me communiquer le sien avant que de délibérer.

Après lui avoir dit l'état de cette affaire, il lui représente qu'il ne dépend que de lui, après que les Ambassadeurs de Cologne, de Baviére & de Brandebourg ont persisté à la premiére conclusion de donner sa voix en fa-

Voila, Monseigneur, l'état de l'affaire qui dépend de votre Altesse Eminente : car puisque dans le Collége Electoral, les Ambassadeurs de Cologne, Baviére, & Brandebourg, ont persisté au premier *Conclusum*, ceux de votre Altesse Eminente ont fait, & feront le *Majora*, si vous le jugez à propos.

Messieurs les Ambassadeurs de votre Altesse Eminente, dans le Collége Electoral, & celui qui est dans le Collége des Princes pour l'Abbaye de *Prum*, ne nous ont pas été favorables dans les affaires de la France, & dans la délibération du dernier jour, ils nous ont été directement contrai-

Tom. III.

res, jusques là qu'ils ont suivi l'avis de ceux qui jugent à propos de requerir le Roi de rendre Philipsbourg.

veur de la France, qui décidera la chose. Il se plaint des Ambassadeurs de l'Electeur, de ce qu'ils ne lui ont pas été favorables.

Vous voyez mieux que moi, Monseigneur, ce que le Roi en doit faire, & que de telles demandes contraires à l'Instrument de la Paix, peuvent obliger Sa Majesté à en faire d'autres plus raisonnables, moins difficiles à faire réussir, & qui ne seroient pas agréables à tout le monde. Si on desire que le Roi exécute la Paix, on doit l'exécuter à son égard, & ceux qui y auront manqué ou favorisé par leurs avis les personnes qui voudroient y manquer, n'auront aucun sujet de se plaindre, si Sa Majesté ne leur accorde pas tout ce qu'ils desireront.

Il lui représente encore que dans une affaire si importante qui dépend de lui, il veuille bien donner ses ordres, afin que cette affaire soit remise dans l'état qu'elle étoit à la premiére conclusion.

J'ai cru, Monseigneur, être obligé d'avertir votre Altesse Eminente d'une affaire si importante, & qui dépend de vous dans le Collége Electoral, afin que par vos ordres la chose soit remise dans l'état auquel elle étoit le premier *Conclusum*. Votre Altesse Eminente sait qu'en partant elle me fit l'honneur de me dire, que dans nos affaires elle desiroit que je l'informasse particuliérement, afin d'envoyer des ordres nécessaires, & particuliers, à Messieurs vos Ambassadeurs, outre les généraux qu'elle leur laissoit de nous être favorables. Nous demandons seulement justice, & ne doutons point que votre Altesse Eminente ne nous l'accorde. J'attendrai sa Réponse, & l'effet qu'elle produira, pour rendre compte à Sa Majesté de ce qui se passe. Je suis &c.

MONSIEUR

De

VAUTORTE

à Monsieur de

BRIENNE.

Le 29. Janvier 1654.

L'Empereur lui a fait demander une Lettre pour Monsieur de Brienne par un Conseiller Aulique au sujet des Couriers qui vont d'Allemagne ou d'Espagne, il a cru ne la devoir pas refuser, & lui en envoye le Duplicata. La Conclusion des Etats en faveur de l'Electeur de Cologne,

Mmmm   *n'a*

n'a encore eu aucun effet, ni n'en aura. Il a reçu de Liége un Manifeste du Duc de Lorraine avec la Réponse. Il craint que la conduite des Etats n'aboutisse à donner encore des quartiers d'hiver au Duc de Lorraine, parceque l'argent qu'on lui a promis ne sera pas encore payé. On trainera le Comte de Rochester tant qu'on pourra avant de lui donner une résolution finale, & il n'y aura pas moins de difficulté dans l'exécution. On n'a point reparlé de l'affaire de Savoye depuis la derniére délibération. Il ne s'informe pas si son Mémoire a été communiqué au Résident de Mantoüe, parcequ'il ne veut pas approuver l'autorité des Etats sur cette affaire. Ayant été auparavant mal informé de l'avis de l'Electeur de Cologne, il lui aprend qu'il a été pour la France, avec Baviere & Brandebourg. Avec Thionville & Philipsbourg le Roi peut obliger les Electeurs de Mayence, Trèves & Heidelberg de faire par crainte, ce qu'ils ne feroient pas par amitié. Les Imperiaux vouloient faire examiner en pleine Assemblée les plaintes données contre nous, & qu'on en délibérât sans me les communiquer, & sans ouïr mes raisons; mais il a été résolu que l'Empereur seroit prié de nommer des Députez de sa part, outre ceux qui seront nommez par les Etats pour traiter avec moi. Les Députez ne sont pas encore nommez, l'Evêque de Spire pourroit être la cause du retardement; il est parti & quand il sera arrivé dans son Evêché, il écrira ici de grandes plaintes contre nous. On ne fera aucun mal à la France à la Diéte; mais on n'en doit espérer aucun avantage, parceque l'Empereur s'y oppose. Le bon état des affaires de France a rétabli le crédit en Allemagne. Il faut donner sur les doits à l'Evêque de Spire après que les Etats se seront séparez. La Capitulation du Roi des Romains

a enfin été proposée; la dispute qu'il y a eu là-dessus. L'Empereur a fait publier un Décret par lequel il déclare que son intention est que cette Capitulation soit examinée en pleine Assemblée, & en donne les raisons. Les Députez ont continué l'examen de la Capitulation nonobstant le Décret; après l'examen ils consentiront que l'Assemblée s'en mêle sur leur rapport, il ne sait si l'Empereur le souffrira. L'Empereur a sursis le Décret d'admission des Députez de la Ville de Breme à la Diéte, jusques à ce que la Reine de Suede en ait été informée, & donné ses ordres. Le Prince de Salms s'est plaint à lui de ce que depuis la Paix, on a toujours tiré des contributions & qu'on a logé des Troupes dans sa Principauté, quoiqu'elle reléve de l'Empire. Le Prince de Salms a fait la même plainte aux Etats qui a été enregistrée.

MONSIEUR,

DEpuis ma derniére du 22. de ce mois, j'ai reçu celle que vous m'avez fait l'honneur de m'écrire le 9. L'Empereur m'a encore envoyé Monsieur Valderode Conseiller Aulique, & a desiré que je lui donnasse une Lettre pour vous, dont le Duplicata est ci-joint, au sujet des Couriers d'Allemagne en Espagne. Je pense que je n'ai pas dû refuser cette Lettre: ce n'est pas que je ne sache bien que nous ne devons pas faciliter le Commerce de cette Cour avec celle d'Espagne.

Le généreux *Conclusum* des Etats en faveur de Monsieur l'Electeur de Cologne, n'a encore eu aucun effet, & n'en aura point suivant l'opinion commune. Monsieur le Comte Egon de Furstemberg m'a envoyé de Liége un Manifeste de Monsieur le Duc de Lorraine, avec la Réponse: toute la conduite des Etats aboutira à donner au Duc de Lorraine un titre pour le quartier d'hiver de cette année, & peut-être un prétexte pour celui de l'année prochaine; car le Traité qu'on vient de faire avec son Député, porte, qu'il sortira de l'Empire après qu'il aura reçu les cent cinquante mille Risdalles du premier payement, & partant on lui permet d'y demeurer jusques à ce jour-là, qui ne viendra pas sitôt que la fin du quartier d'hiver. Le Traité porte bien que ces cent cinquante mille Risdalles doivent être payées dans huit semaines; mais la Reine de Suede, & les Electeurs de Brandebourg, & d'Heidelberg, ont déclaré, qu'ils n'en payeroient rien pour leur part, chacun d'eux croyant avoir des raisons particuliéres de s'en exemter; de sorte qu'encore que tous les autres Etats payassent leur part à point nommé, ce qui n'arri-

vera

Notes marginales :

L'Empereur lui a fait demander une Lettre pour Monsieur de Brienne par un Conseiller Aulique au sujet des Couriers qui vont d'Allemagne en Espagne, il a cru ne la devoir pas refuser, & lui en envoye le Duplicata.

La Conclusion des Etats en faveur de l'Electeur de Cologne, n'a encore eu aucun effet, ni n'en aura.

Il a reçu de Liége un Manifeste du Duc de Lorraine avec la Réponse.

Il craint que la conduite des Etats n'aboutisse à donner encore des quartiers d'hiver au Duc de Lorraine parceque l'argent qu'on lui a promis ne sera pas encore payé.

vera pas, celle des trois puissans Princes manqueroit, & je ne crois pas que Monsieur l'Electeur de Cologne en veuille faire l'avan-ce, puis qu'alors nous serons presque à la fin du quartier d'hiver. Je ne sai si Monsieur l'E-lecteur de Trèves la voudra faire, pour ravoir Hamerstein, mais ce défaut de payement ne déplaira point au Duc de Lorraine, & lui donnera un prétexte de manquer de sa part au Traité, & de rentrer l'hiver prochain dans l'Allemagne.

On trainera le Comte de Rochester tant qu'on pourra avant de lui donner une résolution finale, & il n'y aura pas moins de dif-ficulté dans l'exécution.

On n'a point reparlé de l'affaire du Comte de Rochester depuis ma derniére Lettre; il m'a dit que l'Empereur vouloit savoir au juste à quoi monte le présent des Etats, avant de déclarer le sien, qu'il a toujours espéré devoir être de cinquante mil écus. On le trainera plus qu'on pourra pour avoir une résolution fi-nale, & dans l'exécution, il n'y aura pas moins de difficulté: ce n'est pas de l'argent prêt, ni sur lequel on puisse former quelque dessein.

On n'a point reparlé de l'affaire de Savoye de-puis la der-niére delibe-ration.

Il ne s'in-forme pas si son Mémoire a été com-muniqué au Résident de Mantouë, parcequ'il ne veut pas ap-prouver l'au-torité des Etats sur cet-te affaire.

Vous aprendrez par ma derniére Lettre l'é-tat où est l'affaire de Savoye, on n'en a point reparlé depuis, & je ne sai si mon Mémoire a été communiqué au Résident de Mantouë, je ne m'en veux pas informer publiquement, & ne prens aucune connoissance de ce que les Etats ont résolu là-dessus, ne voulant point approuver l'autorité qu'ils s'attribuent, & me reservant à proposer de nouveau cette affaire aux Députez qui seront nommez pour exami-ner avec moi les plaintes, que plusieurs ont données contre la France. J'avois été mal in-formé de l'avis de l'Ambassadeur de l'Electeur de Cologne; car il a été pour nous, aussi bien que ceux de Baviere, & de Brandebourg; de-sorte que l'affaire a passé de quatre à trois. Il ne faut point espérer de faire revenir les Elec-teurs de Mayence, & d'Heidelberg qui nous seront contraires toutes les fois que l'Empereur le voudra, & il en faut croire autant de celui de Saxe. J'ai écrit une Lettre à Monsieur l'E-lecteur de Trèves, dont je vous envoye la Co-pié: je ne sai si elle produira quelque chose; mais je suis bien assuré qu'avec Thionville, & Philipsbourg le Roi peut facilement obliger les Electeurs de Mayence, de Trêves & d'Hei-delberg à faire par crainte ce qu'ils ne vou-dront pas faire par amitié & il ne peut arriver aucun inconvénient de leur parler hautement. Les Ambassadeurs de Baviere en ont très-mal usé en cette occasion à l'égard de Monsieur le Duc de Savoye.

Ayant été auparavant mal informé de l'avis de l'Electeur de Cologne, il lui apprend qu'il a été pour la Fran-ce, avec Ba-viere & Bran-debourg. Avec Thion-ville & Phi-lipsbourg le Roi peut o-bliger les E-lecteurs de Mayence, Trêves & Heidelberg de faire par crainte, ce qu'ils ne fe-roient pas par amitié.

Les Impe-riaux vou-loient faire examiner en pleine Assemblée les plaintes données con-tre nous, & qu'on en dé-libérât sans me les com-muniquer, & sans ouïr mes raisons; mais il a été résolu que l'Empe-reur seroit prié de nom-mer des Dépu-tez de sa part, outre ceux qui se-ront nommez par les Etats pour traiter avec moi.

Les Imperiaux ont tâché de faire examiner en pleine Assemblée les plaintes données con-tre nous, & ils auroient bien souhaité que les Etats en eussent délibéré, sans nous communiquer avec moi, & sans ouïr nos raisons; mais en-fin il a été résolu le 24. de ce mois, que l'Empereur seroit prié de nommer des Dépu-tez de sa part, outre ceux qui seront nommez par les Etats, pour traiter avec moi. Dès la première fois que l'Assemblée m'envoya des Députez, l'Empereur le trouva mauvais, & résolut d'y en joindre de sa part pour l'examen des plaintes. Je témoignai dès lors à ceux qui m'en parlerent, & depuis à Sa Majesté Imperiale, que j'en serois très-aise. J'étois o-bligé de parler ainsi, parceque c'est une chose que je ne puis empêcher. Les amis de la Maison d'Autriche qui font le plus grand nom-bre, ont témoigné en cette occasion beaucoup de chaleur contre nous, & même plusieurs & principalement les Députez de Messieurs les E-lecteurs de Mayence, & d'Heidelberg, ont

Tom. III.

été d'avis de convier le Roi d'ôter la Garni-son de Philipsbourg, comme inutile en tems de Paix, & de grande dépense à Sa Majesté, & aussi fort incommode à la Chambre Impe-riale de Spire, qui est proche. Cette chaleur me faisoit croire qu'on me presseroit dès le lendemain; mais on n'en a point reparlé de-puis, & les Députez ne font pas encore nom-mez. L'Evêque de Spire qui s'est fort signa-lé contre nous en cette occasion, quelque beaux discours qu'il m'eût fait les jours précé-dens, est enfin parti, & on m'a dit qu'aussi-tôt qu'il sera arrivé dans son Evêché, il écrira ici de grandes plaintes contre nous, & témoi-gnera avoir trouvé le désordre plus grand qu'il ne l'avoit exposé dans son premier Mémoire. On m'a ajouté qu'il se présentera à la porte de Philipsbourg, afin d'avoir occasion de se plain-dre du refus, & que cela se fait de concert avec l'Empereur, & Monsieur l'Electeur de Mayence. Cela a beaucoup d'apparence, & s'il est véritable, je pense que ce peut être la cause du retardement, & qu'on veut attendre cette seconde plainte, pour aigrir les Etats contre nous. On ne nous fera aucun mal, & comme nous ne pouvons rien espérer ici dans les affaires où nous sommes demandeurs, parceque l'Empereur s'y oppose, & est très-puis-sant, nous ne devons aussi rien craindre dans celles où nous ne sommes que défendeurs: car le bon état de nos affaires a rétabli notre crédit, & outre nos amis qui sont puissans, plusieurs de nos Ennemis, comme les Electeurs de Mayence, & d'Heidelberg, qui sont voi-sins du Rhin, ne voudroient porter les affai-res à l'extrémité. Ils feront ce qu'ils pourront pour nous intimider, & pour nous faire mo-lir; mais si un est ferme & si on leur parle hautement, je suis très-persuadé par la con-noissance que j'ai de leur naturel, & de leur intérêt, qu'ils feront fort souples. L'Evêque de Spire mérite que le Roi lui fasse connoître & sentir, après que l'Assemblée sera finie, qu'il n'a pas bien su son intérêt ni son de-voir.

Les Dépu-tez ne font pas encore nommez, l'E-vêque de Spi-re pourroit être la cause du retarde-ment; il est parti & quand il sera arrivé dans son Evê-ché, il écrira de gran-des plaintes contre nous.

On ne fera aucun mal à la France à la Diète; mais on n'en doit espérer aucun avan-tage, parce-que l'Empe-reur s'y oppo-se.

Le bon état des affaires de France a rétabli cre-dit en Alle-magne.

Il faut don-ner sur les doits à l'E-vêque de Spi-re après que les Etats se feront sépa-rez.

On proposa enfin aux Etats le 23. de ce mois la Capitulation du Roi des Romains, qu'ils avoient si longtems demandée. Les Pro-testans, & quelques Catholiques qui ont un intérêt particulier dans cette Assemblée, à cau-se de tant de nouveaux Princes, & autres qui lui font dévoués, demanderent, qu'elle fût premiérement examinée par Députez, à cause qu'elle contient plusieurs Articles; mais Mon-sieur Volmar s'y opposa formellement: tou-tefois l'affaire passa en leur faveur dans le Collége des Princes par la pluralité de qua-rante-deux, à trente-cinq voix; mais Mon-sieur Volmar ne voulut jamais compter les voix, ni former le *Conclusum;* cela causa un grand bruit, & on lui parla fort rudement. Le lendemain il sembla céder & leur per-mettre d'examiner la Capitulation par Dépu-tez, sans toutefois vouloir former le *Conclu-sum.* Les Protestans ont convié les huit Dé-putez, qui l'avoient déja examinée avant l'E-lection du Roi des Romains, d'y travailler encore, en vertu de leur première Commis-sion: ils commencérent le 27. de ce mois; mais l'Empereur fit publier le soir du même jour un Décret, par lequel il déclare, que son intention est, que la Capitulation soit d'abord examinée en pleine Assemblée, & al-legue les inconveniens des Députations, & principalement la perte du tems qui empê-

La Capitu-lation du Roi des Romains a enfin été proposée: la dispute qu'il y a eu là-dessus.

L'Empereur a fait publié un Décret par lequel il déclare que son intention est que cette Capitulation soit examinée en pleine As-semblée, & en donne les raisons.

Mmmm 2   che-

Les Députez ont continué d'examiner la Capitulation nonobstant le Décret; après l'examen ils consentiront que l'Assemblée s'en mêle sur leur rapport, il ne fait si l'Empereur le souffrira.

L'Empereur a sursis le Décret d'admission des Députez de la Ville de Breme à la Diéte, jusques à ce que la Reine de Suede en ait été informée, & donné ses ordres.

Le Prince de Salms s'est plaint à lui de ce que depuis la Paix, on a toujours tiré des contributions & qu'on a logé des Troupes dans sa Principauté, quoi qu'elle relève de l'Empire.

Le Prince de Salms a fait la même plainte aux Etats qui a été enregistrée.

cheroit que la Diéte ne put finir dans deux mois, suivant son désir. Le vingt-huit au matin, il n'y a point eu d'Assemblée, & l'après-dînée les Députez ont continué d'examiner la Capitulation. Ils espérent avoir achevé dans quatre ou cinq jours; que cependant il n'y aura point d'Assemblée & qu'alors ils acquiesceront au Décret de l'Empereur, & consentiront que l'examen de la Capitulation se fasse en pleins Etats sur leur raport. Je ne sai si l'Empereur permettra ce raport, ni même s'il soufrira leurs Assemblées particuliéres. Cette affaire est aussi délicate que celle des deux points, qui ont occupé les Etats si longtems, & où le Collége des Electeurs ne sera pas moins uni à l'Empereur, & contraire au Collége des Princes.

Je me suis donné l'honneur de vous mander par une de mes précédentes, ce qui a été résolu dans les Etats contre les Suedois, en faveur de la Ville de Breme. Ils ont si bien sollicité depuis, que les Députez de la Ville n'ont encore pu obtenir d'être admis dans l'Assemblée, & l'Empereur leur a promis de surseoir son Décret d'admission qui est nécessaire aux Députez, jusques à tant qu'ils ayent informé de cette affaire la Reine de Suede & reçu ses ordres.

Le Prince de Salms qui est ici pour être admis dans l'Assemblée, (son Pére qui fut fait Prince en mil six cens vingt-trois, ou vingt-quatre, ne l'ayant point été) m'a fait plainte de ce que depuis la Paix d'Allemagne on a toujours continué de tirer des contributions, & de loger des Troupes dans la Principauté de Salms, quoiqu'elle relève immédiatement de l'Empire & qu'elle ne dépende en aucune façon de la Lorraine. Je vous suplie très-humblement de me faire l'honneur de croire que je suis avec une passion extrême &c.

Je viens d'apprendre que le Prince de Salms a fait cette même plainte aux Etats contre nous, & qu'elle a été dictée ce matin, faisant monter le dommage à 195875. liv. monnoye de Lorraine, Il ajoute qu'encore présentement il y a deux Compagnies de Cavallerie du Regiment de Brinon, logés dans la Ville de Bondonvillers qui est la principale de sa Principauté de Salms.

MONSIEUR

De

VAUTORTE

à Monsieur de

BRIENNE.

Du 29. Janvier 1653.

Il le prie de lui faire savoir la volonté du Roi sur le sujet des Couriers qui vont d'Allemagne en Espagne, afin qu'il en puisse rendre compte à l'Empereur.

MONSIEUR,

SA Majesté Imperiale m'a fait l'honneur de m'ordonner d'écrire au Roi, qu'elle souhaite, non seulement pour l'utilité du Commerce, mais encore pour sa satisfaction particuliére, que les Couriers qui vont d'Allemagne en Espagne, & qui en reviennent, prennent un chemin plus court que celui auquel on les oblige. On les fait passer d'ici en Flandres, & delà, ils sont obligez de traverser toute la France, quoique le chemin leur fût beaucoup plus commode & plus court, s'ils alloient d'ici à Bâle, & delà par Lyon à Iron. Sa Majesté Imperiale, qui desire d'avoir le plus souvent qu'il sera possible des nouvelles de la Reine d'Espagne, demande ce changement en sa considération, & croit aussi qu'il n'y a pas lieu d'obliger l'Allemagne, avec laquelle nous sommes en Paix, de se servir du Courier de Flandre pour l'Espagne: mais qu'il est raisonnable de lui en accotder un particulier, par une voye plus courte & plus utile au Commerce. Je vous suplie très-humblement, Monsieur, de me faire savoir la volonté du Roi sur ce sujet, afin que j'en puisse rendre compte à Sa Majesté Imperiale, & de me faire l'honneur de croire que je suis &c.

Il le prie de lui faire savoir la volonté du Roi sur le sujet des Couriers qui vont d'Allemagne en Espagne, afin qu'il en puisse se rendre compte à l'Empereur.

AUTRE

1654.

A U T R E

à Son

EMINENCE

Monseigneur le Cardinal

M A Z A R I N.

Du 29. Janvier 1654.

Il lui envoye Copie de quelques Lettres, & de celle qu'il écrit au Cardinal à la requisition de l'Empereur touchant les Vaisseaux de Hambourg. Raisons qui empêchent l'Empereur de donner l'Investiture au Duc de Savoye avant la fin de la Guerre. Le défaut du payement n'est qu'un prétexte, pour ne pas donner l'Investiture: l'Empereur qui a épousé la Sœur du Duc de Mantouë, n'accordera jamais rien contre son gré, & celui des Espagnols. La France aura beaucoup de peine de faire des levées en Allemagne parceque les Mandemens avocatoires seront fort soigneusement observez à son égard. Il se plaint du Sieur de Valderode rapporteur du procès contre le Marchand de Cologne, il n'en peut obtenir aucune justice, tout ce qui est François est injuste à la Cour de l'Empereur.

MONSEIGNEUR,

Il lui envoye Copie de quelques Lettres & de celle qu'il écrit au Cardinal à la requisition de l'Empereur touchant les Vaisseaux de Hambourg.

J'Envoye à Votre Eminence la Copie de la Lettre que j'écris aujourd'hui à Monsieur le Comte de Brienne, & de deux autres Lettres, l'une que je lui écris aussi pour satisfaire à l'Empereur touchant le Courier d'Allemagne en Espagne, & l'autre que j'ai écrite le 26. de ce mois à Monsieur l'Electeur de Trêves sur nos affaires. Sa Majesté Imperiale a desiré que je fisse encore une re-

1654.

charge à Votre Eminence pour les Vaisseaux de Hambourg arrêtez à Nantes, & que je lui donnasse ma Lettre, de laquelle je joins ici le Duplicata. Je n'y ajoute point la Copie de celle que j'ai écrite sur le même sujet à Monsieur le Comte de Brienne le douziéme de ce mois, parceque Votre Eminence l'aura reçue avec ma Lettre du 15.

J'oubliai d'écrire à Votre Eminence par ma derniére Lettre, qu'outre le défaut de payement de ce qui est dû à Monsieur le Duc de Mantouë, Monsieur Volmar représenta aux Etats qu'il étoit utile au repos de l'Empereur, de n'accorder point à Monsieur le Duc de Savoye l'Investiture qu'il demande avant la fin de la Guerre entre les deux Couronnes, parceque le Roi d'Espagne prótegeant Monsieur le Duc de Mantouë, l'Empereur seroit obligé d'abandonner Monsieur le Duc de Savoye, ce qui ne se pourroit faire sans deshonneur, après lui avoir accordé l'Investiture: ou en le protégeant, l'Empereur seroit contraint d'entrer en cette Guerre, & les Etats aussi avec lui, puisqu'il s'agiroit de l'autorité de l'Empire, & qu'il n'auroit rien fait que par leur conseil. Nous avons répondu que cette raison avoit pû être alleguée à Munster, avant que de promettre l'Investiture; mais que n'étant rien arrivé de nouveau depuis la promesse, on ne pouvoit s'en servir pour en retarder l'exécution, & que le refus de l'investiture confirmant Monsieur le Duc de Mantouë dans son opiniâtreté, renouvelleroit infailliblement la Guerre, que le Traité de Paix a cru ne pouvoir mieux finir, que par la promesse de l'Investiture, & par l'exécution du Traité de Quérasque. J'ajoute ceci à ma derniere Lettre, pour faire voir à Votre Eminence que le défaut de payement n'est qu'un prétexte, & que l'Empereur ayant épousé la sœur du Duc de Mantouë, n'accordera jamais contre son gré, & contre celui des Espagnols l'Investiture que demande Monsieur le Duc de Savoye.

Les Députez de Brunswick n'ont point encore de réponse de leur Maître, touchant la levée d'Infanterie que je leur ai proposée; mais je pense qu'il nous sera fort difficile de la faire, & que les *Mandata avocatoria* seront fort soigneusement observez à notre égard.

Monsieur de Valderode que l'Empereur m'a déja envoyé trois fois, est rapporteur du procès contre le Marchand de Cologne, & quoiqu'il reçoive de moi toute la civilité possible, je n'en puis obtenir justice en cette affaire, tout ce qui est François est injuste à la Cour de l'Empereur, & après tant de sollicitations je n'en ose espérer aucun bon succès, puisque je n'ai encore pu obtenir le simple rapport d'une requête. Je suis &c.

Raisons qui empêchent l'Empereur de donner l'Investiture au Duc de Savoye avant la fin de la Guerre.

Le défaut du payement n'est qu'un prétexte pour ne pas donner l'Investiture: l'Empereur qui a épousé la Sœur du Duc de Mantouë, n'accordera jamais rien contre son gré & celui des Espagnols.

La France aura beaucoup de peine de faire des levées en Allemagne parceque les Mandemens avocatoires seront fort soigneusement observez à son égard.

Il se plaint du Sieur de Valderode rapporteur du procès contre le Marchand du Cologne, il n'en peut obtenir aucune justice, tout ce qui est François est injuste à la Cour de l'Empereur.

 MON.

MONSIEUR

De

VAUTORTE

à Monsieur de

BRIENNE.

Du 5. Février 1654.

La Diète s'occupe présentement à corriger les abus qui s'étoient glissez dans l'exercice de la Justice. Il faudra que Munster & les voisins avancent l'argent qui est dû aux Suedois, s'ils veulent qu'ils sortent de Wecht. Les Ambassadeurs de Brandebourg ont demandé le dédommagement pour le tems que les Suedois ont tenu la Poméranie : cette demande n'a pas été approuvée. La demande des Princes de Nassau & Salms a été proposée dans cette Assemblée, pour être admis dans les Etats : cela n'est pas encore fait. Les Etats sont portez à leur donner la préséance sur les trois derniers reçus, qui sont Domestiques de l'Empereur de qui cela dépend. L'Electeur de Brandebourg a envoyé 800. hommes de secours à l'Electeur de Cologne, les Ducs de Brunswick lui doivent envoyer bientôt 500. chevaux. L'Assemblée du Cercle de Westphalie est convoquée à Minden, on parle d'une autre dans la basse Saxe. L'Assemblée de Basse Saxe a été empêchée par les Suedois Membres de ce Cercle à cause de Breme, & Verden. Le Sieur de St. Etienne est à Ratisbonne de la part du Prince

de Condé, il croit qu'il est venu pour faire des levées : lorsqu'il en sera bien informé, il s'en plaindra hautement, mais inutilement. L'examen de la Capitulation du Roi des Romains est achevée, nonobstant le Décret de l'Empereur, qui n'a point été proposé dans l'Assemblée, il ne sait s'ils pourront en faire le rapport.

MONSIEUR,

DEpuis ma derniére Lettre que je me suis donné l'honneur de vous écrire le 29 Janvier, j'ai reçu la votre du 16. On n'a point reparlé de nos affaires, ni de celle de Savoye, & les Etats ont employé presque toute la semaine en conférences particuliéres par Députez, sur l'effet de la Justice dont ils veulent corriger les abus. Ils ne se sont assemblez que deux fois, l'une pour l'affaire de Wecht, & l'autre pour une demande de Monsieur l'Electeur de Brandebourg. Ils n'ont rien résolu sur la premiére, & si l'Evêque de Munster, & quelques Etats voisins & intéressez, ne font l'avance de la somme qui est encore due aux Suedois, la restitution de la Place de Wecht ne se fera de longtems : car une bonne partie des Etats ne paye point la quote, & le dessein de la leur faire payer par des exécutions, n'est pas une chose prompte ni facile. Monsieur l'Electeur de Brandebourg a demandé à l'Empire un dédommagement, pour le tems que les Suedois ont tenu sa portion de la Poméranie au delà de ce qu'ils avoient droit de la retenir. On n'a point encore déliberé ; car les Députez se sont tous excusez sur le défaut d'instruction de leurs Maîtres ; mais cette demande a été généralement desaprouvée, parce qu'elle seroit de conséquence, & que plusieurs Etats en pourroient faire de semblables. Il me semble que les Ambassadeurs de Monsieur l'Electeur de Brandebourg n'espérent pas qu'elle réüssisse, & qu'ils l'ont seulement faite pour leur servir de compensation, avec ce qu'on lui demande pour l'affaire de Wecht, pour celle de Lorraine, & pour d'autres semblables. Dans cette seconde Assemblée on a proposé la demande des Princes de la Maison de Nassau, & de celui de Salms, pour être admis dans les Etats : cela n'est pas encore fait : les Etats sont portez à leur donner la préséance sur les trois derniers reçus. Je ne sais ce qui en arrivera, car ils sont Domestiques de l'Empereur duquel cela dépend principalement.

Les Ambassadeurs de Monsieur l'Electeur de Brandebourg m'ont assuré, que leur Maître a envoyé huit cens hommes de pied au secours de Monsieur l'Electeur de Cologne. Cela est fort contraire à ce qu'ils m'avoient toujours dit. Ceux de Brunswick m'ont assuré que leurs Maîtres doivent y envoyer bientôt cinq cens chevaux. Il y a une Assemblée du Cercle de Westphalie convoquée à Minden : On parloit d'une autre du Cercle de la basse Saxe à Brunswick, & on espéroit qu'étant en des lieux si proches, elles pourroient

La Diète s'occupe présentement à corriger les abus qui s'étoient glissez dans l'exercice de la Justice.

Il faudra que Munster & les voisins avancent l'argent qui est dû aux Suedois, s'ils veulent qu'ils sortent de Wecht.

Les Ambassadeurs de Brandebourg ont demandé le dédommagement pour le tems que les Suedois ont tenu la Poméranie : cette demande n'a pas été approuvée.

La demande des Princes de Nassau & de Salms a été proposée dans cette Assemblée pour être admis dans les Etats : cela n'est pas encore fait, les Etats sont portez à leur donner la préséance sur les trois derniers reçus qui sont Domestiques de l'Empereur de qui cela dépend.

L'Electeur de Brandebourg a envoyé 600. hommes de secours à l'Electeur de Cologne, les Ducs de Brunswick lui doivent envoyer bientôt 500. Chevaux.

L'Assemblée du Cercle

1654.

...cle de West-phalie est convoquée à Minden. On parle d'une autre dans la Basse Saxe.

L'Assemblée de la Basse Saxe a été empêchée par les Suedois Membres de ce Cercle à cause de Breme, & Verden.

Le Sieur de St. Etienne est à Ratisbonne de la part du Prince de Condé, il croit qu'il est venu pour faire des levées: lorsqu'il en sera bien informé, il s'en plaindra hautement, mais inutilement.

L'examen de la Capitulation du Roi des Romains est achevée, nonobstant le Décret de l'Empereur, qui n'a point été proposé dans l'Assemblée, il ne sait s'ils pourront en faire la rapport.

roient communiquer ensemble, & prendre de concert quelque résolution vigoureuse en faveur de Monsieur l'Electeur de Cologne; mais les Députez des Ducs de Brunswick me firent dire hier que leur Assemblée avoit été empêchée par les Suedois, qui sont un des principaux Etats de leur Cercle, à cause de Breme, & Verden, & qu'ils espéroient toutefois qu'elle se feroit. Je pensois que la déclaration des Etats en faveur de la Ville de Breme diminueroit les soupçons de ces Messieurs contre les Suedois; mais il me semble aussi grand qu'il étoit: c'est pourquoi je ne sais si on doit croire ce qu'ils m'ont fait dire contre eux.

Monsieur de St. Etienne est ici depuis le trente un de Janvier: il avoit été précedé par un valet de pied de Monsieur le Prince de Condé, qui apporta des Lettres en cette Cour il y a un mois: il ne peut être venu à mon avis que pour des levées, & j'ai apris qu'il se vante d'avoir beaucoup d'argent. On me dit hier que ces levées se doivent faire sous le nom de l'Ambassadeur d'Espagne, tant pour Monsieur le Prince de Condé, que pour le Milanois, dans les terres héréditaires de la Maison d'Autriche, qu'on lui a déja commencées dans la Silésie, & qu'elles monteront en tout à quatre mil hommes, deux mille pour le Milanois, & deux mille pour Monsieur le Prince. Lorsque j'aurai une information plus particuliére de cette contravention si publique, j'en ferai tout le bruit possible à l'Empereur, & aux Etats; mais je crains que ce ne soit inutilement, car l'Empereur donnera toujours aux Espagnols tout le secours qui dépendra de lui, & les Etats ne l'en empêcheront point. La même chose nous arriva à Nuremberg, & l'Empereur est encore plus le Maître qu'il n'étoit en ce tems-là.

Les Députez ont achevé d'examiner la Capitulation du Roi des Romains, nonobstant le Décret de l'Empereur, lequel n'a point été proposé dans l'Assemblée. Je ne sais si on leur permettra d'en faire leur raport.

Je vous envoyai par le dernier Ordinaire le Duplicata d'une Lettre que l'Empereur me fit demander touchant les Couriers d'Allemagne en Espagne: il me l'a depuis renvoyée pour vous la faire tenir. Je la joins à celle-ci. Je vous suplie très-humblement de me faire l'honneur de croire que je suis avec une passion extrême &c.

LETTRE

A Son

EMINENCE

Monseigneur le Cardinal

MAZARIN.

Du 5. Février 1654.

Le Traité avec le Duc de Lorraine n'empêchera pas les quartiers d'hiver, parceque l'argent qu'on lui a promis ne peut pas être prêt assez tôt. Il ne sait si le secours que quelques Etats proposent d'envoyer à l'Electeur de Cologne aura quelque effet. L'Empereur n'est pas en état de donner des Troupes aux Ennemis, ses Païs héréditaires sont fort dépeuplez, ils en feront pourtant, & c'est un mal sans remède. Il attend la Réponse de l'Electeur de Trêves, ce que produira l'arrivée de l'Evêque de Spire dans son Evêché, & les quartiers qu'a pris le Maréchal de la Ferté après la prise de Beffort, avant de parler des affaires qu'il a à la Diéte. Il ne sait si les Protestans voudront faire une Ligue avec la France; Princes Protestans auxquels on peut se fier. On peut gagner par des présens les Principaux Conseillers de la Maison de Brunswick qui sont ici. Il lui nomme ceux qui ont du pouvoir auprès de l'Electeur de Brandebourg. Il lui dit que le plus habile qui soit à la Diéte est le Chancellier du Duc Auguste de Brunswick, il croit qu'on pourroit l'engager par quelque pré-

1654.

présent, & qu'il seroit fort utile; car il a beaucoup de crédit auprès des Protestans.

MONSEIGNEUR,

Depuis ma Lettre écrite du 29. de Janvier, j'ai reçu celle que Votre Eminence m'a fait l'honneur de m'écrire le 16. Je vous envoye la Copie de celle que j'ai écrite à Monsieur le Comte de Brienne.

Le Traité des Etats avec le Duc de Lorraine n'empêchera point les quartiers d'hiver, car l'argent qu'ils doivent payer au premier terme, qui est de huit semaines, ne sera pas prêt à quatre mois d'ici, plusieurs ayant même déclaré qu'ils n'en payeroient rien. Je ne sais si le secours que quelques Etats proposent d'envoyer à Monsieur l'Electeur de Cologne aura plus d'effet: je ne l'ai pas cru jusques à présent, & je me suis fondé sur ce que j'ai apris de leurs Ambassadeurs même, & sur la conduite que tiennent tous les Etats en cette Assemblée.

Je ne crois pas que l'Empereur ait plus de Troupes qu'il ne lui en faut, & qu'il soit en état d'en donner à nos Ennemis; desorte que j'ai de la peine à croire qu'il puisse faire une levée de quatre mille hommes dans ses Terres héréditaires qui sont assez dépeuplées: il est certain qu'ils en feront, car St. Etienne n'est pas venu sans en avoir parole. Il y a déja quelque tems que j'ai mandé à Votre Eminence qu'on parloit d'en faire pour le Milanois: c'est un mal sans remède, & qui durera autant que notre Guerre. Si les Etats de l'Empire faisoient leur devoir, & considéroient leurs intérêts, ils le pourroient empêcher; mais ils ne s'opposent à l'Empereur que dans les choses qui les blessent, & qui les regardent directement. La conduite de Monsieur l'Electeur de Baviere dans l'affaire de Savoye, en est une preuve manifeste. Pour parler de cette affaire, & des nôtres, j'atens la réponse de Monsieur l'Electeur de Trêves à la Lettre que je lui ai écrite le 26. de Janvier, comme aussi de ce que produira l'arrivée de Monsieur l'Evêque de Spire dans son Evêché, & l'établissement des quartiers de Monsieur le Maréchal de la Ferté après la prise de Beffort.

Je ne sais si en ce tems les Protestans d'Allemagne voudront faire une Ligue avec nous: je pense qu'ils seront bien aises de s'assurer de notre amitié, sans aucune crainte si l'Empereur, & les Catholiques ne les poussent. Ceux auxquels on se peut fier sont Monsieur l'Electeur de Brandebourg, toute la Maison de Brunswick, celle de Meckelbourg, & dans celle de Saxe, l'Administrateur de Magdebourg, Fils de l'Electeur, & le Duc de Saxe-Weymar, avec son Frere, comme aussi le Duc de Wirtemberg. Nous avons ici les Principaux Conseillers des Ducs de Brunswick lesquels se peuvent gagner avec des présens.

L'Electeur de Brandebourg se conduit par avis du Prince Maurice de Nassau, des Comtes de Witgenstein, & de Valdeck, & du Baron de Blumental. Il n'y a ici que ce dernier. L'Administrateur de Magdebourg n'a ici qu'un Député: son principal Ministre nommé Heynel est auprès de lui. La Maison de Meckelbourg suivra celle de Brunswick, & a ici deux de ses Principaux Conseillers. Je crois aussi que les Ducs de Saxe-Weymar, & Wirtemberg, suivront l'exemple des autres. Le plus habile homme de cette Assemblée est Monsieur Seuvartz Kauf Chancelier du Duc Auguste de Brunswick: je pense qu'il seroit fort utile, & fort aisé de l'engager par quelques présens: car il a beaucoup de credit auprès des Protestans, & l'a tout entier dans la Maison de Brunswick. Je suis &c.

Notes marginales (colonne de gauche):

- Le Traité avec le Duc de Lorraine n'empêchera pas les quartiers d'hiver, parceque l'argent qu'on lui a promis ne peut pas être prêt assez-tôt.
- Il ne sait si le secours que quelques Etats proposent d'envoyer à l'Electeur de Cologne aura quelque effet.
- L'Empereur n'est pas en état de donner des Troupes aux Ennemis, ses Païs héréditaires sont fort dépeuplez, ils en feront pourtant, & c'est un mal sans reméde.
- Il attend la Réponse de l'Electeur de Trêves, ce que produira l'arrivée de l'Evêque de Spire dans son Evêché, & les quartiers qu'a pris le Maréchal de la Ferté après la prise de Beffort, avant de parler des affaires qu'il a à la Diéte.
- Il ne sait si les Protestans voudront faire une Ligue avec la France; Princes Protestans auxquels ou peut se fier.
- On peut gagner par des présens les Principaux Conseillers de la Maison de Brunswick qui sont ici.
- Il lui nomme ceux qui ont du pouvoir auprès de l'Electeur de Brandebourg.
- Il lui dit que le plus habile qui soit à la Diéte est le Chancelier du Duc Auguste de Brunswick, il croit qu'on pourroit l'engager par quelque présent, & qu'il seroit fort utile; car il a beaucoup de crédit auprès des Protestans.

MONSIEUR

De

VAUTORTE

à Monsieur de

BRIENNE.

Du 12. Février 1654.

L'entrée des Troupes du Roi dans le Païs de Liége donnera de la reputation aux affaires. On publie ici que l'Alliance de l'Electeur de Cologne avec la France, est cause du mal qu'il souffre. Le Comte de Staremberg est parti le dix pour porter les ordres de l'Empereur aux Princes voisins de Cologne de s'armer, & delà pour porter les Lettres de Sa Majesté à l'Archiduc, en exécution de la résolution des Etats qu'il lui a envoyée, on a retardé autant qu'on a pu, parceque l'on seroit fâché que cela eût son effet. L'Electeur de Cologne ne doit attendre aucune assistance réelle de ceux qui sont ici chiffrez. Les Etats s'occupent à régler le point de la Justice. Le Sieur de St. Etienne s'en retourne aujourd'hui, il

1654.

a à Nuremberg des Lettres de change pour 60. mille écus, les levées se feront sous le nom de l'Ambassadeur d'Espagne. Les levées ne sont pas encore commencées; mais celles qu'on fait pour le Milanois se commencent à Vienne sans batre le tambour. Levées qu'on fait à Vienne pour le Milanois, celles que veut faire le Fils ainé du Duc de Meckelbourg trouvent de l'opposition. Le differend qu'a le jeune Prince de Meckelbourg avec son Pére & avec sa femme doit être examiné dans une Assemblée convoquée à Hambourg par l'Empereur. Les Suedois ont fait surseoir l'exécution de la conclusion donnée en faveur de Breme, cela ne guerit pas le mal. Il ne croit pas pouvoir découvrir par quel motif le Pape a écrit aux Nonces qui résident auprès des Rois, pour les convier à la Paix, le Nonce qui est à Ratisbonne n'a reçu aucune Dépêche sur ce sujet. Le Comte de Thun a été élu Archevêque de Saltzbourg; cette Election est généralement approuvée. L'Imperatrice est guerie de la rougeole. Le départ de l'Empereur est encore incertain, les affaires de la Diete ne seront pas fort avancées à la fin d'Avril.

MONSIEUR,

L'entrée des Troupes du Roi dans le Pais de Liége donnera de la reputation aux affaires. On publie ici que l'Alliance de l'Electeur de Cologne avec la France est cause du mal qu'il souffre. Le Comte de Staremberg est parti le dix pour porter les ordres de l'Empereur aux Princes voisins de Cologne de s'armer, & de là pour porter les Lettres de Sa Majesté à l'Archiduc.

J'Ai reçu la Lettre que vous m'avez fait l'honneur de m'écrire le 23. de Janvier, & j'atens celles du Roi qu'elle me promet pour l'Empereur, & pour quelques Princes de l'Empire, sur l'entrée des Troupes de Sa Majesté dans le Païs de Liége. Cette entrée donnera beaucoup de reputation à nos affaires, pourra échauffer quelques Etats à nous imiter, & ne sera mal reçue que de nos Ennemis, dont le sentiment nous doit être fort indifférent. On le sait déja ici, & on publie que l'Alliance de l'Electeur de Cologne avec la France est cause du mal qu'il souffre; mais ce mauvais discours ne persuade personne. Enfin le Comte de Staremberg partit le dix de ce mois, pour aller porter à l'Electeur de Cologne, les ordres de l'Empereur aux Princes voisins, pour armer, & delà des Lettres de Sa Majesté Impériale à Monsieur l'Archiduc, en execution de la résolution des Etats, que je vous ai envoyée en Latin il y a quelque tems. On a retardé le plus qu'on a pu, & on seroit

Tom. III.

bien fâché que cela eût quelque effet. Les Ambassadeurs de (18) ont été jusques ici aussi froids pour l'Electeur de Cologne, que pour (32) (28) & je ne crois pas que l'Electeur de Cologne doive attendre de ce côté-là aucune assistance réelle, & effective; mais seulement des paroles, & des intercessions inutiles.

Les Etats n'ont rien fait cette semaine, & ne se sont assemblez qu'une fois, pour résoudre si on délibereroit sur le rapport des Députez nommez pour le point de la Justice, par Article, ou si chacun diroit tout d'un coup son avis sur toute la matiére. Il a passé presque tout d'une voix à opiner sur tout, quoique le rapport soit fort long, & qu'il contienne plusieurs Articles diférens.

J'ai apris que Monsieur de saint Etienne s'en retourne aujourd'hui, ou demain, qu'il a à Nuremberg des Lettres de change pour soixante mil écus, & que les levées de Monsieur le Prince de Condé se feront sous le nom de l'Ambassadeur d'Espagne, dans les terres héréditaires de la Maison d'Autriche, l'Empereur ayant jugé moins odieux de paroître favoriser les Espagnols, que Monsieur le Prince de Condé, & n'ayant pas jugé à propos de faire voir ici plus longtems un Gentilhomme de sa part. Ces levées ne sont point encore commencées, mais on m'a assuré que celles que fait l'Ambassadeur d'Espagne pour le Milanois, se commencent déja à Vienne sans combattre le Tambour.

Le Prince Christian de Meckelbourg, Fils Ainé du Prince Adolphe, Chef de la Branche de Swerin, fait quelques levées dans son Païs; il a commencé par l'Infanterie, ayant pris l'occasion du licentiement d'un Regiment de six cens hommes du Colonel Volkeman, que les Suedois ont fait à Wismar. Il propose aussi de faire un Regiment de Cavallerie, & un de Dragons: tantôt il dit qu'il leve pour l'Empereur, & une autre fois qu'il leve pour un Prince étranger, qu'il ne veut point encore nommer. On croit qu'il a dessein de lever pour les Espagnols, & de se faire Catholique, pour obliger l'Empereur à le protéger contre son Pére, & sa Femme, avec lesquels il est mal. Son Pére, & le Prince de Brunswick zélé Directeur du Cercle de la basse Saxe, s'opposent à cette levée, qui seroit encore plus nuisible à leur Cercle qu'à la France. J'ai vu des Copies des ordres, qu'ils ont donnez sur ce sujet, & des Lettres qu'ils ont écrites au Prince Christian, & leurs Députez m'ont assuré que sa levée ne réussiroit point, & que je n'en devois avoir aucune inquiétude: toutefois je ne m'y fie pas entièrement, si elle est favorisée par l'Empereur. On va tenir une Assemblée dans Hambourg de quelques Princes du Cercle, nommez Commissaires par l'Empereur, pour examiner le diférend de ce jeune Prince avec son Pére, & sa femme, dans laquelle on parlera de ces levées, & je suis assuré qu'on y fera ce qu'on pourra pour les empêcher: car ce Cercle qui est le plus uni de l'Empire, & le moins Espagnol, a intérêt d'empêcher ce commencement de division.

Nous sommes ici inutiles aux Suedois, & l'Ambassadeur d'Espagne les peut servir dans l'affaire de Breme; c'est pourquoi ils lui font la cour, & témoignent peu de chaleur pour les intérêts des Protestans, qui en sont fort scandalisez. Ils ont fait surseoir jusques à présent l'exécution du *Conclusum* des Etats en faveur de la Ville de Breme: mais cette surséance ne guérit pas le mal qu'on leur a fait,

Nnnn &

en exécution de la résolution des Etats qu'il lui a envoyée. On a retardé autant qu'on a pu parceque l'on seroit fâché que cela eût son effet.

L'Electeur de Cologne ne doit attendre aucune assitance réelle de ceux qui sont ici chiffrez.

Les Etats s'occupent à régler le point de la Justice.

Le Sieur de St. Etienne s'en retourne aujourd'hui, il a à Nuremberg des Lettres de change pour 60. mille écus. Les levées se feront sous le nom de l'Ambassadeur d'Espagne.

Les levées ne sont pas encore commencées; mais celles qu'on fait pour le Milanois se commencent à Vienne sans batre le Tambour.

Levées qu'on fait à Vienne pour le Milanois, celles que veut faire le Fils ainé du Duc de Meckelbourg trouvent de l'opposition.

Le differend qu'a le jeune Prince de Meckelbourg avec son Pére & avec sa femme doit être examiné dans une Assemblée convoquée à Hambourg par l'Empereur.

Les Suedois ont fait surséoir l'éxécution de la conclusion donnée en faveur de Breme, cela ne guérit pas le mal.

1654.

Il ne croit pas pouvoir découvrir par quel motif le Pape a écrit aux Nonces qui résident auprès des Rois, pour les convier à la Paix, le Nonce qui est à Ratisbonne n'a reçu aucune Depêche sur ce sujet.

Le Comte de Thun a été élu Archevêque de Saltzbourg; cette Election est généralement approuvée.

L'Imperatrice est guérie de la rougeole.

Le Départ de l'Empereur est encore incertain, les affaires de la Diéte ne seront pas fort avancées à la fin d'Avril.

& l'avis de Monsieur Volmar Député de la Maison d'Autriche dans les Etats fut si rude, qu'il n'auroit pu parler contre nous avec plus de chaleur. Cela doit faire voir aux Suedois, que l'Empereur ne veut point leur faire de bien; mais seulement les amuser & diviser dans leur parti.

Je ne crois pas pouvoir découvrir ici le véritable motif, qui peut avoir engagé le Pape de dépêcher vers les Nonces qui résident dans les Cours des Rois, pour les convier à la Paix, & Monsieur le Nonce qui est ici n'a reçu aucune Dépêche sur ce sujet.

Le Comte de Thun du Païs de Tirol, agé d'environ quarante-cinq ans, Doyen de l'Eglise de Saltzbourg, y a été élu Archevêque le troisiéme de ce mois. L'Election est généralement approuvée, & son mérite l'avoit prédit à tout le monde. L'Imperatrice est guérie de sa rougeole. On dit que l'Empereur partira d'ici au commencement de Mai; mais depuis deux jours on a vu remplir avec beaucoup de soin les glaciéres de Sa Majesté Imperiale, & celle de l'Ambassadeur d'Espagne. Cela fait douter si on ne veut point passer ici l'été, d'autant plus que les affaires de la Diéte ne seront pas fort avancées à la fin d'Avril. Je vous supplie très-humblement de me faire l'honneur de croire que je suis avec une passion extrême &c.

LETTRE

A son

EMINENCE

Monseigneur le Cardinal

MAZARIN.

Du 12. Février 1654.

Il le remercie de ce qu'il a aprouvé la résolution qu'il avoit prise de demeurer à Ratisbonne. Si l'Armée du Roi n'entre que dans la portion de l'Alsace qui lui appartient les Etats ne s'en plaindront point. Il loue le Cardinal de ce que par sa conduite la France a encore deux Armées sur pied après une Campagne si pénible & si glo-

1654.

rieuse. Les Princes de l'Empire ont tant d'intérêts à la Cour de l'Empereur, qu'il est difficile de s'assurer de leur fermeté. On l'assure de la fermeté de l'Electeur de Brandebourg, mais l'affaire de Cléves & de Juliers le retiendra & l'empêchera de rompre avec l'Empereur. Le Baron de Blumental, en qui l'Electeur de Brandebourg paroit avoir une grande confiance, a servi l'Empereur dix ans; quelques Protestans ne se fient pas fort à lui, il n'a rien vu dans sa conduite qui lui puisse donner du soupçon, il le trouve trop reservé à son égard.

MONSEIGNEUR,

Il le remercie de ce qu'il a approuvé la résolution qu'il avoit prise de demeurer à Ratisbonne.

J'Ai reçu la Lettre que Votre Eminence m'a fait l'honneur de m'écrire le 23. de Janvier, & je la remercie très-humblement de la grace qu'elle me fait d'approuver mon séjour en ce Lieu. Le changement avantageux des affaires d'Alsace y eût rendu ma présence encore moins utile, & ce qui s'est passé ici dans l'affaire de Savoye, avec le grand bruit qu'on a commencé de faire pour les nôtres, me fait juger que mon séjour y étoit nécessaire. L'air de ce Lieu m'est très-mal sain & j'en ferois sorti de bon cœur, si j'avois cru le pouvoir faire sans préjudicier au service du Roi.

Si l'Armée du Roi n'entre que dans la portion de l'Alsace qui lui appartient, les Etats ne s'en plaindront point.

J'ai cru qu'après la prise de Beffort, l'Armée du Roi devoit entrer dans l'Alsace; c'est-à-dire dans les Terres des Etats de l'Empire, & en ce cas j'ai écrit à Votre Eminence qu'on en pouvoit ici faire du bruit; mais si elle n'entre que dans la portion de l'Alsace qui appartient au Roi en pleine Souveraineté, il est certain que les Etats n'y ont aucun intérêt, & qu'ils ne s'en plaindront point.

Il loue le Cardinal de ce que par sa conduite la France a encore deux Armées sur pied après une Campagne si pénible & si glorieuse.

Je suis obligé de dire à Votre Eminence, que l'entrée des Troupes du Roi dans le Païs de Liége donne ici beaucoup de réputation, non seulement à nos affaires; mais encore à Votre Eminence en particulier, & qu'on est surpris de voir que nous avons deux Armées sur pied, après une Campagne si pénible & si glorieuse.

Les Princes de l'Empire ont tant d'intérêts à la Cour de l'Empereur, qu'il est difficile de s'assurer de leur fermeté.

Les Princes de l'Empire ont tous tant d'intérêts particuliers en cette Cour, par lesquels l'Empereur les peut attirer, qu'il est difficile de s'assurer entierement de la fermeté de l'un d'eux. L'exemple du Prince Christian de Meckelbourg le fait voir; car la Maison d'Autriche a voulu détruire la sienne, & il doit à la France une partie de son rétablissement. Les Députez de Brunswick qui ont moins d'attachement à la Cour qu'aucuns autres, sont très-persuadez de la fermeté de Monsieur l'Electeur de Brandebourg: toutefois l'affaire de Cléves & Juliers le retiendra toujours un peu, & l'empêchera de rompre avec l'Empereur. Jus-

On l'assure de la fermeté de l'Electeur de Brandebourg, mais l'affaire de Cléves & de Juliers le retiendra & l'empêchera de rompre avec l'Empereur.

ques

1654.

Le Baron de Blumenial, en qui l'Electeur de Brandebourg paroît avoir une grande confiance, a servi l'Empereur dix ans; quelques Protestans ne se fient pas trop à lui, il n'a rien vu dans sa conduite qui lui puisse donner du soupçon, il le trouve trop reservé à son égard.

ques ici il paroit ferme pour les Protestans, & fort affectionné à la France; l'avis de son Résident est bon, car le Baron de Blumenral a servi l'Empereur dix ans durant en qualité de Commissaire général, & au commencement de l'Assemblée de Nuremberg il y vint avec Monsieur de Picolomini en qualité de Plénipotentiaire de l'Empereur. Je vois ici quelques Protestans qui n'ont pas en lui une entiére confiance, toutefois son Maître l'a en apparence, & je n'ai encore rien vu dans sa conduite qui put donner du soupçon, sinon qu'elle est plus reservée à notre égard.

J'envoye à votre Eminence la copie de ma Dépêche pour Monsieur le Comte de Brienne. Je suis avec un respect extrême &c.

MONSIEUR

De

VAUTORTE

à Monsieur de

BRIENNE.

Du 16. Fevrier 1654.

L'Abbé de Stavelo lui ayant recommandé la Requête ci-jointe en faveur de son Neveu, il a été bien aise de le lui recommander & de lui faire connoître, que cet Abbé a beaucoup d'affection pour les intérêts de la France.

MONSIEUR,

L'Abbé de Stavelo lui ayant recommandé la Requête ci-jointe en faveur de son Neveu, il a été bien aise de le lui recommander & de lui faire connoître, que cet Abbé a beaucoup d'affection pour les intérêts de la France.

J'Ai été prié de la part de Monsieur l'Abbé de Stavelo, Prince de l'Empire, de vous recommander la Requête ci-jointe de Monsieur le Baron de Warluzel son Neveu, & ce Prince ayant beaucoup d'affection pour nos intérêts, j'ai été bien aise d'avoir cette occasion de vous le témoigner, ne doutant point que le Roi ne fasse en sa considération tout ce qui sera raisonnable. Je n'ai point l'honneur de connoître Monsieur le Baron de Warluzel, & ne vous puis rien dire sur sa Requête. Je vous suplie très-humblement de me faire l'honneur de croire que je suis avec une passion extrême &c.

Cette Requête est pour suplier très-humblement le Roi de lui accorder son pardon d'avoir porté les armes contre lui, & pour lui demander en même tems la grace de le mettre en possession des Terres qu'il a héritées de son Frére dans le Païs d'Artois, s'offrant de donner caution de sa conduite, ou de se rendre en personne auprès du Roi pour lui en donner assurance.

AU ROI.

SIRE,

REmontre en toute humilité à votre Majesté le Baron de Warluzel, que passé vingt deux ans, & avant la Guerre déclarée à la Couronne d'Espagne, il a porté les armes dans l'Allemagne, & Païs-Bas, pour le service de la Maison d'Autriche, dans lequel il a continué en qualité & avec charge de Colonel de Cavalerie, & Infanterie, jusques passé deux ans, qu'il a obtenu permission de se deporter dudit service, & comme durant ce tems son Frére ainé est venu à mourir le laissant héritier des Terres & Seigneuries de Warluzel, Sambrin, Riviéres, Wandrues Bretencourt, avec leurs apendances, toutes situées sur la Frontiére d'Artois, entre Arras, & Dourlens, il n'a osé ni pu prendre possession desdits biens. Il vient donc en toute humilité suplier votre Majesté, de lui vouloir faire grace, & octroyer abolition, moyennant laquelle il se puisse ranger à son obéissance, & rentrer esdits biens, s'offrant de donner caution bastante, qu'il ne se mêlera d'aucunes factions contraires à son service: même de se rendre en personne chez votre Majesté pour lui en donner assurance, telle qu'elle trouvera convenir, priant Dieu pour la prospérité des armes de votre Majesté.

Cette Requête est pour suplier très-humblement le Roi de lui accorder son pardon d'avoir porté les armes contre lui, & pour lui demander en même tems la grace de le mettre en possession des Terres qu'il a héritées de son Frére dans le Pais d'Artois, s'offrant de donner caution de sa conduite, ou de se rendre en personne auprès du Roi pour lui en donner assurance.

MONSIEUR

De

VAUTORTE

à Monsieur de

BRIENNE.

Du 19. Fevrier 1654.

Il lui donne avis qu'il n'a pas pu préfenter encore à l'Empereur la Lettre du Roi qu'il lui a envoyée, qu'il la doit préfenter le lendemain & qu'il diftribuera enfuite les Lettres pour les Electeurs, & aux Princes Directeurs des Cercles aufquels il croit qu'il fuffit qu'il écrive. Il ne doute pas que cette conduite du Roi ne foit eftimée. L'Archiduc écrit à l'Electeur de Cologne que puis qu'il appelle les François à fon fecours, il s'attirera la Guerre dans fon Païs : excufes de l'Electeur. Il lui répéte que l'Empereur pour retarder le fecours des Etats de l'Empire, n'avoit envoyé le Comte de Staremberg, pour les convier de s'armer, que le dix du mois. Le Duc de Wirtemberg Directeur du Cercle de Suabe ne fecourra pas l'Electeur de Cologne, parce que l'Empereur ne lui a point écrit. L'Electeur de Cologne ne doit attendre aucun fecours des Cercles d'Autriche, Bourgogne, Baviere. Le Cercle du haut Rhin, qui ne s'armeroit pas pour fa propre défenfe, ne fera rien. L'Electeur de Cologne ne peut attendre du fecours que des Cercles de Saxe & de Weftphalie, les 800. de Brandebourg & les 500. de Bruns-

wick ne font pas encore prêts. Il ne faut point faire fonds fur le fecours du Landgrave de Heffe, ni fur celui de l'Electeur de Saxe. Toutes les Lettres qui viennent du côté de Weftphalie confirment que l'Affemblée de Minden n'a eu aucun effet ; la feconde dont on parle, n'eft qu'une Affemblée Préliminaire pour réfoudre le lieu & le tems d'une autre, dans laquelle on déliberera de l'armement. Si la Guerre s'échauffe dans le Païs de Liége les Etats y pourroient prendre part felon leurs intérêts particuliers : s'il n'eft queftion que des quartiers d'hiver, le tems fera paffé, avant qu'ils foient préparez. Il n'a point reçu de réponfe de l'Electeur de Trèves, il lui récrira, il croit que l'envie de ravoir Hammerftein l'empêche de rendre juftice à la France. Touchant l'affaire de Mantouë, & l'Inveftiture de Savoye, fa conduite dans ces affaires, & le caractère de l'Envoyé de Savoye. La Cour de Savoye fe plaint du peu que l'Armée de France avoit fait en Italie, & que la Trêve lui étoit fufpecte. Il ne voit point le Député de Mantouë, qui ne l'a point vifité. Le Député de Savoye n'aura pas fujet d'avoir aucun foupçon. Il faura bientôt fi le Sieur de Saint Etienne a des Lettres de change pour 60. mille écus. On croit qu'il a eu la permiffion de faire des levées. Le Bacha de Bude remuë, ce qui obligera l'Empereur à fe tenir fur fes gardes, & à ne point licentier fes Troupes. Il n'y a rien à craindre du projet de levée du Prince Chriftian de Meckelbourg. L'Empire ne s'émeut point de la propofition du mariage du Roi des Romains avec l'Infante, il faut que le mal les touche de plus près pour les émouvoir. La France ne doit rien efpérer des Catholiques, tous les Evèques font attachez à

la

la Maison d'Autriche. Plu-sieurs Princes Protestans sont favorables à la France, mais il ne voit aucune disposition pour une Ligue. Il ne faut rien espérer de l'Electeur Palatin, l'Electeur de Saxe est Autrichien, & son principal Ministre l'est plus que lui. Le Prince son Fils n'a point d'autres sentimens, on croit qu'il se fera Catholique. Les Etats ont été occupez toute la semaine à examiner le raport sur le point de la Justice. L'Empereur a déclaré par un Décret très-pressant qu'il vouloit partir le 20. d'Avril, & qu'il souhaitoit que la Diéte finît avant son départ. Il doute que l'Empereur parte, les glaciéres qu'on a fait remplir font soupçonner qu'il restera, parce qu'il est impossible de finir sitôt les matiéres. Il lui envoye la copie de deux Lettres que la Reine de Suede a écrites, l'une au Roi d'Angleterre, & l'autre au Prince Palatin de Suede sur la disgrace du Comte de la Gardie. La Reine de Suede a écrit une Lettre très-obligeante à l'Ambassadeur d'Espagne grand Chasseur, pour lui demander des Oiseaux, elle l'a traité de Cousin.

MONSIEUR,

J'Ai reçu la Lettre du Roi pour l'Empereur, & pour les Princes de l'Empire, avec celle que vous m'avez fait l'honneur de m'écrire le 27. de Janvier. J'ai cru qu'il étoit à propos de présenter celle de l'Empereur avant que d'en donner ou envoyer aucune autre, & je n'ai point encore eu d'audience, parceque votre Dépêche ne m'ayant été rendue que le Dimanche gras, au soir, je ne l'ai pas demandée les deux derniers jours du Carnaval, que l'Empereur a employez à des nôces de Messieurs les Comtes de Strozzi, & Rabat, Capitaines des Gardes du Roi des Romains, avec des Filles de l'Impératrice. Je la demandai hier, & j'espére l'avoir aujourd'hui. On ne m'a accordé l'audience de l'Empereur que pour demain. Dans la distribution de ces Lettres, j'observerai le mieux que je pourrai l'ordre que vous me donnez, & écrirai à tous les Princes auxquels j'en envoyerai, c'est à dire aux Electeurs, & aux Princes Directeurs des Cercles, ne croyant pas qu'il soit nécessaire d'en envoyer à d'autres.

La conduite du Roi en cette occasion sera sans doute estimée de tous ceux qui ne sont pas aveuglément attachez à nos Ennemis, & quoique ceux-ci puissent dire, ils ne persuaderont personne. Il y a déja quelque tems qu'on fait ici le dessein de Sa Majesté, & les sentimens que les Etats en ont. Monsieur l'Archiduc Léopold a écrit le 25. de Janvier une Lettre à Monsieur l'Electeur de Cologne par laquelle il lui mande qu'il a avis qu'il appelle les François à son secours, & leur met entre les mains Dinan, & Boüillon, & il lui represente que c'est le moyen d'attirer dans son Païs toute la Guerre des deux Couronnes, parceque les Espagnols nous y suivront & qu'il lui auroit été plus avantageux de souffrir un mal qui auroit cessé au printems. Monsieur l'Electeur de Cologne lui a répondu le 29. de Janvier, & déclaré qu'il ne nous avoit point appellez, encore moins offert ces deux Places, & même qu'il avoit refusé l'offre de notre secours; mais que nous allions de notre mouvement chercher nos Ennemis dans son Païs : qu'il avoit prevu cela, & que je l'avois déclaré ici aux Etats par écrit. Il a écrit une semblable Lettre à l'Empereur le trentiéme de Janvier.

Je vous ai mandé par ma derniére Lettre que l'Empereur retarde autant qu'il peut l'assistance des Princes de l'Empire; & qu'au lieu d'envoyer ses Lettres aux Princes, afin de les convier d'armer pour son secours, incontinent après la déliberation de l'Assemblée qui l'en requeroit, il n'avoit fait partir le Comte de Staremberg pour les porter que le dix de ce mois. Ces Lettres ne sont que pour les cinq Cercles du haut & du bas Rhin, de la haute & basse Saxe, & de la Westphalie, & il n'y en a point pour les Cercles de Suabe, & de Franconie; desorte que le Duc de Wirtemberg Directeur du Cercle de Suabe qui témoignoit beaucoup d'envie de secourir Monsieur l'Electeur de Cologne, ne le fera point, ainsi que m'ont assuré ici ses Députez, s'il n'a une Lettre de l'Empereur, laquelle il ne recevra point du tout, ou il la recevra trop tard. Il en faut dire autant de tous les Princes, & Etats de ces deux Cercles moins affectionnez que lui au secours, & moins en pouvoir de le donner : je ne parle point des Cercles d'Autriche, & de Bourgogne, auxquels on ne demande rien. Le Cercle de Baviere ne donnera aucun secours effectif, & assez promt : Monsieur le Comte Guillaume de Furstemberg, premier Ambassadeur de Monsieur l'Electeur de Cologne, est présentement à Munick pour ce sujet, d'où ses Collegues croyent qu'il ne raportera que des paroles, & des Lettres d'intercession: car le Duc Albert, Pére de l'Electeur de Cologne, & Administrateur de l'Electorat de Baviere, n'y a aucun pouvoir, & il est tout entier entre les mains de Madame l'Electrice Mére, qui ne fera rien contre le gré de l'Empereur son Frére. Le Cercle du haut Rhin ne fera rien, & il ne s'armeroit pas pour sa propre défense : je l'ai remarqué clairement l'été dernier, lorsqu'on croioit que le Duc de Lorraine prendroit ses quartiers d'hiver en Alsace. Ce que le Cercle Electoral fera n'opérera rien, car les Ambassadeurs de l'Electeur de Cologne me dirent encore hier, que l'Electeur de Mayence qui a déja envoyé à leur Maître 250. hommes, se dispose encore à en envoyer 80. que l'Electeur Palatin n'envoyera aucun secours, & qu'il a depuis peu licentié quelques Compa-gnies

gnies d'Infanterie qu'il avoit. Il ne reste donc que l'Electeur de Trêves, qui aura besoin lui-même de ses gens, & du secours de ses amis, & qui n'est pas en pouvoir d'en donner un fort grand, quoiqu'il fût hors de danger; de-sorte que tout le secours doit venir des deux Cercles de Saxe & de celui de Westphalie. Ce que les Agens de Monsieur l'Electeur de Brandebourg vous disent, & Monsieur Chanut, est fort different de ce que disent les Ambassadeurs de Cologne, & toutes les Let-tres qu'on reçoit de ces trois Cercles. Il est certain que les Ambassadeurs de Brandebourg ont publié ici il y a déja quelque tems, que leur Maître envoyoit au Païs de Liége huit cens hommes de pied, & que les Ducs de Brunswick y envoyoient cinq cens Chevaux; mais les cinq cens Chevaux ne sont point en-core prêts, ainsi que m'ont dit les Députez des Princes de Brunswick, & les huit cens hom-mes de pied sont encore dans le Païs d'Alber-stat, où l'Electeur les prend. Ses Ambassa-deurs m'ont dit qu'ils croyoient qu'ils étoient maintenant au Païs de Cléves, mais ce n'est que par conjecture; car ils n'en ont aucune nouvelle, & toutes les Lettres qu'on reçoit de Cologne n'en disent rien, non plus que du secours que les Evêques de Munster, & Pa-derborn devoient donner. Les huit cens hommes seuls ne passeront pas fort surement au Païs de Liége, si nos Ennemis les veulent empêcher, & je crois que l'Electeur de Bran-debourg ne les hazardera pas sans Cavalerie.

Pour ce qui est du secours de Monsieur le Landgrave de Hesse, lequel Monsieur l'Elec-teur de Brandebourg sollicite, ainsi que vous a dit son Agent, & de celui de l'Electeur de Saxe, duquel son Agent à la Haye a parlé à Monsieur Chanut; ce sont des idées qui n'ont point encore de réalité. Ainsi que ces Am-bassadeurs, ceux de l'Electeur de Cologne, & toutes les Lettres qui viennent de ce Païs-là, ne confirment que trop que l'Assemblée

tenue à Minden n'a eu aucun effet. On dit qu'il y en a une seconde au même lieu, com-mencée le 29. de Janvier; mais ce n'est qu'u-ne Assemblée Préliminaire, pour résoudre le lieu & le tems d'une autre, dans laquelle on délibérera de l'armement du Cercle. Voila, Monsieur, l'information que je puis vous don-ner sur ce sujet, par laquelle vous connoîtrez que Monsieur l'Electeur de Cologne doit es-perer fort peu de secours de l'Empire pour le quartier d'hiver. Si la Guerre s'échauffoit dans le Païs de Liége, les Etats y pourroient prendre part, de côté ou d'autre, selon leurs

intérêts particuliers; mais s'il n'est question que du quartier d'hiver, il sera presque fini avant qu'ils se soient préparez.

Je me suis donné l'honneur de vous man-der par mes Lettres du 22. & 29. de Janvier, ce qui est arrivé dans l'affaire de Savoye, & pour les plaintes données contre nous, on n'en a point reparlé depuis, & plusieurs cro-yent qu'on n'en reparlera plus, si nous ne commençons. J'attendois la Réponse de l'E-lecteur de Trêves à ma Lettre du 26. Jan-vier, de laquelle je vous ai envoyé copie; mais il ne m'en a point fait, & ne m'a rien fait dire ensuite par ses Ambassadeurs: ce qui me fait croire qu'il n'a pas dessein de nous rendre justice. Je lui en écrirai encore, en lui envoyant la Lettre du Roi sur l'affaire de

Liége. Le desir d'avoir Hammerstein que tient le Duc de Lorraine, & de faire valoir la Sentence de l'Empereur qu'il a obtenue

contre l'Abbé de Saint Maximin, au tems de l'Election du Roi des Romains, l'empêche-ront peut-être de nous faire justice, & il sera

fidélement servi en cette occasion par ses Am-bassadeurs, le Baron de Metternich parent de l'Evêque de Spire, & le Chancelier Auctha-nus grand Espagnol. Si cet Electeur ne change en notre faveur, il ne faut rien espérer de cette affaire: car nous ne changerons pas les Electeurs de Mayence, Saxe, & d'Heidel-berg, & si j'agissois de mon mouvement je la laisserois en l'état où elle est; toutefois j'en reparlerai par un Mémoire, pour contenter le Député de Savoye qui m'en presse, si je ne reçois point d'ordre contraire par votre Ré-ponse à ma Lettre du vingt-deuxiéme de Jan-vier, laquelle j'aurai Dimanche prochain vingt-deuxiéme de ce mois. Je vous suplie très-humblement de n'être en aucune inquiétude pour l'offre de l'argent, car je la réglerai en-sorte, que je n'engagerai rien, contre l'inten-tion de Sa Majesté, & je ferai voir à Mon-sieur le Duc de Savoye, comme je crois avoir fait jusques à présent, que le retardement de l'Investiture ne vient pas de celui du paye-ment. Le Collége Electoral a vu que son avis étoit insoutenable; car il l'a reformé, & sans faire aucune mention du dépôt, il dit seulement, que l'Empereur sera convié d'avoir

soin de donner l'Investiture à Monsieur le Duc de Savoye, & du payement de Monsieur le Duc de Mantoüe, & cet avis a encore été suspendu par mon Mémoire.

Je n'ai rien aperçu ici du dessein de Mon-sieur le Duc de Savoye, dans la conduite de son Député, ni dans celle de l'Empereur, & je suis très-persuadé que le Député n'en sait rien. Si l'Empereur y pense il peut avoir por-té l'affaire au point où elle est pour accorder ensuite avec plus de grace à Monsieur le Duc de Savoye, ce qu'il demande; mais le Dé-puté a témoigné un si grand desespoir du mauvais succès de son affaire, & a si fort pesté contre l'injustice de l'Empereur, & l'aban-donnement de l'Electeur de Baviere, en des lieux où il ne pensoit pas que je le pusse sa-voir, que je suis très-persuadé qu'il a parlé du fond du cœur. Il est fort chaud, & cette chaleur l'emporte souvent à découvrir des choses, qu'il ne diroit pas de sang froid. Il m'a souvent témoigné qu'on n'étoit pas satis-fait en Savoye de la derniére Campagne, &

que notre Armée étant forte, & plutôt aux champs que celle des Espagnols, avoit pu en-treprendre le siége de Trin, ou de quelque autre Place. Il m'a depuis fait connoître que la Trêve faite & renouvellée entre les deux Ar-mées ne plaisoit pas: qu'elle étoit suspecte, & qu'on n'en voyoit point le motif, & depuis peu, il m'a dit que les Troupes qui demeu-roient dans le Piémont, donnoient du dégoût, quoiqu'on promît qu'elles ne prendroient que le couvert, parce qu'on savoit bien de quelle façon ces promesses étoient gardées par des Gens de Guerre.

Je n'ai point vu le Député de Mantoüe de-puis que je suis ici. Il ne m'a pas fait la pre-miere visite qu'il me devoit, & je n'en ai pas été fâché, pour ne donner aucun om-brage au Député de Savoye, qui est extrême-ment soupçonneux. Je ne pourrois faire ici

aucune ouverture à ce Député de Mantoüe qui ne nous fût desavantageuse; car l'Empe-reur la pourroit savoir, & par lui Monsieur le Duc de Savoye; desorte que si le soupçon que vous avez se trouve véritable, il me semble

1654.

ble plus à propos de faire parler à Monſieur le Duc de Mantouë, ou à ſes Miniſtres, dans tout autre lieu, que dans la Cour de l'Empereur.

Il ſaura bientôt ſi le Sieur de Saint Etienne a des Lettres de change pour 60. mille écus. On croit qu'il a eu la permiſſion de faire des levées.

Monſieur de Saint Etienne eſt parti d'ici le quatorze de ce mois : il a dit qu'il reviendroit bientôt. Je n'ai encore pu ſavoir avec certitude, s'il eſt véritable qu'il ait des Lettres de change pour ſoixante mil écus à Nuremberg ; mais j'eſpére l'aprendre dans peu de jours. On publie chez l'Empereur qu'il a demandé permiſſion de faire des levées, & qu'il en a été refuſé, mais tout le monde croit qu'il l'a obtenuë, & qu'elles ſe feront dans les Terres héréditaires, ſous le nom des Eſpagnols. Elles ne ſont point encore commencées, mais ſi l'Empereur licentie quelques Regimens en ſa faveur, elles ſeront bientôt faites. On m'a averti qu'il en veut uſer ainſi pour les levées du Milanois ; mais je ne ſais s'il a aſſez de Troupes pour faire ces deux licentiemens, qu'il remplaceroit à loiſir par des recrues.

Le Bacha de Bude remuë ; ce qui obligera l'Empereur à ſe tenir ſur ſes gardes, & à ne point licentier ſes Troupes.

Si le nouveau Bacha de Bude eſt auſſi remuant qu'on dit, il obligera l'Empereur à ſe tenir ſur ſes gardes.

Il n'y a rien à craindre du projet de levée du Prince Chriſtian de Meckelbourg.

Monſieur de Meulles m'a écrit de Hambourg le ſeptiéme de ce mois, ſur le projet des levées du Prince Chriſtian de Meckelbourg, & il me mande qu'il n'a point encore d'argent. Les Députez des Ducs de Brunſwick, & de Meckelbourg continuent de m'aſſurer que nous n'en devons avoir aucune inquiétude, & qu'il y a préſentement une Aſſemblée du Cercle de la Baſſe Saxe dans Hambourg, pour chercher les moyens de remédier à ce mal, & de l'étouffer dans ſa naiſſance.

L'Empire ne s'émeut point de la propoſition du mariage du Roi des Romains avec l'Infante, il faut que le mal les touche de plus près pour les émouvoir.

La France ne doit rien eſpérer des Catholiques, tous les Evêques ſont attachez à la Maiſon d'Autriche.

Les Etats de l'Empire ne conſidérent que les maux préſens, & chacun ne conſidére que le ſien ; deſorte que j'oſe vous dire qu'on veut vous tromper, ſi on vous aſſure qu'ils s'allarment fort de la propoſition du Mariage du Roi des Romains avec l'Infante, & qu'ils penſent à faire pour ce ſujet de nouvelles liaiſons entr'eux, & avec nous. Il peut bien y avoir quelque Prince ſage qui a cette penſée ; mais étant ſeul elle demeurera infructueuſe, juſques à tant que le mal ſoit plus proche, & preſque ſur leur tête. Nous ne devons rien eſpérer des Catholiques, car tous les Evêques ſont attachez à la Maiſon d'Autriche, à cauſe de leurs intérêts particuliers. Le Duc de Neubourg & le Marquis Guillaume de Baden, ont le même attachement & l'Electeur de Baviere n'a point encore témoigné quel parti il prendra ; & cependant Madame l'Electrice ſa mére ne fera rien contre le gré de l'Empereur.

Pluſieurs Princes Proteſtans ſont favorables à la France, mais il ne voit aucune diſpoſition pour une Ligue. Il ne faut rien eſpérer de l'Electeur Palatin, l'Electeur de Saxe eſt Autrichien, & ſon principal Miniſtre l'eſt plus que lui. Le Prince ſon fils n'a point d'autres ſentimens, on

Pluſieurs Proteſtans nous ſont favorables, mais je ne vois encore aucune diſpoſition à une Ligue avec nous, & beaucoup moins à nous en faire eux-mêmes l'ouverture. Il ne faut rien attendre dans ce tems de l'Electeur Palatin, qui ſert aveuglément l'Empereur, & les Eſpagnols, & ſi ſon Agent vous parle autrement, je vous aſſure que c'eſt pour ſe faire de fête. L'Electeur de Saxe eſt Autrichien, & ſon principal Miniſtre, nommé Sebettendorf, Grand Maître de ſon Païs, l'eſt encore plus que lui. Je ſuis ſurpris de ce qu'on vous a dit que le Prince Fils Aîné de cet Electeur aura d'autres ſentimens, & que le Baron de Rechberg ſon favori ne nous eſt pas contraire ; car tous les Proteſtans croyent que ce Prince ſera encore plus Autrichien que ſon Pére, & pluſieurs croyent qu'il ſe fera Catholique. Le Pére

Recteur des Jéſuites de cette Ville me l'a dit, comme le ſachant de bonne part, & des Recolets François qui ont paſſé depuis peu à Dreſden, au retour de Pologne, m'ont dit, que ſon valet de Chambre qui eſt François, leur en avoit donné beaucoup d'eſpérance. Le Prince Auguſte Adminiſtrateur de Magdebourg, ſecond Fils de cet Electeur, n'eſt point Autrichien, & Monſieur Enryl ſon favori ne l'eſt pas plus que lui.

Les Etats ont été occupez toute la ſemaine à examiner le raport ſur le point de la Juſtice.

Les Etats n'ont rien fait cette Semaine, qu'examiner le point de la Juſtice, ſur le raport des Députez qui avoient été nommèz pour en remarquer les abus, & pour chercher les moyens d'y remédier. Ils ſe ſont déja aſſemblez trois fois, & cette matiére les occupera encore quelques jours.

L'Empereur a déclaré par un Décret très-preſſant qu'il vouloit partir le 20. d'Avril, & qu'il ſouhaitoit que la Diéte finît avant ſon départ. Il doute que l'Empereur parte, les glaciéres qu'on a fait remplir font ſoupçonner qu'il reſtera, parce qu'il eſt impoſſible de finir ſitôt les matiéres.

L'Empereur a déclaré par un Décret dicté le 13. de ce mois, qu'il vouloit partir au vingtiéme d'Avril, & qu'il ſouhaitoit que la Diéte finît avant ſon départ, exhortant les Etats à expédier diligemment les matiéres les plus importantes, & à remettre les moins preſſées à une autre Diéte. On doute fort de ce départ, car on a déja vu deux ſemblables Décrets, qui n'ont point eu d'effet. Il eſt véritable que celui-ci ſemble plus preſſant que les autres ; mais il eſt impoſſible de finir ſitôt les matiéres néceſſaires, & les glaciéres dont je vous ai parlé dans ma derniére Lettre donnent beaucoup de ſoupçon. Je vous ſuplie très-humblement de me faire l'honneur de croire que je ſuis avec une paſſion extrême.

Il lui envoye la copie de deux Lettres que la Reine de Suede a écrites, l'une au Roi d'Angleterre, & l'autre au Prince Palatin de Suede ſur la diſgrace du Comte de la Gardie.

La Reine de Suede a écrit une Lettre très-obligeante à l'Ambaſſadeur d'Eſpagne grand Chaſſeur, pour lui demander des Oiſeaux, elle l'a traité de Couſin.

Je vous envoye la copie de deux Lettres de la Reine de Suéde, l'une au Roi d'Angleterre, & l'autre au Prince de Suede, ſur la diſgrace du Comte de la Gardie : le Député du Comte d'Oldenbourg les fait courir. Cette Reine en a depuis peu écrit une fort obligeante à l'Ambaſſadeur d'Eſpagne, qui eſt un grand Chaſſeur, pour lui demander des oiſeaux ; elle l'a traité de Couſin, car il eſt Grand d'Eſpagne.

COPIE

De

LETTRE

Ecrite par la Reine de

SUEDE

Au Roi

D'ANGLETERRE.

C'est une Lettre de compliment de la Reine de Suede au Roi d'Angleterre pour s'excuser si elle n'est pas en état de lui fournir les secours dont il a besoin.

MONSIEUR MON FRERE,

C'est une Lettre de compliment de la Reine de Suede au Roi d'Angleterre pour s'excuser si elle n'est pas en état de lui fournir les secours dont il a besoin.

LE Chevalier Balandin m'a rendu la Lettre que vous avez pris la peine de m'écrire, & m'a proposé la commission dont vous l'avez chargé : il agit en tout en homme d'honneur, & a témoigné autant de fidélité, & de zéle pour votre service, que vous en pouviez souhaiter de lui : je lui dois ce témoignage, afin que vous ne lui imputiez point le mauvais succès de sa Négociation. C'est l'injure du tems qui rend vos maux incurables, & je m'estime malheureuse d'être en état de n'y pouvoir apporter aucun reméde. Vous aurez sans doute la bonté de souffrir que vos amis ayent soin de leurs intérèts, lorsqu'ils se jugent inutiles aux vôtres. Je vous avoue avec regret que je le suis plus que personne, & que je ne puis consentir aux propositions que vous me faites, sans préjudicier au bien d'un Etat, dont les intérèts me doivent être chers au dessus de toûtes autres considérations. Je souhaite cependant que le tems qui aporte des remédes à tous les maux, finisse enfin vos adversitez, & qu'il me fasse naître des occasions de les soulager, sans contrevenir aux obligations qui seulement peuvent tout sur moi. Je suis

Votre affectionnée Sœur,

CHRISTINE.

COPIE

De

LETTRE

De la Reine de

SUEDE

Au Prince de

SUEDE.

Cette Lettre n'est que pour témoigner au Prince qu'elle est aussi sensiblement touchée que lui du malheur du Grand Thrésorier, qu'elle n'a pas pu faire autrement parceque la Justice le lui ordonnoit.

MON COUSIN,

LA part que vous prenez au malheur du Grand Thrésorier, augmente ma compassion & la douleur de me voir reduite en état de le plaindre seulement. Je vous envoye la relation de ce qui s'est passé dans la Conférence qu'il eut avec Schlippenbach, qui vous fera voir que ce qui est arrivé étoit inévitable, & qu'il n'est pas en mon pouvoir d'y remédier. J'ai porté toute la considération que j'ai dû sur l'intérêt que nous avons en sa personne; mais la Justice m'ordonnant de l'oublier, je lui ai obéi aveuglément, & suis satisfaite de ma conduite. Jugez de mes sentimens par la Lettre que je lui ai écrite en Réponse de la sienne, & vous les trouverez équitables : vous trouverez même qu'il y va de votre intérêt que l'affaire se passe ainsi. Au reste, mon Cousin, je vous suis obligée des sentimens respectueux que vous me témoignez dans votre Lettre, conservez-les, je vous prie, & soyez certain que vous n'aurez jamais sujet de regreter de les avoir eus si conformes à votre devoir. Je suis

Votre très-affectionnée Cousine,

CHRISTINE.

A Upsal, le 16. Décembre 1653.

C O P I E

De

L E T T R E

Ecrite par Madame

L'ELECTRICE

De

B A V I E R E

à Monsieur de

V A U T O R T E.

Le dernier Fevrier 1654.

Elle lui témoigne être contente des Lettres du Roi, qu'il n'a point lieu d'en excuser la forme, le fonds étant très-bon. L'Electeur ne répond pas lui-même au Roi, parceque c'est l'usage d'Allemagne pendant la minorité. Elle ne doute pas de l'affection du Roi pour son neveu l'Electeur de Cologne, & qu'il ne s'interesse dans les affaires de Liége. L'Empereur & les Etats ont les mêmes sentimens, pour accommoder ces troubles par la douceur, à quoi l'autorité du Roi pourra contribuer par l'entremise de l'Ambassadeur.

MONSIEUR,

LEs Lettres que vous nous avez adressées, tant de la part du Roi pour Monsieur l'Electeur notre Fils, que de la vôtre, pour notre particulier, nous ont été rendues à contentement. Il ne faut point d'excuses touchant la forme de celles de Sa Majesté; le fond ne laisse pas pourtant d'être très-bon, & la reception nous en est fort agréable; mais afin

que Sa Majesté n'aye sujet de se plaindre de Monsieur mon Fils, ou d'attribuer à incivilité qu'il ne répond pas lui-même, nous en laissant le soin, vous nous obligerez de faire entendre à Sa Majesté que c'est l'usage d'Allemagne durant la minorité, laquelle exempte les Mineurs de ce devoir. Quant aux affaires de Liége, nous ne doutons pas de la bonne affection que le Roi témoigne avoir à notre Neveu Monsieur l'Electeur de Cologne, pour lequel nous sommes obligez de nous fort interesser, & savons que Sa Majesté Impériale, & les Etats assemblez à Ratisbonne, ont les mêmes sentimens que nous, pour aporter les remédes, & modérations propres à accommoder ces troubles par voye de douceur, à quoi l'autorité de Sa Majesté pourra beaucoup contribuer par votre entremise, par où elle obligera tout l'Empire, & nous particuliérement, aussibien que Monsieur notre Neveu, de lui en rendre grace. Cela arrivant, les Troupes de Sa Majesté seront exemptes de la fatigue qu'elles s'aportent en une mauvaise saison : c'est ce que nous souhaitons infiniment, comme Sa Majesté pourra même connoître de notre Réponse ci-jointe, qu'il vous plaira lui adresser, & donner part de tout ce que nous vous mandons. Priant notre Seigneur vous avoir en sa sainte garde.

Votre très-affectionnée

MARIA ANNA.

De Munich le dernier de Fevrier 1654.

C O P I E

De

L E T T R E

Ecrite par Monsieur l'Electeur de

B R A N D E B O U R G

A Monsieur de

V A U T O R T E.

Le 21. Février 1654.

Cette Lettre témoigne sa satisfaction d'aprendre que le Roi se

                    consi

Elle lui témoigne être contente des Lettres du Roi, qu'il

1654.
n'a point lieu d'en excuser la forme, le fond étant très-bon.
L'Electeur ne répond pas lui-même au Roi, parceque c'est l'usage d'Allemagne pendant la minorité.
Elle ne doute pas de l'affection du Roi pour son Neveu l'Electeur de Cologne, & qu'il ne s'interesse dans les affaires de Liége. L'Empereur, & les Etats ont les mêmes sentimens pour accommoder ces troubles par la douceur à quoi l'autorité du Roi pourra contribuer par l'entremise de l'Ambassadeur.

confie entiérement en lui: qu'il le peut assurer de sa bonne intention pour la France. L'Electeur de Brandebourg croit sans difficulté que quoique le Roi donne du secours à l'Electeur de Cologne, qu'on se gouvernera si bien que le Traité de Munster demeurera en son entier.

MONSIEUR,

J'Ai vu dans la Lettre de votre Excellence avec une grande joye & singulier contentement, l'entiére confiance que le Roi votre Maître témoigne d'avoir en moi. Vous le pouvez assurer de la bonne & ferme intention que j'ai euë, & aurai toujours, à maintenir mon crédit à l'égard de la France, ne voulant laisser passer aucune occasion sur ce sujet; afin de lui montrer mon desir à observer ponctuellement tout ce qui est requis pour la conservation de la bonne intelligence, qui a été de tout tems réligieusement entretenue entre les Rois très-Chrétiens & la Maison Electorale de Brandebourg.

Quant au secours que la France prête à Monsieur l'Electeur de Cologne, je ne fais aucune difficulté de croire que l'on y procédera en telle sorte, que le Traité de Munster demeurera inviolable, & en son entier, & que l'on n'aura autre but que de procurer la Paix, & le repos de l'Empire; mais principalement la tranquilité universelle de la Chrétienté, comme de ma part, je m'y employerai vivement; & sans perdre aucune occasion à y animer aussi les autres Etats de l'Empire. Sur ce, je vous remercie, Monsieur, de l'assurance de votre bonne affection, vous priant d'y continuer & de vous en promettre autant de moi, étant,

De votre Excellence très-affectionné

FRIDERIC WILHELM,

Electeur de Brandebourg.

MONSIEUR

De

VAUTORTE

à Monsieur de

BRIENNE.

Du 26. Fevrier 1654.

Le Marquis de Dourlach demande la restitution d'un Château qui devoit être déja rendu: il le prie de lui envoyer les ordres du Roi là-dessus.

MONSIEUR,

IL y a un Château nommé Landseron, auprès de la Ville de Bâle, lequel apartient à Messieurs Rech, Gentilshommes du Païs, & est dans le Fief de Monsieur le Marquis de Dourlac. Ce Château devoit être rendu dès l'année 1650. comme toutes les autres Places, en exécution du Traité de Paix; toutefois il a été retenu par ceux qui ont commandé à Brisac, & lorsque j'en ai écrit à Monsieur le Comte d'Harcourt, il m'a répondu, qu'il étoit du service du Roi de le garder encore quelque tems. Monsieur le Marquis de Dourlac qui a en toutes occasions une conduite fort obligeante pour la France, n'en a voulu faire aucune plainte, & s'est résolu d'attendre patiemment, jusques à tant que les affaires de Brisac fussent remises dans l'ordre: maintenant qu'il croit que le tems est venu, il m'a fait souvenir de la parole que je lui ai donnée, de vous en écrire. J'y satisfais par cette Lettre, & vous représente qu'en exécution du Traité de la Paix, nous sommes obligez de restituer ce Château. Monsieur le Marquis de Dourlac assurera Sa Majesté qu'il ne tombera entre les mains d'aucun Prince, ou particulier, contre l'intérêt de la France. Je vous suplie très-humblement de me mander la résolution de Sa Majesté sur ce sujet, & de me faire l'honneur de croire que je suis &c.

MONSIEUR
De
VAUTORTE
à Monsieur de
BRIENNE.

Du 26. Février 1654.

Il lui rend compte de la maniére qu'il a distribué les Lettres du Roi pour l'Empereur & pour les Princes de l'Empire. Qu'il suffit d'écrire aux Directeurs des Cercles, qui apprendront à l'Empire les intentions du Roi. Si la France a quelque bon succès dans le Païs de Liége, il présentera un Mémoire aux Etats. Bruits que les Espagnols font courir contre nous. L'Empereur lui a dit qu'il ne sauroit desaprouver la conduite de la France, qu'il en confèreroit en son Conseil & feroit réponse. Le secours que le Roi donne à l'Electeur de Cologne est aprouvé, il n'y a que les Députez de l'Electeur de Saxe qui soient d'un sentiment contraire. L'Empereur n'a encore écrit qu'aux Directeurs des cinq Cercles: le Comte Guillaume de Furstemberg le sollicite d'écrire aux autres. On croit qu'il l'obtiendra; mais le plus tard qu'il sera possible. L'Electeur de Cologne n'a encore aucun secours de l'Empire, si ce n'est cinq cens hommes de Mayence & de Trèves: les autres n'oseroient passer seuls, ou ne sont pas prêts. Les Troupes du Roi dans le Païs de Liége feront un très-bon effet. Il a appris du Secretaire

de l'Ambassadeur de Venise, qui est à Vienne, que les Espagnols y levent des Troupes pour le Milanois, ce qui empêche les Venitiens de faire leurs levées. Le Prince Léopold de Bade lui a dit que cinq Colonels ont ordre de licentier dans un mois 400. hommes chacun, qui seront levez par les Espagnols pour le Prince de Condé. A la premiére audience qu'il aura de l'Empereur il se plaindra de cette contravention au Traité, & en fera ensuite sa plainte aux Etats: il croit que ce sera sans succès: il faut toujours se plaindre, cela peut servir en un autre tems. On l'assure que la levée du Prince Christian de Meckelbourg n'aura aucun effet. On attend des nouvelles de l'Assemblée de Hambourg. On croit communément que l'Empereur partira au commencement de Mai; & qu'il laissera à sa place le Prince de Lobkowitz pour séparer peu à peu la Diéte. On dit que l'Empereur doit aller à Presbourg au commencement de Juin pour la nomination d'un Palatin de Hongrie: que l'Imperatrice Douairiére ne peut plus guére vivre, & qu'elle a une grande passion de voir l'Empereur. Il le fait ressouvenir qu'il lui a écrit à la prière du Marquis de Dourlach, pour la restitution du Château de Landseron qui lui paroit très-juste. Si les Electeurs ne traitent pas le Roi de Majesté, il ne recevra pas leurs Lettres, à moins qu'elles ne soient fermées.

MONSIEUR,

DEpuis ma dernière Lettre du 19. de ce mois, j'ai reçu celle que vous m'avez fait l'honneur de m'écrire le sixiéme, qui me promet pour le prochain Ordinaire votre Réponse à la mienne du 22. de Janvier. Je l'attends pour régler ma conduite sur nos affaires, & sur celle de Savoye, n'ayant pas voulu donner un nouveau Mémoire aux Etats avant que de l'avoir reçue.

J'ai donné à l'Empereur & à l'Electeur de Mayence les Lettres du Roi, & j'ai envoyé aux autres Electeurs, & Princes Directeurs des Cercles, celles que j'avois pour eux, & leur

Il lui rend compte de la manière qu'il a distribué les Lettres du

1654.

Roi pour l'Empereur & pour les Princes de l'Empire.

Qu'il suffit d'écrire aux Directeurs des Cercles qui apprendront à l'Empire les intentions du Roi.

Si la France a quelque bon succès dans le Païs de Liége il présentera un Mémoire aux Etats.

Bruits que les Espagnols font courir contre nous.

L'Empereur lui a dit qu'il ne sauroit desaprouver la conduite de la France, qu'il en conféreroit en son Conseil & feroit reponse.

Le secours que le Roi donne à l'Electeur de Cologne est approuvé, il n'y a que les Députez de l'Electeur de Saxe qui soient d'un sentiment contraire.

L'Empereur n'a encore écrit qu'aux Directeurs des cinq Cercles: le Comte Guillaume de Furstemberg le sollicite d'écrire aux autres. On croit qu'il l'obtiendra; mais le plus tard qu'il sera possible.

L'Electeur de Cologne n'a encore aucun secours de l'Empire, si ce n'est cinq cens hommes de Mayence, & de Trèves: les autres n'oseroient passer seuls, ou ne sont pas prêts.

Les Troupes du Roi dans le Païs de Liége feront un très-bon effet.

Il a appris du Secretaire de l'Ambassadeur de Venise qui est à Vienne que les Espagnols y levent des Troupes pour le Milanois, ce qui empêche les Venitiens de faire leurs levées.

leur ai aussi écrit, suivant l'ordre que vous m'en avez donné. Outre les Lettres pour les Ducs de Brunswick & Lunebourg qui avoient une suscription, vous ne m'en avez envoyé pour des Princes que six en blanc, lesquelles j'ai remplies du nom des Directeurs des Cercles, suivant le Mémoire ci-joint: & il eût été inutile d'en avoir davantage, car ils apprendront à tout l'Empire l'intention du Roi. Si nos Troupes ont quelque bon succès dans le Païs de Liége, ou si l'affaire s'échaufe, je donnerai un Mémoire aux Etats qui expliquera tout ce qui est dans les Lettres. Nous n'avons point encore de nouvelle de leur entrée, & les Espagnols font courir le bruit que nous n'avons fait ce grand éclat, que pour approcher sans soupçon de Stenai, où nous avions quelque intelligence, laquelle ayant été découverte, nos Troupes s'en retournent dans leurs quartiers; mais leurs actions témoignent qu'ils ne croyent pas ce qu'ils disent; car ils assemblent des Troupes, & les font avancer vers Namur, sous la conduite du Comte de Garcie. On dit depuis hier que nos Troupes sont entrées dans le Luxembourg, & que les Espagnols qui étoient dans le Païs de Gueldre entrent dans l'Archevêché de Cologne. Ce n'est pas là nous suivre, & s'ils en usent ainsi je suis très-persuadé que les Etats feront beaucoup de bruit. L'Empereur m'a dit qu'il ne pouvoit desaprouver la conduite du Roi en cette occasion: qu'il en conféreroit avec son Conseil, & feroit réponse: que je savois bien qu'il avoit fait de sa part, jusques à ce jour, tout ce qui se pouvoit, & qu'il continueroit. L'Electeur de Mayence a passé plus avant, & a loué hautement l'action de Sa Majesté. Tous les Députez que j'ai visité pour leur rendre les Lettres adressées à leurs Maîtres, m'ont parlé comme l'Electeur de Mayence, à la réserve de ceux de l'Electeur de Saxe, qui m'ont voulu soutenir qu'il auroit été plus utile à l'Empire, & même à l'Electeur de Cologne, de soufrir un mal qui devoit finir au commencement du Printems, que de se servir de notre secours, c'est-à-dire d'un remède violent, qui peut devenir pire que le mal, & attirer la Guerre dans l'Empire.

Je vous ai mandé par ma dernière Lettre, que l'Empereur n'avoit encore écrit qu'aux Directeurs de cinq Cercles. Le Comte Guillaume de Furstemberg, qui est de retour de Munick, le sollicite maintenant d'écrire aux autres, & même à quelques Princes en particulier, qui ne sont pas Directeurs de leurs Cercles; mais qui ont des Troupes, & peuvent donner un secours assez prompt. On croit qu'il obtiendra ce qu'il demande, mais après la remise la plus longue dont l'Empereur pourra honnêtement user. Il est certain que jusques à ce jour, l'Electeur de Cologne n'a encore eu aucun secours de l'Empire, si ce n'est cinq cens hommes en tout des Electeurs de Mayence, & de Trêves. Les huit cens hommes de l'Electeur de Brandebourg n'ont point encore paru, & n'oseroient passer seuls. Les cinq cens Cavaliers des Ducs de Brunswick ne sont point encore à cheval, & auparavant que tout cela marche, il faudra tenir quelque petite Diète circulaire, pour délibérer sur la sureté de leur passage; desorte qu'à mon avis l'Electeur de Cologne en recevra peu de soulagement dans le mois de Mars. Quoiqu'il en soit, l'entrée des Troupes du Roi dans le Païs de Liége fera un très-bon effet, car elle rendra les Princes de l'Empi-

re plus hardis à y envoyer du secours, & si les Espagnols y entrent comme nous, les Etats feront obligez de soufrir la Guerre chez eux, de laquelle ils s'ennuyeront à la fin, ou de nous chasser tous également par une déclaration contre ceux qui ne voudront pas sortir.

L'Ambassadeur de Venise est demeuré à Vienne; mais son Secretaire est ici, duquel j'ai appris que les Espagnols font des levées à Vienne pour le Milanois, qu'ils prétendent devoir être de deux mil hommes de pied, & qu'ils y veulent aussi lever cinq cens chevaux pour la Flandre. Cela déplait fort aux Venitiens, parceque les levées qu'ils ont permission de faire à Vienne en font plus difficiles, & plus chéres. J'ai aussi appris du Prince Leopold Fils du Marquis de Bade, lequel est Colonel d'un des Regimens d'Infanterie de l'Empereur, que les Colonels de cinq Regimens, ont ordre de licentier dans un mois ou deux, chacun quatre cens hommes, faisant deux mille hommes, qui seront levez même avant le licentiement par les Espagnols, pour Monsieur le Prince de Condé, & conduits en Flandre. Ces cinq Regimens font environ de mil hommes chacun, & sont maintenant deux dans la Silésie, un en Bohéme, un en Moravie, & un en Stirie. J'espére bientôt avoir occasion de demander audience à l'Empereur sur la réponse que vous me ferez pour le Courier d'Allemagne en Espagne. Je lui parlerai de cette contravention au Traité, & j'en donnerai ensuite une plainte aux Etats: ce sera à mon avis sans aucun succès; il est toujours nécessaire de s'en plaindre, & cela peut servir en un autre tems.

Les Députez des Princes de Brunswick & de Meckelbourg continuent à m'assurer que la levée du Prince Christian de Meckelbourg n'aura aucun effet. Ils espérent dans huit jours des nouvelles de ce qui aura été fait par l'Assemblée de Hambourg, commencée le treiziéme de ce mois, dans laquelle on aura parlé principalement de cette affaire, du secours qu'on doit envoyer à Monsieur l'Electeur de Cologne.

Les Etats n'ont encore rien fait cette semaine, qu'examiner le point de la Justice. La croyance commune est, que l'Empereur partira d'ici au commencement de Mai, & qu'il laissera en sa place le Prince de Lobkowitz, pour dissiper peu-à-peu la Diéte, & la finir de bonne grace, autant qu'il sera possible. On dit que Sa Majesté Imperiale doit être au commencement de Juin à Presbourg, pour la nomination d'un Palatin de Hongrie, en la place du Comte de Palfi, qui est mort, il y a quelque tems. On dit aussi que l'Imperatrice Douairiere ne peut vivre longtems, & qu'elle a une grande passion de voir l'Empereur avant sa mort.

Je me suis donné l'honneur de vous écrire aujourd'hui une Lettre, à la priére de Monsieur le Marquis de Dourlach, pour la restitution du Château de Landseron, laquelle il me semble, que nous n'avons aucun sujet, ni prétexte de retarder. Les Electeurs me pourront envoyer leurs Réponses aux Lettres du Roi: si la suscription n'est telle qu'elle doit être, je ne les recevrai pas; mais si elles font fermées, je ne pourrai pas deviner, s'ils donneront le Titre de Majesté. J'écris cela principalement pour l'Electeur de Saxe. Je vous suplie très-humblement de me faire l'honneur de croire, que je suis avec une passion extrême &c.

MON.

1654.

Le Prince Léopold de Bade lui a dit que cinq Colonels ont ordre de licentier dans un mois 400. hommes chacun, qui seront levez par les Espagnols pour le Prince de Condé.

A la premiére audience qu'il aura de l'Empereur il se plaindra de cette contravention au Traité, & en fera ensuite sa plainte aux Etats, il croit que ce sera sans succès; il faut toujours se plaindre, cela peut servir en un autre tems.

On l'assure que la levée du Prince Christian de Meckelbourg n'aura aucun effet.

On attend des nouvelles de l'Assemblée de Hambourg.

On croit communément que l'Empereur partira au commencement de Mai, & qu'il laissera à la place le Prince de Lobkowitz pour séparer peu à peu la Diète.

On dit que l'Empereur doit aller à Presbourg au commencement de Juin pour la nomination d'un Palatin de Hongrie: que l'imperatrice Douairiére ne peut plus guérir vivre, & qu'elle a une grande passion de voir l'Empereur.

Il se fait ressouvenir qu'il lui a écrit à la priére du Marquis de Dourlach, pour la restitution du Château de Landseron qui lui paroit très-juste.

Si les Electeurs ne traitent pas le Roi de Majesté, il ne recevra pas leurs Lettres, à moins qu'elles ne soient fermées.

1654.

MONSIEUR

De

VAUTORTE

à Monsieur de

BRIENNE.

Du 26. Février 1654.

*Il lui donne avis qu'en Alle-
magne pendant la minorité d'un
Prince on doit adresser les Lettres à l'Administrateur ou à
celui qui gouverne. Il a été
obligé d'écrire sur ce sujet à
l'Electrice Regente afin de lui
faire recevoir la Lettre pour
l'Electeur, comme étant selon
l'usage de France. Touchant
les Titres qu'on doit donner
aux Princes de la Maison de
Brunswick. Il n'a point envoyé au Duc de Holstein la
Lettre que le Roi lui avoit
écrite parcequ'il n'est pas Directeur de Cercle. Les Ambassadeurs de l'Electeur de Cologne n'ont pas trouvé à propos qu'il rendît les Lettres du
Roi pour les Villes Imperiales,
il a suivi leur sentiment : la
raison.*

MONSIEUR,

Il lui donne avis qu'en Allemagne pendant la minorité d'un Prince on doit adresser les Lettres à l'Administrateur, ou à celui qui gouverne.

J'Ajoute cette Lettre à celle que je me donne l'honneur de vous écrire aujourd'hui,
pour vous dire que pendant la minorité d'un
Electeur, on n'en use pas en Allemagne comme en France; car on doit adresser toutes les
Lettres à l'Administrateur de l'Electorat, ou
au Prince & Princesse qui gouverne, & tous
les Actes du Païs s'expédient aussi sous leur
nom, sans aucune mention du Mineur; desorte que la Lettre du Roi que vous m'avez
envoyée pour Monsieur l'Electeur de Baviere,
lui étant adressée; j'ai été obligé par le conseil de ses Ambassadeurs, d'écrire à Madame
l'Electrice Régente, qui fait tout, à l'exclusion
du Duc Albert Administrateur, afin de lui faire recevoir cette Lettre, qui est conforme à
l'usage de France, où les Actes s'expédient
sous le nom du Roi quoique Mineur. Monsieur l'Electeur de Baviere, étant proche de
huit ans, cette remarque n'est pas de grande
conséquence pour l'avenir.

*Il a été o-
bligé d'écrire
sur ce sujet
à l'Electrice
Régente afin
de lui faire
recevoir la
Lettre pour
l'Electeur,
comme étant
selon l'usage
de France.
Touchant
les Titres
qu'on doit
donner aux
Princes de la
Maison de
Brunswick.*

Vous m'avez envoyé deux Lettres du Roi,
l'une pour le Duc de Brunswick & l'autre
pour le Duc de Lunebourg. Lorsque ces
deux Duchés étoient separez en deux Branches de la même Maison, on en usoit ainsi;
mais la Branche de Brunswick ayant failli, &
chacun des Ducs de la Branche de Lunebourg
qui subsiste, ayant quelque chose dans l'un
& l'autre Duché, leurs Ambassadeurs m'ont
dit, qu'ils prenoient tous la qualité de Ducs
de Brunswick & de Lunebourg, & qu'on
ne les distinguoit que par leurs Noms propres, & par le Lieu de leur résidence; toutefois ils ont reçu les Lettres du Roi avec toute
sorte de respect. J'ai adressé celle pour le Duc
de Brunswick au Duc Auguste qui réside à
Volfenbutel, lequel est le plus agé, & comme le Chef de la Maison, & celle pour le
Duc de Lunebourg au Duc Christian Louïs,
qui est Directeur du Cercle de la basse Saxe
& qui réside à Zell.

Vous m'avez envoyé une Lettre pour Monsieur le Duc de Holstein, laquelle j'ai retenue; car n'en ayant point pour les Princes
s'ils ne sont Directeurs de leurs Cercles, elle
auroit pu donner quelque jalousie à ceux qui
n'en reçoivent point, & auroit été inutile; car
ce Prince étant fort éloigné, ne peut pas beaucoup en son particulier pour le secours de
Monsieur l'Electeur de Cologne, & son Député n'a point encore entré dans cette Assemblée, à cause d'une difficulté pour la séance.
Il est vrai que je n'en ai pas usé ainsi de la
Lettre du Prince Auguste de Brunswick, parcequ'il est aussi puissant dans son Cercle que
les Directeurs, & que son Député est un des
plus considérables de cette Assemblée.

*Il n'a point
envoyé au
Duc de Hols-
tein la Lettre
que le Roi lui
avoit écrite,
parcequ'il
n'est pas Di-
recteur de
Cercle.*

Les Ambassadeurs de Monsieur l'Electeur
de Cologne n'ont pas jugé à propos de rendre
les Lettres du Roi pour les Villes, & j'ai
tombé dans leur sentiment, car elles seront
assez informées des motifs de Sa Majesté, par
tant de Lettres écrites aux Princes, lesquelles
seront communiquées suivant la coutume
d'Allemagne, & les Electeurs, & Princes Directeurs des Cercles auroient fait moins de
cas de l'avis que le Roi leur en donne, si Sa
Majesté l'avoit donné à des Villes, aussi bien
qu'à eux, lesquelles ils traitent de haut en
bas : outre qu'il n'y a rien à espérer des Villes
Imperiales, pour le secours de Monsieur l'E-
lecteur de Cologne. Je vous suplie très-humblement de me faire l'honneur de croire que
je suis avec une passion extrême &c.

*Les Am-
bassadeurs de
l'Electeur de
Cologne n'ont
pas trouvé à
propos qu'il
rendît les
Lettres du
Roi pour les
Villes Impe-
riales, il a
suivi leur sen-
timent : la rai-
son.*

MONSIEUR
De
VAUTORTE
à Monsieur de
BRIENNE.

Du 5. Mars 1654.

Monsieur de Meulles doit aller de la part du Roi à Minden: il lui envoyera ses sentimens selon ses ordres; mais il sait mieux que lui ce qu'il faut dire ou faire en cette occasion. Les Etats ont achevé l'examen du point de la Justice dans leurs Colléges; mais ils ne se sont point assemblez en Corps pour s'accorder sur leurs différens là-dessus. On croit que l'Empereur partira au commencement de Mai; car il presse extraordinairement les Etats de se dépêcher, mais il leur est impossible de finir sitôt les matiéres les plus nécessaires. Le Collége Electoral a proposé d'achever seulement l'affaire de la Justice, & celle de Lorraine, de traiter des restitutions ex capite gravaminum: que s'il restoit du tems, on parleroit des autres affaires. Le Collége des Princes y a acquiescé. Il ne sait pas encore si l'on parlera des affaires de France à la Diéte, il y a des avis pour & contre. Quand on proposera le point de la restitution fort agréable aux Protestans, ce sera leur faire perdre le tems & l'envie d'examiner la Capitulation. Il saura bientôt

si l'on veut nommer des Députez pour conférer avec lui sur les plaintes réciproques. On a proposé dans la Diéte la Neutralité avec les Hollandois: ce qui a été dit là-dessus. Les Espagnols disent ici qu'ils n'ont aucun pouvoir sur les Troupes du Prince de Condé, & du Duc de Lorraine, mais ils disent à la Haye que ces Troupes leur appartiennent. Le Député du Duc de Lorraine ayant été reçu à la Diéte pour le Marquisat de Nomeny, n'a pu y rentrer depuis. Les Députez de Brême ont été reçus dans l'Assemblée malgré l'opposition des Suedois. L'Empereur laisse les différends indécis d'Etat à Etat: il est bien aise au moins qu'il reste quelque difficulté afin de tenir les uns & les autres en bride. Les Suedois disent hautement qu'ils veulent se rendre maîtres de Brême: ils ont déja bati trois Forts pour cet effet sur le Wezer. Les Comtes de l'Empire ont obtenu un quatriéme Banc dans la Diéte.

MONSIEUR,

DEpuis ma dernière Lettre du 26. de Février, j'ai reçu celle que vous m'avez fait l'honneur de m'écrire le treiziéme. Aussi-tot que j'aurai le Pouvoir du Roi, je l'envoyerai à Monsieur de Meulles, afin qu'il se trouve à Minden, n'ayant personne auprès de moi qui soit si capable de cet emploi que lui, & je lui manderai mes sentimens fort au long, seulement pour obéir à vos ordres; car étant dans la basse Saxe depuis un si longtems, il sait mieux que moi ce qu'il faut dire & faire en cette occasion.

Les Etats ont enfin achevé d'examiner, le 27. de Février, le point de la Justice dans leurs Colléges; mais ils ne se sont pas encore assemblez en Corps d'Etat, pour s'accorder sur les diférens sentimens qui sont dans les Colléges, & aussi entre les deux Religions, touchant trois & quatre points. On croit tout de bon que l'Empereur veut partir au commencement de Mai, car il presse extraordinairement les Etats de se dépêcher; desorte qu'on dit qu'ils vont travailler matin & soir; mais quoiqu'ils fassent, on croit qu'il est impossible de finir en si peu de tems les matiéres les plus nécessaires. Ils n'ont rien fait cette semaine, que de délibérer sur l'ordre des délibérations, & sur les matiéres qu'ils traiteront. Le Collége des Princes en a compris dans sa conclusion neuf ou dix, qu'il ne pourroit pas finir dans six mois. Le Collége Elec-

Monsieur de Meulles doit aller de la part du Roi à Minden, il lui envoyera ses sentimens selon ses ordres; mais il sait mieux que lui ce qu'il faut dire ou faire en cette occasion.

Les Etats ont achevé l'examen du point de la Justice dans leurs Colléges; mais ils ne se font point assemblez en Corps pour s'accorder sur leurs différens là-dessus.

On croit que l'Empereur veut partir au commencement de Mai, car il presse extraordinairement les Etats de se dépêcher; mais il leur est impossible de finir sitôt

1654.

les matiéres les plus néceffaires.

Le Collége Electoral a proposé d'achever feulement l'affaire de la Justice, & celle de Lorraine, & de traiter des reftitutions ex capite gravaminum; *que s'il reftoit du tems on parleroit des autres affaires. Le Collége des Princes y a acquiefcé.*

Il ne fait pas encore fi l'on parlera des affaires de France à la Diéte, il y a des avis pour & contre.

Quand on proposera le point de la reftitution fort agréable aux Proteftans, ce fera pour leur faire perdre le tems & l'envie d'examiner la Capitulation.

Il faura bientôt, fi l'on veut nommer des Députez pour conférer avec lui fur les plaintes réciproques.

On a propofé dans la Diéte la Neutralité avec les Hollandois. Ce qui a été dit là-deffus.

Electoral a feulement propofé d'achever le point de la Juftice avec celui de l'affaire du Duc de Lorraine, & de traiter la matiére des reftitutions *ex capite gravaminum*, fans faire mention des autres: ajoutant feulement que s'il reftoit du tems, ou en parleroit, & le Collége des Princes a acquiefcé à cet avis; deforte que je ne fais fi on parlera de nos affaires. Monfieur Wolmar a dit dans le Collége des Princes qu'il n'étoit pas néceffaire de parler des affaires qui regardent les Couronnes Etrangéres, ni de prolonger la Diéte pour ce fujet, parcequ'il falloit croire que chacun fatisferoit de foi-même, & de bonne foi à ce qu'il étoit obligé de faire par le Traité; au contraire Monfieur de Vorbourg Député de Monfieur l'Electeur de Mayence pour l'Evêché de Wirtzbourg (lequel a été fuivi de tous) a foutenu qu'il ne falloit point finir la Diéte fans examiner les plaintes données par la France, & contre elle, parcequ'elle n'y fatisferoit point de fon mouvement, & toutefois Monfieur Meel Député de Monfieur l'Electeur de Mayence dans le Collége Electoral, n'y a pas appuyé de parler de nos affaires. Je ne vois pas bien encore quel a été le deffein de Monfieur Wolmar, ni la caufe des avis diférens de Meffieurs Meel, & de Vorbourg Députez d'un même Prince: c'eft pourquoi je remets à vous en rendre compte par le prochain Courier. On tâchera en propofant le point de reftitution, qui eft long & qui eft fort agréable aux Proteftans, de leur faire perdre le défir ou le tems d'examiner la Capitulation, qu'ils ont tant de fois demandée.

Je faurai bientôt fi on a deffein de nommer des Députez pour conférer avec moi fur nos plaintes réciproques; en ce cas je propoferai celle de Savoye la premiére de notre part; mais fi je connois qu'on ne me veuille parler de rien, je donnerai un Mémoire pour preffer l'affaire de Savoye, & pour me plaindre des levées, fans parler des plaintes faites contre nous, lefquelles j'aime mieux laiffer indécifes, fans qu'on puiffe m'accufer d'aucun retardement, que de les hazarder ici, où prefque tout nous eft contraire.

On a propofé le 28. de Février dans le Collége la Neutralité avec les Hollandois, qui leur a été promife par le Roi d'Efpagne dans l'article 53. du Traité fait avec eux à Munfter l'an 1647. Cette propofition a été faite aux Etats, à l'inftance du Député du Roi d'Efpagne, pour le Cercle de Bourgogne, quoique la demande de la ceffion de Befançon eût été faite par l'Ambaffadeur d'Efpagne à l'Empereur, & non aux Etats, auxquels Sa Majefté Imperiale envoya la demande de l'Ambaffadeur avec fon Décret. Le Collége Electoral a confenti de donner une confirmation de Neutralité aux Hollandois, pourvû qu'ils en donnent une pareille à l'Empire, ce qu'ils ne refuferont pas, & cela eft conforme audit Article 53. Le Collége des Princes n'a point encore formé de conclufion. Je vous envoye un extrait de ce qu'ils ont fait, où vous lirez que Monfieur Wolmar voyant que l'affaire alloit mal, a tâché de la tourner, & a affuré contre la vérité que le Roi d'Efpagne n'avoit pas promis effectivement aux Hollandois la confirmation de neutralité; mais feulement de s'employer pour l'obtenir, à quoi aucun Député n'a repondu, tant la foibleffe eft grande. On croit que l'affaire paffera à donner le Certificat qu'il propofe fur la Chancellerie de Mayence, fi on ne peut obtenir que le Col-

lége des Princes fuive l'avis de celui des Electeurs. Je ne fais fi les Hollandois fe contenteront de ce Certificat. Les trois Colléges étant hier affemblez pour fe réfoudre fur les matiéres qu'on doit maintenant traiter, Monfieur Wolmar & Monfieur Meel tâchèrent de faire confentir ce Certificat; mais le Collége des Princes s'y oppofa, voulant feulement qu'on donnât au Député du Cercle de Bourgogne un Certificat du foin qu'il avoit pris de cette affaire fans y ajouter autre chofe.

1654.

Les Efpagnols difent ici qu'ils n'ont aucun pouvoir fur les Troupes du Prince de Condé, & du Duc de Lorraine, mais ils difent à la Haye que ces Troupes leur apartiennent.

Lorfqu'on fe plaint ici de ce que les Troupes de Monfieur le Prince de Condé, & de Monfieur le Duc de Lorraine, font dans l'Empire, les Efpagnols proteftent hautement qu'ils n'y ont aucune part, & que le Roi defapprouve toutes ces violences, faites par des Troupes qui ne dépendent point de lui; mais pour empêcher que les Hollandois ne donnent paffage au fecours de l'Empire, & qu'ils n'entrent en Ligue pour une défenfe commune contre ces Troupes, les Efpagnols leur difent à la Haye qu'elles leur apartiennent, & que les Etats des Provinces Unies ne peuvent favorifer l'Electeur de Cologne, fans contrevenir au Traité de leur Paix. Nous difons cela ici à des fourds, & qui pis eft à des fourds volontaires. Je donne avis à Monfieur Chanut de tout ceci. Nous n'avons encore ici aucune nouvelle de l'entrée de nos Troupes dans le Païs de Liége, ni aucun fecours de l'Empire, qui ait feulement paru dans la Weftphalie.

Le Député du Duc de Lorraine ayant été reçu à la Diéte pour le Marquifat de Nomeny, n'a pu y rentrer depuis.

Le Duc de Lorraine a féance dans les Etats à caufe du Marquifat de Nomeny: je vous ai mandé que le Sieur Fournier fon Député y a été établi une fois il y a quelques mois fans aucune contradiction; il y voulut revenir une feconde fois; mais d'autant qu'on parloit ce jour-là d'affaires qui le regardoient, on le fit fortir, comme il eft accoutumé. Il s'y eft préfenté la troifiéme fois, le deuxiéme de ce mois; mais fur l'oppofition du Député de l'Electeur de Cologne dans le Collége des Princes, à caufe de l'Evêché de Hildesheim, qui repréfenta aux Etats qu'ils ne devoient pas foufrir parmi eux le Député d'un ennemi de l'Empire, le Sieur Fournier fut fiflé par tous les Députez, & quoique Monfieur Wolmar pût dire en fa faveur, ils fortirent tous & ne firent rien ce jour-là; deforte qu'il fut contraint de s'en aller avec confufion, & je penfe qu'il n'y retournera pas. Tous les Députez font un grand triomphe de ce bel exploit: comme s'ils avoient bien vangé l'Empire des defordres que le Duc de Lorraine y fait.

Les Députez de Breme ont été reçus dans l'Affemblée malgré l'oppofition des Suedois.

Les Suedois ont encore été trompez une fois, quoiqu'en vertu du *Conclufum* des Etats en faveur de la Ville de Breme, l'Empereur eût donné un Décret, & enfuite l'Electeur de Mayence un autre pour fon inftalation dans le Collége des Villes; toutefois ils efpéroient qu'elle ne fe feroit pas encore, parcequ'on leur avoit promis de n'en donner pas l'ordre au Maréchal de l'Empire, qui la doit faire, & de tenir un Confeil fecret qui feroit favorable; mais au tems que ce Confeil fe devoit tenir, l'Electeur de Mayence fit dire aux Députez de la Ville de Breme, qu'ils pouvoient entrer eux-mêmes dans le Collége des Villes, & qu'ils n'avoient pas befoin d'être inftalez par le Maréchal de l'Empire, puifqu'il n'étoit pas queftion d'une nouvelle introduction; mais feulement de la continuation de la poffeffion qu'ils avoient eue en la derniére Diéte de l'an 1641. & enfuite à l'Affemblée de Munfter; deforte qu'ils

qu'ils

1654.

qu'ils entrérent de leur chef, le 28. de Fevrier, & furent reçus sans contestation dans leur Collége. Les Suedois prétendent que cet acte est nul; mais la Ville de Breme ayant un *Conclusum* de l'Empire, avec des Décrets de l'Empereur & de l'Electeur de Mayence, ils ne doivent rien espérer. L'Empereur est bien aise de laisser indécis tous les différens d'Etat, à Etat, ou d'y laisser au moins quelque difficulté, afin de tenir par là les uns, & les autres en bride. Depuis ce jour-là les Suedois ont parlé plus hautement qu'ils n'avoient encore fait, & ils m'ont fait connoître que leur dessein étoit, d'avoir tôt ou tard la Ville de Breme, par quelque moyen que ce fût. Vous savez qu'ils ont fait bâtir trois Forts sur la Riviére de Wezer, un au dessus, & deux au dessous de Breme.

Les Comtes de l'Empire n'avoient dans le Collége des Princes que trois voix, l'une pour les Comtes de la Suabe, l'autre pour ceux de Franconie, & une pour les Comtes de la Vetéravie, mais d'autant qu'il y en avoir un trop grand nombre dans le Banc de la Vétéravie, les Comtes de la Westphalie, & de la Basse Saxe qui y étoient ont obtenu un Banc séparé pour eux & ont été installez le 26. de Fevrier; desorte que les Comtes ont maintenant quatre voix. Je vous suplie très-humblement de me faire l'honneur de croire que je suis avec une passion extrême &c.

MONSIEUR

De

VAUTORTE

à Monsieur de

B R I E N N E.

Du 5. Mars 1654.

La confiscation des Vaisseaux de Hambourg excitera ici le monde contre la France, les Espagnols feront leurs levées avec plus de facilité. Il refuse de recevoir une Lettre de l'Empereur des mains du Député de Hambourg écrite en faveur de cette Ville parce qu'elle n'étoit pas en bonne forme. Il s'en plaindra au Comte Carta, & lui fera gouter la difficulté que l'on fait en France de laisser

prendre aux Courriers de l'Empereur pour l'Espagne, une autre route. Le Sieur de Meulles l'informera touchant la levée des Espagnols dans la Basse Saxe. L'Agent du Prince de Meckelbourg qui sollicite ici ses affaires, contre son Père & sa femme, est parti depuis quelques jours, on croit qu'il est allé à Nuremberg ou à Francfort recevoir de l'argent des Espagnols pour les levées, il fera ce qu'il pourra pour en savoir la vérité. On l'a assuré que les Ennemis feront des levées dans les Païs héréditaires pour le Milanois & pour les Païs-Bas, il n'attend qu'un plus grand éclaircissement pour faire ses plaintes à l'Empereur & aux Etats. Distinction entre les Lettres de compliment & d'affaires, difficultez là-dessus, & les moyens pour les ôter. Il repete l'affaire des Courriers d'Allemagne en Espagne. Touchant les levées. Les Espagnols espérent apparemment que la levée réussira, à moins que les Princes du Cercle n'ayent assez de résolution pour l'empêcher. Les Princes du Cercle de la Basse Saxe ont écrit au Prince Christian d'une maniere forte au sujet des levées, mais inutilement. Il se plaint de ce que l'Empereur licentie ses Troupes en faveur des Espagnols.

MONSIEUR,

JE détache un Article de votre Lettre du treiziéme de Fevrier pour faire celle-ci, par lequel vous me donnez avis que les Vaisseaux de Hambourg ont été confisquez d'autant qu'on a vu qu'ils étoient chargez pour le compte des Espagnols. Je prens la liberté de vous dire qu'il n'eût pas été mal à propos de retarder ce jugement jusques au commencement de la Campagne: que cela se pouvoit aisément faire, les formalités de la Justice donnant le prétexte de differer quand on veut, & les Allemands qui en ont beaucoup plus dans leurs Païs que nous en France, ne pouvant s'en plaindre. Mon sentiment est fondé sur deux raisons : la première, que le jugement de confiscation pourra exciter ici beaucoup de bruit contre nous, & fortifier tous ceux qui se font plaints jusques à présent contre la France, leur rendant favorable tout le Collé-

ge

1654.

gé des Villes : la seconde est que les levées des Espagnols dans le Cercle de la Basse Saxe se feront avec plus de facilité. Monsieur de Meulles m'écrit qu'outre les trois Regimens du Prince Christian de Meckelbourg, on parle encore de trois autres : que les Députez des Princes assemblez à Hambourg l'ont assuré, que les levées ne s'y feroient point dans les terres de leurs Maîtres ; mais qu'il falloit prendre garde qu'elles ne se fissent dans les Villes de Lubeck, Hambourg, & Breme. Si le procès fut demeuré indécis, les Villes de Lubeck, & de Hambourg, n'eussent osé tolerer aucunes levées contre nous ; mais après la perte de leur cause, elles les favoriseront par ressentiment.

Il refuse de recevoir une Lettre de l'Empereur des mains du Député de Hambourg écrite en faveur de cette Ville parce qu'elle n'étoit pas en bonne forme.

Les Députez de Hambourg ne savent point encore le jugement qui a été donné : ils m'apporterent le deuxième de ce mois une Lettre de l'Empereur pour le Roi en leur faveur, & parcequ'elle étoit scellée, ils m'en donnerent la copie que je vous envoye. Ils desiroient que je me chargeasse de vous la faire tenir ; je leur répondis que je ne me pouvois charger d'une Lettre de l'Empereur pour le Roi, si elle ne m'étoit envoyée par Sa Majesté Imperiale, & ajoutai ensuite par manière d'avis qu'elle n'étoit pas en bonne forme, le titre de Majesté y étant omis, & leur expliquai la forme dont on a convenu pour les Lettres que l'Empereur, & le Roi s'écrivent, puisque l'Empereur n'a pas voulu changer le stile de sa Chancellerie. Ils me repliquerent qu'on leur avoit promis à la Cour de me l'envoyer au nom de l'Empereur, & que depuis on s'en étoit excusé, & qu'ils en voyoient bien maintenant la cause. Ils ajouterent qu'on leur avoit donné deux Lettres semblables, & qu'ils en avoient envoyé une à Hambourg, sans savoir ce défaut de formalité laquelle seroit envoyée en France. J'ai demandé audience à Monsieur le Comte Curtz pour m'en plaindre : mais je ne l'ai pas encore pu obtenir.

Il s'en plaindra au Comte Curtz, & lui fera gouter la difficulté que l'on fait en France de laisser prendre aux Couriers de l'Empereur pour l'Espagne, une autre route.

S'il me la donne avant le départ du Courier, j'ajouterai à cette Lettre ce qu'il m'aura dit ; je lui ferai aussi gouter le mieux qu'il me sera possible, la difficulté que vous faites, de laisser prendre aux Couriers de l'Empereur pour l'Espagne une autre route que celle des Païs-Bas. Il me semble plus à propos de lui présenter ce refus que de l'aller présenter à l'Empereur en face, & je crois le devoir faire bientôt afin que l'Empereur ne s'engage pas à en écrire au Roi.

Le Sieur de Meulles l'informera touchant la levée des Espagnols dans la Basse Saxe.

Monsieur de Meulles vous informera particulierement de l'état des levées des Espagnols dans le Cercle de la Basse Saxe. Les Députez des Princes de Brunswick, & du Duc de Meckelbourg Pére du Prince Christian, m'assurent toujours que les siennes ne réussiront point, & qu'ils ne l'empêcheront. Les uns disent qu'il a déja trois cens hommes, & les autres cent cinquante seulement, qu'il a eus au licentiement fait par les Suédois dans Wismar d'un Regiment d'Infanterie Allemande. Ce Prince a ici un Lieutenant Colonel nommé Stelmakes, qui sollicite à la Cour ses affaires contre son Pére : il est parti depuis huit jours, & a laissé ici son équipage.

L'Agent du Prince de Meckelbourg qui sollicite ici ses affaires, contre son Pére & sa femme, est parti depuis quelques jours, on croit qu'il est allé à Nuremberg ou à Francfort recevoir de

Il y en a qui croyent qu'il est allé à Nuremberg, ou à Francfort pour y recevoir de l'argent des Espagnols pour les levées de son Maître. Je tâcherai d'en savoir des nouvelles, & il est important : car les Espagnols ne lui donneront point d'argent, s'ils ne voyent beaucoup d'apparence de faire réussir ses le-

TOM. III.

vées. On m'a confirmé ce que je vous ai écrit par ma derniére Lettre du 26. de Fevrier, touchant les levées qui se feront dans les Terres héréditaires de l'Empereur, en faveur de nos Ennémis, tant pour le Milanois que pour les Païs-Bas ; j'en veux avoir encore plus d'éclaircissement avant que d'en faire ma plainte à Sa Majesté Imperiale, & ensuite aux Etats. Je vous suplie très-humblement de me faire l'honneur de croire que je suis avec une passion extrême &c.

l'argent des Espagnols pour les levées ; il fera ce qu'il pourra pour en savoir la vérité.

Depuis cette Lettre écrite j'ai vu Monsieur Curtz. Il m'a dit qu'on n'avoit accordé d'écrire de la main propre de l'Empereur, & du Roi, que pour les Lettres de compliment, & que la Paix donnant lieu à écrire souvent d'affaires, l'Empereur, & le Roi ne pouvoient pas se donner la peine de les expliquer au long ; desorte qu'en ce cas il étoit nécessaire d'écrire des Lettres de Chancelerie, & qu'on ne pouvoit se départir de l'ancien Stile. Je lui ai répondu en forte qu'il est demeuré d'accord que j'avois raison, & qu'il falloit observer ce qui avoit été convenu, ou trouver quelque autre expédient pour les Lettres d'affaires ; mais ne voulant pas me donner une réponse finale de son chef, il m'a promis d'en parler à l'Empereur, & de me la donner avant le départ de l'Ordinaire prochain. Il a ajouté qu'il étoit nécessaire que l'Empereur & le Roi eussent des Résidens l'un chez l'autre, & qu'alors leurs Lettres seroient courtes & faciles à écrire, se remettant toujours en créance sur les Résidens : qu'il savoit bien que j'avois dit à l'Empereur que le Roi avoit dessein de lui en envoyer un, & que Sa Majesté Imperiale avoit la même intention.

On l'a assuré que les Enhemis feront des levées dans les Pais héréditaires pour le Milanois & pour les Pais-Bas, il n'attend qu'un plus grand éclaircissement pour faire ses plaintes à l'Empereur & aux Etats. Distinction entre les Lettres de & d'affaires, difficultez là-dessus, & les moyens pour les ôter.

J'ai répondu que celui de l'Empereur seroit très-agréable au Roi, & que cependant il étoit à propos de ne rien changer dans la forme d'écrire : que si la Lettre de l'Empereur étoit envoyée en France par le Magistrat de la Ville de Hambourg, on seroit surpris de ce changement, & qu'on auroit sujet de s'en plaindre. Je lui ai dit encore que la Lettre pose pour fondement que l'arrêt des Vaisseaux est contraire au Traité de la Paix ; mais que dans tout le Traité il n'y a aucun Article par lequel on puisse le prouver, & je me suis étendu sur l'explication d'un Paragraphe qui commence, *& quia Publici interest, ut factâ Pace, Commercia, &c.* duquel seul on peut se servir quoique mal à propos. Il ne m'a rien répondu, si non que la Lettre avoit été faite sur le Memoire des Députez de Hambourg, lequel il ne vouloit pas soutenir, & qu'il falloit convenir d'une forme d'écrire de laquelle on fût content de part & d'autre.

Il repeté l'affaire des Couriers d'Allemagne en Espagne.

Touchant les levées.

Je lui ai dit ensuite que le Roi auroit bien desiré contenter l'Empereur touchant les Couriers, mais que cela ne se pouvoit pas encore faire par quelques raisons d'Etat. Il m'a répondu que l'Empereur étoit incommodé de la longueur des Couriers par la Flandre. Je lui ai repliqué que le Roi considéroit fort cela ; mais qu'il y avoit des raisons importantes qui empêchoient d'en user encore autrement, & que j'espérois que Sa Majesté Imperiale ne prendroit pas en mauvaise part, si cela ne se faisoit pas aussitôt qu'elle le desiroit. Il n'a point repliqué, & a passé au discours des levées, me soutenant aussi bien que la plus grande partie des Etats, qu'elles sont permises dans l'Empire, & que nous en avons fait quand nous avons pu, depuis le Traité de la Paix. Nous avons disputé assez longtems &

PPpp   assez

1654.

assez inutilement, j'ai apris de lui que le Prince Christian de Meckelbourg a reçu depuis peu de l'argent des Espagnols, & que l'Empereur lui a donné depuis quinze jours une licence de faire des levées pour eux, pourvû qu'elles ne soient point contraires aux Loix de l'Empire, & aux Mandemens Avocatoires publiez depuis peu, & au Traité de la Paix. J'ai répondu que l'Empereur savoit bien qu'elles étoient contraires au Traité de Paix, & que cette licence étoit une contravention manifeste. Il faut croire que les Espagnols espérent que la levée réussira, & je ne sais si les Princes du Cercle auront assez de résolution pour l'empêcher, j'ai vu la copie d'une Lettre qu'ils ont écrite au Prince Christian le 23. de Fevrier après leur Assemblée de Hambourg : cette Lettre est ferme, & déclare sa levée contre le Traité de la Paix; mais des Lettres seules n'empêcheront pas la levée, & on doit craindre qu'ils ne fassent pas si bien qu'ils écrivent. J'ai aussi parlé à Monsieur le Comte Curts du licentiement que l'Empereur veut faire dans ses Regimens, en faveur des Espagnols. Il m'a dit que j'étois mal informé, mais d'une façon qui me fait croire que je le suis fort bien. Nous n'obtiendrons rien ici de tout ce que nous demanderons; toutefois il est nécessaire de faire des plaintes, & de les laisser dans les Régistres des Etats, pour s'en servir avec le tems.

Les Espagnols espérent apparemment que la levée réussira, à moins que les Princes du Cercle n'ayent assez de résolution pour l'empêcher.

Les Princes du Cercle de la Basse Saxe ont écrit au Prince Christian d'une maniere forte au sujet des levées, mais inutilement.

Il se plaint de ce que l'Empereur licentie ses Troupes en faveur des Espagnols.

MONSIEUR

De

VAUTORTE

à Monsieur de

BRIENNE.

Le 5. Mars 1654.

L'Agent de Mayence à Paris donne avis au Secrétaire de cet Electeur tous les Ordinaires, de tout ce qu'il peut aprendre à la Cour, ces avis aigrissent ce Prince.

1654.

MONSIEUR,

JE suis obligé de vous avertir en particulier, que le Sieur du Fresne qui a le soin des affaires de Monsieur l'Electeur de Mayence en notre Cour, écrit par tous les Couriers une Lettre, que je reçois dans votre paquet au Sieur Milbus Secrétaire de cet Electeur, lequel est natif de Wirtzbourg, & a servi Monsieur de la Court Groulard à Osnabrug. Il lui donne avis de tout ce qu'il peut aprendre chez vous; Monsieur l'Electeur voit les Lettres, & elles l'aigrissent: la derniére porte qu'il sollicite inutilement pour les quarante mil écus : qu'il a indiqué un fond, qu'on pourroit le satisfaire mais qu'il n'y voit point de disposition. La précédente portoit que le motif du secours que le Roi envoye dans l'Evêché de Liége, étoit l'amitié de son Eminence pour Monsieur l'Electeur de Cologne, & l'aversion pour Monsieur le Prince de Condé, & qu'on fit là-dessus telles réflexions qu'on voudroit. Monsieur l'Electeur a vu ces deux Lettres, comme les autres, & je suis assuré de ce que je vous mande : le Sieur Milbus les ayant montrées à deux de mes amis. Vous jugez, Monsieur, de quelle conséquence cela peut être, & combien cette Lettre est contraire à celle du Roi que j'ai rendue à Monsieur l'Electeur, sur le sujet du secours. Je vous suplie de me faire l'honneur de croire que je suis avec une passion extrême &c.

L'Agent de Mayence à Paris donne avis au Secrétaire de cet Electeur tous les Ordinaires, de tout ce qu'il peut aprendre à la Cour : ces avis aigrissent ce Prince.

LET-

LETTRE

De

L'EMPEREUR

Au

ROI DE FRANCE.

FERDINANDUS TERTIUS &c.

HUmillimè nobis exponi curarunt honorabiles nostri, & Sacri Imperii fideles Dilecti, Consul & Magistratus Civitatis nostræ Imperialis Hamburgensis, etsi Pace Monasterii inter nos, sacrumque Imperium, & Serenitatem vestram ejusque Regnum conclusâ, utriusque Partis Vassallis, Subditis, & Incolis, pristina commerciorum libertas & transitus ubique locorum, terrâ marique, tuta, conceptis verbis, stabilita sint, hincque Hamburgensis Imperii Cives, eâdem libertate quâ Serenitatis vestræ Subditi, per Imperium hactenus sine impedimento fruuntur, ex pacto & patrimonio jure gaudere debeant : accidisse tamen, anno proximè præterito, ut sex Naves Hamburgi, mercibus oneratæ, & in Hispanias destinatæ, ab aliis quibusdam Navibus Gallicis, in libero mari direptæ & Nannetum perductæ fuerint, ibidem distrahendæ & dividendæ : hocque non solùm contra dictæ Pacis tenorem, sed & contra jura Gentium & maris attentasse. Quamvis enim uni vel alteri Navi mercatorum per incuriam forsan aliquid impositum, aut commixtum sit, quod vetitum, aut confiscationi obnoxium prætendi queat, non posse tamen propterea reliquas merces per se liberas, ejusdem conditionis censeri, aut vetitorum prætextu, etiam confiscationis rigori subjici : multò minùs, ipsas naves, quibus mercimonia vehuntur, auferri, adeoque, proprietarios earumdem amissione multari : quandoquidem indistincta commerciorum libertas, primò, per instrumentum Pacis sancita sit, secundò Civitates Hanseaticæ, quibus Hamburgum annumeratur, singulari hoc privilegio, & inveteratâ consuetudine (quam Serenitatis Vestræ Prædecessores, contrariâ quâdam sanctione nunquam infregerint) ita munitæ sint, ut bellis quoque inter maritima Regna & Provincias durantibus, hinc inde liberrimè ipsis negociari liceat, quin iisdem Civitatibus, per Coronam Hispaniæ, liberam negotiationem in Hostium Provinciis adeoque in ipsâ Galliâ exercere, expressè concessum sit, atque hinc, pari etiam ratione in Regnis & Provinciis Hispanicis, concessum intelligi debeat : maximè cùm dissen-

sum

FERDINAND III. &c.

NOs bien aimez, Honorables & fideles Membres de l'Empire, les Consul & Magistrats de notre Ville Imperiale de Hambourg, nous ont humblement representé, que par le Traité de Paix conclu à Munster entre nous & l'Empire d'une part, & votre Sérénité & le Royaume de France de l'autre, l'ancienne liberté réciproque du commerce de terre & de mer a été rétablie en termes exprès entre les Vassaux, Sujets & Habitans de l'un & de l'autre Etat : que quoiqu'en conséquence de ce Traité les habitans de Hambourg ayent droit de joüir de la liberté de commercer en France de même que les François en joüissent dans l'Empire; il est cependant arrivé l'année passée, que six navires de Hambourg chargez pour l'Espagne ont été pris en pleine mer & conduits à Nantes pour y être confisquez & vendus : qu'une pareille prise est non seulement contraire aux dispositions du Traité de Paix, mais qu'elle blesse même le droit des gens & les usages de la mer : que quand même on auroit inconsidérément chargé sur quelques-uns des Vaisseaux saisis quelques marchandises prohibées & sujétes à confiscation, on n'a pas pu sur ce prétexte, enveloper dans la contravention celles dont le commerce est libre, & leur faire subir le même sort; moins encore aux Navires qui le portoient, dont on ne sauroit avec justice dépoüiller les propriétaires : qu'indépendamment de ces considérations, il est constant que les Villes Anséatiques, dont Hambourg fait nombre, ont eu de tout tems le privilége particulier de faire indistinctement & dans tous les Païs le commerce de toutes sortes de marchandises, sans en avoir jamais été empêchez par aucun des Prédécesseurs de votre Sérénité, ni par quelque Guerre qu'il y ait eu entre les Couronnes de l'Europe : qu'au contraire on a vu l'Espagne leur accorder expressément, dans ces tems de Guerre, la liberté de porter leur négoce dans les Etats de ses Ennemis, & dans la France même, sans leur interdire l'entrée de ses Ports; privilége qui doit durer encore, puisque l'Espagne n'y a point dérogé depuis, ni même fait aucun réglement qui mette de la distinction entre les marchandises.

sum hactenus nunquam publicari, aut nullas mercatoribus regulas, unde vetitæ a licitis, aut hæ, ab illis mercibus, distinguendæ fuissent, notificari fecerit; demississimè nobis supplicando quandoquidem ejusmodi direptiones, non minùs Pacis conventæ, quàm speciali Civitatum Hanseaticarum privilegiorum & communi usui, hæc non Gentium & màris juri adversantur; atque de innocentium Civium tùm Pupillorum & Viduarum rebus, hoc loco agatur, ut Imperatorii nostri muneris parte, eò benignè interponere dignaremur, quò dictis negociatoribus prædictæ Naves, unà cùm mercibus apprehensis, aut si eæ jam divenditæ essent, earumdem pretium restituatur.

Nos igitur attenta precum æquitate, suprascriptas Hamburgensium querelas, Serenitatis Vestræ Legato, in his Comitiis existenti, remonstrari, eumque benignè requiri jussimus, quatenus ipse debitam restitutionem procurare velit. Et quamvis omninò confidamus, Serenitatem vestram, per eumdem, de singulis rationum momentis & rei veritate, pleniùs edoctam, supra dictam Navium merciumque restitutionem haud gravatim facturam, & neutiquam passuram esse ut commerciorum libertati & rectæ consuetudini hac in parte contraveniatur, aut cuipiam suum contra jus & fas auferatur: pro negotii tamen gravitate & muneris nostri ratione, (quâ rebus & juribus nostrorum ubique tutandis & conservandis sollicitè incumbimus) Serenitatem Vestram (hisce quod facimus) fraternè ac benevolè requirendam duximus, ut si quidem petita restitutio nondum facta esset, ipsam fieri, mandare velit quò, ante omnia supra nominatis Civibus Hamburgensibus Naves & merces, quæ indubiè ad ipsos pertinere, nec prohibitæ esse, dignoscentur, sine damno aut diminutione integræ, vel si distractæ aut divenditæ jam sint, congruum pro iisdem pretium restituatur. Placeat etiam Serenitati Vestræ, certam negotiatoribus maritimis præscribere legem, ad quam se componere, ac deinceps sibi damno cavere possint. Erit id juri & æquitati consonum & nobis pergratum, qui de cætero Serenitatem Vestram diutissimè incolumem vivere, ac prosperrimo rerum successu frui, exoptamus. Datum in Civitate nostrâ Imperiali Ratisbonâ, die vigesimâ nonâ Januarii anno 1654.

Ejusdem Serenitatis Vestræ
Bonus Frater,

FERDINANDUS.

FERDINANDUS *Comes*
CURTIUS.

WALDERODE.

Sur ces fondemens les Consul & Magistrat de Hambourg nous ont suplié de leur accorder notre protection, dans une affaire où non seulement les Traitez de Paix, les priviléges des Villes Anséatiques, le Droit des Gens & les usages de la mer ont été violez, mais où il s'agit encore des intérêts sacrez de la Veuve & de l'Orphelin; & de faire ensorte par notre intervention que les Navires & effets, ou leur valeur, s'ils ont été vendus, soient restituez à qui ils apartiennent.

Inclinant favorablement à leur suplication, nous avons fait représenter leurs plaintes à votre Ambassadeur en cette Diéte, & nous l'avons fait requerir de solliciter leur demande, & de leur faire rendre la justice qui leur est due; mais quoique nous ne doutions point qu'il n'ait déja instruit votre Sérénité de toutes ces circonstances, & que nous soyons asurez qu'elle ne souffrira point qu'on donne aucune atteinte aux justes usages, & à la liberté constante dont les Villes Anséatiques ont toujours joüi : néanmoins attendu l'importance de la chose, & l'attention que nous avons à soutenir en tout & par tout les droits de nos Sujets, nous avons cru devoir requérir votre Sérénité, ainsi que nous la réquérons par ces présentes avec une affection fraternelle, d'ordonner, si elle ne l'a déja fait, que les Navires & les effets non prohibez qui ont été saisis aux Marchands de Hambourg, & qu'on reconnoîtra véritablement leur apartenir, leur seront pleinement restituez, ou leur valeur en cas qu'ils ayent été vendus ou dissipez.

Qu'il plaise en outre à votre Sérénité d'établir une loi certaine sur le fait du commerce maritime, à laquelle les Marchands puissent se conformer à l'avenir; & éviter par là de tomber dans des inconvéniens ruineux. Nous aurons très-agréable cette marque d'équité & de justice que donnera votre Sérénité, à laquelle nous souhaitons en outre une longue santé & une prosperité constante. Donné à Ratisbonne le 29. Janvier 1654.

De votre Sérénité

Le Bon Frére

FERDINAND Comte de
CURTZ.

FERDINAND.

WALDERODE.

IN COLLEGIO

PRINCIPUM.

Die vigesimâ octavâ Februarii 1654.

MUlti dixerunt neutralitatem Hollandis denegandam non esse, imò bonæ vicinitatis officia ipsis exercenda esse : modò illi etiam reciprocè gerere velint, ac præsertim gravatis Statibus, ut Ordini Teutonico, Episcopo Monasteriensi, & Comiti a Benthem, ratione Dynastiæ Lingen, satisfaciant.

Aliqui contrarium statuerunt, & existimarunt tantisper hanc declarationem differendam esse, donec ipsi Status Hollandiæ, Neutralitatem ab Imperio decenter postulaverint. Tum Dominus Volmarus Legatus Domûs Austriacæ, & Collegii Director subjunxit posteriorem hanc sententiam, haud dubiè inde provenire, quòd status quæstionis non æquè ab omnibus fuerit perceptus : Regem Catholicum super articulum 53. Pacis Hispano-Batavicæ obligasse, ad interveniendum in Comitiis Imperii, prò Neutralitate Ordinibus concedendâ, hoc tantùm igitur agere Regem Hispaniæ, ut ex suâ parte satisfactum officio videatur, atque id de diligentiâ suâ docere possit; ut autem formalis obligatio neutralitatis & authenticè conficiatur, nondum hujus temporis esse : Igitur Burgundiæ Delegato Documentum publicum, nomine Imperii, per Cancellariam Moguntinam tribui posse, ipsum pro neutralitate cum Batavis tuendâ intervenisse, ac Status Imperii non difficiles fore in colendâ cum iis amicitiâ & vicinitate, (si ipsi pariter fecerint) ut scilicet ille, publicum hoc testimonium expleti muneris sui, Ordinibus Hollandiæ ostendere possit.

RESULTAT

De l'Assemblée du

COLLEGE

Des

PRINCES.

Tenue le 28 Février 1654.

PLusieurs ont été d'avis d'accorder la neutralité aux Hollandois, & de vivre avec eux en bons voisins, pourvû qu'ils veuillent en faire autant de leur côté, sur tout donner satisfaction aux Etats lézez, nommément à l'Ordre Teutonique, à l'Evêque de Munster, & au Comte de Benthem au sujet du Comté de Lingen.

Quelques autres ont soutenu qu'il falloit différer cette déclaration, jusqu'à ce que les Etats de Hollande eussent eux-mêmes demandé cette neutralité avec des sentimens & dans des termes convenables. Mais Monsieur Wolmar Député de la Maison d'Autriche a dit, que cette derniére opinion procédoit sans doute, de ce que tous les Délibérans n'avoient pas également conçu l'état de la question : que par l'Article 53. du Traité de Paix conclu entre l'Espagne & la Hollande, le Roi Catholique s'étoit obligé d'intercéder auprès de la Diéte pour faire accorder cette neutralité aux Hollandois ; que ce Roi ne la faisoit demander maintenant qu'afin de paroître avoir satisfait à ses obligations & être en état de prouver ses diligences : que cependant il n'étoit pas encore tems d'accorder cette neutralité positivement & d'en faire une déclaration authentique; qu'il falloit seulement faire expédier par la Chancellerie de Mayence au Député du Cercle de Bourgogne un Acte qui fît foi de la demande & intervention du Roi d'Espagne & qui témoignât que les Etats de l'Empire ne feroient pas difficulté, de vivre avec les Hollandois comme bons amis & bons voisins, pourvû qu'ils fussent assurez d'un légitime retour. Ce Député de Bourgogne pourroit se servir de cet Acte auprès des Hollandois comme d'un témoignage public de l'exécution des promesses de son Maître.

MONSIEUR

De

VAUTORTE

à Monsieur de

BRIENNE.

Du 12. Mars 1654.

L'Electeur de Mayence est contraire à la France en faveur de l'Evêque de Spire. Des affaire de Mantoue. Il est allé avec le Député de Savoye chez l'Electeur de Mayence pour se plaindre de cette maniére d'agir. Cet Electeur en a eu beaucoup de confusion, mais plus il offense la France & plus il la hait. Il n'espére aucun bon succès de l'affaire de Mantouë, il seroit d'avis de la laisser en l'état qu'elle est, si le Député de Savoye n'étoit d'un autre sentiment. Il continue à parler de l'affaire de Mantouë. Le Duc de Lorraine mis en prison à Bruxelles. Il attend la Commission du Roi pour l'envoyer au Sieur de Meulles, afin qu'il se trouve à l'Assemblée de Minden. On croit qu'il ne se fera rien à cette Assemblée, tout ira à quelques projets, & à quelques propositions: les Membres sont timides, & craignent d'offenser l'Empereur. On l'avertit qu'il étoit nécessaire que la France agit secrétement dans l'Assemblée de Minden, il en avertira le Sieur de Meulles. La Ratification du Duc de Lorraine est arrivée: l'Empereur a fait dire tout aussitôt à la Diéte de chercher les moyens pour

payer promtement les 150. mille écus du premier terme. La prison du Duc de Lorraine a fait renvoyer l'affaire qui le regardoit: le Prince François est prié d'aller prendre le commandement des Troupes. Le Comte de St. Amour qui a aporté ici la nouvelle de la prison du Duc de Lorraine, a laissé un Manifeste dont il lui envoye Copie. Discours du public sur la prison du Duc de Lorraine. Les Ambassadeurs de Cologne ont presenté aux Etats un Mémoire injurieux contre les Espagnols, la prison du Duc en a empêché la proposition. L'Ambassadeur de Cologne ne voulant pas qu'on croye que cet Electeur a demandé du secours à la France, il a déclaré que le Roi n'avoit pas besoin d'être prié pour secourir ses amis. Il lui envoye une Lettre de la Régente de Baviere pour le Roi, & une Copie de celle qu'elle lui a écrite par laquelle il verra ce qu'on doit attendre de ce côté. Il lui envoye Copie de la réponse qu'il a reçue de l'Electeur de Brandebourg, qui n'écrit point au Roi, & qui évite le mot de Majesté. Il n'y a rien de réglé pour la forme des Lettres entre l'Empereur & le Roi. Il ne présentera point de Mémoire aux Etats sur les levées, parceque dans la Conférence des plaintes réciproques qu'il espére, ce sera une de ses plaintes. On l'assure toujours qu'on ne permettra point de levées dans la Basse Saxe; le Sieur de Meulles ne lui écrit pas si affirmativement. Cinq Princes ont été reçus dans le Collége des Princes, cinq de la Maison de Nassau étoient aussi nommez, mais à cause de la préseance, ils n'ont point voulu être instalez. Les Etats ont témoigné beaucoup de foiblesse de recevoir des Princes qui n'ont point de terres dans l'Empire, & qui sont Sujets ou Vassaux de l'Empereur. Les Ducs de Wirtemberg ont enfin obtenu séance dans le Collége des Prin-

ces

ces pour celui de Montbeliard. La Diéte a résolu de faire payer au Comte de Rochester la somme accordée au Roi d'Angleterre à Francfort dans trois mois la moitié, & l'autre six mois après.

MONSIEUR,

JE vous ai mandé par ma derniére Lettre du 5. de ce mois, que le Collége Electoral avoit seulement proposé d'achever trois matiéres avant le départ de l'Empereur: le point de la Justice, celui de l'affaire du Duc de Lorraine, & la matiére des restitutions. Les Colléges se sont accordez, & entr'autres matiéres on y a ajouté les nôtres, & l'affaire de Wecht; desorte qu'on propose de députer au premier jour des Commissaires tant de la part de l'Empereur, que de celle des Etats, pour conférer avec moi. J'ai apris qu'on ne m'auroit rien dit, si l'Electeur de Mayence n'avoit fait ses efforts pour exciter les Etats contre nous en faveur de l'Evêque de Spire son Allié. J'espére qu'ils ne nous feront aucun mal, mais en cette occasion comme en plusieurs autres l'Electeur de Mayence a témoigné nous être entièrement contraire: soit pour plaire à l'Empereur, ou par ressentiment de n'avoir pas les quarante mil écus qu'il demande au Roi, & qu'il s'étoit promis d'obtenir par le besoin que nous aurions de lui dans cette Diéte. Je vous mandai le vingt-deuxiéme de Janvier, que les Etats avoient résolu que mon Mémoire du 21. seroit communiqué au Résident de Mantouë. L'Electeur de Mayence m'assura peu de jours après, que la communication lui avoit été faite, & il me le fit confirmer en sa présence par le Sieur Meel son Député dans le Collége Electoral: toutefois le Résident de Mantouë a donné un Mémoire aux Etats, par lequel il déclare que cette communication ne lui a été faite que le sixiéme de ce mois, & demande six semaines: c'est-à-dire quelques jours après la fin de la Diéte pour en avertir son Maître. J'allai hier avec le Député de Savoye me plaindre à l'Electeur de Mayence, lequel eut beaucoup de confusion; mais plus il nous offense & plus il nous hait. Vous voyez bien, Monsieur, que nous ne devons espérer aucun bon succès de cette affaire, & que le Duc de Mantouë fera quelque réponse ambigue qui embrouillera l'affaire, ou s'il n'en fait point, l'Electeur de Mayence ne la proposera pas. Si elle dépendoit de moi je la laisserois en l'état où elle est; mais le Député de Savoye est dans un autre sentiment & je n'ose m'y opposer avec trop de soin & d'empressement, de peur qu'il ne croye que nous ne voulons pas satisfaire à nos offres, que nous l'amusons, & que nous sommes bien aises par cette raison que l'affaire demeure indécise. Vous m'avez mandé par votre Lettre du 13. de Février que je pouvois offrir de consigner la somme, pourvû que le Duc de Mantouë voulût exécuter le Traité de Paix, & rendre Trin; mais vous jugez bien, Monsieur, que s'il étoit dans ce

dessein, il faudroit parler du payement, & non d'un dépôt, lequel ne peut avoir lieu, qu'au cas qu'il refuse le payement. Je vous ai mandé que le Collége Electoral avoit condamné la proposition du dépôt, & l'avoit ôté de son *Conclusum.*

Je n'ai point eu l'honneur de recevoir de vos Lettres depuis celle du 13. de Février: car la poste de la semaine passée n'est point arrivée à Cologne, ayant vraisemblablement retardé à Bruxelles, à cause de la prison du Duc de Lorraine. J'attendois avec votre Lettre du 20. de Février la Commission du Roi, que celle du treiziéme me promettoit, pour faire trouver quelqu'un à l'Assemblée de Minden. Je n'ai pas laissé d'en écrire amplement à Monsieur de Meulles le 9. de ce mois, & je l'en avois averti dès le deuxiéme: je lui envoyerai la Commission aussitôt que je l'aurai reçue. J'ai vu ici les Députez très-bien informez de cette affaire, qui croyent que la Suede ne se joindra pas aux autres Princes, & j'ai lu une Lettre que le Comte de Waldek écrit à un Député qu'il a ici, par laquelle il témoigne espérer que les autres ne laisseront pas de faire quelque chose. Pour moi je ne crois pas qu'ils forment une Ligue, mais au plus des projets pour l'avenir, & de simples propositions; car ils sont timides, ils se défient les uns des autres, & craignent tous d'offenser l'Empereur. Monsieur l'Electeur de Brandebourg pourroit aller bien avant, mais il ne seroit pas suivi des autres; car le Landgrave de Hesse-Cassel n'agit point de son mouvement, & son Conseil regarde fort la Cour de Vienne. Les Ducs de Brunswick sont fermes pour la conservation de la Liberté; mais les deux jeunes qui sont Fréres, suivent les sentimens du Duc Auguste leur Cousin, lequel ayant soixante-treize ans, n'entreprendra rien sans une extrême nécessité, qui puisse brouiller sa Maison. Il me semble qu'ils voudroient tous voir la France, & la Suede unies en cette occasion, & que l'une s'en retirant ils n'oseroient se hazarder. Je n'en parlerai point ici aux Ministres de Suede; car l'un est Docteur Allemand auquel la Suede ne confie que les affaires de la Diéte, & l'autre nommé Biernek Launsuedok qui a été à Osnabruck, est suspect, s'étant fort attaché à l'Ambassadeur d'Espagne à Vienne & ici pour les affaires de Breme; mais j'en écrirai amplement le 16. de ce mois à Monsieur Picques, qui verra plus clairement l'intention des Suedois, que je ne la pourrois apprendre, & il la communiquera à Monsieur de Meulles. Le Député du Comte de Valdeck m'a dit que la France doit agir en cette affaire fort secretement, offrir son assistance & découvrir son dessein en particulier aux Princes qui doivent composer l'Assemblée de Minden, & qu'ils ne seroient pas bien aises qu'il y comparût quelqu'un de la part du Roi, parceque cela donneroit plus de soupçon à l'Empereur qu'ils ne lui en veulent donner. Je donnerai cet avis à Monsieur de Meulles, lequel pourra savoir sur les lieux l'intention des Princes, & voir ce qui sera plus utile pour le service du Roi.

La Ratification du Duc de Lorraine de la Convention faite ici par le Sieur Fournier son Député avec les Etats est enfin arrivée, & l'Empereur a incontinent mandé à l'Assemblée de penser aux moyens de payer promptement les cent cinquante mil écus du premier terme, afin de rendre les Etats plus lents sur la

pro-

1654.

moyens pour payer promtement les 150. mille écus du premier terme.

proposition de l'armement, n'y ayant pas d'apparence qu'ils voulussent armer, & payer. On alloit délibérer sur cette affaire le septiéme de ce mois lorsque la nouvelle de la prison du Duc de Lorraine est arrivée; desorte qu'elle a été surfise. Cette nouvelle a été apportée à l'Empereur par le Comte de Saint Amour, lequel est allé à Vienne convier le Prince François de prendre le commandement des Troupes.

La prison du Duc de Lorraine a fait renvoyer l'affaire qui le regardoit: le Prince François est prié d'aller prendre le commandement des Troupes.

Ceux qui connoissent l'humeur de ce Prince disent qu'il aura de la peine à s'y résoudre promtement, & qu'il voudra au moins savoir avant son départ de Vienne ce que l'Armée sera devenue; d'autres croyent qu'il n'oseroit refuser de partir sans delai, parceque l'Empereur, & le Roi des Romains lui en ont écrit fortement, & que l'Imperatrice Eleonore qui est à Vienne le poussera. On ajoute que Sa Majesté Imperiale obligera les Etats de lui payer la somme promise à son Frére. Cela pourra être s'il peut faire rendre les trois Châteaux: toutefois les Etats témoignent n'y avoir aucune disposition.

Le Comte de Saint Amour qui a apporté ici la nouvelle de la prison du Duc de Lorraine, a laissé un Manifeste dont il lui envoye Copie.

Discours du public sur la prison du Duc de Lorraine.

Le Comte de Saint Amour a laissé en passant un Manifeste en François, qu'on a fait imprimer en François, Italien, & Allemand: je vous en envoye une Copie en François; elle porte qu'elle est imprimée à Bruxelles, quoiqu'elle le soit ici, & ce Manifeste est signé du 25. de Février, quoiqu'on dise que le Duc de Lorraine n'a été arrêté que le 27. La créance commune est que les Espagnols ont eu soupçon de quelque intelligence présente avec la France, de laquelle ils n'ont point parlé dans le Manifeste, parcequ'ils n'en ont point de preuve, & personne n'est abusé du prétexte qu'ils prennent des desordres de son Armée, dont ils sont capables autant que lui.

Les Ambassadeurs de Cologne ont présenté aux Etats un Mémoire injurieux contre les Espagnols, la prison du Duc en a empêché la proposition.

Les Ambassadeurs de Cologne ont donné aux Etats un Mémoire fort hardi, & fort injurieux aux Espagnols; mais cet accident en a pareillement empêché la proposition. Ils espérent toutefois qu'elle se fera, & l'Electeur de Mayence m'en assura hier, afin de chercher des remédes pour l'avenir contre de semblables desordres: mais il croit que cela ira à présent fort lentement. Le Député du Roi d'Espagne pour le Cercle de Bourgogne, & celui de Cologne pour l'Evêché de Hildesheim, eurent le septiéme de ce mois, de grosses paroles sur ce Mémoire, dans le Collége des Princes.

L'Ambassadeur de Cologne ne voulant pas qu'on croye que cet Electeur a demandé du secours à la France, il a déclaré que le Roi n'avoit pas besoin d'être prié pour secourir ses Amis.

Les Ambassadeurs de Monsieur l'Electeur de Cologne ne veulent point qu'on croye qu'il ait demandé du secours au Roi, & je me suis accommodé à leur sentiment, & ai dit que le Roi n'avoit pas besoin d'être convié à secourir ses amis, à poursuivre ses Ennemis, & à faire pour le repos de l'Empire tout ce à quoi le Traité de Paix l'oblige.

Il lui envoye une Lettre de la Régente de Baviere pour le Roi, & une Copie de celle qu'elle lui a écrite par laquelle il verra ce qu'on doit attendre de ce côté.

Je vous envoye une Lettre que Madame l'Electrice de Baviere Régente écrit au Roi, & la Copie de la réponse qu'elle m'a fait l'honneur de me faire, où vous connoîtrez ce qu'on doit attendre de ce côté-là. Je vous envoye aussi la Copie de la réponse que j'ai reçue de Monsieur l'Electeur de Brandebourg; elle vous fera voir qu'il n'en fait point au Roi, & qu'il évite fort le mot de *Majesté*, les autres ne m'ont point encore écrit.

Il lui envoye Copie de la Réponse qu'il a reçue de l'Electeur de Brandebourg,

J'ai envoyé demander à Monsieur le Comte Curtz si l'Empereur s'étoit résolu sur la forme des Lettres entre le Roi & lui, & il a répondu que cela n'étoit point encore fait. Je ne l'en presserai pas davantage, si ce n'est lorsque la Cour partira, jugeant plus à propos de traiter cela d'indiférent que de témoigner trop d'empressement pour une affaire qui les regarde autant que nous.

1654.

qui n'écrit point au Roi, & qui évite le mot de Majesté.

Il n'y a rien de réglé pour la forme des Lettres entre l'Empereur & le Roi.

L'espérance que j'ai d'une Conférence sur nos plaintes réciproques, m'empêche de donner un Mémoire aux Etats sur les levées qui se font contre nous maintenant dans les terres héréditaires de l'Empereur, parceque ce sera une de mes plaintes dans la Conférence. On me confirme de jour en jour ce que je vous ai écrit touchant ces levées.

Il ne présentera point de Mémoire aux Etats sur les levées, parceque dans la Conférence des plaintes réciproques qu'il espère, ce sera une de ses plaintes. On l'assure toujours qu'on ne permettra point de levées dans la Basse Saxe, le Sieur des Meulles ne lui écrit pas si affirmativement.

Pour ce qui est de celle du Prince Christian de Meckelbourg, les Députez de son Pére, & des Ducs de Brunswick, m'assurent toujours qu'elle ne se fera point dans les Terres d'aucun Prince du Cercle de la Basse Saxe, nonobstant la permission de l'Empereur, & les Députez de Breme, Hambourg & Lubeck, m'ont aussi promis qu'elles ne se feroient point dans leurs Villes: toutefois Monsieur de Meulles ne m'en écrit pas si affirmativement, & il me mande du vingt-huitiéme de Février, que le Général Major Guldenleu, ou, Lion d'or, Frére naturel du Roi de Dannemarck est arrivé de Flandre à Hambourg, pour faire aussi quelques levées.

Cinq Princes ont été reçus dans le Collége des Princes, cinq de la Maison de Nassau étoient aussi nommez, mais à cause de la préséance, ils n'ont point voulu être instalez.

Les Princes de Salms, de Dietrichstein, d'Amalfi, & d'Aversperg, furent instalez dans le Collége des Princes le 10. de ce mois, & présentés par l'Evêque de Ratisbonne, & Osnabruck, comme Commissaire de l'Empereur. Le Décret de Sa Majesté Impériale pour leur introduction parloit aussi de celle des cinq Princes de la Maison de Nassau; mais d'autant qu'il vouloit qu'ils eussent séance suivant la date de leurs Lettres, c'est-à-dire le Prince de Nassau Hadamar, après le Prince de Dietrichstein, & quatre autres Princes de Nassau, après le Prince d'Amalfi, ils ont mieux aimé n'être point instalez, & les Députez de Brandebourg qui sollicitoient pour eux n'ont point voulu assister à cette cérémonie.

Les Etats ont témoigné beaucoup de foiblesse de recevoir des Princes qui n'ont point de terres dans l'Empire, & qui sont Sujets ou Vassaux de l'Empereur.

Cette facilité à recevoir des Princes qui n'ont aucunes terres dans l'Empire, & qui sont Sujets & Vassaux de l'Empereur pour leurs personnes, & pour tous leurs biens, est une des plus certaines marques de la foiblesse des Etats, & rendra avec le tems l'Empereur Maître absolu du Collége des Princes.

Les Ducs de Wirtemberg ont enfin obtenu séance dans le Collége des Princes pour celui de Montbeliard.

Les Ducs de Wirtemberg ont autrefois demandé voix & séance dans le Collége des Princes pour le Comté de Montbeliard, & on les avoit toujours refusez; mais enfin ils l'ont obtenu le septiéme de ce mois.

La Diéte a résolu de faire payer au Comte de Rochester la somme accordée au Roi d'Angleterre à Francfort dans trois mois la moitié, & l'autre six mois après.

On a résolu le même jour septiéme que de la somme accordée au Comte de Rochester, la moitié seroit payée à Francfort dans trois mois & l'autre moitié six mois après. Je vous suplie très-humblement de me faire l'honneur de croire que je suis avec une passion extrême &c.

MON-

MONSIEUR

De

VAUTORTE

à Monsieur de

BRIENNE.

Du 16. Mars 1654.

Il lui envoye Copie du Mémoire que le Résident de Mantouë a présenté à la Diéte, pour avoir un delai de six semaines. La Diéte lui en a accordé quatre, & dans la même conclusion elle lui a accordé de pouvoir faire l'offre du payement, ce qui l'oblige à lui envoyer un Courier exprès. Dix Articles concernant l'affaire de Mantouë. Il est d'avis qu'on accorde à l'Electeur de Brandebourg les Titres qu'on lui a promis.

MONSIEUR,

Il lui envoye Copie du Mémoire que le Résident de Mantouë a présenté à la Diéte, pour avoir un delai de six semaines. La Diéte lui en a accordé quatre, & dans la même conclusion elle lui a accordé de pouvoir faire l'offre du payement, ce qui l'oblige à lui envoyer un Courier exprès.

J'AI eu l'honneur de vous mander par ma derniére Lettre du douziéme de ce mois, que le Résident de Mantouë a donné un Mémoire aux Etats pour obtenir un delai de six semaines : je vous envoye maintenant la Copie de son Mémoire. Je n'ai point eu besoin d'en donner un pour presser cette affaire; car le sien ayant été présenté le dix de ce mois, & dicté le onziéme, fut proposé dès le treiziéme aux Etats, qui firent un *Conclusum*, duquel je vous envoye l'Extrait traduit d'Allemand en Latin. Ce *Conclusum* ne lui donne que quatre semaines pour faire une déclaration précise au nom de son Maître, & il porte aussi que dans le même terme, j'aurai un pouvoir spécial pour faire l'offre du payement. Cela m'oblige de vous envoyer aujourdhui mon Secretaire, parceque le Courier ordinaire qui ne partira d'ici que le 19. de ce mois, ne me pourroit apporter au plutôt votre réponse que le dix-neuviéme d'Avril, & souvent mes Lettres vous sont rendues si tard que vous êtes obligé d'en remettre la réponse à l'Ordinaire suivant.

Tom. III.

J'ai cru jusques à présent que Monsieur le Duc de Mantouë ne vouloit point recevoir l'argent, ni exécuter le Traité de Paix, & tous ceux qui ont eu connoissance de cette affaire ont été dans le même sentiment. Je ne le change pas encore; mais je le suspens, & je ne sais s'il a changé d'avis, ou si toute cette piéce ne se fait que pour nous mettre dans notre tort, ou pour faire voir à tout le monde, & principalement à Monsieur le Duc de Savoye, qu'en effet nous ne voulons payer, & que le retardement de son Investiture vient de nous.

Si Monsieur le Duc de Mantouë n'a point d'autre dessein que de nous mettre dans le tort, & de faire voir que nos offres n'ont jamais été effectives, j'espére qu'il ne réussira pas dans son dessein; car puisqu'il doit parler le premier, comme Demandeur, je l'obligerai à faire des déclarations positives avant que de m'engager à me découvrir en aucune façon.

Mais s'il a changé d'avis, & que son dessein soit maintenant de recevoir l'argent, & de consentir à tout ce qui est porté par le Traité de Paix, nous ne pouvons éviter d'y contrevenir, & d'offenser Monsieur le Duc de Savoye qu'en faisant des offres raisonnables.

En l'un & l'autre cas, il me semble qu'on ne doit pas refuser d'envoyer le Pouvoir spécial que son Résident a demandé, pour ne donner aucun soupçon, & pour ne faire pas croire que tout ce que nous avons fait jusques à ce jour n'a été qu'artifice. Il me semble aussi que ce Pouvoir spécial ne doit contenir aucunes conditions ni limitations, sur lesquelles on puisse gloser; mais qu'il doit être simplement pour convenir avec Monsieur le Duc de Mantouë, ou son Plenipotentiaire, du tems & du lieu du payement, & pour promettre que ce payement se fera après qu'il aura déclaré acquiescer au Traité de Paix, & remis les choses en l'état qu'elles étoient avant les contraventions. Si vous avez quelques limitations à y ajouter, comme aussi pour la désignation du lieu & du tems, je pense que vous le pouvez faire par un ordre séparé, lequel je suivrai ponctuellement. L'intention de compenser avec la somme promise une partie de ce qui peut être dû au Roi par Monsieur le Duc de Mantouë, n'est pas conforme au Traité de la Paix; car il porte expressément qu'on payera en argent comptant, quoiqu'alors toutes les prétentions du Roi étoient déja nées. Si Trin étoit entre les mains de Monsieur le Duc de Mantouë, il seroit obligé de le rendre à l'Empereur, qui devroit l'y forcer; mais il est notoire que cette Place a été prise par les Espagnols pour eux, & qu'ils la gardent, & que Monsieur le Duc de Mantouë n'y a aucun pouvoir, sinon qu'ils souffrent que la Justice soit administrée sous son nom, & qu'il jouisse des revenus; desorte qu'il sera difficile de persuader qu'il est obligé à rendre une Place qui n'est pas en son pouvoir, & il semble qu'il satisfera à ce qu'il doit, en faisant pour ce regard une déclaration en faveur de Monsieur le Duc de Savoye, & la faisant publier dans le Mont-ferrat.

Enfin, Monsieur, si Monsieur le Duc de Mantouë n'a pas dessein d'exécuter le Traité de Paix, mais seulement de rejetter la faute sur nous, j'espére de conduire cette affaire enforte qu'il n'y réussira pas: si au contraire, il est prêt à recevoir l'argent, & à faire tout

Qqqq   ce

1654.

ce qu'on lui peut raisonnablement demander, il sera difficile qu'il ne persuade à Monsieur le Duc de Savoye, & à tout l'Empire que nous avons tort, si nous voulons apporter des conditions impossibles ou contraires au Traité de la Paix.

Si le desir de contenter Monsieur le Duc de Savoye, & de finir cette affaire nous fait résoudre au payement, il n'y aura de ce côté ici aucune difficulté; mais si l'état présent de nos affaires ne permet pas de payer sitôt, il est toutefois plus à propos de promettre ici, & de faire des offres raisonnables, que de manquer à la vue de tout l'Empire, à ce qu'on a déja promis par le Traité, aux offres faites au nom du Roi à Monsieur le Duc de Mantoüe avec tant d'éclat par Messieurs d'Argenson, & Duplessis Besançon: car nous éviterions des déclarations fâcheuses, qu'il sera facile à l'Empereur, qui peut tout ici, de faire faire contre nous par l'Assemblée, & la promesse qu'on fera ici ne sera pas plus formelle, & n'obligera pas davantage, que celle qui a été faite à Munster, & dans l'exécution qui sera remise après la fin de la Diéte, & hors l'Empire, on pourra former des difficultez plus à propos qu'ici & le tems même en pourra former que nous ne saurions prévoir.

Je vous envoyai avec ma derniére Lettre la Copie de celle que j'avois reçue de Monsieur l'Electeur de Brandebourg: vous y aurez remarqué qu'il répond à celle que je lui avois écrite, & qu'il ne parle point de celle du Roi que je lui avois envoyée. J'en ai depuis apris la raison par une Lettre que j'ai reçu du Comte de Waldeck: elle est de même date que celle de l'Electeur, & toutefois elle ne m'a été rendue que quatre jours apres. Celle du Roi a été renvoyée à Monsieur de Blumendal pour me la rendre; mais il ne me l'a point encore rendue, & ne m'en a pas même parlé, & je pense qu'il a écrit à son Maître, que je l'avois assuré qu'on lui donneroit contentement, & que je souhaitois seulement, que cela se put faire avec les autres Electeurs Séculiers, ce que ledit Sieur Blumendal a trouvé fort raisonnable. Ce procedé de l'Electeur est un peu rude, mais il ne vient pas d'une mauvaise intention, & puisqu'on lui a promis, il ne reste qu'à exécuter. Si les autres Electeurs se veulent accommoder au titre de *Monseigneur*, on pourra les traiter de Frére, aussi bien que lui; mais s'ils ne le veulent pas, il ne faut pas laisser de le contenter, l'affaire n'étant plus en état de délibérer.

Je remets à vous rendre compte des autres affaires par ma Lettre de l'Ordinaire prochain, mon Secretaire vous informera de ce qu'il en fait. Je vous suplie très-humblement de me faire l'honneur de croire que je suis avec une passion extrême &c.

Il est d'avis qu'on accorde à l'Electeur de Brandebourg les titres qu'on lui a promis.

1654.

MONSIEUR
De
VAUTORTE
à Monsieur de
BRIENNE.

Du 19. Mars 1654.

Si les Princes voisins de Cologne ne veulent pas se mettre en défense, l'Electeur de Brandebourg armera, & les y obligera: la Prison du Duc de Lorraine arrête tout. L'Electeur de Mayence a retardé la proposition du Mémoire des Ambassadeurs de l'Electeur de Cologne, quoiqu'il lui eût promis le contraire; on veut les obliger à reformer dans ce Mémoire quelques termes qui offensent les Espagnols. La Lettre du Roi écrite à l'Electeur de Brandebourg ne lui a pas encore été rendue. On n'entend plus parler des levées du Prince Christian, il espére que les Espagnols ne réussiront pas à lever du monde dans ce Païs-là. On confirme la levée des Espagnols dans les Païs héréditaires, & le licentiement des Troupes de l'Empereur. Il s'en plaindra. On assure que l'Empereur partira vers la fin d'Avril: on ne parle pas si précisément de la fin de la Diéte. La Diéte a achevé la liquidation de ce qui est dû à la Suede, l'affaire de Wecht sera finie pourvû qu'on la paye. L'Evêque de Munster avancera l'argent pour payer les Suedois, ainsi Wecht sera rendu. Les Etats examinent présentement l'ar-

1654.

l'article des dettes, & les intérêts: on y trouve des difficultez. Points à traiter à la Diète avant le départ de l'Empereur. Il doit venir le second sur les rangs. L'Electeur de Mayence avoit fait dresser une conclusion contre la France qui lui étoit entiérement contraire: il a été obligé d'en faire une autre. Le Sieur Verbourg Député de Wirtzbourg, de Spire, & de Bâle, toutes les fois qu'il en trouve l'occasion parle contre la France avec une aigreur extraordinaire. Le Prince d'Aversperg lui a dit dans une visite qu'il lui a faite, que la Lettre que l'Empereur avoit écrite au Roi en faveur de la Ville de Hambourg, qui n'étoit pas dans la forme requise, que c'étoit par meprise, & que cela n'arriveroit plus. Les cinq Princes de Nassau ont été installez dans le Collége le 13. dans le rang que l'Empereur leur a donné par son Décret. Le Prince François de Lorraine doit être ici dans cinq ou six jours. Le Prince Picolomini lui a avoué le licentiement des Troupes en faveur des Espagnols: il ne tardera plus à en faire ses plaintes à l'Empereur & ensuite à la Diète. Il l'a assuré encore que les Cosaques se sont mis sous la protection du Moscovite, qui a déclaré la Guerre aux Polonois, & arme puissamment.

MONSIEUR,

LA Lettre que vous m'avez fait l'honneur de m'écrire le 27. Février, me fait voir que vous ne m'avez point écrit le 20. & m'ôte de l'inquiétude où j'étois pour n'avoir point reçu la Commission du Roi. J'ai écrit amplement le 16. de ce mois à Messieurs de Meulles, & Piques tout ce que je vous ai mandé sur ce sujet par ma dernière Lettre du 12. J'en ai depuis vu une du Comte de Waldeck qui porte que si les autres Princes des Cercles où l'Electeur de Brandebourg fait part, ne veulent point se mettre en défense, Son Altesse Electorale seule ne laissera pas de s'y mettre, & obligera les autres à faire le semblable. Les Lettres de Cologne de cet Ordinaire portent, que les Troupes de cet Electeur auroient marché pour aller au secours de celui

de Cologne; mais que la nouvelle de la détention du Duc de Lorraine, les a arrêtées. J'ai eu l'honneur de vous mander qu'elle avoit fait cesser ici la déliberation sur sa Ratification du Traité fait par le Sieur Fournier son Député avec les Etats, & qu'elle n'arrêteroit pas la proposition du Mémoire des Ambassadeurs de l'Electeur de Cologne, pour chercher des moyens d'empêcher à l'avenir de semblables desordres. Ils n'ont encore pu obtenir cette proposition, & l'Electeur de Mayence l'a retardée, quoiqu'il m'ait dit le contraire, comme je vous ai mandé par ma dernière Lettre. On veut les obliger à reformer leur Mémoire, & en ôter quelques paroles que les Espagnols croyent leur être injurieuses. On attend ici à tout moment le Prince François de Lorraine.

Monsieur de Blumendal ne m'a point encore rendu la Lettre du Roi, & ne m'a point demandé audience depuis cette rencontre; c'est pourquoi je ne puis rien ajouter à ce que mon Secretaire vous dira sur ce sujet, en vous présentant la Copie d'une Lettre que le Comte de Waldeck m'a écrite. Je vous en envoye une du Duc de Wirtemberg pour Sa Majesté, avec la copie de celle que j'ai reçue de lui: il paroit très-bien intentionné. Les autres ne m'ont point encore envoyé leur réponse.

Vous lirez dans la Lettre du Comte de Waldeck ce qu'il me mande de la levée du Prince Christian de Meckelbourg, de laquelle Monsieur de Meulles m'écrit qu'il n'entend plus parler, & les Députez des Ducs de Brunswick & de Meckelbourg continuent à m'assurer qu'elle n'aura aucun effet. Je me remets aux Lettres que Monsieur de Meulles vous écrit sur les autres levées que les Espagnols veulent faire dans le Cercle de la Basse Saxe: j'espère qu'elles ne réussiront point aussi, pourvû que le Roi de Dannemarck ne les favorise pas.

Ce que je vous ai mandé des levées des Espagnols dans les terres héréditaires de l'Empereur, & du licentiement qu'il veut faire en leur faveur, se confirme de jour en jour. J'en ferai des plaintes à Sa Majesté même, puisque vous le jugez à propos. J'en ai déja fait à l'Electeur de Mayence, & au Comte Curtz, & j'en ferai aux Etats par écrit avant la fin de la Diète. Je les ai differées jusques à ce jour croyant que le retardement n'étoit pas préjudiciable, puisqu'elles ne feront pas cesser le mal présent, dans l'espérance que j'ai eu de jour en jour qu'on communiqueroit avec moi sur nos plaintes réciproques. Celle des levées étant la principale des nôtres, j'en ai donné avis en Suede & j'en parle ici à tous les Députez que j'ai occasion de voir.

On continuë d'assurer que l'Empereur partira à la fin d'Avril. Les uns disent qu'il veut voir finir la Diète avant son départ, & les autres qu'elle durera encore quelques jours. L'opinion la plus commune est qu'elle finira, & qu'on laissera une députation ici, qui pourra être transferée à Francfort, pour la matiére des Griefs laquelle ne sera pas entamée avant la fin de la Diète.

L'Assemblée a enfin achevé, à ce qu'elle croit, l'affaire de Wecht, c'est-à-dire qu'elle a achevé les liquidations de ce qui peut être dû de reste aux Suedois. Ils forment maintenant quelques autres difficultez, mais comme elles ne sont pas de conséquence, & n'ont rien de commun avec cette affaire, on espère qu'elles

ne

Si les Princes voisins de Cologne ne veulent pas se mettre en défense, l'Electeur de Brandebourg armera, & les y obligera. La Prison du Duc de Lorraine arrête tout.

L'Electeur de Mayence a retardé la proposition du Mémoire des Ambassadeurs de l'Electeur de Cologne, quoiqu'il lui eût promis le contraire: on veut les obliger à reformer dans ce Mémoire quelques termes qui offensent les Espagnols. La Lettre du Roi écrite à l'Electeur de Brandebourg ne lui a pas encore été rendue.

On n'entend plus parler des levées du Prince Christian: il espére que les Espagnols ne réussiront pas à lever du monde dans ce Pais-là.

On confirme la levée des Espagnols dans les Païs héréditaires; & le licentiement des Troupes de l'Empereur. Il s'en plaindra.

On assure que l'Empereur partira vers la fin d'Avril: on ne parle pas si précisément de la fin de la Diète.

La Diète a achevé la liquidation de ce qui est dû à la Suede: l'affaire de Wecht sera finie pourvû qu'on la paye.

1654.

ne la retarderont pas. Il ne reste donc plus qu'à payer, & c'est à mon avis la plus grande difficulté : car plusieurs Etats ne veulent point payer leur quote, & alléguent des compensations avec d'autres dépenses qu'ils ont faites. L'Assemblée les a condamnez, mais ils ne se rendent pas, & il n'est pas facile de les faire payer contre leur gré. On m'assura hier, que l'Evêque de Munster auquel la Place de Wecht doit être rendue, a trouvé de l'argent suffisamment pour payer la part de ceux qui la refuseront : qu'il avancera sauf à répéter, & que Wecht lui sera restitué au plus tard dans le mois de Mai.

L'Evêque de Munster avancera l'argent pour payer les Suedois, ainsi Wecht sera rendu.

L'Assemblée examine maintenant un paragraphe du Traité de la Paix, qui commence par ce mot, *Indaganda*, touchant les dettes, & principalement les intérêts qui ont couru pendant la Guerre. Il s'y rencontre de grandes difficultez, & il n'est pas possible de faire une régle générale, la condition des Créanciers & des Debiteurs n'étant pas égale ; c'est pourquoi on croit qu'on ne déterminera rien ici, & qu'on renvoyera cette affaire aux Assemblées des Cercles, afin que chacun fasse un reglement pour ceux qui sont dans son étendue.

Les Etats examinent présentement l'article des dettes, & les intérêts : on y trouve des difficultez.

Dans le projet des matiéres qui doivent être traitées avant le départ de l'Empereur, il n'y a outre les affaires de Wecht, des dettes, & des Griefs, que la notre. Celle du Mémoire de Cologne, & le point de la Justice, est dans l'ordre. La nôtre est la seconde, & celle de Wecht la premiére ; desorte que si l'on suit cet ordre, on parlera bientôt à moi.

Points à traiter à la Diéte avant le départ de l'Empereur : il doit venir le second sur les rangs.

L'Electeur de Mayence avoit fait dresser un *Conclusum* qui nous étoit fort contraire : car sans m'ouïr il condamnoit toutes nos plaintes, & déclaroit justes toutes celles qui sont faites contre nous, & principalement celle de l'Evêque de Spire son Allié, pour lequel il vouloit que les Etats demandassent au Roi une bonne caution & assurance, que la Garnison de Philipsbourg ne lui feroit aucun dommage à l'avenir ; & au cas que cette caution fût difficile à trouver, il vouloit que les Etats proposassent comme un bon expédient la restitution de Philipsbourg. Il a fait tous ses efforts pour maintenir ce *Conclusum*, qui étoit si ridicule qu'il a été désavoué par les trois Colléges & même par les Députez d'Autriche & de Bourgogne, & il a été obligé d'en faire un en bonne forme, lequel porte simplement qu'on conférera avec moi sur les plaintes réciproques.

L'Electeur de Mayence avoit fait dresser une conclusion contre la France qui lui étoit entierement contraire : il a été obligé d'en faire une autre.

Le Sieur de Verbourg Député de cet Electeur pour l'Evêché de Wirtzbourg dans le Collége des Princes, l'est aussi maintenant pour les Evêques de Spire, & de Bâle, deux de nos Parties, depuis le départ de leurs Députez, & toutes les fois qu'il en trouve l'occasion il parle de la France avec une aigreur extraordinaire, aussi bien dans le suffrage qu'il donne pour Wirtzbourg, que dans ceux qu'il donne pour les deux Evêques.

Le Sr. Verbourg Député de Wirtzbourg, de Spire, & de Bâle, toutes les fois qu'il en trouve l'occasion parle contre la France avec une aigreur extraordinaire.

Je n'ai point vu Monsieur le Comte Curtz, sur la Lettre de l'Empereur au Roi, en faveur de la Ville de Hambourg, & je vous en ai mandé ma raison par la mienne du 12. de ce mois. Le Prince d'Aversperg m'ayant visité le quinziéme, nous tombames sur cette affaire sans dessein, & il me dit que c'étoit une méprise & que cela n'arriveroit plus.

Le Prince d'Aversperg lui a dit dans une visite qu'il lui a faite, que la Lettre que l'Empereur avoit écrite au Roi en faveur de la Ville de Hambourg qui n'étoit pas dans la forme requise, que c'étoit par méprise, & que cela n'arriveroit plus.

Je vous ai mandé par ma Lettre du douziéme de ce mois, que les Princes de Salm, Dietrichstein, d'Amalfi, & d'Aversperg, avoient été installez le dixiéme dans le Collége des Princes. Les cinq de Nassau y ont été installez le 13. dans le rang que l'Empereur leur a donné par son Décret.

1654.

Les cinq Princes de Nassau ont été installez dans le Collège le 13. dans le rang que l'Empereur leur a donné par son Décret.

Le Comte de Sarbruk sera aussi reçu Prince, & je pense qu'à l'avenir tous ceux de cette Maison le seront ; mais par le Décret de l'Empereur ils n'auront tous que deux voix, l'une pour les Catholiques, & l'autre pour les Protestans, & on leur laisse la liberté de choisir entre eux celui qui aura la voix. Le Fils du Comte de Lichtenstein, fait Prince par l'Empereur Ferdinand second, sollicite aussi d'être installé.

Je viens de recevoir une Lettre de Monsieur le Duc de Neubourg pour le Roi : je vous l'envoye avec la Copie de celle qu'il m'a écrite. Mon Secretaire qui est parti d'ici le seiziéme de ce mois pour aller à la Cour, vous informera de tout ce que je puis avoir omis dans cette Lettre, & dans les précédentes. Je vous suplie très-humblement de me faire l'honneur de croire que je suis &c.

Le Prince François de Lorraine doit être ici dans cinq ou six jours.

Depuis cette Lettre écrite j'ai visité le Prince de Picolomini, qui m'a dit qu'il arriva Mardi 27. de ce mois un Courier de Vienne, qui assure que le Prince François de Lorraine en est parti le Dimanche quinziéme, & qu'il sera ici dans cinq ou six jours. Il m'a confessé le licentiement que l'Empereur fait en faveur des Espagnols, & m'a dit qu'il n'étoit que de 1200. hommes, & qu'ils en leveroient huit cens pour faire les deux mille.

Le Prince Picolomini lui a avoué le licentiement des Troupes en faveur des Espagnols : il ne tardera plus à en faire ses plaintes à l'Empereur & ensuite à la Diéte.

Après cette confession, je ne veux plus tarder à me plaindre ; c'est pourquoi je demanderai audience à l'Empereur pour demain, & aussitôt que je l'aurai eue, je ferai une plainte par écrit aux Etats, afin qu'ils ne refusent pas de parler avec moi sur ce sujet, dans la Conférence que nous devons avoir, comme sur une matiére imprévue, & de laquelle ils n'ont aucune information. Il m'a encore dit comme une chose certaine que les Cosaques se sont mis sous la protection du Moscovite, & lui ont donné des Places en gage dans l'Ukraine : qu'il a déclaré la Guerre aux Polonois : qu'il prétend avoir une Armée de 180000. hommes, & de 20000. Etrangers, sans les Cosaques, & qu'il doit envoyer quatre Ambassadeurs en France, Suede, Dannemarck, & Hollande, pour dire les raisons de son dessein : qu'on ne sait point encore quel parti les Tartares prendront, & que l'épouvante est extraordinaire en Pologne.

Il l'a assuré encore que les Cosaques se sont mis sous la protection du Moscovite, qui a déclaré la Guerre aux Polonois, & arme puissamment.

MON-

MONSIEUR

De

VAUTORTE

à Monsieur de

BRIENNE.

Du 26. Mars 1654.

L'Empereur a donné un Décret pour exhorter les Etats à ne plus travailler qu'au point de la Justice, & sur le Mémoire de l'Ambassadeur de Cologne. Il lui envoye l'extrait de la Conclusion du Collége Electoral, & de celle du Collége des Princes sur ce Décret. La Conclusion des Princes est fort différente de celle du Collége Electoral, l'Empereur leur fera dire ce qu'il voudra. Il ne sait pas encore si l'on parlera des plaintes contre la France : il tâchera d'éviter le mal présent. L'Empereur au lieu d'empêcher la proposition d'une défense commune dans l'Empire, comme on le croyoit, la demande, ce qui est suspect à tous les Protestans, & à la France par conséquent : il en dit la raison. Comme il lui avoit déja marqué l'avis du Sieur Volmar qu'il ne falloit point employer le tems à examiner ce qui regardoit les Couronnes étrangéres, qu'elles satisferoient d'elles-mêmes, l'Empereur continue ce même dessein. Si le Député de Mayence qui s'y

opposa alors, y acquiesce maintenant, c'est une marque que les Ennemis de la France croyent qu'il faut laisser la chose indécise. Sa maladie l'empêche de lui envoyer quelque chose de nouveau. Il n'a rien négligé pour faire connoître au Duc de Savoye qu'il ne manque rien de la part du Roi pour le succès de son affaire. Le Député de Savoye lui a dit que l'Electeur de Mayence avoit voulu lui persuader, que le Roi étoit mieux avec le Duc de Mantouë qu'il ne pensoit, & qu'il n'avoit aucun dessein de le satisfaire. Si le Duc de Mantouë veut recevoir l'argent & exécuter le Traité de Paix, il faut parler de payement, & non de consignation : s'il ne le veut pas, la consignation ne l'engageroit à rien, & seroit aussi incommode que le payement. Monsieur de Brienne lui ayant marqué que l'Electeur de Mayence a écrit une Lettre dans laquelle il conseille que la France consigne l'argent pour Mantouë; il lui répond que s'il l'a écrite à la Cour sans la lui donner & sans l'en avertir, qu'elle doit être suspecte. Il lui semble que cette affaire est maintenant en très-bon état, & lui en dit les raisons. Il lui dit enfin que si l'affaire vient en état d'offrir la consignation, & que le Député de Savoye le desire, qu'il l'offrira. Les Députez espérent qu'après la fin de la Diéte, l'Electeur de Cologne & plusieurs autres Princes pourroient former une Ligue, & prétendent s'appuyer de la France. Monsieur de Meulles qui est sur les lieux n'en espére pas tant, ni lui non plus. Il croit que l'Ambassadeur de Brandebourg ne voyant point de disposition dans les autres Electeurs à donner le Titre au Roi qu'on prétend, & qu'ayant la parole de la Cour pour son Maître,

1654.

il aime mieux traiter à la Cour qu'avec lui. Le Prince François de Lorraine n'est parti de Vienne que le dix-septiéme : on l'attend ici incessamment. Les Espagnols lui ont fait proposer d'envoyer son ainé en Flandres pour commander les Troupes, ou de laisser ses deux fils à Vienne, il n'a fait ni l'un, ni l'autre & les amène avec lui. Les Ambassadeurs de Baviere & de Brunswick l'ont assuré qu'ils ne souffriroient point qu'on fît aucune chose au préjudice de la France lorsqu'on dressera le formulaire de défense.

MONSIEUR,

L'Empereur a donné un Décret pour exhorter les Etats à ne plus travailler qu'au point de la Justice, & sur le Mémoire de l'Ambassadeur de Cologne.

DEpuis ma derniére Lettre du 19. de ce mois, j'ai reçu celle que vous m'avez fait l'honneur de m'écrire le sixiéme. Je vous ai mandé que nos affaires étoient dans la liste des matiéres que les Etats vouloient traiter avant le départ de l'Empereur. On a dicté le vingtiéme de ce mois un Décret de Sa Majesté Imperiale, par lequel il exhorte les Etats à ne travailler plus, avant son départ, qu'au point de la Justice, & au Mémoire des Ambassadeurs de l'Electeur de Cologne, qui demande que l'Empire pense à une défense commune, pour établir à l'avenir un repos assuré dans l'Allemagne. Le même Décret porte que toutes les autres matiéres se pourroient remettre à une autre Diéte, que l'Empereur promet de convoquer bientôt. Je vous envoye un extrait en Latin du *Conclusum* du Collége Electoral, & de celui du Collége des Princes sur ce Décret. Si la Conférence se fait aujourd'hui avec le Collége des Villes, & qu'on forme un *Conclusum* général des trois Colléges, je l'ajouterai à la fin de cette Lettre. Le *Conclusum* du Collége des Princes paroit fort différent de celui du Collége Electoral ; mais on leur fera dire ce que l'Empereur voudra. Il n'a point parlé dans son Décret de donner au Prince François de Lorreine la somme qui a été promise au Duc Charles son Frére ; mais le Collége Electoral en a fait la proposition, sachant qu'elle lui seroit agréable.

Il lui envoye l'extrait de la Conclusion du Collége Electoral, & de celle du Collége des Princes sur ce Décret. La Conclusion des Princes est fort differente de celle du Collége Electoral, l'Empereur leur fera dire ce qu'il voudra.

Je ne sais si on parlera de nos affaires : car cela dépend absolument de la volonté de l'Empereur. Si on en parle, il aura pris ses mesures, & sera presque assuré de faire aprouver par les Etats les plaintes faites contre nous, & si on n'en parle point, il faut croire qu'il trouve plus avantageux de les garder pour un autre tems, & qu'il y fait quelque finesse ; desorte que je ne sais presque pas lequel des deux je dois souhaiter, sinon qu'il me semble plus utile d'éviter le mal présent parceque le tems peut renverser tous leurs desseins.

Il ne sait pas encore si l'on parlera des plaintes contre la France : Il tâchera d'éviter le mal présent.

On croyoit que la proposition d'une défense commune dans l'Empire choqueroit extrê-*mement l'Empereur, & qu'il feroit tous ses efforts pour l'empêcher. Il la demande, & par là elle devient suspecte à tous les Protestans, & elle nous le doit être aussi : elle ne servira de rien à l'Electeur de Cologne, comme vous aprendrez par le *Conclusum* du Collége Electoral, & l'Empereur aura toujours assez de pouvoir pour empêcher qu'elle ne tourne au préjudice des Espagnols ; desorte qu'elle ne peut servir que contre nous, & nos Alliez : & si nos affaires alloient mal, elle donneroit moyen à l'Empereur, sous prétexte de quelque légére contravention, d'irriter contre nous les Cerclés voisins du Rhin, d'autant plus facilement que Monsieur l'Electeur Palatin qui est notre ennemi juré, & qui a mis dans sa tête de nous ôter Philipsbourg, est Directeur du Cercle Electoral du Rhin, comme Monsieur l'Electeur de Mayence l'est du Cercle du haut Rhin, comme Evêque de Vorms.

1654.

L'Empereur au lieu d'empêcher la proposition d'une défense commune dans l'Empire, comme on le croyoit, la demande, ce qui est suspect à tous les Protestans, & à la France par conséquent : il en dit la raison.

Je vous ai mandé par une de mes Lettres, que Monsieur Volmar avoit dit dans son avis il y a quelque tems, lorsqu'on parla des matiéres qu'on devoit traiter devant le départ de l'Empereur, qu'il ne falloit employer le tems sur celles qui regardent les Couronnes étrangeres, & qu'il y avoit apparence qu'elles satisferoient d'elles-mêmes à ce qu'elles devoient. Le Décret de l'Empereur continue ce même dessein, & si l'Electeur de Mayence, le Député duquel s'y opposa alors avec chaleur, y acquiesce maintenant, c'est un témoignage que nos Ennemis croyent qu'il leur est avantageux de laisser indécise, non seulement la plainte de Monsieur l'Archiduc d'Inspruck (ce qu'ils ont voulu faire il y a déja longtems,) mais encore toutes les autres. Cela ne m'obligera point à demander avec empressement que la Diéte les examine : car ma demande seroit inutile si l'Empereur ne le veut pas, & peut-être qu'on attend que je parle pour me condamner sur ma propre requête ; mais lorsque la Diéte finira, j'en donnerai une grande plainte par écrit, qui contiendra exactement tout ce qui s'est passé en cette affaire.

Comme il lui avoit déja marqué l'avis du Sieur Volmar qu'il ne falloit point employer le tems à examiner ce qui regardoit les Couronnes étrangeres, qu'elles satisferoient d'elles-mêmes, l'Empereur continue ce même dessein, le Député de Mayence qui s'y oppoça alors, y acquiesce maintenant, c'est une marque que les Ennemis de la France croyent qu'il faut laisser la chose indécise.

Je n'ai pu voir l'Empereur, ni donner un Ecrit aux Etats, touchant les levées, & licentiement qui se font en faveur des Espagnols, parce qu'il y a six jours que je suis dans le lit accablé par une fluxion sur la poitrine, qui me tient depuis quatre mois. Je n'ai rien à vous mander de nouveau touchant les levées, & licentiement, qui se font dans les Terres héréditaires de l'Empereur, & je m'assure que Monsieur de Meulles vous écrit comme à moi, que les levées du Cercle de la basse Saxe ne nous feront pas beaucoup de mal.

Sa maladie l'empêche de lui envoyer quelque chose de nouveau.

Mon principal soin a été de faire voir ici à Monsieur le Duc de Savoye qu'il ne manque rien du côté du Roi, pour le succès de son affaire. Ce soin a été grand, parce qu'il a ici un Député fort délicat, & difficile : je l'ai redouté, depuis que vous m'avez mandé les soupçons que vous aviez. Si ce Député dit la vérité, Monsieur l'Electeur de Mayence est ennemi déclaré ; car il m'a dit que cet Electeur avoit voulu lui persuader que le Roi étoit mieux avec Monsieur le Duc de Mantouë qu'il ne pensoit, & que nous n'avions aucun dessein de faire ce que nous devions pour sa satisfaction. La proposition d'une consignation nous auroit ruiné ; car de la façon que Monsieur l'Abbé d'Allié m'en parla à Paris, elle a toujours plu en Savoye, & elle auroit été agréée

Il n'a rien négligé pour faire connaître au Duc de Savoye qu'il ne manque rien de la part du Roi pour le succès de son affaire.

Le Député de Savoye lui a dit que l'Electeur de Mayence avoit voulu lui persuader que le Roi étoit mieux avec le Duc de Mantouë qu'il ne pen-

1654.

Vote, & qu'il n'avoit aucun dessein de le satisfaire.

Si le Duc de Mantouë veut recevoir l'argent & exécuter le Traité de Paix, il faut parler de payement, & non de consignation ; s'il ne le veut pas, la consignation ne l'engageroit à rien, & seroit aussi incommode que le payement.

Monsieur de Brienne lui ayant marqué que l'Electeur de Mayence a écrit une Lettre dans laquelle il conseille que la France consigne l'argent pour Mantouë ; il lui répond que s'il l'a écrite à la Cour sans la lui donner & sans l'en avertir, qu'elle doit être suspecte.

Il lui semble que cette affaire est maintenant en très-bon état, & lui en dit les raisons.

agréée par l'Empereur ; mais y ajoutant de notre part la restitution de Trin, comme une condition, elle n'auroit pas agréé à Monsieur le Duc de Savoye : il n'y a aucun Etat dans l'Empire qui eût trouvé notre offre valable. Ou Monsieur le Duc de Mantouë veut recevoir l'argent, & exécuter le Traité de Paix, ou non : au premier cas, il faut parler de payement, & non de consignation, si ce n'est jusques à tant qu'il ait satisfait de sa part à ce qu'il doit ; & au second cas, la consignation qui se feroit sans son consentement ne l'engageroit à rien, nous feroit aussi incommode que le payement, & ne nous donneroit pas la même sûreté. Les Etats ont si bien compris cela, qu'aucun n'a été d'avis de la consignation, & le Collège Electoral l'a ôtée de son *Conclusum*, où Monsieur l'Electeur de Mayence, qui l'a dressé comme Directeur du Collége, l'avoit mise. Vous me parlez dans votre Lettre d'une que cet Electeur a écrite, où il l'a conseillé. S'il l'a écrite à la Cour sans me la donner, & même sans m'avertir, elle vous doit être suspecte, & je vous suplie très-humblement de m'en envoyer la copie. Il me semble que cette affaire est maintenant en très-bon état pour nous ; car si l'Empereur fait finir la Diéte, sans permettre qu'on en parle, Monsieur le Duc de Savoye connoîtra clairement, & tout l'Empire aussi, que le défaut ne vient pas de nous, mais si Sa Majesté Imperiale permet qu'on la propose, & que Monsieur le Duc de Mantouë demande les intérêts depuis l'an 1631. comme le bruit en court, on en fera le même jugement ; & s'il se met à la raison, il ne sauroit nous engager plus avant que nous le sommes par le Traité de Munster, ni faire prendre au Duc de Savoye ici, & dans toute cette Campagne aucun soupçon contre nous, desorte que l'affaire peut tourner à notre avantage en beaucoup de façons, & elle ne peut nous réussir mal, ni donner au Duc de Mantouë aucun moyen de nous brouiller avec Monsieur le Duc de Savoye, qu'il n'ait toujours eu en sa main depuis le Traité de Munster. Il ne doit espérer aucune Investiture sans le consentement des Espagnols, & du Duc de Mantouë, & il n'y consentira jamais, qu'au cas du payement actuel, s'il se résoud à exécuter le Traité ; mais s'il ne s'y résoud pas, la consignation réelle n'obtiendroit pas l'Investiture : elle n'est proposée par Monsieur l'Electeur de Mayence, que comme une chose qu'il croit qu'on ne fera pas ; mais si elle étoit faite, il naîtroit de nouvelles difficultez. Puisque j'offre le payement, j'offre quelque chose de plus que la consignation, toutefois si l'affaire revient en état d'offrir la consignation, & que le Député de Savoye la desire, je l'offrirai. Nous saurons à la fin des quatre semaines ce que nous devrons faire, cependant il n'y aura point d'ocasion de parler de cette affaire.

Il lui dit enfin que si l'affaire vient en état d'offrir la consignation, & que le Député de Savoye le desire, qu'il l'offrira.

Les Deputez espérent qu'après la fin de la Diéte, l'Electeur de Cologne & plusieurs autres Princes pourroient former une Ligue, & prétendent s'appuyer de la France. Monsieur de

Les Deputez des Ducs de Brunswick m'ont fait dire la même chose, que Monsieur de Wicquefort vous a dite & ils espérent qu'après cette Diéte la liaison se fera entr'eux, Monsieur l'Electeur de Cologne, l'Administrateur de Magdebourg, les Ducs de Mecklebourg, & de Holstein. Ils n'espérent pas que la Couronne de Suéde s'y joigne, principalement à cause du changement de Gouvernement que la Reine de Suéde propose : ils n'espérent pas aussi que le Landgrave de Hesse y entre, & ils ne font aucun compte du Duc de Saxe Lawembourg, qui n'a en tous biens que quatre Bailliages, & qui ne fera rien contre le gré de l'Empereur ; mais ils espérent d'y pouvoir attirer la Maison de Saxe-Weymar, & prétendent s'appuyer de la France. Ils ne m'avoient point encore parlé si clairement, & Monsieur de Meulles qui est sur les lieux n'en espére pas tant. Je vous avoue, Monsieur, que je suis de son sentiment ; toutefois il ne faut rien négliger ; je pense qu'il sera très-à-propos de lui envoyer directement la Commission du Roi, & assez à temps de se déclarer lorsqu'on en sera recherché par ces Princes.

Meulles qui est sur les lieux n'en espere pas tant, ni lui non plus.

Le Baron de Blumental ne m'a point encore parlé de la Lettre du Roi, qui lui a été renvoyée par l'Electeur de Brandebourg son Maître, ni aussi d'un accommodement pour le Titre des Electeurs, comme il m'avoit promis : cela me fait croire qu'il ne voit pas de disposition dans les autres Electeurs, à donner le Titre de *Monseigneur*, ou qu'ayant déja votre parole pour son particulier, il aime mieux traiter avec vous d'une affaire qu'il croit déja faite, que de s'en faire une pour les autres Electeurs, en traitant avec moi. Je ne sais même si la Lettre du Roi lui a été effectivement renvoyée, ou si on a seulement voulu m'en faire peur, & à vous par moi, afin de vous presser de lui donner sans delai le Titre qu'il demande : celui de *Monseigneur* n'est pas fort assuré, car il l'évitera écrivant en Latin.

Il croit que l'Ambassadeur de Brandebourg ne voyant point de disposition dans les autres Electeurs à donner le Titre au Roi qu'on prétend, & qu'ayant la parole de la Cour pour son Maître, il aime mieux traiter à la Cour qu'avec lui.

Le Prince François de Lorraine n'est parti de Vienne que le dix-septiéme de ce mois : on l'attend ici aujourd'hui, ou demain, & le Comte de Saint Amour a déja repassé. Il laisse sa Fille à l'Impératrice Douairiére, & les deux Princes ses Fils l'accompagnent. Les Espagnols ont fait proposer d'envoyer son Fils ainé en Flandres pour commander les Troupes, espérant être encore plus Maîtres d'un jeune Prince que de lui ; ils lui ont proposé aussi de laisser ces deux Fils à Vienne, mais il n'a pas voulu ni l'un ni l'autre. Je vous suplie très-humblement de me faire l'honneur de croire que je suis, &c.

Le Prince François de Lorraine n'est parti de Vienne que le dix-septiéme : on l'attend ici incessamment, Les Espagnols lui ont fait proposer d'envoyer son Fils ainé en Flandres pour commander les Troupes, ou de laisser ces deux Fils à Vienne, il n'a fait ni l'un ni l'autre & les amene avec lui.

Depuis ma Lettre écrite, j'ai fait parler aux Ambassadeurs de Baviere, & de Brunswick, qui sont entre les Députez nommez pour dresser le formulaire de la défense : ils m'ont fait dire qu'ils ne croyent pas qu'elle réussisse, parceque l'Empereur, & les Etats ne la voudront pas aux mêmes conditions, chacun y voulant trouver son avantage, & que l'Empereur ne l'a proposée à leur avis, que dans la croyance qu'elle passeroit contre son gré s'il s'y opposoit ; mais qu'il ne sera pas fâché que la proposition s'en évanouisse, ayant l'avantage de l'avoir faite, & d'avoir fini par là la Diéte assez honorablement, qu'en tout cas ils m'assuroient qu'ils ne souffriroient point qu'il se passât dans cette affaire aucune chose à notre préjudice, & que je pouvois vivre en repos de ce côté-là. J'en ferai parler à tous ceux qui sont nos amis entre les Députez, sans témoigner aucune crainte particuliére, mais comme pour leur intérêt autant, ou plus que pour le nôtre.

Les Ambassadeurs de Baviere & de Brunswick l'ont assuré qu'ils ne souffriroient point qu'on fit aucune chose au préjudice de la France lorsqu'on dressera le formulaire de défense.

CON-

CONCLUSUM

COLLEGII

ELECTORALIS.

Die 23. Martii 1654.

COllegium Electorale exiftimat, quoad defenfionem contra Lotharingicas Cohortes, expectandum effe eventum interpofitionis Cæfarea inter Electorem Colonienfem & Archiducem : interim Legato Hifpanico ferio remonftrari debere, non poffe Imperium ulteriùs pati, hujusmodi violentas concuffiones militares, & inftandum effe, ut dictus Legatus, ceffationem hujufmodi hoftilitatum, velit apud Regem fuum pro virili promovere: Litteras quoque ejufdem tenoris, ad Regem Franciæ, Hifpaniaque fcribendas, ac interea temporis in puncto fecuritatis publicæ certos Deputatos nominàndos effe, qui ordinationem executionis perlegant, & ad ftatum præfentem redigant : interea alias materias, ac præfertim punctum reftituendorum ex capite Amniftia fufcipiendum effe, ac non videri, Cæfaream Majeftatem, urgeri amplius poffe, ut diutiùs fubfiftere velit : attamen generaliter fuæ Majeftati ob oculos poni poffe difficultates materiarum tractandarum, & ejus poftea judicio relinqui, utrùm continuare Comitia velit, vel non. Cùm verò, quoad Tractatum Lotharingicum, vix fperandum fit, fine impendio, Statuum loca, Lotharingicis Præfidiis occupata, reftitui poffe, optimum fore opperiri adventum Francifci Ducis Lotharingiæ, ac videre quomodo cum eo conveniri poffit; quoad materias inpofterùm tractandas, tantùm quantùm fieri poteft expediendum; cætera verò ad ordinariam Deputationem, modo in Imperio confueto, & Francofurti anno 1644. falubriter practicato, remitti poffe. Deputati Electoralium ad executionis ordinationem revidendam, funt, Bavarus, Saxonicus, Brandeburgicus.

RESOLUTION

Prife par le

COLLEGE

ELECTORAL.

Le 23. Mai 1654.

LE Collége Electoral eftime, qu'avant que de fe déterminer à s'opofer aux Troupes du Duc de Lorraine, il eft à propos d'attendre l'événement de la médiation de l'Empereur entre l'Electeur de Cologne & l'Archiduc : que cependant il faut repréfenter fort férieufement à l'Ambaffadeur d'Efpagne, que l'Empire ne peut plus foutenir les contributions & les exactions dont ces Troupes le foulent, & infifter auprès de lui pour le porter à infinuer vivement au Roi fon Maître de les faire ceffer : qu'il faut auffi écrire fur le même ton aux Rois de France & d'Efpagne, & en attendant l'effet de toutes ces démarches, nommer des Députez pour travailler à maintenir la fureté publique, à examiner le réglement fait au fujet de l'exécution du Traité, & à l'accommoder à l'exigence des cas, & à la fituation préfente des affaires : qu'on peut cependant entamer d'autres matiéres, entr'autres celle des reftitutions qui réfultent du Chapitre de l'Amniftie : qu'il ne paroit pas qu'on puiffe décemment faire de nouvelles inftances auprès de Sa Majefté Imperiale pour l'obliger à demeurer ici plus longtems; mais qu'on doit fe contenter de lui repréfenter en termes généraux le nombre des difficultez qu'il faut réfoudre, & laiffer enfuite à fa décifion la continuation ou la fin de la Diéte : que quant au Traité qu'on propofe avec le Duc de Lorraine, comme on ne peut guére efpérer que les Lorrains reftituent gratuitement les Places qu'ils occupent, il fera bon de diffimuler l'arrivée du Duc François, & de s'informer fecrétement de quelle façon on pourroit traiter avec lui : qu'enfin il faudra tâcher d'expédier promptement les matiéres les plus preffées, & renvoyer les autres à la Députation ordinaire felon la coutume de l'Empire pratiquée avec fuccès à Francfort en 1644. Au refte le Collége nomme pour Députez à la revifion du Réglement, ceux de Baviere, de Saxe, & de Brandebourg.

CONCLUSUM COLLEGII PRINCIPUM.

Die 23. Martii 1654.

PRincipum Collegium per majora cum E-lectoribus, censuit, ab Imperatore postu-lari non posse, ut amplius hic commoretur; Principes tamen Protestantes vehementer petie-runt, ut Comitia ulterius subsisterent præcipuè usque dum Deputatio de restituendis finiretur. In causâ Lotharingicâ, plerique voluerunt ut sine impendio Statuum loca detenta restitue-rentur. Quoad ordinariam Deputationem ferè omnes se defectu instructionis excusarunt. Ad Deputationem, circa revidendam ordinatio-nem executionis, delecti sunt ex Collegio hoc, Deputati Circulares; ex Bavarico, Bavarus ipse, & Silisburg; ex Franconico, Bamber-gis & Culembac; ex superiori Saxonico, præter Electorem, Saxo - Altemburg; ex inferiori Saxonico, Hildeshemensis, Bre-mensis, Magdeburgensis, Brunsvicensis, & Meclenburgensis; ex Suevico, Constantiensis & Wirtembergensis; ex superiori Rhenano, Wormatiensis, & Hasso - Cassellanus; ex Westphalico Monasteriensis & Osnabrugensis, Austriaco, Burgundico & Electorali Rhena-no, arbitrium de suis Deputatis statuendi, permissum est.

RESOLUTION Du COLLEGE Des PRINCES.

Prise le 23. Mai 1654.

LE Collége des Princes, de concert avec ce-lui des Electeurs, a jugé à la pluralité des voix, qu'on ne pouvoit décemment deman-der à l'Empereur de faire durer plus longtems la Diéte, quoique les Princes Protestans ayent insisté vivement pour la continuer, du moins jusqu'à ce que la Députation ordonnée au su-jet des restitutions ait consommé ces matiéres. Quant aux affaires de Lorraine, la plupart des Déliberans ont soutenu, que les Places que les Lorrains occupent devoient être restituées sans frais. Au sujet de la Députation ordi-naire, presque tous les Députez se sont excu-fez de délibérer sur le prétexte du défaut d'Instructions. Et enfin le Collége a nommé pour Députez à la révision du réglement fait pour l'exécution du Traité; savoir, pour le Cercle de Baviére, les Députez de Baviere & de Silisbourg : pour le Cercle de Franco-nie, ceux de Bamberg & de Culembach: pour le Cercle de la Haute - Saxe, outre l'Electeur, le Député de Saxe - Aitembourg: pour le Cercle de la Basse-Saxe, les Députez de Hildesheim, de Breme, de Magdebourg, de Brunswick, & de Mecklenbourg : pour le Cercle de Suabe, ceux de Constance & de Wittemberg : pour le Cercle du Haut-Rhin, ceux de Wormes & de Hesse-Cassel : pour le Cercle de Westphalie, ceux de Munster & d'Osnabrug. Quant aux Cercles d'Autri-che, de Bourgogne, & Electoral du Rhin, le Collége laisse le choix de leurs Députez à leurs Directeurs.

MONSIEUR

De

VAUTORTE

à Monsieur de

BRIENNE.

Du 2. Avril 1654.

Il lui envoye la Copie d'une Lettre que la Duchesse de Savoye lui a écrite, par laquelle il verra que cette Duchesse est pleinement satisfaite de la conduite du Roi. Il a eu audience de l'Empereur, il s'est plaint des levées des Espagnols; l'Empereur lui a repondu qu'elles étoient permises & que les François avoient la même liberté: il n'a pu rien gagner. Il lui donne avis que l'Empereur traite les Etats avec hauteur. La conclusion générale de la Diéte est presque conforme aux deux qu'il lui a déja envoyées. L'Empereur a ôté à la Diéte toute espérance de prolongation par un Décret du 31. de Mars; il leur promet une Diéte dans peu de tems & une Députation dès à présent pour examiner les plaintes suivant le Chapitre des charges agravantes. L'Electeur de Brandebourg a écrit à l'Empereur une Lettre hardie, pour demander la prolongation de la Diéte. On assure qu'on commencera après Pâques à parler de la défense commune, mais tout ira en fumée, l'Empereur le veut ainsi. L'Empereur doit partir le 28. La Diéte finira avant son départ. Il lui demande un ordre de pouvoir s'en aller avant ce tems-là, sa maladie le mettant hors d'état de rien faire. Arrivée du Prince François de Lorraine à Straubingen: il croit que les Etats lui payeront les 150. mille écus du premier terme de la convention faite avec le Duc son Frére, & qu'il fera rendre les Places. L'Electeur de Brandebourg a fait le brave pendant la Diéte, les Ministres de l'Empereur s'en font très-peu embarassez. Il croit avec plusieurs autres que l'Electeur de Brandebourg n'a eu en vuë de faire peur à l'Empereur, que pour faciliter quelques affaires qu'il a en cette Cour. Il n'a point de réponse du Comte de Waldeck, qu'il avoit prié de s'expliquer sur la liaison proposée. L'Ambassadeur de Brandebourg ne lui a pas rendu visite depuis un mois, & ne lui a point fait parler au sujet du titre.

MONSIEUR,

DEpuis ma Lettre du 26. de Mars, j'ai reçu celle que vous m'avez fait l'honneur de m'écrire le 13. Je ne puis rien ajouter à mes précédentes sur l'affaire de Savoye. J'attens pour reparler le retour de mon Secretaire, & le onziéme jour de ce mois, qui est la fin des quatre semaines, Je vous envoye la Copie d'une Lettre de Madame la Duchesse de Savoye, que j'ai reçue par le dernier Courier, qui vous fera voir que son Altesse Royale est jusques à présent pleinement satisfaite de la conduite du Roi.

Je me tirai hier du lit avec beaucoup d'effort, pour aller chez l'Empereur: je lui dis que le Roi avoit fait sortir ses Troupes de Liége aussitôt que celles de ses Ennèmis en étoient délogées, Sa Majesté n'ayant eu d'autre dessein que d'exécuter le Traité de la Paix, & de maintenir le repos public. Il me répondit qu'il avoit déja été averti du délogement de nos Troupes, & qu'il en avoit été très-aise, ne souhaitant rien davantage que de voir toutes choses en Paix. Je repartis que dans le tems que le Roi exécutoit avec tant de sincerité le Traité de la Paix, Sa Majesté étoit fort surprise & fâchée d'apprendre, que dans les Terres héréditaires de Sa Majesté Imperiale, on y contrevenoit manifestement, non seulement par des levées qui s'y faisoient publiquement pour les Espagnols; mais même par un licentiement d'hommes qui se faisoit dans quelques Regimens d'Infanterie de Sa Majesté Imperiale, pour les fournir à nos Ennemis. Il me repliqua que les levées étoient permises, pourvû qu'elles se fissent selon les loix de l'Empire: que le Traité de Paix ne les défendoit point, & que nous avions la même liberté d'en

1654.

d'en faire que les Espagnols, & que les Etats l'a-
voient déclaré ici sur ma plainte. Pour ce
qui est du licentiement, il me l'avoua, &
me dit qu'il le faisoit pour le soulagement de
ses Sujets: qu'il n'avoit point de connoissance
que nos Ennemis en profitassent, & qu'il ne
forçoit personne à les servir. Je lui répondis
que les levées étoient défendues par le Traité
de la Paix, qui auroit sans raison défendu de
leur donner passage par les Terres de l'Empire,
si elles étoient permises: qu'on ne pouvoit pas
empêcher d'assembler dix hommes, & de les
faire marcher sans armes, & sans marques de
gens de Guerre, & d'en faire couler ainsi un
grand nombre à plusieurs fois; mais il étoit défendu non seulement par le Traité de la Paix,
mais par les Loix de l'Empire, de faire dans
un lieu la levée d'un Corps considérable, & de
le faire marcher avec Enseignes & Drapeaux:
que cela étoit fait, & se faisoit encore contre
nous; que tous ceux qui avoient été à Munster savoient l'intention du Traité: que le Cercle de la basse Saxe avoit déclaré l'année passée dans l'Assemblée de Lunebourg, qu'elle
étoit conforme à notre prétention, & qu'il
n'étoit pas au pouvoir de cette Diéte de faire
une déclaration contraire, principalement sans
entrer en conférence avec moi sur cette plainte, & ouïr mes raisons après avoir nommé
des Députez, auxquels la Diéte avoit sans
doute voulu seulement donner une Instruction
pour disputer avec moi, & non pas faire une
déclaration qui seroit nulle, tant à la forme,
qu'au fond. Pour ce qui est du licentiement,
je lui dis, que si Sa Majesté Imperiale ne re-
faisoit point le même nombre d'hommes, ses
Sujets en seroient soulagez; mais que j'étois
assuré que les Colonels avoient ordre en licen-
tiant de remplacer le même nombre d'hommes le plûtôt qu'ils pourroient, & partant que
le licentiement n'avoit point d'autre motif que
celui de donner des hommes aux Espagnols,
& que chacun savoit qu'ils conviendroient a-
vec les Officiers, & Soldats, & s'assureroient
d'eux auparavant qu'ils fussent licentiez. L'Empereur demeura encore d'accord de l'ordre
qu'avoient les Colonels de refaire des hom-
més, & ne pouvant plus après cela prendre
pour fondement du licentiement, le soulagement de ses Sujets, il me dit, qu'il étoit bon
quelquefois de licentier les vieillards, & es-
tropiez, & de mettre de jeunes Soldats en leurs
places. Je lui répondis que j'étois assuré qu'on
ne licentieroit personne qui n'eût d'assez bonnes jambes pour aller en Flandre, & qu'il
me permettroit de lui dire, que sa réponse me
faisoit connoitre, qu'il voyoit bien que notre
plainte étoit juste: que je la lui faisois de la
part du Roi, afin qu'il y remediât selon son
obligation & en tout cas, afin qu'il connût,
& le public aussi, que nous voyions bien le
tort qu'on nous faisoit. Il me repliqua qu'il
n'avoit aucun dessein de nous faire tort, ni
contrevenir au Traité, & qu'il avoit nommé
des Commissaires pour joindre aux Députez
des Etats, & pour conférer avec moi sur
toutes les plaintes réciproques: qu'ils se feroient au premier jour, & qu'ils l'auroient
peut-être déja fait, sans ma maladie. Voila,
Monsieur, tout ce qui s'est passé dans ma
visite. S'il est véritable qu'on ait dessein de
conférer avec moi avant la fin de la Diéte,
je pense qu'on diférera la Conférence jusques
aux derniers jours, dans lesquels on précipite
quelquefois les affaires, & on fait de mauvais
coups. Je tâcherai de m'en garentir, quoi-

TOM. III.

Il lui donne avis que l'Empereur traite les Etats avec hauteur.

La Conclusion générale de la Diéte est presque conforme aux deux qu'il lui a déja envoyées.

1654.

que les Etats soient dans une bassesse extrème,
& que l'Empereur les traite maintenant a-
vec autant de hauteur que s'ils étoient ses
Sujets.

Je vous envoyai avec ma dorniére Lettre le
Conclusum des deux premiers Colléges sur le
Décret de l'Empereur. Le *Conclusum* général de la Diéte y est presque conforme, sinon
que les Etats n'écriront pas aux deux Rois;
mais ils prient l'Empereur de leur écrire, &
de parler à l'Ambassadeur d'Espagne. Les
Protestans demandoient une prolongation de
la Diéte pour deux ou trois mois, afin d'expédier les matiéres les plus nécessaires, n'é-
tant pas même possible d'achever le point de
Justice dans le vingtiéme de ce mois, mais
l'Empereur leur a ôté toute espérance par un
Décret du trente-un de Mars. Il promet seulement une Diéte dans peu de tems, à laquelle on renvoyera toutes les affaires indécises,
& une Députation dès à présent pour examiner
toutes les plaintes, *en capite Gravaminum*.
L'Electeur de Brandebourg a écrit à l'Empereur une Lettre fort hardie, pour demander
la prolongation de la Diéte. On parlera ici
de la *défension* commune de l'Empire, de
laquelle je vous ai amplement écrit par ma
derniére Lettre, & on m'a assuré qu'on commenceroit le premier jour d'après les fêtes de
Paques; mais tous ceux que j'ai consultez
croyent que cette proposition ira en fumée,
& que l'Empereur n'a pas un autre dessein.

Sa Majesté Imperiale partira d'ici le vingt-
huitiéme de ce mois: la Diéte finira avant
son départ. Je vous suplie très-humblement,
Monsieur, de m'envoyer un ordre de m'en
aller en ce tems-là. Si je dois guérir ce ne
peut être que par le changement d'air, & je
ne suis pas en état d'aller à Tréves, ni de
m'arrêter en Allemagne pour d'autres affaires, ayant un mal qui me menace de la
mort.

Le Prince François de Lorraine est arrivé
avec ses deux Fils dès le trente un de Mars,
à Straubingen Ville de Baviere sur le Danube
à six lieues d'ici: on dit qu'il y passera la fête.
Je crois que les Etats lui payeront les cent
cinquante mille écus du premier terme de la
convention faite avec son Frére, & qu'il fera
rendre les trois Châteaux de Hombourg,
Landstoul, & Hammerstein.

L'Electeur de Brandebourg a fait le brave
pendant toute cette Diéte: car au commencement il a hautement soutenu les Protestans
dans le point de la Députation, & dans celui
des Collectes, & à la fin il a écrit à l'Empereur une Lettre hardie, selon leur sentiment,
pour la prolongation de la Diéte. Il a aussi
le premier proposé de secourir l'Electeur de
Cologne: mais ce secours a eu peu de réalité,
& son bruit a peu étonné les Ministres de
l'Empereur. Monsieur de Meulles continue
de m'écrire qu'il ne voit rien dans le Cercle
de la basse Saxe qui soit conforme aux propositions que cet Electeur vous fait faire; je ne
vois rien aussi ici, quoique les Députez de
Brunswick m'ayent fait savoir, comme je vous
ai mandé par ma derniere Lettre. On doit
tout écouter & ne rien négliger; mais je suis
toujours du sentiment de ceux qui croyent
que cet Electeur a voulu faire peur à l'Empereur, pour faciliter quelques affaires qu'il a
en cette Cour. J'avois écrit au Comte de
Waldeck le seiziéme de Mars une Lettre, pour
l'obliger à s'expliquer par écrit sur la liaison
proposée, de laquelle il m'a fait parler;

mais

1654.

L'Empereur a ôté à la Diéte toute espérance de prolongation par un Décret du 31. de Mars; il leur promet une Diéte dans peu de tems & une Députation dès à présent pour examiner les plaintes suivant le Chapitre des charges agravantes.

L'Electeur de Brandebourg a écrit à l'Empereur une Lettre hardie, pour demander la prolongation de la Diéte.

On assure qu'on commencera après Pâques à parler de la défense commune, mais tout ira en fumée. l'Empereur le veut ainsi.

L'Empereur doit partir le 28. La Diéte finira avant son départ. Il lui demande un ordre de pouvoir s'en aller avant ce tems-là, sa maladie le mettant hors d'état de rien faire.

Arrivée du Prince François de Lorraine à Straubingen: il croit que les Etats lui payeront les 150 mille écus du premier terme de la convention faite avec le Duc son Frère, & qu'il fera rendre les Places.

L'Electeur de Brandebourg a fait le brave pendant la Diéte, les Ministres de l'Empereur s'en font très peu embarassez.

Il croit avec plusieurs autres que l'Electeur de Brandebourg, n'a eu en vûë de faire peur à l'Empereur, que pour faciliter quelques affaires qu'il a en cette Cour.

Il n'a point de réponse du Comte de Waldeck, qu'il avoit prié de s'expliquer sur le

mais sa réponse tarde, & cela m'est suspect, aussi bien que la conduite de Monsieur Blumental, qui ne m'a pas visité depuis un mois, & qui ne m'a point fait parler du Titre de Frére, ni d'aucune autre chose. Quand la Diéte sera finie on connoîtra le sentiment de ces Princes Protestans, sur lequel on pourra prendre des mesures. Je vous suplie très-humblement de me faire l'honneur de croire que je suis &c.

MONSIEUR

De

VAUTORTE

à Monsieur de

BRIENNE.

Du 9. Avril 1654.

Les levées dans la Basse Saxe pour les Espagnols ne réussiront point. Les Troupes du Cercle ont dissipé & desarmé deux ou trois cens hommes que le Prince Christian de Meckelbourg avoit amassé. La Diéte a délibéré sur le dernier Décret de l'Empereur qui persiste à finir la Diéte, & propose la convocation d'une Députation ordinaire. Le Collége Electoral la veut, & celui des Princes demande que la Diéte cesse pour se rassembler dans un an. Il n'a pas vu le Prince François de Lorraine à Ratisbonne, parcequ'il ne lui a pas fait savoir sa venue. On croit que l'Empereur obligera les Etats à lui payer les 150. mille écus du premier terme. Le Prince François ne pourra rendre que deux Places, l'Electeur de Trèves a repris Hammerstein qui lui appartient. L'Electeur de Trèves a écrit & se plaint extrêmement du desordre que les Troupes de France ont fait dans son Païs. *Il croit qu'il en dit trop, que ce n'est que pour obtenir plus aisément la Jurisdiction Métropolitaine sur les trois Evêchez.*

MONSIEUR,

J'Ai reçu la Lettre que vous m'avez fait l'honneur de m'écrire le vingtiéme de Mars. Elle me remet sur mes précédentes à celle que vous me promettez par l'Ordinaire prochain du vingt-septiéme. Je l'attendrai donc ou plutôt le retour de mon Secretaire.

Je ne vous puis rien dire sur l'Assemblée de quelques Princes, de laquelle Monsieur de Wicquefort vous a tant fait de bruit, que ce que j'ai eu l'honneur de vous en mander plusieurs fois. Monsieur de Meulles qui est sur les lieux est de mon sentiment: il m'écrit que les levées des Espagnols dans le Cercle de la basse Saxe ne réussiront pas, & j'ai apris des Députez des Princes de Haguenau, Brunswick, & de Meckelbourg, que leurs Troupes ont dissipé, & desarmé deux ou trois cens hommes que le Prince Christian de Meckelbourg avoit déja amassé; il avoit été pris lui même, mais on l'a relâché.

Nous n'avons presque point ici de nouvelles, car depuis ma dernière Lettre les Etats n'ont pu s'assembler que hier à cause des fêtes. Ils ont délibéré sur le dernier Décret de l'Empereur, qui persiste à finir la Diéte dans le vingtiéme de ce mois, & propose la convocation d'une Députation ordinaire pour renvoyer toutes les affaires qui n'ont pas été décidées ici. Le Collége Electoral veut cette Députation, & celui des Princes demande que la Diéte cesse pour recommencer dans un an. Voila où ils en étoient hier; je ne sais ce qu'ils résoudront aujourdhui.

Le Prince François de Lorraine arriva ici le deuxième de ce mois; on croit qu'il en partira aujourd'hui ou demain. Il ne m'a point fait savoir sa venue, & je ne l'ai point vu ni complimenté. On croit que l'Empereur obligera les Etats à lui payer les 150. mille Risdalles, premier terme des trois cens mille promises au Duc Charles son Frére, pour la restitution des trois Châteaux; mais il n'en peut plus rendre que deux, Hombourg, & Landstoul; car Monsieur de Trèves a repris Hammerstein qui lui appartient. Je viens de recevoir une Lettre de Monsieur l'Electeur de Trèves, qui se plaint extrêmement du desordre commis par les Troupes de Monsieur Fabert dans son Archevêché à son retour; elle porte que les Lorrains n'y ont jamais si mal vêcu, & qu'il en va faire de grandes plaintes aux Etats. Il me semble qu'il en dit trop, & qu'il ne fait ce grand bruit, qu'afin d'obtenir comme par une compensation, la restitution de sa jurisdiction Métropolitaine sur les trois Evêchez, de laquelle il voit bien que nous ne lui parlons pas fort nettement.

Le défaut de matiére & ma maladie m'empêchent de vous écrire plus amplement, j'ai une grande fluxion sur la poitrine, avec une fièvre violente: en quelque état que je sois je vous suplie très-humblement de me faire l'honneur de croire que je serai toujours avec une reconnoissance extrême &c.

MON-

MONSIEUR

VERONNEAU

à Monsieur de

BRIENNE.

Du 23. Avril 1654.

Il lui donne avis de la mort de Monsieur de Vautorte. Que le Pleinpouvoir qui lui avoit été envoyé pour l'affaire de Savoye a été inutile, qu'il l'a fait savoir à l'Electeur de Mayence, & aux Ambassadeurs des Electeurs pour satisfaire le Résident de Savoye, & pour faire con-

noitre l'intention sincére du Roi pour la Paix. L'Empereur doit partir Mardi prochain, il verra la fin de la Diéte.

1654.

MONSEIGNEUR,

JE prens la liberté de vous faire celle-ci pour vous donner avis du decès de Monsieur de Vautorte, arrivé le 19. de ce mois. Le Pouvoir pour l'affaire de Savoye que je lui avois apporté quatre jours auparavant sa mort, a été inutile, l'ayant trouvé dans un état qui ne lui permettoit plus que de penser à Dieu. Je l'ai depuis fait savoir à Monsieur l'Electeur de Mayence, & aux Ambassadeurs de Messieurs les Electeurs, tant pour satisfaire à Monsieur le Résident de Savoye, que pour faire connoitre l'intention du Roi, qui est d'executer sincérement le Traité de la Paix. J'ai ci-joint une Copie d'un Décret de l'Empereur du vingt-un de ce mois, sur lequel les Etats commencerent hier à déliberer. Il y en a beaucoup qui témoignent ne vouloir rien payer des trois cens mille écus que demande Monsieur le Prince François Frére de Monsieur le Duc Charles de Lorraine. Touchant la Députation ordinaire, il y a des Princes Protestans qui se sont déterminez à y consentir, desorte qu'on croit qu'elle passera par la pluralité des voix, étant demandée par tous les Catholiques.

L'Empereur partira d'ici Mardi prochain & verra finir la Diéte. Je suis avec un respect extrême &c.

Il lui donné avis de la mort de Monsieur de Vautorte. Que le Pleinpouvoir qui lui avoit été envoyé pour l'affaire de Savoye a été inutile, qu'il l'a fait savoir à l'Electeur de Mayence & aux Ambassadeurs des Electeurs pour satisfaire le Résident de Savoye, & pour faire connoitre l'intention sincere du Roi pour la Paix.

L'Empereur doit partir Mardi prochain, il verra la fin de la Diete.

F I N

DU TROISIEME TOME.

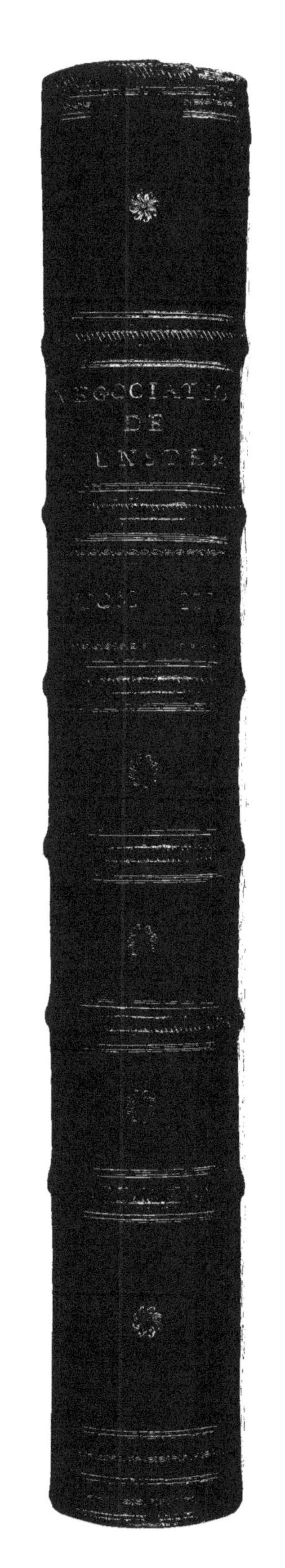
NEGOCIATIO
DE
MUNSTER
TOM. IV